中国近代人物文集丛书

黄 遵 宪 集

（一）

陈　铮　主编

中 华 书 局

图书在版编目(CIP)数据

黄遵宪集/陈铮主编. —北京:中华书局,2019.6
(中国近代人物文集丛书)
ISBN 978-7-101-12734-8

Ⅰ.黄… Ⅱ.陈… Ⅲ.①黄遵宪(1848~1905)-文集②古典
诗歌-作品集-中国-清后期③古典散文-作品集-中国-清后期
Ⅳ.I215.22

中国版本图书馆 CIP 数据核字(2017)第 200962 号

书　　名　黄遵宪集(全五册)
主　　编　陈　铮
丛 书 名　中国近代人物文集丛书
责任编辑　张玉亮　刘冬雪
原版责编　柳　宪
出版发行　中华书局
　　　　　(北京市丰台区太平桥西里 38 号　100073)
　　　　　http://www.zhbc.com.cn
　　　　　E-mail:zhbc@ zhbc.com.cn
印　　刷　北京瑞古冠中印刷厂
版　　次　2019 年 6 月北京第 1 版
　　　　　2019 年 6 月北京第 1 次印刷
规　　格　开本/850×1168 毫米　1/32
　　　　　印张 86⅝　插页 10　字数 1655 千字
印　　数　1-1500 册
国际书号　ISBN 978-7-101-12734-8
定　　价　380.00 元

增订再版说明

一、《黄遵宪全集》出版以后,学者们又陆续搜集发表了一批黄遵宪的资料,加以初版编辑整理工作存在某些疏误,有必要进行增补修订。此次增订,补录一批电函、公牍、文告、书评、题跋和词作;更换一些诗文所据版本;修正个别收文写作时间并调整其编序;纠正一些文字差错;等等。

二、此次增补修订工作,得到诸多学者的支持和帮助。茅海建教授提供了黄遵宪与张之洞等的往来电函,郑海麟先生应允选用其整理出版的黄遵宪题批日人汉籍;吴振清、郭真义、谢仁敏和孔祥吉先生等刊发的黄遵宪作品为增订所利用;夏晓虹、黄爱平教授和郑海麟先生等对全集的指正意见,对增订工作有很大帮助。在此谨表谢忱。

三、本书增订后,蒙中华书局纳入《中国近代人物文集丛书》,循该丛书一般体例,改名《黄遵宪集》,全书重新排版,变更开本,分装5册。中华书局领导、近现代史编辑室欧阳红主任和张玉亮等同志,以及出版部门,为本书增订再版付出了辛勤劳动,表示由衷感谢。

编者　二〇一五年三月

初版前言

黄遵宪,字公度,号东海公、法时尚任斋主人、水苍雁红馆主人、布袋和南①、公之它、观日道人、拜鹃人等。清道光二十八年四月二十七日(1848年5月29日)出生于广东省嘉应州(今梅州市)攀桂坊。同治十年(1871年)岁试第一名补廪膳生,翌年取拔贡生。十二年应乡试,次年赴京应廷试。光绪三年(1877年)起历任驻日本使馆参赞官、驻美国旧金山总领事、驻英国使馆参赞、新加坡总领事,奉命办结江南五省教案,与日本交涉苏州开埠事宜,出任湖南长宝盐法道、署湖南按察使,参与湖南维新改革活动。黄遵宪又是清末有成就的诗人。卒于光绪三十一年二月二十三日(1905年3月28日)。

一

黄遵宪的生平著述、思想和实践活动对清末的政治思想和历史文化产生过重要的正面影响。

---

① "布袋和南",许多论著认为是"布袋和尚"之误。据多件黄遵宪手迹清晰不误。"和南"为僧人合掌敬礼之意。

·1·

（一）维护国家主权、保护华侨权益的外交活动

黄遵宪是清末有所作为的外交活动家之一。光绪三年十月二十三日（1877 年 11 月 26 日），黄遵宪随从中国首任驻日本公使何如璋赴日，任使馆参赞官。时值日本明治维新初期，政治已生变化，经济实力增强，吞并琉球之心业已显露。黄遵宪坚决反对日本吞并琉球的图谋，一面协助何如璋向总理各国事务衙门陈述保护琉球对于朝鲜和台湾安全的重要性，一面揭露日本阻止琉球对清政府进贡、吞并琉球的企图。他还利用与日本友人的交往，以笔谈形式谴责日本政府吞并琉球"专属鼠偷狗窃之行，可耻孰甚"，表示救援琉球的态度。由于清政府的软弱退让，光绪五年（1879年），琉球终于被日本吞并，并改为冲绳县。

同光之际，俄国侵占中国新疆大片领土的同时，又派兵舰游弋黄海和日本海，由北向南扩张，朝鲜首当其冲。光绪六年（1880年），黄遵宪作《朝鲜策略》，并向朝鲜赴日修信使指出沙俄"欲得志于亚细亚"，为此"必自朝鲜始"，认为"今日之急务，莫急于防俄"，提出朝鲜"防俄之策"则是"亲中国，结日本，联美国，以图自强"，共同抵御沙俄南侵的策略。黄遵宪的主张曾引起朝鲜当局的重视。

黄遵宪还是近代中日两国文化交流和民间交往的推动者。使日期间，他在繁忙的使馆公务之余，以文人身份，广泛结交日本汉学家，留下了大量笔谈手稿、往来书信、唱和诗词、序跋书评，推介各自国家的历史文化，介绍民情习俗，相互切磋，彼此交流，增进民间学者之间的深厚友谊，无论是在当时还是对后来的中日文化交流都有重要的影响。

光绪八年二月（1882 年 3 月）黄遵宪调任美国旧金山总领事

之时,恰逢美国国会通过限制中国移民律例,掀起排华浪潮,阻挠中国人入境,刁难中国学生和商人游客,歧视入境的华人,限制从业华人,制造借口逮捕华人。对此,黄遵宪在任上围绕抵制美国排华、维护华侨华商合法权益事宜,向驻美使臣郑藻如连上数十件禀文,报告交涉情况,阐明自己的外交思想,提出进行此项斗争的主张和方法。在总理衙门的支持下,经过黄遵宪从实际出发,分别情况,据理力争,维护了华侨华商华人的合法权益和尊严,令华侨华人"无不感戴恩泽"。

光绪十六年三月(1890年4月)随驻英公使薛福成抵伦敦任使馆参赞,负责下行文批及例行公牍,并为薛福成拟备与英外交部官员会晤时的问答草稿。

光绪十七年九月(1891年10日)黄遵宪赴新加坡总领事任,详细考察南洋华侨情况,了解到广大华侨拳拳爱国之心,但他们在国外的财产难以保护,回国时却受"奸胥劣绅"的"勒索讹诈",以至诬陷,因而不敢回国。黄遵宪如实上书薛福成报告情况,申述必须"扫除积弊",公布保护华侨合法权益的新章。光绪十九年八月(1893年9月),光绪帝谕准华侨归国,严禁骚扰勒索华侨的行为,就是依据黄遵宪考察的情况,采纳了他的建言。因而南洋华侨始终感激和怀念黄遵宪。

甲午中日战争爆发后,黄遵宪从新加坡奉调回国。战后他被委派处理江南五省未结的教案。他坚持原则,区别对待,依法处理,使五省教案在"无赔款、无谢罪、无牵涉正绅、无波及平民"的情况下得以妥善了结。

光绪二十二年三月(1896年4月),黄遵宪作为全权代表与日本驻上海总领事进行苏州开埠谈判。他与对方展开"唇枪舌战",

驳斥日方把苏州作为租界的要求,草拟了开辟苏州通商口岸的六条议案,其实质是"施政之权在华官,管理之权在华民"。但在日方的压力下,清政府最终作出妥协,放弃了黄遵宪的六条议案。

黄遵宪为实践"伸自主之权,保公众之益"的外交思想作了力所能及的外交努力,并取得了一定程度的效果。但在当时的历史条件下,外交上的斗争不可能取得完全胜利,这也令黄遵宪感到痛心。甲午战败、《马关条约》签订,八国联军入侵、《辛丑条约》订立,都使黄遵宪悲痛欲绝。

(二)倡导"我手写我口"的晚清新派诗人

黄遵宪十五六岁"即学为诗",后奔走四方,"虽一行作吏,未遽废"。他生平诗作颇丰,诗词之多达千余首。使日期间,他广泛搜集和了解日本的历史和现状,写成《日本杂事诗》二百首,以诗歌形式向朝野有识之士介绍日本的历史和明治维新后实行改革的变化。使英期间,公务稍懈,他开始将以往诗作荟萃成编,虽然他四十岁以前所作"多随手散佚",并于光绪十七年(1891年)辑成《人境庐诗草》四卷,二百余首。其后又有六卷本,辑诗三百余首,四卷本有而被删除者九十余首。光绪二十四年(1898年)"放归"祖籍后扩充成十一卷,于其故后宣统三年(1911年)在日本印行,收古今体诗六百余首,而后又有多种印本。1961年还有《人境庐集外诗辑》面世,其中除四卷本删去的94首外,还有其他补辑,共291首。本书编辑过程中又补辑一批散佚国内外的诗词曲赋联作品。

黄遵宪自称"吾论诗以言志为体,以感人为用";又说"诗之为道,性情欲厚,根柢欲深。此其事似在诗外,而其实却在诗先"。他倡导"我手写我口"。黄遵宪诗作题材广泛,有众多与中外友好唱和作品,有许多充满爱国激情的佳作,有反映琉球事件、中法战争、甲午中日战争、八国联军侵华等历史事件的诗篇,有记述海外见闻、介绍国外历史文化的诗歌,还有鼓舞斗志、催人进取的"军歌",等等。

善于吸纳民歌内容和采集民歌风格,是黄遵宪诗歌的一个突出特点,其作品《山歌》、《新嫁娘》、《幼稚园上学歌》、《小学校学生相和歌》等均有浓郁的民歌色彩。诚如梁启超所说,"近世诗人,能熔铸新思想以入旧风格者,当推黄公度"。胡适认为"黄遵宪是有意作新诗的"。人们称誉黄遵宪是晚清诗界革命的重要人物。

(三)立志变法维新,维护民权

黄遵宪走出国门,目睹明治维新初期的日本社会新貌如同洞见"中华以外天",视野为之扩大,立志撰写《日本国志》,坚持"详近而略古,详大而略小"、"牵涉西法,尤加详备"的原则,以备"朝廷咨诹询谋",并于光绪十一年(1885年)秋撰成,希冀打破"荒诞"的闭关自守,仿效日本"取法泰西","革故鼎新",相信中国也将"收效无穷"。

甲午战败,《马关条约》的签订给黄遵宪以极大震动,从而逐渐走上变革社会实践的道路,加入强学会,创办《时务报》。光绪二十二年(1896年)秋,黄遵宪赴京受光绪帝召见,他在回答光绪帝询问"泰西政治何以胜中国"时,认为"泰西之强,悉由变法"。翌年,黄遵宪奉命赴任湖南长宝盐法道、署湖南按察使。在湘期间,他妥善处理了积压的许多案件,参与湖南维新志士陈宝箴、谭嗣同、唐才常、熊希龄、江标和梁启超等发起的维新活动,设立湖南南学会、保卫局、课吏馆、迁善所、时务学堂、不缠足会等,鼓吹"采西人之政、西人之学,以弥缝我国政学之敝",使湖南成为戊戌维新运动最活跃的地区,推动全国维新变法运动的发展。黄遵宪的行动受到光绪帝的重视,谕其"迅速来京",授以三品京堂充任出使日本大臣。黄遵宪因病未及就道北上,滞留上海治病,而北京发生政变,湖南维新活动受挫,维新志士遭受诋毁与打击。光绪二十四年八月二十六日(1898 年 10 月 11 日),黄遵宪拖着憔悴的病体,被"放归"嘉应原籍,终结了政治生涯。

(四)"放归"故里,为教育救中国尽义务

黄遵宪"深知东西诸大国之富强由于兴学,而小学校为尤重",认定"教育乃救中国之不二法门"。黄遵宪"放归"故里后,屡次拒绝再出山的邀请,致力于发展家乡教育事业。光绪二十九年(1903 年),他联络一批嘉应地方文人,设立嘉应兴学会议所,亲任所长。次年把东山书院改为师范学堂,计划一年免费培养师范生二百人左右,以发展小学教育。他还派人赴日本弘文学院师范速成班学习,培训师范学堂师资。黄遵宪还要求各乡村成立兴学公所,开展调查适龄幼童工作,选好校所,扩大入学人数。他设想:偏僻闭塞条件困难的村邑,可采取开设讲习会方式,仿专科学校,分科肄业,实现速成教育。

黄遵宪临终前在致梁启超讨论生死观问题的信中说:"余之生死观略异于公,谓一死则泯然灭耳。然一息尚存,尚有生人应尽之义务……无辟死之法,而有不虚生之责。"这段话语可谓是黄遵宪对自己生命价值的归结。

二

黄遵宪生平著述颇丰。他生前行世的有《日本杂事诗》和《日本国志》,亲自定稿的《人境庐诗草》在他逝世后屡次刊印,后有钱

仲联先生的《人境庐诗草笺注》出版。20 世纪 50 年代后《人境庐集外诗辑》和新加坡郑子瑜、日本实藤惠秀编校的《黄遵宪与日本友人笔谈遗稿》先后面世，近年还有郑海麟、张伟雄的《黄遵宪文集》（日本版）和吴振清等的《黄遵宪集》出版。一些书刊也陆续刊发一批黄遵宪的作品。这些出版物为黄遵宪研究提供了许多重要资料和方便。但是还有相当数量的黄遵宪著述分散在国内外，尚未搜集整理出版，还没有一部内容比较完备的黄遵宪著作集。

20 世纪 80 年代伊始，编者在老一辈学者的鼓励下，便着手广泛搜集国内外黄遵宪的著述，以编辑出版一部内容比较完备的黄遵宪著作集，把全面、系统地反映黄遵宪的生平思想和实践活动作为目标，以满足深入了解和研究黄遵宪的需要，历时二十余年，其间 90 年代一度中断，2004 年复始，终于完成。本书在以下几方面作些努力，具有若干特点。

（一）内容丰富，收文较全

经过二十多年的努力，从北京、天津、苏州、上海、嘉兴、杭州、广州、梅州和香港地区，日本、韩国、新加坡等各级图书馆、博物馆、档案馆、纪念馆、图书报刊以及私人手中搜集到各类黄遵宪的著述一百五十万字左右。全书分为诗词、文录、函电、公牍、笔谈和专著六编，成为迄今为止收入作品最多的黄遵宪著作集。其中诗词编，除收入集主生前定稿的《日本杂事诗》和《人境庐诗草》外，还有《人境庐诗辑补》，其内容既包括后人整理出版的《人境庐集外诗辑》的诗，也包括一批新搜集到的散佚诗词，全集总计汇集诗篇一千一百三十余首。此外，《人境庐词曲赋联》部分辑录词作十余首，其中若干首系首次披露，还有一批曲赋和联语。

文录编共收黄氏论述和短篇文章五十五篇，其中有《朝鲜策略》、《南学会第一、二次讲义》，有为国内外特别是日本学者的著作撰写的序跋和评论，还有寿序、传略和碑铭等。

黄遵宪调任驻美国旧金山总领事和驻新加坡时期有一批禀文，反映了他维护华侨华人合法权益的努力和外交方面的思想；他奉命任湖南长宝盐法道、署湖南按察使期间的批札、告示、章程等，记录着他维护人身权利、参与维新改革的实践，以及其他方面的公牍，均编入全集的公牍编，共计六十余件。

黄遵宪与国内外好友有众多书信往来，散佚国内外，其数量难以准确估计，以往先后发表了近百封，而本集函电编所收书信和电文二百二十余封，增加一倍多。其中第一次收集到多封黄遵宪致李鸿章、张之洞、刘坤一和陈宝箴的电报。这批函电是研究黄遵宪的珍贵资料。

黄遵宪任驻日使馆参赞官的几年里，在繁忙的日常公务之余，还经常与非官方的日本朋友交往，交流中日两国的历史和文化。他和使馆的同事们克服了语言障碍，频繁与日本汉学家采用书写汉字的方式进行交谈。至今在日本还珍藏有大量一百多年前黄遵宪等与日本友人笔谈手稿，笔谈的内容广泛，这无疑对研究黄遵宪和中日两国文化交流史具有重要的史料价值。本集第五编笔谈，共收入黄遵宪与日本友人大河内辉声、宫岛诚一郎、冈千仞和增田贡等笔谈四种，其中后三种系首次整理。本编还收录了光绪六年（1880 年）黄遵宪在日本与朝鲜赴日修信使金宏集的三次笔谈。

全集第六编是专著《日本国志》，这是经过新式分段标点的简化字横排本。《日本国志》是黄遵宪使日期间在广泛收集日本历史和现状资料的基础上经十多年编纂而成的志书，全面、系统地记述日本的历史，特别着重介绍日本转向学习西方资本主义国家的做法,实行明治维新,进行政治、经济、军事、思想、文化方面的革新,国家由弱变强的现状,寄托着作者希望中国朝野上下仿效日本学习西法、实行维新改革、实现富国强兵的理想。

(二) 重视著作底本选择,增强可信度

黄遵宪生平著作,既有已刊作品,也有大量未刊著述。已刊作品中还有黄氏生前刊印或定稿与其去世后由他人整理发表之别。已经印行的著作还存在不同版本。至于经后人发表的作品与手稿之间差异的现象则比较常见。本集在收录著作力求齐全的同时,也在所据著作底本选择方面做出努力,尽可能采用可信度较高的底本。

《日本杂事诗》有多种版本,本集采用的是黄遵宪生前的定本,即光绪二十四年(1898 年)长沙富文堂重刊本;《人境庐诗草》则用作者生前的定稿,即辛亥年(1911 年)初印十一卷本。《日本国志》是以光绪二十四年(1898 年)上海图书集成印书局印本为底本,并加以新式标点分段。

黄遵宪逝世百年来,特别是 20 世纪 80 年代以来发表了一批黄遵宪的未刊著述,颇有价值。本集在收录同类著述时,如手稿存世,则尽可能追寻原件,采用手稿作底本,纠正第二手资料的失误。例如:上郑钦使禀文是以梅县档案馆馆藏的原稿作底本。本集所收的许多书信,无论是早已刊布还是新近补辑的,凡有条件的均以手稿为依据。无手稿可寻的作品也尽量查找最先刊载的原文,减少转载过程中发生的脱误。例如:收入本集的第一封信,即 1873年致周郎山论诗函,所据为《岭南学报》所发表的黄遵宪遗稿全文,内容比较后来各版本所辑的完整。以往所见《时务报告白》均是摘要,本集所据则是《申报》发表的全文。《与日本友人大河内

辉声等笔谈》则采用经编校者提供的《黄遵宪与日本友人笔谈遗稿》1992 年的最新改定稿,该稿对原版本做了些补充改正。

(三)关于收入著作的整理工作

本集在收入的著作整理、考订、注释等方面做了许多工作。

首先是整理与点校。全书均进行新式标点分段,其中《日本国志》是首次进行标点整理,内容涉及整个日本古今历史,标点的难度较大。黄遵宪与日本友人宫岛诚一郎、冈千仞和增田贡的笔谈是第一次根据日本收藏的笔谈原稿及日方笔谈人当时的部分抄写稿进行整理编辑而成。

第二是写作时间考订。本集采用分类(即分编)、各类(编)内按著作时间先后编排。但黄遵宪的大量书信和其他著述没有署明具体的写作时间。编者根据著作的内容或相关史事等加以考订,大多数作品已推断出写作的时间,大体上做到按时间先后编次。有关时间考订的主要依据则在题注中做出简要说明。

第三是校勘工作。黄遵宪的著作已经刊布于世的有些也存在不同版本,其中既有详略不同,也有文字歧异。本集也做了一些校勘工作。例如:黄遵宪致梁启超书信有的已在梁启超主办的《新民丛报》发表,经与手稿比较,当时发表的多为节略。又如黄遵宪与宫岛诚一郎等笔谈手稿与宫岛抄写本之间也有所不同。再如近年新编黄遵宪文集的一些文字与手稿或早年刊本之间也有所不同。本集对其部分择要加以校注说明。

第四是增加注释。本集除上述题注和校注外,还有一些编者酌加的注释,其内容包括文字衍误疑问、历史背景情况、重要人物简介等。此外,根据"笔谈"部分的特殊情况,四种与日本友人笔谈前另加"编辑整理说明"。

总而言之,本书大体上达到内容丰富、收文较全的预期目标,也做了多方面的整理工作。但本书还存在许多不足之处,如黄遵宪长期任驻外公职,已从日本搜集到了较多著述,但还有不少资料有待深入整理;美国、英国和新加坡方面的有关资料也有待挖掘。国内也有些已知的资料线索尚未得到,难免还有许多遗漏。已收入的著作,也有一些未能寻找到更好的底本;整理工作、特别是标点和考订方面的舛误更是难免,诸多缺点和遗憾均期待专家学者指教。

三

本书从开始编辑到编竣出版的二十多年里,得到海内外许多学者和团体单位的热情支持、帮助与合作。本集吸纳了许多学者长期以来搜集、整理、积累的黄遵宪著作成果,多位学者为编辑本书给予合作,做出贡献。从这个意义上讲,本书做的是集大成的工作。

方行先生从 20 世纪五六十年代起就开始收集黄遵宪著作,拟编"黄公度集",后因故中止。80 年代初,因本职工作关系,编者曾约请他编辑黄遵宪集,但他公务忙碌,无暇顾及,便将已有的部分资料提供本集编者采用,鼓励编者做此工作。

汤志钧先生始终关注本集编辑工作,提供了有关资料,考订过一些著作的写作时间。

新加坡学者郑子瑜先生从 20 世纪 80 年代初以来,向编者提供了他与日本实藤惠秀先生编校的《黄遵宪与日本友人笔谈遗稿》的最新改订稿并为其加注,以及其他著作。

陈捷女士承担了本书第五编中的黄遵宪《与日本友人宫岛诚

一郎等笔谈》、《与日本友人冈千仞等笔谈》和《与日本友人增田贡等笔谈》以及部分书信和序跋等的收集和整理工作。

陈左高先生在 80 年代为本书所收《日本国志》进行了第一遍标点，后经其他先生反复校订。

杨天石先生长期致力于黄遵宪研究和资料收集工作，无保留地向编者提供有关资料。郑海麟先生应允利用他所搜集整理的黄遵宪著作。孔祥吉先生将有关资料提供本书使用。

本书采用或参考了前辈学者的有关成果，其中主要有：钱仲联先生的《人境庐诗草笺注》及《人境庐文钞》等，高崇信、尤炳圻合校的《人境庐诗草》，北京大学中文系近代诗研究小组编辑的《人境庐集外诗辑》，钟叔河先生的《日本杂事诗广注》和吴天任的《清黄公度先生遵宪年谱》等，特此说明，并表谢忱。

为本集提供黄遵宪资料的国内外主要单位有：中国国家图书馆、首都博物馆、北京大学图书馆、中国社会科学院近代史研究所图书馆、中国科学院图书馆、南开大学图书馆、上海市图书馆、华东师范大学图书馆、浙江省图书馆、杭州市图书馆、嘉兴市博物馆、广州市图书馆、梅州市梅县档案馆、梅州市黄遵宪故居纪念馆、日本早稻田大学图书馆、日本国会图书馆、日本东京都立中央图书馆、日本善邻书院中国语学校等，在此深表谢意。

还要衷心感谢以各种方式关心、支持和帮助本书编辑出版工作的有关人士。他们是：龚书铎、李希泌、袁英光、王汝丰、王晓秋、黄爱平、梁通（怡然）、管林、李吉奎、汪叔子、张求会、姜义华、谢俊美、张永芳、盛邦和、李玲、陈伟桐、夏晓虹、赵慎修、钟贤培、刘雨珍、吴振清、杨冀岳、刘高等，日本善邻书院院长、宫岛诚一郎先生曾孙宫岛吉亮先生，中华书局李侃、刘德麟、何双生、吴杰、陈东林、李岩、熊国祯、沈锡麟、沈致金、冯宝志、余喆、刘尚荣先生等,和付出辛勤劳动的责任编辑柳宪编审,刘德麟编审协助审阅了大部分编成稿并提出了很好的改正意见。

感谢知名的前辈学者饶宗颐(选堂)先生为本集题写书名。

本书的编辑出版得到国家清史编纂委员会的资助,特表谢忱。

编者

二〇〇五年元月

初版编辑说明

一、本书搜集黄遵宪著作力求完备。全书共收录著作 160 万字,分为诗词、文录、函电、公牍、笔谈和专著六编。分别收录:诗 1135 首(长诗作为一首计,而不按段落计)、词 11 首、曲赋 2 首、联语 19 对;文录 55 篇;函电 226 通;公牍 64 件;笔谈 5 种;专著为《日本国志》。书前有图 16 张;书后附录黄遵宪传记资料选辑 5 种。

二、本书所收著作的底本选择:凡有作者手稿可寻的,尽量以手稿为依据;已刊著作采用作者生前的定本为底本;有不同版本的著述,择善而从,尽量采用第一手资料。本书所收著作均注明所据底本、出处。

三、本书部分著述有编者加的题注(加"＊")和页末注(加序号)。题注主要说明该件有关情况、写作时间考订;注文内容或指出底本的文字舛误衍脱,或不同版本比校,或史事及人物简介等。

四、本书各编内的收文大体上按写作或发表的时间先后编次;原件未署日期的,则据编者考订的时间编排;有年、月而无法确定日的,排在该月末;只能确定年份的,排于该年末;只可推定其写作时间段的,则置于该时段末。

五、本书第一编所收诗词共为四部分:

《日本杂事诗》：以黄遵宪的定稿本，即光绪二十四年（1898年）长沙富文堂重刊本为底本（据中国科学院图书馆藏1957年赖伯陶先生抄本），参考了钟叔河先生的《日本杂事诗广注》。

《人境庐诗草》：据刻本，参照钱仲联先生的《人境庐诗草笺注》（上海古籍出版社1981年版）本，原诗夹注从页末注移至正文，长诗分段有所归并，每首诗加编序号。整理时参考了高崇信、尤炳圻校点的《人境庐诗草》（1930年版）。

《人境庐诗辑补》：这是以上两种诗集外的诗补辑，采用了北京大学中文系近代诗研究小组编的《人境庐集外诗辑》（中华书局1960年版）所辑诗作，收入时不一一注明出处；此外还增辑了一批散佚国内外的诗作，在题注中说明出处。

《人境庐词曲赋联》。

六、本书第二编文录，包括演讲、论说、序跋、书评、题词、碑铭等短篇著述，一律按时间先后排列。

七、第三编收录的二百多封函电，多数是以珍藏于国内外的手稿为底本，有半数以上是首次结集发表。函电标题均由编者重拟。

八、第四编所收公牍，主要是黄遵宪先后出任美国旧金山和新加坡总领事，以及湖南长宝盐法道、署湖南按察使任内的文书。其中《上郑钦使（藻如）禀文》是以梅县档案馆藏手稿为底本，文字与已刊印本有所出入。湖南按察使任内的札文和湖南南学会等文件，录自《湘报》，所标时间多系《湘报》出版日期。

九、受语言局限，黄遵宪任驻日使馆参赞官期间，与通晓汉学的日本友人交往时采用书写汉字交谈方式，留下了大量笔谈手稿，内容广泛而生动。这是研究黄遵宪著述的重要组成部分，本书把它辑入第五编。该编收入以下五种笔谈：

《与日本友人大河内辉声等笔谈》：1968年郑子瑜、实藤惠秀先生编校出版了《黄遵宪与日本友人笔谈遗稿》（早稻田大学东洋文学研究会出版）。20世纪80年代，承蒙两先生惠赐该书，并应允将该书编入《黄遵宪全集》，郑先生特为此书进行改订，并于1992年5月批示本集编者："这是最新改订本，编黄集时请以此为依据。"本集所收该篇笔谈即以此为底本，并摘要增加了一些郑先生、实藤先生等所写的注释（主要是笔谈中涉及日本方面的历史人物简介）。

《与日本友人宫岛诚一郎等笔谈》、《与日本友人冈千仞等笔谈》和《与日本友人增田贡等笔谈》，是根据保存于日本的笔谈原稿整理首次发表的。整理方法请参见各自笔谈的"编者整理说明"。

《与朝鲜修信使金宏集笔谈》：金宏集本为金弘集（避清高宗讳改"弘"为"宏"），是朝鲜派往日本的"修信使"，黄遵宪等与他会见，进行笔谈，发表政见，递交《朝鲜策略》。本书所收笔谈是以金宏集《修信使日记》所记为底本。

十、本书第六编所收专著即《日本国志》，以光绪二十四年（1898年）上海图书集成印书局印本为底本，经新式标点分段，并改为简体字横排版。《日本国志》涉及日本国的历史、政治、财经、地理、典章、官制、人物众多，受编者知识限制，遗留若干处尚未点断，已标点的错误难免，有祈指正。

十一、本书收录的笔谈手稿中保存若干黄遵宪致友人的书信，以及唱和诗词联语等，对此采取以下做法：（1）与笔谈内容无关的，予以抽出，分别编入相关编中；（2）如将其抽出后不影响阅读笔谈的，亦予抽出，编入相关的编中；（3）抽出后影响笔谈的连贯性和阅读的,则保留原处,仅在相关编的相应处列出标题,并注明全文见本集某部分,以免两处重复。

十二、本书收文各篇或节的标题下括号内中西历对照的写作时间,系编者所加。《日本国志》卷首《中东年表》内各年所注公元年份,亦系编者所加。

目 录

第一册

增订再版说明

初版前言

初版编辑说明

第一编 诗词

目　录

第二编　文录

第二册

第三编　函电

第四编 公牍

第三册

第五编　笔谈

第四册

第六编　专著

第五册

第一编　诗词

日本杂事诗二〇〇首

洪士伟序

（光绪五年　1879 年）

公度先生，岭南名下士也，情挚而品端，才赡而学博。己卯之岁，吾友王君紫诠广文为东洋之游。王君向固与予结文字之缘而敦苔岑之契者，即抵东洋，获晤先生，谈及贱名，过蒙推许。先生谬采虚声，远通尺素，并示以所著《日本杂事诗》二卷，云将付梓。回环雒诵，恍觉身到扶桑旸谷之区，遍历三山，得以览其名胜，阅其形势，而备知其国政土风也。

因思诗歌之作，代有传人。古者辀轩所采，太史所陈，类皆藉以验风俗之盛衰，考政事之得失。自时厥后，竞尚辞华，冀追风雅，组织愈工，意旨愈晦。非不标新竞秀，各自名家；然求其指事敷陈，足资考证，不失古人遗意，往往罕觏焉。盖诗自《三百篇》后，分门别类，体制迥殊。河梁赠答，不可施于庙堂；温李新声，难以用诸咏古。登临则宜李杜，风月则宜王孟，属辞比事则宜元白，岩栖谷饮则宜陶韦，随园前辈早已言之。故即有沈博绝丽之才，精微独造之诣，亦难别分流派，独倡宗风。然叙事则取其详，摘辞则取其洁，寓褒讥于温柔敦厚，蕴经济于诡俶新奇。俾诵之者如听邹衍之谈天，如睹伏波之聚米，则真所谓扫除绮习，空所依傍者矣。

先生以南国之隽才,作东瀛之参赞。时当中外通好,遣使往来。朝廷念日本与边境毗连,华人多往贸易,声灵久播,用切怀柔,特简何子峩侍读持节往临,而以张鲁生太守副之。先生志在匡时,娴于外事,遂以入幕之郗超,为乘风之宗悫,资其硕画,睦彼邻邦。先生于遄征之际,览其山川,询其民物,溯其肇造之始,悉其沿革之由。耳有所闻,鲜更可数;目有所见,犀照无遗。爰于公余,编为韵语。又虑略而不详,阅多费解,特变诗人之例,为史氏之书。事纪以诗,诗详以注。夫古人著作,类多有所感触,忧愤抑郁,爰寄诸长言咏叹之中。先生负有为之才,值可为之地,有所展布,自足以扶时局而建殊勋,固非古人所可同语也。兹托诗歌以资海外掌故,殆思之深而虑之远乎!方今海宇宴安,远人麇至,边陲藩服,气象顿殊,则谄远情、师长技,必将月异而岁不同。若复拘文牵义,守故蹈常,安能远抚长驾,使幽暗之乡,荒徼之域,同效壤奠,共乐升平欤?先生之成此,若谓提唱风雅,鼓吹休明,俾椎跣之伦,潜移默化,成为风俗,于以乐同文之治,而输效顺之诚,抑亦意中事也。他日撑犁知戴,海波不扬,棻木译歌,塞风永靖,则归义之章,奉圣之乐,非先生其孰能图王会而耀册府也哉!

　　　　光绪五年春王正月　　乡愚弟洪士伟拜序

王 韬 序

（光绪六年　1880 年）

海外诸邦,与我国通问最早者,莫如日本。秦汉间方士,恒谓海上有三神山,可望而不可即;而徐福竟得先至其境,宜乎后来接踵往者众矣,然卒不一闻也。隋唐之际,彼国人士往来中土者,率学成艺精而后去。奇编异帙,不惜重价购求。我之所无,往往为彼之所有。明代通商以来,往者皆贾人子,硕望名流从未一至。彼中书籍,谈我国之土风、俗尚、物产、民情、山川之诡异、政事之沿革,有如烛照犀燃。而我中国文士所撰述,上自正史,下至稗官,往往语焉而不详,袭谬承讹,未衷诸实,窃叹好事者之难其人也。

咸丰年间,日本定与美利坚国通商,泰西诸邦先后麇至。不数年而日人崇尚西学,仿效西法,丕然一变其积习。我中朝素为同文之国,且相距非遥,商贾之操贸迁术前往者,实繁有徒。卫商睦邻,宜简重臣,用以熟刺外情,宣扬国威。于是何子峨侍讲、张鲁生太守实膺是任,而黄君公度参赞帷幄焉。公度,岭南名下士也,今丰顺丁公尤器重之,亟欲延致幕府。而君时公车北上,以此相左。既副皇华之选,日本人士耳其名,仰之如泰山北斗,执贽求见者户外屡满。而君为之提唱风雅,于所呈诗文,率悉心指其疵谬所在。每一篇出,群奉为金科玉律,此日本开国以来所未有也。

日本文教之开，已千有余年。而文章学问之盛，于今为烈，又得公度以振兴之，此千载一时也。虽然，此特公度之余事耳。方今外交日广，时变益亟，几于玉帛兵戎，介乎两境。使臣持节万里之外，便宜行事，宜乎高下从心。而刚则失邻欢，柔则褒国体，所谓折冲于樽俎之间，战胜于坛坫之上者，岂易言哉！今公度出其嘉猷硕画，以佐两星使于遗大投艰之中，而有雍容揖让之休，其风度端凝，洵乎不可及也。又以政事之暇，问俗采风，著《日本杂事诗》二卷，都一百五十四首。叙述风土，纪载方言，错综事迹，感慨古今；或一诗但纪一事，或数事合为一诗，皆足以资考证。大抵意主纪事，不在修词，其间寓劝惩，明美刺，存微旨；而采据浩博，搜辑详明，方诸古人，实未多让。如阮阅之知彬州，曾极之宦金陵，许尚之居华亭，信孺之官南海，皆以一方事实，托诸咏吟。顾体例虽同，而意趣则异。此则扬子云之所未详，周孝侯之所未纪。奇搜《山海》以外，事系秦汉而还。仙岛神洲，多编日记；殊方异俗，咸入风谣。举凡胜迹之显湮，人事之变易，物类之美恶，岁时之送迎，亦并纤悉靡遗焉，洵足为巨观矣。

余去岁闰三月，以养疴余闲，旅居江户，遂得识君于节署。嗣后联诗别墅，画壁旗亭，停车探忍冈之花，泛舟捉墨川之月，游屐追陪，殆无虚日。君与余相交虽新，而相知有素，三日不见，则折简来招。每酒酣耳热谈天下事，长沙太息无此精详，同甫激昂逊兹沉痛，洵当今不易才也。余每参一议，君亦为首肯。逮余将行，出示此书，读未终篇，击节者再。此必传之作也，亟宜早付手民，俾斯世得以先睹为快。因请于公度，即以余处活字板排印，公度许之，遂携以归。旋闻是书已刻于京师译馆，洵乎有用之书，为众目所共睹也。排印既竟，即书其端。若作弁言，则我岂敢。

光绪六年二月朔日　遁窟老民王韬拜手撰

自　序

（光绪十一年十月　1885 年 11 月）

此篇草创于戊寅之秋,脱稿于己卯之春。日本名宿若重野成斋安绎、冈鹿门千仞、青山铁枪延寿、蒲生子闇重章诸君子皆手加评校,丹黄烂然,溢于简端。余为之易稿者四。缮录既毕,上之译署。译署以聚珍版印之。其后香港循环报馆、日本风文书坊又各缩为巾箱本。东人喜读中人之诗,中人又喜闻东国之事,一时风行,遝迤流布。余在外九年,友朋贻书询外事者,邮筒络绎。余倦于酬答,辄以此卷应之。

家大人服官粤西,同寮中亦多求索者。顾所印之本,均系活字版,购之书肆,不可复得。乙酉春仲,家大人榷税梧州,乃以译署本召募手民,付之剞劂。余从二万里外来梧省亲,适睹其成。

窃自念古今著述无虑千百家,今人皆不及古人,独于纪述外国之书,则世愈近者书愈佳。盖古人多传闻疑似之词,而今则舟车所通,足迹所至,得亲读其书,与其国士大夫互相质难,以求其是,所凭藉者不同故也。虽然,今之地球万国,风气日开,闻见日广,今日所诧为新奇奥僻者,安知更历数十年不又视为故常,斥为浅陋乎?则是篇也,谓之为椎轮可也,谓之为刍狗亦可也。

光绪十一年十月　公度黄遵宪自叙于梧州榷舍

自　序

（光绪十六年七月　1890年8月）

余于丁丑之冬，奉使随槎。既居东二年，稍与其士大夫游，读其书，习其事。拟草《日本国志》一书，网罗旧闻，参考新政。辄取其杂事，衍为小注，弗之以诗，即今所行《杂事诗》是也。时值明治维新之始，百度草创，规模尚未大定。论者或谓日本外强中干，张脉偾兴，如郑之驷；又或谓以小生巨，遂霸天下，如宋之鹏，纷纭无定论。余所交多旧学家，微言刺讥，咨嗟太息，充溢于吾耳。虽自守居国不非大夫之义，而新旧同异之见，时露于诗中。及阅历日深，闻见日拓，颇悉穷变通久之理；乃信其改从西法，革故取新，卓然能自树立。故所作《日本国志》序论，往往与诗意相乖背。久而游美洲，见欧人，其政治学术，竟与日本无大异。今年日本已开议院矣，进步之速，为古今万国所未有。时与彼国穹官硕学言及东事，辄敛手推服无异辞。使事多暇，偶翻旧编，颇悔少作，点窜增损，时有改正，共得诗数十首；其不及改者，亦姑仍之。嗟夫！中国士夫，闻见狭陋，于外事向不措意。今既闻之矣，既见之矣，犹复缘饰古义，足已自封，且疑且信；逮穷年累月，深稽博考，然后乃晓然于是非得失之宜，长短取舍之要，余滋愧矣！况于鼓掌谈瀛，虚无缥渺，望之如海上三山，可望而不可即者乎！又况于排斥谈天，诋为不经,屏诸六合之外,谓当存而不论,论而不议者乎!觇国岂易言耶!稿既编定,附识数语,以志吾过。

　　光绪十六年七月　黄遵宪自序于英伦使馆

后　记

（光绪五年三月　1879 年 4 月）

　　此诗征引日本书籍，不能不仍用其年号。《日本史》，中土少传本，惟近世李氏申耆《纪元篇》、林乐知《四裔年表》，虽偶有误，尚可考其世也。余别作《中东年表》，附《日本志》。诗中所有年号、世系，今不复详注。

光绪龙飞纪元五年春三月　遵宪自识

石川英（鸿斋）跋

（光绪五年五月　1879 年 6 月）

　　国家中叶与唐结好,其时拜遣唐大使者,类皆高材博学之士,故晁衡、吉备得与李青莲、王摩诘相倡和,而鸿胪馆宾非工文者不得与选。三韩、百济信使时通,往往斗险韵之诗,夸奇僻之字,笔谈交战,后世传诵。直所以修好结援,举赖乎文章已。顾唐宋遣使,往多来少。逮夫武门柄政,即出聘之车亦不复遣,典礼废坠千余年。以顷海禁大开,始复修好于大清,命使者再。今上明治天皇十年,大清议报聘,凡汉学家,皆企踵相望。而翰林院侍讲何公,实膺大使任。入境以来,执经者、问字者、乞诗者,户外屦满,肩趾相接,果人人得其意而去。英以不才,常往来宾馆,与沈梅士、黄公度二君交最深。一日相与论人物,余语公度曰:"如子之才,大国有几人?"公度怫然曰:"是何言欤? 若仆者诚所谓车载斗量,不可胜数者也。子不知今之遣使异于古耶? 今之遣使以政事不以文章,故朝廷不复撰诵诗专对之士,以仆不学,亦厕其末。"余闻之瞠目不能答。既而公度出所著《日本杂事诗》见示,则上自神代,下及近世,其间时世沿革,政体殊异,山川风土服饰技艺之微,悉网罗无遗。而词彩绚烂,咀英嚼华,字字征实,无一假借。夫左思赋三都,十年而成。延寿作南北史,累世而后就。公度来日本未及二年,而三千年之史、八大洲之事详确如此，自非读书十行俱下，能如此乎？近世学者，心艳西法，言欧罗巴、米利坚则盛夸其学，曰文明大国；语及汉土，反以为人材远不古若，而梦梦者竟议秦无人。嗟夫！彼九州之大，几十倍我。即生长其土，尚不及知其人而悉数之，况远隔海外揣摩影响之谭乎？即今所遣使，与之论日本事，既非吾当世浅见寡闻之士所能及，英以是知大国之人之不可与也！

明治十二年夏五月日本三河石川英谨跋

后　记

（光绪二十四年四月　1898 年 5 月）

此诗光绪己卯上之译署，译署以同文馆聚珍板行之。继而香港循环报馆、日本凤文书坊，又复印行。继而中华印务局、日本东西京书肆，复争行翻刻，且有附以伊吕波及甲乙丙等字，衍为注释，以分句读者。乙酉之秋，余归自美国，家大人方榷税梧州，同僚索取者多，又重刻焉。丁酉八月，余权臬长沙，见有悬标卖诗者，询之又一刻本。今此本为第九次刊印矣。此乃定稿，有续刻者，当依此为据，其他皆拉杂摧烧之可也。

戊戌四月　公度又识

卷　一

一

立国扶桑近日边,外称帝国内称天。

纵横八十三州地,上下二千五百年。

日本国,起北纬线三十一度,止四十五度①;起偏东经线十三度,止二十九度。地势狭长,以英吉利里数计之,有十五万六千六百零四方里。全国濒海,分四大岛、九道、八十三国,户八百万口,男女共三千三百万有奇。一姓相承,自神武纪元至今岁己卯明治十二年,为二千五百三十九年。内称曰天皇,外称曰帝国。隋时,推古帝上炀帝书,自名"日出处天子"。余此诗采摭诸书,曰皇曰帝,悉从旧称,用《公羊传》"名从主人"之例也。

二

泰初一柱立天琼,岳降真形地始成。

西有和华东诸册,一夸手造一胎生。

---

① 光绪五年同文馆铅印本(以下简称"光绪五年本")分别作"三十度"、"四十三度"。

　　纪神武以前事为《神代史》,曰:开辟之初,有国常立尊,为独化之神。七传至伊弉诺尊、伊弉册尊,为耦生之神。二尊以天琼矛下探沧溟,锋镐凝结成磋驮卢岛,名为国柱。因下居,成夫妇。先以淡路洲为胞,钟灵孕祥,乃生八大洲,余岛则矛头滴潮濡沫所凝者。泰西人有《创世记》,称耶和华手造天地万物,七日而成,同一奇谭。

三

　　荡荡诸尊走百灵,荒唐古史过山经。
　　海神长女生鸬羽,天祖初皇法脊令。

　　《神代史》又言:伊弉诺尊、伊弉册尊见脊令相交,始知交婚,是为初皇。又曰:琼琼杵尊有山幸,与兄火阑易海幸,后失于海。兄索之急,乃自投海中。海神妻以长女,复得海幸,获潮满琼、潮涸琼二宝。神女有孕,告琼琼杵尊:生子勿往视。不听,窃窥之,有卧龙盘儿,惊跃入海。产室茸以鸬羽、茅草,未及覆甍,故号为鸬鹚草茸不合尊。尊生神武。

四

　　纛云挥剑日挥戈,屡逐虾夷奏凯歌。
　　西讨东征今北伐,古来土著既无多。

　　日本土人即虾夷,盖如台湾之生番,蠢蠢如豕鹿,声音状貌皆少异日本,称为“毛人”,亦呼为倭奴。古所谓长须国者也。日本开国在日向、大隅,自西而东,盖逐虾夷而居之。神武、崇神、武尊、神功,皆力征经营,中叶专设征夷大将军以为镇抚。唐时,陆奥一道犹尽属虾夷。近三百年,聚于奥北一岛,有口虾夷、奥虾夷之称。

维新后，置北海道，设官开拓，闻其种类只存数千云。神武初，起师征夷，曰："吾日神之孙，而向日征虏，逆天道矣，不如随影讨之。"薙云剑，武尊征夷之剑也。

五

避秦男女渡三千，海外蓬瀛别有天。

镜玺永传笠缝殿，倘疑世系出神仙。

崇神立国始有规模，史称之曰御肇国天皇，即位当汉孝武天汉四年，计徐福东渡既及百年矣。日本传国重器三：曰剑，曰镜，曰玺，皆秦制也。臣，曰命，曰大夫，曰将军，皆周秦制也。自称曰神国，立教首重敬神。国之大事，莫先于祭。有罪则诵谚词以自洗濯，又方士之术也。当时主政者，非其子孙，殆其徒党欤？《三国志》、《后汉书》既载求仙东来事，必建武通使时使臣自言。今纪伊国有徐福祠，熊野山亦有徐福墓，其明征也。至史称开国为神武天皇，考神武至崇神，中更九代，无一事足纪，神武其亦追王之词乎？总之，今日本人实与我同种。彼土相传本如此。宽文中作《日本通鉴》，以谓周吴泰伯后。源光国驳之曰："谓泰伯后，是以我为附庸国也。"遂削之。至赖襄作《日本政纪》，并秦人徐福来，亦屏而不书。是皆儒者拘墟之见，非史家纪实之词、阙疑之例也。

六

剑光重拂镜新磨，六百年来返太阿。

方戴上枝归一日，纷纷民又唱共和。

中古之时，明君良相，史不绝书。外戚颛政，霸者迭兴。源、平以还，如周之东君，拥虚位而已。明治元年，德川氏废，王政始复古,伟矣哉,中兴之功也！而近来西学大行,乃有倡美利坚合众国民权自由之说者。

《山海经·海外东经》:"旸谷上有扶桑,十日所浴,在黑齿北,居水中,有大木,九日居下枝,一日居上枝。"日本称君为日,如大日灵贵,饶速日命皆是。

七

呼天不见群龙首,动地齐闻万马嘶。

甫变世官封建制,竟标名字党人碑。①

明治二年三月,初改府、藩、县合一之制,以旧藩主充知事。而萨、长、肥、土旋上表请还版图。至三年七月,竟废藩为县。各藩士族亦还禄秩,遂有创设议院之请。而藩士东西奔走,各树党羽,曰自由党,曰共和党,曰立宪党,曰改进党,纷然竞起矣。

八

狐簧牛枢善愚民,百济新罗悉主臣。

腰石手弓亲入阵,浪传女国出神人。

日本取法汉制,皆由百济、新罗来。神功皇后始通二国。后《魏志》、《汉书》所谓卑弥呼,封亲魏倭王者也。史言:仲哀讨熊袭,有神告后宜先征新罗。弗从,崩。后摄位,遽发师西征。航海,祝曰:"吾奉天神言,越海远征,苟捷有功,则波臣当手梳吾发,分为二。"浴于海,如其言。遂结两髻如男子,亲执巨弩。时后有娠十月矣,复取石挟腰,祝曰:"凯旋生于兹。"至新罗,新罗主面缚降,封

---

① 此首光绪五年本无。

府库、收图籍而还，十四月乃生应神。是皆神道设教以愚黔首者。志书谓"以妖惑众，侍婢千余人不见其面"，胥由此也。然新罗、百济、高丽遂称西藩。旋遣使通魏，史书竟称为女王国。至郭璞注《海经》，犹称"倭在带方东，以女为王"。易世称其人，皆以女系国，功可谓神也已。日本今古英雄，推丰臣秀吉。余谓使黑面小猴见此老妇，必当慑伏不敢动耳。

九

女王制册封亲魏，天使威仪拜大唐。

一自覆舟平户后，有人裂诏毁冠裳。

日本典章文物，大半仿唐。当时瞻仰中华，如在天上，遣唐之使，相望于道。唐乱使绝，高行云游之僧，尚时通殷勤。唐宋间，亦遣使答之。元祖肆其雄心，欲抚有而国。范文虎帅舟师十万，遇飓舟覆，归者三人。以元之雄武，灭国五十，风起涛作，不克奏肤功，天为之也。然至是，日人有轻我之心矣。明中叶时，萨摩无赖，寇我沿海。及丰臣秀吉攻朝鲜，八道瓦解。明误听奸民沈惟敬言，议和授封。使者赍诏至，秀吉初甚喜，戴冕披绯衣以待。及宣诏至"封尔为日本王"，秀吉遽起，脱冕抛之地，且裂书怒骂曰："我欲王则王，何受髯虏之封！且吾而为王，若王室何？"复议再征高丽。日本人每讳言贡我；而明人好自夸大，视之若属国。吾谓"倭奴国王"之印，"亲魏倭王"之敕，见于《三国志》、《后汉书》。《北史》云："其后并受中国爵命，江左历晋、宋、齐、梁，朝聘不绝"云。其时，壤地褊小，慕汉大，受封，此不必讳也。至隋帝之书曰"皇帝问倭皇好"，既邻国之辞矣。唐宋通好，来而不往，偶一遣使赍书，或因议礼不就而去，以小事大则有之，以臣事君则未也。至明成祖树碑寿安镇国之山，封足利义满为王，而不知乃其将军。虽义满称臣纳贡，然未有代德而有二王，于日本则为僭窃。神宗封秀吉，诏书至，为毁裂，此又何足夸哉！

一〇

载书新付大司藏，银汉星槎夜有光。

五色天章云灿烂，争夸皇帝问倭皇。

　　我朝龙兴辽沈，声威所至，先播旸谷。又以彼二百年中，德川氏主政，讲道论德，国方大治，故海波不扬。迄以泰西诸国弛禁成盟，念两大同在亚西亚，同类同文，当倚如辅车，于同治辛未，遣大藏卿伊达宗城来结好。至光绪三年，朝议遣使修报，恭赍国书，践修旧好，载在盟府。彼国臣民，多额手相庆。

一一

鳄吼鲸呿海夜鸣，捧书执耳急联盟。

群公衮衮攘夷策，独幸尊王藉手成。

　　泰西通商，自和兰外，旧皆禁绝。德川氏初，海禁尤严，律法：漂风难民归自异国者，锢终身。孝明帝之甲辰，美利坚始请互市，幕府拒之。己酉三四月，美、英船复来。癸丑，美国水师将官披理帅四兵船来，俄人亦帅兵踵至。安政甲寅、乙卯、丙辰，复迭来劫盟。初，许以泊船供困乏；继许其馆宾礼接。至戊午六月，始与美国定互市则十四条。七月，与和兰、与英、与俄皆定条约。是为开港之始。时孝明欲攘夷，德川家定主政，审力不敌，不敢奉诏。处士横行，以外夷披猖，大辱国，而幕府孱弱偷安，不足议，始倡尊王以攘夷之论。至明治元年，德川氏遂废。事皆详《邻交志》下篇中。

一　二

玉墙旧国纪维新,万法随风倏转轮。

杼轴虽空衣服粲,东人赢得似西人。

既知夷不可攘,明治四年,乃遣大臣使欧罗巴、美利坚诸国。归,遂锐意学西法,布之令甲,称曰维新,潇善之政,极纷纶矣,而自通商来,海关输出逾输入者,每岁约七八百万银钱云。然易服色,治宫室,焕然一新。

一　三

羲和有国在空桑,手握灵枢八极张。

今世日官翻失御,如何数典祖先忘。

自钦明十四年,由百济遣历博士来,始行夏时。后袭用元嘉历,复用仪凤历,复用大衍历、长庆宣明历。长庆宣明历行之最久,凡八百余年。至贞享元年,始行元授时历。虽设历官,所业不精,仅一贺氏传其家学。第从高丽、琉球沿用我法而已。别详《天文志》中。余友沈梅士往告余云:《山海经》曰:"羲和之国有女名羲和,浴日于甘渊。《归藏·启筮》曰:空桑之苍苍,八极之既张,乃有夫羲和。是主日月,职出入以为晦明。又曰:瞻彼上天,一晦一明,有夫羲和之子,出于旸谷。疑此邦在昔有精天象历算之学者,上古本与中国通,用为日官,遂以国为氏,复以氏命官,故官号羲和也。"其然,岂其然乎?

一　四

纪年史创春王月,改朔书焚夏小正。

四十余周传甲子,竟占龟兆得横庚。①

　　明治五年十一月九日诏曰:"太阳历从太阳(缠)〔躔〕度立月,有日子多少之差,无季候早晚之变;每四岁置一闰日,七十年后仅生一日之差,比太阳历实为精密。"遂祭告太庙,行改历礼。又诏以是年十二月三日为明治六年一月一日。盖自神武纪元,当周惠王之十七年辛酉,凡二千五百余年,历甲子四十余周,皆用夏时,及是废之矣。

<h2 style="text-align:center">一　五</h2>

　　神仙楼阁立虚空,海飓狂吹压屋风。

　　四面涛声聋两耳,终年如住浪华中。

　　多雨,尤多大风。余所居室,木而不石,四面皆玻璃,风作则颠摇鼓动,如泛一叶之舟于大海中,为之怦怦心动矣。

<h2 style="text-align:center">一　六</h2>

　　巨海茫茫浸四围,三山风引是耶非?

　　蓬莱清浅经多少,依旧蜻蜓点水飞。

　　立国至今,版图如旧。神武至太和,登山望曰:"美哉国乎! 其如蜻蜓之点水乎!"故日本又名蜻蜓洲。史言:"海外三神山,风引不得至。"《山海经》注又言:"蓬莱在海中,上有仙人宫阙,以金银为之,禽兽皆白。"稗官小说称多长春之草、不死之药。今海外万国,舟车悉通,恶睹所谓圆峤、方壶? 盖燕、齐方士,知君房东来踪迹,遂借以肆其矫诬,实则今日本地也。疆域皆别详《地理志》中。

---

① 此首光绪五午本无。

一 七

翠华驰道草萧萧,深苑无人锁寂寥。

多少荣花留物语,白头宫女说先朝。

神武起日向,建都橿原,即畿内太和境。后迁徙不一,多在太和,日本读大倭、大和音为耶马台,故《魏志》称为耶马台国。以日本为国号,自孝德始。至桓武帝,都平安城,为今西京,定鼎千余年矣,明治二年乃迁东京,銮舆西幸,偶一驻跸而已。谨按:《使东述略》曰:"西京以山为城,无垣郭雉堞,周环数十里,有贺茂川萦贯其中。过故宫,守吏导入,有紫宸殿,殿屏图三代、汉、唐名臣像。循殿西行,过曲廊,涉后园,落叶满阶,鸣禽在树。有瀑名青龙,水喧石罅,泠泠然作琴筑声。静对片时,尘虑俱息"云。

《荣花物语》,出才嫔赤染卫门手,皆纪藤原道长骄奢之事。道长三女为后,故多叙宫纲。

一 八

前朝霸主识龙蟠,富岳荒川极大观。

留与东迁新定鼎,万家春树锦城宽。

通国以武藏、上总为坦沃。江户本远山某所居。德川家康初起参河,丰臣秀吉语之曰:"江户,霸气之所钟,子宜筑城居。"于是家康遂徙焉,筑石为城,高垒深濠,一如大坂。德川氏还政,参与大久保利通请迁都。越明治元年,遂东迁,因幕府为宫殿焉。旧都自大和外,摄津、近江、长门、丰前皆曾一至,东京实始至也。凡东京府所辖之户四十三万五千九百余。

一　九

九州地脉阻昆仑,裨海环瀛水作门。

圆峤方壶虽妄语,分明世外此桃源。①

四面环海,自德川氏主持锁港,益与诸国相隔绝,然承平无事,闭户高卧者二百余年。有客长崎者为言:商贾交易以诚信,妇姑无勃谿声,道有拾遗者,必询所主归之。商人所佣客作,令司管钥,他出,归无失者,盛哉此风,所谓人崇礼让,民不盗淫者邪?

二　〇

萨摩材武名天下,水户文章世不如。

几辈磨刀上马去,一家修史闭门居。

材武以萨摩为最。赖子成曰:"吾涉览其国,虽屠贩,勇决过人,卒然争斗,动辄至杀人自杀。"维新之际,其国英杰首唱纳土撤藩,故功臣居十之六;长门次之。称文学者,有肥前、安艺、水户三藩,而水户为最。源光国作《日本史》时,开彰考馆,名士多从之游,藏书尤富。余老友青山延寿是藩人,父延于,兄延光,世治史学,具有典型。

二　一

舟鲛衡鹿富良材,椎结夷风草昧开。

昨夕屠鲸今射虎,明朝跣足读书来。

北海一道,旧属松前侯。明治二年,割分十一国。初令诸藩分

---

① 此首光绪五年本无。

任垦辟，后专设开拓使治之。山林薮泽，上腴之奥区，民不耕种，日腰弓彄箭，驱狐狸，捕鲸鱼，文身蓬首，穴居血饮，而浑沌未凿，易受约束。近稍有读书者。

二　二

一洲桦太半狂榛，瓯脱中居两国邻。

罗刹黑风忽吹去，北门管钥付何人？

桦太洲，一名库页岛，西邻俄属，南与日本北海道天盐犬牙相衔。费雅喀、俄罗斯、日本虾夷人杂居其中。初亦不知属何国地，俄使初来，即议画疆界，至明治八年十一月，乃定归于俄，而举千岛属日本。桦太居民皆渔海猎山以自给。山多椴松，海多鲑鳟，掘炭捕鲸之利尤厚。闻白主太洞岁出昆布不知几千万石云。

二　三

拔地摩天独立高，莲峰涌出海东涛。

二千五百年前雪，一白茫茫积未消。

直立一万三千尺，下跨三州者为富士山，又名莲峰，国中最高山也。峰顶积雪，皓皓凝白，盖终古不化。

二　四

濯足扶桑海上行，眼中不见大河横。

只应拄杖寻云去，手挈卢敖上太清。

与富士山并称三山者，加贺白山、越中立山，盖于齐为巨擘焉。水以信浓河为最长，以琵琶湖为最大矣。然国中虽少高山大河，而林水丘壑，大有佳处。《使东杂咏》纪沿海光景，既如读郦元《水经》、柳州游记。其中山水名胜之区,闻陆奥之松岛、丹后之天桥、立安艺之宫岛,尤山层云秀,怀灵抱异云。恨蜡屐无缘,未能一游耳!

二 五

一震雷惊众籁号,沉沉地底涌波涛。

累人日夜忧天坠,颇怨灵鳌戴未牢。

地震月或数回,甚则墙壁栋宇皆摇簸。先闻汹汹声,如大风鼓涛而来。初至颇怪,久亦习惯。累月不震,土人反疑。安政乙卯,江都大震,死者二三万人。父老谓数十年当有一厄,惴惴常惧之。

二 六

倚天铜佛古于树,挂月玉镜寒生苔。

对人露立总不语,曾见源平战斗来。

镰仓八幡宫有铜佛,高今尺三十九尺余,径广十六丈有奇。铜镜一,古色斑驳。住僧云神功皇后物也,一千七百余年矣。又有源赖朝之胄、平秀吉之刀、信元之角弓、家康之竹杖。镰仓本重镇,源赖朝开霸府即此地也。德川以前,北条氏、足利氏皆居此,以管领关东。镰仓,余未至,闻之何大臣云。

二 七

石塔光明照夜灯,武尊宫阙郁觚棱。

至今洒涕吾嬬语,携酒相寻白鸟陵。

史言:日本武尊征东夷,泛海相模,风涛大作,宠姬橘媛投海,暴风遂止。凯旋过碓日岭,东望怀橘媛,叹曰:"吾嬬已矣!"后人因号东陲为"吾嫒国"。及崩,葬,白鸟从陵出,目为白鸟陵,今有祠。

二 八

南朝往事久灰尘,岁岁樱花树树春。

手挈铜铃拜遗像,呜呼碑下吊忠臣。

楠正成者,南朝殉难之臣,日本比之文文山、岳少保。源光国题其碑曰"呜呼忠臣楠子之墓"。墓在凑川,有樱花数百树,手泽所留,重于大璧;尚有神铃、塑像,能文者皆纪之。

二 九

芝山宫殿剩丰碑,摇动春风见莬葵。

二百余藩齐洒涕,不堪哀诵式微诗。

德川氏主政二百余年,深仁厚泽,民不能忘。还政以来,父老过芝山东照宫,多有焚香泣拜者。旧藩士族,维新后穷不自聊,时时有盛衰今昔之慨。

三 ○

臣连伴造称官氏,藤橘源平数世家。

将相王侯真有种,至今寥落族犹华。

旧皆世官,故氏族最重。古所谓臣连、伴造,以官有世功,以官为氏。其后赐姓命氏,自垂仁始。姓有升降,以氏为宠号,自天武始。氏之宠号既定,《宏仁姓氏录》所载,旧姓有千百氏。诸藤专朝,不举他族,而旧族皆降在皂隶矣。源平迭兴,枝叶之蔓,分宗立长,割据国郡,其长者犹古氏上,其族人称家子、郎党,蔓衍天下。

数百年之藩,大都藤、橘、源、平四姓也。维新废藩,犹称为华族,以别齐民。

三　一

　　国造分司旧典刊,百僚亦废位阶冠。

　　紫泥(铃)〔钤〕印青头押,指令惟凭太政官。①

　　上古封建,号为国造,奉方职者一百四十有四。后废国造,置国司,犹变封建为郡县也。天智十年,始置太政大臣、三公首职,犹汉相国。左大臣、右大臣,相沿至今。然自武门柄政,复为封建,太政官势同虚设。明治维新后,乃一一复古,斟酌损益,于汉制、欧罗巴制彬彬备矣。曰太政官,有大臣参议,佐王出治,以达其政于诸省。凡九省:曰外务,曰内务,曰大藏,曰陆军,曰海军,曰文部,曰工部,曰司法,曰宫内。而外设三府、三十五县,于北海道别设开拓使。省有卿,有大辅少辅,有大少书记官,有几等属官,若吏胥。府有知事,县有令,有书记官、属官。府县之事上于诸省,诸省受成于太政官。各卿皆参知政事。太政官中复有调查、赏勋、法制三局,有总裁,即以参议分任之,亦设书记官,以隶各省所上之事。诸省事有疑难者,上太政官;太政官示之,曰指令。每省所辖事,又随事分局。官凡十七等,而统以八位。位有从正,自十等官而下无位焉。皆别详《职官志》中。

----

　　①　此首光绪五年本作:"国造分司旧典刊,华花莫别进贤冠。而今指令诸台省,押印唯凭太政官。"注文亦稍异。

三　二

议员初撰欣登席，元老相从偶踦间。

岂是诸公甘仗马，朝廷无阙谏无书。

太政官权最重。后设元老院，国有大事，开院议之。府县于明治十一年始选议员，以议地方事，亦略仿西法上、下议院之意。此固因民之所欲而为之，规模犹未定也。旧有弹正台，后废。西法多民出政而君行政，权操之议院，故无谏官。日本君主之国，而亦无之。

三　三

堂堂黼座设朝仪，神武初元立国时。

一百一声闻祝炮，满城红日早悬旗。

朝贺大礼，岁有三大节：曰新年，曰天长，十一月三日。二月二十①相传为神武即位纪元之日，曰纪元节，尤重之。官皆大礼服诣宫朝贺，放祝炮一百一声，人家皆悬画日旗，以伸庆也。

三　四

肘挟毡冠插锦貂，肩盘金缕系红绡。

前趋客座争携手，俯拜君前小折腰。

朝会皆大礼服，以免冠为礼。冠或肘挟，或手执。冠制皆狭长，前后锐而中尖，以白黑羽为饰；皆毡衣革履，有勋爵者麾金线于袖，自肩至腰，斜披以红缘白绫，以系勋章，文武臣皆佩剑。新年朝

---

① 纪元节应为二月十一日。

贺,邻国公使皆在列,见客趋而前,皆握手通殷勤。入朝进退皆三鞠躬,无拜跪礼矣。明治六年,始易服色,然官长居家,无不易旧衣者。

三　五

金菊花浓麕幕张,鸡冠剑佩立成行。

司书载笔司勋赏,拜手重光旭日章。

赏勋无五等之爵,而有勋号,曰勋一等、勋二等,时时赐金。又仿泰西宝星例,给印章,亦画日,有旭日重光章、旭日单光章。菊为王章,官舍行幕皆图绘之。

三　六

减租恩诏普酥膏,硕鼠疲民敢告劳。

归语老农吾土乐,宽仁长戴帝天高。

民无私田。计明治七年,租税定额,全国有米一千二百八十三万七千六百九十二石余,易米以钱,计八年收楮币五千一百五十万五千九百六十七元。明治十年减租,计收三千五百五十三万八千七百九十四元。考日本初仿唐班田之制,取诸民者二十之一耳。延喜、天历后,豪强兼并,其制遂坏。镰仓米①,每以军兴加赋,后不复除。及丰臣秀吉兴,丞正经界,平租税。然古者每段三百六十步,裁为三百步,而收税如故,于是益重所赋,率取十四,谓之四公六民。德川氏因之,世官益多,用益繁,大率皆取民之半,甚者或六公四民,七公三民,民困极矣。明治中兴,诸侯悉去图籍,奉田归

① 镰仓米,疑为镰仓以来。

公,亦用古法,诸国公田,皆随乡土估价赁租,凡值百者收三分。然值百之息,岁不过十,是十分而三也,民犹不堪。今君仁厚,于十年正月一日,复减租为二分五。然较之我国四十取一,乃叹吾民之凿井耕田,真不知帝力何也! 余详《食货志》中。

三　七

剪纸频将花样翻,司农用印不辞烦。

法同手实名头会,绝少催租吏到门。①

造纸,画为界,分行如罫。所有文凭计簿之类,均购而书之。官又造方纸约寸许,分赭黑青黄红紫各类,以当分厘钱元十百之数,名为印纸,即以作税券。纸中每刻王面,或古人像,华人所名为"头税"者也。课取物税之外,如烟草类,用此课税。凡一切买卖、借贷、典质之事,莫不计税。应用此纸而不用者,罚漏税银二十倍。惟官不督责,听民间自占其数,购取而自用之。盖近乎宋人手实之法,而无胥徒检核之扰,无吏役催促之苦,行之甚精善也。

三　八

左券都凭官契来,鼠牙雀角不疑猜。

若非一纸文书在,无地能容避债台。

民间借贷不用印纸者,讼于官,官不理。一切诉讼,亦均以官纸为凭。

---

① 此首光绪五年本无。

三　九

六（斡）〔翰〕五均官尽备，踦零都数法俱严。

禁烟禁酒工言利，独握牢盆不道盐。

凡以酒营业者，必先领准牌，乃许发卖，名营业税。或酿造，或贩卖，又分别纳税。官派员检查，令酒人于盛酒器标识其数，如或隐匿偷税，皆重课罚金。业烟草者，法亦如之。惟所领准牌，必携之在身，以备查检。烟草或盛于箱，或裹以纸，或束之如书卷，皆必用印纸粘于一拆必损之处。盖西人之课烟酒税，大类如此。明治十年，计酒税、烟草税，共收银二百七十余万元，后又递加。日用各物，无不课税者，惟盐独无政，盖漉沙熬波，随处而有，故不能税耳。

四　〇

闻说和铜始纪年，孔方渐变椭成圆。

通神使鬼真能事，土价如金纸作钱。①

银钱，始见显宗朝，然莫详所来。史言：天武三年，对马始出白金。十二年，有废银钱用铜钱之令。持统八年，始设铸钱司。元明和铜元年，铜钱始有文，曰"和铜开珍"。圣武天平感宝元年，陆奥贡黄金，四年始铸金钱。近世宽永复铸铁钱，沿革不尽可详。凡铸钱，皆不以易代更其式，有圆，有椭圆，有浑圆，有方，有长方；多无孔、无轮郭；重或数两，纵横六七寸，小则二三分，轻数铢而已。今所用者，尚有宽永、文久，又有天宝②，以一当百。明治四年，金、

---

① 此首光绪五年本后三句不同："闻说和铜始纪年，近来又学佛头钱。双双龙凤描新样，片纸分明金一圆。"

② "天宝"，似为"天保"。

银、铜三货并铸，式皆精美。六年，复造纸币，当墨西哥银钱一枚者，曰金一元。又有半元、二十钱、十钱者，描画龙凤，中有"明治通宝"字，竟与通行货币等。

四　一

铸山难得矿常开，永乐钱荒不再来。

海外有商争利薮，国中何地筑谳台。

源义政上表成祖称："臣国土瘠民贫，铜钱散失，公私索然，请赐钱。"成祖颁以永乐钱五十万贯，复由商舶邻国运来，遂通行国中。后以一文当四文用。矿产不多，新铸金银多为西人攫去。外国债一千余万，内国债二亿余万，分年还偿，皆详《食货志》中。然日人近方锐意通商，自丝茶外，输出物品远及于欧罗巴，得利与否，未可知耳。

四　二

中将登坛妙指挥，宫妃鹄立亦戎衣。

连环拐马连珠炮，更请君王看一围。

海陆军制，皆别详《兵志》中。海陆军皆有操（炼）〔练〕场，小队每日习之，间数月一大操。君及母后、妃后，或临观焉。戎服督队，容肃而仪简。兵仿西法，枪炮连发，分屯互击，若对敌者，步伐整齐，颇可观。唯产马不良，少驽弱耳。

四　三

拜手中臣罪被除，探汤翦爪仗神巫。

竟将老子箧中物,看作司空城旦书。①

古无律法,有罪,使司祝告神。害稼穑、污斋殿为天罪,奸淫、蛊毒为国罪,皆请于神祓除之。轻去爪发,重惩赎物。今尚传有中臣禊祠,即其事也。且有探汤法,入泥镬中煮沸,使讼者手探之,以董正虚实。是皆余所谓方士法门也。刑于无刑,真太古风哉!至推古乃作宪法,后来用大明律,近又用法兰西律,然囹圄充塞,赭衣载道矣。

四 四

棠阴比事费参稽,新律初颁法未齐。

多少判官共吟味,按情难准佛兰西。②

府县止理民事,刑讼专司于裁判所,而直隶司法省。明治六年,颁新律纲领,参用大明律、泰西律,然法多未备。判官上事,每日吟味其事情,难于判结云云。"吟味",公牍中语,谓审度也。近又由司法省撰《民法》、《刑法》二书,专用法兰西律,交元老院议之,未及颁行。余俟详《刑法志》中。

四 五

春风吹锁脱琅珰,夕餔朝糜更酒浆。

莫问泥犁诸狱苦,杀身亦引到天堂。③

牢狱极为精洁,饮食起居均有常度。病者或给以酒浆。但加

---

① 此首光绪五年本作:"禊词拜手诵中臣,国罪滭除仗大神。讼许探汤刑薅爪,无怀去忆葛天民。"

② 此首光绪五年本无。

③ 此首光绪五年本无。

拘禁，不复械系。一切诸苦，并不身受。虽定罪处绞者，行刑时，或引教士及神官、僧人为之讽经，俾令忏悔，仍祝以来生得到天堂云。

四　六

时检楼罗日历看，沉沉官屋署街弹。
市头白鹭巡环立，最善鸠民是鸟官。①

警视之职，以备不虞，以检非为。总局以外，分区置署。大凡户数二万以上，设一分署，六十户巡以一人。司挦撅者，持棒巡行，计刻受代，皆有手札录报于局长。余考其职，盖兼《周官》司救、司市、司虣、匡人、撢人、禁杀戮、禁暴氏、野庐氏、修庐氏数官之职。后世惟北魏时设候官，名曰白鹭，略类此官。西法之至善者也。

四　七

照海红光烛四围，弥天白雨挟龙飞。
才惊警枕钟声到，已报驰车救火归。

常患火灾，近用西法，设消防局，专司救火。火作，即敲钟传警，以钟声点数定街道方向。车如游龙，毂击驰集。有革条以引汲，有木梯以振难。此外则陈畚者、负罂者、毁墙者，皆一呼四集，顷刻毕事。

四　八

火齐珠悬照夜光，粉墙碧瓦第相望。
白桑板记公卿姓，紫逻途联左右坊。

---

① 此首光绪五年本无。

街道甚修治，曰某区，曰某町，曰几番地，图记分明，人家皆书名于门。高官大府，亦以二三寸木板悬楣上，曰从一位、正二位某。多嫌旧式湫（溢）〔隘〕，红墙翠瓦，玲珑云起。门外柱立灯塔，夜则然灯，巡逻者时时环门。

四　九

新绿在树残红稀，荒园菜花春既归。

堂前燕子亦飞去，金屋主人多半非。

德川氏时，旧藩邸宅皆在东京，广厦杰阁，今皆没入官，或改官舍，或为民居。其荒凉者，鞠为茂草矣。因记杜工部诗曰："王侯邸宅皆新主，文武衣冠异昔时。"甚切近事也。

五　〇

维摩丈室洁无尘，药鼎茶瓯布置匀。

导脉竹筵窥脏镜，终输扁鹊见垣人。①

官府所属，皆有病院，以养病者。花木竹石，陈列雅洁，萃医于中，以调治之，甚善法也。不治之疾，往往送大医院，剖验其受病之源，亦西法。

五　一

博物千间广厦开，纵观如到宝山回。

摩挲铜狄惊奇事，亲见委奴汉印来。

博物馆，凡可以陈列之物，无不罗而致之者。广见闻，增智慧，

---

① 此首第三句，光绪五年本作"刳肺剖心窥脏象"。

甚于是乎！赖有金印一，蛇纽，方寸，文曰："汉委奴国王"，云筑前人掘土得之。考《后汉书》，建武中元，委奴国奉贡朝贺，光武赐以印绶，盖即此物也。

五　二

握要钩元算不差，网罗细碎比量沙。

旁行斜上同周法，治谱谁知出史家。①

统计表者，户口、赋税、学校、刑法等事，皆如史家之表，月稽而岁考之，知其多寡，即知其得失。西人推原事始，谓始于《禹贡》。余考其法，乃史公所见周谱之法也。

五　三

欲言古事读旧史，欲知今事看新闻。

九流百家无不有，六合之内同此文。②

新闻纸，以讲求时务，以周知四国，无不登载。五洲万国，如有新事，朝甫飞电，夕既上板，可谓不出户庭而能知天下事矣。其源出邸报，其体类乎丛书，而体大、而用博，则远过之也。

五　四

削木能飞诩鹊灵，备梯坚守习羊坽。

不知尽是东来法，欲废儒书读墨经。

学校甚盛，唯专以西学教人。余考泰西之学，墨翟之学也。尚

---

① 此首后二句，光绪五年本作："旁行斜上同周谱，善法原来本史家。"
② 此首光绪五年本作："一纸新闻出帝城，传来令甲更文明。曝檐父老私相语，未敢雌黄信口评。"注文略异。

同、兼爱、明鬼、事天,即耶稣十诚所谓敬事天主、爱人如己。他如:
化,征易:若蛙为鹑;动物之化。五合,水火土,离然铄金,腐水离木;
金石草木之化。同,重、体、合、类;异,二、体、不合、不类。此化学之祖
也。以百物体质之轻重相较,分别品类之异同。西人淡气、轻气、炭气、养气之说仿此。
均,发均县,轻重而发绝,不均也;均,其绝也莫绝。此重学之祖也。
一,少于二,而多于五,说在重。非半弗斲。倍,二尺余尺,去其一。
圜,一中同长。方,柱隅四欢。圆,规写攴。方,柱见股。重其前,
弦其股。法,意规圆三。此算学之祖也。临鉴立,景,二光夹一光,
足被下光,故成景于上;首被上光,故成景于下;鉴近中,则所鉴大;
远中,则所鉴小。此光学之祖也。皆著《经》上、下篇。

《墨子》又有《备攻》、《备突》、《备梯》诸篇。《韩非子》、《吕氏
春秋》备言墨翟之技,削鸢能飞,非机器攻战所自来乎? 古以儒墨
并称,或称孔墨,孟子且言天下之言归于墨,其纵横可知。后传于
泰西,泰西之贤智者衍其绪余,今遂盛行其道矣。

又如《大戴礼》,曾子曰:"如诚天圆而地方,则是四角之不掩
也。"《周髀》注:"地旁沱四隤,形如覆槃。"《素问》:"地在天之中,
大气举之。"《易乾凿度》:"坤母运轴。"《苍颉》云:"地日行一度,
风轮扶之。"《书考灵曜》:"地恒动不止,而人不知。"《春秋元命
苞》:"地右转,以迎天。"《河图括地象》:"地右动,起于毕。"非所
谓地球浑圆、天静地动乎?《亢仓子》曰:"蜕地谓之水,蜕水谓之
气。"《关尹子》曰:"石击石生光,雷电缘气而生,可以为之。"《淮南
子》曰:"黄埃、青曾、赤丹、白矾、元砥,历岁生濒,其泉之埃,上为
云;阴阳相薄为雷,激扬为器。上者就下,流水就通,而入于海。炼
土生木,炼木生火,炼火生云,炼云生水,炼水反土。"中国之言电气
者,又详矣。

机器之作,《后汉书》张衡作候风地动仪,施关发机,有八龙衔丸,地动则振龙发机吐丸,而蟾蜍衔之。《元史》:顺帝所造宫漏,有玉女捧时刻筹,时至则浮水上。左右二金甲神,一悬钟,一悬钲,夜则神人按更而击,奇巧殆出西人上。若黄帝既为指南车,诸葛公既为木牛流马,杨么既为轮舟,固众所知者。

相土宜、辨人体、穷物性,西儒之绝学。然见于《大戴礼》、《管子》、《淮南子》、《抱朴子》及史家方伎之传、子部艺术之类,且不胜引。至天文、算法,本《周髀》,盖天之学。彼国谈几何者,译称借根方为东来法。宋秦九韶作《数学九章》十八卷,中载立天元一之法,即借根之法所本也。火器之精,火器始金、元间,赵瓯北《陔余丛考》有《火炮》一篇可征。得于普鲁斯人,为元将部下卒,彼亦具述源流。近同文馆丁韪良说,电气道本于磁石引针、琥珀拾芥。凡彼之精微,皆不能出吾书。第我引其端,彼竟其委,正可师其长技。今东方慕西学者,乃欲舍己从之,竟或言汉学无用,故详引之,以塞蚍蜉撼树之口。

英吉利、法兰西、德意志语学学校,随处而有,故通西语者甚多。学校隶于文部省。东京大学生徒凡百余人,分法、理、文三部。法学则英吉利法律、法兰西法律、日本今古法律;理学有化学、气学、重学、数学、矿学、画学、天文地理学、动物学、植物学、机器学;文学有日本史学、汉文学、英文学。以四年卒业,则给以文凭。此四年中,随年而分等级。所读皆有用书,规模善矣。别详《文学志》中。

五　　五

化书奇器问新编,航海遥寻鬼谷贤。
学得黎鞬归善眩,逢人鼓掌快谈天。

学校卒业者，则遣往各国，曰海外留学生。日本唐时遣使我国，每有留学生，官制、礼教，皆亦趋亦步。今于泰西，亦如此也。

东京又有中学。师范学校卒业，则许为人师。教之之法，凡分七级，有性理学、天文学、地学、史学、数学、文学、商贾学。分年受业，循第七级而至一级。由浅入深，由粗入细，由约入博。其书籍皆归实用，其课程皆有定则。月许给数日假，日给数时假。其同方同业，群萃州处，以一先生教数十人，则师逸而功倍，盖教法皆得之泰西。余尝纵观其地，而叹其善。闻东人好博骛广，不能专精，然可以想见泰西学校之盛也。德意志国花之安译有《德国学校论略》，自言无人不学，无地无学，无事无学。郭筠仙侍郎言："泰西人材悉出于学校。"呜呼，其信然矣！

<h2 style="text-align:center">五　六</h2>

五经高阁竟如删，太学诸生守兔园。

犹有穷儒衣逢掖，著书扫叶老名山。

学校诸书，自西学外，日本书有舆地学，有史学；中学则唐宋八家文、《通鉴揽要》、《二十一史约编》，而"五经"、"四子"皆束之高阁矣。

<h2 style="text-align:center">五　七</h2>

欲争齐楚连横势，要读孙吴未著书。

缩地补天皆有术，火轮舟外又飞车。

海陆有士官学校，专以教帅兵者。凡地之险要，器之精良，阵之分合，兵之进退，营垒之坚整，手足之纯熟，一一有成书，绘以图，贴以说。图说所未尽者，以木土肖其形，一览可知。不啻聚米之为山也,又身验而力行之,无事之时,若临大敌者。西人有恒言"简将难于练兵"。兵可数月而成,将非积年不能成材也,宜其强矣。日人之为陆军也,取法于法与德;为海军,取法于英。

五 八

深院梧桐养凤凰,牙签锦帨浴恩光。

绣衣照路鸾舆降,早有雏姬扫玉床。

明治九年,国后出藏金,命择士族、华族女百人,延师教之,曰女子师范学校,亦三年得为女师。开黉之日,卒业之时,国后亲临,鸾铃载道,公卿命妇,亦襄裳偕至。长者簪笔,幼者执简,跪迎于门,膜拜于堂,彤管纪史,称为盛典焉。校中勤慧者,时赐书赐衣。

五 九

捧书长跪藉红毹,吟罢拈针弄绣襦。

归向爷娘索花果,偷闲钩出地球图。

女子师范学校亦多治西学,而有女红一业,谓妇功居四德之一也。曹大家《女诫》亦有译本。校中等级次第,大略与中学相同。若宣文绛纱私自受业者,亦往往而有。有迹见泷,教女弟子凡一二百人,颇有五六岁能作书画者。

六 〇

联袂游鱼逐队嬉,捧书挟策雁行随。

打头栗凿惊呼詈,怅忆儿童逃学时。①

---

① 此首光绪五年本作:"都缁孩儿赴甲科,垂髫围坐抱书哦。闲来花面纷涂抹,爱挽师衣踏踏歌。"

附女子学校，有幼儿园，皆教四五岁小儿。鸟兽草木，日用器具，或画图，或塑形，以教之以名。教之剪纸画罫，抟土偶，叠方胜，以开其知识。教之唱歌、说话、习字，陈一切蹴鞠、秋千之类，于放学时听之游戏，以诱掖其心，节宣其气。课程皆有一定不易之刻。坐立起止，皆若以兵法部勒之，泰西之教法也。校中有保姆，有训导。

六　一

国学空传卜部名，三轮寺额未分明。

天然丨刂横纵画，万国翻同堕地声。①

或言神代原有文字，至推古朝尚存，藏于卜部家。近世平田笃允倡为神学之说，所据如镰仓八幡寺、和州三轮寺额，皆模糊不可辨。余取观之，略似蝌蚪形，或如鸟篆书，亦不知始于何年。惟世传有肥人书，有萨人书，如一二五，作丨刂屾，今虾夷尚沿用之。五字之外，或变换点画，如阿剌伯数字，或画作〇囗，或作鸟兽草木形之类。盖万国造字，象形之先，必先计数，如一、二，丨、刂。正如阿字为字母之首，小儿堕地，先作此声，为天地之元音也。

六　二

东方乐久忘夷鞑，上古文难辨隶蝌。

欲藉舌人通寄象，只须五字熟摩多。②

《孝经纬》曰：东夷之乐曰鞑乐。《元语》曰：东夷之乐曰朝离。

①　此首光绪五年本无。
②　此首光绪五年本无。

音皆不可考。今所传伊吕波四十七字外有五十母字谱,不出"支微"、"歌麻"二韵。其发端之五音,为阿衣乌噎唔,能统摄众音。考悉昙字母四十七字,其初十二字,谓之摩多。摩多,即母也。其三十五字,谓之体文。今五十母字中之阿衣乌噎唔,即梵书摩多,知其法实出于悉昙字记。唐时传教、空海二僧,亦从遣唐使留学,当贞元间,并受悉昙学于梵僧,可知其所自来矣。

六 三

航海书来道遂东,虚辞助语惜难通。

至今再变佉卢字,终恨王仁教未工。

《古语拾遗》曰:上古之事,口耳相传耳。自王仁赍《论语》、《千文》来,人始识字。然《国史》案云:初教汉文时,悉皆指象以名,而助语虚辞,无象可指。其土语又皆实字在前,虚字在后,与汉文不相应,故教之甚难也。

六 四

《论语》初来文尚古,《华严》私记字无讹。

老僧多事工饶舌,假字流传伊吕波。①

汉籍初来,令王子大臣受学,仅行于官府。然至于唐时,表奏章疏,皆工文章。即私著之书,余见唐开元时马道手箱《华严经音义私记》,以和训附注其下,尚无假字。盖日本学汉文虽甚难,而文只一种,王、段博士接踵而来,遣唐学生又多高材,故自能斐然成章。至唐德宗朝,僧空海欲民便于用,乃借汉字伊吕波四十七字以

---

① 此首第三句光绪五年本作"老僧饶舌偏多事"。

附土音,创为イ、ロ、ハ,遂别成日本文矣。或曰上古既有伊吕波,圣德太子营法隆寺,木工尝用之;或曰伊吕波实出《涅槃经》,皆臆说也。

六　五

不难三岁识之无,学语牙牙便学书。
春蚓秋蛇纷满纸,问娘眠食近何如?①

伊吕波四十七字,已综众音,点画又简,易于习识。伊为イ,吕为ロ,波为ハ,仁为ニ,保为ホ,边为ヘ,止为卜,知为チ,利为リ,奴为ヌ,留为ル,远为ヲ,和为ワ,加为カ,与为ヨ,多为タ,礼为レ,曾为ソ,津为ツ,称为ネ②,奈为ナ,良为ラ,武为ム,宇为ウ,乃为ノ,井为ヰ,於为オ,久为ク,也为ヤ,末为マ,计为ケ,不为フ,己为コ,江为エ,天为テ,阿为ア,左为サ,几为キ,由为ユ,女为メ,美为ミ,之为シ,惠为ヱ,比为ヒ,毛为モ,世为セ,寸为ス,以假其偏旁,名片假字。其假字则伊吕波之草书也。故彼国小儿学语以后,能通假字,便能看小说、作家书矣。假字或联属汉文用之,单用假字,女人无不通者。

六　六

难得华同是语言,几经重译几分门。
字须丁尾行间满,世世仍凭洛诵孙。③

日本为中土语言有三种:曰吴音,曰汉音,曰支那音。汉籍初来,经生博士皆以口授,是曰汉音。唐宋遣使,常以缁流,江南名山

①　此首光绪五年本作:"莫嫌蛮语笑呶隅,国字能通用有余。丫髻女儿初弄笔,涂鸦便寄阿娘书。"注文略异。
②　"称"误,当为"祢"。
③　此首光绪五年本作:"释氏吴音儒汉语,后来更杂蟹行书。舌人口既经重译,学遍华语总不如。"注文略异。

戴笠云游者,接踵而至,口传经典,归教其徒,是曰吴音。卅年以来,中外结约,英吉利、米利坚学者,每据我字典译以彼文,如所刻《华英字典》之类。日本之通西字者,复从其书以求我音,是为支那音。释氏称震旦亦曰支那,今欧罗巴人称中土音略近之,日本因沿其称。今士大夫之通汉学者,时时操汉音。吴音,大抵近闽之漳、泉,浙之乍浦,而变而愈远,实不可辨。汉吴参错,闽浙纷纭,又复言人人殊。王、段所授,远不可考。三百年来,长崎通商者多漳、泉人,而乍浦购铜之船,每岁一来,所操土音,本大异中原,东人误以为正音也。其称五为讹,称十为求,沿汉音而变者也。称一为希多子,二为夫带子,此土音也。市廛细民,用方言者十之九,用汉言者十之一而已。其读汉文多颠倒读之,注上、中、下、甲、乙等字于行间以为识,间附土音为释。物茂卿所谓"句有须,丁有尾"也。

六　七

博士来从继体初,五经亦自劫灰余。

航头古典欺人语,何处琅环觅异书。

君房所赍之书,盖不可考。日本史称有《典》、《坟》,亦因中人误传而附会者。殆为当时焚书,故不得赍欤?应神十六年,征王仁于百济,始有《论语》。时并有《千文》。考李暹《千文注》云:钟繇始作《千文》献晋武帝。应神当武帝时,殆钟氏《千文》也。继体七年,百济遣五经博士段扬尔。十年又遣汉安茂来,始有五经。《日本纪》以《礼》、《乐》、《书》、《论语》、《孝经》为五经。余来东后,遍搜群籍。足利学校、水户书库皆藏书极富者,未闻有逸书也。欧阳公《日本刀歌》曰:"徐福行时书未焚,逸书百篇今尚存。令严不许传中国,举世无人识古文。先王大典藏蛮貊,苍波浩荡无通津。"亦儒者妄想。明丰坊因之,遂有伪

《尚书》之刻，是亦姚兴《舜典》得自航头之故智也。

六　八

《论语》皇疏久代薪，海神呵护尚如新。

《孝经》亦有康成注，合付编摩郑志人。

逸书固无存，惟皇侃《论语义疏》日本尚有流传。乾隆中开四库馆，既得之市舶，献于天禄矣。《宋史》称僧奝然献郑注《孝经》，陈振孙《书录解题》之后，不复著录。日本天明七年，冈田挺之得之《群书治要》中。是书魏徵撰，久佚。天明五年，尾张藩世子命诸臣校刊，有督学细井德民识之，曰承和、贞观之间，经筵屡讲是书。正和中，北条实时请于中秘，写藏文库。及神祖命范金至台庙，献之朝。是今之活字铜板也。旧五十卷，今存四十七卷，其三卷亡。是亦一佚书也。考《治要》采书，不著撰人。其定为郑注者，殆相传云尔，或挺之据陆氏《释文》定之也。郑注《孝经》，不见于《郑志》目录及赵商碑铭，唐人至设十二验以疑之。然宋均《孝经纬》注引郑《六艺论》序《孝经》有云：玄又为之注。《大唐新语》亦引郑《孝经序》。均《春秋纬》又注云：为《春秋孝经略说》。是皆作注之证。此注既与《释文》所引郑注合，文贞之书，日本珍弃，具有源流，决非赝鼎，可宝贵也。至信阳太宰纯所刻之古文《孝经》，山井鼎、物茂卿亦自谓误编，故不足述。

六　九

西条书记考文篇，曾入琳琅甲乙编。

道学儒林寻列传，东方君子国多贤。

山井鼎《七经孟子考文》，著于《四库·五经总义》类目中，颇称许之。芸台相国校勘五经，所称"足利本"即此也。物徂徕云：

黄遵宪集

"昔在邃古,吾东方国冥冥乎罔知觉。有王仁氏,而后民始识字;有吉备氏,而后经艺始传;有菅原氏,而后文史可诵;有惺窝氏,而后人人知称天语圣。四君子者,虽世尸祝乎学宫可也。"盖日本之学,源于魏,盛于唐,中衰于宋元,复兴于明季,以至于今日。自藤原肃始为程朱学,肃字敛夫,号惺窝,播磨人。师其说者凡百五十人,尤著者曰林信胜,一名忠,字子信,号罗山,西京人。林春胜、一名恕,字之道,号鹅峰,信胜子。林信笃、一名慧,字直民,号凤岗,春胜子。林衡、字德铨,号述斋,本岩村城主,嗣林氏,为信胜八世孙。木下贞干、字直夫,号锦里,西京人。新井君美、字在中,号白石,江户人。室直清、字师礼,号鸠巢,江户人。柴野邦彦、字彦辅,号栗山,赞岐人。那波觚、字道圆,号活所,播磨人。山崎嘉、字敬义,号餐斋,西京人。浅见安正、字纲斋,近江人。德川光国、字子龙,号常山,水户藩主。安积觉、字子光,号澹泊斋,世仕水户藩。贝原笃信、字子诚,号益轩,世仕筑前藩。中井积善、字子庆,号竹山,大坂人。佐藤垣、字大道,号惟一斋,江户人。尾藤孝肇、字志尹,号二洲,伊豫人。古贺朴、字纯风,号精里,世仕佐贺藩。古贺煜、号侗庵,朴子。赖襄、字子成,号山阳外史,安艺人。为阳明之学者凡六人:中江原为之首,原字惟命,号藤树,近江人。其徒之善者曰熊泽伯继,字了介,号蕃山,西京人。又有伊藤维桢,字源佐,号仁斋,西京人。不甚喜宋儒,而讲学自树一帜。其徒七十人,尤者曰伊藤长允。字元藏,号东涯,维桢子。物茂卿获生氏,名双松,以字行,号徂徕,江户人。之学,由《史》、《汉》而上求经典,学识颇富,近伊藤而指斥宋儒空谈则过之。门徒六十四人,尤者曰太宰纯、字德夫,号春台,信浓人。服部元乔、字子迁,号南郭,西京人。龟井鲁、字道载,号南冥,筑前人。帆足万里。字鹏卿,号愚亭,世仕日出城主。更有古学家,专治汉、唐注疏,共六十人,尤者曰细井德民、字世馨,号平洲,尾张人。中井积德、字处寂,号履轩,大坂人。藤田一正、字子定,号幽谷,水户人。藤田彪、字斌卿,号东湖,一正子。会泽安、字伯民,号正志斋,水户人。松崎复、字明复,号慊堂,肥后人。安井衡、字仲平,号息轩,世仕饫肥城主。盐谷世宏,字毅侯,号宕阴,江户人。说经之书,自《七经孟子考文》外,则有《论语解》、《四书古义》、伊藤维桢著。《论语征》、《大学解》、《中庸解》、物茂卿著。《论语古训》、太宰纯著。《大学新疏》、《周易广义》、《论语广义》、新井君美著。《学庸解》、《论语乡党翼解》、中江原著。《朱易衍义》、《孟子要略》、《孝经刊误附考》、山崎嘉著。《易诗书仪礼戴记春秋语孟绎解》、皆川愿著。《九经谈》、太田元贞著。《七经雕题》、中井积德著。《冢注四书》、冢田虎著。《论语大疏》、《孟子精蕴》、《周易象义》、太田元贞著。《四书辑疏》、安部井聚著。《论语语由述志》、龟井鲁著。《论语辑说》、《左传辑释》、安井衡著。《善身堂一家言》,龟田兴著。备志之以劝好学。

<h1 style="text-align:center">七　〇</h1>

斯文一脉记传灯,四百年来付老僧。

始变儒冠除法服,林家孙祖号中兴。

日本保元以降,区宇云扰,士大夫皆从事金革,惟浮屠氏始习文。中间斯文不坠于地,赖儒僧也。及藤原肃出,始锐然为洙泗学,继之者林信胜。藤氏始为僧,后归于儒。信胜初读书僧院,有老和尚欲强度之,不可。然是时儒者犹别立名目,秃其颅,不列儒林。信胜之孙信笃,慨然以人道即儒道,不可斥为制外,请于德川常宪,许种发叙官,为大学头,世始知有儒。史记之曰此元禄四年正月十四日事。三百年来,文教大兴,德川将军拔用林氏父子,为之倡也。罗山子恕、弟信澄,皆举秀才。

七　一

海外遗民竟不归,老来东望泪频挥。

终身耻食兴朝粟,更胜西山赋采薇。

朱之瑜,字鲁玙,日本称曰舜水先生,浙江余姚贡生。明亡,走交趾,数来日本,遂家焉。水户藩源光国执弟子礼甚恭。年八十余卒,源氏为题其墓曰"明征士",从其志也。舜水善讲学,一时靡然向风,弟子多著名。郑芝龙客台湾,曾寄书舜水,欲乞师图复明。鲁监国之臣曰王翊,在余姚大岚山败亡者,亦其友也。亡国遗民,真能不食周粟者,千古独渠一人耳。《余姚县志》无传,余属沈梅史采其事归补之。同时陈元赟客尾张,戴曼公客纪伊。后又有张斐携舜水幼孙来。海禁既严,未至,引去。然日本甚重其文,有张非文《莽苍园集》行于世。

七　二

昌平庙貌尚崔巍,列郡胶庠半劫灰。

几辈断断守残缺,捧经抱器拜门来。

史言:大宝元年,文武帝诏学,始行释奠礼。及清和帝诏新修释奠式于五畿七道,可知当时学校既盛。中间武门主柄,僧徒横行,吾道遂微。德川氏兴,投戈讲艺,彬彬极盛。朱舜水客水户,复绘其式,为建学宫。诸藩效之,规模一如中土,闻会津尤阔敞。在东京者,德川常宪书"大成殿"字于上,鸟革翚飞,轮奂俱美。年来西学大行,各藩文庙或改为官署,废弃者半。一二汉学之士,潦倒不得志于时,犹硁硁抱遗编、守祭器,可哀也已。

七　三

叩阍哀告九天神，几个孤忠草莽臣。

断尽臣头臣笔在，尊王终赖读书人。

自德川氏崇儒术，读书明大义者，始知权门专柄之非。源光国作《日本史》，意尊王室，顾身属懿亲，未敢昌言。后有布衣高山彦九郎、蒲生秀实者，始著论，欲尊王攘夷，议起哗然，以尊王为名，一倡和百。幕府严捕之，身伏萧斧者不可胜数。然卒赖以成功，实汉学之力也。何负于国，欲废之耶？斯文在兹，神武、崇神在天之灵，其默相之。

明治二年，源氏、蒲生氏、高山氏，皆遣使祭其家，且赐其子孙米。

七　四

纪事编年体各存，黄门自立一家言。

兵刑志外征文献，深恨人无褚少孙。

汉文之史有六部：《国史》为编年体。水户藩源光国始作《大日本史》，是为纪传。又有水户藩臣青山延光作《日本纪事本末》，三体备矣。此外则赖山阳作《日本政纪》，实仿朱子《通鉴纲目》。又有《日本外史》，纪执政大将军，故曰"外史"。惟《日本史》只有纪、传，无表，志亦兵、刑二篇而已。故搜求典礼，网罗政事，戞戞乎其难矣。闻源氏草创十志而未成，曰神祇，曰佛事，曰天文，曰舆地，曰职官，曰食货，曰氏族，曰舆服，并兵、刑而十。其稿今存史馆。然二百余年无继起而毕业者，盖以纪载多阙，不能成书故也。蒲生氏有《职官志》、《山陵志》，已刻。又闻欲作氏族等志，而亦未成也。

七 五

徂徕而外有山阳，余子文章亦擅场。

南驾越裳北高丽，六鳌晓策耀扶桑。

物茂卿之《徂徕集》、赖子成之《山阳文诗》，国人无不知其名，三百年来古文家之领袖也。以余所见，盐谷世宏、安井衡、斋藤谦、字有终，号北堂，伊势人。古贺朴，实卓然能成一家言。余外则林㺭、字长㺭，号鹤梁，江户人。柴野邦彦、尾藤孝肇，室直清、大宰纯、服部元乔、山县孝孺、字次公，号周南，长门人。中井积善、中井积德、木下贞幹、新井君美、安藤焕图、字东璧，号东野，野州人。佐藤坦、安积信、字思顺，号艮斋，陆奥人。柴野允升、字应登，号碧海，邦彦子。古贺煜、藤田彪、伊藤维桢、伊藤长允、中江原、松永遐年、字昌三，号尺五堂，西京人。熊泽伯继、安积觉、山崎嘉、汤浅元桢、字之祥，号常山，备溪人。皆川愿、字伯恭，号淇园，西京人。赖惟宽、字千秋，号春水，襄父。贝原笃信、龟井鲁、千叶元之、字子元，号芸阁，西京人。龙公美、字君玉，号草庐，山城人。细井德民、斋藤馨、字子德，号竹堂。长野确、字孟确，号丰山，伊豫人。藤森大雅、字纯风，号宏庵，江户人。藤泽辅、字元发，赞岐人。广濑谦、字吉甫，号庄旭，丰后人。篠崎弼、字承弼，号小竹，浪华人。坂井华、字公实，号虎山，安艺人。野田逸、字子明，号笛浦，丹后人。青山延于、字子世，号掘斋，水户人。青山延光、字伯卿，号佩弦斋，延于子。中村和、字□□，水户人。贯名苞、字君茂，号海屋，阿波人。摩嶋宏、字子毅，号松南，西京人。松崎复、太田元贞、字公幹，号锦城，加贺人。太田墩、字叔复，号晴轩，元贞子。朝川鼎、字五鼎，号善庵，江户人。龟田兴、字公龙，号鹏斋，上野人。山本信有、字喜六，号北山，江户人。秦鼎、字士铉，号沧浪，尾张人。春田囍、字九皋，号真庵，□□人。苏我章、字子明，号耐轩，江户人。

大桥顺、字顺藏，号讷庵，江户人。佐久间启，字子明，号象山，信浓人。闻皆以文名世。余所交诸友，亦多能手。盖东人天性善属文，使如物茂卿之言，以汉音顺读之，诚不难攀跻中土，高丽、安南何论焉。

七六

观风若采《扶桑集》，压卷先编《侍宴诗》。

读尽凌云兼丽藻，终推帝子独工辞。

诗始于大友皇子《侍宴诗》，曰："皇明光日月，帝德载天地。三才并泰昌，万国表臣仪。"殊有天地开辟、日月重光气象。总集之编有《扶桑集》、《怀风藻》、《凌云集》、《本朝丽藻经国集》。延喜、天历之间，称郁郁乎文矣，然未有专集。其后能以诗鸣者曰新井君美、著有《白石诗稿》。梁田邦美、字景鸾，号蜕岩，江户人，有《蜕岩文集》。祇园瑜、字伯玉，号南海，纪伊人，有《南海集》。秋山仪、字子羽，号玉山，丰后人，有《玉山诗集》、《玉山遗稿》。菅晋师、字礼卿，号茶山，备后人，有《黄叶夕阳村舍诗稿》。赖惟柔、字千祺，号杏坪，安艺人。赖襄、梁孟纬、字公图，号星岩，美浓人，有《星岩集》。广濑建，字子基，号淡窗，□□人，有《远思楼诗钞》。皆名家也。

七七

岂独斯文有盛衰，旁行字正力横驰。

不知近日鸡林贾，谁费黄金更购诗？[①]

诗，初学唐人，于明学李、王，于宋学苏、陆，后学晚唐，变为四灵。逮乎我朝，王、袁、赵、张船山。四家最著名，大抵皆随我风气以

[①]　此首光绪五年本作："几人汉魏溯根源，唐宋以还格尚存。难怪鸡林贾争市，白香山外数随园。"注文略异。

转移也。白香山、袁随园尤剧思慕，学之者十八九。唐时有小野篁慕香山，欲游唐。小说家称：人见海上楼阁，道以待白香山来，殆即日本也。《小仓山房随笔》亦言，鸡林贾人争市其稿，盖贩之日本，知不诬耳。七绝最所擅场，近市河子静、号宽斋，上毛人。大洼天民、号诗佛，□□人，有《诗圣堂集》。柏木昶、字永日，号如亭，信浓人，有《晚晴堂集》。菊池五山，字□□，□□人，有《五山堂诗话》。皆称绝句名家。文酒之会，援毫长吟高唱，往往逼唐、宋。近世文人，变而购美人诗稿，译英士文集矣。

七　八

一千五百年前纸，在在神灵为护持。

如见古人如见佛，焚香百拜展经时。①

西京知恩寺僧彻定者，藏西魏陶仵虎《菩萨处胎经》，纸墨皆不蚀，神似钟太傅。世传北魏诸碑，结构正同，知当时体固如此也。陶仵虎跋，典质朴茂，云一切经乘，搜访尽录，则此卷亦凤毛麟角矣。西魏大统庚午，距今岁己卯，为一千五百有十年，墨迹尚存，岂非怪事。盖日本喜收藏，兵燹之乱，虽经武门迭争，而释教盛行，斯文寄于浮屠，故能历劫不磨耳。彻公又藏有唐苏庆节《大楼炭经》、按《唐书》，庆节，苏烈之子，高宗乾封三年卒。史称庆节封武邑县公，而此卷题章武公，当是改封于烈卒之后，史未究言之。马道手箱《华严经音义私记》，皆唐人手笔。此外有僧怀素《千文》墨迹，于天德寺僧义应家见之。宋刘松年《养蚕图》一卷、僧贯休《罗汉图》一卷、李龙眠《降龙伏虎罗汉图》二幅，于大藏卿大隈重信家见之。张颠草书墨迹，于宫岛

---

①　此首光绪五年本作："处胎累劫出经藏，片羽犹留熟纸黄。昼夜六时丁甲守，一千余载墨犹香。"注文略异。

诚一郎家见之。小野篁书佛经一卷、朱子《屈曲》诗二首,于东京府书籍馆中见之。岳少保书,于故参议大久保利通家见之,云其墨迹在萨摩书库也。元明以下至不胜纪。然伪者至多,购之又动称千金。

<h1 style="text-align:center">七　九</h1>

铁壁能逃劫火烧,金绳几缚锦囊苞。

彩鸾诗韵《公羊传》,颇有唐人手笔钞。①

　　佛寺多以石室铁壁藏经,秘笈珍本,亦赖之以存。变法之初,唾弃汉学,以为无用,争出以易货,连樯捆载,贩之羊城。余到东京时,既稍加珍重,然唐钞宋刻,时复邂逅相遇。及杨惺吾广文来,余语以此事,并属其广为搜辑,黎莼斋星使因有《古逸丛书》之举。此后则购取甚难矣。

---

①　此首梧州本无,长沙定稿本新增。

卷 二

八 〇

竭民膏血造浮屠,佞佛甘称三宝奴。

匹马出宫偷祝发,上皇尊号半僧徒。

自钦明时,佛法东来,苏我马子首信之。推古以还日崇尚。至圣武,自称"三宝奴",后祝发为沙弥胜满,是为天皇披薙之始。至花山天皇,信右大臣兼家之言,夜潜出宫,至花山元庆寺削发。其后禅位皇子者,多半为僧。僧徒盛时,上自公侯,下至庶民,不建寺塔,不列人数。堂宇之崇,佛像之大,工巧之妙,庄严之奇,有如鬼斧神工。又令七道诸国建寺,各用其国正税。于是举国之费十分而五,一寺度僧岁三四百人,举国之民秃首过其半。多家蓄妻子,口啖腥膻,甚至群聚为盗,窃铸钱货。党徒相攻,敢劫关白之第,入太政大臣家,掠财物,夺庄园;且率徒党发山陵,入宫殿,劫神舆。后宇多帝时,至毁闱截帘,破行事障子。帝乃御腰舆,逃匿内大臣私第。暴乱淫纵,天下所未有也。

八 一

佛阁沉沉覆黑天,黄标百万数堆钱。

大师自主鸳鸯寺,梵嫂同参鹦鹉禅。①

　　本愿寺号一向宗,僧亲鸾为教主。其法谓不必离俗,不必出家;但使蓄妻子,茹荤酒,此心清净即为佛徒。日本之民,因是半为僧矣。明治六年,下令凡僧徒均许食肉、娶妻。僧妻曰库里,曰大黑。大黑,俗所称为司财之神也。维新后,僧徒田产多没入官,而势始衰矣。

八 二

不须偏袒覆袈裟,唤作山僧未出家。

却变神山称佛国,只须一语妙莲华。

　　僧日莲专以唱《法华经》题目为宗,谓口念佛即心奉佛,佛必以其力鉴临而庇护之。信从者益众。此皆以大智具雄力者。故余谓日本僧比之唐僧,实有过之。被服如中土,惟严寒均蒙纱衣,亦谓之袈裟,不必着水田衣、行偏袒礼也。

八 三

乘槎浮海寄深叹,象法东来遍佛坛。

独有青牛出关去,流沙遥隔路漫漫。

　　三教独无道教。盖日本自称神国,世世有神官司祭祀者。张鲁、寇谦之符箓科仪,反不能行矣。

---

① 此首光绪五年本无。

八　四

万头骈刃血模糊，脚踏升天说教图。

今日铸金悬十字，几人宝塔礼耶稣。①

自天主教徒作乱于天草，罹于锋镝者，约三十万人。于是德川氏益严教禁，铸十字架耶稣像于铁板，令士民践踩，以验其信否。又于通衢大道竖牌曰："禁止切支丹宗门。"维新以后，徇各使之请，所有在地踏像、当道立木概行撤废。然日本信教者，要不甚众也。

八　五

三千神社尽巫风，帐底题名列桂宫。

蚕绿橘黄争跪拜，不知常世是何虫。

俗最敬神，《延喜式》所载神名帐，悉数之不能终也。国中大小神社凡三千余座。昔有所谓"常世虫"者，产于橘树，如蚕，绿有黑点。有大生部多能宠灵是虫，而诳人曰神也。于是巫觋奔趋，所在迎神，设几筵，罗供帐。神或语人曰："吾能福尔。"于是相叫呼曰："福至矣！"乃至鬻田园、饥妻子，尚以为布施不足云。

八　六

沐猴跳舞排猿女，吠犬唁声闹隼人。

执盖膝行铃手引，一人独拜九天神。②

---

① 此首光绪五年本无。

② 此首光绪五年本无。

　　日本最重祭礼，每岁于十一月举行新尝祭。祭日，门部纠察出入，隼人司分立朝集堂前，开门，乃发犬吠声入宫。大臣率中臣、忌部、御巫、猿女，左右前行。主殿官二人执烛，一人执菅盖，二人执盖网，均膝行。掌典引铃前导。帝亲奏祭告文，臣下不得窥视。今其仪少杀，然典礼犹甚重也。详《礼俗志》中。

八　七

　　青衫绿袄导双骑，鳆汁鱼羹列十台。
　　锦袋悬胸文在手，共瞻天使祭陵来。①

　　古山陵多不可考，惟四亲庙每岁遣使祭告。祭文纳之锦袋，或敕史捧于手，或随员挂于首。派警部四骑随从，二导前，二护后。所供神馔，例设十台，有鳆汁，有鱼羹。

八　八

　　万众头攒日荫鬌，千行肃肃拜神官。
　　何时重睹威仪盛，剑已飞天玺久刓。②

　　古列于大祀者，为践阼大尝祭。每帝即位，预令所司卜定国郡为斋郡，命之供器具，供营缮，供调使。祭日，千官毕集，举国若狂。今亦无此盛典矣。

八　九

　　玉叶金枝共一家，翦桐分赐日兄花。

---

① 此首光绪五年本无。
② 此首光绪五年本无。

定知禁脔无人近，不见天孙下嫁车。①

凡皇子皆为亲王，皇女为内亲王。至于五世，乃有王名，称某宫。旧制限帝族自为婚配，亲王即与内亲王为婚。惟延历十一年诏曰见任大臣，良家子孙，听娶三世王。惟藤原朝臣，奕世相承，辅相王室，特听娶二世王。蒲生秀实曰不取同姓，儒家名为周道，知周以前不辟同姓矣。礼之质文，古今不同如此。

九　　〇

得宝无须聘妇钱，新弦唱彻想夫怜。

同牵白发三千丈，共结红丝一百年。②

婚嫁及时，媒周旋二姓间，使两小相识，既语，乃诣官告婚，遂用红定，谓之结纳。白发一，以白麻制之，如发然。熨斗一，以鲅鱼制之。鱼双，酒一樽，衣一领，带一围。贫富虽有差，更无聘钱也。

九　　一

绛蜡高烧照别离，乌衣换毕出门时。

小时怜母今怜婿，宛转双头绾色丝。③

大家嫁女，更衣十三色，先白，最后黑。黑衣毕，则登舆矣。母为结束，盘五彩缕于髻。满堂燃烛，兼设庭燎。盖送死之礼，表不再归也。

---

① 此首光绪五年本无。
② 此首光绪五年本无。
③ 此首光绪五年本无。

九　二

红珊簪子青罗伞，黑油镜台黄竹箱。

姊妹两行携手送，一双新屐是新娘。

　嫁装数器，有单笥，盛衣服。有长持，寝具。有黑棚，列妆具。有厨子，有钓台。各什器并厨下物。贫家无奁器，亦不升舆，步行入婿家，着新屐者，即新娘也。

九　三

三千大神监誓词，万亿菩萨作盟司。

君看壶头双蛱蝶，夫夫妇妇不相离。①

　新妇入门就席，南面坐。婿北面坐。媒为行酌。肴必用干乌贼，羹用蛤。壶饰以雌雄胡蝶，以金银纸为之。既饮交杯，媒唱《高砂曲》。相传高砂有松，化为翁媪，千岁不死，故合卺必歌此曲。曲有曰："三千三百三十二座大神兮，百千万亿化身菩萨兮，为我盟司。"

九　四

义儿有传半呼甥，归妹占爻许配兄。

似此冒宗齐赘婿，最难议礼鲁诸生。②

　日本赘婿为子，即冒其姓，自足利氏始。时尚武竞争，多养他人子以固党羽。因妻以女，俾奉先祀。后侯国无子，各贪袭爵，遂

---

① 此首光绪五年本无。
② 此首首句，光绪五年本作"寡男无耦思求女"。注文略异。

躔成风俗。或妻死，继室以妹。有司议曰："为人后者为之子，妻妹即其妹，是兄妹为婚也，不可。"或又曰："女夫谓之婿，己所生谓之子，今既并于一人之身，于姊谓之婿，于妹谓之子，何分歧为？且父母于姊妹均谓之女，未尝称配嗣子者为妇。既女而不妇，姊妹何择焉，可。"议礼之家，纷如娶讼云。

日本细民之家，亦多娶从妹为妇者，后禁之。又蒲生君平曰：自足利氏后，天下余子多以男嫁人。而无子将择后者，必先议其币多少，而后定议。

九　　五

覆鹈产殿映灯红，汤饼筵开笑语中。

五月吾妻桥上望，画旗争飐鲤鱼风。

生子，每别筑产舍，曰生衙。《古事纪》所谓"覆鹈羽作产殿"是也。一索得男，喜呼他人以假父。年十五时，假父为之魁头结发。《日本风土记》所载，尚有桑弧蓬矢以射四方之遗，亦假父立其事。初生，逢五月，制旗如鲤，高插门楣，以祝多子。或曰取鲤登龙门之意。

九　　六

春在梅梢月柳梢，红阑屈曲影相交。

别开待阙鸳鸯社，不愿鸠居占鹊巢。①

古迎妻必造屋，名曰妻屋。《古事纪》以天御柱建口寻殿，即妻屋也。中叶以后，多招赘婿，以男子嫁人，遂入其宫而治朕栖矣。

---

① 此首光绪五年本无。

九 七

游部君兼石作公,歌桓护葬习丧容。

紫衣丹首黄金目,甲作传家善食凶。①

　　始造石棺者,赐姓曰石作大连公。古有土部,紫衣带剑,世掌凶仪。又有游部者,遇国大丧,必令二人掌殡事:一曰袮,负刀持戈;一曰余比,奉酒食,司秘祝。世袭其职,名游部君。古法部省有丧仪司,凡葬具有鼓、角、幡、钲、铙、楯,咸有定式。惟一品及大政大臣别有方相,黄金四目,以之辟凶云。

九 八

炮声殷地国旗斜,素霎相随广柳车。

大小红皆披吉服,神官浇酒客持花。

　　习神教者,自殓至反哭,皆以神官主持。葬日,神官冠纱袜而登席。神官中立拍掌,其俗敬神皆拍手。《周礼·春官·大祝》:辨九拜,四曰振动。郑大夫曰:动读作董,振动,以两手相击。《经典释文》云:今倭人拜,以两手相击,如郑大夫之说,盖古之遗法。复喃喃诵祝文。丧子旁立,不亲祭,亦不哭泣。会葬之客,手执花前供,鞠躬进退。又学西法,国有大丧,则半悬国旗以告哀。他国亦如之,以示吊。葬日放炮,随其官等级。如一等官十九炮、二等官十五炮。会葬,皆大礼服,如吉礼。

　　无三年之丧,丁艰亦不解任,以丧之重轻给假日多寡而已。以黑为缘者,丧家之名刺也。友人主丧者,亦用黑缘刺,讣告即用友名,此谊则甚古也。

---

　　① 此首光绪五年本无。

九　九

散路抛钱买路行，莲花妙法写铭旌。

桐棺三寸如人立，易履相迎入化城。

旧多用火葬，木棺直立如佛龛。延僧诵经，以药水拭其体，使尸软如泥，乃令死者合掌趺坐，外糊以纸，书"南无阿弥陀佛"六字，或"南无妙法莲华经"七字。葬之日，前列纸幡二三十，亦书六字七字。如棺和撒钱而行，曰买路钱。编竹为化人城。主人多置草履，会葬者易草履入城。出，易屦归。丧家初用白衣白巾，葬，易彩衣而归。

一　〇　〇

乌啼月落写哀思，剪发翻同练行尼。

红泪洒来题赤字，不堪石阙独含悲。①

僧又为之制谥，或曰"月落乌啼庵主"，或曰"绿树院重阴居士"。夫死，妻辄剪发去饰，更名用谥，称曰某院，俗称"赤信女"。盖以碑面镌夫妻谥，其未亡人则涂以朱，故有此名也。

一　〇　一

插花浇水拂杨枝，台笠相从拜墓碑。

迎佛诵经邀客酒，忌辰算到百周时。

扫墓则灌碑以水，折花枝插其旁，无祭礼。遇忌日，百年如一日，往往有以数十周、百周招客者。

---

① 此首光绪五年本无。

一 〇 二

芒鞋竹杖佛接引，柳车草船神送迎。

画旗猎猎夜风卷，时有经声杂鬼声。①

　　趺坐立棺中，其装束多布袜麻鞋，或附以杖笠，云往西天到佛国也。不别立宗庙。富贵家于邸中作室，佣僧护之。中供佛像，左右列木主。每祭必修佛事。七月，作盂兰会于庙，招魂树竹城，四隅敷蒲席数重。以野蔬象牛马，或编柳为车，削竹为轮，谓幽魂将驾而来也。

一 〇 三

不环不钏不钗光，雅头袜子足如霜。

蓬山未至人多少，都道温柔是婿乡。②

　　女子皆肤如凝脂，发如漆，盖山川清淑之气所钟也。宫装皆被发垂肩，民家多古装束。七八岁时，了③髻双垂，尤为可人。长，耳不环，手不钏，髻不花，足不弓鞋。皆以红珊瑚为簪，出则携蝙蝠伞。带宽咫尺，围腰二三匝，复倒卷而直垂之，若襁负者。衣袖尺许，不缝披，襟广，微露胸，肩脊亦不尽掩，傅粉如面然，殆《三国志》所谓"丹朱坋身"者耶。《志》又言："男女无别而不淫。"今妇女亦不避客，举止大方，无羞涩态，然不狎眠，犹古风也。

----

① 　此首光绪五年本无。

② 　此首光绪五年本作"十种金仙属曼殊，中多绰约信蓬壶。红珊簪子青罗伞，散作人间仕女图。"

③ 　"了"，似当为"丫"。

一〇四

骀荡春风士女图,妾眉如画比郎须。

并头鹦鹉双双语,此唤檀那彼奥姑。①

妇既嫁薙眉,男至老无须,本旧俗。今效西人,皆眉如远山,髯如戟矣。维新以来,有倡男女同权之说者。豪家贵族,食则并案,行则同车。时逢国典,或有家庆,张灯夜会,为跳舞之戏,多妇媚士侬,双双而至。呼夫曰"檀那",奴婢之于主人亦然。盖即"檀越",佛教盛行,沿梵语也。呼妇曰"奥姑",他人亦用此称。《辽史国语解》:"凡纳后,即族中选尊者一人,当奥而坐,以主其礼,谓之奥姑。"袭辽人语也。日本语言本于梵音百之二三,本于辽东语亦百之一。近则妇人亦颇有通英语者。

一〇五

眉心点翠额安黄,云鬟堆鸦学艳妆。

绣葆呱呱怀抱里,小姑居处尚无郎。

多女仆。旧藩时,诸侯入朝,呼以司浣濯,供洒扫,亦或侍寝,相沿成风。又有女子名曰外妇,又曰权妻,亦计月输租,以养其家,朝秦暮楚,听人去留。或生子,因买为妾,或留子去母。此真《战国策》所谓不嫁而嫁过毕也。鬟分两翼如鸦髻,名岛田髻。或如蜂腰,名天神髻。女也;作蛇盘髻为一撮,妇也。

---

① 此首光绪五年本无。

一〇六

繁华南部记烟花，七十鸳鸯数狭邪。

欲聘狸奴先问价，红笺分送野猫家。①

呼妓为猫。考《贵耳集》称："学舍燕集，点妓。各斋集正出帖子，用斋印，书仰弟子某人到处祇直燕集，专有一等野猫儿卜庆等充报。"则南宋时亦同此称呼也。

一〇七

弹尽三弦诉可怜，沉沉良夜有情天。

楼头月照人团聚，到老当如鸡卵圆。②

业歌舞者称艺妓，甚类唐宋营妓、官妓。士夫聚饮辄呼之，不为怪。德川氏盛时，各藩诸侯寄帑于京，金吾不禁，纵之冶游。故吉原、深川，皆为销金之窟。旧有谣曰："倡家妇，如有情，月尾三十见月明，团团鸡卵成方形。"喻无情也。然近日改历，晦夜竟可见月，冶游亦不复前此之盛矣。

一〇八

狭巷阴宫狱气凄，马缨一树夜乌栖。

花阴月黑羊车过，供鬼揶揄作鬼妻。③

娼妓所居室曰"贷座敷"。官籍其名，课其税，故悬灯曰"官

---

① 此首光绪五年本无。

② 此首光绪五年本无。

③ 此首光绪五年本作："华屋明灯贷座敷，楼头团坐月明初。愿郎莫短缠头费，奴是官家许女闾。"注文略同。

许"。不由官许为"私卖淫",夜去明来,人谓之"地狱女"。其与西人杂居者曰"罗纱牝",戏言"羊妻"也。

一〇九

当垆少女似罗敷,精舍安排莞簟铺。

茶鼎酒铛亲料理,语郎团坐且须臾。①

卖酒卖茶,皆以少女当垆。酒楼曰"料理屋"。

一一〇

锦棚悬鹄插雕弧②,孔雀屏开列画图。

左右射来齐中目,拍肩都道子南夫。

射所,铺红毹毵于地,缚彩为棚,中蒙以皮。竹弓翎箭,相去寻丈,中者铿然作声。雏姬环侍,互拍其肩,以为笑乐,盖比之北里、南瓦。颜其场曰"扬弓店"。

一一一

回廊曲曲护屏风,香案镂银拍板红。

衔得杨花入窠里,便夸姹女数钱工。③

设肆卖曲者为"杨花"。所奏曲多男女怨慕之辞,有萨、土佐各派,竹本氏一派最盛行。贫家多业此觅食,驱使其母如奴婢。谚有言曰:"生女勿吁嗟,盼汝为杨花。"

---

① 此首末句,光绪五年本作"语郎今夕尽欢娱"。

② 锦棚,光绪五年本作"银灯"。

③ 此首光绪五年本无。

一一二

压帽花枝挂杖钱,冶春词唱小游仙。

杏黄衫子黄桑屐,自赏翩翩美少年。

俗好游,春秋佳日,携酒插花,屐声裙影,妆束如古图画中人。

一一三

追风快马缠锦绦,袜胸帕首弓在弢。

一声雁落血如雨,金原秋冷霜天高。

游侠之士好猎射,秋深辄入山,流连忘反,骑马皆不施鞍勒。

一一四

覆院桐阴夏气清①,汲泉烹茗藉桃笙。

竹门深闭云深处,尽日惟闻拍掌声。

喜园亭,贫家亦花木竹石,位置幽而雅,门设常关。行其庭,阒然如无人者。余常访友,笔谈半日,不闻人声;呼童点茗,亦拍手而已,使人翛然有出尘之想。

客来必出寒具,或呼酒浆,出妻子跪献盏,殷殷之意可感也。

一一五

山深太古日如年,小屋阴凉树插天。

拜疏公庭争乞假,要从热海浴温泉。

西法,夏月各官许给假三十日,日本亦仿之。豆州热海有温

---

① 覆院,光绪五年本作"满院"。

泉,老树参天,游者云集,诸省郎吏多尽室而行者。

一 一 六

斜阳红映酒旗低,食榼归时袖各携。

都为细君留割肉,自拚空酌醉如泥。

嗜酒,喜歌舞,《魏志》、《汉书》既言之。今犹古风,大率皆粆饵之资过于饭蔬,游宴之费多于居室云。然亲朋雅集,皆相戒勿大嚼。少啜羹汤,余则以竹筐袖归其家,以遗妻子。亦有行厨,以小木篋,作二三层,游山甚便携取也。

一 一 七

湘帘半卷绮窗开,帕腹悄头烂漫堆。

道是莲池清净土,未妨天女散花来。①

喜洁,浴池最多。男女亦许同浴。近有禁令,然积习难除。相去仅咫尺,司空见惯,浑无惭色。

一 一 八

短衣窄袖曼胡缨,意态纵横一座倾。

耳后生风鼻头火,拓弦时作俄鸥声。②

有习枪所,悬铁为的,亦用弹,轰然作声,辄流星迸散。少年辈每入座练习,以为欢笑。

---

① 此首光绪五年本作:"兰汤煖雾郁迷离,背面罗衫乍解时。一水盈盈曾不隔,未消金饼亦偷窥。"

② 此首光绪五年本无。

一 一 九

解鞘君前礼数工,出门双锷插青虹。

无端一语差池怒,横溅君衣颈血红。①

　　士大夫以上,旧皆佩双刀,长短各一,出门横插腰间,登席则执于手,就坐置其旁。《山海经》既称倭国衣冠带剑矣。然好事轻生,一语睚眦,辄拔刃杀人,亦时时自杀。今禁带刀,而刺客侠士犹纵横。史公称"侠以武乱禁",惟日本为甚。

一 二 〇

当王徽号贵黄华,时唤臣僚共斗花。

淡极秋容翻富贵,疏篱茅舍到官家。②

　　自朱雀帝时,始为菊合,凡分两朋,以角优劣,谓之合。斗歌曰歌合,斗诗曰诗合,斗扇曰扇合,斗画曰绘合,斗鸡曰鸡合,当时语也。王公以下各赐物。嵯峨帝尝为《菊花赋》,故历朝尤赏菊,菊遂为皇族徽志。今御苑尚栽菊数百盆,每盆开花,有至五六百枝者。花时,必招各国使者及诸省院长次官为竟日之游。

一 二 一

狗吠声腾马足驰,狩衣草屦古威仪。

锦旗日曜红轮影,来看公侯习犬追。③

---

①　此首后二句,光绪五年本作:"无端痛饮围垆醉,笑看仇人颈血红。"
②　此首光绪五年本无。
③　此首光绪五年本无。

旧有犬射，编竹为城，纵犬于城内，驰逐而射之。皆公卿贵人亲执辔，狩衣草屦，妆束古朴。其磬控纵送，均有法度，名曰犬追物。设台四隅，招邀贵客凭轼而寓目焉。君后亦亲临观礼。

一 二 二

朝曦看到夕阳斜，流水游龙斗宝车。

宴罢红云歌绛雪，东皇第一爱樱花。

樱花，五大部洲所无。有深红，有浅绛，亦有白者，一重至八重，烂熳极矣。种类樱桃，花远胜之，疑接以他树，故色相亦变。三月花时，公卿百官，旧皆给假赏花，今亦香车宝马，士女征逐，举国若狂也。东人称为花王，墨江左右有数百树，如雪如霞，如锦如荼。余一夕月明，再游其地，真如置身蓬莱中矣。

东京以名胜闻者，木下川之松，日暮里之洞，龟井户之藤，小西湖之柳，堀切之菖蒲，蒲田之梅花，目墨之牡丹，泷川之丹枫，皆良辰美景、游屐杂沓之所也。

一 二 三

抟花作饭胜胡麻，嚼蕊流酥更点茶。

费尽挼莎才结果，果然团子贵于花。①

有卖樱饭者，以樱和饭。有卖樱饼者，团花为馅，或煎或蒸，谚有"团子贵于花"之谣。卖樱茶者，点樱为汤，少下以盐，人谓可以醒酒。花枝或插于帽，或裹于袖，或系于带，游客归时，满城皆花矣。

---

① 此首光绪五年本无。

一 二 四

殿春花事到将离,云似人愁水似思。

一尺落花和泪雨,手添香土吊梅儿。①

墨江左右堤,樱花数百树。木母寺旁,有一坟名"梅儿"。相传古有美人梅若,以三月十五日化去。是日遇雨,都俗谓之"泪雨"。名流赏花,必吊其坟。

一 二 五

镜槛新开响屡忙,溶溶四壁照花光。

为渠一笑三年住,却记衣襟未染香。②

东京每有斗花会,任辇车牛,名种毕集。每于四壁嵌玻璃,光影迷离,如到四禅天矣。士女裙屐,云集鳞萃。日本诸花,颜色敷腴,光艳独绝。或言比校华种香味少逊,鼻观徐参,知其语真实不虚也。

一 二 六

银字儿兼铁骑儿,语工歇后妙弹词。

英雄作贼殒央③殉,信口澜翻便传奇。④

演述古今事,谓之演史家,又曰落语家。笑泣歌舞,时作儿女态,学伧荒语。所演事实,随口编撰。其歇语必使人解颐,故曰落语。

---

① 此首光绪五年本无。
② 此首光绪五年本无。
③ 底本如此,即鸳鸯。
④ 此首光绪五年本无。

一二七

枣花泼过翠萍生，沫碎茶沉雪碗轻。

矮室打头人对语，铜瓶雨过悄无声。

自僧千光游宋赍茶归，始栽之背振，后遂蔓衍。北条泰时，初尚之。至丰太阁之臣，有茶博士官，赐禄三千石，子孙世其业。或费千金求其诀，不可得。及德川氏，每春遣使赍瓮收茶，曰"御茶壶"，藩属望尘拜趋道路。烹茶在丈室，劣容一二人，旧名"数奇屋"。时逢战争，鼙鼓震天，茶室独悄然无声，盖密谋之所也。而茶博士即借以窃权卖爵，无所不至。凡室忌华，器忌新。然珍木怪竹，朽株瘿枝，搜求之幽岩邃谷之中，或历数十年而后得。得其一以献，贫儿为富翁矣。器必用苦窳缺敝之物，曰某年造，某匠作，乃至一破瓯，一折匙，与夏鼎商彝同贵重，积金盈斗不可偿。争是而兴大狱者有之，因是而释战争者有之。器有风炉、有筥、有炭挝、有火䇲、有镂、有交床、有纸囊、有碾、有罗合、有则、有水方、有漉水囊、有瓢、有竹夹、有熟盂、有畚、有札、有涤方、有滓方、有巾。其候火、拣泉、吹沫、点花、辨味、佀色之法，微妙不可言传。盖碾茶煮之，故费工夫也。然稽之陆氏《茶经》、蔡氏《茶录》，正相同，惟不下盐耳。

一二八

百练真成绕指柔，幻人妙术过婆猴。

随身一卷东黄祝，行脚能周五大洲。①

---

① 此首光绪五年本无。

练习技巧，最为擅能，凡走索、上竿、戴竿、跃圈、跳丸、跳铃、跃剑、抛球、旋盘、转桶，至于吞刀吐火，无一不有，亦无一不能。西人马戏，必聘日本人以斗巧艺，而日本戏法遂遍于五部洲矣。或以为幻术，则妄语也。

一 二 九

柳燧荷囊事事俱，小盆亲饷淡巴菰。

一声湘管含芬递，喜食人间烟火无。

呼烟曰淡巴菰。《鲒埼亭赋》、《芝峰类说》朝鲜人著。皆谓出日本，日本人乃谓出中土，盖皆自吕宋来。庆长十年，烟草始来日本。淡巴菰，西人语也。男女皆喜吸之。客来，携小筐出。筐有抽屉，旁置火炉。三寸烟管外，唾壶、齿签，纤悉俱备。行则插腰间。柳燧，东人以名西制自来火也。

一 三 〇

月支氍毹花千色，王母琉璃酒百钟。

破产争求番舶物，只赢不买阿芙蓉。

西国进口货，以毡革布为大宗。富贵之家，必用地衣，骋妍斗巧，每从数万里购之。一火炉石，有值千金者。葡萄美酒每出供客。故虽不食鸦片烟，而流出金钱岁有七八百万。然鸦片禁极严。明治六年颁新律：贩卖者斩决，吸食者徒。呜呼，善矣！

一 三 一

鲤鱼风紧舶来初，唐馆豪商比屋居。

棉雪糖霜争购外，人人喜问上清书。

长崎与我通商既三百余年,每岁舶以八九月至。旧有唐馆,多以糖、棉花入口,皆日用必需物也。书画纸墨,尤所欣慕。近世文集,朝始上木,夕既渡海。东、西二京文学之士,每得奇书,则珍重篋衍,夸耀于人。而赝鼎纷来,麻沙争购,亦所不免。修好以后,得之较易矣。各口流寓商民,今有三千余人。

<h2 style="text-align:center">一　三　二</h2>

敲碎银花剥镜菱,莹莹光映玉壶澄。

暑中胜服清凉散,争买舶来函馆冰。

江都无冰,严寒凝水面,一二日即解。箱馆有藏冰,夏五六月,由轮舟来,沿街卖之。

<h2 style="text-align:center">一　三　三</h2>

让叶劳薪插户前,人人都道是新年。

故乡正作消寒会,兽炭红炉一九天。[①]

新年皆插松枝竹叶于门。设龙虾者肖其体,以祝老人康健。又用乌薪,呼为"住",言安居是。插叶于橙,曰"让叶"。橙音"代代",谓世世子孙有让德也。西历岁首,皆在我长至后十日。

<h2 style="text-align:center">一　三　四</h2>

零落街头羽板稀,已捐团扇过时衣。

儿时嬉戏都如梦,不见翩翩蛱蝶飞。[②]

---

① 此首光绪五年本作:"翠竹苍松插户前,人人都道是新年。岁朝若许图清供,兽炭红炉一九天。"注文同。

② 此首光绪五年本无。

旧俗，于正月间分朋抛球，以彩杖遇而格之，以（睹）〔赌〕胜负，谓之"球杖"，或谓之"玉打"。女儿团绵为球，络以五彩，谓之"手球"。又插羽于木栾子，以彩板承而跳之，翩翩如蛱蝶，谓之"羽子板"。是月也，市店罗列如锦绣天街。今渐革矣。

一三五

蛭子神丛奏鼓筛，花糕分饷到千家。

凤音纪月元猪日，谁记东京录梦华？①

旧俗，凡三月三、五月五、七月七、九月九，谓之"节句"，略如华俗。惟十月谓之"上无月"。上无，日本律名，本名凤音，乐家相传为应钟。应钟，十月律也。亥日谓之"元猪"，士庶作糕以相馈送。是廿日，商贾罢市，各具酒馔燕集，谓之"蛭子会"。蛭子，神名。所在庙市，纷纷祈福。

一三六

进贤冠顶玉交枝，高髻峨峨花四枝。

廿六阶分舆服志，礼容如见汉官仪。②

推古十一年始定冠位，凡十二阶，如曰大礼、小礼、大义、小义，以名为别。天智三年，改二十六阶，如曰大紫、小紫、大锦、小锦，以制为别。《唐书》称粟田真人来聘，冠进德冠，顶有华花四披云。至天武十四年，又更爵位号，凡四十八阶。详《礼俗志》中。

---

① 此首光绪五年本无。
② 此首光绪五年本无。

一 三 七

天吴紫凤颇文华，凭取花纹认世家。

三百年来夸衣被，葵能卫足竟如花。

　　贵贱之服，旧颇悬绝。朝会，锦衣绣袞，明王志坚有《倭锦袍歌》："天吴紫凤恍忽似，水底鲛人亲自缫。"言其华美也。故家世族，皆以花草禽兽等为徽帜，绘其二于袖，或一或三于背，名曰纹，以之识姓氏。如藤原氏为藤花，菅原氏为梅花，皆有定制，不能滥混。德川氏之徽为葵叶。德川氏之还政也，故将军庆喜仍给官禄，以终其身。

一 三 八

一双角子影娉婷，问取年华近算丁。

种得瓠花添鬓福，愿花常好鬓常青。①

　　古俗，男子分发为二，左右结之，饰以贯珠。《日本纪》注："年十五六，束发于额，十七八分为角子。"额发，《古事纪》称为"瓠花"，后世名为"鬓福"。

一 三 九

白题胡舞翻新样，黄胖春游学少年。

脱却垂檐莞笠子，十分圆月到鹇颠。②

　　剃头发数寸，曰月代，犹言月样也，又名十河额，宇士新称为黄

---

　　①　此首光绪五年本无。
　　②　此首光绪五年本无。

鹇颠。数十年前，多戴垂檐白莞笠，后改用平顶一字，今皆用伞矣。

一　四　〇

对镜惭看薄薄胡，时妆孤负好头颅。

青青不久星星出，间引毛锥学种须。[①]

维新以前，公卿以下，皆剃面不蓄须鬓，盖如僧俗。士庶不须，则始于德川氏时。近学西俗，得鬓则绝伦超群矣。

一　四　一

六尺湘裙贴地拖，折腰相对舞回波。

偶然风漾中单露，酒晕无端上颊涡。

女子亦不着裤，里有围裙，《礼》所谓"中单"。《汉书》所谓中裙，深藏不见足，舞者回旋，偶一露耳。五部洲惟日本不着裤，闻者惊怪。今按《说文》："袴，胫衣也。"《逸雅》："袴两股，各跨别也。"袴即今制，三代前固无。张萱《疑曜》曰："袴即裤，古人皆无裆。有裆起自汉昭帝时上官宫人。"考《汉书·上官后传》："宫人使令皆为穷袴。"服虔曰："穷袴，前后有裆，不得交通。"是为有裆之袴所缘起。惟《史记》叙屠岸贾，有"置其袴中"语；《战国策》亦称韩昭侯有敝袴，则似春秋战国既有之，然或者尚无裆耶。观马缟《古今注》曰："袴，盖古之裳。周武王以布为之，名曰褶。敬王以缯为之，名曰袴，但不缝口。至汉章帝时，以绫为之，名曰口。"所称周制，不知何所据。然亦可知有裆缝口之袴起于汉，无疑也。汉魏以来，殆遂通行。日本盖因周秦之制不足怪耳。特新罗、高丽皆有

----

① 此首光绪五年本无。

袴。《南史》:"新罗国呼袴曰'柯半'。"《南齐书》:"永明中,高丽使至,服穷袴。"日本服制,大半模仿中土,不知何以独遗此也。然考《延喜式》缝殿寮中有袴,或曰官家用之,或又曰源、平以前,民家亦常用之。

一 四 二

锦衾双袖剪文罗,未许春寒到被窝。

始识寝衣长过半,牺尊莫误凤莎莎。

被有两袖,长九尺有奇,卧则覆于上,更以其半覆足。《诗》、《礼》所谓衾,《论语》所谓寝衣,长一身有半也。孔注曰"今之被",本简而明。宋儒不知古制,以被为衣,遂多臆说。以郑康成之博洽,而注牺尊尚曰:"牺读为莎,如凤凰之羽莎莎然。"汉儒去古未远,犹有此误。

一 四 三

声声响屟画廊边,罗袜凌波望若仙。

绣作莲花名藕覆,鸳鸯恰似并头眠。

袜前分歧为二靫,一靫容拇指,一靫容众指。《致虚阁杂俎》:"太真作鸳鸯并头莲袜,名曰藕覆。"

屐有如丌字者,两齿甚高,又作反凹者。织蒲为苴,皆无墙有梁。梁作人字,以布绠或纫蒲系于头。必两指间夹持用力乃能行,故袜分两歧。考《南史·虞玩之传》:"一屐著三十年,莫断以芒接之。"古乐府:"黄桑柘屐蒲子履,中央有丝两头系。"知古制正如此也。附注于此。

一四四

千门万户未分明，面面屏风白自生。

数尺花茵尘不动，偶闻橐橐有靴声。

古宫室之制，名"足一腾宫"，树一柱中央，以乂字形木结束之，名曰冰木屋，上作鸱尾，名曰坚鱼。覆茅于上而已，神庙犹用之。今制闻始自韩人，室皆离地尺许，以木为板，藉以莞席。入室则脱屦户外，袜而登席。近或易席以茵，穿革靴者许之升堂矣。无门户、窗牖，以纸为屏，下承以槽，随意开阖，四面皆然，宜夏而不宜冬也。中人之家，大率湫隘，多茅衣而木瓦；旧藩巨室，则曲廊洞房，畸零而潆曲，每不知东西南北之何向。室中必有阁以庋物，有床第以列器皿、陈书画。室中留席地，以半掩以纸屏，架为小阁；以半悬挂玩器，则缘古人床第之制，而亦仍其名。楹柱皆以木，而不雕漆。昼常掩门，而夜不扃钥。寝处无定所，展屏风、张帐幔则就寝矣。每日必洒扫拂拭，洁无纤尘。

一四五

花茵重叠有辉光，长跪敷衽客满堂。

除却风衔丹诏至，未容高坐踞胡床。

坐起皆席地，两膝据地，伸腰危坐，而以足承尻后。若跌坐，若蹲踞，若箕踞，皆为不恭。坐必设褥，敬客之礼，旧有数数重席者。有君命则设几，使者宣诏毕，亦就地坐矣，皆古礼也。因考《汉书·贾谊传》："文帝不觉膝之前于席。"《三国志·管宁传》："坐不箕股，当膝处皆穿。"《后汉书》："向栩坐板坐积久，板乃有膝、踝、足指之处。"朱子又云："今成都学所，存文翁礼殿刻石，诸像皆膝地危坐，两�隐然见于坐后帷裳之下。"今观之东人，知古人常坐皆如此。盖古人无几，故不能垂足而坐。高坐之设，萌于赵武灵王，兴于六朝，盛于北宋，而道行于元，三代之前，凭则有几，《诗》所谓"授几有缉御"，《孟子》所谓"隐几而卧"，皆是也。寝则有床，《诗》所谓"载寝之床"，《易》所谓"剥床以辨"，皆是也。然床、几或以凭依，或以庋物，或以寝处，皆非坐具。至应劭《风俗通》："赵武灵王作胡床"，乃以为坐。然汉时犹皆席地。《贾谊传》"不觉膝之前，暴胜之登堂坐定，隽不疑据地以示尊敬"，皆可知也。东汉之末，有斫木为坐具者，其名仍谓之床，或谓之榻，如管宁、向栩所坐，或于地上加板，未必离地咫尺也。魏晋后，观《魏志·苏则传》："文帝据床拔刀。"《晋书》："桓伊据胡床，取笛作三弄。"《南史》记僧真诣江敩，登榻坐，敩令左右移吾床让客。狄当、周赳诣张敷，就席，敷亦令左右移床远客。《邺中记》曰："石虎所坐几，悉漆雕画。"则似为高坐，然皆高客贵人始有之。《语林》曰：孙冯翊往见任元褒，门吏凭几见之。孙请任推此吏，曰得罚体痛，以横木挟持，非凭几也。夫门吏不许凭几，则知所谓移床远客者，非尊敬之客不许坐也。又其时坐榻坐几，尚皆跪坐。《梁书·侯景传》："升殿踞胡床，垂脚而坐。"史特记之，以为殊俗骇观。知虽有床几，亦不如今坐耳。至唐，又改木榻而穿以绳，名曰绳床。《演繁露》："穆宗长庆二年，见群臣于紫宸殿，御大绳床。"然不名椅子。至宋初，乃名之。丁晋公《谈录》："窦仪雕起花椅子二。"王铚《默记》："徐铉见李后主，卒取椅子相待。"诸书椅本作倚，后乃借桐椅之椅为之。此后诸书屡见椅子，如《贵耳集》云："今之交椅，古之胡床也。今诸郡守、僚，必坐银交椅。"《桯史》载荷叶交椅。《曲洧旧闻》有锦椅背。至宋时，颇加缘饰，殆已盛行与。然观古图画，唐以前人物无坐几者，

宋画亦不尽设几。窃疑胡床本西俗，赵武灵王始学为之。元入中
国，因其旧习，乃通行耳。日本制度多半仿唐，唐时尚席地，故亦无
之。近十年来亦有矣。

一四六

雪泥深尺护檐牙，瓦背浓阴四角遮。

不用茅龙衣屡换，一年一度屋开花。①

　木屋少用瓦，多以苇席覆之。村居贫民，于屋上涂泥，厚及一
尺，杂植以草花。春二三月，山行望之如锦。盖草根盘结，可以御
雨。涂涂之附，则正如挹娄国之猪脂涂壁，可以辟寒也。

一四七

染指流涎各欲尝，既调勺药又和姜。

食单蔬谱兼鲲议，合补东人江户香。②

　炙鳢鱼，谓之"蒲烧"。割有法，燔有法，浸以美酒，衬以佳酱，
勺药、芥、姜，随意所适。江户最工治之，诸国名曰"江户香"。日
本食品，鱼为最贵。尤善作脍，红肌白理，薄如蝉翼。芥粉以外，具
染而已。又喜以鱼和饭，曰"肉盦饭"，亦曰"骨董饭"。多用鳗鱼，
不和他品，腥不可闻也。

一四八

落萜芦菔作家常，饭稻羹鱼沁肺凉。

踏破菜园新作梦，大餐饱食大官羊。

---

①　此首光绪五年本无。
②　此首光绪五年本无。

多食蔬菜,火熟之物,亦喜寒食。寻常茶饭、萝卜、竹笋而外,无长物也。近仿欧罗巴食法,或用牛羊。

一四九

琼芝作菜绿荷包,槐叶清泉尽冷淘。

蔬笋总无烟火气,居然寒食度朝朝。①

石花菜生海石上,一名琼芝。煮之成冻,用方匣以铜线作筛眼,纳菜于中,以木杆筑送,溜出如缕,冰洁可爱,华人所名为"东洋菜"者也。东人能食生冷,饭日一熟,以水或茶冷淘食之。笋脯果干,即便下箸。寻常人家,每间日或数日始一举火,不为怪也。

一五〇

何物坚鱼字所无,侯鲭御馔各登厨。

儒生习礼疑蚳酱,口到今人嗜亦殊。②

坚鱼,名加追沃,汉名未详,或书作鲣字。大者尺余,小九寸许,能调和百味。自王侯至黎庶,聂而为脍,卤而为脯,风而为鋋,渍而为醢,煎而为膏,函封瓮闭,苞苴千里,无日不享其用,而鋋之用最广。岁时吉席,无此不成礼;饮馔调和,无此不成味。沿海皆有,土州、势州为最佳。《盍簪录》:"日僧兼好小说,记镰仓有鱼名鲣,耆老言此鱼从前不上鼎俎,仆隶下人不肯啖其首,今亦充膳羞。"可见当时不甚珍贵。距今四百年而此鱼显晦如此,古今嗜好不同乃如此。

---

① 此首光绪五年本无。

② 此首光绪五年本无。

一五一

甚嚣尘上逐人行，日本桥头晚市声。

别有菜场鱼店外，丹枫落叶卖山鲸。①

自天武四年，因浮屠教禁食兽肉，非饵病不许食。卖兽肉者隐其名曰药食，复曰山鲸。所悬望子，画牡丹者，豕肉也；画丹枫落叶者，鹿肉也。凡市肆，居卖曰大问屋，贩卖曰卖捌所，贱卖曰大安卖，零卖曰小间物屋，易钱曰两替屋。酒曰铭酒，铭同名。茶曰御茶，御为日本通用之字，义若尊字。又日本书函函外题名必曰某某殿、某某样，亦尊之之词，皆不知何所仿也。附注于此。饭店曰御茶渍，鸡子曰玉子，和面以肉曰鸭南蛮，菜蔬曰八百屋，栗曰九里，和兰薯曰八里半，鱼饭曰寿志屋，酱曰味噌。凡右所录，彼皆笔之书者，故略举一二。若语言之殊，则五方土音，亦各歧异。於菟谓虎，陬隅名鱼，译而录之，满纸侏篱矣，更无谓也。

一五二

镜饼琼粎乍上盘，盘中花果各阑干。

手携团月歌团雪，共饱妻孥欢喜丸。②

饼饵种类极为夥颐。碎杂米蒸曝为干糇，如雪之散盐，名曰琼粎。圆如镜，薄如铜片，曰镜饼。欢喜团一名团喜。《涅槃经》云："譬如酥面、蜜姜、胡椒、荜茇、蒲陶、石榴、胡桃、樱子，如是和合，名欢喜丸。离是和合，无欢喜丸。"其制正如此。又以梅枝、桃枝、阖

---

① 此首之注文，"凡市肆"以下，光绪五年本均无。

② 此首光绪五年本无。

糊、桂心、黏脐、饼锣、馂子、团喜,谓之八种唐果子,其法必自唐人得来也。

一 五 三

笙清簧暖小排当,雅乐伶官各擅场。

合四乙工仍燕乐,谩夸古调谱清商。①

日本多用唐乐,有雅乐寮,伶官世守其业。物茂卿谓国乐为周、汉遗音,律亦周、汉之律。村濑之熙祖其说,征引十证,以证第八黄钟调为周、汉黄钟。又曰:"古乐正声,宋以来诸儒所未尝识,特传于我,而古音乃得复明。"余考日本之传华乐,实始于唐。隋文帝平陈,得华夏正声,置清商署。清商调,武后时犹存六十三曲。自唐乐变古,逮五代乱离,古音尽亡。谓日本所传为隋以前曲,以为周、汉古音尚存,不为无理。然日本伶人所用管色,乃正与燕乐谱相合。《宋史》燕乐书十字谱,曰合、四、乙、工、凡、上、勾、尺、六、五。今以校横笛,第一孔为壹越调,用六字,燕乐书即以六字为黄钟。横笛黄钟调用夕字,夕即尺字,燕乐书乃以尺字为林钟。则伶官相传壹越调为黄钟,黄钟调为林钟者,正与十字吻合。若据徂徕之说,以黄钟为周、汉黄钟,则字谱无一符同矣。说详《礼俗志》乐舞类。

一 五 四

吹螺竞作天魔舞,傅粉翻同脂夜妖。

红襦绣领碧绅袴,骑上屋山打细腰。②

----

① 此首光绪五年本无。
② 此首光绪五年本无。

猿乐名散乐，俗谓之"能"，又变为田乐。始自北条，盛于室町。及丰太阁亲自学之，王公贵人，皆丹朱坌身，上场为巾帼舞，与优人相伍。部中色长曰大夫，副曰嗙基师，副末曰狂言师，歌工曰地讴。所奏曲词，多出于浮屠，装饰乃近于娼优。乐器有横笛、三鼓。三鼓，一曰大鼓，广于羯鼓，承以小床，用两杖击之；二曰小鼓，似细腰鼓，捧左右肩，拍以指；三曰横胴，挟左腋下，亦以指拍之。

<h1 style="text-align:center">一五五</h1>

金鱼紫袋上场时，鼍鼓声停玉笛吹。

乐奏太平唐典礼，衣披一品汉官仪。

日本尚有《兰陵王破阵乐》，戴假面具上场，有发扬蹈厉之概。《太平乐》者，四人对舞，皆绯衣，佩金鱼袋，俯仰揖让，渢渢乎雅音也。高似孙《唐乐曲谱》：明皇三十四曲，立部八曲，一太平安舞，二太平乐安舞，三破阵乐。高注曰：太平并周、隋遗音。考《齐书》，兰陵王入阵，必戴假面具，因为兰陵王破阵舞，则破阵亦因齐制也。日本唐时遣使习典章制度，此二曲盖得之于唐。乐作时，伶人十数，披裲裆衣，跪坐席外，旁列乐器，先击鼓。鼓停，舞者四人出，笙簧管篪诸乐杂作。一人吹笛，抑扬抗坠，极和而缓。舞止，乐亦止。余饮巨室家，巨室召宫中供奉伶人为此。千年之乐，不图海东见之。《后汉书》谓礼失求之野，不其然乎？

<h1 style="text-align:center">一五六</h1>

铿锵鼓舞只依稀，守乐伶官记半非。

弹到金獐涩河鸟，古音唯剩妃呼豨。

自《兰陵王》、《太平乐》舞乐外，传歌乐甚多，如《安世乐》、

《王昭君》、《想夫怜》、《采桑》、《泛龙舟》、《玉树后庭花》、《秦王破阵乐》、《庆云乐》、《甘州》、《倾杯乐》、《夜半乐》、《长庆子》、《万岁乐》、《春莺啭》、《北庭乐》、《河水清》、《五常乐》、《裹头乐》、《武昌乐》、《应天乐》、《越天乐》、《孔子琴操》、《柳花苑》、《喜春莺》、《赤白桃李花》、《未央宫乐》、《海青乐》、《平蛮乐》、《拾翠乐》、《千秋乐》、《苏合香》、《轮台》、《六朝乐》、《剑器浑脱》、《打毬乐》、《还京乐》、《拔头》、《苏芳菲》皆有之。然传其谱，不传其辞，而以乐器出之。只用五调，不用八十四调。余友沈梅士作《学乐录》，以为万宝常所作八十四调，只托空言，世不用之。观此，知其语不诬也。有老乐师加藤熙曾为余奏数乐，其音节不可考。盖世远[①]屡变，所存仿佛而已。曲名亦多误，白苎误白垫，张胡子误朝小子，景德误鸡德，乌白误乌向，苏幕遮误莫者。或以音讹，或以字讹。伶人世守，不知订正，不足怪也。又有《金獐涩河乌》，不可考其讹。物徂徕疑为倭乐，恐未然，想亦唐乐之误耳。

一五七

仙词选定浅茅原，朝贵传宣朱雀门。
青折肩衣红帕首，两行舞踏上歌垣。[②]

和歌每用之宴会，有《难波曲》，有《浅茅原曲》，有《八裳刺曲》。《日本纪》："宝龟元年三月，葛井船津文武生藏六氏，男女二百三十人，供奉歌垣，服皆著青折细布衣，垂红长纽。男女相并，分行徐进，每歌曲折，举袂为节。"又"天平六年，天皇御朱雀门，览歌

---

① 原文为远，疑为运。
② 此首光绪五年本无。

垣,男女二百四十余人,四品以上有风流者,交杂其中,正四位长田王为歌,以本末唱和。令士女纵观,极欢而罢。"

<h1 style="text-align:center">一 五 八</h1>

檀腹琵琶出锦囊,曾偕羯鼓谱霓裳。

大唐法曲今谁读,空记当年刘二郎。①

最精琵琶。唐时有藤原朝臣贞敏学于刘二郎。二郎妻以女,赠以紫檀、紫藤琵琶各一面。归,为其国重器,闻现今犹存。

<h1 style="text-align:center">一 五 九</h1>

上悬绣幕下红毡,左列句当右大夫。

牙拨齐弹三味线,姑卢朱路复乌乌。②

三弦名三味线,以象牙为拨,拨如斧形。瞽师业此者,曰职,曰检校,曰句当,曰都。其流派有曰山田、生田。女师之流派有曰长门,曰丰后。互立门户,各争微妙。市廛唱卖,多张幕设毡,如沪上说书。其音乌乌,则正类秦声也。

<h1 style="text-align:center">一 六 〇</h1>

玉箫声里锦屏舒,铁板敲停上舞初。

阿母含辛儿忍泪,归来重对话芝居。

俗喜观优,场屋可容千余人。每一出止,张幕护之,绰板乱敲,彻幕复出。亦演古事,小大陈列之物,皆惟妙惟肖。场下施转轮,

---

①　此首后三句,光绪五年本作:"冰弦风拨杂宫商。王公子弟争猿乐,傅粉调朱各上场。"

②　此首光绪五年本无。

装束于内,轮转则上场矣。别有伶人述其所演事,如宋平话,声哀而怨。乐器止有三弦、笛子、钲鼓。优人有舞无歌,而侔情揣态,声色俱妙,观者每不知涕泣之何从也。其名曰"芝居"。因旧舞于兴福寺生芝之地,故缘以为名。

一 六 一

剖破焦桐别制琴,三弦揩击有余音。

一声弹指椎衣起,明月中天鹤在林。

亦有瑟、篆、云和箫、笛管、笙。物徂徕时,尚见隋人作《猗兰操》旧谱,云与明代所传殊异。然操琴者少,今访之,不可得矣①。有三弦琴,不用弹拨,以左指按之,右指冠决捺而成音,清穆殊有意。孙登一弦琴、宋祖二弦琴外一别调也。日本乐器均仿汉制,此与长明无名抄《元元集》所称六弦琴,为所自制。

一 六 二

弦弦掩抑奈人何,假字哀吟伊吕波。

三十一声都怆绝,莫披万叶读和歌。

国俗好为歌。上古口耳相传,后借汉字音书之。伊、吕、波作,乃用假字。句长短无定,今通行五句三十一言之体,始素戈鸣尊《八云咏》。初五字,次七字,又五字,又七字,又七字,以三十一字为节。声哀以怨,使人辄唤奈何。《万叶集》,古和歌名作,有歌仙、歌圣之名。

---

① 此首之注文至此,光绪五年本无。

一　六　三

《旧唐》列传夸先郡，东晋高流喜小名。

欲考通称寻氏上，何人谱学比蒲生。

有名，有字，有通称，有别号，多者或至十数名，莫能记识。命名多父子相袭，如父曰义之，子曰献之，比比而然。古者世官，以官为姓。当允恭时，既极纷淆，乃正氏族，令冒乱者探汤以分曲直。至于天智，制定氏上，_{氏上，犹宗子也}。天武因之，分姓为八品，使有升降。自藤、橘、源、平兴，而一姓专政，古氏上遂亡。自足利兴，而赘婿冒姓，即欲讨其宗派亦不可。蒲生君平精于谱学，亟欲厘正，草《氏族志》，而不能成稿，惜夫！今之著姓，多学唐人，称郡望，因地为氏。若参议大隈、寺岛、黑田、西乡、川村皆是也。此外新僻之姓，略录如左：曰北胁，曰手冢，曰股野，曰目黑，曰手洗，曰田麦股，曰夏目，曰肝付，曰班目，曰垫间口，曰桥爪，曰池尻，曰腹卷，曰有动，曰一色，曰是枝，曰猪野，曰乌尾，曰生驹，曰老马，曰犬饲，曰猪子，曰鹿伏兔，曰小鸟游，曰牛洼，曰狗，曰鱼角，曰鹈饲，曰玉虫，曰草薙，曰矢土，曰缬缬，曰孕石，曰印具，曰二瓶，曰酒勾，曰玉乃，曰儿玉，曰妻木，曰哥枕，曰夫妇木，曰可儿，曰妹尾，曰神鞭，曰九鬼，曰鬼越，曰甲乙女，曰左乙女，曰稻叶，曰望月，曰小花，曰四十住，曰五十岚，曰十八女，曰四月朔，曰七寸五分，曰万里姊小路。

一　六　四

金武初官典药头，禁方从此散沧洲。

刀圭本是西来法，翻令鸡林遣使求。

自允恭帝时，新罗遣医金武来，始知汉医。雄略时，百济使王有陵陀、潘量丰来,始有医书。后有丹波、和气二氏世习其业,为名医。丹波氏,出于汉灵帝。灵帝五世孙,曰阿知王,于应神时来。又有善那使主,为吴王照渊孙,于钦明时携医书及佛像来。至花山帝时,丹波雅忠最知医。高丽王后疾,遣使求之,不往。复书有"扁鹊岂入鸡林之云"语。典药头,医官名,外有法眼、药匠、药助、药允诸官。

一 六 五

几辈僧医守局方,后宗朱李亦偏长。

说经许郑医《灵》《素》,隔海同辉万丈光。[①]

佛教盛时,医术亦寄于僧,后乃有儒而医者。旧用宋和剂方,曲直濑正庆始习丹溪、东垣之学。至名护屋丹水、后藤艮山、北山道长,再倡复古,专宗仲景,以上溯《灵》、《素》,医道日盛。丹水谓吾治病、不问病因之阴阳虚实,惟见症施治。艮山谓养精必藉酒肉,攻疾始藉药石。又谓能上溯《素》、《难》,旁及于张、葛、巢、孙诸家,不惑乎宋以后阴阳、王相、府藏分配之说,则思过半矣。道长尽扫温补诸论,言万病一毒,毒去则体安。其子猷引伸之曰:"人身气、血、水三者循环不已,万病生于滞,去滞则复元矣。"皆能扫空理,征实状,其理略近于西医。此正如国朝经生家之舍宋学而求汉学矣。

一 六 六

是何虫豸竟能医,药笼同收败鼓皮。

---

① 此首光绪五年本作:"缁流儒素各医囊,朱李以前泥局方。《素问》残戈余石匮,几人抱古守歧黄。"注文略异。

搜得龙宫方外药,补笺脚气集中诗。①

多脚气疾。有远田澄庵者,世业此医。其法用水蛭箝于膝盖,俾吸水肿。既果腹,则置之水桶,别易一虫。久而觉痒,则肿退而疾除矣。余谓此方为中土所无。澄庵临别,谆谆求余他日作《杂事诗》续编,为补入其名,盖亦种树郭橐驼之类也。

一六七

摩腹能同揣骨神,居然着手便成春。

更烦带下名医手,缓结颓颜记秘辛。

有接骨法,跌损各伤,不用刀剖,但以手提弄按摩,即能复元。西医甚神之。然问其术,则如轮匾之不能自言也。诊脉外,或兼诊脚。别有腹诊法,竹田定加、松江意斋始创其术。至香川修德辈,直据腹之软硬弛张及动定伸缩等状,以辨虚实死生,竟十得八九。及濑邱珽阐发微旨,著《诊极图说》,世益宗之。近习西医,于卖淫娼妓,预防传毒,每遣官医用镜窥测,有疾者则引而去之。

一六八

遍搜《本草》谱群芳,千卷书传海上方。

采药如编十洲记,定知多少入医囊。②

《本草》之学,以华名证倭产,时有参差。至向井元升、著《和名本草》。贝原笃信,著《大和本草》。始亲验物产,以考物名。既而稻生直义著《庶物汇纂》一千卷。又有阿部照任,少乘漕船赴江户,遇飓漂入

---

① 此首光绪五年本无。
② 此首光绪五年本无。

福建,留十八年,得《本草》,学而归。幕府命采药东海、北陆诸州,三至虾夷,得物甚富,石药尤多前人未道者。余所见诸书,皆侔色体状,辨味察色,以定其性质,各绘以图,系以说,其精审有过于华医。如汇集之,亦大观也。

一六九

正宗千锻出金精,薛烛犹惊弟子名。

秋水芙蓉光内敛,一挥头白不闻声。

正宗者,相模国人,冈崎氏,好炼刀。壮走四方,访锻师数十年。八十归,神而明之,遂成绝技。举世称为正宗,价值数千金。某侯好之,得以试囚,头落而无声。赝者极多。老儒根本通明,精相刀,告余曰:"正宗刀,内坚外柔,切铁如泥,而锃刃不顿,有金线,有玉光,有闪电,有流星,有回澜,细观乃得之。其气象温润而泽,缜密而栗。彼锋铓外露,若不可逼视者,伪也。"通明又言:"正宗之子为贞宗,弟子称十哲。义宏者,比颜子,其刀似正宗,而锐利过之。正宗不可得,得义宏亦可矣。"自欧公来,咏日本刀歌甚多。名为屈伸刀,则告者过也。刀环重者亦值数百金。

日本上古之剑,既有天羽斩、大叶刈、韴灵之名,所谓天丛云剑,乃为传国三器中之一。中古以来始贵刀,源氏之鬼斩、平氏之小乌尤著名。后鸟羽帝亲自督造,谓之御所锻。逮建武大乱,兵革相踵,名工益辈出。于是相模有正宗、贞宗,越中有义宏、则重,筑前有源左,美浓有兼氏。铸冶之良,莫盛于斯。自兵法改用枪炮,士夫又禁佩带,名刀遂绝响矣。

一七〇

论语宣文护绛纱,善才弟子妙琵琶。

插花叉画均能事,教妇先从小笠家。①

有小笠原氏礼,世习女礼,开塾设教,最为通行。其拜跪折旋,言辞謦欬,下至拂尘插花,均有法度,世称为"小笠流"。

一七一

星禽风角昔曾精,相地无人读宅经。

同此山川此形胜,青乌何事术无灵。

河洛、壬遁、龟蓍、星相、方技,旧有流传,国人如役小角、安倍晴明,皆以术著名。惟郭璞、杨历之说,未有习者。

一七二

古佛留铭笔既奇,野人善草史能知。

几行先鸟模糊字,去访那须国造碑。②

书法自韩来。碑之古者,有大和法隆寺金堂佛背铭、释迦佛像铭、那须国造碑、此碑中有永昌元年字。然日本无永昌纪元,故或疑为用伪周武氏号。或又曰永昌字形似朱鸟,天武有朱鸟号,因岁久残缺而讹也。多贺城碑,其规模皆似六朝人。《新唐书》云:建中元年,日本使者真人兴能来,善书。《书史会要》:南海商人自日本还,得国王弟与寂照书,自称野人若愚,章草之妙,中土亦能及,盖八法之传旧矣。以余所闻,延

---

① 此首光绪五年本无。
② 此首光绪五年本无。

喜、天历间最多能品云，近亦多名手。初学书者，皆悬腕执笔，作二三寸大字，点画波撇，颇留古法，行草尤佳。

一 七 三

南苹师法南田笔，南北禅宗合一家。

偏是蛾眉工淡扫，青螺烟墨写秋花。①

画法传自中土。初摹唐宋院体，后分数家，有土佐家，藤原经隆，土佐人。《五杂俎》言："倭画无皴法，但以笔细画，萦迴环绕，细如毫发。"即指土佐一派也。有雪舟家，僧等扬，号雪舟，游于明，始传北宗一派。有狩野家，狩野元信最有盛名。国朝吴中沈南苹始以南北合法相授受。有边华山、椿椿山，得恽氏真本，于是又传没骨法。近来晴湖、奥原氏。花蹊迹见氏，名泷。诸女史，得法于江稼圃，苏人，来游长崎，沙门铁翁等学之。而遥师郑板桥，画法又一变，花卉不喜著色，而老气横秋。

一 七 四

人间万事积薪叹，画师亦复古所无。

吹云画水寻常事，君看游鱼飞白图。②

用画龙法，以墨作水，以空白作鱼。泼墨于纸，或以笔描，或以指擦，或以唇吹之，渲染生动，正如临水观鱼，圉圉洋洋，曲肖物态，亦画家新法也。

---

　　① 此首光绪五年本作："掀翻院体好新奇，争访南蘋老画师。近世蛾眉工泼墨，写花曾不买胭脂。"

　　② 此首光绪五年本无。

一七五

镜影娉婷玉有痕，竟将灵药摄离魂。

真真唤遍何曾应，翻怪桃花笑不言。

蒸海兰烟薰玻璃，以硫磺水浧之，使人影透入镜中，神态如生，此术出西人。近复以银硝纸承镜影，日光隙入，痕留淡墨。东国效之，名镜写真。写真之家，比间而居。东都佳丽，喜照艳妆，悬卖廛肆，良家子妇，亦不之吝也。

一七六

醉吸琼浆数百杯，手携楸局上霞台。

烂柯莫管人间世，且赌瀛洲玉袜来。

围棋最多高手。亦用十九行、三百六十一子。惟行棋不行棋雅法，差异耳。高朋夜宴，酒阑席散，则楸枰罗列矣。局皆以楸木，下有四足。棋子黑者石，白者多以牡蛎壳为之。《夷门广牍》言：日本产如楸玉，琢为棋局。《杜阳杂篇》称：大中中，日本国王子来朝，言国东三万里有集真岛。岛上有凝霞台，台上有手谭池，以冷暖玉为棋子。此与橘中老叟、石室仙人同为神仙家诞言矣。亦有象棋，戏法略同，而有金银将、香车、桂马之名。《汉书》所谓"格五"。《酉阳杂俎》名为"蹙融"，向不知所谓。今东人行棋，有布子成行，得五者胜，即此戏与。亦有弹棋。

一七七

朝市争趋海柘榴，贪同西母斗行筹。

夜深似有鲛人泣，空抱缫丝上蠹楼。

古无商贾，唯以有易无而已。至显宗朝，始见"粟斛换银钱"之语，则纪元一千二三百年时，始有贸易也。旧有海柘榴市，称为贾人群萃之所。通商以后，商业大行，各立社会。监银、市场、卖茶、牙郎、头取、肝煎，皆商名，一首一从也。宫室衣服，奢拟侯王。然其术不良，操筹握算，远不如西商，多先笑而后咷，中干而外强云。

一七八

左陈履宪右冠模，夏屋纷罗万象图。
聚族同谋轮囷秘，不过依样画葫芦。①

博览会或以时，如日某年某会。或以地，如日东京会、西京会。或以物，如丝会、茶会、棉会。皆随宜开设。至劝工场，则所在而有。五洲万国之物，自非天然之品，皆模形列价，以纵人摹拟。日本最善仿造，形似而用便，艺精而价廉。西人论商务者，咸妒其能，畏其攘夺云。

一七九

依样葫芦巧略同，镂金刻木总能工。
楚材借用推鞍部，蕃别传家数笔公。

一切工匠，皆自三韩来。金工、瓦工自崇神时，织工自应神时，木工、土工自雄略时，纸墨彩色工自推古时，革工自仁贤时，后有熟皮高丽者，世司其业。古大藏省管百济手部。手部管掌杂缝职，仍用百济人为之。《雄略纪》有鞍部贤贵，乃汉人也。惟石工、玉工不详所自。《古事记》有"八尺句璁五百津之御须麻流珠"，或以为太古时天明玉所造，是固未可据。笔工亦不详所来。《姓氏录》

---

① 此首光绪五年本无。

云:"右京诸蕃有笔氏,制十一种笔,因赐姓笔氏。"知亦汉人教之也。汉人及韩人来居日本者,谓之蕃别。

一八〇

雕镂出手总玲珑,颇费三年刻楮功。

鸾竟能飞虎能舞,莫夸鬼斧过神工。

雕刻之工,愈小愈巧。旧藩贵人作一器,或穷年累月乃毕业,真有棘刺之妙。博览会陈物,有象牙画扉两扇,纵二尺五寸,横半之,骤观始莫名其妙;细棘疏密相间,为胡瓜小鞠,则仰者张盖,欹者卧根,木笔穗颖粟粟然。鱼六七头,首尾鳞鬣皆如生,其垂头屈足、雌雄相抱者为蛤蚧。缭须钳爪若游水,面则龙虾也。凡花之类,又十余种,芍药、藤花、细菊、水仙,皆凌乱交错,布置在有意无意间。云东京工某造,价三百五十金。盖东人善购思,佐以利器,真若有神助,偃师傀儡,未必胜之。《杜阳杂编》称:飞龙卫士倭人韩志和,善雕木,作鸾鹤鸦鹊,凌云奋飞,复臂虎子,使猎蝇舞、凉州曲,殆不谬也。

一八一

滚滚黄尘掣电过,万车毂击复竿摩。

白藤轿子葱灵闭,尚有人歌踏踏歌。①

小车形若箕,体势轻便,上支小帷,亦便卷舒。以一人挽之,其疾如风,竟能与两马之车争先后。初创于横滨,名人力车。今上

---

① 此首光绪五年本作:"三面襜帷不合围,双轮捷足去如飞。春风得意看花日,转眼难歌缓缓归。"

海、香港、南洋诸岛仿造之,乃名为东洋车矣。日本旧用大轿,以一木横贯轿顶,两人肩而行。轿离地只数寸,乘者盘膝趺坐,四面严关,正如新妇闭置车帷中,使人悒悒。今昔巧拙不侔如此。

一八二

犬吠声来出隼人,大家角觚样翻新。

数他竿木逢场戏,几个翩翩善舞身。

有隼人,世习相扑戏。相扑,角觚也。植竿于肩,高出云表,儿缘而升,疑拙疑巧,捷若飞猱,翩如坠鸟,则有戴竿戏。以柱缚绳,飘然凌空,处女脱兔,索上相逢,摩肩而过,势若不容,则有高絚伎。黄金四目,磬戒跳舞,一人假面,二人击鼓,掷与一钱,欢跃而去,则有狮子舞。俱贱者为之,藉以营生。

一八三

执鞭高坐气扬扬,革履毡衣时世妆。

昨日文身今断发,自夸鳞介易冠裳。

仆御皆别为微族,鸟兽花草刺画其身,光怪陆离,不可逼视。明治初年,下令禁之,乃止。近驭马车者,皆剪发,著西服,意气扬扬,甚自得矣。

一八四

重译新翻树畜篇,劝农官舍榜书悬。

新来学得鸡桴粥,夸与人前说秘传。

泰西树艺养育之法,皆译其书,有劝农局举以教人。鸡之抱卵粥子,旧听其自生自长,取鸡子,去其鷇,使母鸡翼覆之,近始知以人事助厥母粥也。

一八五

一望高高下下田，旱时瑞穗亦云连。

归装要载良苗去，倘学黄婆种絮棉。

其土宜稻，九州所产，时有输入广东者。闻有旱稻，近印度苦旱，移植颇宜。曾向故内务卿索取，今译其说曰：旱稻有粳三种，有糯五种。性宜腴沃，瘠土塉田则宜培粪之。分苗插秧，深耕易耨，法与他种同。择地以英吉利人华氏所制寒暑针二十度以上为宜。播种于谷雨、立夏间，其收获也，早在九月，迟在十月。若六七十度热地，则春种夏收，岁可两熟。其地多雨，虽暑及百度，可无伤。否则择阜湿处，久旱亦不至枯槁。凡三百步地，岁获一石四五斗，大熟可得七八斗。粳宜作饭，糯宜造饼云。余客日本，知其濒海多雨，其土又宜种植，故因山为田，梯级云上，亦不忧旱荒。古名瑞穗国，殆有由然。今谓种于旱地，宜择湿土，则如频年晋、豫之灾，虑亦无济于旱。若五岭以南，或者迁地能良也。他日归，当携购其种。即不得如占城之稻、印度之棉著利无穷，苟少有裨益，亦当传播耳。所愿有心农学者试验之。

一八六

初胎花事趁春融，祝语丁宁休洗红。

一道裙腰频结束，尽将桃杏嫁东风。①

力求农学。欧洲植物家有曰雌雄配合法，谓花果草木，亦交合

---

① 此首光绪五年本无。

而后结子。凡蕊中所含黄粉,用蜜涂附,则花时风雨不伤,粉厚而实倍繁。考《文昌杂录》称:一媒姥见杏花多而不实,曰来春与嫁了此杏。乃索处子裙一腰系杏上,既而奠酒,呢喃颂祝,果结子无数。盖亦以酒浆膏粘之,但托以神巫而不通其理耳。

一八七

采取头春到尾春,猩红染色样翻新。

自过穀雨茶船到,先拣龙团赠美人。

产茶以山城国为最佳。绿汤者,惟美利坚人喜购之,欧罗巴人不欲也。近年有西商延中人制红茶,味薄,远不如我产,制日多,价骤贱。日本出口之货,茶最为大宗,岁可得银钱四百万元,美人购之十七八云。谷雨前后所采,名曰头春,大暑前后名曰尾春,皆运来横滨,再装出口。其制造方法、价值数目,别详《物产志》中。

一八八

四茧缫成弱缕奇,海西争购舶来时。

都从素手纤纤出,跪树传夸女欧丝。

丝亦别详《物产志》中。制丝或用机器。又有一法,以手挽轮,力不如水火,而便于指爪。每四五茧能成一丝。西人喜其细,多购之。制丝皆以女工。《山海经》云:"欧丝之野在大踵东,有女子跪据树欧丝。"

一八九

著手成春任意栽,未花移种到花开。

移家家具无多少,却带寒梅百树来。

善于种树。合抱之木，动辄迁植。多有花时移来，花后徙去者。土人移居，遂并其花木竹石，一一布置如旧。

一九〇

石墨沉沉阴火红，赤丹成颎出金铜。

百年千岁莫枯竭，下告黄泉上碧穹。

煤矿，肥前诸郡大小三百二十九所，肥后天章①郡六所，甲斐都留郡二所，常陆多贺郡四所，美浓可儿郡一所。铜山，河边郡四所，太和吉野郡三所，摄津河郡一所，飞驒吉城郡三所，下野安苏郡一所，岩代会津郡一所，陆前五造郡一所，越前大野郡十所，越后蒲原郡八所。所采斤数，别详《物产志》中。日本之铜不如吕宋、安南，煤不如台湾、磁州。然古者金银之山大都枯竭，地脉所钟，赖有此耳。开掘之法用泰西机器，为之甚便也。

一九一

回青纯白洁无尘，色比官哥稍薄匀。

说是五郎亲手制，就中最爱爱莲人。

史言雄略十七年，始命土师连造清器。清器，陶器也。然崇神时，既有瓦博士，或言与寺工偕来自韩云。陶之佳品称尾张濑户、肥前今利。盘金描花者，称加贺九谷，颇输入外国。足利氏时，有伊势五郎者，曾至景德镇，专学青花，年七十归，携手造者，款曰"五郎大夫"。所制七种香盒，以画爱莲周茂叔像为最佳，纸薄磬声，几类定、汝，最为时宝。

---

① 天章，当是天草。

一九二

不须攒剔亦玲珑，漆枕仇家手自工。

翻出六朝金碧画，缥霞先著退光红。

髹漆之器最称能品。泥金、描金、洒金，作云烟山水、花木鸟兽，虽巧画手亦复不如。又有缥霞彩漆，烂烂射人，而意采飞动。螺钿之器，雕嵌入微，手拭之若无痕者。《七修类稿》谓：诸制皆创自日本。天顺间，杨倭漆最工，效之，然究不及。若我宋元之攒犀、用朱、黄、黑三色漆，雕刻诸象，钻其间处，使层见叠出。又名西皮，亦名犀皮，即楚词之犀毗。宋元人所作至佳。张、杨之剔红、用厚朱漆镂之，名曰剔红。元朝西塘有张成、杨茂最得名。吴越之戗金，东人得之，则锦囊绣帙，什袭不啻，效之，亦不如我也。

一九三

开关转得丸泥力，修月还将七宝装。

何意鎗金螺钿外，更能炼石补天荒。①

陶器自盘金描花以外，有名七宝烧者，亦用铜丝作匡廓，杂采云母琉璃螺纹贝锦诸物以作采色，班阑陆离，其光煜煜。此又本漆器螺钿、铜器商金之法而用之磁器者。日本铜器多用枪金陷银法，《诗》："鞗革有鎗。"郑笺云："鎗，金饰貌。"《稗史类编》云："尝见夏雕干戈，铜上相嵌以金。"古谓刻为商，又名商金。《宋史》百官鞍勒有陷银，《元史》作简银，即此法也。

---

① 此首光绪五年本无。

一 九 四

十三行竹袖中收，宝扇家家爱聚头。

藏得秋山平远画，鸦青纸认折痕留。

折叠扇，实始于东人，一名聚头。削竹为十三行，长三四寸，插之腰间。亦有长二尺者。用泥金纸、乌木柄。《张东海集》称：永乐中，倭国以充贡，成祖分赐群臣，又仿其制以供赐予，遂遍用之。盖源义政称臣于我，以之充筐篚者也。然宋时既有流传，东坡谓：高丽白松扇，展之广尺许，合之止两指许。又江少虞《皇宋类苑》云：熙宁末，游相国寺，见卖日本扇者，琴漆柄，以鸦青纸如饼揲为旋风扇，淡粉画平远山水，笔势精妙，即折扇也。日本人喜书画，藏前明名家、国初诸老扇面至多。

一 九 五

轻于蝉翼薄于纱，阑画乌丝整又斜。

不用文人愁纸贵，淡黄遍种瑞香花。

造纸不以竹，用构用楮之法，同于中土。更有用芫花、茝花、瑞香花制者。瑞香或黄或白，皆可制。以茝花制者，名雁皮。皆至薄极韧，色洁白，无纤毫垢。以之钩摹碑帖，实上品也。余又闻人言：凡树皮、草根，熬之成浆者，多可造纸云。近仿西法，复以败絮为之。《使东杂咏》诗注曰："败絮，机器揉碎熬烂，视其白而茸也，用水调匀，由机出之。机轮递转，泻浆成幅，腐者新，厚者薄，湿者干，顷刻即就，坚致如雪。"

一九六

西京城比锦官雄，吴织何如汉织工。

菊叶葵枝盘大缘，飞鱼天马簇真红。

《三国志》所著倭锦，未知何如。史言：雄略十四年，吴人遣汉织、吴织女工来，始有织。西京所出锦至佳。《杜阳杂编》曾称："女王国有明霞锦，光耀芬馥，五色相间。"可知其美艳矣。菊为王家徽志，葵为旧将军徽志，故织此甚多。真红天马锦、真红飞鱼锦，皆沿蜀锦名。

一九七

入网青鲨化虎难，皮留饰器味登盘。

鼠肠鱼翅均珍错，借箸同筹补食单。

近海多产鲨鱼，渔者折翅干之，贩卖中土，以为海错佳品，东人未有食者。海鼠即海参。刳其肠，蓄之以瓶，东人以为极品，顾中人未有食者。

一九八

紫带青条择海苔，如云昆布翠成堆。

珊瑚七尺交柯好，合与王家斗富来。

中人购海物者，以鳆鱼为大宗，次干鳕，次海苔，次鳎，次昆布。昆布，吾辈呼为海带者也。珊瑚，或红或白或黄，每有六七尺者。

一九九

异鱼怪鸟兼奇兽，图象争陈博览场。

几辈守株犹待兔，何人岐路哭亡羊。

《后汉书》谓其无虎豹牛马羊鹊。今有牛有马，而无虎豹。开港之初，见白兔，诧为异物，或不容数十百金买之。以毳毛为衣。曾无一羊，后乃从北直购千头归蓄，然补牢既晚，且未知能蕃滋否耳。至奇异之物有不经见者，兽则海驴、海豹、海马、产北海；鸟则松鸡，似鸡而色白，产加贺。海鸟，红喙绿首，粉面黑身，足惟三趾，东人名为乌堕乌，产奥州。鱼有蛇婆，有黑鱼，似蜆而小，四足；有马鞭鱼，似撅而长嘴；有琵琶鱼，有鹦哥鱼，有人面鱼，皆肖形名之。翻车鱼，形如提鼓，而有两翅。鱼虎形圆，有毛似猬。海牛，似牛首，而全身有坚甲。鲭鱼，有鼻。博物馆中皆有之。

二〇〇

纪事只闻筹海志，征文空诵送僧诗。

未曾遍读《吾妻镜》，惭付和歌唱《竹枝》。

《山海经》已述倭国事，而历代史志于舆地风土，十不一真。专书惟有《筹海图编》，然所述萨摩事，亦影响耳。《明史·艺文志》有李言恭《日本考》五卷、侯继高《日本风土记》四卷，书皆不行于世。余从友人处假有《风土记》抄本，不著撰人，未审是侯本否。书极陋，不足观。唐人以下，送日本僧诗至多，曾不及风俗。日本旧已有史，因海禁严，中土不得著于录。惟朱竹垞收《吾妻镜》一部，故不能详。士大夫足迹不至其地，至者又不读其书，谬悠无足怪也。宋濂集有《日本曲》十首，《昭代丛书》有沙起云《日本杂咏》十六首。宋诗自言："问之海东僧，僧不能答",亦可知矣。起云诗仅言长崎民风,文又甚陋。至尤西堂《外国竹枝词》,日本止二首。然述丰太阁事,已谬不可言。日本与我仅隔衣带水,彼述我事,积屋充栋;而我所记载彼,第以供一噱,余甚惜之。今从大使后,择其大要,草《日本志》,成十四卷。复举杂事,以国势、天文、地理、政治、文学、风俗、服饰、技艺、物产为次,衍为小注,串之以诗。余虽不文,然考于书,征于士大夫,误则又改,胡非向壁揣摩之谭也。第不通方言,终虑多谬,愿后来者订正之耳。

据光绪二十四年长沙富文堂重刊本

人境庐诗草

康有为序

（光绪三十四年五月二十四日　1908 年 6 月 22 日）

　　嵚崎磊落轮囷多节英绝之士，吾见亦寡哉！苟有其人欤，虽生于穷乡，投于仕途，必能为才臣贤吏而不能为庸宦，必能为文人通人而不能为乡人；苟有其人欤，其为政风流，与其诗文之跌宕多姿，必卓荦绝俗而有其可传者也。吾于并世贤豪多友之，我仪其人欤，则吾乡黄公度京卿其不远之耶？公度生于嘉应州之穷壤，游宦于新加坡、纽约、三藩息士高之领事官，其与故国中原文献至不接也。而公度天授英多之才，少而不羁，然好学若性，不假师友，自能博群书，工诗文，善著述，且体裁严正古雅，何其异哉！嘉应先哲多工词章者，风流所被，故诗尤妙绝。及参日使何公子峨幕，读日本维新掌故书，考于中外之政变学艺，乃著《日本国志》，所得于政治尤深浩。及久游英、美，以其自有中国之学，采欧美人之长，荟萃熔铸而自得之，尤偈傥自负，横览举国，自以无比。而诗之精深华妙，异境日辟，如游海岛，仙山楼阁，瑶花缟鹤，无非珍奇矣。

　　公度长身鹤立，傲倪自喜，吾游上海，开强学会，公度以道员奏派办苏州通商事，挟吴明府德潇叩门来访。公度昂首加足于膝，纵谈天下事；吴双遣澹然旁坐，如枯木垂钓。之二人也，真人也，畸人也,今世寡有是也。自是朝夕过从,无所不语。闻公度以属员见总督张之洞,亦复昂首足加膝,摇头而大语。吾言张督近于某事亦通,公度则言吾自教告之。其以才识自负而目中无权贵若此。岂惟不媚哉,公度安能作庸人。卒以此得罪张督,乃闲居京师。翁常熟览其《日本国志》,爱其才,乃放湖南长宝道。时义宁陈公宝箴抚楚,大相得,赞变法。公度乃以其平日之学发纾之。中国变法,自行省之湖南起。与吾门人梁启超共事久,交尤深。于是李公端棻奏荐之,上特拔之使日本。而党祸作,公度几被逮于上海。日故相伊藤博文救之,乃免。自是久废无所用,益肆其力于诗。上感国变,中伤种族,下哀生民,博以环球之游历,浩渺肆恣,感激豪宕,情深而意远,益动于自然,而华严随现矣。公度岂诗人哉! 而家父、凡伯、苏武、李陵及李、杜、韩、苏诸巨子,孰非以磊砢英绝之才郁积勃发而为诗人者耶? 公度之诗乎,亦如磊砢千丈松,郁郁青葱,荫岩竦壑,千岁不死,上荫白云,下听流泉,而为人所瞻仰徘徊者也。

康有为序于挪威北冰海七十二度观日不没处,以为公度有诗,犹不没也。

光绪三十四年夏至

自　序[*]

（甲戌　同治十三年四月八日　1874 年 5 月 23 日）

　　此诗两卷,盖《人境庐诗草》之副本也。十年心事,大略具此。已别命书人缮写,携之行囊。然予有戒心,虑妙画通神,忽有肰箧之者,故别存之,以当勇夫之重闭。诗固不佳,然亦征往日身世之阅历,亦验他日学问之进退。将来相见,风雨对床,剪烛闲话,出此一本,公度自证之,吾弟又共证之,亦一快也。什袭珍重,等闲不遽以示人。

　　　　　　四月浴佛日　公度宪自书于汕头之行寓

　＊　甲戌为同治十三年,浴佛日为四月八日,序于同治十三年四月八日。

自　序

（光绪十七年六月　1891 年 7 月）

余年十五六，即学为诗。后以奔走四方，东西南北，驰驱少暇，几几束之高阁。然以笃好深嗜之故，亦每以余事及之，虽一行作吏，未遽废也。士生古人之后，古人之诗号专门名家者，无虑百数十家，欲弃去古人之糟粕，而不为古人所束缚，诚诚戛戛乎其难。虽然，仆尝以为诗之外有事，诗之中有人；今之世异于古，今之人亦何必与古人同。尝于胸中设一诗境：一曰复古人比兴之体；一曰以单行之神，运排偶之体；一曰取《离骚》乐府之神理而不袭其貌；一曰用古文家伸缩离合之法以入诗。其取材也，自群经三史，逮于周、秦诸子之书，许、郑诸家之注，凡事名物名切于今者，皆采取而假借之。其述事也，举今日之官书会典方言俗谚，以及古人未有之物，未辟之境，耳目所历，皆笔而书之。其炼格也，自曹、鲍、陶、谢、李、杜、韩、苏迄于晚近小家，不名一格，不专一体，要不失乎为我之诗。诚如是，未必遽跻古人，其亦足以自立矣。然余固有志焉而未能逮也。《诗》有之曰："虽不能至，心向往之。"聊书于此，以俟他日。

光绪十七年六月在伦敦使署　黄公度自序

黄遵楷初印本跋

（辛亥九月　1911 年 10 月）

右诗十一卷，先兄手自裒集而未付梓。先兄下世，海内文人学士，折柬相追，欲读其诗而知人者，迄无虚岁。虽然，先兄著述初行于世者，曰《日本杂事诗》，所以觇国情，纪风俗，译署之官版也。《日本国志》，所以述职，知所驻国之形势变迁，由于世界各国之形势变迁相逼而成，则本国之从违，当求合于世界各国之形势以为断。故其分门别类，勒成全书，亟自刊行者，意在于借观邻国，作匡时之策也。先兄之书，至今谈时局者未尝不推崇之。而先兄之遇，每夺于将行其志，卒至放弃，且以忧死。终其身皆仰成于长吏，未尝有独当方面，以行其所怀抱者。其于诗也，虽以余事及之，然亦欲求于古人之外，自树一帜。尝曰：人各有面目，正不必与古人相同。吾欲以古文家抑扬变化之法作古诗，取《骚》《选》乐府歌行之神理入近体诗。其取材，以群经三史诸子百家及许、郑诸注为词赋家不常用者；其述事，以官书会典方言俗谚及古人未有之物、未辟之境，举吾耳目所亲历者，皆笔而书之。要不失为以我之手，写我之口云。故其诗散见于宇内者，辄为世人所称颂。以非诗人之先生，而使天下后世，仅称为诗界革命之一人，是岂独先兄之大戚而已哉！

遵楷不肖,不能继承兄志有所建树,读先兄病笃之书,谓:"平生怀抱,一事无成,惟古近体诗能自立耳,然亦无用之物,到此已无可望矣。"呜呼!先兄之不忍为诗人,而又不得不有求于自立之道,其怆怀身世为何如耶!今海内鼎沸,干戈云扰,距先兄之下世者,仅六岁耳。先兄之不见容于当时,终自立于无用之地位,先兄之不幸,抑后于先兄者之不幸耶!然则先兄之袁集既竟,所不欲以付梓者,吾亦从而校雠以刊行之而已,夫复何言!

辛亥九月　五弟遵楷牖达谨跋

黄能立校刊后记

（辛未 1931 年）

先祖遗著《人境庐诗草》，凡十一卷，为其毕生心血之结晶。全集未付剞劂，先祖即已弃养。民国前一年岁辛亥，几经展转请托，始获刊成千部，以之分赠亲友，瞬已告罄，而所费已不赀矣。流布未普，海内人士欲读此书者，时来责言。能立虽屡谋集众力，再行校刊，以副社会之望，二十年来，均以人事多变而罢。伏思先人心血，为子孙者均宜发扬光大，何能久令湮没不彰。兹谨以个人之力，负此流布之责，于民国十九年六月，再校付印，至二十年三月而蒇事。校印时有奇调奥义，获益于季岳杨老先生之启迪为多。而其俗体讹字，误于初版手民者，则承喻飞生先生指示不少。而徐志炘先生及先堂叔寿垣，且为分董印事之劳。诸先生之热诚爱护，所当深谢者也。先祖遗著，除此外，尚有《日本国志》四十卷、《日本杂事诗》二卷，早刊行于世。其文集若干卷，则拟俟诸异日云。

能立谨志

卷一 七十二首

（同治三年至十二年 1864 年至 1873 年）

感怀三首

一

世儒诵《诗》、《书》，往往矜爪嘴。昂头道皇古，抵掌说平治。上言三代隆，下言百世俟，中言今日乱，痛哭继流涕。摹写车战图，胼胝过百纸。手持《井田谱》，画地期一试。古人岂我欺，今昔奈势异。儒生不出门，勿论当世事。识时贵知今，通情贵阅世。卓哉千古贤，独能救时弊。贾生《治安策》，江统《徙戎议》。

二

有清膺天命，仁泽二百年，圣君六七作，上追尧舜贤。熙、隆全盛时，盖如日中天。帷闼外戚患，干戈藩镇权，煽虐奄人毒，炀灶权臣奸。百弊咸荡涤，王道同平平。迩者盗潢池，神州涴腥膻。治久必一乱，法弊无万全。谓由吏惰窳，亦坐民殷阗。当世得失林，未可稽陈编。儒生拾古语，谓当罪己愆。庚申之役，有上疏请下罪己诏者。显皇十一载，忧虞怵深渊。拔擢尽豪杰，力能扶危颠。惟念大乱平，正当补弊偏。且濡浯溪笔，看取穿碑镌。

三

吁嗟两楹奠,圣殁微言绝。战国诸子兴,大道几灭裂。劫灰出秦燔,六籍半残缺。皇皇孝武诏,群言罢一切。别白定一尊,万世循轨辙。遗书一萌芽,众儒互拾掇。异同晰石渠,讲习布绵蕝。戴凭席互争,五鹿角娄折。洎乎许郑出,褎然万人杰。宋儒千载后,勃窣探理窟。自诩不传学,乃剽思、孟说。讲道稍僻违,论事颇迂阔。万头趋科名,一意相媚悦。圣清崇四术,众贤起顽颟。顾阎辟初涂,段、王扬大烈。审意得古训,沉晦悉爬抉。读史辨豕亥,订礼分祖袭。上溯考据家,仅附文章列。儒于九流中,亦只一竿揭。矧又某氏儒,涂径各歧别,均之筐篚物,操此何施设。大哉圣人道,百家尽囊括,至德如渊、骞,尚未一间达。区区汉宋学,乌足尊圣哲。毕生事钻仰,所虑吾才竭。

乙丑十一月避乱大埔三河虚四首

一

六月中兴洗甲兵,金陵王气复升平。岂知困兽犹能斗,尚有群蛙乱跳鸣。一面竟开通寇网,三边不筑受降城。细民坚壁知何益,翘首同瞻大帅旌。

二

《南风》不竞死声多,生不逢辰可若何!人尽流离呼伯叔,时方灾难又干戈。诸公竟以邻为壑,一夜喧呼贼渡河。闻说牙璋师四起,将军翻用老廉颇。

三

星斗无光夜色寒,一军惊拥将登坛。争功士聚沙中语,遇敌师从壁上观。谁敢倚公为砥柱,可怜报国只心肝。东南一局全输却,当局翻成袖手看。

四

七年创痛记分明,无数沙虫殉一城。己未二月,贼破嘉应,知州文壮烈公晟死之。从而殉者万余人。逐鹿狂奔成铤走,伤禽心怯又弦惊。爷娘弟妹牵衣话,南北东西何处行?一叶小舟三十口,流离虎穴脱余生。

拔自贼中述所闻四首

一

红巾系我腰,绿纱裹我头。男儿重横行,阿嫂汝莫愁。

二

朝倾百斛酒,暮饱千头羊。时时赌博簺,夜夜迎新娘。

三

今日阿哥妻,明日旁人可。但付一马驮,何用分汝我。

四

四更起开门,月黑阴云堆。几时踏杀羊,老虎来不来?

潮 州 行

人生乱离中,所谋动乖忤。一夕辄三迁,踪迹无定所。自从居三河,谓是安乐土。世情谁念乱,百事恣凌侮。交交黄鸟啼,此邦不可处。一水通潮州,且往潮州住。是时北风寒,平江荡柔橹。行行将近城,炊烟密如缕。行舟忽不前,有盗伏林莽。起惊贼已来,快橹飞如雨。舟人急系舟,挥戈左右拒。翻惧力不敌,转逢彼贼怒,扣舷急相呼,不如任携取。流离患难来,行箧无几许。但饱群贼囊,免更遭劫房。一声霹雳炮,杀贼贼遽去。虎口脱余生,惊喜泣相语。回看诸弟妹，僵伏尚如鼠。起起呼使坐，软语相慰抚。扶床面色灰，谬言不畏惧。吁嗟患难中，例受一切苦。须臾达潮州，急觅东道主。剪纸重招魂，招魂江之浦。

喜闻恪靖伯左公至官军收复嘉应贼尽灭二首

一

诸侯齐筑受降城，狂喜如雷堕地鸣。终累吾民非敌国，嘉庆间剿办白莲教匪，仁宗诏曰："自古只闻用兵于敌国，未闻用兵于吾民，如蔓延日久，是贼是民，皆吾赤子，何忍诛戮。"显皇曾手书此诏，普告臣下云。又从据乱转升平。黄天当立空题壁，赤子虽饥莫弄兵。天下终无白头贼，中原群盗漫纵横。

二

恢恢天网四围张，群贼空营走且僵。举国望君如望岁，将军擒贼早擒王。十年窃号留余孽，六百名城作战场。今日平南驰露布，在天灵爽慰先皇。

乱后归家四首

一

遂有还家乐，跳梁贼尽平。举家开笑口，一棹出江城。儿女团圞坐，风波自在行。惊魂犹未定，夜半莫呼兵。

二

即别潮州去，还从蓬辣归。累人行箧少，滞我客舟迟。颠倒归来梦，惊疑痛定思。便还无处所，已喜免流离。

三

一炬成焦土，先人此敝庐。曾王父所建筑。有家真壁立，无树可巢居。小妇啼开箧,群童喜荷锄。苔花经雨长,狼藉满家书。

四

便免颠连苦,相依此一窝。窗虚添夜冷,屋漏得天多。豺虎中原气,蛟螭海上波。扫除勤一室,此志恐销磨。

送女弟三首

一

阿爷有书来,言颇倾家赀。箱奁四五事,莫嫌嫁衣希。阿母开箧看,未看先长欷。吾家本富饶,频岁遭乱离。累叶积珠翠,历劫无一遗。旧时典衣库,烂漫堆人衣。今日将衣质,库主知是谁?扫叶添作薪,烹谷持作糜。尺布尚可缝,亲手自维持,行行手中线,离离五色丝,一丝一泪痕,线短力既疲。即此区区物,艰难汝所知。所重功德言,上报慈母慈。

二

中原有旧族,迁徙名客人。过江入八闽,展转来海滨。俭啬唐魏风,盖犹三代民。就中妇女劳,尤见风俗纯。鸡鸣起汲水,日落犹负薪。盛妆始脂粉,常饰惟綦巾。汝我张黄家,颇亦家不贫。上溯及太母,劬劳无不亲。客民例操作,女子多苦辛。送汝转念汝,恨不男儿身。

三

阿母性慈爱,爱汝如珍珠。一日三摩挲,未尝离须臾。今日送汝去,执手劳踟蹰。汝姑哀寡鹄,哀肠多郁纡。弟妹尚稚幼,呀呀求乳雏。太母持门户,人言胜丈夫。靡密计米盐,辛勤种瓜壶。一门多秀才,各自夸巾帼。粥粥扰群雌,申申詈女婴。女须婉以顺,朝夕承欢娱。欢娱一以承,我心一以愉。待汝一月圆,归来话区区。

二十初度

堕地添丁日，时平万户春。我生遂多事，臣壮不如人。离乱艰难际，穷愁现在身。摩挲腰下剑，龙性那能驯。

游丰湖 三首

一

西湖吾未到，梦想或遇之。蒙蒙水云乡，荷花交柳枝。今日见丰湖，万顷青琉璃。持问老东坡，杭、颍谁雄雌？浃旬困积暑，泼眼惊此奇。恍如图画中，又疑梦寐时。人生为何事，毕世狂奔驰。黄尘没马头，劳劳不知疲。嗟我不能仙，岂能免人羁。要留一片地，自谋老来私。悠悠湖上云，耿耿我所思，下与鸥鹭盟，上告云天知。

二

浓绿泼雨洗，森森竹千个。亭亭立荷叶，万碧含露唾。四围垂柳枝，随风任颠簸。中有屋数椽，周遭不为大。罗山峙其西，丰湖绕其左。关门不见山，凿穴叠石作。前檐响礧硙，后屋旋水磨。扶筇朝看花，入夜不一坐。亭午垂湘帘，倦便枕书卧。偕妇说家常，呼儿问书课。敲门剥啄声，时有老农过。君看此屋中，非他正是我。行移家具来，坐待邻里贺。

三

斜阳照空林，徘徊未忍去。多恋究多累，掉头未可住。我生二十年，初受尘垢污。家计竭中干，俗状作先驱。飞鸟求枝栖，三匝方绕树。大海泛浮萍，归根定何处？渺茫发大愿，天意肯轻付。况今千里来，担簦期一遇。行锁矮屋中，蒸甑热毒注。密如营窠蜂，困似涸辙鲋。走雷转肠鸣,喝水乞沫呴。谁能出尘世,一脱束缚苦。回头望此湖,万顷迷烟雾。梦魂时一游,且记湖边路。

长子履端生

刚是花生日,春风蔼一庐。爱防牛折齿,惭咏《凤将雏》。急喜先求火,痴心到买书。长安传一纸,欢慰定何如?

杂感五首

一

少小诵《诗》、《书》,开卷动龃龉。古文与今言,旷若设疆圉。竟如置重译,象胥通蛮语。父师递流转,惯习忘其故。我生千载后,语音杂伧楚。今日六经在,笔削出邹鲁。欲读古人书,须识古语古。唐宋诸大儒,纷纷作笺注。每将后人心,探索到三五。性天古所无,器物目未睹。妄言足欺人,数典既忘祖。燕相说郢书,越人戴章甫。多歧道益亡,举烛乃笔误。

二

大块凿混沌,浑浑旋大圜。隶首不能算,知有几万年。羲轩造书契,今始岁五千。以我视后人,若居三代先。俗儒好尊古,日日故纸研。六经字所无,不敢入诗篇。古人弃糟粕,见之口流涎。沿习甘剽盗,妄造丛罪愆。黄土同抟人,今古何愚贤?即今忽已古,断自何代前?明窗敞流离,高炉爇香烟。左陈端溪砚,右列薛涛笺。我手写我口,古岂能拘牵。即今流俗语,我若登简编。五千年后人,惊为古斓斑。

三

造字鬼夜哭,所以示悲悯。众生殉文字,蚩蚩一何蠢。可怜古文人,日夕雕肝肾。俪语配华叶,单词画蚯蚓。古近辨诗体,长短成曲引。洎乎制义兴,卷轴车连轸。常恐后人体,变态犹未尽。吁嗟东京后,世茶文益振。文胜失则弱,体竭势已窘。后有王者兴,张网罗贤俊。决不以文章,此语吾敢信。但念废弃后,巧拙同泯泯。欲求覆酱瓿,已难拾灰烬。我今展卷吟,徒使后人哂。

四

周公作《礼》、《乐》,谓矫世弊害。秦皇焚《诗》、《书》,乃使民聋聩。宋祖设书馆,以礼罗措大。吁嗟制艺兴,今亦五百载。世儒习固然,老死不知悔。精力疲丹铅,虚荣逐冠盖。劳劳数行中,鼎鼎百年内,束发受书始,即已缚柤械。英雄尽入彀,帝王心始快。岂知流寇乱,翻出耰锄辈。诵经贼不避,清谈兵既溃。儒生用口击,国势几中殆。从古祸患来,每在思虑外。三代学校亡,空使人材坏。

五

谓开明经科,所得学究耳。谓开制策科,亦只策士气。谓开词赋科,浮华益无耻。持较今世文,未易遽轩轾。隋唐制科后,变法屡兴废。同以文章名,均之等废契。譬如探筹策,亦可得茂异。狗曲出何经,驴券书博士。所用非所习,只以丛骂詈。亦有高材生,各自矜爪嘴。祖汉夸考据,媚宋争义理。彼此互是非,是非均一鄙。茫茫宇宙间,万事等儿戏。作诗一长吟,聊用自娱喜。

哭张心谷士驹三首

一

匆匆事业了潮州,竟认潮州作首丘。哀泣一家新故鬼,此邦与汝定何仇? 君之生之婚之卒暨双亲之殁,皆在潮州。

二

半盂麦饭一炉香,终有人来拜墓堂。将为君立嗣。只恨锦囊无剩稿,《广陵散》绝并琴亡。君殁后,余搜其遗稿及其先人稿,均不可得。

三

一队同游少年辈,两年零落九原多。频频泪到心头滴,便恐明朝两鬓皤。

山歌九首

> 土俗好为歌,男女赠答,颇有《子夜》、《读曲》遗意。采其能笔于书者,得数首。

一

自煮莲羹切藕丝,待郎归来慰郎饥。为贪别处双双箸,只怕心中忘却匙。

二

人人要结后生缘,侬只今生结目前。一十二时不离别,郎行郎坐总随肩。

三

买梨莫买蜂咬梨,心中有病没人知。因为分梨故亲切,谁知亲切转伤离。

四

催人出门鸡乱啼,送人离别水东西。挽水西流想无法,从今不养五更鸡。

五

邻家带得书信归,书中何字侬不知。等侬亲口问渠去,问他比侬谁瘦肥。

六

　　一家女儿做新娘,十家女儿看镜光。街头铜鼓声声打,打着中心只说郎。

七

　　嫁郎已嫁十三年,今日梳头侬自怜。记得初来同食乳,同在阿婆怀里眠。

八

　　自剪青丝打作条,亲手送郎将纸包。如果郎心止不住,看侬结发不开交。

九

　　第一香橼第二莲,第三槟榔个个圆。第四夫容五枣子,送郎都要得郎怜。

生　女

　　拜佛拈花后,居然见汝生。系丝谁健妇,争乳奈雏兄。觅果年来事,游山嫁毕情。一齐到心坎,杯酒醉还倾。

庚午六月重到丰湖志感

　　湖光潋潋柳阴阴,又作堤边叉手吟。客与名山同惜别,人逢旧雨渐交深。何时葛令移家住,犹是莵裘养老心。自拣黄柑亲手种,他年看汝绿成林。

游潘园感赋

　　神山左股割蓬莱,惘惘游仙梦一回。海水已干田亦卖,主人久易我才来。栖梁燕子巢林去,对镜荷花向壁开。弹指须臾千载后,几人起灭好楼台。

香港感怀十首

一

弹指楼台现,飞来何处峰?为谁刈藜藿,遍地出芙蓉。以鸦片肇祸,开港后进口益多。方丈三神地,诸侯百里封。居然成重镇,高垒盡狼烽。

二

岂欲珠崖弃,其如城下盟。帆樯通万国,壁垒逼三城。虎穴人雄据,鸿沟界未明。割地以后,每以海界争论。传闻哀痛诏,犹洒泪纵横。宣庙遗诏,深以弃香港为耻。

三

酋长虬髯客,豪商碧眼胡。金轮铭武后,香港城名域多利,即女主名也。宝塔礼耶蘇。火树银花耀,毡衣绣缕铺。五丁开凿后,欲界亦仙都。

四

盗喜通逃数,兵夸曳落河。官尊大呼药,官之尊者,亦称总督。客聚众娄罗。王面镳金宝,蛮腰跨革靴。斑阑衣服异,关吏莫谁何。港不设关。

五

沸地笙歌海,排山酒肉林。连环屯万室,地势如环,故名上中下三环。尺土过千金。民气多膻行,夷言学鸟音。黄标千万积,翻讶屋沉沉。

六

便积金如斗,能从聚窟消。蛮云迷宝髻,脂夜荡花妖。龙女争盘镜,鲛人斗织绡。珠帘香十里,难遣可怜宵。

七

《博物》张华志,千间广厦开。摩挲铜狄在,怅望宝山回。大
鸟如人立,长鲸跋浪来。官山还府海,人力信雄哉!

八

流水游龙外,平波又画桡。佛犹夸国乐,奴亦挟天骄。御气球
千尺,驰风马百骁。街弹巡赤棒,独少市声嚣。

九

指北黄龙饮,从西天马来。飞轮齐鼓浪,祝炮日鸣雷。他国军
舰初至,必然炮二十一响,以敬地主,西人名曰祝炮。中外通喉舌,纵横积
货财。登高遥望海,大地故恢恢。

一〇

遣使初求地,高皇全盛时。乾隆四十八年,英遣使马甘尼来朝,即以
乞地为言。六州谁铸错,一恸失燕脂。凿空蚕丛辟,嘘云蜃气奇。
山头风猎猎,犹自误龙旗。

寓汕头旅馆感怀寄梁诗五

策策秋声木叶干,百端萧瑟入心肝。颠风断渡铃能语,古月悬
天镜独看。未到中年哀乐备,无多同调别离难。巡檐绕室行千遍,
刚对孤灯又倚阑。

将至潮州又寄诗五

片帆遥指凤凰城,屈指家山尚几程。以我风尘憔悴色,共君骨
肉别离情。一灯缩缩栖鸦影,四垒萧萧战马声。回首六年离乱事,
梦余犹觉客心惊。乙丑冬月避乱居潮州,兵退乃返。

铁汉楼歌

湿云漠漠山有无，登城四望遥踟蹰。颓垣败瓦不可踏，劫灰昏黑堆城隅。剜苔剔藓觅碑读，字缺半亦形模糊。公无遗像有精气，恍惚左右神风趋。忆公秉政宣仁日，自许稷契君唐虞。英名卓卓惊殿虎，辣手赫赫锄城狐。同文狱起事一变，先生遂尔南驰驱。洞庭寒夜走蛟蜃，潇湘清昼啼猩䴗。臣心万折必东去，一生九死长征途。岂知章蔡恨未雪，谓臣虽死犹余辜。如飞判使暗挟刃，来取逐客寒头颅。梅州太守亦义士，告语先生声呜呜。先生湛然色不变，崛强故态犹狂奴。有朋䛌诼细料理，对客醑饮仍歌呼。呜呼先生真铁汉，品题不愧眉山苏。一楼高插北城角，中有七尺先生驱。铁石心肠永不变，腾腾剑气光湛卢。荔丹蕉黄并罗列，无有远迩群南膜。军书忽报寇氛炽，官民空巷争逃逋。先生独坐北楼北，双眼炯炯张虬须。跳梁小鼠敢肆恶，公然裂毁无完肤。迩来凋瘵渐苏息，无人收拾前规模。东坡已往仲谋死，起人忠义谁匡扶？金狄摩挲事如昨，铅水清泪流已枯。我来凭吊空恻怆，呀呀屋上啼寒乌。

和周朗山琨见赠之作

噫嘻乎！儒生读书不识羞，动夸虎头燕颔径取万户侯。万户侯耳岂足道，乌知今日裨瀛大海还有大九州。贱子生辰南方陬，少年寂寂车前驹。当时乳虎气食牛，众作蝉噪嗤嘲啁。小技虫雕羞刻镂，中间离乱逢百忧。红尘蔽天森戈矛，我时上马看吴钩。呜呼不能用吾谋，驹伏辕下鹰在韝。看人貂蝉出兜鍪，幡然一笑先生休。矢人为矢辀人辀，兰台漆书吾箧裓。且呼古人相绸缪，打头屋小歌声遒。亦手帖括吟呷嚘，时文国小原莒邹，要

知假道途必由。习为谐媚为便柔,招摇过市希急售。盗窃名器
为奸偷,平生所耻羞效尤。谤伤争来撼树蜉,非笑亦有枪榆鸠。
立志不肯随沉浮,一齐足敌众楚咻。皇皇使者来轩辀,玄珠出水
黝然幽,珊瑚入网枝相樛。不才如宪亦兼收,一头放出千人稠。
其旁一客为马周,炯炯秋水横双眸。谓生此文无匹逑,即此已卜
公侯仇。噫嘻吾文原哑呕,公竟许我海与丘。感公知己泪一流,
以公才气命不犹。文不璜珮鸣琅璆,武不龙虎张旌斿。时时酒
酣摩刵捒,萧条此意将白头。至今不愿为闲鸥,乘风犹来海上
游。海波正寒风飕飕,中有蝮蛇从鶵鶵。盲云怪雨无停留,老蛟
欲泣潜鱼忧。何物小魅不匿廋,公然与龙为仇雠。苍梧回首云
正愁,公从仙人来十洲。公其为龙求蟠虬,左揖洪崖右浮丘。招
邀群策同力勠,号召百族相聚谋。铁锁重使支祁囚,赤文绿字光
油油。重铭瑶宫修琼楼,呜呼此愿何时酬!

寄和周朗山[*]

拍手引鸾凤,来从海上游。大鹏遇希有,两鸟忽相酬。金作同
心结,刀期绕指柔。各平湖海气,商榷共登楼。

春夜怀萧兰谷光泰

深巷曾无车马喧,闭关我自枕书眠。平生放眼无余子,与汝论
交过十年。既觉梦都随雨去,半开花欲放春颠。隔墙红遍千株树,
何日能来看木棉?

---

* 诗草钞本共五首,定稿刊本存其第二首。

闻诗五妇病甚

中年儿女更情长,宛转重吟妇病行。终日菜羹鱼酱外,帖书乞米药抄方。

怀 诗 五[*]

万族求饶益,营营各一途。俗情日纷扰,吾道便愁孤。波静鱼依藻,枝高凤在梧。昨书言过我,翻又费招呼。

为诗五悼亡作^{**}

画阁垂帘别样深,回廊响屟更无音。平生爱尔风云气,倘既消磨不自禁。

庚午中秋夜始识罗少珊文仲于矮屋中遂偕诗五共登明远楼看月少珊有诗作此追和时癸酉孟秋也

万蚕食叶蚕声醋,三条红烛光炎炎。忽然大声出邻屋,偷窥有客掀襕衫。狂吟高歌彻屋瓦,两目虎视方眈眈。此人岂容交臂失,闯然握手惊雄谈。问名识是将家子,《金版》《玉匮》素所谙。是时发策问兵事,胸中武库胥包含。我方掀帘促膝坐,昂头有月来屋檐。此人此月此楼岂可负此夕,辄邀吾友同追探。巍巍明远楼,高插南斗南。钲声鼓声宵戒严,我来不避官吏嫌。蹑衣径上梯百尺,凭栏要到塔七尖。天风吹衣怕飞去,汝我左右相扶搀。纤云四卷

天不夜,空中高悬圆明蟾。沉沉矮屋两行瓦,昨者煮海今堆盐。回头却望望东海,蒙蒙烟气团蔚蓝。其余人家亿万户,水波不动澄空潭。三更夜深风露重,下士万蚁齐黑酣。大千世界共此月,今夕只照人两三。虽然无肴无酒不得谋一醉,犹有惊人好句同掀髯。别来此月几圆缺,三人两地同观瞻。匆匆三年忽已过,秋风重磨旧剑镡。羊城相见执手笑,追述往事同呢喃。男儿竟作可怜虫,等此蓄缩缠窠蚕。少珊少珊我且与汝登越王之高台,白云往来驾两骖。试寻黄屋左纛旧霸业,《阴符》发箧温《韬》、《钤》。不然泛舟南海南,乘风破浪张长帆。要借五十犗饵钓此巨鳌去,刳腹裔肉供口馋。使君于此自不凡,何苦徒作风月谈。要抟扶摇羊角直上九万里,埋头破屋心非甘。噫嘻乎,埋头破屋心非甘!

羊城感赋六首

一

　　早潮晚汐打城门,玉漏声催铜鼓喧。百货均输成剧邑,五方风气异中原。舵舟舆轿山川险,帕首靴刀府帅尊。今古茫茫共谁语,越王台下正黄昏。

二

　　手挽三江尽北流,寇氛难洗越人羞。黄巢毒竟流天下,陶侃军难进石头。金陵未克以前,左帅致书曾文正公,谓当从广东进师。文正不谓然。左帅又言,于此始者于此终,粤贼当灭于粤。后其言竟验。铤鹿偶然完首尾,烂羊多赖得公侯。欃枪扫尽红羊换,从此当朝息内忧。

三

　　际海边疆万里开,臣佗大长信奇才。平蛮看竖擎天柱,朝汉同登浴日台。南极星辰原北拱,东流海水竟西回。喁喁鹈鴃波涛阻,独有联翩天马来。

四

慷慨争挥壮士戈，洗兵竟欲挽天河。苦烦父老通邛笮，难禁奸民教尉佗。祆庙火焚氛更恶，鲛人珠尽泪犹多。纷纷和战都非策，聚铁虽坚奈错何！

五

战台祠庙岿然存，双阙嵯峨耸虎门。谁似伏波饶将略？犹闻蹈海报君恩。要荒又议珠崖弃，霸业弥思鬣屋尊。最是凋零苏武节，无人海外赋《招魂》。

六

木棉花落絮飞初，歌舞冈前夜雨余。阁道莺声都寂寞，市楼蜃气亦空虚。骑羊漫诩仙人鹤，驱鳄难除海大鱼。独有十三行外柳，重重深护画楼居。

卷二　五十五首

（同治十二年至光绪三年　1873 年至 1877 年）

寄四弟二首

一

雏雁毛羽成,各各南北飞。与君为兄弟,义兼友与师。师严或伤和,肝鬲君所知。阶前百尺桐,浓绿侵须眉。树根两坐石,一平一嵚崎。我坐拾落叶,君立攀高枝。此读彼吟哦,形影长相随。有时隔屋语,亦复穴壁窥。当时忘此乐,亦已乐不疲。人生欢聚时,何知苦别离。

二

匏瓜系不食,壮夫是所羞。出门望长安,远在天尽头。贡士亲署名,行作万里游。念此当乖离,恩情日绸缪。今年槐花黄,挂帆来广州。亦谓此恨浅,待我过深秋。秋风亦已过,别恨终悠悠。欲归不得归,飘蓬迹沉浮。登高插茱萸,重阳风飕飕。以汝异乡思,知我游子忧。千里远相隔,已恨归滞留。何况万里别,益以十年愁。

人境庐杂诗*八首

一

春风吹庭树,树树若为秋。忽作通宵雨,来登近水楼。湿云攒岫出,叠浪拍天流。不识新波长,沙边有睡鸥。

二

门前几株树,树外一亭茅。唼絮鱼行水,衔鸪鸟恋巢。月随瓜架漏,花入药栏交。难怪陶徵士,移居乐近郊。

三

亦有终焉志,其如绿鬓何。云闲犹作雨,水止亦生波。春暖先鸦起,湖宽让鲫多。门前亲种柳,生意未婆娑。

四

出屋梧桐长,都经手自栽。十年劳树木,百尺看成材。莽莽风云会,深深雨露培。最高枝上月,留待凤皇来。

五

紫藤花压架,开落到如今。旧雨伤黄土,残春怅绿阴。寻香犹惘惘,埋玉故深深。庭下闲叉手,多余恋旧心。

六

叶叶蕉相击,丛丛竹自鸣。萧萧传雨意,摵摵误秋声。露湿寒蛩寂,枝摇暗鹊惊。幢幢灯影暗,独坐到微明。

七

初日照高楼,迟迟树影收。苔痕缘壁漫,花气到帘留。春软鸡同粥,风和鹊亦柔。书声墙外过,有弟住东头。

---

* 钞本共十首,刊本存前八首。

八

耐冷斋头客，西宁学署斋名，时诗五客此。鳏鱼不寐余。知君长独坐，念我近何如？哀乐中年感，艰难远道书。杨梁诸子好，踪迹亦萧疏。

将应廷试感怀*

二十余年付转车，自摩髀肉问何如？暂垂鹏翼扶摇势，一学蝇头世俗书。荡荡天门争欲上，茫茫人海岂难居。寻常米价无须问，要访奇才到狗屠。

出　门**

出门杨柳万条春，送我临歧意未申。得失鸡虫何足道，文章牛斗可能神。无穷离合悲欢事，从此东西南北人。手版脚靴兼帕首，任风吹堕软红尘。前辈戏语：西湖风月，不如东华软红香土。

由轮舟抵天津作***

遥指天河问析津，茫茫巨浸浩无垠。华夷万国无分土，人鬼浮生共转轮。敌国同舟今日事，太仓稊米自家身。大鹏击水南风劲，忽地吹人落软尘。

---

* 此诗存钞本四首的第一首，用现题。
** 此诗系钞本四首之四，改现题。
*** 此诗钞本共四首，刊本存第一首。

水　滨[*]

来牛去马看频频,独立苍茫此水滨。避面青山难见我,打头黄土信传人。东西市舶无分界,南北藩封此要津。七十二沽秋色满,不堪吹鬓半胡尘。

武清道中作五首

一

始识风尘苦,吾生第一回。斗星随北指,云气挟东来。走竟偕牛马,臣初出草莱。海天千万里,南望几徘徊。

二

天到荒寒地,山犹懒刻镂。沙蒙惟见日,树瘦尽如秋。长路漫漫苦,斜阳渺渺愁。岭南好时节,不为荔支留。

三

绿树如云拥,门前百尺桐。吾家正溪北,有弟住墙东。尽室团圞乐,行人梦寐中。茫茫百端集,到此意何穷。

四

唐魏风同俭,幽并气不豪。龙衣将瓦覆,牛矢压墙高。忧患家多口,荒凉地不毛。最怜罗马拜,中妇乞钱号。

五

居者与行者,劳劳同一叹。天恩才咫尺,民气不衣冠。地况穷荒远,人兼琐尾残。监门图一幅,谁上九重看。

---

   * 此诗系钞本《由轮舟抵天津作》的第三首,后四句经改,并用今题。

早　行

堤长已历八九折,柝击犹闻四五更。凉风吹衣抱衾卧,残月在树啼乌声。东方欲明未明色,北斗三点两点星。腐儒饥寒苦相迫,驱车自唱行行行。

慷　慨

慷慨悲歌士,相传燕赵多。我来仍失志,走问近如何? 到处寻屠狗,初番见橐驼。龙泉腰下剑,一看一摩挲。

月　夜

梧桐庭院凤凰枝,六尺湘帘蜷地垂。长记绮窗相对语,二三更后夜凉时。

代柬寄诗五兰谷并问诸友 *四首

一

入梦江湖远,撑胸天地宽。长安人踏破,有客独居难。短榻鸣虫寂,孤灯落叶寒。不禁儿女语,琐屑写君看。

二

万树秋风起,吾心吹不归。袖留孤刺在,书自百城围。大海容鸥住,高云有鸟飞。酒痕和泪渍,时一检青衣。

三

亲健都寄福,芳兰各自花。云扶王父杖,余祖年六十六矣。酒暖

---

* 此诗钞本共六首,刊本存四,其中第一首系钞本第一、六两首组合。

冷官衙。诗五尊人官西宁学博。巢燕长依母，栖乌又有家。诗五近方续娶。上堂如照镜，莫叹鬓丝华。

四

　覆地桐阴绿，中为人境庐。刚柔分日课，兄弟各头居。草草常留饭，匆匆亦读书。近来仍过我，见我衮师无。

狂歌示胡二晓岑曦

　飞鸟不若鹙凤，游鳞不若蛟龙。虚誉不若疑谤，速拙不若缓工。高台落日多悲风，我剑子剑弓子弓。与子拍手青云中，但须塞耳甘耳聋。苍蝇营营无万数，下士大笑声瀜瀜。

重九日雨独游醉中作

　吹面风多冷意酣，萧萧寒雨滴重檐。宵来一醉长安市，竟夕相思大海南。遍插茱萸偏我少，无端萍梗为谁淹？故山岁岁登高去，蟹熟鲈香酒压担。

别赖云芝同年

　结客须结少年场，占士能占男子祥。为云为龙将翱翔，担簦跨马毋相忘。苍梧之水悠且长，中有浮山山苍苍。前有龙翰臣、吕月沧，后朱伯韩、王定甫，灵芝继起殊寻常。浑金璞玉其器良，皇皇使者铁网张。摩挲三之贡玉堂，凤凰飞飞上高冈。立足未稳天风刚，吹尔敛翼下八荒。长安纨裤多清狂，阔眉广袖时世妆。日醉杜曲歌韦娘，红裙翠襦围银筋。朝朝暮暮乐未央，子独闭门寻羲皇。青鞋破帽暗无光，时或彳亍书贾坊。邂逅揖我谓我臧，子之外家吾故乡。通明移家趋华阳，至今乡音犹未忘。西风牵手情话长，比邻胡二工文章。因我识子摅肝肠，桃笙棋褥铺绳床，敲冰煮茗焚清香，左陈钟鼎右缥缃，往往道古称先王。繁星窥户月在墙，甲夜至丙言尤详。子言少孤早罹殃，机声灯影宵啼螀。阿母责读声琅琅，每至《蓼莪》泣数行。去年雏凤新求凰，左敖右翻招由房，和鸣锵锵期育姜。倚门倚闾久相望，不可以留行束装。春明门外多垂杨，寒雨乍断露始霜。今日送子天一方，贫士缩瑟无酒浆。只用好语深浅商，子足暂刬庸何伤。归与兄弟谋稻粱，问字之酒束脩羊。男唯女俞欢重堂，明年槐黄举子忙，呦呦鹿鸣谐笙簧，行听子歌承筐将。人生相见殊参商，吁嗟努力毋怠皇！

为萧少尉步青作

萧公，平远人，任河南永城县丞。咸丰五年，破城，妻女偕妇同时殉难。分祀昭忠、节烈祠。

守士穷官先败北，防河诸将亦笼东。哦松射鸭闲官耳，一死犹能作鬼雄。

乌之珠歌

毅皇帝马，领侍卫某所进，西安将军所购也。宫车晏驾，马悲鸣于景山林树之间，卒以不食毙。微臣闻而感焉。

北风雨雪门不开，景山暂作金粟堆。《黄竹歌》停八骏杳，一马鸣诉悲风哀。此马远自流沙至，铁花满身黑云被。将军甫奏天马徕，雄姿已有凌云意。凤臆麟身人未知，内官频促黄门试。天颜一顾喜出群，便入天闲登上驷。春郊三月杨柳丝，九衢夹道飞龙旗。卧瓜吾仗引金钺，霓幢羽葆随黄麾。乌皮靴声地橐橐，龙纹盖影云迟迟。十五善射作前导，亲王贝勒相追随。中一天人御飞鞚，蹴电追风尘不动。黄鞯朱靷镂金鞍，顾影不鸣更矜宠。路旁遥指衣黄人，侧睐龙媒神亦悚。沙平风软四蹄轻，不闻人声惟马声。银花佩纷露黄带，红绒结顶飘朱缨。少年天子万民看，望尘不及人皆惊。銮仪校尉独惆怅，轻车步辇空随行。从官空费千金产，苦索飞龙求上选。奚官善相阿敦调，有此神骏无此稳。一朝忽泣天花雨，日惨云冥愁楚楚。都是攀髯不逮人，并鲜慰情胜无女。万花溅泪柳愁含，御床不扫空垂帷。六宫共抱苍梧痛，万国还惊白奈簪。多时不见宫中驾，一马悲嘶夜复夜。自蒙拂拭众人惊，奚啻黄金长声价。青丝络头伏道旁，反因受宠丛讥骂。何如死殉侍昭陵，风雨灵旗驰石马。先皇御宇十三年，金床玉几少晏眠。黄巾甫平白帽扰，战马每岁从周旋。望雅礼拜木兰返，十年往事犹目前。中兴未集弓剑阒，岂独此马哀呼天！即今兵革犹未息，群胡化鬼扰西域。王师出关万虎貔，众马从人同杀贼。汝独一死报君恩，吁嗟龙性固难测。乌珠乌珠努力肯饱食，谅汝立功能报国。

田横岛

生王头，死士垄，一毛轻等丘山重。臣头百里走见王，王自趋前头不动。五百人头共一丘，人人视头同赘疣。背面事仇头亦羞，横来横来大者王小者侯，臣戴头来王勿忧。呜呼死士垄，乃为生王头。

和钟西耘庶常德祥津门感诗八首

一

雷动星驰入贡车，舌人环列护交闾。但占风雨都来享，偶断苞茅便问诸。宅北曾分羲仲命，绥南远赐赵佗书。康熙中用汤若望、南怀仁为钦天监，皆西人。盟津八百争朝会，犹记征祥纪白鱼。

二

八荒无事息兵车，七叶讴吟洽里闾。岂谓浮云变苍狗，竟教明月蚀詹诸。骊山烽火成焦土，牛耳牲盘捧载书。秋草木兰驰道静，白龙微服记为鱼。

三

六月中兴赋《出车》，金陵王气复充闾。华夷共主皆思服，尧舜如天尚病诸。荡寇重编归汉里，和戎难下绝秦书。只应文物开王会，珥笔曾夸太史鱼。

四

狼朊遗种等高车，万族相从到尾闾。魑魅入林逢不若，虾蟆吞月鉴方诸。昔闻鞣鞨歌西乐，今见佉卢制左书。始受一廛壕镜地，有明师早漏多鱼。

五

执梃降王走传车，先擒月爱后东闾。难言赤狄初何种，终痛庭坚祀忽诸。两帝东西争战国，九州大小混方书。喁喁鹣鲽来无路，久已纵横海大鱼。

六

电掣重轮走水车，风行千里献比闾。移山未要嗤愚叟，捧土真能塞孟诸。黑齿雕题征鬼箓，赤文绿字诩天书。寻常弓矢疑堪用，闻道潮人驱鳄鱼。

七

鸾声阁道碾安车，元老相从话踦闾。未雨绸缪彻桑土，御冬旨蓄备桃诸。借筹幸辟同文馆，警鼓惊传奔命书。相戒鲂鲂休出入，吞声私泣过河鱼。

八

东西南北走舟车,虎穴惊看插邑间。七万里戎来集此,五千年史未闻诸。《考工》述物搜奇字,鬼谷尊师发秘书。教训十年民力盛,倘排犀手射鲸鱼。

福州大水行同张樵野丈荫桓龚蔼人丈易图作

黑风吹海海夜立,倏忽平地生波涛。囊沙拥水门急闭,飞浪已越城墙高。漂庐拔木无万数,安得江犍淮阳包。众头攒动乍出没,欲葬无椁栖无巢。攀崖缘壁幸脱死,饥肠雷吼鸣嗷嗷。中丞视民犹己溺,急起冒突挥露桡。鸥鹳毁室商救子,鱼鳖满城资渡桥。况闻移粟苏喘息,自雍及绛来千艘。流离琐尾得安宅,无复登屋声三号。天灾流行国代有,难得官长劳民劳。海疆东南正多事,水从西来纷童谣。曲突徙薪广恩泽,愿亟靖海安天骄。

将应顺天试仍用前韵呈蔼人樵野丈 * 四首

一

平生揽辔澄清志,足迹殊难出里间。万一铅刀堪小试,可容韫椟便藏诸。觚棱魏阙宵来梦,简练《阴符》夜半书。一第区区何足道,频番缘木妄求鱼。

二

辙乱旗翻屡败车,行吟憔悴比三闾。未知吾舌犹存否,终望臣饥得食诸。辛苦低头就羁靮,功名借径寄诗书。若论稽古荣车服,久已临渊不羡鱼。

---

* 此诗《初稿抄本》卷二题为《将应京兆试仍用前韵呈蔼人方伯樵野廉访》。

三

旁午军书议出车，沿边鹅鹳列为间。眼看虎落环瓯脱，心冀燕仇复望诸。四海同袍征士气，频年赠策故人书。荷戈亦是男儿事，何必河鲂始食鱼。

四

齐东燕北走舟车，三载南云望倚间。宦学无成便归去，父兄有命敢行诸。伤禽恶听连环弹，老蠹愁翻旧校书。碧海掣鲸公手笔，倘分勺水活枯鱼。

述怀再呈霭人樵野丈[*]三首

一

呜呼制艺兴，今盖六百年。宋元始萌蘖，明制皇朝沿。十八房一行，群蚁趋附膻。诸书束高阁，所习唯《兔园》。古今昏不知，各各张空拳。士夫一息气，奄奄殊可怜。齮齕承平时，无贤幸无奸。小丑一窃发，外患纷钩连。但办口击贼，天下同拘挛。祖宗养士恩，几费大官钱。徒积汗牛文，焉用扶危颠。到此法不变，终难兴英贤。中兴名世者，岂不出其间。

二

汉家耀武功，累叶在西北。车书四万里，候尉三重译。物腐虫蠹生，月盈詹诸蚀。鼠盗忽窃发，犬戎敢相逼。惜哉臣年少，不及出报国。中兴六月师，群阴归殄灭。臣虎臣方叔，持节布威德。如何他人睡，犹鼾卧榻侧。白气十丈长，狼星影未匿。群狐舞天山，尊者阿古柏。公与秦晋盟，隐若树一敌。王师昨出关，军容黑如

---

[*] 此诗《初稿抄本》卷一题为《述怀再呈霭人方伯樵野廉访》。

墨。猘猘桀犬吠,尚迟有苗格。东南鬼侯来,昼伏夜伺隙。含沙射人影,鬼蜮不可测。虎威狐辄假,鸱视鼠每吓。今年问周鼎,明年索赵璧。恫疑与虚喝,悉索无不力。荡荡王道平,如行入荆棘。普天同王臣,咸愿修矛戟。荷戈当一兵,吾亦从杀贼。

三

两汉举贤良,六朝贵门第。设科不分目,我朝重进士。孔孟生今日,必就有司试。岂能无斧柯,皇皇行仁义。宪也少年时,谓芥拾青紫。五岳填心胸,往往矜爪嘴。三战复三北,马齿加长矣。破剑破后衣,年年来侮耻。下争鸡鹜食,担囊走千里。时时发狂疾,痛洒忧天泪。群书杂然陈,所志非所事。枘凿殊方圆,如何可尝试?今上元二年,诏书下黄纸。帝曰尔诸生,尔其应大比。纷纷白袍集,臣亦出载贽。既不莘野耕,又难漆雕仕。龙门虽则高,舍此何位置。抡才国所重,得第亲亦喜。绕床夜起舞,何以为臣子?

大狱四首

一

国耻诚难雪,何仇到匹夫?既传通道檄,翻弃入关繻。事竟成狙击,危同捋虎须。阴谋图一逞,攘外计何愚!

二

万里滇南道,空劳秉节臣。就令戎伐使,已累汉和亲。况坐王庭狱,惟诬化外人。在旁鹰眼睨,按剑更生嗔。

三

洗血拚流血,鲸鱼海上横。人方投袂起,我始奉书行。重镇劳移节,群儿虑劫盟。怀柔数行诏,悔过复渝平。

四

休唱攘夷论,东西共一家。疏防司里馆,谢罪使臣槎。讵我持英簜,容人击副车。万方今一概,莫自大中华。

别张简唐思敬并示陈潇尚元焯二首

一

马首欲东王事亟,乘辕改北故人归。别君泥醉杯中酒,独我愁看身上衣。万绪一时齐扰扰,三年同客更依依。平安寄语吾家去,为道腰支近稍肥。

二

平生四海论人物,早有张陈在眼中。一举云霄希有鸟,频年尘土可怜虫。试思科第定何物,长此羁贫却恼公。归问白眉吾好友,可能追逐共云龙。

三十初度

学剑学书无一可,摩挲两鬓渐成丝。爷娘欢喜亲朋贺,三十年前堕地时。

将之日本题半身写真寄诸友

如此头颅如此腹,此行万里亦奇哉! 诸公未见靴尖趯,待我扶桑濯足来。

又寄内子

十年欢聚不知愁,今日分飞独远游。知否吾妻桥上望,日本东京有吾妻桥。淡烟疏柳儿行秋。

卷三 四十八首

（光绪三年至七年 1877年至1881年）

由上海启行至长崎二首

一

浩浩天风快送迎,随槎万里赋东征。使星远曜临三岛,帝泽旁流遍裨瀛。大鸟扶摇抟水上,神龙首尾挟舟行。冯夷歌舞山灵喜,一路传呼万岁声。

二

满城旭影曜红旗,神武当年此肇基。竿木才平秦世乱,衣冠创见汉官仪。中原旧族流传远,长崎多有胜朝遗老后裔。四海同家聚会奇。此土地民成此国,有人尽日倚栏思。

西乡星歌

西乡隆盛既灭,适有彗星见于日本西南境,国人遂名之为西乡星。

人不能容此嵚崎磊落之身,天尚与之发扬蹈厉之精神。除旧布新识君意,烂烂一星光射人。人人惊呼伯有至,昨为大盗今为厉。海上才停妖鸟鸣,天边尚露神龙尾。神龙本自西海来,蹈海不死招魂回。当时帝星拥虚位,披发上诉九天阊阖呼不开。尊王攘夷平生志,联翩三杰同时起。锦旗遥指东八州,手缚名王献天子。河鼓一将监众军,中宫匡卫罗藩臣。此时赤手同捧日,上有一人戴旒冕,是为日神之子天帝孙。下有八十三州地,满城旭彩辉红轮。乾坤整顿兵气息,光华复旦歌维新。

　　无端忽唱征韩议,汝辈媕阿难计事。参商水火不相能,拂衣大笑吾归矣。归来落拓不得志,牵狗都门日游戏。鼻端出火耳后风,指天画地时聚议。夜半拊床欲为帝,奋梃大呼投袂起。将军要问政府罪,胡驱吾辈置死地? 三千万众我同胞,忍令绞血输血税。死于饥寒死于苛政死于暴客等一死,徒死何如举大计。一时啸聚八千人,各负长刀短铳至。赤囊传警举国惊,守险力扼熊本城。雷池一步不敢过,天网所际难逃生。十二万军同日死,呜呼大星遂陨地! 将军之头走千里,将军之身分五体。聚骨成山血作川,噫气为风泪如雨。此外暗呜叱咤之声势,化为妖云为沴气。骑箕一星复归来,狼角光芒耀天际。吁嗟乎! 丈夫不能留芳千百世,尚能贻臭亿万载。生非柱国死非阎罗王,犹欲蘸血书经化作魔王扰世界。英雄万事期一快,不复区区计成败。长星劝汝酒一杯,一世之雄旷世才。

石川鸿斋<small>英偕</small>僧来谒张副使误谓为僧鸿斋作诗自辩余赋此诗以解嘲

　　谓僧为官非秃鹙,谓官为僧非沐猴。为官为僧无不可,呼马应马牛应牛。先生昨者杖策至,两三老衲共联袂。宽衣博袖将毋同,只少袈裟念珠耳。师丹固非老善忘,鲁侯亦岂儒为戏! 知公迹僧心亦僧,不复拘拘皮相士。先生闻当喜欲狂,自辩非僧太迂泥。但论普度一切心，安识转轮三世事。吾闻先达曾戏言，莫如为僧乐且便。世间快意十八九，只恨酒色须逃禅。入宫有妻案有肉，弃冠便作飞行仙。昨者大邦布令甲，宗门无用守戒法。周妻何肉两无忌，朝过屠门夕拥妾。佛如有知亦欢喜，重愿东来度僧牒。溯从佛法初来东，稻目以后争信崇。造经千卷塔七级，赐衣百袭粟万钟。帝王亦称三宝奴，上皇尊号多僧徒。七道百国输正税，民膏民血供浮屠。将军柄政十数世，争挽强弓不识字。斯文一脉比传灯，亦赖儒僧延不坠。西方菩萨东沙门，天上地下我独尊。尊君为僧固君福，急掩君口听我言。九方何必分黄骊，两兔安能辨雌雄。鸿飞宁记雪泥迹，马耳且任东风吹。

不忍池晚游诗 * 十五首

> 上野有不忍池，亦名西湖，近郊胜地也。余每喜晚游，长夏暑热，或夜深始归，得诗十数首。

一

开门看雨梦才醒，一抹斜阳映画屏。随着西风便飞去，弱花无力系蜻蜓。

二

蜃楼海气隐重城，浩浩风停远市声。四壁晚钟齐接应，分明不隔一牛鸣。

三

红板长桥雁柱横，两头路接白沙平。前呼后拥萧萧马，犹记将军警跸声。

---

* 此诗《初稿抄本》无，《定稿刊本》新补。

四

如此江山信可怜，欢虞霸政百余年。黄粱饱食红灯上，小户家家弄管弦。

五

百千万树樱花红，一十二时僧楼钟。白头乌哭屋梁月，此是侯门彼佛宫。王师东下，以上野为战场，故近处王侯邸第、梵王宫殿，大半荒废矣。

六

羯鼓冬冬舞折腰，银钉衔璧酒波摇。炉香袅处瓶花侧，不挂当时黑鞘刀。东人屋侧以隙地为供炉插花之所。旧时士夫皆佩双刀，宴饮时则悬于壁。今废此仪矣。

七

薄薄樱茶一吸余，点心清露挹芙蕖。青衣擎出酒波绿，径尺玻璃纸片鱼。

八

鸦背斜阳闪闪红，桃花人面薄纱笼。银鞍并坐妮妮语，马不嘶风人食风。西人携眷出游者，每并辔齐行。

九

万绿沉沉嘒一蝉，迷茫水气化湖烟。无端吹坠丰湖梦，不到丰湖又十年。

一〇

绝远穷荒海外经，风灾鬼难渡零丁。谁知大地山河影，只一微尘水底星。

一一

蒙蒙隔水儿行竹，暗暗笼烟并是梅。微影模糊声荦确，是谁携屐踏花来。

一二

柳梢斜挂月如丸，照水摇摇颇耐看。欲写真容无此镜，不难捉影捕风难。

一三

不耐茫茫对此何，花如吉野月须磨。如鱼邪虎乌乌武，树底时时人唱歌。吉野之樱，须磨之月，为东方名胜之最。

一四

三更夜深月上楱，荷花遥遥吐微馨。炉烟帖妥窗纱静，不解参禅也读经。

一五

山色湖光一例奇，莫将西子笑东施。即今隔海同明月，我亦高吟《三笠辞》。仲麻吕使于唐，将还，从明州上舟，望月作歌，世传为绝唱《三笠山辞》是也。

宫本鸭北以旧题长华园诗索和[*]

绕榭山花红欲然，林中结屋屋如船。人来蓬岛无宾主，境比桃源别洞天。近事披图谈斗虎，谓英、俄二国因突厥事。旧游濡笔纪飞鸢。曾使高丽。登楼北望方多事，未许偷闲作散仙。

樱 花 歌

鸽金宝鞍金盘陀，螺钿漆盒携叵罗。伞张胡蝶衣哆啰，此呼奥姑彼檀那。一花一树来婆娑，坐者行者口吟哦，攀者折者手挼莎，

---

[*] 此诗《初稿抄本》卷三题为《鸭北又以旧题长华园诗索和》。

来者去者肩相摩。墨水泼绿水微波,万花掩映江之沱。倾城看花奈花何,人人同唱樱花歌。道旁老人三嗟咨,菊花虽好不如葵。即今游客多于鲫,未及将军全盛时。将军主政国尚武,源蹶平颠纷斗虎。德川累世柔服人,渐变战场成乐土。将军好花兼好游,每岁看花载箫鼓。三百诸侯各质挚,争费黄金教歌舞。千金万金营香巢,花光照海影如潮。游侠聚作萃渊薮,真仙亦迷脂夜妖。合歌万叶写白纻,缠头每树悬红绡。七月张灯九月舞,一年最好推花朝。喷云吹雾花无数,一条锦绣游人路。明明楼阁倚空虚,玲珑忽见花千树。花开别县移花来,花落千丁载花去。十日之游举国狂,岁岁欢虞朝复暮。承平以来二百年,不闻鼙鼓闻管弦。呼作花王齐下拜,至夸神国尊如天。当时海外波涛涌,龙鬼佛天都震恐。欧西诸大日逞强,渐剪黑奴及黄种。芙蓉毒雾海漫漫,我自闭关眠不动。一朝轮舶炮声来,警破看花众人梦。我闻桃花源,洞口云迷离。人间汉魏了不知,又闻净土落花深四寸。每读《华严》经卷神为痴,拈花再拜开耶姬。上告丰苇原国天尊人皇百神祇,仍愿丸泥封关再闭一千载,天雨新好花,长是看花时。

陆军官学校开校礼成赋呈有栖川炽仁亲王

为将不知兵,是谓卒予敌。不教驱之战,岂能出以律。桓文节制师,苏张纵横策。制胜非有他,所贵在练习。日本二千年,本以武立国。幕府值季世,犬戎迭相逼。贤豪争勤王,蔚成中兴辟。环顾五部洲,沧海不可隔。函关一丸泥,势难复闭壁。勇夫且重闭,岂曰偃兵革。天孙茅缠稍,高丽铁铸的。古岂无利器,今合借他石。近年欧罗巴,兵法盖无匹。广轮四海图,上下千年籍。择长以为师,悉命译人译。广厦千万间,多士宅尔宅。群萃而州处,乃受观摩益。使指固借臂,伏足固借翼。得一良将才,胜百连城璧。是日营门开,军容荼火赫。贤王代临雍,客卿咸就席。组练简一千,距跃习三百。拐马熟连环,飞炮鸣霹雳。亦有轻气球,凌风腾千尺。隼人与相扑,余技及刺击。粲粲西人服,竦立咸屏息。王告汝多士,勖哉宜勉力。刃当摩厉须,锥乃脱颖出。千日可不用,兢惕在朝夕。王告汝多士,豺虎在有北。养汝民脂膏,为民出锋镝。汝能捍城民,俾汝公侯伯。多士曰唯唯,拜手受诏敕。使者睹兹礼,欢欣目屡拭。念余捧载书,相见藉玉帛。同在亚西亚,自昔邻封辑。譬若辅车依,譬若掎角立。所恃各富强,乃能相辅弼。同类争奋兴,外侮自潜匿。解甲歌太平,传之千万亿。

都 踊 歌

　　西京旧俗,七月十五至晦日,每夜亘索街上,悬灯数百。儿女艳妆靓服为队,舞蹈达旦,名曰都踊。所唱皆男女猥亵之词。有歌以为之节者,谓之音头。译而录之,其风俗犹之唐人《合生歌》,其音节则汉人《董逃行》也。

　　长袖飘飘兮髻峨峨,荷荷! 裙紧束兮带斜拖,荷荷! 分行逐队兮舞傞傞,荷荷! 往复还兮如掷梭,荷荷! 回黄转绿兮挼莎,荷荷! 中有人兮通微波,荷荷! 贻我钗鸾兮馈我翠螺,荷荷! 呼我娃娃兮我哥哥,荷荷! 柳梢月兮镜新磨,荷荷! 鸡眠猫睡兮犬不呵,荷荷! 待来不来兮欢奈何,荷荷! 一绳隔兮阻银河,荷荷! 双灯照兮晕红涡,荷荷! 千人万人兮妾心无他,荷荷! 君不知兮弃则那,荷荷! 今日夫妇兮他日公婆,荷荷! 百千万亿化身菩萨兮受此花,荷荷! 三千三百三十二座大神兮听我歌,荷荷! 天长地久兮无差讹,荷荷!

庚辰四月重野成斋安绎岩谷六一脩日下部东作鸣鹤蒲生纲斋重章冈鹿门千仞诸君子约游后乐园园即源光国旧藩邸感而赋此

泓峥萧瑟不可言，周遭水木围亭轩。夏初若有新秋意，褰裳来游后乐园。主人者谁源黄门，脱弃簪绂甘邱樊。夷齐西山不可得，欲以此地为桃源。左挈舜水右澹泊，想见往往倾空尊。呜呼源平霸者起，太阿倒持归将军。黄门懿亲敢异议，聊借蕨薇怀天恩。一编帝纪光日月，开馆彰考非为文。高山九郎好痛哭，相继呼天叩帝阍。布衣文学二三子，协力卒使天皇尊。即今宾客纷裙屐，一堂笑语言温温。岂识当时图后乐，酒觞未举泪有痕。丰碑巍然颓祠倒，夕阳归鸦噪黄昏。愿起朱子使执笔，重纪竹帛贻子孙。

送宍户玑公使之燕京

《海外》《大荒经》，既称常方东。是有君子国，挂剑知儒风。唐宋时遣使，车书万里同。缁流唱金经，武士横雕弓。内国既多事，外使不复通。迩者海禁开，乘时多英雄。捧盘从载书，隔海飞艨艟。益知唇齿交，道谊在和衷。子今持使节，累叶家声隆。博学等黄备，抱德追营公。冠垂华花枝，手撚梅花红。世所传《菅原道真奉使大唐图》，手持梅花二枝。考日本史，道真虽奉使命，实未来华。同行二三子，亦如贯珠鬷。子能弥阙失，竹帛铭汝功。今日送子去，东西倏转蓬。扶桑遥回顾，旭影多朦胧。仰瞻阙庭高，我心亦忡忡。

大　阪

黑面猴王今已矣，尚余石垒迭城濠。江山入眼花光媚，楼阁凌虚海气豪。横列东西青雀舫，旁通三百赤栏桥。昨宵茗宴今花会，多少都人载酒遨。

游箱根四首

一

危途远盘纡，径仄鸟迹绝。一步不敢前，双足若被刖。人呼兜笼来，纵横宽尺八。脚手垂郎当，腰背盘曲折。舆人出裸国，皮绉龟兆裂。螭蛟绣满身，横胸施绛袜。两肩乍抬举，双杠互扶挈。前枝后更撑，仰攀俯若跌。有如蚁旋磨，又似蛇出穴。趺趺上竹鲇，蠢蠢爬沙鳖。噫风竹筒吹，汗雨蒸甑泄。劳倦时一歌，乡音鸟嘲哳。烟树绕千回，风花眩一瞥。峭壁俯绝壑，旁睨每挢舌。四山呼无人，一堕便永诀。畏途宁中止，弛担娄更迭。直穷绝顶高，始觉天地阔。

二

群峰插云中，结屋峰头住。蒙蒙万云海，凭空无寸土。开窗起看云，迷茫若无睹。一云忽飞来，一云不肯去。一云幻作龙，盘旋绕屋柱。关窗急遮拦，攒隙细如缕。须臾塞破屋，真气满庭户。解装张行囊，呼童共捞取。大风卷地来，团作黑烟聚。隐隐闻雷声，乍似婴儿怒。遥知百万家，已洒三尺雨。我方跂脚眠，梦骑赤龙舞。直倾天河水，远向并豫注。侧身起西望，梦堕云深处。时山西、河南大旱。

三

举国无名川，一湖何混瀁。环抱三百里，下窥五十丈。神武开辟来，亘古无消长。氿泉日穴出，洑流失归向。一碧湛空明，万象绝依傍。昂头只日月，两轮互摩荡。我来驾一舟，杳茫迷所往。谓是沧溟游,乘风破巨浪。何图众山顶,乃泛海荡荡。关东昔豪杰,割地争霸王。汤池据此险,漆城莫敢上。迩来司农官,又作填海想。凿脉干此湖,可得千沃壤。纷纷校得失,尧桀我俱忘。且作烟波徒,容与打双桨。

四

群山若堂防,依岩各构屋。家家争调水,曲笕引修竹,泠泠滴檐角,汩汩出岩腹。晓鸦犹未兴,已有游人浴。东屋鸣琴弦,西屋斗棋局,南屋垂钓竿,北屋罗简牍。蛟毫展凉簟,鹤氅被轻服。点白茶始尝,堆红果初熟。蕃舶从海来,蒲萄泛新渌。洪崖揖浮丘,萧史媚弄玉。鸡犬亦飞升,熊鱼得所欲。人生贵行乐,矧此神仙福。缠腰更骑鹤,辟俗还食肉。平生烟霞心,奈此桑下宿。行携《桃源图》,归我筼筜谷。

宫本鸭北索题晃山图即用卷中小野湖山诗韵

地球浑浑周八极,大块郁积多名山。汪洋巨海不知几万里,乃有此岛虱其间。关东八州特秀出,落落晃山天半悬。乱峰插云俯水立,怒涛泼地轰雷阗。坐令三百诸侯竭土木,朘民膏血供云烟。下有黑狮白虎踆踆跦跦伏阙下,上有琼楼玉宇高处天风寒。中间一人晃旒拟王者,今古护卫僧官千。呜呼将军主政七百载,唯汝勋业差可观。即今霸图寥落披此卷,尚足令我开笑颜。古称海上蓬莱方壶圆峤可望不可即,我曰其然岂其然?

送秋月古香种树归隐日向故封即用其留别诗韵[*]

昨日公侯今老农，飘然挂冠归旧封。忙时蜡屐闲扶筇，空山猿鹤长相从。觚棱帝阙春梦浓，醒来忽隔天九重。天风吹袂云荡胸，云胡不乐心溶溶。人生一别难相逢，落月屋梁思子容。他时子傥思吾侬，鸡鸣西望罗浮峰。

近世爱国志士歌[**]

日本自将军主政凡五百年，世不知有王。德川氏兴，投戈讲艺，亲藩源光国作《大日本史》，立将军传，略仿世家、载记及藩镇列传之例，世始知尊王之义。后源松苗作《日本史略》，赖襄作《日本外史》，益主张其说。及西人劫盟，幕府主和，诸藩主战，于是议尊王，议攘夷，议尊王以攘夷。继知夷之不可攘，复变而讲和戎之利，而大藩联衡，幕府倾覆，尊王之事大定矣。当家康初政，颇欲与外国通商。继而天草教徒作乱，遂一意锁港，杜绝内外，下令逐教士，炮击外船。甚至漂风难民，亦不许回国，处以严刑。识者深忧之，而未敢昌言也。外舶纷扰，屡战屡蹶。有论防海者，有议造炮舰者，有欲留学外国者，德川氏皆严禁之。唱尊王者触大忌，唱通番者犯大禁，幕府均下令逮捕。党狱横兴，株连甚众。而有志之士，前仆后起，踵趾相接，视死如归。死于刀锯，死于囹圄，死于逃遁，死

---

[*] 此诗《初稿抄本》卷三题作《秋月古香种树归隐日向故封以诗告别即用其韵赠行》。

[**] 《初稿抄本》无此诗，当系后补。梁启超《饮冰室诗话》录其第二、四、七、八四首，题作《四君咏》。

于牵连,死于刺杀者,盖不可胜数。卒以成中兴之业,维新之功,可谓盛矣。明治初年,下诏褒奖,各赠阶赏恤。今举其尤著十数人,著于篇,以兴起吾党爱国之士。

一

今日共尊王,九原君知否?化鹤倘将来,摩挲柳庄柳。山县昌贞,字柳庄,甲斐人。著《柳子》十三篇,首曰《正名》,谓"名不正则言不顺,今以二千余年之神统,三千万众之共主,而屈于一武人,名之不正孰甚焉。"后与竹内武部聚徒讲武。有上告者,告其考究江户险要,遂论死。

二

草莽臣正之,望阙辄哭谒。眼枯泪未枯,中有杜鹃血。高山正之,字仲绳,上野人。读史则泣,语王室式微则泣,访南朝诸将殉难之迹则泣,世名之"泣痴"。每至京师,必至二条桥遥望阙稽首曰:"草莽臣正之昧死再拜。"拜毕又泣。后西游久留米,自刃于旅寓。

三

怒鞭尊氏像,泣述《山陵志》。可怜默默斋,犹复《不恤纬》。蒲生秀实,字君平,下野人。作《山陵志》以寓尊王,作《不恤纬》以寓攘夷。路过东寺,见足利尊氏像,大声数其罪,鞭之数百,乃去。上书幕府,几陷重法,由是自号"默默斋",不敢论事矣。

四

拍枕海潮来,勿再闭关眠。日本桥头水,直接龙动天。林子平,仙台人。好游,屡至长崎。接西人,考外事。尝谓自江户日本桥抵于欧罗巴列国,一水相通。彼驾巨舰,履大海如平地,视异域如比邻;而我不知备,可谓危矣。著《三国兵谈》及《三国通览》二书,欲合日本全国为一大城。幕府命毁其板,锢诸其藩。

五

文章亦小技,能动处士议。武门两石弓,不若一丁字。梁孟纬,字星岩，美浓人。少治陆王之学，工诗，与赖山阳齐名。外舰迭来，歌哭一寓于诗。戊午党狱，唱尊王者悉就缚。幕吏以星岩为其巨魁也，数其罪。时星岩已卧病，乃收其妻景婉，并下于狱。景婉亦能诗。

六

锁港百不知，惟梦君先觉。到今鴃舌声，遍地设音学。渡边、华山二人，与高野长英等共译西书。英舰护送漂民归，幕府议曰："彼以护送为名，而阴图传教、通商，意殊叵测，断不可以一二细民弛禁。"华山等腹非之，乃作《鴃舌小记》《蕃论私记》《慎机论》，长英亦著《梦物语》，皆驳攘夷之非。幕府遂下令搜捕，严锢之。

七

只一衣带水，便隔十重雾。能知四国为，独君识时务。佐久间启，字象山，松代人。喜读西书，凡铳炮及筑垒、造舰诸技，皆研究其术。尝创意制迅发铳，曰比旧法铳利三倍。当时萨、长、肥、土诸藩议防海者，多师象山云。为门人吉田松阴画策航海，事发，并下狱，久之乃释。时水户藩士结党连名，请宣布攘夷诏。象山独主开港，将上书诣山阶亲王，陈其利害，为暴客刺死。

八

大夫四方志，胡乃死槛车。倘遂七生愿，祝君生支那。吉田矩方，字松阴，长门人。受兵学于佐久间象山。象山每言今日要务，当周航四海，庶不致观人国于云雾中。会幕府托和兰购兵舰，象山又曰："仰给于外，不如遣人往学之为愈也。"幕府不纳。矩方闻之感愤。时墨舰泊浦贺港，象山实司警卫事，乃密谋夜以小舟出港近墨船，伪为渔人堕水者。墨人救之，乃固请于墨将披理，求附载。披理奇其才，以犯禁故，仍送致幕府，请勿罪。幕府锢之其藩，密书寄象山曰："知时务如先生，今之俊杰也。今之诸侯，何者可恃？神州恢复，如何下手？茫茫八洲，置身无处。丈夫死所，何处为宜？乞告我。"矩方卒被刑。维新以来，长门藩士之以尊王立功者，多其门人。在狱中，又尝引楠正成语草《七生灭贼说》,其英烈可想也。

九

　　宁死不帝秦,竟蹈东海死。当时互抱人,今亦骑箕尾。僧月照,西京清水寺住持也。美舰泊浦贺,孝明帝敕令修禳灾法,赐以御书。月照出入公卿门,日谋勤王之事。幕府尤忌之。遂改姓易装,偕西乡隆盛避难于萨摩。闻追捕又至,又走日向,泊舟御舟浦。会望夜,天月霁朗,开宴吟赏。酒酣作歌示隆盛,遂相抱投海。时戊午十一月也。同舟平野国臣等争入海拯之,而月照遂死。隆盛后立功,为维新三杰,与当路不协,愤愤起兵,今亦死。

一〇

　　手写御屏风,美哉犹有憾。君看红旗扬,神风扫夷舰。浮田一蕙,名可为,京师人,班画苑寄人。美舰之来,命其子八郎编入长洲队伍。既而和成,一蕙不胜愤。有乞画者,辄作《神风覆舰图》以与之。曾写御屏风,后上书论事。孝明询其人,则画人也。孝明叹曰:“屏风所画,皆古来中兴事,朕对之实有惭色矣。”戊午党狱,一蕙父子亦拘系,寻押送江户。大学头池内某与八郎有旧交,同在狱,一日同鞫,池内意游移。及还囚室,怒骂之曰:“汝非人也! 大丈夫宁为沟中瘠,乌可屈节以事权贵哉!”久乃释之。

一一

　　鸡鸣晓渡关,乌栖夜系狱。长歌招和魂,一歌一声哭。黑川登几,常陆村农黑泽信助之妻也。少习国学,善和歌。戊午党祸兴,幕府锢水户藩齐昭。或语登几曰:“子亦忧国之士,宜韬晦避祸。”登几曰:“吾虽巾帼,当走京师,以雪君冤。”乃伪为巡诣诸国神佛者,已抵京,幕吏捕之,登几慨然曰:“妾忧腥膻污我神州,故求之神佛耳,岂为藩主夤缘要路哉!”乃系之狱。后八年,朝廷下褒辞曰:“汝一弱女子,乃尽力王事,始终不变,艰险备尝。特赐米十石以养之。”

一二

　　宗五汝宗五,呼天诉民苦。恨不漆头颅,留看民歌舞。佐仓宗五郎，下总国农人，为佐仓主堀田某封内民。堀田氏厚敛，民不能堪。农夫二百余人合谋上诉。宗五郎曰："此事宜死生以之。"至江户，诉于堀田氏邸，诉于阁老久世和州，皆不允。宗五又曰："将军近日将谐东台庙，吾冒险为之，事终必成。"及期，乃缚诉疏于长竿头，潜匿下谷三枝桥下。将军乘大舆喝道来，宗五跃出投疏，卫士缚之。将军以责堀田氏。堀田氏乃轻税。而以越诉，故处宗五郎及其妻磔死，其子斩。既而堀田氏家多祟，乃为建祠，曰山口大明神，每岁以二月三日、八月三日祭之。

赤穗四十七义士歌

日本元禄十四年三月，天皇敕使聘于将军。将军命内匠头浅野长矩接伴。十四日，延使报谢诏命。仪未行，长矩卒拔刀击高家上野介、吉良义英。义英走仆不死。目付官就讯争故。长矩对："自奉命接伴，上野介每以非礼见遇，是以及事。"将军大怒，命囚长矩，责之曰："卿以愤争故，临国大礼，公然挥刃，以私怨灭公法。其赐死。"其弟大学头长广，收尸葬之泉岳寺。报至赤穗，长矩老臣大石良雄，聚众言曰："上野介尚在，吾曹惟有枕城而死耳。"共刺血盟誓，遣使告于长矩外亲户田氏定曰："内匠头有罪伏法，臣等谨服命矣。惟不共戴天之仇，俨然朝列，臣等无颜立于人世，敢含刃骈死，以殉孤城。请以此意报之目付官。"氏定答书曰："苟报之目付，达于公朝，恐将不利于大学头。"众乃更议。及收城使至，复请曰："浅野氏自胜国以来，世世蒙国恩。今大学头现在，愿赦罪继其家。"官使曰："诺。"良雄复语众曰："城亡与亡，乌敢以大学故而图存。虽然，舍此岂遂无死所哉！"各泣别去。明年三月，良雄等先后变姓名入江户，佯为贩夫，僦居义英第侧，以伺利便。义英畏仇，一夕三迁，莫测其踪迹。而尝以茶事为嬉，所喜茶人某，每会必与。大高忠雄乃佯为富商，从学茶燕法。十二月十日夜，义英将集饮于家，良雄等得茶人语，遂聚众举事。按第图，定部分。众皆戴铁兜，袤锁甲，外为救火吏服，担弓枪、长梯、大椎从之，神崎则休向导。夜四更至。至则挝门缘屋，乘高呼曰："内匠头家士为报仇来，敢出拒者斩。弱无力者、坐不动者，置之。"欢呼入室，每室烧烛，遍搜不能得，乃捕劫一人，导至寝所。有义英席卧被尚暖，众知其逃匿不远，更四出旁搜。间光兴至房侧，闻喔喔有耳语声，破户呼曰："得无在是耶！"众发矢奋枪薄之。房乃藏茶具者，有人乱掷物以拒。武林隆重揭烛，见一人著白衬衣在隐所，方拔刀欲起，隆重挽进，斫而殪之。额及背有枪痕，喜曰："此非亡主所手击者哉！"乃吹螺啸聚，以竿悬首，拥往泉岳寺长矩墓所。良雄预作具名书二通：一留义英外厅，一遣人赍诣弹正官仙石久尚第，自明其报仇，非抗国法。良雄等既至寺，以橐盘盛义英首，又出匕首，置碑趺上，锋刃外向，四十七士自呼名拜谒，环跪墓前，读祭文曰："去年三月十四日之事，臣等卑贱疏远，不与知其状。然窃料我公与吉良、上野君，必有积怨深仇，非得已也。不幸仇人未得，而身死国除，遂以一朝之愤，而亡百年之业。臣等食君之禄，应死君之事，苟觍颜视息，他日蒙耻入地，将何面目见我公乎！臣等自谋此事，弃妻子，捐亲戚，奔走东西，不遑宁处，凡一年又二百七十日于兹矣，常虑溢先朝露，所志不遂，重为世笑。赖天之明，君之灵，昨夕四更，往攻吉良氏，臣等幸得藉手以毕先公未了之志。此匕首，昔公在时割所爱以赐臣者，今谨以奉上，请公以此甘心仇人，以洗宿恨。"读毕，起取盘上首,以匕首击之三。复相聚大哭。既出,见寺僧曰:某等之事毕矣。"仙石久尚以事闻。将军命分囚之四诸侯邸。明年二月四日,就所拘之邸,令以屠腹死。命曰:"前者浅野内匠,所犯大不敬,论死如法。而吉良、上野介以无罪,原而不问,生杀皆出上旨。汝等乃诬以主仇,结徒聚众,执持弓矢,擅杀朝臣,大逆不道,其赐自尽。"众皆稽首曰:"自分应处极刑,乃赐剑自裁,此朝廷之仁也,某等死瞑目矣。"乃悉葬之长矩墓侧,各为立碑。府下吊祭者填凑成市,数月不已,咸称四十七义士,各搜辑其姓氏、年甲遗事,刊录成帙。所遗手泽,争宝藏焉。

四十七士人同仇,四十七士心同谋。一盘中供仇人头,哀哀燕雀鸣啁啾。泥首泣诉围松楸,臣等无状恐为当世羞。君虽有臣不能为君持干掫,君实有弟不获传国如金瓯。君亦有国民,不敢兴师修戈矛,犹复觍颜视息日日偷。臣等非敢国法仇,伏念国亡君死实惟仇人由。当时天使来,奉命同会酬,环门观礼千人稠。彼名高家实下流,高家世以知礼名,接伴官每事问之。骂我衣冠如沐猴,笑我朝会啼秃鹙。我君怒如鲠在喉,拔剑一发不复收,乌知仇人不死翻贻家国忧。臣等闻变行叹复坐愁,或言死拒或言死请无能运一筹。同官臭味殊薰莸,一国蒙戎如狐裘。最后决意报仇同力勠,洒血书誓无悔尤。

四十七士同绸缪,蹈间伺隙忽忽岁一周。昨夜四更月黑至鹎鶋,众皆衷甲撑铁兜。长梯大椎兼利锹,或逾高墉或逾沟。开门先刃铃下驺,大呼转斗如貔貅。彼仇人者巧藏妪,如橡银烛遍宅搜。神�恫鬼怒人焉廋,闯然首出霜锋抽。彼盘之中血髑髅,先公犹识伛父面目不?此一匕首先公所赐绕指柔,请公含笑看吴钩,勿复赍恨埋九幽。臣等愿毕无所求，愿从先君地下游。国家明刑有皋繇，定知四十七士同作槛车囚。不愿四十七士戴头如赘疣，唯愿四十七士骈死同首丘。将军有令付管勾，网舆分置四诸侯。明年赐剑如杜邮，四十七士性命同日休。一时惊叹争歌讴，观者拜者吊者贺者万花绕冢每日香烟浮，一裙一屐一甲一胄一刀一矛一杖一笠一歌一画手泽珍宝如天球。自从天孙开国首重天琼铧，和魂一传千千秋，况复五百年来武门尚武国多赍育俦。到今赤穗义士某某某四十七人一一名字留，内足光辉大八洲，外亦声明五大洲。

罢美国留学生感赋

汉家通西域，正值全盛时。南至大琉球，东至高句骊。北有同盟国，帝号俄罗斯。各遣子弟来，来拜国子师。皇帝临辟雍，皇皇汉官仪。《石经》出玉箧，宝盖张丹墀。诸王立横卷，百蛮环泮池。於戏盛德事，慨想轩与羲。自从木兰狩，国弱势不支。环球六七雄，鹰立侧眼窥。应制台阁体，和声帖括诗。二三老臣谋，知难济倾危。欲为树人计，所当师四夷。奏遣留学生，有诏命所司。第一选隽秀，其次择门楣。高门掇科第，若摘颔下髭。黄背好八股，肯令手停披。茫茫西半球，远隔天之涯。千金不垂堂，谁敢狎蛟螭。惟有小家子，重利轻别离。纥干山头雀，短喙日啼饥。但图飞去乐，不复问所之。蓝缕田舍奴，蓬头乳臭儿。优给堂餐钱，荣颁行装衣。舟中东西人，相顾惊复疑。此乃褰人子，胡为来施施。使者挈乘槎，四牡光骓骓。郑重诏监督，一一听指麾。广厦百数间，高悬黄龙旗。入室阒无人，但见空皋比。便便腹高卧，委蛇复委蛇。借问诸学生，了不知东西。各随女师去，雏鸡母相依。鸟语日啾唧，庶几无参差。就中高才生，每有出类奇。其余中不中，太半悲染丝。千花红罷罷,四窗碧琉璃。金络水晶柱,银盘夜光杯。乡愚少所见,见异辄意移。家书说贫穷,问子今何居? 我今膳双鸡,谁记炊爨劳。汝言盍无粮,何不食肉糜? 客问故乡事,欲答颜忸怩。嬉戏替庚冈,游宴贺跋支。互谈伊优亚,独歌妃呼豨。吴言与越语,病忘反不知。亦有习袄教,相率拜天祠。口嚼天父饼,手翻《景教碑》。楼台法界住,香华美人贻。此间国极乐,乐不故蜀思。新来吴监督,其僚喜官威。谓此泛驾马,衔勒乃能骑。征集诸生来,不拜即鞭笞。弱者呼箠痛,强者反唇稽。汝辈狼野心,不如鼠有皮。谁甘畜生骂,公然老拳挥。监督愤上书,溢以加罪辞,诸生尽佻达,所业徒荒嬉,学成供蛮奴,否则仍汉痴。国家糜金钱,养此将何为? 朝廷命使者,去留审所宜。使者护诸生,本意相维持,监督意亦悔,驷马舌难追。使者甫下车,含怒故诋諆,我不知许事,我且食蛤蜊。监督拂衣起,喘如竹筒吹。一语不能合,遂令天地暌。郎当一百人,一一悉遣归。竟如瓜蔓抄,牵累何累累。当其未遣时,西人书交驰。总统格兰脱,校长某何谁。愿言华学生,留为国光辉。此来学日浅,难言成与亏,颇有聪颖士,利锥非钝椎。忽然筵席撤,何异鞶带褫。本图爱相助,今胡弃如遗? 相公答书言,不过别瑕疵。一旦尽遣撤,哗然称为欺。怒下逐客令,施禁华工来。溯自西学行,极盛推康熙。算兼几何学,方集海外医。天士充日官,南斋长追随。广译《奇器图》,诸器何夥颐。惜哉国学舍,未及设狄鞮。矧今学兴废,尤关国盛衰。十年教训力,百年富强基。奈何听儿戏,所遣皆卑微。部娄难为高,混沌强书眉。坐令远大图,坏以意气私。牵牛罚太重,亡羊补恐迟。蹉跎一失足,再遣终无期。目送海舟返,万感心伤悲。**按:美国留学生于辛巳年裁撤,奏请派往者曾文正公,募集学生者丰顺丁日昌,率往者吴川陈兰彬,后派出使大臣,前监督**

高州区谔良、新会容增祥，后监督南丰吴嘉善，其僚友为金某。初率学生继派副使为新会容闳，哈佛学堂，亦其手造云。

徐晋斋观察_{寿朋}吴翰涛贰尹_{广霈}随使美洲道出日本余饮之金寿楼翰涛即席有诗和韵以赠

铜琶高唱大江东，不许闲愁恼乃公。四海霸才能有几，翰涛《赠王弢园书》云"落落寰中两霸才"，又云"纵交深叹霸才稀"。今宵欢乐又偕同。狂呼酒盏看樊素，醉拭刀铓辨正宗。离别寻常休怅怨，男儿志本在飞蓬。

流 求 歌

白头老臣倚墙哭，颓鬓斜簪衣惨绿，自嗟流荡作波臣，细诉兴亡溯天蹴。天孙传世到舜天，海上蜿蜒一脉延。弹丸虽号蕞尔国，问鼎犹传七百年。大明天子云端里，自天草诏飞黄纸。印绶遥从赤土颁，衣冠幸不珠崖弃。使星如月照九州，王号中山国小球。英簜双持龙虎节，绣衣直指凤麟洲。从此苞茅勤入贡，艳说扶桑蚕如瓮。酋豪入学还请经，天王赐袭仍归赠。尔时国势正称强，日本犹封异姓王。只戴上枝归一日，更无尺诏问东皇。黑面小猴投袂起，谓是区区应余畀。数典横征贡百牢，兼弱忽然加一矢。鲸鲵横肆气吞舟，早见降幡出石头。大夫拔舍君含璧，昨日蛮王今楚囚。畏首畏尾身有几，笼鸟惟求宽一死。但乞头颅万里归，妄将口血群臣誓。归来割地献商於，索米仍输岁岁租。归化虽编归汉里，畏威终奉吓蛮书。一国从兹臣二主，两姑未免难为妇。称臣称侄日为兄，依汉依天使如父。一旦维新时事异，二百余藩齐改制。覆巢岂有完卵心，顾器略存投鼠忌。公堂才锡藩臣宴，锋车竟走降王传。刚闻守约比交邻,忽尔废藩夷九县。吁嗟君长槛车去,举族北辕谁控诉?鬼界明知不若人,虎性而今化为鼠。御沟一带水溶溶,流出花枝胡蝶红。尚有丹书珠殿挂,空将金印紫泥封。迎恩亭下蕉阴覆,相逢野老吞声哭。旌麾莫睹汉官仪,簪缨未改秦衣服。东川西川吊杜鹃,稠父宋父泣鹧鸪。兴灭曾无翼九宗,赐姓空存殷七族。几人脱险作逋逃,几次流离呼伯叔。北辰太远天不闻,东海虽枯国难复。毡裘大长来调处,空言无施竟何补?只有琉球恤难民,年年上疏劳疆臣。

卷四 二十六首

（光绪八年至十一年　1882年至1885年）

奉命为美国三富兰西士果总领事
留别日本诸君子五首

一

远泛银河附使舟,眼看沧海正横流。欲行六国连衡策,来作三山汗漫游。唐宋以前原旧好,弟兄之政况同仇。如何瓯脱区区地,竟有违言为小球。

二

占此江山亦足豪,凌虚楼阁五云高。人饶春气花多媚,山入波流地尚牢。六代风流余蜡屐,百家磨炼惜名刀。廿年多少沧桑感,尽日凭栏首重搔。

三

海外偏留文字缘,新诗脱口每争传。草完明治维新史,吟到中华以外天。王母环来夸盛典,《吾妻镜》在访遗编。若图岁岁西湖集,四壁花容百散仙。

四

海水南旋连粤峤,斗星北望指京华。但烦青鸟常通讯,贪住蓬

莱忘忆家。一日得闲便山水,十分难别是樱花。白银宫阙吾曾至,
归与乡人信口夸。

五

沧溟此去浩无垠,回首江城意更亲。昔日同舟多敌国,而今四
海总比邻。更行二万三千里,等是东西南北人。独有兴亚一腔血,
为君户户染红轮。

为佐野雪津常民题舰亭

占得江山美,舰亭足胜游。高人欣对字,老子许登楼。海气鳌
头日,天风鹏背秋。他时回首望,认此作并州。

海行杂感十四首

正月十八日,由横滨展轮往美利坚,二月十二日到。舟中
无事,拉杂成此。

一

东流西日奈愁何?荡以天风浩浩歌。九点烟微三岛小,人间
世要纵婆娑。

二

裨瀛大海善谈天,卯女童男远学仙。倘遂乘桴更东去,地球早
辟二千年。

三

叠床恰受两三人,奁镜盂巾位置匀。寸地尺天虽局踏,尽容秭
米一微身。

四

青李黄甘烂熳堆,蒲桃浓绿泼新醅。怪他一白清如许,水亦轮

回变化来。食果皆购自欧、美二洲,储锡罐封固,出之若新摘者。水皆用蒸气,一经变化,无复海咸矣。

五

中年岁月苦风飘,强半光阴客里抛。今日破愁编日记,一年却得两花朝。船迎日东行,见日递速,于半途中必加一日,方能合历。此次重日,仍作为二月初二,故云。

六

打窗压屋雨风声,起看沧波一掌平。我自冒风冲雨过,原来风雨不曾晴。

七

星星世界遍诸天,不计三千与大千。倘亦乘槎中有客,回头望我地球圆。

八

每每鸳鸯逐队行,春风相对坐调筝。才闻儿女呢呢语,又作胡雏恋母声。同舟西人,多携眷属。有俄罗斯公使夫妇,每夕对坐,弹琴和歌,其声动心。

九

偶然合眼便家乡,夜二三更母在床。促织入门蛛挂壁,一灯絮絮话家常。

一〇

是耶非耶其梦耶? 风乘我我乘风耶? 藤床簟魂睡新觉,此身飘飘天之涯。

一一

一日明明十二时,中分大半睡迷离。黄公却要携黄嬭,余居东时,曾戏刊一印曰"东海黄公"。遮眼文书一卷诗。

一二

家书琐屑写从头,身在茫茫一叶舟。纸尾只填某日发,计程难说到何州。

一三

拍拍群鸥逐我飞,不曾相识各天涯。欲凭鸟语时通讯,又恐华言汝未知。

一四

盖海旌旗辟道开,巨轮擘浪炮鸣雷。西人柄酌东人酒,长记通盟第一回。日本与泰西立约,实自嘉永癸丑美将披理以兵劫盟始。所率军舰七艘,由太平洋东来。同舟日本人有读《披理盟纪行》者,将至时,犹能指其出师处也。

逐 客 篇

华人往美利坚,始于道咸间。初由招工,踵往者多,数至二十万众。土人以争食故,哗然议逐之。光绪六年,合众国乃遣使三人,来商订限制华工之约。约成,至八年三月,议院遂藉约设例,禁止华工。感而赋此。

呜呼民何辜,值此国运剥。轩顼五千年,到今国极弱。鬼蜮实难测,魑魅乃不若。岂谓人非人,竟作异类虐。茫茫六合内,何处足可托?华人渡海初,无异凿空凿。团焦始蜗庐,周防渐虎落。蓝缕启山林,丘墟变城郭。金山蟹埤高,伸手左右攫。欢呼满载归,群夸国极乐。招邀尽室行,后脚踵前脚。短衣结椎髻,担簦蹑草屩。酒人率庖人,执针偕执斫。抵掌齐入秦,诸毛纷绕涿。后有红巾贼,刊章指名捉。逋逃萃渊薮,趋如蛇赴壑。同室戈娄操,入市刃相斫。助以国网宽,日长土风恶。渐渐生炉争,时时纵谣诼。谓

彼外来丐,只图饱囊橐。地皮足一踏,有金尽跳跃。腰缠得万贯,
便骑归去鹤。谁肯解发辫,为我供客作。或言彼无赖,初来尽祖
脯。喜如虫扑缘,怒则兽噬搏。野蛮性嗜杀,无端血染锷。此地非
恶溪,岂容食人鳄。又言诸娄罗,生性极龌龊。居同狗国秽,食等
豕牢薄。所需日百钱,大觳难比较。任彼贱值佣,我辈坐脧削。眼
见手足伤,谁能忍毒蠚?千口音侥侥,万目瞪灼灼。联名十上书,
上请王斟酌。骤下逐客令,此事恐倍约。万国互通商,将以何辞
却?姑遣三人行,藉免众口铄。掷枭倘成卢,聊一试蒲薄。谁知糊
涂相,公然闭眼诺。噫嘻六州铁,谁实铸大错?从此悬厉禁,多方
设局钥。丸泥便封关,重门复击柝。去者鹊绕树,居者燕巢幕。关
讥到过客,郊游及游学。国典与邻交,一切束高阁。东望海漫漫,
绝远逾大漠。舟人呼印须,津吏唱公莫。不持入关繻,一来便受
缚。但是黄面人,无罪亦笒掠。慨想华盛顿,颇具霸王略。檄告美
利坚,广土在西漠。九夷及八蛮,一任通邛笮。黄白红黑种,一律
等土著。逮今不百年,食言曾不怍。吁嗟五大洲,种族纷各各。攘
外斥夷戎,交恶詈岛索。今非大同世,只挟智勇角。芒砀红番地,
知汝重开拓。飞鹰倚天立,半球悉在握。华人虽后至,岂不容一
勺。有国不养民,譬为丛驱爵。四裔投不受,流散更安着?天地忽
局蹐,人鬼共咀嚼。皇华与大汉,第供异族谑。不如黑奴蠢,随处
安浑噩。堂堂龙节来,叩关亦是躩。倒倾四海水,此耻难洗濯。他
邦互效尤,无地容飘泊。远步想章亥,近功陋卫霍。芒芒问禹迹,
何时版图廓?

纪　事

甲申十月,为公举总统之期。合众党欲留前任布连,而共

和党则举姬利扶兰。两党哄争，卒举姬君。诗以纪之。

吹我合众笳，击我合众鼓，擎我合众花，书我合众簿。汝众勿喧哗，请听吾党语。人各有齿牙，人各有肺腑。聚众成国家，一身比尺土。所举勿参差，此乃众人父。击我共和鼓，吹我共和笳，书我共和簿，擎我共和花。请听吾党语，汝众勿喧哗。人各有肺腑，人各有齿牙。一身比尺土，聚众成国家。此乃众人父，所举勿参差。此党夸彼党，看我后来绩。通商与惠工，首行保护策。黄金准银价，务令昭画一。家家田舍翁，定多十斛麦。凡我美利坚，不许人侵轶。远方黄种人，闭关严逐客。毋许阘茸公，鼾睡卧榻侧。譬如耶稣饼，千人得饱食。太阿一到手，其效可计日。彼党斥此党，空言彼何益。彼党讦此党，党魁乃下流。少作无赖贼，曾闻盗人牛。又闻挟某妓，好作狭邪游。聚赌叶子戏，巧术妙窃钩。面目如鬼蜮，衣冠如沐猴。隐慝数不尽，汝众能知不？是谁承余窍，竟欲粪佛头。颜甲十重铁，亦恐难遮羞。此党讦彼党，众口同一咻。某日戏马台，广场千人设。纵横乌皮儿，上下若梯级。华灯千万枝，光照绣帷撤。登场一酒胡，运转广长舌。盘盘黄须虬，闪闪碧眼鹘。开口如悬河，滚滚浪不竭。笑激屋瓦飞，怒轰庭柱裂。有时应者者，有时呼咄咄。掌心发雷声，拍拍齐击节。最后手高举，明示党议决。演说事未已，复辟纵观场。铁兜绣裲裆，左右各分行。宝象黄金络，白马紫丝缰。橐橐安步靴，林林耸肩枪。或带假面具，或手执长枪。金目戏方相，黑脸画鬼王。仿古十字军，赤旆风飘扬。齐唱爱国歌，曼声音绕梁。千头万头动，竞进如排墙。指点道旁人，请观吾党光。众人耳目外，重以甘言诱。浓绿苗芽茶，浅碧酿花酒。斜纹黑普罗，杂俎红氍毹。琐屑到钗钏，取足供媚妇。上谒士雕龙，下访市屠狗。墨屎与侏张，相见辄掌手。指此区区物，是某托转授。怀中花名册,出请纪谁某。知君有姻族,知君有甥舅。赖君提挈力,吾党定举首。丁宁复丁宁,幸勿杂然否。四年一公举,今日真及期。两党党魁名,先刻党人碑。人人手一纸,某官某何谁。破晓车马声,万蹄纷奔驰。环人各带刀,故示官威仪。实则防民口,预备国安危。路旁局外人,各各揿眼窥。三五立街头,徐徐撚颔髭。大邦数十筹,胜负终难知。赤轮日可中,已诧邮递迟。俄顷一报来,急喘竹筒吹。未几复一报,闻锣惊复疑。抑扬到九天,啼笑奔千儿。夜半筹马定,明明无差池。轰轰祝炮声,雷响云下垂。巍巍九层楼,高悬总统旗。吁嗟华盛顿,及今百年矣。自树独立旗,不复受压制。红黄黑白种,一律平等视。人人得自由,万物咸遂利。民智益发扬,国富乃倍蓰。泱泱大国风,闻乐叹观止。乌知举总统,所见乃怪事。怒挥同室戈,愤争传国玺。大则酿祸乱,小亦成击刺。寻常瓜蔓抄,逮捕遍官吏。至公反成私,大利亦生弊。究竟所举贤,无愧大宝位。倘能无党争,尚想太平世。

冯将军歌

冯将军,英名天下闻。将军少小能杀贼,一出旌旗云变色。江南十载战功高,黄褂色映花翎飘。中原荡清更无事,每日摩挲腰下刀。何物岛夷横割地,更索黄金要岁币。北门管钥赖将军,虎节重臣亲拜疏。将军剑光方出匣,将军谤书忽盈箧。将军卤莽不好谋,小敌虽勇大敌怯。将军气涌高于山,看我长驱出玉关。平生蓄养敢死士,不斩楼兰今不还。手执蛇矛长丈八,谈笑欲吸匈奴血。左右横排断后刀,有进无退退则杀。奋梃大呼从如云,同拚一死随将军。将军报国期死君,我辈忍孤将军恩。将军威严若天神,将军有令敢不遵。负将军者诛及身,将军一叱人马惊。从而往者五千人,五千人马①排墙进。绵绵延延相击应，轰雷巨炮欲发声，既戟交胸②刀在颈。敌军披靡鼓声死，万头窜窜纷如蚁。十荡十决无当前，一日横驰三百里。吁嗟乎！马江一败军心慑，龙州拓地贼氛压。闪闪龙旗天上翻，道咸以来无此捷。得如将军十数人，制梃能挞虎狼秦。能兴灭国柔强邻，呜呼安得如将军！

九姓渔船曲

　　白石青溪波作镜，翩翩自照惊鸿影。本来此事不干卿，偏扰波澜生古井。使君五马从天来，八闽张罗网贤才。何图满载珊瑚后，还有西施网载回。西施一舸轻波软，原是官船当娃馆。玉女青炉隔牖窥，径就郎怀歌婉转。婉转偎郎倚郎坐，不道鲁男真不可。此时忍俊未能禁，此夕消魂便真个。门前乌柏天将曙，搴帷重对双星诉。君看银潢一道斜，小星竟向鹊桥渡。鹊桥一渡太匆匆，割臂盟寒忍负侬。不愿邮亭才一夕，宁将歌曲换三公。纷纷礼法言如雨，风语华言相诖误。欲乞春阴巧护花，绿章宁向东皇诉。略言臣到庚宗宿，大堤花艳惊人目。为求箥室梦泉丘，敢挈阿娇贮金屋。弹章自劾满朝惊，竟以风流微罪行。如何铁石心肠者，偏对梨涡忽有情。雅娘传语鸠媒妒，侬家世世横塘住。相当应嫁弄潮儿，不然便逐浮梁贾。张罗得鸟虽有缘，将珠抵鹊宁非误。祸水真成薄命人，微瑕究惜《闲情赋》。刚说高飞变凤凰，无端打散惊鸳鸯。金钗敲断都由我，团扇遮羞怕见郎。永丰坊柳丝丝绿，抛却一官剩双宿。莫将破甑屡回头，且唱同舟定情曲。

---

① 高崇信、尤炳炘校点《人境庐诗草》作"人众"。
② 高崇信、尤炳炘校点《人境庐诗草》作"戟既交胸"。

感　怀

　下阻黄垆上九天，白云望断眼空悬。蒙蒙寒雨又寒食，浩浩长流总逝川。万里游惟图一饱，三年泪忍到重泉。此身俯仰都惭愧，鞅掌犹言我独贤。

卷五 二十七首

（光绪十一年至十五年　1885年至1889年）

八月十五夜太平洋舟中望月作歌

茫茫东海波连天，天边大月光团圆。送人夜夜照船尾，今夕倍放清光妍。一舟而外无寸地，上者青天下黑水。登程见月四回明，归舟已历三千里。大千世界共此月，世人不共中秋节。泰西纪历二千年，只作寻常数圆缺。舟师捧盘登舵楼，船与天汉同西流。虬髯高歌碧眼醉，异方乐只增人愁。此外同舟下床客，梦中暂免供人役。沉沉千蚁趋黑甜，交臂横肱睡狼藉。鱼龙悄悄夜三更，波平如镜风无声。一轮悬空一轮转，徘徊独作巡檐行。我随船去月随身，月不离我情倍亲。汪洋东海不知几万里，今夕之夕惟我与尔对影成三人。

举头西指云深处，下有人家亿万户。几家儿女怨别离，几处楼台作歌舞。悲欢离合虽不同，四亿万众同秋中。岂知赤县神州地，美洲以西日本东，独有一客欹孤篷。此客出门今十载，月光渐照鬓毛改。观日曾到三神山，乘风竟渡大瀛海。举头只见故乡月，月不同时地各别。即今吾家隔海遥相望，彼乍东升此西没。嗟我身世犹转蓬,纵游所至如凿空。禹迹不到夏时变①,我游所历殊未穷。
九州脚底大球背,天胡置我于此中?异时汗漫安所抵,搔头②我欲
问苍穹。倚栏不寐心憧憧,月影渐变朝霞红,朦朦晓日生于东。

归过日本志感

旧游重到一凄然,电掣光阴又四年。老辈渐闻歌薤露,沧波真
易变桑田。出关符传行人玺,横海旌旗下濑船。今日荷戈边塞去,
可堪雪窖复冰天。

舟中骤雨

极天唯海水,水际忽云横。云气随风走,风声挟雨行。鹏垂天
欲堕,龙吼海齐鸣。忽出风围外,沧波万里平。

到　香　港

水是尧时日夏时,衣冠又是汉官仪。登楼四望真吾土,不见黄
龙上大旗。

到　广　州

秋风独上越王台,吊古伤今几霸才。表里山河故无恙,因越南
事,今始解严。逍遥天海此归来。沧波淼淼八千里,圆月匆匆一百
回。自抚头颅看髀肉,侧身东望重徘徊。

---

① 高崇信、尤炳圻校点《人境庐诗草》作"改"。
② 同上书作"搔首"。

肇庆舟中

稳卧孤篷底,迷茫夜气微。使星正西向,零雨怅东归。灯影侵孤枕,波声荡四围。行藏无一是,万事付沾衣。

将至梧州志痛

洒尽灯前泪,偏沾身上衣。呼天惟负负,恋母尚依依。吹树风何急,寻巢鸟独飞。殷勤看行箧,在日寄当归。

游七星岩

归帆正借好风吹,却为看山误我期。急水渐趋江合处,奇峰横出路穷时。欲寻柯斧仙何处,肇庆有烂柯山,云即王质观棋之处。久困津梁佛亦疲。返景入林人坐久,昏鸦何事独归迟?

夜宿潮州城下

九曲潮江水,遥通海外天。客程余百一,江路故回旋。犬亦乡音吠,鸥依岸影眠。橹声催欸乃,既有晓行船。

夜　泊

一行归雁影零丁,相倚双凫睡未醒。人语沉沉篷悄悄,沙光淡淡竹冥冥。近家乡梦心尤亟,拍枕涛声耳厌听。急趁天明催橹发,开门斜月带残星。

远　归

人人相见各开颜,载得春风入玉关。邻里关心问筐箧,儿童拍手唱刀环。且图傍岸牵舟住,竞说乘槎犯斗还。海外名山都看遍,杖藜还看故乡山。

乡人以余远归争来询问赋此志感

欢迎海客远游归,各认容颜半是非。六合外从何处说,十年来渐故人稀。糟床争送墙头酒,针线愁牵身上衣。旧识新交遍天下,可如亲戚话依依。

今　夕

相逢都怪鬓毛苍,今夕重依灯烛光。已去年华一弹指,无穷心事九回肠。云中蜃气楼台幻,海外龙堆道路长。身世茫茫何可说,呼儿炊饭熟黄粱。

春夜招乡人饮

春风漾微和,吹断檐前雪。寒犬吠始停,众客互排闼。出瓮酒子酽,欹壁烛奴热。花猪间黄鸡,亦足供铺餟。团坐尽乡邻,无复苛礼设。以我久客归,群起争辩诘。初言日本国,旧是神仙窟。珊瑚交枝柯,金银眩宫阙。云余白傅霙,锦留太真袜。今犹骖鸾来,眼见非恍惚。子乘仙槎去,应识长生诀。灵芝不死药,多少秘筐篋。或言可伦坡,索地始未获。匝月粮俱罄,磨刀咸欲杀。天神忽下降,指引示玉牒。巨鳌戴山来,再拜请手接。狂呼登陆去,炮响轰空发。人马合一身,手秉黄金钺。野人走且僵,惊群鬼罗刹。即今牛货洲,利尽西人夺。金穴百丈深,求取用不竭。又言太平洋,地当西南缺。下有海王宫,蛟螭恣出没。漫空白雨跳,往往鱼吐沫。曾有千斛舟,随波入长舌。天地黑如盘,腥风吹雨血。转肠入轮回，遗矢幸出穴。始知出鱼腹，人人庆复活。传闻浮海舟，尽裹十重铁。叠床十八层，上下各区别。牛羊豕鸡狗，万物萃一筏。康庄九达间，周庐千户辟。船头逮船尾，巡行认车辙。其人好楼居，四窗而八达。千光璧琉璃，五色红毾㲪。杰阁高入云，明明月可掇。出入鬼仙间，多具锁子骨。曾见高缅伎，行绳若飞越。犁靬善眩人，变态尤诡谲。常闻海客谈，异说十七八。太章实亲见，然否待子决。诸胡饱腥膻，四族出饕餮。饤盘比塔高，硬饼藉刀截。菜香苜蓿肥，酒艳葡萄泼。冷淘粘山蚝，浓汁爬沙鳖。动指思异味，谅子固不屑。古称美须眉，今亦夸白皙。紫髯盘蟠虬，碧眼闪健鹘。子年未四十，鬈鬈须在颊。诸毛纷绕涿，东涂复西抹。得毋逐臭夫，习染求容悦。子如夸狄强，应举巨觥罚。谬称夜郎大，能步禹迹阔。试披地球图，万国仅虮虱。岂非谈天衍，妄论工剽窃。一唱十随和，此默彼又聒。醉喝杯箸翻，笑震屋瓦裂。平生意气颇，滔滔论不歇。到此穷诘屈，口箝舌反结。自作沧溟游，积日多于发。所见了无奇，无异在眉睫。《山经》伯翳知，《坤图》怀仁说。足迹未遍历，安敢遽排讦。大鹏恣扶摇，暂作六月息。尚拟汗漫游，一将耳目豁。再阅十年归，一一详论列。

小　女

　　一灯团坐话依依，帘幕深藏未掩扉。小女挽须争问事，阿娘不语又牵衣。日光定是举头近，海大何如两手围？欲展地球图指看，夜灯风幔落伊威。

即　事

　　墙外轻阴淡淡遮，床头有酒巷无车。将离复合风吹絮，乍暖还

寒春养花。一醉薝腾如梦里，此身飘泊又天涯。打窗山雨琅琅响，
犹似波涛海上槎。

下水船歌

电光一挈光闪天，洪波直泻无回旋。饥鹰脱鞲兔走穴，驰轮下
阪箭离弦。君看我舟疾如驶，世间快事那有此。潮头拍拍鸥乱飞，
舟人叫绝篙师喜。一山当头一对面，倏忽两山都不见。群山转瞬
眼欲花，况又山头云万变。江随山转气益骄，蹴沙啮石波横跳。山
虽百折舟一直，拍耳惟觉风刁刁。风声水声相鼓荡，舷倾桅侧终无
恙。风乘我耶我乘风，便凌霄汉游天上。年来足迹遍五洲，浮槎曾
到天尽头。长风破浪奚足道，平生奇绝输此游。忽闻隔岸唱邪许，
纤夫努力力如虎。百丈横牵上濑舟，三朝三暮见黄牛。

闭　　关

郁郁松阴外，深深一闭关。暂游二万里，小住两三间。云懒随
龙卧，风微任鸟还。墙头山自好，何必诩神山。

春暮偶游归饮人境庐

某水某山我故乡，今时今日好容光。频年花事春三月，独我蓬
飘天一方。门外骊驹犹在道，堂前燕子稳栖梁。金盆月艳蒲萄绿，
便拟狂飞千百觞。

拜曾祖母李太夫人墓

郁郁山上松，呀呀林中乌。松有荫孙枝，乌非反哺雏。我生堕
地时，太婆七十五。明年阿弟生，弟兄日争乳。太婆向母怀，伸手抱

儿去。从此不离开，一日百摩抚。亲手裁绫罗，为儿制衣裳。糖霜
和面雪，为儿作饼馄。发乱为梳头，脚腻为暖汤。东市买脂粉，靧
面日生香。头上盘云髻，耳后明月珰。红裙绛罗襦，事事女儿妆。
牙牙初学语，教诵《月光光》。一读一背诵，清如新炙簧。三岁甫
学步，送儿上学堂。知儿故畏怯，戒师莫严庄。将出牵衣送，未归
踦间望。问讯日百回，赤足足奔忙。春秋多佳日，亲戚尽团聚。双
手擎掌珠，百口百称誉。我家七十人，诸子爱渠祖。诸妇爱渠娘，
诸孙爱渠父。因裙便惜带，将缣难比素。老人性偏爱，不顾人笑
侮。邻里向我笑，老人爱不差。果然好相貌，艳艳如莲花。诸母背
我骂，健犊行破车。上树不停脚，偷芋信手爬。昨日探鹊巢，一跌
败两牙。喷血喷满壁，盘礴画龙蛇。兄妹昵我言，向婆乞金钱。直
倾紫荷囊，滚地金铃圆。爷娘拊我耳，劝婆要加餐。金盘脍鲤鱼，
果为儿下咽。伯叔牵我手，心知不相干。故故摩儿顶，要图老人
欢。儿年九岁时，阿爷报登科。剑儿大父傍，一语三摩娑。此儿生
属猴，聪明较猴多。雏鸡比老鸡，异时知如何？我病又老耄，情知
不坚牢。风吹儿不长，那见儿扶摇。待儿胜冠时，看儿能夺标。他
年上我墓，相携著宫袍。前行张罗伞，后行鸣鼓箫。猪鸡与花果，
一一分肩挑。爆竹响墓背，墓前纸钱烧。手捧紫泥封，云是夫人
诰。子孙共罗拜，焚香向神告。儿今幸胜贵，颇如母所料。世言鬼
无知，我定开口笑。大父回顾儿，此言儿熟记。一年记一年，儿齿
加长矣。儿是孩提心，那知太婆事。但就儿所见，依稀记一二。太
婆每出入，笼东挂一杖。后来杖挂壁，时见垂帷帐。夜夜携儿眠，
呼娘搔背痒。展转千搥腰，殷殷春雷响。佛前灯尚明，窗隙见月
上。大父搴帏来，欢笑时鼓掌。琐屑及乡邻，讥诃到官长。每将野
人语，眩作鬼魅状。太婆悄不应，便知婆欲睡。户枢徐徐关，移踵

车轮曳。明朝阿娘来,奉匜为盥洗。欲饭爷捧盘,欲羹娘进匕。大父出迎医,觇缕讲脉理。咀嚼分尝药,斟酌共量水。自儿有知识,日日见此事。几年举场忙,几年绝域使。忽忽三十年,光阴迅弹指。今日来拜墓,儿既须满嘴。儿今年四十,大父七十九。所喜颇聪强,容颜类如旧。周山看松柏,不要携杖走。跪拜不须扶,未觉躬伛偻。挂珠碧霞犀,犹是母所授。绣补炫锦鸡,新自粤西购。一手搴颔髭,一手振袍袖,打鼓唱迎神,红毡齐泯首。上头爇红香,中间酌黄酒。青箬苞黍粽,紫丝络莲藕。大父在前跪,诸孙跪在后。森森排竹笋,依依伏杨柳。新妇外曾孙,是婆定昏媾。阿端年始冠,昨年已取妇。随兄擎腰扇,阿和亦十五。长樛次当孙,此皆我儿女。青青秀才衣,两弟名谁某。少者新簪花,捧觞前拜手。次第别后先,提抱集贱幼。一家尽偕来,只恨不见母。母在婆最怜,刻不离左右。今日母魂灵,得依太婆否?树静风不停,草长春不留。世人尽痴心,乞年拜北斗。百年那可求?所愿得中寿。谓儿报婆恩,此事难开口。求母如婆年,儿亦奉养久。儿今便有孙,不得母爱怜。爱怜尚不得,那论贤不贤。上羡大父福,下伤吾母年。吁嗟无母人,悠悠者苍天!

遣　闷

花开花落掩关卧,负汝春光奈汝何? 天下事原如意少,眼中人渐后生多。声声暮雨萧萧曲,去去流光踏踏歌。今日今时有今我,茶烟禅榻病维摩。

寒　食

几日春阴画不成,才过寒食又清明。霏霏红雨花初落,袅袅白波萍又生。栏外轻寒帘内暖,竹中微滴柳梢晴。浮云万变寻常事,一瞬光阴既娄更。

夜　饮

长风吹月过江来,照我华堂在手杯。莫管阴晴圆缺事,尽欢三万六千回。胸中五岳撑空起,眼底浮云一扫开。玉管铜弦兼铁板,与君扶醉上高台。

《日本国志》书成志感

湖海归来气未除,忧天热血几时摅。《千秋鉴》借《吾妻镜》,四壁图悬人境庐。改制世方尊白统,《罪言》我窃比《黄书》。《王船山集》有《黄书》。频年风雨鸡鸣夕,洒泪挑灯自卷舒。

十月十九日至沪初随何大臣如璋使日本即于是日由上海东渡今十二年矣

百年有几相逢日,一别重来十二年。海水萍踪仍此地,岁星荔实忽周天。长江浪击轰云炮,绝漠寒深大窖毡。公正南归吾北上,欲论近事恨无缘。子峨先生自塞外赐环,由沪来潮,余方由港往沪,故差池不得相见。

由潮州溯流而上驶风舟行甚疾

借得南风便,无嫌上水船。千帆张鸟翼,一席尽鸥眠。树若迎人立,桅随倚枕偏。篙师相对语,今夕且神仙。

夜泊高陂其地多竹

一篷凉月冷于秋,万竹潇潇俯碧流。欲拟勾当留不得,明年何处梦黄州?

卷六 六十四首

（光绪十六年至十七年　1890 年至 1891 年）

自香港登舟感怀

又指天河问析津，东西南北转蓬身。行行遂越三万里，碌碌仍随十九人。久客暂归增别苦，同舟虽敌亦情亲。龙旗猎猎张旐去，徙倚阑干独怆神。

过安南西贡有感[*] 五首

一

沧海归来伏著书，平生豪气未全除。仰看跕跕飞鸢堕，转忆乡人下泽车。

二

高下连云拥百城，一江直溯到昆明。可怜百万提封地，不敌弹丸一炮声。

三

神功远拓东西极，圣武张皇六十年。不信王师倒戈退，翻将化

---

[*] 此诗《初稿抄本》载卷四，题为《过安南堤岸有感》。

外弃南天。

四

九真象郡吾南土,秦汉以前既版图。一自三杨倡议后,珠崖永弃不还珠。

五

班超投笔气如山,万里封侯出玉关。今岂无人探虎穴,宝刀难染血痕殷。

锡兰岛卧佛

大风西北来,摇天海波里。茫茫世界尘,点点国土墨。虽曰中国海,无从问禹迹。近溯唐南蛮,远逮汉西域。旧时《职贡图》,依稀犹可识。自明遣郑和,使节驰络绎。凡百马流种,各各设重译。金叶铸多罗,玉环献摩勒。每以佛光明,表颂帝威德。苏禄率群臣,渤泥挈尽室。阇斑被绣缦,扶服拜赤帝。是虽蛮夷长,窃号公侯伯。比古小诸侯,尚足称蒲璧。其他鸟了部,争亦附商舶。有诏镇国山,碑立高百尺。以此明得意,比刻之罘石。及明中叶后,朝贡渐失职。岂知蕞尔国,既经三四摘。铁围薄福龙,大半供鸟食。我行过九真,其次泊息力。婆罗左右望,群岛比虮虱。咸归西道主,尽拔汉赤帜。日夕兴亡泪,多于海水滴。行行复行行,便到师子国。浩浩象口水,流到殑伽山。遥望窣堵波,相约僧跻攀。中有卧佛像,丈六金身坚。右叠重累足,左握光明拳。虽具坚牢相,软过兜罗棉。水田脱净衣,鬖云堆华鬘。大青发屈蠡,围金耳垂环。就中白毫光,普照世大千。八十种好相,一一功德圆。是谁摄巧匠,上登忉利天。刻此牛头檀,妙到秋毫颠。或言佛涅槃,波罗双树间。此即荼维地,斯语原讹传。惟佛有神力,高踞两山巅。至今双足迹，尚隔十由延。或言古无人，只有龙鬼仙。其后买珠人，渐次成市廛。此亦妄造语，有如野狐禅。实则经行地，与佛有大缘。参天贝多树，由此枝叶繁。独怪如来身，不坐千叶莲。既付金缕衣，何不一启颜？岂真津梁疲，老矣倦欲眠。如何沉沉睡，竟过三千年？吁嗟佛灭度，世界眼尽灭。最先王舍城，大辟禅师窟。迦叶与阿难，结集佛所说。尔来一百年，复见大会设。恒河左右流，犍椎声不绝。其后阿育王，第一信佛法。能役万鬼神，日造八万塔。举国施与佛，金榜国门揭。九十六外道，群言罢一切。复遣诸弟子，分授十万偈。北有大月氏，先照佛国月。四开无遮会，各运广长舌。汉家通西域，声教远相接。金人一入梦，白马来负笈。绳行复沙度，来往踵相蹑。总持四千部，重译多于发。华言通梵语，众推秦罗什。后分律法论，宗派各流别。要之佉卢字，力大过仓颉。南有狮子王，凿字赤铜欢。当时东西商，互通度人筏。但称佛弟子，能避鬼罗刹。遂使诸天经，满载商人箧。鸟喙菾子洲，畏鬼性骁怯。一闻地狱说，心畏晱摩杀。赖佛得庇护，无异栖影鸽。国主争布金，妃后亦托钵。尊佛过帝天，高供千白氎。乐奏梵音曲，讼听番僧决。向来文身人，大半著僧衲。达摩浮海来，一花开五叶。语言与文字，一喝付抹杀。十年勤面壁，一灯传立雪。直指本来心，大声用棒喝。非特道家统，附会入庄列。竟使宋诸儒，沿袭事剽窃。最奇宗喀巴，别得大解脱。不生不灭身，忽然佛复活。西天自在王，高踞黄金榻。千百毡裘长，膜拜伏上谒。西戎犬羊性，杀人日流血。喃喃诵经声，竟能消杀伐。藏卫各蕃部，无复事鞭挞。即今奔巴瓶，改法用金楪。论彼象教力，群胡犹震慑。综佛所照临，竟过九州阔。极南到朱波，穷北逾鞑靼。大东渡日本，天皇尽僧牒。此方护佛齿，彼土迎佛骨。何人得钵缘，某日是箭节。庄饰

紫金阶，供养白银阙。倒海然脂油，震雷响金钹。香云幢幡云，九
天九地彻。五百虎狮象，遍地迎菩萨。谓此功德盛，当历千万劫。
有国赖庇护，金瓯永无缺。岂知西域贾，手不持寸铁。举佛降生
地，一旦尽劫夺。我闻舒五指，化作狮子雄。能令众醉象，败衄头
笼东。何不敕兽王，俾当敌人冲？我闻粗大力，手张祖王弓。射过
七铁猪，入地千万重。何不矢一发，再张力士锋？我闻四海水，悉
纳毛孔中。蛟龙与鱼鳖，众生无不容。何不口一吸，令化诸毛虫？
我闻大千界，一击成虚空。譬掷陶家轮，极远到无穷。何不气一
喷，散为鞞蓝风？我闻三昧火，烧身光熊熊。千眼金刚杵，头出烟
焰红。何不呼阿奴，一用天火攻？我闻安息香，力能敕毒龙。尾击
须弥山，波涛声汹汹。何不呼小婢，悉遣河神从？我闻阿修罗，横
攻善见宫。流尽赤蚨血，藕丝遁无踪。何不取天仗，压制群魔凶？
我闻毗琉璃，素守南天封。薜荔鸠槃荼，万鬼声喁喁。何不饬鬼
兵，力助天王功？惟佛大法王，兼综诸神通。声闻诸弟子，递传术
犹工。如何敛手退，一任敌横纵。竟使清净土，概变腥膻戎？五方
万天祠，一齐鸣鼓钟。遥望西王母，虎齿发蓬蓬。合上皇帝号，万
宝朝河宗。佛力遂扫地，感叹摧肝胸。佛不能庇国，岂不能庇教。
奈何五印度，竟不闻佛号。古有《韦陀》书，云自梵天造。贵种婆
罗门，挟此肆凌傲。凡夫钝根辈，分定莫能校。自佛倡平等，人各
有业报。天堂与地狱，善恶人所召。卑贱众首陀，吹螺喜相告。亦
有婆罗门，渐渐服教导。食屑鹙鸠行，夜行鸺鹠叫。涂灰身半裸，
拜月脚左骁。各弃事天业，回向信三宝。大地阎浮提，慈云遍覆
帱。何意梵志辈，势盛复鼓噪。灰死火复然，尾大力能掉。别创温
都名，布以人皇诏。佛头横着粪，诃骂杂嘲诮。尽驱出家人，一一
出边徼。外来波斯胡，更立祆神庙，千牛拜火光，万马拜日曜。嗣

后摩诃末,采集各经要。一经衍圣传,一剑镇群暴。谓此哥罗尼,实以教忠孝。天使乘白马,口宣天所诰。从则升九天,否则杀左道。教主兼霸王,黄屋建左纛。继以蒙古主,挟势尤桀骜。以彼转轮王,力大谁敢较。迩来耶苏徒,遍传《新旧约》。载以通商舶,助以攻城炮。谓天只一尊,获罪无所祷。一切土木像,荒诞尽可笑。顶上舍利珠,拉杂付摧烧。竟使佛威德,灯灭树倾倒。摩耶抚钵哭,迦叶捧衣悼。像法二千年,今真末劫到。恶王魔波旬,更使众魔娆。天人八部众,谁不生悲恼?噫嗟五大洲,立教几教皇。惟佛能大仁,首先唱天堂。以我悲悯心,置人安乐乡。古分十等人,贵贱如画疆。惟佛具大勇,自弃铜轮王。众生例平等,一律无低昂。罪畏末日审,报冀后世偿。佛说有弥勒,福德莫可当。将来僧祇劫,普渡胥安康。此皆大德慧,倾海谁能量。古学水火风,今学声气光。辩才总无碍,博综无不详。独惜说慈悲,未免过主张。臂称穷鸽肉,身供饿虎粮。左手割利刃,右手涂檀香。冤亲悉平等,善恶心皆忘。愈慈愈忍辱,转令身羸尫。兽蹄交鸟迹,一听外物戕。人间多虎豹,天上无凤凰。虎豹富筋力,故能恣强梁。凤凰太文彩,毛羽易摧伤。惟强乃秉权,强权如金刚。吁嗟古名国,兴废殊无常。罗马善法律,希腊工文章。开化首埃及,今亦归沦亡。念我亚细亚,大国居中央。尧舜四千年,圣贤代相望。大哉孔子道,上继皇哉唐。血气悉尊亲,声名被八荒。到今四夷侵,尽撤诸边防。天若祚中国,黄帝垂衣裳。浮海率三军,载书使四方。王威镇象主,鬼族驯狼朘。归化献赤土,颂德歌白狼。共尊天可汗,化外胥来航。远及牛贺洲,鞭之如群羊。海无烈风作,地降甘露祥。人人仰震旦,谁侮黄种黄?弱供万国役,治则天下强。明王久不作,四顾心茫茫。

温则宫朝会

万灯悬耀夜光珠,绣缕黄金匝地铺。一柱通天铭武后,三山绝岛胜方壶。如闻广乐钧天奏,想见重华《盖地图》。五十余年功德盛,女娲以后世应无。

重　雾

碌碌成何事,有船吾欲东。百忧增况瘁,独坐屡书空。雾重城如漆,寒深火不红。昂头看黄鹄,高举挟天风。

伦敦大雾行

苍天已死黄天立,倒海翻云百神集。一时天醉帝梦酣,举国沉迷同失日。芒芒荡荡国昏荒,冥冥蒙蒙黑甜乡。我坐斗室几匝月,面壁惟拜灯光王。时不辨朝夕,地不识南北。离离火焰青,漫漫劫灰黑。如渡大漠沙尽黄,如探岩穴黝难测。化尘尘亦缁,望气气皆墨。色象无可名,眼鼻若并塞。岂有盘古氏,出世天再辟。又非阿修罗,搅海水上击。忽然黑暗无间堕落阿鼻狱,又惊恶风吹船飘至罗刹国。出门寸步不能行,九衢遍地铃铎声。车马鸡栖匿不出,楼台蜃气中含腥。天罗礚匝偶露缺,上有红轮色如血。暖暖曾无射目光,凉凉未觉炙手热。吾闻地球绕日日绕球,今之英属遍五洲。赤日所照无不到,光华远被天尽头。乌知都城不见日,人人反抱天堕忧。又闻地气蒸腾化为雨,巧算能知雨点数。此邦本以水为家,况有灶烟十万户。倘将四海之雾铢积寸算来,或尚不如伦敦城中雾。

在伦敦写真志感

人海茫茫着此身，苍凉独立一伤神。递增哀乐中年感，等是寻常行路人。万里封侯从骠骑，中兴名相画麒麟。虎头燕颔非吾事，何用眉头郁不申。

得梁诗五书

廿年踪迹半天下，数尽新交总不如。四海几人真我友，万金一纸当家书。相期云汉高飞鹄，难忘江湖同队鱼。事事蹉跎落人后，可堪君尚逐前车。余得拔萃后四年，举于乡。诗五亦如之。余常以此为戏。

今别离四首

一

别肠转如轮，一刻既万周。眼见双轮驰，益增中心忧。古亦有山川，古亦有车舟。车舟载离别，行止犹自由。今日舟与车，并力生离愁。明知须臾景，不许稍绸缪。钟声一及时，顷刻不少留。虽有万钧柁，动如绕指柔。岂无打头风，亦不畏石尤。送者未及返，君在天尽头。望影倏不见，烟波杳悠悠。去矣一何速，归定留滞不？所愿君归时，快乘轻气球。

二

朝寄平安语，暮寄相思字。驰书迅已极，云是君所寄。既非君手书，又无君默记。虽署花字名，知谁箝缄尾。寻常并坐语，未遽悉心事。况经三四译，岂能达人意！只有班班墨，颇似临行泪。门前两行树，离离到天际。中央亦有丝，有丝两头系。如何君寄书，断续不时至？每日百须臾，书到时有几？一息不相闻，使我容颜悴。安得如电光，一闪至君旁。

三

开行喜动色，分明是君容。自君镜奁来，入妾怀袖中。临行剪中衣，是妾亲手缝。肥瘦妾自思，今昔毋得同。自别思见君，情如春酒浓。今日见君面，仍觉心忡忡。揽镜妾自照，颜色桃花红。开箧持赠君，如与君相逢。妾有钗插鬓，君有襟当胸。双悬可怜影，汝我长相从。虽则长相从，别恨终无穷。对面不解语，若隔山万重。自非梦来往，密意何由通。

四

汝魂将何之，欲与君相随。飘然渡沧海，不畏风波危。昨夕入君室，举手搴君帷。披帷不见人，想君就枕迟。君魂倘寻我，会面亦难期。恐君魂来日，是妾不寐时。妾睡君或醒，君睡妾岂知。彼此不相闻，安怪常参差。举头见明月，明月方入扉。此时想君身，侵晓刚披衣。君在海之角，妾在天之涯。相去三万里，昼夜相背驰。眠起不同时，魂梦难相依。地长不能缩，翼短不能飞。只有恋君心，海枯终不移。海水深复深，难以量相思。

忆胡晓岑

一别匆匆十六年，云龙会合更无缘。隔邻呼饮记同巷，积岁劳思寄一笺。无数波涛沧海外，何时谈话酒杯前？太章走遍东西极，天外瀛洲别有天。

感事三首

一

　　酌君以葡萄千斛之酒，赠君以玫瑰连理之花。饱君以波罗径尺之果，饮君以天竺小团之茶。处君以琉璃层累之屋，乘君以通幰四望之车。送君以金丝压袖之服，延君以锦缦围墙之家。红氍贴地灯耀壁，今夕大会来无遮。褰裳携手双双至，仙之人兮纷如麻。绣衣曳地过七尺，白羽覆髻腾三叉。襜褕乍解双臂袒，旁缀缨络中宝珈。细腰亭亭媚杨柳，窄靴簇簇团莲华。膳夫中庭献湩乳，乐人阶下鸣鼓笳。诸天人龙尽来集，来自天汉通银槎。衣裳阑斑语言杂，康乐和亲欢不哗。问我何为独不乐，侧身东望三咨嗟？

二

　　吾闻弇州西有极国，积苏累块杳无极。又闻昆仑山高万余里，增城九重天尺咫。此皆钧天帝所都，聚窟亦属神仙徒。元洲长洲本幻渺，丹水赤水疑有无。又闻西方大秦国，远轶南海波斯胡。水晶作柱夜光络，绣缕织罽黄金涂。黎轩善眩虽略妄，张骞凿空原非诬。谈天足征邹子说，《盖地》亦列王母图。东西隔绝旷千载，列国崛兴强百倍。道通南徼仍识途，舟绕大郎竟超海。衣裳之会继兵车，跂行蠕动同一家。穆满辙迹所不到，今者联翩来乘槎。吁嗟乎！芒芒九有古禹域，南北东西尽戎狄。岂知七万余里大九洲，竟有二千年来诸大国。

三

　　地球浑浑周八极，天设区域限西北。绳行沙度不可涉，黑风况畏罗刹国。咄哉远人来扣关，凿地忽通西南蛮。贾胡竟到印度海，师船还越大浪山。婆罗苏禄吾南土，从此汉阳咸入楚。长蛇封豕恣并吞,喝喝鹅鲽来无路。可仑比亚尤人豪,搜索大地如追逃。裹粮三月指西发,极目所际惟波涛。行行匝月粮且罄,舟人欲东鬼夜号。忽然大陆出平地,一钓手得十五鳌。即今美洲十数国,有地万里民千亿。世人已识地球圆,更探增冰南北极。精卫终偿填海志,巨灵竟有擘山力。华严楼阁虽则奇,沧海桑田究难测。堂堂大国称支那,文物久冠亚细亚。流沙被德广所及,却特威远蔑以加。宋明诸儒骛虚论,徒诩汉大夸皇华。谬言要荒不足论,乌知壤地交犬牙。鄂罗英法联翩起,四邻逼处环相伺。着鞭空让他人先,卧榻一任旁侧睡。古今事变奇到此,彼己不知宁勿耻。持被入直刺刺语不休,劝君一骋四方志。

寄怀左子兴领事秉隆

古人材艺今俱有,却是今人古不如。十载勋名辅英簜,一家安乐寄华胥。头衔南岛蛮夷长,手笔西方象寄书。闻说狂歌敲铁板,大声往往骇龙鱼。

送承伯纯厚吏部东归

他日是非谁管得,当前聚散亦飘蓬。茫茫海水摇天绿,说到归心谅总同。

岁暮怀人诗三十六首

一

三年秉节辉英簜,万里持戈老玉门。太息韩江流水去,近来心事与谁论? 何子峨宫詹。

二

卅年冷署付蹉跎,归去空山卧薜萝。写到哀辞哭金鹿,黄门老泪定无多。潘孺初户部。

三

既死奸谀胆尚惊,四夷拱手畏公名。一篇荐士通天表,独尔怜才到鲰生。邓铁香鸿胪。

四

门第将军双戟围,长安花好马如飞。只怜同听秋声馆,瘦竹疏桐鹤不肥。志伯愚宫詹、仲鲁编修。

五

祭酒今为天下师,帝尧苗裔汉官仪。文星光照银潢水,流到人间万派奇。盛伯熙祭酒。

六

要使天骄识凤麟,传闻星使出词臣。毡裘大长惊相问,李揆中朝第一人。李仲约侍郎。

七

岛夷史读《吾妻镜》,清庙节传《我子编》。写取君诗图我壁,自夸上下五千年。文芸阁编修。

八

自笑壶丘愦郑巫,有时弹指说兰阇。四朝盟会文山积,排比成书有意无。袁爽秋户部。

九

十载承明校石渠,搜罗《七录》更无余。传闻《大典》藏蛮貊,欲访人间未见书。王䌹卿户部。

一〇

天竺新茶日本丝，中原争利渐难支。相期共炼补天石，一借丸泥塞漏卮。陈次亮户部。

一一

怀仁久熟《坤舆志》，法显兼通佛国言。闻说荷囊趋译馆，定从绝域念辎轩。沈子培户部。

一二

典属从公欲请缨，吓蛮草诏喜谈兵。迷云毒雾飞鸢坠，曾佐星轺万里行。杨虞裳刑部。

一三

汉学昌明二百年，儒林中有妇人贤。绛纱传授宣文业，自诩家姑王照圆。王莲生编修。

一四

天边雄镇北门管，海内通儒东塾书。膝下传经幕中檄，数君才调有谁如？于晦若侍郎。

一五

释之廷尉由参乘，博望封侯自使槎。官职诗名看双好，纷纷冠盖逊清华。张樵野廷尉。

一六

一疏尊崇到许君，壁中古字发奇芬。郎亭弟子湖州法，讽籀人人解《说文》。汪柳门侍郎。

一七

粉署归来作昼眠，花砖徐步日如年。不知新旧《唐书》注，红烛增修得几篇？唐春卿侍讲。

一八

赤嵌城高海色黄,乍销兵气变文光。他年番社编《文苑》,初祖开山天破荒。邱仙根工部。

一九

老去头陀深闭关,悔将游戏到人间。杨枝骆马今都去,负杖闲看乌石山。龚霭人方伯。

二〇

百人同队试青衫,记得同歌宵雅三。上溯乾嘉数毛郑,瓣香应继著花庵。温慕柳检讨。

二一

高柳深深闭户居,看儿画扇妇抄书。著书注到萍蒲懒,恨不将身化作鱼。胡晓岑明经。

二二

结客须结少年场,占士能占男子祥。二十年前赠君语,于今憔悴鬓微霜。赖云芝孝廉。

二三

走遍环球西复东,莼鲈归隐卧吴淞。可怜一副伤时泪,洒尽吞花卧酒中。王紫铨广文。

二四

十洲三岛浮槎去,汗漫狂游久未还。输与清闲阳朔令,朝朝挂笏饱看山。陈雁皋明府。

二五

闻君近入焦山去,欲访要离伴伯鸾。一个蜗庐置何处。漫山风雨黑如磐。梁星海太守。

二六

娓娓清谈玉屑霏，仲宣体弱不胜衣。十年面壁精勤甚，多恐量腰减带围。黄仲韬编修。

二七

骨肉凋零感慨多，玉关人老鬓微皤。金壶自写《神伤赋》，每念家山辄奈何！许竹篔星使。

二八

教儿兼习蟹行字，呼婢闲调鴂舌音。十载蓬莱作仙吏，公庭花落屋庐深。杨星垣观察。

二九

珠江月上海初潮，酒侣诗朋次第邀。唱到招郎《吊秋喜》，桃花间竹最魂消。陈乙山工部。

三〇

石鼓摩挲拜孔林，每谈佛性说仙心。赤松辟谷知难学，要学先生戏五禽。钟子华茂才。

三一

拔萃簪花十五余，倾城看杀好头颅。不知今日灵和柳，犹似当年张绪无。陈再芗明经。

三二

风雨寒更守一庐，墓门夜夜泣啼乌。多情人惯伤心语，更谱哀弦十斛珠。刘少尊秀才。

三三

十七年来又悼亡，续弦仍复谱求皇。巍巍四十罗敷喜，摩捋郎须细看郎。梁诗五孝廉。

三四

两两鸳鸯挟凤雏，调羹食性各谙姑。一家寿母红氍拜，最羡君家家庆图。梁辑五孝廉。

三五

新声五十瑟弦调，爱我诗曾手自抄。远隔蓬山思甲帐，此生无福比文箫。

三六

悲欢离合无穷事，迢递羁危万里身。与我周旋最怜我，寒更孤烛未归人。

春　游　词

垂柳含春春意多，几分婀娜几婆娑？车声怒马尘黄麹，桥影横虹水绿波。并坐竞夸中妇艳，缓归争唱少年歌。黄鸡白日堂堂去，欲唤玲珑奈老何！

郁　郁

郁郁久居此，依依长傍人。梨花今夜雨，燕子隔年春。门掩官何冷，灯孤仆亦亲。车声震墙外，滚滚尽红尘。

登巴黎铁塔

塔高法国三百迈突，当中国千尺。人力所造，五部洲最高处也。

拔地崛然起，崚嶒矗百丈。自非假羽翼，孰能蹑履上？高标悬金针，四维挂铁网。下竖五丈旗，可容千人帐。石础森开张，露阙屹相向。游人企足看，已惊眼界创。悬车倏上腾，乍闻辘轳响。登塔者皆坐飞车,旋引而上。人已不翼飞,迥出空虚上。并世无二尊,独立绝依傍。即居最下层,登眺之处,分为三层。其最下层高五十迈突,当中国十六丈四尺。高已莫能抗。苍苍覆大圜,森芒列万象。呼吸通帝座,疑可通胕鬉。自天下至地,俯察不复仰。但恨目力穷,更无外物障。离离画方罫,万倾开沃壤。微茫一线遥,千里走河广。宫阙与城垒,一气作苍莽。不辨牛马人,沙虫纷扰攘。我从下界来,小大顿变相。未知天眼窥,么麽作何状。北风冰海来,秋气何飒爽。海西数点烟,英伦郁相望。缅昔百年役,西历一千三百余年,法国绝嗣,英王以法王四世非立外孙,欲兼王法国,法人不允,遂开战争,凡九十余年,世谓之百年之役。裂地争霸王。驱民入锋镝,倾国竭府帑。其后拿破仑,盖世气无两。胜尊天单于,败作降王长。欧洲古战场,好胜不相让。即今正六帝,各负天下壮。等是蛮触争,纷纷校得丧。嗟我稊米身,尪弱不自量。一览小天下,五洲如在掌。既登绝顶高,更作凌风想。何时御气游,乘球恣来往。扶摇九万里,一笑吾其傥!

苏彝士河

龙门竟比禹功高,亘古流沙变海潮。万国争推东道主,一河横跨两洲遥。破空推凿地能缩,衔尾舟行天下骄。他日南溟疏辟后,大鹏击水足扶摇。南美洲之巴拿马,方疏凿未毕。

九月十一夜渡苏彝士河

云敛天高暑渐清,沉沉鱼钥夜三更。侵衣雪色添秋冷,绕槛灯光混月明。夜渡此河,皆于船头置电灯,光照数十里,两岸沙堆,皎洁如雪。大漠径从沙碛度,双轮徐碾海波平。忽思十五年前事,曾在蓬莱岛上行。日本南海道播磨峡中,亦两岸相接,而山清雅,令人移情,丁丑冬过此。

舟泊波塞是夕大雨盖六月不雨矣

流沙亘千里,绝塞比龙堆。飞隼盘云去,明驼载水来。破荒三尺雨,出地一声雷。溽暑都销尽,当风殊快哉!

卷七 五十首

（光绪十七年至二十年　1891年至1894年）

夜登近海楼

曾非吾土一登楼，四野风酣万里秋。烂烂斗星长北指，滔滔海水竟西流。昂头尚照秦时月，放眼犹疑禹画州。回首宣南苏禄墓，记闻诸国赋共球。

续怀人诗十六首

一

创获奇香四百年，散花从此遍诸天。支那奇字来何处，絮问蔫菸说药烟。日本伊藤博文。君能通古今事，多智谋，口含烟不辍。尝问余："哥伦坡得南北美洲，始有淡巴菰，今四百年耳。而华人乃有蔫字、菸字，何故？"余言："蔫本香草，菸为败叶，皆假借字。"君意释然。然唐译《毗耶那杂事律》云："在王城婴病，吸药烟瘳损。佛言以两碗相合，置孔，引长管吸之。"其式如今阿拉伯人歙烟筒，但未知所用何药物耳。

二

帕首靴刀走北门，竟从逋盗作忠臣。一腔热血兴亚会，认取当年蹈海人。榎本武扬。

三

宪宪英英伟丈夫,不将韬略学孙吴。恨无舞袖回旋地,戏倒天吴拆海图。大山岩。

四

不关魏晋兴亡事,自署羲皇上古人。白竹兜笼黄木屐,科头可用护寒巾。浅田惟常。君本德川氏遗臣,后遂不仕。维新后毡衣革履,君概置不用,独乘竹兜笼,以二人昇之行,不着帽。余赠以道士巾,则大喜。会亲友仿其式而模造之。

五

得诗便付铜弦唱,对局何曾玉袜输。绕鬓青青好颜色,绝伦还似旧髯无。重野安绎。东人称君为三绝,一能诗,一善弈,一美髯也。

六

长华园里好亭楼,每到花时载酒游。岁岁花开频入梦,桑干梦醒梦并州。宫本小一。君官外部,有园曰长华,岁岁觞余于此。临别时为诵贾浪仙句,故云。

七

袖中各有赠行诗,向岛花红水碧时。只恨书空作唐字,独无炼石补天词。大沼厚、南摩纲纪、龟谷行、岩谷脩、蒲生重章、青山延寿、小野长愿、森鲁直、冈千仞、鲈元邦,皆诗人也。壬午春,余往美洲,设饯于墨江酒楼,各赋诗送行,多有和余留别韵者。森槐南,鲁直之子,年仅十六,兼工词,曾作《补天石传奇》示余。真东京才子也。别后时时念之。

八

一龛灯火最相亲,日日车声辗麹尘。绝胜海风三日夜,拿舟空访沈南蘋。宫岛诚一郎,君住麹町,与使馆隔一街耳。每见辄论诗。昔画师沈南蘋客长崎。赖山阳闻其名走访之,阻风三日夜,及至,而南蘋已归,以为平生恨事。

九

已破家山剩故侯,秦筝赵瑟尚风流。可能网载西施去,不解风波不解愁。秋月种树。

一〇

曾观《菩萨处胎卷》,又访《那须国造碑》。直引蛇行横蟹足,而今安用此毛锥?岩谷脩、日下部东作,皆工书法。日本谓西人为蟹行书,而伊吕波假名乃如画蛇。

一一

无端碌碌随官去,仍是铿铿说教师。黄面瞿夷金指爪,可曾嫁毕女先医?麦嘉缔,本美国教师,张副使邀作随员。在宁波时,养金氏女习西医。近闻纽约考试得一等官医文凭。日本归时,已二十五岁,夷言夷服,言他日当为觅嫁黄种人云。

一二

几年辛苦赋同袍,胆大于身气自豪。得失鸡虫何日了,笑中常备插靴刀。傅烈秘。同官金山领事,初行限制华工例,余与傅君遇华船至,则出视。一日过海关,有工人群集,一人出一手枪指余辈云:"如敢引华人入境,当以此相赠。"君手摸靴中铳,复笑谓之曰:"汝敢否!"

一三

绕朝赠策送君归,魏绛和戎众共疑。骂我倭奴兼汉贼,函关难闭一丸泥。朝鲜金宏集。光绪六年,曾上书译署,请将朝鲜废为郡县,以绝后患。不从,又请遣专使主持其外交。廷议又以朝鲜政事向系自主,尼之。及金宏集使日本,余为作《朝鲜策》,令携之归,劝其亲中国,结日本,联美国。彼国君臣集众密议,而闻者哗噪,或上书诋金为秦桧,并弹射及我,谓习圣教而变夷言,盖受倭奴之指使,而为祆教说法云。

一四

褒衣博带进贤冠,礼乐东方万国看。尺二玺书旗太极,是王外戚是王官。闵泳翊。奉使美国时,在金山见之。其国书称大朝鲜国开国五百有几年。闵即王妃之弟云。

一五

东方南海妃呼豨,身是流离手采薇。深庭骊龙都睡熟,记君痛哭赋《无衣》。琉球马兼才。初使日本,泊舟神户,夜四鼓,有斜簪颓髻、衣裳褴褛者,径入舟,即伏地痛哭。知为琉球人。又操土音,不解所谓。时复摇手,虑有倭人闻之。既出一纸,则国王密敕,内言今日阻贡,行且废藩,终必亡国。令其求救于使臣者也。

一六

波臣流转哭涂穷,犹自低回说故宫。中有丹书有金印,蛮花仙蝶粉墙红。向德宏。向、马皆世族,德宏一微官,然间关渡海,屡求救援,国亡后,誓死不归,或言今犹寓闽中云。王宫有花名胡蝶红,亦德宏所言。

新嘉坡杂诗十二首

一

天到珠崖尽,波涛势欲奔。地犹中国海,人唤九边门。南北天难限,东西帝并尊。万山排戟险,嗟尔故雄藩。

二

本为南道主,翻拜小诸侯。巧夺盟牛耳,横行看马头。黑甜奴善睡,黄教佛能柔。遂划芒芒迹,难分禹画州。

三

华离不成国,黔首尚遗黎。家蓄獠奴段,官尊鸭姓奚。英官护卫司,用华文译其姓为奚,最贪秽。神差来却要,天号改撑犁。《益地》图王母,诸蛮尽向西。

四

王屋沉沉者,群官剑佩磨。开衙尊鸟了,检历籍娄罗。巢幕红鹰集,街弹白鹭多。独无关吏暴,来去莫谁何。

五

　　裸国原狼种,初生赖豕嘘。吒吒通鸟语,袅袅学虫书。吉贝张官伞,干兰当佛庐。人奴甘十等,只愿饱朱儒。

六

　　纣绝阴天所,犁鞬善眩人。偶题木居士,便拜竹王神。飞蛊民头落,迎猫鬼眼瞋。一经簪笔问,语怪总非真。

七

　　化外成都会,迁流或百年。土音哓鴂舌,火色杂鸢肩。马粪犹余臭,牛医亦值钱。奴星翻上座,舐鼎半成仙。

八

　　不着红蕖袜,先夸白足霜。平头拖宝靸,约指眩金钢。一扣能千万,单衫但裲裆。未须医带下,药在女儿箱。

九

　　绝好留连地,留连味细尝。侧生饶荔子,偕老祝槟榔。红熟桃花饭,黄封椰酒浆。都缦都典尽,三日口留香。

一〇

　　舍影摇红豆,墙阴覆绿蕉。问山名漆树,计斛蓄胡椒。黄熟寻香木,青曾探锡苗。豪农衣短后,遍野筑团焦。

一一

　　会饮黄龙去,驮经白马来。国旗飐万舶,海市幻重台。宝藏诸天集,关门四扇开。红犀定何物,骄子复雄才。

一二

　　远拓东西极,论功纪十全。如何伸足地,不到尽头天。宝盖缝花网,金函护叶笺。当时图职贡,重检帝尧篇。

以莲菊桃杂供一瓶作歌

南斗在北海西流，春非我春秋非秋。人言今日是新岁，百花烂熳堆案头。主人三载蛮夷长，足遍五洲多异想。且将本领管群花，一瓶海水同供养。莲花衣白菊衣黄，夭桃侧侍添红妆。双花并头一在手，叶叶相对花相当。浓如旃檀和众香，灿如云锦纷五色。华如宝衣陈七市，美如琼浆合天食。如竞箛鼓调筝琶，蕃汉龟兹乐一律。如天雨花花满身，合仙佛魔同一室。如招海客通商船，黄白黑种同一国。一花惊喜初相见，四千余岁甫识面。一花自顾还自猜，万里绝域我能来。一花退立如局缩，人太孤高我惭俗。一花傲睨如居居，了更妩媚非粗疏。有时背面互猜忌，非我族类心必异。有时并肩相爱怜，得成眷属都有缘。有时低眉若饮泣，偏是同根煎太急。有时仰首翻踌躇，欲去非种谁能锄。有时俯水瞋不语，谁滋他族来逼处。有时微笑临春风，来者不拒何不容。众花照影影一样，曾无人相无我相。传语天下万万花，但是同种均一家。古言猗傩花无知，听人位置无差池。我今安排花愿否，拈花笑索花点首。花不能言我饶舌，花神汝莫生分别。唐人本自善唐花，或者并使兰花梅花一齐发。飙轮来往如电过，不日便可归支那。此瓶不干花不萎，不必少见多怪如橐驼。地球南北倘倒转，赤道逼人寒暑变。尔时五羊仙城化作海上山，亦有四时之花开满县。即今种花术益工，移枝接叶争天功。安知莲不变桃桃不变为菊，回黄转绿谁能穷？化工造物先造质，控抟众质亦多术。安知夺胎换骨无金丹，不使此莲此菊此桃万亿化身合为一。众生后果本前因，汝花未必原花身。动物植物轮回作生死，安知人不变花花不变为人。六十四质亦么麼，我身离合无不可。质有时坏神永存，安知我不变花花不变为我。千秋万岁魂有知,此花此我相追随。待到汝花将我供瓶时,还愿对花一读今我诗。

眼　　前

眼前男女催人老,况是愁中与病中。相对灯青恍如梦,未须头白既成翁。添巢燕子双雏黑,插帽花枝半面红。不信旁人称岁暮,且忻生意暖融融。

寓章园养疴

海色苍茫夜气微,一痕凉月入柴扉。独行对影时言笑,排日量腰较瘦肥。平地风波听受惯,频年哀乐事心违。笠檐蓑袂桄榔杖,何日东坡遂北归?

番 客 篇

山鸡爱舞镜,海燕贪栖梁。众鸟各自飞,无处无鸳鸯。今日大富人,新赋新婚行。插门桃柳枝,叶叶何相当。垂红结彩球,绯绯数尺长。上书大夫第,照耀门楣光。中庭寿星相,新筵供中央。隐囊班丝细,坐褥棋局方。两旁螺钿椅,有如两翼张。丹楹缀锦联,掩映蛎粉墙。某某再拜贺,其语多吉祥。中悬剥风板,动摇时低昂。遍地红藤簟,泼眼先生凉。地隔衬搜白,水纹铺流黄。深深竹丝帘,内藏合欢床。局脚福寿字,点画皆银镶。蚊帱挂碧绡,犀毗堆红箱。旁室铜澡盆,满储七香汤。四壁垂流苏,碎镜随风飏。华灯千百枝,遍绕曲曲廊。庭下众乐人,西乐尤铿锵。高张梵字谱,指挥复抑扬。弇口铜洞箫,芦哨吹如簧。此乃故乡音,过耳音难忘。蕃乐细腰鼓,手拍声镗镗。喇叭与毕栗,骤听似无腔。诸乐杂

沓作,引客来登堂。白人挈妇来,手携花满筐。鼻端撑眼镜,碧眼
深汪汪。裹头波斯胡,贪饮如渴羌。蚩蚩巫来由,肉袒亲牵羊。余
皆闽粤人,到此均同乡。嘻嘻妇女笑,入门道胜常。蕃身与汉身,
均学时世妆。涂身百花露,影过壁亦香,洗面去丹粉,露足非白霜。
当胸黄亚姑,作作腾光芒。沓沓靸履声,偕来每双双。红男并绿
女,个个明月珰。单衫缠白叠,尖履拖红帮。垂垂赤灵符,灧灧绯
交珰。一冠攒百宝,论价难为偿。簇新好装束,争来看新郎。头上
珊瑚顶,碎片将玉瓤。背后红丝條,交辫成文章。新制绀绫绔,衣
补亦宝装。平头鹅顶靴,学步工趋跄。今行亲迎礼,吉日复辰良。
前导青罗伞,后引绛节幢。驾车四骊马,一色紫丝缰。薄纱宫灯
样,白昼照路旁。海笛和云锣,八鸾鸣玱玱。帕首立候人,白鹭遥
相望。到门爆竹声,群童喜欲狂。两三戴花媪,捧出新嫁娘。举手
露约指,如枣真金刚。一镮五百万,两镮千万强。腰悬同心镜,衬
以紫荷囊。盘金作绲带,旋绕九回肠。上下笼统衫,强分名衣裳。
平生不著袜,今段破天荒。明珠编成屦,千绯当丝缫。车轮曳踵
行,蛮婢相扶将。丹书悬红纸,麒麟与凤凰。一双龙纹烛,华焰光
煌煌。第一拜天地,第二礼尊嫜。后复交互拜,于飞燕颉颃。其他
学敛衽,事事容仪庄。拍手齐欢呼,相送入洞房。此时箫鼓声,已
闻歌鰺鳇。点心嚼月饼,饤座堆冰糖。啖蔗过蔗尾,剖瓜余瓜囊。
流连与波罗,争以果为粮。赤足络绎来,大盘荐膻芗。穿花串鱼
鲊,薄纸批牛肪。今日良宴会,使我攒眉尝。食物十八品,强半和
椒姜。引手各抟饭,有秔有黄粱。蒲桃百瓶酒,破碎用斗量。呼幺
复喝六,拇战声琅琅。颇黎小海瓯,举白屡十觞。既醉又饱腹,出
看戏舞场。影戏纷牵丝,幻人巧寻橦。蓝衫调鲍老,玉瞳辉文康。
蹋鞠肩背飞,迅若惊凫翔。白打唱《回波》,引杖相击撞。金吾今

弛禁，赌钱亦无妨。初投升官图，意取富贵昌。意钱十数人，相聚捉迷藏。到手十贯索，罔利各筹防。名为叶子戏，均为钱神忙。醉呼解酲酒，渴取冰齿浆。饮酪拣灌顶，烹茶试头纲。吹烟出菸叶，消食分槟榔。旧藏淡巴菰，其味如詹唐。倾壶挑鼻烟，来自大西洋。一灯阿芙蓉，吹气何芬芳。分光然石油，次第辉银釭。入夜有火戏，语客留徜徉。行坐纷聚散，笑谈呼汝卬。中一蒜发叟，就我深深商。指问座上客，脚色能具详。上头衣白人，渔海业打桨。大风吹南来，布帆幸无恙。初操牛头船，旁岸走近港。今有数十轮，大海恣来往。银多恐飞去，龙阛束万锚。多年甲必丹，早推蛮夷长。左边黑色儿，乃翁久开矿。宝山空手回，失得不足偿。忽然见斗锡，真乃无尽藏。有如穷秀才，得意挂金榜。沉沉积青曾，未知若干丈。百万一紫标，多少聚钱蚼。曷鼻土色人，此乃吾乡党。南方宜草木，所种尽沃壤。椰子树千行，丁香花四放。豆蔻与胡椒，岁岁收丰穰。一亩值十钟，往往过所望。担粪纵余臭，马牛用谷量。利市得三倍，何意承天贶。右坐团团面，实具富者相。初来锥也无，此地甫草创。海旁占一席，露处辟榛莽。蜃气嘘楼台，渐次铲叠嶂。黄金准土价，今竟成闤巷。有如千户侯，列地称霸王。善知服食方，百味作供养。闻有小妻三，轮流搔背痒。长颈狖猴面，此物信巨驵。自从缚马足，到处设鱼网。夥颐典衣库，值十不一当。一饮生讼狱，谁敢倾家酿。搜索遍筐箧，推敲到盆盎。自煎婴粟膏，载土从芒砀。鸡泪窃更鸳，颠倒多奇想。龙断兼赝鼎，巧夺等劫掠。积钱千百万，适足供送葬。君看末座客，挥扇气抗爽。此人巧心计，自负如葛亮。千里封鲊羹，绝域通枸酱。积著与均输，洞悉万物状。锦绣离云爵，妙能揣时尚。长袖善新舞，胡卢弃旧样。千帆复万箱，百货来交广。遂与西域贾，逐利争衰旺。即今论家资,问富过中上。凡我化外人,从来奉正朔。披衣襟在胸,剃发辫垂索。是皆满洲装,何曾变服著。初生设汤饼,及死备棺椁。祀神烛四照,宴宾酒三酌。凡百丧祭礼,高曾传矩矱。风水讲龙砂,卦卜用龟灼。相法学《麻衣》,推命本《碌碌》,礼俗概从同,口述仅大略。千金中人产,咸欲得封爵。今年燕晋饥,捐输颇踊跃。溯从华海来,大抵出闽骆。当我鼻祖初,无异五丁凿。传世五六叶,略如华覆萼。富贵归故乡,比骑扬州鹤。岂不念家山,无奈乡人薄。一闻番客归,探囊直启钥。西邻方责言,东市又相斫。亲戚恣欺凌,鬼神助咀嚼。曾有和兰客,携归百囊橐。眈眈虎视者,伸手不能攫。诬以通番罪,公然论首恶。国初海禁严,立意比驱鳄。借端累无辜,此事实大错。事隔百余年,闻之尚骇愕。谁肯跨海归,走就烹人镬。言者袂掩面,泪点已雨落。满堂杂悲欢,环听咸唯诺。到此气惨伤,箫鼓歇不作。囊囊拍板声,犹如痛呼籲。道咸通商来,虽有分明约。流转四方人,何曾一字着。堂堂天朝语,只以供戏谑。譬彼犹太人,无国足安托?鼸鼠苦无能,橐驼苦无角。同族敢异心,颇奈国势弱。虽则有室家,一家付飘泊。仓颉鸟兽迹,竟似畏海若。一丁亦不识,况复操笔削。若论佉卢字,此方实庄岳。能通左行文,千人仅一锷。此外回回经,等诸古浑噩。不如无目人,引手善扪摸。西人习南音,有谱比合乐。孩童亦能识,识则夸学博。识字亦安用,蕃汉两弃却。愚公传子孙,痴绝谁能药?近来出洋众,更如水赴壑。南洋数十岛,到处便插脚。他人殖民地,日见版图廓。华民三百万,反为丛驱雀。螟蛉不抚子,犬羊且无鞟。比闻欧澳美,日将黄种虐。向来寄生民,注籍今各各。《周官》说保富,番地应设学。谁能招岛民,回来就城郭?群携妻子归,共唱太平乐。

养疴杂诗*十七首

病疟经年,医生劝以出游,遂往槟榔屿、麻六甲、北蜡等处,假居华人山庄,所见多奇景,随意成吟,亦未录草。病起追忆之,尚得数十首①。

一

万山山顶树参天,树杪遥飞百道泉。谁信源头最高处,我方趺脚枕书眠。

二

月黑风高树影沉,鸟噤虫息夜愔愔。柴门似有谁遥撼,晓起纵横虎迹深。

三

树密山重深复深,穿云渡水偶行吟。欲寻归路无牛矢,转问无人迹处寻。

四

高高山月一轮秋,夜半椰阴满画楼。分付驯猿攀摘去,渴茶渴酒正枯喉。

五

钧天一醉梦模糊,喔喔鸡鸣病渐苏。南斗起看翻在北,不知仍是注生无?

六

老妻日据灶觚听,邻有神符治病灵。佛祖不如天使贵,劝余多

---

* 《初稿抄本》无此诗,当戊戌政变后"放归"嘉应期间补作。

① "数十首",疑为"十数首"。

诵《可兰经》。

七

波光淡白月黄昏，何物婪娑石上蹲。欲废平生无鬼论，回头却是黑昆仑。

八

处裈残虱扫除清，绕鬓飞蚊不一鸣。高枕胸中了无事，如何不睡又天明？

九

桃花红杂柳花飞，水软波柔碧四围。五尺短绳孤棹艇，小儿欢曳鳄鱼归。

一〇

一溪春水涨浟浟，闲曳烟蓑理钓丝。欲觅石头无坐处，却随野鹭立多时。

一一

竹外斜阳半灭明，卷帘欹枕看新晴。雨尘飘漾香烟袅，中有蛛丝屋角横。

一二

单衣白袷帐乌纱，寒暖时时十度差。冬亦非冬夏非夏，案头常供四时花。

一三

颓墙残月竹冥冥，闪闪微灯三两星。绛帕白衣偏袒舞，时闻巷犬吠流萤。

一四

灯红月白可怜宵，羯鼓如雷记里遥。异种名花新合乐，知谁金屋别藏娇。中西流娼所生女，以父母异种，故皆色白发黑，非常美秀。富商多纳为姬妾,别营屋居之。夜半月高,弦索齐鸣,而击鼓唱歌,均沿用巫来由旧习,往往声闻数里。

一五

千形万态树扶疏,欲唤无名口又茹。重译补笺新草木,马留名字蟹行书。

一六

一声长啸海天空,声浪沉沉入海中。又挟余声上天去,天边嘜唛一归鸿。

一七

荡荡青天一纸铺,团团红日半轮孤。波摇海绿云翻墨,谁写须臾万变图?

卷八　五十七首

（光绪二十年至二十三年　1894 年至 1897 年）

悲平壤*

黑云萆山山突兀，俯瞰一城炮齐发。火光所到雷硠礚，肉雨腾飞飞血红。翠翎鹤顶城头堕，一将仓皇马革裹。天跳地踔哭声悲，南城早已悬降旗。三十六计莫如走，人马奔腾相践蹂。驱之驱之速出城，尾追翻闻饿鸱声。大东喜舞小东怨，每每倒戈飞暗箭。长矛短剑磨铁枪，不堪狼藉委道旁。一夕狂驰三百里，敌军便渡鸭绿水。一将囚拘一将诛，万五千人作降奴。

东沟行**

蒙蒙北来黑烟起，将台传令敌来矣，神龙分行尾衔尾。倭来倭来渐趋前，绵绵翼翼一字连，倏忽旋转成浑圆。我军瞭敌遽飞炮，一弹轰雷百人扫，一弹星流药不爆。敌军四面来环攻，使船使马旋如风，万弹如锥争凿空。地炉煮海海波涌，海鸟绝飞伏蛟恐，人声

---

* 《初稿抄本》无此诗，杨徽五《榕园续录》云："《悲平壤》、《台湾行》诸作，则先有其题，家居时乃补作。"以下《东沟行》、《哀旅顺》、《哭威海》等同此。

** 此诗亦戊戌回乡后补写。

鼓声噤不动。漫漫昏黑飞劫灰,两军各挟攻船雷,模糊不辨莫敢来。此船桅折彼釜破,万亿金钱纷雨堕,入水化水火化火。火光激水水能飞,红日西斜无还时,两军各唱铙歌归。从此华船匿不出,人言船坚不如疾,有器无人终委敌。

哀 旅 顺[*]

海水一泓烟九点,壮哉此地实天险。炮台屹立如虎阚,红衣大将威望俨。下有深池列巨舰,晴天雷轰夜电闪。最高峰顶纵远览,龙旗百丈迎风飐。长城万里此为堑,鲸鹏相摩图一啖。昂头侧睨何眈眈,伸手欲攫终不敢。谓海可填山易撼,万鬼聚谋无此胆。一朝瓦解成劫灰,闻道敌军蹈背来。

哭 威 海[**]

台南北,若唇齿。口东西,若首尾。刘公岛,中间峙。嗟铁围,薄福龙。龙偃屈,盘之中。海与陆,不相容。敌未来,路已穷。敌之来,又夹攻。敌大来,先拊背。荣城摧,齐师溃。南门开,犬不吠。金作台,须臾废。万钧炮,弃则那。炮击船,我奈何! 船资敌,力犹可。炮资敌,我杀我。危乎危,北山嘴。距南台,不尺咫。十里墙,薄如纸。李公睡,戴公死。寇深矣,事急矣! 麾海军,急上台。雷轰轰,化为灰。山号跳,海惊猜。击者谁,我实来。南复北,台乌有。船子子,东西口。天大雪,雷忽发。船蔽裂,龙见血。鬼夜哭,船又覆。地日蹙,龙局缩。坏者撞,伤者斗。破者沉,逃者

<hr>

走。噫吁戏，海陆军。人力合，我力分。如蠖屈，不得伸。如斗鸡，不能群。毛中虫，自戕身。丝不治，丝愈棼。火不戢，火自焚。遁无地，谋无人。天盖高，天不闻。四援绝，莫能救。即能救，谁死守？炮未毁，人之咎。船幸存，付谁某？十重甲，颜何厚！海漫漫，风浩浩。龙之旗，望杳杳。大小李，愁绝倒。岿然存，刘公岛。

偕叶损轩大庄夜谈

频岁华胥睡未酣，又扶残醉到江南。更无旧雨谁堪语，欲访名山奈未谙。花尚含苞春过半，月刚留影夜初三。丁当檐铁君休问，抽得闲身且絮谭。

乙未二月二十七日公祭沈文肃公祠

管弦合沓钟鼓喧，左炉右鼎腾香烟。翩然被发乘云下，知公未遂神龙蟠。凭阑东望大江去，旁通闽海百由延。增城赤嵌矗孤岛，下有膏沃千良田。柘浆茶荈作银气，红尘四合城郭阗。生番攫人食人肉，侧有饿虎贪垂涎。当时倭奴轶我界，公统王师居中权。大官媕婀主和议，公唾谓不值一钱。侧闻近者议输币，乃竭水衡倾铜山。南门管钥东流柱，摇摇竟如风旌悬。流求两属忽改县，举族北辕王东迁。公言尺寸不许让，兴灭继绝兼保藩。毡裘大长议分岛，公尚摇手谓不然。岂期舐糠遂及米，神州亦竟污腥膻。巍峨巨舰古未有，凿破混沌成方圆。《考工》作记智述物，云房石栈相钩连。后来汉帜成一队，椎轮筚路推公先。病中呢喃造铁甲，欲聚众铁城三边。东沟一战炮雷震，轰轰洞击七札穿。人船兵甲各糜化，虫沙万数鱼鳖千。威海刘岛据坚要，漆城孰上池难填。蛰息蜷伏不敢出，如引铁锁封喉咽。天骄横肆地险失，坐令蚍蚁咸无援。曹蜍李志奄奄气,仰求敌国垂哀怜。言为众生乞生命,手书降表黄龙笺。恐公闻此气山涌,妄语诡公船犹全。就中邓林二死士,躬蹈烈火沉重渊。愿公遣使携葆羽,垂手接引援上天。金戈铁马英灵在,倘借神力旋坤乾。吁嗟公去十六载,今日何月时何年。捧觞再拜席未散,又闻奔命囊书传。是日闻澎湖之警。

为同年吴德潇寿其母夫人

　　罗太恭人,渠县人。归澄江知府吴公笏丞,道光己丑进士。

　　郁郁龙象山,松柏森苍苍。中有丹山鸟,哀鸣复回翔。树下即方池,池旁多鸳鸯。封缸有美酒,罗列东西厢。新妇厨下来,徐徐捧羹汤。长孙华花冠,幼孙明月珰。再拜拜寿母,愿母举一觞。呼潇汝来前,未言泪盈眶。瞿瞿心目中,曷尝须臾忘。汝父初闻丧,星奔去澄江。露宿衣鸡斯,雨泣铃郎当。沉沉永宁城,凄风摇阴房。切脉雾乱丝,背面歠空床。病名我不知,何由知医方?回头看我面,眼语诸儿郎。复指白衣冠,当作收敛装。汝时口唉饼,学哭嬉柩旁。为汝换锦袍,随兄爇炉香。朝发泸州头,丹旐魂飞扬。暮宿巴江尾,白鸡鸣凄怆。体夫誾重棺,骑奴嘲空囊。家有垂白母,犹待儿治丧。遥遥二千里,如何到家乡?明年汝兄归,捧棺交汝兄。逝者遂已矣,存者称未亡。我今七十三,忽忽四十霜。食梅难得甜,唉蔗难得浆。何图见孙曾,欢笑同此堂。潇也奉母言,手书告其朋。同年黄遵宪,曾历各海邦。西俗重妇女,安居如天堂。一簪值十万,一衣百万强。登楼客持裾,试马夫引缰。梦中不识役,矧乃身手当。虽则同女身,苦乐何参商?吁嗟三代后,女学将毋忘。执业只箕帚,论功惟酒浆。所托或寒微,持身备嫔嫱。拳拳事女君,缩缩足循墙。人权绌已甚,世情习为常。周婆欲制礼,胡儿惟有娘。将此语人人,人人疑荒唐。人生于父母,犹戴日月光。同是鞠育恩,谁能忍分张? 当时黔蜀交,塞道嗥豺狼。驱儿就兄学,虎口儿勿惊。黄巾动地来,捉人锁琅珰。弃家匿深山,视盎无宿粮。蜀姜与蜀锦,殷勤远寄将。口书勉儿学,儿学毋怠荒。山中多黄檗,甘苦母自尝。母苦儿则知,不知母何望。潇今富学行,非母曷有成。斯实备父德,岂徒慰姑嫜。作妇甘卑屈,为亲宜显扬。显扬万分一,恩义终难详。盘龙恭人诰,雕螭节孝坊。悠悠《鹿鸣》诗,并坐歌笙簧。歌我《述德篇》,彤管何芬芳。持谢有母人,念兹永勿忘。

马关纪事[＊]五首

一

　　既遣和戎使,翻贻骄倨书。改书追玉玺,绝使复轺车。唇齿相关谊,干戈百战余。所期捐细故,盟好复如初。

二

　　卅载安危系,中兴郭子仪。屈迎回鹘马,羞引汉龙旗。正劳司宾馆,翻惊力士椎。存亡家国泪,凄绝病床时。

三

　　括地难偿债,台高到极天。行筹无万数,纳币一千年。辽、金岁币银二十万两,以今计之,合一千年乃有此数。恃众忘蜂虿,惊人看雀鹯。伤心偿博进,十掷辄成枭。

＊　此诗亦戊戌回乡后补作。

四

竟卖卢龙塞,非徒弃一州。赵方谋六县,楚已会诸侯。地引相牙犬,邻还已夺牛。瓜分倘乘敝,更益后来忧。

五

蕞尔句骊国,群知国必亡。本图防北狄,迁怒及西皇。患转深蝉雀,威终让虎狼。朝鲜自主后,日本公使三浦某合党谋乱,扰及王宫。王避居于俄罗斯使馆半年。弟兄同御侮,莫更祸萧墙。

晚 渡 江

扰扰悲生事,孤篷自往还。霞红眉欲笑,山绿鬓遥删。鱼底星辰睡,鸥边天地闲。号咷矶外水,莫更向人间。

降将军歌[*]

冲围一舸来如飞,众军属目停鼓鼙。船头立者持降旗,都护遣我前致词。我军力竭势不支,零丁绝岛危乎危。龟鳖小竖何能为,岛中残卒皆疮痍。其余鬼妻兵家儿,锅底无饭枷无衣。纥干冻雀寒复饥,六千人命悬如丝。我今死战彼安归,此岛如城海如池。横排各舰珠累累,有炮百尊枪千枝。亦有弹药如山齐,全军旗鼓我所司。本愿两军争雄雌,化为沙虫为肉糜。与船存亡死不辞,今日悉索供指麾。乃为生命求恩慈,指天为正天鉴之。中将许诺辞不欺,诘朝便为受降期。两军雷动欢声驰,磷青月黑阴吹风。鬼怕催促不得迟,浓薰芙蓉倾深巵。前者阖棺后舁尸,一将两翼三参随。两军雨泣咸惊疑,已降复死死为谁? 可怜将军归骨时,白幡飘飘丹旐

---

[*] 此诗亦戊戌回乡后补作。

垂。中一丁字悬高桅,回视龙旗无孑遗。海波索索悲风悲,悲复悲,噫噫噫!

五月十三夜江行望月

洒泪填东海,而今月一圆。江流仍此水,世界竟何年。横折山河影,谁攀阊阖天? 增城高赤嵌,应照血痕殷。

台　湾　行*

城头逄逄雷大鼓,苍天苍天泪如雨。倭人竟割台湾去,当初版图入天府。天威远及日出处,我高我曾我祖父。艾杀蓬蒿来此土,糖霜茗雪千亿树。岁课金钱无万数,天胡弃我天何怒。取我脂膏供仇虏,眈眈无厌彼硕鼠。民则何辜罹此苦? 亡秦者谁三户楚,何况闽粤百万户。成败利钝非所睹,人人效死誓死拒。万众一心谁敢侮,一声拔剑起击柱。今日之事无他语,有不从者手刃汝。堂堂蓝旗立黄虎,倾城拥观空巷舞。黄金斗大印系组,直将总统呼巡抚。今日之政民为主,台南台北固吾圉。不许雷池越一步,海城五月风怒号。飞来金翅三百艘,追逐巨舰来如潮。前者上岸雄虎彪,后者夺关飞猿猱。村田之铳备前刀,当轴披靡血杵漂。神焦鬼烂城门烧,谁与战守谁能逃? 一轮红日当空高,千家白旗随风飘。搢绅耆老相招邀,夹跪道旁俯折腰。红缨竹冠盘锦絛,青丝辫发垂云鬐。跪捧银盘茶与糕,绿沉之瓜紫蒲桃。将军远来无乃劳,降民敬为将军犒。将军曰来呼汝曹,汝我黄种原同胞。延平郡王人中豪,实辟此王土来芬茅,今日还我天所教。国家仁圣如唐尧,抚汝育汝

* 此诗亦戊戌回乡后补作。

殊黎苗,安汝家室毋诪诪。将军徐行尘不嚣,万马入城风萧萧。呜呼将军非天骄,王师威德无不包。我辈生死将军操,敢不归依明圣朝。噫嚱吁! 悲乎哉! 汝全台,昨何忠勇今何怯,万事反复随转睫。平时战守无预备,曰忠曰义何所恃?

度辽将军歌[*]

闻鸡夜半投袂起,檄告东人我来矣。此行领取万户侯,岂谓区区不余畀。将军慷慨来度辽,挥鞭跃马夸人豪。平时搜集得汉印,今作将印悬在腰。将军向者曾乘传,高下句骊踪迹遍。铜柱铭功白马盟,邻国传闻犹胆颤。自从驻节驻鸡林,所部精兵皆百炼。人言骨相应封侯,恨不遇时逢一战。雄关巍峨高插天,雪花如掌春风颠。岁朝大会召诸将,铜炉银烛围红毡。酒酣举白再行酒,拔刀亲割生彘肩。自言平生习枪法,炼目炼臂十五年。目光紫电闪不动,袒臂示客如铁坚。淮河将帅巾帼耳,萧娘吕姥殊可怜。看余上马快杀贼,左盘右辟谁当前? 鸭绿之江碧蹄馆,坐令万里销烽烟。坐中黄曾大手笔,为我勒碑铭燕然。么麽鼠子乃敢尔,是何鸡狗何虫豸? 会逢天幸遽贪功,它它籍籍来赴死。能降免死跪此牌,敢抗颜行聊一试。待彼三战三北余,试我七纵七擒计。两军相接战甫交,纷纷鸟散空营逃。弃冠脱剑无人惜,只幸腰间印未失。将军终是察吏才,湘中一官复归来。八千子弟半摧折,白衣迎拜悲风哀。幕僚步卒皆云散,将军归来犹善饭。平章古玉图鼎钟,搜箧价犹值千万。闻道铜山东向倾,愿以区区当芹献。藉充岁币少补偿,毁家报国臣所愿。燕云北望忧愤多,时出汉印三摩挲。忽忆《辽东浪死

歌》,印兮印兮奈尔何!

闰月饮集钟山送文芸阁学士廷式假归怀陈伯严吏部三立

泼海红霞照我杯,江山如此故雄哉。马蹄蹴踏西江水,相约扶桑濯足来。

用写经斋体送叶损轩之申江

几日萧疏雨滴檐,送君一舫水新添。闰余桐叶闲来数,去后桃花笑复拈。索和诗笺停玉版,判依文稿阁牙签。夫余立国今何似,为我探询海外髯。

立秋日访易实甫顺鼎遂偕游秦淮和实甫作[*]外补一首

袖里《魂南》一束诗,茫茫相对两情痴。看扬玉海尘千斛,喜剩青溪橹一枝。鹣首赐人天亦醉,龙泉伴我世谁知? 死亡无日难相见[①],况又相逢便说离。

又和实甫^{**}

九州莽莽匆匆走,两鬓萧萧渐渐枯。欲访蓬莱难附鹤,暂攀杨柳可藏乌。笔留白石飞仙语,袖有青溪小妹图。犹是人间干净土,

---

　　* 梁启超《饮冰室诗话》刊此诗题作《乙未秋偕实甫同泛秦淮实甫出魂南北集嘱题成此》,共二首,刊本存第一首,改为现题。查上海图书馆藏原稿,题为《乙未立秋日访易实甫借坐山亭复同泛秦淮实甫用前韵作诗和韵答之》,诗文为楷体字,诗后题"雪澄同年老兄以题易实甫《魂北》《魂南》集见示,因录此乞正遵宪未定稿",系行书。

　　① "难相见",上海图书馆藏手稿作"何时见"。

　　** 此诗《饮冰室诗话》等均题为《夜泛秦淮和实甫》,文字有不同。

莫将乐园当穷途。

玄武湖歌和龙松岑继栋

大江滚滚流日夜,降幡屡竖石头下。别有苍茫一片湖,山势周
遭潮不打。湖光十里擎风荷,游人竞说安乐窝。船头箫管驴背酒,
吴娘楚客时经过。城南暑郁蒸如甑,汗雨横流湿衣缝。箛鼓欣停
战伐声,篷船合作清凉梦。一客新自天边来,唐春卿侍郎。一客卧
起丛书堆。龙松岑户部。承平公子文章伯,同坐有沈蔼苍、王雪澄两观
察、何诗孙太守。酒龙诗虎争崔嵬。天风浩浩三万里,吹我犯斗星槎
回。河山不异风景好,今者不乐何为哉?江城明媚雨新霁,菱叶莲
蓬送香气。井阑莫问燕支山,钟声尚认鸡鸣埭。闲闲十亩逍遥游,
莽莽六朝兴废事。珠楼绮阁未渠央,青盖黄龙奈何帝。盛衰漫唱
《百年歌》,哀乐且图今日醉。酒波光溢金叵罗,银鲈锦鸭甘芳多。
强颜作欢攒眉饮,茫茫对此如愁何。夕阳映郭空波明,柳丝漾绿芦
芽青。平生旧游若在眼,仿佛上野湖心亭。上野西湖,为日本东京游
宴佳处。美酒肥牛酣大嚼,头冠腰箭恣欢谑。遥想将军渡海归,相
从凯唱从军乐。

九月初三夜招袁重黎柯巽庵梁节庵
王晋卿诸君小饮和节庵韵

袅袅风波又此秋,青溪几曲映清流。疏篷剪烛人重话,短鬓簪
花老渐羞。杯影惊心倾海水,角声催晚逼城楼。兼葭别有凄凄恨,
不向中央怨阻修。

上海喜晤陈伯严

飒飒秋风夜气深,照人寒月肯来临。矶头黄鹄重相见,海底鳗鱼未易寻。伯严到沪,访我三日不值。大地山河悲缺影,中年丝竹动欢心。横流何处安身好?从子商量抱膝吟。

题黄佐廷赠尉遗像三首

> 佐廷,名季良,番禺人。光绪十年七月初三日,在闽江扬武船中殉难。诏以云骑尉承袭。方敌船围困马江,佐廷自以照像寄其父道平,自言能为忠臣即是孝子。卒践其言,年仅二十五耳。

一

泼海旌旗爇血红,防秋诸将尽笼东。黄衫浅色靴刀备,年少翻能作鬼雄。

二

不如乌鸟《陈情表》,生属猴年寄母书。读到季良男百拜,泪痕点点照衣裾。

三

不将褒鄂画凌烟,飒爽英姿尚凛然。一语冲君冠上发,有人降表写龙笺。

赠梁任公同年六首

一

列国纵横六七帝,斯文兴废五千年。黄人捧日撑空起,要放光明照大千。

二

佉卢左字力横驰,台阁官书帖括诗。守此毛锥三寸管,丝柔绵薄谅难支。

三

白马东来更达摩,青牛西去越流沙。君看浮海乘槎语,倘有同文到一家?

四

寸寸河山寸寸金,侐离分裂力谁任?杜鹃再拜忧天泪,精卫无穷填海心。

五

又天可汗又天朝,四表光辉颂帝尧。今古方圆等颅趾,如何下首让天骄?

六

青者皇穹黑劫灰,上忧天坠下山隤。三千六百钓鳌客,先看任公出手来。

寄女三首

一

团团鸡子黄,滟滟花猪肉。双鸡日馈泪,毋许窃更鹜。饭蒸秔稻香,酒泼葡萄绿。庖丁日解牛,碎切煮烂熟。吹沫成白波,碾尘积红曲。罨以自然鼎,浓过留香粥。我日啜此计,十载未餍足。勿告而翁知,知之恐眉蹙。牛旁侍阎罗,黄金狞四目。云欲取屠人,横叉入地狱。佛自爱众生,我自食天禄。嗟予患疟后,负风几欲伏。计臂小半分,量腰剩一束。两颊旋深涡,而今渐平复。须白一二茎,双鬓尚垂绿。朝朝软饱后,行行扪余腹。寄汝近时影,祝我他时福。

二

　　江南二三月,夹道花争妍。谁家女如云,各各扶婢肩。碧罗湖水媚,茜纱秋云娟。就中最骄诩,绣罗双行缠。一裙覆百金,一袜看千钱。婷婷复袅袅,纤步殊可怜。笑谓蛮方人,半是赤足仙。新样尖头鞋,略仿浮海船。上绣千鸳鸯,下刺十丈莲。指船大如许,伸脚笑欲颠。汝辈闻此语,当引扇障颜。父母谁不慈,忍将人雕镌。幸未一缸泪,买此双拘挛。迩闻西方人,设会同禁烟。意欲保天足,未忍伤人权。吁嗟复吁嗟,作俑今千年。

三

　　宝塔高十层,巍峨天主堂。塞人欲上天,引手能扶将。指挥十字架,闪闪碧眼光。土人手执筆,驱之如虎狼。苏州大都会,新辟通商场。蜃气嘘作楼,马氄化为墙。行有女欧丝,条条出空桑。载我金钱去,百帆复千箱。我奉大府檄,奔走吴之江。一月三往来,往来趁夜航。彼酋领事官,时时从商量。喜则轩眉笑,怒或虹髯张。岂免斗唇舌,时复撼肝肠。世人别颜色,或白亦或黄。黑奴汝所知,汝曾至南荒。昔有女王国,曾封亲魏王。文身易断发,鳞介被冠裳。自我竖降幡,亦附强国强。汝弟捧地球,手指海中央。区区黑子大,胡为战则赢? 汝母口诵经,佛国今何方? 如何伏魔者,怒目无金刚? 聪明汝胜母,书付汝参详。慎勿给人看,看则疑荒唐。

感怀呈樵野尚书丈即用话别图灵字韵

　　海南巨鳄顽不灵,非人非鬼绝睹聆。诎强弥隙百无策,罔两铸鼎谁能铭? 方今五洲犹户庭,云帆飘舰来不停。海波漫漫槃不掩,天阙荡荡门无扃。突然太行扼井陉,欲上无梯驰无轮。守门猖猖黑犬吠,传书杳杳飞鸾青。背盟绝客出何经,更索巨岛屯飞舻。蛙蛤相呼只取闹,蛟螭攫人先染腥。我生遇合如径廷,累百感心万劳形。西迹万里大漠绝,东居三年蒙雨零。于今忽作闭口瓶,焚香依佛昼锁厅。平生踪迹默自数,将南忽北飘浮萍。故乡梅花今已馨,在山泉水催我听。归携片石问君平,客槎奈犯牵牛星。

放歌用前韵

归来归来兮穷鬼舍我揶揄鬼不灵,我目无睹耳无聆。迷阳迷阳伤吾足,岂能绝漠渡碛远勒燕然铭。平生履海如户庭,风轮逐地驰不停。忽然凤皇受诒鸩告绝,百灵闭门门昼扃。行趋太行越井陉,莫继马兮朝展轮。攀云观日俯视众山小,复走江南江北饱看青山青。不然痛饮读《骚经》,望衡九面浮湘舻。秋风袅袅一叶渡江去,金焦山下下探水窟蛟龙腥。噫吁乎!穷边瓯脱多王廷,尚有五岳留真形。我乡我土大有好山水,犹能令我颜丹鬓绿不复齿发嗟凋零。肩囊腰剑手钵瓶,归来归来兮左楼右阁中有旋马厅。二松五柳四围杂桃李,坐看风中飞絮波中萍。寒梅著花幽兰馨,《小山》、《招隐》君其听。归来归来兮菜香饭熟茶余睡觉独自语,京华北望恋恋北斗星。

题樵野丈运甓斋话别图

光绪丙戌,尚书奉使美国,道出广州,倪豹岑中丞为作此图。

四海复四海,九州更九州。既逾海西极,尚非天尽头。今之墨利坚,佛说牛贺洲。通商五十载,聚众千百俦。金椎南北道,铁耕东西畴。世族庾氏庾，专门鞴人鞴。吉莫制革履，蒙戎缝旃裘。下至洒削技，亦挟瓦塓售。人人挈金归，金山高瓯窭。初辟合众国，布告东诸侯。红黄黑白种，万族咸并收。无端画禹迹，不使隙地留。争食哄鸡虫，别味殊薰莸。横下逐客令，相率合力勠。丸泥封函关，划道分鸿沟。欲使越地舟，同歌筚国篌。公时秉英簜，御侮持干撖。逆阪善转丸，密室工藏弢。谓有百金产，当免南冠囚。按约往美之华工，应往来自便。美人谓诡托者多，亦欲限禁。凡犯禁者，概加以囚禁。公与外部议：华工在美，苟有千金产者，即不许禁。已诺行，而华工不解此意，转以哄争废约。凿山通蚕丛，筑台高环榴。拔帜已归汉，右袒翻为刘。议此约时，上下议员颇有袒护华工者。岂图五丁力，竟招众楚咻。华言造蛮语，越调腾怨讴。我时居京都，逢人说因由。恨不后车从，参预前箸筹。乙酉九月，遵宪归自美国。明年春，公由豹岑中丞驰檄召至广州，命仍充金山总领事。宪以限禁华工之例，祸争未已，虑不胜任，力辞。而争约出于华氏，亦非意计所及也。逮公唱刀环，我复随轩辀。契阔六七载，烟波杳悠悠。忽然地轴翻，东海嗟横流。黄尘滚滚来，蔽天森戈矛。辽东十万家，血染红髑髅。何物掉尾鲸，公然与龙仇。中有枳首蛇，飞飞从鸧鹙。盲云杂怪雨，波寒风飕飕。鲂鲔戒出入，蛟螭互蟠蟉。公复探虎穴，径驱车前駒。丝綍暗无华，云旌惨垂旒。谓我识涂马，召我来咨诹。檄我千里船，揖我百尺楼。战旗卷风急，腊鼓催年遒。悚立诵玺书，未语鲠在喉。皇帝问东皇，两国非寇仇。元元一家子，所愿兵革休。侧闻哀痛诏，泪珠荧双眸。何期尺一书，按剑明珠投。和戎盟已定，辟港事方稠。我奉大府檄，寻约毋效尤。夜郎挟天骄，自比黑面猴。鸮音不革响，马逸难维娄。定议法六条，未审然与不。喜公告典属，语妙言无邮。公亦定载书，气夺藩之酋。颇如云从龙，上下相应求。平生蹑公后，学步随沉浮。公使美、日、秘三国，使日本国。宪初官日本参赞，继任美国总领事。超擢出骖乘，公由皖南道奉旨召见，授三品卿，充总理各国事务大臣，宪亦由候补道奉使德国。误犯凌斗牛。公使日本不纳，宪亦因德使误听，致生违言。凡公所亲历，我亦穷追搜。古称绝域使，例比谭天邹。献环诃《盖地》，折箠夸防秋。《王会》征《职贡》，使父亲怀柔。今日渡西海，受节先包羞。紫凤短褐倒，黄龙清酒酬。与公共此役，积岁丛百忧。艰难比天险，嗟怨惟鬼谋。一灯话畴昔，累夕言咿嚘。宪也初识公，同客齐之罘。哦诗商旧学，漉酒酹新笃。抵掌当世务，时时摩蒯缑。尔时会秦赵，重狱穷共兜。时以滇南苗人杀马嘉利事，合肥傅相与威妥玛会议于此。吁嗟海大鱼，已如鱼中钩。尚能跋巨浪，展翼摩天游。指东覆蟠木，图南包小球。环顾四海波，依然完金瓯。即当绘图时，今亦一星周。二老话升平，一室何清幽。入门竹数竿，翠覆云油油。登盘献橙橘，绕屋围松楸。茫茫大瀛海，寸地才一沤。门前水只尺，便通浮海舟。海水绿摇天，中函今古愁。公自翔丹凤，我行从白鸥。再阅二十年，重对话绸缪。

和沈子培同年曾植

荡荡门开翼不飞，九天为正有天知。鸩媒绝我言何巧，猿臂封侯数本蹄。缥缈三山信徐市，横纵六里听张仪。云中指点回车路，且任东风马耳吹。

游仙词仍用沈乙庵韵

玉宇扬尘海尽飞，丁宁无遗世人知。误移紫凤图难补，欲探青鸾足又蹄。恶水叠经鬼罗刹，散仙犹诩汉官仪。思归送远天风曲，遥听红墙玉笛吹。

元朱碧山银槎歌

王阮亭《居易录》:"槎,元银工朱碧山制,吏部侍郎孙北海家物。"《苑西集》又云:"宋荔裳观察所藏,后归于余。"冯海宴《金石索》言:"近藏曾宾谷家,左镌'朱华玉造',右'至正壬寅',图书'碧山'二字,皆小篆也。"或仿其制,出以宴客,为作此歌。

华灯照夜张铜荷,酒池滟滟吹白波。主人醉客出奇器,错落绝胜银颇罗。玉芒锋杀巧削楮,珊枝盘屈纷交柯。中虚龙腹深兀兀,下锐凤尾飞莎莎。滑稽满注妙能转,浑脱安稳平不颇。拍浮凌波舞白鸟,蜿蜒张翅旋丹螺。槎头有人五铢服,挟书傲睨颜微酡。蓬莱三山在台玦,《逢原记》:"李适之酒器有蓬莱玦,上有三山,象三岛。"靴尖一趫时来过。下镌"至正壬寅"字,朱华手造无差讹。吁嗟大元起漠北,灭国五十挥天戈。大瓶舁酒四白象,行幕鸣鼓千明驼。珠盘玉瓮鸦鹘石,万邦琛赆来求和。使星任指东西极,亦饮白鹄擘金鹅。承平日久文物盛,巧工亦复高巍峨。一杯流传六百载,急觞饮我忧益多。天乎平户覆舟后,寇来又见东海倭。玉尘百斛输不尽,黄龙十舰弃则那。绣衣使者虽四出,强颜媚敌还遭诃。即今回槎令逐客,竟隔上阑遮银河。《居易录》:"杯有篆二十八字云:'欲度银河隔上阑,时人浪说贯银湾。如何不觅天孙锦,只带支机片石还?'"追思虞揭作高会,《苑西集》:元时虞、揭二公,各令碧山制槎为寿。朝回花底恒鸣珂,清谈定穷星宿海,欢饮应赋《天马歌》。海鸥盗去杯羽化,尚窃形似工研磨。坐观桑田几兴废,如抚铜狄三摩娑。肆工述物亦若痀,朝官退食无委蛇。攒眉对饮长太息,银槎银槎奈尔何!

为何弗高兵部_{藻翔}题象山图_{四首}

一

裨瀛大海四围环,半在虚无缥缈间。天戴尧时州禹迹,分明认取自家山。

二

叩门海客偶谈瀛,发箧《阴符》或论兵。糜尽虫沙剩猿鹤,拭干残泪说闲情。

三

说教袄神方造塔,讹言王母又行筹。年来洗耳胸无事,一味贪眠看水鸥。

四

十七史从何处说,茫茫六合赋何愚。骑驴倒看云烟过,只好商量入画图。

酬曾重伯编修_{二首}

一

诗笔韩黄万丈光,湘乡相国故堂堂。谁知东鲁传家学,竟异南丰一瓣香。上接孟荀驺论纵,旁通骚赋楚歌狂。澧兰沅芷无穷竟,况复哀时重自伤。

二

废君一月官书力,读我连篇新派诗。《风》《雅》不亡由善作,光丰之后益矜奇。文章巨蟹横行日,世变群龙见首时。手撷芙蓉策虬驷,出门惘惘更寻谁?

上黄鹤楼

矶头黄鹄日东流，又此阑干又此秋。乙未五月客鄂，方与客登楼，忽闻台湾溃弃之报，遂兴尽而返。齁睡他人同卧榻，婆娑老子自登楼。能言鹦鹉悲名士，折翼天鹏慨督州。洒尽新亭楚囚泪，烟波风景总生愁。

上岳阳楼

巍峨雄关据上游，重湖八百望中收。当心忽压秦头日，近见西人势力范围图，竟将长江上下游及浙江、湖南指入英吉利属内矣。画地难分禹迹州。从古荆蛮原小丑，即今砥柱孰中流？红髯碧眼知何意，挈镜来登最上头。是日有西人登楼者。

长沙吊贾谊宅

寒林日薄井波平，人去犹闻太息声。楚庙欲呼天再问，湘流空吊水无情。儒生首出通时务，年少群惊压老成。百世为君犹洒泪，奇才何况并时生。

书愤五首

一

一自珠崖弃，胶州。纷纷各效尤。旅顺、大连湾、威海卫、广州湾。瓜分惟客听，薪尽向予求。秦楚纵横日，幽燕十六州。未闻南北海，处处扼咽喉。

二

岂欲亲豺虎，联交约近攻。如何盟白马，无故卖卢龙。光绪二十二年使俄密约,已以胶州许之。一着棋全败,连环结不穷。德取胶州,俄人不问。论者已知意在旅顺矣。四邻墙有耳,言早泄诸戎。

三

扰扰无穷事,吁嗟景教行。乍闻祆庙火,已见德车旌。过重牵牛罚,横挑啮犬争。挟强图一逞,莫问出师名。杀二教士,遂失胶州。

四

古有羁縻地,今称隃领州。竟闻秦失鹿,转使鲁无鸠。各国势力范围图,独中国无分。地动山移恐,天悬日坠忧。君看黑奴国,到此属何洲?

五

弱肉供强食,人人虎口危。无边画瓯脱,有地尽华离。争问三分鼎,横张十字旗。波兰与天竺,后患更谁知?

支　离

举鼎膑先绝,支离笑此声。穷途竟何世,余事作诗人。技悔屠龙拙,时惊叹蜡新。剖胸倾热血,恐化大千尘。

卷九 一三六首

（光绪二十四年至二十五年　1898 年至 1899 年）

纪　事

贯索星连熠熠光，穹庐天盖暮苍苍。秋风鼓吹妃呼豨，夜雨铃声劬秃当。十七史从何处说，百年债看后来偿。森森画戟重围柝，坐觉今宵漏较长。

放　归

绛帕焚香读道书，屡烦促报讯何如。佛前影怖栖枝鸽，海外波惊涸辙鱼。上海道蔡钧，遽以兵二百名围守，捧枪鹄立，若临大敌。寓沪西人，惧余蹈不测，议聚众劫余他徙，而日本驻京公使亦请于总署。余虑其重滋余罪也，转为之栗惧。此地可能容复壁，廿五夜，得总署报云："查康未匿黄处，上意业已释然，已有旨放归"云。无人肯就问筍舆。玉关杨柳辽河月，却载春风到旧庐。

九月朔日启程由上海归舟中作

月黑霜凝点客衣，寥天雁影乍南飞。一池水问干何事，万里风劳远送归。测镜回看星贯索，解装待问石支机。旁人莫误三能望，遥指银潢望紫微。

到 家

处处风波到日迟,病身憔悴尚能支。少眠易醒藏蕉梦,多难仍逢剪韭时。大海走鳗寻有迹,老翁失马卜难知。援琴欲鼓《拘幽操》,月在中天天四垂。

感事八首

一

授受元辰纪上仪,帝尧训政典留贻。谁知高后垂帘事,又见成王负扆时。九鼎齐鸣惊雉雊,千金悬格购龙医。白头父老纷传说,上溯乾嘉泪欲垂。

二

上变飞腾赤白囊,两端首鼠疾奔忙。刚闻赤板连名奏,便召长枪第六郎。驰骑锁门谋大索,屯桥阻水伺非常。珠襦武帐诸臣侍,亟诏明晨幸未央。

三

推车弄顶看文康,变态真如傀儡场。五百控弦谋劫制,一丸进药失先尝。传书信口诃西母,改制称尊托素王。九死一生仍脱走,头颅声价重天亡。

四

金瓯亲卜比公卿,领取冰衔十日荣。东市朝衣真不测,南山铁案竟无名。芝焚蕙叹嗟僚友,李代桃僵泣弟兄。闻道诉天兼骂贼,好头谁斫未分明。

五

父子相从泣狱扉，老翁七十荷征衣。一家草索看生缚，三寸桐棺待死归。凿空虚槎疑汉使，涉江奇服怨湘妃。可怜时俊才无几，瓜蔓抄来摘更稀。

六

下诏曾宣母子离，初闻逐谏后答儿。心肝谁奉藏衣诏，骨肉难征对簿词。一网打余高鸟尽，九泉曲处蛰龙知。恩牛怨李原无与，莫误忠奸读党碑。

七

师未多鱼遂漏言，如何此事竟推袁？栢人谁白扆王罪，改子终伤慈母恩。金玦厖凉含隐痛，杯弓蛇影负奇冤。五洲变法都流血，先累维新案尽翻。

八

太白星芒月色寒，五云缥渺望长安。忍言赤县神州祸，更觉黄人捧日难。压己真忧天梦梦，穷途并哭海漫漫。是非新旧纷无定，君看寒蝉噤众官。

人境庐之邻有屋数间余购取其地葺而新之有楼岿然独立无壁南武山人为书一联曰陆沉欲借舟权住天问翻无壁受呵因足成之

半世浮槎梦里过，归来随地觅行窝。陆沉欲借舟权住，天问翻无壁受呵。偶引雏孙问初月，且容时辈量汪波。湾湾几曲青溪水，可有人寻到钓蓑。

寒夜独坐卧虹榭

今时何时我非我，中夜起坐心旁皇。风声水声乌乌武，日出月出团团黄。层阴压屋天四盖，寒云入户山两当。回头下视九州窄，高飞黄鹄今何方？

小饮息亭醉后作

斜日江波听鹧鸪，鹧鸪啼处是吾庐。酒酣仍作思乡梦，径仄难为《益地图》。偶约故人同茗芋，居然丈室坐莲须。朝朝捧牍应官去，忽忆吴江老钓徒。

仰　　天

仰天击缶唱乌乌，拍遍阑干碎唾壶。病久忍摩新髀肉，劫余惊抚好头颅。箧藏名士株连籍，壁挂群雄豆剖图。敢托鸩媒从凤驾，自排阊阖拨云呼。

雁

汝亦惊弦者，来归过我庐。可能沧海外，代寄故人书。四面犹张网，孤飞未定居。匆匆还不暇，他莫问何如。

酬刘子岩同年瑛

铁汉楼高天四垂，岭云愁护党人碑。看花每溅啼鹃泪，绕树难安飞鸟枝。何地可名清净土，思君忽到太平时。一家乐寿兼文福，呼聿吟书买写诗。

己亥杂诗八十九首

一

我是东西南北人，平生自号风波民。百年过半洲游四，留得家园五十春。

二

亦曾忍死须臾坐，正用此时持事来。今午垂帘春睡起，拥炉拈箸拨寒灰。

三

自携蜡屐自扶筇，偶亦偕行挈小童。积习未除官样俗，袖中藏得歙烟筒。

四

斜阳桥背立移时，偶有人过偶颔之。商略雨晴旋散去，不曾相识亦忘谁。

五

云中水火界相争，相触相磨便作声。此是寻常推阻力，人间浪作震雷惊。《起世经》言雷声：一、云中风界与地界相触著；二、风界与水界相触著；三、风界与火界相触著，譬如树枝相搭，即有火虫。又谓虚空中生电光，以二电相触相对，相磨相打，故出光。此即西人干湿气相磨成雷电之说。力学气学，已见于佛经矣。

六

跳珠雨乱黑云翻，事外闲云却自闲。看到须臾图万变，终愁累却自家山。

七

老健真应饱看山，看山谁得几时闲？屡将游钓诳猿鹤，迟恐山灵笑汝屏。

八

梦回小坐泪潜然,已误流光五十年。但有去来无现在,无穷生灭看香烟。

九

日光野马息相吹,夜气沉沉万籁微。真到无闻无见地,众虫仍着鼻端飞。

一○

抛书午倦睡醒时,走听盲翁负鼓词。漫说是非身后误,上场人事类儿嬉。

一一

天下英雄聊种菜,山中高士爱锄瓜。无心我却如云懒,偶尔栽花偶看花。

一二

费尽黄金匝地铺,算来十笏只区区。无端尚被西邻责,何况商量《益地图》。人境庐之邻有废屋,余以二百万钱购得之。然纵横不过数丈,而邻居逼处,更无可展拓,偶有营造,辄来责言。

一三

曲阑十步九徘徊,三面轩窗四扇开。夸道华严弹指现,只怜无地著楼台。

一四

墙外垂杨尽别家,平分水竹颇争差。万花烂漫他年事,第一安排旋复花。

一五

无端苞拆复挼莎,误尽人非郭橐驼。甫见萌芽生意尽,对花负负奈花何！接梅花四五枝已生根矣,而浇花人日拆视而搔摩之,卒不得生。

一六

忍向当门再种兰,露翻风打莫重看。思量空谷安身好,犹恐他时画地难。种兰。

一七

秋淫天漏雨萧萧,展叶抽条各自骄。同作绿阴同蔽日,如何修竹肯弹蕉。种竹、种芭蕉。

一八

略买胭脂画折枝,明窗护以璧琉璃。物从中国名从主,绿比波菱红荔支。绛藤、丹砂菊,皆德意志种,植之甚盛。余考中国花果,从海外来者,如葡萄、苜蓿,人所共知。此外名无定字,字从音译,如波罗蜜、波罗之类,大抵皆是。荔子或作离支,又作利支,知非华声。然今西南洋无此物。余询之西人,乃知本阿剌伯种也。今之玻璃,《汉书·西域传》作璧流璃,《说文》作璧珊,亦译音之名。

一九

絮棉吹入化春衣,渡海山薯足疗饥。一任转输无内外,物情先见大同时。

二〇

乱草删除绿几丛,旧花别换日新红。去留一一归天择,物自争存我大公。种月季花。

二一

农业传家稷世官,可知粒食出艰难。妄夸天降忘人力,转当寒冰覆翼看。《吕览》有《上农》、《任地》、《辨土》三篇,多述后稷之言。盖农家相传农学,尝谓"莆厥丰草,种之黄茂"一章,乃辨土宜察物性之学,训诂家失其旨矣。至"诞降嘉种,贻我来年",亦颂后稷配天之功,等于造物,非谓从天而降也。

二二

三千年上旧花枝，颇怪风人不入诗。我向秦时明月问，古时花可似今时。《诗》有桃李花，有梅实，而不及梅花。赋咏梅花，始于六朝，极盛于唐。以植物之理推之，古时花未必佳，后接以他树而后盛耳。

二三

移桃接李尽成春，果硕花浓树愈新。难怪球西新辟地，白人换尽旧红人。

二四

筚路桃弧展转迁，南来远过一千年。方言足证中原韵，礼俗犹留三代前。客人来州，多在元时，本河南人。五代时，有九族随王审知入闽，后散居八闽。今之州人，皆由宁化县之石壁乡迁来，颇有唐、魏俭啬之风，礼俗多存古意，世守乡音不改，故土人别之曰"客人"。方言多古语，尤多古音。陈兰甫先生云证之周德清《中原音韵》，多相符合。大埔林海岩太守则谓"客人"者，中原之旧族，三代之遗民，殆不诬也。

二五

男执干戈女甲裳，八千子弟走勤王。崖山舟覆沙虫尽，重带天来再破荒。梅州之土人，今惟存杨、古、卜三族。当南宋时，户口极盛，其后罴、曷播迁，文、陆号召，土人争从军勤王。崖山之覆，州人士死者十盖八九，井邑皆空，故"客人"从他邑来。今丰顺、大埔，妇人皆戴银髻，称孺人，相传为帝昺口敕，此亦足补史传之缺也。

二六

野外团焦岭上田，世传三十子孙千。元时古墓明朝屋，上覆榕阴六百年。土著有传世四五十者，从宁化来者，皆传二十余世。朔其始基，知为元时矣。孙枝蕃衍，多者数千人，少亦千人。入明以后，坟墓世守无失。元时墓存一二而已。明时筑室，亦有存者。

二七

宰相表行多谱牒,大宗法废变祠堂。犹存九两系民意,宗约家家法几章。各姓皆聚族而居,皆有祠堂。纠赀设牌,视捐金之多寡,以别位置。初意以联宗族、通谱牒。而潮州、惠州流弊亦或滋讼狱、生械斗,故乾隆间,江西巡抚辅德有禁祠之奏。

二八

世守先姑德象篇,人多列女传中贤。若倡男女同权论,合授周婆制礼权。妇女皆勤俭,世家巨室亦无不操井臼、议酒食、亲缝纫者。中人之家,则无役不从,甚至务农业商,持家教子,一切与男子等。盖"客人"家法世传如此。五部州中,最为贤劳矣。

二九

宵娘侧足跛行苦,楚国纤腰饿死多。说向妆台供媚妾,人人含笑看黎涡。有耶稣教士语余:西人束腰,华人缠足,惟州人无此弊,于世界女人,最完全无憾云。

三〇

反哺难期妇乳姑,系缨竟占女从夫。双双锦袜鸳鸯小,绝好朱陈嫁娶图。多童养媳,有弥月即抱去,食其姑乳者。

三一

一声声道妹相思,夜月哀猿和《竹枝》。欢是团圆悲是别,总应肠断妃呼豨。土人旧有山歌,多男女相思之辞,当系獠、疍遗俗。今松口、松源各乡尚相沿不改,每一辞毕,辄间以无辞之声,正如妃呼豨,甚哀厉而去。

三二

华灯挂壁祝添丁,吉梦征兰笑语馨。日问神游到何处,佛前别供处胎经。日者言胎有神,某日在门,在碓磨,在厨灶,在仓库,在房床,在厕,在炉,在鸡栖,如兴工作,犯其神,则堕胎,或胎残缺。世皆遵信之。

三三

海国能医山国贫,万夫荷臿转金轮。最怜一二虮鬁客,手举扶余赠别人。州为山国,土瘠产薄。海道既通,趋南洋谋生者,凡岁以万计,多业采锡,遇窖藏则暴富。近则荷兰之日里,英吉利之北蜡、槟榔屿,法兰西之西贡,皆有积赀至百数十万者。总计南洋华商,"客人"居十之三。同治年,有叶来事在吉隆,与土酋斗争,得其地。卒以无力割据,归之英人。此与坤甸罗大伯事略相类。

三四

秀孝都居弟子行,人人阴骘诵文昌。迩来《云笈》传抄贵,更写鸾经拜玉皇。嘉道以来,所谓学术,只诵阴骘文耳。尝谓国朝学案,应别编文昌一派。近更有玉皇教,以关帝、吕祖、文昌为三圣,所传经卷,均自降鸾来,如《明圣经》之类。大抵本道家名目,而附会以儒家仁孝、释氏因果之说,士大夫多崇信之。

三五

枯骨如龟识吉凶,狐埋鸠占不相容。一年讼牒如山积,不为疑龙即撼龙。溺于风水祸福之说,讼狱极多。

三六

螺壳漫山纸蝶飞,携雏扶老语依依。红罗伞影铜箫响,知是谁家扫墓归。扫墓每在墙间聚食,喜食螺,弃壳于地,足以征其子孙之众多也。乐用铜箫,亦土俗。

三七

老树栖鸦子又孙,青青松柏半为薪。眼中酒化杯中泪,拜手今承主祭人。拜曾祖母李太夫人墓。

三八

恨无永叔泷冈表,亦愧羲之誓墓文。说甚微官邀薄禄,纸钱在地酒浇坟。拜先母吴太夫人墓。

三九

树静风停梦不成，枕函侧倚泪纵横。荷荷引睡施施溺，竟夕闻娘唤女声。扫墓归不寐，隔壁有抚儿者，终夜有声。

四〇

黄鹄都非五尺童，日催人老日龙钟。呼名摩顶回头道，两颊差如百岁翁。随李伯陶先生谒其母钟太孺人，年九十八矣。"百岁翁"，谓余高祖也。

四一

五十年前事未忘，白头诸母说家常。指渠堕地呱呱处，老屋西头第四房。

四二

一路春鸠啼落花，十龄学步语牙牙。锦袍曾赋小时月，月照恒河鬓已华。十龄学为诗，塾师以梅州神童蔡蒙吉"一路春鸠啼落花"句命题。余有"春从何处去，鸠亦尽情啼"语。师大惊，次日令赋"一览众山小"。余破题云："天下犹为小，何论眼底山。"因是乡里甚推异之。"小时不识月"，余进学时赋题也。

四三

忽想尻轮到五洲，海泓烟点小齐州。丁年破浪乘风兴，画壁留图作卧游。

四四

岁星十二遍周天，绕尽圆球剩半环。法界楼台米家画，总输三岛小神山。余客海外十二年，环游地球，所未渡者大西洋海耳。山水秀明，日本为胜。

四五

长恨古人吾不见，又疑诸史半欺谩。女工铜镜委奴印，亲手摩挐对面看。委奴国王之印,神功皇后之镜,皆现存博物馆中。

四六

乌呼碑下吊忠臣,蹈海人人耻帝秦。震地哭声涂地血,大东扶起一红轮。德川氏之末,有处士高山九郎,见宫阙望山陵则痛哭。继而蒲生君平作《山陵志》,岩垣松苗修《国史略》,赖襄著《日本政纪》,世始知尊王。及美、英劫盟,举国复哗言攘夷,而将军主和,捕戮志士,前仆后起,则又唱尊王以攘夷。逮大藩连结,幕府倾覆,终知夷不可攘,再变而讲和戎之利。维新之业,成于二三豪俊,实基于在下之仁人君子心力之为也。呜呼!

四七

滔滔海水日趋东,万法从新要大同。后二十年言定验,手书《心史》井函中。在日本时,与子峨星使言:"中国必变从西法。其变法也,或如日本之自强,或如埃及之被逼,或如印度之受辖,或如波兰之瓜分,则吾不敢知,要之必变。将此藏之石函,三十年后,其言必验。"

四八

一夫奋臂万人呼,欲废称臣等废奴。民贵遂忘皇帝贵,莫将让国比唐虞。华盛顿。

四九

当时传檄开荒令,今日关门逐客书。浪诩皇华夸汉大,请看黄种受人锄。华盛顿之拒英也,布告各国,言美利坚土广人稀,无论红黄黑白各种,到美国者,均一律看视。而光绪八年,竟行禁制华工之例。

五〇

赫赫红轮上大空,摇天海绿化为虹。从今要约黄人捧,此是扶桑东海东。归舟行太平洋,明日到日本矣。五更起,坐舵楼中待日出。极目所际,惟见水耳。俄顷,有万道虹光,上下照映,而日出矣,大如五车轮,顷刻已圆,势极迅疾。

五一

四百由旬道路长,忽逢此老怨津梁。沉沉睡过三千岁,可识西天有教皇。由香港至锡兰岛。岛有卧佛,长三丈余,佛灭度后即造此像云。

五二

上烛光芒曜日星,东西并峙两天擎。象形文字鸿荒祖,石鼓文同石柱铭。埃及国石柱,为周以前物,字多象形。郭筠仙侍郎所谓体近大篆也。

五三

一刀截断大河横,省却图南六月程。海客欢呼土民怨,债台高筑与天平。苏彝士河。

五四

琼阙丹房曜彩霞,烂红玫瑰雨天华。外孙鲁酒皇娥瑟,同醉西方阿母家。英皇即位,今六十四年矣。普鲁斯王是其外孙,俄皇、丹主皆姻戚。贵寿福禄,世所希有。所居有五色宫殿。玫瑰花,皇族徽章也。

五五

生是天骄死鬼雄,全欧震荡气犹龙。世间一切人平等,若算人皇只乃公。拿破仑纪功碑。

五六

万灯悬耀夜光珠,照出诸天夜燕图。缨络网云花散雨,居然欲界有仙都。桑斯勒塞,法国之极大都会也。

五七

长夜漫漫日不光,黑风吹我堕何方?苍天已死黄天立,惟见团团鸡子黄。九十月之交,伦敦每有大雾,咫尺不辨。余居英时,白昼然灯凡二十三日,车马非铃铎不敢行。

五八

眼底尘惊世界微,天风浩浩吹人衣。便当御气乘球去,饱看环瀛跨海归。巴黎铁塔,高一千尺。

五九

浮沉飘泊年年事,偶寄闲鸥安乐窝。急雨打窗浪摇壁,无端平地又风波。到新嘉坡二年,因患疟久病,初养疴章园。园在小岛,屋据海石上,风定月明,洁无纤翳,惟狂风一吼,则飞浪往往溅入窗户间,如泛舟大海中也。

六〇

云为四壁水为家,分付名山改姓余。瘦菊清莲艳桃李,一瓶同供四时花。潮州富豪余家,于新嘉坡之潴水池边筑一楼,三面皆水。余借居养疴。主人索楼名,余因江南有佘山,名之曰佘山楼。杂花满树,无冬无夏,余手摘莲菊桃李同供瓶中,亦奇观也。

六一

上山如画重累人,结屋绝无东西邻。襟间海上一丸月,屐底人间万斛尘。余养疴至槟榔屿,有谢姓者,邀余住竹士居。居在万山顶,初用土人舁篮舆而往,至峻绝处,则引手攀援而上,如猿猱然;再用一人护余足到山顶,绝巘俯海,一无所见,惟月初出时,若在我襟带间矣。

六二

甑蒸汗雨郁如珠,两腋清风习习俱。浴过凉波三百斛,才知灌顶妙醍醐。客南洋群岛者,每晨起辄灌顶,用水数十斛。考《北史·徐之才传》,曾以此法治伏热病,盖以水制汗,使不敢出,久之,则并所受郁热滂沛而出,觉竟体清凉矣。

六三

三年团扇在怀袖,六月重裘仍带围。万里归槎北风急,经旬却换五时衣。余客旧金山四年,全用夹衣;居英伦一年,未脱棉衣;庚寅六月间,曾御袷;住新嘉坡三年,仅一单衣,正二月或用薄纱。惟甲午十一月中旬,由坡回华,十日间炎风朔雪,每日更换,到上海乃重袭矣。

六四

蟹行草字画佉卢,蜡印红鹰两翼舒。君主花名民主押,箧中留得两除书。官领事者,其主国例有文凭,日本名曰"认可状"。余官旧金山、新嘉坡总领事,存英君主、美民主签押官文各一纸,上有花字,末作一蜡印,印作巨鹰,舒翼独立,大如盘。

六五

梦里似曾迁海外,醉中不觉到江南。用东坡语。茫茫人海浮沉处,添得闲鸥又二三。香涛制府署两江总督,于受事日,即电奏调余回华,同时奏调者二三人,然有赋闲者。

六六

我行遍历三天下,松寥一阁天下奇。两鼎蟠螭碑瘗鹤,还有椒山手写诗。焦山。

六七

黄鹤高楼又槌碎,我来无壁可题诗。擎天铁柱终虚语,空累尚书两鬓丝。黄鹤楼已毁,南皮制府常语宾僚:"将来炼铁有效,当改造铁壁,庶免火灾。"然铁政一局,黄饷五六百万,已易官为商矣。

六八

御屏丹笔记名新,天语殷殷到小臣。九牧盛名吾岂敢,知非牛李党中人。数年以来,人才保荐,疆臣则陈右铭中丞二次,张香涛督部三次,刘岘庄督部、王夔石督部、荣仲华督部、廖毅似中丞,朝官则李苾园尚书、唐春卿侍郎、张野秋侍郎、徐子静侍郎各一次,而邓铁香鸿胪于光绪九年保奏使才,已有"久困下僚"之语。闻得旨交军机处记存,凡十数次云。

六九

丹楼彩日画中看，初上鸾坡举步难。劳动九重前席问，绣衣门外立天官。故事，道府以下官，必先行引见，乃得召见。余因总理衙门征召至京，本有由吏部带领引见之旨，而部议尼之，乃奉特旨预备召见，盖异数也。

七〇

尧天到此日方中，万国强由法变通。惊喜天颜微一笑，百年前亦与华同。召见时，上言："泰西政治何以胜中国？"臣奏："泰西之强，悉由变法。臣在伦敦，闻父老言，百年以前，尚不如中华。"上初甚惊讶，旋笑颔之。

七一

奉使虚闻结德车，却回舞袖到长沙。青鸾传到东皇信，又泛蓬莱八月槎。

七二

三诏严催倍道驰，《霸朝》一集感恩知。病中泣读维新诏，深恨锋车就召迟。戊戌二月，上命枢臣进《日本国志》，继再索一部。奉使日本，由上特简，三诏敦促，有"无论行抵何处，著张之洞、陈宝箴传令攒程迅速来京"之谕。然余以久病，恨未能遽就道也。

七三

冷月严霜照一灯，柝铃风送响腾腾。案头英箓门前戟，岂有篷篠覆庾冰。到沪病益亟，乃乞归，已奉旨俞允。或奏称康、梁尚匿余处，盖因其藏匿日本使馆而误传也。有旨命两江总督查看。上海道蔡钧张大其事，派兵围守。然余之所居，本上海道公所，且当时康已在香港矣。

七四

七十尚书出负戈①，三闾憔悴怨湘波。抚琴欲鼓《拘幽操》，辄

---

① 高崇信等校点本《人境庐诗草》作"荷戈"。

唱臣难唤奈何。

七五

竟写梅边生祭祠,亦歌塞外送行诗。候人鹄立门如海,浪语风闻百不知。围守之兵,擎枪环立,如设重围,外人不知为所犯何事,疑为大狱。险语惊人,遍海内外,知交探问,隔绝不通。然即问及余,余亦不知也。八月二十六夜,乃得旨放归。

七六

怜君胆小累君惊,抄蔓何曾到友生。终识绝交非恶意,为曾代押党碑名。八月二十五日得一纸曰:□①与□绝交。然乙未九月,余在上海,康有为往金陵谒南皮制府,欲开强学会,□力为周旋。是时,余未识康,会中十六人有余名,即□所代签也;又闻□与康至交,所赠诗有"南阳卧龙"之语。及康罪发,乃取文悌参劾之折,汇刊布市,盖亦出于无奈也。

七七

环门松竹喜相迎,倚树安栖鸽不惊。对镜头颅顾妻笑,几乎此事却干卿。到家。

七八

菜佣酒保笑言欢,偶数江湖几谪官。瓜蔓环门兰在室,呼儿重检《汉书》看。

七九

花落庭空对紫薇,画帘重处漾斜晖。衔雏燕子浑无赖,眼见人瞋故故飞。

八〇

寒灯说鬼鬼啾啾,夜雨言愁我欲愁。只有蓬山万重隔,未容海

---

① 　自注中所用"□",指梁鼎芬。

客说瀛洲。

八一

左列牛宫右豕圈，冬烘开学闹残年。篱边兀坐村夫子，极口娲皇会补天。

八二

寒炉爆栗死灰然，酒冷灯昏倦欲眠。惊喜读书声到耳，细听仍是《八铭篇》。《八铭篇》，乡塾时文课本也。

八三

风雨鸡鸣守一庐，两年未得故人书。鸿离鱼网惊相避，无信凭谁寄与渠①。

八四

颈血模糊似未干，中藏耿耿寸心丹。琅函锦箧深韬袭，留付松阴后辈看。

八五

古佛孤灯共一龛，无人时与影成三。何方化得身千百，日换新吾对我谭。

八六

地球捧问海中央，多少红毛国几方？听说龙飞周甲宴，挽须要去问英皇。小孙及外孙皆八九岁。

八七

相约儿童放学时，小孙拍手看翁嬉。平生两事轰轰乐，爆竹声腾鹞子飞。粤俗呼纸鸢为鹞子。

---

① 梁启超《饮冰室诗话》录此诗，题作《己亥岁暮怀梁任甫》。

八八

镜中岁岁换容仪，讳老无妨略镊髭。今日发葤悬不起，星星知剩几茎丝。

八九

蜡余忽梦大同时，酒醒衾寒自叹衰。与我周旋最亲我，关门还读自家诗。

己亥续怀人诗二十四首

一

白发沧江泪洒衣，别来商榷更寻谁？闲云野鹤今无事，可要篮舆共扶持。义宁陈右铭先生。

二

纷纭国是定维新，一疏惊人泣鬼神。寻遍东林南北部，一家钩党古无人。宛平徐子静。

三

荐贤略似孔文举，下狱还因吕步舒。一编选佛科名录，便是司空城旦书。贵筑李苾园先生。

四

金华讲殿共论思，圣祖文宗旧典贻。指问鸡栖庭下树，可容别筑凤凰池？海盐张菊生。

五

优孟衣冠笑沐猴，武灵胡服众人咻。问君薙发新王令，换却顽民多少头。咸阳李孟符。

六

龙泉知我剑随身，三斗撑胸热血新。是我眼中神俊物，熊罴男子凤凰人。凤凰熊秉三。

七

南岳云开筚路初,归来秋雨卧相如。零星几卷灵鹣阁,只算江郎制锦余。元和江建霞。

八

我歌乐府《寿人》曲,君作师儒绍圣篇。烂漫众雏环我拜,登堂公瑾是同年。达县吴季清。

九

文如腹中所欲语,诗是别后相思资。三载心头不曾去,有人白皙好须眉。义宁陈伯严。

一〇

念我平生同队鱼,又念丈人屋上乌。翩翩公孙才似舅,因君问讯今何如。长沙俞恪士、南昌罗邵岘。伯严子名衡恪,即其甥也。

一一

臣罪当诛父罪微,呼天呼父血沾衣。白头元鬓哀蝉曲,减尽维摩旧带围。宛平徐研父。

一二

一卷生花《天演论》,因缘巧作续弦胶。绛纱坐帐谈名理,胜似麻姑背痒搔。福州严又陵。

一三

兼综九流能说佛,旁通四部善谈天。红灯夜雨围炉话,累我明朝似失眠。仁和夏穗卿。

一四

平生著述老经师,绝妙文章幼妇词。今日皋皮谈改制,《黄书》以外录《明夷》。善化皮鹿门。

一五

闪电双眸略似嗔，知君龙性未能驯。同游莫学梁园客，自负山膏好骂人。福州郑苏庵。

一六

自家家法自家妆，乡里传夸马粪王。花样时文笋尖脚，可容儿女再商量。鄞县王菀生。

一七

船山大隐师承远，东海褰冥学派新。编到《沅湘耆旧录》，难为君称作龙身。浏阳欧阳瓣薑。

一八

屈指中兴六七公，论才考德首南丰。笼人意气谈天口，转似区区隘乃翁。湘乡曾重伯。

一九

少年罪状在《金荃》，中岁骖鸾便学仙。《魂北》《魂南》今哭遍，再倾泪海哭桑田。龙阳易实甫。

二〇

四壁青山乱叠书，蓬蒿没径闭门居。记曾元子坊边遇，手挈筠篮贯柳鱼。丹徒陈善余。

二一

相约乘槎万里遥，天风吹散各蓬飘。屋梁月黑思君梦，忽梦平生吴铁乔。顺德何蔚高。

二二

头颅碎掷哭浏阳，一凤而今剩楚狂。龟手正需洴澼药，语君珍重百金方。浏阳唐绂臣。

二三

背负灵囊欲大包，东西游说日谆谆。冶佣酒保相携去，幸免门生瓜蔓抄。顺德麦孺博、南海韩树园、三水徐君勉。

二四

谬种千年《兔园册》，此中埋没几英豪。国方年少吾将老，青眼高歌望尔曹。李炳寰、蔡艮寅、唐才质。

腊月二十四日诏立皇嗣感赋四首

一

汉家累叶子孙千，朱果祥占瓜瓞绵。十世忽遭阳九厄，再传失纪仲壬年。《千秋金鉴》惩储贰，九降纶音慎择贤。今日小宗承大统，典书岂忘帝尧篇。

二

先皇遗恨鼎湖弓，世及家传总大公。谁误礼经争继统，妄拚尸谏效孤忠。弟兄共托施生莒，男子偏迟吉梦熊。片纸病中哀痛诏，前星翘首又移宫。

三

齐东野语尽荒唐，读诏人人泣数行。怪事闻呼奈何帝，倔诗敢唱厉怜王。袖中禅代谁经见，管外窥天妄测量。钩尽甘陵南北部，庶人横议亦刊章。

四

家居撞坏虑纤儿，天下膏粱百不知。朝贵预尊天子父，王骄甘作贼人魁。亢龙守蛰存身日，瘦狗相牙掷骨时。玉匣缄名黄带盛，承平重忆说雍熙。

卷十 七十六首

（光绪二十六年 1900年）

庚子元旦二首

一

喔喔天鸡又一鸣,双悬两曜展光明。承天仰看金轮转,震地讹传玉斧声。汉厄愁看正月卯,代来几协大横庚。自歌太乙迎神曲,终望余年见太平。

二

乐奏钧天梦里过,瀛台缥缈隔星河。重华仍唱卿云烂,大地新添少海波。千九百年尘劫末,东西南国战场多。南洋、非洲均有战争。未知王母行筹乐,岁岁添筹到几何?

杜　鹃

杜鹃花下杜鹃啼,苦雨凄风梦亦迷。古庙衣冠人再拜,重楼关锁鸟无栖。幽囚白发哀蝉咽,久戍黄沙病马嘶。未抵闻鹃多少恨,况逢春暮草萋萋。

初闻京师义和团事感赋三首

一

无端桴鼓扰京师，犹记昌陵鼎盛时。今日黄天传角道，非徒赤子弄潢池。冠缨且教宫人战，绣裙还充司隶仪。昼夜金吾曾不禁，未知盗首定何谁？

二

九百《虞初》小说统，神施鬼设诩兵谋。明知篝火均狐党，翻使衣冠习狗偷。养盗原由十常侍，诘奸惟赖外诸侯。竹筐麻瓣书团字，痛哭谁陈恤纬忧？

三

博带峨冠对旧臣，三年缄口讳维新。尽将儿戏尘羹事，付与尸居木偶人。绍述政行皆铁案，党人狱起又黄巾。即今刚赵来宣抚，犹信投戈是义民。

寄怀丘仲阏逢甲

沧海归来鬓欲残，此身商榷到蒲团。哀弦怕听家山破，醇酒还愁来日难。绕树乌寻谁屋好，衔雏燕喜旧巢安。朝朝曳杖看山去，看到斜阳莫倚栏。

感事又寄丘仲阏二首

一

万目眈眈大九州，神丛争博正探筹。何堪白刃张拳党，大刀会、义和拳。更扰黄花落地秋。嘉庆癸酉，本于八月置闰，钦天监奏改为次年二月。而教匪所传经有"二八中秋，黄花落地"之语，贼党以为预兆，定谋纠乱。及改闰,林清等乃于九月十五日作乱于京师。石破真惊天压已,陆沉可有地埋忧。前番尚得安身处,莫说寒芜赤嵌愁。

二

三边烽火照甘泉,闻道津桥泣杜鹃。帝释亦愁龙汉劫,天灾况值鼠妖年。流离苦语传黄蘖,盗窃迷香幻白莲。嘉庆中,白莲教匪倡乱,凡九年。传习京畿者,又变为八卦、荣华、红阳、白易诸名。今之义和拳,即离卦中徒党。见《那文毅公奏疏》。漫写哀辞金鹿痛,人间何事不颠连。

述闻八首

一

太阿倒授又移权,便到玄黄血战年。狂喝枭卢天一笑,怒诃狗脚帝三拳。垂虹上贯重轮日,泻海横分九点烟。毕竟图王图作贼,无端殿下比雷癫。

二

皇京一片变烟埃,二百年来第一回。荆棘铜驼心上泪,觚棱金爵劫余灰。螟蛉果蜾终谁抚,猿鹤沙虫总可哀。只望木兰仍出狩,銮舆无恙贼中来。

三

说有苍天不死方,盗泉一饮众皆狂。人言细柳都儿戏,我欲传芭哭国殇。鬼吏三官明作贼,神兵六甲解擒王。古今多少昏荒事,并付盲翁负鼓场。

四

一拳打碎旧山河,两手公然斗柄授。鹡鸰往来谣语恸,鱼龙曼衍戏场多。火焚祆庙连烽燧,辙涸羁臣乞海波。至竟辽东多浪死,尚夸十万剑横磨。

五

拔帜先登径上台,炮声震地忽轰雷。一齐扰扰嗟鱼烂,万目眈眈看虎来。铁铸六州成大错,衣香七市付沉灰。联盟守约连名奏,赖有维持半壁才。

六

禹迹芒芒画九州,到今沧海竟横流。合纵敢拒三天下,雪耻将寻九世仇。事势可如骑虎背,功名偏赏烂羊头。是谁画诺谁传诏,一纸明贻万国羞。

七

忽洒龙鋬嫠太阴,臣夭主窳到于今。风轮坏劫天难补,磐石无人陆竟沉。揖盗开门终自误,虐臣衅鼓果何心。当时变政翻新案,早使忧臣泪满襟。

八

飞角侵边局早输,国家虽缺尚金瓯。剪分鹑首天何醉,再拜鹃声帝独忧。藉寇终除钩党祸,函图看送罪臣头。祖功宗德王明圣,岂有乾坤一掷休。

七月十五夜暑甚看月达晓

空庭树静悄无鸦,太白光芒北斗斜。破碎山河犹照影,广寒宫阙定谁家?光残银烛谈偷药,热逼金瓯看剖瓜。满酌清尊聊一醉,漫愁秋尽落黄花。

南汉修慧寺千佛塔歌

塔为南汉刘铱时建。弟一层有铭文曰:"敬劝众缘,以乌金铸造首行千佛塔七层于敬州修慧寺，二行创塔亭，供养虔，縶归善土，望三行皇躬玉历千春，四行瑶图万岁，然愿郡坛□□，□□五行康平，禾麦丰饶，军民宁□，□六行雨顺调，□境歌咏，□□□□七行方隅。次以九宥三涂，□□□八行乐，亡魂滞魄，咸证人天。□□九行周围，常隆瞻敬。以大宝八年十行乙丑岁大吕之月，设斋庆赞。"十一行铭皆阴文。以光孝寺东西铁塔证之，其三面当尚有题名，如乾亨寺铜钟款，或并有众缘弟子名，然无从寻视矣。此塔创建至今九百余年，《广东通志》、《嘉应州志》皆失载，即吴石华广文《南汉金石志》，搜罗极富，亦不之及。塔高约三四丈，上七层为铁铸，下垒土筑成，无从攀登，故不知塔顶有铭。乙丑兵燹以后，略毁而未坏。嗣为群儿毁伤，日久遂圮。余归里后求之邻家，得塔一方，续得弟五层全层由下而上，塔铭在第一层，余准此。又得第三、弟四层之三方，乃弟二层之一方。考弟二层有七十七佛，像分五层，每层小佛十六、大佛一，占小佛位四。弟三层六十七佛，亦五层，每层小佛十四，大佛如上式。弟四层五十七佛，亦五层，每层小佛十二、大佛如上式。弟五层三十七佛，分四层，每层小佛十、大佛如上式。由是推知弟六层有十二佛，当是两层，每层六佛。每面二百五十佛，合计则千佛也。最高之七层为合尖顶，应无像。弟四层大佛旁有小字曰"东方善德佛"，"北方相德佛"，"西方无量寿佛"，南方残缺，以释典考之，当是"南方栴檀德佛"。佛皆趺坐敛袖，乘以莲花。自弟二层至弟六层，皆方隅，下有檐宽约四寸，檐角有蟾蜍形，似以之系铃者。唯弟一层无檐，有立像二，在两隅，似是四天王，其数应不在佛中也。考敬州于南汉主刘晟乾和三年，即潮州之程乡县升为州，领县一。修慧寺不入志中，寺址亦未悉所在。此塔距余家仅数牛鸣地，岿然立冈上，亦无塔亭。故老传言：乾隆初年，由前州牧王者辅于今之齐洲寺移来，寺去塔不远。然修慧寺何以易名，志既失载，又无碑可证矣。余所得残整各块，均置于人境庐，其塔铭则供息亭中，已嘱温慕柳检讨补入新志中，复作此诗以志缘幸。

天龙不飞海蛟起，遥斥洛州为刺史。万事萧闲署大夫，仍世风流作天子。无愁天子安乐公，黄屋左纛夸豪雄。当时十国均侫佛，此国侫佛尤能工。八万四千塔何处，敕司特用乌金铸。石趺铁盖花四围，宫使沙门名列署。千家设供争饭僧，百姓烧指添然灯。一州政得如斗大，亦造窣堵高层层。此塔周围佛千位，十方弟子同瞻礼。宝林铜钟广劝缘，云华石室谁作记。坐花共数莲几枝，剔锈尚余铭百字。铭文共一百十五字，完好者九十九字。下言人鬼共安康，上祝国皇寿千岁。噫嘻刘氏五十年，一方岭蜒殊可怜。画地为牢聚蛇毒，杀人下酒垂蛟涎。离宫深处即地狱，铁床汤镬穷烹煎。兔丝吞骨龙作醢，诸刘遗种无一金。人人被发欲上诉，亡魂怨魄谁解冤？编玉为堂柱念四，媚川采珠人八千。垒山日输赎罪石，入城亦费导行钱。钱王媚佛善搜括，比此尚觉差安便。卖儿贴妇竭膏血，一塔岂有功德缘。尔时王此昏荒国，方诩极乐忉利天。红云张宴饱荔子，素馨如雪堆花田。朝出呼鸾引幢盖，暮归走马委珠钿。鱼英供壶甘露味，翠屏舞镜春风颠。大体双双学猪媚，微行侧侧携蟾仙。楼罗检历纵嬉戏，候窗设监酣醉眠。女巫霞裾坐决事，彼昏只倚常侍贤。自谓此乐千万岁，还丹不服贪流连。谁知执梃降王长，屈指造塔刚七年。星流雨至时事改，风轮转劫无不坏。铜壶滴漏几须臾，倏忽到今九百载。金蚕往往卖珠市，玉鱼时时出银海。康陵荒废马坟空，此塔金身岿然在。赐田补钵亦荒芜，废像模铜失光彩。人间理乱百不闻，菩萨低眉犹故态。吁嗟乎！佛虽无福亦无殃，而今宗教多荒唐。木铎广招诸弟子，天主教之传教者，名曰主教，曰神父，曰司铎。白绢妄说空家乡。《啸亭杂录》：白莲教以道祖为重，有天魔女巫诸名位。所传经卷，以"真空家乡无生父母"八字为真言，书于白绢，暗室供之。中西同异久积愤，一朝糜烂如蜩螗。谁人秉国竟养盗，坐引强敌侵畿疆？天魔纷扰修罗战，神兵六甲走且僵。大千破碎六种动，恐与佛国同沦亡。长安北望泪如泻，空亭徘徊夕阳下，问佛不言佛羊哑。赵佗窃号何真降，孰能保此一方者？

五禽言五首

一

不如归去！不如归去！博劳无父鹦无母，生小零丁长艰苦。毛羽虽成不自主，归去归去，归何处？不如归去！

二

姑恶姑恶！小姑谣诼。小姑谗我有间时，狞奴黠婢日助虐。十年不将雏，自叹妾命薄。作窠犹未成，亦愿受鞭扑。一意报姑恩，云何姑不乐？姑恶姑恶！

三

泥滑滑！泥滑滑！北风多雨雪，十步九倾跌。前日一翼剪，昨日一臂折。阿谁肯护持，举足动牵掣。仰天欲哀鸣，口噤不敢说。回头语故雌，恐难复相活。泥滑滑！

四

阿婆饼焦！阿婆饼焦！阿婆年少时，羹汤能手调，今日阿婆昏且骄。汝辈不解事，阿婆手自操。大妇来，口诿诿；小妇来，声嚣嚣：都道阿婆本领高。豆其然尽煎太急，炙手手热惊啼号。阿婆饼焦!

五

行不得也哥哥！行不得也哥哥！黑云盖野天无河，枝摇树撼风雨多，骨肉满眼各自他。三年病损瘦到骨，还欲将身入网罗。一身网罗不敢惜，巢倾卵覆将奈何？行不得也哥哥！

再述五首

一

誓师仗钺大王雄，虐使连声詈宋聋。万国谈瀛惊创见，八方震电怒环攻。寇来直指齐云观，兵起谁张救日弓？况是黑龙江上月，旌旗光照血波红。

二

玺书皇帝问东皇，亲爱从来昆弟行。岂有行人真坐罪，忍看邻国到唇亡。刚闻穷海通飞雁，翻又穿庐纵盗羊。五百岛民如并命，膏腴割尽可能偿。

三

存亡危急上呼天，联乞皇天悔祸延。朝议正为刘氏祖，里优忽唱李公颠。主盟牛耳方推长，宾馆鸿胪竟首悬。误尽攘夷南宋论，况逢毒手又空拳。

四

噂噂元老语踦间，沓沓群臣当殿趋。玉磬赂人终所客，翠华到处即迁都。预愁清酒黄龙约，尽倒天吴紫凤图。忍听王孙路旁泣，延秋月黑乱啼乌。

五

羽檄飞驰四百州，先防狼角后髦头。两端首鼠盟吴楚，一国蒙

戎党李牛。天意岂忘黄种贵,帝星犹幸紫微留。横流忍问安身处,
北望徘徊漆室忧。

七月二十一日外国联军入犯京师

压城云黑饿鸥鸣,齐作吹唇沸地声。莫问空拳驱市战,余闻扈
跸六军惊。波臣守辙还无恙,日驭挥戈岂有名。闻道重臣方受节,
料应城下再寻盟。

闻车驾西狩感赋

史臣新纪中兴年,应数西迁第一篇。嵩室刚呼千万岁,帝车同
仰九重天。齐人野语纷多故,海客谈瀛每浪传。今日君颜亲咫尺,
秋风箫鼓竞导前。

有以守社稷为言者口号示之

万一群胡竟合围,城危援绝势难支。要知四海为家日,终异诸
侯失国时。夺使只如争虎穴,劳王非敢战鱼丽。溥天颂德三年久,
请听回中鼓吹辞。

中秋夜月

曾闻太姆会群仙,霞缛云细敞绮筵。齐唱《人间可哀曲》,却
忘天上是何年。横争丛博拚孤注,醉掷陶轮碎大千。剩取山河月
中影,不成沧海不成田。

读七月廿五日行在所发罪己诏书泣赋

读诏人人泣数行,朕躬不德股肱良。三年久已祈群望,此罪明

知在万方。表里山河故无害,转旋日月定重光。婆娑凤尾亲批诺,遥想天颜惨不扬。

谕剿义和团感赋

是民是贼论纷歧,铸鼎图奸始共知。黄带亦编流寇传,绣衣重睹汉官仪。自天下降愚黔首,为帝驱除比赤眉。伏剑直臣犹未瞑,料应喜见中兴时。

闻驻跸太原

南海昆明付劫灰,西风汾水雁声哀。勤王莫肯倡先晋,乐祸人犹奉子颓。兵甲谁清君侧恶,衣冠各自贼中来。壶浆夹道民争献,愿祝桥从万里回。

闻车驾又幸西安

群公累月道旁谋,扰扰干戈未敢休。大白去天真一握,裨瀛环海更西流。河山形势成牛角,神鬼威灵尚虎头。端王所统虎头营,仍随扈西行。差喜长安今夜月,千年还照帝王州。

久旱雨霁丘仲阏过访饮人境庐仲阏有诗
兼慨近事依韵和之二首

一

生菱碎尽剩湖光,未落秋花半染霜。举目山河故无恙,惊心风雨既重阳。麻鞋衮衮趋天阙,华盖迟迟返帝乡。话到黄龙清酒约,唏嘘无语忍衔觞。

二

蒹葭秋老卧江湖,有客敲门梦乍苏。海外瀛谈劳炙輠,电中天笑诧投壶。自循短发羞吹帽,相对新亭喜雨珠。太白孤云高两角,不知曾湿汉旌无?

再用前韵酬仲阆二首

一

夜雨红灯话《梦梁》,人言十事九荒唐。任移斗柄嗟王母,枉执干戈痛国殇。博戏几人朱果掷,劫灰遍地白莲香。残山一角携君看,差喜无须割地偿。

二

北望钧天帝所都,诏书昨拜执金吾。羞言玉玺褒新事,凄绝霓旌《幸蜀图》。牛李尚寻钩党祸,晋秦能作一家无?尊王第一和戎策,谁唱迎銮作先驱?

三用前韵二首

一

秋草滦河辇路荒,牛车重又冒风霜。国人争看天魔舞,帝女难言神鹊祥。今尚拳拳持玺绶,人言籍籍扑缥囊。芜蒌豆粥艰辛处,应忆东朝乐未央。

二

无人伏阙谏青蒲,事误都由七尺孤。当璧咸尊十阿父,折箠思服小单于。黄褾拥护难为妇,宝玦凄凉乞作奴。同此王称同此祸,早知金狄谶非诬。

四用前韵二首

一

撼门环哭呼高皇,钟虞何人奉太常。堕地金瓯成瓦注,在天贯索指银潢。归元缥簇催函送,计口缗钱责币偿。索偿至四百五十兆两,以户口计之,是每人一缗钱也。岂独汉唐无此祸,五洲惊怪国人狂。

二

聚语跨间二大夫,报书未服五单于。华离倘免分瓜苦,棼乱难迟蔓草图。借口岂徒征纪甗,空拳尚欲曜威弧。祷天莫作迁延役,早已荆榛万骨枯。

五用前韵二首

一

盗玺曾闻罪赞襄,如何在鼎九刑忘。君臣相顾如骑虎,父子难为隐攘羊。今日家居谁撞坏,老身社饭自思量。忽传罪己兴元诏,沾洒青霄泪万行。

二

掩抑鱼轩赋载驱,吞声在野鸰趺趺。扈行尚纵花门贼,入卫难征竹使符。旧梦百年仍锁港,残山半壁欲迁都。最怜黄鹤楼中客,西望长安泪眼枯。奏称"臣等自五月以来,惊魂欲断,泪眼将枯"云。

六用前韵二首

一

噫嘻诸将敢连衡,传檄清奸告四方。狼角尽除尘尽埽,龙颜重奉日重光。到今北阙犹朝拱,岂有西邻妄责偿。汾水秋风太行雨,几人南望感勤王。

二

天何沉醉国何辜，横使诸华扰五胡。照海红灯迎圣母，惊人铜版踏耶苏。奇闻竟合诸天战，改色愁看《盖地图》。到此鹊喧鸠聚语，犹夸魔术诩神符。

七用前韵二首

一

扰扰横开傀儡场，四方传笑国昏荒。梦鹦终悔临朝武，氏蜉应编异姓王。赐剑乍悲吴命短，执戈又吊《楚辞》殇。赖奸掩贼知难活，歼我良人孰索偿。谓南北殉难遭害诸君子。

二

落叶秋风怨帝梧，天寒谁为送塞襦。六宫亦写《寒丁帖》，九牧旁观《罔两图》。列仗黄麾函促送，蒙头毡毳病应苏。转旋龙驭归何日，恨未前驱手执殳。

八用前韵二首

一

惊天重鼓女祸簧，横逼君弦变履霜。跪地习闻提冒絮，夺门祸遂起萧墙。日中倾蜺何无忌，海外医龙竟有方。闻道八神齐警跸，人间早既唱《堂堂》。

二

鸾声夹道听欢呼，重睹官仪返上都。三月麝裘思德化，诸天龙节护曼殊。崇德初年，西藏达赖禅师遣使驰贺，奏称为曼殊皇帝。中央土复尊黄帝，十等人能免黑奴。赖我圣君还我土，人人流涕说康衢。

天津纪乱十二首

一

九载妖魔乱,先朝宝训垂。又逢年厄闰,复演卦重离。善禁刀能厌,神奸鼎共知。何堪三辅地,棼乱遂如丝。

二

竟屈将军贵,焚香启阁迎。捧经龙滴泪,图怪鸟罗平。大礼分舆马,同仇赋甲兵。红巾随衣绣,携手便偕行。

三

栈道烧先绝,军书阻不通。九天方设险,六国已环攻。雾暗军氛墨,波飞战血红。鹰瞵兼鹗视,高飐大旗风。

四

一概拳搥碎,喧腾万口哗。噫风倾海市,笑电掉雷车。薪积祆神火,莲开地狱花。忍看灰炮毒,糜尽万虫沙。

五

露布明光奏,翻夸士气扬。执戈童卫国,麾扇女勤王。赤手能擒虎,红头看烂羊。伤心骄愤诏,雪耻报先皇。

六

广募楼罗历,夸强曳落河。摩云飞白燕,出地叫苍鹅。空手婆猴技,齐声天马歌。赤流鸣咽水,犹逞剑横磨。

七

二伯分藩地,诸胡互市场。虎牢同郑戍,鱼烂竟梁亡。仗剑空神博,霾轮又国殇。相州师一溃,从此隳边防。

八

谁绘流民状,冤霜苦泣零。沙黄嗥饿犬,月黑尾流萤。倭堕抛家髻,郎当阁道铃。不徒标卖宅,遍地帖《零丁》。

九

官作胡奴役,魔将鬼界围。惊雷从掌起,酣梦忽头飞。神亦钉铜版,人难护铁衣。吞声说离乱,辛苦客逃归。

一〇

谁信勤王檄,都成乌合徒。兵笾纷白劫,国鬊哭朱儒。张脉当螳臂,空谭捋虎须。计穷惟矢死,一死岂偿辜。

一一

都统开牙治,威仪比汉官。共和成宙合,余怒及师团。锦绣千人伞,琅珰大吏冠。更留鞭血地,说付贼民看。

一二

古有蚩尤雾,师君又水仙。未闻召金狄,几欲死苍天。照影神人镜,弹词瞽女弦。并归《妖乱志》,传述太平年。

京乱补述六首

一

王屋沉沉者,翻闻篝火鸣。潢池纷盗弄,枉矢竟流行。白棓天魔舞,丹书鬼卒名。人言十常侍,内应早连盟。

二

一炬咸阳火,群飞京洛尘。自天来剑侠,无地立环人。囊射匈奴血,鞭麾小婢神。将军三十六,妖服尽黄巾。

三

天竟生艴祸,人争唱《董逃》。空闻宣虎节,莫肯解牛刀。举国成狂病,群官作贼曹。驴王兼狗相,踊跃喜同袍。

四

万国纷驰檄，传闻客馆攻。鱼枯将海涸，龙睡尚天聋。雷斗枪云黑，星飞弹雨红。不堪掘残冢，肆虐到神丛。

五

亦有诛奸疏，泣陈王室忧。裂麻要帝诺，攀槛碎巨头。月晕蓬星见，山倾铁血流。终看胡骑入，抉眼在城楼。

六

热铁飞轮下，城门牡早亡。手持忘玉玺，事误泣金床。弃甲逃神将，函头索贼王。房尘重扰扰，又换八旗扬。

京　师

郁郁千年王气旺，中间鼎盛数乾嘉。可怜一炬成焦土，留与东京说梦华。鹳鹤来巢公在野，鸱鸮毁室我无家。登城不见黄旗影，独有斜阳咽暮笳。

三哀诗三首

一　袁爽秋京卿

士生板荡朝，非气莫能济。国家有妖孽，尤贵养正气。公官典客时，正值艰难际。初言义和拳，本出大刀会。先皇铸九鼎，早既斥魑魅。明明白莲教，遗孽传苗裔。邪术金钟罩，不过弄狡狯。宗社三百年，岂可付儿戏！继言诸大国，各有白马誓。预储大万金，始可戮一士。矧持英篓来，堂堂大国使。一客不能容，反纵瘈犬噬。问罪责主人，将以何辞对？封事两留中，痛哭再上疏：彼贼敢横行，实挟朝贵势。奈何朝廷尊，公与匪人比？盲师糊葑相，骄将偃蹇吏。掷国作孤注，作事太愦愦。速请黄钺诛，无得议亲贵。幸清君侧恶，斧钺臣不避。当璧天子父，不敢为尊讳。天潢盗弄兵，语直斥王字。呜呼批鳞难，况触投鼠忌。朝衣缚下狱，众口咸诟詈。白刃露霜锋，黄巾走尘骑。阿师呼大兄，红带夹道侍。欢哗杀二毛，万头相倾挤。公甫下囚车，拜问臣何罪？刑官纵马来，大骂囚无礼。岂容发口言，指天复画地。呼天声未终，滚地头已坠。恶耗四海传，何人不雨泪？识公十数年，相见辄倒屣。追述潘邓说，许我以国器。公赠诗有"孺初、伯讷两孤标，说士推君器后凋"之句。同辈六七贤，推公最强记。喜谈佛老学，语我求出世。知公真名士，不独善文艺。未知比干心，竟为直谏碎。我实知公浅，负负心内愧。马关定约后，公来谒大吏。青梅雨翛翛，煮酒论时事。公言行箧中，携有《日本志》。此书早流布，直可省岁币。我已外史达，人实高阁置。我笑不任咎，公更发深喟。今日读公疏，倘得行公意，四百五十兆，何至贻民累。不独民累祛，中国咸受惠。即彼附贼徒，亦缓须臾毙。斥公助逆人，黄泉见亦悔。苍苍天九重，今尚浮云蔽。痛公不言隐，开卷辄流涕。盗首既伏诛，知公不为厉。定为社稷忧，骑龙谒天帝。

二　吴季清明府

世界随转轮，成坏各有劫。适值倾覆时，万法不必说。以君循吏才，三年官於越。无端桴鼓鸣，伏莽寇窃发。山县斗大城，城头黑云压。纷纷彼狼心，跃跃欲猪突。君昔理常平，手曾治大猾。鸮音不能革，生性成桍杌。到此播流言，官实通贼牒。作贼兼作官，满城耳喧聒。城中西教徒，积恶鬼罗刹。闪闪苍鹰眼，磨刀咸欲杀。公知事不可，大声作瞋喝。反激虿蛊怒，一霎尽灭裂。非无防御使，蠢蠢怯如鳖。噤不发一言，坐视民劫夺。此客甫断头，彼奴复流血。乱刃白雨点，混杀到手滑。猘犬狂号跳，奔马肆蹄啮。但

是县衙人,一见辄摧挫。郎当子若孙,衣破脚不袜。同僚不肯留,
望门走托钵。指名遍搜牢,牵发互辫结。驱羊入屠肆,执箠尚鞭
挞。天堂变地狱,肉花碎片割。同时遭荼毒,彼此造何业? 君一家
遇难后,并尸于天主堂。堂中教士被害者共六人,少妇幼儿,皆以刀脔割其
肉。肉既尽,乃毙之。君当就缚时,自知当永诀。上念我佛恩,如何
得解脱。下伤我母慈,如何保生活。可怜八十母,萧条几黄发。追
忆六年前,春酒寿筵设。君披宫锦袍,手执先朝笏。公瑾与伯符,
同年小一月。我歌《寿人》曲,登堂来拜谒。孙曾六七枝,一一芝
兰苗。最小耳银珰,靧面白胜雪。谁料彩衣舞,回旋仅一瞥。覆巢
无完卵,雏鸟鸣亦绝。闻今既半年,未悉子存殁。家人畏惊倒,相
戒咸结舌。入则围红裙,出乃易墨经。母尚倚闾望,朝夕拜菩萨。
念子归何迟,此别太契阔。家人诡以大府调往剿贼告其母。岂知望子
台,早既堆白骨。以君精佛理,夙通一切法。明知入世事,如露如
泡沫。佛力犹有尽,何况身生灭。将头临刃时,定知不惊悒。独怪
耶稣教,瓣香曾未爇。如何偕教徒,一例受磨折。观君遭万变,已
足空一切。只有《黄鸟》歌,哀吟代呜咽。

三 唐鋆臣明经

呜呼汉家厄,十世到我皇。上承六七圣,德泽遍八荒。麈裘三
月政,讴歌不能忘。忽传有疾诏,遍求千金方。千人万人和,重鼓
女娲簧。珠襦坐武帐,奔走何跄跄。神鹊衔果来,天女实发祥。今
当尧舜朝,益宜简元良。恩赐太子衣,有心见庬凉。恻恻君弦声,
晨寒哀履霜。瀛台百尺高,远隔海中央。齐东野人语,传说多荒
唐。贼相与瞽师,发短心甚长。亟欲奉前星,高置中宫旁。猪王一
无知,好勇徒强梁。群小争拥戴,妄夸国富强。待封狼居胥,同进
万年觞。天适降神人,人人空拳张。张我虎神威,何难驱群羊! 家

家白莲花,满城吹迷香。直挑强邻怒,横纵国人狂。各国会师来,长驱莫敢当。遂令《春秋》笔,天王狩河阳。呜呼当此时,国势如蜩螗。东南外诸侯,亟亟宜勤王。上以肃宫禁,下以靖欃枪。外以杜邻责,免索岁币偿。奈和衷蒙戎,失路迷伥伥。转令一匹夫,起为董公倡。遥闻誓群师,风云奉龙骧。多鱼忽漏言,一网归沦亡。画虎竟不成,刲羊亦无血,成败非所论,此志良可伤。人言秘箧中,别藏法三章。意实主民权,假托尊王纲。又言三日谷,纵兵肆跳踉。掳掠得几何,概许归橐囊。是皆莫须有,秘狱谁能详。江南群盗薮,纷纷说连衡。倘若出此策,自毁周身防,铸铁成大错,引刀还自戕。明明勤王师,转以贼名扬。君魂果衔冤,被发诉帝乡。援枹率犀甲,号召诸国殇。请帝乘白龙,还我苍天苍。芒芒此禹城,滔滔彼汉江。君听人间谣,处处歌《堂堂》。

和平里行和丘仲阏

　　潮阳县有碑曰"和平里"。碑九尺许,每字高二尺许,小字九,曰"宋庐陵文山文天祥题"。"和平里",不见于《宋史》。惟邓光荐《丞相传》云:"公驻和平市,攻陈懿党,意后隔海港,步骑未能遮前。而陈懿乃迎导北师张弘正,潜具舟济,轻骑直造督帐。"刘岳申《传》云:"公方饭五坡岭,步骑奄至,公不得脱,服脑子不死。众拥之上马,见张弘正于和平,大骂求死。"和平盖即此地。初,潮之士民请公移行府于潮。公进潮阳,诛懿党刘兴,适邹沨、刘子俊等,亦以民兵数千自江西至。《指南录》所谓"稍平群盗,人心翕然",即此时事。邓中甫云:"因潮之民,阻山海之险,使假以岁月,增兵峙粮,以立中兴之本,亦吾国之莒、即墨也。乃逆懿惧诛,潜师夜袭,卒陷绝地,谓非天乎!"公于祥兴元年十一月屯潮阳,即往和平市。十二月十五日,趋海丰,入南岭。二十日被执,越七日入虏营。讨逆寇于此,见虏帅亦于此,先后凡一月有奇。里人获公书,珍袭而摹刻之,以公忠义之气,感人之深也。百世之下犹兴起,况亲见公书者耶?固其宜也。仲阏归自台湾,客于潮,作诗寄余。岁暮感事,因追和之,距文山住此时六百二十四年矣。庚子岁除前三日。

丰碑巍巍土花碧,大书"和平"字深刻。此乡曾驻勤王师,下马来拜文信国。澄潭小渚风不波,奇卉美箭枝交柯。手携酒壶背钓蓑,彼是文山安乐窝。日气火气蒸湿暑,人声鬼声杂风雨。身倚穷墙立圜土,此乃南冠囚絷处。少日里居殊安康,中年国难多抢攘。最公一生所践履,大都惶恐滩与零丁洋。红尘蔽天走胡骑,海水群飞无立地。飘流绝岛君若臣,行在朝衣频拭泪。自从辛苦贼中来,万死一生艰险备。今夕何夕梦稍安,此身却在和平里。想见淋漓落笔时,满腔揽辔澄清志。八千子弟方募兵,欲倚即墨复齐城。有田有成众一旅,天若祚宋期中兴。摩崖上刻浯溪颂,安知不署臣结名。崖山一哭舟尽覆,公竟囚车随北征。吁嗟乎!从古未闻纯是夷虏世,德祐即位,太后诏语。剪分鹡首天何醉,拨乱无闻平贼功,劫盟莫讲和戎利。丘生丘生吾与汝,坐视金瓯缺复碎。想公驰檄召勤王,对我父老愧欲死。公魂归天在柴市,今日邻军犹设祭。矧公画日亲笔书,字字风霜留正气。孤城隐隐烟雾遮,大江溅沫飞春沙。《指南录·集杜驻潮阳》云:"寒城朝烟淡,江沫拥春沙。"寒山片石月来照,中有光芒非公耶!

卷十一 十九首

（光绪二十七年至三十年 1901年至1904年）

聂将军歌

聂将军名高天下闻,虬髯虎眉面色赭,河朔将帅无人不爱君。燕南忽报妖民起,白昼横刀走都市。欲杀一龙二虎三百羊,是何鼠子乃敢尔? 将军令解大小团,公然张拳出相抵。空拳冒刃口喃喃,炮声一到骈头死。忽来总督文,戒汝贪功勋。复传亲王令,责汝何暴横。明晨太后诏,不许无理闹。夕得相公书,问讯事何如? 皆言此团忠义民,志灭番鬼扶清人。复言神拳斫不死,自天下降天之神。国人争道天魔舞,将军墨墨泪如雨。呼天欲诉天不闻,此身未知死谁手,又复死何所!

大沽昨报炮台失,诏令前军作前敌。不闻他军来,但见聂字军旗入复出。雷声耽耽起,起处无处觅。一炮空中来,敌人对案不能食。一炮足底轰,敌人绕床不得息。朝飞弹雨红,暮卷枪云黑。百马横冲刀雪色,周旋进退来夹击。黄龙旗下有此军,西人东人惊动色。敌军方诧督战谁,中旨翻疑战不力。此时众团民,方与将军仇。阿师黄马褂,车前鸣八驺。大兄翠雀翎,衣冠如沐猴。亦有红灯照,巾帼赢兜鍪。昨日拜赐金,满车高瓯窭。京中大官来,神前同叩头。懿旨五六行，许我为同仇。奖我兴甲兵，勉我修戈矛。将军顾轻我，将军知此不？军中流言各哗噪，作官不如作贼好。诸将窃语心胆寒，从贼容易从军难。人人趋叩将军辕，不愿操兵愿打拳。将军气涌遍传檄，从此杀敌先杀贼。将军日午罢战归，红尘一骑乘风驰。跪称将军出战时，闯门众多偻罗儿。排墙击案抱旌旗，嘈嘈杂杂纷指挥。将军之母将军妻，芒笼绳缚兼鞭笞。驱迫泥行如犬鸡，此时生死未可知。恐遭毒手不可迟，将军将军宜急追。将军追贼正驰电，道旁一军路横贯。齐声大呼聂军反，火光已射将军面。将军左足方中箭，将军右臂几化弹。是兵是贼纷莫辨，黄尘滚滚酣野战。将军麾军方寸乱，将军部曲已云散。将军仰天泣数行，众狂仇我谓我狂。十年训练求自强，连珠之炮后门枪。秃襟小袖氆氇装，蕃身汉心庸何伤！执此诬我谗口张，通天之罪死难偿。我何面目对我皇？外有虎豹内豺狼。訾訾犬吠牙强梁，一身众敌何可当？今日除死无可望，非战之罪乃天亡。天苍苍，野茫茫，八里台，作战场。赤日行空尘沙黄，今日被发归大荒。左右搀扶出褁疮，一弹掠肩血滂滂。一弹洞胸胸流肠，将军危坐死不僵。白衣素冠黑裲裆，几人泣送将军丧，从此津城无人防。将军母，年八十，白发萧骚何处泣？将军妻，是封君，其存其殁家莫闻。麻衣草屦色憔悴，旁人道是将军子。欲将马革裹父尸，万骨如山堆战垒。

夜　　起

千声檐铁百淋铃，雨横风狂暂一停。正望鸡鸣天下白，又惊鹅击海东青。元杨允孚《滦京杂咏》："新腔翻得《凉州曲》，弹出天鹅避海青。"自注曰："海青击天鹅，新声也。海东青者，出于女真，辽极重之。"沉阴曀曀何多日，残月晖晖尚几星。斗室苍茫吾独立，万家酣梦几人醒？

群公四首

一

群公衮衮各名声，一死鸿毛等重轻。事事太阿权倒授，人人六等罪分明。兵威肯薄牵牛罚，党论犹嗟走狗烹。闻道谏臣归骨日，柳车迎拜极哀荣。

二

遁逃无地呼无天，到此惟余冒刃拳。启秀、徐承煜为联军所拘，卒见杀。廷雍亦被杀。甲仗空迎回纥马，联军入保定，廷雍出迎之。血衣竟染汉臣鞭。操戈逼父心先死，联军入城后，承煜托名保家全宗，逼乃父徐桐自经死。按剑呵人目尚悬。杀许侍郎、袁太常之诏，实出启秀手，监视行刑者，即徐承煜。鹭立鹰瞵旗夹道，看君忍辱赴重泉。启秀伏法时，八国各以兵押送，均闭目不视云。

三

各戴头颅万里行，九州无处可偷生。上尊犹拜养牛赐，五鼎先看福鹿烹。庄王在蒲州，赵舒翘及英年在西安，皆赐死。断狱总应名国贼，犯颜犹记与天争。有谕称"首祸诸臣，叫嚣躁突，患在肘腋"云云。伤心祸首兼戎首，万骨虽枯恨未平。毓贤戍新疆，行至兰州，伏诛。

四

途穷日暮更何求，白首同拼一死休。衔刃尚希忠烈传，盖棺免索太师头。刚毅、徐桐、李秉衡皆自尽。彗星扫地应除旧，祸水滔天幸绝流。九庙有灵先诏在，朝衣趋谒定应羞。嘉庆癸酉八月，上以遇变，下罪己诏，中有"教匪变生肘腋，实由诸臣酿成汉、唐、宋、明未有之变"云。

奉谕改于八月廿四日回銮感赋

翘首齐瞻辇路尘，又迟銮驾阻时巡。翠华望遍今天下，玉玺犹持一妇人。万里河难塞瓠子，谕称"雨潦难行，且河决冲毁行宫，今方改造"云。九霄星未转钩陈。三公一国狐裘赋，谁是安危社稷臣？

和议成志感

天乎叔带召戎来，举国倾危九庙哀。拳勇竟遭王室乱，首谋尚纵贼人魁。谓革王戴漪未死。失民更为丛驱爵，毕世难偿债筑台。坐视陆沉谁任责，事平敢望救时才。

启銮喜赋

千官万骑奉龙骧，跸路交闻扈从忙。罪首既诛昏墨贼，民心犹戴往黄皇。神灵拥护华舆稳，父老欢迎麦饭香。回首南山宫阙峻，定知在莒永无忘。

车驾驻开封府

竿摩辙乱逼西迁，琐尾流离倏一年。奉母蒙尘犹在郑，迎王望雨待归燕。诸侯香草方毡幕，西母蟠桃又绮筵。举首长安知日近，肯留河上再迁延。

李肃毅侯挽诗 四首

一

骆胡曾左凋零尽，大政多公独主持。万里封侯由骨相，中书不死到期颐。麏弧卒挽周衰德，华衮优增汉旧仪。赐方龙补服，历来汉官所未有。他如赏紫缰,赐三眼花翎,于京师建专祠,均异数也。官牒牙牌书不尽,盖棺更拜帝王师。

二

连珠巨炮后门枪,天假勋臣事业昌。南国旌旗三捷报,北门管钥九边防。平生自诩杨无敌,诸将犹夸石敢当。何意马关盟会日,眼头铅水泪千行。

三

毕相伊侯久比肩,外交内政各操权。抚心国有兴亡感,量力天能左右旋。赤县神州纷割地,黑风罗刹任飘船。老来失计亲豺虎,却道支持二十年。公之使俄罗斯也,遵宪谒于沪上。公见语曰:"连络西洋,牵制东洋,是此行要策。"及胶州密约成归,又语遵宪曰:"二十年无事,总可得也。"

四

九州人士走求官,婢膝奴颜眼惯看。满箧谤书疑帝制,一床踞坐骂儒冠。总无死士能酬报,每驳言官更耐弹。人哭感恩我知己,廿年已慨霸才难。光绪丙子,余初谒公,公语郑玉轩星使,许以霸才。

寄题陈氏剧庐二首

一

前者主人翁,我曾侍杖履。后者继主人,雁行吾兄弟。滔滔大江流,前水复后水。一息不停留,百川互输委。翁昔笑倚栏,早识生灭理。蓬蓬马鬣高,万古藏于是。一官甫归来,乃无托足地。生当大乱时,忠贤或祈死。人至以死祈,世事可知矣!嗟嗟我华种,受生即患始。尽是无父人,呼天失怙恃。弱肉供强食,谁能保没齿?翁今顺化去,万事责可已。呼龙下大荒,倘作种游戏。屋后

《瘗鹤铭》，是翁记默示。阶前红杜鹃，是子所染泪。鹤冢鹃巢间，乃我寄题字。揣翁垂爱心，万一肯留视。

二

　　负墙一病叟，吞声几欲哭。居此三四世，手执茅衣屋。作犬不守门，作猱不升木。坐令田荒芜，万事付手束。自官教我耕，暂学种蔬蕨。横纵济尽通，方整帛有幅。门前桑竹茶，坐我树阴绿。携儿哺鸡雏，反盘有余粥。倘官遂设施，庶几一年蓄。何期麦尝新，不及今兹孰。炭船溯湘来，篙工偶托足。称官老陈米，意比凶年谷。长沙露行客，肩桃笑歌逐。城中诸娄罗，莫敢侵半菽。沉沉石墨缘，穷搜到地轴。家家易金归，乐祸天雨粟。人人他不知，只知小人腹。帝清爱下民，赖官锡民福。官胡弃民归，世亦嫌薄禄。江神夹海若，蹴我国日蹙。无人救饥溺，听我饱荼毒。社时操豚蹄，待向墓前祝。

病中纪梦述寄梁任父三首

一

　　阴风飒然来，君提君头颅。自言逆旅中，倏遇狙击狙。闪电刃一挥，忽如绛市苏。道逢两神人，排云上天衢。此挹塞民袖，彼塞烈士襦。邂逅哭复歌，互讯今何如。君言今少年，大骂余非夫。当服九世仇，折箠笞东胡。逐逐挥日戈，弯弯射天弧。孰能张网罗，尽杀革命徒。汝辈主立宪，宁非愚欲迂。我方欹枕听，鸣鸡乱惊呼。残日挂危檐，犹照君眉须。遥知白日光，明明耀子躯。子魂渡海来，道有风波无？蛟螭日攫人，子行犹坦途。悬金购君头，彼又安蔽辜。在在神护持，天固弗忍诛。君头倚我壁，满壁红模糊。起起拭眼看，噫吁瓜分图！

二

我生托此国，举国重科第。记昔持墨卷，出应群儿试。梦谒文宣王，旁立朱衣吏。手指平头宪，云是汝名字。尔时意气盛，年少矜爪嘴。谓彼牛医儿，徒一唐名士。不如《党锢传》，人人主清议。汪汪千顷波，陋比涔蹄水。捧龟诉天呼，区区竟余畀。乌知当是时，东海波腾沸。攘夷复尊王，金议以法治。立宪定公名，君民同一体。果遵此道行，日几大平世。我随使槎来，见此发深喟。呜呼专制国，今既四千岁。岂谓及余身，竟能见国会。以此名我名，苍苍果何意。人言廿世纪，无复容帝制。举世趋大同，度势有必至。怀刺久磨灭，惜哉吾老矣！日去不可追，河清究难俟。倘见德化成，愿缓须臾死。

三

子今归自美，云梦俄罗斯。愤作颠倒想，故非痴人痴。中原今逐鹿，此角复彼犄。此鹿竟谁得，梦境犹迷离。辽东百万家，战黄血淋漓。不特薄福龙，重重围铁围。哀彼金翅鸟，毛羽咸离披。方图食小龙，展翼漫天池。鼓衰气三竭，遍体成疮痍。吁嗟自专主，中俄条约中之称。天鉴明在兹。人人自为战，人人公忘私。人人心头血，濡染红日旗。我今托中立，竟忘当局危。散作枪炮声，能无惊睡狮。睡狮果惊起，牙爪将何为？将下布宪诏，太阿知在谁？我惭嘉富洱，子慕玛志尼。与子平生愿，终难偿所期。何时睡君榻，同话梦境迷。即今不识路，梦亦徒相思。

据《人境庐诗草》刻本，民国十九年六月长孙能立重校本

人境庐诗辑补

别岁 *甲子

我别旧岁去，曾吟别岁诗。光阴一弹指，行与今岁辞。今岁复旧岁，年年互相离。今人复旧人，年年互变□①。人生一百年，离别一百回。顾此须臾景，何用行迟迟。东家梅花开，西家柳絮飞。春风入帷来，岂非我相知。恋恋亦何益，去矣勿复思。

乙丑十二月辟乱大埔三河虚题南安寺壁八首**四首

一

偏隅下邑四无援，一任长蛇恣并吞。三月迁延寻死地，一城启闭失生门。流离琐尾无家别，蕉萃（纲）〔调〕饥未死魂。是贼是民同赤子，天阴鬼哭总烦冤。

二

诸将南征气各豪，越人无力贼同袍。竟如三面张禽网，不会诸侯筑虎牢。登屋人惊流矢及，关城官既凿垣逃。黄人恃楚曾无备，一夕哀鸿四野号。

---

* 此诗据《人境庐集外诗辑补遗》，按时序置于此。

① □似为"移"字。

** 《人境庐诗草》共八首，《定稿刊本》存四首，此为其余四首。

三

寒风瑟瑟夜飞沙,尽室相依水一涯。鹳鹆来巢公在野,鸱鸮毁室我无家。亲朋生死纷传说,天地苍茫敢怨嗟!已作战场(糜)〔麋〕烂地,便归何处种桑麻?

四

凄凉石马吊荒邱,三河有翁仲夫墓。谁识茫茫一客愁?可恨此邦难与处,曾非吾土强登楼。边才难得古人往,小丑犹存壮士羞。剩有白莲余孽在,莫贻宵旰九重忧。

古从军乐乙丑七首

一

男儿为名利,敢以身殉贼。东南有穷寇,兵氛幸未息。腰间三尺刀,一日三拂拭。欲行语耶娘,耶娘色如墨。去矣上马去,笑看黄金勒。

二

前营接后营,云有十万兵。军书数十卷,罗列兵姓名。其中十三四,余稽吞余□。朝廷方筹饷,主将金满籝。

三

前营卢雉呼,后营筝琶鸣。隔河列万帐,萧萧马无声。寇来冲我军,坚壁不与争。借问主将谁,酕醄正未醒。从来整以暇,乃称善用兵。

四

昨日贼兵移,我军尾其后。道有妇女哭,挟以上马走。夫婿昨伤死,还遗行怀酒。耶娘欲牵衣,手颤不敢救。今日报战功,正赖尔民首。

五

百人驱一贼,贼势少退却。辄惧困兽斗,不复穷追索。普天同王土,岂有分厚薄。我辈思立功,且以邻为壑。

六

纵寇如养鹰,用兵如脱兔。寇来我先遁,寇去我不顾。昨夜出掠野,卒然与贼遇。喧称奏凯归,斩馘以百数。急磨盾鼻墨,明日驰露布。

七

露布如流星,飞入甘泉宫。天子坐明堂,下诏嘉尔功。貂冠孔雀翎,头上光熊熊。破格求将材,国恩有独隆。寄语屠狗辈,故友今英雄。

军中歌二首

一

将血拭刀光,刀光皎如雪。不愿砍人头,只愿薙贼发。

二

能识《千字文》,不如一石弓。寄语屠狗辈,故友今英雄。

喜闻恪靖伯左公至官军收复嘉应贼尽灭[*]三首

一

万营箫鼓奏和声,狂喜如雷堕地鸣。竟为鲸鲵作京观,尽除狐兔剩芜城。黄巾各遣仍归里,赤子虽饿莫弄兵。天下终无白头贼,中原群盗漫纵横。

---

[*] 第一、二首诗草刊本已收,字句有异,故一并录此。

二

黄沙嶂里月昏黄,群贼空营走且僵。举国望君如望岁,将军擒贼早擒王。自从大地遭奇劫,无数名城作战场。十六年来今殄灭,在天灵爽慰先皇。

三

沙虫扰攘各西东,风后吹尘一扫空。盆子盗名终草寇,楚材崛起各英雄。中兴江汉宣重武,万里车书复大同。夜半阴符今不读,纷纷诸将已成空。

南汉宫词 丙寅七首

一

日射龙鳌晓色红,百官封事入深宫。君王沉醉销金里,闻说先交女侍中。

二

晚风凉透杏红衫,袖底深藏玉笋尖。为折花枝偷试手,低头却怕候窗监。

三

一篆香烟袅碧纱,禁门深锁静无哗。簪□小字当窗写,谁是风流曹大家。

四

绝妙春宫士女图,地衣簇锦暖红铺。怪他鱼鸟浑无赖,都识风流学媚猪。

五

春暖鸳衾恋晓眠,浑忘今日斗花天。不能偷出楼罗历,累我输将买燕钱。

六

紫罗衫子郁金裙，传出珠鞍取次分。闻说荔枝湾不远，君王今日宴红云。

七

绿酒红灯别样春，深宫夜宴笑声新。御厨颁出金钱蚬，传旨无分门外人。

邻妇叹丙寅

寒霜凄凄风肃肃，邻妇隔墙抱头哭。饥寒将奈卒岁何，哭声呜呜往以复。典衣昨得三百钱，不堪官吏相逼促。纷纷虎狼来上门，手执官符如火速。哀鸣不敢强欢笑，笑呼阿兄呼阿叔。只鸡杯酒供一饭，断绝老翁三日粥。虎狼醉饱求无已，持刀更剜心头肉。自从今年水厄来，空仓只有数斗谷。长男远鬻少女嫁，剖钱见血血漉漉。官吏时时索私囊，私囊不许一钱蓄。小人何能敢负租，而今更无男可鬻。明日催租人又来，眼见老翁趋入狱。呜呼！眼见老翁趋入狱，遥闻长官高堂上，红灯绿酒欢未足。

二十初度*三首

一

皎皎长安月，漫漫京洛尘。出门今六载，万里望吾亲。阿母忙开酿，山妻笑买春。捧觞遥北向，稽祝八千椿。

二

我翁须发白，六十到平顶。自小承怜惜，将何解隐忧！十年兵革乱,终日稻粱谋。画肚知何策,人间富可求!

三

无数童蒙乐,匆匆忽已过。诗书抛废半,岁月乱离多。夜夜阴
苻策,朝朝弹铗歌。人生近三十,万事莫蹉跎。

春阴丁卯八首

一

一带园林尽未真,轻云如梦雨如尘。空庭帘卷犹疑暝,远树花
迷不见春。

二

积润微生虚白室,浪游□误踏青人。今年花柳都无色,似听梁
间语燕瞋。

三

一春光景总成阴,省识天公酝酿心。燕子不来庭悄悄,鸟儿徐
爇昼沉沉。

四

漫天红雨飞无迹,隔水朱楼望转深。还是去衣还是酒,今番寒
事费沉吟。

五

乞来不是好风光,悔向东皇奏绿章。轻暖轻寒无定着,成晴成
雨费评量。

六

半是柳絮吹无影,一树梨花静有香。怪底鸣鸡惊午梦,起来翻
道晓风凉。

七

近连小苑远前湾,总是重阴曲曲环。画境要参浓淡格,云容都在有无间。

八

对花□□人何处,中酒情怀境大闲。为倩笛声吹唤起,一弯新月上前山。

长子履端生

震壁啼声惊,重闱语笑哗。纷纷忙锦褓,艳艳炫灯花。家庆孙生子,童心我作爷。青青看两鬓,未敢少年夸。

新嫁娘诗*五十二首

一

前生注定好姻缘,彩盒欣将定帖传。私看鸾庚偷一笑,个人与我是同年。

二

脉脉春情锁两眉,阿侬刚及破瓜时。人来偶语郎家事,低绣红鞋佯不知。

三

屈指三春是嫁期,几多欢喜更猜疑。闲情闲绪萦心曲,尽在停针倦绣时。

---

* 1960 年版《人境庐集外诗辑》辑此诗 51 首;1989 年《梅州文史》第 2 辑刊载黄秉良辑此诗为 52 首。今以《人境庐集外诗辑》为底本,与张永芳《黄遵宪佚作〈新嫁娘诗〉版本对勘》一文所附 52 首对校,并补录一首。

四

问娘①添索嫁衣裳,只是含羞怕问娘。翻道别家新娶妇,多多满叠镂金箱。

五

金钗宝髻新妆束,私喜阿侬今上头。姊妹旧时嬉戏惯,相看霞脸转生羞。

六

烛影花光耀数行,香车宝马陌头忙。红裙一路人争看,问是②谁家新嫁娘。

七

珊珊云步③下舆初,几个阿鬟取次扶。未展花颜先露眼,不知夫婿貌何如。

八

青毡花席踏金莲,女使扶来拜案前。最是向人羞答答,彩丝双结共郎牵。

九

洞房四壁沸笙歌,伯姊诸姑笑语多。都道一声恭喜也,明年先抱小哥哥。

一〇

腰悬宝镜喜团圆,髻插银花更助妍。一见便教郎解带,此时心醉态嫣然。

---

① "问娘",一作"向娘"。
② "问是",作"道是"。
③ "珊珊云步",作"姗姗莲步"。

一一

背面常教依壁角,私情①先已到衾窝。千回百转难猜度,毕竟宵来事若何?

一二

谁家年少看新娘,戏语诹词闹一房。恼煞总来捉人臂,要将②香盒捧槟榔。

一三

酒阑人静夜深时,闻道郎来佯不知。下整③钗头还理鬓,任他催唤故迟迟。

一四

个人④催促那人看,此际思量正两难。毕竟惊鸿飞去好,管他窗外没遮阑。

一五

深藏被底心偏怯,乍解衾情笑亦庄。私怪檀郎太轻薄,破题先索口脂香。

一六

云鬟低拥鬓斜敧,此是千金一刻时。又是推辞又怜爱,桃花着雨漫支持。

一七

月影和烟上画梁,双鬟悄立整罗裳。守宫的的争矜艳,未许人前理宝床。

---

① "私情",作"私语"。
② "要将",作"教将"。
③ "下整",作"乍整"。
④ "个人",作"者人"。

一八

卿须怜我我怜卿,道是无情却有情。几次低声问夫婿,烛花开尽怕天明。

一九

香糯①霏屑软于绵,纤手搓来个个圆。玉碗金瓯分送后,大家齐结好姻缘。

二〇

情意生疏怕见人,半含娇态半含颦。她家姊妹频来看,只管垂头弄绣巾。

二一

单衫轻卸怯微寒,皓质生香浸玉盘。背立锦屏深曲处,生憎女伴惯偷看。

二二

几分羞涩更矜持,心善防人人不知。乍见郎来佯掩避,背人却向绣帷窥。

二三

惯要低头私匿笑,有时回面却含娇。传神恰好②春工画,此是新婚第二宵。

二四

鸡头凝白火齐丹,未许郎君仔细看。恰好深深碧罗帐,巧将灯影替遮阑③。

---

① "香糯",作"得香"。
② "恰好",作"好情"。
③ "遮阑",作"遮拦"。

二五

暗中摸索任伊人,到处香肌领略真。两腋由来生怕痒,故将玉臂曲还伸。

二六

玉钩青帐放迟迟,细腻风光应独知。生怕隔墙人有耳,嘱郎私语要呢呢。

二七

鸳衾春暖久勾当,红日三竿已上楼。蓦听笑声窗外闹,新人今尚未梳头。

二八

鬓云高拥学盘鸦,一抹轻红傍脸斜。不识新妆①合时否,倩人安个鬓边花。

二九

青油雨撒②碧油缸,更送鱼双鸡一双。新串三朝馈女后,并肩絮语坐纱窗。

三〇

锦衣学制怕难工,彩线拈来任意缝③。同伴笑夸针黹好④,脸波一笑向人红。

三一

整鬓迎人当带笑,薰衣呼婢偶含嗔。新来几日生兼熟,一种情怀绝可人。

---

① "新妆",作"新装"。
② "雨撒",作"雨繖",即"雨伞"。
③ "任意缝",作"着意缝"。
④ "针黹好",作"针黹巧"。

三二

零星细事①米同盐，刚要当家尽未谙。夜尽共郎详细述，鸳帏深处语喃喃。

三三

锦茵低坐茜裙抛②，乍觉心慵懒扫蛾③。为念别来新阿母④，思儿情更比儿多。

三四

箱囊收拾上金车，一月圆时更转家⑤。何许归期向郎道，画栏开到石榴花。

三五

迎门旧侣笑呵呵，东阁重开镜细磨。最是夜深相絮语，娘前羞道一声他。

三六

杏黄衫子在云箱，今日无端天气凉。吩咐侍儿归去取，却将红豆寄情郎。

三七

钿车归去笑声喧，瞥见情郎悄不言。却待无人相密约，夜深潜启绣楼门。

三八

平生从不识相思，今日才知此事奇。归去为郎稠迭语，一般滋

① "细事"，作"琐屑"。
② "茜裙抛"，作"茜裙拖"。
③ "扫蛾"，作"扫娥"。
④ "新阿母"，作"亲阿母"。
⑤ "更转家"，作"要转家"。

味两人知。

三九

听得唤眠伴咳唾，只因羞睡懒趋承。宵深不耐郎催促，还把齐纨灭了灯。

四〇

低笑轻怜情意投，此乡真个是温柔。一枝红玉软如锦，递与香郎作枕头。

四一

玉镜遮开①秋水明，茜纱窗启晓光迎。拈毫悄语烦郎手，学画双眉尚未成。

四二

十二珠帘护绣房，恹恹春困凭湘床②。羞眸斜睇娇无语，烂嚼红绒欲唾郎。

四三

曲曲雕阑夜已铺③，背灯偷解绣罗襦。娇羞不敢同郎看，十幅屏风秘戏图。

四四

偶然唐突变容光，做个生疏故试郎。一枕芙蓉向郎掷，道郎今夜莫同床。

四五

袖中携得绿荷包，戏与藏讴④赌那宵。还是枣仁是莲子，道

---

① "遮开"，作"奁开"。
② "凭湘床"，作"卧湘床"。
③ "夜已铺"，作"夜色铺"。
④ "藏讴"，作"藏钩"。

郎①果甚是推敲②。

四六

鸳鸯被底久向衾,美满恩情值万金。深闭翠屏无个事,私将锦带结同心。

四七

几日情怀费我猜,腰支③无力眼难抬。枕边密与檀郎语,怪底红潮信不来。

四八

私将香草佩宜男,自顾腰围自觉惭。形迹怕教④同伴睹,见人故意整罗衫。

四九

银灯红处⑤坐商量,个里疑团那得详。好向花神密祈祷,嘱郎明日去烧香。

五〇

报产麟儿乍寝床,一时欢笑到重堂。锦绷抱向怀中看,道似阿爷还似娘。

五一

闲凭郎肩坐绮楼,香闺细事数从头。画屏红烛初婚夕,试问郎还记得不⑥?

---

① "道郎",作"问郎"。
② "是推敲",作"试推敲"。
③ "腰支",作"腰肢"。
④ "怕教",作"怕被"。
⑤ "银灯红处",作"金花银烛"。
⑥ "不",作"否"。

五二

自家刚自做新娘，又见他家闹洞房。戏语倍工情胜昔，偷将私语教情郎①。

南溪纪游同石社诸君子作*己巳

仲冬十一月，风寒日色薄。梁子贻我书，中有游山约。我虽弩弱姿，情绪颇不恶。行邀二三子，行行出南郭。磊磊南溪石，溪浅水半涸。其水迂以回，其石瘦如削。初入了无奇，屡转势益弱。山势到穷荒，天盖懒雕琢。忽然意想外，斗辟奇洞壑。一石十丈高，练影从空落。飞泉射人面，森森寒气作。一水窅然深，掷□□□□。掷石响水底，蛟龙梦顿觉。怒激水鸟飞，势欲与人搏。悚然舍此去，□□□□□。上顾石崖险，去天只一握。上无藤萝援，下有荆棘缚。苍苔石壁深，探手试扪摸。冷气湿人臂，滑绿不可捉。侧身我先登，以手不以脚。乍若蛇蜒蜒，又若蟹郭索。摩挲至绝顶，竦身力一跃。眼花强下窥，乃悔铸此错。一笑傲诸子，举手向空拍。愿招飞仙人，下此营楼阁。虎豹夜守炉，可以炼丹药。又疑此鬼谷，黑气阴漠漠。隔岭一石洞，何人手扃钥？其旁千百石，槎牙露芒角。往时秋水来，汝屈如尺蠖。水落尔自出，胡为目灼灼。我来纵观览，徐行足彳亍。谓此非人境，鬼神所寄托。忽喜何处村，午鸡鸣喔喔。且住待诸子，心疑歧路各。传响空谷中，似闻声诺诺。须臾诸子来，面面色骇愕。深知奇无穷，此心已畏却。急觅别岭归，草露湿芒屩。荦确石径微，相扶尚颠扑。归来相视

---

① 此首录自张永芳文末附录第 44 首。

* 此诗据黄遵庚抄寄，录自《人境庐集外诗辑》。"己巳"为同治八年（1869 年）。

笑,此游乐不乐。

哭张心谷士驹六首

一

日暮昏鸦噪上门,惊闻噩耗痛难言。不留一个天何酷,归去三生石倘存。乱离干戈丛万恨,死生文字泣孤魂。九重阊阖茫茫远,仰首呼空为诉冤。

二

麻衣如雪泣仓皇,惨惨孤儿事何伤。托命庸医身太贱,未名文苑史无光。田园寥落穷难忍,嫂妹零丁死不忘。珍重《墨庄》诗一卷,而今付与阿谁藏。尊公锡生先生有《墨庄诗草》于家藏。

三

一生事业了潮州,竟认潮州作首邱。绣葆春开汤饼会,画屏云护凤凰楼。尊人主讲榕江书院,生君于潮州。乙丑寇变,君与余家俱辟乱潮州,家姑遂于此归君。繁华往事归青冢,憔悴劳人不白头。哀泣一家新故鬼,此邦与汝定何仇! 君之双亲,前后没于潮州。

四

缠绵到死尚余情,何竟凌虚撒手行。天意昙花容一见,人言业果种前生。春行冬令知非福,鬼抱仙才枉负名。二十一年真梦耳,可怜梦亦未分明。

五

黄鹄声哀孰忍听,素帷少妇太伶仃。出门惘惘才三月,在抱呱呱剩一星。坐使苦心容螺蚁,终将遗泽付螟蛉。只鸡斗酒平生语,我若能文再补铭。

六

竹马同骑感昔游,髫龄意气更无俦。菊花新酒开诗社,余与心
谷及家锡璋兄,均以早慧知名,里中称为三才子。先凤曹师于壬戌之秋,在咏
花书屋招饮赏菊,作忘年会。尔后时以诗社招邀,见辄呼为小友。莃韭余
香吊故楼,吾家香铁先生莃韭之舍,余与心谷辟乱在潮,时往临眺。一闪
光阴真掣电,他生缘分更浮沤。思初道古嗟无辅,大鸟孤鸣孰
唱酬?

山歌六首*

土俗好为歌,男女赠答,颇有《子夜》、《读曲》之意,名曰山歌。
今辑其能笔于书者,得十数首。

一

送郎送到牛角山,隔山不见侬始还。今朝行过记侬恨,牛角依
然弯复弯。

二

阿嫂笑郎学精灵,阿姊笑侬假惺惺。笑时定要和郎赌,谁不脸
红谁算赢。

三

做月要做十五月,做春要作四时春。做雨要做连绵雨,做人莫
做无情人。

四

见郎消瘦可人怜,劝郎莫贪欢喜缘。花房胡蝶抱花睡,如何安

---

* 据吴振清先生刊载于《文献》(2007 年第 4 期《罗香林所藏黄遵宪诗文手迹》提
供,黄遵宪手写《山歌》十五首并"题记"。其中九首辑入《人境庐诗草》卷一。现将其
余六首《山歌》及原"题记"辑补于此。

睡到明年。

五

人人曾做少年来，记得郎心那一时。今日郎年不翻少，却夸新样好花枝。

六

人道风吹花落地，侬要风吹花上枝。亲将黄蜡粘花去，到老终无花落时。

十五国风，妙绝古今。正以妇人女子矢口而成，使学士大夫操笔（而）为之，反不能尔。以人籁易为，天籁难学也。余离家日久，乡音渐忘，辑录此歌，往往搜索枯肠，半日不成一字。因念彼冈头溪尾，肩挑一担，竟日往复，歌声不歇者，何其才之大也！

钱唐梁应来孝廉作《秋雨庵随笔》，录粤歌十数篇，如"月子弯弯照九州"等篇，皆哀感顽艳，绝妙好词。中有"四更鸡啼郎过广"一语，可知即为吾乡山歌。然山歌每以方言设喻，或以作韵，苟不谙土俗，即不知其妙。笔之于书，殊不易耳。

往在京师，锺遇宾师见语：有土娼名满绒遮，与千总谢某昵好，中秋节至其家，则既有密约，意不在客。因戏谓汝能为歌，吾辈即去，不复嬲。遂应声曰："八月十五看月华，月华照见侬两家以土音读作纱字，第二音。满绒遮，谢副爷！"乃大笑而去。此歌虽阳春二三月不及也。

又有乞儿歌，沿门拍板，为兴宁人所独擅场。仆记一歌曰："一天只有十二时，一时只走两三间，一间只讨一文钱，苍天苍天真可怜！"悲状苍凉，仆破费青蚨百文，并软慰之，故能记也。

仆今创为此体，他日当约陈雁皋、锺子华、陈再芗、温慕柳、梁诗五分司辑录，我晓岑最工此体，当奉为总裁。汇录成篇，当远在

《粤讴》上也。

晓岑老兄同年鉴之

公度遵宪并记

诗五大舅之西宁诗以志别庚午四首

一

欲雨不成雨,蓬门柳阴阴。攀枝别故人,使人何以任。不恨相别易,转恨相结深。别离亦常情,交深恨难禁。门前乌柏树,鸟飞辞故林。中有同栖鸟,鸣声愁人心。此去山水远,梦魂何处寻!且复斯须坐,莫令马骎骎。

二

骎骎马将去,牵衣告我语:"家有老祖母,年已七十五。阿兄自外归,才得三日聚。阿弟病消渴,腰瘦一尺许。欲不舍此行,何以将我父。亲在南海头,家在南溪坞。此去行役艰,归亦行役苦。"人生足别离,小别何足数。融融酒正绿,潇潇夜初雨。且为一夕欢,共君醉后舞。

三

遵宪有阿爷,离家九年矣。人言长安近,往来如尺咫。举头望白云,不知几千里。此身不能飞,眷眷无时已。今日送子去,使我愁如水。我自行路难,君自出门喜。眼见一月间,得以随杖履。

四

我思杖履随,温温笑语多。冷斋夜深时,春风漾微和。旧学加邃密,新诗细吟哦。不知较畴昔,相去复几何?努力各自爱,毋使叹蹉跎。

吾　　庐

士患声名早,人从阅历深。新交欣得剑,古调爱弹琴。狂妄忧天泪,迂疏入世心。吾庐风雨好,搔首一长吟。

知　　音

士患声名早,文从阅历深。为争鸡鹜食,羞作凤凰吟。狂妄忧天泪,迂疏入世心。抚琴无限事,何处觅知音?

朝云墓 * 庚午

一

小住湖山也不孤,有人冰玉伴林逋。当时我若随公谪,捧砚摊笺愿作奴。

二

彩云久散墓犹青,苔藓花中剩旧铭。参得六如真谛透,转嫌多事六如亭。

过丰湖书院有怀宋子湾先生 庚午

滇云燕雪久驰驱,万里归来此托居。我识公心在诗草,人言仙迹寄蓬壶。□□□□□□□,笠屐游踪似大苏。黄犊买来田二顷,可怜无分卧江湖。

---

* 第一首见钞本,第二首系黄遵庚钞存。庚午为同治九年(1870 年)。

丰湖棹歌二首

游湖归来,惓惓在心,又作此歌,以志不忘。

一

不辨风声与水声,船头小坐爱波生。贪看树底斜阳好,又要舍舟湖上行。

二

十分累得野僧忙,山茗才供果又尝。若问客从何处至,宋先生是我同乡。

到花埭纳凉同萧兰谷梁诗五*庚午六首

一

野艇数尺人两三,菰蒲萧萧凉风酣,船底波绿侵人衫。舟人摇摇南溪南,七分池馆三僧庵。

二

野树参差竹珑玲,荷花摇摇透微馨,不知谁家旧门庭。美人不来空波青,湖中独立亭亭亭。

三

花奴高戴青油笠,生涯借花花作国。不妨我来作山贼,笋鞋竹帽出复没,袖中偷贮枝枝碧。

四

短桥流水含斜阳,前头知是邓家庄。隔邻借树为围墙,就中树

---

* "庚午"为同治九年(1870年),《人境庐集外诗辑》编者云此年诗五到西宁,疑原注年份有误。

多风最凉,旁径曲折通僧房。

五

新橙半熟山果红,落叶不到空庭空,老僧旁立佛当中。此外蒲团五六个,团团刚好游人坐。

六

海气蒸云城作瓮,□□□□□□□,□□□□□□□。夕阳在山笳鼓动,且图今宵作凉梦。

买书_{庚午三首}

一

古人爱后人,念无相饷遗。白头老著书,心传后人知。古人不并世,已恨我生迟。犹赖一卷书,日与古人稽。我生最爱此,旁人呼为痴。明知难遍读,虽多亦奚为。但念如良友,不可须臾离。见虽无多言,别当长相思。

二

我家梅水东,亦有屋三椽。分为东西头,藏书于其间。少小不知爱,悔不读十年。中间劫火焚,字字成云烟。今日欲买书,又恨囊无钱。有如嗜酒人,无福居酒泉。道旁逢辌车,辄复口流涎。流涎终不得,默默我自怜。凡物当其无,乃知事艰难。

三

一切身外物,皆非我生有。我意招之来,偶然入我手。未必贤子孙,世世能相守。二百三百年,得此兕甲寿。但念我竟痴,爱书如爱友。我年若满百,亦共周旋久。此中有因缘,不得谓之偶。所以我买书,市廛竟日走。交臂或忽失,无心或又取。

题闱中号舍壁_{庚午三首}

一

又此风光又此秋,彩毫难扫黛眉愁。梦中嫁了金龟婿,蓦地惊人屋打头。

二

悄悄深垂一桁帘,困人天气思恹恹。不知时世妆何似,刚要安花又手拈。

三

团团小扇扑轻罗,酷暑熏人得且过。只怕西风太轻薄,重阳寒雨叶声多。

榜后[*]_{庚午五首}

一

满城风雨叶声干,瑟瑟秋深酿小寒。千佛经摊名细读,三山路远到良难。诸公自作违心论,当局谁能冷眼看?昨日今宵又明岁,一齐情绪入心肝。

二

两鬓青青默自怜,不知迟我又何年?折磨少受庸非福,文字无灵敢怨天。入世畏人讥小草,在山容我作清泉。长安万里吾亲舍,只愧趋庭未有缘。

三

人人科第羡登仙,制义抡才五百年。子集论文删帖括,祖宗养

---

* 该诗《钞本》与黄遵庚先生钞本文句有差异,其中后二首文句不同,今并录于此。

士费官钱。伤心曲学徒阿世,屈指中兴得几贤。安用毛锥嘻一掷,有人纳粟出输边。

四

无穷事愿付蹉跎①,转瞬韶华极易过②。署行看人夸具庆③,厚颜宁我④愧登科。转移风气终非易⑤,阅历名场既算多⑥。依旧青衫⑦依旧我,光阴人墨又相磨。

五

又踏槐花一次忙⑧,未知此愿几时偿⑨。满车⑩难慰操(啼)〔蹄〕祝,待价何能⑪韫椟藏。早岁声华归隐晦,旁人得失议文章。出门一笑吾归矣⑫,闻道东篱菊已黄。

到家哭仲叔墨农公庚午

遵宪举子报罢,至潮州,闻叔去世,即驰归,于月之晦日到家。荒荒忽忽,今又两月,含泪濡墨,追述此篇。闰月二十九日。

---

① 黄钞本作"人时妆束果如何"。
② 黄钞本作"子细思量未揣摩"。
③ 黄钞本作"自慰天生终有用"。
④ 黄钞本作"似闻人道"。
⑤ 黄钞本作"只赢好友栖依久"。
⑥ 黄钞本作"已算名场阅历多"。
⑦ 黄钞本作"依旧青衫"。
⑧ 黄钞本作"书在肩挑剑在囊"。
⑨ 黄钞本作"槐花空作一秋忙"。
⑩ 黄钞本作"明知"。
⑪ 黄钞本作"敢谓从今"。
⑫ 黄钞本作"且图一棹归来去"。

昏鸦噪日暮,日暮行人至。仓皇哭叩门,哭声达门内。疾趋上中庭,双扉犹半闭。阿母下堂来,约略再拜跪。喧呼行人归,中庭哭声沸。叔母跑我前,手颤捉人臂。泣道何面目,不如早从死。孤儿跪我后,洒地血痕紫。口言儿不孝,儿孤儿之罪。太母唤我起,告尔病时事。呜咽不成声,十略述一二。又言弥留时,犹呼侄与弟。不肯留一见,彼苍彼何谓。呜呼彼苍苍,一何薄恩义。面惨交我心,且痛且懊悔。忽报大父来,掩泪各回避。整衣再拜起,问尔来奚自。初九在广州,海□□□寄。廿四到潮州,道路驰驱易。□□□□□,□言我蕉萃。海上风波恶,尔行得毋畏。讳此不忍言,两贮盈盈泪。回看小孤儿,正牵我衣戏。头上小白冠,倒笼龙盘髻。问哥今归来,何物为赏赐。佀起抱儿去,痛将软语慰。阿母立堂下,驱妇罗酒食。一瓯黄鸡粥,强食那知味。阿母徐徐言,责尔何濡滞。家中百丧事,事事为祖累。深知逗留罪,低头不敢对。更深烛泪残,阿母驱我睡。复走中庭看,中设亡灵位。寒灯映丹旐,暗淡金碧字。记侄出门时,叔叔执我袂。日月曾几何,死生人事异。日夜望侄归,侄归叔知未?草草成一别,此别终天地。出门未三月,扰扰万绪起。更阑更秉烛,默坐如梦寐。

为小子履端寄翁翁庚午

太翁且勿去,抱我门前戏。阿卓阿香姑,嘻嘻笑相依。大家都呼翁,如何我不是?摩挲太翁须,太翁笑不止。太翁不肯言,我问婆婆去。婆婆言翁翁,出门九年矣。翁翁出门时,尔娘未来此。手指头上铃,言是翁所赐。待翁归来时,教尔罗拜跪。履端今三岁,读诗未识字。小妹阿当樛,牙牙已出齿。翁翁俱未见,已见想欢喜。昨日翁来书,浓墨写红纸。我闻爷爷道,明年将归里。翁翁莫诳言,早早束行李。儿有新红袍,人人都道美。何时着上身,翁翁罗拜跪。

为张贞子丈题梅花生日图

春风昨夜入江城,吹送瑶仙下玉京。清风得来花自好,主人一笑我同生。前身明月论清福,每岁天寒订此盟。更谱南飞仙鹤曲,呼儿搣笛奏和声。

岁暮[*]二首

一

催租吏乍敲门去,问债人还载酒过。妻要赎衣儿索饼,一贫百事负心多。

二

岁又将阑奈尔何,一年好景半销磨。纸窗竹屋孤灯坐,寒雨梅花蜡屐过。客懒几回无语□,家贫百事负心多。仰天大笑搴衣起,且读南山种豆歌。

寄和周朗山^{**}九首

一

出手柯亭笛,无端变徵声。爱才如共命,托分本三生。怪我头

---

* 《钞本》与黄遵庚钞存本“岁又将阑奈尔何”诗文句不同,今将黄钞本并录于此,以资比较。

** 此诗钞本为五首,刊本卷一存一首,此处前四首为《人境庐集外诗辑补遗》所辑,后有黄遵庚钞寄为六首,除第七首“宪也书生耳”一首为钞本所无,其余字句多异,现合辑于此,以供比较。

犹黑，夸人眼独明。君得余文，夸为过岭以来得士惟一人，以此颇为朋辈妒嫉。感恩兼惜别，万绪忽纵横。

二

性不因人热，家犹怪叔痴。问君何所见，一面竟心知。大节深期许，奇缘剧别离。鼓琴舟独往，烟水怅情移。

三

相送不相见，无情水自流。欲行犹下榻，此去不同舟。咫尺千重隔，苍茫独立愁。罗浮风雨暗，无分梦同游。

四

淮海飘零客，孤蓬此去时。平生原寡合，相遇况多歧。江水摇兰枻，秋风动桂枝。感君知我意，拔尔更为谁？

五

出手柯亭笛，无端变徵声。因缘才一见，文字本三生。问姓惊穷老，论交识性情。不胜惆怅意，何喜到科名。

六

拍手引鸾凤，来从海上游。有文过屈宋，摸索到曹刘。得失两心印，仓皇一面谋。似君湖海气，许我共登楼。

七

宪也书生耳，终年独抱经。摩挲双鬓绿，徒倚一灯青。入世嫌□气，论诗爱性灵。平生飞动意，一烛转愁生。

八

一笑吟髭捻，怜才意转痴。共论文海外，都忘客天涯。古意深怀抱，新知剧别离。鼓琴舟独往，烟水又情移。

九

地北天南始，孤蓬此去时。一生能只友，相遇况多歧。江水摇兰棁,秋风动桂枝。感君知我意,知尔更为谁?

春 暮

柳花已化浮萍去,梅雨还催荔子然。门外春归都不管,鸟声灯影抱书眠。

怀诗五*二首

一

月下梧桐影,徘徊夜不眠。近忧深望岁,小立每观天。检历惊春尽,离群在客(光)〔先〕。吾庐吾自爱,尤爱在山泉。

二

宪也贫非病,君贫妇病兼。一饥犹可忍,九死复何堪?身世拘蓑笠,光阴误米盐。熟知文有忌,尔我更何嫌!

诗五大舅归自西宁相见有诗辛未四首

一

去年柳条青,惜君作别离。今年槐花黄,喜君相因依。相聚复相别,别时泪如縻。不怨人别促,所怨归迟迟。江湖风波寒,有鱼南北飞。贻我一千纸,字字皆心脾。上言崇明德,下言长相思。相思复相思,握手君来归。

二

宪有慈父母,自小承爱怜。有过亦包容,不肯刻求全。而君知我深,日夕绳我愆。况有隐微恶,尊亲所难言。君乃具苦心,百样

相周旋。骤谏未即改,渐摩使之然。岂非君恩德,竟居父母间。所愧宪不德,未能见善迁。我虽如石顽,君当如金坚。

三

陶公居南郊,为人有素心。已以赏奇文,亦以闻良箴。我家与君家,十里隔山林。每一相从过,眷眷惜分阴。当其作别离,辄复情难禁。为兰贵同心,为苔责同岑。岂自无他人,惟子知我深。为君除敝庐,待君张鸣琴。空谷深复深,何时来足音!

四

已无裘与马,亦复无金龟。沽酒谋一欢,呼童典春衣。尔我贫贱交,百事君所知。我家我父母,日食惟粥糜。君言饮馔丰,此来非所宜。夜雨黄粱熟,新霜野蔬肥。所图一夕欢,愿君勿复辞。感君为林宗,再拜进一卮。

诗五有南洋之行口占志别 *

十年倦鸟暂知还,看汝高飞展羽翰。何日大鹏共驰逐,天风浩浩海漫漫。

无题四首

一

通辞未敢托微波,掩抑弦弦诉奈何。东海有鱼怜涸辙,南山无鸟枉张罗。低头自作停针语,羞面难为却扇歌。黄檗成林千万里,阿侬争奈苦心多。

---

* 此诗据黄遵庚钞存,录自《人境庐集外诗辑》。黄遵庚认为此诗作于黄遵宪使日前,黄遵宪光绪三年(1877年)使日,姑编于此。

二

自家亲制嫁衣裳,玉尺声催压线忙。天上白榆原隔水,江干黄竹是空箱。东邻未许分灯火,北斗难持挹酒浆。食取缠头争买笑,终羞人羡倚门倡。

三

平时不作叩头虫,不信丹砂看守宫。两意三心难作主,六张五角忽相逢。金蟾秋冷翻奔月,铜雀春深不锁风。昨夜玉人亲教我,琼箫吹彻韶难工。

四

无端风送叶声干,细雨灯前耐小寒。磨折信□今日尽,笑啼教觉此心酸。枝头鹊绕空三匝,冰上狐疑正两难。除却彭郎谁宋玉,三年人已隔墙看。

为梁诗五悼亡作 *

画阁垂帘别样深,回廊响屐更无音。十年惜暖禁寒意,一片营斋作奠心。唧唧怕听黄口语,凄凄无复《白头吟》。平生爱尔风云气,倘既消磨不自禁。

红 牙

红牙解按相思曲,铁障能解施议围。横扫千人好才调,沈郎腰瘦不胜衣。

---

* 刊本删去"十年惜暖……《白头吟》"四句,今钞本补录于此。

游仙词八首

一

新声屡奏《郁轮袍》，混入群仙亦足豪。夜半寥阳呼捉贼，九天高处又偷桃。

二

招摇天市闹喧哗，上界年年卜榜花。贯索（困）〔囷〕仓齐及第，群仙校对字无差。

三

贝宫瑶阙矗千层，欲上天梯总未能。但解淮王炼金术，便容鸡犬共飞升。

四

上清科斗字犹存，检点琅函校旧文。亲写绿章连夜奏，微臣眼见异风闻。

五

臣朔当年溺殿衙，颇烦王母口赍嗟。金盘玉碗今盛矢，定比东方罪有加。

六

星宫昨夜会群真，各自然犀说旧因。不识骑驴张果老，是何虫豸是前身。

七

新翻妙曲舞《霓裳》，何故人间遍播扬？分付雏龙慎防逻，不容撅笛傍红墙。

八

懊侬掷米不成珠，十斛珠尘又赌输。至竟如何施狡狯，亲骑赤凤访麻姑。

戏作小游仙诗

一局商山忽赌输，瀛洲玉袜近来无。乘槎下与龟鼋语，要借龙宫十斛珠。

哭周朗山二首

一

仓皇一别意怦怦，洒血成诗作赠行。生死交情真业果，飘零身世尽浮萍。同时交臂翻相失，再见无缘况后生。期副墓铭珍重意，报公文苑传中名。寄余一书，详述其生平学术，意以志传见托。

二

一副生平知己泪，几年零落九原多。得君大有凌云气，谁料仍为《薤露》歌。穷苦文章关注命，江湖舟楫坠风波。《招魂》赋些知何益，枉自呼天唤奈何！

约诗五游阴那山时余将有京师之行四首

一

名山好友两相当，结习平生各未忘。尘世几人多暇日，山灵于我况同乡。明年草绿王孙去，后路槐花举子忙。竹杖芒鞋青笠子，且容今日一徜徉。

二

出门西笑望长安，颇畏人间行路难。出世总嫌泉水浊，有山须共故人看。海天南北愁分手，尔我行藏此倚阑。免俗未能相祝慰，杏花红处更同鞍。

三

看山容易入山迟,世事茫茫那可知。未了岂徒婚嫁事,得闲且作钓游时。有灵山水惊知己,过眼云烟费去思。老我菟裘终在此,愿君莫漫作文移。

四

邓庄桂子留人处,潘馆荷花映日时。每借看山图聚首,况当来日属分离。长安今雨相知几,出岫浮云恋旧迟。某水某山共游处,留供别后话相思。

榜后上余蓉初祚馨师三首

一

又被风吹九下天,神山将近忽回船。半生遇合如公少,四海论文道我贤。千里黄河翻九曲,一鸣大鸟待三年。饱闻慰藉殷殷语,两鬓摩挲只自怜。

二

金陈以外数方韩,二百年来括目看。一己屈伸关系小,斯文风气转移难。有人用我思投笔,无地求仙且炼丹。闻道《郁轮袍》一曲,飞升早已上云端。

三

平生三战既三北,颇道文章未足凭。弹指流年三十近,惊心知己一人曾。鸡虫得失纷无已,牛斗神灵竟不能。自笑谋身尚无策,忧时感愤又填膺。

人境庐杂事诗二首

一

扶筇访花柳，偶一过邻家。高芋如人立，疏藤当壁遮。絮谭十年乱，苦问长官衔。春水池塘满，时闻阁阁蛙。

二

无数杨花落，随波半化萍。未知春去处，先爱子规声。九曲阑回绕，三叉路送迎。猿啼兼鹤怨，惭对草堂灵。

将之京师应廷试感怀*二首

一

巍峨百尺矗金台，西望长安笑口开。浮海船如天上坐，叩关人向日边来。三千多士纷齐集，十二周星又一回。多少文章台阁体，此中可有济时才？

二

六百年来作帝家，人人鼓掌说京华。也将鴃舌南蛮语，来品胭脂北胜花。诸将声名问河朔，承平人物溯乾嘉。即今走马诸年少，西抹东涂亦足夸。

由轮舟抵天津作**三首

一

算曾过海踏金鳌，虽不能仙亦足豪。七十二沽寻扼塞，八千余

里怅波涛。神仙渐觉蓬瀛近,地脉潜分泰岱高。外侮内讧氛甚恶,十年前事首频搔。

二

　　来牛去马看频频,独立苍茫此水滨。避面青山难见我,打头黄土尽扨人。登车慷慨肠空热,行路寻常貌岂真。莫漫他年入图画,疲驴破帽过天津。

三

　　平平海已不扬波,中外同家久议和。地到腹心犹鼾睡,人来燕赵易悲歌。劳劳且耐泥涂辱,郁郁尤添块垒多。稍喜虎牢城戍固,诸侯剑佩早森罗。

慷　慨

　　牛马呼皆应,龙鸾气暂驯。世情初阅历,吾道果艰辛。荡荡真人海,纷纷正塞尘。东南将星陨,回望一沾巾。

代柬寄诗五兰谷并问诸友三首

一

　　相去八千里,离怀何可宣。旧时此风雨,独我不家园。短榻虫吟壁,孤灯叶打门。不禁儿女语,重复对君言。

二

　　百战艰难后,中兴颂太平。从风荤粥至,不日柏梁成。箭待天山定,图争王母呈。长安居亦易,此日正时清。

三

　　梦里湖山远,胸中天地宽。长安人踏破,有客独居难。《金华子》:"有乡贡进士黄居难,字乐地,能为诗,欲比白居易也。"士杂幽并气,诗除郊岛寒。阿蒙三日别,刮目待君看。

书龚蔼人方伯乌石山房集田横岛齐侯坟二诗后三首

之罘岛有齐哀墓,盖田氏得齐,逃死于此,土人为造冢,因呼为齐王坟。原诗有"要知杜宇魂归日,曾向田横岛上翔"之句,并推其意,作此三诗。

一

爽鸠氏后又蒲姑,吊古茫茫问故墟。难怪牛山频雪涕,不知无死乐何如。

二

海中孤岛外荒坟,秋草萧萧覆白云。等是兴亡数行泪,后人独有祭横文。

三

过去而今更未来,万年浩劫总成灰。他时匹马漳南过,再访黄初受禅台。

上巳日寄家书书后

出门惘惘三年久,寄信频频五十封。入世来争鸡鹜食,隔天遥阻马牛风。云横大庾家何处,船引神山路未通。等是欲归归未得,雪泥踪迹任西东。

张樵野廉访以直北苦旱岭南乃潦诗见示次韵和之

十年离乱干戈后,可又灾荒动客愁。雨亦怨咨何论旱,春来萧瑟尚如秋。桑林恳祷神应鉴,漆室哀吟泪早流。燮理阴阳名相事,当朝谁为至尊忧。

裘　马

裘马翩翩最少年，狂飞绿酒写红笺。贪论今夜长安月，遍走城南尺五天。对酒当歌忽离别，拈花一笑亦因缘。凭君东望吾西望，隔海相思总渺然。

宫本鸭北以樱花盛开招饮长华园即席赋诗

阳春三月春风颠，群花齐放争春妍。东海龙君善游戏，夜呼雏龙起耕烟。此龙生性最狡狯，吐涎喷沫化为樱花万万千。黑江一岛最奇胜，皓皓如雪覆其巅。城北落落十数树，亦复烂熳春风前。平生泼眼诧创见，自诩奇福夸宿缘。鸭北主人固豪仕，座中诸子皆英贤。使星如月光光曜，我亦末座随星躔。今夕何夕开琼筵，酒酣起舞乐蹁跹。古称方丈三神山，谓此土是岂其然。蓬莱清浅虽屡变，此花独王垂千年。东人呼樱花为花王。我喜此花对花语，归将置汝罗浮巅。梅花雪白荔子丹，众花罗列堪比肩。南强北胜奚足狡，不如跻汝群仙班。呼龙掣花便西去，宠以辒辌乘以船。海中蛟螭足妖怪，护以霓幡安且便。龙兮龙兮努力载花去，我将上奏玉皇夸汝贤。

鹤田嫩娗先生今年八十夫人亦七十其子
元缟官司法省来乞诗上寿赋此以祝

仙家占得旧桃源，一室雍和古谊敦。马援贻书垂雅训，于公治狱大名门。东方君子国多寿，南极老人是独尊。左指蓬壶右玄圃，捧觞想见笑言温。

关义臣□招饮座中作次沈梅士韵

夕阳忽西匿，严寒多积阴。今日不作乐，使人生忧心。饮酒炙
肥牛，相携发狂吟。醉乡固安乐，岂有路崎嵚。忽闻隔座语，神州
殆陆沉。斯人如不出，苍生忧实深。谓副岛种臣。且饮三百杯，明
月既在林。

浪华内田九成以所著名人书画款识因其友税关副长原苇清风索题杂为评论作绝句十一首

仿渔洋山人论诗绝句体例，并附以注

一

搜潜剔秘溯权舆，《木难》《珊瑚》入网初。纸笔竟同金石重，
尚功以后又新书。集录书画之书，以南齐谢赫之《古画品录》、梁庾肩吾之
《书品》为最古。唐张怀瓘之《书断》《画断》，宋米芾之《书史》《画史》，后
人亦最珍之。然皆各自成书。明朱存礼之《珊瑚木难》、赵琦美之《铁网珊
瑚》，始合书画为一。我圣祖仁皇帝钦定《佩文斋书画谱》，集千古大成。然
诸书皆〔溯〕源流，述师法，辨真赝，传作者事略及历代题跋鉴藏。未有汇录款
式，自成一书者。此书仿薛尚功《历代钟鼎彝器款识》之体，辑为二卷，分门别
类，盖艺林之别枝也。

二

黄泥剥蚀土花斑，读到呜呼涕尚潸。只恨韦编三绝暇，不将笔
削署尼山。家书所重，北碑南帖。碑之有款识，《西岳华山庙碑》，后题云
"郭香察书"，斯为最古。碑之古者，若"殷比干墓"、"乌呼有吴延陵君子之
墓"，相传为孔子书。而论者又或疑之。若有款识，不至后世金石家聚讼纷

如也。

三

癸庚字剩蟠夒鼎，甲午文留《瘗鹤铭》。考史备参年月日，细循纸尾读《黄庭》。金石家所录古钟鼎彝器，多具年月日、姓名，盖古人最重彝〔鼎〕，不曰"永用享"，则曰"子子孙孙永宝用"。备志之，所以重之也。惟阁帖所收，款识多阙。零缣剩楮，收自后人。在作书者，初未志年月、姓名以传之后世也。书家款识之详，自王右军始，后之善书者喜仿之。而考据家得借以证史传之讹，亦不无裨益也。《瘗鹤铭》无款识姓名，不知出谁手。然文中有"得于壬辰，化于甲午"，因得知为陶华阳书。

四

锦赜金褫某某图，未容画里任鸦涂。初从画苑标题目，隐约犹从石罅摹。古人图画，多指事为之。三代时，周明堂四门塘有尧舜之容、桀纣之象，有周公相成王、负斧扆、朝诸侯图。秦汉以下，见于史者，若《纣醉踞妲己图》，屏风图画列女，类皆指事象物之作。然《汉书》："金日䃅母〔死〕，上诏图画于甘泉，署曰休屠王阏氏。"武梁祠画像今犹存，自伏羲、黄帝以下有七十余幅，具古人姓氏，或附以赞。盖古人写物图貌，意在法戒，故详其所画之事，而《画史》姓名，举皆阙略，则未尝于此争名也。自白描山水之法兴，而画家遂有宗门。迨宋徽宗设画苑，命题考试，以"古木无人径，深山何处钟"写意，而图不能无名。缘是而争胜，枯木竹石，寒江芦雁，各有名氏纪谁某矣。然据《博物要览》称："古画上无名款者，多画苑进呈卷轴。"又《古画论》云："古人题画，书于引首。"引首即赜。赜，卷首帖绫，又谓之玉池。可知画苑图名犹书于卷首，不著于画中。《画尘》所谓"元以前多不用款，或隐之石罅，恐伤画意"是也。近世画家，无不题款，每系于诗，且有布置疏密，于此见巧者。画虽小道，款犹细事，其源流既屡变矣。

五

外孙薤曰始曹娥，后起辞工数老坡。诗到题图文附尾，强添蛇足略嫌多。"黄绢幼妇外孙齑臼"为书画题跋之祖。至宋，苏东坡最工此体，故有以苏氏题跋汇集成书者。夫子读《易》，系以《文言》。文章家之有题跋，古矣，移而入书画，初不过曰某校上，曰某人拜观。逮《书品》、《画断》出，乃有以雌黄语附之纸尾者。然犹皆简而文也。自流俗沽名，意在标榜，于是图画征诗，连篇累牍。自书贾射利，欲增声价，得一书画，或假名流跋，或伪古人题，赝鼎溢充，续貂强附。转使书画跋一体，为文章家一大宗。宜乎贻笑通人，魏冰叔欲删题图诗，黄梨洲诮为批尾世界也。

六

锦砂红错墨横斜，笔妙居然萃一家。宛似交柯联碧树，竟同双手出黄华。魏黄初元年《受禅表》，王朗文，梁鹄书，钟繇镌，此书之合作者。陈宣城王命顾野王画古贤，王褒书赞，此书画之合作者。宋王晓人物，李成作树石，此书画之合作者。此皆笔精墨妙，各擅绝技，故偶一为之，当时辄皆叹绝。近来雅流喜以乌丝(蘭)〔闌〕画界，分征书画；聚头扇盛行，亦都以两面分写。譬之志碑者此文而彼铭，联诗者倡予而和汝；袈裟百衲，合之未尝不美也。余尝以绢素乞耕霭、花蹊诸女弟子合作巨幅，中村敬宇为题曰："婀娜诸弟子，丰姿生笔下。相与绘群芳，五色粲如也。"伊世珍《瑯嬛记》："有黄华者，双手能写二牍，或草或楷，挥毫不辍，各自有意。"

七

不无狂素老逾颠，亦有童乌早与玄。齿长几何亲自署，未容绛县苦疑年。款识自署年齿者，宋元以后多有之。大抵暮年操笔，老而益工，则往往志作书之年以自表，若阁帖所收释怀素草书《千字文》是也。亦有弱冠弄翰，不异成人笔势。传称羲之年十二作书，卫夫人见其有老成之智，因流涕曰："此子蔽吾书名矣。"《书断》称，晋皇甫定年七岁，善史书，从兄谧深奇之。若夫题跋书画，此体尤多，甚有临摹一帖，题识再三者。而中年人得意之书，识之于款，此体罕觏。岂非得之白叟黄童，尤为难能可贵欤！

八

压角香名手自裁，文人都让扫眉才。簪花格与回文锦，合作新编号《玉台》。苏若兰《回文图诗》为古今女子第一绝技。此卷所收朱淑真书，即跋是图也。又卫夫人《群史帖》末署云"李氏卫稽首和南"，此亦女子之署款者。墨迹旧藏明项子京家，我朝宜兴程氏刻石曰《玉台名翰》，盖假徐陵《新咏》以名之。卫夫人书，名簪花格。

九

花甲寻常见不鲜，岁华纪丽俗先刊。他时莫付麻沙板，恐有齐东误牡丹。此书卷末附录干支日月异称，亦标新领异之一助也。顾亭林《日知录》曰："山东人刻《金石录》，于李易安后序'绍兴二年玄黓岁壮月朔'，不知'壮月'之出于《尔雅》，而改为牡丹。"又《日知录》称，古人不以甲子名岁，其甲至癸、寅至丑二十二名，古人用以纪日，不以纪岁。岁则自有阏逢至昭阳为岁阳，摄提格至赤奋若十二名为岁名。以甲子纪岁，乃自新莽始。据此，则岁阳、岁名乃本名。而此卷称为异名，误矣。附识于此。

一〇

帝王署字试旁搜，别有婆娑凤尾修。若补花名书一卷，许多画鸭唱青头。今人署款，有自花其名以防伪者，谓之花押。六朝以来，士夫文书，署名多用此体。《齐书》：斛律金不能作字，齐神武指屋角示之。厍狄干署"干"字，乃逆上书之，时人号为穿锥是也。《魏志》：司马懿将统兵拒蜀，许允等谋因其入，请帝杀之。已书诏，优人于帝前唱"青头鸡"。"青头鸡"者，鸭也，欲帝速押诏书也。可知帝王亦自书押。又《晋书》：凡章奏皆批"诺"。"诺"字中"若"字有凤尾婆娑之形，故曰凤尾诺。《北史·齐后主纪》：穆提婆等卖官，乞书诏。后主连判文书二十余纸，各作"依"字。《北齐书》称"各作花字"，是画诺署依，亦皆花其体矣。此皆款识一类。尚可补此一门，广为搜辑也。

一一

试点雌黄细讨论，旁流亦自号专门。句须丁尾翻删却，展读无烦洛诵孙。古人读书亦有款识，以分章断句。《〔乐〕〔礼〕记》："三年视离经辨志。"《汉书》："读书止，辄乙其处。"皆是也。《庄子》："句有须，丁有尾。"可知古人读书，每以笔涂乙以为标记。日本刻书，时以假字及一二甲乙诸字附之字里行间，以便倒读，物茂卿谓之"句须丁尾"。此书汇粹古人款识而刻之，于坊间俗体弃而不用，殊觉大方可喜也。

诮沈梅史君诗

（诗见本集《与日本友人大河内辉声等笔谈·戊寅笔话》第四卷第三十话）

步高字韵诗

（诗见本集《与日本友人大河内辉声等笔谈·戊寅笔话》第九卷第五十八话）

扇面题诗

（诗见本集《与日本友人大河内辉声等笔谈·戊寅笔话》第十七卷第一一〇话）

过答拜石川先生*

望衡对宇比邻居，相见常亲迹转疏。今日芒鞋初过语，半帘花影一床书。

伞盖四言铭

（诗见本集《与日本友人大河内辉声等笔谈·戊寅笔话》

---

* 原编入日本东京文升堂 1878 年 8 月出版的《芝山一笑》诗集。该书辑录日本汉学家石川英与清使馆何如璋、黄遵宪等官员赠答诗 79 首。据夏晓虹《晚清社会与文化》（湖北教育出版社 2001 年 3 月版）。

第二十三卷第一五九话）

和源桂阁

（诗见本集《与日本友人大河内辉声等笔谈·戊寅笔话》第二十五卷第一六八话）

咏 艺 妓

（诗见本集《与日本友人大河内辉声等笔谈·戊寅笔话》第二十五卷第一六八话）

待艺妓不来作

（诗见本集《与日本友人大河内辉声等笔谈·戊寅笔话》第二十五卷一六八话）

宫岛诚一郎父母寿诗

（诗见本集光绪四年七月十九日至二十六日间至宫岛诚一郎函）

暑中赋呈闇南先生索书*

耕南先生因吾友枢仙千里索书，余素不工书，求者多婉谢以自掩其拙。顾凤闻耕南诗名不敢却。京阪山水梦寐以之，酷暑中赋此代简，书竟便觉习习风生矣。

耕南仙史近如何，闻说园居水竹多。城市软尘红十丈，可能容

---

* 据《翰墨因缘》上卷（日本明治十七年11月名山馆版）。时间待考。

我借吟窝。

次韵和宫岛诚一郎

（诗见本集光绪四年五月十四日与宫岛诚一郎等笔谈）

和宫岛诚一郎韵

（诗见本集光绪五年闰三月二十五日与宫岛诚一郎等笔谈）

姑录旧填词博一笑

（诗见本集光绪五年闰三月二十五日与宫岛诚一郎等笔谈）

次韵宫岛诚一郎戏赋

（诗见本集光绪五年闰三月二十五日与宫岛诚一郎等笔谈）

送梅史归

（诗见本集光绪五年十一月五日与宫岛诚一郎等笔谈）

陪王韬增田贡游后乐园有感而作

（诗见本集光绪五年四月五日与增田贡等笔谈）

用川田瓮江韵赋呈紫诠先生[*]

神山风不引回船,且喜浮槎到日边。如此文章宜过海,其中绰约信多仙。司勋最健言兵事,宗宪先闻筹海篇。君著有《普法战纪》诸书甚富。团扇家家诗万首,风流多被画图传。

席中用川田瓮江韵赋呈

紫诠先生,即乞斧正。

弟黄遵宪公度拜草

大雪独游墨江酒楼归得城井锦原
游江岛诗即步其韵^{**}七首

一

江楼高瞰水,朱栏欲倚危。凄风飒入座,冷若霜侵髭。响停万家屐,更无人在兹。

二

浩浩白无际,回光照层楼。红日匿不出,寒威积楼头。借问羲皇鞭,子今何处游^①?

三

寒樱冻欲僵,槎牙撑枯枝。随风雪飘荡,有如花落时。人言花时好,我云雪亦奇。

---

* 此诗约写于光绪五年使日期间。据南开大学藏手迹。此标题系编者所拟。日本明治十七年版《翰墨因缘》上卷录此诗题作《奉赠戣园先生即用瓮江韵》。

** 黄遵庚存稿本题为《辛巳十月大雪独游墨江酒楼归得城井锦原游江岛即步其韵》。

① 黄遵庚藏手稿本作"游",钞本作"浮"。

四

上云压重檐,下云埋断碣。远望木母祠,楼台半明灭。长堤万枝树,树树鸟飞绝。

五

烛龙睡不起,阴火潜木难。江声悄无波,微茫失涯岸。独有富士山,傲然虎而冠。

六

我起拔剑舞,秋水一何清。舞罢雪儿歌,宛转若为情。快呼三百杯,块垒浇不平。

七

天公好游戏,诡幻不可名。蒙黑世界中,倏然放光明。愿天更雨襦,户户春温生。

留别宫本鸭北

长华园里好亭楼,每到花时载酒游。今岁花开应入梦,愿风吹梦落并州。

海行杂感 * 二首

一

一气苍茫混渺冥,下惟水黑上天青。妄言戏造惊人语,龙母蛇神走百灵。

二

寥寥旷旷浩无边,一缕蒙蒙荡黑烟。惊喜舵楼齐拍手,满船同

---

* 此诗刊《新民丛报》第 27 号(1903 年 3 月)共 16 首,刊本卷四存 14 首,此为其第七、九首。

看两来船。

朝 鲜 叹*

有北有北鄂罗斯，展翼巨鹫张牙狮，欲囊下合鞭四陲。梦中伸脚直东下，谅尔无过土耳其。吁嗟乎朝鲜！吾为朝鲜危。一解。

雌王宝剑猴王刃，迩来又唱征韩论，踌躇四顾权且忍。有人欲杀西邻牛，宰肉平分先一分。吁嗟乎朝鲜！何以待日本？二解。

四夷交侵强邻逼，皇皇者华黯无色，保藩字小有何力！黄龙府又黑龙江，方酾小龙供鸟食。吁嗟乎朝鲜！汝毋恃上国。三解。

前有檀君后卫满，夜郎自大每比汉，几经内属几外叛。黄幄拜天九叩头，受降又留百世患。吁嗟乎朝鲜！恨不改郡县。四解。

尊汉如天使如父，前儿在子求保护，四邻环伺眈眈虎。不能鸡口作牛后，高下句骊定谁土。吁嗟呼朝鲜！奈何不自主？五解。

山中之天海中市，中央如砥可辟世，列强画作局外地。嬴颠刘蹶百兴亡，任我华胥闭门睡。吁嗟乎朝鲜！安得如瑞士！六解。

峨冠博带三代前，蜷伏蠖息海中间，犹欲锁港坚闭关。土崩瓦解纵难料，不为天竺终波兰。吁嗟乎朝鲜！朝鲜吾忍言？七解。

越南篇**甲申

於戏我大清，堂堂海外截。封贡三属藩，有若古三蘖。流求忽改县，句骊不成国。右臂既恐断，两足复悲刖。今日南越南，戎夏

　＊　此诗据梁启超《饮冰室诗话》。《诗话》云此诗"盖癸未所作"，即光绪九年（1883年）。

　＊＊　此诗据梁启超《饮冰室诗话》。题下注"甲申"，为光绪十年（1884年）。按：中法战争中签订条约之事在光绪十一年（1885年），故似指中法开战之年。

·328·

又交摔。芒芒吊禹迹，眼见日乖刺。溯当始祸萌，事由一身龁。无端犯王师，妄持虎须捋。天威震迭久，又恐张挞伐。当有祆教僧，教以求佛法。铤鹿急难择，饮鸩姑止渴。尔时路易王，挟强逞饕餮。假威许蒙马，染指思食鳖。虽逢国步艰，鞭长远莫及。南北万里海，从此生交涉。道咸通商来，来往寄蕃舶。偶思许田假，遂挟秦权喝。搏兔逞狮威，含鼠纵鸥吓。可怜雏雄王，蠢蠢正似鸭。丰岐初王地，手捧土一撮。弱肉供强食，一任鸾刀割。神弩不能飞，天柱亦随折。尾击须弥翻，掌鸣太华擘。山河寸寸金，攫取到手滑。新附裸狼脏，今复化鬼蜮。海口扼尔吭，定知国难活。同治中兴初，滇南扰回鹘。购运佛郎机，苦嫌鸟里阔。时有西域贾，请从间道达。直溯富良江，万里若庭阔。一符挟万枪，绝无吏纠察。归言取九真，无复烦兵卒。但鸣一声炮，全国归钤辖。豕蛇荐食心，闻此益坚决。遂以法王法，运彼广长舌。到今割地约，终画花名押。缅稽白雉来，初见於越纳。眉珠窃弩归，每每附南粤。颙㬰等附庸，思摩当一设。或随降王梃，或拜夫人节。中间贤太守，龙度推士燮。远地日归化，常朝非荒忽。唐初设都护，穷海益震慑。安南仅道属，何尝称国别。陵夷五季乱，渐见蛮夷猾。曲矫与吴丁，拥兵日狷獗。方叹黎侯微，又歌李华发。陈氏甫代齐，虞公复不腊。中朝节度名，初未敢抹杀。帝号聊自娱，后乃纵僭窃。壮哉英国公，桓桓仗黄钺。三擒名王归，悬首在观阙。龙编入鳞册，得地十七八。复古郡县治，南人咸大悦。狼子多野心，豨勇复冒突。疆场互彼此，王命迭予夺。逮明中叶后，中干国力竭。置君无定棋，遣将多覆辙。遂议珠崖弃，坐视金瓯缺。巍峨鬼门关，从此论异域。夜郎妄比汉，更有吷尧桀。黎莫新旧阮，此亡彼兴勃。版图二千年，传国数十叶。雁去复雁来，狐埋更狐揎。蛮触虽屡争，同种出骆越。得失共一弓,磨击非两钺。而今入法界,尽将汉帜拔。吁嗟铜柱铭,真成交趾灭。乾隆全盛时,四海服鞭挞。忽有黎大夫,求救庬邱葛。兴灭字小邦,皇皇大义揭。出关万熊罴,一月奏三捷。元夜失昆仑,忽而全师蹶。猿鹤与沙虫,万骨堆一穴。尔时金川平,国威震穷发。方统羽林军,大会长杨猎。西北五单于,渭桥伏上谒。当此我武扬,何难国耻雪!雕剿索伦兵,人人肃慎笴。倘命将军行,径取此獠杀。废藩夷九县,明正蹂田罚。赤土与朱波,左提复右挈。凯乐奏《兜离》,文化拓苍颉。或者南天南,尽将海囊括。胡为奸虏谋,转信中行说。金人作化身,非人就是物。桃根将李代,一意防虫啮。是何黎邱鬼,变态极诡谲。谓秦岂无人,尔蛮何太黠!妄称佛诞日,亲拜天菩萨。化身魔波旬,竟许日三接。直从仇虏中,跻之亲王列。哀哀马革尸,弃置情太悊。赝鼎纳神奸,于史更污蔑。明明无敌兵,忽当小敌怯。岂其十全功,势成强弩末?抑当倦勤年,乐闻有苗格?每论武皇功,怪事呼咄咄。噫嘻大错铸,奚啻九州铁。迩来百年事,言之更蹙頞。国小亦一王,乃作无赖贼。乌艚十总兵,豢盗纵出没。国饷藉盗粮,公与海寇结。嗣后红巾乱,更作狼鼠窟。外人诘庇盗,遇事肘屡掣。王师迭出关,徒作驱鱼獭。闻今越南王,自视犹滕薛。君臣共鼾睡,忘是他人榻。无民即无地,地维早断绝。黄图转绿图,旧色尽涂抹。譬如黑风船,永堕鬼罗刹。何时楚南土,复编史《梼杌》。滇粤交犬牙,天地画瓯脱。舐糠倘及米,剥肤恐到骨。不见彼波兰,四分更五裂。立国赖民强,自弃实天孽。不见美利坚,终能脱羁绁。我来浪泊游,仰视鸢跕跕。神祠铜鼓声,海涛共呜咽。精卫志填海,荆卿气成蜺。安得整乾坤,二三救时杰。共倾中国海,洒作黄战血。地编归汉里,天纪亡胡月。

香港访潘兰史题其独立图

四亿万人黄种贵，二千余岁黑甜浓。可堪独立山人侧，多少他人卧榻容。

上宝佩珩莃相国二首

一

毡裘大长拜诸夷，争说王商状貌奇。玉册早编贤圣籍，丹书曾作帝王师。喜看岁晚余苍桧，未用仙方饵紫芝。身历五朝文献备，请披一品集中诗。

二

褒衣博带进贤冠，曾向凌烟阁上看。一柱久撑天下计，八方环问相公安。平泉春暖花常好，沧海波平水不澜。闻道园亭名独乐，尚忧边事慨才难。

庚寅十月为沈逋梅翊靖题梅鹤
伴侣图时同客英伦二首

一

等闲抛却万琼枝，来访仙槎海外奇。只恐旧时猿鹤怨，有人要作《北山移》。

二

频年愁病眼模糊，入手惊看好画图。翻扰罗浮故乡梦，不知梅既着花无。

新嘉坡杂诗*四首

一

苍鹘开场日，黄貂伏腊时。偶循胡服□，杂用汉官仪。翠叶盘三尺，金花帽几枝。迷离看两兔，莫更笑龟兹。

二

杂坐州闾会，新婚嫁娶图。摊钱争叶子，迭鼓闹花奴。蕃舞工飞燕，家传爱牧猪。官符经买取，不复禁金吾。

三

赤道何相迫，行天日欲烧。山炎头大痛，水冷背频浇。见月牛犹喘，语冰虫不号。琉璃黄竹簟，食睡到凉宵。

四

草木南方志，虫鱼后郑笺。鳄灵时搅海，犀影竟通天。市锦珠流泪，堆盘贝作钱。漫山飞石燕，更唱尾涎涎。

乙未秋偕实甫同泛秦淮实甫出魂南北集嘱题成此**

一卷先生自挽诗，神枯心死剩情痴。杜鹃再拜无穷泪，乌鹊三飞何处枝。生入玉门虽不愿，上穷碧落究谁知。尺书地下君先问，只恐回书说暂离。

损轩同年权上海同知赋诗见示依韵奉和***

半年从事贤劳后，抽得哦诗自在身。冷冗一官还自笑，婆婆二

老最相亲。纸烦箱尾消长日,酒趁遨头及早春。流水游龙车滚滚,看人捷足走红尘。

再题实甫魂南集[*]

江山如此魂安往,天地无情眼久枯！咄咄千年真怪事,茫茫四海竟穷途。分明清酒黄龙约,颠倒天吴紫凤图。望子归来愿母死,声声君听墓门乌。

为范肯堂当世题大桥遗照^{**}

每过吾妻桥,便忆《吾妻镜》。微茫烟水寒,独照孤鸿影。

寒食日游莫愁湖^{***}

官催军粮鸥呼急,蔼仓主筹边防局。夹抱文书雁行立,损轩司制府文案。众胥环门捉饕虿。上元陈谅山。忽然欲写游湖图,吹筒气喘长须奴,茶铛酒盏忙追呼。先生束卷置高阁,节庵钟山院长。我谢红髯言有约,急起同追半日乐。斜阳照阁空波明,柳丝半绿芦芽青,春光淡淡湖冥冥。花阴皂帽敲罗声,蹇驴磨痒徐徐行,回看湖月闻雨鸣。

以桃兰二花赠节庵承惠诗索和依韵奉答^{****}

种花须种忘忧草,怜材要怜不材木。感君独抱惜花心,不惜衔

---

[*]　此诗据黄遵庚钞存,录自《人境庐集外诗辑补遗》。此诗亦作于南京,姑编于此。
^{**}　此诗据黄遵庚钞存,录自《人境庐集外诗辑补遗》。此诗亦作于南京,姑编于此。
^{***}　此诗据黄遵庚钞存,录自《人境庐集外诗辑补遗》。此诗亦作于南京,姑编于此。
^{****}　此诗据黄遵庚钞存,录自《人境庐集外诗辑补遗》。此诗亦作于南京,姑编于此。

泥入君屋。自从采撷到幽栖,谓剪榛菅拔尘俗。奇香偶偷国士名,空华难入《群芳录》。飘茵堕溷各有缘,回黄转绿真难卜。胸怀终古蕴菲芳,目色随时判荣辱。未必捐弃君子心,颇耐褒讥俗流目。亭亭灯影素心人,恻恻弦声白头曲。江南春暮群莺飞,桥上声凄杜鹃哭。风狂雨横正离披,得安高阁庸非福。春寒萧瑟不可言,壹意从君媚幽独。烦君为写桃源图,相期携手筼筜谷。

樵丈尚书六十有一赋诗敬祝[*]

入丁出丙寿星祥,四国传夸天上张。冠冕南州想风度,枢机北斗在文昌。金城引马迎朝爽,银汉归槎照夜光。挥麈雄谭磨剑气,独因忧国鬓苍苍。

以诗寿樵丈尚书蒙赐诗和答依韵赋呈^{**}

往迹云泥偶一论,喜公气海得常温。北山王事贤劳甚,南斗京华物望尊。横榻冰厅争问礼,公不由进士而兼署礼部侍郎,实异数也。鸣珂紫禁独承恩。吾粤先辈赐朝马者无几,即庄滋圃、骆文忠两协揆亦未拜此赐。玉缸酒暖朝回会,愿听春婆说梦痕。赐诗有"海国春婆"之语。

---

* 据左鹏军《新见黄遵宪集外佚诗二首》(载《文教资料》2000 年第 1 期),手迹藏广州博物馆。张荫桓,字樵野,广东南海人,生于清道光十七年正月初四日(1837 年 2 月 8 日),六十一岁生辰当为光绪二十三年正月初四日(1897 年 2 月 3 日)。此诗当作于是日前后。

** 据左鹏军《新见黄遵宪集外佚诗二首》(载《文教资料》2000 年第 1 期),手迹藏广州博物馆。前诗呈张荫桓不久,张以诗答黄遵宪,黄则依韵作此诗答呈。

出军歌 [*] 八首

一

四千余岁古国古,是我完全土。二十世纪谁为主?是我神明胄。君看黄龙万旗舞,鼓鼓鼓!

二

一轮红日东方涌,约我黄人捧。感生帝降天神种,今有亿万众。地球蹴踏六种动,勇勇勇!

三

南蛮北狄复西戎,泱泱大国风。蜿蜒海水环其东,拱护中央中。称天可汗万国雄,同同同!

四

绵绵翼翼万里城,中有五岳撑。黄河浩浩流水声,能令海若惊。东西禹步横庚庚,行行行!

五

怒搅海翻喜山撼,万鬼同一胆。弱肉磨牙争欲啖,四邻虎眈眈。今日死生求出险,敢敢敢!

六

剖我心肝挖我眼,勒我供贡献。计口缗钱四万万,民实何仇怨!国势衰微人种贱,战战战!

七

国轨海王权尽失,无地画禹迹。病夫睡汉不成国,却要供奴

---

* 此诗据梁启超《饮冰室诗话》。又见《人境庐集外诗辑》。取《出军歌》、《军中歌》、《旋军歌》各首末字则组成"鼓勇同行,敢战必胜,死战向前,纵横莫抗,旋师定约,张我国权"。

· 335 ·

役。雪耻报仇在今日,必必必!

八

一战再战曳兵遁,三战无余烬。八国旗飔笳鼓竞,张拳空冒刃。打破天荒决人胜,胜胜胜!

军中歌八首

一

堂堂堂堂好男子,最好沙场死。艾灸眉头瓜喷鼻,谁实能逃死?死只一回毋浪死,死死死!

二

阿娘牵裾密缝线,语我毋恋恋。我妻拥髻代盘辫,濒行手指面:败归何颜再相见,战战战!

三

戟门乍开雷鼓响,杀贼神先王。前敌鸣笳呼斩将,擒王手更痒。千人万人吾直往,向向向!

四

探穴直探虎穴先,何物是险艰!攻城直攻金城坚,谁能漫俄延!马磨马耳人磨肩,前前前!

五

弹丸激雨刀旋风,血溅征衣红。敌军昨屯千罴熊,今日空营空。黄旗一色盘黄龙,纵纵纵!

六

层台高筑受降城,诸将咸膝行。降奴脱剑鞠躬迎,单于颈系缨。四围鼓吹铙歌声,横横横!

七

秃发万头缠黑索，多少戎奴缚。绯红十字张油幕，处处夷伤药。军令如山禁残虐，莫莫莫！

八

不喜封侯虎头相，铸作功臣像。不喜燕然碑百丈，表示某家将。所喜军威莫敢抗，抗抗抗！

旋军歌八首

一

金瓯既缺完复完，全收掌管权。胭脂失色还复还，一扫势力圈。海又东环天右旋，旋旋旋！

二

辇金如山铜作池，债台高巍巍。青蚨子母今来归，偿我民膏脂。民膏民脂天鉴兹，师师师！

三

玺书谢罪载书更，城下盟重订。今日之羊我为政，一切权平等。白马拜天天作证，定定定！

四

鹫翼横骞鹰眼恶，变作旄头落。盖海艨艟炮声作，和我凯旋乐。更谁敢背和亲约，约约约！

五

秦肥越瘠同一乡，并作长城长。岛夷索虏同一堂，并作强军强。全球看我黄种黄，张张张！

六

五洲大同一统大，于今时未可。黑鬼红蕃遭白堕，白也忧黄祸。黄祸者谁亚洲我,我我我!

七

黑山绿林赤眉赤,乱民不冥贼。镌羌破胡复灭狄,虽勇亦小敌。当敌要当诸大国,国国国!

八

诸王诸帝会涂山,我执牛耳先。何洲何地争触蛮,看余马首旋。万邦和战奉我权,权权权!

幼稚园上学歌十首

一

春风来,花满枝,儿手牵娘衣。儿今断乳儿不啼,娘去买枣梨,待儿读书归。上学去,莫迟迟。

二

儿口脱娘乳,牙牙教儿语。儿眼照娘面,娘又教字母。黑者龙,白者虎,红者羊,黄者鼠。一一图,一一谱,某某某某儿能数。去上学,上学去。

三

天上星,参又商。地中水,海又江。人种如何不尽黄?地球如何不成方?昨归问我娘,娘不肯语说商量。上学去,莫徜徉。

四

大鱼语小鱼:世间有江湖。小鱼不肯信,自偕同队鱼,三三两两俱。可怜一尺水,一生困沟渠。大鱼化鹏鸟,小鱼饱鹈鹕。上学去,莫踟蹰。

五

摇钱树,乞儿婆。打鼗鼓,货郎哥。人不学,不如他。上学去,莫蹉跎。

六

邻儿饥,菜羹稀;邻儿饱,食肉糜:饱饥我不知。邻儿寒,衣裤单;邻儿暖,袍重襧:寒暖我不管。阿爷昨教儿,不要图饱暖。上学去,莫贪懒。

七

阿师抚我,抚我又怒我;阿师詈我,詈我又媚我。怒詈犹可,弃我无奈。上学去,莫游惰。

八

打栗凿,痛呼謈;痛呼謈,要逃学。而今先生不鞭扑,乐莫乐兮读书乐!上学去,去上学。

九

儿上学,娘莫愁;春风吹花开,娘好花下游。白花好靧面,红花好插头,嘱娘摘花为儿留。上学去,娘莫愁。

一〇

上学去,莫停留。明日联袂同嬉游:姊骑羊,弟跨牛;此拍板,彼藏钩。邻儿昨懒受师罚,不许同队羞羞羞!上学去,莫停留。

小学校学生相和歌＊十九首

一

来来汝小生,汝看汝面何种族?芒砀五洲几大陆,红苗蜷伏黑蛮辱。虬髯碧眼独横行,虎视眈眈欲逐逐。於戏我小生,全球半黄

＊ 此诗据梁启超《饮冰室诗话》,梁称其为"近作",知是黄遵宪晚期所写。梁说明:"其歌以一人唱,章末三句,诸生合唱。"

人,以何保面目?

二

来来汝小生,汝所践土是何国?身毒沦亡犹太灭,天父悲啼佛祖默。四千余岁国仅存,盖地旧图愁改色。於戏我小生,胸中日芥蒂,芒芒此禹域。

三

来来汝小生,人于太仓稊米身。人非群力奚自存,裸虫三百不能群。菹龙柙虎人独尊,非众生恩其谁恩?於戏我小生,人不顾同群,世界人非人。

四

来来汝小生,汝之司牧为汝君。尊如天帝如鬼神,伏地谒拜称主臣。汝看东西立宪国,如一家子尊复亲。於戏我小生,三月麕裘歌,亦曾歌维新。

五

来来汝小生,汝身莫作瓶器盛。牛儿马儿堕地鸣,能饮能食能步行。三年鞠我出入腹,须臾失母难生成。於戏我小生,佛亦报亲恩,忘亲乃畜生。

六

听听汝小生,人各有身即天职。一身之外皆汝敌,一身之内皆汝责。人不若人吾丧吾,怙父倚天总无益。於戏吾小生,绝去奴隶心,堂堂要独立。

七

听听汝小生,天赋良能毋自弃。谁能三头与六臂?谁不一心辖百体?听人束缚制于人,是犬縻尾牛穿鼻。於戏我小生,汝非狼疾人,奈何不自治?

八

听听汝小生,汝辈即是小团体。相亲相爱如兄弟,如友相助如盟会。一群苟败羊尽亡,敢惮为牺私断尾。於戏我小生,六经新注脚,要补合群谊。

九

听听汝小生,人不可无谋生资。嘴短懒飞雀啼饥,游手坐食民流离。黄金世界正在手,人出只手能维持。於戏我小生,而今廿世纪,便是工战期。

一〇

听听汝小生,人人要求普通学。不愿百鸟出一鹗,不愿牛毛变麟角。空谈高论不中书,一任代薪束高阁。於戏我小生,三年几巍科,何补国昏弱?

一一

听听汝小生,我爱我书莫如史。此一块肉抟抟地,轩顼传来百余世。先公先祖几经营,长在我侬心子里。於戏我小生,开卷爱国心,掩卷忧国泪。

一二

听听汝小生,人言汝国多文辞。彼尖尖笔毛之锥,此点点墨染于丝。何物蟹行肆蚕食,努力努力争相持。於戏我小生,世无文弱国,今非偃武时。

一三

听听汝小生,欲求国强先自强。食案以外即战场,剑影之下即天堂。偕行偕行若赴敌,朝歌夕舞黑祸裆。於戏我小生,生当作铁汉,死当化金刚。

一四

听听汝小生,雪汝国耻鼓汝勇。芙蓉熏天天梦梦,鬼幽地狱随地涌。吸我脂膏扼我吭,使我健儿不留种。於戏我小生,谁甘鱼烂亡,忍此饮鸩痛!

一五

勉勉汝小生,同生吾国胥吾民。南音北音同华言,左行右行同汉文。索头椎髻古异族,久合炉冶归陶甄。於戏我小生,愿合同化力,抟我诸色人。

一六

勉勉汝小生,既为国民忍作贼!国民贵保民资格,国民要有民特色。任锄非种任瓜分,心肝直比黑奴黑。於戏我小生,焚尽白降幡,有我无他国。

一七

勉勉汝小生,汝读何书学何事?佛经耶约能救世?宗教神权今半废。莫问某甲圣贤书,我所信从只公理。於戏我小生,口唱汉儿歌,手点《尧典》字。

一八

勉勉汝小生,汝当尽职务民义。嬴颠刘蹶几兴废,蚩蚩不问官家事。栋折榱崩汝所知,天坠难逃天压己。於戏我小生,誓竭黔首愚,同救苍天死。

一九

勉勉汝小生,汝当发愿造世界。太平升平虽有待,此责此任在汝辈。华胥极乐华严庄,更赋六合更赋海。於戏我小生,世运方日新,日进日日改。

菊花砚铭[*]

杀汝亡璧，况此片石。衔石补天，后死之责。还君明珠，为汝泪滴。石到磨穿，花终得实。

庚子事变感怀佚诗[**]

新亭对景莫沾衣，当日题诗海外归。坐对虞渊看日薄，一听邻笛久成啼。

侠 客 行[***]

忽而大笑冠缨绝，忽而大哭继以血。大笑者何为？笑我鼎镬甘如饴。大哭者何为？哭尔众生长沉苦海无已时。吁嗟！笑亦何奇，哭亦何奇，胸中块垒当告谁？平生胸吞路易十四十八九，挟山手段要为荆轲匕首张良椎。仗剑报仇不惜死，千辛万挫终不移。致命何从容，宁作可怜虫？岁寒知松柏，劲草扶颓风。君不见当今老学狂涛何轰轰，国魂消尽兵魂空。安得人人誓洒铁血红，拔出四亿同胞黑暗地狱中。

---

[*] 梁启超菊花砚为唐才常赠，谭嗣同题铭诗，江标篆刻，戊戌政变时丢失。1902 年（光绪二十八年）黄遵宪致函梁启超，告以找到该砚，并写此砚铭。录自《饮冰室诗话》第 170 节。

[**] 据张永芳著《黄遵宪研究》。

[***] 据钱仲联先生手录，原载《广益丛报》分类合订排印本卷十二（苏州大学图书馆藏）。据钱先生推定，约写于作者 1905 年去世前不久。

人境庐词曲赋联

摸鱼儿 ＊ 与沈梅史联句赠源侯桂阁

试问他、旧时巢燕（黄），雕梁犹认芳苑（沈）。墨江春水波摇绿，终日画帘高卷（黄）。花似霰（沈）。却正是、江南草长飞莺乱（黄）。凭阑望远（沈）。谁得似清闲，蓬壶方丈，携住神仙眷（黄）。

沧桑事，人世衣冠都换（沈）。惊看海水清浅（黄）。当年关左谊鼙鼓，曾向沙场征战（沈）。君不见（黄）。班师后、宫袍侍宴芙蓉殿（沈）。相逢恨晚（黄）。且射虎归来，旗亭夜饮，斗北横天半（沈）。

买陂塘 ＊＊ 与沈梅史联句

柳棉飞、缘阴清润，旧时王谢池馆（沈）。偷闲半日游裙屐，水榭飞觞竞劝（黄）。啼鸟唤（沈）。早吩咐、奚奴先把锦囊齐展（黄）。毫丝脆管（沈）。听越艳吴姬，粤歌楚调，一霎按筝阮（黄）。

清歌起，都把红牙敲遍。落花帘外香满（沈）。人未倦（黄）。

　　＊　据实藤惠秀、郑子瑜编校《黄遵宪与日本友人笔谈遗稿》戊寅笔话第十卷第六十四话。联句时间系 1878 年 4 月 26 日（光绪四年三月二十四日）。沈梅史，即沈文荧。
　　＊＊　据实藤惠秀、郑子瑜编校《黄遵宪与日本友人笔谈遗稿》第十二卷第七十七话。标题系编者所拟。时间为"戊寅五月十一日"，即 1878 年 5 月 11 日（光绪四年四月十二日）。"人未倦"疑少两句十三字，上片"齐"，下片"撩"似为衍字。原文如此。

怕万里、乡心振触春愁撩乱（沈）。蓬山不选（黄）。对松涛竹籁，斜阳影里，余韵晚风卷（沈）。

满 庭 芳[*]

弄玉箫柔，飞琼瑟缓，当筵齐唱新声。玉环绣葆，提抱上银觥。其弟子有三四岁能作书画者。争画云松仙鹤，更气毫、字写长生。褰裳拜，绛纱弟子，中女象文明。　　谁知巾帼内，有钟离养志，道韫垂名。想墨江富岳，毓秀钟灵。都羡史家彤管，传伟人、压倒公卿。蒲生氏《近世伟人传》中有女史传。君自笑、梅花同日，愿结岁寒盟。

花蹊女史生日赋词祝之

岭南黄遵宪

贺 新 郎^{**}

乙未五月芸阁南归，饮集吴船，各抚《贺新郎》词，以志悲欢。

凤泊鸾飘也，况眼中苍凉烟水，此茫茫者！一片平芜飞絮乱，无复寻春试马。又渐渐夕阳西下。水软山温留扇底，展冰奁试照桃花写，影如此，泪重洒。　　寻思罗袖临行把，竟明明蛟绡分剪，公然割舍。天到无情何可诉，只合埋忧地下！但何处得开酒社？相约须臾毋死去，尽丁歌甲舞，今宵且。看招展，花枝惹。

＊　迹见花蹊是日本明治时代女书画家，创办东京神田女子学校"迹见学园"（现迹见学院女子大学）。黄遵宪于光绪四年（1878 年）迹见辑录的名人题词集《彤管生辉帖》题《满庭芳》词，于光绪六年出版。该词不像黄遵宪笔迹，但系黄遵宪词作似不伪。

＊＊　此词原刊文廷式《云起轩词钞》。作于"乙未五月"，即光绪二十一年五月（1895年 6 月）。辑入《人境庐集外诗辑》。

双双燕 * 题兰史罗浮记游图

罗浮睡了，试召鹤呼龙，凭谁唤醒。尘封丹灶，剩有星残月冷。欲问移家仙井。何处觅、风鬟雾鬓？只应独立苍茫，高唱万峰峰顶。　　荒径，蓬蒿半隐。幸空谷无人，栖身应稳。危楼倚遍，看到云昏花暝。回首海波如镜。忽露出、飞来旧影。又愁风雨合离，化作他人仙境。兰史所著《罗浮游记》，引陈兰甫先生"罗浮睡了"一语，便觉有对此茫茫、百端交集之感。先生真能移我情矣。辄续成之。狗尾之诮，不敢辞也。又兰史与其夫人，旧有偕隐罗浮之约，故"风鬟"句感之。

天　香 **

实甫以鹿港香见惠，言"比宋末龙涎何如"，因抚此调志感。

黄熟仙乡，白光净域，金银与土同价。神丛一博，十斛珠玉，撒手公然割舍。沧波渺渺，烟断处、蓬莱干也。多少鲛人红泪，湿透临行冰帕。　　天南采鸾谁跨？香包上刻一跨鸾人。认分明、鬻香长者。拉杂李僵唐湿，一齐捣麝。便有蜃楼云气，才过眼、还随海波泻。归去庐山，且分莲（袍）〔社〕。实甫有别业在庐山。

天　香

实甫购鹿港香，归作扶鸾清供，又抚此赠之，录乞拍正。

心字篆成，头香烧过，沉沉碧落今夜。呼云引鹤，倾海敕龙，邀取灵箫鸾驾。银屏珠箔,问老母、可□①睡也?海外人间天上,絮絮家长细语。　　几度断肠花谢。又天风、雨新好者。新归连环肠断,不曾放下。拈到手中密线,此香又名线香。教萨保、重寻锦袍䙓。线灭香销,灰终不化。

贺　新　凉

实甫临别,再抚此调见寄,次韵奉答,即送其还湘。

滚滚波东泻。剩六朝、媚人残月,一钩如画。黑塞青林都照过,还照空梁屋瓦。真要听、秋坟子夜。魂北魂南归何处,看蛟螭、白昼龙堂打。斩马剑,仍放下。　　鸱夷一舸君行也。展眉头、大千秋色,愁来莫怕。燕子板桥名士鲫,付与柳生平话。听满坐、笑言哑哑。南部烟花东京梦,又承平、气象欢兵罢。谑谑乐,忘灯炧。

贺　新　郎

用前韵,题王木斋《吴船听雨图》。

乱雨跳珠泻。认王郎、乌衣年少,倚舫读画。生长六朝烟水地,久把乌篷当瓦。又听贯、吴娘子夜。烂熟江南肠断句,叠愁心、还任梅黄打。声声橹,丁帘下。　　白头海客才归也。十九年、蛟宫鼍窟,风波吓怕。难得西窗红烛影,留作巴山雨话。看凫雁、随人哑哑。以水为家真乐境,便绿蓑、青笠归来罢。悄悄对,篆烟炧。

金　缕　曲**

吾家山谷作绮语,秀师呵其应堕拔舌地狱,涪翁笑曰:“空

----

① 　□似为“曾”字。

** 　录自钱仲联编《黄公度先生年谱》,《年谱》记,同治十三年“十一月五日观剧,有《金缕曲》。原刊《清华周刊》第二十九卷第八号。

中语耳。"聊藉以解嘲。

便作沾泥絮,也相随,花娇莺婢,凭风飞起。吹得一池春水皱,明晓干卿甚事? 早弹尽千丝红泪。刚是飞琼身一见,剩绕梁三日箫声媚。都压倒,众桃李。　　呼天宛转天应醉,更好绝乱头粗服,病恹恹地。不必真个消魂也,今日魂都消矣。还说甚人天欢喜。许借昆仑仙枕卧,便丁歌甲舞从头起。迷离眼,请君视。

金 缕 曲

　　实甫题《吴船听雨图》和韵奉答。破绮语戒,故作"畔离骚"以广其意。

海水随杯泻。剩残山、青溪几曲,丁签如画。干尽桃花纨扇泪,莫论六朝宫瓦。又黑到、漫漫长夜。唤取花奴催羯鼓,便手如、白雨声声打。今不乐,休放下。　　一年容易秋风也。听乌篷、凄凄戚戚,逼人惊怕。我欲逃禅君破戒,且作拈花情话。何苦要、龙痴羊哑。一味妇人醇酒乐,把百年、乐尽歌才罢。君莫管,酒灯烛。

粉蝶儿慢*

　　题马淑畹女士《小罗浮仙馆百蝶图》。

吹粉成烟,团香作梦,双影翩翩对舞。尽中央四角,总花房来去。得意马蹄香十里,随踏软红尘土。任东风,着意吹、只愿镇长一处。　　尔汝。葛仙夫妇。展冰奁、画了鸦黄眉妩。借丹砂醮笔,又重修蝶谱。翠羽偕栖好仙乡,不识合离风雨。问梅花、汝三

---

*　据上海图书馆藏《徐乃昌亲友尺牍》原件,系楷体字。徐积余,名乃昌。

生,能修到否?

遵宪初稿

(黄氏公度)

积余词长拍正

人境庐散曲[*]同治庚午

> 题州牧彭翰孙南屏《磊园诗事图》。园在嘉应州廨侧,南屏任州牧,就园营治花圃,觞咏其间,遂嘱画师写图。

(好事近)余事也劳劳,趁官暇,吟情越高。大家拍手笑,相招,觅得诗天一角。

(山花子)诗天一角,休嫌小,当时迹已萧条。剔繁芜,砍薜雪消,洗荒凉,砌草人高,看吹过,春风一遭。东边西边烟插苗,前头后头脂坼苞。泼眼花光,远近遮要。

(驮环著)尽经营得巧,尽经营得巧。靠石安花,引水供鱼,结巢留鸟。一曲红阑稳抱。恰好茶炉酒盏,早安排几多诗料。看剪灯,蓬窗人悄,听击钵,朱梁韵绕。新旧调,短长谣,总笔底生花,与春争闹。

(近仙客)唤小吏把诗钞,尽日垂帘忙不了。这诗兴,月儿青天样高,胜西园,雅集图描。不信看这幅新奇稿。

(红芍药)者一个拥著锦袍,那一个系著银毫。者一个攲斜纱帽,那一边手写芭蕉,那一边看花索笑。算中间烛影红摇,便分现东坡貌。

---

   * 录自吴天任著《黄公度先生传稿》第八章新派诗之鼓吹。"同治庚午"为同治九年(1870年)。

（菊花新）俺想起尚书红杏气偏豪，便占住名园暮与朝，清福此中销，做一个闲鸥先导。

（驻马听）满眼蓬蒿，二百年来事尽消。风花过眼，雨水融痕，雪泥散爪。花神返去来难召，楚弓复得谁难料。难得诗豪，辟荒芜重迤著江南老。

（会河阳）听说江南，邮程未遥，有南国水土环绕。心焦，怕竹笋香肥，莼羹味饱。动乡思，使君归了。须信这里的风光好，莫将那故里的酸咸较。

（红芍药）仰高行，似斗与杓，哦新韵，似玉和瑶。只为着生春手，便妙把甘棠万家种了。清闲赢得我逍遥，呼奚奴落花静扫。听花间趿履声高，一齐来领先生教。

（尾　声）长官似此清应少，宰相传家福自饶，须补上、芍药金围带一条。彭翰孙上代曾任宰相。

小时不识月 * 以"小时不识月，呼作白玉盘"为韵

碧宇光澄，青春梦绕。旧事茫茫，予怀渺渺。月何分于古今，人犹忆乎少小。举头即见，依然皓魄团团；总角何知，漫道小时了了。

昔李青莲神仙骨格，诗酒生涯。偶琼筵之小坐，向玉宇而翘思。清影堪邀，且喜三人共盏；韶华易逝，那堪两鬓已丝。未知过客光阴，几逢圆月；每望广寒宫阙，便忆儿时。

细数前尘，尚能仿佛。灯共人簿，果从母乞。鬓边之玉帽斜

---

* 该赋作于"同治丁卯"（1867年）。佚名评："端庄流丽，情文相生，令人一读一击节。"据钱仲联辑《人境庐杂文钞》（载《文献》第七辑，1981年3月版）。

敬,膝下之彩衣低拂。骑来竹马,长干之侣欢然;梦入绳床,湘管之花鄂不。

偶绮阁之春嬉,见玉阶之月色。忽流满地之辉,莫解中情之惑。几时修到,竟如七宝装成;何处飞来,不用一钱买得。只昨夜高擎珠箔,偶尔招邀;似春风吹入罗帏,未曾相识。

何半钩兮弯环,复一轮兮出没。羌珠斗之光凝,更星潢之艳发。相逢倍觉依依,怪事辄呼咄咄。倘使层梯取得,愿登百尺之台;只应香饼分来,误指中秋之月。

问天不语,愈极模糊。屡低头而思起,奈欲唤而名无。阿姊聪明,搴帘学拜;群儿三五,捉影相娱。几从华屋秋澄,凝眸谛视;每见银河夜转,拍手欢呼。

如此心情,犹能揣度。曾圆缺之几回,已容颜之非昨。恐蟾兔其笑人,竟江湖之落魄。偶然今夕重逢,愿有新诗之作。想当日铜鞮争唱,都如宵梦一场;箕几番玉镜高悬,未及少年行乐。

因慨夫老大依人,关山作客。桃园春色之宵,牛渚秋江之夕。谢公别处,客散天青;宛水歌中,沙寒鸥白。历数游踪,都成浪迹。空学浣花老友,儿女遥怜;只同中圣浩然,风流自适。

孰若髻挽青丝,头峣紫玉。捉花底之迷藏,向墙阴而踯躅。银床高卧,翻疑地上霜华;翠袖同看,未解闺中心曲。可惜流光弹指,此景难追;即今皎魄当头,童心顿触。

盖其别翻隽语,故作疑团。真粲花之有舌,拟琢玉以成盘。早岁香名,艳说谪仙位业;扁舟午夜,饱看采石波澜。仰公千载,对月三叹。我自惭绿鬓华年,曾无才调;恨未识锦袍仙客,相与盘桓。

题驻日本使馆门联*

放眼楼头,看海水南流,夕阳西下;

寄怀天末,咏京华北望,零雨东归。

赠源桂阁联**

桂阁贤侯雅鉴

好春时看诸天花雨

半夜里闻大海潮音

梅州黄遵宪

暖依村庄题额***

满堂宾客,三国之产,更无一人,红髯碧眼,纸笔云飞,笙歌雨
沸,皆我亚洲,自为风气;

人生难得,对酒当歌,今我不乐,复当如何,纵横战国,此乐难
得,奚怪有人,闭关谢客。

庚辰八月 黄遵宪醉书 应栗香先生属,时在暖依村庄。

挽宫岛一瓢联****

七十古来稀,况板舆迎养,牙笏胪欢,有子并推天下士;

---

* 据张永芳著《黄遵宪研究》。

** 据张永芳著《黄遵宪研究》,原载《梅县志》(广东人民出版社 1994 年版)。

*** 题额时间为光绪六年八月(1880 年 9 月)。据早稻田大学图书馆藏《宫岛诚一郎
文书》(以下简称"宫岛文书一")C7 宫岛诚一郎誊录《栗香大人与支那人之问答录》
(以下简称"宫岛写本")

**** 作于 1880 年 12 月 19 日(光绪六年十一月十八日)。黄遵宪致宫岛诚一郎、小森
泽长政函中奉此挽联。

大仙往何处,想柱杖蓬峰,悬瓢松岛,此身仍作地行仙。

宫岛一瓢老先生之灵几

后学黄遵宪顿首拜挽

新加坡琼州大厦天后宫题联*

人耳尽方言,听海客瀛谈,越人乡语;

缠腰尽富豪,有大秦金缕,拂菻珠尘。

人境庐大门联（二对）

一

结庐人境

伐檀河干

二

结庐在人境

步屟随春风

人境庐大厅联**

踏遍九州烟,作倚枕卧游,经过名山,犹不忘法界楼台,米家书画;

梦回五更月,正凭栏远望,揭来今雨,莫浪说齐人野语,海客瀛谈。

---

* 此联当题于任新加坡总领事期间。录自张永芳著《黄遵宪研究》。

** 此联黄遵宪撰,由温仲和(慕柳)书写,署名柳介。

人境庐屋舍联

万象函归方丈室

四围环列自家山

人境庐正厅联

药是当归,花宜旋复;

虫还无恙,鸟莫奈何。

题人境庐联

含景苍龙腾上气

天吴紫凤卧游图

人境庐西门联

朝晖爽气

晚节秋容

人境庐息亭联

有三分水,四分竹,添七分明月;

从五步楼,十步阁,望百步长江。

自制游艇题联(二对)

题额:

安乐行窝

一

> 以风波民,作天随子;
> 借钓游处,学地行仙。

二

> 尚欲乘长风破万里浪
> 不妨处南海弄明月珠

挽堂妹新玉联*

最不幸中国作女子身,绝无半点人权,玉折兰颓,哀死只应论命运;
亦颇疑汝躯非寿者相,洒尽一腔热血,香消膏尽,戕生毕竟误聪明。

吊温仲和联**

少年同志,卅载故交,寥落数星辰,伤哉梁木材颓,又弱一个;
旧学商量,新知培养,评论公月旦,算到松江名宿,同列二何。

荣禄第祖居联***

> 汪波千(项)〔顷〕春如海
> 好月十分花林缸

---

* 据管林《黄遵宪为堂妹写的挽联》,录自张永芳著《黄遵宪研究》。黄遵宪堂妹黄新玉于 1903 年 9 月 8 日(光绪二十九年七月十七日)病亡。

** 据张永芳著《黄遵宪研究》。温仲和,卒于 1904 年(光绪三十年),此联当题于是年。

*** 据张永芳著《黄遵宪研究》。

第二编　文录

寄和周朗山诗跋同治癸酉

（同治十二年九月十六日　1873 年 11 月 5 日）

　　琨，字朗山，安徽定远人，何师入幕宾也。壬申十一月，拔萃榜已发，于锁院中誊试，得一副本。日西斜，有短衣古服、须眉清疏者出，曰："孰黄生者？"余曰："宪是也。"则相视而笑，默默不得语，久而曰："此别何时再见矣？"余约于槐黄时。乃愀然曰："明经不第，不值一钱。余又将乘辕改北，背城借一也。"旋即出其所赠诗。次日谒师后，邀余见，昌言于众曰："过岭以来所见士，君一人耳。"又就诗中跋引伸之，无多语也。匆匆作别，差池不见。行至兴宁，又寄余数诗。余得之不乐，曰："朗山诗凄凉掩抑，乃至于此，吾惧其将死矣！"今年来省，急询其行踪，则已于三月病归自肇庆，竟于十九日卒于佛山之舟中。问其柩，知未反。余即携纸钱一束，展拜其殡，盖明日将发引矣。一棺萧然，泣且无泪。朗山有灵，殆感吾二人因缘之悭，犹欲待余一哭欤？呜乎！附录于此，志知己之感。执笔未下，又不知涕泗之何从也！

癸酉九月一十六日　遵宪记

据钱仲联辑《人境庐杂文钞》，《文献》第七辑

《人境庐诗草》自序

（同治十三年四月八日　1874 年 5 月 23 日）

（文见本集《人境庐诗草》）

诰封通政大夫何淑斋先生暨德配范夫人八旬开一寿序（代作）

（光绪四年四月　1878年5月）

国家威德远播，磅礴四海，古所谓梯航纳贽，重三四译而后至，或羲、轩以来未被声教者，皆结盟约，遣信使，通往来。日本密迩近邻，且为同文之国，天子尤慎其选。丙子八月，乃以翰林侍讲子峨何君膺其任。先是朝议推使才，子峨以亲老欲辞，其尊人淑斋先生贻书训勉之，子峨乃得慷慨秉节，乘槎而东。昔殷员外使回纥耳，昌黎既亟称其人无离别之色幾微见于颜面。况海外万里之役，比回纥倍为险远，垂白老亲，乃寄书戎行，且以一心奉公相劝，自非真知轻重大丈夫而能之乎？

子峨到日本一年，置吏保商民，风流令行，百事具举，华彝太和。将于己卯四月，置酒于堂，以祝亲寿。人皆称子峨之才之德，余知其得于庭训者为多也。以余闻尊公及母夫人，皆事亲孝，治家严，凡钱谷布帛之入，推诸昆弟无不均；臧获婢妾，待之无不慈；自家庙祭田以及党庠乡序，秩然无不举。盖一以忠信之言，笃敬之，行将之。子孙循循奉教，皆以善闻里党。子峨更推而行之蛮貊，而亦无不行也。且先生固非徒宽大长者，其处物公方，乡之人尤为敬惮，后进中子弟有所就争质，必理谕势导，俾人人得当而去。族居数千人，从无一讼牒达于令长；乡邻有斗者，必多方劝阻止之。所贵乎天下士，能为人排难解纷耳，处则治一乡，出则治天下，无二道也。今欧罗巴合纵连横，日寻干戈，甚于战国。往往一介行李，遂固盟好而弭兵戎。子峨他日必能资父事君，以折冲尊俎之间也。子峨勉乎哉！

子峨本文学侍从之臣，雍容和雅。其待人也，宽中而直柔，无亲疏贵贱如一。旌麾所临，环门者踵相接。吾知此一举也，捧筐筥，陈壶浆，跻公堂而酬觥觯者，我中土之人也。具枣栗，进几杖，汉学之士咸挟诗献图，且有书佉卢之字、奏铢锅之乐而来者，西人之子、东人之子也。於戏，荣矣！《诗》有之曰："王事靡盬，不遑将父。""王事靡盬，不遑将母。"《诗》又之曰："骙骙征夫，每怀靡及。"盖古大夫之行役，往返跋涉，皆在道途，不遑启处，势固然欤！今之遣使驻节于他邦，得以交邻之暇，和乐燕恺，开筵以祝亲寿，公谊明而私恩亦尽，是又《四牡》、《皇华》之诗人所不及躬其盛者也。厚以不才，亦从诸公后出使俄罗斯。诸公以厚犹子与子峨齐年，能悉其家世，驰书征余文。余文何足道，吾望子峨以报国恩者养亲志而已。抑吾闻日本为古蓬莱方壶，地中多仙草神芝，能延年。芝长，子峨其为余访而得之，介此文以献于其亲可也。

　　　　钦差出使俄国全权大臣太子太保内大臣吏部左侍郎总理各国事务大臣奉天将军兼总督通家愚弟崇厚顿首拜撰　钦差出使英法二国大臣赏戴花翎兵部左侍郎总理各国事务大臣前署广东巡抚翰林院编修愚弟郭嵩焘顿首拜书　大清光绪四年，岁在著雍摄提格，律中南吕之月，日缠寿星之次，大清光绪纪元五年，青龙在屠维单阏，律中蕤宾之月，释迦诞日。

据钱仲联辑《人境庐杂文钞》，《文献》第八辑

《赖山阳书翰》跋

（光绪四年六月　1878 年 7 月）

　　吾尝读山阳之文矣。雄深雅健,数百年无与抗行者。不复谓其书法亦佳妙乃尔。能者固无不可耶！晴窗展卷,每览之而不忍释手也。

光绪戊寅长夏　岭南黄遵宪跋

据宫岛文书—J2《赖山阳书翰》卷末黄遵宪题跋

《养浩堂诗集》卷三跋

（光绪四年九月　1880 年 10 月）

是卷格律渐细，风骨亦渐老，情深韵远，调逸气遒。兴每到好处，使人悲欢啼笑，百端交集。

乐府尤多名篇。雨中无事，读此数篇乐府，剧受之，谬为效颦，删润数语，生硬崛强。复阅一过，面赤不已，先不笑为汉儿多事，强知星宿乎？

《忠度宿花》、《曾外夜袭》、《三郎斫樱》、《丹漆漆》此数诗，仆所最心赏者。

戊寅九月　岭南黄遵宪公度跋

据郭真义、郑海麟《黄遵宪题批日人汉籍》

《中学习字本》序*

（光绪四年十月　1878 年 11 月）

尊宪来东，士夫通汉学者十知其八九，顾未见长三洲荧。顷儿玉士常持其书乞序。余素不晓书，然读其中吉田寅次之文，为之三叹也。

吉田者，亦节烈士，德川氏之季，以非罪毙江户狱中者。日本传国二千余年，一姓相承，五洲未有。自将军擅政，太阿倒持，如周之东，君拥虚位。德川氏末造，二三有志之士，慨然思尊王复古，天下毫杰，靡然从之，一唱而和百，粉首碎身，无所顾恤，卒覆幕府，以蔚成明治中兴之业。何也？盖圣贤之书，忠孝之道，习之者众，人人有忠君爱上之心，固结而郁发，不可抑遏，以克收其效也。若国政共主之治，民权自由之习，宁有此乎？书固小道，然孔孟之道，即于是乎寓。吾愿习字者益思精其义而察其理也。

吉田往矣。长氏、儿玉氏皆汉学者流，试持吾言，问今之士大夫谓何如？

大清光绪四年戊寅十月　嘉应州黄遵宪序（印）

博罗廖锡恩书（印）

据〔日〕佐佐木真理子《黄遵宪驻日时期文学活动一斑》附手迹复印件

---

* 别名《韵华帖》，儿玉士常编辑的字帖。

《先哲医话》跋

（光绪五年正月　1879年2月）

　　《先哲医话》上下二卷，日本信浓人浅田宗伯撰。考文渊阁著录之书，凡医家类九十七部，一千五百三十九卷，列于存目者又九十四部，六百八十一卷。证之内外，药之气性，方之佐使，无不备也。然未有辑医论以成话者，医之有话，实自宗伯始。

　　夫医者，意也。病有万变，医无一定。自《和济局方》专主燥烈香热之品，而刘守真救以寒凉，至于张子和举一切病以汗、吐、下三法治之，东垣兴而重固脾，丹溪出而重滋阴，景岳作而重补阳。夫古之人覃精研思，竭毕生之心力以从事。当夫纵心孤往，必熟察夫天时之寒热，地气之燥湿，世运之治乱，人身之强弱，一旦豁然贯通，或凉或热，或补或伐，如良相治国，名将用兵，投之所向，无不如意。其一偏之论，皆其独得之秘也。或不察所由来，嫒嫒姝姝，守一先生之说，物而不化，是何异契舟求剑以为剑在是乎？至鉴其无效，转谓古方适足以误人，如陈起龙、黄元御诋諆先哲，不遗余力，抑又惧矣！盖先医真积力久而有所独得，单词片语，皆精微之意行乎其间，虽涉一偏，学者能优而柔之，餍而饫之，复神而明之，用均无不效，又况其言之纯粹以精者乎！

　　是卷搜罗名言，间附评论，皆折衷精当。托始于后藤艮山，艮山盖唱复古之说者,而末卷多纪苕庭之论,于读经之审,运用之妙,尤三致意焉,非唯举先哲之法以示人,且示人以敉法之方。浅田氏于此,何其力勤而用心苦也。日本之知汉医,自新罗、百济来,逮隋唐而盛。其后李、朱之说大行,丹水友松首倡复古,医学昌明至于今。此书所录,自享元至文政凡十三人,取其尤著者耳。

浅田氏名惟常,号识此,一号栗园,旧幕府医官,今隐居不仕,以医名五大洲,著医书三十余种,斯其一也。顷疗余疾,因得读其书。他日归,将致之医院,以补《金匮石室》之缺云。

大清光绪五年王正月　岭南黄遵宪公度跋并书(印)

据《先哲医话》手迹,日本明治十三年九月版

《日本杂事诗》后记

（光绪五年三月　1879 年 4 月）

（文见本集《日本杂事诗》）

《日本文章轨范》序[*]

（光绪五年闰三月　1879 年 4 月）

　　天下事变,至于今日而既极矣。事变极则法无不备。然因他
人之法,必择其善者立为轨范,使有所率而循焉,有所依而造焉,而
学者乃不迷于所向。吾读五经四子之文,欲执一法以求之,曾不可
得。古无所谓文,乃无所谓轨范耳。然自汉魏来逮于近世,萃天下
贤智之士,以求工文章,无虑数十百家。不善者无论矣,其善焉者,
各就其性情之所偏近,学问之所偏到,此长彼短,此是彼非,吾不知
所择而一一学之,则驱车于蚁封马垤,且执鞭扬扬,欲与康衢大道
同其驰骋,其败绩压覆也,必矣。杯盘也,爵罍也,不立之模而抟泥
火中,鼓风而陶之,不为觺垦薜暴者又几希矣! 甚矣文之不可无轨
范也。

　　石川鸿斋,日本高才博学之士,外而汉籍,内而和文,于书无所
不读。近者撰日本名文若干篇,命曰《轨范》,以示学者,仿谢氏
《文章轨范》之例也。嗟夫! 学他人之法,不择其善者,而芒芒昧
昧,竭日夜之力以求其似,不求其善,天下之事,无一而可,岂独文

---

　　* 《文章轨范》作者石川鸿斋读此序有评语:"洒落奇伟,妙在意外,中段取譬喻,裁
云缝月之高手,殆似读老苏之文。仆何物,叨蒙华人赏誉,真一代奇福,可以夸耀万世。
鸿斋拜读。"

章也哉！

大清光绪五年闰三月　岭南黄遵宪公度撰（印）

据再刻《日本文章轨范》序手迹

《养浩堂诗集》卷五跋

（光绪五年九月　1879年10月）

此卷诗格益高，诗律益细，即随意挥洒之作，亦皆老苍无稚弱气，可称佳者。

诗之为道，性情欲厚，根柢欲深。此其事似在诗外，而其实却在诗先，与文章同之者也。至诗中之事，有应讲求者：曰家法，曰句调，曰格律，曰风骨，是皆可学而至焉。若夫兴象之深微，神韵之高浑，不可学而至焉者。优而柔之，咏而游之，或不期而至焉，或积久而后至焉，或终身而不能一至焉。栗香之诗，得之于天者甚厚。有才人学人穷年莫能究者，而栗香以无意得之。然其蓄积于诗之先，讲求于诗之中者，有所未逮也。谬论请细思之。

光绪己卯秋九月于霞关使馆　黄遵宪记

据郑海麟辑录《黄遵宪遗墨》，录自丁日初主编《近代中国》第九辑

《近世伟人传》第四编书后

（光绪五年十一月　1879 年 12 月）

"叩阍哀告九天神,几个孤忠草莽臣。断尽臣头臣笔在,尊王终赖读书人。"余之此诗,盖为蒲生秀实、高山彦九郎诸人作也。日本自德川崇儒,读书明大义者,始知权门专柄之非。源光国作《日本史》,意欲尊王,顾身属懿亲,未敢昌言。其后蒲生、高山诸子,始公然著论废藩。尊王攘夷之议起,一倡百和。幕府严捕之,身伏萧斧者不可胜数。然卒赖以成功,实汉学之力也。余读子闇《伟人传》,以君平为冠,喜引为同心。子闇此书,为近世功利说深中于人心,欲以道德维持之,故举诸君子以为劝。今四编告成,犹初意也。他日与子登富士之山,泛琵琶之湖,寻烟云缥渺、水波浩荡之处,我读君书,君读我诗,更相与酾酒,呼诸子之灵而吊之曰:"尔其上告神武、崇神在天之灵,以护斯文乎!"吾知精魂义魄,旷世相感,必有被萝带荔、披发而下太荒者矣。

　　　　　光绪己卯十一月　岭南黄遵宪公度

据郑海麟辑录《黄遵宪遗墨》,录自丁日初主编《近代中国》第九辑

冈千仞诗评

（光绪五年十二月十九日　1880年1月30日）

　　诗之为道，性情欲厚，根柢欲深。此事似在诗外，而其实却在诗先。舍是无以为诗。至诗中应讲求者，曰家法，曰格律，曰句调，曰风骨，凡此皆可学而至者也。若夫神韵之高浑，兴象之深微，此不可造而到焉者。优而柔之，渐而渍之，餍而饫之；或一蹴即至焉，或积久而后至焉，或终其身而不能一至焉，盖有天限，非人力之所能也。先生沉浸酝郁，其书满家，而中经乱离，惓惓君国，又深有风人之旨蕴蓄于中者，固可谓深且厚矣。此卷抚时感事，慷慨悲歌，不少名篇。顾炼格间有未纯，造句间有未谐；树骨甚峻，而亦过于露立，过于怒张，则讲求于诗之中者，似尚有所未至也。从事于学所能至者，而徐而俟之，他日造就，盖未可量也。譬犹龙驹凤雏，骨相既具，而神采未足；又譬犹名花异卉，苞蕊既含，而烂漫犹待。宪虽不才，拭目企之矣。

己卯腊月十九日　黄遵宪妄评

据郑海麟辑黄遵宪手稿复印件

森槐南《补春天传奇》评

（光绪五年　1879 年）

以秀倩之笔，写幽艳之思，摹拟《桃花扇》、《长生殿》，遂能具体而微。东国名流，多诗人而少词人，以土音歧异，难于合拍故也。此作得之年少江郎，尤为奇特，辄为诵"桐花万里，雏凤声清"之句不置也。

岭南黄遵宪识

此作笔墨于词尤宜，若能由南北宋诸家，上溯花间，又熟读长吉、飞卿、玉溪、谪仙各诗集，以为根柢，则造诣当未可量。后有观风之使，采东瀛词者，必应为君首屈一指也。

公度又评

据郭真义、郑海麟《黄遵宪题批日人汉籍》

题《近世伟人传》

（光绪六年二月十七日　1880年4月6日）

　　子闇自题曰："蓬蓬布世三千部，支得饥寒可涉年。"今日余访其庐，谭次及此，余戏曰："如此诚为良田矣。"子闇谓此书之利，如渊明种秫，为饮酒计耳；虽然，亦尝出以救亲友之穷者。余谓《唐书·杜甫传赞》"残膏剩馥，沾丐他人"，不过称其工文。若子书，真乃不愧斯语也。酒酣，相与大笑而散。

　　光绪六年二月十七日　黄遵宪公度醉书于青天白日楼中

据郑海麟辑录《黄遵宪遗墨》，录自丁日初主编《近代中国》第九辑

《养浩堂诗集》卷一跋

（光绪六年三月一日　1880年4月9日）

严沧浪云："诗有别肠。"余谓譬如饮酒，有一滴入唇面辄发赪者，有一斗一石而醉者，有千钟百榼而醉者，其度量相去远甚，而要皆得之于天，不可勉为，故古人亦谓酒有别肠也。诗之为道，或白头老宿，学殖甚富，而月锻季炼，坌闷钝滞之气，终身未除。粟香此卷皆少作，虽树骨未峻，炼格未纯，而其运笔之妙，吐属之佳，一见而知为诗人。间有似宋元晚唐人处，亦不必自古人得来，而不觉神与古会。盖其得之于天者厚矣。江郎采笔，当在君处，才子才子！

庚辰三月朔日　黄遵宪公度识

据郑海麟辑录《黄遵宪遗墨》，录自丁日初主编《近代中国》第九辑

《养浩堂诗集》卷二跋

（光绪六年四月　1880 年 5 月）

小诗风调绝伦,闲适之篇最多名句,短章古诗佳者,别有隽逸古峭之致。盖是时多读晚唐宋人及乐府诗,故所得如此。长古亦有乳虎初生气象。

庚辰四月　广东黄遵宪拜读谨跋

据郭真义、郑海麟《黄遵宪题批日人汉籍》

《养浩堂诗集》卷四跋

（光绪六年五月二十七日　1880 年 7 月 4 日）

粟香之诗,无市儿龌龊态,无腐儒寒酸态,无武夫粗犷态,无儿女婉昵态,无下吏鄙俗态,无村人陋野态。每读过,使人神怡。风人之诗也。

光绪庚辰五月廿七日在箱根山中新浴初起,展读赘此。

岭南黄公度

据郭真义、郑海麟《黄遵宪题批日人汉籍》

《养浩堂诗集》卷五跋

（光绪六年五月　1880 年 6 月）

诗有初读颇觉其佳，再读便索然无味者。栗香诗余既三读，当其佳处，犹使人恬吟高唱，不欲释手也。

庚辰五月于箱根宫下藤屋　黄遵宪复记

据郑海麟辑录《黄遵宪遗墨》，录自丁日初主编《近代中国》第九辑

评《万国史记序》

（光绪六年五月　1880年6月）

　　余与冈本监辅相知最深，其书成，举以示余。余恨其无志、无表，不足考治乱兴衰之大者，因为之发凡起例，冈本氏大以为然。何星使喜其书，亦惜其杂采西史，漫无别择，谓其叙述我国处，词多鄙陋不足取信。顾以汉文作欧米史者，编辑宏富，终以此书为嚆矢。书综纪万国，序上称三古，可谓一纵一横，论者莫当。

　　余从前亦欲作此书，自草条例，凡为列国传三十卷。为志十二：曰天文，曰舆地，曰宗教，曰学术，曰食货，曰货殖，曰武器，曰船政，曰兵法，曰刑律，曰工业，曰礼俗；为表十七：曰年表，曰今诸侯表，曰疆域表，曰鄙远表，曰土产表，曰货殖表，曰税表，曰国债表，曰民数表，曰教表，曰学表，曰职官表，曰兵表，曰船表，曰炮台表，曰电线表，曰铁道表。顾以其书浩博，既非一朝一夕所能竟，又非一手一足所能成。积稿压架，东西驰驱，卒未成书。今观冈本氏所著，益滋愧也。

光绪庚辰五月识

据郑海麟辑录《黄遵宪遗墨》，录自丁日初主编《近代中国》第九辑

《仙桃集》序

（光绪六年五月　1880 年 6 月）

　　古之人有以巾闻于世者,一为郭林宗之折角巾,一为陶渊明之漉酒巾。今乃又得之浅田先生之道士巾。先生疗余疾,余赠以巾。先生大喜,招其同志饮酒赋诗,属而和者数十人。数十人者又仿其巾而模造之,于是浅田巾之名名于通国。夫以先生之高风亮节,隐居不仕,亲戚情话,琴书消忧,所谓天子不得臣,诸侯不得友,其于二子,殆庶几焉。

　　顾东汉之末,宦官窃权,党锢狱起,知名之士,多被其害。林宗褒衣博带,周游群国,特委蛇以避难耳。而陶靖节值晋亡宋兴,其不为五斗米折腰,欲为胜国之顽民,不欲为新室之勋臣耳。余读其《述酒》诸诗,于沧桑之变,盖三致意焉。则取巾漉酒,亦借以浇其胸中之块垒已也。先生年少不陷于党祸,至今日则时方太平,优游足乐,弹冠而出可也,束带而立亦可也,夫何慕于二子而以黄冠为? 先生顷衰其诗属余序,余以此意质之。先生方左执卷,右执杯,折巾一角,呼童漉酒,科头箕踞,大笑而不答。既而曰:"子毋足知我! 且饮酒。"

　　　　光绪庚辰夏五月　岭南黄遵宪公度撰

据钱仲联辑《人境庐杂文钞》,《文献》第七辑

评《与某论冉求仲由书》

（光绪六年五月二十九日　1880 年 7 月 6 日）

德行颜渊一节，谓只就厄于陈蔡时说，自是确然。然据以谓圣门之列四科者，不止此数人，则可疑；诸贤为不称其实，则未足也。

批驳处极有条理，具见读书用心。虽然，蒙窃以为圣门诸子未可轻议。由、求之为政事才，实不容疑也。《论语》一书称二子之为政事才者，不一而足，盖夫子尝称道之，此足取信于天下万世矣。作者所疑聚敛附益，及仕卫殉难二节，揣圣门大贤，断不至病民以媚季氏，为自好者所不为。陈氏厚施，民歌舞之，卒移齐祚。求之为此，或别有深心，欲使季氏敛怨，即以尊公室，未可知也。求以治赋称，抑或国用不足，欲以取之民者散之民，亦未可知也。夫子所谓鸣鼓而攻，或非夫子之言，或夫子有为言之。蒙考《论语》一书，实不出一手。自仲尼没，而儒之党派各分，弟子各就其所闻以记。汉之经生，分门别户，齐论鲁论，各有源流，观《汉书·艺文志》可知。即或求也并无此事，记者以误传，经生亦以误授，亦未可知也。此不容疑也。谓仲由死卫，为无见幾之明，此近于据成败以论英雄。且夫子知其必死，无一贬语，而后人反加訾议，是智过夫子矣。亦不容疑也。

至谓二子无政绩足记，有治蒲三善事，不得谓无一足纪也。书缺有间,所流传于今日者,千万之一耳。且古人朴实,无盗名欺世之心,不如后人之墓志家传,连篇累牍,赖赖不休,固未易使其政绩传于后世。圣门七十二贤,其无事可记者,居十之八。宋明以后,从事孔庙之儒者,蒙读道学诸传,其所称述,往往近于圣人无一瑕疵。蒙不敢信宋后儒者,而疑孔门诸贤也。此又不容疑也。

谓春秋时待士极优,因责求、由不见用于世。不知若叔向,若子产,或出公族,或出世家。《左传》所谓羊舌氏世其家。至管夷吾举于士,则千古称鲍叔之荐贤、桓公之知人矣,皆未便与由、求疏远单寒之士同语也。以孔子之圣,而栖栖皇皇,不得展其志,又何论由、求?此又不容疑也。

作者又疑由、求不应仕季氏。当时政权半由季氏,二子不仕鲁则已,苟仕鲁,舍季氏其谁氏?明季贽①议许澄②不应仕元,谓为失身胡虏,不知许氏践元之土,食元之粟,当时君天下者为元,苟不仕元,其将谁仕?季氏虽非元比,而论者所责,则同此迂阔矣。蒙又比之,当德川氏盛时,二百余藩,奔走恐后,究其实,则僭霸耳。然苟责此二百余年之臣,谓为无君,奚为而可!季氏所为,尚不如德川氏之手握政权,而谓二子呈媚僭窃之家,尽力乱贼之门,则可谓不论其世也。此又不容疑也。

读古人书,当观其大,当论其世。心有所疑者,则当博考旧说,融会而贯通之。圣人为万世一人,其门弟子之贤,亦必非后人所能及。蒙读朱注,于诸贤短处指摘不遗余力,每讥其妄。故今读此篇,不自觉其言之烦碎也。山中无书,不获征引,以证成吾说。然

---

① 季贽,应为李贽。
② 许澄,应为许衡。

断之以理,亦似可以共信。质之吾□□□□□□□□□□□①鹿门以为何如? 蒙不学,虽谬妄,亦万不敢自居于师。谅之,恕之!

光绪庚辰五月二十九日在宫下楢屋浴起附赘此　岭南黄遵宪

据郑海麟辑录《黄遵宪遗墨》,录自丁日初主编《近代中国》第九辑

---

① 郑海麟注,此处缺十一字。

《明治名家诗选》序

（光绪六年六月　1880 年 7 月）

居今日五洲万国尚力竞强、攘夺搏噬之世，苟有一国焉，偏重乎文，国必弱，故论文至今日，几疑为无足轻重之物；降而为有韵之声诗，风云月露，连篇累牍，又益等诸自郐无讥矣。虽然，古者太史巡行郡国，观风问俗，必采诗胪陈，使师瞽诵而告之于王。《春秋》为经世之书，孟子谓其因诗亡而作。昔通人顾亭林之言曰：“自诗之亡，而斩木揭竿之变起。”盖诗也者，所以宣上德、达民隐者也。苟郁而不宣，则防民之口，积久而溃，雍决四出，或酿巨患焉。然则诗之兴亡，与国之盛衰，未尝不相关也。

自余随使者东来，求其乡先生之诗。卓然成家者，寥落无几辈。而近时作者，乃彬乎质，有其文。余尝求其故，则以德川氏中叶以后，禁网繁密，学士大夫每以文字贾祸，故嗫嚅趑趄，几不敢操笔为文。维新以来，文网疏脱，捐弃忌讳，于是人人始得奋其意以为诗。余读我友城井氏之所选，类多杰作。其雍容揄扬，和其声以鸣国家之盛者，固不待言；偶有伤时感世之作，而缠绵悱恻，其意悉本乎忠厚，当路者亦未尝禁而斥之，是可以觇国运矣。以余闻欧罗巴固用武之国也，而其人能以诗鸣者，皆绝为当世所重。东西数万里，上下数千年，所以论诗者，何必不同。尚武者不能废文，强弱之故,得失之林,其果重在此欤! 抑有为之言,不必无用;而无用之用,又自有故欤! 后有辀轩采风之便,其必取此卷读之。

大清光绪六年六月　岭南黄遵宪公度序(印)

据日本村上佛山校阅、城井锦原修纂《明治名家诗选序》手迹

《藏名山房集》序

（光绪六年六月　1880 年 7 月）

天下万事万物,有迹可循者,皆后胜于前,独文章则今不如古,近古又不如远古。盖文章所言之理,今人所欲言者,古人既言之,掇拾其唾余,窃取其糟粕,欲与古之人争衡,必有所不能。文章家之足自立者,其惟史乎! 吾今日目之所接,耳之所遇,身之所遭,皆吾之所独,古之人莫得僭越之。文章家之史之大者,为古所绝无,其惟今日五大部洲之史乎! 自欧米诸国接踵东来,举从古未通之国,从古未闻之事,一旦发泄之。问其政体,则以民为贵,以共和为政,以天下为公;问其学术,则尽水火之用,竭天地之蕴,争造化之功;问其国势,则国债库藏,动以亿数,徂练之师,陆则枪炮以万数,水则轮舶以百数;问其战争,则伏尸百万,流血千里,其甚者,寻干戈二三百载,不得休息。以及百丈之船,万钧之炮,周环地球;顷刻呼吸之电音,腾山蓦涧,越林穿洞;日行数千里之火车,飞凌半空之气球,凡夫邹衍之谭天,章亥之测地,齐谐之志怪,极古人所谓怪怪奇奇者,莫不有之;极古人荒唐寓言之所不及者,又有之。苟以是笔之于书,则夫欧米诸国,从百战百胜,艰难劳苦,以通东道者,皆适以供吾文章之用也。岂不奇哉!

昔人论史迁文,谓非独史才,亦网罗者博,有以资之。今五洲万国二千年之事,岂啻倍此。吾意数十年后,必有一学兼中西者,取列国之事,著之于史,以成古今未有之奇书。而不意东来日本,乃几几得之于冈子千仞。冈子向官编修,曾译米、法二志行于世。所为文章,指陈形势,抒写议论,类不受古人牢笼。余每读其文,未尝不叹为方今良史才也。往余与冈子相遇于昌平馆,冈子卒问余曰:"子每言不能为文,果何能?"余奋笔书曰:"能知五部洲之事。嘻!夫非曰能之,吾欲尽熟彼事,而后治吾文也。"今若俄、若英、若德、若奥、若意,皆纵横寰海,以强盛闻。冈子尚有志译其书,余不将橐笔鼓箧、捐弃百事而从之游也乎!

光绪六年六月　岭南黄遵宪序

据郑海麟辑录《黄遵宪遗墨》,录自丁日初主编《近代中国》第九辑

朝鲜策略*

（光绪六年八月　1880年9月）

地球之上有莫大之国焉,曰俄罗斯。其幅帻之广,跨有三洲,陆军精兵百余万,海军巨舰二百余艘。顾以立国在北,天寒地瘠,故狡然思启其封疆,以利社稷。自先世彼得王以来,新拓疆土既逾十倍。至于今王,更有囊括四海,并吞八荒之心。其在中亚细亚,回鹘诸部落蚕食殆尽。天下皆知其志不小,往往合纵以相拒。土耳其一国,俄久欲并之,以英法合力维持,俄卒不得逞其志。方今泰西诸大,若德、若奥、若英、若法、若意,皆眈眈虎视,断不假尺寸之土以与人。俄既不能西略,乃幡然变计,欲肆其东封,十余年来,得桦太洲于日本,得黑龙江之东于中国,又屯戍图们江口,据高屋建瓴之势。其经之营之,不遗余力者,欲得志于亚细亚耳。朝鲜一土,实居亚细亚要冲,为形势之所必争。朝鲜危,则中东之势日亟。俄欲略地,必自朝鲜始矣。嗟夫! 俄为虎狼秦,力征经营三百余年,其始在欧罗巴,继在中亚细亚,至于今日更在东亚细亚,而朝鲜

＊ 1880年8月2日,黄遵宪与朝鲜赴日本修信使金宏集笔谈时说:"今日情势,日本万万不能图朝鲜,仆策中既详言矣";翌年7月8日(光绪七年六月十三日)黄遵宪致王韬函又云:"去岁八月,有修信使金宏集来此,弟为之代作策论一篇,文凡万字。"此件当作于1880年9月。

适承其敝。然则策朝鲜今日之急务,莫急于防俄。防俄之策如之何？曰亲中国,结日本,联美国,以图自强而已。

何谓亲中国？东西北皆与俄连界者惟中国。中国地大物博,据亚洲形胜,故天下以为能制俄者莫中国若,而中国所爱之国又莫朝鲜若。朝鲜为我藩属已历千年,中国绥之以德,怀之以恩,未尝有贪其土地人民之心,此天下所共信者也。况我大清龙兴东土,先定朝鲜而后伐明,二百余年字小以德,事大以礼。当康熙、乾隆朝,无事不以上闻,已无异内地郡县,此非独文字同、政教同、情谊亲睦已也,抑亦形势毗连,拱卫神京,有如左臂,休戚相关而患难与共。其与越南之疏远,缅甸之偏僻,相去固万万也。向者朝鲜有事,中国必糜天下之饷、竭天下之力以争之。泰西通例,两国争战,局外之国中立其间,不得偏助,惟属国则不在此例。今日朝鲜之事中国,当益加于旧,务使天下之人晓然于朝鲜与我谊同一家,大义既明,声援自壮。俄人知其势之不孤而稍存顾忌,日人量其力之不敌而可与连和,斯外衅潜消而国本益固矣。故曰亲中国。

何谓结日本？自中国以外,最与朝鲜密迩者日本而已。在昔,先王遣使通聘,载在盟府,世世职守。至于近日,则有北豻虎同据肩背,日本苟或失地,八道不足自保；朝鲜一有变故,九洲、四国亦恐非日本能有。故日本与朝鲜实有辅车相依之势。韩赵魏合纵,秦不敢东下；吴蜀相结,魏不得南侵。彼以强邻交迫,欲联唇齿之交。为朝鲜者,自当捐小嫌而图大计,修旧好而结外援,苟使他日两国之轮舶铁船纵横于日本海中,外侮自无由而入。故曰结日本。

何谓联美国？自朝鲜之东而往,有亚美利加者,即合众国之所都也。其土本为英属,百年之前,有华盛顿者,不愿受欧罗巴人苛政,发奋自雄,独立一国。自是以来,守先王遗训,以礼义立国,不贪人土地，不贪人人民，不强与他人政事。其与中国立约十余年来，无纤介之隙。而与日本往来，诱之以通商，劝之以练兵，助之以改约，尤天下万国之所共知者。盖其民主之国，共和为政，故不利人有。而立国之始，由于英政酷虐，发奋而起，故常亲于亚细亚，常疏于欧罗巴，而其人实与欧罗巴同种。其国强盛，常与欧罗巴诸大驰骤于东西两洋之间，故常能扶助弱小，维持公义，使欧人不敢肆其恶。其国势偏近大东洋，其商务独盛大东洋，故又愿东洋各保其国，安居无事。即使其使节不来，为朝鲜者尚当远泛万重里之重洋而与之结好；而况其迭遣使臣，既有意以维系朝鲜乎？引之为友邦之国，可以结援，可以纾祸。吾故曰联美国。

夫曰亲中国，朝鲜之所信者也；曰结日本，朝鲜之所将信将疑者也；曰联美国，则朝鲜之所深疑者矣。

疑之者曰：日本自平秀吉兴无名之师，荡摇我边疆，陵夷我城郭，荼毒我人民，赖明师攻守而后退；近年日本变从西法，鹰瞵鹗视，益不可测，江华之役，西乡隆盛志在生衅，亦因岩仓大久保诸人力争而后已，彼其志曷尝须臾忘郅哉！条约之结，亦要盟不得不从耳，反与之昵，是何异开门而揖盗乎？

曰：西乡之议攻朝鲜也，二三大臣独排众议，执不可。彼非不欲荐食边鄙，以厚自封殖，顾度德量力，有所不能，则不如其已耳。朝鲜立国数千年，未尝无人，未尝无兵，无论攻之未必胜，即万一获胜，撤师则无复叛，留兵则无力，况日本有事朝鲜，中国势在必争。尔时日本遣使臣谒李伯相，伯相告以必争，又劝以徒伤和气，毫无利益，故其谋不行。彼知以日本攻朝鲜，已难操必胜，况加以中国之左提右挈，东征西讨，则日本必不支，故西乡之说卒不得行。既不敢行，又以朝鲜密迩近邻，存无滋他族、实逼处此之心，故汲汲然讲信修睦者，其意欲朝鲜自强而为海西屏蔽也。揣时度势,为日本计,必不得不出于此。况今日之日本,外强中干,朝野乖隔,府帑空虚,自谋之不暇乎!兵家有言,"知己知彼",故必知日本所以结朝鲜之故无可疑,然后知朝鲜之结日本亦无可疑。

疑之者又曰:绘图测地,我险既失,仁川一港,乃我帷闼,容彼往来,藩篱尽撤,非志图人国,彼安用测沿海之暗礁,侵畿辅之要地为哉?

曰:古有禁贩卖地图于邻国,杀之无赦者;古有引外国使臣绕道往来,不使其知我险要者,今非此之谓矣!今天下万国,互相往来,近而中东,远而欧美,凡沿海岩礁,皆编为图志,布之天下,以便航海,而远则海滨,近则国都,皆有外使终年驻扎,此通例也。盖力不足自守,虽拒之户外,而法取越南之边鄙,英与缅甸之国政,亦不克自保;力足以自强,虽延之卧榻,英之民遍居彼得俄都,俄之民遍居伦敦英都,亦无足为害也。自强之道在实力,不在虚饰。日本之所为,乃万国之通例,非一家之诡谋也。况日本既不能谋人,则俾熟吾道,乃可以资救援;朝鲜素未知航海,则自识其险,乃可以资守护。从前日本因兵库开港,使臣驻京,抵死坚拒,至于一战再战,而后幡然改图,今行之亦十余年矣。王公守国,乌系乎此哉!

疑之者又曰:朝鲜风气未与外熟,见彼东人异言异服,或群聚观看,或偶尔诟辱,维彼日人志在恫愒,至于管理之官亦敢拔刀以杀。苟和好出于真诚,岂漫无约束,竟肆恶以逞毒哉?

曰:日本性情好胜而不让,贪利而寡耻,见小而昧远,每每如此。特如此事,则两国细民猜嫌之未泯,非彼政府之意也。前草梁一馆虽曰通商,而朝鲜所以困辱而禁制之者,实无所不备,彼心怀愤怒,非伊朝夕,加以釜山所居,类多对马穷民,彼辈无赖之徒,只求自利,安知大体? 斗殴琐事,固非约束之所易及。观日本政府于拔刀一事,撤去山之城,亦可知其志矣。为朝鲜者,但当恪守条约,于彼之循理者,力加保护,然后于彼之无理者,严请究办,情意相孚,庶耦俱无憾矣。苟拘之于薄物细故不能捐弃,而坐失至计,非智者所宜出也。

疑之者又曰:日本与我壤地相接,种类相同,子言结日本,吾固信之矣。若夫欧美诸国,去我数万里,饮食衣服不与我同,嗜币不通,言语不达,彼急急欲与我结盟者,非图利而何? 彼利则我害,子言联美国,此鄙人之所大惑不解者也。

曰:美之为国,分国施政,而合三十七邦为合众国,统以统领,故得土不加广邻。其南邦有名檀香山国者,意求内附,彼且拒绝,而其国尚多旷土,其土多产金银,其人善于工商,为天下首富之国,故得土不加富。其不贪人土地,不贪人人民,此天下万国之所共信者也。而顾与英、法、德、意诸国迭来乞盟,此即泰西所谓均势之说耳。今天下万国,纵横搏噬甚于战国,而列国星罗棋布,欲保无事,必期无甚弱、无甚强,互相维持而后可。苟有一国焉行其吞并则力厚,力厚则势强,势强则他国亦不克自安。欧洲一土,群雄角立,彼俄之眈眈虎视者,既无间可乘,故天下知其志必将东向,东向必自朝鲜始。俄苟有朝鲜,则亚西亚全势在其掌握,惟意所欲,而挟亚洲全局之势反而攻欧罗巴,势殆不可敌。泰西公法,毋得翦灭人国,然苟非条约之国,有事不得与闻。此泰西诸国所以欲朝鲜结盟也。欲朝鲜结盟者,欲取俄国一人欲占之势,与天下互均而维持之也。保朝鲜所以自保也。此非独美为然。然英、法、德、意以朝鲜地瘠,必赖战胜攻取,迭有创伤,以劫盟约,尚非其所愿。惟美国一国自以为信义素著,久为中东两国所信服,欲以玉帛,不以兵戎,故其来独先。然则美国之来，非特无害我之心，且有利我之心。彼以利我之心来，反疑为图利，疑为害我，是不达时务之说也。

疑之者又曰：朝鲜国小民贫，而与诸大国结盟，诛求无厌，供亿无度，不将疲于奔命乎？风俗既殊，礼节亦异，接之非其道，不将疑而滋衅乎？

曰：古所谓牺牲玉帛，陈于境上，以待强国，以疲吾民者。古人以小事大之礼也，而今则无是。今之小国，若比利时，若瑞士，若荷兰国，皆自立，未闻诸大国之督责之、苛求之也。即使臣聘问、领事驻扎、资粮扉屦，皆彼自供。初至不过一朝见，终岁不过一宴飨，举凡郊劳赠贿，皆无有也。既无所供，安有疲应？至于仪文之末，酬应之细，彼亦犹人情。彼但知我无轻慢鄙夷之心，彼尚有何督过？况朝鲜贫瘠，无所利于通商。彼今者但欲缔盟而已，尚未必遣使臣、设领事乎，而又奚疑焉？

疑之者又曰：传教之士，煽诱小民，干预国政，稍稍以法裁抑，则动启哄争，或激事变，既与结约，应许传教，后患安有穷乎？

曰：天主教之专横，天下所共知。顾其敢于横行者，恃法兰西左袒之耳。自法败于普，撤归护卫教王之兵，意大利遽以偏师夺取罗马，逐其教王，教王失所倚，势遂骤弱。至于近日，法亦屡抑教士。国变势，而天主教门益衰矣。但于立约之始，声明传教之士须遵国法，若有违犯，与齐民同罪，彼教士不得肆恶，则吾民不至滋事。至于美国所行乃耶苏教，与天主根源虽同，党派各异，犹吾教之有朱、陆也。耶苏宗旨向不干政，其人亦多纯良。中国自通商以来，戕杀教士之案层见叠出，无一耶苏教者，亦可证其不为患也。彼教之意亦在劝人为善，顾吾中土周孔之道胜之何啻万万，朝鲜服习吾教，渐摩既深，即有不肖之徒从之，万不至迁乔木而入幽谷。

然则听令传教,亦复何害?斯又不必疑也。

疑之者又曰:诚如子言,天下有疏欧亲亚素称礼义之美国,联以为交,未尝不可。顾英、法、德、意从而效尤,接踵而至,则若之何?

曰:苟欲防俄,正利英、法、德、意诸国之结为盟约、互相牵制耳。且朝鲜即不利诸国之来,能终禁其不来乎?今地球之上,无论大小国以百数,无一国能闭关绝人者。朝鲜一国,今日锁港,明日必开;明日锁港,后日必开,万不能闭关自守也必矣。万一不幸俄师一来,力不能敌,则诚恐国非己有,英、法、德、意不愿俄人之专有其土,则群起而争,溃坏决裂,殆不可收拾。前此有波兰一国,俄、德、澳取而分之;去年土耳其之役,俄师未撤,诸国交起,亦割分边地与澳与英与德而后已。朝鲜苟为之续,非吾之所忍言也。即曰仗先王先公之灵,群神群祇之福,天祚朝鲜,必无此事。而英、法、德、意迭遣兵船,要劫盟约,不战则不胜其扰,战而不胜则如缅甸之受制于英,安南之受制于法,亦事之所常有。幸不至此,则结一不公不平之条约,百端要求,百端剥削,非经历十数年兵强国富,不能更改,亦不知何以为国。正为防俄之吞并,惮英、法、德、意之要挟,联美国乃不得不亟亟焉。诚使趁美国使者之来,即议一公平之条约,则一列泰西之友邦,即可援万国之公法,既不容一人之专噬,又可为诸国之先导。为朝鲜造福,即为亚细亚造福。此之不为,尚疑乎哉!

群疑既释,国是一定,于亲中国则稍变旧章,于结日本则亟守条规,于联美国则急缔善约,而即奏请陪臣常驻北京,又遣使居东京,或遣使往华盛顿,以通信息;而即奏请推广凤凰厅贸易,令华商乘船来釜山、元山津、仁川港各口通商,以防日本商人之垄断,又令国民来长崎、横滨,以习懋迁;而即奏请海陆诸军袭用中国龙旗为全国徽帜,又遣学生往京师同文馆习西语,往直隶淮军习兵,往上海制造局学造器,往福州船政局学造船,凡日本之船厂、炮局、军营,皆可往学;凡西人之天文、算法、化学、矿学、地学,皆可往学。或以釜山等处开学校,延西人教习,以广修武备。诚如是,而朝鲜自强之基基此矣。

盖于无事时结公平条约,一利也。中东两国与泰西所缔条约,皆非万国公例,其侵我自主之权,夺我自然之利,亏损过多,此固由未谙外情,抑亦威逼势劫使之然也。今朝鲜趁无事之时,与外人结约,彼不能多所要挟。即曰欧亚两土风俗不同、法律不同,难遽令外来商人归地方管辖,然第与之声明归领事官暂管,随时由我酌改,又为之定立领事权限,彼无所护符,即不敢多事;而其他绝毒药输入之源,杜教士蔓延之祸,皆可妥与商量,明示限制。此自强之基一也。

于通商亦有利焉。我亚西亚居天地正带,物产甚富。中国自唐宋以来,设市舶司,与人通商,所用金钱,皆从外国输入,数百年来,不可胜数。至于近日,金钱稍有流出,则以食鸦片之故也。日本受通商之害,则以易洋服、用洋货之故也。苟使不食洋药,不用洋货,则通商皆有利无害。朝鲜一国虽曰贫瘠,然其地产金银、产稻麦、产牛皮,物产固未尝不饶。吾稽去岁与日本通商之数,输入之货值六十二万,输出之货值六十八万,是岁得七八万矣。苟使善为经营,稍稍拓充,于百姓似可得利,而关税所入,又可稍补国用。此又自强之基也。

于富国亦有利焉。英国三岛止产煤炭,法国①止产葡萄,秘鲁止产金银,皆以富闻于天下。他若印度之丝茶,古巴之糖,日本之棉,皆古无而今有,以人力创兴之,竟得大利。朝鲜土尚膏腴,物亦饶有,其人亦多聪明、善工作。彼极南之奥大利亚,极北之监察加,皆从古人迹不到之地,尚可开辟榛芜,化为沃壤,况于朝鲜之素居正带者乎?苟使从事于西学,尽力以务财,尽力于训农,尽力于惠工,所有者广植之,所无者移种之,将来亦可为富国。又况地产金银,人所共知,若得西人开矿之法,随地寻觅,随时采掘,地不爱宝,民无游手,利益更无穷也。此又自强之基也。

于练兵又有利焉。中国圣人之道不尚武、不尚巧,诚以自治其国,但求修文守质,以期安静,不欲以嚣凌之习、机械之器导民以启争也。然但使他人不挟其所长,我亦守旧而不变。今强邻交迫,日要挟我,日侮慢我。同一乘舟,昔以风帆,今以火轮;同一行车,昔以骡马,今以铁道;同一邮递,昔以驿传,今以电线;同一兵器,昔以弓矢,今以枪炮。使两军有事,彼有而我无,彼精而我粗,不及交绥,而胜负利钝之势既判焉矣!朝鲜既喜外交,风气日开,见闻日广,既知甲胄戈矛之不可恃,帆樯桨橹之无可用,则知讲修武备,考求新法,可以固疆圉、壮屏藩。此又自强之基也。

既可以图利,又可以图强。国无寡小,但使有人、有财、有兵,即足以自立。彼瑞士、比利时犬牙交错于诸大之中尚能为国,况以朝鲜之素称名都、独当一面者乎?朝鲜既强,将来欧亚诸大必且与之合纵以拒俄;苟其不然,坐视俄师之长驱,坐听他人之瓜分瓦解,而害可胜言哉!语有之曰:"两利相衡,则取其重;两害相衡,则取

---

① "止产煤炭,法国",据郑海麟等《黄遵宪文集》补。

其轻。"况利害相去之甚远,而可不早决计乎!

　　嗟夫!朝鲜一国,三面滨海,古称天险,惟西北壤地与我相接,数千年来,仰戴声灵,倾慕德化,惟知有中国。中国为政之体,极不愿疲中以事外,凡在藩服,惟冀其羁縻勿绝,服我王灵,但不敢箕踞向汉,即不愿损一兵、折一矢以立威。而朝鲜因是之故,朝野上下,皆修文教,守礼义,中国之衣冠礼乐,屡世恪守而莫敢失坠。老子所谓:"虽有舟舆,无所乘之;虽有甲兵,无所陈之,民至老死,不相往来。"诚天下之乐国矣。譬之家有慈父,其子饱食安居,无所事事,此朝鲜之大幸也。而不幸至今日,乃忽有天下莫强之俄罗斯与之为邻,而海道四辟又无险之可扼。然犹赖其国僻处东隅,民贫土瘠,故未至如印度之纳土与英,如越南之割地与法,如南洋加喇巴、小吕宋诸国之并于荷兰、并于西班牙。彼俄罗斯者又立国偏西,有诸大国与之牵制,未暇东顾,遂得如天之福世世相承,以至于今日。至于今日,防俄之策,其不得不亟亟然竭朝鲜一国之力以防俄。小固不可以敌大,寡固不可以敌众,弱固不可以敌强,而又幸而有中国可以亲,有同受俄患力不足制朝鲜之日本可以结,有疏欧亲亚、恶侵人国之美利坚可以和。斯盖自先世箕子以来,迨乎今代,世宗立国,群后在天之灵所呵护而庇佑之,乃有此一机也。期所以乘此机者,正在今矣。前此三十年,中国以焚烟故,议罢互市,而一战于广东,再战于江宁,今且通商者十九处,结约者十四国矣。前此二十年,日本以劫盟故,志在攘夷,而一战于马关,再战于鹿儿岛。今则遍地皆西人,举国学西法矣。当二三十年前泰西诸国船舶犹未坚,枪械犹未精,英、法、美诸国之所要求者不过通商,故虽战而败,败而仍和,虽所缔条约所伤实多,而尚无大失。今则俄人之所大欲专在辟土,其船坚炮利又远胜于前,俄近将桦大洲屯兵移驻珲春,又于长崎购买五十万银煤炭运往晖春，又遣大兵船二十余号派来太平洋。而朝鲜锁港之说，仍与二三十年前之中国、日本相类，苟不知变计，恐欲求战而败，败而和，不可复得也。

嗟乎！嗟乎！时势之逼，危乎其危；机会之乘，微乎其微，过此以往，未知。或知举五大部或亲或疏之族咸为朝鲜危，而朝鲜切肤之灾乃反无闻之，知是何异处堂之燕雀遨游以嬉乎？惟智慧能乘时，惟君子能识微，惟豪杰能安危。是所望朝鲜之有人急起而图之而已。急起而图之，举吾策所谓亲中国、结日本、联美国，实力行之，策之上者也。踌躇不决，隐忍需时，亲中国不过守旧典，结日本不过行新约，联美国不过拯飘风之船，受叩关之书，第求不激变，第求不生衅，策之下者也。尔虞我诈，自剪其羽，丸泥封关，深闭固拒，斥为蛮夷，不屑为伍，迨乎事变之来，乃始卑屈以求全，仓皇失措，则可谓无策矣。

朝鲜立国千数百载，岂谓无人能悉利害，而顾甘于无策乎哉？决计在国主，辅谋在枢府，讲求时务、无立异同在廷臣，力破积习、开导浅识在士夫，发奋兴起、同心协力在国民。得其道则强，失其道则亡，一转移间，朝鲜之宗社系焉，亚细亚之大局系焉。

夫忠言逆耳利于行，良药苦口利于病，岂故为危悚之言以耸人听哉！吾借箸而筹此策，非吾心所忍，顾以时势之所逼，不得不出于此，乃不惮强颜以代谋，撄怒以苦净。若夫吾策既行，济之以智勇，持之以忠信，随时而变通，随事而因应，下孚其群黎，内修其庶政，斯又环海生灵之庆，非此策之所能尽者矣！

郑海麟、张伟雄编校《黄遵宪文集》

《牛渚漫录》序

（光绪七年三月　1881 年 4 月）

余尝以为泰西格致之学，莫能出吾书之范围。或者疑余言，余乃为之征天文算法于《周髀》盖天，征地圆地动之说于《大戴礼》、《易乾凿度》、《书考灵曜》，征化学之说于《列子》、《庄子》，征光学之说于《墨子》，征电气之说于《亢仓子》、《关尹子》、《淮南子》，征植物、动物之说于《管子》、《抱朴子》，闻者始缄口而退。挽近士夫喜新骛奇，于西人之医事，尤诧为独绝。见其器用之利，解剖之能，药物之精，辄惊叹挢舌，谓为前古之所未有，转斥汉医为迂疏寡效，卑卑无足道。噫嘻！何其不学之甚也！

余考古之俞跗能割皮解肌，结筋搦髓，华佗于针药所不能及者，辄使饮麻沸散破腹取病，复为缝腹，傅以神膏，此皆西人所谓穷极精能者，而古之汉医于二千余年之前，固既优为之。若吾之望气察色，见垣一方，变化不测，洞阴究阳，则为西医之所无。然则汉医何遽不若西医乎？司马温公之论佛法，谓其精微不能出吾书。余谓西学无不如此。特浅学者流，目不识古，以己所未闻，遂斥为乌有，可谓蚍蜉撼树，不自量之甚也。

日本浅田先生为汉医，于举世心醉西法之时，坚守故说，百折不变，盖先生学问该博，多读古书，故实有所见而云然也。先生于刀匕余暇,曾汇辑古人关涉医事之说,名为《牛渚漫录》。余受而读之,非惟医家诸说尽拔其萃,而于天地间万事万物之理,即此一篇,亦可以旁推而交通之。嗟夫!西人之学,每偏于趋新;吾党之学,每偏于泥古。彼之学术技艺,极盛于近来数十年中,古不及今,其重今无足怪也。吾开国独早,学术技艺,数千年前已称极盛,吾之重古人,古人实有其可重者在也。不究其异同,动则剿袭西人知新之语,概以古人所见,斥为刍狗,鄙为糟粕。乌乎,其可哉!余故读是编而叹息久之。

大清光绪七年春三月　岭南黄遵宪公度撰

据钱仲联辑《人境庐杂文钞》,《文献》第七辑

《读书余适》序

（光绪七年五月 1881 年 6 月）

从古硕学之士，必有二三著述为生平精意所寄者，而出其余力，又往往缀为杂文①，以发抒事理，考证②古今。在作者或不甚爱惜，然承学之士，每欲为之永其传，诚以出自名儒，断非浅植者流所能为也。余考杂说之书，《四库》著录凡八十余部，其出于高材鸿儒之撰述者，十居其五；而出于门生后进之所编辑者，又十居其五。盖博雅君子，积学既深，即随手掇拾，不必求工而书自足传。至亲所受业之人，即其师之遗簪弃履，尚什袭珍藏之不暇，况于其书，其郑重而欲传之，固其宜也。

余未渡东海，既闻安井息轩先生之名；逮来江户，则先生殁既二年③，不及相见。余读其著作，体大思精，殊有我朝诸老之风，信为日本第一儒者。物茂卿、赖子成辈，恐不足比数也。先生之书，既风行于世，顷其门人松本丰多氏，复举其《读书余适》见示，盖先

---

① 此句钱仲联辑《人境庐杂文钞》(《文献》第七辑)作"而又往往出其余力，缀为杂文"。
② "考证"，《杂文钞》作"订证"。
③ "二年"，《杂文钞》作"一年"。

生盐松纪游之作,而松本氏①手录而存之者也。余受而读之,纪事必核,择言必雅。譬如狮子搏兔,虽曰游戏,未尝不用全力。又譬之画龙者,烟云变灭,不得睹其全体,而一鳞一甲,亦望而知其为龙也。学问之道,固视其根柢何如,能者不能以自掩,不能者亦不能以袭取,信哉! 往岁余友曾以息轩遗文命余序,余深愧才学不称,执笔而复搁者再。今松本氏促余序此编,惴惴然而后下笔,犹自觉有举鼎绝膑之态也②。

　大清光绪七年夏五月　岭南黄遵宪公度序　小野堂书

　　　据郑海麟辑录《黄遵宪遗墨》,录自丁日初主编《近代中国》第九辑

---

① "松本氏",《杂文钞》作"松氏"。
② "犹自觉……之态也",《杂文钞》在"惴惴然而后下笔"前。

《北游诗草》序

（光绪七年春　1881 年春）

冈君将游北海，余饯之柳桥水阁。酒酣，赋赠一律，有"归来倘献富强策"句。君大悦，曰："能道吾志。"盖北海一道，为日国北疆，实为豺虎所垂涎。君生东北，固悉外情，屡著论，论开拓防御之方。戊辰王师北征，藩主以为奥羽盟主，没收封土，改封二十八万石。君献策曰："门阀世臣，诸失邑土者，移住北海，为国家辟草莽，可以谢罪于天下。"两伊达、片仓诸氏皆然之，率臣隶往拓其地，驱熊罴，除荆棘，郁然成都邑。君此游，阅历其地，一一赋诗咏之。归京日，出稿示余。其诗雄健磊落，写物状，纪风土，无一徒作者，使读者如身游其地，目击其状，而于北门锁钥不可一日忽之者，一篇中三致意焉。夫儒生迂阔寡效，为世所诟病也久矣，独日国屡收其效，尊王废藩之论，既出于一二儒生。而北海一道，莫大版图，无穷利益，举从古明君名相所未及经营者，一韦布之士，乃有以倡其议而奏其功。今读君诗，尤足以感发。吾知后此执末耜、操牙筹而往者日多，或将为日国之印度、之澳大利亚，亦终不可知。儒生空言无补，得君其亦可一雪此言也乎！伊达氏即今年劝业会所得第一名誉赏牌者也。

大清光绪辛巳春　岭南黄遵宪公度撰

据日本冈千仞《北游诗草》

《养浩堂诗集》序

（光绪七年六月 1881年7月）

余每读少陵怀谪仙诗曰："何时一樽酒,重与细论文。"未尝不叹良朋聚首为人世不易得之事也。夫文字之交,臭味相同,得一奇则共赏,得一疑则共析,比之亲戚之情话,骨肉之团聚,其乐有甚焉者;然而此乐正不数数觏也。今之人抗心希古,长吟远慕,每恨与古人生不同时。既同时矣,而两地暌隔,一秦一越,终身不相闻,不知谁某者容亦有之。即幸而彼此缔交,而渭北春树,江东暮云,惜别怅离,不得相见,其慨想又当何如! 余与栗香,一居东海,一居北海,所谓风马牛不相及者也。自余有随槎之行,居麴町者四载,乃衡宇相望,昕夕过从。自是以来,隅堤之赏樱,西湖之折柳,龟井之看梅,春秋佳日,裙屐觞咏,未尝不相见,相见未尝不谈诗。栗香之诗,清新俊逸,余叹为天才。既为之校阅四五过,复系以评语累千万言。余生平交友遍天下,南北东西,大都以邮筒往复,商量旧学而已。不意于异国之人,乃亲密如此,窃自诧此缘为不薄矣。昔江辛夷一客耳,赖子山阳至度越阡陌远往长崎,待之九十日,卒以阻风,船不果至,空结遐想。余才虽不逮古人,而比之古人为幸良多。虽然,余亦倦游,行且归国,他时持此一卷,诵"重与细论文"之句,栗香其亦同此情乎！

 光绪七年夏六月 岭南黄遵宪公度撰 荆州杨守敬惺吾书

据郑海麟辑录《黄遵宪遗墨》，录自丁日初主编《近代中国》第九辑

《雪堂诗钞》跋

（光绪七年四月　1881 年 5 月）

    其秀媚如伏水之桃，其明艳如芳山之樱，其古雅如月濑之梅，其淡宕如西湖之波，其缥缈如松岛之云，其雄奇如华严之瀑，其烂漫如墨堤之春。彦和所谓诗杂仙心，人间烟火之气莫能侵染，非山川清淑所钟，而能有是耶？

        光绪七年夏四月　后学黄遵宪读毕谨注

据郭真义、郑海麟《黄遵宪题批日人汉籍》

《养浩堂诗集·例言》评

（光绪七年八月二十九日　1881 年 10 月 21 日）

养浩堂诗例言，仆细加校阅，遂至删易过多，惶悚之至，乞宽容，而是正之为幸。诗序，仆乞杨惺吾书之。惺吾书法，胜仆百倍，今既书就，即以奉缴。

光绪七年八月二十九日　黄遵宪

据郭真义、郑海麟《黄遵宪题批日人汉籍》

《斯文一斑》第七集评语[*]

（光绪七年八月　1881 年 9 月）

精思卓识，非一孔之儒所能知。宋儒以诸葛公为儒者，特即其淡泊明志，宁静致远数语，谓有合于圣人之道，是执宋学之儒者以论古人耳。余观武侯治蜀，体国经野，纤悉必具，有三代之风。古之儒者体用兼备盖如是，而宋人得其性命之谭尊之为儒，不知此种儒者，即司马先生所谓不识时务之儒生俗士，即武侯谓论宋言计动引圣人之流，孔明固不愿居是名也。夫乐毅下齐七十余城，功业有足多者，其忠事燕惠，尤为战国第一流人。至管子本天下才，圣人称之曰仁，且曰"微管仲，吾其左衽"，所以称之者至矣。考武侯治蜀，务则训农，如仲之治齐，其《出师表》"鞠躬尽瘁，死而后已"之语，与报燕惠王书相仿佛。武侯一生事业，莫能出管、乐之右，其自比管、乐，可谓自知明矣。宋儒重性命而轻事功，以管、乐为卑卑不足道。而既尊孔明为儒，乃不得不以自比管、乐为疑。是皆宋儒偏迁之见，乌足以以知孔明哉！

据《斯文一斑》第七集，1881 年（明治十四年）7 月日本斯文学会藏版

＊　所标时间据"第七集"所署"光绪七年八月"（1881 年 9 月）。

《斯文一斑》第八集评语*

（光绪七年八月　1881年9月）

　　至论至论,非唯程门,即宋儒之最纯粹如朱子者,其所谓虚灵不昧之心,简静无为之学,皆禅家者流之说,求之孔门三千子微言,未尝有是也。余尝慨印度一土,物产富饶,人民智慧,然自古以来未尝以强国称,且屡亡其国,为异种别教之民所兼并、所吞噬,则以佛教之虚无寂灭,中于人心,其势必流于孱弱也。嗟夫宋人之于儒,号为得不传之学,使天下贤智之士靡然相从,其实乃剿袭佛家破坏之说以互相煽惑。程朱已矣,至于今日,学士大夫之聪明犹受其锢蔽,陷弱而不知返,可哀也夫!

附录:《斯文一斑》原文

　　（前略）程氏之门学者多矣。其终身沉沦不遇者固无可睹,若夫负望立朝,独有杨、尹二子,排和议,斥邪说,不为不直,而至经纶开济事业,则无足道者。朱子曰:龟山虽负重名,亦无煞活手段。又曰:当危急时,人所属而着数如此,所以使世上一等人笑儒者以为不足用,正坐此

---

　　* 黄遵宪评语针对附录所录一段文字而发。评语时间当与"第九集"所标"光绪七年八月"同。

耳。又曰:绍兴初,和靖入朝,满朝□想,如待神明。然亦无大开发处。盖其平生退处静养,务取自适,而于世故物情不免隔膜之患。故大抵持□有余而格致不足,笃行高义,表暴一世,而临事应变,气息奄奄,声实相戾。要之,佛理涂塞而事功废,虚寂为崇而才干衰。有宋一代之弊所由来久矣!

据日本《斯文一斑》第八集,1881 年(明治十四年)7 月日本斯文学会藏版

《斯文一斑》第九集评语

（光绪七年八月　1881年9月）

儒生泥古不通世变，多不知礼意。文折衷古今，善于断制，可谓五鹿岳岳，朱云折其角矣！

光绪七年八月敬读

据日本《斯文一斑》第九集，1881年（明治十四年）7月版

《近世伟人传》题词*

（光绪七年秋　1881年秋）

　　若夫觥酌凌波于前，箫筎发音于后。足下鹰扬其体，凤叹虎视，谓萧曹不足侪，卫霍不足侔也。

光绪七年

子闇先生雅正

黄遵宪

据日本蒲生重章《近世伟人传》礼集四编卷上题词

---

　　* 蒲生重章在此文上眉注曰："此语昨秋公度所赠。一别沧海万里，不可复晤，姑视此慰相思焉。"此注当写于光绪八年黄遵宪离日赴美任职前。从中可知黄遵宪题词为光绪七年秋。

《裘亭诗钞》批语二则[*]

（光绪四至七年间　1878年至1881年间）

一

二诗^①可入高士传。读其诗如见其人。

遵宪拜读

二

峻嶒傲骨，可以撑持婆娑世界。诗亦苍老。

黄遵宪拜读

据日本蒲生重章著《裘亭诗钞》（青天白日楼藏梓）

---

* 《裘亭诗钞》，日本蒲生重章著。黄氏批于使日期间。

① 此处有诗钞作者眉注："余与黄参赞好，所谓'二诗'，谓《青天白日放歌行》及《辞议员》二诗也。"

《春秋大义》序[*]

（光绪四至七年间　1878 年至 1881 年间）

日本藤川三溪以所著《春秋大义》求序。余读其书，识议明通，断制精确，一字一义，必求其当。余既条举所见，系之简端，复发策而序之曰：

尊《春秋》者，莫先于孟子。孟子自称为窃取其义，而一则曰《春秋》天子之事，再则曰其事则齐桓、晋文，盖专以此事求《春秋》也。孔子之言曰：我欲托之空言，不如见诸行事之深切著明。《春秋》之事，诚天下万世是非之准、得失之林矣。彼说经者徒以辞求，穿凿附会，愈失而愈远，至以断烂朝报疑《春秋》为无用，亦未尝比其事而观之耳。

《春秋》之事，莫大乎尊王攘夷，汉土之读书者尽知之。而推而行之日本，其致用也远，其收效也尤速。日本自源、平以来，将军主政，太阿倒持，七百余载，玉步未改，俨有二君，王章弁髦，不尊已甚矣。迨乎德川末造，欧米诸国接踵而来，皆以兵威劫成盟约，红髯碧眼，羊狼虎视，族类不同，语言亦异。于是举国之人，以其从古未通，骇然不知为何物，群名之曰夷，纷纷竞起倡尊攘之说。豪杰

---

* 写于黄遵宪使日期间的光绪四年至七年(1878—1881 年)间。

之士，或陷狱以死，或饮刃以殉，碎身粉骨有不恤者，为尊攘也；鹿岛关镰战者再，弹丸雨飞，流血成海者，为尊攘也；七卿西奔，二藩合纵，锦旗东指，声罪黜霸，为尊攘也。凡所以鼓动群伦，同德同力，卒覆幕府，以成明治中兴之业，皆《春秋》尊攘之说有以驱之也。何其奇也！

夫《春秋》之事夥矣，而后世儒者谓专在尊攘，此亦南渡以来，愤宋室屡弱，有为之言，求之《春秋》，未必悉当。而日本行之，其效乃如此。此亦如直不疑之引经断狱，其谓子为君则非，其缚太子则未尝不是也。嗟夫！通经所以致用也，苟实事求是，归于有用，则虽郢书燕说，而亦无不可，又何必一字一义之必求其当也哉！

以余闻藤川子固抱用世之志者也，故书此说以归之。

据钱仲联辑《人境庐杂文钞》，《文献》第七辑

《皇朝金鉴》序[*]

（光绪五至七年间　1879 年至 1881 年间）

日本之史，以汉文纪事者，莫善于《大日本史》，而其书实出水户藩士之手。水户藩号多贤，有青山云龙氏者，世以史学鸣。其伯子延先，继《日本史》后，为《纪事本末》一书，而史体益备。余来日本，即闻青山氏名，后得与其季子延寿交。

延寿官于史馆，平生所著述，多涉国史，与之征文考献，无能出其右者。顷复出其所著《皇朝金鉴》，索序于余。其书分类排纂，采辑古来明君良相、名儒大贤之事迹可为法鉴者，盖《世说》、《言行录》之体也。

今欧米诸国，互相往来。世之论者，好远骛博，辄惊其强盛，以为事事皆可取法，而以己国为鄙僿无足道。虽孩童妇女，亦夸拿破仑，誉华盛顿。老师宿儒，昧昧姝姝，守一先生之说者，遽斥为固陋。此其说似矣。虽然，余窃以为天下者，万国之所积而成者也。凡托居地球，无论何国，其政教风俗，皆有善有不善。吾取法于人，有可得而变革者，有不可得而变革者。其可得而变革者，轮舟也，铁道也，电信也，凡所可以务财、训农、通商、惠工者皆是也。其不

---

[*]　此序写于使日期间。

可得而变革者，君臣也，父子也，夫妇也，凡关于伦常纲纪者皆是也。

日本立国二千余年，风俗温良，政教纯美，嘉言懿行，不绝书于史。吾以为执万国之史以相比校，未必其遂逊于人。则以日本之史，教日本之人，俾古来固有之良，不堕于地，于世不无裨益，则亦何事他求哉？抑吾闻各国学校所以教人者，莫重于国史。米利坚立国仅百年，于地球最为新国，其学校亦以米国史为重。

圣人有言："切问近思，理固然也。"若夫译蟹行之字，钞皮革之书，今日之日本，正不乏人，余老友青山先生固不肯为，亦不能为也。

据钱仲联辑《人境庐杂文钞》(上)，《文献》第七辑

《畿道巡回日记》序[*]

（光绪四至七年间　1878年至1881年间）

　　天下万事万物，皆托于地。举凡山川之夷险，物产之盈虚，民生之聚散，皆与国之盛衰相关，故善为国者，莫善于治地。地如此广莫也，万事万物之傅焉者，如此其纷繁也，必非不出户庭所能周知，故善志地者，莫善于记游。古人志地之书，以《三坟》、《八索》为最古，书皆不传。传者若《禹贡》，若《山海经》，皆身所经历叙述闻见之书也。然自东汉以后，词章日盛，山水方滋，学士大夫排日纪游之作，自马第伯《封禅仪》以下，无虑数十家，类皆模范山水，雕镂词章，夸丘壑之美，穷觞咏之乐。其尤雅者，亦不过流连旧墟，考订故迹，以供名流词客之清谭耳。求如李文公之《来南录》、孙文定之《南行记》，盖不可多得也。

　　自余来日本，知日本士大夫喜游，天性又善属文，故所见游记最多。然大都文人习气，无益于用。顷者生田水竹以《畿道巡回日记》见示，书凡数万言，于所闻见，能见其大。其叙事质而不俚，立论庄而不腐。余乃不禁为之熟读而三叹也。日本之为国，独立大海中，生田子所未至，独二州耳，然足迹限于一隅。方今轮船、铁

---

　　*　此序写于使日期间。

路，纵横交错于五大部洲，生田子苟无事，何不裹数年之粮，西穷禹域，南访交趾，至澳大利亚折而西，泛舟过印度，达麦西，经波斯，入欧罗巴中原，遍历俄、德、意、法、英诸大国，然后越大西洋，吊华盛顿之所都，寻阁龙之所辟土，复绕太平洋而归。苟以其山川、物产、民俗笔于书，必更有可观。生田子未老，且有济胜之具，其亦有意于此乎？嗟夫！余倘能屏弃百事，遍游天下，舍生田子其谁从哉！

据钱仲联辑《人境庐杂文钞》（上），《文献》第七辑

评《送佐和少警视使于欧洲序》[*]

（光绪五至七年间　1879年至1881年间）

西法有必不可学者,有可学可不学者,有急急应学者。论物产之富、人才之众、风教之美,吾皆胜于彼。所不及彼者,汽车、轮舶、电线及一切格致之学、器用之巧耳。彼抉其所长以务财训农,以通商惠工,以练兵讲武,遂坐收富强之效以凌轹我。彼百战积累,不知费几许金钱、几许岁月而后能者,吾学之而旦夕可成,此盖天之所以启我也。于此而犹不图奋发,是甘于自弱矣。噫!

矫健磊落,光烛星辰而上,气引江河而下。此题古人所未有,而文乃不懈,而及于古。

据郑海麟辑录《黄遵宪遗墨》,录自丁日初主编《近代中国》第九辑

---

* 评述时间推断在光绪五年(1879年)至七年(1881年)使日期间。

评《爱国丛谈序》[*]

（光绪五至七年间　1879 年至 1881 年间）

　　知人贵论世,旧日尊攘之徒,其中浮鄙者,所谓攘夷意在尊王,尊王意在覆幕府,覆幕府在图富贵,诚不乏人。而忠肝义胆之士,实亦指不胜屈。时局一变,变为用夷。苟使数子者不死,其知机识时,亦必倾心外交,力学西法无疑也。此论极为有见。虽然,如佐久间象山之流,能于群言纷乱之时,力主开港,则尤为不可及哉!

据郑海麟辑录《黄遵宪遗墨》,录自丁日初主编《近代中国》第九辑

《日本杂事诗》自序

（光绪十一年十月　1885 年 11 月）

（文见本集《日本杂事诗》）

先妣吴夫人墓志[*]

（光绪十一年十一月八日　1885 年 12 月 13 日）

夫人姓吴氏，庠生词英公之女。年十□，归我父砚宾先生。先王母梁夫人早弃养，曾祖母李太夫人年七十，老病辗转胥俟人。太夫人子孙蕃多，男女内外数十人，顾独爱吾祖与父。及吾母来，又最钟爱焉。日昧爽起，吾祖父偕入问夜安否，而吾母为之栉沐，为之盥洗。每食，吾祖进饭，吾父奉羹，吾母则掇箸，或以匕饲之。医来，则吾祖延医，而吾父调药，吾母量水。夜寝，吾母登榻上为按摩抑搔，吾祖吾父率诸孙辈围坐其下，嬉笑欢谑，时引述小说家言及乡曲琐事，刺刺不休。既而悄悄不应，则知太夫人已熟寝矣。乃相率退，休户枢，使无声，褰裳蹑履，车轮曳踵，拂动甚微。盖十数年如一日。太夫人每谓吾祖："俗语有之，爱此裙、惜此带，是固然矣。顾吾爱新妇，实以新妇贤且孝，非爱汝辈故推及之也。"

吾家累叶丰饶，自己未、乙丑两经寇乱，骤以贫薄。吾父方官京师，俸微不足以赡。夫人乃典簪珥，治地一畦，杂种蔬菜，枝叶苞实，颖栗秀好，四时而不断。又以隙地为鸡栖豚栅，俾令孳息，夫人

---

　*　据文末有"至光绪十一年八月，允假归，始择十一月八日卜葬于州西门之湖阳唇。奉吾父命，为文志诸幽"。知作于是时（1885 年 12 月 13 日）。

则指挥诸媳，定为功课：长者司庖，则次者灌园，少者视猪。如是轮流，无有闲暇。夫人手抱诸孙，时时巡察，甚且晨锄夕饲，身亲其业，以为劝率。丝履布袜，悉自营作，间或课女红为扮帨行媵，刺作花鸟草虫之形，呼令小婢卖之廛市。当是时也，吾家物无弃材，人无游手，堂皇庖湢，必整以饬。久而家人辈感化习熟，无烦督责，至争以手所蓄植者，割鲜献新，供甘旨以相夸美。以故日用所需，取诸宫中而具足。男钱女布，婚嫁稠叠，胥无阙礼，而六姻三族，岁时馈遗，丰约咸适，又能余财周恤窭乏，而人皆忘其贫矣。夫人体气素强，至是以焦劳拮据，日渐羸瘦。时不孝遵宪辈均已长成，顾专令读书，不许问家人生产。偶请其节劳，则笑应曰："我乐此不为疲耳。"或作激励之语，谓："汝辈苟贤，吾岂屑为此？但使他日得一碗寻常茶饭，无事操作，于愿遂足，何论今也。"呜呼！岂知今日甫得微禄，而遂不能逮养耶？痛哉！痛哉！

夫人于道光八年七月二十三日生，于光绪九年正月初十日卒，春秋五十有六。先是，光绪七年春，随吾父宦粤西，暨往南宁，在道得疾，遂至不起。赴至家，上自继姑及妯娌姑妹，下逮婢妪，相向哭，皆失声，族戚邻里，叹息有泣下者。自夫人亡，吾父每语不孝兄弟辈曰："自吾试礼闱，官农曹，在京廿余年，得以晏然无内顾忧者，汝母力也。"吾祖亦曰："吾行年七十有七，宗妇戚女中之能治家有贤声者，固不乏人，然实未见有处事执礼妥当详慎如汝母者。"呜呼！此可以知夫人之贤矣。

吾祖名际昇，诰封通奉大夫。吾父名鸿藻，咸丰乙卯科举人，今官广西知府。夫人生四子：长即不孝遵宪，由拔贡生中丙子科举人，以出使外国，充日本参赞官、美国总领事官，积劳洊升二品衔，分省补用道；次遵谟，江西试用县丞；次遵路，庠生；次遵楷，监生，州同衔。女二人:长适张润皋;次适梁国琨。孙四人:履端、履和、履垣、履通。遵宪之初适异国也,启夫人,谓男儿志四方,何论中外,因遂远行。及遭丧,遵宪方在金山,既不克视汤药,亲含殓,又以王事靡盬,不获奔丧。哀恳再四,至光绪十一年八月,允假归,始择十一月八日卜葬于州西门之湖阳唇。奉吾父命,为文志诸幽。于是追述懿德,泣志一二,既以诏后世子孙,永勿敢忘,亦以示知言君子,俾知有实征,无溢美云。

长男遵宪泣志

据钱仲联辑《人境庐杂文钞》,《文献》第八辑

曾祖母李太夫人述略[*]

（光绪十三年春　1887 年春）

　　太夫人李氏，城内翰林院检讨李公象元之裔孙也。祖官湖南郴州吏目，太夫人生于官署，故名郴姑。年十八来归，辅相词海府君，事无不咨商而行。词海公已殁，乃就养于云南嵩明州。居一二年，不乐，归。府君所遗商业，或居或卖，店伙辈必来禀命，由太夫人断行之。太夫人治家严，虽所爱，或不顺遂，辄怒责，或呼杖。诸孙妇十六七人，不许插花，不许掠耳鬓，不许以假发拖长髻尾。晨起如厕，必遍历孙妇室外。诸孙妇必于未明时严妆竟，闻太夫人履声，即出垂手立户外问安。或未见，辄问病耶？睡耶？咸惕息不敢违。

　　太夫人年七十时，长子方官云南，四子官福建。每岁十月，太夫人寿辰，必会亲戚，长幼咸集，醻嬉歌呼，作十日饮乃已，太夫人亦顾而乐之。及伯祖卒于官，四伯又殉难，太夫人为之伤心。日惟手一帙，夜则命人说《天雨花》诸说部，犹惨戚不怡。久而病，八十后卧床不复起行矣。

---

　　* 文末有"事具《人境庐诗集·拜墓诗》中"。卷五《拜曾祖母李太夫人墓》诗中说"儿今年四十，大父七十九"；"阿端年始冠，昨年已取妇"。据此当写于光绪十三年（丁亥，1887 年）。又据钱仲联《黄公度先生年谱》，定为该年春所作。

黄遵宪集

太夫人隆准大耳,面长方如男子相。生子六人,皆状貌鸿伟,人望而惮之。乳长尺余,乳子则负于背,儿额枕肩上,引乳就其口哺之,人以为贵相。以三子际熙得曾孙,钦旌五代同堂,赏银缎如制。初封宜人,继赠恭人,又赠夫人、一品夫人。遵宪生周岁,引与同寝,甫学语,即教以歌诗。事具《人境庐诗集·拜墓诗》中。

据钱仲联辑《人境庐杂文钞》,《文献》第八辑

《日本国志》自叙

（光绪十三年五月　1887 年 6 月）

（文见本集《日本国志》）

叔弟公望铭辞*

（光绪十五年五月　1889 年 6 月）

　　吾闻君子之敬天命，犹孝子之奉亲闱。虽降荼毒，甘受不违。又闻达人之言命，斥造化为小儿。一任人世之殃庆祸福颠倒舛午，彼造物者曾不省訾。虽旨趣之各别，同渺茫而无归。人固无所逃死兮，死亦不必祈。第委心任运，而与化推移。胡志意之亢，气干之未衰，而自缩其期？谓神仙为兵解，视蜕形犹委衣。事岂足信，亦非汝能几。谓勇士之赴义，甘鼎镬而如饴。无所为而为此，亦未必若是愚。谓妖梦幻妄之构于心，造于思，则向香以为朽，视白以为缁，本出于病迷。似则似矣，又胡为操刀之割，乃在无疾之时？谓世为无鬼，鬼为无知，彼罔两倏忽，猗狂闪尸者，孰为设施？又奚为双刃骈殉，萃此须臾，而不忒毫厘？谓世为有鬼，鬼为有知，鬼死犹能为厉，岂人未死而鬼之敢欺？且既已左弹而右鹑，香灭而兰萎，攫与俱往，其又将奚为？以此问佛，佛多遁辞；以此问孔，孔曰未知。即起黄帝为士师而学断斯狱，亦不能剔其是非。理莫可诘，

---

　　* 黄遵宪叔弟公望（遵路）卒于光绪十五年五月十八日（1889 年 6 月 16 日），此件写作时间姑标是年五月。

事则如斯。我作铭词,借舒吾悲。上以诘无可奈何妄言知命之贤圣,下以讯遭值事变不知纪极之何谁。

据钱仲联辑《人境庐杂文钞》,《文献》第八辑

《日本杂事诗》自序

（光绪十六年七月　1890 年 8 月）

（文见本集《日本杂事诗》）

祭家赞山叔文*

（光绪十六年　1890年）

十五年前，我居京都。公官礼曹，同一蜗庐。积雪沁骨，坚冰在须。榻张青灯，室然红炉。公每语我，口哔不合。鸡虫得失，米盐凌杂。街鼓三挝，语更沓沓。我倦卧听，倚壁欲瞌。公呼叔婶，速具暖汤。冷否饥否，然薪炊粱。玉糁沃雪，罗卜饱霜。须臾母去，此情可忘？公之书法，最为精能。立鹤矫龙，□□盘鹰。狂跳如虎，误点亦蝇。苦心经营，众所嗟矜。飞鸣冲天，少年得第。高翔木天，将登而踬。守不疗饥，扬徽卖字。义取金帛，曾无虚岁。一字三绢，尺幅寸金。下供缝纫，上佐烹饪。鸾飘凤泊，江湖浮沉。一十余载，鬓霜已侵。公之善画，盖不由学。十四童试，争坐相角。皤然一童，老犹矍铄。鸡肋当拳，鸥视曰吓。公时拈笔，状为画图。厚唇弇口，涂之以朱。非鬼非人，蠢蠢如猪。万众拍掌，何物老儒？中岁好道，画益高简。空山梅鹤，寒江芦雁。林苣刘芷，合掌赞叹。四百余年，无此闲淡。早工时文，熟如澜翻。撑肠压卷，计数以千。改弦哦诗，每成大篇。貌袭杜陵，神追乐天。公之数学，穷极要眇。蹈江轶海，精骛八表。上搜天根，下抉鬼巧。精微不传，人竟不晓。

---

　　* 文末有"去年五月，我哭公望"。公望卒于光绪十五年五月十八日，故此文当写于光绪十六年（1890年）。

虚中言命,姑布善相。灼龟之卜,撼龙之葬。九宫白黑,六壬虚旺。公以意揣,辄效不妄。我高我曾,累世华贵。中更丧乱,凡百憔悴。饥驱四方,以饱一家。予取予求,或犹疵瑕。公语雁高,贫固吾分。劳亦吾命,夫奚敢怨。敝箪止咸,一传众咻。我实不济,人则何尤?惟有公度,知我心耳。劝母恤言,但求尽己。顾我拮据,手仅十指。念我方寸,洒血能几?举家嗷嗷,呼负而已。当言此时,滴泪如水。公之所服,短布单衣。行路识公,人或信疑。公之所食,粥豆羹荞。人弃如遗,公甘如饴。公之所处,劣仅一席。昂首碍楣,侧卧触壁。友朋揖让,舭顶交蹴。公自从容,人诮褊啬。频年染衣,京华尘土。中岁听鼓,江淮风雨。甫抵江南,即奔母丧。栾栾素冠,中又悼亡。一麾再出,司榷于沪。南通一局,又司莞库。最公践历,此最优裕。岂图星奔,又哭将父。公境愈厄,公心愈苦。人岂无情,木石为伍。忧能伤人,金销水腐。跰踉远归,乃觅葬处。公尝语我,运多迍邅。平生顺境,只在少年。《鹿鸣》赋归,卧于东山。门有绿杨,池有白莲。黄花散金,入秋愈妍。我持一卷,吟哦其间。百无忧虑,胸中浩然。我语慰公,老来菀裴。课子抱孙,亦足忘忧。公默不语,言讫摇头。今思此语,宁不然不? 一棺戢身,万事皆已。修短有数,此亦命耳。我独念公,劳瘁一世。生人之乐,何尝尝试。科名官职,亦世所贵。草草如公,抑亦无味。丁戊之间,闻公善病。蓦然相见,虽瘦犹劲。须眉炯炯,神明殊胜。谓有晚福,蔗味愈永。多年不见,握手欢然。我将远行,意益拳拳。送我出门,见不有年。岂谓死别,曾不俄延? 去年五月,我哭公望。寒风陨霜,子鹤又丧。又弱一个,能无凄怆! 东望奉觞,公其尚飨!

据钱仲联辑《人境庐杂文钞》,《文献》第八辑

先祖荣禄公述略*

（光绪十七年二月 1891年3月）

府君讳际昇，字允初，先曾祖第六子也。幼随诸兄读书，警敏，善属文。二伯祖早夭，曾祖以襄理乏人，命之弃儒而业商。逮曾祖没，曾祖母李太夫人就养于云南，府君奉以行。驰驱蚕丛鸟道间，山行板舆，水行安舻，有呼唤，未尝不在前，遇安息，则咫尺不相离也。居云南二年，太夫人不乐，府君又奉以归，凡历一万六七千里，费时一年有奇，太夫人胥忘其劳。府君已归，仍业商，以辰出、以酉入，就太夫人问今日安否、饥耶寒耶。凡官文臧否，政之得失，士夫之贤不肖，必罄举以告。某村某乡相斗殴，有何鬼神，语连蜷不休，或引述小说家言，附会今事。又令儿孙辈背诵《千家诗》、《三字经》，给以儿童戏物，引作笑乐。伺太夫人倦，乃相率退，盖二十余年如一日。

太夫人年八十，老且病，男女孙曾十数人，然延医察病，尝药量水，惟府君率吾母亲其事，他人未尝与；即与，太夫人亦不甚喜也。病至弥留，神明乱矣，忽呼府君，摩顶数四，继乃张目，执府君手曰：

＊ 黄际昇病殁于光绪十七年二月初九日（1891年3月18日），据此定为二月（3月）所作。

"汝作我好儿孙,汝亦有好儿孙报汝也。"太夫人室供一佛像,府君每夕必烧香,朔望则茹素,具衣冠肃拜,或诵《心经》数十遍。继祖母梁,不得太夫人欢,府君怒,或施夏楚,累数月不交一语。及太夫人殁,未尝见府君拜神,其于继祖母,亦不闻有谴诃声,人益知其大孝。

府君既以奉母故,不出乡里,而治事之才为众所推服。咸丰初,林文忠公奉命督师,有兵过州境,时知州文壮烈公晟于前夕半得檄曰:"明午具三千人食。"则大惊,夜漏未尽,遣人延府君,凌晨往。壮烈起迎曰:"奈何,仓卒何以备?"府君曰:"借典肆钱三百万,人给以百钱。"曰:"固然,然无炊具、无食具,何以了此事?"府君曰:"吾试之。"日将午,炊烟起,遣人鸣锣号于众曰:"州官卖饭供兵食!"则争出熟饭,又市鱼肉蔬菜,陈于广场,兵自购食,犹有余钱,咸扪腹帖耳去。壮烈叹曰:"黄老六天下才也。"

旧例,纳粮必罄纳,乃给以收票,贫户纳不足额,则不给,积欠愈多,胥吏转因其欠以为利。府君言于壮烈公,创设粮房于堂皇侧,无论多寡,先给小票,清数则汇易大票,至今便利之。

乙丑三四月大饥,斗米至千五百钱。府君先与州人士设立义仓,至是议者欲按户散赈。府君持不可,曰州人虽贫,而惜声名,重廉耻,今日赈,则以持筹领米为愧。旧家贫士,不得分润者多矣,且仓米无多,如此恐不足数日粮,粮罄又何以为继?计不如卖粥,碗三钱,人得钱六,足饱一日,收其资,可以继籴,此名曰买,而实为赈也。从其言,全活者众。

咸同之间,流寇窜扰。府君辄偕州人募勇团练,屡保危城,而府君不自以为功。

府君晚岁,声望益重,族党姻邻,遇事辄就质府君。府君出一言,则满座尽欢,嫌疑悉释。有求为官吏缓颊者,辄曰:"子理直,何待言;不直,言之何益? 讼则终凶,毋如息讼。"其倔强不理者,则诘责瞋骂,声若振霆,而理如破的,亦皆缩阻散去。遵宪知交遍海内外,亦见有二三治事才,而匆猝之间能肆应如此,则吾未之见也。

　　寿八十三。元配梁夫人,汲县知县念祖公之孙女,监生重熙公之女也,世承诗礼,以柔顺闻,年三十四卒。继配萧夫人。继配梁夫人。子四人:长即吾父鸿藻,咸丰乙卯科举人,由户部改官广西知府、思恩府知府;次翰藻;次鸾藻,同治庚午科举人,信宜县训导:均元配梁出。府君初以长子由户部主事加级,屡遇覃恩,递封至中宪大夫。长孙遵宪,初由二品衔分省候补道,遵筹饷例,请封资政大夫;继以出使美国总领事官、出使英国参赞官积劳,特旨赏给三代从一品封典,诰封荣禄大夫。

据吴天任编著《清黄公度先生遵宪年谱》

《人境庐诗草》自序

（光绪十七年六月　1891 年 7 月）

（文见本集《人境庐诗草》）

图南社序

（光绪十七年十一月　1891 年 12 月）

吾尝读《易》，离为文明之象，而其卦系于南方。考之《诗》、《书》所记，经传所载，《诗》之十五国，《春秋》之诸大国，其圣君名臣、贤士大夫，立德立言经纬天地者，大抵为北人，而圣人乃为是言者则何也？盖时会所趋，习俗递变，古今时地，日异而月迁，若今之句吴於越，周断发文身之邦，椎髻卉服之俗也，而数百年来，冠冕之盛，甲于天下。推而至于八闽、百粤，咸郁郁乎有海滨邹鲁之风。乃至粤之琼州、闽之台湾，颛颛独居大海之中，古所谓蛙黾之与处，鱼鳖之不足贪者，而魁梧耆艾、英伟磊落之士，亦出乎其中。盖天道地气，皆自北而南，而吾道亦随之而南，圣人之言，不其然欤！

南洋诸岛，自海道已通，华民流寓者甚众，远者百数十年，颇有置田园，长子孙者。大都言华言，服华服，俗华俗，豪富子弟，兼能通象寄之书，识佉卢之字，文质彬彬，可谓盛矣！夫新嘉坡一地，附近赤道，自中国视之，正当南离。吾意必有蓄道德、能文章者应运而出，而寂寂犹未之闻者，则以董率之乏人，而渐被之日尚浅也。前领事左子兴观察，究心文事，创立社课，社中文辞多斐然可观。遵宪不才，承乏此间，尤愿与诸子讲道论德，兼及中西之治法，古今之学术，窃冀数年之后，人材蔚起，有以应天文之象，储国家之用，此则区区之心,朝夕引领而企者矣。抑庄生有云:"鹏之徙于南溟也,风之积也不厚,则其负大翼也无力,而后乃今将图南。"今故取以名吾社,二三君子其共勉之。

光绪辛卯十一月　黄遵宪叙

据钱仲联辑《人境庐杂文钞》,《文献》第七辑

山歌题记光绪辛卯

（光绪十七年　1891 年）

　　十五国风,妙绝古今,正以妇人女子矢口而成,使学士大夫操笔为之,反不能尔。以人籁易为,天籁难学也。余离家日久,乡音渐忘,辑录此歌谣,往往搜索枯肠,半日不成一字。因念彼冈头溪尾,肩挑一担,竟日往复,歌声不歇者,何其才之大也?

　　钱唐梁应来孝廉作《秋雨庵随笔》,录粤歌十数篇,如"月子弯弯照九州"等篇,皆哀感顽艳,绝妙好词,中有"四更鸡啼郎过广"一语,可知即为吾乡山歌。然山歌每以方言设喻,或以作韵,苟不谙土俗,即不知其妙。笔之于书,殊不易耳。

　　往在京师,钟遇宾师见语,有土娼名满绒遮,与千总谢某昵好,中秋节至其家,则既有密约,意不在客,因戏谓:"汝能为歌,吾辈即去,不复嬲。"遂应声曰:"八月十五看月华,月华照见侬两家。以土音读作纱字第二音。满绒遮,谢副爷。"乃大笑而去。此歌虽阳春二三月不及也。

　　又有乞儿歌,沿门拍板,为兴宁人所独擅场。仆记一歌曰:"一天只有十二时,一时只走两三间,一间只讨一文钱,苍天苍天真可怜!"悲壮苍凉,仆破费青蚨百文,并软慰之,故能记也。

　　仆今创为此体,他日当约陈雁皋、钟子华、陈再艻、温慕柳、梁

诗五分司辑录。我晓岑最工此体，当奉为总裁，汇选成编，当远在
《粤讴》上也。

　　晓岑老兄同年鉴之

公度遵宪并记

据钱仲联辑《人境庐杂文钞》,《文献》第七辑

先考思恩公述略*

（光绪十八年正月　1892 年 2 月）

　　府君讳鸿藻,字砚宾,号逸农,先祖长子也。少俊颖,年十三丧母,哀毁如成人。曾祖母李太夫人奇爱之,携之往滇,及归,而闻誉隆洽,声俊一黉,小试诗文,无不能者。顾屡试不得志,知州文壮烈公有子名星瑞,极赏府君文,屡试高等,至癸丑始进学。学使者,河南吴南池祭酒保奏。益发愤力学,逮咸丰丙辰举于乡。主试者王啸山侍御发桂。时年十八岁矣。当是时,家业鼎盛,府君请于先祖,输资为郎,遂以主事分户部贵州司行走,资粮刀布,仍取之于家。

　　府君日与都中贤士大夫游,文酒之会,欢宴无虚日,学业乃日进,若邓铁香鸿胪承修、钟遇宾侍郎孟鸿、何子莪宫詹如璋、龚蔼人方伯易图、秦文明廉访焕其尤著者也。或谑府君:“人言长安不易居,故宋有黄居难,今以君处境,当继白居易为黄居易矣。”然中更丧乱,家乡荡尽,府君乃不得不分印结金以赡家,俸薄仍不足,复于天津、芝罘主潮人商业会馆。潮人会馆例延乡宦作董事,雍正间曾奉谕令董事保护商人,其体制略如领事。既久上春官不得第,益郁郁不乐,思改外官,而力未能也。

　　＊　黄思恩卒于光绪十七年十二月二十七日,据此述略定为光绪十八年正月作。

岁戊寅,遵宪随使日本,俸稍厚,乃改知府分发广西。到省后,迭委要差。壬午充文闱外监试,己丑充文闱内监试,是冬檄署思恩府知府。思恩为王文成公旧治,有阳明书院,久倾圮矣,府君修复之,乞中丞请于朝,以文成公例入祀典。又请御书扁额,得"教衍云岩"四字,悬于书院。府君以朱陆学派,异流同源,因主张良知之说,举其平苗徭之功以劝勉,思人复知向学。及去任,遂以府君画像供座侧焉。广西土瘠产薄,安阳马中丞丕瑶创兴蚕利,府君一意奉行,先祖复贻书督之。府君与绅士约以种桑多寡课殿最,遣人往潮州购种分布。时以微服巡行塍野间,与老农村妪课晴话雨,笑语为乐。不数月,蔚然成林。中丞大喜,语僚属曰:"以儒术饬吏治,黄太守之谓矣。"又手书柱铭以赠云:"学道能精明世故,性天内见涵养工夫。"盖纪实也。

府君平生多顺境,咸同之间,发贼陷嘉应后,复聚奸于州,府君适居京,前后客京师二十年。庚申英法之难,府君又适归家。处乱世间,未尝见兵革,未尝厄水火,未尝遭风波。弱冠至老,居曾祖母丧外,未尝服缟素服。家政概由先祖综理。逮先祖开八秩、开九秩,府君率子弟上寿,又于同僚中广征诗文。称觞之日,州人士之登堂者盖十人而九,冠盖填咽于道,彩帏锦帐溢于门楣,时论荣之。

己丑撤棘,中丞宴两主试于独秀峰,甫行酒,乐作,时五弟遵楷得乡举,电报适至,中丞、主试各捧觞贺曰:"上有老父,下有佳子弟,福寿康强,政事文学,萃于一门,两省僚吏中,罕有其匹,此福信不易得也。"府君虽逊谢,意亦良慰。居思恩一年余,闻先祖讣,乃徒跣驰归。府君素强健,平生不服药,至是以积毁,每举哀辄喘,岁晚感寒疾,不数日遂卒。

府君不事生产,南宁、梧州厘务,实粤西饷源。粤西毗连粤南,李扬才之乱，法兰西之难，王师联翩出关，飞刍挽粟，羽檄交驰，皆挹注于此。而府君受事，循环转运，算无遗策，不苛不滥，卒无失时，人始知其综核才。然处膏脂不能自润，宦粤西十年，卒之日，余囊不及三百金也。

府君性和易，能鼓琴，尤善铜弦琴。喜剧谈，宾客满座，依依不少休，时杂以诙谐，文采葩流，枝叶横生，使听者忘倦。客不至，则遣小胥四处邀约，无贵贱老少，必强之来。音吐清亮，隔屋若相酬接。

少时喜读书，往往于半里外，犹能闻其声。所著有《逸农随笔》、《二笔》、《三笔》、《四笔》、《五笔》，其说因果、寓劝惩，体例如《阅微草堂》，论诗文，述掌故，则《容斋随笔》之类。已刊行《退思书屋诗文稿》若干卷藏于家。

子五人：遵宪、遵谟、遵路、遵楷、君实。

据吴天任编著《清黄公度遵宪年谱》

赠林文庆匾及跋[*]

（光绪二十年二月八日　1893 年 3 月 14 日）

功追元化

文庆君年甫逾冠，在伦敦大学校习内外科，均得乔第。余重其人，特节书《华陀传》赠之。癸巳之秋，余染沉疴，西医久治不效，延君诊视，兼旬而病除，一月而复元。

《华陀传》所载剖腹摩膏及麻沸散，即今之西医。余既喜君以三万里外学成而归，上追二千年前绝业，洞见症结，手到春回，不独为君幸，兼为华人幸，故乐志之。

总领事黄遵宪书

据吴振清等编校《黄遵宪集》下卷

＊ 黄遵宪任新加坡总领事的"癸巳之秋""染沉疴"，经林文庆医治，"一月而复元"，事在光绪十九年秋冬间。据吴天任《清黄公度先生遵宪年谱》，题匾系于光绪二十年二月八日。

皇清诰授荣禄大夫盐运使衔候选道章公墓志铭[*]

（光绪十九年四月 1893 年 5 月）

公讳桂苑，通称芳琳，字明云，又字浃熙，姓章氏。自始祖二舍家于闽，世为长泰县人。及公之父，服贾南洋，又为新嘉坡人。曾祖义，祖雨水，父潮，皆以公贵，诰赠荣禄大夫。曾祖妣陈氏、祖妣王氏、妣颜氏，均诰赠一品夫人。自公父南来，以财雄边，门闾始大。子四人，公居长，遂世其业。

英国通例，凡卖烟酤酒，皆严禁私贩，令富豪纳巨饷以充商，如中国盐引然。前后业此者，多设侦骑，张密网，搜牢摘覆，而罔市利，即残膏剩馥，客途所余，捕获亦置之法，甚则举平生仇怨，引绳批根，嫁祸以中伤之，轻则罚锾，重则监禁，赭衣之民，充塞囹圄。公任事十五年，一处以宽大之法，许卖戒烟丸，非私贩得，均勿罪，即踪迹得私，犹或亲造其庐告之曰："汝事已败露，所藏匿者，幸即交余，余不汝疵瑕也。"故人人感愧，私贩几绝，而获利反优于人。公闻望日茂，群情翕服。国家屡试以事，而公亦惄惄竭思，忠以

---

* 文中说公"卒于光绪十八年十二月二十五日……其明年四月，卜葬于新嘉坡之全昌园。孤子壬宪等以状乞余铭"，知此文作于光绪十九年四月（1893 年 5 月）。

事上。

其在英国,初举为海门新疆甲必丹,继充街弹,司审判,继充参事局员,继又充按察司会审监狱所巡察。公于检非违,议庶政,皆无徇无隐,无枉无纵,华民倚以为重。隶闽籍者,联名上书,公推为一乡祭酒,总督益优礼之。

其在中国,则同治八年,福州筹防,公既输军实,复精购枪炮,凡旧式新法,皆绘图具说以上当道。光绪十年,法人构衅,今北洋大臣傅相李公饬令侦伺,公密设遄卒,遇敌船过境,辄短衣台监,审其船之广狭、入水之深浅、马力之虚实、炮之大小、煤之容积、兵之数目,以时电达。又请于英官守局外中立之例,严杜蠹民,毋得以军用资敌。傅相手书褒勉,有"忠勤可嘉"之语。

频年顺直、山东水灾,前山东巡抚宫保张公、今津海关前登莱青道盛公,皆委令筹赈。公多方奖劝捐,涓滴一以归公,筹赈者咸愧谢弗及。

公既拥厚资,性又好施,善举无不与,凡施医院、给孤独园、恤嫠会,自一族之义庄、同县之会馆,以及其他国之礼拜堂、博物馆、植物园,求者踵门,濡笔立应。义浆仁粟,络绎在道,至不可以数计。而其所尤乐为者:一为义学,槟榔屿公校、和兰女塾、葡萄牙幼学,皆赖公以成。近年又设养正书院,延华英名师六人,兼治中西学,生徒数百,公与公子壬宪独任其费;一为赈济,十数年来,晋、豫、苏、皖各行省告灾,公无役不从。即埃及洪水,印度大旱,公亦助巨款,远近钦慕。其既达于朝者,则光绪七年傅相李公奏给"乐善好施"字,于原籍建坊。十四年郑州河决,又奏赏戴花翎。十五年山东水灾,宫保张公奏称其好义急公。公初以捐助海防,闽督奖叙,以道员选用。既迭次助赈,累加三级,随带一级,给二品封典,又特旨赏盐运使衔,给予三代从一品封典。夫人杨氏、麦氏,先后封赠夫人及一品夫人。子十一人,皆以公助赈移奖得衔:壬宪花翎、郎中加五级,壬全员外郎,均麦氏出;壬庆都察院都事,壬寿光禄寺署正,壬和大理寺评事,壬松太常寺博士,壬荣銮仪卫经历,壬焕中书科中书,壬光翰林院孔目,壬乾布政司都事,壬坤按察司知事。养子二,曰沧辉,曰耀棠。杨夫人出女三:招莲适同安候选同知林癸荣,次癸莲、赛莲,均未字。又养女曰清莲,适同安候选同知刘壬寅。孙一人,炳谟。

公生于道光二十一年五月二十五日,卒于光绪十八年十二月二十五日,春秋五十有三。其明年四月,卜葬于新嘉坡之全昌园。孤子壬宪等以状乞余铭。

自余奉使外国,由日本往美洲,所见如古巴、秘鲁,往泰西,所历如印度、亚丁,多有华民。及总领南洋,则群岛流寓,不下数百万,远者四五世,近者数十年,正朔服色,仍守华风,婚丧宾祭,各沿旧习。余私之窃喜。然其中渐染异俗,或解辫易服,蔑弃礼教,视其亲族姻连,若秦、越人之视肥瘠者,亦颇有其人。自公少时,居父母丧,即哀毁尽礼。所著《明云家训》,一以忠厚孝友为本,处己接物,恂恂如不能言。平生菲衣蔬食,有过儒素,而分人以财,教人以善,自一乡一邑,推而至于四海,达于五部,博施济众,曾无倦色。两国朝廷,深相引重,乃至印度、阿剌伯、巫来由诸族,闻公名,无不额手起敬者。岂非传所谓质直好义、在家必达、在邦必达者欤?余官新嘉坡,始获交于公。公才吏用,正资臂助。曾不一载,遽泚笔铭公,能无慨然!铭曰:

禹域人众,居万国首,散居四海,无地不有。南离文明,毓秀锺灵,笃生贤豪,超出群英。拳拳一心,眷念宗国,为郑弦高,为汉卜

式。得如公者，百数十人，如百足虫，足以威邻。凡我华民，视此阡
隧。谁歀铭者？为总领事。

诰授资政大夫

钦命驻扎新嘉坡兼辖海门等处总领事官

二品御候补班前先补用道

丙子科举人癸酉科拔贡

黄遵宪撰

例授文林郎拣选知县

己丑恩科举人乙酉科拔贡生梁居实书

据钱仲联辑《人境庐杂文钞》，《文献》第八辑

南学会第一、二次讲义

（光绪二十四年二月十九日　1898年3月11日）

诸君，诸君！何以谓之人？人飞不如禽，走不如兽，而世界以人为贵，则以禽兽不能群，而人能合人之力以为力，以制伏禽兽也，故人必能群，而后能为人。何以谓之国？分之为一省一郡，又分之为一邑一乡，而世界之国只以数十计，则以郡邑不足以集事，必合众郡邑以为国，故国以合而后能为国。

自周以前，国不一国，要之，可名为封建之世。封建之世，世爵、世禄、世官，即至愚不道，如所谓生于深宫之中，长于妇人之手，骄淫昏昧，至于不辨菽麦，亦靦然肆于民上，而举国受治焉。此宜其倾覆矣。而或传祀六百，传年八百！其大夫、士之与国同休戚者，无论矣；而农以耕稼世其官，工执艺事以谏其上。一商人耳，亦与国盟约，强邻出师，犒以乘韦而伐其谋，大国之卿，求一玉环而吝弗与。其上下亲爱，相维相系乃如此。此其故何也？盖国有大政，必谋及卿士及庶人，而国人曰贤，国人曰杀，一刑一赏，亦与众共之也。故封建之世，其传国极私，而政体乃极公也。

自秦以后，国不一国，要之，可名为郡县之世。郡县之世，设官以治民。虑其不学也，先之以学校；虑其不才也，继之以科举；虑其不能也，于是有选法；虑其不法与不肖也，于是有处分之法，有大计之法。求官以治民，亦可谓至周至密，至纤至悉矣。然而，彼入坐堂皇、出则呵道者，吾民之疾病祸难、困苦颠连，问其所以，瞠目不能答也。即官之昏明贤否、勤惰清浊，询之于民，民亦不能知也。沟而分之，界而判之，曰此官事、此民事，积日既久，官与民无一相信，浸假而相怨相谤，相疑相诽，遂使离心离德，壅蔽否塞，泛泛然若不系之舟，听民之自生自杀，自教自养，官若不相与者，而不贤者复舞文以弄法，乘权以肆虐，以民为鱼肉，以己为刀砧。至于晚明，有破家县令之称，民反以官为扰，而乐于无官。此其故何也？官之权独揽，官之势独尊也。凡上下相交之政，如所谓亭长、三老、啬夫、里老、粮长，近于乡官者，皆无有也。举一府一县数十万人之命委之于二三官长之手，曰是则是，曰非则非；而此二三官长者又委之幕友书吏、家丁差役之手，而卧治焉，而画诺坐啸焉，国乌得而治！故郡县之世，其设官甚公，而政体则甚私也。

诸君，诸君！诸君多有读《二十四史》者，名相良将，能吏功臣，可谓繁夥矣。惟读至《循吏传》，则不过半卷耳，数十篇耳，二三十人耳。无地无官，无时无官。汉、唐、宋、明，每朝数百年，所谓循吏者只有此数，岂人性殊哉，抑人材不古若欤？尝考其故，一则不相习也。本地之人不得为本地之官，自汉既有三互之法，如今之回避；至明而有南北互选之法，赴任之官，动数千里，土风不谙，山川不习，一切俗禁茫然昧然。余尝见一广东粮道，询其惯否，彼谓饮食衣服均不相同，嗜欲不通，言语不达，出都以后，天地异色，妻奴僮仆日夕怨叹，惟愿北归。以如此之人，而求其治民能乎不能？此不相习之弊也。一则不久任之弊也。今制以三年为一任，道府以下不离本省。是朝廷固知不久任之弊矣。然而，州县各官员多缺少，朝令附郭，夕治边地，或升或迁，或调或降，或调剂或署理，或代理或兼摄，甫知其利，甫知其弊，尚欲有所作为而舍此而他去矣。而贤长官，量其时之无几，力之所不能，亦遂敛手退缩而不敢动；又况筑台者一篑而九仞，移山者由子而逮孙，凡大政事、大兴革均非一朝一夕之所能为，虑其半涂而废也，中道而止也，前功之尽弃也，则亦惟置之度外，弃之不顾耳。明之循吏，首推况钟，其治苏州凡十九年，闻辕门鼓乐嫁女，乃曰："吾来此时，此女甫乳哺耳。"惟久于其任，乃以循吏称。今安得有十九年之知府耶！诸君试思之，不相习，与宴会时之生客何异？不久任，与逆旅中之过客何异？然而皆尊之为官矣！

嗟夫，嗟夫！余粤人也。粤处边地，谚有之曰：天高帝远，皆不知有朝廷，只知有官长耳；亦不知官长为谁何？何名字？但见入坐堂皇、出则呵道者，则骇而避之，曰："官，官！"举吾民之身家性命、田园庐墓尽交给于其手，而受治焉。譬之家有家长，子孙数十人，家长能食我、衣我、妻室我、田宅我，为子弟者，将一切惰废，万事不治，尽仰给于家长耶，抑将进德修业以自期成立耶？诸君，诸君！此不烦言而决，不如子弟之自期成立明矣。委之于家长犹且不可，乃举吾之身家性命、田园庐墓委之于宴会之生客、逆旅之过客而名之为官者，则乌乎其可哉！然则如之何而后可？所求于诸君者，自治其身、自治其乡而已矣。某利当兴，某弊当革，学校当变，水利当筹，商务当兴，农事当修，工业当劝，捕盗当讲求，以闹教滋祸者为家难，以会匪结盟者为己忧，先事而经画，临事而绸缪，此皆诸君之事。孟子有言："匹夫匹妇，不被其泽，若己推而纳之沟中。"况吾同乡共井之人，而不思援手耶？范文正做秀才时，便以天下为己任，况一乡一邑之事，而可诿其责耶？顾亭林言风教之事，匹夫与有责焉。曾文正公论才，亦以风俗为士夫之责。愿与诸君子共勉之而已。

诸君，诸君！能任此事，则官民上下，同心同德，以联合之力，收群谋之益。生于其乡，无不相习，不久任之患，得封建世家之利，而去郡县专政之弊。由一府一县推之一省，由一省推之天下，可以追共和之郅治，臻大同之盛轨。

余之言略尽于此，而尚有极切要之语为诸君告者。余今日讲义，誉之者曰"启民智"，毁之者曰"侵官权"，欲断其得失，一言以蔽之曰：公与私而已。诸君能以公理求公益，则余此言不为无功；若以私心求私利，彼擅权恃势之官，必且以余为口实，责余为罪魁。乞诸君共鉴之，愿诸共勉之而已。诸君，诸君！听者，听者！

据《湘报》第五号（光绪二十四年二月十九日出版）

《日本杂事诗》后记

（光绪二十四年四月　1898 年 5 月）

（文见本集《日本杂事诗》）

刘毓庵《盆瓴诗集》序

（光绪二十五年九月　1899 年 10 月）

　　韩退之之铭樊宗师也，曰："惟古于词必己出，降而不能乃剽窃。"其答李翊书又曰："惟陈言之务去。"以昌黎之文起八代之衰，而摄其要，乃在去陈言而不袭成语，知此可与言诗矣。自《风》《雅》变而为《楚辞》，《骚》些变而为五七言诗。上溯汉魏，下逮有明，能以诗名家者，大抵率其性之所近，纵其才力聪明之所至。创意命辞，各不相师。倡之者二三巨子，和之者群儿。大张其徽帜，以号以众，曰某体，曰某派；沿其派者，近数十年，远至数百年，千余年，而其体不易。士生古人之后，欲于古人范围之外成一家言，固甚难；即求其无剿说、无雷同者，吾见亦罕。今读刘毓庵先生《盆瓴诗集》，其殆庶乎。

　　先生于学，无所不窥。其于诗也，深嗜笃好，朝夕吟诵不少辍，积书稿至尺许。国朝诗人，流别至多，几至无体之可言，无派之可言。然百余年来，或矜神韵，或诩性灵，幕客游士，涉其藩而猎其华，上之供诗话之标榜，下则取于尺牍之应酬，其弊极于肤浅浮滑，人人能为诗，人人口异而声同。今先生之诗，尽弃糟粕，举近人集中所有宴集、赠答、游览、感遇一切陈陈相因之语，廓而清之，虽未知比古人何如，抑可谓卓然能自树立之士矣。

　　往岁，曾重伯太史序吾诗，称其善变，谓世变无穷，公度之诗变亦无穷。余奚足语此？然征之先生之诗，亦可证所见之略同也。吾梅诗老，自芷湾、绣子、香铁诸先生没，大雅不作，寂寥绝响。庄生有云："逃空虚者，闻人足音，跫然而喜。"余读先生诗，奚啻空谷之足音也乎！余未识先生，然先生之季紫岩广文，与余为文交，故久识其为人。他日者，邂逅相遇，尊酒论诗，其必有相视而笑、莫逆于心者欤！

光绪二十五年九月　小弟黄遵宪序

据吴振清等编校《黄遵宪集》下卷

跋副岛沧海孔子诗 *

（光绪二十五年十一月二十三日　1899年12月25日）

　　黄遵宪曰：孔北海之气，李伯纪之理，可以盖天地、涵万物。而醉饱悠悠之徒曰："在其笼罩中，反为鸠鸮之笑也。"可哭可歌！

据《亚东时报》第十八号（光绪二十五年
十一月廿三日出版，方行先生抄供）

---

　　* 所标时间系《亚东时报》刊载的日期。

李母钟太安人百龄寿序[*]

（光绪二十六年十月前　1900 年 11 月前）

　　五岭以南，介乎惠潮之间者为吾州。环州属而居者数十万户，而十之九为客民。其迁移约五六百年，其传世约廿六七代，其来自闽汀，而上溯其源，乃在河洛。其性温文，其俗俭朴，而妇女之贤劳，竟为天下各种类之所未有。大抵曳靸履，戴义髻，操作等男子。其下焉者，蓬头赤足，帕手裙身，挑者负者，提而挈者，阗溢于廛肆之间、田野之中。而窥其室，则男子多贸迁远出，或饱食逸居无所事。其中人之家，则耕而织，农而工，豚栅牛宫，鸭栏鸡架，午牙贯错，与人杂处。而篝灯砧杵，或针线以易屦，抽茧而贸丝，幅布而缝衣，日谋百十钱，以佐时需。男女钱布，无精粗剧易，即有无赢绌，率委之其手。至于豪家贵族，固稍暇豫矣，然亦井臼无不亲也，针管无不佩也，酒食无不习也。无论为人女，为人妇，为人母，为人太母，操作亦与少幼等。举史籍所称纯德懿行，人人优为之而习安之。黄遵宪曰：吾行天下者多矣，五部洲游其四，廿二行省历其九，未见其有妇女劳劳如此者，则尝敬告于人人，谓凡我客民，为人子

---

　　* 光绪二十六年十月黄在《古香阁诗集序》中云：其祝《李母钟太宜人百寿序》称妇女之贤劳五大部洲各种所未有者，与本序意同。据此推断本序作于同年十月或此前。

孙,幸有老亲者,必思所以备致诸福,养其志,安其身,庶几慰其毕生之劳。顾求其膺福禄享期颐者不易觏,乃今得之于吾师伯陶先生之母钟太孺人。

太孺人年二十一嫔于李,事笃生府君,家微甚,逮事王父母及其舅,皆笃老善病,又迭遭丧故。笃生公业课徒,力不支,太孺人则每事扶持之,先鸦啼而起,后虫吟而息,手龟足茧,以经以营,卒无废事、无失礼,其早岁之劳如此。

笃生公素患羸,脩脯所入,仅供药饵。捐馆时,伯陶先生年甫冠,弱弟仅数岁,负剑围绷,不得离左右,太孺人则柴骨含泪,馌亩而归织,举一家妇孺幼小啼号而索饭者,咸仰太孺人之十指。而土无隙旷,事无寸废,人无晷暇,其中年之劳又如此。

及伯陶先生入学,太孺人年六十余矣,媳先后入门,诸孙次第成立。至于今,有孙男八,曾孙五。立吾举于乡,太孺人将九十,家亦饶裕矣。然犹日督孙媳及孙女六七辈以治事,入而负墙,则长者贩猪,少者饲鸡;出而倚门,则长者灌畦,少者锄圃。即有暇,辄舞弄诸孙,为之梳头,为之靧面濯足,或就褓褓中抱少孙,呱呱者泣,口呵呵拍之睡,声施施导之溺,其老年之劳又如此。

伯陶先生曰:"吾子言客民劳,念吾母之劳,钦钦然五六十年七八十年而不倦,其尤为天下之至难乎!然神明聪强如昔,吾自视如童冠,视吾母则三四十许人也。"遵宪闻而叹羡之。往者林海岩先达尝言:"客民者,中原之旧族,三代之遗民。"余证之语言风俗,益信其不谬。幽岐忧勤之习,唐魏俭啬之风,凡历三四千年而不改,近者亦稍凌夷矣。成周盛时,喜称誉妇德,形之歌咏,一则曰"有齐季女",再则曰"邦之媛兮",而《彼都人士》之章,且曰"彼君子女,谓之尹姞"。女而有君子之德,诗人夸为至荣。余尝语梁辑五、温慕柳,谓州志中当仿刘子政、杜元凯之意,别编列女传,举二三世族,贤明贞顺,足为女宗者,志其概,以为世范。今太孺人之修德若彼,获福若此,今日寿人之曲,异时彤管之光,俾人人悉其事,亦足令客民之妇女忘其劳、男子奋而兴矣。

李氏故里与吾家有连,伯陶先生尝馆吾家,为遵宪开蒙。曾祖母李太夫人时八十,特钟爱余。晨餐毕,促吾母抱来;日可中,母又挈之去。太孺人每来馆视先生,辄引手摩吾顶,问儿饥否、冷否、书熟否、曾受挞否。太孺人视吾母犹侄也,邂逅相遇,即刺刺语不休。先生谓余曰:"此母四十年前事,犹在目前。"遵宪亦恍惚记之。嗟夫!吾母而生存,今仅七十余岁耳。遵宪不肖,东西南北,奔走海内外,王事靡盬,不遑将母。吾母墓上之草,离离色碧者,荣枯已十数次矣。今乃随诸君子之后,捧觞以寿太孺人,且悲且喜,又以叹先生之福为不可及已。备人世辛勤之福,受上天纯嘏之锡,客民之所瞻仰,为人子孙者之所希望,行将集大福于太孺人之身。立吾兄弟,其益勉之,以报祖德,以扩亲欢。异日者百有余岁,绵绵益算,遵宪更当诵"如山如河,象服是宜"之诗,为太夫人寿也。

据钱仲联辑《人境庐杂文钞》,《文献》第八辑

《古香阁诗集》序

（光绪二十六年十月　1900 年 11 月）

有中原之旧族，三代之遗民，过江入闽，沿海而至粤，迁来已八九百年，传世已二十五六代，而岭东之人，犹别而名之曰客民。其性温文，其俗俭朴，其妇女之贤劳，竟甲于天下。予向者祝《李母钟太安人百龄寿序》，所谓五大部洲各种族之所未有者也。盖中人以上，类皆操井臼，亲缝纫；其下焉者，靸履义髻，帕首而身裙，往往与佣保杂操作，椎鲁少文，亦不能无憾焉。

润生女士，曦初之女也，与予内子为姊妹行，长嫔于李。李故望族，与予家有连，所居又同里。予年十五六，即闻其能诗。逮予使海外，归自美利坚，始得一见，尽读其所为《古香阁诗集》。其诗清丽婉约，有雅人深致，固女流中所仅见也。

予历使海邦，询英、法、美、德诸女子，不识字者百仅一二，而声名文物如中华，乃反异于是。嗟夫！三代以后，女学遂亡，唯以执箕帚、议酒食为业，贤而才者，间或能诗，他亦无所闻焉。而一孔之儒，或反持"女子无才是德"之论，以讽议之，而遏抑之，坐使四百兆种中，不学者居其半，国胡以能立？近者风气甫开，深识之士，于海滨创设女学，联翩竟起，然求其能为女师者，猝不易得。宣文夫人绛纱受业，此风邈矣。近世如王照圆、梁端能为《列女传》注，以著书名者,亦不可复觏,仍不能不于诗人中求之。若润生者,殆其选欤?

中国女学之陋,非独客人,而椎鲁少文之客人中,竟有以诗名者,士不贵自立乎?抑以予所闻,予族祖工部廷选,有妻曰黎玉贞,著有《柏香楼诗文集》三卷,志称其博通经史,诗文高洁,无闺阁气,因序此集,而并志之,以劝勉客人焉。

光绪二十六年十月　黄遵宪公度序

据郑子瑜编著《人境庐丛考》

《梅水诗传》序光绪辛丑

（光绪二十七年　1901 年）

语言者,文字之所从出也。语言与文字合,则通文者多;语言与文字离,则通文者少。余于日本《学术志》中,曾述其意,识者颇题其言。吾部洲文字,以中国为最古。上下数千年,纵横数万里,语言或积世而变,或随地而变,而文字则亘古至今,一成而不易。父兄之教子弟,等于进象胥而设重译。盖语言文字扞格不相入,无怪乎通文字之难也。

嘉应一州,占籍者十之九为客人。此客人者,来自河洛,由闽入粤,传世三十,历年七百,而守其语言不少变。有《方言》、《尔雅》之字,训诂家失其意义,而客人犹识古义者;有沈约、刘渊之韵,词章家误其音,而客人犹存古音者。乃至市井诟谇之声,儿女噢咻之语,考其由来,无不可笔之于书。余闻之陈兰甫先生谓:"客人语言,证之周德清《中原音韵》,无不合。"余尝以为客人者,中原之旧族,三代之遗民,盖考之于语言文字,益自信其不诬也。

里人张榕轩观察,少读书,喜为诗,钞存先辈诗甚富,近出其稿,托仙根明经广为搜集,重加编订。余受而读之,中如芷湾、绣子两太史,固卓然名家,其他亦雅驯可诵。嘉道之间,文物最盛,几于人人能为诗。置之吴、越、齐、鲁之间,实无愧色。岂非语言与文字合,易于通文之明效大验乎?

自物竞天择、优胜劣败之说行,种族之存亡,关系益大。凡亚细亚洲古所称声明文物之邦,均为他族所逼处。微特蒙古族、鲜卑族、突厥族苶然不振,即轰轰然以文化著于五洲如吾辈华夏之族,亦叹式微矣! 文章小技,于道未尊,是不足以争胜。凡我客人,诚念我祖若宗,悉出于神明之胄,当益骛其远者大者,以恢我先绪,以保我邦族,此则愿与吾党共勉之者也。

据钱仲联辑《人境庐杂文钞》,《文献》第七辑

《攀桂坊黄氏家谱》序

（光绪二十八年一月六日　1902 年 2 月 13 日）

　　黄以国为氏，或谓出于金天氏，自台骀封于邠川后，为沈、姒、蓐、黄诸国；或谓出于高阳氏，自伯翳赐姓嬴后，为江、黄诸国。三代以前，荒远难稽，其散居河北者，亦不可考。惟郑樵《通志》称黄氏嬴姓，陆终之后，封于黄。今光州定（域）〔城〕西有黄国故城，为楚所灭，子孙即氏黄。其说可信，此即吾宗之所自出也。

　　汉尚书令香，居江夏，世之黄氏，咸以江夏为望，后衍为二支：一为隋开皇间，由江夏迁浙之金华，析为五大族，分居于丰城、剡、监利、分宁、弋阳，其裔孙有庭坚、有潛著于时；一于五代时，自光州固始从王潮入闽，家于邵武，散居于莆田城、福州、龙溪、漳州，其裔孙有伯思、有干，族益光大。嘉应一州，十之九为客人，皆于元初从闽之宁氏县石壁乡迁来，虽历年六百，传世二十余，犹别土著，而名之曰客。吾始迁祖，初居镇平，亦来自宁氏，其为金华之黄欤，为邵武之黄欤，则不可得而详也。昔山谷老人自序出于金华，而其谱止及于分宁，七世以上，皆略而弗著。至晋卿学士，祖其说，作族谱图序，亦断自九世祖以下。

　　古者图谱有局，掌于史官。自局废而士大夫家自为谱，各以其所闻论著，不能旁搜广览，以征其实，故往往矛盾参差，至不可读。

谱不过十世,详于近,略于远,盖慎之至也。吾宗自文蔚公迁于攀桂坊,及吾而八世,今亦师其意,以文蔚公为断。自始迁祖至文蔚公,凡十数世,邱垄之尚完、祭享之不废者,编为前编。始迁祖以上,则不得不付之阙如矣。既以世系绘为图,举名字生卒之概引为表,复举德行事业之可知者,述为传略,总名之曰家谱。

吾闻之林海岩先生曰:"客人者,中原之旧族,三代之遗民。"今稽之吾族,来自光黄间,其语言与《中原音韵》相符合,益灼然知其不诬。自念得姓受氏,四千余岁,实为五部洲种族之最古者。始兴于汉,中衰于魏晋,以逮于唐,入宋而复盛。其入粤者,则明盛于元,入本朝而盛于明,中叶以来,又盛于国初。盛衰兴废,世族之常。若子孙无状,降为皂隶,辱我门楣,非吾之所忍言,如能保宗祊而承世禄,继继绳绳,不坠其业,抑亦庶几。若夫立德立功立言,以图不朽,俾嘉应之黄,与金华、邵武二族并称于世,是则作谱者所祷以求之者夫!

光绪二十八年立春后八日　遵宪谨序

据吴天任编著《清黄公度先生遵宪年谱》

中国近代人物文集丛书

黄 遵 宪 集

（二）

陈　铮　主编

中 华 书 局

第三编　函电

真意以行其间者,皆天地之至文也。不能率其真,而舍我以从人,而曰吾汉、吾魏、吾六朝、吾唐、吾宋,无论其非也,即刻画求似而得其形,(有)〔肖〕则肖矣,而我则亡也。我已忘我,而吾心声皆他人之声,又乌有所谓诗者在耶?汉不必《三百篇》,魏不必汉,六朝不必魏,唐不必六朝,宋不〔必〕唐,惟各不相师而后能成一家言。必执一先生之说,而媛媛姝姝,则删诗至《三百篇》止矣,有是理哉?①是故论诗而依傍古人,剿说雷同者,非夫也。

　　吾今日所遇之时,所历之境,所思之人,所发之思,不先不后,而我在焉。前望古人,后望来者,无得与吾争之者。而我顾其情,舍而从人,何其无志也?虽然,吾身之所遇,吾目之所见,吾耳之所闻,吾愿笔之于诗,而或者其力有未能,则不得不藉古人而扶助之,而张大之,则今宪所为,皆宪之诗也。先生顾其情,性情意气,可得其大概。至笔之于诗,则力有未能,则藉古人者,又后此事。惟先生教之!②

据《岭南学报》第二卷第二期

---

① “必执一先生之说”至“有是理哉”,他本均缺。
② “先生顾其情”至“惟先生教之”,他本均缺。

复大河内辉声函

（光绪四年三月十三日　1878 年 4 月 15 日）

（函见本集《与日本友人大河内辉声等笔谈·戊寅笔话》第八卷第五十七话）

复大河内辉声函

（光绪四年六月二十一日　1878 年 7 月 20 日）

（函见本集《与日本友人大河内辉声等笔谈·戊寅笔话》第十八卷第一二〇话）

致宫岛诚一郎函

（光绪四年六月二十八日　1878年7月27日）

昨辱访，以事冗未及倒屣。追趋晤，而车驾既去，为之怅然。堂上寿诗，谨既制就，钞草呈览。仆拙于此事，虑不足塵观也。大著暇日评之，稍迟再能奉璧。暑热珍重。

宫岛先生执事

　　　　　　　　　黄遵宪顿首　六月廿八日

东海翁媪八十余①，腰脚强健壮不如。子孙罗列多（官）〔宦〕达，开颜大笑乐只且。华堂置酒当清夜，明月吐光照碧虚。宾客骈阗盈车骑，一时豪俊②纷琼踞。手引金卮跪称寿，银灯照耀红芙蕖。君子燕饮欢无极，令我仿佛游华胥。蓬莱方壶果何处，此间无乃仙人居。群真跨凤朝天阙，籛铿退隐在乡间。车马服食同人世，闲来闭户还著书。年年渐觉荣颜少，白发变黑面皱舒。枕函自宝养生论，不向商山采芝茹。

---

① 此寿诗将宫岛一瓢夫妇七十二岁误写为八十岁，故有"光绪戊寅之秋"重写订正之诗，两诗文字稍异。

② 俊，宫岛文书一C3宫岛诚一郎手录《养浩堂丛书》（以下简称"丛书"）作"杰"。

宫岛一(觚)〔瓢〕先生夫妇年皆八旬,余与令子栗香大史交①,赋此为寿。

后学岭南黄遵宪草拜②

据宫岛文书—宫岛写本

附录:宫岛诚一郎复黄遵宪函

(光绪四年七月十九日　1878 年 8 月 17 日)

日来契阔,公私多冗,未果过访,请恕请恕。前日惠赠寿诗,珠玉满纸,一诵瑯然。家君喜气溢于眉端。谨拜其赐。顷呈白绢,请莫惜一挥腕力。薄纸一束,美浓之产,幸博一粲可也。

向所呈拙著,请有暇则赐批评。余付拜晤。气候不顺,为文珍重。

黄遵宪先生
八月十七日

据宫岛文书—宫岛写本

---

① 丛书作"余与其子一郎交"。
② 丛书作"后学梅州黄遵宪拜草"。

致宫岛诚一郎函*

（光绪四年七月十九日至二十六日间
1878 年 8 月 17 日至 24 日间）

高轩两辱过访，皆不及褰裳趋迓，歉然此心。

寿诗遵命上帙，惟诗俚字劣，不足博堂上之粲，愧甚愧甚。卜邻不远，暇当走谒。

栗芗先生文几

遵宪再拜

据宫岛文书一 C42(84) 书信原件

附　　录

东海翁媪七十余，腰脚强健壮不如。子孙罗列多宦达，开颜大笑乐只且。华堂置酒当清夜，明月吐光照碧虚。宾客骈阗盈车骑，一时豪俊纷琼踞，手引金卮跪称寿，银灯炫耀红芙蕖。君子燕饮欢无极，令我仿佛游华胥。蓬莱方壶果何处，此间毋乃仙人居。群真跨凤朝天阙，馢铿退隐在乡间。车马服食同人世，闲来闭户还著

＊　据函中内容当在宫岛 8 月 17 日复黄遵宪函与黄遵宪 8 月 24 日致宫岛函之间。丛书在 8 月 17 日录有此信。附诗修正 7 月 27 日诗中把七十余岁误作八十余。

致沈文荧函

（光绪四年八月十五日　1878 年 9 月 12 日）

（函见本集《与日本友人大河内辉声等笔谈·戊寅笔话》第二十二卷第一四七话）

致王治本函

（光绪四年九月二日　1878 年 9 月 27 日）

（函见本集《与日本友人大河内辉声等笔谈·戊寅笔话》第二十二卷一五〇话）

复大河内辉声函

（光绪四年十一月六日 1878 年 11 月 29 日）

（函见本集《与日本友人大河内辉声等笔谈·戊寅笔话》第二十六卷第一七三话）

致蒲生重章函

（光绪五年二月 1879 年 3 月）

读《近世伟人传》，慕阁下久矣。顷以梳发，不及倒屣迎，惭悚不安之至。乞涵容之。仆数日殊未得暇，西历三月二十二日午后，将趋高斋，一话衷曲。此上

蒲生子闇先生

　　　　　　　　　　　　　　　　黄遵宪公度顿首

光明俊伟如阁下，可以学圣。相见既恨晚，又以他事，须迟数日。此情不可言也。

　　　　　　　　　　　　　　　遵宪又笺

据郭真义、郑海麟编著《黄遵宪题批日人汉籍》

致宫岛诚一郎函

（光绪五年闰三月十六日　1879 年 5 月 6 日）

　　昨以失眠头痛，未及侍宴，感惭疢奚似。

　　《日本杂事诗》复承赐阅，感甚感甚。《栗香诗稿》既再校一本，回读己诗，自惭形秽，几欲拉杂摧烧之耳。今再送上一本，乞尽一夕工夫削之，明日相见，两以相易。

　　午后四时诺我三时则更妙。必当趋高斋。但谭诗雅会，坐不可无美人。当携一译人来约君，并嚳上新桥酒楼，呼小小雏伶，使唱"黄河远上"，不亦可乎。承诺则仆当为主，幸速赐报。

栗芗先生执事

闰月十六日　遵宪上

据宫岛文书—C41(15)

致冈千仞函[*]

（光绪五年闰三月三十日　1879年5月20日）

　　前夕聚饮，淋漓酣恣，大乐大乐。顾聚诸名士于一堂，以仆厕末坐，殊自惭形秽耳。大著急于奉璧，百忙不及著圈点，谨志数语于后，冒昧狂妄，多罪多罪。

闰三月三十日　黄遵宪

冈鹿门先生执事

据郑海麟辑黄遵宪手稿

---

　　* 冈千仞，字振东、天爵，号鹿门（1833—1914年），日本仙台藩士。1884年航游中国，为明治维新时期的卓识汉学家。黄遵宪使日期间，与其过从甚多。

辄骂人。前十数日，《朝野新闻》有伪为弟诗者，诗专言球事。后又有和其韵以毁我国者。仆皆一笑置之而已，然可见其好言生事也。

仆所著《日本杂事诗》本欲刊布之，以告中人之不知外事者。然惧其多谬，故私以请正一二素交君子，而不谓遂致流传。其中云云或有触忌讳者，现在两国交际正在危疑之时，宪甚不欲以文字召怨。存重野先生处者，宪托言急欲上木，向其索还，尚有一本未以归我，阁下来乞顺便抽归。此诗脱稿后，欲求先生改正之，未审赐诺否？

梅雨连绵，胸辄作恶。布纸述怀，不自觉其语之刺刺不休也。惟为国为道自爱。不庄。

小弟遵宪顿首　四月廿六日

据南开大学藏手稿

致冈千仞函[*]

（光绪五年五月二十八日　1879 年 7 月 17 日）

　　得缄，适日来百务丛集，故无以报命。仆两趋高斋，俱未得晤。明十八日午后三四时之间，仆将命车趋谒，幸少候，将作半日畅谈也。仆于水曜、木曜日最暇，然往往他出。他日若辱访，先期告我，当倒屣迎也。

鹿门先生执事

　　　　黄遵宪笺　五月二十八日　七月十七日

　　　　　　　　　　　　　　据郑海麟辑黄遵宪手稿

致宫岛诚一郎函[*]

（光绪五年六月十四日　1879 年 8 月 1 日）

久别得来书，方知高轩两见过。未及倒屐，惭甚。

《蠖堂诗钞》尚未细读，迟缓乞勿罪。《日本杂事诗》托友净书，行将刊木，以省抄书之苦。他日当奉送一通也。暑热幸自爱，得暇再趋领雅教。

寿诗书就，谨以璧。

六月十四日　黄遵宪

据宫岛文书—宫岛写本

　＊　宫岛《己卯日志》7 月 31 日记："赠黄遵宪、沈文荧书状。文荧返翰来。"知此函为对宫岛 31 日函的复函。《日志》8 月 2 日记："黄遵宪赠来书状并老父之大幅寿诗。"似即指此函。今据黄遵宪自署日期。

复中村敬宇函[*]

（光绪五年六月十五日　1879 年 8 月 2 日）

伻来，奉到尺书并素绢。此书此画可称双绝，将永藏箧笥为子孙宝，岂第屏幢生辉已也。诗称耕霭女史兼中东西能事，果然不谬。画家有南北合法，今更上一筹矣。乞先寄声致谢，容日将觅土物，附以拙诗，亲诣学校谢之。

梅雨连绵，凉燠不完，惟珍卫为祷。卜日当偕二三友人来观学校，再图良晤。不宣。

中村敬宇先生左右

黄遵宪顿首

据日本同人社《文学杂志》第 34 号(明治十二年八月二日)

　＊　函前有中村敬宇文字："黄公度先生以绢嘱绘于东京女子师范学校教员及生徒，各经写就并缀俚言，伏希鉴政。"所标时间为杂志刊载日期。

致王韬函[*]

（光绪五年七月初三日前　1879 年 8 月 20 日前）

紫诠仁兄大人阁下：

　　得惠书，知初三、初四皆有他局，不得暇。今特驾飙车来迓，乞即辱临，以同谋一欢。

　　海外知交，宪与阁下亦一大奇事，乃数千里之归，不获一具杯酌为礼宴，岂非大憾！惟勿却勿延为幸。即请

文安。不尽。

弟遵宪顿首

据南开大学藏手稿

---

　　* 函中所谈系黄遵宪在王韬离日本回国前，邀请饯宴事。王韬归国时在光绪五年七月初。据此酌定该函约写于七月初三前(1879 年 8 月 20 日前)。

致王韬函

（光绪五年七月十一日　1879 年 8 月 28 日）

紫诠先生大人阁下：

　　相聚不多日，匆匆告归，此怀何可言。新桥握别之时，莼鲈秋思，归心忽动。贾阆仙诗云："此心曾与木兰舟，直到天南海水头。"为公诵之。先生此行，名山胜水，醇酒妇人，如到极乐国。归装后，得文诗积寸，亦一快事。惟宪不能无怅然。

　　宪与阁下虽新相知，而钦仰高谊已久。星使尤爱重公，意欲罗致幕府。顾以南岛属藩之事，波澜未平，行止靡定，虽经上书当路，极推君才，而此间属员有额，方且告归请撤，未便增设。濒行再三挽留，意盖有在，及阁下述中丞有书劝归之言，乃不复启口。既虑此间小局，阁下未肯俯就，又念时方多事，以君之才，苟有用世志，诚不难凌云奋飞，一蹴千里。惟宪私心窃冀亟欲得阁下共处朝夕，时领教益，今既不能，因是独介介耳。

　　宪著《日本杂事诗》凡百五十余首，今抄清稿呈上，有便尚乞痛加斧削，乃付手民。苟得附大著丛书中，则附骥名显，尤为荣幸。款式拟同《海陬冶游录》，甚善。惟诗中小注应如何排印，统乞卓裁。又诗中新僻之字，如蒒灵，如棋雅等，及日本伊吕波假字，恐须别刊，务求费神。宪意欲得二百五十部。前托交阁下十金，知万不敷,乞早函示,以便邮来。

《扶桑游记》,沈君略润色,仍即以交锄云山人。

阁下此来,东国文士齐声赞叹无异词。鸡林之市白香山诗,百济之乞萧子云书,古人无此清福也,健羡健羡。

归舟风浪如何?极以为念。此函到日,想阁下亦到港矣。

干甫先生,宪读其文,重其人,乞代达意。

西望轸郁,榛苓在怀,惟珍重,为道、为国、为文,千万自爱。不尽欲言。

己卯七月十一日　弟遵宪顿首谨白

据浙江图书馆藏《黄公度观察尺素书》

致王韬函[*]

（光绪五年七月二十一日　1879 年 9 月 7 日）

紫诠先生大人阁下：

前奉书并寄呈《日本杂事诗》。星使语宪曰："紫翁磊落人，以琐屑事烦之，毋乃过与？"宪默然不能语，继而思有不得已者在。出门万里，平生故人贻书督责，欲少述一二，竭九牛之力且不能毕抄，故不能不刻。泰西通例，使馆书记例不得在任刻书，盖虑其中有刺讥，亦古人居国不非大夫之义也。此欲刻而不能于东京刻之也。乞老先生谅之而已。

卷一之下，因匆卒抄就，多有谬误，今条举别纸，求交与校对者，千万拜恳。重野为作序、石川为作跋，后再寄来。先生曾诺赐序，未审能宠锡之否？固所愿也，抑非敢冀也。

此书到日，到港当既久。凉燠之交，凡百珍重。不尽所怀。

干甫先生均此致意。

　　　　　　　七月二十一日　弟遵宪顿首谨白

《扶桑游记》何如？"未雨先缠绵"改语句，调近俗且索然无味，弟

＊　函说《日本杂事诗》写成寄给王韬，并请王韬及日人重野成斋作序，事在光绪五年，此函写于是年七月二十一日(1879 年 9 月 7 日)。

· 499 ·

与之争,即谓"谬"当作"绵"。句,梅史改之,真乃点金成铁,精光顿减。当梅史下笔诗此语,弟尝与争。即其他云云,弟意亦谓应删不应改。

先生天才秀涌,如海如潮,当其即席挥毫,文不加点,失于繁复,不及检核者亦容有之,偶加删简,未必不佳。至点窜字句,则人心不同,如其而然,即使老杜执笔,亦不可改谪仙人诗,况余子乎?此卷之欲加删简者,本未能免俗之见。举花柳冶游过于放浪者,稍稍律之可耳,何必及其他哉!故仆读是书,此节之外不敢赞一辞。其有旁及者,弟以欺锄云诸公意谓删诗不尽关郑风耳,盖世情可笑之甚者,谬谓精当,犹此意也。先生试取原本观之,弟有一语赞其改笔否?

梅史因丁艰夺情,吏部行驳文来,近既归去。少此一人犹可言也,瀚涛之太夫人亦仙逝,亦匆匆束装而去。同行十九人,弟最所爱赏者,风流云散,此信其何以堪。知念并及。

　　　　　　　　　　廿一夜三鼓　　公度又书

　　　　　　　　　　　　　据南开大学藏手稿

致宫岛诚一郎函

（光绪五年九月十日　1879年10月24日）

　　大稿经一再读过。此二本殊少佳作，披沙拣金，偶一见宝耳。谬以鄙见，辄为删弃。其余未动笔者，仆皆以为可删，然未敢自信，冀吾子更请他人阅之耳。狂妄之罪，不敢求谅。惟恃至爱，乃敢出此言也。时下自爱。不宣。

重阳后一日　遵宪

宫岛栗芗先生执事

据日本国会图书馆藏《宫岛诚一郎关系文书》

（以下简称"宫岛文书二"）341书信原件

前惠既刻之《杂事诗》,惟国造分司旧典刊中小注,以参议分任之误作区。日本宽永钱诚有孔有轮廓。弟见其货币史钱图,是不过百分之一耳。又及。

据南开大学藏手稿

致冈千仞函

（光绪五年十月二十六日　1879 年 12 月 9 日）

　　伏启：我月之廿八即阳历十二月十一，此月第二木曜也。午后三时，谨于敝斋薄治肴馔，屈高轩枉过一叙。如惠然肯来，并望如时勿迟。吾土烹调之法，过期则失饪，故尤盼早降也。

　　多日未晤，薄寒日深，惟为道自爱。相见再一豁积愫。

我十月二十六日　遵宪

鹿门先生执事

据郑海麟辑黄遵宪手稿

致宫岛诚一郎函[*]

（光绪五年十一月七日　1879年12月19日）

今日所云云,皆肺腑之言。因虑其人来此,学无所成,而反入下流,则仆辈负君,君负故人,故不惮委曲以相告也。然笔谈数纸,乞焚弃,勿以示人。盖隐恶亦君子盛德,若宣扬之,则巨鹿无容身之地也。重以嘱托。

税所氏已友吉井君,又友阁下。仆读其书,知亦一有心人,阁下又誉其子。若不嫌弟陋,请由阁下诱之来,一见其人。若喜文字,仆为之删改,是仆之所能尽力者也,敢不黾勉为之,以酬^①阁下厚待友人之意。居此学语,恐终无益。仆辈无多暇日,既不能为之教习,又不能时时省察其所为,使勿为损友所累。是仆之未能尽力者也。阁下归后,仆达之公使,公使亦如仆意。谨再驰书,缕述鄙衷。

大著必当细读。辱过爱,实惭愧之至。惟自爱。不宣。

光绪五年长至前三日　黄遵宪

栗芗先生阁下

＊　函末署"光绪五年长至前三日",该年长至(冬至)日为十一月十日,"前三日"为初七日。又宫岛写本于12月20日注"此日黄遵宪有书"。

①　"以酬"以上见宫岛文书一C42(77),以下则见C42(80)。

致宫岛诚一郎函

　　再启:闻吉井氏与伊地知侍讲皆君子人,见时为我达意。他日必当因阁下而趋谒也。又启。

据宫岛文书— C42(77)、(80)书信原件

致森春涛函[*]

（光绪五年十一月十五日　1879 年 12 月 27 日）

承示令郎《补春天传奇》，迩来百忙，束高阁者凡一月。岁暮风雨，竹屋灯青，离怀骤生，不可收拾。乃展卷细读，一字一句，皆有黄绢幼妇之妙，愈读愈不忍释手矣。父为诗人，子为词客，鹤鸣子和，可胜健羡。昔袁随园以诗名天下，而不惯作词，及其子阿通著《捧月饮水词》，几几与阿翁争衡。先生殆将步其武乎？仆年十五六时，极喜倚声，并及南北曲。长而知为雕虫小技，乃废弃不作。然积习未忘，至今尚见猎心喜。文章即小道，词曲又为诗之余。郎君天才秀发，不愧"浓笑书空作唐字"之誉。仆既为击案叹赏，益望先生以其大者远者教之也，恃爱唐突，幸勿得罪。

得书求赐复，虑寄书邮之浮沉也。己卯长至后五日

据郭真义、郑海麟编著《黄遵宪题批日人汉籍》

---

* 日本友人森春涛是《补春天传奇》作者森槐南之父。

复大河内辉声函

（光绪五年十一月十六日　1879 年 12 月 28 日）

（函见本集《与日本友人大河内辉声等笔谈·己卯笔话》第十六卷第九十二话）

致王韬函[*]

（光绪五年十一月二十日　1880 年 1 月 1 日）

紫诠先生大人执事：

十月下旬曾肃寸缄，当达记室。发缄之明日，即奉到赐函；诗五来又得一书，知潮州之行既返文旆。

中丞说，士之甘礼贤之优固为当世所难，然非以少陵之才，亦未必能堂上指画、军中吹笙，作如此逢迎也。中丞欲挟与俱出，闻之距跃三百。他日牙旌独建，左提右挈，昨日之一山人高据三八座上者，犹不过饮酒欢乐，且将见羽扇纶巾，指挥如意矣。

海防一节，千难万难，诚如尊语。顾以今日司农之竭蹶，急切何能办到？诚愿得如丁公者主持其间，延揽英豪，造就将士。天下事得人则理，虽旦暮未能收效，而但使规模既具，逐渐经营，鸠工庀材，终有成功之日。仆辈日引领望之而已。榛苓西望，翘首为劳。

海风多寒，千万为国为道为斯文自爱。临楮匆匆，不布所怀。

　＊　函中谓"十月下旬曾肃寸笺"，当指光绪五年十月廿四日（1879 年 12 月 7 日），故此函写于同年十一月二十日。

命购之书,条具别纸,顺以呈上。

　　　　　弟遵宪顿首　十一月二十日

据南开大学藏手稿

致蒲生重章函[*]

（光绪五年十一月前　1879 年 12 月前）

蒲生先生：

　　夏日为纳凉之游系往何处？即景之作想极多。近刻"伟人佳人传"至第几编？敢问。

宪百拜

附录:蒲生重章答黄遵宪

即席走笔喜答

伟人在右佳人左,终日遨游乐有余。何用江湖去消暑,俎桥之畔即华胥。

重章(印)

据蒲生重章《近世伟人传》四编礼集卷上题词手迹

---

　　* 手迹页上眉批："黄公度尝喜读《伟人传》,一日遇余于俎桥,促后编出。此系笔语。今礼集成,而其国难以来,邈绝消息,为之黯然。"查黄遵宪于光绪五年十一月为《近世伟人传》四编题词。据此推断是函当写于同年十一月前。

·512·

致冈千仞函

（光绪五年十二月九日　1880年1月20日）

　　两辱惠临，未及倒屣，且惭且惧。弟近来百忙，大著经读一过，尚未加墨。容日阅好，将自行赍到高斋，并畅叙衷曲也。严寒，幸为道自爱。

我五年腊月九日　遵宪

鹿门先生执事

据郑海麟辑黄遵宪手稿

致王韬函 *

（光绪五年十二月二十三日 1880年2月3日）

紫诠先生大人阁下：

腊八后七日奉书并《杂事诗》二本，想能邀澄鉴矣。廿一日得读手教，祇悉种切。

翻译球案之人，果非出贵馆手，由延请而来者，彼或别有所为而然。先生经许其谢金，昨告星使，谓此金不便使先生食言，仍当如数寄来。惟乞将原文及《朝野新闻》并敝署所译者示之，问其何故独删此节，俟其答词，再以寄来耳。本谓本署初次照会失于无礼，议撤议激言者屡矣。自杨越翰新闻一出，反谓其行文无礼，乃缄口不复道。此盖中间人补救之力亦不鲜也。此事本无关轻重。台湾一案亦定议后互撤照会，惟彼国必欲挑此，恐中土之迂腐无识者，反谓以文字启祸，则悠悠之口，难与争辩耳。日本之处心积虑欲灭球久矣，使者之争非争贡也，意欲借争贡以存人国也。本系奉旨查办之件，曾将此议上达枢府，复经许可而后发端。此中曲折，局外未能深知，敢为先生略言之。

《杂事诗》既承印就，感荷何可言！前寄同文馆刻本，外间绝

　＊ 函说"腊八后七日奉书并《杂事诗》二本"，系指光绪五年同文馆刻本；又说"《杂事诗》既承印就"，指王韬为之作序的印本，事在光绪五年末六年初，此函当写于是年十二月二十三日。

少,仍乞速为装钉掷寄。既经印就,则无庸照同文馆本改刊。惟卷首"广东黄遵宪",因对日人言,故举其省,实则于著书之体未审合否?应否改作嘉应?先生教之。此间踵门请索者,户限为穿。彼士大夫皆知窝苤仙即日本人称先生姓字之音。俯为校刊,声价顿增十倍,今乃知古人登龙之言非虚谬。左太冲赋藉皇甫一序而行,亦信不诬也。彼国士夫相见者辄问先生起居,宪俱为达意。

日本比来屡见火灾。国会开设之议,倡一和百,几遍国中,政府顾尼之,不得行。纸币日贱,数日中每洋银百元,值纸币百四十矣。民心嚣然,盖几有不名一钱之苦。漏卮不塞,巨痛如此,可慨也!夫日本似不足为患,然兄弟之国,急难至此,将何以同御外侮?虎狼之秦,眈眈逐之。彼其志曷尝须臾忘东土哉!祸患之来,不知所届,同抱杞忧,吾辈未知何日乃得高枕而卧也?

严寒,惟为国为道自爱。

潦草不庄,为忙故也,幸恕幸恕。

小弟遵宪顿首上笺　十二月廿三日

据南开大学藏手稿

致冈千仞函

（光绪五年十二月二十四日　1880年2月4日）

得缄，背汗雨下，虽严寒，若盛暑中。以仆之固陋，为村塾冬烘先生尚不可，而先生顾许为一字师，殆引昌黎"师不必贤于弟"之言乎？善戏而近谑矣。书言欲于纪元节屈驾枉顾，幸甚，幸甚！谨当倒屣迎也。

吾土新年，多同贵邦风俗，客中凡百不备，亦无礼之足观，仍不过献一茶、具一点心耳。呵呵。惟自爱。不宣。

鹿门先生执事

黄遵宪　己卯后立春日

据郑海麟辑黄遵宪手稿

致宫岛诚一郎函

（光绪六年正月十八日　1880年2月27日）

前辱枉顾，不及倒屣，惭愧惭愧。

《日本杂事诗》既印就，但寄来不多，今奉赠一部。索诗者盈门，仆无以应，幸秘之。是诗征引典籍，谬误实〔多?〕，又虑言者无心，听者有意，或以为中含讥讽，则与居国不非大夫之义太相乖谬，尤非仆所愿。辱相知，深望涵复之为幸。

栗香先生执事

正月十八日　黄遵宪顿首

据宫岛文书—宫岛写本

致宫岛诚一郎函①

（光绪六年正月三十日　1880年3月10日）

大著首卷今奉还。此卷多仆未见者，而各公之评既尽态极妍，故不多赘。题上所着圆点，不知出谁手，删之可也。此问
栗香先生吟安

遵宪顿首

再启：税所子与令郎从舍弟学语，仆之初意感阁下及吉井君雅谊，故不忍却耳。今舍弟日习西国言语及汉文，实无余暇兼顾。若舍己而芸人之田，想阁下不强人以所难也。兴亚会张滋昉先生久住北京，其语言胜舍弟百倍，又专力于教习者，必能多得益。祈阁下语税所子及令郎往先生处学，以后不必再来矣。拜恳之。

据宫岛文书—C41(23)书信原件

----

① 宫岛写本注"三月十日，黄遵宪有书"，时间据此确定。"再启"以下抄本无。

致王韬函*

（光绪六年二月下旬　1880 年 4 月上旬）

紫诠仁兄先生大人阁下：

　　本月十二日由朗卿寄呈一函，外边银二十五元，想收到矣。十九日舍弟均选来署，带到惠函并《杂事诗》诸件，一一照收。拙诗宠以大序，乃弟生平未有之荣，感谢实不可言。不敷刻资，后即寄图十分来。

　　松田所刻之图，坊友约以半月后，且云寄书大阪，云其板久未印，今再新印，故迟迟也。

　　成斋诸书既着人送交，适于青山延寿家见之，并一一为达高意。鹿川亦见面，云其父望眼欲穿，得之不啻喜从天降也。想二公不日即有复音。角松扇当亲交。

　　自子沦归，不解语，有四五月不相见，当重游赠之，并索其写真。

---

* 函中有"带到惠函并《杂事诗》诸件一一照收。拙诗宠以大序，乃弟生平未有之荣"。王韬为黄遵宪《日本杂事诗》作序为光绪六年二月下旬，故此函酌定约写于是时。

　　干甫先生之序,仆何修得此,先为道谢,容再图报耳。匆匆中不能多及,即请

道安

弟遵宪顿首

据南开大学藏手稿

致冈千仞函[*]

（光绪六年三月八日　1880 年 4 月 16 日）

　　《法兰西志》拜察。大著文，适公使出门，故不及取出。或今晚，或明日，当遣作赍呈也。

鹿门先生执事

宪谨复

据郑海麟辑黄遵宪手稿

---

* 据光绪六年三月八日（1880 年 4 月 16 日）函云《法兰西志》，此函似与其同日。

致冈千仞函

（光绪六年三月八日　1880年4月16日）

　　大作奉还，仆亦廖赘数语，想不鄙弃也。《法兰西志》，他日必当以寄丁公，备采择。匆匆不多及，惟自爱。

振衣先生阁下

　　　　　　　　　　　　我六年三月八日　宪顿首

据郑海麟辑黄遵宪手稿

致增田贡函[*]

（光绪六年三月八日　1880年4月16日）

　　《日本杂事诗》一册，谨尘清览。仆东渡以来，故乡亲友邮简云集，辄就仆询风俗，问山水，故作此诗以简应对之烦。王紫诠见之，携其稿去，遂付手民，非仆志也。仆以外国人述大邦事，定不免隔靴搔痒之诮。别风淮雨，讹谬丛杂，幸绳正之。又其中措辞未当，或听者有意，以为讥诮，则于居国不非大夫之义更相乖谬，尤非仆之所愿，亦恳恳指正，钦荷无已。容暇趋谒。手此，顺祝

近好。不宣。

增田岳阳先生左右

　　　　　　　　　光绪六年上巳后五日　黄遵宪谨白

据日本东京都立中央图书馆特别资料室藏增田贡《清使笔语》卷四

---

[*]　增田贡，号岳阳。"上巳"为三月初三，知为光绪六年三月初八。

致王韬函[*]

（光绪六年三月十五日　1880年4月23日）

　　再启者：前寄呈干甫先生一函，及《横滨日报》照刻《纽约哈拉报》数纸，缘原本系美统领随行幕友杨越翰以寄哈拉报馆者。

　　琉球争端初起，由星使与外务卿议论数回。彼极拗执，乃始行文与辨。日本于此一节自知理绌，无可解说，乃别生一波，谓此间初次照会措辞过激，不欲与议，彼原不过借此以延宕啰唣耳。嗣统领东来，本署将屡次彼此行文，逐一详审译呈，统领以为无他。杨越翰将一切情节寄刊报馆，独于日本外务与我之文，一讥其骄傲过甚，再讥其愚而无礼。其是否出统领意虽不可知，然彼之为此，盖主持公道，谓我与彼文无甚不合，而彼与我文乃实为无理，所谓以矛陷盾者也。此报一出，闻纽约报馆卖出数万份，而欧洲诸国照刻者亦多。因是而五部洲人皆知日本之待我极为骄慢，皆群起而议其短。因美国系中间人，中间人之言，皆信之也。报到横滨，横滨西报即为照刻，而《东京邮便新闻》、《朝野新闻》亦一一照刻。虽东人见之不悦，而语出他人，无所用其忌讳，故杨越翰讥诮日本之语，亦一一具载。

---

　　*　据函中有托购地图事，在光绪六年，此函当写于是年三月十五日。

弟初以为我国各报馆必有译出汉文者，久而寂然，窃疑为未见，故敢以一通径达贵馆也。果蒙不弃，录塞余白。乃陆续接到贵报于中间录刻来去之文，将原报所有讥弹日本语概为删去。始而深讶，不知何故，继乃念阁下及干甫先生均未能深通西文，翻译人口诵之时，隐匿不言，即无从书之于笔，不足怪也。原报流传既久，敝署既将原文及译文寄呈总署及伯相，均承其命人将原文再译，与敝署所译意悉相符。贵馆译而删去，于公事原无甚得失，弟不知贵馆译人是西人抑是东人？抑我国人？不知彼出何心而有意为此？读所译汉文，神采飞动，非出公手，即是洪公。是二公亦受其欺矣。狂瞽之言，敢达清听。今将敝署译汉并日本新闻寄呈，至原文具在，请复校之。

《鹿门笔话》均寄呈清览。得信之后，望即以八十部还弟，弟此间既乌有矣。弟意尊馆存本必多，仍可加寄一二百部来东，必能尽卖。定价三十五钱，价殊不贵，若分钉上下二本，似可定作四十钱或四十五钱。事须及热，幸勿迁缓，千万拜祷。鹿门自作书后文一篇，龟谷省轩、蒲生子闇皆有序，其他东京文人多欲作序跋者，他日汇齐，当再补刻。

角松折扇既交去。弟自子纶归，不通语，久不上旗亭。昨为此扇特设一局，而角松适他出，招之不来。弟亲送其家，其母出见，泥首至地，至再至三，具言为角松谢王郎殷勤。又述角松思念，云自经品题，声价顿增，王郎数首诗，渠赖以一生食着不尽。弟闻之他人，言亦如此，可知其诚恳矣。

托书肆在阪购图，昨来告云，是板久不印行，须有人定购数十部方印，故迟误至此。弟思地图一事，晚出为佳，不必定需松田氏所著，另乞他命，或由弟择购。俟复缄，即驰寄。手此，即请

近安

　　干甫先生同此。

弟遵宪顿首　三月十五日

据浙江图书馆藏《黄公度观察尺素书》

致王韬函[*]

（光绪六年四月十日　1880 年 5 月 18 日）

紫诠先生大人阁下：

　　数日中叠奉到三月下浣所发三函，崇论闳议，信足以推倒豪杰、开拓心胸。其中所论，如谓藉各使维持，遣旧人续议，皆与鄙见不谋而合，殊自幸孺子之可教也。使臣下狱，无益于事，徒贻他人以口实，洵然洵然。而阁下所谓不可解诸事，亦一一不诬。虽然，以弟近日所闻，乃知其中有不得已者在也。

　　弟闻遣使之初，特出懿旨，枢府诸公告其由陆路驰往，与左侯会商而后去。而彼谓严寒酷冷，难以冒犯霜露、跋涉山川，卒由海道。泰西所谓头等公使，虽曰代君行事，然受命而出，乃得专行，即议定之后，亦必俟政府画诺而后能钤印画押。崇公之去，朝旨命之索伊犁，未尝令其结条约也。及将约稿寄回，又屡次驰书告以万不可许，而崇公一概不听，擅自启程。此即泰西之头等公使，亦万万无此事。彼徒以骄矜之气，为桀黠所愚，遂使天下事败坏决裂至于如此，可胜叹哉！

　　俄为劲敌，当路诸公素所深知，故虽明知万不可行，尚欲含濡

---

　　* 函中云"崇厚乃下狱"，指崇厚因擅自与沙俄订伊犁条约而被革职拿问，定斩监候，事在光绪六年初。据此该函当写于是年四月初十日。

隐忍以待他时。而台谏诸人连章交劾，未经宣布之前，留中章疏既有七分，其后攘臂奋袂、慷慨言事者至于无日无之。朝廷以不得已始下之议，而崇厚之罪实不能为之讳。又有一二人据理以争，负气过甚，非枢廷诸君所能屈服，于是拱手而听其议罪，而崇厚乃下狱矣，乃议斩候矣。

嗟夫！通商以来，既三十余年，无事之日，失每在柔；有事之时，失每在刚，此又其一也。

中土士夫，其下者为制义、为试帖；其上者动则称古昔、称先王，终未尝一披地图，不知天下之大几何，辄诋人以蛮夷，视之如禽兽。前车之覆既屡屡矣，犹不知儆戒，辄欲以国为孤注，视事如儿戏，又不幸以崇厚之愚谬诞妄，益以长浮气而滋浮论，至于有今日，尚何言哉！尚何言哉！今日事既至此，苟使声明崇厚之罪，而不定案，告于天下，曰朝廷遣使，只命索还伊犁，乃崇厚所结条约，举属伊犁一地之外之事，据国书，则伊犁事尚未之及，故外人谓全权不得其实也。实为违训越权条约云云，实难曲从，则内以作敌忾同仇之气，外以示我直彼曲之义，然后急脉缓受，虚与委蛇，徐徐再议。俄人虽横，彼亦无辞，犹为计之得者。此弟所以读阁下所作诸论，为之五体投地，拜服不已也。天佑圣清，必无战事。

闻丁中丞有欲出之信。东南半壁，倚此一人，西望企祝，无有已时。

时事孔棘，同抱杞忧，引笔伸纸，不自觉觊缕如此，聊以当与先生一夕话耳，幸勿示人。匆匆不庄，惟为国自爱。不宣。

弟遵宪顿首　四月十日

据浙江图书馆藏《黄公度观察尺素书》

致宫岛诚一郎函

（光绪六年四月十九日　1880 年 5 月 27 日）

　　昨辱惠示，谢谢。所请询朝会、祭祀二事，即以现行仪式编纂见教，甚善甚善，谨当延颈以俟。大著应缴还，然仆不敢自食其言，仍应待琼瑶之来再议报耳。所需大八书，数日必奉呈。惟自爱。不宣。

　　　　　　　　　　　　　光绪六年四月十九日　遵宪

宫岛粟香先生阁下

　　　　　　　　　　　　据宫岛文书— C27(78) 书信原件

致宫岛诚一郎函

（光绪六年五月一日　1880年6月8日）

　　昨承惠书，今日又蒙枉顾。仆以明日有往沪之船，文书<u>丛</u>集，失敬愧谢。明九日之约，定当随大使趋谒。舍弟遵楷患腹疾，未能来，敬谢高意。相见述一切，匆匆不宣。

栗芗先生执事

我五月一日　遵宪顿首

据宫岛文书—C27(26)书信原件

致冈千仞函

（光绪六年五月十一日　1880年6月18日）

昨获惠书及大著,两日以俗冗他出,未及复,乞恕。来书"凤纹赏牌"云云,真绝妙好辞,非吾子不能作是语,愧非仆所敢当耳。

仆来大国,阅人多矣。然于文最爱吾子,尚有一土井聱牙,未及见其人,昨闻其死,为之怅然!于诗最爱龟谷省轩。虽不敢谓天下公论,然私意如此,不能随他人为转移也。

昔《法言》书成,君山以为必传,仆为扬子之桓谭,敢为左太冲之皇甫士安乎?虽然,既辱高命,不敢不序。仆于明日作箱根之游,大著当携往山中读之,半月后归寓,即当奉缴。仆若有异同之见,亦当一一签商。他日趋高斋,再把樽酒,重与细论文也。阴雨不时,惟为道为斯文自爱。

　　　　　　　　　　　光绪六年五月十一日　黄遵宪白
鹿门先生下执事

　　　　　　　　　　　　　　　据郑海麟辑黄遵宪手稿

致王韬函[*]

（光绪六年五月十五日　1880年6月22日）

紫诠先生大人左右：

四月底得惠书并《杂事诗》，径即以贰百六部送交成斋。此月六日又奉到一缄，知虞臣所赍物都既交到。不腆微物，乃辱言谢，益使人面热汗下矣。虞臣取去书，后当购物奉寄，万不敢屡渎也。见成斋云《杂事诗》今寄来者，必能卖却。唯日本书坊文芸堂近又有翻本，且加以圈点旁训，为日本浅学者所便，再行排印，恐不能与之争矣。成斋初云：此事书坊实为无理。向者陆军省翻刻《普法战纪》，成斋告以现有书在伊处发卖者，陆军省因是不卖。然查日本政府发行版权条例，无不许翻刻外国人著书之条，则彼为有辞，故难强阻也。

成斋处卖书金既经催索，未得复函。承示大著近日出板，景星庆云，天下皆以先睹为快。辱命弁言，弟万不敢。惟俟熟读后，再当涤笔敬书其后耳。

蒲生子《伟人传》四编既刻成，今邮来一部，请查收。

弟月来患喉痛，颇为困累，复书迟迟，职是之故。比稍愈，明日

当作箱根之游,约十余日方归也。

匆忙作此,春蚓秋蛇,几不成字,幸曲谅之。天渐暑,望自爱,千万千万!

弟遵宪顿首 五月十五日

据浙江图书馆藏《黄公度观察尺素书》

致冈千仞函

（光绪六年六月十五日　1880 年 7 月 21 日）

　　龟清楼小酌之期蒙订许，幸甚。惟云仆到高斋同往，殊绕道而曲折，不若各自径往，到彼楼相会为妙。请阁下于明日午后二时往，并请代致意省轩，午后三时由其家而往，仆先在彼楼相候也。余俟面罄。专此布札，即问近好。不宣。

　　　　　　　　六月十五日辰刻　阳历廿一日　黄遵宪白

鹿门先生执事

据郑海麟辑黄遵宪手稿

致王韬函[*]

（光绪六年六月十九日　1880年7月25日）

紫诠先生大人阁下：

　　弟近日归自箱根，获读五月中所发二函、六月初所发一函，前后凡四五千言，其揣摩时势之谭，尤为批隙导窾，洞中要害。弟昨评冈鹿门一文，谓古人论事之文多局外之见、纸上之谭，可见诸施行者，百无一焉。乃今读先生所议，多可坐而言起而行者，真识时之俊杰哉！

　　来书仍欲东游，彼都人士皆引领而望矣。此间瓜代之期，计在九月。日本同文之国，续任使事者，必仍是台阁诸公。若得有消息，旧日令尹必举先生名以告，想马周之名应无人不识也。窃意东瀛学士推重先生，若得文旌常驻此国，譬如猛虎在山，百兽震恐，大可以消患未萌，于两国和好收效甚大。弟苟可以竭力，敢不勉为之？

　　弟以三年居东，行赋曰归。念日本山水素称蓬壶，屐齿不一至，虑山灵贻笑；而村乡风景，亦窃欲考风而问俗，故恣意为汗漫之

---

　　* 原件未署年份。据函中云"弟近日归自箱根"，知此函写于光绪六年六月十九日。函末云"命办诸事，条具别纸"，故"遵宪谨白"当为其"别纸"。

　　　　　　　　　　　　　　　　　　　　　　　　　　　　　　·539·

游。居箱根山中凡二旬，而温泉七所，仅一未至，山路险峻，止通一线。而箱根驿有大湖在万山顶，宽仅十余里，深至五十丈，乃知古人比之函谷，称为关东咽喉之地，盖真不啻金汤之固也。随后尚欲游日光，走上州，过北海，抵箱馆，他日归途，更由陆达西京，经南海诸国，访熊本城，问鹿儿岛而后返。但恨文笔屡弱，不足以自达其所见耳。

弟以不才滥膺今职，曾无片长可以告人。顷随何星使后，共编《日本志》，而卷帙浩博，明年乃能卒业。俟此事毕，若天假之缘，得游欧罗巴、美利坚诸洲，归再与先生抵掌快谭，论五大洲事，岂不快哉！

相见何日？思之黯然。命办诸事，条具别纸，即希澄鉴。炎暑，幸自爱。不宣。

　　　　　　　　小弟黄遵宪顿首　六月十九日

一、前命购地图，今展转觅得松田直所刻原本七份，谨以五份赠先生，余二部乞代送洪干甫先生。区区微物，即求哂纳，不胜欣幸。

一、前命索问《扶桑游记》中卷，函到之日，尚未刊刻，弟一再催问，今日始竣功，由锄云翁交十部来，今谨寄呈，幸察收。

一、所寄成斋二缄，锄云、桂阁、白茅各一缄，均一一转交矣。

一、《众教论略》四编、《伟人传》四编、《清史逸话》均无刻本，俟后再寄。

一、此次托带书缄之何虞臣兄，乃星使同族。星使需寄家《杂事诗》，而弟处既无有，敢乞以十八部交渠。前借成斋代买之件，若未寄来，即在其中扣减；若既在道，则此十八部之价，他日由弟代为先生购书籍可也。

一、寄来影像三十二纸,内有角松一影,乞为哂收。

紫诠先生大人惠鉴

遵宪谨白

据浙江图书馆藏《黄公度观察尺素书》

致王韬函*

（光绪六年六月底　1880 年 7 月底）

　　大著《扶桑游记》第三卷,由栗本匏庵交重野氏转命弟删。弟先于日报中读之,旋告之曰:此文简古,如风水相遭,自然成文,其天机清妙,读之使人意怡,所载诗尤多名篇,可不烦绳削也。上、中二卷,弟意谓其层出复见处,由于一时不及校读,此自可删;而梅史乃并及其他,仆当时即谓不可也。而成斋述匏庵意,屡强不已。弟因取归再读,见"阶下小蛇"数语,乃知栗本之意在此也。盖家康主政,传之子孙垂三百年,深仁厚泽,极为其臣民所尊敬。而栗本氏为幕府旧臣,维新之后尚以怀恋旧恩,不忍出仕,彼读此戏语,心有不慊耳,因谬为删之。此外,唯高丽钟铭下,"此足见高丽之臣于明,不臣于日",亦为删去。缘高丽于日本,在隋唐之前有纳贡称藩之事,后即不尔。自丰臣氏一役之后,彼此往来皆以敌体,其为我藩属,日本人亦无不知之;而近年以威逼势劫,立通商约,内曰朝鲜为自主国,此为日人第一得意之笔。而论者犹或曰:彼明明中国属邦,何能认之为自主?若臣属日本之语,日本全国人无作此语者,此不须辨,

---

故亦从删。未审有当尊意否？此第三卷，闻尚未付排印。读来函，知上卷、中卷，阁下各需十册，弟自当购以转送。

前次何虞臣向索《杂事诗》十八部，阁下不愿受值，弟拜赐多矣，谨当借此名花献老佛耳，下届有便即寄来。

存栗本、重野二处之书，弟未往箱根前即函告二君，所有书价即总须汇寄。归来又将尊函转达，一再催索，既无复函，殊不可解。直至今日，栗本始着人送来日本纸币四十元零，并附一单，今以呈上，俟数日间重野处有金送到，再行汇换洋银本日价每洋银一元值纸币一元三十七钱。汇寄；若无交来，亦当先寄也。

《日本杂事诗》由弟手交重野成斋者，初则九十四部，后又二百八十六部，共三百八十部。昨检查阁下来函，亦系此数。云四百部，当系一时误记矣。

前承惠赐《康熙字典》及《鸿雪因缘记》，于五月五日奉到。上次呈函未及声谢者，缘当时转交友人，欲卖之也。日本近岁自学西法后，读书稽古之士日益少。观栗本氏处存书，以阁下重名，所著书犹如此之难，他可知矣。此二书敬谨拜登。谢谢。

《蘅华馆诗录》既刻就，有目之士皆以先睹为快。弟计是书当较易销售，有便或先寄百部交成斋可也。

所寄美人影，来书中有一老翁，弟思之不解；继思当购诸图时并购《虾夷图》十数纸，或未及别而白之，误遗一纸其中，唐突西施，罪过罪过！

弟宪再启

据浙江图书馆藏《黄公度观察尺素书》

致宫岛诚一郎便条[*]

（光绪六年七月五或六日　1880 年 8 月 10 日或 11 日）

收到见惠《朝会祭祀现行假例》一本，俟暇趋谢。

栗香先生

黄遵宪

据宫岛文书一 C27（79）书信原件

---

　　* 宫岛文书一 A56 宫岛《日记》记明治十三年 8 月 10 日宫岛诚一郎终日为黄遵宪眷录《朝会祭祀现行假例》，并记有"参公使馆，黄氏不在，仍赠《朝会假例》"。据此推断此便条可能写于 8 月 10 日，或次日。宫岛写本注"八月十四日，黄遵宪有书"，疑误。

致宫岛诚一郎函

（光绪六年七月八日　1880 年 8 月 13 日）

前承赐《朝会典礼》，详密整赡，拜谢无已。向者所需贤郎习字本及山阳书题跋，今都以奉缴。仆最拙于书，蛇蚓糊涂，自笑复自愧也。暑热，望自爱。

我六年七月八日　遵宪

栗香先生执事

再启：藤川三溪，仆不知其住居番号，其《春秋大义》序，仆久为制就，未由送交，今并函乞先生速为转交，以慰其望。费心，谢谢①。

据宫岛文书—宫岛写本

----

① 宫岛文书—A56 宫岛《日记》记：宫岛诚一郎 7 月 15 日偕藤川三溪访黄遵宪，《春秋大义》序或为此时所求。8 月 22 日日记又有"寄藤川黄遵宪之书"，似即为此序。

致宫岛诚一郎函

（光绪六年八月二十三日　1880年9月27日）

前辱枉顾，聚谭移晷，快甚。所订明廿八日之约，仆月、火二曜最不得暇。因往沪之船例于水曜启行，先日须作书札故也。然获原先生仆素仰其人，渴欲一见。明日仍当拔冗走谒高斋，藉慰饥渴。惟未能久坐，于四时半来，六时前即当归也。余暑未退，千万自爱，统俟面馨。

光绪六年八月廿三日[①]

宫岛栗芗先生执事

黄遵宪拜手

据宫岛文书—C41（27）书信原件

---

① 宫岛写本后有"月曜日"三字。

致宫岛诚一郎函[①]

（光绪六年八月二十四日　1880年9月28日）

　　昨发一书，误以谓阁下所云廿八日为阳历之日。顷知荻原氏与阁下约乃阳历十月二日，即土曜日。仆今日不得暇，至土曜再趋高斋，畅领雅教。手此不宣。

我六年八月廿八日

黄遵宪顿首

栗芗先生执事

据宫岛文书—C27(77)书信原件

---

　　①　此函黄遵宪误署八月廿八日。据光绪六年八月二十四日黄与宫岛笔谈内容，可知当系此日。

致王韬函[*]

（光绪六年八月　1880 年 9 月）

　　再，读贵报有《杞忧子〈易言〉书后》二篇。是公著述，偶曾一读，心仪其人，访其姓名，仅知为岭南人，姓郑。尊处有《易言》稿本，肯赐一读否？深山穷谷，不无奇才，在上之人拔而破格用之耳！

　　西邻之责，自星使续往，递国书，谒君皇，一一如礼，其外务既许改议，事机似乎稍缓。尊处传闻异辞，月日歧异，不尽得实。

　　俄船东来，皆驶往珲春，现泊长崎者只有一号耳。专派之大员乃彼国海军卿，亦往珲春。观其意乃欲经画东面，设常备兵，编五营制，故携夫人俱来，且挈水雷艇，空其船载茶而归。在新驾波者，复截止不遣，皆可知其意不在战，特万万不可因此而弛备也。

　　南藩一案，荩画周详，皆为亚细亚大局，曷任钦佩。顾此事彼亦甚悔。闻方派员请修好释嫌。至如何妥结，须俟两国政府协议而定。彼族近情，内忧甚深，故亟亟有求于我也。至于助俄

---

　　* 此件是附页，未见正函。函中说星使曾纪泽向沙皇递交国书和沙俄海军东来，知为光绪六年八月间事，此函当写于此时。

云云，道路传闻之言，为识者所不道，知先生既深悉矣。不赘。

弟又启

据南开大学藏手稿

致王韬函*

（光绪六年八月二十九日　1880 年 10 月 3 日）

紫诠先生尊兄仁大人阁下：

　　前有栗本匏庵交到卖书银，当即转寄。弟自箱根归后，游兴勃发，旋复襆被独行，镰仓之江岛、豆洲之热海，皆句留半月而后归。归席未暖，又于富冈观制丝场，于甲斐观造酒所，于五子村观抄纸部。此月之尾，秋风渐凉，乃不复游。其中旋出旋归，案牍山积，遂至匆匆无半日暇。弟生长中土，凡天台、雁荡、白岳、黄山，皆不获一往，未知其何如。顾于日本，游屐所经，名山胜水，灵秀葱蒨，都见所未见，颇觉胸中尘闷为之尽洗。惟苦无伴侣，未谙语言，稍嫌寂寂耳。

　　在山中获读《蘅华馆诗录》，如见我故人抵掌快谭。窃以为才人之诗只千古而无对也。弟每读近人诗，求其无龃龉气、无羞涩态者，殊不可多得。先生之诗，尽洗而空之，凡意中之所欲言，笔皆随之，宛转屈曲、夭娇灵变而无不达。古人中惟苏长公、袁子才有此快事，然其身世之所经、耳目之所见，奇奇怪怪，皆不及吾子远甚

---

　　* 原函未署年份。据函中云"弟自箱根归后"，知此函写于光绪六年八月二十九日。

也。深山得此卷，乐甚乐甚！此间文人仰慕先生过于山斗，若邮寄来此，不胫而走，为之纸贵也必矣。

《扶桑游记》上卷，觅之市廛，既不可再得。前者匏庵交中卷十本来，弟欲购上卷十五本，随中卷寄赠，乃既乌有，仅购得中卷五本，命舍弟交朗卿转寄，想当达掌签矣。下卷于前数日刻就。弟见报即索问匏庵，承其交十本来，今即驰递。若仍再需，务即示我，即当购呈也。

鹿门于七月初率其门生游北海道，临别宴弟于墨水酒楼，后未得其邮简，闻近将归矣。成斋代售诸书，弟屡催不应，后曾见面，乃自述所售之价多半知交，未经收取，总须至今年年尾乃能算账，命转达先生。渠以文鸣一世，然欲作数行札，乃难于上天，亦可怪也。日本知交，见多乞代问好，皆云不知何日再于上野之长酡亭，两国之中村楼，追随文酒，重续旧欢，其殷殷殊可念也。

海风多凉，秋暑未退，惟自爱。不宣。

弟遵宪顿首　八月廿九

据浙江图书馆藏《黄公度观察尺素书》

致王韬函[*]

（光绪六年九月十日　1880 年 10 月 13 日）

子诠尊兄先生大人阁下：

八月廿八日肃具一缄，附《扶桑游记》下卷十本，海鱼天雁，未审泳飞得达否？极以为念！

昨初三日复奉到手书，并附方观察函，祗悉一切。此案近闻既由彼族授使臣全权在京会议，其若何结局，即使馆且不得参议，更无论局外。万国公例，非使臣秉受全权，不能议事。闽中诸公欲援中国千百年前苏、张游说之例，以行之今日，其于外交茫昧若此，实可笑怜！然其人知重先生，此一节尚足取耳。呵呵！还君臣而复疆土，此事谭何容易，然终不能不于各执一说中折衷以期一是，彼此退让则妥结矣。此事无用忧劳也。

西邻之言，近况若何？多惠德音，至以为祝。

弟遵宪谨复　九月十日

据浙江图书馆藏《黄公度观察尺素书》

---

* 函中说"八月廿八肃具一缄，附《扶桑游记》下卷十本"，知为光绪六年九月十日所写。

致宫岛诚一郎函

（光绪六年十一月五日　1880 年 12 月 6 日）

前得惠书，知尊公先生偶尔违和，即拟趋诣华邸，敬叩起居。而诸事丛杂，卒未得暇，惭甚愧甚。顷闻尊公既安好，贺贺。

所委生田君日记，仆一再诵读，识议明通，词意高简。东来见游记多矣，此为最善。顾系评于眉，体近俗猥。仆当为之作一序也，见面代达此意，仆亦欲见其人。

《养浩堂诗集》既上木否？所求公使序，仆知既脱稿，想二三日当奉上耳。

天日严冷，凡百珍重自爱，并祝尊公先生万福。

光绪六年十一月五日　遵宪

宫岛栗香先生执事①

据宫岛文书—C42(1)、(82) 书信原件

---

① 宫岛写本在信后注："家君以十二月五日终世，享年七十四，葬青山墓田。"

致宫岛诚一郎小森泽长政函

（光绪六年十一月十八日　1880 年 12 月 19 日）

信封

　　内唁函外挽联

　　宫岛诚一郎
　　　　　　　两君子惠启
　　小森泽长政

　　　　　　　　　　　　　　　　黄遵宪拜上
　　　　　　　　　　　　　六年十一月十八日缄

唁函

　　谨启：前闻尊公先生之讣，惊悼不已。及趋吊礼庐，又以不通
语言，未达诚敬。伏念尊公先生年过七旬，身兼五福，哀荣备极，遗
憾毫无，虽孝子之心，极终身之孺慕，而先王制礼，戒贤者之过情。
所冀勉抑衷哀，以将慈母。遵宪特修唁信，谨具挽联，遣使将诚，乞
君鉴纳。诸惟自爱，不尽欲言。

　　　　　　　　　　　光绪六年十一月十八日　黄遵宪顿首

　　宫岛诚一郎
　　　　　　　两君阁下①
　　小森泽长政

---

　　①　以上据宫岛文书二 341 书信原件。

挽联

　　七十古来稀,况板舆迎养,牙笏胪欢,有子并推天下士

　　大仙往何处,想拄杖莲峰,悬瓢松岛,此身仍作地行仙

　　宫岛一瓢老先生之灵几

　　　　　　　后学　黄遵宪顿首拜挽①

据宫岛文书二 341 书信原件及宫岛文书一宫岛写本

---

① 挽联据宫岛写本补。

致宫岛诚一郎函

（光绪七年一月七日　1881 年 2 月 5 日）

　　拜登嘉贶，敬读惠缄。惭谢之怀，莫可言喻。

栗芗先生执事

　　　　　　　　　　　　　　　元月人日　宪顿首

据宫岛文书—C42（83）书信原件

致宫岛诚一郎函

（光绪七年五月十四日　1881年6月10日）

　　谨启：前辱过访，一豁积悃。日来屡拟趋高斋，将中川先生诗奉还，而尘事旁午，阴雨积旬，不获如愿，歉甚。兹将诗一册、笔二枝、书一通送到。先生阅后，即代为封固妥寄①是幸。稍晴即当趋拜。草草不宣，千万珍重。

　　　　　　　　　　我七年五月十四日　遵宪

宫岛粟香先生执事

　　　　　　　　　　据宫岛文书—宫岛写本及 C42(37) 书信原件

---

① "妥寄"以上据宫岛写本，宫岛文书—C41(37)仅存末页"是幸"以下。

致王韬函

（光绪七年六月十三日　1881年7月8日）

紫诠先生大人左右：

　　月来叠奉惠函，欢若面语，复承颁赐《火器说》一本、何、张二星使处均即转呈，皆致意道谢。小照一影。别来倏忽二年，颜容都觉如旧，弟悬置座右，陈读大作，便如见先生鼓掌快谈当世务旁若无人时也，喜甚喜甚！比来眠食何似？海隅酷暑，作何消遣？驰系无已。

　　弟近以归期不远，所作《日本志》亟欲脱稿，辄随何公穷昼夜之力讨论此事。是书大概详今略古、详近略远，然卷帙浩繁，未易料理，固是猝猝少暇，友朋往来大都谢绝。然今年遂能毕此事否，仍未敢知也。中土士夫于外国事类多茫昧。昔辽主告宋人曰："汝国事我皆知之，我国事汝不知也。"即今日中外光景。日本年来依仿西法，类为依样葫芦。弟之穷年矻矻为此者，欲使吾国人略知东西事耳。

　　此间光景略如常。南藩一事，悬而未了，以彼饷绌国虚，万不敢更生他衅，然欲求立国复君，则非撤使罢市不足以持之也。

　　朝鲜近有委员十数人东来，多系贵族高官。去岁八月，有修信使金宏集来此，弟为之代作策论一篇，文凡万言，大意以防俄为主，而劝以亲中国,结日本,联美国。诚以今日世变,终不能闭关而治,与其强敌环攻威逼势劫而后俯首听命,不如发奋图强,先择一较为公平之国,与之立约。朝鲜之在亚细亚实由欧洲之土耳其,苟此国亡,则中东殆无安枕之日,故不惮为之借箸而筹也。金君携回此稿以奏其主,国王甚为感动,一时舆论亦如梦初觉。自去岁至今,改革官制,设有交邻、通商各司,又分派学生到北京、到津讨论兵事。此次所遣委员亦为探察一切。看其国势,不久殆将开关矣。至李万孙,乃其国中之一老儒,其所上疏皆不识时务之言,不足以为怪也。

前读新闻,昨承赐书,意以弟之受冤被诬,拳拳欲为代辩,具感雅意。惟此事既有成效,不必争此虚名,且中土士大夫如李万孙又不少,若知弟之为朝鲜谋,恐又有执人臣无私交,又属国不可外交之说以相纠绳者,是止谤反以招尤也。惟先生鉴谅之。所陈一切,暂勿布散为幸。

托交重野成斋各函均转交,曾无片纸见复。弟往其家,未见面亦不答拜,作如此模样,殊不可解。日本人情最薄,分手辄同陌路,是其土风固然。此间办理交涉有年,深知其狡诈反复、弃信无耻,独不料置身名流者亦复如是,良可叹也!鹿门似稍有血气。然先生委弟代卖之书,弟以使馆人不便发出,曾托其代任,彼亦辞谢,亦可知矣。成斋之事,弟既再无他法,只好听之。栗本氏处存书,昨日均交到弟处,其单开卖去九元余,为《扶桑游记》扣去七元,然则弟去岁所代寄尊处之《游记》,乃彼所托卖,非彼所赠送也,而当初曾不声明,亦堪一噱耳。此书俟后再以寄到。

此间新任黎君交代之期当在秋仲。弟俟瓜期满后,即欲束装返国,或先行回籍,则当来天南遯窟一访高躅,亦未可知也。

黄遵宪集

《蘅华馆诗录》闻书肆有翻刻之本,为石川洪斋所点训,旁注以伊吕波,弟尚未见,未知既印成否也。

拨冗书此,不觉烦絮。即请

文安,惟鉴不具。

小弟黄遵宪谨上　七年六月十三日

据上海图书馆藏手稿,录自方行抄稿

与何如璋复宫岛诚一郎函

（光绪七年六月十九日　1881 年 7 月 14 日）

承惠嘉贶①,对使拜登。容日趋谢。

栗香先生执事

　　　　我七年六月十九日　何如璋　黄遵宪

据宫岛文书—C27(34)书信原件

附录:宫岛诚一郎致何如璋函

（光绪七年六月十九日　1881 年 7 月 14 日）

拜启:久不相见,襟怀郁陶,想应服丧未除。顷天气不佳,贵体安健否?

先年所愿之楠公父子两轴,一系正成迎銮舆于笠置之画,一系正行题诀辞于芳山之笔。经年之久,若失之则止,若忘之则敢请费数时之暇以加赞语。九成宫名帖跋语并恳请永为什宝。

有一友人井上毅,曾奉命到贵国者,知余与阁下交厚且密,昨

---

① 宫岛文书—A57(3)宫岛诚一郎《明治辛巳日记》秋号云:“寄何如璋并黄遵宪风月堂果子一函,以为丧中慰问。”并参附录同日宫岛致何如璋函。

日来求偕余到高馆修私交,通恳情。此人颇好汉学,阁下若勿斥,则不日欲相共谒阁下,谨呈寸楮。

　　此制果不太嘉,聊献之左右,笑纳甚幸。

何大人

据宫岛文书— A57(3)宫岛诚—郎《明治辛巳日记》秋号

致宫岛诚一郎函

（光绪七年六月二十二日　1881 年 7 月 17 日）

栗芗先生执事：

前趋高斋,快慰积愫。日来渐热,惟珍重为祝。

仆所撰《日本志》将近脱稿,中有海军一门,因海军尚无年报,拉杂采辑,虑不免有误,且尚有一二询请之事,因念令弟小森泽君今官海军,仆亦叨有一面之识,不揣冒昧,敬以奉恳。谨此敬问

时祉

小森泽先生祈代问好。

光绪七年六月二十二日　遵宪①

一、今送到海军船舰表共四纸,中有错误者祈为改正,有疏漏者祈为补入。

一、问海军兵学校规则,明治四年正月十日太政官布告者,今犹用否? 若有新规则,可以借示否?

一、海军新设规程局,敢问所司何事?

一、问海军兵卒专指下卒。规则可借示否? 兵卒每月给俸一元

---

① 以上据宫岛文书— C42(2)书信原件。写有提问的另纸原件不存,今据宫岛写本补。

七十钱,有等第否?

　一、问海军每岁经费何项用多少? 可示其大概否?

据宫岛文书— C42(2)书信原件及宫岛写本

致宫岛诚一郎函

（光绪七年六月二十三日　1881 年 7 月 18 日）

屡辱嘉贶，愧无可报。欲觅土产，则久客他邦，箧中更无长物；欲购之廛市，则所谓"羽毛齿草，君地生焉"。顷有朝鲜游客惠物数种，敢以转献，物不必佳，但道远难致，庶几以表此情，哂纳为幸。

光绪七年六月廿三日　黄遵宪

栗芗先生执事

据宫岛文书—C42(86)书信原件

附录:宫岛诚一郎复黄遵宪函

（光绪七年七月八日　1881 年 8 月 2 日）

公度先生执事:

前日蒙高轩枉顾，敬领清谭，快慰素怀。日来暑炽，惟珍重为祝。

曩者辱赐韩名产，一一登拜。以公私多事，为欠趋拜。

所示海军船舰表并兵学校规则其余数件，仆已领命。弟小森泽长政现奉职东海镇守府，常在横滨总辖诸舰。阁下所云，仆已转致。顷弟从横滨来，曰所云件件仔细检查，此等之事，固当明告者。

但秘史之职,事无大小,非受省卿之命,则不能私告。若转照之本省书记,则知之亦甚容易耳。俄、德二公使亦有此公问,已经一一明告。弟之言如此,便以告阁下。顷玉辇东巡,弟长政亦将乘扶桑舰到北海道以迎玉辇,其日在近。所示之事,阁下欲明知之,速如前议可也。

　　雨晴直当趋高馆,先驰寸兔以告。不宣。

明治十四年八月二日　宫岛诚一郎再拜

据宫岛文书一宫岛写本

复中村敬宇函 *

（光绪七年闰七月二十四日　1881 年 9 月 17 日）

拜复：捧读惠示，欲以仆所作《牛渚漫录序》附录于同人社杂志中。仆于文章，非所究心，此篇尤为鄙陋，乃蒙先生甄采，华衮之荣，无以逾此，敢不遵命。

仆向读《墨子》，以谓泰西术艺，尽出其中。至《尚同》、《兼爱》、《尊天》诸篇，则耶苏之说教，米利坚之政体，亦囊括之。自明利玛窦东来吾国，始知西学，当时诧为前古未闻，不知二千余年之前已引其端。乃知信昌黎一生推许孟子，而有孔必用墨、墨必用孔之言，盖卓有所见也。仆曾钞出《墨子》中与西教相合者数节，今以敬呈。先生学综汉洋，幸为仆断其是否，感荷无既。残暑尚炽，千万为道、为斯文自爱，不宣。

光绪七年闰月廿四日

再启：《墨子》一书，文多明畅，独《经上、下》二篇，词意深奥，未易句读，是以学人引之者甚寡。我朝毕秋帆尚书有校正《墨子》，颇为详确，然亦未能尽通其说。仆不自揣度，辄为训释。今举

---

* 中村敬宇为日本《同人社文学杂志》社长。该刊第 62 号（1981 年 10 月 10 日）刊有黄遵宪的《牛渚漫录序》和《黄参赞答社长中村敬宇书》等。

仆诗所引其最不可通者,注列一二,先生幸指正之。"均,发均县,轻重而发绝,不均也;均,其绝也莫绝":言以发县物,轻重均,则发不绝;发若绝,则不均之故也;使均矣,而发有绝焉者,是发不胜物之故。论轻重相均,则无绝理,故曰"其绝也莫绝"。"一,少于二而多于五,说在建住":一为初数,五为满数。建一以为基,可以生二生三生万。五之数已满,则住矣。故曰"一多于五"。"非半弗斮":斮,犹剖也。《经说下》曰:"半犹端也,前后取,则端为中也。"意谓剖数之一半,为可得两端,则算法较捷。"圜,一中同长;方,柱隅四欢":言树一物于中,而周围之长相等,则为圆。欢,毕秋帆曰当作维。谓四维之隅有柱焉,则为方。"圆规写殳,方柱见股":殳,尖形,谓圆虽以规成,实则由殳而生,即算学家所谓非尖不能成圆也。方,虽以四隅之柱定,而非股则不能成方,即算学家等边之说也。

据夏晓虹《黄遵宪与王韬遗留日本文字述略》(原载《诗骚传统与文学改良》,浙江文艺出版社 1998 年版)

致宫岛诚一郎函

（光绪七年八月二十九日　1881 年 10 月 21 日）

栗香老兄先生执事：

得书知文旌归自故里。酷暑长途，往返无恙，可贺可贺。

《养浩堂诗·例言》，仆细加校阅，遂至删易过多，惶悚之至，乞宽容而是正之为幸。诗序仆乞杨君惺吾书之。惺吾书法胜仆百倍。他日书就，即以奉缴。秋凉珍重。不宣。

光绪七年八月廿九日　遵宪

据宫岛文书—宫岛写本

致王韬函[*]

（光绪七年十一月九日　1881 年 12 月 29 日）

　　闻尊体违和,不知近愈否？实喘,恐用重补,吃鹿茸或能收效,何不一为之。

　　此间瓜代果留,未有消息,不知何日得束装旋里,访先生天南遯窟中,抵掌畅谈也。

　　手此,即请著安。日寒幸珍重。匆匆不布所衷。

小弟遵宪顿首　十一月九日

据上海图书馆藏手迹,录自方行先生抄件

---

　　* 原函未署年份。函中"此间瓜代果留,未有消息,不知何日得束装旋里",与光绪七年六月十三日函所云"弟俟瓜期满后,即欲束装返国"当为同年。

致宫岛诚一郎函

（光绪七年十二月十二日　1882 年 1 月 31 日）

仆具以盛旨转告何公。何公云即于二月四日趋诣尊斋可也。手此布复。余不宣。

我七年十二月十二日　遵宪

栗芗先生执事

据宫岛文书— C42(85)书信原件

致宫岛诚一郎函

（光绪八年一月一日　1882 年 2 月 18 日）

　　谨启：鄙人首途在即，念此邦贤士大夫辱与交游，实有拳拳惜别之意。兹卜于阳历月廿日在上野八百善谋一别筵①，同坐皆素交。望于是日午后三时高轩辱临，不胜祷切。

　　　　　　　　　　　　　光绪八年元旦　　黄遵宪谨白

宫岛栗香先生执事

据宫岛文书—C42(79)书信原件

---

　　①　宫岛写本此信后识云："二月廿日，黄公度为留别会于上野八百善。此日应招来者：宫本小一鸭北、向山荣黄村、杉浦诚梅潭、鹭津毅堂、龟谷省轩、大沼枕山、小野湖山、森春涛、其子泰次郎、蒲生重章、井上陈政、杨守敬及我也。译官巨鹿赫太郎为通事。"

致宫岛诚一郎函

（光绪八年一月十日 1882 年 2 月 27 日）

昨日盛宴为欧米交际之所无。鄙人无似，亦辱附末座，感幸不已。当作一长歌纪之，俾史氏大书特书，比于齐桓冠裳之会也。

醉中似闻君言，欲携雪津先生辱访，厚意感甚。惟鄙人寓居湫隘嚣尘，不足容高轩。鄙人首途尚迟数日，顷既将雪津氏大著评就，索题觚亭及纪梦诗亦皆草成，二三日后当拨冗来京，再偕吾子往谒佐公，作半日清谭，何如？匆匆草布，余俟面罄。不宣。

光绪八年正月十日 黄遵宪谨白

栗芗先生执事

据宫岛文书— C41（17）书信原件

致宫岛诚一郎等函

（光绪八年一月十七日　1882年3月6日）

　　谨启：二州桥上大张别筵，荷承诸君子招致鄙人，命陪末座，虽七子宠武，无以逾此。高情厚谊，既铭之肺腑矣。

　　今日高木君来，复承惠赠珍品。琼瑶之馈，至再至三。感谢之忱，莫可言喻。谨拜登受，肃此鸣谢。即颂

文祺

　　　　　　　　　　　　光绪八年正月十七日　黄遵宪

重野
岩谷
宫岛　暨诸先生执事
岸田

据宫岛文书—C41（29）（30）（31）书信原件

·574·

致宫岛诚一郎函[*]

（光绪八年一月十八日　1882 年 3 月 7 日）

　　今送到与荻原氏匾额及函，又与青山氏书一束、函一件，统求费神转致。匆匆作此，余不宣。

黄遵宪

据宫岛文书—C12 宫岛诚一郎抄录件

致冈千仞函

（光绪八年一月十八日　1882年3月7日）

冈鹿门先生执事：

　　顷得六日惠书，知与信卿烦（荀）〔郇〕厨以待钧选，甚感盛情。然初与阁下约土曜日进京，后得阁下书，知是日无暇，是以钧选于进京时不敢趋谒，而日曜日则未复进京也。万里远别，无缘得一席话，彼此亦复惘然。

　　信卿所嘱书，仆既于土曜日携存公署吴静轩处，今附名纸，请饬人持以往取是幸。手此布复。赠信卿者，何公使诗一章，仆文一幅，杨星垣一幅。

　　　　　　　　　　　　光绪八年正月十八日　黄遵宪

钧选嘱笔顺候。

据郑海麟辑录《黄遵宪遗墨》，录自丁日初主编《近代中国》第九辑

致宫岛诚一郎函[*]

（约光绪七年　约 1881 年）

　　昨风雨大作,偶受寒,体小不怿。顷又晴阴不定,惮于出门,所订今日趋访之约,愿卜他日。先生诺否,遣使特达鄙衷。

　　　　　　　　　　　　　　　八月十七日　黄遵宪

栗芗先生执事

据宫岛文书— K38 书信原件

---

　　* 此函年份不详,黄遵宪于光绪八年(1882 年)春离日赴美旧金山总领事,此函姑编在光绪七年(1881 年)末。以下四件同此。

复宫岛诚一郎函

（约光绪七年　约 1881 年）

明日谨敬俟高躅，诸俟面罄。

宫岛栗香先生执事

遵宪谨复　我八月十八日

据宫岛文书一 C27（2）书信原件

复宫岛诚一郎函

（约光绪七年　约1881年）

嘉果拜登。新诗谨当如命校读。

遵宪顿首复

据宫岛文书—C27(1)书信原件

致宫岛诚一郎函

（约光绪七年　约1881年）

今日检第一卷仆多未评者,当补评一二,明日奉还耳。
栗香编修阁下

遵宪

据宫岛文书— C27(3)书信原件

致宫岛诚一郎函

（约光绪七年　约 1881 年）

外纸币百元祈送

宫岛诚一郎先生执事

黄遵宪

如此种格纸购五百页。将五十页钉作一本，共钉十本，寄来为幸。公度拜恳。

据宫岛文书二 341 书信原件

致宫岛诚一郎函

（光绪十年六月十六日　1884 年 8 月 6 日）

栗香先生执事：

前者金子弥①君来，获读手书，并示大著。不朽盛事，亲睹其成，且羡且妒。书辞勤恳，雒诵再三，如挹风采，使人益增别离之情。

仆自别阁下来，于今三年矣。美为文明大国，向所歆羡，及足迹抵此，乃殊有所见不逮所闻之叹。碧眼红髯，非我族类，视我亚洲人比之，自邻以下，不足复讯。此邦人不可与处，是以读《黄鸟》之诗，不欲郁郁久居此地也。

追忆前与阁下诸君子文酒相从，何等欢燕。自中村楼一别，遂如七子赋诗，饷飨赵孟，此后不可复见。旧欢杳然，如隔天末，想阁下亦同此怅怅也。

仆遭家鞠凶，去年之春，忽倾慈荫。王事靡盬，不遑将母，或牵或挽，不得遽归。而自遭此变后，心情抑郁，冷如死灰。笔砚之事，大都损弃，久稽音敬，职是之故，谅邀鉴也。

诸事不足以道，惟近闻我国创建铁道，若数年之间，南北东西，

---

① 当指金子弥平，曾参与创建兴亚会，曾任日本驻北京公使馆馆员。

纵横万里,均有是道,则捷转运而利征调,可富可强,不复受外人欺侮。兴亚之机,莫要于此。阁下闻之,当亦欢笑也。

旧日朋好,见时代仆致意。仆视日本,实有并州故乡之思,见贵邦人,如见吾乡人,券券之心,望因阁下达诸公为幸。有便幸惠德音。匆匆不宣,千万自重。

　　我光绪十年六月十六日　黄遵宪自金山总领事署书

　　再,闻岩仓相国、得能局长之丧,极为怅悼。得能君与仆交谊尤厚,不意遂不可复见。亟欲致书唁慰其子,而未悉其名。若能代达鄙衷,并示得能少君之名尤感。　遵宪又及。

据宫岛文书一 B5 宫岛诚一郎《养浩堂私记》卷八

致李鸿章函

（光绪十四年十一月　1883 年 12 月）

　　窃职道前于出使日本参赞官任内伏读总理各国事务衙门奏案，内开："凡有关系交涉事件及各国风土人情，该使臣等当详细记载，随时咨报，数年以后，各国事机，中国人员可以洞悉，即办理一切，似不至漫无把握。可否请旨饬下东西洋出使大臣，将大小事件逐日详细登记，咨送臣衙门备案查核，以资考证"等因。奉旨："依议。钦此。"具仰朝廷咨诹询谋、慎重邦交之至意。职道既居东二年，稍稍读其书，习其文，与其国士大夫游，详稽博考，略悉其事。窃谓日本与中国紧相邻接，击柝相闻，比欧美诸国尤为切要。而其国自德川将军主政以来，禁绝通商，锁港二百载，暨一战于马关，再战于麑（鹿儿）岛，乃隐忍成盟，联衡诸大，其变迁情势，与亚细亚诸国略相仿佛。而维新之后，如官职、国计、军制、刑罚诸大政，皆摹仿泰西，事事求肖，又足以观泰西政体。但能详志一国之事，即中西五部洲近况，皆如在指掌。窃不自揆，草为《日本国志》一书。逮由美回华，闭门著述，重事编辑，又阅二载，而后书成。凡为类十二，为卷四十，都五十余万言。其中若职官、食货、兵刑各志，确陈时政，伸为论说，亦五万余言。职道自奉使随槎，在外九载，尝慨中国士大夫于外事不屑措意，通商五十年，惟《瀛寰志略》、《海国图志》二书,椎轮创始,粗具大概,积岁已久,未有续书,即留心时务者,亦无所凭藉,以资考证。东西之人多谓中国士大夫昧于外务,职道心焉惜之。职道自维南越鄙人,薄材棉力,绝无学识,乃自忘固陋,经营拮据,前后八载,成此一书,实欲以拓中土之见闻,杜外人之讥议。区区微意,盖在于此。兹已缮录成帙,谨呈典签,赐以训诲,无任欣幸。职道此书,以总署前有奏案,伏俟中堂训谕后,拟赍之以呈总署。如钧旨以为不谬,可否俯赐大咨,移送总署,以备查考,敬候卓裁。

据台北中研院近代史所档案馆藏"总理各国事务衙门清档"李鸿章推荐《日本国志》咨文

致张之洞函

（光绪十五年六月　1889年7月）

　　窃遵宪自奉使随槎，在外九载。到日本后，周咨博访，维新以后，如官职、国计、军制、刑罚诸大政，皆摹仿泰西。但能详志一国之事，即中西五部洲近况皆如指掌。窃不自揆，创为《日本国志》一书，凡为类十二，为卷四十，都五十余万言，其中若职官、食货、兵刑各志，胪举新政，借端伸论，又六万余言。黾勉经营，凡历八载，杀青已竟，复自展阅。不远千里，挟书自呈，欲得一言以为定论，可否俯赐大咨径送总理衙门，统候卓裁？

　　此书别无副本，道远邮递，或致遗失，请即给咨，声明其书由该员自行赍呈。

据《日本国志》(光绪二十四年浙江图书局重刊)卷首张之洞咨文

致蔡毅若观察书[*]

（光绪十六年三月至十月间 1890 年 4 月至 12 月间）

毅若我兄大人执事：

戊子之秋，羊城邂逅，饱聆雅教，感念不忘。尔后遵宪北之燕，南返粤，轮辕甫息，击楫遂行，踪迹及于四大洲，远游逮于四万里。劳劳鞅掌，竟疏音敬，想邀鉴谅也。

闻南皮制府倚重大才，约往襄理。葛亮之如鱼得水，颜渊之附骥彰名，上下交推，两贤济美，可胜羡企。遵宪到伦敦来，知香帅创办炼铁局一事，造端宏大，命意深远，关心时局者，莫不拭目以待其成。遵宪反复熟筹，事有至难，所当搏以全力，济以坚贞，负重济远，乃克有效。既屡言之星使，今再为公陈之。

设局之先，首在觅矿。虽有佳矿，若离局略远，则搬运难而经费巨，故局必与矿相亲附。矿质不同，有宜生铁者，有宜熟铁者，有宜铜者。同名曰钢，有宜此器，不宜彼器者。制炼之法既殊，炉鞴即随之而异，故必察矿性以定机器。熔铁所需，莫要于煤。苟有矿而无炭，则取材远地，道远则费重，费重则物贵，故炭必与矿相维

---

　　* 函中云"遵宪到伦敦来，知香帅创办炼铁局一事"。张之洞创办汉阳铁厂及枪炮厂事于光绪十六年十月，黄遵宪屡陈办厂意见，当在是年三月抵伦敦任参赞至十月间。

系。炭质亦不同,有坚牢者,有柔脆者。遵宪往视英国矿局,见其炉或高至十二三丈,或低至四五丈。询其何故,则谓聚炭于炉,欲使火力内蕴,余威可以上烘,则炉愈高而炭愈省。然炭有美恶,其坚强者能积累数层以抵压力,若糜碎者则一经化灰,受铁压抑,或如蒸饼,或如积糟,或如烂泥,上下壅阏,气不相通,而铁不能化矣。故必审炭质以定炉式。西国各厂,类皆先得巨矿与炭之质,一再试验,俾精于化学者,评其性情,考其等第,而后谋设局之地,造器之模,参考成法,变通尽利,择善而为之。今此局本设粤地,迁移于楚,既未知矿与炭何如,遽纷纷然购备诸器,而经理其事者,于造炉则酌度于不高不卑之间,于炼钢则调停为可彼可此之用,如不合宜,则糜费既多,收效转寡。此购买之难一也。

遵宪前在日本,继在金山,如铸钱、造纸、作酒、造炮各局皆尝纵观,究未有如炼铁机器之壮观者。其为用也,有掊者,有持者,有荤者,有扪者,有拨者,有扬者,有按者,有搏者,有掀者,有筑者,有牵者,有挤者,有格者,有揣者,有挲者,有戛击者,有呼吸者,有牵引者,有输泻者;其为形也,有立者,有偃者,有敧者,有倚者,有排者,有累者,有盖者,有藉者,有注者,有喷者,有撑者,有拒者,有嵌者,有斗者,有似柱者,有似弓者,有似臼者,有似注者,有似沟者;或庞然而大,或隆然而高,或岸然而长,重或二十余吨,厚至十余尺,槎牙纠蔓,缭曲散漫,奇形诡状,不能悉名。以泰西诸国道途之平坦,车栈之巨伟,器具之灵警,加以起重之机,拆卸之法,而其设局必观于水,必谋于野,而后便于运输,盖舟车之所不能胜,人力所不能为,有运行于数万里之海中,而不升转输于百余步之陆地者。前购起重机器,曾电询香帅,未得复,星使以为可缓。而遵宪询之船厂,以谓有廿余吨之镦,非得起重机万不能运。尔时星使既往比利时,而船将展轮,并于函中先行叙明，而不虞其力之不足，仍至颠覆也。况于武昌街之窄狭，店户之稠密，随处窒碍，则虑其能至岸而不能入厂也。江流之迅急，水势之无定，一遇水落，则重舟不能入港，又虑其能达上海不能达汉口也。至于驳船之不能任重，工役之不能娴习，又其小也。第二次船行，搬运各货，凡十四日乃毕。遵宪谓在英十四日，在中国必须一月，曾力请星使必与船厂定明展限，方可免逾时之罚。而马格里谓虽有此章，偶尔违限亦未必遂罚，竟不与言。此运送之难又一也。

建厂之先，首须择地。地必近水，所以利运济也。土必实（址）〔壤〕，所以防倾倒也。多开沟渠，所以淘汰也。多布轨道，所以便迁徙也。其它梁柱之属，砖瓦之类，多日铁所以期坚，耐避焦热也。又不必尽用，所以防烘蒸也。盖一经开工，雷轰电击之声，风驰雨骤之势，其震荡之威，足以排墙裂柱，非万分巩固不足以御之。凡机器之方圆长短，缓急先后，位置所宜，排列有法，必审其器以画其地，即因其地而绘为图。今屋图既绘，尚不难按图而索。然一切机器为华人耳目之所未经，见之而不能名，名之而不知其用，势不能不借资于二三西匠以为之倡率。然奔走者多，指挥者少，语言不达，事事烦难。欲多募西匠，则为费太巨；欲选派华匠学习于西人，则需时过久。西匠之高手，颇有有学问有家业之人，即下等亦多识字，目染耳濡熟习于机器者，多知其用。而华人之为工匠者，类皆愚蠢粗拙，以力谋食者，寻常人巧既不能精，骤语以机器精微，则相视瞠目而不能发一语。虽华人聪明不逊西人，数年之后亦不难心知其意，而创（辩）〔办〕之初，仓猝召募，若驱乌合之众以从事战争，惴惴然惟败绩是惧。又况延订之西匠，或技巧不精，或鲁莽从事，一不合宜，则将凿枘容枘，以栈为楹，黄金虚掷，诸事瓦裂。此架造之难又一也。

创办之初，欲造铁轨。然机器之巨，事件之繁，势难移造于矿铁最富之区。西人之造铁轨，以行汽车，即因汽车以运铁轨，盖亦积累而后成功，相因而后成事，非易易也。今所购炼钢之炉有二：西人谓贝色麻钢质厚而力坚，于任重宜，故宜造车轨；无论炼熟铁、炼钢，必以熔生铁为根。今所定炉日熔生铁一百吨而已，不能造钢轨二百吨也。西门士马丁钢质韧而力均，于耐久宜，故宜造船甲。英国有一船厂，每船成，必经试验，记之于簿。业保险者视其簿以定价。其章程有云：凡造船用（具）〔贝〕色麻（铜）〔钢〕，不得保险。盖因其力不均称，时有瑕疵，易于蘸裂也。今矿质未知何如，铁路尚悬而无着，必先商榷应造之物。通年以来，洋货盛行，大而（园）〔圆〕条方板以制巨器者，无论矣，乃至剃发之刀、缝衣之针、嵌物之钉，亦日增月盛，以其制精而价廉也。既开此局，诚宜一切仿造，以保商务而夺利权。然造端之始，必不能与已成之局絜长而较短。美国论经济者，凡本国创造之物，必设为保护之法。如一千八百十四五年美国甫造铁板，则重课英国铁板，至课税之数，浮于物价。盖外来之物骤贵，自造之货乃可畅销也。西人名曰保护税。今中国收税，无本国自主之权，有彼此互订之则，且往往有自造之货流通于内地，而课以进口关税者。外产内侵，难筹抵制。此制造之难又一也。

既非一朝一夕之功，又非一手一足之烈，自宜同心合力，庶克有成。而中国大吏，习染既深，成见难化。有因其议非己出，而不欲附和者；有因其事不干己，而自愿旁观者；有诧为耳目所未经，不知所以措手者；有非其思议之所及，不知所以图效者；有因其经费难筹，不知所以为继者。枢府诸公，本无定见，因一人之奏议而行，或因一人之奏议而罢，中外各局，或作或辍者数矣。福州船局，左帅苦心经营，而吴仲宣诋为无成，凡百掣肘。吴淞铁路，群知其利矣，而沈文肃以二十万金购之，卒令毁坏，弃之无用。名臣尚尔，况其他乎？今既创此局，香帅始终其事，吾知其必成。假令香帅移督两江，或入参大政，继其任者，苟无同心，恐不难亏于一篑，弃之如泥沙也。既有成议，既有端绪，而承其后者既经订购，不过按期收货，如期给金，即有添购之器、改造之件，亦不过一稽核之烦，商订之劳，以图多一事不如省一事之便，则谓他日或至无用，亦非过虑、非激论也。此又办事之难，为中国通弊，而此事则尤甚者也。

遵宪到英以来，检阅前卷，接理此事，以谓应先得铁矿、炭矿，将铁与炭寄到英国，请人明验，然后定式购器，觅地造厂，既与商人订购机器，又必须包装包建造，至安装机器能运行之日为止，可以省数事之难。芝田中丞原不欲办，嗣经香帅一再电请，知事不得已，然不将其事博访周咨，详举以告，遽匆匆定议，既一误矣。遵宪详举其难，并非惮其难而欲中止也，盖前此数难，咎在于此。今成事不必说，惟随时弥缝，随时补救已耳。而后此数难，正赖诸君竭力经营，苦心筹划，以期有济，此区区之心也。

和戎以来，设局造炮，置厂造船，中外所措意，专以强兵为事，然皮之不存毛将焉附？遵宪在外十年，考求有素，以为今之中国，在兴物产以保商务。今香帅所创织布、炼铁二局，其意美矣。织布易于收效，今不必言。若炼铁一局，尤今之急务。西人以上古为金银世界，近今为铁世界，盖以万物万事无一不需此也。以中国之大，若直隶，若山西，若安徽，若福州，若粤东、西，即分设十数局犹不为多。然今日创设之初，万一无效，则他日指为前车之鉴，将裹足而不前，缄口而不敢议。故遵宪谓此一局，关系于亿万众之脂膏、数十年之国脉，至远且大。凡遵宪之所云云，既一再言之星使，并请其函告香帅。既有所怀，终不敢以位卑言微，甘自缄默，缕布腹心,幸阁下垂察焉。如订延聘匠首一事,贺伯生前既定约矣。嗣延威德,遵宪以为必须责成谛塞德厂担保,乃免以贱工充役,致误事机。后谛塞德允为担保。购(卖)〔买〕起重机一事,当时曾电讯香帅未复,星使以为可缓。遵宪以为有廿六吨之镦,香帅所未知,若无起重器,万不可行,乃始定购。此言之可而见从者也。运载机器一事,遵宪以为其粗重笨拙,非亟用者,可用帆船,以省运费,即用轮船,亦须将每批应运之货,招人承运,择其价廉便己者而行。如头批运货,其运费可以自雇一船,而所运各货仍分别贵贱,某项值多少,某项值多少,殊为未允。而星使终以麦格雷葛船行曾有每百扣十之议,仍交伊装运。此言之而不听者也。其他类此。

据钱仲联辑《人境庐杂文钞》,录自《文献》第八辑

致宫岛诚一郎函

（光绪十六年十二月二十日　1891年1月19日）

栗香先生足下：

　　井上子德来，得读惠书，欢若面语。别来遂九年矣。杜老诗云："九载一相逢，百年能几何。"况又仆客泰西，君居大东，踪迹阔绝，不可合并也乎！劳劳思君，不可言也。

　　仆自先慈见背，遂于乙酉之秋由美利坚归国。扃门息影，闭户著书。前在东京草创《日本国志》，至是发箧，重事编辑，凡阅两载而后成书。凡为类十二，为卷四十。曰国统志，凡三卷；曰邻交志，上编凡三卷，下编凡二卷；曰天文志，凡一卷；曰地理志，凡三卷；曰职官志，凡二卷；曰食货志，凡六卷；曰兵志，凡六卷；曰刑法志，凡五卷；曰学术志，凡二卷；曰礼俗志，凡四卷；曰物产志，凡二卷；曰工艺志，凡一卷。都五十余万言。私谓翔实有体，盖出《海国图志》、《瀛寰志略》之上。所恨东西奔走，无暇付梓，不获与诸君子上下其议论，讨论其得失耳。

　　仆居麴町者四载，梦魂来往，时复恋恋。虽其后游美利驾，客英吉利、法兰西，此皆四部洲中所推为表海雄风、泱泱大国者，然以论朋友游宴之乐，山川风物之美，盖不逮日本远甚，仆竟认并州作故乡矣。春秋佳日，举头东望，墨江之樱，木下川之松，龟井户之藤，小西湖之柳，蒲田之梅，泷川之枫，一若裙屐杂沓，随诸君子舫咏于其间，风流可味。以是知我两国文字同，风俗同，其友好敬爱出于天然，岂碧眼紫髯人所能比并乎？

维新以来，庙堂诸公洞究时变，步武西法，二十年来，遂臻美善。仆于《日本志》中极称道之。至于今年，遂开国会，一洗从前东方诸国封建政体。仆于三万余里海外闻之，亟举觞遥贺，况其国人乎，喜可知也。

足下年来何所为，颇有造述否？诗稿日积，当如牛腰。《平经正弹琵琶诗》，竟供御览，《清平调》三篇，彼谪仙香名，不得专美矣。江户诗人如小野湖山、森槐南，想俱无恙。仆于日本文士，相知者多，不能偻指一一数。特举一老辈一后生，以况其余，见俱为我致意。

自仆去后，闻使馆文字之饮，时相过从，又往往道念及仆，且喜且慰。伯行星使精英、法方言，又工文章，其学识明达，论者比之曾劼刚少司农。虽为傅相郎君，然朝廷特简，盖以才能，非以门第登庸也。并以附告。

相见诚未知何日。临楮怅然，惟起居曼福为祝，不布所怀。

　　　黄遵宪再拜　腊月廿日自英伦使馆作

再，去岁在京，有持宫岛某名刺来谒。及延见，乃知为从前侍坐之童子大八郎也。头角崭然，能作华语，栗香为有子矣。又述及购物余金，欲以掷还。既悉此意，将来由子德君交到，再以布启。又及。

据宫岛文书二 341 书信原件

致胡晓岑函

（光绪十七年八月五日　1891 年 9 月 7 日）

晓岑先生同年执事：

别来匆匆，一十六载，音问疏阔，亦非意所及。乙酉以后，弟蜷伏家居，闭门著书，以谓吾兄因事至州，必可作平原十日之饮，而足音竟尔阒如。尔时著述鲜暇，曾不脩一纸敬候起居。想阁下必以厚禄故人见疑。而岂知其此心拳拳，未尝一日忘我良友也。在家时每询善况，敬承我兄安贫乐道，谢绝尘嚣，实有北窗高卧，自谓羲皇气象。往在京师，记阁下见语云：嘉庆癸酉拔萃榜，惟彭春洲先生一人。想志在高山，既有窃比老彭之意。今阁下清风亮节，大雅不群，实能追前贤而与之颉颃。余子琐琐，奚足计哉！

［遵宪居日本五年，在金山四载，今又远客英伦，五洲者历其四，所闻所见，殊觉诡异，有《山海经》、《博物志》所不详者。然一部十七史几不知从何处说起，异日相见，乃能倾筐倒箧而出之耳。

惟出门愈远，离家愈久，而惓恋故土之意乃愈深。记阁下所作《枌榆碎事序》有云："吾粤人也，搜辑文献，叙述风土，不敢以让人。"弟年来亦怀此志。尝窃以谓，客民者，中原之旧族，三代之遗民。此语闻之林海岩太守。既闻文芸阁编修述兰甫先生言，谓吾乡土音，多与中原音韵符合。退而考求，则古音古语，随口即是。

如母字,古音满以切,今天下皆读作有韵,独吾省犹存古音,因欲作《客话献征录》一书,既使乡之后进知水源之驿,去雅俗之界,俾学者易以为力。既掇拾百数十条有极新者(??)广雅(?)核博雅如王伯申父子不识核字,而(客)人名挑为(?),恰有此音,惟成书尚不易,且须归乡里中,得如公辈,互相讨论,乃可成耳。][遵宪奔驰四海,忽忽十余年,经济勋名,一无成就,即学问之道,亦如鹝退飞。惟结习未忘,时一拥鼻,尚不至一行作吏,此事遂废。删存诗稿犹在二三百篇,今寄上奉怀诗一首,又山歌十数首,如兄意谓可,即乞兄抄一通,改正评点而掷还也。]

　　弟于十月可到新嘉坡,寄书较易也。此请
文安

弟遵宪顿　八月五日

据《文献》2007 年 10 月第 4 期载吴振清
《罗香林所藏黄遵宪诗文手迹》

致建候函[*]

（光绪十七年八月十八日　1891 年 9 月 20 日）

建候我兄大人执事：

　　弟刻已定于九月二日自马塞启轮，此廿四日将由英来法，与诸君子盘桓数日，一豁积闷。已托益三于附近使馆觅一住处，以便过从。若于数日间改期，必再有函；如本日改期，必有电。但总之，不必劳驾来迓为祷。相见不远，一切面罄。手请
勋安

弟期遵宪顿首　十八日

据上海图书馆藏《清黄遵宪等手迹》

　＊　建候，姓名待考。黄遵宪由驻英国参赞调任新加坡总领事，系光绪十七年八月由伦敦起程。函中云"弟刻已定于九月二日自马塞启轮，二十四日将由英来法"，此函当写于是年八月十八日(1891 年 9 月 20 日)。

致实君函[*]

（光绪十八年五月六日　1892 年 5 月 31 日）

实君贤甥执事：

　　别来匆匆，忽半年矣。前者温厚吾、赖子垣两茂才来，询悉善况，知进德修业，孳孳不已，良用慰欢。今岁恩榜宏开，想时时温习举业。尊公学行，超越时流，即八比一道，亦精能深妙，殊绝于人。贤甥过庭之暇，以时即问，必多所裨益。鄙人于此事素少究心，海外奔走，益复茫茫。如有近作，冀抄云一二篇，藉觇文采。或者竭其一得，足相印证也。

　　去年七月，本欲挈内子辈同诣尊宅，以王事有期，不克如愿，至今怅怅。小女今岁归宁日多，良以鄙人举家南徙，儿媳习皆少不更事，加以进学添丁，酬应纷烦，不能不藉小女代为维持，以求免族戚议责，想邀谅也。鄙人自丁酉^①从海外归，以内子多疾，一切起居饮食，赖小女调护，故离别之后，时拳拳在心。小女亦素患脚软之疾，因所居卑隘，积受潮湿，移居楼上，稍就痊愈，未审近日如何？

---

　　* 实君，姓名待考。函云"去年七月，……以王事有期，不克如愿"，当指光绪十七年七月离英径赴新嘉坡接任，未曾回国；又云"此间地近赤道，暑针每在八十度外……今亦渐以安习矣"，似为其抵新后的光绪十八年。

　　① 丁酉，是光绪二十三年，黄遵宪已在国内，不存在"从海外归"。丁酉疑误。

甚念！贤甥赴试，于何日起程？在省寓何所？如有佳寓，亦可与小儿同住，缘小儿初次出门，性又负气，诚虑其于应酬之事开罪于人。应得与甥同居，时以雅度化其褊狷，庶使鄙人心安也。

此间地近赤道，暑针每在八十度外，时时用醍醐灌顶，冷水浇背之法，初颇不惯，今亦渐以安习矣。内人辈居此尚安好。久欲作书，每以事中辍。今日抽暇，草此数行。此间政务虽不烦，然亦无几时得暇。每念作秀才时，伏案吟诵，自主自由，此乐遂不可复得。"少壮真当努力，时一过往，何可攀援"。诚有昧乎其言之也。即问
近佳。不宣。

外舅制遵宪启　五月六日

据郑海麟、张伟雄编校《黄遵宪文集》

致子英函[*]

(光绪二十年九月三日　1894 年 10 月 1 日)

子英仁兄大人阁下：

久仰大名，时深倾慕。顷承惠示，如聆德音。

阁下办赈十数年，乐善不倦，为数百万灾黎所托命，使五部洲闻风而兴起。遥企高风，快符下颂。弟承乏新嘉坡总领事之任，于兹三年。本年五月因晋边奇荒，出而劝振。入秋以后，又因顺直水灾，惨过晋饥，仍又接办。数月以来，前后共捐银一十三万余元，概由电汇寄合肥傅相察收。

南洋诸岛，年来因土产失收，商务日绌，而此次集款之多，转为向来所未有。驽末早成，马力殆尽。弟所派捐册，均陆续收回。近接京都王钺卿同年函称，京都同人劝办义赈，属弟勉为措办，将款寄请阁下转递。弟于此时，殊难措手。惟念京师筹款较难，而救灾如火，又不便须臾稍缓，今即筹备银一千元，伸规银七百三十两，缮取汇丰银行汇单，请阁下代收。收到即乞妥寄京师同人义赈局连聪翁舍人文冲查收，并求复示。是所祷躬，专此奉恳。即请

＊　子英，姓名待考。函中云"弟承乏新加坡总领事之任，于兹三年"，知为光绪二十年，此函写于是年九月三日。

侍安。不宣

愚弟制黄遵宪顿首　九月三日

据上海图书馆藏手稿复印件

致张之洞电

（光绪二十年十月十六日　1894 年 11 月 13 日）

　　遵宪蒙奏调差委，奉旨准往，即钦遵办理。约月底交卸，即行启程。谨禀谢。叩贺。职道遵宪。铣。

据茅海建《张之洞档案阅读笔记》

致张之洞电

（光绪二十年十一月九日　1894 年 12 月 5 日）

遵宪现由法船来江。佳。

据茅海建《张之洞档案阅读笔记》

致李鸿章电

（光绪二十年十一月九日　1894 年 12 月 5 日）

英船阿必伦,满载军火,本日往港赴倭,请查办。

据《李文忠公全集》

附录一:李鸿章致张之洞电

（光绪二十年十一月十日　1894 年 12 月 6 日）

黄遵宪佳电【中电略】云,北洋兵船不能远去,尊处可派一二船往港外捉阻。鸿。蒸。

据《李文忠公全集》,《寄江督张香帅》

附录二:李鸿章致黄遵宪电

（光绪二十年十一月十日　1894 年 12 月 6 日）

前有德公司船运华军火,被日领事扣留。现据报英船满载军火,过坡赴倭,何以不援例请英领事扣留? 太无胆识。

据《李文忠公全集》,《寄新加坡领事黄遵宪》

附录三：张之洞致李鸿章电

（光绪二十年十一月十二日　1894 年 12 月 8 日）

　　蒸电悉。捉阻军火船事，敝处已派一轮往，但恐赶不及。似以广东就近拦截为便。查粤尚有"元亨"、"利贞"、"戊己"、"金玉"四轮，请速电粤省，请筱帅派兵轮数号，令洋弁马驷带往，在香港外查拿为便，必可得力。祈速复。真。

据《张文襄公全集》，《致天津李中堂》

致张之洞电

（光绪二十年十一月二十七日　1894 年 12 月 23 日）

遵宪坐法船来，因修整机器，廿三晚甫到沪，廿七由沪来。宪谨禀。

据茅海建《张之洞档案阅读笔记》

致张之洞电[*]

（光绪二十年十二月二十九日 1895 年 1 月 24 日）

张钦使云:准元旦附英船往倭。旨初令缓行,近复有旨促往。此事有美使居间,惟并非调处。彼所允者,接见华使,即派大员,两日即开议。如何要索,均未明言。国书载明"全权",另有"所议随时请旨"之谕。政府亦无定见。钦使之意,割地万不能许云。钦使留职少住。开春回宁,再详细面禀。宪,潮州馆。

据茅海建《张之洞档案阅读笔记》

---

* 此电禀报张荫桓启程赴日谈判。

致梁鼎芬函[*]

（光绪二十一年三月二日 1895年3月27日）

闻既就钟山讲席，欢慰欣跃。容当执诗弟子礼上谒门墙也。

沈文肃祠之会作一诗乞教，望评削掷还是幸。记少年应童子试时，每呈课艺，必屏息窗外，候先生改正乃始就寝。今犹仿佛此景也。诗征八十册既检收，多一目录，今奉缴，短四十二至四十六五卷，亦望补还。

购书之价，容送上，求转寄焦山和尚，以了此重公案。

哭邓鸿胪诗既抄副本珍藏，原稿不敢久稽。妄注数语，极知僭妄。手上，敬叩

节庵先生同年道安

遵宪谨笺　三月二日

据首都博物馆藏原函

---

   * 函云："沈文肃祠之会作一诗。"沈文肃即沈葆桢，字幼丹。查黄遵宪《人境庐诗草》卷八有《乙未二月二十七日公祭沈文肃公祠》诗，乙未为光绪二十一年，故此函当写于是年三月二日。

致梁鼎芬函[*]

（光绪二十一年三月五日　1895 年 3 月 30 日）

伏承诗教，感喜丛集。弟诗寸心得失，稍亦自知。然绝无先路之导，又未知同辈公论，但不至如方望溪之藏拙为高，安知不因诸君子教益而更有进境耶。深冀抄摘利病，一一宣示，乃云欲言而未敢，何言之谦也，恐不免负小子执业之意矣。

《诗征》书价、雪芦画本，共十二元，今送上，乞转致为幸。

本欲上谒，因损轩同年遣使订晤，故不及来。何日移居钟山讲院？念甚。手上，即请

节庵先生同年吟安

　　　　　　　　　　　　　　　遵宪顿首　三月五日

据首都博物馆藏原函

---

* 光绪二十一年三月二日致梁鼎芬函云"闻既就钟山讲席，欢慰忻跃"，此函问"何日移居钟山讲院"，故亦当为同年即光绪二十一年三月五日。

致梁鼎芬函[*]

（光绪二十一年三月十三日　1895年4月7日）

　　和诗欲步后尘，竟不可以由句计，故知此事不能强为也。涂改点窜，幸即掷还。此诗而外，虽亲爱如公，未以此事相语。稿不可留，幸鉴此意。

　　栖凤楼稿又奉到数十篇。风雨怀人，得此如面，喜慰不可言。手上

节庵我师

遵宪顿首　三月十三

据首都博物馆藏原函

---

*　推断此函作于光绪二十一年。

致梁鼎芬函[*]

（光绪二十一年三月二十一日　1895 年 4 月 15 日）

节庵我师：

　　字何以云不佳。然无款不得不奉回，乞题名再掷下。公之诗、之字、之文皆有性情流露于行间，所以可贵也。诗明日再缴。手复。

宪顿　三月廿一

据钟敬文藏手札，录自《近代文学史料》
（中国社会科学出版社 1985 年 12 月版）

---

　　* 原件信笺上印有"光绪二十一年人境庐主人制笺"字样，据此该函当写于同年三月二十一日。

致建候函[*]

（光绪二十一年四月后　1895 年 5 月后）

　　新约既定，天旋地转。东南诸省所恃以联络二百余年所收为藩篱者，竟拱手而让之他人；而且敲骨吸髓，输此巨款，设机造货，夺我生业。吾辈幸为一卑官，不与闻其事；然射影已来，噬脐将及，其何以善其后耶？……时势至此，一腔热血，无地可洒，行且被发入空山，不忍见此干净土化为腥膻也。

据麦若鹏《黄遵宪传》，古典文学出版社 1957 年 12 月出版

---

　　* 中日甲午战争中国战败，于光绪二十一年三月二十三日签订《马关条约》。函中所云"新约既定"，割地赔款，设机造货等，即指《马关条约》。据此该函当写于当年四月后。

致陈宝箴电

（光绪二十一年五月十日　1895 年 6 月 2 日）

台既自主,亟宜杜彼借口,似应即将唐抚军革职。一面告倭以台人背畔,巡抚为民劫留,现已将其革职,按约交割需时,现正设法劝谕云云。一以明中朝守约之意,一以缓日本攻台之师。可否密商北洋,言之政府。

附录：王文韶致总署电
（光绪二十一年五月十一日　1895 年 6 月 5 日）

前新加坡领事黄遵宪电云【中略】等因,由陈藩司宝箴转呈前来。文韶悉心查核,所论不为无见。惟现在劝谕云云,似未妥协,恐揽在身上也。是否可行,不敢壅蔽,谨请钧夺。文韶。真。

据《清光绪朝中日交涉史料》,《署北洋大臣王文韶来电》

致陈三立函[*]

（光绪二十一年五月十八日　1895 年 6 月 10 日）

　　遵宪到武昌来，屡承大教，卓识挚爱，平生得此于人盖寡，是以惓惓不能自已。明日即东下矣，胸中无数言语，实非一时所能倾泻。惟尚有一二要事欲就公面商，晚间幸勿他出。即当趋话。^①

　　欢抑或以自强学堂作承天寺，吾辈偕作半夕之谈，如何？候示。

伯严先生

遵宪顿　十八

五月十三夜江行望月^②

　　洒泪填东海，而今月一圆。蕃情宁此水，世界忽今年。横拆山河影，难攀间阖天。层城高赤嵌，应照血痕殷。

据上海图书馆藏手稿

致王秉恩函①

（光绪二十一年上半年　1895 年上半年）

顷得手示，欢慰无已。昔胡文忠语左文襄云："以公兼人精力，足足可支二十年。"此语可移赠也。公此来贤劳极矣。书云："五十始衰。"又云："此次来宁，并未作一整片事。"此乃邹湛对叔羊子语，谓湛辈乃如此耳。《北山》之诗曰："或栖迟偃仰，或王事鞅掌。"三复斯言，为之惭愧。敬复数语，聊当面谭。

雪澂长兄同年

遵宪顿首　廿六

据上海图书馆藏《王雪澂友朋书札》

---

① 王秉恩，字息存，号雪岑、雪澂。光绪二十一年七月王秉恩在南京，该函可能写于是年上半年某月二十六日。

致梁鼎芬函[*]

（光绪二十一年六月十七日　1895 年 8 月 7 日）

节庵同年左右：

　　难觅一干净土可以供我辈住足者。然公若有他事惠然肯来，固所愿也。匆匆迟复，惟珍摄。不宣。

遵宪顿　六月十七

据钟敬文藏手札，录自《近代文学史料》

（中国社会科学出版社 1985 年 12 月版）

---

[*] 函云"难觅一干净土"，似反映甲午战败后的心情；又信笺所印光绪二十一年，据此推定写于是年六月十七日。

致王秉恩函[*]

（光绪二十一年六月十八日　1895 年 8 月 8 日）

题易实甫《魂北集》

一卷先生自挽诗，神枯心死剩情痴。杜鹃再拜无穷泪，乌鹊三飞何处枝。生入玉门虽不愿，上穷碧落究难知。尺书地下君先问，只恐回书谈暂离。

实甫复以《魂南集》索题

江山如此魂安往，天地无情眼久枯。咄咄千年真怪事，茫茫四海竟穷途。分明清酒黄龙约，颠倒天吴紫凤图。望子妇来愿母死，声声君听墓门乌。

乙未立秋日访易实甫偕坐山亭复同泛秦淮实甫用前韵作诗和韵答之

袖里魂南一束诗，茫茫相对两情痴。看扬玉海尘千斛，喜剩青

＊ "乙未立秋日"，系光绪二十一年六月十八日，该诗当作于当年六月，写信日期姑定为是日。

黄遵宪集

溪舻一枝。鹢首赐人天既醉,龙泉伴我世谁知。死亡无日何时见,况又相逢便说离。①

　　雪澂同年老兄,以题易实甫《魂北》、《魂南集》诗见示,因录此乞正。

遵宪未定草

---

① 手稿以上为楷书,以下为行书。

致王秉恩函[*]

（光绪二十一年六月二十八日　1895 年 8 月 18 日）

日来想一切复元矣。本欲趋访，又恐贤劳鲜暇，今有应商数事奉渎，谨条举如左：

一、应解上海耶松厂六万两，弟意以为筹防局可汇交义昌成代交，故欲筹防局径汇，以省周折。昨承手示，知此款仍须解运，自宜仍交商局轮装运。惟弟意此银到沪，或文托招商局转交耶松，或此间派一人到沪面交耶松。因与义昌成不熟，不悉其光景如何；又该店在虹口，未知耶松在何处，近便与否，其中颇多转折，似不如将银径存商局栈房，或由耶松往取，或送往该行校便。二者祈指示遵行。电文一纸并缄，乞阅过送松生兄代发为感。

一、前接良济洋行一函，自言比国郭克里厂代造俄国西比利亚铁路，于铁路各事，甚为熟悉，现作一《中国铁路说》，译就邮寄云云。昨日寄到说帖一件，请阅转呈督宪是祷。

一、鄂工局经费，今拟开折报消一次。弟前次赴鄂，来往盘费，并内留两月支用各款，共贰百余两，当时未奉札文，自不应照章支领，拟约略开报一百廿两或一百两，以冀稍为减累。是否可行，敬

乞示遵。

一、蔡委员乃煜一款，前承手示，并户部新章，谅未必允收。此人现在沪候信，云将北上。祈告筹饷局，如定议不收，应将银单交由钧处掷还，以便交回前途，了此公案。

以上四事，统希察鉴。

雪澂长兄同年

遵宪顿首　六月廿八

据上海图书馆藏《王雪澂友朋书札》

致王秉恩函[*]

（光绪二十一年六月二十九日　1895 年 8 月 19 日）

耶松一款，由"威靖"轮船装运商局每千两收费二两，此款应收百二十两，保险及驳费尚不在内，不设银行，累赘如此。往沪，极为妥协，忻感何已。

傅都戎来，既见，经与订定，俟军装卸完后，即由该都司到筹防局领运初二方能办理。到沪交义昌成转交。弟与义昌成素不认识，拟请筹防局缮一公函，托为照料。此函并交傅君带去，弟处于解批外，亦拟作一函托办。此款弟奉札后即念筹防局在沪，素有交涉，办事校易，好在吾兄兼办两局，呼应较灵，俾弟奉行不至竭蹶。谢谢。

赵鄂川资各项，敬录雅爱，即开报一百二十两，撰缮清折送阅。得此弥补，亦非初意所及。至弟洋务一差，加意节啬，未必不敷，幸勿劳念也。

宝子年处送到公牍并请折，弟之川资一款，见其折稿乃念及也。弟既函询此款，如欲鄂公局代报，应于禀中增入此语，得复再办。此禀顷间子年着人取去。

---

* 函末云"龙松岑诗送阅"，该诗作于光绪二十一年六月十八日立秋游南京玄武湖后，推断当写于六月二十九日。

黄遵宪集

雪澂老兄同年

遵宪顿首　廿九

　　承示近服丽参，参是无用之物，气亦无补益之法，然此物虽无益，亦无害也。自疑气虚，弟意颇不谓然。疲困之由，或由湿滞，或尚有暑耶，以公平常曩铄如此，偶尔小极，何至遂尔孱弱。幸留意斟酌珍摄为恳。

弟宪顿首

龙松岑诗送阅。阅后掷还。

据上海图书馆藏《王雪澂友朋书札》

致王秉恩函[*]

（光绪二十一年七月二日　1895 年 8 月 21 日）

耶松六万既交妥，咸清矣。云明日方启行也。电一，乞送松生兄代发。

雪澂老兄同年

宪顿首　二日

有《和龙松岑游玄武湖》诗，在徐次翁①处，可取阅。阅后再并龙诗掷下。

据上海图书馆藏《王雪澂友朋书札》

致王秉恩函[*]

（光绪二十一年七月十四日 1895 年 9 月 2 日）

银元局银元，现已送往支应局矣。鄂局来电，船到后始见，未及预备。昨已天晚，在下关无从觅役，故今日始运到也。

良济洋行所言铁路事，弟已告以此刻尚无开办信息。渠再三坚托，必欲转渎帅听，是以弟只照禀声叙，不下断语。然此事究非公事，容日由弟缮函托松生代禀可也。

公病后尚未赴席，亦不敢勉强。此亦通常酬应，无甚意趣也。刻仍驻荫余善堂否？得暇当再走谭，乞勿枉顾是祷。

雪澂兄长同年

宪顿首 七月十四

据上海图书馆藏《王雪澂友朋书札》

---

* 从书信内容看，当是黄遵宪任南京洋务局总办时的光绪二十一年所写。

致王秉恩函[*]

（光绪二十一年七月二十六日　1895 年 9 月 14 日）

　　吏役归言，今日驺从仍在荫余善堂将息，因失眠劳倦耶，抑宿疾未尽除耶？念甚！手此，敬请

勋安

雪澂同年大兄

宪顿首　廿六

据上海图书馆藏《王雪澂友朋书札》

---

　　* 光绪二十一年七月十四日函问"刻仍驻荫余善堂否"，此函云听"吏役归言"今日"仍在荫余善堂将息"，推断当写于同年同月二十六日。

致王秉恩函[*]

（光绪二十一年七至九月间　1895 年 8 月至 10 月间）

　　手示均悉。义昌成信即由本局缮，并拟于后日发一电泰西银行，只较论两地银价，不收汇费。寻常见单兑银者，银行图得息银，由此地达彼地三十日程，银行即得此三十日息银也。电汇即算入此项路程几日之息，几日之息，他无有也。

　　子年一事，昨与函商，令其禀请本局代报。自行开报一语，弟曾告子年，渠谓不便。本局即可代为转报，亦转而已。并嘱其禀中声明，系于未设鄂局前领到之银，与公所见均同。顷子年既取回禀去，想即补入此数语也。汪委员在子年手领过四个月薪俸，弟意不可分歧各报，故嘱子年处不开其既领之款，由弟支回子年。耶松一款，立即拟电分致，即送鉴。

雪澄老兄同年

宪顿首　廿九

据上海图书馆藏《王雪澄友朋书札》

---

　　* 函中云"耶松一款"，该函似约写于光绪二十一年七至九月间的某月二十九日。

致张之洞电

（光绪二十一年九月十九日　1895 年 11 月 5 日）

钧谕敬悉，应即往苏。惟教案业经开议，立告法领事。渠谓：两国政府委办之事，未便开议即停。电询苏局，复称倭领日内回沪。职道窃思，要索不允，停议亦事理之常，但求总署坚持，将来可再将宝带桥续议。此事彼因而我应，似可坐以待之。如何办法，候示遵行。

附录：张之洞致黄遵宪电

（光绪二十一年九月十六日　1895 年 11 月 2 日）

上海道转交黄公度观察遵宪：苏州正在议租界地段，彼欲在阊门外，鄙人只许在宝带桥，彼尚未允。阁下速赴苏会商。此事为紧要关键，若此时不与议，日后到苏，无大益矣。教案可与法领事言明，回沪再议办不迟。两江。谏。

据茅海建《张之洞档案阅读笔记》

致张之洞电

（光绪二十一年九月二十日　1895 年 11 月 6 日）

　　法领事云，九江有一法兵船接报称，该地遣散北勇，甚虑扰乱，拟再派吴淞法船前往。职道言，可请宪台电令地方官加意弹护，不必派船。渠已允行。恳求电饬，并请示复。

据茅海建《张之洞档案阅读笔记》

致张之洞电

（光绪二十一年九月二十日　1895 年 11 月 6 日）

教案现既议妥三事。徐州议定：一、将原房归教士；二、派中国教士居料理，西士每岁巡察数次，并不久住；三、或将此房作义学、医馆。泰州议定：一、房归教会；二、教士无建堂之意，因泰州系通衢，专备教士来往偶然驻足之所；三、滋事时被毁房、物，由地方给价修复。又，阳湖朱姓抵产案，议将原地归教会管业，作为教会公产，可以租给华人，为住居、贸易、耕种各项之用，惟并不建堂传教，教士亦不住居此地。按：徐、泰均系原拟办法，惟阳湖一处殊非拟议所及，惟绅士所不愿只在建堂传教耳。今此地不住教士，于事无碍；而绅士筹出备赎之积谷公款四千余两，可以领还，尚属有益。统求宪台核示，以便遵照签押。号。

据茅海建《张之洞档案阅读笔记》

附录：张之洞复黄遵宪电

（光绪二十一年九月二十一日　1895 年 11 月 7 日）

上海黄道台公度：号电悉。徐州、泰州、阳湖朱姓三案，所议尚

黄遵宪集

妥，即照此定议。两江。号。住何处？即电复。

据茅海建《张之洞档案阅读笔记》

致王秉恩函[*]

（光绪二十一年九月十九日　1895 年 11 月 5 日）

平安家书，珍装行箧中，到沪即送，勿念。

开春始归，然今年必毕此公事，归来相见，为公诵"流年既似手中蓍"之句矣。匆匆亦不及走别，手叩

雪澂同年大兄大安

弟宪顿首　十九

据上海图书馆藏《王雪澂友朋书札》

＊ 函中云"匆匆亦不及走别"，"到沪即送"，当指光绪二十一年九月从南京赴上海事，该函似写于是年九月十九日（1895 年 11 月 5 日）。

致梁鼎芬函*

（光绪二十一年十月十一日　1895 年 11 月 27 日）

别来遂一月矣。得书如面，以公之拳拳于我，可知彼此有同心也。

此间初议教案，披隙导窾，势如破竹，数日之间既定三案。而忽接法使来电，横生波澜，尚须旬日，乃能毕议。议毕仍拟往苏一行。

内地通商一事，昨上广雅尚书函，详陈其利害。此事惟广雅能主持之。将来或在金陵会议。宪归自海外，碌碌无所短长，或藉此一端，少报知遇也。

钟山却聘，意不谓然。此后将安身何处？念甚。

次舟闻将来沪，如未启程，乞告以道希来函言，八月朔日在其家所商事，已照行矣。手上

节庵同年院长

遵宪顿首　十月十一日

据首都博物馆藏原函

致张之洞电

（光绪二十一年十月十五日　1895 年 12 月 1 日）

钧谕敬悉。面商法领事，据称仍愿照总署与公使所议，在沪会商，倘有难决之事，必须就近办理之处，届时再拟前往，或委就近领事与地方官会办等语。先此禀复，余俟详禀。咸。

据茅海建《张之洞档案阅读笔记》

致张之洞电

（光绪二十一年十月二十三日　1895 年 12 月 9 日）

靖江朦买基地，契内并无"天主堂"字，既照会不准管业。阳湖陈福盗卖案，系卖给华人，议归本国自办。各案俱结。现惟阳湖朱姓抵债案，领事翻议，后只愿申明不造欧洲教堂。职道告以请示遵行。俟禀到，请核示。漾。

据茅海建《张之洞档案阅读笔记》

致梁鼎芬函*

（光绪二十一年十一月十日　1895 年 12 月 25 日）

讲席之辞，意不谓然者。许鲁斋言"士夫须知治生"。虑公无啖饭处耳。朋辈中受此累者多矣，惟遵宪颇舒卷目，如一日挂冠，便可归去，即杜门不出，永不求人，亦无不可。百事不如我公，此一节差足傲人也。

作书至此，乃得初二日手书，不审何事，心殊悬之，亟欲就公一谭矣。又及。

十一月十日

据首都博物馆藏原函

---

* 光绪二十二年十一月，黄遵宪滞留北京，翌年十一月则在湘任上，据此推断，该函当写于光绪二十一年十一月十日。

致梁鼎芬函[*]

（光绪二十一年十一月十二日　1895 年 12 月 27 日）

不意别来竟两月不归去。今之上海为士夫所走集，诚有如广雅尚书所谓汉之汝南、唐之东郡、宋之洛阳。然怀刺往还，杯酒接欢，欲求一心所敬爱如我节庵者，实不能再得一人。

强学会之设，为平生志事所在，深愿附名其末。长素聪明绝特，其才调足以鼓舞一世，然更事尚少，比日时相过从。昨示大函，为之骇诧，延致诸君，遵宪居海外日久，多不悉其本末。惟此会之设，若志在译书刻报，则招罗名流十数人，逐渐扩充，足以集事；乃欲设大书藏、开博物馆，不能不集款，即不能不兼收并蓄。遵宪以为，当局者当慎简，入会者当博取，固不能如康公之所自出，亦不能如梁子之不因人热。遵宪居间其中，为岭南二妙作一调人，君意何如？

季清于十月中北上。雪丞于近日南归，稍迟二三日即附登瀛洲船，同舟而归。相见不远，手此达意，即叩

节庵同年院长道安

　　　　　　　　　　遵宪顿首　长至后五日

＊　函中云"强学会之设"为光绪二十一年夏事；函末署"长至后五日"，是年冬至为十一月七日，"长至后五日"为十一月十二日。

邓石言今日始见，竟不知其与长素偕居也。既送三十元供游学之资，闻关季华在此，既嘱令往见，催索其所作行状。

铁老文集分存公与长素处，如可付刊，必力为襄助，此吾辈未了事。

石言之三弟，为宪妹夫，长素言聪颖不凡，并告公一喜。宪又及。

据首都博物馆藏原函

致张之洞函[*]

（光绪二十一年十一月二十日前后
1896 年 1 月 4 日前后）

窃查江南教案现均议结，日内再分案详叙，禀请宪台分饬各地方官遵办。内泰州一案，职道照会内声明，即饬知地方官加意保护等语。诚虑教士不时来往，该州尚未知悉。又阳湖朱致尧案，既由职道札询阳湖李令，应电催该令速禀，以凭核办。谨分别酌拟两电，缮呈钧核。

据茅海建《张之洞档案阅读笔记》

致梁鼎芬函[*]

（光绪二十一年初　1895年初）

　　台、澎究竟可危，所以策贼必犯台者，割地之使马首东矣。欲以兵力据之，然后以简书定议，所以杜西人群犬之争也。嗟夫！巴濮楚邓吾南土也，恐遂为他人有矣。

节庵我师同年

遵宪顿首　廿八

据首都博物馆藏原函

---

　　*　此函未署年、月。据函中云"台、澎究竟可危"，当在光绪二十一年初的某月二十八日。

致王秉恩函[*]

（光绪二十一年　1895 年）

　　傅都司札今晨既发交。昨日面嘱其赶起军装，准于明早下银。渠言军装卸完，即来知照，而至今未来，请由筹防局饬人一催，呼应较灵。筹防局司账者言，银现存，而局务忙，惟此事催逼甚紧，请饬令司账准于明午交带，勿迟勿延，至为感祷。

　　沈蔼翁函问萍乡煤款，此事未奉札，想系江南购煤之款，故不必由鄂局转解。惟函称楚材运往，自应照行，乞核示遵办。

　　义昌成处欲发一电，另寄一公函。

　　时勋是樊君别号否？祈示。手叩

雪澂老兄同年大安

宪顿首　初一日

据上海图书馆藏《王雪澂友朋书札》

致王秉恩函[*]

（光绪二十一年　1895 年）

　　今日既全愈否？甚念。清暑之剂,不宜杂益气之品。城中病甚多,证候略同,通行观音丹甚效,局中病者之人,服之均愈。请试验之。

　　容再走候。手叩

大安

雪澂老兄同年

宪顿首　十一

　　铁局经费,奉札转解,拟发一电,阅后乞送松生大令之处。共一纸,乞押章发还。又及。

据上海图书馆藏《王雪澂友朋书札》

---

　　* 函中所云"铁局经费",当指张之洞开办湖北铁政局经费。该局于光绪二十二年改为铁政洋务局,此函当写于上年某月十一日,推断以下十四、二十五、二十九日三函亦写于同年。

致王秉恩函

（光绪二十一年　1895 年）

　　顷见春卿阁学，言定于十八日首途，十六日辞行。派船护送一事，乞公预为料理，派定后即求告知。辞行时必向帅宪述谢，容届时再行请派。诚恐迟延，再三订嘱，求公留意。

　　今日当复元矣。何时回署，甚念！手叩
道安
雪澂同年老兄

　　　　　　　　　　　　　　　宪顿首　十四
　　铁局经费，既函商蔼翁，未审能即放否。

　　　　　　　　　　　　据上海图书馆藏《王雪澂友朋书札》

致王秉恩函[*]

（光绪二十一年　1895 年）

燮臣大公祖大人同年阁下：

日昨邂逅相遇，稍慰渴悃，忻幸奚似。承述现欲觅地作营务处，未审定否？

查洋务局规模宽敞，近靠节署，可饬人一看。如果合式，便可移让。洋务事较清简，尽可从容再行觅地也。手此布启。即请
勋安

治年愚弟遵宪顿首　十四日

据上海图书馆藏《王雪澂友朋书札》

---

[*] 函中云"洋务局规模宽敞"，"洋务事较清简"等。黄遵宪于 1895 年初由新加坡回国后，被张之洞委为江宁洋务局总办。此函当写于光绪二十一年某月十四日。

致王秉恩函[*]

（约光绪二十一年　约 1895 年）

　　顷又有潮州同乡送一席来，客中不能自办，今并送诣尊处，即刻渡江，傍晚当偕五弟趋诣，即在高宅晚饭，可并约少竹、毅若不审能来否。入座。如有可谈之友，顾印伯在鄂否？纪香骢时往来否？亦可邀约作半夕谭也。节庵仍不能出门，昨病增剧，今小愈云。余晤罄。手上

雪澄兄长同年

弟宪顿首　十七

据上海图书馆藏《王雪澄友朋书札》

---

[*]　时间约在光绪二十一年。

致王秉恩函[*]

（约光绪二十一年　约 1895 年）

　　数日未晤，想早占勿药矣。蔡君所托之报效银两，兹将禀并银票赍呈，若能明日给予收据尤感。渠欲即往沪也。

雪澂老兄同年

宪顿首　十九

＊　此件具体时间待考订。据函中提及"蔡君"，与光绪二十一年六月二十八日函中所说"蔡委员乃煜"似为同一人，姑且推定为同年某日。

致王秉恩函[*]

（约光绪二十一年　约1895年）

　　硕甫一缄送呈，外电并呈密览，阅毕掷还为幸。浏阳近日举动殊异于他人，更异于往日，谓非香帅陶铸之效乎。手上

雪澂兄长同年

宪顿首　十九

据上海图书馆藏《王雪澂友朋书札》

---

[*] 时间约在光绪二十一年。

致王秉恩函[*]

（约光绪二十一年　约 1895 年）

知公今日既销假,慰甚! 慰甚! 书四本照收。抄电读悉奉缴。蔡款不收,只好给还矣。

耶松六万,奉札汇沪,询松生兄或知交沪何处。如不能悉,即问毅公。此款当托筹防局代汇,不必转鄂局矣。手上

雪澂兄长同年

弟宪顿首　二十五

据上海图书馆藏《王雪澂友朋书札》

---

* 函云筹防局款事,约在光绪二十一年。

致王秉恩函

（约光绪二十一年　约 1895 年）

　　弟熟思公疾，系略受暑热为雨湿濡滞，减食由滞，喜睡由热，疲怠亦因此故。耳鸣亦因热气内逼之故。如人行烈日中，极易耳鸣，因外热逼人，内热不能外泄之故也。服参蓍桂附有效者，能行气消滞也；未即愈者，寒热不对证也。此刻似宜服行散宜导之品，参以一二清解内热者，即不服药，亦可复元。西人有草酒、即麦酒，内用一种草名葎，味微苦，能解热。舍利酒、亦蒲萄制。槐花酒，清热行气。均可多饮；如熟地、白芍凝滞之药，断不可服。公再思之，必以为然。宪素不敢作妄语，此语不诬也。再上
雪澂老兄

宪顿首　廿九

据上海图书馆藏《王雪澂友朋书札》

致王秉恩函

（约光绪二十一年　约1895年）

　　耶松一电送阅，因来电言银由汇丰汇，故以此答之，亦拟复毅公电，因其逾时失信，焦急万状，应有以慰之，且俾令有辞以对耶松也。耶松电仍可求松生兄代发否，幸示知。

　　江南拨款，户部竟议不准行，实有心作难也。为之太息！

雪澂同年兄

宪顿首　廿九日

据上海图书馆藏《王雪澂友朋书札》

致衍若函[*]

（光绪二十一年　1895 年）

衍若仁兄同年大人鉴：

　　数日不相见，近得金陵信否？确知节庵大哥行期否？手此奉询，即乞。

弟遵宪顿　十一日

据钟敬文藏手札，录自《近代文学史料》

（中国社会科学出版社 1985 年 12 月版）

---

　　* 原函未署年、月，原编者云信笺印有"光绪二十一年人境庐主人制笺"。收信人姓名待考。

致王秉恩函[*]

（光绪二十一年闰五月至十一月间
1895年7月至1896年1月间）

　　义昌成复函送览。此银经汇丰公估，作五万九千六百五十九两收受，仍短三百四十两零八钱。查上海通行每库平百两伸一百零九两，而筹防局向章伸作一百零九两六钱，此数既差三百六十矣，故耶松不肯照收。此款是否仍于筹防局内找补，祈为核示，以便接到耶松来缄后，再修文支领。

　　汇丰收单，俟译就再呈。手上
雪澂老兄同年

宪顿　十一

　　节庵尚无启程消息，大约月底必来也。上海格致书院课题，闻大府前已命叶损轩、郑苏庵拟呈，而迟未发下。此系甲午秋季课，因来禀遗失，迟延至今，五月中已补禀矣。士林翘盼日久，山长院绅，迭次催询。恐其觖望，甚虑督宪事烦忘记，能托司其事者催

* 光绪二十年九月，张之洞以筹防需人，电奏调驻新嘉坡总领黄遵宪回国，翌年委任江宁洋务局总办。函中提及筹防局事，又云甲午秋季课题遗失，五月中旬已补禀，据此推断该函约写于光绪二十一年闰五月至十一月随张之洞回任湖北期间。

请否？又及。

据上海图书馆藏《王雪澂友朋书札》

致梁鼎芬函[*]

（光绪二十一年十二月八日　1896 年 1 月 22 日）

用筹防局厨子,用自制西式盘大小各四,用巨碗三,多非例菜也。既约爱仓,宾主共十人,用长方桌尚可从容不迫,狭然左右各三,而上下各二,不能再约叶公矣。汪、徐来本欲与公同作东道。公见面即言之,乃至损轩、爱仓亦皆宪所欲邀订者,适与公意合,何其奇也。手上

节庵同年

遵宪顿首　腊八日

据首都博物馆藏原函

* 函云"用筹防局厨子"。黄遵宪调回筹防局系为光绪二十一年,该函当写于是年"腊八日"。

致梁鼎芬函[*]

（光绪二十一年底或二十二年初
1895 年底或 1896 年初）

　　遵宪在饶州自制西式磁器，虽椎轮筚路，规模粗具，而式既翻新，器亦不陋，颇足以供家用。今送上各种，乞为莞存。

　　未申之交当走访，乞少待。手上

节庵同年院长

遵宪顿首

并告穰卿，图一良晤。

据首都博物馆藏原函

致梁鼎芬函*

（光绪二十一年十二月至二十二年初　1896 年初）

　　强学会事，顷语心莲甚详。公有何言语告心莲告我？康郎之堂堂乎张，乃殊觉酸楚可怜也。

　　过芜湖如见爽秋，到鄂见汪穰卿、志仲鲁、缪小珊，均为我述近况，一一致意。

　　公处所用笺，有集东坡、荆公、山谷字数种，板存何处？如易取，交心莲借我。

　　虑公匆匆，不再走送。傍晚或一来，亦未定。

节庵同年院长

宪顿首　廿九

据首都博物馆藏原函

---

　　* 光绪二十一年十一月张之洞奉上谕回任湖广总督，翌年正月十七日启程，二十八日抵鄂。梁鼎芬亦回鄂。函嘱梁过芜湖向袁昶（爽秋）、到鄂向汪康年（穰卿）等致意，推测此函约写于梁离宁前的二十一年十二月至二十二年初某月二十九日。

致王秉恩函[*]

（光绪二十一年底至二十二年初　1896年初）

　　上谒，奉传谕于晚间赐见，明日即行。承念，感谢。尊恙稍加调摄，不日当可复元，日来气色较前腴润矣。手上

雪丞老兄同年

宪顿首　十八

据上海图书馆藏《王雪澂友朋书札》

致王秉恩函[*]

（光绪二十一年底二十二年初　1896 年初）

　　贵恙因改服桂附而愈。近日城南流行病,均用温热之剂,想因积雨受湿,时势然也。

　　大作雄健,可喜。实甫屡见,亦酬和数篇,录乞教正。年来颇欲以此自娱,然年近五十,技止于此,谅亦不能自立也。手上

雪澂同年老兄

宪顿首　廿日

据上海图书馆藏《王雪澂友朋书札》

---

* 函云"年近五十",据此推定该函写于光绪二十一年底或二十二年初某月廿日。

致王秉恩函[*]

（光绪二十一年十二月底或二十二年初　1896年初）

雪澂吾兄大人同年执事：

自鄂归者，得读手书，并谂尊体既已复元。详询起居，又悉非良友相慰之语，为之忻跃无已。

时局日棘，有蹙国百里之势，无填海一木之人，竟如一部《十七史》不知从何处说起，亦只好缄口已矣。

《同治东华录》日间购就，即行邮寄。岁暮事冗，抽暇作数行。即叩

大安，并贺侍喜

弟遵宪顿首

伯母太夫人尊前乞为叩首。

---

* 函中云"谂尊体既已复元"。王秉恩病于光绪二十一年，又云"岁暮事冗"，推断此函写于是年十二月。

致张之洞电

（光绪二十二年二月一日　1896 年 3 月 13 日）

　　忻悉沿途安好，谨叩新喜。前由宪台接总署咸电后，岘帅复，约中丞联衔，电请总署知照倭国简员，授以四处开埠商议暂行章程之权；亦由总署派员与商，拟即派黄道遵宪。总署宥电复开，已知照林董，得复再电饬黄道遵办。日内未有续电。职道拟即往苏、沪。江西教案，德帅派员已起程。奉谭督宪札，湖北有荆门州、湖南有澧州、武陵等案，请饬从速钞案。法领事三月间回国，趁其未归，将案办清，庶免另起炉灶，再生波澜。统求鉴核。职道遵宪谨禀。东。

据茅海建《张之洞档案阅读笔记》

致朱之榛函*

（光绪二十二年三月十一日　1896年4月23日）

敬再启者：弟此次奉命开议商埠事宜，诸承指示，得无陨越，羊公之鹤，幸未以蒙戎不舞贻羞。知我感荷之情，非言可喻。

香帅来电，昨奉中丞抄示，于允许将来一节极力翻腾，不知此系就现在推到将来，乃疑为弟所擅许条约，自必熟知，殆于各处通例，近日往来照会未及详察也。香帅生平作事，能发而不能收，计利而不计败，如近日宝带桥之商场、上海之铁路，当其发虑，若事在必成，未几而化为乌有。果于此事确有定见，应请其径电总署，以备考核。此议准驳之权在各大宪，一经驳斥，弟敢决彼国之必能允行。弟此议即系请示之稿，所以先换照会者，不能据口说为凭以请示。弟并非议约大臣，不得以往时约已签押，设法补救比论。此亦不达外交之语也。

荒川来沪未见，俟询悉何时回苏，或与偕来。弟所拟地价岁租各事，能先与磋磨，将来较易就范。弟不能久住也。

＊　朱之榛，字竹实。函云"弟此次奉命开议商埠事宜"，指光绪二十二年黄遵宪奉命与日本交涉苏州开埠事。此函当写于是年三月十一日。手迹有陈乃乾与王伯祥题记："此黄公度先生手札，六年前曾藏敝箧，今为道始先生所得，名迹归宿，殆有首定，乙酉三月重观题记。乃乾。是月廿三日。王伯祥观（印）。"

国势如此，空言何益？总署深历艰难，故称为"用意微妙"。夔帅乃云："委曲从权，仍操纵在我。"真乃聪明人语。而公所见，与之略同，弟是以倾倒不已也。

新安先集舟中展读，益知门有通德，家录赐书。钦仰钦仰。专肃布谢。再请

勋安。惟鉴不宣。

弟黄遵宪顿首 三月十一

春江先生仁兄均此致意。

据上海图书馆藏《人境庐主手迹》

致朱之榛函[*]

（光绪二十二年三月二十日　1896年5月2日）

竹实先生大人执事：

顷承枉谭，忻感何已。自来办事人多，成事人少；论事人多，解事人少。士衡《文赋》有云："虽浚发于巧心，终受嗤于拙目。"可胜浩叹！国势如此，空言何补？弟辈惟自尽心力以冀少救时艰，毁誉得失，不必论也。

去年奉旨垂询补救新约，弟有上香帅条陈十条，虽不免策士蹈空之习，然比之今之论时务者，犹觉卑近而易行。行箧中偶有此稿，今此呈教，或者有一二可采。阅后掷还为幸。容暇再趋承大教。手布，敬请

勋安

教弟黄遵宪顿首　三月廿日

据上海图书馆藏《人境庐主手迹》

---

   * 函中云"弟辈惟自尽心力以冀少救时艰，毁誉得失，不必论也"，指光绪二十三年与日使交涉苏州开埠事宜，故此函当写于是年三月二十日。

致梁鼎芬函[*]

（光绪二十二年三月二十一日　1896年5月3日）

节庵我师同年：

　　顷奉教,快甚。帅谕饬办照复驻沪领事文稿草就,即行。明日傍晚出城也。

宪顿　三月廿一

据钟敬文藏手札,录自《近代文学史料》
（中国社会科学出版社1985年12月版）

---

　*　函云"照复驻沪领事文稿草就",当指有关黄遵宪与日本驻领事谈判苏州开埠事。据此酌定该函写于光绪二十二年三月二十一日。

致邓华熙函[*]

（光绪二十二年三四月　1896年4、5月）

小赤老伯大人左右：

昨抠衣修谒，得承清诲，惟感无已。侄现在亟欲觅一苏城内外精确地图，尊处如有善本，仍乞惠假一阅。或若书局中有十里、五里、二里半开方各图，如能发卖，自可饬人分别购取；如并非卖本，可否饬役代为索取一份？至感至祷。昨面陈要事，本非遵宪所应办，故未敢越俎多渎。惟商埠定议，一经开辟，必牵连及此。若预为筹定，俾遵宪奉作南针，庶随时因应，不生歧误。匆匆布愧，即请勋安，惟鉴达旦。

愚侄黄遵宪顿　廿三

据黄广昌藏原函照片，录自郭真义
《对〈黄遵宪集〉补遗与正误》

---

[*] 邓华熙，字小赤。此函及下函所谓欲觅苏州地图及地租地价事，当在黄遵宪与日本上海领事谈判，准备草拟苏州开埠六条期间，约写于光绪二十二年三四月间。

致邓华熙函

（光绪二十二年三四月　1896 年 4、5 月）

小赤老伯大人阁下：

　　昨奉惠示，敬悉一一。地租地价等事，侄前拟办法，禀请中丞交局员妥议。侄由沪再来，所议已略有头绪，是以仍请中臣饬刘守一手经理。现经议华，与前议并无出入。惟侄意不分等第，概作每亩二百元，而洋务局以曾经行文，仍少三等，然亦无关紧要也。敬将缮折呈览。一二日间仍乞掷还。此非密议，又是定稿，本应早日由局抄呈尊处也。手肃，敬请

勋安

据黄广昌藏原函照片，录自郭真义
《对〈黄遵宪集〉补遗与正误》

致梁鼎芬函[*]

（光绪二十二年四月二十二日　1896年6月3日）

由皖回鄂，所递函既到。顷复奉四月二日手书，欢若面语。歇浦为醉饱欢娱之地，无可与语者。

道希过此时，快晤数日，亦恨公不获与斯游。因事牵掣，句留在此，非所好也。

所议吴事，总署函称"用意微妙，深合机宜"。夒帅亦称"保我固有之权，不蹈各处租界流弊。以议约大臣指为万做不到之事"。方窃喜其不辱，而广雅尚书不考本末，横生议论，殊为可惜。此事彼国尚未批准，允否实不可知，未敢遽将曲折宣告外人。

雪澂同年过此，既洞悉一是，面询可得其详，亦有总署函电，可向索一阅。然仍乞公深藏之勿露也。匆匆，不多及，即叩

节庵同年道安

遵宪顿首　四月廿二

据首都博物馆藏原函

---

　　* 函云"所议吴事"，指光绪二十二年黄遵宪与日本交涉苏州开埠事。该函当写于光绪二十二年四月二十二日。

致朱之榛函[*]

（光绪二十二年五月四日　1896 年 6 月 14 日）

竹实先生大人执事：

别来匝月，久未奉书，实因料理江西、湖南积年教案，纷纭辏
辐，茫如乱丝，匆匆少暇。而苏州所议，总署函复，已允照行，此刻
惟有坐待，以致前奉教言，久稽裁答，想邀谅也。

弟商办苏州开埠事宜，收回本国辖地之权，不蹈各处租界流
弊，抚衷自问，差幸无负。然议成之后，条约具在，参观互勘，不难
知其得失。而局外口说沸腾，尚不悉其用意所在，乃亦叹中丞始终
主持，卓识定力实为难得。我公向来未办外交，而烛照数计于中外
之利弊、当前之情势了然于心，口诵耳受，当机立断，所谓"运实于
虚"，所谓"妙于斡旋"，所谓"虚文实政，相辅而行"，乃与总署"身
历艰难"之语，如一鼻孔出气，何其神也。弟是以顿首投地，佩服无
已也。总署之意谓："西人踵至，六条争回之利，藉后议证成；六条
未画之事，藉后议补救。"诚为精论。将来意、法续议，如失利益，陇
蜀将更无知足之心；如能照行，胡越亦可作一家之想。我公成算在
胸，自无难措置裕如也。

　＊　函中云"弟商办苏州开埠事宜"，为光绪二十二年，此函当写于是年五月四日。

近日教案将次就绪,旬当完毕,或将他往。弟于倭议必终始其事。如月内得有复音,必拨冗前来,再聆雅教。手此布复,敬请

勋安,惟鉴。不宣。

弟遵宪顿首　五月四日

再,近阅上海各报,言苏州机房工人挟众滋事,传闻不一,竟有谓厘局被毁者。闻之极为驰念。韩非有言:贤不敌势。仓猝变生,不遭扰否? 便中幸示一二,以慰悬企。再请

勋安。不尽欲言。

弟又启

再,香帅前发电时尚未见弟函禀,嗣后更无续议。近有自鄂来者,述其颇悔前议,然其用意在力顾大局,要不失古大臣用心。迩闻蜀人侍御吴君密奏称:苏州开埠所议极善,请饬川督一律照行。已奉旨依议,密以奉告。

又启

据上海图书馆藏《人境庐主手迹》

致王秉恩函[*]

（光绪二十二年五月七日　1896 年 6 月 17 日）

雪澂兄长执事：

近有自武昌来者，询悉善况，出奉板舆，入参帷幄，起居佳胜，闻望日隆，极以为慰。

月之朔日，曾电请孙君留鄂候文，当已邀鉴。弟之初意，原欲俟孙君查询一切，再行定议。乃近接芸阁来函，又晤仲鲁面述，乃知铁政新旧交换之际，官商转移之间，业已定局。以现在计，每月煤二千吨，可溢息一千元，焦炭千吨，亦可溢息千元，每岁可得二万元左右，而纠集股本，约有二万，便可集事。惟急就之章，仓猝难以召募，稍一贻误，又虑捷足者争此先得，大力者负而趋。不得已与仲鲁、芸阁各出五千，先行开办，即用孙荫兰、文陶甫司其事，而公推仲鲁为总裁。计此贸易，将来扩充，可分售上海，他处必胜于开平。诸矿所难者用人耳。公如有意，请就近查询，各事商之仲鲁。将来于弟分股本，可以分让。而公住鄂，亦易于料理。前已与仲鲁言之，乞为转商详示，无任企盼。

---

　　* 函中说"惟苏州开埠，彼国尚无复音，得复后仍须往苏一行耳"。黄遵宪奉命与日本领事交涉苏州开埠事在光绪二十二年，该函当写于是年五月七日。

弟近办教案,易于就绪,惟苏州开埠,彼国尚无复音,得复后仍须往苏一行耳。匆匆手布,即叩

侍安

弟遵宪顿首　五月七日

据上海图书馆藏《王雪澂友朋书札》

致盛宣怀函*

（光绪二十二年五月二十日　1896 年 6 月 30 日）

杏荪仁兄大人阁下：

昔游海外，久想风采，去秋获侍，殊慰渴怀。时局艰难，风气闭塞，非有通识大力，不足起废箴肓。海内如公，复有几人，手挽狂澜，众所属望。闻铁路之举，将以阁下独任其劳，似此巨工，舍公谁属，一切鸿画，想已綮然。弟自商约粗定，接办教案，头绪纷繁，日罕暇晷，自顾绵薄，辄用兢兢。

近与一二同志在此创一报馆，欲以衷集通人论说，记述各省新政，广译西报，周知时事，似于转移风气之道略有所裨。惟邮政未通，道里辽阻，分寄各省，其事颇难。顷同人集议，除托信局坐省邮递外，拟托各电局代任其劳，每局约分派十数本。局中素有送报人，易于集事，照章例有费用，亦不敢空劳。内地民气闭塞尤深，计惟此途可以遍及，阁下义拯饥溺，谅有同情。今谨将所拟办事章程呈上数纸，若以为可行，乞费清神传语各处电局，属为将伯之助，不胜感铭。可否之处，皆望示复为祷。专肃布臆，敬请

＊　盛宣怀，字杏荪。函件整理者成村声称"封面有光绪二十二年的红印"，又函中所云创报馆指《时务报》，及苏州开埠事，亦当年事。

勋安

诸惟鼎照不既。

愚弟黄遵宪顿首

前书缮就,拟寄武昌,闻公乘舟东下,走询尊寓,知公又回珂里。弟因苏州开埠事复来此间,前议六条,总署以为用意□妙,深合机宜。夔帅□□保我固有之权,不蹈各处租界流弊,虽外间不知者颇滋诟病,而当道不为摇夺。不意彼族狡谲,竟全行废弃,国势孱弱至此,念之实为寒心。中国士夫闇于时势,真不啻十重云雾。现与同志数人捐资设一报馆,冀为发聋振聩之助,而苦于派送无人,欲托各电局分任其事,知□□□□谅必邀俯诺也。章程送阅,乞谠正之。亟欲趋谒,未审能少赐须臾之暇一领大教否? 书不尽言,再叩

勋安

遵宪再启　五月廿日

据丁日初主编《近代中国》第十辑,原件藏上海图书馆盛宣怀档案

致汪康年函*

（光绪二十二年四月或五月　1896年5月或6月）

【上缺】是是，甚是，邹款他日再刻。吴款亦俟后再定。

卓如作为撰述亦好，所聘韩君即可标为标订矣。

所以刻出黄春芳名氏者，俾责成有归。他日报销时，即专标春芳名，加总理查核名耳。

图书、矿务，即附入后幅可也。捐款即须刻出，不可迟，以广招徕也。

"告白"如此款式，眉目清朗，自校易看。穰卿复阅，意亦必谓然也。

本日又函托王雪澂募捐，湖北总可得千元。

京师此电，乃似有生机。吾谓他日毁阻者，必转为誉叹。

南京俟弟回去再募，必可得五六百元。

穰卿同年兄

弟宪顿首　十六日

---

* 函中云《时务报》告白款式等内容，当写于光绪二十二年四或五月十六日。

致王秉恩函 *

（光绪二十二年五至六月　1896年5至6月）

顷送呈一诗，当邀鉴，乞并致蔼仓观察。如乞赐和，尤为忻感。昨日一稿，请手评数字掷还。

补中益气仍服否？想胜常矣。手上

雪澂老兄同年

宪顿首　三日

有一要事，另折呈览。此事经营半载，赖大帅指挥，始克定议，然尚未与倭人订定。弟以为此事必能办到，可为四省造福。他人毁之，殊可惜也；他人成之，又殊不值也。久欲与公言，因公病未及，能有何法，俾大帅卒成其事否。又及。

乡人张鹏，仆役之姻亲也，曾承贲荐于保军，而贫不能归，又虑遣散，则无啖饭处，欲求公安置之于李君先义营中，既屡言之，而弟忘举以相告。行且别，附书此，乞公留意。

宪又顿首

据上海图书馆藏《王雪澂友朋书札》

---

* 函称"弟以为此事必能办到，可为四省造福"，系指光绪二十二年五、六月间，黄遵宪与日方交涉苏州开埠事宜，该函当写于是年五、六月间的初三日。

致汪康年梁启超函[*]

（光绪二十二年五月二十四日　1896 年 7 月 4 日）

穰卿
任父　同年执事：

得十八、廿二日手书，藉悉一是。应复各事，用杜征南所谓跳行文法，一一缕布。

盛杏荪方伯又回上海，差池不见，前函已由盛太公收寄。顷拟再作一函，抄前书附去，匆匆不暇，明日再寄也。

朱竹实观察见公启，愿助一百元。此公聪明绝伦，惜以目废，不然，一救时好封疆才也。陆春江亦愿襄助，多寡未可知。此外，方伯诸公当可酌助。

此间有坐省，一名陈德懋，一名吴成松，专理各府县文报，托令代办，诚为两便，即托人问商，或召之来可面议也。

前嘱刊公启单张者一二千张，如出知单，可每人派一分。前装订成本者，可以贻同志，亦惜费法也。

托代《万国公报》及格致书院代派，此法可行。其主笔蔡紫莆,攻(繄)〔擊〕之者多,然才调可爱,所译文亦可诵,可走访之,一联络也。

嘱黄春芳联络各报,亦可行,可先出公启示之。此报别具面目,申沪各报,应不虑其挽夺也,何嫉妒之有?此报主义,在集捐资作公款,阅报风行以后,或不虑支绌。然惜费以期持久,亦名言也,不可不时时念之。

凡销售、承揽、开张一切商业公家言,此报中不可用,望以时检点为嘱。为守旧党计,为言官计,所谓本馆论说,绝无讥刺,已立脚跟、踏实地矣。其他一切忧谗畏讥,伤禽恶弦,无怪其然也。谓穰卿勿视为性命身心之学,谓卓如当为敖前七伏,畏首畏尾不敢为,然以吾辈三人计,弟身在宦途,尤畏弹射,然公然明目张胆为之,见义则为,无所顾忌。上年强学会太过恢张,弟虽厕名,而意所不欲,然一蹶即不复振,弟实引以为耻。弟但虑其费少,不克久持耳,他非所恤也。

刘某者,此间洋务局襄办,能通倭语,小有聪明。弟奉岘帅奏留专办此事,此辈不以不能为耻,反有市井争夺贸意之心。及其事议成,盖觉无颜。逮广雅主持异议,于是口说沸腾,从而附和,嚣嚣嗷嗷,至于不可听闻。所谓萋菲者,不过诬捏口语,增益其辞,谓弟攻击广雅耳,故有某某入鄂将生大波之言。弟于广雅,内感知己,外持公谊,无不可告人之事。弟保举监司十数年矣,并未请分发。近虽南北洋左提右挈,连章交荐,弟亦未就一官一职。平生不乐仕宦,于此思之烂熟矣。此岂宦海风波所能摇撼者,虽百刘秩,其如我何?同年梁节庵尝称我为"绛云在霄,舒卷自如"。彼等小人穿窬之盗,亦枉自作小人而已。此人熟次亮,当系陈言。将此告穰卿,嘱其宽怀,并嘱穰卿告节庵可也。

吾辈事期必成，非阻力所能阻。谓此刻勿盛气、勿危言，不可以发扬蹈厉，言者是也。现布置一切，如事事已备，仍于七月望日刊布。否则敬俟李苾园先生奏议复定，奉旨后举行，亦无不可。是非同异之言，太多闷损。弟生平空空洞洞，自谓同时辈流中差有一日之长也。

今日又见领事，复以专管界万难照行。此事在苏州恐不能结。顷又接岘帅电，以六安州教案一事，饬弟与领事妥议。二三日间，当仍来沪，凡百俟面谭。

酷暑逼人，汗涔涔如雨，不能多及矣。惟珍摄。不宣。

弟宪顿　五月廿四日

据上海图书馆藏《汪穰卿先生师友手札》

致汪康年函*

（光绪二十二年五月或六月　1896 年 6 月或 7 月）

今日天气殊未佳，又公事勾当未了，竟不能如约趋访，遣使驰白，以免差池。惟倘有俯商之语，敢请枉驾一谭，今日不出门，晚间亦可。宪当在寓拱候，否则明日午后四五点间再修谒也。手上

穰卿先生

宪顿首　初九

据上海图书馆藏《汪穰卿先生师友手札》

　＊　据函中云"倘有俯商之语，敢请枉驾一谭"，当写于筹办《时务报》时的光绪二十二年五月或六月。

致朱之榛函[*]

（光绪二十二年上半年　1896年上半年）

　　昨日又得承快论，使人倾倒，意气无所惜。宪尝谓与晓人语可以却病，可以延年，信然信然。中丞俯照弟议，平心坚志，严为抵制，其刚明实不可及。士感知己，故乐于奔走也。

　　条议容再抄呈，刻因他事，写书人手腕欲脱，实匆匆不暇。

　　法遣兵船在皖，要挟教案，岘帅谕回沪商办，明日遂行。所借局轮，感谢何已。手请

竹实先生道安

　　　　　　　　　　　　遵宪顿首　廿六

　　再，顷承面示，欲于所议地租等项添入"他日专管将道路工费收还"一语，甚善。惟"前议俟外部核准后欲将道路编入"一语删去，如彼国不允，再行添入此节。此为无须商议之件，随时可添。惟此刻切勿提出，以免两歧。至祷。手此密布，敬乞垂鉴。又及。

据上海图书馆藏《人境庐主手迹》

---

　　* 函中云"岘帅谕回沪商办"教案；又云所议地租条款添入事，推断写于光绪二十二年上半年办理苏州开埠事期间。

致朱之榛函[*]

（光绪二十二年上半年　1896 年上半年）

竹实先生大人阁下：

　　承示过誉,惭感交集。上年奉寄谕垂询、大府札议,因上此塞责。中惟制土货就厂抽税一条可采。闻总署既据此立议,未审能否就范耳。租税各事,应由议约大臣商订,饬外省奉行,外间所应筹者,如何抽收、如何防弊耳。知公固有成算矣。

　　积雨沉闷,不得出门,聊书数语,以当面谭,容暇再趋承大教,一豁积悃。手此,敬请

勋安,惟鉴不宣。

教弟黄遵宪顿首　廿日

据上海图书馆藏《人境庐主手迹》

---

　　* 据函中云租税事推断,该函写于光绪二十二年上半年某月二十日。

致朱之榛函*

（光绪二十二年五月二十一日　1896年7月1日）

　　暑雨郁闷，昨接快谭，使人神爽。弟尝谓："与晓事人语，正如大暑中服清凉散。"公谓然否？日来调养，当可勿药必复元矣。

　　近日粤中汉军亦有纠众哄官一事，朝威不尊，民气益嚣，恐伏莽之忧方起也。本月十一日，徐州之丰砀一带有土寇滋事，旋即解散。士夫不达时务，如契丹主所谓："宋人视我隔十重云雾。"弟近约同志设一时务报馆，藉此大声疾呼，为发聋振聩之助。章程送阅，乞为弹正。时事实不可为，观于苏议，益灰心短气，行当屏弃百事，从事于空文耳。惟珍摄。不宣。

竹实先生执事

弟宪顿首　五月廿一日

据上海图书馆藏《人境庐主手迹》

致汪康年函[*]

（光绪二十二年五月或六月　1896年6月或7月）

亲兵王林，易实甫荐来，曾随实甫奔走于炎风朔雪之地，谓其忠实可恃。惟此间人浮于事，无可位置，馆中杂役有可录用之处，乞为留意，或即令趋侍，统乞酌行。

穰卿同年兄

宪顿首　初二

据上海图书馆藏《汪穰卿先生师友手札》

---

[*] 据函中云"馆中杂役有可录用之处"，当写于初办《时务报》的光绪二十二年五月或六月的初二日。

致汪康年函[*]

（光绪二十二年五月或六月　1896年6月或7月）

荐兵役入报馆，易武为文，所习非所用，此弟之误也。实甫来函亦称其人止可充亲兵云。既不堪用，便可驱逐。前在伦敦用一女仆，洒扫应对，饮食浣濯，以一身兼数人之役。奴亦不如，何论其他。言及此，为之三叹！

穰卿同年兄

宪顿首　十日

卓如病势似不轻，得汗自佳。然热病以通大便为第一要义，可服西人泻药。此事问赵君。

穰卿幸善为调护，有疑幸见告。又及

据上海图书馆藏《汪穰卿先生师友手札》

---

* 据函中云"兵役入报馆"，此函当写于初办《时务报》的光绪二十二年五月或六月的十日。

致汪康年梁启超函[*]

（光绪二十二年五月或六月　1896年6月或7月）

　　日昨所言写字人刘君，已与商订，每日写字二千五百以上，月费八元，特嘱令前来叩谒，恳推情录用为盼。

穰卿
　　　同年
卓如

弟宪顿首　六日

据上海图书馆藏《汪穰卿先生师友手札》

致汪康年梁启超函[*]

（光绪二十二年五月或六月　1896年6月或7月）

日来函商报馆各事，欲面议决行，而差池不遇，怅然怅然。今夕甚雨，又不能往，明午再函复矣。

心绪恶劣不可言。大儿之妇极婉顺，夫妇均极爱之。病经年甚重，近得南来消息极恶。何时得从公等快谭乎！手上

穰
任　二同年

宪顿首

田合通知，其人在巴黎遇一妪，自称田家妇，乃似其母也。

据上海图书馆藏《汪穰卿先生师友手札》

---

* 据函中云"日来函商报馆各事"，当写于初办《时务报》的光绪二十二年五月或六月间。

致汪康年函*

（光绪二十二年五月或六月　1896年6月或7月）

　　两日来得书稠叠，均悉。今日以事牵掣，不果行，明当走晤，并周视一切也。

穰卿同年兄

弟宪顿首　十五

据上海图书馆藏《汪穰卿先生师友手札》

---

　　* 从内容看，当写于初办《时务报》时光绪二十二年五月或六月的十五日。

致汪康年函[*]

（光绪二十二年五月或六月　1896年6月或7月）

顷间所言仲约先生事，届时乞为代送银十四元，称年愚侄。乞
察收。

匆匆入吴，不再走别矣。手上

穰卿仁兄大人鉴

弟黄遵宪顿首　十六

据上海图书馆藏《汪穰卿先生师友手札》

＊　推断写于光绪二十二年五六月筹办《时务报》时，及"入吴"进行苏州开埠谈判期间的十六日。

致汪康年函*

（光绪二十二年五月或六月　1896年6月或7月）

　　卓如病如何？书数字告我。
穰卿先生

宪顿首　十六日

据上海图书馆藏《汪穰卿先生师友手札》

---

　　* 与"十日"函云梁启超之病内容相同，当为同年同月份。

致汪康年函 *

（光绪二十二年五月或六月　1896年6月或7月）

问卓如昨夕病势如何？头痛、腰痛减否？小便通否？脚手发冷否？有无发寒，有时候否？乞公详举见告。公加意调护之。

宪顿首　十七日

据上海图书馆藏《汪穰卿先生师友手札》

---

* 据函中问梁启超病势，知与十日、十六日为同年、月。

致汪康年函[*]

（光绪二十二年五月或六月　1896 年 7 月或 8 月）

　　雨甚，不克出门，既约季清、卓如来此，晚间同赴一家春一饭，幸于三四点钟时枉过为感。

穰卿先生

弟宪顿首　廿六

据上海图书馆藏《汪穰卿先生师友手札》

---

　　[*]　据函云"约季清、卓如来此"，推断当写于光绪二十二年五月或六月的廿六日。

致汪康年函[*]

（光绪二十二年五月或六月　1896 年 7 月或 8 月）

示悉。既转告徐秋畦，令黄君即来。写书人昨亦发缄，约节前可到。需款当即送到。

下午三四时间拟到馆一看，乞勿他出为嘱。

穰卿仁兄大人惠鉴

弟宪顿首　廿六

据上海图书馆藏《汪穰卿先生师友手札》

---

* 函中云"令黄君即来"，"写书人""节前可到"，以及"拟到馆一看"等，当写于筹办《时务报》的光绪二十二年五月或六月的廿六日。

致朱之榛函*

（光绪二十二年七月二日　1896 年 8 月 10 日）

竹实先生大人左右：

违教又匝月矣。每与二三朋从抵掌谈天下事，辄推公为经济才，海内同志词章训诂、义理之学犹不乏人，而政事为独难，是以俯首下心倾服无已也。

《时务报》第一期已印就，今寄呈乞正。主笔者为梁任甫孝廉，年甫廿二岁，博识通才，并世无两。公徐观之，必不责其标榜也。体例文章倘有未善，尚求谠正，自当遵命。手此，敬请

勋安

弟遵宪顿首　七月二日

据上海图书馆藏《人境庐主手迹》

---

　　* 函云"《时务报》第一期已印就，今寄呈乞正"，为光绪二十二年事，该函当写于是年七月二日。

致陈宝箴函[*]

（光绪二十二年七月三日　1896 年 8 月 11 日）

右铭老伯大人座右：

遵宪上年在沪，幸承训诲。窃谓中兴名臣曾、胡诸老，气象犹可想见，私衷快慰，窃自增气。三湘父老，闻荣轺遥临，先已欢跃。而大旱甘雨，劳来安集。果庆来苏，外腾众人之母之谣，内有子又生孙之喜，德音所被，闻者忻舞。正思上笺申敬，远承手教，感愧丛集。

遵宪自夔帅奏调，即决意北行，不意江、鄂大吏交章争调。奉夔帅电示，有"五省教案、四省通商，实交涉大关目，得台端一手议结，亦所深慰"之语。遵宪私计，此事数月可毕。现在安徽、江西各省教案均已次第清结，惟苏州开埠一事，经与领事订定缮换照会，而彼国政府尽行翻异，横肆要求，不审何日乃得就范也。前议六条，施政之权在华官，管业之权在华民。夔帅称为保我固有之权，不蹈租界流弊。遵宪区区之愚，亦窃幸得保政权。而外间议者未悉其命意所在，反挑剔字句，横加口语。诚使国家受其利而一身被

---

[*] 函中所说"惟苏州开埠一事经与领事订定缮换照会，而彼国政府尽行翻异"，事在光绪二十二年。据此该函写于是年七月三日。

谤,亦复何害！何意彼族狡谲,坚执约中照向开口岸一体办理之言,遂欲依样葫芦,自划一界,归彼专管也。

前奉总署电,有"黄道承办此事深合机宜"之谕。总署近函又有"仍饬黄道一手经理,力任其难"之言。是以岘帅、展帅争相引重,极力縶留。然更改彼议,领事无权;照依又万难曲允,进退维谷,徒深愤叹。夔帅生平未及谋面,其奖借之辞虽出于长者齿牙余论,然知之不可谓不深。北洋为外政枢纽,而大府又开敏周通,无予智自雄之习。遵宪既不能自立,将欲因人成事,舍此更将谁属。惟一时为要务羁绊,无术抽身,以何托词乃能引避？月来展转,乃欲晋京引觐,候旨分发,不知果能如愿否耳。

时事日艰,年纪渐老,自分绵力薄材终恐无补于时,负长者期望。捧读温谕,感深次骨,引笔陈臆,惭悚而已。谨肃具禀,敬叩钧安,伏惟垂鉴。

世愚侄遵宪谨禀　七月三日

据上海图书馆藏《陈右铭师友书札》

致盛宣怀函[*]

（光绪二十二年七月七日　1896 年 8 月 15 日）

杏荪方伯大人左右：

昨抠衣趋谒，未得良晤，殊深怅惘。《时务报》当已邀览，未审钧旨以谓何如。若蒙鼎力维持，为群流倡率，固所愿也，抑非敢望也。

宪于数日间拟回金陵，如少赐须臾之暇许以趋侍隅坐，重领教言，忻幸奚似。手请

勋安，惟鉴不宣。

　　　　　　　　　　　　教弟黄遵宪顿首　七月七日

大学堂章程乞赐一分，可否登报，并乞示悉。

据丁日初主编《近代中国》第十辑，原函存上海图书馆盛宣怀档案

---

* 据函中"《时务报》当已邀览"，知为光绪二十二年七月七日。

致汪康年梁启超函*

（光绪二十二年七月九日　1896 年 8 月 17 日）

　　昨见盛杏翁，云已订嘱杨子萱缮公函，公寄各电局，凡有商局处，均有电局，不必两歧云云。既本日见杨君，乞订定一切，杏函附呈。

　　杏翁亦如黄幼农观察例，每岁捐银一百元。

　　顷见邹殿书，与之订定捐银一千元，先交五百。

　　第三期报，拟先将捐银数目刊布，以广招徕。移交强学会余款，弟意欲缮作汪穰卿经手捐银若干，何如？星海云南皮不愿出名。

　　舍弟幼达处寄去多少？顷得来函，云可销二十分，下次即照此数寄去。又寄到八元，祈为挂号：一潮州会馆黄幼达，一关道署幕友徐次泉。

穰卿
　　　同年兄
卓如

期宪顿首　七月九日

据上海图书馆藏《江穰卿先生师友手札》

---

　　* 函中所谈"第三期报"，指《时务报》第三期，当写于光绪二十二年七月九日。

致汪康年函[*]

（光绪二十二年七月十一日　1896 年 8 月 19 日）

昨见盛杏荪，云愿捐银五百两，分年清交。拟以此说告黄幼农，请其照办。

公所言内地寄报酌加信资，告白中照录章程所载报价外，加此一节。此事似应照办，即祈草拟办法示愚酌行。

似可与某信局订定，此报归伊转派，价从便宜。大约两三个月后，邮政开办，即较易办矣。

专理邮递之事，须责成一人。所有捐款及挂号者，断不可漏。

龚景张太史心铭，家豪富，甚有志趣，馆在八仙桥有庆里，可送一分去。

各关道：镇江、芜湖、宁绍台，均有志此事者，似可每关送数本，他关道亦可送。

昨日面商"本馆告白"各节，日内乞将清稿送阅。

秋苹已借有法报，日内可以开译，其意决然不受奉金。其人甚耿介，姑如其意可也。

---

* 函中云："面商本馆告白"事为光绪二十二年，当写于是年七月十一日。

穰卿同年兄

宪顿首　七月十一日

据上海图书馆藏《汪穰卿先生师友手札》

致汪康年函*

（光绪二十二年七月十三日　1896年8月21日）

　　黄爱棠大令捐银百元,送到乞察收,并将收据掷下为嘱。
穰卿同年兄

弟宪顿首　七月十三

据上海图书馆藏《汪穰卿先生师友手札》

---

　*　函中云捐银事指为创办《时务报》筹款,当为光绪二十二年七月十三日。

致王秉恩函[*]

（光绪二十二年七月十四日　1896 年 8 月 22 日）

雪澂吾兄大人同年：

荫兰回沪，携到手书，敬悉一是。即维侍奉曼福，闻望日隆，至为企颂。

斜桥空地，吴铁乔乃闻之胡仲巽者，见胡君询其事，为之言地主人他适，亦难于分购，而别开一纸，云可购之地甚多，公其有意乎？恐元龙湖海之士，未必遽能为求田间舍计也。

织布局计日可收效，甚感甚感。近见钱念劬太守条陈练军事，未审公管营务兼综其事否？念念！

弟所议苏州开埠六条，彼族全行翻案，意谓前议并非照向开口岸章程办理，又非比各国一律优待，声明划一专界，归彼管辖，凡议中所有微妙之意，婉约之词，总署云尔。直抉其阃奥，而破其藩篱，总署仍有一手经理云电。然弟则何能为力矣。

五省教案，均次第清结，顷已照会总领事，指明各案俱在，不日即回金陵。行止未定，意欲晋京办引见，候音旨分发，或依北风，或

＊函云"寓沪数月，所极意经营者在《时务报》"，又云"议苏州开埠六条"，均在光绪二十二年。据此该函当写于是年七月十四日。

巢南枝,或食武昌之鱼,〔或〕饮建业之水,悉听彼苍苍者之位置,并不以人事参预其间也。半年以来,又苏又沪,奔走鲜暇,一事无成,苟使国家受其利,我任其咎,亦复何害！况议者弟未悉其本末耳。参观互较,久亦论定,今则但托空言,此弟所为绕床而行,抚膺长叹者也！

眷属来沪,尚安好。惟长媳在家于六月中夭逝,夫妇皆最钟爱,遭此不如意事,益使人百念灰冷耳。何时何地,乃得握手,一倾胸臆。伸纸怅惘,即叩

侍安,不尽欲言。

弟遵宪顿首　七月十四日

寓沪数月,所极意经营者在《时务报》,以谓手无斧柯,此报可以作木铎,今已观其成,公见之谅不能不击节叹赏也。然经费支绌,非同志襄助,无以持久。现在捐款不过五千余元,知公同心,千万留意。又及。

梁卓如真海内通材,年仅二十二岁。眼中得此人,平生一快事也。

据上海图书馆藏《王雪澂友朋书札》

致汪康年函[*]

（光绪二十二年七月十七日　1896 年 8 月 25 日）

　　示悉。卓如之疾，已汗已泻，不足为患，惟须加意调摄耳。楼上酷热不可住，能于楼下为设一榻否？

　　第二次报照收，日间回宁，望将三次之报给卅本。一期再给卅、二期再给十本。缘前交之报，已送清矣。

　　大约明日去，迟则后日，惟清理各事颇冗，尚须图一晤也。

穰卿同年兄

宪顿首　十七日

据上海图书馆藏《汪穰卿先生师友手札》

致汪康年函[*]

（光绪二十二年七月十七日　1896 年 8 月 25 日）

今日既告范德盛支五百元入报馆数，明日可持折登记，其半数
俟八月间可清交也。

穰卿同年兄

宪顿首　七月十七日

秋畦昨来访，意为石印机器急于求售之故。弟告以索价太昂。
渠谓可减。日间幸偕顾我，可以决此事也。日来事颇冗，如枉驾，
必先告。又及。

据上海图书馆藏《汪穰卿先生师友手札》

＊ 函中谓石印机器及"支五百元入报馆数"，当为筹办《时务报》之光绪二十二年七
月十七日。

致陈三立函[*]

（光绪二十二年七月二十五日　1896年9月2日）

　　月初旬上一缄，当邀鉴矣。五省教案已一律清结，即于廿一日回宁销差，即请咨北上办引见，到津留住。惟中丞赵公日来三次驰电催促赴苏，已恳岘帅电复，告以苏州一地如无局面，乞勿縻维等语。岘帅再三叮嘱必赴苏一行，明日即往，大约北上十之七八，留南亦仍十之一二也。

　　奔走半年，举呕尽心血之六条善章，彼族概行翻案，实可痛惜。此半年中差自慰者，《时务报》耳。能以吴铁乔让我作报馆总理否，亦可兼矿务。穰君恳勤可敬，惟办事究非所长也。公亦必谓然矣。

　　到苏后定期北行，再当驰报。手叩

侍安

伯严大弟学长

　　　　　　　　　遵宪顿首　七月廿五日

---

　　* 陈三立，字伯严。函中云"北上办引见，到津留住"；又云办理苏州开埠交涉事，当写于光绪二十二年七月二十五日。该函致陈三立而转交陈宝箴阅。

致梁鼎芬函[*]

（光绪二十二年八月初六日　1896 年 9 月 12 日）

节庵同年左右：

在金陵时曾草一缄，托沈蔼仓赍呈，内有南皮尚书寿言，当邀鉴矣。

前谒新宁，以苏州商务，总署有"仍饬黄道一手经理，力任其难"之电，故一再萦维，既知其不可，嘱往苏，苏亦同此意。然决计北行，遂变销差而为请假，不复须咨文。今既拔赵壁赤帜，而划分刘氏鸿沟矣。惟未获之楚拜辞，因是为耿耿耳。到鄂恐复作句留，而时不可迟，故遂不来。

昨接葵帅复电，有"钦迟既久，忽奉好音，良深欣慰"之语，用意殊厚。初十日即由"海宴"北上矣。

见南皮制府札，于《时务报》力加推奖，通饬各属购阅。此半年来一快心事也！

公何时来沪？支月钱折子到日，可向范秉初取来，已缮存伊处。

＊ 函云"初十日即由'海宴'北上"，指黄遵宪奉旨赴京引见，时在光绪二十二年，此函当写于是年八月六日。

倚装作数行，启程时不再电，当于（柝）〔析〕津相见也。手叩道安

遵宪顿首　八月六日

据首都博物馆藏原函

致汪康年函^①

（光绪二十二年八月十日　1896 年 9 月 16 日）

匆匆北上，不及待公回沪，至为怅惘。

《时务报》规模大定，必可风行。惟馆中各事尚有应随时损益者，条具别纸，乞为酌裁。其他任甫面述，不多及。手上

穰卿同年兄

弟宪顿首　八月十日

据上海图书馆藏《汪穰卿先生师友手札》

---

① 函云"匆匆北上"，指光绪二十二年黄遵宪北上进京引见，故为是年八月十日。

致汪康年梁启超函[*]

（光绪二十二年八月二十一日　1896年9月27日）

　　遵宪于十五日到津。启程时不及待穰卿东下，殊以为歉。然留交一纸，设董事、加月俸，谅可照行也。

　　同舟张弼士言助银五百元。可先登报，银随后交。伊言南洋可派百余分，俟十月底回去再办，须自第一期起云。到烟台发电湘中，催铁乔早来。

　　所携报已交慕韩，并见王莪生，言津郡可派至四百分，日新月盛，闻誉回驰，深为喜慰。初办此事时，弟谓生平办事多成就，未必此事独不成，然究竟无把鼻，赖二公心力思处议，相与维持，俾宪得袖手观成。此亦山谷于东坡所谓赞扬不尽者也。

　　甫卸装，甚忙，先就报中数事言之，他不暇及。即问

穰卿
　　　同年道安
卓如

　　　　　　　　　　　　弟遵宪顿首　八月廿一日

　　　　　　　据上海图书馆藏手稿《汪穰卿先生师友手札》

---

　　* 函云"遵宪于十五日到津"，指奉旨赴京到天津，此函当写于光绪二十二年八月二十一日。

致朱之榛函[*]

（光绪二十二年八月　1896 年 9 月）

少坐待驾未回，殊深怅惘，回舟即解维，回沪数日间当北上。

数案已一概办结。商务事败垂成，甚以为惜。两省驰驱，半年奔走，而一事无成，惭无以对我知己。他日有缘再图良晤。手上

竹实先生

　　　　　　　　　　　　　　　教弟期宪顿首

外留《时务报》一包，乞饬人代送，因弟处无人又无暇送去也。又及。

据上海图书馆藏《人境庐主手迹》

　＊　函云"回沪数日间当北上"，指光绪二十二年八月黄遵宪奉旨入京引见。推断该函写于是月。

致陆元鼎函[*]

（光绪二十二年八月初九日前　1896 年 9 月 15 日前）

春江仁兄廉访大人执事：

昨以星夜入吴，匆匆修谒，立谭俄顷，未布所怀，甚为歉仄。抵沪后，奉电示询弟分薪水汇寄何处，译诵之余，且感且愧。弟既未襄办苏州商务，实未便再领薪水。半年以来，两地驰驱，新议各条，承中丞电告，总署许以深合机宜，而彼族已允复翻，岂言无施，方且上惭大宪，下愧同寮，又益以虚糜廪禄，更□人无地自容，苟以循照局章，谓应行支领，第实未敢拜受。若特出于中丞厚意，敬求阁下喜为婉辞；万一辞不获已，责以厚恩九百之粟，则力却转近□矫廉。一俟颁发到日，自当缮领缴呈备案。

委员李君宝濂已承电及，即令缮具墨领寄呈。该项如不便汇寄，请函告上海道署划支送来，准可□收。

弟准于初九十日附“海晏”北上，知念并及。手泐布复，即请

---

　　* 陆元鼎，字春江，浙江仁和（今杭州）人。同治十三年进士，历任山西、江苏知县、山阳、江宁、泰州知府，光绪二十一年调江苏粮道，迁按察使等职。函中云“襄办苏州商务”事为光绪二十二年，该函即作于是年八月某日。文中□为原札文字污损，无法识别。

勋安,惟鉴不宣。

教弟期黄遵宪顿首　八月□

据杭州图书馆藏《清陆元鼎同僚亲友书札》

致汪康年梁启超函*

（光绪二十二年八月二十五日　1896 年 10 月 1 日）

宪于廿一日草布一缄，是晚邓仲果到，携到手书，祗悉一一。条复如左，即希鉴察。

一、颂毅专司校勘兼及稽查，谓收发事宜。仲策司润饰兼编排，均属可行。二君月薪，即乞商定照办。

一、秋苹志趣好，性又耿介，亦愿就此馆，与诸君子讨论，以期进益。在沪濒行时，已函邀之，或竟能来。月薪现拟五十元，后再酌加。或为别图一事，其平生不甚争此区区也。

一、此间新调一俄文教习来，名刘清惠，字荔孙，年廿四岁，美材也。原籍山阴，其祖父以幕游京，今遂为宛平人，曾进学。现与之订每月三次，每次交二三千字来，照章送津贴银廿元。昨已托其向俄领事觅报。现有《珲春报》，闻有满文、俄文合刊者。将来拟嘱其专译东西毗连界内事及俄国东方政略也。

一、吴铁乔既驰函邀约，到烟台时并发电湘中，促其早来。如竟肯来，到馆后拟请其专理馆中庶务，至外面应酬及他处函信，则由穰卿主持也。

一、少卿作如此举动,殊使人气短。苟安处一年,既名誉四驰,欲别求差使,似亦不难,亦可谓不善自谋矣。渠既欲他徙,自不必强留,请随时物色,以备任用可也。

一、凤葵九与刘公不甚睦,在局不甚得意,即照制造局薪水或酌加多少,试探其意向如何。托郑瀚生可也。

一、黄子元甚为美材,然不肯小就,能走访之,述弟意与之一商否?或转托其荐人,其他可问郑瀚生。现充自强军提调,寓虹口仁智里第八弄第三家。

一、穰卿言派至五千份未必赢余,是也。年终核算,亦难计其赢余多少。弟意照章每六个月作一结,结算时如至六千份,加薪十分之一,余再递推。如总理、主笔不愿受此,此款似尚无多,仍由穰卿酌行可也。叶损轩何以失官,幸详言之。

一、举董事一节,复函均未之及。弟意此馆已为公众之报,不能不定此法,为长久计。此刻吾辈同心协力,以期有成,事尚易办;如他日穰卿离馆,易一总理,又将何如?亦须一熟筹之。

一、已经刊布章程,必须照行。不妥协处,可以酌改,然亦须由董事酌行。此项章程,可缮一份,挂之办事房。所谓办事时刻程度,可执此以责人,不然作事无度,又徇情不言,何以持久?

一、用人中拟补一条,除本馆不用外,如各人自行辞出,必须于一月前声明,以谓何如?

一、津郡能派至四百份,王宛生、孙慕韩之力也。王君初见,通才达识,殊不可及。此外则严有龄,真可爱,谭吐气韵,通西学之第一流也。

一、弟现留津,一时未晋京。夔帅已派水师营务处及随办洋务,然弟一时未到差也。

穰卿同年兄

卓如同年弟

遵宪顿首　八月廿五

据上海图书馆藏《汪穰卿先生师友手札》

致汪康年函[*]

（光绪二十二年九月十二日　1896 年 10 月 18 日）

穰卿我兄同年执事：

弟到津后，前后布二缄，知邀鉴矣。比叠接八月廿四日、九月朔日、三日三缄，敬悉一是。兹将应复应告各事，条具如左，敬希察鉴：

一、第六期报迟至月之二三日始到，七期报亦迟至重九日始到。仲弢于六日到此，此报随其眷属之舟而来，故较迟。同人悬盼其切，以是揣度，各处皆然，故本馆应于邮递一事加意。昨见沈子梅观察，托其于各通商口岸凡招商局船能至之地，均由局船代带，渠忻然允诺，即向索得寄唐凤墀一缄，今以寄呈，请赉函面托，请其分饬各船照办，至祷。局船到岸，只交本局，由本局送到派报处所，每包似须给以多少酒钱，嘱其报到即送，较免迟误。以纸包裹，既费成本，又费工夫，仍虑损湿，能别用竹蔑，或用木板，专用两头以绳束紧，而露其四面，此西人运书之法，以免税关查验也。或用铁匣用洋铁匣，已托局船，即用轮递之法，船到时遣人到该船取回。与否？试商之，并须问局

＊ 函中云第七期《时务报》"迟至重九日始到"，该期出版于光绪二十二年九月初九日，此函当写于是年九月十二日。

船帐房，以何者为宜。局中各船已托其带，可送予一分，非特酬劳，兼以招来。盖舟中阅看者多，必销售更广也。附陈于此。

一、存银在银号，事属可行。惟必须求其可靠者，公当任其责。收银单已阅，未知购报之款已收多少，亦欲知其数。凡经理收发银钱，必须将收款入存数，再行支用，方清眉目，至要至要。

一、封河后，北边寄报甚难。昨与慕韩商，渠云清江淮军转运局，向例每月两发，可以托渠代带。已托慕韩作函，续即寄来。

一、此报在馆所办事，实深慰感。惟扩充之法，尚须加意多觅显宦，凡藩臬有驿递之责者，展转相托，照鄂善后局意分发各州县，裨益不少。报中派报处所，总须设法增加。各省大书院必须分送一二分。此亦如卖药者送药招牌，好销路自广也。

一、董事且缓议。用人之责，本在总理。弟意重在此次加薪及功课时刻二事办妥，再商其他。

一、云涛已来，甚好。薪水可廿元。颂谷月俸廿元甚当，惟应令其专司校勘兼及他事。校勘以上谕为最要，一有错误，易滋疑怪也。敬塘不能校勘，虽慎密可喜，而读书太少。颂谷校沉静，司此最宜。

一、卓如不愿仲策在馆襄助，其志趣可喜，应听其意。但出钱食饭则太琐琐，似不必也。

一、少塘加至七十元可行，欲挂招牌翻译之件亦可行。苟不因此废时误事，应听其便。乞传请少塘。近悦远来章，有二要语，勿忘记也。

一、刻书须刻有用书，不待言，又须求千人共赏之作，此校难耳。昨由龙君寄《聂军章程》，可摘要入报。又何思煌言茶利事，今又寄黄伯中《铁路章程》，均可酌用。

一、刘君崇惠前误作清。所译，今以寄到，与之约，每月交四次，每次二千余字,后当托慕韩矣。

事太多,又倚装匆匆,今夕即登舟,故不能详备。昨谒夔帅,言穰卿年少时每相过从,弱不胜衣,言呐呐然不能出诸口,而与人酬接,举止亦不佳,然勤恳专一,卒能有成,何意今日竟能作如许大事。宪谓诚然,此馆实非君不能成功。附书纸末,以博欢笑。

铁乔不知何日来,以彼辅君,必能相与有成也。即请

道安,不尽欲言。

弟宪顿首　十二日未刻

前承垂询《日本国志》,此书久已在粤刊就,今寄九十余部来,惟尚有改刊者,具如别纸,求为照办。他日尚欲将《日本杂事诗》改本交馆印行也。

宪又顿首

据上海图书馆藏《汪穰卿先生师友手札》

致张之洞电

（光绪二十二年十月十九日　1896 年 11 月 23 日）

顷奉旨,赏四品卿衔,简使德国。屡邀荐拔,敬谢恩知。遵宪。

据茅海建《张之洞档案笔记》

致张之洞电

（光绪二十二年十月二十九日　1896 年 12 月 3 日）

遵宪禀。密。宪定派往英,奉谕前日,或唆英使到署偶询,遂改德。德使谓,华预商英,不商德,英不愿接,德当照办。现据英使函,言明无预商事,亦无不接之言。已由署电许公,未得复。此次来京,召见两次,上垂意甚殷,廿五召见张侍郎,连称"好!好!"惟国事过弱,终虑不堪驱策,孤负圣恩耳。艳。

据茅海建《张之洞档案阅读笔记》

致张之洞电

（光绪二十二年十一月二十四日　1896 年 12 月 28 日）

承温谕，感甚。初十，德使申给地（沽）〔泊〕舟之请，言华允所求，便可接黄。廿二，复来转圜。（转）〔总〕署既〔答〕以黄有别差，伊不愿往，辞之。至有无位置，自关国体，亦出自圣恩，宪未敢预闻。宪禀。敬。

据茅海建《张之洞档案阅读笔记》

致瞿鸿玑函[*]

（约光绪二十二年下半年　约 1896 年下半年）

　　昨承折简召食，本应趋陪，惟弟事风波未完，日内托辞外感，杜门不出，凡百酬酢，概行谢却，乞公谅之。

　　水泽腹坚，不复能南行，拟居此度岁，腊底当移居城外，相离不远，过从较易，自当时时趋承雅教，今则仆病未能也。手上

子玖先生

弟宪顿首　初六

据上海图书馆藏《瞿子玖亲友手札》

---

　　* 瞿鸿玑，字子玖。黄遵宪于光绪二十二年八月奉旨入京，九月总署拟派黄遵宪为使英大臣，遭英拒绝，又拟授出使德国，又被抵制。函中云"弟事风波未定"，似指此事，故"杜门不出"，"拟居此度岁"。据此推定是函写于当年下半年。

致盛宣怀函[*]

致盛宣怀函[*]

（光绪二十二年底　1896 年底）

杏孙京卿大人左右：

彼此拜访，均劳燕相左，此京华通例，不足怪。所可恨者，未获一晤积悃耳！

《日本国志》虽杀青已竟，仅寄样本十部来，早为当道诸公及二三同志索去。在沪时，承公函问，亦无以应命。刻已校定，属印五百部，留时务报馆中，他日必以十部乞正。刘太史请代询寄处，亦必不负约也。

明日午前必趋谒，九点至十二点，何时为便？请示悉，庶得良晤。即请

勋安，不庄。

遵宪谨肃　廿八晚

报八册内有学堂章程，并送。

据郑海麟、黄延康编著《黄伯权传》，录自《黄遵宪研究资料选编》

---

　　* 函云"彼此拜访，均劳燕相左，此京华通例"，是时黄遵宪已奉旨抵京待入觐，约系光绪二十二年底。

致盛宣怀函[*]

（光绪二十二年底 1896年底）

杏孙京卿大人左右：

顷趋送，未遇，明日遂展轮否？极念极念。避寒口帽曾否购得？不克分赠，殊用歉然。阅之西人养生家言，鼻受冷气，呼吸往来不能，中人惟张口，所受外强而内弱，则入多而出少，停留肺府，易于生疾，故避寒以噤口为第一要义。无日免之时，鲜人迹之地，尤宜慎防。并以奉告。

在津或沪，可图良晤。凡百珍摄，不尽欲言。

　　　　　　　　　　　　　　　　　弟遵宪顿首　初二

张弻士欲先往之罘，公如往烟，潮州会馆来垲可住，馆主人为舍弟遵楷，己丑乡榜。汪柳门之所识拔，张樵丈亦赞誉之。如来谒公，或邀赏识，亦未可知。渠夙仰公名，必可安顿一切也。又及。

据郑海麟、黄延康编著《黄伯权传》，录自《黄遵宪研究资料选编》

---

* 据郑海麟考订，该函作于光绪二十二年冬。

致汪康年函[*]

（光绪二十三年二月十一日　1897 年 3 月 13 日）

所寄缄自十月廿七前，均次第照收。一不列号，余第一至第九。既经照复，以后则叔乔、冬月十五来。伯唐各交一缄。漏书月日，正月廿九收到。报则十五、十八九次均照收，十四次收一本，十六、十七次犹未见也。所有各事，条复如（右）〔左〕：

一、馆中新聘章枚叔、麦孺博任父盛推麦孺博，弟深信其言。均高材生，大张吾军，使人增气。章君《学会论》甚雄丽，然稍嫌古雅。此文集之文，非报馆文，作文能使九品人读之而悉通，则善之善者矣。然如此，既难能可贵矣，才士也夫！都中论者仍多以报馆文为谤书。前刻某君来稿，大僚阅者尚少，然有日新月盛之象。语侵台谏，乃当世所敛手推服者，则以为犯不韪，弟言偶失检耳。照章程例不论人，非有意也。此后当力守此诫，其他泛论之语，有骂詈之辞，可省则省，愿与诸君子共勉之。至太史公上书院长，讥弹及此，既事寝，不足介意也。又照章，外来之稿，应附卷末，此又误也。

一、卓如薪水可增至百元。可与卓如商之。既舍使事而羁馆务，

---
* 函中说《时务报》第十五、十八九期"均照收"。该报第十九期光绪二十三年二月初一日出版。此函当写于是年二月十一日。

其眷属又来，用度较繁，自不可令其以杂务纷心。若卓如于报馆有大功，此天下之公论，非弟之私言，公谓何如？至集资出洋事，未易言，昨与卓如函既详告之，弟必当为之竭力也。

一、少塘已就担文律师馆，自难兼顾，若使专理沪关一股之事，或尚可微卷。如竟作担文之一切翻译，则断不能也。昨有函来，自愿仍就报馆，乞公酌度，或多延一人，仍留少塘何如？

一、李虞琴在鄂时，曾屡访之，笃行君子也。就西学中，颇能言理致通西学者，如此等人甚少，弟甚佩之。惟在铁政局见其译文，则往往沓冗繁碎，又或不达意，盖其译文之法，专就西文一一摹仿之，故格格不吐也。弟谓此人延主校长为最上品，若在报馆则用违其才，将来必多繁难之处。至薪水亦似过多，然此事似尚可商办，一二年拓充后，总须以百金聘翻译也。若能有人与之对译则可行，然又须其人善于说辞，方易办也。虞琴之品可敬，然报馆专用其文，转失其所长矣。

一、秋苹可促之早来。伊不愿出洋，自可专心报务也。

一、美馆之周子仪、英馆之陈安生，均愿代译，甚善甚善。此法尚可拓充，惟津贴应比他处少减，以已领使馆厚薪故也。若已诺之，即不必言矣。

一、报馆译书，自属要务，且既载之报馆章程中。惟有一要事，切须熟商然后行事也：第一问译何类之书；第二问何类之书、应用何本。此时讲求西学，尚如七八岁孩子甫经上学时，必须斟酌其简而要者。如或不论多寡，或过求美备，则南皮饬译之书其前车也。此事必须与傅兰雅、李提摩太之属确商购定，乃可与人讲定翻译事宜。此语甚要，幸三思之。《知新报》多论学，此报仍须多论政。此报本意，原为当路诸人发聋振聩也。本报取材已富有矣，每本三十余篇,彼诸公者匆匆少暇,已难遍阅,故编排此报,取舍之间,尤须留意,浓淡相间、庄谐杂陈。当为阅报者计其便否,不必专就刊报者诩其富有也。如夸多务得,细大不捐,转为非宜,幸告诸君熟商此意。

一、时务课文可行,投赠函多,其尤者,可分别作答,时时附刊报尾。此即弟所谓以报馆为学会之意也。

一、校对宜有人专司。如上谕尤须精审,前刻有遗漏,谕中名姓、官职者尤宜详慎。似应专派一人司校对,弟以为颂毂最宜。

一、延耀如不可用,应听其辞去,本非我辈所素识,初意延一能司印刷兼管银钱者,故采访及之,公当记其事也。

一、改租房屋,极是。但八月始移,甚不便。因去年酷热时,时时为寓馆诸人抱不安也。弟意不愿在租界内,然不定住房,一切事不能办,故急切租定,然尔时已有移居意矣。

一、印报改鸿文书局亦好,但十八期后墨色枯淡,纸质亦不匀称,必货同而后可谓之价平,如此则原经手人有词矣。此事姑勿论,必须改商照原墨原纸,庶阅报人无责备之辞,当精益求精,不可授人以隙也。年底刊出入帐甚好,尚须抄存一份详细帐,以便他人查阅。刊布帐尾即伸明此意,谓捐银百元者均可到馆查看。将来能另印铅板小字细帐分致捐助诸公,尤善。

一、既刊布未收银者,应作函向问,如盛杏翁、张弼士皆所面订,此种阔人事繁,虑其忘记,故须问之。

一、新刊申明章程甚善。初草有三十元一种,因先收现银,一切经手费、寄信费均不管也。此刻报资宜益加抽紧核实,至四月中便须刊布。谓七月后接阅者必须先交报费,否则停派。以后必须如此办法,方可持久。

一、各书院、各学堂分送一份，甚好。

一、既有邮局，以后信局留滞、关役扣阻之患可以免矣。

以上十九事①统乞察鉴。

公之它顿首　十一日

据上海图书馆藏《汪穰卿先生师友手札》

---

① 原文仅列十六事。

致前新嘉坡总督施密司函[*]

（光绪二十三年初　1897年初）

　　握别以来,瞬经三载。忆仆忝任新嘉坡之际,得以相识尊颜,及识英之善政,并见诸华民之蒸蒸日上,为实得力^①各属所不及。然当仆解任回华之际,曾致公文与实得力国家,藉申谢悃,言凡诸外国之人,寄居叻中所受国家益荫,我华人等亦均一律同沾,而国家复设保良局,以保护中国被拐之妇女,更整顿华佣之事,以期无弊。是皆在公任内所行之事,仆五中感谢,不可胜言云云。迨仆回华后,会晤各省大吏及总署王大臣等,曾屡道及公为人之宽大,及为政甚属公平,而王大臣及大吏,莫不甚为欣慕。

　　但回忆西历一千八百九十三年五月时,税务司总巡赫德君曾委派力劳君赴屿面谒足下,缘叻中常有私土甚多载往中国,求公复立新章,令诸人于寄土出口时,请领三联票据,方准其土出口。当时公曾经俯允,准其试办。惟此等办法,倘或英廷不准,抑实得力商民有不便之处,即可作为罢论云云。迨至六月三号,仆尝亲自奉谒,复蒙公亲与仆言,此事业经细查,此等烟土皆系华船之人所

_____

　　* 德国拒绝黄遵宪使德事在光绪二十二年十月,推断该函写于翌年初。

　　① 实得力,即海峡殖民地(Straits settlement)简称。

斗①，而由商人具保税项，若是则不能准照所请，行此新章，经由敝督函致赫德，云此事不便举行之故。迨阅三日后，仆再晤公，公复言中国总税务司再电来叻，求请将此事试办，并言此次若再推却，则情面甚为难过，今且为之试办等语。仆即经遵照台命，讵阅一月之久，并无一人至领事署中领此项三联单据，盖时诸华人因闻欲设立新章之故，纷纷争斗（？）②烟土，一时矇（？）③至八九百箱之数。时有华船五六十艘预备载土出口，惟因此一事，遂不能准其行。船中人役共至千有余名，各人等乃共联禀到领事署及华民政务司，求将此事作为罢论。此禀未经核准时，有人语诸华人，谓此等新章，非由英京理藩院大臣及实得力国家所设，若控于案，此事可以即作罢论云云。诸船之人，一闻此说，即相与醵资，以谋抗拒。幸仆尽力经营，为之匡救，故此举遂搁而不行。迨后诸商共入公禀来称，诸船之众，已甘愿每土一箱先行寄存四十元，以保其偿税。此事仆经批饬，将此一项交琼商蔡文宝处暂行存贮，候禀以详总署大臣核办，遂准各船出口。迨至七月十号，仆曾偕同翻译那三到贵署拜候，业将公禀一事向公陈说。公言诸华人等若果出于本愿，亦无违英国之律云云。惟当时未有奉到新嘉坡国家来文询及，故仆亦不便向辅政司照知，不知仆与公当日所谈之事，公曾有注于日记册否？然想我公至今当尚能忆及此事也。至诸华人所递之公禀，仆已转详总署，今将总署所存之案稿抄录一纸，以呈台鉴。

然不意自公锦旋之后，仆因公事致与华民政务司少有不合，而

---

① 斗，疑为购误。
② 斗，疑为购误。
③ 矇，疑为购误。

该司因无隙可乘于仆,故遂将存在蔡文宝处之项,提出交与库务司收贮。该司复向督署肆其颠倒是非,以致督署将情通知理藩院大臣,云仆此举乃强诸商人偿还税项。但是,此等存项乃系众商联禀甘愿偿交之件,而仆亦谕以此项不便擅收,务候我国之令,方可照行。然则此事果属强逼与否,请观以上情形,即能喻其一切矣。惟是叻地并非偿税之埠,其国家可以强行此新章与否,仆固不得越俎而谋,然当日仆意亦与公同,云欲强行此等新章,亦有甚难之处。但仆奉到总署之命以充总领事,今收到诸商之禀,自应详达总署,俾得知之。至于此项银元,自始至终并未到于仆手,不意谤者竟谓仆强逼诸人出此税项,以为私囊之计。窃念此事在公亦当梦想之所不及也。

近者德国朝廷因闻此等无端之谤,故遂递行辞却,不允仆充中国驻德大臣。夫仆固未尝有事令德国生嫌,亦并无事故与英国不合,所不甚能和洽者,惟在华民政务司一人而已。至赫德税务司之命,云将此新章强行一事,当日不过口谈,并无字据可为查核。至所云勒收此税一事,则今尚有公禀存案,可核而知。

回忆仆任叻四年,公亦任于叻中,仆之行事,公当悉其一切,无待再言。但恐贵国外部不能详悉此中委曲情形,故再肃函奉告。余言不尽,耑此敬颂升祺,不一。

据吴天任《清黄公度先生遵宪年谱》

致梁鼎芬函[*]

（光绪二十三年正月至二月间 1897 年 2 至 3 月间）

别仅五月，波澜变幻，至不可测度，可谓咄咄怪事。宪之北上，本因弓旌之招，简书之责，欲于北门管钥分一席耳。使车之出，殊非意计所及，而左提右挈，或推或轨，几欲以大权相属，赫赫客卿，素有嫌怨，遂出死力相挤排，一之不已，而又再焉。以中外数大臣之保荐、九重之垂注，召见二次。南海侍郎晋接时，又垂询者再。命将所著书进呈。十九日降旨，时枢府以英使所言奏，上意不怿，云何以外人遽知之？词未毕，又言：黄遵宪即不往英，应改调一国。以臣遭际，可谓至荣，孤负圣恩，殊自恨耳。不敌一客卿之潜，国事尚可问乎？遵宪平生视富贵泊如，于进退亦绰绰。然而此刻胸中抑郁，为平昔所未经，乃知素无学问，遂失所主，假如昌黎之潮州、东坡之儋耳，又将何如？现在尚未奉明谕饬令勿行，有知交劝以引退者，宪意不谓然。诚以掉头不佳，有似怨怼，自为计则得矣，其如国体何耶！

居此数月，益觉心灰。译署几作战场，狺狺之吠，直无休日。此事其小焉者也。借岛泪舟之低尾，将来省我一押。念此转自慰

＊ 函中云"别仅五月，波澜变幻"，及"召见二次"等事。黄遵宪于光绪二十二年九月"奉旨入觐，又奉特旨预备召见"，此函当写于光绪二十三年一、二月间（1897 年 2、3 月间。）

耳。酷冷，甚念。即叩

节庵同年大弟道安

遵宪顿首

据首都博物馆藏原函

致汪康年函[*]

（光绪二十三年三月初一日　1897 年 4 月 2 日）

穰卿同年老兄执事：

二月廿七日奉手书，知前呈两缄，均既邀鉴，甚慰甚慰。应告各事，仍条系如左，即希察览。

一、改本《日本志》十数页已收到，即乞交书店换刻改装。粤省刻本，既嘱印五百部，将来以二百部留弟处送人，余三百部再寄报馆发售，如君意或以为尚少，即求函告，仍可增印。所定价值，将来尚拟少增，君谓可否？与各处书坊换易之本，欲定价四元，发卖之本，欲定二两四钱，自收三元，余付经手人。

一、上海改刻之本，一经刻就，乞印一份寄到，再要一份交卓如，寄广州应元监院梁诗五收。此间有一改刻抄本十数页，寄梁诗五代办，恐其在道或有遗失，或有耽阁，故将上海改刻之十数纸寄去备用。此书系托诗五监刻。诗五名居实，弟之三十年老友也，乙酉拔贡，己丑乡榜。张幼樵极赏叹其人，荐膺此席。渠于卓如倾倒之至，嘱弟为介绍，并告卓如知之。

一、卓如一时未成行，极慰海内士夫之望。京师知好咸谓苟往，亦必以乖午而归。弟劝其迟行，谓他日如失伍，则瓜期将届，梁

---

*　函中云见寄到《时务报》第二十期，该期出版于光绪二十三年二月十一日，此函写于是年三月初一日。

上燕亦可自去自来也。

一、秋苹来否？极念之。

一、淮军转运之十六、十七期报，乃犹未到。

一、铁乔事再商，如不愿来，前书所商外，君意中有他人否？

一、函谓邮局每岁增费至一二千金。近见寄到二十期报，四面包裹，所费至四五角之多，寄书亦如此，此实误矣。邮局章程，寄新闻纸、寄书籍须露封一面，省费甚多，君应知此章，应请将章程译阅，亟亟改换。

一、京师阅报者，以十八期后纸墨不如前，颇有违言，谓华人卖货畅销以后，货色必低，恐一二年后愈弄愈坏。弟谓黑边小，则黑白不能如前此之明朗，然实不能家喻户晓，宜急与鸿文妥商，令其照旧。如询之别家，照旧无利可图，则宁可加价，断不可因惜费而误事也。不拟定定式，但谓价减，遂与定二年之约，此实疏误。弟意谓宜多增一人，料简一切，正指如此事，不然以君之焦劳鞅掌，恳恳勤勤，日夕尽瘁，而不觉劳。眼中固无此人，天下亦难再觅，而尚烦渫渫为哉。人各有能不能，弟自问即多不能之事，安可虚相推重，当面输心哉。此直当局筹商之事，非特友朋规劝之义也，惟三思行之。

顺候起居，不尽欲言。

遵宪顿首　三月朔日

据上海图书馆藏《汪穰卿先生师友手札》

致汪康年函[*]

（光绪二十三年三月十日　1897 年 4 月 11 日）

穰卿吾兄大人左右：

多日未修笺敬，因患痔凡数十日，不得亲几砚之故。当由沪来津，或为我占，得需之娠，曰"需于沙，小有言"，曰"臀无肤，其行次且"，今皆验矣。弟近日遭际，既详于任父函中，都中知好咸以弟膺使命，为弃台之后，差强人意之事，而变幻出之意外，遂以为气运使然。然否姑勿论，然弟实不能引为己过也。

《时务报》遂行风行，此实二三君子拮据经营之力。当商拟章程时，弟谓此事未必不成。然一年之间，印行至八九千份，则亦非始愿所及也。馆中百事，荷承垂询。每诵惠书，且感且悚。惟弟既难于媮度，即亦不敢为遥制，而事事皆悬于心目中，未尝敢忘，实愿与同志数人维持之而张大之也。

大江南北知好多矣，弟独以公为堪任此事，其卓识坚力，实足以度越时流。然今日之报推行至十数省，刊印至八九千张，公自以为求详得琐、求慎得缓为生平长短，不可谓非自知之明。而弟更以

　＊　函云《时务报》"一年之间，印行至八九千分"，为光绪二十三年；又云"弟三月中总当来沪"；又云"馆中仍聘请铁乔总司一切"。此函当写于光绪二十三年三月十日。

为经画如此之远大，事务如此之繁重，欲求其纲目并举，细大不捐，诚未易才，盖本非一手一足所能任也。既为公众所鸠之赀，即为公众所设之馆，非有画一定章，不足以垂久远、昭耳目，故馆中章程为最要矣。此馆章程，即是法律。西人所谓立宪政体，谓上下同受治于法律中也。章程不善，可以酌改，断不可视章程为若有若无之物。公今日在馆，恪守章程，公他日苟离馆，继公而任此事者，亦必须守此章程，而后能相维相系，自立于不败之地。宪纵观东西洋各国，谓政体之善，在乎立法、行政歧分为二，窃意此馆当师其意。

馆中仍聘请铁乔总司一切，多言龙积之堪任此事，铁乔不来，即访求此人，何如？而以公与弟辈为董事。公仍住沪，照支薪水，其任在联络馆外之友，伺察馆中之事。每遇更定章程，公详言其利弊、发其端，而弟熟商参议而决之，似乎较善。但如今日之遇事，俯询公之见，待可谓厚矣。然弟则有所疑难，或似未便于启齿，或曲相附和，又似乎非其本心，固无大益也。

所商各节，别纸条复。复贡愚于左，幸三思垂察之。弟三月中总当来沪，见面再商一切。胸中所欲言，非楮墨所能罄也。即叩
道安

　　　　　　　　　　　遵宪顿首　十日
所云别纸条复，明日再寄，因昨书过多，而缄封又过厚故也。

据上海图书馆藏《汪穰卿先生师友手札》

致汪康年函[*]

（光绪二十三年三月十一日　1897 年 4 月 12 日）

穰卿吾兄同年执事：

昨寄一缄，并附《日本志》改稿十数纸，计当收览。此书请即饬小儿将全数交到，其他已嘱粤省印刷五百分，将来仍有二三百部寄来。如以此数为少，幸即告知。成书十年矣，尚当作一后叙，叙其迟迟印发之故，弟固不任受咎也。附《时务报》而行，谅必消流，此时闻声相思者甚多也。

今年新报，昨日获读，见毂似中丞、益吾院长手折，益为之色喜。此报如此风行，无负二三君子拮据经营之苦心矣。所复各条，具如别纸，不过自陈其所见，幸筹商之。他日过沪，再面罄一切。

弟现仍候旨，俟有明文，乃定行止。彼国续来转圜，政府以另有差委辞之。辞绝之后，弟乞总署给予一文，便可将关防缴回，而译署不允，谓且俟后命。然今已数月矣。此事枢府译署以案据具在，信其无他。今则西人亦悉其本末，弟但诿之气运，无可怨尤，然

---

　　* 函云"昨寄一缄"，即三月十日函所云《时务报》"风行"为二三君子拮据经营，及别纸条复均相似，此函当写于光绪二十三年三月十一日。

解冻后南旋之心益亟矣。手叩

文安不宣

弟宪顿首　十一日

据上海图书馆藏《汪穰卿先生师友手札》

致汪康年函[*]

（光绪二十三年三月二十一日 1897 年 4 月 22 日）

穰卿吾兄同年执事：

月朔日续布一书，当邀鉴矣。得小儿禀，知《日本志》概送尊处，应改之十数篇，已寄粤省梁诗五，催其速印。印就寄到，即请饬人改订，并撤去李批、张咨。伯严、长素均云，然弟之初意，经用公牍文字义系于官，亦非《三都赋》序之比也。

补入卓如后序，即由报馆发售。现又属印七百份，除二百份自以送人外，余概存报馆，欲定一价，每部四元，凡京都、天津、上海、粤省交书坊换书，均照此数。惟报馆售现银则收三元，而弟自取回二两，君以为何如？再寄五百份不嫌多否？请察酌，速以告我。

《日本杂事诗》为初到东瀛时作，印活字板，有总署本，有香港报馆本，有日本凤文坊坊本。惟此书寓意尚有与《国志》相乖者，《诗》成于光绪五年，《志》成于光绪十三年，故所见不同也。时有删改。近居萧寺中，清暇无事，辄复补改数十篇，当在沪仿最精板式付石印，他日亦付报馆也。

---

* 函中云"弟出京约在四月"，为光绪二十三年事。此函当写于光绪二十三年三月二十一日。

　　所寄报已收到廿二册，中惟十四册只一本，日内欲分数本致当道要人。邮递诚为过费，不审可设他法否？当书籍计，用箱装付轮船，收水脚应省甚多。此非信函，邮局不得拦阻也。近日议邮政者甚多，侍御有〇〇〇，督抚有谭文卿，极言其病国害民，弟意亦谓章程不善，必须改定也。馆中诸务，日以繁衍，凡百偏劳，念之不安。弟出京约在四月，到沪再面商一切也。手叩

文安。不宣。

弟遵宪顿首　三月廿一日

　　《日本国志》初属稿时，《地理志》附数图，一、兵制分管之图；一、学校分区之图；一、裁判所分设之图；一、物产图。既定体制、拟草稿，遂托陆军参谋部木村某以精铜刻板，与之订约，并交去百金。木村者，陆军绘图素出其手，忽为人告讦，谓其卖国，以险要形胜输之中国使署，遽锒铛下狱，扃禁甚严。数日后，其妻子始闻其实，来署哭诉。其时大山岩方官陆军卿，与弟素好，弟译言著书之故，并以约底送阅，乃邀释放，然其事遂作罢论矣。去岁托楢原陈政，即井上陈政。购通行地图，欲附《志》以行，而久无复音。乞兄商之梁卓如，告古城贞吉，择通行图之明爽者，多阅数分，乃可择定。嘱删易某店发卖之款识，定购数百分，他日存报馆中，附《志》而行，需图者别加图价。《志》中凡例有附图之语，自不能略而不备也。

　　又，地学会所刻图，闻亦在日本刊刻，或即由公商之其人，不必托古城君亦可。此事酌定，即复告我。

宪又白　三月廿一日

据上海图书馆藏《汪穰卿先生师友手札》

致汪康年函[*]

（光绪二十三年三月或四月　1897 年 4 月或 5 月）

"本馆告白"至连篇累牍，殊觉不便。弟意只好缩用一叶。本馆价目一节，另用铅版排小字，每本夹一张，既便于取阅，又便于传观，一印二万张，亦省费用，但用一单片毛边纸便可。此亦一法也，商之。

"告白"最以简明为宜，不可多用虚文，以淆视听。请穰卿照此誊刊为便。见面再罄一切，弟已熟思，必不谬也。

前所云奏稿全删，此断不可行！其中颇有可采者，且他报已刊与否，与我不相干涉。他报亦未全刊。

又有一妙理，本报多至三十余篇，须费半日之力始能毕读。时文家句句着圈，必不能耐人寻索，正须有一二篇敷衍者，乃可精彩

---

　* 查《时务报》从光绪二十三年二月十一日第 20 期起停载奏折，第 35 期（七月十一日）"本馆告白"称"自本期起仍敬录"奏折。函中"前所云奏稿全删，此断不可行"的批评当在此之前。又查该报同年五月初一日第 29 期前的"本馆告白"的页数较多，从五月十一日第 30 期起"告白"减少在一页内，这似又与函中提出"本馆告白至连篇累牍……弟意只好缩用一页"的意见有关。据此可推断该函当写于光绪二十三年三月或四月。

尽露,不致草草读过也。其他面告。手上

穰卿同年兄

宪顿首　十五

据上海图书馆藏《汪穰卿先生师友手札》

致汪康年函[*]

（光绪二十三年四月十一日　1897 年 5 月 12 日）

穰卿吾兄同年执事：

月初得环章，藉悉一是。往复各节，条具于左，敬希察鉴。

一、书言弟为公筹休息之方。此语似误会弟意。弟以为此馆既为公众所设，当如合众国政体，将议政、于馆中为董事。行政于馆中为理事。分为二事，方可持久。此不仅为公言之。至于公则或为董事，专司设章程兼馆外联络酬应。或为总理，守章程而行馆中一切事，皆归总理。即或以董事而兼总理，近与卓如书言及此。均无不可。馆事烦重，必须得襄理之人，以为辅助。此事今且阁置，他日到沪再详陈之，谅公意必谓然也。

一、邮费太重，前书曾言，仍交轮船当货寄，盖新报不比书信，不经邮局，于例无碍。如局船详知此意，即亦不必当货，可竟如从前办法，恳熟商之。近有徐御史论邮政，言报费太重，语极中肯。

一、纸价较昂，不能如旧墨色，能否更加光润，此事当可行。弟又思：如将边线增肥，将中间小行削瘦，则黑白分明，必较为好看。

　＊　函中说已见到第二十五期《时务报》，该期为光绪二十三年四月初一出版，故此函当写于是年四月十一日。

黄遵宪集

匡廓不必如初印之肥,然尚可加增,已将行间之线改小,用墨较省,书局必乐为之。

一、秋苹现在何处?何以尚未来馆?甚念之。

一、湘抚又札行各县,可为喜贺。近见李孟符,言及今年乡试,士子云集省会,似可每省酌寄一二百份,以期拓充。陕西一省,孟符即可代办,可即寄百余份托渠。如他省照行,又可增印二三千份也。

一、梁诗五处如寄到《日本志》改本,乞即改订代售。所定价如何,速以复我。现已印七百部,拟京、津各存百份,余四百份概归报馆,君谓何如?

一、非报馆自印及代售之书,似可不必溢及于告白中为之论此事,亦恐滋为难。廿五期所刊,弟意不敢谓然也。

一、章君之文,亦颇惊警,一二月中亦可录一二篇。

以上八事,统希查核,顺请

著安

弟遵宪顿首　十一

据上海图书馆藏《汪穰卿先生师友手札》

致汪康年函[*]

（光绪二十三年四月十九日　1897 年 5 月 20 日）

　　前托购日本图，如能多购几样，各样先购一本。再择其善者印数百份，校为妥善。近日由日本使馆购得三百份，详载郡邑，过于繁密。弟意如有着色分画今之府县、古之藩国，并将镇台分管、学制分区、裁判分所附注者最善，可问古城君有无此本也。

　　诗五所刻改本寄到否？极念。前所以欲在上海改印者，求其速也。新购之图有便当先寄来。

　　弟六月初旬或可来沪，亟欲见面，一豁积悃。别来遂九月矣。

　　　　　　　　　　　　　　弟又启　四月十九日

据上海图书馆藏《汪穰卿先生师友手札》

---

　　* 函云托购日本图系作《日本国志》附图用，事在光绪二十三年，当写于是年四月十九日。

致张之洞电

（光绪二十三年五月二十一日　1897 年 6 月 20 日）

蒙恩补授湘盐道。夙荷恩知，重依仁宇，私衷感幸，敬谢垂廑。职道遵宪谨禀。

附录：张之洞复黄遵宪电

（光绪二十三年五月三十日　1897 年 6 月 29 日）

湖南官绅正汲汲讲求洋务，而苦无精通洋务之人，阁下此来大有益于湘也。何日出都，祈示。

据茅海建《张之洞档案阅读笔记》

致张之洞电

（光绪二十三年六月二日　1897 年 7 月 1 日）

奉谕感奋。前在坡奉调，未及回粤。兹拟中旬南旋，准九月到湘。过鄂面求训诲，冀有遵循。遵宪禀。冬。

据茅海建《张之洞档案阅读笔记》

致梁鼎芬函[*]

（光绪二十三年六月二十九日　1897年7月28日）

节庵院长大弟执事：

　　半载未通音讯，私计春回必出都，何意蹉跎。至于今日前发电，言中旬南旋，旋因佑丈一再电促，既决意不回家，即由沪赴湘，十六出京，廿六至沪，初六往宁，约十二三可过鄂，拟旬留数日，既函雪澂觅一住处，多公祠足相寄否？仆役厨子共四人，行李不过十数事耳。所有家具、箱箧，已分遣仆人另行携往矣。

　　相见不远，涉想已喜，先叩

道安

六月廿九　遵宪顿首

据首都博物馆藏原函

致汪康年函 *

（光绪二十三年七月十四日　1897年8月11日）

实在心绪恶劣不可言，不能命笔及此事，请照依昨夕之言，别缮一清稿见示，至恳至感。

平日与穰卿论事，其深识卓见，往往五体投地，而此种处事，乃未免相左，盖以为更事少、通情少之故。然不设成见，每商定辄改，仍使我佩服也。

启程西上之先，仍当图一良晤。手上

穰卿同年兄

宪顿首　十四

据上海图书馆藏《汪穰卿先生师友手札》

---

　* 函中谓"启程西上之先，仍当图一良晤"，当指光绪二十三年黄遵宪离沪赴湘任之七月，此函写于是年七月十四日。

致汪康年梁启超函[*]

（光绪二十三年七月二十七日　1897 年 9 月 4 日）

　　近得梁诗五函,知所补《日本国志》既寄到报馆,请穰兄查照。三月间寄函,代为抽换装订。发售之价,每部三元,弟自收回二两。

　　今寄到《杂事诗》草稿,请任父饬人清誊。序续寄来。

　　报馆事拟自七月一日起,穰卿月支百元,颂毂月支四十元,卓如月支百廿元。

　　卓如两函并诗五函既到,应酬无暇晷,明日登程,舟中再作详函论一切。匆匆不多及。即叩

穰卿
　　　同年文安
任父

　　　　　　　　　　　　遵宪顿首　七月廿七日

据上海图书馆藏《汪穰卿先生师友手札》

---

[*]　函中云"明日登程",指光绪二十三年黄遵宪由沪赴湘任,此函当写于是年七月廿七。

致汪康年函[*]

（光绪二十三年八月十三日　1897年9月9日）

穰卿我兄大人同年左右：

在鄂匆匆草布一缄，谅邀鉴矣。宪甫经到湘，即闻湘中官绅有时务学堂之举，而中、西两院长咸属意于峄琴、任父二君子。此皆报馆中极为切要之人。以峄琴学行，弟所见通西学者凡数十辈，而求其操履笃实，志趣纯粹，颇有儒者气象者，实无其伦比，然屈于报馆，乃似乎用违其才。学堂人师，为天下模楷，关系尤重。故弟亦愿公为公谊计，勿复维縶之也。任父之来，为前议之所未及。然每月作文数篇付之公布，任父必能兼顾及此。此于报馆亦似无损碍，并乞公熟虑而允许之。

报馆之开，今一年矣。赖公精心果力，凡百维持，得至今日。今规模既已大定，而西学堂之设、学会之开，亦公平日志意所在，轻重缓急，兼权综计，公幸熟思之。任父处弟另有函殷殷劝驾，拟并函致峄琴。而轮舟刻期展行，不能久候，乞以此函转达峄琴，代述鄙意，是所至祷。

---

　　* 函中云"报馆之开，今一年矣"，指《时务报》创办一年，即为光绪二十三年，此函当写于是年八月十三日。

　　《日本国志》由粤中补刻后序各篇,知已收到,乞照前函装订发售为感。稍暇即有续函。匆匆不能多及。即请

道安。惟鉴不宣。

　　令弟颂榖兄均此致意。

弟宪顿首　八月十三日

据上海图书馆藏《汪穰卿先生师友手札》

致张之洞电

（光绪二十三年八月十五日　1897 年 9 月 11 日）

谕敬悉。德文程遵尧，出于微族，学业极好，现在同文馆。钱守当知其人。遵其宪。咸。

附录：张之洞致黄遵宪电

（光绪二十三年八月十四日　1897 年 9 月 10 日）

前晤谈时，所举德文译员是何姓名？学业若何？现在何处？薪水约须若干？即望电复。鄂督院。盐。

据茅海建《张之洞档案阅读笔记》

致王秉恩函[*]

（光绪二十三年八月后　1897年9月后）

雪澂吾兄大人执事：

初到湘时，谓接篆后当详举近状以告，乃延僚属，治文书，尽日之力犹若不足，到文日七十件，行字五十个，平生官书稿未尝令他人捉刀，今万万不能。然书吏幕友不能如吾意，技痒辄又为之，而大府之衔趋绅士之宴会，又奔走无已时，官场积习，昏庸者概置之不理，贤智者耗精敝神，亦无甚益，则亦姑置之，其不能为也，势也。

所惠《读律提纲》、《律表》，既为刑名家仅见之作，窃欲仿离经辨志、属辞比事之法，分合律例，编排成表，使援引无失，而用法与法外之意，亦附之而见，而此时亦病未能也。

闻毅若故后，各属总办概归之公，其劳瘁何如！前得电言，尊体可复元，而鄂中来者又言方以时调摄，未遽勿药，使人眷念之甚，不审前所谓"多步行，少服药"，能力行之否？念念。

时局日艰，外侮日亟，出京时曾以德事力言于庆邸、翁相、密老，谓无以厌其欲，祸变必不测。又言弃地之议，谓祸之荆门岛。清

---

　* 黄遵宪于光绪二十三年六月出京赴湖南接任，八月抵湘，该函约写于当年七月后某月十六日。

流羞道之，而我犯不韪言之，诚知其势之不容已也。诸公意似动，又因循至今，可叹也夫！平生本无宦情，而牵帅至此，实则弃官而去，尚有噉饭处，其艰难有异于公，今则未易抽身去矣。公私各事，同一浩叹！念公更郁郁，惟努力自爱。不尽欲言。

弟宪顿首　十六夕

敬再启者：顷见法总领事言："法人第扎丹为法国铸铁会中人，向办铁道工程事务，曾由公使函请总署代达大帅。本日赴鄂，嘱代为先容，俟上谒时，待以优礼"等语。谨此布达，求为代回，是所感祷。

宪又笺

据上海图书馆藏《王雪澂友朋书札》

致张之洞电

（光绪二十三年八月十七日　1897 年 9 月 13 日）

奉札委署臬司，十八接篆。夙承知遇，敬谢恩施。职道遵宪谨禀。洽。

据茅海建《张之洞档案阅读笔记》

致张之洞函

（光绪二十三年九月十七日　1897 年 10 月 12 日）

密。电谕敬悉，具仰维持报务、护惜人材苦心。既嘱将此册①停派，并一面电卓如改换，或别作刊误，设法补救，如此不动声色，亦可消弭无形。前《知新报》述"俄使与上共食"、"百官郊迎"诸语，经言官纠参，幸枢府诸公亦知报有大益，且不愿居禁报之名，逼以报馆藉洋人为护符，故寄谕但令粤督传谕该馆"纪事务实"而已。

卓如此种悖谬之语，若在从前，诚如宪谕，"恐招大祸"。前过沪时，以报论过纵，诋毁者多，已请龙积之专管编辑，力设限制，惟梁作非龙所能约束。八月初旬，此间官绅具聘延卓如为学堂总教，函聘到沪，而卓如来鄂，参差相左，现复电催从速来湘。所作报文，宪当随时检阅，以仰副宪台厚意。除禀抚宪外，遵宪谨禀。

附录一：张之洞致陈宝箴黄遵宪函

（光绪二十三年九月十六日　1897 年 10 月 11 日）

《时务报》第四十册梁卓如所作《知耻学会叙》，内有"放巢流

---

① "此册"，指《时务报》第四十册。见附录一。

巇"一语,太悖谬。阅者人人惊骇,恐招大祸。"陵寝蹂躏"四字亦不实。第一段"越惟无耻"云云,语意亦有妨碍。若经言官指摘,恐有不测,《时务报》从此禁绝矣。报馆为今日开风气、广见闻、通经济之要端,不可不尽力匡救维持。望速告湘省送报之人,此册千万勿送。湘、鄂两省皆系由官檄行通省阅看,今报中忽有此等干名犯义之语,地方大吏亦与有责焉,似不能不速筹一补救之法。尊意有何良策? 祈速示。谏。

附录二:陈宝箴致张之洞函
(光绪二十三年九月十七日 1897 年 10 月 12 日)

咸电敬悉。《时务报》四十册尚未到,预饬停发,并嘱公度电致卓如,以副盛意。箴。篠。

据《张之洞全集》第九册

致王秉恩函[*]

（光绪二十三年七月或八月　1897年9月或10月）

明晨南皮尚书赐食，午后弟欲走辞各当道。公与毅老之局，如能移于廿二晚，弟即由彼登舟，更可畅谭。乞为酌示。手上

雪澂兄长同年左右

弟宪顿首　十九

谒帅时先为禀呈，因前寄电系言九月到湘，八月过鄂，今径行赴湘，先后不符也。

外节庵函又银元局函，乞饬送。

弟又叩

据上海图书馆藏《王雪澂友朋书札》

---

[*]　函中云前电告张之洞"言九月到湘，八月过鄂，今径行赴湘"，指光绪二十三年六月十六日黄遵宪出京赴湖南长宝盐法道任，道经上海后的路程安排。据此推断，该函当写于是年七或八月的十九日。

致张之洞电

（光绪二十三年九月十日　1897年10月5日）

谕敬悉。该副将与邵阳聂令互讦,正委朱守其懿查办。奉电即并札朱守迅究。除禀抚宪外,遵宪谨禀。

据茅海建《张之洞档案阅读笔记》

复张之洞电

（光绪二十三年九月十四日　1897年10月9日）

两湖肄业中,谭心休、杨仁俊、梁昌纸①、易顺豫、李致桢。解元,安化黄运藩。遵宪禀。

附录:张之洞来电

（光绪二十三年九月十三日　1897年10月8日）

黄署臬台:湖南榜,两湖书院肄业生中式几名? 元系何名? 何处人? 祈查明速电示。文。

据茅海建《张之洞档案阅读笔记》

---

① 梁昌纸,原件如此,疑有误。

致张之洞电

（光绪二十三年十月二日　1897 年 10 月 27 日）

四十号《时务报》抽撤两页，如常分派，即电报馆通行，鄂省可否照此办法？宪禀。

据茅海建《张之洞档案阅读笔记》

致梁鼎芬函[*]

（光绪二十三年下半年　1897年下半年）

节庵大弟学长左右：

　　别后至湘，匆冗鲜暇，接宾僚，治文书，费日力十之八，加以酬应，便有日不暇给之势矣。此时亦未能有所树立，不及治狱舍。惟通饬各属，凡一案延至十数年，一事控及数十人，均分别省释。其户婚、田土、钱债之一切牵连干证人，概令取保，不许羁押。此则本公之德意而为之者也。

　　闻归计遂诀，为之怅怅。既已踪迹，不可合并，楚越亦何异？然相隔远则消息难，不能无介于怀也。

　　时会日艰，外侮益肆，沧海横流，真不知何处可以安身，又不独为公忧也。

　　由冯少竹手送到银五十元，薄助行装，乞为察存。行藏去留，望时以片纸见惠。他不多及。即叩

道安

遵宪顿首　十六夕

据首都博物馆藏原函

---

　　*　黄遵宪于光绪二十三年六月离京赴湖南，署湖南按察使。函中说"别后至湘"，及所办之事，即指此时公务。据此推定当写于是年下半年某月"十六夕"。

致朱之榛函[*]

（光绪二十三年十一月二十日　1897年12月13日）

别来匆匆遂二年矣。南北奔驰，所见当世贤豪极多，而求其经世治事之才，仍于公首屈一指。然时局日难，韩非有言"贤不敌势"，况又未能膺大任而握大权乎！

弟八月到湘，旋权臬事，今已三月，自问毫无裨补，惭对知己，言之增赧。

同乡吴巡检从先刻由湘回苏，特作数行，令其趋候起居。此人素性笃实，兼通商务，本系弟约之来，而其人现因服阕，仍应回省听候差遣。倘有需驱策之处，必能效劳，不致孤恩也。

清献内召，而前车复来，一切局面谅仍旧贯。东南财赋之区，亦有岌岌可危之象，念此为之三叹也。手叩

竹石先生大安

弟宪顿首　廿日

---

　　* 黄遵宪于光绪二十三年赴湖南长宝盐法道任。函云"弟八月到湘，旋权臬事，今已三月"，当写于是年十一月二十日。

致朱之榛函

　　《时务报》捐惠百元,饥溺之怀,昭然若揭。此款应由汪穰卿手收,弟亦可代交,他日再易收单可也。弟所求于公者,欲设法广派,非敢劳重惠也。又及。

致王秉恩函[*]

（光绪二十四年二月二十一日　1898年3月13日）

雪澂吾兄大人左右：

前者族兄桐甫回银元局当差，曾嘱敬候起居。前询瑞记一事，又托张子遇观察面告，谅邀鉴矣。月之初旬，闻南皮尚书入觐，又发电志喜，谅俱邀鉴。不审尊体近来何似？有自鄂来者，详询一切，则言康强逾于往昔，或者多行步少服药，竟有明效耶。

香帅倘入参大政，公之行止奚若？仍回粤耶？国事诚不堪问，公之家事，不能不筹一善处耳。节庵同年仍住书院抑亦回乡？殊以为念。

弟仍署臬篆，兼及保卫局、迁善所、课吏馆及学会、学堂各事，殊觉日不暇给，久疏笺敬，良以为歉。所托代寄书板，现已函托少竹料理。敞眷过鄂时，凡百照拂为感。即叩

侍安

---

　　* 黄遵宪于光绪二十四年二月设立湖南保卫局、课吏馆和迁善所，三月由署湖南按察使回任长宝盐法道。函云"弟仍署臬篆，兼及保卫局、迁善所、课吏馆及学会、学堂各事"，当写于当年二月二十一日。

致王秉恩函

　　　　弟遵宪顿首　廿一

堂上曼福

据上海图书馆藏《王雪澂友朋书札》

致陈宝箴函[*]

（光绪二十四年三月十一日　1898 年 4 月 1 日）

大人钧鉴：

奉示敬悉。周汉上谭中丞函，既自供其造言生事矣。今以封呈。自此案拿办以来，前卷即取存内室，并未发房，附此禀呈。敬叩

钧安

职道遵宪谨禀　　三月十一日

据上海图书馆藏《陈右铭师友书札》

---

* 原函未署年份。函称"职道"，当在长宝盐法道任内，又云"此案拿办"，系指署按察使期间。函末署"三月十一日"，据此推断，系于光绪二十四年三月十一日。

致张之洞电

（光绪二十四年闰三月四日　1898 年 4 月 24 日）

闻奉召入觐，此事关系中国安危，谨代通国志士叩贺。遵宪禀。

据茅海建《张之洞档案阅读笔记》

致张之洞电

（光绪二十四年闰三月十六日　1898年5月6日）

捧读文电，感悚无似。宪台此行，倘进枢府，必兼总署。自三国协谋还辽后，彼以索报、以争利、以均势之故，割我要害，横索无已，至今日已明明成瓜分之局。俄、法、德皆利在分我土地，惟英以商务广博，倭以地势毗连，均利我之存，不利我之亡。故中国是必以联络英、倭为第一要义。

然联络英、倭，尚不足以保国；欲破瓜分之局，必须令中国境内断不再许某国以某事独专其利、独擅其权而后可；既不能理喻势格，何以阻其专利、擅权？故必须设法预图，守我政权，将一切利益公分于众人而后可。彼欲争揽于我者铁路，不如商立铁路条例，无论何人，均许其入股。彼所垂涎于我者矿山，不如商立开矿条例，无论何人，均许其开采。彼素责我以不愿通商，今即与之设开通之法，无论何处，均许通商。彼责我以不愿传教，今即与之商保护之法，有法保护，任听传教。自订约五十年来为，凡彼所求于我者、责于我者，譬如昨死今生，一切与之图谋更始。所有均利之法、保护之法，但使于政权无所侵损。凡力所能行者，均开诚布公，与之熟筹举行。如谓华官不能妥办，宁可由中国国家聘雇西人，委以事权，俾代襄办举。从前未弭之衅端及他日应杜之祸患，均与之约束分明。

　　既许各国(立)〔入〕我内地筑路、开矿、通商、传教,应照万国公例,此均系各国子民自图之利益,不必由各国政府出头干预。不幸有进入内地亏产受害者,均照新议条例办理,专就商人、传教人本事,秉公妥办,不得于本事之外,牵涉他事,责偿于中国国家。倘再有无故侵我土地者,中国必以死拒。援大同之例,期附公法之列;藉牵制之势,以杜独占之谋;处卑屈之位,以求必伸之理。朝议一定,便邀约各国商办,并请各国公保不相侵占,务使中国有以图存。如此办理,英、倭必首先允诺,俄、法、德亦无辞固拒,或者瓜分之祸可以免乎?

　　国势既定,乃能变法,以图自强。变法以开民智者为先。著先于京师广设报馆,以作消阻闭藏之气,博译日本新书,以收事半功倍之效;再令各省设学堂,开学会,以立格致明新之堂。而先务之急,尤在罢科举,废时文,其他非一时所能猝及也。

　　窃为宪台熟计,如入参大政,必内结金吾,外和虞山,乃可以有为。倘若奉诏回任,不如留驻京师,专以主持风会、振新士气为己任,其补益较大。

　　以遵宪之愚,何敢及军国至计,顾受知最深,辱承下问,敢倾臆缕陈,伏惟裁鉴。谨叩荣行,并贺公子捷音。遵宪谨禀。咸。

据茅海建《张之洞档案阅读笔记》

致陈三立函[*]

（光绪二十四年春　1898 年春）

屡奉台示，忧虞皇惑，不知所措，更不知何以作答。与此君^①交二年，渊雅温厚，远过其师^②，亦不甚张呈其师说，其暖暖姝姝，守一家之言，与之深谈，每有更易。如主张民权，为之言不可，渠亦言民知未开，未可遽行。吾爱之重之。惟康郎琵琶嘈嘈切切，所来往又多五陵年少，遇事生风，或牵师而去，亦非所敢料。关东大汉、西游行者姑且勿论，惟学堂中所言民贼独夫与及《伪经考》、《改制记》，诚非童稚所宜听受。鄙意亟欲聘一宋学先生，即意在匡救。然闻意见不合而去。闻系用某名作关聘而某实未之知也。所延分校阳君某，亦不知其事。自此君北上，久未到学堂，未阅札记。今欲筹别由鹿门聘一分校。如此转移，是否可行，敬乞酌夺。久未晤，何日乃得相见，一吐其胸中所欲言也。一转移之法，似宜以留皮鹿门充时务学堂，谓先生不来，难以久旷，即以南学会学长互调，俟其来时，再行商劝。

欧阳子改作湘报馆主笔，乔茂萱舍课吏馆而去，遂出一枯窘

---

* 据函中所云时务学堂、南学会、课吏馆等内容，推断当为 1898 年春所作。

① 此君：指梁启超。

② 其师：指康有为。

题,令人无从措手。现在设法诱一友人来,待其入湘,当强令就此。此君在粤充粤秀监院,岁脩千金,曾到海外,为乙酉拔贡、乙丑乡榜,《人境庐诗集》中所谓梁诗五居实者也。又及。

再,得一王本卿,仍少一人。意欲以沈之培、梁卓如分任之。

据上海图书馆藏手稿

致张之洞电

（光绪二十四年六月十四日　1896 年 8 月 1 日）

奉谕敬(遵)〔悉〕。职道自海外奉调,始屡邀荐举,感念恩知,愧难报称。过鄂重亲训诲,冀有秉承。启行定期,容再续禀。遵宪谨禀。

据茅海建《张之洞档案阅读笔记》

致张之洞电[*]

（光绪二十四年六月二十七日　1898 年 8 月 14 日）

武昌张制台：奉电传旨，敬悉。职道以感冒，故未启程。月初稍愈即行。遵宪谨禀。

附录：催黄遵宪速来京电

（光绪二十四年六月二十四日　1898 年 8 月 11 日）

京师来电：奉旨，前经降旨电催黄遵宪来京，现在计已起程，无论行抵何处，著张之洞、陈宝箴催令趱程速来见。钦此。

据中国社会科学院近代史研究所藏《张之洞未刊稿·各处来电本》

＊　光绪二十四年六月二十三日黄遵宪奉命以三品京堂充出使日本大臣，该电及以下相关电文均为此事。

致陈三立函[*]

（光绪二十四年七月二日　1898年8月18日）

得示，扪悉堂上微恙遂已霍然，喜慰无已。宪今日如常服药，安适如昨日，此病可望渐痊，不足虑矣。

明晨府趋可定期行。拟电总署云：黄遵宪病略愈，以奉诏催速行，准于□日启程。惟见其体气未复痊，嘱令沿途行止，善自保重，以图报效云云，并电香帅。公谓电报起程，当何如？

酷热至不可耐室中矣。暑针九十八度，平生所经未有也。

伯毅大弟

宪顿　初二

据上海图书馆藏手稿

致陈三立函[*]

（光绪二十四年七月七日　1898 年 8 月 23 日）

俞恪士来，忽奉赐书，欢喜踊跃，出于意外。念我伯严怜其幽忧之疾，远馈此药，厚意何可言也。

书言：“时方汹汹，贤者不改其乐。”遵宪和易实甫词云：“一味妇人醇酒乐，把百事乐尽歌才罢。”又《玄武湖歌》云：“河山不异风景好，今我不乐何为哉？”诚不愿日本之渡辽将军，独乐从军之乐耳，公必知之。以此时为大梦将醒，希夷先生倚枕呵欠之候，诚然诚然。然尚晨鸡一鸣，大声疾呼，不然又为眠魔梦魇所牵引，恐遂长眠不醒矣。必如王仲任之坚执，张江陵之刚愎，诸葛武侯之拘谨，合而成一人，乃可以有为，顾何从而得此人哉！所希冀者，宸衷独断耳。天苟欲祚大清、保中国，安知不有此事耶？

光绪乙酉，遵宪从美利坚归，尔时居海外十年矣，辄谓中国非除旧布新不能自立，妄草一规模，谓某事当因，某事当革，某事期以三年，某事期以五年，计二三十年可以有成，尝与二三友人纵谈极论。既而又自笑曰：此屠龙之技，竟安所施，遂拉杂废之。嗟乎！不意今日耳中竟闻此变法变法云云也，恨不得与吾百严纵论其

＊　函中云“不意今日耳中竟闻此变法变法”，推断为光绪二十四年七月七日。

事也。

月来无事，时复作诗兼又填词目，与节庵、芸阁、实甫游处，颇有名士气，乃虽作诗笺，刻印雕虫篆刻，无所不为。伯严怜之耶，美之耶？无论何等文字，究欲得伯严评数字以为快。

季清座上所作之书已读之矣，谓欲和《贺新凉》词，恐属妄语，未敢信然。然他日者或竟有一纸翩然而下，亦未可定也。

秋凉可读书。惟珍摄。不宣。书上

伯严大弟我师

遵宪顿　七月七日

据上海图书馆手稿

致张之洞电

（光绪二十四年七月八日　1898 年 8 月 24 日）

武昌张制台：宪初七交印，即日启程，升任湖南盐道遵宪。庚。七月初八巳刻发/未刻收。

附录一：催黄遵宪速即来京电
（光绪二十四年七月十日　1898 年 8 月 26 日）

总署来电，转出使黄大臣。裕病足不能步，昨访晤大畏，竟不能上楼。九月间，日君寿，又大坂督大操，皆不能行，成何事体等语。查裕使久病，确系实情，使臣在外，以联络邦交为重，非能卧治。希速即来京请训，赶八月杪到东，勿迟为要。卦。

附录二：催黄遵宪来京请训电
（光绪二十四年七月十一日　1898 年 8 月 27 日）

总署来电，转出使黄大臣。奉旨：前经有旨电催黄遵宪来京请训。兹据裕庚电称病难久待，恐误使事等语，黄遵宪著迅速来京，限于八月内驰赴日本接任，毋得稽延。钦此。

据中国社会科学院近代史研究所藏

《张之洞未刊稿·各处来电本》

致张之洞电

（光绪二十四年七月十日　1898 年 8 月 26 日）

温谕感甚，蒙派"楚材"，谨叩谢。遵宪。

据茅海建《张之洞档案阅读笔记》

致总理衙门电

（光绪二十四年七月十六日　1898 年 9 月 1 日）

宪到岳，因察看商地，略有沈搁。奉鄂督转奉电旨，饬查《时务报》事宜。查此馆章程皆宪手定，系宪所创办，作为公众之报，以汪康年充总理，梁启超充总撰。今公报改为官报，理正势顺，不知何以抗违不交？俟到沪，即议交收，毋令旷报。事定再电奏。请回堂宪。遵宪。

据茅海建《张之洞档案阅读笔记》

致张之洞电

（光绪二十四年七月二十八日　1898 年 9 月 23 日）

　　宪廿三到沪，承派"楚材"，感激无已。报事昨奉有电，言鄂议作罢论，惟《昌言报》不能禁等语。敬悉。宪到此，即持刺拜汪，汪未来见。初言将人欠馆款，馆欠人款，概交官报。昨廿六函称：必待南洋公文到日，商酌声复；此馆系集捐而成，捐款诸公皆应与闻，断非康年一人所能擅行等语。汪前刊《告白》，称系己创，改作《昌言》，今又称馆系集捐，已难擅行，似交收尚无定议。遵宪所奉电旨，一曰：是谁创办，查明原委。查此馆开办，宪自捐一千元，复经手捐一千余元，汪以强学会余款一千余元，合四千元，载明《公启》，作为公款，一切章程帖式，系宪手定。《公启》用宪及吴、邹、汪、梁五人名，刊印万分，布告于众。内言"此举为开风气，扩闻见，绝不为牟利起见"。又言"有愿捐赀相助扩充此报、维持此举者，刊报以表同志"。是此报实系公报。以公报改作官报，理应遵办。且宪系列名倡首之人，今查办此事，不遵议交收，宪即违旨，此宪所断断不敢者。旨又云：秉公核议，如何交收。昨由汪送到刊布结账存款：一、存现银；一、存新旧报；一、存自印书籍；一、存各种书籍；一、存器具，及代派处未缴书赀报赀，合共若干。宪以为，均应交出。其报馆应付人项及应派各报，官报亦应接办。如汪能照交，即行电奏,自可妥结。如汪不交,宪只得将核议各节,电奏请旨办理。宪自问所以尽友道而顾大局者,一则改为《昌言报》一事,绝口不提;二则所列结账,即有不实不尽之处,宪断不究问;三则所存各项,倘不能照刊报结账,如数交出,当为通融办理,或约展缓,或告接收之人,设法商量。此为宪心力所能尽者,若不议交收,非宪所敢出也。为汪计,理应交出,倘或不然,结局难料。再,宪有密陈者,汪在沪每对人言,此报改为《昌言报》,系宪台主持,惟宪实不愿此事牵涉及于宪台,流播中外。缕缕愚诚,伏求密鉴。又,《国闻报》所登有官民分办之说,宪以为倘系分办,即非遵旨。且前报系公报,非私报,不遵旨归官,将归谁手?又,两报分办,官报另起,旨中所谓"改作官报",如何著落?此亦汪、康两党意见之言,切望宪台勿为摇惑。总之,此事系将公报改作官报,非将汪报改作康报也,倘蒙宪台鉴宪微衷,求宪台将宪遵旨核议交收之法,电汪即行遵办,免旷报务而误程期。抑或别有办法,并求指示遵办。大局幸甚,私衷感甚。再,宪病到沪小变,医言因积疾成肺炎,必须调养。现在赶紧调理,焦急万状。遵宪。午。

据茅海建《张之洞档案阅读笔记》

致陈三立函[*]

（光绪二十四年七月或八月六日
1898年8月22日或9月21日）

师曾服鱼肝油有效，喜慰之甚。此治肺圣药，吐痰咳嗽，无不宜之，信受奉行，甚获大益。既服之有效，病愈可稍停，或百十日中停半月，或月停数日，盖日日无间，虑其如瘾，则非增加不能收效，如增其不利于口，或似乎胃滞，当代以鱼油丸。以此意告师曾知之。

宪又及

梁任父所寄各件，概以送览。定国是、废时文之举，皆公一手成之，徒以演习师说之故，受人弹射，可哀也已。

昨送疏稿，先乞掷还，尚未一交秉三阅也。各件阅毕，仍当送秉三。

宪服理中汤似有效，然极似大病后人，其形状正如西人所指为"东方病夫"，殊有虑也。

康所上折，先设制度局，即宪所谓三司条例司也，极为中肯。

---

　　* 函末云"康所上折，先设制度局"，康有为上《请开制度局议行新政折》为光绪二十四年七月。此函写于当年七月或八月六日。

读此及《彼得变政》折，宪不能不爱之敬之。

伯严大弟

学长宪顿　初六

致张之洞电

（光绪二十四年八月一日　1898 年 9 月 16 日）

武昌张制台：遵宪在湘积受寒湿，久患脾泄水蛊，六月复患感冒，一时未能进京，当由宪台代奏。七月初旬，感冒稍愈，因屡奉诏旨，催令趱程，力疾就道。过鄂谒宪台，过宁谒岘帅，见具病状，均蒙饬令调养。

惟遵宪万分焦急，仍欲力疾至京。至京如未能请训，再拟在京请假暂养。乃到沪病犹未痊。医生言，因积病伤肺，故言语拜跪，均难如常。如勉强登舟，海风摇簸，病势益增，转虑负天恩而误国事。不得已，暂拟在沪调养十数日，一俟稍痊，即行迅速趱程，断不敢稍有迟误。即求岘帅会同宪台、湘抚代奏乞恩。敬恳俯允，感祷无已。除电湘宁外，遵宪谨肃。东。

据中国社会科学院近代史研究所藏

《张之洞未刊稿·各处来电本》

致张之洞电

（光绪二十四年八月二日　1898年9月17日）

　　武昌张制台：东电敬悉。因过鄂小愈，曾电总署，遵旨趱程，故拟求会衔。现已有岘帅单衔代奏。又总署知宪病状。九月内日主诞辰，经电裕使照常庆贺，程限自可展缓。承注感极。报事转电已交汪。日内复奏，即抄稿电陈。遵宪。沃。

据中国社会科学院近代史研究所藏
《张之洞未刊稿·各处来电本》

致张之洞刘坤一陈宝箴电

（光绪二十四年八月二日　1898年9月17日）

　　武昌张制台、江宁刘制台、长沙陈抚台：密。新电奏查议《时务报》事，谨抄稿呈电。窃遵宪前奉电开：奉旨刘坤一电称：康有为电奉旨改《时务报》为官报，汪康年私改为《昌言报》，抗旨不交等语。该报馆是否创自汪康年，及现在应如何交收之处，著黄遵宪道经上海时，查明原委，秉公核议电奏。毋任彼此各执意见，致旷报务。钦此。

　　伏查丙申春月，遵宪奉旨，暂留江苏办理教案、商务各事宜，因往上海。当时官书局复开，刊有官报。遵宪窃意，朝廷已有变法自强之意，而中国士夫闻见浅狭，守旧自封，非广刊报章，不足以发聋聩而祛意见。先是，康有为在上海开设强学会报，不久即停，尚存有两江总督捐助余款。进士汪康年因接受此款来沪，举人梁启超亦由官书局南来，均同此志，因同商报事。遵宪自捐一千元，复经手捐集一千余元，汪康年交出强学会余款一千余元，合共四千元，作为报馆公众之款。一切章程格式，皆遵宪撰定公商，以汪康年为总理，梁启超为总撰，刊布公启，播告于众。即用遵宪等名声明：此举在开风气，扩闻见，绝不为牟利起见。又称有愿捐赏襄助，拓充此报，维持此举者，当刊报以表同志。遵宪复与梁启超商榷论题，次第撰布。实赖梁启超之文之力，不数月间，风行海内外，而捐赀助报者，竟有一万数千元之多。是此报实为公报，此开设《时务报》之原委也。

今以公报改为官报，理正势顺。遵宪行抵沪上，汪康年送到报馆本年六月结册，除收款、付款，各项业经收支销数，官报接收，毋庸追问外，据其所开存款各项：

一、存现银；

一、存新旧报；

一、存自印书籍；

一、存各种书籍；

一、存器具；

一、存未缴之书赀、报赀；

共值确数约一万数千元。

遵宪筹商核议，窃谓均应交与官报接受。所有派报处所及阅报姓名，亦应开列册单，交出官报接受，即接续公报，照常分派，以便接联而免旷误。如结册中有未付之款，派报处已经收钱，尚未期满之报，官报接受之后，亦应查照原册，一律接办。

又公启称：将来报章盛行，所得报费，并不取分毫之利归入私囊，或加增报纸，或广招译人翻书，以贱价发行。又称：捐款在百元以上者，可以酌议成数，分别偿还。其不愿取回者，听官报接受之后，如果清算旧数，实有赢余，此二条似亦可酌量办理。如此接受，官报与公报联为一气派报，更易于推广，于报务实有裨益。

所有遵宪遵旨查明开报原委及秉公核议交收之法，是否有当，理合请旨遵办。

除将《时务报》公启，及时务报馆现在结册，另行赍呈总署、军机处备查外,伏乞代奏皇上圣鉴。遵宪。沃。

附录:著黄遵宪查明时务报原委电

(光绪二十四年七月六日　1898 年 8 月 22 日)

　　总署来电。并致江宁刘制台,转电出使日本大臣黄:奉旨刘坤一电称,康有为电,奉旨改《时务报》为官报,汪康年私改《昌言报》,抗旨不交等语。该报馆是否创自汪康年,及现在应如何交收之处,著黄遵宪道经上海,查明原委,秉公核议电奏,毋任彼此各执意见,致旷报务。钦此。

据中国社会科学院近代史研究所藏

《张之洞未刊稿·各处来电本》

致张之洞电

（光绪二十四年八月十六日　1898 年 10 月 1 日）

宪病调理未痊，自揣万难成行，二三日当请总署代奏开去差使，有负恩培，实深惶悚，惟有矢诚图报将来耳。近有人言，汪接梁电云，首逆脱逃、逆某近状，逆超踪迹何若。闻之骇诧。宪生平无党，识康系梁介绍，强学会亦梁代列名。乙未十月在沪见康后，未通一信。卓如实宪至交，偶主张师说，辄力为谏阻。此语曾经佑帅奏闻。在湘每驳康学，曾在南学会中攻其孔子以元统天之说，至为樊锥所诟争。此实佑帅所深悉，湘人所共闻。不意廿年旧交之星海，反加以诬罔。宪不与深辩。伯严曾一再函电代鸣不平。至《时务》改为官报，彼此僻处湘鄂，均不可干涉。星海忽攘臂力争，借我泄忿，斥为预闻。过鄂往见，面言其故，并未绝交，乃腾播恶声，似有仇怨，殊不可解。当此危疑时局，遏冤杜祸，均惟宪台是赖。宪素荷恩知，不敢不告。伏求密察婉释，无任企祷。遵宪。铣。

据茅海建《张之洞档案阅读笔记》

致总理衙门电

（光绪二十四年八月十九日　1898 年 10 月 4 日）

宪病复发，热增剧。使事重要，断难延误。昨已电岘帅代奏，请开差使。乞回堂宪为感。遵宪。效。

据茅海建《张之洞档案阅读笔记》

致张之洞电

（光绪二十四年八月二十二日　1898 年 10 月 7 日）

武昌督宪钧鉴：昨求岘帅奏请开差，既邀恩准，改派李木斋。宪日内即回籍调理。谨此叩谢。遵宪叩。养。

据中国社会科学院近代史研究所藏

《张之洞未刊稿·各地来电本》

致张之洞电

（光绪二十四年八月二十八日　1898 年 10 月 13 日）

武昌督宪钧鉴：奉旨：无事。即日回籍。遵宪叩。

据茅海建《张之洞档案阅读笔记》

致沈曾植函[*]

（光绪二十六年五月十六日 1900年7月12日）

幼霞坐中散席回家，乃闻吴铁乔恶耗。今数日矣，愤郁伤悼未尝一刻忘之也。昨发一电唁季清兄，内有子修、伯唐及公大名，复电当达尊处。如收到，望抄示。明日午后或当趋谭。手叩
简安，不多及。
子培先生同年

弟宪顿首　五月十六

据嘉兴博物馆藏《清末各家信札》

---

[*] 沈曾植，字子培。函中云电唁吴季清。吴逝于庚子年（光绪二十六年）八国联军
入侵时，此函当写于是年五月十六日。

致徐乃昌函[*]

（光绪二十六年七月二十日　1900年8月14日）

承示淑畹夫人赐题《古芗室诗》集句,羽宫移换,别出新声,箴线裁缝,莫寻迹象,灵心妙手,足上追痃堂之《香屑》,竹垞之《蕃锦》,天台老人、南山诗叟何论焉! 婉仙女史,蕉萃可怜,蓬根无定。以进士之不栉,叹季女之斯饥。仆每怜其才而哀其遇。辱荷宠题,知应狂喜,即日抄寄,先代谢忱。匆匆草布,惟鉴。不宣。

积余太守词长

遵宪顿首　七月廿日

据上海图书馆藏《徐乃昌友朋手札》

---

　*　徐乃昌,字积余。此函及七月二十一日函所云叶璧华《古芗室诗集》、《古香室诗》,指《古香阁诗集》。据光绪二十六年十月黄遵宪为《古香阁诗集》作序,推断此函及下函亦写于是年。

致徐乃昌函

（光绪二十六年七月二十一日　1900 年 8 月 15 日）

承惠和词，清丽芊绵，不难蹑清真而追梦窗，爱玩不忍释手。《词律》及《校勘记》、《拾遗》又稚黄词谱先行送璧。外古香室钞本诗二本，为乡人叶璧华所著，室人之姨辈也。一枝湘管，半死桐丝，饥驱四方，橐笔糊口，其境可悲，而其情可悯。如得君与夫人联句题词，华衮之荣，感谢何已。

一年容易又是秋风，读易安居士寻寻觅觅之词，真觉一个愁字了不得也。

匆匆手上

积余太守词长，并谢

淑畹夫人

宪顿首　七月廿一

据上海图书馆藏《徐乃昌亲友手札》

致徐乃昌函[*]

(光绪二十六年　1900年)

　　吾辈文字之交,不可作世俗通称。昨与念劬言"卑职"、"大人",惟职制相临者可用,此外均泛而无当。施之于讲德论文之地,尤为不切之陈言矣。此后乞勿再施。如蒙不弃,称作公度大兄,或竟作先生,如何?

遵宪又启

　　尊谦奉璧,千万幸勿再施。我辈以文字酬唱,乃用此官样文章,无论头衔不称,亦似觉体制不合也。考据家当讲求门户,乞留意是幸。

又及

据上海图书馆藏《徐乃昌亲友尺牍》

---

　　[*]　参考以上两函,此函约写于是年,姑且置年末。

致陈三立函

（光绪二十七年　1901 年）

别三年矣，今日乃得公消息，此真临别握手时梦想所不到之事也。戊戌九月，由沪回粤，闻公举家往庐山，乃由邮局寄一缄于九江探询，想此函必付浮沉矣。函中无他言，但有寄粤信住址耳。[①]山县僻陋，见闻稀阔。上年八月，于报中惊闻尊公老伯大人捐馆之耗，念苏子瞻祭司马温公文有云："上为天下恸，下以哭其私。"抚膺悼心，不可言状。回忆丁戊之间，公居母丧时光景，恨不得插翼飞去，一伸慰唁，然犹冀其讹传也，久而知为确耗。又知公家已移居江城，同乡中有宦于江洲者，因寄一缄，乃函到而其人于十月间已奉差万安。来函述公景况，则云既于腊月往郑，且挈眷俱去，尔后益无从通问讯矣。[②]尊公究得何病？别时于湘舟中洒泪满袖，云相见无时，宪视为甚易。何意闲云野鹤竟不获再奉篮舆也。是年八月廿九日得来电云：将往庐山，以后野鹤闲云，相见较易。已安葬否？有葬齿诗传诵人口？系与太夫人合葬否？或言所卜墓在南昌山中，然否？生平奏疏、公牍并手著诗文有定稿否？想一时未付刊刻

---

① "闻公举家往庐山"至"但有寄粤信住址耳"，《人境庐杂文钞》无。
② "回忆丁戊之间"至"无从通问讯矣"，《人境庐杂文钞》无。

也。① 公家今住何处？有恒产否？想未必能自赡给。于岁需几何？能支持否？师曾举操何业？赐复时望一一详之也。

弟于戊戌七月晦日到沪后，又患脾泄，病困中一切如梦，并不知长安弈棋有许多变局。至八月六日读训政懿旨，十三日得杀士抄报，乃知有母子分党变故，然亦谓于己无与也。至十七日得湘电，有沦胥及溺之语，虽稍稍震惧，然犹谓过甚之辞。至廿三日，知湘中官吏一网打尽，始有余波及我之恐。明晨未起，即已操戈入室，下钥锁门矣。当时上海道亦不知其奉何公文，初迫之入城，继增兵围守，擎枪环立，若临大敌，如是者三日。至廿六日，得总署报云："查明康未匿黄处，上意释然，已有旨放归矣。"或言弹劾者多，终以事无佐证得脱于罪。或又言某某初匿于日本使馆，或传为初匿于出使日本之馆，致生歧误，至今尚未知所犯何事也。

到沪病忽增，日泻数次，气喘而短，足弱几不能小立。医生或虑其不治。然从此日见减轻，久而始知身本无病，直以长沙卑湿，日汲白沙井寒水，致生积冷。当时服公药，虽仅能支持一时，而不足以扫除积病。临别前一夕，忽然失音，则以服燥烈药太过之故。至洞庭湖始复本音，旋服附桂一剂，音又失②。到沪后停药，因水土已易，即渐渐复原。九月到家，将养数月，即如常矣。

所居地电报局③均不能通。平生故人以党祸未解，亦无敢寄书慰问者。庚子之春，党狱又作，沈鹏、陈鼎、吴式钊相继斥逐。尔时合肥督粤，迭次以函电召邀，颇疑与党事有涉，不能不冒险一行。

---

① "已安葬否"至"未付刊刻也"，《人境庐杂文钞》无。
② "至洞庭湖"至"音又失"夹注，据钱仲联《人境庐杂文钞》补。
③ 《人境庐杂文钞》"电报局"作"电报邮局"。

及到省相见，乃以设警察、开矿产之事相委。然事无可为，一意辞谢。及归，而团匪之变作矣。乱作以来，浮云苍狗，世态奇变，多出意外，而鄙人乃深山高卧，一切无干。追念三年中长沙之病，苟不奉使他往，迁延一二月，必死于楚。若使在楚无病，奉攒程来京之诏，迅速驰往，计到京之期，正在祸作之先，即幸而无事，浮沉在京，亦必与团拳之难，与直谏同死。当上海道看管，沪上西人义勇议定，苟有大变，即劫之出海，如听蔡钧入城之请，或亦死于道中乱刃。乃屡次濒死而卒不死，不知彼苍苍者生我之何用也？弟平生凭理而行，随遇而安，无党援，亦无趋避，以为心苟无瑕，何恤乎人言，故亦不知祸患之来。自经凶变，乃知孽不必己作，罪不必自犯，苟有他人之牵连，非类之诬陷，出于意外者。然自有此变，益以信死生之有命、祸福之相倚。弟未知将来死所何在！前尘影事，原不必再记，然死生亦大故，故不觉觍缕为公言之。相见何日？思之黯然。

据吴天任《清黄公度先生遵宪年谱》，参校钱仲联辑
《人境庐杂文钞》（载《文献》第八辑）

致梁启超函[*]

（光绪二十八年四月　1902 年 5 月）

公所撰南海传,所谓教育家、思想家,先时之人物,均至当不易之论。吾所心佩者,在孔教复原,耶之路得,释之龙树,鼎足而三矣。儒教不灭,此说终大明于世,断可知也。吾意增二条,曰博大主义,非高尚主义;变动主义,非执一主义。又欲易去儒字曰非柔巽主义。向读此条,深为敬服。意谓孔子没后二千余年,所谓得不传之学于遗经者,惟此足以当之。但所恨引证尚少,其重魂主义一条尤鲜依据,能张皇其说否?

吾年十六七始从事于学,谓宋人之义理、汉人之考据,均非孔门之学。《诗集》中开宗明义第一章,所谓"均之筐篋物,操此何施设"者也。而其时于孔子之道,实望而未之见,茫乎未有知也。及闻陋宋学、斥歆学、鄙荀学之论,则大服,然其中亦略有异同。其尊孔子为教主,谓以元统天,兼辖将来地球及无数星球,则未敢附和也。往在湘中,曾举以语公,谓南海见二百年前天主教之盛,以为泰西富强由于行教,遂欲尊我孔子以敌之,不知崇教之说久成糟

---

　　* 此函据《梁任公先生年谱长编初稿》系于光绪二十八年四月。

粕,近日欧洲,如德、如意、如法,法之庚必达,抑教最力。于教徒侵政之权,皆力加裁抑。居今日而袭人之唾余以张吾教,此实误矣! 公言严又陵亦以此相规,然尔时公于此见固依违未定也。楚人素主排外,戊戌三、四月间,保教之说盛行,吾又虑其因此而攻西教,因于南学会演说,意谓世界各教宗旨虽不同,而敬天爱人之说则无不同然。耶之言曰:"吾实天子。"回之言曰:"吾为天使。"佛之言曰:"天上地下,惟我独尊。"惟孔子独曰:"可与天地参,可以赞天地之化育,我不过参赞云尔。"实则"参赞"之说,兼三才而一之,真乃立人道之极,非各教之托空言者可比之。孔子之天,异于佛而近于耶。佛之天多,故以己为尊,而以天为从。耶之天独,故尊天为父,而以己从之。今尊孔子而剿用佛说,曰以元统天,于理殊未安也。人类不灭,吾教永存,他教断不得揽而夺也。且泰西诸国,政与教分,彼政之善,由于学之盛。我国则政与教合。分则可藉教以补政之所不及,合则舍政学以外无所谓教。今日但当采西人之政、西人之学,以弥缝我国政学之敝,不必复张吾教,与人争是非、校短长也。演此说时,似公已离湘,不审闻之否? 当时樊锥之徒颇不谓然,而湖北之谭敬甫、梁节庵则谓吾推外教与孔子并尊,罪大不可逭也。

年来复演此意成一论,言孔子为人极,为师表,而非教主。凡世界教主,无论大小,必嚣嚣然树一帜以告之人曰:"从我则吉,否则凶。"释迦令人出家,而从之入极乐国;耶稣教人去其父母、妻子、兄弟、姊妹之乐,而从之生于天国。余谓此乃半出家。其后教徒变为教僧尼,不娶妻,不嫁人,亦本此也。摩诃末操一经、一剑,以责人曰:"从我则升天堂,不从则入地狱。"此皆教主之言。而孔子第因人施教,未尝强人以必从也。耶稣出而变摩西之说,释迦兴而变婆罗门之说,摩诃末兴而变摩尼之说,皆从旧说中创新学,自立为教。而孔子则于伏羲、文周之卦，尧舜之典，禹汤之谟诰，未尝废之也。此与改制之说不甚符。虽然，《公羊》改制之说吾信之，谓六经皆孔子自作，尧舜之圣为孔子托辞，吾不敢信也。

各教均言天堂、地狱，独孔子于事鬼神曰："未能事人，焉能事鬼！"于明器曰："人生而致死为不仁，之死而致生为不智。"而其教人则曰："朝闻道，夕死可矣。"曰"死而后已，不亦远乎！"天之生人，自古及今未有异也。谓将来秉赋胜于前人，竟能确知天堂、地狱之确有可凭，此未必然，均之不可知。古之人愚，非天堂不足以劝，非地狱不足以诫，故彼教以孔子为不知天道，而陋之为小。后之人智，知天堂之不可求，于①耶稣冉冉升天之说，今既不之信，西人以距离之远近求天，谓耶稣即如炮弹之速率，至今犹不及半也。何况于后来。后来格致日精，教化日进，人人知吾为人身，当尽人道于一息尚存之时，犹未敢存君子止息之念，上不必问天堂，下不必畏地狱，人人而自尽人道，真足以参赞天地。圣门中如子路之结缨，曾子之易箦，及启手启足、鸟死鸣哀二章，其了然去来，比禅门之坐化者，有过之无不及也。世界至此，人理大行，势必舍一切虚无元妙之谈，专言日用饮食之事，而孔子之说胜矣。佛言佛法有尽。尝为之反复推求，惟此时为佛法灭时也。古之儒者言卫道，今之儒者言保教。夫必有仇敌之攻我，而后乃从而保卫。耶稣禁设一切偶像之禁，佛斥九十六外道之说，回回于异道如希腊、如波斯，拒之尤力，故他教皆有魔鬼。大哉孔子，包综万流，有党无仇，无所谓保卫也。且所谓保卫者，又必有科仪礼节独异于他教，乃从而保之卫之，俾不坠于地。赞美和

---

① 于，《梁任公先生年谱长编初稿》作如。

华,千人唱和,耶之礼仪也;宝象庄严,香花绕拜,释之礼仪也;牛娄礼拜,豚犬不食,回之礼仪也。大哉孔子,修道得教,无所成名,又何从而保卫之?既无教敌,又不设教规,保之卫之,于何下手?至孔子所言之理,具在千秋万世、人人之心。人类不灭,吾道必昌,何藉于保卫?今忧教之灭而唱保教,犹之忧天之堕、地之陷,而欲维持之,亦贤知之过矣。

其大略如右,以之示弟侄辈。彼习闻演孔保教之说,未遽信也。

近见《丛报》第二篇,乃惊喜相告,谓西海东海,心同理同,有如此者,仆自顾何人,安敢言学。然读公之论,于己有翻案进步之疑,于人有持矛挑战之说,故出其一二以相证。仆之于公,亦犹耶之保罗、释之迦叶、回之士丹而已。"中国新民"当出公手。万一非公所作,别有撰著之人,亟欲闻其姓名,又欲叩公之意见也。①

吾读《易》,至泰、否、同人、大有四卦,而谓圣人于今日世变,由君权而政党,由政党而民主,圣人不啻先知也。以乾下坤上为泰,言可大可上之理也。以坤下乾上为否,则指未穷未变时之事矣。由否而同人,为离下乾上。由同人而大有,为乾下离上。序卦之意可见也。而谓圣人之贵民、重文明、重大同,圣人不啻明示也。大有一卦,当与比对看,坤下坎上为比☷,刚得尊位,五阴从之,君权极盛时也,而其卦不过曰比。大象明之曰:先王以建万国、亲诸侯,自天祐之。系辞曰:"履信、思顺、尚贤。"非民主而何?俟乾下离上为大有☰,柔得尊位,而上下应之,此民权极盛时,其卦乃为大有,于大象赞之曰:"君子以遏恶扬善、顺天休命。"且比之上六曰"比之无首",由坎之险陷来。大有之上六曰"自天祐之,吉,无不利",由离之

---

① 吴天任《清黄公度先生遵宪年谱》无此段夹注。

文明来。圣人之情见乎辞矣。所尤奇者,孔子系辞曰:"方以类聚,物以群分,吉凶生矣。"此非生存竞争、优胜劣败之说乎? 在天成象,在地成形,变化见矣。此非猴为人祖之说乎? 试思此辞,在天地开辟之后,成男成女之前,有何吉凶变化之可言? 而其辞如此。[①] 若谓品物既生,有类有群。此类此群,自生吉凶。由吉凶而生变化,而形象乃以成。达尔文悟此理于万物已成之后,孔子乃采此理于万物未成之前,不亦奇乎! 往严又陵以乾之专直,坤之翕辟,佐天演家质力相推之理。吾今更以此辞为天演之祖。公闻之不当惊喜绝倒乎! 二十年前客之枲,与李山农言及孔子乘桴浮海欲居九夷之奇。山农谓:"孔子虽大圣,然今之地圆,大圣亦容有不知。"余曰:"固然! 然《大戴礼》已有四角不掩之语矣。且孔子即不知地圆,而考之群经,实未尝一言地方也。"山农大笑。今并举以博一粲。若谓以西学缘附中学,煽思想之奴性而滋益之,则吾必以公为《山海经》之山膏矣。

　　凡上所云,公意苟有所指驳,或有所引申,请删润其文,而藏匿其名字,如纪年论之作○○○曰为宜。至祷,勿忘。

　　《清议报》胜《时务报》远矣。今之《新民丛报》又胜《清议报》百倍矣。《清议报》所载,如《国家论》等篇,理精意博。然言之无文,行而不远。计此报三年,公在馆日少,此不能无憾也。惊心动魄,一字千金。人人笔下所无,却为人人意中所有,虽铁石人亦应感动。从古至今,文字之力之大,无过于此者矣。罗浮山洞中一猴,一出而逞妖作怪,东游而后,又变为《西游记》之孙行者,七十二变,愈出愈奇。

----

① 自以下"若谓品物既生"起至文末,吴天任《清黄公度先生遵宪年谱》缺。

吾辈猪八戒,安所容置喙乎,惟有合掌膜拜而已。前言误矣。李鸿章①

据中国国家图书馆藏《黄公度先生手札》

---

① 手稿无下文。

致梁启超函①

（光绪二十八年五月　1902 年 6 月）

【前略】二十世纪中国之政体，其必法英之君民共主乎。胸中蓄此十数年，而未尝一对人言。惟丁酉之六月初六日，对矢野公使言之。矢野力加缄诫。尔后益缄口结舌，虽朝夕从公游，犹以此大事，未尝一露，想公亦未知其深也。

仆初抵日本，所与游者多旧学，多安井息轩之门。明治十二三年时，民权之说极盛。初闻颇惊怪，既而取卢梭、孟德斯鸠之说读之，志为之一变，以谓太平世必在民主，然无一人可与言也。及游美洲，见其官吏之贪诈，政治之秽浊，工党之横肆，每举总统，则两党力争，大几酿乱，小亦行刺，则又爽然自失，以为文明大国尚如此，况民智未开者乎？因于所著学术中《论墨子》略申其意。又历三四年，复往英伦，乃以为政体必当法英，而着手次第，则又取租税、讼狱、警察之权分之于四方百姓；欲取学校、武备、交通谓电信、铁道、邮递之类。之权归之于中央政府，尽废今之督抚藩臬等官，以分巡道为地方大吏，其职在行政，而不许议政。上自朝廷，下至府

---

① 此函载《新民丛报》第十三号《饮冰室师友论学笺》栏，题为《东海公来简》，署"壬寅五月"，今所标时间据此。

县,咸设民撰议院为出治之所。初仿日本,后仿英国。而又将二十一行省分画为五大部,各设总督,其体制如澳洲、加拿大总督;中央政府权如英主,共统辖本国五大部,如德意志帝之统率日耳曼全部,如合众国统领之统辖美利坚联邦,如此则内安民生,外联与国,或亦足以自立乎。

近年以来,民权自由之说遍海内外,其势长驱直进,不可遏止;而或唱革命,或称类族,或主分治,亦嚣嚣然盈于耳矣。而仆仍欲奉主权以开民智,分官权以保民生,及其成功,则君权、民权两得其平。仆终守此说不变,未知公之意以为然否?已不能插翼奋飞,趋侍左右,一往复上下其议论,甚愿公考究而指正之也。

天下哗然言学校矣,此岂非中国之幸。而所设施、所经营,乃皆与吾意相左:吾以为非有教科书,非有师范学堂为之先,则学校不能兴,而彼辈竟贸然为之,一也;吾以为所重在蒙学校、小学校、中学校,而彼辈弃而不讲,反重大学校,二也;吾以为所重在普通学,取东西学校通行之本,补入中国地理、中国史事,使人人能通普遍之学,然后乃能立国,乃能兴学,而彼辈反重专门学,三也;吾以为《五经》、《四书》当择其切于日用、近于时务者,分类编辑为小学、中学书,其他训诂名物归入专门,听人自为之,而彼辈反以《四书》、《五经》为重,四也;吾以为学校务求其有成,科举务责人以所难,此不能兼行之事。今变学校乃于《十三经》外更责以《九通》、《通鉴》,毕世莫能究其业,此又束缚人才之法也,而彼辈乃兼行科举,五也;吾以为兴学所以教人,授官所以任人,此不能一贯之事,今学校乃专为翰林、部曹、知县而设,然则声、光、化、电、医、算诸学,将弃之如遗乎,抑教以各业,俟业成而用之治民莅事乎?而彼辈仍用取士官人之法施之于学校,六也。

黄遵宪集

且吾意此朝廷大政,断非督抚所能画强而治者。如有用我,以是辞之。【后略】

据中国国家图书馆藏《黄公度先生手札》

致梁启超函[*]

（光绪二十八年八月二十二日　1902 年 9 月 23 日）

饮冰室主人函丈：

　　前月之杪，草草发一缄，以待函不至，谬谓为邮政过渡时代，乃发缄。三日即奉七夕后一夕惠书，惊喜过望，一日三摩挲，不觉又四十五回矣。以发书论似乎密，待后函至而后复，又虑其过疏，辄将函中所既及者分条胪举，藉以娱公。

　　所商日课，公未能依行，谓叩门无时，难以谢客，吾亦无以相难。今再为公酌一课程，除晨起阅报，晚间治学，日日不辍外，就寝迟，则起必迟；见光少，则热亦少，而身弱矣。于月、火、水、木四曜日草文，于金曜作函，于土曜见客，见学生尤便，彼亦得半日闲也。且偕见比独见不特师逸而功倍，亦使仁人之言，其利更溥也。公自榜于门曰某日见客。此固泰西贤劳之通例也。过客不在此限，亦可。于日曜游息。此实为养生保身第一善法，万望公勉强而行之，久则习惯矣。若兴居无节，至于不克支持，不幸而生疾，弃时失业为尤多，乃近于自暴自弃矣，乌得以自治力薄推诿哉！杀君马者路旁儿，戒之戒之。

──────────

　　[*] 函末署"中秋后七日"，为八月二十二日；又据函中所说即将出版的《新小说报》，事在光绪二十八年。该函当写于是年八月二十二日。

黄遵宪集

公言《新民报》独力任之尚有余裕,闻之快慰。欲求副手,戛戛其难,此亦无怪其然。崔灏题诗,谪仙阁笔,此乃今日普天下才人、学人,万口一声认为公理者,况于亲炙之者乎?虽然,东学界中,故多秀异,即如宴花一出,不特无婢学夫人之诮,且几几乎有师不必贤于弟子之叹矣!公稍待之,必有继起者。尤俊异者,乞标举其名,列其所长以示我,当记之箧中,以志歆慕。怪哉!怪哉!快哉!快哉!雄哉!大哉!崔嵬哉!滂沛哉!何其神通,何其狡狯哉!彼中国唯一之文学之《新小说报》,从何而来哉?东游之孙行者,拔一毫毛,千变万态,吾固信之。此新小说、此新题目,遽陈于吾前,实非吾思议之所能及。未见其书,既使人目摇而神骇矣。吾辈钝根,即分一派出一话,已有举鼎绝膑之态。公乃竟有千手千眼,运此广长舌于中国学海中哉!具此本领,真可以造华严界矣。生平论文,以此为最难,故亟欲先睹为快。同力合作,共有几人,亦望示其大概。

报中有韵之文,自不可少。然吾以为不必仿白香山之《新乐府》、尤西堂之《明史乐府》。西堂以前,有李西涯乐府,甚伟。然实诗界中之异境,非小说家之枝流也。当斟酌于弹词粤讴之间,或三、或九、或七、或五,或长短句,或壮如陇上陈安,或丽如河中莫愁,或浓至如《焦仲卿妻》,或古如《成相篇》,或俳如俳技辞。即"骆驼无角,奋迅两耳"之辞也。易乐府之名而曰杂歌谣,弃史籍而采近事。至其题目,如梁园客之得官,京兆尹之禁报,大宰相之求婚,奄人子之纳职,候选道之贡物,皆绝好题也。此固非仆之所能为,公试与能者商之。吾意海内名流,必有迭起而投稿者矣。①

---

① 吴天任《清黄公度先生遵宪年谱》节录至此,自"广智初次寄既到"起下文无。

广智初次寄书既到，以后由此间直接，不必公费神矣。托敬堂尤便。敬堂尚未接局信，然吾促之往，渠亦愿行也。今后日本板之书，请直寄汕头洋务局，可期速到，省我盼望。《新民报》一出板即寄汕，尤盼。香港恒茂所托人已他往，且多转折，故必迟迟。有要密函，照前函所开，寄港裕和泰转州在勤堂黄老爷（不必名）收，必到。

作书既至此，忽接八月初三日手书。所奉各函，以此为最速，殊惊喜也。闻哥伦比亚学校转延马鸣大师，极为欣慰，亟盼其成。此缄既甚长，不能再增益之，稍留俟异日再详复矣。

吾有一物能令公长叹、令公伤心、令公下泪，然又能令公移情、令公怡魂、令公释憾。此物非竹非木，非书非画，然而亦竹亦木，亦书亦画。于人鬼间抚之可以还魂，于仙佛间宝之可以出尘，再历数十年，可以得千万人之赞赏，可以博千万金之价值。仆于近日，既用巨灵擘山之力，具孟子超海之能，歌《楚辞》送神之曲，缄縢什袭，设帐祖饯，复张长帆，碾疾轮，遣巨舶，载之以行矣！公之见此，其在九月、十月之交乎？

迩来遵体安否？如何？阿龙必日益长大矣。惟珍重自爱，千万千万！

布袋和南　中秋后七日

纸尚未尽，非吾辈作书通例。搁笔吸淡巴菰数口，忽念及演义，报得一题曰"饮冰室草《自由书》，烧炭党结秘密会"。公谓佳否？具此本领，足以作《小说报》、读《小说报》否？

据中国国家图书馆藏《黄公度先生手札》

致梁启超函*

（光绪二十八年八月　1902年9月）

《国学报》纲目，体大思精，诚非率尔遽能操觚。仆以为当以此作一《国学史》，公谓何如？公言马鸣与公及仆足分任此事，此期许过当之言，诚不敢当。然遂谓无一①编足任分撰之役者，亦推诿之语，非仆所敢出。公谓养成国民，当以保国粹为主义，当取旧学磨洗而光大之。至哉斯言！恃此足以立国矣。虽然，持中国与日本校，规模稍有不同。日本无日本学，中古之慕隋唐，举国趋而东；近世之拜欧美，举国又趋而西。当其东奔西逐，神影并驰，如醉如梦。及立足稍稳，乃自觉己身在亡何有之乡，于是乎国粹之说起。若中国旧习，病在尊大，病在固蔽，非病在不能保守也。今且大开门户，容纳新学，俟新学盛行，以中国固有之学，互相比校，互相竞争，而旧学之真精神乃愈出，真道理乃益明，届时而发挥之，彼新学者或弃或取，或招或距，或调和，或并行，固在我不在人也。国力之弱，至于此极，吾非不虑他人之攫而夺之也。吾有所恃，恃四

---

* 《新民丛报》第二十号（光绪二十八年十月十五日）节载此函，署名"法时尚任斋主人"。今据《梁任公先生年谱长编初稿》系于是年八月。

① 《新民丛报》第二十号"饮冰室师友论学笺"自"何有之乡"起至"乞公教之"节略。

千年之历史，恃四百兆人之语言风俗，恃一圣人及十数明达之学识也。公之所志，略迟数年再为之，未为不可。此大事，后再往复，粗述所见，乞公教之。

吾所谓不喜旧学，范围太广，公纠正之，是也。实则所指者，为道咸以来二三巨子所称考据之学、义理之学、词章之学耳。六月中复公书中，有时中孔子，固欲取旧学而光大之也。公倘以此段刊入论学笺中，且将演孔字藏起；所论忠孝，乃犯天下之大不韪，亦暂秘之。凡书中有伤时过激语，亦乞随意删润。盖其中多对公语，非对普天下人语。且向来作函，随手缮写，未尝起草，故其文亦多粗率，公自改之，勿贻公羞。屡易名最妙。

近方拟《演孔》一书，书凡十六篇，约万数千言，其包涵甚广，未遂成书者，因其中有见之未真、审之未确者，尚待考求耳。今年倘能脱稿，必先驰乞公教，再布于世。

公所著《黄梨洲》①，仅见于扪虱之谭，然已略得大概。吾意书中于二千年来寡人专制政体，至于有明一代，其弊达于极点，必率意极思，尽发其覆，乃能达梨洲未言之隐、无穷之痛。梨洲之《原君》，固由其卓绝过人之识，然亦由遭遇世变，奇冤深愤，迫而出此也。每读其书，未尝不念环祭狱门锥刺狱卒时也。明中叶后，有一李贽者，所著之书，官书目中谓其人可杀，其书可焚，其板可毁，特列存目中以示戒。谅其论政必多大逆不道之语，论学必多非圣无法之言。公见之否？旧学中能精格致学者，推沈梦溪，声、光、化、电、力、气无一不有。其使辽时，私以蜡以泥模塑地图，即人里鸟里之说，亦其所创也。前有《梦溪笔谈》一书存尊处，今必乌有矣。然此书尚

---

① 《新民丛报》又从"公所著《黄梨洲》"起至下"公见之否"止摘刊。

可购觅，日本应亦有之。他日必有人表而出之。康熙间有刘献廷，亦颇通各科学。然寻其所言，当由西教士而来，不过讳言所自耳。非如梦溪之创见特识，无所凭藉，自抒心得也。

留学生事，吾意两国交涉，有同文、兴亚会诸君子调停其间，必有转圜。若彼国竟蔑弃之，则苍苍者有意倾我黄种矣。殆不然也。至于大龟果否曳尾而去，究未敢卜也。言至此，为学生惜，为国事痛，又重自伤悼矣①！

据中国国家图书馆藏《黄公度先生手札》

---

① 以下手稿残缺。

致梁启超函[*]

（光绪二十八年十一月一日　1902 年 11 月 30 日）

公欲作曾文正传，索仆评其为人。仆以为国朝二百余年，应推
为第一流，即求之古人，若诸葛武侯，若陆敬舆，若司马温公，若王
阳明，置之伯仲之间，亦无愧色，可谓名儒矣，可谓名臣矣。虽然，
仆以为天生此人，实使之结从古迄今名儒、名臣之局者也。其学问
能兼综考据、词章、义理三种之长。旧学界中卓然独立，古文为本朝第
一。然此皆破碎陈腐、迂疏无用之学，于今日泰西之科学、之哲学
未梦见也。郭筠老渐知此意。彼见日本坊肆所卖书目，惊骇叹诧，谓此皆
《四库》目中所未有，曾贻一函，询日本学问勃兴之状何如。其功业比汉之
皇甫嵩，唐之郭子仪、李光弼为尤盛。然彼视洪杨之徒，张_{总愚}陈玉
成之辈，犹僭窃盗贼，而忘其为赤子，为吾民也。仁宗之治川楚教匪
也，诏曰："自古只闻用兵于外国，未闻用兵于吾民。蔓延日久，多所杀戮。是
兵是贼，均吾赤子。"故教匪不行献俘礼，不立太学纪功之碑。文正乃见不及
也。此其所尽忠以报国者，在上则朝廷之命，在下则疆吏之职耳。
于现在民族之强弱，将来世界之治乱，未一措意也。所学皆儒术，

　　* 《新民丛报》第二十四号（光绪二十八年十二月十五日出版）节载此件，题为《法
时尚任斋主人复简》，署"壬寅十月"。函末署"十一月朔日发"，当为光绪二十八年十一
月初一日。

而善处功名之际,乃专用黄老,取已成之功而分其名于鄂督官文;遣百战之勇而授其权于淮军李鸿章,是皆人所难能。生平所尤兢兢者,党援之祸,种族之争,于穆腾额忘其名,不甚确。之参劾湘军也,亟引为己过;于曾忠襄之弹纠满人也,即逼使告退。今后世界文明大国,政党之争,愈争愈烈,愈益进步。为党魁者甘为退让,必无事能成矣。其外交政略,务以保守为义,尔时内乱丝棼,无暇御外,无足怪也。然欧美之政体,英法之学术,其所以富强之由,曾未考求。毋乃华夷中外之界未尽泯乎?甚至围攻金陵,专用地窖,而不愿购求轮船、巨炮。比外人之通商为行盐,以条约比盐引,谓当给人之求,令推行于内地各省,则尤为可笑者矣。一生笃志守旧,然有二事甚奇。以长江水师立功,而所作《水师诏忠祠记》,乃以为不变即无用,视彭刚直胜百倍矣。遣留学生百人于美国,期之于二十三十前归为国用。苟此公在今日,或亦注意变法者与,未可知也。然不能以未来之事概其生平也。凡吾所云云,原不可以责备三四十年前之人物。然窃以为史家之传其人,愿后来者之师其人耳。曾文正者,论其两庑之先贤牌位中,应增其木主,其他亦事事足敬,然事事皆不可师。而今而后,苟学其人,非特误国,且不得成名。文正之卒在同治末年,尔时三藩未亡,要地未割,无偿款,无国债,轨道、矿山、沿海线之权未授之他人。上有励精图治之名相,文祥。下多奉公守法之疆臣,固俨然一大帝国也。文正逝而大变矣。吾故曰:"天之生文正,所以结前此名臣、名儒之局者也。"佛言:"谤我者死,学我者死。"若文正者,不可谤又不可学者也,不亦奇乎?

作此段毕,自读一过,颇许为名论,知公之读之,共击节叹赏也必矣。继又念望公之意见,或者即与我同,亦未可知。本此意以作一传，可以期国势之进步，可以破乡俗之陋见，湘人尤甚，湘之士大夫尤甚。其价值决不在《李鸿章》一传之下也[①]。

公所述狄梁公之言，其意则是，而时固未可，吾不能为梁公也。自吾少时，绝无求富贵之心，而颇有树勋名之念。游东西洋十年，归以告诗五曰："已矣！吾所学屠龙之技，无所可用也。"盖其志在变法、在民权，谓非宰相不可，为宰相又必乘时之会，得君之专，而后可也。既而游欧洲，历南洋，又四五年归，见当道者之顽固如此，吾民之聋聩如此，又欲以先知先觉为己任，藉报纸以启发之，以拯救之。而伯严苦劝之作官，既而幸识公，则驰告伯严曰："吾所谓以言救世之责，今悉卸其肩于某君矣！"然自顾官卑职陋，又欲凭借政府一二人，或南北洋大臣以发摅之，又苦无其人。而吴季清又谓："与其假借他人之权，不如自入政府，自膺疆吏之为愈。"吾笑谢之。及戊戌新政，新机大动，吾又膺非常之知，遂欲捐其躯以报国矣！自是以来，愈益挫折，愈益艰危，而吾志乃益坚。盖蒿目时艰，横揽人材，有无佛称尊之想，益有舍我其谁之叹！公读至此，必骇诧曰：不意此我老乃发此言。然公之所见急于求退者，乃旧日之我。盖尔时所怀抱，一则无所凭借，二则国势之艰危未至此极，三则未知人材之消耗如此其甚。今且问公，仆作是语，公有以易之否？

数年闭门读书以广智，习劳以养生。早夜奋励，务养无畏之精神，求舍生之学术，一有机会，投袂起矣！尽吾力为之，成败利钝不计也。虽然，吾仰视天俯画地，仍守以待之而已。求而得之，是吾丧我，吾不为也。苟终无可为之时，是天厌之，吾亦不受咎也。吾之不欲明与公等往来者，以为使公等头颅无可评之价，盗贼无可指

---

① 《新民丛报》摘载至此，自"公所述狄梁公之言"以下不录。

之名。昭雪褒示,或者终在吾手,故姑且濡忍以待时。虽然,弃而不可留者,年也;流而不知所届者,时势也。再阅数年,加富尔变而为玛志尼,吾亦不敢知也。公忍待之。

鼓勇同行之歌,公以为妙。今将廿四篇概以抄呈。如上篇之敢战,中篇之死战,下篇之旋张我权,吾亦自谓绝妙也。此新体,择韵难,选声难,着色难。日本所谓新体诗何如?吾意其于旧和歌,更易其词理耳,未必创调也。便以复我。虽然,愿公等之拓充之、光大之也。诗由《军国民篇》来,转以示奋翮生。

小说中之杂歌谣,公征取之至再至三,吾何忍固拒?此体以嬉笑怒骂为宜,然此四字乃非我所长,试为之,手滑又虑伤品,故不欲为。《军歌》以外有《幼稚园上学歌》十首、《五禽言》五章,庚子五月为杜鹃也。即当录寄,渐可敷衍,余且听下回分解矣。

征诗必有佳作,吾代征之仓海君,即忻然诺我,闻已有《新乐府》二三十寄去。事征之十年以来,体略仿十七字诗云,收到否?此公又以《汨罗沉》四篇附寄,乞察存。

戊己庚辛汇抄近体诗凡八九十首,并附以跋,以《清议报》之时代之体裁最相宜也。分卷与否,听编者自主,不必拘也。诗藏箧中,不肯示人。然既已矢诸口,形诸歌咏矣。即以诗论,吾谓杜、李玉溪、苏、陆足并驾齐驱。然恐公读之,又诧为近体所未有也。技痒难熬,故难终秘。虽然,此诗布于世,于世界诗界或不无小补。使人知为仆诗,则于仆有妨碍也。愿公深讳其名。讳之之法,于诗勿置一词,但云不知何许人,于同居至好中亦秘之,庶几可也。三年以前,君平草报,有"赫赫宗周,褒姒灭之,几丧其元,霍子孟云",使我至今心悸。

公欲将浏阳砚之拓本征诗,此砚之赠者、受者、铭者,会合之奇，遭遇之艰，乃古所未有，吾谓将来有千金万金之价值者此也。公之它名偶一用之，而用之于此者，因取友必端之语也。既已补铭而刊刻之矣，若于拓本中讳此三字，使世人妄相推测，转为不宜。公之自序，但云由武昌或京师不知为何如人寄来，殆古之伤心人也。再过二三年乃实征之，更有味也。张君处已达意，渠感喜至极，是乃吾甥，砚非其手藏，补铭乃其手刻耳。

重伯昔誉吾书，谓"当世足与抗行者，惟任老耳，张廉卿、李仲约不足道也。"吾告以平生未尝习书，坚不肯信。既论知其语实，乃叹曰："唐以下无此笔法。沛公殆天授，非人力也。"天下嗜痂之癖有如此者，吾不敢述以告人云，今又证明之，益使我颜汗矣！公书高秀渊雅，吾所最爱。《人境庐诗》有一序，公所自书，平生所宝墨妙，以此为最。

每作公书，则下笔飒飒有声，滔滔汩汩，无少休歇。然作他人之书，万万不能尔意者。公之精魂相感召，即有足跳、手擎、奇丑之物来襄助我耶！公以寄我书为纵欲之具，吾亦觉吾所大欲节之太苦，忽发一大愿，每日作公书四千言，以一月为期，袭《左传》铸刑书之月、之名，书于日记，曰寄任书之月。此十万言出于吾手，入于公目，何乐如之！此事不必有，然此愿不可无也。

将搁笔矣，忽念及一解颐语。伯严近有书，语及公，称为"输入文明第一祖"。又云："君平尝语人云：'某公理想、学识为吾所不及。惟吾所著述，较有娘家耳。'今此公亦有娘家矣！君平又作何语耶？"仆复之曰："诚然。然将来产育宁馨儿，将似舅耶，抑绳祖耶？刻犹未敢知也。"吾前函君平论译事，请其造新字、变文体。后得一信片云："来书妙义环生，所以相期者甚厚，岂固欲相发乎？复书不宜草草，然又不能不需时"云云。今三月矣，公倘有函，语之曰有人见此明信，今复之否？若得其允诺，将二书抄示，亦近日学界中一大观也。

　　尚有一事奉托者，明春来日本留学者，一为小儿，十五岁，汉文有文气矣；一小孙，年十岁，仅识字。当令大小儿携之来，饮食起居有人照料，但乞公为谋一学堂，以何为宜耳。一堂弟，年二十三四，颇开通，但其意欲兼谋可供旅费之一席。仲雍则往东往西未定也。公得此函，为我一商，先以复我。公往美后，到横滨当觅何人，并乞订定。余容续布。即叩道安。

　　尊夫人及阿龙并候。

布袋和南　十一月朔日发

据中国国家图书馆藏《黄公度先生手札》

致丘菽园函[*]

（光绪二十八年十一月一日　1902 年 11 月 30 日）

菽园仁兄大人左右：

二月中由甫弟由坡归，赍到集《千字文》大著三篇，惭感交集。久欲依韵奉和，而今年以来，时患寒喘，心绪恶劣，往往伸纸而又阁笔，忽忽遂半年矣，如诗竟不成，既虑执事有束之高阁之责，又恐寄书人有付之浮沉之疑，重滋罪戾，益抱不安。

迩来道体何似？时有所著述否？前由兰史征君递到《五百石洞天挥麈》，谨拜登熟读矣。拾遗续卷，想日以增加。弟之以著述自娱，亦无聊之极。思少日喜为诗，谬有别创诗界之论。然才力薄弱，终不克自践其言。譬之西半球新国，弟不过独立风雪中清教徒之一人耳。若华盛顿、哲非逊、富兰克林，不能不属望于诸君子也。诗虽小道，然欧洲诗人，出其鼓吹文明之笔，竟有左右世界之力。仆老且病，无能为役矣，执事其有意乎？

时事日亟，一部十七史从何处说起？不言之隐，公鉴之^①，当益哀矣。

＊《文献》第八辑钱仲联辑《人境庐杂文钞》（下）该函题注"光绪壬寅"，即光绪二十八年十一月初一。

① "鉴之"，当为"鉴之谅之"。

　　张亦权茂才,弟之外甥,彦高先生之曾孙也,顷有南岛之行,因便草布数行,到日趋谒,进而教之,可以悉仆之近况也。手叩
道安不宣

弟遵宪顿首　十一月朔

据钱仲联辑《人境庐杂文钞》,《文献》第八辑

致梁启超函[*]

（光绪二十八年十一月十一日
1902 年 12 月 10 日）

饮冰主人惠鉴：

上月廿八日作函甫千余言，得公箱根两书，当即作复，于月朔发，并附抄戊己、庚辛诗八九十首，想邀览矣。日来复缮前函，书不过六千余言，计费小时十一时之久，间以他事，二日乃卒业。而公日草稿万言，何其敏速惊人如此。记长沙时，一夕由义宁座中偕归，既丙夜矣，凌晨披衣起，公遣人以上义宁书见示，凡万余言，七小时耳。人之度量相越不可以道里计，固如此哉！

昨初七日，又得箱根第三书。十日之间贻书者三，仆之感喜何如矣。此种不长不短之函，不十分累公，我得之增十分喜慰，感谢何已！

菊花砚近必收到矣。仆前言将"公之它"三字一一拓出，但云不知为何许人。今公意欲将三字藏过，仆复视字在纸末，藏过亦无迹，未审近已拓出否？仆必作一歌，但不能立限，须俟兴到时为之

---

* 函中说及《新小说报》刊载梁启超的《新中国未来记》小说，事在光绪二十八年，此函当写于是年十一月十一日。

耳。吾意既表于铭中也。顷已将拓本示沧海君。渠甚高兴。此君诗真天下健者,渠自负曰:"二十世纪中必有刻黄邱合稿者。"又曰:"十年之后,与公代兴。"论其才调,可达此境,应不诬也。吾集中固有与公交涉之诗,丙申四月有赠诗六首,似曾录以示公,或是时公意不属,忘之矣。己亥有《怀人诗》一首,容再录上之。前寄《聂将军歌》,其中涂乙之字,欲以空格代之。明晨太后诏懿旨六七行。吾之五古诗,自谓凌跨千古;若七古诗,不过比白香山、吴梅村略高一筹,犹未出杜、韩范围。公所见既多,异日再下一评语,极乐闻之。《幼稚园上学歌》以呈鉴,或可供《小说报》一回之材料也。所谓恩物者尚未叙入,因孩儿口中难达此情状耳,后再改补。

《新小说报》初八日已见之,仅二旬余得报,以此为最速,缘汕头之洋务局中每有专人飞递故也。果然大佳,其感人处竟越《新民报》而上之矣。仆所最赏者,为公之《关系群治论》及《世界末日记》。读至"爱之花尚开"一语,如闻海上琴声,叹先生之移我情也。《新中国未来记》表明政见,与我同者十之六七,他日再细评之,与公往复。此卷所短者,小说中之神采、必以透切为佳。之趣味耳。必以曲折为佳。俟陆续见书,乃能言之,刻未能妄测也。仆意小说所以难作者,非举今日社会中所有情态一一饱尝烂熟出于纸上,而又将方言谚语一一驱遣,无不如意,未足以称绝妙之文。前者须富阅历,后者须积材料。阅历不能袭而取之,若材料则分属一人。将《水浒》、《石头记》、《醒世因缘》以及泰西小说,至于通行俗谚,所有譬喻语、形容语、解颐语,分别钞出,以供驱使,亦一法也。公谓何如?《东欧女豪杰》,笔墨极为优胜,于体裁最合。总之,努力为之,空前绝构之评,必受之无愧色。

《新罗马传奇》又得读"铸党"、"纬忧"二出,乐极乐极。公不草此稿,吾不忍请人督责,公肯出此稿,吾当率普天下才人感谢公。

公往泰东,何时首涂?每念及此,若与公作远别者,殊可笑也。所谓生计上基础是某会所纠资否?公所询支那,支那当以五十万元作根据,多多则益善也。厂应在芜湖,因转运便,所用之白泥,又去芜湖近而去九江远也。前寄雏形数件,公收到否?胜此任者,意中尚无其人。此外以支木作圆台及各式几,以摹本假蒙坐几,作窗帘、作内车帷,内假尤佳。以象牙作一切妇女儿童玩具。总而言之,则以华人美丽之物,仿西人通行之式,以上等手工制造之耳。于粤人尤宜。公今新到地为吾旧游地,今近二十年矣。各工人犹能识吾名,其上等之豪商老店,兼能述吾政事。一领事无权之官,仆在任四年,自问无一事如吾意者,而吾民乃讴思若此。仆从前答复铁香先生函曰:"观此知循吏亦大易为。"因念中国之民正如失母断乳之婴儿,有人噢咻之、哺字之,不论何食,即啼声止而笑颜开矣。吾所经历如美之领事官,湘之保卫局,其感戴皆出吾意外也。可怜可哀,搁笔三叹!

留学生事,每念之心伤。监督必代公使任,其有无,无关系,彼国举动如此,使人增长自立心,无如今日孩童国,不能不依赖人耳。曲徇政府,不如优待学生。与其缴一时之利,不如计将来大益,图全局幸福。公何不作一文以儆醒之?此刻为学生计,仍以东游为便。吾一幼儿年十五岁,能通汉文矣,一小孙年十岁,上学已五六年,既识字,亦略通文义。公为我筹画入何校为便。吾令小儿率之来,其饮食起居有人照料,公但为我择地择师耳。又有一弟进学矣,颇开通,意欲游学而兼一可省旅费之馆。小儿失学,年长而不中用,使之东游,欲以游历拓其学识耳。公速复我。东行后问何人,并指示之。惟自爱。不宣。

十一月十一日　布袋和南

据中国国家图书馆藏《黄公度先生手札》

致梁启超函[*]

（光绪二十八年十一月　1902 年 12 月）

　　今日乃洒泪雪涕为公言一事，即保卫局之事也。自吾随使东西，略窥各国政学之要，以为国之文野，必以民之智愚为程度。苟欲张国力、伸国权，非民族之强，则皮之不存毛将焉傅？国何以自立？苟欲保民生、厚民气，非地方自治，则秦人视越人之肥瘠，漠不相关，民何由而强？早夜以思府县会会议，其先务之亟矣。既而又思，今之地方官受之于大吏，大吏又受之于政府，其心思耳目，惟高爵权要者之言是听。即开府县会，即会员皆贤，昌言正论，至于舌敝唇焦，而彼辈充耳如不闻，又如何？则又爽然自失，以为府县会亦空言无益。既而念警察一局，为万政万事根本。诚使官民合力，听民之筹费，许民之襄办，则地方自治之规模隐寓于其中，而民智从此而开，民权亦从此而伸。此管子作内政、寄军令之意也。怀此有年而未能达，入湘以后，私以官绅合办之说告之义宁，幸而获允，则大喜。开局以来，舆论翕然无异辞，则又大喜，谓此后可以扩充如吾之所大欲矣！乃不幸而政变遂作，虽以成效大著，群情悦服之

　　*　此件《梁任公先生年谱长编初稿》及钱仲联《黄公度先生年谱》均系于光绪二十八年十一月。今据《新民丛报》第二十四号节载此函，题为《水苍雁红馆主人来简》，注时间为"壬寅十一月"。

故,鄂督入告之言云尔。不能昧良心而废众论,此局岿然独存,然既已名存而实亡矣!

团拳乱起,乘舆播迁,警察之说盛行于国中。近日奉旨,饬各省照袁世凯所奏,不准不办,岂非幸事。以经济家所许为要需,政治学所认为公益,以及中外商民,同心希望之善政,似宜大用大效,小用小效矣。而湖北一局啧有烦言,乃至京僚联名会请裁撤,则又何故?盖警察者,治民之最有实力者也。苟无保民之意贯注于其中,则以百数十辈,啸聚成群之虎狼,助民贼之威,纵民贼之欲。苛政之猛,必且驱天下于大乱。仆以为警察善政不归于乡官区长之手,而归于行政官,此亦泰西文明美犹有憾之证也。仆以为以民卫民,以民保民,此局昉之于中国,他日大同之盛,太平之治,必且推行于东西各国也。而今之中国遂无望矣。悲夫!悲夫!仆怀此意,未对人言。无端为复生窥破,仆为之一惊,恐此说明而挠阻之者多耳。今密以告公,然仍望公勿布之于世。一息尚存,万一犹得,藉乎以报我国民亦未可定。苟不幸,事终不成。仆遂赍志殁,愿公作一传,详述此意以告天下,或者东西大国采而行之,仆虽死亦必瞑目矣。仆告义宁父子曰:"今者时势,即将古今名臣传、循吏传中之善政一一举办,亦无补于民,无补于国。"伯严愕然问故,仆徐告之曰:"今之督抚,易一人则尽取前政而废之,三十年来所谓新法,比比然矣。必官民合办,费筹之于民,权分之于民,民食其利、任其责,不依赖于官局,乃可不撤,此内政也。万一此地割隶于人,民气团结,或犹可支持。即不幸,力不能拒,吾民之自治略有体制,扰攘之时祸患较少,民之奴隶于人者,或不至久困重儳,阶级亦较易升。譬之为家长者,令子若孙,衣食婚嫁之资,一一仰给于父兄,力又不能给,不如子若孙之能自成立明矣。"议遂定,然仆于此寓民权,终未明言也。此段上三纸勿刊布为恳。①

---

① 自函首至此,《新民丛报》第二十四号不载,从下文"自尧舜以来"始载。

　　自尧舜以来逮于今日,生长于吾国之民,咸以受治于人为独一无二之主义。其对于政府不知有权利,实由对于人群不知有义务也。以绝无政治思想之民,分之以权,授之以政,非特不能受,或且造邪说而肆谤诬,出死力以相抗拒。以如此至愚极陋之民,欲望其作新民,以新吾国,其可得乎? 合群之道,始以独立,继以群治,其中有公德,《新民说·公德篇》云:"吾辈生于此群之今日,当发明一种新道德,求所以固吾群、善吾群、进吾群之道,未可以前王先哲所罕言,遂自画而不敢进也。"至哉言乎! 有实力,有善法,前王先圣所以谆谆教人者,于一人一身自修之道尽矣,于群学尚阙,然其未备也。吾考中国合群之法,惟族制稍有规模,古所谓"宗以族得民"是也。然仁至而义未尽,思谊明而法制少,且今日无论何乡何村,其聚族而居者并不止一族,讲画太明,必又树党相争,其流弊极于闽、粤械斗而犹未已。故族制之法,施之今日,殊不切于用。吾又尝思之,中西风俗同异者多,将来保吾国粹以拒彼教者,必在敬祖宗一事。今姑不具论,附识于此。其他有所谓同乡者、同寮者、同年者,更有所谓相连之姻戚;通谱之弟兄者,太抵势利之场,酬酢之会,以此通人情而已,卑卑无足道也。其稍有意识者为商会、即某某会馆,潮州人最有规模,会馆馆长颇近于领事。为业联,吾粤省最多,如玉工、缝工、纸花工之类,近颇有力,有欧洲工党举动。然亦不足自立。其合群之最有力量,一唱而十和,小试而辄效者,莫如会党。自张陵创立五斗米教以来,竟以黄巾扰破季汉。其后如宋之方腊,明之徐鸿儒,近日之洪秀全,皆愚妄无识之徒,而振臂一呼,云合响应,其贻害遍天下,其流毒至数世而犹未已。彼果操何术以致此哉? 其名义在平等,其主义在利益均分、忧患相救而已。法可谓良,而挟之仅以作贼,则殊可痛也! 吾以为讲求合群之道,当有族制相维相系之情,会党相友相助之法,再参以西人群学以及伦理学之公理，生计学之两利，政治学之自治，使群治明而民智开、民气昌，然后可进以民权之说。仆愿公于此二三年之《新民报》中，巽语忠言，婉譬曲喻。三年之后，吾民脑筋必为一变，人人能独立、能自治、能群治，导之使行，效可计日待矣。即日未能人人知独立、知自治、知群治，授之以权而能受，授之以政而能达，亦庶几可以有为。至于议院之开设，仆仍袭用加藤弘之之说，以为今日尚早，今日尚早也！

公之所唱民权、自由之说皆是也。公言中国政体，征之前此之历史，考之今日之程度，必以英吉利为师，是我辈所见略同矣。风会所趋，时势所激，其鼓荡推移之力，再历十数年、百余年，或且胥天下而变民主，或且合天下而戴一共主，皆未可知。然而中国之进步，必先以民族主义，继以立宪政体，可断言也。

公所草《新民说》，若权利，若自由，若自尊，若自治，若进步，若合群，皆腹中之所欲言、舌底笔下之所不能言。其精思伟论，吾敢宣布于众曰：贾、董无此识，韩、苏无此文也。然读至冒险、进取、破坏主义，窃以为中国之民不可无此理想，然未可见诸行事也。二百余年，政略以防弊为主，学术以无用为尚。有明中叶以后，直臣之死谏诤，党人之议朝政，最为盛事。逮于国初，余风未沫，矫其弊者，极力划削，渐次销除，间有二三骨鲠强项之臣，必再三磨折，其今夕前席、明夕下狱，今日西市、明日南面者，踵趾相接，务催抑其可杀不可辱之气，束缚之，驰骤之，鞭笞之，执乾纲独断之说，俾一切士夫习为奴隶而后心安。其文字之祸，诽谤之禁，穷古所未有。由是愚懦成风，以明哲保身为要，以无事自扰为戒，父兄之教子弟，师长之训后进，兢兢然伸明此意，浸淫于民心者至深。故上至士夫、长吏、官幕、军人，乃至吏胥、走卒、市侩、方技、盗贼、偷窃，其才调意识，见于汉唐历史、宋明小说者，今乃荡然乌有。总而言之，胥天下皆懵懵无知、碌碌无能之辈而已。以如此无权利思想、无政治思想、无国家思想之民，而率之以冒险进取，耸之以破坏主义，譬之八九岁幼童授以利刃，其不至引刀自戕者几希！

公又以为英国查理士第一国会之争，法国路易弟十六革命之祸终不能免。非不知此事之惨酷，而欲以一时之苦痛，易千万年之和平。吾之以民权、自由之说鼓荡末学，非欲以快口舌。吾每一念及，鼻酸胆战，吾含泪而道也。嗟夫！至矣哉仁人之言。吾诵公言，亦为之鼻酸胆战也。虽然，欧洲中古以来，其政治之酷，压制之力，极天下古今之所未见。赋敛之重，刑罚之毒，不待言矣。动辄设制立限，某政某事为某种人不应为，某权利为某种人不应享。至于宗教之争，社会之禁，往往株连瓜蔓，死于缧绁，死于囹圄，死于焚戮者，盈千累万，数至不可胜计。校之中国，惟兴王之待胜朝，霸者之戮功臣，奸雄之锄异己，叔季之兴党狱，间有此祸，他无有也？教化大行，民智已开。固压力愈甚，专制力愈甚，其反动力亦愈甚。彼其卢骚《民约》之论入于脑中，深根固蒂，不可拔矣。一旦乘时之会，遂如列风猛雨、惊雷怒涛之奋激迅疾，其立海水而垂天云，固其宜也。

吾不敢谓中国压制之不力，然特别之事恒有之，普通之力不如此其甚。吾非不知中国专制之害，然专制政体之完美巧妙，诚如公语。苟时非今日，地无他国、无立宪共和之比校，乃至专制之名习而安之亦淡焉。忘今以中国麻木不仁、痛痒不知之世界，其风俗之敝，政体之坏，学说之陋，积渐之久，至于三四千年，绝不知民义、民权之为何物。无论何事，皆低首下心，忍而不辞；虽十卢骚、百卢骚、千万卢骚至口瘏手疲，亦断不能立之立、导之行也。日本之开国会也,享其利而未受其害,东人以为幸事。然吾考其原因,将军主政六七百年,及德川氏之季,诸藩联合,以尊王讨幕为名,王室尊矣,幕府覆矣,而一切大政,仍出于二三阀阅之手。于是,浮浪之士,失职之徒,乘间抵隙,本万机决于公论之誓,以法国主义为民倡,深识远虑者从而和之,当局者无说以易此,迁延展转,国会终不得不开。其事之成也,有相因而至之机会也。然其得免于祸也,亦足见断头之台,长期之会,非必不能免之,阶级不可逃之天蘖也。

二十世纪之中国,必改而为立宪政体。今日有识之士,敢断然决之,无疑义也。虽然,或以渐进,或以急进,或授之自上,或争之自民,何涂之从而达此目的,则吾不敢知也。吾辈今日报国之义务,或尊主权以导民权,或唱民权以争官权,一致而百虑,殊途而同归,迹若相非,而事未尝不相成。嗟夫!吾读公"以乙为鹄,指甲趋乙"之函,吾读公"不习则骇,变骇成习"之说,有以窥公之心矣。以公往往过信吾言,怀此半年未与公往复者,虑或阻公之锐气,损公之高论也。而今日又进一言者,以无智不学之民,愿公教导之、诱掖之、劝勉之,以底于成,不愿公以非常可骇之义,破腐儒之胆汁,授民贼以口实。公之目的固与我同,可无待多言,愿公纵笔放论时,少加之意而已。天祚中国,或六五年,或四三年,民智渐开,民气渐昌,民力渐壮,以吾君之明,得贤相良佐为之辅弼,因势而利导之,分民以权,授民以事,以养成地方自治之精神。征论英法,即日本二十年来政党相争之情。[1] 况吾亦乌有焉,真天下万国绝无仅有之事也。

踔厉奋发,忧勤兢惕,以冀同心协力,联合大力,以抗拒外敌。

---

[1] 《新民丛报》第二十四号所载至此,以下不录。

即向来官民之界、种族之界,久存于吾人心目间者,尚当消畛域,泯成见,调和融合,以新民命而立国本。而反纷纷然为蛮触之争、鸡虫之斗,何其量之狭而谋之浅也。彼之横纵交错,布其势力范围于我之各行省、各属地、各外藩者,既俨然以地主人自命,其视吾政府犹奴隶,视吾民人犹奴隶之奴隶,有识之士所为痛心疾首者也。今不自因为奴隶之奴隶,又未能养成地主人之资格,学为地主人之本领,乃务与奴隶争彼,或者左袒奴隶,以攻击奴隶之奴隶,抑摧灭奴隶之奴隶而并驱奴隶,患不可胜言也。譬之一家舆台皂隶,日喧哓于左右者之侧,有不勃然大怒,挥而斥之乎? 有能默尔而息,置之不问者乎?

日本当明治二十七八年,政党互讧,上下交争,几酿大祸。及与我开战,乃并力一向,忽变阋墙而为御外。初不愿过取之民,舌剑唇枪,两肆攻击。马关会议,反责成国民力筹二万万银元,以充战费,众无异辞。诚知今日大势,在外患不在内忧也。今五大洲之环而伺我者,协而攻我者,不独日本日夜伺吾隙,以徼吾利。而爱国之士反唱革命分治之说,授之隙而予之柄,计亦左矣。今之二三当道,嚣嚣然以识时务自命者,绝不知为国民,由国民之为何义,天赋人权之为何物,民约之为何语,谬以为唱民权必废君主,唱民权必改民主。积其科名官职,富贵门第,腐败不堪之想,一意恢张官权,裁抑民权,举一切政事,沟而画之,别而白之曰:此官之权,于民无与也。果若人倘若不幸,彼政府诸公顽固如故,守此不变,勒固不予;而民智既开,民力既壮,或争之而后得,或夺之而后得,民气日张,民权亦必日伸。以物竞天择、优胜劣败之理,推之其变态,吾不知其结果,吾敢断言也。公以播此理想,图报效于国民,冀以其说为消弭祸患之良药。仆以为由此理想而得事实,祸患因而不作,此民之幸,即公之功也。又虑其说为制造祸患之毒药。仆以为民已有智,民既有力,而政府固勒之权,祸患末由而弭,此政府之责,非公之咎也。吾辈唯自尽国民一分子之义务而已。

若夫后生新进爱国之士有唱革命者、唱类族者、主分治者,公亦疑其非矣。吾姑无论理之是非、议之当否,然决其事之必幸无成也。西乡隆盛之起师也,斩竿木、荷耰锄而从者数万人,全国之民响应者十之二三,归向者十至七八。而以一少将扼守熊本,卒不能越雷池一步,展转而困毙,是何也?政府有轮船、有铁轨、有枪炮,而彼皆无之也。故论今日政府之弱可谓极矣!而以之防家贼、治内扰,犹绰有余裕也。事无幸成,徒使百数十英豪、万数千良儒,血涂原野,骸积山谷,非吾之所忍闻,反诸爱国者之初心,亦必悔其策之愚拙、事之孟浪也。即幸而事成,而取一家之物,而又与一家;畏一路之哭,而别行一路。以今日之愚族,亦万不能遽跻于强台。以暴易暴,不知其非,吾恐扰攘争夺,未知其所底止也。且吾辈处此物竞天择至剧至烈之时,亟亟然图所以自存、所以自立者,固不在内患而在外攘。今日之时、今日之势,诚宜合君臣上下、华夷内外。此四字用古代名词。言势必所谓官者,绝不取之于民族,如上古封建之世卿、欧洲中叶之贵族,印度四种之刹帝利而后可。果若人言,又必今日为民听其愚昧,明日入官,即化为神圣而后可。果若人言,又必以二三千神圣之官,率此四百兆愚昧之民,驱之出生入死,安内排外,无所不能而后可。果使普天之下胥变为牛马世界、犬鸡世界、虫蚁世界也,彼其说可行也。若犹是人民世界也,吾知此蚩蚩无知之民,始居于无民之国,继变为无国之民,是不啻为渊驱鱼,为丛驱爵也,是直为天下列强之虎之伥、之鬼之魔也,是中华之罪人,是大清国之乱臣贼子也。虽然,今之新进后生、爱国之士,知彼辈之必误天下。恶彼辈之说,矫彼辈之论,铤而走险,急何能择?乃唱为革命、类族分治诸说,其志可哀,其事可悲。然以今日之民,操此术也以往,吾恐唱革命者,变为石敬瑭之赂外,吴三桂之请兵也;唱类族者,不愿汉族、鲜卑族、蒙古族之杂居共治,转不免受治于条顿民族、斯拉夫民族、拉丁民族之下也;唱分治者,忽变为犹太之灭,波兰之分,印度、越南之受辖于人也。吾非不知时危事迫,无可迁延,持缓进之说者,将恐议论未定,而兵既渡河,揖让救火,而火既燎原。虽然,此坏劫、此厄运,由四五千年积压而来,由六七大国驱迫而成,实无可如何也。公以为由君权而民政,一度之破坏终不可免,与其迟发而祸大,不如速发而祸小。仆以为由蛮野而文明,世界之进步,必积渐而至,实不能躐等而进,一蹴而几也。吾不征往事,征之近日,神拳之神,义民之义,火教堂、戮教民、攻使馆之愚,其肇祸也如此;顺民之旗,都统之伞,通事之讹索,士夫之献媚,京师破城之歌舞,联军撤退之挽留,共遭难也如彼;和议告成,赔款贻累,而直隶之广宗,湖南之辰州,四川之成都、夔州,又相继而起,且蔓延于一省,其怙恶也复如此。以如此之民,能用之行革命、类族分治乎?每念中国二千年来专制政体,素主帝天无可逃、神圣不可犯之说,平生所最希望专欲尊主权,以导民权,以为其势校顺,其事稍易。戊戌新政,新机动矣,忽而变政,仍以为此推沮力寻常所有也。既而团拳祸作,六飞播迁,危急存亡,幸延一发,卒下决意变法、母子一心之诏,既而设政务处,改科举,兴学校,联翩下诏,私谓我辈目的庶几可达乎。今回銮将一年,所用之人、所治之事、所搜括之款、所娱乐之具、所敷衍之策,比前又甚焉!展转迁延,卒归于绝望,然后乃知变法之诏,第为辟祸全生,徒以之媚外人而骗吾民也。设有诘于我者,谓公之所志,尚能望政府死灰之复然乎?抑将坐视国家舟流而不知所届乎？仆亦无辞可答也。茫茫后路，耿耿寸衷，忍泪吞声，郁郁谁语！而何意公之《新民说》遂陈于吾前也，罄吾心之所欲言、吾口之所不能言，公尽取而发挥之。公试代仆设身处地，其惊喜为何如矣！已布之说，若公德、若自由、若自尊、若自治、若进步、若权利、若合群，既有以入吾民之脑，作吾民之气矣；未布之说，吾尚未知鼓舞奋发之何如也。此半年中，中国四五十家之报，无一非助公之舌战，拾公之牙慧者，乃至新译之名词，杜撰之语言，大史之奏折，试官之题目，亦剿袭而用之。精神吾不知，形式既大变矣；实事吾不知，议论既大变矣。嗟夫！我公努力，努力本爱国之心，绞爱国之脑，滴爱国之泪，洒爱国之血，掉爱国之舌，举西东文明大国国权、民权之说输入于中国，以为新民倡，以为中国光，此列祖列宗之所阴助，四万万人之所托命也。以公今日之学说、之政论布之于世，有所向前之能，有惟我独尊之概，其所以震惊一世，鼓动群伦者，力可谓雄，效可谓速矣。然正以此故，其责任更重，其关系乃更巨。举一国材智之心思、耳目专注于公，举足左右，便分轻重。彼之恢张官权，裁抑民权者，公驳击之、指斥之可也。听其自消自灭、自腐自朽、自溃自烂，亦无不可也。公所唱自由，或故为矫枉过直之。然使彼等唱自由者，拾其唾余，如罗兰夫人所谓天下许多罪恶，假汝自由以行，大不可也。公所唱民权，或故示以加倍可骇之说。然使彼等唱民权者得所借口，如近世虚无党，以无君、无政府为归宿，大不可也。一言兴邦，一言丧邦，芒芒禹域，惟公是赖。求公加之意而已。

吾草此函，将敛笔矣。吾哀泪滂沱，栖集笔端。恍若汉唐宋明之往事，毕陈于吾前，举凡尽忠殉国、仗义兴师、无数之故鬼新鬼、亡魂毅魄，乃至亡国之君、亡国之君之妃后、亡国之君之宗族，呜呜而哭,一齐号咷,若曰:"吾辈何不幸,居于专制之国,遭此革命之祸也!"吾热血喷涌,洋溢纸上;又若英德日意之新政,毕陈于吾前,举凡上下议院、新开国会,无数之老者少者、含哺鼓腹,乃至吾国万岁、吾民万岁、吾君万岁之声,熙熙而来,一片升平,若曰:"吾辈何幸,而生于立宪之国,享此自治之福也!"吾亦不自知若何而感泣,忽辍笔而叹也;若何而蹈舞,遂投笔而起也。嗟夫!孰使我哀哀至于此?吾憾公;孰使我喜喜至于此?吾又德公。书不尽言,吾复何言?

新民师函丈

　　老少年国之老少年百拜!

　　列国横纵六七帝,斯文兴废五千年。黄人捧空撑空起,要放光明照大千。

　　青者皇穹黑劫灰,上忧天堕下山积。三千六百钓鳌客,先看任公出手来。

　　此丙申四月赠公诗六首之二。此纸未尽,仿《新民报》例,附识于末。

据中国国家图书馆藏《黄公度先生手札》

致严复函*

(光绪二十八年　1902 年)

别五年矣。戊戌之冬，曾奉惠书，并《天演论》一卷，正当病归故庐，息交绝游之时，海内知己，均未有一字询问，益以契阔。嗣闻公在申江，因大著作而得一好姻缘，辄作诗奉怀，然未审其事之信否也。诗云：一卷生花《天演论》，因缘巧作续弦胶。绛纱坐帐谈名理，似倩麻姑背痒搔。团拳难作，深为公隐忧。及闻脱险南下，且欣且慰，然又未知踪迹之所在，末由敬候起居，怀怅而已。

《天演论》供养案头，今三年矣。本年五月获读《原富》，近日又得读《名学》，隽永渊雅，疑出北魏人手。于古人书求其可以比拟者，略如王仲任之《论衡》，而精深博则远胜之。此书不足观，然汉以前辨学而能成家者，只此一书耳。又如陆宣公之奏议，以体貌论，全不相似。然切理餍心，则略同也。而切实尚有过之也。《新民丛报》以为文笔太高，非多读古书之人，殆难索解，公又以为不然。弟妄参末议，以谓《名学》一书，苟欲以通俗之文，阐正名之义，诚不足以发挥其蕴。其审名度义，句斟字酌，盖非以艰深文之也，势不得不然也。观于李之藻所谓之《名理探》，索解更难，然后知译者之费尽苦心矣。至于《原富》之篇，或者以流畅锐达之笔为之，能使人人同喻，亦未可定。此则弟居于局外中立，未敢于三说者遽分左右袒矣。公谓正名定义，非亲治其学，通彻首尾，其甘苦末由共知，此真得失心知之言也。公又谓每译一名，当求一深浅广狭之相副者，其陈义甚高。然弟窃谓悬此格以求是，恐求之不可得也。以四千余岁以前创造之古文，所谓"六书"，又无衍声之变，孳生之法。即以之书写中国中古以来之物之事之学，已不能敷用，况泰西各科学乎？华文之用，出于假借者十之八九，无通行之文，亦无一定之义。即如《郑风》之忌，《齐诗》之止，《楚词》之些，此因方言而异者也。墨子之才，荀子之案，此随述作人而异者也。乃至人人共读，如《论语》之仁，《中庸》之诚，皆无对待字，无并行字，与他书之仁与义并诚与伪者，其深浅广狭已绝不相侔，况与之比较西文乎？

今日已为二十世纪之世界矣，东西文明两相接合。而译书一事以通彼我之怀，阐新旧之学，实为要务。公于学界中，又为第一流人物，一言而为天下法则，实众人之所归望者也。仆不自揣量，窃亦有所求于公。

第一为造新字，中国学士视此为古圣古贤专断独行之事，于武曌之撰文、孙休之命子，坐之非圣无法之罪。殊不知《仓颉》一篇，只三千余文，至《集韵》、《广韵》多至四五万，其积世而增益，因事而制造者多矣。即如僧字塔字，词章家用之如十三经内之字矣，而岂知其由沙门桑门而作僧，由鹘图窣堵而作塔，晋魏以前无此事也。次则假借。金人入梦，丈六化身，华文之所无也，则假佛时仔肩之佛而为佛。三位一体，上升天堂,华文之所无也,则假视天如父,七日复苏之义而为耶稣。此假借之法也。次则附会;塞□之变为释□,苾刍之变为比丘,字本还音,无意义也。择其音之相近者而附会之,此附会之法也。次则谩语。单足以喻则单,单不足以喻则兼,故不得不用谩语。佛经中论德如慈悲,论学如因明,述事如唐捐,本系不相比附之字,今则沿习而用之,忘为强凑矣。次则还音。凡译意则遗词,译表则失里。又往往径用本文,如波罗密、般若之类。又次则两合。无一定洽合之音,如冒顿、墨特、阏氏、焉支,皆不合。则文与注兼举其音,俾就冒与墨,阏与焉之间,两面夹出,而其音乃合。此为仆新获之义,无以名之,故名之曰两合。荀子有言,命不喻而后期,期不喻然后说,说不喻然后辨。吾以为欲命之而喻,诚莫如造新字,其假借诸法,皆荀子所谓曲期者也。一切新撰之字,初定之名,于初见时能包综其义,作为界说,系于小注,则人人共喻矣。

第二为变文体。一曰跳行,一曰括弧,一曰最数,一、二、三、四是也。一曰夹注,一曰倒装语,一曰自问自答,一曰附表附图。此皆公之所已知已能也。

公以为文界无革命,弟以为无革命而有维新,如四十二章经,旧体也。自鸠摩罗什辈出,而内典别成文体,佛教益行矣。本朝之文书,元明以后之演义,皆旧体所无也,而人人遵用之而乐观之。文字一道,至于人人遵用之乐观之,足矣。凡仆所言,皆公所优为。但未知公肯降心以从、降格以求之否?

弟离群索居,杜门四年矣,几几乎以泥水自蔽,一若理乱不知也者。然新字新理,日发我聋而振吾瞆,虽目不窥园,若日与海内贤豪相接,使耳目为之一舒,窃自忻幸。而浅学薄材,若河伯之见海,若望洋兴叹,茫无津涯,弥复自愧。加以老而补学,如

炳烛之明,余光无几,又自恨也。爱我如公,何以教之。草草布
臆,不尽所怀。

据王栻主编《严复集》第五册附录《黄遵宪致严复书》

致黄伯权函[*]

（光绪三十年三月二十五日　1904 年 5 月 10 日）

通侄阅悉：

昨得汝函，知已考得游学正取，举家忻喜，余尤为喜慰。余意以为，学校中多一吾家子弟，他日门闾之大，乡里之荣，皆于是卜之。后起之秀，尤属望在汝，汝宜不负期望也。

汝询问将来专门之业何项为宜，汝所答云"俟普通学卒业再定"。此语甚是。余念学务中所询①，不过以此二项，看汝志趣何如耳。实则官费学生，以学政治学、法律学为便也。出洋在何时，派何国，能自主否？ 汝习英文，可派往欧洲，但汝于普通小学未卒业，如往欧美，无学校可入，因年纪与学业程度不相合故也。西人普通小学大约八岁至十三四岁，汝今年二十，故不便也。能往东洋，学伴较多，又可兼汉文、和文，余以为往日本最好，但不知能自主否耳？

汝家均安好。余病近日有起色，然复元则尚需时也。

---

*　该函写作年份据郑海麟考订为光绪三十年。

①　底本原文如此。

出门起居，汝自检点。手此，为君道喜。

公度手书　三月二十五日

据郑海麟、黄延康编著《黄伯权传》(1999 年 5 月自印)，
录自嘉应学院黄遵宪研究所选编《黄遵宪研究资料选编》
(香港天马图书有限公司 2002 年 5 月版)

致黄遵楷函

（光绪三十年四月二十八日
1904 年 6 月 11 日）

五弟①如晤：

今日甫能执笔作弟复函，深自愧恨。然今日犹能执笔述吾近况，又窃自欣幸。兄自前岁在汕得寒喘疾，时作时止，去年七八月，渐觉增剧，加意调理，入冬以后，竟尔安好，以为复元矣。开春以后，旧疾复作，遇阴雨则甚，乃惊蛰以前闻雷，自正月十八至三月初八，凡五十日，不见白日，兄并未下楼一步，坐书椅一刻，抑郁沉闷，如坐愁城中，稍一劳力，作一急步，则喘起，甚至安坐时，亦或气涌，所幸历时不久，仅十数分钟便止。然日渐羸瘦，饮食亦无滋味。继而睡眠亦不安稳，杂病日增，精神日愈。服陈丰治痰药无效。西医则谓年老肺弱，如天气清和，可望渐愈，服其治痰药又无效。惟三月中旬，天复放晴，始觉略愈，而骤增热度至八十余度。间日辄酿雨，郁闷异常，病有增无减。至本月初间，得雨甫见顺境，近乃口有起色，以后当竭力调养。西医劝其往无雨之地，明春或往芝罘一游也。

---

① 五弟即黄遵楷，字旖达，光绪己丑科举人，时署福建厦门同知。

　　勉帅于兄甚为殷拳。弟函谓兄如来闽，当邀入幕府，闻之感喜。兄于勉帅颇有知己之感，盖声气相求，其质直好义之处，颇有一二近似之处，故心心相印也。兄于数年前，经由内外大僚保荐，得旨存记凡十五次，中惟唐春卿侍郎一折，保其办理银行、铁路、一切财政，称其忠实廉直，近所罕觏，为吾所最喜。此外多赞称学问才调，并及阅历，半属皮相之言。春卿为兄三十年旧交，知之最详，若勉帅止见一二次耳，而知其品行，故兄尤心感也。前在江西时，承其邀约，本欲以游客前往，看有可以效力之处，再行留驻。嗣闻柯巽庵中丞略有意见，勉帅旋移节来粤，因而中止。陈再芗告徐观察，谓如果奏调，兄必能来，系属误会，以三品京员处司道之间，殊难位置。兄以为指定某席，专治某事，犹觉不便，况奏派某事乎？且廷旨苟不谓然，不更窒碍乎？今闽省事权归一，并无同城掣肘之人，勉帅又不拘以某事，尽可竭其驽钝，襄助一切，尽吾力之所能，以资一臂之助，即藉以稍表寸心。

　　读弟来书，旁皇不释者数日，然病躯若此，万难出门，惟呼负负而已。

　　弟办警察，比兄在湘时，我用我法，权自己操，自有不能如意之处，然以实心实力行之，必有效可观。年来警察谤议纷然，而兄于群疑众谤之交，孤行己意，本使持异议者称为成效大著，舆情悦服，俞廉三详鄂督，鄂督据以入奏云尔。何也？吾实以保民之意行之，非藉以行官权也。以上为四月廿日作。继以淫雨三日，又复病作，盖因肺弱，所食湿气，转输不灵故也。不知如何调摄乃能复元，虑此后不能再出任事矣。

　　通侄从槟榔屿归，精神耿耿，殊有蒸蒸日上之势。此次考游学，吾以为必得，不意既得而复失，然亦无关要紧也。吾以为不如自费直往日本为便。询熙侄意向，亦甚有志自爱，亦欲游学。然看其聪明，似逊于其兄，先往汕头，亦未为不可。此外，后起天资，以源侄为最，然成就与否，则视教育耳。延豫一变，颇有英气，此年来稍慰之事。但使吾家子弟在学校中者有数人，门闾之昌，总可计日而待也。庚弟不往日本，吾所遣清侄及杨徽五往学师范者，亦与偕行，到神户后，丰、豫亦随往东京。端兄所捐县丞，已办妥矣。年来所呕呕以求者，意欲以普及之教育，使人人受教，法在先开师范学堂，二年后师范卒业生已多，通州可遍设蒙小矣。东山书院两横屋已修好，惟扩充之屋，明年乃能毕工，第未知吾身体强弱何如耳！

吾秉赋不强，少时又受早慧之累，在坡在湘，二次大病，虽善自调摄，已日见老羸矣。平生怀抱，一事无成，惟古今体诗能自立耳。然亦无用之物，到此已无甚可望矣。惟望弟侄辈各自努力，以期立德立功耳。即问

近好

兄宪手书　四月廿八日

据吴天任编著《清黄公度先生遵宪年谱》

致梁启超函

（光绪三十年七月四日　1904 年 8 月 14 日）

饮冰主人惠鉴：

自今年惊蛰至立夏，积阴雨凡六十日。仆肺疾增剧，日坐愁困中，几不能凭几案亲笔砚。寻常肺病畏寒患喘，仆则畏雨，盖呼吸湿气，转输不灵也。此患得于伦敦蒙务中，经星坡、湖南二次病而增甚，今则老而益弱矣。然苟得空气干燥之地住居一二年，或犹可望治。四月以后，渐有起色。

得公上海所递书，循环捧读十数次。往时见公函，每惊喜踊跃，如杜陵手提骷髅之诗，可以愈疟。而此次转增我愁闷，盖以公失意之事多，忏悔之心切，亦使我怅惘而不知所措也。函中语长心重，诚非仆所敢当，所商榷云云，亦未易作答。坐是之故，忽忽又逾两月。比又得公南旋不见之诗，益知爱我之切，若一一按照前函而复，诚非数万言所能罄。今姑仿前约三百字之例，每一相思，辄作数十行商一二事，意倦兴尽，亦听其中止，藉以慰公之情，亦良胜于无也。

公之归自美利坚而作俄罗斯之梦也，何其与仆相似也。当明治十三四年，初见卢骚、孟德斯鸠之书，辄心醉其说，谓太平世必在民主国无疑也。既留美三载，乃知共和政体万不可施于今日之吾国。自是以往,守渐进主义,以立宪为归宿,至于今未改。仆自愧无公之才、之识、之文笔耳。如有之,以当时政见宣布于人间,亦必如公今日之悔矣!仆前者于立宪之说,且缄阒而不敢妄言。然于他人之提唱革命,主持类族,闻之而不以为妄,谓必有此数说者各持戈矛,互相簧鼓,而宪政乃得成立。仆所最不谓然者,于学堂中唱革命耳。此造就人才之地,非鼓舞民气之所。自上海某社主张其说,徒使反动之力破坏一切,至于新学之输入、童稚之上进,亦大受其阻力,其影响及于各学堂、各书坊,有何益矣?若章、邹诸君之舍命而口革,有类儿戏,又泰西诸国之所未闻也。公之所唱未为不善,然往往逞口舌之锋,造极端之论,使一时风靡而不可收拾。此则公聪明太高、才名太盛之误也。东西诸国距离太远,所造因不同而分枝滋蔓,递相沿袭者,益因而歧异,乃欲以依样葫芦收其效果,此必不可能之事。如见日本浪士之侠,遂欲以待井伊者警告执政;见泰西景教之盛,亦欲奉孔子而尊为教皇,此亦南海往日之误也。

公自悔功利之说、破坏之说之足以误国也,乃一意返而守旧,欲以讲学为救中国不二法门。公见今日之新进小生,造孽流毒,现身说法,自陈己过,以匡救其失,维持其弊可也。谓保国粹即能固国本,此非其时,仆未敢附和也。如近日《私德篇》之胪陈阳明学说,遂能感人,亦不过二三上等士夫耳。言屡易端,难于见信,人苟不信,曷贵多言!仆为公熟思而审处之,诚不如编教科书之为愈也。于修身伦理,多采先秦诸子书,而益以爱国、合群、自治、尚武诸条,以及理化、实业各科,以制时宜,以定趋向。斯宾塞有言:"民德不进,弊或屡易其端,而末由杜绝。"至哉斯言。仆近者见日本人之以爱国心、团结力,摧克大敌也。专以普及教育为目的,既发端于一乡,并欲运动大吏,使遍及全省。虽责效过缓,然窃谓此乃救中国之不二法门也。当道能提挈之、辅助之固善,否则乡之士夫,相应相求,亦或可造此规模。不幸而吾民之知、德、力未及建立,而吾国遂亡。然人格略高,求所以保种,而兴灭或亦稍易。往日《时务报》盛行,以后仆即欲以编辑大业责成于公,而展转未获所愿。今日仍愿公专精于此事,其收效实远且大也。

前读《管子传》,近见《墨子学说》,多有出人思想外者。益叹智愚之相去何啻三十里哉!仆尝谓自周以后,尊崇君权,调柔民气,多设仪文阶级,以保一家之封建,致贻累世之文弱,召异族之欺凌者,实周公之过也。至周末而文胜之弊尽见矣。于学术首唱反对者为老子,然老子有破坏而无建设。其所企慕者,乃在太古无为之治耳。至墨子而尚同、尚贤,乃尽反周道,别立一宗矣。于政治首立异说者为管子,然管子多补苴而少更革。以《管子》、《周礼》互相参校,大概可睹。至商鞅而教战教耕,乃尽废周制,而一扫刮绝矣。是四子者,皆指周公为的而迭攻之。而孔子则介乎四子之间者也。曰通三统,曰张三世。于文献也,有征杞征宋之言;于礼之损益也,有继周之想;其于周公不必尽反,亦不必尽从,尝疑梦见周公,盖因有不合者,仰而思之,乃征于梦也。若不过于墙见舜,弹琴见文,此思古幽情,虽衰老亦能为之,何必兴叹哉!盖一协于时中而已。

自周以后,始有儒称,实成周时庠序中教师之名耳。《周礼·太宰》四曰:"儒以道得民。"注曰:"儒,诸侯保民有六艺以教民者。"又《大司徒》四曰:"联师儒。"注曰:"师儒,教以道艺者。"其道在优柔和顺,以教民服从为主义,是周公创垂之教也。《礼记·儒行》释文:"儒之言,优也,和也。"言能安人能服人也。《说文》:"儒,柔也。"《广雅·释诂》:"儒,柔也。"《素问》名曰:"枢儒。"注:"儒,顺也。"是皆历世相传之古训。甚至《广雅·释诂》:"一儒愚也。"《荀子·修身》偷儒,注儒谓"儒弱畏事"。《礼记·玉藻》:

黄遵宪集

"儒者所畏"注:"儒,弱也。"则儒字益不堪问矣。若我孔子,则综九流、冠百家,不得以儒术限。儒乃孔子之履历,非孔子之道术,汉儒亦多未明白。然汉以前训诂家,尚无以儒为孔子道者。惟《淮南子·俶真训》,儒墨乃始列道而议。高诱注:"儒谓孔子道。"然此注乃为此语而发,非通论也。闻南海有儒为孔子所建国号之语。是亦见释迦之创佛教,耶稣之创天主教、摩诃末之创回教,误以为儒教亦孔子所创也。世以周孔并称,误矣!误矣!公之《变迁论》以南北分学派,以空间说。此论不甚确,盖论地理而证以学派则可,论学派而系以地理则窒碍多矣!仆之此论,由周初以逮战国,以时间说。公谓此有当于万一否?幸纠正之。

光绪三十年七月初四日

此稿未完,下期再续。

据中国国家图书馆藏《黄公度先生手札》

致杨徽五黄簧孙函[*]

（光绪三十年十一月二十二日　1904年12月28日）

徽五、簧孙贤侄台惠鉴：

　　上月底由诗五先生转递一函，当已收阅。本月十一日接到徽五十月十日函，藉悉一切。所云诗五先生处汇银，兹于本初五日将银三百元交给诗五先生之夫人，并取有收条。付来诗五一信，烦即转交。此项三百元，即是二君学费，除前借丰儿一百元即抵还诗五手外，余银二百元，可以按月向诗五支取。此项用完外，祈约计学费并盘川，撙节而用，共需多少，早为告知，以便筹划。前于上月底芬弟往港时，即函嘱裕和泰汇寄四百元，不意其迁延至于倒闭，此为吾存寄裕隆泰之款，然款未支出，欠债中多此四百元，至今尚无着落也。以后在港托潘祥初亦可，但略费事耳。

　　师范学堂中事，意欲将拟定办法函告侄台，惟刻下尚未能酌定。

　　余病虽未增加而未能复元。大约天气不佳，胸中有饮食停滞，或事不如意，或劳苦不节，则数日为之不快。已成废物，惟躯壳仅存耳。

＊　函云"余病虽未增加，而未能复元"，据此知为光绪三十年十一月二十二日。

在东洋应预谋者，为延聘东人一事，其束脩比照汕头之熊泽纯，大约订约二年并来去盘费，以二千元为度。声明系教速成师范生，此项系小学师范，以一年卒业者。前函所云古城贞吉，试一询问能来与否？其它后再函商。手问

文祺。不宣

遵宪顿首　十一月廿二日

据杨冀岳藏黄遵宪亲笔信

致梁启超函[*]

（光绪三十一年一月十八日　1905 年 2 月 21 日）

饮冰主人惠鉴：

腊八日聚数友啖粥，得士果函，中有公书外，有阿龙造象，又时务学堂留学诸君公赠撮影。为我致谢。前有诗云："国方年少吾将老，青眼高歌望汝曹。"为我诵之。今腊不尽只三日矣。又得公书及秉三西京所发函，爆竹声中，屠苏酒畔，挟此展读，半年岑寂，豁然释矣。前方函告由甫，讯公所以疏阔之故，得此札已喜又忧。喜则喜吾之病中《纪梦诗》既入公耳，且与秉三促膝读之。《己亥杂诗》，公以为"成连之琴，足移我情"，此数字直入吾心坎中，安得尽发箧中诗，博公赞辞，作我良药也！忧则忧公意兴萧索，杂坐于秉三、皙子之间，神采乃不如人，面庞亦似差瘦也。

熊罴男子，最赏其神骏，戊戌别后，竟能超然事外，如申屠蟠之不罹党祸，可谓智矣。汉口之役，吾日日为渠忧，继见党碑所刻，刊章所索，并无其名，乃始心安。渠欲于汕头会我，亦拟得电后，天晴日暖，当力疾买舟一行。今尚未得电，知必以其家催归，径由沪返

---

* 据函称梁启超"公今年甫三十有三"推断，当写于光绪三十一年正月十八日。

湘矣。顷草一函,托狄楚卿转寄,以慰其相思之殷。至见面筹商各节,弟之一身,如此痼疾,不堪世用,此可无庸议。若论及吾党方针、将来大局,渠意盖颇以革命为不然者。然今日当道实既绝望,吾辈终不能视死不救。吾以为当避其名而行其实,其宗旨曰阴谋、曰柔道,其方法曰潜移、曰缓进、曰蚕食,其权术曰得寸则寸、曰辟首击尾、曰远交近攻。今之府县官所图者,一己之黜陟耳,一家之温饱耳。吾饵之饲之,牢之笼之,羁縻之,左右之,务使彼无内顾之忧,无长官之责,彼等偷安无事,受代而去,必无有沮吾事者。继任者便沿袭为例,拱手以事权让人矣。其尤不肖者,搜索其劣迹以要挟之,控诉于大吏以摘去之。总之,二百余年,朝廷所以驭官之法,官长上求保位,下图省事之习,吾承其弊,采其隐,迎其机而利用之。一二年间吾之羽翼既成,彼地方官必受吾指挥而唯命是听矣。异日相见,再倾筐倒箧而出之。公先抄此纸,藏其名而密告之,何如?

近得南海落机山中所发书,嘱以寄公。今递来一阅,他日仍以还我。前岁获一书,言事事物物与吾同,无丝毫异者。所著《官制考》,屡索品题,如所谓保国当中央集权,保民当地方自治,此真所见略同者。二十年来,吾论政体即坚持此见,壬寅所寄缄曾略表之。即圣贤复起,亦必不易此语。惟此函所云:"中国能精物质之学,即霸于大地。"以之箴空谭则可,以此为定论则未敢附和也。渠谓民主革命之说,在今日为刍狗,在欧洲则然,今之中国原不必遽争民权。苟使吾民无政治思想,无国家思想,无公德,无团体,皮之不存毛将焉傅?物质之学虽精,亦奚以为哉?

所惠《中国之武士道》、杨序极精博,为吾致意。《中国国债考》,均得捧读。以公之才识,无论著何书,必能风靡一世。吾有一三十年故友,谓公之文有大吸力,今日作此语,吾之脑丝筋随之而去;明日翻此案,吾之脑丝筋又随之而转,盖如牵傀儡之丝,左之右之,惟公言是听。吾极赞其言。吾论诗以言志为体,以感人为用。孔子所谓兴于诗,伯牙所谓移情,即吸力之说也。此二书皆救世良药,然更望公降心抑志,编定小学教科书,以惠我中国,牖我小民也。

公二年来所谋多不遂,公自疑才短,又疑于时未可。吾以为所任过重,所愿过奢也。当公往美洲时,吾屡语由甫,事未必成。但以吾离美日久,或者近年华商其见识力量能卓然自立,则非所敢知耳。今读公《新大陆游记》,则与弟在美时无大异,所凭借者不足以有为,咎固不在公,公之咎在出言轻而视事易耳。公今年甫三十有三,年来磨折,苟深识老谋,精心毅力随而增长,未始非福。七年来所经患难不足以挫公,盖祸患发之自外,公所持之理足以胜之。惟年来期望不遂,则真恐损公豪气,耗公精心矣。

公学识之高,事理之明,并世无敌。若论处事,则阅历尚浅,襄助又乏人。公今甫三十有三,欧美名家由报馆而蹿居政府者所时有,公勉之矣!公勉之矣!

弟所患为肺管微丝泡舒缩之力不能完全,此在今日医术中,尚无治疗之方。然诚能善于摄养,或好天时,或善地时,自调停,亦不至遽患伤生,惟不能任事矣。余之生死观略异于公,谓一死则泯然澌灭耳;然一息尚存,尚有生人应尽之义务,于此而不能自尽其职,无益于群,则顽然七尺,虽躯壳犹存,亦无异于死人。无辟死之法而有不虚生之责,孔子所谓"君子息焉,死而后已。"未死则无息已时也。公谓何如?

此缄初作在腊底,雷雨时行,继以积阴,凡二十日,无一日晴。

此在去岁时,必阁笔枯坐矣。今犹能作此数纸,可知稍愈于前矣。犹有病间时,公读此亦可稍慰。各努力自爱。不布所怀。

布袋和南　正月十八日

据中国国家图书馆藏《黄公度先生手札》

致狄平子函[*]（摘录）

（光绪三十一年一月　1905 年 2 月）

自顾弱质残驱，不堪为世用矣。负此身世，感我知交。

据狄平子《平等阁诗话》

---

　　* 狄平子，字葆贤。狄平子《平等阁诗话》云"近得先生正月粤中书云"，又云"不意
竟成谶语"。当写于光绪三十一年正月。

第四编　公牍

上郑钦使第十八号[*] 七月二十三日

(光绪八年七月二十三日　1882年9月5日)

敬禀者:窃○○于本月十四日肃呈第十七号一禀,当邀垂鉴。十八日奉到第七号钧谕,本日又奉到第八号钧谕并札文一件,一一读悉。

前禀所称:"延请律师,于各会馆所收回华银内提出二圆五毫支销,此项自庚辰春间以来系如此办法。"查绅董等所刊延请律师结数,是年延请尊治力律师等项用银万余元,除支取签捐款项外,总会馆交出银四千五百元,即系此二圆半所收之款也。窃计前总领事当已通禀有案,故一时漏未详叙,此项沿收至今。四月中议延律师,商定于此款支取,但计算不能敷用。○○查庚辰年绅董签捐之银尚有余剩,意欲俟该项不敷时,借签捐之款以接济耳。各馆收银之数,今既详另禀,近来毫无加增。怜悯会所禀系影响不确之辞,不足信也。怜悯会当系耶苏教会,向与会馆不睦。○○亦知之

---

　　* 郑钦使,即郑藻如,字志翔,号豫轩、玉轩,广东香山县(今中山市)人。咸丰元年(1851年)中举。历任江南制造总局帮办,直隶津海关兵备道,光绪七年五月至十一年六月(1881年6月—1885年7月)出使美国、日斯巴尼亚国(西班牙)、秘鲁国大臣。光绪八年初至十一年七月,黄遵宪任美国旧金山总领事。

此处填发护照由耶苏馆报填者甚多,并未经会馆手也①。

中华会馆与总会馆现议合报而为一。既据两馆绅董联名同递一禀,○○为之草立章程,亦经与各董商妥,仍声明俟呈请宪台核定后乃作为定章。此节亦详于另禀。近接欧阳锦堂兄来函,知檀岛亦设有中华会馆,其规模甚善,但其意欲将该馆章程求宪台照会驻美檀使转咨其外部,请发准照。此则未知可行与否?查各国善堂义会多系自禀地方官请发准照,会馆本宜仿照办理。○○常谓此间公馆,被贩佣之名,正坐未经禀明地方官之故也。惟禀由公使请其外部,不知于交涉体制何如?若果可行,则该馆藉以增重,于事亦有裨益也。经将此意转告锦堂,锦堂又询伊旧金山一节,亦以新例第十三条告之矣。

再,承示总署钞函,○○窃谓此事不可与言,容即缮禀详复。余事均俟详后禀。

谨肃此敬请钧安,伏希垂察。

○○○谨禀

再禀者:金山一处,自咸丰年间始陆续创建会馆有六:曰三邑,曰阳和,曰冈州,曰宁阳,曰人和,曰合和。合和复于光绪五年歧而为四:曰肇庆,曰恩开,曰余风采堂,曰谭怡怡堂。会馆均系购地自造。馆中各有董事一名或二名,通事一名。其所办之事,则每次船来,各馆初到之客,馆人为之招呼行李,租赁居所。遇有事端,董事等为之料理,亦有病故无依亲之骸骨,为之捡运俾葬于故里者。此一事亦有不归会馆办理,各邑自立善堂代为营运者。其经费所出,则初到之客挂名于簿,俟其回华,向收数元或数十元,各馆章程不一,从前多

---

① 原为旁注。

系十数元。以供支应。从前金山矿务正盛，华工不多，华人之旅里者，均各有积蓄，捆载而归，于会馆应出之项亦乐于输将。而会馆复与轮船公司商定，凡会馆未经收费，未给予出港纸，则轮船公司不卖与船票。因是回华之人，竟无避匿不捐此款者，沿袭日久，均习为固然矣。

然而，各馆办事向少章程，所收银数亦无可稽考。董事、通事得其人，则办理较善；否则，族大豪强者盘踞其间，不肖之徒或购产业，从中渔利，藉充私囊。各馆除建会馆及供给董事等薪水外，亦未尝有一二善举足以餍众望而快人口者。

会馆之名称曰公司。公司者洋人科股经商之名也。洋人知各馆敛钱而未见有医馆、书塾之设，老病贫民流离于道路者，会馆又不为收恤，因疑各会馆①贩佣之所，以谓华工日多，均由会馆代出盘川，从而克扣剥削以为利。从前屡经地方官提传各馆董事审问，虽讯无佐证，而谤詈不休。习教之人，因会馆供神，向不愿隶于会馆，而耶苏馆教规亦于回国之人敛钱作为馆费，以会馆收钱之有妨于己也，则益煽布流言，以蛊惑洋人。洋人益信其言，故会馆之名声坏。

光绪六年二月，嘉利科尼省设立一例，凡轮船、铁路公司，不得无故阻止搭客，不卖船票。因是轮船公司不以会馆出港纸为凭，任凭各人购票，会馆收资遂失所依倚。而近年以来，矿衰工贱，获利较难，回华之人非必有钱，故亦有不愿出资者，各会馆因将此款酌为核减。现在三邑收银五元，馆者亦在。阳和收银六元，曾经出过一次者不再收。宁阳收银八元，冈州收银八元，肇庆、恩开、余风采、谭

① "会馆"后似脱"系"字。

怡怡、人和曾经出过者不再收。各收银十三四元、十五六元。各馆向规，老病贫民均免收。向来每馆于每人交出五毫为六公司费用，而光绪六年春，议延律师，各会馆复于所收银内，每人提出二元，合共二元五角，交总会馆支销。各会馆提拨此款时，并非加收，均系于本馆所收之内提出，惟该馆向章有曾经出过一次不复再收者，此二元五角因系交出总会馆，仍须向收。年来，各馆亦较有规模，于所收数目，均有进支单刊布众览，故各董事除所得薪水外，别无侵吞亏空之弊。到此。饬令各董事随时调处是非。各董事各顾体面，亦多竭力办公，为人信服，风气亦颇为少变。此自有会馆至今之实在情形也。

伏查从前之会馆进项较大，而不以公众捐资办公众善事，各馆实有不能辞其责者。其声名之坏虽不如外人所传，然亦实有以面谤之处，无怪乎人人恶之。于此而欲预其事，原本应加以裁抑，惟各馆创设，近者十数年，远者三十年，有馆舍以办公，亦或有产业以出息，就中有向来经理得宜，如三邑、阳和，皆有产业，可值数万，每岁可收息数千。冈州会馆，则以庙中供神灵应，每岁投充司祝，可得数千。余亦各有一馆为该馆之业。根深蒂固，非伊朝夕，欲尽举而裁撤之，势固有所不能。

至于今日之会馆，进项既微，现在回华之人不交馆费，会馆并不能勒收。然幸而旧章相沿，各工视为固然，仍多收缴者。而每人交出二元二毫，以供延聘律师，拿办凶犯之需。各馆董事亦能为人理处争端，于事颇著成效。○○之意，乃转欲暂为维持。凡办一事，必准情度势而后能行，势不能改弦而易辙，惟当握其枢而潜转之，就其隙而弥补之，但使会馆所收之钱、所用之人有益于公，要无妨听其自立。近来资送贫病老民一事，为向来所有，○○四面游说，方劝励回，系怂恿华人有益之事，亦欲挽救会馆既坏之名，而归功于各董各商，兼使此辈藉以增重，诚能奋勇为善，于公事大局不无裨补。

　　惟查此次会馆除三邑一馆现有款项外，此事系三邑会馆倡办，该馆除捐送船票外，每人尚各给予三元，前禀漏未声叙。又，轮船公司因系捐送，船价从而减损，地方之收年税者，〇〇经请其优免，亦喜免收。附陈于此。其他各馆均系东挪西借，或指会馆所出以为还项，或借善堂他款以应急需，即可知会馆之并无余蓄，欲更令其出专款奉公，诚恐非易。况现在有限华工，往来之人日少，款项必随而日绌。将来各馆有无变局，此刻未敢预知。亦惟酌度情形，随时商办，以冀其有益而已。

　　所有各邑会馆情形，谨缕陈宪鉴，伏求察核。又禀。

　　又禀者：合和会馆之分而为四也，其始不过一二人与余姓有隙，从中鼓弄，欲使分出两馆，以便自充董事之私。当时恩、开两邑与谭姓之人均不愿分，倡言苟分余姓，则渠两馆亦必分开。其意原藉以牵制，使之不分。不意无人调合，遂尔成事。自分开四馆之后，费用骤增，恩开与谭怡怡均负债累。〇〇询之各邑绅董，皆谓该馆产业并未分各，且分馆之时，亦未有斗殴讼狱之事，各人多愿复合，不如合之为便。〇〇念现既限禁华工，往来人少，则款项更绌，诚虑该馆复加收出港之银，且会馆近多，遇事亦多不便，因先托人游说各处，后复陆续传到各族长乡望共十八姓三十七人到署询问，皆谓愿合，均令当面签书允字。现惟周姓以商之子弟为辞，谅亦不能以一人违众也。此事拟饬令他馆董事，妥为调处，俾使照旧。谨禀。是否有当，并求训示。又禀。

　　　　　　据梅县档案馆藏黄遵宪上郑钦使第十八号手稿

上郑钦使第十九号　八月初三日

（光绪八年八月三日　1882年9月14日）

敬禀者:窃○○于上月二十三日肃具第十八号一禀,当邀垂鉴。旋于二十四日接奉批谕一件,又第九号钧函;二十七日、二十九日又奉到第十号、第十一号钧函,一一捧读祗悉。兹将应禀各事条具如左。

一、上月十三日电禀巴拿马华商一事,户部电告税关,饬令查照巡察使费卢所断办理,即指阿胜一案也。因"华"字误拆"戏"字,税关谓并无戏班来此,无须查办。后经宪台再告外部,税关接到第二次电报,仍谓费卢所断系船工,难以援照,而该商未领有华官执照,殊难确信为商人,扣留如故。○○意欲写单认保,且谓给发护照系证明其为商,保单事同一律,而关吏谓无此例,只可提讯。○○乃商之律师,在合众国衙门按察司哈门处提讯。此处合众国衙门有两官:一名哈门,系专管加利科尼一省者;一名苏耶,系兼管数省者。至前次审洗衣案及船工之费卢,系间年派来巡按数省者。二十日递呈,二十一日提讯。哈门因公家律师驳辩甚力,不欲遽断,遂谓俟后日会同费卢,再行讯判。延至廿四日,哈门、费卢二人会审。此处律师略说数语,官谓此案我已了然,只问公家律师有何辩论。公家律师乃大张辩口,大意总为无凭指为商人。哈门随辩随驳，彼此声色俱厉。费卢则谓：新例是禁工人，非禁商人，若商不准上岸，是绝通商也，于中美条约未合。律师已熟悉新例，持之甚力，亦宜复按条约主持公道。且如律师言，商人亦须有执照方许上岸，是也，然例中所言系指自中国前来之商人。若从他国前来之商人，彼等于新例未行时久在异国，今欲来美贸易，而令其先返中国请领执照，然后可来，有是理乎！若律师疑商人无照，华工亦可冒认，不知工人商人，自有分辨。条约立于通商，新例主禁工人，因禁中国前来之工人，遂累及往来美国之商人，本官断不谓然也。于是断令该商上岸。当堂听审者数十人，官与律师驳诘甚力，合堂屡为哄然。○○窃观费卢为人刚强公正，当辩驳时，仍谓美国地大人众，何以不容为数无多之华人。当道巨公，不避嫌怨，倡言于众，其胆识甚足钦佩。第其判词至今尚未宣布，费卢嘱此处将华人历年出入口货税开报，殆欲考究华商有益美国之处，将利害详切言之，亦未可知也。行例以来，因商工事屡次兴讼，实出于不得已而为之。然西人通例，以兴讼为辨事，非以为争气，每遇公事，彼此不知适从者，莫不藉律师驳辨以剖其理，经长官断定以行其是。况此间之事无不与税关先行商定而后提讯，亦无干碍。美国政体，议例官、行政官、司法官各持其一，往往有议员议定，总督签行之事，而一司法得驳斥而废之。故审官、审官不由民选，有任之终身者。律师最为人所敬畏，其政体然也。照费卢当堂之言，此后自他国前来之商人，不领执照，亦能上岸。此事曾于二十五日寄电禀明。早欲驰禀，因待官批词，迟迟至今，仍俟全案批出，再行详禀。

一、船工一案，自费卢判断后，所有美国船工均经上岸，惟他国之船，船主仍不敢执行。欲请税关签名准其上岸，而关长则谓无签名登岸之例，不准所请。船主各怀小心，仍恐将华工放行，关吏扣留其船，斥为犯例，仍复狐疑不敢。近有一英国船名柯士突利亚，有华工五十四人，船主自请律师提讯，本月初二日又经官断，准之登岸矣。

一、前禀所述秘鲁之乱，近闻智军获胜。此间商店有接到七月一日利麻来函，称现经智军调数千人与乱民战，大捷，乱民逃遁，势将离散，利麻安堵如故。近日自巴拿马来之商人名刘荫洲，在秘鲁七八年，据述智军所获之地，其要隘处皆屯以精兵，悉张挂智国国旗，所有赋税、讼狱等事，皆归智国官办理。各国公使领事交涉之事，亦以智国往来。前禀欲与智利结约，未卜可行否。然欲图保护将来，似舍此更无善法。前有商人黎省三自秘鲁归，云秘鲁商家所联集者，系远安公所，中华会馆之人与众商无涉。惟查迭次所来禀多系中华会馆之名，是以函托该馆，○○后复寄信铺户，询问一切，以广耳目。近问刘荫洲，云是处商人与中华会馆不能一气。前奉批禀，业经寄去矣，并以附陈。

一、昨奉札文，内有二件寄欧阳随员、赖随员者。往檀香山之船于前数日开行，一时无从寄去。查新例第十三条，出使人员以官凭为据，谅伊随身尚无他项文凭，否则亦能设法，当不致阻滞也。至商人王香谷欲来金山，○○既以费卢所断告之，仍属其领一檀岛外部护照前来为妥。

一、马典一案，嘉省总督复外部文所述当时情节，自系粉饰之词。惟云滋事之人多系希腊、葡萄牙、意大利人，访问实然。现在该处地方官查拿凶犯颇属尽力，自因外部行文之故。惟此案尚未审结，闻将移嘉省臬署审讯，俟将来如何审断，再行禀陈。

　　以上五事,伏希察核。敬请

钧安

　　再,陈请拨汇银壹万元。

据梅县档案馆藏黄遵宪上郑钦使第十九号手稿

上郑钦使第二十号　八月十五日

（光绪八年八月十五日　1882年9月26日）

敬禀者:窃○○于本月初三日肃呈第十九号一禀,当邀垂鉴。初六日奉到第十二号钧函,捧读之余,一一祗悉。兹谨将应禀各事,条具如左。

一、巴拿马华商一条,前经官断,准令登岸,前禀已详呈大概,惟久待判词,未经批出。至本月十二日,审官始将判词宣布。因系巡察使与按察司会审,故二人各有判词。查按察司哈门所断:凡自他国来此之华商,均无须执照,准其上岸,且谓由此前往英属墨西哥等国,如不久即回,即不领护照,亦听其往来自便。巡察使费卢所断大意:一则谓中美续修条,所谓准其整理酌中定限者,系专指续往承工者而言,其贸易、游历人等,本系声明往来自便,俾受优待各国最厚之利益。今新例于第六条乃云华商须凭执照方准入境。考新例亦专为限制华工而设,新例条中未明文意,皆可引条约善为解说,盖国会立例断无违背条约之理也。华商既准往来自便之人,自可无须执照;一则谓中国发给商人执照,原不过藉以表明此人系不在限制之内者,故藉之为凭据,并非为禁止彼等前来。彼等如未持执照,其所执职业亦可以言语证明。而其批词末段又明言,以本官之意,按照新例,华商来美须凭护照,然未行新例之前,其人不在

·872·

中国，意谓其人既在外国，即其家即在外国。又其人曾来美国，则其所托之业、所识之友亦在美国，故可无须中国官给照。此语含有续约文意。据律师麦嘉利士又云：泰西律法，以其人寓居之所即认为其人住家之所，律意本如此也。至行例以后，新来客商则必须持照。则彼等来美无须执照。○○读其批词，似乎所包甚广，非特由域多利、檀香山、秘鲁、古巴前来之商人无须持照，即前在美国、现返中国，再由中国来美，似亦可无须持照。当经详细查询，复函问律师麦嘉利士是否如此。本月接麦嘉利士复函，谓按照判词，则华商于未行新例之前曾在外国居住者，如再由中国来，虽未领取中国执照，照新例而行，彼等亦可前来美国云云。据此，则华商之自他国前来及曾居美国再来者，均无须持照。是新例于商人领照一节，几几废其半矣。现以判词及麦律师复函告轮船公司，轮船公司即许寄电前往香港，令船主搭载此项曾居美国之商人矣。伏查此案初议提讯，原因税关接户部来电仍复扣留，无可如何。而税关钞示户部电文乃系令其查照巡察使费卢所断船工一案办理。当户部寄电时，华盛顿尚未知船工一案费卢如何判断也。窃念户部寄电不告以主意，转令其查照审官所断，是直以审官为折衷是非之准。今华商提讯即系户部主意，似于两国交谊似无干碍。又念巴拿马等处中国无官，无从给照，而华商之来往者甚多，讼而不胜，不过仍照新例，无照不许上岸；讼而获胜，则或藉判词以驳新例，以后不须持照，大可为商人开一方便之门，当即先与律师商榷，复查该商所携带之汇票，所认识之友人，所住居之铺店，均确有业商的据，始行提讯。现经官断，华商由他国来者，均无须执照，适符初愿，良足欣幸。而判词更谓曾居美国之人来美亦无须执照，则更始愿所不及者也。此案判词经半月始行宣布，闻费卢脱稿屡改，盖一经成案，即可据以废新例，故郑重如此。而哈门判词中,复胪陈华商出入口货税之数,谓商务优于他国,不应阻滞其人。且谓新例以刻薄行之,乃系下等人举动。自新例以来,所蒙之耻辱,亦赖以一洒,差强人意。现拟将判词洋文刊布,分交各轮船公司,寄与各国,以便各处船主搭载,俟详细译就后再函告各处华商,令其如悉。兹谨先将洋文呈览,律师麦嘉利士复函并以附呈。

一、前次费卢所断洗衣馆判词及船工二案判词,现经黎随员子祥译出,黎随员所习西文远胜于语言,迭与反复详细查校,或可无误。惟西文实不容易,官府文书微宛曲折,尤不易寻其旨趣。兹谨照录,呈求交钧署翻译各员,细为校勘改正掷回,是所恳望。

一、金山本埠华商有三四家,为有要事,急欲来此者,久在香港守候,其伙伴迭经来署催问何时有照可领。○○既经告以不久即当派员。本(日)〔月〕初四日,复据各铺户一百三十余家联盖图章,求为转禀宪台,早日设官给照。○○不敢壅于上闻,因即缮具公牍转呈,谅邀垂鉴。本月初六日,奉到钧函,云既函催裕泽生制府早日派员,并将款式寄去,亦以密告各商,令其静候。现据费卢所断,曾来美国者无须持照,既由轮船公司电告香港铺家,亦有自行寄电者,谅此数商人即可动身矣。

以上三事,统求察核。敬请

钧安

○○○谨禀

据梅县档案馆藏黄遵宪上郑钦使第二十号手稿

上郑钦使第廿一号

（光绪八年八月二十四日　1882年10月5日）

敬禀者:窃○○于本月十五日肃呈第二十号一禀,附呈巡察使费卢洋文判词,又洗衣馆及船工案译汉判词,想邀垂鉴。嗣于十八日奉到十三号,二十日奉到十四、十五号,二十二日奉到十六号钧函,敬谨捧读,祇悉一一。兹将应禀应复各事,条具如左。

一、巴拿马华商一案,经费卢判定,商人无须护照,亦准登岸。现既托傅领事将洋文判词分寄秘鲁、檀香山、域多利、巴拿马各轮船公司,以便船主揽载。昨与欧阳锦堂兄商,锦堂谓:宜请宪台将费卢所断持见外部,托其转交户部,请户部饬知各处税关一体遵办,并请其出示布告,庶各国船主闻知,更无推诿。○○思其言,极为有理,可否请宪台与柏立商行?

一、巴拿马商人一案,于八月十二日批出,○○即于十三日将洋文驰寄张芝轩兄,托其先行禀呈钧听,后又寄交十本,嗣又寄柏立一本。现经译出汉文,祈交翻译各员校正掷回。尚有哈门判词,俟译就再呈。

一、捧读钧示,拟为各国来往华商给发护照,具仰护商至意,无微不到。惟现据费卢所断,自各国来此之商无须持照,则此照似可毋庸发给,仍俟后体察情形,再行详复。至古巴刘总领事处,自应给发为便。

一、前承钧札，令议复余主事条奏四件，两承俯询，殊切惶悚。兹谨将拟议各节，缮折敬呈，是否有当，伏求察核训示。所以申复迟延者，缘原奏第一条有设立议学等语。○○意谓可行，月来议合中华会馆，即迷与各绅商等商榷此事，现已议有头绪，拟俟后举行。如果将来能将学成者考取生员，一体乡试，则议学不日可成。因欲俟绅商等拟有端倪，庶不至空言徒托，是以具复较迟，尚求鉴察。

以上四事，伏希垂察。敬请

钧安

　　　　　○○○八月二十四日谨禀　第二十一号

再禀者：承掷下汇票八纸，计银二百八十七元。遵即以一百八十七元交销除支借买物之数，另金钱百元并谭悦信一封，经托鲲侣安寄，并将换金汇水一节告之，必能妥办也。

再禀者：朝鲜近状，承示总署来电，知已妥结，极为忻慰。闻此事，丁、马诸公所携兵船先日本入境，朝鲜大院君闻大兵到境，款接优隆。七月十三日，马君设宴邀大院君饮，酒酣起宣上谕，遽以兵二百余人拥之登船，丁军门伴守之，随即展轮驰往天津，一面复分派各兵守护王宫及诸城门，出示安民，现已一律安堵。此举智勇非常，甚快意。惟赔偿日本之款，殊惜其过多耳。

自花房公使复率兵舰前往，大院君亦遣使迎接。花房请谒国王，国王曾一见之。十三日，大院君被掳去。十七日，朝鲜与日本定约，凡七款：一、朝鲜国自定约日起，限二十日将逞凶首犯拿办，与日本官会审；二、日本被害之人，朝鲜妥为营葬，并给与抚恤家族银五万元；三、朝鲜国偿日本国费用银五十万元，每年交十万元；四、自今日本使馆派兵防护，一年撤退。所有修缮使馆并建筑兵营费用,由朝鲜措办;五、朝鲜特派大员充使往日本谢罪;六、元山津、东莱府、仁川港按:皆通商地方。商民游历里数,自今扩为五十里,按原约十里。二年之后,扩为数百里;又二年之后,以扬华津为通商地方;七、日本公使、领事并其属员家属,朝鲜给以护照,许其内地各处游历,各地方官见此护照,即妥为保护云云。观此约章,直与从前泰西各国要挟东方者无异。日本自得此约,喜出望外,而一二识者亦颇有议其政府,谓不应受此偿金,且谓今日威逼朝鲜,朝鲜积恨愈深,将来必不免祸患。此言深有益于亚洲大局。然而中国、朝鲜之人畏日本过甚,不悉其内情,殊可惜也。此事谅钧署一时未详,故敢以缕陈。马、丁诸公告谕措词甚得体,并钞呈钧览。

○○又禀

据梅县档案馆藏黄遵宪上郑钦使第廿一号手稿

上郑钦使第二十二号 八月廿八日

（光绪八年八月二十八日 1882 年 10 月 9 日）

敬禀者：窃○○于本月廿四日寄呈议复余主事条奏清折一件，又呈第二十一号禀一件，谅既均邀垂鉴。兹谨将应禀各事，条具如左，敬求察核。

一、巴拿马华商一案，自经巡按使、臬司审断，谓商人无须护照亦准上岸。本月廿六日，有华商七名，自巴拿马搭船到此，有自秘鲁来者，有自智利来者，有自巴拿马来者。均未持照。此间铺户到署询问，当即由德律风告知税关，请其遵照官断办理。税关行派人查询。其查询之法，系关其寓居何国、作何买卖、由彼处出港携凭否？一一问明之后，饬令本埠铺户递一结状，证明其人系属商人，即于廿七日早，一概俱令上岸矣。此为第一次无照放行之始。似此办法，则以后自他国前来之商人均可免阻滞矣。又，本日见此间新报云：户部将巡按使费卢审断华商一案，公同查验，均以为然，盖谓费卢所断有合条约，且善解新例之意云云。附钞呈览。

一、费卢判词译汉，前禀业经寄呈，兹复将哈门判词译就，谨呈钧鉴。哈门所断，竟于新例倡言抨击，读之殊快。此案判词经半月之久始行宣布，闻二居脱稿屡改，盖一经成案，即可据以废弃新例，故郑重如此。自新例颁行以后，深愧无颜见人，而关吏等复于例所未详者以刻核行之。前有自域多利经此回华之商人，两船俱傍岸，而关上人等令其以小艇驳运，缘绳而上，不许踏岸一步，闻之使人伤心！此次哈门所断，乃谓新例背国例、违条约、妨商务，又谓其不公、无理、苛刻、残虐。自新例以来所蒙之耻辱，赖以一洒，差强人意。

一、廿六日接到秘鲁中华会馆函一件，云潘宗本既被人杀死，又有商人来信，且谓并戮其尸，醢而食之，足见其罪恶贯盈，人人切齿也。兹原函钞呈。

一、此间〇〇自抵任以后，屡月未有命案。昨廿六日晚上七点钟，有赵阿卓被人炮死，凶首即逃未获。〇〇方拟严为踩缉，旋闻此赵阿卓无恶不作，前后经其手毙者数人，是人串通洋人巡捕，终日搜剔华人短处，行其讹诈勒索之诡计，亦系无人不恨恶之者，伏诛之夕，人人称快。凶首能否拿获，尚未可知也。

一、马典一案，据新闻谓有一西人推倒华人者，据嘉省上等司法署议以罚银五千元之罪，惟此刻尚未审定也。

以上五事，伏希垂鉴。敬请

钧安　　　　　　　　　　　　　　　　〇〇〇谨禀

　　附呈：

　　按察哈门译汉判词一件；

　　秘鲁中华会馆来函乙件；

　　译钞新闻二件。

上郑钦使第二十三号　九月初五日

（光绪八年九月五日　1882年10月16日）

敬禀者:窃○○于八月廿八日肃寄第二十二号一禀,当邀垂鉴。廿九日奉到十七号钧函,外寄锦堂要信一封,登即转交;本月初三日又奉到十八号钧谕并批禀一件,一一捧读祗悉。

自华来美之商,以一时无从领照,盼望甚亟。伏读手示,即将屡次函促粤督及现在电催总署情形转告各商,以慰其望。

商人自各国来此者,方经官断,无须持照,业无阻滞。前呈哈门译汉判词,以匆匆译就,颇有谬误,因复烦□①详阅洋文,文山细翻汉字,○○复节其未易解者就二人详细查问,加以润色。观其文意,批隙导窾,微婉曲折,大足以问执异议之口。兹谨以钞呈。各处商人叠有函问,不日拟即刻印,分散各国,以便来往也。

承钞示秘鲁施恩行善会禀词十一款。此间亦于初三日接到中华会馆一禀,谨录呈钧览。寓秘华人不睦,○○初未闻知,后询之华商,则丑诋会馆各人,然亦云欲访各事,则彼辈闻见较广。再询之自巴拿马来之刘荫洲,则云伊寓秘十年,是处商家势如抟沙,近年联合一远安公所,亦复无人理事。然商人各有身家,遇有事端,

---

① 手稿字迹难辨认。

究属可靠。至中华会馆之董事，各人初亦业佣，后积有资财，变而为商，论其身分，本不足以餍众望，惟奋力为公，亦不无益处，若诋毁之词，则出于爱憎者之口，不可尽信云云。○○思其所言，似颇平允。观会馆所禀，谓是处有土客之分，有商工之别，各怀意见，固昭然若揭；惟托其打探各情，业经函嘱，不便再更，且只系托其探事，未托其办事，似亦无妨耳。

承示偶患目疾，不审痊愈否？企念之甚！

专肃，敬请

钧安，伏希俯鉴。

○○○谨禀　九月初五日　二十三号

计呈：

按察使译汉判词一件；

照钞秘鲁中华会馆来函一折。

再，上月廿四日另寄巴拿玛华商案洋文判词三十本，未卜赐收否？又禀。

据梅县档案馆藏黄遵宪上郑钦使第二十三号手稿

上郑钦使第二十四号　九月十五日

（光绪八年九月十五日　1882 年 10 月 26 日）

　　敬禀者:窃○○于本月初五日肃呈第二十三号一禀,当邀垂鉴。十二日奉到第十九号赐谕,敬谨读悉。兹谨将应禀各事,条具如左。

　　一、本年二月新例将成之际,有回国华人请领执照,当由○○按照条约酌拟给发,其详具于二月廿二日申文及第三号禀中。自二月二十日起至四月初七日止,共发去五百一十八张。前于六月中具十四号禀,曾请将此款式商之外部,请其准行,未承赐复。旋有香港轮船公司寄函来询此照可否作准,能否搭载?○○函复令其载来。本十二日,阿拉碧船到此,载有一人持照者,当问税关如何,税关谓伊不能作主,或由户部指挥,或由臬司审断,方能上岸。○○即于十三日寄电请示,蒙复电谓饬洋员往商。本日未初复奉钧电,云户部电饬税关准华人上岸,税关接电,旋于申初许其人上岸矣。忻慰之至。查此项执照,户部既准其一张登岸,谅必其余五百一十余张亦不复扣留。宪台既密商户部,应请其函饬税关,以后见有此照,一概放行为恳。此照初约税关签押盖印,税关未允,旋送一款式并修一文书,请其存案。昨日因域多利商人事,见关长些卢云,谈及此事,亦云当为代请户部示遵云云。并以附陈。

一、例所不禁之华商人等，由此经域多利、檀香山、巴拿玛、秘鲁等处，税关按第四条，以其非工人，不肯给照。华商因来署请求，○○不得不给予执照以为凭据。前有一商人领照由金山出口，后由域多利绕入飘地桑进口，该处关吏业经放行。遵宪当于十四、十五号两禀中陈叙一一切，并寄款式，蒙复谕令扩充办理，回华商人因亦照发。不意昨有一商人由域多利回来，领有领署执照，税关仍复扣留。十四日午后，○○往见关长些卢云，请其放行。关长云："来者系属商人，既承面商，吾意原许放行"；但谓："领事发商人执照，即能作准与否，则吾不敢知，仍须户部指挥或臬司判断为准。"○○云："按新例第六条，商人等照由中国朝廷给发，领事系中国朝廷所派之员，且既奉钦宪命准发此项执照，应请准行。"些卢云又云："虽如此说，尚须请示户部，此一人先令其放行。"当即招笔记○○所语，云以函问户部，一面复嘱令是人放行。○○致谢而去。乃本日仍不令登岸，关长为人无他肠，但多病，少理事，而所用幕友朱霖及总巡冒顿、博郎等，皆系十分憎恶华人。此事既承其面许，忽又变局。此间与税关交涉事，不见关长，百无一允。此事乃允而复悔，一傅众咻，其难如此！现与傅领事商量，拟即提之审讯，谅经哈门审断，万无不准之理。且一经官断，便可成案，较为直捷。刻即与律师麦嘉利士大商明一切，容后再详禀。

一、本月初七日，有檀国驻扎日本公使名柯分拿偕其领事来见。据云到日本后约住半月，要往天津谒见李相，渠带有一檀国文书呈李相者，又带一二学生欲在中国读书。前闻檀岛有欲求结约之事，且窥其意旨，似乎不肯明言，因亦不复细询。客退之后，复思究不如探其口气，得知其实在消息。初八日前往答拜未遇。十一日北京船展轮，因又往送行。○○谓到日本后，若耽搁经旬，即恐天津冰冻，不能前往；即能往天津，如有事耽搁，亦虑冰冻，无南下之船。渠谓："吾只带一文书呈李相，至如何办事，尚无一定意见，即使商办，亦系交带驻扎香港之檀国领事为之周旋，伊一见之后仍归日本"云云。观此，则欧阳锦堂兄所闻檀岛欲求结约，又虑中国不允，不敢遽行开口之说，似不为无因。至其所赍书，或即为檀国学生留学中国，或自行表明檀国厚待华工，均未可知也。并顺以陈明。

　　以上三事，伏希察核。敬请

钧安

〇〇〇谨禀　九月十五日　第二十四号

据梅县档案馆藏黄遵宪上郑钦使第二十四号手稿

上郑钦使 附第二十四号 九月十六日

（光绪八年九月十六日
1882 年 10 月 27 日）

再禀者：由域多利前来之华商，〇〇初见关长，既面允其上岸，不意仍复扣留。据其幕客朱霖云：若有商人出证来者系属商人，便即放行。〇〇谓：护照中明云是商，何须更觅商人作证？如果不允，当提之审讯，听凭官断耳。旋与律师商量，告以此事，一则领事发照系各国通例；二则按例第六条，商人照由中国朝廷给发，领事亦系中国朝廷所派之官，且既奉钦使命，有发给此照之权；三则按例第四条，税关只给工人执照，华商由此往域多利、巴拿玛，如不领领事照，该处船主若不搭载，何以再来？律师麦嘉利士大亦云此案必胜，万无不准之理。当即将呈禀作就，拟于本日提讯。乃本早税关忽又将商人放行。傅领事又往见关长些卢云，谓以后见照仍复留难，则不如将此案审讯。关长乃复云："吾再思之，毋庸提审，此后见有领署所发之商人执照，即令放行可也。"此事算既了结矣。

再：禀中所云五百十八张之照，本日向税关抄到户部来电，知既一概允准，无须再与商议。兹将原电并译文钞呈钧鉴。或云寄电系外部大臣之名，原文寄呈，并求一查。再请

崇安

〇〇又禀　九月十六日

据梅县档案馆藏黄遵宪上郑钦使第二十四号手稿

上郑钦使第二十五号　九月十八日

（光绪八年九月十八日
1882 年 10 月 20 日）

敬禀者:本月十六日肃呈第二十四号一禀,内述未行新例以前所发护照,户部已电饬税关准行,及例所不禁人等由此出口,所发护照,税关亦复准行等事,想邀垂鉴。户部寄关电报亦以钞呈。本日又见新闻,知此项行例以前之照,户部曾于西历十月二十号即中历九月十日会议行知税关,谓此照理应准行,其辞意与费卢、哈富文所判巴拿马华商案大意相同。观其所谓奉行新例,不能违约,又似乎续修条约以前,曾在美国之各项人等,以后再来,既无执照亦许上岸。今将汉、洋文并呈,求为查询示明为幸。

至商人来往执照,关长既面云不再留难,应否再与户部声明,尚求酌裁。

本月十六日晚奉到第二十号赐谕,敬谨读悉。承掷示所译巴拿马案费卢、哈富文判词,明畅详尽。近日将此间所译者缮印,正在刻板,兹即令其改刊矣。洗衣馆案判词,容再呈上。

又:秘鲁中华会馆之第一号来函,曾于本月初五日抄呈,今于十六日复收到第二号来函,附抄呈览。

黄遵宪集

　　肃此,敬请钧安。伏希垂察。

○○○谨禀

上郑钦使第二十六号　十月初六

（光绪八年十月六日　1882年11月16日）

敬禀者：窃〇〇于上月十八日肃呈第二十五号禀，当邀垂鉴。廿七日奉到第二十一号、二十二号钧函，又摊认汇水钧札及不列号一函，本月初四日又奉到第二十三号、二十四号钧函，敬谨捧读，祗悉一一。兹将禀复各事，条具如左。

一、前拟将巴拿马华商案判词，请户部出示，后读新闻，知户部佛兰治既撮其案中要语，加以断词，刊布新闻。如此，则各处税关自必一律遵照，诚如钧谕，甚为得要，自无须再向外部提及矣。

一、前奉第十四号、第十五号钧函，命代别埠华商给发护照，原属无可如何之办法。论各国通例，公使、领事均有给照之权。惟远隔他处，寄照代发，既虑华工不免假冒别项人等以苦相要求，又恐彼国以何从确知为某项人，举以驳诘，于事究多窒碍。现自巴拿马一案断定之后，凡华商自外国来美，无须执照，均许上岸。此项代发护照，既毋庸再议；惟古巴刘总领事处，似仍以给发为便。

一、商人出港往来护照，前见税务司些卢云云此后见此执照，即令放行，前之由域多利回来者业既上岸。嗣又有由檀香山回来者，税关亦无复留难，谅可免反复矣。

一、未行新例之前，所发五百一十八张之照，既承户部电嘱税关放行，以后谅当照办。柏立谓恐成例后十余日所发者，不免挑剔。此事○○初亦念及，故前次寄电，不云未成新例之前，而云税关未发护照以前，正为此也。此间关吏博郎亦有此语。惟亚拉璧船载来之华人，即系西历五月六号既成新例以后所发之照，业既放行，谅不致复以此事挑剔也。

一、现在新例于发照验照各节，本由户部主政。户部佛兰治处事公平，平时以时联络，遇事默为嘱托，极中窾要。各国公使办事，每有如此者。

一、现奉钧札，命自冬季以后，将俸薪摊入汇水，谨当遵办。查向来章程，每百两库平，领金钱一百五十二元有奇，原属过优。乃复承函示，命将存款生息匀摊帮补，体恤至周，各员无不感激。惟公款各项汇水，节节摊入核算，稍为繁难，○○拟欲筹一简便之法，容再详呈。

一、现奉钧示，命○○自到任日起，每月薪水按五百两库平支报，优遇之隆，有逾常格，○○惟有尽心竭力，以图报称耳。

一、承寄来棉种二箱，命分寄香港咻行梁鹤巢兄及上海商局郑陶斋兄，又五箱命寄上海商局，提单现均照收。俟慢车寄到之日，即当一一妥为分致，幸舒厪念。

一、承示曾袭侯有议复余主事条陈文稿，可否饬人抄示？不胜恳望。

以上九事，伏希察核。敬请

钧安

　　　　　　　　　　　　　　○○○谨禀

再禀者：自巴拿玛案审断之后，据巡察使费卢所断，谓新例所云护照，非指定例时其人曾居美国者而言。○○读其批词，似乎前在美国、现由中国复来之商人，似亦可无须执照。当据以问律师麦嘉利士大。律师复函谓，此项商人，实可无须执照。○○当判词及律师复函告知轮船公司，轮船公司即寄电往香港，令轮船搭载。近见户部致税关函，亦有本署断得于续修条约之时其人在美、未行新例之前既返中国，可无须按照新例领照呈验等语。○○以为有此项人等自香港再来，谅可免留难矣。本月初二日级滴轮船到埠，有前在美国之华商三名复来者，巡查关吏始云放行，后复阻留。○○初拟寄电求宪台商之户部，继念户部既明明有函告知税关，而税关乃竟不遵办，关长适他出，由幕友查霖主政。彼必有辞以蛊惑户部者，恐由户部行查，反致不免窒碍。又念此商人系来自广东，按照新例，以领照为便。禀由宪台商之户部，如彼谓该商何不领照，又虑难于回答。为此二端，决意以提讯为便。本初五日经臬司哈富文审断，又复放行。律师具禀之时，哈富文即谓税关办事竟不遵照臬司所断及户部来函，殊不可解。审讯之时，税关律师非立提亚仍极力驳诘。哈富文即以巴拿马案中所驳各节重复申述，谓税关不应阻难。断定之后，同船尚有华商二人，即经税关询问证人，一概上岸矣。兹将判词大意译呈钧览。再将[①]

崇安

据梅县档案馆藏黄遵宪上郑钦使第二十六号手稿

---

① 将，似当为请。

上郑钦使第二十八号　十月二十九日

（光绪八年十月二十九日　1882年12月9日）

敬禀者:窃○○于本月初五日肃呈第二十六号禀,初七日又肃呈第二十七号禀①,又呈刊刻巴拿马案判词公文之一件及判词五十本,想均邀垂鉴。二十二日奉到二十六号赐谕并户部译文,敬谨读悉。兹谨将应禀各事条具如左。

一、所刻巴拿马一案判词,均系遵照钧署所译原稿,惟字句之间有未甚明显者,略为点窜耳。所引续约第二款译作“可以整理,可以立限,或可以暂停前来”,比原文为明确,第以续约业既颁行,故仍用原文,非敢妄为更易也。

一、巡察使费卢既于两月前归华盛顿,漏未禀明。限禁华工新例驳正各节,最以此公为得力。后来臬司哈富文之判案,户部佛兰治之公启,皆根源于此。渠将巴拿马案刊数百本携归,当时告以将译汉文,普告华人,渠闻之甚喜。现既刊就,望以数本赠之。此公秉正不阿,甚负物望,亦望宪台与之往来,彼必愿为勷助。此间公家律师非立提亚遇事务与华人为难,船工阿胜各案,税关均听此人主持。即后来香港霍谦一案,其时既在巡按使断定、户部布告之后,税关初云放

---

① 梅县档案馆藏稿中,未见第二十七号禀文。

行,闻亦系该律师主意扣留也。闻系由华盛顿之刑部派来,便中或与之言及,尤所企祷。

一、自新例颁行,例中护照各节,屡经官断,声明各项护照系为往来自便之据,非以禁其前来之据。自巴拿马华商一案,不特从外国来美无须执照,而臬司断词即更推及于华商曾寓美国者再来,亦无须护照。自阿拉碧船载来华人,不特有领事执照者准令上岸,而户部布告更推及于换约之时华工之在美国者再来,亦准上岸。此外,则华商由美国出口往来,领有领事执照,税关亦准放行。凡此各条,皆较前方便。奉行新例者,既不能藉口于无照不许上岸之条,格外留难矣。惟是由中国新来之商,现在当无从领照,为之阻滞。此事屡经宪台电请总署,函告粤督,尚未举行。此间铺户屡有来署催问,求为设法者。○○伏念旧商之所以不须执照者,乃因其人久在外国,按新例执照款式,无从而知其在中国作何事业、何处住址耳。若新商则除领执照,更无他法。日来孜念此事,中国官员不甚以出洋谋生之事为意,且执照兼用英文,故办理更觉为难。伏查中国各口税关,皆有洋人,皆亦通习汉、洋文之人,若由总署饬令总税司札行各海关发给此照,则易于集事,且无错误。前拟在广东、香港专派一员发给此照,继思有由天津、上海来者,则仍有不便。若由海关办理,则随处可领,似更方便。是否可行,务求察核。

一、新例中所最不便者,不许假道一节。此事背条约,妨国例,且有违公法,终必与之力争;争之,谅亦终必收效。新例颁行以来,有华人由金山出口,船经英属域多利,绕至飘地桑。当时关吏阻之,后经此间电报告以其人系由美境过美境,乃许放行。又有华人由呢托来出口,车过英属问拿打,行至亚加拉桥,亦被关吏阻留,后经户部出示,亦谓其人由美境至美境,不能作为犯例。户部命以车票为凭。此二节事，亦系将新例通融办理，可以引作华工假道榜样。古巴刘总领事处，曾经宪台颁发执照款式，令其给与商人。近日有商人自古巴领照来者，〇〇询问其人，据称持照到纽约，关吏验照，即许放行。此一事亦可作华工假道引线。不许假道，彼国亦多有知其不可者，第藉口于逗留不归，故敢于行此苛政耳。不知华人之来美业工者，多系极贫下户，至由古巴返国之人，则皆薄有积蓄，乃作归计，断无有舍其向来所执之业，费百数十舟车之资，来此图工人微利者。此理甚明，无须疑虑。即谓虑其假冒逗留，亦尚可另筹他法，以直抵香港之船票为凭。至不许假道，则于事理均大不便也。闻近日总统集议员，曾谕以妥议此事，议官中如陆根辈，亦有昌言抨击。日来有无与外部议论，便望示悉，至为企幸。

一、未行新例以前所发执照，自户部电饬税关准行，近日东京船、伽力船由香港来此，均有持此项执照者。且有一张系西历五月六号成例以后所发者，税关均即查验放行，谅此更无留难矣。前承钧谕以前寄款式既交户部，命再寄呈，今谨寄来。此案前经诸文申报，现既准行，故亦谨缮印文，呈送钧察，伏乞察存。

一、近日有船自巴拿马来，有华商五名来自秘鲁，均领有美国公使文凭，到即放行。另有数名从智利各国来者，因未闻此处消息，并未携有各样业商凭据，故关吏扣留在船。后经傅领事面求关长，亦饬令本埠铺户认识放行矣。

一、近日连接秘鲁中华会馆第三、第四两号来禀，今将原禀寄呈，所许写信人笔金，近经汇去一百元作为五个月份工资。

一、前驳洗衣馆苛例，现将译汉判词刊印，兹谨寄呈二十五本，巡察使费卢亦望以一二本赠之。西历八月中，本处议例局又议成洗衣店新例七款，虽不如前此之刻核太甚，亦甚觉其繁重难行。此例定于西历明年正月一号启行。现在既与律师麦嘉利士大商榷，届时妥为经理。新例七款并呈钧览。

一、马典一案，近日在该府地方审讯。一名奄闻，系从楼上推坠华人；一名美亚，系鸣锣聚众，并以巨绳牵倒房屋。西人有目击者，有借以锣者，有借以绳者，均来作证，实均系众供确凿。而承审官竟尔放释。闻此二人重资延聘律师，所有问官均得贿赂，是以释放勿罪。现尚有三四人未经审明者，谅亦必行放免，容俟结案后再以详呈。

以上八事，分条胪陈，伏希垂鉴。敬请

钧安

〇〇谨禀

再禀者：承命寄来棉种二箱，一寄香港梁鹤巢兄，一寄上海郑陶斋兄。又承寄来五箱寄上海招商局，均陆续收到。本月二十七日，东京船开行，即为转换提单，并由〇〇加用信函，分别妥为寄去矣。第二次所寄之五箱，据汽车公司交到浮收运费一十三元七角九分，除支取驳运各款外，尚余银元九元六角五分。现将清单另函寄交翰屏兄收查。附此禀明。

再禀者：前承钧谕，命具印支领整装银两，今谨以具呈。去岁星轺过日本时，承面谕向何钦宪借支规银一千两。本年正月经向借支，复由函告招商局总办，请其划还，并请其归入宪台存款核销，算此款于整装项下扣除，较为方便。计规银一千两应伸库平九百一十二两四钱一分，余银五百八十七两五钱九分，可否请饬帐房掷下。谨此附禀。

〇〇又禀

再禀者：前禀中华会馆与总会馆合为一馆，现既于十月初十日

举行,将总会馆匾额撤除。是日复招各绅商会饮,各商皆甚为欢
惬。前于庚辰年,旧中华会馆各绅劝捐延聘律师费,共捐得银一万
余元,除是年支销各款外,余银五千余元。该商等初以此款专系商
捐,故另行存储,不许动支。本年聘律师麦嘉利士大,初虑总会馆
所收回华银,不能敷用,届时当向该商拨支。现在两馆既经合并,
○○劝令各商将是款交出。该商等旋于十月二十日集众交出,共
银六千二百七十余元,经照新章交与各会馆铺户轮流管理,以备公
用。所有合并会馆一事,除缮呈公禀外,附此禀陈。

至合和会馆一事,有一二小人簧鼓其间,尚未办妥,并以声明。

据梅县档案馆藏黄遵宪上郑钦使第二十八号手稿

上郑钦使第二十九号 十一月三十日

（光绪八年十一月三十日、十二月三日
1883年1月8、11日）

敬禀者：窃〇〇于本月初九日奉到第二十七号钧函，二十五日、二十七日又叠奉到二十八号、二十九号均谕，敬谨捧读，祇悉一一。兹谨将应禀应复各事，条具如左。

一、华工假道一事，敬谂宪台复照会外部与商论，顷闻华盛顿之司法总长函告外部，谓"以新例及续约，互相参观，凡华工假道美境者，与续来佣工不同，不能作为有犯限禁华工新例"等语。若是，则假道一层得以允行。凡寓居南美（州）〔洲〕及西印度工人，无不感戴恩泽，往来便利矣，忻慰之至。刻下钧署不审既接准外部复文否？其中有无另设章程，尚求详示。

一、限制洗衣馆新例，前经律师驳除，后议例局复于西历十月中另立新例七款。查华人来美佣工，除开矿、造路及供厨役外，其足以夺西人生业者，莫如洗衣馆，分散各邑，随处多有。即金山一埠论，业此者既有五六千人。而洗衣馆堆积衣服，易于燃火，用水过多，或不干净，业工之人又间或歌呼达旦，喧扰居邻，亦不免有招忌面恶之处，因屡为人控。去年曾设一例，非砖屋不能开馆；本年又设一例，非有近邻十二名实业土人荐引，不能营业，均经驳除。

此次新例七款,如第五款之"晚十点钟后、早六点钟前不能做工";如第六款之"不许容留传染病人",原应遵行;即三、四款之"防火灾、修水渠",意亦不谬。惟必须议局领取牌照,诚虑借领照之名,苛刻挑剔,加以驱逐,故仍不能不与之争讼。现业饬洗衣馆,仍照前时联合章程料理,并烦律师预为经画,刻已到行例之期,不日即应审判。〇〇之意,如果幸而驳除,仍当令洗衣馆妥立章程,自行检点,庶冀免再兹事端也。

一、马典一案,于中历十月底在该府地方审讯,一名奄闻系从楼上推坠华人,一名美亚系鸣锣集众,并用巨绳牵倒房屋。西人有目击者,有借以锣者,有借以绳者,均来作证。实系众供确凿,而承审官竟尔释放。此案曾遣麦嘉利士大往办,而彼不肯往。据律师利亚顿云:闻此两人用重资延律师,所有问官均得贿赂,是以释放勿罪。利亚顿又云:此案彼辈亦受累不浅,亦稍足以惩后至,惟欲使成罪,实属万难,缘是处地方狭小,甚少上等公证人。所谓官长者,即彼辈耳。又工头司徒日前报失单,约计千余圆。〇〇度之,实在损失无多。该处长官指为无凭。利亚顿又云:如欲追偿,须移出本处衙门审讯,但恐使费多,得不偿失。现犹有与奄闻、美亚同获之三人,未经审明,然大概必行释放,其司徒失物应否再为料理,刻下尚未有定见也。此案俟一概审结后,再将审案情节,烦律师抄齐,续以寄呈。

一、近阅新闻,云户部派一官名禹慎,往钵当臣地方查办华工及下等华妇犯新例潜入美国者。按钵当臣即系与英属域多利相连。近闻有华妇十余人,由香港载至域多利。该处华商控于英官,指为娼妇,虽经官审无凭,而新闻传说谓该娼妇实系欲来美国者,故户部派官并及此节。查新例限禁华工,原未谋及妇人,近日钵仑华妇一案,既经户部允行,且谓妇人权利与其一律,似华工在此,其妻女均可以来。惟是金山妇女,娼妓多于良家。此处三合会党,每有一娼妇来,讹索分肥,往往哄斗,甚至有拐诱掳掠者。而疍户穷民及无赖奸商,以重利所在,一妇女到金山可卖千余金,香港之梁泰记亦贩卖营业。本年正、二月载来妓妇,即系伊贩来者。闻其人旧日稍有身家,本年因箱馆坏船事贻累,益至无所不为。百计营谋。〇〇常念此事,论限禁新例,实不愿其并禁妇人。而论金山情形,又实不愿娼妓假借而来,至滋事故。前呈拟驳新例,说帖中拟俟中国设官发给护照之时,凡有妇女欲来美国者,饬令金山铺户取具保结,由总领事查验,发给凭单。其人持取凭单,方能向发照官员请领执照,如此可以杜拐骗而省事端。是否可行,尚求训示。

以上四事,伏求察核。敬请

钧安

再禀者:近又陆续接到秘鲁第五、第六号来函,兹仍将原禀寄呈。因来函另有附信存此,故将原禀寄呈。顷承欧阳锦堂兄出示宪台复秘鲁函,知是处为请延写信人事,不免龃龉。查此事初承钧命,并未知秘鲁华商不睦情形,询之郑翻译,云无人可用。又见中华会馆来函,尚属明白,故即以托之会馆。又询悉是处华商之有名望,咸称有永安昌之刘家露、广利号之叶简卿、黎省三等。后乃知此数人即系远安公所之值理。故当时寄函,外书中华会馆列位,内即书刘、叶等名。现又据该馆古德函称,司笔写信人名黎普煌,号郎轩,系与刘、叶诸君集议延请者,可知此人并非向在会馆至招众恶之人,不知何以尚各怀意见。现经宪台谆切劝谕,谅当各顾大局矣。至该馆情形,八月中黎省三归国过此,甚为丑诋;其后询问刘荫洲、区伟卿各人,又颇为持平之论,谓殊不尽然。

附此禀明。

○○又禀　十二月初三日

再，承示日本有栖王亲王道过华盛顿等，因其人到此寓巴黎斯酒馆，○○亦穿一裹圆袍、对襟马褂、小帽往拜，未遇。昨接其来函，云"初二日晨有暇，在馆拱候，亟欲一见"云云。复往见面，甚为款洽，并述及在伦敦曾见曾侯，在华盛顿曾见宪台，甚为忻慰等语。濒辞，复索○○手书，因赠以一诗并馈土物，于本日前往送行。其在日本颇立功业，兼充左大臣，即军机大臣。亦为民望所归，人素温厚。此间新闻或讥其骄傲，大约简于酬应，则有之也。附此禀复。

又，檀香山所派驻日公使近复由日本归来，询其行踪，据称未到天津，俟此次归国后，将再启程前往天津。云日本亦派一公使，名杉孙七郎，偕往檀岛，云系往贺檀主、檀后新宫之礼。而新闻或言檀使欲招日本工人，日本未允。杉使往檀，乃系查察檀岛如何情形，再行定议云云，未卜信否。并以附陈，统求俯鉴。

○○又禀　十二月初三日

再，承询寄香港、上海棉花水脚及寄秘鲁汇水，前复翰屏兄，烦其转禀，想邀鉴察。又承命择寄金山洋文新闻。从前金山新闻均由经领事署转寄钧署，惟本年每将新闻择译，因遂有抽出遗忘未寄者，现经妥嘱江的古庐报馆按时寄去。每岁并信资共六元七角，因综购一年，故价较廉，经由○○支付矣。

○○又禀　十二月初三日

据梅县档案馆藏黄遵宪上郑钦使第二十九号手稿

上郑钦使　附第二十九号

　　再禀者:中华会馆合并以来,当即查照会馆规条,将各会馆董事派充中华会馆董事,又另派绅董六十名,所以多派者,因遇有事端,则各饬令各乡望族长妥为料理,易于措手故也。〇〇因念此间铺户时有更易,即绅董亦时有更易,故未便将选派绅董各名禀呈。兹谨将所到名单呈览。

　　又,合和会馆一事,〇〇以该会馆分而为四,骤增无益用项,致有亏空,而该会馆馆舍又并未分拆,将来议分,终必争竞。因陆续遍传各姓父老三十余名到署询问,当经金称允办。惟肇庆会馆有一黄秀瑚,不愿举行。此人最为狡猾,向居金山,专以鱼肉小民为业。从前议分会馆,即系经伊一人播弄而成。闻彼与肇庆会馆密议分馆之后,谢伊千金,现只收到三百余元。〇〇知其如此,预为笼络,百方劝说,而彼终不愿者,则以实利所在,不能不力争也。闻锦堂兄云:前任时所有匿名帖,多系伊撰布者。八月间,谕饬冈州董事陈文泉等,妥为联合。〇〇初意俟合和会馆合并以后,再合中华会馆。乃陈文泉因伊另有私事,延未经理,黄秀瑚复乘间蛊惑,到处谣啄,甚至谤毁中华会馆新章,谓将伊会馆斥之在外。虽不为众论所容,而肇庆馆中一二姓亦有受其愚弄,先允而后悔者。因将中华会馆联合妥,将合和一事暂置后图。现拟于日间再行传齐该馆绅董,当众晓喻。如果多不愿合者,则此事作为罢论；如果三馆佥愿，惟肇馆不愿，则或将三馆先行合并；又或肇馆愿者亦十居其六七，则实未便以公众之事竟容一二人抗阻，再当设法禀请办理。谨此禀明。再请

钧安

据梅县档案馆藏黄遵宪上郑钦使第二十九号手稿

上郑钦使第三十号　十二月廿五日

（光绪八年十二月二十五日
1883年2月2日）

敬禀者:窃○○于本月初旬寄呈第二十九号禀,想邀垂鉴。本月十三日接奉第三十号钧谕,十六日曾容川到舍,复奉第三十一号钧谕,敬谨读悉。兹谨将应禀应复各事,条具如左。

一、据户部佛兰治寄税关文开:"本署判凡华工于一千八百八十年更换续约之日在美国者,应准任便来美。倘于一千八百八十二年新例未批准之前离美国者,可不须按新例领照呈验"云云。本月中有一华工由香港至域多利来金山,查得其人系于一千八百八十一年九月由美回华,系应准其登岸者,不意税关仍然阻留。询其阻留之故,则称"续约于八十一年十月五号由总统批准宣布,应以是日为断。此华工在八十一年十月五号以前离美,不能任便来美"等语。复向税关抄得关上通饬关役文一通,内称:"接户部函:华工于八十一年十月五号以后离美者,方许登岸"云云。○○阅之甚为疑惑,当与辩论,谓此项不在禁内华工,载在新例及户部函,均以八十年十一月十七为准,何以办理,忽又两歧? 而税关仍置若罔闻,不得已于十九晚电请宪台察核商度。此船定于二十二日开行,而二十日为礼拜六日,虑各署无人办事,所以将电报径寄洋文者,冀其便捷,且电文中可以节佛兰治函,庶便将此电持示外部也。嗣后仍当遵用码号电报,以寓慎密。旋于二十日午后,税关接户部电,谓订约之日应于八十年十一月为准。税关即许是华人登岸矣。此为第一次华工无照上岸之始。〇〇初闻税关语,尚疑该关另奉有户部文函,及见其通饬文,援据户部来函,即系佛兰治所断各语,乃知关吏系凭空伪造,盖关上人役均系百方憎恶华人,意欲尽行驱逐而后快者。照佛兰治函,则自八十年十一月十七以后、八十二年五月六号以前华工离美者,皆可复来。通计此项华工,应有数千人,故将八十年十一月缩改为八十一年十月,则此项人数较少。其诈伪巧猾如此。税关之通饬文系其幕友朱霖签名。此人最为狡猾。兹谨将来往电报及户部寄税关电钞呈钧览。

一、马典一案,现据律师利亚顿将此案审断口供各项,详细函知,谨先将译汉呈请察核,洋文随后抄呈。

一、洗衣馆新例七款,于西历正月一号举行。因未遵新例向议局领照,被巡捕拿办者,有十余间,概行保出。既于本月二十二日在合众国衙门,经按察司苏耶、哈富文审讯,现未判断。其第五款之"夜十点钟后、晨六点钟前不准做工",亦有被拿者。现在概令遵照新例于十点钟停工,亦未交律师争辩此节,盖此节本应遵行也。

一、在嘉省之轩佛地方,因番禺杨某家养小猪,蹂躏新宁李某菜园,当经彼此口角互殴,旋至各集徒党哄争,刀枪林立,竟似械斗,所幸未曾伤人。而彼此两造各禀巡捕,各出票拿禁十余人。附近各埠,闻风响应,互相帮助,几酿大变。此间闻信后,惧其分邑树敌,愈闹愈大,立遣中华会馆司务赵文功并三邑会馆通事周邦礼前往调停,并给予一函,剀切劝谕。现在既于十九日照公议办妥，两造共订约，各将被拿之人保出，现在既经息事矣。

据梅县档案馆藏黄遵宪上郑钦使第三十号手稿

上郑钦使　附三十号

再,密禀者:伏承密示洋药一事,敬谨读悉。查中美续约第二款,内开"中国与美国彼此商定不准贩运洋药"等语。本年二月底,○○甫经接任,正值议院议立华工新例,其时税关接户部电报,饬令将华人运来洋药暂勿报税,应俟户部颁发章程,饬华商遵行。乃嗣后接户部定章,自西历八月一号,限禁华工例于八月四日举行。不许华商运洋药入口。然他国商人运来如故,久之而美国船、美国商运来亦如故,盖条约只禁华商运洋药入美国,且只禁美国船、美国商运洋药入中国,未尝禁美国商运洋药入美国也。华人之为洋药一切贸易者亦如故。○○颇为疑惑。复将约中英文详加询问,则系将中国商民不准贩运洋药入美国口岸作一节,美国商亦不准贩运洋药入中国通商口岸,并由此口运往彼口,亦不准作一切买卖洋药之贸易,又作一节。○○以是始知美国立约之意,并非惧美人沾染,欲行禁令,徒以方订整理华工之约,欲借美国不运洋药入中国一语,以见好于中国耳。

本年西历十二月四号,本省议例局绅议立一例,凡贩卖鸦片者,须在此巡捕局领取牌照,每季卖烟三千元以上者,纳照费四十元,三千元以下者,纳照费二十元。议此例时,正在新旧议绅前后接任之际,当有局绅托人密询华商,如华商肯出银一千圆,则此例便不能议成。华商惧开讹索之端,效尤日甚,不肯答应,此议遂成。十二局绅,签名者七人,四人不允,一人不在场。〇〇窃念此事,彼国不议禁而议加收牌照银,此例一行,每岁华商又吃亏数千圆。顾华商在此贩烟一事,不免招恶,又碍难使律师控告驳除,因与傅领事默商消弥之法。傅领事乃往见本府知府,局绅议例,须经府官批准。先论及此例之不合,复告以议绅议此,本为索钱不遂云云。府官乃谓如此殊属不公,次日遂将例批驳。谓经由巡捕领取牌照,向无此例,故不准行。不意局绅即日又集众公议,在西历正月六号、正月八号,即新局绅接任矣。因又设法要诘一二局绅,遂不能成议,现既作为罢讼矣。此事甚赖傅领事之力也。至于议禁一节,彼国如设立章程,领事自当竭力帮助。彼国不禁而领事议禁,则徒托空言,势不能行。是否有当,伏祈察核训示。再请

钧安

据梅县档案馆藏黄遵宪上郑钦使第三十号手稿

上郑钦使第三十一号 十二月三十日

（光绪八年十二月三十日 1883 年 2 月 7 日）

　　窃○○于本月廿五日肃呈第三十号禀并钞电报各件,当邀垂鉴。伏读第三十号密谕,以上海美商拟用机器纺织绸缎,经沪关禁止,而美使杨越翰照会总署,指为违约。总署欲与外部论说,因饬查金山华商购买土货制造销售若何情形。各敬读衹悉。

　　伏查华商在此制洋鞋者约有数十家。亦有东主是洋人者,然多华人自为之,惟制洋衣者,多系洋人为东。制吕宋烟者约有百家,均系购买土货制造销售。他国不得而知,就美国而论,尚无禁他国商民购土货制物在本地销售之例。伏念此事,在他国则可,在中国则不可;在中国地方容外国商民以手艺改造土货销售犹可,用机器则万万不可。何也? 西人之于商务,考求日精。其业商者流,类皆能竭尽智能,以争锥刀之利,故虽许外国商人购土货制物在本地销售,而本国商人各挟其雄资以相兢,断不至将利权拱手让人。华商富厚既不如西商,人而分门别户,各业其业,势如抟沙,团结又万不能敌西人纠股公司之力之大。又况泰西通例,凡外国商民,均归地方官管辖。商人有落地税,有牙帖税,官皆得而约束之。只有本国利权许本国人独占之事,断无本国商人反不如外人优待之理。今中外和约,税权既不能自主,洋商又无从管辖,如子口税等事,久听其纵横。通商至今三十余年，外国之货入口侵灌，至今吾民失业者，既不知凡几，而西人贪欲不已，乃更欲操中国货物之权利。然使仿照中国之法，以手艺制物，则中国商民，工贱耐劳，犹可以争。兹欲以机器制造织绸缎之不已，将进而缝衣裳；缝衣裳之不已，将进而制靴帽，乃至一切以人工制造之物，均可以机器夺之。中国商工恐将尽失其业，流离失所。总署坚持不许，所以为吾华吾民计者，至深远矣。

然现以此事商之外部，骤谓中国不许外人购土货制物在本地销售，则似与通商通例有所未符，彼必以为逆耳之言，而反訾议。展转筹思，虑难启口。惟所幸中美条约并未载及，即美使所引法、比等约，所载准其工作等字，自不能指机器。引此为解，此节尽甚可据以相争。以○○愚虑，未便举行之，实况所及，似宜专以不许机器制土货为词，缕陈情况，专与言情，或易动听。未便举行之实况。①

查各国机器初兴，亦时有工人纠众忿争之事，今中国风气未开，岂容遽许他人以机器夺吾民之业？此局若开，诚虑小民滋事。华工来此，胼手胝足，拮据劳苦，所获无多，而土人尚生妒忌，至有限禁之例。今美国以机器制吾土货，则是以安坐易得之利，反夺吾华工胼手胝足拮据劳苦之业，反观对镜，其理亦易明，亦人情之所同，而理有所不可者也。

再承钧谕，谓以自主之权论，亦非别国所应强迫，实为扼要。查公法中，各国待外人有指明某项事业要与土著有间，有不令外人擅为者。在雅典，则有重征外人货税，令外民讼事，须由土人具结

① 　此为眉批。

作保。在佛兰西,则有外人遗产归入国主内库。在美国,亦有内江内河不许外人轮船揽载等条,诸如此类亦有之。现已设词托人细查。中国本有自主之权,既谓以机器制土货在本地销售,不许外人为之,亦公法不能议也。

总之要之,今日通商专尚势力,势均力敌,则口舌易于收效。然势力即有所不逮,事关于伸自主之权,保公众之益,即令彼辈合而谋我,吾终竟坚持不许,彼亦无如我何。盖今日局面亦断不至以商务而失和也,是在坚持定见而已。此事关系甚巨,办理亦良非易,所陈诚恐无当于万一,望宪台深思熟筹,与总署及各公使妥商,务其大局幸甚。

尝读海关输出入册,见中国溢出金银,岁近二千万。常谓必须以国全力保持商务,而后乃能国不患贫。平生志愿,区区在斯。宪台深思熟筹,与总署及各公使妥商,务期阻断,大局幸甚。[①] 兹承谕及,恳恳愚诚,不自觉其烦渎若此。伏祈密存而详训之,是所企祷。

据梅县档案馆藏黄遵宪上郑钦使第三十一号手稿

---

① 此为眉批。

上郑钦使第三十二号　正月十三日

（光绪九年正月十三日　1883 年 2 月 20 日）

敬禀者：窃○○于十二月三十日肃具第三十一号禀，当邀垂鉴。新正初一日奉到第三十二号钧谕，初六、初八日复奉到第三十三号、三十四号钧谕，捧读祗悉。华工假道事既据外部将户部章程知照，承示汉、洋文章程等项，一一敬悉。各项兹谨分条禀复如左。

一、承谕华工假道混冒之弊，必所难免，倘入境之后，匿不出境，未必美国默无一言，诚为思深虑远之语。查户部章程，虽未能明言匿不出境者作何办法，而中有"华工如未出境，须向本部报明"等语。苟使混冒者多，则彼国据以有辞，又虑将此章程益加刻核。○○熟念此事，凡假道华工求领事给照者，难以专信其口供，遽行给照，仍须有所据以为凭。所据之项，仍莫善于直抵所往之船车票。查华工往来檀香山、域多利、巴拿马者，均必须经过金山。此项华工由金山出口，易于稽查，其有直抵所往之船车票者，照票给发；即无此票，亦可饬令本埠铺户结保。至由香港往古巴者，经过美国大陆，现在既与怕思域公司商定，均卖直抵所往之船车票，每人收银一百圆。户部章程一发，该公司即来领署询问，当即与劝商发卖此项船车票，并令减价，以便揽载。旋据该公司函称，议准价银每人百元，其由古巴返香港者，亦同该公司复派一华人通事往古巴揽载客。○○经将公司所议价数函告古巴刘总领事矣。将来专据此票,似亦可杜假冒混充之弊,舍此亦未有别项良法也。

一、户部章程第三款,所谓"带领华工多人取道行走",系指车行公司揽载人及各种工头言之,苟有确据,关吏可以放行,法诚易简。此项取道人如经过中国设有领事之口岸,可毋须再按第一款章程,由中国领事给照。以管见似可听其任便往来,不必责令开列清单到领事处报查。盖假道华工有此种带领人,得以通行,则华工均之得受其益,不必领事更揽其权。且既有带领人偕行,则带领人专责其成,亦不必领事更预其事。至于由香港前来之人,或虑有拐诱贩卖之弊,仍可以船到日逐口清查,果有贩卖拐诱者,仍可设法扣留也。

一、承示汉、洋文护照稿,拟即照刻,以便给发。查章程内开:"凡取道华工,每人须另将护照两纸交给税关。"此所谓"护照"者,曾容川译作"清单"。查此段洋文系用作地士劫的付里士,与第一段所谓素梯勿结译作凭照者不同。盖领事给予华工者,只护照一张,华工呈关验看后,仍随身携带。华工本人仍照依护照抄写两张呈关,一存入境税关,一寄出境税关也。○○阅看章程文义,即第二、第三条,华工之来,须领事执照者,仍须呈缴清单两张。此项清单,即将本人之姓名、年岁、入境、出境日期等项开列,以便关口查阅,未卜是否。惟是华工本人不识西字,无从抄写,仍须领事处代为抄录耳。

本月初十日,东京船由香港来,有往檀香山人十二名,有往巴拿马人十一名。查船期尚远,难以留船守候,当即遵照新例,给发凭照,税关均即放行。除华人自带一张外,仍抄一张存关。因仍由本境出口,故只抄一张。此项照抄存关之一张并不用印,附此禀明。此项所发新定照式未及刊刻,与税关言明暂用常日所发护照,加上入境出境等项。

一、户部此次章程，领事遵行，每一船到，领事处必须饬人往查，又必须就船上查询给照，稍觉繁难。惟实在于假道华工有益，为职分应办之事，劳苦所不敢辞。第谓此事由领事经理，必使假道华工无一潜匿，则诚恐未能。盖领事亦只能询考其船车票及饬令铺户认识，详慎缮发而已。苟华工一经入境，竟自不往，领事亦无从查究。又，此项执照须载明出境日期，由金山至纽约，相隔万余里，预询彼处轮船开行，无论本人未知，即轮船公司亦多未悉，或华工先行出境，或华工随后出境，而税关未及稽查，抑或华工按期出境，华人不通西语，于税关查验时，未及呈照验看，而税关误疑为未往，均为情理之所有，此亦不得不预为筹及者也。

一、承示将此次章程译汉摘要刊布，自应遵照。更拟自新例颁行以后，将某人应来，其应来者系如何办法，刊一简明清单，俾众咸知，庶无乖误。

以上五节，分条胪陈，是否有当，伏希察核训示。敬请

钧安

再，承命将中华会馆章程寄呈。兹将五本另包寄到，伏乞察收。○○附禀。

据梅县档案馆藏黄遵宪上郑钦使第三十二号手稿

上郑钦使第三十三号

（光绪九年正月十八日　1883年2月25日）

敬禀者：窃〇〇于本月十三日肃具第三十二号禀，条议华工假道事宜，想邀垂鉴。十五日又奉到三十五号钧谕，敬读祗悉。兹谨分条禀陈如左。

一、假道章程第三款，"如有带领华工多人取道行走或有确供，即可作为凭据，准其假道。"此与中国向办华工出洋章程，诚如宪台致总署函所谓"两不相涉，两不相碍"。承询"中国照章所给之照，应否饬知金山领事，以便一体查验"。伏查古巴华工条款策五款所载给照各样办法，设法既极严密，今欲于取道时更加查验，以期周密。按金山领事处，每遇有船由香港来者，即派员往查，嗣后遇有前往古巴等处华工，自可逐口查询有无领取中国官员所给护照，其未领照者，自可极力查诘，是否系拐诱贩卖而来，倘有弊窦，仍可设法扣留。窃计若有拐诱贩卖之弊，当系不领执照之人；其既领执照者，当无他弊。金山领事处，惟应按章程随时稽查，似可不必更烦中国给照官员知照办理也。

一、承询"中国所给出洋执照，如遇其人系取道美国者，应否添入取道一层，抑竟不添"等因。伏查户部所定假道章程，系由中国领事给照为凭。中国所给出洋执照，即使添入假道一节，彼仍不能验照放行。窃谓中国给照，祈宜循照向章缮发，毋庸叙入此节，较为得体。

一、预防华工假道潜匿之弊，前拟请以直抵所往之船车票为凭，否则饬令金山铺户取保。日来熟念此事，凡由他国返中国者，或可毋须严防；惟由中国往他国者，不可不严防。由中国往他国，苟属旧客，尚可无须严防；惟新客则断不可不严防。今饬令铺户取保，则化卿或有未认识，专以直抵所往之船车票为凭，则此票亦竟可以掷弃。又拟设一连环互保之法，凡取道华工请领执照者，饬令其同伴或十人，或八九人，或五六人，连环互保。苟偷瞒一人，惟余人是问。以此一节辅上二法而行，庶几较易防弊。

再，前次东京船到，所给之照，均以直抵所往之船票为凭。其前往檀香山者，更有铺户保结。合并禀明。

以上三节，谨摅管见，是否有当，伏希察核训示。敬请
钧安

〇〇〇谨禀　正月十八日

据梅县档案馆藏黄遵宪上郑钦使第三十三号手稿

上郑钦使第三十四号

（光绪九年一月二十日　1883年2月27日）

敬禀者：窃〇〇于本月十三日肃具第三十二号禀，均系条陈华工假道事宜，想邀垂鉴。兹谨将应行禀复各事，条具如左。

一、洗衣馆新例，于去岁腊月二十二日即西历正月廿九号。在合众国衙门，经按察司苏耶与哈富文二人会审，日久未经判断。现闻此案苏耶之意，以为新例不便举行，而哈富文则谓是例可行。审官二人，彼此意见不符，须将全案供词寄至华盛顿之上等裁判所洋语谓之士必鳞葛。乃能核断。

一、金山地方，向来每岁命案数十起，多寻仇斗杀之案。去岁一年，侥天之幸，仅有赵阿卓被人炮毙一事。乃腊月初旬，在北加横街，有妓妇钻金，被蔡阿柏挟恨炮毙，凶首即行拿获。本月初旬，在白华转街，妓妇莲英被李阿愿刀刺，闻系相约殉死者。妓妇现尚医治，而该犯在监乘间自缢身毙。此外，又有邬某与张明斗殴，用铁棍击伤张明头颅，业经彼此议息。不意医生不精于医，终因伤重，于前数日毙命。又有雷某由他埠来此，在戏园门口与赵某索债，彼此斗殴，旋被赵某拔刀刺伤，行凶之人脱逃未获。一月之中，故杀者一起，误杀者一起，受伤者二起，令人忧闷。

一、前承第三十二号钧谕，谓"拟将杜绝妓妇、整顿匪类二事，一并告知外部"。查此间妓馆每易滋事，现在限禁华工，一俟中国设有给照官员，与之声明，华妇由中国来，除中国官员眷属及随带雇用人外，一概须有护照方许上岸等语。而中国给照，乃专由金山领事取具铺户保结，然后凭单给发，便可不禁自绝，此事办理尚易。至驱逐匪类一节，所见具陈于前拟条款稿中，诚虑未易得当，或者仅举限制华工章程，推类言之，谓华人来此之有损于风俗、有碍于平安者，皆系此种匪徒之故。外部如肯允从，则华人实受无穷实益也。

一、马典一案，前经将律师利亚顿来函译呈，兹复将洋文呈览。此事华人亏损尚小，惟情节殊属可恶。初办此事，原不敢期于必胜，但冀借此以稍警效尤。此刻应否再行文外部，伏乞宪台察核，训示遵行。

以上三事，伏乞察核。敬请

钧安

〇〇〇谨禀　　正月廿日

据梅县档案馆藏黄遵宪上郑钦使第三十四号手稿

上郑钦使第三十五号　正月廿九日

（光绪九年正月二十九日　1883年3月8日）

　　敬禀者:窃○○于本月廿日肃呈第三十四号禀,想邀垂鉴。前禀各条,尚有未尽之事、未达之意,兹谨再分条详细胪陈如左。

　　一、洗衣馆新例,因问官二人意见不符,故将全案移交华盛顿之上等裁判所审判。第闻华盛顿之上等裁判所案件繁多,以各属移案到日期,分别先后,尝有一案耽搁经年未能判断者。当未经判断之时,所有不遵新例各洗衣馆,仍可出票拘究,诚虑纷扰无穷。现据律师商榷,设法出票,另拿一未遵新例之人,令其入监拘押,律师即为是人修办驳词,寄呈华盛顿。盖如此,则上等裁判所之审官应为此次拘押之人,将案移前,早日判结也。律师复将两案驳词刊刻成帙,分寄华盛顿之司法各官。其驳词大意系指斥新例为不符合国例,不合条约,引例甚多,词甚博辩。因卷帙繁重,一时未能译出,今先将洋文寄呈钧览。

　　一、前陈议禁娼妓一事,查各国繁盛之区,无不有娼寮妓院,虽各设禁条,亦有未能除绝之者。论为政大体,原不在乎汲汲于此。第以金山华妇,娼妓多于良家,又有三合会党讹索分肥,往往滋事。前光绪三四年间,美国驻华参赞何天爵曾对总署言及,谓欲严禁娼妓。近年以来，每有华妇来者，必经香港美国领事取具铺户保结，又令妇人影像，以一张存领事处，以一张寄税关核对查明，方能上岸。此节现已废止不行，不知系美国所定之例，抑系领事自拟办法也。又闻美国国例，亦有"凡船由外国进口，如查明该船所载如有有伤风化各事，应饬令原船载回"等语，则此事自应由中国议禁为便。议禁亦应外部所闻。第与之声明，华妇来者由中国官给照为凭，一经外部订明，便成定局，所有中国官员眷属及随带雇用人等应以何为便，或华商家属随别国来者，应以何为便，此外有无窒碍，事不厌思，仍望宪台熟筹而行。

一、前陈驱逐恶人一事，美国参赞何天爵亦曾对总署言及禁止逃犯来此，但只言禁其前来，未及驱之回籍。兹议由领事查明，驱逐于他国，地方行领事法令，准之各国通例，原有未符，诚虑未易办到。但此事实于两国均有大益，不得不竭力图之。今进言于外部，如虑彼以其人犯罪，尽可控告地方官为词，则或告以此种恶匪多系中国乱党逃避来此，犯罪原在中国，不在美国；又如虑彼以在美国既不犯罪，亦可毋庸驱逐为词，则可或告以此种匪徒素不安分，在此连盟结党，凡凶杀扰乱之事，实多系其暗中主谋，又难于指实其罪状；如又虑彼以逐回中国治罪，有伤仁爱为词，则又或告以中国内难久平，此种乱党早经赦宥，今亦不过逐回，并不再行惩办等语。总之，紧就限制华工一事，连类言之，谓凡美国所指华人为伤风化、有碍平安者，不在各工，而在此种人，但能驱逐数人，两国均必有裨益，或者较易动听。盖限制工人以驱逐恶匪，均之未符万国通例，彼可行，此又安在其不可行也？若外部终未肯从，即又与之约，试办数年，亦无不可。〇〇于此事蓄念最久，前以假道一事，未经妥议，不敢多及。

黄遵宪集

今复倾臆缕陈，以备采择。是否有当万一，统求酌夺训示，不胜企幸。

据梅县档案馆藏黄遵宪上郑钦使第三十五号手稿

上郑钦使第三十六号　二月初六日发

（光绪九年二月初六日　1883年3月14日）

敬禀者：窃○○于上月廿九日肃呈第三十五号一禀，当邀垂鉴。本月初一日奉到第三十六号均谕，敬读祗悉。兹谨将应行陈复各事，分条具禀如左。

一、承命查询金山华商购买土货销售店数、人数等项若干，除所开铺名业于三十一号禀陈外，现查别吕宋烟者约有一万一千人，制洋靴者约有二千六百余人，制洋衣者约有二千余人。统计此项，华人为东主者居三之二，洋人为东主者居三之一。其资本多少难以确查。颇闻各国均无禁外国人制造土货之例，惟别项事业亦有设为大禁，止许本国人专利，不许外国人均沾之条。此事经设词询问律师麦嘉利士大，据称此种惟公法家乃能熟悉，伊尚须检书查考再复。麦嘉利士大事务繁多，近又有疾，既经催促早复，俟其复到，即当抄呈。

一、自来华人犯罪，经嘉省地方官定案监禁于桑困顿岛中者，约计有三百二十余人。近因嘉省管库入不敷出，议行节用。有议员倡议将此项犯事人概行驱逐回华，大可省费。顷虽未议成，颇闻事有端倪。议员并云此项犯事人既经出境，不许其领照再来，亦不至于废法。盖亦由限制华工之例而牵连并及，且必有限制华工之例,乃可以行之无碍者也。由是以观,前议驱逐恶人一事,或能允从,亦未可知。惟○○前禀欲指此恶匪为中国乱党,细思措词未洽。盖西国于连盟结党、叛抗朝廷之人目为国事犯,以为系出公愤,非由私罪,两国订立互交逃犯之条,且有声明不交此种犯人者。但指此项为曾经犯法;素不安分之人,似较浑融耳。又三十四号禀中所陈娼妓莲英被李阿愿刺伤,现经渐就痊愈。又赵某在戏园门口刺伤,系黄阿雷,非雷某,现阿雷亦既全愈矣。附此禀明。

一、假道章程既详复于三十二号、三十三号禀中,想邀鉴察。前陈怕思域公司发卖直抵所往之船车票,由古巴至香港,每人百圆。闻该公司议于纽阿连入口,盖由古巴至纽阿连,较之至纽约水路较近;由纽阿连至金山,较之从纽约来陆路又较近。该公司又派一人至古巴揽载搭客,谅即系遵照假道章程第三款,即令其人带领而来也。接据古巴商家来函,谓该处华人既贪程途之近,又喜价值之贱,甚为欢欣,多有图作归计者。惟是近见怕思域公司司事人又云,纽阿连地方最惧黄疸病传染,近又议一例严防传染病,自西历五月起至九月止,不许外国船载人入口。闻此例既议行,则此数月中,古巴华人之欲归国者,仍不得经由纽约矣。

一、去岁十一月初,交金山永和生号汇寄金钱一百元,交与秘鲁中华会馆之写信人黎朗轩收,日久未见复函,自第七号函后,亦未有续禀。而由远安公所黎俊英陆续叠寄四函来,其第三号函述美国公使欲选择华商暂行代理领事,并云经托美使转禀宪台。乃顷据中华会馆古德基函,述华商某欲代理领事,不孚众望,人情惶惑云云。其龃龉不睦情形已可想见。此事屡经函劝,并附寄以此间去岁告谕绅董文,令其联络一气,然彼此各树党羽,终不相下,似非派员前往不足以镇群情、联众心也。又本日有一法国人从秘鲁来者名柯士架,闻系法国绅富,以游历至秘鲁者。自述在秘鲁时见各华商,请其道经华盛顿,代求宪台早日持节前往,且谓驻秘有智利将军连治,如宪旌移驻,与该将军商榷一切,即可保护商民云云。○○经面许其此语转禀,复谢其雅意。古德基函即交此人带来者。远安公所来信,谨钞呈钧览。

　　以上四节,伏希察核。敬请

钧安

上郑钦使　附三十六号

再禀者:去年十一月十五日发来第三次经费一万元,此单早交嘉利科尼银行入数,作为总署存款。乃日昨银行司事人来说,此单不知何处失落,求为电请宪台询问李格士银行,有无别人持单收银。银行司事人又求代为电请宪台照发一单。○○告以如果李格士银行未有他人持单支银,自当代为函恳宪台再行补发。昨奉到复电,知此项银两,未有人取。可否求饬帐房照依前发之单补给一张,并于单内写明照钞字样。一面仍求告知李格士行,此项某号数□□①,惟单内有照抄字样者,方能支银,其原单作为废纸。○○俟单□□□②仍向嘉利科尼行取回凭据,声明原交之单已经失落,作为废纸。如此谅亦可行。务求察核。

再,银行交来代寄电报银二元,今并以缴呈。

○○○又禀

据梅县档案馆藏黄遵宪上郑钦使第三十六号手稿

---

① 原件此处虫蛀,似为"失落"二字。
② 原件此处脱字,似为"到之日"。

上郑钦使第三十七号 二月廿四日

（光绪九年二月二十四日　1883年4月1日）

敬禀者:窃○○于本月初六日肃呈第三十六号禀,当邀垂鉴。十五日奉到第三十七、三十八号钧谕,敬读祗悉。兹谨将应禀应复各事,分条胪具如左。

一、给发假道凭照,所拟联环互保之法,系指并无直抵船车票及无人认识者言之。现在所发假道凭据,凡由域多利、巴拿马来往者,均查明其所携车船票给发。惟前往檀香山到此欲上岸者,并饬令铺户担保然后给发。盖以往檀之人所购船票比到金山船价反贱,而檀岛工值又较贱于金山,一经上岸,多欲逗留不去者,不得不加以详慎也。刻下前往檀岛人数甚多,多未请领此项执照,实缘上岸不过游玩,既经离船,房租食用均需自备,故此种穷民多不欲上岸也。再,近日往檀岛者,卑宜积船载来十六人,北京船载来□①十四人,日昨阿拉碧船载到五百七十五人。查粤省于此往□□②设为厉禁,香港亦有禁,每船只许载二十人,此次竟载多人者,轮船公司所卖船票并不声明往檀,到此始另换船票也。以后如此办法,恐或源源而往

---

① 此处手稿虫蛀,似为一数字。
② 此处手稿虫蛀二字。

矣。惟曾经派员查询各工，佥称自备资斧，并无拐诱贩卖者，要自来便阻滞。附此禀明。

一、前陈往来工人，如有拐诱贩卖诸弊，尽可设法扣留。若果该工人自称系被人拐诱贩卖，一经领事知照地方官，地方官必立行提讯，审明必立行释放，盖泰西各国于贩奴一事设为厉禁。公法家有云："异邦人携带奴婢入境，不得仍以奴婢待之"。又云："即贩奴船只遭风飘入例禁蓄奴之国，苟非有特设条约，则公法不能保其奴之不逃，亦不能为事主追还"云云。可知此一事，领事尽可设法料理，以后遇有假道之人，随时极力稽查，谅可防绝此弊也。

一、假道华工或有先后出境而税关未及查明，或按期出境而其人不通西语，未及缴照，均为事理所有。所以预言及之者，诚虑将此种既经出境之人疑为逗留，致多口舌也。现拟亦将此节向税关言明。至承询应否与税关商明彼此各关如何稽查之法，窃查现章既已严密，似乎不便更与设法矣。

一、此次假道章程，每有船到，领署必须派员往询，即就船上缮发凭照，因未领凭照之先，税关不肯放其人上岸也。或该华工等一时未有直抵船车票及未有人认识，又须再往，殊为烦费。现拟一法，凡船到有欲假道者，报明领署，领署即将假道人知照税关，并饬洋仆协同关役到船，将其人带到领署，然后询明年岁、量度、身材等项，缮发执照，交给本人，并将抄单由领署交到税关。如此无须在船给照，较省奔走；此处关长已经允行。此虽系私商办法，将来纽约谅亦可依此而行也。

以上五节①，因承钧命嗣后如有关系假道事宜，随时禀陈，故

①　原文如此。

不惮烦渎，分条详禀，伏希察核。敬请

钧安

　　一、假道凭照现经刊就，谨以二十张寄呈。其有汉字者，系交本人携带之凭照，无汉字者，乃系交存关口钞单。即希案收。此条补入第四条后。

据梅县档案馆藏黄遵宪上郑钦使第三十七号手稿

金山中华会馆绅商民等上郑星使公禀[*]

（光绪八年初至十一年六月间
初至 1885 年 7 月间）

敬禀者：窃闻威宣邻国，皇华扬使节之光；仁入人心，鲛客捧明
珠而献。盖忠信感孚于豚鱼，斯声名洋溢于蛮貊。然从未有泽及
化外，德被海隅，开声教于四千余岁以还，布恩威于七万余里之远，
如我宪台者也。伏维大人，识穷两戒，学通四夷，国侨擅博物之能，
定远具封侯之相。手持符节，能综五鸠；身耀绣衣，旋歌《四牡》。
九重帝简，信为出使绝城之才；一个臣良，遂收保我黎民之利。盖
自张𬸚出境，露冕宣风，而寒谷获乎回春，乔木迁而变夏矣。

在阿米利加之国，有扶兰士果之邦，自道咸四十年以来，聚岭
海十余万之众，羯戎同处，庞杂不伦。虽为罔利之场，几等昏荒之
国。颓风日靡，有识怀忧。而公慎简贤良，善为保护。鞠我育我，
爱克厥威；教之诲之，仁又多术。遂使鴃音渐革，鸥叉潜锄。人人
读谕蒙之书，事事以迁善为乐。钱输鹰眼，歌与子同仇；旗耀龙光，
祝吾皇万岁。司隶之峨冠博袖，重睹威仪；妇人亦解珥脱簪，争行

---

　　* 具体日期不详。黄遵宪自光绪八年初至十一年七月任旧金山总领事。该禀文推
断写于光绪十一年六月郑藻如因病免任三国大臣职前。

仁义。南海衣冠之气,竟由常侍带来;武城弦管之声,足使先生莞尔。此皆公之大德,民不能忘者也。加以毕夷异性,土客相仇。食比长蛇,苛如猛虎。闭重门而忽罹禁纲,逢狭路而遽尔拔刀。吾民已恕而不言,彼族益聚而谋我。于是通商弃约,逐客下书。四十里之囿,悬禁国中;一丸泥之关,拒人境外。白马之书虽在,盟竟可寒;黄鸟之什同歌,人难与处。而公守分明之约,争娆刻之章,凭三寸之舌以折其锋,披七窍之心以持其隙。盟府有恃而无恐,阴谋竟阻而不行。九鼎有言,五丁拔寨。卒之郑环未夺,赵璧能完。左右袒或且为刘,西南夷依然通汉。凡夫弧矢壮游,研桑世业,以逮凫氏桃氏,鲍人筐人,或制吉莫之靴,或织扯黎之布,或操洒削之技,或业赁舂之佣,莫不殊去复还,舟旋却至。客有如归之乐,儿无失乳之啼。慰蓬蒿藜藿之劳,依然利市;看任辇车牛而至,未许闭关。斯又我公之勋,更仆难数者矣。故凡总领事维持保抱之功,悉由我宪台提挈指挥之力。仰斗星而幸分远耀,饮海水而敢忘发源。某等来自我东,远游穷北,喜黍苗之得泽,念桑梓而益恭。率土皆臣,犹食周朝之粟;他乡作客,翻衣召伯之棠。虽千顷之波,测指难窥大海;而中华以外,昂头竟戴二天。黔首何知,恋恋愿留鞭镫;赤心可表,区区藉托丹砂。善有众征,颂无异口。所冀光昭英荡,又乘四路而来;庶几味比美芹,敢选百钱以赠。谨将微物,代达寸诚。另缮礼单,呈由总领事转递。统祈赐收,不胜荣幸。肃重丹禀,虔叩崇安。伏希慈鉴。

据钱仲联辑《人境庐杂文钞》,《文献》第八辑

上薛福成禀文[*]

（光绪十七年十一月　1891 年 12 月）

职道到任一月，详察南洋各岛情形，知英属新嘉坡等处，流寓华人日增，所有落地之产业、沿海之贸易，华人占十之七八，欧洲、阿剌伯、巫来由仅居十之二三。其往来贸易与内地互相关涉者，约有数端，一曰船舶。富商巨贾，有多至十数艘者，入境则地方有管辖之权，出海则领事有稽查之责。一曰财产。华人产业或在中国，或在外洋，两地暌隔，彼此缪轕；又有一家公产，一人遗弃，互相并夺，至于倾家荡产，诉讼未休。一曰逃亡。或在中国作奸犯科而匿外国，或在外国侵吞奸骗而逃归中国；已得其主名，亲见其踪迹，竟以案无根据，莫能指控，仇雠侧目，行路饮恨。一曰拐诱。拐匪踪迹诡秘，而中外又两不相接，故无从缉获。一曰诬告。有空拳而出，捆载而归者，乡邻姻族，视为鱼肉，每每勒索讹诈，及不遂，则有富商而指贩卖猪仔者，以良民而诬为曾犯奸盗者。

据郑子瑜《人境庐丛考》载《诗人黄公度羁马事迹考》

---

* 黄遵宪于光绪十七年十月到新嘉坡任总领事，文中说"职道到任一月"，此文当写于光绪十七年十一月。

上薛福成禀文[*]

（光绪十八年五月十四日　1892年6月8日）

新嘉坡等处流寓华人，日增繁盛，其往来贸易，与内地互相斗关涉者，有船舶、财产、逃亡、拐诱、诬告数端，自应设法革除。拟请以后遇有事端较大者，由总领事禀请出使大臣转咨闽粤督抚核办；其小事径咨各地方道府州县办理，以期中外官商，息息相通，互相关照保护。除批准分咨闽粤督抚外，呈请查核。

据薛福成出使公牍卷七

---

　　* 薛福成时任出使英法义比四国大臣，黄遵宪任新嘉坡总领事。此件所标时间系据薛福成札饬日期，光绪十八年五月十四日。

上薛福成禀文[*]

（光绪十九年五月十六日前　1893 年 6 月 28 日前）

南洋各岛华民不下百余万人，约计沿海贸易、落地产业、所有权利，欧洲、阿剌伯、巫来由人，各居十之一，而华人乃占十之七。华人中如广、琼、惠，加各籍约居七之二。粤之潮州，闽之漳、泉，乃占七之五。粤人多来往自如，潮人测去留各半，闽人最称殷富，惟土著多而留寓少，皆置田园，生子孙。虽居外洋已百余年，正朔服色仍守华风，婚姻宾祭，亦沿旧俗。近年来各省筹赈筹防，多捐巨款，竞邀封衔翎顶以志荣幸。观其拳拳本国之心，知圣泽之浃洽者深矣。惟筹及归计，则皆蹙额相告，以为长官之查究，胥吏之侵扰，宗党邻里之讹索，种种贻累，不可胜言。且挟资回国之人，有指为逋逃者，有斥为通番者，有谓其运军火接济海盗者，有谓其贩卖猪仔要结洋匪者，有强取其箱箧肆行瓜分者，有拆毁其屋宇不许建造者，有伪造积年契券藉索逋欠者。海外羁氓，孤行孑立，一遭诬陷，控诉无门，因是不欲回国。间有商贾至者，不称英人，则称荷人，反倚势挟威，干犯法纪，地方有司莫敢谁何。今欲扫除积弊，必当大张晓谕，申明旧例既停，新

---

* 所标时间系薛福成奏折日期，黄遵宪禀报在此前。

章早定,俾民间耳目一新,庶有裨益。

据薛福成《请申明新章》豁除海禁折

上薛福成禀文[*]

（光绪十九年六月六日　1893 年 7 月 18 日）

　　大小白蜡及石兰峨之吉隆一地，产锡最旺，华人日增，气象方兴未艾，拟请大小白蜡共设副领事一员，吉隆设副领事一员。去岁吉隆出锡益多，集工益众，商贾麇集，货物云屯。英官方于大小白蜡之间建火车路，以资转运，数年之后，将成一大都会。华人之商于大小白蜡、吉隆者，多获厚利。一年之中，大小白蜡增工役数万，吉隆增工役二万有余。今岁佣工，由闽、越至新嘉坡者，已有三万六千，大抵散居于白蜡、吉隆者为多。流寓日众，良莠不齐，举凡财产、钱债、赌博、斗殴之事，虑其轻于犯法，易于启争，必设领事，可资约束而筹保护。此虽系英人保护之土，各国尚未设官，然此处寄寓只有华民，并无他族。是中国设官，更属名正言顺。先是总督施密司谓：白蜡、石兰峨等处皆华民，系英国保护之邦，不必尽用英律，因嘱将大清律例财产各条抄出。已为抄出户律户役门凡八条，施督即译英文，札交各处承审官一体遵办，为英人绝无仅有之事。施督于华民保护甚周，其行政时有将就华民之处，趁其在位，赶设

　　＊　薛福成时系出使英法义比四国大臣，黄遵宪时为新嘉坡总领事。此件所标时间系薛福成出使日记续刻卷八光绪十九年六月初六日所记日期。

领事，此亦事机之不可失者也。

据薛福成出使日记续刻卷八

采访节孝示*

（光绪二十年　1894 年）

　　驻扎新加坡兼辖海门等处总领事府黄为采访节妇，拟请旌表事。本总领事到任今三年矣，见我华人于政治、法律，悉遵地方官管治，而风俗礼仪，则仍守旧风。英国素尚宽仁，人人视为乐土，惟闻与绅士语及妇德，则接咨嗟太息，若负忧戚谓：南洋各岛，往往有琴瑟偶乖，遂对簿公庭，视夫如仇者；又有尸棺在殡，遂挟资改醮他人入室者。此皆人情之所深恶，内地所绝无。

　　本总领事查《漳州府志》所载，有施世耀妻苗氏一事。《漳州府志》云：施世耀妻苗氏，马辰港夷女也。夫贾于其地娶焉。夫出卒，苗氏自缢死，族为招魂，设主祀之。

　　《龙溪县志》所载，有郑氏戴娘一事。《龙溪县志》云：郑氏戴娘，番女也。父娶于番，生戴娘，携之归适余诏。诏卒，母怜其少微，□之持不可，家中闻其梦中呓语，称引义拒母辞也。姑患肠结病，几殆，氏以计勾出之，病遂痊。氏初奁具颇赡，时亦恤其族党。后家日以落，族党无应者，弗较也。

　　《海岛逸志》所载，有苏梅氏一事。《海岛逸志》云：漳城东门

＊　此件标题及其写作年份据谢仁敏考释。

外深青社有苏綦者，经商南洋，娶妇苏梅氏。数载，以不获利而归，遂卒于家。南洋妇闻其讣，且知其家贫，亲老子幼，乃孑然帆海至闽，养姑教子，以终其身。

此皆巫来由番族，尚能殉夫养姑，坚持节义；况于中国世家大族，先王之礼义，本朝之德教久被渐摩者乎。故本总领事以为风化之未纯，由于良莠之未分，彰昭之不及也。今与各绅董会商，南洋各地无论何处，无论何族，如知有守节妇女，即可将事实开具，呈由本总领事代禀奏恳旌表。夫十步之内，必有香草，岂可因咨诹不及，谓贞节竟无其人？沧海之外，每憾遗珠，岂可因道里云遥，使王泽未由下逮？为此出示晓谕，凡我绅商人等，宜各周咨博访，据实直陈，以上邀朝廷绰楔之荣，下以表闾阎彤管之美，本总领事实有厚望焉。所有章程开具于后：

一、例载守节之妇，不论妻妾，自三十岁以前守节至五十岁；或年未五十身故，其守节已过十年者，均准旌表。

一、例载京师暨各省府州县各建节孝祠，祠外建大坊，应旌表者题名其上；身后设位祠中。凡应得旌表，由地方官给银三十两建坊。如另奉有御赐诗章、匾额、缎匹，由内阁交部发提塘赍送督抚，行地方官给领。

一、照例旌表节妇，须取具邻里甘结，由各府州县禀呈，各省由督抚、学政会题，送部核题。其在部呈请者，由部行查督抚，核实具复。今事在海外，不能不变通办理，凡有节妇拟由该姓之族长，该邑之绅耆，将事实禀报总领事，再由总领事备具册结，或禀请原籍督抚、南北洋大臣代奏，或禀请出使大臣具奏，再行斟酌办理。

一、呈报节妇，须将该妇姓氏、伊夫名字、籍隶何省府州县、何年婚娶、伊夫何年身故、守节经几何年，一一开呈报明。其有事实者,并将事实详细载明。

　一、凡有呈报节妇者,不必誊写禀呈、拘定格式,即用寻常信纸将上条所载,一一开具便可。送呈惟须将某人呈送姓名开明,俟本总领事查。

据《历史档案》2014 年第 3 期,谢仁敏
《黄遵宪〈总领事黄观察禀稿〉考释》

湖南保卫局备忘录

（光绪二十三年下半年　1897 年下半年）

总办　会办　分局长　分局副局长　总局委员

小分局委员（理事）　小分局理事委绅　巡查长　巡查吏

巡查　各项办事章程　已办

巡查责罚章程　已办

巡查月报格式　密报格式　已办

总局告示格式　已有

会详格式　已有

总局札各局式　已有

各局禀总局式　已有

各局移文式　已有

传票式　已有

拘票式　已有

送犯格式　已有

收犯格式　已有

发落犯人格式　已有

收支簿格式

收支单格式　已有

　　领单格式　已有

　　巡查凭单　已有

　　举董事格式　已有

　　保荐巡查格式　已有

　　各员名字簿　已有

　　董事名簿　已有

　　巡查长　巡查吏　巡查名簿　已有

　　门牌格式

　　户口册式

　　稽查员绅　吏役功过章程　此项巡查及巡查长吏　已有，

未备

此外如何稽查之法　请各公酌拟

　　总局总司各处委员职事章程　现拟未定稿

　　清理街道章程　存义案处　有一纸　仍须详

　　清查户口章程　未拟

　　收支银钱章程

　　管理荷具章程

　　迁善所章程

枭辕呈词批示*（二件）

（光绪二十四年二月十五日　1898 年 3 月 7 日）

一

长沙县周玉堂呈,查阅县判抄黏不明,候长沙县录齐全案,查明候批。

二

宁远县刘孝生抱告刘周批染患重病,候局员验明在外调理,候提全案到省质审可也。

据《湘报》第一号(光绪二十四年二月十五日出版)

---

* 批示日期不详,题下所标注的日期系《湘报》出版时间。以下据《湘报》者同。

杨先达等禀请速办保卫局批[*]

(光绪二十四年二月十七日　1898年3月9日)

据禀既悉。考三代盛时,君民上下,同心同德,相维相系;国有大政,必谋及卿士,谋及庶人,推之国人曰贤,国人曰杀,一刑一赏,未尝不与众共之。故法立至公,而政无不举。

本署司屡衔使命,遍历泰西,觇其国,观其政,求其富强之故,实则设官多本乎《周礼》,行政多类乎《管子》。考之《管子》,五家为轨,十轨为里,四里为连,十连为乡,故人与人相保,家与家相爱,居处相乐,行作相和,其声相闻,足以无乱,其目相见,足以相识。此齐桓所以霸诸侯者也。而西人法之,邑有邑长,乡有乡长,合之而为府县会。考之《周礼》,有司救,有司市,有司虣,有禁暴氏,有野庐氏,有修闾氏,掌民之邪恶过失,市之治教刑政,而禁其斗嚣暴乱、矫诬犯禁者。此周公所以致太平者也。而西人法之,有工务局,有警察局,国无论小大,遍国中无不有巡捕者,故能官民一气,通力合作,互相保卫,事举令行。此实中国旧法而西人施之于香港、上海之华人,亦无不视为乐郊,归之如流水,耳闻目见,其效

---

* 湖南设立保卫局初,绅士颇有疑议,继而商人闻之,欢欣鼓舞,联名具禀,立请开办。此件系黄遵宪对第七禀杨先达等禀请速办保卫局的批示。

如此。

本署司奉命来湘，蒙抚宪奏委署理臬篆。莅任以来，迭奉抚宪面谕以省城内外户口繁盛，盗贼滋多，痞徒滋事，不免扰害。上年窃案多至百余起，破获无几，而保甲团防局力不足以弹压，事亦随而废弛，非扫除而更张之，不足以挽积习而卫民生。本署司以为，欲卫民生，必当视民事如己事；欲视民事如己事，必当使吾民咸与闻官事。当即酌拟《保卫局章程》四十余条，意在官民合办，使诸绅议事而官为行事。呈之抚宪，抚宪深以为然，饬令发刻，先行布告，一面筹办。兹据各绅商等百余户、职员等二百余名联名吁恳从速举办，具征众情踊跃，咸以为便。本月初九日既奉抚宪札，将保甲团防局裁撤，改办保卫局，委本署司为总办，回盐道本任后仍责成经理此事。上奉宪谕，下从舆情，自当刻日开办。现已分画地段，租赁房屋，购备器具，各事就绪，即日举行。

惟念本署司初到湘中，风土人情，未能谙悉，除原议章程业经分布外，依附保卫局而行者，尚有迁善所五所，每所容留失业人四十名。又，保卫局开办后拿获犯人亦送此所，计额亦可容四十名，皆延聘工匠，教令工作，俾有以养生，不再犯法。此项章程现既付刊，容日再当分派各户。

又，保卫局拟分三十局，统城内外以三万户计，每局约辖一千户，拟每二百户即举一户长，每千户共举五户长，以该处居民、商店充其选。遇事即邀集各户长为议事，绅士到局公议，照原拟章程第四十三条而行，所用巡查，即照依分局所辖各户，令户长公举，再照局章选用。

以上二条,皆章程中未及详载者。此外或尚有未尽事宜及不无窒碍之处,尚须择期邀集众绅商会议,届期仍望各抒所见,匡我不逮,一俟议定,即行开局,用速成效而顺众情。切切此批。

据《湘报》第三号(光绪二十四年二月十七日出版)

马仲林等禀请速办保卫局批[*]

（光绪二十四年二月十七日　1898 年 3 月 9 日）

　　昨据杨先达等先后来司具禀，业经批示。所拟章程，士大夫之有识者、贤长官之实心者多以为然。初谓民情可与乐成，难与图始，未必询谋金同。今统阅各禀，催请举行，词极迫切。盖以盗窃之滋扰，地棍之讹索，无赖之强乞，以及在官之蠹役，外来之恶痞，均为汝等切身之害，噬脐之祸。彼安富尊荣者不尽知，而汝等均身受之，思所以辟害而免祸，故其词迫切如此也。念及此，盖为之恻然心动。上下之离散，官民之壅遏，乃至如此。父母斯民之谓何，诚不可无以通其情而去其蔽。此局既奉抚宪札委本署司为总办，责令一手经理，自当尽心竭力，不避劳怨，刻日举行。前批及此批着即传抄共览，一体知照，以靖地方而慰民望。

据《湘报》第三号(光绪二十四年二月十七日出版)

＊　此件系黄遵宪对第六禀马仲林等禀请速办保卫局的批示。

衡阳县莫月亭上控僧听云词批

（光绪二十四年二月十九日　1898年3月11日）

此案昨据尔等来辕具呈,业经本司批府饬县集讯究结拟复在案。兹据呈称:"控经十二年,该县等率视为游案,无心究结。此次奉批回催,势必仍搁如前。定罪自有明文,追骸原期掩殡,渎恳提省断结免累"等情。意迫谓追缴尸骸,始能结案。

不思官历数任,案经多年,该府县不能究结,即缘僧听云无从缴出尸骸所致。该前县踏勘之时,只有平冢情形,并无毁棺掘骸证据,事未三思,竟照寻常发掘新冢、藏匿尸棺办法,押令缴出尸棺,原属疏误。该职等思置之极法,故甚其词;接审官亦照案比追,不揣其积久莫结。职此之由,今必勒令僧听云缴出所掘四百年久朽之棺,无凭之骨,恐再迟数十年,此案终无了结之日。

万汇含生负质,自无而有,复自有而无,故魂升于天,魄化为土,本造化至理。自古圣贤,只求保设世身后之名,而不能保历劫不坏之质,理有固然也。该职监等读书明理,如果遭逢不幸,确知祖宗骸骨被人毁匿,呼冤诉怨,固亦无怪其然。乃竟执莫须有之词,逼人以不能为之事,欲治仇人以加等之罪,转陷祖宗不美之名,贻子孙无穷之恨,甚属无谓。设使僧听云迫于刑比,别寻骨殖缴官给领,尔等又何从辨其真伪? 欲妄为安葬,诚恐歆非类而祀非族;

苟疑为不实，又将作何措置？

　　本署司准理度情，剀切详示，不独使不法僧徒按律定罪，亦重念尔等为人子孙，必如是而后理得心安。此案一日不结，该僧之罪状不明，必仍前延搁，仍前监禁，终无了期。仰衡州府迅速饬县查照前令批示，差集人证，悉心推鞫，明白开谕，将现审实在情形，禀由该守，立提人卷到府，查明案据，于所争山场，秉公断结，并饬封培坟墓，竖立碑石，以垂永久。僧听云应照发掘远年坟冢例从重议，拟具复核夺。尔等即迅速赴府听候核断，毋庸渎讼。切切。词发仍缴。

据《湘报》第五号（光绪二十四年二月十九日出版）

桑植县徐洸典一案签驳

（光绪二十四年二月十九日　1898 年 3 月 11 日）

本署司查阅详册，徐洸典原招称："杨继典探知刘道和往朱家台探亲，央求小的，如果撞遇刘道和，捉交送究。小的允从。那日下午时候，小的在梅家洲河边洗菜，适刘道和路过看见，赶拢揪扭。刘道和将小的推跌倒地，转身跑走。小的起身追赶，拾取地上石块连掷，伤他脑后左耳，仍向追赶。不料刘道和跑至河边，凫水过河，至中流，沉溺身死"等供。该令仍照斗殴杀人律，拟绞监候秋后处诀。本署司一再详阅，以揪扭受跌而谓之斗，以凫水自溺而谓之杀，情轻法重，怃然不安。惟遍查例案，凡始于斗殴，继以追赶，终于毙溺者，辄以死由于溺，溺由于追，追由于殴，罪坐所由，仍照斗杀例拟绞。无论其为金刃相接，手足互斗，以及凶器之有无，伤痕之轻重，但使两下相争，事起于斗，既归于死，统谓之为杀。所谓杀人以梃与刃，无以异也。无论其为情急跳河，失足落水，被抓同跌，凫水自渡，但使由肇衅而酿命，事出于相因，则罪坐所由，所谓我虽不杀伯仁，伯仁由我而死也。

《律例汇辑》所载斗殴溺毙之案，或拟杖流，或拟徒罪，甚有照不应律者，或轻或重，时有参差。而近日所刻《刑案汇览》各条，则累牍连篇，一律照办。盖人命不可以无抵，而杀字之所包甚广，虽情态万变,纷纭歧异,实有不能遽加以斗之名,坐以杀之罪者;而又别无恰合专条,难以比拟定案,亦仍以斗杀论,从而为之。说者又谓:斗杀情轻之案,如实可矜原,秋审尚可酌宽,惟定案时不许议减,致与办过成案互相抵牾。于是乎罪坐所由之言,群奉为玉律金科,竟一成而不可易。该令之议拟此案罪名,殆亦查照成案办理,本署司亦未便遽责其非。

今亲提徐洸典,详细研审,似有争斗情形者,只拾石遥掷一节耳。据徐洸典称系左手遥掷,石皆碎石,相隔已远,并未受伤。检查刘道和尸格,耳后石伤,皮尚未破,血亦未流,则其言足信。徐洸典初仅抓袖,拉同理论,刘道和遽行凶暴,推之倒地。及徐洸典从地爬起,刘道和业已渡河。其拾石遥掷,并未应敌,只图泄忿。正例所谓“后下手理直”者,而下手极轻,坐以斗杀,殊属扭捏。徐洸典以洗菜之故,本在河边;刘道(河)〔和〕以探亲之故,本欲渡河,狭道相逢,只在此咫尺之地。倘系前往迎接,彼此争斗,互有回旋,或转为向后追赶,则彼既牵衣,此亦濡足,乱流争渡,同入水中,指为尾追,亦尚合情势。今徐洸典站立在河边,推跌在河边,爬起仍在河边,前后始终未离其地,坐以为追赶,更属虚诬。梅家洲宽仅数丈,浅只人许,本系往来之地,时有徒涉之人。刘道和本以探亲自行渡河,假使是日不遇徐洸典,凫至中流,水深亦未必不遭溺毙。渡河而死,与人何尤?中流傍岸,相隔既远,无追之情,先斗后溺,系属两事,不关于斗。在徐洸典并无不可当之凶锋,在刘道和亦无不得已之情势,适逢其会,并非逼之使然,又不得以刘道和之游毙推究所因,而罪坐所由也。该令并不深究争斗情形,又不详查例附是否恰合,虽未必有心故入人罪,而于尸格中辄报称生前受伤溺水身死,于招解册中辄详称徐洸典起身追赶,仍向追赶,是泥成案而迁就供词,强情节以比附律例,与削趾适履者何异？甚为本署司所不取也。

据《湘报》第五号（光绪二十四年二月十九日出版）

张瑞林等禀请速办保卫局批

（光绪二十四年二月二十日　1898年3月12日）

保卫一局所定章程，原本《周官》、《管子》之遗法。前据杨先达、马仲林等来司具禀，业经本署司明白宣示，谅已传饬共览。

所立章程虽未敢云尽善，而一经刊布，城乡内外相率禀请速行，足见群情踊跃，可与图治。既奉抚宪饬委本署司为总办，即回盐法道本任，亦令专司其事，以重责成。现正分别赁屋设局，刻日举办，尚望同心协力，恪守约令。章程苟有不善，可随时商议。局中苟有不遵章，可由绅士查明撤换。行之既久，不独痞徒敛迹，盗贼可清，而且诚信相孚，忧乐与共，官民上下，相维相系。地方既安，商务亦必有起色，成效可睹。即以汝等之禀为左券可也。

《湘报》第六号（光绪二十四年二月二十日出版）

湖南迁善所章程[*]

（光绪二十四年二月二十二至二十三日
1898 年 3 月 14 至 15 日）

一、于长沙府城内外共设迁善所五所，归保卫总局管辖，依附保卫局而行。

二、于保卫总局中设一所，为迁善所办事处，于此收发公文，遇事则总办、坐办、提调均在此会议。

三、迁善所一切事务，均归保卫局总办稽查管理。

四、迁善所设一坐办大员，以保卫局坐办兼充。所有公文由总办、坐办会衔签行；亦设一坐办绅士稽查管理，亦会同总办签行。

五、设提调二员，以知府或同知充，每日轮流到所稽查一切。

六、驻所委员一员，以同通州县充，每日在所办理各务。

七、所中公事，亦归保卫局分局委员兼辖；所有收发犯人各事，应会同驻所委员办理。

八、每所设理事二员，以佐贰杂职充；副理事一人，以绅士充。所有所中失业人、犯人收羁到所，一切工役程课、督责看管，以及鞭挞拘锁用法之处，皆官主之；一切起居饮食、稽查保护，以及疾病困

苦用恩之处，皆绅主之。

九、理事官绅相助为理，刑法为官专管，银钱为绅专管。

十、每所收留失业人，以四十名为额，此外尚有应行收留之人，先报名列册，俟有学成出所之，人额缺再补。羁管犯人亦以四十名为止，如尚有应行羁管之人，再择所中情罪较重者分送府县监，或系改过自新、学业有成者释放出所。

十一、此项失业人，由各小分局分段稽查。为年轻失教由其家长呈首者，或游荡无依、时在街市扰累讹索有人指控者，或贫困异常及懒惰不堪由其族长姻戚引送者，统谓之失业人，应各令缮具保结，拘传到所，责令学工，另有章程。

十二、犯人系由各分局委员判断，应将所犯何案、应禁多少日期，开单移送。入所后即责令学工；其情节较重，应充苦役者，另有章程。

十三、所有工作，如成衣、织布、弹棉、刻字、结辫线、制鞋、削竹器、造木器、打麻绳之类，每所延教习八人，每教习一人管工十人，教之工作兼督其程课。其有素属文弱、曾读书识字不能作工者，亦可督令抄写。

十四、湘省著名，如浏阳之葛布、辰州之楠木、永州之锡器、宝庆之竹器、桃源之绿布，将来均可分类制造；又有外洋入口之庆面、铁钉、烟叶，由华出口之草帽边各类，将来亦可延师学习仿造。

十五、以后通沟洫、修道路、筑城池各项土木工役，亦可将所中各犯及失业人押令充当。

十六、此项应需之纱布、丝绵、竹木各项成本，应备之物，先由所中预备，再行发交各教习，分给各人工作。

十七、各项业成，由委绅发出分售，除归还物料成本外，如失业人所作有赢余，以三成给作零用，以七成分别存储，俟其出所时，给为资本；如犯人所作有赢余，以五成弥补该犯饭食之需，以五成给该犯，俟出所时，给为资本。

十八、所中所作工役，均有定时、如每日应作若干时候。有定程，如每人应作多少工夫。如各工役执业勤奋有逾于常课者，所得卖物余利，概行给予本人。

十九、每所应有失业人及犯人住房，每一间约住六人，编列号数，派定分住；每夕由委员、委绅点名一次，眼看归号歇宿，即行锁门，锁匙交给看管人及杂役，轮流守护，次日清晨启门。

二十、各犯初到，进所由委员分别派拨归号，并将该犯遍身搜检，如带有行凶器具、行窃事物及洋药烟具、洋烟尤须严查，凡到所各失业人及犯人有烟瘾者，另由所中发给戒烟丸药。水旱烟袋、洋火、火石、火刀、银钱等件，一概提出另记，俟保释时给还。其凶器、窃器不准给还。

二十一、各犯初到，仍上锁纽。一月以后，由委员察看安分习业者，准脱锁纽，以示劝勉。倘有不服管束及嘈闹斗殴者，由委员送保卫分局，分别惩责锁押，情轻者发回所中，勤作苦役；情重者发府县监。

二十二、每所应有工场一大所并天井、回廊，以为工人作工之地。

二十三、每所请教习八人，每人教工人十名，教令工作兼令管督。教习亦自行作工，以作模楷而资表率。

二十四、每所设看役人八名，以供奔走，以资弹压。此二项人，日夜轮流看守，不得稍离，亦分班当差，每四个点钟即换班一次，如保卫局巡查章程。

二十五、每屋一间，约住失业人三名、犯人三名，以八十名计，每所应有此项住房十三四间。

二十六、每人应给予床铺一张。凡到所之失业人及犯人，各给予衣服，冬间加给絮被一床，棉袄、棉裤各一件，夏给席一张。此两项人，服色各有分别，亦另有式样。

二十七、失业人每日给饭食银元五分，即一毫之半，每月一元五角。犯人给饭食钱四分，一毫十分之四，每月元二角。概归厨役承办。每日食饭有一定时刻，一定蔬菜。有不如法者，由委绅查明，将役惩罚责革。

二十八、每所除厨房、门房外，应有浴堂一所，每间一日，即令洗浴。有不洁者，照章惩罚。

二十九、每所设监禁一间，犯人不服管束、怙恶滋事者，经住所委员查明，仍上锁镣，发入监狱，满日再脱。

三十、五所之外，另设病院一所。犯病者由委员验明，送病院调治。病故，报县验明，给棺殓埋，并饬知其亲族；如愿领棺自葬，准其领回，委员报明备案。

三十一、此项迁善所所需费用，均有一定款项，由官支给，每六个月将所用各款，照依保卫局局章，缮贴局门，悬示于众。

三十二、除有定款及上开人数外，如有乐善绅商情愿捐助，或将贫穷无业之人送来学工，或自认助养多少人，如每人每日饭食银元五分，每月一元五角，愿捐十五元者，即系助养十人。所中咸一律经理。惟此项人限于住所，必须朝到暮回。倘有各绅商另赁附屋，扩充各所，保卫总局亦允分派委员，照章经理。

三十三、所中坐办公费，归保卫局照支。提调月支公费八十元，驻所委员月支公费五十元，驻所理事每员月支公费十四元，副理事月支公费十四元。开办之后,再酌量事之繁简、定人员之多少、公费之厚薄。此外,杂役、门役、厨役各给月费,另有章程。

三十四、所有未尽事宜及应增应改章程,再随时由保卫局总办邀议事绅商议定照行。本所各委员亦只有行事之责,并无立例之权。

据《湘报》第七、八号(光绪二十四年二月二十二、二十三日出版)

湖南保卫局章程[*]

（光绪二十四年二月二十二日　1898 年 3 月 14 日）

一、此局名为保卫局，实为官绅商合办之局。

二、本局职事在去民害，卫民生，检非违，索罪犯。

三、本局设议事绅商十□人。一切章程由议员议定，禀请抚宪核准，交局中照行。其抚宪批驳不行者，应由议员再议；或抚宪拟办之事，亦饬交议员议定禀行。

四、凡局中支发银钱，清理街道，雇募丁役之事，皆绅商主之；判断讼狱，缉捕盗贼，安置犯人之事，皆官主之。

五、局中设总办一人，总司一切事务；会办大员一人、绅一人。

六、于长沙府城中央设总局一所；城中分东西南北，设分局四所，城外设分局一所，共分局五所。每所辖小分局六所，共设小分局三十所。

七、每分局设局长一员，以同通州县班补充；副局长一员，以绅商充。

八、每小分局设理事委员一员，以佐贰杂职充理事，委绅一员，

　＊　1898 年 3 月 9 日《杨先达等禀请速办保卫局批》文中有"本署司以为，欲卫民生，必当视民事如己事；欲视民事如己事，必当使吾民咸与闻官事，当即酌拟《保卫局章程》四十余条"，知此章程系黄遵宪所拟。

以绅商充。

九、每小分局设巡查长一名,巡查吏二名,巡查十四名,小分局三十所,共设巡查四百二十名。

十、此项巡查并非差役,例无禁锢。凡充当巡查:(一)须年在二十岁以上三十五岁以下者;(二)须曾经读书识字,粗通文理者;(三)须身体强健,能耐劳苦者;(四)须性质和平,不尚血气者;(五)须有保人;(六)须考验;(七)不准以曾经犯罪之人充当。

十一、此项巡查除奉有官票另行差委之外,其寻常职事:

(一)凡有杀人放火者、斗殴伤者、强窃盗者、小窃掏摸者、奸淫拐诱者,见则捕之,有民人告发,则诉其事于局,执票拘捕之;

(二)凡行路之人,无论天灾人事,遇有急难,即趋救之,醉人、疯颠人迷失道路者,即送归其家,残疾人、老幼妇女、远方过客,均加意维护;

(三)凡所辖地内,道路之大小,市街之长短,户口之多寡,必一一详记,所住人民,必熟悉其身家品行,若无业人及异色人,当默察之;

(四)凡聚众结会、刊刻谣帖煽惑人心者,见即捕拿;

(五)凡街区扰攘之所,聚会喧杂之事,应随时弹压,毋令滋事;

(六)车担往来,碍行道、伤人物者,应设法安排,毋令阻道;

(七)道路污秽,沟渠淤塞,应告局中,饬司事者照章办理;

(八)凡卖饮食,物质已腐败或物系伪造者,应行禁止;

(九)见有遗失物,即收存局中,留还本人。

十二、凡巡查,非奉有本局票,断不许擅入人屋;违者斥革兼监禁作苦役。

十三、凡巡查,不准受贿,亦不准受谢;查出斥革并监禁作苦役。

十四、凡巡查,不准携伞执扇,不准吸烟,不准露坐,不准聚饮,不准与街市人嘈闹戏谈;违者惩罚。

十五、凡巡查,准携短木棍一根,系以自卫,不准打人,并不许擅以声色威势加人。内处同事,外对众人,务以谦和温顺、忠信笃实为主。

十六、各分局巡查概分为两班,每日分六次,每四个钟点换班,每日从正午十二点起为第一班,至四点钟换第二班,至八点钟换第三班,至十二点钟换第四班,至四点钟换第五班,至八点钟换第六班,至十二点钟又换第一班,如是轮流,周而复始。每换班时,由局中派出后在街巡查,始行换回。换班回局后,所有食饭歇息之事,均在局中,不许他出。[①]

十七、初次当差,均作四等巡查,其遇事有功或日久无过,可以递升至三等、二等,辛工亦可酌加。

十八、巡查如有行为不端之事,经本局查出或他人告发,查实照扣辛工,重则斥革监禁。另有章程。

十九、巡查吏专司侦探事务,搜索罪犯,帮同巡查长督率各巡查以从事。另有章程。

二十、巡查长所属各巡查归其督率,受其节制。

二十一、各小分局设理事委员一人,以佐贰杂职充,每日以日出到局,日入归家,督率在局各役,遵照章程经理事务,事必身亲在局。办事不许著袍褂,公务步行,查街不许乘轿。

二十二、小分局理事委员,遇事应禀知分局局长或移知各小分局,即用理事委员衔名,自钤小印径发。遇有巡查禀请出票拘传之

时,亦准理事委员将总局给发之票照章填给。

二十三、凡地方人民,遇有犯案,经巡查拘传到局者,即由理事委员问明,禀送各分局分别办理。

二十四、凡地方人民,或因口角斗殴滋事申诉到局者,准由理事委员劝解和释;不能了结者,送分局办理;或于地方有损害,或于人民有碍平安者,经人告发,亦准由理事委员传问,系本局应理公事,即送分局办理。其户婚、田、土争讼之事,本局不得过问。

二十五、各小分局委员不准设立公案,不准擅用仗责。

二十六、小分局副理事以绅商充,帮同理事督率巡查,以办理局务。

二十七、小分局副理事应住局中,所有局中出入银钱、管理器物,是其专责。

二十八、分局局长以同通州县班充,每日以日出到局,日入归家,督率在局各员遵照章程,经理事务。

二十九、所有地方人民违犯本局禁令,即第十一条所载各事。或本局巡查不守本局章程,即十二、十三、十四、十五、十六条所载各事。[①]由各小分局拘送到局者,由各局长讯问,除罪犯徒流以上应送总局办理外,余均由局长分别轻重、随时发落。

三十、本局另设迁善所五所,即附五分局,办理所有拘传到案审实发落之犯人,即发交迁善所,令其学习工艺,充当苦役。另有章程。

三十一、各分局副局长以绅商充,帮同局长督局长督率员役,以办理局务。

三十二、各分局副局长应住局中,所有局中出入银钱、取支器

---

① 郑海麟本、吴振清本本条均无该夹注文字。

物,是其专责。

三十三、凡各分局及总局,均应设书识□名,专司缮写纪录之事;丁役□名,专司伺候讯案、接送犯人之事;杂役□名,专司奔走使唤之事。用人多少,视事之繁简,再行酌核。

三十四、总局设委员四人,以同通州县充,内专司文案二人,一切禀详、移札、文牍,均归拟稿,专司审案二人,所有各分局送到犯人,归其审讯。

三十五、此项文稿均别立格式,变通旧体,以期简易,以归迅速。除另设章程系寻常事件业经拟定者径由文案缮发外,其他一切文牍,均呈由会办,总办标行。

三十六、此项罪犯除情罪重大者案结之后仍发交长善监及府监收管外,其他均发交迁善所办理。

三十七、总局委绅二人,以绅商充,应住局中。所有各分局、小分局购置器物归其专办,一切公用器物由总局购备,发交各局支领应用。所有各分局支发银钱归其专责,应将用出之银钱随时登记,交由会办、总办查阅,每六个月刊刻一次,分派各局并悬贴局门。

三十八、本局会办大员一员,管理稽查局中一切事务,凡系缉捕盗贼、判断讼狱、安置犯人之事,均会同总办签行。

三十九、本局会办绅士一员,管理稽查各局委绅、各局巡查一切事务。凡系支发银钱、清理街道、召募巡查之事,均会同总办签行。

四十、本局总办一员,一切事务均归稽管。

四十一、本局事属创办,所有未尽事宜及应增应改章程,再随时邀集议定,交本局遵行。本局只有行事之责,并无立例之权。

四十二、本局除议事员绅及本局总办不支公费外,总局会办官一人,月支公费银一百二十元;会办绅一人,月支公费八十元;委员四人,每人月支公费六十元;委绅二人,每人月支公费五十元;分局局长官五人,每人月支公费五十元;副局绅五人,每人月支公费四十元;小分局要员三十人,每人月支公费二十元;委绅三十人,每人月支公费十六元;巡查长三十人,每人月支公费八元;巡查吏六十人,每人月支公费六元;四等巡查四百二十人,每人月支公费四元;凡巡查长、巡查吏、巡查饮食官服,均由官给。

四十三、本局议事绅士十人,以本局总办主席。凡议事均以人数之多寡定事之从违,议定必须遵行章程。苟有不善,可以随时商请再议。局中无论何人,苟不遵章,一经议事绅商查明,立即撤换。

四十四、本局总办,以司道大员兼充,以二年为期,期满应由议事绅士公举,禀请抚宪札委。议事绅士亦以二年为期,期满再由本城各绅户公举。其有权举人之绅士,俟后另定章程。

据《湘报》第七号(光绪二十四年二月二十二日出版)

附录:陈宝箴面谕黄遵宪筹办
保卫局事(大意)

省城内外,户口繁盛,盗贼滋多,痞徒滋事,不免扰害。上年窃案,多至百余起,破获无几。而保甲团防局,力不足以弹压,事亦随而废弛,非扫除而更张之,不足以挽积习而卫民生。该署臬司所拟《保卫局章程》四十余条,深以为然,应饬令发刻,先行布告,一面筹办。

据《湘报》第三号(光绪二十四年二月十七日《臬辕批示》)

商民请速办保卫局禀批

（光绪二十四年二月二十三日　1898年3月15日）

据禀已悉。所陈地痞横行，衙役勒索，强丐肆闹，扒窃滋扰，奸民拐骗，谣言鼓动，游勇伏莽，以及街巷之积秽，馆寮之藏奸，一切情形，然犀毕照，非身受其害，言之不能如此之迫切。吾辈日坐堂皇，近在咫尺，视若无睹，听如弗闻。虽略悉其情实，未能周知民隐，觍然民上，抚膺滋愧。上失其道，民散久矣，一再披览，引为内疚。禀陈各条，均系保卫局开办以后必须查办之事。此项章程业经刊布，询谋金同，即有一二局外浮言，然业奉抚宪札委本署司为总办，断不为浮言所摇动。仰候择日举行，官民一气，协力同心，务靖地方而去民害。本署司有厚望焉。

据《湘报》第八号(光绪二十四年二月二十三日出版)

签驳辰溪县李银松一案

（光绪二十四年二月二十四日　1898 年 3 月 16 日）

　　案据该府核详:辰溪县民李银松登时殴伤强奸伊妻李麻氏未成罪人董元珍身死一案,词册到司。本署司查此案,前据该县录供详报,当经李前司以供情支离,明晰批饬另审。乃此次来详及附呈各节,于批驳要件并无明晰禀复之语,支离疏谬,不一而足。姑摘其显而易见者逐层指出:

　　凡强奸之案,多起于邂逅相遇,率尔求奸,若素识之人,必心存顾忌,不敢冒昧逞强。董元珍与李麻氏邻居素识,道途相遇,并无调戏之语,何遽拉抱强奸? 其可疑一也。

　　董元珍与李麻氏系山下相遇,竹林系在山上,相距甚远,行走不易。李麻氏既不顺从,何以遽能拉到,又未裂衣毁肤? 其可疑二也。

　　当李麻氏喊救之时,其夫李银松携带刀担,不先不后,适至其地,事机凑合,有若先知,已为情事所希有。况洞脑山为山僻小路,行人必少,乃强奸之时既有李银松因砍柴而至,杀奸之际,又有郑齐发送信而至;杀倒之后,又有董郑氏因寻菜而至。而此三人,又皆与此案相关之人,且携带刀担者又恰系例得杀奸之本夫,而本夫、见证、尸亲先后走到,又恰次序不乱,时刻不差。天下容有适然巧合之事，此案何适然之屡巧合之神耶？其可疑三也。

李银松由山下路过，闻妻在山上竹林内喊救，非奸即盗，自必急急奔救，非潜行捕捉者可比，且由下而上，虽奔走迅速，断不能应声而至。此时董元珍既非走避不及，又非无路可逃，何以目见本夫持械赶至尚不逃避，仍然抱住李麻氏不放，并敢起身与李银松争斗？其可疑四也。

李银松以砍柴之故携带刀担，此在理中。乃举担拢殴之时，董元珍尚抱住李麻氏未放，何遽能转身夺担不被殴伤？且供内既有举担夺担各情，而尸格中毫无担伤，则砍柴携担一节，似系空中撰拟之词。其可疑五也。

李银松之担为董元珍夺住，危急争执之际，自应用双手猛力掣夺，乃竟以整以暇，一手持担，一手用拳向殴，又能从容拔刀，而董元珍竟不能乘其拳殴拔刀之时，夺获一手执持之担，迨身受刀拳多伤，反能弯身拾担？所供下手情形，殊与情理不合。其可疑六也。

郑齐发在路行走时，曾否望见李银松在前？如谓行至山下适值未见，则二人一先一后，一速一迟，以理揣之，郑齐发走拢宜在董元珍受伤倒地之后。何以闻闹往看时，又恰见李银松举担殴打？岂李银松赶到之后，眼见伊妻被人抱住强奸，尚徘徊许久，不遽下手耶？且强抱、殴打，几希之间，不能容发，乃郑齐发于强奸情形概未目睹，而殴打一节则自始至终历历如绘。既目击情状如此之真，而又称为救阻不及，供情种种狡避，自以为推卸干净，而不知其欲盖弥彰。其可疑七也。

董元珍果否强奸，其人已死，无从质讯。仅以郑齐发所供，闻自董元珍之语为据,董元珍受伤之后尚能言语,既见其妻,又见其父、其兄,何以不将起衅之故言明?既对郑齐发言之,何以不能对其妻与父、兄言之?其可疑八也。

强奸以郑齐发为证,当时只郑齐发闻知,事后亦由郑齐发述知。郑齐发之言并无凭据,何以董文学毫不考究,即心悦诚服,深信不疑?且郑齐发系董元珍妻兄,休戚相关,眼见其妹夫被人杀伤至于垂毙,竟不设法扶归,又不驰告其家,直至送信转回,途遇董文学,犹不直言,迨董文学告知其子被人杀死,始向告述情由。揣情度理,均未确切。其可疑九也。

郑齐发系住何处?平日所执何业?此次送何信件?因何如此急急?董元珍、李银松系该县何乡何村人?平日作何生理?既系邻居素识,二家屋宇相距几何?是否毗连?平日是否往来?李麻氏与董元珍是否习见不避?洞脑山距李、董二家几里?距郑齐发家几里?距洪江几里?该处山下小路距山上竹林计有几步?该县均未勘讯明确,于详内切实声叙。其闪烁含混可疑之处,尚不一而足。

凡审案情节,如系确实,自然情罪符合;如删减捏饰,必至参差矛盾。此案必有一实在情节,悬揣情形,尚能得其大略。乃该前县段令并不遵照前司批驳之处详细推鞫,但就犯证人等狡避之词敷掩粉饰,曲为开脱,希图迁就完结,不知是何意见!该府于前司批驳要件,仍不求甚解,率行加看转详,亦属颟顸。案关人命,出入甚重,本司未便照转,致于院诘合行签发。签到该府,即饬新任县王令遵照前令批饬各节,克日拘集犯证,逐层详细勘讯,务得确实供情,先行开具供折,禀候核夺。该令并非原审之员,务宜一禀至公,虚衷推鞫,据实办理;慎勿回护原详,瞻徇情面,代人任咎,是为至要。切切。

此签仍缴。

据《湘报》第九号(光绪二十四年二月二十四日出版)

会筹课吏馆详文

（光绪二十四年二月二十六日　1898 年 3 月 18 日）

为遵札会议详复事：

案奉抚宪札开："照得课吏馆之设，欲使候补各员讲求居官事理，研习吏治刑名诸书，而考其所得之浅深，用力之勤惰，第其等差，酌给奖资，寓津贴于策励之中，其才识高下，亦因之可见，法诚至善。惟仅只每月一课，分给奖资，候补各员藉资津贴，不无裨益；而于读书读律之道，未有当也。分人以财，谓之惠；教人以善，谓之忠。古者学而后从政，未闻以政学也。既有课吏之名，即应循名责实，必使候补正佐各员，皆知有向学之方，期得学问之益，日有所考，昼有所稽，学业有成，而后出而从政，不至茫无所知，徒假手于人，一听书吏提掇。且既已研穷书籍，讲明义理，则志趣日正，神智日开，中材可成大器，实为造就人材、整饬法术之要。惟本部院事务繁多，不能常亲督饬，必须有大员总理其事，尤必先妥议章程，务求课吏之实。查该署枭司学有本源，讲求经济，近来办理刑名案件，准理酌情，深得例意，非久将回本任，职事清简，堪以总理课吏事宜，合行札委。为此，札仰该署司即便遵照总理课吏馆一切事务，克日先将课吏切实章程，会同藩司及善后局各司道妥为拟议，斟酌尽善，详候本部院核夺施行。一面将现行月课先行停止。毋违,切切。此札"等因。

奉此,本署臬司查政治赖乎人材,人材成于学问。古者选士,升之司徒,论定后官,位定后禄。乡自比长党正以至乡大夫,国自小胥以至师氏保氏,其教于未用之先者,至详至密也。计吏统于太宰,旬正日成,月要岁会,廉善、廉正、廉敬以显其德,廉法、廉能、廉辨以察其材,其课于已仕之后者,至周至慎也。自选举变而士鲜实修,士途杂而官无实学。不独猥琐龌龊、脂韦巧黠之徒,以学制美锦为常,存何必读书之念;即起自科目者,亦徒溺虚文而少实际,律例、兵农、簿书、钱谷均非平日所服习。一入仕途,心摇目眩,但惴惴然自顾考成,以有干吏议为惧,举一切事务,听命于吏胥,进退为谨。若其他计较锱铢,揣量肥瘠,行私罔上,无所不为,更无论矣。此其弊在于不学。惟不学而仕亦竟有侥幸肆志之时,于是举天下正途杂途充溢行省,咸争捷足,以官为市,以学为迂,遇有敦品力学之人,转从而非笑。贤者或毁方瓦合,中材则随俗波靡,轮班听鼓,退食委蛇,国计民生,教化风俗,均置之不问。是不学而从政,并未尝以政学也。赤芾三百,贻羞鹈梁,吏治之坏,伊于胡底。

湘省向设课吏馆,使候补各员研习吏治,酌给奖资,用意良厚。惟每月只一课,每课只一文,寻行数墨,以争一日之长短,而搜检夹袋,杜绝枪替,一切疏阔,又不能与试官考试比。故虽有课吏之名,仍于吏治无裨。且佐贰到省人员,恃有此每月数两之津贴,争捐分发,纷至沓来。上年冬间,报到者竟有三十余员,钻营奔竞,以求差使,亦势所必然。守此不变,非徒无益,抑且有损湖南本天下望。国士大夫负教养斯民之责,不思勤求治理,新我大邦,以上纾宵旰之忧勤,下拯生民之饥溺,自顾车服,能无惭惧。幸逢抚宪整新百度,无旷庶官,札饬署臬司总理课吏事宜,并会同藩司职道等筹议

章程,详候核夺。本司职道等遵即反复筹商,就现在时势及应尽职分,宜切实讲求,以见诸施行者,约分其类为六:

风气习尚,士居民首,兴学育才,所以牖民智而开物成务也,故学校居首;

农桑种植,工艺制作,食货之经、生命之源,所以利用厚生而收复利权也,故次农工;

修城池以资保卫,治道路以便运输,通沟洫以救旱潦,而铁路轮舟尤为要务,故次工程;

读律者贵知其意,援例者贵得其情,成案者贵通其变,而条约公法更相辅而行,故次刑名;

清内捍外,安良除莠,寇盗奸宄,会匪棍恶,皆民贼也,故次缉捕;

海禁既开,交涉日密,通商游历,立堂传教,保护失宜,化导无术,皆祸端也,故交涉殿焉。

各类书籍,听习专门,质之馆长,登诸札记,辨其疑难,详为批答,俾日就月将,铢积寸累,复设为课格,填注分数。积分之法,亦有三类:曰勤业,曰善问,曰进益,分填合计,即仿日成月要之意,以九十分为合格。其已及格者,则以溢分之多寡为给奖之厚薄。每三个月大考一次,每半年各司道随同抚宪至馆汇考一次,核册列等,饬知令省各道、府、州、县,以资鼓励。分财即以教善征实,而非虚文。数年之后,人才日盛,可操券获也。

伏查前抚宪吴□创设斯馆,专课在省候补各员,其实缺及署理人员均不与焉。伏读抚宪札饬,既有课吏之名,即应循名责实,原可合全省官吏,共切讲求,课其论政之言,复课其行政之实。惟此项现任、实缺及署理人员,论其职事,虽不出六类之外,而课其政绩，自有两司计典，随时黜陟，此馆可毋庸兼及。如有志切向学，缮寄札问，馆长、总理自必一律批答。或有兴利除弊、切实求考者，亦应由馆中另禀抚宪察核办理。

附陈二条，以备采择：

伏读本年正月初六日上谕："设经济特科，令三品以上京官及督抚、学政各举所知，无论已仕未仕，均得奏保殿试擢用，并督饬各新增书院学堂，切实经理，认真训迪"等因。时事当需才孔亟之秋，朝廷已深知不学无术之弊，若统全省官吏而课之，推科举之变格，宏课吏之规模，教于未用之先，询以方用之事。察吏之外兼以所学浅深，课其政之殿最，用以贤制爵、以功诏禄、以能诏事之意，一劝之以学。此则抚宪自有权衡，亦为司道等无须渎陈者矣。

所有奉札拟改课吏馆章程各缘由，是否有当，理合将会同酌议新章，详请宪台，俯赐查核批示祗遵。

据《湘报》第十一号（光绪二十四年二月二十六日出版）

签驳醴陵县余洸繻等一案

（光绪二十四年二月二十七日
1898 年 3 月 19 日）

　　案据该府审解醴陵县余洸悰等共殴刘明等身死一案人招到司，本任李臬司未及审解卸事，本署司到任接准移交。

　　查此案前据招解到司，当经桂前司以情节支离，引断未协，发回复审。兹据将该犯审依同谋共殴人致死律拟绞，细加核察，仍欠允当。盖余洸悰本一瘫废之人，出外逃荒，充当头人，谓同行难民，行止来去，听其指挥，事在理中。即谓为主使他事，犹属近理。今改为同谋共殴，殊非废疾之人思虑之所应及，且以两足成废，一手不能运动之人，而与众共殴，指为下手伤重，更觉牵强。若谓蔡云见该犯坐在上面指挥，扑向揪扭，被该犯用铁头短杖擢伤①胸膛倒地，无论蔡云被李洧洗等各举木棍围住殴打，抵搪闪避，无暇顾及在上指挥之人；即使属实，而李洧洗等既为余洸悰之手下，自必拦阻维护，何至任其扑近余洸悰之身？况人至被难出外逃荒，贫苦已极，蔡云等以隔县差役，凭空借票，向其诈索，许给差费钱一千五百

────────────

　　① 擢伤，疑为戳伤。

文，犹复嫌少，肆意勒索，无理吵闹，穷凶极恶，无论何人闻之，莫不共抱不平，则赶拢丛殴，实出于一时公忿，何待商谋？虽据称：喻迪泉往向余洸恍告知，余洸恍斥骂可恶，并言如再不走，即公同殴打斥逐等类情节，恐系办案时装点而成。即确有是语，亦不过忿激之词，而各荒民之举棍齐殴，未必即因此一言而动。其中情节，种种可疑。

亲提该犯余洸恍悉心察讯，充当难民头人属实。蔡云、刘明之被殴殒命，是否为该犯所主谋，并无确供。

诘以蔡云、刘明究被何人殴毙？据称一时人多手杂，何人致伤何处，无从辨别。惟在管病故之吴矮子即吴葆生与在逃之喻迪泉、张九，气忿最极，棍殴下数亦最多。卷查该县详报：吴葆生在保病故，而吴矮子另系一人，现尚在逃。质之该犯，则称吴矮子即吴葆生，实系一人，业已到官，在管病故。

此案该县初详，原属乱殴，不知先后轻重。因该犯余洸恍充当头人，既不能将正凶指出，即不得不以之拟抵。殊不知余洸恍虽充头人，而各难民之于蔡云等，无端讹索，众忿所积，围殴致毙，又岂余洸恍所能禁阻？乃因罪人莫得，遂取久成笃疾、天下无告之穷民，用抵凭空讹索、玩法诈赃之役命。无论语多牵强，必干部议驳，即揆之情理，岂可谓平？况据供吴矮子即吴葆生，本系一人，而原详分而为二，一以管故，一作在逃，随意铺张。即此一端，可见该县于此案实在情形，并未考究明确，断非信谳。

除报明两院并饬县将人犯发回外，合行签饬。签到该府，即便转饬醴陵县，勒拿在逃之喻迪泉等务获，提同该犯，传集见证，遵照指示之处，确切讯明吴矮子是否即系已故之吴葆生，究定正凶，详查例案,妥协议拟,另招解勒,毋稍回护迟延。切切。

　　此签仍缴。

据《湘报》第十二号(光绪二十四年二月二十七日出版)

签驳慈利县朱学攸被朱南斗勒死一案批

（光绪二十四年三月初五日　1898 年 3 月 26 日）

案据该州核转慈利县民朱南斗等殴伤勒死一案详招到司。本署司查，此案前据该县通报，业经本任李臬司以情节支离，逐层指驳。兹据复详，本署司调取卷宗及详册呈文，悉心查核，该县并未遵照前司批示，确切究明，其中疑窦不可枚举。

据详，朱学攸先年借过朱南斗钱一千文，事在何时，有无约据，尸子朱方正应知其事，何以自报案以至定招，并无一言供及？光绪二十二年二月初九日，朱南斗路遇朱学攸，向其索欠。朱学攸斥朱南斗不应拦路逼索，亦属人情，并无凶横之状，亦无骗赖之言。朱学元与朱南斗同往割草，见其争闹，惟有从旁解劝，何以不问是非曲直，既谓凶横，又斥骗赖，其为朱南斗纠往帮助，业已情见乎词。朱学攸斥为多管，并用竹烟杆殴打，被朱学元夺获回殴，致伤朱学攸左肩甲。朱学攸当向抓殴，朱学元跑走，当时别无劝阻之人，朱学攸何以遽肯甘休，不行追赶？若谓朱南斗上前拉住，同往投人理论，朱学攸正值气忿，何以不向朱南斗扑殴而坐地不起？且朱学攸被殴成伤，理值气壮，朱南斗拉往投论，有何亏畏？不与同行，一味呆坐，断无此理。朱南斗将捆草棕绳挽成活结，近在身旁，何以朱学攸并不看见，迨朱南斗闪到身后，复不提防，听其套上项颈，绝不以手搪格？朱南斗在朱学攸之身后用绳套住，迨向前拉走，自必转至朱学攸之身前，朱学攸项颈被套，气郁不舒，两手在外，必图解脱，否则亦须将绳扯住，何以如蚕自缚，不行抓解，徒然往后挣扎，自紧其结，天下焉〔有〕如是之呆人？朱南斗手执绳头，向前拉扯，朱学攸虽往后挣扎，而力不能胜，自必随行，何致失足跌落斜坡？即系属实，山坡之间必有荆棘石块，朱学攸自高坠下，何以头面、身体、手足均无撞磕垫擦之伤？况挽成活结，套上项颈，绳有结缔之处，伤即有结缔之痕。原验朱学攸咽喉绳痕一道，平绕周匝，并无缔结痕迹。其为两人各执绳头，谋勒致死，情事显然。正犯朱南斗虽已病故，从犯朱学元尚存，如果同谋加功，照律罪应缳首。该县因朱南斗业已监毙，遂思含糊了结。而所叙起衅下手情形，又悉出情理之外。查阅尸子朱方正供内尚称：伊父是被何人殴伤勒死，伊出外先不晓得，词意甚属含混。其未能输服，可想而知，未便照转，致干院诘。

该县李令梦莲，前代理桃源，于人命重案，任听丁书贿和匿报，承审案件，不甚可靠。此案情节离奇，难保非验后私和，朱南斗在管病故，遂撰捏供词，推作正凶，补请委验，希图朦混了案。该州有核转之责，不可不自顾考成，除报明两院宪外，合行签饬。签到，该州即便遵照，密委干员前往确切访查此案实在情形，详细禀复，一面饬令该代理县于令，复集人证，提取朱学元，遵照指斥之处，悉心研讯，务得起衅下手致毙确情，妥叙供招，按拟详办，毋稍回护迟延，代人受过。切切。

此签仍缴。

详湘潭县迷窃匪犯刘豫林请正法一案

（光绪二十四年三月八日　1898 年 3 月 29 日）

为详请示遵事：

案奉抚宪、宪台札开："据湘潭县陈令、委员刘倅会禀复讯积匪罗少卿用药迷窃得赃各案惩办情形缘由到院。据此。除批据禀已悉，仰即迅速查明，不系停刑日期，监提匪犯罗少卿、张交朋二名照章正法枭示具报；刘豫林一犯，姑准如禀，暂行牢固监禁，一面悬赏购线，严缉逸匪贺林山，务在必获，俟到案时一并审明禀办，毋得图以一禀了事，时过辄忘，致蹈玩吏积习。并移委员知照，仍候督部堂批示缴供折存印回外，行司转饬，遵照办理"等因。

奉此，本署司查湘省近来迷窃之风甚炽，以东路为最。各州县因其系属窃案，或规避处分，隐匿不报，或报而并不实力查拿，行旅受害，殊非浅鲜。此案非奉抚宪、宪台屡次谆饬水陆各营实力严缉，无由破获。既经究出真情，尚何所用其姑息？

刘豫林一犯，随同张交朋等迷窃二次，复买药二百根，照例本应斩诀。该县意存姑息，禀请监禁十年，殊涉轻纵。奉抚宪、宪台严切批司委员复审明确，一并就地惩办。该县委复以渠魁贺胡子未获，拟将该犯监禁候质。殊不知刘豫林本系游勇，随同罗少卿等用药迷窃二次，情真罪当，已与立决之例相符，且购买迷药二百根，希图行使，情节甚属可恶，似未便任其久羁显戮。

至贺林山即贺胡子，诚为此案罪魁。该令虑其拿获之日，恃无质证，狡供避就，用意甚是。惟查案内尚有刘席珍一犯，系罗少卿雇工，虽未听从为匪，而久在罗少卿左右，素与贺林山认识，其一切诡秘行踪，较刘豫林更为熟悉，尽可留以待质，未便将罪无可逭之刘豫林留待刻难弋获之贺胡子。且稽查审办命盗重案，从无以应死人犯待质稽诛。本署司拟请将刘豫林一犯仍遵抚宪、宪台前次批示，一并正法，传首犯事地方悬竿示众，以昭炯戒而快人心。除电饬湘潭县将刘席珍毋庸递回原籍，暂时羁禁该县监内，俟缉获贺林山等备质后再行发落外，本署司为严惩匪类，绥靖地方起见，是否有当，理合具文详请宪台查核示遵。为此照详呈两院。

据《湘报》第二十号（光绪二十四年三月初八日出版）

州同柳正勋等禀催开办保卫局批

（光绪二十四年三月九日　1898 年 3 月 30 日）

　　前据该职等具禀,业经批示在案,兹据续禀划地分局、设法筹款各节,语多征实,具见留心时务。除府城内外分划三十局,某处设分局,某街归何局,业经商定编刻,不日分派普告外,至此局开办,现在系支领官款,开办以后,官款不敷,自不能不取资于民。其应取何款?如何筹集?届时再邀众妥商,此刻尚无成见。但有可以预为宣示者,如取之百货,必系侈靡之物;如取之各户,必系有力之家;且保卫局系属公益,断不责令一人一家独捐巨款。其同受保卫局公益者,亦未便听某人某户不出一钱。凡上取之下,官取之民,地丁输之天府,是谓正供;竭民膏腴,归之囊橐,是谓中饱。此皆不必论。惟榷取货厘、捐输军饷以资助官用、协济邻邦,可以谓之筹款。今保卫局之设,以地方之财,办地方之事,仍散之地方之民,不过挹彼而注兹,通力以合作,损有余而补不足,藉执事以养闲民,即化莠民而为良善,不得以他项筹款比论也。譬之于家,门户不得不修,子弟不得不教,此切己利害,为家长者断不能吝己资而任听盗贼之逾垣,子孙之废读也。此局开办之后,某款可省,某事不善,此则吾辈之责。按照章程,各绅商人等均可集众议改。若事未举行,辄听痞徒蠹役、失业无赖人等,以筹款一事蛊惑听闻,冀事之中止，凡官长之实心者、士夫之有识者，均不受其摇惑，何况本局在事各员绅！此不必鳃鳃过虑也。因来禀极陈筹款之易，用特明白宣示，俾众共知。此批。

据《湘报》第二十一号（光绪二十四年三月初九日出版）

保卫局增改章程

（光绪二十四年三月十一日　1898 年 4 月 1 日）

一、总局委绅，每月公费银三十二元。

一、五分局委绅，即副局长。每月公费三十元。

一、所用各员，均由会办官选举，由总办定用。所用各绅，均由会办绅选择，由总办定用。

一、所用各员，系由会办大员自拣，抑或何人保荐；所用各绅，系由会办大绅自拣，抑或某绅商保荐，均须于名簿注明，以公众览。

一、所用各员绅，如不遵章程，不能称职，经会办员绅查明，即行撤换；由总办查明，亦即行撤换。其由各绅商指告者，经会办、总办查悉，亦即行撤换。各小分局员绅，或经分局局长、副局长查悉，禀由总办、会办察实，亦即行撤换。

据《湘报》第二十三号(光绪二十四年三月十一日出版)

改定湖南课吏馆章程

（光绪二十四年三月十八日　1898 年 4 月 8 日）

一、于府城中央备房一所,仍名为课吏馆。

二、馆中设总理一员,专司课吏一切事务。

三、设提调一员,以候补知府充。凡撰拟文稿、支发银钱、管理器具各事,均归提调办理。设理事委员一名,以佐贰杂职充,归提调差遣。

四、于馆中设一问治堂,聘请品学兼优、才识素著者二三人作为馆长,住居馆中,以襄助总理考课各事。

五、馆中各课,现分为六类:一曰学校;凡造士育才之法,均归此类。二曰农工;凡务财、训农、勤工、兴业之法,均归此类。三曰工程;凡治道路、通沟洫、修城池之法,均归此类。四曰刑名;凡考律例、清讼狱、处罪犯之法,均归此类。五曰缉捕;凡盗贼、会匪、恶棍一切查缉之法,均归此类。六曰交涉。凡通商、游历、传教一切保护之法,均归此类。

六、馆中设书藏一所,所有分课各类之书,有古籍,有时务,有总论,有专书,有图,有表,有书目,一一咸备,以供各员取阅。

七、凡到馆学业者,无论同通州县佐贰杂职,愿习何项,即自占一类,或兼二类、三类,亦听其便,到提调处自行注册。

八、既占某类,愿阅何书,即由提调向书藏领取,发交该员阅看。

九、所阅之书，各员应自行用笔点识，并将所见识于书眉，每日呈问治堂查核，查毕交还。

十、各员应设札记簿二本，由馆中领取。所看何书，或有疑难未解之端，或有推阐义理之处，即用行书缮入札记。此札记各备二本，每日呈送问治堂批答。呈送第二本，即领回第一本。

十一、问治堂馆长于各员札记逐日批答。有专答，专就其人所问难陈述者而答之；有通答，通论此事之是非得失而答之。所有通答，另饬人钞录，贴挂堂中，俟后汇聚成篇，再行选择刊布。

十二、堂中另设待问柜一器。各员除所习本业既于札记中批答外，凡馆长贴示之通答及同僚札记之专答有所疑难或有所阐发，可另取堂中待问格纸，陈其所见，投入柜中，以待馆长批答。

十三、在馆学习者，每日应于午前九点钟到馆阅看书籍，呈领札记，即于此时谒见馆长，当面请益，至十二点毕业。

十四、各员阅看之书籍、自缮之札记，听其回寓自行肄业。如有愿在馆中学习者，亦听其便。馆中别有书室一所，听其自携纸笔，就案查阅。不得携带家丁入室，不准在案上饮食，不准在室中眠卧，违者以犯馆规论。

十五、问治堂馆长每日于十点钟起接见各员，至十二点钟散席。各员之札记、馆长之批答，即于此时面交。

十六、总理应间日到馆，现定日期：每月以初二、初四、初六、初八、初十、十二、十四、十六、十八、二十、廿二、廿四、廿六、廿八、三十若系小建，于廿九日到馆。为到馆日期。

十七、总理到馆日，准于每日十点钟到十二点钟散，即于此时会同馆长接见各员。

十八、总理到馆,所有各员之札记、馆长之批答,即于此时送阅。总理立将某类某条随时摘出,面询某员,觇其答辞,以考其学业。

十九、馆中考课,用积分之法,分为三类:一曰勤业,就其到馆之时刻、阅书之卷帙、札记之条数,取其执业之有恒、请益之无倦者;一曰善问,就其札计①待问札,取其发言之精审、求理之深切者;一曰进益,就其人所学,取其志趣之奋发、才识之开敏者。

二十、积分之法,另编一表,注明某官、某人、所读何书,将上开三类刊入表格。其勤业、善问二类,每日由馆长填注;进益一类,每月由总理会同馆长填注,即照抄一分,呈送抚宪查核。

二十一、馆中积分之法,每月以九十分为合格。每日填注之一类以三分为则,多不逾六分。如勤业一类,每日到馆有定时、无旷课,准注一分。阅书能过十篇、点识均如法者,准注一分。札记能缮出一条以上、百字以上者,准注一分;如善问一类,除所问不切、不审者不注外,平常注一分,善者注二分,尤善者注三分。每月合计通算,如此类不及分、彼类有溢分者,或今日不及分、而明日乃有溢分者。逾九十分者,是为溢分,例得奖勉。

二十二、每月既将馆课分数注册,呈送抚宪,即照表榜示堂中。每三个月大考一次,稽核各员溢分之多寡,以定给奖之厚薄。

二十三、每年大考四次。每大考一次,奖银一千两,统计各员溢分之数,即照分数摊算银数,以分给各员。假如各员溢分之数合计溢至二千分,即照系每一分应得银五钱;假如某员溢至一百分,即系某员应得银五十两,无论多寡,概照此摊算。

---

① 札计,疑为札记。

二十四、每六个月再请抚宪及各司道到馆汇考一次,将各员溢分及不及分者总核注册,分别等第,列作六等:(一)上上,(二)上中,(三)上下,(四)中上,(五)中中,(六)中下,将姓名、官职等第榜示馆门,并饬知通省道、府、州、县各衙门。

二十五、凡在省候补现有差委人员,为职事所羁未便按日到馆,如有愿就馆学习者,亦许其自占一二类,取阅书籍,缮送札记,由馆长批答。其应注分数,通照上章,一律办理,另由总理分别传见。虽所溢分数不给奖银,仍照分注册,由总理将册按月呈送抚宪。或应留差,或应调缺,由抚宪查核定夺。

二十六、所有外府、州、县现任实缺人员,如有愿占某类、阅何书、自缮札记,寄到馆中者,馆长亦一律批答。

二十七、所有现任实缺各府、州、县,如有将该地方应改之书院,应修之水利,以及训农、劝工、捕盗、缉匪、刑名疑难之案、交涉应付之方,禀请总理核示者,亦分别批答。或有将该地方何项应兴之利、何项应革之弊、其民情习俗如何、官役积弊如何,原原本本,切实禀陈者,并可由总理另禀抚宪察核办理。

二十八、无论何项人员,如有能讲求时务、指陈利弊、缮禀条陈,确系切实有用者,总理另行延见,另禀抚宪察核办理。

二十九、馆中另有馆规,凡到馆学习者,均须遵照;有犯者,即记过。每记过一次,即扣减分数二分。

三十、馆中应用款项,暂将旧日课吏馆所支之款分别拨用,一概由提调收发。

三十一、现拟聘请馆长三人,每位支送岁修银八百两,一切夫马饮食之费,由馆长自备。此项岁支银二千四百两。如系京朝官或他省绅宦,拟另行酌送盘川银□两。

三十二、馆中奖银、每大考一次,支银一千两,合共岁支四千两。

三十三、提调月支薪水银四十两,理事委员月支薪水银十两。此二款合共支银六百两。

三十四、馆中一切费用,由提调酌拟,呈总理核定,按月支领。

三十五、开办之始,应先购备各类书籍图表,拟酌支银一千两。

三十六、现将馆中原领款项分别支用,如有不敷,再禀请抚宪酌拨。所有馆中未尽事宜,或将来有应改章程,再随时随事,禀请抚宪核办。

据《湘报》第二十九号(光绪二十四年三月十八日出版)

呈复新宁县李得有捆殴杨姓
窃贼致令冻饿身死一案

（光绪二十四年三月二十四日　1898 年 4 月 14 日）

为呈复事：

案奉宪台签开："据该司审解新宁县民李得有捆殴杨姓窃贼致令冻饿身死一案到院云云。此签仍缴。计发原详一本"等因。

奉此，查此案前据该府招解到司，曾据另文申称："事主殴贼，照'擅杀拟绞'之例，系指贼死于殴打之伤者而言，若止将捆殴，伤不致死，而死由别故，即不能科以'擅杀'之条。既不能科以'擅杀'，即有概予勿论之例。杨姓窃贼被殴，各伤均不甚重，不至于死，而死于是晚之天冻下雪。雪时严冻，贼与乞丐无伤亦死，与人何尤？"谓该县将李得有审依擅杀减等拟流，未免失之于重。疑其重者，意谓死由于冻饿也。而李前司则以原验含糊，恐现讯供词不无装点，谓已死杨姓乞丐既验有致命右脊膂一伤，焉知不死于此伤而死于冻饿。该县将其减流，似属有意开脱，未免失之于轻。疑其轻者，意谓死由于伤也。当将该犯发交谳局，反复推讯，再三究诘，则与该县原供毫无歧异，均系实情。

本署司到任，接准移文，调取原详，悉心查核。该犯李得有将杨姓乞丐殴伤后，抬赴凉亭，眼见该犯饥寒交迫，九死一生，竟弃之不顾，忍心害理，情属可恶。原验虽系受伤后冻饿身死，而其所以冻饿，实因伤痛不能行走所致。若因死于冻饿，非死于伤，竟予勿论，似涉轻纵。然该犯如果有心殴毙，则必下手于致命之处，或乱梃交下，不顾死生。今所殴伤痕，尽非要害；加以绳缚手足，亦不过因物被偷窃，捆殴泄忿；其剥还乞丐身穿之棉衣，原系事主被窃之本物，亦碍难责以残刻，以饿丐而当严寒，会逢其适，以致于死，其情亦不无可原，且系行窃罪人。该县将其比依事后殴伤窃贼，照擅杀罪人律拟绞例上，量减拟流，度理衡情，尚属允协，是以照转。

兹奉前因，遵复提取该犯李得有，遵照指示之处，悉心研讯。据供："光绪二十一年十二月十五日，小的船泊县城西门外河边云云。照详册供录至。适林玉泉到河边过渡看见，喝住上船，将绳改放[1]。杨姓乞丐，躺卧船头。林玉泉问明情由，盘出姓氏，当即走散。小的驾船营生，家道贫寒，因杨姓乞丐说，所窃絮被，业既卖钱花用，是以用木棍在他手脚上殴打几下，欲其说出买主，以便取赎，并非使力狠殴，有心致死。后经林玉泉从旁解放，杨姓乞丐躺卧不走。小的尚疑他故意装点，希图油赖，是以将船撑到对岸，唤同徐继轩把他抬放凉亭，开船下驶。是处系在县城对河，以为杨姓乞丐必当爬起，依旧行乞，自寻生活。不料是晚天雨下雪，杨姓乞丐竟在凉亭冻饿身死。今蒙诘讯，杨姓乞丐并无亲属，是林玉泉报知保正报案，岂肯反与小的串供避就？小的如果将杨姓乞丐当时殴毙，在县城河岸，耳目甚众，岂能隐瞒？只求详察"等供。

据此，本署司一再推鞫，以为拟议此案罪名，应以该乞丐是否伤死，是否冻饿而死，抑或受伤后冻饿身死为断。此案，查前县叶

---

① 改放，当为解放。

令原验：杨姓乞丐身受拳殴一伤、木器五伤，面色黄瘦，肚脐低塌，有饿死之形，而乏受冻之状。报为受伤后冻饿身死，未甚明确。然面色黄瘦、肚脐低塌等类情节，虽属饿状，而与冻死情形亦尚不相违背。该犯李得有将该乞丐提获捆殴，解放后抬放凉亭，事在光绪二十一年十二月十七日，正值严寒，又复雨雪，窃穿棉衣既经事主收回，身余旧单汗裈一件，其寒可知。查阅见证林玉泉所供：目击该乞丐躺卧凉亭，手足发颤，确有受冻情形。该乞丐所受伤痕多在手足，均非致命之处，即脊膂右一伤，部位虽属致命，而色红肿，未至骨损，并不甚重，似非因冻饿不至即日殒命。原验虽有饿而无冻，而按之天时，察其死事，证以现讯供词，其受冻尤甚于饿。查《洗冤录》所载："冻饿之尸，面色痿黄，口有涎沫，牙齿硬，身直，两手紧抱胸前。检时用酒醋洗，少得热气，则两腮红，面如芙蓉色。"此专指受冻身死者而言。若冻而兼饿，情形自有不同，况原受有伤，则更未可一概而论。该县僻处偏隅，仵作多不谙练，当厂①或未必用酒醋浇洗。而原报既指为受伤后冻饿身死，则口内涎沫，以及两手紧抱胸前等类形状，势有必至，谅系漏填。且《洗冤录》一书，本为检尸而设，备录各节，以便参考，谓冻死者有此各种情形，非必谓冻死者必兼备各种情形也。两手紧抱胸前，系为恶寒，藉以自护，此冻死通行情状。然或因伤痛而不能抱胸，或因饿极而无力举手，临绝之时，手适未抱，亦未可知。往反驳查，亦只系空言禀复。如果原报相验并饿状而亦无之，则死系因伤。罪名出入攸关，本署司亦不敢率尔照转。今既有饿状，遗漏冻情，一切供证确凿，未便因此遂疑其不由冻死，似可据供更正，免将该犯发回，致滋拖

---

① 厂，似为场。

累。至于由死减流案件，向系解候勘讯，请专本具题原详，声请咨达，"年底汇题"，实系承书疏忽，清缮错误，除于详内一律更正，解候来讯外，爰奉签饬，理合具文呈复宪台察核。为此照验。呈
抚宪

据《湘报》第三十四号（光绪二十四年三月二十四日出版）

辰溪县王道生大令禀请将减征地丁钱文拨充书院经费以资膏火禀批[*]

（光绪二十四年闰三月九日　1898年4月29日）

据禀已悉。将旧有书院延聘名师，讲求时务，实为当务之急，应即极力筹办。至请将减征地丁钱文拨充经费之处，仰辰州府饬候抚部院核示遵办，并候藩司粮、巡道批示。此缴。

据《湘报》第四十七号（光绪二十四年闰三月初九日出版）

---

* 此件《湘报》第四十七号题为《黄公度廉访批》，本标题系编者所拟。

禁止缠足告示*

（光绪二十四年闰三月九日　1898 年 4 月 29 日）

钦命二品衔署理湖南等处提刑按察司按察使、总理全省驿传事务、盐法长宝道随带加一级黄，为出示晓谕事：

照得天地生人，本无生女悲酸之意；父母爱子，时虞生疾毁伤之忧。故圆颅方趾，麻木偏枯则为疾；属毛离里，痛疾噢咻之谓慈。自薄俗流传，公理蒙晦，求工纤趾，肆彼忍心，毒螫千年，波靡四域，肢体因而脆弱，民气以之凋残，使天下有识者伤心，贻后世无穷之唾骂，今之缠足是已。本署司实怜之悯之，痛之惜之！特胪举其害缕言之：

一曰废天理。不良于行，天之所废。三刖其足，古之酷刑。今国家久废肉刑，上天不闻降割，赤子何罪，横加五刑。几席之间，忽来屠伯之酷；闺房之内，竟同狱吏之尊。谓天谓地，局蹐无所逃；呼父呼母，疾痛之弗恤。由斯而言，天理安在？

一曰伤人伦。母子为天下之至爱，夫妇本人伦所造端。而乃割慈忍爱，戮所生以为荣；折骨断筋，求所天之欢喜。舅姑以生偏爱，婢妾以争宠妍，妯娌以失和谐，姑嫂以滋谣诼。一家以此分好

---

* 此件《湘报》第五十五号题为《臬宪告示》，本标题为编者所拟。

恶,四德不问其有无,人伦伤矣,何恩之有?

一曰削人权。夫讯不亲迎,《春秋》平等之微言;妻之言齐,《礼经》应有之义例。而乃曲附抑阴扶阳之说,只为冶容好色之求。以充服役,则视之如犬马;以供玩好,则饰之如花鸟。既不学以愚其心,更残刑以斫其性,遂使遇强暴则膝行而前,嗟实命则抱足而泣。锁闭在室,呼吁无门;战战在心,拳拳缩足。人权丧矣,何义之有?

一曰害家事。不利走趋,不任负戴,不能植立,不便提携。或箕踞以见家公,或跛倚而襄宾祭,或长跪而司浣濯,或偕行而待扶持。乃至饎饍之事,代役于余夫,井臼之操,盛称为奇行。六极兼受其恶弱,毕生强付于尸居,四万万人半成无用之物,二十一省各增内顾之忧,害于而家,凶于而国矣。

一曰损生命。既缚束之,又腌削之,既禁锢之,又幽闭之。其痛楚酸心、尪削致疾者无论矣。其或变故猝至,仓卒走逃,或禧禧出出之火灾,或浩浩荡荡之水患,又或生当乱离,俘作囚虏,受絷则鞭杖交加,偶仆则人马践踏,爷娘弟妹欲救而不能,缢溺屠颈求死而不得。至于张献忠之酷,削趾以像天山,洪秀全之惨,骈足以作人烛,此更耳不忍闻,口不忍述者矣。生命之损,非此阶之厉乎!

一曰败风俗。夫戕贼杞柳以为杯棬,道家犹讯其伤物;豢养鱼鸟施之笼网,君子犹议其不仁。今以人类等物,藉杀人以媚人,肢体何物,以供戏玩,骨肉至亲,使之海淫,是何异乎刘龚嗜杀,涎蛟而下酒,郁林取乐,聚蝎以螫人。乃彼则全无心肝,众所笑骂。而此则举世相习而不察,千年沿袭而不改。谁为作俑,岂啻无后,世有地狱,正为斯人。风俗之败,无以逾于此矣!

一曰戕种族。五代以后,至今千年,神明之胄,层递衰弱,岂人材之不古若欤？抑他族之独为天骄耶？非也。盖人生得半于母气，今在母先损其胎元，禀赋已薄，则躯干不伟，孱弱多疾，则志气日颓。本实先拨，无怪枝叶之凋；鱼肉自戕，若待刀砧之供。辽宋以来，此风盛行，华夏之旧，积世逾弱。彼汉唐极盛，曾有天可汗之称；欧美大邦，绝无人为奴之事。反是以观，种族之戕，又奚堪设想乎！

凡斯利害，昭然目前，苟有天良，能无心痛！本署司早岁随槎，环游四国，先往东海，后至西方。或作文身，或束细腰，虽属异形，尚无大害。若非洲之压首使扁，印度之雕题饰观，虽有所闻，并未目睹。惟华人缠足，则万国同讥：星轺贵人，聚观而取笑；画图新报，描摹以形容。博物之院，陈列弓鞋；说法之场，指为蛮俗。欲辩不能，深以为辱！既闻寓居西人联合大会名为"天足"，意在劝惩。在彼以普渡众生为名，使我增独为君子之耻。适新会梁君，即今之时务学堂教长，商立此会，首列贱名，而南皮张公，今湖广总督部堂，遂手书一叙，普告于众。近而沪苏，远而闽广，以小生巨，异步同趋，行之未及一年，入会已逾万众。今本署司从宦湘中，忝居民上，若畏避讪谤，置为后图，非特无以慰我黎庶，亦复何颜对我友朋！本署司平生之志，不敢不为士民告者也。

大清受命近三百年，会典通礼，明载服色，后妃福晋，依然同屦，凡我臣民，自当效法。恭读顺治十七年圣谕，有缠足者罪其父，若夫杖八十、流三千里。又嘉庆九年奉谕，今镶黄旗汉军应选秀女，内缠足者竟至十九人，殊为非是。此次传谕后，仍有不遵循者，定将秀女父兄，照违制例治罪。皇祖有训，普天共闻。只以本朝政体尚宽，汉人听其从俗，故官吏视为具文，士民逃于法网。夫王制首禁异服，史志明讥服妖，乃生今而蹈违制之罪，欲盅而为折割之人，抚膺以思，若芒在背。此又本署司官司之守，不敢不为士民告者也。

查光绪九年，湖南奏准：故杀幼媳，酌议监禁，勿听收赎。近有村妇，为九岁养媳缠足，恶其啼号，立时殴杀者。本署司遇有此案，必援照办理。同治十年，部议：凡官家致死婢女者，除死者年齿已长，或邂逅毙命，仍照旧章办理外，如年在十五以下，验有水淋火烙伤痕，照金刃损折五伤以上，俱入情实。嗣后如有官民妇女因缠足致死卑幼及白契婢女，罪应绞候者，秋审时必援照此案，概入情实。孺子入井，皆有恻隐之心；妇人黑心，敢为姑息之爱。冀少免赤子之宛转啼号，断不纵恶姑之狠心毒手。此又本署司刑名之汇，不敢不为士民告者也。

本署司之出此劝谕，非谓能伸其禁制之权，兼虑乡曲愚民不免非笑之举，习焉不知，积重难返，滔滔皆是，藐藐谁听？然窃计数年之间，朝廷必重伸禁革之令；数十年后，天下必无缠足之风。理出于大同，弊去其太甚；道穷于必变，任重于先知。为此示仰绅商士民人等，一体知悉。所望不缠足一事，父诏而兄勉，家喻而户晓，早除一日，即早脱一日之厄；多救一人，即多得一人之用，以存天理，以敦人伦，以保人权，以修家事，以全生命，以厚风俗，以葆种族。本署司实有厚望焉。切切。特示。

据《湘报》第五十五号（光绪二十四年闰三月初九日出版）

覃茂三等拦途抢劫颜正林案详文[*]

（光绪二十四年闰三月十日　1898年4月30日）

为详请示遵事：

案据永定县知县蒋柏茂禀报：覃茂三等拦途抢劫颜正林钱物并拒伤事主平复一案。此案初据该令禀报，以覃茂三为首盗。嗣拿获覃茂三到案，则一概供称不知。当经本署司以所获之覃茂三年甫成丁，无知被胁，容或有之，为首纠邀，断无此理。是否事主诬报，抑另有覃茂三其人，不可不悉心考察。批州转饬移提桑植县所获之同案盗犯李德顺到案，确切质明，万不可希图了事，稍事刑求，致滋枉屈。

嗣据该县复审录供，议拟具禀到司，复经本署司悉心查核，其中不无可疑之处，如覃茂三与李德顺，及在桑植监故之邹佐考，并在逃之邹佐庆，同受雇在落塌坪覃姓煤洞拖煤，彼此认识。六月十六日工毕，覃茂三在本地居住，先行归家。十七日早，邹佐考兄弟邀李德顺同回桑植，在落塌坪街市火店煮造早饭，适覃茂三走至会遇，共谈贫苦，邀允同往桑植觅工一节。煤洞距落塌坪街市有若干

＊　此件《湘报》第四十八号题为《补录黄公度廉访详文》，本标题系编者所拟。

里，覃茂三之家离落塌坪街市复有若干里，覃茂三甫于先日工毕归家，次日早至落塌坪市上何事？如谓因不能过活，找寻邹佐考等出外觅工，其与邹佐考同在煤洞佣工，平日何不谈及贫苦，预先约定，必待一宿之后始来找寻？若谓因邹佐考相邀，临时起意，则覃茂三家在咫尺，何以不归商其父，遽尔同行？迨后路遇颜正林等肩挑钱文，邹佐庆起意，邀允覃茂三等拦抢分用，拔刀随后赶上，大声喊抢。维时抢犯仅只四人，一人虽持短刀，三人俱系徒手。颜正林叔侄两人，各有扁担在手，并非势不能敌。颜正林虽被覃茂三拾石掷伤左胠肘，并非要害之处，何至即弃钱不顾，负痛逃走？李德顺即拾石将颜泽彬掷伤，因何忽赴茅柴内躲避？邹佐庆凶刃在手，何以不进前直砍，而反拾石遥掷？且一手持刀，一手仍可拾掷，何以必将刀丢弃而后拾石？颜泽彬一身前后左右皆受有伤，尤非按捺丛殴，断不至此。供词闪烁支离，案情并未审透。覃茂三年仅十六，是否确系在场动手伤人、分赃正盗，尤非考究明白，未可即正刑诛。

正批行间，适奉宪台批州委员复审，于腊月二十四日录行到司，已在批该县原禀十日之后。本署司所批各节，原虑文到之日，或犯已正法，于事无益，虽已缮稿签行，仍意不欲发。继思此案，该县初次禀报，业经本署司批饬在前，该令早已奉到。如澧州委员赴县会审，该令能虚衷推鞫，未必遽事刑诛。本署司既有所见，不妨掬以相示，使该令再行提犯，悉心考究。如果疑义毫无，则该犯俯首伏罪，杀之而心安理得；万一中有所疑，安知不为该犯开一线生路？故于年底二十七日，仍由五百里排递录批并行，并具文呈报在案。讵料文到之日，已在委员会审及提犯正法之后。本署司本可无庸置议，惟是该令初次禀报到司，既经本署司明白指示该州委员复审之札文,又将司批一并录行,该令非未寓目,究竟会同委员如何考究,前后两禀并无一语回复,即申报处决文内亦并无一字声明,直以录囚为儿戏,视司批如废纸。且向来委员复审,仍须将所取犯供录呈,以为与原审相符之证。该县会委复审禀内所赍供折,只有从犯李德顺之供,并无覃茂三供词。但云与原审相符,匪独与向办成案不合,是并所谓委员复审,亦变为虚应故事。似此草率,实所罕觏。本署司批示各节,原因中有疑窦,不得不互相考求。乃该令复于遵奉司札之后,撷拾空言,哓哓置辩,若以前次之指驳为多事,殊非实事求是、明慎用刑之意。罪至大辟,不可复生。该州于抢劫重案,屡委佐杂前往会审,州县既存傲慢之心,而委员因职分较卑,即知有疑窦,亦不敢与之诘难。上年安乡县平令,竟有不候委员复审先行正法之事。其中流弊,不可胜言。

本署司查:湘省自军兴以后,游勇充斥,不能复安耕凿,拜盟结会,抢劫为生,以致各州县抢案屡见迭出。若案案招解,不独长途解犯疏脱堪虞,而且稽延时日,难昭儆戒。于是,奏定章程,遇有会匪游勇聚众抢掠、凶暴昭著之案,各州、县于获犯讯明后,禀奉宪辕批由本管道、府就近提讯,或委员驰往复审,即行就地正法。各省亦多仿行,此原因处无可如何之时势,变为万不得已之权宜。屡经台谏条奏,刑部核议,请复旧制。无如萑苻未靖,抢劫频仍,一时实有碍难规复之处,屡展至今。查二十三年就地正法之犯有一百三十八名之多,较之每届秋审,增至十倍。在各地方官获犯定供,毋庸解臬司复勘,经宪台提讯,只俟委员一讯,便可处决,省事既多,惩犯极易。古人有言:"杀三宥三。"今秋审大典,必经大学士三复奏而后行。告朔饩羊,犹留古意。夫小民犯法,法实生杀之,非官能生杀之也。宪台统辖文武,政务极繁,所据以行其权者州、县初审之禀，所凭以定其罪者，只此委员复讯之供，不能不审察遴选，加意慎重。倘并委员复讯而视为虚应故事，难保其中不无疑案。且此种罪犯既经定决，亦未必不能稍缓须臾。即如此案，照该令所取覃茂三口供：上盗之时，在地拾石遥掷，是并未携有凶器，事后仅止分赃二千，不过原赃十分之一。而李德顺供词：覃茂三并没起意，事主颜正林伤亦平复。核其罪状，仍系无知被胁，与章程所谓凶暴众著者有间，并非决不待时，刻不容缓。而蒋令禀请即行正法，原似未允，乃既奉司驳，犹视若无睹，并不以一语回复，尚复成何事体！除安乡县平令，不候委员复审，当经由司批记大过三次外，拟请将复审就地正法重犯不候司批之署永定县知县蒋柏茂，酌记大过二次，以示惩儆。并请嗣后遇有就地正法之案，由宪台察核，一律批司委员前往复审。其距省较远州、县，应批由道、府就近提审，或委员复讯者，亦饬司分别移行。并通饬各府、州：嗣后委员会审盗案，应择明干邻近州、县，或同知通判，均不得以佐贰杂职充数，而委员亦宜郑重其事，遇有犯供翻异，除该犯系畏罪逞刁，应悉心磨审外，倘有可矜可疑之处，即当据实禀请核示，不得以武断取摹，含糊塞责。其有能平反重罪者，应酌记大功，万一有误陷人罪，如近年江宁三牌楼之案，异日事发，当并坐委员以失入之罪，用慎刑章而重人命。

本署司荷蒙宪恩，奏委权理臬篆，刑名总汇，关系匪轻，矢慎矢勤，凡事不敢稍涉大意。平日留心稽察各州、县近来承办盗案，往往只图破获一二名辄禀正法，藉免疏防处分。以一岁正法一百三十余名之多，谓其中并无所疑，抚心循省，何敢谓然？且谓并无不肖官员，无一草率定案者，更不敢相信。久思以愚见所及，剀切上陈。现计回任在即，仍不敢避强项之名，以敷衍了事；不敢存见好属员之心,转有负宪台慎刑之意,用特敬抒管见,是否有当,理合具文,详请宪台核示祗遵。为此照详呈抚宪。

据《湘报》第四十八号(光绪二十四年闰三月初十日出版)

士绅刘颂虞等公恳示禁幼女缠足禀批*

（光绪二十四年闰三月十六日 1898年5月6日）

据禀具悉。缠足一事，贻害无穷，作俑千年，流毒四域。今以不缠足为富国强种根本，所见尤大。中华为文物之邦，五行百产甲于全球。乃徇耳目之观听，即悁淫之污俗，士习时文，女尚缠足，久为外人所窃笑。顺治康熙间，有疏请废时文、禁缠足者，因积习已深，旧染难涤。然当国家全盛时，犹未见其害之烈也。今强邻环迫，种类日弱，利权日移，利源愈绌，毁天然有用之肢体，减物产固有之利权，举凡缫丝、织布、种茶、植桑，皆积衰递弱，每况愈下，势岌岌不可终日。朝廷既改设经济特科，岁举不专以时文取士，卧薪尝胆，以共图富强，则劝禁幼女缠足一事，自属当务之急。

本署司游历中外，殚心世局，曾与同人设立不缠足会，编列会籍，互通婚姻。该生等蒿目时艰，痛陈积弊，禀请示禁，以广推行，足以征心所同然之理，物穷必变之道。准即撰示颁发，并饬各府、厅、州、县一体张贴晓谕。该生等务各父诏兄勉，身体力行，并就其乡人剀切劝导，俾得家谕户晓，毋稍迟回观望。开一乡一邑之风气，即能增千手千足之事功；破匹夫匹妇之愚痴，即以保四万万人

之种族。《汉书》有言："仁人君子，心力之为。"愿与诸生等共勉之。切切刊示。即发禀附卷。

据《湘报》第五十三号（光绪二十四年闰三月十六日出版）

常宁县土帮职员廖安邦等禀批

（光绪二十四年四月二日　1898 年 5 月 21 日）

　　准如禀,通饬祁阳各县严拿惩办,并由司撰发告示查禁。尔等贩运烟土,亦宜谆嘱挑夫等,务由通衢大路结帮行走,毋得希免厘金,绕越小路,以致中途失事,是为切要。此批。

据《湘报》第六十六号(光绪二十四年四月初二日出版)

职员刘德泰等以三官纵灭废捏
附祖上控李兰陔等禀批

（光绪二十四年四月二日　1898年5月21日）

据具呈：甫经批示行府转饬：此案既经印委会审，集讯酌断，乃两造复以"过载直下"四字，各利私图，任意争执，以致枝节横生，案悬莫结。今屡来辕恋渎，哓哓不休。若不即为澈究，从速处断，缠讼终无了日，两造徒益拖累。仰长沙府，即日遴委干员，驰赴湘潭县，会同该县陈令，提集两造人证，审察全案原委，折衷至当情理，秉公讯断，详复核夺。毋得稍存回护，亦毋得稍涉瞻徇。倘既经该县委讯断明确，两造仍敢不遵开导，狡执如前，即予照例惩办，以为蔑理健讼者戒。

抄结并粘呈、印示均存。

《湘报》第六十六号（光绪二十四年四月初二日出版）

通饬各州县札

（光绪二十四年四月十一日　1898 年 5 月 30 日）

　　钦命二品衔署理湖南按察使司、盐法长宝道随带加一级黄，为通饬事：

　　案奉抚部院陈批：临湘县申报监犯欧召善患病保外医调一案。奉批："据申已悉。查应免罪囚，法司核复文到之日，即行释放。又应追埋葬银两，勒限一个月追完。如十分贫难，量追一半；若限满勘实，力不能完，取结请豁，定例各有专条。此案监犯欧召善，因戳伤王昌合身死，拟绞监候。恭逢光绪二十年八月十六日恩诏援免，于二十二年四月十八日，奉准部复，行司转饬，遵照在案。该县于奉文后即应释放，何得因埋葬银未清，将其羁禁两年？自因不谙定例，以致错误。该县一处如此，其余各属亦恐不免。仰按察司饬承将各厅、州、县申赍监犯月报清册，逐一查核。如有应释未释人犯，即由司札饬提禁交保，以清囹圄，而免淹滞，并饬该县知照。此缴"等因。

　　奉此，查上年九月内，据湘潭县详报：钟俊才在保病故一案，曾奉抚宪批示："徒罪以上人犯始行收监，律有明文。钟俊才奸所登时杀死奸夫，律得勿论。无罪之人，本不应收监，杖罪以下，例归外结，并不咨达，亦无部复可奉。此案前据桂前司议详，当经本部院批结。该县不将其省释,致监禁一年有余,今已病故,尚称未奉部复,大属不合。应饬各属清查,如有似此误监人犯,立即省释,毋使瘐毙"等因。当经本署司录批通饬在案,以为各州、县奉文之后,必自触目警心,将监管人犯逐一清查,分别省释,不至再有滥禁之人。兹奉前因,并据该县申报到司,检阅卷牍,殊为诧异。夫以逢恩赦免之囚,而因埋葬银两未清,羁禁两年之久。该令既不勒限追完,又不查实请豁,提禁省释,殊不可解。足见各州、县平日于羁管人犯,全不留心。即各上司谆谆诰诫,亦复视为具文,慢上残下,殊可浩叹。

本署司自莅湘省,权陈臬事,亲见拟罪招解之犯,囊头械足,鸠形鹄面,匍匐案下,无复人色。询及管禁几时,身受诸苦,无不潸潸泪下,甚则伏地痛哭,不能仰视。所有监禁羁管一切情状,大都圜扉短墙,蹐天蹐地,食饮不饱,坐卧无所;而污秽所积,蒸为灾沴,死亡枕藉,血肉狼戾,传染毒气,无不生疾。医方诊病,官已验尸,汤药未进,席裹继出。即在寻常,亦已十囚五死,若遇天灾,更不堪问。以此种监狱,而禁卒看役,反据为利薮。一人受押,凡随身之物,一钱尺布,搜括净尽。食宿之地,溲便之所,一举一动,无不多方抑勒,甚至置之溷秽,戴以溺器,擅用非刑,恣其凌虐。缚于短凳,中贯长扛,使不得转动,谓之"施榨方";系其肢体,半悬于空,使不得反复,谓之"吊半边猪";缚手足大指以悬空者,谓之"扳罾";反缚而悬者,谓之"倒扳罾";并有"烟薰火炙"、"踩刺筒"、"鹰唧鸡"、"打地雷"、"猴儿偷桃"等类名色。种种酷虐,甚于地狱。稍有人心,尚为之口不忍述,耳不忍闻,何况若辈身受其苦?古人有言:"画地为狱,议不入;刻木为吏,期不对。"盖狱吏之尊,罪囚之苦,古今同慨。而湘中讼狱之繁,人犯之多,其弊为尤甚:有滥控之犯，如藉故陷害，一纸牵诬，多至数十人者；有久羁之犯，如案情疑难，犯供游移，一押至十数年者；有牵连之犯，如命盗重案中之指作干证，曾经在场者，户婚、田土、钱债各案中之曾作中人媒妁及说事过钱者；有轻罪之犯，窃盗斗殴案中之形迹可疑、贫穷不堪，无人领归，无人取保者；又有前任未及办结释放，后任不加觉察者；有初审留作证佐，原拟再审，久而置之不理者；有始因人犯未齐，暂羁候审，久而忘其所以者；更有门丁书役，内外串通，或藉案弋致，挟嫌妄拿，私押差厅，肆其讹索；或案已审结，官许发放，族保未集，依旧淹留者。

国家设狱，原所以禁暴止奸。果系大盗要凶，恶贯满盈，孽由自作，犹可言也。其市井鼠窃之徒，室家雀角之讼，或由于饥寒交迫，或出于伶仃无告，亦不问所犯轻重，动辄长羁永禁，虽在缧绁，非其罪也。蹊田夺牛，罚已重矣。若夫失火之殃余波之及，本为事外无辜之人，亦受牵连下狱之累，至使株连之罪，锢之终身，瓜蔓之抄，逮及十族。又如证人一项，实有益于问官，为民上者需之甚殷，本应优待，而亦夺其生理。豺虎是投，视作累囚，牛骥同皁，尤为无礼无义、不仁不智之甚者矣。牧令一官，为民父母，谁非人子，各有天良，而日坐堂皇，奄奄尸位，竟使无罪之民骈手絷足，横加禁锢，抚膺自问，能无悚怵？

本署司莅任以来，留心察吏，僚属中虽有一二操守难信之辈，而剥削民膏，淫刑以逞，如已革之余良栋、吕汝钧者，似尚无其人。而六七十州、县，监禁羁管至数千人之多，烦怨抑郁。抚宪至谓人怨神怒，上干天和，其故何哉？人皆有不忍人之心，岂一行作吏，遂视民如仇雠草芥，竟性与人殊耶！反复以思，或亦有不得已之故焉。一事报官，获犯到案，有上司之督责，有彼造之指控，而供词各执,人证未齐,定谳则未能,释放则不敢,惟有姑且监禁之一法。此其故由于不明,不明则不能决断,而监系者不知几案,不知几年矣;亦有不及知之事焉。一人之身,百事丛脞,有家丁之朦蔽,有胥吏之舞文,而积牍丛压,深居简出,左右之人辄伺其间隙以售奸,于是有私押私拷之弊。此其故由于不勤,不勤则不能清查,而监羁者不知几处,不知几人矣。由前之说,其责不专属之各府、厅、州、县;由后之说,其责不能不属之各府、厅、州、县。

今本署司敬与管狱有狱之官约,凡十五条:

一、凡律得勿论及例应减等者,现奉抚宪批示,除令局员督责司承稽核月报,调卷开单,另行札查外,并望各牧令先自极力清查,与各幕友调核案卷,禀明核办。

二、命盗重案中有滥控多人,日久未结,查明实非其罪者,将姓名事由开具简明清单,禀请核办。如经本署司核准批释,将来或事主原告再行上控,或抚宪、刑部有所驳诘,本署司实任其咎,不与各牧令相干。

三、窃盗斗殴,一切轻罪之犯,如监羁有年者,应饬令该团内绅士具保释放。如无人担保,亦可传集该姓户族,发交领回,责成约束。

四、各命盗重案中之被告,审明如系无干,立即省释;或本属在场,或稍有干系,并非凶盗,罪在答杖以下者,分别交保,俟缉获正凶,再传案备质。

五、户婚、田土、钱债各案内之中证、媒妁及说事过钱人,如有不合,当堂照例答杖发落;或其事不能遽结,均令在保候讯,不准收押。

六、州、县保户,率皆差役书歇充当,无保即须收押,故保户得从中勒索规费。嗣后保户应听本人自择,铺户均可具保,不准书差从中捏禀,把持拦阻。保户出其保结,为书差蔽搁,不能通入,准于升堂时呈递,或拦舆禀呈。

七、欲防丁役私押私拷之弊,非随时自到监羁各所亲查,无由杜绝。清查之法,每月数次,得闲即往,并无一定时刻,庶使人猝不及防。另用粉牌,将监禁各犯姓名、收放月日书于其上,悬挂头门,俾众共览。榜中无名,官已省释,仍遭私押,许被害之人及其亲属随时拦舆喊控;绅士商户随时函告,查明立将丁役重办。

八、将监管人犯案由,自设一簿,或自开一单,置之座右,隔数日必一清理,逐日收封,册籍必须亲自标判,不可诿诸亲属幕友,庶所收人犯名数、姓氏常在目中,某案已结未结,某犯应释应审,时时警醒,以免日久遗忘。

九、监狱本典史专管,州、县宜随时督率稽查。丁役如有拷索克扣凌虐,均惟典史是问。其州、县管禁家丁及各羁所积弊,均责成典史是问,其州县管禁家丁及各羁所积弊,均责成典史稽查,禀印官察究,毋得徇隐。丁役有弊,典史如能自行举发,免其议处。经理得法,并准由印官照例请奖。

十、既经此次查办以后,前任移文交监羁人犯清册,接任者亲自点查有无多少,将此项清册开具简明案由,出具人数切结,随到任文书申报,〔以〕凭考核。

十一、此次文到后,立限一个月清理,将以前监羁人犯实有若干并释放人数,开单禀复。

十二、各州、县月报册中,羁管人犯多非实数。此次查办释放之人,有月报册中未及开载者,本署司并不责备。其实在不能遽释者,亦准声明案由,补造入册,期昭核实。

十三、此次查办后，月报册中仍有与实在监羁人数不符，以及应释不释，任意羁押，或经上控发觉，或遣委员查明，定即详明两院，从严撤参。

十四、管监、家丁、禁卒、看役，应由官捐廉，优给工食。如有索取规费，酷拷诈索，凌虐罪囚，曾经典史禀知，或民人控告，本管官不据实举发者，即照二十二年抚宪通饬办理。

十五、凡轻罪已决人犯，素鲜执业，又无户族的保，碍难遽释者，应由各府、州、县设立分所，教以工艺，期有恒业，化莠为良。现奉抚宪檄司，仿湖北迁善所章程详议饬遵，已于省城附保卫局设立迁善所，约可容四百人，会同绅士办理，拟另札通饬各属，一体照办。府、厅、州、县如能各就地方情形，先筹办法，禀候察核，尤所企盼。

本署司权理泉篆既半年矣，公牍往返，从不强人以难行之事，亦不责人以无补之言。此次查办人犯，凡我同僚，揆度地宜，体察民情，斟酌事势，如有不能行之故，与夫不得已之情，望即从实禀明，和盘托出。凡有可以通情分谤之处，本署司必独任其责，断不推诿。至于谳狱之不明，奉职之不勤，此在该牧令等自尽其心，非本署司所能代任。若仍蹈故辙，掩饰弥缝，作无益以害有益，是甘为不肖之尤，本署司惟有执法以从其后耳。

总之，本署司开诚布公，所厚望于同僚者，只此"实事求是"四字而已。合行札饬。札到该即便遵照，毋再玩忽因循，狃于积习，致干严谴。切切。特札。

据《湘报》第七十三号（光绪二十四年四月十一日出版）

通饬各府厅州县札[*]

（光绪二十四年四月十三日　1898年6月1日）

为札饬事：

准藩司咨：奉督部堂张札开：光绪二十四年三月二十日，准督办铁路总公司事务大臣、大理寺少堂盛咨呈开：窃照粤汉铁路关系紧要，前据粤、湘、鄂三省绅商呈请通力合作，以保中国利权而杜外人觊觎，业经本大臣据情会奏。奉旨允准原奏。造端之始，以勘路为第一要义，应由三省遴委员绅，公同测勘，使知便商卫国，事在必行。除已遴派洋工程司，并由湘、鄂两省及总公司各派译员导护前进外，合亟遴委熟谙详务明干大员，督同勘路。查有湖南候补蔡道乃煌，隶籍岭南，服官湘楚，堪以派委前往鄂省，禀商两广督部堂暨广东抚部院，并请粤省派员再行带领洋工程师，由广州勘起，至佛山、三水、韶州、乐昌，与湖南省之宜章县交界处为一大段，所有路经各该州、县，何处地势高低斜直，何处繁庶可设车站，有何物料足资工用，均应督同华洋各员，详审察看，周咨博访，笔记图绘，按日详注。遇有河渠山道，并须设法绕越，以省工料。勘验事毕，逐细具复，以凭会商核办。除饬蔡道遵照办理并分咨外，相应咨呈查照

　＊　此件《湘报》第七十五号标题为《盐法长宝道通饬各府厅州县札》。

等因到本部堂。准此，除分行外，合就札行。札到该司，即便查照
等因行司移道。准此，合行札饬。札到该府，即便转饬所属，一体
查照。此札。

据《湘报》第七十五号（光绪二十四年四月十三日出版）

饬长沙府行知月食札

（光绪二十四年四月十六日　1898年6月4日）

　　盐法道为札知事：

　　准藩司咨：奉礼部札开：精膳司案呈准祠祭司付称：钦天监具题：光绪廿四年五月十六日戊辰望月食。京师月食时刻、方位，并直隶各省月食时刻分秒，例应先期具题，谨绘图恭呈御览，伏乞敕部照例颁行直隶各省，一体遵奉施行等因。于光绪廿三年十月十六日题，十八日奉旨："知道了。礼部知道。钦此。"钦遵到部付司，照例咨行各省等因前来。相应钞单，札行湖南布政使司，转行各该衙门，一体救护可也。

　　计单内开："光绪廿四年五月十六日，湖南长沙府月食，九分二十八秒初亏，寅初一刻十分食甚，寅正三刻十二分月入地平，卯初二刻七分带食，九分十七秒复圆，卯正一刻十四分在地平下"等因到司移道。准此，合就札行。札到该府，即便转饬所属，一体遵照救护。此札。

据《湘报》第七十八号（光绪二十四年四月十六日出版）

湘潭县职妇丁周氏控谢之庆案札饬[*]

（光绪二十四年四月十八日　1898 年 6 月 6 日）

钦命二品衔署理湖南提刑按察使司按察使、盐法长宝道黄为札饬事：

奉抚宪批：据湘潭县职妇丁周氏控谢之庆殴毙伊夫弟丁劲森一案，奉批："卷查。该氏及丁月兴等屡次来辕具控，均仅称谢润生即谢之庆等将丁劲森殴伤身死，并未指称黄氏共殴。兹忽呈称：丁劲森被谢之庆及伊妻黄氏殴毙，显系任意株连。丁劲森尸身业据该县验明，实系因病身死填格，通禀本部院。因丁月兴等具呈翻控，批司委员会审，并未批验，乃辄捏称沐批委验。即此二端，其呈词之狡妄失实，已可概见。仰按察司即饬委员，会同湘潭县讯明，究结禀复，勿令延讼。单并发。仍缴。"合就札行。札到该府，即便分饬遵照办理。切切。此札。

《湘报》第七十九号（光绪二十四年四月十八日出版）

---

* 此件《湘报》第七十九号标题为《臬宪札饬》，本标题为编者所拟。

县民王炳修误踢陈学敏身死案批[*]

（光绪二十四年四月二十六日　1898 年 6 月 14 日）

查阅来禀，甚为切中事理。县民王炳修误踢陈学敏身死，以华人误毙华人，并不因习教起衅。无论死者已否从教，均与教士无干。尸妻陈熊氏初报，自系实情。义教士柏常春先谓此案如何审办，伊不过问，系属遵约守分之语。乃陈熊氏抹煞原报，改捏情词，并赴范主教处泣诉，显系听人刁唆，藉从教为挟制，希图渔利。

查义约条款载：义国民人传授天主教，果系安分无过，中国官员不得刻待阻难；中国人愿信从天主教而循规蹈矩者，毫无查禁惩治等语。约章之意，但云华人习教，毫无查禁，至习教华人有事，仍照中国法律办理，于传教教士实无干涉，断不能因其习教，紊乱王章。此案柏常春述范主教之意，欲令王姓出钱赔和，凶犯既照误杀例惩办，断无再令出钱买和之理。且王炳修黑夜与王秀槐因事争殴，踢毙解劝之陈学敏，事出于误，不但不与习教相涉，并于陈学敏亦非有心致死，正无所谓欺凌。如指为欺凌，因而踢毙，则罚钱释罪，又岂所以保护？该教士意欲两全，实于惩恶劝善两无所居。死者固系教民，原属中国赤子，地方官奉朝廷法令，自当持平办理，何

＊　此件《湘报》第八十六号标题为《黄公度廉访批》，本标题为编者所拟。

敢意为重轻,冒不韪以贻羞邻好?

现据该县禀:奉抚部院批行到司,除录批移行衡永道查照外,仰永州府即行饬县,将王炳修病症医调务痊,迅速提案复讯拟解。一面告知教士,令其呈复主教可也。

据《湘报》第八十六号(光绪二十四年四月二十六日出版)

攸县客民张承德呈批

（光绪二十四年四月二十九日　1898 年 6 月 17 日）

此案前据攸县会同安仁县勘明，通报到司，当经批饬会拿在案。据禀：刘书贵等得有洋银、烟土及玉钏、领褂等赃。查阅抄黏县批：既经攸县移请安仁县查明，系守尸时所攫，抢劫并未在场，业已缴出。匪系外来，该处居民难以知其踪迹，请免拖累，系属正办。盗案以赃证为凭，何得任意指控地邻，希图牵累。惟限期早已届满，真赃正盗尚未弋获，捕务殊属懈弛。仰长沙府转饬攸、安两县，会同比差，勒限严缉，此案赃、盗，务获究办，毋稍松动，致滋藉口。抄黏并发。

据《湘报》第八十九号（光绪二十四年四月二十九日出版）

益阳县职员周万昌等呈批

（光绪二十四年四月二十九日　1898 年 6 月 17 日）

　　此案失赃多至四十余金，无论所开有无浮冒，而抢夺伤人，情形凶暴。况近日平江县复有信行被劫之案，盗贼横行，商贾裹足。若不上紧究缉，从严惩办，将何以戢匪胆而弭乱萌。据禀：拿获郭菊秋等多名，究竟是否实系正盗，仰长沙府速饬益阳县即日提案，研讯确情，录供禀办。如果并非此案盗犯，亦即据实禀复，勒限比拿，刻期破获，毋再沓泄因循，致滋藉口。抄并发。

据《湘报》第八十九号（光绪二十四年四月二十九日出版）

耒阳县报曾庆鉴服毒身死一案批

（光绪二十四年五月二日　1898年6月20日）

　　此案曾庆鉴服毒自尽，与人无尤。尸母曾谭氏暨其亲属，以其平日忤逆，亲见其自行服毒，并未报官。而民人龙元煌以无干之人，辄以曾庆鉴从教之故，捏称曾宪长等将其拷打致死等语，耸动教士，函致地方官，冀图陷害，情殊可恶。该令于龙元煌如讯有诬捏确实证据，自可执法从事。

　　教士系华人，应归中国管辖。如犯中国律令，地方官仍应拘拿惩办，何况教民，何况唆讼之痞徒。该令以痞徒妄语，教士空函，即作为他国交涉之案，系属误会。教士干预公事，在州县不过视同地方绅士说事托情，其听与不听、准与不准之权，乃操自官。苟其言之有理，自可虚心听受；如属无理取闹，则当一律拒绝，不必见一教士来函，遽尔震惊；亦不必因一教士预闻，辄生厌恶。嗣后遇有此种事件，不得预设成见，惟当考求实事，斟酌情理。总之，是非曲直，全凭案中实情，不以其从教之故妄生分别。斯不激不随，衅端可弭矣，切切。此缴。

据《湘报》第九十一号（光绪二十四年五月初二日出版）

严禁盗刻时务学堂课艺告示[*]

（光绪二十四年五月二十一日　1898年7月9日）

　　总理湖南时务学堂、盐法长宝道黄为出示严禁事：

　　照得盗刻书籍，例有明条，而书坊射利恶习，辄敢冒名作伪，尤为贪利无耻。昨见府正街叔记新学书局刻有时务学堂课艺，本道与学堂各教习同加批览，深为骇异。其中所刊者，多非本学堂学生之真笔，即如中学叶教习，本广东东莞县人，该课艺刻为南海县人；西学王教习，本福建龙溪县人，该课艺又刻为上海县人，其为冒名伪作可知。

　　本学堂创开风气，为四方观听所系，如有发刻课艺，自应由本学堂编撰。若任听书贾随意搜辑，杂以伪作，倘或谬种流传，于人心风俗所关非浅。前因三月间实学书局刻有此种课艺，曾经本学堂访知，将所雕板尽追缴在案，刻新学书局何得仍蹈覆辙，殊属可恶已极。除由本道饬差提讯、毁销伪板外，合行出示晓谕。为此，示仰各书坊人等知悉，此后遇有刊刻本学堂课艺书籍，必须呈由本学堂鉴别其伪，核准批示，方许翻刻，不得复有假

---

　　* 此件《湘报》第一〇七号标题为《学堂告示》，本标题为编者所拟。

·1020·

冒等弊。倘敢故违,一经查出,定将该书坊封闭严究,以示惩戒。切切。特示。

据《湘报》第一〇七号(光绪二十四年五月二十一日出版)

附录:陈宝箴委黄遵宪总理时务学堂札

(光绪二十四年五月十日 1898年7月2日)

为札委事:

照得上年钦奉谕旨,通饬设立学堂、讲求时务,湘省官绅业经协筹常年经费,聘请中、西学教习,暂先租赁舍宇开设,迭次考取学生,送往学堂肄业。本年二月间,各绅董等呈称:"学堂造端伊始,事务繁多,现署臬司盐法长宝道黄,博通今古,周历五洲,请委总理学堂事务,以专责成"等情前来。当以"该道现署臬司,为通省刑名总汇,于学堂暂难兼顾,应俟交卸臬篆仍回盐法长宝道本任后,再行札委"等因,批答并牌示在案。

兹该道业已回任,亟应札委。为此札仰该道,即便遵照,总理时务学堂一切事务。除会同官绅将筹款建堂各项认真经理外,所有学堂教育规模,均应恭照近来特降谕旨:"以圣贤义理之学植其根本,又须博采西学之宜于时务者实力讲求,以救空疏迂腐之弊,成通经济变之才"各等因,敬谨遵行,永矢无斁。务使承学之士咸怀尊主庇民之志,力求精义致用之方,各以道义相劘、远大自许。志趣正,则义利之辨严;学业精,则聪明之用广。于以正心修身,致知格物,仰副朝廷策励富强、敦崇经济实学之至意。本部院将于该道拭目俟之。

除饬善后局刊刻关防,另行札发外,仰即遵照办理。仍将筹议办理情形禀复核夺。切切。此札。

据《湘报》第一〇一号（光绪二十四年五月十四日出版）

再行严禁盗刻时务学堂课艺告示

（光绪二十四年七月一日　1898 年 8 月 17 日）

盐宪黄为遵饬再行示禁事：

案奉抚宪陈札开："本部院日前风闻省城书坊云云，勿稍宽贷。切切。此札"等因。奉此，查冒刻时务学堂课艺，前经本道访闻，当即出示严禁在案。兹奉前因，除饬长、善二县查起板片、刻本销毁外，合再示禁。为此，示仰省城书贾并刻字铺店暨士庶人等一体知悉，嗣后尔等不得再行冒刻时务学堂课艺，希图射利，不顾误人。倘敢故违，一经查觉，定即遵照宪札，从严究办，决不姑宽。其各懔遵毋违。特示。

据《湘报》第一三〇号（光绪二十四年七月初一日出版）

创办时务报总董告白

（光绪二十四年七月初六日　1898 年 8 月 22 日）

启者：遵宪、德潚于丙申五月，与邹君殿书、汪君穰卿、梁君卓如同创《时务报》于上海，因强学会余款千余金开办，遵宪并捐千金为倡，公推汪君驻馆办事，梁君为主笔。于今两年，荷承海内同志乐助至万余金，赞成斯举。今恭阅邸钞，知已奉旨改为官报，以后一切事宜，即遵旨归官办理。谨此布闻。

嘉应黄遵宪
达县吴德潚 同启

据《申报》光绪廿四年七月初六日(1898 年 8 月 22 日)

敬告同乡诸君子[*]

（光绪二十九年十二月　1905 年 1 月）

鄙人环游海外,历十数年,深知东西诸大国之富强由于兴学,而以小学校为尤重,名之曰普及教育,谓无地无学,无人不学也。又名之曰义务教育,谓乡之士夫、族之尊长,各有教子弟之职,各负兴学之□也。又名之曰强迫教育,谓子弟既至学年,而不就□□□施罚于其父兄也。昔德意志攻法,既破法□,德皇大会□□□□行赏,大□毛奇手执教师指挥之杖而进曰:"今日之役,非将士之力,实学校教师之功也。"近日,日本战胜俄罗斯,论者谓日本之地仅占俄罗斯五十四分之一,日本人民仅占俄罗斯三分之一,而日本反胜者,由于日本小学校学生之数,转于俄罗斯也。□□之策,莫善于兴学,其效如此。

兴学之诏,始于戊戌,迨西狩还京以后,迭奉旨催办。既设管学大臣,又钦颁大学、中学、小学、蒙学各章程。然各省大吏,三令五申,卒督责而罔应者,非特无地无款,实无办法、无章程,怅怅乎莫知何所适从也。其误由于科第旧习,以为在京在省,应设大学

---

* 原件未署日期。据文中"近日日本胜俄罗斯",为 1905 年 1 月,日军在我国东北战胜俄军,占领旅顺。据此当写于是时。

· 1025 ·

堂,府治直隶州治,应设中学堂,而不知所谓大中小学堂者,必须循序渐进,历级而升。今小学未开,并无小学卒业生,而遽设中学,其草率举事、粉饰图名者,但将旧日书馆改题办学堂,无一定课程,无递升学级,无卒业年限,而学生又年纪参差,学业歧异,朝来而暮去,此作而彼辍,故年来官立私立学校虽多,然卒以陵节而施,欲速不达,未有尺寸之效,坐不知教育之理、教育之法故也。所幸上年腊底,管学大臣改良章程,声明各地学堂应从蒙、小学、师范学堂着手。而两广学务处,立定期限,亦谓本期专以预筹兴办各蒙、小学堂为宗旨,风声所树,志士响应,歧趋既正,知所向导,此实兴学之机会,亦即学界之幸福也。

凡兴办学务,必须有师范生,有教科书,有地方,有款项,四者缺一,不能兴学。而师范生非教育不能成。故鄙人之意,必须先开师范学堂。现在修理将竣之东山书院,即拟作师范学堂。鄙人已拣派二人往日本弘文学院学师范,前商之温慕柳太史,松口□派二人。明年夏间可以卒业回国。又拟聘一日本人能通华语者,或他省人学小学师范已卒业者,与之偕来,作为教师。所望吾乡诸君子,各就己乡中学拣择端谨有志、聪颖自爱之士二三人,开具名单,缄送兴学会议所,此事关系极要,务祈加意拣择,必求文理明通、品行俱优者,方可录送。如不得其人,将来膺教师之任,谬种流传,贻误不小。准于今年年底截止,过期不收。俟明岁开学时,传集就学,以一年卒业。现拟章程,来学之师范生不收学费,惟在堂食宿,每月应备饮食费约三四元之间耳。又新修学堂,约计寄宿寝室可容六十余人,学生之自修室,约可容一百五六十人。如报名人数过多,尚须挑选方可收录。教科书者,准人生必需之知识,定为普通之学,而又考核学生年龄之大小,度其脑力、精力之所能受,分时分课,分年分级,采择各书籍中之精要,编为一定之书,以施教者也。

中国向无此名，即如史书一类，若《廿四史》，若《通鉴》，若《纲目》，卷帙太繁，以之施教，即不切于用，其他类此。近年有志之士，始从事编辑。现在虽无十分完善之本，如南洋公学、澄衷蒙学、文明书局、大同学校，各处新刻本，比之旧本，已为远胜。此类书以新刻者为佳。拟俟今年年底，集购各本，精心选择。俟择定后，将书目普告于众，即由上海等处购回，以应诸君子之求取。

有师范矣，有教科书矣，于兴学一事知所措手，即易于施行矣。今所求于诸君子者：第一，先设办事之地，就各村乡中公地暂行借用，名曰"兴学公所"，公举乡中有声望者若干人，每月聚公一二次，以从事筹议；第二，调查学生之数。凡幼童十四岁以下，六岁以上，均为入小学年纪，由各姓族长、各族房长，调查应入小学者若干人，大约每一学堂多数容一百一二十人，少数容五六十人。准度人数，以为分分设学堂地步；第三，拣择开学处所。儿童年小，于离隔二三里之地就学，则往来不便，故当择适中之地设学。吾州人稠地狭，虽各大姓聚族而处，而余地空房绝少，故不得不借各庵堂寺观以设学。前奉学务处札饬酌提庙产以充学费，当经会员迭议，议定嘉应州所有各神庙佛寺，均留作各村乡设立小学之用。业经禀复大宪在案，诸君兴办小学，自可择地酌借。如因距离之远近，内容之大小，不合于用，即当集款，另行兴筑。

开学之地果能酌定，所应筹者款而已矣。约计蒙学、小学并为一学堂，初入塾者名为蒙学，所认之字取简易者，所读之书取浅显明白者。进则为小学矣。日本亦无蒙学，定小学年岁为四年，高等小学为二年。中国所谓蒙学，取旧有之名以名之耳。今酌定蒙学、小学卒业年限合作五年。岁约需费四百元内外。开办之初，购书籍、备桌椅、及教科各器具，约费二百余元。聘一师，束脩约百廿元，教师功课循常教育有效，岁脩当增,增至二百元内外为度。至次年,器用之费较省,应加聘一师以助教,亦脩金百廿元,因开学一二年后,每年有新增学生,应分级教授,故须多聘一师,以后准此。费用约亦相当。以每学六十人计,上等收束脩六元,约二十人,合一百二十元。中等收束脩四元,亦以二十人计,合八十元。次等者收束脩二元。亦以二十人计,合四十元。尤其贫者,可公议酌减或免收。每岁本塾约可得二百四十元,所应筹津贴者,约二百元耳。一为绅富捐题,二为地方公款,三为寺庙公产,四为祖尝学谷学租。以诸君子热心提倡,苦心劝办,一乡开至三四学堂,计数当亦不难也。

东西各国小学校中,普通应有之学,曰修身,曰伦理,曰国文,曰算术,曰历史,曰舆地,曰理科,以天然物及自然现象启诱儿童,凡动物、植物、矿物等曰天然物,一切地文学中各事为自然现象,又有人身生理之学等类。曰体操。务使儿童健全无病,俾易于发荣滋长。又有手艺一科,英、法、美等国均重之,日本初行而中止,今复编入学制,别有附加二科曰画图、曰唱歌,则习与不习,听其自便者也。综其大纲,曰德育,曰智育,曰体育。今以之比较中国旧时教法,旧法第令读书,然以高深之理,施之稚昧之年,或怖其言,如河汉之无极,或塞其心,如冰炭之相容。而今则事事有图,明白易晓,使儿童欢喜信受,其益一也;所学皆切实有用之事,无用非所习、习非所用之弊,其益二也;既略知己国历史,又兼通五洲之今事,无不达时宜、不识世务之急,其益三也;分年月日时而授课,必使编定之书次第通晓,乃为卒业,无卤莽耕耘、灭裂收实之诮,其益四也;统贫富贱之子弟于一堂,而一同施教,俾人人得以自奋,无上品无贱族、下品无高门之嘲,其益五也;无智与愚,无过与不及,自就学逮于毕业,人人均能有成,无学者牛毛、成者麟角之忧,其益六也。至于教师授业,有循序渐进之阶段,有举一反三之问答，有相观而善之比较，皆有章程，有次第，其法由心理学考求而得，学者试验而来，尽美尽善，非吾今日所能殚述。以鄙人之所期望，小学卒业而后，其上焉者，由此而入中学，入大学，精进奋发，卓然树立，可以增邦家之光，闾里之荣；其次焉者，亦能通算术，能作书函，挟有谋生之资，粗知涉世之道，亦可以立身，可以保家，此固势有必至，理有固然者。鄙人深知东西洋各国小学校学务之重、学制之善，用敢殚竭其平日之所知所能，披肝沥胆，一一陈献于我同乡、我同胞诸君子之前，愿诸君子同心协力，亟起而图之也。

鄙人怀此有年，有志未逮，深愧未能普及各地。然我同州之兴宁、长乐、镇平、平远，有志兴学之诸君子，如以为然，愿送师范生来此就学，亦必一律收录。惟限于地方，多寡之数未能确定，亦望诸君子各设一兴学公所，非公所函送，即未敢滥收也。

普及小学校，系专为大局计，专为将来计。惟有心向学之士，现在年既长成者，无地就学，非特向隅，亦深惜其玩时而弃日。鄙人尚拟设一学堂，名曰补习学堂，兼综各科而择行之。又拟设一讲习会，略仿专门学校，俾分科肄业，以期速成，容后再与诸君子妥商举行。

嘉应兴学会议所会长　黄遵宪谨启

据原件复印件

嘉应犹兴会章程[*]

（光绪三十年初　1905年初）

鄙人兴学之意，专重普及小学校，业已缮启公告。惟念我同志诸友，年既长成，不复能循序渐进，以求普通之学。负笈远游固未易言，而商量新学，难得良师，补习各科，亦无余暇，玩时废业，良为可惜。现拟设一讲习会，以期有志诸君，互收良友切磋之益。所有章程，分条具下，乞共商之。

第一，此会名曰犹兴会，以时务期知今，以新学求切用，以专门定趋向，以分科求速效，以自治为精神，以合群求公益。

第二，拟分各科：一曰政治，兼法律；二曰修身，兼伦理；三曰卫生，兼身体；四曰生计，兼实业；五曰教育，兼管理学校法；六曰历史，兼地理；七曰算术；八曰格致，兼动物植物力学汽学等类。

第三，以上各科拟购齐应用各书以备阅看，每人自占一科或二科，编定功课自行评点。

第四，每人投一札记，于评点之余，自所见引伸，道攻驳，或有疑义；随时札记录，以便汇请名师评议。如一时无良师，暂以鄙人

承乏，亦愿诸君子赏奇析疑，冀收教学相长之益。

第五，设一听讲所，每日定以一二时由专科学友演说所习，以告于众。其余各科环坐听讲，将本会各科，轮流演说，周而复始。

第六，凭一馆公同食宿，本会并未延师，无须束脩。惟食宿各费，应由会友自备。

第七，本会设有规条，一切起居饮食，均有定则。务须整齐敬肃，不能随意自便。

第八，本会既有规条，于众友中公举二人为监课，公举二人为监仪，会中诸友应听其稽察。有不合者，先密为谏止，如不悛改，即公告于众，应责令出会。

第九，此项监仪、监课，应轮流选举，每半月即行更易，如再经众友公推亦可接办。

第十，有愿入此会者，祈将名姓籍贯年岁住址开具，函送兴学会议所。务于本年十一月底送到，以便酌度人数，租赁地方及购办一切器具。

第十一，本会应用书籍，由会友自备。一切灯烛杂费，由会友会摊。

第十二，本会尚拟聘一教习英文兼教体操，大约每年束脩约费五百元。如各友愿习此二项者，请于开名入会之函中声名，以便汇计人数，照数分摊。譬如入会者有五十人愿习此二项，每人应分摊十元，多寡准此。

兴学会议所会长　黄遵宪谨启

据郑海麟、张伟雄编《黄遵宪文集》

中国近代人物文集丛书

黄 遵 宪 集

（三）

陈　铮　主编

中 华 书 局

第五编　笔谈

与日本友人大河内辉声等笔谈

编者整理说明

一、本编所收黄遵宪与日本友人大河内辉声（源桂阁）等笔谈，系 1992 年初，郑子瑜先生专门为本集提供的《黄遵宪与日本友人笔谈遗稿》"最新改订本"，并嘱"编黄集时请以此为依据"。

二、所收笔谈增加了部分页末注释，是根据郑子瑜先生及其约请陈建华先生补写的注释文稿，经本集编者酌加摘要。所注者主要是日本史方面的人物。

三、各次"笔话"标题下中西历对照的笔谈时间，系本集编者所加。

四、笔谈参加者（大体以出场先后为序）姓氏略称如下：

桂阁：源桂阁，大河内辉声

公、公度：黄遵宪

枢仙：廖锡恩

梅史：沈文荧

强哉：松井强哉

琴仙：王藩清

如璋：何如璋，字子峨

青山：青山延寿

泰园:王治本

勉骞:潘勉骞

哲明:秦哲明

绥所:内邨绥所

樱老:加藤樱老

斯桂:张斯桂

其毅:何其毅,何如璋之子

积型:施积型

鸿斋:石川鸿斋

子纶:何子纶

雪卿:冯雪卿

缙堂:梁缙堂

定光:何定光

枢先:廖枢先

幼梅:周幼梅

省轩:龟谷省轩

惕斋:王仁乾

宫部:宫部襄

绍文:何绍文

虞臣:何翼为

星垣:杨守敬,惺吾

蔬荪:何蔬荪

鼐昉:张鼐昉

鹿门:冈千仞

实藤惠秀序

一九四三年七月,我和丰田穰合译的黄遵宪的《日本杂事诗》(日语版)出版了。这是《中国文学丛书》之一。原来,这本书的翻译和出版是由于中国文学研究会中心人物竹内好的推荐。

这本书还没有出版之前,我遇见了大河内辉耕先生。那时,他是贵族院议员、子爵。我在虎之门华族会馆见到他,问他关于"《日本杂事诗》初稿冢"碑文里的一句话。里头有诗道:

> 一卷诗兮一抔土,
> 诗与土兮共千古。
> 乞神物兮护持之,
> 葬诗魂兮墨江浒。

这诗碑在埼玉县,墨江(就是墨田川,又名隅田川,日本音都是Sumidagawa)却在东京都。为什么碑文说"葬诗魂兮墨江浒"呢?

他说:他家原来在墨江旁边。明治末年,搬到别的地方去,同时把那个诗碑搬到埼玉县野火止平林寺,因为平林寺有大河内氏世世代代的坟墓。我听了他的话,才明白"葬诗魂兮墨江浒"这一句诗的来历。

《日本杂事诗》出版了,我送给大河内辉耕先生一本。他很高兴地说:

听说家严很爱读这本书。谢谢!

接着,他亲切地说:

家严也喜欢和中国人笔谈,尤其是和中国公使馆里的人们笔谈。笔谈的记录,都保存在平林寺。你要看的话,可以去看看,我先告诉平林寺的和尚,预备给你看。

过了几天,我和丰田一起去平林寺。平林寺的住职白水敬山禅师亲自引导我们到书库去。我心里疑惑:笔谈的纸,大概只有两三张罢了,为什么引导我们到书库去呢?

到了书库前,我们愕住了。那里,几十本,对了,快要到一百本的手迹,等着我们呢!我们想不到笔谈的记录会有这么多!

当初笔谈的时候,彼此都有纸片,一问一答。笔谈的那天晚上,大河内辉声(就是辉耕的父亲。他在明治以前是高崎藩主,食禄八万二千石;明治以后,住在东京浅草今户町墨江畔,以作汉文汉诗为乐)把问答的纸片编辑好,叫裱糊匠裱订成书。一本笔谈存稿,大约有五十面折叠的。

笔谈的存稿,共多少本呢?请看下面的统计:

《罗源帖》(一八七五至六年)原来有十八卷,缺第一卷、第十五卷,现在只剩下十六卷十六本。

《丁丑笔话》(一八七七年)原来有七卷,从第一卷到第六卷都缺,只剩第七卷。这本和《戊寅笔话》第一卷合成为一本。

《戊寅笔话》(一八七八)原来有二十六卷,缺第二十四卷,现在剩有二十五卷。

《己卯笔话》(一八七九)原来有十六卷,从第一卷到第十四卷都缺,现在只剩第十五卷一本。第十六卷和《庚辰笔话》第一卷合成为一本。

《庚辰笔话》(一八八〇)有十卷十本。其中第一卷和《己卯笔话》第十六卷合成为一本。

《黍园笔话》(一八八一至二年)有十七卷十七本。

《韩人笔话》有一卷一本。

《书画笔话》有一卷一本。

合算起来,我们发现的笔谈存稿有七十三卷七十一本。但是我们可以推想从前至少有九十六卷九十四本。"大河内桂阁(桂阁是辉声的别号)君墓碑"说:

> 君天资敏捷,善文辞,工笔札,有诗数卷,清韩笔话百卷藏于家。

这个"百卷"大概是概数吧。

我们看见这些笔话本以前,几十年间,谁也没有看过它们,谁也没有研究过它们。这些书,只在书库里睡觉。但只是睡觉,那也好,可恨的是那里有很多蠹鱼。我们看见这些书以前,有的书被蠹鱼吃的不成样子,和尚们不得不把它丢了。特别可惜的是《己卯笔话》的十四卷!(己卯这一年正是建立"《日本杂事诗》最初稿冢"的一年。)

我最初借七本来抄写;抄写完了拿到平林寺去还,再借来十本……这样五年间来回五次。你看,这些日子是第二次世界大战中、或是大战后的饥饿时代,就是天空中有飞机投下炸弹,地上没有东西吃的时代。我背着帆布背包,在朝霞电车站下车,那时没有公共汽车,走了很远的乡下道路才到平林寺去。借来了的书,在暗淡的灯光下,抄了再抄。空袭警报响了,我就抱着笔话本子,赶快躲进防空壕里去。战争中,我和笔话本子,常常在一起。

我抄到了三十六本,没有工夫再抄写下去了,幸而我的老朋友佐藤三郎(山形大学教授)代我继续抄写完毕。

为什么我们这么热心抄写呢？因为这些笔话存稿都是日中友好的贵重的资料。

大河内辉声(桂阁)很喜欢和中国人笔话。(他也和朝鲜人用汉文笔谈过。)他交游的中国人很多,有何如璋(公使)、张斯桂(副公使)、黄遵宪(公度)、廖锡恩(枢仙)、沈文荧(梅史)、王治本(漆园)、王仁乾(惕斋)、王藩清(琴仙)、杨守敬(星垣)、潘勉骞、李奕全、何其毅、施积贤、秦哲明、何绍文、周愈(幼梅)、卫铸生、陈访仲、冯莪堂、何鹏夫、冯雪卿、魏柴门、何子纶、梁缙堂、邹顺、何定光、梅兰生、何翼为(虞臣)、杨枢、梁诗五、黄遵楷(幼达,遵宪的弟弟)、马友仁、冯蓉塘、何蔬荪、张景栻(滋昉)、王配绚、任谦斋、吴丹墀、冯启生、刘静臣、范汝蕉等等。这里面也有仆役。大河内辉声喜欢和中国人笔话,不分贵鄙身分。

想起翻译《日本杂事诗》的时候,除了"《日本杂事诗》最初稿冢"题字以外,没有看见黄遵宪的笔迹。我们四方找寻,结果,第一发现的是《省轩诗稿》(龟谷省轩著)的题词。其次是冈鹿门的儿子冈百世保存的黄遵宪和冈鹿门笔谈的纸片。我们的译本卷头刊登了这笔话的照像。

我们翻译《日本杂事诗》的时候,那么难找到黄遵宪的笔迹。到了现在,在《大河内文书》(就是笔话本)里头,已处处可以看到黄遵宪的雄浑特异的笔迹了。

这些《大河内文书》,堆叠起来,差不多有我的肩上那么高,其中有关于这个时代(明治时代)日中两国的政治、风俗、学问、文艺、语学以及其他种种的谈论,是明治史和日中关系史有价值的研究资料,同时也是很有趣味的文艺作品,因为笔谈诸君的文才和诗才都是了不起的。

可惜的是,自从笔谈手稿发现(一九四三年),到一九六二年,已经差不多有了二十年了,我因为致力于中国文学发展史的编写和翻译,以及中国人日本留学史稿的整理等工作,竟没有余力去整理和研究那些珍贵的笔谈手稿。

一九六一年春天,我意外地接到黄遵宪研究者郑子瑜先生自新加坡寄给我一本他的大著《人境庐丛考》(商务印书馆出版)。拜读之下,我很欢喜在外国有人对黄遵宪的研究发生兴趣,使我觉得"吾道不孤",我们便常常通信。后来周作人先生又来信介绍,于是我就报告郑先生黄遵宪与日本人笔谈手稿发现的经过,并邀请他来访问我国,共同研究。

一九六二年,郑先生来访日本,我邀请郑先生在早大的校友会馆小住一周,共同研究黄遵宪与日本笔谈的手稿。结果我们作了以下的决定:一、我请得早大图书馆馆长的许可,让郑先生将与黄遵宪有关的部分手稿照片,复照携归新加坡;二、我和郑先生许下诺言,共同编校、整理这一部分手稿,并约期在一九六四年完成,到时,以我们两人编校、整理的名义出版。日华人士合编共著的东西,在明治时代有的是,但在昭和时代,我和郑先生或者可以说是首倡吧?

一九六四年五月,我编译的《大河内文书》由平凡社出版了。(这本书里,我把笔谈的五分之一翻译成日文。)有两位读者告诉我《丁丑笔话》六本保存在高崎市赖政神社的宝库里。现在我们可以看到的笔话又增加了六本了。

这本书只是黄遵宪和日本朋友的笔谈,也就是《大河内文书》的一部分。如果没有郑先生的合作,就没有机会把这么稀有的日

华文化交流的资料介绍给日本和中国的读者。我觉得很高兴，黄
遵宪与大河内辉声等地下有知，当更高兴吧。

一九六五年一月一日

日本早稻田大学研究室

实藤惠秀

郑子瑜序

一九六二年春,我将拙编《人境庐丛考》(商务印书馆出版)寄给黄遵宪的研究者、早大教授实藤惠秀博士,更由于周遐寿先生的介绍(我和周先生没有任何的渊源,只是二十余年前同在《逸经》半月刊写稿,又因为彼此都嗜好黄遵宪的"人境庐诗",便尔相识了。这一点,周先生在他的《知堂杂诗钞》序中也曾说到),实藤先生便来信告诉我八十余年前黄遵宪等与日本友人大河内辉声(即源桂阁)等笔谈遗稿在平林寺发现的经过,并邀我来日本一游,共同研究。

同年四月,我初次访问日本,与实藤先生在早大图书馆中,共同披阅笔谈的遗稿(遗稿三分之一存早大图书馆,三分之二存大东文化大学东洋研究所,但早大图书馆保存全部遗稿的复印本)。这里面有黄遵宪等的逸诗,也有关于私生活的。虽然黄遵宪当时只是公使馆中的一个参赞罢了,参加笔谈的中国文人,还有何如璋公使,张斯桂副使,以及沈梅史诸君,他们的官阶,都在黄遵宪之上,可是在文学史上的地位,则何君等不但远在黄遵宪之下,甚至毫无地位之可言。所以我提议只将与黄遵宪有关的笔谈部分(即黄遵宪曾参加在内的笔谈部分,自戊寅一八七八至庚辰一八八〇的三年中,共约四十篇的笔话),加以抄录、标点、整理、编辑和校订;并约期在二年后,我再度来日本,以一年的时光,共同来干这一桩艰苦而又有意义的工作。

去年四月,我果然实践前约,再度来日了。我名义上是早大语学教育研究所的客座教授兼研究员,实际上,我每周除了在研究所担任两个钟头的中国修辞学特殊讲座和在研究院文学研究科担任两个钟头的中国古典诗歌的鉴赏与批评之外,剩下来的大部分时间,都在教育学院的研究室与实藤先生共同研究、抄录、标点、整理、编辑、校订笔谈的遗稿。由于笔谈手稿,除了笔谈诸公初次见面时大家客客气气,彼此都写得端正些而外,以后则书法潦草不堪,有时又难免漏字和误笔,再加上蠹鱼的侵袭,有一些字迹已经难于辨认了,所以工作的进行相当缓慢。我和实藤先生约定:全缺和不明的字,就让他缺下来;可疑的字,一定要弄个明白——我们两人都没有法子查出是什么字的时候,便请教早大图书馆的副馆长加藤谆先生。加藤先生是个书法家,曾经帮助我们查明了不少我们无法判断的文字。

一年的时光容易过去,而且在此一年中,我同时还要兼做别的研究工作,所以去年的暑假(七、八两个月),虽遇日本八十余年来所仅见的奇热,我也不得不天天到研究室工作,终于在今年一月中完成了我们的任务了。

大河内辉声喜欢汉诗汉学,对中国旅日文人,敬重如师长。他对待中国人,不分长幼贵贱,一视同仁,所以何如璋的孙子,公使馆的仆役,他也与之笔谈。而且这些笔谈手稿,似乎早就准备要留下来的,所以笔谈的当天晚上,就把手稿裱褙成册,连在当日接到与笔话有关人物的来信,也附贴在笔谈之后,完完整整,不想流传久远又是什么?最明显的,是有一次,中国公使馆的通译魏梨门到源桂阁家,源君与其他中国文人正在笔谈,魏君和他说日语,源君竟说:"此人是谁? 何必说日语,但用笔谈好耳。"因为以笔代舌,可以留下记录,作为永久的纪念,而面谈则否。

最有趣的,是这些笔话记录全是戏剧式的安排:一、以一字代全名,如以"公"字代黄公度(遵宪),以"桂"字代源桂阁,以"如"字代何如璋,以"斯"字代张斯桂,以"李"字代王黍园,以"梅"字代沈梅史,以"石"字代石川鸿斋,以"强"字代松井强哉,以"省"字代龟谷省轩。二、笔谈进行时,如果有人出入,源君都用日文写下他们的动态,(只有这一部分是朱书,现在经实藤惠秀先生译成白话了。)如戊寅(一八七八年)三月三日(阳历,以下同)源桂阁到公使馆与沈梅史笔谈的时候,黄公度到来,源君在笔谈稿子上这样的写道:"黄公度来,年约三十。"后来黄公度要走了,源君又写道:"这个时候,有人来邀请遵宪,遵宪和廖枢仙一同走了。"这不就是剧本的形式吗?

现在节录戊寅(光绪四年)八月一日日本文人石川鸿斋与黄遵宪笔谈的一段于后:

(石)民间小说传敝邦者甚纲,《水浒传》、《三国志》、《金瓶梅》、《西游记》、《肉蒲团》数种而已。

(公)《红楼梦》乃开天辟地、从古到今第一部好小说,当与日月争光、万古不磨者。恨贵邦人不通中语,不能尽得其妙也。论其文章,宜与《左》、《国》、《史》、《汉》并妙。

这是黄遵宪论《红楼梦》的一片断。

又"庚辰笔话",其庚辰(一八八〇年,光绪六年)四月初九日记云:

(桂)今日见阁下寄紫诠(按:即王韬之号)诗(按:即《日本杂事诗》)极佳,前有紫诠序,后则阁下跋也。

(公)仆东来后,故友邮简云集,皆询大国事者,姑作诗以简应对之烦,不意为王君携去,遽付手民,非仆意也。大国人见之,定不免隔靴搔痒之诮。阁下能为改润,感谢不胜。

(公)《杂事诗》中,多有人名地名,避我朝庙讳改易者。(中略)

(省)《杂事诗》刻于贵邦,想洛阳纸价为之贵。

(公)一刻于北京,一刻于香港,敝邦人见之,以为见所未见,诗之工拙不暇问也。

(省)阁下之书,叙樱花之美,儿女之妍,使读者艳想,此书一行,好事之士,航海(而来)者(将)一年多于一年。

(公)文章之佳,由于胸襟气识,寻章摘句,于文句(间)求生活,是为无用人耳。

(公)国家昇平无事,才智之士无所用,故令其读书,所谓英雄尽入彀中也。譬如富家巨室,衣食充裕,其子弟能喜古玩,好书画,亦是佳事,谓此古玩书画为有用则不可也,谓无用亦不必也,见其所处之时地如何耳。

(公)孔子大成之圣,实为上下十二万年,纵横七万余里,不能再有之人,其教人无所不备,不止《诗》、《书》、《六艺》已也。宋儒之学,为孔门别支,推其极,不过学孟子耳,彼不知圣人为何等人也。

这些笔话,足以帮助我们对黄遵宪的《日本杂事诗》之了解,又可见黄遵宪的文学批评和文学观之一片段,更可以看到他对清儒在故纸堆中讨生话,以及对宋儒之学所作的评语,都是很有意义的。后来黄遵宪批评孔子,批评儒家的学说,在思想上可以说是一大转变。

这一部分笔谈遗稿的问世,相信可以给研究黄遵宪的学者提供一些未见过的好资料,来和黄遵宪的已刊作品互相印证,帮助我们对于黄遵宪已刊作品的了解。同时对于黄君的思想行谊,也可以得到进一步的认识。至于我们自己对笔谈遗稿的真正研究工作,则还没有开始哩!

还有一点,就是古往今来,文人所已刊的集子,往往是先经过自己严格的删削,然后付刊的;尤其是像黄遵宪那样生在旧礼教压迫下的晚清时代的诗人,一些描写两性爱的诗篇,都不敢编入集中(周遐寿先生从前存有《人境庐诗草》抄本,和刻本相对照,便发觉不少字句不同和抄本所有刻本所无的诗篇),所以我们若只读文人的已刊集子,实在无法了解他思想行谊的实际情况。但除此之外,我们又有什么办法呢?幸而源桂阁君早就替我们安排好了:他不惜花费光阴与金钱,时常招待和拜访当时中国公使馆中的文人,和他们笔谈,让他们毫无拘束地畅所欲"谈",留下笔谈的记录,使笔谈诸君的思想行谊(其中也有荒淫的一面),都赤裸裸地呈现在我们的眼前,以便利我们对于前辈文人的了解——特别是有关黄遵宪的部分。根据实藤先生统计,单是一八七八年的《戊寅笔话》,在一百七十八次的笔话之中,黄遵宪与源桂阁的笔谈竟占三十五次多,我们是不难从中发拙一些可供研究的资料来的。

我和实藤先生的国籍不同,对于笔谈遗稿以及对于某些问题的看法也未必能完全一致,可是我们却以为不同民族之间,应该互相友爱,过去是如此,现在是如此,将来也是如此。这一点,是彼此都信守不渝的。我们愿意携手合作,共同编校此笔谈遗稿,其动机也在于此。

一九六五年一月六日
郑子瑜序于早稻田大学

一、戊寅笔话　第四卷　第二十七话

（光绪四年一月三十日　1878年3月3日）

（戊寅——一八七八年，光绪四年，明治十一年三月三日——阳历，以下同——，我到月界院公使馆去，沈梅史[①]出来迎接。我们俩笔谈的时候，黄公度来了，年约三十。）

桂阁：弟梅翁一知己，源辉声[②]。初见君。君乃黄大官人乎？

公度：仆黄姓，名遵宪。前闻梅史盛推阁下，亟欲一见。昨访王黍园[③]，见君书"不陋居"匾，剧佳。今得见，甚喜。

桂阁："不陋居"颜字，弟匆卒之作也，何渎尊览。幸蒙过誉，弟惭汗耳。弟尝往筑地山旧屋金太郎家，时君亦有（按：当系"在"字之误笔）其处，会君公务鞅掌，乘车而归，故致失礼仪；而今日得相见，盖萍水之欢，可谓不尽矣，希自今缔交，为莫逆之好。

公度：当时匆匆未通谒，交臂失之，极以为歉！自今缔交，敢不如命？惧仆学识芜陋，未敢以辱君子耳。

桂阁：弟扶桑黄口小儿，不足以践君子之庭，而多受诸君之爱

---

① 沈梅史：沈文荧，字梅史，姚江人。公使随员。陕西省候补直隶州知州。著有《学乐录》等。

② 源桂阁，即大河内辉声（1848—1882），初名辉照，字子斌，号桂阁。

③ 王黍园：王治本，号黍园，光绪四年赴日，后任源辉声诗文顾问。

顾,盖大幸也。

公度:新作必多,暇日造庐,幸出一读。

桂阁:玉作固多,章章出金玉,希取出一册而见示,弟写完而藏库笥。如拙稿则仅仅二三篇耳,何触电览!

公度:弟素不工文,又生性疏散,随作随弃,更无清本,亟欲读大著耳。

桂阁:东洋鄙人,何与中华雅客相斗乎? 宜师事而受教也,希赐一读!

公度:旧作梅史尚未见,实不曾收拾也。东来事忙,未暇及此,恕我如何?

桂阁:弟乞廖先生(按:即廖枢仙①,名锡恩)以书联幅,希自君复切乞之。后日亦携一绢,而乞黄先生之书,重君劝奖是祈。(按:以下有“已代属黄廖两君”等字,观其语意,似为梅史所书者)

枢仙:弟书不工,以绢见委,敢不勉承,第恐涂鸦可笑耳。

桂阁:贵邦人皆工诗工文,虽有千百东洋猴头儿,远无及,嗟辫发先生之大才尤居多。

公度:弟尤不能书,即此笔话可见,何敢以辱佳绢?

桂阁:弟每得一个之益友,即必求以一双之联幅,故突然乞玉挥,深勿咎。

（我对沈梅史说。）

桂阁:那春萍馆的系尊斋号乎?

梅史:弟自辛酉遭乱后,东西南北,所游不定,因自嘲如萍漂水中,故以春萍馆为名也。

---

① 廖锡恩,字枢仙,广东惠州人,公使随员。正八品,即选教谕。

桂阁:辛酉之岁,贵邦骚扰,兵马倥偬,民苦涂炭。如敝邦则亦然。当年四方有干戈之警,而弟尔时为诸侯之列,乃振振上州旧封城,而击逆贼于野州。嗟! 万里异域,战争均起,盖可谓奇!

梅史:弟自庚辛奉邵文靖公檄,募民兵守防,寻邵公卸事,弟亦告退。辛酉贼至,复率民兵与战,相持半年,粮尽援绝,仅存微躯,遂至上洋谒见李相,命随张观察军,克复上虞。后北上,应礼部试。乙丑,应雷军门之聘,从军甘肃。其后又随袁侍郎转饷关外,跋涉流沙天山之间,生平碌碌可笑。如君出师平寇,为国干城,真英豪,足羡也。

桂阁:君业已践战场,在兵马之间,年余于此,屡随官军,有成绩,英豪可嘉! 如弟元元浅学之小儿,惟奉虚位耳。至军事则将校所为,弟复不临,岂何足为英俊? 又可称怯懦。

梅史:阁下虽不亲临戎事,然谋猷指授,固大将所为也。

桂阁:是弟偶然耳,弟何有谋猷? 只有运愚筹居。数年前将军德川氏擢弟为陆军将校,日务组练士卒。后德川家之亡也,弟复抛职。

梅史:贵邦维新之际,亦多事之秋。我辈今日且谈文墨可也。

桂阁:王政维新之后,有人荐弟于陆军尹,弟心甚不快,遂斥其言,潜迹于墨江,食天禄而消光耳。其不才可怜!

梅史:所谓士各有志,出处一道,固自有斟酌,钟鼎山林,皆有贤人也。阁下不必过谦。

桂阁:玉作薄倖诗,名妓传的,却系何处名妓乎? 然而那妓班,现时在否?

公度代梅史答:风流云散,感怆于怀,不能已已。弟作此书,欲如《南部烟花记》、《北里志》,使后人流传耳。

梅史：此书网罗南北人才，然燕京者居多，次则江、浙，迄今已十余年，大抵红颜已成白发，青蛾半为黄土矣。

桂阁：好一个孙棨，复遥立君之下风。

梅史：孙棨，唐之名手，弟何能及？不过效余怀《板桥杂记》之颦而已。然其中感慨处，所谓各自有心事是也。

桂阁：曼翁复一个风流将军，与君相并，可称孙吴。

梅史：此等兵法，尚不致战败于衽席耶！

桂阁：猛将力锐，现击破东洋破瓜队。

（这时梅史挟着日本少女阿春，仅十六岁。）

梅史：君可谓善戏谑如周公矣。

桂阁：破瓜梳栊之情态，果如何？

公度：鼓行而东，敢不竭力？深恐贻诮邻国耳。

桂阁：东洋今日专学西洋战法，故虽李药师六花阵，亦大异叹噜之军法，不知君试练西洋女队妙味否？

梅史：恐情海波涛间难施枪炮，致欲火失焰，虽有西法，无所用之也。情关渡欲海，兼收并取。

公度：辟土地，朝秦（暮）楚，莅中国，王之大欲，固所愿也。

桂阁：孟子曰"不夺不餍"，是之谓欤。东洋人曰："叟不远千里而来，亦将有以利吾国乎？"诸君独利妇人，弟固知之。

公度：饮之食之，生之养之，亦于大邦不无少补；即他日如苏属国，郑芝龙抱子回去，亦于敝国添丁，两利俱存，何惮不为？破瓜情状，即倩君作舌人，详问之如何？

（这个时候，有人来邀请遵宪，遵宪和廖枢仙一同走了。遵宪要走时，再写两句。）

公度：属有事，敢告辞。他日走访再畅谈也。

二、戊寅笔话　第四卷　第三十话

（光绪四年二月四日　1878 年 3 月 7 日）

（三月七日,我带着旧臣松井强哉①、谷山之忠拜谒何②、张③两公使,然后到黄遵宪的房间,沈梅史,廖枢仙也在座。）

强哉：前日赖于沈先生,初谒公使何先生;又约今日拜趋于高堂,亦谒两大贵官,仆等幸甚!

公度：辱临幸甚,蓬荜生辉矣。

桂阁：弟今得沈君之介绍,得再见公使,遂来扰尊府,幸不谴责。

公度：辱顾敝庐,欣感无已,谢谢!

桂阁：公使内厅所排置名研,叫做怎么?

公度：是为胡梅林先生之砚,徐天池铭而刻之者。

桂阁：研名如何,其产处何州?

公度：此砚无名,产于端溪,即广东肇庆府,敝邦所谓端砚也。

桂阁：歙州龙研、尾溪研,贵邦第一位之品欤?

---

① 松井强哉,大河内辉声之部属。

② 何公使,即何如璋,字子峨,广东大埔人,光绪二年十二月（1877 年 1 月）首任驻日公使。

③ 张公使,即张斯桂,字鲁生,任驻日副使。

公度：歙州今属安徽省。敝邦品砚,向重歙;及端溪既开,歙价为之少减,然其佳者,自高绝。

强哉：小弟尝游横滨港,相识贵邦之一商人罗焕南君者,在明官,知此等之人名否?

公度：素未识面,亦未闻其名。

强哉：伏请两大官名帖四片,弟两辈拜收焉。

梅史：可。

公度：敢不从命,辱爱惭愧。

（沈梅史、黄公度都给他名片,强哉自然是非常高兴的。）

强哉：贵邦诸大官,几上之饰,皆颇清雅之佳品,风情甚可怜矣。

公度：航海远来,文具书籍,皆未能多载而来,不足观览,殊为愧赧!

桂阁：请沈爹与弟转致联幅绢本于公度君。

梅史：顷已交矣。

公度：敢不如何。恐春蚓秋蛇,贻笑方家耳。

桂阁：见尊毫恍如阅晚春堂帖本,其气宇宏远,仰敬之至!

公度：弟素不解书,天性疏懒,向未临帖,过誉,汗下如雨矣。

桂阁：何谦辞之巧也!以君之雄辩,而当东京女子,即皆软软,骨荡气呆耳。

公度：人各有能有不能。使东京女子骨荡气呆,当推沈君。仆（于此道）与作书一样拙耳。

桂阁：沈君之锐锋,固不可当,岂可俟言?且如黄、廖二英雄,亦数旬之休兵,其利刃不可容易挫得者也!

枢仙："赚得东施号小春,纤纤弱柳出风尘,只图一刻千金乐,那管申江啮臂人？"申江丽卿与有盟约，拟于二月往接东来，今得此，且置脑后矣。

桂阁：勿言一刻千金乐，三月买春只十元。（注：敝邦十两之称。）

公度：曾有戏梅史文云："不费六张五角（原注：东人纸币，其一二钱曰一角二角，故借用之），既堪月攘一鸡。"以博一笑。

一样风光一样春，东来偏爱踏红尘。呢喃乳燕长相对，忘却登楼看柳人。（原注：沈君家有少妾，年止十四耳。）诗以诮沈君，即请源侯正之。

桂阁：黄君自为登楼看柳之伍。

强哉：梅史先生独占春，红裙既拂卧床尘。谁知双枕每宵乐，堪羡东洋无策人。

梅史：闲来无计度芳春，偶唤双鬟溆魏尘。若问当年黄叔度，湘兰应是素心人。

黄君在申江有相知朱素兰，甚佳，所以云西方美人也。

桂阁：艳龄几许？

梅史：年二十三岁矣。

桂阁：隔壁呷呷之声系何等人？

梅史：张公使令孙，名子敬，今方九龄，侍其祖东来者也。

桂阁：所读之书系何经？

梅史：现读《诗经》。

桂阁：《诗经》《风》《雅》《颂》，系何之什？

梅史：闻近读《小雅》。

桂阁：《小雅》极宏，章句系何首？

梅史：前数日读《鹿鸣之什》，今未知已读至何篇。

桂阁：我有嘉宾，时来贪饕茶果。

梅史：愧无笙簧醪醴以燕乐君子，如何？

强哉：小弟辈尝素读贵邦之书，《论语》二十篇、《孟子》七篇、《春秋左氏传》、《史记》、《汉书》之籍。定知诸明官读此等书。则贵邦庠序之教，皆赖此等之书籍乎？

公度：敝邦教士，诸经之外，最重史，大约如君所言。

（中略）

桂阁：巨鹿赫太郎①魏氏有欲言，弟今告退而去。此馆中，梅史先生外，有沈君者，善通西洋、日本语，弟欲往见之。前有与魏氏约，故告退而往沈氏处也。

公度：沈君未习贵国语。聚谈甚乐，何日有暇，当走尊斋拜谒。

桂阁：偏愿黄、廖两君赐书拙联，异日弟当再来拜受。亦有暇些，访敝第可也。

公度：我等文字相交，一面如旧相识，无庸客套，君毋太谦乎？

---

① 巨鹿赫太郎，即魏梨门（魏鲤、鲤门），驻日使馆日本通事（翻译）。

三、戊寅笔话　第六卷　第三十七话

（光绪四年二月十二日　1878 年 3 月 15 日）

　　（戊寅三月十五日，梅史、枚园、琴仙①、公度、勉骞②、枢仙等六人，实践前日之约，来到我家。这天我感冒了，没有跟他们到梅林去。

　　枚园、琴仙最先到达，我不留神，没有去迎接，很是抱歉！）

枚园：今日招诸友宴会，梅翁想后刻即到，但不知会于隔江旗亭，抑会于此楼乎？

高木：未知。

桂阁：弟唯今吃午食故失迎了，请宽恕焉。弟前日约梅史翁乃以今日同往木下川村梅庄而赏玩焉。是所以使两位老兄烦尊驾。讵料弟昨日来被犯风邪，昨夜更热气少发，至今头痛体软，即唤村医而使诊断。医云：如风，则不可出户门，复又拥衾而卧亦可矣。于是弟今不能奉陪木下川梅庄了，实大遗憾也。然而那庄也，顷者花已满开，芳香遍野，真个疏影暗香之景，尤可观也。爰有友人来报弟处，弟焦躁敦圉，无可奈何矣。虽然，梅翁等而欲观之，则弟使

---

① 琴仙，即王藩清，号琴仙，与枚园、惕斋同族。
② 勉骞，即潘仕邦，字勉骞，公使随员，翻译官。

隶价向导之,复无妨也。夫此梅庄之为观,东京中最第一之名庄也,宜使孤山罗浮远客相吟咏,则亦无耻辱了。

今梅翁一齐来了,则请谋此事可也。既而探梅之后,再来敞楼而开宴亦为妙。

桼园:此游准恳高木君同行。

　　(中国朋友都到了。)

公度:今日趋谒,属贵体违和,扰累甚愧。

桂阁:微恙,至见芝眉,受高教,而渐次觉爽快。

梅史:昨日感风,未曾来候,歉甚! 今午贵体谅可痊安。

桂阁:倘与好友叙谈,却胜于几百之剂汤药。闻有新来阿胜妇人者,定系谁家宠爱。

梅史:友人子麟兄之爱宠。

桂阁:春姐云阿胜良人,馆中第一之标致也。果然否?

梅史、公度:未若黄公(梅)之待阙鸳鸯也(公)。

桼园:请先往探梅,回则再叙于此楼。

　　(中国朋友都坐马车来,所以这么问:)

桂阁:马车可返否?

桼园:今日劳高木君。

梅史:君宜拥被熟睡一晲,弟等归车可快谈也。

桂阁:莫必为意,弟随意起卧养病耳。

桼园:探梅后再见。

　　(于是,高木、兼吉两人随伴中国朋友,坐船渡河,到了木下川村梅林。在梅林,桼园再三说:"植半去,植半去!"说着,大家都上植半楼去,招了一个名叫三吉的妓女来。他们在那里写便条给我说:"请你就来。"因此,我写了这字条,叫房吉

带去:）

现闻各位业已登植半酒楼而开宴,弟意虽大飘扬,奈晚风锐利,颇侵皮肤,故不能趋往,幸请恕。乃有小价高木氏,俱侍筵席,尤为妙,宜尽长夜之欢而畅游也。今者佳作佳话颇夥,伏冀抄录在纸上而相授焉。弟在书斋里,明日翻阅而可佐兴,偏祈一言一话,不漏于此纸上。

教弟源辉声拜白

黄：

廖：

沈、潘：六标致贤君阁下。

秦：

琴：

（散会后,高木带回一些诗来,都是写给我的。）（原编校者按:这些诗,有秦园、梅史、枢仙、公度诸人的绝句,可惜从前抄写的人于抄写时无意遗漏了,现在再也找不到这"戊寅笔话"第六册的原稿了。）

琴仙：别后荡舟登岸乘车,一路崎岖曲折,抵梅圃流览一周,虽非明月之下,而美人忽来,长袖翩翩,如散花天女,目送之,兴然有感,即步秦兄原韵,草成一律:

高髻云鬟探老梅,细腰袅袅玉山颓。月迎游女千林满,花为诗人到处开。

（琴仙因天晚未成全诗,明日续奉邮寄。）

勉骞：天色已晚,将归公馆,承大夫盛意,感甚,祈转达贤侯代为道谢。

藉请

源侯晚安

潘任邦（勉骞）

黄遵宪

廖锡恩　同顿首

沈文荧

　　（酒席散了的时候，为中国朋友雇车，他们从植半回去了。）

四、戊寅笔话　第六卷　第四十二话

（光绪四年二月二十日　1878年3月23日）

　　（戊寅三月廿三日下午一时，我找梅史去。我把和韵诗送给潘勉骞。这一天，我初次遇见了青山延寿①——天窗大兀。

　　梅史正在抄写《华严经》。对梅史：）

桂阁：昨不图得见于履祥号楼中。弟昨日欲来谢前日失陪罪，奈昨来朔风烈吹，冷气彻肌，乃在家中养疴。今者虽天阴，气候暖和，于是特来前，请恕来迟之罪。

　　梅史：今日惠临，喜甚！适写经未毕，简于接待，幸恕我是幸。

　　（梅史在写跋文。我到潘勉骞的房子里，将诗交给他。）

桂阁：前日被枉驾时，弟有疾失陪，故来谢焉。尔来有何佳话，请听焉。拙作谨呈阁下。

　　（这时阿滨来了。）

桂阁：顷日来之别嫔居多，其所聘之各位系谁氏？

勉骞：任谦斋翁之爱姬也。

　　（梅史已写完了跋文。）

---

　　①　青山延寿(1820—1906)，字季卿，雅号铁枪。著有《铁枪斋文集》和《大日本地理志稿》等。

桂阁：幸得窥写隶，弟真感服，其文其字，可谓完全矣。今者来访，固属闲游，决无妨尊写之意，弟请与小星相谈闺阁中耳，希写跋。

梅史：顷已毕，正可共谈。

桂阁：恐公事匆忙焉。弟固散位无职之人，不知尊署之闲不闲，叨扰尊斋，如公事匆忙，则请明告焉，弟请奉俟。

梅史：公事已毕耳。笔墨生活，原无期限。良朋见顾，幸惬素衷，何妨借毫素共谈也。

桂阁：掷公谈私，公使之谴，可怕！可怕！

（中略）

（这时有人来告诉我：青山延寿来了。）

桂阁：青山延寿者，有名士也。他父延年者，鸿儒也，弟希见焉。君如不厌，则请同陪。

梅史：此公适来，弟因请黄公翁引见公使，顷当往。陪同君去可否？

桂阁：现往见亦可。

（我和梅史一齐到公使的内厅去见青山。这时候何、张两公使、黄公度和青山等正在笔谈。我对梅史说：）

桂阁：青山君不知弟籍贯爵位，请君幸陈焉。

（说着，我转对黄公度。）

公度：前辱赐食，感甚！梅花绝好，惜主人以微疾不与。比日既勿药，甚幸。

桂阁：微疴大好，故特来谢罪。于梅翁处，忽闻青山君来焉。弟闻此君之名久矣，乃特来此处，复得逢两公使，盖可谓佳会。

公度：青山君以史世家，博洽多闻，品最高雅，不审素识否？

桂阁:何介绍而得来?

公度:有修史馆宫岛诚一郎①,其同寮也,尝辱敝庐,彼实闻声而来者。仆辈与之笔话者数矣。

(我转对着何如璋。现在,茶、芝麻饼和酒——铭酒之类——都端出来了。)

如璋:桂阁近日好否?樱花何日便开?莫忘前约也。

桂阁:樱花以春分后二十余日为满开之期。尊邦亦有同种否?

如璋:敝国樱花开在三月初。(原编者按:中国并无樱花,此当指梅花而言。)

桂阁:前日嘱梅史翁而奉乞尊写字之敝联幅,未赐撰否?

如璋:日来公事之外,日食夜眠,忙得不了,未暇提笔,俟樱花开时当奉还。

桂阁:日食夜眠之事,独到夜眠,则恐有无聊房空之时,临其刻而请赐玉挥!

梅史:晚间书联,不若暇日向书临池。

(中略)

(这时候公度和青山笔谈中断了,我对公度说:)

桂阁:君未擒获一个女子否?

公度:有待有待,姑徐徐云尔。彼梅史者,饥者甘食,仆所不取也。

桂阁:君亦忍饿否?

公度:能忍亦盛德。

桂阁:是可忍孰不可忍也?

---

① 宫岛诚一郎(1838—1911),字栗香、栗芗,号养浩堂,著有《养浩堂诗集》。

（公度、梅史强令喝酒。）

桂阁：弟并酒色二物俱太嫌焉。

公度：深信不疑。

桂阁：君颇信人也，故吐此金言。

公度：好好。

桂阁：此字好好，别嫔亦好好，使司马氏避三舍。

公度：如君言亦复佳好，好好。

桂阁：请去谋其好于媒婆。

公度：梅士最工媒（与梅同音），用此媒士好，不用媒婆亦好。

桂阁：好有此言，则君应卜黄花少女。

公度：好好，无所不用其好。

桂阁：好一个好丈夫，何故不得其好处？

公度：得其好亦好，不得其好亦好，好好。

桂阁：好得好，而知其好处；如弟拙劣，则争得窥其好处？

公度：此好处无论贫富贵贱智愚贤不肖，皆得窥其好。如君好固好，如弟不好亦好。如君此时窥其好固好，如弟此时不窥其好亦好。

桂阁：君好论可谓好论也，然不可得真好矣。其故何也？云不窥其好，却以弟为窥其好；君如不窥其好，则何谓不窥其好？是弟所以使君不云窥其好也。

公度：好之权操之人，所谓其贵国也；窥之权操之我，所谓小我也。子非我，安知我不知鱼之乐？

桂阁：勿谓不知鱼乐，弟颇有技术能知千里外朱素兰诀别掩泣之情。

公度：何所闻而来，不当堕拔舌地狱耶？

桂阁：敝邦叫廉且得之妾曰地狱，所谓王惕斋①、王黍园、王琴仙等之爱姬是也。虽潘翁、陈翁之姬，亦不免此班。如斯论，则先生等皆甘堕地狱。

公度：仆固不甘者。

桂阁、梅史：虽不入地狱（桂），恐未能上天堂（梅）。

公度：不上不下，如何是好。

桂阁：虽不能上天堂，必定乘春风。

公度：必既入春宫。

　　　（壁龛里有很美丽的蜡烛。）

桂阁：好一个大蜡烛，恍合春姐闺中之乐趣。

公度：古乐府所谓"君作沉水香，妾作博山炉"。请师其意，为梅翁歌曰："君作大蜡烛，妾作蜡烛台。"

桂阁：青烟散入王侯家。

公度：第如此则深恐作焚四千二百余店之灾，此间先须多买几千水龙，并告邻人。

桂阁：那蜡烛叫做如何？

梅史：乃送祝寿礼物。

桂阁：东来之贶。

梅史：乃送人寿礼者。

桂阁：此炜煌者，真与乡里妒焰相战耳，谁能御之？

公度："春烟散入王侯家"。源侯家何以御之？

桂阁：须以墨江一滴之濂。

梅史：枢翁恐在友人处，已往觅矣。

---

① 王惕斋，即王仁乾，号惕斋，以经商来东京。

桂阁：窃问何公使亦觅美人乎否？

公度：未之前闻。

桂阁：君秘之也甚矣，请密告之。

公度：不。

桂阁：不知与魏柴门乘翰林风月否？

公度：否。

桂阁：公使亦不可无怀眷之念。且闻诸君聘别嫔之事，则欲火可炽，不知消灭之法如何？

梅史：当迎小星于家耳，然亦不急急也。

桂阁：何日能咏"嘒彼"之章？

梅史：尚未尚未，约须莲开。

桂阁：当公使未聘小星之前，而君业已有美姬，君之于公使亦不谨乎？

梅史：此事固不叙班别先后也。

桂阁：既如斯，则以各自之画策而获之；至其先后，则虽公使不能阻之欤？

梅史：遇合有定。

桂阁：君敝邦笔谈知己之中，而别说滑稽风流者有否？

梅史：弟所交贵邦之人，如加藤①、青山，皆老前辈，其余则君与宫岛、有马、植邨、关氏而已。宫岛朴讷长者，有马、植邨则君稔知之，关义臣②则初交也。

桂阁：宫岛氏不说风流，何事说而笑谈耳？

①　加藤樱老(1811—1884)，名熙、友邻。明治维新后任京都大学中博士。

②　关义臣(1839—1918)，精于弓马枪炮之术。任贵族院议员。

梅史:此君曾见两次,惟谈文墨寒暄而已。

桂阁:说文墨则情好之所未和谐;至说风流则交欢初睦耳。此论君以为如何?

梅史:如弟与君可谓忘形之交,和睦之至矣。

桂阁:以弟充忘形和洽,弟所大喜。敢问如春姐,是谓何之交?

梅史:此婢媵蓄之,何能同日语乎。

桂阁:是谓牡马(马阳物颇大)牝猫(猫惟媚主)之交。

公度:韩昌黎诗云"大鸡昂然来,小鸡竦然峙",为梅士咏也。

桂阁:"先帝天马玉花骢,画工如山貌不同,是日牵来赤墀下",盖春姐引见之谓欤!

公度:君何以知之?

桂阁:闻之于魏武子。

　　(枢仙来了。)

桂阁:前日失陪,故今日来谢耳。

枢仙:是日贵体违和,甚为悬念。昨遇桼园,询知已愈。今日得见,甚喜。第恐春风多厉,尚祈珍重珍重!

桂阁:前日之佳作,弟唯意飘荡耳。弟病里不能上旗亭,大抱憾矣。

枢仙:前日之诗,因足下不在坐,故酒后胡言,回来业皆忘记,祈为掩丑勿扬为幸。

桂阁:闻君未得一姬,何策之迂?

枢仙:非迂也,无春风使者,故墙杏未开,不得见耳。

桂阁:潘翁、任翁、梅翁及陈翁皆有功,君与黄君非空手藏刀之时,请一愤发而周旋。

枢仙:弟与公度未得其缘,只好善刀而藏耳。俟脱颖而出之时,当知其非碌碌也。子姑迟迟听之。

桂阁:宝刀近出日本国,越贾得之岛原,东君为如何? 古诗曰:"丑妾恶妾胜空房",君不知否?

枢仙:左右之人,纵不解意,亦要顺眼,曰丑曰恶,宁可空床独守也。

桂阁:屡次受各位之周旋,千谢万谢。

梅史:黄、廖三公所书之联,数日内送来。

桂阁:数十位贵价系何等人?

梅史:皆是奴隶,非若贵处之家臣也。

桂阁:凡几十个?

梅史:十余人。

(我看延寿的笔话。)

桂阁:夺去无妨否?

公度:此纸他日以掷还为幸。

桂阁:如非有用之物,则弟收了耳。

公度:其中颇有不可传扬之言,如君辈则无妨,故幸见还,至祷至祷!

桂阁:弟决非传扬世间,惟弟见之而悦耳,幸勿怪! 如见之则春姐一人耳。每每来扰公署,且啖美饼,请谢之于两公使,刻告退。

(我告辞了。梅史对青山说:)

梅史:暂送源侯,祈勿罪。

(中略)

梅史:承赐佳章及书法,甚佳。当如拱璧珍藏之。感谢感谢!

青山:不敢当。如诗文自有失声或措置之处,如书则本无一定之论。贵邦主沉着,吾邦崇流丽,君以为如何?

梅史：沉着流丽，君既兼而有之矣，故当与名家并驾。

青山：至沉着者不敢当。鄙人近摹拟贵国之书，专主沉着。长三洲岩屋某皆是。君见此二人，然否？

梅史：曾见其书，亦摹北魏人体。

青山：此人仆所不知，何人？

梅史：敝邦书法，自汉末至晋，尚行八分；晋初变为楷；北魏朝书法，变楷未成，尚带古拙，故今谓之北魏体也。

如璋：阅君前日与公度诸人笔谈，识议甚高，且家传史学著作极富，读所著今只编年、后序，已见一斑，拜服之至！

青山：仆家世业文字，实无识见过人，惟父兄所著书皆以汉文，无一书和文者，是其所以异他人也。鄙人于汉文上下颠倒读之，故语言之间往往有不成语者。大使览阅前有颠倒者，幸指示是祈已。

如璋：君在史馆现编何书？贵国史有各志否？如有成书，乞惠示一观为快。

青山：仆在史馆，搜索史料，是其任也。如撰修则在编修职，今仆所任，辑各藩史料也。《大日本史》有十一志略已就绪，兵志、刑法志已刻成，其他校合未毕也。

如璋：贵国维新之后，改革纷纭，先置六十余府县，顷定三府三十五县，封域已尽否？又近日兵刑各大政如何？所改定者有编辑成书者乎？愿阅其略。

青山：如《日本史》志表，读《感旧篇》中《丰田天功墓铭》，其详可得而知矣。在贵国则所论周当尔；在吾邦，自有正史在；舍正史猥论之，实不知国体也。

如璋：君所言"国体"二字极为斟酌允当，即此足征君之才学，史馆之职，君胜其任矣。

青山：仆固无一长，至三长则谈何容易？

如璋：山阳①史笔极有生气，识议亦高；山阳之前，当以何人为称首？

青山：山阳之前有新井白石②者，德川氏一代伟人，其论大率以和文，如《日本史论赞》，亦在吾邦，则世之所称。《外史》之前，有《逸史》者，记德川之事可见；且各议论，则醇中儒者也，不似山阳纵横紫论矣。

如璋：山阳议论虽纵横，然其谓贵国武门之祸，源于沿袭唐风，致朝廷之上，仪文繁琐，上下隔绝，其弊至于积弱不振。其言深切。其他所论，不坠一编。今时若得山阳者维持之，邦国之政，尚必有可观者。卓见以为然否？

青山：山阳吾邦苏宗也，其论犹老苏之于宋也。仆近于经世之事不用意，受贵问不详其细；唯使君若欲成书，是等书已有成绪者，若欲求之，当为周旋；仆惟（酖）〔耽〕文字，更不置于意也。

如璋：赖山阳《日本政纪》云："神武③以下十代，荒远难稽，崇神之世，始稍具立国规模。"考其时约在汉之中叶，距徐君房来，为日已久。贵国传国宝曰镜、剑、玺，皆周秦之物也。大约贵国人由中土流寓者，未知是否？

公度：自史馆散直后，在家何以消遣？尤爱读何书？

青山：散直后以读书消遣，惟仆性鄙野，日从尘事，未能专心于

---

① 山阳（1780—1832），即赖山阳，名襄，字子成，号三十六峰外史。诗作以咏史见长，著有《日本外史》、《春秋讲义录》、《山阳诗钞》、《日本乐府》。

② 新井白石（1657—1725），名君美，字在中，号白石、紫阳、勿斋。著有《新井白石全集》。

③ 神武，即神武天皇，日本第一代天皇（前660—前585）。

书也。

公度：时还读书，固仰高雅，然古来旷逸之士，皆不事生产，君得无然？

青山：不事生产，是真所愿，徒有其志，未能脱俗也。

公度：何以为生涯？史馆之俸能赡一家耶？

青山：史馆之俸大足为生涯。仆前在东京府俸倍今日，以故得起松风楼也。

公度：足为生活，甚佳甚佳！贫固士之常，然以此累心则伤道，不以之攘攘则忍饥，此向为从古高人兴叹者也。敬闻命矣，甚慰甚慰。

青山：如高人逸士，固不企及；如不以此累心，略似可学。

公度：敬仰敬仰！近者士大夫为洙泗之学想益寥寥。窃尝以谓西法之善者，兼采而用之可也，舍己而从，似可不必。

青山：此语真然。砥柱颓波，不有大有力者出支之，谁能之？如仆辈非其任，得属一好文章，犹不能也。在□□□征明画否？

公度：是。君以为何如？

青山：仆僻居东鄙，见名家书画极少，况于画手，更不能辨白黑也。

公度：大有力者，是在当道诸公。副岛种臣①，吾土颇重之，仆所未见，何如？

青山：副岛氏仆亦闻其名未见其人。至大有力者，仆所不知，恐非其人也。

公度：副岛向为外务卿，曾使我朝，今闻致仕矣。是人闻颇伟，

---

① 副岛种臣(1828—1905)，佐贺藩士。曾任内务大臣、枢密顾问。

未之见也。

公度：仆旧有感怀诗八首，皆述欧罗巴人之来中国，容日当抄以呈，但预乞勿示人耳。

青山：高作请幸示之。如仆则于洋人之事置之于度外也。□□□□□有沈南蘋者来长崎，邦人从此人学画，吾邦画法从此一变。不知此人于君同族否？

梅史：沈南蘋乃江苏籍，亦是弟远族。至画学一道，敝邦从元代一变为写意，往往流为率易。如贵邦从前皆守古法，甚佳也。

公度：在家读书之外，想亦教女公子读书，于汉文当已精通也。

青山：长则略读汉籍，少则余授《论》、《孟》，可读耳。

公度：过日相见，几误功课，甚惭甚惭。归都为问好。

青山：功课皆在学中，归省所课也。

公度：他日有暇，再同访远田氏何如？

青山：不日当期。

梅史：携来书三种，请留下，于暇时细看，俟阅后再送还也。

青山：敬承。

（我和延寿一起辞去。延寿从正门走后，我再到梅史的房间来笔谈。）

桂阁：全凭慈爷之厚意，得见青山延寿氏，且并见两公使，黄、廖二君，大致畅话，弟之快乐却胜于与婵娟同房。

梅史：有慢，祈原之。

（下略）

五、戊寅笔话　第七卷　第四十八话

（光绪四年三月一日　1878年4月3日）

（戊寅四月三日，我去看闻香社租的房子。房子在茅町第二条街十九号，两层楼，是爱知县士族原钝的旧宅，林栎窗[①]给介绍的。这里很适于眺望上野小西湖——不忍池。沿着御成街走去，到了五轩町，我从车上看见林栎窗在他的铺子里，我对他道谢。在松四屋吃了午饭，下午一时左右，我到梅史家去，和他笔谈。

这天梅史做东，我们在长门屋吃饭。

我借黄氏的书信夹子来。

原在梅史屋子里的陈君，一看见我就走了。

梅史画着画儿，我对梅史说。）

桂阁：访仲陈氏见弟之来而避陪，请君呼来而细谈焉。虽有密话数番，至弟不能解，所无妨。

梅史：顷已画毕矣。

（大家都穿着漂亮的衣裳。梅史穿着紫色的。）

桂阁：以今日为更衣之期欤？

---

① 林栎窗，东京书肆"拥书城"主人。

梅史：天气渐暖，所以换夹衣。

桂阁：爱宠何往？

梅史：洗浴。

桂阁：日本天时与中国相同？

梅史：樱花想此月中旬可放？

桂阁：小西湖早樱已放。如我墨水，至中旬而可满放，少异。

梅史：敝邦梅花开在孟春下浣，亦稍早于贵邦。

桂阁：敝邦梅花已在孟春下浣而满开，独樱花俟清明而绽也。虽然，南方之国疆稍与贵邦相同。《华严经》跋文稿存坐右，则欲抄写，希暂贷。

（梅史拿出来给我看，共有三篇，那第一篇是：）

华严经音义私记跋

《华严经》为唐则天朝京兆沙门惠苑译。苑复撰《音义》两卷，日本抄录者附以和训，故名私记。标题有"马道手箱"，疑即其书人也。圣武初号神龟，当唐开元十一年癸亥后六岁，政纪天平，时通使中华，始服冕受朝，敕诸道，建护国、灭罪二寺，造金铜卢舍那像及浮图，《华严经音义》流播东土，殆此时钦？其书骨力刚凝，和人音释汉文，当以此为最古，留镇山门，应不殊学士玉带。考敏达朝佐伯连赍佛像西来，距此仅一百四十载，当由世主供奉，故时人精研释教乃尔。公余丙夜，剪烛谛玩，适月上纸格，花影横斜，清趣儵然，当与彻公共之。

光绪四年太岁在著雍摄提格律中夹钟　岭南何如璋子峨记

（那第二篇是这样的：）

陶件虎菩萨处胎经跋

晋人真迹流传后世者，有右军《曹娥碑》、扬真人《内景经》，明季董思白尚及见之，近零落殆尽。予以光绪丁丑奉使至江户，其明年，僧彻公携《菩萨处胎经》及大炭楼《华严音义私记》来，展读数过。西魏大统庚午，去今千五百有九年，不图于海东得见墨宝，自诩眼福不浅。经中见体运腕，仿佛《内景》，知渊源皆自钟太傅来。陶件虎跋，典质朴茂，所云一切乘藏，搜访尽录，则此卷在当日，匹诸麟角凤毛，何幸累劫尚存人间，彻公其宝持之，当有恒河沙数梵天帝释于昼夜亦时为之呵护也。

戊寅仲春中瀚　何如璋跋

（那第三篇是：）

苏庆节大炭楼经跋

昭陵重二王书坟。唐人书法，皆宗会稽。此册微入虞褚，笔意大似苏灵芝，虽断阙，亦无上妙品也。按《唐书》：苏烈，字定方，破贺鲁都曼百济，以功封邢国公。高宗乾封二年卒，帝悼惜，加褒赠经，末识咸亨二年，距卒已四岁。子庆节，初封武邑县公，改封章武，当在烈身后，故史不究言之。方是时，武氏专政，象法盛行；庆节于造经追荐外，另无表现，岂睹唐室中衰，翩然高蹈欤？殊令人掩卷低徊不能自已。

光绪四年戊寅二月十八日　何如璋书于芝山使廨

桂阁:此三者悉系彻上人之所乞乎?

梅史:是也。

桂阁:请二三日贷,得而抄写,乃奉还。

梅史:遵教。

　　(我拿过来抄写。)

桂阁:跋文系何公使之作乎? 及至君代作欤?

梅史:公使公事无暇,故令弟代作也。

桂阁:何公自撰之文章,定在府中,他日请一阅焉,君请计之。

梅史:顷有《途中纪行诗》,不在此处,他日抄数首相赠。

桂阁:“途中纪行”颇妙,必定去年来东之著,切愿君乘闲请何公而赐贷焉,弟乃抄写,不秘藏耳。

梅史:暇当请之。

　　(中略)

　　(黄遵宪来了。原来阿滨恋爱的是遵宪,她以为遵宪是何如璋的弟弟。)

公度:多日未见,想甚好。

桂阁:邻房任氏爱宠滨姐能忌任氏而属意于先生。

公度:“仲氏任只,其心塞渊。”至彼之于我,所谓风马牛不相及也。君其问诸水滨!

桂阁:率土之滨,莫非王臣。

公度:寡人不敢与诸任齿。

桂阁:弟现诘朱素兰之事于春姐。

梅史:“浩浩在水,育育在鱼”,公翁之情可想。

公度:前日所索书之绢,弟经作就,误为墨污,不堪寓目,容再购书以还,惭愧惭愧! 衣上墨痕亦为是也。

桂阁:君无爱宠,何故匆忙为此事?

公度:为无司砚人,所以如此,言之惭矣。

桂阁:使滨姐捧砚,万无一害。

公度:其然,岂其然乎?

梅史:君为地主,当代觅一捧砚人。

桂阁:公翁名砚,使美人捧之,则一对佳偶,岂何滨姐丑粗所及乎哉? 黄公未得爱宠乎?

梅史:公度求一佳者,故濡滞也。

桂阁:滨姐恋恋久矣,幸君窥隙而为馈宄逾墙之策如何?

公度:逾墙而搂其处子,是任氏所为之事,弟所不敢也。

桂阁:他非纯良处子,谁亦妨乎?

梅史:虽有意于黄叔度,而任公子之若鱼,他人未容染指也。

桂阁:缘木求鱼之譬,是之谓也。

公度:鱼我所欲也,义亦我所欲也。二者不可得兼,则舍鱼而取义。

桂阁:熊掌犹易,处女不易得。不如与任谦斋相商量,而转换黄公所新聘之美人如何? 弟如有黄公之位,则疾逾墙耳。中华人何重义之甚?

梅史:黄公所求乃绝色,所见艺者,均不当意,其眼法高矣。

桂阁:弟尝到尊府,看一物件,其形如此(原编者按:图见下页),弟欲摹制之,希旬日贷焉。那物件多插手简名状等,倘卷之,则怀可也。

公度:尚有小者卷而怀之,乃为便当,是挂壁之物也。将小者送君为式样可也。

桂阁:后刻造尊府而应受焉,同是式样也,小者却妙。

公度:弟回即着人送来。

桂阁：使滨姐充其役如何？

公度：当请命于任公。

桂阁：速遣滨姐，请任君而为之，复决无妨，君宜嘱焉。弟请欲往廖翁处而看信姐，往陈子麟处而看胜姐，请君与弟向导。

公度：既随公使他出矣。

桂阁：弟入馆中而不见诸贤者，独剩子麟陈君（胜姐之良友）耳。希使弟到陈处。

公度：亦他出矣。

（黄遵宪回去了。潘任邦带着吃醋的样子到来。）

桂阁：如任君风流才子，则天下丽人可延颈而来也。

（黄遵宪的使者把那件东西拿来。）

桂阁：否！非！此物则黄府圆窗右壁所悬也，而内中录同治何年云云……与此物件大异。请君叫黄叔而为交换。

梅史：此物想仿作亦不便，弟致信都中购一具奉赠可也。

桂阁：弟意不然，暂贷之而摹制，甚为妙。弟所制者都用帛而不用皮革，故今欲贷也，不可必限。黄氏虽馆中下官，所藏亦决不厌，希君熟计焉。

梅史：弟往言明可也。

（梅史出去，把我所喜欢的东西拿来。）

桂阁：料想此物体必定系黄公常用，弟携去恐是缺其用，不知旬余贷之亦无妨乎？弟今者顺途即到其工铺而商量也。弟性急躁，决不忽之，惟俟工之成耳。于是有此问。

梅史：君俟成后掷还可也。

桂阁：全凭君厚意所致。感谢！感谢！

（下略）

六、戊寅笔话　第八卷　第五十二话

（光绪四年三月七日　1878 年 4 月 9 日）

（戊寅四月九日午后一时，我到履祥号去和棣园、琴仙笔谈。）

桂阁：春涛①翁复有使余列醴筵之意，奈何？弟酒量极浅，以是事，即去。不知涛翁聘红妓否？如弟则自春斋宅址直遍游小西湖而归了。回忆涛翁与君等笔谈于长酡亭之兴，请闻焉。

棣园：君性执，仆知不能强从燕饮，只得请君随便。仆与森翁饮于他端长酡亭中，即以"游长酡亭"四字分韵。

琴仙：昨日以"游长酡亭"为韵，棣兄得"游"字，梅翁拈"酡"字，森涛翁拈"长"字，弟得"亭"字。

棣园：联袂今朝快一游，樱花满树豁吟眸。素花雪聚无穷艳，红粉风流见亦羞。花使张茂卿颇事声妓，一日，樱桃花开，携酒其下，曰："红粉风流，无逾此君！"悉屏妓妾。今日宴于长酡亭，不招歌妓，亦犹是焉。上野风光逾越国，小湖烟景等杭州，不忍池一名小西湖。归途爱趁斜阳好，试访长酡旧酒楼。

桂阁："上野风光逾越国，小湖烟景等杭州"一联可谓暗合矣。

---

① 森春涛（1819—1889），名鲁直，字希黄，号春涛、真斋。日本汉文诗人，著有《春涛诗钞》、《东京才人绝句》等。

上野往昔太平时,有楼阁台榭,极尽壮丽。阁匾曰吉祥阁,榭题曰琉璃殿。而兵燹一焚,灭其址。惟今独有鹧鸪飞于茂林,不知宫女有花时来焚香于德川氏之墓茔也。西湖亦为毛贼所毁,旧山水总为乌有,我篠箸小西湖原名亦罹戊辰之灾,且逢开化之时代,而为西洋习气所俗了,盖复与越国杭州一般,岂可不叹?

　　(这是王琴仙写给森春涛的信——附诗)

　　昨蒙招饮湖亭,感甚谢甚!所有拙作,率尔操觚,未当大雅。今易数字录呈,以卜一粲:

　　　　自蒙相识眼垂青,结契还从诗酒馨。高阁临风樱作圃,小楼侵月柳为屏。夕阳隐约寻芳路,曲水萦环修闇亭。醉后狂吟归欲晚,碧阴丛里且车停。

　　桂阁:酓亭之诸婢有袅娜婵娟否?

　　琴仙:西望长安不见佳。

　　桂阁:奈何与樱花不为对偶?

　　琴仙:樱白如银,此花有清高之气,不欲与红尘为偶,所以与樱花相近之妓,皆不尚姿色也。或长酓无佳人亦未可知。昨日遍观游女,虽则如云,实非我思存,盖一无可许佳耳。

　　桂阁:古人往往以花充美人,其论不少。那王丹麓氏曰:"花是美人真身,美人是花小影。"足以看其风致。樱花灿烂,虽美且佳,奈何无美人比者,君所憾可谓当矣。如那东台樱花,岂何长酓亭诸婢之伍哉!敝邦儒士,寺门静轩,许樱花曰:"东台之花,似西京名倡;墨水之花,似东京弦妓。"盖喻西京之婉顺温柔,言语极软艳,与东京之潇洒飘逸,才识极高也。故东台之花艳丽,与墨水之花,风神各有差。君请幸鉴焉。

　　黍园:异日探赏一过,当为是花细加品评。

黄遵宪集

桂阁：东台之名胜数十处，虽一日游观，如说其细，则一一难分话。四五日中，俟樱花已谢，绿荫掩日，而伴梅、琴两兄与君而缓步，一一指示。先试言其一二则：德川五代将军常宪公①铜塔。铜塔一基，长二三丈，铜门石砖并陈，是等最良之庙宇也。

我家祖源辉贞②坟茔。是我二代祖，而常宪公用以为宰相。至今叶树森然，昨业已过其侧，弟因有春涛翁在而不言也。

荼园：俟他日约伴探胜，敬谒君家先茔。

桂阁：慈源堂。有弟知己僧志弘上人者，异日相谈耳。德川氏祖先家康公辅臣天海③僧正之庙也。天海当进取守正之时，而专为德川家帷幕之谋臣。

东照神庙。家康公庙宇也。

（后来，我到公使馆去。梅史有病卧床，我去探病。我是拿吴绢来的。）

梅史：昨归感风寒，故今服药少卧。

桂阁：请安眠。

春风萧条，枕中心郁，奈羁中尊疴顿发，请使小婢快执汤药。此筒中吴绢，弟当明月溺。后日再来细谈。希有尊护。

阳历四月初九日

梅史：抱疴不及细谈，后日望君来。

（访潘勉骞。他喝着泡盛酒。我对他说：）

桂阁：访梅翁，翁抱恙，不能细话。请君欲叙话，不知闲忙耳。

---

① 常宪公，即德川纲吉，为德川第五代将军。
② 源辉贞，即大河内辉贞（1665—1747）。与德川纲吉关系殊深。
③ 天海（1536—1643），十一岁剃发于高田龙兴寺，进修儒学。主持校刻《大藏经》（天海版），谥号慈眼大师。

· 1080 ·

勉骞：即午下雨，不能出门，可畅谈也。

桂阁：前日长门屋之会，弟去后景况如何？

勉骞：阁下去后，大歌大舞大醉大乐，十字始散。

桂阁：歌舞者何人？

勉骞：桃代、缔吉、兼吉。

桂阁：桃代、缔吉、兼吉，一样之别嫔，必定君可垂涎。

勉骞：家中已有，何用垂涎？

桂阁：乐妃之婵妍，天下无双。除非乐妃，则三个中孰取？

勉骞：桃花色艳，自压群芳。君意如何？

桂阁：弟未有看其花。古诗曰"杏艳桃娇夺晚霞"，君爱亦宜。君疾折其花欤？

（中略）

桂阁：黄翁未得别嫔乎？弟总知馆中群贤，独剩张筑君、陈子麟两氏耳。如君使弟初见之则大幸。

勉骞：迟日弟当引见，夏以为期。此顷不能。

（我要回去，走过公署厅旁，碰见了魏通事，他带我到公使面前。这时候公使和池田宽治①正在闲谈。）

桂阁：只今访沈翁，翁抱疴平卧，只得小婢应对耳。今朝弟过入船町履祥号，得赍尊写联幅，特趋府谢之耳。

如璋：红绫二幅甚佳，而拙笔不堪，糊涂塞责耳，何足言谢。

桂阁：得尊墨而粗绢生光彩。伏冀拜观尊斋。如弟则视君如父亲，君希儿视弟，而为观斋中；纵令斋中书籍乱弄，亦何妨。

---

① 池田宽治（？—1881），名政懋，初名吴常十郎。曾随大久保访华，任日本驻天津领事、日大藏省少书记官。

如璋：君所云云，真是恶作剧矣，未何敢？且室中藏有宝贝、不好见人之物故也。欲观书籍，不妨一往观。

桂阁：请去拜观，并冀观美人。弟何仿平原于躄人之祸乎！

（我到了书斋。书斋中有藤椅等物，非常漂亮。）

桂阁：书籍累叠如山，可谓"气压邺侯三万签"，李小筌先生之所言非虚话也。墨水樱花俟四五日而可开放；如开放，则上邮书，幸垂光顾。

（回路上，我和魏通事到黄氏的房间，我对黄氏说：）

桂阁：弟入公署，普观群贤，独剩陈子麟耳。希君导弟于其处。

公度：意欲窥室家之好耶？然恐夫子之墙，不得其门而入也。

桂阁：欲窥室家之好，盖愿见夫子耳。

公度：客请见，主人固辞。

桂阁：弟尝见陈君爱宠，乃是丰神娉婷，料想陈君必定风流之猛士。请君切导弟。

公度：猛与不猛，非他人所能知。如必欲见其宠者，请以名缣百匹执贽可也。

（陈子麟来了。）

桂阁：弟闻芳名久，岂何贽仪百匹之缣亦足乎？

公度：是亦足矣。梅士病矣，烦寄语阿春，勿复浪战也。

桂阁：非阿滨则不足与议。

公度：任氏既遣之矣。所谓"春水一池，干卿甚事"也。

七、戊寅笔话　第八卷　第五十六话

（光绪四年三月十二日　1878 年 4 月 14 日）

　　（戊寅四月十四日午后一时，我到履祥号访王泰园、王琴仙，他们都不在，店里只有哲明①一个人。他说："他们给藤野凌云招请到两国的中村屋去了。"我拿出书画帖来，对哲明说：）

桂阁：凌云翁之会，席散约几点？泰、琴两兄之归来，亦及黄昏欤？

哲明：凌云翁既已亲身来请，两兄想今日挥毫甚多，必定晚归。佩香、小苑、秋香刻已来过琴、泰两兄会晤。

桂阁：恐君之胡说。倘往不见，则无可奈何。

哲明：若无见，则罚金。

桂阁：使席费偿君。

哲明：梅史翁传云刻下患病在床，君倘去，恐怠慢。缓去如何？

桂阁：数夜搂抱春姐，故有此病。

哲明："占春"两字。

　　（我到了公使馆的传达处。）

---

① 哲明，既秦哲明，王惕斋之店员。

桂阁：弟欲见魏氏，魏氏不在；冀见黄、廖二君之中，请通知焉。足下高姓名？

耀坤：薛耀坤①。

（在黄氏房间。）

桂阁：现公务闲忙如何？

公度：亦有些小事，小坐固无妨也。

桂阁：弟今日所来而言，则非浮薄之事，因十六日招待公使等及君等于敝庐，而欲有谈，不知公使在否？

公度：何公度既他出。张公在家。

桂阁：何公何往？

公度：亦访客去。

桂阁：客属何人。

公度：副岛种臣。樱花不既落否？连日风雨，殊闷损人。此游亟欲一陪，梅史今日稍好，谅能俱往也。

桂阁：我墨水樱树，早樱居半，早樱叫彼岸樱，后开者叫八重樱。虽稍飘零，亦大有不满放之处。如十六日好佳节也，两公使及君等梅史一齐列车同来。曾闻公使严禁登旗亭，故弟不强招焉。顷闻公使与敝邦大小官员同往东台精养轩为西洋食，如公使而不妨旗亭，则十六日亦登墨江旗亭，甚为妙。弟今日欲问之而故来也。

公度：看花既足饱矣，如必欲置酒者，或君家为妙；则旗亭亦当无不可，听足下意之所之可也。但不必招艺者耳。

桂阁：倘择二者，则以敝庐为好矣。

公度：无所不可。不过旗亭游人较多，未便清谈耳。如阁下以

_____

① 薛耀坤，生平不详。

旗亭为便,亦复佳。

桂阁:虽然说,何、张两公使于旗亭,则恐不许。

公度:亦无不可从,当以转告也。

桂阁:承高诏分明,弟乃先俟君书邮报而决焉。君今夜问此事于何公,而投一函于敝庐。惟如敝庐,则墨塘较远矣,故弟有此话也。然而不嫌其远,说酌敝庐,则弟决不妨。

公度:敬诺。或晚间或明日当邮便局奉一书焉。

桂阁:邮便则迂远也。明朝驰小价于府上而问,订其可否。恐开朝惊鸳鸯相娱之梦。

公度:明日午前九时有贵价来剧妙。此间诸仆多语言不通,遣之出门,殊难其人,故意欲由邮便寄函。今有贵价来则甚妙也。

桂阁:弟决非强导其旗亭之意。顷闻东台精养轩招待官员之事,故试来问之耳。如触何公使之怒,而不辗车于敝门,则弟惟无所为。

公度:万无触怒之理。

桂阁:两君必可会,不可乖约。前日木下川村探梅,千秋楼小饮,弟抱疴业不能奉陪,实大致憾矣!今者不会,则烦恼无已,请幸践约。

公度:谨领厚意。樱花既好,主人又贤,此游之乐可知。

桂阁:前日所寄之联幅,枢翁、纶翁①、梅翁皆已赠了,且并何、张两公使已无不赠,独剩尊写耳。请遽写焉。

公度:仆稍忙,故卒未及书,当速为之。

桂阁:弟前日借着之贵物,现使匠工摹焉。请赐数日之闲。而

_____

① 纶翁,即何求定,字子纶,何如璋之弟,公使随员。

那物名何如?

公度:名曰"壁衣",亦曰"护书"。梅史又病矣。东洋破瓜队,击之不胜,于思于思,弃甲复来,殊可怜也。

桂阁:女将策行,复大破中华猛将了。如君等亦不运筹,则不日必蒙刀瘢。

公度:亟欲助梅士一臂之力,而彼似不愿,自取败耳,不足恤也。

桂阁:闻他滨女姓田氏,必定有火牛之策。

公度:仆之于滨,所谓适燕而南辕,渺不相涉者,深沟高垒,何由入去。

桂阁:弟说诸君于连横合纵,宜往破强秦。

公度:彼固欲足下为苏秦,奈此老倔强,说之不动何?

桂阁:滨国虽强,终看楚人一炬,嗟,可叹!

公度:此祸水也,灭火必矣,楚人亦无奈之何。

桂阁:"后人视之不鉴之,则复使后人复鉴后人也。"杜牧之言,可谓金言。

公度:在任氏则"取之尽锱铢",在吾辈则"弃之如泥沙"。

八、戊寅笔话　第八卷　第五十七话

（光绪四年三月十三日　1878 年 4 月 15 日）

（戊寅四月十五日，午前九时，我打发人力车夫，送给黄遵宪一封信：）

昨扰府，辱赐清茗，一吃之下，却为笔谈之兴，不意文辞勃起，终扯风流之话，春日之长，觉甚短矣。兹问何公使等登旗亭之事有允许否？倘使公使向导于无意往之处，固仆所不甘焉。而如雨则如何？虽塘上樱花雨中亦有景致，驰马驶泞复不便。乃至如细雨则无妨乎？具请指示。仆自有所命庖厨。匆匆不宣。伏候刻安

　　　　　　　　　　　　　肆月仲五日

如君及枢公等万一不来，则弟来往促焉。昨日所赐之清茗，叫做如何？甘味温润，只觉两腋习习，故有此问也。

（这是黄遵宪的回信：）

昨日辱访，所云旗亭之饮，以告公使，公使云："无所不可。"敢以复达。楹联遵命涂就，鄙陋不足陈览观，甚愧也。

桂阁贤侯阁下

　　　　　　　　　　　弟遵宪谨启　三月十三日

明日当晴,细雨亦不妨也。又及。

（下略）

九、戊寅笔话　第九卷　第五十八话

（光绪四年三月十四日　1878 年 4 月 16 日）

　　（戊寅——四月十六日午后一时,何如璋、张斯桂、黄遵宪、廖锡恩、潘邦仕来了。——中间大约十个字给蠹鱼吃掉了。——泰园、琴仙迟到。文荧有病,没来。加藤樱老也来了——中间几个字给蠹鱼吃掉了——,内邨绥所①陪伴着他。这天,雨过天晴,墨水有很多看花的人。）

桂阁:天气快朗,群贤毕至,一大喜事也。

如璋:连天阴雨,快值晴明,天公真是解事。

桂阁:东洋地小,不足以慰中华人,惟以情谊不变幸为好。

绥所:大使新到异邦,起居佳胜,可贺!弟姓内邨,名宜之,本日拜谒,幸甚!请幸见教!

枢仙:今日天气晴和,是主人诚致。内村兄,贵府在何处?

绥所:现住在府下砾川仲町二十三番地。

枢仙:现在官否?抑告归林下也?

绥所:弟向在官途多年,如今闲散。

公度:向为汉学,何所喜耶?

---

①　内邨绥所,即内邨宜之,号绥所,汉学家,桂阁部属。

绥所：弟少时读《论》、《孟》外《迁史》、《离》、《书》，今废久矣。

公度：近来犹读《论》、《孟》否？《迁史》此邦通用何本？

绥所：近来久废该书，只随意读诗集，着人抄之而已。

桂阁：前日访黄、廖两君，谈迨使公使登旗亭之事，即黄公转达之于子峨君，而终到蒙允许焉，弟喜出望外矣。盖弟所言者，非突然启之也，闻前日公使缱敝邦官员于东台精养轩，那精养轩的乃复一个旗亭也。纵令虽我天子特临，或赐之于金帛，颇赏其佳馔，概是不过一个旗亭也。闻那精养轩的，我丞相岩仓氏隶士某之铺，故大小官员视之异于他。虽然，君等及弟之视，则与司马之长门屋、墨水之千秋楼相同矣。盖精养轩者，以不侍红裙为贵；如司马、墨水，亦于不侍红裙，则各随客所好，则非不仿其倒者。然而余墨水之旗亭，楼台宏丽，园林阔美，而我大小官员，皆来小酌于是处，故每日曜日，驷马满塘，馆舫泛江，较诸司马酒楼，则超于数等矣。虽有捧盘搬杯之婢女，亦非如长门屋诸婢丑行者，容仪端肃，举止婉柔，使之侍公使侧，亦决无失礼仪、秽高德之状，希枉驾于千秋楼而看塘，则樱花之烂漫，士女之联袂，犹可近见矣。君等以为如何？如君等许之，则俟二王并列而俱伴耳。公使许否？

公度：旗亭可也，艺者不必招。

桂阁：弟亦致红裙污席，何招女校书？

枢仙：二王到否？

桂阁：未至，弟既延颈而俟耳。

公度：二王何以至今未来？

桂阁：恐为爱宠所阻。不然，则春台折杨柳。

枢仙：我辈先行可乎？

（我请他们写字、画画儿。）

绥所：本日王氏、琴氏未到，到乃同登船，其间诸君随意请挥毫如何？

枢仙：敬闻命矣。

桂阁：我隶高木正贤请尊写字，希一挥赐佳作！

（只有何如璋写一二张。）

枢仙：我等可先往看花如何？

公度：油罗须，油罗须。（按：即日语"好！好！"之意。）

桂阁：敢问携手而漫步于墨塘樱花下欤？将刻登旗亭欤？请揭示公使随两隶人姓名？

枢仙：纪贵、吴升。

（大家上船到对岸去。这时候，加藤樱老也来了，是手冢寿雄陪他来的。他带着笙、筚篥。大家在船上笔谈。）

绥所：何大使以下奉国命解缆，想送客如云。

（"小李迏"兼吉来。）

桂阁：是墨江泊之小李迏也。

枢仙：君命名甚是。第不识及时雨客。

桂阁：他亦忠义堂中一个豪杰，能使宋公明催笑。

枢仙：宋公明即阁下也，能多让乎？

（在墨堤散散步，樱老引导我们到白须神社旁边的一间茶店。之后，走到了隅田川，又走回白须神社。泰园、琴仙两人赶来了。我们上植半楼，开始笔谈。）

桂阁：远望之不如近望之，伊楼宏丽，诸婢无丑，幸缓意吃墨塘野蔬。

泰园：探赏樱花，老辈风流，兴复不浅。

桂阁：君来何迟也？料想昨宵读书最多而夜阑乎？公使随员

黄遵宪集

一齐来,俟君久矣。

栾园:适有他友到敝寓,故迟来。

桂阁:贵友谁?

栾园:横滨来友。

（先吃蚬汤和炒蛋,都是植半特制的,很好吃。）

樱老[①]:此蚬为墨江名品,其味颇佳。

栾园:且食蛤蜊,其味颇鲜。

桂阁:墨陀野蔌,恐不耐充中华贵绅之厨,用宜转谢之两公使。

（又请他们写字。）

桂阁:伏请席上数叶挥毫,弟又赐一叶,幸甚!

栾园:席地不便挥毫,有纸取归书之可也。

桂阁:承席地不便,弟复不强愿此事,因冀诸贤能有当日之佳作;若不然,则弟誓不使君等归府。

栾园:今日非书画会,不写字,不作诗。

桂阁:复非聘红裙之会。

栾园:红裙不用。

桂阁:我辈来为东山名妓压倒俗妓,娃鸣犹雷轰之震,以乐献寿。

樱花:是天子之礼也。

（樱老开始奏乐。）

桂阁:樱翁确有戴安道之气概,不喜为王门伶人,而喜为雅筵奏曲。

枢仙:此樱老之高旷也。所谓雅乐,当向雅人奏之,庶不致对

---

① 樱老,即加藤熙,号樱老。维新后为京都大学准博士,擅古乐,著书二百余种。

牛弹琴。

公度：樱老此奏，殊使人飘飘有凌云气，仆固不解者。然所谓暗中摸索，亦自可识也。

樱老：吹笙者独禁饮酒，饮酒则必须簧舌，大与酒入舌出者异其趣矣。是即乐中自立酒正之意，圣人已寓酒政于乐中。其妙如是，是古人不言及也。

黍园：发《乐经》之遗意，阐《酒诰》之精旨，是能言人所未言。

（这时候，妓女们唱唱笑笑，铿铿锵锵，很是热闹。）

樱老：急弦繁丝，杂嘈如咽，付之一笑。

黍园：嘈嘈杂杂如急雨。

樱老：今日盛会，和汉一席，开辟以来一大盛事，岂能无记以传后世乎？

（樱老奏得好，请各位注意！）

樱老：歌管相和宜潜耳而闻耳。

桂阁：先生习乐，宜使大星何公及张公周旋，予私谋之久矣。

（用烟盘来做鼓。）

樱老：活玄宗，击羯鼓，宜戏闻。

（这时前边的庭园里正演"大神乐"。）

樱老：堂下胡部偶与雅颂翕然并起，天上人间，俱同欢乐，是亦一奇。

黍园：刻下所奏何调？

樱老：《越天曲》。

桂阁：楼下俗乐，叫做"大神乐"，至其百般妙技，则有所不可测。

公度：其始于何时？在神武纪元之前？后耶？

桂阁：其来也久矣。敝邦之乐，起于神武以前。相传天照大神①匿身于岩穴而不出，天下人民皆讼苦，有力士手力雄猛者，排闼而扯焉，时天钿女命乃女神也奏乐云，盖敝邦古乐之始也。以降数千年，有如斯之俗乐。

公度：亦殊不俗。

桂阁：使樱翁假扮那俗乐生，则其趣如何？天下婵妍可举见其标致。

公度：樱翁亦不为之。假令樱翁肯为之，其乐便亦不俗。

桂阁：樱翁乐雅而不乱，那俗乐野而不贵。然而樱翁数吹，不为红裙所爱；俗乐才演，观者如堵。今日人情之堕落，于此事可知也。

公度：此理自然，无足深怪。若使人人能知雅乐，乐亦无所谓雅郑矣。

樱老：黄遵宪公乃初谒，私钦其高学，才子！才子！

黍园：字公度。

樱老：君知其为人否？

黍园：其人卓荦多才，渊博宏深，如吴之张公瑾②、唐之杜如晦。

公度：樱老今日亦来，剧佳！非是花不称是名，愿祝老人年年岁岁看此花也。

樱老：不料今日来，遇群仙高会，新霁和风，樱花烂漫，使人有入桃源、上天台之想，文缘厚福，乃奏一曲助高兴，多幸多幸。

---

① 天照大神，日本皇室祖先之神。自天祖大日灵尊治高天原为天照大神，祭祀于神宫内宫及皇居内贤所。明治初在伊势山新建神宫祭祀之。

② 张公瑾，疑为周公瑾。

桂阁:樱翁今日亦会,并真个樱花,好一对佳缘。

公度:此岛樱花有数百株? 敢问。

樱老:一望约里许,难以数计。

公度:此花有所谓八重樱者,何以名之?

樱老:重瓣。

枢仙:或架而麻星。

绥所:二王氏先生久阔,尔来佳胜,奉贺! 近来有佳作,请见示! 仆姓内村名宜之。去岁秋月之夜,泛舟墨江时,偶见写纸,今忘耶否? 何大使以下数名,君固知已耶?

琴仙:弟固熟识。

枢仙:梅史微恙耳,特怕风,故不敢出。

樱老:梅翁寒疾如何? 少好否?

麰园:已愈,但不可以风。

樱老:凭君传语梅翁:"近与红粉髑髅相亲,恰若绣鸳鸯,是风之始也。宜戒慎独耳。君而不言,则谁敢忠告!"

（这时菜差不多完了,现在拿来的是炸虾、醋拌凉菜——菜料里有魁蛤——小碟菜。）

樱老:今日盛会,不期而会者八百诸侯。

公度:若比会稽之会,则王氏兄弟,为后至之防风矣。

枢仙:麰园早到公署,道伊昆季先到贵府候钦差驾临,今反瞠乎在后,请主人出令,当罚依金谷酒数。

麰园:大块假我以文章,奈弟乏其才,乞减等罚以酒如何?

枢仙:酒令大于军令,乃主人赏罚不严,弟先请罚依金谷酒数矣。

桂阁：柰兄曰非书画会则不作诗，何以充金谷酒数乎，希君出其罚令之法。

枢仙：请罚酒百杯以为后至者戒。

桂阁：仅缓缓赦数等，宜罚一大白。

枢仙：君为令官，为君所命。

桂阁：君代弟罚焉。

枢仙：此是主人权利，弟不敢越俎。

桂阁：周亚夫曰："军中有将军令，而不有天子令。"况酒场乎？君为之，弟复何妨？

（这时候，堤边游人很多，热闹极了。）

桂阁：何公、张公、黄公、廖公、王公二兄、潘公，敝邦人内村樱所、加藤樱老及辉声：以上十名，以欲异日分韵而作今日之景诗，请君计之于公使，而照前日长酡亭之事而定题如何？

柰园：主人请吟，伏乞二大人首唱，附游者和之。

桂阁：君请使诸贤韵字可也。

柰园：已请大人明后日各有一诗相赠。

> 十里春风烂漫开，墨川东岸雪成堆。
>
> 当筵莫惜诗兼酒，如此花时我正来。

——何如璋

步何星使大人原韵：

> 千红万紫一齐开，艳似云蒸又雪堆。
>
> 墨水江边无限好，游人尽是看花来。

——王柰园

　绝胜西园雅会开,春花烂漫似雪堆。

　樱桃休作桃源想,为赋渊明《归去来》。

——源桂阁

　　向岛春深一路香,香车络绎往来忙。

　　淡红浅白天然丽,炉煞楼头粉黛妆。

——张斯桂

　　别擅风流红粉香,茂卿载酒为谁忙?

　　春江如镜花如面,点缀斜阳试晚妆。

——源桂阁

（这时候如璋、斯桂都乘兴写字。）

如璋:锦天绣地,咳唾成珠。

斯桂:酒地花天,兴高采烈。

黎园:宜用平声字亦可。请大人圈一字,明日步韵。

（如璋用笔在"高"字旁打个圈。）

斯桂:春风花事醉樱桃,人影衣香快此遭。归去欲携花作伴,折枝不怕树头高。

如璋:飞觞不惜醉蒲桃,海外看花第一遭。有客正吹花下笛,阳春一曲调尤高。

公度:长堤十里看樱桃,裙屐风流此一遭。莫说少年行乐事,登楼老子兴尤高。

琴仙:樱开时节赋夭桃,一曲春风快意遭。沉醉旗亭天欲晚,推窗遥接月轮高。

桂阁:墨堤十里看莺桃,《月令注》以莺鸟所含,故名。诗酒来游快此遭。博得华筵才子赋,洛阳纸价一时高。

斯桂:女伴寻春一笑逢,玉颜相映浅深红。怪他游屐纷如织,

· 1097 ·

不看樱花只看侬。

枢仙：墨江之水清且深，墨江之上郁森森。周回香岛皆樱树，大者十围高者寻。我来樱海正五月，时届三春花尽发。栖身节署那得知，幸有源侯通典谒。源侯源侯东国豪，世守高崎志气高。一朝解组归林下，看花饮酒自消遥。自逍遥，犹寂寞，召朋宾，就花酌。雅乐竟奏闻未闻，环侍使星互酬酢。万花招颤舞樱前，酒龙诗虎相翩跹。要知此会开何日，明治纪元十一年。

（这时候大家都醉了，没有规矩。）

绥所：何大使带大命来，真大任。然而今日杂沓，楼非适意必矣。虽然，是亦客中之一兴，可恕可恕。

桂阁：长堤十里，不似隋家柳不系。

樱老：龙船系妓船。

桂阁：希不使滨姐充殿脚女。

公度：艺者不必招。出其家姬之下为殿脚女可乎？

桂阁：名姬滨姐同迎辇女如何？

枢仙：酒地花天之说，酒地诚是矣，然无解语花，奈何奈何！

桂阁：公使如许之，则墨江红裙可联袂而来也，不知公使许否？

枢仙：此事且作罢论，当归而谋之信子。

桂阁：河东狮子吼，可怕可怕！

枢仙：划里划里。（日语"不好不好"的意思。）

（我母亲的婢女乐寿来了。）

桂阁：母亲纪氏，贱荆武氏，业已谒公使，今来见君等。

樱老：窈窕淑女，钟鼓乐之。

黍园：文王与后妃并集，甚妙甚妙。

桂阁：那固小星耳，真"肃肃宵行"也。

棽园:爱厥妃,古公之遗风也。

桂阁:是沈氏之所言也,于弟复何知焉,惟不过销减阳物烈火耳。

公度:所谓爱及姜女,外无旷夫。

桂阁:内无怨女,盖阿信之谓欤?

枢仙:阿信一女,何可以况贵国女流也。

桂阁:东征。

桂阁:东征西夷怨,南征北狄怨。君之于红裙亦如斯。

枢仙:西极慈云,何足沾溉东陲? 一笑。

桂阁:百姓闻车马之音,皆欣然有喜色。

樱老:王侯夫人来,亲侑杯酌,是亦文坛快事。

桂阁:其美虽比道韫、若兰,其才则碌碌耳。

棽园:道蕴、若兰未必有貌,君夫人未必无才。

桂阁:恍如苏小妹凸额,不似小妹才力。弟亦无秦观之才,却偶然好耦也。

樱老:才色双绝,君若不用,则予虽老矣,应取而代之已。王侯相丞,宁有种耶?

桂阁:樱翁矍铄如廉将军,勿使女子误传遗失之言。

（樱老……）

樱老:今宵亦明月,老辈渐行上于花街之五重楼,亦是一奇。醉倒于此楼,亦是一奇。应与明月相谋以决之。呵呵!

（中国朋友要回去。）

缓所:渐入佳境,请休归装。

樱老:君宜注意,此调不弹久矣。君其稍留!

（中国朋友准备回去。）

桂阁:看花而来,踏月而归,应徐徐而阔步耳。

樱老:此兴不尽,此兴不尽。

(樱老等都回去了,这是晚上九时的事。)

十、戊寅笔话　第九卷　第五十九话

（光绪四年三月十六日　1878 年 4 月 18 日）

（戊寅——四月十八日清早,泰园邮寄这封信来。这天初次遇见了藤田东野、宫岛诚一郎。）

昨日之游,十里春风,樱花烂漫,开琼筵,飞羽觞,兰亭会上,有吟咏,无管弦。今则管弦吟咏,两美相并,岂非一时盛会哉！然于君则未免过费矣。谢难笔馨。佳作诵后录左:

墨堤十里放莺桃,《月令注》以莺鸟所含,故名。诗酒来游快此遭。博得华筵才子赋,洛阳纸价一时高。

桂阁仁兄大人文右

愚弟王治本顿首　四月十七日

（午后一时,我到履祥号去。王履祥说:泰园、琴仙都到梅史那里看病去了。我正要回去的时候,泰园一个人回来了。这天我看见了一个女人叫阿铃的,听说她是琴仙的情人。）

桂阁:有何贵干而访梅翁? 且梅翁疾已痊否?

泰园:梅翁病已愈。今日请浅田先生诊视,弟嘱琴仙在梅翁处陪伴浅田先生。弟因寓中无人,故先归也。

桂阁:今朝贵牍中所云,君深料想弟费用夥多,切被问之,弟何不欣领焉。然弟之轻财喜客,固癖也。如有遇高士,则一时千金,犹销之于春宵耳。

　　茉园：君之雅抱，固以金钱为阿堵而用之，燕会嘉宾，大称快事。视君自奉，能以节俭为主，不浪花一金，与视挥霍如泥沙者有别，盖待人厚而处己薄，古人中亦未可多得也。

　　桂阁：阿堵之事，起自王夷甫。如弟则视财货复纯然财货也，故不浪费于粉黛者流，惟费之于嘉宾之用则不致。且千秋楼之价极廉，前日之会，不过十元许耳，幸勿烦意，而宾客主人陪伴合二十有五名。我园中牡丹盛开，必定可在谷雨之半矣。其刻也，欲使梅翁慰旅中之闷，并招君及琴兄。然而敝园之牡丹，其种乃良花种，有单瓣，有重瓣，有粉红粉白相杂开，实壮观也。弟料想此种恐是贵邦李唐之遗芬焉。其花之大，周约一尺余，虽姚黄魏紫，复宜如斯矣。倘遇其时期，则俟之指日子而一齐来会，而游戏可也。前日梅翁之不会，盖至乐中之至忧也；如使梅翁在那筵，则佳作居多焉。今时有此话，仅在解其忧闷耳。

　　茉园：弟自春来闲居，得君资助，谢深肺膈！近日欲寄家，乞假金十数元，未知许我否？

　　桂阁：可也。如中间四字不明俟今月下浣，欲别呈中间四字不明，刻以来月所奉赠之金元而呈耳。十元之外，欲几许金乎？明朝携来而呈耳。弟以不才，屡受高教，然学更不上达，想君必深笑其驽骀，希教不倦。

　　茉园：弟焉敢有倦？况君诗较前大进。

　　桂阁：惟觉愈学愈难。

　　茉园：惟知其难，即是进境。

　　桂阁：如弟诗学，幼时传平仄韵脚于村夫子耳，未敢入君子之庭。闻敝邦东京诗客大家极多,大沼枕山①、森春涛、大槻盘溪②,其他小野湖山③、植村芦洲④、关雪江⑤等。弟有所未安于心,而未执贽于他等。及与君值遇而独喜,曰:"辉声也,今日初得伯鱼趋庭之时。"乃速脩礼拜师于江户川町,以来数阅月未得一篇佳作,实惭然之至也。

棃园:即赠梅仙诗中联二句颇佳。前日之诗,未能一气相贯,用典亦多杂出;今日则气皆相接,用典尚知选择,故较前大进。

桂阁:弟未知作诗法则,故胡乱推敲耳。伏冀君细说其平仄韵脚之法,及联句对偶典故相用之格式,则幸甚也。

棃园:平仄有定格,惟押韵先求其稳,再求清新,用典终要以意运动,不得呆用。呆用者,言直抄其典,毫无意思,如木雕佛,如泥塑像,故曰呆。

桂阁:弟气象不活泼,并合拙诗,亦一对塑像雕佛,只愿君以一刀机算而入之魂。

棃园:君无此病,但手腕未熟耳。

桂阁:弟腕力固软如小儿,不知炼十年之后,能可扛鼎否?

棃园:不须十年,一年即能修王凤楼。君书法如乐水阁屏上隶书,如伴鸥楼小屏上正楷,皆大佳妙。刻所阅赠梅仙君书,与赠琴

---

① 大沼枕山(1818—1891),名厚,字子寿,号枕山熙熙堂。被称日本一代诗宗,著有《枕山诗钞》。
② 大槻盘溪(1801—1878),名清崇,字士广。著有《孟子约解》、《近古史谈》等。
③ 小野湖山(1814—1910),初姓横山,后改小野,名长愿,字侗翁。明治三诗人之一。著有《湖山楼集》。
④ 植村芦洲(1830—1885),名正义,日本诗人。
⑤ 关雪江(1827—1877),名思敬,字铁卿,号雪江。日本诗人、书法家。著有《字系六书十体考》。

仙书幅同,而故意作怪,弟颇不喜,不如写隶书与楷书耳。

桂阁:君深爱弟隶书行书,固当然也,如隶则祖汉代,如行则宗米海岳,故可而行也。独到那行草,则弟聚诸帖之气力,一时勃写也,于是惟贻笑于大方耳,真不足使正人君子能见也。此赠梅仙及琴兄之书,则是弟稿也,所以浪写而表,不可其收藏。

黍园:学汉隶正书,须学钟字以相近也。行书学米海岳亦大佳。

(中略)

(我要访问黄、廖二公,到了传达室,看见一个年轻的人,我对他说。)

桂阁:请问贵姓名?

奕全:李奕全。

桂阁:源辉声欲见公度君、枢仙君,孰闲坐者?并闻宫岛诚一郎来会,愿相见。

(奕全领我到廖——以下数字不明——,枢仙正在写字。我访问黄君。一个小孩子出来了,他是何如璋的儿子其毅①,我和他笔谈。)

桂阁:何姓名?

其毅:其毅。

桂阁:与公使同姓。

(枢仙来了。)

枢仙:其毅即使君之子,与阁下兄弟也。

(其毅领我到客厅去。我们一面走路,一面笔谈。)

————————————————
① 其毅,何其毅,何如璋之子,时年方十二岁。

桂阁：弟以逢枢为一二之话业已为足矣，岂何劳公堂？

其毅：公度兄请你。

（其毅领我到了客厅就出去了。这时，公度和宫岛正在笔谈。听说宫岛是米泽人，现在在修史局工作。）

公度：前日之游甚乐，感谢！

桂阁：可惜无一个殿脚女。

（枢仙又来了。）

桂阁：弟不知其毅君为子峨公令男，大致失敬。弟屡蒙尊严惠恩，前日复有辱临宴席之事；如前知君为子峨公令男，则前日亦同招无妨。可惜不使标致少年踏樱塘东洋娘子军中。

枢仙：因有东洋娘子军，故不便随侍；不然，亦要同行也。蒙询及，谢谢！

桂阁：高论固是也，惟可惜不使其毅君观那旗亭前所演俗乐。

枢仙：若得见之，其乐可知。容后有胜会，当可偕行。

桂阁：君视其毅君为人，其才学殆如陆机？

公度：是子年虽小，胸中已有十万甲兵，盖陆机、崔浩之流，其福则未可量也。

桂阁：弟现在廖君府中与他笔谈二三番，顿知其才不可量，伏冀使他列此席，而弟与他试笔话数十番是荷。

枢仙：恐笔谈未惯，而谈则言语不通，奈何？

桂阁：以少年属文为奇，何管惯与不惯，请切呼出！

公度：文字能通其义，而尚未娴习。敝邦教子弟者，先充其学识，立其根本，而后始教以作文。是君年十三，未及教之。

桂阁：否！如君论则向大方儒而可说之言，如弟辈菲才，则何系其立根本乎？惟于如知其二三笔话者而为足矣。其毅之笔话，大人犹避三舍,何有愧于弟等乎? 切请招之!

（其毅来了。）

其毅:请问几岁?

桂阁:少于黄兄一岁也。请问几岁?

其毅:十三岁。

桂阁:异日君与张子敬中间一字不明来敝庐,即游墨江,棹舟垂钓而乐耳。

其毅:异日同子敬到府拜。

桂阁:油罗须! 油罗须! 即日语"好! 好!"之意。

其毅:请问你几兄弟?

桂阁:一弟四妹,弟在洋学塾研书,妹各适人。不知君兄弟几许?

其毅:一兄一嫂在家中。

桂阁:可爱可敬可怕可惊。君尊字叫何?

其毅:无别字。请问你父母在否?

桂阁:椿花谢,萱尚荣,如尊园则必定并茂。请问萱堂年纪几许?

其毅:三十九。

桂阁:艳姓?

其毅:杨。

（下略）

十一、戊寅笔话　第九卷　第六十话

（光绪四年三月十七日　1878 年 4 月 19 日）

（戊寅——一八七八，光绪四年，明治十一年——四月十九日，我到榛原笔纸店买洋式本的诗笺和信笺两盒，这是为了送给何其毅和魏通事而买的。下午三点多钟，我到公使馆笔谈。这天我和表哥梅仙一起到滨畸町御苑游玩，忽然下起雨来，我匆忙地逃到公使馆去。这是在滨畸町写的偶作。）

游滨畸场御苑作苑傍海湾，多有春花。桂香女史携"颜色"而玩，故有此作。

御苑湾前沙径纤，春花丛里鸟欢呼。凭栏觅句推敲久，蚤被佳人巧作图。

（中略）

（这时候魏柴门来了。我把买来的文房用具送给他。他说：昨天晚上在花月楼喝酒之后，到向岛去，十一时左右才回来。）

枢仙：昨夜与公度、子纶、其毅等携魏通事游香岛，竟将马车缓走花丛中，适月色朦胧，淡香疏影，于梅花外别开境界。回车憩茶寮，遇一群女郎，款门殷殷，食以百果之饭，想刘、阮遇天台仙女，饭后胡麻，当不过是，其余皆掉舌也。阁下以为何如？

桂阁:知是花月楼之余波。

枢仙:花月楼是引子,游香岛乃正文也。曾蒙宠召在艳阳天中,故变而为夜,以玩此月地花天之景耳。此景殊佳,可恨阁下不肯同行,稍觉减兴。

(中略)

(我请枢仙在扇面写字。)

枢仙:此扇是书阁下款否? 当用楷书? 行书? 请示知。

桂阁:此扇即弟平生所用之物件,惟嫌素纸无趣,故请黄君、廖君、沈君等之书,转复乞柰园、琴仙等之书,表里普成字,而后弟带携。请即写数字乃至一个大字亦可。

枢仙:当于窗明几净时端写数行,容月奉还可也。

桂阁:素厌平生所用之扇,不必明窗净几,即刻挥毫甚妙。

枢仙:请携回案头上书之可乎?

桂阁:其扇乃刻携归之物件,请一挥!

(枢仙拿扇子退出去了。黄公度进来了。)

公度:昨夕月色未好,微云滓秽太清,遂觉花影皆在朦胧中,花月楼亦犹是,殊不高兴也。

桂阁:尤便于兴云雨,所谓朝为行云,暮为行雨之类也。

公度:可惜又不雨,云亦未佳。

(公度指魏君对我说。)

公度:是子尚未聘妻,君何不为之作媒?

桂阁:他业知阳城、下蔡之情,何须媒?

公度:是子向不出门,冶游则断无之,不可造此谣言。

桂阁:如昨宵花月冶游,则其一也;金八玉八,乃此班之一尤物。

公度：是即所谓阳城、下蔡者耶？吾固未知之。

（枢仙写好了，回到这里来。他写了"茨菰叶烂"之诗。我请公度也写字。）

桂阁：刻赐写字。

公度：弟不作楷书三十年矣。

桂阁：襁褓作楷书，故至今能脱凡骨矣。

（黄君写张船山的诗。我对枢仙说。）

桂阁：弟前日请梅翁以写联幅小楷数行，梅翁乃许之，倏忽举笔，岂图翁疾不瘳，稍半成耳。弟固识翁精楷法，看其写字，乃能入黄庭坚之美矣。今见君写字，亦其法，真可惊，异日携联幅绫绢而欲乞小楷尊写，不知君许否？

枢仙：写小楷断不能，写大幅如一尺八寸之绢乃可。况小楷乃是少年雕虫之技，弟年四十，实勉强涂鸦矣，谅之。

桂阁：小少之小楷，即黄公是也。或书至半余而有不能全终之病，宜须强仕之人而请之可也。

（他很注意我的家徽。）

桂阁：叫做徽章。凡我朝每家皆有徽章，或花卉，或鸟虫，甚用焉。弟徽章乃蛱蝶也，扇子也，二个各别矣。今假并其二者而命也。

公度：德川氏之章为葵花，是否？

桂阁：葵叶而非葵花。

公度：团扇此邦合用否？

枢仙：昨闻贵国樱老言，东京有北郭游里，为少年士女游乐之所，街上遍植花卉，春时灿烂如锦，是在何处？

枢仙：乃狭斜也，三层楼阁，三千名妓集在焉，如贵邦所言，则扬州是也。

枢仙：地在何方？

枢仙：距此约十里朔边也。

公度：是乃少年行乐之地，如仆三十年不作楷书者，不可必去也。

桂阁：此地试谓销金锅可也。

公度：此所谓巨鹿之战地也。

桂阁：魏氏诗云："中原还逐鹿。"又曰："岂不惮艰险，深怀国志恩。"

公度：钜鹿之战，诸侯膝行而前，莫敢仰视，即请君侯屈膝于是子可也。

桂阁：北里之地叫做吉原，多构妓楼，其势殆如金陵矣。黄昏之时，数十名姝，晚妆而须客来，若驱马车，则西洋一时可往也。至其道程，则鲤门知了。

公度：鲤门知之，不知几跳而后登其门也？

桂阁：何中一字不明明高一跳，直上龙门。

公度：《左氏》所谓魏人躁此字须通汉语者方知之而还耶！

（下略）

十二、戊寅笔话　第十卷　第六十四话

（光绪四年三月二十四日　1878年4月26日）

（戊寅四月二十六日午后一时，我在公使馆和梅史笔谈。据阿春说，梅史刚从筑地回来。）

桂阁：刚才的君向何处而去？

梅史：因有事至筑地王黍园处。

（黄公度来了。）

桂阁：再三来敲高轩，不得拜尊颜。今者何幸见君，君闲忙如何？

梅史：昨在寓恭候，未尝出门。今日亦无甚事。

桂阁：昨天适有朋友来，终与之相携往游，故不得敲高枢。今朝夙兴漫步，现造府会君，无事，冀以这里风流佳话而叙谈，敢问黄君今日聘小星乎？

梅史：黄君小星，尚"嘒彼在东"，缘悭，奈何？

桂阁：年纪三五欤？

公度：昨与梅史坐此，思念阁下，遂与之联句成一词，当录览也。

调寄《摸鱼儿》赠源侯桂阁①

词有音韵节拍,倒读则全失之。彼此方言既异,贵国人善为诗者不少,善为词者固未之闻也。

桂阁:如节拍则倒读而虽不得其气,然至作其词则复与作诗一般法式,而不可谓难作矣。惟奈词之作式,册籍极寡,故缺之。今者海外四邻通商贸易,敝邦人作词之事,期日可俟也。

（他拿两本很好的词谱给我看,四声工合的记号都具备。）

梅史:《碎金词谱》,松滋谢元淮撰。此书有初刊仅四本者不佳,续刊十余本者方佳,工尺字贵邦亦同耶?

桂阁:近时清乐大开,敝邦人颇惯工合尺六等字,虽弦妓辈或学得而弹阮琴或提琴;可惜儒者不能作词,盖所以乏词式典籍也。弟视此书,羡慕不已。敢问君不售弟于此书乎? 请以七十余城偿之耳。

梅史:此书已残本,弟意拟雇人抄出翻印之如何? 弟另选定为一书可也。弟久欲将此书一选,雇人抄出,用活字翻印之。此事弟任选定,其抄胥与翻印,则君任之如何? 且此书印行,购者必多,亦一时美事也。

桂阁:弟试欲命家奴先抄写一本,伏冀每一册贷一个月之暇,必定俟一年而成也。不知许否?

梅史:可也。

桂阁:不如驰书于贵国而购之,请示其贩卖之肆号及其价几何。

---

① 词见本集《人境庐词曲赋联》。

梅史：此书其板已毁，恐不可购得也。

桂阁：恐有剩一二部，转寻于贵国，颇两便也。

梅史：遇巧亦或有之，其价甚贵，约需数十金。

桂阁：数十金亦毫不厌，冀与弟驰书贵友处而转买，复无其余手段乎？

梅史：现在且托王惕斋购之，如购不得时再商。

桂阁：大明徐伯鲁著《文体明辨》一书，其附录乃词法也。可惜惟缺其砵字，他日携来而订之于君则可也。俟其时而后可否，俱谋惕斋，如今者则不可出口。

梅史：此外惟《许穆堂词稿》，旁有工尺谱，此书当可购也。

（梅史看了词书，便说。）

梅史：其平仄相同便可歌。去声字用去声，上声字用上声，乃可。若如则更好，但难作耳。其间平仄依谱，已可歌矣。其中、〇最要紧，此是节奏。

桂阁：词式之事，前日与枡园笔话数百番，不能互通其奥旨，更笑而止，盖因其言辞繁杂，事物夥多也。今使魏梨门请此座，如他来，则诸君教其词法之详。

梅史：梨门汉话用之文字不合，不如"管城子"也。枡园能作词，而词之歌法未知之。且伊所学乃《词律》；《词律》一书，盖不知而妄作者。解此事者，弟有老友许筈垞、陆菊笙，惜今皆已去世矣。

桂阁：敝邦诗人，业已争学作词之事，那如森春涛等各常研究词律，异日佳作，复可出自东海。伏冀君教弟于词式，则幸甚。现闻如君所论，则词单照平仄，不强分拘上去入声也。定然否？如斯式则弟试赋一章以献丑；至分四声则不能速推敲。凡敝邦人大抵知平仄之分别，而不知四声之分别。

梅史：词盛于宋，后变为曲，故歌词之法，后人知之者少。填词一道，所重东板眼（即乐之节奏谱内、〇–是也）、平仄，则音之开合，故须依谱，然其间亦有可通融者，但歌之不拗口则善矣。惟"不拗口"三字，可以意会，不可以言传，当先习歌与丝竹，则自明其理矣。后人不知歌者，于四声及字句分别，强作解人，可笑也。此事详于《学乐录》。

桂阁：那柴浦①翁固喜音律，及看尊著而恬然解惑矣。如词等亦使柴浦氏转问君，则弟之惑可解。

梅史：柴浦翁异日可一晤否？弟明日往横滨，俟回时与君约期可也。

桂阁：弟料想君精吹弹，如柴浦氏谒见之日，则君携数种乐器而试吹弹如何？

梅史：吹弹弟不甚善，但能解其理耳。

桂阁：经几个日而归来，预知其时而报他。

梅史：明日去，后日归。柴翁处约五月朔可也。弟昨得家书，小儿已进学，敢敬以告吾兄。

桂阁：庆贺庆贺。倘家书无惮于弟，则赐一读。

（家书上说：）

科考题目　犹有存者又有比干、箕子。

诗题　花坞夕阳迟得"迟"字。

复试　吾岂若于吾身亲见之哉天之生此民也。

诗题　一片春帆带雨飞得"春"字。

公度：尚有他事，敢先告辞。前所假壁衣，仆因书械无可位置，

---

①　柴浦，即依田贞榦，号柴浦，佐仓藩旧臣。

仆今所用复假之廖君,如命匠制就,掷还是祈。

（黄公度一去,廖枢仙就来了。这时候,"别嫔"们都洗澡去了。）

桂阁:廖公近日爱婢多少? 情味厚薄果如何?

枢仙:当横陈时,味如嚼蜡。

桂阁:胶漆复比矣。

枢仙:君子之交,其淡如水。

桂阁:"七月七日长生殿,夜半无人私语时",诵吟而急呼信姐。

枢仙:适与春姐同往洗澡,四时当呼之来。

桂阁:现知宠妃拟子母钱而浴华清别殿,恨使诗客咏"沙上凫雏,竹根稚子"之句。

枢仙:少安毋躁,何其遽也。惜此行不知去向,不然,请效汉成帝袖金窥之。贵国之刀,是何样式? 中两字为蠹鱼所袭。好者可能购得否?

桂阁:如今君欲买刀,则奸商或增其价而售耳。恐其质甚贱,其价甚贵也。弟别广谋诸友与君。欲周旋此事,请暂俟余报,自然得其质极好,其价极廉。

枢仙:拜谢拜谢! 务恳留神!

十三、戊寅笔话 第十卷 第六十六话

（光绪四年三月二十七日 1878年4月29日）

（戊寅四月二十九日午后一时，我到履祥号和秦园笔谈。惕斋引导我到后边的密室去。秦园、琴仙等都和女人在一起，可笑可笑！这天我拿来了不少的绢，为的是要请诸君写联幅。我对秦园说。）

桂阁：此二幅绢本偏愿秦、琴两位老爷写前日墨江同探樱花诗，张星使所出"高"字韵，而七号乃请秦君八号乃请琴君而烦毫；且此绢要横幅，则窨写诗，恐剩余白甚多，而体面不整，不如细录游墨江千秋楼酌饮步张星使韵云云可也。原来所剩，亦乞两公使等及前日同游之人而写当日"高"字韵诗，为并制双幅，故有此请也。

秦园："高"字韵一首：

梅花孤冷为谁妍，疏影何堪傍舞筵。我自怜香存至意，谋将移植到窗前。

桂阁：佳作系何日感何的而作？

秦园：有友爱旗亭女，女名小梅，余昨日同饮于此，作此以赠友。

桂阁：为栽梅，那鹤自寂寞。

琴仙：梅妻鹤子。

· 1116 ·

黍园：本无鹤，何有梅？

桂阁：前日梅仙墨江千秋楼书画会时，尊词及琴君律诗，弟欲抄写，请暂借焉。

黍园：稿已不存，容夜间追忆得之以赠。

桂阁：弟昨在此处观《苏东坡诗集注》，深喜其注疏甚详细，即归途游书肆一物色之，即得一部，而其文中之异同难辨，只愿照看尊集，而后欲购之。希今者贷那《东坡诗集注》一本，明日携来而奉还。

黍园：可以携去。

桂阁：曾闻苏东坡先生整文颇巧，弟欲得其书而阅之，不知苏文集中有否？而苏文集的叫何的则注疏极详细，请垂教。

琴仙：子瞻乃宋代才子，故其诗文俱臻大佳，其文如澎湃波涛，劲气直达；其诗乃一往情深，如见肺腑，真有笔有书，文情并茂。

桂阁：如整文则寻讨甚么书可也？

琴仙：《苏文忠公全集》，则诗文俱有。

桂阁：注解备的，叫做集注欤？

黍园：此诗集是施注最详，诗文全集不知是何人所注。

桂阁：施氏讳何叫？字亦何叫？

黍园：愚山。

桂阁：暂请恩借这二本。

（我借了这两本书。）

黍园：今日公使招余有事相谈。君售得苏公诗文集，则借一阁。

（我对琴仙说。）

桂阁：那别嫔谁闺中宠的？

琴仙：弟当呼之以嫂。

桂阁：良人姓？

琴仙：施施从外来，而良人未知之也。

（我责备琴仙。）

琴仙：惕斋、阿竹已去。

桂阁：其名阿竹，之去，有何缘故而然？

琴仙：泯。其母则不可。

桂阁：弟愿迎他于丹树茂处，而充素英寒簧之任。

棽园：当奉赠以充下陈。

桂阁：欲俱乘彩鸾。

棽园：君子不夺人所好，君何取焉？

（中略）

（后来我在客堂里遇见了黄、廖二君。有四个日本人正在和他们笔谈。）

桂阁：东洋四客，弟未识之人也，密示其姓名。

枢仙：本原元礼[①]、增田贡[②]、小山朝弘[③]、杉村武敏。

桂阁：弟今者携二个横小幅来，而欲乞前日墨江千秋楼中"高"字韵诗之玉写字，如廖君则惟古诗一篇耳，宜写其古诗，而其幅横极阔，至其末而题某月某日往游墨江云云，甚为妙。两君如许之，则弟即将此绢本奉呈府上。

枢仙：此事当徐议之。那日"高"字韵诗俱未曾作；弟席上所口占者亦不知是何言语，实忘记矣，谅谅！

---

① 本原元礼，字节夫，号老谷，与冈千仞为少时同学。

② 增田贡，字岳阳，著有《清史概要》。

③ 小山朝弘（1827—1891），号春山。明治年间出任于司法部。

桂阁：尊作业已藏敝庐锦囊中，明日抄写而托邮便，而此事宜并乞黄美男。

枢仙：黄君云，容日当补作一首。

桂阁：此举也，小横幅绢本凡八个，由何君至王琴仙以其席间相列坐的之当日佳作都乞写稿，而成之日，并裱，以欲为联幅，如此幅之裱装意匠，俟落成之日，而可呈一阅，必定君等甚赏无疑。幅面题三字号者请黄公，题四字者请廖公。

公度：敢不如命。

桂阁：弟请两兄以构幅各一个，而君等许诺了，实感喜之至。又以其同幅欲乞何、张两公使，而何君有"高"韵"开"韵二作，张君有"高"韵"妆"韵二作，皆并题而赍焉。君幸转告焉。而构幅之款中，或题某月某日墨江千秋楼云云，甚为妙。而构幅附一号者系何公，附二号者系张公，请君熟记勿误。

公度：诺。

桂阁：归时奉之于府上可也。顷闻公署迁别处，果有此议否？

公度：欲迁而议未成。君有旧藩交好废址，可以造屋者乎？

桂阁：弟复无交好中其废址补理而可造屋者。虽然，试询诸四方耳。至其广袤方位而以何如为便乎？

公度：以三四千坪为宜，地势宜高爽，离东京一二里亦可。

桂阁：以两公使之命令魏鲤君谋其事于我邦人，最惯其本事，则其易犹反掌。

公度：既知之，不过承君问一言之耳。前戏梅史有诗云："人工脊鸰相交术，我是鹝鹝不合尊"，皆用贵国史语，君知其意乎？

桂阁：不知前句，则弟可惭红裙；不知后句，则弟可愧神明。弟每上旗亭，未有伴君之事，弟猜君风姿标致，危其娘子军侵击欤？

异日若有请,则必不可辞;纵令辞之,弟强促驾。

公度:敢不如命。

桂阁:弟常以谓往履祥号与王杢、王琴两位相谈,譬犹在自己家中与浑家谈论家事,其言严恪谨肃,奉命只顿首耳。往月界院与黄、廖、沈三君相谈,譬犹在烟花里接于名姝,其言婉丽有风趣,闻话只恋恋不忍去耳。君之于东洋人亦有此感否?

枢仙:相谈各随其兴,遇有谈风月则风月,谈经济则经济,中人东人,俱无异也。君达人,定解此。

公度:晏子所谓人狗国则入狗窦,是弟譬喻语耳,不得牵涉贵国。与君言,固宜言如此事,一笑。

桂阁:狗窦中何者班狗,能来驯尊府,而其吠声亦适君意乎?狗固与人相驯,史已载孔子累累若丧家狗。狗而充猲,盖东洋学者之所喜。

公度:摇尾而不入其门,固甚喜之。近洋学盛行,西洋人性爱狗,仆亦染此习也。

桂阁:辫爷摇头,犹狗摇尾,呵呵!

公度:然则君比沐猴宜矣。此一辫者,比诸孔雀之翎,庶几似之。吾国旗画龙,即曰龙尾亦可。

桂阁:沐猴之名,起自项王,项王亦贵国人也;东圣神州孙神圣亦非敝邦之人,君之胡言可笑……

公度:不愿为猴,则仍为狗可也。吠声云云,是君所供之状也。

桂阁:猏猏来扰府庭,冀君勿加鞭筻,试加驯之,则时或守门也,遥优于睡狮。

公度:当善养之,如西洋人同榻无不可也。如有暇,望仍摇尾而来耳。

桂阁：使"黄"耳,幸客入府是祷。

公度：退食有暇,偶谈风月,固甚佳也,前言戏之耳。

（这时候,那四个日本人正在和他们笔谈;我也找机会和他们笔谈。）

桂阁：本日群贤麇至蚁聚,如敝狗则去耳,待沐猴啖果之时,而偶游耳。不知何日猴爷游水帘洞? 弟见信姐性质伶俐能惊人,真个今日之小蛮、朝云徒。

枢仙：可期贵友复有如元微之者,世有双文,则宜为伉俪;又有如秦少游者,世有小妹,则贵为夫妻。而如黄公,则现学谢佛印于琴娘欤。

枢仙：然。

桂阁：谈风月不如往金春巷一作"今春",即狐寘谈风流。东坡有诗"肯作蜂窠寄此生",弟深感此言,取以为斋号;如君则曰入孤窠寄此言者欤。

公度：李长吉有"秦宫一生花里活"之句,以赠君尤妙也。

桂阁：闻贵国小水湾天狐贻书之故事,君亦此辈耳。

（我要回去的时候,看见张副使令孙子敬正在念书,旁边有一个约莫四十左右的人。）

桂阁：请问贵姓名?

积型：施积型。

十四、戊寅笔话　第十卷　第六十八话

（光绪四年三月二十九日　1878年5月1日）

（戊寅五月一日午后一时我到公使馆去，路上碰见枢仙、勉骞。勉骞在手掌上写了"沈在黄处"，我就到黄的房间去，果然梅史在这里。大家一起到梅史的房中来笔谈。）

桂阁：弟途中遇着枢翁等，果往何处？

公度：往市场。

桂阁：否，必定登旗亭，不然则结缘而往，尤所怪。

公度：彼与冕轩其他诸君别出，不知何往也。墨江樱花今既落尽久矣。

桂阁：却见绿树重阴，颇可科头箕踞，眼看他世上人。

公度："绿叶成阴子满枝"，吾不愿复问此花事也。

桂阁：紫浦翁今日不能造府，欲约别日。

梅史：昨在横滨未回，闻黄君言，阁下至此，失迎，歉甚！

桂阁：弟之来也，在欲烦尊写耳。乃将前日墨江作，乞何、张、黄、廖及枀、琴两氏书，如君则录此诗可也。现奉呈绢本。横幅多剩余，自宜写某月某日某事云云。

（这一天，我写好墨江诗稿带来，给他们看，并拿绢本给他们，请他们写。）

桂阁：其作甚妙，不及必择他作。

公度：此诗至卑且陋，自改一篇以呈。梅史未与，可补作一篇。前与梅史联词，当缮就呈上。近日所托之绢，既转呈何、张二公使矣。

桂阁：如《摸鱼儿》一词，则另呈大幅可也。那小幅强写之。

（梅史立刻写好了。我对黄说。）

桂阁：梅翁即度挥毫，请君亦仿焉。冀转达之于枢翁。

梅史：尚有余绢，则有词一首，亦可写呈。

桂阁：词系何调？

梅史：系《满庭芳》，余与黄君联句，为看樱花作。

桂阁：明日呈一幅大绢，欲乞并写那《摸鱼儿》与此《满庭芳》。

梅史：照此而填可也。若欲谐丝竹，付雪儿歌之，则非《碎金谱》不可。

桂阁：弟无李密之才，才以填为好。

梅史：阁下世家，岂无歌儿？弟非姜白石，不致请顺阳公以青衣相赠也。

桂阁：弟顷学戴逵不为王门伶人之语，虽有歌儿，无奈之何。

梅史：阁下好文词，而又好声色，弟久知之，前言特戏之耳。

桂阁：彼一时也，此一时也。

梅史：填词一道，取其可歌，若欲谐音律，则须有节拍，故必须依旧谱。至平仄虽不必拘定，而其间有同一平声、同一仄声，而用此则谐于歌，用彼则涩舌梗喉，其故在一韵之中，有七声高下，若谱内为此细分，则人必不能措手，故必俟脱稿后付之歌者，歌有不协，则改易之。

（我把文徵明翁诗余的部分打开来给他们看。）

桂阁：此书可充填词之用乎？

公度：不中用。

桂阁：何故？

公度：明人于词律全不解。

桂阁：虽明人著词，总是前代之名调。

公度：词调自可观。其所云平仄皆无依据。

桂阁：云何无依据？

公度：不识所以然，或见古人有为之者，则附会之，其云可平可仄，大半武断。

梅史：初学填词，亦可以此为之。

（我打开《天仙子》调的部分来。）

梅史：同是《天仙子》词，而此词平，彼词仄，可知平仄不拘，然亦不能全异，异则并非此调也。

桂阁：此书及《碎金词谱》不载节拍之号，前日看一书，有载"字"号而示拍者，至节拍则何书最分明？

梅史：君所见乃强作解事者所为。节拍惟《碎金词谱》有之，如"天"、"黏"、"衰"、"草"，○是节，今谓之眼；丶×－三者是拍，今谓之板也。

桂阁：闻高言，略领其旨。如然，则填词之后，订其眼板稍可。

梅史：有不协者再加改易。

公度：前见与棃翁笔语及东坡诗，东坡诗注有我朝冯应榴注极佳，君见之否？

桂阁：弟欲买者在苏文集详注耳。

公度：文无注之者。

桂阁：已矣无力，苏公整文，人皆称之，故欲买也，不知何书载焉?

公度:所谓整文者,谓骈体文耶? 其骈文亦无注之者。有《三苏全集》,又有《苏文忠全集》,其文议论多而用事少,又皆光明轩豁,故不必注也。

(黄氏回去了。我对梅史说。)

桂阁:弟欲学香奁诗,此事甚么作式?

梅史:可取《韩冬郎集》(名偓)读之,若王次回《疑雨集》则格太卑也。

桂阁:叫做《韩冬郎诗集》欤? 而其册套之数约几何?

梅史:即《韩冬郎集》,其诗甚少,约二卷。此书上海可购。

桂阁:香奁体作法复与寻常绝律相同而然否?

梅史:相同。惟香奁体宜语雅情深,不可涉于淫亵,则善矣。所谓好色而不淫也。五律七律五古七古皆有之。

梅史:竹枝乃楚中歌名也。唐刘禹锡依其调,言乡土风俗,故后人作者,皆以摹写风土习俗,宜古质。若今人之竹枝,则鄙俚,较之于山歌渔唱,尚不及也。其调亦是七绝。

(下略)

十五、戊寅笔话　第十一卷　第七十二话

（光绪四年四月五日　1878年5月6日）

（戊寅五月六日早晨,我打发人带这封信到公使馆去,交给魏梨门,并附赠何子峨公使以《前贤故事》一部。）

大臣何公台下:侧闻公酷好典籍,驻我邦以来,大觅四方书,专览专读,以备参考。前日辱得私觌,入其斋,观其架,我邦古今书籍,垒垒叠叠,不下三万签,可谓邺侯之流亚也。嗟夫! 我邦载籍极博,但得实者盖鲜矣。虽然,世不乏史传,而人子于视古推今之学,无关其用者,殆不惭中华文物之炽盛也。惟所憾者,古来绘画,缺彼传神之妙手,无足观者焉。中世以降,善画者大抵取法于中华摩诘、思训等诸名流,巧乎中华之画者不寡,而精乎吾邦之画者甚少,洵为可惜焉。其余至俗间画图,虽皆精写神,其陋无足言者,不过徒供妇女之卧游而已,固不得为士大夫考古之具,并又不能为文人雅客之所欣赏,其故何也? 以此种画工,不学无识,不能斟酌其时样也。至今名士,往往有不释其疑者,乃阅其书,牵强附会,传误者颇多,靦乎无愧,何惰之甚也! 又闻公大才卓识,今世罕匹,意者当其博览吾书而观之,不敢信此等俗间史传画图。然至其隶役僮仆辈之贱,或观之信之,则自传播讹谬于中华欤,抑不可

侧也。顾我邦上古文物质素,民俗醇朴,其仰教于中华学道,孔家之遗训,礼仪服饰,宫室器用,率折衷于此。又鸿儒硕学辈以我邦固有之风俗为贵,非方今专溺洋习者之比也。桂阁窃恤中华人或误信我邦人自古浮薄利,喜新奇,专学殊域之风,则不独桂阁抱杞忧,即我朝之耻也。桂阁有慨于是因,今谨呈《前贤故实》全部二十卷,公若赐清览,幸甚。此书系菊池民保者所著。此翁精乎邦画,至其图,推考旧典,不毫加私意,其衣冠剑履、甲胄兵伏之类,皆善写当时之实,无有妄诞。是乃桂阁之呈公微意之所在也。公披卷观之,则必有知吾古之文物风俗之概略,宛然如接我古人,亲听其馨欬矣。而公精乎扶桑典籍之名愈扬,而中华传俗画之弊顿绝矣。《尔雅》云:"画,形也。"今弃其形而写之,复何益焉?昔有韩幹、周昉传写真之优劣,吴道子、阎令公木剑帷帽之病诊,可以为传神千古之鉴诫。桂阁许武保以曹霸、顾恺之之伎俩矣,不知公以为然耶?以为不然耶?必将以有诲焉。不一

　　右启
大德望大臣何公台下

　　　　　　　　　　　　　　眷晚生源桂阁顿首拜

　　(黄公度借给我壁衣,今奉还。为了表示谢意,我送给他《名家文抄》一套,并写了这封信。)

　　公度仁兄阁右:奉借之壁衣,即摹造了,乃奉返。尊物盖弟誓以四月三十日,而期日迟缓,真个赧然!如弟则屡促其匠,匠惶惧,奉令而制之;谁料匠造之复未熟,故致此罪,幸宥刑。此书全部叫做《名家文抄》,谨呈阁下,幸赏清览。

匆匆不一。

伍月初陆日　辱爱生源辉声

黄老爷阁下右

（下略）

十六、戊寅笔话　第十二卷　第七十七话

（光绪四年四月十日　1878 年 5 月 11 日）

（戊寅五月十一日午后一时,梅仙说今日梅史要来——中间数字不明——石川鸿斋①也在这里,真是很好的机会。我请人去叫黄公度和廖枢仙。）

桂阁:代梅仙氏而言

刻驾临之时,冀同伴黄、廖两先生具携巨笔巨印而来是祷。

梅史老爷文右

弟源辉声顿首

（二时左右,梅史一个人来了。因为黄、廖两位没在家,所以不能同来。我和鸿斋陪侍梅史。）

桂阁:昨馨畅话,弟代鹿门谢恩波之辱。今者突然来访梅仙兄,恰好鸿斋先生在席,语以驾临之事,弟固所慕,乃代家婢为烹茗以相俟。

梅史:昨晚上鹿门先生处谈话,畅归后,梅仙君约今日相晤,幸

---

① 石川鸿斋(1833—1918),字君华,号芝山外史、雪泥处士。明治间诗文家,后潜研经史,擅长南画,尤精人物、山水画。

遇仁兄在此,更妙矣。

桂阁:昨谒复今见,盖奇缘中之奇缘,倘使女子如斯,则厚敬拜月下冰人可也。

梅史:昨晚归后,公余与黄公度联词,咏听清乐,调寄《买陂塘》:①

鸿斋:金声玉夏,淋漓溢纸,与《铁厓乐府》伯仲。

　　(鸿斋耍桂香女史写他的画幅。)

桂阁:容作题莺入新年语诗一首书之如何?

玉宸钟鼓报春光,上苑莺声啭新簧。扫眉才子多聪慧,写入丹青献东皇。殿中含笑跨绝技,敕赐内府春罗腻。嫣红姹紫娇春风,留与他年传盛事。

　　(中略)

鸿斋:沈南蘋,乾隆年间来游长崎,居敝邦数年矣,其间作画及数百幅,邦人最所珍赏,而贵邦何处人,诸书无载,不知有其传否?

梅史:闻是江苏人,其人久在贵邦,故我国专(全)不知也。

鸿斋:南蘋之外,有伊学九者,最善南宋之画。敝邦传南宋之画者始于伊学九,此人亦不知其传,顾商舶之至,以善画名其名。贵邦有(其)传否?

梅史:敝邦人太多能画能书者,大约百人中传名者才一二耳,即如弟之曾伯祖墨庄公,画亦绝妙,以不轻作,故知者甚少也。同时有沈荃,官至侍郎,入《画鉴》。

鸿斋:墨庄公名字如何?

梅史:讳烜。

――――――――

① 词见本集上册第一编《人境庐词曲赋联》。

鸿斋:系明人耶?

梅史:雍正时人。

鸿斋:沈姓,石田先生以来以画名,先生亦其流亚耶?

梅史:自石田先生之后,沈氏以画名(者)约二十余人,沈荃为最著;如弟则略解涂鸦,不可谓之画也。

鸿斋:谦甚。

梅史:弟家文集如叔祖鹿园公以下,皆毁于兵燹,此行携有伯父所著《平园子》,现在用活字板印之,俟成呈上,此书系论道之书。

鸿斋:遽公行于世,刻成拜读。阅下所著文集,前日于贵房得一观,忘题名,请亦具名目。

梅史:《石斋古文稿》。

（下略）

十七、戊寅笔话 第十二卷 第七十八话

（光绪四年四月十二日 1878 年 5 月 13 日）

（戊寅五月十三日午前十一时,我到南传马町伊东屋去访问冯雪卿①。雪卿不在,房间里的桌子排得很整齐,桌子上贴了这个字条:）

案上杂物,倘要取看,仍归原处。

颜色盒内均有清水,倘要近观,平拿之。画桌上另物排法,有一定之地位,求诸君不可东拿西搁。油手切勿取画盆画盃。

主人素喜"定静"两字,恐遇不知之人,特留言,知我者谅勿见罪。

（琴仙在家,他对我说。）

琴仙:敝国书家者以谁为佳,即住东京而言也。

桂阁:谫劣陋识,岂何许之！不知兄先以谁为冠?

琴仙:阁下何出此谦言也？当必有所合意者,不妨言之。如不言,想一无可当意者也。

桂阁:一定悉皆合意,故不能言。倘问各家小星之丑妍,则一一当快品评甲乙。

---

① 冯雪卿,画家。

琴仙：以谁家小星为妍，请试言之。

桂阁：我不言，兄必有觉，不如《长门赋》。

琴仙：先生盖善戏言，论字则言之小星，所问非所答也。

桂阁：阿箓容貌清秀，阿珉丰姿飘逸，阿金体度腻滑，又阿春气象活泼，阿德弟未知，然而各有姿色，宜以书学，复仿此评。

（这时听说她们要到女子理发馆去。）

桂阁：漫步徜徉，当午而食，至晚而归耳。

琴仙：身如不系之舟。

桂阁：用之则解带食大仓，不用则拂枕临山阿。君不见渭川渔父一竿竹，盖不系之舟一般。

琴仙：受文（王）聘何也？

桂阁：以文王聘之，则我中间一字不明之。

（这时候冯氏和泰园一同回来，我对冯氏说。）

桂阁：前日辱初见，幸甚。刻闻兄未创写画，故以乞联幅，暂歇了。今者来打听其事，何图琴兄在坐，笔话数番，兄亦归来，再得见，不知业已开其业否？

雪卿：已开了。

（泰园对我说。）

泰园：前日访令亲，纪氏之约，弟一时忘却，再因宫岛氏嘱车来抬，弟故往他，不能作分身术，如南海观音也。

桂阁：何故不用孙神圣妙术？

泰园：再容几天，弟学成，当遍游天下也。

桂阁：先去涂灭名簿，后学此术可也。石川鸿斋者，一个儒徒，系梅仙、桂香两人文学之师，常与梅史翁相善，而欲见君久矣，业已作觇。君之诗数首，弟为作代。希君异日赐他一见。

棽园：君须定在数日内，如弟进社，则不能如此终日游顽也。

桂阁：再商之鸿斋。

（雪卿给我看一篇文章。）

桂阁：此文系令兄君作欤？

雪卿：板桥所作。

桂阁：郑燮氏？此文出何书？

雪卿：《板桥全集》内《板桥寄弟》。

（中略）

（这时候魏氏走出来，带我到黄氏的私房去。枢仙正在写信，魏氏陪坐。）

公度：比来何所为？想起居佳胜。

桂阁：尔来疏阔久搂日子，仅旬余，有三秋不见之想。今者亦不知公务闲否？试来撚虎须。

公度：今日无多事，尽可畅谈。前者携厥妃来，不见为愧。

桂阁：梅史恩惠及贱荆，故相伴入公署，幸勿化林冲入白虎堂之罪。

公度：近日多读何书？

桂阁：晚间独读各种书，不限何书，可憾宵间短也，床笫惟读春书，却费多时。

公度：宵短梦长，但不可同床异梦耳。

桂阁：君顷专攻什么书？

公度：未暇读书。

（黄氏诊魏氏的脉。）

公度：两尺虚而无力，来去无定，心脉枯而乱，肺征虚，盖思虑过甚，嗜欲过多之所致也，宜用培元安神汤。

桂阁：培元安神汤剂宜买之于新杨狭斜。

公度：培元安神汤

老实一味。专服此药极佳，楮币贰百两，艺者数枚，新衣十件，加长门楼上酒饭作引，用三弦汤送服。

桂阁：知是千金方所载，就某医而买可欤？

公度：老实一样，仆极多，此药彼愿就买，奉送可也。

桂阁：魏氏获病之原因抑系何事？

公度：吾不得而知也。

　　（魏氏笑起来，回到他自己的房间去。）

桂阁：前日舍亲梅仙招梅史翁，弟亦与焉。乃欲招君及廖君而通信，岂图两君不在，盖遗憾也。

公度：是日值他出，多感厚意，为我致谢，暇日当诣其庐，并谒其夫妇也。

桂阁：当日敝邦儒石川鸿斋者侍坐，语曰以本月阳历十七日与君及梅翁欲访弟墨水庐，而转告之于梅史翁，不知君知之否？

公度：梅史既已告我，至日若稍暇，定当来也。

桂阁：如廖君复闲，则伴（其同来）。

公度：廖君事稍简，计是日当暇，俱来可也。

桂阁：鸿斋问弟于公署才子属于谁氏，弟告以君博识多闻，他频慕之，而有此言。不知鸿斋尝有来公署与君叙话否？

公度：敢谢过誉。石川氏曾于天德寺中见之。彼亦曾来，仆无暇，未之见也。

桂阁：十七日之约也，预造数百张册子数，而以十二点为会期，尽日笔战为乐耳。君如不临，则举（座）失望，伏冀赐光顾。

公度：来此十之九，不来者万之一而已。

桂阁：业已约鸿斋先到府上，伴君等一齐走车请了焉。

公度：可也。

（这时候潘勉骞、刘静臣等来和他商谈重要的事，就是想买日本的粟来救济中国的饥荒。）

桂阁：想公务鞅掌，如弟原闲游之身，何妨公务？

公度：此间坐，自不妨。

桂阁：大抵以何曜日何点钟为闲暇欤？弟卜其日时而进府，则似无妨。

公度：能卜夜更妙。此间事无定，无所谓某曜为休日也。惜相去太远，若在比邻，则仆于暇时造尊斋尤妙也。

桂阁：今者万里犹比邻，何谓东京中仅仅数十里之远乎也哉。奈何宵短而难叙话，别无佳期乎？

公度：此间应酬亦复不少，稍暇则坐马车中往东西南北答拜。然匆匆而过，无几人可笔谈者，殊无趣也

桂阁：答拜之多，为何而如此忙也？

公度：东西人皆有之，自官吏以外，通汉学者而来此者亦有之。

桂阁：我华族之班而来谈者有否？

公度：松平庆永①、有马道纯②、植邨家壶③皆来见过。闻华族会馆将移过博览会，是否？

---

① 松平庆永（1828—1890），名庆永，字公宁，号春岳、鸥渚。福井藩主，创设藩校明道馆。附设西书学习所。明治三年退公职，专事著述，有《平春岳全集》，《逸事史补》等。

② 有马道纯（1837—1903），为藩主，明治二年后为丸冈藩知事，四年废藩后离任。

③ 植邨家壶（1847—1920），初名剑八郎。大和高取藩主，明治初任知事。

桂阁：弟是非会馆一班之人，故未知也。而君闻之于谁？

公度：会馆非凡属华族皆共之乎？抑现居住者乃共之乎？是语闻之大久保，他人亦言之。

桂阁：虽居位者皆共之，弟辈固非其班之官吏，焉得知其未发之事？

公度：闻旧华族会馆外务省以数万金购之去，故移徙也。

桂阁：欲知之，则宜问其班列，弟未知。

公度：此间嫡庶之礼若何分别？谓妻之于妾，其待之之礼如何？

桂阁：敝邦礼仪大废，与古者不同，幸以现时所见，勿责其无法。

公度：如今欲娶妾，则士族许之乎？

桂阁：四海之内皆兄弟，谁无不许之。

公度：其妾之父母则待以何等之礼？

桂阁：闻廖君小星乃系士族，不如问他父母。

公度：是无论矣。如今士大夫有女能嫁人作妾否？

桂阁：如肯则君欲娶欤？

公度：仆不欲赁之，而欲娶之，幸道其详！

桂阁：买妾不如娶妻。

公度：欲买妾，又欲士大夫之女为妾，苟不能言买，则言娶妾亦可。

桂阁：凡敝邦士大夫之风，其富或志高者，乃不使其女儿为妾妇；至其贫且识卑者，乃许之。若欲求之，则不如择良家女而娶其嫡室。恐君惮故乡之狮子吼。

公度：敝邦不能有妻娶妻，惟南方有名曰二妻者，其尊卑之礼不甚殊,故士大夫女皆可为之。仆之先问妻妾之礼若何分别,盖为此也。如贵国礼不甚殊,殆无不可。敢问贵国一人能娶二妻否?

　　桂阁:敝邦妻妾之礼,现时如君臣主婢,又一夫娶数妾亦有,盖非英雄豪杰不能为也。

　　公度:如买妾则买之何等人家? 其价约若何?

　　桂阁:弟顷作《买妾论》而欲呈君,其稿半成矣,一二日内净书呈之,其详则观之可知。

　　公度:急欲闻之,幸先以大概告我。

　　桂阁:不限何等人家,预约金大抵数百金,叫之曰整具金,盖充自己家香奁整齐之件也。

　　公度:此整具金非其父母受之乎? 既买之矣,则他日携以西还可也,故仆不欲赁而欲买。

　　桂阁:想君故乡可有夫人,何故出此言?

　　公度:在敝处则一妻而十数妾有之,不足怪也。

　　桂阁:整具金其实父母收之也,非必整香奁杂具。

　　公度:若买艺者之类,价值当稍贵?

　　桂阁:容仪婵妍者约不下二三千金。

　　（枢仙公事干完,到这里来。）

　　桂阁:此间不忙乎? 如忙,则当告退,请告其实。

　　枢仙:顷间发一文件,故未奉陪,今事已毕,可畅谈矣。

　　桂阁:那文件系差何? 极是大者也?

　　枢仙:是送外务省。

　　桂阁:外务省中谁氏能擅文墨、能通典籍?

公度：未见几人，不甚知其详。有宫本小一①能作诗，闻有石桥政方通古文，未之见也。

桂阁：敢问敝邦官吏，谁能会中华学问？

公度：未知其详。据所见者，修史馆之重野安泽，又青山延寿皆甚佳。

桂阁：现不见小星，昼间无光芒，果然否？

枢仙：既谓之小星，则白昼不能见矣，盖月朗尚且星稀，况赫赫太阳乎？待太阳倾后而显欤？惟乖银河一年一回之好会。今者远隔东洋大海，比银河更迢遥矣。君每夜为乞巧奠，何称其迢遥？东西两地，儿女各殊，在此地而窃效乞巧，殊苦不似。

桂阁：有诗曰："勿言天上会相见，犹嫁人间去不还。"

枢仙：丈夫志在四方，何必妻妾是恋？况瓜期有定，非黄鹤一去不返也。

桂阁：黄鹤楼中，概况可想。

（何子纶来了。）

桂阁：弟未习篆体，惟以隶楷行草各随命耳，如尊写楷书则抽象。

子纶：弟前时所写三字，可谓班门弄斧矣。

桂阁：现敝庐之宝物，弟所赠令兄之书看否？

子纶：已看了。

（中略）

---

① 宫本小一（1836—1916），明治初历任外务省小丞、大丞、书纪官等职，明治二十四年为贵族院议员。

桂阁：每每来受教，晚生为之稍伸才气矣。刻告辞。壁衣之尊写，愿速成，且十七日之约，宜斟酌公务之间而光顾也。

公度：敬谢谦逊，他日再畅谈也。

（这时已是午后四点钟，我告辞了。）

十八、戊寅笔话　第十五卷　第一〇一话

（光绪四年五月十六日　1878 年 6 月 16 日）

（戊寅六月十六日早晨，我要访问梅史，带着借给他的和其他的许多东西出门，走到日本桥，骤雨来了，没有办法，只好到南传马町伊东屋去避雨，顺便和冯雪卿笔谈。这是上午八时的事。我对雪卿说。）

桂阁：弟约梅史以今日早朝相晤于公署，而途逢大雨，故进退维谷，君幸贷弟于檐下数刻，则幸甚。

雪卿：缓坐不妨。

（我送给他一块钱。）

桂阁：前日拜赐佳作，蓬庐生辉矣，乃将微仪谨奉赠，幸乞笑纳。

雪卿：仆小小之件乱涂，不敢受资。

桂阁：兄之以书画自活者，如不受我物，则我想是客气之人也。

雪卿：别友所来，只得受资。桂翁所来，况小件，若居然拜领，汗颜之至！日后必将绢画奉敬桂翁。

（他送给我一小幅画。）

桂阁：受此佳赐，不可不为其报。

雪卿：必要奉敬，倘桂翁哂纳，仆心方安。

桂阁：永为堂幅，夸曰"才友"耳。

（中略）

（雨停了，我坐车到芝滨松町桂香女士那里去，拿出枢仙所托的纨扇来，请她画画儿。后来我到梅史那里去。）

桂阁：有数十百之谈话，胡思乱想，殆失其顺序，先徐坐叙谈耳；以后玉体健全，微恙复大愈，盖朋友间成欢也。

梅史：前日经横滨，未得晤见，虽数日间，则竟似三秋矣。今日往闻香社否？

桂阁：闻香会①诗会，不堪仰慕，弟些有事，不能往。

（我送给他一把长光刀。）

桂阁：此刀钝锈，不可当高鉴，试携以呈。

梅史：此刀甚佳，拜赐感篆。

桂阁：此刀乃系敝邦备前良冶长船长光所煅炼，弟本欲并诗赠焉，其稿半成，砺磨未了，故即携而呈。后日诗成，则写红绢而呈耳。

雪卿：弟当作一诗奉谢。

（中略）

（梅史出去了。石川鸿斋来找梅史，我告诉他梅史已经出去了。原来鸿斋要和梅史一同到闻香社去，现在只好改变主意，和我一同到黄公度那里去。枢仙也在那里。）

桂阁：昨日蒙厚赐，实意外之喜也，永以为珍藏，恐欠其报物。黄、廖两使君

弟源辉声

---

① 闻香会，当为闻香社。

公度：团扇制自敝国，固非佳物，屡承琼玖之投，此特木瓜之报耳。

桂阁：惟冀永以为好。

公度：沈君既往王桼园处。桼园函约君今日往上野家中为诗会，未审既见否？

鸿斋：桼园书翰昨来，今日风雨如此，恐延期必矣，故仆来问其故也。而沈君不在家，去何处乎？

公度：沈君刻既去矣。

（这时候来了一个我还未曾相识的中国人，他会一点日本话，年纪大约三十三四。）

桂阁：高姓台名？因何会敝邦言语？其原由详载焉。

缙堂：梁缙堂。

公度：是君在横滨多年，故甚熟贵国语。

桂阁：在横滨几许岁，且活业系何？现在公署掌何职？

公度：从前曾在英公使署，兼通西语；英使偕来，逐①通东语。今在公署为翻译官。

桂阁：官衔何品？

枢仙：衔同六品。

桂阁：他何故不作笔话？

枢仙：想是不惯笔话，缙堂东话颇熟，口谈为便。

桂阁：弟口讷不喜口谈，惟以一枝笔换千万无量言语，冀使他勉为笔谈，则弟之幸也。

（缙堂匆匆地走了。）

---

① 逐，当为遂。

枢仙：请代求桂香女史之画，曾转致否？念念。

桂阁：过刻已递与了，惟他甚惭恼，无即诸。弟强请而去。

桂阁：何公使在馆否？

公度：在家。

（鸿斋拿出送给如璋的书件来，交给黄君，黄君就交给如璋。）

（中间空白）

（鸿斋拿出《芝山一笑》的稿子来。）

鸿斋：两公使及沈、廖诸公诗辑为一卷，名曰：《芝山一笑集》。黄阁下急急赐一诗。

公度：此本幸留览，五日间必有以应命。

鸿斋：阁下留此卷，其幸赐序言。

公度：弟亦当勉为一诗。

桂阁：诗思变为色思。

公度：明日即遣樊素矣。

桂阁：使他思燕子楼中之事。

公度：不复言此事，仆行且仿石川先生为假佛印，所谓"禅心既逐沾泥絮，不逐东风上下狂"也。

鸿斋：下假佛印之名，即系枢仙。

公度：敝处卖西东食物者，大书曰"两洋海味"。仆欲一尝之，既知其无味，亦遂弃如鸡肋矣。

桂阁：此语突出，不知为何谈想？是东洋西施乳含与中华妃子荔枝，而欲尝之意欤？

公度：东洋即"东施"矣，所谓无味者即此也。

桂阁：必能有使吴宫如子胥之谏绝色，虽东施家，其美却胜于西施家。

　　枢仙：阁下与何星使书，请再作诗辨其非僧，弟阅之不禁忍俊。昔贤云："有酒学仙，无酒学佛。"则仙可也，佛可也。中土僧人，守戒律者不敢食肉饮酒，又不得娶妻生子；贵国之僧则食肉食酒，聚〔娶〕妻生子，与常人同，且不奉官役，不纳租粮，又胜于常人。弟曾有言恨不得为东洋和尚。阁下早晚①脱却名缰利锁，优游泉石，以诗酒自娱，当之可以无愧。弟曾偶以为假佛印，由今思，当即真矣，乃欲辨其非，不亦多事乎？

　　鸿斋：仆素非辨僧与俗，赠答之诗，遂为一假佛印；若无僧俗误认之事，不为一笑也。此一笑亦与虎溪三笑相类，盖以为千古谈柄也。

　　枢仙：顷所云云，亦是笑话。不说不笑，何以消此淫雨之困？正可借此作笑柄耳。虎溪三笑，此又增加一笑也。

　　公度：当作一小引。

　　鸿斋：黄君为《芝山一笑》小引，仆大喜莫过焉。

　　（这里有何如璋《使东杂咏》的稿子。）

　　公度：此诗皆草稿，随后删订既就，便当抄呈，或以印送。

　　桂阁：滞留之久，不必紧急索之，十分删订之后，弟乃自抄写而已。如到其时，则快快贷弟是祈。

　　公度：稍稍删定将就，即将以呈；缘其中尚有不妥惬语，故不敢流传于外也。

　　桂阁：弟阅何公使草稿，则曰"小西湖"山水较之浙西山水相去几许云云。是等言，则明言，非虚言，弟大赏焉。如删定之后，或

---

　　①　原文如此。疑为早已。

惮我群小官员等,或厌腐儒迂生恕之,如除是等,则弟决无借得而抄写之意。弟初见何公,知其人非浮薄诡谀,尊重尤厚,果有此作,弟钦慕益甚！伏冀弟借得何公写就携贵国去之稿而抄出耳。至示敝邦人之稿,则弟决不读也。

公度:何公告弟,俟删订既就,即以刊布,愿无不可,此刻则未能。如阁下必欲之,阁下自请于何公可乎？亦以其中未能详备采风问俗,初到多有不知故也。稍迟一二月便交君阅。

桂阁:弟欲乞何公,君如导弟,则俱往谒。何公如惮敝邦群小之愠,而删其指我天子宫为倭宫之类,则弟决不借也。

公度:即欲删润此种之类。倭者贵国古号也,如称我曰汉宫,亦原无妨。

(恰好如璋来了,我把《使东杂咏》的稿子和我们的笔谈给他看。)

如璋:倭字即和字转音,在中土并非不好字义。

桂阁:华人谓敝邦叫倭奴,又叫倭寇,俱赫赫记载于史中,犹敝邦人谓贵邦人叫"豚尾奴",是重国轻他之义,盖其本心而为善良；如谄谀言之,则非正直士也。

如璋:顺即和也。奴字在中土亦是妇人自称之言,系亲爱之意。

桂阁:妇人称奴定亦是贱称。冀一二日中借尊稿而抄写耳。如许之,则胜于有琼瑶之惠。

如璋:仍有数十首未汇抄,俟抄齐再借与君一观。

桂阁:现时先借得此尊稿而归是祷。

如璋:现刻不好取去,俟检点好取去。

桂阁:检点之后,恐删所惮,然则弟望空也。

如璋：诗不删，惟字句之间，或有未善者，自酌定耳，非有所惮也。

桂阁：如删订字句，则必定多删其所惮无疑矣。弟虽获之，岂何为快乎？凡诗文皆以气节为贵，失其气节，譬犹有肉无骨，不如现刻携去，冀慈爷怜弟衷情。

如璋：诗之为道，须推敲，所以字句时有酌改者，非有所惮而改之；因原者不佳，则改之乃佳，故迟迟将以佳者示君。

桂阁：初稿乃弟所欲，盖慈爷天禀大才钟而成也，切允焉。如不允，则夺去耳。

如璋：迟三四日再送，断不失约。

桂阁：弟贵其直言，不贵其虚饰。虽少陵、青莲之诗，昌黎、柳州之文，苟有虚饰，则弟措而不读。

（我终于借到了原稿。我对黄氏说。）

桂阁：何公已默许了，弟携归，经三五日而奉缴。

公度：父命不可违。所谓默许者，殆视于无形。

桂阁：子不可以不争父，况已许乎！

公度：听于无声耶？所谓"争"之一字，岂可施耶？

桂阁：《礼》曰："三谏不听，则泣而从之。"况默许乎，何用泣从！

（我们转换话题。）

桂阁：大久保①氏之遭刺客，公署之详说谓如何？

如璋：大抵顽固之俗未化，十年来贵邦文明无进步也。

---

①　大久保利通（1830—1878），幼名利济，号甲东。明治维新元勋之一。著有《大久保利通日记》、《大久保利通文书》等。

桂阁：口唱进步，心为退却。中有木户孝允①，以早逝，幸免刺客，然亦不免后世伍子胥鞭尸之事欤。

公度：近来传闻如何？闻刺客党羽甚多，如何？

鸿斋：新闻妄说，俚巷之风，说中间六字不明，非有实证也。

公度：刺客专委其罪于大久保，又欲鞭木户孝允之尸，意倘谓此二人既死，国事即将蒸蒸日上耶？

鸿斋：南萨之人，偏陋顽固，数误大事，与中国人议论不相合，故有此举也，其实不知。

桂阁：弟获刺客所怀之《斩奸状》，异日译之而呈耳。其中曰：岩仓具视②、大隈重信③、川路利良④、黑田清隆⑤、伊藤博文⑥，是等皆奸恶不可不诛，如三条实美⑦等碌碌斗筲辈，何用刀斧乎！

公度：其所言奸状如何？外间人即谓国人，以非当道在内执政者，故曰外间人以为当否？

桂阁：识者笑之，诶者恐之。如我辈者，则呵呵大笑耳。

---

① 木户孝允(1833—1877)，原姓大江，过继桂家，后改木户，投入倒幕运动，明治政府首脑之一，历任大阪会议议长等职。

② 岩仓具视(1825—1883)，号对岳。幕末、明治间政治家。

③ 大隈重信(1838—1922)，政治家、教育家。历任外务大臣、枢密院顾问、早稻田大学校长等职，曾主持内阁三年后下野。

④ 川路利良(1834—1879)，号龙泉，萨摩藩士，明治时期曾任东京警视厅长、陆军少将。

⑤ 黑田清隆(1840—1900)，萨摩藩士。早年学西洋炮术，维新后历任外务权大丞、兵部大丞、北海道开拓使长官、参议、农商务大臣、内阁总理大臣等。

⑥ 伊藤博文(1841—1909)，幼名利助，后改俊辅，号春亩等。农家出身，留学英国。明治时期历任兵库县知事、内务卿、首相，与李鸿章在下关谈判，签订《马关条约》。后被朝鲜安重根刺死。

⑦ 三条实美(1837—1891)，明治维新元勋之一，曾任副总裁、辅相、历任修史局总裁、太政大臣等职。

如璋：诸人奸状如何？不妨逐条书出。

桂阁：不如箝口。

如璋：若不说，则诗稿……

桂阁：以周勃之言答之耳。若欲问奸状事，问于当路君子，如弟则山水游玩是视耳。

公度：虽未详言，亦既言之矣。行携此册达之太政官，告源桂阁以诽谤朝政之罪。

桂阁：弟仿方孝孺耳，何为仿呼猪状之乎？虽诉之太政官而鸣罪，决无恐焉，却悦见董狐、崔浩于地下，而相笑其愚耳。

如璋：如此则何以箝口。

桂阁：邦无道则退之义也。必定连累黄氏。

公度：无所连累，仆所言皆当也。

（中略）

（如璋走了之后，我在枢仙的桌子上看到伊藤博文送给何如璋的内国博览会出览品照像册。）

桂阁：何公得之而甚喜爱否？

公度：既送来，则收之，函谢之而已。

桂阁：不知何公所恳请欤？否则何公在敝邦，此一切书籍器用之类，最喜何物？

公度：喜欢人物。

桂阁：喜欢什么人物？

公度：无论智愚贤否、居上居下，皆喜欢之。

鸿斋：欲观佳丽，无如西京；欲观丑夫，莫如东京；欲观英雄豪杰，莫如古；欲观懒惰愚昧之人，莫如近日。

桂阁：欲观婵妍袅娜，亦莫如近日。

鸿斋：邦俗东男西女，东京实非妇之佳者也，些有侠气；西京妇女，天下第一，其水清，其土软，其情亦致密多淫。

公度：东京妇人，有能击剑者否？有能豪负侠气如男子者否？有能通汉文者否？兼是三者，美恶老少不足计也，为仆谋之。

鸿斋：能击剑、善诗文者皆有之，然不甚多，皆生翠帐红闺中，不敢他出也，大抵系华族、士族富者之娘；其在柳桥、今春等者，惟是容貌而已，才解弹弦，不足论也。

公度：华族、士族，不欲与人作妾，奈何？

桂阁：虽或欲作妾，亦不得不拒焉，其故何也？女子击剑，则箸①力则劲，手足恍如男子，如读书属文，则或勃率，议论利口是恃，如豪侠使气，则其丈夫恐为他所隶役。不如择纯良温顺女子而与之契偕老同穴。

公度：若不如我，则吾奴隶之；若胜于我，则俯首拜下风，彼奴隶我，何恤焉。

桂阁：然则择周姬之妇可也，使他自骂文王。则便有一种女优者，当时已绝其业矣。昔敝邦诸侯盛蕃之时，不使诸侯妇女许往戏场，故有女优者而演其技，皆择良家子女而为之，他固优也，能舞剑，能读书，又能扮男子，扮英雄，而手如柔荑，肤如凝脂，如是恐适君之意？可惜今者拂地而不见。弟尝喜之，常时聘之矣，真个娇娇良家破瓜娘子皆来演，恍似赵飞燕、李夫人，可恨不使君等观其美丽。

公度：若论古昔，则赵飞燕、李夫人辈，中土者极多，亦恨君不得也。

---

① 箸，当为筋。

桂阁：否。彼辈现在诸方，然皆弃业从良。

公度：甚矣化之不可开，文之不可明也，其流毒乃至于此。

鸿斋：天下山水佳处，妇人极美。东京山水不佳，故妇亦多丑。如我乡极山水佳绝，生其间者，极美且丽。不到我乡，西施、飞燕徒为婢，亦耻焉。而男儿不甚佳，亦因风气也，非宋玉以楚夸之比也。

公度：中土向来所称美人国者，即指东土；如君所言，仆固深信而不疑也。

桂阁：弟又闻：彼美人兮，西方之人。

公度：此谓欧罗巴之义大利耳。

（我们转换话题。）

鸿斋：日前同沈梅史访增岳阳，岳阳赠诗于阁下。尔来数来敝庐，诘得阁下瑶作。阁下暇日其亦赋一诗赐之增岳阳？

公度：比邻不远，以为无日不可过从，而卒未一往，愧惭！行且订日相访，并作一诗以解嘲。

（鸿斋请枢仙题字于扇子上。）

鸿斋：为中间二字不明，仆季弟。日前张公使赐诗，想皆阁下书。观此书，始知张公使书皆伪作。

公度：廖君是学张公使书法。

枢仙：黄君之言，足以饰非，真学书于张星使。

鸿斋：否。张星使借廖君五指，非廖公学张星使。

公度：非学非借，亦真亦假，一切世事，皆如是也。

鸿斋：仆欲为廖公说一言：为张星使书者，可用草、行，自书必是用楷。不然，人怀伪念。

公度：仆欲告廖公，如为张公作书，当以左手。

桂阁：未尽其言。如作张公书则口头插笔，或足头插笔可也。

黄遵宪集

公度：总之，廖公自作书，不必学张公书法为妙，勿使人怀伪念也。

桂阁：不如使张公歃授其书法。告辞，异日再来决战耳。

公度：如此谈锋，可以一战，他日再可一书，约会于墨江，但恨君不教吴宫美人战，座中少一队娘子军，以为憾事耳。

桂阁：使木兰扮男子而战如何？

公度：大是妙事。

（我走了，路上做了一首诗。）

（这天鸿斋与公度又作了以下的笔谈，我没有参加。）

鸿斋：敝国以文章名世者，五六十年来，颇有其人，曰佐藤一斋①也，安积艮斋②也，野田笛浦③也，斋藤拙堂④也，盐谷宕阴⑤也，安井息轩⑥也，藤森弘庵⑦也，林鹤梁⑧也，紫野栗山也，尾藤二洲⑨

---

① 佐藤一斋（1772—1859），名垣，字大道。儒者，著有《大学一家私言》、《言志录》等。

② 安积艮斋（1791—1861），名重信、信，字思顺，号艮斋。儒者。著《艮斋文略》、《洋外纪略》、《东舆图考》等。

③ 野田笛浦（1799—1859），名逸，字子明，号笛浦。儒者，著有《海红园小稿》等。

④ 斋藤拙堂（1797—1865），名正谦，字有终，号拙堂、拙翁。儒者。著有《拙堂文集》等。

⑤ 盐谷宕阴（1809—1867），名世弘，字毅侯，号宕阴，曾为儒官，著有《宕阴存稿》、《筹海私议》等。

⑥ 安井息轩（1799—1876），名朝衡、衡，字仲平，号息轩、半九陈人。儒者，著有《息轩先生遗文集》等。

⑦ 藤森弘庵（1799—1862），名大雅，字淳风，晚年号天山。儒者。著有《春雨楼诗钞》、《新政谈》等。

⑧ 林鹤梁（1806—1878），名铁藏、伊太郎。儒者。著有《林鹤梁文钞》。

⑨ 尾藤二洲（1745—1813），名考肇，字志伊，号约山、伊豫川江人。儒者。著有《正学指要》等。

也,木贺浮风也。其他减一等者,赖山阳也,篠崎小竹①也,堀田虎山也。其他皆琐琐屑屑,不足见。

公度:专集多未见,选本中曾见其十之六七,俱颇佳。《林鹤梁集》近见之,惜与安井息轩皆于近年沦谢,未及见。

鸿斋:此中亦取纯粹者,以息轩、宕阴、艮斋、一斋为最。

公度:所点五家皆未见。现存诸公,近日负当世名者为谁?敢问。

鸿斋:在世之人,其文甚少,在东京者,仅仅不足屈指:大桥讷庵②在小梅、古贺谨一③在浅草,其他不知也。在编修官者,以川田刚④、重野安绎⑤、中村⑥、青山等为魁首,然比之二十年前人,其降数寻矣。

公度:有蒲生成章者何如? 又有芳野金陵老辈又何如? 蒲生之全书有藏之否? 仆颇欲讨论。贵国典章,闻《礼仪类典》五百余册,恨非汉文,《大日本史》之十二志又未刊行,有何书可以供读否? 敢问。

鸿斋:全书无。仆处古书无可证者,间有之者,皆敝国之文。

---

① 篠崎小竹(1781—1851),名弼,字承弼,号小竹、聂江。儒者。著有《小竹斋诗文集》等。

② 大桥讷庵(1816—1862),名正顺,字周道。儒者。著有《辟邪小言》、《海防汇议》等。

③ 古贺谨一(1816—1884),即古贺谨一郎,名增,字如川,号谨堂、茶溪。早年学儒学,后研究西学。著有《度日闲言》、《卮言日书》等。

④ 川田刚(1830—1896),名刚,字毅卿,号执斋、瓮江。汉学者。著有《瓮江文稿》、《日本外史弁误》等。

⑤ 重野安绎(1827—1910),名安绎,字子德,号龙泉、成斋。著作有《成斋文集》、《重野博士史学论文集》等。

⑥ 中村,即中村正直,字敬宇。先以儒学显,后通西学。明治初任职摄理师范学校。

史书《大日本史》既尽矣,其他糟粕耳。以敝文所志,间有数卷中仅仅得一二段耳,未备也。

公度:《大日本史》有纪传而无表志。欲考典章,必于志乎。仆急急欲得如史志诸书览之,恨其不知也。

鸿斋:《日本外史》初卷有引书标目,仆不悉记,请在馆中示之耳。

公度:各史所引书目多和文者,仆意欲得汉文者耳。

鸿斋:有和文者,有汉文者。然汉文前古草昧未开,惟缀文字耳,恐文法不调,倒转助字,不得其法,难读也。然一一皆示焉。请取来《外史》标目。山阳著《外史》,文章粗漏,实事大误,非士君子间可行者。二十年前,有盐谷宕阴者,蒙台命,欲著国史,不成而殁,于今为遗憾。其草稿,其家仅在,然不全备也。山阳惟一时卖暴名,其实学力浅薄,不足取也,阁下读其文可知耳。

公度:山阳盖一豪杰,近于苏氏父子者流,非徒区区与文学之士争得失于行墨者,其笔力亦殊雅健,但论博学,则不可知其何如。后人从其书而正其误,亦可以补正其失,然其人不可得而毁也。

鸿斋:阁下以山阳为苏氏之流,实敝国名誉,幸甚。然山阳氏父春水[1]者,以中间二字不明取一时之文柄,《外史》大抵父手所成。父友有武景文者,其稿过半成于景文之手,《外史》引书数十部,实非山阳氏所阅读也。此时《日本史》未行于世,惟以写本相传,山阳未及读之,故自《日本史》所引用,误谬亦不少。

公度:春水,闻其名;武景文,则所未闻也。自来史书出一手者

---

[1]　春水,即赖春水(1746—1816),名惟完,字千秋。儒者,赖山阳之父。从事日本史研究和编纂。

甚少,如《史记》、《汉书》等类,亦出自父子,《通鉴》则皆借助于其友,实无足怪。其时《日本史》虽未刊布,谓山阳未读,恐未心然。《日本史》之刊布始于何时?

鸿斋:既有《日本史》,山阳见其写本,《外史》著之后始刊行。然价贵,山阳不能偿之,仅取《赞论》而藏之,是赖氏所自言。想山阳读《日本史》仅一过,当著《外史》之时不置之坐傍也。

公度:《日本史》"赞论",当时安淡泊,以为不可以臣子褒贬君父,故未刊,至今犹只有写本,无刊本也。山阳假写本读之,正其勤力处。君所云云,殆误记矣。

十九、戊寅笔话　第十七卷　第一一○话

（光绪四年六月七日　1878 年 7 月 6 日）

（戊寅七月六日午前，我到芝公使馆访问梅史，却碰见一位少年，不知是哪儿派来的，一会儿就走了。）

桂阁：君先暂憩。

梅史：数日不见，甚念。

桂阁：近日天气热，又霖雨，故过行几十余日，大致契阔。今朝凭昨日雨催凉矣。弟命车而来，忽复午热颇酷，幸使弟五尺之躯，憩暑于高轩旁，缓缓相谈耳。

梅史：甚善。自横滨归后，连日遇雨，近龟谷省轩①约选贵邦之诗文，故不得来访。

（我把《旧雨诗钞》拿出来。）

梅史：西岛兰溪②、青山云龙之诗已选出矣。

（我嘴里说"春岳死了"。）

梅史：松平春岳，仆以为一贵官，不知其诗甚佳。闻西岛伯绳

---

① 龟谷省轩（1838—1913），名行，字子省，号省轩、搜奇窟等。历任太政官少史、纪录局长，后专事著述。著有《省轩文稿》《省轩诗稿》等。

② 西岛兰溪（1780—1852），本性条下，名长孙，字元龄，号兰溪、坤斋等。精研经史，著有《晏子春秋考》、《孔子家语考》等。

之言,近日作故,惜之。恐讹传。

桂阁:现在小石川居住。

梅史:仆尝往访之,伊亦来公馆。

桂阁:敢问伯绳氏说春岳已死乎?

梅史:云前日之事。

桂阁:弟元与春岳无知交,故未知其死。如西岛氏,春岳之友,而说其死,则恐非讹传。如我未见其死于新闻纸也,非亲戚则无凶信。

梅史:阁下家内有先公之集否? 或诗文有存者,亦可付弟选之。

桂阁:请问君当选东洋人诗欤? 敝家祖宗多嗜文墨者,故其集亦颇有,奈何敝家列祖皆蒙赉于德川家宰相矣,世寔居于城侧,故屡遭回禄,其稿烧毁者甚夥,弟欲搜辑已数年,未得其完全者,实弟积年之大遗憾也。惟有亲家纪正伦源乘义家多藏其家祖先之稿者,如有意,则请借付君。

(不久,有人送简单的饭菜来,我们都吃了。)

桂阁:前日所言之墨水鸥灯,无雨则每夜七八点时浮焉。远望之,点点炜煌,恍似明星落洲渚;近望之,恰如群鸥游中流,君如有意,则度闻香、天德两处而观之可也。何公、黄公、廖公之内,如有闲暇之人,则相伴如何? 登那植半酒楼一酌,而纵观则便了。惟七八点刻亦无妨欤?

梅史:弟与二公使及友人言之,均甚喜,欲来,惜雨多故未果。俟天晴后当来也。

(中略)

桂阁:据新闻纸上曰:一昨日大臣三条邀公使于芝离宫张宴席

者。离宫乃柴湾离宫欤？而其情景果如何？

梅史：亦不过寻常聚会之情景而已。

桂阁：所会之华人谁谁？倭人谁谁？大约示之。

梅史：华人二公使及参赞也，日人不知。

桂阁：三条公躬亲笔谈否？将公作诗否？公使及君等亦有诗否？

梅史：此等宴会，略谈数语，亦不作诗，盖官套也，自然亲作之。

桂阁：条公弟未晤言之，其人才学人品如何？请密告君所见。

梅史：弟因有服，不著礼服，故不与达官来往。闻公使云，亦一和平谨愿人也。

桂阁：此游不许有服者同往欤？实是不雅之游观。

梅史：公宴当著补服，挂朝珠，冠上顶戴，如弟有花翎者，须戴花翎。弟今不著礼服，故不往，非不许也。

桂阁：如闻则是公宴了。弟想一定是条公所邀也（下略）。

梅史：虽是条公所邀，但弟与条公未曾晤；条公既为贵邦宰辅，公使亦礼服而去，弟亦必须礼服也，故不同去。

桂阁：称私宴可也，岂何礼服？

梅史：贵邦之风俗如此耶？若在中华，则此等私宴亦礼服也。

（我请梅史写字在扇面，梅史写了一首和我的原韵的诗：）

豆架瓜棚窅纬萧，虫声凉影不堪描。闲来栩栩梦蝴蝶，藤枕桃笙度此宵。

桂阁仁兄大人以箑索书，即次其韵答之，并请正字。

沈文荧

梅史：此扇是谁？要落款否？

桂阁：复我携的。

（黄公度来了。虽然今天热得很，他却穿着夹衣。）

桂阁：黄君专房，精神衰耗，故午热犹觉冷。

公度：既遣之。

桂阁：弟今与梅翁欲同访王治本于闻香社，不知君亦同往否？伊地临西子湖，其凉爽复胜芝山。

公度：未暇。

桂阁：脱阿常姐之侧？

（公度也在扇面题诗：）

纱窗凉雨夜萧萧，红豆青灯对影描。相见时难相别易，十分孤负可怜宵。

率笔次韵，乞

源侯正之

黄遵宪

梅史：难易二字，高作中之大眼目。

公度：大作甚好。是子亭亭玉立，未甚牢稳，恐亦蝴蝶之乘风飞去也。石川氏仆送与古诗一章，君见之否？

桂阁：未见。

（这时候何子纶来了，在扇子背面画墨梅。）

桂阁：弟尝阅书，知宋代有黄公度者，著私史，论忤秦桧之事，不知此人传载《宋史》否？

梅史：见于《宋史》，然无专传。我国史之例，事多者立专传，其余则附见他人传中。

桂阁：此黄氏人品行状如何？

梅史：亦是正人。我国人多，世久名字多重者。

（下略）

二十、戊寅笔话　第十八卷
第一二○话

（光绪四年六月二十一日　1878 年 7 月 20 日）

（戊寅七月廿日，我打发房吉送两把团扇和十数盏鸥灯到公使馆去。）

（这是我写给何如璋的信:）

子峨慈爹大人阁下:

儿前日虔呈寸楮，具陈奉借《红楼梦》一书之事，谁图爹不在家，小价空归了。伏冀现时切请公度兄而贷焉。如不贷，则照前日所陈之罚法而处焉。

团扇(二柄)奉呈

子峨、鲁生两公使

鸥灯(十四个)

右奉呈

少爷、张子敬二君，冀命贵僮奉送焉。此灯之用，或悬轩，或提手，或放池，更各妙，请试焉。

　　　　　　　七月二十日，乃六月二十一。

（这是黄遵宪代何如璋写的回信:）

团扇、鸥灯均收到，当以转呈两公使。《红楼梦》送备清

览。即请

桂阁贤侯大安

六月廿一日　黄遵宪顿首

二十一、戊寅笔话第二十卷
第一三二话

（光绪四年七月十二日　1878 年 8 月 10 日）

（戊寅八月初十日，我接到了这一封信。原来昨天该接到的，但却延到今天才接到。）

明日（阳历八月初十日）十时，祈台驾来馆吃万寿贺筵，勿却为幸。此致，即请
桂阁贤侯近安

何如璋　　顿首
张斯桂

阳历八月初九日

（八时，我带着高木、房吉两个人，坐人力车到公使馆来，在梅史的房间里笔谈。）

桂阁：今日蒙宠招，不图得列华筵，其喜可知。东洋小生源辉声谨贺大清国母万寿。谢谢！

梅史：今日黍园、琴仙亦来。

桂阁：敝邦来宾系几名？

梅史：惟君一人，余为黍、琴。

桂阁：据鸿斋言，前日亦有万寿节贺筵，弟甚憾不列其席，想敝庐路远，伏暑酷烈，故无宠招之事，而实憾不尝其盛馔。幸今者尊

函到来,雀跃飞跑耳。其前时贺筵之时,相会者鸿斋、梅仙之外,系几名敝邦人?

梅史:日前之事,因鸿斋能餐支那馔,故招之。梅仙适来,故留令尝,然恐梅仙之不能下咽;及食,鸿斋与梅仙竟能大嚼,异甚。后知君亦闻而慕之,故特来奉请,若尝之而可口,异日请客,当治华膳也。

桂阁:想弟亦恐不能下咽,且弟有病,油膏浓物,不能多嚼,故请君乞两公使允许,使此高木正贤子在傍坐,餐弟所剩之残馔。幸乞之公使,则幸甚。

梅史:当言之于公使。

桂阁:仆常摄生,于一切食物,不敢饕餐,虽敝邦馔,太切原文皆剩焉,所尝不过一二个。如万寿高筵,不能悉嚼,却似无礼,故仆用意,同高木子平生喜饕餐而伴之,欲以饱其盛馔。伏冀使他坐仆后边,则杯盘恐使酒肉空空了。

梅史:说得有趣之极。

桂阁:异日欲将华馔飨两公使及诸君,不知何处有此庖人?如那会芳楼路远,且鄙野不便。顷据齐藤①拜石云,入船町王惕斋处有此庖人,想是那周文明,如他,则恐其调理亦极下等。

梅史:君可不必,弟所云者乃指公使他日请客也。

桂阁:仆如请客,治华馔,则向何处买办至便,请告示。

梅史:此地无庖人,会芳楼之庖人亦不甚佳。

（这时候枢仙来了。）

枢仙:昨到王惕斋处,见所悬贤侯自撰书令曾祖母碑碣拓本甚

---

① 原文如此。

佳,书甚古厚。未审能见赐一纸否? 七洞天樵白。

桂阁:尚剩一二叶,明日乃奉呈。惟恐其文拙劣,其书鄙俚,幸赐两政,则幸甚。七洞的系何事? 罗浮山边有七洞否?

枢仙:天下洞天福地,以昆仑为第一,罗浮为第七,天台为第九,故梅翁亦常称第九洞天樵者。

桂阁:自二至八,一一示焉。

枢仙:此却记不清。请问梅翁,不知能记得清否?

梅史:亦记不清。第二至六乃五岳:泰山、嵩山、衡山、华山、恒山。

桂阁:不知阿信居第七乎?

枢仙:五月中既开发出去,鸿飞冥冥,一字不明人何慕焉。

桂阁:未得新妇乎?

枢仙:有待,弟实欲买得者为妙。

桂阁:闻公署顷下令使众别嫔一时斥逐,果然否?

枢仙:未见明示。

桂阁:买妾复不伤乎?

枢仙:买妾则名正言顺,可对君父。

　(这时候我们都到餐厅去。黄公度、廖枢仙、沈梅史、王泰园、王琴仙、高木氏等围着一个桌子坐。另一桌子旁边有潘勉骞、冯湘如、梁缙堂、魏梨门等坐着。听说公使在客厅里陪着美国人麦嘉谛吃饭。)

桂阁:此炕为谁设?

琴仙:亦不过有客来暂坐。

　(我看见一个新来的人。)

桂阁:著缁衣之人姓名何?

琴仙：何大人本家族内。

定光：何定光。

桂阁：现任何职？以何掌官出仕扶桑？

定光：我中国国子监大学生。

桂阁：近日来我邦乎？或与何公同来乎？

定光：即月到贵邦游玩。

桂阁：常时必然在北京欤？而位爵何品？

枢仙：何君原由家乡而来，未到北京，现亦未仕。

桂阁：尊字尊号叫做何？何公何等亲？

定光：小号小明。何公与家大人是兄弟辈行。

（桌子上满是菜。起初也摆着瓜子儿、杏仁等。他们再三对我说："请吃！请吃！"）

桂阁：择其可适口者徐徐下箸，决勿促之。

黍园：先下箸方知其适口。

桂阁：此羹叫何？其中以何酹制之？

黍园：鱼翅。

桂阁：此酒叫何？如何酹酿之？

梅史：绍兴酒。

桂阁：此物何的？

琴仙：鸡胗、糯米。

（他们又对我说："请吃！请吃！"）

桂阁：弟以徐徐下箸为好，意先试问其名与其制，而为后学亦颇可。

黍园：炒鸡。

桂阁：此物如何？

琴仙:海蜇。海中物。

（他们都异口同声地说:"请你多吃!"）

桂阁:弟非饕餐之辈,徐徐下箸,决勿劳意。

（现在,海参汤端上来了。）

桂阁:海参助阳物之势。

黍园:海参出于越州。

桂阁:以姚江为第一,与越州其形相同。

（他们又说:"请吃! 请吃!"）

桂阁:弟之强乞列此华馔,则不啻饕餐佳馔,要欲其陈设杯盘,招待他宾之礼仪也。故纵令不饕餐其佳馔,亦弟喜胜于并食穆之十人馔,是无他,自今以后,方公使驾临,照此调理,而欲整鱼肉鸟肉,决勿怒弟无礼。

公度:中国礼俗,客就主席不饮食为大不敬,欲守吾礼,则不能恕君过也。

桂阁:我邦之礼,以主客食不食任自己所喜为好,却以应人之招或托病不来为大无礼、大不敬。

琴仙:敝邦必以主让客,客不食,则主亦不下箸,故无物必让之。

桂阁:说得有理。果然,则君何故叨饕餐诸色。

琴仙:弟让,阁下不食。

桂阁:惟饮而已。是系何酌? 叫烧卖则何物?

黍园:犹糕食也。

（我累了,箕踞而坐。）

公度:箕踞又大不敬。

桂阁:我有白眼看他世上人气象。

公度：看他们可也。若我辈，谅足下必不敢。

梅史：君不但箕踞，又眼大于箕。

桂阁：此物叫何？

琴仙：豚肉也，名曰东坡，因坡喜此烹调。

公度：山鲸之一种。

桂阁：朝云所云他酒肉云云，果系此。

琴仙：荤荠。

　　（饭端上来了。）

桂阁：饭硬如岩石，东洋人肠胃软弱，不堪吃焉。惟胆坚如铁，能并吞五大洲浩然气。

棽园：饭太湿不好。君如嫌燥，可用汤淘。

桂阁：方以话高木以谈并此一对而足，谢此盛膳原文。

梅史：请君来此，竟不能饱，歉甚！

　　（下略）

二十二、戊寅笔话 第二十一卷 第一四四话

（光绪四年八月十日 1878年9月6日）

（戊寅九月六日早晨，石川鸿斋写这封信给王黍园：）

恭奉白简。久不拜尊容，伏维动履安祥，欣喜曷加。日前所赐高作，渐付剞劂，发兑在十月，版权未下，故迟延及今日也。昨访沈梅翁，偶蝶儿不在室，闻颇涿贪鄙，故割爱绝绳。忽有一少年，豚尾辫发，长袖行滕，两耳着垂环，谈解邦语，仆无圣眼，不能判其雌雄，男装女饰，容貌殆不可辨也。问之梅翁，翁曰是粤人也。问其男女，笑而不对。盖我国顽童，有男为女饰者，且有艺妓中为男装者，梅翁之侍僮类是者欤？然混混沌沌，阴阳未判，詹尹掷筊，京房弃龟，徒眉下悬，慧珠者不能辨之。

阁下素具真眼者，一目必炳然，因呈书乞教，冀垂示焉。

王晋卿仁台阁下

　　　　　　　　佛印老衲九拜

（因此，午后一时，我到梅史那儿笔谈。有一位年纪约十七八岁的中国少女在家，阿蝶却不知哪里去了。）

桂阁：秋暑未退，大致疏阔。今朝秋凉，乘兴而来，观燕斋文物排列，暨美人新来，颇感慕。君富潇洒风流，敢问美人艳姓丽号，籍

贯妙龄,且会书画否?

　　梅史:炎暑蒸炽,仆与阁下皆畏之,故十余日疏阔也。任、梁两友去后,收拾书室,此后友人至者,庶可安坐。阿蝶每日需索,惮于供应,故别觅一广东婢,姓王名瑞,聊以供烹茗扫地而已。

　　（这天梅史将房间腾广了。）

　　桂阁:辟土地,霸三国。

　　梅史:广土众民,君子欲之。

　　（这里挂着邵友濂的联幅。）

　　桂阁:邵公于学乐余而为知己原文,今见此书而如故,冀驰贵信赐邵公书一叶于弟。此邵公出身、官爵、籍贯请明示。

　　梅史:余姚人。父为一品官。此人现为翰林,与弟同年作举人,故称同年。

　　（枢仙来了。）

　　桂阁:从花炮兴败以来,不接尊眉。敢问公署有一段风流冤家之佳话否?

　　枢仙:近日公署公事照常办理,惟各人私事则无一顺遂,殊闷闷过日。不审阁下有别品无字妹可赠一人以消遣否?

　　桂阁:古诗曰"丑妻恶妾胜空房"。想君欲拣一婵妍,故难得也。如欲拣如梅翁之广东婢者,则必多有。

　　枢仙:仆所期者东国之秀丽无字妹也。

　　桂阁:东国秀丽,以芙蓉峰为第一,如那白居易所言"芙蓉如面柳如眉"句,则为好。"无字妹"三个不解,盖曰无文字欤?

　　枢仙:"无字妹",谓未字人之女也,非无文字之谓。妇人谓嫁曰字,《易》曰十年不字即无夫家者也。

　　桂阁:有有,颇多有,未有其真然黄花女子,而口惟言未嫁耳。

枢仙:此亦不必深究,但观其貌如何耳。

桂阁:貌好者极多,情浓者亦极多,独不有其无字妹之真者也。

枢仙:若得貌好情浓者,余无憾矣。不识可购归否? 倘仍是雇人,则恐余情殊为滥用。

桂阁:得貌好情浓者,则在财货之德,不在情爱之处。若论购归,则惟在君之方寸,非预所可言也。

枢仙:不先言明,终非正办。

枢仙:前日请书画纨扇已就否?

桂阁:罪在桂香女史。

枢仙:阁下曾写否?

桂阁:女史未写,弟何越俎?

枢仙:宜静以俟之可矣,毋过迫也。

(黄公度来了。)

桂阁:贵恙愈否? 时一冷一暑,请自重。

公度:久不相见,想酷暑不出,道体定获佳胜。弟比来为病累,消瘦许多。前阁下招饮及贵舅氏纪家之召,均不能赴,多谢厚意。

桂阁:闻尊恙系痔疾,谓其病势如何?

公度:病痔十余日不能坐,又时患呕吐,比尚未愈也。

桂阁:其剧者乃疼欤? 痒欤? 使美人舐之如何?

公度:为无美人舐,所以不即愈也。剧则痛痒皆相关,此刻尚未能久坐也。

桂阁:闻广东地方暑热酷烈,如今者处暑之时候,比之敝邦则如何?

公度:广东比此更热,然此间热至八十五度以上,使人烦闷,盖海气郁蒸,或土性异也。广东殊不尔。

（石川鸿斋也来了，他从怀里拿出这首诗稿来。）

赠梅翁侍僮王瑞氏

窈窕又婵娟，清姿恰如仙。丰肉还彻骨，靥辅宜笑嫣。辫发一条长，耳环垂两肩。短袍无五彩，不敢施钗钿。闻自南粤来，甲可二八年。翩跹能舞曲，长歌善四弦。形容异绿珠，复不似董贤。不知男耶女，眼瞪不亮然。主人笑不答，退问之史编。史编卜不兆，詹尹把筊捐。当日混缁素，今亦想前愆。借问秋夜梦，深闺与谁眠？

（梅史和韵而作）

秋宵月娟娟，抱月思飞仙。无奈花间蝶，相对口微嫣。碧玉娇回身，锦瑟长及肩。朝朝求罗绮，夜夜索珠钿。宠新矜玉貌，爱弛恃芳年。因觅康成婢，得此鲍四弦。献果礼诗佛，烹茗侍高贤。本无薜英姿，素面但天然。开镜舞粉黛，添香捧简编。良异断袖癖，庶无秋扇捐。柔情固易辨，佳期未可愆。如何佛印僧，欲嘲琴操眠。

鸿斋：觅郑康成婢云云，此僮定知善吟咏，亦足闺中兴，可羡。

桂阁：闻王美人在横滨，能知日本语，不知在横滨何地方、何商馆营生？何干的？

梅史：此亦友人所赠，不知旧属何处也。

桂阁："夜半无人私语时"，何不问之？

梅史：出家人何预人家事，佛印真假矣。

（梅史出去了。）

桂阁：弟尝游横滨商郑典臣，此人广东籍也，蓄妾徐氏，名玉笙，容貌艳丽，纤手细腰，弟于贵邦女子，未见如斯之美人。至今日见梅翁婢,而却不美此徐氏。

公度:梅翁但求果腹,不择精粗如此如此。横滨商又有一姓郑者,以一千八百金买一日本人为妾,今四年,言语举动,皆与广东人无二也。

桂阁:此郑名字何?

公度:名文饶,字诵之。

桂阁:王美人头发亦辫。弟见那郑家之徐氏,非如斯辫者,不知扮侍童否?

公度:广东婢皆辫发如男子,嫁则异矣。

桂阁:佛印而不呈书于东坡,却呈书于晋卿,其意恐属晋卿之家姬是无疑。

公度:阁下今观之,知为男女否? 仆尚未敢骤决也。

(中国少年来了,梅史也回来了。)

桂阁:所来之标致少年姓名官职居何?

枢仙:是麦翻译之义子,姓金名备,是王桼园兄同乡人。

桂阁:姓加卯刀二字,则可帝蜀国。

公度:麦嘉缔为美国人,是人为一半美人。是人幼养于麦嘉缔家,通美国语言。

桂阁:以何缘故为麦氏之螟蛉?

梅史:此人之父为麦氏通事,早死,故麦氏育之。

(宫胁通赫来了。)

(中略)

(我把罗贯中写的书给他们看。)

桂阁:前日领《三国志》之高鉴,而此俗本那罗贯中之作欤? 见其书中,注释叮咛,不知何人注焉? 弟想此书罕世矣,购之亦有益欤？将无益欤？然而参考双方异本者亦不无益乎？请乞昭示。

梅史：购之亦可。

桂阁：请告此书作者暨注者之名，且赐高鉴。

公度：此书在明中叶本甚古，其注释之名均不可考，中土流传之本，惟有金圣叹所批，知为罗贯中作而已。罗贯中为元末明初人，其他著述皆不可知，盖此种小说，民间盛行，而藏书家及《四库目》皆不著于录，故不可知。此书为明板无疑。

桂阁：此书比毛声山别集《金批第一才子书》，其价大廉。盖敝邦人知有毛氏著，不知此书故也。不知此书如在贵邦坊间，则其价孰与毛氏别集之书贵？

公度：明板之书，藏书者不重之。然既为古本，购之为宜。敝土未见之。

桂阁：《声山别集·凡例》所载曰"俗本"者盖是欤？俗本"乎"、"也"、"者"等字不正，且文字冗长，不知俗本的怎么书？

公度：亦不知即指是等书否？声山为国初人，其时明板书流传极多，声山有学问，其校正之本，终胜于流俗。然在当时即为俗本，在今日即为古书，购之正可以校勘同异，知其所长也。

桼园：书系古语，今日可译以汉文而翻刻之如何？

鸿斋：民间小说传敝邦者甚鲜，《水浒传》、《三国志》、《金瓶梅》、《西游记》、《肉蒲团》数种而已。

公度：《红楼梦》乃开天辟地、从古到今第一部好小说，当与日月争光、万古不磨者。恨贵邦人不通中语，不能尽得其妙也。

（这时候桼园来了。）

桼园：《红楼梦》写尽闺阁儿女性情，而才人之能事尽矣。读之可以悟道，可以参禅。至世情之变幻，人事之盛衰，皆形容至于其极。欲谈经济者,于(此)可领略于其中。

公度:论其文章,直与《左》、《国》、《史》、《汉》并妙。

桂阁:敝邦呼《源氏物语》者,其作意能相似。他说荣国府、宁国府闺闱,我写九重禁庭之情,其作者亦系才女子紫式部①者,于此一事而使曹氏惊悸。

鸿斋:此文古语,虽国人解之者亦少。

公度:《源氏物语》,亦恨不通日本语,未能读之。今坊间流行小说,女儿手执一本者,仆谓亦必有妙处。

鸿斋:近世有曲亭马琴②者,效《水浒传》作《八犬传》,颇行世,凡百有余卷,今现为演戏行之岛原新富座。

公度:贵国演戏,尽态极妍,无微不至,仆亟喜观之,恨未知音耳。

桂阁:此书非为戏而作,故方演其戏,近来俗辈换其脚色,却失马琴本意矣。敝邦戏之妙者,以《忠臣库》等为第一,盖因为戏而作也。然其学问浅薄,非其《还魂记》、《西厢记》之类,皆可笑也。

公度:萨摩之变,既有演戏者,足下观之否?

鸿斋:已观之,大违实事。

枢仙:君前购《金瓶梅》,想已阅毕,恳饬贵价顺携到署,俾仆等一观,至嘱。

桂阁:诺,必不食言。

　　　(中略)

---

①　紫式部(987—1015),原称藤式部,后改称紫式部,平安中期的女文学家,《源氏物语》著者,该书为日本文学中第一部小说,还著有《紫式部日记》、《紫式部集》等。

②　曲亭马琴(1767—1848),即泷泽马琴,姓泷泽,名兴邦,别号曲亭马琴、信天翁、傀儡子等。江户时代小说家。

（这时候，通赫走了。因为天气太热，那个中国妇女拉下帘子来，打到梅史的头。）

桂阁：(武大郎家)紫石街头天暮处，莫将帘子骇官人。（见撤席、上了帘有感。）

棻园：楼上无潘金莲。

桂阁：他云先在张大户家，使他死了，是以知为金莲。慎勿使孟玉楼小童入此室。

梅史：满口《金瓶梅》。

公度：敢先告退，有事未了。

桂阁：偶弟之来，请缓缓相谈，尊托公事去了？

公度：尚非限时刻为之者，少座可也。

枢仙：名古屋之春信近有消息否？

鸿斋：既谈梅君日前甘泉氏者，请公使写贯序，日日促仆两三回，序始成文之。公度君促名古屋妇乎？仆进退维谷矣。

公度：此亦如西门庆之闹王婆，情急势切，不能不尔也。

棻园：君何善为人作介，无怪敝翕于奔命也。是亦和尚多事，岂得谓慈悲心肠如是乎？

鸿斋：仆生于世，无一事夸人，唯欲窃积善事，灭罪障，故颇积阴德而已，却为其所苦心神，阁下以为如何？

棻园：只恐阴功未满，已惹烦恼。

（中略）

枢仙：名古屋之信，须急讨来，不然恐黄郎病入膏肓，将不可医，奈何奈何！

鸿斋：有一妇颜如薜花，年亦二十左右，日前索之，有老母曰："到西京，不日可归宅。"想必有好男而到者。此妇实系猫儿，现今春颇发英名,随财主去。闻财主已离别,今乃寡居,然未归也。

桂阁:想是与李桂姐一般,业已使鸿斋氏剪阿良之一柳绺发。

桂阁:名古屋者,不过我邦之一都会,难以曰大都,且其地窄狭,人情懦弱,虽女子犹有此病。妇人之性,惟爱其美,而不爱其性,是皮相耳。至其气质潇洒,志量贞洁,能事丈夫,则为东京良家之子为第一,岂何待那碌碌偏僻陬邑之女乎?

鸿斋:此妇颇好读书,日日来读汉籍,故知之也。一为西京人妾,以四百金所购,居一岁,再到大阪为猫,亦复来东京,其美貌虽西施、飞燕不可及也。欲知其真,仆处有写真像。

黍园:此公翁初愿所不及也。

梅史:和尚不诳语否?

鸿斋:仆不诳人,然此妇甚难配,若欲一见,仆可俱偕来。盖此妇自夸容貌,今浅草两国边写真标多揭载之,名小园,初为神奈川县令妾,后为西京本愿寺大教正妾,重后为蛎町米商妾,今乃寡居。其所配皆颇金满主,故骄奢最甚,侍女亦有二人,其居比公仆一唱一弹,客掷数十金。然性好读书,故来仆家闻讲义。今闻在大阪,不日可必来。然欲得之,所谓卞氏璧天下无二者,恐不肯也。

公度:写真先乞一观可乎? 在大阪何为? 其土籍东西京否? 好读书,是汉文否?

鸿斋:仆教《文章轨范》,皆熟矣。今取写真请先一观。

公度:年不多,遂易数主,妇弃夫耶? 夫弃妇耶?

鸿斋:骄奢殊甚,千金不足一月费,故夫弃妇也。然以容貌绝世,他夫交来求配,不知今有配否也。

黍园:他人不与也,但恐媒人先偷尝滋味。

梅史:献昭君如何不留下画图?

鸿斋:初撰东京三十六美人,又撰六美人,又撰三美,是三美之一。

枢仙:此假雨村业已占此甄氏丫头了,甄氏丫头乃阁下之爱妾也,谁敢在虎头上扪虱?

桂阁:葫芦庙内小沙弥颇张嘴。

楘园:想自闻大讲义,则前日骄奢岂化矣。

梅史:公度当改称兰成。

鸿斋:今写真来观,画图尚胜,抱寻常一样妇,勿流涎三尺。

公度:观之而后信。

　　　(我打发房吉到鸿斋那里取小园的照像来。公度看了说。)

公度:是人性情沉鸷,吾畏之。

鸿斋:勿以澹台灭明,此人英敏散才,颇善弦歌,然闺阁中其老功手段,使人恍惚荡然,"沉鸷"二字,虽不当,不远也。

公度:其英敏可一望而知;详细观之,则其中沉鸷,未易得其欢心也。

桂阁:弟相此人圆眼耸腮,鼻孔朝天,长颈过度,毛发不稳,想是一般凶恶之风。

枢仙:圆则俱圆,耸则俱耸,朝则俱朝,其妙真不可思议者,试细参之。

桂阁:有闺中之妙味,固悍贼泼妇了,如那潘金莲、李桂姐可以证。

枢仙:此则当无凶恶之相,第聪明渐露耳。

桂阁:妇有长舌,惟厉之阶;哲妇倾城,亦可畏哉!

鸿斋:本为一华族胤,落魄流来都门也,故其容貌有出凡之相。

然妲妃、杨妃之类,倾国倾城自是软。

公度:是人终久不沦落下贱者,在大阪何所为?

鸿斋:道顿堀。

鸿斋:石龙子曾曰此妇后年可必配贵族。阁下言然?

桂阁:否。"人生勿为妇人身,期年苦乐由他人。"

公度:光武曰何由知非仆耶?

桂阁:光武又曰娶妻当得阴丽华。

公度:彼为帝王,终娶阴丽华。有为者亦若是。

桂阁:已废郭后矣,以之为后亦可。

公度:谁氏?

桂阁:卑贱之小妇,不详其姓。不过彼虚称"衔愚夫",假谓成濑氏辈族也,亦为不稳。世有此类颇多,勿必为真。

公度:食而知其味,乃可以言。即烦阁下觅一东京良家子如何?

桂阁:君之所尝食者乃鄙野之菜蔬耳,而非大牢之滋味。如一味之,则箸恐不遑措。

公度:尊论极是! 尊论极是! 尊论极是! 有求于人,必先下之,故不敢违君言也。

枢仙:请问东京良家女可购而贮之金屋否?

桂阁:求之非金,得之非媒,惟情一字耳。

枢仙:无媒之者,情以何用?

桂阁:有情者乃逢良家女儿,可自诱之,何待媒乎? 如那宋江于阎婆,武大郎于金莲,不知情之真者。

棃园:君谅无戏言也,如有戏言,罚当去势。

桂阁:宫辟颇妙。

棽园：公翁易名子山方可。

（鸿斋把小园的照片珍重地密藏怀里，却被公度抢去了。）

公度：若其母见问，则言既授其婿矣。

桂阁：攫夺颇妙。君所为却忠于阿良生母。

棽园：若媒者不力，罚亦如是。

鸿斋：卿等不仁，妄夺去宝物，若携来真妇，亦强夺之耶？《游仙窟》中一绿林徒。

梅史：国之利器，不可以示人。

公度：是亦未可知。

鸿斋：既媒灼假小园，阁下具开祝宴。

棽园：他日得真面目，假面当还君也。

桂阁：小园如归来，则弟请作主，聘似侑酒。

梅史：留此为息壤。

公度：是亦艺者否？——西京？

桂阁：又是西都宾来夸东都主人。

公度：仆以后刻一印曰"东都主人"。

梅史：一个娇姝，来自西都，赛过了石家绿珠。害得那书呆，朝思暮想，指望着同衾共枕，粉腻香酥。怎藏将小园春色，夺得来气喘吁吁。问冰人，献昭君，如何不留下画图？

公度：呀，盼得到佳期，汝是罗敷，侬是罗敷之夫，又何用一幅真真小画图？

棽园：终是你冰人太糊涂，说这么天上有、人间无，害得那小书生，病成相思，泪眼欲枯。

梅史：可与小园歌之。

桂阁:使小园为雪儿如何?

公度:呀,从今后,我想你柳腰樱口,花貌雪肌肤;朝朝暮暮,当你个观音大士,焚香顶礼唱"南无"。

　　(今天的笔谈,大家都聚精会神,很有兴趣,我走的时候,已是午后五时了。)

二十三、戊寅笔话　第二十二卷 第一四七话

（光绪四年八月十五日　1878 年 9 月 12 日）

（戊寅九月十二日午后，在梅史的房间里笔谈。）

桂阁：前日之宴会，惟有纪氏之信，而不蒙公署宠招，故余踌躇了。加中间一字不明天稍欲雨，犯沾湿，而行车也有害于敝体，以之不来，请恕焉。

梅史：因阁下不能餐，恐在此受饿，故昨日不招也。

桂阁：所赐之点心，真珍物，颁诸举家眷族，复及外族，寸裂无剩，味之者亦殆知其贵。

桂阁：公事倘闲，则叙谈；若不闲，则宜归了。

（公度来了。）

公度：此种点心，豕膏太厚，仆不喜食之，广州人喜食之。点心似浙江之嘉兴、湖州为最佳。

桂阁：嘉兴、湖州点心不知何制法？想彼玉带糕、雪片乃是欤？

公度：大抵皆用米麦和以糖而已，其制法变化无穷，玉带糕其一种耳，其清脆甜美，真有嚼雪和梅光景。广东点心亦有佳者。此为月饼，中秋时作之，余下二字不明。

（黍园来了。）

黍园：纪君与柴浦氏同来。

桂阁：柴浦之量，与纪氏锤之，则减几分。

梅史：阁下谓柴浦食量大好，昨日大不能餐，此举不实也。

桂阁：荐举大违矣。虽然，他固夸大餐，盖吃罄几许肴乎？

公度：植邨、堀田二公皆大能食，二公所食，足兼柴浦十人之餐也。

桂阁：堀田、植邨皆能餐，想华族浑是贪餐之人，恐为封邑数万户之流习；如余则封土不丰饶，致此饿亦有故欤。

梅史：君于日本馔尚不甚举箸，华馔更不能也。

桂阁：华馔多是豕膏所加味，故弟难吃，盖守医言也。弟方秋分寒露之候，有浊唾喘息之病，苦恼已积年，顷者良医施药疗之，稍觉全愈。其摄养之法，惟在禁贪餐，专行步耳。故至春分清明之候，则无发此病，随意吃华馔洋馔，决无妨也。

梅史：病既愈，不必如此戒口，此亦医者过火语也。近有华人云：在东京不得豕肉食，阳具萎软，至横滨大餐，勃然怒举。仆笑曰：如此春药方至稳当，当登之新闻纸，使东京女子知之，当普劝男人吃豕肉也。

桂阁：豕肉之效，能勃起阳物，奈弟等阳具朝暮勃起，未有萎软之时，何豕肉之用？

梅史：恐君如破戒僧，背人偷吃之。

桂阁：君精医术，故问之。敝邦医云：敝疾在肠胃，常以食物泥滞难消化，发其病芽。于是务其消化，能健肠胃。豕膏牛肉鱼菜之类，浑居其浓者，则一切不食焉。吃其下剂，而整其腹部也。

梅史：积滞在肠胃，此但腹痛，不作痰喘，此脾胃不强也。

桂阁：弟前日假托魏鲤门之事，而突访艺者百代，他管待至厚原文，遂乞弟以转问君，其言曰：前日卖茶楼之约，空了如何？而好否?

梅史:弟今买茶楼,呼酒肆,不呼……

桂阁:百代衔怒道:梅君违卖茶楼之约,闻外有新中间一字不明而然乎?

（公度的仆人拿这封信来。）

所订今日偕往访友之约,乞即易衣同去,为祷。

梅史老兄

遵宪谨上

梅史:青山坠马受伤,故往视。

（下略）

二十四、戊寅笔话　第二十二卷
第一五〇话

（光绪四年九月二日　1878年9月27日）

（戊寅九月二十七日，我到华养院访问王泰园，和他笔谈。

泰园给我看俞樾全集，说："你买这一部吧，价钱六元。"）

桂阁：弟唯闻俞公才学渊博，词藻婉丽，未知其为人暨履历等，请细告。

泰园：前乃翰林，放河南学政。今归老，以著述为事。现杭州诂经书院山长。

桂阁：俞公才学以使世人赏赞称誉者想必夥多，其中又有能惊人之佳话否？此全集部分，凡分何部、何部？几许？

泰园：此书经学、子学、丛谈、外集、内集、诗集、词集。

（我看见了一个十八九岁的"地狱"〔私娼〕。泰园却说"她是架工"。）

桂阁：与雇阿滨之价孰贵？那人是何街人？

（梅史来了。）

桂阁：今日礼拜后五日，闻拜客之日了，两公访友否？如不访友，则去一处小酌，畅谈积日疏阔之怀如何？

泰园：请问梅翁。

梅史：阁下示知在何处，弟因有马车换人事，须略等一刻，请阁下与枚兄先行,弟事毕随后来可也。

桂阁:刻惟一点而已,往游自四点至五点为好。马车事办了可也。又到其所游之处,随君所好而已。此马车换人云云之事,不知何事,请示。

梅史:如此则太迟了,弟且往视马车事如何?

(梅史出门之后,有人拿了这张字条来。)

今日为出门定日(西人礼拜五),外务书记宫本小一前来拜,应回候。既约枢翁、梅翁,阁下即易衣同去是祷。此上

枚园仁兄大人阁下

弟遵宪顿首

(不久,黄、廖、沈三人来到了华养院。)

桂阁:假托名于访宫本,其实去醉酒楼。不然,则何公府中一大记簿上所记载不便也。

公度:醉酒楼每日至六七点钟后可出,不同如此之早也。

桂阁:不早往则婵妍名妓为他人占去了。

枚园:即此刻去叫,亦定被华族人叫去。

桂阁:想君等犯雨而不在可访之人原文。

枚园:晴则友人他出,冒雨而访大好。且现定日曜后五日出门,则过今日必待下金曜日也。

桂阁:弟以车跟随尊车而观其所往留,必定是酒楼了,请示其实。

枚园:宫本家酌酒。

枢仙:并顺询公馆消息。

桂阁:上之三字虚,下之二字实,如诸君可谓欺大使之大奸贼。

枚园:若是,则君乃奸贼之尤者也。

桂阁:何故下贼名?

黍园:如弟等为奸贼,君能看破奸,不可谓奸贼之尤者乎?

桂阁:前日君欺弟而召名妓小万于此处,弟颇有疑。如今者则恐近边之酒楼了。

黍园:过路君往近处酒楼去问,有支那人否。

桂阁:弟如问楼婢,则何曰有支那人在焉? 君必投他于财货,使之箝其口,弟之问何贯彻之有?

黍园:弟等酌酒,何忌于阁下,而出此相欺也。

桂阁:如不忌嫌弟,则前日何摈乎弟而窃召名妓?

黍园:前日一时高兴,已傍晚矣,招妓一酌。当时欲招君同醉,想君已归,不及也。

(中略)

(不久,黄遵宪一个人坐车到华养院来。我和魏柴门很怀疑,悄悄地去看他,唉呀,原来他和黍园雇佣的阿滨,正在一个小房间里私谈,可笑可笑!)

二十五、戊寅笔话　第二十二卷
第一五一话

（光绪四年九月九日　1878年10月4日）

（戊寅十月四日，我在新买的洋伞上写了如下的一首诗，拿到枣园那里去，和他笔谈。）

　　良工制就伞形圆，刘氏门前羽葆然。讵是獭精成美女，恍随鹤驾化神仙。裁来素绢如鹏翼，蓄得名香杂麝烟。一柄轻轻携取便，玲珑巧样仿苍天。

桂阁：仆常用之伞也，希君与梅翁次敝韵题一诗。至其所剩，则仆顺次乞黄、廖等之次韵。

枣园：形如皓月一轮圆，信手携来便快然。

　　（梅史来了。）

桂阁：《名文斋骈文稿》之约，君限以五日，现今已经历旬余了，冀取出而贷焉。如此稿不在座右，则他稿亦不妨。

梅史：此稿弟因友人借去，忘其人名，大约非小山朝弘，则高谷龙洲，尚未索取也。

桂阁：想尊府中小册必载此人之居处，如记载着，则弟当往取来。

枣园：待梅史兄自问小山或高谷则可，君去问不大好。

梅史：弟今日有事，失陪。

（廖枢仙、黄遵宪来了。）

桂阁：切愿君藏东来以前以后等之诗文稿则请贷焉，乃写了而已。

公度：弟所作诗文，皆随手录写，即随手散失，箧中实无一笔也。即如此扇中之诗，亦书扇时随书随作者。

桂阁：是必虚言，必定不耐携来之烦，故言如斯。余所言则非现时之事，暇时取出而示之，又使巨鹿氏代授与亦可，余进署之时受自巨鹿氏尤便。

棃园：应酬诗多不留稿。

桂阁：虽应酬诗不可不留其稿，想君诗多所忌讳于世上，故畏弟之示之于他人，而致此遁辞也。弟决不示外人，冀授尊稿。

公度：仆懒甚，一切皆不存，无论应酬诗也。梅史、枢仙、棃园皆未得见，何况君。

桂阁：如言则一篇诗稿了，何有无数篇文章之稿之理。君博学宏才，颇富文辞，曰不有其稿，亦人何实之乎？请枉意而借其稿，何必论东来以前以后。

公度：非不作也，不存也。仆谓诗文如人以为佳，听人编辑之可耳，何必沾沾然自存自抄自刻，自以送人乎？

桂阁：弟视尊诗文为甚可，意欲编辑之。虽然，不借其稿，则无编辑之道，请君为弟贷之。

棃园：即弟亦无稿。

（枢仙来了。）

枢仙：敝国文人，有几个人能存稿者，所有传稿皆后人爱其文章，辑而传之。若自以为可传世，自抄自刻，是妄人也，适为大雅齿冷耳。

桂阁：君自抄之传之，则是妄人了，弟论不然。弟纂诸君之稿而抄写之，以欲传敝国，何是妄人一班乎？

枢仙：惟有不敢自以为可传，故不存稿。支那三亿万余人，读书作文者十之六七，以一人万首计之，该得多少，恐东海亦难容也。况阅世生人，人有数，而传之无数乎？

桂阁：何大人有《使东杂咏》之稿，沈氏亦有数篇诗文稿，弟已抄了。是等人又属妄人欤？如果为妄人，则君等亦一般之妄人了。

莃园：爱存者或存之，然亦不敢自辑以闻世；不爱者则不存。所谓妄人，乃自以为佳，刊刻行世。

公度：若支那人如日本之存诗文，则虽使焚稿成灰以填东海，犹可超而渡也。

桂阁：东海之广，思以尊稿填之，则请君假题数万首以填我品湾之一方，如今日之卑屈，岂何足填行潦乎？东海暂且不褐起，请君等借弟于尊稿，使敝库填塞为不能藏一个物，则幸甚也。

枢仙：实无存，非欺君也。

（我指着北京官话本《正音提要》中的话说。）

桂阁："老慷慨"、"老四海"，何语意？

枢仙：老字是北京话中口头语，如"好久"之意。

桂阁：是书官话了，不知别有纂北京土话者否？如那《红楼梦》中话，则照之而好否？

公度：其为北音一也。编《红楼梦》者乃北京旗人，又生长富贵之家，于一切描头画角零碎之语，无不通晓，则其音韵腔口，较官话书尤妙。然欲学中国音，从官话书学起，乃有门径。譬如学日本语，不能从《源氏物语》诸说入门也。

桂阁：弟转借此书于小矶氏，而欲抄写，请君许之。

公度：不如俟小矶抄出后，吾辈来此，日教以中音，将日本假字注上，阁下乃可学。不然亦何益也？

桂阁：小矶能贪睡，何日复落成了？不如弟自写，而就通辨者附以日本之训点则可也。

黍园：小矶首卷已抄。首卷拿去。

枢仙：本日是重阳节，君何不邀尊爷何公使登高？仆等有上下之分，不便。君何不解意？

桂阁：弟意颇好，惟可惜阿爹有小恙。

黍园：君相邀，则无恙也。

（下略）

二十六、戊寅笔话　第二十二卷
第一五二话

（光绪四年九月十三日　1878 年 10 月 8 日）

（戊寅十月八日，我到入船町周幼梅那里去笔谈。我看见一盒颜料，好象盛弁当——日本的简单的饭菜——的盒子。）

桂阁：叫何器？而其用法如何？

幼梅：格碟，一名画盆。

（有大小两个圆砚。）

桂阁：价几何？

幼梅：三元。

桂阁：定额价之内，可减几分否？

幼梅：尊意价几何？

桂阁：深爱其形圆，想磨墨必便，故欲买焉。如聆则二元二分了，如减其几分之价则稳当，此研质未可必一顶上之贵品，请减其定价。

幼梅：原价大者三元，小者二元二分。

桂阁：夺其所爱，君子所不为。且小者又减其价几分乎？

幼梅：二元。

（有一张画儿，画着小孩子捉迷藏。）

桂阁：尊画之妙，所下手皆无所不佳，就中小儿嬉戏图，弟甚爱之,希君卖焉。而其嬉戏以手帕掩目者,叫做之何戏?

幼梅:俗语捉朦,贵国友属绘者。

桂阁:拙荆新造一柄伞,张以素绢,乃使诸名人写书画,以欲爱玩焉。现今命之伞工,想今午落成了,弟下午取来,再造府,欲烦尊画,乞画花卉暨那小儿捉瞽图而赐焉。盖为其伞也,有八个界分,如君惟烦其一个而已,幸许诺焉,并愿限其写完之日子。

幼梅:十六日。

桂阁:幸不可缓其期为幸。

（中略）

（这是龟谷省轩和朋友们的笔谈,内容是关于他所写的《文章轨范》的问答。）

省轩:日前所指正韵法平仄之分,所圈如何?

梅史:上古无韵本,但以相谐者押之,未尝拘之也。后世韵本,乃朝廷为试士之用。古人作文,亦不拘于此,其押亦无法,可不必泥也。

省轩:不必拘,然不可不知叶韵之说,故仆反复而叩之耳。

梅史:叶韵本谬说也。中土九州,其方言之音或异,故所押时有不同,原非有意叶之也。以其自出方言,故无一定之书,后人纷纷聚讼,乃痴人说梦也。

省轩:叶韵之说始了,感荷甚。

梅史:支微或通庆霁,然亦一韵内有通有不通,既无成书定法,故不能画一也。《诗经》当日方音原相谐,后朱子不知其音,而强名为叶,实不然也。

省轩:拙作送序,感荷甚!《轨范》序,剞劂氏督促如火,愿拨忙政之。

梅史：十日内办。

（中略）

（公度来了。）

公度：青山先生既愈否？

省轩：久不晤，闻已愈。

公度：此札极古雅可诵。仆见此札后，觊以广东之黎峒丸，闻试之有验，极欲往视之；闻未能执笔作书，虑不便，仆又以病，故未出门也。

省轩：闻疾已愈，尚未能把笔如旧，此札想成于少女手也。

公度：长者极通汉学；尚有少者，闻通《论》、《孟》而已。

（枢仙来了。）

省轩：久不相晤，不知近来有何乐？想登高而赋诗，诗成而吐惊人之语耳。

枢仙：本拟到重阳节作登高会，流览贵邦名胜，一涤鄙怀。乃近来心绪不佳，足不出门，诗更未有兴作了，只终日闷闷静坐耳。

桂阁：龟谷氏云，今日幸运，倭、汉文士集来了，往游一处如何？弟前闻梅翁有病，不能行。如君有念于此，则伴黄君之辈一班而行如何！弟应以为主。

枢仙：黄君亦病新起，未审能行否？

桂阁：黄君病何症？

枢仙：初起是痢疾。

鸿斋：黄君准头有赤点，得非梅毒耶？

公度：病痢又且十日，昨日始不下，然尚未能代血成粪也。仆自六月以后，贱躯又时时不适，精神亦弱。

鸿斋：后门为痢，前门泄精，两道下落，非摄生之道，宜先治一道,而一道可慎。

公度:独宿。

鸿斋:小园在大阪,颇发大名,阪都豪商,日日招席,未得寸暇。日前飞书来,将为所购一富客,曰三千元。

梅史:小园三千元,大园如何?

鸿斋:大园在东京,老衰不当枕席,顷见杖藜参佛寺。

梅史:兰成之赋,增声价耶?

桂阁:龟谷氏期他日与鸿斋氏相访于敝庐,希其时君等俱来一酌于墨江。

鸿斋:十三日礼拜日,沈、黄、廖三阁下欲往今户如何?

公度:十月八日。此礼拜日曾约廖君应横滨郑氏之招。彼招我者屡矣,以仆病辄迁延,既三易期,今不可更负约也。

二十七、戊寅笔话　第二十三卷 第一五五话

（光绪四年九月二十二日　1878 年 10 月 17 日）

　　（戊寅十月十七日午后一时，在公使馆的客厅里，我把《甘雨亭丛书》送给何如璋，我们作了如下的笔谈。）

　　桂阁：此书一部系敝邦华族板仓胜明①之著（此人已物故矣，距今三十有余年，旧政府德川氏握大权之时），谨奉呈阁下，幸笑阅焉。恐阁下业已购之，弟不知其然否，试来呈之。

　　如璋：春间闻有此书，欲觅一览，嗣晤内务图书局书记何礼之，谭及此事，彼因送来一部。披览之，甚有名作。此贵国近刻好书也，大约数十年间东海名儒之作，具于此矣。

　　桂阁：礼之已为先鞭，儿追不及。虽然，携归亦不便，愿阁下转与少爷。

　　如璋：此书甚好，如兄家中未购，何不携回？暇时披阅，亦足增长识趣，且此为贵国儒者议论，参之海东风俗，尤为有用，足下固不可不阅也。

---

　　① 板仓胜明（1809—1857），字子赫，号甘雨、节山人。著有《甘雨亭丛书》、《西征纪行》、《游中禅寺记》等。

桂阁:敝库已藏此书矣,取披阅有趣味,则取来呈耳。何以不披阅之书呈渎尊览?

如璋:书价多少,请示知。

桂阁:遥下于前宵今村楼之酬宴。

如璋:仆问价有缘故,因何礼之送此书,欲觅一物以报之。请示知。前日本与石川约,有暇即到贵处,嗣以有事未果。

（如璋出门,公度来了。）

桂阁:那日增田、龟谷、石川三人来,梅史亦来,黍园与关湘云亦来,痛饮多时,诗兴大发。

公度:诸名士痛饮千秋楼,乞对之。一翻译分住三年町。麦嘉缔住三年町一番地。一贤"侯"戏跳今户町。猴。

（我请他在洋伞上写和韵诗。）

公度:圆、然、仙、烟、天。

（梅史来了。）

桂阁:墨江之游乐乎?

梅史:惜其地离此太远,一往一还,非二时不可。

桂阁:不如费长房缩地之术。

梅史:我当使愚公移之近处。

桂阁:移位之期已决定否? 而永田町公馆营缮一切,君为之任,敢问其式浑仿贵邦否?

梅史:昨日交付房价,已买成,当稍加营缮即移居,约在下月中间。其式因本系贵邦之屋,改殊不易,拟稍加润色,略仿中土之制耳。

桂阁:起工约在何日? 其工匠复何处人乎? 不知委托之于何人? 日本家屋之制,颇有精粗巧拙,真不非一样,不可不察也。

梅史：匠人有旧用者,亦有新荐来者,其用何人,且再斟酌。督率之事,弟当任之,精粗巧拙,当随时留意也。

（中略）

（我到泰园的房间,只见岳阳、鸿斋、子纶都在这里,梅史的弟弟芝生也在。）

桂阁：子纶何君脚气病,有一良药,极不易得,此药乃乳姆之破瓜者也。我朝满市自古皆称之矣,贵邦书复有此事否?

子纶：此药实不易得,仆不用也。

鸿斋：凡来敝国病脚气,非风土之异,非饮食之殊,皆从女色化来。彼脐下三寸穴,众病之所发。阁下多涉猎脐下,故酿此病也。而曰日本妇人不当意,其伪最甚矣,罪可服上刑。

泰园：往往染脚气者不在佣妇女之人,子纶君其明证也。署中有沈笛翁亦染脚疾,亦未佣女,想湿热之气,亦得从汤道出耳。

子纶：何定求名,子纶字。

鸿斋：令兄号璞山,君号巫山。

桂阁：宜编《断肠集》。

鸿斋：沈翁俗事繁杂,不得闲乎?

（公度来了。）

鸿斋：我俗曰蕈者,俟秋冷生山中,不知贵国亦称蕈乎?但非深山幽丛中不生。

公度：中土亦有称蕈者,但不知同种否耳。其形状殊不异,弟不知是因秋冷而生否。

鸿斋：晚秋候,产山中及松林下,采食之,其味殊佳,与青菌稍同,味复胜,其形如阳物勃起,色亦然。

公度：即菌之一种，非因秋冷生，缘受夏暑郁蒸，至秋始生耳。

鸿斋：当餐欤。

桂阁：菌之为体，似阳物，秋始能生华养院圃中。

柰园：桂林庄上多有之，与桂同发，盖亦因秋而生耳。君云似阳物，则桂林庄中阳物丛生矣。

鸿斋：仆以为秋冷为候，馆中诸君脚气诸病皆平愈，彼蕈者勃然蠢生欤。

柰园：如君所云，则和尚不可食。

（我对公度说。）

桂阁：今日复见得新李瓶儿，虽然，恐不如西门大官人之意，勿使廖君有子虚之思，弟以与君相谈洒落风流之会，为无上之乐，伏冀幸赐雅谈。

公度：适以上海轮舟来，多文书函札，故谈未及半而散。欲与我作何语，请先发难端。

桂阁：弟顷欲(作)《谏李瓶儿书》，而初稿未成，先于其起稿之时，不知自何事而下笔，请赐明示，是第一之难端了。

公度：高崎藩大河内辉声谨上书

瓶儿妆次：慕芳仪之日久矣，朝夕寝食，几至废弃。妻妾旁侍，责以何因？不言，则恐身命之陨；言之，又遭杖挞之辱。自顾渺小一沐猴，十二时跳掷不已，卒不得当，几不知置身之在何所也。辉声虽蒙宠睐，未亲芳体。顾以屡从姐夫游，或遂以子虚疑我，贾宝玉所谓早知眤了虚名不如(歇语)者也。愧恨交集，无以自存，伏惟哀怜而矜察之。

桂阁：李瓶儿回牍如何？冀并录。

公度：瓶儿复书：

桂阁贤侯足下:得书不解云云,原缄即以璧还,勿再哓渎,桀犬之吠,极可厌也。

鸿斋:仄闻顷者阋墙之事,辉声君以子虚疑云云此事钦?

公度:不解其云云,桀犬之吠,极可厌也。

(惕斋来了。)

鸿斋:名字如何?

惕斋:王惕斋。

桂阁:狡猾之商人也。

鸿斋:贤贤不易色之人。

桂阁:为其行也,终日乾乾。

(梅史穿着紫色呢绒,带着一本书来了。)

梅史:不知何人为介绍,疑或石川子之友,故问之。

鸿斋:阁下着丽服,往何处?

梅史:无美可访。

桂阁:闻永田街公馆已购了,君如有往于公务,则愿伴弟而拜观其所在,不知许否?

梅史:可。

(我说关于鸦片的事。)

黍园:此中鸦片大禁。馆中因尔国亦禁雅片,何人吃此者,何得乱言?此乃大于禁,君若乱言,外人误听之,弟有当不起之罪。

桂阁:敝邦俗语谓淫行曰假雅片,非中国之事也。

公度:君辈朝夕来此,而为此言,外人听之,将据君辈之言以为实,吾辈亦何乐与君交?

桂阁：谨领教。自今以后，弟誓不可言雅，惟言鸢雀耳；誓不可言片，当言只耳。

（大家一同走了。）

二十八、戊寅笔话　第二十三卷
第一五九话

（光绪四年十月二日　1878 年 10 月 27 日）

（戊寅十月廿七日，因为关义臣的招请，午后时，我到两国中村屋上去笔谈。何、张、黄、廖、沈、秦都来了，副岛也来了。）

桂阁：辉声前日访棪园，棪园告以今日之佳会，辉声频欲会之，问之于棪园，他道宜与湘云谋，故与湘云相约，得会华筵。

公度：蝙蝠伞前日戏作四言铭，仍用阁下韵，托棪园寄语阁下遣价来取。棪园语余，今日阁下当来华养院，或者棪园来，一并携至也。石川亦题诗。

桂阁：明日、明后日之内，到华养院而携归耳。前日见廖君之秘佛矣。

公度：放鹇飞去。

桂阁：但剩空笼，自然别可养一鹤。

枢仙：不久移居，再作后图。

桂阁：君所写伞盖之铭诗，冀现写焉。

公度：亦方亦圆，随意萧然。朝朝暮暮，可以游仙。替笠行露，伴蓑钓烟。举头见此，何知有天？

桂阁：丈夫以天为华盖，然天上一碧，别有天乎？而次韵诗请祈示。

公度：此意极言阁下高隐山林，随意自适，理乱不知，黜陟不闻耳。

枢仙：古人云幕天席地。既以蝙蝠伞为幕，则幕以上不见矣，即谓此为天可也，况其圆象天乎？

（斯桂骑马来了。）

桂阁：闻张君骑马缓行而来，可惜不使夫白蝙蝠携之。如携之，则扮一张果老耳。

梅史：此蝙蝠未满五百年，故尚黑色。

枢仙：中国官骑马用长柄红伞，以一人张之，俗名"日照"。贵邦少见，恐骇人目，自己持伞，少年人便之。张公老年，殊劳苦，故不用。

公度：同坐便于说游戏语。

桂阁：恣说游戏，余与君斗游戏耳。

（斯桂的脸如往常，好像那"五脏圆"招牌上的人一样。）

桂阁：张公恍似王恬在胡床。

公度：庾亮高据胡床，所谓老子兴复不浅也。

（三个雏妓来了，名子是小丝、阿爱、小好。）

桂阁：君请赐此三少艾之品评。

如璋：此爱子前有诗了。

桂阁：幸写其佳作。

如璋：问他，我忘了。

桂阁：他亦恐忘了，不如向他问一曲，想那三个处女盖系于三浦氏所见欤？

如璋：为爱莲花胜牡丹，天然富贵本来难，婷婷袅袅娇无力，妙舞真宜掌上看。

枢仙：伊阿爱扯大人辫发，罚他叩头谢罪。

桂阁：谋之通辨魏氏。以弟任之，则可谓越俎。

枢仙：此非魏氏所宜言也，君何不解意，殊乏雅韵。

桂阁：然则君直告之阿爱，非弟所管。

枢仙：弟苦言语不通，故情君也。若魏氏可传，早命之矣。

桂阁：阿爱可爱之人，弟何忍为之？

枢仙：惟爱之故戏言罚之，不然则不屑也。

桂阁：如戏之，则莫若罚一大白。

枢仙：亦要君代达其意。

桂阁：君覆干其碗，而代大盏，岂俟弟乎？

枢仙：爱卿不知其意，则无趣也。

桂阁：使魏氏达其意，使君罚其盏，使弟抱腹呵呵大笑，亦不稳乎？

枢仙：吾始以君为雅人，故谋之。今而知非也，不复言此矣。

桂阁：君何恐阿爱之甚也。强以弟为不雅人，君却为一雅人。

枢仙：既不为矣，请作罢论。

斯桂：评小丝曰：

眉黛山烟犹未浓，桃源曾否洞门封？怜君情似蚕丝绕，挑动琴心一点通。

画出春山黛色浓，桃源曾否洞门封？若还渡口无人问，我拟渔舟一棹通。

鸦髻高松螺黛浓，桃源曾否洞门封？倘经攀折他人手，刘阮天台到亦重。

梅史：小鬟轻烟粉色浓，花蹊何必问云封。刘郎若觅天台径，眉翠新松黛影重。

茶园：长袖翩翩态倍浓，桃源曾否洞门封。武陵渔子纵多意，未许乘槎一棹通。

酒边含笑最情浓，眉样愁多半欲封。相对未能通一语，巫山在望恨重重。

桂阁：小小秋色花更浓，桃源曾否洞门封？武陵今日迷前路，得遇仙人境自通。弟想通字一东，而浓封皆二冬，张公误用通字，故随张公耳。

梅史：此老酒醉忘之。

桂阁：春色缤纷馥又浓，桃源曾否洞门封？此中本是神仙境，隔着武陵山万重。

（中村屋的女佣人里麻脸的很多。）

桂阁：贵邦皆于文章佳处点圈了，他亦颜貌多圈，得不美乎？

公度：当日阎罗夸彼美，多多面上着加圈。

桂阁：彼孙悟空怎能压倒阎罗？

（中略）

桂阁：副岛凭栏与君笔谈，有何佳作？

公度：言富士山，又言吾国山水人物之佳。

桂阁：山水人物者，所谓寸马豆人之类欤？呵呵！

公度：此言富士见山。若言吾国，则如子由上韩书所云云也。

桂阁：弟闻君所言，则在贵邦贵苏轼、魏禧；在敝邦贵赖衮、古贺朴①。弟尝以谓君作字，气骨勃勃，大逼苏家之风矣。不知君作字专临谁氏帖？

---

①　古贺朴，即古贺精里（1750—1817），名朴，字淳风，号精里。德川中期儒者。著有《精里文集抄》等。

公度：弟作字素未临帖，生三十年，未尝一日伏案学书也。

桂阁：误勿踏项籍之辙，不知学剑否？

公度：不学项羽，欲学沛公，中土无容身处，当求之海外四大部洲。

桂阁：容身处都在东胜神州傲来国，君亦来而为石猴。

公度：我为众猴长亦自佳，所谓聊以自娱耳。

桂阁：不过为一僧之奴隶耳。

公度：至是时则此僧为中土人。

桂阁：此定逢九九之难，如那华养院所谓盘丝岭了。

公度：便当以德川氏故城为水帘洞，引玉川水为之。

桂阁：当作《东游记》也。

（九时散席。）

二十九、戊寅笔话　第二十三卷
第一六〇话

（光绪四年十月三日　1878 年 10 月 28 日）

（戊寅十月廿八日午后，我到华养院去，泰园、公度、梅史都在那里。公度很忙，还要在《红楼梦》上加圈子。我对他说。）

桂阁：亟走多颠踬，忙圈多错谬。

公度：伞有一套子否？

梅史：移居恐失之，取去为佳。

泰园：到黄公处取之。

公度：礼拜之五日最闲，前既刻新闻纸，《朝野新闻》。阁下未之见否？

桂阁：何日刻之公世？

公度：在二月前。

桂阁：我邦腐儒辈频频出入公署，而为诸君之妨，所以此事欤？

公度：实不能不尔。

桂阁：想礼拜五日敝邦迂生争来，门无容车，故俟别日而来也。

（我在黄君的房里取洋伞套子。）

桂阁：多忙？

公度：此间以西人之礼拜四、五日为闲，一、二日最忙，往上海之船以礼拜三开。

（张斯桂叫我到他的房间去，他送给我他的孙子的照像。）

桂阁：尊影二叶谨奉挂敝庐，永以为宝。归航之后，传之于万古，又可谓荣也。

（他送给我水仙花。）

桂阁：水仙花之种，敝邦所产者，叶长伸而花小；贵邦之种，叶短花大，是所以为贵。多谢！多谢！

斯桂：贵邦水仙产于何处？其郡县山名，俱详告为要。

桂阁：弟浅学未读橐驼书，所以不知。虽然，敝邦水仙花浑出自东京近郊，至其且善则有别所产者，俟他日可告焉。阴历十月十日前后，菊花盛开，我有知己酒楼主人，家住目黑村，多栽菊花，年年期十月而呈奇观，如君有意，则弟与何大人同马车，一日可往赏，君以为如何？

斯桂：尊谕领悉，极快鄙怀，未知何公之意如何。倘有定期，弟当与君偕行。祈为示我，是所切祷。

桂阁：弟又谋何公，而后可报也。

（下略）

三十、戊寅笔话　第二十五卷
第一六八话

（光绪四年十月二十二日　1878 年 11 月 16 日）

（戊寅十一月十六日，我差房吉拿这字条到公使馆去。）

桂阁：旧高崎藩士、现群马县士族山田则明、宫部襄①。

右二名来自群马县，昨宿敝庐，切请以拜观公署各位芝眉，而笔谈数番。辉声即诺，以本日午时与同藩士松井强哉、高本正贤相伴，趋公署，伏冀幸赐公使并诸贤之谒。则明现掌学务，襄现掌警察官，又垂爱。

黄公度、廖枢仙两君座下

源辉声顿首

（我带着山田、宫部、松井、高木四人到黄遵宪的房间。）

桂阁：山田、宫部两氏，高崎藩中屈指之人杰，各有功绩。山田氏学问笃厚，通晓书史，性沉勇刚毅，有大志，尝从军显功，虽有敌万余，他无挠之，身被伤，尚进战不退，当时为一藩所赏，现掌黉务，孳孳有黾。宫部氏亦博学雄才，诸子百家，率窥其渊，强记中间一字虫袭不明达，善诗，尝入息轩安井氏门，游学数岁，议论警拔，门弟子

---

① 宫部襄(1847—1923)，明治时期从事民权运动，曾被乡党推为群马代议士。

多慑服者。辉声之在藩也,擢两氏专掌机务,以股肱爪牙焉。藩废之后,常通信缔交,以为益友。两氏才气,不辉声之比,希匆匆把笔,开数番之佳话,则幸甚,是辉声所偏愿也。

公度:仆南人也,生平不骑马,昨日往小石川,驰马而往,腰腿至今为之酸软。见君辈负勇力者,只益汗颜耳。

强哉:小弟松井强哉。弟尝从桂阁谒诸大君,尔来遂疏阔。今日亦从升高馆,幸拜贵颜之无恙,乞恕无礼之罪。黄君坐下!

宫部:仆等不省寡君之前话,敢不该矣。虽然,胸梗枉直,死以答主恩者,亦所不让耳。

公度:敬仰高义。近者土风日趋于浮薄,米利坚自由之说,一倡而百和,则竟可以视君父如敝屣。所赖诸公时以忠义之说维持世教耳。

（一会儿,来了琉球人。）

公度:顷有琉球人来谒,请少坐,仆不陪。

（在梅史的房里笔谈。）

强哉:（此处约有三行为强哉氏笔谈,以不知其所云,故从略。）

梅史:山田、宫部两公,文武全才,既能上马杀贼,复能下马作露布,钦慕之至!今日得晤高贤,实获我心。弟西方浅学,宦游贵邦,幸赐教言,以匡其不逮。山田、宫部二先生寓居何处?祈示知,以便拜访。

宫部:昨来今户,宿旧主邸。而山田生本贯者上野国高崎,则寡君在采地焉,仆亦同之。

桂阁:本欲乞君之美馆,弟想顷多忙,不能畅谈,所以乞黄、廖二人也。幸使此二个谒何、张两公,则万望之。且此二人明日归群马县,冀君熟计焉。昨宵投宿敝庐,而谈及此事,二个垂涎三尺,慕公使暨诸君之高德,如得见,则何喜如之。诸君察焉。

梅史:少停,当启请之。

桂阁:俟闲暇时可也。弟不甚谙贵邦语,而工匠事尤不谙,数日内忙甚,而究无头绪,可笑! 可愧!

梅史:弟拟题此室一联,暇日奉纸请阁下书之。

结屋岛中有书可读;舣槎海外随遇而安。

桂阁:何不亲写之,而乞之于小儿。

梅史:阁下隶书大佳,故请之。

桂阁:涂鸦污粉壁,何得名之?

梅史:非题于粉壁,书之纸上。

宫部:王治本先生近顷状奈何?

梅史:亦忙,较弟小可。贵邦多节义之士,与他洲惟工言利者殊,弟所以乐与诸贤游者在此。近日西学盛行,所以节义之士多隐居高蹈。然闻贵廷有改国,未知何如。擢用人才,是为一国大要事,顾当道者或未暇耶?

　　(枢仙来了。)

枢仙:仆姓廖字枢仙,适篦辫剃发,有失迎迓。二君远来相访,幸勿吝教为幸。

强哉:弟等固不知欧洲巧言令色趋利之敏,惟墨守孔孟之教,故乐诸先觉之游谈耳。

枢仙:孔孟之教,在贵邦今日几为《广陵散》矣,诸君犹能毅然守之,可谓人中之杰,不为世俗推移。敬服敬服!

桂阁:不为世俗推移,则沧浪之水浊,则奈何?

枢仙:世人皆醉我独醒,世人皆浊我独清,古人有行之者矣。

况能守之,尚可以待其清醒乎?

强哉:闻大人顷迎美人,乞容许谒其美人否? 惟其宵宵春情密。

梅史:皆粗婢供烹茗扫地而已,美则未也。

桂阁:山田、宫部之来,弟大褒赞贵邦之风俗,及文物隆盛,器用精巧;而今谈又及华馔之事,幸君分食,则幸甚;不知许否? 前日所食之鸡肉软饭,颇适我口,其味不能忘,所以乞之。

梅史:弟之厨灶,今尚构造,所食草草,治具未足供客。他日治具奉请。

桂阁:敬诺,别买日本饭,又无劳郇厨。

梅史:俟厨灶整治,当烹鹜割鸡以邀诸公台驾。今先往张大人处如何?

　　(中略)

　　(傍晚,在泰园的房里笔谈。)

公度:即约廖君同去如何?

桂阁:弟能不知酒楼佳者,君请替我教其佳者。

公度:总在新桥。卖茶楼上有一楼,仅容一坐。甚清静。若有他客占之,则别往花月、太田俱可。

　　(我们都上卖茶楼去。妓女阿兰、新吉两人来。客人则黄、廖、沈、王、强哉、宫部、山田、高木和我,共九个人。)

桂阁:请君子食西洋食乎?

公度:日本(食)亦甚佳,但吾辈不惯食生冷,敢告主人。

桂阁:闻诸君常酌(于)日本亭,食洋馔。弟亦嗜洋食,君决勿惮。

公度:日本(食)西洋(食),均能食之。

黍园:天寒宜热食。

桂阁:豚之调整法以何为佳?

公度:每日食之,不用可也。

桂阁:弟住墨水以来,足未踏花柳之地。从交诸君,屡相往游楼狭斜,想足下辈复使弟回昔时少年之轻薄气质,呵呵!

公度:弟未尝一与君会饮,有小鬟侑酒者。千秋楼之席,记有一人,而是日主人不来。

桂阁:千秋楼之会,无一个佳丽,景致萧然。好男儿何缘踏此处!

公度:君学程子,心中无妓耶? 仆生平未尝一游花柳地,以为如佛所谓味如嚼蜡者。及来日本,以为东国佳丽之所萃,又每每呼之侑酒,是又学孔子之无可无不可也。

桂阁:所以鼻毛长自是也。鸿斋在则又可有佳话。

公度:鼻毛之长,前所谓以系蜻蜓,即士女亦在其中。呼艺妓否?

桂阁:呼否随君所言。

公度:呼小万、小竹。

桂阁:其币让君。

公度:他日吾为主人,币自归我。

黍园:小竹落乐籍桃太郎①。

公度:此桃可名夹竹。

桂阁:宜往鬼岛而呼来,敝邦俗谈曰桃太郎于鬼岛获珍宝。如无小万、桃太郎在,则谁又好。

---

① 桃太郎,姓田村氏,别号桃太郎,文政天保间人,狂歌师。初居江户,后移美浓。

棪园：小万必到。

桂阁：他之狡狯乃我师也，不必来。然君别有所见乎？

棪园：有能制其狡狯者，则小万驯服。

公度：仆论美人，以为苟美矣，痴亦好，妒亦好，狡狯亦好。

桂阁：仆亦论美人，以为丑亦好，淫亦好。

枢仙：名之曰美，则非丑也，何自相矛盾如是？

棪园：无日者不见，西施、嫫母，则一概为美——只要有一淡菜，便可吃得。

梅史：此物名东海夫人，《本草》言其补益，然否？

桂阁：补益二字甚好。裁歪诗乞砵正后欲示人：

满酌黄封三两杯，佳宾毕集笑颜开。嫦娥未许轻相见，半醉凭栏待妓来。

公度：酌酒同倾三百杯，豪游如此亦奇哉。琼楼玉宇高寒处，齐卷窗帘待月来。

桂阁：夺桂林庄主人意了。

公度：是诗不待七步而成，速则不工。

桂阁：有煮豆萁之大才。

枢仙：一曲琵琶酒一杯，大家欢喜醉颜开。中东宾主成高会，愿约他时结伴来。

棪园：兴到不愁三百杯，酒间得句亦豪哉。小鬟今日初相识，笑问客从何处来。

梅史：酿得洪梁露菊杯，秋声拥雁碧云开。与君共醉高楼上，夜半珠胎海月来。

宫部：又飞花台酒一杯，青帝银烛笑颜开。此中休说人间事，爱见雪儿带笔来。

（中略）

桂阁：新堀女优坂东辰次者，其美丽胜于小万。

公度：有暇再往观。

桂阁：枢翁夹身桃李之蹊，何交友之无情？

枢仙：若如所云，则情之至也。

公度：楼头风月总常新，小饮围炉爱买春。弹到三弦求凤曲，问侬谁是意中人。

枢仙：竹既言矣，当转而爱栖竹之秦吉了。指艺妓阿吉。

卖（荼）〔茶〕楼上始相逢，款款依人意自浓。莫怪翻飞秦吉了，效人调舌最惭侬。

有扇请赠一枝。

梅史：若教团扇能留赠，长咏吴纨裂雪词。

（中略）

桂阁：高楼举酒听歌声，红袖扶来别有情。只恨巫山难入梦，半轮明月满京城。

强哉：请发声吟一诗。

枢仙：强之为义实难哉，百折居然竟不回。今日相逢觇士气，始知东国有人材。子曰亭主人醉赠强哉生。

强哉：东野顽士不敢当。

（由于小万没有来）

公度：待来竟不来，姗姗何其迟？思君如银烛，更阑多泪垂。

桼园：相呼不遽来，蓄意故迟迟。好如见食猫，馋口涎自垂。

强哉：王贤且暂待，彼知己小满者今将来。

桼园：既领厚情，行将告别。

桂阁：现报道小万可来，何弃之而归，何言虚？试问之小婢。

棽园：君路既遥，弟亦有事，不如早散。

桂阁：敝庐太近，不见小万誓不归。君如先归，则小万之来，何言而返之？不知可送之于公署欤？

公度：来则言吾辈久待至归矣，阁下独乐可也。若来，为我言，吾屡呼之，皆以他去不果来。所索书画，梅史迟不画，遂至今未齐备，吾欲以十二幅赠之。

宫部：黄大官者，襄倾盖百载之知己也，请暂留焉，襄誓而为大官拍致那小万婢。

三十一、戊寅笔话　第二十五卷
第一六九话

（光绪四年十月二十四日　1878年11月18日）

（戊寅十一月十八日午后，在公使馆泰园的房里笔谈。这时，泰园和一位少女正在吃饭。我送给他风月堂的糖果。）

桂阁：比目鸳鸯真可羡。随无事而来，非有可言之事。

泰园：君从何处而来？何处食饭？又携得果品相饷，意何厚也。

桂阁：新掘女优坂东辰次小照，欲使黄老爷一观而携，俟黄老爷来此而聆其品评。

泰园：与梅翁同往可也。弟今日有公事，无暇畅叙，请恕之。

（在沈梅史的房里笔谈。）

桂阁：弟欲抄写黄老爷所藏之沈石田山水图上之诗，盖有欲赠于匾额，黄氏之意也。纵令不往黄房，君暂借来，则刻于是抄写去耳。且此女优坂东辰次小照，欲呈黄、廖两君，故特携来矣。此女优现在东京柴浦新堀座张戏，鸿斋喋喋褒赞的。

梅史：黄氏诗弟即往抄来。

桂阁：弟又欲细见其山水人物位置，而缀小文章，希少见焉。

梅史：今日要发奏折，乃将今年所办之事奏皇上，此事黄主稿，廖写之,而弟封之,故不得闲。他日可以畅坐谈画。杰园因有候京内友人信,其余函须今日抄好,明日封发,因由此寄至上海,再寄入北京,迟则河冰,轮船不能往,故急急也。

　　梅史:弟事因尚未抄好,故封尚少待,可以少坐闲谈。

　　桂阁:仆所言,请改日可也。想君亦多忙,刻可告辞。虽然,仆庐路远,来请此事亦不易,愿俟其黄君处闲,而一时借得抄写,则望足下。不然,则弟告辞。

　　梅史:二十日。

　　桂阁:本约二十一日与鸿斋相访。

　　(回到杰园的房间,叫川岛浪速拿这封信到黄遵宪的房里去。)

　　弟欲赠"大痴境"三大字之额,而愿抄写那沈石田之诗,且观其全图景致,现乞之于梅翁,梅翁道黄公写信,无寸暇。虽然,弟今日特来,在欲抄写此诗而已,如辱一见,则幸甚也。想尊房匆忙,如然,则使贵价携杰园处,刻抄写奉返,希勿烦弟之愿。

黄老爷阁下

源辉声顿首

　　公度:前辱赐酒席,感谢! 欲作一诗,匆匆不果也。今日实无寸暇可以陪话,石田画即送一览。观"大痴境"三字大佳,代隶是盼。

遵宪复

　　(画幅上写的诗是:)

　　画在大痴境中,诗在大痴境外,恰好二百年来,翻身出世作怪。

沈周

　　(这幅画是他叫浪速带回来的。当时我也送给他辰次的照片两张。)

桂阁：即抄写完了，请落手。此小照名古屋女优，现来东京演戏于芝山荣升榭者，乃谨奉呈黄、廖两君，幸赐爱顾。二十一日木曜日午后，与鸿斋氏俱奉访，许畅谈否？或二十二日方便也？请示其闲。

公度：廿一日、廿二日午后在三时前后均可来谭。美人图暂收。

宪白

（我对黍园说。）

桂阁：君到某日而始得闲？

黍园：过二十日可少暇。

桂阁：午前午后之内孰闲？

黍园：近二三日内有京信数十封，午前午后皆无暇，待二十日发出则少暇。

三十二、戊寅笔话 第二十六卷
第一七〇话

（光绪四年十月二十七日 1878年11月21日）

（戊寅十一月廿一日午后，我和鸿斋到公使馆去，为的是请何如璋教《明史稿》的句读。）

桂阁：爹尝许授《明史》之句读，所以携来，幸勿叱。

如璋：此书系初印板，不漫漶，甚可观，且留案头，俟有暇时当为君一览。日来何事？今晨下午一点半钟，当偕各公使到宫内省，问贵皇上出巡回来安。

桂阁：此书目录，别无施小圈、记句读之处，惟有上表而已。宫内省园中菊花盛开，想各公使亦有其同赏耳。

如璋：此则不知，须到去再说。

桂阁：此书儿深怕毁损，故平生欲收此箱，希知悉。敢问署中随员几名相随到宫内省？

如璋：俱不去。一物无成而不毁之理，金石且然，况书乎？君何见之拘也。

桂阁：那帽名及玉名？

如璋：帽为江獭皮沽做者，系冬令时所用，顶为珊瑚。

鸿斋：今日祝仪，为皇上无恙还于本都也。赏菊系同族及宠臣。

如璋：此行即是此说。

鸿斋：阁下祭诗时，着此獭皮冠乎？

如璋：祭诗当用黄冠、卉服、芒鞋、竹杖。此系礼服，用之则不称。

桂阁：成之日，又进次册。其成之日请赐示。

如璋：全稿恐须十年告成。

桂阁：到鹤驾翔回之时，仅圈数本，决不为少，盖儿家残尊阅之书，颇大幸也。希暇日阅之。

如璋：大概《本纪》必可句读，明太祖、成祖"本纪"定须一阅，其余择有功业者一观，其余不欲批阅之也。观史如观戏，非好脚色不好看。

桂阁：康熙帝或疑乾隆楹联之句"日月灯光，汤武丑净"，盖是欤？

如璋：大意如此，《楹联丛记》中有之。

（我到了何子纶的房间，他正在梳发。）

（这里来了一位叫黄房的琉球人。不一会儿，公度也来了；又一会儿，梅史也来了。）

桂阁：现琉球军已退，倭军锐锋，想君难当，非暂休兵养气，讵笔战之为？

鸿斋：琉球亲方各有文才学者乎？

公度：琉球小国，从古自治，近为贵国小儿辈执政之流所欺凌。彼臣服我朝五百余年，欲救援之。

鸿斋：琉球洋中一小国，先年为萨人岛津氏所夺掠，尔来贡于我，闻亦贡贵国，使者往贵国，忘用贵国年号；来于我者，用我国年号。中有漂然不为二国者。

公度:近来太政官乃告琉球阻我贡事,且欲干预其国政,又倡言于西人,既与我言明归日本,专属鼠偷狗窃之行,可耻孰甚?

梅史:遂夷于九县,非惟我国之所不忍听,亦西邻之所不能平也。

桂阁:琉球人笔话何故不许阅?

公度:方与贵国议此事,他日事结,亦无不可观。此事不欲告日本人,少留日本情面也。

桂阁:我非日本人,东胜神州傲来国华果山人也,何妨观。而那琉球先生姓名如何?

公度:皆其使馆之官,一尚姓,一毛姓。

桂阁:两人官系何职?

公度:毛法司,尚耳目。

(我对梅史说。)

桂阁:君有营缮之任,所以弟忠告焉。此庭植松梅花卉,甚似失景致。不如崖上施木栏,而不妨眼前远大之美景。君以为如何?

梅史:夏秋西阳酷热,故须绿荫遮蔽。

桂阁:此策极劣,如有夏日热炎害人,则讵不垂檐帷御之?

梅史:帘帷之属,恐不足当之。

公度:既由广东购碧瓦阑行,筑于崖上。此庭种小花木,不碍眼也。

鸿斋:美优名俊辰吉者,夜夜财家来促同床,辰吉不敢肯,非抛大金者不同睡也。

公度:敬闻命。

鸿斋:女优更换脚色,今又一归来,比前优美貌十倍,桂阁恋恋不能去,恍惚忘我,魂魄飞天外。阁下一日同桂君偕行睹之如何?

桂阁：我持论曰：凡天下之佳丽，才气钟于美人者，非娼妓也，非弦妓也，非良家女子也，非女史也；如那女优，或扮男，或扮女，变幻万态，使丈夫恋恋相死者也。

公度：山川清淑之气，不钟男子而钟妇人，莫日本为甚，古所谓妇儿国、美人国，殆即指日本也。

鸿斋：山川灵秀之地，以我尾及三为最。尾、三之妇，比之东北，其胜百不啻；如东京，自古山川鄙陋，妇人亦不甚美。若欲得美人，莫若我尾、三，请赍粮游于尾、三。

桂阁：上我观雨楼一览如何？

鸿斋：戏场脚色第一回

加藤重氏者，有两美妾，在一室围棋，皆熟眠。二妾头发，逆立为蛇形，共相斗争，重氏观之，惊愕，忽起菩提心，一夜，截发为僧，登高野山。高野山，僧空海所开辟，禁妇女登山。重氏遗石童者，慕父，独步登山，半途遇父，父不子视，石童悲叹！其母在山麓，艰苦不能言。此回中间一字不明往事。

公度：仆谓作人自圣人外皆作平等观。孔子吾不得为之矣，则为和尚可也，为官可也，为闲人亦可也，为色徒亦可也。吾未见和尚遂胜于色徒也，闲人遂不如作官也。

鸿斋：第二回

加藤氏有宝珠，比之隋珠，某侯恳望之，不与，将欲及一战，加藤氏力不能对之，因约与珠。即日使者来，加藤氏曰："此灵珠也，不使少女不遇男子者捧之，珠先失光辉。"某公因使一美少女迎珠。加藤氏出一好男子接之，饮以美酒及媚乐，美少女恍然飞魂于天外，遂与好男子密交。于是加藤氏谋作赝珠，与某少女。少女曰："珠失光辉，如何？"加藤氏曰："女既与男交，故失光矣。"少女惭怨,遂自刃死矣。

公度:此与《左氏》所谓使妇女饮之酒,同其狡谋,共争珠而赝作之,又与《家语》所谓赝鼎同也。少女自惭,杀身以殉,吾谓某侯失珠不足惜,失此少女,殊可哀也。

鸿斋:第三回

大阪有一艺妇,名梅枝,鲜妍如舜花,颇善舞。有忠兵者,与此妇密契,交情日深。有一财主欲购梅枝为妾,忠兵心神惑乱,欲购无金,偶有邮送他金,滥破匣而购之。忽罪恶暴露,虽得妇,身体维谷,因窃迹大阪,与妇偕至大和。途中艰劳,颇尝辛苦。

公度:异哉!夫子所谓窃妻而逃者也。

（我拿出《国史略》来给公度看。）

公度:此篇自"政体"以下,祈代为译汉,但何以酬劳,祈足下自度,与王枣园言之。

鸿斋:政体以来迄尾译与欤?

公度:是书译毕,他尚有烦君者。一切纸笔之费,仆以为不如计篇数,如每十篇需多少,足下自审度之可也。

鸿斋:此文鄙拙,译之不甚佳,惟贯串意而已。仆尘事多端,请限今年毕业。

公度:是文虽鄙,阁下熟史,以意润色贯穿之可也。他日携归,可为君刊行之。

鸿斋:印行有限制,苟文部省书,不能再印之也,惟为阁下译之耳。在修史在,不有人祸,有天刑,观文公与刘秀书可知。仆不信柳子厚驳议。

公度:所谓印行,行于中土耳,无所谓板权免许也。仆阅史,喜阅志,故求足下先为此。

鸿斋：译新闻纸布令者，有其人乎？未否？

公度：此间本有翻译冯姓者为之，然仆观之，不译亦知其事也。通西人语言文字者多，通日本语言文字者少。

桂阁：我邦文字之作用有数样，虽邦人未能悉辨，《万叶集》、《源氏物语》、《伊势物语》等数本，是谓之国语，犹贵邦之官话，然今人寡知之者。邦人硕学鸿儒，读贵邦典籍，又少知之者。其外平生普通之言异，于其州郡而又异焉，所以邦人亦不能解。

公度：遣人购地毡，又嫌欧人之太华而俗。

桂阁：不如铺日本席，如此则腰冷难堪。

公度：因其冷，故铺毡。铺席仍冷，仍需褥。

桂阁：此褥坚硬如石，又似瓦，招冷何招暖？

公度：西京有坐褥，文而华，五色相间，何名？欲托人在大阪购之。

桂阁：必定是西陲织物，其价值弟不能知。

公度：西京亦有卓毡，亦文而华。

鸿斋：闻阁下登卖茶楼，恋慕小万，真然否？

桂阁：今日雨天，萧条无以遣闷，愿君为主，伴弟与鸿斋而游小万室如何？小万当时于弟抛财则不肯，想君抛财必来，请试试。

公度：是不如君为主，而君不往，则阿万必来。

桂阁：未闻为人抛财，使其人恣径其娱，而我傍观之愚也。

公度：若君去，则万又不来。

鸿斋：桂阁曰：同小万欲观女伎场，君肯否？黄君慕小万，小万不想黄，如何一夜梦，恐不能同床。

公度：往小万之室，索然无味。仆之好色不如好声，好淫不如好色。老子高兴登楼一醉，鹍弦乱拨，笑声哗然，是一乐也。至缠头酒食之费,殆非所吝,亦未尝欲以此鸣豪,问巨鹿可知也。

桂阁:否。小万之幽室,结构广袤,容数客,颇便呼酒食,恍若一小酒楼,而其费又少。至鹍弦乱拨,亦复便,何迂而待登卖茶、湖月等乎?魏少年这厮惑恋百代之色,而阙信于朋友,初村之遁逃偷财,盖起自此事。君参赞官,掌管使馆庶务者讵不责问之?

公度:惑溺于色,是何足责?人患不好色耳,好色而善用情,推之可为孝子,可为忠臣,是人吾方病其不好色也。

桂阁:余亦既然一孝子一忠臣了,所以屡拥红裙。可惜君独今日不能访小万,虽欲为忠臣孝子,得乎?如欲为忠臣孝子,则请为东主而游他之室中。

公度:凡不知所自起,一往而深者为情;若此心不动,而曲徇他人之言,是伪也。伪则可为不忠不孝。

桂阁:君知其伪言之为不忠不孝,而前日告曰:"币自归我,他日我为主,聘小万。"今所言则食言矣。

公度:所谓他日,安知其指今日乎?

桂阁:今日亦自前日见之,则他日也。果如君主"他日安知其指今日"云云,然今日亦他日也,今日为主又颇当。

公度:经籍中所谓他日者,如"他日君出"、"他日归",皆无定之词。

桂阁:他字君所言固非其定之事,余以今日愿往,虽今日又他日也。况小万必伴君来,所以促之。

公度:弟本约魏君以今日往,雨遂阻兴;足下又屡促之,仆不受逼促,故不愿往。

桂阁:君不愿往,小万愿来,弟亦愿往,魏君亦愿往,雨何惧?况雨天萧条,天气静寂,颇便酌酒;且人各有报恩德之仪(义),弟前日抛财飨君,君报之,又至当之论也。

子纮:他不愿,弟当促他,他本邀弟同往故耳。

桂阁:促之何自君乎? 黄君密思,游小万处颇好。

桂阁:古人曰"报仇以恩",况朋友乎? 纵令投木桃,报琼琚,又可谓好矣。如此一事,君不可不报弟前日之宴。

公度:责报不可出自友。

桂阁:君不知其报之为何物,故弟故促之,又朋友之信义也。君不忙,则畅谈无妨否?

公度:今日无事,惟早起忽患头风;午后诸公来,又令梳发人抽之,乃觉清爽如常。

桂阁:凡人气郁则生病。头风之患,盖不可过焉,当是时,如有使其气爽快,则病患可退。其法惟在呼美人,啖佳肴耳,况于美人之待君之驾临乎,不得郁病而何有?

公度:何不一往催小万乎?

桂阁:以弟充酒食之任,君尝任小万之聘职,而花月、卖茶皆价贵兴少,又不便呼小万,不如直向小万家而游,岂不廉宜且便乎?

公度:或卖茶楼,或花月楼,雨晴即偕往可也。小万家仆未尝一往。

桂阁:家在日枝街,新桥之侧也。闻他家玉宇雕栏,灿烂辉煌。而君登卖茶或花月,小万如前日而不应招,则空归而费财于画饼。到小万之家,则百发百中,恐他不能逃。

鸿斋:小万虽艺妓,实卖色鬻淫者,若欲同床共睡,不费数金,不能达本怀也。试掷十金,则有十金之情,掷百万,则有百金之味,欲使鸳声快活动床,非投数千金不能探其真情也。所谓倾国倾城者,不鉴前车覆辙乎?

桂阁：良话良论真良实良。

鸿斋：良字不当，换他字可。

（枢仙来了。）

枢仙：抱良人眠，对良人语，方知良语。君亦有良人可抱可语者乎？何由知良语良论而又真良诚良也？

桂阁：良固有良人，其良人神恩良善，吐良话，为良行，是良妇，所以能事良人也。费君谈弟以小万往访，君又以谁为知己？

枢仙：弟实未遇其人，故于群婢并无一常呼唤者，至知己则更难言矣。

（泰园来了。）

泰园：因雨客少，美人不致为别客所招，大妙。黄君何其拙也。

公度：足下将毋同。

桂阁：小万必定雨中寂寞，君如访之，亦可谓一大功德。

公度：君先往小万之室，弟与巨鹿即来。

（下略）

三十三、戊寅笔话　第二十六卷
第一七三话

（光绪四年十一月六日　1878 年 11 月 29 日）

（戊寅十一月二十九日，我差人把这封信和一个匾额送给
黄遵宪。）

桂阁: 横额一　额钉一连

右奉呈哂纳，冀快令尊价揭楼中烟景最佳处，则幸甚！仆顷感
冒恶风，不能出户，乃驰小价房吉携而进，并希赐锦回。

黄大老爷阁下

英历十一月二十九日　源辉声顿首

（匾额上写着）

大痴境

公度黄君所藏沈石田山水一幅，上题曰:"画在大痴境中，诗在
大痴境外。"大痴者，黄公望也。按《丹青志》云:"石田氏每营一一
障，长林巨壑，小市寒墟，高明委曲，风趣泠然，使夫览者若云务生
于屋中，山川集于几上，是殆得大痴之传者矣。"今黄公度君与大痴
姓相同，名相似，而豪放逸迈之气亦复相类，得此石田之神品，悬诸
座右，朝夕玩赏，恍聚今古名士晤对一室中也。丁丑冬，君随使来
我邦，越戊寅九月，购置于霞关西署中君之楼居，远眺则芙蓉之高
岫，竹垞之曲湾;近望则茜陵之村霭，麴巷之炊烟。长林巨壑，愈出

愈奇；小市寒墟，越深越妙。目力所穷，风情无限，则楼外之烟云直
与画中之山水相吻合，是真景，非画景也。石田若预知此地之胜景
而摹此画也？亦预知公度君之爱是画，而题是句也？此其中殆有
夙因焉。余喜隶"大痴境"三字以赠。伏乞

公度仁兄大人粲政

（公度的回信。）

公度: 拜谢，敬领，当悬高楼中。陈列皆中、东两土之物，无一
欧罗巴错杂其中，阁下愿之乎？此复。

十一月六日　遵宪

桂阁贤侯阁下

（下略）

三十四、戊寅笔话　第二十六卷　第一七四话

（光绪四年十一月八日　1878年12月1日）

（戊寅十二月一日，我在永田町公使馆和泰园笔谈。）

桂阁：微恙稍愈，方才得谢所圈八大家文之厚意。盖弟尝约君非把八大家文全篇悉圈之，随君所言，择君所喜之篇，而许标题首，印小圈，则幸甚。其外不烦君。

泰园：恐有误字，故全篇圈之。

桂阁：复厚意也。虽然，全篇圈之，不啻烦君，殆费日子耳。不如向题首而圈之，则得一知此篇君所悦、此篇君所不悦欤。

泰园：准圈篇首。数日内公事颇繁，上午九时办公，十二时退食；一时办公，四时退食，故少余闲了。

（公度来了。）

公度：昨赐匾额，书文俱佳，拜谢拜谢。

（梅史来了。）

桂阁：如闲则趋府畅谈耳。

梅史：先所属画，今截之，长短如何，请阁下往观之。

桂阁：以其绢为全幅，复不截之。

梅史：今稍有暇，特作之。

桂阁：君许作此图而赠，想笠莺必甚可喜，弟亦有信于彼。

梅史：作图之间，弟逍遥门中，请君令房吉奴隶。

（梅史画山水画。）

桂阁：弟路远，明日来拜赐耳。希君期今日而写完，明日之来，惟拜领耳。

三十五、戊寅笔话 第二十六卷 第一七八话

（光绪四年十一月二十二日 1878 年 12 月 15 日）

（戊寅十二月十五日早上，我在公使馆和何如璋笔谈。）

如璋：忽然剃须，想是欲媚内之故。

桂阁：我邦妇人喜须，所以蓄焉。

（午饭，我吃中国菜。）

桂阁：闻贵邦进士有正途、异途之二件，敢问其详。又闻君践正途，而其正途、异途之规则概事实如何？

如璋：进士只有一途，并无正异之分。惟举进士后，则同一榜中，分用为翰林、主事、中书，外而知县，共四班，以翰林为优耳。

桂阁：尝闻他人乃曰正途得擢翰林，异途不得擢翰林，且异途虽学问才识未当其处，足以擢其任。疑是讹闻。虽然，华人亦说正异之别，敢问其事必有焉？想君或隐匿不明示，弟情如骨肉，何匿之有？

如璋：所谓正异途非进士之谓。吾国服官者，如读书得贡举为官者，即算正途；其他保举捐纳为官者，算异途。若进士则由举人而得，是正途之优者，不再别正异矣。何曰保举？何曰捐纳？其方法，保举者或办军务，或办国家，各事出力，赏之以官者为保举；若

捐纳则平民自揣有才力可以为官,并有家赀可以报效者,视其纳赀于国家多少,赏之以官,为捐纳出身。

桂阁:百疑尽释了。此事是国朝之政体,如欲搜是等之政事,则以翻何书为好?

如璋:捐纳者有《捐例书》可查;系保举者,须查成案,较不易。大概中土选士为官,以正途为大宗,大约千员官有八百是正途也。此查《大清会典》可知。一二品大官非正途出身者不易得。

桂阁:《大清会典》全部约几许卷? 而其部分怎么? 请赐教。

如璋:《大清会典》我朝典礼政事,分门别类,大小内外悉备。其全者共五百余本,其略而摘要者约四十本。此书东京书籍馆有之,可以借看。我公事房中亦有之。公度有摘要一部,可借观也。

桂阁:久不陪鹤驾游郊外矣,君所好之日而游君所好(之地)。

如璋:有何处可游? 梅花开于何时?

桂阁:东京梅花非立春则不发,纵有寒梅,亦不足观,不如待冻天而赏雪。

如璋:雪亦不易见。前一二日天阴欲雪,复寒雨而不成,殊败人兴也。近邻为高岛之居,此君识之否?《拙斋集》为青山延寿之父所著,送来求序者。

桂阁:高岛氏何者? 儿未知之。

如璋:旧藩副岛之旧主。

桂阁:副岛之旧主乃锅岛氏①也,其第系伊馆右侧,少许相距之地,想邸中树林,于是室可见。

---

① 锅岛氏,即锅岛闲叟(1814—1871),名齐正、直正。佐贺藩主。明治元年上京辅助新政后任太政官大纳言。

如璋：君与交好否？

桂阁：前年尝与秋月种树①亦华族也俱访锅岛直大②于其墨水别业，时今参议大隈、大木、副岛等数十人相陪行酒，故一相识也。

如璋：不甚深交，不可以言。仆因阶下之地与之相连，拟借其栅外数坪地共成一小园，俟他日招其旧识者与之商也。

桂阁：此任副岛氏可也。本日君他出否？

如璋：等等再看，无成心也。

桂阁：阅小说《平山冷燕》，书署曰"天花藏"云云，不知天花藏的系谁氏？请赐教。

如璋：此等说部，皆游戏闲人笔墨，所云云不必定有其事其名其人也。松平庆永系水户旧藩否？

桂阁：庆永越前诸侯，非水户藩之类。又庆永之祖先与水户祖先同族，皆是德川氏之支族。

如璋：水户藩现为谁？维新时是何名字？

桂阁：现为德川韶武③。

如璋：其藩士有在朝者否？

桂阁：顷琉球人屡来公署，其事系谈文事欤？将系谈俗累欤？

如璋：皆系为其国事而来，非文非俗，近乎公事。此事现与外务省言之，君知之否？

---

①　秋月种树（1833—1904），名种树，号古香、三十六湾外史等。其父为高锅藩主秋月种任。明治初为明治天皇侍读，历任公议所议长、大学监、元老院议官、贵族院议员。能汉诗、书法。著有《古香公诗钞》等。

②　锅岛直大（1846—1921），名茂实、直大。佐贺藩主。明治年间历任横滨裁判所副总督、左近卫权少将、驻意大利全权公使、贵族院议员、宫中顾问官、国学院大学长等。

③　德川韶武（1853—1910），名昭武，字子明，号銮山。德川齐昭十八子，最后的水户藩主。明治维新后着手开发北海道。再度留学法国。

桂阁:现闲散放肆之人,岂何知公事? 更问琉球国或为贵邦之属,或为敝邦之属,从来论者不一定,其事实果如何? 儿视其衣服暨姓名等殆为贵邦之属,君以为如何?

如璋:顷与外务省言,照旧章办理,我两国均不必计较太明,此系交邻之善法,亦情理兼行之事。外务省似不遽喻此意,殊可惜。

桂阁:外务省论此事为谁? 何言而不喻之。

如璋:外务省所复之文,无理可言,第以虚词相答。鄙意琉球自为一国已千余年,非贵国诸藩可比。若外务省执而不悟,我亦无法周全其间,此事所关贵国利害甚大,愚当不欲尽言之。

桂阁:此议之初起,在君未来敝邦之前欤? 或顷琉球人来怂恿之欤?

如璋:愚之所以来,系为此事居多。此事琉人于前年赴闽,求闽省督抚,该省为之转奏、交使臣查办之件,非来此始受球人之请而言也。且此等事关系两国政府,出使者亦不能擅与人言,此各国通例也。

桂阁:长坐妨读书之暇,且扰郁厨,且愧愧,且谢谢。一日陪鹤驾向游一处,以偿今日之罪。

如璋:一游何能偿乎?

(中略)

(我在黄氏的房间里笔谈。)

桂阁:本约弟本日与诸友伴诸君于一酒楼而耽吟咏,昨夜栗翁有信曰今者有别友招饮。今闻之则杨君招饮者也,必定小万可聘,公度之垂涎可想,故转订二十二日与诸友相与伴诸君于一酒楼,如此时则杨星垣君亦可伴也。

公度:二十二日之约,仆未审暇否。杨星垣精习泰西语言文字,亦通天文算学,其始为秀才,后习于同文馆凡十年,是人和平温雅,固我辈流也。

桂阁:希君二十二日之约不可违,如违则小万之来,复属空空了。纵令君不来,至其聘金,则弟可取于尊府。虽然,尚拒之否?

公度:至日或不负约,未审同坐有几人?

过日所书"大痴境"匾,感谢之至,既悬之楼上,阁下何不往观之?

桂阁:饰得整整齐齐,却愧拙书污高堂。二十二日即弟与诸友先到尊楼而叙谈,盖因在敝邦席也。

公度:谨扫榻以待。

三十六、己卯笔话 第十五卷
第八十八话

（光绪五年十一月六日 1879 年 12 月 18 日）

（己卯——明治十二年，光绪五年，公元一八七九年——十二月十八日，我要访问何公使，把名片递给何绍文——绍文是公使的仆人，又名天育——，先和绍文笔谈。）

绍文：贵下到来，拜何大人？

桂阁：如公闲，则赐晤。君幸传话。

（我和何公使笔谈。）

桂阁：昨日阁下往观吹上御苑，试骑射否？

如璋：以雨阻，外务省有信来，告延期。此后未知何日。名为犬追物，究竟是何物事？

桂阁：此犬追物者，昔时诸侯所专用，以萨摩太守岛津氏为第一。现于吹上苑而演者，则岛津氏旧臣。盖此事大关礼式，可见我邦古礼格严，风俗淳美也。弓箭衣帽鞍鞯等一一有称有法。阁下等初观之，恐不能解其精细，得一精其事者在傍，一一言之，则阁下等或以归中土而为谈柄。仆亦蒙许观，奈朝廷有法，不能同阁下坐在傍，执笔研而说话。如在傍而一一话其事，则大有所乐。不知通辨官中能识其事否？

如璋：何以名犬追物？

桂阁：不过铁骑之演习也。以犬为敌兵，放是于旷野，追射以中者为胜。又有称丸物者，以革造帘形，一人乘马系绳引之，一人追驱射之，皆一样昔日铁骑之演习。

如璋：然则马追犬，非犬追物也。犬则何事而为人之的乎？一笑。此间译官，唯鲤门一人，恐其年幼，亦不识此礼之名称。第马射一节，吾土尚以此校武士，惟所着之礼服或不同耳。校射时有以皮为的者，亦有以圆球为的者，谓之射地球。其人有翻身仰射、侧身倒射，各逞其技巧，其名目难以枚举。

桂阁：凡演射之法，各国略同。我邦亦有此事，如犬追物则浑用此法，按："物"则"者"之误矣。又有大笠悬、小笠悬、流镝、马骑射等。我邦旧有此习，藩士悉善弓马，仆于是知之。惜乎阁下观"犬追物"大有旧礼之存者，而不能穷其礼式之精。如仆为译官，则译言一一说话，以告我昔日礼仪之正。

如璋：异日观犬追物时，当邀阁下同往，大约此等事观者人多，亦不必尽有分别。

桂阁：此日仆之席与阁下不同，颇似无便宜。他日详一部《犬追物考》以奉呈。

（省轩来了。）

省轩：龟谷行，君知否？

如璋：知之。

桂阁：如不嫌，则来此处如何？

如璋：省轩先生久未晤，想近况必佳。昨日梅史已回国，先生与桂阁来此，少一坐谈之客矣。

省轩：久不得拜，此方浊尘万斛，愿听洪讲开心茅。

如璋:日间文字酬应极忙否？现仍寓旧所,抑已移别处也？

省轩:日间甚忙,然逢文字友则抛百事接之。敝寓依然,时赐枉驾,幸甚!

桂阁:昨归旧国留几月？

如璋:不过三旬,旋来。

省轩:梅史去,惆怅欠一良友。

如璋:梅史以事去,今日想已开行。

省轩:仆又一丈夫,别离无泪。唯梅史去,仆潸然有句曰:"丈夫把别偏多泪。"

如璋:有一杨友在北京,书法极佳,学问亦博,欲招其来署,未知来否？

桂阁:阁下请察其情。有杨翁者,才学宏博,仆自今延颈而待杨翁来署。请问杨翁名字官职？

如璋:杨名守敬,字惺吾,湖北人,辛酉举人。顷寄我《楷法溯源》数十本,钩刻考据俱精详,暇日呈君一览。惺吾古君子,非好色之徒。

桂阁:仆初学楷法于东京市川孔阳①,字米庵,以颜真卿为书祖。仆腕弱笔钝,不能窥其蕴奥,惭恼惭恼!

如璋:惺吾之书法,古雅之极。若杨、梅合之,则成毒矣。

桂阁:杨书法盖法谁氏？

如璋:源于篆隶,不拘一家。

桂阁:又来而代梅史,能挑小园子。梅也,杨也,亦一样园中

---

① 市川孔阳,即市河米庵(1779—1858),名三亥,字孔阳,号米庵、百笔斋。书法家,书法崇尚米芾,以教授书法闻名,门人达五千人,著有《三家书诀》、《笔谱》等。

之物。

（中略）

（我和省轩到公度的房间去。石川鸿斋已经在这里。这是我们来到以前，公度和鸿斋的笔谈。）

鸿斋：今日有约，与龟谷访阁下。龟谷今在公使处。此人博学奇才，仆日本人为友者，唯此而已。

公度：仆最赏其诗文，向读其诗文，曾评曰："二十年后必有负天下盛名。"

鸿斋：如重野川田，一时得显官，然腹笥空寂无一物。其他皆不足论。如龟谷真英杰，取人失澹台，其谓之乎？

公度：仆来此，最钦慕者，龟谷子一人。重野川田氏之文，再过十年，亦如今日，盖无复进境矣。龟谷未可量也。

鸿斋：敝国作诗文（者），有一病，曰不多读书也。今以诗文为家者，恐不读千卷之书。为龟氏多读书而能诗文，其比亦少矣。

公度：仆之蓄于胸中未告人者曰日本人之弊，一曰不读书，一曰器小，一曰气弱，一曰字冗，是皆通患，悉除之，则善矣。

鸿斋：仆辈未免此病，顶门一针，可愧可愧！

公度：大约日本之文，为游记、画跋、诗序则甚工；求其博大昌明之文，不可多得也。近来《曾文正文集》，亦日本之所无也。

鸿斋：昔僧空海①游于贵国，归来以书鸣于世。嵯峨帝②召之，

---

① 空海（774—835），真言宗开山祖、入木道祖师。年十五入京都大学研修儒学，后倾心佛教，随遣唐使至中国，得密教玄底。回日后，受敕许立宗开教，为真言宗开山祖。著有《秘密曼荼罗十住心论》、《文镜秘府论》等。

② 嵯峨帝，即嵯峨天皇（786—842），名神野，第五十二代天皇。博通经史，能诗文、书法，对官制作过些改革。

赐紫衣高爵,因曰:"朕近得墨本,遒劲殊妙,想华人高手者。"乃示之空海。空海曰:"是余在中华所书也。"帝曰:"勿欺,尔书劣于此,今以此为自书,恐虚语也。"空海曰:"在大国,气象自伟大也,故书势亦伟大也。今归日本,日本国小,书亦自缩小,是所以劣于前。"因是想之,国之大小,必显于书;仆一游贵邦,将经名山大川,养其胸中郁闷之气,然则如仆拙恶,诗文亦自有所见乎?冀阁下归国伴仆去。

公度:空海云云,稍似英雄欺人语。然核其理,则太史公所谓游名大川以壮其气也。此理自不可诬。虽然,日本之为文,亦习为之也。先辈之所以教人者多为此种琐记、小序,则转相仿效,难以变矣。须得如阁下多读书之人,倡为其说,一以昌明博大为宗,则后进亦未可量也。

鸿斋:荆川之文似荆汉,震川之文似震泽,子厚在柳州,当如柳州山水。仆以为一游贵邦,得观天台、雁宕、西湖、嘉陵,亦自有所得乎?如画山水,妄以想像写江南风景,其实心不安。若一游,写其真,亦必胜前时乎?

公度:日本山水灵秀清奇,未必输我,惟博厚高大之处或不及也。

鸿斋:东京近傍,山水平坦无所见。如信甲颇有胜地,比之五山、太湖,不当十之一,故人心亦自如此。

公度:请略少坐待龟谷氏,仆即来。

(这时候,我和省轩到了。)

省轩:今日过谒,或人云阁下往横滨不在。从来往往以此言拒客?

公度：阍人不择客而拒之，足见其无用也。向送梅史归，仆亦极感厚意。梅史归，失一文墨客矣。

省轩：弟与梅史交久矣，一朝相别，会期无日，使人为数日恶也。

公度：即仆亦与彼相见，未知更在何日？

省轩：先日所呈大著序，不知中用否？

公度：敬谢敬谢！虽然，序中有言"未及细看是诗"。仆意更欲他日刊印之后呈正，再乞序也。

省轩：宫岛栗香请诸君子评其诗，已成否？

公度：仆向日评其诗，久已还之矣。但仆持论，或以为过刻。

省轩：阁下近来有何著述？

公度：近来方编《日本国志》，恐至明年此时方能脱稿，为目十有二：曰国统，曰邻交，曰天文，曰地舆，曰职官，曰食货，曰兵，曰刑，曰学术，曰礼俗，曰物产，曰工艺，成书约有五六十卷。

省轩：所引用之书已具否？弟有所知，亦应言之。

公度：其之备不全者，当一一请教。虽然，仆之此书，期于有用，故详近而略古，详大而略小，所据多布告之书，及各官省年报也。

省轩：弟曾在史官，欲为国家造一代大典，网罗十余函，分门数十，其书未成，弟亦罢官。寻皇城系祝融，草本举付乌有，诚可慨叹也。惟有《职官表》一册仅存，后之史官，冒为己著，其实弟成之也。

公度：是大可惜！今日内务省出版之书，层出不穷，无一人为此事,亦一大憾事。《大日本史》只有兵刑二志,蒲生①氏《职官志》亦可补其缺,以外则寂寥无闻矣。诚得有志之士数人,编为巨典,仿《通政》、《通志》,则二千年来典章文献,不至无用,仆日夕引领望之,曾与今史馆诸公重野川田氏言之,不知其能否也。

省轩:敝土先辈,眼孔甚小,无见及之者。独伊藤东涯②著《制度通》,公见之否?

公度:未见。源君美有此意,仆见其序,不见其书。此后则止有蒲氏君平③而已。

省轩:此书直购一部。

公度:此刻史馆有塙田守巳?

省轩:塙忠敞今官史局,其父保巳④以盲著书。

公度:有保巳一书为底稿,尚可为此。过二三十年,恐益无人为之,典章文献,终恐寥落矣。

省轩:羽仓胜堂著《甘雨亭丛书》,亦塙之类也,卷数未满五十。

公度:闻保巳以盲著书至千卷之多,真一奇男子也。

省轩:闻塙悉谐记所听之书,蒲生《伟人传》讥塙恐近诬,且非君子之言。

---

① 蒲生,即蒲生裒亭(1833—1901),名重章,字子闇,号裒亭。幕末明治时代汉学者。明治间历任议政官史官、大学校三等教授、少史。著有《近世伟人传》、《裒亭诗钞》、《裒亭文钞》等。

② 伊藤东涯(1670—1736),名长胤,字原藏。德川中期儒者。著作《制度通》、《学问关键》、《经史博论》、《绍述先生诗文集》等。

③ 蒲氏君平,即蒲生君平(1768—1813),名秀实,字君平。出身商户。立志研究古典。著有《山陵志》、《职官志》、《皇和表忠录》、《不恤纬》、《蒲生君平遗稿》等。

④ 塙保巳,即塙保巳一(1746—1821),姓荻野,名寅之助。江户时代和学者,编有《群书类丛》1273卷,著有《鸡林拾集》、《皇亲谱略》等。

公度：中菁之言，即有之，亦不必道也。

省轩：白石著书百余部，多有用书。

公度：恨其多和文，而外间又不流传。东京书籍所收不足此数。

省轩：《白石诗草》，仆藏之。

公度：仆止在《甘雨亭丛书》见其诗，全集未得见。

省轩：有韩人序跋，盖选本也，其诗何如？

公度：白石多读书，故胸襟气象，有甚好处，然诗未能中间二字为蠹鱼所袭。木下贞幹①之诗亦然。

省轩：今日领洪诲多矣，请此辞。

公度：愧甚，不敢当，仆受教多矣。

鸿斋：顷所愿评文，近日携来，伏乞赐一览，下妙辞。

公度：敬诺。敝国之不受者，亦敬谢其意也。

桂阁：仆初知采汀令弟，好文墨，愿缓缓畅谈，必是有益。

公度：仆此二弟也未来，其人颇善雕刻，工音乐，盖天姿卓绝，而不喜读书，为武事。人各有性，不可强也。

桂阁：君亲称其弟曰天姿卓绝，想必名士，如使君称其妇曰风采端丽。

鸿斋：采汀君现在此馆人欤？

公度：仆有一弟在此，然年幼无知。

桂阁：十年曰幼。见现在署内之令弟，察年过弱冠，何以言幼？

---

① 木下贞幹（1621—1698），号顺庵。儒学者。著有《木下顺庵诗集》、《锦里文集》。

公度：古人所谓十九年犹有童心，彼无知识，谓之幼可也。

鸿斋：笠翁李渔尚称白发少年，然则如仆未至孩也。

桂阁：鸿翁近世老莱子，及班白尚作儿戏。

鸿斋：有一公子，与青衣间行，途上遇小蛇，公子曰："可怕！"青衣曰："微小，何足惧哉？"公子曰："我亦微小，汝不惧乎？"青衣赧然，不复为仕而去。如小雪微小，以为不足惧。小园曰："彼食蛇，何有不怕？如君小蛇，合三，恐不足也。"仆愕然。世俗所谓小囊小姬，不知其量，真然。

公度：宫岛绝诗律诗有佳者，古诗则尚未成家。

省轩：敝土人希能古诗者，不独栗香也。

公度：足下古诗大可成家，数今日之所造诣，既非余子所能及矣。

省轩：长复无事，日把《少陵集》读之，似少有悟，将录近制，乞大政。

公度：阁下诗学杜甚好，专意习之，必有进境，近制愿拜读。仆不能作诗，然自喜论诗，颇得要领，足下暇日与仆一谭，不知果有所见否？

省轩：敝土诗近来纤靡成风，识者愧之。与栗香辈谈，亦慨之。与有志之士二三辈约，欲矫之以宋唐，愿得阁下提撕，一振颓风，以扶大雅。

公度：仆不肖，何敢当此？愿得随诸君子后，力著一鞭耳。诗之纤靡，一由于性，一由于习，习之弊又深于性。欲挽救之，仍不外老生常谈，曰多读书，以广其识，以壮其气。多读杜、韩大家，以观其如何耳。

省轩：有向山黄邨①者，颇能诗，相识否？

公度：仆未得读其全集，间见一二诗，似南宋江湖一派，然论其造诣，可谓工矣。

桂阁：省翁曰：一日与阁下与仆俱访向山氏如何？黄邨曩为德川氏之官吏，仆亦知之矣，未为叙话，颇欲见之。

公度：仆未访其家，其为人温雅，可交也。

省轩：家在麻生，旧幕时为外国奉行。其诗颇精细，未能博大沉郁耳。

公度：是有性焉，有习焉，不可强而能也。虽然，诗之为道至博而大，若土地焉，如名山大川，自足壮大；则一丘一壑，亦有姿态，不可废也。

桂阁：仆曾游戏，园有二客相语曰：那活泼而扮丑者，使其人益勉为之，则可寐妙；那俊俏扮生者亦然，又益力励之则可，此其奥；且也，末也，皆各凭其能为之，不可使强异打扮。余在旁闻此言而感曰："人生万事，浑如斯兮！"阁下所论，实与之相同。

公度：是则至理随时有所见，而能悟道，是见聪明。人之秉受于天，如器焉，小者不可为大，是不可强也，性也；同一小者，可以为杯，可以为盘，是可学而能也，习也。

桂阁：仆好友善笔话者数十名，有议论确实而欠风雅者，有潇洒淡泊而欠学问者，省翁独有才有学而不有所欠，仆得省翁为好友，盖天佑我也。

---

① 向山黄邨(1826—1891)，名一履，字欣文，号黄邨。曾参预外交事务，任驻法公使，明治后任教授，与诗友唱和度晚年。著有《景苏轩诗钞》等。

公度：省翁信好友，日夕乞教，必有所益。

桂阁：现今我邦人而笔谈有学如比省翁者，别以谁氏？

公度：有青山延寿亦博雅，然其为人孤峭而冷严，非阁下所能友也。

桂阁：仆气宇亦能可伤观世音，或为谨敕，或为潇洒，或为寡默，或为多辩，随时悉能焉。虽遇青山季卿，恐不露马蹄。

公度：惟我能之，足下未也。

桂阁：阁下试延我过季卿家，仆当假为谨严沉默，求爱于那二女儿。阁下在旁，观我之不露马脚。蟾洲诗奇拔甚多，宦中有诗曰："报国何时时便原缺一字，与君把臂少怡欢，感恩一滴丈夫泪，期洒三千世界间。"君以为如何？

公度：果然奇特，乃极似仆诗。

桂阁：笔战寡敌手，愿驰伴呼一文士。

公度：一枝足矣。

桂阁："三猴弄一豚，豚颈硬直，不能回绕。"烦君乞好对。

公度：石川灌大河，龟谷幽深，正在左右。

省轩：此诗在楠亭所作，小园磨墨，小雪伸纸，弟颓然以醉笔书之，亦一时雅集也。

公度：想见名士美人一时雅集，恨仆未得与也。

省轩：恐被小万妒杀。

公度：阿万既为秋月夺去，仆谓校人之鱼，可谓得所矣。

桂阁：本日和汉名士会集，请君为索一豪兴。

公度：仆不敢当名士，诸葛公乃可谓名士也。

鸿斋:明后日岸田吟香①新闻记者,精锜水之主人将一游贵国上海,顾与子纶同船乎?

公度:仆不能书,不敢强不知为知。

省轩:阁下之书,有唐人之风,想应有所学。

公度:仆平生极不喜作书,有生以来未尝端坐陈古人之帖而临之,故丑陋若此,言之惭矣。

鸿斋:阁下书顾学东坡者,而今则废之,然其气韵自溢纸上。凡今世之人,多化于赵松雪,加董华亭软弱之态。阁下则不然,本学何人书?请示教!

公度:仆实未尝学之,若谓其似谁,明古人学我也。

鸿斋:余尝云龟翁之书,不似其为人,挥笔如风扫落叶,如万马出营,妇人若观之,必可爱。桂君之书,过于怒张,美人见之,必避三舍。梅翁仿佛妇女子。

公度:仆之为书,亦难博女人爱。

桂阁:仆书要随意应变,现三十二相,宜曰观音书法。

鸿斋:桂君自比观世音菩萨,以佛印评之,则三十三相之中,马头观音是也。佛见女人曰:外面如菩萨,内心如夜叉。如仆谓外面如阎罗,内心如地藏菩萨乎?地藏藏于地,犹虚空之藏于空,如仆乃藏于儒,如龟翁藏于诗文,如桂翁藏于谭,如阁下乃藏于官者,如梅史藏于妇室者乎?

桂阁:鸿翁劝我同游中华,其举极好。敝邦人无财者,使少有财者,入我所思之道,借其财金,我欲谓之于乘尻马。鸿斋者可谓

---

① 岸田吟香(1833—1905),幼名银次。学西学,与西人海蓬合编《和英语林集成》,发行《海外新闻》,经营过航运业务,曾任日本侵台从军记者。后在东京开设乐善堂成药店,"精锜水"眼药水远销中国。晚年创立东亚同文会、同仁会。

欲乘尻船。

鸿斋：桂翁妄以仆恶言。仆虽不敏，不欲为尻船。宁为鸡口，不为尻船，苏秦之谓也。如桂翁，敝邦谓先船，虽有余财，为公妇所摈。

桂阁：仆不为鸿斋所欺捐财。如阁下归国之时，则一往梦罗敷山下耳。

公度：罗浮仆尚未至，他日当与君同醉梅下一梦美人耳。

鸿斋：阁下若游罗敷，不必偕桂翁，天下妇女嫌忌桂翁如虹蜂，若偕桂翁，徒醉眠耳，美人恐不入梦；偕仆，妇人充满一梦中，亦必虚劳耳。

桂阁：鸿、龟欲乘尻船游旗亭，阁下亦乘尻船否？

公度：（屍）〔尻〕船不解。

鸿斋：先船则东道之主人也，尻船则陪游者。

公度：仆不愿也。

桂阁：何故不愿？

公度：仆亦不知其何故。

桂阁：食色人所欲，何故辞之？

公度：今日偶不欲耳。

　　（星垣来了。）

桂阁：君亦同往，宜促公度。

鸿斋：桂君频荐阁下，将登一酒楼欢游也。阁下肯否？

公度：他日再谋。

桂阁：本日仆欲将西洋馔飨阁下，阁下果肯否？

公度：敬谢，敢固辞。

　　（下略）

三十七、己卯笔话　第十六卷　第九十话

（光绪五年十一月十二日　1878年12月24日）

（己卯十二月廿四日，我到公使馆找泰园，泰园不在。我叫野谌把这封信送到公度的房间去。）

桂阁：源辉声白。刻见野碕剑卿于柰园处，野碕曰："汝不欲见公度君乎？"余曰："子请传语黄君而曰：今下午与柰园俱往访鹫津毅堂①，如君无事则同往如何？"野碕曰："宜写一牍促公度君。"余于是火速挥毫告事于阁下，阁下请援笔写往否于末，白而复是幸。余亦有欲告之事。如无事，则暂来柰园房如何？野碕言语喃喃不详尽意，冀写其情由是荷。

（回信）

公度：不能往。

（中略）

（在大阪町阿玩的家里笔谈。）

桂阁：仆察君所爱在阿玩，而不在旗亭与妓仆也，故今夜惟伴阿玩醉旗亭最好，故使阿玩选其旗亭，一切要廉价并乐雅耳。君意

---

①　鹫津毅堂（1825—1882），名宣光，字重光，号毅堂。尾张藩士。先后在江户、尾张任教，任督学。后历任登米县权知事、五等判事、司法权大书记官等职。著有《毅堂集》等。

如何？

麦园:阿玩亦秋娘,不过人尚伶俐,聊为寻欢,至酒楼可不必去也。

（在新住吉町千岁楼的菜馆里笔谈。）

麦园:何似风流杜牧之,徜徉觞咏到天涯。兴来立饮杯三百,醉笔诗题酒屋楣。

桂阁:和玉韵乞正。仿佛文章韩退之,吟诗醉月兴无涯。今宵畅饮情何恨,千岁楼中题画楣。

麦园:嫣然一笑擅风姿,侑酒传书事事宜。不是退之情独重,晚年钟爱属桃枝。赠玩娘。

桂阁:和玉韵赠阿玩作,伏乞斧正。淡淡春妆别有姿,酒楼卖醉最相宜。窈期春夕遗鞭去,八八桥边望柳枝。

（下略）

三十八、己卯笔话　第十六卷
第九十二话

（光绪五年十一月十六日　1879 年 12 月 28 日）

（己卯十①月二十八日,在泰园的房间里笔谈。）

（前略）

桂阁：仆前日请琴仙兄圈《俞樾全集》句读,乃寄诗文集一本,今在何处？如在君处,则一时抛下。

泰园：君误矣,琴仙必圈不了此书,想存琴处。

桂阁：敝邦例礼,以腊月末进小物。仆于君虽每月献锱铢,要不过谢削正；爰更呈敝邦蔗一匣,想君恐不能吃之,如充宠姬尊伴之厨,则复足自补君之费耗,幸乞哂纳。

别言：

楮币三包。

右各一色赠宠姬、使婢、使童,以谢明治十二年内屡烦役焉。期哂纳。

泰园：谢不可言。

---

① 据"己卯笔话"第十六卷第九十话所标时间为"己卯十二月廿四日",故第九十二话所标时间"己卯十月二十八日",疑为"十二月二十八日"之误。

桂阁:想君有事,请勉为之,决不可对话。仆唯借屋吃饭而去耳。

(我给公度写这封信。)

桂阁:本日礼拜日,仆忖阁下必闲,如欲访友,则同往如何?尝往青山其他二三友之约,所以言也。刻石川鸿斋来否?仆现在柒园氏之房,幸乞锦回。

源辉声顿首

(公度的回信)

公度:弟顷方食饭,饭后即往横滨,未能奉陪。此复。石川子未来,前日偶一相见。

遵宪

三十九、庚辰笔话　第四卷　第二十一话

（光绪五年十二月二十二日　1880 年 2 月 2 日）

　　（庚辰——明治十三年，光绪六年，公元一八八○年——二月初二日，我到公使馆黄公度的房间，何如璋、何虞臣都在这里。）

　　桂阁：据石川鸿斋言，阴历二十日公事毕，群贤闲暇，想便笔话了。今午晴明，来访黄，黄不在，恰得见阁下虞翁等，可谓天使我引见，不知频日暇否？

　　如璋：岁暮无一日之暇。君所居墨江，梅花何时可开？

　　桂阁：清明候最好。仆现到廨前庭上，见玩贵国纸鸢，觉其形与机与敝邦相类，而借引绳，风少鸢不飏，一笑之至。却为二三童子所嗤笑。

　　如璋：近日在家作何事？

　　桂阁：连日阴天，当炉避冷而已。案上惟有时时翻译《犬追物考》，成之日，奉阁下。仆才短学猥，糊涂无成文章，他日净写，乞珠正，幸勿却。虞翁、诗翁何故去了？不知弟来妨畅谈，请恕请恕！

　　如璋：午饭后坐谈片刻未散，顷诗五到书房去了。虞臣在伊房，如足下到伊处，不妨坐谈也。

　　（公度回来，如璋归去。）

公度：石川鸿斋之言不谬，汉土皆如此，因无日曜给假之例，故年终放假耳。此间不然，譬外务省今日有文来，便应作答，不能迟至一月后也。

桂阁：梅史有信否？言云云？茶园亦有信乎？仆匆忙未写信，二人近日好否？幸见示。

公度：梅史既到家，布帆无恙。茶园亦有函来。梅史并告弟，见相知诸公，代为达意。

桂阁：鸿斋言，君所编《杂事诗》稿，敝邦人加评者有之，期取出赐览。又君言，将诗稿糊涂者瘗之于敝园，敝园已竖碑镌字，而未得其稿，如使之而止，则使后世传误也。幸并出抛下。仆之来，欲言此事也。

公度：择日于梅花开时践此约可耳。数日之后，有新刻《杂事诗》相赠，其日本所评，不过偶然一二，不足观也。墨江冷否？仆亦畏寒，手为之龟。广东极暖，不须寒衣，居此觉不惯也。

桂阁：冥账已毕否？弟欲与君俱娱一夕之小酌，岁末事必多端，可俟春初乎？请回答春初出游近郊否？

虞臣：请俟新年后当蹰府拜候。

桂阁：仆未拜阅尊稿，冀取出赐览，仆当躬抄录以贮家库。

虞臣：愚学浅才疏，半生来并无拙作。今冬携琴剑来游贵邦，一睹文物声华之盛至矣。

桂阁：岂何谦之甚也！仆已忝为知交，想尔来饮酒招妓之间，必可有佳叶，临其时则无，亦谁许乎？今日取出见示，又与其日乘兴示人不相异其情。请幸勿辞，亟取来，赐一见。

虞臣：愚迭承宠召，又蒙赠珍物一盒，谢谢！愚远来贵邦，无家乡粗物可答，现已购得一宋苏眉山先生遗像，敢以答君区区之意，希为受纳。

桂阁：敝家已有一琴操了，今得东坡像，恐使我吃醋。谢谢！拜受。

虞臣：请到敝房坐，当出以献之。

桂阁：仆慕坡公久矣，常言如投胎于汉土，则当为数州转任，必伴朝云。从今日日拜此公，而学其风流而已。

虞臣：有宋名臣遗像，以赠海外名公，使得日相亲近。想君与坡公有夙契乎？

桂阁：苏学士中华之名士，便此到敝庐，可谓门户生光辉，惜乎坡公像不能言。今日现有何侍讲学士，生前降敝庐游玩，相传遗誉于子孙。

虞臣：此亦天假之缘也。

桂阁：应趋府坐谈。

（他送给我东坡的画像。）

桂阁：仆尝过何公使府中，见其隶绍文悬此幅，仆望赠，他爱不与仆，仆无力而归。不料受惠贶，其图浑与那幅无异，仆之喜悦，何以喻之？请问伊幅之事历如何？略请示。

虞臣：此幅本是星使之门房之物，其世传已数代，珍爱之至。愚因爱阁下厚情，思无可答，惟不惜以珍重之物易其所甚难求之项，伊亦忻然易之，彼此两得其便，以之献君，此亦烈士酬剑之雅意也。

桂阁：那幅像似拓非拓，似描非描，"寿"字亦然。而此幅传来必有谈柄，不知何州所产？何人所作？何时所用？详示之。

虞臣：此幅向在敝邦亦甚少。京都琉璃厂屡有出重金以购之者，终不可而得。大约此物流传已久，然近代有版可摹也，敝邦士大夫竟以为瑞,悬挂堂中,可驱邪云云。至所出何处,仆不能妄举以对也。大抵物以晦而始新,千古名人类如此矣。

桂阁:琉璃厂鬻何如物件? 或是古董铺欤?

虞臣:书籍名器不一,凡所欲各省之件,俱要从此发出乃不谬。其属珍奇古玩世传宝物亦有。

桂阁:敝邦亦有是类铺,因顷日古代物品为世所爱玩,开其津者日盛月炽。仆自幼时颇爱古董,经目则购,积及数十品,客岁新建一室,陈列其奇玩矣。想贵邦亦必有古代希有之名品埋没不施世者,仆尝欲一游贵邦,拥金频购名品,且游玩山水,则活命亦不足惜。

虞臣:尊府陈设珍奇之物,俱甚古雅,星使曾盛称之。华历新正初,当邀诗五等一赏识焉。至云到敝邦遨游,辙迹所至,欢听一倾,仆当耸车以请也。

桂阁:星使每到敝庐,匆匆而归,故未观其小室。如君来则当前日赐邮便,宜扫榻煮茗以待。前日所乞之联幅,如暇则明日奉寄,幸赐玉挥。

虞臣:仆字画涂鸦,实不敢现拙。既蒙过爱,俟春间当有以奉教也。

桂阁:今日天气晴朗,同车而游玩如何? 仆约访仲陈氏相伴如何?

虞臣:陈君不卜暇否? 弟深蒙垂爱,自不敢再却也。请问陈君如何?

桂阁:仆写信问陈氏,请少俟其回答。

虞臣:未卜此刻太晚否?

桂阁:随阁下便可也。不知何时刻暇否?

虞臣：请俟明正可也。

（杨星垣来了。）

（中略）

星垣：近日尊夫人玉体康宁否？

桂阁：顷日倦绣慵妆，无为而获寒，自从搂抱无余念（原文）。如尊夫人淑顺贞烈，寝不同席，居不同室，不同榻枷，不同饮食，何其无情之甚？

星垣：丑妇不敢见人。

桂阁：仆虽为曹孟德奸雄，尊夫人非邹夫人，何能挑之？期拜见。

虞臣：愚从中酌之，二君夫人终须相会，俾旁观者安得寓目焉，快何如乎？

桂阁：群臣啧啧。

星垣：请尊夫人到敝舍一会可也。

桂阁：好，便贱荆趋府一见，仆与君可俱隔帘一见，此策如何？

星垣：仆与君宜远避，不可近，以威可畏故也。

虞臣：狐假虎威。

桂阁：仆方梅史、柰园之在东，每饮酒招妓，登临游玩，作一诗一文，必来乞正。今二人已去了，仆失受教者，恍若猢狲堕树，期君为仆裁正拙稿，何幸如之！不知许否？仆祈见尊稿，仿其体，作一篇乞正。幸出一篇示之，是仆之期也。

虞臣：阁下学博文富，泂推一世之雄欤！请出巨制拜读，俾开茅塞，幸甚之至。仆此次来贵邦，系因敝省赴乡试后，便从海道而来，有些拙作，仍存在家，未带行箧，俟明春公余稍暇，当录一二奉呈。

桂阁:公度云,业已有与张星使唱和之作,即示之。

虞臣:近有一二首,都不堪现拙。现有张星使数首仍在,君曾见否?

桂阁:梅史在春萍馆诗草,名《石稿文集》,公度有《日本杂事诗》,何公使有《使东杂咏》之大作,仆浑抄写藏之。每逢佳士,不得其集,则恍若入宝山空手而回。请君使仆得其宝。

虞臣:仆作同瓦砾,不堪入高人之目。但凡见有名才博雅之士,无不降心相从,以为集思广益之助。至于拙作不敢出以问世者,犹敝帚自珍之意也。

桂阁:黄氏《杂事诗》二卷,如无惜,则使仆拜借。据黄氏言,原刻多错谬,不日改正。仆频欲通读,幸贷之。据云:此二卷诗属即刻要同其校对,明日订定后,要先行寄去总理衙门云云。俟订定后,当代觅一部可也。

虞臣:此卷亦是总署刻来的,但有错误,仍欲校正云云。

桂阁:已请黄氏矣。

(我和何蔬荪笔谈。)

桂阁:请君烦数行文字赐谈。

蔬荪:仆自少失学,故至今仅成一尘俗人耳。蒙宠命文字之谈,抱愧多矣。

桂阁:君住广东乎? 或在燕京乎? 在国之日作何事? 来东之途中,大轮船中,不遭风涛危险乎?

蔬荪:家在广东,平日无所事事,一散游人耳。今冬间友人自贵国归,其说贵国种种佳处,因矢志一游为快。途次尚托庇平稳也。

四十、庚辰笔话　第四卷　第二十八话

（光绪六年一月五日　1880 年 2 月 14 日）

（庚辰二月十四日早晨，我偕石川鸿斋到曾根俊虎①的家里，和张斋昉［滋昉］笔谈。）

桂阁：据为一君言，先生昨夜呕血，请问玉体已愈否？此位敝友石川鸿斋，又敝邦一儒，慕芳名，频索进谒，仆同车而来，盖厚朋友之厚谊也。请先生愿俱相交。

斋昉：昨夜至新桥，归后至夜半丑刻，忽然吐血，约有少许，生平素无此病，颇觉愕然。旋延医来，服药，今日虽稍愈，而精神甚委顿，宾友石川先生远来过访，益赐佳叶，仆以病躯不获奉陪，请恕之。他日全愈，再属和也。

桂阁：宜保养玉体。客中或缺事，弟甚伤之矣。弟今日来高斋，其意在欲谢昨日删正之厚且至也。又想颖中语多芜杂，先生删少矣，弟甚不安心，故再将原稿奉还，愿赐再阅。

斋昉：承关爱，甚感！颖语虽冗，然尚可用。仆今日执笔甚觉眩晕，故不能代润色也。

---

① 曾根俊虎（1846—1910），长崎人。明治初任海军少尉，随副岛种臣出使中国，上书建言侵占中国辽东半岛，后升海军大尉，驻中国公使馆武官。后因触犯上司及泄密嫌疑入狱。出狱后退职。

桂阁：少愈则删正，而托邮便致此于敝庐是祷。

萧昉：虽不能畅谭，何妨少坐。

鸿斋：初接芝眉，欣喜何堪！闻先生有微恙，恐得非过饮乎？若然，则宜在暖房静卧，勿系尘事。敝国酒烈，恐不适饮，冀勿多饮，请守摄生之术，他日再来问尊容。

萧昉：承教，足见爱我之深。仆素喜饮，昨日所饮乃西洋酒三种，想过烈，故受其害耳。先生初次来访，仆适在房中，不克奉陪，殊觉失敬之至。他日稍愈，则当造府面谢。

（中略）

（虞臣、诗五、公度都到乐水阁来。）

桂阁：虞翁初来，不可不治杯饮。敝楼狭小，僮婢不足，事多唐突，请移至千秋楼，现使舟子佣，愿君不摈。如不喜扶桑馔，则请细示其馔式，仆快使厨僮试治可也。

公度：以速为妙，路远，归途太晚，多不便。酒、鸭、点心、鸡蛋、面皆熟食，如此足矣。他物空费钱，敬谢敬谢，客又不喜食，故不必也。

鸿斋：诸公有探梅之约，到向岛否？时已过四点，近于暮，以为如何？

公度：天已晚矣，仆等拟等于六时回署。

鸿斋：仆今一访省轩，省轩到本所，恐四时可归，归后恐不能来。

公度：吾谓省轩必在此，携有一卷诗赠之，愿索其序，并乞其细阅详校，有错引典籍与事不当者告知，待改，又告其勿以示他人。省轩向日曾阅此诗未半，而其大夫人召之归。省轩旧有一序，吾以其未及看诗而作序，多揣摩之谈，故乞其再作。

鸿斋：谨领承。龟谷近日访仆，仆通阁下之意，若携来一本，仆归路送之省轩。仆初览尊稿，大率订正后，又再熟览，尚有数件与省轩商量详之。

桂阁：仆与石川氏奉陪，颇似无趣味。君如识敝邦人善笔话者住此边，则请示之，快呼迓以添兴。本日之会，惟见匆促而已，愿赋佳什以相乐清谈为幸。

公度：作诗更忙，索酒亦极忙，此乃不得不忙，忙乃主人之过也。

桂阁：客之过。

公度：主人安排一切，客不忙也。

桂阁：我乞登旗亭，思其便也。客强索鸭、蛋，客来悖主人之意，是自招忙也，岂何言客之礼？君有答辞否？

公度：我谓在此饮酒，思其便也；索鸭、蛋，思其便也。主人不便，则主人之过。

桂阁：我素思诸君聘妓佐酒之便尽意十分，言旗亭而君不用，是蔑主人也，不客之过也。

公度：出妻妾敬客，胜于呼妓。吾谓诗五、虞臣初来，主人敬客当如此。是敬主人，何云蔑乎？

桂阁：仆非野碕，何谓君所挑？

公度：仆见君如见君之夫人故也。

鸿斋：阁下剪爪不知弃，为祈雨欤？抑亦为见爱佳人欤？

公度：有麻姑长爪，为我搔痒，故仆去之。

鸿斋：今日宾客突然过此，故陪席者不以约期不来。龟谷近日来，归路访之可。今日龟到向岛舅家，恐非深更不归。

公度：龟谷本居下谷徒士町一丁目二十三——六七番地。

鸿斋：龟谷恐明日来敝房，以有他事也。桂翁谓聘妓，诸公罄观；妓本是售艺者，观之闻之耳，言语不通，何乐之有？不如拥娟妓以味其肉。盍劝主人赴灯花中？

公度：闻君为陆军教导团教师，是否？每月去几日？

鸿斋：每日一时间讲书，无虚日；午后一时，礼拜、水曜午前，若有事，仆欲为之帅之副参谋。

公度：教之读何书？生徒几人？

鸿斋：所讲《孙子》及八大家文集、《孟子》，生徒凡六百人。

公度：大声疾呼而后众生徒能点悟。《孟子》"善战者服上刑"一章如何讲？

鸿斋：堂制上狭下广，四方玻璃不通气，虽微声能通彻。生徒皆粗暴，动辄好斗，仆惟讲仁义而已。

公度：仆谓今日时势，当改《孟子》曰：义战者受上赏，连诸侯者次之，辟草莱、任土地者又次之。一西乡小村，二井上，三黑田。

鸿斋：此三子仅滕国者，不知齐、楚之大，不足共论军。

公度：《战国策》：宋有雀生鹯。雀之小而生巨，必霸天下。

鸿斋：治乱强弱自有时。齐、晋之为霸也，天所以生桓、文。敝国三百年来前有其人，今则无焉，非论王霸之时也，但为西蛮之奴隶而已。

桂阁：墨陀胜景，四时俱备矣。今日雪已消，花未开，所谓四时之间也，不足使诸君娱耳目。请花时必来。仲春始开，名彼岸樱。

公度：有唐花否？非花时以火烘之使开曰"唐花"，能早一二月，严寒积雪中有牡丹、芍药诸花。

鸿斋：在暖室之中开者，俗曰"室笑"，笑亦作咲，如春山笑。牡丹、芍药皆早二三月。蟋蟀皆置之暖处，使误候，先时皆鸣。卖秋虫者初夏尚在衢巷,盖虫之室笑也。

公度:此种语入诗太佳。

鸿斋:樱一种最晚开、花瓣多者,名杨贵妃樱,特为绝品,恨不使明皇观。愿携一根去,移种骊山如何?

公度:菊、牡丹、梅皆有此名,花中之魁,为阿环占尽矣。

鸿斋:大江南北距凡几里?黄河中缺一字大河也?

公度:黄河一曲绝数千里,其远不得以尺丈数也。

鸿斋:是发源于昆仑之谓也。仆所闻不然。其南北相距舟路凡几里?

公度:对面茫无津涯,犹所谓"海客谈瀛州,烟波缥缈信难求"也。

鸿斋:高楼邀宾四望开,花间分韵且争才。若诗不就将行罚,当效李家金谷杯。

桂阁:春日缝筵顷刻开,我楼无客不雄才。墨塘墨水浑相对,诗成欣然举大杯。

诗五:主豪宾雅几筵开,尽是雕龙绣虎才。何幸东州客星聚,天教移会墨江杯。

四十一、庚辰笔话　第七卷　第四十七话

（光绪六年三月一日　1880年4月9日）

（庚辰四月初九日，何、张两公使、黄参赞等都到我家来看樱花。石川鸿斋、龟谷、省轩——行、冈千仞①——鹿门、高谷龙州、石幡贞等也来了。）

（张公使先到，我们在乐水阁笔谈。）

桂阁：前日拙稿赐细阅，何幸如之！惜乎文稿删正甚少，于仆心不安。

斯桂：文稿甚佳，无须多删。日前到麻布区去，过一桥，桥旁有一店，其牌额写"牛能知知卖捌所"是何物？

鸿斋：知知，敝（国）语乳也，则牛乳。

鹿门：捌字俗字，书无此书，谓配付之义，从手从别，以手别之之义。堤上樱标，远观却佳，先生赐一高咏，实此花之荣。

鸿斋：千住罗纱制处，不许纵览。来春开博览会，尔时偕与开室许观也。

（瓶中有棠棣之花。）

_____

① 冈千仞（1833—1914），字振衣，号鹿门。世代为仙台藩藩士之家。明治年间历任东京府教授、修史馆协修、东京图书馆馆长等职。著有《尊攘纪事》等。

鸿斋：此黄花贵国名如何？黄宝珠，黄宝珠，真名欤？异名欤？

斯桂：大家都呼为黄宝珠，此地呼何名？

梅史：棠棣。

鹿门：郁李也，恐非草花。

桂阁：倭名曰耶魔富贵，以城州王川为最。

鹿门：先生乡贯四明，贺知章所生欤？所谓鉴湖，四明中湖水欤？

斯桂：鉴湖在绍兴府地也。

鹿门：天台山亦非四明乎？

斯桂：山跨绍兴、台州、宁波三府地也，四明山最大，天台山亦在其内。

鹿门：天台山中华胜地，骚客所艳称，先生曾游其地否？

斯桂：天台山之几处小地方，仆曾往游，其中大胜境未曾一到。雁宕为尤胜，乃天台之南山也。

鹿门：敝邦佛教分为八派，天台其一，意唐时高僧航渡传来者，不知今犹为缁徒宗地乎？

斯桂：天台山中缁流最多，古时或有高僧，今虽云亦有之，但恐不实，惟习拳棒者颇多；其不习拳棒者，多贪酒肉女色矣。

桂阁：仆想阁下倦笔话，不强责之，愿作小诗词以警倭儒是幸！

斯桂：寻春来到故侯家，小阁谈诗客不哗。万树樱花开正满，隔江红出水边花。

鸿斋：万树樱开高士家，春来邀客客无哗。豹胎麟脯杯浮蚁，恨少婵鬟解语花。

桂阁：春暮风光在我家，登楼一望笑言哗。移船招妓江中去，幻作波心镜里花。

黄遵宪集

鸿斋：一年春事在君家，勿厌纷纷雅客哗。却喜绮筵无少妇，囊中不卖缠头花。

（何公使来了，黄公度也来了。）

如璋：鹿门先生是晚返家，为雨所霑否？

鹿门：无忧是事。诸公大车系在门前，唯乘人车者死人事，是事不可数。赏花者只称上野、墨陀，仆谓二地皆俗地，不若飞鸟山幽邃，纯于野趣，扇、海老二亭，临溪洒洒，尤觉可人，不知阁下一探否？有此二亭可人，不必问樱花多少。

公度：此论更仆不能尽悉数能终，然仆确有所见。

（中略）

鸿斋：《脊令解语》七册大斧。仆又作《八歧大蛇解》，若有备考证，请加阁下所著《日本志》。

公度：冀一读。《杂事诗》有王紫诠刻本，俟再送呈一部。

省轩：敬诵《杂事诗》，胸储二酉，华驱风云，其所考证，凿凿中窍，诚不堪叹服！弟强指摘一二，以成下问之美，近日携之上谒。

公度：今日见阁下寄紫诠诗极佳，前有紫诠序，后则阁下跋也。仆东来后，故友邮简云集，皆询大国事者，故作诗以简应对之烦，不意为王君携去，遽付手民，非仆意也。大国人见之，定不免隔靴搔痒之消。阁下能为改润，感谢不胜。

省轩：寄紫诠拙作，不知从何处见之？

公度：《循环日报》中，《杂事诗》中多有人名地名避我朝庙讳改易者。

省轩：《杂事诗》中论文处，有以古贺精里比赖盐谷诸子。精里论文尚有佳作，至杂文则不能作。赖盐之文，阁下有所见乎？

公度：精里之文不多见，有《曹参论》一篇，可以步武苏氏父子。

省轩：此人有学问、有气魄，故往往有佳构。恨当时文事未开，故其集少可见者耳。《杂事诗》刻于贵邦，想洛阳纸价为之贵。

公度：一刻于北京，一刻于香港，敝邦人见之，以为见所未见，书(诗)之工拙不暇问也。

省轩：阁下之书，叙樱花之美，儿女之妍，使读者艳想。此书一行，好事之士，航海(而来)者(必)年多于一年。

公度：近又有一好事人曰陈曼寿来神户，能诗与书。

省轩：吏乎？游客乎？上海人乎？

公度：卫铸生流亚，禾中人。

省轩：吴瀚涛能诗，惜返去。

公度：此人卓荦不凡，不独能诗，年仅二十三四耳。

省轩：诵其诗，想其人，已知其才绝群，憾不一相见也。

公度：今在家庐墓，他日终为有用材，与仆极知好，书法亦好。昨得一书，云躬耕黄山，俟三四年再出。

省轩：守丧乎？

公度：仆若久居日本，必招之再来。

省轩：大好。人有才有识，其诗必好，书法亦随之。徒作书赋诗，亦无益耳。

公度：文章之佳，由于胸襟器识。寻章摘句，于字句求生活，是为无用人耳。

省轩：诘章训句，徒费力于断简，经生之无用更甚。

公度：国家承平无事，才智之士无所用，故令其读书，所谓英雄入彀中也。譬如富家巨室，衣食充裕，其子弟能喜古玩、好书画，亦是佳事。谓此古玩、书画为有用则不可也，谓为无用亦不必也，视其所处之时地何如耳。

省轩：洙泗之教人，本活泼事业，故其教人，常以《诗》、《书》、《六艺》。后世天理人欲之说盛，而圣人经世之意中间一字不明矣，是弟所慨也。

公度：孔子大成之圣，实为上下十二万年，纵横七万余里，不能再有之人；其教人无所不备，不止《诗》、《书》、《六艺》已也。宋儒之学，为孔门别支，推其极不过学孟子耳，彼不知圣人为何等人也。

省轩：内库所藏有楠正成①之砚，近出而赐成濑大域②。弟为大域作长歌，不日录呈，愿痛正之。

公度：愿赐一读。宕阴有《神铃记》一篇，文佳绝，若得好诗，可与之亚。

鹿门：闻之石川君，阁下近草《日本志》，仿何书体？既曰志，与史异其体者，此事水户史官所欲为而不能为，盖无足以供史料者也。蒲生君亦有此志，中途而止，亦坐无史料耳。《日本史》仆有刑法、兵马二志。

公度：有志焉，而恐力未逮，至速亦须明年乃能脱草。志之目十有二：天文、地理、职官、食货之类。此事大难，恐不成书。

鹿门：《扶桑游》上卷刻成，已付沈梅史，寄赠王先生。第二卷重野序之，不日刻成，本稿在栗木锄云③所。

---

① 楠正成，即楠木正成（1294—1336）。建武中兴的忠臣。后奉命伐足利幕府，失利自杀。明治间追赠正一位，祀凑川神社。

② 成濑大域（1827—1902），幼名桂次郎，号桂斋。书法家。入安井息轩门下修经学，遂号大域。明治天皇赐以楠木正成之砚。著有《十体一览》、《真书正真伪》等。

③ 栗木锄云（1822—1897），名鲲，字化鹏，号匏庵。曾继承家业有医官，后转为士籍，设立医学院、饲育绵羊等。明治初入东京日日新闻社任记者十二年。著有《匏庵遗稿》、《栗木锄云遗稿》。

公度：彼欲索草稿。

鹿门：宜就锄云氏而谋之，仆不关此事。

公度：敬谢。今日得王紫诠书，嘱仆见足下，索《扶桑游记》草稿中下卷，云将自刻。今日即托阁下，俟暇询之锄云，如何，即以函告我，庶可转复紫诠。仆不知此人，闻家在本庄。尚有本多正讷①所著《清史中间一字不明记》，紫诠序之，渠欲索刻本，仆未识本多氏，能代询之否？

鹿门：锄云氏为赏樱来，寓墨堤上一村亭，应后刻拉桂阁公往访，询《扶桑游记》事。

公度：北京所刻，寄到东京不过十余部，故难以赠人，今仆家既乌有矣。

鹿门：大为憾事。紫诠氏还仆文稿，一一付评，曰在香港排印，宜写一本再寄。紫诠先生何所取而为此事，真不可解者。

公度：紫诠穷老不得志，故煮字疗饥，耕砚自活。如仆诗彼尚不惮刻而卖之，况君文乎？

鹿门：先生《杂事诗》天下争购，所谓长安纸贵者，王先生刻之以为自活之计，极得矣。惟仆文庸劣，不当半文钱者，若王先生果取仆文，命刻（工）并刻，贾无所偿。唯（王）先生恳恳至此，（真）知己。

公度：冈本《万国史记》，上海翻刻之。

鹿门：昨夜见石幡贞，闻阁下今日会此，大喜，约进陪，应继来。此人新归（来）自朝鲜，熟韩地事情，必有新话。

公度：与之相识。渠作有《归好余录》一书，仆见之。

---

① 本多正讷(1827—1885)，名正讷，字士敏，号鲁堂。田中藩主。明治维新后为长尾藩主，后任长尾藩知事。

鹿门:今方编《续录》,此书成,可领韩地一班。

公度:石幡贞颇通汉学,外务官员一人而已。

鹿门:此人曾从柳原公使游北京,有《航清纪游》,颇奇士。

公度:紫诠托其卖书,不知如何?

鹿门:闻所递《日本杂事诗》八十部,请者争至,以先睹为快。他书若求者寥寥。

公度:祈语成斋,若能代为尽卖,紫诠有托仆语曰:成斋处卖完敝处存本,假日紫诠百部,仍托成斋卖之。

鹿门:他日见成斋,应以是事告之。

公度:若买者少,则不必也。仆有二百部,系紫诠所赠。

鹿门:紫诠氏本细字不佳。先生在北京所刻大本,仆切欲。

公度:仆之殷殷问重野卖书消息,虑以此劣诗累紫诠耳。

鸿斋:先泛船,极观花之兴,归来再上斯楼,倾小酌。船中载酒,烈风亦可畏,不能暖酒也。缓步堤上,尘埃遮眼,甚不兴。阁下以为如何?

斯桂:江中涨,涂可填满,造三四间书楼,种几十本花卉,如何?

鹿门:此极好策。然如仆浮家泛它,往来苕云间可也。书楼花卉,已是多事。

鹿门:墨陀花已经一游观否?

如璋:今日当同诸公往游。

鸿斋:已命船,上舟往观。

桂阁:千秋楼上近日之景致,饮客颇多,每日无剩席,至下午则辞客。楼婢等言,如斯势而支数旬,则腰痹足麻,盖其繁盛可想也。

公度:仆来此意在看花,不在饮酒;然不能强人人如我意,仆泛舟之后,将自往耳。

桂阁:仆颇畏喧杂,复畏河风,在家可待诸君之归,宜治杯茗,愿一见而归此处。

如璋:请觅一小舟,仆到墨堤一观樱花再来。

桂阁:阁下如有情于我,即往墨堤觅一二佳人来。

鹿门:沿岸舟行乎? 上岸步行? 阁下以为熟是?

如璋:不如上岸步游较为亲切。

鹿门:长命寺门前一小店楼,锄云氏小住,往物色之。

如璋:公等如可去,请在此相待。

　　(我和省轩都不要上岸去,只得留在船上。)

斯桂:花已全开看未迟,我随裙屐走斜陂。回头笑指沽春处,植半楼前飏一旗。

鸿斋:单瓣已开重瓣迟,寻芳尽日步长陂。杖头仅有青钱在,也到前村觅酒旗。

如璋:才见有背一酒筒者,其醉态甚可掬。

鹿门:曲江春嬉亦如此乎?

如璋:大致如此。由此可回舟,下此无多花矣。

鸿斋:前日促观花,诸公踟蹰不果看。至今日花已散矣,可慨叹哉!

公度:前日若来,亦不过尔。

　　(我们回到乐水阁。)

斯桂:招我来游墨水东,天然图画小楼中。半江萍藻沿堤绿,万树樱桃隔岸红。挥翰助谈逢旧雨,浮蛆打瓮醉春风。拟从彼岸移船去,游女如云一笑逢。

省轩:奉次张先生瑶韵:

樱花烂漫大江东,人在兰桡桂楫中。满岸清波新柳绿,一堤芳草夕阳红。烟深难认重重塔，春冷犹嫌淡淡风。且喜佳宾好词赋，年年常向酒边逢。

东韵用无妨乎？行未定草。

桂阁：和斯翁大人瑶韵，楼上望墨陀作，录呈粲政：

樱桃开满墨江东，收入楼头一望中。曳屐少年衣染艳，簪花娇女脸羞红。半瓶白乳茶寮水，一幅青帘酒国风。劝客登舟游彼岸，自惭抱病倚薰笼。

（红发女子恐其不美，结二语未能达意。）

如璋：写景如画。今日放舟看花，水陆俱领略之，可谓尽态极妍。又承设馔，顷已醉饱，请先告别，顺路尚可拜一客。

公度：今日之来，仆与石川子约看花耳。天晚无月，不便游矣。

据郑子瑜、实藤惠秀编校《黄遵宪与日本友人笔谈遗稿》

（日本早稻田大学东洋文学研究会 1968 年出版）

郑子瑜先生 1992 年最新改订本

与日本友人宫岛诚一郎等笔谈

编者整理说明

一、本笔谈根据日本早稻田大学图书馆藏《宫岛诚一郎文书》（简称"宫岛文书一"）笔谈原件、宫岛诚一郎于 1893 年（光绪十九年，明治廿六年）根据笔谈原件整理誊录的《粟香大人与支那人之问答录》（宫岛文书一 C7，标题为宫岛诚一郎长子宫岛大八所题，简称"宫岛写本"），以及日本国会图书馆藏《宫岛诚一郎关系文书》（简称宫岛文书二）笔谈原件整理、编辑、标点。

二、凡笔谈原件现存者，以原件为底本，笔谈原件不存者，则以宫岛写本为底本，并分别参校宫岛写本及宫岛诚一郎的另一种誊录本《养浩堂丛书》（宫岛文书一 C3，简称"丛书"）。凡同一次笔谈中在笔谈原件之外以宫岛写本校补者，补足的文字置于方括号[　]内，不再一一加注出处；凡原文无法识读或文字空缺者，以□标示；据他本校订的文字或疑似文字，均出脚注说明。

三、宫岛诚一郎整理抄录笔谈及信函资料时加有一些说明文字，可资考订笔谈及写信的时间和背景情况的参考。整理时对这些文字予以保留，并加圆括号（　），排楷体字，以区别笔谈原文。笔谈参加者自己所加的注释性文字，则排小号字。

四、笔谈原件在流传过程中颇有散乱，有些经宫岛诚一郎装裱成卷者亦有前后文义不衔接、次序明显错乱的情况。整理时参考宫岛写本及笔谈内容、所用笺纸等做了一些缀合和次序调整。为便于读者进一步考订,除在每次笔谈后注明资料出处外,根据需要在页末出题注,用星花＊表示,对原资料的情况做些说明。凡经过缀合的资料,均在脚注中注明各件资料的编号。

　　五、笔谈日期根据笔谈及相关信函的内容、宫岛诚一郎整理时所加的说明,并参考宫岛诚一郎的日记资料以及其他有关资料加以考订。根据笔谈原件及宫岛写本的说明文字者不再一一注明,凡参考其他各种资料考订推定者在题注中注明。

　　六、关于笔谈参加者,根据笔谈原件的笔迹、笔谈内容及宫岛诚一郎整理时的标录分析判断。笔谈参加者姓氏略称如下:

　　　　重野:重野安绎,号成斋

　　　　三浦:三浦安,监事

　　　　青山:青山延寿(季卿)

　　　　小森泽:小森泽长政(宫岛诚一郎弟,过继为小森泽家养子,故姓小森泽)

　　　　中川:中川肱,名英助(雪堂)

　　　　副岛:副岛种臣,侍讲

　　　　伊地知正治:一等侍讲

　　　　榎木:榎木武扬(海军卿)

　　　　佐野常民:大藏卿

　　　　谷:谷干城(陆军中将)

　　　　姜:姜玮(朝鲜修信使属下)

　　　　李:李祖渊(朝鲜修信使属下)

　　　　荻原:荻原西畴

　　　　胜:胜海舟,胜安芳

　　　　吉:吉井三峰,吉井友实

宫岛:宫岛诚一郎(粟香、粟芗)

古贺:古贺谨堂,通称谨一郎

子峩:何如璋(驻日公使)

鲁生:张斯桂(驻日副使)

公度:黄遵宪

梅史:沈文荧

枢仙:廖锡恩

金:金弘(宏)集

一、光绪四年三月十七日笔谈

（1878 年 4 月 19 日）

（四月十九日,访月界院。正使何子峨君、参赞黄遵宪公度笔谈。）

[**宫岛**:始接黄君公度,尔后愿赐大教。余有具庆。老父七十二岁,老母六十六岁。今录近作,博一笑。]

戊寅元旦试毫

五子八孙双老亲,樽前共祝岁华新。

一团和气蔼然动,不独梅花笑报春。

伏乞大正　　　诚一郎拜

公度:如天之福,愿祝自今以往年年岁岁捧觞,祝亲子子孙孙绵绵延延也。黄遵宪拜。

宫岛:我邦依然东陬一桃源,不管世上兴衰已数千年。何图一自渔人一棹来于水源,不能独乐桃花开落。虽然,亦是今日地球上之大势,不得止也①。

公度:贵国独据名土,一姓相承二千余年,盖为万国所绝无。

---

① 宫岛写本作:"我邦孤立海中,不知世上兴衰殆数千年,亦是海东一桃源也。何料有渔人来津之事。尔来不复能独乐桃花,是为可怅。盖地球上之大势,不得不然也。""不得止",日语词,意为不得已。

今日之外交,亦时势不得不然。然仆辈得因此而观其山川之胜,士大夫之贤,政教之良,不可谓非大幸也。

宫岛:敝国与贵邦结交谊始于今日,而学汉字盖隋唐以来,连绵不绝。敝国本是东海孤岛,幸以贵邦之德,制度文章聊以增国光。今日更得拜晤,以后事事讲求,互讨论两国之是非,不无补益于政治①。

公度:敝国《三国志》既称贵邦文物之盛,风俗之美。隋唐以来,往来较密。深惜当时未及结盟耳。所云制度文章以增国光,夫则何敢。然至今虽参用西制,其规模颇有存者。仆辈此来,考证古制,亦一快事。望时时惠教为幸。

[**宫岛**:何出言之谦。]

公度:窃谓今日之西学,其富强之术,治国者诚不可不参取而采用之。然若论根本,圣贤之言,千秋万岁应无废时也。即如近日尊王之举,论者谓发于赖子成之推重楠公,故其子首建此议,是言不为无因。

宫岛:此论明确,千岁不废。我邦敬神爱国,即千岁之国教。自入孔圣之学,忠孝二字之大义益显著。今日之西学,唯取其各制以量事强耳。②

公度:圣贤之理,人同此心。所谓地之相距千有余里,若合符节者。贵国人亦然。不过得孔孟所论议,益明其理耳。仆岭南人,

---

① 宫岛写本作:"敝国与贵国结盟,以今为始。而学汉文,盖隋唐以来,连绵不绝。则虽孤立于海中,其制度文物亦得仅备者,乃是汉文之德居多。可谓文字增国光。今日始得拜晤于君,而后相共讨论是非,以谋两国幸福,仆之愿也。"

② 宫岛写本作:"贵论极明确。我邦自古敬神尊君,乃是国教。中世自孔圣之道传来于我邦,忠孝大义因以益彰。今日之西学,唯取其长以谋富强而已。"

黄遵宪集

文物始盛亦在唐宋后,较之贵国虽为同土,被圣人之教盖未之能先。尝窃论之,欧罗巴富强之法近既及亚细亚,孔孟之说将来亦必遍及欧罗巴。未审君谓然否?

宫岛:近顷闻欧罗人颇学孔孟之道,未知其名。宗教之道,本以圣学为第一。①

公度:米利坚最多习之。近闻颇盛。顾耶苏教遍及天下,而行之中东两土辄废沮者,亦缘圣学为第一故也。欧人著书颇议敝国,而孔孟不敢置一辞,亦可见人同此心,同此理也。

公度:青山老人学问剧佳,品亦高雅,仆甚敬之重之。甚惜其年老而不得志也。

宫岛:敝国仕进之法未立。昔年尽以汉学入选,今日废藩新建县,渐渐应立仕途之法。青山老未得志,同叹。请宜怜恕。②

公度:此茶为武夷上品,未审喜饮之否?

宫岛:[茶真佳,颇爽口中。]先生观墨堤樱花乎?

公度:前日曾往观。此花可谓奇绝,盖中土所无。朱舜水盛称之,无怪其然也。

宫岛:或云贵邦樱桃是也,仆久存疑。若于贵邦有此花,文人骚客艳称不□口。然而贵邦唯爱成都海棠,想贵邦未有此花。如何? 请示教。③

---

① 宫岛写本作:"近闻欧罗巴人亦颇学孔孟之道,未知果然。道德之教,固以孔孟为第一。"

② 宫岛写本作:"敝国仕进之法未立。昔年大抵以汉学入选,今日废藩建县,百度改新。青山延寿老未得志,同叹。"

③ 宫岛写本作:"闻贵国樱桃颇似此花,仆尝疑贵国如果有此花,文人之歌咏亦当有之。而其所以独及蜀之海棠而未及此花者何也? 或思所谓樱花贵国则无之。请教。"

公度：其种实亦似樱桃，想接以别木。又此土膏腴，栽者亦善，故作此烂漫奇观。深惜吾邦前代诗人不来名国而歌咏之也。

[**宫岛**：堂上瓶花，邦人呼以椿花。贵邦亦然乎？]

公度：是花曰茶花，贵邦人名以椿。敝国之椿，大者至数十合围。《庄子》所谓大椿以八千岁为春秋者。是树无花，其叶可食。

宫岛：敝国茶花，其本不大，十月十一月之交着红白花。贵邦椿木不着花，盖别种。①

公度：贵国之椿即茶花。其花叶时候皆同，盖同种而两土异名耳。

[**宫岛**：仆昨游向岛看花，偶得一绝，录以呈。]

游向岛口占

步到墨陀日已斜，长堤春意太纷奢。②

香云一白茫无际，人在花中不见花。

公度：风调绝伦。③

芳树千枝花影斜，纷纷裙屐亦豪奢。④

衣冠诧是西来法，爱看侬家懒看花。

前游香岛读宫岛先生诗依韵奉和

宫岛：此般唯西来法颇妙。我辈穷措大，未到此等之佳境。⑤

公度：若使先生辱临敝国，则亦诧为东来法矣。

宫岛：佳谑到此绝倒。

---

①　宫岛写本作："敝国所称茶花，其木不大。十月十一月之交着花，色有红白。今言贵邦之椿不着花，想盖别种。"

②　宫岛写本作"万树堤樱齐放葩，春风十里最纷华"。

③　宫岛写本作"尊作风调绝伦，依韵奉和"。

④　宫岛写本"芳树"作"万树"，"豪奢"作"豪华"。

⑤　"未到此等之佳境"，宫岛写本作"未能会此佳境。呵呵"。

公度：顷有他事，未及奉陪，敢先告辞。容暇走诣尊斋，再领教也。

据宫岛文书—C33 笔谈原件，并以宫岛写本校补

二、光绪四年五月十四日笔谈

（1878 年 6 月 14 日）

（六月十四日,养浩堂招何、张正副两公使、黄参赞公度、沈随员梅史开宴。来会者,重野编集官成斋、三浦监事安、青山延寿季卿、小森泽长政及译官某生也。）

梅史:日前得晤芝辉,心甚念念。阁下勤劳王事,想诸务烦重,所以不常造府。今幸休沐余闲,得奉麈教,幸甚幸甚。尊大人前,乞叱名请安。

公度:园林剧好。今日初来,甚喜。比日想大好。堂上二尊人想杖履清适。

宫岛:二老幸健胜。今日愿拜何星使,不知许否?

公度:俟星使来,遵宪辈并请谒二尊人。

宫岛:两星使大人远辱来临,喜溢心胸。梅天之候,郁蒸恼人。阁下清福想多多。座上数名皆馆中同事,愿诸公同吾惠教,幸甚。

子峨:蒙爱见招,又座中都是雅客,殊快人意。唯仆智识短浅,恐笔谈不能尽达其意。如何?

重野:何公使大人:前日蒙高轩枉顾,仆适不在家,失奉迎,悚惧何堪。继当拜趋奉谢,亦以鄙冗迟延至今,不知所谢。

子峨:捡冈本君《东洋新报》,得读重野先生大著。纯茂渊懿,有经籍之光,不愧名家。想家中旧作必夥,他日仍当枉观也。

重野:过奖何当。仆燥发好文辞,但才识谫劣,且以生僻陬,未蒙大方提诲,辽豕自安。自今以往,拜趋门下,以乞教示。先生幸勿见弃。

公度:重野先生多日未相见,极以为念。比来想大好。

重野:久欠拜候,多罪多罪。时方向炎暑,台履清适,不堪欣慰。敝地梅天蒸溽,想当苦恼。何如?

子峨:三浦先生尊府何处?今日得接芝仪,实为厚幸。有暇请枉顾敝馆,一领雅诲。

三浦:何公使阁下,久仰德望。今日始接芝眉,实为大幸。敝屋在滨町第二街一号,矮陋不敢希高过。他日将必诣高馆奉教。

公度、梅史:三浦先生阁下,久仰高才,幸晤芝眉,欢欣无量。

三浦:两先生座下,久仰德音,幸接芝颜,欢喜何穷。但仆武人,尤疏文字,不能笔语。愿以通辩得款语,幸甚。

公度、梅史:过谦过谦。仆辈何所知识,得亲炙光仪,极以为幸。

子峨:冈本先生在东京否?观所辑《东洋新报》,亦有心人也。稍暇当造访之。

重野:冈本名监辅,家在椿山,故别号椿山。椿山地名,俗称目白台。住东京。顷游上总,距此十六七里,本地里程。近日将归到。仆且致尊意,渠应欣喜出望外。

子峨:小森泽兄在海军省,公务忙否?闻英国所购之船已到二号。① 管驾皆贵国人,抑英国人也?

----

① 原文如此。

小森泽：三舰航海中驾英人，而既到港后，我士官及水兵已尽转乘焉。现今三舰中扶桑、金刚、比睿。无一个英国人。

梅史：先生燃莲炬，披竹简，谅近日必多大著。天气渐热，谅道履安和。

重野：鄙生公私多冗，不与笔砚亲昵。加之才疏学肤，时有著作，亦皆芜陋，不足录焉，能供大方青盼。比日制佐濑得所碑文一篇，录在别纸，敢请赐批正。

宫岛：是成斋吊佐濑得所文，请正之。

梅史：雍容静穆，庙堂之文，而治世之音，安得不令人佩服。

重野：不敢当，不敢当。鄙文当呈之高馆，切请先生与黄先生肆意叱正，勿吝提撕。

梅史：才短识寡，何足当他山之石。

公度：大作蕴酿深醇，意味甚深。不审积稿多少？能惠一饱读否？向读《霞关临幸记》等篇，典雅深厚，盖骎骎乎比曾南丰。其尤佳处，乃似刘子政。佩服之至。

重野：揄扬太过，非所敢当。愧死愧死。

子峨：近刻有蒲生所著《伟人传》，先生见之否？其人如何？

重野：蒲生某仆稔知之。其人颇有慷慨气象。仆为作其小传，即在《伟人传》中，盖已经览。但其文辞则未为精练。若渠上谒，乞垂训诲，亦同人之幸也。

公度：青山先生：前在高斋相见后二三日，曾往女师范学校。见长女公子，未及通语也。

青山：四五日以前愚女归省，亦有此语。当日校师不语贵邦人至，及君等临之，始传之于女子辈。以故愚娘等学画颇觉狼狈云。

梅史：久暌杖履，寤念殊深。辰维道履绥和，阖府均吉。

青山：仆以尘事坌集，久不叩使君阁，愧谢愧谢。[①] 过日见赠尊画团扇，二女拜赐，仆代道谢。至于画则婵娟可爱，比往日所赐墨梅，殆似胜之。如何？

子峨：两位女公子好。昨到女师范学校，见其作画，笔极生秀，真美材也。

青山：顷间娘子归省，始知有大使来观。至其画，仆亦不知为何颜面也。书已不工，画亦当拙劣也。仆一两日中欲至公馆呈前日见托拙书，今日俄闻大使来宫兄宅，急赍至，乃呈左右。勿罪轻忽，幸甚。仆之书风日本风而未至者，诗者学坡之畅达，未能熟也。

子峨：诗已古雅，书尤老健。寄归以奉家君，不啻拱璧。异日当踵门叩谢也。

梅史：翁庆龙近人中有书名，先生览之若何？

青山：翁名仆不知之。使君若有藏幅，愿一见之。

重野：敝邦初严禁吃菰，而令遂不行。不知贵邦亦有禁菰之事否？菰或蔫，又作葭，何字为适当？

公度：淡巴菰三字本西人语，中人译之作此三字，有音而无义。至或作蔫、作葭，又附会而为此。其实为敝国古来所无之物，故亦无字。敝邦人多作菸字，未及考其何如。

重野：顷阅《全谢山集》，有《淡巴菰赋》。云菰出自吕宋，又云传自日本。而敝邦则相传得种长崎，盖贵邦商舶赍到也。彼此传说正相反。请教示。

公度：淡巴菰实出自吕宋，西洋人能凿凿言之。彼此皆从商舶赍来，其或先或后，则不得而知。至云出日本，则讹也。

----

① "仆以尘事"句宫岛写本无，据丛书补。

重野：菰之入敝邦在二百年前。宽永年间。未审其入贵邦在何时世也？

公度：淡巴菰之来不过三四百年，盛行于明末。崇祯时尚悬为厉禁，吸者罪至斩。西洋人亦言盛行各国不过三百年。

重野：敝邦禁烟之令始发，有黠商榷买烟管以骤致富资，知令遂不行也。至今其商家犹存。

青山：闻大邦人好食蚝油。按字书蚝与蛎同，此物以蛎为之否？其味果如何？

子峨：此生食好，熟食尤佳。岭南香山港所产，其味浓厚。

青山：敬承。如油字不解得。此物唯生熟食，别无蚝油者耶？

梅史：蚝即蛎之别名。以为油，则用蚝盐榨出其汁而供调和，如酱油之类。

公度：贵国所产海苔昆布，敝邦人皆喜食之。鲨鱼翅尤为珍品。

青山：贵邦西蜀尤嗜昆布，真然否？嗜之者爱其味耶？或别有药能耶？

公度：蜀人吾所不知。岭南人喜食之，以为解热毒，化痰滞。味则索然无味也。

鱼翅本为索然无味之物，敝邦人用鸡鸭汁调蒸之，必烂而后佳。盖借他物之味以为味。敝邦人习尚之，殊不可解也。

重野：鱼翅得他物成味，可知人亦藉交游成德，所谓以友辅德。异邦殊域，握手交欢，见其所未见，闻其所未闻，洵人生之幸福也。

公度：由小物悟入交游，足仰大德。其所云云，仆亦同之。敢谢厚意。并志私喜。

宫岛：此张旭书轴，我旧藩主上杉氏之所藏。朝鲜之役，藩祖从丰太阁入高丽，获之而来，三百年珍藏，未知果真否。

梅史：张颠书得之韩人者，当是真迹。其用笔沉着蕴蓄，后跋亦清挺。观吴匏庵跋，知流入三韩亦不久。唐代墨迹存人间者甚少，得见此至宝，眼福应不浅。

宫岛：他一本张旭，友人某氏所藏。

梅史：张长史书虽云狂草，然未有粗浮险躁而可以谓佳者。后得一卷，毫无深静之致，跋书如出一手，盖市贾所伪为也。

宫岛：家君今年七十二岁，请赐寿言。他日以呈家君履历，幸领此旨。

　　　　席上赋呈何张黄沈诸公乞正　　　　诚一郎未定

自有灵犀一点通，舌难传语意何穷。交情犹幸深如海，满室德薰君子风。

梅史：　　奉和宫岛先生玉韵即乞郢政　　沈文荧拜稿

东指蓬莱碧海通，挥毫雄辩乐无穷。高斋啸咏皆名士，荀令香薰散晚风。

公度：　　率笔次韵以博一笑　　　　　　黄遵宪

舌难传语笔能通，笔舌澜翻意未穷。不作佉卢蟹行字，一堂酬唱喜同风。

子峨：　　次韵　　　　　　　　　　何如璋

近西人有电器名德律风，足以传语，故以此为戏。

何须机电诩神通，寸管同掺用不穷。卷则退藏弥六合，好扬圣教被殊风。

子峨：尊公高年令德，愿得一瞻寿星。归寓当作芜词以祝。

宫岛：妓皆系柳桥籍，一名阿滨，一名阿梅，一名阿爱。皆请诸大家之名吟，愿各咏一诗以见赠。

与日本友人宫岛诚一郎等笔谈 二、光绪四年五月十四日

书赠阿滨

好是相逢洛水滨,惊鸿翩若见丰神。

果然标格环肥妙,题品由来出主人。

何子峨醉墨

忆昔寻芳湘水滨,明珠解佩不胜春。

偶从仙岛逢仙子,人面桃花一样新。

张鲁生戏墨

金钗环侍席当中,绿酒微醺烛影红。

我向水滨频细问,旁人莫笑马牛风。

东海黄公

滨町春色不寻常,绝妙金钗十二行。

玉立亭亭纤影媚,就中独数窈窕娘。

醉梅史

书赠阿梅

情浓暮雨脸朝霞,信是人间萼绿华。

我本罗浮山下客,欲扶清梦到梅花。

子峨

记曾点额寿阳妆,浓艳罗浮一样芳。

听罢岳阳楼上笛,江城五月正飞筋。

鲁生

一曲江城唱落梅,当筵共醉酒千杯。

霓裳缟袂翩迁舞,莫认人间筝笛来。

公度

梅额樱唇妆饰新,小蛮樊素斗丰神。

就中仙子罗浮客，半靥宫黄粉色匀。

梅史

书赠阿爱

国色天香爱牡丹，翩然风韵本来难。
婷婷袅袅十三女，如意珠宜掌上看。

子峨

花容玉貌耐人看，我亦钟情割爱难。
何日贮来金屋裹，锦衾角枕共春寒。

鲁生

双鬟便既值千金，最小娇姬弱不禁。
醉后欲倾东海水，一齐并入爱河深。

公度

爱听流莺调舌初，香含豆蔻十三余。
明珠十斛当时选，翠翠红红总不如。

梅史

宫岛：诸大家名吟，所谓咳唾成珠者。三校书得此珠，颜色生光。余代谢。

子峨：重野、青山两先生，今夕之会，如明道先生入妓席不逃，别有风致。赋之以呈。

我是今生杜牧之，华堂亲见紫云时。狂言欲乞君应笑，且醉当筵酒一卮。

重野：厌厌夜饮，不醉无归。

子峨："醉言归"、"醉言舞"。"彼美人兮，莫我肯顾。"

青山：君语真然。美人必云老物可恶。

子峨：他日招兄等再为雅会，赋之告辞。

旧雨不如今雨，他乡即是故乡。且订三山好会，拼他一醉流觞。

据宫岛文书—宫岛写本

三、光绪四年六月三日笔谈[*]

（1878 年 7 月 2 日）

（七月二日，访清国公使于月界院。）

子峨：馆中课程，顷当酷暑。闻贵国各官署例给假五十天，从何日始？君届时仍到馆中，抑过五十日后方到馆？

[**宫岛**：给假由七月十一日始，其间六十日，到九月十日终。各官便宜交替，互给三十天，即旧历六七月也。]

子峨：此例是贵国旧日通行者，还是维新后方有此例？

宫岛：吾辈始列朝班，在维新之二年后。初二三年之间，百事纷冗，无此事。明治六年夏初议立此例。①

公度：此月放灯，于何日止？

宫岛：定是五十日。②

公度：重野氏作大久保碑成否？

---

* 据宫岛文书一 C29。此件经宫岛诚一郎整理，与 10 月 19 日宫岛与何如璋笔谈等同装为一卷，题签墨书《清国使节何黄沈笔谈》，卷末有李经方题诗。

① 宫岛写本作："小官始列朝班在维新三年之正月，当时无此例。始定此例在六年之夏。"

② 宫岛写本作："黄曰：此月墨水放灯，于何日止？诚曰：此亦五十日天。"

［宫岛：未闻成。①］

　公度：川田瓮江作木户参议碑，闻至今未成，是否？

［宫岛：木户遗宅顷编纂履历，未闻碑。②］

　公度：有板垣退助者，亦维新功臣，闻已退居。其为人何如？
［君知其人否？］

　宫岛：明治之初年至六年，我辈大亲睦，共谋国事。其为人忠
实果断，且有军功。今日所见少异政府议。③

　公度：其与政府异议者如何？

　宫岛：板垣论以为，维新之初，天子下诏曰：广采众议，万机取
决于公论，施行政治。今日政府之所见，全国士民知识未畅，朝廷
先立国是，以施政事。此板垣与政府异其见也。④

　梅史：贵国近尚西法。西人言利与民权，皆致乱之道也。人皆
争利，不夺不厌。民苟有权，君于何有？西人之说则然。无为权
首，必受其咎。此公之谓也。

　公度：然其为人忠实果断，则大可兼收而并用也。

　宫岛：兼收并用何义？⑤

　公度：谓虽偶与政府不合，亦必有可补偏救弊者。朝廷用人，
不必专以一格也。

----

①　丛书作："编纂大久保履历，先作小传，然后成碑文，应不日告成。"

②　丛书作"木户遗宅近顷编纂其履历"。

③　宫岛写本作："维新之初，仆与板垣交最亲切，且共谋国事。其为人忠实，颇有
忧世之慨，尤多军功。今与政府异议。"

④　宫岛写本作："板垣以为，维新之初，天子下诏，万机决于公论。然则今之时宜
使国民参与政务。政府所见则否。全国士民智识未开，未可以参政务。朝廷先立国宪，
而当施政治。板垣与政府异议者在此。"

⑤　此句宫岛写本无。

宫岛:此论诚当。①

公度:是人近在何处? 又何所作为?

宫岛:现在土佐国高知县立社,名曰立志社,想是为扩张人民权利之说。②

公度:士大夫退居,最以理乱不知、黜陟不闻为宜。自立一社,往往多事。明季士夫喜立社,推其弊至于乱国,可鉴也。

宫岛:仆亦所见有略同者,是所以忧板垣也。

公度:若如此,则忧板垣者岂第先生一人。

宫岛:大然。虽然,板垣之建论初,废藩为县,解武士之常职,广扩庶民之权利,废刀剑以起海陆之兵备,解各藩之军备以归朝廷,此事板垣之力居多。唯与一途之腕力论异矣。③

公度:其所为皆是也。废刀则不必。若今所云云,近于墨人自由之说。大邦二千余年一姓相承,为君主之国,是岂可行?

宫岛:崇尊帝室,则吾邦固有之习气旁注:风。前所云之政体,决不毁伤一姓皇统。我国武门执政七百年,全国人民气风大屈。今日宇内变通之际,仅仅武士守国,庶民亦漠然不知忧国家。所以废士职,励民心,在此也。全国三千万人任护国之责,而始传帝系

---

① 此句宫岛写本无。

② 宫岛写本作:"现在土佐国高知县。新结一社,名曰立志社。闻此社为扩张民权之论。"

③ 宫岛写本作:"然。虽然,板垣之向为参议在政府,解武士之常职以广奖庶民之事业,解诸藩之兵备以归其权于朝廷,废武人各自之佩刀以定海陆军之兵制。当时废藩置县,板垣之力居多矣。"

于万万世,昭然者不疑也。①

　　公度:是事万万不可求急效。当先多设学校以教之,后定取士之法以用之,则平民之智识渐开,而权亦暂伸矣。

　　宫岛:现今论议纷纭。虽然,到底所归如贵说。②

　　公度:若以素日不学无术之人遽煽自由之说,又大国武风侠气渐染日久,其不为乱者几希。故仆私谓教士取士为今日莫急之务。如铁道等事,其次焉者也。③

　　宫岛:教士取士之法,他日详受高诲。

　　梅史:教士之法,须使知忠义大节,则尊君爱上,风俗归厚。若教之以趋利求利之法,而不知大义,则作乱者多矣。④

　　子峨:贵国维新之治已逾十年,上下之际,议论不一,情意不通矣。宜亟定取士任官之法。不妨多分科目,以收罗通国之英俊,则彼为平民者知进身有阶,气愤自平。此制与倡民权自由之说者,有其利而无其弊。次第行之,国本始固。否则上下不一心,其害有不可胜言者。卓见以为然否?

---

　　① 宫岛写本作:"君主独(旁注:亲)裁,即我邦天子固有之主权。尊崇帝室,乃国民固有之良习。此是万世不易之国体也。前所说(旁注:述)者,乃政体之变通,决不害于皇统一姓。中古以来,王政渐衰。政权归于武门,凡七百余年。其间篡夺无止,天子徒拥虚器而已。全国士民气风弥卑弥屈。方今宇内一变,敝邦亦维新之秋也。今既与万国对立,固宜谋其富强。然而有护国之职者,但有武士者(旁注:仅有诸藩武士而已)。而其数亦不甚多。自余平民,岂复有知忧国家者哉!是故更革兵制,以废武士。征募兵赋,以重国民之任。如此而后,始可以独立东洋,传帝系于万万世也。弊论异于墨人自由之说,请君勿疑。"

　　② 宫岛写本作:"现今论议纷纭,到底学校造士如贵说。"

　　③ 宫岛写本"又"作"加之","等"下无"事"字。

　　④ 沈氏此语宫岛写本无。宫岛写本作:"贵国今尚西法,言利与民权,皆致乱之道也。人皆争利,不夺不厌。民苟有权,于君何有?"

宫岛：取士任官之法，请闻其尊论。

子峨：欲取士由教士始，教士由学校始，学校教士须立章程，其道理则不外孔孟忠君亲上、仁义道德之说。小子初入学，须令其读《四书》，塾师为之粗解其义。稍长，则视其材质所近，如文章、词赋、天文、算法，凡西洋机器之类，分科造就。其业有成者，聚而考校之。择其尤者，授之以职事，由小而大。其奋勉者升之，不称者黜之。考而不及格者使之再学，定期再试，自不赴考者亦听之。考须有时，每县约取人数亦须有定额。其中节目繁多，有宜因地制宜者，非一言可尽也。再刻下人情有纷扰不定者，鄙意宜特令各县官撰其才异者，先授以官，亦收拾人心之一法。否则各有所私，徒滋人言，非弭乱之道也。经久之计，则须定选士取士任官之法，始行之无弊也。高见以为然否？①

梅史：知义而知兵则有益于国，知兵而不知义则有害于国。孔孟之道亦不去兵，尧舜之世亦不废兵。不过有本末轻重不同耳。

子峨：顷闻欧美有所谓贫富贵贱一致之教，入其会者，不论何国人，皆同志同心。此将来该各大乱之道也。不出三五十年矣。

［**宫岛**：贵国进士及弟之法可得闻乎？

梅史：一县所举曰秀才，一省所举曰举人，合十八省而考取曰进士，在殿内皇帝亲试之，其所取第一人曰状元及第，第二人曰榜眼，第三人曰探花，皆赐同及第。］

据宫岛文书—C29 笔谈原件，并以宫岛写本校补

---

①　宫岛写本"小子"前有"鄙说"二字，"机器"下有"百般"，无"自"字，"有"字下无"宜"字，"选士取士"作"造士"，"道"下无"也"字，"否"作"乎"。

四、光绪四年七月十一日笔谈

（1878 年 8 月 9 日）

（八月九日，黄遵宪公度、沈文荧梅史、廖锡恩枢仙被访。①）

公度：久不见，想道体佳胜。仆月来患痔，今既愈，然人为之消瘦。酷暑不得出门，今稍凉，故偕二公过访也。

宫岛：过日得接华翰，知仁兄患痔。又前访高馆，不得相晤，颇劳心。

梅史：前日惠临，值炎暑，未得罄叙，别后甚念之。今日往麻布町看基地，至则其地（买）〔卖〕于他人。乘凉爽奉访，得晤幸甚。近因在馆之马车夫酗饮，欲换一人，不知有朴实谨慎者否？近欲造公署，约用地三四千坪，不知有相宜而价廉者否？价能每坪半元甚妙。

宫岛：公署何方为便宜？

梅史：能远近适中更好，然亦不拘。

宫岛：城市之地高低孰为好？

---

① 丛书作："八月九日，黄遵宪、沈文荧、廖锡恩来访，自午后二时及四时始散，笔谈如左。"

梅史：太高则遇雨人力车上下不便，低者能不积水亦佳。

公度：大著高绝。仆于此道未窥门户，率意妄言，幸恕。

宫岛：拙稿经评定，觉一新。邦人不解音节，如格律亦不免于暗中摸索。自今仰教高门，犹得穷渊奥乎？

公度：足下七古似稍逊一筹，揣足下未及多读耳。如子才力，何患不成家？仆当罄所知以相告。仆亦暗中摸索者，未敢为是也。

梅史：古诗长者，须有精神，方能不散，否则浅薄矣。观阁下大稿，气旺力足，当能办此也。

宫岛：果如黄君言。仆不多读，故识见浅薄。若欲作古诗，则当师何人而可？作诗又必要读历代史书乎？

公度：喜学某家，则多读某家。至于历代书籍，多读则气味自古，才力自富。与诗若相关，若不相关。足下此刻学古诗，且多读李杜苏三家。三家喜谁氏？

宫岛：仆平生喜读杜诗，但未至窥其域耳。

公度：喜杜诗最妙。

梅史：不必全读。他日弟为君选出读之可也。

宫岛：汉魏六朝诗有何集？

梅史：仆当送一书来，借君读之。

宫岛：余自幼时好作诗。唯僻邑乏良师，未能领受大方之教。今遇黄、沈二方家，得叩其蕴奥，何等喜幸！仆不知所言。

梅史：他人竞作新声，如玻璃器具，必不耐久。阁下诗金相玉质，可为传世之宝。弟之推重以此，非虚誉也。此诗何不将圈出者抄一编付梓？

宫岛：拙集他日果及刊，敢请二公大序。

公度、梅史：敬诺。叙文且俟兴佳属草，以阁下所属，不敢草草也。

枢仙：久欲趋谒，无缘得达。今日始从沈、黄二子登堂，少仰渴想。望不我弃，饱聆大教，幸幸。

宫岛：廖翁初被枉高轩，多谢多谢。日前于汽车中匆匆一晤，当日到横滨否？

枢仙：日昨在汽车遇阁下率文郎三人，半道分驰。匆匆一晤，深愧言语不达，又无管城子以为通事，殊不能释然于怀。仆到横滨，晚即回署。阁下乔梓何往？几时始返？望详示之，以释积闷。

宫岛：仆携三儿纳凉池上本门寺。有诗曰："杖鞋来叩古禅关，树影蝉声白日闲。自有吟心尘不染，僧房深处坐看山。"①即乞正。

枢仙：　　依韵奉和请即有正　　锡恩

不是披书爱掩关，一年几日得身闲。羡君摆脱名缰外，车上相逢亦说山。

宫岛：席上即吟，有此高和。先生深熟此道，他日必当受教。

枢仙：仆于沈黄二子案上得观大作，幽情逸韵，爱玩不释。惜事忙时逼，未及卒读。望梓成速赐一部为祷。

公度：闻青山季卿游日光山坠马伤背，今尚未归，是否？

宫岛：顷闻归家而未愈。

公度：前闻其二女公子亦往山中视其父疾。其长女通汉学，青山盖相依为命者。然少者亦甚佳也。

宫岛：青山季卿颇富女子。女子能解文学，且屡得兄等之赏誉，颇增声价。

公度：仆欲于东京娶一闺中女为妾，足下能为我作蹇修乎？

———————

①　丛书诗后有小字注云："八月七日作。"

宫岛：仆昨夜登新桥酒楼，有一名妓竹者，频说公度之事。何必要找娶一闺女？

公度：曾画一团扇贻之。新桥尚有一小万，年二十许，有名士举止，仆亦喜之。然仆欲娶为妾，不欲艺者。良家子肯嫁外国人为妾否？

宫岛：良家子素不许嫁外人，且兄等期满归国，便掷弃之耳。

公度：携归。

宫岛：兄尊府自有正夫人贞静以俟兄归，兄今于殊域（聚）〔娶〕妾，夫人其谓君何也？止之止之。

梅史：公度至贵邦，如周穆西征，曰赤乌氏美人之所出也，宝玉之所在也。必欲娶一美而后心安。

枢仙：黄君夫人亦是能逮下而无嫉妒者，可以出结。

宫岛：小万亦能①解人情。他日将呼小万、小竹以招兄等，而偿今日之责。兄等能来否？一笑。

梅史：阁下见招，必赴也。

据宫岛文书—宫岛写本

---

① "能"，丛书作"颇"。

五、光绪四年十一月十四日笔谈

（1878 年 12 月 7 日）

（十二月七日,黄遵宪、沈文荧、廖锡恩被访。）

梅史：久欲奉访,忙冗遂迟。寿诗已书就,并怀君一诗呈缴,乞莞正之。尊老大人前代请福安。

寒夜有怀

移居霞关峰,林泉适幽兴。岁晚发寒花,香心霜雪净。秉烛夜相对,寂处思耿耿。念我素心友,弥日旷高咏。起步望青霄,余辉灿参井。

拙句录请栗香仁兄大人正之　　　　　　　沈文荧初稿

宫岛：老父寿诗大书殊好,永为家宝。寄怀尊作,幽远高淡,多谢多谢。

枢仙：前日命作尊大人寿诗,写在裱成册帙乎? 抑别纸缮写乎? 请知示。

宫岛：此一卷现在副岛氏宅,他日呈册帙以乞大作,幸赐寿言。

枢仙：昨曾作一诗赠副岛翁,录呈尊览。

泱泱扶桑国,如公有几人。来盟曾建节,学道旧传新。望系苍生重,诚求赤子真。东山应再起,翘企及西邻。

宫岛：天候新寒。厨下有酒可一酌,恨无下物供酒。

梅史：少饮甚佳，何必治馔。

宫岛：过日同副岛于使署赐华馔，其味不忘。

公度：足下能喜吾国馔，他日弟当再卜约副岛先生同来一饮也。新居几案未备，既购之广东，未来，此刻未能肃客也。

宫岛：副岛翁亦大喜华食，曰如游贵邦。

公度：吾国之馔不能咄嗟为之。豕鸡鹅鸭及一切海错，皆以水火调齐，使其真味远出。或烹或饪，或炙或燔，大抵皆由酝酿而出，故味厚而浓。若求急效而负近功，是为不知味者。先宜求鸡鸭美材以立其根本，次则问烹饪之法以别其体裁，次则调水火之功以善其制造。三者失一不可，尤在根本。根本不立，则绝无体裁，虽有善庖，亦不能制造也。

宫岛：作屋所以庇身，作食所以养体。贵邦之治馔，犹工匠择材。庖人匠工，同是一事。至言至言。

梅史：水火之齐，其后先有候，其配合有宜，如治国然。别材因时，故负鼎者可为阿衡，此事正不易易也。

公度：仆往友人家，每设酒醪。而惠临敝庐者，乃不能具一酒馔，亦以咄嗟立办之难也。苟贪立办之名而勉强为之，卒不可以食。既劳民，又伤财，究何益？盖各国自有规模，不能以中人所食之馔遽学日本之法也。

宫岛：敝国食味太过淡泊，无足食者。今日闻诸君之教，始知贵邦治馔如此其能丁宁，故有此浓厚之味。宜哉其能适口而善养体，亦见厨人苦心。

梅史：邻居咫尺，过从颇易。他日踏雪访君，不必如剡溪纡远也。

宫岛：君居芝山，仆屡相见。自霞关移居，却是契阔。真如"春明门内是天涯"之句。自今雪朝花夕,不绝往来,以畅襟怀,岂不快乎?

梅史:定当践约,以领嘉话。

枢仙:雪朝月夕,恐君与金屋阿娇携手邀游,互相歌啸。我辈如游方道士叩门,宁不讨厌乎?一笑。日之夕矣,当归晚餐。且有一客在馆相待同食,敢辞。

宫岛:请一酌防寒如何?

梅史:天晚,谢谢。

据宫岛文书—宫岛写本

六、光绪五年二月十日笔谈[*]

（1879 年 3 月 2 日）

（明治十二年己卯三月二日，清国出使大臣参赞官黄遵宪公度、出使随员沈文荧梅史来访，特谈琉球之事。）

公度、梅史：闻贵体违和，比当全愈，特相偕过访。

荧宪同白

宫岛：仆卧病三旬，殊不适服食，不访公馆亦将数旬。过日少愈，访何大人话少时。想两贤而来大好。廖兄之兵库，信否？^①

公度：廖枢仙兄于正月杪赴神户，临行嘱代请安。顷睹尊容甚光腴，谅已全愈。且保养甚善，似精神胜平时也。^②

梅史：春光明媚，天气温和，正是艳阳时候。惜乎将作归计，心绪怅，故偕公度兄来访，与阁下畅谈破闷耳。近因贵邦必欲郡县琉

---

* 关于笔谈的日期，宫岛诚一郎事后在笔谈原件上的注记和宫岛写本均作 3 月 2 日，但宫岛诚一郎日记《己卯日志》（宫岛文书一 A55，以下简称《己卯日志》）记黄遵宪、沈文荧到其家谈琉球处分问题是在年 3 月 1 日，3 月 2 日的日记还记录了副岛种臣就该问题的对应态度对宫岛所做的忠告。此处暂据宫岛写本。

① 宫岛写本作："仆卧病三旬，服食极不适，是以久绝拜讯。顷因贱恙少愈，一访何公。今日辱二贤慰问，雅爱何深。谢谢。顷闻廖兄往兵库，信乎？"

② 宫岛写本作沈文荧语，据原件笔迹定为黄遵宪语。

球,故公使与弟辈皆将返国也。

宫岛:琉球事情弟辈不谙得。朝议若果欲郡县之,必当与贵政府协议之。不知贵公使以彼事告外务省否?①

梅史:此事公使已告贵邦外务省。而外务省来文妆聋做哑,亦不论理之曲直,但言此事贵公使不必与闻之意。我国政府奉皇帝之命,令何公使就近与贵邦理论。今贵邦既不论是非曲直,则当归国复命。但该国朝贡已久,我国政府必不能漠然视之也。

公度:郡县之说,新闻纸所言不足尽凭。然贵政府若有事于球,非蔑球也,是轻我也。我两国修好条规第一条即言:"两国所属邦土,务各以礼相待,不可互有侵越。"条规可废,何必修好?故必绝聘问,罢互市。吾辈不得不归也。

宫岛:新年来频于新闻纸上见琉球处分之议。我辈于球之事未有所见,且非职务之所关。但此事关涉两国,以破交欢,不堪慨叹。必当有理论明白之说,不知可得闻乎?②

公度:凡事须彼此计较。若吾为此事,贵政府宁默尔乎?不能默尔而又不从吾言,尚何理论?吾辈且归,至于后事,未可知。或万一,当执鞭弭与君周旋也。

梅史:贵邦当局之意,以谓此事必球人在此控诸公使,故公使为之言。故令人恐吓琉球,使球人无复言,则我公使必不复论,所以遣松田前往。其实不然。我公使之来,受命于皇帝政府,力主其

---

① 宫岛写本作:"琉球事情弟辈本不深谙。朝议若果欲郡县之,必当与贵政府协议。不知贵公使已经照会外务省否?"

② 宫岛写本作:"新年来新闻纸频载琉球处分之说。琉球之事,余亦少有所虑,但非职务所关,故不敢言耳。虽然,若至破两国交欢,则弟辈最不堪慨叹也。想必当有二公所见明白者,不知可得闻乎?"

事。若非朝命及政府之意，则公使必不管也。至球人虽为贵邦挟制无复言，而我政府必不能漠然置之。盖球为我藩，欺球即欺我。虽与贵邦和好，其势不能得也。即贵邦已取其地，亦必力图返其地、立其君而后安。前之所以不张扬之，而令公使理论者，以贵邦前已误于人言，轻举妄动。今既和好，可以翻然改图。因公使之言而答曰：前者未有和约，故我欲取之。今既和好，自当舍之。如此转圆，则泯然无迹，不失两国体面也。今贵邦政府贪其地而不顾理之是非，将来用兵而致祸患，仆甚不解其惑也。且仆为贵邦筹大局，亦不宜与我国失好。今西人收取日本金银，以致有纸无银。他日倘责国债，势必以地偿之，其居心甚不可问。而贵国不忧此，乃欲失好于我国，一不可解也。中国之地大于贵国数倍，其富亦数倍，人民又多，兵饷之多于贵国，不问可知也。新平大乱，将帅士卒皆经百战。贵国与我国失好，能保必胜否？此二不可解也。贵国财竭于府藏，民贫于昔日，反侧之徒尚未安。苟有事于外，则变必生于内。不求自治，而欲启外患以召内乱，此三不可解也。

公度：台湾之役，谋国者费多少苦心，为亚细亚大局而后议和。早知如此，不如遂一决裂。我政府有函来，言此悔之折骨。谓深悔是事草率言和也。我国近始遣使交邻，此事而遂置之，何以为国？足下试为吾辈筹画，岂有遇此事犹腆面在此与贵国及他邦往来者乎？

宫岛：贵公使告我外务以书翰，外务必当答贵公使。其两样书翰，君持之乎？[①]

公度：外务复我公使之书，只有虚辞，无一实语。近者我政府

---

① 宫岛写本作："贵公使照会我外务之书并与外务答贵公使，其两样书翰，君今持之乎？"

复有寄外务书,昨既钞以达外务,未得复也。

宫岛:欧洲争乱之气势,今将渐波及亚细亚洲,抑亦气运乎?但若贵邦与敝邦,则在亚洲最当勉交亲者。然而谈及此等之事,仆辈深慨之。[1]

公度:我政府隐忍台役,即为维持亚洲大局起见。近日李爵相且驰书朝鲜,告以日本之可亲,俄人之可畏。且欲合纵两大,驱逐诸小,勿辱欧人之辱也。今贵国必欲绝好,吾亦无可奈何,不得已而应之。言及此,岂惟慨叹,实痛哭流涕之事也。李伯相之贻朝鲜书,即何公使以告伯相者。伯相之书[2]:何公使到日本,知日本于朝鲜非能利土地人民,实欲联络亚洲大局云。

宫岛:过日窃与何公使论亚洲之大局,颇有益于敝国,想当有益于贵邦。今俄国之势隐然并吞亚洲黄遵宪旁注:朝鲜亦在其中。贵邦危则敝国亦危,敝国危则贵邦亦或危。今日之势,唇齿相持,维持亚洲也。可不深畏乎!如彼琉球小岛,则必有两便之法。不知为何观乎?[3]

公度:有两便之法,我政府固亦愿之。但若如近闻,则我弱小如此,何以为国? 即不复能联络也。

梅史:此等事我辈与阁下皆不任之,从旁冷眼观之,为可慨耳。言之徒增怅,不如且谈风月。

---

① 宫岛写本作:"欧洲争乱之气,将渐波及亚细亚洲,抑亦气运使然乎? 如贵邦与敝国,则最可修交亲聘者。然而谈忽及此等之事,仆辈感慨所不能禁也。"

② 宫岛写本下有"曰"字。

③ 宫岛写本作:"前日窃与何公使论亚洲之大局,颇有益于两国。今俄国之势隐然并吞亚洲(黄曰:朝鲜专在其中),贵邦危则敝国亦危,敝国危则贵邦亦或危。今日之势,唇齿相持以维持亚洲之时也。宜深虑远谋之。如彼蠢尔小岛,则必当有两便之法,公等将为何等观乎?"

宫岛：古来议治安之大道者，胸中必当有闲风月，若能谈之则妙。公度者在参赞官，想应有嫌疑。如君与我辈，则职外之闲散人，可以调和两国之交际，是真友谊也。①

梅史：若能开悟贵邦政府，以继好息民，则仆辈亦愿出力。不然恐数万生灵不免锋镝也。凡事当论理。譬如我与阁下相交，阁下有一仆，而我夺之。阁下向我婉告，而我答曰："君不必问。"阁下能忍之乎？一家尚不可，何况贵邦堂堂之国？若平心与公使商之，则必有理可说也。

宫岛：近善和语，诚妙。②

公度：以耳所闻者略言之，未尝学也。同馆皆作乡谭，引而置之庄岳之间，为楚语如故。谅终无解时。③

梅史：此后八日，荧、宪作主人买舟游向岛，请阁下看梅，如何？

宫岛：谨从命。两君请缓坐，将呈薄酒。④

公度：不敢当厚意，仆且欲告归。

梅史：今日尚有他事，欲归。久谈妨清闲，罪甚。他日再奉攀雅话。

公度：阁下之诗未能刻就，乞择其尤者钞十数篇见赐，当携之归也。

宫岛：谨诺，直钞数篇系两君圈点者以拜赠。兄等促归期，不

---

① 宫岛写本作："古来谈治世之大事者，其胸中必有风月存。如公度则官参赞，想不免或有嫌疑。如仆本是一个闲人，而沈君如甚相似焉。则调和两国以维持亚洲者，其在仆与沈君。盖平生之友谊各见直实时也。"

② 宫岛写本作："兄等近日善学和语，尤妙。"

③ "近善和语"以下原在"他日再奉攀雅话"之后，据宫岛写本移此。

④ 宫岛写本"从命"作"奉"，"缓"作"宽"，"薄"作"献"。

知果然乎？将刻何日出帆？①

　　公度：此固未定。仆如定期，再告。［近日为《日本杂事诗》，凡百篇，脱稿再以呈，归亦钞寄。］②

据宫岛文书一 C9《沈黄之卷》笔谈原件，并以宫岛写本校补

---

① 宫岛写本无"期"字，"果然"作"真然"，"出帆"作"向国"。
② "阁下之诗"以下原在"谅终无解时"之后，据宫岛写本移此。

七、光绪五年二月二十三日笔谈

（1879 年 3 月 15 日）

（三月十五日，东京府开汤岛圣庙，拜观文宣王孔子圣像，文学遗老古贺谨堂为魁。盖继述大久保故参议遗言。清国钦差何、张二公使，参赞随员黄、沈二氏来拜行礼。冈千仞为干事。清使大喜，曰："昨年东来以后之大快事，亦两国交际之一大关门。"）

宫岛：传云此圣像来自朝鲜。

子峨：像亦俨然。然第渡海涉风涛，略瘦耳。

宫岛：今日公使所着之服，此乃礼服乎？

公度：《会典》曰补服，始于明，成于我朝。所戴珠曰朝珠，因位阶有差等。日本旧史所称冠位，意与我同。大礼小礼，以名为别。大织小织，以制为别。今我所戴水晶珊瑚，亦随官阶而别。大礼用珊瑚，小礼用水晶。别有绣蟒服，今日仅行拜礼，故未穿是服，朝会祭祀用之。

宫岛：此宿儒者古贺谨堂也，通称谨一郎。昔时当幕府之代，主宰此圣堂。幸希相识。

公度：古贺与精里先生一家否？

古贺：精里即吾祖也。

公度：仆黄姓，名遵宪。东来读精里先生曹参王猛二论，以为可古大家之堂。不图得遇其文孙，乃须发如四皓。仰瞻先德，且喜且慰。

古贺：吾先亦出唐山刘氏也。归化二千年余，书香则以祖为初。吾父侗庵著书四百余卷、文诗六十卷，在日本为罕有。今与公等拜晤，如见同人，何喜之如。

宫岛：他日招古贺老于敝邸，请吾兄与何大人惠临，放谭今古。

公度：是灵帝后，与丹波同族否？

古贺：然。

据宫岛文书—宫岛写本

八、光绪五年三月二十五日笔谈[*]

（1879 年 4 月 16 日）

（四月十六日，访黄遵宪。）

宫岛：今日风恶，家居不堪无聊，特访贵馆遣闷。先生如无事诚大幸。尊著十月间成上卷，果可踏约乎？^①

公度：此卷既钞就五十首，今日即以呈上。方校讹字未毕也。今日本欲走尊斋呈此诗。仆有一不情之求，望阁下于数日中即为改正。缘公使归不远，改正之后，即欲钞别本携还敝国也。未审能允许否？

宫岛：仆素无识薄才，欲改贵兄诗不能，唯改其事误谬以呈^②。公使归期在近，真否？

公度：归期在贵历五月中旬，近既检点行李矣。

宫岛：贵兄进退如何？^③

---

    * 据宫岛文书二第 341.1 笔谈原件，补以宫岛写本。顺序据宫岛写本略有调整。宫岛《己卯日志》4 月 16 日记："午后访黄遵宪笔语。"

    ① 宫岛写本作："今日家居无聊，特访高馆遣积闷。先生若有暇则大幸。尊著《日本杂事诗》闻既脱稿。"

    ② 宫岛写本作："仆才薄识卑，何以遽望改削君之诗？若有事实误谬者，则少改之耳。"

    ③ "贵兄"宫岛写本作"足下"。

公度：仆或暂留此，亦未定也。

宫岛：副岛氏拜宫内御用挂之命，兄知之否？

公度：一等侍讲，是三等官矣。

宫岛：非，一等侍讲，官等即一等官，年俸四千元。唯非本官，御用挂，而职傍兼侍讲。①

公度：是诗数日间吾兄改定，亟以次卷上呈。仆俟兄阅毕后，以示青山、龟谷二子。仆是诗恐贻方家之笑，然意在记事，故拙亦不辞。仆居此，多有知其不工文者。若执此种诗以律敝国人，以为大概如此，则敝国文士便当攘臂而起，诟骂仆不置也。

宫岛：仆爱慕足下之学才，平生赏叹不置。今作此诗以传世，足下名于东方百世不朽。而足下与我交厚，亦仆之荣也。②

公度：望痛改之，极斥之。仆读君诗尚谬评如此，况君施于仆乎？仆生平无他长，唯乐闻过，能服善③，区区所窃自许者。再俟一月，当别钞一册存尊处，有友来都可请正。

宫岛：敬诺。锦里诗文虽疏恶，足观当时文运，请一阅。④

公度：其门人可谓盛极。承假是书，当敬读之。谢谢。

宫岛：黄氏与兄同姓，此人鸣于乾隆时乎？其诗磊落浑厚，幽远似李太白⑤。

---

① 宫岛写本"唯"作"但"，无"职傍"二字。

② 宫岛写本作："仆平生深爱足下之才，赞称不置。此书诗文两超绝，苟以传于世，则足下才名当与此书传百世不朽也。而余与足下有此交情，可谓余荣。"

③ 宫岛写本作"唯闻过能服善"。

④ 宫岛写本作："是《锦里集》者，古人木下顺庵作。诗文虽疏恶，足观当时文运之盛。请须一读。"

⑤ 宫岛写本作："所借武进黄景仁《两当轩集》，其诗奇俊雄浑，磊落飘逸。以仆见之，颇似李太白。此人与足下同姓，鸣乾隆时乎？"

　　公度：黄仲则诗天才卓越似太白。仆谓太白死后，能学其诗，今古一人而已。顾其名不甚著，没时年仅三十五耳。惜哉！

　　宫岛：仆阅清国大家诗不多，惟如此名家亦未多见。抑乾隆之人乎？其才锋胜王渔洋远。①

　　公度：仲则当乾隆时，末卷有小传甚详。其诗似在王渔洋上。渔洋一生处顺境，仲则不得志，又早夭。然所造就，已卓然可传。乾隆中人材鼎盛，如此种人，名磨灭而不彰，此外更不知多少也。

　　宫岛：与兄同姓。仆择此诗之尤者，以欲上之木，以传此名敝国。兄为一序。②

　　贵邦上梓价高下如何？如仆诗数者价将几元？请教。③

　　公度：比日本价为高。其精者每千字约一元。此刻木工价也，印刷之工及纸费在其外。

　　宫岛：贵邦价易。

　　公度：铅板排印价必贱。刻工日本最精。仆此诗将来改定，欲此间上木，未知需金约几何？

　　宫岛：托之书肆。许专卖，书肆偿此价。若不许专卖，则大约此诗一纸一元。④

　　公度：仆许之专卖无不可，然他人欲翻刻则如何？须请版权否？

　　宫岛：唯外国之人于我邦有许版权否，仆未知。仆代先生以上

---

　　①　宫岛写本作："余阅贵朝诸家诗集太少，但如此名家，未曾有见。以仆视之，胜王渔洋远矣。"

　　②　宫岛写本作："仆择此诗尤佳者，欲刊行于世，足下为一序。"

　　③　宫岛写本作："贵邦上梓，其价高下如何？"

　　④　宫岛写本"书肆偿此价"作"则书肆当自办此赀"，"则大约此诗一纸一元"作"则刻费大约一纸要一元"。

之木无不可，则妙。然则不许他人翻刻。细问之政府以答。①

　　公度：仆但欲刻就，自购百十部，归以赠友。若书贾任其赀，即听其专卖可也。若自刻之，费金殊多。自卖之，必无此理。

　　宫岛：仆与友人谋以告之兄，兄幸勿劳。②

　　　　武进黄景仁《两当轩集》

　　　　从四至七　　　　一册

　　　　从十二至十七　　一册

　　　　此他愿借用。

据宫岛文书二第 341 笔谈原件

---

①　宫岛写本作："未审我政府许外国人以板权。"
②　宫岛写本作："仆与友人谋，当以告兄。"

九、光绪五年闰三月十七日笔谈

（1879 年 5 月 7 日）

（五月七日，黄遵宪公度邀我于卖茶亭饮。[①] 前一日有书简。）

公度：仆此诗日本杂事，于古人似谁？

宫岛：流丽而清新者，在唐刘禹锡；有气骨而峭劲者，似东坡，又似明李献吉。

公度：仆自觉于古人不唯不及，亦殊不似。仆自为仆之诗而已。

宫岛：日本不解音节而作诗，可谓不可思议。唯因有平仄，仅可言诗。

公度：日本天性善属文，使以汉音读书，便与中土之吴越同。

宫岛：诗有乐器否？

公度：无之。今我读诗，诸君试闻。读诗皆如此。音节好否？

宫岛：极妙。

公度：我朝有王次回，专工无题香奁。君见其集否？

宫岛：未经一见。君藏之乎？

---

① 《己卯日志》本日记："为黄遵宪带路，饮于卖茶亭，小万、小今来。"

公度：仆未携来，问同馆中。有之即当以送阅。是人天赋艳才，最能写男女之事，无微不备。有一女，亦以词著。

宫岛：蠖堂山田氏，我乡之儒，为我幼年之师。此卷即《蠖堂诗集》，其诗如何？

公度：笔气甚好，唯稍疏耳。质甚美而学未足。气多甚好，唯此气未经陶炼耳。

宫岛：吴泰伯、秦徐福来住我土，贵邦诸书有之。若此人果来我土，必当深隐山中。若果立我朝，当初必有汉文。而汉文自王仁携《论语》来为始。

公度：君可谓善思。此事仆初疑之。继思君房之来在秦皇帝时，其时方焚书坑儒。福又假托方士，所携皆童男女，理不得通文学。故汉文至王仁而始来也。若吴泰伯之说，因史称勾吴之俗断发文身，而日本始亦同此，故以为是吴后。是本无确据也。

宫岛：敝邦儒者，足下以何人为巨擘？

公度：物茂卿高材卓识，仆私许为日本儒者巨擘。而颇不容于当时者，一以生长江户，关西学者颇致不满；一则由赤穗义士之狱，物氏不是之也。赤穗之狱，鸠巢是之，茂卿非之。仆以为二人之说皆是也。一伸国宪，一作士气。

宫岛：今贵国何地最出人材？

公度：文章则江苏、浙江，经济则湖南、安徽。

宫岛：江南多文士，宜然。湖南、安徽出经济之人，有何缘由？

公度：曾文正公、左宗棠湖南，李鸿章[①]，此其尤著者。其余不可胜数。

---

① 原文如此，似为"李鸿章安徽"。

宫岛：彼土想经战乱否？

公度：土寇之乱，皆削平之。诸公本皆书生。道光末年，湖南先达忧天下将乱，皆喜谭武说经济，遂成风气。

宫岛：贵邦今指为中原，不知何边？

公度：古所谓中原，河南、山东也，陕西也。今并江南称。仆广东人，中原人素鄙之。

宫岛：今亚洲扫地，皆受欧人之侮笑。而贵邦与我国首当外难，将来两国宜相维持也。

公度：五部知有李中堂耳。左在李上，若曾胡诸公，又在左上。左则六十八，李则五十三。

宫岛：左公惜春秋已高。

公度：外人不尽知左公长。苟得如左公者数人供其驱策，何忧外侮。

宫岛：现在北京满人多作世家。仄闻其俗徒自尊大，知有清国，不知其他。吾邦旧幕旗下八万，维新之前殆有其风。未知果然否？

公度：此亦不尽然，然大概如是。

今我恭亲王其才力皆出诸臣之上，即今上之叔父也。

十、光绪五年闰三月二十五日笔谈

（1879 年 5 月 15 日）

（五月十五日，邀黄遵宪于卖茶亭小饮。）

[**宫岛**：贵邦有官妓始于何代？

公度：世谓始管仲女闾三百。然《左传》序南宫万有云："陈人使妇人饮之酒。"苟非娼妓，何以能尔？则春秋时当早有之。管仲治齐，始为之立法耳。

宫岛：于新桥妓中若小万、小竹等尤适吾兄之意者，今召之供杯酌。幸宜宽心徐酌。

公度：仆评小万似过江名士，一裙一屐皆有风致。六朝名士皆北人，故称过江名士。晋室东迁，当时名士有此称。其时名士专尚清谭，裙屐自喜。仆以之评小万，以其风雅云尔。

宫岛：吾兄以昔日之风采直评今妓，洵称风雅。戏赋一首。

歌喉圆转舞容斜，脉脉秋波扇半遮。正是江南妓王宅，媚花人映媚人花。

公度：结句绝世妙语，余为次韵。]

绝好容颜比舜华，偶然露眼鬓微斜。累人不敢平头视，真在花中不见花。"人在花中不见花",栗香词丈语也。[今偶用之]"①。

[**宫岛**：公度曾谓吾邦艺妓按歌曲颇似僧人梵呗为赋

姿态矜庄意海深,三弦度曲悦吾心。一裙一屦皆风致,唯恨歌声似梵音。

戏赠公度

一年三百六十日,开口之笑有几回? 今日何日夕何夕,座有美人与高才。

公度：此诗先生代仆作可也。

宫岛：又戏赠公度

爱君好色又怜才,一日肠应转百回。微醉凭他美人膝,借将银管吸烟来。

公度：何等才情,何等艳思! 斯人可妒可爱。和栗香韵

一年三百六十日,日日凭他枕一回。温柔兼得醉乡乐,直过今生一世来。

绝代风流绝代才,客星光照几多回。美人膝与帝王腹,并向先生枕上来。

宫岛：帝王腹姑置不论,世上几千万膝,先生独爱此一膝。爱护珍重,温柔之味可知耳。先生何为不专有此膝? 呵呵。

公度：旧填词也。姑录之博一笑。

似此千重心事,便花言巧语,犹难尽说。何况兼葭相倚处,相对只唯脉脉。

宫岛：先饮一杯而把笔可也。

公度：仆于此等事皆过眼云烟,逢场作戏。藉以泄其胸中磊落

---

① 据宫岛文书—C27(11)、(12)笔谈原件。

之气而已。其实小万之年岁不知其多少,其家亦不知其东西向在何处也。

　　宫岛:笔笔言言,善人圣贤之域。

　　公度:程子所谓目中有妓,心中无妓。仆不自知心目中之有无。彼学圣贤,我作豪杰,与之分道而行也。

　　宫岛:笔与心反。笔若有语,则当向先生诉何愚弄之甚也。

　　公度:辛稼轩词有云:"唤取红巾翠袖,揾英雄泪。"

　　宫岛:着着多情,是所以英雄为好色家。

　　公度:过眼云烟非不情也。乃用情之极后有此达观。

　　宫岛:到此可谓自负极矣。

　　公度:达观二字,对天下人言之耳。仆亦不自知为达观也。

　　宫岛:遁辞知其所穷,古人为先生设此语。

　　公度:天下之事本无所谓彼此,一切皆平等视。有多情人,遂有达观人。有达观人,遂有多情人。两相比较,而后有此名。

　　宫岛:今日之游顿忘百忧,亦是人生之一大快事也。]

据宫岛文书—宫岛写本及 C27(11)、(12)笔谈原件

十一、光绪五年四月一日笔谈*

（1879 年 5 月 21 日）

（五月二十一日访公度。）

[宫岛：仆近日欲游伊香保，闻此地温泉颇治疝疾。此行三周间辞京，仍来告别。

此文岩仓右大臣题大久保故参议书翰帖者，今代请正。]

公度：此文甚佳，情婉而意深。

公度：嗟夫！使大久保尚在，则琉球一事必不至此。此事虽发于若人，然能发之，必能收之。仆与何大使每论及此，为之咨嗟太息，而又以叹今之无人也。仆为此言盖有所因。大久保自吾辈来，眷眷相交，颇有唇齿相依之谊。渠若不死，必兴汉学，必联两国之交，能使是事化于无形。渠未死前数日过敝署，颇露心腹语。且自言不学无术，从前遇事求治太急云云。故其死也，何大人甚痛之。

[宫岛：考今之时，两国之交际，须益慎重，须益亲密。而其间通辞或不免为卑陋轻薄，遂为失礼者，皆文之不善，语之不通之故。

---

* 宫岛文书一 C9《沈黄之卷》笔谈原件，该件与光绪五年四月一日（1879 年 3 月 2 日）笔谈，据宫岛写本可确定为 5 月 21 日笔谈。补以宫岛写本，顺序排列亦据宫岛写本略作调整。

自今以后,特愿大方家互通两国言语,是仆之大愿也。]

公度:仆意在此开一和文和语学校,招少年之聪颖者习之,有三年可成材。公使大谓然。既请于政府矣,因争属藩,行止未决,故不果成也。

[宫岛:琉球之一案,到底是两国交际成否之关门也。]

公度:去年大久保参议在时,我公使尝与言及此。谓在东京设一学校,日本生徒二十人,敝国生徒二十人,共延四师。其后遂不果行矣。

[宫岛:然。此事曾闻之大久保。可惜! 如君与我则宜期业于千秋,徐可成此事也。]

公度:此案悬而不结,虽女娲氏补天之手,不能引两国使亲密耳。无论今日不结,再过数年,交谊唯日疏耳。譬如鱼刺哽喉,终不能下咽也。

据宫岛文书一 C9《沈黄之卷》笔谈原件,并以宫岛写本校补

十二、光绪五年六月二十二日笔谈

（1879 年 8 月 9 日）

（八月九日，访黄、沈二君谈。）

[**宫岛**：前日寿诗大书送来，永以为宝额。特来拜谢。久不相见，二公俱健，贺贺。

公度：不敢当厚意。伊香保温泉之游乐否？仆亟欲往日光一游，奈不得暇。

宫岛：三旬在山中。温泉殊妙，含铁与琉。如我肥体，尤觉快适。其他两毛、信越之诸山，朝夕呈紫翠于几案，爱抚不厌。但憾乏友人，时时怀词兄。

公度：游山当挟一美人可作良友者。

宫岛：此即杀风景。唯携儿一人耳，可谓谨愿极矣。

公度：携美人同浴尤妙。

宫岛：我兄有暇当携美人一游香山，异于新桥尘埃之地。尊著]《日本杂事诗》何日成？

公度：都既脱稿，将寄香港排印之。以后竣工，谨当奉赠。①

[**宫岛**：每日雷雨，未觉清凉。

---

①　据宫岛文书一 C41（13），"成"宫岛写本作"付刊"。

梅史：贵邦天气今年竟似中土，多雷多雨，炎暑而无地震。

宫岛：敝土蟠居海上，且多火山、地震。

公度：台湾亦多地震。

公度：此茗为别一种，味少近日本。

宫岛：茗名何？

公度：此茶不名于世，仆家之土产也。出不多，外人无购之者。名清凉山。

宫岛：此茗系贵家之产？谨而拜味。

公度：茶以武夷为佳，然上上者亦非人世所能购取。山中供佛外，豪家贵族得一二目而已。仆于潮州饮之，果甘美绝伦。

梅史：真武彝、芥片、龙井，皆不易得。得之不过一二目而已。味异与常。

武彝。福建，即古之北苑相近。

芥片。江苏宜兴，即古阳羡。

龙井。浙江杭州，在西湖中，近虎跑泉，辨才所住。

宫岛：此诗余曾和南洲西乡之诗，以寄赠。先西陲之事数月前也。请正。

梅史：诗豪俊。幸有末语，不然受叛人之累矣。所以立言贵得体。隆氏所望，欲于废藩后为丰太阁，而才不济。不得已而以兵胁上。不知叛名一著，人皆瓦解矣。其无识可知。

公度：西乡此种人，岂能老田间者？其叛也，愤郁不平，英雄技痒耳。其人但欲取快一己，无所谓爱国。

宫岛：人生一世之事业，盖棺论定。如西乡末路，余不能一言。

公度：比来萨人传言，有西乡星见于西南，闻之否？闻隆盛一生好禅不好色。

梅史：隆盛能忍嗜欲，盖其所图者专力于权势。奸臣如司马懿亦不置姬侍也。此等人大约阴狠。

公度：恨褚渊不早死耳。然西乡今实未死。始逃香港，后匿广东之罗浮，偕一僧复走南洋。有人言之凿凿可据。

宫岛：渊何人？

公度：渊者，宋齐间人。初负盛名，后为卖国贼。

宫岛：讹言西乡不死。余友陆军佐官某所率队兵实获西乡首级，并获怀中短铳与书翰二通。

梅史：或隆盛以此给人亦未可知。安知非纪信汉王衣冠也。

宫岛：山县、川村诸将亲检其首级及其遗体以与家族。

梅史：昔义经之死何曾无人检首级？

公度：是则政府以此给国人耳目，所以解叛徒也。如厨人濮之伪杀华登。

宫岛：先生等博学多识，故却来此疑。我辈本不多读书，又不多记故事。惟因其事与其故知之耳。

公度：西乡星尚在，亦一未死之据。

梅史：当时之事，惟学士如公等赤心为国，其余有所图而为之也。

公度：此果子以（密）〔蜜〕浸姜，风味如何？

宫岛：颇美。贵邦制果子最工，不失自然风味。

梅史：此间有栀子花香，何也？

宫岛：天将晚，告辞。〕

据宫岛文书—宫岛写本及 C41（13）笔谈原件

十三、光绪五年七月十七日笔谈

（1879 年 9 月 3 日）

（九月三日，访黄、沈二氏。）

宫岛：敝国德川之初，林罗山推宋儒，讲道学。物茂卿徂徕一出，大排斥之，以为无用之学。

梅史：唐虞时事，中土史往往太略。中土之学为宋儒所害，讲无益之心性，而实学皆置不讲，其害也佛老同。贵邦徂徕，第近代第一有识见人。学者但当读《论语》、《学》、《庸》、《五经》，求实学问。

宫岛：我常读《四书》。惟读本文，不读其注，盖有害无益。

梅史：本文自明白。但有一一古训及人名地名，略考之可已。

宫岛：如朱子《或问》诸类，如读一篇之演义，余颇厌之。

梅史：于坦途上着葛藤，反碍人行。

宫岛：人之居世，惟有衣食住耳。学问除此三者，更无别法。虽有圣人，于不食不衣之中，不能教民。唯与民同此利而已。朱子徒说心性，不要实学，于宋末天下，为何等之用？不知白鹿洞中惟餐烟霞乎？

梅史：以其学施之政事，第二个王安石也。治国第一当顺民心，而宋儒强拗性成。贵邦今日之西学亦虚浮，所谓使民足衣食者,吾未之见,但知百物贵而已。

宫岛:尊论大好。余于西学所取者,惟制造机器与军用诸具而已。他皆用我邦物可也。

梅史:银钱尽而民间大病,米谷贵而民不能生活。国债累累,西人索偿,将何以应? 将来恐割地以偿,而地尽入于敌。

公度:《东京日日新闻》述君见克兰德君,赠以写真。上书一篇,文章殊佳。林根者何人?① 是美前统领为刺客所杀者否?

宫岛:然。克兰德为林根所拔为陆军大将,及林根毙,寻为统领矣。

公度:顷不逞之徒有欲刺杀大隈、伊藤之说,闻之乎?

宫岛:未知也。方今屡作此等之妄说,抑亦何故?

公度:贵政府处琉球不当理,恐我国加兵刃,献媚外国,辱国无大于此云云。

据宫岛文书—宫岛写本

---

① 据《东京日日新闻》,宫岛致克兰德书中有“余常谒阁下之良友林根公真像于坐右,以拜其交谊之厚”,故黄遵宪有此问。

十四、光绪五年八月二十六日笔谈

（1879 年 10 月 11 日）

（十月十一日，访黄、沈二氏。）

[宫岛：顷闻贵邦驻俄大臣崇厚已于俄廷议决返还伊犁之事，其所偿俄廷四百五十万金。果然乎？

公度：此事果然。外人曰偿金员数仅少，颇有伎俩云云。

梅史：先时伊犁叛人扰及俄国，故俄伐之而逐叛人。其后与之言，俄人云："伊犁本中国地，应归中国。我之取伊犁，亦非侵中国，因叛人来扰害，故不得不逐之。而其地与中国隔绝，故不得不暂行管理。今中国来索，理当归还。惟我国代逐叛人，其兵费中国亦应偿之。"其言有理，故偿之。若无理，则我国亦不能也。

宫岛：今俄国虚党蜂起，势尤危急。贵邦盍乘此时结此局，是好机也。

梅史：前七八年，俄人有书与总理衙门，已云归还。彼非以强弱为低昂也。

宫岛：能到此者，左公宗棠尽力之故。若无左公，则恐不能到此也。

梅史：前之中国所以不索，俄人所以不还者，因乌鲁木齐之叛人未平，中间隔断。俄即归之中国，亦道路不通，不能管理也。

宫岛：伊犁地方广狭如何？人口物产其数俱几许？

梅史：伊犁地南北一千二百余里，东西二千七百余里，三百八十万二千五百方里。地多矿，亦宜麦。前未乱时颇繁庶，惟天气寒冷。新疆新收复，仆已东来，人口未能详。

宫岛：乌鲁木齐地方广狭如何？

梅史：乌鲁木齐西南和阗、叶尔羌共东西七千余里，南北一千余里。

宫岛：自今以往，诸外国共不瞥视贵国，是即同洲之一大幸事也。此际贵国益严兵备，以御外侮，一变旧习，以张国威。我国亦可敬重贵国也。]

公度：吾国之事①，非入局中者不知其艰辛。不如贵国之易于作事，易于收效也。譬如以手举二三斤物则从容，举数十斤则竭蹶矣，此理易明。请期之十数年后，君观其效。今政府皆知富强，然不能欲速也。日本欲以本国之事律我国，宜其枘凿也。

宫岛：我国今日之忧在轻进，自今学贵邦为大事不欲速之妙可矣。近吾国亦有大所戒②。

公度：吾国既古，土人气质多开明，易于倡祸。故须缓缓为之，使人人知此事当为，则易矣。吾国沿边诸地与外人交接，知其事者，百之一耳。故一时不能强不知者习之也。

宫岛：贵邦必有强兵之日，可推知。自今数年之后，能知海外之情，政府与人民一朝奋起，于东洋大得力。仆辈惟望之耳。③

---

① "吾国之事"以下据宫岛文书—C27（38）。

② 宫岛写本作："我国今日之病在轻进，而若效贵邦不欲速之意，则有大所得者。"

③ 宫岛写本作："以后贵国必有强兵之举，宜待举国能知海外之情之后，政府一朝振起之，则虽东洋亦兴矣。仆日望之。"

与日本友人宫岛诚一郎等笔谈 十四、光绪五年八月二十六日

公度：前十年中，船厂、兵舰、西洋练兵皆无之，今皆有矣。十年之内必有电线，可卜也。

据宫岛文书—宫岛写本及 C27(38)

十五、光绪五年九月一日笔谈*

（1879 年 10 月 15 日）

（十月。）

宫岛：今日来访何公使，请诗序而来，不相见。日日天气不佳，想大想。过日乞拙诗，有暇愿一阅。①

公度：两日忙迫殊甚，未及细读。谨当如命。本署小使杀人奇变，想既闻之矣。

宫岛：愚民之愚，想烦贵虑。新纸种种，今日阅《日日》新纸，始知其确。而来想心绪不佳。②

公度：此被杀之人极其温和恭谨，合署上下皆爱怜之。遭此奇变，岂非佛家所谓前世冤怨乎？因是独耿耿在心耳。至凶犯既自戕身死，准我国例律，须杀头偿抵，如此尚不足蔽辜也。是人身长

＊ 据宫岛文书一 C10（1—10）笔谈原件，部分顺序据宫岛写本和谈话内容略作调整。考明治十二年 10 月 14 日《东京日日新闻》、《邮便报知新闻》等，清公使馆属员杀人事件发生在 10 月 13 日凌晨，黄遵宪笔谈云"两日忙迫殊甚"，当为此事。10 月 15 日，《东京日日新闻》杂报栏刊登清公使馆说明事件真象的文章，宫岛由《东京日日新闻》读到确实消息后来访，可知是日为公历 10 月 15 日，即旧历九月一日。

① "想大想"，原文如此，疑有误。宫岛写本作："日来天候不佳，兄清适否？前乞删定拙著，请一阅。今日之来，为见何公请诗序。"

② 宫岛写本作："小人所为，往往出于思虑之外，诚可恶且畏也。得无烦贵虑。此事诸新闻种种纷纷记载，未辨其真伪。今日阅《日日新闻》，始知其确矣。"

面白,颇知书史,宛如一书生。脸上多胡,惟未经留之使长耳。

宫岛:何年?

公度:三十六。

宫岛:被杀之人为何役? 我每每访公使时捧茶来人乎?

公度:此署中扫地薙草点灯及诸贱役,皆其人司之。

宫岛:容貌温润,常含微笑。如此之人,有大幸福之人相,然而逢此变,实可怜。①

公度:公使之随役。如见客捧茶及出门谒客,皆其人随从。通名刺,记客名,即其所专司也。无一人不爱怜之。寻常寡言,常看书,书法极清润。署中不识字下人每求之代作家书。

宫岛:每每入门来通名刺,彼人每引我入室。今日不见此人,想彼人被杀,实可伤。公使今日实为之怜伤,心绪恶,为我言之。②

公度:又有一服役老妇人,年五十余。闻呼惊起,亦被伤右臂数处。幸伤轻,不至死也。

宫岛:平生入堂关,关左有老妇,彼人乎?③

公度:被杀之人即居于关右者。或阃内有事,老妇人将命出告之,故老妇人亦常常在关之左右也。此种事在敝国实为非常奇事,何意吾辈乃目见之。吾国禁佩刀,平民家不许畜兵器。而房屋深邃而坚牢,夜间实未易入。故此种事极其罕闻。吾国皆砖墙,窗不大,每房止一门出入,而此门有枢,内有关锁,实不能一推即进也。

----

　① 宫岛写本作:“我之访使馆,渠常捧茶报接。容貌温润,居止风雅,善知待客之道。斯人而有此祸,是实可怜。”

　② 宫岛写本作:“余每入门来通名刺,每引我入室。今日不见其人,心先知其被杀矣。及访公使,知其然也。公使亦甚怜之。”

　③ “生”,当作“日”。宫岛写本作:“平日入堂关,关左屡见老妇,无非其人乎?”

宫岛:我国寻常我家屋之体裁如此:

（示意图）

君邦寻常之房屋如何?

公度:敝国居式极不一,南北亦迥殊。

北人寻常之式:

（示意图）

有长有内寝,即所书妇人室是也。在宿外者则在书斋之旁。

今所书皆墙砖,乃所谓炼化石也。

若南人多用三合土,用泥四分、沙三分、灰三分。以版护,用木杵筑实。此最为坚固,水火俱不坏。故南人多有五六百年房室。

请草画一式:

（示意图）

宫岛:后墙如何?

寻常客,亲恳之友。寝室。

公度:一日食三回。

宫岛:平生与细君食乎?

公度:北人皆两食。①

[**宫岛**:闻内君不接客,果然乎?]

公度:此亦南北不同。北人亦见客,南人则有姻戚者相见,友朋至好亦不见也。

宫岛:其居邸地大者如何? 小者如何?

公度:有长在内寝,即画书妇人室是也。有宿外者,则在书斋

---

① 此处对话宫岛写本作:"诚曰:贵国人一日三回食,如何? 黄曰:北人皆两餐,南人三餐。"

之旁。今所画者皆墙。

　　宫岛：石乎？板乎？

　　公度：砖，所谓炼化石也。

　　宫岛：略如我辈等级之房屋体裁？

　　公度：请草画式。

　　（示意图）

　　其大者不必言。论其寻常者，如今所居房之大，约五间。其旁隙地石墙相离，或数尺不等。十间余，五间。①

　　宫岛：保寻常家者年费资本何百元？

　　寻常之人一年衣食住入费一人费何金？② 又如此所画之房屋住人贮家赀何千元？大抵有分别乎？

　　公度：大略居此种房屋之人，其家中年费总在五百元以上。

　　宫岛：必因人口多少，夫妇两人子三人，婢何人？仆何人？③

　　公度：[夫妇两人，子三人，]寻常一婢一仆已耳。敝国女人多自理庖厨者。

　　宫岛：非官员外，平生为所营乎？平生有所营乎？工或商？④

　　公度：国中之富者不在官而在商，不在城而在乡。

　　[**宫岛**：富家因土地而收其利，或种茶又棉乎？]

　　公度：敝国居乡之人每有数百万家产者。譬若潮州产蔗糖之地，有一二家拓土种糖，自收厚利。富家想有土地，土地种糖、茶，又种棉。收其利而为家计。

---

① 宫岛写本作："居地幅五间，长十间余。"

② 宫岛写本作："寻常人一年衣食住一人费金几许？"

③ 宫岛写本作："寻常之家凡人口几许？夫妇之外子凡几人？婢仆凡几人？"

④ 宫岛写本作："士民除仕官之外，平日所营总有何业？工乎？或商乎？"

宫岛：无徒食者，不营业而徒食者？①

公度：此种人亦有之。敝国产业通例父传子，子传孙。如祖父营业，子孙亦有不营而安享其利者。

［**宫岛**：吾邦维新前宅地房室皆政府，不收其租。如贵邦现在如何？］

公度：吾国租税最为奇特，与万国不同。凡房室政府皆不收租。

敝国若以欧罗巴之法治之，利权皆操于上，则政府之富甲于五大部洲矣。

宫岛：发匪之乱，损土地之富产应多多。② 今复旧否？

公度：敝国三十年内寇之乱，不知者以为内政不修，而不知太平过久之故也。查明以前户口极盛时不过四千万人，而今日至四亿万。物产不足以养民，故生此极乱。而出外洋者，每每数百万人也。

宫岛：贵邦土地大清开国以来陪明几许？③ 想三（陪）〔倍〕。

公度：土地加一倍，人民加十倍。此其故由于本朝贤圣之君世世相承，如康熙、雍正、乾隆三帝，不知比尧舜如何。三代以下，无此圣君也。有此至治之政而太平过久，所以有内乱。一张一弛，国脉之常也。④

据宫岛文书—C10笔谈原件，并以宫岛写本校补

---

① "无徒食者"四字宫岛写本作黄遵宪语，"而"字以下抄本作"优游卒岁者有之乎"。
② "损土地之富产应多多"，宫岛写本作"损耗殖产想应不少"。
③ 宫岛写本作："贵邦土地人民比之明代增凡几陪"，陪，当为倍。
④ "有此至治之政"以下宫岛写本作宫岛语。

十六、光绪五年十月二十六日笔谈

（1879 年 12 月 9 日）

（十二月九日，访黄公度。①）

[**宫岛**：向者少病，为欠趋谭。顷接华翰，十一日午后三时招饮，谨遵命。日来寒气弥加，想安好否？

公度：惠然有来，谢不可言。同坐者，重野、秋月、藤野数人而已，想皆素好也。寒日甚，然仆颇能堪之。仆住北京者四年，住山东者比此间尤寒也。

宫岛：东京比我乡寒气殊薄。羽前极寒，下二十度。

公度：北海道久下雪矣。地动可畏。昨闻箱馆地震失火，焚二千余店。七日午前五时之震。

宫岛：此事仆未闻之，先生由何知之？

公度：昨日横滨商人有电报云：箱馆税关焚去，吾土人店颇多被焚者。未知其详也。今年吾土陕西、四川、甘肃皆震，其甚者山崩川竭，是则二三百年之所未有也。

宫岛：是亚细亚洲可戒之兆乎？

前日有小盗白昼入我书斋，窥我不在，盗取数部去。所借之佳

---

① 《己卯日志》12 月 9 日："访黄公度及何如璋。"

书幸不陷盗手。

　　公度：盗书太雅。仆书苟被盗，亦所愿也。

　　宫岛：此贼恐系穷士族也。数部之书，换金仅二元，可悯又可笑。

　　公度：穷士族不自聊，乃至作贼，殊可怜悯。仆著论谓亚细亚之弱由于户口太盛，他日以乞正。吾谓古人定三十娶二十嫁之期，盖虑其过多。而画井授田，乃得计口而洽仁术，不至穷也。

　　宫岛：我邦士族坐食几百年，今日废禄令出，而积日惯习未改，往往困穷。盗贼之多盖由之也。

　　公度：过三十年，士族乃可兴。此理吾征之吾乡。富者经乱荡然，其始必极穷，富贵之气未除故也。过是，渐习劳苦，乃得成人。

　　宫岛：阅历之言，可以为我鉴矣。

　　前日盗难之后，又有奇厄。]有童子《荒熊新闻》者揭姓名，曰诚一入枫山秘阁盗官本去，市街扬言者。仆归宅闻此事，又一惊。已诉之官，官缚社长下狱。今日世人贫穷，往往有糊口之计，仆大叹。[1]

　　子峨：香港英人待狱中人极备。港中贫不能自存者，往往假犯小过，入狱以糊口。不料此中已有人接踵而起也。君所述之社长，今后不唯不怨君之诉，且将德君。然其私心又以为君已坠其术中矣。一笑。

---

　　[1]　宫岛写本作："有《荒熊新闻》者，揭出仆姓名，扬言市街，曰入枫山秘阁盗官本去。官缚其社长下狱。有新闻者未显于世，先书人误事，人诉之于官，名始显也。往往有此等之事。此辈或诮政府，或谗士民。大抵入狱为荣，障害人之名誉，为糊口上策，不必忌也。"

君前所失书系何人取去?

宫岛:未获盗人①,[而先获书。西久保町有书肆牧野兼吉者,一日有人伺兼吉不在家,携书而卖之其妇,便我家所取之书也。兼吉归,知其所欺,直诉之官,于是书得复。贼自名大坂府士族冈本阳之进,盖伪名也。]刻下盗贼充满府下,公署宜用意矣②。[盗之来不在夜间,多在昼间。]

子峨:顷夜间添二人支更矣,唯日间则无复防之。

[东京新闻有多少家? 大小有三十家否?]闻藤田之事已白,是否③? 有云假做纸币无其事,是否④? 然则警视忽捕之,何以自解?

宫岛:此事甚难事。⑤[不能答也。他日应自明了。]

宫岛:近日有雅事否?

子峨:殊乏雅兴。惟此月系西历度岁,后月则我亦将度岁。世人扰扰,吾辈亦不得安静也。君便中与当局言之:安民之道,以食为先。顷米价日贵,非治安之道。愚意与其全国力兴商务,种植出口之物,不如劝农民力耕旷土,为足食之计。粮多则价自平,贫民易于得食,自不为盗。若丝茶之类,生民日用有定,多产则价贱,只为西人役而已,非计之得也。此治世要言,愿君记之。此有征验。前岁横滨蚕卵纸过多,价低而卖不去,十余万元,所知也。去岁少

---

① 宫岛写本作"未获其盗"。
② "刻下"句宫岛写本:"此间盗贼充满府下,阁下宜少用意。"
③ "藤田之事",宫岛写本作"藤田中野之事"。
④ "是否",宫岛写本作"果然否"。
⑤ 宫岛写本作"甚哉难事"。

做数十万张,而所得之价比前岁多。①

　　宫岛:确言深服。

据宫岛文书一 C29 笔谈原件,并以宫岛写本校补

---

　　① 　宫岛写本无"此有征验"、"十余万元所知也"数字,"所得之价"后有"十余万元","比前岁多"下有"此有征验可知也"。

十七、光绪五年十一月五日笔谈

（1879 年 12 月 17 日）

（十二月十七日，访黄公度。）

宫岛：此作送沈梅史席上和诗，请痛正之。

公度：音节意境骎骎入古人之室矣。惟结句无意，少弱。结句"离歌一曲不回顾，空将明月照相思"改作"三山风紧辄引去，欲倾海水量相思"。

宫岛：篇中多风字，如何？

公度：不关重复。复不忌字而忌意。

宫岛：古诗大抵复不忌字乎？

公度：即举此诗不犯复处言之。"悲风渐沥"，言饯别之景也，"归帆饱风"，想别后之景也，"三山风紧辄引去"又为隐括之辞，故意不犯复。若犯复字而犯复意，亦不可也。

公度：仆送梅史归："我欲赠君鹓丸之宝刀，愁君锋芒逼人豪。我欲赠君雁皮之美纸，怜君忧患识字始。我欲赠君蓬莱方壶长春之草不死药，神仙今日亦何乐。鸡虫得失何足道，蛮触并吞徒扰扰。为君荡尽东海波，尘世纷纭终不了。海波茫茫夕阳红，回头旭影多朦胧。十年相见重话旧，再把子剑看子弓。新桥儿女长折柳，欲折赠君君岂受。西风萧萧吹马首，不如且醉此杯酒。"乞大正。

宫岛：妙篇杰作，足见先生之才不凡。如此诗，我辈不能梦作。

公度：阁下之诗实胜于仆，论诗则似不如我也。

宫岛：过誉，不敢当。

公度：仆作诗少，故不如君。然君作诗多，亦有不如仆处。

宫岛：我诗素乏学识，决不能及先生趾下。先生未免过誉之诮。

公度：此语实可不敢当。

宫岛：此一卷请痛删之。

公度：此卷亦大有好诗。魏叔子与其兄论诗文，其兄曰："必篇删其章，章删其句，句删其字，乃可为简练。"叔子笑曰："不如删题之为愈也。"仆删足下之诗，紫诠笑谓余曰："如子言，则天下可删之诗多，虽不作可也。"仆亦应之曰："若可删，自然不作可也。"

宫岛：紫诠评诗恐未免杂驳之见。紫诠评我诗，惟有赏赞耳，遂不有瓦玉之辨。

公度：紫诠天资绝人，下笔如流水。然若论诗文之奥妙，彼不如梅史也。

宫岛：仆亦同见。梅史选诗精确深密，大抵与我兄同。

公度：梅史亦天资绝人，下笔甚速。然彼阅人诗文亦一弊，曰不肯用心。虽然，其所见既多，有时草草下笔，或与作者之意相左，然此言要有理。

宫岛：此语当梅史心头。

此卷已又严削，请勿假借。诗虽小道，亦国风之本。今敝邦诗道大衰,因阁下挠正,欲兴起此风,所以有寸心也。

　　公度:谨当如命。

据宫岛文书—宫岛写本

十八、光绪五年十一月八日笔谈

（1879 年 12 月 20 日）

（十二月二十日，访黄公度。①）

宫岛：向者拜尝丰馔，过三日口角觉芬。今日来谢。

公度：惭不敢当。前者所言税所之子，既由巨鹿复告，当闻之矣。其中尚有未及言，弟本欲趋斋面陈。阁下来此，可一言。此间所用译人××氏为冶游，屡加禁戒，仍复怙恶不悛，久而亦只好听之。税氏子若来此，吾辈不得长暇与之言，弟亦不得通和语，未能长督责之。来则与××同住耳。将来日夕引为非类，在君不可以对故人子，弟辈即不可对君，故敢辞也。此意幸谅之。

宫岛：不得强请。

公度：是人年方十九耳。仆为此言，盖有所鉴。在此奔走之野崎，初极谨愿。近则时偕巨鹿作冶游，禁之未能听也。

宫岛：税氏之子为人笃实谨直，唯屡逼我，请来学贵馆。若得一回到贵馆学华语，则转学文部省可也。今日来见公使亦为之。今闻先生之言，颇有所顾虑。税所极谨恪，亦极淡泊之人，其子亦颇有父风。使彼交此等人，仆所不欲。

---

① 《己卯日志》12 月 20 日："访黄遵宪致谢。"

公度：税所子在东京否？

宫岛：顷自堺县来，居友人吉井氏宅。宅即永田町也，与我宅最接近，故日日来请不已。

公度：吉井宅离此不远耳。虑巨鹿既先识其人，彼说之使求阁下耳。此事初发言者阁下，其后○○屡言之。仆即察其辞意若有别情者，故虑其来后必不能十分谨愿也。前与公使商此事，渠谓来此有损无益，恐误良子弟，故辞也。吉井少辅之为人，恳实而忠厚，税所之父与之友，其子来此，或颇禁戒之。吾虑其既与巨鹿氏友，借此学语为引端，实则受○○之欺耳。请因此言徐察之可也。

宫岛：巨鹿之屡言之，我使巨鹿请阁下复告也。恐税氏之子未熟知巨鹿也。

公度：然则阁下先与税氏子言之，并与吉井及其父言之，告其所以。或他日来此，为××氏引为非类，仆辈不受任过，而后再与公使商之可也。

宫岛：大解阁下之微意。多谢多谢。

公度：巨鹿聪明绝人，日本未见其流匹。仆初来，亟爱之。奈彼之不听良言，终至成为荡子，无所不为，可怜也。夫其狡诈百出，尚有出吾辈意外者。

宫岛：仆初一见，以为轻薄荡子，不能成终身之业者。

公度：诚然诚然。○○氏在此，通应酬语耳。至于关系大事，未尝藉彼也。

宫岛：税所县令于堺县设一学校，欲雇贵国文士，月给八十元乃至百二十元。当其望者，贵馆今在否？

公度：学语耶？并学文耶？

宫岛：未详定见。

公度：使馆今尚无其人。然必欲延请，仆当徐为招一笃实谨愿之君子耳。

据宫岛文书—宫岛写本

十九、光绪五年十一月十五日笔谈

（1879 年 12 月 27 日）

（十二月廿七日，携税所笃三访使馆。①）

宫岛：今日携税所子来谒，愿自今寄宿华馆，总从馆中规则，请有所教戒。

公度：自当如高谕。税子沈毅笃实，自是佳子弟。愧仆不学，无以副尊意耳。

宫岛：今岁将尽，可以新年来否？

公度：住馆一事再商之公使。仆书所言，为改文字，仆之所能尽力者耳。

宫岛：此子深望来公使馆，愿商议以报是祈。

公度：自当如命敬达。

宫岛：此子渐读《史》、《汉》了。

公度：读《日本外史》否？ 此间所读《史》、《汉》用何本？

宫岛：《史记》、《汉书》皆用和刻八尾板。

公度：日本所刻《史》、《汉》系依何本翻刻？

---

① 《己卯日志》12 月 27 日："携税所笃三到清公使馆见黄遵宪。"

宫岛：自《二十一史》中翻刻来。

公度：今吾国通行之《史记》有明南雍本、明北雍本、明汲古阁本、本朝武英殿刻本、南海陈氏刻本、明陈子龙刻本、本朝毕沅刻本。《汉书》亦各有异本。此中以武英殿板本为最，南北雍、毛氏皆多误。此外专论文字者有《史记评林》、《史记阐要》诸本，故举以为问也。

宫岛：此本托书贾购之，以几月来？

公度：托书肆购之不易得。虽然，南海陈氏刻本一一摹仿，购此本尚易也。近来江南、浙江皆有仿照武英殿刻之本，亦不难购买。欲觅殿本原刻，价昂而书少，殊不易耳。

宫岛：殿本价何金？

公度：此无定价。武英殿原本《廿四史》值价在七八百金之间，若家藏分史单有一二部《汉书》、《史记》者，有数十金可购。

宫岛：武英殿系帝宫号乎？

公度：其书所以重者，我高宗皇帝钦定。当时乾隆中，博学儒臣分任编纂，核订至精，而版刻纸料皆上品故也。

宫岛：贵国当康熙、乾隆二帝之时，武治兼文治，有过古昔，三代无不及。况网罗明末硕儒大才，编纂诸经史，诚属未曾有之盛运。

公度：此果试尝风味如何？

宫岛：风味尤美。是何糖果？

公度：柚皮风干，以（密）〔蜜〕煎之。

宫岛：柚吾土亦有之，南地最多。皮黄而肉白，味酸而香烈。

公度：皮厚而香，肉甜而爽为柚。多红肉者。其大者与此盘等，小亦与此盘之中等。

宫岛：饮食调理以及果物糖制，恐于五部洲以贵邦为冠。

公度：制果之法，论其风味，恐不得不推首。惟收藏之法，精致之式，较逊外国耳。吾土人为此种事，能使物无弃材。

宫岛：此种之事，尤可学者。

公度：制果之法，吾国多日本凡数百倍，大可仿行之。吾土人养育制造之法极多，但精致不及西人耳。往者大久保在时，偶与论吾土养鸡之法，人家无不有之。所食不过食余，而岁出之鸡不可胜用。大久保颇为叹赏，以为是亦日本当学者。

宫岛：我首学养鸡之法。今食东京之鸡，味不甚美，多自近县来者。较之米泽，其味最下等。养育不足故也。

公度：食草虫为最，次则食米。

公度：日本食鱼为常馔，而价殊贵。吾土有种鱼之法，亦大可学。春二三月间，鱼初生子。取其鱼苗长一寸者分种池塘，喂以草花，覆以浮萍，其息百倍。运载鱼苗，虽陆路千里，但摇荡其水使动，便可不死。若载之船，亦摇簸之，比陆路尤易也。广东之种鱼者皆购苗于江西之九江，此法江西人最工为之。

宫岛：所种之鱼何名？

公度：鲫鲤鳠皆可种，而鲤为最多。

宫岛：鲤之大可一尺者价何钱？

公度：在广东值二钱三钱。

宫岛：贵邦百钱即当我十钱。

公度：以千铜钱换贸易银一元。

宫岛：一鸡之价几许？

公度：此值二三十铜钱耳。当我二三钱。

宫岛：我米价比贵邦高低如何？

公度:日本贵。今吾乡米价每石值贸易银三元。犹不及日二元又十分之八。日本值十元,亦十二元,三倍其价矣。日本每石二百四十斤,吾土石一百八十斤,欠六十斤。然亦比日本贱,此外亦间有不同者。

宫岛:升斗石量,贵邦比我似少。不知何代改斗量之法?

公度:官之升斗石与日本同,民间所用有循其旧习,轻重不齐者。吾所言是乡斗石,故有异也。我朝治国极宽大,不欲尽夺其所习而强之不便,故有不同。然民纳税租,必以官斗折算也。

公度:昨日失火,筑地流寓我商之居概遭焚失,少顷仆将再往一视。何公使顷去查问矣。

宫岛:昨日在史馆,忽闻警。急使人撤之,火发箔町,直达海滨。我友柳原秋月、东久世皆住筑地,幸不罹灾厄。

公度:幸货物不甚损失。本年五月间,我上海之东门一街烧去。去今二十年前,湖北武昌府之汉口遭大火,焚店二万间,财物损失在四五千万银之间。又三十年广东西门外遭大火,并及西商之店,火后竟将金银熔成一块,约有三十丈之长。此生平所闻最大也。

宫岛:昨日之火,我测延烧凡一万户。

公度:共八千四百余户。一户以损失三十元通计之,值价二十四五万。

宫岛:合家屋与财货,烧失百万元以上。

公度:白日失火,财货少损失者。

宫岛:暴风吹火,一时延及海滨。人且不能避,况财货乎?因考之似不下百万元,人亦多焚死。

公度:仆闻人言只焚死救火巡查数人而已。

与日本友人宫岛诚一郎等笔谈　十九、光绪五年十一月十五日

　　宫岛：仅所闻焚死十余人。老幼尸体倒卧桥上。明日新纸详细告之。

据宫岛文书—宫岛写本

二十、光绪五年十二月笔谈

（1880 年 1 月）

（一月）

宫岛：顷呈寸楮，不知达否？愚息大蒙厚教，不胜感荷。

公度：归去学习否？

宫岛：归宅唔呫到夜间不止。

公度：此诗韵，习完以后学语，易于为功。日本有反切，而无平上去入。故习其所无者，所以变易其旧音也。汉字一字只有一音，日本每有余音，须去其余音乃似。归为令郎言之。如曰风，日本必有一晖字音。今教令郎以上中下大小深浅等之字，加之实字，以悟入物理。譬如海曰深浅，山曰大小。他准之指南，渐得其方。

宫岛：空海入唐归朝之后，改汉字，造いろは。吉备造片假名いろは之字。此两人不造字之前，又无汉字。此时我朝有国歌，传于《万叶集》。以何字传此歌，君知之乎？

公度：王仁未来之先，以口耳相传而已。若谓是时无字，何以能记？则今之乡里鄙野不识字之人，其记古事往往在数百年之上，且有书籍所不载者。则口耳相传，不足怪也。

宫岛：曾问之伊地知君，如先生之言。余于是知先生之知识与彼翁无优劣，我惟有三叹而已。我朝以口耳传事千五百年，贵邦亦以口耳传,想三皇以上皆然。

公度:观神代史之诞妄,知其以口耳相传必矣。又观《万叶集》借汉字以填音,亦可知也。

宫岛:兄之识见如神。

宫岛:此新年之作,乞大正:"寥寥短发不堪搔,镜里渐看点二毛。官迹屡迁心自得,诗情虽减气愈豪。新年歌吹一场酒,十载悲欢三寸毫。霜雪满城春未到,梅花与我独争高。"

公度:醇醇有味,诗律愈进矣。惟"点二毛"与上句微犯复。向与先生论诗,谓不可复意,此类是也。与其复意,宁可复字。今改作"头颅如此不堪搔,照镜偏惊见二毛"。如此则上虚下实,不犯复。篇中愈字仄声,改作逾。

宫岛:佩服。

公度:诗之为道,性情欲厚,根柢欲深。此其事似在诗外,而其实却在诗先,与文章同之者也。至诗中之事,有应讲求者,曰家法,曰句调,曰格律,曰风骨,是皆可学而至焉者。若夫兴象之深微,神韵之高浑,不可学而至焉者。优而柔之,泳而游之。或不期而至焉,或积久而后至焉,或终身而不能一至焉。严沧浪谓诗有别肠。余谓譬如饮酒,其一斗而醉,一石而醉,多得之于天,而非人所能为。足下之诗得之于天,莫能究者,而足下以无意得之。然其蓄积于诗之先,讲求于诗之中,有所未逮也。谬论,请细思之。

宫岛:至言确论,谨当服膺。

公度:足下诗本出于性情,唯到其根柢,则有未足者。宜读古书。

宫岛:古书以何书为可?

公度:《汉书》大好,《文选》亦好。

宫岛:《汉魏丛书》如何？

公度:是书为张天如所(偏)〔编〕者,稍好。然搜索未精,且亦多误。然都是汉魏六朝人著作,比宋明以下书容远胜之。

宫岛:张天如何代人？

公度:明人张溥。溥为明天启、崇祯间人,读书甚多,明末复社中之首也。

宫岛:杜工部诗集何集为可？余有《杜诗详解》,可乎？

公度:看此本看其注古事,其说诗不必都善也。杜诗善本以仇兆鳌《杜诗详注》为第一,然亦多牵强附会者。评杜诗以五家评杜为第一。

宫岛:"渭城朝雨",今北京人与广东人相共唱此诗,音相异乎？

公度:各操土音则大异。然士大夫读书者必习通行之音,是名曰正音。若操正音,则相同也。

宫岛:今日何日,谆谆提诲,所赐实多。归当眷眷服膺细思之。

据宫岛文书一宫岛写本

二十一、光绪六年一月笔谈*

（1880 年 2—3 月）

[**宫岛**：久不相晤。日前惠赠高著一部，永以珍藏。今日仆微疾不上宫内，因得小闲。何料故人惠然而来，实足慰中怀。]

公度：前辱过访，适他出，公使陪坐少刻，失礼乞恕。《杂事诗》谬误当不少，仍求惠览时敢加斧削，以承见示。他日翻刻，庶可订正也。

宫岛：高著印行诚速，且书字奇丽，珍本也。若其谬误，亦他日呈愚见。①

公度：伊地知君寓何所？ 他日当因阁下求一见。

宫岛：今犹在热海。

公度：新大藏卿佐野君闻精通汉学，文部卿河野君亦然。近年风气当稍变耶？[佐野公笔谈可否？]

---

　　* 宫岛写本系于 2 月 27 日，据光绪六年一月十八日（1880 年 2 月 27 日）黄遵宪致宫岛诚一郎函，宫岛得到黄遵宪赠《日本杂事诗》在 2 月 27 日，此日笔谈中黄遵宪问及宫岛友人对《日本杂事诗》的反应，可知不可能在赠书当日。又据笔谈中宫岛请黄遵宪为其删订诗集等事，推定其时间当在 2 月 27 日之后黄遵宪归还诗稿的 3 月 10 日之间。

　　① 　以上据宫岛文书—C41(12)笔谈原件。宫岛写本"诚速"作"太速"，"奇丽"作"精丽"，"珍本"前有"实是"二字，"他日"前有"则俟"二字。

宫岛：此佐野先年在欧洲作也，请一言。①〔佐君求订交公等，来此请媒久矣。此卷今经大阅，渠应忭欣。〕

公度：《杂事诗》有友人阅之否？谓为何如？

宫岛：先生见我邦之事无大小不遗，实大方之手腕也。友人皆敬服此一部而来。②

宫岛：劣儿蒙大顾，日日拜趋，殊受贵弟先生爱眷，不堪感佩。愿叱责是乞。

公度：舍弟每日教之，云郎君聪明，极易进境也。③

公度：内阁诸公分离之事，为近今一变事。又闻太政官中？设六局曰会计、兵事等。其制如何？国会开设之议有成否？④

〔宫岛：内阁分离之论，先年已有之，今日始施设之。但国会之议，明治五年仆已经上申内阁。当时仆为左院议官，故献此议，政府亦嘉纳之。而来政府更替，今日此议，则为在野之舆论，而政府亦颇厌之。仆深忧之，顷又献言大臣。

公度：然则国会之议，阁下距今九年前已所上奏。自今特望贵政府教育人材，以不谬舆论之所向。〕

宫岛：〔仆手钞拙稿〕共五卷，诗六百五十余首。今更愿大手严削，因其删去多少，更缩为三卷亦无妨。犹如纪晓岚评苏集。卷

---

① 以上据宫岛文书—C41（14）笔谈原件。"此佐野"句宫岛写本作："此诗佐野卿在欧洲时之作，请一评。"

② 以上据宫岛文书—C27（68）笔谈原件。"先生见我邦之事"句宫岛写本作："足下叙敝国之事大小无遗。居此仅一二年间而已有此著，友人见之者无不叹服，足见贵邦文辞之富赡。曾惠赠之一部转行诸方，须臾不在几上。"

③ 以上据宫岛文书—C27（85）笔谈原件。

④ 以上据宫岛文书—C27（67）笔谈原件。"兵事"下抄本有"法制"二字。

末必要阁下跋语。序则请阁下并何大人之笔。① 仆作诗,十八、十九、二十最多。而后系国事,废笔墨,□般。

公度:谨当如命,[此次删定]另用一色笔分别之。②

[**宫岛**:共五卷,中四卷为编年,余一卷自其中选出者,诗不与年关涉。但若事关涉于时,则为编年可乎？如此则诸家评语位置错乱。不知高见为如何?]

公度:诗集终以编年为大方。此种评,删弃之可也。纪晓岚校苏集,每卷既毕,系以总评,似亦可学。③

[**宫岛**:谨遵雅意。]

公度:今日来此率意谈话,此中颇觉适然,有自乐之意。天晚应告归,他日俟伊地知君归京,订日偕访之。④

据宫岛文书—C41 笔谈原件及宫岛写本

---

① 抄本作:"仆手钞拙稿共五卷,诗数六百五十余首。今更请足下严削,因删除多寡,缩为三卷亦可。拙作千篇一律,自读自厌。若使他人读之,必应呕吐。但此稿足下与梅史所评定,特愿一阅大削。如存其半,则大幸也。序当乞足下与何子峨大人。"

② 以上据宫岛文书—C27(87)笔谈原件,"仆作诗"至"□般"抄本无。

③ 据宫岛文书—C27(64)笔谈原件。

④ 据宫岛文书—C27(63)笔谈原件。

二十二、光绪六年二月二日笔谈

（1880 年 3 月 12 日）

（三月十二日，访黄公度。）

公度：[第二第三大著已阅了。系以△者可删。]大著四、五两卷，仆欲将商量之评尽删去。盖平日就商，当举所知以求裨益。至于刻集，则不必下贬语。各有一理也。①

宫岛：第一卷先生未删一首。

公度：既经先生自删一过矣。

宫岛：自删不自信。此卷殊为幼作，欲请先生严削，不能，遗憾甚矣。②

公度：《竹夫人诗》第三联乃恶派。亦未入妙。[《僧家牡丹》]尚未恶派。

此题改作某寺。不大方。阿娇在前武帝，未练之故。明妃，元帝。阿娇，明妃同时。

为日本人存此诗如何？警戒。③

---

① 据宫岛文书—C27（84）笔谈原件。

② 以上据宫岛文书—C27（74）笔谈原件。宫岛语宫岛写本作"此卷殊幼时作，虽经自删，未能自信。请严削。"

③ 以上据宫岛文书—C27（76）笔谈原件。

[《赠楯溪大夫诗》]，梅史此评言其诗骨耳。第三联语少粗，通篇气亦稍怒张。如此种诗，在可删可留之间。其三诗皆老到。①

[《洋船行》]，此以王氏论为是。梅史此言似三百年前人语。日本三十年前。种放隐士之盗虚声者，宋人。此评损梅史之德，删。[《芸田歌》]，此诗仆因其就聂夷中敷衍成长篇，无意境，故不取也。②

梅史诗学颇深。梅史所言有理。梅史之评多佳者。③

宫岛：我乡里之人中川雪堂近日来东京，欲见公等。六十三，有经学，苦诗。④

佐野公笔谈可否⑤？

据宫岛文书一 C27 笔谈原件及宫岛写本

---

① 据宫岛文书一 C27（4）笔谈原件。

② "此以"以下据宫岛文书一 C27（65）及 C27（76）纸背笔谈。"王氏"宫岛写本作"紫诠"，即王韬。"日本三十年前"宫岛写本作"乃日本三十年前之口气"。

③ 据宫岛文书一 C27（80）笔谈原件。宫岛写本作："卷中梅史之评多佳者。梅史诗学颇深，言言有理。"

④ 据宫岛文书一 C27（65）笔谈原件，宫岛写本无。因与"此诗仆因其就聂夷中敷衍成长篇"云云用同一张纸，故附此。又中川雪堂见到何如璋等在本年 6 月 17 日（中历五月）。

⑤ 据宫岛文书一 C27（65）笔谈原件。按该语抄本作黄遵宪语，录于 2 月 27 日和 3 月 10 日书信与笔谈之间，因与上文"此诗仆因其就聂夷中敷衍成长篇"等用同一张纸，故系于此。其准确顺序不详。

二十三、光绪六年四月笔谈

（1880 年 5 月）

（五月。）

公度：近日作《日本史志》，必至今年年尾乃能脱稿。分十三目，书约三十卷。

宫岛：先生独力犹为此事乎？且有公事，应多忙。吾辈突然访高馆，费贵闲，甚无心。一卷何十叶？

公度：独力为之。每脱一稿，则何大使润色之。一卷三十叶左右。①

其目曰：国势、邻交上下、天文、地舆有图、食货为目者六、刑法、兵为目二、文学为目三、礼俗为目十二、物产、礼乐、工艺十一。②〔有《礼俗志》一篇，中分十二目。有曰朝会，有曰祭祀者，此二事缺欠焉不详。阁下方官宫内省，必能缕悉之。幸于暇时别纸条示，感戴不尽。

一问　朝会日期。如天长节之类。

---

① 以上据宫岛文书—C27（66）、（69）笔谈原件，顺序据问答内容及抄本略作调整。

② 据宫岛文书—C27（70）笔谈原件。"兵"宫岛写本作"兵制"、"礼乐"宫岛写本作"职官、政治"。

一问 常朝仪式。

一问 朝会时尚有卤簿否？

一问 朝会时仪式。

一问 宫中女官参朝仪式。

一问 天子亲祭之神。

一问 遣使祭告之神。

一问 祭祀仪式。

一问 祭祀时供设品物。

一问 祭祀时祝辞。

一问 臣庶家祭祀仪式。

以上所问，据现今所行而答。其古时制度，且略而弗道。阁下若有不及尽知者，祈转询之友人，是所至祷。]

宫岛：拜启：朝会祭祀许之。现以假皇居，未有确制。古制则详于邦典，阁下应悉知。朝会规则现于式部寮议定之，阁下若求之，则缓求之。比阁下尊著渐成，必应定制。虽然，大抵假定之制度有之，仆为阁下徐应编纂之。

顷自米泽有一诗人中川雪堂来，闻仆行，欲见之阁下，特愿。①

公度：以为未可，乞转以见示，拜赐多矣。②

公度：博物馆中东京府下。列品有写真否？

---

① 据宫岛文书—C27（39）笔谈原件，抄本改作："朝会祭祀许之。东迁后，因假定皇居，未有确制，不可以直告之。如古制，则详于邦典。现行规程，则现于式部寮编纂之。阁下若求之，则应徐请之。比尊著告成，仆为阁下编成一部以奉赠。此事豫申宫内卿而著手，未可望急效也。"又"直告之"之"直"为日语用法，意为立刻、马上。

② 据宫岛文书—C27（69）笔谈原件。原件在上文"近日作《日本史志》"之前，据宫岛写本知此为请求宫岛协助提供日本皇家朝会祭祀资料时的对话，故依宫岛写本移此。"乞"字下宫岛写本有"宫内卿"三字。

宫岛:无。

公度:何处有之? 能代觅否?

宫岛:问得能。

町田久成乃博物局长。[①]

朝会现今取调中,祭祀已成。

町田久成,识此人否?

公度:工刻印之否? 可求其刻否?

天晚告辞。[②]

［宫岛:町田工石刻,仆为阁下代乞刻,颇易事。］

公度:仆于近日将往箱根。先生曾游是地,暇时乞详告我,为先路之导为乞。[③]

据宫岛文书—C27 笔谈原件及宫岛写本

---

①　据宫岛文书—C27(80)笔谈原件。

②　据宫岛文书—C27(83)笔谈原件。

③　据宫岛文书—C27(82)笔谈原件。

二十四、光绪六年五月二日笔谈

（1880 年 6 月 9 日）

（六月九日，黄公度来访。）

公度：昨日天灾逼近华邸，大有池鱼之恐。天佑善人，庭轩无恙，今日特来慰贺。昨日仆到此门外，未及面君，遣魏氏通意。[①]

[**宫岛**：昨日不幸在近失火，乍延烧数百家。敝庐幸免池鱼之厄，然园中梧桐芭蕉悉被火星，大半凋萎。家具一切搬移，仅避焰威。今日举家大疲劳，则止今日之宴。顷达此意于使馆，定当知悉。

公度：昨夕火星之流直达吾屋，亦可惊恐。

宫岛：昨夕巨鹿来援，吾兄之惠也。深谢。]

伊地知闻阁下之来，赠以三品。请品此味。

公度：感极。他日当偕兄谒之。十三日有暇。仆往岩谷家去。[②]

宫岛：吾家老父母幸健。昨日从晚到夜，大尽力。今日无恙，

---

① 据宫岛文书一 C27(9)笔谈原件。

② 据宫岛文书一 C27(10)笔谈原件。宫岛语宫岛写本作："伊地知氏闻公等今日来此，赠烟果酒三品，皆系萨摩产。请尝此味。"

黄遵宪集

请安意。①

　　公度：敬求为遵宪请老人安。②

　　［**宫岛**：何公昨夕令人存问，烦君请宜代谢何公。幸蒙天眷，阖家无恙。曾所借君之《镜烟堂集》一免盗难，一免火难，近日当奉上。］

　　公度：此集有百神拥护之耳，盖吾兄精神所钟。③

　　今日想疲劳，不敢久坐，并将到岩谷氏家一问也。④

据宫岛文书—C27 笔谈原件及宫岛写本

---

① 宫岛写本作："吾家老父母幸安健。昨日从晚到夜半运搬家具，欣然无恙。"
② 据宫岛文书—C27(8)笔谈原件。
③ 据宫岛文书—C27(81)笔谈原件。
④ 据宫岛文书—C27(8)笔谈原件。

· 1364 ·

二十五、光绪六年五月四日笔谈

（1880 年 6 月 11 日）

（六月十一日访何公使，同日访黄公度。）

宫岛：前日之火灾，忽赐惠顾，感极。来谢迟迟，请恕。皇上巡幸，发东京在六月十六日。小官殊繁忙，为延当日之会。更约贵历五月十一日，勿此日。

公度：若仆未往箱根，必来。仆于贵历十六日往，或者再迟数日亦未定。若在东京，必不忘此会也。

宫岛：日前所诺朝会祭祀，拟译邦文为汉文，其告成应在巡幸发辇后。请恕。

公度：敢谢雅意。

大稿将携箱根读之。入今年来，他人文稿积几案者如山，都以箱根了此一切文字债也。

宫岛：曾所愿《蠖堂集》删定否？

公度：蠖堂诗留此过久，惭愧之至。并携往箱根了之。并其他友人之作，约有二十余本。箱根无事，数日中能尽了之也。

宫岛：箱根同行之友谁？

公度：横滨之同乡商人也。

宫岛：先生此行果为病乎？

公度：久厌城市，欲一游山林耳，非有疾也。

宫岛：箱根仆未一往。此地温泉不适我体，为其山中有瘴冷云气。先生若往，则勿薄衣。又勿多浴，一日浴二三回为妙。但此地溪山最好，可养神气。

公度：仆体素羸弱，未知往箱根宜否？热海何如？

宫岛：热海与箱根相反，温泉热气甚强。距东京三十六里许。

公度：热海旅店便否？

宫岛：今春有火，馆舍荡尽，灾后恐旅宿不便。唯为慰神，无如往箱根也。

公度：往箱根者十之八。

宫岛：在山凡几旬？

公度：约二十日，速归则十五日。

宫岛：两三日暇，欲访君山中，未知果否。

公度：如此则至妙。

宫岛：吾乡中川雪堂者，山田蝼堂门人。为人有气概，颇善诗及画，盖出于蓝者。仆幼师事之。菊池溪琴读渠诗，颇敬重之。顷来东京，因仆求谒先生，而先生会有此行，可惜之至。若迟数日，以十八日来临我会，大幸无过之。

公度：箱根之行，仆订一友偕往。若迟亦无不可，然须与之商耳。或者他日仆归，偕阁下谒翁，何如？

宫岛：雪堂昨日谒岩仓公。本期谒何公使并先生然后归乡，而归期太迫，因急为此会也。

公度：如此则定十七日可否？

宫岛：何公有暇否？请通之何公。

公度：何公必有暇，愿转告。后明日即以函达。

宫岛：兄若十六日出馆，则仆以十五日会集亦无不可为。惟翌日系巡幸，洵是匆匆耳。

公度：仆迟二三日无不可者。十七日便否？

宫岛：十七日最为妙。今日发招胜与副岛之简。

公度：敬谢。十七日，定午后三时。

宫岛：近来有大作否？

公度：编《日本志》，时有序论，诗辞未之及也。

宫岛：菊池溪琴诗如何？

公度：溪琴之诗骨气极好，而造诣未至。至其长篇，时有剑拔弩张，不胜其力之态。其炼气未至耳。

宫岛：文章何人作尤佳乎？

公度：冈千仞文集数卷甚佳。有一友作《春秋大义》，亦颇佳。

宫岛：《春秋大义》，藤川三溪所编。三溪余知己，学问渊博，能窥见人所未窥。曾请同余谒先生。先生见其人乎？

公度：见其人。其书久留此，仆既为评点，订其来取，久未来。其书甚有确解，不腐不阔。祈先告之，仆归自箱根，再与此语。

宫岛：三溪亦有志之人。近日于上总边买地栽芦粟制糖，遂达其望。曾设捕鲸之策而不成。今仕修史馆，我深爱其文才。

我俗有称山师者，有一友问我曰，译之汉字则何字为当？

公度：无此名。此二字何取义？

宫岛：画空中楼阁以射利者谓之山师，邦言也。我邦掘取山中金银者，古来为最难。有贱丈夫思遽博大利，不择其果系矿山与否，力众人采掘。若果是矿山，所获之利亦极莫大①。盖百中一二

---

① 莫大：日语词，极多之意。

耳,其余大抵皆自破产失财,少能成者。故称射虚利者曰山师。

公度:常见诋毁米商者下此二字,今日乃知其解。米商盖商而博徒者也。

宫岛:山师世人恶之之称,不必限山也。此辈在贵邦有何称呼?

公度:《书经》所谓鸥义矫虔,解者谓鸥张其义,以矫诬世人,庶几近之。今也①俗通行之语,则曰射利而已。

据宫岛文书—宫岛写本

---

① "也",疑为"世"。

二十六、光绪六年五月十日笔谈[*]

（1880 年 6 月 17 日）

（六月十七日，于麹町平川邸养浩堂为招贤之会。此日来
会者，清国钦差大臣何如璋、副大臣张斯桂、参赞官黄遵宪、一
等侍讲副岛种臣、一等侍讲伊地知正治、正四位胜安芳、海军
卿榎本武扬、大藏卿佐野常民、工部大辅吉井友实、陆军中将
谷干城、驻扎和兰公使长冈护美、米泽旧知事、华族大久保利
和诸公，并中川雪堂及弟小森泽长政也。命新桥艺妓数名佐
酒，弹琵琶者西幸吉，吹洞箫者荒木古童。伊地知、胜两君有
事不来。）

宫岛：我乡有一老儒，姓中川，名英助，号雪堂，今年六十五。
今日欲谒诸公，以述素怀，请许之。

中川：稔闻鸿名，今日始接光仪，大慰调饥。且赐惠音，奚翅连
城之璧，多谢多谢。

宫岛：大久保君携好弹琵琶者西幸吉来，又有荒木古童善吹洞

---

* 据宫岛明治十三年《庚辰日记》[宫岛文书—A56（3）]，他 6 月 16 日在家中招待
公使馆诸人及中川英助、副岛种臣、伊地知正治、胜安芳等人，次日又陪中川访问公使
馆。因 11 日笔谈有 16 日为天皇巡幸之日多忙无暇及约定 17 日午后三时之语，故依笔
谈系于本日。

箫,请酒间闻一曲。

子峨:大久保君足下,久违了。近况想极安好也。

谷:息轩《孟子定本》已脱稿,他日将寿梓。一再净书后,先生请一阅之。

公度:当敬读。其《管子纂(沽)〔诂〕》一书为敝国人之注《管子》者所不及,仆尤爱之。

子峨:此洞箫"江城五月落梅花"之句可以移赠。梅雨不已,此时弹琵琶,弦声殊妙。

宫岛:阁下于弦上悟得妙理,可谓善得性情。

副岛:在治忽出纳五言者,于何公乎有矣。

中川:仆青衫不能湿。君以为如何? 比之于贵邦琵琶,定低声。

公度:王子渊《洞箫赋》所述为七孔,尺八止有四孔,因是知其不同也。尺八在敝土已失传。

马端临《文献通考》谓即长笛,是又不然。笛皆横吹,尺八乃直吹。

(长冈君有诗。)

"黄梅时节雨声多,不妨嘉宾一曲歌。忆昔膳城城外泊,琵琶湖上听琵琶。"

(何公使见和。)

"新诗感慨让公多,好倩关西大汉歌。一阕短箫相倍和,不须铁板与铜琶。"

宫岛:雪堂云我献酬之礼恐与贵邦礼矛盾。

子峨:一斗亦醉,一石亦醉。先生不必湿青衫。

中川:然则髡献一盏,君许否?

子峨："倾盆大雨下天浆，客饮如虹亦不怕。"

中川："宾之初筵，有□①，酌当如渑。"

子峨：旨酒佳肴，餍饫大德，谢谢。

榎本：楣上之额，赖山阳之所书。兄嘉之否？

贵国妇女吹烟否？

子峨：间亦有之。

榎本：闻贵国之妇人间有吹烟。苏堤春晓，扬州烟月，真可谓人间之快事矣。兄之说如何？吹烟未足以称快？

鲁生：南朝金粉，北里胭脂，西湖风月，最为盛事。

榎本：兄所谓老益壮者。

谷：何公闻有《使东杂咏》之大著，愿可径快睹乎？

子峨：客日当令黄呈一部请大教。

中川：奉和张公使瑶础

"今日初逢又别离，萧萧风雨欲昏时。明日家山归去道，回头应是步迟迟。"

仆明日归家山　　中川肫拜

据宫岛文书—宫岛写本

----

① □，画酒杯图。

二十七、光绪六年六月五日笔谈

（1880 年 7 月 11 日）

（七月十一日访黄遵宪。）

宫岛：闻顷自箱根归。游住数旬，沈雨郁蒸，想清兴如何？

公度：居山中十数日苦雨，然亦觉快甚。

宫岛：箱根有七个温泉，兄居何地？

公度：居宫下。

宫岛：宫下山水居处景况如何？

公度：其地饮食居处甚便，山水未佳。

箱根山水极好，木贺堂之岛皆佳。每日必步往，居一日而还。七汤中止一汤本未往，余皆屐齿所经。

宫岛：兄往箱根在何日？而其还（正）〔在？〕何日？

公度：六月廿三日往，七月十日归。

宫岛：连日在山水清气之中，见兄颜色甚好。

公度：大著二本既为删定，复系篇末以评语。凡用△者删去。

宫岛：谨拜其赐。

公度：蠖堂之诗天资甚高，时有奇语，非人所能及。然其粗旷浅俗，亦难以言诗。其一本仆既为删而评之，《桐轩集》二本不敢复动笔也。

与日本友人宫岛诚一郎等笔谈 二十七、光绪六年六月五日

宫岛：拙著共五卷，得大手笔删正，始觉妥安。洵是阁下数年之厚意。况付之阁下之名，亦仆大幸无过之者。《蠖堂诗钞》经评开①，又拜谢。

公度：见大著清稿在公使处者，曰某某删定、某某评批，最是俗例。若传之吾土，便为识者所鄙笑，虽有名篇，不再寓目。急宜删之。

宫岛：芜诗得大家删定始成篇。今刻集，记载大家名姓，意为公论，却是俗例。请教。

公度：无此体格。后人论定古人之集则有之。尊集只有作者名字足，于评语中系以某某曰已足矣，何必再标此数行乎？

宫岛：敬领高教。

公度：敝土刻集皆无圈点，无评语。然此二事沿日本通例，尚无不可。

宫岛：朝会祭祀两条，以二十四日为期，应奉送。

公度：谢谢。所询朝会祭祀事，望速以见示。详列近事，参古式。敬俟此事告我。

据宫岛文书—宫岛写本

---

① 开，疑有误。

二十八、光绪六年七月二十四日笔谈

（1880年8月29日）

（八月廿九日，花房朝鲜公使为主，邀朝鲜修信使金宏集及李祖渊、姜玮于飞鸟山暖依村庄，涩泽氏别业。偕清国钦差大臣何如璋及参赞官黄遵宪，会三国文士，欢饮挥毫。正午来会，到晚始散。）

子峨：今午雨，恐诸公不来。十点钟后，遣人到尊处探之，知驾已出门，始命车来也。

宫岛：今日之会系三国集一堂，旷古所稀。是为兴亚之始。唯恐路远天雨，诸公或不能来。忽得此佳契，何喜加之。

金：今日快奉雅教，则足以补文库之踌。幸何如之。

宫岛：一昨日始拜道范，不堪欣喜。又得陪观浅草文库，库中书籍纷杂，不便纵观，想应心闷。今日天晴，远路幸蒙枉顾。是为交欢之始。自今以后永好，谋三国之益，不堪渴望。

子峨：栗香先生深重同洲之谊，所虑深且远。今日之会，素非偶然。

宫岛：仆自何公使之东来，相交尤厚且久矣。其意专在联络三大国而兴起亚洲。今先生之来，若同此志，则可谓快极。

金：盛意偎不敢当。

与日本友人宫岛诚一郎等笔谈 二十八、光绪六年七月二十四日

（黄公度题额）

宫岛：此卷仆拙作，愿记一言卷末。敢请。

金：仆笔墨甚拙劣，恐有佛头着粪之叹。然尊意难孤，谨当于卷尾书数字署名，以为他日替面之契矣。

姜：朱舜水先生此处有后昆否？

宫岛：此人真正义士，谋恢复不得，遂客死水户。终身不近妇人，故无后昆。

姜：敝邦先贤之裔亦多有漂寄贵土者云。此是风闻也，然或有近似者否？

散步暧依村庄赋

素心兰馥郁，可以订交情。　诚一起承

一去沧溟阔，何由寄远程。　姜玮转结

续题求正　　　　　　　　　　　　　　　　姜玮

燕去无遗影，人归有远情。此心朝暮遇，不必恨修程。

二十九、光绪六年八月二十四日笔谈*

（1880 年 9 月 28 日）

（是日午后四时，荻原西畴至，仍使人邀黄公度。）

宫岛：今敝历九月二十八日，即□曜日。① 吾以今日误为土曜日，故来先生之疑，以贵历八月二十八日当土曜，致有今日废约之言。我已大谬。今我二十八日，为贵历之八月二十四日。然先生来信即谬为八月二十八日，彼此误日，可笑可笑。

公度：今日适作书时，忽思先生误所由来，以为误记阴历之二十八日，遂有此一误，真乃可笑。

宫岛：彼此各自皆误，而先生与荻原相会无些龃龉，亦不妙乎？然则历日不必有用于世者。一笑。

公度："山中无历日"，吾与子同处城市而有山林之思，故不复计日。矧古人所谓极乐国如桃花源者，乃不知有汉，无论魏晋。今虽误日，不至误年，然则不如世外人远矣。

荻原：往日于飞鸟山庄初得接芝眉，欢喜为甚。当日杯盘狼藉，未得笔陈其情，至今为憾。不料今日得于闲处拜晤，欢喜欢喜。

---

* 宫岛写本本日笔谈前有"九月二十八日，黄公度有书"，并录黄函，笔谈日期据此。

① 宫岛写本原空一字。考 1880 年 9 月 28 日为星期二，故空字当作"火"字。

向于主人坐上拜诵贵撰《日本杂事诗》，敝邦上古政治民俗迄近日之变更，铺叙历历，细大无遗，笔锋颖利，实为大作。不胜感佩。

（以上两人黄、荻原，笔语略之。）

公度：几上《李义山集》，此为先生手批耶？抑钞录他人批耶？

宫岛：此是所借君纪晓岚《镜烟堂集》也。余颇爱之，故录此批。

公度：晓岚先生博极群书，其论诗不偏不倚，语之入微。

宫岛：余读晓岚评诗始于《镜烟堂集》，可谓前无古人矣。

公度：古人论诗各有偏嗜，尝甘忌辛，是丹非素，《文通》既言之矣。纪宗伯一出以公心，其多见古人书，又悉能知其所以然，而表而出之，真良书也。纪宗伯所评尚有《文心雕龙》一书，抉发精微，尤为佳绝。古人论文谓譬如轮扁，父不能喻子，师不能喻弟。纪公所评，乃真言人所不能言者矣。

宫岛：此《东坡诗钞》好否？

公度：此本甚佳。此为番禺赵古农钞取纪批而去其所不取者，若得纪批原本，观其去取，非独见东坡佳处，而其瑕疵为后人所不宜学者亦可以征，尤为有益。

公度：山阳之子名复者，君识其人否？

宫岛：善知之。曾所乞跋山阳尺牍之末载渠与我之书。

公度：其人未尝一见。云居向岛，是否此人？二子。字支峰。山阳之子三子。名醇者既为幕府杀死。宫岛注：复字士刚，醇字子春。

宫岛：山阳通称赖久太郎，艺州人。幼来京师，卜居鸭河，名曰山紫水明处。著书居此殆数十年，遂客死平安，葬东山。距今十七年前，余初到京师，访山阳遗宅。二子支峰出山阳临终自画肖像以示余，余赋七古赠支峰。支峰与余交善，维新后为教官，寓东京。

今复在西京。

　　赖山阳先生旧宅观自画肖像赋此赠其子支峰

　　山阳先生真儒宗,宿心即此寻君踪。壁间遗像临镜写,褰衣升堂改我容。拜跪怅然莫由问,生晚怅未逢文运。新修外史论废兴,特书政记定名分。钦君著作千万言,举世人皆比典坟。今瞻君貌怀其德,衣冠俨然神气尊。唯貌与文共不朽,流泽沌堪光厥后。何幸山紫水明居,恍是仪范亲相受。

　　公度:山阳先生器识文章,仆谓日本盖无流匹。此诗放笔为之,神采奕奕,与人相称。

　　宫岛:余二十六岁初游京师,与支峰交。余接他藩人,支峰为始矣。

　　公度:支峰今为西京人。西京山水都丽名于天下,不知何日得蜡屐一游。

　　宫岛:敝邸此地有山林之趣。阁下他日有暇,一诗为我惠之,大愿也。

　　公度:此中花木大足宜人,不如我京华之十丈红尘,几无容觞咏地也。

　　宫岛:岭南如何?

　　公度:岭南广州城中富丽而整洁,日本实无此况。然城中居民及三百万,求有山林之趣,亦不可多得也。

　　宫岛:城中人家栉比,想是所谓人海。

　　公度:比屋鳞次,类多层楼。如此一席地,每每住居二人也。此间所呼薙草人,以年计赀,抑以日计赀耶?

　　宫岛:大抵日计也。

与日本友人宫岛诚一郎等笔谈　二十九、光绪六年八月二十四日

宫岛：此间秋冷伤人，家君亦少病。

公度：骤凉，不可不珍摄。

据宫岛文书—宫岛写本

三十、光绪六年十二月二十八日笔谈*

（1881 年 1 月 27 日）

（一月二十七日，访黄遵宪公度谈。）

公度：昨辱过访，适差池不得见。今日本拟答拜，忽承枉顾，谢谢。尊大人丧忌，仆等不知贵国礼俗，一切疏失，切望涵宥。

宫岛：葬式之日辱来吊，殊混杂，不成礼，请宥恕。又被赠挽联并谕，情意恳到，偕弟敬谢。①

公度：不及送葬，至今歉然。挽联为敝国二百年来通行之俗，犹古人诔唁之意也。

宫岛：诔唁何义？请教。

公度：哭死者之文。总其人美德而述之，谓之诔。吊生者之遭丧而致其辞，谓之唁。

宫岛：敝邦父母之丧定服制五十日。贵邦丁忧今犹有三年之丧否？

---

* 日期据宫岛写本。然考宫岛写本记此笔谈日期与下一次相同。检宫岛《明治辛巳日志》1 月 15 日至 1 月 29 日失记，无从考察。然据宫岛写本所录宫岛 1 月 28 日致何如璋函，知下一次笔谈日期确为 1 月 27 日，此处记载当有误。

① 宫岛写本作："营葬之日，殊辱来吊。当日混杂，不成礼节，请宥恕。又被赠吊文并挽联，情意恳到，偕弟长政敬谢。"

与日本友人宫岛诚一郎等笔谈　三十、光绪六年十二月二十八日

公度：今通行三年之丧。仕小者去职，服满再就宦，谓之起服。

宫岛：内阁大臣亦皆去职否？政府半减丧服，谓之夺情，有之否？

公度：武官服丧百廿日，此外则朝廷倚任之臣时有夺情者。三年之久，不便于行政，故有是事。殆①适有金革之事，不许去官。

宫岛：葬仪有如敝邦佛葬者否？②

公度：亦有僧人，然无火葬之俗。

宫岛：大抵墓石③为何等形状？

公度：多是长方，然或独立，或附于壁，而治坟为堂屋之形。④

　　（示意图）

官职姓名无墓志铭如此，并有志生卒月日者。子孙名亦不一其制。首书子孙姓名，及其人行状记于碑阴者，南人多此式。其墓堂用三合土泥沙灰和合之，最坚实而洁净。

宫岛：墓主之姓名请高贵之人书之，有之否？

公度：亦不一。然坐高者多高七八尺，大二尺。⑤

据宫岛文书二 341 笔谈原件

---

① "殆"，宫岛写本作"武官若"。

② 宫岛写本作："贵邦葬仪有如敝邦佛葬者乎？"

③ 宫岛写本作"墓石大抵"。

④ 宫岛写本下有"亦不一其制"五字。

⑤ 示意图以下宫岛写本作："诚曰：墓面记何样文字？黄曰：官职姓名，正面记之。年月子孙名，左右记之。无墓志铭多如此，并有志生卒月日者，又有书子孙姓名及其人行状于碑阴者。诚曰：墓与碑有别乎？墓即碑乎？黄曰：葬所。（示意图）此即墓，即碑，为子孙拜扫之所。此离墓而立，南人多此式。其墓堂用三合泥沙灰和合为之，最坚实而洁净。墓石大小亦不一，然官高者多高七八尺，大二尺。诚曰：墓面姓名乞高贵人书之，有之否？黄曰：有此事。"

三十一、光绪六年十二月二十八日笔谈

（1881 年 1 月 27 日）

（一月二十七日访使署,与黄公度晤。即阴历十二月二十八日。）

宫岛：久不相晤。时属岁晚,想应多事。近顷忙否?

公度：岁晚差有事。何公使将于阳历三四月间归国,料理交代文书,亦殊忙也。

宫岛：或言转任驻扎于美国,有此说否?

公度：有此说,未确。

宫岛：我兄去就如何?

公度：今犹未奉政府归国之命。

宫岛：顷阅新闻纸,有许氏其人代何公,果信乎?

公度：然。

宫岛：何公归国,其喜可知。然而余最惜其别,深望自今以后,两国交际愈益亲密。何公为其始,接任必有终。

公度：许公俟天津开冻方来,故待至三四月也。

宫岛：此公属何省?

公度：浙江人。许公官与何公同处,为何公素知。年四十。

宫岛：君知此公乎?

与日本友人宫岛诚一郎等笔谈　三十一、光绪六年十二月二十八日

公度：未知此公。

宫岛：清鲁和成，昨日闻之。果信乎？

公度：无此事。

宫岛：西洋人屡为此等之电报，为钓虚利，往往有之。

公度：此机密事，外人未得而知。然今在俄都议，若和成，西洋人必先知之。

宫岛：今在俄廷议此事，曾侯纪泽公使致力，果然乎？

公度：然。

宫岛：天气严寒。君所用平服，上等值几许？

公度：此值三十元。

宫岛：日本乏防寒之具。

公度：皮贵百元，缎相等，棉衣无百元之价。北京则用棉鞋棉袜，或用皮。

据宫岛文书—宫岛写本

三十二、光绪七年六月二十日笔谈

（1881 年 7 月 15 日）

（七月十五日，黄遵宪见访。①）

公度：仆以国恤之故，久未出门。今既百日，谨来谢屡次枉顾之劳。昨惠嘉果，一并拜谢。②

[**宫岛**：不敢当。]

公度：昨读新闻，云阁下兼勤史馆，今既辞罢，专任宫内，是否？

宫岛：名籍在史馆，兼勤宫内。今特专任宫内，想应兼勤史馆。所以然者，宫内多事③，一月得仅仅登史馆，故有此命。④

[**公度**：仆前承命作大集序，仆谊不敢辞。昨既脱稿，今以赍呈，未审可用否。

宫岛：此序意思佳绝，足以观二人交亲。别后读之慰怀，多谢厚意。

---

① 《明治辛巳日记》7 月 15 日有"黄遵宪入来，拙著序文脱稿云云，持参"。

② 据宫岛文书—C27(50)笔谈原件。

③ 据宫岛文书—C27(51)笔谈原件。

④ 据宫岛文书—C27(57)笔谈原件。宫岛语宫岛写本作："官籍以史馆为本，兼勤宫内。今特专任宫内，罢史馆七月十一日。宫内新编诸规，日来多事，每月到史馆仅两三日，故有此命。"

公度：此序若欲付刊，再行改定，择一能书人书之可也。此序仍望先生改定。

宫岛：请君自书之。若付他人，他日追想，自欠几分。非君手书则不太妙。〕

公度：仆书劣。

宫岛：明嘉（庆）〔靖〕年间之人。此本系徂徕之藏书。① 顷获此本，仆颇爱之。

公度：陈仁锡，明亡殉难。②

陈仁锡为明崇祯间翰林，著述甚富，有《评鉴》诸书。是编所采辑八篇，皆有明一代大家著作，于经世大要略既具备。此书流传本甚少，可重也。③

〔**宫岛**：物茂卿既获此书，颇秘藏之。施诸经世，不为鲜少。此人有卓识。余今欲献此书皇帝。〕

公度：于明人著述中论为有用之书。然明人著述殊为本朝人所不喜，即看卷首之图疏漏可笑极矣。④

宫岛：有赵子昂之书，真乎？请。

公度：仆于书法实不辨好丑，决古人之真伪，更非仆所能。

宫岛：仆一切不知之。⑤

---

① “此”下文字宫岛写本作“《八编类纂》系徂徕物茂卿之藏书”。

② 据宫岛文书—C27（59）笔谈原件。

③ 据宫岛文书—C27（61）、（73）笔谈原件。

④ 据宫岛文书—C27（60）笔谈原件。宫岛写本“于”字前有“此书”二字，“疏漏”下作“极矣，可笑”。

⑤ 据宫岛文书—C27（43）笔谈原件。“有赵子昂之书”句抄本作“友人顷携赵子昂书来，请一阅真伪”。

公度：书之真伪非仆能辨，然下有项子京印。项墨林为第一赏鉴家，若此印不伪，则此书为真。明人，明三百年之第一收藏赏鉴家也。明以前故迹，经墨林钤印，则郑重加倍。①

宫岛：贵邦职制政治，精细记载本即《大清会典》乎？若有佳本，请教。

公度：《皇朝通典》《通考》、《通志》。又有《大清会典则例》，是书凡五百余册。②

宫岛：宫中欲购一本，不知价几何？③

公度：仆今忘之，约日本金一百二三十元可购也。

宫岛：托筑地贵邦之商可购否？

公度：北京公使馆。④

宫岛：买之属无用乎？将有用乎？此本比《大清会典》如何？君所编纂志类，脱稿如何？⑤

宫岛：顷于宫中购得《广东通志》一部，图画颇好。中有黄公度，系二百年前人。

公度：此公非广东人，南宋人字。《广东通志》中不知何以有黄公度？

---

① 据宫岛文书—C27（45）、（72）笔谈原件。

② 据宫岛文书—C27（62）笔谈原件。宫岛语"职制政治"以下宫岛写本作："其记载之为最精确者何本？即《大清会典》之外，又别有佳本乎？"

③ "几何"，宫岛写本作"几许"。

④ 据宫岛文书—C27（56）笔谈原件。

⑤ 据宫岛文书—C27（57）笔谈原件。"托筑地"以下内容宫岛写本无。"君所编纂志类"以下当与下文黄遵宪"仆所撰《日本志》十既成七八"相接。

与日本友人宫岛诚一郎等笔谈 三十二、光绪七年六月二十日

宫岛：在职官部。姓氏官名。①

宫岛：公馆中所携西洋译本不知有何书？

公度：皆敝国所译者，尽有之，不能悉数也。②

宫岛：荻原裕昨日拜太政官御用出仕之命，专任外务部，继《显承述略》嘉永米使渡航之后。③

公度：可喜可贺，乞为致意。④

闻史馆新撰《明治史要》既脱稿，不知此书迄于何年？

宫岛：仅仅史要耳。其细目一年已将三百部。仅聚史料耳。⑤

公度：仆所撰《日本志》十既成七八。中有海军一门，所载《船舰表》恐有错误。意欲烦先生代询令弟小森泽君，不审可否？⑥

[**宫岛**：谨领尊意。]

公度：海军现在未有年报，其中未甚明白之事，都应请教。明日当开列一纸送到，乞以转烦小森泽君，感甚幸甚。⑦

宫岛：韩人数姓来都下，[鱼允中、洪英殖]，君相见否？曾闻李万孙为激昂之论，顷捕缚之，不知果真乎？

公度：频见韩人。仆尝读李万孙论，既赏其文章，复叹其人殊有

---

① 据宫岛文书—C27(71)笔谈原件。宫岛写本"图画"下有"详密"二字，"颇好"下作："又有可异者，职官部中有黄公度，与君同姓名，系二百年前之人。黄曰：南宋人有此公，非广东人。《广东通志》中不知何以有黄公度？"

② 据宫岛文书—C27(58)笔谈原件。"公馆"宫岛写本作"贵馆"。

③ 宫岛写本"外务部"下作"傍编纂《显承述略》，嘉永米使渡航以后之事"。

④ 据宫岛文书—C27(55)笔谈原件。宫岛写本"出仕"前无"御用"二字，"继"作"傍编纂"，"渡航"下作"以后之事"二字。

⑤ 据宫岛文书—C27(54)笔谈原件。宫岛写本"仅仅"前有"此书"，"将"作"有"，"三百部"下作"《史要》仅记其大纲也"。

⑥ 据宫岛文书—C27(52)笔谈原件。宫岛写本"意"下无"烦"字。

⑦ 据宫岛文书—C27(53)笔谈原件。

忠爱之气,以为可惜在不达时变耳。前见韩人议论及此,仆劝韩廷拔用此人。自来倡锁港之论者,一变即为用夷之人。今日贵国显官即有前日放火焚英使馆脱走之人,固知李万孙辈将来大可用也。①

宫岛:此卷仆曾于米泽之地创立西洋制丝场,[总效富冈]。时大久保[利通]、伊地知[正治]、吉井[友实诸君]等所往复之手翰,[取其有关系此事者,集为一轴],仆注解之,昨日三条相公为题辞。[今皇上巡幸羽州,比圣驾过米泽,仆携此轴到山形县奉迎,以供圣览。欲请临幸制丝场,洵昭代之一大庆事。]他日译此手翰为汉文,以供尊览,请为一跋。②

公度:富冈丝场为贵邦第一大事。此卷书翰多半伟人,足宝贵也③。[今也皇帝临幸米泽制丝场,君持此卷奉迎,亲近皇帝,上奏设立之颠末,人世不多有之事。]

公度:伊地知先生将卜家热海,是否?

宫岛:半有此事。④

公度:一两日与余谒公使君了此意。⑤

宫岛:何公归朝在何日?

公度:约在日本九月之末,十月之初。天晚告别。明日再有函

---

① 以上据宫岛文书一 C27(6)、(42)、(44)笔谈原件。宫岛写本"韩人"前有"顷"字,"君"字下作"见其人否","曾"作"又","为激昂之论"作"时论颇激昂","顷"作"韩廷","不知果真乎"作"果然乎","固"作"因"。

② 据宫岛文书一 C27(48)、(49)笔谈原件。"此卷"宫岛写本作"一轴","创立西洋"作"设一","题辞"作"题字"。"手翰"作"卷","供尊览"作"传世","请"作"愿阁下"。

③ 据宫岛文书一 C27(47)笔谈原件。

④ 据宫岛文书一 C27(75)笔谈原件。

⑤ 此语宫岛写本无。

与日本友人宫岛诚一郎等笔谈　三十二、光绪七年六月二十日

奉托问海军事。①

据宫岛文书—C27 笔谈原件及宫岛写本

---

① 据宫岛文书—C27(7)、(5)笔谈原件。

三十三、光绪七年七月十二日笔谈

（1881年8月6日）

（八月六日，黄氏来访。）

宫岛：下午欲趋高斋，昨夜伤冷，顿发疝疾。针治到今，故不果问。昨呈一书，不知达否？

公度：前日奉尊书，具领贵意。谨当别具公函，乞海军省明示可也。惟前所呈船舰表，幸以见还，庶可附之公函中。

宫岛：顷以有巡幸之事，宫中殊多冗，不得清暇。久不见何公，安好否？仆亦于九月初旬欲一往山形县，迎圣驾于米泽也。

公度：闻小森泽君于九日出发横滨，俟其归再寄函可也。具海军公函询之他书记官，或托外务。尊体违和，千万珍重。不敢久扰，就此告辞。连日天气不佳，仆于前日受寒气，亦患吐，昨已愈矣。阁下愿将息，仆他日再过访。

据宫岛文书—宫岛写本

三十四、光绪七年九月九日笔谈

（1881 年 10 月 30 日）

（十月三十日，访使署，与何星使、黄参赞晤。）

子峨：先生于何日回至东京？想远道初归，酬应必纷如。

宫岛：此行归旧里，以迎驾之暇日，与故友亲戚晤谈，颇慰十年之思。留凡四十日，便以本月十六日回东京。

公度：闻圣驾过米泽时极赞鹰山公遗泽，诚可欣忭。先生当作诗记之。

宫岛：此事实千秋快事，仆为之感泣。此行余携鹰山公真影，愿赞一语。余乡士族极多，皆能修业，生活之道已立。民亦据恒产，斯公之遗泽也。

"十年为客故乡归，城郭半非人未非。桑柘阴中三万户，家家无处不鸣机。"

公度：将来可成金穴。读之欣喜。

子峨：米泽是开化有成效，苟全国如此，复何患不富强。

公度：明治廿三年开设国会，仆辈捧读诏书，亦诚欢诚忭踏舞不已。君民共治之政体，实胜于寡人政治。况阀阅勋旧之所组织者。

宫岛：吾邦始开设国会，自今期十年。其间有余裕，宜修成宪法而发布。君民共治固佳,但如英国组织,亦不可拟吾国耳。

　　公度:如德国似可,断不可为米国。

　　子峨:先生是王权主义。近日政府已定渐进章程,先生将如何?

　　公度:先生为王权党耶? 抑官权党,民权党耶?

　　宫岛:现时党论纷如,余素不好党,只将为帝室显彰王章,以确定国本,仆之志也。

　　子峨:王党之权在官,自由之权在民。第上下势殊,未知胜负所在。

　　宫岛:仆过米泽,一万士人曾无结党之弊,将来颇乐之。

　　公度:望十年中贵藩鼓励人材,以备他日登用,一洗萨长政府之名。

　　宫岛:余过栗子隧道,此经费尽系人民,且感县令三岛氏积年忠悃,有此作。

　　"六年开凿几辛艰,隧道新通巉壑间。至竟精神动天地,銮舆初幸羽州山。"

　　公度:此事亦大可贺。

　　有云政府欲拜吉井君为参议而君辞之。

　　河野君先生识之否? 此君作越后游否? 仆恐其他日与板垣、中岛并而为三自由党魁。

　　福泽二三年前常持国会尚早之论,何以一变? 其所著《时事小言》,君读之否?

　　福地亦然。在新富座击论开拓事,仆终以为过。

　　宫岛:国之大势,一波倒,一波又起。自今十年,始得平均,又非人力之所及也。

与日本友人宫岛诚一郎等笔谈　三十四、光绪七年九月九日

宫岛：余今清书拙著，苦无佳手。此等一二，孰为佳书？请采择之。

公度：先生自钞当留为子孙宝用。若付手民，此二本均佳。诗序经杨君书就，而有脱字。仆恳其再书。

子峨：中川先生承远寄佳笔，又承先生代递之劳，谢谢。

据宫岛文书—宫岛写本

三十五、光绪七年十二月十六日笔谈

（1882年2月4日）

（二月四日，招何公使、黄参赞为饯饮，胜海舟伯、吉井三峰伯来助主。）

[**子峨**：海舟先生久违了。即候起居佳胜为颂。

胜：此杯三个，德川旧将军所持。杯中以金画龟，聊祝君长寿，为饯别，请见收。

吉井：公度兄多年辱交谊，临别赠所持短刀，请佩用。]

（税所子托当摩短刀，余转赠何氏。

席上因译人谈话，自国家经济及山川佳胜，不遑记载。雄辨如流，奇谈如涌。黄公度兴极，起席挥毫。）

["天下英雄君操耳，高谈雄辨四筵惊。红髯碧眼正横甚，要与诸君为弟兄。"

　　　　　　　　　明治十五年春二月　　遵宪

宫岛：此东西《汉书》及《史记》，我旧主上杉侯所藏。昔在镰仓为管领时，自宋国舶来之宝书。请赐览观。

子峨：此是南宋庆元板，在敝国难得见者。若论其价，一本当千金。

宫岛：酒间赋五言，乞正。

"此别真可惜，此夕不可忘。相对尽怀抱，明朝是参商。"]

附录:光绪七年十二月三十日

（1882年2月17日）

（二月十七日,赠何公使书并物。[中略]同日赠黄公度书及物。）

公度先生阁下：

任满而归国乎? 五载辱交,殊领佳教,感谢何已。乃今之别,惟有黯然魂消耳。仆之欲畀足下久矣,奈此间少佳物,无以为礼,惭愧无已。兹呈菲薄,聊表惜别之情,不见却,幸甚。书不尽意,顿首。

一、莳绘文函　　一、莳绘朱碗十　　一、陶杯三组

黄公度先生　　　　　　　　　　　　　　诚一郎

据宫岛文书—宫岛写本

与日本友人冈千仞等笔谈

编者整理说明

一、本笔谈根据日本东京都立中央图书馆特别文库室所藏冈千仞(字振衣,号鹿门)根据笔谈原件编录的《莲池笔谭》手稿本,以及原来由冈千仞保存的一部分笔谈原件整理、编辑、标点。

二、凡原文无法识读或文字空缺者,以□标示,笔谈参加者姓氏略称如下:

公度:黄遵宪

梅史:沈文荧

泰园:王治本

冈:冈千仞(鹿门)　龟谷:龟谷行(省轩)

木原:木原元礼(老谷)

中村:中村鼎五(确堂)

一、光绪四年七月三日笔谈

（1878年8月1日）

（戊寅八月一月邀黄、沈二公使饮长配亭,适王泰园来会。笔谈至晡,得十数纸。乃略次其前后,使勿剦挽之妨。）

公度:二先生皆多日未相见,比来想大好。

龟谷:近日有采薪之疾,不能趋候。今联车见临,顿慰饥渴,冀领洪海。

公度:未知尊恙,有失问候。近想霍然,兹得把谈,快甚。

木原:昨辱盛招,要应速趋谢。老懒不果,极为欠敬。今日候台驾,惠然见临,深惬素怀,感谢感谢。

梅史:数旬盛暑,何敢劳大驾。今已凉爽,得领雅教,万幸万幸。

木原:久耳大名,今日始得谋面。自今得存录,为幸大矣。

黍园:久仰老先生雅望,悭于缘,故未谋面。今日得瞻道范,鹤骨龙髯,望之如神仙中人。不胜欣幸。

木原:闻先生创文社,极为盛事。会者谁某?

黍园:会者鹫津君、森君、小野君、小永井君、永坂君、中村君、大(概)〔槻〕君诸人。

木原:立春后二百十日,方俗为大风雨候,往往有应,农家以为一大厄。今日正值其日,幸恬静不碍大驾,极妙。中华不闻有此说,奈何?

公度:中土此种占验传于耕农歌、谚谣、士大夫歌诗者极多。立春后二百十日必有大风雨,则未之闻也。顷欲先到尊斋,在鹭津坐闻林信君言足下既他出,故未往。

龟谷:闻青山季卿堕马伤背,公既知之否?

公度:青山前以书告别,云往避暑,以一月为期。比既逾期,未相见,不知其受此惊也。伤不重否? 今既归来否?

龟谷:赴伊香保温泉,山中马惊伤背,不知人事者一二日。家人赴救,今渐愈,方在温泉养病云。

龟谷:林氏说先生新移芝公署,敬贺。第憾忍池风月从今无人赏,任其寂寞耳。

黍园:步随黄、沈二公后。此中烟波风月,实有恋恋不忍去者。赖每月仍启一诗筵,期不负此佳景,亦韵事也。未审先生得同觞咏否?

龟谷:幸甚。琴仙兄再游何日?

黍园:阴历十月,阳历十一月,约在龟井户赏梅,时琴仙当同步履。

公度:残暑渐退,新凉骤生,荷花犹自开。诵姜白石闹江一舸词,觉置身神仙中。惟凭阑凝□,不免有莼菜秋风之感。奈何!

木原:星槎万里,非土之感可想。抑不知先生所思者不止莼羹鲈脍也。此先生自知,仆不敢言,何如何如。

木原:弊邦莼阴历二三月方可食,似是与贵邦莼异种。然观诗歌所咏,形状色香皆同。思水土之变,春秋异宜与? 知我所谓鲈则似而非者矣。

梅史：莼菜中土自二三月后至八月皆可食，秋味尤美耳。鲈则贵邦与中土名同而实异也。近日仆应关湘云兄招，评阅贵国名人稿。中有息轩、拙堂诸翁，皆不及子成氏远甚。

□：高评允当不可易。息轩胸中有许多书卷，然其文未活。管见，以为如何？

嫌笔力不及子成殊弱些。

冈：仆在家待见过，遂致迟迟，罪多罪多。

冈：同伴人为中村鼎五，仆同臭味人，请赐知。

中村：野田笛浦与贵国人朱柳桥笔话，并请诗文评正。以其稿示山阳，山阳书其后，叹不得同其游。仆所惜者，使山阳在今世，与贵国人对话，其喜果如何乎！

公度：若使山阳在今，必当遍历中土及欧米，必能各舍短而择其长。仆为山阳惜者在此。区区诗文，犹未也。

中村：山阳实为我邦文杰。然当时评之者为不及佐藤一斋之雅炼。《爱日楼集》经公一瞥否？

公度：近来曾文正公论文，谓文章自有二种：一为阳刚，一为阴柔。山阳、佐藤固自截然不同，然佐藤文未能到家，其神骨气味未能深厚，不足比山阳远甚。

中村：高论敬服，可谓眼光透纸背者。仆与山阳男支峰友善，当附邮奴报之，支峰必感戴。

冈：真松之集有何雅谈？

黍园：仆非褚先生毛中书不能谈，略叙寒温而已。

冈：席上满坐文人，褚先生毛中书岂无可博一笑者乎？

冈：我陋邦为洋学者，以邦语译读洋书者为变则，就洋人而受洋书者为正则。余辈在海外学中华文章，要之山阳以下皆变则文章。自今将安而受教门下,不知仆辈下手学文自何地?

梅史:仆之愚见,文章视其人,不朽之人自能为不朽之文阁下高材博学,何患不与古名大家比肩耶!如若等大材,师法秦汉可也。

冈:仆非长风人,何敢当云云。唯窃谓夫天于斯文,固无所私于东西,六经以外,自有英雄。九州而表,岂无真文章。加之方今宇内大开,如西洋人皆陆续游学中华。华文译述诸书,前后刊行。黄发绿瞳人犹成此文章,况我邦尊唐虞,师周孔,自国初至今日如一日。此仆之所以矻矻不敢废。伏请尔后指示,莫吝清论。

梅史:以君英雄,故有此论。幸无河汉鄙论,沉学秦汉,则笔自简,气自厚,非戏言也。

冈:往日诵黄先生嘲石川鸿斋长古一篇,纵横斡旋,实为韩苏手段,敬服敬服。弊邦能诗人唯限律绝。往时江稼圃来长崎之日,观邦人古诗概为失体,概不见之。果然否?

公度:嘲石川诗游戏之作,不足道也。谓日本古诗概失体,此太高之论。最①不如律绝之佳。同坐龟谷氏,他日必以诗名世者也。

冈:龟谷子之诗得于广濑淡窗。号宜园,今青村养父。淡窗为近时大家,《远思楼诗钞》正续篇刊行,尝一瞥否?

公度:恨尚未见之也。

冈:应寻一部供高览。我邦能诗,徂徕、白石以下数十家,皆不足秽大方之览者。近时梁星岩盛以诗名,春涛、湖山诸人皆出其熏陶。不知《星岩集》经贵览否?

① 原文如此,疑有误。

梅史：今日今雨社题《书湖上所见》，用星岩韵。

冈：星岩原作可得见否？

黍园：悬在真松亭壁上，是一绝句也。

昨日有《戏赋告别莲池》一律："欲将别意告湖神，只恐湖神也蹙颦。三月流连同过客，几番觞咏谢诗人。闲鸥嗔我浑多事，归燕笑余未了困。正见秋风无赖甚，荷残柳老可怜辰。"乞博一粲。

龟谷：才人之笔，能发莲池精神。湖神之灵亦应以佳人为才子好逑。呵呵。

梅史：大有灵均赋湖妃、子建赋洛神之意。想云璈水瑟，当谱此佳什矣。沈文荧拜读。

冈：仆不能作诗，惟好论诗。春涛方今能流，而仆深非其轻佻。兄以为如何？

梅史：诗以道性情。若论诗格，元白体固诗之下者。春涛翁善作香奁，亦其性之所近。

冈：此人面貌古怪，而善香奁。公为性之所近，真见于皮相外者。

公度：君所云云，就人论诗，非全是就诗论诗者。

梅史：先生谓白面郎君始应作（黄）〔香〕奁耶？吾恐森氏引温钟馗作答也。

龟谷：冈天爵文坛飞将，除山阳外眼中无人，就国内言之。故其视下谷社流如一蹴可取者。如弟辈，深沟高垒，惴惴自守耳。

黍园：扁鹊入邯郸医小儿，先生亦作脂粉语。声名应震撼一世，奈何？

龟谷：仆并脂粉语亦不能作。

公度：极闻梁星岩诗名，其妻某似亦工诗，门人尤多。惜其集尚未见。星岩诗与山阳文齐名,山阳文仆所深喜。

冈:《星岩集》仆藏一本,应送上。惟山阳史学文章、学问渊源,实冠邦人。如星岩,瞠若其后,不啻三舍。

梅史:山阳文章固既横绝一世,仆以为学问似苏氏父子。是人倘生今日,托维新之际,必首唱勤王之说,其所设施,必有大裨益于国。惜乎其死也。

冈:山阳《外史》、《政记》,每事慨武人跋扈,王政不可复。自山阳诸书盛行以来,海内读书者始见及于此论,是义者纷然满国内。方今致维新之盛运,山阳实为之嚆矢。此仆之尤所以推服山阳氏也。

梅史:子成氏大有见识。

公度:山阳当旧幕时,能持论如此,表彰楠公尤至。世有著书当时不行而收效于数十年后者,此亦其一也。足下之论信然。

冈:拟子成以三苏,大过。试以明清大家求可比者,不知可以何人?

梅史:魏冰叔如何?

木原:山阳疏宕之文,冰叔以精整胜。文已不同,气象似亦异。惟魏喜论兵论世务,赖亦喜谈兵政,此为同耳。愚意赖最近苏。

公度:山阳、冰叔均所谓豪杰之士也,其规模大抵相同。然山阳不如冰叔之鞭辟入里也,冰叔尚不如山阳之高视阔步也。是否?

木原:论二氏学术极为切当,敬服敬服。然山阳亦竟文坛中人,其谈政事,亦儒者习气,使之当事,未必能也。仆见与先生异撰。

公度:若论德行,吾未知之。若论政事,所见可谓违矣。然必谓纸上定言,遂一一可见施行,此事谈何容易!宋儒勿论,自孔子外,大贤如孟子,所言尚未必能尽行也,又何况赖山阳?

冈:山阳文艺实为我邦空前绝后。此人好作古风长古,诗钞盛行。诸公已经览否? 不知中中华矩度否?

公度:诗不如文,然自有一种不可磨灭之精神,未易及也。

冈:有不可磨灭之精神七字,山阳在地下,当庆知己于百年之后也。沈兄为冰叔之流亚。其不求合于当世,高以文章气节标持,山阳不愧冰叔。惟文章到底日本人之文,岂可以冰叔拟乎! 仆曾推冰叔不特冠皇清一代,元明以下诸大家皆无能并。老台以为如何?

公度:魏冰叔之文亦仆所最喜,我朝实未见其匹。山阳学文不如冰叔,其天资则尚当胜之。

中村:读斋藤拙堂《月濑观梅记》及《拙堂文话》等否?

梅史:见其《观梅记》,颇有幽胜之趣。惜其太繁。

龟谷:杨铁崖古诗如有奇气者,高见何如?

梅史:王渔洋所谓铁崖乐府气淋漓也。然以论乐府,如李西涯之咏史、尤西堂之《明史乐府》,即赖山阳乐府亦自有奇气。

龟谷:读《徐霞客游记》,知贵国多胜境。其所叙述太富赡。不知高论何如?

梅史:善写山水情状,莫如《水经注》。其文章古雅,论者或谓尚胜柳州游记。得此一部,足当卧游。霞客《游记》以一人遍历数万里,可谓豪壮,文章固非上品也。

龟谷:《后赤壁赋》篇末押韵不详,请垂教。

梅史:篇中除提纲外皆有韵,不独篇末。

木原:《祭十二郎文》似无韵者。

梅史:祭文有两体,有用韵者,有不用韵者。如《祭十二郎》则不用,盖哀戚之至则不用韵。其尤甚者,则并不多用文辞。如《丧乱》之奠告,但直言其事而已。

木原:《祭十二郎文》或议其絮语太甚,却不见哀。愚不知其他,但一读使人感怆,此文之至者。乞教。

梅史:仆读之已哀,不知谓不哀是何等肺肠。

冈:中华近古大家,冰叔以外,余最喜侯朝宗。如袁随园、(愈)〔俞〕长城,当以别派目之,盖渐轻薄也。朱彝尊经学大家,文章亦自为一家。他余大家谁为最优?

梅史:高论诚然。朝宗之外,推汪钝翁。其余如孙阄谷、胡天游辈,虽别调,最胜于俞长城。随园摹史公,一转即成小说,其故难言。

冈:仆惟唐宋八家之从事。自今将溯《左氏》、《国策》、马迁、《庄子》诸书,惟苦至高难及。乃如皇清诸家,特觉易入,然为之似无益。

梅史:以君英雄,故愿不守藩篱。幸勿妄自菲薄,安于小成。

木原:秋闱校士,有填榜及蓝笔墨义等字。填榜犹可解,蓝笔墨义不知作何等事?烦教。

梅史:榜列取中之人名次序。填者,书也。中土取士之制,主试官用墨笔,分校房官用蓝笔,以防弊窦。

木原:闻同光间有吴仲伦,著《初月堂文集》,其人学文言行有略传者耶?

梅史:其人其文皆未见。惟闻其人宦游江苏而已。

黍园:"秋柳梢头已落晖,漫将乘醉叱车归。湖滨暮色浑如许,林鸟双双自倦飞。"

龟谷:今日惠顾,领教不浅,大慰饥渴。偶将进莲饭,请稍迟迟。

梅史、公度：醉酒饱德，不必再赐二小人食矣。日向暮，敢告辞。敬谢敬谢。他日再畅谭。

文荩
　　　白
遵宪

据日本东京都立中央图书馆特别文库室藏冈千仞《莲池笔谭》

二、光绪五年二月笔谈[*]

（1879 年 3 月）

公度：前辱函以一字师三字为错引故实。一字师之典屡见，不关昌黎。仆本无心及此，作此语者，仆以一字尚不敢当，况竟称之乎！久欲趋访，以解先生胸中之疑。今日枉顾，何幸如之！

冈：邦人不熟故典，岂止仆一人。真可一笑者。

公度：谨当达意，想必趋谒。此事公使久欲蹞诸公昨年之例而行之，即于校中会在京诸名士。以事迁延未果，长耿耿在心。惟愿今年我两国释嫌修好，愈图亲睦，则公使之志得遂，得与诸君子迭为宾主，欢乐一堂，是所幸也。

冈：果有此盛举，此文之大荣。

我邦释典式，幕府之时，将军代朝廷使林祭酒举式。春秋二丁，命三百藩奉豆实，百余年间不改其式。式有飨乐，三献式，一一

折衷之明清礼书,颇为备。事见于《昌平志》。此书先生一见否?本日十五日应当览式礼不纯处,赐批正,幸甚。

公度:此礼必大可观,恨不得身睹之耳。敝国今时衣冠亦非古昔。然窃谓三皇五帝礼乐不相沿袭,正不必泥古。今天下万国礼俗不同,然而其发于中者,诚敬之心,未尝不一也。但使尽其诚敬之心,虽使今日欧米之人行其礼俗,群拜于殿下,先圣在天之灵亦必受飨。大国自德川氏崇儒重道,林氏世为学官,其所定之礼式必不谬。即少有差误,谓之不合于我则可,谓之不纯于礼则不可也。

冈:王家之中兴,首建大学。仆时征为助教,与同僚议起释典式。是时国学者我邦从来有二学,一皇学用事,谓无祭异鬼之理。未几,国是大变,崇信洋学,至废大学,别开洋校,专讲西学,汉学一般目为迂疏不足取,故大成殿一闭不开至今日。仆一昨年受府命总书籍馆务,窃慨此式不兴,异端谬妄横行无忌惮至此。极与馆僚议,每春秋设小式,聊表祭圣之诚。而力微,无由达之九重上。惟举此薄式,所谓告朔之饩羊,犹胜已者。

公度:孔子之道,其大如天,不可分国而尊之。孔子鲁人,若分国师之,则晋秦齐卫亦不必师。有是理乎?今欧米尊事耶苏,未闻斥为罗马人而各尚其国学也。宋元以来儒者诚不免拘迂,然万不可以此并议孔子。人同此心,心同此理。天不变,道必不变也。先生有见于此,亟为此举,以为转移教化之权,功可谓大矣。往昔大久保在时,与之论造士之方。吾谓去国学汉洋学之名,仁义道德之说取之汉学,而勿事其拘陋泥古之习;行政立事、造器务材惠工之法取之泰西,而去其奔竞纵侈之习;其他衣冠风俗因于日本,舆地史书专求日本,而相戒去其轻浮之气、见小之心,则庶几其可乎。

大久保君拍掌称快者再。故哑哑议学校读书先以《论语》、《孟子》为本。惜乎其遽遭难而死也。

冈：此论万古不磨。洋人之学出于罗马，所谓罗甸语者，英佛日俄皆活用此语为各国言语学术。东洋各国，如朝鲜、安南及陋邦，皆用汉字以为国体风俗，犹洋人活用罗甸语。然则汉学东洋各国之学，汉学以外，岂有国学者乎？鲁卫则亚细亚之罗马也。夫子之大德至圣，万国仰其泽者。耶苏以（忘）〔妄〕诞不经之教，犹能庙食百世。况以夫子之大中至圣，百异于耶苏以一切方便谕野蛮人民之比乎！

公度：仆考耶苏之学，尽同于墨子。昌黎有言：孔必用墨，使登圣人之门，要当是一贤人。其妄诞不经之说，则以当时泰西人尚野蛮，不为神奇，不足以坚其尊信之心回教亦如此。耳。然考其大旨，多有与吾儒相合者。在当时野蛮中忽出此人，可谓天纵聪明。至于今日，传教之士竞竞然奉之如天，敬之如地，则可笑也。耶苏之教施之未经开化之国则可行，必欲施于东洋诸国圣贤早出之邦，抑又愚矣。

冈：往日以拙稿呈钦差览，紫先生征仆文，曰刻之香港，前日已告。将悉取近文付之三菱便，以呈王先生。敢请敢请。

公度：明后日即将奉璧。刻知公使尚未评就，仆将催促之。先生所译《法兰西志》，仆曾语紫诠以翻刻，他日必当及此。冈本氏之《万国史记》，上海既有翻刻本。

冈：仆于此书刻苦，殆一夜发白者。为冈本氏《万国》一样之看，抹杀多少苦心者，有眼者必知之。

公度：《万国史记》之书，不过一人口授一人笔译之作，未尝有费苦心。然吾土自《瀛寰志略》之外，述西事者甚少，故喜而刻之。

闻丁中丞撰《万国史》，卷帙既盈六百，书尚未成。此书一出，而冈本氏之书不必论也。《法兰西志》仆欲寄以一部，以备采择。阁下所著文笔雄深，若吾国有翻刻本，必当不胫而走。

冈：闻图及百卷之多。此书成，则东洋之惠。仆常有志于此事。惟连年眼疾，不能如意，此念遂已。今中华已有此著，可以已。陋邦洋学盛行以来，译书汗牛充栋皆以伊吕波者。而洋学者未曾学作文，故其书郁涩不可读。黄遵宪旁注：中村正直言不通汉学不能译洋书，泂然。故其书随刊随灭盖无读之者，其能行四方者无几何。真乎哉，文章之难！所谓辞之不文，不可以传久者。

□：所谓行人一骑。

公度：仆向来亦有志于此。专纪政令，成图表十余卷。而力量不足，采辑未备。闻中丞之著，亦遂已。须大贵富人乃能成，盖非独力所能。冈本之书曾以草稿见示，仆告以无志无表，不足以考其政治之得失、国计之盈虚。彼大谓然，因既付刊，亦不复改。

□：荔枝。鲜者极佳，此干者。

冈：纪传犹可为，志表不可为。此《三国志》无志及我日本史所以不及此也。近日史馆有命撰《食货志》，王朝及幕府。成斋诸人伍之，不知能成得否。

公度：仆诗中有曰："兵刑志外征文献，深恨人无褚少孙。"望诸君子速为此事也。

冈：《兵刑志》亦不成体。拉杂，强具名目耳。不特无史料，并无史才也。

公度：真论。蒲生《职官志》甚精正，然恨其沿革不尽详。

冈：我邦政书可观惟有一《令义解》尔。他皆出于后人想像揣摩，不足取。《延喜式》惟苦文字不成义，虽然，当时纪实颇有可征。山阳约诸书著《新策》，奕奕有精神。

公度：《江家次第》亦然，然不及《延喜式》之博。白石最精熟掌故，恨其书不尽脱稿。山阳不及白石之博，然山阳《外史》、《政纪》、《新论》多半本白石，遂成一佳书。犹《史记》取材古人，遂成一家之言也。

冈：白石该博空前绝后，又有文才。惜著书皆以国字，且繁碎不成书。此为憾。《甘雨亭丛书》中载白石《奥羽海运录》，文章纯雅，可以见全豹。此外，伊藤东涯该博，多有用著书。

公度：闻古贺侗庵著述等身，惜未刻。其子茶溪为仆言之。

冈：《新论》、《刘子》，侗庵本刘氏。此二书极多创见，侗庵本领略尽此二书。他日就茶溪翁求见为可，仆为阁下先通此意。芦东山《先哲丛谈续集》中有传《无刑录》为完书。

公度：此书精整而浩博，法家书如此类者甚少，必传。

冈：东山弟乡人，故弟幼见此书，钦遗风。近日司法省吏复在宫城法署见之，大惊，刻之省中。东山幽囚终生，建白剑黄舍，藩主临学之日，引宋故事，论讲师坐列，以是触罪。幽囚四十年有此著，故精神所注，自然异他人所为。世人不知有此书，埋没百年，而司法省有此刻，真表幽德潜光者。

公度：屈于一时，伸于千古，芦君可瞑目矣。仆见大邦人著书多矣，似此浩博而精整，亦绝无仅有。

冈：仆读先生《杂事诗》，草一篇文，未脱稿。他日净写以请正。

他日修文辞净书以呈。若得附卷末以传，大幸。惟刻之之日，不删后半，必触人忌，而删之则抹杀作者苦心所在。

公度：委婉其辞可也。若曰"亦必有人撰书者，顾我未之见"，则能勉励人，亦不触忌人也。

据日本东京都立中央图书馆特别文库室藏

黄遵宪与冈千仞等笔谈原件

与日本友人增田贡等笔谈

编者整理说明

一、本笔谈根据日本东京都立中央图书馆特别资料室所藏增田贡(号岳阳)编录《清使笔语》手稿本整理、编辑、标点。

二、稿本栏外及行间有些为增田贡事后所做的补注和订正文字,凡补注内容的文字,整理时均按原注位置,注以"旁注"或"栏上注"字样,并排小字,以示区别;手稿文字不清无法识读或原文空缺者,以□标识。凡编者订正,或疑似文字,均出脚注说明。

三、笔谈参加者,除特别说明外,大体按增田贡在笔谈内容间隙处的标录。笔谈参加者姓氏略称如下:

公度:黄遵宪	子峨:何如璋
梅史:沈文荧	兰生:沈兰生
泰园:王治本	紫诠:王韬(弢园)
子纶:何定求	惕斋:王仁乾
增田:增田贡(岳阳)	

一、光绪四年九月二十日笔谈

（1878 年 10 月 15 日）

（十月十五日抵芝山清使馆,黄遵宪、沈文荧、沈兰生、何子纶在室。王治本、王惕斋偶来。笔语至晡而去。）

增田:数数谒大兄何公,今始接高范,愿交欢。敝庐在下谷,暇日见顾否?

子纶:容后敬当趋谒。

增田:闻贵乡系岭南庾岭,罗浮在近境乎?

子纶:罗浮去敝乡三百余里。此山在惠州,仆是潮州。

增田:潮有昌黎庙乎? 鳄鱼再生否? 其万安桥者,见蔡襄之记,今尚存乎?

子纶:鳄自韩公祭后,其患遂绝。昌黎庙在潮城之东山麓,郡人名其山为韩山,以表其遗德焉。万安桥仆不甚悉,不知即是湘桥否耳?

增田:足下所画梅花,见之桂阁君便面。神韵清绝,太似王元章之笔意。他日携佳楮至,请写一枝。

子纶:谨当如命,适足以贻笑大方耳。

增田:闻岭南候暖,终岁不见雪。梅花应以初冬开。

子纶:唐诗有句云"十月先开岭上梅",此足为证。

增田：顷见足下答石鸿斋之书云："日本原少佳丽，晨星落落，无足当意者。"仆意邦俗女子不用弓鞋，故其脚大。如其面，岂让贵国耶？

子纶：仆不甚爱脚小者。敝国人取其袅娜。夫妇出自天然，何可以人力为耶？贵国本多佳丽，仆前言戏之耳。

增田：岭南女子双耳垂环，所不解也。

子纶：此是习俗使然，仆亦不解其故。

增田：旧年长毛贼乱，波及潮州乎？西洋人常来在埠乎？

子纶：长发之乱余烬，于敝县则被之，潮城则未也。西洋人开埠在潮之汕头，在埠者不过四五十人而已。

增田：足下修举业，赴京试乎？潮州例年出进士若干人？

子纶：仆性鲁少学，才疏识浅，举业未习，然颇有其志。潮之贡士，年或一二人耳，无多也。

增田：大兄何公自状元拔侍讲乎？其雅号如何？

子纶：家兄号子峨，是二甲进士擢翰林。

增田：一甲限三人，二甲三甲无定数乎？

子纶：一甲三人为大魁、榜眼、探花，二甲无定数，三甲亦无定数，惟出皇上之意耳。

增田：墨水千秋楼陪游之后，疏阔负荆。文况常康裕，可庆。

公度：不晤面久矣。仆自七八月后，贱躯多疾，出门甚简。比秋深稍觉神爽。足下想康胜，喜慰之至。

增田：闻贵馆近日移永田，多事可想。待其苟完，携馔候门如何？

公度：迁居在一月中。俟舍馆既定，当粪除以待。仅薄具茗酒，作平日欢，岂不妙事？

公度：《会典》有曰《会典则例》者，书凡数百本，有之否？

增田：京校藏书数万卷，意当在其中。他日搜抽乞教。

增田：前日与桂阁君携足下饮墨楼，过醉亡状，幸恕。

梅史：叨领麈教，幸甚幸甚。

增田：今日始晤大弟兰生君，温良之气盈面，可贺。

梅史：年幼无知，幸复教诲之。

（偶携五弓士宪所属《温史摘评序》，出示请评略文。）

梅史：简而明，短而峭。使他人为之，恐千百言不了，而二百余字该之，是善学《公》、《榖》、《檀弓》等文者。

增田：千秋楼同游，可谓盛会。意当时大作满囊，幸见示之。

弢园：席中曾作数诗，归后不复录草。

仆到贵邦二年，得蒙贵邦诸文士谬爱订交者众。最先相知者，小永井小舟、鹫津毅堂、永坂石埭、森春涛、中村敬宇、斋藤拜石、神波即山。其后得识者，宫岛诚一郎、大野诚、石川鸿斋诸君。久慕阁下，恨相见耳。[①]

增田：皆知，独不识石埭。

（《无肠公子传》在几上，试问作者之名。泰园对曰：“仆随作随散，稿俱无存者。亦多未誊清。此篇戏作，乃改予学之文耳，劣甚，第供君喷饭耳。”）

增田：以绣肠写无肠，□行郭索之神进笔端，犹有肠，何等绝调。

前日散策，过足下旧寓之闻香楼前。败荷残柳，风色已荒。然池水汪汪，似胜芝山之景。何故弃之而迁此？

弢园：追想莲池风景，大半被白帝收拾矣。颇欲往彼一游，亦

---

① 恨相见耳，原文如此，疑为“恨相见晚耳”。

燕恋旧巢之意也。

兰生：弟姓沈，名兰生，梅史乳兄。

增田：仆与梅史大兄交情日密，可谓海外金兰。意足下亦同臭，勿见外。请示新篇。

兰生：弟数无俚句，何可见君眼了。

增田：唐试士之制有墨义。愚顾唐以《尔雅》等书为题，墨义恐令解《墨子》之义者乎？足下以为如何？

弢园：应试之文名墨卷，想墨义即此文义也。

增田：王安石方田法中有均摊之语，均平分排之谓乎？仆以意推之，未知是否？

弢园：以有余补不足之谓均，以其圆者使之方之谓。

增田：读《粤匪记略》，有河南一种贼，号捻匪。捻发之谓欤？

弢园：捻，两手相握，亦教匪之一名。

增田：握手通情相固者，亦系其邪教乎？

弢园：如西法逢人两手相握。

增田：又有广东边钱会匪，谓以金硃涂钱边，此钱与人，以结党之术，抑亦属邪教欤？

弢园：无此名。

增田：贵邦人分明记之，而谓无，意足下未了悉耳。

增田：闻足下长朱顿之术，兼富文藻。故尝访贵寓，不遇，常以为憾。今日邂逅，适吾愿。

惕斋：蒙君枉顾，失候之歉，祈勿责。乃幸嗣后公暇时，还祈驾临，能欤？赐示知，则仆可扫径而待也。

据增田贡《清使笔语》卷三

二、光绪五年三月七日笔谈

（1879 年 3 月 29 日）

（三月二十九日，诣清使馆，半日款晤而归。栏上注：以下黄遵宪。）

增田：春风薰暖，东台樱花方开。公余高轩见过，仆将执吟鞭。

公度：谨当携来领教。

增田：贵乡系岭南，去庾岭梅关几许里？瘴气熏染，花候必早。

公度：敝乡今三月时，一白袷单衣可矣。梅花十月既开，此时早既谢却。

增田："江上清风新霁开，绿杨深处见楼台。老渔未肯抛蓑笠，犹恐轻雷送雨来。"是彭玉麟克复金陵之诗也。时黄①逆已熄，残贼未全灭，故转结隐然伏其意。毫无斧削痕，韵格极高，可谓绝调。余著《清史揽要》多载此老之战功，而始不知其为文人。及获此诗，益敬其为伟材。意今犹健在，官位亦必高。

公度：是为奇伟绝特之士，以耿介高节闻于天下。今朝廷命之每半年巡历长江水师，不为官而治事。彭公家居常呕血，好作梅花诗，工画。其印有"儿女心肠英雄肝胆"八字。

---

① 原文如此。黄当为洪之误（日语黄与洪发音相同）。

增田：久闻俞（越）〔樾〕先生之文名，请闻其为人。

公度：俞荫甫先生旧官翰林，年老辞职，为江南书院山长，教弟子千人。博学多闻，又能文章。

增田：我邦人游上海本名沪渎，又春申江者，往往与吴郡王韬紫铨结交，谓其人抱才不偶，专用意外国之事。新著传播，其中多述日本旁注：我之近状。先是，洪贼之乱，韬自赴上海，献雇洋人用洋械之策。当剿贼，其军果获常胜之名。此人不止善文，亦干用之才也。而弃捐在野，实为可惜。故我邦人某等怜其流落，资而迎之，欲结骚盟，行李当在海上也。余向著《清史揽要》，载其献策之言，可谓未面之知己。待其至，亦益将倾肝胆。意诸公亦详其为人？

公度：此为江东一老名士，久不试场屋，近将来此矣。其平生境遇颇坎坷，中岁尤多事，故不复治科第。家贫，藉笔砚为生活。

据增田贡《清使笔语》卷三

三、光绪五年四月五日笔谈

（1879 年 5 月 25 日）

（五月二十五日早,访王紫诠于筑地精养轩,紫诠喜出迎。）

增田: 江东硕望紫诠王君足下:

贡阅贵著,其《瓮牖余谈》载八户宏光事。宏光伤足下之抑塞,说涉纵横,而足下拒之。彼复自言江户将军之族子。将军姓德川,何其诪张也。《瀛壖杂志》记西洋器械,并及日本水龙之具,模写生动,笔笔有神。用意外国,何其切也。又读《弢园尺牍》,始信足下之利器断盘错。当洪贼之乱,沿江失守,足下慨然献策曰:招募洋兵,人少饷费。不如以壮勇充数,而请洋官领队,平日以洋法教演火器,务令精练。西官率之以进,则胆壮力奋,亦可收功于行间。议乃行,上海始有洋枪队。米佛英之提督为之奋力,所向无前,号为常胜军。其后金陵之克复基上海,上海之常胜,实足下献策之功也。贡顷著《清史揽要》,同治元年之记揭纲曰:“贼侵上海,英佛米之水师提督合击破之。”其目曰:“吴郡处士王韬献策,始有洋枪队之设,故得破贼。”已有此功,未闻赏及之,亦得无类忘筌乎! 天涯倾想,望洋眼穿矣。忽闻观光驾至,贡之喜可知矣。乃待舍馆定来候,欲证缟纻之盟,敢非仿宏光纵横之辩也。

岳阳增田贡再拜

并赠一律述事实。

献策辕门拂海氛,曾无茅土报功勋。养成壮勇洋枪队,收拾威名常胜军。欲使凤鸣向东日,忽看鹏翼背西云。楚材晋用吾能解,江表伟人推此君。

紫诠:前读《清史揽要》,于同治元年忽睹鄙名,惊喜交至。继知出阁下手笔,则又感甚。因叹曰:"此海外一知己也。"自此临风怀时不能忘。顾滇渤迢遥,安能觌面于万里之外。今弟泛槎来游,每见贵国文士,必询阁下近况。拟偕省轩先生一谒阁下,作登堂之拜,行执贽之礼。乃文旌惠然枉临,何幸如之!复读大著,过蒙奖誉,初何敢当。主主臣臣,弟甫里一逋客,天南一废民。穷而在下,老境颓唐,于文字学问,殊无真得。不知阁下何所见,而推爱若是,至投缟纻。弟愿附谱末,曷胜幸甚。

岳阳大人青及

愚弟王韬拜手上

增田:仆虽无似,愿为东道,到处说项斯。

明日张大使见访,先生亦临。

紫诠:猥蒙宠招,曷敢不趋赴。借杯杓以助清谈,并将数年之忧托管城子以写之,幸甚。

今日成斋诸同人约作后乐园之游,正在此时。阁下同往否?

紫诠:成斋氏诸同人见招,愿携先生同去。

(会寺田、池田某亦至,促余欲同游于砾川后乐园,乃连车。至,日将午。黄遵宪先生至,出迎。)

增田:明日张斯桂公、王韬先生有顾敝庐之命,先生赐光临否?

公度：前者梅史与君订廿一日之约，师丹善忘，未及与言，弟实不知也。廿二日走横滨，方就道，梅史忽忆先生之言，约仆同往。仆实不暇，为代辞。归后方知参差，仆亦代为愧叹。亦欲致书述意，相遇于此。明日之约，仆实不得暇。仆于月曜、火曜日最忙也，惟祈鉴原，卜日再访高斋。 遵宪拜

增田：弟午后每闲。命日报至，必清室候驾，当为文字饮。

公度：仆有《日本杂事诗》凡一百五十首，欲以呈正，但急切欲誊清稿。若能抽暇于十日中赐正掷还，则感荷不已。未审诺之否？

增田：宋景濂、张山来各有《日本竹枝》数首，而以身不到于此，犹有不尽善者。先生东来，洞览我国史至此浩多，一何盛，使人瞠若。请速得拜观。

增田：此园名"后乐"，故水户侯源光国所筑。明朱之瑜请援来，不还，为客卿。园门"后乐"之扁，之瑜所书。明人与贵邦为雠，使九原有知，则恐不喜逢诸公之观。

后乐园即事录呈大吟坛诲正 增田贡未定稿

夷齐庙畔树萧森，追想西山后乐心。丘有夷齐庙。烟际游鱼跳碧沼，风前小鸟唤幽林。堂开绿野宾朋盛，园比平泉草木深。今日欣看名士集，砥川胜景可追寻。

紫诠：名园雅集得追陪，今日同倾河朔杯。四面环山皆树木，一样近水占楼台。清风百世臣心苦，史笔千秋生面开。喜见东西宾主美，鲰生何幸泛槎来。

增田：思昔黄门纷后陪，暑天退食唤荷杯。丛松谡谡招风阁，环水晶晶得月台。鲁玙旁注：文恭扁题迎客揭，夷齐庙貌向人开。今日名园添一胜，西方美士抱琴来。栏上注：改"名园今日添佳事，清国衣冠探胜来"。 次韵

黄遵宪集

公度：陪诸君游后乐园有感而作乞均正　　　黄遵宪

泓峥萧瑟不可言，周遭水木围亭轩。初夏既有新秋意，褰裳来游后乐园。主人者谁源黄门，弊屣冠冕如丘樊。夷齐西山不可得，欲以此地为桃源。左携舜水右淡泊，想见时时顾空尊。呜呼源平霸者起，太阿倒持叛将军。黄门懿亲致自异，聊借薇蕨怀天恩。一编帝纪光日月，开馆彰考非为文。高山九郎好痛哭，相继呼天叩帝阍。布衣士，二三子，其力卒能使天王尊。即今宾主纷□尊，一堂款晤都温温。岂知当时图后乐，酒觞未举泪有痕。遗碑屹然颓祠古，夕阳丛鸦噪黄昏。欲起朱子使执笔，重纪米帛贻子孙。明治二年赐源光国子孙米帛。[1]

紫诠：四月四日偕公度先生燕集后乐园即步原韵以博一笑　王韬

鲰生东游拙语言，叔度霞举何轩轩。幸陪游屐来此间，惟名士乃传名园。园为源公之创[2]，生薄冕绂潜丘樊。野史亭开勤荟萃，有异遗山于金源。惟公好士古无匹，时招俊彦倒醹樽。公学所造冠诸子，自足拔戟成一军。舜水先生寄高蹋，眷念家国怀君恩。我来访古心慷慨，谁欤后起扶斯文。平泉绿野此仿佛，径留苔藓侵阶阍。泰西通市法一变，坐令西学群推尊。乾纲独秉太阿利，岂复跋扈如桓温。园中题字出遗老，摩挲犹有前朝痕。阴森古木坐浓绿，时未向晚日已昏。饮罢驱车偕子去，霸才谁是江东孙。

增田：右赓韵　　贡

园号取于宋相言，宁知又引清使轩。池塘竹树依然在，孰与洛

---

① 末有增田补注云："贡按，高山之误也。"

② 似脱一字。

阳留名园。义公桃李常在门，角巾私第脱笼樊。夷齐庙畔清风起，石梁如虹竟泉源。物换星移修外好，鹿鸣一唱酒满樽。江东豪士岭南俊，旗鼓骚坛两将军。延陵东里缟纻契，金兰相应亦君恩。鸟啼鱼跃日如岁，薰风细细水成文。灌木郁葱含烟雾，幽趣恰如叩禅阃。一斗百篇笔落纸，可知联翩文士尊。自今来多占佳境，好使池边钓石温。栏上注：故诗来多钓石温。盘桓偕体后乐意，不用先忧多泪痕。今日东西订雅集，付与画图传子孙。

据增田贡《清使笔语》卷三

四、光绪五年七月五日笔谈

（1879 年 8 月 22 日）

（八月廿二日，抵骏台，告别王紫诠，赠以拙著之稿。）

增田：向著《清史揽要》，犹有遗漏，故编《清国史略》。犹尚有缺阙，故辑《清史览要①拾遗》。盖《揽要》所无《史略》有，《史略》所无《拾遗》有。集而大成，将出一佳著。而足下凤嘉鄙意所寓，而有润色之命。故一并遗其草本，以托此著之结局。西皈稍闲，速相搜阅，上梓之日，递寄一部是祈。且如贡序文，亦宜加斧正。《清史览要》为六卷，新加《史略》、《拾遗》之佳处，上若干卷。犹不失原名而可。

（同日午后，赴大河内君墨水之宴，饯王韬。韬失约不来。沈文荧、黄遵宪、王治本来。清酌于千秋楼，笔语至二更。）

公度：《清史揽要》近有续稿否？

增田：前著犹有遗漏，故准拟狗续，未脱稿。贵邦之近事愿相报，将增加之。

公度：亟欲读之。《揽要》中一二错误，亦所不免。如近来刘公锦棠方从左侯以平定西域，功封二等男爵，今在乌鲁木齐。而大著中云其人既战亡，此亦误也。虽然，举世方尚西学，阁下独考究

---

① 览要，当为揽要。

我史,可谓平然能自树立。况以一人之力,(偏)〔编〕一代之史,是固未易无瑕疵。而大著大端要无误,所以难能可贵也。

增田:咸同贼乱之记,据官将军所纪之《澳门月报》。原文纷纭,且间俗语,初学之徒未易读,因往往改之正文。一手之扰,犹治乱丝,故不免有疵颣。夫以邦人纪邦事犹有此病,况据军中日报,纪万里海外之事。区区偏裨之生死,与我固如无关系。虽然,拜命之辱,不敢改窜耶!嗣后一一见告是祈。

公度:得暇当一一校正,敬遵命。

梅史:近年军务,仆辈尚能记忆,所知之事,当订正之。刘锦棠之叔松山于同治十年克复金积堡一役阵亡,恐因此而误。

增田:此类又必多。虽贵邦军报亦不免有误。百闻不如一见。以类阁下目击之事见告,谨不相从乎?

读贵邦史,多载乌鲁木齐之事。贡窃以为汉西域车师地。

公度:即车师地。沈梅史曾到哈密,于西域事颇熟。

(梅史不食鱼物,呼求熟鸡子,尝数枚未已。余戏之曰:"昔苟变食二鸡子,为干城将。阁下西略哈密,东使日本,岂止小国卫臣之为。其食数枚不饱,不亦宜乎?")

梅史:若仆大啖鸡子,使卫侯闻之大骇,而子思亦当以百口保之矣。

增田:阁下仪貌魁杰,兼以文武才略。李扬材之徒闻威名而肝胆破裂矣。

梅史:前在关中,曾以七骑却贼军三百。又在平凉以单骑入贼围三重也。

增田:何其勇也!他日请闻其功状之详。今所谓平凉,汉之凉州乎?而康熙乱王辅臣党于吴三桂所叛而据乎?

梅史：高凉宋之高平关。王辅臣谋叛,即在其地。

增田：彭玉麟之事,有传于我者。其雅号或为雪岑,或为雪琴,不知孰是?

梅史：雪岑误,雪琴是。

增田：冰轮当槛,灯影疏密在树间,金龙山塔亦仿佛可辨,夜色特觉清绝。此处颇似秦淮否?

梅史：墨江游人颇众,诚繁华之薮泽。然秦淮河房灯船之胜,当偕公一游方佳。

增田：贼平已经年,秦淮风物意当复旧。今犹有唱后庭花者乎?阁下皈浙之日,仆从行欲一游。

梅史：当偕渡沧海,以溯金陵。

增田：神已驰在钟山顶。

（酒间谐谑属鄙猥之言,舍旃不载。）

梅史：凡受暑肚中大痛,用钱蘸麻油于脊中及脊两旁、手腕、足挛刮之,见红紫点,即痧。

据增田贡《清使笔语》卷四

五、光绪五年七月六日笔谈

(1879 年 8 月 23 日)

（八月二十三日,王紫诠还长洲,故诸同人相谋饯行。）

清气楼祖帐赠王紫诠 贡

二州桥畔会群英,清气楼高岳雪明。河朔千觞发豪兴,阳关一曲托哀情。风头稳送长洲客,潮势遥连沪渎城。自是各天对孤月,相思付与断鸿声。栏上注:唯付远鸿声。

送王弢园还江苏

遥为暑路日光旁注:晃山游,洗得烦襟瀑布流。泰斗名声动东海,鲲鹏心迹向西洲。鲈亭税笈清风夕,鹤市呼杯明月秋。缟纻结来不胜解,堪思李郭共仙舟。鲈亭鹤市,王氏乡土之名胜。

合璧连珠 龟谷行评

是日清使一行亦临席上赋呈各位

避暑乾坤清气楼,豪游送客返长洲。银河此去应非远,汉使星槎半日留。呈何如璋

枕水高楼暮色清,客中送客若何情。秋风已及莼鲈候,想像梦魂皈四明。呈张斯桂,张四明人。

水楼呼酒避尘埃,残热依然夕日颓。应想浙江潮热壮,凉天雪阵撼山来。呈沈文荧,浙江人。

澄空如镜夕阳开,百尺江楼凉气催。欲洗岭南炎热想,莲峰白雪入栏来。呈黄遵宪,岭南人。

公度:欠阁下诗债太多。仆畏暑喜懒,又兼多俗冗,故迟缓如此。然既诺,必不能食言。乞谅之。

岳阳先生

宪白

增田:先生聪敏有雅操,实一坐颜回。闻已著《日本纪事诗》百余篇,迟缓之言不敢信。

公度:仆迂拙,故讷然若不出诸口,阁下误以为雅人也。暑中昨检阁下所著《清史揽要》,读之益钦仰。阁下所有诗债,必当急偿之。

增田:拙著必有所不适贵意,请一一垂教。如急偿,谨俟后命。

增田:前日安井翁墓额贵托之事,传之门生辈,闻欢声如雷。顷川田瓮江制翁之碑文,而评论垒涌,字数未定,以是致稽缓。不日送额式来,则与呈陈司马之书一并欲烦递送。瓮江又嘱贡曰:前日以沈公许贡之事语之何公,公亦颔。故再自阁下通之何公,则阁下之义显,而贡等之请亦随著,实为两便。是瓮江所望于阁下也,请谅之。

梅史:拜诺。

增田:阁下称陈宝渠为司马,司马浙江总兵之谓乎?

梅史:司马系同知之称。

据增田贡《清使笔语》卷四

与朝鲜修信使金宏集笔谈

一、光绪六年七月十五日笔谈

（1880 年 8 月 20 日）

（七月十五日。大清钦使参赞官黄遵宪、杨枢来。）

宪曰：海程遥远，王事驰驱，贤劳可敬。得接阁下大名，于四月中，有釜山递来消息，既如雷灌。（及）〔亟〕盼旌麾早临，得以略论时事，（饰）〔释〕一切悃忱。今日初见，春风蔼然，使人起敬。第不知滞留此间，为多少日？钦使何公亟欲图晤，从容半日，畅彼此怀抱，不审何日乃得暇？使仆敬清命。

宏曰：今蒙两先生辱临，甚惬宿愿。钦使何公，业拟即谒请教，速有冗扰，又值家忌，迄此迟滞，悚甚。明当进候。

宪曰：朝廷与贵国休戚相关，忧乐与共。近来时势，泰西诸国日见凌逼，我两国尤宜益加亲密。仆辈居东三年，与异类相酬酢，今得高轩之来，真不啻他乡逢故人，快慰莫可言。

宏曰：敝邦于中朝，义同内服。近日外事纷云，薪望更切，他乡故人之谕，实获我心。

宪曰：以仆鄙意，若得阁下常住东京，必于国事大有裨益。方今大势，实为四千年来之所未有，尧舜禹汤之所未及料，执古人之方以药今日之疾，未见其可。以阁下聪明，闻见日拓，将来主持国

·1429·

是,必能为亚细亚造福也。

宏曰:此行约于数旬间竣事即还,不可常驻。宇内大事,高论诚然,敝国僻在一隅,从古不与外国毗连。今则海舶迭来,应接戛戛,而国(少)〔小〕力弱,未易使彼知畏而退,甚切忧闷。然所恃者,惟中朝庇护之力。

宪曰:请此数语,足见忠爱之忧溢于言表。朝廷之于贵国,恩义甚固,为天下万国之所无。然思所以保此恩义使万世无疆者,今日之急务在力图自强而已。

宏曰:"自强"二字,至矣尽矣,敢不敬服。

宪曰:闻高论,使人豁然开朗,又使人肃拜,亦乞波及。

宪曰:明日何时枉顾,归当禀告,必应扫径拱候也。天晚,敢告辞,笔谈数纸,乞以见惠,感甚感甚。

宏曰:明日拜圣庙仍转晋,计似稍晚也。

据金宏集《修信使日记》(韩国《高丽大学影印丛书》第三辑
《金弘集集遗稿》,据高丽大学中央图书馆藏写本影印,
韩国高丽大学出版部 1976 年版)

二、光绪六年七月十六日笔谈

（1880 年 8 月 21 日）

（七月十六,往大清公署）

宏曰:旌节久驻海外,声□远播天下,引领东望,常切倾慕。今也萍缘幸凑,荆愿获遂,但叩谒此庭,是为悚仄。

璋曰:过誉,猥不敢当。阁下冒暑远役,此行良苦。昨日敝署黄参赞上谒,荷延接周至,谢谢。今日又承枉顾,得亲雅教,快甚。

宏曰:赐接款洽,极为逾分,愧甚悚甚。

璋曰:旌节已来,希在此多住几日,得以从容过从,畅聆大教,尤为快事。

宏曰:在此时敢不源源拜诲。

璋曰:我朝与贵国义同一家,今日海外相逢,尤为亲密,彼此均不拘形迹。容日仆当趋晤畅谈也。

宏曰:盛教更为亲切然敬恭。

璋曰:使节之来,闻有大事三,不知既与日本外务言之否? 唐突敢问。

宏曰:使事概为报聘,书契中有定税一事而已。

宪曰:钦使何公于商务能悉其利弊,于日本事能知其情伪。有所疑难,望一切与商。我两国如同一家,阁下必能鉴此。

黄遵宪集

宏曰：仆来此，大小事专仰钦使指导，而形迹亦不能不存嫌，所以稍迟迟，庶谅此意。

宪曰：贵国与日本所缔条约，仆未见汉文稿。能饬人抄惠一分，感谢不已。

宏曰：谨当如教。仆向请大著《日本杂事诗》，仰重大名久矣。又《日本志》未及见，敢问卷帙可将几许？

宪曰：今日承雅教，欢慰之极。仆著《日本杂事诗》，近游戏之心，不知阁下何处见之？然既承青览，他日过访，再当敬呈数部乞正。《日本志》，仆与何公同为之，卷帙浩博，可为三十卷，姑未清草。

宏曰：《杂事诗》见惠之教多感。《日本志》异日人。① 视同一家，感刻何极。宠临之命，猥不敢当。

璋曰：此间天气较贵国何如？月来酷暑逼人，想阁下行装甫卸，酬应纷纷，亦苦劳顿否？阁下精神志气正是英发之时，虽天气稍暑不劳也。

宏曰：此间晚暑与敝处一般。涉海之余不应无恙也。

璋曰：此间官府诸事均极整理，阁下有暇，不妨约宫本先生到如②处一览。

宏曰：指教可见相爱之至。才已偕宫本公历览一处而来。

璋曰：敝先生③是我国最通时务之人，今年逾六旬，神明犹如四十许人，亦异禀也。

宏曰：近读《万国公法》序文，先生蕴抱早已仰悉。年高德邵，

---

① 原文如此。

② 如，疑为此或各。

③ 原缺三字，据文意，似指公使馆副使张斯桂。

神明益旺,尤可敬也。

　　璋曰:承高轩枉过,谢谢。改日走谒,畅聆大教。

据金宏集《修信使日记》

三、光绪六年八月二日笔谈

（1880年9月6日）

（黄参赞来）

宪曰：行程之发有日，特来一话，能稍假容易，幸甚。

宏曰：行期此迫，怅甚。午后通有干，伊前可以拜诲。

宪曰：闻花房公使同行，信否？将附三菱商社轮船往耶，别乘何船耶？

宏曰：花房行期尚未闻。归时当乘三菱社船为计。

宪曰：仆平素与何公使商略贵国急务，非一朝一夕，今辄以其意见书之于策，凡数千言。知阁下行期逼促，恐一二见面不达其意，故迩来费数日之力草，虽谨冒渎尊严上呈，其中过激之言，千万乞恕，鉴其愚而怜其诚是祷。

宏曰：见示册子，万万感铭，胜似逢场笔话多矣。得暇奉阅，仍当携归，俾我国人咸知上国诸公之眷念如是厚且挚矣。

宪曰：乞于暇时再熟览而深思之，第其中所未及，有近日商量之禁输出米、定税则二事，何公使尚有一二意见，徐陈大概。敢问此二事既议妥否？

宏曰：防米、定税，向与外务公干。两言不相合，且非委任，实难擅行，姑俟归后再行议妥。彼谓我全昧商务，而遽尔重税，必滋葛藤,非渠坚执云。本国从未识外国事情,此等处极是难办,甚闷甚闷。

宪曰:何公使每见日人,常劝其事事务持大体,且告之曰:"既欲两国之交以防俄,而多所要挟,益滋朝鲜疑惧,恐大局亦坏。"彼亦深以为然,故不甚坚执也。第输米一事,查日本全国产米甚富,所仰给于朝鲜者,惟对马岛耳,输出亦不足为大患。且我有所输出,彼亦有所输入。若遇饥馑,亦有利益。若欲防其输出太多,则惟有税则由我之一法。加税而防之,则操纵皆自我矣。前所送日本约稿,今纵不必防其值三十之重,但与之声明税则由我自定之一语,则事事不掣肘也。

宏曰:指教明晰,甚感。输米事,彼亦曰重其税而抑之,又限石数而节之,何害于国。我又诘其转售他国,则曰在公法,万国谷价常欲均平云。第俟定税时,另立重税却好。税尚未定而米税之自我先言,恐无济于事。

宪曰:万国公法不禁输米,若遇凶年,亦何以禁?英、德之米麦常仰于俄,而今年不熟,亦禁输他国,亦不得有后言。故曰不如声明税则由我自主之一语为善也。仆料禁输之事,彼不难应命,盖此事于彼无关大要也。特为朝鲜本国计,与其一切禁输致碍他日凶年之输入,不如加税防之,由我自主也。

宏曰:今观日人动静,只以我未识外事,代为闷查,苟得交情益固,似不以从前得失挂心。此果出于其情,而无可疑否?

宪曰:今日情势,日本万万不能图朝鲜,仆策中既详言之矣。其望朝鲜强,欲与朝鲜联衡,实出于真情。特其国人好胜贪利,不甚阔达,故时时有所碍难耳。朝鲜急图外交,于一切通弊了然于胸,彼自不能多所要求也。税则一事,以彼近事为言,所谓以矛陷盾,极为妙事。

宏曰:往在丙丁,敝土奇荒,彼输米到釜港出售,南民多得此粒食,始不出于好意。

宪曰:从前输米一事,彼非有别心,极欲望朝鲜之缔交,而为是而市欢心也。其所以如此者,仆策中详述之。而日本旧日收税收米不收金,是皆政府之所储,贩之又可以图利耳。

宪曰:收税之法有一极妙策,但使我定一值百抽多少之立意。如欲值百抽十,则于贸物到关时,由税吏占量时价,货值一百则取其十。彼商人不愿,则官吏受而购之。既与时价等,转卖之人,亦不至亏,彼商人无怨言。此日本税则中所不将事事物物逐一胪列者,即用此法也。此万国通行之例,能知此,无难事耳。

宏曰:此策果绝妙,仆亦来此闻之。欲为此,则税关得其人,且有财然后可行。

宪曰:此事究可行,关吏能知物价人为之足矣。受卖货物,不必国有财,盖明值百之货,结以九十,则不吃亏。总之,此刻贵国讲论税事,尚无关大得失。惟切记切记,与他人立约,必声明细则由我自主之一语,以待他日。不然则如日本需十数年乃能议改,而尚未定矣。日本新拟约稿,本系法文。由法译英文,由英译汉文,故其文义颇未明显。其中用意甚深,措辞极微,即花房公使所谓考求十数年而后有此也。恨为日无多,不及与阁下述其故。然阁下解人,细观之,必知其情。但能师其大意,为益多矣。

宏曰:节节精到。税人多寡不足计,迟速不足论,惟自不被人牵制,为今日最急切之要务,敢不敬服。

宪曰:税之多寡,于国关系不重。惟输出之金银多于输入,则民生窘而国计危矣。财为生人养命之源,拱手而致之他人,民贫而乱作矣。日本通①十数年，输出金银至于十二千万之多，朝野上下，半不聊生，此税则由他人商定之害也。苟能重课进口货，则外货米源不多，即金银输出不多，何至于此。故税则自定之语，一乃全国安危之所系，不可以不谨也。

宏曰：输出价值多于输入，则通商有利，安见其害？敝处输入想亦不多，而输出则国贫无产，尤当少少矣。输入之物，非公然与人，不失我之钱耶？欲救其弊，不得不师彼之所为，务农兴商，使我之出品亦足以取人之金钱而后可耶？敝国朝野，只有凛遵成宪，安于俭啬而已，万不可议此也。

宪曰：去年一岁，朝鲜输出之货多于输入价值七万有余。今日通商尚无害，他日须设法防之，筹策救之耳。朝鲜苟能终闭关，未始非乐国，特无如不能何也，噫！

宏曰：通商虽无显害，日后应接极难，以是为苦。闭关亦不足无上善策，我国读书人皆以通商为不可，此论于时务何如？窃想中朝亦多有主持正大之论者矣。

宪曰：今日尚欲闭关，可谓不达时务之甚。仆策中既详及之，请归而与当局有力者力主持之。扶危正倾，是君君子。

又曰：归国之后，他日欲通音讯，当从何处寄乃不付浮沉？

宏曰：惠函由釜山领事馆转寄似好，或由北京永平游太守递送，如何？

宪曰：由北京转寄②时日，由釜山寄又虑万一为人偷视。若得釜山商人住址，收到此间□商人寄去。交东莱府伯，乃妥善耳。

----

① 原文如此，疑脱"商"字。
② 原文如此，疑有脱讹。

宏曰：敝土无商业可信者，釜山有办察官常住，若此处商人到釜交伊，可免浮沉。

宪曰：仆意所虑偷视，按日本邮便规则，本无虑。特虑万一有急报，不得不密耳。寻常书函由釜山领事官交府伯，必无阻碍否？

宏曰：寻常书函由领事交府伯无碍，密线苦未易。

宪曰：机事务密，万万如此。惟今日形势，万国皆无所讳，在有心人求之耳。

宏曰：当更深思，明晤时再告。

遵宪：明日再晤，仆有一团扇在院西手，乞赐书数字，明日见还。又有何公使之友人代购朝鲜碑帖一纸，请归国后择其都市通行，每样购二三份。其远道难致者则不必也。费神感甚。

宏曰：仆笔甚劣，恐徒污扇面。然吾辈相与，恐工拙亦不须计，当如戒。碑帖归后广求副教。东人罕嗜金石，得之未易，多少不敢预告也。

宪曰：都市中有者购之足矣。琐事不足介意，他日或有，由釜山寄来亦可。

宪曰：今日承麈教，怅慰莫甚。天涯相聚，可谓奇缘，未知何日再得良晤耳。

宏曰：天涯相逢，又当相别，此恨何堪。未知钦使何当复命。若得复见，阁下于金台之上，何幸何幸！

宪曰：本系三年任满，即为（爪）〔瓜〕代之期。但代者未闻其人，恐在此再驻耳。若得相见于北京，幸甚幸甚！

据朝鲜金宏集《修信使日记》

中国近代人物文集丛书

黄 遵 宪 集

（四）

陈　铮　主编

中 华 书 局

第六编 专 著

日本国志

日本国志序

东方诸国，足以自立、足以有为者，惟中国与日本而已。日本创国周秦之间，通使于汉，修贡于魏，而宾服于唐最久亦最亲。当唐盛时，日本虽自帝其国，然事大之礼益虔，喁喁向风，常选子弟入学，观摩取法，用能沾濡中国前圣人之化；人才文物，盖彬彬焉，与高丽、新罗、百济诸国殊矣。唐季衰乱，日本聘使始绝，内变继作。驯至判为南北，裂为群侯，豪俊麇沸云扰，其迭起而执魁柄者，则有平氏、源氏、北条氏、足利氏、织田氏、丰臣氏、德川氏。七八百年之间，国主高拱于上，强臣擅命于下，凡所谓国政民风、邦制朝章，往往与时变迁，纷纭糅杂，莫可究诘。中国自元祖误用降将，黩武丧师。有明中叶，内政不修，奸民冒倭人旗帜，群起为寇，遂使日本益藐视中国、颛颛独居东海中，芒不知华夏广远。一二枭桀者流，辄欲冯陵我藩服，踦龁我疆圉，憪然自大，甚骜无道。中国拒之，亦务如坊制水，如垣御风，勿使稍有侵漏。由是两国虽同在一洲，情谊乖违，音问隔绝。近世作者如松龛徐氏、默深魏氏，于西洋绝远之国，尚能志其崖略，独于日本，考证阙如，或稍述之，而惝恍疏阔，竟不能稽其世系疆域，犹似古之所谓三神山者之可望不可至也。

咸丰、同治以来，日本迫于外患，廓然更张，废群侯，尊一主，斥霸府,联邦交,百务并修,气象一新,慕效西法,罔遗余力。虽其改正朔,易服色,不免为天下讥笑;然富强之机,转移颇捷,循是不辍,当有可与西国争衡之势。其创制立法,亦颇炳焉可观。且与中国缔交遣使,睦谊渐敦,旧嫌尽释矣。自今以后,或因同壤而世为仇雠,有吴越相倾之势;或因同盟而互为唇齿,有吴蜀相援之形。时变递嬗,迁流靡定,惟势所适,未敢悬揣。然使稽其制而阙焉弗详,觇其政而瞢然罔省,此究心时务闳览劬学之士所深耻也。

嘉应黄遵宪公度,以著作才,屡佐东西洋使职。(先)〔光〕绪初年,为出使日本参赞,始创《日本国志》一书,未卒业,适他调;旋谢事,闭门赓续成之。采书至二百余种,费日力至八九年,为类十二,为卷四十,都五十余万言。

岁甲午,余蒇英法使事,将东归,公度邮致其稿巴黎,属为之序。且曰:"方今研史例而又谙外国情势者,无逾先生,愿得一言以自壮。"余浏览一周,喟曰:此奇作也,数百年来鲜有为之者。自古史才难而作志尤难,盖贯穿始末,鉴别去取,非可率尔为也。而况中东暌隔已久,纂辑于通使方始之际乎?公度可谓闳览劬学之士矣。速竣剞劂,以饷同志,不亦盛乎?他日者家置一编,验日本之兴衰,以卜公度之言之当否可也。

光绪二十年春三月

钦差大臣出使英法义比四国二品顶戴都察院左副都御史薛福成

序于巴黎使馆

日本国志叙

　　《周礼》小行人之职,使适四方,以其万民之利害为一书,礼俗政事教治刑禁之顺逆为一书,以反命于王。其《春官》之外史氏,则掌四方之志。郑氏曰:"谓若晋之《乘》,楚之《梼杌》是也。"古昔盛时,已遣辎轩使者于四方,采其歌谣,询其风俗。又命小行人编之为书,俾外史氏掌之,所以重邦交、考国俗者,若此其周详郑重也。自封建废而为郡县,中国归于一统,不复修遣使列邦之礼,若汉之匈奴、唐之回纥,国有大事,间一遣使;若南北朝,若辽、宋、金、元,虽岁时通好,亦不过一聘问、一宴飨而已。

　　道咸以来,海禁大开,举从古绝域不通之国,皆鳞集麇聚,重译而至。泰西通例,各遣国使,互驻都会,以固邻好,而觇国政。内外大臣迭援是以为请,朝廷因遣使巡视诸国,至今上光绪元、二年间,遂有遣使驻扎之举。丙子之秋,翰林侍讲何公实膺出使日本大臣之任,奏以遵宪充参赞官。窃伏自念今之参赞官即古之小行人、外史氏之职也。使者捧龙节,乘驷马,驰驱靮掌,王事靡盬,盖有所不暇于文字之末。若为之僚属者,又不从事于采风问俗,何以副朝廷咨诹询谋之意。既居东二年,稍稍习其文,读其书,与其士大夫交游,遂发凡起例,创为《日本国志》一书。朝夕编辑,甫创稿本,复奉命充美国总领事官,政务靡密,无暇卒业,盖几几乎中辍矣。乙酉之秋，由美回华，星使郑公既解任，继之者张公，仍促余往，而两广制府张公，又命遵宪为巡察南洋诸岛之行。遵宪念是书弃置可惜，均谢不往。家居有暇，乃闭门发箧，重事编纂，又几阅两载，而后书成。凡为类十二，为卷四十。

　　昔契丹主有言："我于宋国之事，纤悉皆知；而宋人视我国事，如隔十重云雾。"以余观日本士夫，类能读中国之书，考中国之事；而中国士夫，好谈古义，足已自封，于外事不屑措意。无论泰西，即日本与我，仅隔一衣带水，击柝相闻，朝发可以夕至，亦视之若海外三神山，可望而不可即，若邹衍之谈九州，一似六合之外荒诞不足论议也者，可不谓狭隘欤？虽然，士大夫足迹不至其地，历世纪载又不详其事，安所凭藉，以为考证之资，其狭隘也亦无足怪也。窃不自揆，勒为一书，以其体近于史志，辄自称为外史氏，亦以外史氏职在收掌，不敢居述作之名也。抑考外史氏掌五帝三王之书，掌四方之志，今之士夫亦思古人学问，考古即所以通今，两不偏废如此乎？书既成，谨志其缘起，并以质之当世士夫之留心时务者。

光绪十三年夏五月　黄遵宪公度自叙

凡　例

一、自儒者以笔削说《春秋》，谓降杞为子，贬荆为人，所以示书法，是谬悠之谭也。自史臣以内辞尊本国，谓北称索虏，南号岛夷，所以崇国体，是狭陋之见也。夫史家纪述，务从实录，无端取前古之人、他国之君而易其名号，求之人情，奚当于理？矧《会典》所载，本非朝贡之班，国书往来，待以邻交之礼者乎？此编所书，采摭诸史，曰皇曰帝，概从旧称。

一、《周礼·职方》：“掌天下之图，以知其要。”而太史公曰：“吾见周谱，旁行斜上，故因而作表。”盖物非图则不明，事非表则不详。然三国以后，六代以前，表竟缺如。若图绘之学，有为《六经图》者，有为《三才图会》者，书皆单行，不入于史。今所撰地理志，以图附志后；职官诸志，以表入志中。体创自今，义因于古，以便阅者解带、触目了然耳。

一、班固《艺文》之志，陈寿辅臣之赞，皆有小注。其后，萧大圜《淮海乱离志》、羊衒之《洛阳伽蓝志》、宋孝王《关东风俗传》，扩充其体，子注愈繁。盖除烦则意有所吝，毕载则言有所妨，为斯变体不得不然者也。今仿其体，附以分注。其有事同时异，而连类并及；或繁辞碎义，而考证必需者，悉为小注，附于行间。至纪载之外，间论得失，则仿裴松之之《三国志》、刘昭之《续汉志》云尔。

一、此书官名、地名、事名、物名,皆以日本为主,不假别称,如官有老中、目付之名,吏有与力、足轻之类,即文不雅驯者,亦仍其称,别以小注释之。《穀梁传》所谓名从主人也。然至于叙述称谓,则以作志者为主,不为内辞,如称君长不曰上,对别国不曰我之类。其与中国交涉者,事以彼为主,称以我为主。苏洵所谓谱吾作也。不敢如叶隆礼之《契丹国志》,忽内辽而外宋,忽外辽而内宋;亦不敢如史迁之晋、楚诸世家,一一称我也。

一、此书编年纪月,不得不用日本年号。惟日本史中国颇少传本。近世如李申耆之《纪元篇》、林乐知之《四裔年表》,虽较详赡,尚多谬误。今别作《中东年表》,著之卷首,以便观者。

一、日本纪里之法,以六尺为一间,六十间为一町,三十六町为一里,每一里有一万二千九百六十尺,当中国八里有奇。计亩之法,以六尺为一步,三十步为一亩,十亩为一段,十段为一町,每一亩为一百八十尺,当中国三十六弓。日本计钱之法,如墨西哥银一圆为一圆,以一圆析十分之一为十钱,析百分之一为一钱;以一钱析十分之一为一厘,每一钱五六当中国银一分,每十钱五六当中国银一钱。日本丈尺之法,积十寸为一尺,积十尺为一丈,每一尺一寸七分三当中国一尺,每一丈一尺七寸三当中国一丈。日本权衡之法,积十钱为一两,积十六两为一斤,积一百两为一贯,每百六十二钱四三强当中国一斤,每十六贯二四三强当中国一百斤。日本概量之法,以十撮为一勺,十勺为一合,十合为一升,十升为一斗,十斗为一石,大概同于中国。篇中所书,皆日本通行之法,特识于此,以发其凡。

一、志中所载纪数诸表,例以三字为一位,例以末位为单数,谓一至九。即以最卑之位为起算之始。如末位为单数,其上为十,其上为百,其上为千,其上为万,累积至九位则为亿。十千万为亿。例如计户口,其最卑之位注明口字,表中作三三三,即为三百三十三人;又如计银钱,其最卑之位注明圆字,表中作三三三三三三,即为三十三万三千三百三十三圆也;又如表中作三〇三〇三〇,即为三十万零三千零三十;表中作三三三〇〇〇,即为三十三万三千。所有圆围,盖以定位,其他依此可以类推。间有变例,或以末位为十百千万之数,或以末位为毫厘丝忽之数,均于行间注明,以便计算。或又变二字为一位,四字为一位,亦旁缀小点,以示区别。

　　一、日本自维新以来,举凡政令之沿革,制度之损益,朝令夕改,月异而岁不同。至明治十一二年,百度修明,规模较定,而以时更张者,仍复不少。今此编悉以明治十三四年为断。其十五年以后,改易新政,当付之补编,俟诸异日。

　　一、日本古无志书,近世源光国作《大日本史》,仅成兵、刑二志;蒲生秀实欲作氏族、食货诸志,有志而未就;仅有《职官》一志,已刊行。新井君美集中有田制、货币考诸叙,亦有目而无书,此皆汉文之史而残阙不完,则考古难。维新以来,礼仪典章颇彬彬矣,然各官省之职制、章程、条教、号令,虽颇足征引,而概用和文,即日本文,以汉字及日本字联缀而成者也。日本每自称为和国。不可胜译,则征今亦难,此采辑之难也。以他国之人,寓居日浅,语言不达,应对为烦,则询访难;以外国之地,襄助乏人,浏览所及,缮录为劳,则抄撮亦难,此编纂之难也。既非耳目经见之书,又多名称僻异之处,而其中事物之名,有以和文译汉文者;有以英文译和文、再译汉文者;或同字而异文,或有音而无义,则校雠亦颇为难。兼是三难,又乏才学,力小任重,每自兢兢,搁笔仰屋,时欲中辍。徒以积历年岁,黾勉朝夕,经营拮据,幸以成书。其中芜杂之讥,疏漏之诮,诚知不免。瞻仰前修，引盼来哲，庶有达者理而董之。所为每一展卷，辄愧悚交集，旁皇竟日者矣。

一、检昨日之历以用之今日则妄，执古方以药今病则谬，故杰俊贵识时。不出户庭而论天下事则浮，坐云雾而观人之国则闇，故兵家贵知彼。日本变法以来，革故鼎新，旧日政令百不存一。今所撰录，皆详今略古，详近略远。凡牵涉西法，尤加详备，期适用也。若夫大八洲之事，三千年之统，欲博其事、详其人，则有日本诸史在。

黄遵宪公度自识

卷首　中东年表[①]

考日本诸史,均托始神武。近仿西人以耶稣降生纪元之例,又以神武即位之元年辛酉为纪元之始,至今皇明治五年壬申称为二千五百三十二年,尔后凡外交条约、内国政典,每冠以是称。惟考神武在位七十六年,递传八世而至崇神:曰绥靖,在位三十三年;曰安宁,在位三十八年;曰懿德,在位三十四年;曰孝昭,在位八十三年;曰孝安,在位一百二年,曰孝灵,在位七十六年;曰孝元,在位五十七年,曰开化,在位六十年;凡四百八十余年,均无事足述。今故以崇神纪元为始,而仍以神武之元年,纪诸篇首云。

辛酉　周惠王十七年神武帝元年（前660年）	自神武元年至崇神元年共五百六十四年	甲申　汉孝武皇帝天汉四年崇神帝元年（前97年）	乙酉　汉太始元年 二年（前96年）	丙戌　汉太始二年 三年（前95年）

---

① 年表中括号内的公元年份系本集编者所加,以资对照,方便利用。

丁亥 汉	戊子 汉	己丑 汉	庚寅 汉	辛卯 汉
太始三年	太始四年	征和元年	征和二年	征和三年
四年 （前94年）	五年 （前93年）	六年 （前92年）	七年 （前91年）	八年 （前90年）
壬辰 汉	癸巳 汉	甲午 汉	乙未 汉 孝昭皇帝	丙申 汉
征和四年	后元元年	后元二年	始元元年	始元二年
九年 （前89年）	十年 （前88年）	十一年 （前87年）	十二年 （前86年）	十三年 （前85年）
丁酉 汉	戊戌 汉	己亥 汉	庚子 汉	辛丑 汉
始元三年	始元四年	始元五年	始元六年	元凤元年
十四年 （前84年）	十五年 （前83年）	十六年 （前82年）	十七年 （前81年）	十八年 （前80年）
壬寅 汉	癸卯 汉	甲辰 汉	乙巳 汉	丙午 汉
元凤二年	元凤三年	元凤四年	元凤五年	元凤六年
十九年 （前79年）	二十年 （前78年）	二十一年 （前77年）	二十二年 （前76年）	二十三年 （前75年）
丁未 汉	戊申 汉 孝宣皇帝	己酉 汉	庚戌 汉	辛亥 汉
元平元年	本始元年	本始二年	本始三年	本始四年
二十四年 （前74年）	二十五年 （前73年）	二十六年 （前72年）	二十七年 （前71年）	二十八年 （前70年）

壬子　汉	癸丑　汉	甲寅　汉	乙卯　汉	丙辰　汉
地节元年	地节二年	地节三年	地节四年	元康元年
二十九年 （前69年）	三十年 （前68年）	三十一年 （前67年）	三十二年 （前66年）	三十三年 （前65年）
丁巳　汉	戊午　汉	己未　汉	庚申　汉	辛酉　汉
元康二年	元康三年	元康四年	神爵元年	神爵二年
三十四年 （前64年）	三十五年 （前63年）	三十六年 （前62年）	三十七年 （前61年）	三十八年 （前60年）
壬戌　汉	癸亥　汉	甲子　汉	乙丑　汉	丙寅　汉
神爵三年	神爵四年	五凤元年	五凤二年	五凤三年
三十九年 （前59年）	四十年 （前58年）	四十一年 （前57年）	四十二年 （前56年）	四十三年 （前55年）
丁卯　汉	戊辰　汉	己巳　汉	庚午　汉	辛未　汉
五凤四年	甘露元年	甘露二年	甘露三年	甘露四年
四十四年 （前54年）	四十五年 （前53年）	四十六年 （前52年）	四十七年 （前51年）	四十八年 （前50年）
壬申　汉 黄龙元年	癸酉　汉 孝元皇帝 初元元年	甲戌　汉 初元二年	乙亥　汉 初元三年	丙子　汉 初元四年
四十九年 （前49年）	五十年 （前48年）	五十一年 （前47年）	五十二年 （前46年）	五十三年 （前45年）

丁丑 汉	戊寅 汉	己卯 汉	庚辰 汉	辛巳 汉
初元五年	永光①元年	永光二年	永光三年	永光四年
五十四年 （前44年）	五十五年 （前43年）	五十六年 （前42年）	五十七年 （前41年）	五十八年 （前40年）
壬午 汉	癸未 汉	甲申 汉	乙酉 汉	丙戌 汉
永光五年	建昭元年	建昭二年	建昭三年	建昭四年
五十九年 （前39年）	六十年 （前38年）	六十一年 （前37年）	六十二年 （前36年）	六十三年 （前35年）
丁亥 汉	戊子 汉	己丑 汉 孝成皇帝	庚寅 汉	辛卯 汉
建昭五年	竟宁元年	建始元年	建始二年	建始三年
六十四年 （前34年）	六十五年 （前33年）	六十六年 （前32年）	六十七年 （前31年）	六十八年 （前30年）
壬辰 汉	癸巳 汉	甲午 汉	乙未 汉	丙申 汉
建始四年 垂仁帝 元年	河平元年 二年	河平二年 三年	河平三年 四年	河平四年 五年
（前29年）	（前28年）	（前27年）	（前26年）	（前25年）
丁酉 汉	戊戌 汉	己亥 汉	庚子 汉	辛丑 汉
阳朔元年	阳朔二年	阳朔三年	阳朔四年	鸿嘉元年
六年 （前24年）	七年 （前23年）	八年 （前22年）	九年 （前21年）	十年 （前20年）

---

① "永光"，底本误作"元光"，今据《汉书》卷九《元帝纪》改，下同。

壬寅　汉 鸿嘉二年 十一年 （前 19 年）	癸卯　汉 鸿嘉三年 十二年 （前 18 年）	甲辰　汉 鸿嘉四年 十三年 （前 17 年）	乙巳　汉 永始元年 十四年 （前 16 年）	丙午　汉 永始二年 十五年 （前 15 年）
丁未　汉 永始三年 十六年 （前 14 年）	戊申　汉 永始四年 十七年 （前 13 年）	己酉　汉 元延元年 十八年 （前 12 年）	庚戌　汉 元延二年 十九年 （前 11 年）	辛亥　汉 元延三年 二十年 （前 10 年）
壬子　汉 元延四年 二十一年 （前 9 年）	癸丑　汉 绥和元年 二十二年 （前 8 年）	甲寅　汉 绥和二年 二十三年 （前 7 年）	乙卯　汉 孝哀皇帝 建平元年 二十四年 （前 6 年）	丙辰　汉 建平二年 二十五年 （前 5 年）
丁巳　汉 建平三年 二十六年 （前 4 年）	戊午　汉 建平四年 二十七年 （前 3 年）	己未　汉 元寿元年 二十八年 （前 2 年）	庚申　汉 元寿二年 二十九年 （前 1 年）	辛酉　汉 孝平皇帝 元始元年 三十年 （公元元年）
壬戌　汉 元始二年 三十一年 （2 年）	癸亥　汉 元始三年 三十二年 （3 年）	甲子　汉 元始四年 三十三年 （4 年）	乙丑　汉 元始五年 三十四年 （5 年）	丙寅　汉 孺子婴 居摄元年 三十五年 （6 年）

丁卯　汉 居摄二年 三十六年 （7 年）	戊辰　汉 初始元年 三十七年 （8 年）	己巳　汉 新莽 始建国元年 三十八年 （9 年）	庚午　汉 始建国二年 三十九年 （10 年）	辛未　汉 始建国三年 四十年 （11 年）
壬申　汉 始建国四年 四十一年 （12 年）	癸酉　汉 始建国五年 四十二年 （13 年）	甲戌　汉 天凤元年 四十三年 （14 年）	乙亥　汉 天凤二年 四十四年 （15 年）	丙子　汉 天凤三年 四十五年 （16 年）
丁丑　汉 天凤四年 四十六年 （17 年）	戊寅　汉 天凤五年 四十七年 （18 年）	己卯　汉 天凤六年 四十八年 （19 年）	庚辰　汉 地皇元年 四十九年 （20 年）	辛巳　汉 地皇二年 五十年 （21 年）
壬午　汉 地皇三年 五十一年 （22 年）	癸未　汉 更始帝 元年 五十二年 （23 年）	甲申　汉 二年 五十三年 （24 年）	乙酉　汉 光武皇帝 建武元年 五十四年 （25 年）	丙戌　汉 建武二年 五十五年 （26 年）
丁亥　汉 建武三年 五十六年 （27 年）	戊子　汉 建武四年 五十七年 （28 年）	己丑　汉 建武五年 五十八年 （29 年）	庚寅　汉 建武六年 五十九年 （30 年）	辛卯　汉 建武七年 六十年 （31 年）

壬辰 汉 建武八年 六十一年 （32 年）	癸巳 汉 建武九年 六十二年 （33 年）	甲午 汉 建武十年 六十三年 （34 年）	乙未 汉 建武十一年 六十四年 （35 年）	丙申 汉 建武十二年 六十五年 （36 年）
丁酉 汉 建武十三年 六十六年 （37 年）	戊戌 汉 建武十四年 六十七年 （38 年）	己亥 汉 建武十五年 六十八年 （39 年）	庚子 汉 建武十六年 六十九年 （40 年）	辛丑 汉 建武十七年 七十年 （41 年）
壬寅 汉 建武十八年 七十一年 （42 年）	癸卯 汉 建武十九年 七十二年 （43 年）	甲辰 汉 建武二十年 七十三年 （44 年）	乙巳 汉 建武二十一年 七十四年 （45 年）	丙午 汉 建武二十二年 七十五年 （46 年）
丁未 汉 建武二十三年 七十六年 （47 年）	戊申 汉 建武二十四年 七十七年 （48 年）	己酉 汉 建武二十五年 七十八年 （49 年）	庚戌 汉 建武二十六年 七十九年 （50 年）	辛亥 汉 建武二十七年 八十年 （51 年）
壬子 汉 建武二十八年 八十一年 （52 年）	癸丑 汉 建武二十九年 八十二年 （53 年）	甲寅 汉 建武三十年 八十三年 （54 年）	乙卯 汉 建武三十一年 八十四年 （55 年）	丙辰 汉 中元元年 八十五年 （56 年）

丁巳 汉 中元二年 八十六年 （57年）	戊午 汉 孝明皇帝 永平元年 八十七年 （58年）	己未 汉 永平二年 八十八年 （59年）	庚申 汉 永平三年 八十九年 （60年）	辛酉 汉 永平四年 九十年 （61年）
壬戌 汉 永平五年 九十一年 （62年）	癸亥 汉 永平六年 九十二年 （63年）	甲子 汉 永平七年 九十三年 （64年）	乙丑 汉 永平八年 九十四年 （65年）	丙寅 汉 永平九年 九十五年 （66年）
丁卯 汉 永平十年 九十六年 （67年）	戊辰 汉 永平十一年 九十七年 （68年）	己巳 汉 永平十二年 九十八年 （69年）	庚午 汉 永平十三年 九十九年 （70年）	辛未 汉 永平十四年 景行帝 元年 （71年）
壬申 汉 永平十五年 二年 （72年）	癸酉 汉 永平十六年 三年 （73年）	甲戌 汉 永平十七年 四年 （74年）	乙亥 汉 永平十八年 五年 （75年）	丙子 汉 孝章皇帝 建初元年 六年 （76年）
丁丑 汉 建初二年 七年 （77年）	戊寅 汉 建初三年 八年 （78年）	己卯 汉 建初四年 九年 （79年）	庚辰 汉 建初五年 十年 （80年）	辛巳 汉 建初六年 十一年 （81年）

壬午 汉	癸未 汉	甲申 汉	乙酉 汉	丙戌 汉
建初七年	建初八年	元和元年	元和二年	元和三年
十二年 （82年）	十三年 （83年）	十四年 （84年）	十五年 （85年）	十六年 （86年）
丁亥 汉	戊子 汉	己丑 汉 孝和皇帝	庚寅 汉	辛卯 汉
章和元年	章和二年	永元元年	永元二年	永元三年
十七年 （87年）	十八年 （88年）	十九年 （89年）	二十年 （90年）	二十一年 （91年）
壬辰 汉	癸巳 汉	甲午 汉	乙未 汉	丙申 汉
永元四年	永元五年	永元六年	永元七年	永元八年
二十二年 （92年）	二十三年 （93年）	二十四年 （94年）	二十五年 （95年）	二十六年 （96年）
丁酉 汉	戊戌 汉	己亥 汉	庚子 汉	辛丑 汉
永元九年	永元十年	永元十一年	永元十二年	永元十三年
二十七年 （97年）	二十八年 （98年）	二十九年 （99年）	三十年 （100年）	三十一年 （101年）
壬寅 汉	癸卯 汉	甲辰 汉	乙巳 汉	丙午 汉 孝殇皇帝
永元十四年	永元十五年	永元十六年	元兴元年	延平元年
三十二年 （102年）	三十三年 （103年）	三十四年 （104年）	三十五年 （105年）	三十六年 （106年）

黄遵宪集

丁未 汉孝安皇帝 永初元年 三十七年 （107 年）	戊申 汉 永初二年 三十八年 （108 年）	己酉 汉 永初三年 三十九年 （109 年）	庚戌 汉 永初四年 四十年 （110 年）	辛亥 汉 永初五年 四十一年 （111 年）
壬子 汉 永初六年 四十二年 （112 年）	癸丑 汉 永初七年 四十三年 （113 年）	甲寅 汉 元初元年 四十四年 （114 年）	乙卯 汉 元初二年 四十五年 （115 年）	丙辰 汉 元初三年 四十六年 （116 年）
丁巳 汉 元初四年 四十七年 （117 年）	戊午 汉 元初五年 四十八年 （118 年）	己未 汉 元初六年 四十九年 （119 年）	庚申 汉 永宁元年 五十年 （120 年）	辛酉 汉 建光元年 五十一年 （121 年）
壬戌 汉 延光元年 五十二年 （122 年）	癸亥 汉 延光二年 五十三年 （123 年）	甲子 汉 延光三年 五十四年 （124 年）	乙丑 汉 延光四年 五十五年 （125 年）	丙寅 汉孝顺皇帝 永建元年 五十六年 （126 年）
丁卯 汉 永建二年 五十七年 （127 年）	戊辰 汉 永建三年 五十八年 （128 年）	己巳 汉 永建四年 五十九年 （129 年）	庚午 汉 永建五年 六十年 （130 年）	辛未 汉 永建六年 成务帝 元年 （131 年）

壬申　汉	癸酉　汉	甲戌　汉	乙亥　汉	丙子　汉
阳嘉元年	阳嘉二年	阳嘉三年	阳嘉四年	永和元年
二年 （132 年）	三年 （133 年）	四年 （134 年）	五年 （135 年）	六年 （136 年）
丁丑　汉	戊寅　汉	己卯　汉	庚辰　汉	辛巳　汉
永和二年	永和三年	永和四年	永和五年	永和六年
七年 （137 年）	八年 （138 年）	九年 （139 年）	十年 （140 年）	十一年 （141 年）
壬午　汉	癸未　汉	甲申　汉	乙酉　汉 孝冲皇帝 永嘉元年	丙戌　汉 孝质皇帝 本初元年
汉安元年	汉安二年	建康元年		
十二年 （142 年）	十三年 （143 年）	十四年 （144 年）	十五年 （145 年）	十六年 （146 年）
丁亥　汉 孝桓皇帝 建和元年	戊子　汉 建和二年	己丑　汉 建和三年	庚寅　汉 和平元年	辛卯　汉 元嘉元年
十七年 （147 年）	十八年 （148 年）	十九年 （149 年）	二十年 （150 年）	二十一年 （151 年）
壬辰　汉	癸巳　汉	甲午　汉	乙未　汉	丙申　汉
元嘉二年	永兴元年	永兴二年	永寿元年	永寿二年
二十二年 （152 年）	二十三年 （153 年）	二十四年 （154 年）	二十五年 （155 年）	二十六年 （156 年）

丁酉 汉	戊戌 汉	己亥 汉	庚子 汉	辛丑
永寿三年	延熹元年	延熹二年	延熹三年	延熹四年
二十七年 （157 年）	二十八年 （158 年）	二十九年 （159 年）	三十年 （160 年）	三十一年 （161 年）
壬寅 汉	癸卯 汉	甲辰 汉	乙巳 汉	丙午 汉
延熹五年	延熹六年	延熹七年	延熹八年	延熹九年
三十二年 （162 年）	三十三年 （163 年）	三十四年 （164 年）	三十五年 （165 年）	三十六年 （166 年）
丁未 汉	戊申 汉 孝灵皇帝	己酉 汉	庚戌 汉	辛亥 汉
永康元年	建宁元年	建宁二年	建宁三年	建宁四年
三十七年 （167 年）	三十八年 （168 年）	三十九年 （169 年）	四十年 （170 年）	四十一年 （171 年）
壬子 汉	癸丑 汉	甲寅 汉	乙卯 汉	丙辰 汉
熹平元年	熹平二年	熹平三年	熹平四年	熹平五年
四十二年 （172 年）	四十三年 （173 年）	四十四年 （174 年）	四十五年 （175 年）	四十六年 （176 年）
丁巳 汉	戊午 汉	己未 汉	庚申 汉	辛酉 汉
熹平六年	光和元年	光和二年	光和三年	光和四年
四十七年 （177 年）	四十八年 （178 年）	四十九年 （179 年）	五十年 （180 年）	五十一年 （181 年）

壬戌 汉	癸亥 汉	甲子 汉	乙丑 汉	丙寅 汉
光和五年	光和六年	中平元年	中平二年	中平三年
五十二年 （182年）	五十三年 （183年）	五十四年 （184年）	五十五年 （185年）	五十六年 （186年）
丁卯 汉	戊辰 汉	己巳 汉	庚午 汉 孝献皇帝	辛未 汉
中平四年	中平五年	中平六年	初平元年	初平二年
五十七年 （187年）	五十八年 （188年）	五十九年 （189年）	六十年 （190年）	六十一年 （191年）
壬申 汉	癸酉 汉	甲戌 汉	乙亥 汉	丙子 汉
初平三年 仲哀帝 元年	初平四年 二年	兴平元年 三年	兴平二年 四年	建安元年 五年
（192年）	（193年）	（194年）	（195年）	（196年）
丁丑 汉	戊寅 汉	己卯 汉	庚辰 汉	辛巳 汉
建安二年	建安三年	建安四年	建安五年	建安六年
六年 （197年）	七年 （198年）	八年 （199年）	九年 （200年）	十年 （201年）
壬午 汉	癸未 汉	甲申 汉	乙酉 汉	丙戌 汉
建安七年	建安八年	建安九年	建安十年	建安十一年
十一年 （202年）	十二年 （203年）	十三年 （204年）	十四年 （205年）	十五年 （206年）

丁亥 汉 建安十二年 十六年 （207 年）	戊子 汉 建安十三年 十七年 （208 年）	己丑 汉 建安十四年 十八年 （209 年）	庚寅 汉 建安十五年 十九年 （210 年）	辛卯 汉 建安十六年 二十年 （211 年）
壬辰 汉 建安十七年 二十一年 （212 年）	癸巳 汉 建安十八年 二十二年 （213 年）	甲午 汉 建安十九年 二十三年 （214 年）	乙未 汉 建安二十年 二十四年 （215 年）	丙申 汉 建安二十一年 二十五年 （216 年）
丁酉 汉 建安二十二年 二十六年 （217 年）	戊戌 汉 建安二十三年 二十七年 （218 年）	己亥 汉 建安二十四年 二十八年 （219 年）	庚子 汉 建安二十五年① 二十九年 （220 年）	辛丑 三国 魏文皇帝② 黄初二年 三十年 （221 年）
壬寅 三国 黄初三年 三十一年 （222 年）	癸卯 三国 黄初四年 三十二年 （223 年）	甲辰 三国 黄初五年 三十三年 （224 年）	乙巳 三国 黄初六年 三十四年 （225 年）	丙午 三国 黄初七年 三十五年 （226 年）

① 建安二十五年，应为延康元年，即黄初元年（220 年）。
② 魏文皇帝，应位于左格黄初元年。

丁未　三国 魏明皇帝 太和元年 三十六年 （227年）	戊申　三国 太和二年 三十七年 （228年）	己酉　三国 太和三年 三十八年 （229年）	庚戌　三国 太和四年 三十九年 （230年）	辛亥　三国 太和五年 四十年 （231年）
壬子　三国 太和六年 四十一年 （232年）	癸丑　三国 青龙元年 四十二年 （233年）	甲寅　三国 青龙二年 四十三年 （234年）	乙卯　三国 青龙三年 四十四年 （235年）	丙辰　三国 青龙四年 四十五年 （236年）
丁巳　三国 景初元年 四十六年 （237年）	戊午　三国 景初二年 四十七年 （238年）	己未　三国 景初三年 四十八年 （239年）	庚申　三国 魏齐王芳 正始元年 四十九年 （240年）	辛酉　三国 正始二年 五十年 （241年）
壬戌　三国 正始三年 五十一年 （242年）	癸亥　三国 正始四年 五十二年 （243年）	甲子　三国 正始五年 五十三年 （244年）	乙丑　三国 正始六年 五十四年 （245年）	丙庚　三国 正始七年 五十五年 （246年）
丁卯　三国 正始八年 五十六年 （247年）	戊辰　三国 正始九年 五十七年 （248年）	己巳　三国 嘉平元年 五十八年 （249年）	庚午　三国 嘉平二年 五十九年 （250年）	辛未　三国 嘉平三年 六十年 （251年）

续表

壬申 三国 嘉平四年 六十一年 （252 年）	癸酉 三国 嘉平五年 六十二年 （253 年）	甲戌 三国 魏 高 贵 乡 公髦 正元元年 六十三年 （254 年）	乙亥 三国 正元二年 六十四年 （255 年）	丙子 三国 甘露元年 六十五年 （256 年）
丁丑 三国 甘露二年 六十六年 （257 年）	戊寅 三国 甘露三年 六十七年 （258 年）	己卯 三国 甘露四年 六十八年 （259 年）	庚辰 三国 魏元皇帝 景元元年 六十九年 （260 年）	辛巳 三国 景元二年 七十年 （261 年）
壬午 三国 景元三年 七十一年 （262 年）	癸未 三国 景元四年 七十二年 （263 年）	甲申 三国 咸熙元年 七十三年 （264 年）	乙酉 三国 咸熙二年 七十四年 （256 年）	丙戌 晋 武皇帝 太始二年 七十五年 （266 年）
丁亥 晋 太始三年 七十六年 （267 年）	戊子 晋 太始四年 七十七年 （268 年）	己丑 晋 太始五年 七十八年 （269 年）	庚寅 晋 太始六年 应神帝 元年 （270 年）	辛卯 晋 太始七年 二年 （271 年）
壬辰 晋 太始八年 三年 （272 年）	癸巳 晋 太始九年 四年 （273 年）	甲午 晋 太始十年 五年 （274 年）	乙未 晋 咸宁元年 六年 （275 年）	丙申 晋 咸宁二年 七年 （276 年）

丁酉　晋	戊戌　晋	己亥　晋	庚子　晋	辛丑　晋
咸宁三年	咸宁四年	咸宁五年	太康元年	太康二年
八年 （277 年）	九年 （278 年）	十年 （279 年）	十一年 （280 年）	十二年 （281 年）
壬寅　晋	癸卯　晋	甲辰　晋	乙巳　晋	丙午　晋
太康三年	太康四年	太康五年	太康六年	太康七年
十三年 （282 年）	十四年 （283 年）	十五年 （284 年）	十六年 （285 年）	十七年 （286 年）
丁未　晋	戊申　晋	己酉　晋	庚戌　晋 惠皇帝	辛亥　晋
太康八年	太康九年	太康十年	永熙元年	元康元年
十八年 （287 年）	十九年 （288 年）	二十年 （289 年）	二十一年 （290 年）	二十二年 （291 年）
壬子　晋	癸丑　晋	甲寅　晋	乙卯　晋	丙辰　晋
元康二年	元康三年	元康四年	元康五年	元康六年
二十三年 （292 年）	二十四年 （293 年）	二十五年 （294 年）	二十六年 （295 年）	二十七年 （296 年）
丁巳　晋	戊午　晋	己未　晋	庚申　晋	辛酉　晋
元康七年	元康八年	元康九年	永康元年	永宁元年
二十八年 （297 年）	二十九年 （298 年）	三十年 （299 年）	三十一年 （300 年）	三十二年 （301 年）

壬子　东晋 永和八年 四十年 （352年）	癸丑　东晋 永和九年 四十一年 （353年）	甲寅　东晋 永和十年 四十二年 （354年）	乙卯　东晋 永和十一年 四十三年 （355年）	丙辰　东晋 永和十二年 四十四年 （356年）
丁巳　东晋 升平元年 四十五年 （357年）	戊午　东晋 升平二年 四十六年 （358年）	己未　东晋 升平三年 四十七年 （359年）	庚申　东晋 升平四年 四十八年 （360年）	辛酉　东晋 升平五年 四十九年 （361年）
壬戌　东晋 哀皇帝 隆和元年 五十年 （362年）	癸亥　东晋 兴宁元年 五十一年 （363年）	甲子　东晋 兴宁二年 五十二年 （364年）	乙丑　东晋 兴宁三年 五十三年 （365年）	丙寅　东晋 帝奕 太和元年 五十四年 （366年）
丁卯　东晋 太和二年 五十五年 （367年）	戊辰　东晋 太和三年 五十六年 （368年）	己巳　东晋 太和四年 五十七年 （369年）	庚午　东晋 太和五年 五十八年 （370年）	辛未　东晋 简文皇帝 咸安元年 五十九年 （371年）
壬申　东晋 咸安二年 六十年 （372年）	癸酉　东晋 孝武皇帝 宁康元年 六十一年 （373年）	甲戌　东晋 宁康二年 六十二年 （374年）	乙亥　东晋 宁康三年 六十三年 （375年）	丙子　东晋 太元元年 六十四年 （376年）

丁丑　东晋 太元二年 六十五年 （377 年）	戊寅　东晋 太元三年 六十六年 （378 年）	己卯　东晋 太元四年 六十七年 （379 年）	庚辰　东晋 太元五年 六十八年 （380 年）	辛巳　东晋 太元六年 六十九年 （381 年）
壬午　东晋 太元七年 七十年 （382 年）	癸未　东晋 太元八年 七十一年 （383 年）	甲申　东晋 太元九年 七十二年 （384 年）	乙酉　东晋 太元十年 七十三年 （385 年）	丙戌　东晋 太元十一年 七十四年 （386 年）
丁亥　东晋 太元十二年 七十五年 （387 年）	戊子　东晋 太元十三年 七十六年 （388 年）	己丑　东晋 太元十四年 七十七年 （389 年）	庚寅　东晋 太元十五年 七十八年 （390 年）	辛卯　东晋 太元十六年 七十九年 （391 年）
壬辰　东晋 太元十七年 八十年 （392 年）	癸巳　东晋 太元十八年 八十一年 （393 年）	甲午　东晋 太元十九年 八十二年 （394 年）	乙未　东晋 太元二十年 八十三年 （395 年）	丙申　东晋 太元二十一年 八十四年 （396 年）
丁酉　东晋 安皇帝 隆安元年 八十五年 （397 年）	戊戌　东晋 隆安二年 八十六年 （398 年）	己亥　东晋 隆安三年 八十七年 （399 年）	庚子　东晋 隆安四年 履中帝 元年 （400 年）	辛丑　东晋 隆安五年 二年 （401 年）

壬寅　东晋	癸卯　东晋	甲辰　东晋	乙巳　东晋	丙午　东晋
元兴元年	元兴二年	元兴三年	义熙元年	义熙二年 反正帝
三年 （402 年）	四年 （403 年）	五年 （404 年）	六年 （405 年）	元年 （406 年）
丁未　东晋	戊申　东晋	己酉　东晋	庚戌　东晋	辛亥　东晋
义熙三年	义熙四年	义熙五年	义熙六年	义熙七年
二年 （407 年）	三年 （408 年）	四年 （409 年）	五年 （410 年）	六年 （411 年）
壬子　东晋	癸丑　东晋	甲寅　东晋	乙卯　东晋	丙辰　东晋
义熙八年 允恭帝	义熙九年	义熙十年	义熙十一年	义熙十二年
元年 （412 年）	二年 （413 年）	三年 （414 年）	四年 （415 年）	五年 （416 年）
丁巳　东晋	戊午　东晋	己未　东晋 恭皇帝	庚申　东晋	辛酉　南北朝 宋武皇帝
义熙十三年	义熙十四年	元熙元年	元熙二年	永初二年
六年 （417 年）	七年 （418 年）	八年 （419 年）	九年 （420 年）	十年 （421 年）
壬戌　南北朝	癸亥　南北朝 宋废帝	甲子　南北朝 宋文皇帝	乙丑　南北朝	丙寅　南北朝
永初三年	景平元年	元嘉元年	元嘉二年	元嘉三年
十一年 （422 年）	十二年 （423 年）	十三年 （424 年）	十四年 （425 年）	十五年 （426 年）

丁卯　南北朝	戊辰　南北朝	己巳　南北朝	庚午　南北朝	辛未　南北朝
元嘉四年	元嘉五年	元嘉六年	元嘉七年	元嘉八年
十六年	十七年	十八年	十九年	二十年
（427 年）	（428 年）	（429 年）	（430 年）	（431 年）
壬申　南北朝	癸酉　南北朝	甲戌　南北朝	乙亥　南北朝	丙子　南北朝
元嘉九年	元嘉十年	元嘉十一年	元嘉十二年	元嘉十三年
二十一年	二十二年	二十三年	二十四年	二十五年
（432 年）	（433 年）	（434 年）	（435 年）	（436 年）
丁丑　南北朝	戊寅　南北朝	己卯　南北朝	庚辰　南北朝	辛巳　南北朝
元嘉十四年	元嘉十五年	元嘉十六年	元嘉十七年	元嘉十八年
二十六年	二十七年	二十八年	二十九年	三十年
（437 年）	（438 年）	（439 年）	（440 年）	（441 年）
壬午　南北朝	癸未　南北朝	甲申　南北朝	乙酉　南北朝	丙戌　南北朝
元嘉十九年	元嘉二十年	元嘉二十一年	元嘉二十二年	元嘉二十三年
三十一年	三十二年	三十三年	三十四年	三十五年
（442 年）	（443 年）	（444 年）	（445 年）	（446 年）
丁亥　南北朝	戊子　南北朝	己丑　南北朝	庚寅　南北朝	辛卯　南北朝
元嘉二十四年	元嘉二十五年	元嘉二十六年	元嘉二十七年	元嘉二十八年
三十六年	三十七年	三十八年	三十九年	四十年
（447 年）	（448 年）	（449 年）	（450 年）	（451 年）

壬辰　南北朝	癸巳　南北朝	甲午　南北朝 宋孝武皇帝	乙未　南北朝	丙申　南北朝
元嘉二十九年	元嘉三十年	孝建元年 安康帝	孝建二年	孝建三年
四十一年 （452年）	四十二年 （453年）	元年 （454年）	二年 （455年）	三年 （456年）
丁酉　南北朝	戊戌　南北朝	己亥　南北朝	庚子　南北朝	辛丑　南北朝
大明元年 雄略帝	大明二年	大明三年	大明四年	大明五年
元年 （457年）	二年 （458年）	三年 （459年）	四年 （460年）	五年 （461年）
壬寅　南北朝	癸卯　南北朝	甲辰　南北朝	乙巳　南北朝 宋帝子业	丙午　南北朝 宋明皇帝
大明六年	大明七年	大明八年	景和元年	泰始二年
六年 （462年）	七年 （463年）	八年 （464年）	九年 （465年）	十年 （466年）
丁未　南北朝	戊申　南北朝	己酉　南北朝	庚戌　南北朝	辛亥　南北朝
泰始三年	泰始四年	泰始五年	泰始六年	泰始七年
十一年 （467年）	十二年 （468年）	十三年 （469年）	十四年 （470年）	十五年 （471年）
壬子　南北朝	癸丑　南北朝 宋废帝	甲庚　南北朝	乙卯　南北朝	丙辰　南北朝
泰豫元年	元徽元年	元徽二年	元徽三年	元徽四年
十六年 （472年）	十七年 （473年）	十八年 （474年）	十九年 （475年）	二十年 （476年）

丁巳　南北朝 宋顺皇帝 昇明元年 二十一年 （477 年）	戊午　南北朝 昇明二年 二十二年 （478 年）	己未　南北朝 昇明三年 二十三年 （479 年）	庚申　南北朝 齐高皇帝 建元二年 清宁帝 元年 （480 年）	辛酉　南北朝 建元三年 二年 （481 年）
壬戌　南北朝 建元四年 三年 （482 年）	癸亥　南北朝 齐武皇帝 永明元年 四年 （483 年）	甲子　南北朝 永明二年 五年 （484 年）	乙丑　南北朝 永明三年 显宗帝 元年 （485 年）	丙寅　南北朝 永明四年 二年 （486 年）
丁卯　南北朝 永明五年 三年 （487 年）	戊辰　南北朝 永明六年 仁贤帝 元年 （488 年）	己巳　南北朝 永明七年 二年 （489 年）	庚午　南北朝 永明八年 三年 （490 年）	辛未　南北朝 永明九年 四年 （491 年）
壬申　南北朝 永明十年 五年 （492 年）	癸酉　南北朝 永明十一年 六年 （493 年）	甲戌　南北朝 齐明皇帝 建武元年 七年 （494 年）	乙亥　南北朝 建武二年 八年 （495 年）	丙子　南北朝 建武三年 九年 （496 年）
丁丑　南北朝 建武四年 十年 （497 年）	戊寅　南北朝 永泰元年 十一年 （498 年）	己卯　南北朝 齐东昏侯 永元元年 武烈帝 元年 （499 年）	庚辰　南北朝 永元二年 二年 （500 年）	辛巳　南北朝 齐和皇帝 中兴元年 三年 （501 年）

黄遵宪集

壬午　南北朝 中兴二年 四年 （502 年）	癸未　南北朝 梁武皇帝 天监二年 五年 （503 年）	甲申　南北朝 天监三年 六年 （504 年）	乙酉　南北朝 天监四年 七年 （505 年）	丙戌　南北朝 天监五年 八年 （506 年）
丁亥　南北朝 天监六年 继体帝 元年 （507 年）	戊子　南北朝 天监七年 二年 （508 年）	己丑　南北朝 天监八年 三年 （509 年）	庚寅　南北朝 天监九年 四年 （510 年）	辛卯　南北朝 天监十年 五年 （511 年）
壬辰　南北朝 天监十一年 六年 （512 年）	癸巳　南北朝 天监十二年 七年 （513 年）	甲午　南北朝 天监十三年 八年 （514 年）	乙未　南北朝 天监十四年 九年 （515 年）	丙申　南北朝 天监十五年 十年 （516 年）
丁酉　南北朝 天监十六年 十一年 （517 年）	戊戌　南北朝 天监十七年 十二年 （518 年）	己亥　南北朝 天监十八年 十三年 （519 年）	庚子　南北朝 普通元年 十四年 （520 年）	辛丑　南北朝 普通二年 十五年 （521 年）
壬寅　南北朝 普通三年 十六年 （522 年）	癸卯　南北朝 普通四年 十七年 （523 年）	甲辰　南北朝 普通五年 十八年 （524 年）	乙巳　南北朝 普通六年 十九年 （525 年）	丙午　南北朝 普通七年 二十年 （526 年）

丁未 南北朝 大通元年 二十一年 （527 年）	戊申 南北朝 大通二年 二十二年 （528 年）	己酉 南北朝 中大通元年 二十三年 （529 年）	庚戌 南北朝 中大通二年 二十四年 （530 年）	辛亥 南北朝 中大通三年 二十五年 （531 年）
壬子 南北朝 中大通四年 二十六年 （532 年）	癸丑 南北朝 中大通五年 二十七年 （533 年）	甲寅 南北朝 中大通六年 安闲帝 元年 （534 年）	乙卯 南北朝 大同元年 二年 （535 年）	丙辰 南北朝 大同二年 宣化帝 元年 （536 年）
丁巳 南北朝 大同三年 二年 （537 年）	戊午 南北朝 大同四年 三年 （538 年）	己未 南北朝 大同五年 四年 （539 年）	庚申 南北朝 大同六年 钦明帝 元年 （540 年）	辛酉 南北朝 大同七年 二年 （541 年）
壬戌 南北朝 大同八年 三年 （542 年）	癸亥 南北朝 大同九年 四年 （543 年）	甲子 南北朝 大同十年 五年 （544 年）	乙丑 南北朝 大同十一年 六年 （545 年）	丙寅 南北朝 中大同元年 七年 （546 年）
丁卯 南北朝 太清元年 八年 （547 年）	戊辰 南北朝 太清二年 九年 （548 年）	己巳 南北朝 太清三年 十年 （549 年）	庚午 南北朝 梁简文皇帝 大宝元年 十一年 （550 年）	辛未 南北朝 大宝二年 十二年 （551 年）

续表

壬申　南北朝 梁孝元皇帝 承圣元年 十三年 （552 年）	癸酉　南北朝 承圣二年 十四年 （553 年）	甲戌　南北朝 承圣三年 十五年 （554 年）	乙亥　南北朝 梁敬皇帝 绍泰元年 十六年 （555 年）	丙子　南北朝 太平元年 十七年 （556 年）
丁丑　南北朝 太平二年 十八年 （557 年）	戊寅　南北朝 陈武皇帝 永定二年 十九年 （558 年）	己卯　南北朝 永定三年 二十年 （559 年）	庚辰　南北朝 陈文皇帝 天嘉元年 二十一年 （560 年）	辛巳　南北朝 天嘉二年 二十二年 （561 年）
壬午　南北朝 天嘉三年 二十三年 （562 年）	癸未　南北朝 天嘉四年 二十四年 （563 年）	甲申　南北朝 天嘉五年 二十五年 （564 年）	乙酉　南北朝 天嘉六年 二十六年 （565 年）	丙戌　南北朝 天康元年 二十七年 （566 年）
丁亥　南北朝 陈临海王 光大元年 二十八年 （567 年）	戊子　南北朝 光大二年 二十九年 （568 年）	己丑　南北朝 陈孝宣皇帝 太建元年 三十年 （569 年）	庚寅　南北朝 太建二年 三十一年 （570 年）	辛卯　南北朝 太建三年 三十二年 （571 年）
壬辰　南北朝 太建四年 敏达帝 元年 （572 年）	癸巳　南北朝 太建五年 二年 （573 年）	甲午　南北朝 太建六年 三年 （574 年）	乙未　南北朝 太建七年 四年 （575 年）	丙申　南北朝 太建八年 五年 （576 年）

丁酉 南北朝	戊戌 南北朝	己亥 南北朝	庚子 南北朝	辛丑 南北朝
太建九年	太建十年	太建十一年	太建十二年	太建十三年
六年	七年	八年	九年	十年
（577年）	（578年）	（579年）	（580年）	（581年）
壬寅 南北朝	癸卯 南北朝 陈后主	甲辰 南北朝	乙巳 南北朝	丙午 南北朝
太建十四年	至德元年	至德二年	至德三年	至德四年 用明帝
十一年	十二年	十三年	十四年	元年
（582年）	（583年）	（584年）	（585年）	（586年）
丁未 南北朝	戊申 南北朝	己酉 隋 文皇帝	庚戌 隋	辛亥 隋
祯明元年	祯明二年 崇峻帝	开皇九年	开皇十年	开皇十一年
二年	元年	二年	三年	四年
（587年）	（588年）	（589年）	（590年）	（591年）
壬子 隋	癸丑 隋	甲寅 隋	乙卯 隋	丙辰 隋
开皇十二年	开皇十三年 推古帝	开皇十四年	开皇十五年	开皇十六年
五年	元年	二年	三年	四年
（592年）	（593年）	（594年）	（595年）	（596年）
丁巳 隋	戊午 隋	己未 隋	庚申 隋	辛酉 隋
开皇十七年	开皇十八年	开皇十九年	开皇二十年	仁寿元年
五年	六年	七年	八年	九年
（597年）	（598年）	（599年）	（600年）	（601年）

壬戌 隋 仁寿二年 十年 （602 年）	癸亥 隋 仁寿三年 十一年 （603 年）	甲子 隋 仁寿四年 十二年 （604 年）	乙丑 隋 炀皇帝 大业元年 十三年 （605 年）	丙寅 隋 大业二年 十四年 （606 年）
丁卯 隋 大业三年 十五年 （607 年）	戊辰 隋 大业四年 十六年 （608 年）	己巳 隋 大业五年 十七年 （609 年）	庚午 隋 大业六年 十八年 （610 年）	辛未 隋 大业七年 十九年 （611 年）
壬申 隋 大业八年 二十年 （612 年）	癸酉 隋 大业九年 二十一年 （613 年）	甲戌 隋 大业十年 二十二年 （614 年）	乙亥 隋 大业十一年 二十三年 （615 年）	丙子 隋 大业十二年 二十四年 （616 年）
丁丑 隋 大业十三年 二十五年 （617 年）	戊寅 隋 大业十四年 二十六年 （618 年）	己卯 隋 恭皇帝 皇泰元年 二十七年 （619 年）	庚辰 唐 高祖皇帝 武德三年 二十八年 （620 年）	辛巳 唐 武德四年 二十九年 （621 年）
壬午 唐 武德五年 三十年 （622 年）	癸未 唐 武德六年 三十一年 （623 年）	甲申 唐 武德七年 三十二年 （624 年）	乙酉 唐 武德八年 三十三年 （625 年）	丙戌 唐 武德九年 三十四年 （626 年）

丁亥　唐 太宗皇帝 贞观元年 三十五年 （627年）	戊子　唐 贞观二年 三十六年 （628年）	己丑　唐 贞观三年 舒明帝 元年 （629年）	庚寅　唐 贞观四年 二年 （630年）	辛卯　唐 贞观五年 三年 （631年）
壬辰　唐 贞观六年 四年 （632年）	癸巳　唐 贞观七年 五年 （633年）	甲午　唐 贞观八年 六年 （634年）	乙未　唐 贞观九年 七年 （635年）	丙申　唐 贞观十年 八年 （636年）
丁酉　唐 贞观十一年 九年 （637年）	戊戌　唐 贞观十二年 十年 （638年）	己亥　唐 贞观十三年 十一年 （639年）	庚子　唐 贞观十四年 十二年 （640年）	辛丑　唐 贞观十五年 十三年 （641年）
壬寅　唐 贞观十六年 皇极齐明帝 元年 （642年）	癸卯　唐 贞观十七年 二年 （643年）	甲辰　唐 贞观十八年 三年 （644年）	乙巳　唐 贞观十九年 孝德帝 大化元年 （645年）	丙午　唐 贞观二十年 大化二年 （646年）
丁未　唐 贞观二十一年 大化三年 （647年）	戊申　唐 贞观二十二年 大化四年 （648年）	己酉　唐 贞观二十三年 大化五年 （649年）	庚戌　唐 高宗皇帝 永徽元年 白雉元年 （650年）	辛亥　唐 永徽二年 白雉二年 （651年）

壬子　唐	癸丑　唐	甲寅　唐	乙卯　唐	丙辰　唐
永徽三年	永徽四年	永徽五年	永徽六年 齐明帝复辟 元年	显庆元年
白雉三年 （652年）	白雉四年 （653年）	白雉五年 （654年）	（655年）	二年 （656年）
丁巳　唐	戊午　唐	己未　唐	庚申　唐	辛酉　唐
显庆二年	显庆三年	显庆四年	显庆五年	龙朔元年
三年 （657年）	四年 （658年）	五年 （659年）	六年 （660年）	七年 （661年）
壬戌　唐	癸亥　唐	甲子　唐	乙丑　唐	丙寅　唐
龙朔二年 天智摄位 八年 （662年）	龙朔三年 九年 （663年）	麟德元年 十年 （664年）	麟德二年 十一年 （665年）	乾封元年 十二年 （666年）
丁卯　唐	戊辰　唐	己巳　唐	庚午　唐	辛未　唐
乾封二年 十三年 （667年）	总章元年 天智帝 元年 （668年）	总章二年 二年 （669年）	咸亨元年 三年 （670年）	咸亨二年 四年 （671年）
壬申　唐	癸酉　唐	甲戌　唐	乙亥　唐	丙子　唐
咸亨三年 大友帝 元年 （672年）	咸亨四年 天武帝 白凤元年 （673年）	上元元年 白凤二年 （674年）	上元二年 白凤三年 （675年）	仪凤元年 白凤四年 （676年）

丁丑　唐 仪凤二年 白凤五年 （677年）	戊寅　唐 仪凤三年 白凤六年 （678年）	己卯　唐 调露元年 白凤七年 （679年）	庚辰　唐 永隆元年 白凤八年 （680年）	辛巳　唐 开耀元年① 白凤九年 （681年）
壬午　唐 永淳元年 白凤十年 （682年）	癸未　唐 宏道元年 白凤十一年 （683年）	甲申　唐 中宗皇帝 嗣圣元年 白凤十二年 （684年）	乙酉　唐 武太后 垂拱元年 白凤十三年 （685年）	丙戌　唐 垂拱二年 朱鸟元年 （686年）
丁亥　唐 垂拱三年 朱鸟二年 （687年）	戊子　唐 垂拱四年 朱鸟三年 （688年）	己丑　唐 永昌元年 朱鸟四年 （689年）	庚寅　唐 天授元年 持统帝 元年 （690年）	辛卯　唐 天授二年 二年 （691年）
壬辰　唐 如意元年 三年 （692年）	癸巳　唐 如意二年 四年 （693年）	甲午　唐 延载元年 五年 （694年）	乙未　唐 天册万岁元年 六年 （695年）	丙申　唐 万岁通天元年 七年 （696年）
丁酉　唐 神功元年 文武帝 元年 （697年）	戊戌　唐 圣历元年 二年 （698年）	己亥　唐 圣历二年 三年 （699年）	庚子　唐 久视元年 四年 （700年）	辛丑　唐 大足元年 大宝元年 （701年）

---

① “耀”，底本误作“辉”，据《旧唐书》卷五《高宗纪》改。

黄遵宪集

壬寅　唐 长安二年 大宝二年 （702 年）	癸卯　唐 长安三年 大宝三年 （703 年）	甲辰　唐 长安四年 庆云元年 （704 年）	乙巳　唐 中宗皇帝 神龙元年 庆云二年 （705 年）	丙午　唐 神龙二年 庆云三年 （706 年）
丁未　唐 景龙元年 庆云四年 （707 年）	戊申　唐 景龙二年 元明帝 和铜元年 （708 年）	己酉　唐 景龙三年 和铜二年 （709 年）	庚戌　唐 睿宗皇帝 景云元年 和铜三年 （710 年）	辛亥　唐 景云二年 和铜四年 （711 年）
壬子　唐 大极元年 和铜五年 （712 年）	癸丑　唐 元①宗皇帝 开元元年 和铜六年 （713 年）	甲寅　唐 开元二年 和铜七年 （714 年）	乙卯　唐 开元三年 元正帝 灵龟元年 （715 年）	丙辰　唐 开元四年 灵龟二年 （716 年）
丁巳　唐 开元五年 养老元年 （717 年）	戊午　唐 开元六年 养老二年 （718 年）	己未　唐 开元七年 养老三年 （719 年）	庚申　唐 开元八年 养老四年 （720 年）	辛酉　唐 开元九年 养老五年 （721 年）
壬戌　唐 开元十年 养老六年 （722 年）	癸亥　唐 开元十一年 养老七年 （723 年）	甲子　唐 开元十二年 圣武帝 神龟元年 （724 年）	乙丑　唐 开元十三年 神龟二年 （725 年）	丙寅　唐 开元十四年 神龟三年 （726 年）

---

① "元"，即"玄"。系作者避清讳改。下同，不一一注。

丁卯　唐	戊辰　唐	己巳　唐	庚午　唐	辛未　唐
开元十五年	开元十六年	开元十七年	开元十八年	开元十九年
神龟四年 （727年）	神龟五年 （728年）	天平元年 （729年）	天平二年 （730年）	天平三年 （731年）
壬申　唐	癸酉　唐	甲戌　唐	乙亥　唐	丙子　唐
开元二十年	开元二十一年	开元二十二年	开元二十三年	开元二十四年
天平四年 （732年）	天平五年 （733年）	天平六年 （734年）	天平七年 （735年）	天平八年 （736年）
丁丑　唐	戊寅　唐	己卯　唐	庚辰　唐	辛巳　唐
开元二十五年	开元二十六年	开元二十七年	开元二十八年	开元二十九年
天平九年 （737年）	天平十年 （738年）	天平十一年 （739年）	天平十二年 （740年）	天平十三年 （741年）
壬午　唐	癸未　唐	甲申　唐	乙酉　唐	丙戌　唐
天宝元年	天宝二年	天宝三年	天宝四年	天宝五年
天平十四年 （742年）	天平十五年 （743年）	天平十六年 （744年）	天平十七年 （745年）	天平十八年 （746年）
丁亥　唐	戊子　唐	己丑　唐	庚寅　唐	辛卯　唐
天宝六年	天宝七年	天宝八年 孝谦帝	天宝九年	天宝十年
天平十九年 （747年）	天平二十年 （748年）	天平胜宝元年 （749年）	天平胜宝二年 （750年）	天平胜宝三年 （751年）

黄遵宪集

壬辰　唐	癸巳　唐	甲午　唐	乙未　唐	丙申　唐 肃宗皇帝
天宝十一年	天宝十二年	天宝十三年	天宝十四年	至德元年
天平胜宝四年 （752 年）	天平胜宝五年 （753 年）	天平胜宝六年 （754 年）	天平胜宝七年 （755 年）	天平胜宝八年 （756 年）
丁酉　唐	戊戌　唐	己亥　唐	庚子　唐	辛丑　唐
至德二年	乾元元年	乾元二年 大炊帝	上元元年	上元二年
天平宝字元年 （757 年）	天平宝字二年 （758 年）	元年 （759 年）	二年 （760 年）	三年 （761 年）
壬寅　唐	癸卯　唐 代宗皇帝	甲辰　唐	乙巳　唐	丙午　唐
宝应元年	广德元年	广德二年	永泰元年 孝谦帝	大历元年
四年 （762 年）	五年 （763 年）	六年 （764 年）	天平神护元年 （765 年）	天平神护二年 （766 年）
丁未　唐	戊申　唐	己酉　唐	庚戌　唐	辛亥　唐
大历二年	大历三年	大历四年	大历五年 光仁帝	大历六年
神护景云元年 （767 年）	神护景云二年 （768 年）	神护景云三年 （769 年）	宝龟元年 （770 年）	宝龟二年 （771 年）
壬子　唐	癸丑　唐	甲寅　唐	乙卯　唐	丙辰　唐
大历七年	大历八年	大历九年	大历十年	大历十一年
宝龟三年 （772 年）	宝龟四年 （773 年）	宝龟五年 （774 年）	宝龟六年 （775 年）	宝龟七年 （776 年）

丁巳　唐	戊午　唐	己未　唐	庚申　唐 德宗皇帝	辛酉　唐
大历十二年	大历十三年	大历十四年	建中元年	建中二年
宝龟八年 （777年）	宝龟九年 （778年）	宝龟十年 （779年）	宝龟十一年 （780年）	天应元年 （781年）
壬戌　唐	癸亥　唐	甲子　唐	乙丑　唐	丙寅　唐
建中三年 桓武帝	建中四年	兴元元年	贞元元年	贞元二年
延历元年 （782年）	延历二年 （783年）	延历三年 （784年）	延历四年 （785年）	延历五年 （786年）
丁卯　唐	戊辰　唐	己巳　唐	庚午　唐	辛未　唐
贞元三年	贞元四年 天智帝	贞元五年	贞元六年	贞元七年
延历六年 （787年）	延历七年 （788年）	延历八年 （789年）	延历九年 （790年）	延历十年 （791年）
壬申　唐	癸酉　唐	甲戌　唐	乙亥　唐	丙子　唐
贞元八年	贞元九年	贞元十年	贞元十一年	贞元十二年
延历十一年 （792年）	延历十二年 （793年）	延历十三年 （794年）	延历十四年 （795年）	延历十五年 （796年）
丁丑　唐	戊寅　唐	己卯　唐	庚辰　唐	辛巳　唐
贞元十三年	贞元十四年	贞元十五年	贞元十六年	贞元十七年
延历十六年 （797年）	延历十七年 （798年）	延历十八年 （799年）	延历十九年 （800年）	延历二十年 （801年）

壬午　唐	癸未　唐	甲申　唐	乙酉　唐 顺宗皇帝	丙戌　唐 宪宗皇帝
贞元十八年	贞元十九年	贞元二十年	永贞元年	元和元年 平城帝
延历二十一年 （802 年）	延历二十二年 （803 年）	延历二十三年 （804 年）	延历二十四年 （805 年）	大同元年 （806 年）
丁亥　唐	戊子　唐	己丑　唐	庚寅　唐	辛卯　唐
元和二年	元和三年	元和四年	元和五年 嵯峨帝	元和六年
大同二年 （807 年）	大同三年 （808 年）	大同四年 （809 年）	宏仁元年 （810 年）	宏仁二年 （811 年）
壬辰　唐	癸巳　唐	甲午　唐	乙未　唐	丙申　唐
元和七年	元和八年	元和九年	元和十年	元和十一年
宏仁三年 （812 年）	宏仁四年 （813 年）	宏仁五年 （814 年）	宏仁六年 （815 年）	宏仁七年 （816 年）
丁酉　唐	戊戌　唐	己亥　唐	庚子　唐	辛丑　唐 穆宗皇帝
元和十二年	元和十三年	元和十四年	元和十五年	长庆元年
宏仁八年 （817 年）	宏仁九年 （818 年）	宏仁十年 （819 年）	宏仁十一年 （820 年）	宏仁十二年 （821 年）
壬寅　唐	癸卯　唐	甲辰　唐	乙巳　唐 敬宗皇帝	丙午　唐
长庆二年	长庆三年	长庆四年 淳和帝	宝历元年	宝历二年
宏仁十三年 （822 年）	宏仁十四年 （823 年）	天长元年 （824 年）	天长二年 （825 年）	天长三年 （826 年）

丁未　唐 文宗皇帝 太和元年 天长四年 （827年）	戊申　唐 太和二年 天长五年 （828年）	己酉　唐 太和三年 天长六年 （829年）	庚戌　唐 太和四年 天长七年 （830年）	辛亥　唐 太和五年 天长八年 （831年）
壬子　唐 太和六年 天长九年 （832年）	癸丑　唐 太和七年 天长十年 （833年）	甲寅　唐 太和八年 仁明帝 承和元年 （834年）	乙卯　唐 太和九年 承和二年 （835年）	丙辰　唐 开成元年 承和三年 （836年）
丁巳　唐 开成二年 承和四年 （837年）	戊午　唐 开成三年 承和五年 （838年）	己未　唐 开成四年 承和六年 （839年）	庚申　唐 开成五年 承和七年 （840年）	辛酉　唐 武宗皇帝 会昌元年 承和八年 （841年）
壬戌　唐 会昌二年 承和九年 （842年）	癸亥　唐 会昌三年 承和十年 （843年）	甲子　唐 会昌四年 承和十一年 （844年）	乙丑　唐 会昌五年 承和十二年 （845年）	丙寅　唐 会昌六年 承和十三年 （846年）
丁卯　唐 宣宗皇帝 大中元年 承和十四年 （847年）	戊辰　唐 大中二年 嘉祥元年 （848年）	己巳　唐 大中三年 嘉祥二年 （849年）	庚午　唐 大中四年 嘉祥三年 （850年）	辛未　唐 大中五年 文德帝 仁寿元年 （851年）

壬申　唐	癸酉　唐	甲戌　唐	乙亥　唐	丙子　唐
大中六年	大中七年	大中八年	大中九年	大中十年
仁寿二年 （852年）	仁寿三年 （853年）	齐衡元年 （854年）	齐衡二年 （855年）	齐衡三年 （856年）
丁丑　唐	戊寅　唐	己卯　唐	庚辰　唐 懿宗皇帝	辛巳　唐
大中十一年	大中十二年	大中十三年 清和帝	咸通元年	咸通二年
天安元年 （857年）	天安二年 （858年）	贞观元年 （859年）	贞观二年 （860年）	贞观三年 （861年）
壬午　唐	癸未　唐	甲申　唐	乙酉　唐	丙戌　唐
咸通三年	咸通四年	咸通五年	咸通六年	咸通七年
贞观四年 （862年）	贞观五年 （863年）	贞观六年 （864年）	贞观七年 （865年）	贞观八年 （866年）
丁亥　唐	戊子　唐	己丑　唐	庚寅　唐	辛卯　唐
咸通八年	咸通九年	咸通十年	咸通十一年	咸通十二年
贞观九年 （867年）	贞观十年 （868年）	贞观十一年 （869年）	贞观十二年 （870年）	贞观十三年 （871年）
壬辰　唐	癸巳　唐	甲午　唐 僖宗皇帝	乙未　唐	丙申　唐
咸通十三年	咸通十四年	乾符元年	乾符二年	乾符三年
贞观十四年 （872年）	贞观十五年 （873年）	贞观十六年 （874年）	贞观十七年 （875年）	贞观十八年 （876年）

丁酉 唐	戊戌 唐	己亥 唐	庚子 唐	辛丑 唐
乾符四年 阳成帝 元庆元年 （877年）	乾符五年 元庆二年 （878年）	乾符六年 元庆三年 （879年）	广明元年 元庆四年 （880年）	中和元年 元庆五年 （881年）
壬寅 唐 中和二年 元庆六年 （882年）	癸卯 唐 中和三年 元庆七年 （883年）	甲辰 唐 中和四年 元庆八年 （884年）	乙巳 唐 光启元年 光孝帝 仁和元年 （885年）	丙午 唐 光启二年 仁和二年 （886年）
丁未 唐 光启三年 仁和三年 （887年）	戊申 唐 文德元年 宇多帝 元年 （888年）	己酉 唐 昭宗皇帝 龙纪元年 宽平元年 （889年）	庚戌 唐 大顺元年 宽平二年 （890年）	辛亥 唐 大顺二年 宽平三年 （891年）
壬子 唐 景福元年 宽平四年 （892年）	癸丑 唐 景福二年 宽平五年 （893年）	甲寅 唐 乾宁元年 宽平六年 （894年）	乙卯 唐 乾宁二年 宽平七年 （895年）	丙辰 唐 乾宁三年 宽平八年 （896年）
丁巳 唐 乾宁四年 宽平九年 （897年）	戊午 唐 光化元年 醍醐帝 昌泰元年 （898年）	己未 唐 光化二年 昌泰二年 （899年）	庚申 唐 光化三年 昌泰三年 （900年）	辛酉 唐 天复元年 延喜元年 （901年）

壬戌 唐	癸亥 唐	甲子 唐	乙丑 唐 昭皇帝	丙寅 唐
天复二年	天复三年	天祐元年	天祐二年	天祐三年
延喜二年 (902年)	延喜三年 (903年)	延喜四年 (904年)	延喜五年 (905年)	延喜六年 (906年)
丁卯 唐	戊辰 五代 梁太祖皇帝 开平二年	己巳 五代 开平三年	庚午 五代 开平四年	辛未 五代 乾化元年
天祐四年				
延喜七年 (907年)	延喜八年 (908年)	延喜九年 (909年)	延喜十年 (910年)	延喜十一年 (911年)
壬申 五代	癸酉 五代 梁末帝 乾化三年	甲戌 五代 乾化四年	乙亥 五代 贞明元年	丙子 五代 贞明二年
乾化二年				
延喜十二年 (912年)	延喜十三年 (913年)	延喜十四年 (914年)	延喜十五年 (915年)	延喜十六年 (916年)
丁丑 五代	戊寅 五代	己卯 五代	庚辰 五代	辛巳 五代
贞明三年	贞明四年	贞明五年	贞明六年	龙德元年
延喜十七年 (917年)	延喜十八年 (918年)	延喜十九年 (919年)	延喜二十年 (920年)	延喜二十一年 (921年)
壬午 五代	癸未 五代	甲申 五代 后唐庄宗皇帝 同光元年	乙酉 五代 同光二年	丙戌 五代 后唐明宗皇帝 天成元年
龙德二年	龙德三年			
延喜二十二年 (922年)	延长元年 (923年)	延长二年 (924年)	延长三年 (925年)	延长四年 (926年)

丁亥 五代	戊子 五代	己丑 五代	庚寅 五代	辛卯 五代
天成二年	天成三年	天成四年	长兴元年	长兴二年 朱雀帝
延长五年 （927年）	延长六年 （928年）	延长七年 （929年）	延长八年 （930年）	承平元年 （931年）
壬辰 五代	癸巳 五代	甲午 五代 后唐闵皇帝 应顺元年	乙未 五代 后唐潞王 清泰二年	丙申 五代 清泰三年
长兴三年	长兴四年			
承平二年 （932年）	承平三年 （933年）	承平四年 （934年）	承平五年 （935年）	承平六年 （936年）
丁酉 五代 晋高祖皇帝 天福二年	戊戌 五代 天福三年	己亥 五代 天福四年	庚子 五代 天福五年	辛丑 五代 天福六年
承平七年 （937年）	天庆元年 （938年）	天庆二年 （939年）	天庆三年 （940年）	天庆四年 （941年）
壬寅 五代 天福七年	癸卯 五代 晋出帝 天福八年	甲辰 五代 开运元年	乙巳 五代 开运二年	丙午 五代 开运三年
天庆五年 （942年）	天庆六年 （943年）	天庆七年 （944年）	天庆八年 （945年）	天庆九年 （946年）
丁未 五代 汉高祖皇帝 天福十二年 村上帝 天历元年 （947年）	戊申 五代 乾祐元年 天历二年 （948年）	己酉 五代 汉隐皇帝 乾祐二年 天历三年 （949年）	庚戌 五代 乾祐三年 天历四年 （950年）	辛亥 五代 周太祖皇帝 广顺元年 天历五年 （951年）

壬子　五代	癸丑　五代	甲寅　五代 周世宗皇帝	乙卯　五代	丙辰　五代
广顺二年	广顺三年	显德元年	显德二年	显德三年
天历六年 （952年）	天历七年 （953年）	天历八年 （954年）	天历九年 （955年）	天历十年 （956年）
丁巳　五代	戊午　五代	己未　五代 周恭皇帝	庚申　宋 太祖皇帝	辛酉　宋
显德四年	显德五年	显德六年	建隆元年	建隆二年
天德元年 （957年）	天德二年 （958年）	天德三年 （959年）	天德四年 （960年）	应和元年 （961年）
壬戌　宋	癸亥　宋	甲子　宋	乙丑　宋	丙寅　宋
建隆三年	乾德元年	乾德二年	乾德三年	乾德四年
应和二年 （962年）	应和三年 （963年）	康保元年 （964年）	康保二年 （965年）	康保三年 （966年）
丁卯　宋	戊辰　宋	己巳　宋	庚午　宋	辛未　宋
乾德五年	开宝元年 冷泉帝	开宝二年	开宝三年 圆融帝	开宝四年
康保四年 （967年）	安和元年 （968年）	安和二年 （969年）	天禄元年 （970年）	天禄二年 （971年）
壬申　宋	癸酉　宋	甲戌　宋	乙亥　宋	丙子　宋
开宝五年	开宝六年	开宝七年	开宝八年	开宝九年
天禄三年 （972年）	大延元年 （973年）	大延二年 （974年）	大延三年 （975年）	贞元元年 （976年）

丁丑　宋 太宗皇帝 太平兴国二年 贞元二年 （977 年）	戊寅　宋 太平兴国三年 天元元年 （978 年）	己卯　宋 太平兴国四年 天元二年 （979 年）	庚辰　宋 太平兴国五年 天元三年 （980 年）	辛巳　宋 太平兴国六年 天元四年 （981 年）
壬午　宋 太平兴国七年 天元五年 （982 年）	癸未　宋 太平兴国八年 永观元年 （983 年）	甲申　宋 雍熙元年 永观二年 （984 年）	乙酉　宋 雍熙二年 华山帝 宽和元年 （985 年）	丙戌　宋 雍熙三年 宽和二年 （986 年）
丁亥　宋 雍熙四年 一条帝 永延元年 （987 年）	戊子　宋 端拱元年 永延二年 （988 年）	己丑　宋 端拱二年 永祚元年 （989 年）	庚寅　宋 淳化元年 正历元年 （990 年）	辛卯　宋 淳化二年 正历二年 （991 年）
壬辰　宋 淳化三年 正历三年 （992 年）	癸巳　宋 淳化四年 正历四年 （993 年）	甲午　宋 淳化五年 正历五年 （994 年）	乙未　宋 至道元年 长德元年 （995 年）	丙申　宋 至道二年 长德二年 （996 年）
丁酉　宋 至道三年 长德三年 （997 年）	戊戌　宋 真宗皇帝 咸平元年 长德四年 （998 年）	己亥　宋 咸平二年 长保元年 （999 年）	庚子　宋 咸平三年 长保二年 （1000 年）	辛丑　宋 咸平四年 长保三年 （1001 年）

黄遵宪集

壬寅 宋	癸卯 宋	甲辰 宋	乙巳 宋	丙午 宋
咸平五年	咸平六年	景德元年	景德二年	景德三年
长保四年 （1002 年）	长保五年 （1003 年）	宽宏元年 （1004 年）	宽宏二年 （1005 年）	宽宏三年 （1006 年）
丁未 宋	戊申 宋	己酉 宋	庚戌 宋	辛亥 宋
景德四年	大中祥符元年	大中祥符二年	大中祥符三年	大中祥符四年
宽宏四年 （1007 年）	宽宏五年 （1008 年）	宽宏六年 （1009 年）	宽宏七年 （1010 年）	宽宏八年 （1011 年）
壬子 宋	癸丑 宋	甲寅 宋	乙卯 宋	丙辰 宋
大中祥符五年 三条帝 长和元年 （1012 年）	大中祥符六年 长和二年 （1013 年）	大中祥符七年 长和三年 （1014 年）	大中祥符八年 长和四年 （1015 年）	大中祥符九年 长和五年 （1016 年）
丁巳 宋	戊午 宋	己未 宋	庚申 宋	辛酉 宋
天禧元年 后一条帝 宽仁元年 （1017 年）	天禧二年 宽仁二年 （1018 年）	天禧三年 宽仁三年 （1019 年）	天禧四年 宽仁四年 （1020 年）	天禧五年 治安元年 （1021 年）
壬戌 宋	癸亥 宋 仁宗皇帝	甲子 宋	乙丑 宋	丙寅 宋
乾兴元年 治安二年 （1022 年）	天圣元年 治安三年 （1023 年）	天圣二年 万寿元年 （1024 年）	天圣三年 万寿二年 （1025 年）	天圣四年 万寿三年 （1026 年）

丁卯　宋	戊辰　宋	己巳　宋	庚午　宋	辛未　宋
天圣五年	天圣六年	天圣七年	天圣八年	天圣九年
万寿四年 （1027年）	长元元年 （1028年）	长元二年 （1029年）	长元三年 （1030年）	长元四年 （1031年）
壬申　宋	癸酉　宋	甲戌　宋	乙亥　宋	丙子　宋
明道元年	明道二年	景祐元年	景祐二年	景祐三年
长元五年 （1032年）	长元六年 （1033年）	长元七年 （1034年）	长元八年 （1035年）	长元九年 （1036年）
丁丑　宋	戊寅　宋	己卯　宋	庚辰　宋	辛巳　宋
景祐四年 后朱雀帝 长历元年 （1037年）	宝元元年 长历二年 （1038年）	宝元二年 长历三年 （1039年）	康定元年 长久元年 （1040年）	庆历元年 长久二年 （1041年）
壬午　宋	癸未　宋	甲申　宋	乙酉　宋	丙戌　宋
庆历二年	庆历三年	庆历四年	庆历五年	庆历六年 后冷泉帝
长久三年 （1042年）	长久四年 （1043年）	宽德元年 （1044年）	宽德二年 （1045年）	永承元年 （1046年）
丁亥　宋	戊子　宋	己丑　宋	庚寅　宋	辛卯　宋
庆历七年	庆历八年	皇祐元年	皇祐二年	皇祐三年
永承二年 （1047年）	永承三年 （1048年）	永承四年 （1049年）	永承五年 （1050年）	永承六年 （1051年）

壬辰　宋	癸巳　宋	甲午　宋	乙未　宋	丙申　宋
皇祐四年	皇祐五年	至和元年	至和二年	嘉祐元年
永承七年 （1052 年）	天喜元年 （1053 年）	天喜二年 （1054 年）	天喜三年 （1055 年）	天喜四年 （1056 年）
丁酉　宋	戊戌　宋	己亥　宋	庚子　宋	辛丑　宋
嘉祐二年	嘉祐三年	嘉祐四年	嘉祐五年	嘉祐六年
天喜五年 （1057 年）	康平元年 （1058 年）	康平二年 （1059 年）	康平三年 （1060 年）	康平四年 （1061 年）
壬寅　宋	癸卯　宋	甲辰　宋 英宗皇帝	乙巳　宋	丙午　宋
嘉祐七年	嘉祐八年	治平元年	治平二年	治平三年
康平五年 （1062 年）	康平六年 （1063 年）	康平七年 （1064 年）	治历元年 （1065 年）	治历二年 （1066 年）
丁未　宋	戊申　宋 神宗皇帝	己酉　宋	庚戌　宋	辛亥　宋
治平四年	熙宁元年	熙宁二年 后三条帝	熙宁三年	熙宁四年
治历三年 （1067 年）	治历四年 （1068 年）	延久元年 （1069 年）	延久二年 （1070 年）	延久三年 （1071 年）
壬子　宋	癸丑　宋	甲寅　宋	乙卯　宋	丙辰　宋
熙宁五年	熙宁六年 白河帝	熙宁七年	熙宁八年	熙宁九年
延久四年 （1072 年）	元年 （1073 年）	承保元年 （1074 年）	承保二年 （1075 年）	承保三年 （1076 年）

丁巳　宋	戊午　宋	己未　宋	庚申　宋	辛酉　宋
熙宁十年	元丰元年	元丰二年	元丰三年	元丰四年
承历元年	承历二年	承历三年	承历四年	永保元年
（1077年）	（1078年）	（1079年）	（1080年）	（1081年）
壬戌　宋	癸亥　宋	甲子　宋	乙丑　宋	丙寅　宋 哲宗皇帝
元丰五年	元丰六年	元丰七年	元丰八年	元祐元年
永保二年	永保三年	应德元年	应德二年	应德三年
（1082年）	（1083年）	（1084年）	（1085年）	（1086年）
丁卯　宋	戊辰　宋	己巳　宋	庚午　宋	辛未　宋
元祐二年 堀河帝	元祐三年	元祐四年	元祐五年	元祐六年
宽治元年	宽治二年	宽治三年	宽治四年	宽治五年
（1087年）	（1088年）	（1089年）	（1090年）	（1091年）
壬申　宋	癸酉　宋	甲戌　宋	乙亥　宋	丙子　宋
元祐七年	元祐八年	绍圣元年	绍圣二年	绍圣三年
宽治六年	宽治七年	嘉保元年	嘉保二年	永长元年
（1092年）	（1093年）	（1094年）	（1095年）	（1096年）
丁丑　宋	戊寅　宋	己卯　宋	庚辰　宋	辛巳　宋 徽宗皇帝
绍圣四年	元符元年	元符二年	元符三年	建中靖国元年
承德元年	承德二年	康和元年	康和二年	康和三年
（1097年）	（1098年）	（1099年）	（1100年）	（1101年）

壬午 宋	癸未 宋	甲申 宋	乙酉 宋	丙戌 宋
崇宁元年	崇宁二年	崇宁三年	崇宁四年	崇宁五年
康和四年 （1102年）	康和五年 （1103年）	长治元年 （1104年）	长治二年 （1105年）	嘉承元年 （1106年）
丁亥 宋	戊子 宋	己丑 宋	庚寅 宋	辛卯 宋
大观元年	大观二年 鸟羽帝	大观三年	大观四年	政和元年
嘉承二年 （1107年）	天仁元年 （1108年）	天仁二年 （1109年）	天永元年 （1110年）	天永二年 （1111年）
壬辰 宋	癸巳 宋	甲午 宋	乙未 宋	丙申 宋
政和二年	政和三年	政和四年	政和五年	政和六年
天永三年 （1112年）	永久元年 （1113年）	永久二年 （1114年）	永久三年 （1115年）	永久四年 （1116年）
丁酉 宋	戊戌 宋	己亥 宋	庚子 宋	辛丑 宋
政和七年	重和元年	宣和元年	宣和二年	宣和三年
永久五年 （1117年）	元永元年 （1118年）	元永二年 （1119年）	保安元年 （1120年）	保安二年 （1121年）
壬寅 宋	癸卯 宋	甲辰 宋	乙巳 宋	丙午 宋 钦宗皇帝
宣和四年	宣和五年	宣和六年 崇德帝	宣和七年	靖康元年
保安三年 （1122年）	保安四年 （1123年）	天治元年 （1124年）	天治二年 （1125年）	大治元年 （1126年）

丁未　南宋 高宗皇帝 建炎元年 大治二年 （1127年）	戊申　南宋 建炎二年 大治三年 （1128年）	己酉　南宋 建炎三年 大治四年 （1129年）	庚戌　南宋 建炎四年 大治五年 （1130年）	辛亥　南宋 绍兴元年 天承元年 （1131年）
壬子　南宋 绍兴二年 长承元年 （1132年）	癸丑　南宋 绍兴三年 长承二年 （1133年）	甲寅　南宋 绍兴四年 长承三年 （1134年）	乙卯　南宋 绍兴五年 保延元年 （1135年）	丙辰　南宋 绍兴六年 保延二年 （1136年）
丁巳　南宋 绍兴七年 保延三年 （1137年）	戊午　南宋 绍兴八年 保延四年 （1138年）	己未　南宋 绍兴九年 保延五年 （1139年）	庚申　南宋 绍兴十年 保延六年 （1140年）	辛酉　南宋 绍兴十一年 永治元年 （1141年）
壬戌　南宋 绍兴十二年 近卫帝 康治元年 （1142年）	癸亥　南宋 绍兴十三年 康治二年 （1143年）	甲子　南宋 绍兴十四年 天养元年 （1144年）	乙丑　南宋 绍兴十五年 久安元年 （1145年）	丙寅　南宋 绍兴十六年 久安二年 （1146年）
丁卯　南宋 绍兴十七年 久安三年 （1147年）	戊辰　南宋 绍兴十八年 久安四年 （1148年）	己巳　南宋 绍兴十九年 久安五年 （1149年）	庚午　南宋 绍兴二十年 久安六年 （1150年）	辛未　南宋 绍兴二十一年 仁平元年 （1151年）

壬申　南宋	癸酉　南宋	甲戌　南宋	乙亥　南宋	丙子　南宋
绍兴二十二年	绍兴二十三年	绍兴二十四年	绍兴二十五年	绍兴二十六年 后白河帝
仁平二年 （1152 年）	仁平三年 （1153 年）	久寿元年 （1154 年）	久寿二年 （1155 年）	保元元年 （1156 年）
丁丑　南宋	戊寅　南宋	己卯　南宋	庚辰　南宋	辛巳　南宋
绍兴二十七年	绍兴二十八年	绍兴二十九年 二条帝	绍兴三十年	绍兴三十一年
保元二年 （1157 年）	保元三年 （1158 年）	平治元年 （1159 年）	永历元年 （1160 年）	应保元年 （1161 年）
壬午　南宋	癸未　南宋 孝宗皇帝	甲申　南宋	乙酉　南宋	丙戌　南宋
绍兴三十二年	隆兴元年	隆兴二年	乾道元年	乾道二年 六条帝
应保二年 （1162 年）	长宽元年 （1163 年）	长宽二年 （1164 年）	永万元年 （1165 年）	仁安六年 （1166 年）
丁亥　南宋	戊子　南宋	己丑　南宋	庚寅　南宋	辛卯　南宋
乾道三年	乾道四年	乾道五年 高仓帝	乾道六年	乾道七年
仁安二年 （1167 年）	仁安三年 （1168 年）	嘉应元年 （1169 年）	嘉应二年 （1170 年）	承安元年 （1171 年）
壬辰　南宋	癸巳　南宋	甲午　南宋	乙未　南宋	丙申　南宋
乾道八年	乾道九年	淳熙元年	淳熙二年	淳熙三年
承安二年 （1172 年）	承安三年 （1173 年）	承安四年 （1174 年）	安元元年 （1175 年）	安元二年 （1176 年）

丁酉　南宋	戊戌　南宋	己亥　南宋	庚子　南宋	辛丑　南宋
淳熙四年	淳熙五年	淳熙六年	淳熙七年	淳熙八年 安德帝
治承元年 （1177 年）	治承二年 （1178 年）	治承三年 （1179 年）	治承四年 （1180 年）	养和元年 （1181 年）
壬寅　南宋	癸卯　南宋	甲辰　南宋	乙巳　南宋	丙午　南宋
淳熙九年	淳熙十年	淳熙十一年 后鸟羽帝	淳熙十二年	淳熙十三年
寿永元年 （1182 年）	寿永二年 （1183 年）	元历元年 （1184 年）	文治元年 （1185 年）	文治二年 （1186 年）
丁未　南宋	戊申　南宋	己酉　南宋	庚戌　南宋 光宗皇帝	辛亥　南宋
淳熙十四年	淳熙十五年	淳熙十六年	淳熙十七年	绍熙二年
文治三年 （1187 年）	文治四年 （1188 年）	文治五年 （1189 年）	建久元年 （1190 年）	建久二年 （1191 年）
壬子　南宋	癸丑　南宋	甲寅　南宋	乙卯　南宋 宁宗皇帝	丙辰　南宋
绍熙三年	绍熙四年	绍熙五年	庆元元年	庆元二年
建久三年 （1192 年）	建久四年 （1193 年）	建久五年 （1194 年）	建久六年 （1195 年）	建久七年 （1196 年）
丁巳　南宋	戊午　南宋	己未　南宋	庚申　南宋	辛酉　南宋
庆元三年	庆元四年	庆元五年 土御门帝	庆元六年	嘉泰元年
建久八年 （1197 年）	建久九年 （1198 年）	正治元年 （1199 年）	正治二年 （1200 年）	建仁元年 （1201 年）

壬戌　南宋	癸亥　南宋	甲子　南宋	乙丑　南宋	丙寅　南宋
嘉泰二年	嘉泰三年	嘉泰四年	开禧元年	开禧二年
建仁二年（1202年）	建仁三年（1203年）	元久元年（1204年）	元久二年（1205年）	建永元年（1206年）
丁卯　南宋	戊辰　南宋	己巳　南宋	庚午　南宋	辛未　南宋
开禧三年	嘉定元年	嘉定二年	嘉定三年	嘉定四年顺德帝
承元元年（1207年）	承元二年（1208年）	承元三年（1209年）	承元四年（1210年）	建历元年（1211年）
壬申　南宋	癸酉　南宋	甲戌　南宋	乙亥　南宋	丙子　南宋
嘉定五年	嘉定六年	嘉定七年	嘉定八年	嘉定九年
建历二年（1212年）	建保元年（1213年）	建保二年（1214年）	建保三年（1215年）	建保四年（1216年）
丁丑　南宋	戊寅　南宋	己卯　南宋	庚辰　南宋	辛巳　南宋
嘉定十年	嘉定十一年	嘉定十二年	嘉定十三年	嘉定十四年九条废帝
建保五年（1217年）	建保六年（1218年）	承久元年（1219年）	承久二年（1220年）	承久三年（1221年）
壬午　南宋	癸未　南宋	甲申　南宋	乙酉　南宋理宗皇帝	丙戌　南宋
嘉定十五年后堀河帝	嘉定十六年	嘉定十七年	宝庆元年	宝庆二年
贞应元年（1222年）	贞应二年（1223年）	元仁元年（1224年）	嘉禄元年（1225年）	嘉禄二年（1226年）

丁亥　南宋	戊子　南宋	己丑　南宋	庚寅　南宋	辛卯　南宋
宝庆三年	绍定元年	绍定二年	绍定三年	绍定四年
安贞元年 （1227 年）	安贞二年 （1228 年）	宽喜元年 （1229 年）	宽喜二年 （1230 年）	宽喜三年 （1231 年）
壬辰　南宋	癸巳　南宋	甲午　南宋	乙未　南宋	丙申　南宋
绍定五年	绍定六年 四条帝	端平元年	端平二年	端平三年
贞永元年 （1232 年）	天福元年 （1233 年）	文历元年 （1234 年）	嘉祯元年 （1235 年）	嘉祯二年 （1236 年）
丁酉　南宋	戊戌　南宋	己亥　南宋	庚子　南宋	辛丑　南宋
嘉熙元年	嘉熙二年	嘉熙三年	嘉熙四年	淳祐元年
嘉祯三年 （1237 年）	历仁元年 （1238 年）	延应元年 （1239 年）	仁治元年 （1240 年）	仁治二年 （1241 年）
壬寅　南宋	癸卯　南宋	甲辰　南宋	乙巳　南宋	丙午　南宋
淳祐二年	淳祐三年 后嵯峨帝	淳祐四年	淳祐五年	淳祐六年
仁治三年 （1242 年）	宽元元年 （1243 年）	宽元二年 （1244 年）	宽元三年 （1245 年）	宽元四年 （1246 年）
丁未　南宋	戊申　南宋	己酉　南宋	庚戌　南宋	辛亥　南宋
淳祐七年 后深草帝	淳祐八年	淳祐九年	淳祐十年	淳祐十一年
宝治元年 （1247 年）	宝治二年 （1248 年）	建长元年 （1249 年）	建长二年 （1250 年）	建长三年 （1251 年）

黄遵宪集

壬子　南宋 淳祐十二年 建长四年 （1252 年）	癸丑　南宋 宝祐元年 建长五年 （1253 年）	甲寅　南宋 宝祐二年 建长六年 （1254 年）	乙卯　南宋 宝祐三年 建长七年 （1255 年）	丙辰　南宋 宝祐四年 康元元年 （1256 年）
丁巳　南宋 宝祐五年 正嘉元年 （1257 年）	戊午　南宋 宝祐六年 正嘉二年 （1258 年）	己未　南宋 开庆元年 正元元年 （1259 年）	庚申　南宋 景定元年 龟山帝 文应元年 （1260 年）	辛酉　南宋 景定二年 宏长元年 （1261 年）
壬戌　南宋 景定三年 宏长二年 （1262 年）	癸亥　南宋 景定四年 宏长三年 （1263 年）	甲子　南宋 景定五年 文永元年 （1264 年）	乙丑　南宋 度宗皇帝 咸淳元年 文永二年 （1265 年）	丙寅　南宋 咸淳二年 文永三年 （1266 年）
丁卯　南宋 咸淳三年 文永四年 （1267 年）	戊辰　南宋 咸淳四年 文永五年 （1268 年）	己巳　南宋 咸淳五年 文永六年 （1269 年）	庚午　南宋 咸淳六年 文永七年 （1270 年）	辛未　南宋 咸淳七年 文永八年 （1271 年）
壬申　南宋 咸淳八年 文永九年 （1272 年）	癸酉　南宋 咸淳九年 文永十年 （1273 年）	甲戌　南宋 咸淳十年 文永十一年 （1274 年）	乙亥　南宋 少帝㬎 德棐元年 后宇多帝 建治元年 （1275 年）	丙子　元 世祖皇帝 至元十三年 建治二年 （1276 年）

丁丑　元	戊寅　元	己卯　元	庚辰　元	辛巳　元
至元十四年	至元十五年	至元十六年	至元十七年	至元十八年
建治三年 （1277 年）	宏安元年 （1278 年）	宏安二年 （1279 年）	宏安三年 （1280 年）	宏安四年 （1281 年）
壬午　元	癸未　元	甲申　元	乙酉　元	丙戌　元
至元十九年	至元二十年	至元二十一年	至元二十二年	至元二十三年
宏安五年 （1282 年）	宏安六年 （1283 年）	宏安七年 （1284 年）	宏安八年 （1285 年）	宏安九年 （1286 年）
丁亥　元	戊子　元	己丑　元	庚寅　元	辛卯　元
至元二十四年	至元二十五年 伏见帝	至元二十六年	至元二十七年	至元二十八年
宏安十年 （1287 年）	正应元年 （1288 年）	正应二年 （1289 年）	正应三年 （1290 年）	正应四年 （1291 年）
壬辰　元	癸巳　元	甲午　元	乙未　元 成宗皇帝	丙申　元
至元二十九年	至元三十年	至元三十一年	元贞元年	元贞二年
正应五年 （1292 年）	永仁元年 （1293 年）	永仁二年 （1294 年）	永仁三年 （1295 年）	永仁四年 （1296 年）
丁酉　元	戊戌　元	己亥　元	庚子　元	辛丑　元
大德元年	大德二年	大德三年 后伏见帝	大德四年	大德五年
永仁五年 （1297 年）	永仁六年 （1298 年）	正安元年 （1299 年）	正安二年 （1300 年）	正安三年 （1301 年）

壬寅 元	癸卯 元	甲辰 元	乙巳 元	丙午 元
大德六年 后三条帝 乾元元年 （1302年）	大德七年 嘉元元年 （1303年）	大德八年 嘉元二年 （1304年）	大德九年 嘉元三年 （1305年）	大德十年 德治元年 （1306年）
丁未 元 大德十一年 德治二年 （1307年）	戊申 元 武宗皇帝 至大元年 花园帝 延庆元年 （1308年）	己酉 元 至大二年 延庆二年 （1309年）	庚戌 元 至大三年 延庆三年 （1310年）	辛亥 元 至大四年 应长元年 （1311年）
壬子 元 仁宗皇帝 皇庆元年 正和元年 （1312年）	癸丑 元 皇庆二年 正和二年 （1313年）	甲寅 元 延祐元年 正和三年 （1314年）	乙卯 元 延祐二年 正和四年 （1315年）	丙辰 元 延祐三年 正和五年 （1316年）
丁巳 元 延祐四年 文保元年 （1317年）	戊午 元 延祐五年 文保二年 （1318年）	己未 元 延祐六年 后醍醐帝 元应元年 （1319年）	庚申 元 延祐七年 元应二年 （1320年）	辛酉 元 英宗皇帝 至治元年 元亨元年 （1321年）
壬戌 元 至治二年 元亨二年 （1322年）	癸亥 元 至治三年 元亨三年 （1323年）	甲子 元 泰定帝 泰定元年 正中元年 （1324年）	乙丑 元 泰定二年 正中二年 （1325年）	丙寅 元 泰定三年 嘉历元年 （1326年）

丁卯　元 泰定四年 嘉历二年 （1327 年）	戊辰　元 致和元年 嘉历三年 （1328 年）	己巳　元 明宗皇帝 天历二年 元德元年 （1329 年）	庚午　元 文宗皇帝 至顺元年 元德二年 （1330 年）	辛未　元 至顺二年 元宏元年 （1331 年）
壬申　元 至顺三年 是年分南北朝 元宏二年 （1332 年）	癸酉　元 顺皇帝 元统元年 元宏三年 （1333 年）	甲戌　元 元统二年 建武元年 （1334 年）	乙亥　元 至元元年 建武二年 （1335 年）	丙子　元 至元二年 延元元年 （1336 年）
丁丑　元 至元三年 延元二年 （1337 年）	戊寅　元 至元四年 延元三年 （1338 年）	己卯　元 至元五年 后村上帝 元年 （1339 年）	庚辰　元 至元六年 兴国元年 （1340 年）	辛巳　元 至正元年 兴国二年 （1341 年）
壬午　元 至正二年 兴国三年 （1342 年）	癸未　元 至正三年 兴国四年 （1343 年）	甲申　元 至正四年 兴国五年 （1344 年）	乙酉　元 至正五年 兴国六年 （1345 年）	丙戌　元 至正六年 正平元年 （1346 年）
丁亥　元 至正七年 正平二年 （1347 年）	戊子　元 至正八年 正平三年 （1348 年）	己丑　元 至正九年 正平四年 （1349 年）	庚寅　元 至正十年 正平五年 （1350 年）	辛卯　元 至正十一年 正平六年 （1351 年）

壬辰　元	癸巳　元	甲午　元	乙未　元	丙申　元
至正十二年	至正十三年	至正十四年	至正十五年	至正十六年
正平七年 （1352 年）	正平八年 （1353 年）	正平九年 （1354 年）	正平十年 （1355 年）	正平十一年 （1356 年）
丁酉　元	戊戌　元	己亥　元	庚子　元	辛丑　元
至正十七年	至正十八年	至正十九年	至正二十年	至正二十一年
正平十二年 （1357 年）	正平十三年 （1358 年）	正平十四年 （1359 年）	正平十五年 （1360 年）	正平十六年 （1361 年）
壬寅　元	癸卯　元	甲辰　元	乙巳　元	丙午　元
至正二十二年	至正二十三年	至正二十四年	至正二十五年	至正二十六年
正平十七年 （1362 年）	正平十八年 （1363 年）	正平十九年 （1364 年）	正平二十年 （1365 年）	正平二十一年 （1366 年）
丁未　元 至正二十七年	戊申　明 太祖皇帝 洪武元年 长庆帝	己酉　明 洪武二年	庚戌　明 洪武三年	辛亥　明 洪武四年
正平二十二年 （1367 年）	正平二十三年 （1368 年）	正平二十四年 （1369 年）	建德元年 （1370 年）	建德二年 （1371 年）
壬子　明 洪武五年	癸丑　明 洪武六年	甲寅　明 洪武七年	乙卯　明 洪武八年 后龟山帝	丙辰　明 洪武九年
文中元年 （1372 年）	文中二年 （1373 年）	文中三年 （1374 年）	天授元年 （1375 年）	天授二年 （1376 年）

丁巳　明	戊午　明	己未　明	庚申　明	辛酉　明
洪武十年	洪武十一年	洪武十二年	洪武十三年	洪武十四年
天授三年 （1377 年）	天授四年 （1378 年）	天授五年 （1379 年）	天授六年 （1380 年）	宏和元年 （1381 年）
壬戌　明	癸亥　明	甲子　明	乙丑　明	丙寅　明
洪武十五年	洪武十六年	洪武十七年	洪武十八年	洪武十九年
宏和二年 （1382 年）	宏和三年 （1383 年）	元中元年 （1384 年）	元中二年 （1385 年）	元中三年 （1386 年）
丁卯　明	戊辰　明	己巳　明	庚午　明	辛未　明
洪武二十年	洪武二十一年	洪武二十二年	洪武二十三年	洪武二十四年
元中四年 （1387 年）	元中五年 （1388 年）	元中六年 （1389 年）	元中七年 （1390 年）	元中八年 （1391 年）
壬申　明	癸酉　明	甲戌　明	乙亥　明	丙子　明
洪武二十五年 是年北朝合一	洪武二十六年 后小松帝	洪武二十七年	洪武二十八年	洪武二十九年
元中九年 （1392 年）	元年 （1393 年）	应永元年 （1394 年）	应永二年 （1395 年）	应永三年 （1396 年）
丁丑　明	戊寅　明	己卯　明	庚辰　明	辛巳　明
洪武三十年	洪武三十一年	惠皇帝 建文元年	建文二年	建文三年
应永四年 （1397 年）	应永五年 （1398 年）	应永六年 （1399 年）	应永七年 （1400 年）	应永八年 （1401 年）

壬午　明 建文四年 应永九年 （1402年）	癸未　明 成祖皇帝 永乐元年 应永十年 （1403年）	甲申　明 永乐二年 应永十一年 （1404年）	乙酉　明 永乐三年 应永十二年 （1405年）	丙戌　明 永乐四年 应永十三年 （1406年）
丁亥　明 永乐五年 应永十四年 （1407年）	戊子　明 永乐六年 应永十五年 （1408年）	己丑　明 永乐七年 应永十六年 （1409年）	庚寅　明 永乐八年 应永十七年 （1410年）	辛卯　明 永乐九年 应永十八年 （1411年）
壬辰　明 永乐十年 应永十九年 （1412年）	癸巳　明 永乐十一年 称光帝 应永二十年 （1413年）	甲午　明 永乐十二年 应永二十一年 （1414年）	乙未　明 永乐十三年 应永二十二年 （1415年）	丙申　明 永乐十四年 应永二十三年 （1416年）
丁酉　明 永乐十五年 应永二十四年 （1417年）	戊戌　明 永乐十六年 应永二十五年 （1418年）	己亥　明 永乐十七年 应永二十六年 （1419年）	庚子　明 永乐十八年 应永二十七年 （1420年）	辛丑　明 永乐十九年 应永二十八年 （1421年）
壬寅　明 永乐二十年 应永二十九年 （1422年）	癸卯　明 永乐二十一年 应永三十年 （1423年）	甲辰　明 永乐二十二年 应永三十一年 （1424年）	乙巳　明 仁宗皇帝 洪熙元年 应永三十二年 （1425年）	丙午　明 宪宗皇帝 宣德元年 应永三十三年 （1426年）

丁未　明 宣德二年 应永三十四年 （1427 年）	戊申　明 宣德三年 正长元年 （1428 年）	己酉　明 宣德四年 后花园帝 永享元年 （1429 年）	庚戌　明 宣德五年 永享二年 （1430 年）	辛亥　明 宣德六年 永享三年 （1431 年）
壬子　明 宣德七年 永享四年 （1432 年）	癸丑　明 宣德八年 永享五年 （1433 年）	甲寅　明 宣德九年 永享六年 （1434 年）	乙卯　明 宣德十年 永享七年 （1435 年）	丙辰　明 英宗皇帝 正统元年 永享八年 （1436 年）
丁巳　明 正统二年 永享九年 （1437 年）	戊午　明 正统三年 永享十年 （1438 年）	己未　明 正统四年 永享十一年 （1439 年）	庚申　明 正统五年 永享十二年 （1440 年）	辛酉　明 正统六年 嘉吉元年 （1441 年）
壬戌　明 正统七年 嘉吉二年 （1442 年）	癸亥　明 正统八年 嘉吉三年 （1443 年）	甲子　明 正统九年 文安元年 （1444 年）	乙丑　明 正统十年 文安二年 （1445 年）	丙寅　明 正统十一年 文安三年 （1446 年）
丁卯　明 正统十二年 文安四年 （1447 年）	戊辰　明 正统十三年 文安五年 （1448 年）	己巳　明 正统十四年 宝德元年 （1449 年）	庚午　明 景皇帝 景泰元年 宝德二年 （1450 年）	辛未　明 景泰二年 宝德三年 （1451 年）

壬申　明	癸酉　明	甲戌　明	乙亥　明	丙子　明
景泰三年	景泰四年	景泰五年	景泰六年	景泰七年
享德元年 （1452 年）	享德二年 （1453 年）	享德三年 （1454 年）	康正元年 （1455 年）	康正二年 （1456 年）
丁丑　明	戊寅　明 英宗皇帝	己卯　明	庚辰　明	辛巳　明
景泰八年	天顺二年	天顺三年	天顺四年	天顺五年
长禄元年 （1457 年）	长禄二年 （1458 年）	长禄三年 （1459 年）	宽正元年 （1460 年）	宽正二年 （1461 年）
壬午　明	癸未　明	甲申　明	乙酉　明 宪宗皇帝	丙戌　明
天顺六年	天顺七年	天顺八年	成化元年 后土御门帝	成化二年
宽正三年 （1462 年）	宽正四年 （1463 年）	宽正五年 （1464 年）	元年 （1465 年）	文正元年 （1466 年）
丁亥　明	戊子　明	己丑　明	庚寅　明	辛卯　明
成化三年	成化四年	成化五年	成化六年	成化七年
应仁元年 （1467 年）	应仁二年 （1468 年）	文明元年 （1469 年）	文明二年 （1470 年）	文明三年 （1471 年）
壬辰　明	癸巳　明	甲午　明	乙未　明	丙申　明
成化八年	成化九年	成化十年	成化十一年	成化十二年
文明四年 （1472 年）	文明五年 （1473 年）	文明六年 （1474 年）	文明七年 （1475 年）	文明八年 （1476 年）

丁酉　明	戊戌　明	己亥　明	庚子　明	辛丑　明
成化十三年	成化十四年	成化十五年	成化十六年	成化十七年
文明九年	文明十年	文明十一年	文明十二年	文明十三年
（1477 年）	（1478 年）	（1479 年）	（1480 年）	（1481 年）
壬寅　明	癸卯　明	甲辰　明	乙巳　明	丙午　明
成化十八年	成化十九年	成化二十年	成化二十一年	成化二十二年
文明十四年	文明十五年	文明十六年	文明十七年	文明十八年
（1482 年）	（1483 年）	（1484 年）	（1485 年）	（1486 年）
丁未　明	戊申　明 孝宗皇帝	己酉　明	庚戌　明	辛亥　明
成化二十三年	宏治①元年	宏治二年	宏治三年	宏治四年
长享元年	长享二年	延德元年	延德二年	延德三年
（1487 年）	（1488 年）	（1489 年）	（1490 年）	（1491 年）
壬子　明	癸丑　明	甲寅　明	乙卯　明	丙辰　明
宏治五年	宏治六年	宏治七年	宏治八年	宏治九年
明应元年	明应二年	明应三年	明应四年	明应五年
（1492 年）	（1493 年）	（1494 年）	（1495 年）	（1496 年）
丁巳　明	戊午　明	己未　明	庚申　明	辛酉　明
宏治十年	宏治十一年	宏治十二年	宏治十三年	宏治十四年 后柏原帝
明应六年	明应七年	明应八年	明应九年	文龟元年
（1497 年）	（1498 年）	（1499 年）	（1500 年）	（1501 年）

---

① 宏治，"宏"应为"弘"，系作者避清讳改，下同。

壬戌　明 宏治十五年 文龟二年 （1502 年）	癸亥　明 宏治十六年 文龟三年 （1503 年）	甲子　明 宏治十七年 永正元年 （1504 年）	乙丑　明 宏治十八年 永正二年 （1505 年）	丙寅　明 武宗皇帝 正德元年 永正三年 （1506 年）
丁卯　明 正德二年 永正四年 （1507 年）	戊辰　明 正德三年 永正五年 （1508 年）	己巳　明 正德四年 永正六年 （1509 年）	庚午　明 正德五年 永正七年 （1510 年）	辛未　明 正德六年 永正八年 （1511 年）
壬申　明 正德七年 永正九年 （1512 年）	癸酉　明 正德八年 永正十年 （1513 年）	甲戌　明 正德九年 永正十一年 （1514 年）	乙亥　明 正德十年 永正十二年 （1515 年）	丙子　明 正德十一年 永正十三年 （1516 年）
丁丑　明 正德十二年 永正十四年 （1517 年）	戊寅　明 正德十三年 永正十五年 （1518 年）	己卯　明 正德十四年 永正十六年 （1519 年）	庚辰　明 正德十五年 永正十七年 （1520 年）	辛巳　明 正德十六年 大永元年 （1521 年）
壬午　明 世宗皇帝 嘉靖元年 大永二年 （1522 年）	癸未　明 嘉靖二年 大永三年 （1523 年）	甲申　明 嘉靖三年 大永四年 （1524 年）	乙酉　明 嘉靖四年 大永五年 （1525 年）	丙戌　明 嘉靖五年 大永六年 （1526 年）

丁亥　明	戊子　明	己丑　明	庚寅　明	辛卯　明
嘉靖六年 后奈良帝 大永七年 （1527 年）	嘉靖七年 享禄元年 （1528 年）	嘉靖八年 享禄二年 （1529 年）	嘉靖九年 享禄三年 （1530 年）	嘉靖十年 享禄四年 （1531 年）
壬辰　明	癸巳　明	甲午　明	乙未　明	丙申　明
嘉靖十一年 天文元年 （1532 年）	嘉靖十二年 天文二年 （1533 年）	嘉靖十三年 天文三年 （1534 年）	嘉靖十四年 天文四年 （1535 年）	嘉靖十五年 天文五年 （1536 年）
丁酉　明	戊戌　明	己亥　明	庚子　明	辛丑　明
嘉靖十六年 天文六年 （1537 年）	嘉靖十七年 天文七年 （1538 年）	嘉靖十八年 天文八年 （1539 年）	嘉靖十九年 天文九年 （1540 年）	嘉靖二十年 天文十年 （1541 年）
壬寅　明	癸卯　明	甲辰　明	乙巳　明	丙午　明
嘉靖二十一年 天文十一年 （1542 年）	嘉靖二十二年 天文十二年 （1543 年）	嘉靖二十三年 天文十三年 （1544 年）	嘉靖二十四年 天文十四年 （1545 年）	嘉靖二十五年 天文十五年 （1546 年）
丁未　明	戊申　明	己酉　明	庚戌　明	辛亥　明
嘉靖二十六年 天文十六年 （1547 年）	嘉靖二十七年 天文十七年 （1548 年）	嘉靖二十八年 天文十八年 （1549 年）	嘉靖二十九年 天文十九年 （1550 年）	嘉靖三十年 天文二十年 （1551 年）

壬子　明	癸丑　明	甲寅　明	乙卯　明	丙辰　明
嘉靖三十一年	嘉靖三十二年	嘉靖三十三年	嘉靖三十四年	嘉靖三十五年
天文二十一年 （1552年）	天文二十二年 （1553年）	天文二十三年 （1554年）	宏治元年 （1555年）	宏治二年 （1556年）
丁巳　明	戊午　明	己未　明	庚申　明	辛酉　明
嘉靖三十六年	嘉靖三十七年 正亲町帝	嘉靖三十八年	嘉靖三十九年	嘉靖四十年
宏治三年 （1557年）	永禄元年 （1558年）	永禄二年 （1559年）	永禄三年 （1560年）	永禄四年 （1561年）
壬戌　明	癸亥　明	甲子　明	乙丑　明	丙寅　明
嘉靖四十一年	嘉靖四十二年	嘉靖四十三年	嘉靖四十四年	嘉靖四十五年
永禄五年 （1562年）	永禄六年 （1563年）	永禄七年 （1564年）	永禄八年 （1565年）	永禄九年 （1566年）
丁卯　明 穆宗皇帝 隆庆元年	戊辰　明 隆庆二年	己巳　明 隆庆三年	庚午　明 隆庆四年	辛未　明 隆庆五年
永禄十年 （1567年）	永禄十一年 （1568年）	永禄十二年 （1569年）	元龟元年 （1570年）	元龟二年 （1571年）
壬申　明 隆庆六年	癸酉　明 神宗皇帝 万历元年	甲戌　明 万历二年	乙亥　明 万历三年	丙子　明 万历四年
元龟三年 （1572年）	天正元年 （1573年）	天正二年 （1574年）	天正三年 （1575年）	天正四年 （1576年）

丁丑　明	戊寅　明	己卯　明	庚辰　明	辛巳　明
万历五年	万历六年	万历七年	万历八年	万历九年
天正五年 （1577 年）	天正六年 （1578 年）	天正七年 （1579 年）	天正八年 （1580 年）	天正九年 （1581 年）
壬午　明	癸未　明	甲申　明	乙酉　明	丙戌　明
万历十年	万历十一年	万历十二年	万历十三年	万历十四年
天正十年 （1582 年）	天正十一年 （1583 年）	天正十二年 （1584 年）	天正十三年 （1585 年）	天正十四年 （1586 年）
丁亥　明	戊子　明	己丑　明	庚寅　明	辛卯　明
万历十五年 后阳成帝	万历十六年	万历十七年	万历十八年	万历十九年
天正十五年 （1587 年）	天正十六年 （1588 年）	天正十七年 （1589 年）	天正十八年 （1590 年）	天正十九年 （1591 年）
壬辰　明	癸巳　明	甲午　明	乙未　明	丙申　明
万历二十年	万历二十一年	万历二十二年	万历二十三年	万历二十四年
文禄元年 （1592 年）	文禄二年 （1593 年）	文禄三年 （1594 年）	文禄四年 （1595 年）	庆长元年 （1596 年）
丁酉　明	戊戌　明	己亥　明	庚子　明	辛丑　明
万历二十五年	万历二十六年	万历二十七年	万历二十八年	万历二十九年
庆长二年 （1597 年）	庆长三年 （1598 年）	庆长四年 （1599 年）	庆长五年 （1600 年）	庆长六年 （1601 年）

续表

壬寅 明	癸卯 明	甲辰 明	乙巳 明	丙午 明
万历三十年	万历三十一年	万历三十二年	万历三十三年	万历三十四年
庆长七年 （1602年）	庆长八年 （1603年）	庆长九年 （1604年）	庆长十年 （1605年）	庆长十一年 （1606年）
丁未 明	戊申 明	己酉 明	庚戌 明	辛亥 明
万历三十五年	万历三十六年	万历三十七年	万历三十八年	万历三十九年
庆长十二年 （1607年）	庆长十三年 （1608年）	庆长十四年 （1609年）	庆长十五年 （1610年）	庆长十六年 （1611年）
壬子 明	癸丑 明	甲寅 明	乙卯 明	丙辰 明
万历四十年 后水尾帝	万历四十一年	万历四十二年	万历四十三年	万历四十四年
庆长十七年 （1612年）	庆长十八年 （1613年）	庆长十九年 （1614年）	元和元年 （1615年）	元和二年 （1616年）
丁巳 明	戊午 明	己未 明	庚申 明 光宗皇帝 泰昌元年	辛酉 明 熹宗皇帝 天启元年
万历四十五年	万历四十六年	万历四十七年		
元和三年 （1617年）	元和四年 （1618年）	元和五年 （1619年）	元和六年 （1620年）	元和七年 （1621年）
壬戌 明	癸亥 明	甲子 明	乙丑 明	丙寅 明
天启二年	天启三年	天启四年	天启五年	天启六年
元和八年 （1622年）	元和九年 （1623年）	宽永元年 （1624年）	宽永二年 （1625年）	宽永三年 （1626年）

丁卯　明 天启七年 宽永四年 （1627年）	戊辰　明 庄烈帝 崇祯元年 宽永五年 （1628年）	己巳　明 崇祯二年 宽永六年 （1629年）	庚午　明 崇祯三年 明正帝 宽永七年 （1630年）	辛未　明 崇祯四年 宽永八年 （1631年）
壬申　明 崇祯五年 宽永九年 （1632年）	癸酉　明 崇祯六年 宽永十年 （1633年）	甲戌　明 崇祯七年 宽永十一年 （1634年）	乙亥　明 崇祯八年 宽永十二年 （1635年）	丙子　明 崇祯九年 宽永十三年 （1636年）
丁丑　明 崇祯十年 宽永十四年 （1637年）	戊寅　明 崇祯十一年 宽永十五年 （1638年）	己卯　明 崇祯十二年 宽永十六年 （1639年）	庚辰　明 崇祯十三年 宽永十七年 （1640年）	辛巳　明 崇祯十四年 宽永十八年 （1641年）
壬午　明 崇祯十五年 宽永十九年 （1642年）	癸未　明 崇祯十六年 宽永二十年 （1643年）	甲申　明 崇祯十七年 后光明帝 正保元年 （1644年）	乙酉　大清 世祖章皇帝 顺治二年 正保二年 （1645年）	丙戌　大清 顺治三年 正保三年 （1646年）
丁亥　大清 顺治四年 正保四年 （1647年）	戊子　大清 顺治五年 庆安元年 （1648年）	己丑　大清 顺治六年 庆安二年 （1649年）	庚寅　大清 顺治七年 庆安三年 （1650年）	辛卯　大清 顺治八年 庆安四年 （1651年）

壬辰　大清 顺治九年 承应元年 （1652 年）	癸巳　大清 顺治十年 承应二年 （1653 年）	甲午　大清 顺治十一年 承应三年 （1654 年）	乙未　大清 顺治十二年 后西帝 明历元年 （1655 年）	丙申　大清 顺治十三年 明历二年 （1656 年）
丁酉　大清 顺治十四年 明历三年 （1657 年）	戊戌　大清 顺治十五年 万治元年 （1658 年）	己亥　大清 顺治十六年 万治二年 （1659 年）	庚子　大清 顺治十七年 万治三年 （1660 年）	辛丑　大清 顺治十八年 宽文元年 （1661 年）
壬寅　大清 圣祖仁皇帝 康熙元年 宽文二年 （1662 年）	癸卯　大清 康熙二年 灵元帝 宽文三年 （1663 年）	甲辰　大清 康熙三年 宽文四年 （1664 年）	乙巳　大清 康熙四年 宽文五年 （1665 年）	丙午　大清 康熙五年 宽文六年 （1666 年）
丁未　大清 康熙六年 宽文七年 （1667 年）	戊申　大清 康熙七年 宽文八年 （1668 年）	己酉　大清 康熙八年 宽文九年 （1669 年）	庚戌　大清 康熙九年 宽文十年 （1670 年）	辛亥　大清 康熙十年 宽文十一年 （1671 年）
壬子　大清 康熙十一年 宽文十二年 （1672 年）	癸丑　大清 康熙十二年 延宝元年 （1673 年）	甲寅　大清 康熙十三年 延宝二年 （1674 年）	乙卯　大清 康熙十四年 延宝三年 （1675 年）	丙辰　大清 康熙十五年 延宝四年 （1676 年）

续表

丁巳　大清 康熙十六年 延宝五年 （1677年）	戊午　大清 康熙十七年 延宝六年 （1678年）	己未　大清 康熙十八年 延宝七年 （1679年）	庚申　大清 康熙十九年 延宝八年 （1680年）	辛酉　大清 康熙二十年 天和元年 （1681年）
壬戌　大清 康熙二十一年 天和二年 （1682年）	癸亥　大清 康熙二十二年 天和三年 （1683年）	甲子　大清 康熙二十三年 贞享元年 （1684年）	乙丑　大清 康熙二十四年 贞享二年 （1685年）	丙寅　大清 康熙二十五年 贞享三年 （1686年）
丁卯　大清 康熙二十六年 东山帝 元年 （1687年）	戊辰　大清 康熙二十七年 元禄元年 （1688年）	己巳　大清 康熙二十八年 元禄二年 （1689年）	庚午　大清 康熙二十九年 元禄三年 （1690年）	辛未　大清 康熙三十年 元禄四年 （1691年）
壬申　大清 康熙三十一年 元禄五年 （1692年）	癸酉　大清 康熙三十二年 元禄六年 （1693年）	甲戌　大清 康熙三十三年 元禄七年 （1694年）	乙亥　大清 康熙三十四年 元禄八年 （1695年）	丙子　大清 康熙三十五年 元禄九年 （1696年）
丁丑　大清 康熙三十六年 元禄十年 （1697年）	戊寅　大清 康熙三十七年 元禄十一年 （1698年）	己卯　大清 康熙三十八年 元禄十二年 （1699年）	庚辰　大清 康熙三十九年 元禄十三年 （1700年）	辛巳　大清 康熙四十年 元禄十四年 （1701年）

壬午　大清	癸未　大清	甲申　大清	乙酉　大清	丙戌　大清
康熙四十一年	康熙四十二年	康熙四十三年	康熙四十四年	康熙四十五年
元禄十五年 （1702年）	元禄十六年 （1703年）	宝永元年 （1704年）	宝永二年 （1705年）	宝永三年 （1706年）
丁亥　大清	戊子　大清	己丑　大清	庚寅　大清	辛卯　大清
康熙四十六年	康熙四十七年	康熙四十八年	康熙四十九年 中御门帝	康熙五十年
宝永四年 （1707年）	宝永五年 （1708年）	宝永六年 （1709年）	元年 （1710年）	正德元年 （1711年）
壬辰　大清	癸巳　大清	甲午　大清	乙未　大清	丙申　大清
康熙五十一年	康熙五十二年	康熙五十三年	康熙五十四年	康熙五十五年
正德二年 （1712年）	正德三年 （1713年）	正德四年 （1714年）	正德五年 （1715年）	享保元年 （1716年）
丁酉　大清	戊戌　大清	己亥　大清	庚子　大清	辛丑　大清
康熙五十六年	康熙五十七年	康熙五十八年	康熙五十九年	康熙六十年
享保二年 （1717年）	享保三年 （1718年）	享保四年 （1719年）	享保五年 （1720年）	享保六年 （1721年）
壬寅　大清	癸卯　大清 世宗宪皇帝	甲辰　大清	乙巳　大清	丙午　大清
康熙六十一年	雍正元年	雍正二年	雍正三年	雍正四年
享保七年 （1722年）	享保八年 （1723年）	享保九年 （1724年）	享保十年 （1725年）	享保十一年 （1726年）

丁未　大清	戊申　大清	己酉　大清	庚戌　大清	辛亥　大清
雍正五年	雍正六年	雍正七年	雍正八年	雍正九年
享保十二年	享保十三年	享保十四年	享保十五年	享保十六年
（1727年）	（1728年）	（1729年）	（1730年）	（1731年）
壬子　大清	癸丑　大清	甲寅　大清	乙卯　大清	丙辰　大清 高宗纯皇帝
雍正十年	雍正十一年	雍正十二年	雍正十三年	乾隆元年 樱町帝
享保十七年	享保十八年	享保十九年	享保二十年	元文元年
（1732年）	（1733年）	（1734年）	（1735年）	（1736年）
丁巳　大清	戊午　大清	己未　大清	庚申　大清	辛酉　大清
乾隆二年	乾隆三年	乾隆四年	乾隆五年	乾隆六年
元文二年	元文三年	元文四年	元文五年	宽保元年
（1737年）	（1738年）	（1739年）	（1740年）	（1741年）
壬戌　大清	癸亥　大清	甲子　大清	乙丑　大清	丙寅　大清
乾隆七年	乾隆八年	乾隆九年	乾隆十年	乾隆十一年
宽保二年	宽保三年	延享元年	延享二年	延享三年
（1742年）	（1743年）	（1744年）	（1745年）	（1746年）
丁卯　大清	戊辰　大清	己巳　大清	庚午　大清	辛未　大清
乾隆十二年 桃园帝	乾隆十三年	乾隆十四年	乾隆十五年	乾隆十六年
元年	宽延元年	宽延二年	宽延三年	宝历元年
（1747年）	（1748年）	（1749年）	（1750年）	（1751年）

壬申　大清 乾隆十七年 宝历二年 （1752年）	癸酉　大清 乾隆十八年 宝历三年 （1753年）	甲戌　大清 乾隆十九年 宝历四年 （1754年）	乙亥　大清 乾隆二十年 宝历五年 （1755年）	丙子　大清 乾隆二十一年 宝历六年 （1756年）
丁丑　大清 乾隆二十二年 宝历七年 （1757年）	戊寅　大清 乾隆二十三年 宝历八年 （1758年）	己卯　大清 乾隆二十四年 宝历九年 （1759年）	庚辰　大清 乾隆二十五年 宝历十年 （1760年）	辛巳　大清 乾隆二十六年 宝历十一年 （1761年）
壬午　大清 乾隆二十七年 宝历十二年 （1762年）	癸未　大清 乾隆二十八年 后樱町帝 元年 （1763年）	甲申　大清 乾隆二十九年 明和元年 （1764年）	乙酉　大清 乾隆三十年 明和二年 （1765年）	丙戌　大清 乾隆三十一年 明和三年 （1766年）
丁亥　大清 乾隆三十二年 明和四年 （1767年）	戊子　大清 乾隆三十三年 明和五年 （1768年）	己丑　大清 乾隆三十四年 明和六年 （1769年）	庚寅　大清 乾隆三十五年 明和七年 （1770年）	辛卯　大清 乾隆三十六年 后桃园帝 元年 （1771年）
壬辰　大清 乾隆三十七年 安永元年 （1772年）	癸巳　大清 乾隆三十八年 安永二年 （1773年）	甲午　大清 乾隆三十九年 安永三年 （1774年）	乙未　大清 乾隆四十年 安永四年 （1775年）	丙申　大清 乾隆四十一年 安永五年 （1776年）

续表

丁酉　大清 乾隆四十二年 安永六年 （1777 年）	戊戌　大清 乾隆四十三年 安永七年 （1778 年）	己亥　大清 乾隆四十四年 安永八年 （1779 年）	庚子　大清 乾隆四十五年 光格帝 元年 （1780 年）	辛丑　大清 乾降四十六年 天明元年 （1781 年）
壬寅　大清 乾隆四十七年 天明二年 （1782 年）	癸卯　大清 乾隆四十八年 天明三年 （1783 年）	甲辰　大清 乾隆四十九年 天明四年 （1784 年）	乙巳　大清 乾隆五十年 天明五年 （1785 年）	丙午　大清 乾隆五十一年 天明六年 （1786 年）
丁未　大清 乾隆五十二年 天明七年 （1787 年）	戊申　大清 乾隆五十三年 天明八年 （1788 年）	己酉　大清 乾隆五十四年 宽政元年 （1789 年）	庚戌　大清 乾隆五十五年 宽政二年 （1790 年）	辛亥　大清 乾隆五十六年 宽政三年 （1791 年）
壬子　大清 乾隆五十七年 宽政四年 （1792 年）	癸丑　大清 乾隆五十八年 宽政五年 （1793 年）	甲寅　大清 乾隆五十九年 宽政六年 （1794 年）	乙卯　大清 乾隆六十年 宽政七年 （1795 年）	丙辰　大清 仁宗睿皇帝 嘉庆元年 宽政八年 （1796 年）
丁巳　大清 嘉庆二年 宽政九年 （1797 年）	戊午　大清 嘉庆三年 宽政十年 （1798 年）	己未　大清 嘉庆四年 宽政十一年 （1799 年）	庚申　大清 嘉庆五年 宽政十二年 （1800 年）	辛酉　大清 嘉庆六年 享和元年 （1801 年）

续表

壬戌 大清	癸亥 大清	甲子 大清	乙丑 大清	丙寅 大清
嘉庆七年	嘉庆八年	嘉庆九年	嘉庆十年	嘉庆十一年
享和二年 （1802年）	享和三年 （1803年）	文化元年 （1804年）	文化二年 （1805年）	文化三年 （1806年）
丁卯 大清	戊辰 大清	己巳 大清	庚午 大清	辛未 大清
嘉庆十二年	嘉庆十三年	嘉庆十四年	嘉庆十五年	嘉庆十六年
文化四年 （1807年）	文化五年 （1808年）	文化六年 （1809年）	文化七年 （1810年）	文化八年 （1811年）
壬申 大清	癸酉 大清	甲戌 大清	乙亥 大清	丙子 大清
嘉庆十七年	嘉庆十八年	嘉庆十九年	嘉庆二十年	嘉庆二十一年
文化九年 （1812年）	文化十年 （1813年）	文化十一年 （1814年）	文化十二年 （1815年）	文化十三年 （1816年）
丁丑 大清 嘉庆二十二年 仁孝帝 元年	戊寅 大清 嘉庆二十三年	己卯 大清 嘉庆二十四年	庚辰 大清 嘉庆二十五年	辛巳 大清 宣宗成皇帝 道光元年
（1817年）	文政元年 （1818年）	文政二年 （1819年）	文政三年 （1820年）	文政四年 （1821年）
壬午 大清	癸未 大清	甲申 大清	乙酉 大清	丙戌 大清
道光二年	道光三年	道光四年	道光五年	道光六年
文政五年 （1822年）	文政六年 （1823年）	文政七年 （1824年）	文政八年 （1825年）	文政九年 （1826年）

续表

丁亥　大清	戊子　大清	己丑　大清	庚寅　大清	辛卯　大清
道光七年	道光八年	道光九年	道光十年	道光十一年
文政十年	文政十一年	文政十二年	天保元年	天保二年
（1827 年）	（1828 年）	（1829 年）	（1830 年）	（1831 年）
壬辰　大清	癸巳　大清	甲午　大清	乙未　大清	丙申　大清
道光十二年	道光十三年	道光十四年	道光十五年	道光十六年
天保三年	天保四年	天保五年	天保六年	天保七年
（1832 年）	（1833 年）	（1834 年）	（1835 年）	（1836 年）
丁酉　大清	戊戌　大清	己亥　大清	庚子　大清	辛丑　大清
道光十七年	道光十八年	道光十九年	道光二十年	道光二十一年
天保八年	天保九年	天保十年	天保十一年	天保十二年
（1837 年）	（1838 年）	（1839 年）	（1840 年）	（1841 年）
壬寅　大清	癸卯　大清	甲辰　大清	乙巳　大清	丙午　大清
道光二十二年	道光二十三年	道光二十四年	道光二十五年	道光二十六年
天保十三年	天保十四年	宏化元年	宏化二年	宏化三年
（1842 年）	（1843 年）	（1844 年）	（1845 年）	（1846 年）
丁未　大清	戊申　大清	己酉　大清	庚戌　大清	辛亥　大清 文宗显皇帝
道光二十七年 孝明帝 元年	道光二十八年	道光二十九年	道光三十年	咸丰元年
嘉永元年	嘉永二年	嘉永三年	嘉永四年	
（1847 年）	（1848 年）	（1849 年）	（1850 年）	（1851 年）

壬子　大清 咸丰二年 嘉永五年 （1852 年）	癸丑　大清 咸丰三年 嘉永六年 （1853 年）	甲寅　大清 咸丰四年 安政元年 （1854 年）	乙卯　大清 咸丰五年 安政二年 （1855 年）	丙辰　大清 咸丰六年 安政三年 （1856 年）
丁巳　大清 咸丰七年 安政四年 （1857 年）	戊午　大清 咸丰八年 安政五年 （1858 年）	己未　大清 咸丰九年 安政六年 （1859 年）	庚申　大清 咸丰十年 万延元年 （1860 年）	辛酉　大清 咸丰十一年 文久元年 （1861 年）
壬戌　大清 穆宗毅皇帝 同治元年 文久二年 （1862 年）	癸亥　大清 同治二年 文久三年 （1863 年）	甲子　大清 同治三年 元治元年 （1864 年）	乙丑　大清 同治四年 庆应元年 （1865 年）	丙寅　大清 同治五年 庆应二年 （1866 年）
丁卯　大清 同治六年 庆应三年 （1867 年）	戊辰　大清 同治七年 今明治帝 明治元年 （1868 年）	己巳　大清 同治八年 明治二年 （1869 年）	庚午　大清 同治九年 明治三年 （1870 年）	辛未　大清 同治十年 明治四年 （1871 年）
壬申　大清 同治十一年 明治五年 （1872 年）	癸酉　大清 同治十二年 明治六年 （1873 年）	甲戌　大清 同治十三年 明治七年 （1874 年）	乙亥　大清 今上皇帝 光绪元年 明治八年 （1875 年）	丙子　大清 光绪二年 明治九年 （1876 年）

丁丑　大清	戊寅　大清	己卯　大清	庚辰　大清	辛巳　大清
光绪三年	光绪四年	光绪五年	光绪六年	光绪七年
明治十年（1877年）	明治十一年（1878年）	明治十二年（1879年）	明治十三年（1880年）	明治十四年（1881年）

　　谨案：正闰之辨，为史家聚讼之端。至朱子法《春秋》作《纲目》大书以纪年，论史者尤于此断断焉。然余考统系绝续之交，疆域分析之世，古今事变至多，欲强举正统以归之谁某，终不能执一义以自圆其说。善乎司马温公之言曰："若以自上相授受者为正耶，则陈氏何所受？拓拔氏何所受？若以居中夏者为正耶，则刘、石、慕容、苻、姚、赫连所得之土，皆五帝三王之旧都也。若以有道德者为正耶，则蕞尔之国，必有令主，三代之季，岂无僻王！"其谓正闰之辨无确然不可移易之义，信为通论矣。余尝以为通史纪年，自大一统以外，当依列国之制，各君其国，即各自纪年，即篡贼干统，巨盗窃号，亦当著其事，以明正其罪。今作此表，意以著明日本世传之统系、相当之年代，其于中国之统，不必一一依据史例，如南北朝止纪宋、齐，五代止纪梁、唐，但以限于篇幅，不及备书，非必以此分正闰，有所弃取于其间也。又如神功遣使封亲魏之王，真人来朝询大周之国，则曹魏、武周又因其有所交涉而详著其年，尤不便执蜀承汉献、帝在房州之说以相诘难。若夫一岁之中前后易主，则一年两系，体例俱在，今亦以幅隘，止纪其一。特识于此，自明其例。

　　又案：日本当元至顺之末，至明洪武之中，亦分为南北朝，其后南北媾和，仍并为一。然日本史家均以正统归之南，故北朝今亦从略。日本自孝德帝始立年号,故大化以前,止称元二,而不立名号。后世之君,多有易代而不改年者,或有即位之初仅称元年,至次年乃立号者,其例为中土所仅有。并识于后,以便观者。

卷一　国统志一

外史氏曰:环地球而居者,国以百数十计。有国即有民,有民即有君。而此百数十国,有一人专制,称为君主者;有庶人议政,称为民主者;有上与下分任事权,称为君民共主者。民主之位,与贤不与子,或数年一易,或十数年一易,无所谓统也;君民共主,或传贤,或传子,君不得私有其国,亦无所谓统也。一王崛兴,奕叶绳武,得其道则兴,失其道则废,故夫君主之国,有传之数世者焉,有传之数十世者焉。如商之历祀六百,周之卜年八百,其最久者也。若夫传世百二十,历岁二千余,一姓相承,绵绵延延而弗坠统绪者,其唯日本乎。自神武肇基,洎今皇嗣位,贤主令辟,史不绝书。虽其间女帝乘权,历世十一,觊觎僭窃,不谓无人,然卒未有挈神器而移之外家,传之异姓,授之嬖宠者,比岁不惊,宗社如故,可不谓奇欤? 将军擅权,此起彼仆,至有进陪臣而执国命,起奴仆而称人主者,当时之君,如周之东,仅拥虚位,乃至设监置戍,供亿匮乏,求为编户细民而不可得,然历年七百,卒无人焉犯不韪而干大命者,太阿下移,玉步未改,斯又奇矣。霸政久窃,民心积厌,外侮纷乘,内讧交作,于是二三豪杰乘时而起,覆幕府而尊王室,举诸侯封建之权拱手而归之上,卒以成王政复古之功,国家维新之治,蒙泉剥果,勃然复兴,又一奇也。且夫物极必反,事穷必变,以一线相延之统,屡蹶而复振，宜乎剑玺之传，与天壤无穷矣。然而近日民心渐染西法，竟有倡民权自由之说者。中兴之初，曾有万机决于公论之诏，而百姓执此说以要君，遂联名上书，环阙陈诉，请开国会而伸民权；而国家仅以迟迟有待约之，终不能深闭固绝而不许。前此已开府县会矣，窃计十年之间，必又开国会也。嗟夫！以二千五百余岁君主之国，自今以往，或变而为共主，或竟变为民主，时会所迫，莫知其然。虽有智者，非敢议矣。作《国统志》。

　　天地未辟，有神立于高天原，曰天御中主尊，曰高皇产灵尊，曰神皇产灵尊，是为造化之祖；曰可美苇牙彦舅尊，曰天常立尊；斯时有物如浮脂生空中，遂化生国常立尊，丰斟渟尊，是为独化之神七。由是而有泥土煮尊，沙土煮尊，次曰角樴尊，曰活樴尊，次曰大户之道尊，曰大苫边尊，次曰面足尊，曰惶根尊，次曰伊奘诺尊，曰伊奘册尊，是为耦生之神八。自国常立尊，至诺、册二尊，谓之天神七代。诺、册二尊以天琼矛下探沧溟，锋镝凝结成磤驭卢岛，余岛皆潮沫所凝者。先以淡路洲为胞，旋生八大洲。因奉天祖命降居，见脊令相交，遂悟婚媾，生大日灵尊、素戈乌尊及国土诸神。大日灵尊号天照太神，以素戈乌尊子为嗣，是为天穗耳尊，生天津彦彦火琼琼杵尊。太神使琼琼杵尊统治中州，敕诸神为辅，赐之八尺镜，曰："此丰苇原千五百秋之瑞穗国，吾子孙永王斯地。视此镜，独我宝祚，与天壤无穷。"又副蘽云剑与八坂琼曲玉，三者遂为传国之重器，于是营宫日向国。生彦火火出见尊。五百岁，生彦波潋武鸬鹚草葺不合尊。自太神至此五世，谓之地神五代。尊生日本盘余彦尊，是为神武天皇。源光国作《大日本史》、赖襄作《日本政纪》，均断自神武，学者多宗之。盖以洪荒甫辟之初，等诸缙绅难言之例，于史体应尔。惟日本所重传国三器，实托始于此。余读神代史，盖类唐人小说，以地为胎生，以祖为物化，其奇诞不可思议。然盘古开天，女娲抟土，万国同然，有不足怪者。余故撮其大概，过而存之。

神武践位，起日向国，率师东征，讨平长髓彦及八十枭贼，开山林，营宫室。遂迁都，即位于大和之橿原，先是，神武在日向会皇族，议曰："我祖宗僻居西陲，运属草昧，四方未沾王化，遂使邑有君，村有长，各相陵轹，莫能统一。吾闻东方有美地，山岳四周，足以恢扩大业。有饶速日命者，率我祖支属，为长髓彦所推，吾将扫荡之。"于是经营四方，率降饶速日命，七年而成帝业。国号秋津洲。命大臣主祭祀，掌朝政；论功行赏，遣诸臣任国造、县主；立灵畤，祀皇祖天神。在位七十六年崩。传绥靖、讳神渟名川耳，在位三十三年。安宁、讳矶城津彦玉手见，在位三十八年。懿德、讳大日本彦耜友，在位三十五年。孝昭、讳观松彦香植稻，在位八十三年。孝安、讳日本足彦国押人，在位一百二年。孝灵、讳大日本根子彦太琼，在位七十六年。孝元、讳大日本根子彦国牵，在位五十七年。开化，讳稚日本根子彦太日日，在位六十年。凡八世，皆垂拱深默，无为而化。相传孝灵时，徐福率童男女三千人来，居熊野浦。自神武至开化，凡九世，五百六十年。

崇神天皇，讳御间城入彦五十琼殖。开化第二子，即位之元年，当汉武皇帝天汉四年也。崇重神道，奉神器于大和笠缝邑；遣使将兵巡察北陆、东海、西国、丹波；始校户口，课男女调役，造舟船，开沟洫。在位六十八年，号曰御肇国天皇。《梁书》言日本自称为吴泰伯后，相传亦称为徐福后。彼国记载本以此为荣，其后学者渐染宋学，喜言国体，宽文中作《日本通鉴》，源光国驳议曰："谓泰伯后，是以我为附庸国也。"遂削之。赖襄作《政纪》，并秦人徐福来，亦屏而不书。余谓泰伯之后，本无所据，殆以日本断发文身，俗类句吴，故有此讹传欤？至徐福之事，见于《三国志》、《后汉书·倭国传》，意必建武通使时，其使臣自言。《史记》称燕、齐遣使求仙，所谓白银宫阙，员峤方壶，盖即为今日本地。君房、方士习闻其说，故有男女渡海之请,其志固不在小。今纪伊国有徐福祠,熊野山有徐福墓,其明征也。日本传国重器三:曰剑,曰镜,曰玺,皆秦制也。君曰尊;臣曰命,曰大夫,曰将军,又周秦语也。自称神国,立教首重敬神,国之大事,莫先于祭。有罪则诵禊词,以自洗濯,又方士之术也。崇神立国,始有规模。计徐福东渡,已及百年矣,当时主政者,非其子孙,殆其徒党欤。至日本称神武开基,盖当周末。然考神武至崇神,中更九代,无事足纪,或者神武亦追王之词乎?未可知也。子垂仁天皇嗣,讳活目八彦五十狭茅。迁天照太神庙于伊势度会,使皇女为斋主。始以兵器为祭币,禁殉葬,代以土偶。在位九十九年。子景行天皇嗣。讳大足彦忍代别。帝亲征叛臣熊袭于筑紫,命皇子日本武尊征虾夷,遣使巡察东北诸国,疆土日拓,始分封皇子于美浓。在位六十一年。子成务天皇嗣,讳稚足彦。始界山河,分国、县,国郡置造长,县邑置稻置;始置大臣。在位六十年。仲哀天皇嗣,讳足仲彦。景行孙,日本武尊第二子也。始置大连,亲征熊袭,卒于军,在位九年。

皇后气长足姬摄位,是为神功皇后。后为男妆,率师渡海,征新罗,降之。高丽、百济皆归款。后遂遣使于魏。初,仲哀讨熊袭,有神告后曰:"海西有宝玉国,曰新罗。帝先征之,熊袭不讨自服。"后以谏帝,帝不从,战失利,暴崩。后遂发师航海,祝曰:"吾奉天神言越海远征,苟捷有功,则波臣当手梳吾发分为二。"浴于海,如其言,遂结两髻如男子,亲执巨弩,至新罗。新罗主面缚降,后取质子,申盟约,征金帛八十艘而旋。后为岁贡额。自征新罗还,至筑紫,生子名誉田别,世称为"胎中天皇"。初,后有娠十月矣,取石挟腰,祝曰:"凯还,生于兹。"后如所言。庶子麛坂忍熊举兵要后,后击灭之。群臣奉后践祚,在位六十九年。子应神嗣位,年七十矣。

应神在位四十三年,百济秀士王仁献《论语》、《千文》,始传儒教。遣使于吴,始得织缝工女。爱少子稚郎子,立为太子。及帝崩，固让于兄大鹪鹩。兄避位三年，稚郎子遂自杀，兄乃即位，是为仁德天皇。征百济、新罗贡，讨虾夷，国富刑简，在位八十七年崩。仲皇子谋弑太子，太子命弟瑞齿别诛之。太子即位，为履中天皇。讳去来穗别。始置史官。在位六年，以弟瑞齿别有讨仲皇子功，立为太子，即反正天皇。反正在位六年崩，无子，群臣议迎允恭立之。讳雄朝津间稚子宿祢，反正弟。允恭天皇在位四十二年，始定姓氏，会内外百官诅盟，毋许诈冒。皇太子木梨轻淫乱，通同母弟妹，谋毒帝，不果。人心属皇三子穴穗，太子又谋去之，不克，乃自杀。穴穗立，是为安康天皇。在位三年，眉轮王刺杀之。初，帝杀大草香皇子，取其妃，立为后。后为妃时，已生子眉轮王。至七岁，帝语后曰："朕虽爱尔，独眉轮介于心耳。"眉轮遂伺帝醉卧，刺杀之。皇弟大泊濑幼武勒兵诛眉轮，并杀市边皇子而自立，是为雄略天皇。令诸国种桑，敕后妃躬桑，从吴人得汉织、吴织。世称其雄武，然性淫好杀，夺任那守臣吉备田狭妻，致田狭背叛。在位二十三年。子清宁天皇嗣，讳白发广武国押稚日本根子。遣臣巡察风俗，亲录囚徒。在位五年，无子，以履中孙市边皇子亿计为皇太子、宏计为皇子。初，雄略衔安康之爱市边，故射杀之。市边二子，曰亿计、曰宏计，其家臣奉之，变姓名，遁逃于播磨国司，宿其家，察知之，驰奏帝。帝喜，遂迎立之。帝崩，亿计让位于宏计。宏计不从，于是太子姑饭丰皇女垂帘听政。饭丰薨，宏计始即位，是为显宗天皇。在位三年，以同母兄亿计为储君，即仁贤天皇。二帝久在民间，知百姓疾苦，躬节俭，省赋役，比岁丰稔，粟斛值银钱一文，户口滋殖，吏民安业。仁贤在位十一年，子武烈天皇嗣。讳小泊濑稚鹪鹩。帝听决狱讼，摘伏如神。而性嗜杀，尝使人缘木，亲射坠为笑乐；施刑至刳孕妇，解指爪使掘物。横征暴敛，国人苦之。在位八年，无嗣。自崇神至武烈，凡十七世，六百有六年。

黄遵宪集

继体天皇,讳男大迹,应神帝五世孙。群下自近江迎立。征五经博士段扬尔于百济,平任那、百济之争。在位二十七年。子安闲天皇嗣,讳勾大兄。在位二年。弟宣化天皇嗣,讳武小广国押盾。在位四年。兄钦明天皇立,讳天国押开广庭,继体嫡子。在位三十二年。新罗灭任那,帝命伐新罗,援百济,始传佛教及医卜历算诸学于百济。子敏达天皇嗣,讳渟中仓大珠敷。在位十四年。弟用明天皇嗣,讳橘丰日。在位二年。弟崇峻天皇嗣。讳泊濑部。皆钦明子,兄弟相及。自佛法来,苏我氏父子倡议崇之。马子信佛益深,专政亦益横,帝欲除之,马子遂弑帝。帝在位五年。皇子厩户以信佛故,置不问。初,继体时佛教始来,大臣苏我稻目信之。大连物部尾舆中臣镰子曰:"不可拜蕃神而背国神。"帝命稻目试礼之。至敏达帝,会疫,人以佛为崇,毁佛像。稻目子马子泣请于帝。帝手诏曰:"汝独行之,勿使他人慕效。"用明即位,苏我氏出也。帝不豫,皇子厩户素奉佛,昼夜祈请,口诵三宝不绝声。帝曰:"朕亦欲皈依三宝。"佛教渐盛行。及崇峻立,马子专政,益骄横,帝恶之。或献猪,帝指曰:"何时杀朕所恶者如此猪。"马子闻之,大惧,遂使东汉驹弑帝。厩户亦知其谋,闻而哭曰:"此过去报也。"卒隐忍不讨贼。

推古天皇,讳丰食炊屋。钦明第九女、用明同母妹也。嗣位,即立厩户为太子,立二十九年卒。使摄政治,建佛寺,用历日,定冠位十二阶,曰德、仁、礼、信、义、智,各分大小。定《宪法十七条》,敕撰《天皇纪》《国记》及臣、连、伴造、国造等百八十部。始置僧官,遣使通于隋,命诸王诸臣著褶习乐。在位三十六年。舒明天皇立,讳田村,敏达孙。遣使于唐,始定斗、升、斤、两,置将军,讨虾夷。在位十三年。皇后皇极齐明天皇即位。讳天丰财重日足媛,称宝皇女。先是,推古时苏我虾夷以外家故,继父马子为大臣,专大权。及是,虾夷子入鹿代父行大臣事,遂谋废帝,伏诛,虾夷亦自杀。帝立子古人大兄为皇嗣,其母苏我氏也。时虾夷日僭横,起宫室拟宫城,害皇族二十余人,欲废帝立古人大兄,皇弟轻称病不出。中臣镰足潜谋匡济,察中大兄皇子可以有为,密结之,托受经于南渊氏,同议车中;又使与苏我氏族仓山田麻吕结婚。会韩使来聘,帝御殿,入鹿侍,中大兄戒守门者锁绝出入,自执长枪隐户侧,镰足持弓矢从焉。又使人藏二剑贡柜中。仓山田读表将尽,流汗声颤,皇子直入,刺入鹿肩。入鹿攀御座乞哀,皇子奏曰:"入鹿剪灭宗室,阴谋不轨,臣等谨为宗庙诛逆臣。"帝起避之。既伏诛,以席覆尸授虾夷。皇子旋将兵讨虾夷,虾夷悉焚图书珍宝,自杀。自马子弑崇峻,至是族灭。帝在位四年,欲传位于中大兄。中大兄让皇弟轻,轻让于古人大兄。古人固辞,薙发遁吉野,后卒谋叛伏诛。轻即位,为孝德天皇。讳天万丰日,称轻。始立年号,尊皇极齐明曰皇祖尊,立侄中大兄为皇太子,使辅政。罢大连,始置左右大臣及内臣;造户籍,定国界,置国司;制班田收授法,禁兼并,行租庸调法,蠲市司津济税;观射仪,定礼法,制冠服,改增官位十九阶,置八省百官。好儒崇佛,不重神道。在位十年。改元二:曰大化、曰白雉。太子奉母践祚,皇极齐明天皇复即位。伐虾夷,置郡领,遣兵救百济,亲至筑紫,崩于行宫。在位七年。自继体至皇极齐明复辟,凡十二世,一百五十五年。

天智天皇讳中大兄。服丧六年始即位,迁都于近江滋贺。设学校,定典礼,制刑书,改增冠位为二十六阶;始置漏刻钟鼓,定十陵,随世次递除。后世以帝为中兴之祖,因奉为百世不除之陵。时唐灭百济,举兵援之,不克。分置百济来归民于诸国,赐内大臣镰足姓藤原。镰足薨,帝亲临吊问。在位四年,大友皇子嗣。初,天智疾甚,欲继位于同母弟大海人。大友时为大政大臣,期自立,令以疾辞。大海人即于省中佛殿薙发为僧,入葛野。及即位,大海人举兵叛,帝屡战不克,遂败死,在位仅九月。明治三年,追赠为宏文天皇。

大海人自立,是为天武天皇。讳天渟中原瀛真人,小名大海人。好佛敬神,建占星台,置兵政司,行大射礼。诏诸国习阵法。定律令式;撰《帝纪》及上古遗事;铸银钱;定服色;定《禁式九十二章》;定臣民氏族为八等,更爵位号,增加阶级;定诸臣子弟及蕃人任进格;数免百姓课役。礼仪法制,彬彬大备。在位十七年。改元二,曰白凤、曰朱鸟。皇后持统天皇立,讳高天原广野,天智女,母苏我达智娘。奉皇太子草壁称制,三年,太子薨,乃即位。崇尚儒术,颁《新令》二十二卷,点全国正丁四分之一习武。始置女官,赐皇女内亲王号,授内命妇等位阶。诏诸国劝植桑、苎、梨、栗、芜菁。在位八年,传位皇太孙,始称太上天皇。文武天皇嗣,讳珂瑠,草壁太子子,母元明。始释奠于大学寮;定答法;停赐位冠,易以位记;颁新律、度量;禁游手博戏,民奖孝顺,举贤良方正士;诏诸国兵士分十番,每番教习十日。始以亲王知太政官事,列在左右大臣上。持统太上天皇崩,始用火葬。文武在位十一年崩,改元二:曰大宝、曰庆云。遗诏举哀三日,凶服一日。太后元明天皇即位。讳阿闭,天智第四女,母苏我姬娘,配草壁皇子,生文武、元正二帝。置镇东将军、征夷将军,分讨陆奥、虾夷。割十二郡为出羽国,迁都于平城。废银钱,制铜钱。文曰"和铜开珍"。诏诸国作风土记,诏百姓背本贯规避课役逾三月者即土断,输调庸。又诏诸国郡司治殿最为三等,致流亡十人以上者解任。在位八年。改元一:曰和铜。禅位于皇女冰高内亲王,是为元正天皇。尊元明为太上天皇。诏郡司恤民隐,教民耕陆地,课诸国,辟田畴,屡免田租;始置按察司巡诸道。诏求直言,敕右大臣藤原不比等修律令。在位十年,改元二:曰灵龟、曰养老。立文武子美麻斯为皇太子,遂禅位,是为圣武天皇。母夫人藤原氏,右大臣不比等女,镰足孙女。初,元正时,以不比等为太政大臣,固辞不拜。及圣武,又立其女为皇后,生女阿倍内亲王,立为皇太子,于是藤原氏始盛。
帝始置畿内总管、诸道镇抚使,设施药院,令民有力者用瓦葺屋。
醉心佛法,建七层堂,置国分寺,任僧元昉蛊惑太后及皇后,丑行无
忌。又令元昉图奸太宰少贰藤原广嗣妻,广嗣愤甚,因谋反。在位
二十五年。改元二:曰神龟、曰天平。禅位皇女,落发受戒,自称三宝
奴,天皇为僧始此。阿倍内亲王立,是为称德孝谦天皇。好佛无
度,竭民力以建寺养僧,尝集僧一万设斋会百官。藤原仲满以美姿
容见宠,遂由大纳言为紫薇内相,又听其谮,废皇太子,天武孙,圣武
遗诏所立。而立大炊王。忌宗室大臣,多遭杀戮。在位十年,改元
二:曰天平胜宝、曰天平宝字。禅位于大炊王,舍人亲王子,母夫人当麻氏,
明治三年追赠为淳仁天皇。自为上皇。上皇犹专政,赐仲满姓名惠美
押胜。寻以宠僧道镜为大臣禅师,押胜妒嫉,遂幽上皇,谋反伏诛。
上皇因废帝,幽之淡路。帝在位六年,逾岁,见迫薨。帝以上皇宠道
镜,屡以为言。上皇遂遣兵围中宫院,废帝为淡路公。帝不及衣履,出至图书
寮北,受宣诏,遂幽之。逾岁,逾垣逃,为追兵所获,明日遂薨。上皇祝发,
再临朝。以道镜为法王,位在正一位上,令百官朝贺。将让位,臣
下托神语而止。道镜出入乘鸾舆,服食拟王者,政无巨细,皆取决弟官大纳
言,一门叙五位者,男女十人。有庙祝阿曾麻吕媚道镜,矫八幡神语曰:“宜传
位于道镜。”上皇遂命和气清麻吕于宇佐庙,诏之曰:“朕昨有梦,汝宜往受神
诲。”临发,道镜召见,怵以祸福。清麻吕出,遇其友路丰永曰:“子此行所系极
大,道镜得天位,当与子从伯夷游耳。”清麻吕曰:“吾死生以之。”使还,奏神
语曰:“我国家唯神承绪,敢萌非望者,速加诛戮。”道镜大怒,夺其官位姓名,
流之于大隅。在位六年,改元二:曰天平神护、曰神护景云。道镜进
异味,遂得疾不起。右大办藤原百川等定策,迎立天智孙白壁王为
帝。孝谦在位时,尝行释奠礼,令天下藏《孝经》一本。自天智至孝

谦复辟,凡十一世,百有三年。

光仁天皇讳白壁,父施基皇子,母纪氏。即位,首贬道镜,定常平仓;省官员,裁冗兵;患京官禄薄,割诸国公廨四分一以益其俸;屡免田租。令藤原小黑麻吕讨虾夷。承凋敝之余,治称中兴。在位十二年,改元二:曰宝龟、曰天应。禅位皇长子山部,是为桓武天皇。母夫人高野氏。裁内外冗官,省官司,废三关,罢造宫职;禁私建寺、私舍田,禁王臣及寺家专山林薮泽利,专务养民。又诏学士学汉音,置劝学田,颁令格四十五条。命坂上田村麻吕数讨虾夷,疆宇日廓。虾夷为日本别种,即土人。日本呼为毛人,其音同委奴,古所谓长须国者也。日本开国,自西而东,崇神、日本武皆力征经营,逐之以威。其来朝者,或赐宴授官以要之,然卒叛服不常。陆奥以北尽虾夷地,和铜初特置出羽国,神龟间又置陆奥镇守府,皆以备边,犹屡戕边民及吏。至光仁帝,发诸道兵征讨,迁延无功,复令藤原小黑麻吕荡平之。及帝之初,乃城多贺,营胆泽,以扼地之要。又从坂上田村之言,招东国浮浪士四千人戍之,虾夷遂来降。由是,帝设征夷大将军以为镇抚,尔后遂为霸朝幕府。近三百年,仅聚于奥北一岛,有口虾夷、奥虾夷之称。维新后,置北海道,设官开拓。今闻其种类仅存数千云。迁都于平安城,即今西京也。在位二十五年,改元一,曰延历。子平城天皇嗣。讳安殿,母皇后藤原氏,内大臣良继女。敕诸王及五位以上子弟逾十岁者,皆入大学,分业教习。在位四年,改元一,曰大同。禅位于同母弟神野,是为嵯峨天皇。尊平城为上皇。右兵卫督藤原仲成谋反,奉上皇走东国。帝诛仲成,上皇还宫薙发。初,仲成有妹药子,早寡,有二女。上皇在东宫纳其长女,并近药子,为桓武所逐。及即位,又召为尚侍。其兄仲成又有宠,凌辱公卿,惧帝知其奸,遂劝上皇迁都平城,因复位。帝知之,亟擢用坂上田村,暴药子等罪恶,收仲成。上皇怒,聚畿内纪伊兵,与药子同辇赴东国,宿卫皆从。田村将兵要之,上皇众遽溃,还宫,药子仰药死。诏诛仲成,余从东走者不问。帝敕皇女有智子内亲王为加茂斋主，祷与上皇辑睦，斋院始此。帝在位十五年，改元一，曰宏仁。颁有《宏仁格》、《姓氏录》。禅位皇太弟大伴，帝亲谕太弟曰："朕受太上恩，群臣以肃清君侧，使朕与太上有隙，然不敢负太上，此心如皦日。太弟即位，当使朕遂宿心。朕待太弟犹子，太弟遇朕亦犹父耳。"太弟固辞，不许。是为淳和天皇。母藤原氏，参议百川女。帝即位，尊嵯峨为后太上天皇，斯时始有二上皇。立嵯峨子正良为太子。日集大学诸生讨论经史，用人不拘门第资格，于是得人颇盛。史称其能复天智遗范，与嵯峨同称英主云。在位十一年，改元一，曰天长。禅位皇太子。斯时嵯峨尚在，仍尊淳和为后太上天皇。仁明天皇立。嵯峨第二子，母后橘氏，赠太政大臣清友女。帝性好学，释奠先圣，自讲《尚书》。以旱疫，停作役非要者，赈穷民，检冤狱，遗诏薄葬。时嵯峨崩，遵遗诏，以故衣殓；淳和崩，亦遵遗诏用佛法荼毗。初，立淳和子恒贞为太子，后废，立皇子道康为太子。初，帝立恒贞，后上皇固辞。恒贞长，好学，自以地处危疑，上表请为刘疆，不许。东宫官谋曰："二上皇升遐，太子不得安，宜奉走东国。"人告之嵯峨太后，帝遂遣兵收东宫官，又围太子直曹。太子曰："吾知有此事久矣。"降为亲王，及后阳成当废，藤原基经率大臣劝进，恒贞固拒不受。道康母，左大臣藤原冬嗣女也。在位十八年。改元二：曰承和、曰嘉祥。子文德天皇嗣。诏国郡司修缮池堰，劝课耕种。立第四子惟仁为太子，生甫九月，母藤原良房女也。良房，冬嗣子。以良房为太政大臣，赐剑佩上殿，源信为左大臣，信兄弟为仁明左大臣，皆嵯峨帝子。良相为右大臣兼左大将。良相，良房弟也。于是三公始备。旧制，三公每缺员，至是以擢用信故备官。初，帝欲立长子惟乔为储贰，以待太子长，惮良房而咨于源信，信阻之。良房深德信，故用之。在位九年。改元三：曰仁寿、曰齐衡、曰天安。帝性明察，而委任外戚，频废视朝，吏民凋敝，盗贼渐滋。子清和天皇嗣，年九岁，外祖太政

大臣良房摄政,相门自此专权。登极大赦,减宗室禄,修定冠礼,撰
《贞观格式》。良房薨,子基经为右大臣兼左大将,立皇子贞明为
太子,生甫三月。母赠太政大臣藤原长良女。帝好儒,尤信佛教。在
位十九年,改元一:曰贞观。年仅二十七,遽禅位皇太子。薙发,名素
真,数日一进斋饭,毁瘠骨立,后五年崩。子阳成天皇嗣,年十岁。
基经摄政,寻以为太政大臣。遣藤原保则讨平虾夷,渡岛、津轻皆
降,而保则无赏,基经扼之也。帝稍长,嬉戏无度,至令宫人缘木而
掊杀之。在位八年,改元一:曰元庆。基经废之,迎时康亲王立之。
基经有废立意,密访诸皇子,皇子争自修饰。后诣亲王第,衣服雅素,徐曰:
"何故见过?"基经服其雅量。初,时康尝大飨于藤原氏,膳人误遗尊者雉足,
亲王为掩烛灭迹,基经固心异之。至是会公卿,议不决。参议藤原诸葛厉声
曰:"今日敢不遵太政大臣处分者死。"议乃定。诱帝还阳成院,帝始惊泣,年
十七。臣子废帝,自此始。光孝天皇立,讳时康,仁明第三子,母女御藤
原氏,赠太政大臣总继女。基经仍摄政,诏百官先咨禀而后奏闻。在
位三年,改元一:曰仁和。从基经言,立第七子定省。帝多子,惮基经未
敢立太子。及帝不豫,基经入卧内,请"有不讳传位于谁?"帝曰:"唯公择
之。"基经曰:"皇七子可。"帝即召入,右执其手,左执基经手,泣曰:"朕与汝
得位,皆大臣力,慎勿忘。"既出,率百官上表立之。是为宇多天皇。母班
子女王,亲王仲野女。敕万几关白基经,关白始此。又诏以基经准三宫,
听基经乘腰舆入朝。基经寻薨,以其子时平为大纳言兼左大将,任菅
原道真为权大纳言兼右大将。帝崇儒好佛,增太宰府帑,讨新罗海
贼,图殷周以来名臣像于紫宸殿,时称治理。在位十年,改元一:曰
宽平。禅位太子,削发称法皇;废后太上天皇号,称院,院号始此。

　　子醍醐天皇嗣。讳敦仁,宇多长子,母内大臣藤原高藤女。奉先帝
命,以时平为左大臣,道真为右大臣,参决机务,颁《延喜式》,世称

盛治。惜听谮贬菅原道真，初，宇多禅位，诫帝曰："菅原道真，当今鸿儒，深通治理。朕立储让位，皆独与议定，汝宜重之。"帝欲倚之，以分相门之权也。及拜右大臣，道真自以家本儒林而居台司，恐不厌众，上表固辞。不听。帝觐法皇于朱雀院，密召道真，谕使关白庶政，如基经故事，道真又固辞。时道真以格君致治为己任，知无不言，综理庶政，裁决如流，众想望其丰采，惟时平负气不相下；及闻关白密旨，益不怿，因与源光等共谮道真欲废帝，立其婿亲王。帝震怒，下敕贬谪。道真作和歌哀诉法皇。法皇惊，欲见帝申救，门者不许通。道真男女廿三人，流徙各异处，举国冤之。及道真殁，岁多旱灾，太子又卒，世以为祟。下诏复其爵，至今庙食遍于全国。又不用三善清行之言。帝方励精求治，以连年水旱不登，诏求直言。式部大辅兼大学头三善清行上封事，略曰："国朝天险，土沃民庶，臣服三韩。所以能然者，国俗敦厖，民风忠孝，轻赋敛，简征调，上以仁牧下，下以诚戴上，一国之政，犹一身之治故也。尔后教化渐薄，法令滋彰，赋役日增，田畴日荒。逮佛法东渡，上下倾产造寺，舍田施僧，极于天平、国分二寺，各用其国正税，而天下费十之五矣。桓武营宫城，尽赋庸调，又费五之三矣。仁明好奢，后房之饰，竭帑倍赋，又费二之一矣。及贞观中，宫殿频灾，屡诏修复，又费一之半矣。古以十一取民，今岂足供用乎？臣尝为备中介，试阅其一乡，皇极晚年，有二万兵士；神护中，有二千丁者；至贞观初，七十余人；及臣任时，仅得九人；今闻乃无一人。二百五十年来，衰弊如此。以此推之，天下之虚耗可知也。臣以为，当今要务，在张纪纲，饬风俗，以复物力。陛下察万古兴衰，宵衣旰食，降惠民庶。苟用臣言，太平复见，臣谓不难。谨陈便宜十二事，惟陛下裁之。其一，请肃祭祀。凡祈丰穰，攘灾患，当竭诚敬，勿徒备故事。其二，请禁奢侈。贞元间，亲王公卿以筑紫绢为夏衫，今史生以白缣为之，妇女婢妾非纨绫不服，富者以夸人，贫者耻不及，一衣费中人之产，一馔破八口之家，田亩因是而荒，盗贼因是而滋。望随阶定制，诸凡丧葬，皆有定则，纠其僭忒，毋许奢靡，则自上率下，源澄而流清矣。其三，请修口分田。今之豪富收兼并之利，牧宰抱无用之籍。富者连阡陌，而不纳租；贫者无立锥，无以取调。须令计口分田，阅实班给，所有遗田,收为公田,任国司沽值,或纳地子以充无身之调租,犹有遗稻,存之勿动,略计其数,必三倍调庸,于国有利,于民无损。其四,请复大学学田。治国在贤,得贤在学。今至以大学为坎壈之府、冻馁之乡,望复学田,以养贫生;又请严敕博士公贡举法,专论材艺,毋受请托。其五,请减五节。选妓员,无袭前朝好内之例。其六,请增置判事。旧制判事六员,今独大判事用明法者。以万民死生系一人唇吻,括五刑轻重决独见谳书,殊非国家仁育黎庶、慎重刑章之意也。望依旧补六员,皆择明法律者,使俱议科比,详定条章,庶无滥狱,无冤民。其七,请均给百官四季禄。比年官库乏物,惟公卿及出纳诸司充给,其余皆五六年止给一季料。虽事有繁简、官有尊卑,然同一从公,至于颁赐,宜无差别。其八,请停诸国吏民越诉。以牧宰之重,与小吏贱民比肩受鞫,事虽得白,威权已废,知耻之士,谁甘为吏?望拘以文法,除反逆外,概令牧令审鞫,不发朝使。其九,请定勘籍人数。自三官以下,诸王、大夫、命妇、诸司、卫府、式部兵部二省,每岁籍人至三千人之多。国朝课丁,课奥羽、太宰九国外,不满三十万,而大半无身,则见丁十余万人而已。其中岁除三千人,未盈四十年,天下皆为不课之民。望年立定额,大国十人,以次差减,载之蠲符,以为永式。其十,请选任检非违使、弩使。检非违使,本以纠境内奸滥,乃令民纳赀者为之,何以称任使?望监试明法学生以充任。今奥宇、镇西及沿海诸国弩师,皆全给年俸,许令斥卖,唯论价值,不问才伎,望令六卫练习,随功劳任之。其十一,请禁僧徒滥恶及宿卫强暴。向以官符禁权贵规取山泽,侵夺田地,吏易施治,民得安居,然害犹有甚于此者。今诸寺度僧,每年二三百人,大半邪滥及逃课逋租者,天下之民秃首者居三之一,皆畜妻啖腥,甚至群聚为盗,窃铸钱货,望痛禁惩之,夺其度牒,使返本役。六卫舍人本以扈宫阙、备仪从,自宜结队警备,而散居诸国,名存实亡,此皆部内强豪遭国司纠勘,潜入京师纳货充补者。自今既补,不得归住,有宁归者,限以暇日,取府牒送国衙,过限者解职,送状本府。其十二,请修鱼住泊。西南三道舟程,自柽生至河尻,凡五泊,各行一日。今此泊废,自韩泊直指轮田,每岁荡覆舟过百艘,望差官司修造,以播磨、备中税给其费。其余向既献言,不更重陈。”帝虽嘉纳,然不能用,惟于是岁禁奢靡而已。及左大臣时平薨，又以其弟忠平代之，令辅太子，益成藤原氏专政之势。在位三十四年，改元三：曰昌泰、曰延喜、曰延长。禅位于太子。

子朱雀天皇嗣。讳宽明，母中宫藤原氏，基经第四女。忠平摄政，寻改为关白兼太政大臣，兄仲平为左大臣，子实赖为右大臣。于时平将门反，据下总，开府僭号。敕平贞盛、藤原秀乡等讨平之。自醍醐帝以来，东国多盗，及是平将门反。初，上总介高望，葛原亲王孙也，赐姓平。子良将，为镇守将军，有子曰将门，勇悍善射，少仕摄政忠平家，求为检非违使，不省，遂走下总，聚徒为盗。攻伯父常陆椽国香，杀之，与叔父下总介良兼数攻战。朝廷将讨之，将门先驰使诣阙，疏辨得释。良兼卒，遂据下总，图割据关东，僭号曰平新皇，开府猿岛，置百官，诸国亡赖争杀官吏应之。初，将门与藤原纯友善，谓之曰："吾王族，当为帝，藤氏当为关白。"是时纯友为伊豫椽，据海岛应之，潜遣人火京师，京师戒严。守备三关平贞盛者，国香子，欲报父仇，自攻将门不克，诉于朝廷，授官常陆椽，遂与下野押领使藤原秀乡收兵四千，袭杀将门。朝廷方遣藤原忠文为征东大将军，未至，闻事平，乃还。纯友亦为追捕使小野好古等击灭。是为"天庆之乱"。赖襄曰："天庆之乱，酿于延喜之朝。观延喜一朝，礼文制度岂不备且美哉？时称太平，数举宴乐，召集文士，歌颂郁起。而水旱疾疫，民不聊生，盗贼充斥，闾里愁叹。世以其有'寒夜脱衣'一事，称之为仁。然所谓'虽有仁心仁闻，而泽不及民'者也。且自贬菅原相公，而藤原氏势益盛，屡立太子不以贤、不以长，必立相家所自出，岂非深惮藤原氏之故哉！亦所谓'仁而不武'，无能达也。余尝论此事，由相家骄傲，壅隔上下之所致。盖君相所务，不过目前之私，纪纲废坠，人才壅滞，奸雄窥伺，皆漫不省恤。及其溃决，虽有善者，无如之何，何况朱雀之公卿乎！"赐爵土，传子孙。在位十七年，改元二：曰承平、曰天庆。禅位同母弟成明，是为村上天皇。忠平关白如故，子实赖、师辅分为左右大臣。后忠平薨，师辅继卒，又以藤原显忠为右大臣。亦时平子也。

禁中大火，惟索得神镜于烬中。帝留心政治，后世以为德亚醍醐，言政者必曰延喜、天历云。惟通帝后妹之为帝兄妃者，还纳为尚侍，左大臣实赖惜其累德而不能匡正之。在位二十二年，改元四：曰天历、曰天德、曰应和、曰康保。子冷泉天皇嗣。讳宪平，母藤原师辅女。实赖为太政大臣，关白庶政。初，村上以冷泉有疾，欲立其弟为平为冷泉储贰。诸藤原氏以为平婚于源氏，阻之。及村上崩，实赖称遗诏，立守平为冷泉太子，亦同母弟也。

冷泉立二年，改元一：曰安和。有告源高明、橘繁延等谋废立者，诸藤原氏矫诏讨之，悉处罪，京师大扰，是为"安和之变"。为平妃，右大臣源高明女。藤原师尹欲夺其位，会帝病甚，中外谓当有禅位，人告高明反，帝不之信，师尹等遽遣兵围其第。寻冷泉让位于守平，是为圆融天皇。实赖仍摄政，寻薨，伊尹、兼通兄弟相继为关白。皆师辅子。兼通最专制，与弟兼家复争政。兼通，伊尹弟，兼家兄也。以兼家超己显达，常觖望。村上中宫，其妹也。其在时，兼通窃请其手书曰："摄关有阙，当兄弟相及，不宜躐等。"常置之怀袖。及伊尹病笃，兼通乘间进请，牵帝裾，强进书。帝见母后手迹，不禁怆然，乃超任内大臣，旋为太政大臣，又逼请为关白。时人语曰："宁投虎口，勿触摄政口。"与兼家益嫌隙。兼通疾，兼家喜曰："吾将为关白。"兼通大怒，力疾入朝，请曰："臣今日行最后除目，左大臣赖忠当代为关白。兼家谋反，当解见任。"帝不得已从之。在位十五年，改元五：曰天禄、曰天延、曰贞元、曰天元、曰永观。传位于皇侄，是为华山天皇。讳师贞，冷泉长子，母藤原伊尹女。赖忠关白庶政，实赖子也。

华山初任藤原义怀、藤原惟成，励精图治，后以女御祗子死，哀毁迷乱。兼家令其子道兼绐之逊位，落发为僧。帝念祗子不已，兼家欲遂立圆融子。道兼桀黠多智，使之绐帝曰："上不如舍身断一切累，臣亦奉从。"帝许诺，夜潜与道兼匹马出宫。月色照衣，帝犹豫，道兼促曰："剑玺已奉东宫,事不可复止。"乃至华山寺落发。道兼将剃,曰:"臣犹未与父母诀。"遂去,不复来。明日,义怀、惟成闻,驰至寺,相视失声,愧辅翌无状,并薙发为僧。在位三年,改元一:曰宽和。圆融子怀仁立,年七岁,是为一条天皇。母藤原兼家女。兼家遂罢赖忠,而代摄政、准三宫,位在三公上,寻为太政大臣。薨,子道隆、道兼、道长相继摄政。初,兼家有疾削发,称法兴院关白;皇太后亦削发,称东三条院,相臣院、女院始此。一条在位二十五年,改元六:曰永延、曰永祚、曰正历、曰长德、曰长保、曰宽宏。尝曰:"朕得人之盛,不愧延喜、天历。"史称其心疾道长,而力不能制云。让位于冷泉子居贞,立己子敦成为居贞储贰。居贞立,是为三条天皇。母藤原兼家女。道长专政,纲纪日坏。帝有目疾,道长讽使逊位,不从,阴令医以寒水进金液丹,遂丧明。在位五年,改元一:曰长和。让位于太子敦成,是为后一条天皇。母藤原道长女。立道长第三女为后,长帝九岁。帝尚幼,时以衾具为戏玩。道长益专恣,废太子敦明,初,三条将禅位,立其子敦明为新帝储贰,母藤原济时女也。时道长请立敦良,帝不听。敦明长帝十四岁,内不自安。朝臣惮道长,拟东宫属者皆固辞,至厮役皆不肯供职。太子不能堪,欲逃位,道长遂废之。立同母弟敦良。道长薨,道长独典枢机三十余年,进女于帝,妆奁穷极工巧。家出三后,身为两朝外祖,尝咏和歌,以月圆无缺自喻。又作歌曰:"此世吾之世也。"及病,帝问所欲,言曰:"臣复何望,惟营法成寺,董役者未被赏耳。"帝即敕行,并赐寺封五百户。此时禁诸国营宅过制,及六位以下版筑作垣桧皮葺屋,而道长营寺僭拟宫禁,取材木徒役于官。寻以其子赖通代。帝在位二十一年。改元四:曰宽仁、曰治安、曰万寿、曰长元。敦良立,是为后朱雀天皇。赖通关白如故,帝垂拱仰成。时僧徒渐横肆。在位九年,改元三:曰长历,曰长久,曰宽德。禅位太子亲仁,是为后冷泉天皇。母道长第四女。赖通为关白,寻以其弟教通代。盗屡火皇宫。陆奥酋长安倍赖时父子叛，镇守府将军源赖义讨之，九年始平，而将士无赏。在位二十三年，改元四：曰永承，曰天喜，曰康平，曰治历。后三条天皇立。讳尊仁，后朱雀第二子，母阳明门院祯子，三条帝女也。初，后朱雀疾大渐，将让位，欲立尊仁为新帝储贰，召关白赖通，赖通以非藤原氏出，不欲立，曰："事未晚也。"赖通退，藤原能信进御床曰："陛下欲以第二宫付何僧？"帝曰："将置之东宫。何谓付之僧？"曰："若然，事不可过今日。"帝悟，即日立之。尚方有壶切剑，例传东宫，赖通不肯，曰："若母何人，不可得也。"帝闻之，曰："吾何用一剑为！"帝刚健严明，痛抑藤原氏，赖通兄弟皆敛迹。是时藤原氏竞以骄侈相高。赖通造高阳院，教通又兴二条第，益壮丽。师实曰："我家所为，谁敢议者。"自帝即位，皆畏惮自戢。赖通屏居，教通虽为关白，备位而已。教通又尝请太和守留任，帝固不许，奋髯曰："摄关之可惮，以其为国威，若朕则何有？"教通亦拂衣起曰："藤原氏为卿相者皆罢。春日①神威，今日坠地，诸藤原皆退，朝廷将为一空。"帝不得已，许之。然诸藤卒不敢肆。置记录所，亲听讼，定绢布制、沽价法、升斗法，皇纲再振。在位仅五年，改元一，曰延久。让位太子，赖通叹为邦家之不幸云。自光仁至此，凡二十三世，三百有四年。

---

① "春日"，疑为"昔日"。

卷二 国统志二

白河天皇立,讳贞明,后三条长子,母藤原能信养女。教通关白,寻薨,代以赖通子师实。帝政自己出,相门敛手;而爱憎任意,好色信佛,竭民力以事浮屠佛像。在位十五年,改元四:曰承保、曰承历、曰永保、曰应德。禅位后犹专政四十余年,国势大败,不可收拾。

堀河天皇嗣,讳善仁,白河第二子,母藤原师实养女,实源氏。师实摄政,寻薨,其弟师通代之。旋以师通子忠实为关白。帝屡于夜分复视章奏,而制于白河上皇,不能有为。上皇制院别当,设兵曹,置北院士①,奉宣旨施行,曰"院宣"。因所爱皇女准中宫死,哀痛,遂削发,称法皇。令皇子薙发为法亲王。时出羽酋复乱,源赖义子义家用兵三年,讨平之,请赏将士功。朝议以为私斗,不许。在位二十一年,改元七:曰宽治、曰嘉保、曰永长、曰承德、曰康和、曰长治、曰嘉承。

鸟羽天皇嗣,讳宗仁,堀河长子,五岁即位,母藤原实季女。忠实摄政,寻罢,以其子忠通为关白,法皇听政如故。僧徒作乱,敕源、平二家拒却之。在位十七年,改元五:曰天仁、曰天永、曰永久、曰元永、曰保安。法皇令禅位于长子显仁,年五岁,是为崇德天皇。母藤原公实女,幼养于白河法皇,长私之。及鸟羽立为中宫,犹不改,鸟羽深衔之。崇德嗣位,忠

———————

① "北院士",当为"北面武士"。

通摄政，法皇仍听政，寻崩。而鸟羽上皇听政，亦二十余年，久之亦削发称法皇。崇德在位十五年。改元六：曰天治、曰大治、曰天承、曰长承、曰保延、曰永治。为法皇所迫，禅位皇太弟，鸟羽法皇多内宠，后纳长实女，宠专房，称美福门院。生子体仁，法皇欲其速得位，谕帝禅让，即日促书诏。诏称皇太弟。帝欲俟明日审议，遣中使往复数次，终不听。及暮，传剑玺，帝由是与鸟羽有隙。尊为上皇，世称法皇曰本院，上皇曰新院。近卫天皇讳体仁，鸟羽第八子，母藤原长实女。生四月立为储贰，三岁即位，忠通摄政，法皇仍听政院中。在位十五年，改元五：曰康治、曰天养、曰久安、曰仁平、曰久寿。受制于法皇，郁疾崩。法皇立崇德弟，是为后白河天皇。即位之元年，鸟羽法皇崩，崇德上皇冀复位。时忠通摄政，其弟赖长欲取而代之。上皇与赖长谋召源为义等，遂举兵。后白河使源义朝、平清盛等拒之。上皇兵败，流之于赞岐，初，近卫崩，无子。崇德上皇冀复位，不则立其子重仁。而美福门院意上皇咒诅，帝不肯，又因雅仁有子为其所鞠养，冀立雅仁而传之其子。雅仁称四宫，性轻躁。制下，朝野愕然。及法皇崩，左大臣赖长因失宠法皇，谀事上皇。上皇夜召密语之曰："法皇舍宜立之重仁，而立不文不武之四宫。今法皇已宴驾，何惮之有？吾欲举大事，废竖子，而再践位，如何？"赖长与兄忠通不睦，欲夺其权，力赞成之。初，内大臣实能知其谋，密启法皇曰："帝有不讳，大乱必兴。"法皇乃预署源义朝、赖政等十余人名属美福，缓急召之。时上皇谋颇泄，帝召将士自卫，捕兵士入京者。上皇遂据白河殿，召赖长，间道召源为义。为义辞，强之，乃率诸子至，请奉上皇南狩，苟不利，即奔关东；其子为朝请即夜直袭大内火攻，取帝奉上皇代居，事可立定，赖长皆不听。保元元年七月十一日，帝御东三条殿，关白忠通以下皆从，遣源义朝、平清盛等攻白河殿，义朝请火攻之。上皇大败，徒步走，伤足。及夜，从者肩负出京师，无敢舍者，投僧房。翌日薙发，入仁和寺。帝遣兵守之，并守赖长以下十二第。赖长齚舌死，遂流上皇于赞岐。清盛因弑叔父忠政，义朝弑父为义，并流弟为朝，皆以从上皇故也。后崇德在迁所刺血书《大乘经》，请藏京师，后白河不许。崇德大恚，曰："兄弟争国，自古有之。吾欲悔罪，何故不许?"乃齚舌出血，每轴书曰："愿为大魔王，恼乱天下，以五部《大乘经》回向恶道。"自是成疾，崩。是为"保元之乱"。在位四年，改元一，曰保元。禅位皇太子，尚听政三十余年，拥立五帝，祸乱相踵。二条天皇嗣。讳守仁，母藤原实经女。忠通子基实摄政，后白河上皇听政。藤原信赖、源义朝举兵反，幽上皇及帝于宫。帝逃避平清盛第，以其兵讨之，信赖、义朝皆诛死。清盛尽诛义朝子，惟赖朝免死，流于伊豆。平治之乱，残杀极惨。清盛等皆进官爵，源、平相仇始此。信赖恃豪族骄横，人呼曰恶又卫门督，有宠于上皇，请为大将，藤原通宪图安禄山事迹谏阻之，遂衔通宪。通宪常拒源信朝求婚，而为子娶清盛女。帝舅藤原经宗、帝乳母子藤原惟方皆嫉忌通宪，信赖因共谋除之，引义朝为党，窥清盛赴熊野举事。会上皇内宴，揣通宪必侍宴，围而挟之。而通宪先出奔，不得，遂幽上皇、迁帝，使经宗、惟方监视之；追杀通宪，自称大臣大将，专决诸政，公卿皆俯伏陪位。独藤原光赖召惟方及经宗，责以大义，且曰："平氏还，力必能匡复。"惟方等悔悟。清盛还，途闻变，欲避；子重盛决议归六波罗第，潜使人诇事。经宗、惟方教帝逃出，平氏以兵迎入其第，上皇亦潜入仁和寺。信赖方醉卧，醒而恨曰："惟方负我!"帝敕平氏讨贼，诱贼出大内；别遣重盛攻大内。贼进退失据，乃败走。信源求哀于上皇，上皇为请于帝，不报，平氏兵以敕旨捕诛之，遂囚其党五十余人。义朝东奔，为人诱杀，献其首。其诸子皆为平氏所捕杀。独第三子赖朝，清盛之母为尼者悯之，请流伊豆。婢子三人皆幼，以母殊色，清盛纳之，因亦得免。清盛父子皆进官。在位八年，改元五：曰平治、曰永历、曰应保、曰长宽、曰永万。禅位而崩。太子顺仁嗣，甫二岁，是为六条天皇。母伊岐氏。基实摄政，后白河听政如故。立皇叔宪仁为太子，甫六岁。初，后白河纳平清盛妹，生宪仁，故立之。寻升清盛从一位太政大臣。平氏始以外戚摄政。在位三年，改元一，曰仁安。未加冠禅位，称太上皇。宪仁立,是为高仓天皇。时上皇五岁,帝八岁,后白河薙发称法皇。高仓立清盛女为中宫,生子言仁。清盛专恣,贬斥诸藤原氏官爵,而代以己子,又幽法皇,初,法皇愤平氏刑赏自专,乃削发。后有藤原成亲者,以怨望图灭平氏,法皇与共议,事未发,其党自首于清盛。清盛聚兵六波罗第,遣兵收成亲,遂欲取法皇幽之,以其子重盛固谏而止。及重盛卒,未数日,法皇游宴自如,清盛积怒,即遣宗盛率兵幽法皇于鸟羽;后迎于八条乌丸,监察稍疏。寻以以仁王事,又幽之福原,板屋三间,膳日二次,人呼曰牢御所。讽帝让位于太子。帝以法皇故,忧郁崩,在位十三年。改元四:曰嘉应、曰承安、曰安元、曰治承。

安德天皇,讳言仁。年三岁嗣位,关白基通摄政,基实子。清盛决事。后白河子以仁王下令东国,讨平氏,以仁王败死。源赖朝、源义仲各奉令起兵,赖朝开府镰仓,东海东山道多属赖朝,北陆道悉属义仲。清盛寻薨。初,以仁王下令东国,发源氏,源氏所在响应,清盛大惊,遣追讨使东击之,不胜。及是薨,遗戒子弟力讨赖朝。清盛专权,同姓为公卿者十六人,得升殿者三十余人,为卫府国司者六十余人,其采地半海内,威福过于藤原氏。当时举国之兵,半属源氏,半属平氏,卒为源氏所灭。义仲进兵京师,清盛子宗盛挟帝及法皇奔;法皇逃依义仲,宗盛遂挟帝西泛海,奔筑前。法皇遂敕义仲讨平氏,削平氏二百余人官爵,因下敕遥废帝。帝在位三年,改元二:曰养和、曰寿永。皇弟尊盛立,是为后鸟羽天皇。高仓第五子,母藤原氏。年五岁,基通摄政如故。时尾形惟义攻平氏,尾形惟义,起兵筑紫以应赖朝者。宗盛败走赞岐。法皇敕义仲西伐;义仲迁延,法皇欲召赖朝入卫,藉以除之。义仲愤,举兵劫帝及法皇,罢基通摄政,夺公卿四十余人官爵。法皇不得已,以义仲为征夷大将军。寻赖朝兵至,义仲败死。初,赖朝、义仲各起兵,赖朝尝以兵十万击义仲,义仲避之。及义仲兵先入京,法皇敕讨平氏,强而后行。至水岛,与平氏战,失利。法皇召赖朝。赖朝令二弟范赖、义经护贡赋入京。义仲闻之,遽引还,遂举兵围殿,迁帝于闲院,迁法皇于摄政第,而赖朝所遣二弟,已将兵入京。义仲拒战,败死,传首京师,帛书其髻曰"贼义仲"。赖朝遣兵追平氏,一败于屋岛,再败于坛浦。平氏挟安德帝投海,崩,遂灭平氏。赖朝分遣范赖、义经击平氏,至坛浦,宗盛母抱安德帝投海,虏宗盛等及皇太后平氏归京师,斩宗盛,遂灭平氏。义经索传国剑玺,不获,仅获镜玺。帝初立,以无重器,称践祚,不即位。后法皇使人作书喻宗盛索之,宗盛不许,及是奉还镜玺于温明殿。赖朝居镰仓,遣部将北条时政守京师。乃奏请诸国置守护,庄园置地头,所在逮捕,加赋税充兵粮;别置公文所,后改政所,赏功臣,颁封邑,皆以政所文下行。兵马之权,忽归赖朝,遂为征夷大将军。赖朝已灭平氏,朝廷又敕源义经、源行家讨赖朝。赖朝发兵西上,义经、行家逃走。敕诸国逮捕,斩行家于和泉。义经匿于陆奥押领使藤原泰衡家,泰衡袭杀义经。赖朝又以泰衡庇乱人,起兵击陆奥、出羽,悉平之,诸国皆慑服。法皇召赖朝入朝,优礼之,仍还仓。是年法皇崩。自是朝廷拥虚器如弁髦,藤原氏虽更为关白摄政,而其进退不关天下事,大权独在将军。帝阴图恢复而不就,盖自白河以下,大势积重难返矣。帝在位十六年,改元三:曰元历、曰文治、曰建久。禅位皇太子,后崩于隐岐。土御门天皇,讳为仁,母承明门院源氏,内大臣通亲养女。四岁嗣位。赖朝薨,赖襄曰:"我邦先王常自俭以养民,民食足,故兵强。其后国俗奢靡,刻剥其民,而委兵于将吏。将吏自以其计策蓄粮饷,养士卒,朝廷不之省。及赖朝兴,请置守护地头,于诸国以掌兵,每段课五升,以调养食。而总守护地头之权,操之于镰仓,天下之势一变,而大权归之矣。然吾观源赖朝奏镯所领九国逋租,请诸国仿行。又奏兵兴以来民不暇农,请量力收赋税。以平贺义信为武藏地头有惠政,请旌之以风司牧。以藤原秀衡治陆奥有善规,及平陆奥,令凡政皆遵守前规勿变。呜呼! 当是时,天下方贵骁武,务进取,而赖朝独孳孳以养民为务,故能岁岁出师,一举殪义仲,再举殪宗盛,三举夷泰衡,四海之内,一草一木,莫不从风,以建此大业也。赖朝又尝见侍臣衣服丽都,命取刀截其胄。惟其俭以自奉,故能于多事之日,蠲逋租,养民力,而不患不足也。呜呼,可谓知为政之本者矣!"子赖家为将军,为其外祖镰仓执政北条时政所幽杀。立其弟实朝为将军,又谋废之。事觉,流时政于伊豆,其子义时仍代执政权。源氏衰,而北条氏握国柄矣。帝在位十三年,改元五:曰正治、曰建仁、曰元久、曰建永、曰承元。为上皇所迫,禅位皇太弟,后崩于阿波。顺德天皇立,讳守成,后鸟羽第三子,母修明门院藤原氏。源赖家子千寿起兵讨北条氏,不克,死。幼子公晓复谋杀实朝,义时乃立藤原赖经为镰仓主,而自执政权。赖经,赖朝妹夫之外孙也。顺德在位十一年,改元三:曰建历、曰建保、曰承久。禅位皇太子,后崩于佐渡。九条废帝,讳怀成,母东一条院藤原氏。明治三年,追赠曰仲恭天皇。四岁即位。时有三上皇:后鸟羽曰本院,专决政事;土御门曰中院;顺德曰新院。本院素愤王权下移,有图镰仓之志,至是密诏讨关东,义时乃遣子弟率东兵入京师,废帝,立高仓帝孙茂仁,流本院于隐岐,中院于土佐,寻徙阿波,新院于佐渡。是为"承久之变"。本院素愤源氏挠朝权,阴图恢复,置院西面士,亲武事,至手造刀剑。及实朝遭害,谓威柄可复,而关东权势自如,意益不平。尝擢一西面士,义时称将令夺其东食邑,朝旨令还之,不奉敕。会三浦允义宿卫京师,以事憾义时。本院令亲信就与谋,允义曰:"臣兄义村力足办此。"本院大喜。承久五年五月,托城南流镝马集近畿兵,密发使赍诏谕义村及关东诸豪。义村以告义时。义时大会诸将,请政子隔帘问曰:"汝等听院宣赴京师佐灭关东乎?抑一心戮力以全故右大将军之业以保食邑乎?即时决对。"佥同声答曰:"死生唯命,谁肯东向关弓者!"诸将请据险保八州大江。广元曰:"事久众心变,不如直西向犯阙。"义时遂遣子泰时、朝时,弟时房,分道西犯。官军败绩。泰时入京,有敕曰:"此举皆谋臣所误。"遂收权少纳言藤原光亲等六人,送镰仓斩之。初发师,令父行子留、子行父留。义时表曰:"闻陛下好戏,臣谨遣长男泰时等率十九万人,以供天览。如上意未厌,臣且率二十万人继至"云。九条在位仅七十余日。自白河帝即位,至此凡十四世、百五十年。始藉源、平以除乱,卒至(大)〔太〕阿倒持,互相剪灭。然源氏有(勘)〔戡〕乱之功,其因时变法,民亦赖以苏息。北条氏起,乃以陪臣执国命矣。举兵犯阙,放废四帝,视君位如(奕)〔弈〕棋,虽有一二有为之主,终不得伸其志。盖自外戚专政,将帅因之,其所由来渐矣。

　　后堀河天皇,讳茂仁,守贞亲王之第三子,母藤原氏。年十岁即位。北条泰时与叔父时房分镇六波罗南北府,京师始有两六波罗,以制全国。泰时颁《式目》五十条,颇惬民情。时赖经仍为将军。义时死,子泰时执权。帝在位十二年,改元六:曰贞应、曰元仁、曰嘉禄、曰安贞、曰宽喜、曰贞永。禅位皇太子。四条天皇,讳秀仁,母藻壁门院藤原氏。二岁嗣位,嬉戏无度,在位十一年崩。改元六:曰天福、曰文历、曰嘉祯、曰历仁、曰延应、曰仁治。后嵯峨天皇,讳邦仁,土御门第二子,母源氏。泰时所议立。泰时死,孙经时执权,废将军赖经,以其子赖嗣袭职,年甫六岁。帝在位五年,改元一:曰宽元。禅位皇太子,仍听政二十余年,二皇子相继践祚。及崩,因爱龟山,帝遗令其子孙永承大统,而付后深草之裔以封邑。北条贞时则议后深草、龟山二统迭承,限十年禅受。厥后南北分争,实基于此,至足利氏犹沿其例。初,赖朝以藤原氏近卫、九条二家更为摄政,后九条分为一条、二条,近卫亦分为鹰司。至是,北条氏奏请五家更替摄政,名为尊上,实分朝权也。后深草天皇,讳久仁,母大宫院藤原氏。四岁嗣位。北条经时死,弟时赖执权,又废大将军赖嗣,立后嵯峨皇子宗尊主镰仓,为大将军。帝在位十四年,改元五:曰宝治、曰建长、曰康元、曰正嘉、曰正元。上皇迫令禅位于同母弟恒仁,是为龟山天皇。时赖死,子时宗执权,又废大将军,而以其子惟康袭职,年甫三岁。时元世祖三遣使来,皆却之。

帝在位十五年,改元三:曰文应、曰宏长、曰文永。禅位皇太子世仁,是为后宇多天皇,母京极院藤原氏。八岁即位。元兵攻对马、壹岐诸岛而还,复两次遣使,时宗皆斩之,寻败元兵。时宗死,子贞时执权,攻杀外祖父安达泰盛,北条氏始衰。帝在位十四年,改元二:曰建治、曰宏安。禅位后深草第二子熙仁,是为伏见天皇。母元辉门院藤原氏。贞时废将军惟康,贞时闻惟康有灭北条氏之志,遽废之,倒载网代舆送还,世目之曰:"将军流于京师。"立后深草第三子久明亲王主镰仓,为将军。帝在位十一年,改元二:曰正应、曰永仁。禅位皇太子允仁,是为后伏见天皇。母准三宫藤原氏。初,龟山禅位后,置后院别当听政,每事不许后深草与闻。后深草愤懑,诉哀于时宗,时宗乃奏立伏见。会有盗人禁内,挟箭剑求帝所在,世以为龟山所使。龟山惧,赐誓书于贞时,事始寝。伏见又密使人言于贞时曰:"龟山每切齿承久之事,立其后,非卿家利。"贞时乃立后伏见、后宇多,示以后嵯峨之约,贞时乃定两统更立之议。年十一即位,在位四年。改元一:曰正安。禅位后宇多长子邦治,年长于上皇三岁。时后深草称本院,龟山称中院,后宇多称新院,并伏见、后伏见,同时有五上皇。后三条天皇立,讳邦治,母西华门院源氏。新院听政。贞时又废大将军,以其子守邦袭职。帝在位七年崩。改元三:曰乾元、嘉元、曰德治。伏见子富仁立,是为花园天皇。母显亲门院藤原氏。贞时死,子高时执权,年幼,其舅秋田时显与内管领长崎圆喜受遗令辅之,权遂移于外戚与家宰,北条氏益衰;及后醍醐时,举族遂伏诛。帝在位十二年,改元四:曰延庆、曰应长、曰正和、曰文保。禅位于后醍醐天皇。自后堀河至此,凡十世九十七年,兵马之权皆在镰仓。自北条时政至高时,凡九世一百五十四年,君之废立,宰辅将军之进退,皆唯命是听。而迟之久而后灭亡者,立主以嗣源氏,迁官犹称原衔,子孙相承,终身不过相摸武藏守,又务为勤俭以养民,盖显以虚名让之人,隐以实利归之己。故虽废立进退之由我，天下不起而议之，其取祸不速，操之盖有术也。至高时荒纵，则一败涂地矣。

后醍醐天皇立，讳尊治，后宇多子，母谈天门院藤原氏。尊花园为上皇，称新院，后宇多称法皇。帝亲政，复置记录所，亲听讼狱。视北条氏失人心，谋诛灭之。帝与藤原资朝、藤原俊基谋，阴援武人可用者。每会议，脱衣冠纵酒，结其欢心，名曰"无礼讲"。事觉，比衙镇将收资朝、俊基。高时遂举兵入京，帝避走于笠置。高时立光严帝，名量仁，即帝所立太子，后伏见子也。遣兵陷笠置，迫传神器，不许。帝曰："神器非臣下所能与夺，且镜玺已失，独有剑，必欲相迫，朕将自裁。"贼欲迁之六波罗第，帝使备行幸仪而后往。帝复走隐岐，楠正成起兵勤王，皇子护良亲王起兵于吉野，新田义贞起兵于上野，争应帝。帝还伯耆，名和长年、儿岛高德复举兵从之。寻，高时将足利高氏归顺，诸军收复京师，迎帝还阙。镇将北条仲时奉新主及两上皇东奔，官军邀击之。新主、上皇还，论诸公卿受新主官爵之罪，贬削有差。新田义贞遂攻破镰仓，灭北条氏。论功行赏，赐高氏以御名尊字，遂为足利尊氏。护良亲王知尊氏恶，表请诛之，不许。帝置决断所，赏军功迁延不决，而帝左右僧尼伎乐多以内敕得赏，又造楮币、事兴作，举国嚣然，复思武人之治，旋听尊氏谗，杀护良亲王。初拜护良为将军，后囚之于镰仓，令足利直义监守，直义遂杀之。尊氏益凶行无忌，自移兵开府镰仓，诬奏新田义贞。义贞奏辨，且暴尊氏八大罪。有诏夺官爵，尊氏遂举兵反。北条高时子时行，招余党，攻镰仓，尊氏击时行，走之。诏促班师，不听。自称征夷大将军、关东管领，移书西道诸国发兵，以讨新田氏为名。楠正成等战死，尊氏入京，帝逃叡山。尊氏立丰仁亲王为帝，建号改元，是为北朝光明帝。足利氏拥立光明帝，初阳尊之，及南军屡败，大得其志，不复禀敬，肆割膏腴以赏功臣，或至夺公卿食邑，虽供御阙乏，不问。有将吏途遇光严上皇,不下马。前驱呵之,曰:"院也。"曰:"院耶,犬耶?犬则我射之。"令环射乘舆,折轭截辐而去。足利氏论其罪,武人相谓曰:"院且下之,苟遇将军,不将膝行乎?"帝之立也,民间又相语曰:"王并无一战功,将军何赐之天子也。"尊氏佯请降,诱还后醍醐帝幽之。幽帝于花山院。尊氏迫请传器于新主,以伪器授之。寻潜逃于吉野,诸军勤王者皆败。义贞战死,两皇子亦见弑。后醍醐仅保吉野,对北朝而称南朝。后人以神器在南,尊为正统。后醍醐在位二十一年,改元八:曰元应、曰元亨、曰正中、曰嘉历、曰元德、曰元宏、曰建武、曰延元。崩于吉野。第八子义良立,是为后村上天皇。母新待贤门院藤原氏。即位之兴国元年庚辰,北朝光明帝历应三年也。越九年,光明帝禅位于从子兴仁,为崇光帝。又三年,尊氏因内乱,令子义诠佯降于南朝,将纾南兵而专事东海。南朝许之,义诠遂废崇光帝,奉南朝年号。后村上帝密令诸路兵讨尊氏,收复京师,收废帝、废太子及光严、光明二上皇送吉野幽之。义诠复败南兵,取京师,立弥仁亲王,是为后光严帝。众议无神器,不可践祚。关白藤原良基曰:"尊氏,剑也;良基,玺也,何不可!"遂立之。南朝还所幽诸帝。南北两军厥后互有胜败,所争皆在京师,臣子亦各叛服不常。尊氏死,义诠为将军。义诠死,子义满为将军。后村上帝迭与北军战,有宗良亲王、源亲房、楠正行、新田义兴等辅之,屡擐甲御马,控御勍敌。在位三十年。改元二:曰兴国、曰正平。崩,子宽成立,是为长庆天皇。母氏不详。即位之年戊申,北朝后光严帝应安元年也。越四年,后光严禅位于太子绪仁,为后圆融帝,斯时北军益强。长庆在位五年,改元二:曰建德、曰文中。禅位于弟熙成,是为后龟山天皇。母嘉吉门院某氏。越十年,北朝帝禅位于太子干仁,为后小松帝。于时,南朝地尽失,独吉野属行宫,新田氏子孙先败灭,寻楠氏、菊池氏亦亡全族,遂议和。从义满请,授神器于后小松帝。义满来请和曰："驾还授器,则两统更立如故事。"许之。元中元年十月,车驾发行宫,群臣以戎服从。至京,义满欲用来降礼,帝曰："朕欲用父子礼相授,否则以神器毙,安肯屈臣下以辱祖宗乎?"或谓义满曰:"神器在彼,彼即真主,不可违也。"称后龟山为太上皇。后龟山在位二十年。改元三:曰天授、曰宏和、曰元中。南朝为龟山统,凡四世;北朝为后深草统,凡六世。至是成和,义满仍请两统更立。自后醍醐即位之元年至壬申一统,凡七十四年。自北朝光严帝即位之元年至壬申一统,凡六十一年。两统之议,定于北条贞时,遂授后世奸人取富贵之柄。然南朝土地甲兵不及北朝什之一,卒能相持数十年者,赖楠氏、新田氏数家孙子相继以忠义号召人心,故能屡扑屡起,定于一尊,非独神器有在为然也。

　　后小松天皇,讳干仁,后伏见玄孙,母通阳门院藤原氏。帝于北朝者凡十年,受神器于后龟山。帝嗣位,征夷大将军足利义满自为太政大臣。朝议以平相国以还,武家无升此官者。义满怒曰:"天子,我家所立,而不我听,则废而自立,以细川、畠山二氏为摄家,谁能禁我者。"遂许之。寻辞任,请以其子义持袭职,削发称道义,宫室舆服皆奢僭。义满营别业于北山,起金阁,徙居之,称北山殿。又造一殿于禁内,称小御所。每进朝,公卿皆下阶拜跪。尝游叡山,拟上皇行幸仪。遣使称臣于明,受太宗皇帝封为日本王。及薨,诏赠太上皇号。帝在位十九年,在北朝时,改元四。南北合一后,改元一,曰应永。禅位于太子实仁,是为称光天皇。母光范门院藤原氏。始背更立之约。南朝遣臣请如约立后龟山帝之子,不听。于是南朝余孽所在起兵,寻皆平。镰仓管领足利持氏,为其执事上杉氏宪所逐,义持援持氏攻上杉。义持辞职,诏以其子义量袭,自削发,称道诠。既义量卒,义持再视事。寻薨,义教袭职。帝在位十六年崩。初袭用应永年号,改元一,曰正长。后花园天皇,讳彦仁,后伏见五世孙,北朝崇光曾孙,父贞成亲王,母敷政门院源氏。年十岁即位。

义教遣使贡于明，明宣宗皇帝赐之永乐钱三十万缗，自后称臣，奉正朔，世以为常。足利持氏、结城氏朝，皆以攻镰仓执事上杉氏，作乱伏诛。赤松满祐弑将军义教，亦伏诛。子义胜袭职，薨，弟义政为将军。南朝旧臣常拥龟山裔为乱，至入禁内夺神器。帝之立也，后龟山皇子以不得立，怒奔伊势。或奉之起兵，足利氏击平之，置之嵯峨。将军义教之弟义照与之善，时关东兵乱，劝其乘时举事。事觉，杀义照。至是藤原有光等奉为主，称中兴宫。夜入禁内夺神器，追者获镜剑，遂拥玺据叡山，寻讨平之，皇子自杀。南人又立其子居吉野山中，有赤松氏臣某佯往事之，乘间刺杀，夺玺还献。帝在位三十六年，改元八：曰永享、曰嘉吉、曰大安、曰宝德、曰享德、曰康正、曰长禄、曰宽正。禅位皇太子，后土御门天皇嗣。讳成仁，母嘉乐门院藤原氏。足利氏之臣细川胜元与山名宗全，举兵战于京师，是为"应仁之乱"。足利氏开府京师，于家臣设管领，迭任细川氏、斯波氏、畠山氏，名三管领，而细川最强。又设四职，迭任山名氏、一色氏、佐佐木氏、赤松氏，而山名氏独盛。至是以畠山氏兄弟争位，各护其党。将军义政已立其弟义视为后，既而生子义熙，其母欲立之，托于山名宗全。而细川氏辅义视，因是举兵。细川征诸国兵十六万，山名征诸国兵十一万，络绎入京。京人皆负担奔窜。及战，迭有胜负，焚荡公私屋舍三万余区。及山名、细川相继死，乃罢争。义视遂逃，而细川氏所庇之畠山政长，再为管领。义政罢，子义熙继为将军。义政穷极奢侈，征敛无度，上下困弊。义政喜奢靡，一花亭糜费六十万缗，一暖阁帐子费三万钱，故赋敛日增。故事，借富商金以供用，义满时岁四次，义教岁十二次，至义政乃月八九次。又下借贷不偿之令，名曰德政。故事，有大仪，课诸侯助役，概五六年一举，义政乃五年九举，是以公私交困。义政犹日恣淫乐，政事委之传宣之臣及妾媵，僧尼之辈请谒公行，号令牴牾。其管领细川、山名树党相攻，义政为其所劫持。及让职之明年，仍上书朝鲜，乞勘合印信，以求书画珍宝。寻筑银阁于东山，日设茗宴乐至于死。是时乱党交攻，辇毂兵燹，荡为广野，七道之内，俱为战场，为日本古今极乱之世。诸史谓义政之所致也。于时文运衰丧,惟义熙尚好学。父子相继薨,义植、义熙无子,义政召还义视,养其子义植为嗣。义澄相踵为将军。畠山政长奉义植,攻畠山长丰,不克,出奔,细川政元立义澄。帝在位三十六年崩,改元六:曰文正、曰应仁、曰文明、曰长享、曰延德、曰明应。后柏原天皇立。讳胜仁,后土御门子,母准后源氏。时全国大乱,大内义兴助义植大举入京,细川高国高国,政元养子,时政元为其家宰所弑,臣三好长辉讨诛之,而立养子澄元为管领,故高国怒。既而高国得管领,三好氏又拥澄元等相争,祸乱相寻,以迄于亡。举兵应之,义澄奔;高国寻又举兵逐义植,亦出奔,先后死,乃迎义澄子义晴为将军。帝在位二十六年崩,改元三:曰文龟、曰永正、曰大永。后奈良天皇嗣。讳知仁,母丰乐门院藤原氏。义晴见迫于细川之臣三好氏,奔走不常,让职于子义辉,亦屡出奔。斯时北条氏纲、氏康等兴,是为后北条氏。武田信元、上杉谦信、毛利元就三氏,亦雄据一方。而以家臣弑其主,割据其地者,如斋藤秀龙之于土岐定朝,陶晴贤之于大内义隆,津久见美作之于大友义鉴,三好之康之于细川持隆,各争疆土,遍地干戈。而是时葡萄牙人亦传天主教入于国矣。帝在位三十一年崩,改元三:曰享禄、曰天文、曰宏治。子方仁嗣,是为正亲町天皇。母吉德门院藤原氏。时三好氏与其家臣松永氏专京畿大权,三好义继因弑义辉,其弟义昭赴美浓,走依织田信长。信长挟义昭西上,以义昭为将军。义昭又与信长失睦,于是信长幽义昭,遂代足利氏而兴矣。足利氏遂亡。自尊氏至义昭,凡十三世,二百三十五年。初,源赖朝以武人充守护地头,渐成割据之势,北条氏因之。至尊氏兴,当时武人厌王政而习武政,惧失权势,皆欲得一人推戴之,以专其利。尊氏亦知之,是以割土地,颁金帛,既授以兵权,又崇以官衔,务充其欲,以求遂己私。尊氏之得国也以此,而已成尾大不掉之势矣。足利氏以将军驻京师,而分遣子弟镇镰仓。镰仓设管领,上杉氏世为执事,屡逐其主,又与兄弟争权。最后,北条氏起,与上杉氏抗。上杉氏之家臣长尾氏又复出而专政。京师,幕府亦设管领,细川氏为最强,己与山名氏争战,又屡逐其君,与兄弟相争;而其家臣三好氏,三好氏之家臣松永氏,复迭出而执权。所辖诸国,树党相争,其余群雄割据土地,各凭强大,互相吞噬,举六十州之地,曾无一块干净土。祸乱之极,蔓延浸淫,竟数十年而未已。当足利氏盛时,权势足以相制。及其既衰,骄奢淫逸,既以大权授之家臣,又欲借家臣之力以遂其夺嫡立爱之私,各徒隶乘势窃权,无复忌惮,乃至五代将军废置放逐,疲于奔命,如弈棋然,如傀儡然,比之王室,犹有甚者。盖足利氏以土地兵马饵豪杰,而无术以相钤制,并其饵而失之,亦可哀矣。若夫同室阋斗,日寻干戈,陪臣舆台,反据人上。至于伦理灭绝,臣弑其君者有之,子弑其父者有之,举国滔滔,不以为怪。斯又尊氏于君臣父子兄弟间惟利是视,故上行下效,祸变至此也。呜呼!可谓乱极矣。信长任用丰臣秀吉等,平定近畿,位右大臣,代将军出令,蠲地子钱,弛徭役,置所司代,徙治安土,定关东法制十五条,颇有规模。惜宠任明智光秀,猝为所杀。足利氏管领斯波氏封于尾张,织田氏世为斯波氏重臣。及信长兴,屡攻邻国,败斋藤氏于美浓,击今川氏于骏河,威名大著。帝闻之,密遣使赍诏,赐以御用香,令西上平内乱。后又诏赐一战袍,曰:"朕顾四方,莫如卿武。闻卿已平美浓,其益奋(庸)〔勇〕宣武,以副朕望。"信长奉诏,泣曰:"臣督师诣阙之日,当服此拜赐也。"及是,义昭又走依之。信长以兵三万人,挟之西上,三好氏弃京师去。信长留木下秀吉护卫京师,修治皇宫而东归。义昭多失行,信长上书切谏,义昭遂谋伐信长。信长迭攻之,义昭走安艺,诏削其官爵。信长又破朝仓氏、浅井氏,降六角氏,旋灭三好氏,近畿悉平。分遣秀吉击毛利氏,毛利亦求和。又亲将兵十二万伐武田氏,获武田胜赖及其子,割甲斐、信浓、骏河、上野与有功诸将。史称其以不世出之略,定二百余年分据之国,事败垂成,深为可惜云。秀吉诛光秀,筑大坂城。自奏请为关白,置五奉行以议国事。帝在位二十九年,改元三：曰永禄、曰元龟、曰天正。禅位皇太孙，后阳成天皇嗣。讳周仁，父诚仁亲王，母新上东门院藤原氏。秀吉为太政大臣，奏请以其养子秀次为关白，称大阁。既平海内，约列侯奉戴王室。惟变更田制，重税殃民，又用兵朝鲜，师出无名，内外疲困，卒薨于军。秀吉家微，为人奴，盗其主黄金六两，买刀剑衣服，伪姓名曰木下藤吉，谒信长于道，乞为奴。信长熟视之曰："汝面类猴，汝心亦必如猴矣。"常命之拿鞋，呼曰"猴奴"。试以事，多机智，遂宠任之，使将兵。信长已平京畿，奏为筑前守，改氏羽柴。奉命西攻毛利氏，与之和，归而讨光秀，枭其首。奉信长子秀信为嗣，使居安土，给以近江三十万石，而命诸将分领织田氏地。信长之弟信孝，与旧臣柴田胜家、泷川一盛谋诛秀吉，秀吉次第削平之。旋以舟师六万伐长宗我部元亲于土佐，元亲降，南海平。时萨摩岛津义久势甚张，秀吉令毛利辉元、长宗我部元亲集兵招谕之，不从，遂以兵十五万大举西伐，入其国，降义久，西海亦平。又将兵十万北伐，降佐佐成政于富士。入越后，与上杉氏连盟而还，复遣使相模谕北条氏政入觐，使陆奥招伊达政宗来降，皆不答。即以兵二十五万大举东伐，分遣诸将徇关东六十余城，伊达氏来降，氏政父子亦出降。杀氏政，收陆奥、出羽地，关东又平。秀吉用兵如神，所向披靡，于时群雄咸俯首听命；独德川氏尝与战，大败于长湫，隐忍与和。既拜关白，赐姓丰臣氏，城大坂，徙居之，而筑第吉野，名曰"聚乐"。帝与上皇幸其第，留饮五日。又赏花于醍醐，张茗宴于北野，大会诸将。游宴之盛，今古所无。亲督兵征朝鲜，薨于伏见城。令德川家康等五大老辅嗣子秀赖。家康任征夷大将军，开府江户，大封诸侯，行赏立制，课诸侯城江户，城骏府，命诸侯妻子尽住江户，间一岁乃交代就国；禁西诸侯造战舰，开长崎港通商。寻辞职，诏以其子秀忠为将军。帝在位二十六年，改元二：曰文禄、曰庆长。禅位皇太子。自后小松至此，凡八世，二百一十九年。足利氏上不知有王室，下不能驭群雄，蹂躏二百余年；及织田氏稍定大乱，丰臣氏起于人奴，以兵力定海内；德川氏继兴，用力少而坐享其成。至是，举国始知有尊王之义,息战争者二百余年。

后水尾天皇嗣,讳政仁,母中和门院近卫氏。家康定《文臣法》五章,《廷式》十七章,《武员式》十二章,大修朝廷旧典,始置老中,定幕府及列国郡邑制度,灭丰臣氏,寻薨。家康起于参河,既败,秀吉与之和,曰:"吾将与之定天下,以救亿万生灵。"谬为恭敬,媚事秀吉。尝于朝会时亲为秀吉整履。秀吉之卒也,握其手,托以遗孤,遗命以家康及前田利家、毛利辉元、浮田秀家、上杉景胜为五大老,使决大事;设五奉行如故,使决小事;又设三中老左右之。家康居伏见城,代秀吉视事。利家先卒,既而奉行石田三成等以家康将不利孺子,密与上杉景胜通谋。家康促景胜入觐,不听,曰:"我受大阁遗旨镇东奥,何受家康令为?"且数家康背盟十大罪。家康怒,自将伐景胜。三成至大坂,又移檄诸国,曰:"诸君苟不忘大阁恩,当合力讨家康。"毛利辉元以下侯伯来会者四十余人,兵凡九万余。家康方攻景胜,闻变,引军还,遂与三成战于关原,大破之,捕斩三成,削毛利辉元八国,仅食长门、周防二国,流浮田秀家于八丈岛。景胜闻西诸侯兵败,亦乞降。家康以关东八国自封,居江户城,举所收地分封诸将,惟秀赖仅食七十六万石而已。既而,家康嫁女孙于秀赖。家康居骏府,秀赖居大坂。秀赖既长,群臣欲挟以复故业,窃散金帛募死士,然有国将士无一至者。秀赖时营方广寺落成,公卿大会,家康遽以钟铭语涉咒诅,怒,停行庆。秀赖遣使致恳,又请毁大坂城乞盟。家康佯许之,寻举兵攻大坂,使人告秀赖母子曰:"仍宥汝,管取一吃饭处。"城破,秀赖母子将出见,使人请二竹舆,不与。时城中火,秀赖母子避火粮仓。东军围之,放铳以示绝意。仓中火又起,秀赖母子遂不知所终。有庶子生七岁,后捕斩之六条碛,丰臣氏遂亡。久之,秀忠辞职,子家光为将军。先是,南洋各岛国咸来通商,至是以禁耶稣教故,遂禁吕宋、交趾、占城互市。英吉利、西班牙请互市,皆辞却,终德川氏之世,惟许中国及和兰通商而已。帝在位十八年,改元二:曰元和、曰宽永。禅位于皇女兴子内亲王,秀忠女也,是为明正天皇。家光始置大老、小老职,大目附、社寺、奉行等官,营日光庙,颁《武家制度》十九章。平耶稣教徒乱于天草。帝在位十四年,仍用宽永年号。禅位皇太弟绍仁,是为后光明天皇。后水尾第四子,母壬生院藤原氏。年十一即位,敕赐宫号于日光庙。每岁纳币,以宗澄亲王为东叡山座主,后皆为例。帝性好学,令儒臣讲程朱新注。及崩,诏废火葬。家光薨,子家纲袭职。帝在位十一年崩。改元三:曰正保、曰庆安、曰承应。弟良仁立,是为后西院天皇。后水尾第六子,母逢春门院藤原氏。在位八年,改元三:曰明历、曰万治、曰宽文。以灾异频仍为失德所致,遂避位于凝花洞。弟识仁立,是为灵元天皇,后水尾第十六子,母新广仪门院藤原氏。年十岁即位。时宋学大兴,有著论攻驳者,禁锢之。立朝仁亲王为皇太子。自后龟山传小松之后,不立东宫者十三世矣。始用元《授时历》,名《贞享历》。自用《宣明历》以来,及今亦殆千年。家纲薨,子纲吉袭职。帝在位二十四年,改元三:曰延宝、曰天和、曰贞享。禅位皇太子朝仁,是为东山天皇。母敬法门院藤原氏。年十三岁即位。纲吉营孔子庙,用儒臣源光国,编《大日本史》,立将军传、家臣传,隐示尊王统、斥武门之意。纲吉薨,子家宣袭职。帝在位二十三年,改元二:曰元禄、曰宝永。以灾变,自恨菲德,遂禅位皇太子,寻崩。中御门天皇嗣,讳庆仁,母新崇贤门院藤原氏。年十岁。朝鲜聘使至,家宣从儒臣议,答书称德川氏,曰日本国王。家宣薨,子家继袭职,年四岁。寻薨,子吉宗袭职。帝在位二十六年,改元二:曰正德、曰享保。禅位皇太子昭仁,是为樱町天皇。母新中和门院藤原氏。时文学甚盛,荻生茂卿、伊藤维桢各习古学,新井君美、青木敦书首唱荷兰学。吉宗辞职,子家重为将军。帝在位十一年,改元三:曰元文、曰宽保、曰延享。禅位皇太子遐仁,是为桃园天皇,母开明门院藤原氏。年七岁即位。前将军吉宗薨。吉宗作律九十章颁行,性好学,务勤俭,慎庶狱,举贤良,称中兴良主。丹波人竹内式部以武技出入公卿家,不喜幕政,渐露复古之志,家重逐之,公卿坐是夺官爵者十七人。家重薨,子家治为将军。帝在位十六年,崩,改元二:曰宽延、曰宝历。后樱町天皇嗣。讳智子,樱町第二女。母皇太后青绮门院藤原氏。处士山县昌贞、藤井右门著论斥幕府,处枭刑。立皇侄英仁亲王为皇太子,遂让位。帝在位八年,改元一,曰明和。后桃园天皇立,讳英仁,桃园第一子,母恭礼门院藤原氏。在位八年崩,改元一,曰安永。无子。光格天皇讳兼仁,东山帝曾孙,典仁亲王第六子,母盛化门院藤原氏。年九岁即位。家治薨,子家齐继职。俄罗斯乞互市,不许,寻侵掠桦太诸岛,凡八年始息。松前、箱馆皆置奉行以备之。英吉利亦扰长崎,长崎奉行愧恨自杀。帝在位三十七年,改元四:曰天明、曰宽政、曰享和、曰文化。禅位皇太子,仁孝天皇嗣。讳惠仁,母赠准后东京极院藤原氏。以家齐为太政大臣,寻辞职,子家庆继职。西洋船扰宝岛,家齐令沿海民曰:"蕃船至则发炮,有贸易者,严绝之。"寻锢处士渡边华山等,亦以译述西书被罪也。上皇崩,始复谥法。自宇多帝至此,停谥六十世,帝令复之。颁《天保历》。在位二十九年崩。改元三:曰文政、曰天保、曰宏化。先是,处士高山正之、蒲生秀实、本居宣长等,或著书游说,或倡言国学,皆潜有尊王意。及是,蒲生作《山陵志》,赖襄作《日本政记》、《日本外史》,举国益知尊王之义。自后水尾至此,凡十三世,二百三十四年。德川氏威力日盛,列侯慑服,人文蔚起,而帝室垂拱仰成而已。

卷三　国统志三

孝明天皇嗣位。讳统仁，仁孝第四子。母新侍门院藤原氏。家庆薨，家定任将军。时美、英、俄皆迭以兵船来劫盟，宏化三年丙午，美将必氏以兵舰来浦贺。嘉永二年己酉，英船来浦贺，剽掠下田。六年癸丑，美将披理以兵舰四艘至浦贺；俄将布铦廷以兵舰四艘入长崎。安政元年甲寅，披理又帅七船至浦贺，入神奈川；俄舰又入南海，至大阪湾。幕府虽命各港筑炮台，许诸侯作大舰，赍火器入江户，征诸藩兵设备，而审力不敌，仍许之泊船三港，下田、箱馆、长崎。设蕃书调所司其事。及美使巴尔理士来，请见将军，将军亦许之。又请于江户设公使馆，开十港通商，幕府乃遣人奏之帝。帝初闻外变忧甚，祷于七庙、七大寺，以幕府奏下公卿，议不许。家茂命老中堀田正笃西上，奏请敕许，未得报。美使又促曰："旷日不得命，将直入京师请命。"幕府驰书正笃促之。帝召关白大臣等会议，所拟旨有"处置外事，一依幕府"之语。权大纳言忠能曰："若如此，则国体不立，是举朝无人也。"权大纳言正房曰："果下此敕，当取白麻裂之，虽得严谴，亦所甘心。"众同声应之。于是廷臣八十余人诣关白尚忠第，草敕曰："美夷之请，神州安危之所系。今将军变祖宗法，失兆民心，何以保万世。前许开下田，事已误，今又与彼约。果如所奏，则国威坠地。幕府其使三亲藩更议而奏之。"而美使复要逼之，遂与定互市则十四条，旋与和兰，与英、佛、俄，皆定草约。正笃复命，见美使告以京师事。美使不悦,进船至小柴,告下田奉行井上清直等曰:"今英、佛将以兵来逞其欲,苟听我请,则我谕二国寝其事。"幕府危惧,遂命清直等与定约十四则,钤印授之。时安政五年戊午六月也。七月,家茂又命外国奉行永井尚志与兰使订互市则,与英、佛、俄诸使皆订定草约。德川亲藩庆笃、庆恕、庆喜、庆永等请废条约、奉敕旨,不听。家定薨,家茂任将军。初,水户藩德川齐昭素主攘夷论,尝建美国十不可和之议,不用。初,齐昭大修国政,尤注意海防,收封内梵钟铸巨炮,造船、筑堡,壁垒一变。天保癸卯,幕府废外船炮击之令,齐昭切谏,后以其家老结城寅寿诬告,幕府幽锢之。及美船来,起用,又不得志去。及齐昭既卒,其遗臣二百余人据长冈驿,奉齐昭木主,宣言攘外夷、诛幕吏,责豪农富商出军需。幕府严捕之。齐昭擢用藩臣藤田彪,负重望,其徒曰彪党,结城之党曰寅党,彼此相倾,至于拥众夺地,幕府屡讨未平。及王师东下,寅党尚抗拒官军,久而后平。明治初年,赠齐昭从一位,诏褒其功。及是,帝降旨于齐昭,令主攘夷事,且数幕府违旨之罪。幕府老中井伊直弼乃罪齐昭,捕斩党人,幽锢公卿,齐昭既见黜,愤甚。其臣安岛带刀等欲假敕旨以遂其志,密谋之朝臣鹰司家臣、近卫家婢,奉敕东下。直弼家臣谍闻之,遂大索齐昭党于诸国,逮捕中井等二十七人,遣人诣京,与关白尚忠谋,谴责关白鹰司政通、内大臣三条实万等,又捕鹰司家臣等五十七人,江户亦捕安岛等数十人,皆下狱。直弼面责齐昭曰:"君愤言之不用,乃私奏京师,私请敕书。夫君职在辅幕府,而悖谬至此,何也?"遂锢齐昭于水户,并幽其子庆笃、庆喜,余党分别斩锢流窜。是狱也,株连蔓延,逮捕甚众,内多慷慨忧国之士,众论冤之,谓之"戊午之狱"。齐昭旋于明年卒。又讽诸侯之持异议者退隐。土佐侯山内丰信、宇和侯伊达宗城、肥前侯锅岛齐正,皆退隐。而诸国处上之主攘夷者,益愤激不服,遂倡尊王以攘夷之说,纷纭竞起,至于刺大老,万延元年庚申三月,井伊直弼趋朝至外樱田,水户臣佐野光明等十七人,与鹿儿岛人某要之于道,雨衣奴装,直斫直弼,提首而去。旋出自首曰:"井伊直弼有大罪五,神人共愤,臣等一死,为天下诛之。敢请斧钺。"文久二年壬戌，又有人刺老中安藤信正于阪下门，信正伤肩仅免，贼斗死，检尸得书曰："信正继井伊氏后，侮蔑朝廷，亲昵洋夷，既贷殿山地于美使，又与美使论废帝事，使国学者检旧典，大逆无道。臣等敢戮元凶，以慰天下望"云。**攻使馆**，己未六月，有人杀俄人三名于横滨。庚申七月，有人杀美国使馆书记官于三田。辛酉六月，水户人袭东禅寺英馆，杀伤英卒。英使责老中信正曰："日本政府无权纵人横逆至此。"约佛使、兰使，将以兵逼。信正百方慰谕，给死者银三千元，事始平。自是，英人遂置兵横滨，以备不虞。壬戌冬，又有人焚殿山美使馆。**杀朝臣**，壬戌七月，有人杀关白尚忠家臣数人，榜其首曰："行天诛"。癸亥二月，又杀池内大学于大阪，投其耳于大纳言忠能、大纳言实爱家，曰："公等不罢职，如大学耳矣。"大学，盖主议和者。**遮说要藩**，声讨幕府，岛津久光将赴江户，处士要之于道，陈幕府不奉朝旨，愿依大藩问罪关左之意。久光慰谕留之伏水，既而相率入京，阻之不听，遂抗拒互斗。自是京尹威令挫而不行。**纵横于辇毂下**，幕府不能制，朝议亦患之。于时，倡尊王攘夷者，处士也；横行擅杀者，亦处士也。公卿危惧，志向渐变。守护职松平容保等议处分处士，或欲逮捕之，或欲赏其志、戒其行。容保曰："不如谕处士各归其主，无主者幕府食之。"乃命町奉行搜索，又置文武场为处士容身之地。既而，又有人入等持院斩足利氏三世木偶，枭之三条碛，揭示曰："当时王纲解纽，不能正名诛贼。今大政将复古，故先诛三贼，以惩奸恶之过尊氏者。"容保等议曰："托名正义，轻蔑朝爵，不可宥。"乃逮下狱，将处重刑。毛利定广上书，请释其罪，容保等坚持不可，而朝旨亦欲宽之，因得不死。处士益猖狂不可制。时长门藩毛利庆亲上书幕府，请翼戴王室，协和众心。其子长广留于京。萨摩藩岛津久光、土佐藩山内丰信，亦先后入京。帝遂诏萨、长、土三藩留镇阙下。自是列藩承风争朝京师者八十余国。庆亲在江户，既上书，又见老中曰："时事至此，幕府当以庆永为大老，庆喜为辅，速革旧政。不则仆欲与萨、肥诸藩议奉诏而令四方也。"又曰："近者游士不经幕府，直奏朝廷，若有挟天子令诸侯者,当成群雄割据之势。请将军入朝,撰士于列藩,参国政献替可否,每事奏而后行,则人心服,而国威张矣。"帝知庆亲忠,敕召之,未往。其子定广将就国,途过京师,敕留之,与岛津久光宿卫辇下。久光先密奏出兵京师,至京,奏曰:"幕府戮志士,而志士益激。臣恐其酿乱,欲东建言于幕府,途遇处士要臣举事,臣敢请处分。"朝廷谕久光督率之。帝屡遣敕使东下征家茂入朝。壬戌六月,命大原重德副以岛津久光谕幕府三事:一曰将军宜率诸侯入朝议攘夷;二曰宜选沿海大藩为五大老整武备;三曰当起庆喜辅将军、庆永任大老以改革幕政。寻又遣三条实美等促之。家茂既尚帝妹,乃奉敕解释庆喜等罪。释庆喜、庆胜、庆永、山内丰信、伊达宗城等罪,并释鹰司、近卫家幽禁。旋又释戊午以来以国事被罪者。盖岛津、毛利二氏在京,颇调停之云。以松平容保为在京守护职,帝亦令守京,于是朝廷、幕府之间稍和。家茂既入朝,帝优礼之,仍敕令攘夷。家茂留大阪未归。家茂亟欲归,庆恕、容保等请留家茂。帝宴见家茂,曰:"业既委万事于卿,当在辇下指挥诸侯。"帝谒石见清水祠庙,将就祠前赐攘夷节刀。家茂称疾不出,乃遣庆笃为将军目代,委以攘夷,首途东下;又敕庆喜与会议。家茂寻宣言览摄海形胜,出大阪。后闻英国偿金事定,乃航海东归。诏定攘夷期,令家茂颁告列藩。是年癸亥,以五月十日为攘夷期。而是时英国以生麦被杀事,刻期责偿金,幕吏给之。先是,岛津久光由江户归,途过生麦村,有英人驰马冲久光前驱,卫士杀之。英使怒,责幕府偿金五十万元。在朝公卿多主张不偿之说;幕吏以将军未归,迁延不决,老中多称病。既而,要求益逼,遂议使德川茂德西上奏请,茂德又称疾。庆笃致书关白曰:"议决不偿。"关白告之中外,而老中松平信笃、井上政直以刻期不得已,已授券英人。时帝遣小笠原长行东下,令与幕吏会议外事。长行欲先锁港而后偿金,老中不听。长行至横滨,见各国公使,述前议,皆不听。庆喜东下,闻偿金议决,驰驿止之,事不可回,乃报京师,即诏公卿诸侯会议,众秉烛而退,上下骚然。有美国兵舰泊赤间关者,长门人遽以炮击。诏赏长人武断,又责幕府以迁延，又诏让幕府私盟七国曰："锁港限三十日，七国不退则攘之。"老中等皆谓难行。又颁开战诏于诸藩。诏曰："兵端既开，沿海有急，则诸国当应援。"又诏曰："蕃船如来，击之勿失。"而幕府则下教曰："既奏请见许，勿浪战。"帝遂诏行幸大和，议亲征。会幕府与长人有隙，长、萨、土三藩恃势相轧，又互有隙。朝旨忽中变，长人遂挟三条实美等公卿七人走长门，廷议逐长人归国。时以攘夷议决，毛利氏奏请车驾幸大和，示亲征之意。廷议从之。会美人以赤关事诉之幕府，幕府遣使以擅伐责长藩。长藩抑留幕使暗杀之，遂与幕府有隙。廷臣之助幕府者乘隙间之，朝廷始疏毛利氏。既行幸议决，忽有流言，谓长人谋乘行幸时火大内，阻还驾，将驻跸函岭，以征幕府者。时处士屡说朝臣尊融、齐敬促亲征；又投书公纯、忠房，责以议阻亲征之罪，皆恶之。文久三年癸亥八月十七日夜半，尊融以下尽朝，议乃变。急召守护职容保征兵备变，传命锁九门，使萨摩、会津诸藩分守之；停三条实美等公卿十三人参朝，密召正亲町实德、柳原光爱等入。尊融传诏曰："亲征，非帝旨也。乃传奏等信长人危激之言，矫诏图不良耳，卿等其审之。"十八日昧爽，长人闻变，不知故，率众驰至，则诸国守门兵枪炮成列，不许入。众大惊，驰集关白第，而关白辅熙亦受朝禁，未之知。俄而有诏停行幸，免长藩守卫，代以淀藩。长人诉辩不肯去，与萨人、会人相持久之，京人皆荷担而立。先是，三条实美掌亲兵，实美遂率亲兵千余驰骑入朝，门者拒之，亦走诣关白第，一第喧扰。时光爱奉敕召辅熙入，而实美因关白有所请，朝旨不纳，且遣使责以违旨私出之罪。长人之屯埒门者，光爱衔诏慰以引兵归国，以待后命。长人不肯退，萨人请讨之。长之队将遂拥三条实美、三条西季知、东久世通禧、壬生基修、四条隆谞、锦小路赖德、泽宣嘉公卿七人航海而去。诘朝诏召实美等不在，得实大怒，尽削官爵。寻禁长藩入京，仅留邸监一二人，余悉逐去。容保等仍日警备，遂下诏曰："近日敕旨真伪错出，以致纷扰，凡系十八日以后令者，乃实朕意，列藩其审之。"朝旨于是一变矣。时谓之翻覆纶旨。幕府旋奏请增尊融、容保等封。是月有故廷臣中山忠光等举兵大和，号天忠党，将攻京师。幕府讨平之,忠光等航走长门。旋又有平野次郎等举兵但马,奉泽宣嘉为首,幕府亦平之;宣嘉仍西奔。**长人举兵犯阙,容保等纠合诸藩兵讨却之。**长人之还国也,毛利庆亲父子自叙癸丑以来力主攘夷,周旋朝廷幕府间之事,号曰《奉敕始末书》,遣家臣上之,不省。又奏论诏旨前后之异。又奏曰:"臣奉'攘夷之事,一委之汝'之诏,欲竭力致死以报国,而廷旨忽中变,保无引外敌以镇内变如石敬瑭其人者,愿朝廷审之。"又不省。于是其宰臣福原元僴等,以三道兵犯京,王公等皆大惊,会议彻晓。时萨、土、久留米三藩重臣,连署请讨长人,守护职容保遂纠合诸侯兵讨平之。元僴等遁走。所获军令状,乃有庆亲父子印信,朝议遂声毛利氏罪,目为朝敌,夺其父子官爵,敕幕府追讨。会美亦纠英、佛、和四国师攻马关,长人溃败,幕府遂传檄诸藩督师西征,长人惧,伏罪。幕府使传命庆亲曰:"父子当屏居待罪。"庆亲上书曰:"前命福原元僴等出镇亡命,不图其举兵犯阙,致蹈大逆。"旋退入萩城,诛首谋元僴等十余人,献首谢罪。**幕府以长人内讧,仍再议征西。**家茂率师过阙,因入朝请敕旨许外交条约,帝亦许之。初,幕府假开三港,渐及他港,当时各有期限。时兵库开港期迫,外使遂以兵舰驶入兵库,请敕允条约。家茂方西征,内外切迫,乃上书辞职。别疏请敕许开港,庆喜、容保等亦上书申家茂不得已之意,帝乃许开横滨、箱馆、长崎三港,仍不许兵库之请。家茂遂奉敕颁告中外。自戊午草约至于乙丑,纷纭争执者八年,终许之焉。家茂方遣使责长藩,而萨人忽与长人合。诏征萨兵会讨,不从,师卒无功。家茂旋薨于军。自是强藩不复受节制,而幕府势益孤矣。长人先有二党,一曰恭顺党,一曰激烈党。征讨师至,庆亲父子入萩城,已伏罪。激烈党高杉晋作传檄幕兵,戮恭顺党首数人。庆亲父子居山口城。山口,盖仿西式为堡垒者也,于是阖藩兵决死战。幕府于广岛设总督府,令诸藩会兵,惟萨摩独辞。初,京师之变,萨人击长人多虏获,长人亦炮击萨舰,二藩如水火。既而萨人相议曰:"今日之要务,在一敌忾以护皇国,而动兵邦内,使外人得渔人利,非策之得。"萨士西乡隆盛密遣使于长修好讲和。会土佐人坂本龙马在长，力赞成之。于是萨、长之交合，而朝廷幕府均未之知也。至是萨人辞会师；萨士大久保利通又至大阪谏西征之师，幕府不听。丙寅六月，幕军进压长防四境，海陆兵三道并进，俱不利。家茂方卧病大阪，诏命庆喜代为指挥。庆喜将往广岛，败闻屡至，诸藩引兵，朝野失色。家茂旋卒，遂诏罢西征，幕府别遣胜安房命长人罢兵。自西师之起，幕府帑藏不支，兵又驽弱，故师卒无功。家茂既薨，以庆喜任将军。明年，遂奉还政权。帝旋以患痘崩，在位二十年。改元六：曰嘉永、曰安政、曰万延、曰文久、曰元治、曰庆应。帝自即位，深以国家安危为忧，盖与外交相终始云。当光格即位，为德川氏极盛之时，而外患既萌芽矣。孝明在位，外人迭请通商，要挟日甚，举国嚣然倡攘夷说，苟或异议，则目为奸党。幕府初亦拒之，继审其势力不敌，意遂转移。孝明始亦决计攘夷，末年寻悟其非，敕旨亦反复。而二三强藩巨室，乘浪士愤激之势，王霸离间之交，始欲假朝议而顺人心，继乃用士气而亡幕府。故当时攘夷之论，要其所归，不在攘夷而在尊王，尊王所以亡幕府也。迨王室遵，幕府亡，而知夷终不可攘，遂决然变计，大开外交，仍与德川氏末年无异，然而德川氏亡矣。自光格至此，凡三世，八十六年；德川氏自家康至庆喜，凡十四世，二百六十六年。

明治天皇嗣。名睦仁，帜仁亲王之子。今皇即位，庆应三年五月，开兵库港。十月，德川庆喜上表奉还政权。十二月，复七卿及毛利氏官爵，废摄关、议奏、传奏、守护职、所司代，新置总裁、议定、参与三职，颁告全国，亲裁万机。庆喜潜入大阪城，容保、定敬等从之。诏禁容保、定敬入京，召庆喜，不至。庆喜请斥萨藩士参朝政，亦不报。

明治元年正月，庆喜大举侵阙。拜嘉彰亲王为征讨总督，赐锦旗讨之。庆喜败，遁入江户；诏削庆喜以下官爵。先是，(士)〔土〕佐侯山内丰信上书庆喜，曰："比年以外交酿内乱，纷扰十数年，无他，政出二门也。我中世以还，武门执政久矣。然方今天下大势一变，不可复墨守旧规，宜奉还大政于朝廷,以定万国并立之基业"云云。庆应丁卯冬十月十四日,庆喜大会列藩群臣于二条城,示以请还政权之意,诸将咸失色而退。有萨、土二藩士在坐,力怂恿之,庆喜即决议具奏。优诏报曰:"诸侯赏罚黜陟之权自天子出,其他仍如旧。待加贺以下三十三藩入觐时决之。"时廷议纷纭,德川亲藩多谏朝廷以为不可,而萨、土诸藩促之曰:"天下将定于一,今廷议游移,坐失事机,若王室何!"十五日,遂降旨依奏收还政权。十二月八日,中山忠能、正亲町三条实爱、岩仓具视、德大寺实则,与德川庆胜、庆永、岛津茂久、山内丰信,暨尾、越、萨、土重臣,会议小御所。茂久曰:"朝廷已收还政权,然土地人民不属,有名无实,宜令德川氏割八百万石以充经费。"具视赞成之,出书于袖中,则筹画变革事宜也。丰信曰:"诸侯亦宜割土地人民入贡。"议至彻旦。九日,容保奏辞守护职,与定敬俱入二条城。有诏罢会津、桑名人九门宿卫,即容保、定敬所领国,而代以萨、土、艺诸藩。又废摄政、关白及幕府所设之守护职、所司代诸官权,置总裁、议定、参与三职,以炽仁亲王为总裁,具视、忠能、实爱为议定,萨人小松带刀、土人后藤象次郎为参与。诏曰:"自今以往,大小政令自朝廷出,四方其体之。"于是复三条实美、毛利庆亲等官爵,令来京。毛利氏以兵入京师,实美等踵至。又以实美任议定,长人木户孝允为参与。时德川、毛利事已平而嫌隙未忘,会、桑人亦自疑忌,庆喜亦触望,意中变,与容保、定敬等议曰:"近日朝旨,非前日比,既许将军依旧任事,而九日小御所之会,我辈乃不得与,必有骗幼主以谋私者。"乃奏请勒兵备不虞,诸藩守阙者亦戒严,屹然相持,人情惝惝。将士或说庆喜曰:"事已至此,坐受箝制,孰与据大阪城扼咽喉以制人。"庆喜颔之,遂留书于朝,于十二日夜南走至大阪,抗疏请清君侧,不省。时朝议欲召庆喜,纳其封五百万石,赐以三百万石为巨藩,以庆喜列议定,令庆胜传旨,促入觐。庆喜奉命而心危之,不敢往。会江户有处士数百潜伏萨摩邸,出劫富商,掠金谷。庆喜因奏陈萨人在东寇掠之状,请黜其藩士之参朝政者,又不省。庆喜下令江户搜捕处士,而东兵遽火萨摩邸。报至大阪,将士聚议曰:"事至此,衅端既开,骑虎不得下矣。"明治元年戊辰正月三日,庆喜以兵三万抵伏见、鸟羽,命会、桑人为前驱。诏命萨、长二藩南扼伏水、鸟羽二关，许以便宜从事。是日幕军遣行人请过二关，曰："寡君奉诏入朝，而公等阻之，不得已，则有战耳。"既而东军大至，王师力拒之。战三日，东军败。庆喜、容保、定敬等仓猝航海东去。九日，总督纯仁亲王入大阪。十二日，诏削庆喜以下官爵，大告四方，谕以不可不征之旨。寻拜有栖川炽仁亲王为征东大总督，授锦旗、节刀。令各国使臣毋得援战军、鬻兵器。三月，帝延见英、法、美、兰各国公使。以二条城为太政官，代裁决庶政。帝亲临会公卿诸侯，设五誓：曰万机决于公论；曰上下一心；曰朝幕一途；曰洗旧习从公道；曰求智识于寰宇。誓毕，策问开虾夷议。寻刊行《太政官日志》，幸大坂，观海军。大总督自东海道航海达骏府，陆军自中山道取甲府。海军至品川，庆喜请降，入宽永寺待命。四月，敕使桥本实梁、柳原前光入江户，收其城，宥庆喜死一等，屏居水户。庆喜、容保等之东也，臣属惊骇，有建议者曰："为今之计，当藉外国力以靖内变；不则拥轮王寺法亲王以令天下，是或东照公贻我子孙者。"盖谓德川家光请以亲王为东叡山座主，后沿为例者也。议不决，幕臣日夜谋拒守，或欲扼函关，或欲由海路袭大坂。而庆喜一意主恭顺，手书禁诸臣曰："慎勿抗官军。抗官军犹剚刃于吾腹也。"遂出城居宽永寺僧舍，命家臣胜安房、大久保一翁留镇抚。既而官军海陆大至，胜安房出见参谋西乡隆盛，具陈庆喜恭顺状，请弭征师。隆盛征谢罪表上之督府，督府下令止战，移兵入江户戍之。及敕使至，庆喜遂移居水户，麾下诸队欲从者数千人，庆喜尽挥去，仅以十队行。德川遗党横行房总之间，官军讨平之；大总督入江户。闰四月，官军击总野贼。五月，讨据东台贼，关东悉平。自庆喜归顺，德川氏遗臣旧部往往脱走，结队联党，纠合亡命，所在骚扰。其扼甲斐者，以古屋作左为首，后败遁信浓，走会津。其在总野间者，以大鸟圭介为首，与官军战于小山；于宇都宫，圭介等亦败走会津。其在江户者，聚于宽永寺，拥轮王寺亲王公现据东台，称守祖庙，擎东照公旗帜。官军大攻，破之，公现亦投会津。而其据函根者，亦败走奥羽。于是关东八州略定，下诏收录德川氏臣属,由是归顺者多。关东监察使三条实美抵江户,宣敕召德成绍将军后,赐骏远、奥羽七十万石。讨会总督九条道孝、泽为量等帅萨、长、筑兵赴奥羽,时仙台、米泽及其他十余藩,连盟于白石,以拒官军。诏削伊达庆邦等官爵。六月,官军入越后。七月,改称江户曰东京;官军围若松城。九月,容保出降,仙台、米泽、南部、庄内皆降。初,容保遁归,寻就国会津,虑不免,又遣使仙台、米泽乞申救。二藩不答。朝廷亦敕仙台藩伊达庆邦、米泽藩上杉齐宪会讨。既而容保乞哀,因二藩为请。二藩连盟乞赦其罪,并传檄召奥羽诸藩会于岩沼,总督道孝欲许之,参谋世良修藏不许,议令纳城池,缴兵器,然后树降旗,且责二藩通会之罪。二藩怒曰:"督将纳言,而参谋阻之,是挟朝威以攻私仇也。"遂斩世良,传檄诸藩。于是奥羽连衡援救会津,同谋者十有七藩,物情恟恟。报至,遂削庆邦、齐宪等官爵。官军诸道进攻,自五月至七月始围若松城。若松城四面险阻,不能运巨炮,萃全国兵,环攻孤城,匝月仅乃克之。城中老稚妇女,往往负竹竿、挥薙刀出战。城破,骈耦偕死,不少挠屈,盖误以为与萨、长争战也。既而知总督为亲王,始有降意。寻米泽先归顺,容保父子出降,而仙台、南部、庄内诸藩皆降,奥羽悉平。十月,车驾幸东京。先是,榎本武扬挟八军舰脱走,至是入虾夷,夺函馆,明年五月讨平之。初,德川氏遣榎本武扬学操船术于和兰,业成而归。及朝廷收江户城,并收军舰,榎本等哀诉,乃赐之八艘。兵队脱走者,榎本等潜与通谋,后闻奥羽连衡,相议日率此坚舰横行海上以援陆军,天下事尚可为也。明治元年八月,遂藉口镇抚,由品川脱走,朝廷拟以海盗,令各港禁与粮食,告各国公使勿与接。会大鸟圭介等由仙台败遁,率兵队往投,势益张。十月,遂夺据函馆,告诸国贸易如旧。用美国公推例,以武扬为总裁,设官置戍。寻托英、佛船将上书,曰:"德川遗臣过三十万人,非七十万石所能养,是皆二百余年所涵育,虽填沟壑,不能与工商伍。臣哀其间关流离,辄率之移住虾夷,从事开拓。臣等固三千一心,然不可无主,敢请举虾夷地赐之旧主,以德川氏一人为之总领。臣等必效死致力,变榛芜为富庶,并以固朝廷北门锁钥。"朝议以其上书无状,布告全国,征诸道兵海陆并进。至明年五月,榎本等军舰或遭飓,或触石,或为官船击碎,尽沉没,困守五稜郭。官军遣人招之降,曰:"惜哉!铁石丈夫,今徒瓦裂耳。"榎本等卒不愿,相约屠腹死。惟介使者赠其所译《万国海律全书》于参谋黑田清隆。参谋赠以酒,又遣人说谕榎本等,乃议就刑以宥众死,遂降。初,朝廷闻函馆变,庆喜请自往讨,及是东北悉平。德川臣属无复抗王师者,众论亦颇谅庆喜之心云。其后武扬、圭介皆赦罪进官。十二月,分陆奥为五国,出羽为二国。车驾还幸京师。是岁始造纸币。

二年正月,罢警跸喝道仪。二月,置集议院,征诸藩士为议员,撤诸道关,废磔、焙二刑,许发印新闻纸。三月,置待诏院。车驾再幸东京,遂迁都。先是,明治元年,大久保利通疏称,西京本一山城,形势不便,请迁都大坂。既而改江户称京,至是遂定都焉。利通又上疏曰:"我中世以还,天子深居九重,民之视君尊如帝天,君之视臣贱如奴隶。至将军窃政,犹作威作福,妄自尊大,卒之君臣乖隔,离德离心,效已可睹矣。夫普天率土,莫非王臣,此而以帝号自娱,以示天无二日之尊,犹之可也。今天下万国正不知几人称帝,几人称王,乃盛仪卫饰边幅,与井底蛙何异?又何以联情谊而使指臂耶?诚欲合全国君臣上下为一心,必自天子降尊始。自今以往,请尽去拜跪俯仰之仪,一以简易质实为主。国有大事,与众同议,我天皇必亲临,太政官而取决焉。政府诸臣,每日必见面,每月必会食,俾人人亲君而爱上,庶国势可兴。"云云。维新以后,废旧仪,改新法,一切政教大旨皆基于此。五月,东北悉平。建招魂社祭战死者,赏丁卯以来战功;设电信机;置弹正台;废征士称;立府藩县一致之制,以旧藩主充知藩事,赐岁入十一;废公卿诸侯之称,概为华族,其臣隶为士族。幕府虽废,而二三强藩争握政权,虽非众建诸侯之旧,转成群雄割据之势,汹汹扰扰,势且大乱。当道者谓必收一切政权归于中朝,乃足以纾国用而张国势。以奥羽未定,虽有密议,未敢宣泄也。及东北悉平,木户孝允始倡言幕府前给藩地称为朱印文凭者,应作废纸,概以土地民人之权还之朝廷。商于长藩,藩主喜,以告大久保,遂拟试行于萨、长二藩。而土佐、肥前亦赞成其议。二年正月,四藩遂连名上表,闻者群起而效之。而廷议以关系大,广询于众,犹未敢决,及是乃听其请,改藩主二百七十六名为藩知事,名府藩县合一之制,就各藩租人之数,以十分一给之,为世禄。七月,改置官省,设官位二十阶,分敕、奏、判任三等。东京、京都、大坂三府外,尽改为县,改虾夷为北海道,分十二国。九月,诏赏复古功臣三十四人,赐禄有差。十二月,废中下大夫、上士等称,悉为士族;废禄制,给廪米。时高知藩知事山内丰信建言:"废士族制禄,更给禄券,请先试行于藩内。"诏听所请。后十二月,遂定皇族华族禄制,收其采地,别给廪米。

三年正月,定诸旗章。九月,许齐民称姓氏。十二月,收诸国寺社领地,定亲王赐姓制,颁新律纲领。

四年二月,征萨、长、土三国兵为亲兵。幕府既覆,萨、长、土三藩之士渐次登用,肥前侯锅岛直正亦率藩士尽力王室,当时有萨、长、肥、土之称。而朝臣欲专揽大权,复古制,及府藩县之制下,内乱虽渐定,而诸藩以世禄官人,渐萌不平。参议仅大久保一人为萨人,萨人以功多,亦觖望,萨士横山疏论时政,至屠腹以死谏。既而撤屯戍,萨兵悉罢归,物情益愤惧。于是萨、长、土三藩再议,联合岩仓大纳言,大久保、木户二参议,特赴萨、长密商,并至肥计画。既而萨士西乡隆盛、土人板垣退助皆入京,复征三藩兵十七队卫京师,更以西乡、木户、板垣、大隈为参议,大久保为大藏卿。故家世族,束之高阁,居要路者,多新进平民,益奋袂攘臂,以图事功,而维新之规模益拓矣。使华族悉隶东京,以汽器制金银币。三月,定武官礼式,用军服。四月,许庶人乘马,遣外务卿伊达宗城于我大清定条规。五月,遣参议副岛种臣于俄罗斯议桦太疆界。七月,废藩为县,帝亲谕藩知事,罢其职。敕萨、长、肥、土四藩知事,赏奉还版籍之建议者。先是,尾、肥、阿、因四藩知事上郡县议,帝嘉纳之,故有是命。废诸官省,改太政官官制。八月,定官制等级,分官等为十五,置太政大臣、左右大臣、参议三职,列诸省长官上。许华族平民相婚嫁,废秽多非人称,令国民任便散发脱刀。十月,敕右大臣岩仓具视为大使,参议木户孝允、大藏卿大久保利通等为副使,聘问欧米各国。定府县官制,改知县事名县令,府曰知府事。十一月,颁县治条例及事务章程。

五年三月,废亲兵,置近卫兵,颁敕奏官犯罪条例。四月,禁典卖土地于外国人,置教导职,颁教宪三条,许僧侣食肉娶妻。五月,车驾西巡。六月,设邮便局。七月,定学制,分学区。八月,置裁判所,创银行。九月,作铁道,自东京至横滨。十月,禁卖买人口,解放娼妓。十一月,诏废太阴历,颁行太阳历。寻颁征兵令。六年一月,改置镇台营所,广置公园。废五节,以纪元节、以神武即位之日为纪元节,二月十一日也。天长节帝生日,十一月三日也。为祝日。二月,改正父祖被殴律,禁复仇。三月,诏许与外人婚。帝断发,皇太后、皇后亦革薙眉涅齿旧习。遣外务卿副岛种臣于我大清。六月,颁撮影御容于府县。七月,定耕地税,征地价,颁布坑法。九月,大使岩仓具视等还。十月,参议西乡隆盛、副岛种臣等罢。先是,遣使朝鲜,朝鲜守旧制,摈国书,其答书亦不逊,于是征韩议大兴。既而岩仓、木户等自欧洲还,抗执不可,隆盛遽谢病归,种臣及参议后藤象次郎、板垣退助、江藤新平相踵辞职去,一国哗然。后有贼刺伤岩仓于途,堕马几死。讯因征韩议不行,谓出右大臣主持,故除之以动庙议云。十二月,税华士族禄,许士族以下奉还禄赏。课家禄税、官禄税以充海陆军费。又设家禄赏典还纳之法,其自请还纳者,给以六年全额。

七年一月,前参议副岛种臣等连署上表,请起民撰议院。谓仿泰西制,立议院,撰地方民人之贤者俾议政事,以分官权也。其时大学头加藤宏之投书驳论,以为民智未开,计时未可。后两议聚讼诶诶,争讧日盛一日。

二月,肥前贼起,讨平之。初,新平以征韩议不合,归,怏怏不乐。佐贺士族之失志无聊者,推为党魁。有岛义勇者,解职居东京,托镇抚为名归国。归则煽动党人,劫豪户,掠军赍。二月二日,遂举兵逼县厅。县吏皆本县士族,多党贼者。电机报警,东京戒严,遣大久保利通等镇之。未至,贼陷佐贺城,乃诏以嘉彰亲王为征西都督,发东京、大坂、广岛镇台兵讨之;岛津久光亦西下备变。既而,官军四面蹙攻,新平等遁去,旋捕新平于土佐、义勇于萨摩,枭斩之。三月,设女子师范学校。陆军中将西乡从道将兵征台湾生番。六月,设北海道屯田兵制。七月,赐百官避暑(暇)〔假〕,颁印税规则。八月,诏参议大久保利通使我大清论台湾事,遂议和撤兵。十一月,许士族还纳百石以上家禄,赏典禄。

八年一月,大久保利通、伊藤博文、木户孝允、板垣退助、井上馨等会议于大阪。木户参议等从欧米归,益尚西法,专欲养国力以图进步,以攻击征韩讨蕃之故,朝端如水火。既而木户归山口,板垣归高知,政党纷纭,益形乖忤。井上馨忧之,竭力调和,于八年一月,约木户、板垣、大久保、伊藤会商于大坂,密定将来施政方法。于是木户、板垣复任参议,世谓之大坂会议。盖立宪政体之诏,实胚胎于此云。二月,课烟草税、车马税、酒曲税。四月,废左右院,置元老院、大审院,敕建立宪政体。敕曰:"朕即位之初,首会群臣,以五事誓神明,定国是。幸赖祖宗之灵,群臣之力,致今日小康。顾中兴日浅,未臻上理,朕乃扩充誓文之意,更设元老院,以定立法之源;置大审院,以巩司法之权;又召集地方官,以通民情,图公益,渐建立宪政体,欲与汝众庶俱赖其庆。汝等其体朕意。"九年九月,敕有栖川亲王曰:"朕今欲本我国体,斟酌海外各国成法,汝其条列以闻,朕亲裁之。"立宪政体,盖谓仿泰西制设立国法,使官民上下,分权立限,同受治于法律中也。六月,始开地方官议会。以参议木户孝允为议长。帝率文武百官亲临,许华士族官吏及平民傍听。凡会议之法,议长先条举议问及议草,令书记官诵之,而后各员发论问答,陈其所见。议长从其可否,多寡决之。颁谗谤律、新闻条例。七月,议定全国民会公选法。十月,左大臣岛津久光罢职。初,朝廷有立法、行政分为二权之论。既设元老院,置法制局,专主立法,势既渐分,而板垣以极论参议兼任各卿之弊。太政大臣三条等欲俟朝鲜炮击军舰事定再议。左大臣岛津久光,守旧党也,转力赞板垣之说,亟欲施行。于是内阁互相弹劾,复怀疏入宫,取决于国皇。国皇从三条言,岛津、板垣即退职。人情汹汹,大臣参议出入各增警卫。都下流言,或曰当讨萨,或曰当征长。自大坂会议不过数月,忽生龃龉,木户参议慨然太息,谓国是不定,国步益艰,明年遂辞职,更任为内阁顾问。板垣既归,遂倡民权自由之说,居林下十数年,众推为党魁云。十一月,割桦太全岛与俄罗斯以换千岛。

　九年一月,诏参议黑田清隆、议官井上馨使于朝鲜,定修好条规。四月,定官吏惩戒例。五月,朝鲜修信使来。六月,车驾行幸奥羽,定道路等级,颁地方官任期例。九月,改府县裁判所,置地方裁判所。十月,熊本山口贼起,讨平之。初,熊本县士族大野铁平等倡尊攘说,称神风党。及废刀薙发令下,悲愤,谋作乱,遂袭镇台及县令宅。山口县前原一诚等又据萩作乱。一诚为戊辰功臣,官至参议,以议不合辞职,至是弄兵。诏褫其位,寻捕斩之;熊本乱亦平。自变法以来,明治三年,有长州奇兵队以藩厅处置不公作乱。四年,华族外山爱岩结久留米、柳川等藩士,仍倡攘夷论,意欲清君侧之恶,以保祖宗旧制。其他因改历,因改地租,因征兵令中有收血税字,因防疫法命亲族不得依病人,苦朝政苛酷,竹枪席旗,蜂起骚扰,所在而有,均次第讨平之。

　十年一月,诏减地租六分之一。诏曰:“朕惟维新日浅,中外多事,国用实不赀,犹悯兆民疾苦。曩改正旧税法,以地价百分之三为公租,使无偏重。今又察稼穑艰难,深念休养之道,更减税额为百分之二分五厘。有司宜省啬而用,以体朕意。”于是减诸官,省费用。减诸省定额金,改正诸省府县官等。车驾幸京都。二月,幸大和。三月,西乡隆盛、桐野利秋等作乱鹿儿岛,发军征讨,至八月乃平。隆盛既辞职,与陆军少将篠原国干、桐野利秋偕归其乡，设私学校，驱阖国壮士皆就学。与县令大山纲良谋，派校士为各区长，一县翕然应之。先是，陆军遣船移鹿儿岛仓库弹药，校徒群起掠之。会警部中原尚雄巡察县属，私学徒闻之，缚尚雄等，附之县吏，拷掠百端，诬以受政府长官旨刺杀隆盛。爰书已具，乃宣告曰："陆军大将西乡隆盛有讯问政府之事，首途东上，孰愿从者？"众皆荷铳麇至。二月十五日，士族会者一万五千人，分为六军，遂发鹿儿岛。十八日，移檄熊本县及镇台，令其速降。少将谷干城焚街市，布地雷火力，守熊本城。后贼徒卒不能过熊本一步。警闻达京，诏暴其罪，并褫西乡等官爵。以有栖川亲王为征讨大总督，陆军卿山县有朋、海军大辅川村纯义为参谋，以近卫兵及各镇兵讨之。遣军舰十巡备西海，别遣敕使柳原前光由海道至鹿儿岛，恳谕岛津氏父子，令镇抚旧属。官军诸道进攻，贼抵死力拒，然卒不支，至九月遁归鹿儿岛。二十四日，西乡以下皆战没。是役也，全国骚然，士民桀黠失志者云集，多响应，贼又多百战健卒，故能以一隅之力抗全国之军。然官军以电报飞递军舰征调，巨炮弹丸储积丰富，贼皆乌有，故能制贼死命。当破鬼岳时，得贼簿记，有高知县士族通谋状，乃饬县逮捕，派兵扼险，一县大噪，然不及动兵。至明年案结。隆盛为维新元勋，与木户孝允、大久保利通称为三杰，负重望，得民心。及其没也，西南有彗星，国人尚名之为"西乡星"云。

十一年正月，我大清钦差出使大臣何如璋等来驻东京。五月，盗刺参议大久保利通。以其变法专制故也。凶徒石川县士岛田一郎，既就缚，犹自鸣得意曰："吾为国除害矣。"先是，明治二年，参与横井平四郎为十津川乡士所要杀，横井盖尝主张革命论者。兵部大辅大村益次郎亦遭刺杀，凶徒怀书自首，乃责其练习西洋兵法云。八月，车驾巡狩北陆诸国。十一月，还幸。嗣后巡幸诸国，间岁辄举行，以为常典。是年，复开地方官会议。以参议伊藤博文为议长。先是，府县改置后，井上大藏大辅召集地方官以议民政，为地方官会议之始。自副岛种臣等请建议院，政府欲以地方官会议为议院始基，稍变官吏专制之治，藉以塞民权自由之口。而民权家乃谓官吏为朝廷所授，非人民公选不足以代议。所召集各官，又自谓代民公议,不愿受官省抑制,上书于太政官,乞裁抑议长之权。议长滋不悦,既定期开议矣,忽饬令散会。至八年始开议。议中有拟设民会一事,议员不听民选,姑以区户长为代,民权家益鸣不平。是岁再开议,议定郡区町村编制之法、府县会规则、地方税规则。此三法仍由政府核定。租税分为二款:归国用者,名国税;在地方用者,名地方税。府县会议员则由民人公选云。而地方绅民结党立会以论时政者,所在蜂起。中如高知县有三大党:曰立志、曰静俭、曰中立。立志主张民权,推板垣为首;静俭仍主封建之政;中立则两不偏倚。西乡事起,板垣难调和诸党,戒党人毋躁。而立志社遣片冈健吉上疏极论朝政,既而健吉等竟谋反。事觉,皆禁锢。其后立志社长又与诸县士结立爱国社,在大坂聚会,听者甚众。其他政党不可胜数。官民争权,屡兴讼狱。先是,酒田县民苦县令虐政,控诉于朝。政府遣松平亲怀检其事,松平辄系县民百余人于狱。县人又遣森藤右卫门叩阍上告,朝廷再命司法省判事儿岛惟谦鞫究其实。至十一年,判决令官偿民款六万三千余元,处松平以罪,惩役一年。又横滨有高岛嘉右卫门所设玻璃街灯,区户长以人民公款购买之。众诉其专断。裁判所既断决,众不服,又上诉于东京上等裁判,高岛乃请以公款还众,以求解讼。十二年案始结。旧幕府时,并无律令,刑罚轻重,一任藩主上下其手。至是,始有民人控官之案,权利所关,众属耳目。事定后,民权之说益盛。至十一、十二年间,各府县联名上书请开国会者,多至数万人。德川氏季年,举国纷纷倡尊王以攘夷之论。逮王室既尊,幕府既覆,诸藩瓦解不足自立,事权扰攘,未知所归。谓归之国皇,自非命世英主、崛起中兴者不能;谓归之朝臣,则西京旧族,第因人成事,威德又不足服众;谓归之二三强藩,则尊王之论本于攘夷。既马关败绩,鹿儿岛受创,确知夷不可攘,所以号召群策者,既失其挟持之具,苟但图富贵、据权势如旧将军之所为,则德川氏二百余年之恩泽、二百余藩之羽翼,断不甘俯首听命。故下之奉版籍以还朝权,势也;上之废阀阅而擢功能,亦势也。维新之始,收拾人心,既有万机决于公论之诏,士民之杰出者执此以为口实,争欲分朝权以伸民气,促开国会,势也;而政权所属,上不能专制于朝廷,次不能委寄于臣隶,又不得不采泰西上下议院之法,以渐变君民共主之局,又势也。封建之世,权不可合,合则乱生,建诸侯而少其力,贾生之所以策汉也,德川家康收其效矣;列国之世,权不可分,分则削弱,五单于争立,匈奴之所以服汉也,木户孝允、大久保利通等知其意矣。假如德川氏之季,政出多门,此和彼战,议论未定,敌已渡河,仍复相忍为国,因循泄沓,惮于改革,恐日本已非己有矣。故夫日本今日之兴,始仆幕府,终立国会,固天时人事,相生相激,相摩相荡,而后成此局也。然而二三豪杰遭时之变,因势利导,奋勉图功,卒能定国是而固国本,其贤智有足多矣。

外史氏曰:余既编《国统志》,于皇统绝续之交,霸府兴废之故,国家治乱之由,复择其要详之小注。综其变故之大者,有四事焉,今汇叙于篇末:

一、在外戚擅权,移太政于关白。天智时,内大臣镰足有功王室,赐姓藤原氏。其子不比等,文武、圣武两帝皆纳其女。孝谦,其外孙女也,不比等始为太政大臣。其后,自光仁以至崇德二十七世,非藤原氏出者,独光仁、桓武、仁明、宇多、后三条五帝耳。不比等四世孙良房纳女于文德,生清和。文德欲立长子惟乔,而惮良房不敢立。清和即位,良房始摄政。其子基经废阳成,立光孝,始立关白之号,谓万机先关白之也。基经二子时平、忠平。忠平摄政于朱雀时,与其子实赖、师辅并列三公,于是有天庆之乱。冷泉二弟为平、守平,村上欲立为平为冷泉储贰,而实赖等以非藤原氏出,阻之,而立守平,于是有安和之变。师辅三子,曰伊尹、兼通、兼家。兼家三子,曰道隆、道兼、道长,皆兄弟争政。伊尹女生华山,兼家女生一条,兼家乃使道兼赚华山逊位于一条。其后三帝,皆道长女所出。道长二子赖通、教通,相继执政。赖通生师实,师实生忠实,忠实疏其长子忠通而爱其少子赖长，于是有保元之乱。其后忠通子孙更执朝政，于源平之际，至于一姓分为五派，更为摄、关，然其势衰微，不足道矣。当其盛时，皇后太子非藤原氏出，即藤原氏出，非摄关女，均不得辄立。即勉强树立，而宣立后之诏，拜东官之官，盈廷诸臣至无一人敢执其事者。阳成废而退院，华山赚而为僧，举朝悚息，莫敢异议，而其由旁支入继大统者，辄涕泣感恩，谓非大臣力不得立，事无大小，先告关白。偶因一语不合，则以退要君，必优诏慰谕，强起视事而后已。盖历代之君，专昵其闺帏燕好之私，内有所制，外有所惮，而诸藤妃嫔操奁镜，执巾栉，遂夺大政，而移之外家矣。虽有一二刚明之主，冀收大权而申独断，然积重之势不可挽回，盖非一朝一夕之故，所由来渐矣。极藤原氏之横，贿赂遍于朝廷，田园遍于通国，而诸国吏治废弛，盗贼蜂起，所在武人横行肆扰。当是时，源、平二氏数镇东边，每用武人以奏功效，因袭之久，既如君臣，诸国武士，半其隶属。宝龟中议汰冗兵，百姓堪弓马者，专习武艺，以应征调。至贞观、延喜之后，百度弛废，上下隔绝。奥羽、关东之豪民，辄坐制乡曲，藏甲畜马，自称武士。而自藤原氏执政，官多世职，将帅之任，每委之源、平二家，于是所在武士，分属源、平；源、平用之若其臣隶。而诸藤原氏犹未之悟也，方且以门阀相高，以格例为政，鄙视武士，不列齿数，虽立战功，吝而不赏。然一遇有事，仍委之源、平二氏，二氏各发隶属赴之，如探物于囊，莫不立办。诸藤利其便也，又且（廷）〔延〕为爪牙，倾排异己，乃至父子兄弟争执朝权，于劫一朱器台盘，亦令调兵相助。忠实长子忠通，次子赖长。忠通方为摄政，忠实欲令让于赖长，请之法皇，不可。忠实怒曰："摄政，朝廷所授，氏长者，吾所与。"乃令左卫门尉源为义遣兵入忠通第，夺传家重器朱器荐盘，以授赖长。逮乎保元之乱，则上皇倚源氏，朝廷倚平氏，互相争斗。平氏仆而源氏起,大权复移于将门矣。嗟夫!上至圣武,下迄源、平,藤氏之执朝权者,凡二十余人,历四百余载,虽未有新莽、曹操其人敢于僭窃者,而骄纵奢逸,召祸酿乱,终举其千岁不拔之基授之于向所奴隶之武人,而藤原氏亦与王室俱衰共殒,仅存空名,不亦哀哉!

一、在将门擅权,变郡县为封建。上古国郡置造长,奉方职者,百四十有四,犹封建也。孝德时,废国造,置国司,任国守者六十有六,犹变封建为郡县也。于是郡县七道治以守介,而在朝之官有田、有食封,多者不过三千户。有功田。有大功者始许世袭。自相门执权,封户日多,各国庄园居其十八,守介所治一二而已。故国司常不赴任,举其地方豪族武人以自代。源赖朝兴,国司置守护,田园置地头,督赋税、备寇贼,武人任职遍六十州,总其权于帅府,封建之势始矣。北条氏因其旧制,守护之任,犹得考课,易置如古之国司,然往往因袭,传之子孙,渐成封建之势。建武中兴,以新田、足利诸族有灭北条氏功,思以土地收人心,概以一姓连跨数州,名虽守护,实则封建。足利氏叛,乃夺诸氏所有予子弟功臣,令其世袭。士马出于斯,刍粮出于斯,争战出于斯,封建之势成矣。足利氏之初,务以大封啖将士,迨所志已遂,而雄藩尾大,势不可制。及其衰也,内臣构难,外国党援,狼吞虎噬,反以自毙。织田氏起于陪臣,一时部将多属英杰,攻略所得,辄以分赏。其志盖欲尽锄故国取而代之也。丰臣氏继兴,见织田氏所志甚难而功不克成,于是又变一法焉。兵威所加,但求降服,苟能归附,即还故封。虽蟠踞八九州者,亦因而抚之,不少杀削。以故一时群雄咸俯首听命,然而身没未几,海内分崩。盖日本封建之事,足利氏未享其利,而先承其弊;织田氏欲去积世之弊,而未及图其利。丰臣氏苟贪一日之利,而未能祛其弊。至德川氏,而封建之局乃一成而不变焉。德川氏之盛时,诸侯凡二百六十余国。既分封土地,得众建力少之意,复广植子弟,为强干弱枝之谋,而又据其险要,操扼吭拊背之势,令诸侯筑邸第,质妻孥于江户,间岁则会同于东,使诸侯恋于室家,疲于道路,有所牵制而不敢逞。以故父老子弟不见兵革,世臣宿将习为歌舞,弦酒之欢溢于街巷,欢虞酣嬉,二百余载,可谓盛矣。夫源氏种之,织田氏耕之,丰臣氏耘之,至德川氏而收其利。柳子厚曰:"封建之势,天也,非人也。"岂其然乎? 抑非德川氏之智勇,不克收此效乎? 然如岛津之萨摩,毛利之长门,锅岛之肥前,始于足利、织、丰之间,袭于德川之世,族大宠多、兵强地广,他日之亡关东而覆幕府,又基于此。斯又人事之所不及料者矣。

一、在处士横议,变封建为郡县。自将军主政六七百载,王室之危甚于赘旒,北条、足利二世最为悖逆,然卒未有躬僭贼而干大统者。盖既已居其实,不必争其名,且存之则我得挟以驱人,废之则人将挟以谋我。此或奸雄窃贼操术之工者,而王室一线之延,正赖以不坠,得以成今日中兴之业。当将军主政时,尊之曰幕府,曰霸朝,甚则称国主,称大君,称国王。足利义满称臣于明,受封曰日本王。义满后又赠太上皇号,德川家宣与朝鲜国书,自称曰日本国王。而自将军以下,大夫臣士、士臣皂隶、皂隶臣舆台,各分其采邑,以养家族。举国之食租衣税者,臣将军之臣,民将军之民久矣,夫不复知有王室矣。德川氏兴,投戈讲艺,文治蒸蒸,亲藩源光国始编《大日本史》,立将军传、家臣传,以隐寓斥武门、尊王室之意。又以为伯夷者,非周武而忠殷室者也。因躬行让国,慨然慕其为人,为之立祠于家。光国又尝表章楠正成之墓曰:"呜呼! 忠臣楠子之墓。"其后,山县昌贞、高山正之、蒲生君平,或佯狂涕泣,或微言刺讥,皆以尊王之意鼓煽人心。昌贞,号柳庄,甲斐人。尝著《柳子》十三篇,以拟《孙子》。

黄遵宪集

首篇曰《正名》，谓"名不正则言不顺。今以神圣大统之所属，亿兆瞻仰之所归，屈于一武人，名之不正孰甚焉！"后与竹内武部聚徒讲武，有上变者告其考究江户、甲斐两城要害，举动非常，卒坐是伏诛。正之，字仲绳，上野人，慷慨多奇节，有泣癖，语王室式微则泣，闻边防有警则泣，访南朝蒙尘诸将殉难之迹则泣，谭孝子节妇忠臣义仆之事则泣。每入京师，必先至二条桥，遥望阙稽首曰："草莽臣正之昧死再拜。"后西游，自刃于久留米旅寓。君平，名秀实，下野人。尝作《今书》，论赋役之弊；作《山陵志》，以寓尊王；作《不恤纬》，以寓攘夷。路过东寺，见足利尊氏像，大声数其罪，鞭之数百乃去。上书幕府。有司以非布衣所宜言，议处之重法，有解之者乃免。君平自此号默默斋，不复言事。既而源松苗作《国史略》，赖襄作《日本政记》、《日本外史》，崇王黜霸，名分益张。而此数君子者，肖子贤孙，门生属吏，张皇其说，继续而起。盖当幕府盛时，而尊王之义浸淫渐渍于人心，固已久矣。外舶纷扰，幕议主和，诸国处士乘间而发，幕府方且厉其威棱，大索严锢，而人心益愤，士气益张，伏萧斧、触密网者，不可胜数。前者骈戮，后者耦起，慨然欲伸攘夷尊王之说于天下，至于一往不顾，视死如归，何其烈也！迨幕府愈治愈梦，威力日绌，萨、长、肥、土诸藩群起而承其敝，而诸国处士又潜结公卿，密连大藩，以倾幕府。逮乎锦旗东指，幕臣乞降，而中兴功臣之受赏，由下士而跻穹官者，相望于册，又可谓巧矣。故论幕府之亡，实亡于处士。德川氏修文偃霸，列侯门族，生长深宫，类骨缓肉，柔弱如妇女，即其为藩士者，亦皆顾身家、重禄俸，惴惴然惟失职之是惧。独浮浪处士，涉书史，有志气，而退顾身家，浮寄孤悬，无足顾惜。于是奋然一决，与幕府为敌，徇节烈者于此，求富贵者于此，而幕府遂亡矣。前此之攘夷，意不在攘夷，在倾幕府也；后此之尊王，意不在尊王，在覆幕府也。嗟夫！德川氏以诗书之泽，销兵戈之气，而其末流祸患，乃以《春秋》尊王攘夷之说而亡，是何异逢蒙学射，反关弓而射羿乎？然而北条、足利、织田、丰臣诸氏，皆国亡而族灭，独德川氏奉还政权以后，犹分田授禄，赏延于世，而东照之官、日光之庙，朝廷犹岁时遣币以祀其先，斯又诸士之所以报德川氏者也。若夫高山蒲生诸子，明治初年下诏褒赠，赏其首功，烈士之灵，九京含笑，亦可以少慰也夫。

一、在庶人议政，倡国主为共和。尊王之说自下倡之，国会之端自上启之，势实相因而至相逼而成也。何也？欲亡幕府，务顺人心，既亡幕府，恐诸藩有为德川氏之续者，又务结民心，故国皇五誓，首曰万机决于公论。论者曰：此一时权宜之策，适授民以议政之柄而不可夺。数年以来，叩阍求请促开国会者，纷然竞起，又有甚于前日尊王之说。余尝求其故焉。盖自封建以后，尊卑之分，上下悬绝。其列于平民者，不得与藩士通婚嫁，不得骑马，不得衣丝，不得佩刀剑，而苛赋重敛，公七民三，富商豪农，别有借派；间或罹罪，并无颁行一定之律，畸轻畸重，惟刑吏之意。小民任其鱼肉，含冤茹苦，无可控诉。或越分而上请，疏奏未上，刀锯旋加，瞻仰君门，如天如神，穷高极远，盖积威所劫，上之于下，压制极矣。此郁极而必伸者，势也。维新以来，悉从西法，更定租税，用西法以取民膏矣；下令征兵，用西法以收血税矣；编制刑律，用西法以禁民非矣；设立学校，用西法以启民智矣。独于泰西最重之国会，则迟迟未行，曰国体不同也，曰民智未开也，论非不是，而民已有所不愿矣。今日令甲，明日令乙，苟有不便于民，则间执民口曰西法西法；小民亦取其最便于己者，促开国会亦曰西法西法。此牵连而并及者，亦势也。重以外商剥削、士民穷困、显官失职之怨望，新闻演说之动摇，是以万口同声，叩阍上请，而不能少缓也。为守旧之说者曰，以国家二千余载，一姓相承之统绪，苟创为共和，不知将置主上于何地，此一说也。为调停之说者曰，天生民而立之君，使司牧之，非为一人，苟专为一人，有兴必有废，有得必有失，正唯分其权于举国之臣民，君上垂拱仰成，乃可为万世不坠之业，此又一说也。十年以来，朝野上下之二说者，纷纭各执，即主开国会之说，为迟为速，彼此互争；或英或德，又彼此互争，喧哗嚣竞，哓哓未已。而朝廷之下诏已以渐建立宪政体许之民，论其究竟，不敢知矣。

卷四　邻交志一

华　夏

考地球各国，若英吉利，若法兰西，皆有全国总名，独中国无之。西北各藩称曰汉，东南诸岛称曰唐，日本亦曰唐，或曰南京，南京谓明。此沿袭一代之称，不足以概历代也。印度人称曰震旦，或曰支那，日本亦称曰支那，英吉利人称曰差那，法兰西人称曰差能。此又他国重译之音，并非我国本有之名也。近世对外人称，每曰中华。东西人颇讥弹之，谓环球万国，各自居中，且华我夷人，不无自尊卑人之意。余则谓天下万国，声名文物，莫中国先。欧人名为亚细亚，译义为朝，谓如朝日之始升也。其时环中国而居者，多蛮夷戎狄，未足以称邻国。中国之云，本以对中国之荒服边徼言之，因袭日久，施之于今日，外国亦无足怪。观孟子舜东夷、文王西夷之言，知夷非贬辞，亦可知华非必尊辞矣。余考我国古来一统，故无国名。国名者，对邻国之言也。然征之经籍，凡对他族，则曰华夏。《传》曰："夷不乱华。"又曰："诸夏亲昵。"我之禹域九州，实以华夏之称为最古。印度、日本、英、法所称，虽为华为夏不可知，要其音近此二字，故今以华夏名篇，而仍以秦、汉、魏、晋一代之国号，分记其事云。

外史氏曰：余闻之西人，欧洲之兴也，正以诸国鼎峙，各不相让。艺术以相摩而善，武备以相竞而强，物产以有无相通，得以尽地利而夺人巧。自法国十字军起，合纵连横，邻交日盛，而国势日强,比之罗马一统时,其进步不可以道里计云。其意盖谓交邻之有大益也。余因思中国,瓜分豆剖,干戈云扰,莫甚于战国七雄。而其时德行若孟、荀,刑名若申、韩,纵横若苏、张,道德若庄、列,异端若杨、墨,农若李悝,工若公输,医若扁鹊,商若计研、范蠡,治水若郑白、韩国,兵法若司马、孙、吴,辩说若衍、龙,文词若屈、宋,人材之盛,均为后来专家之祖。一统贵守成,列国务进取。守成贵自保,进取务自强,此列国之所由盛乎!特其时玉帛少而兵戎多,故未见交邻之益耳。日本之为国,独立大海中,于地球万国,均不相邻,宜其闭门自守,民至老死不相往来矣。然而入其国,问其俗,无一事不资之外人者。中古以还,瞻仰中华,出聘之车,冠盖络绎。上自天时地理、官制兵备,暨乎典章制度、语言文字,至于饮食居处之细,玩好游戏之微,无一不取法于大唐。近世以来,结交欧美,公使之馆,衡宇相望,亦上自天时地理、官制兵备,暨乎典章制度、语言文字,至于饮食居处之细,玩好游戏之微,无一不取法于泰西。当其趋而东也,举国之人趋而东;及其趋而西也,举国之人又趋而西。乃至目营心醉,口讲指画,争出其所储金帛以购远物,而于己国之所有,弃之如遗,不复齿数,可谓骛外已矣。由前之弊,论者每病其过于繁缛,失则文弱;由后之弊,论者又病其过于华靡,失则奢荡。交邻果有大益乎?抑天下之事利百者弊十,势必有相因而至者乎?然以余所闻,日本一岛国耳,自通使隋唐,礼仪文物居然大备,因有礼义君子之名。近世贤豪,志高意广,竞事外交,骎骎乎进开明之域,与诸大争衡。向使闭关谢绝,至今仍一洪荒草昧未开之国耳,则信乎交邻之果有大益也。抑日本自将军主政七百余年,一旦太阿倒持之柄拱手而归之于上,要其尊王之说,即本于攘夷之论。攘夷之论所由兴,即始于美舰俄舶迭来劫盟时也。则其内国之盛衰，亦与外交相维系云。作《邻交志》，上篇曰华夏，附以朝鲜、琉球为外篇，下篇曰泰西。

　　日本之遣使于我，盖以崇神时为始云。其时使驿通于汉者三十余国，《山海经》称南倭北倭属于燕境，《史（配）〔记〕·封禅书》云齐威、宣王、燕昭王皆尝使人入海，至三神山，见所谓仙人不死之药。渤海东渡，后遂不绝，似即今日本地。然彼国尚未通往来也。至《论衡》云周初天下太平，越裳献白雉，倭人贡鬯草。未知何据。又《云笈七签》谓"日本有腾黄神兽，寿二千岁，黄帝得而乘之，以周旋六合"。日本《神皇政纪》谓："孝灵时，就秦求三皇五帝之书，始皇送之。"尤为神仙家诞言。惟徐福东渡之后已及百年，崇神立国始有规模。而其时武帝灭朝鲜，声教远暨，使驿遂通，事理可信，故今以正史为断。后委奴国王遣使奉贡朝贺于汉，使人自称大夫。光武帝赐以印绶。日本天明四年，筑前那珂郡人掘地得一石室，上覆巨石，下以小石为柱，中有金印一，蛇纽方寸，文曰"汉委奴国王"，余尝于博览会中亲见之。日本学者皆曰那珂郡古为怡土县。日本《仲哀纪》所谓伊都县主，即《魏志》所谓伊都国是也。上古国造百三十余国，其在九州者分十九国，在四海者分为十国。《汉书·地理志》："倭人分为百余国。"《三国志》："倭人旧邑百余国。汉时有朝见者，今使驿所通三十国。"二书所谓百余国，与《国造本纪》相符。所谓三十国，盖指九州四海之地，地在日本西南海滨，距朝鲜最近。此委奴国，意必古伊都县主，或国造之所为，并非王室之所遣。其曰"委奴"，译音无定字云。余因考《魏志》云："到伊都国，世有王，皆统属女王国，郡使往来常所驻。"《后汉书》云："委奴国，倭国之极南界也。"又云："其大倭王居邪马台国。"邪马台，即大和之译音。崇神时盖已都于大和矣，谓委奴国非其王室，此语不诬，特识于此。又于安帝时，遣使献生口百六十人，愿请见。神功皇后四十七年，遣大夫难升米等诣带方郡，求诣天子朝献，太守刘夏遣吏将送诣京都。魏明帝诏书报倭女王曰："制诏亲魏倭王卑弥呼：带方太守刘夏遣使送汝大夫难升米、次使都市牛利,奉汝所献男生口四人、女生口六人、班布二匹二丈以到。汝所在逾远,乃遣使贡献,是汝之忠孝,我甚哀汝。今以汝为亲魏倭王,假金银紫绶,装封付带方太守假授汝。其抚绥种人,勉为孝顺。汝来使难升米、牛利涉远,道路勤劳,今以难升米为率善中郎将,牛利为率善校尉,假银印青绶,引见劳赐遣还。今以绛地交龙锦五匹、绛地绉粟罽十张、蒨绛五十匹、绀青五十匹,答汝所献贡直。又特赐汝绀地句文锦三匹、细班华罽五张、白绢五十匹、金八两、五尺刀二口、铜镜百枚、真珠、铅丹各五十斤,皆装封付难升米、牛利,还到录受。悉可以示汝国中人,使知国家哀汝,故郑重赐汝好物也。"魏齐王芳又命太守弓遵,遣建中校尉梯隽等奉诏书印绶诣倭国,拜假倭王,并赍诏赐金、帛、锦、罽、刀、镜、采物。倭王因使上表,答谢诏书恩。倭王旋复遣使大夫伊声耆、掖邪狗等八人,上献生口、倭锦、绛青缣、绵衣、帛布、丹木、犴、短刀矢。掖邪狗等壹拜率善中郎将印绶。诏赐难升米黄幢,付郡假授。带方太守王颀到官。倭女王卑弥呼与狗奴国男王卑弥弓呼素不和,遣倭载斯、乌越等诣郡,说相攻击状。乃遣塞曹橼史张政等,因赍黄幢、诏书,拜假难升米为檄告谕之。其后遣掖邪狗等二十人送政等还,因诣台献上男女生口三十人,贡白珠五千、孔青大句珠二枚、异文杂锦二十匹。旋又遣使入贡于晋。应神帝之初,得《论语》、《千文》于百济王仁。四十一年庚午,复遣阿知使主、都贺使主于吴二人汉孝灵皇帝之后也,魏受禅后避乱至倭。考庚午即西晋永嘉四年,其曰吴者,意当时就吴地求之也。此事载日本《应神本纪》。求织缝女,抵高丽,高丽乃副久礼波、久礼志二人为向导,及得工女还,帝已崩,乃献之大鹪鹩皇子,即仁德帝。仁德五十八年,高丽人导吴人至。反正时,遣使朝贡于晋。允恭时,倭王遣使朝贡。宋武皇帝诏曰:"倭赞万里修贡,远诚宜甄,可赐除授。"赞又遣司马曹达奉表献方物。倭王珍又遣使贡献于宋，自称使持节、都督倭、百济、新罗、任那、秦韩、慕韩六国诸军事、安东大将军、倭国王。表求除正。宋文皇帝诏除安东将军、倭国王。珍又求除正倭洧等十三人平西征虏冠军、辅国将军号，诏并听。倭国王济又遣使奉献，复以为安东将军、倭国王，旋加使持节、都督倭、新罗、任那、加罗、秦韩、慕韩六国诸军事，安东将军如故；并除以上二十三人军郡。雄略帝六年，倭王兴遣使贡献于宋。孝武帝诏曰："倭王世子兴，奕世载忠，作藩外海，禀化宁境，恭修贡职。新嗣边业，宜授爵号，可安东将军、倭国王。"八年，遣使身狭青、桧隈博德于吴。十四年，身狭青、桧隈博德再奉命往吴，因得吴织、汉织并缝女姊妹四工女而还。雄略十五年，秦公酒奏言："臣族流亡散逐，十无二三，请赐检括鸠集。"帝为命小子部雷以隼人检括，获一万八千六百七十人，命酒统领。养蚕，蚕大蕃息，帝赐姓禹豆麻佐，谓有补益也。初，秦人弓月以应神帝十四年自百济来，自言是始皇帝后，弓月祖即公子扶苏。扶苏得罪，其子阴率徒属渡辽，君其地，至弓月，为旁邻侵掠，属于百济，后遂率阖部来。《日本书纪》《姓名录》皆书为王，迨孙普洞，赐姓波陀，美其制茧之功也。至是分为二秦：一曰秦，一曰太秦。帝诏书秦建宝库于宫旁，名曰朝仓宫，始置库司，以酒为长。十六年，诏检汉部，置伴造，赐姓直。应神时，阿知都贺率其族党来，即汉直之先也。至钦明帝元年，颁诸秦诸汉于郡国编贯，秦户溢至七千，以大藏椽某为伴造。又据《姓氏录》，有文氏、桑原氏、丰冈氏，并出于汉高祖。桧前村主、下日佐，并出于汉齐王肥，吉水连出于汉盖宽饶，下村主出于汉光武，松野连出于吴王夫差。可知汉人来日本者甚众，尔后蕃廡不知其几何矣。二十二年，倭王武自称使持节、都督倭、百济、新罗、任那、加罗、秦韩、慕韩六国诸军事、安东大将军、倭国王。遣使上表于宋顺皇帝曰："封国偏远，作藩于外。自昔祖祢，躬擐甲胄，跋涉山川，不遑宁处。东征毛人五十五国，西服众夷六十六国，渡平海北九十五国，王道融泰，拓土遐畿，累叶朝宗，不愆于岁。臣虽下愚，忝胤先绪，驱率所统，归崇天极，道径百济，装治船舫。而句骊无道，图欲见吞，掠抄边隶，虔刘不已，每致稽滞，以失良风。虽曰进路，或通或否。臣亡考济，实忿寇雠，壅塞天路，控弦百万，义声感激，方欲大举，奄丧父兄，使垂成之功，不获一篑。居在谅闇，不动甲兵，是以偃息，未捷至今。欲练甲治兵，申父兄之志，义士虎贲，文武效功，白刃交前，亦所不顾。若以帝德覆载，摧此强敌，克靖方难，无替前功。窃自假开府仪同三司，其余咸假授，以劝忠节。"顺皇帝诏除武使持节、都督倭、新罗、任那、加罗、秦韩、慕韩六国诸军事、安东大将军、倭王。及齐高皇帝，进新除使持节、都督倭、新罗、任那、加罗、秦韩、慕韩六国诸军事、安东大将军、倭王武，号镇东大将军。梁武皇帝进武号征东将军。源光国作《大日本史》，青山延光作《纪事本末》，皆谓通使实始于隋，而于《魏志》、《汉书》所叙朝贡封拜，概置而弗道。余揣其意，盖因推古以降，稍习文学，略识国体，观于世子草书，自称天皇，表仁争礼，不宣帝诏，其不肯屈膝称臣，始于是时。断自隋唐，所以著其不臣也。彼谓推古以前，国家并未遣使，汉史所述，殆出于九州国造、任那守帅之所为。余考委奴国印出于国造，是则然矣。《魏志》、《汉书》所谓女王卑弥呼以神道惑众，非神功皇后而谁？武帝灭朝鲜，而此通倭使，神功攻新罗，而彼受魏诏，其因高丽为向导，情事确凿，无可疑者。神功既已上表贡物，岂容遽停使节？且自应神以还，求缝织于吴，求《论语》、《千文》、佛像、经典于百济，岂有上国朝廷，反吝一介往来之理？宋顺帝时，倭王上表，称东征毛人五十五国，西服众夷六十六国，渡平海北九十五国，谓有国造守帅，能为此语者乎？惟《宋》、《齐》、《梁》诸书，所云倭王赞、珍、济、兴、武，考之倭史，名字年代皆不相符。然日本于推古时始用甲子，始有纪载，东西辽远，年代舛异，译音展转，名字乖忤，此之不同，亦无足怪，要之，列史纪述，溢于简册，苟非伪造，不容妄删。今节录其事，仍称倭王，不系之帝，以志疑也。至彼国一偏之辞，未敢辄信焉。日本人每讳言臣我，而中土好自夸大，辄视如属国。余谓中古之时，人文草昧，礼制简质。其时瞻仰中华，如在天上，慕汉大受封，固事之常，此不必讳也。隋唐通使，往多来少，中国虽未尝待以邻礼，而新、旧《唐书》不载一表，其不愿称臣称藩以小朝廷自处，已可想见。盖已窃号自娱，几几乎有两帝并立之势矣。五代以后，通使遂稀。而自元兵遇飓，倭寇扰边以来，虽足利义满称臣于明，树碑镇国，赐服封王，而不知乃其将军，实为窃号。神宗之封秀吉，至于裂冠毁冕，掷书于地，此又奚足夸也。史家旧习，尊己侮人，索虏岛夷，互相嘲骂。中国列日本于《东夷传》，日本史亦列隋唐为《元蕃传》；中国称为倭王，彼亦书隋主、唐主，譬之乡邻交骂，于事何益？今此篇谨遵条约睦邻、国书称帝之意，参采中国、日本诸书，纪事务实，不为偏袒；曰皇曰帝，亦不贬损，所以破儒者拘墟之见，祛文人浮夸之习也。

推古十五年，遣使于隋，先是，遣使诣隋，令所司访其风俗。使者言倭王以天为兄，以日为弟；天未明时出听政，跏趺坐，日出便停理务，云委我弟。高祖曰："此大无义理。"于是训令改之。以大礼小野妹子为大使，鞍作福利为通事，上书曰："日出处天子致书日没处天子无恙"云云。炀帝览之不悦，谓鸿胪卿曰："蛮夷书有无礼者，勿复以闻。"先是，世子厩户奉佛尤谨。自谓衡山僧惠思是其前身。此行也，命妹子登衡山施僧，求《法华经》。使者至，曰："闻海西菩萨天子重兴佛教，故遣朝拜，兼沙门数十人来学佛法。"时称妹子曰苏因高。即妹子二字译音。炀帝旋遣鸿胪寺掌客裴①世清报使，苏因高从而还。及至难波，帝遣难波雄成《隋书》作小德阿辈台，译音也。造新馆于高丽馆上，以船三十艘、数百人，设仪仗，鸣鼓角迎之。以中臣麻吕、一作宫地乌麿。太河内糠手等为掌客。后十日，又遣额田部比罗夫《隋书》作大礼哥多毗，译音也。帅骑七十余迎之海石榴市，双骑引导至阙。是

① 裴，《北史》九四、《隋书》八一《倭国传》作裴。下同。

日帝临轩,世清进国书信物,亲王、诸王、文武百官皆绅冕立仗。国书曰:"皇帝问倭皇,使人大礼苏因高等至,具怀。朕钦承宝命,临御区宇,思宏德化,覃被含灵,爱育之情,无隔遐迩。知皇介居海表,抚宁民庶,境内安乐,风俗融和,深气至诚,远修朝贡,丹款之美,朕有嘉焉。稍暄比如常也。故遣鸿胪寺掌客斐世清,指宣往意,并送物如别。"帝语清曰:"我闻海西有大隋礼义之国,故遣朝贡。我僻在海隅,不闻礼义,是以稽留境内,不即相见。今故清道饰馆,以待大使,冀闻大国维新之化。"清答曰:"皇帝德并二仪,泽流四海,以王慕化,故遣行人来此宣谕。"乃飨清于朝。既而引就馆。帝问世子曰:"书辞如何?"曰:"天子赐诸侯书式也。然曰皇曰帝,其义一矣,宜答书报之。"其后清遣人告曰:"朝命既达,请即戒途。"于是设飨以遣清,复以妹子为大使,雄成为小使,鞍作福利为通事,送之还。学生倭汉福因,奈罗译语惠明、高向元理,新汉大国,学生新汉日文、南渊清安、志贺惠隐等从之。世子亲草答书曰:"东天皇敬白西皇帝:使人鸿胪寺掌客斐世清等至,久忆方解。季秋薄冷,尊候何如? 想清愈,此即如常。今遣大礼苏因高、乎那利乎那利,即雄成译音。等往。不具。"十七年,小野妹子还自隋,唯福利留而不还。二十二年,遣犬上御田锹、矢田部造使于隋。二十三年,御田锹等还。三十一年,学生惠济、惠光,医惠日、福因等,从新罗使还自唐,奏曰:"唐,礼仪之国也,宜常相聘问。学生在唐者,皆已成器,愿召还之。"舒明帝二年,遣大仁犬上御田锹、大仁药师惠日使于唐。唐太宗皇帝矜其远,诏有司毋拘岁贡。四年,御田锹等还,唐使新州刺史高表仁《新唐书》作仁表,《旧书》作表仁。《日本书纪》亦作表仁,今从之。偕至,学僧灵云、僧日文等从而还。表仁抵难波,遣大伴马养以船三十艘、旌旗鼓角,迎诸川嘴。难波小槻、大河内矢伏莅难波,赉神酒。是后外国使至,必赐神酒,见《延喜式》。表仁至都,与争礼不平,不肯宣天子命。五年,表仁还,遣吉士雄麻吕等送至对马。十二年,学生惠隐、清安,学生高向元理,从新罗使还自唐。孝德白雉四年,发两遣唐使,分乘两船:一船以小山上吉士长丹为大使,小乙上吉士驹副之,学生巨势药、冰老人,学僧道严、道昭等从之,以宝原御田为送使;一船以大山下高田根麻吕为大使,小乙上埽守小麻吕副之,学僧道福等从,以土师八手为送使,船各百二十人。根麻吕船至萨摩竹岛,一作多枞岛。遭风飘没,仅门部金等五人抱木得不死。长丹船至唐,献虎魄大如斗、玛瑙若五升器,高宗皇帝抚慰之。五年,再遣小锦下河边麻吕为大使,大山下药师惠日为副使,大乙上书麻吕为判官,大锦上高向元理为押使,分乘两船,取道新罗,经莱州,达长安,献方物。高宗赐玺书,令出兵援新罗。元理寻卒,吉士长丹等还。帝嘉其多得图书珍宝,授少华下位,封二百户,赐姓吴氏。齐明帝元年,河边麻吕还自唐。四年,敕僧知通、智达等往唐,学法于唐僧玄奘。五年,遣小锦下坂合部石布、大山下津守吉祥使于唐,并携虾夷男女二口,石布船漂至南海夷岛,众为所杀,唯坂合部稻积等五人,夺夷船,逃至括州。吉祥船至越州,入朝高宗皇帝于东京。高宗问虾夷种类、地名甚悉。虾夷,须长四尺许,珥箭于首,善射,令人载瓠立数十步外,射悉中。因献弓箭、白鹿皮等物。天智帝甲子岁,时齐明已崩,天智素服摄事,未即位。唐百济镇将刘仁轨遣朝散大夫郭务悰等抵对马。令内臣中臣镰足遣沙门智祥劳赐,复飨之而送归焉。丙寅岁,仁轨又遣朝散大夫、沂州司马、上柱国刘德高等来,帝命飨赐德高等。使大友皇子见之,令小锦守大石、小山坂合部石积等送还。丁卯岁,仁轨遣熊津都督府司马法聪等,送石积等于筑紫都督府。法聪归,又遣小山下伊吉博德、大乙

黄遵宪集

下笠诸石护送之。天智帝二年,遣河内鲸于百济府,贺唐平高丽。四年,刘仁轨使李守真来,复遣郭务悰帅二千人,驾四十七船,巡视各国,达比智岛,遣僧道久往告对马国司。国司牒报大军府,府驰驿入告。会天智崩,大友遣内小七位阿昙稻敷于筑紫,以丧告悰。悰吊恤尽礼,厚赐甲胄、弓矢、绢、布、绵等,送悰还。天武帝七年,僧定惠、道光还自唐。传宗律,自道光始。十二年,学生土师甥、白猪宝然从新罗还。持统帝元年,始用唐人《元嘉历》,已而更用《仪凤历》。文武帝大宝元年,以粟田朝臣真人为遣唐执节大使,考日本各籍,称守民部尚书粟田真人。盖粟田是其氏,朝臣乃姓,嵯峨帝赐其子姓为源朝臣是也;真人则其名。《唐书》称朝臣真人粟田,误矣。左大辨高桥笠间为大使,右兵卫率阪合部大分为副使,二年至唐,朝见武太后。真人冠进德冠,顶有华花四披,紫袍帛带,进止有容。太后宴之麟德殿,授司膳卿。后二年,还自唐,赐谷一千斛、田二十町,赏其奉使绝域也。余进位赐物有差。元正帝灵龟二年,遣使于唐,以从四位下多治比县守为押使,从五位下阿部安麻吕为大使,正六位下藤原马养副之。大判官一人,少判官二人,录事、少录事各二人。从八位上阿部仲麻吕、从八位下吉备真备,选为留学生。既而,以大伴山守代安麻吕使之。未发也,先令祀神祇于盖山之南,赐县守节刀。后二年,县守等还自唐。入觐,著唐帝所赐朝服。大和国造大和长冈素好刑名之学,从县守往,质问疑义,多所发明。及归,而言法律者,皆就质焉。六年,有唐人王元仲造飞船进之帝。帝嘉纳之,授从五位职。天平四年,以多治比广成为遣唐大使,从五位中臣名代副之,判官、录事各四人,未发,遣近江、丹波、播磨、备中监造四船。是后遣使以四船为率。先是,简择使臣,皆难其人。石上乙麻吕才学颖秀,为众所推,遂拜大使。寻复易广成。广成授节刀,明年乃至唐。又明年归,发苏州，会风作，四船漂散，广成船至越州候风，逾年乃至。广成在唐，易姓曰丹墀，子孙遂称丹墀氏。其还也，学生真备、僧元昉等从之。真备在唐请从诸儒授经，诏四门助教赵元默即鸿胪寺为师，献大幅布为赟，悉赏物贸书以归。《新唐书》叙此事，谓开元初粟田复朝云云。考"真备"二字，日本音同真人，故误以为武后时来朝之粟田真人也。今从日本改正。真备献《唐礼》一百三十卷、《大衍历经》一卷、《乐书要录》十卷、测影铁尺一枝、铜律管一部。及绞缠漆角弓、马上饮水漆角弓、露面漆四节角弓、射甲箭、平射箭等物。元昉亦献佛像及经论章疏五十余卷。时有唐人袁晋卿，年十九，善声学，习《尔雅》、《文选》，从广成来。圣武令与来使等奏唐、新罗乐，擢为音博士，遂由元蕃头升大学头。八年，中臣名代还自唐。初，名代船漂至南海，艰难辛苦，仅得复至。唐明皇帝悯之，敕书遣还，曰："敕日本国王主明乐美衔德：《新唐书》作王明乐，当从《文苑英华》作主。《文苑英华》作美御德，当从《新唐书》作衔。主明乐、美衔德，即日本"天皇"二字译音。盖当时咨询其名，而使者诡以此对也。彼礼义之国，神灵所扶，沧溟往来，未尝为患，不知去岁何负幽明？丹墀真人广成等入朝东归，初出江口，云雾斗暗，所向迷方，俄遭恶风，诸船飘荡。其后一船在越州界，即真人广成，寻已发归，计当至国。一船飘入南海，即朝臣名代，艰虞备至，性命仅存。名代未发之间，又得广州表奏，朝臣广成等，案：此广成乃判官也。飘至林邑国。既在异国，言语不通，并被劫掠，或杀或卖，言念灾患，所不忍闻。然则林邑诸国，比常朝贡，朕已敕安南都护，令宣敕告示，见在者令其送来，待至之日，当存抚发遣。又一船不知所在，永用疚怀，或已达彼蕃，有来人可具奏。此等灾变，良不可测。卿等忠信，则尔何负神明，而使彼行人罹其凶害。想卿闻此，当用惊嗟。然天壤悠悠，各有命也。中冬甚寒，卿及百姓并平安好，令朝臣名代还，一一口具遣书,指不多及。"十一年,判官平群广成还。初,广成船与诸船相失,漂至昆仑国,船中人多死,惟存广成等四人,得见其酋,给粮安置。后遇钦州熟昆仑至,潜从而还。时阿部仲麻吕留学于唐,为言于朝,给粮遣回。由登州达渤海,途复遇风覆溺,独广成得还。孝谦帝天平胜宝二年,以从四位下藤原清河为大使,从五位下大伴古麻吕副之,判官、主典各四人。先发遣参议左大辨石川年足于伊势大神宫及畿内七道诸社奠币,祷风也。从四位上吉备真备亦拜副使,清河、古麻吕皆给节刀。既至唐,明皇命仲麻吕接伴。及朝,明皇赏其仪容,呼日本曰礼义君子国。令仲麻吕导观府库及三教殿。又命图清河、真备等状貌。春正月朔,唐皇帝受诸蕃使朝贺于含元殿,叙新罗使东班,在大食上;清河等西班,在吐蕃下。仲麻吕以为不宜班之后于新罗也,为之请将军吴怀宝,乃引清河与新罗使易位。及还,明皇赋诗赐之,遣鸿胪卿送至维扬,仲麻吕请与还,明皇因命为使。仲麻吕赋诗,有"衔命将辞国,非才忝侍臣。天中恋明主,海外忆慈亲"等句。其将还也,从明州上舟,夜深月出,仲麻吕作歌,世传为绝唱,《三笠山辞》是也。初,仲麻吕慕华不肯去,易姓名曰朝衡。历左补阙,仪王友,多所该识。在唐五十四年,与王维、李白、包佶、储光羲往来赠答。后擢左散骑常侍、安南都护。大历五年卒,赠潞州大都督。《新唐书》又作仲满。满即麻吕翻音也。与清河同船,帆指奄美岛,不知所之。真备、古麻吕漂益久岛。明年三月乃至,献所赐币,以告先陵。历代使还,皆授位阶。此行更优多至二百二十三人,舵师、厨人皆得与焉。斯时广陵僧鉴真率僧尼优婆塞四十余人,从古麻吕行至萨摩,由难波入都。孝谦方崇信浮屠,遣大纳言藤原仲满迎之河内。安宿王出罗城门迎拜,公卿竞来问法。孝谦卒至舍身。七年,改年为载,从唐制也。废帝天平宝字三年,以从五位下高元度为使,时叙航唐舶从五位下,赐锦冠,一曰播磨,一曰速鸟。迎前使清河归。初,清河与仲麻吕同船,漂至安南,后偕清河还至骦州,复至长安。明皇帝以清河为特进秘书监,更名河清,仲麻吕亦授职。五年,高元度还自唐。元度初至,以乱故,未朝见。肃宗皇帝遣中使敕元度曰:"特进秘书监藤原河清当从请遣还,而贼徒未平,道路多阻,元度宜取南路先归复命。"即令中谒者谢时和送至苏州,刺史李岵为造船供给使,越州浦阳府折冲沈惟岳率九人送还。六年,遣参议藤原真光飨惟岳于太宰府。寻以右虎贲卫督、从四位下仲石伴为大使,上总守、从五位上石上宅嗣副之,贡牛角。初,元度之还也,肃宗敕曰:"祸乱以来,兵甲凋弊,欲造弓弧,切要牛角,异日还国,卿幸输之。"元度还奏,乃令东海等六道备牛角七千八百,遣上毛广濑等于安艺造船四舶。寻罢石上宅嗣,以左虎贲卫督、从五位上藤原田麻吕代之。发船,从安艺至难波江口,船胶沙而沉。乃减使人,限两船,更令判官、从五位下中臣鹰取为使,给节刀,正六位上高丽广山副之,并送惟岳等还,阻风不能发。寻闻唐安史乱未平,乃令太宰府曰:"大唐之乱未已,恐道途多阻,使命难通。惟岳等宜安置供给,如怀土愿归者,宜给船送之。"时除唐人李元环为织部正。唐人来教乐者,后皆授位。李元环叙从五位上,皇甫东朝等并从五位下。既而东朝为雅乐员外助兼花苑司。东朝等,从前使中臣名代来者也。是年,停《仪凤历》,更用《大衍历》。三年,尊先圣孔子为文宣王。初,天宝中,有膳大邱者,随使游国子监,见门题文宣王庙。问之学生程贤,告以今上追尊先圣用王号之故。至是,大邱请用谥号,从之。光仁帝宝龟二年,遣使安艺造遣唐舶四只。六年,以正四位下佐伯今毛人为大使,正五位下大伴益立,从五位下藤原鹰取副之,判官、录事各四人。授录事羽粟翼外从五位下,为准判官。帝御殿,授节刀,命之曰:"卿等奉使,言语必和,礼意必笃,毋生嫌隙,毋为诡激。判官以下违者，便宜从事。"乃各赍御服。初，藤原清河留唐，时已卒，赴尚未达，帝赐书曰："汝奉绝域，久经年序，忠诚远著，消息时闻。故今因使迎之，赐绢一百匹、细布一百端、砂金一百两。汝其努力，随使归朝，相见非远，指不多及。"及使归，清河女从而还。船发至肥前松浦郡，阻风不能前，还博多，请待来岁。寻罢益立，以中左辨小野石根、备中守大神末足代之。八年春，令使者拜神祇于春日山下。行至摄津，今毛人以病引还，令副使持节服紫，假行大使事。抵扬州，海陵观察使陈少游言："寇乱以后，馆驿凋弊，得中书门下牒，限二十员进京。"石根请加二十三人，许之。九年，朝见代宗皇帝于宣政殿，时上元日也。逾月，复见于迩英殿，燕赏有差。四月，皇帝遣中使赵宝英为押送使。石根辞曰："海路茫渺，风汛无常，万一颠踬，惧损盛意。"诏仍护行。六月，监使杨光耀送至维扬。秋九月，舣船各出扬子江，候风两月。石根先与第二舶入海，遭飓船坏，舳舻断为二，石根、宝英等六十三人皆溺，主神神官名。时令大宰府职主神一人掌诸祭祀事，盖护行人也。津守国麻吕与押送之判官等五十余人，攀断舻，漂甑岛。判官大伴友继人等四十人，坐舳浮荡六昼夜，漂天草岛。判官韩国源驾第四舶，亦抵甑岛。源盖与判官海上三狩等漂耽罗，三狩为所拘，源独与十余人脱归。此行也，判官小野滋野第三舶人船俱完。十月至肥前橘浦，归报情事，且请接待送使之仪，乃遣左少辨藤原鹰取等迎劳之，命安艺预造送客船二舶。十年，末足等还自唐。夏四月，唐使孙兴进、秦衍期入都。时领客使奏言："唐使行道，左右建旗，又有带仗，未合旧典。"诏听带仗，不令建旗。又奏称："昔粟田真人如唐五品舍人衔命迎劳，无拜谢礼。新罗王子则于马上答谢，渤海使乃下马再拜。今唐使将至，遵何典？"朝议听之。遣将军发六位以下子弟八百充骑队，虾夷二十人充仪卫，迎之城门外。入见帝，致国书信物。帝先问天子安,及途次供奉如礼否,慰劳甚至。设飨于朝堂,赠绵三千纯。右大臣大中臣清麻吕又延诸私第。临行,赒赠宝英绢八十匹、绵二百纯,令从五位下布势清直为送客使。十一年,唐使高鹤林至,再飨宴之。案:赵宝英既溺于水,所谓唐使孙兴进、秦衍期皆其僚属,高鹤林亦其僚属,乃别船后至者也。考此事新、旧《书》皆不载,当时仅以中使为押送使耳。日本称有国书,疑事不实。而其随行官属,日本遂以大使之礼待之。盖自高表仁至后,相去百五十年,忽来使节,诧为至荣,故迎劳宴飨,皆有加礼。观于折冲送客,参议设飨,商人至馆,鸿胪供给,况此之在帝左右,口传诏旨者乎! 其优待无足怪也。

天应九年,布势清直等还自唐。桓武帝十四年,授诸唐人官阶。护送藤原清河之沈惟岳卒留不归,先改姓清河宿祢,授从五位下。其随行九人,皆进官赐姓。十七年,诏读书一用汉音,毋混吴音。时官有音博士,专正音。吴音之传最久,译人习之。自百济王仁以汉音授经,始有汉音。齐明帝时,百济尼法明来对马,诵《维摩经》以吴音,人争效之。自此吴、汉踳驳,无复分辨。帝善解汉音,能辨清浊,至是定儒书读法专用汉音。二十年,以从四位上藤原葛野麻吕为大使,从五位上石川道益副之,判官、录事各四人,未发。二十一年,又以学少允菅原清公、高阶真人达成等为判官,随使。二十二年春,赐使臣等彩帛,召对赐宴,一依汉仪,亲酌酒,并作歌送之。赐葛野麻吕被三领、衣一袭、黄金二百两,授节刀;道益衣一袭、金百五十两。四月,出难波,遭风破船,有溺死者,葛野麻吕等引还,遣典药头藤原贞嗣等修船。二十三年三月,再饯葛野麻吕等,赐玉杯宝琴。伴少胜雄以善棋充使员,学僧空海亦从。秋七月,发肥前田浦,途遇风,两船漂回。八月,至福州长谿县,观察使阎济美使葛野麻吕等二十三人赴长安。初至长谿,州吏讶其无国书,入船检察。葛野麻吕命空海作书赠观察使,曰:"上国之于敝邑,待以上宾,固非与琐琐诸藩比矣。竹符铜契,本防奸伪。诚实无诈,何事文契? 敝邑使人已无诈托信物,亦不用玺印,建中以前旧典如此。今以无国书见责,事与昔乖,愿顾邻谊。"云云。据此,则当时使臣皆不赍表文,盖不臣则我所不受,称臣则彼所不甘。而彼国有所需求,不能停使,故为此权宜之策耳。其在中国,列之于新罗、大食之下,未尝待以邻交。而其在日本,遣使则不赍表文,迎客则不居臣礼,以小事大则有之,以臣事君则未也。有唐一代典礼如此。其别船菅原清公等已先至。冬十二月至京,有内使赵忠以飞龙厩细马来迎。葛野因监使刘昂进信物,昂传命慰劳,寻朝德宗皇帝于宣化殿,赐宴赏有差。葛野译名为兴能,《善邻国宝》所谓藤贺能,是兴能、贺能皆葛野二字译音。兴能善书,其纸似茧而泽,人莫能识。考《新唐书》,系此事于德宗建中元年。惟是时日本并无遣使,《新书》误也。

二十四年春正月,预朝会班。是月德宗皇帝崩,葛野麻吕等素服举哀。三月二日,顺宗皇帝令内使王国文监送至明州,道益病死。六月,至对马,僧最澄、永忠随还。初,澄在天台国清寺就道邃受台教。又遇龙兴寺顺晓受灌顶密教,期年而还。台教之传,自此始。忠留学二十余年,兼学音律。上其所得《律吕旋宫》《日月图》各二卷,律管、埙等乐器。秋七月,葛野麻吕上信币,乃分所赐于参议以上及内侍,使臣等皆进秩有差,奠所赐币于先茔。平城帝大同元年,判官高阶真人远成,以学生橘逸势、学僧空海等还。远成在唐二年,除中大夫、试太子中允职。敕曰:"日本国使判官正五品上兼territory镇西府大监高阶真人远成等,奉其君长之命,趋我会同之礼,越沧溟而万里,献方物于三检所,宜褒奖,并赐班荣,可依前件。"学生橘逸势善隶书,人呼为橘秀才。僧空海,在长安晤青龙寺慧果,深见器重,得密教衣钵。自是密教流行全国。考《唐书》云,橘逸势、空海"愿留肄业,历二十余年,使者高阶真人来,请逸势等俱还。诏可。"今考空海等自到长安及归,仅历二十五月。又所谓高阶真人者,即上文所遣判官高阶真人远成也。《日本纪》又称:空海归于大同元年十月二十日,上新请来经等目录。

表曰："谨附判官正六位上行太宰大监高阶真人远成奉表以闻。"据此，则与
《唐书》请与俱还之语相合，《唐书》盖误月为年也。是岁，奉摄津住吉大
神从一位阶，报使船无风难也。二年春，遣使奠所赐彩币于香椎
宫、于诸陵、于伊势神宫，分所赐绫锦、香药等于参议已上。嵯峨帝
宏仁九年，诏曰："朝会之礼，常服之制、拜跪之等，不分男女，一准
唐仪。但五位以上礼服服色及仪仗之服，并依旧章。"六年，敕植唐
茶于畿内、近江、丹波、播磨诸国，每岁贡献。淳和帝天长六年，始
令诸国模仿唐制，造龙骨水车，以便灌溉。太政官下符曰："耕稼之利，
水田为最。闻大唐堰渠，皆构龙骨，多收其利，宜仿造以资农作。贫无力者，
国司资给之。"仁明帝承和元年，以参议藤原常嗣为大使，弹正少弼
小野篁副之，判官四人，录事三人。常嗣，葛野麻吕子也。父子相继为
使，时人荣之。篁，妹子五世孙也。一时多选材艺之士，琴棋医卜，各择
其能者偕往。以正五位下丹墀贞成为造舶使长官，主税助朝原岛
主为次官，左中辨笠仲守、右少辨伴成益为唐使装束司。秋八月，
任遣唐录事、准录事、知乘船事各一人以外，从五位下三岛岛继为
造舶都匠。二年三月，令太宰府以绵甲一百领、胄一百口、袴四百
腰，充使舶不虞之备。十二月，授常嗣正二位，篁正四位。三年春
正月，令奉陆奥八沟黄金神封户二烟，以国司祷神，多得砂金，助遣
使费故也。二月，为使者祷于北野，令使者奉币贺茂大神社，赐使
臣等彩帛贲布有差。夏四月，廷饯使臣，召五位以上各赋诗。帝亲
授节刀于常嗣，又亲举酒，赋诗赐之，并赍御衣御被。良技清上作
新乐奏之，名曰《清上乐》。复奉币五畿内七道名神为使者祈祷，
并赠前使臣学生藤原清河、阿部仲麻吕等八人往而不还者之秩位。
遣右近卫中将藤原助于摄津难波慰劳使者，并奠币于诸先陵。秋
七月，使臣第一、第二、第四船，皆遭风折还。第三船漂海舵折，众

乃坏船作筏,散乘漂岸。八月,召还使臣,留判官、录事各一人修船。四年二月,使臣祀神于爱宕。秋七月启行,仅用三船,第一、第四船漂著壹岐,第二船著值嘉岛,令丰前守、筑前权守等为修舶使。五年,常嗣以第一船穿漏,奏易副使船。篁因常嗣争舟,称病不行,作《西道谣》刺之。事闻,流之隐岐。六月,常嗣等航海,由扬州入长安,考遣唐典礼,此次为最重。因先是航唐者动罹风难,故遍祀海内诸神,遣使下陆常总①,升斋主武瓮锤四神位阶。太政官复遣人告新罗,倘有漂船,随宜护送。及漂船折还,第三舶未回,帝大惊愕,敕太宰府遣人值嘉岛,然燎火,备济援。及再往,又命常嗣祭神,于是日停诸廨公务。又诏太宰、筑紫,每国度一人配国分、神宫两寺。又诏诸寺讲读《龙王般若经》,至回帆日止,皆以祷风也。未几,遂停遣唐使。朝见文宗皇帝。摄副使者,判官长岑高名也。六年,常嗣等还。常嗣忧己船不完,借楚州新罗船九艘,道经新罗,中途与诸船相失。九月至,上敕书令奉所赠物于伊势大神宫及诸陵,设三幄于建礼门陈唐物,令内藏寮官人及内侍等交易,名曰“宫市”。十一年,赐学僧圆仁、圆载金。十四年,圆仁自唐还。初圆仁从藤原常嗣入唐,驻维扬开元寺,节度使李德裕善遇之。后归又遭风漂回登州,转入长安,遇青龙寺义真,究台、真两教,又受悉昙学于南竺三藏。悉昙字之传始于仁。大内有灌顶最胜,内供奉法会,亦其所建也。嘉祥二年,始有唐商舶来太宰府。文德帝天安二年,僧圆珍随唐李延孝归。先是,珍偕商人来船漂琉球。时以琉球为鬼国,一船皆怖。会便风抵福建,历温、台,入长安。久之召还,献经论千余卷,藤原良房迎之入都。清和帝贞观二年冬十月,令用唐明皇帝御注《孝经》。先是,孔、郑传注为大学正业,久著令甲。十二月,新修释奠式成,颁之诸道。先是,播磨博士和迩部宅继上言:“谨检唐《开元礼》,国子、州县皆有释奠式。我邦有大学式,无国学式,而

---

① “下陆常总”,当作“下总、常陆”。

国忌、祈年诸祭，更用中丁等式，未经颁行。诸国或准大学，或从州学，有用乐者，有不用乐者，礼制不一，都鄙无章。尊道严师，法宜整饰，如在之祭，岂合参差？伏望蒙觊定式，永为盛典。"三年，诏行《长庆宣明历》。初，遣唐录事羽粟翼还，上《宝应五纪历》，曰："唐已改《大衍历》，请用此经。"然当时无习推步者，仍格不行。及是，阴阳头真野麻吕建言："开元以还，已三改历元，今专依旧法，实有差忤，请停旧用新。"诏从之。六年秋八月，太宰奏通事张友信如唐未还，而唐商来无定期，请暂留唐僧法惠充译司。许之。七年秋七月，唐商李延孝等六十余人至国都，馆鸿胪，供给如式。八年秋九月，商人张言四十人至。十六年六月，遣伊豫权椽大神己井、丰后介多治比安江等，于唐市香药。唐商崔岌等三十六人来松浦。十八年，唐商杨清等三十人至太宰府。阳成帝元庆元年，商人崔铎等六十三人送多安江等还，令安置出云供给之。学僧智聪与唐人骆汉中俱还。聪请曰："汉中，唐国处士，博综众艺，愿加优恤。"从之。光孝帝仁和元年，敕太宰府禁私市唐货。宇多帝宽平六年，有唐使来聘，考此事，新、旧《唐书》皆不载，日本书惟见于《扶桑略记》，亦无使者姓名。青山延光曰："是时唐乱，使节不通，而商舶来者日多。"此当是商人假冒也。留学僧中瓘托致书于其太政官，寻归。八月，以参议菅原道真为大使，右少辨纪长谷雄副之。道真请曰："臣谨案僧中瓘去年附商客书，具载唐国凋弊。中瓘虽区区学僧，为圣朝尽诚。代马越鸟，岂非习性？臣伏检旧记，聘使渡海，或不胜任，或没于贼，能达者无几，此中瓘所忧也。臣伏愿以中瓘状遍下公卿，详议可否。此国之大事，不独为一身。"明年遂罢遣唐使。

卷五 邻交志二

华 夏

自遣唐使罢，至朱雀帝承平五年，吴越王钱元瓘遣使蒋承勋来，馈羊数头。其明年，承勋又至，左大臣藤原忠平附之赠书。村上帝天历元年，吴越王钱俶又遣蒋承勋致书于左大臣藤原实赖。实赖答书。有"南翔北向，难附寒温于秋鸿；东出西流，只寄瞻望于晓月"之语。七年，吴越又遣蒋承勋致书右大臣藤原师辅。师辅报书有云："人臣之道，交不出境，锦绮珍货，奈国宪何？"杨亿《谈苑》云："吴越钱氏多因海舶通信，《天台智者教》五百卷，有录而多阙。贾人言日本有之。钱俶寓书于其国王，送黄金五百两求写其本，尽得之"云云。据此则当时实附海舶通信，此蒋承勋频年屡至，亦系贾人，非专使也。然商务大通，唐物麇聚，特设唐物使一官驻于筑紫，以检查真赝。初，唐舶货至，皆特遣中使检点录上。《延喜新式》，太宰府上奏客至，乃遣藏人先检查货物，而后更遣出纳司辨给价值，府官仍以上奏。醍醐帝时，又禁贾估之不由官司私相交易者。有商人以孔雀至，醍醐献之法皇，亲点货物。而彼此高僧云游往来者日众。华山帝永观二年，学僧奝然至宋，朝见太宗皇帝，上《职员令》、《年代纪》及郑氏注《孝经》一卷，赐紫衣。居四载，召还。一条帝长保四年，僧寂照上表请航宋。至宋，朝见真宗皇帝。诏询风土民物甚悉，赐号圆通大师，并紫方袍，后卒不归。杨亿《谈苑》称：
"寂昭愿游天台，诏令县道续食。三司使丁谓为言姑苏山水之奇，寂昭因留止
吴门寺，以黑金水瓶寄谓，谓分月俸给之。有国王弟与寂昭书，称'野人若
愚'。"又左大臣藤原道长书略云："胡马犹向北风，上人莫忘东日。"又治部卿
源从英求唐经史及内、外经，书末云："生为两乡之身，死会一佛之土。"三书皆
二王之迹云。后三条帝延久元年，僧成寻随宋商孙忠如宋，朝见神
宗皇帝，上银香炉、白琉璃等物。给紫衣方袍，馆兴国寺。至白河
法皇时，成寻自宋上表，并有金字《法华经》及锦段杂货，称宋朝所
赐。帝诏公卿议酬品。或曰和琴可，或曰宜金银，或曰宜蚌珠。议不决，乃
召宋商孙忠问之。承历元年，因宋商孙忠馈绢二百匹、汞五千两于
宋，明州以其贡礼异诸国，请自移牒报而答其物。二年，孙忠赍牒
至，牒书"赐日本国太宰府令藤原经平"。时廷臣会议遗宋物品，以锦
唐黄为定式。四年，孙忠又赍明州牒至，牒曰"宋国明州牒日本国"，
廷议亦报之牒。时通好久绝，而比年忽有书信，廷臣初疑其诈冒，议不报。
后卒令大江匡房草报牒还之。鸟羽帝元永元年，宋商孙俊明、郑清等
赍牒至，略曰："矧尔东夷之长，实维日本之邦，人崇谦逊之风，地富
珍奇之产。曩修方贡，归顺明时。隔阔弥年，久缺来王之义；遭逢
熙旦，宜敦事大之诚。"云云。帝下百官议，卒不报。式部大辅菅原在
良议曰："推古天皇十六年，隋炀帝书曰'皇帝问倭皇'。天智天皇十年，大唐
郭务悰来聘，书曰'大唐帝敬问日本天皇'。天武天皇元年，郭务悰来书，函题
曰'大唐皇帝敬问倭王'。又大唐皇帝敕日本国卫尉寺少卿大分，书曰'皇帝
敬致书于日本国王'。古式如此。"云云。考郭务悰乃刘仁轨所遣使，当时以
系私使，不令入京，而此云有国书，疑事失实。高仓帝承安三年，宋明州
刺史又致牒书，朝议欲却之，时法皇执不可，卒赠报书，附以彩革砂
金。宋淳熙间，日本商民遭风至明州，诏给口食。又有行乞于临安者，诏守

臣给送明州，候舶送还。其后凡遇难民，靡不资遣。而中国商之飘至日本者，亦多资救护。后鸟羽帝建久二年，僧荣西还宋，又赍茶种及菩提还。荣西两至天台，多赍释书而归。其后二十年，又有僧俊芿还，获律经章疏暨儒书凡二千余卷而归国。顺德帝建保二年，宋陈和卿至镰仓。时源实朝为将军，和卿善造佛像，引之见，实朝大喜，遂定航宋之意；后以船不适用而止。四条帝仁治二年，荣西弟子圆尔还自宋。后数年，宋僧道隆复自蜀至，将军北条时赖延礼之，屡往参禅，为之建寺。时又有僧得陶法而归。自荣西倡禅宗，京师有圆尔、镰仓有道隆，其宗日炽，遂蔓延全国。又有僧道元者，亦尝至天童，又受曹洞宗，及归，亦为时赖所重，大行其教。其徒道莲得瓷陶法而还，日本瓷器遂行天下。后嵯峨帝建长六年，时赖令筑紫诸司地头曰："顷岁，宋舶猥进港口，货物阑出。自今之后，限以五艘，过则毁之。"有宋一代，聘使虽罕，而缁流估客来往日密，频年上书献物，非由僧侣，即出商人之手。维时将军秉政，朝野悉崇佛教，而商人亦常滋事端。后冷泉时，宋商尝扰太宰府，放火毁廨。后世货舶之限，盖自此始。

后龟山帝文永五年，元世祖皇帝以黑迪、殷宏为国信使，持书命高丽王王植向导。迪等望海未渡，植先遣其臣潘阜赍书致太宰府。时北条时宗奉惟康亲王为将军执政权，得书上之。书曰："朕惟小国之君，境土相接，尚务讲信修睦。况我祖宗，受天明命，奄有区夏，遐方异域，畏威怀德者，不可悉数。高丽，朕东藩也。日本密迩高丽，开国以来，时修职贡，独至朕躬，从无一介之使以通和好，尚恐王国知之未审，故特遣使布告朕心。圣人以四海为家，不相通问，岂一家之理哉！或至用兵，夫孰所好，王其图之。"高丽王亦致书劝通好，朝野大骇。龟山帝诏参议藤原长成草答书。时宗义不可，令却还，修边防，祷神社，以备有变。潘阜留五月，还白状。元复遣黑迪等至高丽，谕以必得日本，要领为期。植乃遣臣申思佺、潘阜等再来，不达。六年三月，黑迪等至对马岛，请前岁报牒，不答，执岛民二人而还。世祖见之，谓曰："汝国朝贡久矣。今吾欲汝国来聘，非逼汝也，但欲耀名耳。"秋八月，高丽金有成、高柔等，又奉中书省牒至太宰府，并还俘口，亦不报。七年，元命赵良弼为秘书监，充国信使，发兵送之高丽，屯驻金川，以俟良弼还，令高丽给粮食。又遣忻都、史枢等谕高丽曰："朕通谕日本，不谓其执迷固滞。今将经略，敕有司发卒屯田为进取计，庶免汝国转运之劳，仍先示招怀，卿其知悉。"八年冬，高丽复遣徐称等导良弼至筑前金津岛。津吏望见使舟，举刃相向。良弼登岸宣旨，太宰府环以兵，问来状。良弼以前书不报为不恭，求国书，盛以金柜，外施锁。良弼指之曰："此书必见汝主始授，不得与他人。"固请之，得副本。书曰："盖闻王者无外，高丽既为一家，王国实为邻境，故尝驰使修好。疆场之吏抑而不通。所获二人，已敕有司抚慰，俾赍牒以还，复无所问。继欲通问，属高丽权臣林衍构乱，坐是弗果。岂王亦因是辍不使遣，或已遣而中路梗塞耶？不然，日本素号知礼之国，王之君臣，宁肯漫为弗思之事乎？近已灭林衍，复旧王，安集其民。特令秘书监赵良弼充国信使，持书以往。如即发使，与之偕来。亲仁善邻，国之善事；其或犹豫，以至用兵，夫谁所乐为也？王其审图之！"太宰府致之镰仓，时传闻蒙古强盛，颇怀疑惧。十一月，朝廷修炽光法，祈弭祸，又命藤原公守告难于伊势神宫。十二月，太宰府送良弼于对马。良弼遣书状官张铎先归。九年，张铎率弥四郎等二十余人如元，寻遣还。植复致书，令必通好，亦不报。十年，良弼还元，具陈日本不恭状，并及爵号、州郡、风俗土宜。世祖怒，用兵之意遂决。十一年，元遣凤州经略使忻都、总管洪茶邱等，发舟师万五千人攻日本，高丽以兵五千六百助战役。后更以忽敦为都元帅、洪茶邱为右副元帅,与高丽金方庆等,以蒙古、汉、高丽兵二万三千,战舰九百发合浦。十月五日,拔对马。十四日,转攻壹岐,翌日城陷,遂及肥前沿海郡邑。十九日,入博多。明日,舍舟登岸,骑而进至今津、佐原、百道原、赤阪诸地。还,上舟,会矢将尽。二十日夜,大风雨,多触礁,遂还。是役也,炮弹如球,声如霹雳,土人不知为何物。杀掠所过,得女子,或以绳贯掌,系之于船云。后宇多帝建治元年,元复遣侍郎杜世忠、郎中何文著、计议官撒都鲁丁等致书高丽,使人导之达长门室津,至太宰府。府送之镰仓,北条时宗竟杀之。令修长门、周防、安艺、备后四国海防,省公私冗费,调关左兵戍镇西,以北条实政为筑紫探题节制军务。二年,敕诸僧修炽盛光法,禳兵祸也。北条时宗令山阳南海严成长门。三年,元建淮东宣慰司于扬州,命沿海官司通日本商舶。既闻世忠等被杀,复决计声讨,立日本行中书省,招集避罪附宋、蒙古、回鹘等军,兼立镇边万户府于金州控制之。宏安二年,元命湖南、扬、赣、泉四省造战舰六百,又命塔纳等如高丽益修战舰。世祖从范文虎议,先遣周福、栾忠致书日本,暂缓师期。周福、栾忠至,又斩之博多。四年,元命日本行省右丞相阿剌罕、右丞范文虎及忻都、茶邱等率兵压境。阿剌罕病,改阿塔海代总军事,高丽亦出师助战。忻都、茶邱等发合浦,高丽兵偕发;文虎、李庭等发江南。将发,世祖谕文虎等曰:"闻汉人言,取人家国,若尽杀人民,得土何用?汝等其恪体此意。"两军约会于壹岐、平户等岛。五月二十一日,忻都兵先至对马,遂进壹岐。太宰府报急于镰仓,北条时宗议迁二上皇于镰仓,而以兵严卫京师。二皇大骇。元兵攻壹岐,至太宰府。所至人民窜匿,闻小儿啼辄搜捕,至有先杀儿而遁者。六月五日,战于志贺岛,遂进至宗像洋。文虎兵适会泊于能古、志贺二岛。时元兵预期必胜，多携耕器。九国震骇，关东及九国二岛兵皆会太宰府。先是，筑前缘海甃石为垒，高丈余，亘十三里，外面峻削，不可跻攀，内可俯射，上设（燎）〔瞭〕望，守备甚严。然人人惩文永之役，颇有难色。有草野经长者，夜乘轻舸入舰阵，纵火而还。初，元兵以铁锁联舟为营，外向列弩。日本船小不能敌，袭击者率败死，相约勿离队独进。时河野通有独背堤而阵，率二舟冲入，有所杀伤。斯时日本诸道兵皆会，而元兵之在筑、肥间者，楼船蔽海，炮声震天，诸国汹汹，市无粜米，民有饥色。讹言四兴，忽而曰蒙古由长门径趋京师矣；忽而曰蒙古捣东海矣；忽而曰九国为蒙古所据，闯入北陆矣。朝议迁二上皇于关东，召兵守京。后宇多帝临神祇官亲祷七昼夜；龟山上皇亲诣石清水社默祷达旦，又遣人往伊势神宫亲为祷词，愿以身代国难。而元将多苦航海，议攻议退不辄决，高丽将金方庆力持进攻之说，不听，遂移泊鹰岛。见山影蘸波，疑有暗礁，不敢近岸。会青虹见海中，硫磺气腥臊，怪云走空，盖飓征也。文虎气微馁，择坚舰先走。六月晦日夜，西北风大作，明日益甚。风涛簸掀，系舰自相撞碎，溺死无算，其在鹰岛者犹数千人，推张百户为主帅，方伐木造舟，多为日本所袭捕还杀之。那珂川、文虎、李庭船亦坏，漂著鹰岛，收回残卒十无二三，由高丽还。初，都元帅张禧与文虎、庭同抵肥前，禧即舍舟垒平户，约各舰相距五十步，预避撞击，诸军不之信。逮飓作，禧船独完。及文虎等议还，禧曰："士卒溺死者半，其脱死者皆壮士。曷若因其无回顾心，因粮于敌以进战。"文虎等不从。禧乃分船与之，因得脱去。时平户岛屯兵四千，乏舟。禧曰："我安忍弃之。"遂悉弃舟中所有马匹，以济其还。八月，文虎自高丽归，尚饰败形。无何，败卒于阆归，言其情。久之，莫青、吴万五亦逃归，皆江南残卒也。是役也，全军十五万人,归者不能五之一。文虎军十万,归者三人耳。考《元史》称得还者才三人此,盖指文虎所率江南军而言耳。《癸辛杂志》云:"全军十五万,归者不能五之一。"此令史李顺所目击者,可以为据。北条时宗仍令严修海防,命九国将士更番戍守。五年,元兵官沈聪等六人由高丽脱归。高丽王晛遣使请以兵舰百五十助元,再入日本。遂命高丽、耽罗及平乐、杨、隆、兴、泉诸州,造大小舰三千艘;除反逆重囚外,悉赦以充军。日本亦以远江守北条时定为镇西奉行,居侄滨,统辖军事;三河守吉见赖行镇石见。六年,世祖复以阿塔海为日本行省右丞相,与撒里帖木儿、刘国杰募兵、峙粮、修舰谋再举。御史中丞崔彧、吏部尚书刘宣、淮西宣慰使昂吉儿,力谏民劳,乞罢兵,世祖不听。适补陀僧如智说曰:"彼俗尚佛,臣请以佛理喻之。"乃俾王君治赍书随如智行。八月,过黑水洋,遭风而还。明年,复遣尚书王积翁以如智往。将入境,舟中有怒积翁者,俱谋杀之,卒不得至。是岁,北条时宗死,子左马权头贞时代为执权。八年,元复立征东行省,以阿塔海、刘国杰、陈岩、洪茶邱督其事,调江淮漕粮,募习泛海水工,期明春次第发,会高丽合浦。世祖问良弼,良弼曰:"臣居彼岁余,睹其俗狠勇嗜杀,地多山水,少耕桑之利,得其人不可役,得其地不加富。况海风无期,祸害莫测,弗击为便。"日本惟康亲王令北条时定镇西将士曰:"坚壁严垒,以备不虞,虽有缓急,毋得私赴镰仓。"是岁,元因交址逆命,廷议先事交址,遂暂罢日本兵。伏见帝正应四年,民间流言元兵将至,人情汹惧。京师、镰仓诸祠众寺咸行祈禳,十余年来,祈禳盖无虚岁,所费不赀。五年,世祖遣洪君祥如高丽,询用兵日本事宜。王晛乃先遣其臣金有成及郭麟赍书以往,送漂民,劝和好,太宰府留而不遣。永仁元年,帝延僧大内襄厌外患,亲为文以祷,有曰:"昔年蒙古奉书还复,以兵要好,兴自文永，及于今日。将士戒严，久累邦家，延及黎庶。加之天灾地旱，宗社不禄，贤哲不登，咸余一人薄德之所致。自今以后，斋宿凝神，敢祈皇神，冀宝祚亡摇，寰宇扩清。"是岁，镇西奉行北条时定死，北条兼时为镇西探题，自是北条氏族更番为探题。正安元年，元成宗皇帝加补陀僧一山号妙慈宏济大师，赍诏来日本。诏略曰："先帝向再遣使，皆不果达。自朕临御，绥怀属国，薄海内外，靡有遐遗，日本之好，宜复通问。补陀僧一山，道行素高，今附商舶，期以必达，朕亦欲成先皇遗意也。至于敦好恤民之事，王其审图之。"太宰府送之镰仓。北条贞时令致之伊豆修禅寺，后延之镰仓，迁住诸寺。后二条帝乾元元年，命太宰府筑石砦于博多海滨，造兵船以严海防。德治元年，商人至元，有献金铠甲者。寻在庆元路放火，府城，在天童有日本僧数十人，亦拘絷之。然于时禁不通商，海舶往来皆奸利小民，元亦悬禁，久之遂流为海寇。其后日本内乱，分南北朝，盗贼竞起，频扰沿海郡县，至明而患益甚。

　　后村上帝正平二十三年，明太祖皇帝遣行人杨载赍诏书至太宰府。书曰："上帝好生而恶不仁。我中国自辛卯以来，中原扰扰，尔时来寇山东，乘元衰耳。朕本中国旧家，耻前王之辱，师旅扫荡，垂二十年，遂膺正统。间者山东来奏，倭兵数寇海滨，生离人妻子，损害物命，故修书特报，兼谕越海之由。诏书到日，臣则奉表来庭；不则修兵自固。如必为寇，朕当命舟师扬帆，捕绝岛徒，直抵王都，生缚而还，用代天道，以伐不仁。惟王图之。"时日本怀良亲王在太宰府，肥后守菊池武政奉为征西将军，以抗足利氏。书至太宰府，不报。后龟山帝建德元年，明又遣莱州府同知赵秩赍诏招谕。怀良亲王延见之，秩谕以中国威德，而诏书有责其不臣语。怀良曰："吾国虽鄙远，未尝不慕中国。惟蒙古以小邦视我，欲臣妾之，而使其臣赵姓者詆诳我。既而,水军十万,环列海岸,赖天地之灵,震雷疾风,尽覆其军,自是不通中国。今新天子帝中夏,天使亦赵姓,岂昔蒙古之裔耶?亦将詆以好语而袭我也?"目左右,将刃之。秩不为动,徐曰:"我天子神圣文武,非蒙古比,我亦非蒙古使者后。如不吾信而先杀我,恐尔祸亦不旋踵。且天命所在,人孰能违?我朝以礼怀尔,岂可以蒙古之诳言袭尔者比耶?"于是怀良改容,礼之而归。二年,怀良亲王遣僧祖来等九人,奉表笺称臣贡马及方物,且送还明、台二郡被掠人七十余口。十月抵京,太祖嘉之,宴赍使者。念其俗信佛,亦遣僧祖阐、克勤等八人送使僧还,赍《大统历》及文绮纱罗赐怀良。怀良拘而不遣,遂居筑紫。祖阐在筑紫二年,作书寄延历寺座主某,略曰:"我皇帝凡数命使于日本,关西亲王皆自纳之,然意在见其天皇。今密遣吾二僧来,上宣谕曰:'王国之民,寇我边疆,商贾不通,宜剿贼修好,以循唐宋故事。'吾持佛戒而为帝者使,即为佛使,幸遵我佛不妄不盗之戒,为通此意。"时日本南北两帝,明使之来,皆止太宰府,不得达命,书中故云。或曰当时盖以怀良为日本王,祖阐居年余,始知其非。临时制词,本非太祖所命。文中二年,将军足利义满召祖阐入都,聚徒演法,人颇敬信。久之,日本僧海寿等随往明。三年,有僧宣闻溪等赍书上明中书省,贡马及方物,称其大臣所遣,太祖以无表,命却之,仍赐其使者遣还。天授元年,征夷将军源义满遣僧中津妙佐于明,大内氏久亦遣僧上表。太祖以无国王命,且不奉正朔,亦却之,而赐其使者,命礼官移牒,责以越分私贡之非;又以频入寇掠,命中书移牒责之。二年,怀良遣僧圭庭用于明,太祖恶其不诚,降诏戒谕,宴赍使者如制。六年,义满遣使于明,赠丞相胡惟庸书,书辞倨慢。太祖却其贡,遣使赍诏谯让。宏和元年,义满又遣使,太祖不受。礼官移书来责王,并责征夷将军,有欲征之意。

有"吾奉至尊之命,移文于王。王若纵民为盗,不审其微,并观蠡测,自以为大,无乃拘隙之源乎?"等语。书不达京师,于是怀良亲王遣僧如瑶上书称臣,而词终不逊。略曰:"臣居远弱之倭,褊小之国,尚且知足。陛下城池数千余,封疆百万里,乃常欲吞灭人国。臣闻天朝有攻战之策,小邦亦有御敌之方。倘陛下选股肱起精锐来侵臣境,臣将扫境内以迎将军,岂肯望马尘而拜乎?顺之未必生,逆之未必死,相逢于贺兰山下,聊以博戏,臣何惧哉!倘君胜臣负,君亦不武;设臣胜君负,不免贻小邦之羞。自古和为上策,幸上国图之。"云云。太祖得书愠甚。先是,胡惟庸谋反,潜遣招倭与期会,未发而败,日本未知也。复遣如瑶来,且献巨烛,中藏火药刀剑。久而事发,太祖命锢之云南。由是恶日本特甚,著祖训列不庭之国十五,日本与焉。寻命汤和巡视闽、浙沿海诸城,又命和筑濒海城防倭;命江夏侯周德兴于福建滨海四郡筑城练兵以备寇。后小松帝应永八年,准三后源道义时义满让职其子,削发称道义。遣使肥富及僧祖阿于明,上书并献甲铠剑马纸緜器,黄金千两,还所掠人口,书称"日本准三后道义上书大明皇帝陛下,诚惶诚恐,顿首顿首。谨言。"九年,明建文皇帝遣僧道彝、一如赍诏书,并班《大统历》、锦绮。九月至,道义处之北山馆。是月,复遣肥富及僧中正上书,略曰:"日本国王臣源道义表:臣闻太阳升天,无幽不烛;时雨沾地,无物不滋。矧大圣人明并耀英,恩均天泽;万方向化,四海归仁。钦惟大明皇帝陛下,以尧舜神圣,汤武智勇,启中兴之洪业,当太平之昌期。虽垂旒深居北阙之尊,而皇威远畅东滨之国。是以谨遣使某伏献方物,为此谨具表闻。"明年十月至南京,时成祖既即位,遣使以登极诏谕,又遣左通政赵居任、行人张洪偕僧道成往。将行,肥富等已达宁波,遂称贺即位。成祖厚礼之,遣官偕其使还,赍道义冠服、龟纽金章及锦绮纱罗。诏书略曰:"咨汝日本国王源道义,知天之道,达理之几,朕登大宝,即来朝贡,归向之速,有足褒嘉。用锡印章,世守尔服。"十一年,中正等还,赵居任等随至,始传《四书集注》、《诗集传》等书,号为新注,朱子之学遂兴。又以盐粮易永乐钱数百万贯而还。道义延之北山馆。旋遣使贺册立皇太子。时对马、壹岐诸岛贼掠滨海居民,成祖谕捕之。明年十一月,将军义持捕奸凶二十余人献于明,且修贡。成祖遣鸿胪少卿潘赐偕中官王进赐义满九章冕服,及钱钞绵绮加等,而还其所献之人,令其国自治。使者还至宁波,尽置之甑瓾煮之。十三年,明又遣侍郎俞吉士赍国书(衰)〔褒〕嘉,赐赍优渥;颁勘合印百道,限十年一贡,使臣限二百员,船止二艘,禁挟带刀枪;封肥后阿苏山为寿安镇国之山,御制碑文曰:"朕惟丽天而长久者,日月之光华;丽地而长安者,山川之流峙;丽于两间而长久者,贤人君子之令名也。朕皇考太祖圣神文武钦明启运俊德成功统天大孝高皇帝,知周八极,而纳天地于范围;道贯三皇,而亘古今之统纪;恩施一视,而溥民物之亨嘉。日月星辰,无逆其行;江河山岳,无易其位。贤人善俗,万国同风,表表兹世,固千万年之嘉会也。朕承洪业,享有福庆,极所覆载,咸造在近。周爱咨询,深用嘉叹。迩者,对马、壹岐诸小岛,有盗潜伏,时出寇掠。尔源道义,能服朕命,咸殄灭之。屹为保障,誓心朝廷,海东之国,未有贤于日本者也。朕尝稽古,唐虞之世,五长迪功,渠搜即叙;成周之隆,庸、蜀、羌、髳、微、卢、彭、濮,率遏乱略。光华简册,传诵至今。以尔道义方之,是大有光于前哲者也。日本王之有源道义,又自古以来,未之有也。朕维继唐虞之治,举封山之典,特命日本之镇山,号寿安镇国之山,赐以铭诗,勒之贞石,荣示于千万世。"义满又遣使谢赐冕服,连年往贡,并献所获海寇。使还,请赐仁孝皇后所制《劝善》、《内训》二书,诏给之。十五年,道义死,十二月,世子源义持遣使告丧，成祖命中官周全往祭，赐谥恭献，且致赙。又遣官赍敕，封义持为日本国王。时山东有倭寇，又谕义持捕盗。义持遣使谢恩，寻献所获盗。十八年，明复遣内官王进赍敕褒赉，至兵库而还。先是，道义死，义持以臣贡为非，至是阻明使不得达。二十五年，明遣刑部员外郎吕渊等赍敕诘海寇，并责令送还所掠中国人。义持遣僧等持告绝好，明使至太宰府而归。二十六年，明使余某复来。先是，有载马匹、硫黄称入贡者，实日向土豪私船也，成祖以无表不受。至是使其徒十六人还，义持令人持汉文阻之，略曰："修好通商，靖边利民，非不甚愿。然我朝凡百听神，神所不许，虽细故不敢举行。先君自承历服，雨旸不和，寻罹疾疢。易箦之际，遗命誓神，宜绝通信。向既再申此意，使今犹至，殆未之通耶？若夫流贼暴掠海岛，实通逃凶徒所为，国家不与知，听上国力剿锄之而已。"终义持之世，绝不相通。后花园帝永享四年，明宣宗皇帝念日本久不贡，命中官柴山往琉球，令其王转谕日本，赐之谷。将军源义教遣僧道渊上表，乃有"贡茅不入，固缘敝邑多虞；行李往来，愿复治朝旧典"语。明年，宣宗复遣内官雷春、裴宽、鸿胪少卿潘锡等送还，赍银绮缎匹等物。考日本书，详载当时赐物，今备录以下，以征一时典章。皇帝颁赐日本国王：白金二百两、妆花绒锦四匹、四季宝相花蓝一匹、细花绿一匹、细花红二匹、纻丝二十匹、织金胸背麒麟红一匹、织金胸背狮子红一匹、织金胸背白狨绿一匹、晴花骨朵云青一匹、晴细花（绿）〔红〕四匹、晴细花绿一匹、晴细花青一匹、素青三匹、素红二匹、素绿三匹、罗二十匹、织金胸背麒麟红一匹、织金胸背狮子青一匹、织金胸背虎豹绿一匹、织金胸背海马蓝一匹、织金胸背海马绿一匹、素红五匹、素蓝三匹、素青三匹、素柳绿二匹、素柳青一匹、素砂绿一匹、素茶褐一匹、纱二十匹、织金胸背麒麟红一匹、织金胸背狮子红一匹、织金胸背白狨青一匹、织金胸背海马绿一匹、织金胸背虎狗绿一匹、晴花骨朵云红一匹、晴花骨朵云青二匹、晴花骨朵云蓝二匹、晴花八宝骨朵云绿一匹、素绿一匹、素红一匹、素青一匹、彩绢二十匹、绿七匹、红七匹、蓝六匹。王妃：白金一百两、妆花绒锦二匹、细花红一匹、四季宝相花蓝一匹、纻丝十匹、织金胸背犀牛红一匹、织金胸背海马青一匹、晴花八宝骨朵云青一匹、晴细花红一匹、晴细花青一匹、晴细花绿一匹、素青一匹、素红二匹、素绿一匹、罗八匹、织金胸背狮子青一匹、织金胸背虎豹红一匹、素蓝二匹、素红二匹、素青二匹、素柳一匹、纱八匹、织金胸背狮子绿一匹、织金胸背犀牛红一匹、暗花骨朵云蓝一匹、暗花骨朵云青一匹、素红二匹、彩绢十匹、红三匹、绿四匹、蓝三匹。皇帝特赐日本国王并王妃：朱红漆彩妆戗金轿一乘、大红心青边织金花纻丝坐褥一个、脚踏褥一个、朱红漆戗金交椅一对、大红织金纻丝褥二个、脚踏褥二个、大红心青边金纻丝坐褥二个、朱红漆戗金交床二把、大红罗销金梧桐叶伞二把、浑织金纻丝十匹、浑织金罗十匹、浑织金纱十匹、彩绢三百匹、银盂等器二十件，各色丝彩绣圈金各样花镜袋十个、朱红漆戗金宝相花折叠面盆架二座、镀金事件全古铜点金斑花瓶二对、古铜点金斑香炉二个、象牙雕荔支乌木杆瘁合子二个、香儿一百个、朱红漆戗金碗二十个橐、全黑漆戗金碗二十个橐、全鱿灯笼四对、云头桃竿全龙香墨二十笏、青广信纸五百张、兔毫笔三百枝、各样笺纸一百枚、蛇皮五十张、猿皮一百张、虎皮五十张、熊皮三十张、豹皮三十张、苓香十箱每箱五十斤、鹦哥二十个。宣德八年六月十一日。六年，道渊引锡等至，驺骑至千二百余匹。八月，雷春等还。义教又遣僧中誓随行上表，表有"争睹使星光彩，则知官仪中兴。秋水长天，极目虽迷上下；春风和气，同仁岂阻东西"等语。八年，中誓赍敕及赐物还。是岁又遣使。嘉吉二年，将军义胜遣使于中朝。宝德三年，将军义政遣僧允澎、芳贞于中朝，上表称臣，用正朔。尔后为常。享德三年使还。先，义政表曰："书籍铜钱，久仰上国。永乐中例赐铜钱，近无恩赉，公府索然，何由利民？钦请周急。"景皇帝命给之，使臣捆载而归。先是，贡船不如永乐时定数。宣德初又定约，人毋过三百，舟毋过三艘。而日本贪利，所携私物增十倍，例当给值。礼官言："所贡硫黄、苏木、刀扇、漆器，向给钱钞，或折支布帛，为数无多，已获大利。今若依旧制，当给钱二十一万七千，银价如之，宜大减其值，给银三万四千七百有奇。"从之。使臣请益，诏增钱万。复请赐物，诏增布帛千五百。义政闻贡使至临清有掠居民货事，遂囚之狱。寻移书朝鲜王，转请谢罪。旋又遣使贡马于中朝。

后土御门帝宽政五年，义政复遣清启等于中朝，贡表有云："渺茫海角，虽不隶版图之中；咫尺天颜，犹如在辇毂之下。"至京，随人伤人于市，宪宗皇帝命付清启，寻释归。文明七年，义政复遣僧妙茂等于中朝，表乞铜钱、书籍；诏赐钱五万贯，暨《百川学海》、《法苑珠林》等书。其表曰："日本国王臣源义政上表大明皇帝陛下：日照天临，大明式朝万国；海涵春育，元化爰及四方。华夏蛮貊归仁，草木虫鱼遂性。洪惟大明皇帝陛下，神文圣武，睿智慈仁，皇家一统，车书攸同。敝邑多虞，鼓角未息。《禹贡》山川之外，身在东陬；洛邑天地之中，心驰北阙。兹遣正使妙茂长老、副使庆瑜首座，谨拜方物，亲承宠光，冀推丹衷，曲赐素察，谨表以闻。臣源义政诚惶诚恐，顿首谨言。成化十一年乙未秋八月念八日，日本国王臣源义政谨表。"义政名下，钤日本国王印。又别幅具开贡品，咨礼部曰："马四匹、散金鞘柄大刀二十、硫黄一万斤、马脑大小二十块、贴金屏风三副、黑漆鞘柄大刀一百把、枪一百把、长刀一百柄、铠一领、砚一面、并匣扇一百把。"又奏讨曰："成化五年，伏奉制书，特颁勘合并底簿等物。圣恩至重，手足失措，感戴感戴。然而敝邑抢攘，所谓给赐等，件件皆为盗贼所剽夺，只得使者生还而已。爰有景泰年间所颁未填旧勘合，请以此为照验。今后滥行今填勘合者，必贼徒也，罪当诛死。抑铜钱经乱散失，公库索然，土瘠民贫，何以赈施。永乐年间多有此赐。又书籍焚于兵火，又一秦也。敝邑所须二物为急，谨录奏上，伏望俞容。书目开列于左方：《佛祖统记》全部、《三宝感应录》全部、《教乘法数》全部、《法苑珠林》全部、《宾退录》全部、《兔园策》全部、《遯斋闲览》

全部、《类说》全部、《百川学海》全部、《北堂书钞》全部、《石湖集》全部、《老学庵笔记》全部。"末书"右咨礼部。成化十一年八月念八日"。钤用日本国王印。十五年,复乞铜钱,表略曰:"敝邑久承焚荡之余,铜钱扫尽,公私偕虚,何以利民? 今差使入朝,所需在斯。圣恩鸿大,愿赐钱一十万贯,则国用足矣。"时日本所在用兵,自是不能复通,而往来通商者,皆周防大内氏、丰后大友氏为多。明应元年,将军义植遣僧天泽使于中朝,不达。考《明史》,称弘治五年①,源义高使来,还至济宁,其下杀人,所司请罪之。诏自今止许五十人入都,余留舟次,严防禁。十八年冬来贡时,武宗已即位,命如故事,铸金牌勘合给之。正德四年冬来贡,舟止一,又无表,帝命所司移文答之。是时日本大乱,将军遣使不达,当系筑紫豪族私通,不则奸民混冒也。

　　后柏原帝永正五年,将军义植令禁恶钱,听用洪武、永乐、宣德等铜钱破毁者,而定其价值。六年,足利义澄遣宋素卿于中朝,素卿,鄞县朱氏子,名缟,为其叔所卖,更姓名,仕细川政元,至是充使。事发当死,刘瑾纳其金,庇之。赐飞鱼服而还。八年,义植遣僧永寿于中朝,求释奠仪注,不获。大永三年,管领畠山高国遣僧瑞佐、宋素卿于中国通商,抵宁波,会大内义兴亦遣宗设市易,争宴席坐,遂互斗,宗设杀瑞佐而逃,中国因执素卿斩之。故事,凡市舶至,则陈货验发,以船先后至为次,宴席亦如之。宗设先至,瑞佐争席,理屈,遂行贿于市舶中官赖恩,乃先瑞佐。宗设怒,遂相斗,杀瑞佐,率其徒五百人放火府廨,夺货杀掠,进掩素卿馆,追至绍兴,素卿匿免,还过宁波,大掠而归,因执素卿囚之。会朝鲜捕送其余党,狱成,斩素卿。久之,有琉球使臣郑绳归国,中朝命传谕日本,以擒献宗设及被掠之人,否则闭关绝贡。时琉球使臣蔡瀚道经日本,将军义晴附表求赐新勘合、金印,修贡如常。礼官验

---

① "五年",《明史》卷三二二《日本列传》作"九年"。

其文，无印篆，谓"谲诈难信，宜敕琉球王传谕，仍遵前命"。后奈良帝天文八年，将军义晴上书于中朝。义晴求勘合，不许。大内义隆亦遣僧周良于中朝。时华商多在周防贸易，公卿、僧徒、文士，以四方鼎沸，多避乱山口。义隆又好读书，爱玩文物，屡延华商，尽收古书画、名瓷诸玩好，一时称盛。十六年，义隆复遣周良往中国，舟四、人六百，泊海外以待。事闻，朝旨敕守臣勒回。明年六月，周良复求贡，朱纨以闻。从纨请，不限五十人进都例，相贡舟大小以施禁令。初，大内氏独有勘合，迨义隆死，亡于兵燹，通商遂绝。然伊豫、能岛、来岛、因岛诸奸民，久狃互市之利，私航不绝，汉奸多为之导，虏劫放火，千百成群，攻陷州县，江南北、浙东西，所在骚扰，尝同时告警。别有侵山东犯日照各县者。海寇巨魁汪直、毛海峰、陈东等皆与潜结，势益张。寇皆习倭服饰旗号，船帜题"八幡大菩萨"五字。八幡者，应神帝号也，人呼曰"八幡船"。弘治元年，明总督杨宜遣郑舜功至日本肥前平户，见大友义镇，诘之曰："通好久矣，何扰吾边疆，虔刘吾民？果是贼民，亟见禁戢。"义镇以闻，将军义辉命诸将会议，大和守三渊藤贤曰："方今我国所在用兵，而结怨大国，甚为不便，请从应安例，严为制戢。"乃命能岛、久留岛、因岛诸兵，检点海舟，剿捕凶奸。而内乱日剧，卒不能制。既而，胡宗宪代宜为总督，奏请遣使日本，谕国王禁戢海寇，招还奸商，许立功免罪。中朝许之，乃遣宁波诸生蒋洲、陈可愿至日本。可愿还，言抵五岛，遇汪直、毛海峰，谓日本大乱，诸岛不相统摄，须遍谕乃禁遏。及蒋洲还，山口守源义长、丰后守源义镇皆遣使谢罪，送还被掠人口，请颁勘合、修贡。宗宪奏请礼遣其使，并谕擒献乱人及中国奸商，方许通贡；诏允之。宗宪已计擒陈东，又招诱汪直。义镇等以中国许互市，遂装巨舟，遣其属善妙等四十余人随汪直来，直至被擒。而逾年新倭大至,又寇浙东三郡,寻犯福、泉、兴、漳,蔓延于潮、广。其后又有广东巨寇引倭为患,迭经将吏击讨,久而后平。倭寇之患,与明相终始。而自嘉靖二十六年至万历十六年,四十年间,沿海州县被祸尤酷,闾巷小民至指倭相骂詈,甚以噤其小儿女云。今考日本是时瓜分豆剖,各君其国,诸国又互相攻击,日寻干戈。无赖奸民,以尚武好斗之风流为盗贼,杀掠为生。上虽严禁,令有不行。准之今日公法,实为海寇,无与邻交。故节录其大概如右,不复详载。

后阳成帝天正十八年,关白丰臣秀吉已平定全国,因朝鲜使者赠书于朝鲜王李昖曰:"吾邦久属分离,秀吉起于微细,讨逆除暴,曾不数载,定六十余国。夫人世年不满百,予亦安能郁郁久居此乎？吾欲假道贵国,超越山海,直入于明,使四百州尽化我俗,以施王政于亿万斯年。凡海外诸蕃,后至者皆在所不释。贵国先修使币,帝甚嘉焉。秀吉入明之日,王其率士卒会军营为我前导。"昖得书大愕。十九年,秀吉丧子,闷甚。一日,登清水寺阁,浩然叹曰:"大丈夫当用武海外,何悒郁为!"遂大会诸将曰:"吾藉诸君之力,平定海内,亦可以息矣。特海外有阻王化者,吾深羞之。今将举内治委秀次,而自将入朝鲜,驱其兵以蹦明地,分割土壤以封诸君。诸君能为我效力耶?"诸将相视愕眙,无敢对者。浮田秀家曰:"殿下举此无前之事,谁敢异议者!"遂命造大舰数十艘,筑营于名古屋。冬十二月,颁朝鲜地图,分西南四道兵为八军,以向八道。以加藤清正、小西行长为第一、二军,迭为先锋。置水军,以九鬼嘉隆等督之。水陆凡十五万人,别有游军六万备应援,而秀吉自以德川家康等畿甸、东北三道将士十万自卫。文禄元年夏,秀吉率兵抵名古屋,命浮田秀家代将。秀吉初欲亲往,以其母忧甚,乃命秀家。或劝秀吉盍以善汉文者从。秀吉哂曰:"此行也,吾欲使彼用我文耳。"诸军齐会,先锋既入海。是月抵釜山,诸将迭攻,朝鲜望风溃。五月初，陷都城，督将秀家入据王京，分命诸将图进取。王晗弃城奔平壤，又奔义州。清正至咸镜道之会宁府，执二王子珒、珲，而纵王妃使逃。行长追王至平壤，分兵四掠，朝鲜八道几尽没，且暮且渡鸭绿江。初，秀吉闻前军陷都城，贻书秀次曰："韩都已破矣，予将不日入明，奉銮车而西，以汝为关白。若韩与本国，当别择其人为主，汝其知之。"日本称朝鲜为韩，沿三韩称也。时自韩都抵釜山，烽火相望，然庆尚、全罗二道尚固守。又恐明援军至，乃遣石田三成等三将，名曰三监，率游军六万赴援。三成等至，亦驻都城。初，秀吉胁琉球使供粮，并遏贡舟。琉球惧，报之中朝。兵部咨问朝鲜，朝鲜惟辨向导之诬，尚不知其谋己。至是，请援告急之使，络绎于道。明朝得报，大惊，廷议以朝鲜为国藩篱，在所必争，命副总兵祖承训渡鸭绿江赴援，大战于平壤城外，承训仅以身免。日本人马皆鬼头狮面，明兵骇乱。行长麾兵蹂之，承训兵大溃。行长乃投书李晗曰："王尚不导我兵耶？明于我，犹羊群见虎耳。今舟师十万，将由西海至，王将安之？"八月，明朝乃以兵部侍郎宋应昌为经略，旋又以李如松为东征提督。时兵部尚书石星计无所出，募说客侦之，得嘉兴无赖沈惟敬，假游击衔，命赴军前。明年正月，如松师大捷于平壤，行长遁渡大同江，朝鲜所失黄海、平安、京畿、江源四道并复，清正亦遁还王京。如松乘胜趋碧蹄馆，败而退师，于是封贡之议起。惟敬往来弥缝，日本退守釜山，议送回朝鲜王子、大臣，中朝诏留一军防守。时朝臣多言封贡非计，而石星一意主款，卒从经略顾养谦封秀吉为日本王之议。先是，壬辰七月，惟敬见行长于平壤城。行长曰："当以大同江为界，平壤以西属朝鲜。"惟敬诺之，曰：待五十日还报。行长驰使告秀家。当是时，诸道未平，韩兵所在蜂起，谋恢复，日本拒之，互有胜败。时已十月，明兵已出关，惟敬遮应昌于途曰："和将成矣。"应昌虑其阻士气，欲斩之，未果。中朝亦以倭诈，未可信，促应昌进兵。既而，行长败渡大同江,据凤山,旋回都城,韩兵争起应明军。清正悬军在咸镜,又为宋应昌所败,秀家乃令北道诸将咸撤守,来会都城。如松径趋至碧蹄馆,恃胜而骄,不赍铳炮。日本拒以短兵,纵横挥击,明军大破,如松遁还临津,旋退平壤。秀吉闻明军捷,议使渡海,诸将连署止之。是年癸巳三月,议使七将攻晋州。晋州城险兵精,七将皆大败,退兵又多疫,于是三监欲退守釜山。或曰:"粮尽宁食沙,都城不可弃也。"乃议乞援兵。秀吉先令二万赴援,既无兵可征,秀吉乃叹曰:"吾不幸生于小国,兵力不足,使我不克遂耀武八表之志,奈何,奈何!"怅然久之。会如松使沈惟敬再谋和,至韩都,谓行长曰:"归王子,则割庆尚、全罗、忠清三道,封为王。"行长许之。时三监及行长皆怀归,报秀吉曰:"明欲尊殿下为皇帝。"秀吉乃许和。惟敬请解都城兵,诸将乃火而东,仍屯于蔚山、东莱间,以俟秀吉令。惟敬遂谒秀吉于行营,秀吉飨之,而遣小西如安与偕,许还二王子、大臣,惟令诸将屠晋州城,以偿前败。惟敬既至北京,明朝以倭方议和,仍攻晋州,疑倭谲诈,令舍如安于辽东。明年甲午正月,秀吉令独留在韩戍兵,余尽召还。时明朝议久不决,至十月,乃召小西如安入朝。既至,石星优遇如王公。如安殊扬扬,过阙不下。既集多官,面译要以三事:一勒倭归巢;一既封不与贡;一誓无犯朝鲜。如安皆听从。神宗皇帝复见之,谕于左阙。十二月,封议定案。此所云小西如安,乃小西行长侍史,素为行长所亲昵,冒小西氏,为飞驒守。《明史》作小西飞,盖因其自书小西飞驒守而误也。乃以临淮侯李宗城充正使,都指挥杨方亨副之,同沈惟敬往。初,明使于乙未夏发燕,中朝命令驻朝鲜都城,俟日本撤戍而进。秋九月,宗城等至朝鲜,日本诸将不得已撤诸戍,聚釜山;然将士卒不肯济海。至丙申六月,诸将乃尽撤还,仅留岛津义宏等在釜山。庆长元年春,小西行长还,告和成。沈惟敬随来,私赍蟒玉翼善冠、地图、武经及燕代良马三百匹,献于秀吉。惟敬憾己不得与册使,思倾宗城而代之,乃令人以危词怵宗城,宗城果遁还。夏,中朝更以方亨为正使,惟敬副之,朝鲜使黄慎等亦偕行。秋,抵伏水。秀吉乃责朝鲜不献三道,不使王子来谢为欺辱,拒朝鲜使,不许见,独恭迓方亨等。九月,册使见秀吉。翌日,宴飨,秀吉戴冕披蟒服,使德川家康等七将皆著其所赐章服。既罢,使者出,召人读册文,至"封尔为日本国王",秀吉色变,立脱冕服抛之地,取册书裂之,骂曰:"吾掌握日本,欲王则王,何待髯虏之封! 且吾而为王,若王室何?"即夜命驱明使,并告朝鲜使曰:"若归告而君,我将再遣兵屠而国也。"遂下令西南四道发兵十四万人,以明年二月再会于名古屋。二年春,秀吉以其侄秀秋为元帅,居釜山总军务,浮田秀家副之。命清正、行长间日互为先锋,仍分八军。正月,清正、行长皆抵釜山。警报达明,神宗大怒,命逮石星、沈惟敬按问。初,方亨等还,佯言秀吉恭顺受封,谢表且至,别购猩毡鹅绒,伪称日本方物。至是,石星诘责之,曰:"倭非有他,不过责朝鲜无礼耳。"方亨惧,始直吐本末,委罪惟敬,并出石星前后手书。帝遂怒,逮石星等。以兵部尚书邢玠为总督,麻贵、杨镐为经(理)〔略〕。时日本兵既络绎入朝鲜,然朝鲜乱后无粮可因,海运又艰,诸将不敢进,声言献三道如约则止。王昖奔海州,日夕告急。明廷臣议以割地乃沈惟敬私言,万不可许;然特缓惟敬,使说日本以弭兵。惟敬仍往来遗书,玠檄杨元执之。自惟敬执而议和遂绝。后诛之。明援军入全罗。七月,日本已得间山,乘胜西进,遂破南原,据全州,犯全、庆,逼王京。明因二城既失,邢玠至王京,专扼汉江险为守,遣将分守稷山,交战互有胜败。日本以冬寒稍收兵,退釜山,仍沿海连营,互为声援,泗川、南海、竹岛、梁山、蔚山、顺天皆分将据守。邢玠议专攻清正,别以兵牵制行长。遂以十二月萃兵蔚山,遣水军绝援。既合围,断汲道,清正苦守不挠。日本诸将,闻蔚山急,谋以兵来救。三年春,杨镐闻援师大至,遽策马遁,诸将失统御,大溃。清正纵兵逐北,明兵死者万余。镐至王京,犹欲上捷。

赞画丁应泰劾杨镐等罪，中朝震怒，罢镐，以万世德代之。夏四月，秀吉遣使谕诸将，留秀秋、行长、清正及岛津义宏等十余将，余尽召还。留者分四军：秀秋居釜山；清正守蔚山，居右；行长守顺天，居左；义宏守泗川，居前。四城兵凡十万，明兵亦可十万。世德既至，与邢玠议，令董一元当义宏，刘𫄧当行长，麻贵当清正，陈璘以水军出其后，彼此相持。刘𫄧欲攻顺天，遣使约行长，曰："先锋前既与我盟，吾欲亲与先锋会。"行长出会，遇伏，跃上马，夺路而去。明兵又副蔚山，清正坚壁固守，立花宗茂以五百人自釜山往援，途遇明兵，破之。又与清正夹击麻贵，大败。当是时，岛津父子在新寨，与董一元夹晋江而军。岛津筑八寨，尤险者为望津，前带晋江，新寨峙其后。一元用茅国器谋，先陷望津，望津兵退守泗川。一元遂悉军渡江，分取数寨，向新寨。冬十月朔，一元合兵攻之，城兵殊死战。会炮裂，明军乱，岛津父子率骁骑千余开门直冲，明军披靡，岛津纵兵追击，遂大败，溺江者无数。《明史》作石曼子，即岛津二字译音也。蔚山、顺天之明兵闻败，亦解围去。而秀吉既先于是年八月卒矣，两军未之知也。秀吉病革，召家康曰："外事未竣而吾罹此病，吾死则难作，今以海内托卿。"又密谕秀赖曰："今与明构兵，吾深悔之。彼闻吾死，或大举来报。国家自古未曾受外辱，及我而辱国，吾所深耻。吾是以托国于家康，至我家存亡，未暇恤也。"又命浅野长政、石田三成曰："汝赴朝鲜收我兵，不能则遣家康。家康不可往，则遣利家。二人遣一，虽有百万敌，不能尾我也。"临绝，张目曰："勿使我十万兵为海外鬼。"言讫而瞑。先是，壬辰之役，秀吉闻明师捷，大会诸将，欲亲往。浅野少弼曰："臣视殿下近状，为野狐所凭耳。天下才定，疮痍未起，乃兴无名之师，使我父子兄弟暴骨海外，民怨嗷嗷。殿下一举趾，恐未达釜山，六十州之盗贼雷动风起，根本之地反为人所据。以殿下平日，岂有不察于此？不察于此，故谓之狐凭。谚曰：'鳖欲啖人，反啖于人。'殿下之谓也。"秀吉大怒曰："狐乎？鳖乎？吾且舍诸。以臣骂君，不可舍也。"拔刃欲斩之，或拥之而退。既而，肥后贼起，急召少弼曰："吾甚惭于汝也。"秀吉之攻朝鲜也，日本论者或夸其耀武于外邦，或责其贻祸于内国。余考其事，当时群雄割据，类皆百战之余。秀吉手定海内，知不可以威力屈，故兴无名之师，驱之海外。胜则割彼膏腴，广予封土，以图自安；不胜则死于锋镝，不许生还，亦所以自便。乃先后七年，既不获大胜，又未受巨创，而悉索敝赋，民困已极。至于临绝悔恨，洒泪满襟，英雄末路，亦可悲矣。既秀吉赴闻，明人举酒相贺；诸将各理归装，釜山之军先引回对马。十一月，清正、义宏各收兵入海。刘𬘡追围行长，清正与义宏返击，拔行长，俱上舟。陈璘以舟师邀击之，互战，各有胜败，卒脱归。是月，尽达对马。无何，诸将皆至名古屋，长政、三成迎劳之，令解兵，各就国。德川家康与诸大老、奉行论功行赏，曰："微新寨一捷，吾军几不振旅矣。"赐岛津义宏以公田在萨摩者三万石，清正、行长以下，得赏各有差。明仍留万世德戍朝鲜，后三年尽撤。自壬辰迄此，前后凡七年，明丧师数十万，縻饷数百万，日本亦困累甚，至秀吉死而祸始息。后水尾帝庆长六年，岛津义宏奉将军命，遣岛原忠安送被掠人二十余口于明。明厚遇之，为许岁通二商舶于坊津。界商伊丹某闻之，遂结奸细，要之硫黄海上，毁船掠货。义宏捕磔之鹿儿岛。然明船后不果至。庆长十一年，德川秀忠为将军，禁用永乐钱，犹用京钱。京钱，汉古杂钱也。足利氏时，屡乞钱于中朝。永乐钱铜质纯良，流通全国，以一当古杂钱四，一贯当黄金一两。而民间往往争取斗讼。沿用盖二百余年，至是停之。十五年，前将军德川家康颁给印票于明商，约互市。商给印票始此。冬十二月，商人周性谒见家康，乞禁海寇。家康知开港通商之利，而中国独不通公商，遂命本多正纯作书，附性致福建总督陈子贞，略曰："敝国与中华通问久矣，内外史籍历历可征，台下所知也。前日兵马倥偬之际，尝一辱专价，情绪不通，来往顿绝，遗憾不已。今也，吾主源君

黄遵宪集

戡定祸乱,厘革前辙,西南诸番国咸来朝贡,独遗中华而不相通,洵乖旧好。适周某来,得通向好机,请自今结符信,通福船,两国之利孰大焉。且吾海商岁航蕃方者,遭风破船,或匮薪粮,亦愿见惠。敝邑僻处海隅,所谓蕞尔国也,中华以大字小之意,幸有熟图。"长崎奉行长谷川广智亦致书,皆不答。十八年,将军秀忠命岛津家久因琉球王尚宁致书于福建巡抚丁继嗣求互市,亦不答。元和七年,明浙直总兵遣人赍书请禁海寇,将军却之。宽永二年,将军复令末次正直赆书于福建总督求通商,亦不得报。

卷六　邻交志三

华　　夏

　　日本明正帝正保三年丙戌,时我世祖章皇帝定鼎燕京既三年矣。我大清龙兴东土,声威所播,先及旸谷,莫不震詟。又当德川氏执政权,方欲以文治致太平,故二百余载,彼此安和,海波无警。是年八月,郑芝龙奉明唐王聿键意,赠书暨方物,乞援兵。芝龙,福建南安人。先为商,寓长户,娶妇田川氏,生二子,长曰森,即郑成功也。既而芝龙去为海盗,拥众数万。崇祯时,就明招抚,有战功,封平虏侯。尝图其军容赠日本,求还儿,与之,故素与日本通往来。书闻,将军德川家光召宰执酒井忠胜等议之,又下议德川三亲藩。赖宣建议曰:"援而有功,无益于国,倘若无功,匪翅辱国,结怨强邻,实贻后患,勿援为便。"议遂寝。命日根野吉明如长崎告之。会闻大清兵下福建,芝龙就抚,遂罢使,却信物,令西北诸大藩阴戒不虞。冬十二月,崔芝复遣使致书乞兵。按:芝,福清人。初为海盗,既而受抚。乙酉秋,唐王加水师都督驻舟山。黄宗羲《行朝录》作崔芝,是也;各书多误作周崔芝。书略曰:"芝忝任水师都督,有志无力,有力无兵。贵国人皆义勇,兵皆精悍,惯于刀枪,熟于舟楫。芝思竭君辱臣死之忧,难忘泣血枕戈之举,敢效七日之哭,借三千之兵,壮我同泽同袍之气,永缔如带如砺之盟。"又致一书,乞给日本甲二百副,皆不纳。后二年戊子,郑彩致书乞兵器;成功亦贻书长崎有司,书略曰:"大明龙兴三百余年,治平日久,人皆忘乱,以至今日。成功誓心报国,徘徊浙闽,颇有感愤乐从者。然孤军悬绝,四面无援。成功生于贵国,值此艰难,倘惠假数万甲兵,感岂有极!"亦不报。戊戌,成功又遣使赠书暨方物,致惓恋之意,亦不答。成功后据台湾时,与长崎通商,至郑氏降乃绝。己丑,冯京第、黄宗羲以明鲁王以海命来长崎乞师,不达。朱之瑜亦来乞师,不达。之瑜,字舜水,明余姚贡生,亦鲁王遗臣,尝至安南,又三至长崎,图藉外援,终不遂其志。至岁己亥,遂留长崎不归,筑后人安东守约分廪禄之半师事之。德川光国钦其德义,请之幕府,延为宾师。水户文教之兴,与有力焉。是时,有僧陈元赟,明进士,避难削发,来居西京。有福建僧隐元,德川家纲遣人迎之,命于宇治创万福寺,名曰黄蘗,传衣钵者多汉人。其后有画工沈诠,号南苹,幕府聘之来长崎,亦留不归。均为日本所重。附识于此。暨明唐、鲁二王亡,遂绝音问。日本(籍)〔籍〕称,我康熙十二年七月平南王尚可喜及刘进忠,致书于长崎奉行,赠销金马鞍以通商舶,书有"山丽水秀,人物清华"之语。考尚可喜于十二年三月告老,以兵事属其子之信。进忠时官潮州镇总兵,十三年叛,旋结郑锦掠潮、惠。盖郑氏素与日本往来,进忠知之,将萌叛志,预图外援,故有此举。可喜时为之信所制,不得出一令,未必知也。而华商之来日本者日众,有船一百八十四艘,杂居长崎街市,和同贸易,不经官司。至德川纲吉始设官董理,限七十艘,旋增十艘。德川家宣又限五十艘,德川吉宗又限四十艘,尔后递减至二十艘。德川家重又限十五艘,旋许例额外加二十艘,德川家治又限十三艘,至德川家齐定十艘,终德川氏之世,无复增减。初,限输出货物岁值银八千贯,继减至二千七百四十贯。国朝以来,商船日增,初无定额。纲吉始限七十艘,行之十一年,改八十艘,限输出物岁银值八千贯,行之十七年。

家宣限五十艘,输出值三千贯,又铜一百五十万斤,行之三年。吉宗改限四十艘,输出值八千贯,行之二年。更限四千贯,行之十四年。限二十九艘,行之三年。限二十五艘,行之四年。限二十艘,行之九年。家重又限十五艘,输出值四千贯,行之十年。许例额外加二十艘,行之六年。家治又限十三艘,输出值三千五百一十贯,行之二十六年。家齐定限十艘,输出值二千七百四十贯。始设长崎奉行三员,二员驻长崎,一员驻江户。后又增一员,驻江户。建哨台于长崎小濑户浦及横濑浦,以讥察来船,巡禁私商。又筑华商馆于长崎,来去出入均有法制。家宣时,特遣使长崎,更正贸易法,始给信牌。船有信牌者,乃得至岸。世以大村氏监护长崎。至家齐时,大村纯昌筑逻所于商馆门外,严检出入。华商愤,遂与哨兵斗,毁逻所,旋复筑之。后又因捕兵株连,毁馆滋事。长崎奉行久世广正捕华商漏税者七十六人,交大村纯昌监禁,遣监察议治其罪。华商群起毁馆门,筑前戍卒缚二百余人,戮党首沈扬等,余皆释之。日本之天保六年事也。华商输入之货,绵糖、将军家重时,长崎人某始学蔗糖之法于华商。幕府命长崎平户人造之,不成,既而尾张、长门造糖成,遣吏验之,颇精良。然未得精白品之方。绸缎、德(州)〔川〕纲吉时,禁呢绒布帛、玩好珍异入口,除药物外,一切动植物悉禁入口。行九年,开呢绒布帛、动植物之禁。又六年,开玩好珍异之禁。书籍、诗文集及类书为多。乾嘉之间,考据之学盛行,日本争购其书,于是又有考据之学。惟日本以禁耶稣教故,凡舶来书籍,有译西文者,概涂抹之,至德川吉宗时解禁,日本因是得窥西人星算测量之学。文具为多。惟禁广东人参进口,曾焚四百五十斤参于商馆门外。输出之货,铜最为大宗。考日本各籍,称自庆安戊子至宝永戊子六十一年间,华商与和兰商共输出金三百三十九万七千六百两,银三十七万四千二百九贯。铜则宽文癸卯至宝永戊子,输出一亿一万一千四百四十九万八千七百斤,中间五十七年不详。自明和丙戌迄天保壬寅七十七年中,共输出铜一亿四千二百八十万八千一百四十斤,反输入银一万零九百四十七贯。我与和兰分购铜数不详,大约华商每岁购铜约一百五十万斤。而金银出入前后迥异者,盖因日本素无蔗糖,后于乾隆中学得其法,竞相栽种,不复如前之仰给于外,故省费至多。货物出入相抵外,仍有输入之银也。余则昆布、即海带。鳗鱼及铜漆杂器。而日本商人绝无至中国者,考乾隆四十六年,户部颁发江海关则例,刊载东洋商船进出口货税,并有洋商入市之条,似日本亦有商人至上海者。惟日本是时严禁国人出海通商。先是,有长崎代官末次平藏父子,窃造商舶,载军器贸易台湾诸处,事觉处流。或当时有一二商人潜附我商舶而来,抑或和兰运铜之船转贩于中国,故称洋船,均未可知。只有漂风难船,资给送还而已。康熙三十二年癸酉九月,兵部议复广东广西总督石琳奏称:风漂日本国船至阳江县地,计十二人,请发回伊国。应如所请。上谕曰:"外国之人船只被风漂至广东,情殊可悯,著该督抚量给衣食,护送浙省,令其归国。"又嘉庆元年十月,上谕军机大臣等:"日本国贸易夷民在洋猝遇暴风,漂至赫哲地方,殊为可悯。向来该国遭风难民,俱送至浙江乍浦,遇有赴东洋便船附带回国。今安治录等三名,令带回浙省,传谕该抚委员送至乍浦,转附便船归国,以示体恤柔远至意。"盖德川氏执政权,专以锁港为国是,长崎通商,唯许华商及和兰,他皆禁绝。逮三十年前,美舰俄舶迭以兵劫盟,内国纷扰,遂至废幕府,尊王室,与泰西诸国互结条约。

　　至我同治九年,为今皇即位之明治三年,王政维新,广事外交,念与我为千余年旧好,又两大同在亚细亚,不可不缔和好,以示亲睦。七月,乃遣外务权大丞柳原前光,赍外务卿书呈我总理各国事务衙门,预商通好事宜。书曰:"大日本从三位外务卿清原宣嘉、从四位外务大辅藤原宗则,谨呈书大清国总理外国事务大宪台下:方今文化大开,交际日盛。我邦近岁与泰西诸国订盟,邻近如贵国,宜最先通情好,结和亲,而惟有商舶往来,未修邻交之礼,不亦一大阙典乎?我邦维新之始,即欲遣公使修盟约,内国多故,迁延至今,深以为憾。兹谨奏准,特遣从四位外务权大丞柳原前光、正七位外务权少丞花房义质、从七位文书权正郑永宁等,于贵国预商通信事宜，以为他日遣使修约之地。伏冀贵宪台下款接各员，取裁其所陈述。谨白。"先是，我同治元年，长崎奉行遣僚属附和兰船携货至上海，因和兰领事谒上海道吴煦，请曰："日本向只与荷兰通商。自英法诸国挟以兵威，逼令立约，利权尽为西商占尽，无如力不能制，未能拒绝。我官民等会商，佥谓若自行贩货，分赴各国贸易，或可稍分西商之势。今既到上海，愿仿照西洋无约各小国之例，不敢请立和约，惟求专来上海一处贸易，并设领事官，照料完税诸事。"通商大臣薛焕允其暂由荷兰商人报关验货，尚未许其购货。商人归时，又请倘允通商，乞谕知和兰领事转达，将来或遣公使吁求。至同治三年，又有日本商舶至上海，请英国领事巴夏礼为介绍，通商大臣又允其以日本商名自行报关。同治七年，长崎奉行河津某，又由英国领事致书于江海关道应宝时，书称："与欧罗巴诸洲往来，时有公使奉命绅士游历，附洋舶而西者过境，请为照料。又有日本商民请赴内地传习学术，经营商业，就便侨寓者，均有本国护行印照，请验明符信，顾念邻谊。"云云。此皆德川将军时所遣，至是朝廷始派委员。至天津，谒见三口通商大臣成林，直隶总督李鸿章。成林代为上书，命留津候命。总理衙门议允所请，复函许通商，仍有"大信不约"之语。前光恳请再三，前光谒鸿章曰："英、法、美诸国强逼我国通商，我心怀不甘，而力难独抗，于可允者允之，不可允者拒之。惟念我国与中国最为邻近，宜先通好，以冀同心合力。"鸿章为达之总理衙门。前光又上成林书曰："我与泰西十四国皆已换约，各国与我相距十万里，尚有公使领事来驻我国，保护商民。独中国虽有商贾来往，曾无官长约束。西人谓附西舶至者应以西人视之，竟令华民归其管辖，久有如束湿薪之势。我外务卿轸念及此，于戊辰春曾函致上海道应宝时，请将华民暂归地方官约束，得复允行。我即以此告各领事，令华民还我管辖，始脱樊笼。现已居以别区，编立户籍，优加保护。然终不免西人横议者，以未曾换约故也。前有我商至上海者，以无约故，竟依和兰领事为介绍，中国亦若以西人视之。中东两国利权不能自操，乃均为西人占据。我国廷臣会商此事，谓宜预先遣员通款，为将来派使换约之地，是以特派前光等前来。当启程时，或谓不以西人绍介，事恐不谐。我外务卿乃与诤论，谓两国唇齿相依，何必自弃夙好，转倚外人。苟以至诚恳请，彼国当道必愈加亲厚，今若回报不必换约，殊非我外务卿一片苦心，前光等亦无以报命。"云云。又谒成林曰："我等来时，西人谓泰西小国皆邀我大国同往，中国始允立约，今日本派员自往，恐未必成。外务卿置之不答。是以仅持英、美二国致驻津领事函、托其照拂。今总署复以不必立约，若奉以回国，如西人耻笑何！"又以手作势，云"彼似太高，我似太卑"。又自指云："太觉无颜。如不邀允，虽死亦不敢东归。"成林均为转达。总理衙门鉴其意诚，遂允订约，俟派有大臣来时商议，前光等感谢而归。明年四月，特以大藏卿伊达宗城为钦差大臣，使于我大清缔盟约，外务大丞柳原前光副之。外务权大丞津田真道、文书权正郑永宁等从焉。我朝特简钦差大臣、协办大学士、直隶总督李鸿章为全权大臣，办理日本通商事务，江苏按察使应宝时、署直隶津海关道陈钦，随同帮办。六月，宗城等至天津，往复商论，至七月遂定《修好条规》十八条、《通商章程》三十三款，附以《中国日本海关税则》。先是，前光等归，我疆臣有以前明倭寇为辞，奏请拒绝日本通商者。钦差大臣直隶总督李鸿章奏驳之，略谓："我朝朝鲜内附，声威震詟，日本固不敢越属藩而窥犯北边，亦从未勾内奸而侵掠东南，实属畏怀已久。顺治迄嘉、道年间，常与通市江浙，设官商额船，每岁购铜百万斤。咸丰以后，苏、浙、闽商往长崎贸迁寄居者，络绎不绝，其安心向化可知矣。论者拒绝之请，于今昔时势、彼国事实，盖未深究。今彼见泰西各国与中土立约，彼亦经与泰西各国立约，援例而来，似系情理所有之事。倘拒之太甚，必因泰西介绍固请，自不如就其纳款之时，推诚相待。委员柳原前光等来谒，每称欲与中国结好，同心协力，立言亦颇得体。既允议约在前，断难拒绝于后。"云云。钦差大臣、大学士、两江总督曾国藩亦奏称："臣窃思道光二十一二年间，与西人立约议抚，皆因战守无功，隐忍息事；厥后屡次换约，亦多在兵戎扰攘之际，左执干戈，右陈槃敦，一语不合，动虑决裂，故所谛条约，间有未能熟思审处者。日本二百年来，与我中土并无纤芥之嫌，今见泰西各国皆与中国立约通商,援例而来请,叩关而陈辞,其理甚顺,其意无他。若我拒之太甚,无论彼或转求西国介绍固请,势难中却;即使外国前后参观,疑我中国交际之道,逆而胁之则易于行成,顺而求之则难于修好,亦殊非圣朝怀柔远方之本意。自同治元年,始有日本官员以商船抵沪,凭和兰国报关进口,中国随宜拒却,亦已久矣。今既令其特派大员到时再商,岂可复加拒绝。论者杜绝之请,盖未能合众国而统筹,计前后而酌核也。日本素称邻邦,非朝鲜、琉球、越南臣属之比,其自居邻敌比肩之体,欲仿泰西英法诸国之例,自在意中。其海关税则之轻重,亦必与泰西从同。日本自诩为强大之邦,同文之国,若不以泰西诸国之例待之,彼将谓厚滕薄薛,积疑生隙。臣愚以为悉仿泰西之例,亦无不可。但约中不可载明比照泰西各国通例办理,尤不可载恩施利益一体均沾等语,逐条而备载,每国而详书,有何不可。何必为此简括含混之词,坚彼之党,而紊我之章。总之,圣朝驭远,一秉大公,万国皆将谅其诚,何独日本永远相安哉?"朝旨韪之。宗城订约之后,旋进京谒总理衙门王大臣,赉呈国皇所献大皇帝仪物,朝廷亦加酬报,命宗城赉归。初,前光之来,先呈约草,以两国利益为辞。及随宗城再至,则专欲仿照泰西诸约,议约大臣以中东两国,有来有往,每事须作彼此两国之词,方昭公允。断断持议,久而后定。前光致应宝时、陈钦书曰:"伊达大臣之发东都也,各国公使送行,谓此去当与大清连盟结衡。我大臣应之曰:'但看他日约成,当知其实。'今观来稿,大约与西人同,不同者亦不少。交际之道,万国只可划一,不可轻重。欲重之也,西人妒而分之;欲轻之也,西人侮而诋之。今两国均有西客,旁观出入,颇生枝节;倘有参差,非特不能通行,且谓使者不力,何面目归国复命乎? 当今之计,我两国惟有内求自强,外御其侮,诚能心照意援,条规章程,不若姑从西人痕迹,无事更张,不露声色之为愈也。"应宝时、陈钦亦复以书曰:"贵国特派大臣前来,原为通两国之好。若以迹类连横,虑招西人之忌,则伊达大臣不来,更无痕迹。自主之国,应有自主之权,何必瞻徇他人鳃鳃过虑。况条规中亦并无可令西人生疑之处也。两国有来有往,迥异泰西辽远有来无往者,断不能尽同泰西。且西人所得之利,未尝独靳于日本。今送去条规,不知较西约何者重、何者轻,希即——指明,藉开茅塞。去岁送来约草,均以两国立论。此次章程,全改作一面之词,荟萃西约,取益各款而择其尤,竟尔自相矛盾,翻欲将前稿作为废纸,则是未订交先失信,将何以善其后乎? 我中堂又何以复命乎?"中有不能尽同西约者。惟内地通商一事。先是,泰西诸约,既经指定口岸通商,而约中混入许其游历内地通商一语,本系牵连附及,出于疏误。而西人据此,遂谓许入内地买卖货物。各国援一体均沾之词,纷纷效尤。于是华商亦多假借西商,希免税厘,抗法度,流弊孔多。及是,章程中声明不准运货入内地,不准入内地置买土货。前光等坚以有异泰西为辞。鸿章面折以华人前往西国,随处通行,并无限制。今日本系以八口岸与中国通商,华人既不能到日本内地贸易,日本人亦岂应入中国内地贸易? 此系两国从同,确乎公允,何得引西约为例。前光始语塞而退。宗城既归,日本意尚觖望。宗城旋以事免官。五年二月,以外务大丞柳原前光兼少办务使即四等公使。使于我,议改约,不得要领而还。前光赍有外务卿副岛种臣、大辅寺岛宗则致我北洋大臣李鸿章文书,大略谓:"承订《条规》,经奏闻允行。惟去岁我国特派大臣使于欧西,欲仿万国通例议商改约,将来改定后,条规中所载'以己国法讯断己民'等事,必须更正,故先商明。又条规第二条'遇事彼此相助,从中调处'之语。两国既结和谊,虽无此语,亦有权可行,应请裁撤。第十一条带刀之禁。佩刀乃我国礼制,若以入国问禁,第交我国理事官检束可耳,不便明禁,亦宜削去。今特派前光等面陈,冀与贵大臣时备文书往来拟议,以为他日批准互换之地。"云云。前光又陈《通商章程》所载,进出口税各条,须议由日本海关按照成规抽收,不必指明税则。前光谒鸿章,鸿章曰:"日本与泰西改约,成否未可知。事果有成,可以换约后再商海关收税,亦可俟届时商办。带刀之禁,原虑细民滋事,预为防范,由理事官布告禁令,亦无不可,俟约满时删除。至'从中调处'一语,信如外务卿所谓各国均有此权,但议约时不载则可,既载复裁,转贻耻笑。两国交际,于定约之后,未换之先,遽尔遣员议改,旋允旋悔,不几于全权立约之命相柄凿乎?《条规》所载'信守弗渝'之谓何? 万国公法,最忌失信,尔国何可蹈此不韪,贻笑外人?"前光嗫嚅缩伏,第言惶愧,惟求赐复。鸿章亦复以书。案:万国公例,各国流寓之民均归地方官管辖;海关收税轻重多寡悉由自主,他人不得干预。日本于是时既悉外交利弊,特遣岩仓具视等使欧美各国,欲仿泰西通例,将旧约中"领事官,以己国法审断己民"之条,及"海关收税彼此会商"之语,一概删改,权归自主,故种臣等有此商请。惟西人既得之利,难以遽夺。自岩仓归后,今已越十年,尚无归宿。带刀一事,凡世族悉佩双刀,庶民亦或带单刀,实为日本礼制。然其后从森有礼之议,卒自行革禁。至"彼此调处"之言,闻宗城等赍约归,颇受西人揶揄,故欲删去云。十月,有秘鲁国商船玛利亚留士,在澳门骗诱华民三百余名为佣,载赴其国。既而遇飓风,泊横滨。佣人苦舟师虐使,投水遇救,英国兵舰长挨仁雕救之,引告神奈川县。走诉神奈川县厅。时,副岛种臣为外务卿,命阻留商船,解放诸佣,告于我国。我国遂遣同知陈福勋来日本携之还,深谢其邻谊。时,日本与秘鲁未立约。秘鲁旋遣使责日本越俎多事,要以偿款。彼此驳论,久未决,乃会请俄皇公判。至明治八年六月,俄皇断以日本所办合于公法,秘鲁不得要偿,议乃结。十一月,以外务卿副岛种臣为特命全权大使,使于我,换条规。先以书致北洋大臣李鸿章曰:"前派使员请暂缓换约,并商改章。今我改约大使东徂西转,已越一年,若俟其归,似太迟缓,今已疏请先行换约,奉命以种臣为大臣,即日来华。"种臣谒鸿章,又自陈前光之来非其意所乐为云。六年四月,至天津。我朝命北洋大臣李鸿章为换约大臣,遂互换条规。种臣旋入京。时穆宗毅皇帝亲政,礼成,泰西公使咸吁请觐见伸庆贺。六月,穆宗毅皇帝召见于紫光阁,种臣以头等全权大臣在俄、美、英、法诸使之先,捧国皇书入觐。书曰:"大日本国大皇帝敬问大清国大皇帝。曩者两国俱与泰西各国交通往来,而独两国未修亲睦,故于去岁简派亲臣大藏卿伊达宗城,经与贵国议定条规,已予批准,允宜派使互换。适闻大皇帝已成婚,且亲政,朕深欢喜。乃特

遣外务大臣副岛种臣于贵国交换条约,并伸庆贺。朕固知种臣堪
为喉舌,专司外务,无不代朕肩承,言归于好。冀大皇帝思交谊,笃
邻好,待该使臣优加仁厚。彼此两国蒙庆,永久弗渝。特兹敬白。
并祈大皇帝多福眉寿。"种臣觐礼成,鞠躬肃退。皇帝命复以国书,
书曰:"大清国大皇帝复问大日本国大皇帝好。兹接使臣副岛种臣
赍到来书,披阅之余,实深忻悦。朕祇承天命,寅绍丕基,中外一
家,罔有歧视,矧关邻谊,尤重推诚。上年所立条规,现已宣谕刊
布。嘉仪孔多,足征厚意,用答微物,藉使寄将。愿我两国,永敦和
好,同荷天庥,朕有厚望焉。"仍命种臣赍归。自中国与外国缔交三
十余载,今以特恩召见种臣,居首班,世夸为至荣。种臣换约之后,
以井田让为总理事,管十五口商务;品川忠道为理事,驻上海,兼管
宁波、镇江、九江、汉口四处;林道三郎为副理事,管广东、琼州、潮
州三处,而驻于香港,各令赴任视事。种臣既归,留前光为公使。

　　明年,乃有台湾生蕃之事。先是,辛未十一月,有琉球船遇飓
风飘至台湾,为生蕃劫杀五十四人。癸酉三月,小田县民四名亦漂
到遭害。喜事者因谓生蕃豺狼,不可不膺惩。特以生蕃、熟蕃有
异,欲先质经界于我。会种臣在北京,乃寄谕种臣,命询台地事。
种臣难于启口,因遣副使柳原前光问我总理衙门大臣毛昶熙、董
恂。昶熙等答曰:"蕃民之杀琉民,既闻其事,害贵国人,则我未之
闻。夫二岛俱我属土,属土之人相杀,裁决固在于我。我恤琉人,
自有措置,何预贵国事而烦为过问?"前光因大争琉球为日本版图,
又具证小田县民遇害状,且曰:"贵国已知恤琉人,而不惩台蕃者
何?"曰:"杀人者皆属生蕃,故且置之化外,未便穷治。日本之虾
夷、美国之红蕃,皆不服王化,此亦万国之所时有。"前光曰:"生蕃
害人,贵国舍而不治。然一民莫非赤子,赤子遇害而不问,安在为

之父母？是以我邦将问罪岛人。为盟好故，使某先告之。"反复论诘者累日，卒不能毕议。及前光归，白状，于是征台之议遂决。甲戌三月，以陆军少将西乡从道为都督，陆军少将谷干城、海军少将赤松则良为参军，率兵赴台湾；陆军少佐福岛九成为厦门领事，兼管蕃事，别延美国人李仙得参谋议。李仙得者，曾充驻扎厦门之美国领事，以美船事，曾至台湾生蕃诸社。后为外务省所聘，副岛种臣使中国，亦尝随行。佣英、美船为运输，而特命参议兼大藏卿大隈重信为综理。四月，从道等率海陆军发品川，旋抵长崎，以萨邸为蕃地事务局，重信等随至。时美国公使某，执局外中立之例，建言曰："大邦无端率军舰兵卒而入华境，彼必以为寇边，我船舶人民苟为大邦所佣役，彼又必以我为应援，我与华人亦为同盟，岂敢独有私于大邦而结怨邻好。凡属美国所有，愿一切收还。"遂布告其流寓商民守中立例，并令厦门美领事捕李仙得等。英国公使亦言中国必生异议，按之公法，实无此举。于是内阁大生纷议，急遣权少内史金井之恭传内旨于长崎，令重信止军行，且归京。重信走告从道，从道不奉命，曰："近日朝政，朝令夕改，令人危疑。况招集精锐，驾驭一误，溃败四出，祸且不测，岂止佐贺之比？佐贺，谓是年前参议江藤新平叛乱之事，见《国统志》中。必欲强留某，则奉还敕书，躬自捣丑虏巢窟，毙而后已。万一清国生异议，朝廷目臣等为亡命流贼，则于答之乎何有。"先是，日本欲于蕃地为屯田计，因命从道募兵鹿儿岛县。其兄隆盛为募骁健子弟八百余。会停师令下，忽有流言，谓熊本、大坂兵将东上叩阙，请出师之命，故从道以是要挟。从道又曰："即使内阁大臣西下亲谕，亦不能从。"辞色俱愤。重信乃曰："内旨非必停师，特以外国公使有违言，将俟后图。"恳谕百端，从道卒不肯，即夜下令发师。翌日，领事九成等遂率兵二百人乘有功舰先发。重信电报状，朝议大忧，又命内务卿大久保利通于长崎。

从道卒不听，乃戒以姑行，勿妄交兵，以待后命。利通等遂携李仙得还东京。五月二日，诸舰相率发。日进、孟春、三国，共三舰。寻达社寮港。既上岸，移阵龟山，社寮平旷，无可扼守。时日进舰放小舟测海，生蕃出没岸上，发小铳狙击，乃移营龟山，扼内山冲路。旋遣轻兵入山，牡丹社蕃伏匿茂草中，猝起邀击，殪伍长某。越二日，以熟蕃为导，生蕃亦出斗，日本兵发铳于丛莽，毙其一，余皆奔遁。熟蕃告以佯走有伏，日本兵不敢追蹑。进攻竹社、风口、石门诸蕃，石门，拒龟山二十余里，峻岩天险。生蕃叠石为壁，据险力拒。日兵不能进，有别道军绕出其背，乃骇奔。日本兵追杀三十余人。从道亦乘高砂舰继至。初以美、英公使有违言，所赁船舶悉解约还之，于是运粮调兵皆失便。众皆愤郁，乃谋购买，而外舶骤倍其价，以银六万元购一美舰，可容五百名，曰社寮。又以十万元购一英舰，可容兵千、载物千吨，高砂舰是也。社寮亦继至。至则分道进攻，不利，乃退守龟山，修桥梁，辟荒芜，为屯田持久计。六月一日，仍分竹社、风（日）〔口〕、石门三道攻牡丹社，向四重溪。是地距龟山仅八九里，途有一河，众水奔注，势如激箭。诸军提挈，乱流而渡，兵或漂溺。既而深入山谷，涧水横流，泥淖没踝。土蕃伐木塞路，日本兵扪葛藤攀岩壁，蜗旋鱼贯而行，屡为土蕃所阻。力进奋击，焚庐舍数所。蕃人徒跣陟险而走，其捷如飞。日本兵追之不及。从道等乃谓土蕃出没不常，我兵追击则鸟遁兽逸，倏失所在，功不偿劳，计不如杜巢穴，绝饷道，以术制之，以待其窘。乃置守于双溪、石门、风港诸道，收军还龟山，造都督府，设病院，修桥缮道，为开垦久守之计。初师发长崎，复遣柳原前光于北京，领事九成至厦门，亦书告闽浙总督李鹤年，书曰："去年副岛大使以下，既报贵国政府，今将起师问罪于贵国化外之地。若贵国声教所暨，则秋毫不敢侵犯，疆场密迩，愿毋致骚扰。"鹤年复书曰："台湾全岛，我所管领，土蕃犯禁，我自有处置，何借日本兵力为？至贵国人民四名之遇祸者，我台湾府吏实救庇之，何可以怨报德？请速收兵，退我地，勿启二国衅。"鹤年以闻。时总理衙门、北洋大臣既先驰奏，我朝乃命船政大臣沈葆桢巡视台湾，调兵警备。前光至京，谒总理衙门，词旨牴牾，于是二国势将构兵。日本即征兵诸国，商购铁甲舰于英；我则筑炮台于澎湖诸岛，设海底电线于台湾厦门间，购新法洋枪三万枝于德国，调淮兵来台，议购铁甲舰于丹国。欧美海客在两国者，论彼我曲直强弱，日付之新闻纸，乘机鼓煽，船舰兵仗之价，顿增三倍。日本兵久屯龟山，以酷暑多病疫，棺椁相望，进退维谷。国皇特遣侍医及外国医员往疗之，命御库制冰运往，别募新兵，罢归病者。而是时赤松则良在上海侦探驰报，巡抚王凯泰将兵二万向台地。日本大恐，八月，遂以参议大久保利通为办理全权大臣，委以和战之权。陆军大佐福原和胜，三等议官高崎正风、租税助吉原重俊、权少内史金井之恭等从之，别以佛人披萨拿参机密。六日发东京，十九达上海，李仙得亦随行。初，李仙得已罢役，更任特例办务使赴厦门。美国领事以犯局外中立令捕之。李仙得不服，曰："日本得聘用美人，载于条约。日本聘我，在台事未起之前。今擅禁其用我，是使美国失信于日本也。"领事卒释之。李仙得遂往会利通于天津，偕至京。九月十四日，利通谒我总理衙门王大臣，先辩论蕃地所隶之经界，互相龃龉，经二旬未决，利通乃宣言归国再举。利通贻总理衙门书曰："诸公所言，辄引条约，以背盟罪我，是阳唱和我，而阴疏斥我也。我已束装，归国在近，或和或否，期以十日答我。"而阴托英国公使威妥玛居间调停。初，利通要偿军需金三百万元；总理衙门以日本为无理横肆，坚执不许。时，我军机大臣文祥执议不给一钱。巡视台湾大臣沈葆桢亦奏称："倭备虽增，倭情渐怯。彼非不知难思退。而谣言四布，冀我受其恫喝，迁就求和。倘入彼彀中，必得一步又进一步。但使我厚集兵力，无隙可乘，自必帖耳而去。姑宽其称兵既往之咎，已足见朝廷逾格之恩；倘妄肆要求，愿坚持定见，力为拒却。"葆桢又贻书北洋大臣李鸿章曰："大久保之来，其中情窘急可想，然必故示整暇，不肯遽就我范围，是欲速之意在彼不在我。我既以逸待劳，以主待客，自不必急于行成。"鸿章以告总理衙门，廷议大龃之。既而念日本近在肘腋,无以餍其欲,恐有妨亚细亚洲后来和局,乃终许抚恤,筹补银,限期撤兵,两国遂和好如初。条款曰:"照得各国自行设法保全,如在何国有事,应由何国查办。兹以台湾生蕃曾将日本国政府属民妄为加害,日本国本意为该蕃是问,遂遣兵往彼,向该生蕃诘责。今与清国议退兵并善后办法,开列三条于后:一、日本国此次所办,原为保民义举,清国不指以为不是;二、前次所有遇害难民之家,清国许给以抚恤银十万两。日本所有在该处修道、建房等件,清国愿留自用,先行议定筹补银四十万两;三、所有此事两国一切往来公文,彼此撤回注销,作为罢论。至该处生蕃,清国自行设法,妥为约束。"是日,我总理各国事务和硕恭亲王、军机大臣管理工部事务文祥、军机大臣协办大学士吏部尚书宝鋆、吏部尚书毛昶熙、户部尚书董恂、工部尚书崇纶、军机大臣兵部尚书沈桂芬、兵部右侍郎成林、兵部左侍郎崇厚、通政司副使夏家镐,日本特命办理全权大使大久保利通、驻扎公使柳原前光,咸会于总理衙门议定,各签押钤印。利通于定约之夕,即走谢威妥玛。明日遂发北京。至天津,谒李鸿章,倾怀款晤,尽欢而别。初,前光因台事谒鸿章,前光气馁,恐其议论牴牾,顾而言他,不复及时事。利通之来,亦未修谒,及是乃过访焉。归抵横滨,商民各张灯彩迎之,以庆和成。国皇亦御正殿赐谒,诏赏其勋劳。李仙得先归,国皇亦引见慰劳之。寻召见英国公使巴夏礼,温谕奖谢,盖以威妥玛等调停尽力也。旋特遣敕使于台湾,诏班师。十二月,从道等振旅归。国皇亦召见慰其劳。是役也,日本靡费六百余万元,兵士疫死者甚众。

八年十月,以外务少辅森有礼为特命全权公使,遣如北京。明年丙子,以朝鲜炮击云扬舰事,命森有礼请总理衙门以书告朝鲜劝修好。有礼又往保定谒北洋大臣李鸿章,鸿章饮之酒,而纵谈曰:"平秀吉想是千古伟人,然朝鲜之役,前后七年。明以朝鲜为我国藩(蓠)〔篱〕,在所必争,致丧师靡饷,两受其害。"有礼曰:"朝鲜果为中国藩属否?"鸿章曰:"此天下万国所共知,且条规中既载之。"有礼曰:"条规中何尝及此?"鸿章曰:"两国所属邦土，非指朝鲜诸国而何？俟他日修约，补为注明可也。"有礼因曰："朝鲜屡拒我国书，今又无端击我兵舰，我国是以有征韩之议。"鸿章曰："朝鲜误于不知耳。且亚细亚洲宜合纵连衡，外御其侮，何可以兄弟之国日寻干戈！苟或兴师，中国亦岂能袖手旁观，以大字小？愿贵国熟图之。"鸿章又取笔，书"徒伤和气，毫无利益"八字示之。有礼唯唯，临别，起告曰："今夕所论战争，乃森有礼一人之言，非日本使者之言也。"初，条规已换，华民流寓日本者，日本以未设领事官，遂颁告居留华民规则，令之遵守，并课金作经费。先是，华商仅居长崎一口，其后新开各港，皆陆续麋集，横滨有二千余人，神户有数百人，长崎有千余人，筑地、箱馆各有百数十人，大约闽、粤、浙籍为多。日本令各举董事经理，每人每岁课银二元，以充经费。至岁丙子，光绪二年，为明治九年，我朝乃特简翰林院侍讲何如璋为钦差大臣，候选知府张斯桂为副使，并分设理事。先是，议约之始，曾国藩奏称："日本物产丰饶，百货价贱，去中国不过数日程。立约之后，彼国市舶将络绎东来，中国贾帆亦必联翩东渡，不如泰西诸国洋商来而华商不往。华人往者已多，中国似须派员驻扎日本，约束内地商民，讯办华洋争讼案件。"李鸿章亦奏称："中外已定和约，均宜各派官员往驻其国，庶消息易通，势力均敌。近年奉诏，迭次派员往泰西各邦通好，业与从前隔阂情形小异。日本近在肘腋，自变更西法，造兵船，开铁路，又派人往西学习技艺，其志固欲自强以御侮，究之距中国近而西国远，联络之则为兄弟，拒绝之或反为仇雠，诚宜简员往驻，随时侦其动静，与之推诚，相与设法牢笼，亦可管束我国商民。"云云。其后福建巡抚王凯泰、丁日昌，湖南巡抚王文韶，均以为言。九年十二月抵东京，谒今皇，递国书。书曰："大清国大皇帝问大日本国大皇帝好。朕诞膺天命，寅绍丕基，眷念友邦，言归于好。兹特简二品顶戴升用翰林院侍讲何如璋为钦差出使大臣，三品顶戴即选知府张斯桂为副使，往驻贵国都城，并令亲赍国书，以表真心和好之据。朕知何如璋等和平通达，办理交涉事件必能悉臻妥协。惟冀推诚相信，得以永臻友睦,共享升平,朕有厚望焉。"如璋率同副使张斯桂、参赞黄遵宪入谒,行三鞠躬进退礼。国皇喜受书。日本汉学者皆谓自隋唐通好以来,千有余载,及是使者始奉皇帝国书,待以邻交之礼,书之史册,实为至荣。旋购使馆于东京之霞关;又于横滨设理事官一员,兼管筑地;神户设理事官一员,兼管大阪;长崎设理事官一员。中国商民,咸归管辖。

卷七　邻交志四

泰　西

环地球而居，南北极有定，东西方无定。然居中国而视欧罗巴，则名曰泰西。日本又居中国之东，故亦沿泰西之称。阿美利加一洲，自太平洋海路已通，由东而至其国，亦可谓之太东。然其初来也，越大西洋而抵欧罗巴，乃能至亚细亚，且其种类国俗，实为欧洲枝分之国，今亦以泰西统之。至欧美各国国名，译华语，无定字，读以日本音，更无定字。如英吉利，或作汉乂利亚，或作谙厄利亚，或作英机黎，或作英圭黎，又作伯理敦，则三岛总名也，又作不列颠，又作浦利丹尼亚，又作貌利太泥亚。俄罗斯，多作鲁西亚，或作鄂罗斯，又作露西亚。阿美利加，多作阿墨利加，或作米利坚，或作亚美利驾，又译其义，称曰合众国，或曰联邦。法兰西，或作佛兰西，或作佛郎机，或作佛郎察西。荷兰，多作和兰，或作阿兰陀，或作喝兰。日斯巴尼亚，多作西班牙，或作是班牙，或作班由，或作毗斯番。又谓新西班牙为农毗斯番，即美洲之西班牙属国也。日耳曼或作簪文，或作查曼布路斯，或作字露，或作字漏生，或作普鲁斯，或作布留士，或作普鲁士。今之德意志，多作独逸。葡萄牙，或作波尔杜瓦尔。义大利亚，或作意大利，或作以大理。比利时，或作比利震，或作白利真。奥大利亚，或作澳大利亚。秘鲁，或作白露。丹马，或作丁抹。又或节称曰英国、鲁国、墨国。此编杂采诸书，不必一一尽改，特识于此。

黄遵宪集

后奈良帝天文十一年，西历之一千五百四十二年也。葡萄牙教士始来多祯岛，岛属大隅。舶长二人，一曰牟罗叔舍，一曰几利支丹。日本后遂名天主教为几利支丹教。日本学者皆谓欧洲人之来日本以是为始。萩原裕曰："先是，三百五十四年，为后鸟羽帝文治四年，有船至陆奥，阖船一百五十人，中有三伟人：一精兵学星纬术数，一善蕃乐，一妙医药。此乃欧人来东之始。世或以西历一千四百年间，葡人始经阿非利加之喜望峰而来印度，然其由亚历山大港通红海而至印度，固已久矣。此陆奥来船，必为欧人。"云云。余考景教之传，在唐贞观年间，当时为建大秦寺，则罗马教士来东已久。此中三人，有精星纬地理之学。当时诸国，无有此辈，断为欧人，理或然也。又是时始传鸟铳。寻有意大利亚教僧至。大友义镇首奉天主教，其法浸盛。及织田氏时，松永久秀、高山友祥等亦奉之。正亲町帝天正二年，南蛮船至，有教士称宇留嘉侔伴之连，教中师长曰伴的连。信长召至安土，问所由来，曰欲传袄教。信长馆之立正寺，召群臣议之，卒令建南蛮寺于京师，授以土田。刑部正则曰："戎狄异类，不知人伦，异日必为害，不如逐之。"信长曰："昔百济贡佛像，尊崇至今，彼徒所奉，容有可取。"先是，筑紫濒海，葡船无所不至，经营市易，广布教法。及是又至京师。教士多通国语，解内情，言辞温雅，善与人交，金宝珠玑视如瓦石，或教民造食物，以利民用，百方诳诱，以故民归之如流水。而西人托商贾来传者，陆续不绝。信长悟，欲逐之，未果。大友义镇时雄据筑紫，特建天主观于丹生岛，日听讲说，两丰二筑，每焚佛刹，目为天火，甚至毁佛像为薪。时京畿僧徒横肆，信长欲引袄教以挫之。既而，伴的连日以赈穷疗疾为事，散珍货，施奇药。每曰："汝曹不信圣教，故罹斯惨苦。我今为汝等超度。"乞儿病民，日蚁聚其门，而长崎阖境皆从教。教匪山田甚吉等遂结五百余人，日放火劫掠。信长始悔，将逐之，遇弑不果。至文禄四年，丰臣氏怒其惑众，乃收伴的连及其徒二十余人，械送长崎磔之，始禁袄教。然既所在蔓延，不能骤改，就刑者甚众。初，天正十五年，秀吉议毁南蛮

寺，或请斩其人。秀吉曰："不若放还。"命密捕教徒。高山友长、小西行长泄
其情，皆遁匿，仅获四人，遂逐伴的连。定法五章：曰禁祀天主；曰禁毁神社佛
寺；曰限教士二旬出港；曰禁说教，不禁通商；曰所绝在教士，商民姑宥其罪。
然教士潜匿不去，及是乃遂伏诛。

　　后阳成帝庆长五年，荷兰船至和泉界浦，英吉利人从至，先是，
天文十五年，英吉利人始附兰舶来。天正八年，英船始至。皆乞互市，德川
秀忠延见之。其至也，遭风船坏，秀忠命赍廪谷五十口，设馆居之，时时引
见，询外域风俗。越十年后船至，乃载还。六年，吕宋船亦至，德川家康
给以印票，允通商。又颁信牌于国民，令航外海。八年，始设长崎
奉行。官名，专司外舶事。岛津氏所隶之坊津，海商蕃客日益辐辏。
十三年，吕宋船抵浦贺。吕宋求直至关左，又请通商舶于其国，皆允之。
十四年，将军秀忠又给印票于澳门葡商，于荷兰，于英吉利，均许互
市。长崎奉行入谒德川家康，曰："现今市易繁昌，汉洋麇集，外船系泊至八
十余艘。"家康大悦。当是时，安南、暹罗、柬埔寨以外，南洋诸岛及西欧各国
通商者，凡十许国，皆给印票。旋定以长崎为互市场，禁进他港。十六年，
又禁天主教。初，秀吉禁教，继以兵事，禁网稍宽，教士来者日众。及是，荷
兰人杨与士上变，又有僧讦教士曰："葡王之遣教士，倾力济度，名为通商，实
以蛊民，渐图夺国。其取吕宋、农毗斯番，皆用此术。及今不图，必贻大患。"
家康大惊，遣使搜索教士，逐之海外，申严教禁，命僧崇传以梵法劝谕教徒，不
悛者处流斩。十七年，又申禁天主教，尽毁京畿诸道教堂。初，有告天
主为邪教者。德川秀忠特命揖斐某于南洋传习其教，七年而归。秀忠召问，
穷数日夜不倦，终悟其邪。新西班牙人始来通商。始得自鸣钟，旋遣京商
田中某，附其船往，逾年而还，献绯红、鹅、绒、葡萄酒各物。十八年，陆奥守
伊达政宗遣其臣支仓六左卫门于罗马，累年乃归。日本人之至欧洲，
以是为始。时以日本舟雇洋人驶往，阖船百八十人，独支仓得归，携有罗马牒
及十字架等物。时教禁正严，遂秘其事。英吉利人始来骏河上书，前将

军家康亦报以书。献有镶嵌铳、望远镜等物。家康报书,约许以七事:曰商舶蠲役;曰需用必给;曰随宜进港;曰市民杂居;曰财产自主;曰禁强买卖;曰罪犯各用国法。由是商舶岁至,行之十一年,以无利,又辞通商。案:此报书,即近世和约之权舆也。十九年,以禁教故,囚高山友祥等二百余人于狱,旋放之瓜哇及澳门。是岁又毁教堂十一宇,谕教徒归浮图,无悛者。乃令以草藉束缚,父子相伍,绝饮食,再令吏诱之曰:"改教则生。"皆曰:"宁死往天堂。"口唱达维斯不止。达维斯,谓上帝也。元和二年,始置下田奉行。江户港口。三年,吕宋船至,有教徒,遂搜斩阖船人。荷兰人至平户,告界商常陈携吕宋教徒至,长崎奉行驰如平户,入船检货,搜获教徒密书,阖船无少长皆斩之。幕府由是益亲荷兰。初,罗马教士利玛窦入中国,用汉字著书,诪张西教,海舶或赍至,传播民间。至元和八年,令长崎奉行严检汉书,语涉泰西者一概涂抹,名曰禁书。其后长崎奉行捕禁益严,教民多露宿乞食,然卒不能绝。宽永元年,始置三崎、走水奉行。三崎属伊豆,走水属相模。新西班牙船至,上书将军家光,以奉教国却之。家光下诸宰执议,皆曰:"此不过借通好以广教耳,不如逐之。"二年,告海外诸国,专以长崎通商,禁进别港。既而又停吕宋澳门互市。十二年,禁国民远航,律以极刑,并禁造巨舶。初,足利氏之末,海贾奸匪,泛海私出,船帜题八幡字,往往为盗。文禄初,丰臣氏始给信牌,许远航。逮德川氏,定为二十家船,时人谓之朱印船。及教禁严,凡入海者必奉牒书,又谓之奉书船。然安南、暹罗皆尝遣使请禁国商横暴。自文禄以来四十三年,至是停之。适有久往广南,归者五人,皆处斩。旋又定船舶之制,禁帆用三桅,漕船外,不得过五百石,著为定制,防远航也。十三年,命于长崎筑港建馆,以居洋商,不许杂居。募富民填港,内筑别岛。既成,乃驱洋人尽住别岛。又放洋种男女二百八十七人于海外。令大村纯信以兵扼诸口,以备窜逸。

十四年,天主教徒作乱于肥前之岛原,家光命松平信纲等合西诸侯兵讨之,越七月乃平,诛教匪凡四万人;更申天主教禁于海内。

初，有马城为教徒窟，屡捕不绝。幕府乃命松仓重政治之，谕以力锄凶种。重政大索封内，每岁例戮数十人，后遂毁原城，徙治岛原。其子重次嗣封，政尚苛酷，谤声载道。是年八月，耶稣教徒遂作乱，故小西氏、大友氏遗臣之奉教者，匿于天草，纠党宣言曰："岛原益田时贞，神人也。昔西教师有遗言：'廿六年后，天降善男子，枯树生华，绛云四塞，乃上帝再来之证。'今少年时贞即其人。"群贼等遂自天草入岛原，所在响应，犯高久城，掠仓谷三万二千包及火药甲兵等，筑原城而据之。事闻，幕府命镇西诸将讨之，以板仓重昌督师。重昌合诸侯兵十二万五千攻之，不克。重昌谋久困之。幕府又命松平信纲、户田氏铁提督军务。重昌闻二将至，愧师无功，奋勇力战，中箭炮而毙。信纲等至，命诸将合围，然后进攻。至明年二月二十八日城破，纵火焚毁，烟焰涨天，贼将时贞等十余人皆自杀，斩首四万，无一降者。诸军亦死者千余，伤者七千余。是役也，重围凡百有旬日，官军前后死伤至一万三四千。余考天草之乱，以不教之民执粗犷之兵，聚数十万劲旅于小城之下，而每战必胜，倔强不屈。此何以故？万众一心也。万众一心者，教使之然也。吾闻耶稣基督之教，推人物本原一归之上帝主宰；又以耶稣舍生救人，为上帝子、圣教主，一心崇奉。推其弊，至于宁负国法不负教法，宁负君父不负教祖。苟或詈教，则戟手而争，刀锯之所加，矢石之所攒，踊跃奔赴，视死如饭，以是为答教祖之恩，阶升天之福。夫既以徇教为报恩，以赴死为升天，遂不难执戈于君父之前，悍然而不少悔。是役也，城破之日，儿童幼女咸引颈受刃，无一涕涟者。呜呼！何其敬信之至此也。欧洲十字军之起，十战九败，卒能奋兴；新旧教之争，至于父子仇隙，伏尸百万。呜呼！耶稣忧人道灭裂，教以相生相养之道，而其徒竟为危激，蹈汤赴火，以张其教，吾不知其救人行善之谓何也？日本荻原裕曰："自三韩内附，而浮屠至焉；西南洋麇聚，而祆教入焉。祆教毒之尤酷者也。一误吾民，愚民蹈而罹辜者大约二十八万，而官军鏖战死于锋镝下者不与焉。宽永以后，遗匪余孽，或杀或流，或自裁，丧国破家者亦不少。大抵前后堕生于祆教之祸，盖几几三十万人。吁，此三十万人者，皆我赤子也。教徒一饶舌，而我三十万赤子含笑瞑目，可不惧哉！"十六年，遣使长崎，召镇西诸藩重臣,申教禁。天草乱后,于十五年悬赏曰:"告教士者,赏银二百锭;告教徒者,赏百锭。"及是,再遣大田资宗于长崎召各国,谕绝来航。令诸藩曰:"国家严禁天主教,外国非不知,而潜遣教士,屡来犯禁。自今来舶,辄火其船,诛其人。"十七年,毁澳门来船,焚其货,斩其人。澳门葡商复来强请互市。幕府遣民部少辅加加爪忠澄告之曰:"汝屡犯大禁,是蔑我国也。"捕斩六十余人,余附华船还。十八年,荷兰船长来谒,将军家光谕曰:"耶稣教有潜至者,必告毋匿,否则并绝尔国。"尔后荷兰船至,船主每献方物至江户,谒将军,沿为常例。时命北条正房问兰人以西洋攻战大炮火箭之法,后录为一书上之。后光明帝正保四年,葡萄牙兵舰至长崎,命严防戍。旧制,外船进口例收炮柁。及是,葡人曰:"兵舰非商船,不受令。"事闻,幕府命九国诸藩出戍兵,以小舟围绕,絙筏扼海,梗塞去路,众至八万。又特遣大总督如长崎诘问,察其无他,然犹停泊五旬余而后去。庆安二年,鲁西牙人始至桦太。即库页岛。承应二年,将军家纲命筑七炮台于长崎防外患。后西帝宽文元年,令诸藩严索教徒,立五户互讦法。灵元帝宽文八年,于长崎府厅设耶稣像,令民践蹊。宽永以来,禁教益严,每岁诸藩捕斩者数百人。又严核各道户口,不奉佛教者无所容身。松浦隆信铸十字架耶稣像于铁板,俾士民践之,以验宗教。是岁纳之长崎府厅,幕府遂著为令。后又设于海岸,外舶来者,必践踏乃许登岸。延宝元年,英吉利船入长崎,复奉书求互市,不允。自后长崎商船,唯华商及荷兰船而已,他国无复至者,行之二百余年。德川氏一代,以开港始,以开港终,独中间锁港二百余载。当此之时,欧洲诸国,狼吞虎噬,弱肉强食,每阅一战,国步日进。日本独立海中,于海外事情茫如云雾,文愉武熙,晏安无事。至于末流,墨守旧法,闭门固拒。然美舰俄舶一来劫盟,睹其坚船巨炮,气已中馁,及一战于马关,再战于鹿儿岛,又动辄败绩。而开港入口,结约十四条,左干戈而右槃敦,城下之盟,失利不必矣。方家康三世之初,遣使通商,造舶出海,骎骎乎有驰骛八极之意。不幸以天主教故,变而锁港。假令是时由南洋至西极，与诸大国相往来；又假令欧洲诸国早有轮船、电线、铁路，东西两洋以玉帛相见，不以兵戈，则互取彼长，以治己国，日本虽小国，或不难捧载书而从万国后，断不至前倨后卑，如今日受侮之甚。惜哉！惜哉！

贞享三年，澳门港使送漂民十二还长崎，上书曰："我国以尊日本，故特送漂人，非乞互市。"幕府使吏答之曰："国禁通信，自今而后，纵有漂人，愿勿送还。"乃给粮食薪水遣归。以后葡船遂绝迹。东山帝元禄十二年，始限兰舶进口，每岁四艘或五艘。中御门帝正德五年，将军家宣命限二艘，输出物值银三千贯，铜一百五十万斤，遣使长崎，正贸易法，更给船牌。享保六年，将军吉宗始开泰西禁书之禁，废伊豆下田奉行，始置相模浦贺奉行。十二年，处士小笠原贞任请检小笠原岛，听之。贞任曾祖贞赖，尝奉教，检南海，得一岛，命以其氏，每岁航收其利。宽永中停之。故贞任有此请。其后小笠原岛，英国欲争为己有，日本卒不听。十六年，减兰舶输出为一千五百贯，铜一百万斤。樱町帝宽保二年，命青木敦书索遗书。敦书始习兰学。敦书称，文藏官书物奉行新井君美始阐和兰学，而世未知之。敦书乃如长崎，从象胥习洋字，质兰藉。至挽近兰学浸开，始有种痘法，亦赖其首倡，著有《和兰话译》等。三年，又减和兰输出为五百五十贯，铜五十万斤。

后桃园帝明和八年，有鲁人由甘查甲测验东海，致书长崎。安永元年，鲁人六十余名至乌儿图普岛，筑室营渔利，土人不能制，遂与互斗。七年，鲁人命岛夷向导至纳加麻，乞市易。明年，松前氏以将军家治命还书，辞市易，给米、烟、酒遣之；鲁人鞅鞅去。光格帝天明五年，鲁人来松前熊石，家治特遣使巡视虾夷诸岛；又命巡桦太。宽政三年，将军家齐减外舶岁额，限和兰一艘，命和兰船主五岁一至江户。有仙台处士林子平，以倡议海防，将军命锢之。子平，少倜傥，有大志。尝敝衣菲食，蹑高屐，冒寒暑，凌危险，跋涉千里，诸国山川要害，莫不谙知，最留意海防。再游长崎，接海外人，详其情状，其意谓"自江户日本桥抵于欧罗巴列国，一水相通，彼驾驶巨舰航大洋如平地，视异域如比邻，而我不知备，可谓危矣。濒海要冲之地，必严筑炮台，设戍兵。以日本全国为一大城，一旦缓急，以逸待劳，庶免外侮。"又谓："我南北诸岛，委之不顾，外国有窃据者，为患不细。"归著《海国兵谈》及《三国通览》二书，幕府以为动人心，命毁其梓，锢诸其藩。为德川氏承平之际，欧洲诸国无事之时，而有林子平其人，悉外情，议防海，可谓眼大如箕矣。五年，鲁西亚女帝苏非遣使阿陀牟等至虾夷根室，乞通信互市，送还漂民二人；家齐临吹上厅见之。二人伊势白子、舟子，漂至鲁，居十二岁乃还。遣目付官名。石川忠房、村上义礼等至松前，谕阿陀牟曰："此地不关外事，宜西至长崎。苟求互市，有国禁在。"鲁使乃归。时英船亦数出没虾夷海。九年，命松前氏修备，更命南部某、津轻某交戍虾夷。十年，复遣使按验。淳和二年，始置虾夷奉行，收东虾夷为官地。越五年，褫松前氏封，又收松前及西虾夷为官地。文化元年，鲁西亚帝亚历山大遣使礼萨纳等至长崎，再送归漂民四人，四人，仙台水手，与十六人共漂至一岛，曰蕴提戾都蛤，又乘岛船，西南至屋和都蛤港，皆鲁人所管，复往伊留歌都蛤，居八岁。鲁帝征之，乘驲昼夜西北驰，五十日至都馆大臣宅。帝召见十人，问欲还否？四人求还，余乞留。四人在都四旬，纵观礼拜堂、博览会及异花奇禽等。盖鲁人欲再请互市，故厚待之。于是发船送归，由南亚墨利加之巴西，抵极南海，折而西北，过东洋，泊加摸赭都蛤，而达长崎，水路距鲁都七万余里。献书及方物，乞通信互市，将军弗纳。明年二月，遣目付远山景晋于长崎，与奉行肥田赖常传命，仍赐米盐绵各若干，给薪水遣归。初，阿陀牟之至根室也，及还，与一牌曰："若再来，以是为信。"鲁人误谓许互市，故礼萨纳固请，终不许。礼萨纳在船中得疾，请上陆疗养且修船；众吏守法不听。赖常曰："有疾不许疗，船坏不许修，是失信义也。"遂从其请。礼萨纳感谢而去。赖常上状请犯禁罪，执政反赏之。文化三年秋，鲁西亚兵舰寇虾夷桦太，焚楠溪廨舍，掠粟，执戍卒四人而去。四年四月，鲁西亚兵舰二艘寇越土吕府，火名蔺穗栅，执戍卒三人，进犯舍那寨。戍兵仅数十人，力拒之。夜，鲁兵潜登寨后莱世卤山，发大熕，戍兵不敌，退保蔓米罗山，鲁人焚寨掠器而去。箱馆奉行乞援于仙台南部津轻，幕府亦飞檄奥羽诸藩严为之备，命仙台、秋田守松前。五月，鲁人侵理井尻岛，焚抄船数只。又至桦太，送还俘口，上书曰："敢乞互市。不许，当再以战舰蹂躏。"目付远山景晋等巡视其地，漕军粮一万五千石于箱馆，改置松前奉行，以河尻某、村垣某为之。十二月，命松平容众、伊达周宗发兵屯虾夷诸要害，遣幕吏督之，以备北寇。初，礼萨纳之还也，至加摸赭都蛤，诱无赖曰："汝等往扰虾夷地，日本疲于奔命，必许互市。"以故数来焚掠。时升平日久，一旦变作，举国骚然。五年四月，起炮台于相模、伊豆、安房、上总各要，命浦贺奉行岩本正伦等掌其事。八月，英吉利船一艘至长崎，夜潜乘轻舸入港，掠民家畜物，上厅乞牲牢薪水。奉行松平康英飞檄肥筑，将烧夷之。英船夜去，康英恨失机，上表自劾，屠腹以谢罪。旧制，使福冈、佐贺二藩间岁戍长崎，至是松平齐直坐戍卒失误英船，命之屏居。时，将吏调戍虾夷者各至戍，分守松前箱馆、桦太、越土吕府，然卒不见一寇而归，会津、仙台兵旋亦撤守。寻命南部利敬总督西虾，津轻宁亲总督东虾，各进爵增封。九年五月，鲁西亚将伊利古留船至理井尻，遣八人上陆，诣泊崎，言语不通，戍卒虏之，发铳指船。八月，伊利古留再至，复遣国民三名请归俘，不予。见栅中兵执火器，回舳入洋，掠商舶而去。十年五月，伊利古留复来，使所掠舶商诣泊崎，言曰："往年犯桦太、越土吕府，皆我属国加摸赭都蛤之无赖所为，国家实不知，已罪其魁，禁勿扰边鄙。某等特来谢，不图待之如盗。请察此诚，赐以八俘。"六月,松前奉行遣属吏于理井尻报之曰:"归所掠物,上谢罪书,则还若俘。"伊利古留诺而归。九月,复诣箱馆,献谢书,归器械,遂还以八虏,并给粮及薪水。自鲁人扰北边,至是八岁始平。

仁孝帝文政四年,复松前氏封于松前,仍镇东、西虾夷。八年,蕃船一艘入寇萨摩宝岛,岛津齐兴发兵讨之,杀一人。将军令曰:"蕃船至沿海地,则发炮急击。敢私给蕃船用物者,严戮无赦。"天保二年,有蕃船寇东虾,松前兵炮杀数人,船乃遁。十一年,处士高野长英、渡边华山等,以译西书及议开无人岛有罪,禁锢。初,长英、华山与小关三英共译西书,论兵制,究地志。时英舰护送漂民直至浦贺,欲请贸易,兰人告之长崎。事闻,阁老水野忠邦曰:"宜准文化中逐鲁使例。"评定所亦议曰:"英人猖獗,阳以贸易为名,阴欲广其袄教,宜远之如淫声美色。今托言送漂民至都城咫尺之地,其意难测,欲济小虫则杀大虫,毋以一二漂民弛禁,当一举扫除之,以辉国威耳。"长英等就幕吏窃其稿,私谓国初英、兰皆入江户,后英以无利辞。今彼冒万里风涛送我漂民,实出厚意。若以怨报德,恐结怒外国。华山乃作《鸪舌小记》、《蕃论私记》、《慎机论》,长英亦著《梦物语》,皆驳攘夷非计。既而,蕃学之徒又议开无人岛以供国用,将请之幕府。或告以通信外国,踪迹诡秘,遂下令搜捕严锢之。十三年,将军家庆废外船炮击之令。德川齐昭建议曰:"民俗愚戆,不知大义,渔父艖丁为尤甚。曩布攘夷令,犹恐或昵夷人于洋中。今废其令,何以防偷漏之奸?"不报。宏化元年,和兰兵舰来长崎,告曰:"西洋诸国将率兵来劫盟。"三年丙午闰五月,北亚墨利加将必氏帅军舰二、兵一千,航入浦贺,贻书奉行,曰:"我国已结好华人,冀贵国亦互市,愿守国法。"幕府令大久保忠丰传命曰:"我祖宗以来,锁港久矣,外事当问长崎,不关此港。"命松平齐典、松平忠固严修海防。六月,墨舰还去。是月,有墨人七名漂泊越土吕府,明年幕府命和兰人送还之。孝明帝嘉永元年戊申,蕃船往来北海者日众。二年己酉，北亚墨利加人十五名漂至虾夷，幕府命和兰送还，辞。三月，墨船入长崎，受漂人去。闰四月，英吉利船入浦贺，奉行户田氏荣奉命斥之。归途，阑入下田，测海而去。于时蕃舶来往北之南部津轻、松前，西之对马，或上陆游步，或乞供阙乏，日益频数。幕府乃令内外列藩益修海防，撰人材，减诸侯驺从，许其赍火器入江户，练兵于郭外，又命西诸侯造巨舶。是年，始传种痘方。五年壬子八月，兰人上言："明年墨欲来请贸易，苟不协，将有战事。"先是，三年，和兰亦上言："印度人欲贸易日本，请于英国政府，见许。"命筑炮台于大森。六年癸丑六月三日，北亚墨利加将陂理帅四舰突入浦贺，曰："奉国命求通好，赍有国书，当呈之大君。"奉行户田氏荣令往长崎，陂理不听，状颇桀骜。奉行飞报江户，幕府大惊，命松平、细川、黑田、毛利、蜂须贺、立花、酒井、大久保等诸藩，戍近海及上下总、安房、伊豆、相模沿海，假馆于栗滨为接使所。九日，氏荣等率诸吏接使受书，陂理以兵三百余人旗鼓而进，道路侧目。献书函及方物，且云直达大君。其略曰："北亚墨利加合众国大统领水师提督陂理呈书日本国大君，请修好互市二事。我合众国产黄金、白银、铅汞、珠玑，及天然珍异之产，人工奇巧之物。日本亦富物产，相贸易，必有大利，试行之或五年或十年，即不利则罢市。加理科尼亚，我一大都会，驰火轮船，则十八昼夜而到日本。或帆或轮，航太平洋而至中华者，及捕鲸船之近日本北部者，时遭飓坏船，愿救恤之。我火轮船颇费石炭薪水，然不得多载，愿给其匮乏，我当报以金银。"前中纳言德川齐昭、细川齐护、立花鉴宽请以部兵攘之，幕议谓承平日久，宜先为之备而后绝。乃使氏荣等报之曰："当奏之朝廷，明岁令长崎和兰人传报。"陂理曰："明年若允许，将假一岛建商馆，乃入神奈川湾测量。"吏诮之，陂理曰："如不许互市,更发兵舰,吾为之先锋,故预量浅深耳。"幕府使胁坂安宅入奏,帝大忧恐,敕七庙七大寺祈四海静谧。七月,鲁西亚使布铦廷帅兵舰四艘入长崎,福冈、佐贺诸藩发兵备之。鲁使就奉行水野忠笃呈书,请三事:一修邻好;二正桦太疆界;三则开市及鲁船往来有急需,请给缺乏。十月,将军家定遣大目付筒井政宪、勘定奉行川路圣谟等于长崎答书于鲁使,曰:"我与贵国,各国其国,民其民,无事相交。苟欲正疆场,须敕疆吏,按图籍检核凭据,勿使有毫厘差乃可;若贸易往来,我世遵旧法,前已固辞。但方今贸易殆遍宇内,诚不能取古例律今事。顷者合众国亦来乞市,容彼拒此,势既不可;并受万国,则鳞集麇聚,国力之给不给未可知,将何以为继?矧我主新立,百度草创,如此重事,须奏之京师,告之列侯,势不得不费岁月。我于贵国壤界相接,应加郑重,幸谅此意。"布铦廷受书而去。初,墨舰之去,下其书于列藩议之,主战主和,群议纷起。士之上海防策者,日踵于门,里谈巷说,亦论其利害。幕府乃报曰:"议论百端,要之归战和二字。顾边防未完,兵器未整,乌可自我开衅?明年之答,宜迁延以待后举。"旋命会津、熊本、荻、鸟取、冈山、川越、忍、柳川诸藩戍武相、房总沿海,又征土佐漂人万次郎为小普请。万次,宇佐渔人,于天保末漂流抵无人岛,为捕鲸船所救,携往北亚墨利加,居十三年乃还,献其纪行日记、世界计览、万国舆地图、西洋奇货。至是擢之,以其解墨事也。安政元年甲寅,正月十三日,墨将陂理再帅七兵舰入浦贺,幕府遣大目付伊泽政义、町奉行井户觉宏、儒员林炜等按问之。墨舰进泊本牧,发空燎,量海底。幕府命金泽藩等守京师;水户藩守江户,仙台、久留米、米泽等亦与焉;余皆扼守近海。浦贺奉行户田氏荣及政义、觉宏等,使退浦贺港。对曰:"远方航海苦旷,日请入江户上书。"不许。二十七日,副将阿单须进入神奈川,迫品海。政义等举国禁止之,阿单须抗辨无退色。时德川齐昭建白十议,论墨不可和,细川请进讨,以张国威,并不许。二月十日,令炜、觉宏等假馆横滨,接墨使飨之。陂理上书曰:"谨承两国相亲之命,使臣与有荣矣。然条约不定,则邦交不固,请以后泊船,许取直给物,许士卒上陆,许上岸立标测量内海。"幕府赐之米百斛,许其泊下田、箱馆二港,居下田沙子岛方七里,居箱馆方五里。及抚漂民,给薪粮等,墨舰乃赴下田港。寻许泊长崎。时圣谟、政宪等至自长崎,以为许墨人二港,与前议答鲁相抵牾,上书争之,不省。幕府遂令诸藩撤武相总阵营。自去年六月征兵三十余万人,至是罢归。日本本以武立国,然自德川氏秉政以来,欢虞为治,于外国强弱茫乎未知。一葡船来,调兵至八万人;一鲁舰来,复征四诸侯之兵,漕十万石之米。此次墨国劫盟,乃至聚兵三十万众。然彼国驾巨舶,履大洋,东西南北,何所不至?我迹敌船之所至而置之戍,戍兵未至,敌舰早扬。此与刻舟以求剑、守株以待兔何异?及乎两军对垒,彼此相持,主客众寡,非不据形势而得便利。然驱不教之民,执无用之器,骤对强敌,譬犹羊群见虎,早已神索气尽,调兵虽多,终不能战。嗟夫! 设险以守国,教兵以备战,有国家者之急务。平时漫不设防,一旦有警,则羽檄飞驰,张皇失措,事定而复遣散之,非特劳民伤财,而鼠技已穷,形见势绌,适足贻旁观之笑,招外人之侮,无怪乎劫盟之师接踵而至也。前车之鉴,可不戒哉! 墨舰临去,送致长门人吉田矩方等二人。幕府锢之。初,长州士吉田矩方,受兵学于松代儒臣佐久间象山。象山博学洽闻,兼通象译,善火技,每曰:"方今要务,宜周航万国,审其情实,庶不致观人国于云雾中。"会幕府托和兰购兵舰,象山曰:"不如遣人往殊域学之。邦人来往,自能操舟,不复仰给于外,省购费而习伎巧,益莫大焉。"幕府不纳。矩方闻之感愤。时鲁舰入长崎,欲从之航西,至则已去,乃歉然返江户。象山在浦贺警卫中,矩方与其门人涩木松太郎谋之象山。象山授以方略,托小吏,令二人夜窃入墨船,请附载。陂理不听,护送遣归。幕府以其犯国禁也,锢之其藩,并幽象山。尝观陂理《纪行》,书谓矩方聪明,识天下大势。日本罕斯人,真为可惜,然矩方后竟被刑。维新以来,长门藩士之以尊王树勋者,多其门人。世谓其以名节鼓舞士气,至今称道。矩方又尝草《七生灭贼说》,引楠子语以自况,其英烈可想也。七月,爪哇都督赠书长崎奉行,曰:"前奉命索战舰,会西洋乱,未由得之。闻日本待鲁、墨愈于和兰,然鲁最叵测,鲁将蚕食差我廉以及日本,泰西诸大,合纵拒之。今英王以仆为东方水军将,尾追鲁军。仆即帅兵舰先发,请许其入长崎诸港,并请给军用。"延至八月,答之曰:"如以讨鲁故,则敝邑密迩于鲁,近始行成,或以应援见责;如以穷乏请,敢不如命?长崎、箱馆随宜系泊,幸勿至他港。"既而,以其固请,许泊下田。英女主域多利亚使船亦至长崎上书,略曰:"近来鄂国猖獗无状,有吞并全欧之志。吾王哀全欧人民罹祸,问罪于鄂国,命将出师,海陆并进。闻昨年鄂国遣使于大国,约永通和好,贸易有无,诸执事待以客礼,许其请而遣之。吾王闻之,撇踊曰:'大国洵君子国,而鄂国所谓虎狼之秦也。'顷者,鄂国挟其祆教凌暴土国。土国屡馁不能支,告急于英。吾王传檄于同盟,发精甲数万,碎其艨艟十,杀其组练数千,零贼奔窜。吾将草薙而兽狝,歼其丑类。闻鄂将经大国海洋而归其边徼。今某等舣军舰于对马岛,将迹鄂国败兵而鏖之,以作京观,于东洋毫无关系。大国若以其有约,不忍旁观,或英武不胜技痒,有加一弹一箭,以为其后继,则某等部下将泄怒于大国,改旗东指,大国其何以应之?言至此,虽类不逊,实出至诚。鄂流涎于差我廉者有年,并吞虾夷千岛,自皮及于肉于骨,终将吸精髓而后已。吾曹窃为大国寒心,大国其熟虑深计焉。今通款大国,竭区区之意,欲使大国争此要著于世局也。英敬天爱人,力可取而义不取,岂效鄂并食弱肉以夸强大,此英之所以横行寰宇而驾驭诸国也。自今以往,英船取道于大国管辖者,不论何地何港,揭徽而入,下锚而泊,缮哨船,取薪水,不必一一请谒,请下令沿海诸道知无他。今两国将立盟结义,东西声援,则鄂形露势阻,不得逞其凶虐。吾王东望,欲明衷曲于大国久矣。军旅之间,不能尽拜趋之礼,镇台其知悉而报诸殿下,速赐报。"英使名约蔑私仑几。八月,奉行忠笃、目付永井岩丞等奉命延见英使,许泊长崎、箱馆二港,给欠乏。使船寻去。九月,鲁舰用日本字树帜曰"於吕之也"。即鲁西亚译音。自南海入大坂洋,幕府檄和歌山以下诸藩备之。彦根藩井伊直弼发兵四千屯京师本能寺,郡山、淀、膳所诸藩扼洛外各所,鹿儿岛、熊本兵相率东上。家定寻使直弼守卫宫阙,酒井忠义、抑泽①保得副焉。使青山忠良等,分戍京师七口。又命和歌山筑烦台于加田,德岛筑于由良岩屋,明石筑于明石,命宫津、田边、峰山各严海防,互相应援。十月,鲁舰退泊纪伊之加田浦,无几来泊下田,幕府使政宪、圣谟、政义及目付松平重、古贺谨等接之。十二月,政宪等会鲁使布铦廷,许泊下田、长崎、箱馆三港,购买欠乏物。鲁船之在下田,遇海溢几覆,幕吏善遇之,修其破漏,鲁人喜而去。二年乙卯三月,家定奉诏,令五畿七道销梵钟以铸大小炮。惟余古名钟、宗寺钟、报时钟不毁。既而,僧徒诉之知恩轮王、二法王,事格不行。又禁以铜铁锡铅铸佛像、佛具及诸器玩。墨船至下田,请测量海底,曰:"使往来华米诸船谙海路,以避覆溺患。"幕府报以俟后命。墨量东北海而去。六月,和兰人至长崎,献蒸气船及小铳。幕府寻遣矢田崛景藏、胜麟太郎等于长崎,就和兰人学操气船术。八月,岛津齐彬献昌平船于幕府,摸西洋制所造也。家定赐名刀赏之。是岁春,幕府命松前崇广上东、西虾夷为官地。东自木

---

① 抑泽,疑为柳泽。

古内村以北，西至乙部村以北，直隶幕府。夏，命伊达庆邦戍东虾白追以北愈不津、根室、越土吕府、俱奈尻等；佐竹义睦戍西虾御神居以北真霖添矢及北岸知床等；津轻承顺守箱馆，垒戍江刺、乙部及御神居以南；松前崇广戍箱馆岬，江刺岬、七重滨、木古内及东虾惣边津。冬奏，益开虾夷，命箱馆奉行管之。又遣清水氏遗臣及士庶千余人于虾夷，使垦荒经野，牧畜种树，捕鲸采药，及掘石炭，凿矿山，以教化夷民。

二年丙辰，二月，幕府始置蕃书调所。七月，幕府筑煩台二于界浦，命高松、松江二藩筑之于大坂两川口。锅岛齐正亦筑炮台于神乃、伊王二岛。家定赐刀赏之。墨使巴尔理士来下田，告曰："奉国命为总领事，主通商，请亲谒将军呈书。"老中阿部正宏等密议，谓既与和亲，许贷地泊船给物，又继以通商。此禁一弛，各国踵至，亲甲疏乙，殆生乱阶。许之，虑力不给；不许，则根本犹弱，实国家安危之所系。乃令大小监察评定，长崎、浦贺、箱馆、下田诸奉行各上议，诸吏上封事。或曰：既破国律接外使，事机已误，今噬脐何及。十月，家定以堀田正笃为外国事务总裁。四年丁巳二月，和兰船长上书曰："交际外国，当争实利，勿争虚名。今日时势，诚不能闭关绝人。苟开衅于琐事，则城下之盟，俯首求和，所伤实多。"老中以为和兰所言，非于彼我分左右袒，使诸藩积怨，恐蹈亚细亚诸国覆辙。业已许和变宽永以后之法，则待之不得不遵宽永以前之规，遂决议许墨使入府，而欲于下田受书。既而，下田奉行井上清直等言，巴尔理士必欲见将军呈书，议久不决。至五月，乃许定期谒见，而奏之京师。于是齐昭等上疏切谏，溜直诸藩德川氏设大老、老中二职。大老时有废置，老中常执政权。又撰诸亲藩轮直议政，曰溜直。又连署谏曰："许墨使谒见，待遇重于和兰一等，是非幕下失其职掌耶？今许见墨夷，诸蕃继踵，亦将一一见之，操纵由人，诚大辱国。虽遂事不谏,敢别疏利害,请再商。"金泽、鹿儿岛、仙台、熊本等二十一藩亦上书,曰:"宽永以前,诸藩来朝者,卑逊恭谨。今承教依宽永以前例,然墨使尊己国、蔑本朝,执政阻之不可,乃俯首下心,听其要挟。某等诚痛愤,羞与为伍,请于是日概免衙参。"德川氏之初,与外国通商,往往延见外客,即商人、教士,亦引与款接,咨询一切。然自袄教酿祸以来,遽以铁铸耶稣,纵民践踏,外舶之至,概绝弗通。中叶之后,国势愈弱,拒人愈严,其视西人曾禽兽蛇蝎之不若。此次墨使之见,诸侯连奏请免衙参,其鄙夷弗屑之意,盖可想见。然一战再战,即含濡隐忍,俯首求和。既而震惊其强,又幡然改图,举一切政体、风俗,惟西人是尚,其视西人又有如仙佛贤圣之高不可攀者。噫嘻!何前倨后恭之一至于此也。乾隆四十一年,刑部上广东巡抚李质颖谳英吉利商人嚧等狱辞。高宗皇帝谕曰:"汉、唐、宋、明之季,多昧于柔远之经。当其弱而不振,则藐忽而虐侮之;及其强而有事,则又畏惧而调停之。因循姑息,卒至酿成大衅而不可救。"圣人之言,明见万里,大哉言乎!比年物价腾贵,诸藩疲于会同,请自今限十年就国,以劝农讲武,富国强兵,而备万一。有水户人二名,夜潜入蕃书调所,欲刺巴尔理士,事觉处刑。巴尔理士既来江户,诣堀田正笃邸告曰:"我合众国以搂人土地为大禁,但轮舶所至,万里交通,孰敢以一丸泥封关者?日本当从通例,许合众国驻全权公使于京,纵商舶入港互市。二者不翅本国请,东西各国所望也。日本之所患在英,英与鲁交恶,恐日本为鲁所并,亦欲得差我廉及虾夷,以横绝鲁军,开市结约,得互相维持。东印度为英所并,坐不与泰西结约故也。约成,则国不亡,且战舰火器均可应贵国需。通商亦有利,关税所余足瞻国用。惟鸦片产于东印度,英挟其强力,强人购买,他国有受其毒者,为之岁糜四千万元。与英往来,须禁此物。合众国于人民习教,听从所好,此亦世界之通义。日本开市,以我国公使督之,诸国遣使约事,则答曰既与合众国约如此,必莫有争者。向者,仆会英将于香港,告奉使日本,率气船五十艘往江户要约,若不许,将自我动兵。英与佛联盟,佛必与偕,迟未至者,有事于他国故也。方今国是,不如许互市。吾飞告英、佛以约成,则蒸气舰之来亦一二而已。信吾言,则仆为安全媒,贵国之幸也。"十一月,正笃令土岐赖旨、川路圣谟等质问其言。二十一日,将军家定延见巴尔理士于牙城受书,赐以时服,并飨之昌平黉。十二月,正笃见巴尔理士,谢其忠告。巴尔理士再上书申前请。家定使林炜及目付津田半三郎西上奏事。林炜等见传奏菅原聪长、藤原光成曰:"近世万国尽事互市,今墨使请置公使,开十港。幕议欲许之,使臣等上奏。"传奏曰:"俟他日再议。"锅岛齐正上书曰:"我邦自神武肇基,二千余年,未受外辱。今乃为墨夷所劫,亏损国威,曲徇其所求,得寸进尺,若王室何?非我族类,其心必异,外托通好,内则窥隙。一旦变作,诸臣之肉足食乎?今一意主战,暂劳永逸,与先安后危,孰得孰失?纵令入寇,列藩当敌王所忾,奋力却之,不必以烦麾下。臣世辱镇西重任,闻墨夷入见,意如敌破后门,请在国以十有八年为期,足食足兵,缓急从事。"时诸藩亦多诣营言事。是年夏,幕府命讲武所都肄海军,令高松、松江二藩守摄海,松山守神奈川。冬,齐昭造军舰成,名曰旭丸。家定赐黄金百枚、时衣三十领赏之。五年戊午正月,家定命老中堀田正笃西上奏事请敕许,川路圣谟、岩赖愿等副焉。二月,正笃入朝。献黄金五十枚及金香凤凰,准后及关白大阁传奏亦有献遗。帝召大臣以下、参议以上三十余名会议。蜂须贺茂韶私上疏,劾正笃因循误事状,且曰:"臣见外夷近状,觊至神京,天步艰难,危急日逼。"又呈书前关白政通曰:"神州安危在今日,幕府不容众议,殿下宁听之耶?"于是聪长、光成传旨曰:"前敕以不许泊畿内近海,今能不开武库港耶？曰开数港、建商馆，溪壑无厌，必渐次乞求，保毋反复？"
正笃对曰："古者外舶入界浦而市，南蛮寺，亦在京师，故彼以固乞。
然今许开武库，仍禁其入京畿十里内，犹胜于前。夫条约以约无
事，我不背理，彼安敢乱？今如不和，则变起眉睫，何以因应？故自
今生聚教训，图内强以祛外患，策无上于此者。"三月，巴尔理士至
江户促条约押印，曰："闻日本政权在江户，不图游移旷日至此。若
不得命，吾直入京师，得其要领。"幕府飞书于正笃促之。帝初令拟
旨，有"外事处置一依幕府"之语。既而廷议哗然，乃改草。召正
笃传敕曰："墨夷之请，神州安危之所系，将军变祖宗法，失兆民心，
何以保万世？许开下田，前事已误，今若如所奏，则国威坠地。幕
府其使三家诸侯更议而奏之。"正笃等乃奉敕还。四月，幕府移敕
书于列藩。正笃召巴尔理士，告以京师众议，曰："固欲保两国欢，
然背违群议，事终不济。"巴尔理士曰："两国相约，而以人心不合
延期，天下万国之所无，前史所不见也。政府不能钤印，直诣京师
决之，请刻日以报。"是月，幕府以井伊直弼为大老。五月，家定答
墨书，略曰："承二国相亲之意，感荷无已。然宜草章程见示，待我
阖国会同之期，而后定议。"巴尔理士奉以还下田。六月，鲁舰入加
奈川，墨舰复突入小柴。巴尔理士来告曰："英佛二国，乘得胜之
威，马首欲东行有日矣。我忧日本不耐诛求，待其至而议，已缓不
及事。苟听我请，署印于约，我当告二国，以同盟之国居间图无
事。"幕府危惧，大老直弼等谓事已危迫，徒俟敕允，必开战端，乃使
清直愿等与巴尔理士计，参酌旧约，定互市则十四条，钤印授之。
将钤印，巴尔理士复曰："此约中所载'寓居日本商民归我领事官管辖，以我国
法处断'，实不同泰西通例，本非我合众国所乐为。然东方刑律重于泰西，桁
杨刀锯非西人所堪，均不愿受治于贵国之法。英、法诸国所不愿，独合众国为

之,亦恐贻旁观之笑,滋吾民之怨,请自今发奋自强,改从西律。俟日本法度修明,再改此条,合众国必为诸国倡。今日势不得已,幸谅恕之。"七月,外国长崎、箱馆诸奉行亦会鲁、英、兰、佛四使,定约署印,皆准墨例,五国从同。其条曰永相和亲;曰自明年六月始互市,至七月开神奈川,以代下田;曰自今后四十月而置市场于江户,五十月而开武库,置场于大坂。苟新潟①不便则别开西州港。居武库、神奈川、箱馆地各十里,但武库之十里内不许入京畿,长崎限公有地;曰禁粜米麦,缺乏乃给;曰货币互行国内;曰铜钱不许出口;曰严禁鸦片烟。第一款,英国君主、日本国太君议定,两国及两国属民,永敦友谊,世世勿替。第二款,英国君主可派钦差大员或秉权大员,驻扎日本国京城,并派领事官并署领事官驻扎日本国;现今所定通商各口所有英国钦差领事等员,可任意到日本国内地各处;日本国太君亦可照派钦差大员驻扎英国京城,并派领事官或署领事官驻扎英国各口,所有日本国钦差、领事亦可任意到英国内地各处。第三款,日本国箱馆、神奈川、长崎三口、议于一千八百五十九年七月初一日起,准英属通商。新潟一口,议于一千八百六十年正月初一日起,准英属通商;倘此口船澳不便,即改换西洲海滨一口。武库一口,议于一千八百六十三年正月初一日起,准英属通商。以上各口,英属人民皆可永远居住,亦可租地买屋,并起造栈房,但不准设立炮台以及一切武备。凡英人起造房屋,日本国官尽可常往查看。所有各口英人住居之处,以及船澳章程,应由各处地方官会同领事商议。若有不合,禀请英国钦差与日本国王家核办。凡有英人住居之处,日本人不准在周围筑墙砌壁,以阻英人出入。英属人民可任意在以下所定界内来往:如在神奈川至六乡川止,周围以十里为界;在箱馆周围以十里为界;武库亦以十里为界,惟西京不在界内,此城相去十里之处不准来往。凡有英国水手船只,不准过猪名川,此河在武库、大坂之间出口。以上里数,皆

---

① 底本"新潟"均作"新泻",现均径改为"新潟"。下不出注。

自各口官地量起,每里以四千二百七十五英码为准。在长崎英属人民,可任意在邻近各处官地来往。在新潟或改换之处,其界当由英国钦差会同日本国王家酌定。江户、京城议于一千八百六十二年正月初一日起任英人居住,大坂城议于一千八百六十三年正月初一日起任英人居住,但为通商而已。二城之内,英人租屋之处以及往来界限,当由英国钦差会同日本国王家酌定。第四款,凡有英属人民在日本通商各口居住,其身家悉归英国王家管辖。第五款,凡日本国人民得罪英属人民,当由日本国王家拿获,照日本国律例严办;凡英属人民得罪日本国人民或他国人民,悉由英国领事官,或其他秉权大臣照英国律例究办。两国务须秉公了结,毋得稍涉偏私。第六款,凡英属人民欲控日本国人,应先禀明英国领事,领事应得从中劝息。若日本人欲控英人,英领事亦当听其诉明,从中劝息。若必不能息讼,须会同日本官秉公判断。第七款,凡日本国人拖欠英人银钱无力归还,以致逃避,日本官务须尽力查拿,追还欠项;如英人欠日本人银钱逃避者,英官亦当尽力查拿,追还欠项。但两造所欠之项,官可代追,却与官不涉。第八款,凡英人雇日本人为一切不犯法之事,日本国王家不得阻止。第九款,凡英属人民住于日本者,应听行教,并准于无碍之处起造教堂。第十款,外国各色银钱,皆可在日本通用,以日本国分两为准。凡英国属民经商,两国银钱皆可交易。但外国银钱用于日本国,须俟多年方知贵贱,故日本国每从新开通商一口,日本国官先将银钱照轻重与英人兑换。外国银钱不照银色高低,亦不得扣折,以开口后一年为限。所有日本国金银银钱皆准出口,惟铜钱不准。第十一款,凡英国兵船所用杂物,准进神奈川、箱馆、长崎等口起岸,收入栈房,归英官掌管,并准免税。若在日本国发卖,买主应照税则纳税。第十二款,凡英国船只在日本沿海地方碰坏搁浅,船上人等逃至日本,无论是否通商地方,地方官查知,立即设法妥为照料护送,交就近领事官查收。第十三款,凡英国商船欲进日本国通商各口,可任意雇引水船带入。若船在口内已经完清税饷,亦可雇引水船带其出口。第十四款,所有日本国通商各口,皆任凭英人由本国装运各色无例禁之货进口销售,并可在日本各口买日本无例禁之货,完清税饷,装运出口。惟军械等货,只准卖与日本王家及西洋人。凡洋人与日本人交易各货,日本官不得与闻。日本人与英人买卖货物收栈,皆听自便。第十五款,凡英人在日本海关报货,倘以所报价值不合,该货可由海关照值定价。货主若不肯照海关所定之价售卖,即当照海关所定之价纳税。若肯卖,关上应即买入,立即付价,不得扣折。第十六款,凡英人运货进日本国通商各口,已照则完清税饷,任凭日本国人转送日本内地各处销售,不得再加捐税及内地等捐。第十七款,凡英船载货进日本通商各口,已经完清税饷,日本海关应给凭单,注明某货已经完税字样。若原货载往他口,无须再行纳税。第十八款,日本官应在通商各口,设法查究漏税走私之弊。第十九款,凡条约中所定一切罚款,以及入官之货,应归日本国王家任意办理。第二十款,《条约》后所定《通商章程》,两国官民当与《条约》一律遵守。倘《章程》未臻全备,当由英国钦差会同日本国王家随时酌议,以便永行勿替。第二十一款,现在所定《条约》,皆以英文、日本文、荷兰文书写,彼此一意,但以荷兰文为准。嗣后,凡有英国钦差领事官与日本官文件,俱用英字书写,暂以荷兰文或日本文配送;五年后,即免配送。第二十二款,两国大员议明,将来若要修改《条约》,须至一千八百七十二年七月初一日,方可举行,并须于一年前知照。第二十三款,今后若日本大君与他国一切利益之事,英国官民无不同获其美。第二十四款,此条俟英国君主、日本大君批准之后,以一年为期,在江户京城对换。现下两国大员先行画押,并盖用关防,以昭信守。英国降生后一千八百五十八年八月二十六日,日本国安政五年七月十八日,订于江户京城。水野筑后守永井玄、藩头井上,信浓守堀、织部正岩濑,肥后守津田丰三郎;英国公使叶留燕。押。所附《通商章程》内载,英船输入鸦片,如逾三斤之数,即取以充公;若有设法密谋输入者,每一斤罚十五元。输入各货,如造船修船各器具,渔鲸各物,盐渍各料,鸟兽食物,又铅锡石炭及造屋之材料,蒸气之机器,暨棉布毛织,均值百取五;一切酒类,值百取三十五;其他,均值百取二十。嗣以朝议纷纭,诸藩龃龉,各国游士方且倡尊王以攘夷之说,内外交讧,幕府不得已,遣下野守竹内、石见守松平、能登守京极使英,复议锁港。英不纳,惟许新潟、兵库、江户、大阪开港之期迟延五年,而严禁日本人阻扰外交者,仍减轻洋酒、玻璃各器之输入税。于文久二年五月,即一千八百六十二年六月。定约于伦敦。约曰:日本大君因国内阻扰外交,各党一时未能镇定,甚难如期开港,屡商之驻扎日本英使,兹复遣使详陈于英国政府。英国念日本大君内治之难,曲意承诺,允将前订约章第三款,新潟、兵库开港互市及江户、大阪许其居住,所定期限,均自西历一千八百六十三年一月一日起算延期五年。而长崎、箱馆、神奈川三处,业已开港,应遵约妥办。严禁各节:一、税关干预商民买卖者;二、禁止外商雇用工匠、教习、仆役者;三、官吏拒止各藩搬运货物于通商口岸者;四、司税官役干涉商务从中渔利者;五、止遏一切齐民贸易者;六、杜绝与外商往来亲密者。以上各弊,如日本大君不为革除,无论何时,英国得仍照前约,促令开港。日本使臣回国,应请将对马岛通商,并许减轻酒税;又玻璃各器,照值百取五税则;又于长崎、横滨设立存货栈房,派关吏专管,以便外商存货,其已卖者缴进口税,复出口者仅纳栈租,以表明日本拓充商务之意云云。日本使臣竹内、松平、京极,英国外部大臣伊尔路塞。押。又遣筑后守池田、伊豆守河津、相摸守河田使法。法亦拒其说,仍责偿长门轰击法船偿款,复减轻各种机器及钟表珍异之品、妆饰家用之物之输入税。于元始元年五月,即一千八百六十四年六月。定约于巴黎。第一款,西历一千八百六十二年七月间,日本长州藩轰击法船,日本许赔洋银十四万元。十万元由日本政府、四万元由长州藩支给。第二款,日本政府应设法镇压,俾法船经过下关海峡,不再滋事。如不得已须用兵力,法国水师愿为襄助。第三款,两国在江户所订约章,凡悬挂法旗之一切运进物,应遵最后所订减定税则而行。凡包装茶叶所用各品,许其免税。又片铅、铅蜡、地毡、石炭、藤及画绘所用油蓝,照值百取五税。又酒精、白糖、铁、铁片、各种机器、机器所用各件、麻布、钟表、袖珍表、表锁、玻璃器件、药材,及玻璃镜、陶器、玉饰各具、香料、肥皂、兵器、小刀、书籍、纸张、雕刻物件、画绘,均按值百取六收税。第四款,此款应附一千八百五十六年十月九日两国所订约章而行，无庸俟本国批准，即时施行。日本使臣池田、河津、河田，法国外部大臣杜尔湾路易。押。逮因长藩毛利氏力主攘夷，屡炮击外船，英、法、荷、美遂纠合四国之师以图报复，长人大败。既于下关订约，偿金三百万元，四国复联衡要挟幕府同订减税约，于庆应二年五月，即一千八百六十六年六月。定约于江户。约曰：据日本国安政五年，即西历一千八百五十八年，日本政府与英、法、美、荷四国订立约章内附《通商章程》第七款所载，四国公使各奉本国谕旨，求更定日本国输入输出税项。又因日本庆应元年十月，西历一千八百六十五年十一月，四国公使至大坂。时日本政府准按价每百抽五，改定税则。今政府特简水野和泉守与英、法、美、荷四国公使订定十二款：第一款，此次新订税则，应附约照行，将旧则更易。神奈川港应从日本庆应二年五月十九日、西历一千八百六十六年七月一日起，长崎、箱馆二港从是年六月二十一日、即西历八月一日起办。第二款，新定税则，应俟六年后方许更议。惟丝茶二项，可准三年间平均货价每百抽五课税，于二年后更议。又木料税，可于钤约六个月后随时商改。第三款，原约附载《通商章程》第六款所云准单费应行免征。第四款，日本政府应盖造栈房为通商各口，以便外商存货，如输入之货，照则征税，若将货运往他处，勿庸缴输入税，但收栈租。第五款，日本货物从内地运至通商口岸，应缴陆路或水路卡税外，不得苛求。第六款，前订约章载明，凡外国货币，应照日本同种货币，同量通用，墨银一百元即抵日本一分银币三百十一个。现值日本国自铸货币，以省交换之弊，拟收取各项未铸银块改铸。此项应征杂费，彼此俟后商定。第七款，现因各口税署办理税务及起卸货物佣使工役，时时涉讼，各口地方官，应与外国领事官妥酌章程，以便遵守。第八款，凡日本人民，均得在通商各口及外国购买各项载客运货各式风帆船、火轮船。但兵船非日本政府允准，不许代购。第九款，日本商民得在通商口岸与外商贸易，或遵该约。第十款，出洋贸易，各任其便，毋庸官吏检察。且日本商民遵章缴税外，无庸缴纳别项税目。又各藩所属人等，除定章缴税外，无庸政府官吏检验，任便在各口与外国贸易。第十款，日本民人得禀明政府，请领准单，前赴外国通商，或学习工艺，又得在订约各国船只内帮执各种职艺。外国人佣雇日本人前往外国，应呈禀通商口岸地方官，乞政府准单。第十一款，日本政府应设灯台、浮标、木标等，以便行船。第十二款，该约既经全权大臣订定，无庸两国政府批准，应从日本庆应二年五月十九日，西历一千八百六十六年七月一日起办。日本使臣水野和泉守、英国特派全权公使巴克斯、法国全权公使路塞斯、合众国代署公使葡路度满、荷兰公使兼署总领事葡路士布路克。押。此皆幕府末年所订之约。当美约定议时，但以城下之盟，隐忍曲从，期暂迁目前之祸，以待后举。而治丝愈纷，燎原愈烈，每改约一次，则外人愈得利，日本愈受损，而当时君臣上下，挟全力以争约者，固未之知也。

　　外史氏曰：泰西诸国，互相往来，凡此国商民寓彼国者，悉归彼国地方官管辖，其领事官不过约束之、照料之而已。唯在亚细亚，理事①得以己国法审断己民，西人谓之治外法权，谓所治之地之外而有行法之权也。治外法权始于土耳其，当回都全盛时，西灭罗马，划其边境与欧人通商，徒以厌外政纷纭，遂令各国理事自理己民，固非由威逼势劫与之立约者也，故其弊犹小。而今日治外法权之毒，乃遍及于亚细亚。余考南京旧约，犹不过曰设领事官管理商贾事宜与地方官公文往来而已，未尝曰有犯事者归彼惩办也。盖欧西之人皆知治外法权为天下不均不平之政，故立约之始，犹不敢遽施之我。迨戊午岁，与日本定约，遂因而及我，载在盟府，至于今，而横恣之状，有不忍言者。当日本立约时，幕府官吏未谙外情，任其鼓弄。而美国公使为定约稿，犹谆谆告之曰："此治外法权，两国皆有所不便，而今日不能不尔，愿贵国数年后急改之。"其后岩

---

　　①　理事，当为领事，下同。

仓、大久保出使,深知其弊,亟亟议改。而他国皆谓日本法律不可治外人,迁延以至于今。夫天下万国,无论强弱,无论大小,苟为自主,则践我之土,即应守我之令。今乃举十数国之法律并行于开港市场一隅之地,明明为我管辖之土,有化外之民干犯禁令,掉臂游行,是岂徒卧榻之侧容人鼾睡乎? 条约之言曰"领事与地方官会同公平讯断",无论其徇情偏纵也,即曰执法如山,假如以外国人斗殴杀吾民,各交付其国领事,则英律禁狱三年,佛律禁锢百日、罚佛狼百;美律徒刑八十日;俄律徒刑一年,兰律徒刑三十日。而我国杀外国人,则论抵命,且责偿金矣。同罪异罚,何谓公平! 假又华商英商同设一银场,负债甚巨,闭店歇业。彼英商者以一纸书告其领事,曰家产尽绝,彼即置身事外。而华商,则监狱追捕,或且逮其妻孥,及其兄弟矣。同事异处,又何谓公平! 既已许之不由地方官管辖,刑罚固有彼轻此重之分,禁令又有彼无此有之异,利益又有彼得此失之殊,彼外人者,盖便利极矣。而我之不肖奸民,冒禁贪利,图脱刑网,辄往往依附影射,假借外人,以遂其欲。彼南洋诸岛寄寓之华人,不曰英籍,则曰兰籍;更何异于为丛驱爵乎? 此诚我之大不便者也。不公不平之事,积日愈多,则吾民之怨愤日深。通商以来三十余年,耦俱相依,猜嫌不泯,而士大夫、细民论外事,辄张目裂眦,若争欲剚刃于外人之腹而后快心者,虽由教士之横,烟毒之深,亦未始非治外法权有以招之也。此亦似非外国之利也。虽然明知其不便,今欲改而更张之。彼外人者,习于便利,狃于故常,必有所不愿。且以各国人情、风俗、宗教、政治之不同,一旦强使就我,其势又甚难,而现行条约隐忍不改,流毒之深,安有穷期? 窃以为今日之势,不能强彼以就我,先当移我以就彼。举各国通行之律,译采其书,别设一词讼交涉之条。凡彼以是施,我以是报,我采彼法以治吾民,彼虽横恣,何容置喙? 而行之一二年,彼必嚣然以为不便,然后与之共商,略仿理藩院蒙古各盟案件,以圈禁罚赎代徒流笞杖,定一公例,彼此照办,或庶几其有成乎! 若待吾国势既强,则仿泰西通行之例,援南京初立之约,悉使商民归地方官管辖,又不待言矣。至于近日租界之案,有华人与华人交讼,彼领事亦靦然面目并坐堂皇参议听断者;有烟馆赌博,我方厉禁,而租界为逋逃主萃渊薮肆无忌惮者,斯又法外用法,权外纵权,为条约之所未闻,章程之所不及。我总理衙门与英公法使①议,有洋泾滨②设官章程十条。是皆由于地方官吏巽懦瞻徇,一若举租界之地方人民亦与别国领事共治之。吾恐各国外部且不料领事之纵恣如此也。莫急之务,尤亟当告之公使,达之外部,扫除而更张之。

---

① 英公法使,疑为英法公使。
② 洋泾滨,为洋泾浜。

卷八 邻交志五

泰 西

自美约钤印，于是庆恕、庆笃、庆喜、庆永等初，德川家康封其诸子于尾张、于纪伊、于水户，为三亲藩，使辅翼宗家，班列三百诸侯上，仍称德川氏。秀忠又封其兄子及其子于越前、于会津，别为松平氏。世以德川氏为宗族，松平氏为支族。庆恕后更名庆胜，为尾张后。庆笃、庆喜皆齐昭子，水户后。庆永为越前后。建言，请废条约、奉敕旨，而诸藩烈士、草莽激徒倡尊王攘夷之说者，纷然起矣。七月，幕府乃黜齐昭、庆笃、庆喜，命庆恕、庆永退居。时帝屡诏征三亲藩及大老，将军奏令老中间部诠胜西上。奏曰："庆恕、齐昭、庆笃并蒙谴，余则幼弱耳。诸蕃踵至，外事冗剧，大老亦未得西，今遣诠胜西上。"及其入朝，请垂咨问。八月，家定薨，家茂任将军，大老井伊直弼益专擅。帝乃特降内旨于齐昭，曰："将军与外国私缔条约，虽事不得已，然未尝奏取进止。如此大事，不以上闻，非弁髦王章而何？往日征三亲藩于辇下，且敕使奏列侯意见，将军依违不奉敕，乃使老中诠胜西来。如此，则患不在外国，而在萧墙。闻水、尾、越皆有罪，外患逼切，而翦羽翼，奈人心向背何？朕欲合群策群力以谋国是，汝宜竭股肱力，纠合众议，以御外夷侮。"初，齐昭素主攘夷，议改革藩政，练兵筑炮，以备海防，家庆赏以黄金宝刀。既而，有谮之者，幕府遽令退居。及美国劫盟，幕府起用齐昭。齐昭献大炮七十二门。然卒以主战，不与阁议合，终废黜。齐昭既黜，愤郁不得志，于是其京邸监鹈饲吉左及安岛带刀、鲇泽伊太夫等，与鹰司家臣小林良典、近卫家婢村冈，谋周旋诸公卿间。左大臣忠熙，内大臣忠香，前内大臣实万，权大纳言齐敬、忠房，乃同奉敕草诏，遂赍归江户。时直弼谍悉其状，又侦知诸藩臣游士赞成朝论，诽议幕政，乃大索，执安岛带刀等二十七人。十月，诠胜入京，与关白尚忠、所司代酒井忠义谋，责令关白政通、前内大臣实万削发，执王人纪正恒等三十五人。寻入朝奏曰："主上欲绝夷狄，幕府敢不奉诏？然王室霸府，苟怀贰心，事必无济，愿姑缓之。"十二月，幕府槛致京，囚于江户，命寺社奉行大目付鞫之。初，幕府修大阪城，夷天保山以置燉台，是春成，令彦根起寨于鞍马口。正笃之告东归，更敕曰："须命大藩严太庙京师守。"及鲁、墨入港，幕府又命高松、松山、桑名三藩起寨沓挂、八幡、鹰峰，命安浓津备京师非常，冈山、鸟取、高知戍大阪，荻戍武库，柳川戍界浦，福井戍神奈川，二本松成富津。六年己未二月，幽粟田宫尊融亲王，命伊达宗城退居，山内丰信亦告老。三月，忠熙并辞官削发，一条、久我、万里小路皆黜，皆以降攘夷诏于齐昭故也。明年八月，幕府断水户狱，大老等数齐昭以密奏京师、私请敕书为罪，遂禁锢之水户，并幽其子庆笃、庆喜，屏居太田资始，黜作事奉行岩濑愿、军舰奉行永井尚志、西城留守川路圣谟等。寻斩鹈饲吉左等八人，余禁锢流窜。初直弼议刑，老中太田资始谏之曰："此辈所为，亦出忧国至诚，宜从宽典。"板仓胜静、佐佐木显发亦谏曰："若处极刑，为众怨府，必生乱阶。"直弼不从，遂独断行之，株连甚众。时人谤其滥刑，比之汉党锢、明东林祸。而人心益愤，处士谋杀外人、阴刺朝臣之祸迭作矣。五月，帝赐黄金于尚忠、政通、忠熙、辅熙、实万及两奏职事诸公卿，以慰外事之劳。因敕曰："向侍从诠胜入奏，朕传旨幕府再三。今且欲观幕府措置，天下物情，卿等其注意。"幕府寻奏献金五千两充御用，颁遗金二万两于公卿、亲王、朝臣。加关白尚忠职俸五百苞、采邑一千石。三月,水户臣及鹿儿岛臣刺杀大老井伊直弼于樱田,数以擅许条约诸罪。水户佐野光明、斋藤监物等暨鹿儿岛有村兼治等,伺直弼入朝,邀杀于道,提首而去,或斗死,或自裁。有自首者八人,连署上书曰:"直弼挟幼主,恣威福,摈斥亲枝,废锢忠臣,杀戮义士,幽囚亲王,而反昵夷狄,不待敕许,擅订条约。臣等不能与此贼共戴天,为天下诛之,敢待斧钺!"是春,下令徙诸商于神奈川。至夏,开横滨、长崎、箱馆三港,许人民贸易。颁五国条约于全国,禁以律书、兵书、公鉴、武鉴、城郭地图及铜属卖于外舶。又令诸海舶帆用白布,舻上树画曰白旗,以别外舶,遂为全国徽志。初画日船幖,惟幕府输漕用之,及令列藩模造洋舰,许用此幖。

万延元年庚甲正月初,英、墨遣使促日本使节赴二国,家茂遂延见佛使。至是,遣外国奉行村垣范正、新见正兴,军舰奉行木村某,目付小栗某等二百余人于墨,乘岛津氏所献太元船及墨人蒸气舶而发,至十月复命。幕府遣使节于海外,是为嚆矢。明年,遂遣使英、佛、墨、兰、鲁、普六国。七月,英人入江户,议设馆于殿山品川。家茂延见墨、英二使,寻见佛使。英人二十余名上富岳,幕吏百余人从之,遂浴热海温泉,自下田港去。普鲁斯使至江户请条约,不听。八月,前中纳言齐昭卒,年六十余。齐昭尝请开虾夷,语其臣曰:"往时太猷公戒长崎奉行,曰内地争战,楚得齐失,要不出区寰。苟寸壤尺土没入于外夷,则我日本之国辱莫大焉。夫虾夷千岛,本我神州地,而鄂人傲然据之,岂啻尺寸,实千古悲愤!故当讲镇抚之术,画开拓之策,移内地民从事于开垦,以固北门锁钥。"维新之后,卒用其议。又尝上疏曰:"造三樯舶数千百艘,铸大熕数百万门,往来外国互市。今海内共有四十七万一千八百四十寺,毁诸寺钟以铸军炮,则兵足用足。"其论攘外,谓当以组练之师分屯冲要,使彼就陆地决战,乃可以逞吾志,亦深合时势。齐昭绍光国遗志,常欲尊王,请修山陵,复谥法。攘夷之论,实其首倡。其《己未发江户诗》曰:"白发苍颜万死余,平生豪气未全除；宝刀难染洋夷血，却想南阳旧草庐。"有识争诵之。及卒，浪士三十余名夜诣萨州邸呈书曰："水户既死，海内除贵藩，无可依赖者，愿属贵藩为攘夷先锋。"问其姓名，皆不答。萨藩启之幕府，幕府命置之其邸。其后倡尊攘论者多其遗臣，甚至奉齐昭木主以称兵焉。八月，有人要杀墨使书记比由斯坚于三田。幕府大索之，不获。明年，幕府与洋银一万元于其母。十一月，箱馆奉行堀利熙屡谏老中安藤信正，不听，遂上书以死谏。略曰："墨使日诣贵邸专论我政务，阁下共被同餐，尊之如师，又结为兄弟欢，与之刑典数部；彼赠衣帛球玉，阁下酬以庆长金保金一万镒；彼以烂醉挑侍婢，阁下佯为聋瞽而不问；殿山筑馆，卧榻鼾眠，阁下亦剖其无他；甚则渠论废帝事，阁下使国学者索旧典，仆窃闻之，血泪洒雨，铁肠若裂，天下士皆欲食阁下肉。彦根元老，岂非前鉴。是仆所以为阁下肝脑涂地而不辞也。临绝之言，幸鉴哀鸣，死且不朽！"

　　文久元年辛酉二月，水户藩士子弟脱籍，屯长冈驿，啸聚无赖至千八百人，移檄曰："绍故黄门遗志，以举义旗。"一将率水军，略横滨，烧馆鏖夷。一将率陆军，入江户，诛吏之许互市者。江户戒严，命庆笃追捕，又遣小普请讲武所士三百余人于横滨守蕃馆，命诸侯备东禅、济海、善福诸寺，皆洋馆也。五月，水户亡命有贺重信、榊钺三郎等十四人袭东禅寺英馆，挥枪伤英卒三人。幕吏及郡山、西尾卫士惊起互斗，杀伤卫士十余人。幕府赏卫士，命水户捕余党。既而，召诸藩议水户狱，重信斗死外，斩大关某等五人。英使责老中安藤信正曰："政府萎薾，不能制彼亡赖，我自问其罪。"先是戊午七月，亦有人杀鲁人三名于横滨。与佛、兰两使将以兵逼。信正等力恳，事裁平。自是英置兵横滨，戎装赤目，曰赤队。明年，与英死者亲族洋银三千元。六月，幕府命新庄、桑名、松山守神奈川蕃馆。寻命姬路松代守横滨。七月，英人来请曰："自神奈川至长崎、箱馆,洋多暗礁,愿测量海底。"幕府许之,令外国奉行属吏入英船与俱,告沿海诸藩,纵英人上陆。及图成,颁于诸藩。

二年壬戌正月,有人要击老中安藤信正于阪下门,伤之,亦斥其亲昵夷狄等罪。信正多携家臣自卫,伤肩仅免,刺客七人格斗皆死。检尸,各怀书,略曰:"安藤承井伊氏后,奸谋诡计,过之十百。蔑侮朝廷,亲昵洋夷,与京尹酒井谋幽公卿正言者,废君臣父子之大伦,溺夷狄禽兽之污俗。又命国学者索废帝古例,将使大将军蹈北条、足利辙,大逆无道,臣等为国家诛之。"当是时,朝廷决计攘夷,幕府逼于强敌,不敢奉诏,乃大张威焰,削亲支,锢公卿,戮志士,又讽令诸侯之持异议者退隐,辛酉十一月,令锅岛齐正退隐。于是朝野皆失和。三月,长门藩毛利庆亲上书幕府谓:"王霸相和,本也;诸港开锁,末也。国本立,则开锁之权在我。请翼戴天子,协和众心,以固国本。"又见老中久世广周曰:"自黜锅岛氏,大藩失望,各自为计。万一有挟天子以号令四方者,何以应之?"广周等愕然。庆亲睨视少顷,曰:"为今之计,有春岳即庆永。为大老,刑部卿即庆喜。为辅佐,以洗弊政耳。"庆亲因荐其臣永井雅乐熟于京人,幕府召雅乐,厚遇之,授密旨,入京师。四月,雅乐上书于议奏大纳言忠能,陈时势不可已,请敕许条约,不听。雅乐颇有学术,所条陈洞悉时势。然当时脱藩士辐辏京畿,出入缙绅门,交咎雅乐,遂不得要领而东归。长人在京者,恶雅乐,欲刺之。雅乐谍知,取道中山道来。原良藏为雅乐副。及归,屠腹,遗书曰:"调停王霸,卒以扞格,自许忠义,今反为不忠不义,故以死谢。"明年,雅乐亦以事自裁。时,萨摩藩岛津久光亦密奏,入京上疏曰:"戊午以来,幕吏恣许互市,亲如三家,尊如上公,持攘夷议者,辄加屏黜。志士亡命结党,或刺大老,或戮丑虏,遂欲起义兵。幕吏肆其威棱,苛猛如虎,而士气益激,势日益甚。臣恐其酿乱,陷夷术中,与诸臣议,将东建言于幕府。途遇处士，欲迎臣举事。臣谕令俟命，敢请处分。"朝廷因留久光镇京师，初，浮浪魁平野国臣、轰武兵、安积五郎、有马新七等三十余人，倡尊王攘夷之说于摄播，同盟至数百人，相谋曰："乌合举事，孰与依赖大藩！"久光将赴关东，过姬路，国臣等投之曰："近日幕府蔑朝命，亲外夷，臣等愤激，将戴我公以解诸公卿幽屏，据大阪、彦根、二条三城，下令七道奉皇驾于函岭东，问罪幕府，并歼灭丑夷。请公察微衷，奏之朝廷。"久光谕留伏见，自以士卒千余人入京师。既而萨之亡命在大阪者，愤久光过镇，重与诸浪士相率将逼京师。久光乃遣藩士要之伏见，遂激论斗争，有马新七以下死者八人，藩士亦蒙创。初，所司代酒井忠义呈书传奏曰："仄闻西国亡命，啸聚于大阪、兵库，唱暴戾之说，苟公卿密通其谋，必有不测变，万一有逼辇下规威劫者，下官当竭力诛夷之。"及伏见变起，上下骚扰，忠义等仓皇遁。由是所司代威令坠地，处士横行，杀伐之风大起。诏曰："关东奏请，限十年绝外夷，汝其奉旨运谋，以张国威。"既庆亲复上书幕府曰："近日列藩游士，不经幕府，而直奏天朝，苟有奉诏要关东者，当酿群雄割据之势。将军宜朝京师，会列藩，议国是，大事奉诏以行，使天下皆知公议所在。将军尊朝廷，则天下皆尊幕府矣。"五月，蜂须贺茂韶亦上书幕府，略曰："昨日之历，今日不可用。许外人互市，亦非失算，而恨其不当豫。何也？先拒而后许，彼既以要挟遂志，则所求皆挟势而来，何怪彼之傲很不驯乎？茂韶恐我清净土陷为腥膻域。今游士啸聚阙下，人心向背，亦已可见。侧闻敕使东下，王室之亲疏、皇国之安危系矣。转祸为福在今日，生衅酿乱亦在今日，事机一去，间不容发，请选非常之人以处非常之事。若松平春岳、锅岛闲叟、藤堂高猷、伊达春山，皆宜使之参朝议。麾下之故源齐昭、故岛津齐彬，前所建白，多可参酌。宜引三家三卿，以陈意见；优待大藩，以备咨询。"又曰："海防大事，请命海外各国造十数舰，使麾下士人就学操船,或巡视北边鲁西亚境,或航朝鲜、广东、香港、吕宋、爪哇诸岛,以熟海路。置造船铸炮场于五畿七道,每道三所,使工人学习技巧,如此庶可兴内治而御外侮。"又曰将军宜入觐谢釐降之恩;曰皇宫供御宜倍旧额;曰宜修历朝山陵;曰四方游士愤受外侮,遂犯幕法,其情可(怨)〔恕〕,其迹可憎,请宽假之,使各归其藩。其余尚数条。藤堂高猷亦请入朝以慰天下望,权宜以宽游士罪,攘夷以尽将军职。幕府皆纳之。时有诏召庆亲西上,与岛津氏同镇处士。岛津、毛利氏既居京,东西相周旋。家茂乃先后释庆恕、庆喜、庆永及山内丰信、伊达宗城罪。寻奉诏解粟田宫、鹰司、近卫、一条、久我、万里小路等幽屏。朝廷又遣左卫门督大原重德奉诏东下,岛津久光及毛利家宰等从之。五月十日诏至,略曰:"今外夷益猖獗,幕吏误措置,天下骚然,万民将坠涂炭。朕仰耻祖宗,俯愧苍生。幕府奏曰:'近以人心不协,故不能举膺惩之师,苟降嫁皇妹,则齐心协力以攘夷。'朕特许所请。幕吏乃连署奏曰:'限十年必奏攘夷功。'朕甚嘉之,亲祷诸神,以待其成。客腊和宫东下,朕告国政仍旧委幕府,惟外事实关国体,故使奏闻而后定,且命二三大藩参预其谋。幕吏依违未奉行。既而萨、长列藩及西海、南海各处士蜂起建议。凡所密奏,虽毕出于忠诚忧国,而事甚激烈。朕召老中久世广周西上,又迟迟未行。幕吏因循偷安,失抚驭术,恐国家倾覆立至矣。朕日夕忧惧。朕欲使德川氏恢祖先功业,张天下纲纪,因命三事:其一、使将军率诸大名谓诸侯,日本通称。入朝,议治国家、攘戎夷,上慰祖灵,下顺民心。其二,依丰臣秀吉故事,令沿海大藩五国为五大老,以整武备。其三,使一桥刑部卿谓庆喜。辅佐将军,越前前中将谓庆永。任大老职,行内外之政,则必不受左衽之辱。将军宜撰其三事,以行其一。"家茂因理装西上。是月,英人上书幕府,言小笠原岛非日本有。幕府先已遣水野某巡察,乃引证据答之。六月，松本臣伊藤军兵杀英人二名于东禅寺而自杀。幕府罢松平光则警卫，出军兵尸以谢英。寻以洋银三千元，与死者族。军兵居常慨光则警卫洋夷，欲以事致仕。会更戍之日，英人无礼，军兵愤恚，遂及难。八月，敕使重德西归，岛津久光护之先发。途过生麦，英人驰马冲久光前驱，卫士谁何不听，怒马直过，卫士遂杀之。长人桑原良藏入横滨，欲斩外夷，见捕自杀。十一月，又敕三条实美东下，诏曰："朕于攘夷议万变弗渝，然人心不一则事不集。朕欲布攘夷诏于天下，若策略则将军职掌，其集思竭虑。"家茂对曰："攘夷，臣职也。然须令列藩养锐待贼。臣明春入朝，再奏方略。"

　　三年癸亥正月，鲁人来江户，告曰："英、佛将举兵来。"而诸浪士在京摄间者，方以攘夷促庆喜。庆喜曰："待将军入朝。"浪士扼腕而退，遂杀千种家臣，投首于庆喜馆，曰为攘夷血祭；又杀池内大学，枭首于大坂难波桥，榜曰"是通夷贼"；又投一首于山内丰信馆，书曰："是亦助恶者。今攘夷诏下，公之举措安危系焉。微者之首，敢供辕门。"肥后人轰武兵、长门人久坂元瑞、寺岛忠三郎、土佐人武市半平大等诣关白邸，逼之曰："庆喜、庆永已入京，而屡延攘夷期，朝廷亦置之不问。臣等愤激之余，或不能顾尊贵，欲血刃以祭军神。"关白大惊，报之各藩。大纳言实德、中纳言季知、少将实丽、大藏卿随资等，亦促关白以攘夷。关白报之庆喜，庆喜与容保、庆永、丰信答之曰："待将军入朝而后决。"寻诏公卿及在京诸藩早奏攘夷功。又用武兵等言，诏洞开言路，遴选参政，特置关国事一官，撰当时公卿有名望者为之。二月，英、佛军舰相踵入横滨。十九日，以书逼曰："愿获岛津三郎，否则取偿金六十万元于政府，别取三万元于鹿儿岛。区区者不余畀，则当以炮火鸣冤。请自今限二十日赐答。"江户戒严。命间部诠实守殿山、津轻朝澄、岩城某守越中岛,松平信庸、久世某守滨苑,安藤某守羽田,山内丰福、浅野某守大森。事报京师,诏在京大名曰:"英人至横滨问生麦事,有藩屏任者,其各就国整兵。"乃令前田齐泰备京师军粮,毛利庆亲备对马援兵军粮,因罢其武库戍;松平庆伦、龟井兹监、中川久昭代之;德川茂德(戊)〔戍〕二见浦与安浓津,同护大庙;池田庆德督摄海诸戍,兼守隐歧。是月十三日,家茂发江户,三月四日至京。帝幸上、下加茂庙,亲祈攘夷,家茂率诸侯扈从。初,家茂未西,预诏在京限十日,以攘夷期逼也。既英事日急,有烧品川高轮之说,东人日劝家茂东归。德川庆恕上疏曰:"君臣和而夷可攘。谚曰去者日远。臣恐衅开,不如缓将军东归。"庆喜、容保亦说辅熙、实美,请留家茂。帝燕见家茂,待之优渥,曰:"业既委万事,当在此指挥大名。"家茂感喜。岛津茂久臣本多某,献十策于阙下:曰筑大阪外城,引淀河为涅渠,其规模倍丰臣氏,四面起煩台,诸门设大铳数十;曰尼崎、岸和田两城为大阪羽翼,仿阪城制,开周池,筑煩台,集摄之兵于尼崎,泉之兵于岸和田;曰和田岬筑八稜城,亦征不沿海诸国之兵守焉;曰自安治川、木津川至山崎八幡峡,连筑煩台;曰令武库、界浦市人徙京师;曰纪伊、阿波、淡路,遣公卿各一人巡视其海防,作图奏之;曰沿海各国建土著战守之策,勿劳奔命;曰武库、界浦等处,及其他要港,置军舰。其十,请大将军留京指挥列藩。至是岛津久光奏曰:"臣献鄙见,以论时事,而谗口间之,媒蘖者多。臣言不行,久居阙下,虑有不虞。且攘夷期近,愿赐数月暇。"因留书,明日就国。以诸藩在京,或有议岛津氏执事者也。四月,诏家茂,令十万石以上、三藩,同戍京师,代以百日。家茂诣阙,朝廷决以五月十日为攘夷期。家茂勉奉诏,布告诸藩,而心知不可。既而,帝行幸男山,欲亲授攘夷节刀于家茂,关白辅熙、左大臣忠香等皆扈从焉。家茂临期称病,因召庆喜,欲授之。庆喜穷蹙,俄称病。下祠浪士等闻之,怒曰:"咄!惰夫不足与有为。"遂请帝亲征,愿为先锋,朝

廷暂慰藉之。既而庆永为浪士所逼，知攘夷难行，上书辞总裁职，遽归就
国。山内丰信、伊达宗城等皆就国。时英国偿金议久不决，萨人上书幕
府曰："闻英人逼政府欲得吾族三郎而甘心，苟授首而解难，固所愿
也。然英人失礼于我，我故斩之，曲在彼而反求偿，何舛也？三郎
欲授首于兵间，敢请命。"公卿亦主张不偿之说，既有传闻英、佛寇
摄海者。时德川茂德留守江户，驿骑络绎，促家茂东归。既而，庆
喜、长行等小笠原长行，亦幕府老中。奉攘夷诏东下。英、佛益逼幕
府，老中欲俟家茂归。五月，老中多称病，无一人视事。茂德乃亲
自西上，庆恕又使人要之途。茂德入名古屋城，亦称病。幕吏已再
四延答期，欲再延则无辞。老中松平信笃、井上清直等遂授偿金券
于英人。会长行至，欲先锁港而后偿金，老中不听。长行独至横
滨，告各国公使曰："我邦独立久矣，邦人皆不喜外交，故京师命幕
府锁港，止贸易。"公使等答曰："吾辈奉国命通商，此非吾辈事，当
遣使本国议之。然结约复破，各国将问背盟罪，日本何不达宇内形
势之甚！"幕府虑英、佛生变，宣布市民。市民争逃避，舟车搬运，府下大骚。
庆喜在途，闻偿金议决，飞骑止之。既知势不可挽，乃入江户，出偿
银四十万元于英，事始平。京师闻报，公卿哗然，秉烛会议，彻旦不
决。先是，毛利庆亲奉朝命大修下关堡。是月十日戍兵发"庚申
舰"炮，击墨舶于田浦洋中，墨舶亦发烦。入夜大雨，海面昏黑，弹
多不达。戍兵又放一舰，交战数刻，墨人有死伤者，遂遁。家茂时
巡坂摄海防，及归京，攘夷过期，东报未至，两奏让幕府。庆恕等对
曰："遣使促之，尚迁延，则命将军东下。"庆喜亦自东上书，曰："臣
未见攘夷胜算，幕吏疏臣为包藏祸心。臣内外煎逼，恐负圣恩。"请
辞职，朝廷不允。六月三日，家茂入朝。诏乃许东归。初下关兵与
兰船战，互有死伤。是月，墨舰来袭，破"庚申舰"，炮台亦毁。寻

佛舰突入,毁赤马关,坛浦、杉谷诸炮台,上陆放火。前田村长人短兵横冲其队伍,苦战,仅却之。幕府令中根一之丞等乘"朝阳舰"至长诘问,长人不服,并杀幕使。当长人炮击墨舰,小仓对岸不援,墨亦不侵。长人责小仓曰:"邻国之义,缓急相援。今闭户不救,是背攘夷诏也。此后我炮击夷舰,对岸咫尺,不保弹丸不及,愿勿责我。"小仓人曰:"将军在职,幕命乃敕命,不敢为轻躁之举。弹丸之及,不得从命。"自是仓、长有隙。一之丞等过淡路岩屋洋,德岛藩长坂贞治误认为外舶,发熕,后贞治剖腹谢罪。一之丞等将赴小仓,过田浦,长人炮击之。下小艇诘问,长人答曰:"幕舰模洋式,故击之。不则误认洋船以为我舰,可乎?"一之丞与铃木八十五郎入诘长事,长重臣答曰:"奉朝命幕旨焉,尔何敢擅乎?"拘留二使,遂暗杀之。幕府遂大恶长藩。当是时,朝廷已下攘夷诏,幕府密主和议,而长人已开兵端,乃诏赏长人果断,特赐红白御旗于毛利庆亲赏之。又命以少将正亲町公董为监军,传攘夷应援之诏于诸藩,曰:"兵端已开,苟袖手旁观,非皇国臣民。诸藩其一心敌忾,互相声援,以雪国耻。"遣公董于长防及镇西、水户、会津、伊达、细川、池田、山内、有马等亲兵从之。寻筑前、肥前诸藩驰使至萩城,曰:"贵国复有寇,必致援军。"浅野茂勋亦欲援之,请就国。又遣禁里付小栗某下江户,责幕府速举兵。又诏让幕府私盟,曰:"锁港限三十日,苟七国不退,则攘之。"老中信笃正直等谓:"事难施行;且并绝和兰,何也?"七国谓英、法、墨、鲁、兰及葡萄牙、普鲁士。

六月二十七日,英人帅七军舰抵鹿儿岛,曰:"生麦之事,已与政府平,然主谋无罪,事不平,请赎金三万元,养死者妻孥;不则得主使者。"萨人对曰:"杀人者死,万国所同。俟捕获亡命,敢不伏辜。然冲大名卤簿,我亦有法禁,与足下辨曲直,而后议养妻孥。"七月朔,英人夺蒸气船三及琉球船二焚之,萨兵大怒,乘大风雨邀战,英舰一不动,其六折旋自如,指岸炮击,丸无虚发,碎炮台及炮

数十，火及鹿儿岛市，延烧数百户。萨兵亦炮伤其舰，殪二将，死伤
者数十人。萨士乃乘飞舸入英船乞和，英人即止战。萨士附英舰
至横滨，请金二万两于幕府，与之，事乃平。初，萨摩撰壮士五十名，伪
卖果船，谋分入英舰，刺其船将，陆兵应机一击麛之，以风浪大不得近，计终不
成。及战，英一舰不遑拔锚，绝绳而去，萨人夺锚，至和成乃返之。英舰过摄
海时，鸟取人袭击之，英不战而去。后鸟取将亦屠腹谢罪云。八月，诏大坂
城代曰："蕃舰如来，急击勿失。"幕府下教曰："既奏请见许，必勿
浪战。"时诏教龃龉率如此。毛利庆亲已开战，欲颁攘夷亲征诏于
天下，奏请行幸大和。帝遂诏曰："拜神武天皇陵，驻跸春日山，议
亲征。"自帝命萨、长、土三藩留镇京师，诸侯望风朝者八十余国。
幕府奏请以松平容保为守护职，帝亦命留镇，而萨、长、土势最强，
相倾轧，朝臣各分左右祖，又恐浪士主战者纵横辇毂。会行幸议
决，忽有流言，谓长人当乘行幸火大内，奉驾函岭东征幕府。朝议
忽中变。是月十七日夜半，亲王尊融、左大臣忠熙以下尽朝决议，
召守护职、所司代征兵备非常，议奏传命锁九门，令萨摩、会津、因
幡、备前、阿波、米泽、淀分守之，停公卿十三人参朝，召大纳言实
德、大纳言实爱、中纳言光爱等。尊融传诏曰："议奏关国事等，信
长人诡激，矫诏旨，图不良。天皇震怒，亲征非睿旨也。"十八日，遂
诏停行幸，免长人戍兵。长人乃挟中纳言三条实美等西去，容保等
仍备非常。诏曰："近者诏令真伪错出。十八日以来诏，乃实出朕
意，四方其体之。"九月，命亲王炽仁为攘夷别敕使，既以关东奏锁
港停之。十一月，朝廷诏诸藩曰："锁港待幕府指挥，勿轻举妄
动。"主攘夷者闻之不怿，曰："朝议复陷姑息矣。"相率奔长。是
月，家茂遣外国奉行池田某、河津某，目付河田某等，于英、佛诸国
图锁港事。先至佛说锁港，佛不容。某等目击海外交际日盛，有所悟，遂不

历说各国。明年八月归，具陈其由。幕府责其辱命，削官禄。十二月二十七日，家茂复乘军舰入朝。元治元年甲子正月十五日，家茂入京，总裁松平直侯等从之。二十日，家茂率诸大名朝献。诏家茂曰："朕爱汝如子，汝亲朕当如父。丑夷不可不惩，然不可轻举暴动，宜以实心行实事。汝上策略，朕详察可否，以定不拔之国是。"又曰："暴虎冯河，非朕所好。而三条实美等不察大势，矫诏亲征，欲讨幕府，长人遂炮击夷舶，暗杀幕吏，勾引公卿，其罪大矣。然皆朕不德所致。自今海内一敌忾，绝外交，以副朕意。"其他赐诏者四十余藩，时谓之翻覆纶旨。自三条实美等西去，诏褫实美爵，禁长人入京。庆亲父子上书曰："臣尊攘之志，始终不渝。闻亲征诏下，距跃三百，欲为先锋，何图诏停行幸，罢臣宿卫。臣为谗言所中伤，九天为证，无以自明。臣今不敢诣阙自陈，惟坚奉前诏，一意攘夷，以死报国。"岛津久光入朝，亦奏曰："八月之事，臣不胜悲痛。朝令夕改，衰世积习，请察时势人情，建不拔之基。临事纷纭，良法奇策，徒属无用。幸诏列藩决大计。"池田庆德奏曰："向臣闻之大臣两卿，信攘夷之诏始终不渝。睿虑一惑，天下得窥九重浅深而不信朝命。夫七卿、毛利氏之触朝谴，虽非无故，然要之遵奉睿旨，为攘夷嚆矢，足以偿越境之罪。苟奉诏攘夷者蒙严谴，则人人解体，将曰不如因循姑息之为愈，是自开瑕衅，陷于夷术中也。敢请许七卿及毛利氏入京，以明示积年攘夷之旨，一海内人心。"长冈护久与其弟护美奏曰："要港已开，而夷欲无厌。朝廷主决裂，幕府主游移。至于锢公卿，戮志士，而国内之隙开矣。庆亲初念在协和幕府以戴王室，顾朝旨幕命未尽善，是以激烈之徒，说七卿等，辗转相激尔。如闻长人固执十八日前诏为真敕，十八日后诏为伪敕，然则其不奉幕命必矣。请召庆亲父子或重臣至大坂，下敕谕之使奉幕命，然后责其罪，彼必低首屈服。否则酿成内讧，恐外人乘衅。"其余上疏论事者三十余人。四月，诏家茂曰："汝入觐，列藩亦会同。今后宜政出一途，以示人归向，攘夷锁港，必奏尔功。若实美、庆亲等处置，一委之汝。"先是，朝廷置参预,以忠熙、齐敬、尊融、及容保、庆永、久光、丰信、宗城、护久等为之。既而更诏有事乃参朝议,以委将军,一政权也。六月,大纳言实良奏曰:"朝廷下攘夷诏,而将军以锁港奏,公卿、诸侯东西奔走,皆志在攘夷。将军与庆喜既奉诏,然入则奉书,出则忘战。臣不解其故。"大原重德亦奏曰:"今天下汹汹,惧睿旨中变。臣决知其不然,特请变锁港为攘夷,布告中外,以示必战,定民志。"不报。八月,幕府下教征长门,初,长藩士屡上书乞宥庆亲父子罪,弗省。诸士决议曰:"除君侧恶,余无别策。"于是其老福元僴等率兵犯阙。容保纠诸侯兵讨平之。七月十七日,下征讨诏;寻削庆亲父子爵。部署肥、筑、萨、艺等二十一藩,以德川庆胜为总督。时各国欲寇长报怨,公使会议于横滨。及闻幕师征长,遂命将先攻。是月五日,有英、佛、墨、兰舰十八艘入丰前洋,寇马关,炮击前田、坛浦礮台。长人应之,弹丸交注,炮烟蔽海,日暮交绥。六日,再战,长人不利,彻守走。四国兵上陆,进至板谷,长人袭败之,杀十数人。七日,四国兵据山阻击,长人力拒,迭有胜败。而长人铅硝既尽,不得已约和。各国船长责前事。长人对曰:"奉朝旨幕命耳!"出证左谢之,乃定约撤戍,罢筑炮台,曰:"嗣后纵外舶来往下关,许购石炭、薪水、食粮,遇飓风,许上陆。偿金则俟与四国公议,处以公法。"媾乃成。既而各国公使逼幕府曰:"长事须偿金三百万元,取之长人乎,抑问政府?"答曰:"政府取彼与之。"各国公使日夕督促。既幕师攻长,长人伏罪。明年正月,遂彻西征之师。庆应元年乙丑五月,幕府以长人内讧,再征长,家茂亲督师,于七月入京。九月,各国公使自横滨航入摄海,老中阻之,不可,径入武库。佛公使上书幕府曰:"订约久矣,以王朝诸侯持异议,内乱骚扰,驯致迁延。今萨、长已通好于英,均许开港,而政府反议锁港,何也? 英使欲面议将军,将军不遽诺,故不得不以师从,佛深为贵国寒心。今不许条约,则造炮铸舰之术不传,其何以强兵!一败再败,势不可问。不如请敕许即开武库,以解诸国惑。"家茂大恐,因奏请让军职于庆喜,别疏曰:"今宇内互相往来,万里之大,弹丸之小,无一国能闭关拒人者。独我国迁延退避,畏之如虎,何以持国体?自墨使入下田,迭奉圣旨拒绝外交,然臣家茂亦面奉明诏戒轻战,于今八年矣。西征事起,臣入阪城,不图夷舰突进武库,要条约敕许。今内忧外患,逼于臣身;非啻臣身,皇国臣民同此祸厄,海防何者足恃?与各国战,幸而小胜,环海皆寇,生灵何辜?臣身存亡,即置之不问,臣诚不敢知宝祚安危如何?臣不胜痛哭,愿赐敕允,以舒目前之祸。"疏已具,令德川元同入京,家茂遽发大阪,至伏见治归装,诸将士视,急争从,道路绎骚。庆喜在京,闻之大愕,即夜与容保、定敬单骑驰赴伏见,面议而还。十月,庆喜、容保、定敬、长行等亦连署奏请敕许。诏问诸藩,多许之者。五日,家茂乃入朝,令传奏飞鸟井雅典、野宫定功,赐敕于家茂,允许条约,然犹不许开武库。幕府宣告中外,外舰乃去。幕吏以敕示各使。英使见书中兵库仍不许开港语,遽起,取书怒裂之,掷于地,曰:"使臣之职,遵约而已,他非所知。"幕府乞援于佛使,请为调停。于是老中连名作书曰:"兵库开港,其责在大君。已委水野和泉守请至江户再商。"各使乃归横滨。自戊午结约,朝野谤议。至是乃得敕裁。家茂遂驻大阪,命将西征。有佛舰过马关,曰:"佛已与政府盟,不得不援政府讨叛者。今将赴长崎,请归路报我。"及长攻小仓,佛人诘长人。长人曰:"幕府屠我大岛,燔我聚落,杀戮无辜。小仓负邻交,启东军,我何得唾面不报?"会英船来,居间和解,佛人乃去。或曰幕府私嘱佛以劫长也。寻英人率军舰及测量船各一泊宇和岛,伊达宗城遣吏按之。对曰:"政府无悔约意,英岂有异志?"二年丙寅,七月十一日,将军家茂薨于军,布告列藩,旋征西师,诏以庆喜为将军。十二月,帝患痘,崩。

今帝庆应三年丁卯五月,诏开武库港。先是,各国公使自武库至大坂,贺将军袭职,且促开港。庆喜奏请曰:"曩先帝明察,俯允条约,然犹禁开武库,先臣家茂岂敢违旨?而不以布告者,以开港之期,载在盟府,不可渝也。苟或失信,各国将以兵戎问背盟之罪。我中世以还,群雄割据,互相盟誓,每洒血为书。然当城下穷蹙,肉袒求和,辄以为姑许纾祸,以待后图。当歃血之初,已萌背约之意,故已盟复寒,视为无足轻重之事,然不可施于今之外国也。今万国交际,首重缔约。一语已下,山可移,海可覆,而约不可废。故约中一字之墨,万民之膏血系焉。利害所关,不可不慎。今之条约,诚有失便宜者,而非开武库港之谓也。臣闻英、美、鲁、佛各相往来,环球而居,虽异宜异俗,而横目圆颅,均是人耳,既无彼此,即谓之同胞可也。万国和会,我日本乃欲独立海中,闭门拒绝,能乎?不能。一缔条约,互相维系,强不得凌弱,大不得并小,故西人谓条约尊于法律。法律所以治一国,条约所以绾万国,郑重如此。臣敢披赤心,保其无他。伏冀陛下详古今之变,察宇内之势,从已许条约,特开武库,以昭国信,扬国威。"朝议以先朝所禁,诏询列藩。浅野茂长、池田茂政、池田庆德稍持异议,其他均谓可许,遂许之。幕府乃定本年十二月为开港期,后又改期明年三月。方是时,幕府大政皆仰朝旨,而庆永、齐正、丰信、宗城、久光等各参大政。寻丰信上书幕府曰:"比年以外交酿内乱,东西分扰。无他,政出二门也。方今大势一变,不可墨守旧规,宜奉还大政于朝廷,与万国并立基业。"十月,将军庆喜遂奉还政权。十二月九日,朝廷下诏曰:"今日以往,大小政令,自朝廷出。"明治元年正月十二日,令四方曰:"曩德川庆喜怏怏失望,敢以兵逼京师。今以亲王炽仁任征东大总督,授锦旗东征。"初,庆喜之叛,诸国公使在兵库下局外中立令,禁其人民勿援东西师,勿鬻兵器。及庆喜东走,又告公使曰:"日本天皇亲执政权,自今以京师为政府。"二月,会各国公使于大阪本愿寺,文武诸官尽列,外国事务官少将东久世通禧、少将伊达宗城传命曰:"政府新置外国事务局,责在吾辈。自今日始,请遇事协议,以慎邦交。我天皇欲见诸卿,公等其待后命。"公使等答曰:"固所愿也。然闻征东师起,吾曹将避乱横滨。倘天皇赐谒,愿勿延。"宗城曰:"余为外国人居留者保无虞,莫以为念。"公使曰:"然不欲旷日。"或曰:"延夷于阙下,如物议何?"参谋等笑不对。三月朔,英、佛、米、兰诸公使入朝拜谒天皇,贺大政复古盛典。是日仪毕,帝临,太政官以五条会诸侯盟誓,其末曰"求知识于寰宇,以振起皇基",遂布告全国。于是外交事略定,京人相贺。而是时攘夷之说未息。当各使集兵库时,备前藩王过神户,或犯其前驱,遂发炮攻击互市场。各国咸怒,尽夺诸藩轮船之舶于神户者。土佐藩兵守界浦,又炮击佛国,十六人或死或伤。佛国联各使,以五事要朝廷;概徇其请。曰急戮暴徒;曰偿金十五万元;曰外务长官亟致书谢罪;曰土佐藩主亦谢罪;曰不许土佐藩士佩刀入市场。三日不允,则径行吾意。廷议虑开衅,遂执土藩士二十人,赐死于妙国寺。佛人亦来监刑,各以次就死,屠腹如划水。佛人不忍视,至十一人合掌退去。及英使入朝,又有刺客要击于途,伤护卫兵,即擒暴徒,处以枭示。先是,以攘夷得罪者,敕令自裁,依旧例引刀剖腹。暴徒视死如归,转以为荣,犯者踵起。及是,从英使言,皆削士籍,处枭刑,以示辱也。维新以后,此风仍未已。有张示于日本桥者曰:"外人近益跋扈,纵马横驰,往往伤人不顾,见之而不拔刀,即非日本男子。"甚至大学南校所延英人教师,驻扎箱馆之独逸领事亦遭害,政府严禁始息。各开港场,仍屯兵守护。幕府时所设名曰别手组,维新后仍不撤,至明治五年始废。而英、佛二国，各留兵千五百人于横滨，以保护己民，至八年始撤去。维新之始，管外事者内外交谪。而东久世通禧、伊藤博文、后藤象次郎等竭力弥缝，渐觉相安。于是朝廷益锐意外交，先下令有约各国，凡有往来国书及宣告公文，君主之国概称皇帝，民主之国称统领。当锁港时，沿旧习，见外人辄目为夷狄，或斥为异类。将军自称为日本大君，称他国曰某国主。及是，尽废君主之称，概尊为大皇帝，或大统领，著为令。所有前禁耶稣、天主二教之在地踏像、当道竖牌，概撤废。先是，幕府于长崎设耶稣像，令登岸者践踏之；又通衢大道皆有竖木牌示曰"禁止切支丹宗门"，王政复古，更书曰"禁止切支丹邪教"，各使请删去"邪"字，又改曰"切支丹宗门"，仍依例其邪教应严禁。逮改约论起，各国复互相议曰："日本法律仍禁耶稣教，背宗教自由之义，实为文化半开之国，岂得比于泰西得平等权利。"乃将所竖禁牌撤去，仍无弛禁明文，其依照天主教法行葬礼者仍不许。当旧幕时，禁教极严，教徒皆潜匿不出。及外船劫盟，死灰复然，遂邀集教徒数千人于长崎之浦上村，公然聚会，幕府捕系之。佛人力请释放，乃分配三千余人于各藩，责令约束。虽教师复请之公使，求为赦免，而政府谓天草之乱，教门实为国政之蠹，不能曲从。其后渐次宽禁，亦以外使诤论故也。既广开各国语言、文字、学校，复遣子弟之秀异者、官吏之谙练者留学于外国。已通商矣，有吉田寅次郎欲私附外船往各洋，幕府犹处以禁锢。后渐弛此令，幕府先遣榎本武扬、德川昭式往外国，名曰留学生。而萨、长大藩，亦选俊才彼往，中如伊藤博文、井上馨、鲛岛尚信、森有礼、吉田清成辈，皆在其中。学成归朝，值变革之际，咸破格擢用。维新之初，各朝贵侯封争遣子弟往学。明治元年，海外留学者五十人，二年至百五十人，至五年大抵千余人。初，改兵制，练海军，变刑法，研医学，架电线，敷铁道，创办之始，争聘外人为先导，外人应募而来，踵趾相接，几遍于国中。自政府属官逮于私学校、各社会、各制造所，苟采用西法者，咸雇西人。此辈来者，咸称御雇教师。明治初年，意谓取长以补短。逮三四年，则皆

黄遵宪集

欲舍旧而谋新。风气所趋,聘书络绎。明治六七年间,所聘外人大约六百人以上,至十一二年渐少,犹在二百人以下。脩脯之费,约计殆过千万元云。外务日繁,政府乃分驻公使、领事于各大国。明治三年,以森有礼使美,鲛岛尚信使欧洲,是为遣使之始。尔后,遣派公使凡九国,为英、佛、米、兰、独、鲁,及澳大利亚、意大利二国。又分驻领事于英之伦敦、新嘉坡,鲁之哥尔萨、浦盐斯德,米之桑港、纽约,佛之马塞,独之伯林等处。已渐察外情,思恢复已失之权利,而外人尚干预内政,或故犯日本条规,或强迫日本遵行,如游猎规则、外人多游猎内地者。日本制令:民人繁集之区、林木掩蔽之处,不得妄发铳,犯者得拘禁之。而巡查拘而致之领事者,多以无罪免。防疫法,明治十二年,长崎疫证流行,即霍乱吐泻,西语名为虎烈刺者也。此病最易传染,日本仿西法以定规则,凡有船由长崎来横滨者,先泊相州之长浦,遣医检视,用各种消毒法,验明无病者,乃放行。商之各使,无异议。惟独逸有船来,不服检查,破例驶入,谓所定规则未善也。外部不得已,复与各使协议,将规则改定。各使乃布告其民,使遵行。此案出而日本论者器器,皆谓外人侮我,不啻奴隶我,边鄙者云。日本均不得行其志;然整理内政,颇有规模。外客来游者,如英国皇子、二年。鲁国皇子、五年。伊大利皇族、六年。德国皇孙、十一年。美国前总领格兰脱,优加敬礼,颇获声誉。格兰脱临别告日皇曰:"愿日本日益富强,卓然独立,毋使外人干预内政。"并愿与英、米诸绅设立东洋友会,力御外侮云。外政亦有进步,如割桦太全界与鲁西亚,尚易取千岛。初壬戌秋,竹内某、松平某使鲁,以桦太一地委奴、以色列两种人分处,欲限北纬五十度,定两国界。鲁人争曰:"乌得以此地为贵国有?以舆论言之,谓之满洲属岛可也。且四十八度以北未见委奴人种,乃欲分五十度乎?此土无界可定,然疆场之邑,或彼或此,亦非我所好。我在下田尝与贵国约,人民杂居,贵国置不问,曰他日目击实地,以议无已,今以阿丹和港界之。"二人察其言,有夺全岛意,然茫乎不辨地势,乃立券约,就地势定界。幕府请命熟地理者检之。居五年,使节未遣,鲁遂大起土功,拓桦太岛。事闻,幕府大惊,乃遣小出石川等至其京都,执旧券议就地势定界,鲁若为不知者,欲以千岛代桦太,盖谬以千岛为鲁有也。小出等让其食言,鲁人曰:"口舌何益。今与贵国随开随居,不亦善乎?"小出等议曰:"虽唇枯舌燥,辩之无济。今鲁人拓地已及五十度南,需者事之贼,我国之咎也。"终复约彼我人民杂居而归。至明治三年,托米国政府周旋,仍画五十度为界,鲁不允。四年副岛参议,六年岩仓大使等迭议不就。及榎木武扬使鲁,又争论连年。八年冬乃定议割桦太与鲁,而交换千岛归日本云。释秘鲁佣役船,经俄皇公断,亦直日本而非秘鲁。事详《邻交志》上篇。其后东京有数百工役应募赴秘鲁,政府虑蹈卖奴之弊,禁止之。布哇,即华人所谓檀香山也,有米人佣雇贱民送致其岛,幕府不能禁,后亦遣吏往布哇检察,不愿留者载以归。自秘鲁事起,日人谓业娼妓,掠卖儿女,均损人权,并禁之。其全国君臣上下所最注意者,在改正条约。维新之初,虽照行幕府旧约,已渐知领事管辖外人、税则不能自主之非。明治四年,特命右大臣岩仓具视为全权大使,〔参〕议木户孝允及大久保利通、伊藤博文为副使,专议改约,兼察各国政事、法律、商法、教养、兵制等事。先至米国,议不合。原约以十年为期。明治五年五月,即为改约期已至。米外务卿曰:"此大事,非空言可辨,必须有实权,乃可议。"遂遣大久保、伊藤归国请全权委任。既闻欧洲各国均不愿,乃中止。两副使仍往米偕行。及大使归朝,益锐意改革。值西南变乱,待事定,乃与各国公使协议,意欲增加输入。凡内港贸易,谓专在一国中来往,由此港至彼港也。不许他国船侵占。旋与米国议改。明治十一年,吉田清成议于华盛顿。约称所有海关收税章程,由日本政府自定;日本内港贸易,专属日本人;复言此约俟各国改约后,即日施行。然此各国未就范,故不能实施云。至十二年,又将关税改正稿出示各使。英使询于横滨、兵库、大坂之英商商会,议复曰:"旧约非不可改,但当订正细条目已耳,其大纲不得废也。谓增加输入税,既输入矣,已入日本人之手而重课之。楚人得而楚人失,何利之有？因加税而输入骤减，吾辈之害也。已加税，而输入如故，于彼又何利焉？利不百不变，法何改作为！谓废弃输出税，以此劝工，以此务财，以此训农，使物产日盛，彼之利也。若以此抵偿输入所加之税，示惠于外人，殆不其然。日本丝茶价之高低，悉操于欧洲市场，于东洋成本之重轻无与也。吾辈但从中逐什一之利耳，所减之税，不能认为吾辈溢出之利。海关税则之权由日本自定，诚虑日本政府谋己而不顾人。如美国之保护税，竟值一而取二。年来贸易已渐觉减色，如施行此政，行且闭关矣。若两国协议，准物之精粗，价之高下，以定一平均税，则犹之可耳。前定关税，以日本旧行之一分银抵算，殊滋不便。今日本已自造金银货，望以各国同等同量之货，一体收用。日本政府欲自专本国内港贸易之权，商舶来往多，则货物之转通易，官民均受其福。今三菱会社自专其利，而以外舶之搬运为禁，一商会之利耳，于全国何利焉？多开新港以通商，此两国公共之利。而现行规则，不许外人在内地居住贸易，望并弛其禁，均许其自由，庶与欧美无异。日本内地尚多可开之矿，应兴之工业，愿移外人资本以代兴大利。至于外国已经注册之货，有名之牌号，独卖之权利，愿极力保护，毋使日本人伪托妄争。年来日本纸币制造甚滥，愿设法限制，勿使摇动市场，有碍贸易。此皆吾辈所望各公使忠告于日本者也。"日本大藏卿亦询于东京、大坂、长崎之日本商会，亦议复曰："现行条约，内外胥受其害，举国所共知也。增加输入税以减轻地租，保内港贸易之权，毋许外人船舶侵占，庶可舒民困而励商业。初结约时，海关收税，以幕府之一分银计算，外人货币不论其成色之轻，但以分量相准。彼以挽铜之货易我足银，受损多矣。嗣后定制，以一分银之三百十一个，当洋银百元，准此计算，我政府仍复失利。今日本货币，如上海、香港、新嘉坡皆邀信用。泰西通例，本国只用本国之货，请嗣后收税概用日本贸易银，其他一概屏弃之可也。维新之始，国人见舶来之物，无不垂涎，尽取其累叶之所积蓄，倾泻一空，争相购取。故明治三四年以后，商务日盛一日，至十年而衰颓矣。其盛也，非实状也，民浮故也；其衰也，亦非实状也，钱荒故也。苟条约得宜，贸易日盛，安得如外人所谓有害商务耶？纸币价低，非政府滥发之故，乃金银滥出之故。银价不定，商业实岌岌可危,然日本无法以补救,则皮之不存,毛将焉傅? 使日本全国有楮币而无真银,外人又何所藉以为利耶? 故日本今日之政,当开通道路,兴造船舶,以利转输;广开通商之港,增加输入之税,竭智尽力,以保我国本有之利,增吾人输出之品。其要全在于改税则,改条约。"云云。十三年,再将条约改正稿分致各使,请转呈各政府委权于东京各使,以便协议。今犹未定。

卷九　天文志

外史氏曰：自地而上，皆天也。日月之照，星辰之明，天之覆万国者，莫不同也。苍苍者，其正色耶。舟车之所至，人力之所通，海之所际，地之所载，万国之观天，亦莫不同也。所未同者，各国推步之法耳。余观中国之志天文者有二：一在因天变而寓修省。自三代时，已有太史，所职在察天文、记时政，盖合占候纪载之事而司以一人，故每借天变，以儆人事。《春秋》本旧史而纪日食。后世史志因之，因有日食修德，月食修刑之说。前代好谀之主，有当食不食，及食不及分，讽宰相上表，率百寮而拜贺者，其谬妄固不必言。而圣君贤主，明知日月薄蚀，缠度有定数，千百年可推算而得，然亦不废救护之仪、省惕之说者，诚以敬天勤民，实君人者之职，而遇灾修省之意，究属于事有裨，故亦姑仍旧贯，而不废举行，此中自有深意也。彼外人者，不足语此，遂执天变不足畏之说，概付之不论不议矣。一在即物异而说灾祥。自伏胜作《五行传》，班孟坚以下踵其说，恒雨、恒旸、恒燠、恒寒、恒风，皆附会往事，曲举证应。其他若荧惑退舍，宋公延龄，三台告坼，晋相速祸；以及德星之聚颍川，使星之向益州，客星之犯帝座，皆一一征验，若屈伸指而数庭树，毫厘之不爽者，何其妄也！夫星辰之丽天，为上下四方，前后古今之所共仰，而人之一身，不啻太仓之一稊米，乃执一人一时之事以为上应列宿,有是理乎? 余观步天之术,后胜于前。今试与近世天文家登台望气,抵掌谈论,谓分野属于九州,灾异职之三公,必有鄙夷不屑道者,盖实验多则虚论自少也。若近者西法推算愈密,至谓彗孛之见,亦有缠道,亦有定时,则占星之谬,更不待辩而明矣。日本之习天文者甚少,日月薄蚀,以古无史官,阙焉不详。而星气风术之家,中古惟一安倍晴明精于占卜,后亦失传,故占验均无可言;即有之,要不足道也,今特专纪其授时之法。考日本旧用中历,今用西历,皆袭用他人法,其推步又无可称述,第略志其因革耳。若乃体分蒙涌,色著青苍,则刘知幾有言:"今之天即古之天也,必欲刊之国史,施于何代不可也。"余亦以为外国之天,犹中国之天也,苟欲限以方隅,志之何地,亦不可也。作《天文志》。

日本亦用夏正。自推古以前,统称之为《太古历》。新井君美曰:本朝用历,盖取太初、四分、三统、乾象、景初等法。其用何法,史无可考。先是,应神之世,百济始贡博士王仁。继体七年六月,又贡五经博士段扬尔。十年九月,贡汉高安茂,请代段扬尔。至钦明十四年六月,敕令百济所贡博士等,宜依番上下;又以卜书、历本及药物为付送。明年二月,百济所贡五经博士王柳贵、历博士王保孙等,皆依请交代。是岁甲戌,当梁元帝承圣三年也。当时历博士征之百济,依番上下,第袭用汉历而已,未尝习学其术也。后四十八年,推古十年十月,百济僧观勒来,献历本及天文、地理等书,亦兼通其术,敕命诸生就学,阳湖史玉陈传其历法。十二年岁次甲子正月朔,始用新历。是岁当隋仁寿四年。观勒所献,乃宋何承天之《元嘉历》也。后八十六年,持统四年十一月,始行《元嘉历》兼《仪凤历》,盖兼用二历之法。是岁庚寅,为唐嗣圣七年。《仪凤历》,唐所谓《麟德历》也。行之数年,至文武元年,遂废《元嘉历》,专用《仪凤历》。

后六十七年，孝谦天平宝字元年十一月，敕令历算生讲习汉、晋《律历志》、《大衍历议》、《九章》、《六曹》、《周髀》、《定天论》等书。七年八月，又废《仪凤历》，用《大衍历》。是岁癸卯，当唐广德元年。《大衍历》，僧一行开元中所作也。后十七年，光仁宝龟十一年，遣唐录事从五位下行内药正羽粟臣翼献《宝应五纪历》，曰："今《大衍历》唐既不用，用此新法。明年正月，天应纪元，已敕颁行。本朝司历犹用《大衍》，未习《五纪》，谨上此经，请为检察。"然因当时无习推步者，卒格不行。《五纪历》，凡四十卷，唐宝应元年所作也。后五十五年，为仁明承和三年，颁历以七月为小月，博士等议互有差午，廷议遂据七曜历法改为大月，余亦改其大小。初，后汉光和中，刘洪作七曜术。尔后，陈、隋及唐所述，凡二十九家，廷议盖兼采其法。后二十一年，文德齐衡三年，阴阳头从五位下兼行历博士大春日朝臣真野麻吕，又奏请用《宝应五纪历》。廷议以为国家据《大衍》法造历尚矣，去圣已远，义贵两存，宜暂相兼，不得偏用。后三年，清和贞观元年，会渤海国大使马孝慎献《长庆宣明历》，奏称大唐新法。三年六月，真野麻吕复奏曰："以彼新历比校《大衍》、《五纪》二经，且察天文，且参时候，二经之术实似粗疏，令朔节气均有差误。臣有唐开成四年、大中十二年等历，详加参校，实用新法，知渤海大使所言不谬。《历仪》曰：'阴阳之运，随动而差，差而不已，遂与历错。'夫大唐开元以来，三改历术，本朝天平以降犹用一经，静思事理，似不宜然。请停旧用新，钦若天步。"诏从之，始用《长庆宣明历》法。后七十五年，朱雀承平六年十月，权历博士葛木宿祢茂经奏议，以博士大春日朝臣宏范所呈明年丁酉历本殊多差谬，七年十月，乃命宏范、茂经共议明年戊戌历。二人所议不合，因命大宰府写呈唐历，依照而行。是岁丁酉，为后晋天福二年,时后唐已亡,天下扰乱,大宰府亦无所得。自是以往,司历所业不精,仅有贺氏传其家学而已。考后醍醐帝时,所颁《延喜式》,有阴阳寮一官。内称凡每岁进历,《具注御历》二卷,纳漆函安漆案,《颁历》一百六十六卷,纳漆柜著台,俱于十一月一日供进。又《七曜御历》一卷,正月一日进御。凡天文博士,常守观候,每有变异,日记进奏。寮头即共勘知,密封奏闻。寮中学生共三十人,阴阳生十人。历生十人,天文生十人;得业生阴阳二人,历二人,天文二人,均选性识聪慧者,令专精学业,具名申官,给衣食。其成业年限,则依令云云。据此,则日本亦有授时之典,占验之术。习学之生,殆以所业不精,遂失其传欤? 皇室渐衰,遂失厥职,民间所行,唯用《宣明历》法耳。逮夫后西帝宽文末,始有建议请改历法者。至灵元贞享元年甲子十月,取用元《授时历》以造新历,名曰《贞享历》。自《长庆宣明历》法流行,至是,凡八百二十三年而废矣。《贞享历》行之七十年。将军德川吉宗颇习天文,特于江户神田建天文台,制简天仪,知《授时》法又有差违,奏请考验。后桃园宝历三年长至日,遂敕阴阳头安倍泰邦立表测景,幕府天文方涩川某、西川某等,皆与其事。《授时》法果有误,遂诏改历,明年颁行,名曰《宝历》,时已兼用西法。后四十四年,光格宽政九年十月,又诏天文博士安倍泰荣改历,十二月成,名曰《宽政历》。是岁八月筑天文台于朱雀三条。后四十五年,仁孝天保十三年九月,又诏阴阳头安倍晴亲改历,名《天保壬寅历》,其节气一遵《宝历》之旧。百年之间改历者三,盖以推步渐精,易知差谬故也。德川氏之初,以禁天主教,凡舶来之书言及西学,概加涂抹,方许流布。至德川吉宗解禁,人始得窥泰西天文之学。是时有麻田刚立、间长涯改星历之学。及西书流布,密微入神,星工传为大宝,乃与刚立所发挥若合符节,而间长涯所阐天行方数、诸曜归一之理,亦合于西术。及是遂同究西法。当时著论,已欲废太阴历而用太阳历云。

王室维新,明治五年十一月九日诏曰:"朕惟我邦通行历书,以太阴朔望立月合太阳缠度,故二三年间不得不置一闰。置闰之前后,季候有早晚,推步亦从而差。而太阳历从太阳缠度立月,有日子多少之差,无季候早晚之变,每四岁置一闰日,七十年后仅生一日之差,比太阴历最精最密,其便否固不待论。自今废旧历,用太阳历,要使天下永世遵行之。百官有司,其体斯旨。"是日遂行改历礼祭太庙及历代皇灵。太政官又布告曰:"今奉旨改历,以是年十二月三日,为明治六年一月一日。自今以后,每一年凡三百六十五日,分十二个月,每四年置一闰日。凡记时用昼夜平分之法,即以今日子刻至明日子刻为一昼夜,其中分为二十四时,每一时分六十分,每一分分六十秒。由子至午,称为午前十二时;由午至子,称为午后十二时。所有从前祭日,当以旧历月日比照新历月日,校定颁行。"考西洋用太阳历,始于罗马教主该撒儒略,名为《儒略历》。先是,罗马王罗慕路所创历法以三百零四日为一年,分为十月,而寒燠四时不能相应。至努马本比流,改令一年之内增加二月。及儒略,又改以三百六十五日六时为一年。如行于耶苏纪年前之四十五年,至耶苏纪元一千五百八十四年,已积差十日,是年春分,应在三月二十一日,而误置于三月十一日。教皇格力哥里第十三觉其差谬,遂作新历,以三百六十五日五时四十九分为一年,即删弃十日,以是年十月五日为十月十五日。又预防后来之差,定以每四年置一闰日,每一百年又停一闰日,每四百年仍置一闰日,是为《格力哥里历》,又称新历。泰西奉教诸国,次第遵行。今惟俄罗斯仍用旧历,故比他国差十二日。考太阳绕地球一周,为三百六十五日五时四十八分五十秒弱,以三百六十五日为一年,是为平年。其余数五时四十八分五十秒,每积四年则置一闰日,是为闰年。然每一日积共有一千四百四十分。此每年余数,四年合计,仅有一千三百九十五分二十秒,犹不足一日。是四年一闰,每年多十一分零十秒,积一百年为一千一百二十六分四十秒,故每一百年宜停一闰日。然百年停一闰日,又有不足三百一十三分二十秒,合四百年,又积一千二百五十三分二十秒,故四百年仍置一闰日。以此法推算,积四百年,仅差一百八十六分四十秒耳。可谓精密至极。昔魏默深作《中西历法异同表叙》谓西法再积三千余年,当以春分为元旦。万年以后,元旦将在炎夏。盖仅据太阳行分六十七年差一日之说而推,而未考其置闰、停闰、补闰之法也。遂颁新历,每年以一月、三月、五月、七月、八月、十月、十二月为大月,各三十一日。以四月、六月、九月、十一月为小月,各三十日。唯二月独二十八日,每四年置一闰,则二十九日。其岁首必当中历长至后十日。盖取太阳过宫最卑、行最疾之日,与中国冬至太阳在赤道最南之日殊科。其闰年,必当中国子、辰、申岁也。又仿古七曜之法,以七政纪日,曰日曜日、月曜日、火曜日、水曜日、木曜日、金曜日、土曜日,亦仿西法,以日曜日为安息日,官司均给假。旧例以一、六日为假日。则当中历之房、虚、昴、星四宿也。寻又以神武纪元之年为纪年之始,称是年为二千五百三十二年,以神武即位之日,称为纪元节。史称神武即位,当东周惠王十七年辛酉正月庚辰朔,今推算西历应在新历二月十一日,遂诏于是日称纪元节。所有旧历之正月人日、三月三日、五月五日、七月七日、九月九日,均令停废。惟所颁新历,附注旧历于下,以便农时。而农家以沿用夏正已久,颇为不便。既又编太阳历授时表,布之民间,而于内务省之地理局特设测量一课,于西京、长崎、广岛、和歌山各设测候所,每日志其寒暖晴雨及气之压力,以玻璃管盛水银,记分数于管外。于管之弯曲之处开一小孔,以吸天气,气自外入,其力能压水银,视管中水银之高低以验天气之厚薄。如天欲风雨,则气之压力重,而水银必低。此风雨表,盖创于意大利人他里塞利,今所通用。其制如时表,以尖针指定度数者,则英吉利孚佸所造也。空气之温度、用表以测空中之气温度几何。日本所用寒暑表,均普鲁斯人华连海所定之度。地中之温度、是在地掘一窟,以寒暑表验之。日中之温度、是在太阳地用寒暑表验之。无气中之日温度、用玻璃筒将气吸尽,在太阳地验之。空中之湿气、是验空气含水一百分之中有水多少。水之蒸气、水受热,其气上腾为蒸气,亦以验寒温。水气之涨力、空中之气内含水气。考水气与空气相合,其力几何。露之点、用罐盛水置空气中,内之水冷,外之气热,水受气蒸,则濡湿于外,用表考之有多少度而成露。雨之量、用器量雨,以观多少。云之形质、验十分云,晴云几分,雨云几分,并其形状若何。风之方向与速力。验其东西南北来去之处,每一时行多少英里。每月则编志布告,以便于民。而附纪于历中者,则有日、月食,及日出入之时刻,日赤纬之度数,谓太阳与赤道距离之度数也。月之盈虚出入,潮之满干。其每岁二十四节气,概有定日,虽有差违,不过一日。并附志焉。余在日本与一友论改历事。余意改历似可不必。其人以为此乃维新第一美政。太阳历岁有定日,于制国用、颁官禄、定刑律,均精核画一,绝无参差,比之旧历,便益实多。余谓中、东两国沿用夏正已二千余年,未见其不便;且二国均为农国,而夏时实便于农,夺其所习而易之,无怪民间之嚣然异论也。彼又谓此第一时不习耳,日久则习而相安矣;且三代之时,三正迭用,改易正朔,乃有国者之常,子不议古人,而断断于是,不亦拘乎? 余无以难之也。既而,其人又谓置闰之法本出于不得已。若不必置闰而岁岁齐尽,其法实精,中国特无人创论及此耳,苟有之,未必不变法也。余乃举沈存中用十二气为一年之说以告之,谓中国特不欲更改,并非无人及此。其人愕眙良久,亦无以应我也。今附录于此,以塞专尚西法者之口。其说曰:"历法见于经者,惟《尧典》言以闰月定四时成岁。置闰之法,至尧时始有,太古以前,又未知如何。置闰之法,先圣王所遗,固不当议。然事固有古人所未至而俟后世者,如岁差之类,方出于近世,此固无古今之嫌也。凡日一出没,谓之一日;月一盈亏,谓之一月。以日月纪天,虽令名,然月行二十九日有奇,复与日会;岁十二会,而尚有余日;积三十二月,复余一会,气与朔渐相远,中气不在本月,名实相乖,加一月谓之'闰'。闰生于不得已,犹构舍之用碕楔也。自此气朔交争,岁年错乱,四时失位,算数繁猥。凡积月以为时,四时以成岁,阴阳消长,万物生杀变化之节,皆生于气而已。但记月之盈亏,都不系岁时之舒惨。今乃专以朔定十二月,而气反不得主本月之政,时已谓之春矣,而犹行肃杀之政,则朔在气前者是也,徒谓之乙岁之春,而实甲岁之冬也;时尚谓之冬也,而已行发生之令,则朔在气后者是也,徒谓之甲岁之冬,乃实乙岁之春也。是空名之正、二、三、四反为实,而生杀之实反为寓,而又生闰月之赘疣。此殆古人未之思也。今为术,莫若用十二气为一年,更不用十二月,直以立春之日为孟春之一日,惊蛰为仲春之一日,大尽三十日,岁岁齐尽,永无闰余。十二月常一大一小相间,纵有两小相并,一岁不过一次。如此则四时之气常正,岁政不相陵夺,日月五星,亦自从之,不须改旧法。唯月之盈亏,事虽有系之者,如海胎育之类,不预岁时、寒暑之节,寓之历间可也。借以元祐元年为法,当孟春小,一日壬寅,三日望,十九日朔;仲春大,一日壬申,三日望,十八日朔。"如此历术,岂不简易端平?上符天运,无补缀之劳。予先验天百刻有余有不足,人已疑其说。又谓十二次斗建,当随岁差迁徙,人愈骇之。今此历论,尤当取怪怒攻骂,然异时必有用予之说者。

太阳历授时略表每年节气无甚差异

小寒　一月六日　桑始肥。寒暑表自五十六度至四十二度以上。

伏日　一月八日　款冬华。

大寒　一月二十一日　浸蚕种,但寒暑表在四十度以上则不宜。

立春　二月四日　黄鸟鸣。

节分　二月三日　踏麦苗,惟有雨不可踏。宜接梅、樱、桃、杏诸树,宜插柳枝。

雨水　二月十九日　烟霭暧嗳,多阴少晴。

启蛰　三月五日　宜伐薪,无虫蛀。

三月十八日　宜种牛房、胡瓜、蕃椒、茄子、甘薯、早稻、扁豆、瓢瓜之类,宜植襄荷,种西洋野蔬,宜移植梅、杏、枇杷、南天竹等,宜植马铃薯,种杨花、萝卜、春菘。

春分 三月二十日 彼岸樱始开华。

三月二十八日 宜种冬瓜、西瓜、玉蜀黍、紫苏、蓼蓝、烟草、莺菘等类,又宜插林禽、梨、葡萄、柏,宜移植柿、栗、桑及浇桑种芋。

清明 四月四日 是节蛇出穴,雷始发声。

四月八日 所接诸木始见木芽,宜以时加减。

伏日 四月十七日 樱花盛开,宜种麻。

谷雨 四月二十日 桑始抽芽,宜种扁豆、大角豆、甜瓜之类,宜植柑、柚、橙之类。

四月二十九日 牡丹华,宜种春蒿、麦,植蒟蒻。寒暑表自五十八、九度至七十四、五度。

八十八夜 五月一日 宜种大豆、麻、木棉,植芋魁,是时竹始抽芽。

立夏 五月五日 宜植松树。

五月十二日 宜植葱,种木棉、胡麻、夏萝卜、早稻、小豆。浸稻种。

小满 五月二十一日 蚕起食桑。

五月二十四日 植杉,宜阴雨,忌晴干;始植常青之树。

五月二十八日 浸种方阑,早蚕事讫。茄子华。种牛房。

芒种 六月六日 蚕事正忙。宜植甘薯,惟忌北风。宜植榊、楮、桧、柑、山茶花、枇杷、竹之类。

六月九日 蚕事讫。刈早麦。宜扦种扈子、枇杷之类,种胡萝卜。

六月十九日 初夏蚕方化蛾。春蚕始为蛾。

夏至 六月二十一日 初夏蚕尽化蛾,春蚕方作蛾。宜播种大豆于田畔。

六月二十四日 始插秧。春蚕尽化蛾。宜种粟。

半夏 插秧。寒暑表自七十六度至九十度以上。

小暑　七月七日　插秧。宜种胡萝卜。

七月十八日　宜种稗子,浇芋。

伏日　七月二十日　种萝卜,自是月至立冬勿移植树木。

大暑　七月二十六日　百合华。宜种粟。寒暑表自八十度至九十度。

七月二十五日　刈麻。

七月三十日　宜摘胡麻。木棉之抽嫩枝者,种二回马铃薯。

立秋　八月七日　种萝卜。　赤蜻蛉始出。

处暑　八月廿三日　宜种荞麦、油菜。

八月二十八日　早稻华,柿始红,种油菜事讫。

二百十日　八月三十一日　种荞麦事讫。早大豆、小豆并熟。

九月六日　粟子始熟,晚稻华。

白露　九月七日　宜种芜菁、秋菜、洋葱。

九月十日　宜种菠菱菜,自是节宜束桑树。

九月十二日　种晚萝卜、水菜、菘菜、葱、罂粟等类。晚大豆亦熟。

九月十八日　造乌、柿、菌蕈生,宜种葱、韭、大蒜、冬菘、芥子。

秋分　九月二十三日　粟子熟,宜移植常青树木。

寒露　十月八日　宜种三年牛房、小豆、蚕豆之类。

伏日　十月二十日　菌蕈、栗子尽熟;稗皆熟。

霜降　十月二十三日　种大麦、小麦、萝卜。

十月三十一日　种小麦事讫,宜种蚕豆、豌豆、冬菘,植百合根。

十一月三十一日　柚子、黄栗皆落实,槭叶始红,宜掘芋,掘甘薯,刈早稻。

立冬　十一月七日　刈晚稻。自是日宜移种冬凋之树。若根不繁荣之大木等类,其移植尤宜三月。

十一月十九日　植油菜,造腌菜。

小雪 十一月二十二日 宜覆密柑、香橙,但忌寒暑表四十度以上。

大雪 十二月七日 宜拔萝卜,浇大麦。

十二月八日 宜拾落叶伐薪,且不可久留。

冬至 十二月二十一日 自是日至立春忌耕耨陆田、水田,但不妨浇肥。

卷十　地理志一

　　外史氏曰:于茫茫大地之中,画疆分土,而名之为国。其壤地莫不相接,其疆场莫不相夺,其强弱大小无定形,则有日辟国而日蹙国者,上下千古,横览九州,莫不然矣。而日本之为国,乃独立大海中,旷然邈然,不与邻接。由东而往,凡历一万五千余里,乃至美利坚;由西南而往,凡历二三千里,乃至上海、台湾;即最之与邻近之朝鲜,亦历数百里而后能至。自神武纪元以来,二千五百有余岁,未尝举尺寸之土与人,亦变未尝得尺寸之土于人。虽近日开拓虾夷,交换桦太,吞灭琉球,似有异于前之版图者,然虾夷本羁縻而州,桦太非固有之地,琉球乃瓯脱之土,得非果得,失亦非失。盖自有日本以后,即守此终古,一成而不封,不亦奇乎? 余闻欧西有瑞士,山水清华,士女明媚,以介居诸大间,各谋保护,不相侵扰,世人比之桃源。(惧)〔而〕东方之日本,乃以远隔强国,自成乐土,天殆故设此二国,使之东西并跱欤! 自德川氏以禁教故,丸泥(阅)〔封〕关,谢绝外客,子孙世守其法,胶柱拘泥,二百余载,无所见于外者无所羡于内,无所闻于内者,亦无所(又)〔惧〕于外。当是时也,上以武断为政,下以卑屈为俗,熙熙穰穰,娱乐无事。而欧洲诸国,鹰瞵鹗视,强弱相并,轮一争战,则国步日进。北则有彼得加他邻,明毅果断,气吞南溟;西则有若拿破仑,雄才伟略,诸侯稽首。

（闳）〔又〕西则有若华盛顿，艰苦卓绝，独立一洲。或英人吞并五印度，抚有而国；或俄人建万里铁道，以通浩罕。客船电线，争骛纷起，机巧夺天工，人智欺鬼神。凡西人兵威、宗教，几几乎弥纶地球而无所不至。而日本绝门自守，无见无闻，曚然未之知也。直至坚船巨炮环伺于门，乃始如梦之方觉、醉之甫醒。虽曰锁港逐（不）〔客〕，国体如此，亦未始非地势使之然也。嗟夫！事变之极，开辟未闻。以日本四面濒海，古称天险，二千余载，户无外患。而自轮船铁道纵横于世，极五大洲之地，若不过弹丸黑子之大，各国恃其船炮又可以无所以达。昔林子平有言："日本桥头之水，直与英之伦敦、法之巴里相接。古所恃以为藩篱者，今则出入若庭经矣。言念及此，地险足恃乎？"余观亚细亚诸国，印度覆矣，土耳其仆矣，安南、缅甸又倾踣矣。日本自通商（颇）〔以〕来，虽颇受外侮，而家国如故，金瓯无缺，犹得以日本帝国之名，捧载书而从万国后，壤地虽曰褊小，其（地）〔经〕营筹画，卒能自立，亦有足多矣。然而日本论者方且以英之三岛为比，其亟亟力图自强，虽曰自守，亦理有以小生巨，遂霸天下之志。试展五部洲舆图而观之，吾诚恐其鼎举而膑绝，地小而不足回旋也，作志。

全国四面濒海，统四大岛而为国，所属小岛，凡一千八百余。西北隔日本海，遥与朝鲜相对；北有桦太岛，隔尼哥劳斯海峡，遥与鲁西亚相接；东北千岛，诸岛或断续，直与鲁西亚之堪察加相连；东南面太平洋，西南为琉球诸岛，与中国之台湾等处相对。长凡五百余里，广凡三十余里，或至六十余里，地形修长。山脉自北而起，至陆羽之间，旷奥高峻，旋分数脉，皆蜿蜒西走，而趋于东海、东山、北陆三道。其至于信浓者，为浅间山；至于甲骏之间者，为富士山，此山挺立于东海中，又分脉南出，为伊豆半岛，与海南群岛相连。北陆道之一脉，至加越之间者，为白山、立山。其至近江者，又分为两支：一经伊势、太和，聚集于吉野山，而趋纪伊；一西走，分山阴、山阳二道，而至西海道。经筑、丰诸国，而南折有阿苏、雾岛等数峰，盘踞肥后、日向之间。继复参差出没，则琉球群岛也。山阳及纪伊之余脉，由淡路岛而至于四国，为云边山、石锤山诸山。淡路岛以西，山阳、四国之间，岛屿棋布，是为濑户内海。其东口为明石峡，其东南口为鸣门峡，其西北口为下关峡云。东海北陆之大川，皆发源于东山。其东流者为利根川，其北注者为信浓川，其南注者为天龙川，西注者为木曾川。由近江湖而发，则为淀川云。山阴道有江川，四国有吉野川，西海道有筑后川，皆海内之巨川也。全国多山，惟武、总之际，平坦膏美，所谓沃野千里之地，故今为帝都。气候寒暑，大率中正。北方早寒多雪，极南恒燠，物产丰饶，尤富五谷，上古名大八洲。神武天皇起于日向，定都于大倭之橿原，赐功臣椎根津彦等以地，名曰国造，疆域日辟。至成务朝，隔山河而分国县，随阡陌以定邑里，以东西为日纵，南北为日横，凡为国百四十四。推古以降，兼置国司。及孝德朝，各州遍设国司、郡司，诸吏多以国造任之，于时渐省国为郡。文武帝之大宝中，又因山海形势，分六十六国。内称畿内，外分七道。国司限年迁任，治所称为国府。至嵯峨朝，大国十三，上国三十五，中国十一，下国九，凡四等，共六十八国，于是古制一变，而为郡县。升平日久，藤原氏世专国权，国司多在京，以吏代治。公卿之庄园，皆以家人为地头，遍于七道，治体渐变。及源赖朝开府镰仓，执兵马之权，裂地以授家臣。文治元年，奏请置守护、地头，往往世袭，国司复不赴任，于是封建之势渐成。建武中兴，命以功臣为守护使，就国司治所。至足利氏，分国郡而封家臣，称为守护，三管领四职以下，皆以地传之子孙。正平四年，置关东管领以镇镰仓，统八洲及奥羽，于是形势一变，而为封建。应仁以降，天下大乱，群雄割据，诸道互相吞灭。织田氏兴，略定东海、东山、畿内、山阴诸地。丰臣氏继之，海内荡平，群雄服从。其大者六姓，德川、岛津、毛利、上杉、前田、佐竹。其次三十余家。庆长五年关原役毕，德川氏统率诸氏，分封其子弟功臣。其后加削增减，颇易旧封。庆应中，凡二百七十一藩。王政革新，更建藩十四。既而分奥羽为七国，改虾夷称北海道，分十一国。明治四年，废藩置县，复为郡县之治，凡五畿、七道、七十三国、二京、三府、六镇、三十六县，移都于东京，设开拓使以经理北海道，封琉球为藩王。此古今沿革大略也。自设府县，离合分并，朝令夕改。而古来所分国郡，虽迭经群雄割据，各以威力跨三四州，或八九州，而国郡举沿用旧名，未有变革，数百年来，莫不皆然。今仍以国分叙，别以府县沿革，编之为表，而附以地理诸表焉。

畿　　内

　　日本少名山巨川，而平冈细流乃不可胜数。今第录取山之较高者，水之较长者，其关于名胜、居于冲要者，附及焉。

　　山城　东至近江，西至丹波、摄津，南至伊贺、太和、河内，北至丹波，东西凡六里，南北凡一十五里。东、北、西三面群山环围，别有山脉，自近江、太和而来者，又拥抱其南。西南稍坦，美加茂、宇治等诸水会淀水而南注。景致秀丽，名祀大刹，胜境颇多。风俗俭啬，作业尤勤，都人皆约饮馔而喜服饰。自桓武帝延历十三年奠鼎以来，历朝之皇都也。郡数凡八：村数四百三十四。曰葛野、村数八十。爱宕、村数六十一。乙训、村数五十。纪伊、村数二十四，町数一。宇治、村数三十九。久世、村数三十七，町数四。缀喜、村数五十五，町数一。相乐。村数八十八。田圃凡一万九千一百七十二町五段一亩二十四步六厘三毫。其山岳有岚山、葛野郡大野川之西，虽不甚高，而以樱花得名。爱宕山、北睿山、如意岳。其河渠有贺茂川、木津川、一名山城川。发源于伊贺名张川。自相乐而来，容上野川，西流而受布目、布当等诸水，至木津而北流，及缀喜郡八幡而会淀川。又有轮韩川、泉川之名。自伊贺界至于八幡，长凡十三里，阔五町四十间。淀川。宇治、桂川二水至淀而合流，称为淀川。西南流至缀喜、乙训两郡之间，而会木津川。经河内、摄津二州之界，过大坂入海。详于摄津淀。至州界二里二十八町，阔三町。

　　太和　东至伊贺、伊势，西至河内，南至纪伊，北至山城，东西凡一十余里，南北凡二十五里。全州山岳居其半。南方一带，迭嶂连亘，其平坦处，有北山、十津二水萦纡其间，而达纪伊。北方颇平旷肥腴，吉野、太和二水横贯之。神武初都橿原。即葛上郡柏原村。登山而望曰："美哉国乎，其如蜻蛉之点水乎！"故国又名蜻蛉洲。其后子孙累迁都，多在邻邑，然此为肇基王迹之地。《魏志》《汉书》称为耶马台国，即太和译音也。至桓武帝，乃迁于山城，以历世王都所在，胜区古迹殆遍州内。风俗简素，足观昔日勤俭之化。郡数凡一十五：村数一千四百八十九，町数五。曰添上、村数一百四十，町数一。添下、村数七十四，町数一。平群、村数八十三。山边、村数一百四十八。宇陀、村数一百三十九，町数一。城上、村数五十六。城下、村数五十三。十市、村数八十五。广濑、村数三十四。高市、村数一百二十一。葛下、村数八十六。忍海、村数二十。葛上、村数六十二，町数一。宇智、村数六十三。吉野。至大之郡，盖居全州之半，村数三百二十五，町数一。田圃凡三万四千九百八十四町零段七亩一十七步九厘。其山岳有月濑山、在添上郡，以梅花著名，梅林凡三十町。三国山、并跨伊贺、伊势。

三亩山、凡二里,东南亘伊势。金平山、鹰鞭山、多武峰、葛城山、二上山、并跨河内。吉野山、一名金峰山,最多樱花树。山上岳、稻村岳、弥山、七面山、释迦山、大台原山、东南兼跨伊势、纪伊。高见山。其河渠有太和川、有二源:一发于山边郡并松村;一发于城上郡金平山,各自西流,至同郡和田村,二水相会。至山边郡之小岛村而合布流川,经城下、广濑、葛下三郡之北略,又并奈良川、富之小川、飞鸟、重坂、葛城、生驹等诸川,西入于河内。长八里十四町余。王子渡,阔十三间,上流为初濑川云。吉野川、源发于吉野郡大台之原山,西北流而经入之波和田、大泷、菜摘、立野,至于上市,又西流入宇智郡。过阿陁乡、五条、上野,至相谷村而入纪伊。长十六里三十一町,阔三町,深一仞。下流详于纪伊。丹生川、发源吉野郡之吉野山及赤泷山。西流至丹生村,有瀑布,其高凡三十丈。经加名生村,而西北流至泷村,又有瀑布,是为王瀑云。终入宇智郡灵安寺村,而合吉野川。长九里十七町,阔五十间。十津川、发源吉野郡山上岳。西流至坂本村,渐南流经十津川乡诸村,至七色邑村,而入纪伊之熊野川。长二十二里九町八间,阔一町。上流名天之川,下流详于纪伊。北山川。发源大台原山之巴渊。西南流经北山乡,至河口村而入纪伊,再从竹筒村来,终注于熊野川。长十一里,阔一町三十间。

河内 东至太和,西至摄津、和泉,南至纪伊,北至山城。东西凡四里,南北凡一十三里。峰峦拥于东南,淀河绕于西北,太和川贯其中央,土壤膏沃。民俗纯朴,力于稼穑,女子概为纺织及制茶之业。郡数凡一十六:村数五百三十四,町数八。曰交野、村数三十九。赞良、村数三十四,町数一。茨田、村数六十九,町数二。若江、村数六十四,町数一。河内、村数二十八。高安、村数一十四。大县、村数一十一。安宿、村数四,町数一。志纪、村数二十二。涩川、村数三十三,町数一。丹北、村数四十五。丹南、村数五十二。八上、村数一十一。古市、村数

一十三,町数一。石川、村数四十六,町数一。锦部。村数四十九。田圃
凡二万四千八百七十二町四段四亩一十九步三厘。其山岳有金刚
山、石川郡之东南,自山下森屋村至千早村,凡三里三十二町,又二十八町乃
达山顶,半腹有千早城故址。葛城山。其河渠有淀川、自山城来,西南流
经交野、茨田二郡之北,而入摄津西成郡。源委长阔,均详于山城、摄津。太
和川。自太和来,西流经大县、安宿二郡界,而贯志纪郡,合船桥村之石川,
而至丹北郡枯木村,入摄津住吉郡。长三里五町十八间,阔二间。源委详于
太和、摄津。

和泉 东至河内、纪伊,南至纪伊,北至摄津,西至于海。东西
凡四里一十四町,南北凡六里。东南凭山,西北负海。土地虽狭
小,而甚为膏腴,宜于五谷,有鱼盐之利。风俗柔和,流于华奢,但
山居之民犹存敦厚之风云。郡数凡四:村数三百三十三,町数七。曰
大鸟、村数一百零三,町数二。和泉、村数八十二,町数一。泉南、村数七
十三,町数二。日根。村数七十五,町数二。田圃凡一万三千九百五十
町零五段一亩二十七步一厘五毫。其山岳有槇尾山、自和泉郡平井
村始,凡一里十四町,山中有四十八瀑布、三十六洞。七越岭。凡一里十五
町,山径缭绕,七盘而上。其河渠有石津川。有二源:一发大鸟郡之钵峰,
名上神谷川;一发同郡陶器山,名美井川,至草部村而相合,又名草部川。西
流经毛穴、上石津诸村,至下石津村而入海。长七里十一町四十五间,阔三
十间。

摄津 东至河内,西至播磨,南至和泉及海,北至山城、丹波。
东西凡一十二里余,南北凡九里。平野开于东南,群峰连于西北,
淀水横贯其中,海湾抱拥其外。当坂府海陆之冲,百货贯输,人民
富庶,中州之枢纽也。风俗优柔,颇流于奢靡。古名浪速国。自仁
德帝都高津宫,今东成郡高津小桥。孝德帝又都长柄丰崎宫,西成郡

长柄村。治承中,平清盛奉安德帝徙都福原,今兵库。未半岁,复还旧都。元历元年,平氏再奉帝居此。无几,奔于䜶岐。盖古来一大都会。及丰臣氏兴筑大坂城而居之,高垒深濠,雄视诸国。及其亡也,德川氏复修故城,设城代置及骑步卒以防成。今亦设军营,驻镇台焉。郡数凡一十二:村数九百四十五,町数十七。曰东成、村数五十八,町数一。西成、村数一百四十二,町数二。住吉、村数五十六,町数二。岛下、村数一百零三,町数二。岛上、村数六十,町数二。丰岛、村数八十七,町数一。能势、村数四十。河边、村数一百七十八,町数二。武库、村数五十六,町数一。菟原、村数五十一。八部、村数三十八,町数二。有马。村数九十四,町数二。田圃凡三万五千二百五十七町七段三亩一十步零六厘三毫。其山岳有箕面山、自丰岛郡平尾村始,凡一里余。最多红叶,素称胜地。武库山。一名六甲山,自武库郡上原新田始,凡五里。其河渠有淀川、自山城来,西南流过本州及河内界,至岛上郡唐崎,而容芥川,分注神崎、中津诸川。经东成、西成二郡之中,绕府城之北。自难波桥下,而分南北:南称为土佐堀;北为里川,又称唐鸟川云。共西流,及中岛而相会。至江子岛,再分而为安治川、木津川,遂入于海。由山城界至是,凡八里三十三町五十三间。自近江琵琶湖口势多桥下始,并宇治川,通计共十九里二十五町十六间,阔十町或七町四十间。府下有三大桥:天满桥长百十五间,幅三间余;天神桥长百二十二间余,幅三间;难波桥长百十五间余,幅三间。太和川、自太和出,经河内西流入本州住吉郡,过同郡及和泉界,而入于海。自河内界始,凡一里三十町三间,海口阔二町十间。上流详大和、河内。由此越泉界,架一太和桥,长八十间余。猪名川、一名池田川,发源能势郡丹波界宿野山,称大路次川。至柏原村,容栗栖、山田二水。南流至河边郡国崎村,容仓垣川,称为库川。复至亩野村,合多田川。东南流至丰岛郡木部村,受久安寺川,称为池田川。及河边郡田能村,而分为二派:东为猪名川,西为藻川。各南流至户内村,共入神崎川。源流共一十里余,阔一町四十五间。

武库川。发源丹波界有马郡日出坂。至井泽村，会众水，名盐田川。南流至三田，称三田川。至生野村，容南盐田川、舟坂川及波豆川，称为生野川，或生濑川云。过武库郡，容众水。至鸣尾村而入海。源流十三里余，阔五町余。

东 海 道

伊贺　东至伊势，南至太和，西至太和、山城，北至近江，东西凡七里，南北凡九里。四山攒合，沿河之地稍为平坦。居民以薪炭为业者多，风俗轻薄。郡数凡四：村数一百八十八，町数二。曰阿拜、村数六十八，町数一。山田、村数二十六。伊贺、村数五十一。名张。村数四十三，町数一。田圃凡七千一百四十五町四段六亩一步零七厘六毫。其山岳有高旗山、大山岳、一名首岳，自伊贺郡始，凡一里十四町。东西南三方，兼跨伊势。布引山。其河渠有伊贺川、有二源：出伊势铃鹿郡加太者，名之拓植川；出近江甲贺郡信乐谷者，名之河合川。至阿拜郡河合村，二水相合。西南流至服部村，容服部川，至波野田村，并长田川，而称伊贺川。入山城，遂会木津川。长凡十五里，阔凡一町。服部川出山田郡布引山；长谷川出伊贺郡大山岳云。名张川。一名梁濑川。有二源，分东西二川：东川发源伊势一志郡太郎生村，西流至夏见村而并河内川；西川又名宇陀川，出大和宇陀、吉野郡界山谷，入本州名张郡安倍田村，北流并数小河，至梁濑锻冶町，与东川相会，为名张川。西流及山城相乐郡大河源村，而合伊贺川。长凡十二里十八町，阔凡一町余。

伊势　东南皆海，西至近江、伊贺、太和，东南至志摩，西南至纪伊，北至美浓、尾张。东西一十二里，狭处四里，南北凡二十七里余。西南山岳连亘，东南则面大洋，土壤肥沃，鳞介殊富。习俗喜骋，便巧其服，贾者最称慧黠。郡数凡一十三：村数一千三百零七，町数一十。曰桑名、村数一百六十六，町数一。员辨、村数一百一十二。朝明、村数六十九。三重、村数九十,町数一。河曲、村数三十八,町数一。铃鹿、村数八十四,町数二。奄艺、村数五十六,町数一。安浓、村数八十二,町数一。一志、村数一百三十,町数一。饭高、村数一百零八,町数一。饭野、村数四十四。多气、村数一百三十。度会。村数一百九十八,町数一。田圃凡五万七千九百四十三町零段九亩二十二步八厘四毫。其山岳有镰岳、二里十八町,与近江为界。御在所岳、二里十八町,与近江为界。堀坂山、局岳、白猪山。以上三山为本郡高岳,舟人之望标也。其河渠有木曾川、自尾浓界而来,及桑名郡油岛村而合楫斐川,成为二派,绕长岛,而至桑名入海。川口阔十二町五十间。其东派与尾张佐屋川相会,称锅田川、泉川,绕诸新田,而入于海。上流详于信浓、美浓、尾张。云出川、发源一志郡八知谷及川上村、丹生俣村等。东北流,并大村川、八手俣川诸水。至久居之南,东流经岛贯、须川二驿之间,自矢野村而入海。长十二里十二町,阔三町二十八间。宫川。发源伊势、大和、纪伊之州界大台源巴渊,合多气郡浊川、度会郡大内山川、藤川,东流而至圆座村,受横轮川,注小林村而入海。源长三十二里八町,阔二町。

志摩　西北至伊势,东、南及北,三面临海,东西凡三里,南北凡七里。地脉自西北而来,海表则盘互①曲折,港湾环抱,船舶必由之所也。土壤褊少薄瘠,但颇饶鳞介之产。风俗良朴,居民勉于农渔。郡数凡二:村数五十八,町数一。曰答志、村数三十九,町数一。英虞。村数一十九。田圃凡一千七百五十八町八段三亩一步五厘。其山岳有日和山、自答志郡鸟羽町始,一里三十间余,直立一百九十二尺。舟人每登山巅量风雨、卜阴晴,以定开帆云。浅间山。在英虞郡迫子村之东北,直立六百八十尺。

---

①　互,当为亘。

尾张　东至三河，西北至美浓，西南至伊势，南至于海。东西凡八里，南北凡一十九里。地势平衍，并无高山。木曾川绕其西北，虽颇有灌溉之利，而不能无泛滥之患。东方一带，受三浓诸峰之余脉，冈阜起伏，突出南海。土质膏沃，米谷丰美，知多一郡最称丰饶。风俗温和，作业尤力。郡数凡八：村数一千零九十五，町数一十。曰爱智、村数一百五十六，町数三。知多、村数一百四十八，町数二。春日井、村数二百零六，町数一。丹羽、村数一百三十一，町数一。叶栗、村数三十七。中岛、村数一百六十二，町数一。海东、村数一百四十六，町数二。海西。村数一百零九。田圃凡七万三千三百二十八町八段一亩一步九厘。其河渠有木曾川、发源信浓筑摩郡，至本州丹羽郡，分为五条川，自美浓州界而南，流经伊势州界；自中岛郡野田村而东，分为佐屋川。末流又分数派，而入于海。自美浓界始，凡十二里，阔凡十町。源流详于美浓。玉野川。美浓之多治见川、土岐川、三河之猿投川等相会，而名为玉野川。西南流至春日井郡福德村，并矢田川，为庄内川。南流经爱智郡，至永德新田而入海。源长凡二十二里，阔凡三町二十间。

三河　东至远江，西至尾张，北至美浓、信浓，南至于海。东西凡一十六里，南北凡一十七里。山脉连于东北渥美郡之地，势如伸臂然，与尾张之知多郡相对，又如拱抱者。州内有矢作、太平、丰川三大河，故以名州云。土壤肥硗相半。风俗纯厚，居民力农。德川家康创业之地也。郡数凡八：村数一千四百五十四，町数一十。曰碧海、村数一百七十九，町数三。额田、村数一百八十六，町数一。贺茂、村数三百五十三，町数二。幡豆、村数八十四，町数一。宝饭、村数一百一十八。设乐、村数二百三十，町数一。八名、村数七十四。渥美。村数一百三十，町数二。田圃凡四万六千四百二十三町五段八亩五步。其山岳有猿投山、本宫山。其河渠有矢作川、一作矢矧。发源美浓惠那郡阿贺泷山。西南流而入本州贺茂郡。又南流至渡合村,合足助川。经额田郡冈崎之西,过碧野郡河野川岛等之东,至前滨新田入海。长凡二十八里余,阔凡三町二十八间。丰川。发源设乐郡神山之麓。西南流,为设乐郡及八名郡之界。至有海村,合寒狭川。南流经渥美郡丰桥而入海。长凡十七里十八町,阔二町四十五间。

远江 东至骏河,西至三河,北至信浓,南至于海。东西一十八里,南北二十里。北方一带山脉,自信浓而来,颇为深阻,迤南渐平坦。大井川限其东,天龙川贯其中。濒海衍沃,多川泽,时忧涨溢。风俗朴陋,其民专以茶楮为业。气候温燠,但平时多风,七十里洋,航行最称危险云。郡数凡一十二:村数一千一百五十七,町数一十三。曰滨名、村数二。敷智、村数一百四十六,町数二。引佐、村数五十,町数一。粗玉、村数六。长上、村数一百二十六。丰田、村数二百七十一,町数三。盘田、村数一,町数一。山名、村数一百零九。周智、村数九十五,町数一。佐野、村数九十五,町数一。城东、村数一百一十六,町数一。榛原。村数一百四十,町数三。田圃凡四万零八百二十零町八段七亩二十五步三厘九毫。其山岳有粟岳、一名无间山。山势秀拔,海路之望标也。黑法师岳、凡六里。朝日岳。凡七里。其河渠有大井川、有二源,发于信浓、甲斐界之白峰为东俣川、西俣川,合流并诸涧水,西贯本州榛原郡,东贯骏河志大郡之界。直南流至榛原郡川尻、饭渊两村之间而入海。源凡四十六里余,海口阔十八町。此河为远江、骏河之界。洪水每至,川濑每变,是以榛原郡之十数村,今在河东也。天龙川、发源信浓诹访郡诹访湖。自丰田郡川合村而来,南流从州之西北隅而贯中央。至同郡小川村,合气田川。至渡岛村,又合阿多古川,分流抱濑崎等数村。及松木岛,复合。至挂冢村而入海。自州界始,长凡三十里余,阔七町半。源流详于信浓。气田川者,发源周智郡山住村,长凡十六里。大田川。发源丰田郡三仓村。南流至周智郡大鸟居村,而并吉川。经森町,水始稍大。至丰田郡向笠村,而合敷智川,乃名大田川。至山名郡中村,并原野谷川,由大岛村而入海。长凡十五里。原野谷川,又名二濑川、诸井川,发源同郡居尻村,长凡十里。

　　骏河　东至相模、伊豆,西至远江,北至甲斐、信浓,南至于海。东西一十八里,南北一十二里。富岳北方挺立,山脉与相豆相连,西北诸峰,自甲、信而来,富士川贯其中央。土性黑硗,颇宜茶麦。甲、信接壤之处,立夏每陨霜,菽麦不育。濒海之地稍平旷,有鱼盐之利。其俗和易,流于惰慵。郡数凡七:村数七百九十九,町数一十。曰志太、村数一百二十八。益津、村数三十六,町数二。有渡、村数一百零九,町数一。安倍、村数一百二十五,町数一。庵原、村数八十三,町数二。富士、村数一百五十三,町数二。骏东。村数一百六十五,町数二。田圃凡三万零一百五十町零七段六亩一十七步五厘四毫。其山岳有富士山,跨居富士郡及北甲斐都留、八代二郡,国中第一高山也,直立凡一万四千一百七十尺。其状如芙蓉,四面皆同。四时戴雪,浩浩积白,盖终古不化,十三州皆望之。本喷火山,山巅犹有巨洞。在骏东郡须走村凡五里,在富士郡村山村凡八里,在甲斐都留郡吉田村凡十里。七峰。其河渠有安倍川。有三源:一出安倍郡梅岛,名大河内川云;一出井川乡大日岭之北,名中河内川云;一出横泽,名西河内川。至下落合,而合中河内川。至中泽,又合大河内川,称为安倍川。南流及向敷地村,容薬科川。至有渡郡中岛村而入海。长二十里余,阔五町三十八间。

　　甲斐　东至相模、武藏,南至骏河,西至信浓,北至于信浓、武藏。东西凡二十五里,南北凡二十五里余。位居富岳之阴,四山环峙,地势险厄。中央平坦,多美田,富材木蚕桑。诸水皆会富士川而南流。风俗慓悍。郡数凡四:村数六百六十,町数六。曰都留、村数一百零七,町数三。山梨、村数一百四十,町数一。八代、村数一百五十,町数一。巨摩。村数二百六十二,町数一。田圃凡三万七千九百三十九町一段零二十三步六厘九毫。其山岳有奥仙丈山、在山梨郡,凡七里余。本郡极北诸山,概冒奥仙丈之名云。金峰山、凡六里。驹岳、凡八里。白峰。在巨摩郡芦仓村,凡十里,本州第一高山,有三峰,北方之最高者,称为白峰。其河渠有笛吹川、一名子酉川,发源山梨郡德轮山。南流至八幡南村,势颇湍急。及大野村,而受重川。至一町田中村,而合日川。西南流至落合村,又会金川。西流及巨摩郡二川村,而合荒川。至八代郡市川大门村,名富士川。长二十里余,阔四町十间,釜无川、发源巨摩郡驹岳。北流及大武川,绕教来石。东南流至宇津谷,而受盐川。及上高砂村,又容御敕使川。至八代郡市川大门村,而名富士川,长十七里,阔六町。富士川、笛吹川、釜无川、芦川之三水至八代郡市川大门村、巨摩郡今福之间而相合,名富士川。南流并早川。至八代郡荣村而入骏河。由大门村至州界,长十三里,阔六町四十间。下流详于骏河。桂川。发源都留郡山中村山中湖。本北流至境村,而东流及花笑驿,而合筱子川。又东北流至猿桥驿,两岸相缩,湍流尤急。过鹤岛村,入相模,遂为相模川云。自源至州界,长三十里,阔一町四十间。下流详于相模。

　　伊豆　北至骏河、相模,东西南皆至于海。东西七里一十二町,南北一十四里余。山脉自相模来,南走至半岛而止,余脉入于海,或起或伏,而成百余岛屿焉。土地硗确。民俗质朴,概以薪炭猎渔为业。郡数凡四:村数二百八十二,町数二。曰君泽、村数七十,町数一。田方、村数七十。那贺、村数一十七。贺茂。村数一百二十六,町数一。田圃凡八千三百零四町四段零三步三厘二毫。其山岳有箱根山、在君泽郡,由山顶至相模界,凡三里余。天城山、古名狩野,跨郡内四郡,直立凡四千七百余尺,多产良材。鸟帽子山。一名御岳,又名浅间山,在贺茂郡云见村,直立一千八百尺,高峻之极,不可攀跻。以地濒海,故航海以为望标。其河渠有狩野川。发源天城山下水生池,至田方郡汤岛村,名为汤岛川,又合猫儿川,而北流至加殿村,复合大见川、修善寺川,经大仁、三福、南条、原木、肥田诸村，及君泽郡御园、长福二村，而至骏河骏东郡，由汨津驿而入于海。长凡十里，阔一町。其岛屿有大岛，有八丈岛。周四十余里，海岸巉岩，深三四仞至六七仞，殊不便碇泊。西有甋峰，峰巅常喷火，直至二千八百四十六尺，居全岛三分之一。物产丰殖，气候温燠，若别一天地。言语风俗，亦殊于内地云。八丈岛之南为小笠原群岛，大小八十九岛，最大者为父、母二岛，余兄、弟、姊、妹诸岛，比肩齐列，若环立者。全岛山谷深阻，地质硗确，然气候恒燠，能蕃殖茂木众草。古无人居。文禄中，小笠原贞赖航海始寻得，故名以其氏。后屡谋开拓，终不果。文久中，德川氏派使巡测，议垦辟，以事中止。其后英人上书，言此岛非日本所有。幸以遣使故，援证答辩，英人乃不复争。今改隶于东京府。其山岳有旭山。岛中最高山。其河渠有八濑川。在北袋泽，本岛第一之川流也，阔凡十五间。八所溪涧相合，西流入海。水深不测，舟楫可通。夏秋之交，时虞涨溢。

相模 东至武藏，西至甲斐、骏河，南至伊豆及海，北至武藏。东西凡一十四里，南北凡一十一里。西北多山，与三州连汇。东方则坂阜起伏，斗入于海，与房、总诸州相对，江户湾之门钥也。南方稍平衍，诸水顺下，酒匀尤宜于灌田，马入每有洪涨之患。西南地味肥沃，颇饶米谷鱼介。西北之民，专以采薪养蚕为业。风俗稳和，稍不免于轻薄。自源赖朝开府镰仓以管领关东诸国，即镰仓郡是也。其陪臣北条氏执权，废立将军者六世，然历世自称相模守，即此州守也。郡数凡九：村数六百五十九，町数十一。曰足柄下、村数八十六，町数一。足柄上、村数九十四。淘绫、村数一十九，町数一。大住、村数一百一十九，町数二。爱甲、村数四十二，町数一，津久井、村数三十。高座、村数一百一十一，町数一。镰仓、村数八十五，町数二。三浦。村数七十七，町数三。田圃凡五万零五百九十九町七段三亩七步九厘一毫。其山岳有箱根山。西南跨伊豆,由小田原至山顶伊豆州界,凡四里余。然路狭不容人,一夫当关,万夫莫敌,为东海道第一险要。德川氏设关于此,以讥察往来行旅。明治以后乃废之云。其河渠有相模川。发源甲斐都留郡山中湖,名桂川。入本州津久井郡小渊、名仓二村之间,乃东南流。至厚木町,而合中津川、小鲇川。又南流,经高座、大住郡界。至大住郡马入村,为马入川。至须贺村高座郡柳岛村之间,而入海。在州界长十八里余,马入村渡口阔三町十六间。上流详于甲斐。其湖沼有芦湖。在箱根山顶,周回四里余,深四十六仞。下流为早川,东流凡五里,至小田原,而入于海。其港湾有横须贺。在三浦郡港口,凡十町,水深二仞至二十仞。今设造船厂于此。

武藏 东至下总,西至信浓、甲斐,南至相模,北至上野,东北至下野,东南至于海。东西凡二十六里,南北凡二十五里。利根川绕其北境,江户川限其东北。山脉自西而来,地势随而东,有秩父、多摩诸山。南北辟,旷野数十里,大逵四达,人烟相属。其东南隅即东京,皆古所谓武藏野之地也,全国最称坦沃。初,江户属于扇谷氏,后为北条氏所灭,北条氏亡,德川氏遂迁居焉。先是,德川家康起三河,丰臣秀吉语之曰:"江户霸气之所钟,子宜筑城为根本地。"家康即徙居,筑石为城,高垒深濠,一如大坂,任将军统列藩者,凡十五世。及德川氏还政,参与大久保利通,以山城地狭,请择地迁都。明治元年,乘舆东临,遂因幕府为宫殿焉。物产五谷丰饶,兼有鱼盐蚕桑之利。风俗则都邑以轻佻豪侠自喜,流于侈靡,惟僻邑犹存朴实之风。郡数凡二十二:村数二千九百四十二,町数三十五。曰丰岛、村数一百零二,町数三。葛饰、村数二百八十八,町数一。足立、村数四百零五,町数一十。埼玉、村数四百二十四,町数八。新座、村数三十三。荏原、村数九十二,町数一。入间、村数二百五十,町数一。高丽、村数一百一十七。比企、村数一百六十二。横见、村数四十七。大里、村数三十九，町数一。男衾、村数二十六。幡罗、村数五十九。榛泽、村数七十四。儿玉、村数六十，町数一。贺美、村数二十七。那珂、村数一十一。秩父、村数八十四，町数一。多摩、村数三百九十四，町数三。橘树、村数一百二十三，町数三。都筑、村数七十二。久良岐。村数五十三，町数二。田圃凡二十四万三千五百一十町八段一亩二十九步二厘八毫。其山岳有三峰山、在秩父郡，合云采、白云、妙法岳，而称三峰山。方三里许，由山麓始，凡一里十六町。慈光山。在比企郡，与地峰远一山、见性山合，而称慈光三山。东南望房、总诸山，甚宜凭眺。其河渠有荒川、发源秩父郡古大泷村木贼谷、真泽等处。东流过赟川、大宫。北流至小柱村，而容赤平川。北折又东北向，经男衾、榛泽二郡之界，入大里郡明户村，过熊谷驿之南，又东南流入横见、足立郡界。至比企郡松永村，而容市川。及上老袋村，又合入间川。至东京之北南流，乃名为隅田川，过府下入海。长凡七十里余；阔，熊谷驿边凡十二町二十间，东京箱崎町边二町四十间。府下架五大桥：永代桥，长百四间，幅六间；新大桥，长百八间，幅三间三尺；两国桥，长九十间，幅六间；厩桥，长八十六间，幅三间二尺；大川桥，长八十四间，幅三间三尺。千住驿亦架大桥，长六十六间，幅三间。中川、古在埼玉郡佐波、外野之间，从利根川之南而分流。天保中筑堤以后，利根川分支之细流数条相合而为一河。至川口村，合会川，注琵琶溜井。又南流过葛饰郡户崎之西，经埼玉郡珩村、足立郡六木新田之间，与荒川之分流合，为绫濑川。至葛饰郡新宿抵砂村新田，而入于海。户崎村之上，古名利根川，下名中川。长二十一里十七町三十七间，阔凡一町半。入间川，发源秩父郡名栗村。东流一里许，入高丽郡赤泽村，至野村，经高丽、入间二郡之界。又东北流，至平冢新田，入入间郡绀屋村。又东流而合越边川。及上老袋村，又合荒川，上名栗川，下称入间川。长凡十八里，阔凡一町余。多摩川。一作玉川，发源信浓，入甲斐都留郡黑川村。东流而至丹波山村，有黑川、一濑川、丹波川之称。复东流入多摩郡留浦村,而名多摩川。至青梅村,下曲折六十八盘入秋川,至稻荷、新田之间而入海。长凡三十八里,最阔处八町二十间。下流名六乡川,近顷架一桥,长六十间,幅三间。上流凡四町余,因蒸汽车通行之故,又架铁桥,长六十六间四尺,幅四间二尺四寸。

安房 北至上总,东西南皆至于海。东西十里,南北七里。北方一带山脉横亘,以为州界,支脉南走,而贯州中,盖趋于半岛之地也。地势险阻,西边稍平旷,土壤肥硗相半。风俗朴陋。民业农渔相杂,鱼介之产殊饶。海澨万石起伏,峭壁万仞,纯骨无肉,盖饱经风涛,日刓月剥,故成此状。石匠麇集,伐石为材,以输运东京,锤凿之声,远近相应,故土人又多以鍥工为生计。郡数凡四:村数二百九十二,町数三。曰平群、村数七十五,町数一。安房、村数九十,町数二。长狭、村数六十三。朝夷。村数六十四。田圃凡一万零二百一十三町二段五亩二十二步一厘。

上总 南至安房,北至下总,东、西至于海。东西凡一十四里,南北亦同。南方负山,迤北而渐平衍,与下总旷野相接。东方一带,海碛亘于三郡,有九十九里,滨与下总连,渔业最盛之处也。地质埴坚,又有斥卤。风俗顽悍。郡数凡九:村数一千一百七十三,町数八。曰天羽、村数七十六。周淮、村数一百零八,町数一。望陀、村数一百九十三,町数一。市原、村数一百八十七,町数二。夷隅、村数一百七十,町数二。埴生、村数四十八。长柄、村数一百二十九,町数一。山边、村数一百三十一。町数一。武射。村数一百三十一。田圃凡六万二千四百九十八町九段七亩一十八步零六毫。其河渠有夷隅川、一名大多喜川。发源安房州界夷隅郡台宿村。北流十余里,过大多喜,又东折,从大福原而经长柄郡界入于海。长凡二十里,阔一町。一宫川、发源长柄郡笠森村。东流埴生郡界,遂并长柄郡小林、味庄、千代丸及埴生郡茗荷泽、芝原五村之水,至

一宫本乡而入海。长凡二十里，阔一町。养老川、发源安房清澄山背。经夷
隅葛藤村，入市原郡西北，流至五井而入于海。长凡二十里，阔二町三十间。
小柜川。一名久留里川。有二源：一出安房清澄山；一发望陀郡香木原村，
共与川俣合。经久留里而西北流，至久津间而入海。长凡二十里，阔一町余。
其港湾有九十九里滨。自长柄郡至下总上郡，总称为九十九里，长凡十五
里。海潆平浅，湾如一弓，鱼鲲之利尤多，一网所获，积如山阜，居民赖之，殊
为富饶云。

下总 东至海，西至武藏、上野，南至上总及海，北至常陆、下
野。东西凡二十二里，南北凡一十七里余。州内无山，原野居四分
之一。利根川分派在西北二方界，巨浸灌之，漕输颇便，然沿河之
地时被水患。其土赤坟少石，五谷皆宜。风俗浇薄。郡数凡一十
二：村数一千六百二十一，町数一十一。曰千叶、村数一百二十六，町数一。
葛饰、村数三百三十一，町数三。猿岛、村数八十，町数一。结城、村数五
十一，町数一。丰田、村数七十九，町数一。冈田、村数五十三。相马、村
数一百三十四。印幡、村数二百四十，町数一。埴生、村数六十二。香取、
村数三百零八，町数二。匝瑳、村数八十二。海上。村数七十五，町数一。
田圃凡一十二万零二百四十九町四段一亩二十一步一厘三毫。其
河渠有利根川、发源上野利根郡藤原村之文殊山。东下至本州葛饰郡中田
驿及武藏葛饰郡栗桥驿之间，名为上利根川。分流为南北二道：南派由栗桥
驿至本州葛饰郡川妻村之间，经武、总之界，出关宿之西，向河岸村江川新田
之间，名为权现堂川。长二里二十二町四十五间，阔二町三十五间。又东北
流，名逆川，受赤堀川而东流，即利根本流也。赤堀川即由中田而分有北派，
至关宿之北山王村及猿岛郡境町之间，而合逆川。长二里二十一町十九间，
阔二町五十五间。合本流二水，其阔倍增。东流容葛饰沼、猿岛郡长井户沼、
市谷沼、鹄户沼之水，并相马郡鬼怒、蚕养之两川，至南相马郡江藏地新田北
布川驿之间，栗桥以下，名为中利根川，长十里二十二町四十一间，阔二十一

町。从此以下，为下利根川，并印幡郡手贺沼、印幡沼、埴生郡长沼之水，过安西新田。计由布川至此，长八里十二町二十五间，阔七町二十一间。遂入香取郡，容大浦沼，又并田浦及常陆浪逆浦、北浦等诸水。至铫子港而入海。从安西新田至此，长凡十五里十一町，阔二十五町二十间。源委通长七十余里，为日本第一大河，故以坂东大郎称。上流详于上野。权现堂川，由关宿之南江户町南折，而为江户川。又从香取郡中岛村岛原、新野之间，分而横出常陆霞浦、牛堀，别名横利根川云。江户川、利根川之支流也。自葛饰郡向河岸村及关宿之南江户町之间，分派南流，经武藏州界，至堀江村而入海。长十七里三十三町五十间，阔一町五十七间云。鬼怒川、一作绢川。自下野来，南流经结城、冈田、丰田三郡，至相马郡大木新田，会中利根川。从州界始，长十一里二町三十一间，阔九町三十八间。上流详于下野。蚕养川。一作小贝。发源下野盐谷郡高谷村。经常陆真壁、筑波二郡，而南流至相马郡平沼村，而东流及高须村，复南流至小文间村，会中利根川。从州界始，长十四里三十三町七间，阔十五町五十间。上流详于常陆。

　　常陆　西至下野、下总，南至下总，北至磐城，东至于海。东西凡十一里一十八町，南北三十里一十町。磐城之诸山，分歧而南走，那珂、久慈二水，划而东流。筑波峰突起其东南，山势迤北，与下野诸山连。南方多平原，众水西来，汇于霞浦，而注于海。地宜桑楮，海滨旷漠，鱼盐颇富。民俗勇悍褊固，乏敦厚之风。郡数凡一十一：村数一千七百二十七，町数一十二。曰筑波、村数一百七十三，町数一。河内、村数一百四十四，町数一。信大、村数九十四。新治、村数一百八十九，町数二。行方、村数八十二，町数二。鹿岛、村数一百三十，町数二。真壁、村数二百六十二，町数一。茨城、村数三百零二，町数二。那珂、村数一百二十七，町数一。久慈、村数一百四十一，町数一。多贺。村数八十三。田圃凡一十三万八千七百五十七町四段六亩二十七步六厘五毫。其山岳有筑波山。跨筑波、新治、真壁三郡，双峰对峙。西为男体,东为女体,直立凡二千二百二十六尺。其河渠有蚕养川、一作小贝川。发源下野盐谷郡高谷村。南流经本州真壁郡,绕筑波郡西南界,入下总相马郡,而注中利根川。长凡二十三里十八町,阔二十间,或至五十间。那珂川、自下野来,东南流至那珂港而入海。入本州,长十二里,阔一町三十八间,或至二町四间。舟楫能通凡十里。久慈川亦同。上流详于下野。久慈川。发源八沟山。经磐城白河郡、本州久慈郡,东南流至久慈村入于海。源长二十四里,阔四十间,其涨溢至二町余云。其湖沼有霞浦。横亘河内、信太、新治、行方四郡,及下总香取郡。周回三十六里,东西七里十町十间,南北六里三十三町。下流为逆浪浦,并北浦,合利根川而入海。湖中多产鱼虾,尤饶景物。

东 山 道

近江 东至伊势、美浓,西至山城、丹波,南至伊贺,北至若狭、越前。东西凡一十二里,南北凡一十九里。山势自浓越来,分东西二脉,各南走,为四邻之界。大湖居于州之中央,波光岚影,上下映带,眺观佳绝。其地控带畿内,当三道之要冲,土肥民富。风俗(怜悧)〔伶俐〕,颇长于商贾。郡数凡一十二:村数一千四百五十一,町数一十。曰滋贺、村数七十八,町数三。高岛、村数一百二十九,町数二。栗太、村数一百一十。甲贺、村数一百三十四,町数一。野洲、村数七十八。蒲生、村数二百一十四,町数二。神崎、村数八十六。爱知、村数一百二十六。犬上、村数一百一十,町数一。坂田、村数一百八十五,町数一。浅田、村数一百四十四。伊香。村数七十七。田圃凡六万六千四百八十二町二段八亩四步零八毫。其山岳有比睿山、属滋贺郡,跨居山城,直立二千一百六十尺。比良峰、在比叡山之北,直立二千八百八十尺。石山、自滋贺郡山麓始,凡六町。奇山怪岩,青白相间,其下萦带势多川,殊有美景。

御池岳。山上平坦,有三十余池,在爱知郡,并跨伊势。其河渠有横田川。发源甲贺郡诸山及伊势铃鹿山。西流合田村川、松尾川、杣川,入野洲郡,称野洲川。至川田村而南北分流:南经水保村之南,而至木滨;北为吉川,至吉川村而入湖。长十五里,阔二町至于五町。其湖沼有琵琶湖。以形似得名,又有淡海、鸠海之称。亘十一郡,国中第一大湖也。容八百八水,末流入势多川,而注山城。周回七十三里,东西五里,南北十五里。近年湖中设小汽船以通往来。

美浓　东至信浓、飞骓,西至近江、伊势,南至尾张、三河,北至越前、飞骓。东西凡二十六里,南北凡一十九里。东北山岳连续,更南走而入三河。西北山脉自越前而来,为江势之界。中央及西南多平原,木曾川贯流其中,殊有灌溉之利。地味膏腴,五谷皆宜。风俗质直好勇,西南之民颇喜豪华。郡数凡二十一:村数一千四百五十二,町数一十六。曰石津、村数七十三,町数一。多艺、村数六十一,町数一。不破、村数四十六。池田、村数六十九。大野、村数一百一十八,町数一。安八、村数一百五十二,町数二。海西、村数二十六,中岛、村数三十一。羽栗、村数六十二,町数二。厚见、村数五十七,町数二。本巢、村数六十七,町数一。席田、村数九。方县、村数五十三。山县、村数四十七。各务、村数三十八,武仪、村数八十,町数二。郡上、村数一百六十四,町数一。加茂、村数一百零一。可儿、村数七十四。土岐、村数四十九。惠那。村数七十五,町数三。田圃凡六万三千八百四十五町零二十一步四厘。其山岳有惠那岳。一名覆舟山。自惠那郡中津川村始,凡四里。与信浓筑摩郡接,在信浓名熊野山云。其河渠有木曾川、自信浓来。西流入惠那郡,至加茂郡川合村,而会飞骓川。过各务郡,从羽栗郡而南流,为尾张界。至中岛郡,又分流,而入美张名佐屋村。其一至小薮村,合长良川,入尾张、伊势,由桑名而归于海。由信浓州界至桑名,长凡三十五里。中岛郡大浦村渡场,阔八町三十间。大田川、鹈沼川、起川、秋江川等,各因其地而有数称。源详于信浓。下流详于伊势、美张。长良川、发源郡上郡大日岳。南流合郡上、武仪郡等诸流。渐西南流,经山县、厚见、方县、本巢郡。又南流,至安八郡堀津而有二派:东过海西郡,至中岛郡小数村,而入木曾川,有郡上川、河渡川、墨股川之数称,长三十二里,阔六町余;西为大栫川,过安八郡,至土仓村而会揖斐川。揖斐川。发源大野郡德山谷。南流为大野、池田二郡界,合安八郡诸流,历石津郡,入伊势,自桑名而归于海。有株瀬川、吕久川、泽渡川等数称。长三十里,阔凡五町。

飞驒　东至信浓,西至加贺、美浓,南至美浓,北至越中。东西凡一十七里,南北凡二十里。地势最高,万山四周,西北兼峻岭险流,栈道编筏,仅通往来。虽乏米谷,而产良材工匠,以养蚕为业。风俗朴陋。郡数凡三:村数五百一十三,町数三。曰益田、村数一百二十五。大野、村数一百五十九,町数一。吉城。村数二百二十九,町数二。田圃凡九千一百九十一町八段七亩一十六步。其山岳有乘鞍岳、横亘三郡,而并跨信浓。自益田郡青屋村始,凡九里余。枪岳。在吉城郡,凡六里十八町。其河渠有益田川、发源益田郡乘鞍岳大池。西流,从大西村之边而南流,过大野郡,复贯益田郡,入美浓武仪郡,而名飞驒川。至美浓州界,长三十里,阔四十间。下流详于美浓。宫川、发源大野郡宫村,及川上岳,合川上川、小八贺川诸流。北流经吉城郡。至谷村,会高原川。入越中妇负郡,为神通川。至越中州界,长二十二里十八町,阔一町十间。下流详于越中。白川。有二源:一发大野郡寺河户村山中,为上白川,北流;一发白山白水瀑,为大白川,东流,至平瀬村而相合。北流入越中砺波郡,为射水川。至越中州界,长十八里,阔一町。下流详于越中。

信浓　东至甲斐、武藏、上野,西至美浓、飞驒,南至骏河、远江、三河,北至越中、越后。东西凡二十三里,南北凡四十里余。山脉自东北始,南与武甲相连。起中央者,南分二脉。西南至木曾诸山，最峻奥，多产良材，北陆、南海二道之三大河，皆发源其间，而南北分流，可见其地势之最高也。河中岛一带，稍为平旷。土性硗瘠，民多以养蚕为业。物产之富，本州推为第一。风俗顽朴。郡数凡十：村数一千五百零一，町数一十六。曰筑摩、村数一百零三，町数二。伊那、村数一百一十，町数三。安县、村数一百零一，町数一。诹访、村数七十九，町数三。更级、村数一百一十三。水内、村数三百一十一，町数三。高井、村数一百七十，町数一。埴科、村数四十九，町数一。小县、村数一百九十二，町数一。佐久。村数二百七十三，町数二。田圃凡七万九千九百二十町八段四亩二十一步五厘四毫。其山岳有茶磨岳、在木泽村，凡八里余。穂高岳、在安县郡，凡七里余。四阿山、在高井郡，凡六里。入上野者，称为吾妻山。浅间山。喷火山也，在佐久郡追分驿，居地之最高处，本州第一高山也。其河渠有木曽川、发源筑摩郡获曽村之西。西南流经福岛，合王泷川。南流经三十余村，而容众水。自山口村入美浓，过尾张、伊势而入海。至美浓州界，长十一里余，阔凡四十六间。下流详于美浓、尾张、伊势。天龙川、发源诹访湖西南。流过伊那郡，合三峰川、大田切川、大横川等诸水，贯远江而入海。至远江州界，长凡三十里余，阔凡二町四十间。下流详于远江。千曲川、发源佐久郡南甲斐金峰山。西北流经佐久、小县二郡，沿北国驿路，遂北流至更级郡川合村而会犀川。两川之间，名川中岛。又北流为水内、高井二郡界。入越后，为信浓川。至新潟而归于海。至越后州界，长凡六十里，最阔处凡七町四十间余，狭处一町二十间。下流详于越后。犀川。发源筑摩伊那郡界驹岳。上流为奈良井川，北流合田川、女鸟羽川。经安县郡界，而会梓川，遂过川中岛，而入于千曲川。长凡三十里，阔凡一町二十间。其湖沼有诹访湖。在诹访郡高岛之边，横亘数村。周回四里余，深凡七仞。世人称为鹅湖，有八胜之名。下游即天龙川也。

上野 东至下野，西至信浓，南至武藏，北至越后、岩代。东西凡二十三里,南北凡二十五里。山势自岩代、越后来,连于信浓。西北最重叠,利根川发源于其极北,众水会同,号为洪流。东下为武藏界。东南夷沃,饶于蚕桑,长于缲织,勤于商贾,繁富之区也。风俗健黠。郡数凡一十四:村数一千一百八十六,町数一十二。曰吾妻、村数八十五。碓冰、村数七十四,町数一。群马、村数一百九十三,町数二。甘乐、村数一百三十三,町数一。片冈、村数三。多湖、村数二十八。绿野、村数四十六,町数一。利根、村数一百一十三,町数二。势多、村数一百七十一。山田、村数六十,町数一。那波、村数五十四,町数一。佐位、村数三十八,町数一。新田、村数一百,町数一。邑乐。村数八十八,町数一。田圃凡九万七千七百零八町六段八亩二十七步三厘四毫。其山岳有妙义山、一名白云山,在甘乐郡;中岳一名金洞山,在妙义、金鸡二山之中,众峰竞立,以奇秀闻。御荷锋山。东西有二峰,跨甘乐、多湖、绿野三郡。其河渠有利根川、发源利根郡藤原村之奥文殊山下。南流及月夜野町,而合赤谷川。及砚山中而合发知川、薄根川。过沼田,会片品川。及群马郡白井,又容吾妻川。至新町,又合广濑川。分派犹有数派。过前桥,稍东下。及那波郡沼上村,而会乌川。至中岛,再合横濑川。东流至邑乐郡大久保村,而入武藏。至埼玉郡本乡,会渡良濑川。经下总而入海。下流详于下总。自历利根、势多、群马、那波、佐位、新田、邑乐七郡会合诸水,渐成巨流,至武藏州界,长凡二十八里余,阔四町四十间,名之为上利根川云。片品川、发源利根郡户仓村山中尾濑原。南流及东小仓村,而受大尻沼之下流,并合涂川、平川、利根川。自穴原村而西折,自沼田新町,而入利根川。长三十里,阔三十间。神流川。发源甘乐郡滨平村山中。东北流合野栗泽川、思川。至绿野郡笛木新町,而会乌川。长二十里,阔二十五间。

下野　东至常陆,西至上野,南至上野、武藏、下总,北至岩代、磐城。东西一十九里,南北二十五里。大山脉界于西北,西方最险峻,至日光,极其秀拔。州之中央,地势平衍,官道如砥,绢川贯流之。但地半硗瘠,民多植苎麻,制纸漆布帛之产,与上野相伯仲。风俗顽陋。郡数凡九:村数一千三百七十三,町数一十四。曰安苏、村数四十六,町数一。足利、村数四十三,町数一。梁田、村数二十七。都贺、村数三百八十二,町数七。寒川、村数一十三。河内、村数二百零三,町数一。芳贺、村数二百四十一,町数一。盐谷、村数一百五十二。那须。村数二百六十六,町数三。田圃凡一十一万八千四百七十四町三段一亩六步九厘九毫。其山岳有日光山、在都贺郡,又名二荒山。最高者黑发山,直立三千四百八十尺。德川氏竭国力营庙于此,金碧楼台,穷极壮丽,西客来游,足迹必至之地也。茶臼岳。喷火山也。其北有月山等,总称为那须岳。其西有大仓山,皆山脉相连。其河渠有鬼怒川、一作绢川,古名为毛野川。发源盐谷郡川又村衣沼山之衣沼。东流及川沼村,合五十里川。至河内郡大渡村,合大谷川。南流而入下总,终会利根川。长凡三十里,阔一町四十间。那珂川、发源那须郡男鹿岳顶之男鹿沼。东南流及寒井村,而合黑川。南流经黑羽及佐良土村,而合帚川。渐东南流,过鸟山及野上村,而合荒川。又东流,至芳贺郡小深村,而入常陆。由源至此,长凡三十里,阔一町四十间。下流详于常陆。渡濑川。发源都贺郡日光山、安苏郡庚申山之间。南流过足尾,入上野。又东南折而再入本州。及足利村、小俣村,而容桐生川。东流及都贺郡下宫村,又合安苏川,而入下总。至古河,与思川共入利根川。长凡三十里,阔凡二十间。

磐城 东至海,西至岩代、羽前,南至下野、常陆,北至陆前、羽前。东西凡二十二里,狭所五里余,南北凡三十三里余。山脉南走,而连下野。又向东支出界常陆。地形与岩代犬牙相错。阿武隈川贯流之,西隅接陆羽之大山。山谷幽邃,地势窿洼不一,硗确居半。濒海一带稍平远,有鱼盐之利,而港湾浅小,不便漕运。风俗朴陋孱弱。郡数凡一十四：村数一千零八，町数八。曰白河、村数一百零六，町数一。白川、村数九十二，町数一。石川、村数七十五。菊多、村数六十一。磐前、村数一百一十二，町数二。磐城、村数五十一。田村、村数一百四十一，町数一。楢叶、村数四十。标叶、村数六十四。行方、村数一百二十一。宇多、村数五十，町数一。亘理、村数二十六，伊具、村数三十六，町数一。刈田。村数三十三，町数一。田圃凡七万五千五百零八町八段零一十步九厘。其山岳有旭岳。自白河郡鹤生村温泉始，凡五里余，并跨岩代，直立凡二千五百九十尺。其河渠有阿武隈川。发源白河郡旭村及甲子山中雄瀑。东流凡九里，过白河町，入石川郡。北流而入岩代，容诸水，渐成巨流。至田村郡，复贯岩代之安达、信夫、伊达三郡之间。迆东而入伊具郡，又北流至陆前州界，东折至亘理郡荒滨，而入海。长凡五十里，阔十町。详于岩代。

岩代　东至磐城，西至越后，南至上野、下野，北至羽前。东西凡二十里余，南北凡二十一里余。陆羽之山脉蜿蜒来自北。一西折转南界羽越，又郁积接二野。一南走贯州中，入磐城。其东为阿武偎川，北流通漕运。但时有秋涨之患。猪苗代之巨浸，同众水注于西疆，亦便漕运。河干之地，大概广坦，宜于蚕桑。风俗朴挚。福岛近傍，亦有浮薄之风。郡数凡九：村数一千四百一十九，町数一十四。曰会津、村数三百零八，町数二。大沼、村数六十一。河沼、村数二百四十五，町数一。耶麻、村数三百一十一，町数二。岩濑、村数八十三，町数一。安积、村数四十八，町数一。安达、村数六十七，町数一。信夫、村数八十七，町数二。伊达。村数一百零九，町数四。田圃凡八万二千六百三十二町七段四亩二十八步二厘。其山岳有燧岳，直立二千三百余尺。驹岳、直立二千一百尺。朝日岳、直立二千八十尺。朝草岭、峰尖奇险，又名鬼面山，直立二千五百一十尺。猩猩森山、直立二千九百五十尺。

荒贝岳、直立二千八十尺。七森岳、直立二千一百六十尺。背炙岳、直立二千五十尺。御神乐岳、直立二千五百九十尺。盘梯山、直立二千零六十尺。饭丰山、直立三千九百九十尺。赤崩山、直立一千八百三十尺。高阳山、直立二千二百一十尺。高曾根山、直立二千六百八十尺。东吾妻山、直立三千二百尺。安达大郎山、直立三千尺。鬼面山、直立二千尺。朽人山。直立二千尺。其河渠有日桥川、旧作新桥川。发源耶麻郡猪苗代湖。西流又经耶麻郡盐川之南,至河沼郡沼上村,而容黑川。及立川村,而会鹤沼川。自耶麻郡真木村而北,流至松野村之边,复西流至菅原村,会只见川,为阿贺川,而入越后至州界。长凡二十里余,阔一町五十间。旧名会津川云。下流详于越后。鹤沼川、一名大川。有二源:一发会津郡鹤沼,西流;一出同郡山王岭、北流,至田代村、小野村之间,而相合北流。自芦牧村,为会津、大沼二郡界。及上米冢村,而分二派:本流经饭寺蟹川村,入河沼郡。至立川村,而合日桥川。长凡二十一里余,阔四十间。西派仍过大沼郡界,至和泉村者,入河沼郡,至东青津村者,入日桥川云。只见川、发源会津郡尾濑沼。北流,为越后界。及只见村,而合伊南川。入大沼郡,至水沼村之边,稍东折。及早户村,而容沼泽川。东北流经河沼郡,耶麻郡馆原村,而会日桥川。长凡三十七里十八町余,阔五十间余。阿武隈川、自磐城来。入岩濑郡而北流,及安积郡,为磐城,复贯安达、信夫、伊达三郡之间。迤东再入磐城,达于海。过本州,长凡二十七里余,阔凡一町四十间余。自福岛至海,凡二十三里。漕舟可通。源委详于磐城。松川。发源羽前置赐郡五色温泉之奥十三瀑。东流入信夫郡,经李平村之南,至本内村、五十边村之界,而入阿武隈川。长三十里余,阔平水二十间。碛洲一町四十间。其湖沼有猪苗代湖。亘居会津、耶麻、安积三郡,以湖之中央为郡界,周回凡十六里二十一町。

陆前　东至海,西至羽前、羽后,南至磐城,北至陆中。东西凡二十五里,狭处二里,南北凡四十里,狭处一十九里。山脉连亘,西北划陆中、羽前,南连岩代、北方二郡。地势狭长,委折随海,牡鹿一郡,曲出东方,而抱港湾。松岛群屿则棋布其西南,而中央土壤平衍,阿武隈川限其南。北上川来自北,有运输之便。田塍万顷,米谷之产颇饶。风俗顽朴。郡数凡一十四:村数七百零一,町数一十二。曰柴田、村数三十五。名取、村数五十九,町数一。宫城、村数七十八,町数二。黑川、村数四十九。加美、村数三十八。玉造、村数二十二,町数一。栗原、村数九十六,町数一。志田、村数六十四,町数一。远田、村数五十八。桃生、村数六十六。牡鹿、村数五十九,町数一。登米、村数二十一,町数一。本吉、村数三十二,町数二。气仙。村数二十四,町数二。田圃凡九万二千三百七十一町二段二亩二步二厘。其山岳有太白山、俗名乌兔峰。虽不甚高,舟人以为望标。日和山。东南临海,舟人亦以之卜阴晴。其河渠有鸣濑川、一名三本木川。有二源:一发加美郡小野田本乡不动瀑,东流至志田郡石森村,折而东南;一发黑川郡吉田村山中,过品井沼,及桃生郡福田村而相会。至野蒜村,入于海。长二十五里余,阔一町四十间余。江合川、一名玉造川。发源羽前界玉造郡中山村。东流经锻冶屋泽下宫之南,至桃生郡和泉村,而入北上川。长凡三十里余,阔一町五十间余。迫川、发源栗原郡沼仓村栗驹山下。东西流,名三迫川,合一迫川、二迫川等水,过登米郡界,至远田郡猪冈短台村,入北上川,舟楫可通。长凡三十七里余,阔一町二十间余。北上川。自陆中来。经登米郡而南流,至桃生郡小船越。由源至是,长凡七十三里,最阔处六町二十间。分为二流:一南流入海,名追波川;一东北流入海,共有舟楫之便。上流详于陆中。其岛屿有松岛。属宫城郡。南至千贺浦,北至矶崎,小岛数百,海上散布,悉生青松,奇丽美秀,与丹后丹桥、立安艺严岛,名为日本三胜云。

陆中　东至海,西至羽后,南至陆前,北至陆奥。东西凡三十七里,南北凡三十三里,广处凡五十里。陆奥之大山脉分二歧南走:其西者划羽后,其东者郁结中央,北上川贯其中间。全地原隰旷远，多硗确，盛江以南，稍为沃壤。闭伊、九户二郡，濒于东海，有鱼盐之利。风俗陋弱。郡数凡一十：村数七百二十六，町数一十四。曰磐井、村数八十六，町数一。胆泽、村数三十七，町数一。江刺、村数四十一，町数一。和贺、村数六十九，町数二。稗贯、村数六十七，町数一。紫波、村数七十四。闭伊、村数一百三十八，町数五。岩手、村数八十五，町数一。九户、村数五十九，町数一。鹿角。村数七十，町数二。田圃凡五万七千三百二十八町七段七亩二十六步。其山岳有酢川岳、八幡平、自鹿角郡谷内村始，凡六里，山顶方六里。大国平。亦在鹿角郡，凡七里。其河渠有北上川，发源岩手郡御堂村。南流合松川、雫石川、猿石川、和贺川及诸支流。至黑川尻，水势渐大，贯流岩手、紫波、稗贯、和贺四郡，凡四十里余。至胆泽郡相去村，合宿内川、胆泽川等，又南流入陆前登米郡，漕运殊便。源长七十六里余，阔二町余。下流详于陆前。能代川、一名米代川。自陆奥来。入鹿角郡，北折合大汤川、毛马内川等。由大欠村而西流，入羽后。下流详于羽后。马渊川。发源九户郡远别岳，西北流而入陆奥。下流详于陆奥。

陆奥 南至陆中及羽后，东、西、北皆至海。东西凡三十九里，南北凡四十余里。东西二隅曲折，相拱容海，隔津轻峡，对北海道。山脉起中央，南走支脉，西折划羽后。东方旷野相接，多不毛之地。西疆土壤稍肥，民勤耕种，兼习猎渔。风俗鄙野。郡数凡四：村数二千三百一十五，町数凡七。曰津轻、村数一千零七，町数四。北、村数四百五十四，町数二。三户、村数五百九十五，町数一。二户。村数三百一十九。田圃凡五万五千三百三十一町二段二亩四步。其山岳有八甲田岳、跨津轻、北二郡，各七里。赤仓岳、户来岳。其河渠有岩木川、一名宏前川，发源津轻郡泊岳。北流，并岩木山溪涧诸流，容平川、浅濑石川等，注十三泻而入海。长二十二里，阔五十间，舟楫可通者十余里。马渊川亦同。

马渊川、发源陆中九户郡远别岳。西北流，入二户郡。北流，合净法寺川。至三户郡大向村，容原野川、相内川等。又东流，至八户凑村而入海。长二十五里，阔一町四十间。能代川。一名米代川。发源二户郡田山村山中，西流入陆中鹿角郡。下流详于陆中、羽后。

　　羽前　东至磐城、陆前，南至岩代、越后，北至羽后，西至海。东西二十二里，南北三十五里。山脉绵亘，东南界岩代，连越后。最上川之左右颇平旷，肥硗相半。田川郡独有鱼盐之利。风俗朴强，以蚕桑为业。郡数凡四：村数一千二百三十九，町数二十二。曰置赐、村数二百九十五，町数五。村山、村数四百三十九，町数十一。最上、村数八十五，町数一。田川。村数四百二十，町数五。田圃凡七万九千三百四十五町一段二亩七步八厘四毫。其山岳有吾妻山、一名大日岳。跨置赐郡及岩代之耶麻郡。由置赐郡至东大岭，凡四里。由关村至西大岭，凡四里。五所山、十里余。月山。自置赐郡羽黑山麓之手向村始，凡九里，直立五千三百四十尺。其河渠有最上川。上流名松川，发源置赐郡大平村大日岳。北流至中田村，容羽黑川。及洲岛村，受鬼面川。经津久茂村等数村，又合诸流。凡十八里余。入村山郡杉山村，始名最上川。经佐泽，东流至小盐村，分为二派，北名新川。及长崎村，再相合，容酢川。北流至仁田村，合寒河、江川等；大石田村迤南，容丹生川。入最上郡。西流容小国川。经新庄之南，会鲑川。至酒田港而入海。长凡六十二里，阔三十町二十间。

　　羽后　东至陆前、陆中，南至羽前，北至陆奥，西至海。东西凡二十五里，狭处一十九里，南北凡四十九里。山势来自陆奥，划东北二方，郁结中央。产材极多。能代川注北疆，御物川贯南方。男鹿岛突出西方，而拥八郎泻。地味硗薄，不宜果谷。沿海颇有繁盛之区。风俗顽陋。郡数凡八：村数一千三百二十，町数二十。曰饱海、村数二百八十四，町数二。由利、村数二百四十，町数四。雄胜、村数八十六,町数三。平鹿、村数一百一十四,町数二。仙北、村数一百七十九,町数二。河边、村数五十九,町数一。秋田、村数二百八十二,町数四。山本。村数七十六,町数二。田圃凡七万一千六百一十二町六段四亩二十九步八厘。其山岳有鸟海山、属饱海郡,亘由利郡。直立六千四百六十八尺,在饱海郡九里,在蕨冈村九里,在由利郡六里,在矢岛六里。御驹山、阿弥陀岳、朝日岳。其河渠有御物川、发源雄胜郡院内银山町东安岳。东北流至横堀村,合役内川。自逆卷村而北流,及角间村,又合岩崎川。仍北流至角间村,容横手川。入仙北郡,至花馆驿,合玉川。又西流、北流,至秋田郡土崎港而入海。长三十里余,阔二町四十间。玉川、古作副川。发源陆中岩手郡界仙北郡田泽村大深岳。南流合小和濑川、大仙立川、生保内川。西南流至小馆村,容鳅濑川。至神宫寺驿,会御物川。长凡二十七里十八町,阔凡一町余。子吉川、发源由利郡鸟海山下。东北流,合诸小流。绕西北而经矢岛,合薯蓣川。西流至古雪港而入海。长凡十八里余,阔一町四十间。能代川、一名米代川。发源陆奥二户郡。过陆中,入秋田郡。西北流至川口村,合大馆川。西流合阿仁川,而入山本郡。及荷上场村,容藤琴川。至能代港而入海。长二十五里,阔一町四十间余。源流详于陆中、陆奥。大阿仁川。发源仙北郡界秋田郡荒濑村,立又容小又川,北流至李台村,合小阿仁川。及麻生村,而入米代川。长三十里余,阔一町余。上流为大又川,下流为大阿仁川云。又有小阿仁川,出于同郡南泽村、河边郡界龙峰,北流入大阿仁川。长二十里余,阔五十间。称为小锭大锭,岩石巉峭,水流险恶,舟人视为畏途。

卷十一 地理志二

北 陆 道

若狭 东至越前、近江,南至近江、丹波,西至丹后,北至海。东西凡一十二里,南北凡四里。山势自东走西,连于丹后,濒海岬屿错出,疆壤狭隘,甚少平地,土质硗瘠。风俗朴陋,而能勉耕渔。郡数凡三:村数二百七十八,町数三。曰三方、村数六十二。远敷、村数一百四十四,町数二。大饭。村数七十二,町数一。田圃凡七千四百二十九町七段三亩一十二步八厘六毫。

越前 东北至加贺,东南至美浓,南至近江,西至若狭,西北至海。东西凡一十九里,南北凡一十七里。白山之脉,耸于东南,西北渐低,三河贯其中,会同一港。西南一隅,以木芽岭为屏障,海表湾曲。土壤膏腴,五谷皆宜。其民勉于耕织,业工商者亦多。风俗慧黠。郡数凡八:村数一千四百九十二,町数一十二。曰敦贺、村数七十九,町数一。南条、村数八十一,町数二。今立、村数二百零二,町数二。丹生、村数二百三十六。足羽、村数二百五十七,町数一。吉田、村数一百二十七,町数一。坂井、村数三百五十六,町数三。大野。村数二百五十四,町数二。田圃凡三万八千四百九十二町零二亩二十二步五厘七毫。其山岳有越智山。在丹生郡之西。自山麓至巅一里十四町,直立一千八百八十七尺。其河渠有日野川、发源南条郡岩屋村近傍诸山谷,西北流,沿武生之东,北流至丹生郡在田村,合天王川。至清水尻村之东,容志津川。及足羽郡角折村,而会足羽川,名为安居川云。又北流,及吉田郡高屋村,合九头龙川,于是三川会同,至坂井港而入海。上流自白川村渡口至坂井港,长十一里,舟楫可通。源长凡二十四里十八町,阔凡三町二十间。足羽川、凡四源,皆在今立郡:一出田代山,一出渔见坂,其二出部子岳。相合而北流,及足羽郡境寺村,合羽丹生川。及獭口村,容芦见川。稍西流,贯福井街衢,至角折村,会日野川。福井市中,有九十九桥,长八十八间,幅三间,半为石造,半为木造,尤称奇工。自足羽郡前波村至福井,长二里十八町,自福井至坂井港,长六里十二町十三间,舟楫可通。源长凡二十五里,阔凡四十五间。九头龙川。有三源,皆发于美浓州界大野郡:一出油坂岭,为油坂川,西流;一出白山之别山,名石彻白川,西南流,共至朝日村而相会,西北流;一出下秋生村,蝇帽子岳外三所而北流,名秋生川,又称真名川。及土布子村而合流。过胜山之西,并西流数小河。过舟桥、稻多之间,至高屋村,会安吉川。自坂井郡鸣鹿村至坂井港,长十里余,舟楫可通。源长凡三十二里,阔三町二十间。舟桥、稻多二村之间有舟桥,长百二十间,四十八只横亘,以铁锁系之。天正中,柴田胜家之所创造也。

加贺　西南至越前,东至飞骢、越中,北至能登,西北至海。东西凡一十里,南北凡一十八里。白山耸其南隅,山脉左右分走,与二越、飞骢三州相连。河水概发源于此,北流而入于海。时令不调,物产殊乏。风俗优柔,而不免偏执。郡数凡四:村数一千零九,町数一十。曰江沼、村数一百四十,町数二。能美、村数二百六十四,町数一。石川、村数三百三十六,町数五。河北、村数二百六十九,町数二。田圃段数未详。其山岳有白山、北陆道第一高山也,为日本三山之一。跨越前、美浓、飞骢诸国,有三峰:南称别山;北称大汝;中央称御前,最高峻,登其绝顶,俯瞰六州,直立凡八千四百尺。御前峰后又有剑峰,其状如植五剑,积雪四时不化,故总称白山。自能登郡,凡九里。自牛首村市濑,凡四里。自金泽,凡二十里三十三町。自越前大野郡胜山,凡十五里八町。释迦岳、在牛首村,凡七里。妙法山。属石川郡,凡十里。其河渠有手取川、有南北二源,皆发白山。自大汝岳出者,名中又川,又称尾添川。北流,渐折而西北,为能美、石川二郡之界。自别山出者,名白山川。西北流,共容数小河,从牛首村而北流,至河原山村相会,名为手取川,仍北流至河合村。从大日山发者,与北流之大日川合,过石川郡鹤来之南,渐西流,至凑美川之间而入海。长凡二十里余,阔五町。大圣寺川。发源江沼郡大日山之西麓。西北流,经九谷西流,自我谷村而北流,至河崎村渐西流,经大圣寺,至盐屋浦而入海。长凡十八里,阔五十间。

能登　东接越中、加贺,余皆至海。东西凡一十一里,南北凡一十八里。加越诸山之余脉,斗出于北海而为半岛。东面抱一大湾,北海第一巨港也。土壤薄瘠,风俗庞朴。郡数凡四:村数八百六十五,町数四。曰羽咋、村数二百三十九,町数一。鹿岛、村数一百九十六,町数一。凤至、村数三百一十八,町数二。珠洲。村数一百一十二。田圃段数未详。其岛屿有能登岛。俗名岛之地,属鹿岛郡。周回十四里十九町余。居民概以煮盐为业。近旁有小屿数十。

越中　东至越后及信浓,南至飞驒,北至加贺,西北至能登,北至海。东西凡二十一里余,南北凡一十九里余。立山之山脉,东西累叠,连于飞信。北方沿海之地,稍为平坦。以四大河贯流,故颇有灌溉之利。地质丰确相半,多物产,尤饶水族。民俗朴陋。郡数凡四:村数二千四百四十四,町数一十一。曰新川、村数一千零四十一,町数四。妇负、村数三百六十五,町数二。砺波、村数七百零一,町数二。射水。村数三百三十七,町数三。田圃凡八万七千五百七十二町六段四亩一十九步。其山岳有立山、自新川郡芦峤寺村始,凡十里,直立五千零四十尺。其高峻与加贺白山相伯仲。剑岳、在立山之北,其脉连续不断。自新川郡伊折村始,凡五里。鹫羽岳、夫妇山。其河渠有射水川、一名雄神川,又名庄川。发源飞驒者为白川。北流经砺波郡,及射水郡米岛村,而合小矢部川,注新湊。自州界长凡四十里,阔五町。上流详于飞驒。小矢部川者,源出砺波郡大门山。东北流至射水郡米岛村,而合射水川。长凡二十一里,阔一町二十间。神通川、发源飞驒,名为宫川。北流经富山之西,注东南濑港,入州界。长凡三十里余,阔凡四町十间。富山之西北,架舟桥,总六十四只横亘,以铁锁系之,其长四十四间四尺余,幅六间二尺。上流详于飞驒。常愿寺川、发源药师岳、上岳寺、地山等处。西北流,绕新川郡之西,仍北流,而注水桥港。长凡十八里,阔凡五町四十间。黑部川。发源鹫岳,合诸溪涧,贯新川郡之东方。北流至北野村,分东西二派:东自高畠、新田;西自荒俣村而入海。长凡二十里,阔凡八町二十间。以上四河,及加贺手取川、越前九头龙川、越后信浓川,世称之北陆道七大河。

越后　西至越中,西南至信浓,南至上野,东至岩代,东北至羽前,西北至海。东西凡六十二里,南北凡一十七里。陆羽之大山脉,来自东北,蜿蜒绕其南方,连于信野。洪水纵横州内,运输极便。其土广衍,其产富饶,巧于机织。民多优裕,俗较柔惰。冬春之间,积雪丈余于檐下,通路河冰以橇行。郡数凡七:村数四千二百五十二,町数四十。曰岩船、村数二百四十九,町数二。蒲原、村数一千七百八十四,町数二十三。三岛、村数一百八十一,町数四。古志、村数三百四十八,町数二。刘羽、村数一百八十六,町数二。鱼沼、村数四百一十一,町数二。颈城。村数一千零九十三,町数五。田圃凡一十六万零六百四十一町一亩二十七步零四毫。其山岳有鹫巢山、以形似故,里人称为越之富山。饭丰山、在蒲原郡,跨岩代、羽前。有五峰,中央名三国岳,高凡三千九百九十尺。风仓山、一作笠仓,亦在蒲原郡,高一千二百尺。大日岳、亦在蒲原郡。西有乌帽子岳，高三千尺；又有蒜场岳，高二千二十尺，皆大日岳之连峰也。御神乐岳、高二千九百五十尺。莲华山朝日岳。一名大莲华，其南有镵岳，又有雪仓岳，统称为莲华三峰。其河渠有信浓川、一名千曲川，入本州乃名信浓川。发源信浓，来鱼沼郡宫原、羽仓二村之间，合志久见川、中津川等诸水。东北流及卯木村，而容清津川。至川口村，合鱼沼川。东北流至地藏堂驿，分一派而北流，称为西川。本流及尾崎村，合刈谷田川。至八王子村，分中口川，与须、顷、井、土、卷等七村相抱。至三条町，合五十岚川。渐北流及酒屋村，容小阿贺川。西北流及大野町，再会中口川。至平岛村，更会西川。北流至新潟而入海。其他容大小数十流，故俗有八千八水河之称。源长凡百余里，入州界凡四十里，最阔处八町，新潟港口四町十间。舟路溯西南至鱼沼郡十日町，二十九里。又经鱼沼川至六日町，三十四里。溯东经阿贺川，可至岩代耶麻郡。其他诸流，舟楫多可通者。惟至信浓一路，激湍险阻，不便行舟。上流详于信浓。鱼沼川、一作鱼野川，又名上田川、轮奈泽川。有二源：一出鱼沼郡土樽村小富士川，一出谷后。二流相会而北流。从汤泽东北流，容东方诸水。至小出岛驿，合佐梨川。西流及四日町村，容破间川。至川口村，而会信浓川。长二十一里，阔一町二十间。阿贺川、发源岩代，来至蒲原郡新渡村，合实川、日出谷川。至津川町，合室谷川。西南流，及安养寺村，合早出川。西北流，至泽海村，西南分一派，名小阿贺川，与信浓川相通。本流渐北折，至津岛屋村，合新发田川、加治川，至松崎村而入海。入州界，长二十余里，阔凡八町，川口三町二十间。亦有舟楫之利。舟路溯东北，入加治川，至三日市驿，八里余。上流详于岩代。三面川、发源岩船郡三面村以东岳。西流至下中岛村，合高根川。及下渡村，合相古川。至濑波町而入海。长二十余里，阔一町十间，川口阔五十间。荒川。有二源：一出信浓水内郡户隐山，一出颈城郡烧山。东北流及关川驿，并信浓野尻湖之下流。至妙香山，为苗名瀑。从大鹿村渐北流，及稻增村，合别所川。及长者原村，合矢代川。及今池村，合冈川。过高出之东，西北流至直江津，与保仓川相会而入海。长凡二十里,阔一町四十间。上流至于高田,有关川之称。

佐渡 在越后新潟之西少北,越海一十一里余而至其地,一大岛也。周回五十三里一十町五十二间半,东西凡七里余,南〔北〕凡一十一里。地势南北横拓,中央渐窄缩,左右皆港湾。土壤平衍,鱼稻之乡也。而土产金银,为一国之最。其民力作,兼以凿矿为业。风俗顽固。郡数凡三:村数二百四十五,町数七。曰杂太、村数八十八,町数三。羽茂、村数六十二,町数一。加茂。村数九十四,町数三。田圃凡一万一千零一十五町六段五亩一十一步。其山岳有金北山。跨杂太、加茂二郡,直立凡四千尺。

山 阴 道

丹波 东至山城,东北至近江,西至但马,西南至播磨,西北至丹后,南至摄津,北至若狭。东西凡一十四里一十八町,南北凡一十二里。山脉自近江、若狭而来,纵横分布,地形隆高,南北二邻诸水多发源于兹。东北树密谷邃,西南稍平旷,地质肥瘠不一。民俗朴陋,多业耕樵。郡数凡六:村数一千零五十九,町数六。曰桑田、村数二百二十,町数一。船井、村数二百,町数一。何鹿、村数二百三十六,町数一。多纪、村数二百一十三,町数一。冰上、村数一百七十七,町数一。天田。村数一百一十三,町数一。田圃凡二万九千三百二十七町四段七亩二十一步五厘六毫。其河渠有保津川、发源近江州界桑田郡山谷。入山城爱宕郡之北境,复来桑田郡,及周山村,而合弓削川。西南流入船井郡,容大谷、园部二水。渐南折,而过桑田郡龟冈之北,至保津村,名大堰川。东流入山城葛野郡而名桂川。下流详于山城。源至淀川,长凡五十五里,阔三町三间。和知川。发源桑田郡佐里村山谷。西南流至岛村,合棚野川。

西流入船井郡，容高屋川。西北流至何鹿郡山家，合上林川。又西流至天田郡福知山，名福知川，又名音无濑川，会土师川。又北流至丹后，名由良川。由源至丹后州界，长凡二十三里，阔一町。下流详于丹后。

丹后　东至若狭，西至但马，南至丹波，北至海。东西凡一十三里余，南北凡一十一里余。东西二隅，两湾相抱。山脉自丹波来州内，散布而走西北，为但马界。地势迤北渐卑，诸水皆北流。港市之地，颇为繁富，景胜亦多。地味硗薄，居民农暇多业蚕织。风俗朴野。郡数凡五：村数四百零五，町数三。曰加佐、村数一百五十一，町数一。与佐、村数九十五，町数一。中、村数三十四，町数一。竹野、村数七十二。熊野。村数五十三。田圃凡一万二千二百五十八町四段四亩二十七步二厘六毫。其山岳有由良岳。在加佐郡，里俗称为丹后富士。其河渠有由良川。一名大川，又名大云川。丹波福知川之下流，入加佐郡日藤村，东北流经二个村、地头村等。北流至由良、神崎二村之间而入海。上至丹波福智山，舟楫可通。川口名由良港，碇泊之所也。其港湾有天桥立。别名子日岬白丝滨，加佐郡江尻村之沙洲也。东南横出二十七町四十间，幅三十二间。南端与文殊村相对，苍松一带，蓊蔚如画，与松岛、岩岛共称三胜。其湾称为岩泷湾，深十一仞，而港口乃浅，仅通小船而已。

但马　东至丹波、丹后，西至因幡，南至播磨，北至海。东西凡一十五里余，南北凡一十二里。山脉自丹波、播磨而连因幡。西方一带山谷险隘，殊少平地。其东边河流萦纡，足资灌溉。民业农商相半。风俗纯朴，犹存古风。郡数凡八：村数六百五十六，町数四。曰城崎、村数七十八，町数一。出石、村数八十五，町数一。美含、村数七十二。二方、村数五十六。气多、村数一百一十。七味、村数六十九，町数一。养父、村数一百零四。朝来。村数八十二，町数一。田圃凡一万三千一百五十七町七段一亩二十五步五厘二毫。其山岳有三开山。

在城崎郡筱冈村,跨出石郡,高凡三町,俗称为但马富士名。其河渠有朝来川。发源朝来郡圆山村之边,合诸水北流。至养父郡,及上田村,容丝井川。西北流至舞狂村,合广谷川。西入木川,曲折回旋,终复北流。及城崎郡佐野村,会出石川。沿丰江市防之东,合六方川,抱津居山而入海。长凡十六里,阔二町余。

因幡　东至但马,西至伯耆,南至播磨、美作,北至海。东西凡一十二里余,南北凡一十二里一十八町余。濒海一带,平沙萦回,以港湾少,不便泊船。东南山岳累叠,连亘播磨。中央沿河之地,稍觉平阔,土性硗瘠。风俗固陋。郡数凡八:村数五百六十,町数八。曰岩井、村数五十一。法美、村数六十二,町数一。邑美、村数三十一,町数四。八东、村数八十九。高草、村数八十三,町数一。气多、村数八十三,町数二。八上、村数六十二。智头。村数九十九。田圃凡一万三千五百九十五町零八步三厘五毫。

伯耆　东至因幡,西至出云,南至备后、备中、美作,北至海。东西凡一十七里,南北凡八里。大山中央挺立,支脉左右蜿蜒。州之西北一隅斗出,与出云之东隅相对而拥抱中海。西北平坦,稍为沃饶。风俗野鄙。郡数凡六:村数七百六十八,町数七。曰会见、村数一百八十一,町数四。日野、村数一百七十八。汗入、村数七十五,町数一。八桥、村数一百零八,町数一。久来、村数一百一十九,町数一。河村。村数一百零七。田圃凡二万二千四百七十六町二段二亩七步。其山岳有大山。自会见郡尾高村始,凡五里十八町,横亘日野、汗入、八桥三郡。其河渠有日野川。又作簸川。发源日野郡之西南隅上萩山、新屋、野组、汤谷四村之溪。东流九里余,至州河崎村,北折,更西北流。至古市村,容二部谷川。又北流,经野殿、河内诸村。至观音寺村,合尻烧川。及皆生村、今村之间而入海。长十七里余,阔三町十四间。

　　出云　东至伯耆，西至石见，南至备后，北至海。东西凡一十七里余，南北凡一十五里。山岭层叠，亘于南方，与山阳有背脊之分，西连石见。北方地势狭长横出，东对伯耆而抱大海，西方带湖。松江在湖海之中央。市廛鳞次，湖山映带，山阴第一之胜地也。风俗柔靡。郡数凡一十：村数五百七十四，町数七。曰岛根、村数五十六，町数二。能义、村数九十六，町数二。意宇、村数四十七。秋鹿、村数二十四。楯缝、村数三十六，町数一。出云、村数三十二。大原、村数六十五。仁多、村数七十一。神门、村数八十五，町数二。饭石。村数六十二。田圃凡二万二千八百一十町三段九亩六步七厘二毫。其山岳有嵩山、古名布自枳尾高山，在岛根郡，高凡二千七百尺。船通山、古名鸟上山，又称簸河上，在仁多郡，并跨伯耆，高三千余尺。弥山、古名出云御崎山，在神门郡，高三千六百尺。佛经山、亦在出云郡，高一千七百五十尺，古神名火四山之一也。朝日山。在秋鹿郡，高二千三百尺，亦古名火①四山之一也。其河渠有大川、一名簸川。发源仁多郡船通山。合龟石谷之水，西流为横田川，又合室原川。西北流，容龟嵩川、马木川、阿井川等诸流，为斐伊川。至汤村，又北流，经饭石、大原二郡之界，合饭石郡深野川、三刀屋川，大原郡久野川、阿用川、牛尾川。至神原村西流，及出云郡出西村，又北折，分派为新川。更东向，至出云郡坂田村，合二流，而共入宍道湖。长凡二十里十一町，阔二町三十间。神门川。一名乙立川，又名古志川。有二源：一出饭石郡琴引山，名小田川，西流；一出同郡女龟山，名赤名川，北流，共至上来岛村而相合。又西北流，合顿原川。西流经狮子村，北流入神门郡，合吉野伊佐川、东村川等水。自八幡、原村而东南回绕，复入饭石郡，合烟川。再入神门郡，经乙立村东北流，合小野川、稗原川。及马木村，又西北，至西园村，北折而入海。长凡十九里五町，阔一町二十间。其湖沼有中海。古名意宇海。周回十

---

　　①　古名火，似为古神名火。

六里十一町五十二间,深三仞,或至四仞半。

石见　东至出云,东南至备后,南至安艺、周防,西至长门,西北至海。东西凡一十一里,南北凡一十三里。自东北亘西南,凡三十里。山脉自南方来,州内连亘,嶂峦相望,少平坦处。江川在其东北,萦纡贯流,山阴第一之巨流也。海滨低卤,运输不便。风俗顽朴。民多以纸、麻、制铁为业。郡数凡六:村数五百五十四,町数六。曰安浓、村数三十,町数一。迩摩、村数四十七,町数二。邑智、村数一百零六。那贺、村数一百三十六,町数一。美浓、村数一百一十八,町数一。鹿足。村数一百一十七,町数一。田圃凡二万八千六百一十七町零三亩一十五步零三毫。其河渠有江川。一名石见川,古名可爱川。发源安艺之石见界九濑山。绕备后,为三次川。西北流,入本州邑智郡。至下口羽村,合出羽川。北流至川户村,合熊见川。又西北流,复西折,从明冢村迤南,至原村,乃西南流。及因原村,合矢上川。渐复西流,至小田乡川户村,合市木川。又西北流,而入那贺郡,至渡津而入海。长凡五十里余,舟楫可通者二十里,阔三町十九间。上流详于安艺、备后。

隐岐　知夫岛,在出云岛根郡加贺浦之正北,相去一十一里三十町,周回六里三十一町一十九间。东西一里一十五町,南北二十五町。西岛,隔东北一峡,与知夫岛相对,周回二十里二十六町五十六间半,东西三里二十町,南北二里。中岛,在西岛之东,相去一十二町,周回一十六里二十一町一十一间,东西一里三十町,南北一里二十四町。以上三岛名为岛前。岛后一岛,在中岛之东北,相去三里余,周回三十里一十七町五十四间半,东西四里,南北四里三十町。自岛前海士郡知知井村,至岛后稳地郡都万村,海上直径四里三町,位居出云之正北。合四岛屿以为一州。岛前则三小岛鼎立,岛后为一大岛,中间礁屿相接,地质硗确。风俗陋愚,居民农余多从事于渔蜓。郡数凡四：村数六十一，町数一。曰知夫、村数五。海士、村数八。周吉、村数三十二，町数一。稳地。村数一十六。田圃凡四千零三十八町六段零三步。

山 阳 道

播磨　东至摄津，西至备前、美作，北至因幡、但马，东北至丹波，南至海。东西凡二十里，南北凡一十四里余。摄丹之山脉连亘，其背以为山阴界。濒海之地大抵平衍，且港泊至便，山阳要津也。土壤膏腴，田畴大辟，又有鱼盐之利。风俗慧敏，或流于柔惰。郡数凡一十六：村数一千九百五十六，町数一十二。曰明石、村数一百五十三，町数一。加古、村数一百一十四，町数二。印南、村数一百三十一，町数二。（饬）〔饰〕东、村数七十二，町数二。（饬）〔饰〕西、村数一百六十一。美囊、村数一百四十九，町数一。加东、村数一百五十二。加西、村数一百二十八。多可、村数一百三十。神东、村数七十九。神西、村数六十九。宍粟、村数一百四十七，町数一。揖东、村数一百四十四。揖西、村数一百一十三，町数二。赤穗、村数一百二十七，町数一。佐用。村数八十七。田圃凡五万九千一百九十七町九段一亩四步三厘五毫。其山岳有笠形山。跨神东、加西、多可三郡。本州最高山也。其河渠有揖保川。发源但马、因幡州界宍粟郡四个山。南流为宍粟川。至东安积村，合三方川。至神谷村，合西谷川。经山崎，稍西折，复南流，入揖东郡。至佐野村，合栗栖川。经揖西郡龙野之东，为龙野川。至正条之东，东南流及上川原村，合片吹川，分为三派，各入海。长凡十五里，阔凡二町三十间。

美作　东至播磨，西至备中、伯耆，南至备前，北至伯耆、因幡。东西凡一十四里，南北凡一十一里。山岳四疆连亘，自为州界。南方地势渐低，河水尽注备前，地味膏腴，米麦能熟。北方反之。民俗朴陋。郡数凡一十二：村数六百一十，町数四。曰吉野、村数六十。英田、村数五十六，町数一。胜南、村数六十九。胜北、村数五十五。东北条、村数三十一。东南条、村数一十三。西北条、村数二十二，町数一。西西条、村数五十一。久米南条、村数六十三。久米北条、村数五十四。大庭、村数四十六，町数一。真岛。村数九十，町数一。田圃凡二万一千六百九十九町五段三亩九步四厘四毫。其山岳有那岐山。自胜北郡高圆村，凡四里六町，北为因幡之界。其河渠有津山川、发源西西条郡上斋原村恩原泽。南流合羽出川、中谷川。经黑木村，东南流，至古川村，合香美川。又东流，过津山之南。复东南流，合久米川、加茂川、新田川、江见川诸水。过胜南郡高下村，入备前赤坂郡，为东大川。在州界，长十九里三十五町四十七间余，阔一町二十四间。高田川。一名西川。有二源：一出大庭郡上德山村龙王池，一出同村鹫溪。东流，及下长田村，渐南流，为大庭、真岛二郡之界。及真岛郡小童谷村，合藤森川。及丰荣村，容本庄川，曲折而绕真岛。至高田村，合神代川。又东流，从大庭郡久世村，而东南流，及平松村，合目本川，又合鹤田川、弓削川等。过久米南条郡福渡村，入备前津高、赤坂二郡之间，为西大川。在州界，长二十四里十八町四十七间余，阔一町四十六间。二水下流，共详于备前。

　　备前　东至播磨，西至备中，北至美作，南至海。东西凡一十二里，南北凡一十一里。东西两河，自美作来，贯流州内。儿岛一郡，抱海湾而连备中，岛屿棋布，接于赞岐，运输殊便。北方山多而平地少，南方稍衍沃。濒海之民，兼营渔业。风俗浮薄，颇好修饰。郡数凡八：村数七百六十八，町数七。曰和气、村数九十七。邑久、村数八十六，町数二。上道、村数一百一十六，町数一。御野、村数七十九，町数一。磐梨、村数六十五。赤坂、村数一百零二。津高、村数一百二十六，町数一。儿岛。村数九十七，町数二。田圃凡三万零一百六十二町七段一亩三步五厘。其河渠有东大川、美作之津山川东南流,来赤坂郡周匝村。至和气郡,合吉井川。西南流,至上道郡冲新田,而至于海。在州界,长十一里,阔一町四十四间。西大川。一名旭川。美作之高田川东南流,为津高郡之东北界。及丰冈村之小森,合忍木川。南流至金川村,合宇甘川。东南屈曲为上道、御野二郡之界。西南流,经御野郡北方村而南流,过冈山之东,再东南流,至福岛村而入海。在州界,长十三里二町,阔三町十四间。二川上流,详于美作。

备中　东至备前,西至备后,北至伯耆、美作,南对赞岐,而隔以海。东西凡一十一里,南北一十七里余。地形至北渐缩,崇岭连于作、伯,大川贯流其中央。濒海土壤膏沃,人民富赡。北偏寒冱,殊乏米麦,惟采矿之利颇饶。风俗慧黠,喜竞新奇。郡数凡一十一:村数九百六十九,町数七。曰小田、村数一百零三,町数一。浅口、村数七十二。下道、村数四十七。洼屋、村数八十四,町数一。都宇、村数一百二十二。贺阳、村数一百一十,町数二。上房、村数九十九,町数一。阿贺、村数一百零五,町数一。哲多、村数八十七。川上、村数八十七,町数一。后月。村数五十三。田圃凡四万二千四百零五町四段三亩二步六厘四毫。其河渠有大川。上流名高梁川,又称松山川;下流称河边川。发源伯耆州界之阿贺郡茗荷岭。南流及阿贺、哲多二郡之界,合新见川。少顷复东折,过新见之西,而合哲多郡之川濑川。至阿贺郡下唐松村,又合唐松川。东南流至上房郡今津村,合鸟井川。又南流,经高梁之西,会成羽川。复南流东折,从贺阳郡浅尾而分支流。东出会坂仓川,从下道郡上秦村专南流。至川边村,合小田川。又洼屋郡古地村,又分东西二道:一南流,自四十濑村,从备前儿岛郡浦田村而入海;一西南流,至浅口郡西之浦村而入海。长二十八里余,阔凡四町余。

备后　东至备中,西至安艺,北至伯耆、出云,西北至石见,南至海。群岛相连,直接伊豫。东西凡一十三里,南北凡一十九里。

群岭北方耸峙,东南稍平旷,土壤膏腴。濒海有渔盐之利,漕运之便。西北诸郡,民产薄瘠,多以采矿为业。风俗质直,亦不免顽陋。郡数凡一十四:村五百五十八,町数九。曰深津、村数三十五,町数一。安那、村数三十。神石、村数四十。沼隈、村数四十四,町数一。品治、村数二十一。芦田、村数二十八,町数一。御调、村数九十,町数二。世罗、村数四十九,町数一。甲奴、村数三十二。三谿、村数三十八。三上、村数一十八。奴可、村数三十九,町数二。惠苏、村数四十一。三次。村数五十三,町数一。田圃凡三万五千六百二十九町九段五亩二十五步九厘六毫。其河渠有三次川、有二源:一出神石郡古川村,名田房川;一出甲奴郡小冢村,名本乡川。共西流,至梶田村而北折,及木屋村而相会,西北流,至三谿郡仁贺村,合木村川。西北流,至向江田村,合南川及西川。经江田川内村,合和知川。渐西北,流入三次郡。至三次町,合西城川。绕南而会安艺之吉田川。及日下村,又容柜田川。西流为安艺州界,绕门田村而北流,入石见之邑智郡,而名为江川。长三十一里八町,阔二町余。下流详于石见。柜田川。一名高野山川。发源惠苏郡上汤川村俵原。西流,自和南原村而西北流,过高暮村又南流,入三次郡柜田村,自西入君村,而西南流,至日下村,入三次川。长二十里十町余,阔凡四十五间。

安艺 东至备后,西至周防,北至石见,南至海。东西凡二十里,南北凡一十六里。有巨川分流于南北境。北拥层峦,南则岛屿棋布,与伊豫之群岛相对,舟路必由之所也。港湾之地,百货辐凑,商业颇盛,户口亦极繁庶。风俗优柔。但田土硗瘠,不宜播种。郡数凡八:村五百三十六,町数六。曰丰田、村数九十,町数二。贺茂、村数九十二。安艺、村数五十。高宫、村数三十五,町数一。高田、村数五十九,町数一。山县、村数七十四。沼田、村数四十五,町数一。佐伯。村数八十六,町数一。田圃凡三万一千三百零一町一段七亩一十一步四厘九毫。其山岳有野吕山。跨居贺茂郡十四村，舟人名锅盖山，以为望标云。其河渠有大田川、一名八木川。有二源：一出佐伯郡吉和村山中，北流；一出山县郡八幡原村刈尾山中，南流，渐东折，及户河内村才原而相会。东流至加计村，容泷山川。南流及坪野村，合佐伯郡之水内川。又东流，至穴村，合西宗川。入沼田郡久地村，渐东南流。又绕八木村，而南折。及高宫郡中岛村，容三田川，为安艺郡界。至牛田村及沼田郡新庄村之间，分东西二派：东派及广岛一本木北端，分为燕尾状，一名京桥川，南流，自安艺郡皆实新开千本杭而入海；一名猿猴川，东流，自仁保岛渊崎浦而入海。西派至广岛中岛町慈仙寺之北，亦分派，一名本川，又称猫屋川，自沼田郡江波村而入海，长凡二十三里余、阔三町十五间；一名本安川，自吉岛新开而入海。西派自楠木村之南，又分一派西流，名为横川，又分为小屋川、川田川、已斐川，各南注而入于海。吉田川。一名山县川。发源石见州界山县郡大冢村丸濑山。东南流，自川东村而南流。至壬生村，容志路原川。东流，入高田郡。再东南流，经士师长屋，入江诸村。又东北流，及吉田町，而合多治比川。及小原村，而合本村川。至粟屋村，又会三次川。西绕而为备后界。自川根村，又北流，入石见，名为江川。在州界，长二十六里余，阔凡二町。下流详于石见。其岛屿有严岛。在佐伯郡大野村之东，周回一里三十一町五十九间。有山名弥山，又有七浦，各安神社，山重云沓，怀秀抱丽，为日本三胜之一。

周防　东至安艺及海，西至长门，北至长门、石见，南至海。东西凡二十里余，南北凡一十二里余。山岳耸峙于东北，而连亘西北，西南颇有平衍之地。大岛群屿，东与伊豫诸岛相接，沿海港浦相连。三田尻最饶煮盐之利。山间之民，多以制纸为业。风俗质直褊狭。郡数凡六：村数二千六百四十三，町数一十一。曰吉敷、村数四百六十七，町数一。佐波、村数四百九十七，町数二。都浓、村数四百八十五，町数三。熊毛、村数五百一十八，町数二。玖珂、村数三百四十四，町数二。大岛。村数三百三十二，町数一。田圃凡四万三千七百九十町零二亩一十五步二厘七毫。其河渠有锦川。一名岩国川。发源石见州界都浓郡大潮村山中。东南流，过鹿野、大向诸村。自长穗北折，又东流。自中须村而北流，入玖珂郡广濑村。东流及四马神村，合出市川。东南流，及小川村，合长谷川。又东流，至南桑村，合生见川。南流经下村，东流，至御庄村，合御庄川，渐成巨流。及岩国庄，分为二派：一名今津川，经今津而入海，阔二町七间；一名门前川，经门前村而入海，阔三町二间。共长二十四里。至广濑村，凡九里，舟楫能通岩国庄。锦见、横山二村之间有桥，名锦带桥，俗称为算盘桥，长凡百二十五间。

长门　东至周防、石见，南至周防及海，西、北至海。东西凡一十九里余，南北凡一十三里。山脉自石见而来，为周防之界。西南隅与丰前相对。海门逼窄，山阳要害，以此称最。赤间关为众船碇泊之所。民户富赡，土壤膏腴，宜于播种。东北硗确沍寒，五谷不熟。风俗殊朴。郡数凡六：村数二千二百三十一，町数七。曰阿武、村数五百九十九，町数三。大津、村数二百九十三，町数一。美祢、村数四百二十五。厚狭、村数二百四十一。丰浦、村数三百一十，町数三。见岛。村数三。田圃凡三万五千九百二十一町八段九亩零六厘。其河渠有阿武川。一名荻川，又名大川。发源石见鹿足郡界阿武郡片俣村山中。东南流，自德佐郡而西南流，过渡川村，稍北流。及藏目喜村，合大山川。西流入川上村，合佐井川。西南流，合明木川。又西北流，自椿乡而抱川岛庄，西北各分派，西即本流，自椿乡西分，经山田村玉江浦，至荻之西而入海，阔凡二町二十六间；北为松本川，自椿乡东分，雁岛绕鹤江台，又左右分而入海，阔凡一町十七间，长共十五里。至高濑村，凡四里，舟楫可通。

南 海 道

纪伊　北至和泉、河内、大和、伊势，东、西、南皆至海。东西凡二十七里，狭处凡八里，南北凡三十里，狭处凡七里，包拥大和之三方,而突出海表,后阔前锐,状如箕舌。吉野之山脉,来自东北,成熊野、高野之诸岭。熊野川贯流中央,纪伊川注其北疆。西北衍沃,田野大辟;东北幽僻,民多寒寠。而海滨广斥,鱼介殊富,且柑橙之产最饶。风俗朴直。郡数凡七:村数一千四百一十三,町数七。曰名草、村数一百五十七,町数二。海部、村数六十二。那贺、村数二百五十六,町数一。伊都、村数一百六十,町数一。在田、村数一百四十,町数一。日高、村数一百七十八。牟娄。村数四百六十,町数二。田圃凡三万七千三百七十九町零四亩一步一厘八毫。其山岳有葛城山、横亘伊都、那贺、名草、海部四郡之北,为河内、和泉二州之界。有根来山、土佛山、云山峰、大福山等、连峰凡二十里,高一里余。龙门山、一名胜神山,以形似故,又名纪州富士。高野山、在伊都郡,高峰围绕,有数名,山上旷原,周回三里余,故名曰高野。大塔峰。在日高郡木守村之东。溪行五六里,乃至其麓。山顶分二峰:北为一之森,南为二之森,州中第一峻岭也。其巅莫能穷,至山根蟠互,广袤殆亘十里。其河渠有纪伊川、发源本州,及大和、伊势二州界之大台原山,名吉野川。自大和吉野郡入之波村、伯母谷村,而贯郡中。历宇智郡西流,自相谷村来本州伊都郡,始称为纪伊川。会合诸水,至名草郡,分为数堰,仍西流,至海部郡凑村而入海。长三十里余,阔八町。由河口至州界十三里,舟楫可通。上流详于大和。在田川、发源伊都郡高野山。西流至在田郡日物川村,南流合山保田、石垣诸庄之涧水。自粟生村而西流,至宫崎庄北凑村而入海。长二十七里十八町,阔五十间。至松原村,舟楫可通,凡五里。日高川、发源在田、日高二郡及大和州界之山。西南流,及日高郡东村,合丹生川。自柳濑村而北流,至小家村,合寒川。又西流,至和佐村,容江川。由北盐、屋浦而入海。长五十五里十八町,阔五十间。至泷本村,舟楫可通,凡四里余。山地寒川诸庄,曲折最多。富田川、发源大和十津川之界牟娄郡兵生村安堵峰。南流及鲇川村,容爱贺川。至中村而入海。长二十五里,阔二町。至真砂村,舟楫可通,凡九里。上流为岩田川。安宅川、又名日置川。牟娄郡广见川、熊野川、前川、将军川等之众流,至合川村而相会,至南日置浦而入海。长凡二十五里,阔二町。古座川、发源牟娄郡大塔峰之东松根村。东南流至大川村,合佐本川。自立合村而东流,及川口村,容小川。至古座浦而入海。长凡二十七里十八町,阔二町。至大川村,舟楫可通,凡六里。大田川,发源牟娄郡大云取峰口色川村。上流为色川,东南流至小色川村,合高野川,至下里而入海。长二十二里,阔二町。舟楫可通,凡四里。熊野川。发源大和名十津川,入牟娄郡。南流,至熊野本宫,容音无川。东流,至请川村,合筌川。及宫井村,会北山川,渐成巨流。又南折,至日足村,容小口川。东南流,及鲋田村,容大野川。至新宫而入海。长三十五里,阔三町。自河口至州界十二里二十六町,舟楫可通。上流详于大和。

淡路 四至皆海,北对播磨,东南对纪伊,西南对阿波。幅员三十六方里,周回三十八里二十五町一十四间,东西五里二十一町,南北一十二里二十八町。横亘濑户内海之东,成三面之海峡,大坂湾及内海枢要之地也。无高岭巨流,土性膏腴,称为鱼稻之乡。风俗质朴。郡数凡二:村数二百六十七,町数四。曰津名、村数一百三十四,町数三。三原。村数一百三十三,町数一。田圃凡四千八百八十六町六段四亩二十四步四厘八毫。

阿波 东至海,西至伊豫,西南至土佐,北至赞岐。东西凡一十八里三十三町,南北凡一十六里六町。云边寺之山脉,划为北方,更东南折,而为土佐界。地势西隆东低。吉野川及诸水皆东流,而至于海。土沃民富,风俗宽裕。郡数凡一十:村数六百一十八,町数一十。曰板野、村数一百三十五,町数一。名东、村数五十二,町数二。名西、村数三十八。阿波、村数三十一。麻殖、村数三十一,町数一。美马、村数二十六,町数一。三好、村数三十二,町数二。胜浦、村数四十六,町数一。那贺、村数二百四十八,町数一。海部。村数七十七,町数一。

田圃凡五万五千三百一十七町。其山岳有剑山、跨麻殖、美马二郡。自山麓至山,险路凡二十五町,至剑神社,又二里三町,乃达绝顶。其西北脉亘美马郡,有黑笠山三峰等名。云边寺山。又名佐翊山。跨伊豫、赞岐二国云。其河渠有吉野川、自土佐来,入三好郡。北流至末贞,会伊豫川。至川崎村而容松尾川,白地村而合佐野川,贞光村而容一宇川,及穴吹村又合穴吹川。至名西郡第十村,分流为别宫川。北折东流,称为北川。至高房村,又分南川。绕北而至中喜来浦,再分为抚养川。本流称广户川。东流至丰久新田而入海。由州界至此,长凡二十六里,阔四町。上流详于土佐。那贺川。又名长川。有三源:一出海部郡木头北川村幸濑山,名北川,东南流;一出折宇村势河谷,名南川,东北流,及西宇村而相会东流;一出那贺郡岩仓村枪户山,东流至日真村,而二水相合,至中岛浦而入海。长二十八里十二町,阔三町二十间。

赞岐　东至阿波,西至伊豫,南至阿波,北至海。东西一十八里一十二町,南北一十里,狭处二里二十八町。南方负山,北面濑户内海,群岛绣错,连于三备,景胜之地殊多。岛民率舟居,营业州内。陂池数千,宜于灌溉。濒海平夷肥沃,兼有鱼盐之利。风俗温顺。郡数凡一十一,附岛三:村数三百九十,町数一十六。属岛二十五。曰大内、村数三十四,町数三。寒川、村数二十七,町数二。三木、村数二十。山田、村数三十三。香川、村数四十九,町数三。阿野、村数三十六,町数一。鹈足、村数三十,町数一。那珂、村数四十六,町数二。多度、村数二十四,町数一。三野、村数三十七,町数一。丰田、村数四十五,町数一。小豆岛、村数九,属岛二。直岛、属岛一十一。盐饱岛。属岛一十二。田圃凡四万七千二百八十三町三段八亩九步三厘。其山岳有五剑山、如五剑矗立之状,其一今已倾倒。饭山。一名力山,在鹈足郡坂本村,直立一千四百五十尺。

伊豫 东至赞岐,东南至阿波,南至土佐,西、北至海。东西凡三十五里,南北凡一十五里,狭处五里。石锤之山脉,连亘东南,截土佐界,支脉走西北,横贯州中。北方岛屿错列,直接山阳。西方湾嘴参差,而对西海道。道后四郡,田野大辟,地味腴沃,米麦丰饶。风俗质直,惟未免固陋之弊。郡数凡一十四:村数九百七十七,町数一十五。曰宇摩、村数五十六,町数一。新居、村数五十四,町数一。周敷、村数三十九,町数一。桑村、村数三十一。越智、村数一百零六,町数一。野间、村数二十九,町数一。风早、村数八十四,町数一。和气、村数二十四,町数一。温泉、村数三十四,町数二。久米、村数二十九。伊豫、村数三十八,町数一。浮穴、村数一百零三,町数一。喜多、村数八十五,町数二。宇和。村数二百六十五,町数二。田圃凡六万五千四百三十四町三段八亩二十六步二厘。其山岳有石锤山。俗作石铁,又称为伊豫高根,在周敷郡,跨新居、浮穴二郡。直立四千三百五十尺。自九、十月即戴雪,至四、五月乃消。

土佐 西北至伊豫,东北至阿波,南至海。东西凡三十五里,南北凡一十八里。西北以伊豫为脊,山岳连沓,东西两岬,南海斗出,如湾月之状。地势迤南渐低,大抵山谷林丛居其三分之二。但中间土壤不宜种艺。海滨力于渔业。风俗木强,未免顽固。郡数凡七:村数一千一百九十三,町数十。曰安艺、村数一百二十九,町数一。香美、村数一百一十五,町数二。长冈、村数一百五十四。土佐、村数一百一十七,町数一。吾川、村数一百二十四,町数一。高冈、村数二百二十六,町数三。幡多。村数二百八十八,町数二。田圃凡八万零六百二十六町九段七亩二十七步二厘五毫。其山岳有三榜示山、一名三峰,在长冈郡。跨阿波、伊豫二国山脉,西走为伊豫界。箕峰、亦在长冈郡,凡十里十八町,三榜示山之西脉也。三泷山、在土佐郡,本州第一高山也。手笔山。

山势峻拔,遥与伊豫石锤山对峙。其河渠有物部川、发源香美郡槙山乡白发山。西南流,自山崎村稍西流,至大栃村,会久保川。再西南流,有濑村至合川口川。至楠木村,又分为山田川。本流南折至物部、吉原二村之间而入海。长凡二十五里余,阔二十三间。仁淀川、古称赘殿川,又名神河。发源伊豫浮穴郡石锤山之西麓,西南流,称面河川,东南流入本州。东流至吾川郡菜野川村,而容岩屋川、及森川,经高冈郡野老山村,又合分德川。至今成村,合黑岩川。绕北东流,及能津村宫谷,容吾川郡之八川。东南流,又合日下川。南流至新居浦而入海。在州界,长凡十九里余,阔三町余。渡川。一名四万十川。发源高冈郡四万川村津山。南流及梼原村川口,合梼原川。至川井村,合北川。至幡多郡田野村,与上山川相会。西北流,及大野村,而合鸟川。又西南流,至下山村,与从伊豫来之吉野川相会。至津野川村,又合伊豫之大宫川。东南流至不破村,合有冈川。及角崎村,容佐冈川。南流至下田浦,东折而入海。长凡二十里余,阔五十五间,海口十町余。

西 海 道

筑前　东至丰前,南至丰后、筑后、肥前,西至肥前及海,北至海。东西凡一十八里,南北凡一十七里。丰前山脉南走,更趋西北。沿海之地,岬嶼岛屿,参错相望,虽少旷衍之地,而东有远贺川,南有万年川,灌溉运输,两得其利。土宜富赡,纺织颇工。其俗,南鄙质实,濒海之乡有轻薄捷给之风。郡数凡一十五:村数八百七十四,町数十四。曰志摩、村数五十一。怡土、村数六十三,町数一。早良、村数五十三,町数二。那珂、村数七十七,町数一。席田、村数九。御笠、村数五十七,町数一。糟屋、村数八十五,町数一。穗波、村数六十一,町数一。夜须、村数五十二,町数二。下座、村数四十三。上座、村数三十四。嘉麻、村数六十四,町数一。宗像、村数六十二。鞍手、村数六十九,町数一。远贺。村数九十四,町数三。田圃凡五万三千六百五十六町九段八亩一十七步零三毫。其山岳有浮岳。俗称筑紫富士，又名吉井岳。十坊、女岳之二山，左右相连，并跨肥前。其河渠有千年川。古名一夜川。俗名上座川，以筑后州内最长之流，故世称筑后川。有二源：一出肥后阿苏郡小国山，一出丰后直入郡九重山，及日田郡而会同，自上座郡穗坂村来。西流容比良松川、林田川、志波川。至下座郡长田村，又合三奈木川、古江川。遂入筑后竹野郡，又合夜须郡之依井川、秋月川，御笠郡之芦木川等。自入筑后，并为一川。由水源至州界穗坂村，共十七里余。自穗坂村至长田村，四里二十二町五十八间，阔一町四十间。上流详于肥后、丰后，下流详于筑后、肥前。

  筑后 东至丰后，西至肥前，南至肥后，北至筑前，西南至海。东西凡一十一里，南北凡八里。山岳亘于东南，洪流绕于西北。沿河迤南，土地平衍，海湾相接。五谷丰饶，兼有运输之便，但洪水泛滥，不免为害。民产颇富。风俗质直温厚。郡数凡一十：村数七百五十五，町数凡一十。曰三潴、村数一百六十二，町数三。御井、村数五十一，町数一。御原、村数三十六，町数一。山本、村数三十。竹野、村数八十七。生叶、村数五十七，町数一。上妻、村数一百一十五，町数一。下妻、村数三十七。山门、村数一百一十，町数二。三池。村数七十，町数一。田圃凡三万七千九百一十七町一段九亩一步五厘。其山岳有御前岳。本州最高山，在丰后，又名权现岳。其河渠有筑后川、千年川自丰后来，西流经筑前，入本州竹野郡床岛村，合三牟田川，少顷，又南流，至山本郡常持村，容巨濑村西流入御井郡，名御井川。至久留米，又西南流，为肥前国界。至三潴郡黑田川，合甘本川。及城岛村，容正原川，绕大野岛之东西而入海。源委通计，凡三十五里余。在本州十八里余，阔五町五十间，西海第一之大川也。世以比关东利根川，故有筑紫次郎之名。又此河及肥后玖摩川、萨摩川、内川，称为筑紫三大河。源流详于筑前、丰后。矢部川。发源上妻郡北矢部村黑冢山。西流至祈祷院村，容星野川。及下妻郡长田村，分为二派：一西南流，至山门郡岛堀切村而入海，阔四十间；一西流，经柳河之北，南流至端地村而入海，阔三十六间。长共十五里余。别有一派，名平松川，自上妻郡津江村而分，至三潴郡下向岛村而入筑后川，亦长十五里，阔八间余。

丰前　东南至丰后，西至筑前，东北至海。东西凡一十六里，南北凡一十五里。山脉自北而起，东西分走，为筑前、丰后之界。州之北角，仅隔海峡，与长门相对，为西海道之要冲。地味丰腴，五谷皆宜。风俗纯茂。郡数凡八：村数九百一十九，町数一十三。曰企救、村数二百四十九，町数二。田川、村数九十一，町数三。京都、村数七十二。仲津、村数九十二，町数三。筑城、村数八十六。上毛、村数八十一，町数二。下毛、村数九十八，町数一。宇佐。村数一百五十，町数二。田圃凡三万五千九百零二町四段零二十二步六厘。其山岳有户上山。在企救郡，直立一千七百七十八尺。

丰后　东北至海，南至日向，西至肥后、筑后、筑前，北至丰前。东西凡二十三里，南北凡二十七里。丰前之山脉自北来，绵亘屈折，划西南二方。地势险隘。肥瘠不一。而东方岬湾相错，有港泊之便。其佐贺关遥对伊豫御崎，为内洋之一海门。民产颇赡，风俗陋朴，甚为佞佛。郡数凡八：村数七百九十二，町数一十三。曰国东、村数一百一十八，町数一。速见、村数五十九，町数三。大分、村数一百四十二，町数二。玖珠、村数二十六，町数一。日田、村数五十，町数一。直入、村数六十八，町数一。大野、村数一百六十二，町数二。海部。村数一百六十七，町数三。田圃凡六万四千一百九十三町五段九亩二十二步三厘。其山岳有黑岳、在直入郡，直立凡二千一百尺。大船岳、又称九重前岳，直立二千七百六十四尺。九重山、又名三俣岳，直立二千二百二十六尺。祖母岳、又作姪岳，直立三千二百六十四尺。桑原岳。在大野郡，直立二千七百六十尺。其河渠有大野川、有二源：一出直入郡九重山下，南流，名久住川。至下坂田村,合稻叶川。及市用村,合志土知川,东流,称为飞田川;一出肥后阿苏郡之山谷,为山田川、葎原川,各东流,入直入郡岩濑村而相会,名玉来川。及吉田村惠良,又合吉田川,名阿藏川。经冈之东南,与飞田川相会。至狭田村十川,容狭田川,南流入大野郡,又称大野川。又合绪方川、矢田川,会岩户川,东北流,合赤岭川、品川,容柴化川,会野津院川。入大分郡,渐北流,有大饲川、利光川之称。入海部郡,夹大津留村,东西分流,各复出大分郡,东为山川,西为乙津川,共经鹤崎而入海。源长凡三十四里,山川阔二町十四间,乙津川阔一町四十四间。三隈川。又名日田川。有二源:一出肥后阿苏郡小国,名杖立川云。北流合津江川,称大山川;一出直入郡大船山女池,合诸水,西北流,入玖珠郡,名玖珠川,合町田川、田代川、龙门川。西北流,合森川。至日高村,与大田川相会。过隈町,分为二流,绕隈山再相合,又合花月川。西流,为筑前、筑后二州之界,名筑后川。自女池至此,长凡十七里,阔一町十二间。下流详于筑前、筑后、肥前。

肥前　东至筑后,北至筑前及海,西南及西皆至海。东西凡二十一里,南北凡二十五里。东北负山,东南带河,地势分二支:西南斗出海,其西北一支,为平户岛,连五岛群屿;其南方一支,更分两脉,左抱鲷浦,右拥佐贺湾。湾之北方平衍,土壤肥沃冠九州,物产丰饶。民俗巧慧,颇流于狡猾。郡数凡一十一:村数二千六百二十二,町数二十九。曰基肆、村数二十二。养父、村数四十四。三根、村数三十四。神崎、村数一百五十八。佐贺、村数三百五十二,町数六。小城、村数一百三十八,町数二。杵岛、村数一百六十九。藤津、村数一百一十六,町数一。高来、村数二百八十一,町数六。彼杵、村数五百一十,町数九。松浦。村数七百九十九,町数七。田圃凡一十万九千一百二十三町六段三亩一十六步九厘二毫。其山岳有多良岳、又作大郎,在藤津郡,兼跨三郡,本州最高山也。八郎岳、又作河原山,在彼杵郡,直立一千九百七十尺。国见岳、在松浦郡,高一千五百七十五尺。安满岳。高一千七百九十二尺。其河渠有千年川、一名千隈川，又名筑后川，俗又名境川。自筑前、筑后之间而来。西南流，为筑后之界。至基肆郡，容秋水川。经养父郡，合安良川。至三根郡，南流，夹佐贺郡大中岛、大托间岛，及筑后大野岛，西为诸户三重津，东为筑后若津小保，分流而入海。长凡九里，阔五町五十间。川上川、有数源，至佐贺郡三段田村相合，水势渐大。南流过川上村，名嘉濑川。至南麦新江而入海。此川往年有疏凿之举，尔来灌溉之利尤多多。布施川、三沟川、芦里川、小寺川等之支流，绕佐贺旧城，至今宿江，分流而入海。武雄川。发源杵岛郡矢筈村。东流经永野村，合潮见川。自佐留志大户二村之间而入海。长二十一里，二十町，阔十五间。

肥后　东至丰后、日向，南至日向、萨摩，北至筑后、丰后，西至海。东西凡一十九里，南北凡二十八里。三面重岭绵亘，东南殊峻险幽邃，多人迹不到之所。西方天草群岛错峙，对肥前岛，原为肥筑里海之门钥。河流遍州内，水利亦多。惟海滨浅斥，不便碇泊。土壤膏沃，民物繁庶，嘉谷之产，邻州之所仰给。风俗朴直勇敢。郡数凡一十五：村数四千九百八十四，町数二十八。曰玉名、村数五百七十九，町数四。饱田、村数三百四十五，町数三。山鹿、村数三百七十九，町数二。菊池、村数二百，町数一。阿苏、村数七百八十三，町数二。合志、村数一百六十七，町数二。山本、村数一百二十三，町数二。托麻、村数八十八，町数一。上益城、村数六百一十六，町数一。下益城、村数三百九十九，町数一。宇土、村数一百九十三，町数一。八代、村数三百零四，町数一。苇北、村数二百六十一，町数二。球摩、村数四百一十五，町数一。天草。村数一百三十二，町数四。田圃凡一十万二千四百八十一町五段零一十六步四厘。其山岳有木叶山、一名灵雨山。直立一千八百二十尺。阿苏岳、最高者名高岳，一名云生山，又名赤肤山。山脉分跱，称为阿苏五岳，即明成祖建镇国碑之所也。国见岳、凡六里。月见岳、凡六里。鹤挂岳。在苇北郡。其南脉名赤松太郎岭,西南脉称佐敷太郎岭,共当九州冲要,山尤险峻。其河渠有菊池川、一名山鹿川,又名高濑川。发源菊池郡原村深叶山。北流容迫间川。至山鹿郡,合合志川。渐西北流,经汤町。西流入玉名川。至下津原村,南流,由滑石村而入海。长十九里十八町,阔二町三十间。河口有小港,名曰哂云。白川、又名高桥川,发源阿苏郡南乡白川村。西北流,合黑川。又西少南流,复过熊本南,至饱田郡小岛村百贯石而入海。长凡十五里余,阔二町三十间。河口有小岛港,颇有运输之便。绿川、发源阿苏郡南乡河口村三方山。西流合横野川、男成川、释迦院川数流。又北少西河,合御船川。仍西流,会加势川。又曲折回绕,至二町村而入海。长凡二十一里余,阔四町。球摩川。有二源:一出八口郡五个庄枞木村,名枞木川。西流,容山中诸水,经椎原村南流,名椎积川;一出球摩郡江代村片尾山,西南流,至柳濑村,与椎积川相会。西流,合胸川,绕人吉之北,经数郡,西北流,至麦岛村南弥寺而入海。长二十四里二十町余,阔八町二十间。自人吉至海,凡十六里余,舟楫可通。河口有小港,名八代港。西少北一里十二町,有可贺岛,入港之望标也。

日向 东南临海,西至肥后、大隅、萨摩,北至肥后、丰后。东西凡一十七里,南北凡四十里。地形南北修长,沿海之地,委蛇折转而亘东南,多平田沃壤。山脉绕西北南走,支脉散布州内,西境尤为峻奥。风俗质朴。郡数凡五:村数三百九十四,町数一十。曰臼杵、村数七十七,町数二。儿汤、村数五十三,町数二。诸县、村数一百五十,町数二。宫崎、村数三十四,町数一。那珂。村数八十,町数三。田圃凡五万八千零三町四段一亩二十五步二厘二毫。其山岳有雾岛山、在诸县郡,喷火山也。东西分二峰,并跨大隅。东岳一名矛峰,直立四千八百一十六尺,即古之高千穗峰也。西岳一名韩国峰。小松山。在那珂郡,跨居数村,高凡四千一百六十五尺。其河渠有五个濑川、发源臼杵郡鞍冈村山中。北流,合肥后阿苏郡菅尾乡诸水。又东南流,至岩户村,合筱户川。

及岩井川村,容日影川。及七折村,合网濑川。至北方村而东流,经数村,至南方村,又南北分流:一称五个濑川,回延冈旧城之北;一名大濑川,绕延冈之南,抵冈富村再相会。至川岛村东海港而入海。长凡三十里,阔一町四十间。漕船有七里,可以溯达。别有北川,发源丰后大野郡宇目乡山中,至川岛村而会五个濑川。长凡十九里,阔一町二十间余,漕船有五里可通。美美津川、一名耳川。发源臼杵郡那须椎叶山。东流经山阴村,渐东南流,至美美津川而入海。长凡二十八里,阔三町二十间。漕船五里可达,水涨时有十三里可以通舟云。大丸川、一名高锅川,又称蚊口川。发源臼杵郡椎叶山津贺尾中山谷,东南流,经儿汤郡川原村,东流至高锅川蚊口浦而入海。长凡二十五里,阔四十八间。一濑川、一名二濑川。发源臼杵郡大川内村高冢山。南流入儿汤郡米良谷,为米川,及村所村,容板谷川。东南流,自横野村而东流,至越野尾村,合小川。至中尾村,合眼镜川。又东南流,至黑生野村,合河原江川。东流,至下田岛村德渊港而入海。长凡三十里余。自海口上流二十町川身最广处,抱中洲屿,北派阔一町十间余,南派阔四十间余,有渡场。大淀川、一名赤江川。有二源:一出肥后球摩郡皆越谷中。南流,来诸县郡须木村,名岩濑川。渐东流,又名野尻川。至笛水村。长凡十五里,阔三十间;一出诸县郡南之乡石原山中,名桥野川。西南绕入大隅吉永村,北流再来诸县郡,名竹下川,阔二十五间。过都城,及前川内村,合安永川。及绳濑村,而合雾(鸟)〔岛〕中岳所出之水,名绳濑川,阔四十间。稍东北流,至笛水村,与野尻川相会。东流,及系原村,会绫川。东南流,至那珂郡下别府村、福岛村之间而入海。源长凡二十五里,阔三町二十间。漕船六里可通,本州第一之巨流也。

　　大隅　东至日向,西至萨摩,北至日向、萨摩,南至海。东西凡一十里,南北凡二十八里。东西北三面山岳回抱。南方尖长,横出海表。西抱里海,遥与二大岛相望。涧壑虽深阻,而气候极暖,草木颇能畅茂。风俗朴鲁。郡数凡八:村数二百五十四,町数七。曰菱刈、村数一十四。桑原、村数三十三。姶罗、村数三十九,町数一。嚕唦、村数四十五,町数三。肝付、村数四十三,町数一。大隅、村数四十七,町数二,熊毛、村数一十五。驭谟。村数一十八。田圃凡三万四千一百五十九町二段四亩七步。其山岳有国见山、在肝付郡,郡中一览可尽,险阻颇难登陟。其南脉又名北岳,高凡三千二百四十三尺。樱岛岳、喷火山也,屹立于大隅郡樱岛之中央,高三千六百三十六尺。有二峰,曰南岳、北岳。南之巅有白水池,北之巅有御钵池。中央有两中池。两中池水盈虚,与海潮相应云。八重岳。在驭谟郡屋久岛。全岛皆山,总名为八重岳。宫浦岳,高六千三百四十五尺。永田岳,高四千一百九十二尺。栗生岳,高六千二百五十二尺。三峰鼎立,四时戴雪。海上数里,皆望见之。

萨摩　东至大隅、日向及海,北至肥后,西南至海。东西凡一十里,南北凡二十七里。东北连山环拥,为肥后、日隅界。地势循海南走,又勾屈东拱对大隅,为一大湾。山脉断续散布州内,川内川贯其中央。西方一面,大小洲屿,远近环峙。沃野甚乏,五谷之产,不足养州内人口。民性勇悍,居僻境者,极其朴质。郡数凡一十三:村数三百三十三,町数一十一。曰鹿儿岛、村数二十五,町数一。谷山、村数八,町数一。给黎、村数一十二。揖宿、村数一十七,町数二。颖娃、村数一十四。州边、村数三十八,町数二。阿多、村数二十三。日置、村数五十五。萨摩、村数三十一,町数一。高城、村数一十一,町数一。伊佐、村数四十六,町数一。出水、村数三十九,町数二。甑岛。村数一十四。田圃凡四万一千六百二十七町四段九亩五步。其山岳有开闻岳、亦称为萨摩富士,在颖娃郡,直立凡三千零七十尺。野间岳、又名竹岛,在州边郡,三面临海,直立二千二百一十二尺。长屋山。亦在州边郡,横亘数村。东西凡三里,南北四里。其河渠有川内川。有二源:一出肥后球摩郡白发岳,南流入伊佐郡,名山野川。及金波田村,合市山川,又名羽月川;一出日向诸县郡饭野乡狗留孙山中,南流,自饭野而西流,过真幸,名真幸川。南流入大隅绫刈郡。又西北流,入本州伊佐郡牛乡山下殿村,而会羽月川。由源至此,长凡十三里。西流至鹤田村,合金山川。南折及时吉村,合穴川。西流及虎居村,合丰川。及萨摩郡久住村,合樋胁川。过东乡而南流,至平佐复西流。自萨摩郡高城乡久见崎而入海。长凡四十六里,阔一町四十间。由海口溯大良乡,凡十六里,舟楫可通。

二　岛

壹岐　在肥前之西北,周回三十五里一十五町五十九间,东西三里一十二町,南北四里六町,自肥前松浦郡呼子浦至石田郡乡野浦,海上直径七里一十二町。岛为肥前北角余脉,四面海湾,皆有港泊之便。土性膏沃,果谷咸宜,鳞介亦富。风俗柔和,农暇兼营渔业。郡数凡二:村数一百二十六,町数二。曰石田、村数五十九,町数一。壹岐。村数六十七,町数一。田圃凡三千二百七十四町二段零二十六步六厘九毫。

对马　在壹岐之西北,分为二岛:南称上岛,周回五十里一十四町二十一间,东西二里二十八町,南北五里二十町;北称下岛,周回一百三十五里三十一町一十九间,东西四里六町,或二里二十八町,南北九里二十六町。自壹岐壹岐郡胜本至下县郡严原,海上直径一十二里二十町,居日本海之西北隅。岛形东西狭,而南北长,中央劈开成一大湾,能容大舰巨舶。岛内峰峦相接,地多薄瘠,不宜播殖。居民食谷,仰于内地,惟多采海利,与朝鲜互市,以为营生本业。风俗固陋。郡数凡二:村数一百一十四,町数一。曰上县、村数五十二。下县。村数六十二,町数一。田圃凡三千三百七十一町六段一亩一十四步。其山岳有三岳、本州最高山,又作御岳山,有三峰,并跨数村。白岳、在下县郡,直立一千六百七十尺。有明山、古名岛根山,直立凡一千八百尺。矢射立山、直立二千一百十八尺。龙良山。亦在下县郡。二峰对峙,名雌山雄山,直立凡一千六百六十尺。

北 海 道

东至千岛州,对得抚岛,北隔北见州宗谷海峡,而对桦太,南隔渡岛州津轻海峡,而对东山道陆奥。东西凡一百六十六里,南北凡一百二十里,幅员五千零五十六方里七八,周回五百八十三里三三。属岛一十五,其幅员五十方里零九二。渡岛南向陆奥,其状如伸颈张颐,宛折趋东北,为胆振、后志,当石狩夤脊之要;天盐、北见、日高、十胜,排于南北,为左右翼,钏路为其臀;根室之地,岬角左右相望,为其股;千岛曳尾其后,石狩、十胜之二高山对峙。全道之中央,支脉四布,诸大川大率发源于此。众水分流,西为石狩川,西北为天盐川,北为常吕川,南为大津川。土人业渔猎,不知稼穑。石狩、十胜等处,原野旷漠,虽土壤肥沃,而产业未开。风俗鄙朴,言语衣服皆异内地。此道旧为虾夷地,古时陆奥、出羽之北境,夷种杂居。凡渡岛以北之夷,总称为虾夷。景行帝时,日本武尊武内宿祢巡察北方,曾至夷地,其后叛服不常。齐明帝时,命将北伐,设治于后方羊蹄。及一条帝,虾夷作乱,陆奥人安倍国东伐,定之。源赖朝之征陆奥,以安倍氏后裔安藤季信为津轻守护,俾世管虾夷。至享德中,若狭人武田信广航至松前,岛夷咸服。永正中,其孙义广徙居松前,后降丰臣氏。庆长中,以福山城为治所,称松前氏。宽政之末,德川氏遣吏经理东夷,收松前氏所领之东部,犹命管西部。享和之初,置箱馆奉行。文化四年,徙松前氏于陆奥,并收其西部,置松前奉行,总管全岛。王政革新,明治二年八月,称全岛为北海道,分十一州,设开拓使以治之。

渡岛　南隔津轻海峡而对陆奥,北至后志、胆振,东、西共至海。东西凡二十一里二十町,南北凡二十三里一十八町。郡数凡七:村数一百一十一,町数三。曰茅部、村数一十七。龟田、村数二十九,町数一。上矶、村数一十七。福岛、村数六。津轻、村数一十三,町数一。桧山、村数二十一,町数一。尔志。村数八。田圃凡一千四百三十二町九段六亩一十八步。其山岳有惠山、喷火山,在茅部郡,高一千九百二十尺。大川岳、亦喷火山,在茅部郡,高一千九百二十尺。古部岳、高二千零二十尺。熊泊岳、高二千零四十尺。驹岳、高三千二百二十尺。浊川岳、高二千七百尺。以上皆在茅部郡。横津岳、在龟田郡,高三千五百三十尺。三森岳、亦在龟田郡,高凡二千五百二十尺。乌岳、在矶上郡,高二千尺。知内岳、在福岛郡,高二千五百三十尺。千轩岳、在津轻郡,高三千三百五十尺。游乐部岳。在尔志郡,高四千一百尺。

后志　东至胆振、石狩,南至渡岛、胆振,西北至海。东西凡一十六里,南北凡三十二里三十一町。郡数凡一十七:村数一百零七,町数一。曰久远、村数九。太櫓、村数四。濑棚、村数五。岛牧、村数一十五。寿都、村数八。歌弃、村数六。矶谷、村数四。岩内、村数六,町数一。古宇、村数六。积丹、村数八。美国、村数五。古平、村数六,町数一。余市、村数八,町数一。忍路、村数四。高岛、村数四。小樽、村数五,町数一。奥尻。村数四。田圃未详。其山岳有八内山、在岩内郡,高二千八百尺。雷电山、在矶谷郡,并跨岩内郡,高三千二百五十尺。积丹岳。在积丹郡,高五千四百尺。其河渠有后志川、发源胆振虻田郡当沸登。西流绕后方羊蹄山之腰,至矶谷郡矶谷村而入海。长凡十八里,阔一町四十间。利别川。发源胆振山越郡蟹寒岳等处。至濑棚郡濑棚村而入海。长凡三十里,阔凡一町。

胆振 东至日高,西至后志,南至渡岛及海,北至后志、石狩。东西凡四十四里二十五町,南北凡一十四里三町。郡数凡八:村数四十八,町数一。曰山越、村数二。虻田、村数四。有珠、村数五。室兰、村数七,町数一。幌别、村数五。白老、村数三。勇拂、村数一十六。千岁。村数六。田圃凡四百五十八町九段七亩一十五步。其山岳有昆保岳、在虻田郡,高三千三百尺。有珠岳、喷火山,跨有珠、虻田二郡,高三千四百四十尺。白老山、在白老郡,高三千三百尺。纹别岳、在千岁郡,高二千六百尺。渔山。亦在千岁郡,高亦二千六百尺。其河渠有游乐部川、发源渡岛尔志郡游乐部岳。东流至山越郡游乐部而入海。长凡三十四里,阔凡五十间。长流别川、发源有珠郡山中。西南流至长流村而入海。长凡十六里,阔凡五十间。鹉川。发源勇拂郡山中,西南流鹉川村而入海。长凡二十里,阔凡四十五间。

石狩 东至钏路、北见,南至胆振、十胜,西至后志及海,北至天盐。东西凡四十三里二十二町,南北凡二十五里三十町。郡数凡九:村数三十八,町数二。曰札幌、村数一十七,町数一。石狩、村数三,町数一。厚田、村数一十。滨溢、村数八。桦户、以下五郡,村名未定。夕张、空知、上川、雨龙。田圃凡七百三十五町五段三亩一十三步。其山岳有斜芳岳。在原田郡,周回凡七里。其河渠有石狩川。发源上川郡石狩岳大瀑布,屈曲西南流,合诸水,至石狩郡而入海。长凡一百六十七里,阔三町四十二间。

天盐 东及北至北见,南至石狩,西至海。东西凡三十里,南北凡三十九里二十七町。郡数凡六:村数一十五。曰增毛、村数五。留萌、村数五。苫前、村数五。天盐、以下村名未定。中川、上川。其山岳有辫花片山。在天盐郡,高一千六百四十尺。其河渠有天盐川。发源上川郡十胜、石狩二岳之北。西南流,合诸水,经中川郡,至天盐郡天盐而入海。长七十里余,阔三町。

日高 东北至十胜,西至胆振,南至海。东西凡二十九里十四町,南北凡二十一里二十二町。郡数凡七:村数一百零五。曰沙流、村数一十八。新冠、村数一十一。静内、村数一十六。三石、村数八。浦河、村数二十。样似、村数二十三。幌泉。村数九。田圃未详。以下七州皆同。其河渠有厚别川、发源新冠郡之二高山。西南流,合诸水,至沙流郡厚别而入海。长凡十五里,阔五十间。新冠川、发源十胜州界之诸山。西南流,至新冠郡高江村而入海。长凡二十六里,阔一町。染退川。发源十胜州界。西南流,合东枝川、西枝川及诸水,至静内村、下方村而入海。长凡十五里,阔一町十五间。

十胜 东至钏路,北至石狩,西至日高,南至海。东西凡三十里二十一町,南北凡四十七里一十八町。郡数凡七:村数五十一。曰广尾、村数一。当缘、村数三。十胜、村数六。中川、村数二十二。河西、村数一十二。河东、村数五。上川。村数二。其山岳有神威岳。在河西郡,兼跨日高静内,峻峰峭拔,巉岩磊砢。其河渠有大津川。发源上川郡十胜山脉信满山。东南流,经河西中川诸郡,至十胜郡大津而入海。长四十四里余,阔二町十六间。支流为十胜川,至十胜郡十胜而入海。

钏路 东至根室,北至北见,西至十胜、石狩,南至海。东西凡四十七里二十一町,南北凡二十九里七町。郡数凡七:村数四十七,町数一。曰白糠、村数二。钏路、村数八。厚岸、村数一十七,町数一。阿寒、村数五。上川、村数五。网尻、村数六。足寄。村数四。其河渠有久寿里川。发源钏路郡钏路岳。东南流,合阿寒、濑钓二川,至钏路而入海。长三十七里,阔二町。

根室 西及南至钏路,西北至北见,东至海。南北两角斗出,而对千岛。东西凡一十九里一十八町,南北凡二十九里二十七町。

郡数凡五：村数二十三,町数一。曰花笑、村数七。根室、村数六,町数一。野付、村数四。标津、村数二。目梨。村数四。其河渠有西别川、发源钏路上川郡西别岳。东流过根室野付郡界而入海。长凡三十里,阔一町余。标津川。发源标津郡标津岳。东流标津村而入海。长凡十六里,阔三十间。

北见　西至天盐,南至钏路,东南至根室,西及北至海,隔宗谷海峡,近与桦太相对。东西凡七十八里,南北凡一十七里七町。郡数凡八：村数三十。曰宗谷、本郡及枝幸、利尻、礼文,皆村名未定。枝幸、纹别、村数一十。常吕、村数七。网走、村数八。斜里、村数五。利尻、礼文。其河渠有富别川、发源天盐二高山之间。北流合数水,至枝幸郡富别而入海。长凡十五里,阔一町余。常吕川。发源石狩高山。东北流,至常吕郡常吕村而入海。长三十里,阔四十间。

千岛　根室州之东北群岛,合称为千岛。幅员五百七十二方里八。大者有二岛：东为择捉,西为国后,皆地形狭长。国后幅员一百零四方里,周回凡七十一里,自西南至东北凡三十里,东西广处凡八里,根室野付岬相距凡五里。择捉幅员四百六十八方里七六,周回凡一百五十三里,自西南至东北凡五十里,东北广处凡十里。在国后之东北,凡三里余。此岛之东北,与得抚群岛相连,直接鲁西亚所隶之堪察加焉。郡数凡五：村数一十五。曰国后、村数五。择捉、村数二。振别、村数二。纱那、村数四。蕊取。村数二。

卷十二　地理志三

府县沿革表

维新之后,变封建为郡县。其分合兴废,盖朝令夕改,月异而岁不同,有难于一一分载者。故志中仍分国叙事,而别以府县沿革,著之此表。凡府县所辖之国,或属一府县,或属两府县,均分别揭载;所辖之郡,则隶于一府县者从略,分隶于两府县者详记其名。

府县	国	郡	沿　　　　　　革
东京府	武藏	荏原 丰岛 葛饰之内 多摩之内 足立之内	明治元年闰四月,分各地方为府藩县。五月,置江户府。既而权置大总督府,并设南北市政裁判所,以经理府事。时置府之令未达,江户暂设武藏知县事,但未有县名。七月,改江户称东京,以江户府为东京府。八月,罢市政裁判所,并于东京府。二年正月,置小菅县。二月,置品川县。七月,令京都、东京、大坂三府以外,悉改为县。四年七月,废藩置县。十一月,东京府及小菅、品川二县均废,置本府。
京都府	山城 丹波 丹后	何鹿 船井 桑田 天田	庆应三年十二月,命膳所、筱山、龟山三藩管理旧日町奉行之事,称市中取缔。明治元年二月,置京都裁判所。闰四月,改裁判所为府。寻罢市中取缔。四年七月,废藩置县。十二月,京都府及淀、龟冈、园部、绫部、山家五县均废,而置本府。九年八月,废丰冈县,其所管丹后及丹波、天田郡,改隶于本府。

府县	国	郡	沿　　　革
大坂府	摄津	住吉 东成 西成 岛上 岛下 丰岛 能势	明治元年正月，置大坂镇台以管理民政。未几，旋改为裁判所。五月，再改为府。四年七月，废藩置县。十一月，大坂府及高盬、麻田二县均废，而置本府。
神奈川县	武藏 相模	久良 岐橘 树都 筑多 摩之 内	明治元年三月，置横滨裁判所。六月，改为神奈川府。九月，再改为县。四年七月，废藩置县。十一月，神奈川、六浦二县均废，而置本县。又废韭山、小田原、荻野山中三县，而置足柄县于相模国。九年四月，废足柄县。其所管相模，改隶本县。
兵库县	摄津 丹波 但马 播磨 淡路	八部 兔原 武库 河边 有马 多纪 冰上	明治元年正月，置兵库镇台，旋改裁判所，移于但马。寻废之。闰四月，置久美滨县于丹后。五月，改裁判所为县。二年正月，割大坂府地而置摄津县。五月，改称丰闇县。八月，并入兵库县。寻置生野县于但马。四年七月，废藩置县。十一月，久美滨、生野、宫津、篠山、舞鹤、福知山、出石、柏原、丰冈、峰山、村冈十一县均废，而置丰冈县。姬路、明石、龙野、赤穗、三日月、三草、山闇、安志、林田、小野十县均废，而置姬路县。寻改饰磨县。旋废兵库、尼闇、三田三县，而置本县。九年八月，丰冈、饰磨二县又名东县，所管之淡路，均改隶本县。

府县	国	郡	沿　　　革
长崎县	肥前 壹岐 对马		明治元年二月,置长崎裁判所。闰四月,置富冈县于肥后天草郡。五月,改裁判所为府。八月,并富冈县于长崎府。二年六月,改长崎府为县。四年七月,废藩置县。九月,移佐贺县厅于伊万里,称伊万里县,以严原县并隶之。十一月,长崎、岛原、平户、大村、福冈五县均废,而置本县。伊万里、小城、唐津、莲池、鹿岛五县均废,而置伊万里县。五年五月,复移伊万里县于佐贺,称佐贺县。九年四月,并佐贺县于三潴县。八月,三潴县废,其所管肥前改隶本县。
新潟县	越后 佐渡	颈城 古志 三岛 羹羽 鱼沼 岩船 蒲原 之内	明治元年四月,置新潟裁判所,寻改为越后府。又置佐渡裁判所,寻亦改为县。七月,置柏崎县。既而改越后府为新潟府,柏崎县并入之。二年二月,又改为县,再置越后府,并入佐渡县。寻又复之,改越后府为水原县,以新潟县并入之。八月,割水原县而复柏崎县。三年三月,废水原县,复新潟县。四年七月,废藩置县。十一月,新潟、新发田、村上、村松、峰冈、三日市、黑川七县均废,而置本县。柏崎、高田、与板、清崎、椎谷五县均废,而置柏崎县。改佐渡县为相川县。六年六月,并柏崎县于本县。九年四月,又并相川县于本县。

续表

府县	国	郡	沿　　　　革
埼玉县	武藏 下总	埼玉 横见 入间 秩父 大里 榛泽 加美 幡罗 比企 新座 那贺 儿玉 高丽 男衾 足立 之内 葛饰 之内	明治元年六月,大总督府暂置武藏知县事,但未设县名。二年正月,置大宫县,九月,改称浦和县。四年七月,废藩置县。十一月,浦和、忍、岩鹽三县均废,而置本县。
千叶县	下总 上总 安房	千叶 印幡 匣碯 埴生 香取 海上 葛饰 之内 相马 之内	明治元年七月,大总督府暂置上总、安房知县事。八月,置下总知县事,但未设县名。二年正月,置葛饰县于下总,寻置宫谷县于上总。四年七月,废藩置县。十一月,宫谷、鹤舞、松尾、菊间、长尾、花房、久留里、大多喜、饭野、佐贯、鹤牧、一之宫、加知山、馆山、樱井、小久保十六县均废,而置木更津县。葛饰、佐仓、古河、关宿、结城、曾我野、生实七县均废,而置印幡县。六年六月,木更津、印幡二县复废,而置本县。八年五月,废新治县,其所管下总三郡之地改隶于本县。

府县	国	郡	沿　　　　革
茨城县	常陆 下总	丰田 冈田 猿岛 结城 相马 之内 葛饰 之内	明治元年六月,大总督暂置常陆知县事,但未设县名。二年二月,置若森县于常陆。四年七月,废藩置县。十一月,若森、土浦、松川、石冈、多古、龙力崎、志筑、牛久、麻生、高冈、小见川十一县均废,而置新治县。水户、笠间、松冈、下馆、下妻、晹户六县均废,而置本县。八年五月,又废新治县,并入本县。
群马县	上野		明治元年六月,大总督府暂置岩鼻县于上野。四年七月,废藩置县。十月,岩鼻、前桥、高阎、沼田、安中、伊势阎、小幡、七日市八县均废,而置群马县。十一月,又废川越县,而置入间县。六年六月,群马、入间二县复废,而置熊谷县。九年八月,移熊谷县厅于上野高阎,改称为群马县。
橡木县	下野		明治元年六月,置真冈县于下野。二年二月,置日光。七月,并真冈县于日光县。四年七月,废藩置县。十一月,日光、馆林、壬生、佐野、足利、吹上六县均废,而置本县。宇都宫、乌山、黑羽、茂木、大田原五县均废,而置宇都宫县。六年六月,又废宇都宫县,并于本县。
粔县	河泉 大和 河内		明治元年正月,置大和镇台,寻废之。五月,置奈良县于大和。六月,置粔县于和泉。七月,改奈良县为府。二年正月,割大坂府所管地而置河内县。七月,改奈良府为县。八月,并河内县于粔县。三年三月,置五条县于大和。四年七月,废藩置县。十一月,奈良、五条、郡山、高取、小泉、田原本、柳本、芝村、栕罗、柳生十县均废,而置奈良县。粔、岸和田、伯大、吉见、丹南五县均废,而置本县。九年四月,废奈良县,并于本县。

府县	国	郡	沿　　　革
三重县	伊势 伊贺 志摩 纪伊	牟娄之内	明治元年七月,置度会府于伊势。二年七月,改为县。四年七月,废藩置县。十一月,津、龟山、桑名、长岛、神户、菰野六县均废,而置安浓津县。度会、久居、鸟羽三县均废,而置度会县。五年三月,改安浓津县为三重县。九年四月,废度会县,并于本县。
爱知县	尾张 三河		明治元年四月,置三河裁判所。六月,改为县。二年六月,并伊奈县。四年七月,废藩置县。十一月,丰桥、西尾、冈崎、重原、刈谷、半原、举母、西端、田原、西大平十县均废,而置额田县。伊奈县所管三河之地,并隶之。寻废名古屋、犬山二县,而置名古屋县。五年四月,改名古屋县为爱知县。十一月,废额田县,并于本县。
静冈县	骏河 远江 伊豆		明治元年二月,东海道先锋总督府暂置骏府城代。五月,置骏河藩,后改静冈藩。六月,置韮山县于伊豆。四年七月,废藩置县。十一月,静冈、堀江二县均废,而置静冈、滨松二县。九年四月,废足柄县,其所管伊豆并于本县。八月,滨松县复并于本县。
山梨县	甲斐		明治元年二月,大总督府暂置甲府城代。九月,又开甲府镇抚总督府,置府中、市川、石和三县。十月,三县废,置甲斐府。二年七月,改甲斐府为甲府县。四年十一月,废甲府县,置本县。

府县	国	郡	沿　　　革
滋贺县	近江 若狭 越前	 敦贺	明治元年三月,置大津裁判所于近江。闰四月,改为县。三年十二月,置本保县于越前国。四年七月,废藩置县。十一月,小滨、鲭江二县均废,而置敦贺县。本保、福井、丸冈、大野、胜山五县均废,而置福井县。大津、膳所、水口、西大路、山上五县均废,而置大津县。彦根、朝日山、宫川三县均废,而置长滨县。十二月,改福井县为足羽县。五年正月,改大津县为滋贺县。二月,改长滨县为犬上县。九月,并犬上县于本县。六年一月,并足羽县于敦贺县。九年八月,废敦贺县,其所管若狭及越前敦贺郡,改隶于本县。
岐阜县	美浓 飞騨		明治元年四月,置笠松裁判所于美浓。闰四月,改为县。五月,置飞騨县,寻改高山县。四年七月,废藩置县。十一月,笠松、大垣、郡上、加纳、岩村、今尾、野村、苗木、高富九县均废,而置本县。九年八月,废筑摩县,其所管飞騨,改隶本县。
长野县	信浓		明治元年八月,置伊奈县于信浓。三年九月,割伊奈县置中野县。四年六月,改中野县为长野县。七月,废藩置县。十一月,高山、伊奈、松本、高远、高岛、饭田六县均废,而置筑摩县。长野、松代、上田、饭山、岩村田、小诸、须坂七县均废,而置本县。九年八月,废筑摩县,其所管信浓改隶本县。

府县	国	郡	沿 革
宫城县	陆前 磐城	田取城川 柴名宫黑加 远志玉栗 登米桃生 牡鹿本吉 亘理伊具 刈田 美田田造 原	明治二年七月,置桃生县于陆前。八月,置白石县于磐城、登米县于陆前,改桃生县为石卷县。十一月,移白石县厅于角田,称为角田县。三年九月,并石卷县于登米县。四年七月,废藩置县。十一月,登米、角田、仙台三县均废,而置仙台县。五年正月,改仙台县为宫城县。九年四月,废磐井县,其所管陆前改隶本县。八月,废磐前县,其所管磐城三郡改隶本县。
福岛县	岩代 磐城 越后	宇多白川 行方标叶 田村磐城 石川田 菊白河 磐前绅叶 蒲原之内	明治二年五月,置若松县于岩代。七月,又置福岛县。八月,置白川县于磐城。四年七月,废藩置县。十一月,福岛、白川、二本松三县均废,而置二本松县。棚仓、中村、三春、磐城、平泉、汤长谷六县均废,而置平县。又废若松县而更置之。寻改二本松县为福岛县,又改平县为磐前县。九年八月,废磐前、若松二县,并于本县。

府县	国	郡	沿　　　　革
岩手县	陆中 陆前 陆奥	磐井 江刺 胆泽 和贺 稗贯 紫波 岩手 闭伊 九户 气仙 二户	明治二年八月,置九户、江刺二县于陆中,又置胆泽县。九月,改九户县为八户县,寻复改三户。十一月,并三户县于江刺县。四年七月,废藩置县。十一月,胆泽、一之关二县均废,而置一之关县。江刺、盛冈二县均废,而置盛冈县。寻改一之关县为水泽县。五年正月,改盛冈县为岩手县。六月,移水泽县厅于登米。八年十一月,复一之关,称磐井县。九年四月,废磐井县,其所管陆中,改隶本县。
青森县	陆奥	津轻 北 三户	明治四年七月,废藩置县。九月,馆、斗南、八户、七户、黑石五县均废,而并于宏前县。寻移县厅于青森,称青森县。十一月,废青森县而更置之。
山形县	羽前 羽后	饱海	明治二年七月,置酒田县于羽后。三年九月,置山形县于羽前,而废酒田县。四年七月,废藩置县。八月,并天童县于山形县。十一月,山形、新庄、上山三县均废,而置本县;废米泽县,而置置赐县;大泉、松岭二县均废,而置酒田县。八年七月,移酒田县厅于鹤冈,称鹤冈县。九年八月,又废置赐、鹤冈二县,并于本县。
秋田县	羽后 陆中	雄胜 平鹿 仙北 由利 河边 秋田 山本 鹿角	明治四年七月,废藩置县。十一月,秋田、本庄、岩闇、龟田、矢岛五县均废,而置本县。

府县	国	郡	沿 革
石川县	加贺 能登 越中 越前	南条 丹生 今立 足羽 大野 吉田 坂井	明治四年七月,废藩置县。十一月,金泽、大圣寺二县均废,而置金泽、七尾二县。废富山县,而置新川县。五年二月,改金泽县为石川县。九月,废七尾县,而以能登隶本县,以越中一郡隶新川县。九年四月,并新川县于本县。八月,废敦贺县,其所管越前七郡改隶本县。
岛根县	出云 伯耆 因幡 石见 隐岐		明治二年二月,置隐岐县。八月,置大森县于石见,以隐岐县并入之。三年正月,移大森县厅于滨田,改为滨田县。四年七月,废藩置县。十一月,滨田、鸟取二县均废而更置之。松江、广濑、母里三县均废,而置本县。九年四月,并滨田县于本县。八月,又并鸟取县于本县。
冈山县	备前 备中 美作		明治元年五月,置仓敷县于备中。四年七月,废藩置县。十一月,废冈山县而置之。津山、鹤田、真岛三县均废,而置北条县。仓敷、福山、鸭方、足守、庭濑、高梁、新见、生坂、成羽、冈田、浅尾十一县均废,而置深津县。五年六月,移深津县厅于备中笠冈,改为小田县。八年十二月,小田县并于本县。九年四月,北条县又并于本县。
广岛县	安艺 备后		明治四年七月,废藩置县。十一月,废广岛县而更置之,并管备后八郡。九年四月,割冈山县所管备后之地隶于本县。
山口县	周防 长门		明治四年七月,废藩置县。十一月,山口、岩国、丰浦、清末四县均废,而置本县。

府县	国	郡	沿　　革
和歌山县	纪伊	日高 有田 伊都 那贺 海部 名草 牟娄 之内	明治四年七月，废藩置县。十一月，和歌山、田边、新宫三县均废，而置本县。
爱媛县	伊豫 赞岐		明治四年七月，废藩置县。十一月，高松、丸龟二县均废，而置香川县。松山、今治、西条、小松四县均废，而置松山县。宇和岛、大洲、吉田、新谷四县均废，而置宇和岛县。五年二月，改松山县为石铁县。六年二月，神山、石铁二县又废，而置本县。并香川县于名东县。八年九月，割名东县，再置香川县。九年八月，香川县复并于本县。
高知县	土佐 阿波		明治四年七月，废藩置县。十一月，高知、德岛二县均废，而置高知、名东二县。九年八月，废名东县，其所管阿波改隶本县。
福冈县	筑前 筑后 丰前	企救 田川 京都 中津 筑城 上毛	明治四年七月，废藩置县。十一月，福冈、秋月二县均废，而置本县。久留米、柳河、三池三县均废，而置三潴县。丰津、中津、千束三县均废，而置小仓县。九年四月，并小仓县于本县，并佐贺县于三潴县。八月，废三潴县，所管筑后改隶本县。

府县	国	郡	沿　　　革
大分县	丰后 丰前	下毛 宇佐	明治元年闰四月,置日田县于丰后。四年七月,废藩置县。十一月,日田冈、臼杵、杵筑、佐伯、日出、府内、森八县均废,而置本县。九年八月,改福冈县所管丰前之地隶于本县。
熊本县	肥后		明治四年七月,废藩置县。十一月,熊本、人吉二县均废,而置熊本、八代二县。五年六月,改熊本县为白川县。六年一月,并八代县于白川县。九年二月,又改白川县为熊本县。
鹿儿岛县	萨摩 日向 大隅		明治元年闰四月,置富高县于日向。八月废之,而并于日田县。四年七月,废藩置县。十一月,废鹿儿岛县,而更置鹿儿岛县。废饫肥县,而置都城县。废延冈、佐土原、高锅三县,而置美美津县。六年一月,又废都城、美美津二县,而置宫崎县;九年八月,并于本县。
开拓使	渡岛 后志 石狩 天盐 北见 胆振 日高 十胜 钏路 根室 千岛		明治元年四月,置箱馆裁判所。闰四月,改裁判所为府。二年七月,废箱馆府,而置开拓使。八月,改虾夷称为北海道,分设十一国八十六郡。三年二月,置桦太开拓使;四年八月,并于北海道开拓使。

周围里数表

表中末位，例作单数，既见凡例，间有变例。如此表"里"字注之第三位，则所注之旁为单数，其上乃为十、百、千、万，余仿此。

类别 地名	属岛之数	本地周围里程	属岛周围里程	周围里程总计	本地面积	属岛合面积	面积总计
		里	里	里	里	里	里
五畿东海东山北陆山阳及纪伊	八九三	一九,六一八〇	六,二四四九	二五,八六二九	一四四,九四四九	七六二一	一四,五七〇六九
四国	二三三	四,五一一一	二,八〇八八	七,三二〇〇	二,五一二四	三〇一八	二八一四二
九州	五六〇	八,六〇一三	八,八六六八	一七,四五八一	二,三三一八六	二,〇七八九	二,五一九七五
淡路	二一	三八七〇	三三〇	四二〇〇	三五五五	一一八	三六七三
壹岐	一七	三五四四	八七二	四四一六	八五五	〇二六	八八一
对马	八一	一,八六二七	一九四四	二,〇五七一	四三九五	〇三八	四四三三
萨摩大岛（九岛）	一一	一,六〇八一		一,六〇八一	一,〇一〇二		一〇一〇二

续表

类别\地名	属岛之数	本地周围里程	属岛周围里程	周围里程总计	本地面积	属岛合面积	面积总计
隐岐	三一	七四七〇	六九六	八一六六	二一八八	〇一七	二二〇五
佐渡	五	五三三〇	一〇〇	五四三〇	五六三三	〇〇一	五六三四
北海道（本地）	一六	五,八三三三	八〇九一	六,六四二四	五〇,五六七八	五〇九二	五,一〇七七〇
国后		七一九七		七一九七	一,〇四〇三		一〇四〇三
择捉		一,五二八二		一,五二八二	四,六八七六		四六八七六
千岛（二十八岛）		三,四四四八		三,四四四八	四,一三四四		四一三四四
小笠原岛（十七岛）		三七三六		三七三六	四六五		四六五
冲绳（五十五岛）		三,一五〇六		三,一五〇六	一,五六九一		一五六九一
总计	一,八三八八	五三,二七二九	九,一一二八	七二,三八六七	二四四,三〇四四	三,六六一九	二,七九六六三

经纬度表

国　名	地　名	北　纬	东　西　经
山城	京师改历所	三十五度〇三十秒	东西经度之中度
大和	奈良樽井町	三十四度四十一分	东〇五分
河内	守口驿	三十四度四十三分半	西〇十分半
和泉	耟市之町滨	三十四度三十四分半	西〇十六分半
摄津	大坂长堀富田屋町	三十四度四十分	西〇十五分
伊势	山田妙见町	三十四度二十九分	东〇五十七分
志摩	鸟羽藤野乡	三十四度二十八分	东一度五分
尾张	名古屋玉屋町	三十五度十分	东一度十分
三河	冈崎传马町	三十四度五十七分	东一度二十五分
远江	滨松旅舘町	三十四度四十二分	东一度五十八分半
骏河	府中传马町	三十四度五十八分半	东二度三十八分
甲斐	府中柳町二丁目	三十五度三十九分	东二度四十一分
伊豆	下田町	三十四度四十分半	东三度十分
相模	小田原本町	三十五度十五分	东三度二十四分
武藏	江户测量所浅草藏前	三十五度四十一分半	东四度三分
安房	洲崎村	三十四度五十八分半	东三度五十八分
上总	富津村	三十五度十八分半	东四度一分半
下总	铫子凑饭沼村	三十五度四十三分	东五度六分
常陆	成田村	三十六度十六分半	东四度五十分半
近江	彦根传马町	三十五度十六分	东〇三十一分
美浓	加纳三丁目	三十五度二十四分	东一度二分
飞骍	高山三之町五丁目	三十六度八分半	东一度三十二分
信浓	长野村善光寺大门町	三十六度四十分	东二度三十分
上野	高崎元町	三十六度二十分	东三度十七分半
下野	宇都宫池上町	三十六度三十三分	东四度十一分

国　名	地　名	北　纬	东　西　经
陆奥	仙台国府町	三十八度十六分	东五度十六分
出羽	山形旅铦町	三十八度十三分	东四度四十四分半
若狭	小滨本町	三十五度三十分	东○一分
丰前	小仓船头町	二十三度五十三分半	西四度五十分
筑前	福冈簧子町	三十三度三十五分半	西五度二十八分
筑后	柳川濑高町	三十三度十分	西五度十八分
丰后	府内樱町	三十三度十四分半	西四度五分半
肥前	佐贺吴服町	三十三度十五分	西五度二十二分
肥后	能本新一丁目	三十二度四十八分	西四度四十七分
日向	高锅十日町	三十二度七分半	西四度七分半
大隅	边津加村枝乡大泊	三十一度一分	西四度五十六分
越前	敦贺西滨町	三十五度三十九分半	东○二十分
加贺	金泽尾张町	三十六度三十四分半	东○五十七分半
能登	所口町	三十七度二分半	东一度十六分半
越中	富山一番町	三十六度四十分半	东一度三十一分
越后	新潟古三町	三十七度五分半	东三度二十四分半
佐渡	相川浊川町	三十八度二分	东二度三十五分
丹波	拘山二阶町	三十五度四分半	西○三十一分
丹后	宕津鱼屋町	三十五度三十二分	西○三十一分半
但马	丰冈中町	三十五度三十三分	西○五十二分
因幡	鸟取元铸物师町	三十五度三十分	西一度三十分
伯耆	凑村桥津	三十五度二十九分半	西一度五十一分
出云	松江末次本町	三十五度二十七分半	西二度四十分
隐岐	岛前知夫里村	三十六度三十秒	西二度四十一分半

国　名	地　名	北　纬	东　西　经
石见	滨田新町	三十四度五十三分半	西三度三十八分半
播磨	姬路二阶町	三十四度五十分半	西一度一分半
美作	津山粨町	三十五度三分半	西一度三十三分半
备前	冈山下之町	三十四度四十分半	西一度四十八分
备中	松山本町	三十四度四十八分半	西二度十分
备后	福山深津町	三十四度三十分半	西二度二十一分半
安艺	广岛粨町	三十四度二十四分半	西三度十七分
周防	山口西川前町	三十四度十分半	西四度十五分半
长门	萩滨崎町	三十四度二十五分	西四度二十分
纪伊	和歌山凑久保町	三十四度十三分半	西〇三十四分半
淡路	洲本五丁目	三十四度二十一分	西〇五十分
阿波	德岛新鱼町	三十四度五分	西一度十分半
赞岐	高松东滨町	三十四度二十一分半	西一度四十分半
伊豫	松山府中町	三十三度五十一分半	西二度五十七分半
土佐	高知种崎町	三十三度三十四分	西二度十分半
萨摩	鹿儿岛上町内车町	三十一度三十六分	西五度四十分半
壹岐	胜本本浦町	三十三度五十一分	西六度二分
对马	府中中须贺町	三十四度十二分	西六度二十五分
松前	四十一度二十八分半	东四度四十四分半	
同	箱馆	四十一度四十七分	东五度二十三分
同	江桥	四十一度五十二分半	东四度四十九分半
同		四十五度二十八分半	东七度二分
同		四十三度二分	东九度五十分

广袤及寒暖表

类别／国名	广袤里数 东西	南北	沿海里数	暑极	寒极
山城	六	一五	里分	九五	三一
大和	一〇	二五		九六	三五
河内	四	一三		九三	三八—三九
和泉	四	六	一四七	九三	三八—三九
摄津	一一	九	一五一	九〇	四〇
伊贺	七	九		九〇	二九
伊势	一二	二七	南三五五 北三一一	九〇	三〇
志摩	三	七	三六五	九五	三三
尾张	八	一九	三〇六	九三	三三
三河	一六	一七	五二二	九五	三四
远江	一八	二〇	五〇七	九二	三二
骏河	一八	二二	二四三	九三	三五
甲斐	二五	二五		九六	三一
伊豆	七	一四	五一九	九三	三三

续表

国名	里数 广袤		沿海里数	暑极	寒极
类别	东西	南北			
相模	一四	一一	四三	九四	三五
武藏	一六	二五	二六	九三-九四	三四-三五
安房	一〇	七	二九八	九五	四〇
上总	一四	一四	二二一	九〇	三四-三五
下总	二二	一七	一二五	九〇	三〇
常陆	一一	三〇	三四二	九三	三〇
近江	一二	一九		九五	三五
美浓	二六	一九		九五	三三
飞驒	一七	二〇		九〇	三〇
信浓	三二	二〇		九五	二八
上野	二三	二三		九六	二八
下野	一九	二五		九五-九六	二七-二八
磐城	二二	三二		九五	二一
岩代	二〇	二一		九二	二九
陆前	二五	四〇	四,一四三	九三	二三

续表

类别 \ 国名	广 袤 里 数 东西	南北	沿海里数	暑极	寒极
陆中	三七	三二		九二	二〇
陆奥	三九	四〇		九〇	一七
羽前	二二	三五	一,〇三〇	九〇	二〇
羽后	二五	四九	一,〇三〇	九二	二五
若狭	二二	四	三七九	九五	三〇
越前	一九	一七	三二九	九三	三〇
加贺	一〇	一八	一八八	九四	三二-三三
能登	一一	一八	八八八	九一	三二
越中	二一	一九	二八四	九三	二五
越后	六二	一七	七三三	九四	二七
佐渡	周回	五三	五二七	九三	三〇
丹波	一四	二一		八三	二七
丹后	一三	一一	五七二	九三	三〇
但马	一五	一二	一一〇	九三	三〇
因幡	一一	一二	九〇	九三	三〇
伯耆	一七	八	二七九	九〇	三二
出云	一七	一五	四八二	九三	三三

续表

类别＼国名	广 东西	袤 南北	沿海里数	暑极	寒极
石见	一一	一二	三六九	九一	三三
隐岐			一四七／三一〇	九〇	三〇
播磨	二〇	一四	二七	九五-九六	三三
美作	一四	一一		九三	三二
备前	一二	一一	九七	九五	三五
备中	一一	一七	四三一	九四	三三
备后	一三	一九	一八九	九四	三五
安艺	二〇	一六	五四八	九四	三四
周防	二〇	一二	六六八	九五	三四
长门	一九	一三	七八七	九四	三三
纪伊	二七	三〇	一,二九〇	九六	三五
淡路	五	一二	三八八	九〇	三五
阿波	一八	一六	七五九	九四	三七-三八
赞岐	一八	一〇	六六五	九四	三五-三六
伊豫	三五	一五	一,九〇〇	九五	四六〇

续表

类别 国名	广袤里数		沿海里数	暑极	寒极
	东西	南北			
土佐	三五	一八	一,〇八八	九六	四〇
筑前	一八	一七	七五九	九五	三五
筑后	一一	八	一九五	九六	四〇
丰前	一六	一五	四二五	九五	三六
丰后	三三	二七	一,二五八	九四	三八
肥前	二一	二五	二,三三七	九六~九七	四〇
肥后	一九	二八	七五五	九六	四一
日向	一七	四〇	九三三	九六	四一
大(隅)[隅]	一〇	二八	七五三	九七	四一
萨摩	一〇	二七	一,二〇五	九二	四二
壹岐	周回	三五	三四四	九二	三五
对马	上岛周回 下岛周回	五〇 一三五	上县四七七 下县一,六〇	九〇	三〇
合计	一,二一〇三	周回二,三三四 二,七三三	三五,八一四		

郡区町村表据十二年十二月查核之数

府县\类别	区数	郡数	役所	町数	村数	产米(石)
东京	一五	六	二一	一,四〇三	三六七	一六四,八五七石
京都	三	一八	一九	二,〇三九	一,二八二	五七九,一七四
大坂	四	七	二一	五二四	四六九	二四五,八二七
神奈川	一	一五	一五	一〇七	一,一九七	五一七,八二五
兵库	一	三三	二九	三七七	三,〇一一	一,二三六,七一〇
长崎	一	二〇	一七	二一四	九一六	七一七,九七一
新潟	一	一七	一六	五五八	四,三〇七	一,二六八,六五五
埼玉	〇	一八	九	四一	一,八七一	九一一,二〇六
群马	〇	一七	一五	一〇九	一,一一〇	六三六,一一七
千叶	〇	二一	一〇	五〇九	三,三九一	九七二,六六〇
茨城	〇	一八	一四	二四	二,〇五三	一二七,五八一
栃木	〇	一〇	八	五一	一,一四七	七六三,八五七
界	一	三五	一〇	四八八	一,三二〇	九七二,九九六

续表

类别 府县	区数	郡数	役所	町数	村数	产米(石)
三重	〇	三一	一五	二三	一,五七三	八八〇,六二七
爱知	一	一九	一七	三六四	一,九四四	一,二三七,一四八
静冈	〇	三三	一三	四八七	一,八二〇	七〇八,二九九
山梨	〇	九	九	三七	二六六	三二一,一八五
滋贺	〇	一七	一六	四〇〇	一,七八二	九七三,四二三
岐阜	〇	二五	一六	一三五	一,一九八	七八六,八五一
长野	〇	一六	一六	三二	六七八	七八六,四一二
宫城	一	一六	一三	一三八	七〇三	七七一,五五六
福岛	〇	二二	一八	八九	一,六三三	一,三三三,四〇九三
山形	〇	一一	一一	三三六	一,二二九	一,〇二五,三四四
秋田	〇	九	九	二九〇	九一四	五一四,七八二
岩手	〇	一九	一八	六四二	六四三	四四八,一一一
青森	〇	八	八	六	八二六	四〇八,七一八
石川	一	二〇	一八	一,〇二八	五,六四六	二,三五九,三四六

续表

类别 府　县	区数	郡数	役所	町数	村数	产米(石)
岛根	〇	三四	二二	一一〇	二,〇六七	九六二,一一七
冈山	一	三一	三一	一五二	一,六三八	一,〇五二,六五四
广岛	一	二二	一五	一四八	一,〇六〇	六三〇,五四六
山口	一	一二	一二	二九	六〇三	一,〇一〇,三〇四
爱媛	〇	三〇	三一	二二〇	一,二八七	七五三,六七〇
高知	〇	七	七	五三	九八七	八二三,一八三
德岛	〇	一〇	八	三七	六一一	八二三,一八三
和歌山	一	八	八	四三七	一,三〇二	四〇八,二三〇
福冈	一	三一	一九	三八八	一,八二一	一,三三〇,七六六
大分	〇	一二	一二	八	一,二二九	五八七,九五五
熊本	一	一五	一五	一八五	一,二五九	八五一,二三七
鹿儿岛	〇	一三	一二	一八四	一,二三六	一,〇五六,二二〇
合计	三六	七〇九	五七〇	一一,一四〇	五七,一五五	三三,一四〇六,六四〇

名邑表 据十一年十月查核之数

国名 \ 类别	五千人以上	六千人以上	七千人以上	八千人以上	九千人以上	一万人以上
山 城	一					一
大 和						一
和 泉				一		
摄 津		一		一		二
伊 势	一			一		
尾 张		一	二			
三 河			一	一		
远 江	一					
骏 河						一
相 模	一	一				
武 藏	一		一		一	三
下 总	一	二			一	
常 陆	一			一		
近 江	二	一				
美 浓	二					一
信 浓	二	二	一			
上 野					一	一
下 野						一
磐 城	一		一			
岩 代	一					一

续表

国名＼类别	五千人以上	六千人以上	七千人以上	八千人以上	九千人以上	一万人以上
羽　后	一	一		一	一	
若　狭						一
越　前		一			三	
加　贺	一					
能　登			一	一		
越　中	三					
越　后	六	一	二	一		五
丹　后					一	
但　马		一				
伯　耆		一				一
出　云			一			
石　见			一			
播　磨		一	二			
备　中		一				
备　后	一					
周　防		一				
长　门	一					
纪　伊		二	一		一	
淡　路	一					
赞　岐	三	一				一
伊　豫	二					一
土　佐	一					
筑　前	一					一
筑　后				一		

国名＼类别	五千人以上	六千人以上	七千人以上	八千人以上	九千人以上	一万人以上
丰后	三					一
肥前	三	一	一	一	一	四
肥后	一				一	
日向			一	一		
大隅					一	一
萨摩		一		一		七
合计	四六	二六	一七	一二	一三	四二

河 川 表

国名＼类别	五里以上	六里以上	七里以上	八里以上	九里以上	十里以上
山城	一					一
大和		一	二	一	一	三
河内	一		一			
和泉	二		一			三
摄津						三
伊贺						二
伊势	一		一		二	三
尾张			二	一		二
三河			一			三
远江	一	一				三
甲斐	二		二			六
伊豆						一
相模	一	一	一			二
武藏						五

类别\国名	五里以上	六里以上	七里以上	八里以上	九里以上	十里以上
安 房	二					
上 总	一					五
下 总						四
常 陆						四
近 江	一	一	一	一	二	二
美 浓					一	三
飞 赟						三
信 浓	一		一			七
上 野						五
下 野				一		四
磐 城						五
岩 代			二	一		八
陆 前				一		五
陆 中			一			五
陆 奥		一	一	一		三
羽 前				一		二
羽 后		一				五
若 狭	一	一		一		
越 前						三
加 贺					一	四
能 登		一				
越 中			二			四
越 后				一	一	五
佐 渡	一	一				
丹 波					一	三

国名＼类别	五里以上	六里以上	七里以上	八里以上	九里以上	十里以上
丹 后	一	一	一			
但 马		一		一		二
因 幡				一		一
伯 耆				一		一
出 云						二
石 见						二
播 磨						四
美 作						二
备 前						二
备 中			一			二
备 后		一				四
安 艺			一			四
周 防			一	一		二
长 门			一			四
纪 伊					一	八
阿 波				一		四
赞 岐					一	
伊 豫			一	一		三
土 佐	一			一		八
筑 前	一	一				二
筑 后	一	一				三
丰 前				一		二
丰 后	一				一	五
肥 前	一	一	二			三
肥 后	一			二	一	二

类别 国名	五里以上	六里以上	七里以上	八里以上	九里以上	十里以上
日　向				一		七
大　隅	一	一	一	二		
萨　摩	一	二				一
合　计	二六	一八	二八	二五	一四	二〇六①

湖 沼 表

类别 国名	湖			沼		
	三里以上	四里以上	五里以上	三里以上	四里以上	五里以上
山　城		一				
尾　张	一					
甲　斐	二	一				
相　模		一				
下　总						二
常　陆			三	一		一
近　江			一			
飞　骍	一					
信　浓	一	一				
上　野				二		
下　野					一	
岩　代			一	一		
陆　前				二		
陆　奥			二			二
羽　后			一			

① “二〇六”，原误作“二六”。

类别 国名	湖			沼		
	三里以上	四里以上	五里以上	三里以上	四里以上	五里以上
越　前			一			
加　贺	一		一			
越　后	一					
佐　渡		一				
因　幡	一					
出　云			二			
长　门	一					
筑　前	一					
萨　摩		一				
合　计	一一	六	一三	六	一	六

岛　屿　表

类别 国名	周五里 以上	六里以上	七里以上	八里以上	九里以上	十里以上
志　摩		一				
伊　豆	二	一	二			二
播　磨	一					
备　前			一			
备　中	一					
备　后		一				一
安　艺	一	一	二	一		三
周　防			一		二	一
长　门		一			一	
阿　波	一					

类别\国名	周五里以上	六里以上	七里以上	八里以上	九里以上	十里以上
赞　岐						一
伊　豫	二	一	一			三
肥　前		一	二	二		九
肥　后	二	二				三
大　隅		一				三
萨　摩	二		一	一		七
封　马						一
合　计	一二	一〇	一〇	四	三	三五

港湾表

类别\国名	十町以上	十五町以上	一里以上	二里以上
摄　津	一			
伊　势	一	三	一	
志　摩		一		
尾　张		二		
三　河	一	二		
远　江	一			
骏　河		一		
伊　豆	一	一		
武　藏				二
安　房	一			
上　总				一
近　江		一		
陆　前	二	一		

续表

类别 国名	十町以上	十五町以上	一里以上	二里以上
陆　中		三		
陆　奥	一	三		
羽　后	一			
若　狭				一
越　前			一	
能　登			一	一
丹　后			二	
播　磨	一			
备　前		一		一
备　后	一			
周　防	一	三		
长　门	一			
纪　伊	二	一		
淡　路	一			
赞　岐	一	三		
伊　豫	一			
土　佐		三		
筑　前		一	一	
丰　前	一			
丰　后				
肥　前	一	二		二
日　向	一			
大　隅		一		
壹　岐	一			
对　马		一	一	
合　计	二四	三四	七	九

开港、市场及居留地坪数租额表据十二年一月查核之数

类别 府县	开港 港	市场 市	居留地坪数	居留地外坪数	小　计	地租米金
东京		一	一一,三八二坪	二九,四七一坪	四〇,八五三坪	八,一八七元
大坂		一	六,九九五	四,五一八	二,五一四	二,一四九
神奈川	一		二九二,三四二	二二,〇九三	三一四,四三五	五四四,〇八三
兵库	一		六一,六五七	一一,七五〇	七三,四〇七	一二,八三六 米二,九一四,六〇〇
长崎	一		三〇,二二八	九三二	三一,一六〇	九,三三七
新潟	一			二,〇六七	二,〇六七	一〇三
开拓	一		一,七三〇	一八,二〇六	一九,九三六	二,八一三
合计	五	二	四〇四,三三五	八九,〇三七	四九三,三七二	八一,二二一 米二,九一四,六〇〇

官地表据十三年十二月查核之数

太政官	六,一二一坪	埼玉	四四,四二一坪
外务省	三二,四九〇	千叶	二三,四八二
内务省	一八,八五五,六〇九	茨城	七三〇,八八七
大藏省	二三〇,七四七	橡木	五四,〇二二
陆军省	一一,八八二,九六九	群马	一七,九二四
海军省	七六九,四五六	粔	一七,七四七
文部省	三二八,三二九	三重	七八二,〇四七
工部省	九,五七九,六一四	爱知	五七,四一二
司法省	二三四,一二二	静冈	三三,八七九
宫内省	七八八	山梨	一八一,四七九
元老院	三,九九一	滋贺	三〇,三六九
大审院	三,〇六二	岐阜	五八,六二二
开拓使	二三〇,〇九二	长野	三六,九〇七
东京	一六五,〇一〇	宫城	九一,六四九
京都	一〇〇,六六二	福岛	四八,八九〇
大坂	三八,七〇〇	岩手	一〇,一〇六,四六四
神奈川	三,六九四,九二〇	青森	一,〇七五,七六五
兵库	五九,九六二	山形	三,六八五,三二二
长崎	五二,三八四	秋田	九三,五六六
新潟	三二,五三五	石川	三七,〇八四
岛根	七三,一二八	高知	二六,九〇五
冈山	四〇,九九八	福冈	八七,五二八
广岛	三九,三〇九	大分	三五,八一三
山口	一九,六八二	熊本	四二,六六〇
和歌山	三九,六五〇	鹿儿岛	四四,一一三
德岛	一二,九五七	冲绳	四,六一七
爱媛	七九,一一五	合计	六三,〇五五,九七三

官林个数表据十一年七月查核之数

类别 国名	一等	二等	三等	禁伐	额外	合计
山城	三六	五八	三〇	一八	五〇	一九二
大和			三六			三六
河内			八			八
和泉			三四			三四
摄津	六八	九二	一九	八三	九二	三五四
伊贺	三一		五			三六
伊势	二五六		六六			三二二
志摩	一〇		一九			二九
尾张	一五	七一	一七八	三六	三三四	六三四
三河	三九	一〇八	二八	一九	一〇〇	三八五
远江	四九	一三〇	一七九	三八	七〇六	一,一〇二
骏河	四九	三〇	四七	五一	一七	二九四
甲斐	八三		七六			一五九
伊豆	二七	二一	四八	四		一〇〇
相模	五三	七四	二五	二二	三三四	四〇九
武藏	九六	一〇五	八二	二七	九九七	一,二九四
安房	三	六	四	一五	一二	四〇

续表

类别＼国名	一等	二等	三等	禁伐	额外	合计
上总	二二	二○	六三	二八	三七八	五一一
下总	五七	三五	二三	二○	三二五	四六○
常陆	三三八	二六二	一七七	一八一		九五八
近江	五三九	五二	八六	二六	七八	七八一
飞	益田、大野二郡十六邑三○一	二七九	一五	九四	二五四	九四三
信浓	四四七	三三八	二四九	六五	七八	一、一七七
上野	七一	五五三	七二	二一	四七	二、六二四
下野	六六	六九	七九	一○	一七五	三九九
磐城	一○二	七六	二五一		三三六	七六五
岩代	一四六	一○	四四六			六○二
陆前	一一○	一八九	一,○一一	一一一	二五八	一、六七九
陆中	二六二	一二	三,五八六	一	一六三	四,○二四
陆奥	北郡、津轻三户 三二四	一○四	一五五	九二		五八五
羽前	二四	五一	一六七	一六	八五	三四三
羽后	一九八	一○七	一二一	六	一八五	六一七
若狭	七	一○	七	六	三六	七六
越前	敦贺 一一七	三二	六		一六	一四一

续表

类别＼国名	一等	二等	三等	柴伐	额外	合计
加贺	二五〇	一四六				三九六
能登	一〇一	四二四				五二五
越中	不详	同	同	同	同	
越后	五八	七六				一三四
佐渡	一七	一五七				一七四
丹波	三五	九八	一四	五	一六九	三二一
丹后	一五	四三	一六	一	五九	一三四
但马	一四	八	一三	五	五四	九四
因幡	三	一六	八	五八		八五
伯耆		一四	四	三六		五四
出云	四五	三二	二〇	三〇		一二七
石见	九	三九	一〇六	二八		一八二
隐岐		一	一	一		一四①
播磨	九八	三四四	八	五四	三六三	八六七
美作	三〇	二四	一八	二九	五八	一五九
备前	六六	三四	一五	二八	七九	二二二

① 原文如此，此统计数疑误。

续表

国名＼类别	一 等	二 等	三 等	禁 伐	额 外	合 计
备中	三二	六七	七〇	一六	一八〇	四六五
备后	八	一八八	三一四	三一	二四	五五五
安艺	七〇	二九四	一一一	一〇三	三六	六二四
长门	一六	一一		四五		七二
纪伊	五六	九三	一五	三八	一〇四	三〇六
淡路	五	五		一二八	一五	一五三
阿波	一	三	三	三三		四〇
赞岐	一七〇	六〇	七九	一七	二四二	四九二
伊豫	四,七〇一	一,一〇一	二四〇	一〇一	二,一八二	七七〇
土佐	九	二九九	八	三八九	二,一八八	二一二
筑前	四	一八三	二六	四四	二八八	二,九六七
筑后	二	七四	四五	五五	七〇七	五四〇五
丰前	一三	二一	四,二〇四			八八三
丰后	一,一五七	六〇一	一,六五五			八,四三五
肥前	八,八七三	二,三五三	三,二五五			三,四三三
肥后	七六〇	六〇	六一			一,一二六
对马	五八					一九
合计	一五,九三五	六,一八七	二,八二六	二,九三九	九,八五四	三七,七四一

官林段别表据十一年七月查核之数

类别 国名	一等(町)	二等(町)	三等(町)	禁伐(町)	额外(町)	合计(町)
山城	一,六五一	一,0一五	三二二	二九一	二二	三,二0九
大和			七一二			七一三0①
河内			一			一
和泉			九			九
摄津	一,七二四	八三0	三八三	七0五	一七	三,六五九
伊贺	三,七0八		一七			三,七二五
伊势	五,五六0		三四八			五,九0八
志摩	一二二		七五0			八七二
尾张	一,六六三	四,0七九	四四,七三0	一,一五二	三,三0四	五四,九二九
三河	四四,八七八	六,0三七	四,四九五	八四	六0九	五六,一0三
远江	三三,八三六	五三,五七0	四,八二四	一九	二六一	九二,六一0
骏河	二八,四二0	四,四六三	一,一六六	一八二	五三	三四,二八四
甲斐	二,五五一		六,三0九	一一	三三	八,八七0
伊豆	一六,三五七		二三,六六二		五	四0,0二四
相模	三一,二五0	九二六	一六,九六一	二四	三六	二二,二九七

① 七一三0，疑为七一三误。

续表

类别 国名	一等(町)	二等(町)	三等(町)	禁伐(町)	额外(町)	合计(町)
武藏	五三,五八五	一,六一五	二,六二四	七九	二四七	五八,一四〇
安房	二五〇	一二	二二五	一二	三三	三〇二
上总	二四三	一二三	三,一一六	三九	六四	三,五八七
下总	五四〇	一八七	九一八	六八	六八	九六二
常陆	五,二四六	二,三四四	一,七四四	七三三	七	一〇,一一三
近江	二,七九六	二,二〇四	三,二九四	二,三三七	一	一〇,五四八
美浓	四三,九〇〇	一,三一七	四,〇三四	七,三五六	五八	六六,六〇七
飞弹	一〇五,四二八	五五,四〇〇	一,八三九	五九	五八	一六二,八〇四
信浓	四七五,七四八	九二,一〇八	四一,四四〇	二一九	二六	六〇九,五六一
上野	三三,七九四	四,一五七	一,四四一	二二	二三	三九,四三七
下野	二,〇三四	三,〇九五	五,〇三一	二五三	三三	一〇,四四六
磐城	二八,四四一	八九,三三一	四,八九四	二,四〇五四	八五	一二五,一五六
岩代	五,四〇六	四,三四一	四,五一八		一〇五	一四,三七〇
陆前	一九,六七七	一六,六七七	五〇,七六〇	四,一三二	一〇五	九一,三五一
陆中	七〇八,四八八	九二	三四,一二二		五六	七四〇,〇四八
陆奥	四五九,二五	八一,四一七	三八一,九九九	四,九三三		九二九,二七四
羽前	四,一四〇	九五二五	九六三〇			五,〇〇
羽后	三七一,〇〇五	三,九六七	二二,七五七	二,八四二	七一	四〇〇,六四二
若狭	三五四一	三五三	三二三	九	九	七四四四

续表

类别＼国名	一等(町)	二等(町)	三等(町)	禁伐(町)	额外(町)	合计(町)
越前	二,六一〇	一九	一,二八六		二	三,九一七
加贺	九五四		一六〇			一,一一四
能登	三〇七		三三三			六四〇
越中	不详	同	同	同	同	
越后	一,五〇二		五六八			二,〇七〇
佐渡	一,六八〇		二,一七四			三,八五四
丹波	一,〇二七	五九九	一二〇	二五	四二	一,八一三
丹后	二八五	四〇一	一五三	一一	一九	八八七
但马	九一五	一一三	一七〇	七	一〇	一,二二五
因幡	三四〇	二九〇	二二六	二〇		八七九
伯耆	五三六	一二	一五	三九		一八二
出云	五〇五	八五	一一	三六		一,五〇〇
石见	三,四〇三	二九	一六	二三六		九四,八一六
隐岐	一六		一五	一六		三四
播磨	九六七	一六九		七四二	一四一	一,一四三
美作	四,八一一	六七二	四四九	一,〇二四	二七	六,九一四
备前	七,四〇五	一,六九一	三七五	六一二	五一	一〇,一八一
备中	五,八四三	一,二六七	二,一五八	一,〇二六	三三六	五,七三四

续表

类别 国名	一等(町)	二等(町)	三等(町)	禁伐(町)	额外(町)	合计(町)
备后	三九九	七,九五四	二八,八一三	一四六	四六	三七,三五九
安艺	七,七一九	九,六三○	一五,○二四	一,二七二	七四	三三,七一九
周防	三,一八六	四,八一二	二○九			七,二一七
长门	八一三	六四		一八六		一,○六三
纪伊	一二,七三○	一,二六五	二四四八	一,四六五	六一	一五,七六九
淡路	一九	一一	二四三			二四三
阿波	三,二一六	五	一二七	二四三	一一	三,三九四
赞岐	一,二五六	四三九		八六		一,九○二
伊豫	八,一○○三	二六,四四七	三三,二,○○八	一,○三八	九○八	一四,一四三五
土佐	一三四,六六三○	四一,○三三	一八,四四四六	四三三	五,二二一	一九四,五○九
筑前	八六	三一,二七七	二三,二八七	五,二九八	二六五	一六,○九九
筑后	一,四六二	一,四四九三	四四三	三八	二,二○九	三,六七○
丰前	三九九七	八八,一七	五,○○八	五八一	二,二○九	九,○八九
丰后	一,一八五	八八,八七	一○,二七八			二,四八三
肥前	二○,一六三	一,七九二	五,七九一九	五,八一	二,二二○九	二七,五四四
肥后	一二,五二五		六,一六四四			一九,六八九
对马	一三,四○一		八一一		一四,九六一	一九,六六八九
合计	三,二五四,○二三	六○○,一五四	九○六,一二一	四三,四五三	一四,九六一	四,八一八,八○四

官林段别及木竹表据十三年三月查核之数

府县名	段别(町)	木数(本)	竹数(本)
东京	五二	一一,八四三	九,四九七
京都	四,七二七	二,四八八,八三六	二二,一〇〇二
大坂	一,二五九	二九五,九九六	四四五,〇八〇
神奈川	一一,八五六	三,八五七,四〇二	三一,八〇三三
兵库	二三,三五二	六,四〇七七,三三〇	二二,四四六五
长崎	四七,九八四	五〇,九一四,〇二二	四六,二一〇四,三三一一
新潟	一二一,九四一	一九,五四四五,六七八	一九九,八八七
埼玉	八八,八三二	二,八四五,九九三	二六,九一七
千叶	四八,八八九	四,〇九一,六四〇〇	六,〇二六
茨城	一〇,七二二	五,七七五,一〇〇	二六,七〇八
栃木	六二,四〇一八	一九,九五〇,八八三	一三,三三八一
群马	二九,七五五	七,二〇〇,四一五	七九五
枙	二二,五五五	二,〇九一,二八二	〇
三重	三二四,七一〇	三六,五五五,五九七	〇
爱知	二七,二〇八	四,四四〇〇,四〇二	一,六八八
静冈	一八八,八七二	二四〇六,四四七,五三九	四四一,七五五
山梨	三一〇,八〇五	一二,三三〇,七七六	〇
滋贺	一二,八〇五	一,五五六,〇二七	〇
岐阜	二八三,九四二	三〇,八五一,一四一	四,〇二四

续表

府县名	段别(町)	木数(本)	竹数(本)
长野	六六三,九二三	四八,七八三,八八九	二,七九九
宫城	五四二,六五〇	二,二二五,七八〇	四一,九三五
福岛	四五,六一一	五,九三七,一九〇	一一〇,七六四
岩手	九二四,〇九六	一,二六九,二二七	一八,二五二
青森	九八三,〇五〇	二一四,一〇二,一七九	二四,八一七
山形	六三二,四二五	八九,七四四三,八六五	〇
秋田	五四四,一九八	二〇,四二二,三三八	四〇,七九五
石川	一二三,九三四	一〇,四二二,三三八	二〇六,七二〇
岛根	五二,七〇二	一四,〇九三,一三九	〇
冈山	三一,六三八	二,四四八,五九九	〇
广岛	八九,八一四	三,三五二,〇五六	四六,三五六
山口	八,二九九	七,三九八,七五五	〇
和歌山	一三,六二二	一,二五一,〇〇七	五二,〇九四
爱媛	一五四,二一五	三,一七八,七一〇	〇
高知	二一,六二二	二五,三六四,七〇四	二,二四〇
福冈	五四,六三〇	三,二四四,一〇四	四,〇六五,五五〇
大分	八五,九一〇	一〇七,五四四,一二七	四六,一四六,六一〇
熊本	一八一,三五〇	一,〇二九,八四二	一二,八一七,七四〇
鹿儿岛	九二,九九五	三一,八九七,三二二	四六,五四〇,一五四
合计	七,二六七,三八三	三,〇八五,四四,八九	三〇八,五四四,四八九

民有耕地宅地段数表据十三年查核之数

府县＼类别	水田（町）	陆田（町）	宅地（町）	市街宅地（町）	段别合计（町）
东京	一二,九一〇	一六,九五六	三,〇三一	二,八一四	三五,七一一
京都	四〇,一九四	一三,一一四	三,八四七	二〇七	五七,三六二
大坂	一六,九二五	六,二七六	一,八〇六	八四四	二五,八四九
神奈川	二八,三〇〇	七二,五五〇	八,九八〇	二四	一一〇,〇七一
兵库	一〇四,四〇一	二五,九〇九	九,三七一	六〇二	一四〇,二八三
长崎	八〇,六四九	六九,二六一	八,三一二	四〇八	一五八,八六六
新潟	一五九,三一四	六九,三八八	一三,四四四	一,〇三二	二四三,一七八
埼玉	六四,九八八	九七,六〇三	一六,八一七		一八〇,四一八
群马	二八,九三三	六八,九三六	九,八四二	二二二	一〇七,九三三
千叶	一〇〇,一五三	六〇,一三六	一五,二〇八	一二	一八四,四九七
茨城	八〇,一一九	九一,一七二	一五,九九三	一二	一八七,四一七
栃木	四四,九四五	五五,二九三	一一,〇一〇	三三五	一一一,五八三
堺	六六,〇三四	二〇,五二七	五,八一〇	一,五四八	九二,七〇六
三重	七三,六〇四	二四,〇六〇	六,九四九	一,〇六五	一〇五,一六一
爱知	八四,二八一	五六,九〇七	一一,六三七	四四〇	一五三,八八七
静冈	五五,〇〇一	四四,〇一七	八,九〇一	一〇三	一一二,三五九
山梨	一九,三三九	三四,〇一一	三,九八一	三八六	五五,四三六
滋贺	七二,二三六	二,六三六	六,四五二	一三	九一,六二〇
岐阜	六〇,五六六	三三,二七九	七,八五六	一二二	一〇〇,八三四

续表

府县＼类别	水田(町)	陆田(町)	宅地(町)	市街宅地(町)	段别合计(町)
长野	六六,一七六	七七,二七二	九,五七九	三八三	一五三,四一〇
宫城	七八,一八五	三六,八三六	九,〇八一	三一五	一二四,四一九
福岛	八八,六四〇	五五,九一四	八,九三七	三〇五	一五七,七九六
山形	八〇,三一三	三四,三三五	七,二三六	九八八	一二二,八七二
秋田	九七,一四八	三三,九三九	七,六八六	五四一	一三九,三一四
岩手	四九,〇三二	八二,六五九	九,三八七		一四一,三四八
青森	五五,四五三	五〇,五三〇	五,五五六	五八九	一二一,一〇六
石川	一六四,五五五	三九,五〇一一	一二,七八八	一,二八二	二二九,一〇六
岛根	八三,七七六	三七,九八八	七,四九三	五〇四	一二九,七六二
冈山	七六,三二一	三三,五五二	七,三七五	三三六	一一七,五三四
广岛	七七,八一五	三五,五〇八	六,八六九	四二九	一一五,六八一
山口	四九,六一七	一九,七八五	四,〇一七	五四	七三,四七三
爱媛	八三,一三三	五〇,三二七	九,四二九	五五五	一四四,四二四
高知	三五,五一四	三九,四二五	三,四〇九	一八三	七八,五五一
德岛	二三,二二四	二四,九八四	五,〇九五	三二五	五三,五二八
和歌山	三三,四五〇	一二,六一〇	三,三五四	三〇六	四九,六三一
福冈	九六,〇四〇	二九,九四八	八,三三九	六四〇	一三六,〇三一
大分	四四,五二七	四〇三,一八七	五,九八九	六九	九四四,七七二
熊本	五七,八八一	七四,四一〇	八,四〇八	四〇五	一四〇,八五六
鹿儿岛	八八,〇一七	一五一,四七一	一七,〇八八	三四一	三二二,九一七
总计	二,六二四,三三一	一,八八八,二三五	二三七,六八九	一八,〇六八	四,八八一,三三五

地租改正未完民有耕宅地表据十三年查核之数

类别＼地名	水田（町）	陆田（町）	宅地（町）	市街宅地	合计（町）
新潟	四三九				四三九
鹿儿岛	四，一六六	九，二二二	二，七三一		一六，一一九
千叶	三一三	四六八	四五		八二六
石川	三七，六四〇	九，八二二	二，九三〇		五〇，三九二
总计	四二，五五八	一九，五一二	五，七〇六		六七，七七六

开拓使设置前北海道开垦地据十二年查核之数

类别＼地名	札幌本厅所辖（町）	函馆支厅所辖（町）	合计（町）
水田		八七四	八七四
陆田	一七	三，五〇九	三，五二六
宅地	二	六八三	六八五
海场		一八一	一八一
总计	一九	五，二四七	五，二六六

开拓使设置后北海道开垦地据十二年查核之数

类别＼地名	札幌本厅所辖	函馆支厅所辖	根室支厅所辖	合计
水田	一	四五四		四五五
陆田	四，一〇九	三，〇九九	五八	七，二六六
宅地	三六一	四九二	六八	九二一
开垦地		三，四六七		三，四六七
牧场	七，二八九	九，七四七		一七，〇三六
海产场	七一二	一五	五四八	一，二七五
总计	一二，四七二	一七，二七四	六七四	三〇，四二〇

卷十三　职官志一

　　外史氏曰:世儒议《周官》,或真或伪,纷如聚讼。其诋之尤力者,则曰刘歆以媚莽,苏绰以乱周,王安石以误宋。一若苍姬六典,苟袭其说,必贻乱阶者。夫莽之矫揉造作,侮圣蔑经,不足论矣。宇文氏特借《周官》官号以粉饰治具耳,于国之治乱无与也。若夫荆公,当北宋积弱以后,慨然欲济以富强;又恐富强之说为儒者所排击,于是附会经义,以间执儒者之口。其误宋也,乃借《周礼》以坚其说,并非信《周礼》而欲行其道也。然而世之论者纷纷集矢于经矣。宋欧阳公者,号知治体,其论《周礼》,谓六官之属,见于经者五万余人,而里闾县鄙之长、军师卒伍之徒,仍不与焉。王畿千里之地,为田几井,容民几家,王官王族之国邑几数,民之贡赋几何,而又容五万人者于其间,其人不耕而赋,将何以给之? 则疑其设官之繁如此。或者伸其说,又谓《周礼》举市廛门关,山林川泽,所有鸟兽鱼鳖、草木玉石,一切货贿之属,莫不设之厉禁而尽征之。入市有税,入门有税,入关有税,避而不入即没入之,地所从产又官守而以时入之,是则天之所生,地之所长,人之所养,俱入朝(延)〔廷〕,不留一丝毫之利以与民。虽王莽之虐,恐其力亦不能悉如书中所载,以尽行其厉民之事,则又疑其赋敛之重如彼。然以余观泰西各国,其设官之繁,赋敛之重，莫不如是。而其国号称平治者，盖举一国之财，治一国之事，仍散之一国之民，故上无壅财，国无废政，而民亦无游手。然则一切货贿之税，即以养此五万余人。以是知《周礼》固不容疑也。泰西自罗马一统以来，二千余岁具有本末。其设官立政，未必悉本于《周礼》，而其官无清浊之分，无内外之别，无文武之异；其分职施治，有条不紊，极之至纤至悉，无所不到，竟一一同于《周礼》。乃至廾人之司金锡，林衡之司材木，匡人掸人之达法则、诵王志，为秦汉以下所无之官，而亦与《周礼》符合，何其奇也！朱子谓《周官》如一桶水，点滴不漏。盖综其全体，考其条目，而圣人制作之精意乃出。苟执其图便己私之说，以贻误责《周礼》，《周礼》不任受过也。嗟夫！圣人制作之精，后世袭其一二语以滋贻误，或遂诬为渎乱不经之书，斥为六国阴谋之说。古人有言，"礼失而求诸野"，则曷不举泰西之政体而一证其得失也？日本设官，初仿《唐六典》；维新之后，多仿泰西。今特详志之，以质论者，作《职官志》。

神武时，有将，有相，有国造，有县主。至成务帝始置大臣，国郡置长，县邑置首，又置屯仓首，其他有仓部、物部、土部、贩部等名，世远莫得而详云。仲哀帝加置大连，与大臣列。孝德帝时始废大连，定置左右大臣，亦加置内大臣，终置太政大臣。天智文武之际，官制大定。盖自推古、舒明始通隋唐，至是摹仿《六典》，日趋于文。时以冠服采色定官位级，推古帝创十二阶冠，孝德帝制七色十三阶冠。天武帝改爵位号，定朝服采色。至称德帝一变官名，仁光乃复其旧。其沿革损益，今不悉记，特志其历世相仍者。自一位至三位，各分正从为六阶；自四位至八位，各分正从，而正从又各分上下,为二十阶;从八位下之下,有大少初位各分上下,为四阶,凡三十阶,以叙诸臣。别有自一品至四品四阶,以叙亲王。别有勋十二等,第一等准正三位,第十二等准从六位下。凡位阶,皆以少者为贵。位阶之略如此。

曰神祇伯,曰太政大臣,曰左、右大臣,曰内大臣,曰纳言,曰参议,曰外纪,曰左、右辨、纳言辨,皆有大、中、少三等,是为内文官。曰近卫府,曰兵卫府,曰卫门府,皆分左右近卫将,有大、中、少三等。曰左、右马寮,曰兵库寮,是为内武官。曰太宰府,曰按察使府,曰国守,曰郡领,是为外文官。曰征夷将军,曰镇守府将军、曰国团,曰牧,是为外武官。曰弹正台,曰左、右京职。而伊势斋宫寮,曰加茂斋院司,曰修理职,而勘解由使,曰检非违使,曰铸钱司,曰左右修理宫城、防鸭河、造寺、施药院四使,曰奖学、纯和、学馆三院别当,曰内竖所、内教坊、内膳、御厨子、大歌所、乐所七别当,曰记录所,曰藏人所,斋宫以下,是为令外之官。曰妃,曰夫人,曰嫔,曰宫人;宫人之下有十二司:曰内侍,曰藏,曰书,曰药,曰兵,曰闱,曰殿,曰扫,曰水,曰膳,曰酒,曰缝,是为后宫官。曰东宫傅,曰东宫学士,曰春官;春官之下有四监:曰舍人,曰主膳,曰主藏,曰主奖;有五署:曰主殿,曰主书,曰主工,曰主兵,曰主马,是为东宫官。曰文学,曰扶,曰家令,曰从,曰书吏,是为亲王官。曰大别当,曰执事,曰年预,曰判官代,曰主典代,曰官人,是为院官。百寮之政,统诸八官:曰中务,曰式部,曰治部,曰民部,曰兵部,曰刑部,曰大藏,曰宫内,谓之八省。属中务省者十有三官:曰侍从,曰舍人,曰内记,曰监物,曰主铃,曰典钥,曰中官职,曰大舍人寮,曰图书寮,曰内藏寮,曰缝殿寮,曰阴阳寮。属式部省者一官,曰大学寮。属治部省者三官:曰雅乐寮,曰元蕃寮,曰诸陵寮。属民部省者二官:曰主计寮,曰主税寮。属兵部省者一官,曰隼人司。属刑部省者一官,曰囚狱司。属大藏省者一官,曰织部司。属宫内省者十有一官:曰大膳职,曰木工寮,曰大炊寮,曰主殿寮,曰典药寮,曰扫部寮,曰正亲司,曰内膳司,曰造酒司,曰采女司,曰主水司。八省之政统诸太政官。太政官有三局:少纳言,左、右辨是也。左辨管中务、式部、治部、民部;右辨管兵部、刑部、大藏、宫内。左右辨局,左右大吏掌之。少纳言局,外记掌之。凡百官属皆分四等:诸省曰卿、辅、丞、录,诸职曰大夫、亮、进、属,诸寮曰头、助、允、属,诸使曰长官、次官、判官、主典,诸国曰守、介、椽、目,弹正台曰尹、弼、忠、疏,四府卫曰督、佐、尉、忠,太宰府曰帅、贰、监、典,镇守府曰将军、副将军、军监、督曹。独诸司三等,曰正、佑、令史。诸省之辅、丞、录,诸职之进,台之弼、忠、疏,四卫府之尉、忠,太宰府之贰,皆分大、少。遣唐使、征东大使、征夷将军之类,皆临时所命,在此外焉。官职之略如此。

　位曰叙,官曰任。诸官所叙之位,大抵太政大臣为正、从一位;左、右大臣,内大臣为正、从二位;近(位)〔卫〕大将、弹正尹、大纳言、中纳言、太宰帅为从三位;神祇伯,参议,左、右大辨,八省卿,四卫府督,藏人,别当及头,东宫傅,诸职大夫,诸使长(宫)〔官〕,概为正、从四位上、下。少纳言、侍从监物、大上国守、镇守府将军、诸寮头、亲王家令,概为正、从五位上、下;大外记,左、右大史,大内记,近卫将监,诸司正,概为正、从六位上、下;其他可以类推焉。其除目,则春秋二次;秋除京官,春除外官。太政官、式部、省司之大纳言、大辨、八卿、四督,弹正尹、太宰帅之类系敕任;其余皆系奏任。大纳言以下皆有权。

官以德行、才艺、劳效三者，及上上至下下九等考课之，以秀才、明经、进士、明法等科选举之。非三位以上，不得升殿，而四位五位，或特赐升殿。秀才、明经上上第者、进士甲第者，皆授八位。明法甲第者，授初位。藤原氏以门地为叙任，有摄家、清华、名家、羽林家等之号。其叙任各有定例。百官之制，至此始坏焉，院政以降再坏焉。

大凡百官之田禄，凡十四等：一品八十町，二品六十町，三品五十町，四品三十町；正一位八十町，从一位七十町，正二位六十町，从二位五十町，正三位四十町，从三位三十四町，正四位二十四町，从四位二十町，正五位八町；妇女系位者，减三分之一焉，谓之位田。又有职田：太政大臣四十町，左右大臣三十町，大纳言二十町。职田止于重职。职之重者莫若太政官。盖上古始有大臣仲哀，加置大连四五员以分其权，因之十余世。孝德初，置太政官，以皇子司之，称曰知太政官事。废帝孝谦始任以大臣，曰太政大臣。而至文德以后，则藤原氏以外舅世袭焉，后乃有摄政、关白及内览宣旨、准三宫等之号。大臣之外职尤重、权尤隆者，为大将。上世大臣兼大将之职，军国一致，而以重臣握兵柄，不无太重之弊，故别置近卫府，立大将以抗大臣，分其左右，多立其属，而皆辖诸帝。然及至藤原氏盛时，有自为太政大臣，而以其二子为左右大臣大将者。藤原氏衰而平氏兴，其所为皆仿藤原氏。平氏灭而源氏兴，爵位不及二氏而威权过之。先是，源、平氏虽有武功，不过四位国守，白河以还，乃至刑部卿、至中纳言、至太政大臣、至世袭征夷大将军，而兼右近卫大将，而后国势一变矣。尔后，八省百官悉属虚器，而诸国司有守护，庄园有地头，举国之民厌朝官而喜守护、地头之武断,其所在不决者,亦皆取决于镰仓府,府开厅受之。赖朝初置公文所,及其为右近卫大将,则改曰政所。政所之官三:曰别当,曰令,曰寄人。又置问注所,问注所之官一,曰执事。又置侍所,侍所之官一,曰别当。政所掌太政,问注所掌四方讼诉,皆主公文。北条氏承之,世以四位相模守辅将军摄政,自称执权。后定政所曰评定所,废问注所,置引附番,每番有头人。既而复问注所,与引附参焉。承久之后,置府京师六波罗,俾子弟掌之以监京师。又置评定所焉。遣宗族一人于筑前,号镇西探题,厘西海一道事务。又遣一人于长门,号中国探题,厘山阴、山阳二道事务。又数遣使诸道,察守护家人之贪廉。镰仓官制,大抵如此。

足利氏较诸镰仓稍为详备。尊氏、义诠之际,东国有管领,以宗族为之;西京有执事,以旧臣之习政治而亲信者为之,后改称,亦曰管领。尔后百度颇具。义满分其宗族旧臣及诸牧、长之门第为十二级:曰一族,曰大名,曰守护,曰外样,曰评定众,曰御供众,曰申次,曰番方,曰国人,曰奉行,曰末士。别置探题、检断二官,以管远地。又立三职七头,撰旧臣充之,皆世袭焉,后终为管领所制。管领日骄僭,又为管领之家臣所制。制度之纷穷,而后,织田、丰臣二氏出而纠之。织田氏分其家臣讨略四出,而一蹶不起,无复官制可言。丰臣氏之世置五奉行,其三人掌法宪,一人司度支,一人管僧祝。嗣简天下牧、长尤强大者五氏,称五大老;次强大者三氏,称三中老。分麾下兵为十二组,组犹部也,乃置十二头。五奉行之所不决,决之五大老;五大老与五奉行不合,则三中老调和之。官制可概见者,如此而已。

德川氏嗣兴,封建之制大定,其于王畿特设所司代以司监察。分藩二百余国,各听其设官自治,而与夺黜陟一操之将军,称曰幕府。有令,称曰幕令。将军之下设大老,职如宰相。有大事,则会尾张、水户、纪伊三亲藩会议而后行。其要职,有曰目付、目代,随事而设专职。麾下士卒,曰某番,曰某组,其长曰头;官有曰扈从、马回,卒有曰与力、足轻,大概多本武营之职而立名。将军已废,初诏称大政复古,专仿古八省之制,规模略如中叶时。后改称维新,于是多参用西法,今专就现在官职,条举新制,其因革纷繁,仅述其略云尔。

等　　级

凡官职分十七等。一、二、三等为敕任,进退黜陟,出自朝旨。四、五、六、七等为奏任,诸省长官举其材能,叙其资格,拟其名以上闻,而太政官依而行之。自八等至十七等为判任,则诸省长官得自辟寮属,升降与夺自操其权,但举其名达之太政官而已。十七等之下,复有等外吏四等。凡官之同等者,曰相当官,如陆军会计监督与少将同等,称曰相当官。又有某等相当之名。兼摄者曰兼官,代理者曰权官。凡官皆实授。其在员额外者,曰某等出仕,曰某官补,曰御用挂、准某任。或准奏任,或准判任。海陆军将佐官,则别有非役之名。详《海陆军志》。其不列于官而给以公费、令襄事务者,则曰佣雇,亦准官等而给俸焉。

官等表上

省＼官＼等级	一等	二等	三等	四等	五等	六等	七等
太政官	太政大臣			大书记官	权大书记官	少书记官	权少书记官
	左右大臣						
	参议						
书记局							
参事院	议长						
检查院			长副长				
赏勋局	总裁副总裁		议定官	主事	一等秘书官	二等秘书官	三等秘书官
统计院							
修史馆	总裁			一等编修官监事	二等编修官	三等编修官	四等编修官
元老院	议长副议长			大书记官	权大书记官	少书记官	权少书记官
	干事议官						
外务省	卿	大辅	少辅	大书记官	权大书记官	少书记官	权少书记官
		特命全权公使	特命全权公使办理公使	代理公使	一等书记官	二等书记官	
				总领事		领事	
内务省	卿	大辅	少辅	大书记官	权大书记官	少书记官	权少书记官

省\等级官	一等	二等	三等	四等	五等	六等	七等
警保局							
地理局							
户籍局							
社寺局							
土木局							
卫生局							
图书局							
会计局							
庶务局							
取调局							
监狱局							一等狱司
往复局							
大藏省	卿	大辅	少辅	大书记官	权大书记官	少书记官	权少书记官
书记局							
议案局							
租税局							
关税局							
国债局							
出纳局							
造币局					大技师	同中技师	同少技师
印刷局							

官省＼等级	一等	二等	三等	四等	五等	六等	七等
常平局							
记录局							
调查局							
银行局							
陆军省	卿	大辅	少辅				
裁判所					裁判长	评事	权评事
将官	大将	中将	少将				
参谋科				大佐	中佐	少佐	大尉二等
宪兵科				大佐	中佐	少佐	大尉
步兵科				大佐	中佐	少佐	大尉二等
骑兵科				大佐	中佐	少佐	大尉二等
炮兵科				大佐	中佐	少佐	大尉二等
工兵科				大佐	中佐	少佐	大尉二等
辎重科				大佐	中佐	少佐	大尉二等
会计科			监督长	监督	一等副监督	二等副监督	监督补二等 军吏二等

官省＼等级	一等	二等	三等	四等	五等	六等	七等
军医科			总监	军医监	一等军医正	二等军医正	军医二等
				药剂监	一等药剂正	二等药剂正	剂官二等
马医科						马医监	马医二等
军乐部							
海军省	卿	大辅	少辅				
裁判所						评事	权评事
将官	大将	中将	少将	大佐	中佐	少佐	大尉
军医科			军医总监	大医监	中医监	少医监	大军医
秘书科				大秘吏	中秘吏	少秘吏	大秘书
主计科				主计大监	主计中监	主计少监	大主计
机关科				机关大监	机关中监	机关少监	大机关士
文部省	卿	大辅	少辅	大书记官	权大书记官	少书记官	权少书记官
教员			教授		助教		员外教授
农商务省	卿	大辅	少辅	大书记官	权大书记官	少书记官	权少书记官
书记局							
农务局							
商务局							

官 省 \ 等级	一等	二等	三等	四等	五等	六等	七等
工务局							
山林局							
驿递局			驿递总官	一等驿递官	二等驿递官	三等驿递官	四等驿递官
博物局							
会计局							
工部省	卿	大辅	少辅	大书记官	权大书记官	少书记官	权少书记官
矿山局							
铁道局			技监	大技长	权大技长	少技长	权少技长
灯台局							
电信局							
工作局							
营缮局							
会计局							
仓库局							
书计局				大书记官	权大书记官	少书记官	权少书记官
司法省	卿	大辅	少辅	大书记官	权大书记官	少书记官	权少书记官
大审院	长	判事					
			检事长			检事	

黄遵宪集

官省＼等级	一等	二等	三等	四等	五等	六等	七等
上等裁判所		长					
地方裁判所		长					
宫内省	卿	大辅	少辅	大书记官	权大书记官	少书记官	权少书记官
			一等侍讲医	二等侍讲医	侍从长二等从讲侍医	四等侍医	侍从五等侍医
			皇太后宫夫人皇后	皇太后宫亮皇后			
式部寮			头	权头	助	权助	
				一等掌典	二等掌典	三等掌典	四等掌典
女官		尚侍		典侍	权典侍	掌侍	权掌侍
开拓使	长官	次官		大书记官	权大书记官	少书记官	权少书记官
武官				准陆军大佐	准陆军中佐	准陆军少佐	准陆军大尉
警视厅			警视总监	警视副总监	一等警视	二等警视	三等警视
府			知事东京	知事		大书记官	少书记官
							东京区长
县				令		大书记官	少书记官

官等表下

	八等	九等	十等	十一等	十二等	十三等	十四等	十五等	十六等	十七等
太政官	一等属	二等属	三等属	四等属	五等属	六等属	七等属	八等属	九等属	十等属
书记局										
参事院										
检查院										
赏勋局	一等属	二等属	三等属	四等属	五等属	六等属	七等属	八等属	九等属	十等属
统计院										
修史馆	一等掌记	二等掌记	三等掌记	四等掌记	五等掌记	六等掌记	七等掌记	八等掌记	一等缮写	二等缮写
元老院										
外务省	一等属	二等属	三等属	四等属	五等属	六等属	七等属	八等属	九等属	十等属
	副领事一等书记生	二等书记生		书记	一等见习			书记	二等见习	
内务省	一等属	二等属	三等属	四等属	五等属	六等属	七等属	八等属	九等属	十等属
警保局	一等警视补属	二等警视补属	大警部三等警视属	权大警部四等警视属	中警部五等属	权中警部六等属	少警部七等属	权少警部八等属	警部补九等属	警部试补十等警视属
地理局										
户籍局										
社寺局										
土木局										
卫生局										
图书局										
会计局										
庶务局										

续表

	八等	九等	十等	十一等	十二等	十三等	十四等	十五等	十六等	十七等
取调局										
监狱局	二等狱司	三等狱司	一等书记守长	二等书记守长	三等书记守长	四等书记守长	五等书记守长	六等书记守长	七等书记守长	八等书记守长
往复课										
大藏省	一等属监吏	二等属监吏	三等属监吏	四等属监吏	五等属监吏	六等属监吏	七等属监吏	八等属监吏	九等属监吏	十等属监吏
书记局										
议案局										
租税局										
关税局										
国债局										
出纳局										
造币局	同一等技手	同二等技手	同三等技手	同四等技手	同五等技手	同六等技手	同七等技手	同八等技手	同九等技手	同十等技手
印刷局										
常平局										
记录局										
调查局										
银行局										
陆军省										
裁判所	大主理	中主理	少主理	大录事	中录事	少录事			一等捕部	二等捕部
将官										
参谋科	中尉									
宪兵科	中尉	少尉		曹长一二等	军曹一二等	伍长一二等				
步兵科	中尉一二等	少尉		曹长一二等	军曹一二等	伍长一二等				

续表

	八等	九等	十等	十一等	十二等	十三等	十四等	十五等	十六等	十七等
骑兵科	中尉一二等	少尉		曹长一二等	军曹一二等蹄铁工长	伍长一二等蹄铁工下长				
炮兵科	中尉一二等	少尉	上等监护	曹长一监护二等	军曹一二等	伍长一二等				
				监守一二等	鞍工长铳工长	鞍工下长铳工下长				
				监查一二等	木工长锻工长	木工下长锻工下长				
				火工长	铸工长火工下长	铸工下长				
工兵科	中尉一二等	少尉	上等监护	曹长一监护二等	军曹一二等	伍长一二等				
辎重科	中尉一二等	少尉		曹长一二等	军曹一二等	伍长一二等				
会计科	军吏副一二等	军吏补		一等书记二等	二等书记二等	三等书记一二等监狱一二等				
军医科	军医副一二等	军医补								
		剂官副一二等	剂官补	一等看病人一二等	二等看病人一二等	三等看病人一二等				
马医部	马医副一二等	马医补	一等马医生一二等	二等马医生一二等	三等马医生一二等					

黄遵宪集

	八等	九等	十等	十一等	十二等	十三等	十四等	十五等	十六等	十七等
军乐部			乐长	乐次长	乐师一二等	乐手一二等				
海军省	一等属	二等属	三等属	四等属	五等属	六等属	七等属	八等属	九等属	十等属
裁判所	一等主理	二等主理	三等主理	四等主理	五等主理	一等书记	二等书记	三等书记	四等书记	五等书记
将官	中尉	少尉	少尉补							
			舰内教授役	舰内教授役介						
				警吏	警吏补					
				一等笔生	二等笔生	三等笔生				
			掌炮上长	掌炮长	掌炮次长	掌炮长属				
			水夫上长	水夫长	水夫次长	水夫长属				
					指挥官端舟长	舰长端舟长	中端舟长			
						大端舟长	小端舟长			
				甲板长		甲板次长	甲板长属			
						樯楼长	樯楼长属			
					按针长	按针次长	按针长属			
					信号长	信号次长	信号长属			
					帆缝长	帆缝次长	帆缝长属			
					造纲长	造纲次长	造纲长属			
						船仓长				

	八等	九等	十等	十一等	十二等	十三等	十四等	十五等	十六等	十七等
			木工上长	木工长	木工次长	木工长属				
军医部	中军医	少军医	军医副			病室厨宰	看病夫长			
秘书科	中秘书	少秘书	秘书副							
主计科	中主计	少主计	主计副							
机关科	中机关士	少机关士	机关士副	机关士补	火夫长	火夫次长	火夫长属			
文部省	一等属	二等属	三等属	四等属	五等属	六等属	七等属	八等属	九等属	十等属
教员				训		导			助	训
农商务省										
书记局										
农务局										
商务局										
工务局										
山林局										
驿递局										
博物局										
会计局										
工部省	一等属	二等属	三等属	四等属	五等属	六等属	七等属	八等属	九等属	十等属
矿山局										
铁道局	一等技手	二等技手	三等技手	四等技手	五等技手	六等技手	七等技手	八等技手	九等技手	十等技手
灯台局										
电信局										
工作局										
营缮局										
会计局										

黄遵宪集

	八等	九等	十等	十一等	十二等	十三等	十四等	十五等	十六等	十七等
仓库局										
书记局	一等属	二等属	三等属	四等属	五等属	六等属	七等属	八等属	九等属	十等属
司法省	一等属	二等属	三等属	四等属	五等属	六等属	七等属	八等属	九等属	十等属
大审院	判事									
						检事补				
上等裁判所	判事	判事补								
地方裁判所	判事	判事补								
宫内省	一等属	二等属	三等属	四等属	五等属	六等属	七等属	八等属	九等属	十等属
	一等驭者	二等驭者	三等驭者	四等驭者	五等驭者	六等驭者	杂掌			
式部寮	一等属	二等属	三等属	四等属	五等属	六等属	七等属	八等属	九等属	十等属
	一等掌典补	二等掌典补	三等掌典补	四等掌典补	五等掌典补一等伶人	六等掌典补二等伶人	七等掌典补三等伶人	八等掌典补四等伶人	九等掌典补五等伶人	十等掌典补六等伶人
女官	命妇	权命妇					女嵝	权女嵝		
开拓使	一等属警部	二等属警部	三等属警部	四等属警部	五等属警部	六等属警部	七等属警部	八等属警部	九等属警部	十等属警部
武官	准陆军中尉	准陆军少尉	准陆军少尉试补	准陆军曹长	准陆军伍长	准陆军伍长				
警察厅										
府	一等属警部	二等属警部	三等属警部	四等属警部	五等属警部	六等属警部	七等属警部	八等属警部	九等属警部	十等属警部
	区郡长									
县	一等属警部	二等属警部	三等属警部	四等属警部	五等属警部	六等属警部	七等属警部	八等属警部	九等属警部	十等属警部
	区郡长									

俸　　禄

制禄之法,有月给:太政大臣八百元,左、右大臣六百元,参议、诸省卿、大将、判事、判事,自一等至九等,均有是官。凡敕任官之判事,自每年金四千五百元至三千五百元,各随其勋劳以为区别。开拓长官,均五百元。以上一等官。

赏勋局副总裁、诸省大辅、中将、判事、次官、尚侍,均四百元。以上二等官。

议定官、诸省少辅、驿递总官、少将、军医总监、监督长、警视总监、判事、检事长、会计监督长、一等侍讲、一等侍医、式部头、东京府知事,均三百五十元。以上三等官。

内阁书记官长、大书记官、监事、一等驿递官、警视副总官、大佐、监督、军医监、药剂监、技监、大医监、大秘吏、会计监督、机关大监、大技长、判事、检事、凡奏任之判事、检事,自每年三千元至六百六十元,各随其勋劳以为区别。二等侍讲、二等侍医、典侍、一等掌典、折给一百元。式部权头、府知事、县令,均二百五十元。以上四等官。

权大书记官、一等秘书官、二等驿递官、大技师、一等警视、巡查总长、中佐、一等副监督、一等司契、一等军医正、一等药剂正、大匠司、中医监、中秘吏、会计一等副监、机关中监、权大技长、三等侍医、二等掌典、折给八十元。侍从长、式部助权典助,均二百元。以上五等官。

少书记官、二等秘书官、三等驿递官、中技司、二等警视、巡查副总长、评事少佐、会计、二等副监督、军吏正、二等军医正、二等药剂正、马医部长上官、马医监、中匠司、少医监、少秘吏、主计少监、机关少监、少技长、四等侍医、三等掌典、折给六十元。式部权助、掌侍府县、大书记官,均一百五十元。以上六等官。

权少书记官、三等秘书官、四等驿递官、三等警视、巡查副总长、少技司、消防司令长、权评事、太尉、会计监督补、司契副、会计、军吏、军医、剂官、马医、少匠司、大军医、大秘书、大主计、大机关士、权少技长、五等侍医、侍从四等掌典、折给五十元。权掌侍府县少书记官、一等狱司,均一百元。以上七等官。

一等属、一等掌记,五十元。四等警视方面监督、一等警察使、消防司令副长、一等监吏、警视属、中尉、大主理、军医副、会计、军吏副、马医副、剂官副、一等师大师、中军医、一等主理、中秘书、中主计、一等机关士、一等技手、其尤者或七十元,或八十五元,或一百元。一等驭者、命妇、一级掌典补、折给四十元。二等译官警部、二等狱司,均六十元。以上八等官。

二等属、二等掌记,四十五元。五等警视、二等警察使、警视属、二等监吏、中主理、少尉、会计军吏补、军医补、剂官补、马医补、中师、二等师、二等主理、少军医、少秘书、少主计,少机关士,二等技手、其尤者或六十元,或七十五元,或九十元。侍从试补、二等驭者、权命妇、二级掌典补,折给三十五元。二等译官警部、消防大司令,二等狱司,均五十元。以上九等官。

三等属、三等掌记,四十元。三等书记生、警视属、三等监吏、少主理、少尉补、军医试补、军吏试补、军乐部准士官、上等监护、乐长、少师掌炮上长、水兵上长、木工上长、军医副、秘书副、主计副、机关士副、三等师、三等主理、三等技手、其尤者或五十元,或六十五元,或八十元。判事补、检事补、自月给四十五元以下至二十元,各随其勋劳以为区别。三级掌典补、折给三十元。警察副使、消防大司令,三等驭者、三等译官、警部一等书记、一等守长,均四十五元。以上十等官。

四等属、四等掌记,三十五元。四等书记生、巡查长、警视属、警察副使、大录事、四等监吏、四等主理、四等师、四等技手、其尤者或四十五元,或五十元,或七十元。四级掌典补、折给二十六元。四等驭者、四等译官、警部二等书记、二等守长,均四十元。以上十一等官。

五等属、五等书记生、五等掌记,三十元。警察副使、巡查长、警视属、消防中司令、中录事、五等监吏、五等主理、五等师、五等技手、其尤者,或四十元,或四十五元,或六十元。五级掌典补、折给二十三元。五等驭者、五等译官、警部三等书记,均三十五元。以上十二等官。

六等属、六等书记生、六等掌记,二十五元。巡查长、消防中司令、警视属六等监吏、少录事、一等工长、一等书记、六等技手、其尤者或三十五元,或四十元,或五十元。六级掌典补、折给二十元。警部四等书记,均三十元。以上十三等官。

七等属、七等书记生、七等掌记,二十元。巡查副长、消防中司令、警视属、二等工长、七等监吏、二等书记、七等技手、其尤者,或三十元,或三十五元,或四十元。七级掌典补、折给十七元。杂掌女嬬内掌典、二等伶人、七等译官、警部,均二十五元。以上十四等官。

八等属、八等掌记,十八元。八等书记生、省掌巡查副长、警视属、八等监吏、三等工长、三等书记、八等技手、其尤者,或二十五元,或三十元。八级掌典补、折给十四元。权女嬬、三等伶人、权内掌典、警部六等书记,均二十元。以上十五等官。

九等属、大舍人、一等缮写、九等书记、巡查部长、消防少司令、警视属九等监吏、一等捕部、四等工长、四等书记、九等技手、其尤者,或十六元,或十七元,或二十元。九级掌典补、折给十二元。四等伶人、警部七等书记,均十五元。以上十六等官。

十等属、二等缮写、十等书记生、一等警视属、五等工长、二等捕部、巡查部长、五等书记、消防少司令、十等技手、其尤者,或十三元,或十四元,或十五元。十级掌典补,折给十元。五等伶人、警部八等书记,均十二元。以上十七等官。

有年给:一等官之赏勋局总裁、修史馆总裁,年三千元。议长六千元,副议长四千八百元,干事四千五百元、四千元,议官三千五百元、三千元。考元老院议长、干事、议官,职尊而事简,给俸较薄,惟以一等官,下同二、三等官;议官中又分三等,其给俸少者,乃同于四等官,故变为年给。二等官之特命全权公使,一万七千元至一万五千元。驻英、法、俄、美,均一万七千元;驻德一万六千元,驻意、澳及中国,均一万五千元。按全权公使以交际之官,有关国体,给俸特优。惟以二等官比太政大臣、左右大臣,几多逾一倍,故亦变为年给。三等官之特命全权公使、办理公使,一万五千元至一万三千元。驻英、法、俄、美均一万五千元,驻德、意一万四千元,驻中国一万三千元。皇太后宫大夫三千元。四等官之一等编修官二千四百元,代理公使一万一千元至九千元。驻英,法,俄,美一万一千元,驻德、意、澳一万元,驻中国九千元。总领事驻上海者。六千五百元。皇太后宫亮一千八百元。五等官之二等编修官一千八百元。一等书记官四千八百元至三千八百元。驻英、法、俄、美四千八百元,驻德、意、澳四千元,驻中国三千八百元。六等官之三等编修官一千二百元。领事六千元至五千五百元。驻上海六千元,驻伦敦、马耳塞、纽约、桑港、香港、厦门、天津均五千五百元。二等书记官三千八百元至二千八百元。驻英、法、俄、美三千八百元,驻德、意、澳三千元,驻中国二千八百元。七等官之四等编修官一千元。八等官之副领事五千二百元至三千元。驻上海三千元,驻伦敦、马耳塞、纽约、桑港、香港、厦门、天津均五千二百元,驻罗马三千五百元。一等书记生,二千六百元至二千元。驻英、法、俄、美二千六百元,驻德、意、澳二千三百元,驻北京、上海、香港、厦门、天津二千元,驻伦敦、马耳塞,纽约、桑港二千四百元。九等官之二等书记生,二千二百元至一千五百元。驻英、法、俄、美二千二百元,驻德、意、澳二千元,驻北京、上海一千六百元,驻伦敦、马耳塞、纽约、桑港二千元,驻香港、厦门、天津一千六百元。

凡月给,定于每月十七日支领,新任在十五日前者给全额,在十五日后者给半额,升等增给者准之。其降等、免职在十五日前者给半额,在十五日后者给全额。既免职复再任者,前官之俸给半额,后官之俸给全额。一月之内再三转任者,于支俸之日,在职之厅准额支给;在十八日后者,照增额给。一官而兼数任,从其多者支给,若兼任同等官,不给兼官之俸。凡奉职远地者,每三个月给俸一次。其公使、领事、书记等官之奉使外国者,每六个月给俸一次。既领俸而免职者,按月追缴。凡免职而因事留任者,照给旧官月俸三分之一。得请归乡者,给月俸之半。因病不能奉职者,在四个月中给全额,以后则照给三分之一。因公私事解任审问者,在十五日中给全额,在十五日后者,照给月俸五分之一。其无罪者补给,处刑者停给。凡年给,仍准月俸之法,按月份给。月给之外,又有日给。凡海陆军官,自佐尉以下,各照领次等相当官月俸,而以日计算,有事则加俸焉。若额外吏之佣雇者,亦以日计算。凡依愿免官及在职病故者,计其奉职久暂,给予赐金,曰满年赐金。惟因私罪免职、处惩役一年以上者,不给。自明治六年制定官禄税,敕任官课十分之一,明治十年,命课十分之二。奏任官课二十分之一。惟海陆军官及公使、领事并工部省之技监官,不税。明治十三年,诏普免之。

勋　位

　　官等之外，有品以别亲王，有位以叙诸臣，有勋章以旌有功，有记章以奖军士。亲王之品，曰一品，曰二品，曰三品，曰四品，惟诸王有列五品者。叙位，曰正一位，曰从一位，曰正二位，曰从二位，曰正三位，曰从三位，曰正四位，曰从四位，曰正五位，曰从五位，曰正六位，曰从六位，曰正七位，曰从七位，曰正八位，凡十五级，位阶与官等不相附丽。太政大臣，左、右大臣，得叙一、二、三位，而正一位仍不得授参议、诸省卿、大将、议长，虽列一等官，仅叙正、从四位。一、二等官以下，仅叙五、六、七位。若八等官以下，则无位焉。凡叙位，以资格之深浅，不以官等之崇卑。免官之后，仍带位阶。惟有罪褫职者，并夺其位记。亦有身后追赠者。

　　勋章凡八等。古以武功爵为勋，凡十二等。明治八年定制，仿照西人宝星之法，给以赏牌。九年乃改为勋章。勋章之制，以金银为章，上系以纽，纽之上为环，佩之以绶。勋一等者，金日章，又名旭日大绶章。径二寸五分，以赤佛蒜嵌，光线以白佛蒜嵌；纽亦金制，为桐叶形，上为桐花三枝，中央七花，左右各五花，花以紫佛蒜嵌，叶以绿佛蒜嵌；环用金，圆形；绶幅四寸，红白交织。勋二等者，金银日章，又名旭日重光章。径三寸，日及光线，用佛蒜，均如一等制。无纽无环，佩以银针，无绶。勋三等，金日章，又名旭日中绶章。径一寸八分，纽如一等，环用金，椭圆形，绶幅一寸，亦红白交织。勋四等，金日章，又名旭日小绶章。径一寸五分，纽如一等，环用金，圆形，绶幅一寸。勋五等，金银日章，径一寸五分，纽亦金制，为桐叶形，上为桐花三枝，中央五花，左右各三花，花紫，叶绿，均用佛蒜，如一等制。环用金，圆形，绶幅一寸。勋六等，银日章，径一寸五分，纽如五等，环用银，圆形,绶幅一寸。勋七等,银桐章,径一寸,叶绿,花紫,花中五而左右三,其式如纽而不别系纽,环用银,圆形,绶幅一寸。勋八等,亦银桐章,花叶皆以银,不嵌佛蒜,其他均如七等。凡佩带勋章之法,勋一等者,必兼佩二等章。二等以下,只佩一章。凡一等勋,用广绶,自右肩上斜佩左肋下。二等无绶,用针夹佩右肋上。三等缠绶于领,佩于颔下。四等以下,皆佩于左肋边。凡勋章佩于礼服,若常服,代用略绶,褂之左襟扣口,以表等级。

明治十年又改制:一曰大勋位菊花大绶章,章用金日,日之四围有菊四枝;日赤,光线白,花黄,叶绿,均用佛蒜;纽亦用菊,仍以黄佛蒜嵌;环用金,圆形;绶幅三寸八分,红紫交织。二曰大勋位菊花章,章用金银日,径三寸;日赤,光线白,二重。菊黄,叶绿,均用佛蒜;无纽,无环,无绶,佩用银针。叙勋一、二等者,亦许其佩带。惟大勋位不轻授人,今惟叙亲王一人而已。凡叙勋一等者,国皇亲授;叙二等者,太政大臣奉授;叙三等者,赏勋局总裁奉授;四等以下,则总裁送致之诸省卿长以转授之。外国臣民之得勋章者,由外务卿转授焉。其自外国政府得有勋章者,敕、奏任官具状于外务省,判任官及华士族平民,各由其管辖厅具状于外务省,转达于太政官,经赏勋局核准,亦许佩带焉。

若从军记章,不论将卒贵贱,不问军功有无,凯旋之后即普赐之,以为徽志。其式:银章,圆形,径一寸,中刻纹为桐枝,里记年号,纽用银,绶幅一寸,绿白交织。

章 服

明治六年,始仿西制,改定章服,有大礼服。其分别等差:曰帽,帽,敕、奏任均同,惟以饰毛之有无、刺绣之精粗为别。曰上衣,上衣之饰章,敕任官在襟背胸袖侧囊脊端;奏任官在襟袖侧囊脊端;判任官仅在襟袖。曰下衣,曰裤,曰等级标条。等级标条,在两袖饰章之边。其条线阔一分,中间八厘。凡敕任官,帽用黑绒,饰以白毛,左侧章用黑天鹅绒五七桐御纹一个,桐蕾小唐草。按蕾即桐花,中央七,左右五,故名五七桐。其五三桐仿此。周缘电纹,阔三分,钮扣径七分,金制,亦刻五七桐。上衣用黑绒,饰用绣,以金线御纹以五七桐,桐蕾小唐草。缘饰以电纹线,阔三分。大钮扣径七分,金制,亦刻五七桐。下衣用白绒,小钮扣,径五分,亦以金制。数无定制。裤用白绒,两侧施电纹线。阔一寸。等级标条,一等官金线三条,二等官二条,三等官一条。凡奏任官,帽用黑绒,饰以黑毛,左侧章用天鹅绒五三桐御纹一个,桐蕾中唐草。周缘单线,阔三分,钮扣径七分,金制,亦刻五三桐。上衣用黑绒,饰用绣,以金线御纹以五三桐。桐蕾中唐草。缘饰以无地单线,大钮扣径七分,金制,亦刻五三桐。下衣用鼠色绒,小钮扣径五分,亦以金制。数无定制。裤用鼠色绒,两侧章施无地单线。阔一寸。等级标条,四等官金线四条,五等官三条,六等官二条,七等官一条。凡判任官,帽用黑绒,无毛饰,左侧章用黑天鹅绒五三桐御纹一个。桐蕾大唐草。周缘单线,钮扣径七分,银制,亦刻五三桐。上衣用黑绒,饰用绣,以绒线御纹以五三桐,桐蕾大唐草。缘饰以无地单线,大钮扣径七分,银制,亦刻五三桐。下衣以绀色绒,小钮扣径五分,以银制。数无定制。裤以绀色绒,两侧章施无地单线。阔一寸。等级标条,八等官银线七条,九等官六条,十等官五条,十一等官四条,十二等官三条,十三等官二条,十四等官一条,十五等官无。凡等外吏,用通常礼服,惟一等至四等,各以其袖端施等级标条:一等白线四条,二等三条,三等二条,四等一条。凡非役有位者,四位以上准敕任,五位以下准奏任,惟饰章除桐蕾唐草合绣之制,仅以脊端附圆径二寸之御纹一个而已。其皇族大礼服,徽章用菊饰,章用日,他亦如诸官。惟海陆军军官尊卑之等、职务之别,或以色,或以式,各不相同云。凡大礼服必佩剑,剑约长三尺。敕任官之剑柄用金,剑之头环为卵形,表里二个,桐蕾密镂;剑之覆轮缘为云头;剑之鸟头为凤;剑之锷为卵形一个,桐蕾密镂;剑之鞘用黑革;剑之鞘口为云头带;剑之鞘舌为叶形;剑之铠为桐蕾密镂;剑之带以金线装;剑之运转环以金;剑之钩带以金线装,带之扣以金。奏任判任官制多从同,惟所镂桐蕾较疏。奏任官之带,以银线装。判任官之柄用银、带用黑革而已。

黜　陟

官人之法,尽由荐举。考海陆军武官,多出于兵学校。学生既卒业,试而得选,有叙佐、尉官者,盖兼用考试之法。其他学校,虽选择其尤,给以理学、法学士之名,夸为得第,于官人无与也。自封建废,而世禄亦废。维新之始,诏征各藩贡士于京,多邀显擢。今当路诸公,皆维新功臣,非旧京华族,即巨藩要人。今之参议等官多通西语,盖幕府末造,各藩争选英俊,厚给资装,俾受业于泰西。归,值维新,崇尚西法,遂各据要津云。若奏任诸官,则由各省卿长举其所知,上之太政官,太政官擢而用之。明治元年八月,镇将府布告曰:“苞苴私谒,宦途积弊,缘是而推举登用,实损国体而惑人心。今政体一新,严禁此弊,物虽薄微,与受同罪。”二年,又布告曰:“选举为当今之要务,出处为终身之大节。若怀挟私意,徇亲忘疏,贤何以升,不肖何以退? 汝百官有司,宜考贤否之实迹,去爱憎之私意,同心协力,以扶植皇基。”四年三月,又诏曰:“滥举人才,实乖政体。自今诸官省并地方官,凡选举判任官,须以其人之行状才识详呈于管辖官,然后登用。”七年,又诏院省使及地方官："凡擢用奏任官,须将其人之性行、履历、事业,详细记于别纸,申之太政官,察核而后用焉。"

自维新之初,务以网罗贤才、收拾人心为务,一切崇尚宽大,并无课吏考官之法,多滥赏而薄罚,骤升而慎降。明治九年,始定官吏惩戒例,其法除私罪外,凡官吏有误事渎职者,本属长官得行惩戒之法。惩戒之法三:一曰谴责,长官指斥其事,给予谴责书。二曰罚俸。少则半月,多则三月。凡罚俸之法,每月限领月俸之半,以其余数送还大藏省。三曰免职。以惩戒免职,长官具状奏请,免夺位记。但必由长官谕令本人,自请免职,方免追夺。凡惩戒之权,诸省长官于所属奏判任官、太政大臣于府县奏任官、府县并警视厅长官于所属判任官,司法卿于四等之下之判事,均得专行。惟府县之兼判事者,于所属判任官,须与其他府县奏任官协议,然后得行。又府县长官、警视长官,于所属判任得专行谴责。其罚俸、免职者,速申之内务卿,兼判事者,速申之司法卿,然后得行。凡官吏有心故造入于私罪者,若仍系公务失误,本属长官得因司法官移会,专行其处分,凡官吏犯罪,除律例载明专条外,别无官吏处分之法。惟官吏不许营商。凡买之于人、卖之于人,或买人物产加以制造以营利者,一概禁止。惟开掘矿山及购买田地,或贷其田地家产于人以收屋租地价,或贷金银于人以收利息,或举其田地所生物产加以制造以营利者,在所不禁。若其家族欲为商贾者,宜分籍别居,然后就业。又明治八年定例:凡官地、官林及公用物品,以投票法斥卖者,其管辖厅所属官员不许投取。又,明治十二年,太政官布告,凡为官吏,不许聚会公众,以政治学术讲谈演说,以煽惑人心;违者均治罪。此数者为官规;其他概同平民。

卷十四　职官志二

维新以来，设官分职，废置纷纭。若各官省所隶之局，因革损益，随时变更，尤不可胜载。今专就明治十四年冬现有之官，分条胪举。其仿照西法为旧制所无者，特加详焉。

太 政 官

孝德帝时始置左右大臣，寻设八省百官，以规抚唐制。天智登极，始置太政大臣，以皇子为之，百寮有司，咸隶而受职，体制崇重，礼绝群臣。自文德以后，外戚擅权，世袭其位，驯有关白、摄政、准三宫之号，盖一国大权之所归，侔于人主矣。逮乎将门主政，百官尽属虚器，太政官亦存空名。庆应丁卯，太政复古，尽废旧称，并及武门所设传奏、守护职、所司代诸官，乃设总裁、议定、参与之职。明治元年戊辰正月，以三职统八课。八课者：曰总裁，曰神祇事务，曰内国事务，曰外国事务，曰海陆军务，曰会计事务，曰刑法事务，曰制度事务。二月，改八课为八局。闰四月，改局称官，复分总裁局为议政官、行政官。议政官有议定、参与、议长，皆主立政。行政官有辅、有相，皆主行政。己巳七月，又罢行政官，复大臣、参议之名，视事于内阁。别置集议院，使行政长官会计得失，然行政长官奉命而已。辛未七月，更分太政官为正院、即内阁。左院、议长与参议兼任。右院；诸省长官会集之所。然右院势弱。乙亥四月,废三院,更立元老院,专议政事,而元老院亦无权。国家政事悉出于大臣、参议;各省卿长,类以参议兼任,于是太政官权益重。其时参议板垣退助极陈参议兼卿之弊,谓议政、行政不可归一。左大臣岛津久光韪其说,大臣三条实美执持不可,枢府分党,浸成瑕隙。初,参议木户孝允使欧美归,欲效其政体,所议每与内阁龃龉,遂与板垣退助俱退归,枢府渐成水火。井上馨忧之,于八年一月要说木户、板垣、大久保、伊藤诸君于大坂,以调停异同,世人名之曰"大坂会议"。木户、板垣仍任职,及板垣退助之建议也。会闻朝鲜炮击云扬舰事,三条实美欲待事定再议,退助执不可,左大臣久光力赞其言,于是内阁大臣会请敕裁。国皇诏曰:"分离论不可行,左大臣所奏不可纳。"岛津、板垣遂辞职。物议纷纭,都下哗然。寻,久光、退助皆辞职,政体暂定,五年少所变革。庚辰二月,复解参议所兼卿职,专任参议,而各省卿长择员别补。然未几,太政官中旋设外务、内务、军事、会计、法制、司法六局,仍命参议董其事。若于诸省卿长之上,复设统辖官者。即又分设书记局、参事院、检察院、赏勋局、统计院、修史馆,以大臣、参议兼充其长。而诸省卿不以参议兼。然制虽稍殊,而权未尝下逮也。

　　太政大臣一人,主辅弼。一人襄理万机,创制庶政,进退百寮,有司章奏,裁决可否,由大臣用御印。凡国中律例格式,悉以太政大臣名布告于四方。左、右大臣各一人,参议无定员。为之贰,率属而从事焉。大书记官、权大书记官、少书记官、权少书记官,无定员。官等详表。诸省书记官、属官职制皆同;其不同者,别详之。主撰拟草案,勘校文书,督率员吏。分任职事属官,一等至十等,无定员。官等详表。掌缮写文书,检查档案,受发文移,奔走事务。凡隶于太政官者,曰书记局,曰参事院,曰检查院,曰赏勋局,曰统计院,曰修史馆。

　　书记局　凡二局,以大书记官为长,专司内阁文书档案。

参事院 先是,太政官中置制度事务局,后改法制局,国家制度皆议而后行。自明治八年设元老院,凡立法之事悉委于院,而太政官仍有法制局。至十四年,始改为参事院。 议长一人,以参议兼充。副议长一人,以一等官充。议官,无定员。以二三等官充。议官补,无定员。以四等至七等官充。议官补,无定员。其支领某等官月俸者,曰某等官相当官。员外议官补,无定员。以诸省书记官兼充。书记生,无定员。以八等至十七等官充。其支领某等月俸者,曰某等相当官。凡属于官事者,曰职制章程;系于民事者,曰规则条款;关于刑法者,曰法律。因革损益,由内阁具草,交元老院议定,复呈本院参详而行之。其官省疑难之事及政事得失所关,有持论异同、纷纭不决者,皆经本院议定而后行。

会计检查院 明治十四年始设。 院长一人,以二等官充。副长一人,以三等官充。检查官,无定员。以四等至七等官充。检查官补,无定员。以八等至十七等官充。凡岁出岁入之科目、预算决算之报告、国库出纳之法、官物管理之方,皆分别科条,创定规制。诸省官吏司会计之任者,咸遵其法上其数,经本院检查而后颁告焉。

赏勋局 总裁一人,以太政大臣兼充。副总裁一人,以一等官充。议定官,无定员。以二等官充。主事一人,以四等官充。一等秘书官一人,以五等官充。二等秘书官一人,以六等官充。属官,无定员。自六等至十等。凡考绩则叙阶,官等有定,而位阶无定。现任官循其旧阶而升进之,亦有解官华族,以特旨叙位者。旌能则赏物,有操行奇特者,或赐银杯,或赐木杯,或赐米,或赐帛。酬劳则赐金,奖勋则锡章,详勋位条。皆由议定官议其事,上之总裁,核而颁给焉。

统计院 明治十四年始设。 干事兼检查官一人,以一、二、三等官充。书记官、无定员。属官。无定员。凡国中之土地、户口、农业、工作、商务、船舶、财政、兵力、刑法、文教、督令司职者,详查其事,确稽其数,编次为表,上之本院。本院统而编之。其表多为方罫形,或为圆图,或为旁行斜上之式,使览者了然于国力之盛衰、政治之得失,俾枢府诸臣得握其要而施治焉。考统计之法,盖如史家之表。太史公曰:"吾见周谱旁行斜上,故因而作表。"今泰西统计之学,悉详考数目,分编为表,而由表之法变而为圆图,为方图,为纵横上下之线,使览者不烦寻索,而是非得失了然于胸中,则其学愈简愈明、愈精愈细矣。当泰西千七百年间始有此名。硕学鸿儒,讨论掌故,特创此法,以便于记忆耳,人犹未知其于政治有大益也。及佛兰西路易十四世、拿破仑一世之时,变更政体,乃举一切施政之方,条分类别,表而明之。由是欧洲各国,迭相慕效,盖其法借算数以求实事,即举实事以考利弊。如记人民婚姻生死之数,可以知户口之虚旺;记农业、百工、物产之数,可以知物价之高下;记兵力厚薄,可以知国势之强弱;记商业盛衰,可以知国力之盈绌;记犯罪多寡,可以知刑罚之轻重。操之至约,执之至简,而一国情形如视诸掌焉。诚秉国钧者,必不可少之书也。泰西之业是学者,谓上古有夏禹王尝以统计之法创为一书,并刊于鼎,实为统计学者之祖,盖谓《禹贡》与九鼎也。余因考《周礼》一书,大司徒掌人民之数,九州地域广轮之数,而职方氏一官,并及财用、九谷、六畜之数。苟非纲举目张,俾居是职者博稽而详核焉,乌从而知其数哉。贾生有言:"帝王之治天下也,极之至纤至悉,而无不到。"信矣哉!

修史馆 总裁一人,今以大臣兼充。编修,无定员,凡四等。监事一员,掌记、无定员,凡八等。缮写。无定员,凡二等。凡官省使院之事见于布告者,系日志之。若国有大事,则记其本末,查访而类编之。若"西乡隆盛叛"之类。

元 老 院

古无此官。初,明治戊辰四月,于太政官中设议政局。十二月,置公议所于东京。已巳七月,废公议所,置集议院,十二月闭院。庚午三月开集议院,九月闭院。辛未,并集议院于太政官。其时,太政官之权特重。议者欲仿西法,开议院以分其权。是年,参议副岛种臣、板垣退助等连名上书,请起民撰议院;大学头加藤宏之驳论,谓民智未开,于时未可。然世论纷纭未已。壬申二月,诏曰:"朕即位之初,会群臣,以五事誓神明,定国是。赖祖宗之灵、群臣之力,致今日小康。顾中兴日浅,未臻上理。朕乃扩充誓文之意,更设元老院,以定立法之源;置大审院,以巩立法之权;又召集地方官,以通民情,图公益,渐建立宪政体,欲与汝众庶,俱赖其庆。汝众庶其毋泥旧习,毋蹈轻进,以翼赞朕旨。"于是遂设元老院。

议长一人,副议长一人,主监临议场,整顿院规。干事一人,理院中会计庶务。议官,无定员。掌会议议案,定决可否。书记官,无定员,凡四等。主宣读议草,纂修奏稿。书记生,无定员,凡十等。主文书档案。议长、议官皆特旨擢任,第一华族,第二敕任、奏任官应升者,第三于国有勋劳者,第四明于政治、习于法律者。凡制定新法,改正旧章,皆由内阁草具议案,以敕命交付本院。议案有应行议商者、有止应检视者,亦由内阁分别交付。若其事急应施行者,先由内阁随时布告,再交本院检视亦可。议官约三十员。议事之日,会集诸员必逾三分之一,乃得开议。议论既毕,专以人数之多寡、决事之从违。凡诸省所上之事,已经内阁具案,亦得委员至本院陈述其意见,以备参酌。凡大臣、参议、省使长官,均得于议事日至院会议,惟不入于决议员数之列。凡人民于立法创制,有所建白,本院得受其书而理之。每岁会议,开院闭院均奉敕旨以行。开会之日,乘舆或亲临焉。

外 务 省

中古有鸿胪寺,以待远宾,然所司迎送馈劳之事而已。德川氏时,设长崎奉行官理互市。迨泰西诸国遣兵要约,于下田、箱馆、浦贺各设奉行,为外务所缘起。明治戊辰二月,德川氏还政,始建外国事务局。闰四月,废局,设外国官。七月,复废外国官,建外务省。幕府末年,曾遣筑后守池田使英、法国,是为遣使外国之始。庚午六月,设特例办务使。闰十月,置大、中、少办务使,正、权大少记,分遣于泰西,理通商事及留学生。十一月,又设领事官。官凡四等。壬申十月,废办务使及大少记,置公使、书记官、书记生等,定为今制。

外务卿一人,大辅一人,少辅一人。凡订条约、遣信使、通市舶之事,卿率其属以定议。大事上之,小事则行,以慎邦交。书记官,无定员,凡四等。主译文书、通言语、款宾客、具草案;或分国,或分事,各专其责。属官无定员,凡四等。承办庶务。凡朝会宴飨,外务卿班在邻国公使上。公使入国,先谒外务卿,示以国书稿,而后觐见。有事则折简约公使会商于本省。亦有遣大辅、少辅与使馆书记官议商具草,而后卿与公使定之者。凡邻国领事莅任,公使具其姓名告之卿,卿假以文凭,曰认可状,得状乃视事。领事逾越法度者,卿得以其罪状达其国外务,请撤之归。凡地方官与他国领事交涉,财务,属之府县官;斗争,属之警视局;讼狱,属之裁判所;课税,属之税关长;然皆隶于外务。若两国争执,以其事申之卿,卿告之公使,而会议焉。凡国中律令格式宣告于四方者,亦达之公使。凡邻国大宾来,则设领客使接伴挂以周旋之。凡驻外公使、领事,皆受外务卿指挥。公使、领事旬月必有报,书记官译而编录之,使周知他国之政治、风俗焉。特命全权公使,一驻中国北京,一驻美国华盛顿,一驻英国伦敦,一驻俄国彼得罗堡,一驻意国罗马,一驻澳国维也纳,一驻德国伯林,一驻法国巴黎,一驻日国马得力,一驻和国海牙。主修邻好,觇国势,护商旅。所驻之国,条约内事皆任其全权,而事仍隶于外务。若国家大事,则受外务卿指挥而后行。凡彼国有事,必报达外务办理。公使、官职差小者。代理公使,公使归国,以书记官代理者。任事同,而职稍杀。惟因事派遣授以全权者,受命而出,事得专行。辛未四月,命大藏卿伊达宗城为钦差全权大臣来使于我,以右大臣岩仓具视等为特命全权大使往美利驾、欧罗巴各大国;丙子十月,以开拓使黑田清隆为特命全权办理大臣使朝鲜结约;甲戌八月,以内务卿大久保利通为钦差全权办理大臣来使于我,议台湾生蕃事,皆所谓头等公使。凡特命全权公使,多以二等官充,拜命则解本官,归国若不授别官,仍隶于外务。在任无定期。公使馆属官、书记官、凡二等。书记生、凡四等。书记见习,承办诸务。

总领事、一驻中国上海,一驻朝鲜元山津。领事,在中国者,驻天津、厦门、牛庄、之罘多兼任,驻广州者,每以驻香港领事兼任。在法国者,驻马耳塞。在美国者,一驻纽约,一驻桑佛兰西斯哥。在伊国者,驻未兰。在朝鲜者,驻釜山。主保护商民,管理贸易。所驻之国,凡寄寓商民、留学生员,归其编审。商船之往来者,亦归其稽查。其在亚细亚者,凡争讼,并得以己国法审断。己民大事,皆报之外务省。若与地方官争议,则申其事于公使。领事署属官、书记生、书记见习,承办诸务。

内 务 省

古为民部省。戊辰正月设八课,有内国事务课。二月改课为局,闰四月废之。己巳四月,建民部官。七月,废官改省。八月合并于大藏省。庚午七月,复改民部、大藏为二。辛未七月,又废民部省。癸酉十一月,再置内务省,如今制。

内务卿一人,大辅一人,少辅一人。凡安家国、审户籍、正疆界之事,卿率其属以定议。大事上之,小事则行,以敷邦治。书记官、无定员,凡四等。属官、无定员,凡十等。分所司而承其事。本省所辖凡十二局。

警保局 以书记官为局长，主监稽警察。初，警视厅为本省分局，后虽别开官厅，而仍隶本省。此局专司其事。

地理局 以大书记官为局长，主测绘地图。

户籍局 以大书记官为局长，主编审户籍。

社寺局 以大书记官为局长，主神社、佛寺之事。

土木局 以大书记官为局长，主家屋、坟山之事。

卫生局 以大书记官为局长，其职在保护人民，使无疾病。凡粪除街衢，疏通潴洰，洁清井灶，皆督饬府县官及警察官，使地方人民扫除污秽，以防疾病。凡医生，必经试验，给予文凭，方许行医。凡通都大邑，必有病院，以收养病民。院长时察其病况，上之本局。凡有以丹膏丸散营业者，必以化学剖验无有毒害，方许发卖。凡人民兽畜有传染时疫者，必速由地方警察所电报于本局，而设法以预防焉。

图书局 以大书记官为局长，其职在奖劝著述，以图公益。凡欲以著作及翻译之图书刻板者，先以草稿缮呈本局。本局察其有益于世，给予执照，名曰版权，许于三十年间自专其利，他人不得翻刻盗卖。以摄影写山水人物之形、名镜写真者，亦如之。其摹测地图、编录政表者，亦如之。凡新闻纸，每日刊印，必以印本呈本局。有犯新闻条例及诽谤律者，本局察而罚之。

会计局 以书记官为局长，主本省会计。

庶务局 以书记官为局长，主本省庶务。

取调局 以书记官为局长，主调查诸务。

监狱局 以大书记官为局长。凡罪犯，已经裁判官宣告其处徒刑、流刑、惩役、禁狱、禁锢、拘留者，悉收于狱。狱成，隶于本省，不与司法官相关。凡狱中之房室、饮食、衣服、工役，皆有定则。分设监狱于府县,命监狱长司其事,而以本局监督之焉。

往复课　以书记官为课长,主收发文书。

大 藏 省

古亦名大藏省。戊辰正月设八课,有会计事务课。二月,改课为局。闰四月,废之,旋建会计官。己巳七月,废官改省。八月,与民部省合并。庚午七月,民部、大藏复分省,如今制。

大藏卿一人,大辅一人,少辅一人。凡课租税、权出纳、造钱币之事,卿率其属以定议。大事上之,小事则行,以制邦用。书记官、无定员,凡四等。属官,无定员,凡十等。分所司而承其事。本省所辖凡十二局。

书记局　以大书记官为局长,主撰拟文书。

议案局　以书记官为局长,主编纂章程。

租税局　以大书记官为局长,主催收租税。

关税局　以三等官为局长,主稽查关税。凡通商港口,分设税关。关长以大书记官充,副关长以少书记官充。其事务较简者,不设副关长,或以属官充关长。所属有属官、无定员,凡十等。监吏、鉴定役,能识别物之美恶、价之高低者。各执其事,而以本局总司稽查焉。分设诸关,曰横滨,曰神户,曰大坂,曰长崎,曰函馆,曰新潟。

国债局　以大书记官为局长,主清厘国债。国债详《食货志》。

出纳局　以书记官为局长,主出纳钱币。

造币局　以大书记官为局长。自明治四年始于大坂筑造币局。仿西人钱式,金、银、铜三货并铸。凡货币,别其性质,凡金二十元、十元、五元、二元、一元者,皆金九、铜一;银一元者,银九、铜一;银五十钱、二十钱、十钱、五钱者,皆银八铜二。准其分量,金二十元,重八钱八分七厘三毫六丝;十元,重四钱四分三厘六毫八丝;五元,重二钱一分一厘八毫四丝;二元,重八分八厘七毫三丝;一元,重四分四厘三毫六丝八。银一元者,重七钱一分七厘六毫。其他皆有定式。判其名称,一元千分之一为一厘,百分之一为一钱,十分之一为十钱。精其式样,皆圆式,刻为龙凤花草之形。皆由本局督令工匠随时制造,以颁行于世焉。余详《食货志·货币》条。

印刷局 以大书记官为局长,主印刷纸币。纸币详《食货志》。

常平局 以书记官为局长,主平准货物。

记录局 以书记官为局长,主勘录档案。

调查局 以大书记官为局长,主勘查算数。

银行局 以书记官为局长。凡银行名曰国立,核其资本,检其股分,计其利益,查其簿记,皆由国家制定条例,而本局以时遣员巡察焉。

陆军省 沿革详《兵志》

陆军卿一人,大辅一人,少辅一人。凡选将校、给兵饷、饬军律之事,卿率其属以定议。大事上之,小事则行,以整邦武。所属将校分所司而承其事。本省所隶凡六局。

卿官房 以参谋大佐为房长,主参赞军务。

总务局 以大、少辅为局长,主总理庶务。

人员局 以大佐为局长,主步兵骑兵事。

炮兵局 以大佐为局长,主炮兵事。

工兵局 以大佐为局长,主工兵事。

会计局 以会计监督长为局长,主会计事。

陆军武官,曰大将、中将、少将,是为将官。曰大佐、中佐、少佐,为佐官。曰大尉、中尉、少尉,为士官。士官之下,为准士官。准士官以下,曰曹长、军曹、伍长,为下士。凡佐、尉以下官,皆分科隶习,曰参谋科,曰宪兵科,曰步兵科,曰骑兵科,曰炮兵科,曰工兵科,曰辎重兵科,曰会计科,曰军医科,曰马医科,曰军乐部。

陆军省所辖官署：

炮兵会议所,以少将为议长,主讲求炮制。

军医本部,以军医总监为部长,主医治疾病。

病院,以军医监为院长,主调养伤疾。

士官学校、户山学校,以将佐官为校长,主教习士官。

教导团,以大佐为团长,主教练兵卒。

炮兵各方面,以佐官为提理,主修造枪炮。

工兵各方面,以佐官为提理,主调制器械。

军马局,以佐官为局长,主支发马匹。

病马院,以马医监为院长,主保护马匹。

宪兵本部,以佐官为部长,主整饬军政。

参谋本部,以将官为部长,主赞画机务。

监军本部,以将官为部长,主监督战事。

近卫局,以将官为都督,主警卫王畿。

六镇台,以将官为司令,主防固岩邑。

陆军裁判所,主问罪惩凶。有裁判长、评事、大主理、中主理、少主理、大录事、中录事、少录事、均无定员,官等详表。一等捕部、二等捕部。凡陆军军人、军属,皆别设军律,不同凡民。有犯律者,裁判长率属而按律惩办。遇大狱,则选派将校开厅而会议焉。以上陆军诸官,皆别详《兵志》。

海军省 沿革详《兵志》

海军卿一人,大辅一人,少辅一人。凡造船舶、派将校、固港岸之事,卿率其属以定议。大事上之,小事则行,以固邦防。书记官、无定员,凡四等。属官,无定员,凡十等。分所司而承其事。

海军武官,曰大将、中将、少将,是为将官;曰大佐、中佐、少佐,为佐官;曰大尉、中尉、少尉,为(尉)〔士〕官。士官以下,为准士官。准士官以下,曰掌炮长,曰木工长,曰水工长,为下士。凡佐、尉以下官,各分科隶习,曰军医科,曰秘书科,曰主计科,掌军舰会计。曰机关科。掌军舰机器。

海军省所隶官署:

兵学校,以将官为校长,主教习将校。

造船局,以将官为局长,主制造船舰。

水路局,以将官为局长,主巡测海路。

海军裁判所,官如陆军。以上海军诸官,皆别详《兵志》。

文 部 省

古为式部省。明治戊辰三月,开学习院。六月,命开旧幕府所设昌平校。八月,开大学寮。己巳三月,建教导局。六月,改昌平校为大学校。七月,建宣教使,废教导局。十二月,改大学校称大学。辛未七月,废大学,建文部省,为今制。

文部卿一人,大辅一人,少辅一人。凡修文教、建学校、育人才之事,卿率其属以定议。大事上之,小事则行,以敷邦教。书记官、无定员,凡四等。属官,无定员,凡十等。分所司而承其事。考明治十三年所颁文部省职制章程,本省分局有官立学务局、地方学务局、编习局、报告局、会计局。惟十四年冬,职官录不录各局长,故略之。

文部省所隶学校:

东京大学校,校长曰总理,分教有教授、助教授、教谕、助教谕。

东京师范学校。

东京女子师范学校。

东京外国语学校。

大坂英语学校。

农商务省

古无此官。戊辰闰四月，建会计官，管驿递等七司。旋置商法司，即又废之。己巳四月，建民部官，管驿递、物产五司。六月，又置通商司。七月，废官，改民部省。八月，民部与大藏省合并。庚午七月，又分省。辛未七月，废民部省，于大藏省中置劝业、驿递各司。八月，改称劝业寮为劝农寮。癸酉十一月，置内务省，命管劝农局、驿递局。既又增置博物局、山林局，惟商务局仍隶于大藏省。辛巳五月，始割内务、大藏两省所隶之局为农商务省，如今制。

农商务卿一人，大辅一人，少辅一人。凡殖物产、便民生、图公益之事，卿率其属以定议。大事上之，小事则行，以阜邦财。书记官、无定员，凡四等。属官，无定员，凡十等。分所司而承其事。本省所辖凡八局：

书记局，以大书记官为局长，主撰拟文稿。

农务局，以大书记官为局长，职在劝农务。凡诸国郡邑，以时遣员巡行，察岁之丰歉、农之勤惰、田之垦荒，以周知其数。凡风雨水旱，旬日必试验之，以上之于卿，而普告于众。局中有农学校，凡农家种植之法、畜牧之方及蔬果花木之异种、耰耡耒耜之新器，则传其种，摹其形，译其书，募生徒而教授之。凡丝、茶、棉、糖，汇全国所产，比较而试验之，褒其精良，而禁其奸伪。局长咸率其属而从事焉。

商务局，以大书记官为局长，职在兴商务。凡通商之物，辨其陆产、米麦丝茶之类。坑产、铜铁铅炭之类。水产、鱼介蛤贝之类。制产,酒酱陶漆之类。分别天然之品与制造之物,计其数目,权其价格,别之以结约诸国,区之以通商各港,核其每岁输出输入之多寡,而总权其金银货币出入之数,以考其盛衰,求其盈绌。局长咸率其属而从事焉。

工务局,以大书记官为局长,职在兴工务。凡以人工制造,或本国自有之物,或外国新来之品,皆辨其良楛,验其精粗,衡其巧拙,特开劝工场以教人。其有新器异法,则摹其形,译其书,而广其传。若尤异者,特褒赏之,以励众工。局长咸率其属而从事焉。

山林局,以大书记官为局长,职司山林。凡有林木之处,无论官有地与民有地,皆检其地段,稽其丛数,别其材木,禁民间毋得剪伐,以保萌蘖而滋生长。其林木种植之法、培养之方,亦广求善法以教人。材木之良者,则裁为方寸,验其质而考其宜。局长咸率其属而从事焉。

驿递局,驿递总官一人,三等官。驿递官四人,凡四等。属官,无定员,凡十等。职司邮政。凡全国分局三千九百有奇。在东京者为总局,其余各府各县各郡各区皆有分局。凡书一封重二钱以下者,无论远近,皆取资二钱。重二钱以上至四钱,四钱以上至六钱,每加重二钱,则加收二钱。惟在一城市内往复者,减半。其邮寄外国书函,如寄上海、香港、美国,每重十五具,法国权量之名。每一具即日本二分六厘六毫强,十五具即三钱九分九厘也。收税三钱。由南洋至欧罗巴,收税二十钱有奇。由大东洋至南北美利坚者,收十钱有奇。局中别造精纸,方广七分许,镂刻精美,名曰印纸,书其上,曰邮便税,寄书者自购而自粘之。别有方广三四寸之纸,表里两面:一面书寄所姓名,一面书事,收税亦减半。凡街衢冲要之处,人烟辐辏之所,遍设邮筒,高尺许,方广六寸,谨锁其盖,盖留一缝。寄书者,随时随地投纳其内。每半时许,局中人开函取之,录记于簿,旋以墨污印纸，以杜重用之弊。复盖一小印，书府县名，即行分递。凡收受迟误，得查问之。其书留之函加重其税，自行投局，登记于簿，名曰书留。遗失，罚金偿之。若新闻纸，若书籍，皆露封。每新闻一纸，重十六钱以下，税一钱；三十二钱以下，税二钱；四十八钱以下，税三钱。重逾此数，与书籍等。书籍每重八钱，税二钱；重十六钱，税四钱；递加皆准此价。惟国家大政事，民生大利害，人民有上书建白者，经管辖厅交局转递，不课税。其关涉农务，或质问，或应答，无论图册，重十六钱以下者，或谷种或木样重三十二钱者，亦不课税。重逾二十二钱，比照物税。其图册逾十六钱者，与书籍等。凡物品均许递送，每重八钱，课税二钱，递加皆准此价。惟尺寸有定限，重以三十两为限。大小以曲尺一尺二寸、阔八寸、厚五寸为限。不得逾越。凡有由此地寄银彼地者，以纸币入函内，大约每五元税三钱，道较远，则税递增。如在二十五里以内税三钱，五十里以内税四钱，百里以内税六钱，二百里以内税十钱，其他准此。金较多，则税递减。如五元税三钱，十元税四钱，二十元税六钱。每封不得过五十元之数。其由局中给券汇兑者，则毋拘远近，每三元税三钱。五元课五钱，十元课八钱，二十元课十二钱，三十元课十五钱。每券一纸，不得过三十元之数。凡驿递局所在，无论都鄙，无论老幼，有欲以金银钱寄留本局者，本局许为存留。每人自三钱以上，即许存寄，每岁取息六分。如金十元每一岁取息六十钱，每六个月取息三十钱，每一月取息五钱。愿支回者，随时听便。惟每人每月存寄金不得越三十元之数。凡书函，或沉没，或开封，或阻留，惟驿递总官得独行其权。局中官吏、佣役、供奔走投送之役者，或迟误，或疏失，均课罚。其擅行开封及阻留，或盗窃者，并重课其罚。凡改易章程，剔除弊窦，皆由总局上其议于卿，核定而颁行之。局中庶务，驿递总官咸率其属而从事焉。

邮便铁路里程表

类别 / 年度	线路	各年增减	延长里数	各年增减
明治五年	四,一二〇		一,一六八,六二〇	
明治六年	五,三七六	一,二五六	二,一八七,一四七	一,〇一八,五二七
明治七年	一〇,〇八七	四,七一一	四,五七六,四一四	二,三八九,二六七
明治八年前半年	一〇,六五〇	五六三	二,四四三,七七七	一三五,三五〇
明治八年度	一三,六六一	三,〇一一	五,三三二,四四六	七五六,〇三二
明治九年度	一三,七四五	八四	五,七五八,二五二	四二五,八〇六
明治十年度	一三,八一八	七三	八,六三九,〇三九	二,八八〇,七八七
明治十一年度	一四,四〇二	五八四	九,〇二九,五六〇	三九〇,五二一
明治十二年度	一六,九一八	二,五一六	九,五七四,〇一六	五四四,四五六

邮便局表

局名＼年度	五年	六年	七年	八年	九年	十年	十一年	十二年
一等局			七	一〇	一一	一一	一四	二六
二等局			七〇	九一	六六	六七	六五	六六
三等局			五〇	五一	五五	五六	五七	五八
四等局			二〇四	三三七	三八二	三八四	四二五	四九二
五等局			二,九一四	三,二〇四	三,二〇九	三,二四九	三,三〇〇	三,七〇八
无等局				一四	二四	二四	二七	二七
通计	一,一三八	一,五〇〇	三,二四二	三,六四四	三,七四四	三,七八一	三,九三七	四,三三七
邮便收受所			六〇一	七六二	一,五〇一	一,六六三	一,九一七	二〇七
邮便印纸卖所	二,一三五	二,六五	六〇一	八一一	一,三四〇	一,六〇三	一,九一六	二,四六〇
邮便函	一,二八	一,六三	四七六	七〇三	一,二四〇	一,三〇三	一,四二七	一,八九七

递局，今十年矣。以余所闻，泰西百年之前，亦笃古时驿站之制，设驿递公文、不递私函，人与马俱殊劳，而羽檄交驰，费钱者干；托之亲友，又有经年累月，沉滞而遗失者。群庆苦之而未有善法也。自议立官民公私合为邮局，以经理其事，其职与户兵工刑相同。近年以来，复联络万国，结邮政约，俾诸国一律，互相维护，甚至运递商贾，四方作客，亲亚托带书，则其事益重大矣。余尝谓其章程大备，所以求利便而防弊者，严且密焉。余又托带书，或一城市内折简问事，亦令交局。一经搜获，责令补税，否则，异彼炎火，付之焚沉而不顾。其行法似乎刻薄，然细微之金以图衣食者，有所倚恃以为生，积细微之人，沐浴恩泽，更非浅鲜。今考明治十一年，日本邮局凡三千九百二十七，于局中代递金银者四百零四所，积细微之金以通有无，存书之外，复代送金银，其惠行旅而便转输，尤为善法。而驿递分局，所发汇兑券二十四万九千四百二十九通，其金额三百七十五万零五百六十元。所收金额九十四万三千一百四十七元，是年六月，现存寄留金三十九万三千七百五十元，支出总金一万五千三百零二元。总计是年经费八十二万六千三百七十八元，收入金额九十四万九千七百五十元。观此，可以知其裨益矣。

博物局,以大书记官为局长,职在博陈物品以启人智识。凡植物、米麦草木之类。动物、鸟兽鱼虫之类。金属、金银铜铁之类。石属、石炭硫磺之类。化学炼造之物、酒酱油盐之类。人工制造之类,丝棉陶漆之类。暨动植相合之质、贝蛤海菜之类。化工搀和之品,盐面之类,谓天生之物略以人工制造者。皆部分区别,举其名,陈其类,肖其形,详其法,胪陈于馆,以纵人观览。若内外国开博览会,并司其事。有送物于本馆,邮物于外国者,应为之经营收发。局长咸率其属而从事焉。

会计局,以大书记官为局长,主本省会计。

工 部 省

古无此官。戊辰闰四月,建会计官,管营缮司。七月,改铜会所为矿山司。先是四月,设铜会所于大坂。己巳七月,建大藏省,命管矿山司。八月,民部省与大藏省合并。庚午七月,民部、大藏复分省。大藏省仍管营缮司,民部省管矿山、铁道、电信、灯台诸司。闰十月,始建工部省,如今制。

工部卿一人,大辅一人,少辅一人。凡建轮路、制器械、营河防之事,卿率其属以定议。大事上之,小事则行,以饬邦材。书记官、无定员,凡四等。属官,无定员,凡十等。分所司而承其事。本省所辖凡九局:

矿山局,以大书记官为局长,掌全国矿务。凡矿物,别其性质,有天然一类之质,两类搀和之质。区其名称,殊其品类,凡金银铜铁铅锡之类为有矿质,属第一类。凡石油石炭硫黄绿矾玛瑙水晶之类为无矿质,属第二类。统名曰坑物。凡坑物见于本国者,总为国家所有,应由政府便宜采用。凡人民有欲试掘者,上书于本局,苟为地主,许其自掘;如地属他人,许地主索取偿金。彼此争论,则本局协同地方官,以公平之价裁决。有欲借区开坑者,先度地之广狭,业之大小,上书于本局,经本局巡验则植表以志,给予工部全权之证,曰"借区券"。以十五年为定期。既经开坑,有造仓库、通道路及洗矿镕矿诸事,凡开坑必兼制矿,方得允许。必需之地,许偿金地主。如有异论,本局亦协同地方官,以公平之价裁决。开坑之后,如欲通洞,于坑中穿凿小坑、开纵横道之外,有于地底横截开一大坑,以便疏水、运物者,名曰通洞。若非借区中所有地,则绘图具说,上之本局,经本局勘验,亦给予证书。或转移方向,伸缩距离,仍经本局勘验而后行。凡通洞时,有涉于他人借区者,令彼此互商。凡借区人至通洞时,以乏资废业,如有他人接办,亦令彼此商办,不得拒人。凡开坑,必令于坑中支柱,若值房屋、铁路、河流、街衢要害之处,必令设计远避于所请开掘坑物之外。有掘得别种者,必报知本局。每岁一月、七月,应将所掘坑物斤量、价格,及制造之品、分析之品、营业日数、工役人数,详报于本局。凡采取有矿质之物,坑区面积五百坪,每年税金一元,无矿质者减半。铁虽矿物,与无矿质者等。其采掘废矿者,递减如常税,名曰借区税。凡所采金属及诸物,于卖价中少则税百分之三,多则税十分之二,其税额视矿业之盛衰,随时由本局制定。名曰矿务税,均纳于本局。既试掘而废业或转卖,均呈请本局而后行。凡本国坑物,不许外国人干预。有私与外人联合会社从事开掘者,查悉将所有物入官,并禁止营业。其延请外国矿学家襄助者,必先以草约呈本局。经本局验其学术,检其履历,方许雇入。凡开坑人乏资,借金外国,不得指坑物抵押,所订私约,视为废纸。凡本局有创定新规,变更故例,皆由局长撰拟,上于卿而颁行之。局长咸率其属而从事焉。

官有矿山表第一

表中末位，椎金银二类系两数，其余皆系贯数。日本以一百两为一贯。

年＼类别	金	银	铜	铣	铅	石炭	
明治九年度	四九,二四〇	一,五二三,五八四	一〇八,〇九七		二五,二一四	一六,三七七,三〇七	八,九九六
十年度	八七,四三二	二,〇二〇,七二一	一一二,七一五		三六,三三七	一八,三四〇七,三四〇三	一八,一六八
十一年度	五三,五三二	一,五七九,〇〇三	一〇一,七四〇五		三九,〇四四	二三,八〇八,九四〇三	三三,五八一
十二年度	五〇,三三〇	一,二八六,八六二	八五,七〇〇	一六一,〇三六	二五,三一六	三三,九七二,一〇〇八	八九,八八四
总计	二〇,二四〇	六,四一〇,一八〇	四〇八,〇八,二五六	一六一,〇三六	一二六,一二一	九三,五〇五,六三二	一四〇九,六三一

官有矿山表第二

地名＼类别	金	银	铜	铣	铅	石炭	
生野矿山	九,〇一四	二九九,七二五					
佐渡矿山	二七,三七二	五二二,七五九					
阿仁矿山	三〇二	一二八,二八五	八五,七〇〇		三五,三一七		
院内矿山	三,五三九	三四六,〇九一					
中小坂矿山				一六一,〇三六			
三池矿山						三八,〇六一,二三四	八九,八八四
油户矿山						九一〇,八八四	
总计	五〇,二三〇	一,三八六,八六二	八五,七〇〇	一六一,〇三六	三五,三一七	三八,九七一,〇一八	八九,八八四

民有矿山表

类　别	重　量	类　别	重　量
金	一九，一三二	云母	七，〇二七
银	一，〇五八，六二八	山盐	九八四
铜	一，〇二六，八六〇	石油	七五六，八一一
锡	一，七四六	黑铅	七三，一四一
铅	四一，八一四	石炭	一五六，八九四，五〇四
生铁	七九二，一二一	煏炭	二，五二五，九二〇
铣铁	四七七，一五二	岩木	四，六〇八
义铁	三七二，八四四	酸化满俺	一一，三八〇
钢铁	一三七，九七三	耐火粘木	七二〇
白目	二九七	珪化炭酸石炭	六〇
约崔露	六八	水晶	四二七
安质母尼	四五，二八四	玛瑙	六〇〇
硫黄	五七三，八一二	蜡石	四七，五六五
明矾	四，七九四	寒水石	五五，八〇八
绿矾	二三四，六二四	珪石	二六，七三〇
丹矾	一〇，一七七	班石	三八，六四九
红柄	四，二七七	燧石	二六，五八三
矾石	一，〇八六	陶土	四，五三九，五五四
矿脂	三七六	硝子石	三，五〇〇
土沥青	一，三四〇	雄黄	三九〇

　　矿山之利，人尽知之。而以地学测验，以机器开掘，以化学分析，其便利尤前古所未闻，而或者顾以风水之说、国体之说、聚众难散之说沮之。夫青乌之术，固荒渺不足凭，抑杨曾廖赖之书盛行于南，不甚行于北。今山西之铁，山东之金，云南之铜，皆甲于五部洲，而其民溺于风水不甚深，苟倡其利，则趋之如骛矣，不必以凿残地脉为虑也。断断然持国体者，谓开矿即与民争利耳。不知日本借区开坑之法，皆听民为之，官特为设法以保护，派员以经理，岁课其税十一二而已。小民难与图始，诚使官倡其利，召募豪商，纠集资本，明示大信，与民共之，使人人知其利益，将荷耒者云趋，裹粮者鳞集。官经其始而享其成，不必官为开采也。况夫矿王则人众，矿衰则人少，矿绝则人散，有利则赴，无利则

逝。此民之恒情,固无庸鳃鳃代为谋也。国家大兵大役,何事不聚众者,岂有虑其难散,而不敢使聚者乎?又况一经开坑,则开掘需人,冶铸需人,转运需人。小民藉手足之力资以谋生者,不知凡几。吾闻饥寒而盗贼者矣,未闻富足而盗贼者也。论者徒泥明末阉宦专权、矿使四出之害,是何异因噎而废食、惩羹而吹齑乎?恭读康熙五十二年上谕曰:"天地自然之利,当与民共之,不当以无用弃之,要在地方官处置得宜,毋致生事。"乾隆三年八月上谕曰:"两广总督鄂尔达议复提督张天骏之奏。据称铜矿鼓铸所需,且招募附近居民,聚则为工,散则耕作,并无易聚难散之患。地方大吏原以整顿地方,岂可图便偷安,置国事于不问。"四年六月上谕曰:"银亦天地间自然之利,可以便民,何必封禁?其详议以闻。"四十二年二月诏曰:"金川之雍中剌麻寺有金顶,则产金自属不妄。若所产金沙果旺,不如官为勘验试采,为两金川设镇安营之费。"盖我圣祖、高宗,皆以开矿为利薮。然其时国家太平,库帑充溢,行不行无关国计。至今日其亟亟矣。余考《周官》,卝人掌金玉石锡之地,为矿利之始。然历世所用金银,于民间淘采之方,官府征敛之法,史册未之闻。即唐宋金明,偶一开采,亦为数无多,而不久即废。此盖天地菁英之气,古今积累之深,蓄而有待,留贻至今,适以供今日至急之需。虽有镃基,不如乘时,今日之谓矣。国家岁取至微,国用至俭。今司农竭蹶,源无可开,流无可节,惟此造化自然之利,又有泰西开掘之方,使其利可不劳而获,操券而得,转移富强之机,不在此乎?余闻泰西矿务,英之炭,俄之金,皆富冠欧洲。然开掘日久,菁华半泄。法国学士儒莲尝论中国开矿之利,谓:"譬如一富家,千箱万仓,蓄积至厚,然而环四邻而居者,皆穷饿乞丐,眈眈然垂涎于此,即欲缄縢固箧,终闭不出,而势恐有所不能。"嗟夫!闻此言者,其勿以规为瑱而整置之于耳也。

铁道局,以大书记官为局长,掌全国铁道。凡轨道之添筑,桥梁之修造,机器之更换,房屋之增营,车箱之运送,以及乘客之费,运物之价,别其道里,区其物品,凡运物,珍奇贵重之品以斤计,其粗重者,或以立方计,或以物数计,或以车计,若有损失,则政府偿之。而定其数。有毁损车器、欺匿赁金者,严查而惩罚之。其民间联合会社,以铁道营业者,并由局监督。局长咸率其属而从事焉。

铁道表

类别／地名	里程	线长	乘客	赁金	货物赁金	杂收入金	收入合计	营业费
八年度　东京间横滨	七,三九一		一,六六五,六六八	三七一,七一五	三七,二五七		四〇八,九七二	二五〇,五九二
八年度　大阪间兵库	八,二七八		一,〇〇〇,三八四	二一五,三〇八	一七,八七四		二三三,一八二	一四二,三四四
八年度　总计	一五,六六九		二,六六六,〇五二	五八七,〇二三	五五,一三一		六四二,一五四	三九二,九三六
九年度　东京间横滨	七,三一九		一,五八九,〇九六	三四六,四〇一	四六,一六六		三九二,六一九	二一七,九三二
九年度　京都间兵库	一九,二二〇		一,三四七,二九三	三六七,四八三	三〇,六六一	一八,一二〇	四一六,二六九	二二三,六四二
九年度　总计	二六,五三九		二,九三六,三八九	七一三,八八四	七六,八二七	一八,一二〇	八〇八,八八八	四四一,五七四
十年度　东京间横滨	七,三一九		一,五八三,五三六	三六〇,六九二	四四,八七四	一〇,九三六	四〇七,五五九	二五六,六八八
十年度　京都间兵库	一九,二二〇		一,四七六,四九五	四〇六,六八五	三三,二一八	六二,九三四	五〇一,九三七	二二八,一九七
十年度　总计	二六,五三九		三,〇六〇,〇三一	七六七,三七七	七八,一五五	七三,九三四	九〇九,四九六	四八三,八八四

续表

地名 \ 类别	里程	线长	乘客	赁金	货物赁金	杂收入金	收入合计	营业费
十一年度 东京同横滨	七,三一九	一七,〇〇五	一,六〇四,七九五	三六七,四〇八	五七,七八〇	五,三五四	四三〇,五四二	二九三,九〇一
十一年度 京都同兵库	一九,二二〇	二四,四六三	一,六九五,九七一	四九二,一八八	八六,四四〇	二,五六八	五八一,一九六	二六二,二一五
十一年度 总计	二六,五三九	四一,四六八	三,三〇〇,七六六	八五九,五九六	一四四,二二〇	七,九二二	一,〇一一,七三八	五五六,一一六
十二年度 东京同横滨	七,三一九	一七,〇〇五	一,七八〇,七七一	四一七,七七八	六六,〇六〇	二,三四三	四八六,一八一	三三四,八七八
十二年度 京都同兵库	一九,二二〇	二四,四六三	二,一五二,七〇二	六〇二,六五八	九六,七九四	二,〇四〇	七〇一,四九二	二五四,〇三七
十二年度 京都同大津	四六二							
十二年度 总计	三一,二五〇	四一,四六八	三,九三三,四七三	一,〇二〇,四三六	一六二,八五四	四,三八三	一,一八七,六七三	五八八,九一五
地名					创业费总额			
自明治十三年至十年六月 东京同横滨								三,〇三八,六七一
京都同兵库								七,二四一,四〇六

铁路之利，干漕务、矿务、赈务、税务为益无穷，而于用兵一事，尤为万不可少之举，必不可缓之图。识时务者，莫不谓然矣。论者每疑铁路一兴，必有损于小民生计。不知英国初建铁路，议院亦以为疑，小民纷纭争执，竟至斫木揭竿以挠阻其事。然其后政府一再试行，而小民之藉任某牛肩挑负戴以谋生者，其利乃百倍于昔。盖轮路纵横，衔衢四达，而货物因之云集，乃至于劳于务乡辍负，废材稊穗，亦日糶给。车轮四出以谋利，盖利之尤大者矣。西法材，而运输来往，需役日众，民之辍转移执事以为业者乃益多。铁道之便生民、兴国产，盖利生之盛衰。各国政府争设之有利无弊，莫铁路若。西人之觇国势，每比较铁路之长短，以衡论国计民生之盛衰。各国政府争设法兴造，其有民同合力以是营业者，政府必假之地利，给予事权，俾岁特七铁路并可获大利。日本西京、大坂间之道，其造创之费，每百元犹可得七元有奇。八里之息，以功其成者。彼工于谋国者，固筹元之熟矣。余尝考日本铁道建筑之费用与夫岁人之利息，然综计今日之息，数倍于寻常，每岁支用之数可胜计。即使召募洋债，岁息八若准以美国铁路之价，每中国一里需费不过万元，以日本乘客之多，又胜于日本，则其利实不可胜计。即使召募洋债，岁息八获利三十余元。而中国工役价值之贱，货物转输之多，又胜于日本，则其利实不可胜计。即使召募洋债，岁息八厘，以三百万元建三百里之道计，每岁还利以外，可完本银十分之二五，不及数年，本利俱清，而数百里之铁道，竟能以赢余得之。数年之后，又将赢款以扩充他道。华民见利，争趋经营恐后。如是数十年，铁道交遍于国中，可计日待也。语有之曰："不习为更，视已成事。"向不一考日本铁道之事而计其得失乎？

黄遵宪集

　　灯台局,以大书记官为局长,掌全国灯台。凡沿海港汊浅处及礁石所藏,必筑灯台、泊灯船,或附以浮标、礁标。凡灯台辨其方向,别其颜色,表其距离,时有更易筑造,则布告于众,以便航海。局长咸率其属而从事焉。

灯台灯船浮标礁标表

灯台名称	设置地	点 火	形 质	灯明等级发光差别	光远距离
观音崎	相模	明治二年正月一日	炼化石造	第三等不动白色	凡十四里
横滨波止场	横滨西波止场	明治二年正月十四日	白色灯竿	不动赤色	
吕川	只川海第四炮台	明治三年三月五日	炼化石造	第五等不动赤色	凡九里
袱野崎	纪伊大岛东岬	明治三年六月十日	白色石造	第二等旋转白色每半分时一发闪光	十八里
城力岛	相模	明治三年八月十三日	炼化石造	第五等不动白色	凡九里
神子元岛	伊豆下田港南	明治三年十一月十一日	白色石造	第一等不动白色	二十一里
野岛崎	安房	明治三年十二月二十一日	白色炼化石造	第一等不动白色	十七里半

灯台名称	设置地	点火	形质	灯明等级发光差别	光远距离
剑崎	相模	明治三年正月十一日	白色石造	第二等旋转白色每十秒时一发闪光	十六里半
江崎	淡路岛北岬	明治三年四月二十七日	御影石造	第一等不动白色	十八里半
伊王岛	长崎港口	明治三年七月三十日	白色六角铁造	第一等不动白色	二十一里半
石室崎	伊豆极南之地	明治三年八月二十一日	白色八角木造	第六等不动赤色	凡八里
佐多岬	大隅极南之小岛	明治三年十月十八日	白色八角铁造	第一等不动白色	二十一里
六连岛	长门下之关海峡之西	明治三年十一月二十一日	御影石造	第四等不动白色	凡十二里
部崎	丰前之北下关海峡之东	明治五年正月二十二日	御影石造	第三等不动白色	凡十六里
辨天岛	根室根室湾	明治五年六月二十日	白色灯竿	不动赤色	凡六里
苦力岛	纪伊和泉海峡之东	明治五年六月二十七日	御影石造	第三等不动白色	凡十九里
纳纱布崎	根室	明治五年六月十二日	白色六角木造灯标	不动白色	凡六里

灯台名称	设置地	点火	形质	灯明等级发光差别	光远距离
天保山	大坂安治川口	明治五年八月二十九日	白色四角木造	第四等不动白色	凡十二里
和田岬	神户港西南	明治五年八月二十九日	白色八角木造	第四等不动赤色	凡十二里
锅岛	稜岐	明治五年十一月十五日	御影石造	第四等不动白色	十二里
安乘崎	志摩的矢港口	明治六年四月一日	白色八角木造	第四等旋转白色每半分时一发闪光	凡十五里
御前崎	远江极南之地	明治六年五月一日	白色圆形炼化石造	第一等旋转白色每半分时一发闪光	十九里半
钓岛	伊豫	明治六年六月十五日	御影石造	第三等不动白色	二十里
菅岛	志摩鸟羽港口	明治六年七月一日	白色炼化石造	第四等不动白色	凡十五里
白洲	丰前蓝岛之西南	明治六年九月一日	白色四角木造	第五等不动赤色	凡十里
汐岬	纪伊极南之地	明治六年九月十五日	白色八角木造	第一等不动白色	二十里
石之卷	陆前	明治七年十二月二日	白色灯竿	不动白色	凡六里

灯台名称	设置地	点火	形质	灯明等级发光差别	光远距离
青森	陆奥青森港极南之地	明治七年十一月一日	白色灯竿	不动白色	凡六里
犬吠崎	下种极东之山嘴	明治七年十一月十五日	白色圆形炼化石造	第一等旋转白色每半分时一发闪光	十九里四分之一
羽根田	东京湾	明治八年三月十五日	螺旋铁柱造	第四等不动绿色	八里
乌帽子岛	肥前壹岐二国间之孤岛	明治八年八月一日	白色八角铁造	第二等不动白色	十九里四分之三
角岛	长门油谷港口	明治九年三月一日	御影石造	第一等旋转白色每十秒时一发闪光	十八里
尻矢崎	陆奥津轻海峡之东口	明治九年十月二十日	白色炼化石造	第三等不动白色	十八里半
金华山	陆前	明治九年十一月一日	御影石造	第一等不动白色	十九里半
新潟	越后信浓川之南岸	明治十年二月十五日	黑色六角木造	不动白色	凡九里未定
神户	神户外国居留地之东	明治十年八月十五日	白色灯竿	不动绿色	凡六里
岛原	肥前岛原港北口之小岛	明治十年九月一日	炼化石造	不动白色	凡六里

灯台名称	设置地	点 火	形 质	灯明等级发光差别	光远距离
粔	和泉粔港波上场之极南	明治十年九月十五日	白色六角木造	第五等不动绿色	十里
伏木	越中伏木港凑川之西北岸	明治十年十月十日	白色六角木造	第五等不动白色	十里
木津川	大坂木津川口之东岸	明治十一年五月一日	圆形炼化石造	第六等不动赤色	八里
观音崎副灯	相模东京湾口	明治十一年八月五日		不动赤色	七里
鹿儿岛	萨摩鹿儿岛港之北	明治十二年四月十五日	白色灯竿	不动赤色	六里
大濑崎	肥前五岛极南之岛	明治十二年十二月十五日	白色圆形铁造	第一等旋转白色每半分时一发闪光	二十一里半
口之津	肥前岛原湾口口之津之西	明治十三年五月十日	白色炼化石造	第六等不动白色	凡八里

灯　　船

船　号	位　置	下碇年月	形　质
本牧戒礁丸	横滨港之东南本牧山之外方	明治二年十一月十九日	赤色木造有二樯前樯之上揭赤球标
箱馆戒礁丸	箱馆港阿那崎突出之洲之极北方	明治四年四月二十六日	赤色木造有二樯前樯之上揭赤球标

浮　标

位　置	形　质
横滨港之北方神奈川炮台突出洲边	铁造赤色顶作球形水面高一丈
横滨港南方洲北边	铁造赤色顶作球形水面高一丈
东京湾羽根田洲之外方极南	铁造赤色顶作球形水面高一丈
东京湾羽根田洲之外方极北	铁造黑色顶作球形水面高一丈
东京湾富津洲之西	铁造赤色顶作球形水面高一丈五尺
下关海峡之东岩之南	铁造画黑白横线高一丈
下关海峡之东中之洲	铁造画黑白横线高一丈
下关海峡之东中之洲之东边	铁造画黑白横线高一丈
长门元山之东南	铁造赤色顶作球形水面高一丈
下关海峡之东口	铁造黑色顶作球形水面高一丈二尺五寸
下关海峡西口尘崎濑之上	铁造黑色顶作球形水面高一丈二尺五寸
下关海峡之北	铁造赤色顶作球形水面高一丈五尺五寸
陆中釜石港之中央	铁造黑色顶作球形水面高八尺五寸

礁　标

位　置	形　质
下关船路之东方兴治兵卫岩上	石造赤色圆锥形高二丈
下关船路之北方洲上	石造白色圆锥形其头为倒壶状高二丈
下关船路之北方岩上	石造圆锥形画黑白横线顶作球形高二丈
相模横须贺口之东	铁造赤色顶为球笼水面高三尺
备后濑户细岛之北	石造圆形画赤白横线高二丈三尺
肥前平户海峡之南	石造圆形画赤白横线高四丈
肥前长崎港口	石造圆锥形顶如球画赤白横线高四丈
陆中釜石港之南	铁造赤色三角形顶如球其基础为石造

电信局，以大书记官为局长，掌全国电信。凡电信分别官报、官省、院、使、府、县关于公事之信，及同盟各国之大臣、长官、海陆军元帅，暨公使、领事等互相赠答之信。局报、总局、分局关于电信事务之信。私报。官报先发，局报次之。凡电报，通行文字及秘辞暗号，均许传递。国内通信，和文以片假名字母二十字、欧文以字母二十语为一音信。每增十字十语，则递加半价。电局寄信，以远近分别有价表。现在通价，虽相距极远最东之小樽局，每一音信，和文不过四十八钱，欧文不过二元五十钱；最西之鹿儿岛局，每一音信，和文不过四十九钱，欧文不过二元五十钱。凡发信人与受信人住所、姓名，和文毋论字数多寡、距离远近，每一通纳金五钱，欧文则准字计算。凡文字中句读点、有读点，有小读点，有句终点。连读点，谓联缀字母为字，作点别之。不另算。若括弧，括弧谓作起讫，如〔 〕之类。若旁线，谓字旁作勒帛，如丨之类。若字下线，谓止乙其处，如乚之类。若转倒句读，谓字旁作挑剔，如〳〵之类。若清浊音点，如和文中八字加点作パ，为浊音，ヒ字加点作ビ，为半浊音。皆作一字或二字算。其用代数者，谓以一二三四代文字，每三字作一字算。或于和文中间入欧文杂用代数，每一字照片假名一字算。或以片假名为代数。照片假名算。又于欧文中间入代数，每数以一语算。或以代数中用分数点，谓一二三四五分析其数，于二字下或三字下作点之类，每点作一字算。用读点或于代数中间入文字，每一字，作一字算。皆别算。凡电信，必将住所、姓名书明。受信之局，照先后次序，无分昼夜，到即分送，或交本人，或交其家族，必取回收票以为证。其住所、姓名不分明者，存信于局，必揭示于榜、于新闻纸。其住所较远，距电信分局二里以内者，每一通别收送信费一钱五厘；在二里外者，或交邮便局，电信交邮便局送，照邮便规则。或遣专使，每一里费十二钱。皆别收费。凡电报，务求急速，期无谬误，无差池。

于通行电报外，有至急私报，至急私报于私报中先为传递，比常贵三倍。有先交回信报，发信人欲得受信人回信，先交回信费，比原信价三倍。有照校报，每局送受之际，必反复校对，加收常费半额。有受信报知报，受信人受信之后，即将其收受时刻回报，加收一音信之费。有书留报，照校报与受信报知报二事兼并，名曰书留，比常费二倍。有追尾报，发信人与受信人，虑其或转居他所，或有故旅行，预开甲、乙、丙各住所，交局探送，名曰追尾，应将邮便税先交。若探悉受信人又须由电转寄，其费向受信人征收。如传送之后仍不分明，费向发信人补收。有同文报，同一报，于同一城市人，或一名而送数家，或数名而送一家。惟甲处照收费金，其乙、丙、丁各誊写一通，每和文金七钱，欧文金二十五钱。皆别定价。凡发收电报，或迟延，或差谬，如失在本局，则本局将收费交还。电报当既送、现送及既受之后，有请为改正补缺者，局长得征其费，由局报中传递。或受信人请为寻问，或发信人请为更改，照字收费。惟许于局报中传送，名曰课金。局报若谬误在局，还金本人。凡电信中有妨国安、悖国法者，局长得以其权抑留禁止。遇有事故，或暂停一时通信，或暂停某处通信，皆奉政府命而行。凡电信皆系官局，其民间以私费或商费请架私线者亦听，惟必与官线相接续，必与官线无障碍。凡建筑一切机器，均由本局处置。所有收费章程，必遵电信局定规，所收费与官分算。凡人民有毁损立柱、通线匣盖、管筒及一切器物者，察而严罚之。其与万国来往音信，照同盟诸国所定电信公法而行。日本于明治十二年一月，于俄国圣彼得堡同订万国电信盟约。同盟者凡二十二国，有《万国条约书》颁行，凡二十一条。局长咸率其属而从事焉。

电 信 表

年	并地名 \ 类别	局 数	距 离	线条延长
十二年六月	中央区	五七	一二二	三二二
	南线	五七	七六〇	二,〇四三
	北线	二四	四九二	九二〇
	北海道	六	一一九	一四九
	合计	一四四	一,四九三	三,四三四
十三年六月	中央区	六〇	一二八	三六七
	南线	六八	八三〇	二,二二三
	北线	三七	六五四	一,一〇六
	北海道	七	一一九	一四五
	合计	一七二	一,七三一	三,八四一
十三年十一月	中央区	六〇	一二八	四〇六
	南线	七三	八三一	二,五九四
	北线	四四	六五四	一,二〇一
	北海道	七	一一九	一四五
	合计	一八四	一,七三二	四,三四六
	电信之数	收入金	营业费	
十一年度	一,一九七,六一四	五三七,九三九	五〇八,五七二	
十二年度	一,八〇六,一〇四	七八八,五六八	六一八,六四二	
自明治四年至十三年六月兴业费总计			三,二六五,八九五	

工作局,以大书记官为局长,主兴造官物。

营缮局,以大书记官为局长,主缮修宫室。

会计局,以大书记官为局长,主本省会计。

仓库局,以大书记官为局长,主储蓄材料。

书记局,以大书记官为局长,主撰拟文书。

司 法 省

古为刑部省、弹正台。戊辰三月,建刑法事务局。闰四月,废局称官,管监察、鞫狱、捕亡三司。己巳五月,废监察司,建弹正台。七月,废刑法官,建刑部省。辛未七月,废刑部省,建司法省。旋废弹正台。八月,改捕亡、囚狱事务属于地方官,如今制。

司法卿一人,大辅一人,少辅一人。凡释律意、选刑官、请恩赦之事,卿率其属以定议。大事上之,小事则行,以慎邦刑。书记官、无定员,凡四等。属官,无定员,凡十等。分所司而称其事。考明治十三年十二月,所颁司法省职制章程,于省中分议事、刑事、民事三局。惟十四年冬,职官录不录各局长,故略之。

大　审　院

壬申八月,诏设大审院。乙亥五月,始定大审院职制章程,如今制。

院长一人,以一等判事充,主平反重案,裁决异议,指挥判官。判事,无定员。皆以敕、奏任官充,掌审阅死罪、鞫问犯官,及裁决不服之案、内外交涉之事。

检事长一人,以敕任官充。检事、无定员。检事补,无定员。主检弹非违、告发、公诉。属官,无定员。掌勘录簿书,分办庶务。凡各裁判所有违法偭规,及拟律差误、越权处分者,民人以不服上诉则受理之,或由本院自行审判,或令他裁判所审判。不合者厘正,其两可者,合本院诸员会议而判决焉。凡自上等裁判所送呈罪案,审阅批可而给还之;其否者,亦令本院诸员会议拟律而还付焉。凡诸员会议分两歧者,决以多数;两议平分者,院长自决之。凡官犯除违警罪。及国事犯,详《刑法志》。皆不经他裁判所,本院直受理之。凡法律有疑义、有阙失,则辩明而补正之,陈其意见,经由司法卿而上奏。凡各地方以时遣派判事分道巡察,受理人民之上告者,曰巡回裁判。

裁判所

上等裁判所长一人，以敕任判事充。承司法卿命，随时开厅，以听理民事、刑事各案。判事，无定员。掌复审、控诉，决判死罪。判事补，无定员。受判事命，承审诸案。检事，无定员。掌检察公诉。属官，无定员。掌分办庶务。全国分设上等裁判凡四所：曰东京，曰大坂，曰长崎，曰宫城。

地方裁判所长一人，以奏任判事充。承司法卿命，掌地方审判。判事，无定员。掌审判民事初审之案、刑事惩役以下之案。判事补，无定员。受判事命，承审诸案。检事，无定员。掌检察公诉。属官，无定员。掌分办庶务。全国裁判凡二十三所：曰东京，曰京都，曰大坂，曰横滨，曰新潟，曰神户，曰函馆，曰长崎，曰水户，曰熊谷，曰宏前，曰仙台，曰福岛，曰静冈，曰松本，曰金泽，曰松江，曰松山，曰高知，曰广岛，曰熊本，曰名古屋，曰鹿儿岛。

宫内省

古为宫内省、式部省。己巳四月，置内办事，管宫内事务。五月，建内廷职，建留守官。庚午十二月，留守官并入本省。辛未七月，废留守官。七月，废内廷职，建宫内省。丙子九月，以式部寮属本省，如今制。

宫内卿一人，大辅一人，少辅一人，掌皇室之事。凡讲读、侍从、起居、服御，及朝会、宴飨、祭祀、巡狩，暨修理陵墓、警卫宫阙，以逮母后、国后、太子、皇族一切供亿，卿与辅督率式部头以定议。大事上之，小事则行，以佐王理内政。书记官，无定员，凡四等。承办专差。属官，无定员，凡十等。分理庶务。

侍讲，无定员，凡三等。主侍立讲筵，管理图书。

侍从长、侍从、侍从试补，均无定员。掌出入侍从，传宣奔走。

侍医，无定员，凡五等。掌诊候医药。医员，无定员。掌调制药剂。

驭者，凡四等。掌御车调马。

杂掌，掌宫中杂役。

皇太后宫大夫、皇太后宫亮、皇后宫大夫、皇后宫亮，均无定员。掌宫中事。

式部头一人，式部权头一人，式部助一人，式部权助一人，掌一切典礼。属官，无定员，凡十等。分司庶务。掌典，无定员，凡四等。分司祀典。掌典补，无定员，凡十级。各襄事祀典。

伶人，无定员，凡五等。各执事音乐。

女官：典侍、权典侍、掌侍、权掌侍、命妇、权命妇、女嬬、权女嬬、内掌典、权内掌典，皆襄事祭仪，佐理阴教。

开 拓 使

北海道古为虾夷地，叛服不常，日本视为羁縻之国而已。享德中，武田信广航至松前，结以威信，岛夷咸服。其孙义广徙居松前，称松前氏，以福山为治所，世领其地。德川氏之季，诸国兵船游巡北海，幕府乃遣吏经理，收松前氏所领东部地。享和初，置箱馆奉行。文化四年，徙松前氏于陆奥，并收其西部，置松前奉行。文政初复封。逮安政中，再收其地，置箱馆奉行，以总管全岛。王政革新，明治己巳八月，称全岛为北海道，设开拓使以治之。

开拓使长官一人，次官一人。凡北海道中开垦土地，分画疆界,繁殖人民,振兴物产,劝励工业之事,长官率属以定议。大事上之,小事则行,以佐王理邦属。书记官、无定员,凡四等。属官,无定员,凡十等。分所司而承其事。凡管内分四大部:以札幌为本厅,函馆、根室为支厅,于东京别设理事所,皆由长官命所属督理焉。

警 视 厅

古为弹正台。明治壬申五月,始于东京府下置逻卒三千人,置逻卒总长、七等官。逻卒权总长八等官。等官。八月,于司法省中置警保寮,定官等,有警保头、四等。权头等官。十月,增置巡查。甲戌一月,于内务省设警保寮。又于东京置警视厅,设警视长、三等官。大警视、中警视等官。乙亥三月,制定行政警察规则。十月,命各府县置警部,悉改逻卒为巡查。丙子,改厅称局,仍隶内务省。辛巳三月,又改称警视厅,仍于内务省中设警保局领其事,而别开官厅,改称为警视总监,设副总监以下官,如今制。

警视总监一人,副总监一人,受内务卿命,统司全国警察之事,以保安民生,维持国法。若事关朝廷,则受太政官指令;关于各省院,并奉各卿长命而行。警视官、凡五等。警视属、凡八等。警察使、凡三等。警部,凡七等。主分司各署督察庶务。巡查总长、巡查副总长、巡查长、巡查副长、巡查部长,凡五等。主督率巡查。巡查,主巡行各区,查察庶务。书记、属官,掌局中会计文书。凡警察职务在保护人民:一去害,二卫生,三检非违,四索罪犯。考西法有行政警察,其职在保民卫国,防患未然。若既经犯罪,搜索逮捕之事,别有司法警察司之。今日本亦名行政警察,其职制曰凡行政警察预防之力所不及,有背律犯法者,则搜索逮捕,悉照检事章程并司法警察规则而行。盖以行政兼司法也。凡地方有杀人放火者,斗殴伤者、强窃盗者,及反狱越槛者、伪造货币者、诓骗掏摸者、博弈者、奸淫者，见则捕之。有人民告发，则诉其事于长官，执票拘捕之。搜索不得，则状其年貌，或悬其人之镜写真以求之。凡行道之人，勿论天灾人事，逢急难者，则趋救之。醉人、疯癫人，则送致其家。老幼妇女及外国人，皆加意维护之。凡所辖区内大小往来之道路，市街村落之位置，必一一详知。所住人民，必熟知其身家品行。若无业人及异色人，常默察之。凡处士横议、聚党结社、诽谤朝政、煽惑人心者，禁之罚之。凡政府有新布政令，则潜察人民之信否以上闻。凡俳优游戏、巫舞歌唱、伤败风俗者禁之。凡市街喧杂之所、聚会扰攘之处，则弹压之。凡车马往来碍行旅者、伤人物者，禁之。凡卖饮食物、赝造腐败者，禁之。凡疫兽狂犬，则杀而弃之。凡道途污秽、沟渠淤塞，则告之户长，使清理之。凡遗失物，则留存以还其人。凡公地官物有破损者，则以上闻。凡失火则敲钟以传警，齐集消防部以救其灾，并多派巡役，以防窃盗、卫灾户。凡巡查所司事，每日有报，上之警察署，警察署汇其事，每月有报，以上之长官。凡巡查，皆服西服，持短棍以自卫，携呼笛以集众，怀手帖以记事，日夜分班，计日请代，毋得聚饮，毋得吸烟，毋得私斗哄争，毋得踞坐，毋得贷借，毋得泄漏，毋得虚捏，毋得凌辱人，毋得受贿。凡属警察官吏，皆毋得贪功，毋得报人家隐微小恶。非持有长官令状，不得径入人家。凡巡查，月给多者十二元，少者四元，饮食出于私，衣服取之公。勤者有赏赐金，死者有吊祭金，病者有疗治金。计明治十二年，警视局费一百三十一万六千八百二十元，府县一百十六万九千六百三十二元，此皆出自国库；其他以地方税支给者一百五十二万三千六百三十二元，合计四百一万八十四元余。凡全国警察，在东京，于警视厅画方面，设分署，又置出张所、犹言值宿所。交番所。各府县皆设警部，亦画区置署。大约户数二万以上、三万以下,设一出张所。在东京警视厅,计警视、警部八百四十八名,巡查五千一百十六名。在各府县,计警部一千一百五十名,巡查一万五千八十五名,合计二万二千一百九十九名,皆受辖于警视总监,以各从其事焉。余读《周官》,有司救,掌万民之邪恶过失而诛让之,以礼防禁而救之。有司市,掌司市之治教刑政,量度禁令。有司虣,掌宪市之禁令,禁其斗嚣,与虣乱出入相凌犯者。有匡人,掌达法则,匡邦国而观其匿,使无敢反侧,以听王命。有撢人,掌道国之政事,使万民和说,而正王面。有禁杀戮,掌司斩杀戮者,攘狱遏讼者。有禁暴氏,掌禁庶民暴乱力正者、挢诬犯禁者、言语不信者。有野庐氏,掌国郊及野之道路宿息井树,而诛相翔者。有修闾氏,掌比国中宿互柝者、禁径逾者、与以兵革趋行者、驰骋于国中者。今之泰西警察官吏,盖兼是数职云。余考欧洲警察之制,大抵每一万户则设一分署,一分署有警察数十人。其在通都大邑,广衢要路,则持棍而立者,远近相望,呼应相接。是故,国家出一政、布一令,则警察吏奉命而行,极之至纤至悉无不到。人民犯一法、触一禁,则警察吏伺其踪、察其迹,使不得或逃网法。地方有阙失,风俗有败坏,则警察吏指摘其失,匡救其恶而整理之。盖宣上德意以下行,察民过失以上闻,皆警察吏之是赖。中国自秦汉以下,设官以肃风纪、捕盗贼,如司隶校尉,如京尹,如游徼,皆世有其官。然如《周官》之达法则、道政事、以礼防禁者,则未之或闻。尝观汉唐中叶,时政令废弛,君民睽隔,非无一二贤圣之君、刚明之吏励精为治,综核名实,而所布令甲,率以空文从事,虽慈祥恺恻之言,骏厉严肃之语,而行赏则屯膏,施罚则漏网,小民皆褒如充耳,如未尝闻。何则? 耳目疏阔,上下否塞,无人焉以宣导之也。若民间巨奸大蠹,逋逃渊薮,上之人或昧而不察,卒至酿成巨患,而后思所以补救,亦坐无警察吏以防制于未然,消弭于无形故也。中国惟北魏时,设置候官数千人,职司伺察,名曰白鹭。其人皆微服杂居于府寺间,似与今之警吏相类。然行之数十年,又诏称候官千数,重罪受贿不列,轻罪吹毛发举,悉令改置谨直。吏胥弄智玩法,例以民为鱼肉,命之巡街巷,即以扰闾阎,固有必不可行者乎! 然今者泰西诸国,无一国无一处不设警察。其于巡查,皆防维甚至，不得受贿，不得报人家隐恶，非持有长官令状，不得径入人家。民间咸习其便安，而不闻其纵扰，盖已予之权，复立之限，故能积久而无弊也。余闻欧美诸国，入其疆，皆田野治，道途修，人民和乐，令行政举。初不知其操何术以致此，既乃知为警察吏之功。然则有国家者，欲治国安人，其必自警察始矣。中国有衙役，有讯兵，苟悉行裁撤，易以警察，优给以禄，而严限其权，为益当不可胜计也。抑余考日本警部，多以陆军武官兼任，一旦有事，授以兵器，编为军队，足以当一方面，盖亦常备兵之一种也欤！

府　　县

自德川将军奉还政权，戊辰正月萨、长、肥、土四藩请还版籍奏上，列藩多效之，廷议未决。至己巳五月，乃敕令改藩为府县，以旧藩主充知藩事，名为府藩县一致之制。而政府所辖之地，于丁卯十二月，置市中取缔役所于京都。戊辰正月，置镇台于大坂。二月，于京都设裁判所，置总督。五月，于江户置镇将府，于甲斐置镇抚使。七月，废镇台府，置镇将府，设议政、行政二局。十月废之，改属事务于行政官。己巳七月，又建按察使，既渐变郡县之制矣。庚午春，尾张、肥前、阿波、因幡四藩上郡县议，国皇亲谕各藩知事，命皆罢职。七月，遂废藩为县，如今制。

府知事一人，县令一人，受内务卿命，总理所部内之行政事务。若其关于朝廷者，奉太政官命；关于各省院者，并奉各卿指挥而行。考日本全国分三府、三十七县。论所辖地，与中国之分巡道相等。因其为一州之主，职制类于巡抚，与外人交涉，亦译称巡抚。惟考其行事，不过承流宣化而已，于国家政令毫不能有所损益于其间，盖大权悉操之政府，重内轻外，于势较便也。书记官、凡二等，每府置大书记官一员，每县于大、少之内置一员，惟开港地方之县则与府同。属官，凡十等。分所司而承其事。凡知事、令之职，在守法律，宣命令，惟因地置宜，得随事设立规则，以布

议于内务卿。凡地方税,会议议决之后,经知事、令允可,即付施行。知事、令以为不可,则具状于内务卿,请其指挥。凡会议中论说有妨碍国体及背法律、违规则者,知事、令得命其罢议,具状于内务卿,请其指挥。如内务卿依知事、令之请,得令其散会,待改撰议员而后再议。府、县会议之制,仿于泰西,以公国是而伸民权,意甚美也。日本维新之初,国皇会群臣,设五誓,首曰"万机决于公论"。壬申二月,设大审院、元老院,又诏称:"朕今渐建立宪政体,期与汝众庶,俱赖其庆。"由是国会之论纷纭起矣。当征韩论后,参议副岛种臣、坂垣退助连名上书,请起民撰议院。或者驳论,以为未可。然而众口嚣嚣,叩阍求请,促开国会者,踵趾相接,其势若不可止遏。政府不得已,始有府、县会议员之设。是制之建,人人皆谓政出于民,于地方情弊宜莫不洞悉,坐而言、起而行,必有大可观者。然余读明治十二年府、县议事录,吾未知其果胜于官吏否也。虽然,为议员者,已由民荐。荐而不当,民自任之。苟害于事,民亦自受。且府、县会之所议,专在筹地方之税,以供府、县之用。官为民筹费而民疑,民为民筹费而民信,民自以为分官之权,谋己之利,而官无筹费之名,得因民之利以治民之事。其所议之当否,官又得操纵取舍于其间,终不至偏菀偏枯,使豪农富商罔利以为民害。故议会者,设法之至巧者也。"民可使由,不可使知",圣人以私济公,而国大治;霸者以公济私,而国亦治。议会者,其霸者之道乎?

外史氏曰:自将军奉还政权,其时主少国疑,未能收太阿之柄归于独断,不得不仍以西京世族、强藩巨室参与政事,故太政官之权特重。日本官职,不叙正一位。当中叶时,国皇每亲临政所,裁决万机,盖太政官中即以国皇居首坐,然其事出于御裁者少矣。副岛、板垣之请起民撰议院也,谓方今政权上不在帝室,下不在人民,而独归于有司。此论一倡,众口嚣嚣,群欲仿西法以开国会,或斥为巨藩政府,或指为封建余威,虽出于嫉妒、怨怼者之口,然萨、长、肥、土皆于国家有大勋劳,一国之大权必有所归,势重者权归之,固有不得不然者在乎？今特谱维新以来大臣、参议更替表,俾觇国势者览观焉。

明治维新以来大臣参议更替表

年　　月	任　　免	氏　　名	族　　籍
二年七月八日	右大臣	三条实美	京都人　华族
二年七月八日	大纳言	岩仓具视	京都人　华族
二年七月八日	大纳言	德大寺实则	京都人　华族
二年七月八日	参议	副岛种臣	肥前人
二年七月八日	参议	前原一诚	长门人
二年七月二十二日	参议	大久保利通	萨摩人
二年七月二十三日	参议	广泽兵助	长门人
二年八月十六日	大纳言	锅岛直正	肥前人　华族
二年十一月二十日	大纳言	中御门经之	京都人　华族
二年十二月二日	免	前原一诚	
三年二月五日	参议	佐佐木高行	土佐人
三年五月十五日	参议	(齐)〔斋〕藤利行	土佐人
三年六月十日	参议	木户孝允	长门人
三年九月二日	参议	大隈重信	肥前人
三年十月十二日	大纳言	嵯峨实爱	京都人　华族
三年十月十二日	免	锅岛直正	
三年十月十二日	免	中御门经之	
四年正月九日	殁	广泽兵助	
四年六月二十五日	免	德大寺实则	
四年六月二十五日	免	木户孝允	
四年六月二十五日	免	大久保利通	
四年六月二十五日	免	大隈重信	

年　　　月	任　　免	氏　　名	族　　籍
四年六月二十五日	免	佐佐木高行	
四年六月二十五日	免	斋藤利行	
四年六月二十五日	参议初陆军元帅后陆军大将近卫都督	西乡隆盛	萨摩人
四年六月二十五日	参议后文部卿	木户孝允	
四年七月十四日	参议后大藏卿	大隈重信	
四年七月十四日	参议	板垣退助	土佐人
四年七月十四日	免	岩仓具视	
四年七月二十四日	免	副岛种臣	
四年七月二十九日	太政大臣	三条实美	
四年十月八日	右大臣	岩仓具视	
六年四月十九日	参议左院事务总裁	后藤象次郎	土佐人
六年四月十九日	参议后司法卿	大木乔任	肥前人
六年四月十九日	参议	江藤新平	肥前人
六年十月十二日	参议内务卿	大久保利通	
六年十月十三日	参议外务省事务总裁	副岛种臣	
六年十月二十四日	免	西乡隆盛	
六年十月二十五日	免	副岛种臣	
六年十月二十五日	免	后藤象次郎	
六年十月二十五日	免	板垣退助	
六年十月二十五日	免	江藤新平	
六年十月二十五日	参议初工部卿后内务卿	伊藤博文	长门人

六年十月二十五日	参议海军卿	胜安芳	静冈人
六年十月二十八日	参议 初外务卿 后文部卿	寺岛宗则	萨摩人
七年四月二十七日	左大臣	岛津久光	萨摩人　华族
七年五月十三日	免	木户孝允	
七年八月二日	参议左院议长	伊地知正治	萨摩人
七年八月二日	参议 陆军中将,初陆军卿,后参谋本部长	山县有朋	长门人
七年八月二日	参议 陆军中将 开拓长官	黑田清隆	萨摩人
八年三月八日	参议	木户孝允	
八年三月十二日	参议	板垣退助	
八年四月二十五日	免	胜安芳	
八年六月十日	免	伊地知正治	
八年十月二十七日	免	岛津久光	
八年十月二十七日	免	板垣退助	
九年三月九日	免	木户孝允	
十一年五月十四日	殁	大久保利通	
十一年五月二十五日	参议 陆军中将,初文部卿,后陆军卿	西乡从道	萨摩人
十一年五月二十五日	参议 海军中将 海卿军	河村纯义	萨摩人
十一年七月二十九日	参议 初工部卿 后外务卿	井上馨	长门人
十二年九月十日	参议 工部卿 议定官	山田显义	长门人

卷十五　食货志一

　　外史氏曰:余读历代史《食货》诸志,于户口之编审,田亩之丈量,赋税之征收,府库之出纳,钱法之铸造,亦只言其大概。于国家全盛,则曰"家给人足";于国家末造,则曰"比户虚耗"。苟欲稽其盈虚盛衰之况,则无所依据以确知其数。至于一国之利害,与外国相关系,如通商出入、金银滥出之事,则前古之所未有,尤历史之所不及。余观西人治国,非必师古,而大率出于《周礼》、《管子》。其于理财之道,尤兢兢致意,极之至纤至悉,莫不有册籍,以征其实数。其权衡上下,囊括内外,以酌盈剂虚,莫不有法。综其政要,大别有六:国多游民,则多旷土,农一食百,国胡以富?群工众商,皆利之府,欲问地利,先问业户,是在审户口;惟正之供,天经地义,洒血报国,名曰血税。以天下财治天下事,虽操利权,取之有制,是在核租税;权一岁入,量入为出,权一岁出,量出为入,多取非盈,寡取非绌,上下流通,无壅无积,是在筹国计;泰西诸国尽负国债,累千万亿数无涯际,息有重轻,债别内外,内犹利半,外则弊大,是在考国债;金银铜外,以楮为币,依附而行,金轻于纸,凭虚而造,纸犹敝屣,轻重由民,莫能柅止,是在权货币;输出输入,以关为口,利来利往,以市为薮,漏卮不塞,势且倾踣,虽有善者,何法能救,是在稽商务。六者兼得,则理财之道得,而国富矣;六者交失,则理财之道失,而国贫矣。日本维新以来,尤注意于求富,然闻其国用,则岁出入不相抵,通商则输出入不相抵。而当路者竭蹶经营,力谋补救。其用心良苦,而法亦颇善。观于此者,可以知其得失之所在矣。作《食货志》。

户　籍

中古时有户籍,每岁阅口造计帐,六岁大比而造户籍。每户以家长为户主,五家相保,户或逋逃,则责五保。所计之籍,里上之郡,郡上之国,而告之官,统其事于民部省。凡户籍五比,则递除远年之籍,其年老应免庸调者咸注于册。自将军主政,封建制定,各君其国,各私其民。惟世禄之家,例有编籍,其取之于民无制,户籍之法遂不相统一。逮其末造,游士以浮浪名者,日本名无籍游荡之士,曰浮浪。辐辏于京坂、江户之间,卒奉强藩,以覆幕府,民皆轻去其乡,户籍益荡然无纪。旧俗专尚世族,贵贱悬绝。诸藩士卒隶于麾下者,皆仰食于平民,而不与平民通婚嫁。凡平民,禁乘马,禁着屐,禁衣丝绒。别有秽多、非人之族,又不得与平民齿。然农工商贾,皆平民之业,其他藩主、藩臣,逮于神官、僧侣,皆游手而坐食,不啻农之家一而食粟之家六已也。维新以来,废藩为县,凡旧藩诸侯改称为华族,藩士之食世禄者改称为士族,废秽多非人之名,概称为平民。旧日制限,悉皆解禁。明治五年四月,大政官布告曰:"编审户口,当务之急。国有政府,固所以保护人民,然不察民之多寡,何以施治。凡民所以能养生送死安然无憾者,实由政府保护之故。今之民,多有脱籍漏籍,不得蒙保护者,谓之非国民也可。中叶以还,分疆画界,东西距离,国多异政,户有殊俗,而户籍之法亦从而凌杂。于是人民出彼入此,来往无制,沿袭之久,已成习惯。今特制定全国户籍之法,将使全国人民知上下通义。汝众庶其体斯意毋忽。"于是创编户籍。后数有更改,统分为八族:曰皇族,曰华族,曰士族，曰卒族，即旧藩时之充兵卒者，别有所谓地士，乃旧藩平民，因其勋劳，或赏其材能，特超擢之，使与藩臣等列名，曰地士。其后，此二类皆改编为平民。曰神官，曰僧，曰尼，曰平民。分为五事：曰农，曰工，曰商，曰杂业，统官员、学生、医生、神官、僧人各类。曰雇人。其法随各府各县分定某区。每区或四五町，或七八村，因地之宜，听从其便。每区分编号数，每号为一户，有一户兼二三号，亦有二三户合编一号，随其住宅之大小而分。户有户主，区置户长、副户长，而统辖于府县厅官吏。户长依式征收户籍，由户主呈送，将其家亲属姓名、生年月日、职业及氏神宗门，一一开载。存户长处，别缮二通。又作总计表及职业表，并呈管辖所。谓距离府县厅较远之地，别置一所，分派吏员以管理之。管辖所达之府县厅，准户籍式作管内总计表及职业表。将户长所呈，一通存厅事，一通押印，并表每六个月呈之太政官，每年正月晦日，户长据现在人数，自二月一日始，限一百日，详为查检。此百日中有增减，于明年正月中订正之。每六年则重为编审，注之于册。届六年期，每府县复详细检查。自二月一日始至五月十五日止，凡一百日。凡人民生死、生者以时报之户长，死者并其丧地，亦以时报之户长。移徙，其因事举家移徙者，由邻保、户长达其事由于本贯所辖官厅。官厅受其文，达知所住官厅，令编入其籍。有故而还原所者，送籍如其初。或举家移徙不愿改籍者，权认为暂住，注于所居地之暂住册。若同一管内，自甲区而入乙区，则由户长达管辖所。管辖所达移住户长，改注甲籍于乙籍。均注于籍。其旅游暂住者，各携文凭，以时查核。过三月以上，则当注于所居地之籍，凡传舍住宿，必注名簿。每七日由派出驿员查核，自余由户长稽查。凡住宿三日以上，即告知所居地之户长，其暂住者于管辖所临时注册，编入暂住表，以稽出入，核增减。间月检查，达知府县厅。年终汇呈太政官。若三府五港辐辏之处，时时由户长稽察，上告官厅，每间一月即呈之太政官。行之数年，法益精密。今列户籍诸表如左。因其业农者几及半数，并附耕地平均表，以便稽其每人耕地之数。若工若商，并注于表。至物产、工艺，则别详各志中。

户籍表第一

明治十年、十一年，无调查确数，故暂阙。十二年，系据一月一日调查之数。表中所列数目，最末者为单位，其上为十，其上为百，其上为千，其上为万，其上为十万，其上为百万，其上为千万，累至亿万。如第一表中之合数三五七六七八八四，即系三千五百七十六万七千六百八十四人也。余仿此。

类别＼年	男	女	合计
明治五年	一六，七九六，一五八	一六，三一四，六六七	三三，一一〇，八二五
六年	一六，八八一，七三九	一六，四〇八，九四六	三三，三〇〇，六七五
七年	一七，〇五〇，五二一	一六，五七五，一五七	三三，六二五，六七八
八年	一七，二五〇，四二〇	一六，七四七，〇二九	三三，九九七，四四九
九年	一七，四一九，七八五	一六，九一八，六一九	三四，三三八，四〇四
十二年	一八，一三七，六七〇	一七，六三〇，九一四	三五，七六八，五八四

户籍表第二

类别＼年	五年	六年	七年	八年	九年
社数	一三八，一二三	一二三，七〇五	一二一，八〇六	一五一，〇三七	一六二，七八二
寺数	八九，九一四	八八，四〇三	七九，一三〇	七四，七八四	七一，九六二
户数	七，一一〇，七八四	七，〇五〇，九二一	七，〇六一，五二四	七，〇四〇，三〇四	七，二〇八，一四六
寄留户数		五〇，四〇九	六九，五五六	八〇，二五六	八四，九六四

户籍表第三

族別	男女合数	五年	六年	七年	八年	九年
皇族	男	一四	一四	一五	一七	二〇
	女	一五	一七	一七	一七	一七
	合数	二九	三一	三二	三四	三七
華族	男	一,三〇〇	一,三六七	一,四〇五	一,四〇四	一,四三三
	女	一,三六六	一,四〇三	一,四八六	一,四九二	一,五三二
	合数	二,六六六	二,七七〇	二,八九一	二,八九六	二,九六五
士族	男	六三四,七〇一	七六三,七一七	九三八,七三四	九四八,一一一	九四九,〇四九
	女	六四四,六六六	七八四,八五一	九四四,五三一	九四八,二一〇	九四五,七五五
	合数	一,二八二,一六七	一,五四八,五六八	一,八八三,二六五	一,八九六,三二一	一,八九四,七八四
卒族	男	三三四,四〇七	三四〇,二二七	三,七三九	二,二〇〇	
	女	三二四,六六六	三二七,八八一	三,五〇七	二,一〇六	
	合数	六五九,〇七三	六六八,一〇八	七,二四六	四,三〇六	
地士	男	一,七一五	一,七四二			
	女	一,六〇一	一,六三八			
	合数	三,三一六	三,三八〇			

续表

族别	年	五年	六年	七年	八年	九年
旧神官	男	五二,一四七	三八,七二〇	四,五六九	一,三九七	四九
	女	五〇,三三六	三七,三三六	四,三四五	一,三六八	六七
	合数	一〇二,四八三	七六,〇五六	八,九一四	二,七六五	一一六
僧	男	一五一,六七七	一四九,三〇四	一四七,〇四七	一四四,七六九	一四二,七一〇
	女	六〇,一六九	五八,三三五	四五,五六六	三五,二九一	二三,七二〇
	合数	二一一,八四六	二〇七,六三九	一九二,六一三	一八〇,〇六〇	一六六,四三〇
尼	男			三	一	
	女	九,六二一	九,三三三	七,六七七	六,一八五	一,七三二
	合数	九,六二一	九,三三三	七,六八〇	六,一八六	一,七三二
平民	男	一五,六二〇,二〇三	一五,七五九,六三一	一五,九六〇,六三六	一六,一六九,五〇三	一六,四二六,五二四
	女	一五,二一九,四二六	一五,三四九,三三八	一五,五五六,二一七	一五,七二三,五九一	一五,九四四,三五九
	合数	三〇,八三九,六二九	三一,一〇八,九六九	三一,五一六,八五三	三一,八九三,〇九四	三二,三七〇,八八三
总计	男	一五,八二四,〇二七	一五,九四七,六五五	一六,一一二,二五五	一六,三一五,六七〇	一六,五六九,二八三
	女	一五,三三九,五五二	一五,四一六,〇〇七	一五,五六八,一五五	一五,七六六,四三五	一五,九六九,八七八
	合数	三一,一六三,五七九	三一,三六三,六六二	三一,六八〇,四一〇	三二,〇八二,一〇五	三二,五三九,一六一

户籍表第四

类别		五 年	六 年	七 年	八 年	九 年
户主	男	六,八五〇,三一五	六,八〇七,六九三	六,八五〇,三三七	六,九四五,五六五	六,九六六,三三九
	女	一七六,八八二	二五九,一八二	二七七,六〇一	二九〇,七一一	二七七,六九七
	合数	七,〇二七,一九七	七,〇六六,八七六	七,一二七,九三八	七,二三六,二七六	七,二四四,〇三六
夫妇	妇			六,四一四,四二九	六,五九六,七一三	六,七一八,二八八
出生	男		二九〇,八六三	三四〇,八七二	三五七,一二一	四四六,五一八
	女		二七八,一九八	三一九,八二一	三三三,八一一	四二二,六〇八
	合数		五六九,〇六一	六六〇,六九四	六九〇,九三二	八六九,一二六
死亡	男		二〇八,〇九二	三一四,〇八七	三三五,七五七	三六八,一二七
	女		一九七,三二二	二九一,八二二	三三三,八一四	三二六,二九一
	合数		四〇五,四一四	六〇六,〇九四	六六九,五七一	六九四,五一二
弃儿	男				一,七六八	二,一五一
	女				一,七六八	一,九三八
	合数				三,六七九	四,〇九八
脱籍	男			六六,一七四	八九,九八五	一〇一,九一二
	女			二〇,五三〇	二九,一四一	三二,五一七
	合数			八六,七三四	一一九,一二六	一三四,四二九

续表

类别		五年	六年	七年	八年	九年
无籍	男		一二	五	六	
	女		七		一	
	合数		一九	五	七	
八十岁以上除籍	男				四二二	六四七
	女				一九五	三一五
	合数				六一七	九六二

户籍表第五

职别		六年	七年	八年	九年
农	男	八,一二一,〇六〇	八,〇六九,五四五	七,九六八,一八〇	八,二三七,六八二
	女	七,一七五,四一〇	七,一八四,二二九	七,一三四,二五七	七,三九八,四三二
	合数	一五,二九六,四七〇	一五,二五三,七七四	一五,一〇二,四三七	一五,六三六,一一三
工	男	五〇九,七六五	五三三,五三三	五四八,二九八	五五四,七一八
	女	一五三,七一四	一六〇,二三二	一六一,二六二	一八〇,五九二
	合数	六六三,四七九	六九三,七六五	七〇九,五六〇	七三五,三二〇

续表

职别	年别	六年	七年	八年	九年
商	男	八〇八,九五一	八二三,四三七	八二二,八〇五	八四八,三二一
	女	四五八,四五〇	四五九,二二六	四六二,六九一	四八九,八四八
	合数	一,二六七,四〇一	一,二八二,六六三	一,二八五,四九六	一,三三八,一六九
杂业	男	一,〇〇九,五七二	一,〇二九,四三一	一,〇四九,三六二	一,〇七八,三五三
	女	七四五,四九一	七五五,〇七九	七八〇,七六八	八〇六,三〇八
	合数	一,七五五,〇六三	一,七八四,五一〇	一,八三〇,一三〇	一,八八四,六六一
雇人	男	一八一,一八八	一七二,三七一	一七二,二八五	一九〇,三三一
	女	一一九,四二五	一一八,六二一	一一七,二九七	一三〇,一二〇
	合数	三〇〇,六一三	二九〇,九九二	二八九,五八二	三二〇,四五一

户籍表第六十二年一月一日现在之数

府县名	男	女	合计
东京	四七九,二七四	四七四,五一七	九五三,七九一
京都	四〇八,四六二	四〇五,七八八	八一四,二五〇
大坂	二八六,九七〇	二九一,三〇〇	五七八,二七〇
神奈川	三八五,二〇一	三六九,四〇九	七五四,六一〇

续表

府县类名别	男	女	合　计
兵库	六九九,二六〇	六七一,四六〇	一,三七〇,七二〇
长崎	六〇五,〇九一	五八七,〇四三	一,一九二,一三四①
新潟	七六五,四四九	七六五,二六三	一,五三〇,七一二
埼玉	四五八,四三三	四七一,五〇六	九二九,九三九
千叶	五五八,八八二	五四〇,七九四	一,〇九九,六七六
茨城	四四九,六八二	四三八,二七五	八八七,九五七
群马	二八八,二二五	二八五,七三四	五七三,九五九
栃木	二八八,九五六	二八四,八八七	五七三,八四三
栃木	四八〇,三八七	四七五,三六一	九五五,七四八
三重	四一八,〇九七	四一六,三五六	八三四,四五三
爱知	六四四,三一四	六五一,一三八	一,二九五,四五二
静冈	四九七,四五七	四八三,三〇九	九八〇,七六六
山梨	一九五,〇四九	一九六,〇七四	三九一,一二三
滋贺	三六一,七三七	三六八,一四〇	七二九,八七七
岐阜	四三二,一四一	三九九,七四〇	八三一,八八一
宫城	三一九,三八九	二九七,四九二	六一六,八八一
福岛	四一一,〇八一	三九三,七八五	八〇四,八六六

① 原表误作"一,五三〇,七一二",依左二项相加改。

续表

府县＼类别　县名	男	女	合　计
岩手	三〇五,三三八	二八六,九五六	五七二,二九四
青森	二四二,〇〇九	二二六,五〇八	四六八,五一七
山形	三四三,五三三	三三七,六四七	六八一,一八〇
秋田	三二七,三三七	二九三,八一三	六二一,二三〇
石川	九三六,六七五	九一六,二三六	一,八五二,八一一
岛根	五三〇,九三〇	五〇三,六六一	一,〇三四,五八一
冈山	五三三,〇九八	四七八,一二二	一,〇〇一,二二〇
广岛	六一九,五七五	五八八,三七二	一,二〇七,九四七
山口	四四八,二九二	四二七,三一一	八七五,六〇五
和歌山	三〇四,一三三	二九七,九四二	六〇二,〇七五
爱媛	七二七,七四二	六九四,九一三	一,四二三,六五五
高知	六一四,八七八	五七〇,八八六	一,一八五,七六四
福冈	五五二,八〇三	五三四,八〇一	一,〇八七,六〇四
大分	三六九,三〇五	三五八,八一〇	七二八,一一五
熊本	四九〇,六四九	四九〇,六九八	九八一,三四一
鹿儿岛	六三六,五一六	六一九,〇一六	一,二五六,九〇九
冲绳	一五四,三九四	一五六,一二一	三一〇,五一五
开拓使	八〇,〇八九	七八,五二六	一五八,六一五
小笠原岛	一四五	四九	一九四
总　计	一八,一二七,六七〇	一七,六六四,五五九	三五,七六八,五八四

每国人口及农口表

表中所称总人口,据明治九年一月一日调查之数。

国名	总人口	农男	民女
武藏	二,0七六,九五七	三二四,四四四	二三0,四六七
越后	一,四0四,一二三	三三七,五0二	三三七,五0三
肥前	一,一00,二二九	二七四,七一0	二六六,六六五
肥后	九七六,七五三	二五七,九0六	二五七,00六
信浓	九五五,九二三	二六九,八六三	二五九,八八三
伊豫	七五三,九八七	二一0,九四八	一八七,五三七
摄津	七五三,四二一	八三,三三七	五八,四四九
尾张	七四九,八九七	一八九,五0七	二00,六一六
安艺	七00,九九八	一九二,三七0	一五0,一五三
美浓	六九二,二一八	一九五,0一六	一八一,九0七
常陆	六七九,四八三	一九六,三九八	一九0,0七八
下总	六六五,0七三	一八四,六二一	一八0,七一八
播磨	六五九,六四三	一七八,一八五	一四0,五四0
羽后	六五七,三八三	一七五,三二一	一五九,九0八

续表

国 名	总 人 口	农男	民女
越 中	六四九,四五八	一四四,四三三	一三一,三六一
纪 伊	六三九,六九六	一一七,八四六	九四,〇九七
阿 波	六二〇,二三五	七七,九九八	二,一三七
伊 势	六〇一,六八五	一四六,三七八	一二七,二五九
萨 摩	五六六,六三二	一六〇,五一〇	一五九,九一〇
讃 岐 p	五九一,五八四	八八,二七六	三,六八九
近 江	五八九,七四七	一四二,四五四	一四七,一〇一
丰 后	五八二,七四〇	一七五,〇八九	一七一,二三六
羽 前	五七八,六六六	一四五,五七六	一三七,七八九
陆 前	五五七,九八二	一五四,〇七一	一四〇,〇九一
上 野	五四〇,四七七	一四二,七五五	一三三,五六〇
下 野	五三四,三六三	一四七,五六五	一三六,八一九
土 佐	五三三,二九七	一三三,六〇四	一〇八,四九六
陆 中	五二四,六九四	一二四,一五四	七二,一一八
周 防	五〇七,八二六	一二八,〇五七	一二一,九八八
三 河	四九四,八一四	一四〇,七七九	一五四,四三三

续表

国　名	总　人　口	农　男	民　女
陆奥	四八九,二四五	一一一,一二三	一0一,0一五
备后	四七五,七0七	一五六,0九六	一四四,一九二
越前	四六六,九三六	八四,一五0	七九,七二一
筑前	四五七,三三五	九0,四三八	八三,七三0
岩代	四四九,二二六	一二六,六三八	一二0,一一九
山城	四二六,三八六	九六,八七八	三八,九五六
大和	四三三,九三八	九八,二四一	八七,六七七
上总	四二三,0四六	一二九,九四0	一二五,五四七
加贺	四二四,六0九	六八,五九二	五六,三三三
远江	四二二,三四二	一0五,三三六	一一一,二三七
备中	四一0,九二三	一二三,0四九	一一七,五九五
筑后	四00,五0四	八六,0九0	七一,六七五
日向	三八八,五0八	一0二,三四0	九五,七二一
骏河	三八二,八一四	九八,六六一	九三,五六四
甲斐	三七四,二五0	一0三,四九一	一0七,七六四
相模	三二二,二五0	一0七,五一九	一0一,五二五

续表

国名	总人口	农男	民女
磐城	三六九,一九四	一〇七,一七七	八八,七七一
出云	三四二,六二一	七七,六四六	七四,二〇三
备前	三三七,七四四	八二,二九三	四四,九三一
长门	三三六,七二四	七六,一九四	七四,四二〇
丰前	三二二,一五六	八七,七五四	八四,四四六
丹波	二九七,三七〇	八八,六三六	八一,九三九
能登	二七一,八二〇	六七,四〇七	六〇,一二五
石见	二七〇,八〇四	七二,二九〇	六七,五〇〇
河内	二四九,六三四	七三,四四三	六六,六一〇
大隅	二四〇,九二二	四九,九三三	四四,八二二
和泉	二二〇,〇二二	四六,二八二	四四,四三一
美作	二一八,六〇五	六四,四〇一	五五,八二二
伯耆	一九八,九八〇	五九,八八〇	五六,五八九
但马	一九一,二四〇	四九,三〇五	四二,九二七
因幡	一六七,〇二〇	三三,八二七	三六,五五五
淡路	一六六,九二五	三三,一九四	二一,六六三

续表

国名	总人口	农民	
		男	女
丹后	一六二,九八八	三八,三九四	三八,五二五
安房	一五六,二四二	三〇,八五三	三三,二四六
伊豆	一五五,二四八	三八,四一四	四一,五五三
佐渡	一〇四,七六四	二六,一〇八	二六,五三〇
飞驒	一〇一,六〇〇	三〇,二〇六	二七,五五九
伊贺	九八,五二八	二九,七四八	二九,五五一
若狭	八六,四二八	一四,九〇六	一一,八〇五
志摩	四九,六三四	一一,八〇一	一三,三七七
壹岐	三三,三〇四	六,四四八	五,六三三
对马	三〇,一〇五	五,〇七二	四,八二〇
隐岐	二九,六三二	七,五一一	八,〇四三
琉球	一六七,五七二	四五,一二四	四五,九五八
北海道	一四九,五五四	九,五八三	八,六九三
计	三四,三三七,四〇四	八,二三七,六八二	七,三九八,四三一

农民每一人耕地平均表

表中着点者为段位，下为亩，下为步，如表中六一〇〇，即六段一亩；五六二五，即五段六亩二步五厘也。余仿此。

使府县	每一人匀分耕地段别	内　　分	
		水　田	陆　田
高　　知	六一〇〇	一八二二	四二一八
岩　　手	五六二五	二〇二二	三六〇二
青　　森	五四二六	二八二一	二六〇五
埼　　玉	四六〇三	一八二九	二七〇五
东　　京	四五二九	二〇〇七	二五二二
秋　　田	四三〇四	三一二八	一一〇五
宫　　城	四〇二四	二六一六	一四〇八
大　　坂	三九〇二	二八一五	一〇一七
福　　岛	三八〇〇	二二〇〇	一五二九
锤　　木	三七〇〇	一七〇五	一九二四
山　　形	三五一六	二四二六	一〇二〇
群　　马	三五一五	一〇一五	二五〇一
茨　　城	三四一〇	一六〇四	一八〇六
鹿　儿　岛	三四〇〇	一二二九	二一〇〇
开　　拓	三二二〇	〇二〇四	三〇一六
新　　潟	三二〇四	二二一三	〇九二一
石　　川	二九二七	二四〇五	〇五二二
千　　叶	二九〇六	一七一九	一二〇七

使　府　县	每一人匀分耕地段别	内　　　分	
		水　田	陆　田
福　　冈	二九〇六	二二一九	〇六二六
长　　野	二七〇六	一二一六	一四二〇
长　　崎	二七〇二	一四一七	一二一五
神　奈　川	二六二一	〇七一四	一九一七
熊　　本	二六一六	一二〇〇	一四一六
滋　　贺	二二〇一	二二〇五	〇三二六
爱　　媛	三五二二	一七〇七	〇八一五
山　　梨	二五一二	一九〇九	一六〇三
三　　重	三五〇一	一八二八	〇六〇四
冈　　山	二四一七	一六二七	〇七二〇
和　歌　山	二四〇七	一七一七	〇六一九
岛　　根	二三二三	一六〇九	〇七一五
静　　冈	二二〇一	一二一八	〇九一三
大　　分	二一一一	一一〇〇	一〇一一
岐　　阜	二一〇九	一三二七	〇七一一
兵　　库	二一〇七	一七〇〇	〇四〇六
耟	二〇二九	一六〇〇	〇四二九
爱　　知	二〇一二	一二〇六	〇八〇七
京　　都	一九二六	一五〇〇	〇四二六
广　　岛	一六二二	一一〇八	〇五一四
山　　口	一七〇四	一二一六	〇四一九
平　　均	三〇九七	一六九五	一三六八

外史氏曰:古之时土满,今之时人满。古之时地利未尽辟,物产未尽殖,天下皆有用之民,故民寡者国弱,民众者国强;今之时土地不足以容众,物产不足以给人,天下多无用之民,而民之众寡,乃无与国之盛衰。余尝考古户口之数,偏安小霸者无论矣,汉、唐、元、明之极盛,不过六千万。夏禹时,人口千三百五十五万三千九百二十三。周成王时,千三百七十万四千九百二十三。汉孝平元始二年,五千九百五十九万四千九百七十八。东汉和帝永兴元年,五千三百二十五万六千二百二十九。晋武帝太康元年,千六百一十六万三千八百六十三。隋炀帝大业二年,四千六百一万九千九百五十六。唐明皇天宝十四载,五千二百九十一万九千三百九。宋英宗治平三年,二千九百九万二千一百八十五。元世祖至元二十七年,五千九百八十四万八千九百六十四。明神宗万历六年,六千六十九万二千二百八百五十六。此皆一代极盛之数也。虽曰计口算赋,唐、宋有司或不能行法,相率隐漏,然加倍其数,亦不过十千万而止矣。我大清受命以来,列祖列宗,天覆地载,涵濡生育。乾隆初年,户部奏各省人口之数即逾亿万。乾隆二十五年正月,奉上谕:"今日户口日增,而各省田土不过如此,不能增益,正宜思所以流通,以养无籍贫民。"是年五月,又奉上谕:"国家生齿繁庶,即自乾隆元年至今二十五年之间,滋生民数,不下亿万,而提封此有此数,余利颇艰。古北口外一带沿边,内地民人前往种殖,成家室而长子孙,其利甚溥。设从而禁之,是厉民矣。今乌鲁木齐辟展各处,屯政方兴,客民既源源前往,将来阡陌日增,树艺日广,于国家牧民本图,大有裨益。"等因。圣人之言,所见远矣。而东之三省、西北之列藩,尚未计也。嘉庆、据嘉庆十七年,十八省户籍已有三亿六千一百六十九万三千一百七十九丁口。而在京之八旗,及各驻防人丁,不与其数。道光以至今日,统满、蒙、汉、回乃有四亿二千余万之众。於戏盛矣哉! 开辟以来之所未有也。然而列圣宵旰于上,百辟承宣于下,而海内之民犹若困顿无聊、汲汲不能谋生者,谓非由此极盛之民也乎哉? 日本之地居我二十五之一,其人民乃居我十二之一,可谓夥矣。土非不饶,物非不丰,而民多憔悴困穷,则亦人满之患耳!承平日久,兵革不闻,疾疬无患,民生其间者,日增而月益,盖十倍于中古,数十倍于上古,而地之所产,华实之毛,薮泽之利,则自若也。譬犹陈一脔之肉于俎上,一人食之而果腹;数人则不足,聚数十人,则绠臂得食,犹不能饱矣。均田画井以授民,三代下既万不可行,逮今为尤甚。民无恒产,则不得不诈伪奸宄,竞争刀锥之末。争之愈甚,求之愈难,益相率为目前苟且剜肉补疮之计,经久之大利反不能兴,物产乃愈穷而愈绌。天下之耕而食、织而衣者,百之一耳。天下之不士不农不工不商者,比比皆是。其黠者,夤缘官吏,鱼肉豪富,或抱其刀笔筐策之技、医卜星相之术,糊口于四方。其愚者潦倒乞食,群聚赌博,或结党为盗,甘触刑网而不顾。为上者兢兢然以法维持之,仅及于无事,稍或懈弛,则大乱作矣。故极盛之后,百数十年必一乱。乱之所由生,亦势之所使。然非必纲纪之败坏、政事之阙失也。彼欧罗巴全州之境,不及我国,而其民善于工商,无所不至。又得阿美利驾,又得澳大利亚,皆穷古不毛之地,移民垦辟,卒兴大利。其富也亦土满人稀之故也。嗟夫!古之善治民者,患其寡也,则为之谋生聚,于是有胎养之谷,生子之赏,养老慈幼之政,老女寡妇之禁。虑其满也,则为之设禁防,于是有三十而娶,二十而嫁之限,使分田画井,得计口而给,仁术乃不至于穷。及其既盛,乃不得不凿山通海,废阡毁陌,以兴自古未兴之利所,皆已然之迹也。逮夫今日,又不足以给,故山林薮泽不能封,矿穴宝藏不能秘,奇技淫巧不能禁,即其贸迁流散四出于海外者,亦不能止。非不知其不可,时势之所趋,有不得不然者在也。惟欧罗巴人知之,故悉驱游民,使治旷土;

惟日本人今亦知之，故力辟虾夷，广兴农桑。彼不知者，犹拘拘古制，藉口于生聚之谋、休养之德，亦未尝考古而准今，而欲匠人之以栈为楹，以枘容凿也。

卷十六　食货志二

租　税

租税别为二课:全国人民以供一岁国用,输纳之大藏省者为国税。其目曰地租,曰海关税,曰矿山税,曰官禄税,曰北海道物产税,曰酒税,曰烟草税,曰证券印纸税,曰邮便税,曰诉讼罪纸税,曰代言人准照税,曰船税,曰车税,曰诸会社税,曰铳猎税,曰买卖牛马准牌税,曰度量衡税,曰卖药税,曰版权执照税,曰海外护照诸税。此皆现行税则。旧幕府时,有防川国役金,岁以防河为名,课人民征收者。此外杂税有曰冥加金,有曰小役税,凡千五百余种。明治初年,尚沿旧收纳,至七年停止。明治之初,又有蚕种生丝税、绞油税、家禄赏典禄税、仆婢车马驾游船税,现皆停废,故不再录。国税之外有地方税,由各府县征收,输纳之各府县,以供地方之用。其目曰地租,曰营业税,曰杂种税,曰计户税。别有各郡各区所自课收,以为各郡区用者,名曰民费。收税各立期限,逾期不纳,如地租过三十日为逾期,营业税过一日为逾期。则官押勒其财产器具,令之变卖以偿,或由官公卖,若犹不足,国税则官受其损,地方税则同府县受其损,令设法别课。

地租　自崇神时始制贡赋。迨孝德中,仿唐租庸调之法,凡租田一段,古法五尺曰步,长三十步、广十二步曰段,十段曰町。稻二束二把。义解云:段地获稻五十束,束稻春得米五升。二束二把,即一斗一升。庸者,每丁凡男子十六曰中,二十曰丁,次丁每二人准一正丁。岁役十日。不役者出其力所值为庸,一日布二尺六寸,如加役至满三旬,则租调皆免。调者,随其乡土之产,绢绝,六丁调一匹,长五丈一尺、广二尺二寸为一匹。一正丁各八尺五寸。丝棉布二丁调一绚。十六两。一屯二斤。一端。五丈二尺,广二尺四寸。每一丁调丝八两,绵一斤,布一丈六尺。其余杂物,如盐铁鱼藻麻纸油漆等物各有差。中古行均田法,计口班田,曰口分田。给口分田,男二段,女减三之一,每六年一颁田。惟生五年以下者,无给。所私垦者,曰垦田,垦田世其业。又有位田,一品八十町,二品六十町,余各有差。有赐田,特敕所赐。有功田。大功世世不绝,上功传三世,中功传二世,下功传子。诸田分给外有余,曰公田。国司随乡土估价,或赁或租,送价于官,以充公用。收税曰地子,比常税加八九倍。自藤原氏世相于内官皆世禄,庄园遍于国中,田不足给,而均田之制坏。及源赖朝兴,诸国置守护,庄园置地头。每段别课八升,以充兵饷。每遇军兴则加赋,兵休而赋不除。所有守护、地头,一切以武断行政,甚有身死名存,举乡分任其责者。至于丰臣氏,乃遣令发使分巡邦国,以正经界、平租税为务。然古者每段三百六十步,裁为三百步,仍课税如故,而赋益增矣。其制田之法,随地广狭,分三等:三百步为大步,百五十步为中步,百步为下步。见其不能百步,则舍而不税,谓之见舍。其定疆界于林木丛植处,北起于所不露滴,南至于所不庇荫,赋取十之四,谓之四公六民。逮德川氏定国,分藩施治,贪官污吏,务以坏制,所谓见舍之田,且不肯贷,林阴露滴,咸入田籍。其诛求贪巧,岁益苛急,大率皆五公五民,甚者六公四民、七公三民,民困极矣。

自废藩令下,明治六年古来日本土地,尽国家所有,人民不得卖买。

明治五年，始解此禁，听人民买卖，惟不许卖与外国人。是年颁发地券，始行证券印税；无几又下地租改正之令，从租税头陆奥宗光之请也。七月诏曰："租税者，国用出入之大经，人民休戚之所系也。比者，法制不一，宽严轻重，不得其平。朕欲加厘正，乃博采有司群议，地方官众论，更与内阁诸臣辩论制定，使归画一。今颁布地租改正法，庶冀赋无厚薄之弊，民无劳逸之偏。"主者奉行大政官，又布告曰："现今厘正地租，历代田亩纳贡之法，皆废而不用。惟考核各地券，以其地价百分之三以充地租。其条例，具如别录。凡从前官厅、郡区所课民费，此谓由地方官吏郡区长课收，以充地方公用者。自今并宜课地价，其额不得超过正税三分之一。"其条例："曰现行改革地租法，因时因地，各有缓急难易，断难一律施行。此后有已经改正者，即陆续施行。曰凡地随原价以课税，尔后虽丰年不增，虽凶年不减。曰从前地税与物品税、房屋税合而为一，今当划分地税，定为地价百分之一。然物品税额未定，不得已，暂收地价百分之三，待物品税逐年递增，收额及二百万元，则地租仍减为百分之一。曰有不愿改正者，皆依旧法。虽轻重不平，一切不许申诉。其从前所定免地，今再检验丈量，以定税则。曰改正以后，买卖地价或有增减，自改正日始，准于五年间照最初所定地价收税。于是设局经理，率课地价百分之三，田地准每岁收获以定地价。令各地主自行申报，乃派员丈量，详记亩步，给以地券。其宅地准是，处耕地平均价，或准近邑宅地价以定。若市街、池泽、山林、原野、学校、贫院，或私有地，或公有地，皆定相当地价以收税。惟堤防、坟墓等不税。由邑里所定地价，若地主以为过重，再行查勘；如仍不服，则行投票法以定地价，任人买取。其始，人民守旧，颇有嚣然不愿服从者。行之四年，渐归整理。十年一月，又诏曰："朕维维新日浅，中外多事，国用实不资，而兆民犹在疾苦中，未沾厚泽。曩者改制税法，定地价百分之三。今亲察稼穑艰难，吾民无以休养,其更减税额为地价百分之二分五厘。汝有司其省啬国用,以称朕意。"太政官又布告曰:"今奉旨减地租额,所课民费,亦宜减省。自明治十年,不可超过正税五分之一,由是农民易以养赡。明治六七年间,福山等处有揭竿倡乱者,即以改地租、易正朔为名。十年三月,西乡隆盛之叛,亦以减租之事鼓动群愚,而归附者甚众。实则改正地租,比旧幕府大为轻减。第以人情守旧执迷,故一时有不愿从者。近岁日本农民颇足赡养云。凡收纳地租之法,陆田、水田各分期立限。陆田于本年七月一日起,十二月十五日止,分三期。水田于本年十二月一日起,至明年四月三十日止,分三期。逾期不纳,则没收田产;实系凶岁灾重,许其延纳。"遇水旱非常凶灾,遣员查勘,如灾至五分,则将所损五分分五年纳租。若灾及十分,则分十年。如延纳限中再罹凶灾,俟旧额分年完纳后乃及新额。初改地租,皆令纳金。至明治十一年,凡属水田,许以米代金,纳半额。其愿纳米者,地方官于是年十月一日至十一月三十日、六十日中米价,确实查核,乃平均以定一价,申报大藏省。所有运输之费,仍照旧日贡纳之法。当明治八九年间,岁课地租五六百万元,减租之后,岁收约四百万元云。

海关税 海关于输出输入货物,均课税值百之五。其章程详条约中。考泰西各国,国用海关税最为大宗。输出多不课税。其输入货物,如平常日用、麻麦米豆之类,值百收税约二三十;如珍异玩好、烟酒绸缎之类,值百收税约五六十;若己国方兴之产,虑他国之物以价低相冲拒者,则重课他国物,名曰保护税,有值百收税至二百、三百,数倍其物价者。收税之权,皆由自主,或轻或重,以时损益,他国不得干预。独泰西与中东两国条约,将海关税则附约而行,订明某物课税多少,实非万国通行之例。盖由当时订约未熟情形,亦以左执干戈,右陈樽敦,威迫势劫,有不得不从之势也。日本于外交利弊考求颇熟,于明治四年,即遣使周历各国,欲免输出税,而加输入税,所有收税之权改归日本自主。惟西人既得之利,难于遽失,卒不得要领而归。其后,商之美国,先改美约,然约中声明,俟诸国一律改约后乃得施行。现今商议此事尚未就绪云。

矿山税　凡采取有矿质之物,每坑面积五百坪,每六尺为一坪。年税金一元,名曰借区税,例于每岁一月纳之矿山局。若采铁及无矿质之物,铁之为物,用广而价贱,故与无矿质之物相等。每坑面积五百坪,年税金五十钱。若采掘废矿面积千坪,照常税例纳。其于官有地掘取土石者,砚石、砥石、版石、筑石、石盘、石灰、石碑之类。照一年卖价,以百分之一纳税。

官禄税　敕、奏任以上官于每月俸额照则征收,次月五日纳之租税局。凡敕任官,课禄税十分之二。奏任官,月俸百元以上者课税二十分之一。惟海陆军武官免税。明治六年始行禄税。九年改例,凡元老院议官,年俸每月分计未满三百五十元者,减为课收二十分之一。出使海外之公使、领事官、书记官、书记生等,皆准免税。十二年三月,又改工部省中技监、大技长、权大技长、少技长、权少技长亦免税。

北海道物产税　凡北海道物产,谷类、酒类、矿属、蚕纸、生丝,不在此内。无分官用私用。海陆军用物免税。按原额百分之四课出港税,于输送所至之地,令船主开报输纳。日本古虾夷地,维新以来,改称北海道。其地旷漠无垠,荒芜不治,故别设开拓使,移内地居民以经营之。海产甚富,地利亦饶,将来开拓可得大利。政府课税,特较常税为轻,所以保商务广殖产也。

酒税　凡以稻米、杂谷、果实酿酒以营业者,申报管辖厅,领受准牌,日本谓之鉴札,刻木为牌,详载某府县、某国、某郡、某村、某区、某町、某号地、某姓名。乃许发卖,名营业税。每酒一种,年纳金十元。其贩之酿酒家、卖于卖酒店,为贩卖,年纳金十元。以贩自一酿酒家为限。若又贩之别家,每一家纳税十元。卖与自饮人者,为零卖,年纳金五元。每年十月一日至翌年九月三十日,名为一期。此一期内,无论何时创业,均纳一期全额。领牌造酒,所造石数,每年派员检查,令纳酿造税,每酒一石,价高者纳金三元。价低者纳金一元。明治四年定例,每石税价值十分之一。十一年九月,改定新例,分酒高低,以定多少,大概不止十之一也。每岁四月三十日纳半额,至九月三十日全纳。每一期造酒石数,例于十月申报管辖厅。当官检查时,令酒人自占于盛酒器,标识多少。有腐败者,禁不许卖。其清酒酿具,官封以印,请之于官,乃许再用。即领造酒准牌,又贩酒于人,及于酿造所外别设卖店者,仍令纳贩卖税。既领贩卖准牌,又分设卖店者,别令纳贩卖税。凡准牌不许假借与人,每岁检查,烙印干支字于牌上;未领牌而私造私卖酒及酒具皆没收于官,并每石别科罚金。其借人准牌者,同罚;以准牌贷与人者,令缴准牌,仍科罚金。若酿造石数占不以实,以多报少,则没收其所造酒卖得金,仍再科罚。造酒之外,又课麹税,领准牌者,每岁纳金五十元。营此业者,于计簿详记其石数,并购求者姓名、居处、年月。至翌年十月,申报于官以待检查。漏税者有罚,凡以漏税告发于官,审实,以所没(改)〔收〕物所罚金十分之一赏之。

烟草税 以烟草营业者申报管辖厅,领取准牌。惟种烟草人,以自种之物卖与商人,不在此限。发卖者岁纳金十元,零卖者岁纳金五元。卖与商人为发卖,卖与自用者为零卖。受领准牌者,须别领小牌。每牌金十钱。买卖烟草时必携之在身,以待检查。纳税每岁分二度。前半年以一月三十日为限,后半年以七月三十一日为限。所卖之烟草,别制印纸,分别印纸价准烟草所值,贴而用之。印纸者,以极精之纸,缕刻花草、虫鱼、人物,由官卖给,例须纳印纸税者,必购买贴用。泰西收税,多用此法。凡卖烟草价未满五钱者,用一厘一钱十分之一为一厘,即银一元之千分一也。印纸。五钱以上、未满十钱者,用五厘印纸。

十钱以上、未满二十钱者,用一钱印纸。二十钱以上、未满三十钱者,用二钱印纸。三十钱以上、未满四十钱者,用三钱印纸。烟草或盛以箱,或裹以纸,或束之如书卷,必粘用印纸于一经拆开,必致损破之处,又须于印纸上钤用店主名号。欲涂灭之,以杜复用也。其不领准牌与借贷准牌者,罚则大概同酒税。商人不携小牌而买卖者,罚金二十倍。不用印纸,准价罚金二十倍。用印纸而不足税额者,谓如值价三十钱以上,乃用一钱印纸之类。科罚十倍。若剥取印纸而再用者、赝造印纸以充用者,均课重罚。经人告发审实,以科罚金之半额赏之。

证券纸印诸税　凡人民以财产相授受,所有文凭计簿之类,必须用官造印纸、界纸印纸、界纸均由官制造发卖。印纸购而贴于自书文契之上。界纸以纸画为栏,分行如罫,即用之以书文契。以为据。其不用者,若有讼事,诉之于官,官不受理。印纸分以色:淡黑色一钱,薄赭色五钱,青色十钱,黄色二十五钱,橙黄色五十钱,红色一元,深紫色五元,深红色二十元。界纸分三种:大者七厘,中者五厘,小者三厘。凡买卖、贷借、典质、佣雇、寄顿、搬运,搬运谓为人转运货物之类。大概每十元以上至二十元则税一钱。其数屡加,则税递增。惟支取单较重,此谓酒食之类,由卖店出单,凭单以支取者,其中或以供赌博,或以充馈遗,大约价浮于常时,故收税较重,每值价二十五钱以上则税一钱,其他类推。而替换单较轻。以金易银,以银易钱,以金银钱易纸币之类。自五十元以上未满百元者,课税一钱。其他类推。凡账簿分为三类:典质寄顿之类,百元以上二百元未满,则课一钱。买卖贷借之类,百元以上二百元未满,则课五钱。搬运之类,每一年课税二十钱。印纸已经贴用者,必钤名印以涂灭之。凡计簿每满一年,应将出入多寡之数记于簿,司事者钤印以上以待检查。凡应用印纸、界纸而不用者,罚漏税银二十倍。如界纸定价三种,平均为五厘,科二十倍,则为十钱。受者同罚。其以少为多,不足税额者,罚漏税银五倍。计账之类,已经核算多寡,贴用印纸讫,复以其簿内余白陆续填写,不再用印纸者,罚漏税银十倍,或六倍、四倍。不遵规则,不钤名印于已用印纸者,剥取以再用者、赝造以充用者,均重科罚金。告发之人审实,以所罚金之半额赏之。考泰西诸国,惟于海港入口及邻国毗连之地设关课税。其在本国则随处通行,并无关隘,其税商也,惟课坐贾,不课行商。有计店以课税者,如日本之营业税,即中国之牙行帖也。有计物以课税者,如日本之酿酒税、卖烟税,即中国之落地税也。几于无物不税,无店不税。若珍异玩好之类,非寻常日用所需者,则课之尤重。大率准值价之十。取其一二以为常则,即烟酒之类是也。至于文凭计账之类,以印纸、界纸为税者,则统一切买卖贷借典质之事,莫不有税。比之宋人手实法尤为精密,可谓利析秋毫矣。然大概由十元至十二元则税其一钱,尚不及千分之一,则取之也似微。官但刊刻印纸、界纸,每区每村令商人领受而发卖。需用者可以随处购取,则购之也甚便,听人自行贴用,并无督责催促等事,则输之也又甚易。然不用印纸,有讼事告于官,官不为理,则人皆不肯吝小资以贻后患。金银交易之事,必有一二人与其间。有受者同罚之例,有告者给赏之条,人又不肯惜微费以受重罚,故人人不敢不遵例而纳。而在官人员除稽查账簿以外,别无吏役奔走之烦,无关津留难之患,无胥徒检核之扰。操之至约,而取之甚溥,可谓善已!

邮便税 邮寄之事,官为设局经理,刊刻印纸,听人购买,自行贴用。凡书函收送,皆官局之人司其事。凡在本国内,书函往复,无论近远,每书函重二钱以下,税二钱;由二钱至于四钱,税四钱;由四钱至于六钱,税六钱;以上,每加重二钱,则增重二钱。其在一城市内往复者,减半。如东京驻居之人,寄函东京驻居之人之类。其邮寄外国书函,远近不等。如寄上海、香港、美国者,每重十五具,法国权量之名,每一具即日本二分六厘六毫强,十五具,即三钱九分九厘三毫。收税五钱。其由南洋至欧罗巴者,收税二十钱有奇。其由大东洋寄南北美利坚等国者,收税十钱有奇。此外,新闻、书籍,各有价。详《职官志·邮便局》内。

诉讼罫纸税　折纸如书式,刻为方罫形,外围以栏,书"诉讼用纸"等字,由官令人发卖。凡关于诉讼之告诉状、答辩书、证凭钞写本,必须购用。不用者,官不受理。事各分类,纸各分色:一、金谷之类,有黄色罫纸、所诉之事,金不满十元、米不及五石者用之,每一页一钱。黄绿色罫纸,金十元至百元、米五石至五十石用之,每一页二钱。橙黄色罫纸、金百元至五百元、米五十石至二百五十石用之,每一页三钱。绿色罫纸、金五百元至千元、米二百五十石至五百石用之,每一页四钱。黑色罫纸,金千元以上、米五百石以上用之。每一页五钱。二、人事之类,谓立嗣养子、雇人诉讼之事。用青色罫纸。每一页一钱六厘。三、土地家屋之类,谓地所境界、田土房屋诉讼之事。用紫色罫纸。每一页一钱六厘。四、杂事之类,于上三事外一切诉讼之事。用红色罫纸。每一页一钱二厘。文告之类,如裁判所之传唤状及町村役员之知会之类。用赭色罫纸,每一页五厘。以上皆每页十六行,每行十五字。即裁判所用以传唤原被告人、证人者,名传唤状。案经裁判所判决,所用堂判发付于诉讼人者,亦用罫纸,亦各分类分色。分类分色如上,惟价较重。其原被告人自用之外,所需传唤状及堂判,依照定价,俟案结后,令理屈者负偿,限三日内与其他裁判费一并缴纳。凡罫纸均官发商卖,不经官许而卖者,科罚金百倍。知情而买受者,科罚金五十倍,并没收其纸。赝造者重科罚金。告发之人审实,以罚金之半额赏之。

代言人执照税　凡考充代言人者,代言人犹中国代书。惟西例最重此辈,无论原被告,非有代言人不得定案。盖谓法律非人人所晓,而法廷严肃,易生敬畏,必有不能肆辩论尽蕴奥者,故必用代言人申明其说,俾无枉抑。代言人必经司法省试以律法,通晓律意乃给照令充。此辈已博声誉,又例许收受谢金,故特课执照税。纳金十元于司法省,给予执照,许充一年。其欲接办者,每岁纳金为执照税。

船税 日本船容百石以上,岁纳金一元。西洋式船容一百吨以上,岁纳金十五元,例于管辖所领取准牌,入港之处呈牌查验。未领准牌者,罚常税金五倍。其渔船及搬运船,不问容石多少,由舳至舻长三间,每六尺为一间。每岁税金二十钱。加长一间,增税十五钱,烙印于船,以便查验。漏税者罚金五倍。

车税 二马之车年税金三元,一马税二元。搬运马车税一元。人力车乘二人者税二元,乘一人者税一元。牛车税一元。搬运牛车大七、大八税一元,大六以下税五十钱。所载之物纵横相乘,积十四坪以上为大车,称大六以上。未及十四坪者,为中小车,称大六以下。有车者报知管辖所,编列号数,烙印于车。漏税者罚金五倍。车无论官私,必须纳税,惟御车不税,海陆军省所用车亦许免税。始课车税,皇族及各管厅所用车不征地方税,至明治九年,一律课税。

各商会社税 会社者,即商人纠股集资以为买卖,俗所谓公司者也。国立银行于所领纸币,岁税千分之七。领纸币千元,税七元。米商会所以诸米商集资为会所,凡米谷时价,由其酌定。于所得利金,岁课十分之四。证票买卖会社,如国家负债所给之证凭、商人集资所得之票据,均可将已所有卖之与人,其价以时起落,此会社即以买卖证票为业者也。于所得利金,岁课十分之一。

铳猎税 凡用小铳猎鸟兽为生业者曰职猎,为游乐者曰游猎,均须领照为凭,申报于官乃许出猎。职猎税一元,游猎税十元。每岁十月十五日起至翌年四月十五日止为一期。执照限用一期。执照内载明姓名、年龄、居所、籍贯。不领照者有罚，再犯倍罚，不得借贷，不得买卖，违者有罚。

牛马买卖准照税　以牛马买卖为业者，例以一鼻纲，牛马共七匹为一鼻纲。领准牌一枚，为行商者，过七匹以外则领牌二枚。每一准牌，年税金一元。未领牌而私卖私买者，没收其牛马，并罚漏税金十倍。

度量衡税　凡度量衡，均不许私造私卖。为此业者，申报于官。官为检查，烙印于器，方许发卖。其课税之法，以制器之价作为百分，再加二十四分，以二十四分之一为税。譬如制秤一柄，材料工作合金一元为百分，加百分之二十四分，为金二十四钱，合为一元二十四钱，即以二十三钱为制卖者之利益，以一钱为税。

卖药税　凡丸药、膏药、炼药、水药、散药、煎药，或其世传之方，或由医生自制，称有功效以发卖者，日本并无药材店，医生必兼卖药，亦无开具药方配合君臣以购药者。每药一剂，必有定价。必将药味、分量、用法、服量、功效，申报于管辖厅，经官检查，给予准牌，称为营业税，方许发卖。当检查时，见其配合药或有毒质，不许给领；已给准牌，续查出药有毒品，亦将准牌收缴，停止发卖。其非由自制，贩之于人而发卖者，贩卖者必与营业者商允，偕同申报官厅，乃许给牌。及令人肩挑背负卖于城市村区者，均须领牌。名曰行商，或由营业者派人，或贩卖者自卖，亦须申报官厅。卖药营业税，每药剂一方，年税金二元。又准牌，每药剂一方，例领一枚，纳金二十钱。贩卖者，不拘药剂多少，每一枚纳金二十钱。负贩者，不拘药剂多少，每一人一枚纳金二十钱。领取准牌者，以五年为限，过期则将旧牌缴换新牌。未领牌或借牌而私卖者、将己牌贷与人者、过期不换牌者，均没收其品。负贩者科罚金五元，贩卖者罚金十元。未领牌而营业者、伪造准牌及赝造他人药者，所制药与卖得金，均没收之。每药剂一方，分别科罚。

私以毒品和合者,没收其药及卖得金,勒令缴牌,重科罚金。告发者审实,以罚金之半额给之。

版权执照税 凡以著作及翻译之图书刻版者,许于三十年间他人不得盗卖,名为版权。若其图书于世有益者,限期已满,得请展限。欲得版权者,先以制本三部纳之内务省,许给执照者,即以其书六部之价为税。刻版必以每部定价多少载于书内。未领照而私卖,没收其所刻版及卖得金。若剿袭他人之书,略为点抹涂改,以射利者,重课罚金,没其所刻版及卖得金,给予有版权者。其以摄影写山水人物之象、名镜写真者,即影像。亦给予版权,大概条例同于图书。

海外旅券等税 旅游海外诸国者,由管辖厅给照护行民,曰旅券。唯奉国命出使、以官费留学者,例不纳税。此外每照一纸,纳金五十钱,每人限持一张。惟五岁以下小儿随其父母者,记于其父母照内,不别给照。若执照失去,则于所赴之国之日本公使馆、领事馆补领,每照纳金二元。归国之日,缴照于所领官厅。凡附外国船往来日本诸港者,于船未开行之前,备书姓名、籍贯、附载某国船、往某处,必须本人自请于管辖所,求给公凭。每一人限公凭一纸,每一公凭限用一次,到岸之日交还警察官吏。若中途一时登陆,如由横滨至长崎,必停泊神户,于神户上陆之类。警察官有所查询,必须将照呈验。其不领公凭竟自附载外国船者,照违式罪处分。考泰西各国轮舶来往,无所不至。然由此国属港至彼国属港,则两国船舶互相通行。若于一国所部之内由此达彼,则必以己国之船运载,不许他国之船来往。日本通商以后,本国轮船,如三菱会社之类,日渐扩充,已令富商巨贾醵资集力,复以国家公款筹谋津贴。其维持商利,扩充船务,可谓至矣。然外国船舶往往互争揽载,甚有亏本减资以相竞夺者。日本欲示禁而势有不能,欲斗力而力有不敌,乃为此领凭规则,必须本人到官领凭,不领者查觉有罚,欲使附载外船之人,畏其烦难,退而阻止,则其利仍归于本国船也,意固不在税也。闻此例行之后,卒有效云。凡外国船舶入港,以引水为业者,必须申报内务省,试以港路沙线,入选者给予执照方许营业。其领取执照,须纳金十元,限用一年。次年仍执此业,每岁纳金一元。其未领照而擅为向导,或即领照而不为向导者,事觉均科罚。此条亦兼以保护行旅,稽察奸宄。泰西诸国多有此例。如前数年,英、俄因阿富汗争地事互有违言。其在华地云士铎之俄国官吏,先行示禁,凡外国兵轮商舶欲入珲春俄境,必以俄之海军武官为引水,所以防敌船突入者,此亦一扼要之事也。

地方税 收之本府县地方,以供地方费。一警察费;一河港、道路、桥梁、堤防建筑修缮费;一府县会开会诸费;一流行病预防费;一府县所立学校费及小学校补助费;一郡区吏员月给旅费,及厅中诸费;一病院及教育所诸费;一浦役场及遭难船诸费;一本管内布告、揭示诸费;一劝业费;一户长以下月给及户长职务诸费。应收税目,由太政官布告,预立制限。曰地租,限国税五分一以内。曰营业税,凡分三类:一诸会社如国立银行、米商会所,既课国税者,不再征收。及居卖商,俗所谓发行者。税金十五元以内。一贩卖商,税金十元以内。一零卖商及杂商,税金五元以内。以一店兼营数业,则税其额之最多者。曰杂种税,分各种类以定税额:若船,如渔船、搬运船之类。若车,限国税半额以内。若诸市场、演剧场、游览所,税其所得金额百分之五以内。若诸游戏场,如扬弓店,详《礼俗志·游宴类》。射之所,立铁为的,以枪铳习射以为娱乐者。税金二十元以内。若料理屋、以割烹为业者曰料理。茶屋、以供游人住足之所者。游船芝居茶屋,即戏场毗连之茶店。税金十二元以内。质屋、即当店。两换屋,即兑换金银之所。税金十五元以内。故衣、废金、书画、骨董、旅舍、饮食店,惟卖一食品,如鳗屋、鲊屋、荞麦屋之类。税金十元以内。浴堂、薙发店,税金十五元以内。相扑人、卖艺人,税金十二元以内。优伶,每人税六十元以内。艺妓,每人税四十二元以内。操业愈贱,则课税愈重,亦泰西课税通例。乘马,每一头税一元以内。屠牛,每一头税五十钱以内。此皆由政府定制。凡府县征税,不得逾限。如限十五元以内者,自一元起至十五元俱可,惟不得税至十五元零一钱。若制限之内征收多少,由各府县随时立例。曰渔业税,曰采藻税,从各地方旧例征收。曰家屋税,则于本管内所有房屋一概课征,无论为业主与赁人,令现住现用者纳税。其法由府县因地制宜,大概随需用之广狭、制造之美恶、地方之优劣而定税则。譬如东京十五区内,每一户统计其房屋、仓库等需坪多少,然后分别石造、砖造、土造、木造,分为种类。又按其地方是否冲要,抑系偏僻,别为等第,乃相乘而定税额。假如地一百坪作为一百分,其石造者乘为二,则为二百分。又其地方居于一等,乘为五,则为一千分。每百分课金一元,则千分为十元。其他依此类推。凡地方税,由府县会议员照例会议议决,呈之府知事、县令;知事、令视察其业之盛衰,可以取舍增减,令之再议。凡税额以一年为限,征收之期,由知事、令核定。或各因时地之宜,准据年额,分为月税日税,亦无不可。例以本年七月至翌年六月,为一周年度。其年二月,府知事、县令将其地方费用,预算多少,以定税额,交府县会议决之后,呈报之内务卿、大藏卿。一岁用毕,若有余,归于翌年;若不足,亦翌年补纳。知事、令将出纳计查制精算账及统计表,呈报之内务卿、大藏卿。若各町、各村、各区所收之民费,限于一区、一村、一町内支用,听其区内、村内、町内人民协议征收,不在此限。

国税表第一

表中银数，均以元计。末位例作单数，一概从同，不复复注。同有变例，别行注明。

类别＼年别	第一期	第二期	第三期	第四期	第五期	第六期	第七期	第八期
地税	二,00九,0一四	三,三五五,九六四	八,二一八,九六九	三三四0,九八四	二0,0五一,七一四	六0,六0四,二四二	五,九四三,四四九	六七,七一,九四七
海关税	七二0,八六七	五0二,八一七	六四八,四五三	一,0七,六二一	一,三三一,五五0	一,六四八,九七五	一四0八,二五四	一,0三八,一0四
开市港场诸税	一0一,七三四	九四,00四	一五五,六四八	一四一,二六五	三三,四四四	一二六,九六八	七六,五七0	四四,五五五
杂税	三二四,七七七	四四六,五三一	一0三,六八四	二三,三七一	一八八,五四四	四四二,七二六	一,二0四,一七五	一,四四0,二八八
防川国役金	九一九		一0一,九八八	五三,八六六	九二,一九四	一三四,三0四	一四五,六二一	三,三四七七
蚕种及生丝诸税			九五,二二二	二九,五二二	一0三,二七九	三三,五四四0	三二三,七00	二三六,二二七
酒税				六六,二0八	一六,二0八	九六,0三三	一六六,五三0	二,三三0,三三八
邮便税					七,九六0	八八,八八七	一八八,0七一	五九,九九七
船税					七,八0三	八二,一三三	三五,六六三	一二,三三六
钱油税					一,九四四	七二,二四二	六六,一三四	六,二九七

续表

类别＼车期	第一期	第二期	第三期	第四期	第五期	第六期	第七期	第八期
证券印纸税						三一,三0二	二九,八七九	三九五,三一六
生系印纸税						三五,一七六	四0,七二一	一七,一二九
港清治船税						八,九四四	六七,三四四	七四,九二五
小轮车马驾番船税						一九,四二0	七0,一九一	五二,五七五
铣镖税						七,八四一	四五,九二一	三六,四0九
牛马夹天准牌税						六四,四八八	七0,三四五	六,一二五
琉球藩贡纳						四三,五八四	二一,九0八	六,七四五
台湾税							五九,六八一	六四,一六五
矿山税								四四,四九二
家禄并赏典禄税								二,九四九,八三九
车税								九六,五七八
合计	三五,七三二	四,三九九,三一六	九,三三三,九六四	一,八八二,0三四	二,八四五,一0三	六五,0一四,六九五	六五,三0三,二七0	七六,五二八,六七0

国税表第二

类＼年别＼度	第八年度	第九年度	第十年度预计	第十一年度预计	第十二年度预算	第十三年度预算
地税	五○,三四五,三二八	四三,○三三,四三六	三九,四八三,四六四	三九,八八三,四六四	四一,○○○,九五○	四一,九一○,四四一
海关税	一,七一八,七三三	一,九八八,六六八	二,三五八,六六四	二,三五一,六六四	二,一八一,三一○	二,五六九,四六二
蚕种及生丝诸税	一三九,○五八	一五六,六一四	一七九,六一八			
酒税	二,五五五,五九五	一,九二,六三九	三,○五○,三一七	五,○九八,二六一	四,五○七,二七二	五,九六五,○二九
邮便税	五八三,二六七	六八九,二二九	八○九,八三三	九四九,九○○	一,○五○,○○○	一,四一○,○○○
船税	一二八,五一五	一三三,一一九	一九四,七三一	一三二,七三一	一三八,三七	一四○六,二七○
证券印纸税	四九八,二二八	四三四,一一九	五○五,六二五	五八六,二三五	五三九,六四三	六五○,○一○
铁猎税	四○九,六二一	四○四,六二一	四二,四○五	四○八,五六四	四九五,六三二	四九,五八九
牛马卖买准牌税	九○,八九九	六○,八九九	六二,三三四	六八八,二三四	六二二,五三九	六七,五八九
琉球藩贡纳	四八,一九○	三六,九四五	四二,八一五	五一,三五四	六三七,七九	
官禄税	九二,六二一	七六二,八八一	七○,五九六二	七七,二四五	八一,九六二	
矿山税	七,四四三一	八,九○三	九,三三九	一一,三五七	一,三三七	
家禄并赏典禄税	二,○七五,一一八	二,二三○,一八七			一,五三三四	一,五四四

续表

年别 \ 年度	第八年度	第九年度	第十年度预计	第十一年度预计	第十二年度预算	第十三年度预算
车税	二二一,九三	二三四,九〇二	二六一,六六四	二八九,〇〇〇	二七〇,三四八	三〇九,二七〇
北海道物产税	三四二,五二六	三八四,五八四	三六一,一二一	五〇九,〇〇六	三六六,九七一	六六〇,九七九
烟草税	二〇六,七四八	二四〇,一四九	二七,〇八〇	二七四,三〇九	三四八,六七四	三四八,六七四
诉讼储纸诸税	六三,四〇六	八〇,一七四	七六,四八二	七八,七七〇	八五,四四五	八五,四四五
代言人准照税	二五〇	四,四二〇	七,四〇〇	五,四〇〇	九,五〇〇	一〇,〇〇〇
度量衡税	二,〇二〇	二,七二〇	一〇,九七七	二,六七三	二,九二五	三,〇〇六
版权执照税	五,一九八	二,四九九	三,三三八	三,八三〇	三,四〇九	三,五五六
海外旅券诸税	二,七一四	五,七四一	四,八一八	二,七一三	二,五七〇	三,二六三
诸会社税		四五,七二四	一二,七二一	四〇〇,〇〇〇	五〇〇,〇〇〇	三〇〇,〇〇〇
卖药税	二八,四三五	二八,四三五	八七,〇八九	七四,二四七	七九,一二一	六五,八七九
合计	五,九一六,六〇二	五,七三〇,六三四	四七,九七〇,二三六	五〇,八九七,九〇六	五一,二二八,八七九	五四,五五五,八三〇四

地方税预算表第十三年度

府县＼类别	地租	营业税	杂种税	渔业采藻税	计户税	合计
东京	一〇八,五一三	八七,八〇二	一八二,四二〇		一〇,三三六	四八九,〇七〇
京都	六四,六二九	一一,九九三	八二,六八七	二九一	六〇,二七八	三一九,八七八
大坂	五九,五九〇	一五九,八八八	一一八,六七八	三七〇	二一,八七六	三六〇,四〇二
神奈川	一〇五,八〇八	三三,五五六	六三,三三六	四,二五二	七五,〇三七	二八一,四九九
兵库	三二六,八〇一一	三九,一八七	四四,一六九	二,六〇四	九七,〇七六	五〇七,五〇六
长崎	一八二,九六六	三三,四一九	二五,二七一	八,三〇〇	一二七,八〇二	三七二,七五九
新潟	二七二,二八五	三九,二五九	一九,七六〇	八,三七三	七〇,三三三	四〇九,〇〇〇
埼玉	一九〇,四〇二	五〇,五六七	四一,三四〇五	七六四	八二,八九六	三六五,九九七
群马	一一九,九〇〇	四六,九六九	三三,八八四		六〇,〇〇〇	二六〇,七五三
千叶	一九二,二〇九	五八,八一九	一九,六五五	五,〇〇〇	五五,九五五	三二六,六八二
茨城	一三七,七〇四	四一,三三三	三〇,三一一	一七,六九	五五,〇〇四	二八一,九三四
櫔木	九一,七二四	六六,三三四	三五,四六四	五,八八〇	二二,八五二	二一九,二三四
耟	一四二,九八九	六〇,九三六	二六,四二〇	三,二三四	九二,〇七〇	三二五,七三九

黄遵宪集

续表

类别／府县	地租	营业税	杂种税	渔业采藻税	计户税	合计
三重	二二O,二O八	二O,九八六	二九,二三九	三,二六五	七九,七八O	三五三,四七八
爱知	三O八,八五八	四八,三一一	五O,五七六	二,二六五	八二,六八九	四九二,七二一
静冈	二三三,二三八	五六,一五六	三四,四三三	九,八四四	七二,七七六	四O六,三四三
山梨	八二,九O三	一四,五八二	二三,八九四	一,五三三	五八,二三八	一七一,一五O
滋贺	二三八,八七九	三四,三四O	七一,九O六	一一,九O一	一五,一一四	三七二,一四O
岐阜	一六O,七五八	三七,二O六	一七,二一七	一,二七七	四七,八二六	二六四,二七八
长野	一六二,八三五	六O,五三二	三一,四三三	一,二二四	五七,四三九	三一一,四六三
福岛	七七,O九二	三七,七六七	二九,九三三	三,七五五	一一,O一二	二六三,六O九
宫城	一一,八二八	四八,六五二	一六,二三六	一五,九八三	九四,一六一	二九三,一八一
岩手	八O,八八八	一O一,三二二	一六,四八九	四一,三OO	一O,O四五	二五O,O五四
青森	九一,三六一	二三,二二九	二四,三四八	六,九八O	四O,OOO	一八五,八一八
秋田	一三四,九六一	二五,一O六	二一,五五九	二,O二七	七三,三七七	二四七,O三五
山形	一六二,四O六	四四,六O六	二一,三六二	一,六四八	五三,八O七	二八九,八二九
石川	二三八,八七九	三四,三四O	七一,九O九	一一,九O一	一五,一一四	五一五,一四O
岛根	二四一,二八七	一八,O一一	一三,七六七	一,八八三	六O,二六八	三三五,二一六

续表

类别 府县	地租	营业税	杂种税	渔业采藻税	计户税	合计
冈山	二八六,三四六	四四,八三六	二六,三八六	一,八五五	三二,五三五	三九一,九五八
广岛	二五一,八八七	二〇,二三九	二〇,六九八	六,六二二	二六,五一七	三二五,八八三
山口	八〇,一六一	二七,四〇〇	四〇,二一〇	四,四一九	四三,八六七	一九六,〇四八
和歌山	一三,三九四	三四,〇六二	二〇,一五〇	一七,二六六	四五,五〇四	一六一,三六六
高知	一〇三,二九〇	一一,五六六	二五,三〇〇		三四,七六六	一六四,九二一
德岛	九五,八九八	二四,〇六六	三三,七七七	九一〇	三二,〇六七	一八六,七二八
大分	一三五,二三二	三八,六五六	二一,二三五	四,〇五八	三七,四〇二	二三六,五四四
福冈	一四〇,九六〇	五七,四九〇	三九,五五七	三,九五四	一九,八七八	三六六,八八五
鹿儿岛	一六三,二六八	一六,七二三	一一,九五四	五〇〇	六六,六六七	二五九,一二一
熊本	一五〇,〇〇〇	二八,一〇〇	二一,三六二	二,七三〇	一〇六,四〇八	三〇八,六四一
爱媛	二八七,二二四	二九,二三四	三四,七〇三	七,八八一	九三,四二七	四〇五,五五九
合计	六,二六六,八九〇八	二,七五四,四〇〇	一,四七三,〇三〇	二一八,五〇五	二,七二三,六六五	三,四七三,五四七

租税户口平均表

十三年一月现计。此表中每户每口正租格内二,四等字为元数,如二一四三,即每户二元一十四钱三厘也。下准此。

府县名	正租	杂租	正杂租合额	户数	人口	每户正租	每口正租	每户杂租	每口杂租	每户正杂租	每口正杂租
东京	五三四,七七七	一七四,六五〇	七〇九,四二八	二四九,五一五	八七七,〇二一	二一四三	六一〇	七〇〇	一九九	二八四三	八〇九
京都	七八四,六五〇	一三三,〇二一	九一七,六三一	一九〇,九五七	七九二,〇二七	四一〇八	九九〇	六九七	一六八	四八〇六	一一五九
大坂	五七一,九二七	二〇〇,二二一	七七二,一四九	一五五,二〇〇	五五一,九五〇	三六八五	一〇三六	一二九〇	三六三	四九七五	一三九九
神奈川	七三三,一一三	一一九,七八七	八五二,九〇一	一四一,四八〇	七〇七,二七二	五一八一	一〇三七	八四七	一六九	六〇二八	一二〇六
兵库	二,〇二七,三三一	三五一,〇四四	二,三七八,三五六	三二八,一三五	三,三四三,七五八	六一七八	六〇六	一〇七〇	一〇五	七二四八	七一一
长崎	二七八,五四八	一二一,三六五	一,二九〇,九一四	二四七,二八七	一,六六三,六〇七	四七三〇	七〇三	四五九	九六	五二二〇	七七六
新潟	一,六六五,三四四	一二二,七五四	一,七九八,〇九九	二九三,九一一	一,五〇〇,〇六一	五六六六	一一一〇	四五二	八八	六一一八	一一九九

续表

府县名	正租	杂租	正杂租合额	户数	人口	每户正租	每户杂租	每户正杂租	每口正租	每口杂租	每口正杂租
阎玉	一，四二〇，〇三一	一八四，六八二	一，六〇四，七一四	一六九，五六四	九一〇，一四一	八·三七五	一·〇八九	九·四六四	一·五六〇	〇·二〇三	一·七六三
千叶	一，二六三，三三〇	一三八，五四〇	一，四〇一，八七〇	一九八，四一八	一，〇七一，一四二	六·三六七	〇·六九八	七·〇六五	一·一七九	〇·一二九	一·三〇九
茨城	一，一〇一，五四〇	一二五，六八〇	一，二二七，二二七	一五六，四〇四	八六九，四七〇	七·〇四三	〇·八〇三	七·八四六	一·二六七	〇·一四五	一·四一二
群马	七五八，四一八	一三一，六六二	八九〇，〇九一	一三二，九六〇	五四四，九一九	五·七〇四	〇·九九〇	六·六九四	一·三九二	〇·二四〇	一·六三四
橡木	七四〇，三二一	一一二，三〇四	八六〇，五二六	九六，三四七	五四四，三〇七	七·六八三	一·一六六	八·八四九	一·三五九	〇·二〇六	一·五六五
柜	一，五一一，〇八一	一一八，〇三一	一，六二九，一一二	二〇二，六一一	一，一一一，七三一	七·四五八	〇·五八二	八·〇四〇	一·三五九	〇·一〇六	一·四七七
三重	一，四二三，〇二一	一二三，四九六	一，五四六，五一八	一七七，四〇七	一，一八八，八七七	八·〇二一	〇·六九六	八·七一七	一·一九七	〇·一〇四	一·三〇一
爱知	一，七六〇，四八一	二四九，〇九六	二，〇〇九，八九一	二九三，五〇五	一，二五〇，八三〇	五·九九七	〇·八四九	六·八四六	一·四〇七	〇·一九九	一·六〇七
静冈	一，一九二，三二一	一〇六，〇七五	一，三〇三，三六七	一九六，九二一	九六八，八一四	六·〇五二	〇·五三九	六·五九一	一·二三六	〇·一〇九	一·三四五

续表

府县名	正租	杂租	正杂租合额	户数	人口	每户正租	每户杂租	每口正租	每口杂租	每口正杂租
山梨	四一二,四三四	五二,七九〇	四六五,二二四	七九,五六八	三七七,三三八	五,一八三	六六三	一,〇九三	一四〇	一,二三三
滋贺	一,三四二,四四四	一〇九,二六八	一,四五一,七一二	一六五,九四八	七〇一,八〇二	八,〇九〇	六五八	一,九一三	一五六	二,〇六九
岐阜	一,〇八三,二〇一	一〇七,二七八	一,一九〇,四八〇	一六六,三〇二	八〇六,一五八	六,五一三	六四五	一,三四四	一三三	一,四七七
长野	九九〇,七〇二	一七八,一〇九	一,一六八,八一一	二〇五,三六七	一,〇五三,七〇七	四,八二四	八六七	九四〇	一六九	一,一〇九
宫城	五九一,六五五	五八,〇二四	六四九,六七九	九五,三二五	八〇五,二三五	六,二〇七	六〇九	七三五	〇七二	八〇七
福岛	一,〇一七,三九四	一一七,〇〇二	一,一三四,三九七	一三四,五五五	九一一,一一〇	七,五六一	八七〇	一,一一七	一二八	一,二四五
岩手	五〇五,九六三	三五,九三三	五四一,八九六	一〇二,三三九	六九〇,五三七	四,九四四	三五一	七三三	〇五二	七八五
青森	四四六,〇四五	三七,二二二	四八三,二六七	七五,八〇七	五二四,八六〇	五,八八四	四九一	八五〇	〇七一	九二一
山形	八五六,四〇二	七一,八八七	九二八,三〇九	一一一,二五〇	七六二,三六三	七,六九八	六四六	一,一二三	〇九四	一,二一八

续表

府县名	正租	杂租	正杂租合额	户数（人口）	每户正租	每口正租	每户杂租	每口杂租	每户正杂租	每口正杂租
秋田	六八一,四八九	四〇,八六三	七二二,三五三	一〇九,九八七	六	一九六	六	三七二	六	五六八
石川	二,一五四,三六三	一七五,〇三八	二,三二九,四〇二	三七八,二〇〇	五	六九六	三	六七	一	一七八
岛根	一,二五七,二二二	八七,七八四	一,三四五,〇一七	一,八〇六,五〇〇	一	一九三	九	六二	一	二八八
冈山	一,四四九,〇九〇	二六,五四一	一,三四五,〇一七	二三〇,〇〇〇	五	四〇六	三	八二	八	八八
广岛	一,二三八,九六〇	一〇,九六八	一,六六三,二三二	二二六,六六〇	六	六一〇	六	六〇二	一	三二二
山口	一,四四九,〇九〇	一五,六三〇	一,六三二,六三三	九七六,四六〇	一	五一二	一	一四〇	一	二〇三
和歌山	一,二三八,九六〇	一〇,九六八	一,三三九,六五九	二五九,四〇九	七	七三五	四	二八	五	一六三
爱媛	一,一一〇,八二〇	一〇,九六八	六七九,九二〇	一,一九一,七七八	三	九二四	六	二一	七	一二六
高知	五六〇,八二八	一一,〇四一	八五四,三一五	八五〇,六〇八	六	六五〇	一	四〇	五	四五

府县名	正租	杂租	正杂租合额	户数	人口	每户正租	每口正租	每户杂租	每口杂租	每户正杂租	每口正杂租
福冈	一,四一六,四八一	一三六,七〇七	一,五五三,一八九	二〇九,〇八九	一,〇六四,〇五〇	六.七七四	一.三三一	六五四	一二八	七.四二八	一.四五九
大分	七二三,九五五	八六,九八一	八一〇,九三六	一〇六,〇四〇	六一四,二三二	六.八二三	一.一七八	八二〇	一四一	七.六四三	一.三一九
熊本	九九四,五〇三	九一,五八八	一,〇八六,〇九二	一四〇,七〇七	八八〇,六六二	七.〇六八	一.一二九	六五一	一〇四	七.七一九	一.二三三
鹿儿岛	一,二五五,八二二	三八,九七八	一,二九四,八〇〇	一九五,七四二	一,一二八,八八三	六.四一六	一.一一二	一九九	三三	六.六一五	一.一四五
冲绳											
开拓											
合计	四,一四六,一九五	四,七〇五,六一四	四五,八五一,八三四	七,一三〇,二六五	三四,三〇九,八四一	六.九一	一.九九	六五一	一三七	三四一	三三六

右表所计,据租税所入,以全国户口平均计算,每户六元有奇,每口一元有奇。然国税之内海关税、邮便税等类,未便以府县分计者,尚不在内。

外史氏曰:尝稽日本榷税之数,益叹吾民之凿井耕田,真不知帝力之何有也。日本一岛国耳,国家岁入之款至五六千万元,府县之费又数百万供之国者,征敛之重,不待言;供之府县者,乃下至一饮一食之细,一技一艺之末,莫不有之,极古人所谓逮及纤悉者,非民脂民膏,何自来乎? 设以吾民当此,必疾首蹙额以相告;为士大夫者,又或微言刺讥,咏歌而嗟叹,以为苛政之猛于虎矣。

顾余尝考欧罗巴人之治国,大抵如此。彼执政者,惟皇皇然虑金钱之流出,若国中所用,必预计其岁出之数,悉征之于民。彼以为取吾国之财治吾国之事,仍散之吾国之民,令行政举,非惟无害;而损富以益贫,调盈以剂虚,盖又有利存焉。徐而考其每岁出入之表,官府所用皆有定数,果无蕴利厚藏之患。及询之欧罗巴人,亦终无一人怨其国之横征暴敛,慨然悲叹者也。日本之人,承旧藩六公四民、七公三民虐政之后,故十取二五,尚如出水火而登衽席。特以变法之过骤,行法之稍苛,亦间有投书纳匦、揭竿斩木以诉穷困者,然卒不为害。士大夫之不喜新法者,每生谤议,独未尝以此责执政也。

嗟夫! 普天率土,各子其民,昏荒之国,蛮貊之邦,皆若有急公爱国之心,况我中土,素习礼教,聚四千亿万之赤子,竭力以事上,犹若虞不足者。臣尝求其故而不得,既乃知为取之过轻,征之又不如额之故也。唐虞三代取民之制,皆十一为准。白圭议二十取一,孟子以为不可。三代下治世,称汉唐宋明,然口赋丁钱之外,汉有盐铁利，唐有间架税，宋有月桩钱，明有金花银，杂赋尚不可胜数。独至我朝，仁厚之政，远迈三五，综饶瘠之地，不过四十取一，而东南粟米之征，西北力役之征，尚不相兼。於戏！德可为至也矣。名臣若靳辅、孙嘉淦，皆尝谓取赋过轻，耗羡不可撤。然以圣祖、世宗、高宗，圣圣相承，日以损上益下为心，故免租赐逋，迭下恩诏。又许令州县征及七成者免议。是皆旷古未闻之举。臣考是时，太平百余年，无兵革之患，无旱潦之灾，司农所储乃有七千余万之多，斯固千载一时不可多得之会也。承平日久，生齿日繁，物力日绌，岁之所入，征收又不如额，则益不足以用，故普赐田租，普免逋赋，可行于康熙乾隆之世，不可行于今。设关抽厘之举，始亦出于不得已。而咸丰同治之间，非是则不足殄巨寇、平大乱，诚以国用匮乏，入不敷出故也。今司农竭蹶，天下所共知，而永不加征之谕，皇祖有训，载在方策，事固万万不可行。然独不能稽田赋之额、耗羡之数，清查而实征之乎？东南之沙坦，西北之荒地，未及升科者，随在而有，亦当一一清厘。《会典》所载，如牙行税、落地税，或亦可申明旧章，仿照西法，择要而行之。取旧有之利，祛中饱之弊，还于朝廷，而公于天下，可以举百废、济贫民，安在其不可行也？夫国之为国，非如人之一身一家之有恒产者可比，故欲以一国之财治一国之事，舍租税之外，更无他法。世人徒见英、俄、法、美船炮之多、金帛之富，而不知其岁入租税至七千万磅之多。英国岁入约七千一百万磅，俄国岁入约六千六百万磅，法国岁入约七千二百万磅，德国岁入约七千八百万磅，惟美国近年岁入以次减少，然亦在三千万磅之间。假使中国岁入得有此数，比今日常税骤增五六倍，即铁甲轮路一切富强之具，咄嗟而办，亦复何难？正为岁入不足之故，无论外务，即内国政令，亦不得不苟且敷衍，能静而不能动，谓非取之过轻之故欤？

　　嘉庆、道光以来,圣主所以励名臣良民,所以颁贤吏者,未尝不曰任劳任怨。陶文毅之理漕粮,胡文忠之兴厘务,宁使怨归于己,必不使饷绌用匮贻朝廷寇乱之忧,其用心可谓独苦。三十年来,封疆大吏之肩荷艰巨、实心任事者,往往综核名实,清理弊窦,以修举庶政,盖其势不得不然。而不便己私者辄腾怨言,以言利之臣、苛酷之吏讥之,抑亦冤矣。若自诩为催科政拙者,偏隅或蒙小惠以博一己忠厚之名,则可相率而效尤,国何以立乎? 士夫读书,徒见古君子之议薄赋敛,未尝考其时之狗彘食人,饿莩载道,当时所取几何? 举古人之十取三四以议今日,亦兢兢然议减漕、议减厘。搢绅寡识,间又上书言事,相聚乞恩,若惟知朝廷应设官以卫民,不知百姓应竭力以奉公者,岂非不达时务之甚乎? 上稽百世以上,旁考四海以外,未有如我大清之轻赋者,于此犹欲欠粮匿税,则可谓天地之大而犹有所憾矣。

卷十七　食货志三

国　计

当旧幕府时，国用出入，一出于计吏之手，多寡不可得知。大概以岁入不足为常，诸藩亦多入不敷出。然当时太平无事，国帑所费，只土木与骄奢耳，省啬而用，或改货币，或增贡纳，犹足弥补。嘉永六年以后，美使劫盟，颇用意海防，自是府藏空虚，年甚一年。迨幕师征长，内讧外侮，纷集迭起，卒以粮匮师老，不利而罢，而幕府亦随而倾覆矣。王室维新，明治二年，始以一岁出入付之布告。于时国家多故，费用繁浩，出入不相偿，每岁不足米一百二十六万余石，乃作会计表，询之诸藩，令各陈意见。其后废藩令下，理财之法，归于一途，乃稍稍就绪。然自元年至八年，例外岁出，为款至巨：一曰征讨费，幕府违命，官军征东，及佐贺之师、台湾之役等款也，共一千二百九十四万有奇。一曰废藩费，即王室维新，废藩为县，所有旧幕旧藩诸费，凡一千四百九十四万有奇。一曰官工费，即铁道、电信、矿山、造币、灯台等款，凡二千八百三十四万有奇。一曰改政费，自乘舆迁都，官吏出洋及其他计画、家国劝业开务等款，凡七百八十五万有奇。一曰借给费，国家借给诸藩米石，并其余繁殖物品、劝助工业等款，凡三千一百三十六万有奇。一曰秩禄费，即华、士族秩禄，奉还赐给以金之款也，凡一千一百四十三万有奇。共费一亿六百八十六万有奇。不得已发纸币、募外债以充之。当明治六年五月，大藏大辅井上馨三等出仕，涩泽荣一上书政府，论求效太速，民力疲弊之害；且言岁计不足，殆一千万，而国债至一亿四千万之多。书既上，井上、涩泽相率辞职。其书略曰："国家隆替，虽曰气运，亦关人事。维新以来未十年，庶职就绪，万方向化，内则振兴数百年之纪纲，外则折衷五大洲之刑政，律则兼万国之公法，议则尽四境之舆论。学别八区，以导无智之民；兵置六镇，以惩不逞之徒。达远则舟车并藉蒸气之力，报急则海陆同飞电线之机。其他务财、训农、通商、惠工，大而造币、制铁、灯台、铁路；小至街衢、屋舍、器用、衣服，日改月革，骎骎乎进开明之域，有驷马不及之势。如此不止，不出数年，与欧洲诸国相抗，应亦无惭色。凡有心国事者，孰不忭舞相庆？然而臣等不免窃窃有所忧也。夫所谓开明者，在民力，不在国政；在实际，不在文饰。欧米诸国之民，皆崇实学，骛实事，人人以不能力食为耻。而我邦之民则异是，士惟知食祖父余禄而不究文武之科；农惟知依乡土惯习而不考蕃殖之术，工惟知寻常器械而不能习奇巧，商惟知目前锱铢而不能广贸易。是皆非不能力食者乎？其所谓才者，则欺诈百出，诬罔万变，破产亡家者，比比皆是。欲驱令此辈一朝达开明之域，是犹见卵而求时夜，见弹而求鸮炙，不太亟乎！方今在官之士，足未蹈欧土，目未见米政，仅阅画图，读译书，且奋然兴起，欲比各国。若曾游海外亲睹其审，则益尊信崇仰之，不啻凡外国之可以资我文明者，虽纤毫之微，莫不求备。曰英，曰法，曰兰，曰普，相与目营心醉、口讲指画而不已，若惟恐其摹仿之不似者。虽然徒取其形似而不重实际，则政事民情，互相违背，外强者中干，先笑者后咷。臣恐所望未遂而国已陷贫弱中矣。虽有善者，末如之何？国其何以为国，此人人所喜而臣辈所忧也。海内晏安二百余年于兹，为上者不知教化法律为何物，惟按故据例，一以武断取决，民之困于压制者已极，卑屈固陋，因袭之久，反以为常。然一旦外交事起，其害不可收拾，志士仁人争取竞趋，杀身为仁，卒以挽回维新中兴之业。当是时，诚不得不铲革旧习，更张废政，一以勇猛果决，新天下耳目。今又数年矣。譬如良医治病，病方剧，则先投剧药；及其稍平,则宜用温补之剂,而俟其元气之复。为天下之术犹如是,今施设政事,宜步步逐序,事事竭诚。若计不出此,犹效畴昔轻佻,百事躁进,此臣等之所未解也。更始之际,政府以搜罗人才为务,天下人士云集麇至,政府亦姑以爵禄羁縻之。夫官多冗员,必好兴作;好兴作,必求急效。政府不注意民力,而专力政治,百官急于趋事成功,势不能无舍实驰虚之弊。自院、省、使、寮、司至诸国府、县,苟有小利,喋喋言之,有投隙容悦炫新竞奇以要宠遇者,彼辈特欲贪其功、增其官以谋一时之荣耳。是以百端辐辏,万事猬集,互相抵触,政府亦不知所以措手也。且冗员多则费用广,朝廷终不能使天雨粟、地流金以济国用,则不得不征求人民。人民已疲弊矣,虽欲征求之,不复可得矣。臣谓政治之要,以理财为第一义。苟理财失其法,惟增租税、重赋敛,使斯民不得安息,国亦随而凋弊,民疲国弊,安得独立,政府可不寒心哉?今概算全国岁入总额,不过得四千万元。预推本年经费,虽无凶年饥岁,一切变故,尚应出五千万元,然则比较出入,业已一千万元不足。若维新以来,国费多端,每岁所负将及一千万,其他官省旧藩楮币及中外负债,殆及一亿二千万元。是以通算,政府现今负债实有一亿四千万元之多。偿之之法未立,何以使民之信之哉?一朝有不虞之变,诚恐困顿跋疐,噬脐无及。今政府曾不念此,反务百事更张,强求开明。呜呼!保护斯民之道,抑安在哉?议者或谓欧米诸国重敛赋税,盖使民劳而后民富。噫,何其言之谬也!欧米诸国之民,概优于智识,其君民互参政议,犹人之一身;其相保持,犹手足护头目尔,利害得失明于中,政府不过护其外而已。我民异于是,偏僻固陋,进退俯仰,惟尊政府之命耳。所谓权利义务,未知为何物也。政府有所令,举国奉之;政府有所为,举国拟之。风习言语、服饰、器用之微,莫不争先耻后,摹其所尚。上之所好,下有甚焉。故互市之际,输入器玩什具,年多一年,而输出之品不过十之六七。《诗》有之曰:"毋教猱升木。"民之陷于贫弱,是即政府教之也。古人有言:"视民如伤。"今也政府反以法制束缚之,以赋税督呵之,有加于昔日者,户不得无编籍,里不得无社证,宅不得无地券,人不得无血税,有诉讼之费,有违迕之罚,乃至物货贩鬻之事逮于奴仆六畜,各有严律。是以每一令下,民皆惘然失措,不知所向。凡百租税，取于农，取于商，取于工，取于杂业，民不堪其多，破产失居者，比比相踵，其凋衰有倍于前者。而政府愈进于开明之域，民庶愈陷于蛮夷之俗，上下相距，何啻霄壤？臣闻政府之要，以因国俗、适民情为贵，故施政者不可不审时度宜，量出而制入，量入而制出。臣谓今日有司宜省啬而用，务减经费，使岁出无超岁入。自院、省、使、寮、司至于府、县，考量其施设之顺序而确定其额，不许分毫出于限度。如其负债纸币，宜裁冗费，省冗禄，支消兑换，渐次行之。事不逐其序则不进，不求其实则无效。但使斯民得以苏息，国步亦随之而进，可企足而俟矣。臣等无似，久承乏于理财之政，于施为之事虽无寸效，而亲验躬履，不敢谓一无所知，故敢伸愚衷，尽言极论，冀望政府有所回顾。"云云。政府虽屏弃其言，然其稿已流布于世。内外人民以为大藏官吏所上书言必确实，物议嚣嚣。先是，在伦敦募集外债，当时公布岁出入表，颇有赢余，谓将以此金为债款。然据今所上书，则大有差异，外人疑惧，将有迫政府速偿之意。于是以参议大隈重信为大藏省事务总裁，更作会计预算表，是岁岁入总计四千八百七十三万六千八百八十三元，岁出总计四千六百五十九万五千六百十八元。后又作决算表，以明治元年至八年六月汇为一册。于岁出岁入，统分为通常、例外两款，其意以为岁入款之不足，由例外费之过多，然通融划计，政府负债仅二千余万，不可谓巨。决算表于十二年十二月呈(大)〔太〕政官。自明治元年至八年六月，总计岁入凡四亿六百三十五万八百五十三元。此内，通常岁入为二亿八千二百八十七万八百七十一元，例外岁入为一亿二千三百四十七万九千九百八十一元，总计岁出为三亿五千九百四十四万六千六百八十二元。此内，通常岁出为二亿四千二百八十万一千六百五元，例外岁出为一亿一千六百六十四万五千七十七元。出入相抵外，仍有岁入赢余四千六百九十万四千一百七十元。然是时发行纸币七千三百三十二万五千四百四十四元，外国债未偿总数一千四百八十九万三千六百七十九元，合共八千八百二十一万九千二百四元。大隈重信之言曰："此八千余万元,即八期间岁入不足之数,政府所以负债之故,由于例外费过多。然而支销例外费巨款,岁入尚有赢余四千六百九十万四千余元,若减少例外费,则岁入不足之八千余万,可变为岁赢余一亿二千余万矣。且如外债未偿之数,则有士族奉还之禄,以之递偿,每年本利而有余,就国库岁出入视之,即谓之不负债亦无不可。盖现行纸币虽有七千三百三十二万五千四百余元,然有决算赢余四千六百九十万四千一百七十元,以之相抵,仅有二千六百二十四万一千二百七十三元之不足。是乃维新以来不足之实数也。抑自明治元年王师征东之后,举凡废藩置县,讨逆征蕃,华士族秩禄之奉还,海陆军兵士之预备,以及铁道、电线、灯台之创建,教育、裁判、警察之普设,其他劝业之金、借给之款,凡于国步有进益者,百事(具)〔俱〕举。而于岁入中削除旧时苛税,凡二十余种。又停徭役,改地租,使全国人民无复繁杂偏苛之苦,其成绩昭昭如此,仅负债二千六百余万,不得不谓之少矣。"当时以此言比井上上书,大相径庭,又同司大藏事务,而推算不等。上下嚣论,互分左右袒。或曰井上上书论岁入极少之时,大隈上表论岁入最多之日,一则专举其滥用之弊,一则专论其作业之利。井上以支销纸币、国债为先务,以兴起国益为后;大隈以兴起国益,则国债、纸币自可销还。二说各有所见云。

　　然自明治八年以后,鹿儿岛征讨费骤增四千二百万元,金禄公债增一亿七千四百余万元,起业公债增一千二百五十万元,详《国债》类中。合之金札交换、纸币发行之数,当十三年时,计有三亿五千余万之多。金银渐匮,纸币日贱,物价日昂,上下交困,艰难极矣。当路者乃汲汲谋补救,以偿国债、减纸币为主义,既增加杂税,复广储准备,数年之后,当可收效欤。自六年始颁预算表,其后每岁公布出入在五六千万元之间,偿还国债本利,岁需二千余万。经常岁出仅三四千万,而海陆军费用几及一千万,最为巨款。其他款目,亦不下二百万元云。初,预算表之公布,世人犹未敢信,继以决算表,数益精核,乃不容疑,而政府亦益讲求会计之法。设会计检查院,专司其事。岁出岁入,概分为经常、临时二款,即所谓通常、例外也。别设备荒储蓄一款,以补凶年租税未纳之项。十四年,又改定一切会计之法。其法以本年七月一日至翌年六月三十日为一年度,甲年收支,不得混入乙年。分岁出、岁入为常用、准备二部。常用中又分常用、减债为二部,岁入出诸款,分别科目,著为定例。凡会计起于预算,由是而出纳,而决算、预算之法,各官厅先就科目揭载额数,制预算表。并记前年度预算额,及前二年度现计额于其旁。申牒大藏省,大藏省检核后,送交会计院检查,于内阁决定。各厅欲于预算外临时增费,则申其事由于大藏省,转呈之太政官,经太政官允许,则并告检查院,每岁四月十五日,开检查会议。议毕,送之太政官,经审查决定后,每岁七月,将预算表布告于众。出纳之法,在国库则大藏省管理。凡岁入款,依例定期限,以时征收;岁出之款,在京各官厅每月、使府县每三月、在外国公馆每半年则支给。其他于实应支销之日交付国库。每月出纳,详记其数目、科目、事由。翌日,即报告会计检查院。岁入出决算后,如有赢余,归入准备金。其各厅出纳,由各厅管理。凡岁入款汇集各项收额于本厅,纳之大藏省。岁出则自大藏省受领,而分颁各项不得以岁入之数移用于岁出。经费。决算之后,如有赢余,还之大藏省。至作业金之出纳,区分为兴业、营业二类。兴业编入岁出部,营业则于经始之日领资本金,以其营业所得为常款,有余为益金,收入于大藏省。如资本不足,于岁入中补领。出纳已定,各厅应将每年收支经费制出纳精算簿。在京各官厅每月、使府县每三月、在外国公馆每半年,将簿呈大藏省及会计检查院。大藏省每三月别编租税簿,及国债偿还、纸币支销、准备金收支、起业金收纳、贷与金交还等簿,送之会计检查院。凡一周年间出纳,限于七月开办,翌年八月闭锁。各厅未及决算者,申其事由于会计检查院。至翌年决算，若其牒簿检查未确，或有差违者，其金额许于闭锁后四个月内出纳。决算之法：各官厅于出入诸款清厘后，凡岁入款，如租税，则依期征完，作皆纳薄，将簿先呈大藏省，大藏省又汇集各簿，作皆纳簿。如作业益金及收入杂款，作决算报告书，于岁出款则汇集领单收据，作决算表，统呈之会计检查院。其建筑经费，以年初预算表开载全数。若未能竣工、迟至翌年者，可以请将正项决算延期，然不得混入翌年。大藏省汇编决算表送之会计检查院，经查核后，由太政官公布于众。岁入科目，曰租税，曰作业益金，曰杂收入，是为经常岁入；曰诸还纳款，曰杂收入，是为临时岁入。岁出科目，曰国债偿还，曰帝室及皇族费，曰赐金恩给款，曰官省院使局费，曰营缮土木费，曰府县费、警察费，曰神社费，曰备荒储蓄，曰补助营业资本款，是为经常岁出；曰兴业费，曰杂支出，曰各厅营业资本，曰预备，是为临时岁出。其小科目详于表中。

岁出入总计表

表中作◎者为赢余，无者为不足。

年度＼类别	岁　入	岁　出		赢余/不足	出入相抵外余额数
第一期自庆应三年十二月至明治元年十二月	三三，〇八九，三一三	三〇，五〇五，〇八六	◎	二，五八四，二二八	二，五八四，二二八
第二期自明治二年一月至三年九月	三四，四八，四〇五	二〇，七八五，八四〇	◎	一三，六五二，五六五	一六，二三六，七九三
第三期自明治二年十月至三年九月	二〇，九五九，四九九	二〇，一〇七，六七三	◎	八五一，八二六	一七，〇八八，六一九
第四期自明治三年九月至四年十月	二二，一一四，五九八	一九，二三五，一五八	◎	二，九〇九，四四〇	一九，九九八，〇五九
第五期自明治四年十月至五年十二月	五〇，四四五，一七三	五七，七三〇，〇二五		七，二八四，八五二	一二，七三，二〇七
第六期自明治六年一月至十二月	八五，五〇七，二四五	六二，六七八，六〇一	◎	二二，八二八，六四四	三五，五四一，八五一
第七期自明治七年一月至十二月	七三，四四五，四四	八二，二六九，五二八		八，八二三，九八四	二六，七一七，八六七

续表

年度＼类别	岁　入	岁　出	赢余/不足	出入相抵外余额数
第八期自明治八年一月至六月	八六,五二一,〇七七	六六,三三四,七七二 ◎	二〇,一八六,三〇五	四六,九〇四,一七二
明治八年度	六九,四八一,六七六	六九,二〇三,二四二 ◎	二七九,四三四	四七,一八三,六〇六
明治九年度	五九,四八一,〇三六	五九,三〇八,九五六 ◎	一七二,〇八〇	四七,三五五,六八六
明治十年度	五二,四四四,三〇三	四八,五三四,四九五 ◎	三,九一九,八〇九	五一,二七五,四九五
明治十一年度	六一,八八二,一一〇	五九,六一五,二〇九 ◎	二,二六六,九〇一	七三,七五四,五〇五
明治十二年度	五五,六五一,三七九	五五,六五一,三七九		
明治十三年度	五五,九三三,五〇七	五五,九三三,五〇七		

此表所载,自第一期至九年度为决算之数,十年度、十一年度为现计之数,十二年度、十三年度为预算之数。表中所谓岁入、赢余,盖以纸币发行之数列入岁入款,故生赢余,实则不足也。

岁入表第一

科目	第一期 自庆应三年十二月至明治元年十二月	第二期 自明治二年一月至九月	第三期 自明治二年十月至三年九月	第四期 自明治三年十月至四年九月
地税	二,〇〇九,〇一四	三,三五五,九六四	八,二一八,九六九	一一,三四〇,九八四
海关税	七二〇,八六七	五〇二,八一七	六四八,四五五	一,〇七一,六三三
各种税	四二七,四二九	五四〇,五三四	四五六,五四三	四三九,四二〇
官工收入		三三,五三四	三七,八四九	一一,九一七
通常贷出金还纳	一二四,五二二	五五,六九七	一二〇,二二九	三六六,九一九
官有物所属收入	五〇,一九四	四九,八三二	四七二,三〇三	二一〇,一一六
通常杂入	三三三,七五五	一二七,六八七	四八九,二八一	一,七九三,二六
通常岁入合计	三,六六四,七八一	四,六六六,〇五五	一〇,〇四三,六二七	一五,三四〇,九二三
纸币发行	二四,〇三七,三九〇	二,三九六,二六一	五,三三四,五一三	二,一四五,四八八

续表

科目	第一期 自庆应三年十二月至明治元年十二月	第二期 自明治二年一月至九月	第三期 自明治二年十月至三年九月	第四期 自明治三年十月至四年九月
借入金	四,七三三,四八二	九一一,五〇〇	四,七八二,四〇〇	
临时贷出金还纳	一〇,六三七	四,四九八,八七三	一七四,一四一	四,三一七,二二〇
旧幕及旧藩献纳金	三六二,五四二	一四,七一〇	一六一,九一三	六〇,三三六
临时杂入	二八一,四八二	三八四,六五六	四四二,九〇五	二八〇,七三二
例外岁入合计	二九,四二四,五三三	二九,七七三,三四九	一〇,九一五,八七三	六,八〇三,六七六
岁入总计	三三,〇八九,三一四	三四,四三八,四〇四	二〇,九五九,四九九	二二,一四四,五九九

续表

科目	第五期 自明治四年十月至五年十二月	第六期 自明治六年一月至十二月	第七期 自明治七年一月至十二月	第八期 自明治八年一月至六月
地税	二○,○五一,九一七	六○,六○四,二四二	五九,四一二,四二九	六七,七一七,九四七
海关税	一,三三一,五六○	一,六八五,九七五	一,四九八,二五八	一,○三八,一○四
各种税	四○六一,六二二六	二,七二四,四七六	四,三九二,五八三	七,七七二,九一○
官工收入	一四三,九六五	二,○○二,五一四	一,九八七,八八五	二,四四五,四三九
通常贷出金还纳	六○二,○九七	六七九,八三五	二五九,九八七	三四二,六六五
官有物所属收入	二九七,八八九	二,二二三,○一七	一,一○七,五○一	二,三七五,三七八
通常杂入	一,五三三,六九八	六四一,六二八	二,四四一,八三九	一,三八二,二三二
通常岁入合计	二四,四二二,七四二	七○,五六六,六八七	七一,○九○,四八二	八三,○八○,五七五
纸币发行	一七,八二五,四四四			
借入金		一○,八三三,六○○		

黄遵宪集

续表

科目	第五期 自明治四年十月至五年十二月	第六期 自明治六年一月至十二月	第七期 自明治七年一月至十二月	第八期 自明治八年一月至六月
临时贷出金还纳	五,三五九,二六八	八四八,五八五	八一九,五九四	五〇五,三七二
旧幕及旧藩献纳金	二,五二九,七一三	三,〇六〇,四五〇	一,四四〇,一六五	一,四七一,八三五
临时杂入	三〇八,〇〇五	二〇三,九三二	一二五,三〇四	一,二六三,二九四
例外岁入合计	二六,〇三二,四三〇	一四,九四五,五五七	二,三五五,〇六三	三,二四〇,五〇一
岁入总计	五〇,四四五,一七二	八五,五〇七,二四四	七三,四四五,五四三	八六,三二一,〇七六

岁入表第二

年度＼科目	八年度决算	九年度决算	十年度现计	十一年度现计	十二年度预算	十三年度预算
地税	五0,三四五,三二八	四三,0二三,四二六	三九,四三九,二四六	三九,八八三,四六四	四二,000,九五0	四一,九0一,四四一
海关税	一,七一八,七三三	一,九八八,六六八	二,三五八,六三五	二,三五五,六三五	二,一八一,三二0	二,五六九,四六二
各种税	七,二二九,九七一	六,七一八,五四0	六,一一二,三三六	八,六七三,八八0	八,一00,五六九	一0,0八七,四0一
作业益金	三,三二四,二一八	三,七0二,0三五	一,七六六,七三三	一,六六二,三0七	一,一九四,九四0	一,四0七,六四七
杂收入	一,六六八,三三七	二五二,三二八	二二八,六0九	二五五,二二五	二一四,九七三	六五0,九五六
经常岁入合计	六三,七六六,五八七	五五,六八四,九九七	四九,九00,五四0	五二,八三0,五一一	五三,六九二,七四二	五六,六一六,九0七
诸还纳金	二,六五七,六三四	一,0四二,八一八	一,0九九,六四0	七0七,七五	八一二,三0四	八一六,二七五

续表

科目＼年度	八年度决算	九年度决算	十年度现计	十一年度现计	十二年度预算	十三年度预算
杂收入	三,〇三八,四五五	二,七五三,二一一	一,四四四,一二〇	八,三七六,七八四	二,一四五,三三三	二,五〇〇,三三五
临时岁入合计	五,六九六,〇八九	三,七九六,〇三九	二,五四三,七六〇	九,〇八四,五五九	二,九五八,六六一	三,三三六,六〇〇
岁入总计	六九,四八二,六七六	五九,四八一,〇三六	五二,四四四,三〇四	六一,八六二,一一〇	五五,六五五,三七九	五九,九三三,五〇七

岁出表第一

科目	第一期	第二期	第三期	第四期
各官省经费	一,六七五,三七七	二,四二四,八六三	二,八四七,四〇五	二,七八九,六八五
海陆军费	一,〇五九,七九八	一,五四七,九八六	一,五〇〇,一七四	三,二五二,九六七
各地方诸费	九三八,二二四	一,五七〇,八八七	一,二六九,三四四	九七九,四四三
在外公馆费		四〇,三九八	三,八三二	五五,九六六
国债本利偿还	三三九,六七七			四三九,三三七
诸禄及扶助金	七八六,九五〇	一,七七〇,五一一	二,三四〇,五〇二	三,一四八,六〇八
营缮建防费	四〇九,九五二	一,四四〇,七一九	八八一,九四九	九〇四,四二九
恩赏赈恤救助费	一二三,二六六	四四六,二八四	七一〇,五一七	四〇四,四四一
通常杂出	一七三,〇二〇	一五五,五〇二	一九六,一八八	二〇七,五三三
通常岁出合计	五,五〇六,二六四	九,三八三,三二一	九,七四〇,〇〇四	一二,二二三,三八一
征讨诸费	四,五一一,九三四	二,三三一,六四三	二,二七一,四一四	九四,五二一
旧幕旧藩诸事费	一,〇二一,二一二	五四五,四二〇	一,四四七,九六六	二五,六〇三
官工诸费	六〇五,二〇七	一〇一,七三三	三,二四一,三六三	二,五一八,一二〇
迁都政政劝业诸费	一,三一三,七一〇	一,三一二,四五〇	六六,八六七	七,二三九,五七〇
临时杂出	一八,一九九,八三〇	四,五〇六,一八〇	六六,三五〇	八,三五五,八八四
借入金偿还及还禄赐金	四〇六,〇九六	一,七六八,一二三	二,五四〇,〇三〇	一,五三五,五八二
临时杂出	二四,九八八,八三三	一,四四〇,二五〇九	一〇,三六六,七五九	二二,三二一
临时岁出合计	二四,九九八,八二三	一一,四〇二,五六九	一〇,三六六,七五九	七,〇〇八,一七六
岁出总计	三〇,五〇五,〇八七	二〇,七八五,八四〇	二〇,一〇六,七六三	一九,二三五,一五四

续表

	第五期	第六期	第七期	第八期
各省省经费	四五一八、六〇〇	五、四一七、七二九	五、九一五、六二九	三、〇五〇、五四四
海陆军费	九六六八、三九一	九、六八八、〇六七	一〇、四一八、四二一	一〇、七八四、八九八
各地方诸费	七、六六九七、五八八	八、九六六、三八九	一〇、三七七、八八四	六、八〇五、三二二
在外公诸费	一四三、九三九	五〇八、二九五	五四四、一四〇	七六、四〇〇
国债本利偿还	四四三、三三七	二、九九六、〇三九	三、二五四、一四〇	一、五五三、〇八四
诸禄及抚助金	一六、〇七二、六〇七	一八、〇四四、五九三	二六、四九七、六四三	二七、〇五五、六四九
营缮规防费	二二四、二〇三	二、〇九五、二二一	二、〇九一、一一五	一、六六三、一一七
恩赏赈恤救助费	八六、七九六	二、一八九、三八一	四九六、四〇八	八八五三、六一五
通常杂出	九三〇、六二八	二、一一九、三五一	三〇五、三五五	九〇五七、六〇五
通常岁出合计	四二、四四〇四、九一九	五〇、六五三、五五二	三〇、〇〇〇、九一六	五二、八四〇、三四八
征讨诸费	三、六三三	八、三三八	三、二二九、八七九	一、四四七七、五〇四
旧幕旧藩诸事费	四、五四四、四四六	三、三四七、五八〇	一、二七九、一二四	二七、一一、一〇四
官工诸费	四、七七七、六六三	六、六五五〇、三三一	六、九四九、二三〇	二、四一四、九三七
迁都改政及业诸费	一、七二三、七九八	八、七八、六〇三	八、六六四、六三五	一、六六九、九四八
临时诸出金	四、一六五、二二四	八、七八、八九〇	一、二五〇、三六五	一、六五五、三五五
临时货出金				一、七〇五、三一二
借入金偿还及还禄赐予金	四〇、三五六	七九三、一九三	七、六五五八、六二一	四、〇四〇、八四九
临时杂出	四〇、三五六	一、〇五四、〇四八	二、三二〇、二〇七	一、六五四、〇八八
例外岁入合计	一五、二五五、一〇四	一二、三二五、〇四七	二二、六六三、七二二	三二、九三四、二二三
岁出总计	五七、六五〇、〇二四	六六、二六六七、六〇〇	八二、三二九、五〇六	六六、三四、七七一

岁出表第二

科目＼年度	八年度决算	九年度决算	十年度现计	十一年度现计	十二年度预算	十三年度预算
国债本利偿还	四,六四五,三0二	四,九五0,七九七	一六,七九二,五九八	二六,六四0,二三六	二一,二00,二八一	二一,四四八,九0七
帝室及皇族费		一,八一七,五00	九0六,七九二	九八0,二0二	八七,000	九六0,一00
年金恩给诸样	一七,七七九,八二一	一七,七三六,九0七	一二,九0九	五五0,四四一	五四四,三七六三	五四0,七四四
官省院使诸费	一五,八八六,九八一	五,四00一,八七一	九,一八五,二四四	九,六八,二四0四	九,九一0,0四四	二,八八五,四0四
海陆军省费	九,七八五,五七九	九,四四0一,八七一	九,二九,二二九	九,二四一,六0五	九,八一五,四00	一一,六六五,000
营业资本补充费			一四三,四九八	一五四,0七0	二四0,四九0	一0三,一七二
府县费	五,0七五,四二三	三,七0九,三三三	四,三一九,五四0四	四,二六六,五七二	三,七六六,七00	四,五五五,二八0
警察费	一,六九八,0三六	二,0八一,二0四	三,0四九,三五九	二,九一九,三八六	二,四0六,四九五	二,五五五,五九六
神社费	二一0,五0七	一九八,二六一	一六九,一一四	一二四,七六七	一三五,二00	一三五,000
府县营缮土木费	一,五六六,三八六	一,五三九,六一六	一,七四三,九六二	一,九二五,四七八	一,九八四,二00	一,八八四,四一五
裁流赈蓄补助费					一,二00,000	二,二00,000
经常岁出合计	五六,六二二,0三七	五六,八八一,五一五	四九,八0一,二八一	五五,四八八,四三九	五五,一九三,三三一	四九,四0四,六三一
兴业费	三三,一四0	二九,二二九	八00,一八九	六,二三一	七六四,五九三	四九,四0四,六三一
获样率还赐金	七,六六二,六九一0					一,三三一,五五九

续表

科目＼年度	八年度决算	九年度决算	十年度现计	十一年度现计	十二年度预算	十三年度预算
杂支出	一,六八五,二五八	一,一六〇,三九七	一,九三三,〇二四	二,五一三,四九四	一,九三三,四五五	六〇七,三二五
预备	二,九五〇,八九七	一,一七三,九四一			一,五〇〇,〇〇〇	一,五〇〇,〇〇〇
临时贷金						
临时岁出合计	一二,五〇〇,二〇五	二,四〇九,六三一	二,七三三,二一二	二,三三〇,八八六	三,四五八,〇四四	三,四二三,八八四
岁出总计	六九,二〇三,二四二	五九,五八一,九四五	四八,五三四,五〇九	五九,六一五,二〇九	五五,六五一,三七九	五九,三三三,五〇七

岁入预算累年比较表

表中作○者为减，无者为增。

科目	十三年度预算(元)	十二年比较(元)	十一年比较(元)	十年比较(元)	九年比较(元)
租税	五四,五五八,三○四,○○○	三,二七五,四四五,○○○	三,六四九,三三五,四一八	六,六四八,○四二,二一三	二,八一七,六七○,三七一
海关税	二,五三九,四六二,○○○	三八八,一五二,○○○	二一七,八二七,三九○	二一○,八○八,四四○四	五八○,七九四,三三五
地税	四一,九○一,四四一,○○○	九○○,四九一,○○○	二,○一七,九七七,○○一	一,四四六,○九四,○九八	一,二二,九八四,七○四
矿山税	一二,五四四,○○○	一,○○七,○○○	一,九五三,六三三	三,二○四,九○二	三,六四○,六二四
北海道物产税	六六○,九六九,○○○	二七,○○八,○○○	一五一,九七二,五九七	二九九,八八八,一八○五	二七九,三九五,○二五
酒类税	五,九五六,○二九,○○○	一,四四五,七七七,○○○	八六六,七六八,五○一	二,九四七,一一二,一二三	四,○五三,三八,七三三
烟草税	三四八,六七四,○○○	○	七四,三○四,八一一	三一,五七三,六一○	一○四,五二四,三二三
证券印纸诸税	六三○,○一○,○○○	二○,八四二,○○○	六三,八七二,三九○	一四四,八五,二七五	二二,八五四,七五八
邮便税	一四一,○○○,○○○	三六六,○○○,○○○	四六六,○九九,九二七	六○○,六一七,四一五七	七二○,六一七,三四○
诉讼翻纸诸税	八五,四一五,○○○	二,九三○,○○○	六,六二五,○○五	八,九三二,五四四	五,一二四,八○五
代言人准照税	一○,○○○,○○○	五,八○○,○○○	四,五六○,○○○	二,六八○,○○○	五,五八○,○○○
赔税	一四六,二七○,○○○	七,九二三,○○○	二一,五三八,二一八○	四八,四六八,二○三	一二,五○三,九八八

续表

科目	十三年度预算(元)	十二年比较数(元)	十一年比较数(元)	十年比较数(元)	九年比较数(元)
车税	三〇九,二七〇 〇〇〇	三八,九二二 〇〇〇	二〇,二六九 三五三	四七,六〇六 四六五	七四,三六八 三五八
诸会社税	三〇〇,〇〇〇 〇〇〇	二〇〇,〇〇〇 〇〇〇 ⊙	一〇〇,七二二 二一八	一八六,二一七 八〇七	二五,四二六 三六五
钱猎税	四五,九一七 〇〇〇	二五 〇〇〇	二六,三二四 二一八 ⊙	三,五一一 七四	七一四 一七五
牛马买卖准牌税	六七,五五九 〇〇〇	四,〇一一 〇〇〇	二,六二四 〇四八 ⊙	五,二四九 九一九	六,六一〇 四二九
卖药税	六五,八八九 〇〇〇	一三,二二五 〇〇〇	八,三六一 〇五八 ⊙	二,一二一 〇五三	三七,四二四 二八八
度量衡税	三,〇〇六 〇〇〇	八一 〇〇〇	三一一 九四八 ⊙	一,〇二九 一七	二六 〇一八
版权执照税	三,五五六 〇〇〇	一四〇七 〇〇〇	二,七四〇 一八四 ⊙	一七八 〇八六	一,〇八六 七五
海外旅券诸税	三,二六三 〇〇〇	六三三 〇〇〇	五,四四〇 二〇〇 ⊙	一,五四四 二〇〇	二,四七八 〇五
官禄税	〇	八一,九九二 〇〇〇	七二,八五 一一一 ⊙	七〇,五九五 四六 ⊙	七六,八八一 二九八
琉球藩贡纳	〇	〇	五一,三九四 一五〇 ⊙	四二,八四四 五七八 ⊙	三六,九四四 九三六
旧税追纳	〇	〇	二〇七 四五二 ⊙	二〇五 〇〇 ⊙	〇
蚕种纸印纸税	〇	〇	〇	一七九,六六五 四四五 ⊙	三一,一二三 九四五

续表

科目	十三年度预算(元)	十二年比较(元)	十一年比较(元)	十年比较(元)	九年比较(元)
家禄并赏典禄税	○	○	○	○	○ 二,二三〇,一八七 二五二
生丝、茧真绵印纸税	○	○	○	○	三,一四五六 九六六
生丝卖买堆埠税	○	○	○	○	○ 三,九三三 五〇〇
作业益金	一,四〇七,六四七 〇〇〇	三,七〇七 ◎ 二八六	二〇八,六五九 ◎ 五三〇	三二四,〇二五 ○ 九一二	二,二九四,三八七 ◎ 六八四
内务省制作	二,六五二 〇〇〇	六七 〇〇〇	二六 ◎ 〇三九	一,三三一 ○ 四三三	二九,九五八 ◎ 六二八
大藏省造币	四三四,〇〇〇 〇〇〇	七二,〇〇〇 〇〇〇	四七六,四九五 ◎ 七四一	四〇〇,二八四 ○ 八六一	七,〇三七 ◎ 二四五
大藏省印刷	三〇,〇〇〇 〇〇〇	〇	七一,二八 ◎ 八二	二四〇,七二四 ○ 三八二	五三,八八 ◎ 五九七
海军省造船	一五,〇〇〇 〇〇〇	二,八四 五〇〇	三五,九五八 ◎ 〇五九	二,四〇九,七二 ○ 五〇	一六〇,〇三五 ◎ 三三〇
海军省石炭	九二三 〇〇〇	三 六〇〇	三六,〇 ◎ 三八七	二,四〇六九 ○ 二五	九三三 ◎ 〇〇〇
工部省矿山	二四一,二六九 〇〇〇	二,三〇九 〇〇〇	一八,一四二 ◎ 七七九	九,二二八 ○ 一七	三九,五四八二 ◎ 九四八
工部省铁道	六六,七六二 〇〇〇	二五,六六一 七二九	一六〇,二三七 ◎ 九三六	三三,六二六七 ○ 七八二	一,二二〇 ◎ 六四七
工部省电信	二五,〇七一 〇〇〇	二五,〇一七 〇〇〇	五,七〇四 ◎ 五〇五	一,四五四六 ○ 一四一	二〇六,二八四 ◎ 五三九

续表

科　目	十三年度预算(元)	十二年比较(元)	十一年比较(元)	十年比较(元)	九年比较(元)
工部省工作	八,八二九　000	三,四三六　◎　六〇三	八,一九五　三九一	二,六〇九　三三六	一七,二五四　〇八四
开拓使诸作业	三三,一四一　000	三三,一四一　000	三三,一四一　000	三三,一四一　000	三三,一四一　000
内务省山林	〇	◎　-〇,000　000	九,000　000	〇	〇
内务省牧畜	〇	〇	四,〇四六　00四	〇	〇
广岛县矿山	〇	〇		-〇,二二〇　〇一	二,三六六　六00
杂收入	六三〇,九五六　000	四三五,九八二　七九九	三五,八六九　七二	四二,二四七　0六八	三九八,六八七　六〇二
森林收入	四五二,〇四六　000	四五二,〇四六　000	四二,0四六　000	三八,五一八　五九六	三五七,五五四　一八
官有物租赁金	二六,六四二　000	二五,四一四　一〇	一三五,六三二　二0八 ◎	四八,五一七　五三0	四一,一八二　五九五
开市港场官地租人金	八二,二六八　000	九,四四〇　八五0	八二,二六八　000	八二,二六八　000	八二,二六八　000
经常岁入合计	五六,六一六,九〇七　000	三,九二四,一六五　0五五	三,八二九,三五五　六八0	六,七一六,三三三　四三九	九三,二九一　二九
诸还纳	八一六,二七五　000	二,九七0　五六0	一0八,四0九　九一四 ◎	二八,三三四　八四八	二,六五五　一六
诸货出金还纳	五六三,二〇七　000	三0,八四六　四00	一三0,二六七　三二八	三三六,二五四　七0一	一二四,七九　五四四

续表

科　目	十三年度预算(元)	十二年比较(元)	十一年比较(元)	十年比较(元)	九年比较(元)
皇族及旧藩贷金还纳	一八二,七六六 000 ○	一七,五八四 二八五 ○	三,0八五 九四一 ○	一五,四二三 三二一 ○	四九,四六0 九二
米石贷出还纳	七0,三0二 000 ○	一0,二九一 五七八 ○	一八,六八一 四七0 ○	三一,七二六 八0六 ○	四二,三0一 六五四
杂收入	二,五00,三三五 000	三四,九九二 二二一 ○	五,八七六,四四九 二0四 ○	一,0五六,二0六 九五三 ○	二五,八八八 三一四
官有物卖出金	五00,六五三 000	三,0六六 0三0 ○	四五三,五四九 0三0 ○	二六0,四0一 三三五 ○	三四九,六00 七六一
杂入	一九九,六七七 000	三五,九二六 二九一 ○	五,四二二,二一0 00八	七九五,八0三 六00	九五,七一四 四四0
临时岁入合计	三三,一六六,六00 000	三七,九六二 八八一 ○	五,七六二,九五九 三七九	七七二,八四0 一一五 ○	四九,四四三 四七0
岁入总计	五九,九三三,五0七 000	四二,三三七 九六六 ○	一,二八0,六0二 六九九	七,四0九,二0六 五四四	四五二,四0七 八一六

岁出预算累年比较表

科　目	十三年度预算(元)		十二年比较(元)		十一年比较(元)		十年比较(元)		九年比较(元)	
国债整还	五,八一七,五五八	〇〇〇	二三,〇〇二	六三二	〇,九九七,七〇六	八二五	三,九七五,四九七	〇九四	三,八七五,八九九	八五二
内国债	二,九七九,三三八	〇〇〇	二一四,〇六六	六三六	二七,五五〇	二三〇	一,九六七,六二七	六七	一,八一〇,四九五	八六〇
外国债	八三九,三三六	〇〇〇	二二,九三六	三六六	八三,〇四一	五五七	〇,八八七	四四六	六五,四四〇	四九二
纸币消却	二,〇〇〇,〇〇〇	〇〇〇	〇		五,一六六,一六六	〇〇〇	二,〇〇〇,〇〇〇	〇〇〇	一,〇〇〇,〇〇〇	〇〇〇
国债利子	一五,六三一,三三九	〇〇〇	一,六三三,三三三	六八八	二一,五五三	二二二	六七,七九,八二一	〇一〇	三,六六二,二二〇	〇〇〇
内国债利子	一〇,三六三,二一七	〇〇〇	一,六六三,三三二	六〇〇	二,八一,八八一	一四一	九四三,四九一	八一一	三,九〇六,六四四	〇〇一
外国债利子	七九,〇四〇,〇九	〇〇〇◎	六六,九九,〇九	四〇〇◎	二八〇,二五〇	〇◎	二六四,四九三	六〇六◎	二五,三三三	五〇六◎
外国债杂费	八,八八三三	〇〇〇	四六九四	二八八	二,一八	九五〇◎	二一八	一五〇	一三三	〇二四◎
帝室及皇族费	八五〇,一〇〇	〇〇〇	八三,一〇〇	〇〇〇	二三〇,一	九九六	五〇,三〇七	六五〇	一三三,六〇〇	〇〇〇
年金恩给诸禄	五,〇六六,七四四	〇〇〇	五三,九八一	〇〇〇	四六七,三二九	七七三	四七九,三四	六五四	一,四〇,〇一六	六四四
赏勋年金	一五一,五七七	〇〇〇	二九二	〇〇〇	九,二一二	七七三	一五,三三七	〇〇〇	一四,五七二	〇〇〇
军人恩给	一七八,一六二	〇〇〇	八八八,〇四四四	〇〇〇	一〇四,九三	八四〇	一七八,六六一	〇〇〇	一七八,一六六	〇〇〇
社寺禄	一〇四,四〇〇	〇〇〇	二三〇,八八一	〇〇〇	二三〇,三〇九	二八七	一八,五〇九	〇四九	一五,九三三	〇四四
冲绳县土族金禄	一六二,六二〇	〇〇〇	一六二,六二〇	〇〇〇	一六二,六二〇	〇〇〇	一六二,六二〇	〇〇〇	一六二,六二〇	〇〇〇

续表

科　目	十三年度预算(元)	十二年比数(元)	十一年比数(元)	十年比数(元)	九年比数(元)
贵贱并家禄	〇	〇	〇	〇	〇 一七,六一六,五七四 五九〇
官弊院使局费	二三,〇五一,四〇九 〇〇〇	三二,二四九,九六四 八二二	四,一八二,〇四〇 二九三	四五七,九三二 四一〇	二,七二〇,二四〇 四九五
太政官	五〇〇,〇〇〇 〇〇〇	一九,〇一四 〇〇〇	一八八,六七三 八八七	三三,〇一九 五八一	七七,〇七〇 六一一
外务省	二〇一,〇〇〇 〇〇〇	三〇,〇四〇 〇〇〇	一,八五一 八八〇	五四,一一一 五六〇	四七,一八一 〇七七
内务省	一,六四七,一五〇 〇〇〇	三三,七一七,一六六 〇〇〇	六〇二,二七五 七六四	四九,八五六 八四六	一,三三〇,八四四 一六四
大藏省	一四,八七七,〇〇〇 〇〇〇	一七,六〇〇 〇〇〇	三二九,七五六 八二一	六二,三二〇 七〇二	七二,六六九 三五五
陆军省	八,一五一,〇〇〇 〇〇〇	九六〇,九〇〇 〇〇〇	一七六,八五四 四一五九	二,〇二四,六四八 〇〇二	一,一四六,一七一 〇〇九
海军省	三,二〇五,〇〇〇 〇〇〇	三七八,七〇〇 〇〇〇	一九,五四〇 六八八	一五,八七二 五六六	四〇九,九九七 七二一
文部省	一,一八一,一〇〇 〇〇〇	四,一二三 〇〇〇	四二,三三七 六〇六	一六,八〇二 五七六	五一四,二一一 〇〇六
工部省	五四四,八八六 〇〇〇	四五,四四〇 〇〇〇	一六二,三七二 五三二	八二,五三一 九七〇	三七,八九五,八四八 〇〇〇
司法省	一,七四八,八五〇 〇〇〇	四四〇,二二〇 〇〇〇	一六二,〇三九 五〇〇	八五,〇三六 一八〇	三九,五四〇 六四〇
宫内省	三四八,〇〇〇 〇〇〇	三三,三二〇 〇〇〇	二五,四〇四 七七〇	三九,四〇四 六八八	五七,三三一 〇七〇
元老院	一八四,〇〇〇 〇〇〇	四一,五二〇 〇〇〇	一,六〇六 七四〇	一八,〇二九 〇二二	九,四七七,四 六八八
工部省电信	一二九,〇〇〇 〇〇〇	一,〇〇〇 〇〇〇	九五〇 三一三	五〇四 〇〇二	一二,〇〇〇 〇〇〇
工部省工作	一,七五一,〇〇〇 〇〇〇	九,五八一 八八八	五九,二三七 六七七	九一,一七七 三一一	一七,一七七 〇〇〇

续表

科　目	十三年度预算(元)		十二年比较(元)		十一年比较(元)		十年比较(元)		九年比较(元)	
工部省采油	一五,〇〇〇	000	一五,〇〇〇	000	一五,〇〇〇	000	一五,〇〇〇	000	一五,〇〇〇	000
开拓使诸作业	一三,三〇〇	000	一三,三〇〇	000	一三,三〇〇	000	一三,三〇〇	000	一三,三〇〇	000
内务省牧畜	〇		三,四四六	〇〇〇	三,七九七	四五〇	四三,六九五	六五〇		〇
大藏省造币	〇		五〇,〇〇〇	〇	四九,八八	〇	〇			〇
大藏省印刷	〇		〇		〇〇		四〇,四二一	三七〇		〇
杂支出	六七,三三五	000	五八六,二九	九八四	一,九〇六,一六八	五〇四	一二,一二五,六六八	六六六	一,八八六,三〇五	七七七
预备	一,五〇〇,〇〇〇	000	〇		一五〇,〇〇〇	000	一五〇,〇〇〇	000	一五〇,〇〇〇	000
临时岁出合计	三,四〇三八人,八八四	000	一九,一六三	八四	三〇,〇六八	六一一	七〇五,六七一	六五	九二四	二二二
岁出总计	五九,九三三,五〇七	000	四,二一,一二七	九六	三八,二九八	三二二	三,三九九,一〇一	〇四八	六二四,五五〇	五二二
岁入残余	〇		〇		二,二四六,九〇一	〇二〇	三,九〇九,八八八	四四	一七二,〇七九	七六

国债准备贷借合编表

国债为借入款，贷借为借出款，准备乃出入款中所赢余，故合编于此。储蓄一款，十四年所创办，因并列其目。

科　目	十三年度（元）	十二年度（元）	十一年度（元）	十年度（元）	九年度（元）
内国有租息债	二二九，一三九，六一五　000	二二八，六六三，一三0　000	二三三，一0三九，八一五　000	二一八，九0三，四四五　000	三0，六八二，一五0　000
新公债	二，五二，六三0　000	二，五二七，六五五　000	二，五四0，二五0　000	二，四四五，0五0　000	二，八一0，七五0　000
金札交换公债	四，六0三，三00　000	一，九二三，七00　000	二，一0五，九五0　000	二，一0四，九五0　000	二三二，八八五　000
禄禄公债	二，八一，九四0　000	一，六八一，九00　000	一六，九六一，三一五　000	一六，三二0，七二五　000	一六，六四0，一八0　000
金禄公债	一七三，六三八，三三0　000	一七三，二八七，五三0　000	一七四，二九，九一五　000	一七四，一四一，八四0　000	0
旧神官配当禄公债	四，三三，三三五　000	四，三三，三三五　000	四，三三，三三五　000	0	0
起业公债	一，五00，000，000	一，五00，000，000	一，五00，000，000	一，五00，000，000	0
征讨费借入	一五，000，000，000	一五，000，000，000	一五，000，000，000	一五，000，000，000	0
内国无租息债	九，二一一，七七六　000	九，四三九，七二二　000	九，六八九，二六六　五00	九，六六八，二四五　000	一0，0三二，七二二　000
纸币流通数	一0八，六八二，二0二　六00	三，四二七，九九九　七二一	一二0，九七七，二0九　000	三一，0五四，七二一　七二一	九四，0五四，七二二　0六五
内国债合计	三四七，0三四，五九0　六00	三五，四四八，八八四　000	三六三，六八六，八六六　五00	三四，九八二，六六六　000	一三四，七九九，九六一　0六五

黄遵宪集

科　目	十三年度(元)		十二年度(元)		十一年度(元)		十年度(元)		九年度(元)	
外国旧公债	九七六,000	000	一,四六四,000	000	一,九五二,000	000	二,四四〇,000	000	二,九二八,000	000
外国新公债	一〇,〇三六,六九六	000	一〇,三五五,一二〇	000	一〇,六七二,〇七一	000	一〇,九五九,〇一六	000	一,二二七,一二二	二〇〇
外国债合计	二,〇一二,六九六	000	二,八一九,一二〇	000	三,六二四,〇七二	000	三,三九,〇一六	000	一,四四,五五三	二〇〇
国债总计	三五八,〇四七,二九〇	六〇〇	三六三,三三七,九七四	六〇〇	三七五,一五〇,三五六	五〇〇	三六三,二二五,六七七	〇〇〇	一四八,九二四,七二四	二六五
准备	五一,三三五,五一五	一四四	五〇,八九八,八七一	六〇一	五一,二六六,九八一	二三八	三九,〇三一,五三八	〇五九	二八,三四四,四一六	000
贷借	七,三〇六,八一一	〇八三	七,四四五,一二〇	一六二	八,一〇二,五九三	四五一	八,〇七七,二九五	七四九	九,三八八,一四八五	000
储蓄										

国债准备贷借累年比较表

表中作○者为减，无者为增。

科　目	十三年度（元）	十二年度（元）	十一年度（元）	十年度（元）	九年度（元）
内国有利愆债	二二九,二二九,六六五,000	五O八,四八五,000	二,九OO,二OO,000	○一O,二三六,二五O,000	○一九八,四五七,五O五,000
薪公债	二,一五二,六五O,000	一七五,O二五,000	四,四O一,六三O,000	二九四,三OO,000	○六四九,一OO,000
金札交换公债	四,六O三,三OO,000	二,六七九,六OO,000	二,四九七,六三O,000	二,四九七,三O五,000	二,三三四,七五O,000
秩禄公债	二,八二一,九OO,000	三,三四六,九五O,000	四,三八四,四二五,000	四,三八一,七一五,000	四,八一九,九OO,000
金禄公债	一七三,六八三,三九O,000	○三三O,八五六,000	○五八八,五二五,000	五O三,四二五,000	○一七三,六八三,五三O,000
旧藩省配当禄公债	四二三,三三五,000	○	○	四二三,三三五,000	四三三,三三五,000
起业公债	三,五OO,OOO,000	○	○	三,五OO,OOO,000	三,五OO,OOO,000
征讨费借入	一五,OOO,OOO,000	○	○		
内国无利愆债	九二一,七六六,000	一二一,七六六,000	四,四四七,四八四O,000	六五六,六六九,000	八二O,四九四,000
纸币流通额	一O八,六O八,二O三,000	四,七四四,七八八,四OO	三,二二四,OO五,四OO	一,三二七,五三七,000	一,四六八,四九七,五五五
内国债合计	三四O七,O三四,五九四	四,四六四,二O六,四OO	一,五五九,六六九,四OO	二,七一七,O五六,000	二,三六八,四九九,三三五
外国旧债	九六六,000	四六O,000	九六六,000	一,七O四,000	一,九六二,000

黄遵宪集

续表

科目	十三年度(元)		十二年度(元)		十一年度(元)		十年度(元)		九年度(元)	
外国新公债	一0.0三六.六九六	000	三二八.四二四	000	六三五.三七六	000	九二二.三二0	000	二九0.四三二.七	二00
外国债合计	二0三.六九六	000	八一六.四二四	000	一六二.三七六	000	三三八.三二0	000	三一四.一四二.七	二00
国债总计	三五八.0四七.二九0	六00	五.二八0.六八三	四00	一七.二0三.0六五	九00	五.一七八.三八六	四00	二0.九三三.五六六	三三五
准备	五.三二五.五一五	一四四	四二六.六四三	五四三	五九八.五三四	00六	三.二九三.九七七	0五八	三.二九八.八0.九九	一四四
贷借	七三0.六八二	0八三	一八八.四四0.九	0七九	七九五.七七二	三八八	七六三0.四四四	六六六	二.0七五.六六三	九一七
储蓄										

外史氏曰:天生民而立之君,使司牧之,亦惟以天下之财治天下之事,而理财之道得矣。秦汉以降,君尊而民远,少府、水衡、琼林、大盈,天子各谋其私藏,凡以供声色宴游之费者,惟内官宫寺得司其出入,虽宰执未尝过问。为百姓者不知国用之在何所,但以为日竭膏脂以供上用;而仁人智士深知财聚民散之害,又深恶以聚敛病民者,尽出于怀利事君之小人,由是相引为大戒。有国家之责者,君不敢复问有无,臣不敢复言兴利,而先王治国理财之道,反尽失矣。财也者,兆民之所同欲,政事之所必需者也。竭天下以奉一人,固万万其不可,诚能以民之财治民之事,以大公之心行一切之政,则上下交利而用无不足。秉国钧者,其何可讳而不言。

余考泰西理财之法,预计一岁之入,某物课税若干,某事课税若干,一一普告于众,名曰预算。及其支用已毕,又计一岁之出,某项费若干,某款费若干,亦一一普告于众,名曰决算。其征敛有制,其出纳有程,其支销各有实数,于预计之数无所增,于实用之数不能滥。取之于民,布之于民,既公且明,上下孚信。自欧罗巴逮于米利坚,国无小大,所以制国用之法,莫不如此。

臣尝读靳辅筹饷裕民之疏,谓:"我朝理财之道,尚未复三代之古,盖入关定鼎之初,薄赋免徭,务在寡取而节用。即明知官吏俸薄,亦尚沿胜国俸钞折领之弊,姑仍旧贯而无所变革。然国用实有不足,为官吏者终不能毁家以纾国,竭私以报公,究不得不仍取诸民,不过于常赋之外变为火耗、秤余一切之陋规。封疆大吏知地方税轻不足用,官吏俸薄不足赡,有明知其非法而不忍裁撤者。陋规极多之地,每省有十数州县,彼处脂膏以自润者,饱囊盈橐,一若分所应得。若硗瘠之地,上官悯其贫,必为之调剂,而贪饕官史侵吞干没之不已,更百端为例外之求。彼以枵腹从公为名,辄巧取横征屡倍于正供,朝廷一无所利,而小民实受其害。余窃以为不如清查耗羡,核减陋规,明取之之为愈也。"臣伏维圣清家法,至仁极俭,内府之所需,曾不以问诸户部,成宪昭垂,二百余载,大公无私,可谓至德矣;然而小民未之知也。乾隆以后,协饷日益繁,欠粮日益多,杂税日益免,河工、宗禄名粮之数日益钜。当嘉庆中叶,已屡诏廷臣,集议筹饷。咸、同之间,群盗毛起,逮乎克平,费饷盖不可胜数。至于近日,又筹海防,虽增加关税、厘金,而国用犹入不抵出;然而小民亦未之知也。我祖若父,蒙国家深仁厚泽久矣,谁非赤子,具有天良。往岁大乱之后,追念平日箪食壶浆,以迎王师者,不知凡几,足见朝廷恩德维系于民者至深。然蚩蚩者民,胼手胝足,日竭其力,以供租税,而国用所在,曾不得与闻。谬以为吾民膏血,徒以供上官囊橐。一旦有事,设法课税,令未及下,而小民惊相告语,已有惘然失措者。上下阻隔,猜疑横起,欲谋筹饷,势处至难。古人有言曰:"藏之人思防之,帷之人思窥之。"余又以为不如举国用之数公布之于民之为愈也。臣考三代以来,损上益下,寡取薄敛,未有如我大清者,然国用不足,亦以今日为尤甚。雍正乾隆间,议以耗羡为养廉,盖实有见乎用之不足,不得不取之如额。而卅年以来,二三名大吏有通提一省杂供储为公用者,亦以通筹统计,势不得尔。势不得尔,则不如分别朝廷之上计,州县之留支,核需用之额明取之,即举应用之款实销之,并列所用之数公布之。以修庶政,以普美利,以昭大信,一举而数善备焉,是在谋国者经理之而已。

余昔读《周礼》,见夫天官、地官之司财货者,几于无地不赋,无物不贡,无人不征,无事不税,极至纤至悉,有后世桑宏羊、孔仅、蔡京、王黼之徒不肯为者。始疑周公大圣,不应黩货至此。既而稽六官所属五万余人,无员额者尚不在内,乃知大府颁赒,凡官府都鄙之吏、转移执事之人,在官受禄者如此其多。以某赋治某事,又有定式,则一一仍散之民,朝廷固未留丝毫以自私也。窃意其时以岁终制用之日,必会计一岁之出入,书其贰行,悬之象魏,使庶民咸知。彼小民周知其数,深信吾君吾上无聚敛之患,凡所以取吾财者,举以衣食我,安宅我,干城我,则争先恐后,以纳租税矣。君民相亲,上下和乐,成周之所以极盛也。

日本近仿泰西治国之法,每岁出入书之于表,普示于民,盖犹有古之遗法焉。譬若一乡之中迎神报赛,敛钱为会,司事者事毕而揭之曰某物费几何,某事费几何,乡之人咸拱手奉予钱,且感其贤劳矣。此理财之法之最善者也。嗟夫!古昔封建之世,官物输之民,力役征之民,上之人垂拱其上,彼小民之事宜若可听民自为。而自古圣人必为之经理无端,而料民身家,征民粟帛,多取而民不为怨,亦信其以我之财治我之事故耳。三代圣王平天下、理财之道,不过举流通之财,行均平之政,无他道也。况夫今日,凡百官府之用,力役之征,无不出资而购之,颁禄以募之,国用之繁,盖十倍于古人。诚使以大公之心行一切之法,即令小民怀私,有怫欲而逆情者,尚当强而行之。况又沿习陋规,小民既已收纳,第取官吏之中饱为朝廷之正供,即以分给民之奉公者,吾民若之何不愿乎?夫三代之良法美意,秦汉后之不欲行者,举所用以普示之民,则不便君上之行私故也。以本朝至公之家法,其何惮而不行!祖宗知用之不足,而安于寡取者,开创则民信未孚,承平则国帑未匮,势不极,法不变故也。以今日值多事之秋,履至艰之会,则不变其何待!彼不愿核出入之数明取之、实用之、公布之者,不谓此为纷扰多事,即谓此为聚敛言利,殆为相沿之陋规,阴便其额之无定,得以上下其手,百端侵渔;阳利其用之不敷,得以推诿敷衍,无所事事,坐视政事之弛废,国家之贫乏,小民之困穷而漠然不顾,如秦越人之视肥瘠焉,而天下之患,将日久而日深矣。嗟夫!

卷十八　食货志四

国　债

庆元偃武以降，大平欢虞二百余年，然理财之道，则自幕府逮于诸藩，以岁入不足为常。庆长之初，颇造金货，后遇国库匮乏，辄改铸货币，减轻杂伪，以敷衍一时。各藩不能铸钱，则增赋税，课献金。犹不足者，上借之幕府，下借之富商，或在其管内发行纸币以充国费，国债既萌芽于此矣。德川十三世将军家庆①，忧各藩苦于负债，尝下负债不偿之令。于是旧藩得免负累，一时以为德政。然岁入不足如前日，仍赖借款以资弥补。外使劫盟，海防事起，逮元治庆应，司农竭蹶拮据甚矣。旧藩诸侯各负债累。及废藩命下，各藩力不能自偿，政府虑骤废逋债，恐失人心，乃分别款项，其应还者作为政府公债。自宏化甲辰迄于庆应丁卯，凡旧藩所借用者，称为旧公债；自明治戊辰迄于辛未废藩，壬申置县，凡诸藩县所借用者，称为新公债，各给以证书。证书犹曰凭票。旧公债无利息，自明治五年至五十四年，限五十年间，分年偿还，其数共一千九十八万二千七十五元。新公债，自明治五年至二十九年，限二十五年间偿还，

---

① 德川家庆，当为德川幕府十二代将军。

每岁给四分利。四分利，即每一百元，一年给利四元。明治八年，始以抽签之法，分偿本金，其数共一千二百三十九万二千五百五十元。凡金额分为五种，曰五百元，曰三百元，曰一百元，曰五十元，曰二十五元。证书亦分为五类。其新公债证书，别用国字伊吕波编为四十七部。证书之内，详记债主姓名、籍贯、金额、种类并号数，于证书之末，附以小札，记一年应还之款，应给之息，俟每期本金利息支给之日，将小札裁截收还以为据。令各债主申缴契约，经大藏省查核之后，记于簿册，照额编列证书，钤勘合印，送致于各债主所居地。又于各地方设公债局，备各簿册，照依大藏省所颁证书，加用官印，给与其人。旧公债每年于十二月一日至十五日，给予是年应偿之款；新公债于每年六月二日至十日、十二月一日至十五日，给予是年应得之息，其本金听大藏省便宜，或每年，或间年，用抽签法以偿。其法先由大藏省悬示本年应还新公债若干，何种何类各若干，乃于证书最多之地，或东京，或大坂，由国债寮遣员会同地方官，招集债主十名以上乃行抽签。其签亦分编伊吕波四十七类，某类又分号数，与证书相同，抽签得相应号数者，即于本年备偿。凡收藏新旧公债证书，可传授子孙，典质买卖亦任其意。其买卖者，甲乙偕报官厅，官厅公债课受其书，亲加印记，给与买者。其以证书典质与人者，当支给本金利息时，官亦照给。如典质过期不赎，则准买卖。例若证书罹水火灾，收藏人详记颠末及号数、金数，申报大藏省，准换新证。或盗窃，或遗失，亦如式申报大藏省，大藏省照录其号数、金数，悬示此项证书不得买卖典质；见者速报于官。如阅七个月不悉所在，别造新证书，交与本主。凡证书有挑剔、割裂、涂抹、穿破、粘连等弊，照其证书金额十倍科罚。其赝造摸写，或变换证书内文字、图画，并藏有类似刻板纸料图书者，事觉均论如律。

维新之际，以王师东征，岁入不足，当日决算表，自庆应三年至明治元年，不足五百余万，例外岁出至二千五百万。乃从由利公正之言，制造纸币，名曰太政官金札。后以太政官金札过大，不便流通，换为民部省小札。明治元年闰四月，布告曰："皇政维新之际，将建立富国基础，乃以一时权宜,制造金札,限于元年戊辰至十三年庚辰通用国内。"二年五月又布告曰:"自今制造纸币器械一概焚毁,以三千二百五十万元为限。由本年冬迄于壬申,将造银货,听人交换。有未换者,则每月给以五铢利。"每月五铢,即一年六分也。六年三月又布告曰:"现因政府有事,所发官札,未能如约付以利金。今自本年三月十五日,以公债证书交换。有藏官札者,宜遵此例。"于是金札一变而为公债,名曰金札交换公债。限于十五年间通用,过十五年则政府收买。年给六分息,发给证书。四年后,亦以抽签之法分偿本金。其数为二百二十三万八千五百五十元。此项证书分为二种:一曰记名公债证书,于证书内记收藏人姓名。有买卖之事,则请大藏省更书。一称利札公债证书,仅记收藏人姓名于簿,买卖之际不必更名。其他条例,同于新旧公债。初,将军奉还政权,萨、长、肥、土四藩亦上表请奉还藩籍。后改府、藩、县一致之制,令藩主、藩臣以各藩租入之数,给以十分之一为世禄。然不足赡养,颇有改为农工商者。华士族既改禄制,其租入少者,不能自赡。三年,有请改归农商籍者,政府听其请,给予资金。其岁租八石八斗者给金三百元,七石者二百五十元。大概算予五年全额。此项资金当时共费一百二十余万云。废藩令下,士失常职,益无以谋生。当时有请奉还世禄者,政府虑其失恒产,生异心,未敢遽许。然人人以素餐坐食为惧,物议嚣嚣,群冀政府有所处置。至明治六年,先是,有内藤政举、水野忠敬等五十余人,先后请纳家禄及赏典禄,以抵偿旧藩债、外国债,并充官厅费。朝议许之。其后颇有请奉还者。乃决议募外债以收家禄,有自请奉还者,给以六年应得之禄,其半给以通货,其半作为公债,给予证书。是为秩禄公债,年利八分,发给证书。三年后,限七年间以抽签之法分偿本金,其数为一千六百五十九万二千二百二十五元。初,许奉还令,华士族于奉还后有再请土地山林者,减地价之半，仅缴半额，仍令管领。旋停止奉还。至八年八月，又布告秩禄公债条款，略有增改，大概同新旧公债。初，政府之许秩禄奉还也，听人自便，请者乃给，故其数不多。从前制禄，有家禄，世食之禄，自畿内王人及幕府藩臣，以世官得世禄者，皆于维新时改定禄制，多者六万余石，少者数十石，食禄者凡二十九万余人。有赏典禄。因功而得禄者。自江户追讨，迄函馆平定，凡于王室有勋劳者，概给以赏典。多者二万石，少亦百石，得赏者凡二万余人。其中又有永世禄、世世给予。终身禄、二代禄、年限禄限年给与。之别。至九年八月，遂废奉还令，所有华、士族、平民之家禄、赏典禄，旧日禄制，概改为公债。其永世禄在七万元以上者，合家禄、赏典禄计之。给予五年全额；即三十五万元。银数较少，则年数较增，如千元以上、未满二千五百元者，给予七年半全额。由七万至千元，均为五分利；由千元至百元，为六分利；由百元至二十五元，为七分利。其终身禄，照永世禄年限十分之五，给利之法亦同。年限禄，则十年以上者照永世禄十分之四，年限较短，则给数较少，如二年限，照永世禄十分之一五给之。给利之法亦与永世禄同。是为金禄公债。日本给禄之法，概以米石计，后改为俸金。此项家禄、赏典禄本额，亦系给米，既乃平均米价折算以金，故曰金禄。考日本秩禄支给为岁出第一巨款。自明治元年至明治八年，总计九千五百余万。自改为公债，岁出之常款变而为国债之利息矣。发给证书，六年之后，限三十年间，以抽签之法，分偿本金。其数为一亿七千四百二十一万九千五百一十五元。其他条例，同新旧公债，惟证书不许买卖。当时政府之意，欲华、士族岁仰余息，易于谋生，故创立银行，使便以存寄证书，岁收其利。至十一年九月，解证书买卖之禁，然犹恐其以低价贩卖，骤陷于困，特设法保护。凡证书百元，五分利者，价六十四元；六分利者，价七十三元；七分利者，价八十二元；十分利者，价百元。大藏省许为受买，以故证书价亦不低。及十二年，大藏省停止买受，而公债证书之价日就低下矣。自收还华、士族、平民采地之后，其旧日神官所管社地,皆没收于官,以其社地租入十分之二给之。后平均米石改给以金。及金禄改公债后,神官之禄亦给五年全额,换予公债证书,是为旧神官配当禄公债,本非官禄,第举社寺所入,配合相当之额而定禄制,故名曰配当禄。年利八分,限十一年间清偿,其数为四十二万三千三百二十五元。当明治元年始颁太政官金札,由利公正欲以其赢余贷与各藩,为振兴农业之助,然不果行。至明治十一年四月,太政官布告曰:"今欲谋国中公益,繁殖物产,扩充贸易,乃决议募内国债以一千二百五十万元为限。"遂由大藏省发证书,年利六分。自募债三年后,限二十三年间,以抽签之法还之。召募未几,应者纷集,是为起业公债,其数为一千二百五十万元。其实为一千万元。当时以八十元之额给予一百元证书云。初募此债,特遣涩泽荣一等往说大坂豪商。商人以八十元本金岁可得六元息,故应者纷集,殆及二倍。以限于额满,特给还之。明治十年,西南征讨之费,大藏省已发纸币二千七百万,又令第十五国立银行募集,以应军需,各给以五分息,限二十年间清偿。是为征讨费公债。其数为一千五百万元。此皆内国债也。以上国债之数,据明治十一年六月大藏省查定,其中如金禄公债、金札交换公债,有于是年后始行核定者、始行交换者,闻其额尚有所增加云。

至外国债,有旧公债。明治三年,于东京、横滨间建造铁路,借之横滨外商者也,凡九分息,五年后始还本金,限十年清偿,为数四百八十八万元。即英国一百万磅,当时经手人别有杂费,每年二百二十五磅云。有新公债。明治六年,因收买秩禄,借之英国伦敦者也,凡七分息,二年后始还本金,限二十年清偿,为数一千一百七十一万二千元。明治五年,收买家禄之议既决,特遣大藏少辅吉田清成,借米国人字伊理耶牟,到米国募债。时驻札华盛顿少办务使森有礼以为不可,曰:"必不得已,募外债不如募内债;且收买士族家禄,夺人财产,毋乃类贼。"清成曰:

"募外债不如募内债,此何待言。然今日国势,不能募内债买收家禄,使其人便于营业耳。且家禄固非恒产,收之亦无不可。君驻居外国,妄诽毁政府为贼。且以未经公布之事告之外人,独拒朝议,毋乃不可。"有礼又告耶牟曰:"足下受聘日本,以审人情、量国力为要。今为此事而来,事成则贻害莫大,余甚不解。"耶牟曰:"此事余未到日本已决议矣。余惟受日本朝议而来,安得容喙可否其事哉!"有礼于是上书政府,详言内债之利,外债之害,并及买收家禄之非。吉田清成以有礼坚持异议,米国必不愿,应募必不成,乃寄书参议西乡隆盛、大藏大辅井上馨,遽去米国,到英国伦敦银行募债而归云。自维新以来,仅十年间,负债之巨,至于如此。考明治十二年六月,除偿还外,仍有二亿五千二百三十五万二千五十九元,可谓夥矣。纸币发行之数,是时共有一亿四千八百六十二万七千六百七十八元,合共为三亿九千余万。明治六年,有清森县士族桥瓜某上书政府,请以头会之法,令全国人民分偿外债。其时,外国债仅一千六百余万,以全国户口计,每一人不及五十钱。按:现在国债总数,以明治十一年一月查明全国户口之数,匀计每人应负债一十元零五钱六厘。然比之欧美各国:英国每人一百一十四元有奇,佛国每人一百零一元有奇,俄国每人三十四元有奇,西班牙每人一百六十三元有奇,伊大利每人七十二元有奇,澳地利每人六十九元有奇,葡萄牙每人一百零八元有奇,和兰每人九十七元有奇,日耳曼每人二十元有奇,瑞典每人一百元有奇,美利坚每人七十二元有奇,秘鲁每人九十六元有奇,日本犹不为多也。政府却之,谓国家负债,无令人民偿还之理。然租税以外,亦别无偿法也。十二年,大藏卿议决,增赋节用,专以岁出入赢余金偿国债,从明治十二年始,限二十八年间悉皆销清。此内统计本利金额共六亿二千六百三十万元有奇,每年平均在二千二百万元间。幸而国家无事,为疾用舒,则绰绰有余裕,偿还之期,犹可减短云。

国债种类数目表

纸币亦属国债之一，故并列其目，其详具货币类中。

种类	发行年号	偿还年限	利息	本额
旧公债	明治五年	五十年	无利息	一〇,九八二,〇七五
新公债	明治五年	二十五年	每年四分	一二,三九二,五五〇
金札交换公债	明治六年 明治七年	十五年	每年六分	二,二三八,五五〇
秩禄公债	明治七八、九年	九年	每年八分	一六,五五九六,二二五
金禄公债	明治十年	三十年	每年五分、六分 七分、十分	一七四,二一九,五一五
旧神官当配禄公债	明治十一年	九年	每年八分	四二三,三二五
起业公债	明治十二年	二十五年	每年六分	一二,五〇〇,〇〇〇
征讨费借人	明治十年	二十年	每年五分	一五,〇〇〇,〇〇〇
外国旧公债	明治三年	十一年	每年九分	四,八八〇,〇〇〇
外国新公债	明治六年	二十五年	每年七分	一一,七一二,〇〇〇
纸币发行	明治元年至 明治十年			

国债每年偿还额数表

科目	九年度决算	十年度预计	十一年度预计	十二年度预算	十三年度预算
国债偿还	一,九四一,六三八,一四八	一,八三九,〇四〇,九〇六	一〇,七八九,二四四,八二五	五,五八〇,五三五,三三六	五,八八七,五三八,〇〇〇
内国债	一,〇六七,七二六,一〇八	一,〇一〇,五五七,三三三	一,七〇〇,六五七,一六八	二,七六四,一一一,三三八	二,一七八,一七八,〇〇〇
外国债	七七三,九一二,〇〇八	八二八,四八三,五三三	九二二,四〇一,六五九	八〇六,四一四,〇〇〇	八三九,三六〇,〇〇〇
国债利子	三,〇〇九,一五八,九九九	一四,九五三,五五七,一八四	一五,八八〇,八九一,五五五	一五,六三一,七四五,三二二	一五,六三一,三三九,〇〇〇
内国债利子	一,九二五,四四一,四〇六	三,八八八,七〇三,三七七	一四,八七〇,二四四,八五九	一四,七五四,〇五八,二〇〇	一四,八三二,二七二,〇〇〇
外国债利子	一,〇七三,七三五,七七六	一,〇五四,九〇二,六五五	一,〇七〇,六五九,七四〇五	八五三,三一八,四〇〇	七九〇,四〇九,〇〇〇
外国债杂费	九,九四二,〇二四	九,九五一,一五〇	一〇,九八六,九五一	八,三六八,七一二	八,八三二,〇〇〇
纸币消却			七,六六六,八六〇,〇〇〇	二,〇〇〇,〇〇〇,〇〇〇	二,〇〇〇,〇〇〇,〇〇〇

国债历年增减表 上

种类＼年月	旧公债	新公债	全礼引换公债	秩禄公债	金禄公债	起业公债	旧神官当暴公债	征讨费借入	计
七年 上半季	八,七三七,八三一	一〇,三八〇,三〇〇	三九,八五〇						一九,五三七,六六一
七年 下半季	九,五五九,四四三	三,三五六,八二五	二一,二三五〇						二,〇九三,六二四
八年 上半季	一〇,〇二四,九〇七	二,三九三,九五〇	二一,二三八,五〇						三一,八八五,二六四
八年 下半季	九,九三二,七二〇	二,六四〇,〇二五	二一,二三八,五〇	五,八八六,三〇〇					三七,八八八,〇九五
九年 上半季	一〇,〇三五,三三〇	二,八〇〇,七五〇	二一,二三八,五〇	一四,〇七九,七七五					四〇,七一四,〇四五
九年 下半季	九,八八三,三〇六	二,四〇三,二六〇	二一,〇五〇,九五〇	一六,一四〇,〇二五					三九,五五八,七八八
十年 上半季	九,六六六,四七五	二,四〇三,二六〇	二一,〇五〇,九五〇	一六,一八〇,二〇五				一五,〇〇〇,〇〇〇	五四,六三〇,八〇一
十年 下半季	九,六五八,三二七	二,四〇七,二五〇	二一,〇五〇,九五〇	一六,一七九,七七五				一五,〇〇〇,〇〇〇	五〇,四九四,九〇二
十一年 上半季	九,六六四,二六〇	二,五〇四,四〇〇	二一,〇五〇,九三〇	一六,一七九,七七五				一五,〇〇〇,〇〇〇	六七,四四九,四六〇
十一年 下半季	九,六五四,三〇九	一,五四〇,九四〇	二一,〇五〇,九三〇	一六,一九六,七七五	八九,二二六,八三五	一二,五〇〇,〇〇〇	四二三,三二五	一五,〇〇〇,〇〇〇	一五六,七〇六,七八一
七月	九,六五二,三七九	一,四四〇,九四〇	二一,〇五〇,九三〇	一六,一九六,七七五	一六,二六〇,七五〇	一二,五〇〇,〇〇〇	四二三,三二五	一五,〇〇〇,〇〇〇	一二九,一七九,二二一
八月	九,六五四,一九一	一,四〇九,八二一	二一,〇五〇,九三〇	一六,一九六,七七五	一七,九三一,〇七〇	一二,五〇〇,〇〇〇	四二三,三二五	一五,〇〇〇,〇〇〇	一九三,六四四,四
九月	九,六五四,二〇〇	一,四〇四,八八五	二一,〇五〇,九三〇	一六,一九六,七七五	一七,九三九,〇七〇	一二,五〇〇,〇〇〇	四二三,三二五	一五,〇〇〇,〇〇〇	二二,九九九,四〇二
十月	九,六五八,一二一	一,四〇四,八〇〇	二一,〇五〇,九三〇	一六,一九六,七七五	一七,九三八,一〇〇	一二,五〇〇,〇〇〇	四二三,三二五	一五,〇〇〇,〇〇〇	二三,九九九,一〇一
十一月	九,六五八,一二一	一,四〇四,八〇〇	二一,〇五〇,九三〇	一六,一九六,七七五	一七,九三八,四〇〇	一二,五〇〇,〇〇〇	四二三,三二五	一五,〇〇〇,〇〇〇	二三,三三一,四四六
十二月	九,六五八,一二一	一,四〇四,八〇〇	二一,〇五〇,九三〇	一六,一九六,七七五	一七,九三八,四〇〇	一二,五〇〇,〇〇〇	四二三,三二五	一五,〇〇〇,〇〇〇	二八,一二一,五六八
一月	九,六五八,一二九	一,四〇四,八〇〇	二一,〇五〇,九三〇	一六,一九六,七七五	一七,二八四,八〇〇	一二,五〇〇,〇〇〇	四二三,三二五	一五,〇〇〇,〇〇〇	二〇,〇〇四,三三〇
二月	九,六六四,一二九	一,四〇四,八〇〇	二一,〇五〇,九三〇	一六,一九六,七七五	一七,二二一,四六〇	一二,五〇〇,〇〇〇	四二三,三二五	一五,〇〇〇,〇〇〇	三三,九五五,九九六
三月	九,六六四,一六二	一,四〇七,一〇〇	二一,〇五〇,九三〇	一六,一九六,七七五	一七,五三五,三三三	一二,五〇〇,〇〇〇	四二三,三二五	一五,〇〇〇,〇〇〇	三三,九五五,九九六
四月	九,六四四,〇七六	一,四〇八,六〇〇	二一,〇五〇,九三〇	一六,一九六,七七五	一七,五三五,三三三	一二,五〇〇,〇〇〇	四二三,三二五	一五,〇〇〇,〇〇〇	三三,七三六,七〇五
五月	九,六五二,一八四	一,四〇七,六〇五	二一,〇五〇,九三〇	一六,一九六,七七五	一七,五三六,一〇五	一二,五〇〇,〇〇〇	四二三,三二五	一五,〇〇〇,〇〇〇	三三,七三六,七〇五
六月	九,六六二,三八五	一,四〇七,六〇五	二一,〇五〇,九三〇	一六,一九六,七七五	一七,五三六,一〇五	一二,五〇〇,〇〇〇	四二三,三二五	一五,〇〇〇,〇〇〇	三三,七三六,七〇五

国债历年增减表 下

年	种类／月	旧公债	新公债	计	内外债合计
三年	下半季	四,八八〇,〇〇〇		四,八八〇,〇〇〇	四,八八〇,〇〇〇
四年	上半季	四,八八〇,〇〇〇		四,八八〇,〇〇〇	四,八八〇,〇〇〇
四年	下半季	四,八八〇,〇〇〇		四,八八〇,〇〇〇	四,八八〇,〇〇〇
五年	上半季	四,八八〇,〇〇〇		四,八八〇,〇〇〇	四,八八〇,〇〇〇
五年	下半季	四,八八〇,〇〇〇		四,八八〇,〇〇〇	四,八八〇,〇〇〇
六年	上半季	四,八八〇,〇〇〇		四,八八〇,〇〇〇	四,八八〇,〇〇〇
六年	下半季	四,三九二,〇〇〇	一,七一二,〇〇〇	六,一〇四,〇〇〇	一六,一〇四,〇〇〇
七年	上半季	四,三九二,〇〇〇	一,七一二,〇〇〇	六,一〇四,〇〇〇	一六,一〇四,〇〇〇
七年	下半季	三,九〇四,〇〇〇	一,七一二,〇〇〇	五,六一六,〇〇〇	一五,六一六,〇〇〇
八年	上半季	三,九〇四,〇〇〇	一,七一二,〇〇〇	五,六一六,〇〇〇	一五,六一六,〇〇〇
八年	下半季	三,四一六,〇〇〇	一,四七七,七六〇	四,八九三,七六〇	一四,八九三,七六〇
九年	上半季	三,四一六,〇〇〇	一,四七七,七六〇	四,八九三,七六〇	一四,八九三,七六〇
九年	下半季	二,九二八,〇〇〇	一,二二七,一二三	四,一五五,一二三	一四,一五五,一二三
十年	上半季	二,九二八,〇〇〇	一,二二七,一二三	四,一五五,一二三	一四,一五五,一二三
十年	下半季	二,四四〇,〇〇〇	一〇,九五九,〇一六	一三,三九九,〇一六	二三,三九九,〇一六

续表

年	月	旧公债	新公债	计	内外债合计
十一年	上半季	二,四四〇,〇〇〇	一〇,九五九,〇一六	一三,三九九,〇一六	八〇,八七八,四七六
	七月	一,九五二,〇〇〇	一〇,六七二,〇七二	一二,六二四,〇七二	一六九,三三〇,八六一
	八月	一,九五二,〇〇〇	一〇,六七二,〇七二	一二,六二四,〇七二	二四一,八〇三,二九三
	九月	一,九五二,〇〇〇	一〇,六七二,〇七二	一二,六二四,〇七二	二四一,七四五,七一六
	十月	一,九五二,〇〇〇	一〇,六七二,〇七二	一二,六二四,〇七二	二四一,六二一,四四九
	十一月	一,九五二,〇〇〇	一〇,六七二,〇七二	一二,六二四,〇七二	二四一,五九二,一七四
	十二月	一,九五二,〇〇〇	一〇,六七二,〇七二	一二,六二四,〇七二	二四一,五九一,一七四
十二年	一月	一,九五二,〇〇〇	一〇,六七二,〇七二	一二,六二四,〇七二	二五〇,八五五,六四六
	二月	一,九五二,〇〇〇	一〇,六七二,〇七二	一二,六二四,〇七二	二五二,六七〇,四一三
	三月	一,九五二,〇〇〇	一〇,六七二,〇七二	一二,六二四,〇七二	二五二,五六〇,〇六八
	四月	一,九五二,〇〇〇	一〇,六七二,〇七二	一二,六二四,〇七二	二五二,五三五,六九三
	五月	一,九五二,〇〇〇	一〇,六七二,〇七二	一二,六二四,〇七二	二五二,三六〇,七七七
	六月	一,九五二,〇〇〇	一〇,六七二,〇七一	一二,六二四,〇七一	二五二,三五二,〇五九

外史氏曰:中国未闻有国债也。周既东迁,王室衰微,赧王负债至筑台避之,天下后世以为耻笑,而周室亦随而倾覆矣。顾余考泰西诸国,莫不有国债,债之巨者,以本额计,至八亿万磅之多;以利息计,乃至岁出二千七百万磅;以全国岁入计,乃至尽五六年、或七八年;或十余年犹不足以偿;以全国户口计,乃至每人负债一百一十余元,可谓夥矣。欧罗巴古时遇国库匮乏,则预揣其租税所入,借之富豪以应急需。其偿期甚迫,给利甚重,此特出于一时济急之方耳。其后,意大利共和政府始立方法,以借国债。西班牙、佛兰西仿而行之。及荷兰叛西班牙,广借国债以应军需,卒收其效而成独立之国。于是国债盛行。西历一千六百八十八年,英国亦募债。战争迭起,积年增多,至一千八百七十年,英吉利负债八亿万磅,佛兰西五亿五千万磅,俄罗斯三亿万磅,美利坚合众国五亿三千二百四十万磅。其他各国,莫不有债。即以英国而论,岁出利息二千四百二十七万磅,岁入租税七千一百四十五万磅,计十一年全额乃能偿清。当时全国户口三千八十万人,每人分计负债有一百一十余元之多云。

世人皆谓西戎乐战,穷兵黩武,惟意所欲,盖由于府帑之充溢,金谷之富饶,此其说误矣。既而知其国债之巨,又谬疑府藏空虚,国计窘迫,一若负债累累不可计长久者,抑又非也。泰西诸国必预计一岁出入之款,量出为入,无所蓄积。国家一旦有大兵革、大政事,乃大开议院,议加征重赋。重赋加征之不足,于是议借债。余偿考其故,大概有二:一则内忧外患,纷争迭起,因以师旅,重以饥馑。当全国人民安危之所系,则议借债,此则暂纾目前之急,不得已而为之。如荷兰之叛西班牙、米利坚之拒英吉利是也;一则汽车、铁路、治河、垦田,经始大利,必集巨款,为全国人民公益之所关,则议借债。此则预计后来之利,有所为而为之。如日耳曼之开矿山、俄罗斯之造铁路是也。夫有国家者,既不能如人之一身有恒产,有生计,亦不能竭国家所有而抵偿于人。负债既重,终不能不分其负担于人民,取偿于租税。租税过重,民不能堪,国必随弱。故国债一事,非出于治穷无术,则实不应举。荷兰因负债过巨、横征暴敛以还国债,卒以弱国。虽然,因军事而借,则譬如祖父艰难拮据,为子孙图生业,所负之债己不能偿,而责偿于子孙,为子孙者,自不得辞。由公益而借,则譬如工场田野,荒芜不治,召集农工为之垦辟,即以其垦辟所得之利以养农工,农工亦与分其利。故因一时窘迫,势出于不容已,偶一为之,亦不妨也。泰西政体,君臣上下,休戚相关,富家巨室,知国家借债,所以卫我室家,谋我田庐,而同袍同泽,并力合作之气,一倡百和,未尝不辇金输粟,争先而恐后,则其称贷也不难。逮夫事既平定,出资者岁给余息,尚有微利,与自营生计无异,则其征偿也亦不迫。既为诸国习见之事,又非计日促偿之款,第分其岁入之一二以为子金,则其供息也亦不甚累。又况富商巨室,屡输于公,则下之于上,患难与同,忧乐与共,相维相系之义日益深,而国本日益固。西人每谓社稷可灭,而国不可亡,国债亦居其一端。是故内国之债,虽高如山阜,浩如渊海,西人视之若寻常,不为怪也。

若夫外国之债,则泰西之谈经济者,皆比之螫蛊,动色相戒,即时会方殷、后益极大,犹不敢不周详审重,极之计穷策尽而后举事。盖内国债虽有利有害,楚人失之,楚人得之,其利害系于一国;外国债则利在一时而害贻于他日,且利在邻国,而害中于本邦,但使借债过一千万,则每岁供数十万之息,比之古人和戎岁币犹有甚焉。近者如土耳其,如埃及,皆以负债之故,国库匮乏,岌岌可危,其覆辙可鉴也。而或者西人乃谓弱小之国,利于借债,负债愈重,则所借之大国,虑其损失,必加保护,而国可赖以不亡。嗟夫! 有国家者,设想至此,是所谓自暴自弃,不足有为者矣! 尚足与言哉! 尚足与言哉!

卷十九　食货志五

货　币

　　显宗时始造银钱,式如铜钱,中有孔,无文,外无轮廓,径一寸,重一钱八分。后历十八世二百余年,至文武帝乃造铜钱。元明嗣位之和铜元年,银铜并铸,文曰"和铜开珍"。银钱径八分,重二钱一分强。铜钱径八分,重一钱。帝大炊时,复造金钱,有文曰"开基胜宝"。天平宝字四年铸,径八分,重三钱一分强。同时造铜钱,曰"万年通宝"。径八分,重一钱二分。其后,屡造铜钱,称德帝曰"神功开宝",桓武帝曰"隆平永宝",嵯峨帝曰"富寿神宝",以上皆径八分,重一钱或八分。仁明帝曰"永和昌宝"、曰"长年大宝",清和帝曰"饶益神宝"、曰"贞观永宝",宇多帝曰"宽平大宝",醍醐帝曰"延喜通宝",村上帝曰"乾元大宝"。以上皆径六分,重五六分不等。尔后不复铸钱。当足利氏专政时,屡上表于明,称:"臣国铜钱耗失,公私索然,请赐钱。"诏屡赐之。永乐钱遂通行国中,以铜质纯良,至以一文当古杂钱四,一贯当黄金一两。市民择钱,屡兴讼狱。将军义植尝下令禁恶钱,然犹听用永乐、宣德钱之破毁者,而定其价值。迨庆长中,将军德川秀忠令禁用明钱,以民多争用明钱故也。先是,相模守北条氏康令民专用永乐钱,钱多归关东,至是禁之,行永乐钱二百余年矣。犹用京钱。京

钱,汉古杂钱也。后阳成帝天正年间,尝铸银钱、铜钱,曰"天正通
宝",银钱径七分五厘,重一分五厘;铜钱径八分,重八分五厘。然流传不
多。于时始铸大判金,椭圆,无孔,无轮廓,为日本铸造大判之始。
纵四寸九分五厘,横三寸零五厘,重四十四钱七分,为无名大判金。又有天正
大判、天正菱大判、太阁大判、古大判、大佛大判。其式不一,大概纵在四五寸
间,横在二三寸间,重在四十钱内外,多有花押,或模字,或有十两字。此皆丰
臣秀吉所铸。德川氏以后,有纵三寸余、横一寸余、重二十二钱者,世称为骏
河五两判。纵二寸余、横一寸余、重二钱余者,世称为半两判。纵二寸余、横
一寸余、重四钱余者,世称为天正小判。纵一寸余、横九分余、重二钱,世称为
二分判。其纵横轻重同小判而有花押者,世称为武藏墨判。又有骏河墨判,
其重仅一钱。纵横在一寸间者,称为雏丸桐一分判。径六分、重一钱,为浑圆
形者,称为圆一分判。纵六分、横三分、重一钱余,作长方形者,称为大阪一分
判。又有金钱,铸"永乐通宝"字,如永乐钱式,径八分、重一钱一分。同时
又造银判。有骏河银判,有骏河银五两判,有丁银,世称古丁银。丁银亦椭
圆形,惟首尾略尖,模刻花押及葵花、葵叶。亦有"永乐通宝"、"文禄通宝",
银钱轻重,大概如金判金钱。庆长以后,德川家康为将军时,益铸金银
判。有庆长大判、庆长小判,纵横轻重,同天正时所造。其作长方形者曰庆
长一分金。又有庆长丁银、庆长豆板银。豆板银者,圆如豆,无纹,纵六分,横
五分,重三钱五分。以后所铸,纵横大概在五六分间,其式略同,或加一二文
字而已。又铸"庆长通宝"银钱。后复铸铜钱。后水尾帝曰"元和通
宝"。明正帝、灵元帝时,均曰"宽永通宝"。有径七分、重九分者,有
径八分、重九分者。当德川秉政,岁入常不足,遇国库匮乏,则改铸金
银判,减其分量,杂以伪质,以资周转。元禄、宝永年间,德川纲吉为
将军。改铸金银,元禄时所造有元禄大判、元禄小判、元禄一分金、元禄丁
银、元禄豆板银、元禄二朱金。二朱金,纵四分、横二分余、重五分余,表有文
曰"二朱",里有花押。宝永时所造,有宝字丁银、宝字豆板银。及德川家宣嗣

位,又改铸。在宝永时,有永字丁银、永字豆板银、三宝丁银、三宝豆板银、乾字小判金、乾字一分金。在政德后,有四宝丁银、四宝豆板银、武藏小判、武藏一分金。德川吉宗又复改造,享保年间所造,有享保小判、享保一分金、享保丁银、享保豆板银、享保大判。元文间所造,有元文小判、元文一分金、元文丁银,元文豆板银。称名同者,纵横轻重,略如古式。德川家治执政,别造长方形五钱银、有轮廓,表文曰"银五钱",里文曰"常是",世称明和五钱银,纵一寸五分、横七分、重五钱。南镣银,表文曰"以南镣八片,换小判一两",里文曰"银座常是",纵八分五厘,横五分,重二钱七分。又铸铁钱。文仍曰"宽永通宝"。及德川家齐主政之末年,海防事起,国计益窘,因又改造金银判,文政中所造,有文政小判,真字二分判、文政一分金、文字丁银、文字豆板银、文政南镣银、文政一朱金、草文二分金。逮天保初年,有天保大判、天保五两判、天保二朱金、天保小判、天保一分判、天保一分银、天保丁银、天保豆板银。并造天保当百大钱以充用。椭圆形,有孔,有轮廓,表曰"天保通宝",里曰"当百",纵一寸六分、横一寸、重五钱五分。现今通行,值宽永钱八文,犹不值新铜货一钱也。嘉永以后,美使劫盟,征调纷起,益以繁费,于是将军家定又改造货币。有嘉永一朱银、安政二分金、安政大形二朱银、安政小判金、安政一分金、安政一分银、安政丁银、安政豆板银。家茂继之,有万延大判、万延小判、万延一分金、万延二分金、万延二朱金。以上所铸金银货,明治七年,由太政官布告,因其本质以定价格,有表列后。别铸铁钱。仍曰"宽永通宝"。又有文久钱。质益粗劣。元治、庆应间,将造纸币,时小栗上总介力阻其事,卒不果行,而幕府亦亡矣。

王政维新,特于大坂设造币局,于明治四年始金银铜三货并铸。特以英人麻汝留钦茶为首长,监督其事。既成,颁发新货条例,命上下通用。又定与新旧金银外国货币交换之制,凡民人所藏金银块,及摩损烧毁愿铸新货者，许为代铸。一仿外国之式，其称谓从元数起，由一元，而二元、三元，至于千万亿，皆以元计。一元百分之一为一钱，千分之一为一厘。自厘以下，不复铸造。其计算之法，则继之以毫、丝、忽、微、纤云。厘十为一钱，钱十为十钱，十钱者十则为一元。金货有值二十元者，重八钱八分余，其质金九铜一，有轮廓，表为升龙伏龙形，周围有文曰"大日本明治三年二十元"，里纹有菊花桐叶交互，树双旒。有值十元者，式皆同上。文曰"十元"，重四钱四分余。有值五元者，式皆同上，文曰"五元"，重二钱二分余，有值二元者，式皆同上，文曰"二元"，重八分有余。有值一元者，重四分余，里式同上，惟表面不作龙形，中有"一元"字，周围曰"大日本明治四年"。银货有值一元者，初于明治四年发行。一元银，表为双龙升降形，周围有文曰"大日本明治三年一元"，里有菊纹桐叶，中作星彩。明治七年复改图画，表曰"大日本明治七年"，附以洋文，里之中心，改铸字曰"一元"。是二种，皆重七钱一分七厘六毫。然比洋银较轻，不便于用。至明治八年又改铸，增重为七钱二分五厘六毫，里作隶书曰"贸易银"。考泰西各国，本国通用货币，必系本国所自铸造者，其他国钱币不许通行，虽轻重相等，而价格较低，此通例也。惟日本开港以后，多用墨西哥、米利坚银钱，所铸新货反不如洋银价高，乃改增为七钱二分有奇，而通商市场犹不能与洋银相等。其散布于香港等处者，明治十三年，香港知事燕臬士来游，外务卿请其布告香港商民，日本银钱一体通用，燕臬士许之。然至今香港所用日本银，价犹略低云。有值五十钱者，值二十钱者，值十钱者，值五钱者。式皆同上。惟一元银，银九铜一，五十钱以下，则皆银八铜二也。铜货有值二钱者，式略同银钱，里有文曰"五十枚换一元"。有值一钱者，式亦相同，里有文曰"以百枚换一元"。有值半钱者，式亦相同，里有文曰"二百枚换一元"。有值一厘者。表作菊纹，里有文曰"一厘"。以上金银铜三货，径寸、重量、性质，有表具于后。自开局铸造至明治十三年，共铸金货五千二百五十万一千二百零八元，银货二千八百六十五万八千九百七十五元，铜货四百八十四万九千七十八元，共值八千六百一十万零六十一元云。

当幕府末造，欲造纸币而未果。明治元年闰四月始造太政官金札。十两、五两、一两、二分、一分、二朱、一朱七种。当时布告谓"以一时权宜，制造金札，限于十三年间通用"，而未定所造之数。二年五月，命将制造纸币器械概行焚毁，以三千二百五十万元为限。旋以太政官金札纸式过大，不便疏通，于民部省别制小札，以交换大札。于时布告亦称以一换一，不得逾原额。然交换之外，旋又增发，共有五千六百三十二万七百零七元。此明治四年查核之数。维新之际，各藩自造纸币，名曰藩札。明治二年十二月，令各藩纸币经旧幕府许造者，速以其数上申，毋得逾限滥制。维新后，所私造不许通行。三年复申前禁。四年七月布告曰："货币者，上下流通，宜定一式。从来诸藩所私制藩札，多寡大小，参差不一。今废藩令下，乃制新札，以换私札。"于是令民交换，其数为二千四百二十万八千八百四十六元。是年，大藏省又制真金兑换证券，以五百五十万元为限。命民人持证券者，得交换新铸货币。十月又布告曰："大坂造币寮方铸新货，然数千万元一时难造，暂制三种十元、五元、一元。纸币，以通用国内，宜与货币同价。有请以纸币换货币者，以旧货币给之。无几，开拓使复援大藏省例，制兑换券二百五十万元。于是合大藏省所造，为数九百三十万元。自金札行世以后，都邑豪富，每结商会以买卖货币，又请于官，许令自发金券，犹银行之银单，钱店之钱票也。三都五港新券之行，累年增多。至明治七年，渐换券为币，金券不复行。共发三百万元。盖政府意欲全国发一式纸币，不复许商人自发金券也。初发纸币，为本国所造纸墨雕刻，未能精好，易于作伪，乃令日耳曼雕刻师制于德国。其式长三寸，广二寸，别制精纸，刻为双龙双凤形，白地蓝绒，中有文曰"金十元"，"金五元"，"金一元"。七年始发行。八年一月，命大政官金札，民部省小札，与新纸币交换，限于是年五月通用。后屡延期，至十二年犹未尽换。命与官札、省札、藩札各种交换，是为新纸币。换札之外，十年，西南之役，又增发二千七百万元。初设银行，以谋减纸币。然其后银行以每岁五分息借纸币于政府，于是又增发银行纸币三千二百三十五万七千四百三十五元。至十二年六月，合计各种纸币为一亿四千八百六十二万七千六百七十八元云。初，太政官之发金札也，命与金货同价，纳租供税，上下通用。然未及数月，金札一元仅值六十六钱，悬为厉禁，而令不行，乃令以金札百二十元换金货百元，租税亦从而增额。由是，物价骤昂，札价愈减。明治二年春，至以金札一元换金货四十五钱。四月，又示禁金货、金札不许二价。无几，札价忽昂，与金货比。盖是时各藩私铸金货，体粗质恶，凡十五六种，多以铜制，或铜质涂金，价不及十分之一。民间以为与其得赝金，不如用纸币，故纸币骤归本价。当维新丧乱之际，各藩争造赝金，充溢廛肆。政府乃下函馆平定以前所造伪货，概置不问之令。三年六月，定伪造宝货律，犯者斩决。然赝金流布既多，虽设法驱禁，于三都五港设厅检验，而不可胜检。因以纸币三十元买赝金百元，限日收清，而赝金乃绝。然当局者亦知其不可恃，将制金货以减金札。二年，令曰："自今冬将铸造新货币，期以五年更换。五年后有未换者，则一年给以五分利。"是时纸币之数，犹未多也。明治三、四年间，大久保利通为大藏卿，以井上馨、涩泽荣一为辅，颇以消减纸币为主义，乃议裁国用冗费，发公债证书，以所发金札改为公债，换予证书，给以利息，盖使人人可收蓄以谋生计，变流通之物为收藏之物，故消减纸币之一方也。创国立银行，银行者，集资为商会,欧洲各国,莫不有之。凡金银兑换、交汇、借贷、寄顿,皆银行司理。国家每总其利权,而稽其出入。盖货财以流通为贵,设银行以资周转,俾之无壅无匮,亦裕国便民之一事也。先是,明治三年,大藏大辅伊藤博文自赴美国讨纸币消减之法归朝,建议以为宜创立银行,井上馨等赞成之。于是颁发《银行条例》,其条例称,银行资本令商人集资为之,资本分为十分,其十分之六为金札,交换公债证书,纳于政府,为抵押物,政府给以纸币,听之通行。其十分之四为真金,储之银行,名预备金。所发纸币,听人便宜,随时交换。盖政府之意增民间银行纸币,则减少国家纸币云。汲汲谋补救。然明治五年,承废藩之后,岁入不足凡七百余万,又增发纸币八百余万。大藏省发兑换证券六百余万,开拓使继之又发证券二百余万。至是年之冬,合之旧藩札已有八千余万矣。六年,遂发公债,设银行。初诏以金札换金货,至是以国库匮乏,卒寝不行。是时布告:"现因政府有事,所发金札未能如约给利,故今改为公债,颁给证书"云。其他大藏省、开拓使所发证券,亦未能换给真金。而所设银行,以公债证书为资本,上下赖以周转。时国立银行仅有四行,如第一国立银行资本金二百五十万元,所发纸币仅一百五十万元而已。时井上馨等上书论理财艰危,卒辞职去,改以大隈重信为大藏事务总裁。然是时纸币、金货尚无二价,加以造币寮所铸金银铜货有六千余万流行于世,人见市场黄白充溢,窃计从此不患匮乏,而不知金银输出积年增多。至七年五六月间,金货渐贵。八年之末益甚,富商储积日有损失,小民生计渐以艰难,而银行以预备真金交换纸币耗折过甚,连署请之政府,乞以纸币为通用。政府不许。及九年六月,金禄公债证书发行,骤增一亿余万于市,乃又改定《银行条例》,改定《银行条例》,凡资本金分为十分,其十分之八为公债证书,纳于政府以易纸币。其十分之二为真金,储之银行为预备金,照纸币发行之数之四分之一,须以真金留蓄,以便民人交换云。先是,银行之纸币价轻,多有亏折,诉之政府。政府不得已,借给纸币,俾之谋利。及《银行条例》改定以后，有第十五银行，乃华族集资为之者，请于政府借给纸币，以每岁五分之息供政府。政府许之。各银行援以为请，由是设银行以减纸币之意，变为设银行而增纸币矣。即以金禄公债为银行资本，意欲使华、士族就恒产，且使国民易以求资，遂不顾纸币增发之患，专以劝立银行为急。而银行陆续递增至百四十余，纸币又增三千余万矣。重以十年鹿儿岛之役，增发纸币二千五百万。至十二年，合共纸币乃至一亿五千余万之多。此数年中，金银输出泛滥无制。大藏省准备金以外，计全国流通真金银，殆不过二千万。十二年时，银价米价相随昂贵，金货一元值纸币一元四十四钱，银货及外国银一元值纸币一元二十五钱，米价一石值纸币七八元。十三年三月腾上益速。银货一元值一元四十二钱至四十六钱，米价一石值八元八十钱至九元五十钱。至四月，银米益昂，纸币势将堕地，人心恟恟，举国危惧。银货值一元五十四钱，米价值十元五十七钱。于是政府出大藏国库所蓄金输之市场，以浅草米廪所储米卖之商贾，以挫折其势，然徒归画饼，卒无大效。是时，贱商垄断，射利居奇，专以银米价为买卖，类于博徒所为。并非买卖银米，第虚指后期，交给定银，预揣价之昂低以谋利。即上海近年所谓买空卖空者。大藏卿乃又请禁以虚价为买卖者，一切停闭，又复无效。无几，遂解禁，既而复禁，旋又罢之。由是，世人咸知物价之昂贵，实由于金银之流出、纸币之滥造矣。而政府乃议增租税，节费用，以销纸币为主，期其效于数十年之后云。

日本之谈经济者，谓维新之初，无暇计利害，制造纸币，乃出于不得不然。其后谋减纸币，志不果遂，而张脉偾兴，暴动轻举，增发过多，贻今日财政之困，不可谓之无过。若论纸币功过，则维持新政，征讨叛徒，整顿海陆军之兵，经营华、士族之产，创电信、铁道、矿山之业，为训农、通商、惠工之益，皆其功之大者也。然于腾贵本国物价,增加外品输入,使国民溺于骄奢、陷于困苦而不自觉,是则其害之大者也。盖国家蒙其益,而小民实受其害云。自十三年后,世人争咎纸币过多,而论商务者乃谓:纸币为一国流行之物,多亦不足为害。苟使裁损减少,反无以资民谋生。今日非纸币过多之害,乃输入过多、金银滥出之害也。其言非不扼要。然则纸币者,实则辅金银而行者也。既不能与金银价离而为二,则今日十仅值三四,明日十仅值五六,纸币无定价,物亦无定价,使全国用纸币者日受耗损,民将何以安其生乎? 是不得不谋所以消减之方矣。

古金银货价格比较表

种类	价值	种类	价值
庆长大判	七十四元七十一钱八六	享保大判	七十四元七十一钱八六
天宝增铸大判	七十四元七十一钱八六	元禄大判	五十九元二十七钱一○
新大判	二十八元二十六钱六八	元禄小判	六元八十六钱五七
庆长小判	十元零六钱四二	武藏小判	一元六钱四二
乾小判	五元十五钱六二	享保小判	十元十一钱五八
元文小判	五元七十五钱八九	文政小判	五元零二钱九二
天保小判	四元三十六钱六二	五两判	十八元七十钱四四
安政小判	三元五十钱五一	安政新小判	一元三十钱四三
庆长一分判	二元五十钱六	元禄一分判	一元七十七钱六四
乾一分判	一元二十八钱九一	享保一分判	二元五十二钱八九
元文一分判	一元四十三钱九七	文政二分	二元五十二钱三六
文政一分判	一元二十五钱七三	文政二分判	二元二十七钱二七
天保一分判	一元零九钱一五	安政一分判	八十七钱六三
安政二分判	九十五钱零三	安政新一分判	三十二钱六一
安政新二分判	五十四钱三二	武藏一分判	二元五十一钱一
元禄二朱判	八十五钱八一	文政一朱金	十六钱零一
古二朱金	三十六钱四五一元零九	安政新二朱金	十三钱六一
安政二朱银	四十钱二六	文政二朱银	二十九钱六七
安政一朱银	十钱三五	古一分银	三十七钱七零
壹朱银	七钱四零	壹分银	三十一钱一七
安政二朱银	四十六钱五一	安政大形二朱银	四十六钱五一

新制金银铜三货表

	种类	二十元	十元	五元	二元	一元
金货	种类	二十元	十元	五元	二元	一元
	径	曲尺一寸一分五厘七毛	曲尺九分七厘一毛	曲尺七分八厘七毛	曲尺五分七厘七毛	曲尺四分四厘六毛
	重量	日本八钱八分七厘三毛六	日本四钱四分三厘六毛八	日本二钱二分一厘八毛四	日本八分八厘七毛三六	日本四分四厘三毛六八
		英国五一四克林四一	英国二五七克林二	英国三八克林六	英国五一克林四四	英国二五克林七二
	配合	金九铜一	金九铜一	金九铜一	金九铜一	金九铜一
银货	种类	一元	五十钱	二十钱	十钱	五钱
	径	曲尺一寸二分四厘	曲尺一寸四厘	曲尺七分七厘	曲尺五分八厘	曲尺五分
	重量	日本七钱一分七厘六毛	日本三钱三分二厘九毛二五	日本一钱三分三厘一毛七	日本六分六厘五毛八五	日本三分三厘二毛九二五
		英国四一六克林	英国一九三克林二	英国七七克林二	英国二八克林六	英国一九克林二
	配合	银九铜一	银八铜二	银八铜二	银八铜二	银八铜二
铜货	种类	二钱	一钱	半钱	一厘	
	径	曲尺一寸五厘	曲尺九分	曲尺七分七厘	曲尺五分二厘	
	重量	日本三钱七分九厘五毛	日本一钱八分九厘五毛	日本九分四厘八毛七五	日本二分四厘一毛五	
		英国二二〇克林	英国二〇克林	英国五五克林	英国一四克林	

金银铜货币发行额数表

种类＼年月	发行数				既发合额			
	金货(元)	银货(元)	铜货(元)	合计(元)	金货(元)	银货(元)	铜货(元)	合计(元)
明治四年	一,二六六,九00	二,九六六,二四七		四,二三三,一四七	一,二六六,九00	二,九四六,二四九		四,二一三,一四七
五年	一三,九五0,五七四	四,0七0,七七七		一八,0二一,三五一	一五,二一七,四七四	七,0一七,0二四		三三,二三四,四四九
六年	一九,八三五,七二0	三,八二九,一八五		二三,六六四,九0五	五,八三一,四四0	一0,八四六,二0九		三五,九0九,四四八
七年上半季	三二,0七0,八二0	二,二二二,二二二	一,九五一,三六	五,七七八,六六八	四,三二四,0一五	一二,0四八,五四0	一,九五五,五四0	六0九,六六五,0一七
七年下半季	二,0七0,六六二	一,0五0,00五	二,二五三,五九	三,三四0,七0三	四,三二四,0二五	一三,0四八,五五0	四二二,八四五	六0三,四四,0五五
八年上半季	八,八二四,一一0	八,二八,七0七	五,四四,五三五	一二,二八,三七五	五0,三四0,六九0	一五,0四0,七,二00	九六六,七,四00	六六,二三三,二六二
八年下半季	五,八一七,一0七	七六0,五五	三五七,四二0	二六,三三八,00	五0,三0六,五九0	一五,八0四,七二0	一二,二六,四00	六六,四0,七,二四0
九年上半季	三0七,三三七	一,二三四,五五七	五七四,二四	二0,六三五,二五	六0,六四一,0七	一六,五四二,七一0	一,0五七,四00	六七,0二七,四0一
九年下半季	四四0,八一,一七四	三,0五八,五00	四四0六,二0四	四二,三四0,四0	五0,六0七,0六0	二0,三三九,七一0	一,八八四,四00	六九,四四,一,九六五
十年上半季	六0九,一七九	二,0五八,五八八	六八,一,0二六	三二,四二八,00	五0,七七六,八五0	二0,三一九,七二0	一,三三0,八五九	七三,七七三,一四一
十年下半季	九五0,一七九	一,八四八,六八八	四四,0六,五	三二,三五0,四00	五0,七七六,八五0	二四,二八九,一六0	三,四四0,六三0	七九,五00,四四二
十一年上半季	二,六六六,三0八	一,一四0,三八六	五4二,八八八	一,九五一,三四六	二六,四四0,七二六	二六,四四0,四七三	三,九四四,九九0	八二,一,二九,四六三

年 月 种类	发行数				既发余额			
	金货(元)	银货(元)	铜货(元)	合计(元)	金货(元)	银货(元)	铜货(元)	合计(元)
十一年 七月	一三,五九三	四七,七三	一九,八四八		五二,〇三三,一六四	二六,四八七,三七	三,九四九,四三	八二,四二九,九六三
八月	一〇七,二二〇	六六,五九六	一九,八四八	八,二七二	五二,一〇四,六七七	二六,四九〇五,一〇八	三,九〇四〇,二一	八二,四九一,四二六
九月	五六,四〇〇	一九,六八一	七一,五五五	二四五,七七七	五二,九六九,二三七	二六,五五一,二〇六七	四,〇四〇,八六九	八二,九五三,六六九
十月	五〇,四〇〇	一九,六三四	一二〇,六三四	一九六,七六三四	五二,二三六,二一〇	二六,五五八,五四七	四,一六一,五〇三	八二,九五五,六三五三
十一月	三〇,一二八	三三,四二〇	七七,六二〇	一四一,二四〇	五二,三二四八,五〇五	二六,五六二,一六	四,一六一,五〇三	八二,五五五,六五九
十二月	四〇,三八八	九三,四二四	九一,五三五	一,〇四五,三四四	五二,二八〇,九〇三	二七,五三三八,六六八	四,三三〇,六六二	八四,〇六九,九三三
十二年 一月	二八,五四四	一七,三三六	六一,五三一	二六四,〇二五	五三,三〇九,四二七	二,七七二,〇四九四	四,三九六,〇六二	八四,〇六九,二七四
二月	五七,八〇四	二二,九六〇	七五,二七一	三五六,九三六	五三,三二〇,二三三	二七,九四五五,〇九五	四,四〇七,〇六四	八四,一九二,一二四
三月	五七,四〇五	二二,四〇二	八五,五三七	三五七,六二六	五三,四一四,一四二	二八,一五三,三二	四,五六三,七五四	八四,一二,五五五
四月	二九,八六七	二〇四,八四八	八八,五〇〇	二六八,八六六	五三,四四〇,八五三	二八,二三五,一九〇	四,六四六,〇四六	八四,四二二,八一七
五月	三三,五〇五	一三五,九三五	八二,四四〇六	二七八,五三五	五三,四〇二,〇二八	二八,二九五五,一二	四,七二九,一五二	八四,五五五,三〇六
六月	二〇,一八〇	一四〇六,八四〇	一二〇,三四八	二八六,八二八	五三,五〇一,四五〇	二八,四五五八,四七五	四,八一四九,六六	八六,〇〇六,〇六六

纸币流通数目表

年月＼种类	太政官札 元	民部省札 元	大藏省兑换券 元	开拓使兑换券 元	旧藩札 元	新纸币 元	银行纸币 元	合计 元
明治元年	一四,〇三七,三八九							一四,〇三七,三八九
二年	四七,六三二,二二五	二,〇九〇,八六七						四九,七二三,〇九二
三年	四七,六三二,二二五	六,七八〇,九四〇						五四,四一三,一六五
四年	四四,〇五九,五四〇	七,四八〇,九一九	四,七九〇,〇〇〇					五六,三三〇,七〇七
五年	四四,八八二,二八三	七,四四七,八三三	六,八〇〇,〇〇〇	二,五〇〇,〇〇〇	二四,二〇八,〇四六	九,〇八八,〇四六		九二,九五五,四二二
六年	三八,八八三,七二一	七,四四七,八二三	六,八〇〇,〇〇〇	二,二〇〇,〇〇〇	一九,二三三,四四四	二五,四五五,三二五		九七,六一一,四八二
七年 上半季	二八,三〇七,六二一	六,五三一,二二一	三,四〇六,二二二	八,〇〇二,三九	五,二四二,四〇二	四五,八〇七,二二一	一,三七〇,〇二五	九八,五一一,五五九
七年 下半季	二六,五八七,五〇四	六,三三七,六四六	二,三四〇,五一一	四,二四〇,五一一	四,六五四,〇六一	五四,六五一,一五	八,一二一,七八一	九七,三七七,一〇四
八年 上半季	二一,五五一,二二〇	三,五九五,四〇八	二九,一二九,七九	一,二四四,四七九	二,八三〇,九七七	七六,三〇六,〇七一	四,〇七七,一一	九五,二二一,四四二
八年 下半季	六,二一八,一二〇	三,三二七,八八八	二八,八八八,二八	三,八八八,七〇一	一,一〇〇,四四四	八四,八九三,〇七一	一,二二七,一二六	九六,〇〇〇,九〇六
九年 上半季	三,二三〇,五四一	一,六〇〇,八二一	四,九四四二		七,三七五,三三一	八八,三三五,三一七	一,二二七,一二六	九五,四〇二,七二七
九年 下半季	三,二一〇,二二一	一,五四四〇,一四四四	四,七七二		六,六〇六,五四〇	八八,三三五,三一〇	二,三七七,一九五	九五,四四七,八五八
十年 上半季	三,二〇八〇,五四四四	一,五四四,六六六			六,六〇六,四八	八八,六六八,八八六	一,六四四〇,八四〇	一〇二,七五七,八五七
十年 下半季	三,二〇七〇,一四四八	一,五四一,九,六六六			九,一五〇,二八	八八,四六九,二三一	一〇,〇七一,七,六六	一〇七,〇八一,一七六
十一年 上半季	一,六六七〇,七〇五	八,四四〇六,五四九			九,一五〇,一〇一	二八,三二六,四八一	一六,八八八四,五八一	一三七,七四四,七七九

续表

年/月 种类	太政官札 元	民部省札 元	大藏省兑换券 元	开拓使兑换券 元	旧藩札 元	新纸币 元	银行纸币 元	合计 元
十年 七月	一,三四五,二〇〇	六五八,〇一一				二八,八三一	二〇,七七六,六一一	一四一,六三四,七九四
八月	一,〇七九,八四九	五三五,六九九				二九,二二八一	二二,一八六,九六九	一四二,二二,九一九
九月	六九,六〇七	三五八,七〇三				二九,七五三五	二二,一八六,九六〇	一四三,三九,一五五
十月	六七,三五九	三五九,七七五			九一,五〇一	二九,七九七五	二二,四七二,二〇一	一四四,〇三九,八四六
十一月	六七,四〇三	三五五,七〇三			九一,二一七	二九,七九七五五	二三,二七八,九一九	一四五,〇七,五五
十二月	六七,三九一	三五五,七七一			九一,二一七	二九,八〇〇,四七二	二四,二八,八一	一四六,〇六,三四
十二年 一月	六六,三八八	三五五,七八二			九一,二一七	二九,七八四,七二九	二五,二一,八〇一	一四七,二〇,〇九
二月	六六,一七四	二五五,六五五			九一,二一七	二九,八四〇,四三三	二六,二二,七五五	一四八,三六,七二
三月	六四,一五四	三五五,五五五			九一,二一七	二九,八四〇,四七〇	二七,四七〇二二	一四一,一,二四七
四月	六六,一四九八	三五五,六三九			九一,二一七	二九,八一九,八五六	三〇,八七五,六二一	一五〇,三〇,四八〇
五月	六七,七二一	三五五,六六四			九一,二一七	二九,八九二,七三	三〇,三五一,九三一	一六,二六,八〇〇
六月						二六,一七〇,四四四	三二,三五一,四五五	一四八,六二,七六八

外史氏曰:楮币可以便民,不可以罔利者也。苟使持数寸脆薄之物,使天下之人饥藉以食,寒藉以衣,露处藉以安居,则造之易而贵之轻,天下之至便,无过于此矣;无如其不可。何也? 金也,银也,铜也,是亦寒不可以为襦,饥不可以为粟,穴处不可以为屋,而天下之人奔走而求之,且萃五大部洲嗜欲不通、言语不达之辈,不约而同以此为利,则以布帛菽粟之不可交易,乃择一物之贵而有用者为币以适用,而金银铜实为适宜。若以楮为币,则直以无用为有用,虽以帝王之力,设为金银铜交易之禁,严刑峻法,驱迫使行,而势有所不能。且夫在唐有飞券,在宋有钞引,今银行钱店,罗列于市廛,人亦争出其宝货以易空楮。经商四海者,携尺寸之券,虽在数万里海外,悉操之则获,不异于载宝而往。于是禁飞券、禁钞引,必嚣然以为不便。而欧洲各大国,又有国家公立之银行,富商巨室举其家所有之金银,大者牛车,小者襁负,实输于其中,予一张之纸,则珍宝而藏之。日本初用楮币也,值相等者,价或重于真金,蚩蚩细民,给予钱则拒,给予纸则受,亦安在楮币之无用? 今日不可行者何? 曰以楮币代金银,则可行;指楮币为金银,则不可行也。有金银铜,使楮币相辅而行,则便于民;无金银铜,凭虚而造,漫无限制,吾立见其败矣。挽近以来,物侈用糜,钱之直日轻,钱之数日多,直轻而数多,则其致远也难。成色有好丑,铸造有美恶,权量有轻重。民有交易,奸诡者得上下其手,以肆其诈伪。而金银铜之便用者,又憎其繁重矣。代以楮币,则以轻易重,以简易繁,而人争便之。虽以中人之资,设市易银,纸币尚足以行,况以国家之力,有不趋之若鹜者乎? 诚使国家造金银铜约亿万,则亦造楮币亿万示之于民,明示大信,永不滥造,防其赝则为精美之式,救其杇则为倒钞之法,设为银行以周转之,上下俱便,此经久之利也。

日本自明治四、五、六年，金银铜三货并铸，计值六千余万，当时纸币八千余万。虽其数既浮，民尚利之。既有萨摩之乱，骤加纸币二千六百万，加以银行之增发，公债之充溢，核楮币之数过于真钱几亿万。即使金钱不流出，而增造无艺，浮数过巨，势不得不贱；况又益以输入过多、金银滥出之害乎？前之以一元易金银货一元者，浸假而十一，浸假而十二，至今则十三四乃能易矣。金、元、明之行钞不过百年，及其弊也，钞百贯值钱一文耳，乃至不足偿楮墨之费。美利驾之行纸币，法兰西之行纸币，皆为时不久，值千值万之纸币，至不能谋一醉。今日值十之三四，将来殆不可问也。寻前明及美、法之弊，终至拉杂摧烧，废弃不用，转而用金银。吾稽日本新铸之货，多流出海外，存于国中者，不可问也。全国上下所流通者，纸币已耳。一旦不用，殆将转而易布帛菽粟矣。纸币日贱，物价日昂，贫民之谋生者日难于一日，既有岌岌不可复支之势。然以本国之币购本国之产，自相流转，尚可强无用为有用；购他国之货，则非以货易货不可矣。若或不幸，饥馑洊臻，敌国乘隙，终不能复举无用之楮币以购菽粟，以储枪炮，诚未知其税驾之何所也。《诗》有之曰："譬彼舟流，不知所届。"其今日日本纸币之谓乎？吾将拭目以观其补救之方也。

卷二十　食货志六

商　　务

古无商贾,第以有易无而已。至显宗时,铸造银钱,商业盖权舆于此。自通使大唐,唐物麇聚,特于太宰府设唐物使一官,舶至则遣藏人检查货物,命出纳司辨给价值。其珍异之品,朝廷或以献上皇,以告山陵,而特禁贾估不由官司私相交易者。盖当时所重远方难得之物,不在通商也。修好中绝,宋明之间,偶通商舶,而贸易不盛。又以海寇肆扰,每禁通商。德川氏之初,规模宏远,尝许荷兰、英吉利、葡萄牙、西班牙、吕宋、安南、暹罗互市。外舶至者,辄给以印票,许持票再来。其时坊津、长崎、平户、和泉、界浦,海帆云集,而日本商人亦造巨舶出海。德川氏定为二十家,船名曰“朱印船”。禁教之后,入海者必奉牒而行,又谓之“奉书船”。然卒以天主教倡乱,悉绝互市,并禁造大舶。禁帆用三桅漕船外,不得过五百石,著为永例。外舶抵港,不许上陆,而国民出海,虽遭风难民,归亦处斩。二百余年兢兢墨守,专以锁港为国是。终德川氏之世,惟长崎开港,许中国与和兰通商而已。当时输入之货,绵、糖、绸缎、书具、文籍为多;输出之货,铜为大宗,余则昆布、鳆鱼及铜、漆、杂器耳。而德川氏中叶,屡减舶数,限出入货物值数,故商务日以衰微。事详《邻交志》上、下篇中。盖亚细亚诸国重农而不重商,但恐货物匮乏或无以养人之欲,给人之求,故立之制限,使货不滥出,则价不腾贵,意在保民不在通商。古来政体如此,与今日泰西诸国广兴商务以争利益迥不侔也。及美舰、俄船迭来劫盟,乃订条约,通邻交,以横滨、箱馆、大阪、神户、新潟、夷港、长崎、筑地为通商市场,而海禁大开,国势一变矣。既开互市,外商鳞集,轮船帆船,联翩络绎,东来西往,日本亦颇有出巨资以营商业者。先是,日本旧习,为商贾者仅以一二人私财,权子母以图微利,未有如西人之醵资集钱,以联合力结为商会者。既与西商争利,知私财绵薄,不如集资商会之力之大,由是商人合力,联结会社。然操术不工,往往锐进轻举,不量力,不虑胜,先笑而后咷。明(法)〔治〕七年,小野组既破家,小野为豪商之首。组者谓组合为商,即商会也。岛田组又报倾产,亦豪商。当时二家破产,连累甚广,官库亏损亦及九十六万余元。日本之商势益衰蕭,其经营之业,如蚕卵纸,屡取败屈。蚕卵纸,欧洲中原购以为种,输出甚盛。商人贪得,制日苟且,声价渐轻。政府虑其滥造,特设规则,立制限。商民哗然,谓不便;外国公使亦生异议,政府不得已,于七年解禁,诸国蚕种概供输出,一时万余人聚于横滨,减价争卖,莫不亏本。于是豪商六人,协力出八万余元,购五十余万枚,而摧烧之,乃略复原价。此时失资破产者不知几千百人。或曰此收买之策,乃政府出资,阴遣商人为之云。至十年,又复败失,商法会议局收毁三十余万枚,而卒无效。其他,若三年之豕,五年之兔,八年之蔷薇,十年之万年青,皆以无足重轻之物张脉偾兴,骤起高价,乘机者居为奇货,及价落而物归无用,因而破产者,又比比相踵。明治三年,有豕白腹者,或诧为异物,购而去,俄而出资争购,各以肥腯彭亨为贵。商人贪利,甚至寄电报购之香港、广东。蔷薇、万年青,因一二华族购而玩赏,效尤竞起,一花一叶竟费中人之产,犹不能得其殊异者。兔为日本所无,外商乘机谋利,乃至每头值数百金。商民之愚昧者,倾家购取,以侥倖一时之利。既而价落,破产者殊众,且有人自杀云。西商有以银米物价限期为买卖者,其法实类于博簺。日本自结商会,争效此风,颇有朝猗顿而夕黔娄者。譬如米价每石值五元,则悬期订约,购米万石或十万石。既至期,而米价值六元,则每石得利一元,十万石得十万元矣;或每石值四元,则每石损一元,十万石损十万元矣。第指其虚价,预揣低昂,以决胜负,而米仍积于仓廪,未尝买卖也。其他若油,若豆,若金,若银,无不如是。此风盛行,豪富有大力者,间或联集巨赀,尽举市场之米概行收买,而自定其价,以博厚利。与之斗力者,复出他策,以决胜败。市价无定,往往一市哄动云。而各商会树党相争,又每每操同室之戈,使外商得渔人之利,以故利权尽归于外商,日本十不及一,政府颇厌苦之。其后豪商有识者,乃集合众商,开商法会议所,设商法学校,以振兴商务。至十三年,因卖丝事与外商争,始稍稍有效,尔后当能恢复商业欤? 蚕卵纸耗损以后,日本学制红茶,又因滥制争卖,而不得利。输出之货,丝最为大宗。商人又虑其败也,乃联合众丝商,结一生丝转运局,凡外商买丝必至此局,拣式样,定价值,乃许发卖;日本丝商不得自与外商私相交易。自设局后,外商嚣然不愿,请于公使。公使商之外务。外务辞以此商人之事,非吾辈所得干预。外商乃停止买卖。相持数月,卒以欧洲丝价甚昂,外商乃不得已而从其章程。盖内商与外商争权,此为第一次云。而政府自通商以来,力以殖物产;兴商务,为人民提倡。既广开官工场,属内务省者有千住制绒所、爱知纺绩所、广岛纺绩所、砂糖制造所;属大藏省者有造币局、印刷局;属海军省者有横须贺造船所、唐津石炭所;属工部省者有佐渡、生野、阿仁、院内、三池之矿山,有赤羽、深川、兵库、长崎之工厂;属开拓使者有水车器械制造所、木工所、炼铁所、面粉制造所、麦酒酿造所、葡萄酒酿造所、鱼油制造所、燧木制造所、昆布精制所、鱼粕制造所、罐鱼制造所,招集群工,日事兴作。复举国家所有轮舶付之三菱会社,岁给资金,使争内外航海之利。生蕃之役,购以载兵役、运军器者共十三艘。事平,属于大藏省,改为商船,以谋海运,命三菱会社代司其事。八年七月,改隶内务省。九月,尽举诸舶付之三菱,且每年由政府给金二十五万元以资助之。考泰西各国,商民创建轮船、铁路,国家有以官船给之者,有以官地付之者,有岁出官金以资助之者,有借给经费免收利息以助之转运者,甚有与商人订约,岁得四分五分利,苟经营不足此数,筹款以弥补之者。盖轮船、铁路为一国公益所关,国家遇有军务、赈务,既便征调,尤便运输,且民间重滞难运之物,若煤,若铁,寻常人力不便营运者,苟轮船能通,铁路能到,不难变废弃之物而为货财,化穷僻之乡而为富庶,非独利商,实则裕国。又况各国皆有,而我国独无,则利权尽为外人占据。但使创立一轮船商会,无论其得利与否,此商会中有十余艘轮船,每岁所得转运之资及一百万,则此一百万金仍归于吾民,不至为外人夺去,国家安得不设法保护之乎?凡创办之事,根本甫立,外人争揽利权者,又往往倾资以争竞,设策以摇撼,故得利甚难。国家出资助之,亦势之不得不然者也。三菱会社既设,即于是年购美国船四艘,以分走上海。旋又与英国彼阿会社争日本沿海之利,英船卒让之独行十年。鹿儿岛之乱,尽举轮帆诸船以供国家调兵运粮,国家亦赖其利,盖办理已有成效矣。以官工所开炭山付之长崎商社,以劝民人开矿之业。复于劝农局、商务局拣派官吏往中西各国考求种殖之法、孳养之方、制造之事,归以教人。于直隶购羊千头,于纽约购马数十匹,于欧洲诸国购葡萄、木棉、烟草及其他奇花异卉,开农场,设学校,日讨国人,教以务财、训农、通商、惠工诸事。又设共进会,若绵,若丝,若茶,若糖,各令商人出品,每物不下千余种,分别其精粗优劣,上者给以龙纹赏牌,次凤纹赏牌,次花纹赏牌,又次给以褒赏之章,以内务卿监临其事,拔其尤者以劝众人。明治十年,又开内国劝业博览会,萃全国物产,工作比较而赏拔之,则国皇与后均亲临会场,以示盛典。而米利坚费里地费亚百年大会、澳地利维也纳之万国博览会、佛兰西巴黎斯之大会,皆特命卿辅总裁其事,俾督率商人赍物以往,得褒赏者,归而夸示以为荣。米国百年大会，初命内务卿大久保利通为总裁。继改命陆军中将西乡从道。澳国大会，特命议官佐野常民，皆令亲赴会场，归，上其事于政府。法国大会，亦命内务卿伊藤博文为总裁。复于中国之上海、天津、厦门，英之伦敦、新驾波，法之马耳塞，俄之华地云士铎，美之纽约、桑佛兰须斯果，分设领事，命以时呈报商务。而政府以本国制造物，如绵织物、丝织物、丝绵交织物、衣服、陶器、磁器、七宝器、漆器、竹器、铜器、镶器、纸扇子、团扇，于十二年布告一概免税，许之输出。凡有可以拓商业、揽利权之法，皆依仿采择，一一举行。

　　然而通商十余年，惟明治元年及九年输出多于输入，其他则输入过于输出者，为数甚多也。盖自维新以前，各藩学习西洋兵法，以戎衣劲服从事，遂以洋服为便，稍有摹拟者。德川末代将军，曾著洋服，人争诽谤。外交渐开，既势力自审不敌，遂艳羡其事事物物无不尽美。明治三四年间，各藩士多用洋服、脱刀剑者。其时东西衣服并用，奇装异饰，招摇过市，外人颇为嗤笑。三年，令士民散发脱刀，一任其便。于时地方官谕令人民，或以散发有益于养生为言，或设不遵断发之令，甚有令结发课重税者，于是士民之头发靡然一变云。未几，国皇断发，皇后亦废弃薙眉涅齿旧习。逮明治五年，制定文武官礼服，一用洋式，而服色一变矣。房屋旧皆以木制，幕府之末，惟一延寮馆筑之以石，盖亦以馆宾者。既而，官厅、学校、工场，皆效西式，层楼杰阁，穹窿壮丽，惊人耳目。五年，东京火灾，政府命于京桥、新桥间，创造市街，墙砖屋瓦，一依西俗，特借给经费以助成之，而居处又稍变矣。上行下效，靡然从风，为官吏者限于礼制，无论也。豪富大贾、故家世族、学士文人，亦头戴毡笠，足踹皮靴，手执鞭杖，鼻撑眼镜，若人而居家，不以巴黎斯之葡萄酒，古巴之淡巴菰饷客，辄若有惭色。而巨室大家，更且墙被文绣，地铺罽毹矣。

即下至穷乡陋邑，小户下民，偶有余蓄，亦购猩红毡为褥，碧琉璃嵌窗，以之耀乡里。以故外物丛集，大而轮船、机器、巨炮、利枪，小而毡冠、革履、手拭、襟饰、连樯累舳，日新而月异。外商之工于谋利者，又且以英美之物效日本之制，输入之物，每年累加，设关以来，浮于输出者，遂不下亿万矣。输出入货值，既不足相抵，金银日益滥出。自安政五年横滨开港，迄于明治四年，凡十三年间，溢出金银，大约及八千万元。

通商之始，未谙外情，所订条约，以货币互换为言，政府乃定以洋银一枚三分之一换金一两之制。外商不劳而获厚利，百方交换，其时流出者，盖不知凡几。美国条约云："外国货币与日本货币种类同，轻重同，许其通用，听两国人民互相交换。"又云："日本人民未习用外国货币，开港之后，凡一年间，官于各港设经理所，所有日本货币，应听米利坚人求请，照价交换。"英、佛、俄、兰诸约皆同。而政府是时未知外国货币价格也，乃定以洋银一枚三分之一换金一两之制。外商以兑换之间骤得美利，日夕持银责官吏互换，官吏乃限每日每人许换之数，外商又雇人互换，行之一年而后已。按当时价值，每洋银一元仅值日本金一两十分之七五云。以各税关未经查核，故未悉其确数。然自庆长铸金以后，累世积蓄，倾荡殆尽云。明治五年以后，税关始稽金银溢出之数，至十三年，输出过于输入凡六千六百余万，其中有新铸货币五千余万。综计通商至今，为数凡一亿四千余万云。若通商各国输入之货，以英为最多；输出之货，以美为最多。其与中国通商，则近岁输出入之数，各在四五百万元间，不甚悬殊也。

金银输出入比较表

年 \ 类别	金银输出额 千元	金银输入额 千元	金银输出超过 千元	金银输入超过
明治五年	四,五二四	三,六九一	八三二	
六年	五,一二六	三,〇八〇	二,〇四五	
七年	一三,九九五	一,〇七一	一二,九二三	
八年	一四,七一五	三三五	一四,三八〇	
九年	一〇,六九七	八,二七一	二,四二五	
十年	九,四六六八	二,一八〇	七,二八八	
十一年	八,四四八	二,一八九	六,二五六	
十二年	一三,二三五	三,一三五	九,九九九	
十三年	一三,七六〇	三,六三九	一〇,一二〇	
总计	九三,九〇八	二七,五五五	六六,三二一	

新货币输出入超过表

年＼类别	金货过出	金货过入	银货过出	银货过入	金银货过出	金银货过入
	千元	千元	千元	千元	千元	
明治五年	一，三七七		三一八		一，六九五	
六年	一，九七七		一八		一，九九五	
七年	七，五九六		九三〇		八，五二六	
八年	八，三〇四		八二五		九，一三〇	
九年	三，二四七			九八	三，一四九	
十年	四，七八九		一，四八五		六，二七四	
十一年	三，〇一七		一，二八〇		四，二九八	
十二年	三，八二九		三，七二四		七，五五四	
十三年	五，二九〇		四，七六四		一〇，〇五四	
总计	三八，一九五		一二，九五四		五一，一五〇	

旧货币输出入超过表

年＼类别	金货过出	金货过入	银货过出	银货过入	金银货过出	金银货过入
	千元		千元		千元	
明治五年	一,五四二		一,七五八		四,三〇〇	
六年	六〇〇		一,〇六五		一,六六六	
七年	五二八		一,五三一		二,〇五九	
八年	一,七五八		一,四七七		三,二三六	
九年	八九〇		二八九		一,一八〇	
十年	八八九		四九九		一,三八九	
十一年	一,一三三		五〇七		一,六四〇	
十二年	二五〇		二四四		四九五	
十三年	一八		一八九		二〇八	
总计	八,六一二		七,五六四		一六,一七七	

外国货币及金银块输出入超过表

年＼类别	金过出 千元	金过入 千元	银过出	银过入 千元	金银过出 千元	金银过入 千元
明治五年				三,六七五		三,六七五
六年		一,九七七	三五八			一,六一九
七年	五一三	一	二,三三八		二,三三七	
八年	一,〇一二		一,四八四		一,九九八	
九年	三八〇			二,九三三		一,九二〇
十年				七七七		三九七
十一年	四五〇	六二		二五〇	二〇〇	
十二年			一,六五六		一,五七二	
十三年	五五八		二一八		七七六	
总计	八七四			一,五八〇		七〇八

海关输出入总计各年比较表

年　　别	输　出（千元）	输　入（千元）	输出超过（千元）	输入超过（千元）
明治元年	一五,五五三	一〇,六九三	四,八六〇	
二年	一二,九〇八	二〇,七八三		七,八七四
三年	一四,五四三	三三,六八一		一九,一九八
四年	一七,九六八	二一,九一六		三,九四八
五年	一七,〇二六	二六,一七四		九,一四八
六年	二一,一四二	二七,六一七		六,四七五
七年	一八,七八〇	二二,九二四		四,一四四
八年	一七,九六七	二九,三三二		一一,三六四
九年	二七,二二五	三三,四七八	三,七四六	
十年	二三,九七六	二七,〇六二		四,〇八六
十一年	二五,五二四	三二,五六三		七,〇三九
十二年	二七,三八八	三三,〇〇八		五,一一九
十三年	二七,四一三	三六,一七八		八,七七四

五万元以上输出品

单位：千斤、千元

类别 / 年	米 斤量	米 元价	麦 斤量	麦 元价	粉 斤量	粉 元价	海 斤量	菜 元价
明治元年							二四七	六一一
二年							二二一	六六
三年							二七二	九八
四年							二八三	一〇八
五年							三三三	七八
六年		五三八	二，三六三	五一	一九	二	三六四	一〇二
七年	一四，〇七九	三二二		九六			五五六	一三四
八年		一八		〇	〇	〇	七七六	二〇一
九年	四六，九五〇	八一〇	五	一四八	五四九	七	一，一七	三〇三
十年	一〇四，二二〇	二，二六九	九，二三〇	八七三	八九	三一	一，二二〇	二四〇
十一年	一九九，〇四二	四，六四四	四九六	一二三	二，六二六	六五	一，二三九	二二七
十二年	一三，五九七	四一六	五，八八四	一二三	四九二	一四	一，六六九	二六九
十三年								

续表

类别＼年	茸类 斤量	茸类 元价	茶 斤量	茶 元价	番茶 斤量	番茶 元价	粉茶 斤量	粉茶 元价
明治元年	三六四	一六	七,四三九	三,三四四	一,九五一	二二	七二五	二四
二年	三四五	一四一	六,四二四	一,九五四	二,〇一六	一四四	一五四	四
三年	四四六	一五五	一〇,八一六	四,四三一	一,〇三八	六八	四五九	一一
四年	四九二	一四七	一二,七二一	六,六二一	九九五	三九	三四一	一〇
五年	五一九	一〇六	一一,七三九	四,一二四	一,五〇七	九二	四八一	九
六年	五一九	一五三	一二,〇八六	四,五六一	八五〇	八八	四〇二	八
七年	五二五	二五	一七,八六二	七,四九五	九〇四	四九	三六二	九
八年	六二五	二五五	一九,二六九	六,七四〇	一,八八	八八	八二一	二八
九年	八五一	三二九	一七,七三三	五,三三〇	一,〇七五	五九	一,四〇六	四四
十年	八七八	三二六	一七,八八二	四,二八八	五九五	一八	二,二四二	六七
十一年	七八六	二五六	一九,五三四	四,二〇九	三一四	一一	一,九〇八	六一
十二年	八四八	二四五	二五,八三八	七,三五一	五五八	二一	二,二〇五	七一
十三年								

续表

类别＼年	烟 斤（量）	叶 元（价）	干鲍 斤（量）	干鲍 元（价）	鳎 斤（量）	鳎 元（价）	煎海鼠 斤（量）	煎海鼠 元（价）
明治元年	二○七	一○	二一○	六四	六四二	一二五	一五三	五四
二年	四,二一○	二八	三二三	一○三	八五二	一七三	二七四	一一
三年	六,四一六	四六	三六八	一一○	一,一一三	一九五	二六九	一二
四年	一,二六三	九六	四五五	一二五	一,○三九	二○四	二四八	九七
五年	三,五○○	二四六	三九○	九三	一,七七二	二八七	三三六	一四四
六年	二,六一六	二七二	五六四	一四四	一,六三五	二八一	四八二	二三
七年	二,九四六	二七二	七四一	一九○	二,六五○	三八三	五二一	一八
八年	二,四五六	一八四	六二三	一六九	一,七六七	二四○	三六五	一五
九年	九,二一六	七九	六八一	一九四	二,四二四	三三三	五二五	一九
十年	三,一○六	二八九	五六○	一七○	二,四五八	四一四	五二五	一六
十一年	九,九七七	一○六	九○三	二七九	二,五七五	三七九	四八九	一五
十二年	一,四一四	一四○	一,○一七	二八九	三,○六八	五五三	四五九	一六
十三年								

续表

类别 / 年	大板昆布 斤量	大板昆布 元价	刻丝昆布 斤量	刻丝昆布 元价	禽兽类 斤量	禽兽类 元价	鲦 斤量	鳍 元价
明治元年	七,九三八	一六三	一,二四四	五〇		〇	四五	一一
二年	二,八四二	四五四	二,一一二	一二一	三二	五二	七九	一七
三年	一,七八	四一五	二,〇九〇	八九		〇	七六	二四
四年	一五,〇一三	四七二	二,一七三	八八		四	五五	一七
五年	一三,三九五	二九六	二,五四二	一一七		一	六二	二〇
六年	二三,〇八八	三九七	四,七五六	一三九		一	一〇四	三〇
七年	一九,六七七	二五九	一,四六三	三五七		三二	一〇三	二九
八年	一四,五三一	二八四	一,八六六	五七		二	九七	二七
九年	一九,九一六	三九七	二,二六二	七三		〇	一二七	三九
十年	一六,七六二	三三九	二,四〇三	七六		〇	一一七	三四
十一年	一二,三七九	四七九	三,二五一	一〇五		一	一〇八	三三
十二年	二五,七三七	六六六	三,九五一	一二八		一	一五九	五一

类别／年	鲍 斤（量）	贝 元（价）	干 斤（量）	贝 元（价）	铜并溃铜 斤（量）	元（价）	丁 斤（量）	铜 元（价）
明治元年	一五		四八	九	一○九	一九		
二年	六一		五六	五	六○三	一二○		
三年	四七八	四		四	五五○	一○六		
四年	一二○	四	四○○	三六	四,三八四	六二		
五年	三三七	二	四六	五六	五,七○○	九○二	一,○九七	二○一
六年	二八一	三	二九四	六	一八二	六	一,五八一	三○七
七年	四五○	八	一八六	三二	三,○四六	四八一	七	一
八年	五四○	一	一二八	二九	一四三八	三○四	二,二三三	五四
九年	三三○	八	一三六	二八	四六八	一○三	一,八二	三九
十年	四五四	七	二五一	一五	五○四	九四	一,六六八	三三八
十一年	七九一	三七	一八一	二八	三五六	五七	三,○四六	五六三
十二年	一,○六九	八五		一一	一二七	三三	二,二九四	四三六

续表

类别＼年	铜线并铜板 斤量	铜线并铜板 元价	铁 斤量	铁 元价	铜 斤量	铜 元价	溃 斤量	溃 元价	錯 斤量	錯 元价
明治元年		五二	五二	八						
二年						〇	四			
三年		七三	一八七	二八	一〇	五	七〇	五		〇
四年		一〇七	二五二	三七	二一	一一			二一	一七
五年	四九	一一		九六			八三一	一〇三		一四四
六年	一二五	四九	一,四四六	二二二	四九		三三三	三九	一,〇五四	一七五
七年		二四	九九一	一七			一〇〇	一一	四四五	八〇
八年	二八		四〇二	八〇						
九年	七九	六	六六九	一二三						
十年	九五	一六	九二一	一六四						
十一年		一八	一,一六六	三〇六						
十二年	四九四	八二	一,七四四	三七八						

黄遵宪集

类别＼年	铅		石炭		蚕卵纸		屑蛹	
	斤量	元价	斤量	元价	枚	元价	斤量	元价
明治元年	六八八	三五	二七,七六九	八四	一,八八六	三,七一二	一〇	二一
二年	二一	〇	五五,八〇五	一八二	一,三三七	二,五〇〇	一三	四〇
三年	四	〇	九四,〇九二	二九二	一,三九七	二,五六六	一一	二一
四年			一〇七,一七四	三二四	一,四〇〇	一,二八五	一四	一四
五年	五六一	二八	四六,〇一三	一八〇	一,二八七	二,二四七		
六年	一,六二二	九二	一二二,二九四	六二八	一,四一〇	三,〇六三	三一	一〇
七年	二二二	一〇	一九七,五六七	五五五	一,三三三	七三二	二二	五〇
八年	五	〇	三二二,一五一	一,〇一〇	七二七	四七四	二九	六〇
九年					一,〇一八	一,九〇二	一五二	五五
十年			二七一,〇六五	七七六	一,一七六	三,四四六	七	二二
十一年			三四三,一四一	七三五	八八七	一,六六五	一二	三三
十二年			三二八,九四六	七七七	八一三	一,五八二	六九	二一

续表

类别／年	壳 量（斤）	蛹 元价	生系 量（斤）	生系 元价	玉 量（斤）	玉系 元价	熨斗系 量（斤）	熨斗系 元价
明治元年	一五六	七八	一二三	六,二五三	八四	一七一	六二	六一
二年	一八八	一二四	七二六	五,七一〇	〇	一	九三	九八
三年	一二八	六四	六八三	四,二七八	三	九	七四	八二
四年	三八二	一九二	一,三二三	八,〇〇四	五	一五	一五一	一二七
五年	四四四	二五六	八九五	五,二〇五	一五	三三	二五七	二〇五
六年	三四三	二四五	一,二〇二	七,二〇五			一三五	二七
七年	三七二	二四一	九七九	五,三〇二	〇	〇	九六	八五
八年	三五一	二四一	一,一八一	五,四二四			一二二	一二八
九年	三八四九	四六二	一,八九四	三,一九四	一	三	一五三	三三八
十年	三四〇八	三五六	一,七二三	九,六三六	三	三	九〇	八七
十一年	二七二	二二三	一,四五一	七,八八九	二	四	二二四	二五四
十二年	四五七	四三七	一,六三七	九,七三四			四六六五	五七八

黄遵宪集

类别\年	肩 斤量	系 元价	真 斤量	绵 元价	樟 斤量	脑 元价	牡丹皮 斤量	元价
明治元年	一二九	一九	三二	六五	四六八	七七	九三	二〇
二年	一一一	四八	七九	一四一	六八九	一一五	一〇一	二四
三年	一〇三	四四	一〇二	一九七	一,五六〇	三三五	三三九	二〇七
四年	二二三	六三	四八	二二七	九一〇	一二九	一九五	四一
五年	三五一	八八	一一	一六六	六三七	八八	一八二	二〇
六年	二四四	八三	八五	一七九	四四五	六八	二〇八	一七
七年	三六〇	一〇七	七七	一二一	一,一二三	一五五	二九八	一五
八年	三〇〇	一二二	三五	六二一	一,一〇七	三八	一八八	一〇
九年	五九一	三二七	五八	一一	一,二六三	一七四	一六八	六
十年	五二三	一七四	九〇	一六八	一,五六七	三三八	一五二	五
十一年	八二八	三四四	四二	七四	二,〇〇四	三三三	三三四	五
十二年	一,〇二六	六四七	一一	一八五	二,五〇四	四五五	一七七	九

续表

类别 ＼ 年	人 斤量	参 元价	药 斤量	种 元价	碗 斤量	酸 元价	漆	器 元价
明治元年			七三〇	一二一				一七
二年	一三	八八	四一三	一一				一
三年	一三	六七	六三〇	三四				四三
四年	八九	七五						六〇
五年	六五	九九						八八
六年	七六	一三八	六〇二	三四				一五九
七年	一四一	二二一	三五九	二一				一三三
八年	一一八	一六七	七四〇	二八	三〇	一		一六七
九年	一六五	一八二	七四〇七	二四	六五二	三五		一一六
十年	二八二	一九七	二八七	一一	一一,一五四	七四		一八五
十一年	五三五	一九六	三三五	一九	一一,一九九	八六		一四八
十二年	五〇七	一八八	六四三	一七	一,七〇八	一〇〇		二二七

续表

类别＼年	陶器 箱	陶器 元价	厨子 数	厨子 元价	杂物 元价	木量 斤	蜡 元价
明治元年	一,七〇二	三三				一,三七三	三〇八
二年	七一六	四	一二	〇		五〇二	九三
三年		二六				四四八	一〇二
四年	二,〇〇四	一三三	二一			九三二	二〇七
五年		四五		一九	六六	一,七九〇	二七七
六年		二六	二,五五八	四九	七三	二,五四〇	四二四
七年		一〇八	一,三八一	九〇		一,八九二	二二七
八年		一二		一一		二,〇八二	一八八
九年		七三		一三		二,一三八	一八八
十年		一二〇	九,二九五	一三五		一,四四一	一六二
十一年		一六九	七,四一九	一五四		七〇二	九九
十二年		二五七		二三九		一,九六五	三二九

续表

类别 年	下品纸		材	木	板	
	斤　量	元　价	数	元　价	数	元　价
明治元年	二七七	三九		三六		
二年	二〇〇	一五		四三		
三年	二八九	二六		三五		
四年	一七八	二二		二六		
五年	二六八	五〇	二四	六		四七
六年	二三五	五五		一〇	一、一六〇	六〇
七年	二五七	三九		四七	〇	〇
八年	二二六	四〇		六三		
九年	二三四	四一		九五		
十年	一九八	二七		三〇		
十一年	二三八	三六		一二		
十二年	一二三	二〇		九五		
十三年						

十万元以上输入品

单位：千斤，千元

类别 / 年	米 斤量	米 元价	豆 斤量	豆 元价	麦 斤量	粉 元价	洋 打辰	酒 元价
明治元年	二〇,九七七	四三五	八,六三一	一五二	五〇四	三二		一六七
二年	一六二,〇七一	四,四三一	四四,九八五	九一一	一二,九二三	一二七		二〇二
三年	五三七,七一〇	一四,五九八	四七,〇五七	一,一三〇	二,六三三	一二一		二七七
四年	四一,九五〇	一,二六〇	九,九〇三	二二一	一,八七五	七九		二七〇
五年				〇				二九二
六年	一,九〇九	二九	三,〇三〇	三八	一,〇八〇	四四		一四六
七年	一,一七五	二四	八,一六〇	一三	九七五	四二		四三
八年	一,〇一八	二二	五,七六五	一二七	一,二八三	四八		三七
九年	二八		四,九六九	一〇一	二,二三五	五三		二二
十年	一一	〇	五七三	一四	一,〇一五	四八		五八
十一年	三二	〇	九二七	一九三	一,〇八一	四五	一七	三〇
十二年	一二,四九八	二四〇	二五,八八〇	四九五	一,一九二	四四		一九

续表

按,打辰为英国计物之名,每一打辰为十二件。

类别＼年	火酒 打辰	火酒 元价	卷烟草 斤量	卷烟草 元价	食料 元价	赤黑砂糖 斤量	赤黑砂糖 元价
明治元年			一四	四五	五二	一七,〇六一	五,二一九
二年			一八	三五	九〇	二三,五三六	一,〇九〇
三年			二一	三五	八一	五二,七二七	二,三三七
四年			四五	四七	一〇四	五二,一九三	二,一八八
五年				一一	一三五	三三,三〇一	一,一五六
六年	三二	九一	三二	五七	一七六	三七,二九六	一,五九九
七年	七〇	一三八	三六	六六	一四六	四七,〇一九	一,八八八
八年		九四		五一	一四四	六二,三二六	二,五八一
九年	四五	七	二九	四三	一三五	五八,二六七	二,一〇五
十年	四二	六八	二七	四一	一三七	四五,五五二	二,一〇五
十一年	七〇	一一〇	三一	四三	一二五	四一,五八六	二,一一一
十二年		六四	三一	四四	一五四	四九,一七三	二,三七五

续表

年\类别	白砂糖		冰并棒砂糖		熟皮		鳖甲	
	斤量	元价	斤量	元价	斤量	元价	斤量	元价
明治元年	五,四三九八	三四三	五一一	四五	一三四	二一二	三	一〇
二年	六,九二〇	五一九	八二六	一〇三	九四	二〇	一二	三〇
三年	八,八八九二	七〇七	六一一	八二	一一一	二七	七	三七
四年	一〇,七〇七	八二七	六一九	八九	二六五	一〇五	一一	三八
五年	八,二五三九	五一四	六四三	九五				四九
六年	八,二三四〇	五五〇	九一〇	一一四		六九	九	五一
七年	九,一四七三	六九四	九一一	八九		一六五	一五	七七
八年	一一,四七〇	八二〇	一,〇〇七	九七		三〇二	一四	八六
九年	八,三六八	五七〇	九三六	九一	一,〇二七	二九四	一六	八〇
十年	八,四九九	六七七	八五五	八八	九六四	二五〇	一九	七一
十一年	七,五七八	六三七	一,〇四七	一二〇	八八八	三七七	二一	〇〇
十二年	一〇,七九八	九四八	一,一一四	一二四		三一一	二五	八三

续表

年＼类别	珊瑚		黄铜		熟铁		铅块	
	斤量	元价	斤量	元价	斤量	元价	斤量	元价
明治元年	〇	五	一四	二一	二八〇〇	七五	二,〇〇七	一〇七
二年	〇	一一	六二	一二	五,五三六	三六九	一,九〇九	一三四
三年	〇	一二	六五	一〇	五,八九三	二〇五	七一七	一三〇
四年	二二	四九	九六	一七	六,二五四	五一六	二〇三	一七
五年		二八	七七	一二	七,九八七	三七六		
六年	二二	二五		一八		五〇九		
七年	二二	三七		二一	一五,三八八	六六八	一二一	一
八年	二二	一一		七四	一七,四八四	六四三	三四六	一三三
九年	三三	三四	一二五	二八	一四,五〇六	五〇五	八六八	六三
十年	三三	八五	一二五	一四八	二二,一〇二	六六九	四,一二六	二八七
十一年	四	一一五	六二五	一二五	二八,二九九	八三五	三,三三二	一八七
十二年	四	一〇四	四	〇	二七,九八〇	六九五	二,一一五	一〇四

续表

类别＼年	钢 斤量	钢 元价	石炭 斤量	炭 元价	打伞 辰	骨 元价	铁器	器 价
明治元年	六六	三	六六三	三三				一五
二年	一九九	一三	一一一,八五四	九六				五
三年	九二	四	九,四四〇	二四				三四
四年	五一	三	一五,一一六	一四五				五三
五年	一七六	一九						五一
六年			二一,二五四	二三六		一七		八七
七年			三三,九四三	九九		六		五八〇
八年	六一一	三五	三二,七三三	一四七		四七		二六
九年	一,九五九	二二	六〇,七四〇	一九三	七九	七五		二二
十年	三,四二六	四六	七一,三二三	一五三	二一七	八二		七九
十一年		一三八	七四,〇〇〇	二五七	一六六	二二八		一一〇
十二年		一一	二五	六六四		一七八		六一

续表

年＼类别	马口铁		缫绵		木绵系		原色码	白布
	箱	元价	斤量	元价	斤量	元价		元价
明治元年	〇	一二	二,六二七	四二一	三一,六五八	一,二三九	二四	一,五〇四
二年	一	一〇	三,九三二	一,〇八七	五,九一八	三,四一八	一八,一九七	一,六六六
三年	三	三〇	二,三四四	六二八	八,八六六	四,五二二	三〇,八七八	一,七二七
四年	〇	一	八三三	二〇六	七,九六八	三,五二〇	五五,七四〇	四,三六六
五年		一	四九六	八五	一三,〇三三	五,三三〇		三,一六
六年	三	二〇	二,一七一	二六五	九,五二八	三,四〇〇		三,二四一
七年	三	二四	八,四八一	一,〇九一	一〇,四八八	三,五七三	六三,九四〇	三,五九四
八年	二	二一	二,八二〇	三七一	一三,四九三	四,〇五八		二,四二五
九年	五	二〇	二,三三〇	四五六	一四,六九三	四,一五一	五四,五二二	二,八一一
十年	七	四〇	二,七五二	四一八	一五,〇二五	四,〇八四	三六,四〇六	一,八三五
十一年	一一	六六	二,一〇三	二八七	二七,三九四	七,二〇五	三六,三三三	一,八八一
十二年	二三	一〇〇	八八八	一〇一	一二,五七一	一六,一七九	六六,七六七	三,三五九

续表

类别＼年	染 码	布 元 价	红 码	布 元 价	续 码	布 元 价	印花布 码	印花布 元 价
明治元年	六四一	八四	五六〇	八〇			八六二	七七
二年	九八三	一四四			三〇	三	八二〇	一〇〇
三年	二,五〇九	二五六	二八	三一	三六	四	一,七九六	二〇〇
四年	二〇七	二五九			八八	八	三,六二〇	二一六
五年		三三三			一一四			二〇九
六年	一,四三九	一六八	一,三六九	一三三	八〇六	二六	二,八七四	五四〇
七年	二,一二五	二〇七	一,五五四	一四四	二,九九九	二一	二,一五二〇	一〇四
八年	三,一四〇	二五一	二,〇七五	一八八	八一三	六七	三,七一二	一九五
九年	五七七	一〇二	三,四〇二	三〇五	二,七六八	六八	三,八〇五	二〇七
十年	二,一九一	二〇八	三,五四二	三六七	三,六四九	二一〇	二,六三七	一九六
十一年	二,八三五	二一四	七,五二〇	五三五	一,五二五	二九〇	二,八四七	二八一
十二年	一,四七五	一〇九	九,五八一	六〇七		一一〇	二,六六一	一七九

续表

类别 \ 年	白（码）	纱（元价）	小幅布（码）	小幅布（元价）	缎（码）	缎（元价）	布（码）	布（元价）
明治元年	一五七	一一	二,九二五	二六五	一	〇	一,四五九	二五四
二年	四八	四	一,四二二	一五六	·五	一	五三九	一三五
三年	五二三	四一			〇	〇	九〇六	一四五
四年	八〇四	九八	五五	五			一,三五〇	一七七
五年	一,六九〇	一二九		五				
六年	五六四	一四九	五〇	三	三,五二三	二九四	一,三三三	三一九
七年	一,九九八	四三	二,一三七	一四六	四七五	七四	一,七四四	四〇六
八年	一,八二七	一六二	一,六七九	一一二	一,四八四	二一八	一,九八二	三九三
九年	一,三三四	一四八	一,九一八	一四	一,四〇五	二〇一	四六〇	一〇〇
十年	一,九二七	八〇	二,八三六	一六九	二,一〇六	二七一	六八八	一一一
十一年	一,三三七	一〇九	二,七五二	七二	二,七二二	二九四	二八四	六八
十二年	三,二四五	一七四	二,五三三	一五四	三,二九一	三四六	三二八	五四

续表

类别＼年	绵天 码	鹅绒 价（元）	帆 码	布 价（元）	绵布 码	杂类 价（元）	麻 码	布 价（元）
明治元年	一,〇一〇	二五八	一〇〇	二二			一〇	五
二年	一,二〇六	三七五	七三	二三	二八五	二五	六七	一一
三年	二,三八七	五四八	一〇八	二一	三八一	四六	四	一
四年	六七五	一七五	三一二	六六	二六六	四五	一三	一
五年		三四五		六五		三〇		一二四
六年	三,八八五	八〇三		四六		一七		一〇
七年	一,七九三	四四九		五四		一三		二四
八年		七五二	六三〇	一〇九		一九八	二四八	二八
九年	三,八三三	五九三	七四五	五〇	一,八八四	一六七	三二	八
十年	二,七七七	五六八	四四九	一二五	二,七七五	一四二	八九	七
十一年	三,九九五	七六三		一四二	一,七七六	三四六	一六	四二
十二年	二,六三四	四九〇		八九	一,二二七	九七	六九	一四

续表

类别／年	呢 码	呢 元价	佛兰绒 码	佛兰绒 元价	绒缎 码	绒缎 元价	绒 码	绒 元价
明治元年	一九四	二三五	三九	一〇	二一	七		
二年	四六一	六〇六	一四	五				
三年	四三七	六四六	二八	八				
四年	四三六	八四〇	二〇	八				
五年		三,〇三八		一〇五	七〇	三六六	八四	五一七
六年		一,三三〇		二二四	六六五	一〇九	九二九	一六五
七年		一一二	一〇八	三〇	七三三	七八六		
八年		五三〇		四五			六七一	
九年		五九四	一三三	三三	二二	五	一,五五三	二四四
十年	四〇九	六八四	四五九	一三〇			一,二九七	一九六
十一年	五〇三	七〇二	六二一	一七〇			二,〇八六	二七七
十二年	一五七	二一一	一二六	三四			二,九七四	三六九

续表

类别／年	绒 码	绒 元价	续吴吕 码	续吴吕 元价	英国 码	吴吕 元价	绉吴 码	吕 元价
明治元年	八三一一	一四二			一,三四八	四〇三	三四七	七三三
二年					一,八四五	五四六		
三年					五二五	一五五		
四年					一六七	五五		
五年				九〇		四九	一一	七九一
六年			八	三	一二一	四六	五,〇五三	一,〇七六
七年	二,〇二五	三五八	二二	八	一三三	三四	四,七五二	九八一
八年					二〇五	五六	一〇,一九七	二,三九五
九年			三〇三		五二	一三	一〇,八一九	二,六三三
十年			三八四		九〇	二四	一一,九〇二	二,三七七
十一年			六五三		一〇一	一五	三,六二六	二,六九三
十二年			五二七	一〇三	一三	六	一七,三〇一	三,一二六

按,吴吕为英语,盖以丝织斜纹有花者,如中国线绉而质较薄。

续表

类别＼年	素吴吕 码	素吴吕 元价	羽 码	缎 元价	斤量	毡 元价	羽 码	织 元价
明治元年			一一二	一一	三二八	一七三	四一八	一二七
二年					八三七	五五七	六五六	四七八
三年			一〇六	四二	二二五	九一	一,二二八	六二八
四年			二四	一七	二五一	一一七	三,一九〇	九五二
五年			五八五	一五五	六三六	二七二	三二八	一八二
六年			二〇五	五〇	六七二	四一四		三二一
七年	五七八	一一二				九〇		一九〇
八年	三三	六	七七四	二一四	二四七	三五八	四九八	三一九
九年	二七三	五〇	二,〇九七	一八八	九六六	一二七	三一八	九七
十年	三二七	五二	二,〇五二	四九九	七五八	四六〇	一三四	八一
十一年		六五一	一,五二〇	三三九			二八四	四〇七
十二年			三,〇八九	六五一				四二

黄遵宪集

续表

类别／年	羽绒 码	布杂类 元价	绢 反	缎 元价	绢布 反	布杂类 元价	绒 反	毡 元价
明治元年	四,一七二	九二三	〇	〇	四	一四		三五
二年	二,二三五	六九六			四	三		八四
三年	五,三〇二	一,一二二	〇	二二	一	五		一〇
四年	六,五〇七	一,九二〇	〇	一		五		三八
五年		一,一五五		三三〇		三		四七
六年		三,四九〇		四〇		三八		一六
七年	五,一〇一	一,二八五	四	二九		四二		四八
八年		一,二八一		四八		一三二		三二
九年		四一七	三	五六	一	四〇		
十年	一,六三四	五八一	一	三一	一五	六九		
十一年	三,七五七	八二〇	四	七七	一〇	一四		
十二年	二,〇三七	五七一	三	六八	一一	一七九		

续表

类别 年	帽子		缎布裤		窗硝子		襟卷	
	打辰	元价	打辰	元价	箱	元价	打辰	元价
明治元年		〇	一七	六〇	三	一〇		
二年		三三	三三	一一八	四	一九		
三年		〇	二三	七二	四	一五		
四年		一	一八	七五	六	三二		
五年			三二	一六二	一三	四五二		
六年	六〇	三八	一九八	七六六		一〇三	五二	一五一
七年	四	二八	五八	二〇七		五七	一一	一九
八年		三〇	八	六三		五八	一〇	一九
九年	三	三七	八	三五	三六	一〇〇	一三	九
十年	九	八四	一一	四四	三六	九一	二〇	四八
十一年	一一	一〇一	一三二	五二	三九	一〇一	二三	五二
十二年	四	四六	三二	八	三九	六八	四	八

黄遵宪集

类别／年	茶量 斤	铅 元价	靴并长靴 足	靴并长靴 元价	时辰表 数	时辰表 元价	打辰伞 辰	伞 元价
明治元年		三〇	三三	四九	一	七	〇	三
二年		九四	一八	二三	一	二四	一	四
三年		七九	五二	四八	五	三七	〇	六
四年		四九	一一	一二	二	一二	〇	九
五年				二九六		二六	五四	三八
六年	九七四	八五	一五	一六		一九		四一一
七年		七〇	一六	三三		一二		一七
八年	二〇八	一二六	一一	二五	八七	三三		五〇
九年	一，八二一	一六八		一七	四六	一六	一五	九四
十年	一二四	一〇〇	四	一七	三八	一二七	四	二一
十一年	一，五一七	一二二	三	九	七六	九九	三	二三
十二年	一，八八〇	一三六		八		一八七	一	一九

续表

类别＼年	时辰表 数	时辰表 元价	硝子器并水晶器 元价	洋纸 元价	文具 箱	文具 元价
明治元年		三	一一	〇		七
二年		四	三三	〇		二一
三年		三	一六	九		三一
四年		二九	三二	二四		二四
五年		三八	八〇	四		五八
六年	八	九二	二六	三四	四	一二
七年	一七	一三九	五八	七〇		九二
八年	二〇	一四八	六八	九四		一〇九
九年	二一	一四四	一〇八	五七		一二九
十年	三〇	一九七	四五	一七		七八
十一年	四一	二七三	七〇	二一六		六五
十二年	三一	二〇八	六三	八七		五〇

类别＼年	器械类 元	器械类 价	小铳 元	小铳 价	施条铳 数	施条铳 元	施条铳 价	大炮 数	大炮 元	大炮 价
明治元年		三七								
二年		一七								
三年		四五								
四年		七一								
五年		一八〇		八六						一
六年		三七九		一六						二六
七年		四九二		一〇						九七
八年		五二一		四六六				〇		一六三
九年		三一一		五二						〇
十年		四一三		一五六						八
十一年		三三四			九		一〇三			一三四
十二年		四二九			一		一九			二三

续表

类别 ＼ 年	弹	丸	装	药	火量	火药	蒸气船	
	箱	元价	数	元价	斤	元价	艘	元价
明治元年								
二年								
三年								
四年								
五年				一七		○		
六年	○	○	八四八	三三	○	○		
七年	○	○				九		
八年		九九八		七		一九八		五九九
九年				○		○	二	七一
十年				三三三		三	一一	一二三六
十一年				一五		一三	二	一○○
十二年				四		一九	四	三九

续表

年＼类别	军用品 元价	帆 艘	船 元价	药量 斤	药种 元价	制药 元价
明治元年	一,二七一			三八	八一	一五
二年	六〇〇			八二一	五〇	四四
三年	一一一			八七九	八一	三五
四年	五三			一,一九九	一二〇	九六
五年					一七〇	一三
六年	四				一七五	一六
七年	一九				一二九	一五七
八年	一八	一	七		一一五	二六九
九年		八	六	一,四一三	八二	一五九
十年		七	六八	一,二五七	五二	三五二
十一年		一三	六五	一,九一四	八一	四二六
十二年			一三二	二,一八一	一〇六	三五四

续表

年　＼　类别	红花		染料		朱		石炭油	
	斤量	元价	斤量	元价	斤量	元价	斤量	元价
明治元年	五一	一一二	三一	二〇	一八	一三	一五五	七
二年	九三	六二	六四	三八	二五	一〇三	二八	一
三年	一四	一〇	四〇	五六	三〇	三〇	二五六	二一
四年	一六八	一二四	六五	五〇	三五	四八	七四二	七二
五年	二〇七	一五八		一〇五	三六	四〇		一六〇
六年	一一三	八四	一五五	二〇五	四四	五二	四,八七九	三三〇
七年	二七〇	一八八	一六〇	九二	四八	九〇	六六,二九四	三〇六
八年		二一五	一五九	一三二	八九	一一四	一三,五二九	五七二
九年	二九七	一九〇	二三八	一二五	八八	七二	一四,〇八二	四四四
十年	二八〇	一八二	二三七	一六六	三二	四〇	一三,〇八一	六〇五
十一年	二六五	一六一	三五七	二五二	七六	五二	五二,一〇三	一,八〇三
十二年	二五九	一六九		二〇四	九九	六六	八一,八九八	一,一五八

续表

类别＼年	豆油 量（斤）	豆油 价（元）	油粕 量（斤）	油粕 价（元）	油类 量（斤）	油类 价（元）
明治元年				〇		四八
二年		二八		〇		二五五
三年		九〇八		五〇		一三六
四年				一〇二		一一三
五年			一五五	〇		四六〇四
六年	三、一二五	一五一	一〇七	一		四三
七年	一二六	六二三	三、三〇六	二四		〇
八年	一一	〇	一、二八三	一〇		九
九年		〇	〇	〇		二〇
十年	二九四	一二	三二	〇		一九
十一年	八二二	六五	一、六六五	二五		一一
十二年		一	一、三六〇	一一八		二八

输出入货值国别表一

		英吉利	米合众国	清	佛兰西	东印度及暹罗	日耳曼
输入	六年	一二,一八一,三八六	一,〇三五,八三一	一一,〇六四,八五八	二,五三三,四四六	二二,一一三	三,〇七六,四一二
	七年	一〇,一四九,八八八	一,〇一〇,三三八	八,三三〇,四〇四	一,六八三,七六三	二八,七五三	七〇三,〇七四
	八年上半季	七,一二七,二二六	六,八〇〇,三五六	二,七四〇,五六八	二,一四九,二九六	三,七九〇	五一一,四七一
	八年度	一二,二一〇,五八〇	一,八〇〇,四一八	四,二一四,六〇五	三,三五四,六五五		四九七,五一五
	九年度	一二,二七二,七三五	一,二三六,二一〇	四,九〇〇,九八一	三,一五〇,七四二		四九四,六三五
	十年度	一九,六二六,七〇二	一,一七五,五一九	四,八〇〇,三〇三	三,〇五一,七三六	七〇八,八四七	一,〇三四,三三七
	十一年度	一六,一二五,〇二一	三,四四五,六〇八	四,五二一,九一七	三,二二五,三七七	九九五,八八六	一,〇一六,七〇〇
输出	六年	五,一二二,二二六	四,一二二,六六六	四,七五二,三三一	二,七五九,四九三	七一九	一六,七一八
	七年	三,三三二,六六六	七,四四〇,八四三	三,六五五,〇一〇	一,二三二,二八八		六一,七八一
	八年上半季	八,七七,〇〇一	二,三五四,〇三九	一,二三一,七二二	三,三〇四,九四八	一六,〇〇七	一,〇一九
	八年度	二,五六六,三一〇	六,一八七,三〇七	二,六四一,九四五	七,四〇六,九一四		一六,〇六五
	九年度	七,七七六,五四九	五,四四一,二二一	二,九五八,七四二	五,三三四,五一一		一一,一四三
	十年度	六,〇〇七,八一八	五,六七八,〇二一	五,四一二,七三一	六,三三四,三二一	一,五六九,五五三	五一,三三九
	十一年度	三,四二三,五五七	七,五四一,三三七	五,六九一,三三三	六,〇〇〇,二二八	四三三,八七〇	八四,三六四

续表

	英吉利	米合众国	清	佛兰西	东印度及暹罗	日耳曼
六年	一七,三五0,五三三	五,二六一,九五三	一五,八五八,一七0	六,一五九,二九三	二,八四二	二,二四六,二三六
七年	一三,三八二,五五三	八,四七五,二0二	一二,0一五,四一四	四,0四四,三五九	二八,七五五	七六五,七九二
八年上半季	八,00五,二二七	三,0四九,八二五	四,0五六,二九一	三,二四八,五五五	一九,七九七	五二二,五五一
八年度	一四,七七六,八八一	八,六八七,七四0	六,八五六,五五0	六,六四九,一五三		五一四,七一0
九年度	二0,0三六,三三四	六,六六七,四四七	七,八九五,七二四	一,0六三,六五八		五一六,七九五
十年度	二五,六三五,四二0	七,八五三,四三0	一0,二二七,四三四	八,四0五,三二二	三,二七八,四四0	一,0八六,七三六
十一年度	一九,五六一,五七八	一0,八七一,三三五	一0,二三一,二五0	九,二二五,六六五	一,四二九,六六六	一,一0一,0六四

出入合计

输出入货值国别表二

	年度	伊大利	豪斯多剌利亚	白耳义	瑞士	和兰	鲁西亚
输入	六年	一九,四三八					
	七年			三,三0二	二四,二三五	七三,一八六	六,九五二
	八年上半季	一一,二三八	二,0四七	二,八九二	三六,0五0	一四,二九三	八,二二
	八年度	三三,三九三					
	九年度	四四,一六七					
	十年度	一一九,三六七	五,0八一	一四六,三五一	六六,九八五	三三,四五六	七,三八0
	十一年度	六五,八六0	九三,六四四	一七九,0九0	五六,九三二	五八,一八一	七,八九九
输出	六年	二,二六五,四九0					
	七年	六四七,六五七	一,七0八		三二,六一五	九七,四八二	二,五九九
	八年上半季	一0八,一七二					
	八年度	四七一,六0八		四0	三0	五,二四五	二八,七五三
	九年度	一,六六一,五五0					
	十年度	八0八,一二九	一七八,九三一	一四0	二0一,二五0	八,0五九	四四,一四三
	十一年度	七0三,三二一	一七七,六五0	三五	六八,二七四	五,0六七	五四,三九九

续表

	伊大利	豪斯多利亚	白耳义	瑞士	和兰	鲁西亚
六年	二，二六五，四八0					
七年	六四七，六五七		三，三0二	五六，八五0	一七0，六六八	九，五五一
八年上半季	一九，三一0	三，七五五	二，九三二	三六，0八0	一九，五四四三	二九，五五七五
八年度	五0六，0八二					
九年度	一，七0五，七七二					
十年度	九二，一七二	一八四，0二0	一四六，四九二	八七，三三五	一四0，五一五	四四，一四三
十一年度	七六九，一七二	二七，三三四	七九，一二五	一二六，二0六	一0九，二四八	五四，三九九

出入合计

输出入货值国别表三

	西班牙	祕露	噢地利	瑞典及诺威	土耳格	丁抹
输入 六年						
七年	七七三		一七,四一七			五九,四三三
八年上半季						二,二三二
八年度						
九年度						
十年度	一二,一二三	四六五	一八,四四二	五,五三九	一,四五九	一五,七三三
十一年度	一〇,一八八	八五三	一七,八九五	九,三七三	三,四一〇	二,八八〇
输出 六年			一二,四七六		一〇〇	
七年			七,七四二			一一,八四三
八年上半季						二〇
八年度						
九年度						
十年度	六二,二六四	六,七一六	三一,六六	二七	二二	一,二四
十一年度	三二,九五一	三七,二四五	二二,二四五		四八	九二

续表

	西班牙	泌露	墺地利	瑞典及诺威	土耳格	丁抹
六年						
七年	七七三		二九,八九三		二〇〇	七一,二五六
八年上半季			七,七四二			二,二五二
八年度						
九年度						
十年度	七四,三八七	七,一八一	四〇,一二八	五,五六六	一,六七一	一五,八五六
十一年度	四二,一三九	三七,二四五	二〇,一四〇	九,三七三	三,四五八	二,九七二
出入合计						

输出入货值国别表四

	年	布哇	葡萄牙	英领诸地香港及新嘉坡	其他诸州	计
输入	六年				六五,七三二	二八,九八八,二七七
	七年	三,二二八			一八〇,七四二	二二,三〇五,四〇八
	八年上半季	一,四九七	九七九	一,六〇三,八八四	三四〇,四六四	一五,〇四二,九九八
	八年度			二,三七四,九三四	六〇八,二一九	一五,〇九四,七三九
	九年度				四,四四七,一〇三	一五,一二一,八七五
	十年度		四八五		六三,五三六	三一,九二七,九五六
	十一年度	一,〇一二	二三八		四,九五二	一九,八八一,三四三
输出	六年				二四,二二六	二〇,四九二,五九〇
	七年	一五〇		一,三三二	一三,二二三	一,八二一,四〇九
	八年上半季	五五	四〇	五三〇,三三六	三二,八六	六,五一三,四二四
	八年度				一九,五〇〇	七,三五九,七八八
	九年度			一,三五〇,八九三	六九九,六七六	二七,〇九九,〇〇四
	十年度		八四	一,六二一,二二二	九五,八一八	二六,三三九,一〇三
	十一年度	三八〇			三二,四三一	二四,一二〇,一三九

续表

	布哇	葡萄牙	英领诸地香港及新嘉坡		其他诸州	计
六年度					三〇七,八九四	四九,四八一,八七四
七年度	三二,七八				三二,五二六	四〇,四一六,八一七
八年上半季	一,五五二	一,〇一九	一,一三四,二二〇	四,八七九	五八,三二五	二一,五五七,四六〇
八年度			三,七五五,八二七		七二七,七一九	四二,四四四,五二七
九年度			四,二〇五,四〇六		六一六,七七九	五二,二二〇,八七九
十年度		五六九			一〇二,一七四	五八,二五七,一五九
十一年度	一,三九二	三三八			三六,三八二	五四,〇五五,四八二

出入合计

· 2064 ·

外史氏曰:古所谓理财之道,所以谆谆然垂戒者,要不外乎财聚民散。盖天地生财,止有此数,上盈则下虚,上益则下损,民膏民脂,日竭于上,饥寒交迫,父不能有其子,君不能有其臣,天下之大乱作矣。自古圣帝明王,未有不以聚敛为戒者也。虽然鹿台之财,武王因之;琼林之库,唐祖因之。失国者以聚敛,得国者即以其聚敛散之于民,而四海犹不知于穷困事变之极。逮夫今日,乃有祸患百倍于聚敛,至于民穷财尽,虽有圣贤,实莫如何者,是则尧、舜、禹、汤、文、武、周、孔之所不及料、所不及言者也。是何也?曰金钱流出海外也。挽近之世,弱肉强食,彼以力服人者,乃不取其土地,不贪其人民,威迫势劫,与之立约,但求取他人之财以供我用,如狐媚蛊人,日吸其精血,如短蜮射影日,中其荼毒,以有尽之财,填无穷之欲。日朘月削,祸深于割地,数倍于输币,百倍于聚敛,又不待言也。既经明效大验者,印度则亡矣,埃及则弱矣,土耳其则危矣。欧洲大国皆知其然,必皇皇然合君臣上下聚族而谋之:欲我国之产广输于人国,则日讨国人以训农,以惠工,于是有生财之道。欲我国所需悉出于我国,不必需者禁之绝之,必需者移种以植之,效法以制之,于是乎有抵御之术。欲他国之产勿入于我国,则重征进口货税,使物价翔贵,人无所利,于是乎有保护之法。凡所以殚精竭虑,析及秋毫者,诚见夫漏卮不塞。十数年后,元气剥削,必将胥一国而为人奴矣。

日本自开港通商以来,其所得者,在力劝农工,广植桑茶,故输出之货骤增;其所失者,在易服色,变国俗,举全国而步趋泰西,凡夫礼乐制度之大,居处饮食之细,无一不需之于人,得者小而失者大,执政者初不料其患之一至于此也。迩年来,杼柚日空,生计日蹙,弊端见矣。全国上下,知金钱流出之大害,乃亟亟然议改条约,欲加进口之税,免出口之税,庶以广财源而节财流,而大势败坏不可收拾,悔之晚矣。虽知其既晚,挽回于将来,补救于万一,及今犹可为也。今核明治五年至十二、三年海关出入之数,先详货币,次胪物品,次别国名,皆为提纲择要,比较数年以来,使天下之人晓然知其得失利害之所在。嗟夫! 日本与诸大国驰骋,而十年之间,流出金钱乃逾亿万之多,其何以支? 痛念兄弟之国窘急,若此不禁,为之太息而流涕也。而或者犹曰:是第据五港关吏报告之书,尚有流出金钱,不具于此者,则益非余之所敢知矣。

中国近代人物文集丛书

黄 遵 宪 集

（五）

陈　铮　主编

中 华 书 局

卷二十一　兵志一

兵　　制

外史氏曰：开创多尚武，而守成则尚文；乱世多尚武，而治平则尚文；列国多尚武，而一统则尚文，自昔然矣。然而弛备者必弱，忘战者必危。自古右文之朝，莫如周成。周之初，三监胥靖，四夷宾服，而周公之戒成王曰："其克诘尔戎兵，以陟禹之迹，以行于天下。"言备之不可以已也；况于今日之列国，弱肉强食，眈眈虎视者乎？欧洲各国，数十年来，竞强角力，迭争雄霸，虽使车四出，樊敦雍容，而今日玉帛，明日兵戎，包藏祸心，均不可测。各国深识之士，虑长治久安之局不可终恃，皆谓非练兵无以弭兵，非备战无以止战。于是筑坚垒，造巨舰，铸大炮，日讨国人，朝夕训练，务使外人莫敢侮。东（戎）〔戍〕巴邱则西城白帝，务使犬牙交错之国，度权量力，相视而莫敢发。中国之论兵，谓如疾之医药，药不可以常服，所谓不得已而用兵也。泰西之论兵，谓如人之有手足，无手足不可以为人，所谓兵不可一日不备也。余尝旷观欧洲近日之事，益叹古先哲王以穷兵黩武为戒，其用意至为深远。澳、德、意、法，稽其兵籍，俱过百万。假使驱此数百万之兵，俾就业于农工商，岂不更善？夫竭百农工商之力，仅足以养一兵，必使亿万之农工商，竭蹶于畎亩之中,竞争于锥刀之末,徒以之坐耗于兵,筋力疲于锋镝,金银销于炮火,而尔猜我忌,迭增其数,尚无已时,自非好武佳兵,其弊乌至于此!然而事变之极,已至此极,虽使神圣复生,必不能闭关而治。无闭关之日,即终不能有投戈讲艺、解甲归田之日,虽百世可知也。嗟夫!今日之事,苟欲禁暴戢兵,保大定功,安民、和众、丰财,非讲武不可矣。日本维新以来,颇汲汲于武事,而其兵制多取法于德,陆军则取法于佛,海军则取法于英,故详著之。观此亦可知欧洲用兵之大凡,作《兵志》,为目三,曰兵制,曰陆军,曰海军。

日本古兵制,兵与农合,迨孝德朝,依仿唐制,始设兵部省,特置兵团,四分每国之丁而取其一。卫京戍边,在京曰卫士,在防曰防人。一年而更,边疆有事,则下尺一之符,调发沿道,事止则散归卒伍,无列屯而坐食者。及王政弛废,藤原氏世相于内,源、平氏世将于外,兵之隶将家者,号曰武士。源、平二世,各私其武士曰家人,互相吞噬。源氏既得志,命其家人为诸国守护、地头,使各自守,守其土而食其毛。农食六分,兵食四分,兵农之势,隐然既分,然其兵则尚皆土著也。降至足利氏,仍源氏、北条氏守护地头之旧,而渐成封建之制。时家国多故,军役烦兴,诸国武士稍离其故土,东西转徙以就其将帅,而举国之兵渐不土著。及其衰也,雄豪割据,务竞进取,往往召集亡命之徒以为爪牙,取其奉养于农。农不足给,又使其徒略取外境以自封,隐然成侯国之势。及织田氏、丰臣氏兴,幕下将校之封,朝暮纷更,曾无定所,是以常聚其兵于城府以便分遣,于是兵之不土著者一定,而兵与农全分矣。当时所谓士者,自非职事官,皆分番直宿,略如古之卫士。士之下有徒有卒。士有扈从、马回之目，卒有足轻、与力、同心之目，区分部伍，置长领之。此类概谓之兵士，与徒皆袭世禄。卒之简点罢免，一任其头长便宜为之。及德川氏定国，亦因织、丰二氏之辙，分割六十余州，封群雄及子弟功臣，自百万石至一万石，统称曰藩。藩各有士。举国兵士之隶于德川氏麾下，自不满万石至百石、数十石，或食采邑，或仰廪给，总其众号曰八万。此八万之众，各皆世其禄俸，畜其妻孥臣仆，仰食于平民。自年十五就役至六十免役，以三四十年间为服役之限。而此二百余年中，太平无事，兵备懈弛，所称武士者，耳不闻鼓鼙，目不见旌旗，惟餍膏粱，服罗绮，以奢侈相竞，即所谓骑射击刺，亦惟习华法儿戏。兵既无用，而欺陵良懦，大为民害，积弱之极，不可复挽。及其季世，西舶东航，皆束手不复能战。虽各藩知铳炮之用，颇有简练之师，而其势不能统一。及太政归于朝，乃尽收列藩兵权，废武士世禄。至明治五年十一月，诏曰："朕赖天地祖宗之灵，行吾邦二千余年未有之变革，封建之制，复为郡县。海陆兵制，亦不可不因时而制宜。往者太阿倒持，兵权归于将门，迨乎季世，将骄卒惰，国亦随弱，朕心痛之。今源本吾邦兵农合一之制，斟酌海外各国之式，设全国募兵法，以保护国家无疆之基。汝百官众庶，其体朕意。"于是太政官复谕于众曰："我朝上古之制，举国无非兵者。有事，则天子为之元帅，率而征不庭；寇平，则解甲归田，复为农工商。固非如后世之佩双刀、糜厚禄，甚至睚眦杀人，官不敢问其罪者也。昔神武天皇，以珍彦为葛城国造，设军团，定卫士、防人之制。至神龟、天平间，六府二镇之制始备。保元、平治以后，朝纲解纽，兵权归武门，始隐然有封建之势，而兵农亦分矣。浸淫日久，弁髦王章，奴隶民人，弊不忍言。今列藩奉还图版，王政维新，旧日武门坐食之士，削其禄，脱其剑，俾四民与之等夷，此固国家所以平均上下,无有差等之意也。夫如是,则食毛践土,莫非王民,可不思所以报国乎!天地之间,一事一物,莫不有税,以供国用。为吾国人,则应竭致其身,以报吾国。西人谓之血税,谓洒其生血以报家国也。且夫家国有难,民人共之,卫国即所以自卫矣。有国即有兵,有兵即不得不以吾民充其役,乃天地古今之通义也。泰西诸国数百年来,所研究实践,编定兵制,法极精密。然而我国政体、地势稍有不同,今不能悉采用,辄取其所长,补古昔军制,立海陆二军。取全国四民,男至二十岁者,皆编入兵籍,以备缓急。尔乡长里正,依此意告谕民庶,务使知保护国家之大本。"遂颁行《征兵令》数十条。大概分三种:一为常备兵,一为后备兵,一为国民兵。行之四年,至明治八年,复有所更正。行之又复四年,至明治十二年十月,太政官又废旧令,定为今制,凡分八章,统七十一条。

凡征兵,以全国丁壮充之。四分陆军为常备、预备、后备、国民军,各从其身材,分属之步、骑、炮、工等部。海军则别设令征集之。常备军选男子年二十岁者,征集于各军管下国郡,抽签选定,乃编队伍,俾服役三年,分置于所管镇台;其有未及三年精熟技艺者,特恩许其毕役。其身材强壮,品行方正,能晓畅技艺者,在管六个月,擢为近卫兵。使服役三年,既毕,编入预备军。已经二年六个月,编入后备军。有愿充士官者,照检查例合格,送之入士官学校及教导团。能熟技艺及有异才者,亦可优擢下士官、辎重输卒及看病卒并工人等。虽募其愿充者,若或员缺,则身不合格或合格,亦可依其所为业,便宜征集之,使服其役。以辎重输卒征集者,六个月间服常备军役。既毕,编入后备军。看病卒并工人等服役,与诸兵同。常备军在屯营中,日给额俸,凡被服饮食,皆由官支给。预备军以常备军毕三年役者编制之,亦定三年期,惟平时在家,遇有事变,乃编列常备军,使从军,每年一回召集于屯营,使演习技艺。后备军以预备军满三年者编制之,更定四年期,遇有事变征集,在预备军之次,每年一回召集,于便宜地方,使之演习。预备、后备军,当演习时,例于十日前由镇台宣告,随里程远近给予路费。凡兵役,虽期限既满,若遇战争,即不得解役。国民军,查全国十七岁以上、四十岁以下男子,尽编入兵籍。当全国大举时,临时编列队伍,以充守卫。按:旧制,男子二十而征为常备军,廿四而编为第一后备军,廿六而编为第二后备军,廿八而编国民军,在营三年,应役者四年,四十而免。新制则男子二十而为常备军,廿四而编预备军,廿七而编后备军,三十而为国民军,在营三年,应役者七年。旧制,第二后备无须演习。新制,后备与预备同,比旧加三年应役,增五年演习,盖兵之为道,非习不精,苟弓硬手生,仓卒呼集,反恐误事,而每岁一回召集,亦不至大妨民时。故虽民情所不喜,亦强增之,所以重军政也。自五年发令以来,物情咬咬。或谓驱一国执末耜、操牙筹之子弟,使之三载入营,既恐染武夫习气,又恐荒学业而废家政,所以多方隐匿,百计逃避,常有征不及额之忧。此次新制特设未及三年精熟技艺,特恩许其毕业之条,使有志者发奋勉励,得以早日归休,所以顺民情也。

凡男子,有终身免兵役者:一曰废疾不具,不堪兵役;二曰经惩役一年以上之罪犯,经禁狱一年以上之国事犯。详《刑法志》。案:中国古制,寓兵于农,未有甄择流品之文。其后越用罪囚,秦发谪戍,汉有大征伐,往往赦死罪从军。至周世宗,乃尽募盗贼、杀人亡命者,卒以之拓疆土,霸诸侯。盖强梁恶少,骁健奔命,倚以杀贼,偶亦收效。《司马法》所谓"使贪使愚"者,此也。然此辈本皆无赖,习惯为非,故驾驭稍疏,动辄挟众掳掠,因事鼓噪,甚至戕害将帅,劫易人主,无所不为。兵以弭乱,反以生乱,使天下之人视如蛇蝎,动色以养兵为戒,岂非以不肖之徒群聚其中欤?且自五代籍为兵者,皆文面涅手。夫黥刑所以治有罪者也,今集盗为兵,又待兵如盗,叶适所谓"黥卒老兵，贱而可羞"，当世以为骂詈之词。轻之也如此，冀其有用，得乎？泰西征兵之法，几于人尽为兵，独至罪犯不得录用，其所以重兵，即所以强兵也矣。有国民军外免兵役者：一曰户主；凡注于户籍为一户之主，总不征集。惟于应征年纪以前分为两户，或女户主以赘婿分家，或既绝户以继嗣再兴，或未及五十岁遽让产于其养子继嗣为户主者，不在此限。二曰独子、嗣子。独孙；承祖之孙。三曰五十岁以上者，其嗣子或承祖之孙；但应征年纪以后以嗣子或承祖之孙分家者，或五十岁以下之养子非有不得已事故者，或已绝户以立嗣再兴，或女户主以赘婿分家，或于众子孙中以应征年纪以前更定为嗣子，或承祖之孙者，均不在此限。四曰年五十岁无嗣子者，其养子谓赘婿。或继嗣；五曰未及五十岁而废疾不具不能事生产者，其嗣子或承祖之孙及养子继嗣；六曰判任以上之官吏，其准官吏及试用员与佣人，虽不许免役，但现理要务，可具状于太政官，请裁汰兵役。及教导职以上之僧官并户长；七曰府县会议长、副议长及议员；八曰公立学校之教员及文部省所辖与省府使所属之官立学校教员。有平时免兵役者，此类编为第二预备征兵，年在三十岁以下者，当战争有事，召集后备军以充兵时，亦使编入队伍，或以供辎重役：一曰年五十岁以下之嗣子，或承祖之孙，但应征年纪以后，以嗣子或承祖之孙分家者，或五十岁以下之养子，非有不得已事故者，或已绝户以立嗣再兴，或女户主以赘婿分家，或于众子孙中，以应征年纪以前更定为嗣子或承祖之孙者，均不在此限。二曰陆海军生徒及海军兵器局造船所所佣工艺人；三曰在海陆军役中死亡罹病及负伤，其兄或弟一人；四曰通医术，既得开业文凭者；五曰公立师范学校之卒业生徒；系各使府县所设立者，下同。六曰公立中学校及公立专门学校之卒业生徒；七曰文部所辖及省使所属官立学校之卒业生徒；八曰留学外国过二年有卒业文凭者；九曰航海之船长、运转手、机关手，既经试验得文凭者;十曰为海船佣工,执水火之业经三年者。有平时许延一年征集期限者,次年征集之至时犹应延期,则再延一年,至第三年犹应延期,于平时免兵役:一曰愿充海军兵员者;二曰兄弟同时征兵,偶数之半数、奇数之寡数,谓三人取其一人,五人取其二人。三曰海军常备在役中之下士卒,其兄或弟一人;四曰海陆军生徒之兄,或弟一人;五曰父兄或不知踪迹,或废疾不具,其人关一家生计者;六曰文部所辖省使所属之官立学校及公立师范学校生徒有一年课程者;七曰公立中学校及专门学校生徒有三年课程者;八曰因学术及商业驻留外国者;九曰身未满定尺及有疾者;十曰为刑事被告人裁判未决者。所有应免役,或延役之人,应详记事由,由户主上户长,递呈郡区长,使府县厅于征兵检查时,核其是否,然后施行。凡免役、延役,有年岁期限,如满五十岁之嗣子嗣孙,及三年卒业之生徒之类,须于每岁九月十五日以前呈核。若过期方为满岁,仍应征集。若有伪作年纪,捏造父母兄弟有无,或故伤身体,佯托疾病,冀免征兵者,查出依律处断。户长及郡区长扶同徇隐者同坐。惟例许捐金免役,如本年应征者纳金二百七十元,在平时免役者纳金二百三十五元,准于国民军之外特免兵役;此外咸使征集。

　　凡全国分七大征兵区。隶各军管征兵区,为军管征兵区。军管所辖分各师管,师管所辖分各旅管,旅管所辖分各联队,联队所辖分各大队,大队所辖分各中队,各从所辖分划征兵区。惟旅管以下征兵区,尚未设置。现从使府县辖地为使府县征兵区。使府县所辖地跨两师管界者,每使管各设一征兵区。案:征兵各区尚未设置,而先布之令甲者,诚以分划各区,则军旅师队,小大相维。如枝干之贯,如指臂之使,既使应征之人无多寡不均之患,而以此区之人充此区之兵,平日共井同乡,及至逐队联镳,自易收出入相友、守望相助之效,又况兵皆土著,则家室田园亲族,各有其系恋之故,亦不敢逃亡背叛,相率为非。盖一举而兼数善,故令中先及之也。其不与府县之疆域同者,则以分土治民与分营治兵,各有所宜故耳。

每岁二月,由陆军省拣派征兵使、以佐官一人充之。征兵副使、以尉官充之。每师管派三人。征兵医官、陆军军医任之。征兵副医官、军医副以上任之。征兵事务官、后备军人员之驻在使府县者任之。征兵书记,陆军下士官十等属以下任之。使巡按诸部。至地方官,亦派出使府县征兵事务长官、以地方长官,或书记官任之。使府县征兵事务官、地方属官任之。郡区征兵事务官、以郡区长任之。地方征兵医员、由地方官拣充,每征兵八十名或百名用一人。笔生。由地方官拣充,每检查所,置二人。凡事皆商议而行。自颁征兵令以来,地方官期顺民心,务为姑息。民之希图免役者,官吏辄代为祖护,代为掩覆,以市恩于民,因是征不及额。此次新制,地方征兵官之权较重于昔,盖使之任责,乃能协同军官,尽力从事也。先期一年之九月,凡年十九应征者,使其户主呈报于户长,递呈于使府县,总编为壮丁名簿。每岁限九月一日至十五日,户主依式作上告书呈户长,是月廿五日以内呈郡区长,郡区长限十月十日呈使府县厅,载于征兵名簿,限十二月廿五日以内呈所管镇台。其寄寓他使府县者,或于本籍应征,或于寄寓应征,听者唯于寄籍应征,须觅保人具结,预报官厅,牒查本籍乃准行。除除役、免役、延役各名外,凡应除役、免役、延役人,于征兵使巡行时,其疾病者,或引之到署,或就其医员仍加检查。其关于官职、军籍及学业者,必使呈所受文凭。关于家事者,使亲戚加保结。当征兵使巡部之前,先告各府县,每区刻日期限人数若干名,使应征者由户长带到。先期又由使府县厅交付画罫之纸分授本年应征者,各自朱书姓名、产地、生年月日、族籍、职业、及户主名,与其父母、祖父母、兄弟、姊妹、妻子,及氏神、此谓记其何地、何神社之所辖也。宗门,此谓佛教之何寺、何宗派也。日本人有神、佛二教,(几)〔凡〕生卒祭葬,皆神官、僧官主之。作为"人别表"，人各一叶，于检查之日持到。至日，征兵使、地方征兵事务官列坐其席，依征集名簿唱名，引到陆军军医及地方医员，各审查其身干尺度如何，炮兵定五尺四寸以上，然〔五尺〕三寸以上亦可用；骑兵、工兵、辎重兵，定五尺三寸以上，然五尺二寸以上亦可用。步兵定五尺以上，辎重、输卒、看病卒、役人，尺度无定。骨相如何，详志眼耳口鼻各样。体格体质如何，宜征为何兵，炮兵，取其身干最强、目力尤佳者，其人旧业机关工、雕刻工、时表匠者均宜采用。骑兵，取善于骑马者。工兵，取其素业木工、石工、竹工、船工、车工、锻工、桶工、辋工、泥工、马具工、家具工、造屋匠、涂饰工等，分依其业选之。辎重兵，取其善骑马，稍读书、通算术者。步兵，不拘其职业、有无技艺，但堪于兵役者，悉采用之。辎重输卒，取其少疾病、能耐劳苦者。看病卒，取其少疾而性情温和者。役人，随其所业取之。详志于检查簿。检查役竣，乃据人别表及检查簿，标注合于充役之员，稽核本年应征之数，乃行常备抽签之法。抽签之日作签，签载号数，纳于签箱，调集征丁，区分兵种，使各从所宜，自抽各种之签。据检查簿，如此人宜炮兵，令抽炮兵签；宜骑兵，令抽骑兵签之类。有典签委员，监视其正否，详记其抽出之号，将签仍授之本人。假如有签丁五百名，则自制一号至五百号之签，逐次抽取。本年当举常备征员二百名，补充征员百名，则自一至二百为常备兵，第二百一至三百为补充兵，余为落签。补充兵者，许其在家治生。一年之内，遇常备兵阙员时，其镇台循抽签号数次序传到，使补兵缺，惟服役年限仍依常备本兵入营初日起算作为，三年毕役。若一年之内无缺应补，准平时免兵役，落签者平时免兵役。此二种免役者，编为第一预备征兵，年在三十岁内，遇有事召集后备军充兵时，亦使之充兵，或以供辎重役。抽签既毕，复据签簿与人别表制印票。票中载某人充何兵、何兵种、何号数，与签簿比附，钤勘合印，召致本人，使各将签换票。每岁四月二十日至五月一日，由各区户长引之入营。方入营时，或因疾病，或因犯罪不能来者，详记其事由上呈。其罹病者，必以地方医师诊断书为凭，由户长捺印，速诉之镇台。至于十月一日犹不能入营，则俟下次征兵检查时再行检查，比寻常征兵先令入营。凡征兵官员，于四月十日复命，所有关系一切征兵文书，均缴呈于陆军省。

第一军管东京镇台。常备步兵三联队，骑兵一大队，炮兵二大队，工兵一大队，辎重兵一小队，海岸炮兵三队，总员七千二十人，此中一岁征员二千三百四十人。管下府县：东京、神奈川、埼玉、静冈、山梨、群马、千叶、茨城、栃木、长野、新潟。

第二军管仙台镇台。常备步兵二联队，炮兵一大队，工兵一中队，辎重兵一小队，总员四千二百六十人，此中一岁征员千四百二十人。管下诸县：宫城、福岛、青森、岩手、秋田、山形。

第三军管名古屋镇台。步兵二联队，炮兵一大队，工兵一中队，辎重兵一小队，总员四千二百六十人，此中一岁征员千四百二十人。管下诸县：爱知、岐阜、石川、静冈县内远江滋贺县内越前国一郡，长野县内信浓国四郡。

第四军管大坂镇台。步兵三联队，炮兵二大队，工兵一大队，辎重兵一小队，海岸炮兵二队，总员六千七百人，此中一岁征员二千二百三十三人。管下府县：大坂、兵库、堺和歌山、京都、滋贺、三重、冈山、岛根县内因幡伯耆隐岐。

第五军管广岛镇台。步兵二联队，炮兵一大队，工兵一中队，辎重兵一小队，总员四千三百四十人，此中一岁征员千四百四十六人。管下诸县：广岛、岛根、山口、高知、爱姬、冈山县内备中全郡。

第六军管熊本镇台。步兵二联队，炮兵二大队，工兵一大队，辎重兵一小队，海岸炮兵二队，总员四千七百八十人，此中一岁征员千五百九十三人。管下诸县：熊本、鹿儿岛、大分、福冈、长崎、冲绳。

第七军管海岸。炮兵一队，现今居第二军管，总员八十人。函馆海岸炮兵设备以来，明治十年始行征兵方法，因所辖之地狭隘，仅有函馆、福山、江刺三所，故应征者仅有八十三名，而体格不良，可用者仅十四名，故第七军管现并于第二军管。此中一岁征员二十六人。管下开拓使、管下函馆支厅。管下以上总计三万一千四百四十人，此中一岁征员一万四百八十人，但辎重输卒、看病卒及职工等未定征额，故今不算于此。

自明治六年始行《征兵令》，连年所征常不足额。第一、第四军管常备兵，每不足额，以他管补充兵补之。至九年，常备征兵之额既足，补充兵亦能敷用，独第六军管不足，乃并采用未满五尺之四尺九寸以上者，犹缺二十二名。是年全国二十岁丁壮共二十九万六千零八十六名，应征者仅五万三千二百二十一名，属于免役者乃有二十四万二千八百六十名。内嗣子十五万五千六百五十九名，户主六万六千五百九十二名，未满定尺者一万三千九百八十四名，其他六千六百二十五名。明治十年，全国二十岁丁壮共二十九万四千二百三十一名，附九年应征迟延一年者七千零二十八名，合三十万零一千二百五十九名，应征者仅五万一千四百八十六名，属于免役者二十四万九千七百七十三名。内嗣子十六万一千零二十名，户主七万二千零二十四名，未满定尺者一万零八十名，其他五千六百五十七名。而此应征各员中，有疾病、事故、逃亡，或应归翌年征募者，及检查不合格者，又有三万零七百七十七名，可以采用者仅二万零五百零九名。查是年应征定额止有一万四千五百三十七名。今有总员二万名，似无不足。然各军管下所征，彼此多寡不等，以之分配，犹有不足之患。以三十万丁壮征万五千人而不足，盖日本自德川氏主政，承平日久，习于安逸,其所谓武士皆世禄之家,寻常百姓不知当兵为何物。初下血税之令,展转讹传,谓朝廷习西法,将绞吾民膏血以为用,疑惑恐惧,屡激成斩木揭竿之变。数年以后,虽稍稍安息。然执无知小民,日告以人生报国,分所当为,虽谆谆无益,而父兄不免溺爱,农商不无失时,故人人冀免于役。日本人民多质弱而身短,其不堪役者固多。而年来民益狡诈,其强者则逃避而远之四方,其弱者则饥饿而不出门户,各随其性质以弄狡狯,甚至毁伤肢体,断削手指,或故罹法网,冀为罪囚;或伪造文书,捏作免证。而嗣子、户主免役二条,或让分家产,各立门户;或指择众子,俾受家财;或诡名为兴绝族之家;或托身为人赘之婿。规避之术,愈出愈奇,政府颇厌苦之。故此次新令,于户主、嗣子二条先为预防。后又颁《行征兵令补遗》,称:"令中户主、嗣子免役各条,所谓应征年纪以前以后,即以征兵令颁行之日分前后。此令发行以前,已为户主,或五十岁以上之嗣子嗣孙,并五十岁以上之养子继嗣,并未及五十岁之嗣子,准其照例免役。若在新令发行以后,总使应征。"云云,则防范更为严密矣。而其他设计规避者,严惩其罪。自十二年十月颁布新令以来,此十三年征兵即为举行新令之首,令行日浅,疑惑尚多,而此年常备、补充均足额,其捐金以免役者骤增至四百余名之多。此辈皆图规避者,以新法网密,术无可施,乃不得不捐家资以免兵役也,则其效已可睹矣。今列表于后,可知其概。初下征兵之令,外议哓哓,谤言载道,然日本自愿充兵者,岁不过数百人。自愿充兵者,乃经检查然后录用,明治六年仅六百十六人,明治十年全国共二百八十四人而已。苟不征调,且患无兵,故政府诸人断行己意。其后草寇窃发,屡次削平,置议者不复容喙。然起数百年之衰废而变更旧制,要非容易。观于八年之间,改令三回,逐渐整顿,则当路诸君黜浮议而勤远略,汲汲图强,有足多矣!

十三年征兵第一表

类别＼军管	第一	第二	第三	第四	第五	第六	第七军管内函馆	计
二十岁丁壮总员	六三,四〇八	二八,四八二	三五,二七七	五二,八〇七	四四,〇九三	三五,四三二	二六八	二六〇,五八六
征集名簿人员	四,五一二	三,九〇七	二,一七九	三,八〇七	四,一五四	三,一三五	一〇	二一,八〇〇
翌年再征名簿人员	四四八	一三一	一二一	三五二	二三四	四八	一五	一,二七五
先入兵名簿人员	八〇七	四七四	三二二	三五二	四〇八	六	六	二,三三五
第二预备征兵名簿人员	一九,二〇七	一〇,九九八	八,八三三	一二,二七〇	一,二九〇	八,八八二	六八	七〇,三四七
免役名簿人员	三七,二八六	一二,四九二	二三,〇五七	三六,四六七	三七,九一六	二三,〇七六	一四九	一五九,四六二
除役名簿人员	一,一四八	一,三四六	六六六	八八一	九一	二八五	二〇	五,三三七
计	六三,四〇八	二八,四八二	三五,二七七	五二,八〇七	四四,〇九三	三五,四三二	二六八	二六〇,五八六

续表

军管 类别	第一	第二	第三	第四	第五	第六	第七军管 内函馆	计
常备 步兵	二,〇〇五	七八一	一,一二〇	一,九四六	二三七	一,二七五		八,二五四
骑兵	一〇〇							一〇〇
炮兵	一七三	五二	四二	一六九	三七	一七一	一〇	六五四
工兵	七六	一七	一五	八五	八	一八		二四四
辎重兵	三九			一三				三〇
辎重输卒								
补充兵 步兵	一,五八五	二,二五一	八八六	一,一〇六	一,七八二	一,二三四		八,八四四
骑兵	三七八	七二四	一九二	一二五	一,一四〇	二四二		二,八〇一
炮兵	五一	六三	一五	一六五	四〇	五四		二四二
工兵	三二	一九	九	七七	二〇	四八		四五〇
辎重兵	六一			一七		一〇		一八六
辎重输卒	三一							一〇六
第一预备 征兵								
征集 计	四,五一二	三,九〇七	二,二七九	三,八〇三	四,一五四	三,一三五	一〇	二一,八〇〇

征集名簿人员中

续表

类别＼军管	第一	第二	第三	第四	第五	第六	第七军管内函馆	计
常备下士卒兄弟	六一	二七	三〇	三三	四六	四〇	一	三三八
陆海军生徒兄弟			一	三	一			五
愿充海军兵					一	七		八
教导团生徒合格者					一			四
官立及公立学校生徒	二一	六	一〇	四	六			四七
身干矮小			五		三〇		二	三七
因父兄有事故者	八一	五〇	三七	四七	五〇			二六五
有事故未查确	一六三			二二	八			一七三
有病	二六							二六
藏匿		一						一

续表

类别＼军管	第一	第二	第三	第四	第五	第六	第七军管内函馆	计
他行		六七	二一	九				八三
兄弟同时征兵	二二	二二	一	一一				七
他管在籍或寄留未查明					三三			三
或应免役或系规避未查明者					一			一
疾病后不堪劳役者	七五	一〇一	四二	一二	七五		三三	三九
裁判未决	一八	八	三一	一一	一二		四	五六
外国寄留	一					一		二二
计	四四八	二六五	一二一	一三四	二三四	四八	一五	一,二七五

（纵列左侧总名：翌年再征名簿人员中）

续表

类别＼军管	第一	第二	第三	第四	第五	第六	第七军管内函馆	计
先备兵名簿人员中　逃亡	八〇五	四四七	三三〇	三四四	二六〇		六	二,二〇九
他行					一四四			一四四
诈伪			二		一	六		九
期限内不申告者				八	一			九
征集规避	一				一			二
犯罪拘留中								
无故不到	一							一
计	八〇七	四七四	三三二	三五二	四〇八	六	六	二,三三五
第二预备征兵名簿人员中　五十岁未满阙子	九,五〇五	六,〇九五	四,三〇五	一,〇三九	六,一三六	五,一二二	四八	三二,二五〇
五十岁未满养子	九二二	四,四五二	四,四一三	九五	四,八三五	三,五四四	一四	一八,二七五
五十岁未满继嗣	三九三	四二二	五一	二	一五七	一三四	二	一,一七一
陆海军将校下士卒	二八	一						二九
陆海军生徒	三二	一六	一六	一五	二二	一六		九八

续表

军管 类别	第一	第二	第三	第四	第五	第六	第七军管 内函馆	计
海军水兵			三三		二九	三三		九五
海员雇入已满三年者	一							一
第二征兵名簿　因公务死伤者	一0							三六
官立及公立学校卒业者	一六	三	五		八	三		六八
外国二年已上学科卒业者	一	七	八	四	三	二一		一
预备征兵人员中　内务省允准开业医	三三			五	一			九
征兵未施行之地全户寄留		一						五
灯台看守人		一	一					一
定期职工	一六						四	七
计	一九,二0七	一0,九九八	八,八三二	一一,一七0	一一,一九0	八,八八二	六八	七0,三四七

续表

类别（免役名簿人员中）	第一	第二	第三	第四	第五	第六	第七军管内函馆	计
户主	二,一二七	五,二六九	一,二四九	二,四八四	一三,五九三	一二,一五〇	八四	八五,九四六
独子独孙	二,六一八	一,四九八	一,六四二	二,三三〇	二,七〇九	一,五〇七		一二,二八六
五十岁以上嗣子	八,三五三	二,九六一	五,九七五	七,九九二	八,一九〇	六,四七三	五一	三九,七八九
五十岁以上承祖孙	三三三	一〇	七八	八七	三八	七四	三	七七三
五十岁以上养子	四,五二一	一,三七八	三,〇八〇	四,一八二	三,一四五	二,六六〇	六	一八,九七二
五十岁以上继嗣	三六	八	一一	六	八	一五	一	八五
父母疾病等嗣子养子继嗣	一三	七五	一四	八	二二	七二		二一五
公立学校教员	五三	五三	二九	三三	二二	二二		一二三
官吏等外吏员及户长	一九	九	一四	七五	八	九		一三三
教导职试补以上	二一二	六二	六二	一一四	八七	五一	一	六六八
捐银免役	一二一	一八	一八	一六八	二二	四三	三	三八二
计	三七,二八六	二三,四九三	三三,〇五七	三六,四六七	二七,九三五	二三,〇七六	一四九	一五九,四六二

续表

军管类别	第一	第二	第三	第四	第五	第六	第七军管内函馆	计
废疾	三三五	九四	四九二	一七六	五四二	二一七	一	一,八五七
不具	八三	一〇九	一一四	九六	四〇〇	二〇		八二二
犯罪	一二三	一八	五〇	八三	四九	四八	三	三七四
检查不合格	六〇七	一,一二五		五二六			一六	二,二七四
除役名簿人员中 计	一,一四八	一,三四六	六五六	八八一	九九一	二八五	二〇	五,三二七
事故					三			三
前应免役漏未查明	一							一
除名人员 计	一				三			四

十三年征兵第二表

军管类别＼前年送名簿人员	第一	第二	第三	第四	第五	第六	第七军管内函馆	计
前年送名簿总员	一九二	二，七六八	二，七六九	一六一	三六五	一一一	五二一	七，四〇二
二十一岁	一〇〇	六九四	七九〇	四四	一六七	四四三	三〇二	二，二六八
二十二岁	四一	四三〇	七〇四	一六	二〇	二二八	八一	一，五三七
二十三岁	五一	三九九	五一〇	二一	七二	二三九	一三〇	一，三〇六
二十四岁		四七二	三八一	一六	二一	九三	八	九四六
二十五岁		三七〇	二四四		七二	六五	一四	六九七
二十六岁		四〇三	一三〇		五三	五二		六九五
二十七岁			一〇			一〇		一〇
计	一九二	二，七六八	二，七六九	一六一	三六五	一一〇	五二五	七，四〇二

黄遵宪集

类别	军别	第一	第二	第三	第四	第五	第六	第七军管内函馆	计
征集常备	步兵	六九	七五	三二0	一六	一八	三0		五二八
	骑兵	一二							一二
	炮兵	七	八	九	四		二二	四	五四
	工兵	四			三		二		九
	辎重兵			五			四		九
	辎重输卒	三四	八七	二0五	三	一二	五三		三九四
补充人员 后备	步兵	四	二0	三六一	三	三三	二八		四四九
	骑兵	一							一
	炮兵	一二	一	一四	一	四	一二		三九
	工兵				六				一
	辎重兵			六					八
	辎重输卒								
充员	第一预备征兵								
	计	一二三	一九四	八三0	三七	五七	二四九	四	一,四九四

续表

军别＼类别	第一	第二	第三	第四	第五	第六	第七军管内函馆	计
常备下士卒兄弟	一	二	二	三	一			九
愿充教团生徒检查合格		一	一					一二
因父兄有事故者	六	七	一三	八	一二			六二
疾病后不堪劳役者	一二	一六	二	一〇	一八		六	六四
延期再延准平时免役者		四	六四六					六五〇
征集时谪开					一			一
有事不到		一二	一一	二				一二
事故	二三	四	一二	四		三〇三	一	三四六
犯罪拘留中		三						九
计	四二	四八	六八六	二七	三二	三〇三	七	二四〇五

（左端纵向标目：翌年再征人员）

续表

军管\类别	第一	第二	第三	第四	第五	第六	第七军管内函馆	计
逃亡（当征兵期不报名延至次期始查明者）	二二	三、二九一		三三	一七六	二八三	一四三	一二、七六九
他行		二八			六三		六	九七
犯罪		一						一
伪诈		一						一
计	二二	三、三三一		三三	二三九	二八三	二〇三	二二、八六八

续表

类别＼军管	第一	第二	第三	第四	第五	第六	第七军管内函馆	计
第二预备征兵人员　征兵令改正前五十岁未满子嗣子继嗣		一八						一八
海军士官室从仆					一			一
公立师范学校卒业生		一						一
常备年期过检查时限者	三二	八二	一,一二〇	五六	一八	二一八	六	一,五一二
计	三三	一〇二	一,一二〇	五六	一九	二一八	六	一,五三三
免役　户主		六	一二		四	七		三三
独孙			一					一
役入员　五十岁以上嗣子	三		三八					四一
五十岁以上养嗣子	一一							一一
官立公立学校教员	一							一

续表

类别	军管别	第一	第二	第三	第四	第五	第六	第七军管内函馆	计
免役人员	教导职试补		一						一
	征兵令改正					一			一
	前等外吏		一						一
	海兵服役解队								
	定尺未满		一〇	四〇			一二	三三	四
	捐金免役	九	一一	九二		六	一九	三三	五五
	计		四八	三七		一一	一	七	一三九
除役人员	废疾		四	一	三	一		九	五〇
	不具	二	三九	三三	五				三三
	犯罪				八				一四
	检查不合格		四六	四一	三	三	三七	三三	九一
	计	四					三八		一五八
除名人员	户籍错误		一六						
	事故		一六				一〇	三	一六
	他管转籍		一六				一〇		一九
	死亡								一八
	计		四八		五			三	六六

十三年征兵第三表

军管＼类别	第一	第二	第三	第四	第五	第六	第七军管内函馆	计
人营延期前年送名簿总员	九七	七八	六六	五八	一五七	四八		五〇四
人营延期前年送名簿总员　二十一岁	五四	二八	三	四〇	五七	一四		二〇五
二十二岁	三	七	一二	四	二二	二		六九
二十三岁	三一	三六	三一	一四	七八	一六		二〇六
二十四岁		三三	五			三		一一
二十五岁		一二	五		三	二		九
二十六岁		一二		一		二		四
计	九七	七八	六六	五八	一五七	四八		五〇四
征集人员　常备　步兵	一一	一六		三三	六四	八	三	一三五
骑兵	一二		一	二	四			一二
炮兵	四		一	七	四	三		一九
工兵		一		一				三
辎重兵　备		四		一	三			六
辎重卒	六	一	一	二	一	三		一九
计	三三	二二	一四	三五	八四	一七		一九四

续表

类别＼军管别	第一	第二	第三	第四	第五	第六	第七军管内函馆	计
翌年再征人员　因父兄有事故者	二	二	一	一	二			八
疾病后劳不堪役者	七	五	三	五	五			二五
事故他行			一			三		六
犯罪拘留中		一	五	一	一			一〇
								二
计	九	九	一四	八	八	三		五一
前期规避延至次期令先征者　逃亡	五四	四〇		一〇	三三	二四		一六一
他行					一九			一九
计	五四	四〇		一〇	五二	二四		一八〇

续表

军管＼类别	第一	第二	第三	第四	第五	第六	第七军管内函馆	计
第二预备征兵人员　五十岁未满继嗣	一							一
第二预备征兵人员　兄弟海军下士奉职						一		一
第二预备征兵人员　延期再延备平时免征						三		三
第二预备征兵人员　延期再延准役者		一	三四	三	七			四八
第二预备征兵人员　常备年期过检查时限者	四	一	三四	三	七	三		五二
第二预备征兵人员　计	五	二	六八	六	一四	七		一〇五
免役人员　户主	一							一
免役人员　五十岁以上嗣子	一							一
免役人员　五十岁以上养嗣子			一					一
免役人员　教导团入员				一	一			
免役人员　计	二		一	一	一			五

续表

军管类别	第一	第二	第三	第四	第五	第六	第七军管内函馆	计
除役人员 废疾			一		二			三
除役人员 不具					二			二
除役人员 犯罪			二		一			三
除役人员 检查不合格	四	七		一		一		十三
除役人员 计	四	七	三	一	五	一		二一
除名人员 事故				一				一
除名人员 计				一				一

十三年征兵第四表

军管 ＼ 类别	第一	第二	第三	第四	第五	第六	第七军管内函馆	计
前年送先入兵名簿总员	二,四一五	四		一,一八二	一,一六四	二一		四,七八六
前年送先入兵名簿总员　二十一岁	五四五	二		二八九	三一〇	五		一,一五一
二十二岁	六〇四			二三九	二〇二	四		一,〇四九
二十三岁	四五八	一		二九九	二四四	六		一,〇〇八
二十四岁	二八五			一五五	一九一	二		六三三
二十五岁	二七七	一		一三六	一一五	四		五三三
二十六岁	二〇四			六四	一〇二			三七〇
二十七岁	四二							四二
计	二,四一五	四		一,一八二	一,一六四	二一		四,七八六
征集人员　常　步兵	六八			七二	一五六	八		三〇四
骑兵	一四			一九	一三	一		四七
炮兵	一			一〇		二		一三
工兵	一			二二	九			三二
征集人员　备　辎重兵								
辎重卒	三			二〇	六八	二		一〇五
计	八七			一四三	二四六	一三		四八九

续表

类别＼军管	第一	第二	第三	第四	第五	第六	第七军管内函馆	计
当征兵期不报名　逃亡	二,二九七			一,〇三一	七九一	一〇		四,一二九
当征兵期不报名　他行					九五			九五
父死没丧中								一
疾病不堪常役	一				一			三
他管在籍调查中					一			一
延至次期始查明者　犯罪拘留中	一				三			四
延至次期始查明者　事故	二						一	一一
计	二,三〇一			一,〇三一	八九三	一〇		三七①
除役人员　废疾	二				二五			二七
除役人员　犯罪	二			三				五
除役人员　检查不合格	五			八				一三
计	九			一一	二五			四五

① "三七",据左侧数合计,应为四二三五。

续表

类别＼军管	第一	第二	第三	第四	第五	第六	第七军管内函馆	计
除名人员　他管转籍				九				九
死亡				八				八
计				一七				一七

征兵捐金免役比较表

军管＼岁次	六年	七年 全额	七年 半额	八年	九年	十年	十一年	十二年	十三年	计
第一		五	二四	一	八	七	七	八	三二	一八二
第二			一九	二一	一	一二	一	五	一九	二九
第三		一	一	三	一		三		五八	七九
第四		七	一七	三	一	四	三	三	一六二	二〇二
第五			一	五			一一	三	一一	二三
第六		四			三		九	九	五五	八五
第七内函馆									三	四
计		一七	六一		一四	二三	三三	二八	四三六	六〇四

考捐金免役者,以十二年为最多,然仅二十八名,此次乃多至四百三十六人,盖因新令精密,无可规避,则不得不出于此也。故别作比较表,以觇其概。

外史氏曰:中国三代,寓兵于民,无事则耕,有事则战。其不用也,举天下皆力农桑之民;其用也,举万乘皆决射御之士,兵与食俱无不足,其规模可谓善矣。然自战国以后,齐有技击,秦有锐士,即已兼用召募之法。暨唐府兵制坏,用张说之议,遂专用募兵。自是以后,民出食以养兵,兵出力以卫民,相沿至今,而兵与民遂不可复合。儒者好言古制,徒见唐宋养兵蠹国病民,骄惰无用,遂慨然思复三代之旧。不知募兵之害固大,以言乎征调,军书所至,鸡犬为空,邑里萧条,田园芜废,观于新安折臂之翁,石壕捉人之吏,民困于役,如此其甚,法安得而不变?夫古人用兵之日少,兵食出于一,即兵与民不必分;后世用兵之日多,兵食不得不分,即兵与民亦不能复合。征兵之变为募兵,盖亦世变所趋,不能不尔,非独中国,天下万国亦莫不然也。

然余考欧洲近日兵制,乃又由募兵而复为征兵。其法:男子二十使应征,四十五十而免役,少者壮而老者退职,老者退而少者又入营,故兵无羸弱之忧。其常备之兵有定额,即养兵之费亦有定额,然历三年即一人之饷得二兵之用,历六年即一兵之饷得三兵之用,故粮无虚糜之患。当为常备,民即为兵;训练既精,兵复为民。无事则全国之兵皆农工商,有事则全国之农工商皆兵,故国无虚耗之恐。观其按籍而稽,应时而调,同于古人料民之法。然所调之兵,仅征其力役,而兵之衣粮器械,皆别取其奉给于民,盖斟酌于征兵、募兵二法,各去其流弊而用其长,而又以时而训练,分年而更代,此非数百年穷研实践,未易得此精密之法也。日本仿此法,行之八年,虽未尝争战于邻国,而削平内乱,屡奏其功,数年之后,必更可观,亦可谓善变矣。

中国自唐宋至今,多用募兵,而募兵之法,固有不可骤变者,将旗一树,万夫云集,不患无兵,亦自有不必行此法者。余特以为抽换教练之法,似可采而用之也。国家岁糜千余万兵饷以养绿营,迫洪杨事起,乃至胥天下之兵无一可用。当事者有鉴于此,始创为练勇为兵之法。近年以来,稍稍精强,然国家既竭饷以养有用之勇,仍糜饷以养无用之兵,其何以持久? 且今日之勇,固皆百战劲卒,可为干城;然再历十年,则此辈又且衰老,更何以善其后耶? 嗟夫!今天下万国,鹰瞵鹗视,率其兵甲皆可横行,有国家者不于此时讲求兵制,筹一长久之策,其可乎哉!

卷二十二　兵志二

陆　军

日本上古，文官曰臣，武官曰连。有物部连者，世为宿祢，掌环列之尹，兼司刑官。后兵与刑分，有大伴连，统率元戎，警卫宫城。然此皆世官，未有官制。逮孝德朝，仿唐制，设兵部省，始有专官。其在内禁近之兵则有近卫府，以领羽林军。古名为靫负部，谓负盛箭室以卫宫门也。后设左右近卫府等官。在外屯戍之兵，则于筑紫设太宰府，筑紫边西海，故设镇以备新罗、百济、任那诸国。自古有此官，暨唐时使臣往来，皆由于此。及源氏秉政，有蒙古之患，复于此设九州探题，命北条氏世掌之。于陆奥设镇守府。置镇守将军。日本东北古为虾夷地，叛服不常，时时寇边，辄命将征之。养老、神龟之间，设征夷将军、持节大将军，并临时封拜，未授正官，惟镇守将军则有府治焉。自王纲不振，兵权归于武门，源赖朝起东北，拜征夷大将军。足利尊氏继起，遂以将军世其家。将军威福过于人主，国家失其兵权者七百余载。顷王室维新，德川返政，即于明治元年戊辰二月，建军防事务局。闰四月废之，更建军务官。二年七月，又废军务官，设兵部省，皆兼辖海军。四年二月，别设海军省，始改兵部省为陆军省。又于东京置近卫局，辛未二月，置亲兵。壬申三月，改为近卫局。于各营设镇台。辛未四月，始置镇台于东山、西海二道。癸酉正月定为六管镇台。比年以来,益增兵设官,规制益广,而所有各官廨、各军营,初皆统辖于陆军省,于是陆军卿之权又偏重。后于明治十一年十二月置参谋本部,十二年一月又设监军本部,分辖六军管,监军本部,平时司检阅,战时充团长。有事乃设,现无官署。定为今制。

官　职

凡分为二途,一曰文官,犹兵部;一曰武官,犹将军、提督等官。

陆军文官官等表

敕　任			奏　任				判　任									
一等	二等	三等	四等	五等	六等	七等	八等	九等	十等	十一等	十二等	十三等	十四等	十五等	十六等	十七等
卿	大辅	少辅	四等出仕	五等出仕	六等出仕	七等出仕	八等出仕	九等出仕	十等出仕	十一等出仕	十二等出仕	十三等出仕	十四等出仕	十五等出仕	十六等出仕	十七等出仕
裁判所																
			裁判长	评事	权评事	大主理	中主理	少主理	大录事	中录事	少录事			一等捕部		二等捕部

陆军武官官等表

救 任		
一等	二等	三等
将 官		
大将	中将	少将
秦 任		
四等	五等	六等
上长官又佐官		
参谋大佐	参谋中佐	参谋少佐
宪兵大佐	宪兵中佐	宪兵少佐
步兵大佐	步兵中佐	步兵少佐
骑兵大佐	骑兵中佐	骑兵少佐
炮兵大佐	炮兵中佐	炮兵少佐
工兵大佐	工兵中佐	工兵少佐
辎重兵大佐	辎重兵中佐	辎重兵少佐
士官又尉官		
七等	八等	九等
参谋大尉一、二等	参谋中尉	
宪兵大尉	宪兵中尉	宪兵少尉
步兵大尉一、二等	步兵中尉一、二等	步兵少尉
骑兵大尉一、二等	骑兵中尉一、二等	骑兵少尉
炮兵大尉一二等	炮兵中尉一二等	炮兵少尉
工兵大尉一、二等	工兵中尉一、二等	工兵少尉
辎重兵大尉一、二等	辎重兵中尉一、二等	辎重兵少尉

判　　任			
十等	十一等	十二等	十三等
准士官	下士		
	宪兵曹长一、二等	宪兵军曹一、二等	宪兵伍长一、二等
	步兵曹长一、二等	步兵军曹一、二等	步兵伍长一、二等
	骑兵曹长一、二等	骑兵军曹一、二等	骑兵伍长一、二等
炮兵上等监护	炮兵曹长一、二等 炮兵监护一、二等 炮兵监守一、二等 炮兵监查一、二等 一等火工教头 火工长	炮兵军曹一、二等 二等火工教头 火工下长 鞍工长 铳工长 木工长 锻工长 铸工长	炮兵伍长一、二等 鞍工下长 铳工下长 木工下长 锻工下长 铸工下长
工兵上等监护	工兵曹长一、二等 工兵监护一、二等	工兵军曹一、二等	工兵伍长一、二等
	辎重兵曹 长一、二等	辎重兵军 曹一、二等	辎重兵伍 长一、二等
三　　等			
会计监督长			
会计部上长官			
四等	五等		六等
会计监督	一等监督副		二等副监督
会计部士官			
七等	八等		九等
监督补一等 军吏一等	军吏副一等		军吏补

会计部下士		
十一等	十二等	十三等
一等书记一等	二等书记一等	三等书记一等 监狱一等
三等		
军医本部长		
军医部上长官		
四等	五等	六等
军医监	一等军医正	二等军医正
药剂监	一等药剂正	二等药剂正
军医部士官		
七等	八等	九等
军医一等	医军副一等	军医补
剂官等	剂官副一等	剂官补
军医部下士		
十一等	十二等	十三等
一等看病人、二等	二等看病人一、二等	三等看病人一、二等
六等		
马医部上长官		
马医监		
马医部士官		
七等	八等	九等
马医一、二等	马医副一、二等	马医补

马医部下士		
一等马医生一、二等	二等马医生一、二等	三等马医生一、二等
军乐部准士官		
十等		
乐长		
军乐部下士		
十一等	十二等	十三等
乐次长	乐师一、二等	乐手一、二等

凡列一、二、三等者曰将官，敕任，进退黜陟，太政官主之。列四、五、六等曰上长官，又称佐官；列七、八、九等曰士官，又称尉官，为奏任，进退黜陟，陆军卿奏而行之。十等以下为判任，进退黜陟，陆军卿专行之。

凡武官各分其职事：

参谋科　在考察地图，穷究韬略。凡有征伐，临机计划，皆听其指挥。

要塞科　在屯戍险要，凡内国城堡，濒海炮台，皆饬其固守。

宪兵科　在维持风纪，纠察非违，务使军人各守军律。

步兵科　以统步兵。

骑兵科　以统骑兵。

炮兵科　以统炮兵。

工兵科　以统工兵。

辎重兵科　以统辎重兵。

会计部　又分四课：曰会计课，掌计算出入；曰粮食课，掌支给粮食刍秣及囚狱徒刑场事务；曰被服课，掌支给被服营具；曰病院课，掌病院会计事务。

军医部　分二科：曰医官，曰剂官。医以视病，剂以配药。凡军士疾病伤夷皆命之调治。

马医监　在分配军马，保护兽病。凡六军官身在行间有所统属者，曰队附，其他曰队外。在定额官员中奉职，或别任公务，与临时差使者曰在职，其额外者曰待命。列将校班次，一时无事者，曰待命。在额外无职事者曰非职。驻居各府县以备有事调遣者曰后备军人员。统称之军人。其在陆军省之文官及外吏，统称之曰军属。凡士官出身，必于士官学校中既经卒业得有文凭者，或下士以下，有出群材能，非常劳绩，亦许拔擢。下士以下则以教导团既经卒业者，或于寻常兵士中有材能者，亦可选用。所有迁转，必考其材能，察其勤惰，仍视服役之人，暂①循资以升，不得越级。

凡武官月俸，将官分三等，金四百元至二百五十元。佐官亦分三等，一百九十六元至九十六元。尉官亦分三等，五十八元至二十四元。准士官以下分四等，二十五元至二元八十钱。其属近卫官，与属镇台者稍有差异。步、骑、炮、工兵各科亦稍不同，炮兵较多，步兵较少。若战时，则按其额俸增加五分之一。其有事归乡者，仍得本额三分之一，名曰非职俸。既经解职仍在服官之地者，仍得三分之二，名曰待命俸。此外别有赏恤：一为服役满年。指在职二十五年以上者得之。一为罢役后恩赏。自准士官以上，服役十五年以外者许得之，其额视服役之长短。一为罢役俸。自准士官以上，服役十一年以外未满十五年者许得之。至伤痍疾病亦有恤金，给之终身。所给之额，视受伤轻重及其

---

① 暂，疑当为"皆"。

官职何等、服役几年,以分差等。其没于王事者,其寡妇孤儿各有恤金。给额视其夫与父之官阶与死亡事由,以分差等。

凡武官赏功,有以竹帛书功者,曰褒赏。别制精纸,记其勤劳以赐之。有以章服锡庸者,曰勋章,凡分八等,视其功绩之大小,官位之高下,以为差别。其得金银标章者,终身别给以年俸。多者八百四十元,少者二十四元。有以金帛酬劳者,曰赏金。俸给之外,别赐金额。有曰从军记章,则不问功绩之有无,曾经身在战场,悉给与之。

凡武官有罪,新设军律,其主刑曰死刑、无期徒刑、有期徒刑、无期流刑、有期流刑、重惩役、轻惩役、重禁狱、轻禁狱、重禁锢、轻禁锢;其附加刑,曰剥夺公权、剥官、停止公权、禁治产、监视、没收。皆于陆军裁判所纠问其罪,按律科断,不同于寻常官吏处分之法。详下“军律”条中。考此军律,军人、军属一同科断。轻禁锢者,若系将校,多附加剥官。

军人军属现在总员表据十三年六月调查之数

阶级		种类		人员	计	十三年六月三十日比较	
						增	减
军 人	将同官等及官	在职		一七	二五		三
		非职		八		三	
		队外		一四二		二六	
	上长官	队附	步兵	七一	二四四	一七	
			骑兵	一			
			炮兵	六			二
			工兵	二			一

阶级			种类		人员	计	十三年六月三十日比较	
							增	减
军人	士官			非职	二二		一	
				队外	六一二		七四	
		队附	步兵		一,二三五	二,四四二	一九〇	
			骑兵		三二		六	
			炮兵		一六〇		四六	
			工兵		五四		五	
			辎重兵		三九		二二	
				非职	一八二			三八
				海外留学	一〇		三	
				后备军人员	二二		二二	
				电台队附	五		五	
				队外	二〇	二二		一七
				队附	二		五五	
	准士官下		队附	步兵	三,九三一		五〇五	
				骑兵	七四		二	
				炮兵	四一四		一〇〇	
				工兵	二四八		九一	
				辎重兵	九四		四二	
				军乐	四三		八	
				预备军人员	一		一	
				后备军人员	二〇		二〇	

续表

阶级	种类		人员	计	十三年六月三十日比较	
					增	减
军属	士诸	电信队附	一九		一九	
		队外	四四七		三五	
		步兵	二六,七三二			
		骑兵	四〇五		一二	
		炮兵	一,〇九四		一七一	
		工兵	八六七	三,二〇二		
		辎重兵	四八二		二四三	
		军乐	四五		二四	
		电信队建筑	三〇		三〇	
	卒职工	预备军	二四,一七三	三〇,八七五	九,六六〇	
		后备军	六,七〇三		九二五	
		队外	一七	六四		
		队附	四七		一七	
	海外留学生		三四	三四	三四	
	士官幼年教导团诸科炮厂诸工军马局蹄铁参谋本部电信生徒		一,二八二	一,二八二		六二四
	奏任		一〇	一三		
	准奏任		三			一
	判任		四四六	五三〇		五
	准判任		八四		六〇	

续表

| 阶级 | 种类 | 人员 | 计 | 十三年六月三十日比较 | |
				增	减
军属	等外	二〇	一四六		三六
	准等外	三六		二一	
	雇	一七	一七		一三
	役使	九一九	九一九		三九

合计总员七万三千三百二十三名。

陆 军 省

陆军省,凡进退兵官、支给军需、整饬军律、申警守备、讨论武学,则掌焉。卿一人以将官任之。统理省务。凡所管事务,利害得失,许陈明于大政大臣,许于元老院会议时辩论。凡武官士官以上、文官奏任以上,进退黜陟,皆具状上申,判任以下得专行之。省中事务,凡设立规制,卿以其意见奏请报可而后行。一曰改革征兵令中条款;二曰改革军律中条款;三曰布达诸军士号令;四曰诸局诸官廨或设立或废或合并;五曰制定诸局诸官廨之条规;六曰命将校司某职课;七曰用会计监督长、军医总监及敕任以上文官司某职课;八曰军人军属有赏典及特赦宽省之事;九曰判决士官闭门以上之罪;十曰处决下士以下之犯军律死罪者;十一曰派遣部下官员、生徒往于外国;十二曰佣外国人;十三曰凡创设新制、变更旧规。此皆奏请,然后施行,其他则专决。小事则径决。大辅,亚卿之职掌;少辅,又亚于大辅。皆以将官任之。各局各课咸率其属而从事焉。省内分局,局内又分课。在卿官房,有房长一人、参谋大佐任之。副房长一人、参谋中佐任之。传令使五人、课寮数人。其总务局分八课:曰庶务课,曰征兵课,曰军法课,曰武学课,曰勋章课,曰记室课,曰报告课,曰翻译课。各有课长、课寮。课长多以中少佐任之。局长一人、将官之任大、少辅者任之。副长一人、以参谋大佐任之。次长一人、以参谋中佐任之。传令使一人，以中少尉任之。分司其事。

人员局分二课：曰步兵课，曰骑兵课。各有课长、课寮。课长以步兵骑兵少佐任之。局长一人。步兵或骑兵大佐任之。次长一人，步兵或骑兵中佐任之。分司其事。

炮兵局分二课：曰人员课，曰材料课。各有课长、课寮。课长以炮兵少佐任之。局长一人、炮兵大佐任之。次长一人，炮兵中佐任之。分司其事。

工兵局分二课：曰人员课，曰材料课，各有课长、课寮。课长以工兵少佐任之。局长一人、工兵大佐任之。次长一人，工兵中佐任之。分司其事。

会计局分四课：曰庶务课，曰计算课，曰粮食课，曰被服课。各有课长、课寮。课长以一等或二等副监督任之。局长一人、监督长任之。副长一人、监督任之。次长三人，一等副监督任之。分司其事。

卿官房之房长，参卿之谋议。课寮任卿之书记。

传令使，任卿之传宣。

总务局长，位权亚于卿，卿有事则代理其务，日巡各局，检查各局长之贤否，诸员之勤惰，行事之迟速，文书之当否。人员、炮兵、工兵及会计局长，虽直隶于卿，而于日行常务亦受辖于总务局长。

每日总务局长至于卿官房与卿议要务，而后集人员、炮兵、工兵、会计各局长及房长于官房，共议分派收受文书、布告条令，及支给财物、交纳器用各事于各局施行之。各局长受其事，分命之课长，课长奉行之，有所可否，则商之局长。课寮所司在搜集案卷，检校文书，誊录稿本。各局各课虽区分其事，然遇诸务丛杂时，卿得令甲局人员兼任乙局，亦可调他局人员互相援助。

诸官员例以午前九时到省,午后四时退省。每夜以课寮一人值宿,诸员退省时必局文书,严管钥,寻常人不许入省。虽官于陆军,必奉使令,乃得至局,否则严禁局员将文书抄与外人。密事告之友朋者,严禁处罚。

凡文书汇于卿官房,课寮收受文书,以朱墨记其日期事由,分致之各局。每七日汇收于记室。其待卿处办者呈之房长,房长呈之卿。其秘密事,房长记之于秘密日记;若未能遽决者,记于别册。每年一月、四月、七月、十月,各局长编稽缓录,聚未决文书,注明其故。凡应发书牍,经课长、局长拟稿,呈之总务局长及卿,经(铃)〔钤〕印乃得施行。已施行,每七日亦汇收其稿于记室。上奏之本,房长记之于密事日记。凡记室分为新旧二库,其十年以前者藏之旧库,十年以内者藏之新库。凡未决文书,各局长写其目,致之记室课记室,每月照目促局长送交。有借览记室文书,必书借券,限三日缴还,不得逾七日。其旧库文书,限八日缴还。

凡创办新政,更改旧章,由太政官交议者,卿集各局长、各课长,使献替可否,并询及其他将校,商议已决,局长作草案呈之卿;卿许可,乃告总务局长。若无异议,即施行;若谓未可,再商之卿。其过误,皆责之总务局长。

所有陆军诸官廨长官,直隶于陆军卿者,曰近卫都督,户山学校长,士官学校长,教导团长,军医本部裁判长,炮兵各方面提理,炮兵工厂提理,工兵各方面提理,军马局长,马医监。

陆军省各局课寮书记定员表

局名	等级	七等	八等	九等	十等	十一等	十二等	十三等	十四等	十五等	十六等	十七等	计
	职名／课名		课寮					书记					
总务局	庶务课	三		四				五			六		一八
	征兵课	二		三				四			五		一四
	武学课	一		二				二			二		七
	军法课	一		二				二			二		七
	勋章课	一		一				二			三		七
	记室课	二		三				四			五		一四
	报告课	一		二				三			三		九
	翻译课			无定员									
人员局	步兵课			三				四			八		一七
	骑兵课	二		三				二			三		一〇
炮兵局	人员课	一		二				二			一		六
	材料课	一		二				三			一		七
工兵局	人员课	一		二				二			二		七
	材料课	二		二				二			二		八

会计局	官名\课名	军吏	军吏副	军吏补	军吏试补	一等书记	二等书记	三等书记		
	庶务课	四	五				二一			三〇
	计算课	五	一三				三八			五六
	粮食课	二	四				一三			四九
	被服课	三	九				二八			四〇

参谋本部

参谋本部,置参谋本部长,以陆军省中参谋长任之。统辖陆军参谋科将校。凡边防征讨之事是其专责,有关于军令,皆由参谋长筹策奏闻。已经御定,乃下陆军卿行之。有军事时,别置监军本部,或特命司令长官。其军令经朝廷裁定,下之于监军中将及司令长官,仍令与参谋长互通谋略。所有陆军省、近卫局六管镇台,皆有参谋将校与焉。参谋本部置总务课,又置管东、管西二局;管东统东部以东,管西统中部、西部以西。所分诸课,在考究地理;一曰测量,均用飞鸟图法,察其经纬线若干度若干分。一曰检察,视其地之险夷高下,如何安营垒,如何便运输,均分派属员司其事。在编辑兵书:一曰编纂,汇聚日本及汉人之古今兵事,考其何以胜、何以败;一曰翻译,将欧美各国现行之兵器、兵制,译而图之,验其若者精、若者良,旁及地方之治体,各国之政要。在制造图版:一图地理,将各国旧行之图及新测之图,举凡都会要区、沿海港汊,均图而刻之;一图器物,将本军应用之器、常备之物,以及堡垒之营筑,炮枪之铸造,均图而刻之。亦有用镜写真法影而像之者。自明治七年二月,设立参谋局以来,十一年十二月改称参谋本部。规模日益拓大,每年刊刻图籍至三四十种,印刷至五六万部。军用电信队,隶于参谋本部,有事之日,分派之师旅团各部。提理一人,以中少佐任之,总理其事。

近 卫 局

近卫都督,以将官一人任之。统御近卫诸兵队。幕中置参谋部,以赞画兵机、佐理军政。又置副官、传令使、文库武库官,以司兵书兵、器之出纳。又置会计部,分被服、计算、粮食三课,以督其务。凡有征调,都督申之陆军卿、参谋本部长,奏请朝旨,乃下都督行之。其他官位进退、经费支给,皆受陆军卿命。近卫兵,选择各镇台兵之身材强壮、品行方正、能晓畅技艺、服役满六个月者充之。分为步兵二联队、骑兵一大队、炮兵一大队、工兵一中队、辎重兵一小队、军乐兵一队,专以护卫京城,非有特旨,不应征发。守卫队分为二宫庙府库,曰仪仗守卫;园庭馆厩,曰通常守卫。守卫专以步兵依次更替,以步兵大队一人为司令。如遇行幸,车驾以骑兵从,徒御则以步兵从。凡改革守卫法,陆军卿、参谋本部长,下都督议,议上奏,请朝裁。京师戒严,所有守卫方略,由参谋本部长规画进奏,请旨行之。若变起不意,由都督临机筹画,事定后具申之陆军卿、参谋本部长。凡元正之朝会、天长节之拜贺及国有庆典、若国皇登极,皇后、皇太子册立之类。国有大丧,近卫兵均备仪仗。若外国君主、皇族特来朝会,其警备道路、护守客馆,亦命近卫兵司其事。每年定期检阅,必车驾亲临,监军部及都督率诸队兵,以供御览。事毕,分别赏罚。若遇近卫兵屯驻各军营内,可与各镇台兵会行大练兵式及阅兵式,有事亦与镇台兵会合。

近卫兵额表

兵 种	队 数	每一队人员	总 员
步兵	二联队（即四大队）	六百七十二	二千六百八十人
骑兵	一大队	百五十	百五十
炮兵	一大队（即二小队）	百三十	二百六十
工兵	一中队	百五十	百五十
辎重兵	一小队	八十	八十
合计			三千三百二十人

六管镇台

分全国地为七军管，与三府三十六县相峙，以保安管内。北海道为第七军管，现隶于开拓使，尚未设立，故只称六军管。其区分之法：第一军管为东京镇台；第二军管为仙台镇台；第三军管为名古屋镇台；第四军管为大阪镇台；第五军管为广岛镇台；第六军管为熊本镇台。军管之下分十四师管，军管足以兴一军，师管足以兴一师，故名。师管之下分四十一营所，并师管为五十五所。分管之地，详于表内。凡军管镇台所在即为师管之一，故共五十五所。各画区域，分镇其地，尚有要地须分营驻札，俟兵额增加，再行配置。凡屯营转徙，皆受陆军卿节制，若有缓急，牒知地方府知事、县令，选便宜之地，权移于此，即告之陆军卿。其统辖之法，每二军管兵隶一监军部，第一、第二隶东部，第三、第四隶中部，第五、第六隶西部。此三部之参谋部及本镇台之参谋部，与参谋本部之管东、管西二局相通，为全国陆军经纬。每一镇台置司令长官少将一员，以统督管内诸政，隶于监军中将。有事之日，奉敕指挥军队，其监军充师团长，司令官即充为旅团长，以当一面。平时，监军中将检阅兵队，每年定期监军中将交换其部，巡回检阅。司令官悉遵其令，呈尉官以下拔擢名簿于监军，听其黜陟。每年岁末，司令官会陆军卿、参谋本部长、近卫都督及各局长，于省堂撰定将校进级表，以便次年奉行。自镇台司令官以下，师管隶于军管，分营隶于师管，军令下行，公文上呈，必依其序。其官员之职制，司令长官平时于军人黜陟、经费经画之事，皆受陆军卿指挥。除军令外，以申请陆军卿为常。

　　管下诸兵军伍队列之分合，因时宜有所变更，由监军部上陈于陆军省。凡军中士气之强弱、兵法之生熟、军政之利害、军纪之张弛、兵士之疾病若何，关涉地方民情若何，无队将校之服职若何，营所诸队司令官报之镇台司令长官。司令长官例以三个月经监军部报告其况于陆军省。凡管下屯营、病院、囚狱暨庖厨、廨舍，司令长官时时巡视。凡需用物品，由镇台监督照成规支取；修缮诸工，问工兵方面支给；军器，问炮兵方面，仍牒陆军省，受卿之指挥。其兵士之分业：曰参谋部，曰要塞部，曰宪兵部，各军管宪兵，刻未设立，将来直隶于陆军省。但宪兵屯驻于军管内者，有要事当报之司令官。曰步兵，曰骑兵，曰炮兵，曰工兵，曰辎重兵。

　　其战守之事，在御外侮，靖内患。有事时受命于监军本部。管内警报关涉外国者，非奉朝旨宣战不得动兵。惟事出危迫，速为战备，一面驰报。管内有盗贼窃发，府县已上报，仍听监军部、陆军省、参谋本部指挥。若事机已发，府知事、县令求援，可应其请。其草贼有祸患不测者，司令长官商之府知事、县令，遣人侦探，急陈其形势，密致监军部及陆军省、参谋本部。管内有劫贼，地方警察部求援，可应其请。

　　其卫送之事，凡因朝仪、祭典、宴会、宾礼，派兵警卫，或以兵护送要囚，输送弹药。各衙门有所申请，由司令长官遣派。

其纪律之事，管下诸兵，出入有程，饮食有程，起居有程，日就操练，除操练场外，不许侵扰他地。如欲实发弹丸，演习旷野，由镇台选定一地，与所辖府县商议，经监军部告陆军省，受其指挥。凡军队中有逃亡者，使其队伍长或同队兵士踪迹，捕拿不得，则具报镇台，移牒其本管府县，严加搜捕，每月报之陆军省。凡军人、军属犯罪，随时开军法会议。在东京者，无论轻重，致之陆军裁判所严密审理。

六管镇台表

军管	镇台	师管	营所	步联队	常备诸兵		常备合计
第一	东京	第一 东京	小田原 静冈 甲府	步第一联队	骑第一大队 炮第一大队 炮第二大队	海岸炮 品川一队	步三联队五千七百六十人
		第二 佐仓	木更津 水户 宇都宫	步第二联队	工第一大队 辎重第一小队	横滨一队 新潟一队	工一大队二百四十人 辎重一小队六十人 海岸炮三队二百四十人 平时七千二十人 战时一万二人
		第三 高崎	新发田 高田 新潟	步第三联队			
第二	仙台	第四 仙台	白川 水泽 若松	步第四联队	第三大队 工第二中队 辎重第二小队	海岸炮函馆一队	步二联队三千八百四十人 炮一大队二百四十人 工一中队一百二十人 辎重一小队六十人 海岸炮一队八十人 平时四千三百四十人 战时六千四一十人
		第五 青森	盛冈 秋田 山形	步第五联队			

续表

军管	镇台	师管	营所		常备诸兵		常备合计
第三	名古屋	第六	名古屋	丰桥 岐阜 松本	步第六联队	第四大队 工第三中队 辎重第三小队	步二联队三千八百四十人 炮一大队二百四十人 工一中队一百二十人 辎重一小队六十人 平时四千二百六十人 战时六千三百一十人
		第七	金泽	七尾 福井 敦贺	步第七联队		
第四	大坂	第八	大坂	兵库 和歌山 京都	步第八联队	第五大队 炮第六大队 工第四大队 辎重第四小队 ／ 海岸炮 川口一队 兵库一队	步三联队五千七百六十人 炮二大队四八十人 工一大队二百四十人 辎重一小队六十人 海岸炮二队一百六十人 平时六千七百人 战时九千八百人
		第九	大津	津	步第九联队		
		第十	姬路	鸟取 冈山 丰冈	步第十联队		
第五	广岛	第十一	广岛	松江 滨田 山口	步第十一联队	第七大队 工第五中队 辎重第五小队 ／ 海岸炮 下关一队	步二联队二千八百四十人 炮一大队二百四十人 工一中队一百二十人 辎重一小队六十人 海岸炮一队八十人 平时四千三百四十人 战时六千四百一十人
		第十二	丸龟	德岛 须崎浦 宇和岛	步第十二联队		

黄遵宪集

军管	镇台	师管	营所	常备诸兵			常备合计
第六 熊本	熊本	第十三	熊本 千岁 肥饫 鹿儿岛 琉球	步第十三联队	第八大队 炮第九大队 工第六大队 辎重第七小队	海岸炮 鹿儿岛一队 长崎一队	步二联队三千八百四十人 炮二大队四百八十人 工一大队二百四十人 辎重一小队六十人 海岸炮二队一百六十人 平时四千七百八十人 战时六千九百二十人
		第十四	小仓 冈崎 长马 福对	步第十四联队			

				平时	战时
总计	镇台六		步兵十四联即四十二大队	每队六百四十人	每队九百六十人
	师管十四		骑兵一大队	每队一百二十人	每队一百五十人
	营所四十一	备兵合计	炮兵九大队	每队一百二十人	山野炮兵每队一百六十人 一百三十人
			工兵三大队	每大队二百四十人	每大队三百人
			工兵三小队	每小队一百二十人	每小队一百五十人
			辎重兵六小队	每队六十人	每队八十人
			海岸炮兵九队	每队八十人	每队一百人
				共三万一千四百四十人	共四万六千零五十人

近卫各镇台诸队人员表据十三年六月调查之数

所管	队级数	上长官	士官	下士	兵卒	生产	职工	计	增	减
近卫	步兵三联队四大队	八	一〇六	三三二	二,六〇二			三,〇四八		五一
近卫	骑兵一中队	一	八	一七	一四五		四	一七四	一	
近卫	炮兵一大队	一	一七	四六	二二六		四	二九四	三三	
近卫	工兵一中队	九	七	三二	一四九			一八八	三	
近卫	计		一三八	四二七	三,一二二		八	三,七〇四		五
东京镇台	步兵三联队九大队	一四	三三四	七五六	七,四四二	一,七〇六		六,四五二		三二九
东京镇台	骑兵一大队	一	一六	三六	一五三	一八〇	五	三一七	三六	
东京镇台	野炮兵一大队 山	一 一	一七 一五	四六 三六	二二三 一四四	一〇四 九〇四	四 三	三〇五 二九三	三六	
东京镇台	工兵一中队	一	一三	六四	一五八	八八		三二三	三〇	

续表

所管	队＼阶级数	上长官	士官	下士	兵卒	生产	职工	计	十二年六月三十日比较（增）	（减）
东京镇台	辎重兵一中队	一七	九	二九（内输卒六）	一三七（内输卒六一）	四四		二一九	六七	一〇
东京镇台	计	七	三〇	九六七	四,四〇六（内输卒六一）	二,一四〇	一二	七,九〇九		一七〇
仙台镇台	步兵二联队四大队	七	一〇五	三四二	一七二	八七九	一一	三,〇四五		四七
仙台镇台	山炮兵一大队		九	一七	七五	四五	三	一四八	四五	
仙台镇台	骑兵炮队		五	一七	四四	三五	二	九一	九	
仙台镇台	辎重兵一小队		五	二一		六四（内输卒六三）	二	一〇三（内输卒三三）	一〇三	
仙台镇台	计	七	一二四	三八一	一,八九四	九六九	四	三,三八七	二〇	三五〇
名古屋卫戍	步兵二联队六大队	八	一六四	五〇八	二,三九三	一,〇三四	二二	四二二	五六	
名古屋卫戍	山炮兵一中队		一〇	一一	七二	五二	三	一五四	三九	
名古屋卫戍	辎重兵一小队		六	一一		二〇	二	三九三		一
名古屋卫戍	计	八	一八一	五三七	二,四六五	二〇	四	四,三〇五		二五五

续表

所管	阶级数＼队	上长官	士官	下士	兵卒	生产	职工	计	十二年六月三十日比较	
									增	减
大坂卫	步兵三联队九大队	一五	二四五	七五八	三,五七四	一,六四九	三	六,二四二		三
	野山炮兵一大队	一	一五	四九	一三四	一〇〇	一	二〇二三	三五	
	工兵一大队	一	一三	六一	一四一	九七	一	三〇七	一八	
	辎重兵一小队		六	一五	一〇五	一七	一	一四五	六三	
	计	一七	二九四	九一九	四,〇八六内输卒六二	一,九五九	八	七,二八六	一一三	
广岛	步兵二联队六大队	八	一六七	五二一	三,三九六	一,三三二		四,三九五		二八〇
	山炮兵一中队		一〇	一八	七三	五〇	一	一五二	六〇	
	辎重兵一小队		六	一二	一二	一五	二	三四	三四	
	计	八	一八三	五四〇	二,四六九	一,三七八	三	四,五八一		一八六

至三十，身长五尺以上，能读书作字，品行端方者。五人为伍，有伍长一人。选拔他兵科服役六月以上者，后选宪兵服役六月以上者。二伍有军曹一人，选宪兵伍长服役六月以上者。十伍有中尉或少尉一人。四十伍为一分队，一分队有大尉一人。分队六为一队，一队有中佐一人，掌其司令。现在编一队，内有中佐一人任队长；大尉副官一人，大尉六人任分队长，中尉、少尉共二十四人，准士官下副官一人，曹长六人，军曹百二十人，伍长二百四十人，兵卒千二百人，会计军吏一人，军吏补及副一人，军医若干人，军曹、伍长兼任书记二人，会计或二等或三等书记六人。其自曹长以上，皆选之宪兵本部。队长即为本部长，统率部下宪兵，监视其勤惰，遇有非常之事，速报之内务、陆军、司法各卿及警视总监。每月收各队长报告检核之。关系行政、司法，分呈之内务、司法二卿及检事，亦呈之陆军卿。其系于海军者，专呈之海军卿。分东京府下为六管区，每各管区设若干屯，分遣二伍以上兵屯驻。队长以时巡视各管区、各屯所，副官辅助队长、分队长各司其部下之事，亦以时巡视各分屯。分队长据各屯报告，每七日呈之队长。中尉、少尉分任各管区事，司各屯报告。兵卒巡察，每日记之手簿，以供报告。若遇有外患内变时，其服役法别行编制。

卷二十三　兵志三

陆　军

编　队

凡步兵，五人为伍，四伍为一分队，二分队为半小队，二半小队为小队，二小队为中队，共一百六十人。四中队为一大队，共六百四十人。三大队为一联队，共一千九百二十人。其编制之法，由中队起，每一中队内有上等卒九人，分队长八，锹兵长一。一等卒三十六人，铳卒三十二，剑卒二，喇叭卒二。二等卒一百十五人。枪卒一百四、又五、又六，此三等卒共一百六十人。此兵卒数也。伍长九人，分队长八，司炊事一。军曹九人，半队长八，司被服一。曹长一人，小队副长。小队长四人，少尉二，中尉二。队长一人，大尉。此兵官数也。合四队为大队，卒则倍加其数，官则酌加其数，三大队为联队，官又酌加焉。骑兵以百二十人为大队，炮兵以百二十人为大队，工兵以二百四十人为大队，辎重兵以六十人为小队，海岸炮兵以八十人为一队，积伍而成队，均同于步兵。其每队人数多寡不同，则因各种兵所事之繁简而分之。近卫兵额编队之法较多于镇台，亦因地而置宜故也。

在平时，编制之法，因时地之宜，分各种兵而为屯营，或有步无骑，或有步兵、炮兵，而无工兵。合各种兵而为军营，各种兵均有，惟队数多寡不同。每屯营、军管、师管，必有军吏以司财用，有军医以司医药，有工人以司工役，谓铳工、靴工、缝工之类。又有参谋部以司指画，要塞部以司屯戍，受辖于司令官，而统于监军本部、参谋本部、陆军省。

在战时，编制之法，亦因时地之宜，以步兵二联队或三联队，骑兵一小队，炮兵一大队，工兵一中队，辎重兵一中队，或专以步兵编制。合为一团，曰旅团。以二旅团或三旅团，合为一师团。以二师团或三师团，合为一军团。军团、师团、旅团，各设本营，各有团长，而统于军团长。其所隶有参谋部，以赞机宜；凡部署兵员，进退师旅，侦探敌情，测绘地图，编录日志，赏罚士卒，量度军需，查明死伤，皆其所司。有炮兵部，以司炮弹；凡炮铳弹药及其他兵器营造之事、收贮之事、支给之事、修理之事，皆司之，以时查察多少，俾无匮乏。有工兵部，以司工作；凡器械材料及一切军用营造之事、收贮之事、支给之事、修理之事，皆司之，以时查察多寡，俾无匮乏。有会计部，以司出纳；部中分计算、粮食、被服、病院、邮递五课，凡货币、粮饷、衣服、刍秣、药材、计算之事、支收之事、分派之事，皆司之，以时查察多寡，俾无匮乏。有裁判官，以司军律；军人、军属有犯罪者，审议其罪，送之囚狱。有宪兵部，以司军纪；要在勿使地方民人，或受兵扰。凡追索犯人，护送囚徒，管理图圄，皆司之。有传令骑兵，以司命令；凡传递命令，送致文书，皆司之，有时兼充护卫，并及斥候。有军用电信队，以司电报；凡电线架设之事、撤收之事、修理之事、通信所开闭之事，皆司之，务使各旅团、师团、军团之间互相联络，又使工部电线与军用电线相接续。有辎重部，以运辎重；凡进军、退军、移军，军用物品，皆司其运输。有病院，以司病伤；分治疗、药剂二课，病院即置之营后，若病者多，又设分院，亦可分致之地方医院。有病马厩，以司马病；营中马及所食兽肉有病，皆疗之，并司其屠杀之事、保护之方。有马厂，以司马匹；凡需用马匹，皆司之。并司其保育之方、补充之事。有运输部,以司运输;凡军营一切器用,自陆军各地送于军营,皆司之。预备输卒、驮马、车辆,分派课寮、书记、役人,以济其事,务使无违无误。军中有病者、死者、伤者,亦由其运之内地。惟由此军达彼军,由军营达战场,则辎重卒之事。有补充营,以司补队,凡补充队中补缺之事、编队之事,皆司之。其后备军人员之待缺者、病愈人员之堪役者,亦隶其中。凡军人之列于预备、后备军籍者,遇有事变,即行召集,编为补充兵。其法有二:一则直编预备兵于常备兵,以充实其队。假如常备兵以百六十人为中队,即改以二百人为中队,或二百四十人为中队是也;一则于常备兵之死伤疾病者,补充其阙。假如常备兵病伤十人,即补十人,死亡十人,即补十人是也。又常备兵之新入营者、未卒业者,以预备更易之。使新兵、生兵入补充队,以时训练,其督率预备后军者,即以将校之非役解职者任之。分辖旅团。旅团以镇台司令官为长,受辖于师团。师团以监军中将为长,受辖于军团。军团以监军大将或中将为长。

陆军编制表

阶级	官名		中队各官兵	大队各官兵	联队各官兵	一联队统计	骑　马	
							大队	联队
佐官	大佐				长一	一	一	一
	中佐							
	少佐			长一		三	一	三
尉官	大尉	一等	长一		副长一	七		一
		二等				六		
	中尉	一等	第二小队长一	副长一	锹兵司令一	十六		三
	少尉		第一、第三小队长二		旗手一	二五		

阶级	官名		中队各官兵	大队各官兵	联队各官兵	一联队统计	骑 马	
							大队	联队
下士	曹长	一等	队副长一	下副官一	官附属一	一〇		
		二等				六		
	军曹	一等	半小队长四 司被服一	司书翰一 计官附属一	司武器一 书记一	六一		
		二等	半小队长四	锹兵长一	喇叭长一	五九		
	伍长	一等	分队长四 司炊事一	司武器一 书记一 知病院事一			六〇	
		二等	分队长四	喇叭一			六〇	
兵卒	上等卒		分队长八 锹兵长一			一〇八		
	一等卒		铳卒三二 剑卒二 喇叭卒二			四三二		
	二等卒		枪卒一〇四 枪卒五 枪卒六			一三八〇		
上长官	二等军医正				医官一	一		一
士官	军吏				计官一	一		
	军吏副			计官一	副计官一	四		
	军吏补							
	军医			医官一		三		
	军医副				副医官一	一		
	军医补							

续表

阶级	官名	中队各官兵	大队各官兵	联队各官兵	一联队统计	骑马 大队	骑马 联队
下士	铣工长			一	一		
	铣工		二		六		
	缝工		一		三		
	靴工		一		三		
合计		一八四	一六	一三	二二六九	二	九

步兵兵卒以百六十人为一中队。此表中中队内所列上等、一等、二等卒，共百六十人，即其数也。其余为统兵之官，四中队为一大队，三大队为一联队。兵卒之由小队而中队，由中队而大队，以倍数算。统兵者，由小队而中队，由中队而大队，以递加之数算。大队格内所列一十六人，专记统兵之官，至兵卒之数，第比中队增加一倍，故不复记。联队格内，依例推之。

战时军队各官编制表

部分	军团 职	军团 阶级	军团 员数	师团 职	师团 阶级	师团 员数	旅团 职	旅团 阶级	旅团 员数
参谋部	长	中少将	一	长	大佐	一	长	大中佐	一
	副长	大佐	一	副长	大中佐			少佐	一
	属寮	中少佐	二	属寮	少佐	一	属寮	大中尉	一
		大中尉	二		大中			中少尉	

续表

部分	军团			师团			旅团		
	职	阶级	员数	职	阶级	员数	职	阶级	员数
参谋部	将校			将校					
	副官	少佐	一	副官					
	次副官	大中尉							
	传令使	少佐大中尉	三	傅令使	大中尉	二	传令使	少中尉	一
	书记	下士		书记			书记	下士	
	图画			图画					
	译官			译官					
	军乐队								
炮兵部	长	大佐	一	长	中佐	一	长	少佐	一
	属寮	大中尉	一	属寮	中少尉	一	属寮	少尉	一
		下士	一		下士	二		下士	二
	炮厂长	中少佐	一	炮厂长	大中尉	一	炮厂长	大中尉	
	属寮	大中少尉	一二						
		上监护	一		上监护	二		监护	一
		下士			下士			火工长	一
					诸工			铳工长	一
								锻工长	
								木工长	
								鞍工长	

部	军团			师团			旅团		
工兵部	长	大佐	一	长	中佐	一	长	少佐	一
	属寮	大中尉	一	属寮	中少尉	一	属寮	少尉	一
		下士	二		下士	二		下士	
	工厂长	中少佐	一	工厂长	大中尉	一	工厂长	大中尉	
	属寮	大尉	一	属寮					
		中少尉	二						
		上监护	一		上监护	一		监护	一
会计部	长	会计监督	一	长	一等副监督	一	长	二等副监督	一
		军吏	一						
		军吏补	二		军吏副副补			军吏副	一
		军吏副	二						
		书记			书记	二		书记	二
	计算课长	副监督	一	课长	二等副监督	一	课长	军吏	
	粮食课长	副监督	一	课长	二等副监督	一	课长	军吏	
	被服课长	副监督	一	课长	二等副监督辅	一	课长	军吏	
	病院课长	副监督	一	课长	二等副监督辅	一	课长	军吏	

		军团		师团			旅团		
会计部	邮便课长	副监督	一	课长	军吏副	一	课长	军吏	
		课僚			课僚			课僚	
		书记			书记			书记	
裁判官		评权评事	一						
		大中理	一		大中主理	一		中少主理	一
		大少录事	一		少录事	一		少尉录事	一
宪兵		大尉	一						
		中尉	二		中尉	一		中尉	一
		少尉	二		少尉	一		少尉	一
		军曹	八		军曹	四		军曹	四
		司给养军曹	一		司给养军曹	一		司给养军曹	一
		喇叭卒	二		喇叭卒	二		喇叭卒	二
		监狱卒							
		会计卒							
		伍长	一六		伍长	八		伍长	四
		卒	八〇		卒	四十		卒	二〇
传令骑兵		兵	半小队		兵	半小队		兵	半小队

续表

	军团			师团			旅团		
军用电信队	提理	中佐	一						
	副提理	少佐大尉	一						
	输送长	少尉	一						
	计官	军吏副补	一						
辎重部	长	大中佐	一	长	中少佐	一	长	少佐	一
	属僚	大尉		属僚	大尉		属僚	中少尉	一
		卒	二小队		下士			下士	二
					卒	一小队		卒	一中队
病院	长	军医监	一	长	一等军医正	一	长	二等军医正	一
		军医正	一						
		军医	二		军医	一		军医	一
		军医副补	二					军医副补	一
		保护人卒			保护人卒			保护人卒	
				治疗课长	军医	一			
				药剂课长	军医副补	一			
					保护人卒				

		军团			师团			旅团	
马	长	骑兵少佐	一						
	属寮	骑兵中少尉	二						
		下士							
厂		工长							
病	长	马医监	一	长	马医	一		马医	
		马医	一		马医副	一			
马		马医副补	二		马医补	一		马医补	一
厩		马医生	三		马医生	二		马医生	
		看马卒			保护卒				
运				长	中佐	一			
				属寮	少佐	一			
输					大尉	一			
					中少尉	四			
部					下士				
补	司令	中少佐	一						
	副	大尉							
充	附属	中少佐下士	二						
营	养所生								

战时军用电信队编制表

官等	本部		总员计	
	人员	马匹	人员	马匹
参谋中佐	提理一	乘马一	一	一
少佐	提理一	乘马一	三	三
大尉				
中尉			一五	七
少尉	输送长一			
曹长	书记一			
军曹	器械挂一		六〇	
伍长	书记一			
一等技手				
二等技手			八〇	
三等技手				
一等建筑卒			一一二	
二等建筑卒				
一等卒			一〇二	二七
二等卒				
军吏副	计官一	一		
军吏补				
合计	七	二	二七四	三八

官等	本部		一小队总员计五小队			
	人员	马匹	人员	马匹	人员	马匹
参谋中佐						
少佐					一	一
大尉	队长一	乘马一				
中尉			小队长	乘马一	十	五
少尉			技监一			
曹长			建筑长一			
军曹	输送挂一 书记一		一等建筑师一		三十九	
			通信所长三			
伍长	书记二		二等建筑师二			
一等技手						
二等技手			通信手十		五十	
三等技手						
一等建筑卒			建筑手十六		八十	
二等建筑卒						
一等卒			传令步兵九		六十	十五
二等卒传			传令骑兵三			
军吏副		一				
军吏补						
合计	五	一	四十七	四	二百四十	二十一

第 一 电 信 队

官等	本部		一小队总员计二小队			
	人员	马匹	人员	马匹	人员	马匹
参谋中佐						
少佐						
大尉	队长一	乘马一			一	一
曹长			建筑一			
军曹	输送挂一		一等建筑师一		一八	
	书记一		通信所长三			
伍长	书记二		二等建筑师二			
一等技手						
二等技手			通信手一五		三〇	
三等技手						
一等建筑卒			建筑手一六		三二	
二等建筑卒						
一等卒			传令步兵十五		四二	一〇
二等卒			传令骑兵六	乘马六		
合计	五	一	六一	七	一二七	一五

第 一 电 信 队

（表头）

教 习

　　有教士官者,曰士官学校,曰户山学校,明治元年七月始设兵学校,后改兵学寮。六年十月设士官学校。七年一月设户山学校。至八年五月废兵学寮,改士官、户山学校隶于陆军省。别为幼年学校,后并于士官学校,为幼年生徒。皆以少将一人为学校长，又置佐、尉官，并大小教官，分司教职。士官生徒兼用华士族、平民，先呈誓愿书、履历书，并有保人。入校之初，问其年，十五岁以上廿五岁以下。验其身，强弱何如。考其材能，曾读书否，能作文否，通算数否。合格乃选取之入校，分部学习。随入校之年分深浅，学术精粗而分之。其幼年生徒所习学科，曰佛学，分翻译、地理、作文、历史、正字法、文典、书法、读法八目。曰汉学，分讲解、作文二目。曰数学。分数学、代数、几何三目。术科，曰体操。即运动身体。第三部生徒所习学科，曰数学、几何学、理学、化学、地学、画学、图学、佛语。学术科，曰新式生兵学、撒兵学、射的、谓立的以枪铳射之，以验其准否。体操、乘马、步兵内务书、摘讲。新式步兵、摘讲。操典生兵。摘讲。第二部生徒所习，其特科，特科谓不分科者。并步、骑兵科之学科，曰理学、化学、图学、画学、佛语学、立体几何学、标高几何学、马学、地学、测量学、临时筑城学、炮兵学、兵学、地理图学、建筑图学。特科并骑兵科之术科，曰骑兵操典、步兵生兵学、小队学、乘马演习骑兵阵中轨典、讲义。骑兵内务书、讲义。骑兵操典、讲义。野营演习。六周时，每周为七日。第一部生徒所习，其步、骑、炮、工兵科之学科，曰化学、理学、佛语学、画学、图学、重学、代数学、军人卫生学、地学、马学、法度给养学、军路学、射的学、兵学、筑永久城学、地理图学。炮、工兵科加课，曰炮兵学、二面几何学。步、骑兵科加课，曰筑城学、数学。其骑、炮、工兵科之术科，曰骑兵操典、乘马小队学、大队学、骑艺、骑兵阵中轨典。讲义。骑兵内务书、野营演习。其步兵科之术科，曰新式步兵生兵学、半队学、中队学、实地演习轨典、野营演习。六周时。各分其等级，第其深浅而受业焉。学、术二科之分类，生徒受业随时不同，此特举其大纲耳。

　　凡在校中，习业有程，起居有程，饮食有程，游息有程。不守规矩者有罚，自暴自弃者禁锢，情重者则除名焉。所受之业，教师为讲解，凡城垒建筑之法，地势测量之法，铳炮制造之法，队伍分合之法，步伐整齐之法，马骑控御之法，弹丸发送之法，图绘摹写之法，器用修理之法，皆绘以图，贴以说。说所未尽者，复分析其形，模造其体，捏纸、抟泥、刻木、镕蜡、铸铁，肖其形体而作之，昔沈适使辽，以蜡以木作地图，肖其山川高下，林野险夷之势。今西人学校多用此法。务使诸生徒心目了了，以尽其术。又于野营演习时，召试之，以练其材，以观其能。有考试之法，每月有小试，教师校其人之勤惰、业之进退而定级。每半年有中试，校长出临每科，各以一教官参列其席。期年则大试，或陆军卿，或参谋部长，亲策问之。已满学期则大试。学期以六年卒业，士官学校现于十二年十月大试，分给卒业文凭。试而入选者，给以入选之文凭。校长以时简拔，以补充陆军各科将校下士官之缺乏。拔其尤者，使留学泰西诸国，亦有别遣士官，附居使馆，以时考究诸国兵制，或遇战事，则特遣使往观焉。户山学校，大概同于士官学校，但其生徒采用常备各队之士官，及下士又不分炮、骑、工兵等科，而分生徒为士官、下士二种，所业术科较多于学科。有教伍长者，曰教导团。明治二年，改兵学校为兵学寮，始设教导团。八月废兵学寮，改隶于陆军省。为陆军下士生徒，即教以下士学术。生徒采用陆军诸卒，华士族、平民愿入学者，亦考验而采用之。凡生徒分为六科：曰步兵，曰骑兵，曰炮兵，曰工兵，曰辎重兵，曰各兵喇叭，别有军乐生徒。已卒业分任各兵伍长，属常备队。各镇台诸卒在团卒业者，还旧镇台，充下士补阙。近卫及队外生徒暨华士族平民在团卒业者，分配之本籍镇台诸队，充下士补阙。其下士任职中愿入士官生徒学校者，许其考试入学。在团修业时，愿为士官生徒者，能立品勤学，经团长允许，亦可就试。

有教炮者，隶于东京炮兵工厂。初名炮兵本厂。明治十二年十月，隶于东京炮兵工厂。分火工、木工、铳工、锻工、铸工，各为专门之业，火工学制大小炮之弹药及火具、火箭，铳工学锻铁炉、研制机整筒嵌床制剑，木工学篋匠、车匠并杂事，锻工学锻铁炉、研镶嵌，铸工学摹形铸造。以数学、图画学、佛语学为学之兼业，以大小炮使用射的为术之兼业。有教医者，曰军医学舍，专习军医，考其治疗之方，药剂之法，解剖之术。有教马政者，曰军马局马医学舍，明治五年十月，始设马医学舍。十三年四月，改隶于病马厩。以蹄铁工生徒为专科，谓马蹄所嵌之铁。兼习饲秣之方，保育之事，治疗之法，解剖之术。有教电信者，明治十三年，始设隶参谋本部。为电信生徒，考其替代之字，句读之法，传递之方，是皆专设学舍以教人者。其在近卫各镇台之兵，各设操练场，每日伍长率其队伍，以时操练，犹有余暇，并及戏跃，以壮其力。若投石、超距、蹴鞠、千秋之类。教习之外，又有演习，由近卫镇台纠合其军管师管之兵，谓之小演习。由监军部纠合二军管之常备、预备军，并合近卫兵为师团旅团之式，谓之大演习。择旷野适宜之地，先期派审查官，定时日、场地、屯所、方略，呈参谋本部长。部长绘其图，请旨裁夺，下师团长施行之。每为两军对敌之状，凡引军、出军、侦探、发哨、布阵、施令、交战、围困、追逐、得胜，递于撤队、收军。其中粮饷之预备，器物之分给，辎重之运输，医药之治疗，器械之修理，电信之交通，以及临时堡垒之营筑，桥梁之架设，皆一一与战时无异。事毕而还，演习之时所悉利弊，记之于册，详议而酌改之。

士官学校生徒现在人员表据十三年六月调查之数

阶级	上长官	士官			下士			四年生徒	
	少佐	大尉	中尉	少尉	曹长	军曹	伍长	生徒少尉	
								炮	工
现员	一	三	五	五	四	一九	二	一四	一

阶级	三年生徒					二年生徒			
	工	步	骑	炮	工	步	骑	特科	无科
现员						四六	三	一三	七二	二〇五

教导团诸队人员表据十三年六月调查之数

阶级\队数	士长官	士官	准士官	下士	生徒	乐生	兵卒	计	十二年六月三十日比较	
									增	减
步兵一大队六中队										
骑兵一中队										
炮兵一大队										
工兵一中队										
军乐二队										
计										

军用电信队现在人员表

官等	士官			下士			电信技手			生徒	生兵	计
	大尉	中尉	军吏补	曹长	军曹	伍长	一等	二等	三等			
现员	二	二	一	三	八	四	二	一	一	四〇	三〇	九四

炮兵工厂诸工生徒现员表据十三年六月调查之数

生徒种类	人员	十二年六月三十日比较	
		增	减
火工	四二		五
铣工	一四		九
木工	五		一五
锻工	一五		一一
鞍工	一二	一二	
铸工	一二		二
计	一〇九		三九

蹄铁生徒现员表据十三年六月调查之数

阶级 生徒	人员	十二年六月三十日比较	
		增	减
一 等	四		七
二 等	十三	四	
计	十七		三

海外留学生现员表 据十三年六月调查之数

国名 ＼ 科目 官等		参谋	步兵	炮兵	工兵	医学	无科	语学	计	十二年六月三十日比较	
										增	减
独	中尉	一							一	一	
	少尉			一					一	一	
	出仕					一			一	一	
佛	中尉			二	二				四	四	
	少尉		二						四		一
	学生							二	二	二	
清	学生							一六	一六	一六	
朝鲜	学生 二级								一	一	
	学生 三级								一	一	
	学生 无级							八	八	八	
浦潮斯德	学生							五	五	五	
计		一	一	五	三	一	二	三一	四四	三八	

检　阅

　　每岁监军部奉诏命,检阅全国诸兵,分为东、西、中三部。东部军管第一、第二,中部第三、第四,西部第五、第六。而陆军省、参谋本部、监军本部、裁判所、军马局、病马厩,亦分属三部。例于十月一日始,十一月三十日毕。惟陆军省各官廨之在东京者,依时宜先后,无定期。近卫队必以车驾亲临,为定期。特命监军部长一员、监军部参谋佐官二员、传令使一员,以步、骑、炮、工兵,会计、军医、马医诸官为随员,各镇台营管先条理其所辖之事,作为簿牒,曰号令、布告、纪录,曰将校以下黜陟赏罚录,曰人员马匹簿及表,曰兵器、马具、书籍、杂器物及表,货币、粮食、薪炭、衣服、营具簿及表,曰药剂器具簿,曰城垒、营廨、仓库地界纪录及图,呈之监军部长。部长检阅之法,各分其事;一〔曰〕队伍之检阅,兵之体格,马之骨相,兵之被执之法,马之装束之法,车马器具之配置之法,亲检视之,以观军容。二曰部署之检阅;将校以下赏罚进退,人员之迁转,马匹之增减,亲点视之,以观军政。三曰学术之检阅;凡学科技术摘义以问,令之作文制图,亲考验之,以分优劣。四曰操法之检阅;曰操练,曰射的,曰体操,以观生熟。五曰材料之检阅;凡军中需用一切器品,据牒点其数之多少,验其器之良楛。六曰会计之检阅;凡军中出纳一切财货,据牒勘其数之多少,查其算法之疏密,并所有券契有无伪造。七曰城寨、营廨、仓库之检阅;旧者有无损坏,新者能否坚固。八曰医术之检阅。病人、病马之景况,治疗药剂之方法。部长到其地,见其地方府知事、县令,及东京警视本署,并上等裁判所地方裁判所官长,详问屯驻之兵与其地方人民有无扰害、能否和合,然后分事检阅。已毕,则集合所在之兵,行观兵式,由部长时宜。惟近卫诸兵,必待车驾亲临乃行。部长有意见,告之于司令官。其将官各呈队下之拔擢名簿于部长,部长奖其勤能,黜其懈惰,记之于簿,以待迁转。部长覆命,必奏各管所阅之情状,以供御览。其敕任以上诸官,则陆军卿会参谋本部长、监军部长及各营长官、各廨长官,议定其拔擢名簿奏闻,以取进止。

预　　备

各兵所用兵器,以炮兵、工兵为多。兵器不可以仓卒备,故别设。炮兵方面,又于东京、大坂分设炮兵工厂,初称炮兵本厂、炮兵支厂。至十二年十月,改称炮兵第一、第二方面,并分设工厂。工厂以司制作,方面以司支发。东京工厂所属,有小铳包火药制造所,共三处。有火工所、大炮修理所。大坂工厂所属,有制炮所、未落成。制弹所、制车所,有火工所、小铳修理所,别有小铳制造所,方事建筑,尚未落成。十三年六月,时约成十分之八。铳包制造所,亦未落成。计十四年六七月间,可以竣工。火药制造所:一在东京府丰岛郡之坂桥,为旧厂;一在群马县下上州岩鼻,营筑方始,将来竣工,每一日可造火药六百基。法国记数之名,每一基当日本一千五百九十五贯余,约当中国一万斤。炮兵所属兵器库凡四处,均在东京。火药库凡十七处,分设东京、大坂府、堺县、和歌山县、滋贺县、鹿儿岛县、石川县等处。又仓库凡六处,均在东京。作硝场一处,在鹿儿岛县。兵初用来福枪,至明治九年十月,近卫镇台始换用士乃得枪,亦有换马梯呢者。明治十二年间,在欧洲购买马梯呢枪一万二千九百十二枝。十年二月后,来福枪全废不用。或以供军中演习之用。炮兼用克虏伯及谙士突郎布鲁戛士。现在工厂未能制大炮,而马梯呢、士乃得之枪,均能制造。有炮兵大佐村田某,以新法制铳,经炮兵会议所议,用名为村田铳。炮兵会议自九年七月始,每年召集将佐会议,兵器弹药之式样、炮兵之制规,议定乃行。工厂中遂摹造施用。此村田铳,曾经陆军省分赆各国。其工事亦颇有进步矣。日本弓矢颇为擅长,喜以强弓劲矢夸人,弓长凡七尺五寸,有所谓十人张者,即合十人之力以挽之。矢长凡十五束,每束二寸五分,合三尺七寸有奇,镞长四五寸许。天下万国弓矢无如此之长者。源氏之兴,即以善射鸣。战国以来,士夫无不习射者。至枪炮兴而弓矢无用,遂成废物。亦有甲胄刀剑,今皆废弃不用。附识于此。工兵所司,凡营垒城堡之建筑,桥梁道路之修理,以及军人驻居之室,埋葬之地,皆其所司。工厂所用器械,皆由工兵方面制造支给。分工兵为六方面。计明治十二年七月至十三年六月,工兵营造房屋凡一百一十一所,其既竣工者七十八所。凡工兵所用器具,出于日本旧式者仅十之二;出于欧洲新式者凡十之八。

卷二十四　兵志四

陆　军

经　费

明治二年始设兵部省,定额每月金六万元,米八百十石。三年亦同定额。四年自三年十月起至是年九月止。定额,一年米三十万石。此内米二十八万石。当时米价值金一百八十七万七千八百二十六元,又增额外金一百五万四千九百六十余元,又增亲兵费三十三万二千七百余元,合二年、三年两岁之额,犹有余金二千五百八十余元交还大藏省。五年定额金自四年十月起至是年九月止。八百万元。是年支用七百七十三万零七百四十六元,余金二十六万二千七百余元交还大藏省。六年定额金九百二十三万六百元。本系定额八百万元,因五年改历,将五年十一、十二两月并入,是年故有此数。又额金十一万五千四百余元,御亲兵解队费十四万七千五百余元。是年支用六百九十四万零六百零九元,余金二百零二万八千六百四十元交还大藏省。七年定额金自正月至十二月。八百万元。是年支用金七百九十三万三千一百四十①,余金六万六千八百五十五元交还大藏省。八年,半年内定额金四百万元。是时支用三百八十九万八千

――――――――――

①　按以下余金数,"四十元"当为"四十五元"。

三百十五元,余金十万一千六百八十四元交还大藏省。八年度自八年七月至九年六月,称为八年度。是时由(大)〔太〕政官颁行会计法,皆从本年七月起至明年六月止为一年。以后称为某年度者,准此。定额金六百九十四万六千二百七十五元。是年支用六百七十七万四千一百一十五元,余金十七万二千一百五十九元交还大藏省。九年度定额金七百二十三万一千八百六十九元。是年支用六百七十八万八千一百五十八元,未经决算金十七万九千四百十四元,余金二十六万五千二百九十五元交还大藏省。十年度定额金五百八十五万元。是年支用金六百一十二万六千三百五十一元。十一年度定额金五百七十四万三千一百元。是年支用金六百四十二万四千一百四十五元。十二年度定额金七百一十九万零一千元。别有增额金、临时费金,合共八百三十一万四千一百二十二元,是年共用八百一十四万三千四百三十一元,未决算费二万三千四百九十元,余金一十四万七千二百零九元交还大藏省。十三年度,预算金八百一十五万一千元。维新之后,每岁递增,十年之间,合计已用六千余万元。而明治五、六两年福山等九处暴徒镇抚费、明治七年佐贺征讨费,凡用金九十一万六千二百八十四元。及是年台湾之役、凡用金七百七十一万八千三百十四元。八年朝鲜之役、凡用金四十九万五千六百二十三元。十年鹿儿岛征讨费,凡用金四千二百一万元。不在其内。凡经费预算,一年所用,呈之太政官,经太政官核定支给,名为定额金。金额之外,有一时费,有临时费,亦预计其数,请太政官支给,名为额外金。总称为预算。每一年则开列支用款目,呈之太政官,有余缴之大藏省。一时未能清算,名曰现计。一切清款,名曰决算。若有征战非常之事,则别支巨款,不列于经费。今将明治十二年度经费列表于左,可知其经常费用之大概云。

陆军经费出入表

收入款	元		收入款	元	
定额金	七,一九〇,一〇〇	〇〇〇	增额金	三五六,一二二	〇〇〇
虎列剌病预防费	三五,三三八	〇〇〇	正货交换差额费	三六,五四一	〇〇〇
户山学校竞马场费	六,一二一	〇〇〇	负伤病者费	六五,〇〇〇	〇〇〇
海岸防御费	一三〇,〇〇〇	〇〇〇	金泽步兵营建筑费	三六,二五三	九六〇
兵器购入费	二〇一,三九五	三三六	兴业费	二九〇,一六〇	三三六

总计八百三十一万四千一百二十二元四十六钱二毫。

续表

支出款	元		支出款	元	
本省	一,八四五,〇二七	一四七	炮兵会议	一九,九九二	〇四七
近卫局	四二七,六二一	〇一〇	土官学校	一三,七三八	〇二六
东京镇台	八九二,三三〇	三八七	仙台镇台	三六七,三四五	九三四
名古屋镇台	四八七,六〇六	二五七	大坂镇台	八五四,七三四	五三四
广岛镇台	四七八,六六三	九六二	熊本镇台	六三三,九六三	八八八
户山学校	四二,五四七	四〇一	教导团	二七二,九九二	一四七

续表

支出款	元		元
军医本部	九〇,〇五三 三三二	裁判所	二二,〇三八 二一六
炮兵方面第一	二六,八九二 四五二	炮兵方面第二	八〇,九一二 一五一
东京炮兵工厂	四,五九三 六四〇	大坂炮兵工厂	二,六四〇 二〇〇
工兵方面第一	二三六,五八六 六八〇	工兵方面第二	五四,四〇七 八六八
工兵方面第三	九四,八三四 八五七	工兵方面第四	四三,八八五 一一四
工兵方面第五	四一,〇三六 六〇七	工兵方面第六	五六,三五六 六〇
军马局	一二〇,一六五 三八九	病马厩	二三,三二〇 六九三
兴业费	二九,一六五 三三〇	负伤病者费	五九,七一三 三九六
海岸防御费	五〇,二八八 二五五	参谋本部	二三五,二〇七 〇八一
监军本部	五八,四四三 五五七	经费共计	八,一四三,二四一 二五九
未决算费	二三,四九〇 六二〇	余金交还大藏省	一四七,二九〇 五八一

总计八百三十一万四千一百二十二元四十六钱二毫。

续表

定额各款	元		元
俸给	七一一,二二三	给与	二二五,二四九,〇二三
旅费	二一七,〇八八	被服费	七四,九九五,八四二
厅中费	二六七,四五七	阵具费	三三,九九〇,八八一
野营行军费	一〇四,九二九	兵器费	五五〇,九六三,九五一
弹药费	二七六,九二四	厩费	一八,二六九,五二七
内国生徒费	二六,七八〇	外国生徒费	二〇,四〇九,二五九
征兵费	六六,〇〇〇	外国人诸费	五八,六一六
后备军费	一〇七,五三五	患者费	五五,八八七,一三
徒刑费	一九,四五二	囚狱费	一六,三五六,八八四
营署费	一三七,七二四	步兵队费	二,七八四,一五八,六〇四
骑兵队费	一一四,三一九	炮兵队费	三八,七五八,三一六
工兵队费	三三一,二三八	辎重队费	七六,四二二,〇八七
军乐队费	一〇,六八三	虎列刺病预防费	三五,五七九,七一〇

续表

额外各款	元			元	
俸给	一五,九九一	二一三	给与	三七,五〇七	六三七
旅费	四七,四二三	二三六	厅中费	五,四二九	二八〇
外国生徒费	四,七七二	〇九四	外国人诸费	一,四九三	〇〇〇
患者费	一,六七九	四六九	营缮费	一五一,五七九	〇四一
靖国神社寄附金	七,五〇〇	〇〇〇	偿欠	一,五二八	六三九
临时营缮费	一七,〇七六	二一五	兴业诸费	二九〇,一六〇	三三六

定额、额外总计八百一十四万三千六百一十元。

军　　律

凡军人、军属皆别设军律，不与凡民齐从。前所行律，其处分将校者，曰自裁，曰夺官，曰回籍，曰停官，曰降官，曰闭门，曰谨慎。处分下士兵卒之律，曰死，曰徒，曰戒役，曰黜等，曰降等，曰杖，曰笞，曰禁锢。至明治十四年四月，司法省既改颁法律，因亦改正陆军军律，凡军人、军属皆受治于此律。惟在预备、后备军籍者，除召集时及有特例外，不依此刑法处断。总分为重罪、轻罪二种。重罪之主刑，犹曰本律。一死刑，二无期徒刑，三有期徒刑，四无期流刑，五有期流刑，六重惩役，七轻惩役，八重禁狱，九轻禁狱。轻罪之主刑：一、重禁锢，二、轻禁锢。其附加刑：亦曰闰刑。一剥夺公权，二剥官，三停止公权，四禁治产，五监视，六没收。以上各罪名，皆详《刑法志》中。

凡于陆军法衙处死刑者，皆铳杀之，非奉陆军卿命不得行。惟行军合围之地，有特权者，亦得行之。徒刑不分有期、无期，发遣岛地使服役，满六十岁者免苦役，酌派相当之役。有期徒刑十二年以上十五年以下。流刑不分有期、无期，幽于岛狱，无期流囚已过五年，行政官得因其人品，令出狱，在岛内居住。有期流囚过三年，亦如之。不服役。有期流刑十二年以上十五年以下，惩役入内地惩役场，使服役。满六十岁者免苦役，酌派相当之役。凡服役囚人所得工钱，从监狱规则分之若干以供狱费，若干以给囚人。但服役不满一百日，不许分给。重惩役九年以上十一年以下、轻惩役六年以上八年以下，禁狱入内地狱，不服役。重禁狱九年以上十一年以下、轻禁狱六年以上八年以下，禁锢入禁锢场服役，轻禁锢不服役。禁锢不分轻重，皆十一年以上五年以下，仍各就本条，区别长短，于陆军法衙依通行刑法，应罚金、科料者，详《刑法志》。限内不完纳，则换禁锢拘留。其附加刑之处分，有既科主刑即科附刑者。如处重罪刑,即剥夺终身公权,在刑期内禁治家产。处禁锢者,即剥官,在刑期内即停止公权。处轻罪刑付监视者,在刑期内即停止公权是也。有减轻主刑而科附刑者,如处重罪刑者,已过期三分之二,则付于监视。如有期徒刑十二年之三分之二,即八年。有既免主刑而后科附刑者,如徒流禁狱者,既出狱,而仍付监视是也。凡监视者,行政官得因其品行酌量假免之。大概同通行刑法。惟下士诸卒犯通行刑法,虽处禁锢,于常备、预备、后备之役限中,仍不免役。又下士诸卒犯此刑法及通行刑法应付监视者,亦不付监视。又本律无正条者,得引通行刑法处断,惟犯此刑法杀伤人者,照通行杀伤律从重处断。此律之纲领也。

其通行刑法中,所载刑期计算、假出狱期满,免除复权诸例,皆依行之。详《刑法志》中。其用之以行刑法者,有曰加减例,加重者,自无期徒刑以下,虽加,不得入死刑。有曰不论罪及减轻例,有曰自首减轻例,有曰酌量减轻例,有曰再犯加重例,但非再犯,陆军刑法不论。有曰加减顺序例,有曰数罪俱发例,有曰数人共犯例。军人与非军人共犯罪,军人依陆军刑法处断,非军人依通行刑法处断。惟非军人而犯军法者,不在此限。有曰从犯例,有曰未遂犯例。其处置之法,亦大概同于通行刑法。

至军人、军属所犯之罪,统分为八类:

一、反乱　军人凡称军人,统将官及其同等官、上长官、士官、下士诸卒而言。结党执兵器为反乱者,其倡乱魁首及指挥群众、管理枢要者,皆处死。情状轻者,处无期流刑。司诸职事,资给军用统兵器、弹药及军需诸物。于乱党者、劫掠军用者,将校处死刑,余处有期流刑。情状轻者,处禁狱。襄助其事、服从其事者,处轻禁锢。军人谋乱,故杀镇抚官及妄毁家屋、船舶、仓库者,处死刑。军人为利敌军,以所部兵队、所有军用及关于军事之土地、家屋、船舶付于敌者,烧毁关于军事之家屋、船舶、枪炮及其他物品,毁坏可供战用之道路、桥梁、汽车、电线、村落、森林者,指告要害,或开示密书暗号、漏泄军机者,于受围之地,欲令其司令官凡称司令官,谓一军一团,其他一部长之任司令者。降于敌者,为敌募兵者,在敌前诱队兵溃散、阻队兵集合者,致军用缺亡者,叫呼喧哗造言飞语者,通信于敌者,诱助容隐间谍者,放纵俘虏降人或劫夺者,皆处死刑。欲犯诸罪为预备者,照本律减一等;虽经预备,于事前自首者,免本刑,付监视,将校加剥官。为犯罪人会议贷与家屋者,处轻禁锢。军人抗违上官命令,凡称上官者,谓同任一事官等居上者,或虽同等而取事居上者,凡在其部内皆称上官,虽上等卒,其部下亦准之。在敌前处死,在临战合围之地处轻禁锢。若二人以上共犯,在敌前皆处死,在军中或临战合围之地,首、从分别处治。

二、擅权　受司令官停战命令犹浪战者,背司令官命擅进退兵队者,皆处死。擅募人充队伍者,处轻禁锢。

三、辱职　要塞司令官及堡垒司令官临敌不尽职而遽降者、举所辖之地予敌者,处死。司令官在野战之地率兵队降敌者,处轻禁锢。其不尽可尽之职者,处死刑。势穷力竭,出不得已而后降者,仅轻禁锢;犹可有为而不为,乃处之死。同一降敌而轻重悬殊,所以体人情、警军职也。将校在敌前不尽职而遁者,处死刑。将校当部下兵徒扰乱不尽法以镇抚者,处轻禁锢。

四、暴行　军人对上官为暴行,处轻禁锢。二人以上同犯,首、从分别处治。若当上官行公务时犯者,加一等。其用兵器凶器者,处死。军人对哨官凡称哨官,谓兵队之备仪仗者、司巡察者、守卫者。为暴行,处轻禁锢。用兵器凶器者,处有时流刑。二人以上共犯,首、从分别处治。用兵器凶器,魁首处死刑;首魁虽不自用兵器凶器而使人用之者,亦处死。军人对同等或其下等当行军务时为暴行,处轻禁锢;用兵器凶器,处重禁狱。二人以上同犯,首、从分别惩治。用兵器凶器,首魁处有期徒刑。军人集众为暴行者,首魁处重禁锢,余分别惩治。当官吏行职务时,犯者加一等。集众相斗殴者,首魁处轻禁锢,余分别惩治。军人劫夺俘虏降人以暴行逼胁致令逃走者,处重禁狱。军人在战场褫夺受伤人衣服财物者,处重惩役。若杀伤者,处死刑。军人毁坏军用之工厂、船舶及贮藏军需之仓库,及可供战用之房屋、垒栅、桥梁、汽车、电线者,处重惩役。放火者,处死刑。军人于敌前军中及临阵合围之地放火于覆藏枪铳、弹药、刍粮、被服等处者,处死刑。在其他之地,处重惩役。军人毁弃枪铳、弹药、被服、刍粮诸物及杀伤马匹,处重禁锢。哨兵、卫兵妄发铳炮者,军人于操练时或发礼炮、号炮时妄以他物杂入者,皆处轻禁锢。

五、侮辱　军人骂詈上官或侮慢者,处轻禁锢。当上官行公务时犯者,加一等。军人流布文书、图画,或会众演说诽谤上官者,军人于哨兵或骂詈或侮慢者,军人对同等或下等者当行军务时为侮慢或骂詈者,分别刑期长短,皆处轻禁锢。

六、违令　军人对哨兵犯哨令者,军人擅发哨令或违之者,哨兵擅离守地者,哨兵因睡眠或昏醉不省事者,皆处轻禁锢。在敌前或临战合围之地及他处,分别刑期长短以处之。军人服军务擅离其地者,在敌前皆处死刑;在军中或临战合围之地及他处,分别处轻禁锢;长官或司令官犯之,加一等。军人战时在军中合围之地,有急呼号炮不来者,掌军用器具无故缺亡者,司令官不从命令,于长官部署变更不从又不申报者,或因事改更暗号不申报者,军人漏泄军事机密者,皆处轻禁锢。征兵无敌后期者,归休兵及预备兵在军籍者,无故而后期者,皆处轻禁锢;在战时加重。军人使之犯者,同罪。军人知有反乱不申告者,军人在敌前军中或合围之地为造言飞语者,皆处轻禁锢。军人使俘虏人脱走者,处轻禁锢。看守护送而犯之者,处重禁锢。又给予兵器指示逃走方法者,处轻禁锢。看守护送而犯之者,处轻禁狱。其看守护送疏防而逃走者,处轻禁锢。其明知而隐匿之者,处轻禁锢。但亲属不论。

七、逃亡　军人擅离职役过六日为逃亡,新兵入营,不满三月者,减一等。在战时军中合围之地,过三日为逃亡;军人得允许而赴他方,过归期十日为逃亡;在战时军中合围之地,过五日为逃亡;军人在公务中擅离职役、因公务赴他方后于归期过六日为逃亡;在战时军中或合围之地,过三日为逃亡;在敌前偶离职役者,即为逃亡;皆处轻禁锢。若军人四人以上共犯逃亡罪者,首魁在战时军中合围之地处轻禁狱,在敌前处死刑。其他各按律处断。逃亡走于敌者,处死刑。

八、诈伪　军人掌粮食,妄以有害养生之物分配者,处轻惩役;因而有致死者,处有期徒刑。受斥候侦察之命为伪报者、诈传命令者,处重禁锢。陆军医官为疾病伤毁之伪证者,处重禁锢;军人受嘱托者,亦同罪。军人伪疾假伤图免兵役,处重禁锢。归休兵及预备兵、后备兵在军籍而图免召募者,同罪。

凡军人、军属有罪,无论告发察觉,在东京交陆军裁判所审断。在各镇台选数将校开军法会议。其纠问口供、推鞫证据,法同常律。罪大者,由陆军卿奏闻而后定之。

行　刑　表

自明治十四年四月始颁新律,其犯罪人之多少,现犹未知。今姑录明治十二年七月至十三年六月行刑表,以觇其概。

刑名＼所阶级＼管	本省						
	上长官	士官	下士	卒	等外以下	徒刑人	计
夺官							
回籍							
停官							
降官							
闭门	一						一
谨慎			一	四	二		七
死							
准流							
徒						二	二
戒役							
黜等							
降等							
杖							
笞							
锢							
计	一		一	四	二	二	一〇

续表

		本　省					
		上长官	士官	下士	卒	等外以下	徒刑人	计
前年度比较	增	一				二		一
	减		三	三	二			五

	近　卫				
	上长官	士官	下士	兵卒	计
夺官		一			一
回籍					
停官					
降官					
闭门					
谨慎		二			二
死					
准流				一	一
徒			一	一七	一八
戒役			三	二二	二五
黜等			五		五
降等			二		二
杖				一二四	一二四
笞				八	八

黄遵宪集

		近　卫				
		上长官	士官	下士	兵卒	计
锢				八	二二	三〇
计			三	一九	一九四	二一六
前年度比较	增					
	减	一	四	二九	二二一	二二五

	士官学校				
	十官	下士	生徒	等外以下	计
夺宫					
回籍					
停官					
降官					
闭门					
谨慎	二				二
死					
准流					
徒		三		一	四
戒役					
黜等					
降等					
杖					

		士官学校			
		十官	下士	生徒	等外以下	计
笞						
锢						
计		二	三		一	六
前年度比较	增	二	二			一
	减			三		

	东京镇台			
	上长官	士官	下士	兵卒	计
夺官					
回籍					
停官					
降官					
闭门					
谨慎		三			三
死				一	一
准流				二	二
徒			五	三六	四一
戒役			四	四七	五一
黜等			一三		一三
降等			六		六

	东京镇台				
	上长官	士官	下士	兵卒	计
杖				三三	三三
答				一三	一三
锢			一四	九八	一一二
计		三	四二	五〇九	五五四
前年度比较 增		一	二		
前年度比较 减				六四	六三

	仙台镇台					
	上长官	士官	下士	兵卒	等外以下	计
夺宫						
回籍						
停官		一				一
降官		一				一
闭门						
谨慎	一			一		二
死						
准流						
徒			八	四	一	一三
戒役				二		二
黜等			二			二

	仙台镇台					
	上长官	士官	下士	兵卒	等外以下	计
降等			五			五
杖				四一		
笞				五		
锢			十	二九	一	四〇
计	一	二	二五	八二	二	一三
前年度比较 增	一	一	八	七	二	一九
前年度比较 减						

	名古屋镇台					
	上长官	士官	下士	兵卒	徒刑人	计
夺官						
回籍						
停官						
降官						
闭门						
谨慎	一					一
死						
准流				一		一
徒			二	九		一一
戒役			一	九		一〇

		名古屋镇台				
		上长官	士官	下士	兵卒	徒刑人	计
黜等				三			三
降等				六			六
杖					一〇二		一〇二
笞					一〇		一〇
锢					六〇		六〇
计		一		一二	一九一		二〇四
前年度比较	增				十七		十
	减		三	三			

	大坂镇台					
	上长官	士官	下士	兵卒	徒刑人	计
夺宫						
回籍						
停官						
降官						
闭门						
谨慎	一	二				三
死				三		三
准流				一		一
徒			一四	四七	四	六五

	大坂镇台					
	上长官	士官	下士	兵卒	徒刑人	计
戒役				二九		二九
黜等			一三			一三
降等			四			四
杖				三七〇		三七〇
笞				一七		一七
锢			一九	一二六		一四五
计	一	二	五〇	五九二	四	六四九
前年度比较 增			一四	七五		八五
减	一	一			二	
	广岛镇台					
	上长官	士官	下士	兵卒	等外以下	计
夺宫						
回籍						
停官						
降官						
闭门						
谨慎	一	一				二
死						
准流						

	广岛镇台					
	上长官	士官	下士	兵卒	等外以下	计
徒			一	三〇		三一
戒役			一	九		十
黜等			八			八
降等			七			七
杖				一三九		一三九
笞				一三		一三
锢			一一	七六		八七
计	一	一	二八	二六七		二九七
前年度比较 增			五	九十一		九十一
前年度比较 减	一	三			一	

	熊本镇台					
	将官	士官	下士	兵卒	等外以下	徒刑人	计
夺宫							
回籍							
停官							
降官							
闭门		一					一
谨慎	一	五	一	二			九
死							

		熊本镇台					
	将官	士官	下士	兵卒	等外以下	徒刑人	计
准流			一	三			四
徒			二	二一		一	二四
戒役			一	一六			一七
黜等			五				五
降等			二				二
杖			一	三七	一		三九
笞				二六			二六
锢			一四	五一	二		六七
计	一	六	二十七	三四六	三	一	三八四
前年度比较 增			二	一一	一		
前年度比较 减		一	一七				二

	户山学校			
	士官	学生	生徒	计
夺官				
回籍				
停官				
降官				
闭门				
谨慎				

		户山学校			
		士官	学生	生徒	计
死					
准流					
徒					
戒役					
黜等					
降等			一		一
杖					
笞					
锢			二		二
计			三		三
前年度比较	增		三		
	减	一		四	二

	教导团					
	下士	生徒	兵卒	等外以下	徒刑人	计
夺官						
回籍						
停官						
降官						
闭门						

	教导团					
	下士	生徒	兵卒	等外以下	徒刑人	计
谨慎						
死						
准流		一				一
徒		六	一			七
戒役		四	一			五
黜等	二					二
降等						
杖		二	一	七	一	一一
笞		九				九
锢	二	六	一			九
计	四	二八	四	七	一	四四
前年度比较 增			二	二	一	
前年度比较 减	八	三				一五

	军医本部		
	下士	卒	计
夺官			
回籍			
停官			
降官			

		军医本部		
		下士	卒	计
	闭门			
	谨慎		一	一
	死			
	准流			
	徒			
	戒役			
	黜等			
	降等			
	杖			
	笞			
	锢			
	计		一	一
前年度比较	增			
	减	二	二	四
		裁判所		
		上长官	士官	等外以下	计
	夺官				
	回籍				
	停官				

	裁判所			
	上长官	士官	等外以下	计
降官				
闭门				
谨慎			一	一
死				
准流				
徒				
戒役				
黜等				
降等				
杖				
笞				
锢				
计			一	一

前年度比较	增				
	减	二	二		二

	炮兵第一方	
	下士	计
夺官		
回籍		
停官		

		炮兵第一方	
		下士	计
	降官		
	闭门		
	谨慎	一	一
	死		
	准流		
	徒	一	一
	戒役		
	黜等		
	降等		
	杖		
	笞		
	锢		
	计	二	二
前年度比较	增	二	二
	减		

	工兵第六方面			
	士官	下士	等外以下	计
夺宫				
回籍				
停官				

	工兵第六方面			
	士官	下士	等外以下	计
降官				
闭门				
谨慎				
死				
准流				
徒				
戒役				
黜等				
降等				
杖				
笞				
锢			一	一
计			一	一
前年度比较 增				
前年度比较 减	一	一		一

	军马局				
	下士	生徒	兵卒	等外以下	计
夺官					
回籍					
停官					

	军马局				
	下士	生徒	兵卒	等外以下	计
降官					
闭门					
谨慎					
死					
准流					
徒		一			一
戒役		二	二		四
黜等					
降等					
杖		二		二	四
笞					
锢	一	一			二
计	一	六	二	二	二
前年度比较 增	一	二	一		二
前年度比较 减				二	

	旧军团						
	上长官	士官	下士	兵卒	等外以下	计	总计
夺官							一
回籍							〇
停官							一

	旧军团						
	上长官	士官	下士	兵卒	等外以下	计	总计
降官							一
闭门							二
谨慎	三	一				四	三八
死							三
准流				一		一	十一
徒			一	六		七	二二五
戒役							一五三
黜等							五一
降等							一二三
杖							一三三二
笞							一〇一
锢							五五五
计	三	一	一	七		三	二五〇七
前年度比较	增	三	一		七		四	
	减				七		一四四	

统计受刑人员，将官一名，上长官八名，士官二十名，下士二百十五名，学生三名，兵卒二千一百九十九名，等外以下十九名，徒刑人八名，总计二千五百零七名。比之十二年之二千六百五十一名，为减百四十四名；比之十一年之一千六百八十九名，乃增八百十八名。又是年未决罪囚三百七十名，合计既决未决，共二千八百七十八名。查日本军人军属总员止有七万余名，是二

十余人即有一人犯罪者，可谓多矣。此中犯擅归乡里之逃名律者为最多，几占总员之半；次则犯脱营游荡者为多。六营中以东京犯罪者为最多，次大坂，次熊本，次广岛，次名古屋，次仙台云。

军　医

　　于陆军特立军医一部，以治军人、军属之病者。凡兵卒之应征者、生徒之入校者，皆先验之身躯之强弱、疾病之有无，然后采用。各军营所皆有病院，有军医为之长，以统汇于军医本部。医官分二种，曰医官，以司治疗；曰剂官，以司药材。凡病，察其流行病谓传染之病，如疫症之类。与土质病，谓因所居之地污湿干燥而生病者。有预防之法，在通沟渠，除积秽，务使污气不相传染。有所谓虎列剌病，即霍乱，吐泻之尤重者，其防之之法尤严。每有患者，即移置其人于别院，不使其亲戚相见。即以发病之处为病地，病未息时，所有往来之客，皆停留境外，不许入境。有保护之法，谓饮食之物、居处之地，择与其人其地相宜者。有治疗之法。病院中必清必洁，看病卒必勤必慎，院长以时巡察而董正之。每岁记其病之种类、患病之人数，分别其全愈、半治与不治者，条上之本部。部中以时开军医会议，所商卫生去疾之法。若遇战争，则多派医员于军中治其伤夷者。凡军士受伤不堪役者，别有恩给，必以军医察验，以其诊断书为证。

患者病类区分表

（内科）

病　类	前年旧患	本年新患	旧新患者员数	施疗日数	全　治	死　亡	半治退院	不治除役	现未痊治
呼吸器诸病	三四五	二,二四八	二,五九三	一三,一五二	一,二四二	八〇	七一	九六	一四〇
血行器诸病	三	五九	六二	二,一五九	三四	三	一	一七	七
消食器诸病	三三七	一二,八九三	一三,二三〇	九八,七八一	一二,八七七	三五	一九	一九	三三四
生殖器诸病	五	二九	三四	一,一八三	一九	五	五	一	四
神经器诸病	四二	一,二三六	一,二六八	一四,八九五	一,一七〇	一八	三四	二九	四〇
皮肤病	四九	一,三九五	一,四四四	二〇,〇三一	一,三三六		二九	二九	七九
运动器械病	五七	一,四〇三	一,五〇〇	二六,一七八	一,四二〇	三	一	二一	四一
急传染病	七三	二,七六二	二,八三五	三三,九五五	二,五七八	一六二	一	一一	八三
中毒病	一	三九	四〇	八〇	二六				一四
全身病	一〇	一〇八	一一八	三,三三八	九二	一	七	一七	八
脚气病	五五二	九,一〇〇	九,六五三	二八〇,三四〇	八,九九七	一五三	九〇	一五六	二〇二
计	一,四七四	四〇,三八〇	四一,八一三	五八三,〇〇三	二九,六六七	五三四	三六六	二八九	九五二

续表

病　类		前年旧患	本年新患	旧新患者员数	施疗日数	全　治	死　亡	不　治	除　役	半治退院	现未痊治
	炎症病	三〇三	一〇,六三六	一〇,九三九	一二八,五二六	一〇,五四七	三三	三二	二四	六四	三〇一
	异物救生病	二	四八	五〇	八六三	四六		一			三
外科	外伤	一八八	一〇,五七七	一〇,七六五	九〇,二〇二	一〇,四七〇	二〇	四五		四四	一八六
外科	梅毒	一九二	二,四五六	二,六四八	六二,二五九	二,四四〇	三	五		二一	二〇二
外科	耳病	一五	三五八	三七三	五,六六七	三三七	一	一四		一	二〇
外科	眼病	二〇〇	五,四四二	五,六四二	六二,九六一	五,三七〇	一	三八		四〇	一九三
外科	畸形病		四五	四五	九二九	四一					三
外科	计	九〇〇	二九,五六二	三〇,四六二	三五一,四〇七	二九,二五一	五八	一三五	二四	一七一	九〇八
总计		二,二七四	七〇,〇〇〇	七二,二七四	九三五,四一〇	六八,九〇二	五五九	四九三	四六	四六〇	一,八六〇

各队下士兵卒及诸学校生徒并囚狱病者表

明治十二年七月至十三年六月。表中所著黑圈如作·即为单位。①

所管＼种类	下士	兵卒	生兵或后备	生徒	囚狱
近卫东京镇台并教导团诸学校等					
兵员一日平均	一,七三五.0六	八,三七二.六	一,六五七.八六	一,六二四.0八	三四四.三三四
			五,九九六.五五八		
患者总员	一,三九七	一三,一四七	三,五三八	四,四四六	一,七二五
			二四,一五三		
患者区别（旧患）	七八一				
患者区别（新患）	二,四七二		二四,一五三 计		
施疗日数	三四0,二八二				
一周年平均一日患者	九三三.二七九				
健兵百名患者比例	六,七八				
明治十一年度比较（减）	五,六四二				

种类	下士	兵卒	生兵或后备		生徒		囚狱
			痊愈	死亡	不治除队	事故	未愈
			三,00五	二八	一六	一八六	七七二

① 单位:意为比例数的小数点。

黄遵宪集

续表

所管 种类	下士	兵卒	生兵或后备	计
仙台镇台				
兵员一日平均	三七五四	二一六0三五	七一四二八九	
	四七二	三三0二五三		
患者总员	旧患 八九	二五四0七	一一八七	
患者区别	新患 四二七	四二0七		四二0六
计		四二七		

明治十一年度比较		下士			兵卒			生兵或后备	
		施疗日数	一周年平均一日患者	健兵百名患者比例	痊愈	死亡	不治除队	事故	未愈
增									
减	一,四六二	五0,0六二	二三七、二五六	四、一五三	四0五四	二三	四0		八九

续表

所管＼种类	名古屋镇台			计
	下士	兵卒	生兵或后备	
兵员一日平均	四七九,八二	二,七七四,六九	九五八,五二	四,二〇五,二〇
患者总员	一,二二六	六,八二八	二,九八三	一〇,九三七
患者区别　旧患				二,八四
患者区别　新患				一〇,六五三

明治十一年度比较	下士			兵卒			生兵或后备	
	愈疗日数	一周年平均一日患者	健兵百名患者比例	痊愈	死亡	不治除队	事故	未愈
增	四八六							
减	一〇〇,九〇九	二,七六四三	六,五四	一〇三六四	一〇四	八六	一,三二	二,六〇

续表

大阪镇台

所辖＼兵种类	下士	兵卒	生兵或后备	囚狱
兵员一日平均	七六九七六五	四,四六八一二	一,四六0八六0	一八四,0八四
	五,九六九,六五六八			
患者总员	九七九	六,四0一	二,三二一	五0八
患者区别 新患		九,七五二		
患者区别 旧患	四五八			
计	一0,二一0			

明治十一年度比较

	下士			兵卒		生兵或后备		囚狱
	疗养日数	一周年平均一日患者	健兵百名患者比例	坐愈	死亡	不治除队	事故	未愈
增	一八四,五0三	五0五,四八	七,三一九	九,八二一	一五0	一0九	四二	二八六
减	三七七							

续表

所管＼类别	广岛镇台			计
	下士	兵卒	生兵或后备	
兵员一日平均	四八三,六五二	三,二七八,九二	九,一六二,七六	
患者总员	八九六	六,四三七	二,三0九	九,六四二
患者区别　新患		四,五八七,八四		
患者区别　旧患	二八九			

明治十一年度比较	下士			兵卒			生兵或后备	
	施疗日数	一周年平均一日患者	健兵百名患者比例	痊愈	死亡	不治除队	事故	未愈
	三0三,九八八	二0,五0六	六,六三九	九,三五五	四二	四四	二一	一九0
减	二,六四九							
增								

续表

熊本镇台

所管 兵种 类别		下士	兵卒	生兵或后备	囚狱
兵员一日平均		五九四.0九	三,六八五.七八	一,0四二.0四	一00.九一七
			五,四二二.八四		
患者总员		一,0七0	八,三三六	三,三七0	二五0
			一三,0二六		
患者区别	旧患	三七三			
	新患		一,六八五三		
	计		一三,0二六		

明治十一年度比较

		下士		兵卒	生兵或后备	囚狱
		施疗日数	一周年平均一日患者	建兵百名患者比例	痊愈	死亡	不治除队	事故	未愈
增	减	一四八,六九八	四七三.九二	七五.三二	一二,五0二	一二	五二	九八	一六二
	一,七三九								

续表

总计

所管＼种类	下士	兵卒	生兵或后备	生徒	囚狱	计
兵员一日平均	四,四〇二·一六	二四,七五五·二六	六,七五三·九三	一六,二四〇·八一	六九三·三三五	三八,五四六·二九
患者总员	五,〇四〇	四三,五九六	一五,七〇九	四,四四六	二,四八三	七一,二七四

患者区别	旧患	新患	计
	一,二七四	七〇,〇〇〇	七一,二七四

计

区别	痊愈	死亡	不治除队	事故	未愈
生兵或后备	六八,九〇二	五五九	四九三	四六〇	一,八六〇
患者百名	九五·三三四	〇·七七三	〇·六八二	〇·六三六	二·五七四

区别	健兵百名患者比例	一周年平均一日患者	罹病日数
生徒	六·七一七	二,五六二·七	九五五,四四〇

明治十一年度比较	下士	兵卒	生兵或后备	生徒	囚狱
增					
减	二,三八一				

马　政

凡马考其产地,问其年,辨其种,分其色,讲求所以饲养之方,刍秣之法,调护之宜。治其病而纪其死亡之数,发卖之数。凡各营所需马匹,告之军马局。军马局调查其数,以时分给,以备军用。军马局有总监官,率所属以司其事焉。

军马增减表

官廨	事项		马数	年度比较			
				前　年		前　年	
				增	减	增	减
军马局调马厩	增数	购求	六〇〇	三九六		一三六	
		返纳	二四二		二七五		六六〇
		计	八四二	一二一			五二四
	减数	支给	六〇〇		二四八		一，一二八
		卖却	一四八		二九	四三	
		毙死	一七		一〇	二	
		解剖	三		一三		一七
		计	七六八		三〇〇		一，一〇〇
近卫各镇台诸队及诸官廨	增数	购求	五		一〇一		三〇
		请求	六〇〇	二四八			二二八
		计	六〇五	三四九			二五八
	减数	返纳	二四二	二七五			六六〇
		卖却	八八	一三一		三〇	
		毙死	四一	一七		一二	
		计	三七一	四二三			六一八

军马局调马厩马匹现在表据十三年六月调查之数

所管种类	马数	计	增	减
			十二年六月三十日比较	
本局马车马种马	六九	六九	一	
调马厩	二〇七	二〇七	七三	
计	二七六	二七六	七四	

近卫各镇台诸队及诸官廨马匹现在表据十三年六月调查之数

所管种类	参谋部	诸队					卫戍	备附	贷下	计	增	减
		步兵	骑兵	炮兵	工兵	辎重兵					十二年六月三十日比较	
近卫		一六	一三二一	一八九	一二	一六〇				三四九	一二	三一一
土官学校	三							一〇〇		一〇〇		
东京	三	三五二	二四七	一二一	二六	一六〇	四			六九三	四七	
仙台	三	三		二九		三七	二			八三	三三	
名古屋	四	一九		二九		三七	一一			九一	三七	
大阪	七	三三	三	二二三	三四	八二	一二			三六一		
广岛	五	一六	一六	二八		三四	二			八七	三七	
熊本		一八		二〇六	二四	七〇	二			三二五	四	

续表

所管种类	参谋部	诸队 步兵	骑兵	炮兵	工兵	辎重兵	卫戍	备附	贷下	计	十二年六月三十日比较 增	减
户山学校												
教导团								二九七		二九七	三	
诸官衙 炮兵第一方面								四		四		
工兵第一方面								一		一		
其他												
无队将校									九八	九八	六三	
外国教师									三二	三二		
参谋本部								二七		二七	七	
监军本部								九		九.00	二.00	
诸县种马									九四	九四	二	
计	三二	二三二二	三七九	九三五	八六	四二○	一五	四三八	一九四	二,六二一	三三四	四

废死马匹表

事项\官廨	废除	毙死	计	年　度　比　较			
				前　年		前　年	
				增	减	增	减
近卫	一三	四	一七		三一		四七
士官学校	九	二	二	四		五	
镇台　东京	五二	七	五九		四四	三	
仙台	一		一	一		一	
名古屋		一	一				
大阪	二四	一〇	三四	一三		一九	
广岛		二	二	二		二	
熊本	三八	二四	六二	三二		五六	
教导团	一五	四	一九	二二			五
军马局	一〇一	一六	二七		三〇	四	
病马厩	一九	二三	四二		一〇		一五
计	二七二	九三	三六五		四一	二三	

病马现在表据十三年六月调查之数

种\马 所\管	在所管						在病马厩						总计	十二年六月三十日比较	
	骑兵	炮兵	工兵	辎重兵	备附	计	骑兵	炮兵	工兵	辎重兵	备附	计		增	减
近卫	四	一三	二			一九	一	五				六	二五		二
士官学校					七	七					三	三	一〇		一
镇台 东京	一三	二五	一	一六		五五						一一	六六	二四	
镇台 仙台	三					三							三	一	
镇台 名古屋						三							三	三	
镇台 大阪	九					一七							一七		六
镇台 广岛	二					六							六	五	
镇台 熊本	四〇					五二							五二	六	
教导团	二〇					二六						七	三三	四	
军马局					六三	六三					二七	二七	九〇	二一	
计	九一				七〇	二五一					三〇	五四	三〇五	六五	

卷二十五　兵志五

海　军

日本古无海军。安政二年六月,和兰人始献蒸气船。德川将军家定遣矢田崛景、藏胜麟太郎等于长崎,就和兰人学操汽船术,复遣榎本釜次郎、赤松太三郎等往和兰国习海军法。又购观光舰于和兰。其后相踵购蟠龙、咸临、朝阳、富士山、开阳诸舰于和兰、于美利坚。庆应丁卯,德川氏还政,设三职,隶八课,始有海陆军务之名,而未设专官。明治元年戊辰二月,改为军防事务局。闰四月,复改为军务官。二年七月,又改为兵部省,皆以海军隶其中,而别设海军大将、中将、少将等官。四年四月,复置大、中、少佐,大、中、少尉诸官。八月,于兵部省中分陆军、海军二部,各设分局。逮五年二月,始废兵部省,与陆军分,专设海军省。六年六月,重定官职,沿为今制。

官　职

凡分为二途:一曰文官,犹兵部;一曰武官,犹水师提督、副将等官。

海军文官官等表

敕 任			奏 任				判 任									
一等	二等	三等	四等	五等	六等	七等	八等	九等	十等	十一等	十二等	十三等	十四等	十五等	十六等	十七等
卿	大辅	少辅	大书记官	权大书记官	少书记官	权少书记官	一等属	二等属	三等属	四等属	五等属	六等属	七等属	八等属	九等属	十等属
裁 判 所																
				裁判长	评事	权评事	大主理	中主理	少主理	大录事	中录事	少录事			一等捕部	二等捕部

海军武官官等表

敕 任			奏 任					
一等	二等	三等	四等	五等	六等	七等	八等	九等
将官			上长官			士官		
大将	中将	少将	大佐	中佐	佐	大尉	中尉	少尉
判 任								
十等		十一等		十二等		十三等		十四等
下 士								
舰内教授役		舰内教授役介						
		警吏		警吏补				
一等笔生		二等笔生		三等笔生				

续表

	下　士			
掌炮上长	掌炮长	掌炮次长	掌炮长属	
水夫上长	水夫长	水夫次长	水夫长属	
		指挥官端舟长	舰长端舟长	中端舟长
			大端舟长	小端舟长
		甲板长	甲板次长	甲板长属
			樯楼长	樯楼长属
		按针长	按针次长	按针长属
		信号长	信号次长	信号长属
		帆缝长	帆缝次长	帆缝长属
		造纲长	造纲次长	造纲长属
			船舱长	
水工上长	水工长	水工次长	水工长属	
				涂工长
				桶工长

	敕　任			奏　任					
海兵部	一等	二等	三等	四等	五等	六等	七等	八等	九等
			少将	大佐	中佐	少佐	大尉	中尉	少尉
	判　任								
	十等		十一等		十二等		十三等		十四等

海兵部	下 士			
	曹长	军（长）〔曹〕	伍长	
	乐队长	乐队次长	乐长鼓长	乐师鼓次长

军医科	敕 任			奏 任					
	一等	二等	三等	四等	五等	六等	七等	八等	九等
				大医监	中医监	少医监	大军医	中军医	少军医
	判 任								
	十等		十一等		十二等		十三等		十四等
	下 士								
	军医副								

秘书科	敕 任			奏 任					
	一等	二等	三等	四等	五等	六等	七等	八等	九等
					秘书官	权秘书官	大秘书	中秘书	少秘书
	判 任								
	十等		十一等		十二等		十三等		十四等
	下 士								
	秘书副								

主计科	敕　任			奏　任					
	一等	二等	三等	四等	五等	六等	七等	八等	九等
					主计 大监	主计 少监	大主计	中主计	少主计
	判　任								
	十等		十一等		十二等		十三等		十四等
	下　士								
	主计副								
					舰内厨宰				舰内厨宰介
							舰内割烹		
									病室厨宰
									看病夫长
机关科	敕　任			奏　任					
	一等	二等	三等	四等	五等	六等	七等	八等	九等
					机关 大监	机关 少监	大机 关士	中机 关士	少机 关士
	判　任								
	十等		十一等		十二等		十三等		十四等
	下　士								
			机关士副		火夫长		火夫次长		火夫长属
					锻冶长		锻冶次长		锻冶长属
									兵器工长

海军武官月俸日给表

	以上敕任			以上奏任						以上判任			
	将官			上长宫			士官			准士官	下士		
	大将	中将	少将	大佐	中佐	少佐	大尉	中尉	少尉	少尉补			
月俸 一等	四百元	二百五十元	一百五十元	二百元	百五十元	百元	七十元	五十元	四十元	二十五元	一元八钱五	八十二钱二	
月俸 二等	二百八十元	百八十元	百三十元	九十元	六十元	四十五元	三十五元	二十五元	二十元	二十元	九十五钱三	五十九钱二	四十九钱七
非役 一等	二百五十元	二百十元	百五十元	百二十元	九十元	六十元	四十二元	三十元	二十四元	十二元	舰内教授役介	舰内教授役介	
非役 二等	二百五十元	二百十元	百五十元	百八元	七十八元	五十四元	三十六元	二十七元	二十一元	十元		八十二钱二	三十七钱
	大将	中将	少将	大佐	中佐	少佐	大尉	中尉	少尉	少尉补		五十九钱二	三十钱四
												四十七钱七	二十七钱
												警吏	警吏补
											五十九钱二	三十七钱二	二十三钱八
											一等笔记	二等笔记	三等笔记
										三十元	八十二钱		
											五十九钱二	三十钱四	二十七钱
										二十五元	四十七钱七		
										掌炮上长	掌炮长	掌炮次长	堂炮长属
	大将	中将	少将	大佐	中佐	少佐	大尉	中尉	少尉	少尉补			

续表

以上敕任			以上奏任							以上判任		
										三十钱四	二十七钱八	二十三钱八
										指挥官端舟长	监管端盘	中端舟长
											二十七钱一	二十一钱七
											大端舟长	小端舟长
										三十钱四	二十七钱一	二十三钱八
										甲板长	甲板次长	甲板长属
											二十七钱一	二十三钱八
											樯楼长	樯楼长属
										三十钱四	二十七钱一	二十三钱八
										按针长	按针次长	按针长属
										三十钱四	二十七钱一	二十三钱八
										信号长	信号次长	信号长属
										三十钱四	二十七钱一	二十三钱八
										帆缝长	帆缝次长	帆缝长属
大将	中将	少将	大佐	中佐	少佐	大尉	中尉	少尉	少尉补			

以上敕任			以上奏任								以上判任			
												三十钱四	二十七钱一	二十三钱八
												造纲长	造纲次长	造纳长属
													二十七钱一	
													二十三钱八	
													船舱长	
						三十元	八十二钱二					三十七钱	三十三钱九	
							五十九钱二							
						二十五元	四十七钱七							
						木工上长	木工长					木工次长	木工长属	
												三十三钱九	二十七钱六	
												槙茹工长	槙茹工长属	
												三十三钱九	二十七钱六	
												涂工长	涂工长属	
												三十七钱六		
												桶工长		
大将	中将	少将	大佐	中佐	少佐	大尉	中尉	少尉			少尉补			

续表

科	俸	等	以上敕任			以上奏任							以上判任		
													八十二钱二／五十九钱二	十七钱七	三十七钱
													锻冶长	锻冶次长	锻冶长属
														三十三钱九	三十钱四
														兵器工长	兵器工长属
											三十二元	三十钱	二十五钱	二十钱	十五钱
											二十七元	二十八钱	二十三钱	十八钱	十三钱
											乐长	乐次长	乐师	乐手	乐生
军医科	月俸	一等			二百五十元	二百元	百五十元	百元	七十元	五十元	四十元	三十元			
		二等				百八十元	百三十元	九十五元	六十元	四十五元	三十五元	二十五元		三十钱四	二十一钱七
	非役	一等			百五十元	百二十元	九十元	六十元	四十二元	三十二元	二十四元	十八元			
		二等				百八十元	七十八元	五十四元	三十六元	二十七元	二十五元	十五元			
					军医总监	大医监	中医监	少医监	大军医	中军医	少军医	军医副			
秘书科	月俸	一等				二百元	百五十元	百元	七十元	五十元	四十元	三十元			
		二等				百八十元	百三十元	九十五元	六十元	四十五元	三十五元	二十五元		病室厨宰	看病夫长

			以上敕任		以上奏任							以上判任			
秘书科	非役	一等			百元	七十五元	五十元	三十五元	二十五元	二十元	十五元				
		二等			九十元	六十五元	四十五元	三十二元	二十七元	十七元	十二元				
					大秘史	中秘史	少秘史	大秘书	中秘书	少秘书	秘书副				
主计科	月俸	一等			二百元	百五十元	百元	七十元	五十元	四十元	三十元		四十七钱七	十六钱	
		二等			百八十元	百三十元	九十元	六十元	四十五元	三十五元	二十五元		三十七钱		
	非役	一等			百元	七十五元	五十元	三十五元	二十五元	二十元	十五元		二十三钱八		
		二等			九十元	六十五元	四十五元	三十二元	二十七元	十七元	十二元		舰内厨宰	舰内厨宰介	
					主计大监	中计中监	主计少监	大主计	中主计	少主计	主计副				
机关科	月俸	一等			二百元	百五十元	百元	七十元	五十元	四十元	三十元				
		二等			百八十元	百三十元	九十元	六十元	四十五元	三十五元	二十五元	九十五钱三			
	非役	一等			百二十元	九十元	六十元	四十二元	三十四元	二十元	十八元	八十二钱二	三十七钱	三十钱四	二十七钱一
		二等			百八十元	七十八元	五十四元	三十六元	二十七元	二十一元	十五元	五十六钱二			
					机关大监	机关中监	机关少监	大机关士	中机关士	少机关士	机关士副	机关士补	火夫长	火夫次长	火夫长属

大、中、少将为将官,大、中、少佐为上长官,大、中、少尉为士官,少尉补及掌炮、水夫、木工三上长为准士官。下士以下,凡分五等,共十

五等。表中不及第十五等官吏，故十五等一等姑阙。自少尉补以上，以在海军兵学校既经卒业者选举之，循资格而递升，不得越级。三上长及下士，则于卒夫中拔擢。凡海军武官专以备指挥船舰之用，平时将官皆不在舰，惟有事乃受命焉。上长官佐官充舰长者，长居舰中。与士官，其在职者，按月给俸。使之乘船，则有加俸。或驶往外国，及遇有战争，又加俸焉。其不在职者，名曰非役武官，受每月俸金五分之三。下士以下，亦有非役者，受其日给四分之一。或增立新军，添置巨舰，则召募之，以备舟楫之材，遇战争则檄集之。按：日本海军章程，均依仿英国，非役官甚多，国家均给以禄。此种人员均于兵学校中经试业入选者，既不能遍授以事，故给禄以羁縻之，以收干城之用。盖兵之所系在将，将之不明以卒予敌，况航海一事，尤非素习不能者乎？国家不惜糜费以养之，所以储将材也。查武官俸金比文官为少，非役更少，然既博声誉，又复优游无事，而外国政府、己国商船，或延请之，亦得就其聘，故人亦多乐为之也。闻英国非役士官，在商船营业，每岁必以二十八日归海军教练云。舰长专司一舰之事。整饰船械，教练水夫，皆其专责。所有诸舰，彼此轮替，互相调易。每舰必有军医，以视疾病；有秘书，以典文簿；有主计，以司钱谷；有机关士，以司机器。其余按针、信号、帆索、鼓乐，各司其事。现在未命大将，自中将至少佐，现共五十八人。中将四人，少将五人，大佐四人，中佐十人，少佐三十五人。士官、准士官共三百二十一人。大尉五十二人，中尉九十人，少尉一百二十二人，少尉补五十七人。军医秘书、主计、机关、列奏任以上者，共一百八十四人。军医自少军医以上四十八人，秘书自少秘书以上共三十人，主计自少主计以上共六十人，机关自少机关以上共四十六人。考明治七年，奏任以上武官有二百二十二员，八年之间增二百八十余员矣。初设海军，多延西人为之驾驶。尔来舰长能不假他人手，而航回之间，时损机器，每触暗礁，盖于此术犹未能精也。

船　舰

凡船舰，必次第其等级，辨其制造之新旧，分其种类，验其材质，度其首尾之长短，中幅之广狭，船与船身吃水之深浅，测其全身之重量，所容受之吨数，审其机关之运转，别其车轮之运慢，算其马力之虚实，视其装炮之多少，较其煤炭之容积与费用，区其官兵之数目。为表如左。举其现在所有者。查日本尚有云扬、第二、丁卯、阳春、河内、武藏、和泉等舰，今皆废毁，不著于此。

船舰表上

单位：尺

船名	等级	制造年号	制造地名	船种	船质	船长	船幅	船深	吃水
扶桑舰	第二	一八七七年	英国	一等战舰	铁甲	二二六	四八	二八	前一七尺 后一八尺
金刚舰	第三	一八七七年	英国	巡逻船	半铁甲	二三三	四一	二一	前一六尺 后一八尺
比睿舰	第三	一八七七年	英国	巡逻船	半铁甲	二三一	四二	二一	前一二尺 后一二尺
龙骧舰	第三	一八六九年	英国	巡逻船	半铁甲	二〇七点七	三八点五	三九点七	
浅间舰	第三	一八六八年	法国	巡逻船	木制	二三四	三一点五	二一点五	
富士山舰	第三	一八六四年	美国	旧炮船	木制	二〇六	二九	一五	前一五尺 后一四尺

续表

船名	等级	制造年号	制造地名	船种	船质	船长	船幅	船深	吃水
东舰	第三	一八五三年	法国	撞船	铁甲	一九六	二六点二	一九	前一一六尺 后一一七尺
筑波舰	第三	一八五一年		巡逻船	木制	一八二	三五点三	二四点五	
清辉舰	第四	一八七五年	日本国横须贺	旧炮船	木制	一九八	三〇	一五点五	前一一尺 后一一四点五尺
日进舰	第四	一八六九年	和兰国	旧炮船	木制	一一〇	二八	一八点六	前一二尺 后一四尺
春日舰	第四	一八六三年	英国	旧炮船	木制	二四〇	三〇	一三点一	前一二尺 后一二三尺
迅鲸舰		一八七七年	横须贺	御船	木制	二四七点五	三〇点〇七	一九点三	
摄津舰	第四			炮船	木制	一七〇	二六点三	二〇点〇五	
天城舰	第四	一八七七年	横须贺		木制	二一七点二	三三点一	一〇点〇七	
凤翔舰	第五	一八六八年	英国	炮船	木制	一二〇	三三点八	九点二	前七尺 后八点六尺

续表

船名	等级	制造年号	制造地名	船种	船质	船长	船幅	船深	吃水
孟春舰	第五	一八六七年	英国	炮船	木铁皮	一三〇	二一点二	一〇点三	前后八尺
第二丁卯舰	第五	一八六七年	英国	炮船	木制	一一三点八	二一点八	一〇点九	
乾行舰	第五	一八五九年	英国	炮船	木制	一七七点七	二三点四	一二	
雷电舰	第五	一八五七年	英国		木制	一四〇	二二		
苍龙舰		一八七二年	横须贺		木制	一五五点四	三三点〇七	一四点四	
千代田形舰	第六	一八六三年	日本国石川岛	炮船	木制	九七	二〇	六点四	前五尺后七点四尺
磐城舰	第五	一八七九年	横须贺	炮船	木制	一五五			
海门舰		未成			木制				
天龙舰		未成			木制				
高雄丸	第五	一八六九年	英国	运送船		二二三点七	三二点六	一五	九点四尺
肇敏丸	第七		美国	运送帆船		一三七	二九点七	一七	
快风丸	第七			运送帆船		一二三	一〇	一〇	八点六尺

船舰表下

船名	全身重（吨）	所容吨数	机关	车轮	实用马力（匹）	推算马力（匹）	装炮	煤炭容积一日夜炭费	官兵（名）
扶桑舰		一八七九		双暗轮	三三〇〇	五〇〇	一二		三〇九
金刚舰		一七八〇		暗车	二五〇〇	四六〇	一三		三〇一
比睿舰		一七六一		暗车	二五〇〇	四五〇	一三		三〇一
龙骧舰	九九二点四三	一四五九	直动横置	暗车	八〇〇	二八〇	一四	六〇万斤 八万斤	一七五
浅间舰		一一二〇	双搭形		三〇〇		一二	五万 六万	一七五
富士山舰	一〇〇〇	八〇〇					一三	四〇万 四万	二四七
东舰	七〇〇	一八〇〇	直动横置	双暗车	五〇〇	三〇〇	三	七〇万 七万	一三五
筑波舰	九六〇点三八	一六〇〇			七二五		一二	三五万 三点七万	
清辉舰		八九八		暗车		一八〇	五		一三五

船　名	全身重(吨)	所容吨数	机关	车轮	实用马力(匹)	推算马力(匹)	装炮	煤炭容积一日一夜炭费	官兵(名)
日进舰	三九一	七八四	直动横置		四七〇	二五〇	一三	四八万五万二万	一四五
春日舰		一〇一五	振动	外车		三〇〇	八	四万点三六万七万	一三七
迅鲸舰					一四〇〇				一七
摄津舰		七〇〇		外车					
天城舰		九二六	直动横置	暗车	七二〇	一八〇	九	二五万四万	
凤翔舰		一七三	直动	暗车	一一〇		四	一万一点五万	六五
孟春舰		三〇〇	直动	双暗车	一五〇	五二	四	九点八万一点五万	六五
第二丁卯舰	一一五	二五〇	直动		六〇		五	七.五万一点五万	六五
乾行舰	五二三	二八〇							

续表

船名	全身重（吨）	所容吨数	机关	车轮	实用马力（匹）	推算马力（匹）	装炮	煤炭容积一日夜炭费	官兵（名）
雷电舰		二〇〇		暗车			四		
苍龙舰	一五二		振动	外车				二点四〇八万	
千代田形舰		一五八	直动	暗车	六〇				
磐城舰	六一〇点六三四	三〇〇点四〇五	水平高压	暗车	六五	三二	三	三点二万〇点八	三九
海门舰	一三九点〇三八	六八一点六二	水平复动	暗车	一二五〇	一二〇	三	二五吨	七四
天龙舰				暗车	一二五〇	一二五〇	八	三八点五吨	
高雄丸	一一四〇点七			外车		二五〇	七		
肇敏丸	四四六	六〇〇							
快风丸									

凡军舰等级分为七阶:统官员兵士以四百五十五人以上为一等,三百十五人以上为二等,百七十人以上为三等,百人以上为四等,六十五人以上为五等,四十人以上为六等,三十九人以下为七等。其铁甲船不问大中小,以一、二、三等军舰之官兵充补。至运送船,则容载八百吨以上,总称为四等,五百吨以上为五等,二百吨以上为六等,以下总称为七等。军舰三等以上称曰大舰,六等以下称曰小舰,其间二等称曰中舰。大舰以大佐、中佐为舰长,中舰以少佐为舰长,小舰以大尉为舰长。合诸军舰编为舰队,亦分三等:大舰队概以十二艘,中舰队概以八艘,小舰队概以四艘。每舰队必以运送船一附属焉。大舰队以将官指挥,中舰队或以少将或大佐指挥,小舰队以大佐指挥,是为常法。然苟以将官指挥,不问其所乘之舰列于何等,皆称曰旗舰。若大佐所乘则称曰指挥舰。此亦仿英国制度。其为此名者,盖以大将指挥,则于大樯上揭一小旗,中将则揭旗于前樯上,少将则揭旗于后樯上,舰皆曰旗舰,将亦曰旗将。若大佐则揭大带旗,以示分别。盖大佐以下官,专司一舰为舰长。若联合舰队、小舰队,得命其指挥,中舰队以上,则必大、中、少将有故,乃能代理焉。平时,军舰除停泊之外,时于内海近港巡回测量,间亦驶往外国。先是,万延元年遣咸宁丸往美国,彼国水兵颇为轻侮;至明治八年,筑波舰复往,则皆称赞之。后于十二年遣龙骧舰往土耳其。十四年复遣之往澳大利亚焉。

日本海军之兴,为日尚浅。明治十年,悉索诸赋购扶桑、金刚、比睿三舰于英国,稍能成军。扶桑价银九十六万七千五百元,金刚、比睿各六十三万七千五百元。此外则龙骧二十七万元,清辉等皆十六万元。当路者谋欲扩充之,而力未能也。考英国水师兵船,有用之运师粮者,有用之贮军实者,有用之运官兵者,此种船皆下等,或兼用帆船。日本之高雄、肇敏、快风皆是也。有用之测量者，有用之教练者，此多以次等船及旧式船为之。日本之筑波、富士山、浅间、乾行，今皆在水师学校为教练船。有用之守港者，有用之撞突者，船头有铁锥，极锋利，可以撞击敌船。西语谓之兰母，译言牡羊，喻羊之以头触物也。华人谓之蚊子船。日本谓之东舰是也。有用之攻击者，此为专用大炮，每船炮不过三四尊。西语谓之根钵，译言炮船。日本之摄津、凤翔、孟春、丁卯、乾行、千代、田形、磐城皆是也。有用之侵内河小港者，此种船多用一支樯，西语谓之斯鲁朴。日本译为旧炮船，其富士山、清辉、日进、春日皆是也。有用之巡击外洋者。用以往来海面，擒敌国各船，保己国商船者，西语谓之科鲁色尔，译言巡逻船。日本之金刚、比睿、龙骧、浅间、筑波皆是也。至名曰战船，则可攻可守可战，皆船坚而炮巨。其三等者，西语谓之廓非梯，二等者谓之富力结特。舱多分两层，上层有炮台。日本之扶桑亦此类也。其尤者为第一等战舰，英语谓之施朴阿富兰，译言列阵船，谓其可成列而战，如营阵之坚，难于摇撼也。此种船多用三层，上层有炮台，日本无之。若英之因富列谢布，铁甲厚至二十四英寸，载重三千一百五十五吨。船长至三百二十英尺，宽至七十五英尺，铁甲之内复有铁城形，高十二英尺，半入水中半出水面，宽七十五英尺，长一百一十英尺，机关、蒸气罐、器械、弹药、炮台皆在城墙内。此城墙厚四十一英寸，中有铁厚十六至十七英寸不等，余皆以印度坚木为之表里。此樯外距船头船尾各一百五英尺，下距船底十八英尺。墙脚之下以木为壳，取易浮也。船中机轮、机关皆修两副，以备更换。炮重至八十一吨，容药三百磅。弹重至一千六百五十磅，船中铁城之内有炮台两座，分列左右，与寻常安置前后者不同，台高十二英尺，内径二十八英尺，八十一吨重，炮共四尊，盖自帆樯易为车轮，而风樯失其利；板木变为铁甲，而木舟失其用。逮乎近日，各国争强角力，日进日新，铁甲之不已，复益以铁城，直无异建铜墙铁壁于海中，而与人争地,宜乎无敌不摧、无城不克矣!虽然,输之攻有尽,墨之守无穷,炮过重则舟不胜,舟过重则水不胜,故船坚炮巨,不能无止境,而海底之水雷,岸上之炮弹,则其力不可限量也。又况费用过巨,制一因富列谢布船之费,可以造炮船六艘。当中国购龙骧、虎威诸炮船时,美国机器长某上书其政府以为得策,曰:"苟炮船有三十六吨八百磅之弹,则举四炮船之力,足以敌一铁甲,绰乎有余裕,此亦一理也。"窃谓中国有十数大铁甲,雄镇海口,其他则多造炮船与巡逻船为宜。日本海军规模未备,特举英国海军大凡,以告知兵者。至于机关之微,车轮之巧,炮弹之精,是皆专门之学,不尽著于篇。

兵 卒

兵卒统称曰水兵,多募壮勇充之。据征兵令曰海军别设方法以征集。盖海军之役,自属专门,欲于人民赋兵选充甚难,且年限较长,人数较少,故用赋兵不如募壮兵也。考各国水兵章程不一,然大概二种:一曰募兵,亦谓自奋兵;一曰役兵,则使海岸人民编入兵籍,强之充役。若遇战时,凡国中商船水夫,皆应归调遣。海军别有征募规则:一曰凡愿充水兵者,年岁限十五岁以上二十五岁以下。二曰曾在西洋式之帆船及汽船营业者,不拘年岁,亦可采用;三曰海军在职之期限定七年或五年,期限中不得他往;考英国章程,凡水兵在船遵守军律,非经官吏允许,不得上岸。否则直以逃亡律处断。近来有终身充兵者,以十年为期,期满再任,许假期二十一日,然后再移他舰。四曰期满之后,如愿再充,准其续任三年;五曰在期限中不得离船,即父子兄弟有疾,不得告假往视;六曰当奉职时,家族许量给以扶助金。按:英国海军章程,水夫与水兵歧而为二,此法未善。英国亦屡欲更改而未及举行也。其充水兵者,海陆并用,此中多属炮兵。凡被服器用操练方法,皆无异于陆军。据其一千八百七十九年之数,驻岸水兵六千八百人,此种皆习水者,时与在船水兵互相更替，在船水兵六千二百人，而水夫则共三万五千一百人，尚有水师僮仆五千三百人，都共五万三千四百五十人。此皆常备兵之数也。外此尚有三种留兵：一海防卫兵。此种兵本是守卫海岸，兼在巡船，以严查商贾漏税者。后无此患，故变为海岸卫兵。分英国海岸为十一州，隶于各海军舰长麾下。舰长之次，复有士官监督之，或属炮船，或属巡艇，以时查察港汊。此兵颇能自如，每在近傍海岸经营小舍，常时驻居，有事乃下船以供职。苦遇战争，则皆使服役军舰。此队殆有七千五百人。一曰海防自愿兵。在海军，犹民兵也。此于海岸贸易及船舶供事之人，尽编兵籍，每岁亦酌给以银。一年中于二十八日间归海军卫兵士官麾下，受其教练。有战争时则应募，限二年期，在军舰服役。此队现有五千五百人。又一曰海军留兵，稍似乎海防预备兵，其所以异者，平时在航海船，战时应募，于五年供役在军舰。此队殆有一万六千人云。附识于此。

经　费

自明治元年至明治八年六月，海军省费共金五百六十七万五千一百三十三元八十六钱，又买军舰费一百七十七万一百八元八十四钱。购兵器费一百七万四千二百七十九元八十三钱。明治八年，自八年七月起至九年六月止。下同。费共金二百七十万元。九年，费三百五十四万九千七百元。十年，费三百二十一万七千五百元。十一年，费二百六十四万一千六百元。十二年，费二百六十三万六千三百元。十三年，费三百零六十五万元。

卷二十六 兵志六

海 军

海 军 省

海军卿之职,统率属官,以理海军事。凡部下官员,奏任以上官进退黜陟,皆具状上申;判任以下,得专行之。省中事务,凡设定制度,卿以其意见奏请,报可而后行。一曰定海军编制之法;二曰定诸徽章;三曰选定营兵之地;四曰布达诸军士号令;五曰诸局、诸官廨,或设立,或废,或合并;六曰制定诸局、诸官廨之条例规制;七曰命将官司某职课,及除局长与廨长;八曰军人、军属有赏典,及特赦恩减之事;九曰判决士官闭门以上之罪;十曰处决下士犯军律死罪者;十一曰凡关涉外国人军属犯罪处分之事;十二曰派遣部下官员、生徒前往外国;十三曰凡制造船舰、购买军器,与外国人结约之事;十四曰派船往外国;十五曰佣外国人;十六曰创设新制,变更旧规。此皆奏请然后施行,其他则专行。事小则径决。大辅,辅卿之职掌,卿有事得代理。少辅又亚于大辅。书记官各受卿之命,分营庶务,率属官而从事焉。本省所属,有裁判所等官,以整军律,而兵学寮、造船局、水路局,皆附属之。环海分为东、西二部,各设镇守府,以守护南海。自纪伊国潮岬以西为西部,北海自能登岬以东为东部,现东海镇守府既设于横滨,其西海镇守府尚未设立。故海军船舰,皆归东海镇守府管辖焉。

海军裁判所

裁判所以中将为长官,其属有评事、权评事、主理书记等官。凡处分将校之律,曰自裁,曰夺官,曰回籍,曰停官,曰降官,曰闭门。处分下士之律,曰死刑,曰徒刑,曰戒役,曰黜等,曰降等,曰禁锢。处分兵卒之律,曰死刑,曰徒刑,曰戒役,曰杖刑,曰笞刑,曰禁锢。其中亦分轻重差等。律所未备者,又有闰刑。案:日本海军军律尚未编定,此举其现行者言之。海军犯罪,皆分别轻重。其轻者,各归所辖将校随时惩罪;其重者,将校犯闭门三十五日以上之罪,兵卒犯禁锢一百日以上之罪,无论告发察觉,均送裁判所审断。凡鞫问罪犯,口供甘结既上裁判所,乃与同席之将校共判决之。谓旁坐观审之员,多寡无定,或四人,或八人,准罪犯阶级之上一、二阶级者。其罪大者,奏闻而后定。此亦仿泰西各国之法。西法,凡海陆军人犯罪者,不与平民等。军律比法更加严密。如平民窃盗赃百元以上,依国法不过惩役五年,军律则处死,盖兵士易于为罪,不得不加严,此固万国所同也。

海军兵学校

兵学校有校长、教师、助教。学舍分三种:一曰幼年,一曰壮年,一曰专业。幼年取十九岁以下、十五岁以上,在学以五年为期。壮年取二十岁以上、二十五岁以下,在学以三年为期。专业则不论长幼,不拘年限。每年四月,海军召募生徒,有愿学者,具状上申,每年八月入校。入校之始,有检查之法,筋骨强壮与否,能作书信否,幼年壮年皆同。曾读书与否,幼年问其能稍通史略否,壮年问其能稍通日本政纪、国史略否。合格乃选取之。入校之后,有科目之条,幼年以前二年名为预科。犹曰初科。生徒所习,曰英学,曰汉文,曰数学,曰骑马,曰体术,谓引施腰体,动诸关节,如蹴踘、跳舞之类。后三年为本科生徒，每科各有目。所习曰英学，曰航海学，海上测量及船具运用。曰炮术，附筑城学。曰造船学，曰蒸汽机关学，曰兵学，曰军律，曰化学大略，曰海上各规则，曰医学。壮年所习，曰英学，曰数学，曰航海学，曰炮术、筑城学大略，曰蒸汽机关学大略，曰造船学大略，曰铳炮，曰体术，曰泳水。专业生徒所习，曰笔算，曰海上测量学，曰船具运用学，曰炮术，曰蒸汽机关学，曰造船学。各分其等级，第其浅深而受业焉。凡在校中，习业有时，起居有时，饮食有时，游息有时。每日曜日及大祭日，许休业。每日于习业暇时，许其游步。凡有疾告假，必以医师之诊视状为凭，或父母有疾归省，亦必以亲戚书函及医师诊状为凭据。不守规矩者有罚，自暴自弃者禁锢，情重者则除名焉。所受之业，教师为之讲解，绘以图，系以说。说所未尽者，复抟泥、刻木模形而作之，务使诸生徒心目了了，以尽其术业之小成，本科生徒三年内之后二年，壮年学生三年内之后一年半。使之在蒸汽船、帆船，每年四月、十月间，俾究其实用，复使之演放大炮，练习小铳，每年三月一度，九月一度，以试其技，以练其艺。有考试之法，自入校之始，每月有小试，教师校其人之勤惰、业之进退而定级。每半年有中试，兵学校长出临，每科各以一教官共列其席。期年则大试，海军卿亲策问之。预科生徒二年既卒业，试而合格者，升为本科生徒。幼年本科生徒，又满三年，及壮年生徒学满年者，皆大试。试而入选者，海军卿给以入选之文凭。预科期年大试之时，落第者俾入壮年学舍；壮年学舍生徒期年大试时落第者，翌年三月再试，仍落第，俾入专业学舍。其不在海军官学肄业、自行习业者，亦可求试，入选亦给以文凭焉。校中分官学生、私学生二类。官学生于入校之始，自呈誓文，愿终身从事海军，不营他业，费用皆由官给。惟幼年学校仅二。习预科业者，应于入校之始纳金五十元，壮年生徒，亦于入校之始纳金五十元。专业生徒无之。现在官学生定额，运用炮术科百十二人，机关科三十六人，合计百四十八人。官学生成业后，拔其尤者使留学泰西诸国，亦有别遣士官附居使馆，以时考究他国兵制。或遇战争，如近日荷兰亚齐之战、普佛之战、俄土之战，皆特遣官吏，俾往观焉。

日本自明治九年定例，凡在航海人，必须海军试业，给以文凭，然后准行，尔来，人益众，合计前后官私学校试业既入选者，共有一千二百余人。为表如下：

内外海员技术给凭等级表 明治十二年七月至十三年六月

称名	船长		一等运转手		二等运转手		一等机关手		二等机关手		小气船机关手		合计	
	内	外	内	外	内	外	内	外	内	外	内	外	内	外
第一则实授文凭	四	二一	九	一九	一三		一	一二	一六	一一			六九	七六
第二则实授文凭	一							四					一	六
第三则暂给文凭	一五	一	二三九①	六	三一	二二	一0	二	二七	四			三四八	三六
汽船技术文凭	一八四										二八		三0二	二八
合　计	三四0	二三	二二八	二五	七0	三五	一一	一八	四三	一五	二八		七二0	一一八

---

① "三九"，原文如此。当误。

内外海员技术给凭等级年度人员比较表

给凭技术等级年度		船长 内	船长 外	一等运转手 内	一等运转手 外	二等运转手 内	二等运转手 外	一等机关手 内	一等机关手 外	二等机关手 内	二等机关手 外	汽船机关手 内	汽船机关手 外	合计 内	合计 外
第一则实授文凭	十二年	四	二一	九	一九	三九	一三	一	二	一六	一			六九	七六
	十一年	四	一	二二	二	一二	一	三		九					
	十年	二二	一二	一	四	八	二	三	五	二					
	九年	二二	二五	一	八	三	二二	一	三〇	一	六			一	
第二则实授文凭	十二年	一	二						四						六
	十一年							一		一					一
	十年	三	二〇		六					三				三三	三
	九年	四	二	二二九		三一	一三	一〇	二二	四	四			四九	二四
第三则暂给文凭	十二年	一五一	一二	一二		三二	一	三	一	二七				三四八	三六
	十一年	五	五	一〇	五	一〇	一	一一	一	四				一二	一
	十年	八	八	一〇	一		一	一一	一	五				一九	九
	九年	一七	五				三	一九	三	一九	二			六七	一一

续表

给凭技术等级年度	船长 内	船长 外	一等运转手 内	一等运转手 外	二等运转手 内	二等运转手 外	一等机关手 内	一等机关手 外	二等机关手 内	二等机关手 外	汽船机关手 内	汽船机关手 外	合计 内	合计 外
小气船技术文凭 十二年	一八四										一一八		三〇二	
十一年	五五										四七		一〇二	
十年	九八										八七		一八五	
九年	六四										八七		一五一	
合计 十二年	三四〇	二五	一三八	二五	七〇	三五	一一	一八	四三	一五	一一八			八三八
十一年	六四	一	一二	二	一二	一	六	三	三一	一	四七			一五〇
十年	一二	一四	三	九	一〇	三	五	九	七		八七			二五八
九年	八七	五〇	一一	九	一二	二	一二	三七	三〇	八	八七			三三六

此二表中所列外国人，即为泰西人寓居日本、在日本海军学校试验得有文凭者。此种人即在日本海往来驶船，平居及有事，皆可募用，故并及之。

海军水路局

水路局以少将为之长，专以航海水路布告于众。凡己国人国、内港外海，海路之变更，港势之迁移，灯台之筑造，浮标之建设，礁石之发见，废船之梗塞，必详记其经纬之度、分、秒数，俾航海者知所趋避。凡海船所至，均有图书，其旧者翻译图板而刻之；其所新知者，据他国之图板、船长之报告，图而刊布之。凡港口之扼要者，复以时遣船测量，或近日有所更易，或旧日未能精确，亦更定之。凡航海所用，有罗盘以定方向，有风雨针以测天变，寒暑表以测时候，有旗帜以表信号，有灯球以防冲突，水路局皆造其器，指其法，以便航海。

海军造船所

造船所在神奈川县下相模国之横须贺，庆应元年始建。明治五年，归海军省管辖。所用地面积五千八百三十六结罗米特，法国量地之尺，每一结罗米特，当中国三百二十九丈二尺强。当日本五十八町七段四亩一步。有第三船渠一，明治五年六月始筑，七年正月造成，皆用坚石筑造，长八十八米特，每一米特当中国三尺二寸九分。广十四米特。此渠四面石墙，层积五级，如羊肠道，为工人上下之地。渠底排石，作雁柱形，以支船底，有小沟，沟水左右，流穿渠旁而出。外有铁闸，以为储泄之用。满潮时，积水七千八百吨，以三十六匹马力之机器唧筒二事，历四时半可以吸尽。自渠告成，内外国船入渠修缮，凡百九十六艘。又有第二船渠一，明治十三年七月始筑，未成。亦用坚石造，长一百四十米得尔，广二十八米得尔，深八米得尔。满潮时，积水三万六千吨，以七十六匹马力之蒸气机器唧筒七事,历七时可以吸尽,式皆如第三渠。惟四面石墙分九级,渠之中间多设一水闸,分为内外渠,盖少此一闸,则遇修理小船时,空处容水过多,殊费汲引之力。故多设,可将中间水闸关拦,使水不浸入,以省力也。遇修理大船则撤之。船渠之外,有舰材库七,以储木。厩一,以养马。制帆所一,制罐所一,即蒸气水罐。铸造所一,组织所一,谓各种工事造就,于此组织而成也。船渠工役场一,炼铁所一,整饰所一,谓涂饰。骨车所一,模形所一,制为小模形陈设之所也。端船所一,船上小艇谓船端之舟故名。锯炮所一,营缮工役场一,制纲所一,制造绳索之所。船具所一,官厅一,仓库一,学舍一,警察吏当值所一,医室一。造船所长以中将董其事,日本之清辉舰、迅鲸舰、天城舰、苍龙舰、磐城舰、海门、天龙,皆此厂所造也。

　　日本近年以来,西式商船日益增加,今附表于后,以备参观。

日本西式商船表

| 吨数 | 百吨未满 | | 百吨以上五百吨未满 | | 五百吨以上千吨未满 | | 千吨以上 | |
年度＼船别	汽船	帆船	汽船	帆船	汽船	帆船	汽船	帆船
三年	二二	一	二八	一八	一〇		三	
四年	四一	二	三四	二八	一一		二	
五年	五一	五	三七	三二	一二		四	
六年	五五	七	三九	三二	一二		四	
七年	六八	八	三九	三四	二一		六	
八年	八一	一四	四二	三二	二二		一〇	一
九年	九三	二四	四四	三八	二二		一二	二
十年	一〇五	三六	四四	四六	三二	二	一六	三

年度\船别	汽船	帆船	汽船	帆船	汽船	帆船	汽船	帆船
十一年	一一二	六七	四〇	七一	二〇	二	一三	一
十二年	一三三	一四一	四四	九七	二〇	三	一三	余
小计	七六一	三〇五	三九一	四二一	一七三	七	八三	八
合计	一,〇六六		八一二		一八〇		九一	

外史氏曰:英吉利之海军,盖天下莫强焉。当罗马强盛时,英王仅能备兵分戍海岸。其后多为三十对、四十对之小棹船,数之五六千,以之称强。及第七世显理王,西历一千四百八九十年间。始造大船。第八世显理王始专设海军省。一千五百十二年。为近日海军兵制之权舆。迨第一查勒士,一千六百一二十年间。遂造巨舰,能备巨炮百尊。及王维廉,遂有兵船一百七十三艘。一千七百年。女王安尼嗣立,复与法战,其数益增。自蒸气之用广移之于行船,一变而为车轮,一千七百七十年始用火轮船。再变而用螺旋船。自火轮船出,海军为之一变,然车轮夹船不便于战,若遇敌舟连发巨炮,则己船为轮轨所碍,每至伤败。后螺旋船出,英国于一千八百四十三年特造舟试之,知其裨益甚多,乃定螺旋为常备舰。螺旋即暗轮,分作三四瓣,每瓣具向背之势,如螺旋焉。自造炮之技愈精,船身薄不足御,一变而为蒙铁,当英法助土攻俄之战,竞用蒙铁船为浮炮台,其法以铁板盖覆外面,至一千八百六十年乃用之航海。船傅以厚四英寸之铁,法国创之,英国效之,及与美国战,常用此舰。他船终不能敌,于是各国争相效仿矣。再变而为铁甲船,其始不过厚四英寸、五英寸之铁,而各国竞造大炮,乃又加厚焉。现在英国一等战舰六号,其尤者十六至二十四英寸,其次者十二至十四英寸,二等战舰十一号,其尤者十至十二英寸,其次者八至十二英寸,若四五寸之铁,今又列为五六等战舰矣。自战舰之制日坚,炮力薄不足摧,一变而用巨炮,始多用百余

尊四十五十尊之炮。然炮多势必轻小，轻小则弹近而力薄，是一船虽收多炮之用，曾不能敌一巨炮之中，于是炮船兴焉。炮不必多，不过四尊，亦或二尊，而炮重至三十八吨。当南北美利坚合战时，北专以巨炮胜南也。再变而用环击炮。从前船上备炮多在左右，然专击一偏，运转不得自如，近多置于船之首尾上下，四旁可轰击，英国之罗窝丹舰创为之。夫英之海军，固已强矣。然余观数十年以来，屡变屡迁，日新月异，苟泥守其旧制，乌能强盛如此乎？

　　其船坚炮利，固天下所共知。余考其所以致胜之由，又有三焉：一曰兵权统于将。夫设险守国，厄要分屯，此乃陆军之制耳。若茫茫大洋，曾无畔岸，飙轮飞驰，瞬息千里，苟事权不统于一，则顾此失彼，击首遗尾，鲜不败矣。英之海军，均归海军卿节制，平时之巡察各洋，保卫属土，战时之分遣诸将，统率舰队，虽在数万里外海，电信飞传报，顷刻即达，莫不如身之使臂，臂之使指，其将旗所翻，包举四海有如此者！一曰将材出于学。古所谓"运用之妙存乎一心"者，以言乎兵法之不可泥古耳，非谓兵之不必学也。况今日造炮驶船，皆属专门，苟以不教民战，虽有炮，虽有船，不举而委之敌、弃之水者几希。即曰借材异国，而争战事起，皆守局外中立之条，咸解约去矣，仓猝遣将，能不误事？英则自太子、亲王、贵族子弟，皆使受兵学。风声所树，人人尚武，以得隶兵籍为荣。其教之之法，既详且备，而量能而授，循格而升，复无人不称职之弊。一遇有事，在商船、在外国者，咸在尺籍，应归调遣，其家颇牧而户孙吴，材不胜用有如此者。一曰器用储于国。非木无以成材，非铁无以济用，有木与铁而无谙熟之工匠，重大之机器，宽宏之船坞，亦无以舒急。战事一起，各国咸居局外，不得济军需，败则不可复振矣。英则官用既足，而平时日讨国人以搜军实，故民间造船之厂，铸炮之局,林立于国中。当与俄交战时,六年之间,公私并举,共造大小战舰炮船二百三十余号。其取诸宫中,用无不足有如此者。夫是以摧西班牙,败法兰西,蹙俄罗斯,伏和兰,吞印度,侮我亚细亚,无往而不利也。

日本三岛之国,有似乎英,欲如英之强,固万万其不能。然当今之时,列国环视,眈眈虎视,故虽艰难拮据,亦复费二千万之金银,竭蹶经营,以成此一军,可谓知所先务矣。英国国会上院上其国王书曰:西历一千七百七年。"欲英吉利安富尊荣,愿吾王于万机中,以海军一事为莫急之务,至要之图。"嗟夫! 有国家者其念兹哉! 其念兹哉!

卷二十七　刑法志一

外史氏曰:上古之刑法简,后世之刑法繁;上古以刑法辅道德故简,后世以刑法为道德故繁。中国士夫好谈古治,见古人画像示禁、刑措不用,则罩然高望,慨慕黄农虞夏之盛,欲挽末俗而趋古风,盖所重在道德,遂以刑法为卑卑无足道也。而泰西论者,专重刑法,谓民智日开,各思所以保其权利,则讼狱不得不滋,法令不得不密。其崇尚刑法,以为治国保家之具,尊之乃若圣经贤传。然同一法律,而中西立论相背驰。至于如此者,一穷其本,一究其用故也。余尝考中国之律,魏晋密于汉,唐又密于魏晋,明又密于唐,至于我大清律例又密于明。积世愈多,即立法愈密,事变所趋,中有不得不然之势,虽圣君贤相,不能不因时而增益。西人所谓民智益开则国法益详,要非无理欤? 余读历代史西域、北狄诸传,每称其刑简令行,上下一心,妄意今之泰西诸国亦当如是。既而居日本,见其学习西法如此之详。既而居美国,见其用法施政,乃至特设议律一官,朝令夕改,以时颁布,其详更加十百倍焉,乃始叹向日所见之浅也。泰西素重法律,至法国拿破仑而益精密。其用刑之宽严,各随其国俗以立之法,亦无大异。独有所谓《治罪法》一书,自犯人之告发,罪案之搜查,判事之预审,法廷之公判,审院之上诉,其中捕拿之法、监禁之法、质讯之法、保释之法,以及被告辩护之法、证人传问之法，凡一切诉讼关系之人、之文书、之物件，无不有一定之法。上有所偏重，则分权于下以轻之；彼有所独轻，则立限于此以重之，务使上下彼此权衡悉平，毫无畸轻畸重之弊。窥其意，欲使天下无冤民，朝廷无滥狱。呜呼！可谓精密也已。余闻泰西人好论"权限"二字，今读西人法律诸书，见其反复推阐，亦不外所谓"权限"者。人无论尊卑，事无论大小，悉予之权，以使之无抑；复立之限，以使之无纵，胥全国上下同受治于法津之中，举所谓正名定分，息争弭患，一以法行之。余观欧美大小诸国，无论君主、君民共主，一言以蔽之，曰以法治国而已矣。自非举世崇尚，数百年来观摩研究、讨论修改，精密至于此，能以之治国乎？嗟夫！此固古先哲王之所不及料，抑亦后世法家之所不能知者矣。作刑法志。

日本古无刑法。上古有罪，去爪发、诵禊词而已。神武已平东国，使天种子命祓除人民所犯罪。害稼穑污斋殿，谓之天罪；奸淫、蛊毒，谓之国罪，皆从其轻重征赎物，使请神祇而解除之。至应神时，有探汤听讼之法。以泥置釜中煮沸，令讼者手探之。直者不伤手，曲则手烂。雄略时，有焚杀黥面之刑，而武烈帝用刑峻酷，遂至刳孕妇之胎，射杀人于树。自古刑无专官，用刑则令物部司其事，物部，古为掌兵之官，盖是时兵刑不分职。亦无律法。及推古时，上宫太子摄政，始作《宪法十七条》，后世以为造律之祖。然法中仅为禁饬语，尚非刑名律也。迨孝德朝，依仿唐制，始设刑部省。省中分二司，曰赃赎司，曰囚狱司。于是始有刑律。律分十二：一曰名例，二曰卫禁，三曰职制，四曰户婚，五曰厩库，六曰擅兴，七曰贼盗，八曰斗讼，九曰诈伪，十曰杂律，十一曰捕亡，十二曰断狱，亦用五刑。别有八虐、即后世律所谓十恶，常赦所不原者。六议即议亲、议故诸条。等条,大概同唐律。其时遣唐学生颇有习律者,归以教人,而法制颇详明矣。及王政衰微,将军主政,刑罚或轻或重,惟长官之意,并无颁行一定之法。数百年来,政尚严酷,窃盗诽谤,往往罪至于死。近年王政维新,复设刑部省。明治三年十二月,乃采用明律,颁行《新律纲领》一书,诏曰:"朕敕刑部改撰律书,乃以《新律纲领》六卷奏进。朕与在廷诸臣议,宜令颁布内外有司,其遵守之。"六年五月,又颁《改定律例》一书,诏曰:"朕曩敕司法省,本国家之成宪,酌各国之定律,修撰《改定律例》一书,今编纂告成,朕乃与内阁诸臣辩论裁定,命之颁行。尔臣僚其遵守之。"比《新律纲领》,颇有斟酌损益,然大致仍同明律。八年五月,改设大审院、诸裁判所,其职务事务章程,及颁发《控诉规则》、《上告规则》,乃稍稍参用西律。十年二月,又有更改自外交条约,称泰西流寓商民均归领事官管辖,日本欲依通例,改归地方官。而泰西各国,咸谓日本法律不完不备,其笞杖斩杀之刑,不足以治外人。于是日本政府遂一意改用西律,敕元老院依拟佛律,略参国制,以纂定诸律。至十四年二月遂告成颁行,曰《治罪法》,曰《刑法》。

治 罪 法

　　第一编　总则　凡分六编,每编分章,章或分节,节又分条。惟编列条数,自初编起至终编止,连贯不断,每章每节各有标题。独第一编不分章节,此"总则"二字,即其标题也。下仿此。

　　公诉　以证明罪犯依律处刑为主,检察官按律分别行之。第一条。谓犯罪者亏损公益,扰乱治道,则检察官自为公众原告人,以护公益、保治道,故曰公诉。公诉者,自告发裁判所而言。私诉,以赔偿损害归还赃物为主,为照依民法,听被害者自便。第二条。谓罪质有止害公益、扰治道,不系私益者,若谋反谋叛、伪造宝货是已;有公私俱害者,若斗杀伤强窃盗是已。至私诉，原系民事，要偿与不要偿，应听被害者自主。故与公诉求刑者有殊。赔偿归还，谓久债者须赔偿，失物者须归还也。公诉，非待被害者之告诉而起，又不能因被害者之不诉而止，谓检察官惟认犯罪，不得阻止。但法律有专条者，谓如犯奸诽谤，须亲告乃坐之类。不在此限。第三条。私诉，无论金额多寡，得附带于公诉之刑事裁判所，得附带公诉起私诉者，谓刑事裁判所，或因私诉，并得罪证。又因要偿可助公诉，于公务有便益，而被告人于民刑二事，可并用一辩护人，亦有便宜。但法律所不许者，不在此限。又，私诉得别起于民事裁判所，第四条。公诉、私诉裁判，要依亲管裁判所现行法律所定诉讼次序为之。第五条。谓如违警罪、轻罪、重罪于该管裁判所。又如一人犯重罪及轻罪，即于重罪裁判所。或犯轻罪及违警罪，即于轻罪裁判所。又如犯情重大，事系皇室国家外患，或犯者贵显，并于高等法院裁判之类。公诉、私诉并发于刑事裁判所，或并发于刑事、民事两裁判所，不得将私诉先于公诉裁判，违者不成为宣告，第六条。此为回护被告者而发，谓先宣告赔偿还赃，势有不免连及公诉裁判之累。宣告者谓案经判决，对众宣读，宣告犹曰堂判云。已在民事裁判所起私诉，若非检察官有所起诉，不得更起于刑事裁判所。谓检察官起诉，得移转于刑事裁判所。既令原告人得公诉附带之便，又令被告人得兼民刑两事辩护之益，故检察官得为之。惟刑事重于民事，理不得先轻后重，故民事原告人不能擅便。于刑事裁判所为私诉者，得通同被告人，请降其诉起于民事裁判所。第七条。要通同者所以防原告人擅图自便，亦为回护被告者而发。被告人虽得免诉，或无罪宣告，免诉，谓初开预审，事涉疑似，犯证不白，或被告事件不成罪，如亲属相盗，或公诉期满，或确定裁判，或大赦，或法律例合原免之类。依从民法，不得令被害者所要之偿还有所妨碍。第八条。如被告窃盗，证明系误认人，虽无罪，其财不得不交还之类。

　　公诉之权"权"字为泰西通语,谓分所当为、力所能为出于自主莫能遏抑者也。有消灭者:一、被告人身死;二、律须告诉乃坐者,被害人弃权,或私和;三、确定裁判;谓判定后,已过上诉限期,及案经上诉业已判定、不可复动者。四、既犯罪后,颁行法律废停其刑者;五、大赦;六、期满免除。第九条。期满免除,由时日弥久,证佐不白,或公众遗忽,其罪不复介意,无再犯之患而起,犯有轻重,期有长短,若下条所云。私诉之权有消灭者:废刑大赦,虽杀公诉之权,不得消私诉之权,赔偿之责,系于财产者居多。本犯虽身死,受遗产者不得不任其责。是私诉所以异于公诉也。一、被害者弃权或私和;二、确定裁判;三、期满免除。第十条。公诉期满免除之期限,违警罪六个月,轻罪三年,重罪十年。第十一条。私诉期满免除期限,设使被害者无能为力,谓幼稚、疯癫及禁治产业者之类。或于民事裁判所起诉,亦与公诉期限同。谓民事期满免除期限,虽稍加延长,然同此犯罪,公私一源,公诉证左不白,私诉证左亦不白。若于公诉既经处刑宣告者,则仍依民法所定期满免除之例。第十二条。谓未过期限既经宣刑,则犯证已属明确,应从《民事通例》。公诉、私诉期满免除日期,从犯日起算。其继续犯罪者,从终犯日起算。第十三条。检察官与民事原告人已于刑事裁判所起诉,或经预审,或经公判,得将期满免除期限中断。其正犯、从犯,及民事干连人未发觉者亦同,此条所以回护公众之权利,谓犯情之不可宽恕者,恐因期满免除或至贻害公众。其中断期满免除期限者,从预审停诉,或公判决定最后之日再起算期限,但不得通算前后超过第十一条所定期限加倍之数。第十四条。此条乃所以防闲被告人之损害。谓随起诉随停诉,永保公诉之权,则律中"期满免除"一语,将属空言,害被告人者,亦复不少。起诉及预审、公判有违规则者,不成为中断期满免除期限;谓如检事求预审须交付证凭、参考物件,及指示犯处、犯名等如第百九条所云,否则为背规则。惟裁判官之所管误者,不在此限。第十五条。谓被告人所管方起诉之初有难于遽辨者,故有误,所管虽违规则,不得谓被告人为无罪。

被告人得免诉或无罪之宣告,其告诉、告发之人,若系出于民事原告人之恶意,特称民事原告人者,谓检察官为原告人,律不得要偿也。过失重者,得要求其亏损之偿;被告人虽受处刑宣告,其告诉、告发之人,若系出于民事原告人之恶意,其所告之罪过于所犯之实者,亦如之。过实,谓如告误杀伤以谋故杀伤之类。若民事原告人,经预审及公判宣告而不服上诉自取败屈者,被告者得要求其因上诉而受亏损之偿。要偿之诉,在本案未经决告以前,得于该管裁判所告之。第十六条。谓本案既经宣告,即失附带之质,不得诉于刑事裁判所,盖因要偿为刑事所不管理也。被告人虽受无罪宣告,不得向裁判官、检察官、书记及司法警察官为要偿,但各该管官故意损害,谓如擅监禁人,刁难勾留,或卖嘱受赂之类。或犯刑法所定之罪者,不在此限。第十七条。

本律所称期限,以时者,从登时起算;以日者,不算初日、期尽日,若当休假,不算入限内,谓非休假,则算入限内。但期满免除期限,不在此限。谓期满免除,专为被告人发者,计期限,亦属另例。称一日者以二十四时,称一月者以三十日,称一年者依历。第十八条。不曰以三百六十五日者,不分岁月大小闰差,概以一周年。本律所定路程期限,每陆路八里算与一日,虽未满八里者,三里以上亦同。岛地及外国路程之算法,于别律定之。第十九条。岛地专指北海道流配地。凡经过本律所定诉讼期限者,除特异事故外,即为失诉讼之权。第二十条。特异事故,谓如交付宣告书不载上诉期限,或诉讼关系人遭水火厄灾至逾上诉期限之类。

诉讼关系人不于裁判所所在地居住,应当权设侨居,申报书记局,违者虽文书递交不到,不得容异议。第二十一条。诉讼关系人,谓若检察官、民事原告人,及被告人、民事干连人之类。将文书递交于诉讼关系人,于律无别条者,书记应造册,令该局使丁递交。其应受领文书者,在裁判所管外,得将其事件嘱托该管外裁判所之书记。第二十二条。因官吏之权不越所管故也。递交文书要开造二通,将一通交付本人,若不能交付本人,应于其家,交付同居亲属及雇人。其递交人要令受领者于二通文书上署名捺印,不能署名捺印者,须附记事由。其不得交付同居亲属及雇人,及不肯受领者,得交付该处户长,户长要佥印文书,速付之本人。递交人要于二通文书上记载受领者之名氏、处所及时日。其违本条规则者,不成为文书递交。递交人应缴纳该书一通于书记局,该局要为凭信以保存之。第二十三条。休假日及日出日没前后,不得行文书,违者不成为递交,但本人承允受之者,不在此限。第二十四条。谓假日人多不在家,或致交书迟延,而日出入前后,属人家静息时间,故惮扰之。官吏文书,要使用本属官印,记载年月及处所,署名捺印。又每叶钤印,其不得用官印者,须附记事由,违者不成为文书。其非官吏文书,要本人亲自署名捺印,不能署名捺印者,除官吏对面所造外,要令对同人凡律中所谓对同者,犹俗云在场在见人。下仿此。代署,附记事由。第二十五条。凡造作诉讼文书正本及誊本,不分官私,不得辄改窜文字。其有将文字添入及删除,或记注栏外者,要佥印之,删除者须存其字样,记载原数,以便观览。违者不成为增减更字,第二十六条。本条为关防伪造文书而设。凡预审及公判规则,其犯罪在本律颁布以前者,仍得引用;诉讼次序在本律颁布以前者,不违现律,亦得用之。第二十七条。将来有颁行新法、改定预审及公判次序,其犯罪在改定新法颁布以前,仍得引用本律,但有所牴触者,不在此限。若犯罪在改定新法颁布以后者,亦不在此限。第二十八条。凡应以陆海军军律处断者,不得引用本律。第二十九条。本律称亲属者,依刑法第百十四条、第百十五条之例。第三十条。

第二编 刑事裁判所区别及权限

第一章 通则 通常刑事裁判,称通常,所以别特异,如军事裁判所之类。得与民事裁判在同一裁判所合其权。第三十一条。定裁判所位置及所管区域,司法卿奏闻,取自上裁。第三十二条。谓位置区域,随时变换,有难预定者,其裁酌地势便否、事务繁简而定之。司法卿仰之上裁。裁判所,置检察官一名或数名。第三十三条。检察官所以代公众为原告者,不置此官,即不成结构。检察官之刑事职务:一、搜查罪犯;谓止搜查有无犯罪,不及检核钩发犯情。二、向裁判官请求审查犯罪之实,及援引应用之律;谓预审判事,须检察官请求,乃始为预审。三、传示裁判所命令及其宣告;四、于裁判所保护公益。第三十四条。谓于诉讼上有关公益者,辄得陈言。其为被告人有所请求亦是。检察官要一名对同于公廷。第三十五条。谓检察官于关系事件,不容不陈白意见,若不对同为不成裁判。然检察官只司检察,公廷审断之权不得干预,故只令对同,不能竟称为会同、偕同。裁判所置书记一名或数名。第三十六条。书记要于预审及公判时到堂,开造文案,钞录公判,暨其余一切诉讼文书。谓书记之于裁判所紧要亦同检察官,若不到堂亦不成裁判。又要保存裁判宣告,及其余一切文书。第三十七条。从罪名分定裁判所所管,违警罪于违警罪裁判所,轻罪于轻罪裁判所,重罪于重罪裁判所。其一人犯重罪及轻罪或犯轻罪及违警罪二罪俱发者,虽非附带之罪,从其重者,并管于上等裁判所;第三十八条。谓并轻于重,非特慎重裁判,兼有简捷之利。附带罪者,一人或数人同处、同时犯数罪,二人以上通谋,异处异时犯数罪,为图便自己而连他人犯罪,或图免本罪更犯别罪，第三十九条。谓附带罪质，虽互有异同，而犯情株连，罪脉相缠，故得附著本罪，一并裁制。于裁判所同等者，将犯处之裁判所为预审及公判所管。其犯处不明白者，以逮捕地之裁判所为所管。第四十条。以犯处定裁判所管，既无朦胧牴触之弊，又于搜索证凭、推问证人最为便宜。彼此裁判所管内同时犯罪，或断续犯罪，以逮捕地裁判所为其所管。彼此管内犯罪，谓如于各管交界中间犯罪之类。其数罪俱发者，亦如之。第四十一条。于犯处之外裁判所管内逮捕者，要押送附近该管裁判所。谓如于西京及大坂犯数罪者，捕之滋贺管内，押送西京；捕之神户管内，押送大坂之类。其以令状逮捕者，押送发令之裁判所。第四十二条。若于彼此裁判所所管内不能逮捕及法律所不许逮捕者，如违警罪，止该罚金之类。将最初之预审及公判裁判所为其所管。第四十三条。从犯，从正犯所管之裁判所，若正犯系彼此裁判所所管者有数名，将最初之预审及公判裁判所，为其所管。其属高等法院及陆海军裁判所所管，于法律有专条者，不在本条之例。第四十四条。谓如正犯军人军属，而从犯乃平人或贵人之类。在外国犯罪应依本国法律处断者，逮捕之内地，将逮捕地之裁判所为其所管；自外国解到者，将解到地之裁判所为其所管。其应行缺席裁判者，将被告人最后所居裁判所为其所管。若所居不明白者，须起定裁判所所管之诉。第四十五条。缺席裁判，谓非两造对质，如被告人未就缉捕，仅原告人到案之类。于商船内犯罪者，其所管及诉讼次序，别有定律。第四十六条。裁判官行预审者，不得干预公判。其先行预审，又行公判者，除于哀诉及缺席裁判之实有事故者二事外，不得干预其上诉裁判，违者不成为裁判。第四十七条。谓裁判官一立成见，不免执拗。但哀诉及缺席裁判之实有事故者，不令前官干预，则有难于审明者。裁判所于受诉事件，有自行判决应否管理之权。但检察官及自余诉讼关系人于其判决,虽本案既属终审,仍得依常规上诉。第四十八条。

第二章　违警罪裁判所　　以治安裁判所为违警罪裁判所,裁判其管内所犯违警罪。第四十九条。违警罪裁判所判事职务,治安裁判所之判事行之。判事有故,判事补行之。第五十条。违警罪裁判所检察官职务,该处警部行之。第五十一条。不置检察官,而令警部摄行者,由事犯轻小故也。违警罪裁判所检察官,要每月造已未决事件表,发呈轻罪裁判所。裁判之弊,莫大于耽延,故每月必纳表上官,供其检阅。其事件表,要违警罪裁判所之判事金印。若有意见,则附记之。第五十二条。要判事金印者,所以表其确实。附记意见者,所以辨明延滞之由。违警罪判裁所书记职务,治安裁判所之书记行之。第五十三条。

第三章　轻罪裁判所　　以始审裁判所为轻罪裁判所,裁判其管内所犯轻罪,又得行轻罪及重罪预审。谓裁判管内罪犯,虽为裁判正规,而系于本案附带罪者,虽在管外,亦得裁判之。又裁判于其管内违警罪,裁判所之始审,裁判为控诉者。第五十四条。本所即违警罪控诉之所,经此即不得再控。轻罪裁判所判事职务,该所长于初审裁判所之判事一名或数名,依次命之,以一年为满。更替职务,仍限以期年者,所以令裁判官熟习职务,且防作弊也。又得再加一年,继续其职。第五十五条。预审判事职务,司法卿于始审裁判所之判事命一名或数名,以一年为满;谓不拘次序拔擢命之。又得再加一年以上,继续其职。第五十六条。以预审判事欲极习熟,故得继续职务至于数年。判事有故,其他判事或判事补行其职务,判事补得对同预审,及公判陈白意见。第五十七条。惟不得干预议决。轻罪裁判所检察官职务,始审裁判所之检事,或其所指命之检事补行之。第五十八条。轻罪裁判所书记职务,始审裁判所之书记行之。第五十九条。东京警视本署长及府县长官,各于其管内,兼为司法警察官,有搜查罪犯之权,并与检事同,但东京府长官不在此限。由东京户口稠密,事务繁剧,特置警视局为其专任。左开各官吏辅佐检事,受其指挥,要从第三编所定规则,为司法警察官搜查罪犯:各该官吏,虽各有所属,然行警察职务,不得不听从主管检事之命。一、警视警部;二、区长、郡长;三、治安判事;四、未有警部之地方户长。第六十条。司法警察官、检察官及裁判官,若受他管同职官所嘱,须搜集其管内合为证凭及可供参考之事物,以供其审查。第六十一条。谓官吏之权不越所管,不得不更相嘱托。检事要每二个月造预审及公判已未决事件表,发呈控诉裁判所之检事长。不限每月造表,由事情差涉重大也。又要并违警罪裁判所检察官之事件表,一齐发呈。若有意见,则附记之。事件表要裁判长金印;有意见,亦附记之。第六十二条。

第四章　控诉裁判所　　控诉裁判所置刑事局,裁判于轻罪裁判所之始审裁判为控诉者。但要判事三名以上判决。第六十三条。控诉裁判颇涉钩棘,尤难明辨,故必要判事三名以上。刑事局判事职务,裁判所长依次命该所判事,以一年为满,又得再加一年,继续其职。第六十四条。刑事局判事有故,裁判所长令民事局判事行其职务。裁判所长听从便宜,为各该裁判长。第六十五条。所长以职在统辖,不分民刑,故随便执权。刑事局检察官职务,该裁判所之检事长,或其所指命之检事行之。第六十六条。控诉裁判所不及检事补者,以其事较繁重故也。检事长于该裁判所管内,得兼摄轻罪裁判所检事及司法警察之起诉职务,亦可令其所部检事行之。其起诉及他项职务,须行移于该管内检察官。凡检事长应监督该管内检察官及司法警察官。第六十七条。检事长要每三个月造预审及公判已未决事件表，发呈司法卿，又要并轻罪裁判所检事之事件表，一齐发呈司法卿。若有意见，则附记之。事件表要裁判长金印。若有意见，则附记之。第六十八条。刑事局书记职务，该裁判所书记行之。第六十九条。不置书记补，义与第六十六条不置检事补（司）〔同〕。

  第五章 重罪裁判所 重罪裁判所，裁判其管内所犯重罪。第七十条。重罪裁判所每三个月一为开设，谓不常置。若事件浩繁，日不暇给，由控诉裁判所长及检事长，申禀司法卿，须其允可，临时开厅。第七十一条。谓前期既闭厅，后再有重犯，事件繁多，且裁判要急速，不容待后期之类。重罪裁判所于控诉裁判所，或始审裁判所开设。第七十二条。重罪裁判所须左开职员裁判：一、裁判长一名，控诉裁判所长就该所判事中命之。二、陪席判事四名，于控诉裁判所，该所长就该所判事中命之，于始审裁判所，以该所长及前任判事选充。第七十三条。重刑于人所关匪轻，裁判尤要慎重，故判事必须五名，务拣选老练者。重罪裁判所检察官职务，控诉裁判所之检事长，或其所指命之检事行之。控诉裁判所虽次于重罪裁判所，然非位居其下者。故该所检事长得兼行检察官职务，又得令他检事行之。若于始审裁判所开厅，检事长得令该所检事行其职务。第七十四条。重罪裁判所书记职务，该裁判所之书记行之。第七十五条。书记较裁判官、检察官责任稍轻，故从便宜。控诉裁判所检事长要于闭厅后造已决事件表，发呈司法卿。控诉裁判所检事长虽非于该所开厅，然重罪裁判所亦监察之，造其管内事件表，固系其职。不言未决者，重罪裁判所不容未决也。事件表要控诉裁判所长金印。若有意见，则附记之。第七十六条。

第六章　大审院　　大审院置刑事局,裁判左项条件:一、上告;二、覆审之诉;三、定裁判所所管之诉;四、移裁判所所管之诉。第七十七条。刑事局非具判事五名以上不得为裁判。第七十八条。刑事局判事职务,司法卿奏闻请旨,以命该院判事。若判事有故,民事局判事循其旧次,以行职务。第七十九条。刑事局检察官职务,该院之检事长或其所指命之检事行之。第八十条。刑事局书记职务,该院书记行之。第八十一条。检事长要每三个月造预审公判已未决事件表,发呈司法卿。事件表要该院长金印。有意见,则附记之。第八十二条。

第七章　高等法院　　高等法院裁判,刑法第二编第一、第二章所揭重罪。谓关皇室、国事、外患之罪犯。又裁判皇族所犯重罪,及合该禁锢轻罪,或敕任官所犯重罪。因皇族不坐罚金之刑,故特名曰合该禁锢轻罪。前二项正犯及从犯,不问身位如何,一体于该院裁判。第八十三条。谓共犯虽身位相殊,不得析为二件。开高等法院,司法卿奏请取自上裁,其应裁判事件及开院处所,亦如之。第八十四条。高等法院以左开职员为裁判:一、裁判长一名,陪席裁判官六名。每岁预就元老院议官、大审院判事中奏闻,得旨定之。二、预备裁判官二名,置预备官者,由论(辨)〔辩〕日久,或未及判决而该官有故,事将缺旷,故预备代员,以参坐论(辨)〔辩〕。亦依前项式则命之。第八十五条。预审判事职务,奏闻取旨,命大审院刑事局判事一名或数名。第八十六条。不预命者,谓预审判事,职止判断有无罪证,不预本案,故临时选充亦无妨。高等法院检察官职务,大审院之检事长与司法卿所指命之检事行之。第八十七条。高等法院书记职务,大审院书记行之。第八十八条。不得向高等法院裁判为上诉。但于左项条件,得上诉该院:一、于缺席裁判实有事故者。二、哀诉。谓法不应刑而受处刑宣告,或受重刑过当之宣告,或过上告期限,裁判已定者,该院检事得以上告。三、再审之诉。第八十九条。谓希冀改正判事之所判。如被告事件浩繁,或裁判再审之诉,应别置职员。第九十条。谓如谋反犯罪,伙党固众,非常员所得审理之类。再审裁判不得用前员,另置委员。高等法院诉讼次序,依照通常规所。第九十一条。虽高等法院,然讯证、(辨)〔辩〕论、对质等次序,毫与常则无殊。

第三编　罪犯搜查起诉及预审

第一章　搜查　谓搜索有无犯罪,但知其犯罪,则收拾现证、旁证,或搜寻犯身所在,为起诉次序耳。非探侦隐情、推问证人、勒押物件之谓。

检察官缘告诉告发各原由,或识认,或推测有现行犯罪者,要搜查其罪状证凭,及犯人踪迹,照依第百七条以下规则,行起诉次序。谓九十二条。谓检察官除现犯、准现犯情状紧急之外,其他验检证凭、推问搜索等事,非其主职。

第一节　告诉及告发告诉谓被害者诉其罪。告发谓非被害者发其罪。　有犯重罪或轻罪,受害者不论何人得就所犯之地及犯人所在之地,诉之于预审判事、检事,或司法警察官。受告诉者,不止犯处官司,而被告人所居住之官司亦受之,不止判事、检事,而警察官亦受之。所以广言路,密方法,然其告诉与否,任从被害者主意,故曰"得",不曰"要"。预审判事受告诉,要照第百十四条以下规则区处。检事受告诉,要照第百七条规则区处。司法警察官受告诉,要将其文书速移送检事。谓警察官无取舍之权,又无审查之权,要特移送主管。其系违警罪者,得告诉犯处该管之裁判所检察官。若司法警察官受告诉,要移之该管检察官。第九十三条。违警罪犯情轻微,不虑逃亡,故以犯处为其主管。告诉人要将其足为证凭及可备参考者申告。谓犯名、犯处、时日、事实,并检察官所必须,倘不知之,不得搜查,故要与告诉一并申告。又,告诉人得照第百十条以下规则，为民事原告人。第九十四条。告诉，止申告罪犯，为搜查根柢耳。为民事原告人，乃得起公诉私诉。告诉人要于书面署名捺印呈之。告诉人亦得用口陈，但官吏受告诉者，须面造文案，朗读讫，证明所录是实，方偕署名捺印。若告诉人不能署名捺印，要附记其由，官吏要将受理凭单交付告诉人。第九十五条。官吏行职务时，因识认或推测有犯重罪或轻罪者，要速告发于该处检事。官吏当职有所告发，固属分内，与常人殊，故曰"要"，不曰"得"。然其在职外所发见者，亦与常人无殊。其为告发，要用署名捺印之文书，务将其足为证凭及可备参考者，附列申告。官吏告发，必须文书，不许口陈，不欲其离职役也。其系违警罪，要告发于违警罪裁判所检察官。第九十六条。不分何人，或认识，或推测有犯重罪或轻罪者，得照第九十四条、第九十五条规则，于所犯之地或犯人所在之地，告发于预审判事、检事及司法警察官。官吏受告发者，要依第九十三条规则区处。第九十七条。告诉、告发，得令代人；但若九十六条所云者，不在此限。谓官吏告发，系其分内，不得委之他人。无能为力者，令法律所定代人为之，谓幼稚之父母，或后见人痴癫之保管人之类。亦成为告诉。第九十八条。告诉、告发，得降其请，或更其词，然照第十六条规则，不得拒辞被告人要偿之诉。第九十九条。降其请，更其词，谓先告重罪，后降轻罪，先告轻罪，后降违警罪之类。然嫌于起灭自由，故被告人以要偿为诉，不得拒绝。

　　第二节　现行犯罪　　现行犯罪谓现方犯罪及现既犯讫即发觉者。第百条。犯罪有现行、非现行之分。现行犯显证明白，无有冤枉之恐；若缓之，则事情稍晦，又有逃亡之虞，故不分何人，得直行逮捕。若非现行之犯，必须检事及民事原告人之请，始与审查。有犯重罪、轻罪如左项者，准现行犯：一、被一人或数人以罪名追呼者；二、携带凶器赃物及其余疑有犯事物件者;三、家长向官吏请求验检其家宅内犯罪,或逮捕其疑似该犯者。第百一条。谓宅内之事为家主所应知,以其知之亲切,故得准现行犯。司法警察官及巡查当行职务时,认识有现犯重罪或轻罪之人,不待令状与命令,要将犯人逮捕。若现犯系违警罪,要问明其人名氏、居处,告之该管裁判所检察官。倘其名氏、居处不明白,又恐其逃亡者,得引致之违警罪裁判所。第百二条。巡查逮捕现犯人,要速交付于司法警察官。巡查无造作文案之权,故所逮捕者要直行交付上司。其司法警察官受交付者,要造作逮捕及告发文案。第百三条。司法警察官逮捕现犯人,或收受巡查交付之现犯人,得权为推问及检证。第百四条。谓现犯以事要急速,姑许推问检证。然以非其固有之权,不得令证人宣誓或起发令状。有现犯重罪或轻罪,不分何人,得直行逮捕。第百五条。常人虽有应捕之权,不得责以逮捕,故曰"得",不曰"要"。如前项逮捕犯人者,要送交司法警察官。若不能送交,可将自己名氏、职业、居处及逮捕事由陈述,权且交付巡查。其交付犯人于巡查者,要速为告诉及告发,但犯人及巡查得求逮捕人偕诣官署,逮捕人非有切要事故,不得拒绝。第百六条。

　　第二章　起诉　　起诉有二:有检察官为公众者;有被害人自为者。裁判官非据其一,不得审理。

　　第一节　检察官起诉　　检事既经搜查犯罪者,要如左项处分:一、推测所犯系重罪,可赴预审判事求其预审;二、推测所犯系轻罪,要随其轻重难易,求其预审,或直向轻罪裁判所诉之;谓重且难者求预审,轻且易者直求公判。三、推测所犯系违警罪,当将所有证据并附记意见,送交违警罪裁判所检察官;四、推测被告人身分及所犯之罪、犯罪之地,非其所管者,当送致于该管裁判所检察官。若推测被告事件不成为罪,或公诉不应受理者,不须起诉。第百七条。不应受理者，谓如因期满免除、确定裁判大赦等类、公诉之权已经消灭者，或律须告诉乃得受理而无人告诉之类。如前项检事既经告诉，要将其处分通报被害者。第百八条。被害者即他日原告人，翘望检事处分何如，固情所不免，故要通报。检事求预审，要将足为证据及可备参考之事物，一并送交。又当告知应行临检、应行逮捕之处所，及可为原被告证人者。第百九条。

　　第二节　民事原告人起诉为重罪或轻罪之被害者，须将附带公诉而起私诉，于告诉中并陈，既经告诉，则将其事陈于预审判事。并私诉告诉申陈者，司法警察官亦得受之。既为告诉后为私诉者，非判事或检察官不得受。　　预审判事，若有被害者自为民事原告人，可直受其申诉。虽未经检察官起诉，可并公诉于私诉而受理之。谓止为告诉者，与告发无殊，一起私诉，则公诉亦随之，故不拘检察官所见何如，自当为应分审判。预审判事已受被害为原告人之申诉，必将其事通知检事。第百十条。被害者当公诉本案始审终审，至于裁判宣告，无论何时，可为私诉，且得变更其所要求。谓民事原告之权。除期满免除制限外，不得抑遏。又得于请降私诉之后，再为申诉，且得变更其所要求。第百十一条。谓私诉原属被害者请降，固任其便。虽请降其诉，非弃其权，故再诉亦任其便。被害者得委他人代为私诉，及请降其诉，或自弃其权。谓法廷之受词讼，不过以伸民权，不必本主自出公廷。其被害人之无能为力者，要委代人为之。第百十二条。

　　第三章　预审　　预审判事，除现犯重罪或轻罪外，须遵前章所定规则，非有检事及民事原告人求请，不得遽行预审。若违此规，在请求以前所审，作为罢论。第百十三条。谓裁判官以不告不理为定则，故不由告诉而为预审者，一切均属徒劳。预审判事因重罪或轻罪直受告诉及告发者，得发传唤状，提问被告人。若案须频烦调查，颇费探索者,可将其事件送交检事。第百十四条。谓预审判事,直受告诉告发,勾问犯人,本系另例。其为勾唤亦不能勒限,听令便宜到案,仍将事件送交检事者,照依常规,由检察官告发之义也。预审判事受告诉及告发,若事件不容稽缓,得直将拘引状,发付被告人。又推问之后,可发付拘留状,谓犯情紧急,或虑逃亡者,不得不直行拘引拘留,此乃常规外处分。但要速报检事,移送足为证据及可备参考之事物。若检事虽得通报,不于一日内起诉,预审判事要速将被告人放免,但他日起诉,亦无妨碍。第百十五条。检事与判事殊,其所见虽得通报,以为非应起诉,则判事准以不告不理法,不得不解放被告人,违者为擅自监禁。被告人所在之地预审判事,直受告诉、告发,或由检事送交被告之事件,若事不容缓,要照常规勾问被告人。又已经检证之后,要将足为证据及可备参考之事物,移送犯罪之地该管之预审判事。若推测应该禁锢以上刑者,得将拘留状发付被告人。第百十六条。该罚金之刑者,不须发付。检事于预审中,不论何时,得请判事验视本案词讼文书,但要限二十四时间还付。又有紧要处分,得以随时求请。第百十七条。

　　第一节　令状　　预审判事因检事及民事原告人起诉,受理重罪或轻罪,要先发令状,传唤被告人。但自传单送达,其被告人投案,至少要假与二十四时。谓事系嫌疑,未至判定罪犯,故不得勒限急提。但令状记载投案处所日时,与公判勾唤无殊。其被告人到案者,要随即推问,极迟不得过本日内。第百十八条。预审判事于应受传唤被告人不在管内居住者,可将应行推问之条件移交被告人所在之地该管之预审判事,托其处分。第百十九条。谓事涉嫌疑者,不滥为传唤,令劳于奔命。预审判事于传唤被告人逾限不到者,得直发拘引状。第百二十条。预审判事得直发拘引状者如左:一、被告人居住无定所者;无可传唤,故直为拘引。二、被告人有埋灭罪证,又恐其逃亡者。三、被告人犯未遂罪或胁迫罪,且虑其遂犯重罪者。第百二十一条。谓不止害公众,又且滋其罪,拘引之,乃所以保护之。执行拘引状者,要将被告人押致于该管预审判事。拘引状执行者,谓如巡查之类。其被告人被拘引者,要限四十八时内推问,若经逾时限,非更发拘留状,须即释放。第百二十二条。不曰随即推问者,押致时晷有难预期者。拘引状无二日以往拘留之权,故非再行拘留,即不得不释放。被告人于未发拘引状之前,既离该管预审判事之地,得就被告人所至之地,求所管预审判事代为审查。该预审判事,若要权宜拘留被告人,当速通报之于本管预审判事。第百二十三条。谓管外判事,未受本管判事请托,则无由详实,固不得推问,然钤束乃不得不为。故姑拘留之,以候本管处分。如前项本管预审判事,可向他预审判事即权为拘留被告人者。明示所推问条件,托其处分,或请将被告人照拘引状,押送移还其预审判事。受托者可先为推问,报之本管预审判事,并叩其意见。或将被告人放免,抑依前发之拘引状,宣告押送。第百二十四条。被告人受传唤或受拘引者,若系患病,或有他由,不能投案,有确实证据者,预审判事当就被告人所在推问,他由谓如祖父母、父母疾病侍药饵之类。但被告人若在所管外,要就该处预审判事,托其推问。第百二十五条。拘留状,除被告人逃亡及第百二十三条所揭外,非既经推问酌度应该禁锢以上刑者,不许发付。第百二十六条。预审判事自发拘引状,经过旬日,要交换收监状,及照第二百十九条规则,责付被告人。谓拘留限以十日,收监则无定期,令状中尤重者。被告人须责付者,检事得向预审判事暂求停止,更加十日间拘留。第百二十七条。但检事虽有请求,取舍惟判事所择。收监状非既经将预审开办通知检事,且叩其意见之后,不得发付。第百二十八条。收监状要开载左项条件:一、被告事件及加重、减轻概略;二、法律正条;三、检察官既经会商。第百二十九条。令状要开载被告事件及其名氏、职业、居处,但除传唤状外,其名氏有不明白者,要将被告人容貌、体格明示。谓传唤状以发付本主或亲属,必要名氏、居处。若拘引、拘留、收监状,其名氏不明白者,止记注物色。又要将发付年月时日注记,预审判事及书记并署名捺印。拘引、拘留及收监状,并令巡查执行。第百三十条。传唤状照第二十三条规则,令书记局使丁送付被告人及其所居。第百三十一条。拘引、拘留、收监状,施行于本邦版图内,有时制正本数通,分付之巡查数人。执行前项令状者要向被告人先示正本后,下付誊本,照第二十三条内第二项、第四项规则。第百三十二条。谓拘引状以往所及极广,但从甲管涉乙管,执行者不得不互相嘱托。巡查执行令状者,推测被告人潜匿其家或他家,要请户长及邻右二名以上,对同搜索,谓房屋人所栖息,闯入侵扰,事系非常,故不得眼同,不许搜索。巡查于搜索时,不论被告人在否,要造搜索文凭,偕对同之人,署名捺印。入人家宅搜索,日出日入前后不得擅行。第百三十三条。预审判事觉察被告人潜匿他管内,及推测其所潜匿于事件不容稽缓者,得将令状付巡查带行。谓潜逃固犯人常情,虽逃于他管,不容舍而不问,况事情紧急者,苟知其所在,要派遣应捕人。其巡查要就被告人所在之地,向预审判事、检事及司法警察官示以令状,随即执行。第百三十四条。预审判事不能觉察被告人所在,得将被告人物色状,转达各控诉裁判所检事长,请其搜查及逮捕。其检事长受请者,要令其管内检事,为之搜查及逮捕。第百三十五条。向陆海军之在营军属发付令状者,要将令状先示之该长官。该长官既得令状,除有他故外,要速依令状,将该犯解交。行军之际亦如之。第百三十六条。被告人受拘留状或收监状者,要速拘致于令状所载之监仓。

如不能引致所载监仓，得姑拘致于附近监仓。其监仓长不论何等事情，要检阅令状，将被告人收受，交回收证。第百三十七条。巡查执行令状者，要将能否执行事由，注明于令状正本，但巡查要将执行令状时之关系文书，纳之书记局。书记须交回收证。第百三十八条。被告人该受拘留状或收监状者，既入监仓或狱舍，书记要将其犯罪事由发付本犯，并记载于令状正本及誊本之内。第百三十九条。被告人除密室监禁外，照监狱规则，得值官吏在场时接见亲故及代言人。所有尺牍书籍及其余文书，非经预审判事点检，不许被告人与外人私相授受；但预审判事得收留其文书。第百四十条。谓检视其有无弊害，可否授受。预审判事推度犯情，非应该禁锢以上刑者，预审中不分何时，得将拘留状、收监状取消，但收监状必要预先咨商检察官而后定。第百四十一条。谓收监状，初由检察官而发，故收之亦必商检察官。凡监仓内，要有《刑法》、《治罪法》二书，随被告人请乞借与。第百四十二条。谓被害人熟读法典，讲明律意，则自晓其权利所在，能为辩护，自少顽梗执拗、非理上诉之弊。

　　第二节　密室监禁　　预审判事预审中已经验实必须密室监禁者，得因检事求请，或以其职权，将特禁密室之令，向拘留收监之被告人宣告。第百四十三条。谓本犯与共犯及他罪犯杂居，又接见亲故、代言人，不免有通同掩蔽之患，故权宜设此法。然非商之检事意见相同，不得遽行。被告人受密室监禁宣告者，每一名置之别室，非得预审判事允许，不得接见他人及授受书缄货币、其他物件，虽食物饮料药饵及其他监仓应给物品，仍由监仓长指挥给与。第百四十四条。密室监禁不得逾十日，但每十日得更命留禁。谓密室监禁，抑勒自由，故不得不限其时日。若过其期尚要监禁，须更为宣告。不然，不免为擅自监禁。若更命留禁，要将其事由报告裁判长。谓防措置或涉恣横，审理有陷延滞。预审判事于十日间,至少要二回推问,照常规造调查文案。第百四十五条。谓少要二回推问,则其数回推问,固法律所望。违此规则,被告人得求其放释,或向判事为要偿之诉。

卷二十八　刑法志二

第三节　证据　　凡于法律不得以被告事件之大概推测而定其罪。其被告人供招及官吏验证文凭，又证据物件、或证人陈告、鉴定人申禀、自余诸色征凭，并任从裁判官所判定。第百四十六条。谓断罪虽须征凭，而不必执一条所揭为断定。必于对问（辨）〔辩〕论之际，以裁判官有所明确觉察者为要。预审判事要因检察官民事原告人及被告人之请求，或以其职权搜集本案证据、征凭为验实所必须者。第百四十七条。证据，谓证之确有据者。征凭，谓证之差有凭者。预审判事临检及搜索家宅、勒押物件，或推问被告人、证人，必须书记对同。书记要造审查文案，偕判事连署捺印。若在裁判所外急遽之际无书记对同，要有别员二名对同。其就监仓中推问者，要与该监仓官吏一名对同。预审判事如前项办理，要自造审查文案，朗读讫，偕对同人员共署名捺印。若无书记与别员对同，不成为处分。第百四十八条。

第四节　被告人之推问及对质　　预审判事，例须先问被告人，但因为验证或推问证人不容稽缓者，不在此限。第百四十九条。预审判事令被告人供招，不许用恐吓及诈谝。第百五十条。书记要登录所推问及答述，向被告人宣读。预审判事要先将书记所录，向被告人问无错误？问讫，令被告人署名捺印。不能署名捺印者，须附记其由。谓预审甘结与他日公判陈述,相为比照。或有以预审终结宣告为上诉者,故关紧要。书记要记载系照本条例式而行,偕预审判事署名捺印。第百五十一条。被告人欲于所陈述有所变更增减者,要更为推问,照前规登录所推问及答述,再朗读讫,令其署名捺印。第百五十二条。被告人得求见所录陈述书之誊本。第百五十三条。谓被告人辨护之权不得阻遏,故欲验其供状如何,则不得不下付。预审判事于同一案件,此被告人与彼被告人、所供不符,欲证明一切情状,可令此被告人与彼被告人、与及证人暨其余案内干系之人当堂对质。第百五十四条。谓预审本系密问对质,非其本旨。然若本条所云,亦不得不用。书记要登录对质人所供及于对质时供出一切事件,将其本末向对质人宣读,第百五十一条及第百五十二条规则,对质时亦用之。第百五十五条。被告人或对质人聋者,问用纸笔,哑者答用纸笔,聋者哑者并不识文字,要用通事。其不通国语者,亦如之。第百五十六条。通事要用正实通译者,先发誓而后用之,书记要将审查文凭向通事宣读,令署名捺印。第百九十二条、第百九十三条及第二百条规则,于本条亦为适用。第百五十七条。

  第五节 检证及勒押物件 预审判事有关于重罪或轻罪,确为必须临检者,可亲临犯处检验,其有检事请求者,不论何等事情,必须临检。第百五十八条。预审判事要将证明之情形、事状、日时、处所及被告人并非误认等情,开造文案。又所检情况有便益于被告人者,亦须登录。第百五十九条。谓预审判事,非特证明被告人罪犯,其应行回护者,亦要证明。预审判事于临检之处所发见物件,察其情形,足证明被告人非误认,并可以推知所犯情实者,要押勒金印,开具目录。其监护及递送所押物件,为书记责任。第百六十条。物件,谓如凶器、衣片及名氏勒记、器具之类。预审判事临检及搜索家宅、勒押物件等项,不及即日完结者,得闭锁,其周围令人看守。第百六十一条。预审判事得临检被告人所居。又他人所居疑有藏匿,可为案证物件者,亦得临检。其被告人及藏匿物件者不在其家,要同居亲属对同。亲属不在,要户长对同。谓搜索人家,事系非常,故家主不在,则须户长、亲属眼同。第百三十三条内第三项规则,本条亦准用之。第百六十二条。被告人于判事临检搜索时,得自身对同,或令人代替。谓家居搜索,关被告人身家者非轻,故不得拒其眼同。若被告人受拘留,不得躬自对同,而预审判事要其对同者,仍许对同。如前项民事原告人及其代人亦得眼同。但预审判事不得因其同检,转致预审迟延。第百六十三条。预审判事于家宅搜索时,可照第百六十条规则勒押物件。若勒押物件,要将其目录誊本交付对同人,第百六十四条。谓示不夺物件所有之权,故判事若不付誊本,则对同人得自求之。预审判事不论被告人曾否对同,可将勒押之物件出示被告人,令为辨解。其所推问及陈辨要录载文案。第百六十五条。预审判事在临检之处,欲听证人陈述,可令书记对同,隔别推问。第百六十六条。预审判事当前数条处分中,不论何人,得禁出入。若有犯禁者,得逐斥之及抑留之。第百六十七条。预审判事虽系在所管内者,得因便宜,将临检搜索之事嘱托该地之治安判事。第百六十八条。预审判事将开检被告人及预审干连人,或由他人所发付之文书、电报及物件,确为验实所必须者,得向驿递、电信、铁道诸官署及其余会社谓如海、漕、陆运等之类。通知其事由,令送交各件,接受开阅,但要交回收票。若前项文件收阅后不再用者,并要还付原处。第百六十九条。

第六节　证人讯问　预审判事于检事民事原告人及被告人所指名之证人,可传唤讯问。其原、被告证人名数夥多者,要循其所指次序,又择其最足验实者。轻罪事件各限五名,重罪事件各限十名,先传唤之。若验实必要多人者,不在此限。又,预审判事知有可为证人者,虽原、被告所不指名,亦得以其职权传唤作证。第百七十条。证人须预审判事用己名传唤。其所发令状,要遵第二十三条规则。若证人在管外,要将令状托该地轻罪裁判所之书记代传。第百七十一条。证人不于裁判所邻近地方居住者,预审判事得将其推问,托其所居处之治安判事。谓事情轻小者,虽在管内而居处稍远,则不必自远勾唤。若证人在管外者,得将其推问,托该地预审判事或治安判事。其受托传唤状之判事,要用己名,经裁判所发交,第百七十二条。传唤状内,要将证人之名氏、居处及职业载明,又要将投案时日、处所及不遵传唤应科罚金,且有时拘引各例,分别登载传唤状。递到与投案之间,至少须假与二十四时。第百七十三条。路程稍远者,随其距离,又须假与应分时日。证人因疾病或公务与其余事,故不能投案,有确证者,豫审判事要就其所在推问。第百七十四条。应为证人者,如系陆海军营内军人军属,称营内,盖以别非役者。将传唤状由其所部长官发交,该长官要随即令其投案。若于职务有碍,要向预审判事陈明事由,请其延期。第百七十五条。证人除前二条事故外,有不服传唤者,预审判事商之检事,宣告二元以上十元以下罚金。受罚者不得有违,更为控诉。为证人者,辩白事情,不令犯人漏法网,与无罪者陷冤枉,不翅为民生公权,亦为众庶义务,故不行义务者,得罚之。预审判事得向证人再发传唤状,并附罚金宣告状,或直发拘引状,所须诸费,令该证人负担。若证人再不服传唤,应加倍罚金,且发拘引状。第百七十六条。预审判事于证人不服传唤,至一两次,若系传唤状有违第百七十三条规则,或该证人实有不能投案事故,一时未能预知者,查有确据,可商之检事,注销罚金宣告。第百七十七条。证人因传唤投案者，要将其传唤状交还书记。若有遗失，要证明其实非别人。第百七十八条。预审判事要向所传唤证人，问讯名氏、年龄、职业、居所及系第百八十一条所开载者否①。第百七十九条。预审判事要令证人，将无爱憎、无畏惧、秉公作证之意当堂陈誓。预审判事将证人之宣誓文朗读讫，令署名捺印。若不能署名捺印，要附记其由。其宣誓文要附于诉讼文书存案。第百八十条。有不许为证人者，但有所陈述，可采其言，以备参考：一、民事原告人；二、民事原告及被告之亲属；三、民事原告及被告之后见人，及受其后见者；后见犹曰摄也，谓人故后摄理其家政者，家主系幼痴废疾，则例置之，日本方言也。四、民事原告及被告之雇人。第百八十一条。亦有不能为证人者：一、十六岁以下幼者；二、知觉精神不足者；三、喑哑者；四、被剥夺公权或停止公权者；五、有重罪事件受移转重罪裁判所宣告者，及事虽轻罪合该重禁锢既付公判者；六、就现应申陈事情曾受人诉讼以证凭不明得免诉宣告者。第百八十二条。谓其曾受诉讼，所有罪状情况并与现应申陈事件相同，故虽得免诉宣告，事涉嫌疑，不得为证人。有证人不肯宣誓，及虽宣誓而不肯申陈者，预审判事可商之检事，遵刑法第百八十条宣告罚金。受罚者不得有违更为控诉。医师、药商、稳婆及代言辩护、代书、公证诸人，或神官、僧侣，其所职业系受人密托者，不在前项之例。第百八十三条。谓本项诸人，于职业上所知隐情，虽掩覆之，非法律所罪，盖此种人所业在此，苟或泄露，有妨职业，乃势处于不得不然，故不以为罪也。然因传唤言之判事，亦不为漏泄。刑法第三百六十条，可以参看。凡证人要与他证人及被告人隔别推问，有必须互证始明者，乃令对质。第百八十四条。谓证

---

① 否，疑为衍字。

人混同,则有扶同作弊之患。然其所陈述有龃龉者,又须对质,方得明白。预审判事如重轻罪所犯处及其他场所,有须令证人同行始能陈述确实者,得偕证人同往。若证人不肯同行,可照第百七十六条规则宣告罚金。第百八十五条。第百五十六条、第百五十七条规则,亦可用之证人。第百八十六条。谓证人系外国人,则判事、书记不解外语,必不得不用通事。聋、哑亦如之。证人系皇族或敕任官,预审判事要与书记俱就其所在听其陈述。第百八十七条。书记要将证人所陈述分别造文案。该文案要登载证人曾否宣誓事由。第百八十八条。预审判事要令证人知其所陈述有无错缪,可命书记朗读文案,证人于其所陈述,得请求变更增减,书记要于文案上登载其请求变更增减条件,与预审判事及证人偕署名捺印。若证人不能署名捺印,当附记其由。第百八十九条。证人得随即要求投案路费与日给费用。谓为人证佐,虽属民生义务,若其费用非可自负,故得要求。若证人以逐日所得为生计者,得除路费日给外,更要求其每日所应得金额。本条二项费用,先自裁判所给与。刑事由官给,民事待裁判案结之后,令理屈者办偿之。如本条预审判事要算定其金额而宣告之。第百九十条。

第七节 鉴定 预审判事为验明罪质犯状,有必须鉴定人者,要令专习是件学术职业者一名或数名到堂鉴定。第百九十一条。谓如系毒杀者,解剖尸体,分析毒质;殴伤者,视察轻重,验核器物,伪造宝货者,溶解分析,以验混和物,皆非判事所能,必要医师、化学、矿学者。鉴定人要由书记局以令状传唤。其式须登录,"命其鉴定",及"不服传唤","应科罚金"等语。若鉴定人不服传唤,照第百七十六条规则处断,但不得再发拘引状。谓鉴定人设不服传唤,得复命他人,与证人必要其人者殊,故止命罚金,不许拘引。第百七十七条规则,亦适用之。第百九十二条。鉴定人要将秉公鉴定之言宣誓,该式从第百八十条之例。书记要于鉴定令状纸尾登记鉴定人所行宣誓,而将宣誓文附载之。第百九十三条。鉴定人不肯宣誓,或虽宣誓而不肯鉴定者,预审判事可商之检事,照刑法第百七十九条宣告罚金。受罚者不得有违更为控诉。第百九十四条。第百八十一、第百八十二条所开载者,不得命其鉴定,但急遽缺人,得委其鉴定,以备参考。第百九十五条。预审判事要对同鉴定人鉴定。第百九十六条。预审判事得因鉴定人之请,及以其职权增加鉴定人,或改命别人。第百九十七条。鉴定人要自造鉴定帖,详录其次序及所检核与其时候。若检核未定,要将其所推测者登录。若鉴定人各殊意见。要各自造鉴定帖,或于一鉴定帖中登录各人意见。第百九十八条。鉴定人要于鉴定帖上开载年月日,署名捺印及契印。又预审判事要于鉴定帖上登记收领年月日,与书记偕同签印。鉴定帖要附载其令状。若外国人为鉴定,要将裁判所所命通事译文,并附入鉴定帖。第百九十九条。鉴定人及通事,要给与路费、雇工钱及其余费用。第二百条。

　　第八节　现行犯预审　　现犯治罪本贵急速,以防犯人逃亡,证凭堙灭,故设此一节,以示变则。预审判事于检事未告之先,知有现犯轻、重罪者,而事要急办,可不俟检事求请,得径行通知事由先开预审。预审判事得直发令状,临检犯所,及遵此章所定规则,为预审处分。第二百一条。谓推问被告、证佐、鉴定诸人,搜索家宅、勒押物件等事,并得行之。预审判事如前条所云,虽无检事起诉,既造检证文案,作为受理公诉,即要将现犯系重罪或轻罪记载。预审判事要速将文书致送检事,但检事所见,以为该预审不宜再审,亦要依通常规则结审。第二百二条。若检事先预审,判事知有现犯轻重罪者,不须预审,判事可一面通报事由,直临犯所检查,暂假行预审判事之处分,但不得发罚金宣告,谓检事无判决罪犯之权,故虽临时为判事处分,不得向证人、鉴定人宣告罚金。得听证人及鉴定人陈述,但不用令其宣誓。第二百三条。检事如前条办理,要将意见书附证凭文书速送之预审判事。第二百四条。谓检事本代判事权摄其职,不得擅决也。第二百三条所假检事职务,司法警察官亦得权摄之,但不得发行令状。司法警察官亦要将意见书附证凭文书,并被告人送之检事。第二百五条。其被告人,或警察官自捕,或从巡查接受,均要送交。检事收受被告人,要限二十四时内推问犯人,造作文案。无论曾否发拘留状,须将请求书附一切文书移送于预审判事。若认为不合起诉者,即要放免被告人。第二百六条。预审判事要二十四时间推问被告人,其检事所发拘留状解否,任其事宜。第二百七条。预审判事得就检事及司法警察官之所措置,更为查审。但检事及司法警察官所送文案要附于诉讼文书。第二百八条。谓检事、警察官虽系就现犯为预审措置,然或不密,或违式,亦不可知,故判事得更为查审。惟其所送文书,则当备文案,以供参考。检事于现犯轻罪者,无论曾否发拘留状,曾否推问被告人,若推度此罪不须预审,得径行传唤于轻罪裁判所。第二百九条。

　　第九节　保释　　保释者,得保证而解释也。凡被告人未至定谳宣刑之间,待其人以无罪,是为治罪要义。一、许保释;二、许责付保释,以金元保其出廷,责付惟责之其人,二者惟在判事所命耳。但时不免有在逃或堙证之惧,于是不得已而拘留耳。　　预审判事于预审中,得因被告人受拘留状或收监状者之求请,商之检事,令其人以文书保证,不论何时,有传必到,而后允其保释。若被告人无能为力,得令亲属及代人请求保释。第二百十条。谓幼痴疯癫不得自理财产者,不能出保证金,故令别人代请。前条文书要纳之书记局。若于保释中传唤被告人到案,要于讯问二十四时之前预为通报。第二百十一条。允其保释者,要令被告人以金圆保证到案，但预审判事须定其金额，记注于保释宣告状。第二百十二条。谓保释不止纳证单，必令以金圆者，以防在逃之患耳。若其金额，则事有轻重，人有贫富，不可概定，故临时定其额。其为保证，要被告人或别人将保证金或贮金预所，受人财货，称贷收息者。与银行之受金证书，纳之书记局。惟预所及银行证单，许充真货。凡私相借贷文契，皆不许用。又住在裁判所管内饶有资产者，亦可代纳应充金额之保证书。第二百十三条。被告人保释中，应就传唤而无故不到者，要没入保证金全额或几分。第二百十四条。没入不同，由情由不一。没入保证金，预审判事要商同检事为宣告。所没收如非全额，则还付剩余。若系证单，则兑换真货，有余则应还付，不足更要征收。若系别人保证，要照民事规则征收。第二百十五条。谓照证书征收金圆，若不肯出，则诉之民事裁判所亦可。预审判事既没入保证金，要注消保释宣告。既消保释，则不得不拘留，因已乖前约，不免有他日不到之虞。又预审中注消保释宣告最为紧要，要商同检事，方得注消。第二百十六条。预审判事于保证金没入后，讯明乃应免诉，或当移违警罪裁判所，或只合罚金，轻罪当移轻罪裁判所，应行宣告，并要商之检事，还付既没之金圆。第二百十七条。谓在法律罚金以下轻犯，不许拘留，况于免诉乎？此条系判事当初误为措置，其后觉察平反者。预审判事为前条宣告，或注消保释宣告，要还付保证金。第二百十八条。预审判事不分有无请求保释，商同检事，得将被告人责付其亲属或故旧。第二百十九条。谓保释殊于责付者，保释必要请求保证，责付不翅不要请求，亦不要保证，特其所任责在亲故耳。盖被告事件，虽罪该禁锢以上，系显贵或财产有力者，自无逃亡之虞，故特责付之其人耳。

　　第十节　预审终结　预审判事以被告事件为非其所管，指罪质犯所及被告人身分。又推度本案为无可再查，要行预审终结之处分,可商同检事意见,令将一切诉讼文书送交,检事要将意见及诉讼文书送交限三日内还付之。第二百二十条。检事以预审有所不合,得就该条件更求审查。若预审判事不许,则检事所交之意见书及诉讼文书,限二十四时内还付。第二百二十一条。预审判事不问检事意见何如,可依后条所记载,宣告终结预审。第二百二十二条。假如检事认为重罪,判事以为法律所不问,则宣告免诉,亦唯其所为。然检事以为不当,固有上诉之权。预审判事以被告事件认为非其所管,要宣告其由。如要拘留,须保存前发令状及新发令状,将该事件交付检事。第二百二十三条。谓判事虽拘留被告人,而已认为非管,则关系既绝,故要送付该件。如左项预审判事要行免诉宣告,而被告人受拘留者须放免:一、犯罪证凭不明白者;二、被告事件不成罪者;若亲属相盗之类。三、公诉属期满免除者;四、经确定裁判者;五、经大赦者;六、在法律全免其罪者。如本条被害者不经由民事裁判所,不得为要偿之诉。第二百二十四条。谓预审止判断有无罪犯,不及谳决曲直,是预审之所以殊公判也,故不得行私诉裁判。若被告事件推度系违警罪,要行移转违警罪裁判所宣告;而被告人受拘留者,要行释放宣告。第二百二十五条。若被告事件度系轻罪,要行移转轻罪裁判所宣告;被告人受拘留度系该罚金者,要行释放宣告。谓罚金之刑不许拘留。度系该禁锢者,得允保释及责付。若被告人未受拘留,得发行令状。第二百二十六条。谓该禁锢以上之刑者。若被告事件度系重罪,要行移转重罪裁判所宣告。若既允保释或责付,要注消其宣告,移转重罪裁判所。宣告状要将"现候控诉裁判所检事长指挥,姑于本所监仓,将被告人监禁"等语,一并记载。第二百二十七条。预审终结宣告,要照事实及法律附白其理由,其以非其所管宣告,或合行拘留被告人者,要明示其原由;其行免诉宣告,要明示被告事件不成罪,或公诉不应受理各原由。其犯罪之证凭不明白者,亦同。其行移转违警罪、轻罪或重罪,裁判所宣告,要明示罪质、犯状、证凭明白者及所犯律文正条。第二百二十八条。前条宣告状,要照第百三十规则,明揭被告人名氏。第二百二十九条。书记要将预审终结宣告状誊本,速分送检事。民事原告人及被告人,但各人不服,得照第二百四十六条以下规则向之翻控。第二百三十条。翻控,谓求覆审于会议局,犹公判之有控诉也。被告人未就逮捕,可行移转重罪裁判所宣告,或合该禁锢轻罪,可行移转轻罪裁判所宣告,均要于该状上记注其由。惟被告人非现受拘留,不得更为上诉。第二百三十一条。谓预审判事认为非其所管,不分被告人就捕与否,要为转移宣告,不得翻控及为上告。如前条,检事及民事原告人,得向民事裁判所请求勒押被告人财产。第二百三十二条。谓被告人典卖财产,一则恐资其潜匿,一则恐丧其赔偿。行预审终结宣告,预审判事要向裁判所长速报告其理由。又每十五日要将预审未决事件摘录申报。第二百三十三条。

　　第四章　预审上诉　　如左项,预审未及终结之间,检事及被告人得不分时日为上诉:一、弃却非其所管申陈者;二、违法律发令状及不发令状者;三、违法律行保释责付及不行者;四、有越权处分者。若民事原告人,惟于第四项得就私诉翻控,第二百三十四条。谓民事原告人止要赔偿,无关公诉之权,故除私诉处分之外,不许翻控。欲翻控者,要向该管裁判所书记局纳词状。有翻控者,书记将其词状誊本送达对手人,对手人得限三日内纳答辩书。预审处分,不因翻控停止施行,但因保释责付而检事不合者,即停止其施行。第二百三十五条。因人情难测,翻控不必出于公正,故不停处分,但保释责付,则停止处分,以待会议局判决。其翻控者,要于该管裁判所会议局会判事三名以上，依词状答辩及其余诉讼文书与检事意见书判决。谓向公判、缺席裁判、翻控者虽令前官管理，而预审翻控，不许前官干预，然预审固无原、被告对辩之法，故会议局判决，亦专据文书。会议局宣告须速施行，但待经预审终结宣告之后，方得向之为上告。第二百三十六条。谓非经预审终结宣告，不能辨终判之是否非理，故不许半途上告。如左项，当预审终结，检事、被告人及民事原告人得请预审判事回避：一、预审判事及其伉俪与被告人被害者及其伉俪系属亲姻者；二、预审判事为被告人及民事原告人之后见人者；三、预审判事及其伉俪收受民事原告人、被告人与其亲属赠遗及听许者。第二百三十七条。回避要陈之预审判事，但其所陈须将词状二通纳书记局。书记要将词状送交预审判事，预审判事要自受状日起，限二十四时内，将其是否附记词状纸尾，一通收藏书记局，一通还本人。第二百三十八条。预审判事拒绝回避之请，陈请人得为翻控。会议局要依翻控词状及预审判事辩明状，依理判决。第二百三十九条。预审判事虽有人请其回避者，及拒绝所请，致起翻控者，预审次序尚要继续循办，但不得行终结宣告。若事件不须急速者，可停止预审次序。第二百四十条。会议局不理回避，翻控者得为上告，但非经预审终结之后，不得上告。第二百四十一条。预审判事自认有第二百三十七条内所定原由及自揣应行回避者，要向会议局陈请回避。回避陈请要于会议局判决。第二百四十二条。在会议局允其回避，裁判所长要更令他判事为预审。该判事虽有前判事处分，得因检事及其余诉讼关系人之求请，或以其职权，更为审查。第二百四十三条。书记得自行回避，或由检事与其余诉讼关系人陈请会议局，令其回避。第二百四十四条。检察官不得因被告人及民事原告人回避，但自揣应行回避者，得向会议局陈请。谓检察官须要证明罪犯的用其刑，原被告原无回

避之理,但事系亲故,不得不回避,然其可否,尚仰之会议局。检事补自揣
应行回避者,要陈之检事,检事要允其请。第二百四十五条。检事得
向预审终结宣告,再行翻控。民事原告人就私诉上有越权处分,得
向预审终结宣告翻控,被告人得向移转重罪裁判所宣告翻控,而移
转轻罪及违警罪裁判所宣告,自非预审判事非管越权,及移转裁判
所为非其所管,不得翻控。第二百四十六条。谓重罪利害所关甚巨,故
不问原由,得以翻控。轻罪以下差薄,故立之限制。翻控者限一日间,自
宣告状到达之时算起。第二百四十七条。检事、民事原告人及被告
人翻控者,要将词状纳书记局,书记须速通报于对手人。翻控者要
限三日间将词状纳书记局,书记将词状速交对手人,对手人得限三
日内纳答辩书。第二百四十八条。有翻控者对手人,经其判决,不分
时日,得起附带翻控。附带翻控,谓赖他翻控对手亦附带而起他件不服之
诉。有起附带翻控者,书记要将其词状送与对手人,对手人得限三
日内纳答辩书。第二百四十九条。预审终结宣告之翻控期限内有翻
控者,其翻控之诉未及判决时,所有宣告之事即应停止施行。谓宣
告移转重轻罪裁判所之类,不得移转宣告无罪,免诉之类不得放免。但于拘
留被告人及注消保释责付宣告,不得停止施行。第二百五十条。谓
向宣告起翻控,由宣告或有不确当者耳。但因恐在逃而为拘留,由轻罪移重
罪勾消保释责付者,不拘此限。书记要将翻控词状、答辩书及其余诉
讼文书,纳会议局。第二百五十一条。会议局要照第二百三十六条
规则,行其判决于预审判事宣告,或依其宣告,或全行注消,或将其
多少勾消,更行宣告。又得行将被告人保释责付及拘留宣告。第
二百五十二条。会议局以翻控为紧要,要令判事一名更为预审,及就
其所指条件更行审查,发其报告状。第二百五十三条。会议局于审
查之际,发见非管越权,及公诉不合受理等项,得以职权注消预审

判事宣告。第二百五十四条。谓凡为裁判官者,不诉不理为原则,然事情重大,有系公益者,法律中特立变则,此条即其一也。会议局于翻控审查之际,发见有共同犯罪或附带罪,未经预审等项,要因检事求请或以其职权,令判事一名为预审,发其报告状。谓正从犯符同犯罪,若彼此罪情相缠结者,合并审理,则易于判决,故虽无检事请求,要为预审。检事要纳意见书,会议局要凭报告状及其余诉讼文书并行判决。第二百五十五条。已经判决,要速将其宣告誊本发付于检事、民事原告人及被告人。第二百五十六条。检事及其余诉讼关系人,得向会议局宣告再为上告。第二百五十七条。发付被告人终结宣告状,要将应得上诉之期限载明。其无登记者,非照规则再付宣告,被告人虽逾限,仍不失上诉之权。第二百五十八条。第三百十一条至第三百十三条规则预审上诉者,亦适用之。第二百五十九条。移转重罪裁判所宣告一定,检事要将一切文书,附其宣告状,速送交控诉裁判所检事长。检事长要将一切文书证据物件,及将被告人移交重罪裁判所等处分,命之检事。除重罪裁判所以外,所有移交各裁判所之宣告一定,检事要速为施行。第二百六十条。被告人于预审得免诉宣告,或宣告已定,虽有变更罪名者,但系同一事件,则不更受诉;惟别有新发证凭者,不在此限。其有新发证凭者,检事送之会议局,会议局要判决应否再准起诉。第二百六十一条。必定之会议局,所以慎重其事也。

第四编　公判　由预审判事送到罪案,直句唤于裁判所推问辩论而行判决,名曰公判。公之云者,稠人环听中,以公是判决之谓。

第一章　通则　诉讼事件要照书记局档簿所录之先后次序以为公判。谓若错乱前后,恐诉讼人有幸不幸之差。裁判长得将未定拘留日数之案,以其职权变更次序。谓拘留,非若保释责付之得以自由,故期日未决定者,裁判长得为短其日数,变换次序。又事系重要,检察官及其余诉讼关系人有所求请,亦得变更次序。第二百六十二条。重罪、轻罪、违警罪之推问辩论及裁判宣告,均要于公众中行之。否则不成为宣告。第二百六十三条。是为治罪要义,苟非稠人耳目所属,则嫌有涉于偏私也。被告事件,有害公安及涉猥亵、亏风俗者,于裁判所得因检察官之求请,及以其职权,于推问辩论时禁人旁听。至于行裁判宣告,应仍照常规许人旁听。第二百六十四条。禁人旁听,乃法律变则,必由裁判所之命,然非裁判长一人所得擅断,故曰于裁判所。又非民事原、被告所得请求,故特系之检察官。被告人在公廷,不得束缚身体,但有时须置守卒。谓被告人在公廷外,虽或受钮索,一入公廷,必须解释。惟有逃亡、躁扰之虞者,始付看守。被告人合该禁锢以上刑者,非有疾病事故而不肯到案,得拘致之。如该罚金、拘留科料者,不必拘致。或人虽到案,不肯辩论,则应作为对审已明,直行裁判宣告。第二百六十五条。

　　被告人因为辩论,得用辩护人。此条最为本法中要旨。盖法廷之严肃,自生畏慑,有不能肆辩论尽蕴奥者,故不分罪之轻重,听用辩护人,以尽其情实。辩护人要就裁判所所属代言人中选用。但得裁判所特允者,虽非代言人,亦得为之。第二百六十六条。谓诸裁判所例置代言人,熟练律典,不致疏缪。然被告亲故,或有请自为辩护,得其允可者,亦不妨许之。被告人在公廷暴乱或喧哗,妨碍辩论,裁判长再三戒谕仍不听从者,得因检察官之求请,或以其职权,饬令退廷或拘留之。如前项,即作为对审已明,不必复为辩论,得行裁判宣告。若辩论须涉二日者,仍许被告人再出公廷。第二百六十七条。被告人因精神错乱或疾病不能出廷者,当俟其痊愈,暂停辩论。若方在辩论之际,被告人精神错乱,要待其痊愈,另起辩论。其有罹他疾者,要续其余论,准于五日间停止辩论。若检察官及其余诉讼关系人有所求请,要别起辩论。若被告事件及法律定拟一切辩论既毕,则痊愈之后不须更为审查,可行裁判宣告。第二百六十八条。被告人合该禁锢以上刑者,虽公判之日不到案,然非有预审终结宣告状及传唤状发付本人之证凭,不可遽行缺席裁判。虽不到案,然所有本条所载之官文书,被告人苟未收受,未必即属逃亡藏匿,或因错误亦未可知,故不得遽行缺席裁判。限禁锢以上者,义与第二百六十五条第二项同。其预审终结之宣告状及传唤状未能发付本人者,谓如预审若公判之际被告人逃亡之类。要定假与期限,将期限内苟不到案,应为缺席裁判之意传单告知该亲属或户长。第二百六十九条。缺席裁判之被告人不许用辩护人,但其亲属故旧得证明被告人不能到案事由。若裁判所认其事由为确当,得商同检事,延宕裁判之期。第二百七十条。被告人内一名或数名虽未全到,要就其投案者,照常规为对审裁判。第二百七十一条。

裁判长在公廷,要诸事严肃。犯者应有处分,本条以下,系公廷严肃处分。有喝采诽谤及其余妨碍辩论者,得禁止之,或令退廷。第二百七十二条。有于公廷患轻罪违警罪者,谓如旁听人诟骂裁判官吏之类。苟被告人犯之,须并入本案,照数罪俱发之例处断。不论何人,要以裁判长命拘住,商同检事官直行裁判,或行附于他日公判宣告。书记要就犯罪事件及裁判长处分,即造文案。第二百七十三条。如前条在违警罪裁判所,即以违警罪为终审裁判;轻罪为始审裁判,在轻罪裁判所及其余上等裁判所,即以轻罪为终审裁判。第二百七十四条。谓于裁判所现犯者,莫便于即在该所直行裁判,所以裁判所管有此变例也。有于公廷犯重罪者,裁判长要推问被告人及证人,造作文案,商同检察官,照常规为裁判,行解付预审判事宣告。第二百七十五条。因重罪须裁判官五人方合裁判,故不得用变例,必依常规。于裁判所见为理不受诉之事件，不须裁判；但于辩论中所发见附带之事件，及于公廷内犯罪者，不在此限。若附带事件必须先为预审者，得暂停本案裁判。第二百七十六条。因两案重叠，判事难为审查，故姑阁本案。检察官、被告人及民事干连人，无论始审终审，迄于本案裁判宣告之日，无论何时，得为裁判非其所管及公诉不合受理之陈诉，民事原告人不过有赔偿请求之权，故不与此件。裁判所得以其职权为裁判，非其所管及公诉不合受理之宣告。第二百七十三条。于裁判所弃却前条，不必待本案裁判宣告，可直为控诉及上告，而停止本案辩论。第二百七十八条，一经控诉上告，则裁判是非未有所归宿，故姑停辩论。检察官、其余诉讼关系人认有第二百三十七条所载原由，得向违警罪、轻罪控诉及重罪各裁判所之裁判官与书记局陈请回避。历举各裁判所者，所以别大审院。惟大审院裁判官不得回避。裁判官为预审又干预公判，及为始审裁判又干预终审裁判者，亦同。第二百七十九条。回避之请，迄于本案裁判宣告之日，无论何时，准其申请。有陈请回避者，即延迟本案辩论。第二百八十条。申请回避及为回避判决，照第二百三十八条至第二百四十五条所定规则。第二百八十一条。若不准回避，要继续前审停止以后之次序，但已经五日停止辩论者，要新起辩论。新起辩论者，义与二百六十八条第二项同。其因灾变厄难，停止诉讼，次序者亦同。第二百八十二条。

凡证据可用之预审者，皆可用之公判。第二百八十三条。裁判长得因检察官与其余诉讼关系人之求请，及以其职权，将预审中该管官吏所作之文案及验证文书，令其朗读。谓预审判事所造文书，极为完全精确，故公判之际不复须审核，惟取其文书朗读足矣。上开文书与原、被告证人所陈述，同一关要。第二百八十四条。开造文案之司法警察官，自检察官暨其余诉讼关系人证人，皆得传问。或以裁判所之职权而传问之,预审判事欲令其说明文案。自检察官暨其余诉讼关系人得因裁判所之职权,求其允许而传问之。第二百八十五条。谓判事不得由诉人传唤,若文案中有不明,则必须裁判所公权或公许,方许传问。于预审时既经推问之证人,得复传唤之。谓公判以对面辩论为本旨,与预审专据文书为判决者有殊。故公廷朗读之际,或令传到口陈。其预审中所录之证人陈述书,无论证人曾否传唤,抑不服传唤,欲比较其所陈述,得因检察官及其余诉讼关系人之求请,或以裁判长之职权,令朗读之。第二百八十六条。第百七十八条以下规则,亦可用之于公判证人。第二百八十七条。证人不许互交言语,又不许于陈述之前先为辩论。第二百八十八条。证人要循左方次序推问:一、因检察官所求请而传问者;二、因民事原告人所求请而传问者;三、因被告人及民事干连人所求请而传问者;第二百八十九条。证人有数名,要逐名氏目次推问。谓原被告证人次序,虽若前条所云,而原、被证人各有数名,则就中亦各依次序。但裁判长得因传问者之意,变更次序。第二百九十条。证人及被告人,非裁判长不得推问。陪席判事及检察官得请裁判长推问证人及被告人、诉讼关系人,得将辩论之最关紧要者,向裁判长求推问证人。第二百九十一条。证人陈述故不以实,酌度罪,该禁锢以上刑者,在裁判所,要因检察官及其余诉讼关系人所求请,或以其职权拘住,随发拘引状,解付预审判事宣告。其证人所陈述,要令书记登录,移送预审判事。如本条在裁判所,得因检察官与其余诉讼关系人所求请,及以其职权,将本案事件及裁判,延期宣告。第二百九十二条。证人不服传问者,于裁判所,要随即商同检事,宣传左项科料罚金,但该证人不得有违,更为控诉:一、系违警罪事件者,科料金十钱以上一元九十五钱以下;二、系轻罪以上事件者,罚金二元以上十元以下。若被告人缺席,虽证人不服传问,不得宣告科料罚金。第二百九十三条。前条宣告状,要书记随即发付本人,其受宣告者,限三日内得证明其不能到案之事由,裁判所要商同检事官注消科料或罚金宣告,但在重罪裁判所闭厅之后者,要向现开裁判所申诉。第二百九十四条。证人不服传唤,得因检察官及其余诉讼关系人所求请,及以裁判所职权,行公判延期宣告。检察官不躬自请求者,要将公判延期之意见陈述。第二百九十五条。证人再受传唤不到,要商同检察官,宣告加倍前额科料罚金,及偿再次传唤费用,亦得照前条,再延公判。但延期之后,要向其证人发拘引状。第二百九十六条。第百九十一条以下规则,公判所命鉴定人,亦适用之。其不服传唤者,要照第二百九十三条规则处分,传唤鉴定人,说明前所鉴定事件,要照所定证人前数条规则处分。第二百九十七条。被告人系聋哑及不通国语者,依第百五十六条、第百五十七条规则。第二百九十八条。被告人有数名者,要裁判长先出主见,又商同检察官及其余诉讼关系人意见,以定推问次序。但裁判长因推验事实,有必须更改者,得以职权变易其次序。第二百九十九条。证凭查完之后,要检察官、民事原告人、被告人,并辩护人及民事干连人,依次发言。检察官为拟律,民事原告人为要偿,须依次发言。检察官及其余诉讼关系人,其陈述不得有所阻碍,检察官及其余诉讼关系人,得互为辩论。但于辩论完时,要令被告及辩护人申诉。第三百条。检察官虽废弃公诉,而裁判所可就本案行其应分裁判。第三百一条。谓公诉为公众而起者,故虽检察官中间不理,裁判所仍不得不谳其案,是公诉所以殊于私诉也。辩论中就公判次序,或生异议,裁判所可商同检察官,径为判决。若有翻控及上告者,非经本案裁判宣告后,不得辄行。第三百二条。民事干连人,无论始审终审,及何等时日,得干预其诉讼。又民事原告人,得令民事干连人干预其诉讼。若有人起异议,不待本案裁判宣告,直为翻控及上告者,要待彼裁判所判决未判决时,应将本案辩论停止。第三百三条。于裁判所行处刑宣告,要依事实及法律明示其确有凭证所以定断之各理由。谓不特示事实律条,又示一切证凭者,亦以明裁判公正,不涉偏私耳。行免诉宣告,亦同。第三百四条。行无罪宣告者,要向被告人明示以无犯罪凭证所以无罪之理由。第三百五条。谓律文无无罪正条,故以证凭不白及无可作证为断。裁判所要将公诉裁判与私诉裁判同时宣告,私诉审查未精确者,得于公诉裁判后,别行其裁判宣告。第三百六条。谓如未能定赔偿多寡之类。被告人当受处刑宣告,要以裁判所职权令全出公诉之裁判费及应出几分,并行宣告。受免诉及无罪宣告者,公诉裁判费要官自偿。私诉裁判费依民事规则,要理屈者还偿。第三百七条。被告人已受宣告,不论处刑与否,其勒押财产不应没收者,虽本主未经求请,要行还付宣告。第三百八条。于本案裁判宣告之上诉期限内,有上诉者,其上诉未及判决时,要停止裁判施行。第三百九条,义与第二百五十条同。受禁锢以上处刑宣告者,若有逃亡,非现即就捕,不得为上诉。第三百十条。受拘留者为上诉及求保释,要将其词状申送监狱长,监狱长纳之该管裁判所书记。第三百十一条。诉讼关系人及其代人,因非常灾变厄难致逾上诉期限,若能证明其由,得回复既失之权利。但已免灾变厄难之日,于通常期限内,要将其证据即附词状为上诉。第三百十二条。书记要将前条词状速送交对手人,对手人得限三日内,纳答辩书于上诉之裁判所。在会议局要商之检察官,判决其上诉应否受理。谓诉讼关系人及代人,果否系罹灾厄,抑系自愆期限,皆不得不预查,故与通常上诉直为受理者殊。判决应受理者,要令书记将其由通报诉讼关系人,照常规行本案裁判。判决不合受理者,非有他由,要即时施行裁判。第三百十三条。裁判宣告当辩论既毕之后,于公廷即日或次日行之。其裁判宣告状,要裁判官先作宣告,共书记署名捺印。裁判宣告状要登载该管裁判所与年月日,及经手检察官名氏。第三百十四条。诉讼关系人得用小费求裁判宣告誊本,或其钞本,但为上诉而求者,书记要于二十四时内下付。第三百十五条。于对审裁判行处刑宣告,裁判长向其受宣告者应告知,如有不服,得为前条之请,及控诉与上告之期限。若于缺席裁判行处刑宣告,要宣告状内登载应得再控及其期限。若不依常规登载,又不告知期限,虽逾上诉期限,仍不失上诉之权。第三百十六条。书记要逐件分别开造公判始末文案,登载左项条件及其余一切诉讼次序:一、公行裁判及禁止旁听宣告,并其事由;二、推问被告人及其所陈述;三、证人、鉴定人所述及其宣誓,或不肯宣誓事由;四、原被告证据物件;五、辩论中异议以后所陈告事件,及检察官与其余诉讼关系人前件意见,与裁判所判决;六、辩论次序及令被告人最后发言。第三百十七条。公判始末案卷,要前条记载之外,并开载该管裁判所、年月日、裁判长、陪席判事、检察官及书记名氏。辩论涉数日者,要将其缘由及是否裁判官一人承审记载。谓裁判官若已换人,按法须从头更为辩论,故裁判官之换否,大系辩论终结之迟速。辩论中,须预备判事代替,要将此旨登记。检察官及书记,亦同。第三百十八条,谓事系重罪,辩论涉二日以上者,置预备判事为常法。公判始末案卷,自裁判宣告,限三日内整理,要裁判长及书记署名捺印。裁判长未署名捺印之先,要将公判始末文案检阅。若有意见,附记纸尾。第三百十九条。裁判宣告状及公判始末案卷正本,要该管裁判所书记局保存。若有上诉,裁判长及书记要将裁判宣告状及公判始末案卷誊本捺印,附入上诉文书。第三百二十条,谓虽有上诉,止以誊本解送,恐底本散佚也。

卷二十九　刑法志三

第二章　违警罪　　公判在违警罪裁判所,所应受理者:一、书记局从检察官之求请而发传唤状于被告人者;二、因预审判事或上等裁判所判决宣告移转于本管者。第三百二十一条。上等裁判所谓初认为轻罪,既经审判,更认为违警罪,移之本管裁判所之类。传唤状要具载所传唤者名氏、职业、住所、到案时日、被告事件,及得雇用代人等语。谓被告事件系违警罪,不必本人到案,即令代人亦可。若不登载被告事件,致被告人不及带同证人到案,则公廷告知事件之后,为觅证人及辩护人,得求展限二日。第三百二十二条。传唤状解到与投案之间,少要假与二日。第三百二十三条。

违警罪裁判官以被告事件须要速决,得因检察官与其余诉讼关系人之求请,及以其职权于开审之先径行验证,不必对手人对同。第三百二十四条。谓违警罪,事情轻微,不必预审,故事要速决,则先公判,得为验证,盖验证亦一预审也。证人之传唤状解到与到案之间,少要假与二十四时。有未受传唤,自行投案,于推问之前向书记通名刺者,裁判所得听其证人之所陈述。第三百二十五条。书记于各事件,要唱呼诉讼关系人名氏,若有不应唱呼者,则待他件裁判之后,方裁判其事件。第三百二十六条。违警罪裁判官承讯被告人,可先问其名氏、年甲、身位、职业、居处、籍贯,官吏所造案卷及词状,要书记朗读,检察官要将被告事件陈述。第三百二十七条,检察官为原告人于朗读之后,仍陈其要领。违警罪裁判官要向被告人推问被告事件招承与否。若被告人令代人首服,要进其所署名捺印之文凭。第三百二十八条。被告人自承者,不须别举证凭。但裁判所得因检察官、民事原告人之求请,及以其职权令其举证。若不招服,要推问原、被告证人,及其他证凭提验。第三百二十九条。检察官要将适用之法律,酌拟陈述。民事原告人可将被害之事件证明,以要偿之旨申请。被告人、民事干连人及其代人,可为答辩。第三百三十条。若于刑事,则民事干连人及其代人,不得为答辩。被告人、民事干连人及其代人,受传唤而不到者,可听检察官及民事原告人之请,举行缺席裁判。民事原告人不到案者,亦同。第三百三十一条。缺席裁判宣告状,要因检察官及其余诉讼关系人之求请,向缺席者暨其居所发付。受缺席裁判者欲行翻控,自宣告状解到,限三日内要向书记局纳词状。第三百三十二条。该管裁判所要先判翻控应否受理。若事应受理者,书记要将其翻控之由及合行公判时日,通报该对手人,发付传唤状。但其解到与到案之间,少要假与二日。又要将合行公判时日前一日报告翻控人。第三百三十三条。受理翻控词状,要照第三百二十六条迄第三百三十条规则更为裁判。于其时又缺席不到者,不得再行翻控。第三百三十四条。犯罪证据不明者,裁判所要行无罪宣告。又于第二百二十四条第三项以下事情,要行免诉宣告。第三百三十五条。被告事件系违警罪且证据明白者,要从法律行处刑宣告。第三百三十六条。被告事件系重罪或轻罪要行非其所管宣告,将其事件移送轻罪裁判所,检事但得向被告人发拘留状。第三百三十七条。谓虽无管理之权,而既系轻罪以上,不得不权为拘束,以免逃亡。受违警罪裁判所裁判宣告,得控诉于轻罪裁判所者有三:一、被告人受拘留宣告者;二、民事原告人、被告人及民事干连人于要偿宣告,较治安裁判所之终审,其金额有超过者;三、检察官及其余诉讼关系人于非管越权拟律错误并背裁判规则者。第三百三十八条。如以私诉裁判先公诉,或不公行裁判之类。凡此数项诉讼关系人,非系自受损害,不得为控诉。将为控诉者,要向原审裁判所书记局纳词状。但其期限于对审裁判付宣告后限三日内,于缺席裁判,则自宣告状解到本人及其住所之日限五日内。第三百三十九条。诉讼一切文书,检察官要移送该管控诉裁判所之书记局。若检察官即系控诉人,或为对手人,要向该管控诉裁判所检察官陈其意见书。第三百四十条。该管控诉裁判所要待书记局向诉讼关系人发付传唤状后方行裁判。传唤状解到与到案之间,少要假与二日。证人传唤状解到与到案之间,少要假与一日。第三百四十一条。控诉之对手人,迄于受裁判宣告日,不论何时,得为附带控诉,但附带控诉可直于公廷为之。第三百四十二条。义与第二百四十九条同。控诉事件要照依轻罪裁判所所定规则而行裁判,检察官及其余诉讼关系人,非得裁判长允许,不得传唤新证人及始审时证人。第三百四十三条。谓始审时已得证佐,事已明白者,不再传唤,所以省繁冗、除扰累也,并非设令禁止之谓。受控诉之裁判所,可照行原判宣告,或将原判取消,更行裁判宣告。被告人有所控诉,不得比原判处刑再行加重。谓被告人控诉欲求轻减,反加重之,则乖许其控诉之原旨。由私诉而起之控诉裁判,照民事常规办理。第三百四十四条。第三百三十一条以下规则,于控诉缺席裁判,亦得照行。第三百四十五条。检察官及其余诉讼关系人,得向违警罪终审裁判之宣告而为上告。第三百四十六条。违警罪虽轻,然裁判乖法,则不得不上告而厘正之。

第三章 轻罪 公判轻罪裁判所,所应受理者:一、书记局从检察官之求请,而发传唤状于被告人者;二、因预审判事或轻罪裁判所会议局及上等裁判所判决宣告移转于本管者。第三百四十七条。传唤状照第三百二十二条、第三百二十三条规则。第三百四十八条。被告事件合该罚金者,要于传唤状中记明"得用代人",民事原告人及干连人,均得用代人。第三百四十九条。证人传唤状解到与投案之间,少要假与一日。第三百五十条。第三百二十四条规则,轻罪事件未经预审者,亦适用之。第三百五十一条谓轻罪事件最轻者,有时不经预审,直付公判,故为要预审者设此条。检察官要经裁判长问明被告人名氏、年甲、职业、居所、籍贯后,陈述被告事件,民事原告人要证明被害事件。其有案卷及词状者,要先令书记朗读讫,听原、被告证人陈述;将证据物件示被告人,令为辩解。被告人及民事干连人可为答辩。第三百五十二条。检察官要将适用之法律酌拟陈述。民事原告人要将要偿之意申请,被告人及民事干连人得更为答辩。第三百五十三条。被告人合该罚金者,若照第二百六十九条规则,应为缺席裁判。其传唤期内不到案者,亦要为缺席裁判。第三百五十四条。第三百三十一条至第三百三十四条系缺席裁判规则,此章亦适用之。第三百五十五条。

被告人于缺席裁判受禁锢刑宣告者,迄于期满免除,得为翻控。惟左项所开列者不许:一、被告人于本案裁判前,预辩诉其事件者;谓本案裁判之前,被告人已预行辩诉,则被告人所执之理经已说明,虽公判之日缺席不到,亦作为对审看。二、将裁判宣告状解付本人者;宣告状已付被告人,则被告人业已知悉,应依常规为控诉期限。三、被告人知有处刑宣告实有证迹者。义与上条同。第一项自宣告状解到日,第二、第三项自知有宣告日限三日间,得为控诉。第三百五十六条。本条之意,因被告人缺席不到,虽经裁判,仍虑其或有冤抑,故将控诉期限展宽,至于期满免除之日为止。若此三节,则缺席裁判,仍与对审裁判无殊,故控诉期限亦依常规。于裁判所有为验实本案所必要者,要因检察官其余诉讼关系人之求请,或以其职权传唤新证人与鉴定人,或为临验,但为此处分,须照第三编第三章所定规则。又案件未经预审者,得令预审判事就所指示条件审查,且发其报告状。第三百五十七条。犯罪证据不明者,要于裁判所行无罪宣告。又如第二百二十四条第三项以下事情,要行免诉宣告。如本条事情被告人受拘留者,要行放免宣告。第三百五十八条。被告事件系违警罪,要行终审裁判宣告。被告人若受拘留,要行释放宣告。第三百五十九条。被告事件系重罪,要行非管宣告。若未经预审,即行解付预审判事宣告。被告人不服拘留者,要发拘引状、诉讼文书及证据物件,要自检察官解付预审判事。第三百六十条。被告事件既经预审,要行解付该裁判所会议局宣告,于会议局要照第二百五十三条、第二百五十五条为审查,行将被告人解付该管裁判所宣告。第三百六十一条。因会议局宣告而受理事件,新有发见证凭,认为重罪者,要行非管宣告。谓会议局虽认为轻罪,轻罪裁判所知为重罪者,不得复还付会议局,亦不得裁判,故要行非管宣告。检事要向大审院为请定裁判所所管之诉。第三百六十二条,如前二条,未经会议局或大审院判决之时,得因检察官之求请,及以裁判所职权行将被告人拘住该所监仓宣告,又得照第二百十条以下规则,听许保释。第三百六十三条。被告事件系轻罪,且证凭明白者,要照法律行处刑宣告。被告人受禁锢刑宣告者,保释责付自属消灭,但于上诉中得更求保释。第三百六十四条。谓系禁锢以上刑者,不待更行宣告,自不能保释责付,但在上诉中,则裁判未定,故得更求之。检察官、其余诉讼关系人,得向本裁判所宣告而为翻控,于控诉裁判所者有四:一、检察官以为应无罪免诉而行处刑宣告者，又以其处刑宣告认违警罪为轻罪者；二、被告人除违警罪宣告外受处刑宣告者；三、民事原告人、被告人及民事干连人于要偿宣告，较始审裁判所之终审，其金额有超过者；此及下项，义与第三百三十八条第二、第三项同。四、检察官、其余诉讼关系人以本裁判所为非管越权，拟律错误，并背裁判规则者。第三百六十五条。控诉自裁判宣告，限五日内为之，受缺席裁判者，迄于期满免除，不论何时得为控诉；但依第三百五十六条，限五日内第三百六十六条。此所谓五日内者，谓缺席裁判之被告人，无论何时知有此项裁判，即从知之日作为寻常宣告之日。苟于五日内不为控诉者，即失其权。向公诉裁判宣告为控诉，而被告人受拘留者，检察官要移之控诉裁判所之监仓。第三百六十七条。谓控诉系求复审，必要被告人对质，故不得不徙置之控诉裁判所所在地方。第三百三十九条至第三百四十二条及三百四十四条规则，此章亦适用之。第三百六十八条。于轻罪裁判所检事为控诉，又于检事长为附带控诉，若被告事件系属重罪，要照第二百五十五条规则，由会议局行移转重罪裁判所宣告。第三百六十九条。谓被告人为控诉者虽不得加重原判，而检事及检事长有控诉者，不在此例。于本管缺席裁判而起翻异者，照始审缺席裁判之起翻异者所定规则。第三百七十条。检察官、其余诉讼关系人得向本裁判所终审裁判宣告及控诉裁判所之对审裁判宣告而为上告。第三百七十一条称对审者所以别缺席裁判。

　　第四章　重罪　公判重罪裁判所所应受理者：一、因预审判事或轻罪裁判所会议局判决宣告移转于本管者；二、因控诉裁判所或大审院判决宣告移转于本管者。第三百七十二条。违警罪裁判所、轻罪裁判所皆因检察官之求请而受理，而此独无者，因重罪裁判所只有送移及定管裁判乃受而理之，不由检察官求请，义详于下条。盖重罪特重其事，以检事长作公诉状,故不系于检察官求请也。移转重罪裁判所宣告,一定要照左所区别,作公诉状于控诉裁判所开重罪裁判所,要检事长作公诉状,于始审裁判所开重罪裁判所,要检事作公诉状,或令检事之兼行该所检察官职务者造之。第三百七十三条。公诉状要开载左项条件:一、被告事件始末及加重、减轻情况;二、被告人名氏、年甲、身位、职业、居所、籍贯;三、预审时所搜集原被告证据;四、罪名法律正条及移转重罪裁判所宣告概略。第三百七十四条。公诉状除移转本管宣告状以外,不可记载被告人他事。第三百七十五条。于移转重罪裁判所宣告状,若于一被告人开载并非附带之别起重罪,检察官得分别各造公诉状,向裁判长求请,令分别为辩论。谓由各起重罪罪质罪况皆不同一,恐审查混淆其附带罪,则不须分别作诉状也。裁判长于一公诉状内,开载并非附带之别起重罪,得以其职权,令分别为辩论,及将数通公诉状所载事件,同时令为辩论。第三百七十六条。书记要于被告人赴审五日以前,先将公诉状誊本交付。谓假与五日间光阴,令被告人为辩护之备,以其重罪假日较多,慎重之意也。若被告人有数名,要将誊本分别交付。第三百七十七条。重罪裁判所长及受其委任之陪席判事,自公诉状解到二十四时后,要与书记对同,将被告事件推问被告人,且问其有无辩护人。若不具辩护人,要以裁判长职权,就该所所属代言人中选充,被告人及代言人,不生异议,得令代言人一名兼理被告人数名辩护。同一事件,而被告有数名者。用辩护人,非经三日后,不得即开辩论。第三百七十八条。欲令被告人与代言人精细咨询,不取败屈,故假与三日光阴。辩护人有故,被告人申告事由,可别行改选。若被告人不自改选,裁判长要照前条规则选充,但改选辩护人,又要三日间停止辩论。第三百七十九条。书记于第三百七十八条所开载要造推问文案,照依格式登录。

选具辩护人、辩论中改选辩护人，及停阁辩论，要将其事由登录于公判始末书。第三百八十条。不具辩护人而为辩论者，不成为处刑宣告。若无罪宣告，虽不具辩护人，亦无损于被告人者，故特于处刑宣告言之。已起辩论之后，虽有违第三百七十七条至第三百七十九条规则者，被告人不得生异议。第三百八十一条。谓恐被告人应言而不言，中道起议，希图延捱裁判，故设此制限，以预防其弊。辩护人于第三百七十八条择定之后，得与被告人接见，又得于书记局阅览一切诉讼文书，且钞写之。词讼文书不许赍出局外，故曰得于书记局阅览。自移转重罪裁判所宣告日至裁判宣告日，除辩护人外，不分何人，不得与被告人接见。但被告人现在之裁判所长允许者，不在此限。第三百八十二条。因检察官及民事原告人之求请，所传唤证人名氏目录，要于开审一日之先送付被告人。因被告人之求请，所传唤证人名氏目录，要同一期限内，由书记送付检察官。其因民事所传唤者，送付民事原告人。第三百八十三条。不预将证人名氏通知者，自非为参验事实，不得听其陈述。但对手人若无异议，亦得听之。第三百八十四条。谓裁判长为事实参验，以其职权听其陈述者，不在此限。证人传唤状其解付与到案之间，少要假与二日。第三百八十五条。裁判长开厅之日，要在公廷当陪席判事、检察官之前，将应行开厅之故陈述，但不须传唤被告人。第三百八十六条。裁判长推度辩论应需二日以上者，得令重罪裁判所同地判事一名为预备陪席判事。第三百八十七条。预设陪席判事以参辩论，虽裁判官中间罹病而不烦更代，以省反覆延滞之患也。裁判官、检察官及书记各就坐位之后，要随即起推问及辩论。裁判长要先咨问被告人名氏、年甲、身位、职业、居所、籍贯。若其答词有与预审中所陈述龃龉不合者，然于公诉状所揭载之被告人并无违误，仍应接续辩论。第三百八十八条。书记要唱呼所传唤证人名氏，其应名到案之证人，要置之别舍，临当陈述，依次呼入。第三百八十九条。裁判长当令书记朗读公诉状，要向被告人告以潜心详听。第三百九十条。重罪公诉状尤属紧要。讼庭辩论，皆从其朗读而起，被告不得不倾听而答辩。第三百七十四条所云云是也。裁判长要待书记朗读讫，方始推问被告人。被告人将预审中所招服事件谓非确实，若欲除消，要令辩明其事由。被告人虽自招服，仍不得不为审查。第三百九十一条。虽经招服，然人情万变，或有为而庇亲故，或有故而自诬服者，亦复不少，要必参究其实，方可终结公判。裁判长推问已完之后，要向被告人告知并出证凭，自为辩解。苟有利于被告人可作反证者，亦应告知之。第三百九十二条。谓虽有辩护人，而裁判长举有利被告者以指示之，亦其职务之一也。裁判长于每一原告证人陈述讫，要向被告人质其意见。第三百九十三条。证人既陈述之后，要祇候别舍，但由裁判长允其退廷者，不在此限。陪席判事、检察官、被告人及民事原告人得求请再问证人，并令与他证人对质。裁判长得以职权，为前项处分。第三百九十四条。谓证人陈述，或有所龃龉，则不得再命证人或互相对质，或重新陈述，故虽陈述既毕，不许随意退廷。裁判长推度证人当被告人面前有存爱憎畏慑之念不敢吐实者，得于陈述时，因检察官、民事原告人之求请，或以其职权，令被告人退出。谓公判以面决为常法，然若此条所云，亦一时权宜，出于不得已者。裁判长于证人陈述既毕之后，要命被告人再入公廷，告知其条件，且令申其意见。第三百九十五条。裁判长于第三百条所定次序既完之后，要将公诉上辩论完结之意宣告。第三百九十六条。其检察官求刑、原告人要偿者，更开辩论。检察官及原告人得就辩论中所发见条件求为预审。若裁判所准其求请，要令所开重罪裁判所内判事一名为预审，且发其报告书。第三百五十七条第一项规则，本条亦适用之。

第三百九十七条。有辩论完结宣告者,检察官要将适用之法律酌拟陈述。被告人及辩护人得以检察官所见不合者,续为辩论。第三百九十八条。终前条辩论之后,民事原告人要就私诉陈其所请。被告人、辩护人及民事干连人得为答辩。检察官要就私诉陈述其意见。谓检察于赔偿,既非原、被告陈其意见,特由职务耳,故于最终方为陈述。于裁判所得延捱私诉辩论之期。谓不得同一裁判,如第三百六条第二项所揭者之类。但要闭厅以前判决之。第三百九十九条。谓重罪裁判所不常置,故不容不于闭厅之前判决。被告事件系重罪且证凭明白者,要照法律行处刑宣告。又如第二百二十四条第三项以下事情,要行放免宣告,且放其人。第四百条。犯罪证凭不明白者,要行无罪宣告,且放其人。又就原、被告要偿,要照第三百九十九条规则行裁判宣告。第四百一条。原被告要偿,谓如第八条及第十六条所云之类。辩论中,发见他项重罪或轻罪,非附带公诉状所揭载事件者,若有检察官求请,要令重罪裁判所内判事一名为预审,于本会或次会,并入本案,一体裁判。第四百二条。谓非本案附带者,不在裁判所管理权内,故须有检事请求,令更为预审,而后从数罪俱发从重之例。检察官、其余诉讼关系人,得向重罪裁判所对审裁判之宣告,而为上告。第四百三条。重罪裁判为终审,例不许控诉,惟许为上告。称对审者,所以别缺席也。缺席裁判,裁判长要令书记朗读公诉状及预审文书,紧要者又须听原、被告证人陈述。检察官可就定拟法律陈其意见。而民事原告人要将要偿之意申请,民事干连人得为答辩。第四百四条。谓干连人不分本犯在否,不得免要偿之责,故得为辩论。缺席裁判宣告状,要因检察官、其余诉讼关系人之求请,发付本人及其居所。第四百五条。于缺席裁判处刑宣告,非检察官不得上告。谓缺席者之不到案,由于自取,故不许上告。民事原告人及干连人,得向私诉裁判宣告为上告。第四百六条。在缺席裁判受处刑宣告者,迄于期满免除,不论何时得行翻控。但已就缉捕,即要限于十日内翻控。第四百七条。谓缺席裁判既不经本人辩论,又不经辩护人帮助,非断不可复动者,故本人常有翻控之权。申陈翻控要于前定缺席裁判之重罪裁判所为之,于重罪裁判所要判决其所翻控应否受理。判决所控应行受理者,要于本会或次会更为裁判。第四百八条。若在缺席裁判重罪裁判所闭厅之后,要向其所属之控诉裁判所为翻控。于控诉裁判所判决应行受理者,要照常规行,再由本管裁判之宣告。第四百九条。

第五编　　大审院职务

第一章　上告　　上告者,最终之上诉也。谓预审及公判宣告有违律乖规者,乃求破毁厘正。苟别有矫正之道,不许辄为上告。大抵行于终审裁判者为多。其始审不为控诉及终审缺席裁判不行翻控者,并失上告之权。

检察官及被告人,向预审及公判宣告如左项条件得为上告:一、违背法律不受回避申请者;二、违背裁判所结构规则者;三、所行宣告以所管为非管,或以非管为所管,及移转于裁判所乃为非管者;四、违法律而用不得用之规则者,或有违法律,虽当堂驳辩不肯认许者;谓如合令被告人发言而不令发言,直行裁判,违第三百条所云之类。五、违背法律而受理公诉或不受理者;六、于法律所定条件不商之检察官者;若如第百二十八条、第百七十六条、第百八十三条、第百九十四条、第二百二十条、第二百七十三条、第二百九十三条、第三百二条所定。凡称以其职权者,不在此限。七、于裁判所不判决人所请求事件,谓可理则理之,不可理则却之,凡有所请求者,不容不受。又非合以职权应得判决之事,而判决未曾请求事件者;谓违不告不理之本旨。八、不公行裁判宣告,及案关禁止旁听,而不公行推问及辩论者;谓应禁旁听,而不禁旁听,又不公行推问辩论,及虽为旁听禁止而不公行裁判者,亦同,如第二百六十四条所云是也。九、所宣告不列事实及律条与有所龃龉者；谓如第二百二十八条及第三百四条所云之类。十、有拟律错误者；谓将轻罪科重罪及擅为轻重加减之类。十一、有越权处分者。第四百十条。谓以恐吓、诈伪、诱致成招，或勒制被告人身体之类。已行免诉及无罪宣告，就令有违庇护被告人规则，不得为上告。其犯所有误所管者，亦同。第四百十一条。谓行免诉无罪宣告，既利被告人，则不用辩护人，虽为违规，然无害于被告人。若犯处搜查罪情，易为预审，尤有纷扰，与犯质身位之误所管者大不相同，所以有此特例也。民事原告、被告人及干连人，得向私诉预审，或公判宣告，依第四百十条所定条件而为上告。第四百十二条。上告对手人不分何时，迄于大审院判决日，均得为附带上告。大审院检事长，亦得为附带上告。第四百十三条。上告以二日为期限，但预审自宣告状解付日起算，公判自宣告日起算。第四百十四条。谓预审不面为宣告，故与公判算法有殊。有向预审或公判宣告而为上告者，除拘留、保释、责付、释放及放免外，均停止施行。第四百十五条。谓死者不可复生。损者不可复补。无论宣刑，即于预审亦不得施行。将为上告者要将其申请状纳于原审裁判所书记局。以上告期限甚短，而申请本院，往往使诉讼人愆期失权，故令之直请于原审裁判所，以归简易。上告申请状要自申请时，限二十四时内，书记送达于对手人。第四百十六条。上告申请人要自申请时，限五日内，将其上告词状纳于原审裁判所书记局。书记要自收受词状时，限二十四时内送达于对手人。第四百十七条。对手人要自接受上告词状时，限五日内，将答辩书纳于原审裁判所。书记局书记要自收受其答辩书时，限二十四时内送达于上告申请人。第四百十八条。检察官所纳上告词状及答辩书，要各造二通，一通纳之大审院，一通付之对手人、诉讼关系人。向私诉裁判宣告，纳上告词状及答辩书亦同。

第四百十九条。书记于经过前数条所定期限之后,要速将诉讼及上告文书纳于该管裁判所检察官。检察官要将其文书,限五日内纳大审院检事长,且将意见附记,检事长要向院长请求将上告事件登载于刑事局档簿。第四百二十条。上告申请人及对手人,得用代言人,本条所谓"上告"及"对手人",专据被告人、民事原告人及干连人而言,而检察官不与焉。盖检察官不分上告、对手,一有上告,检事长代述其趣旨及为答辩,固无用代言人之理。若上告各人,多不惯词讼者,恐多费闲辩,徒旷时日,故令自选代言人出院。是为大审院要则。受重罪刑宣告而为上告,或检察官以为合该重罪刑而为上告,苟不自选代言人,要以院长职权,就该院所属代言人内选充。第四百二十一条。院长要就刑事局判事中,命专任判事一名。专任判事要检阅一切文书,造报告状,谓大审院既不须审查事情、推问证人,又不须原、被对辩,特案上告及答辩趣旨判决拟律之当否耳,故令专任判事精密审核。但不须附记其意见。第四百二十二条。上告人及对手人诣专任判事纳报告状,又得经由大审院书记局纳辩明状,以阐发其意见。谓上告为终极上诉,故许之再三申说,以尽情实。若专任判事既收报告状之后,所纳辩明状要附于该状。第四百二十三条,因辩明状直纳书记局,未经判事观览故也。书记要于开廷之先三日,将其时日报告上告及对手人、代言人。第四百二十四条。开廷日,要专任判事在公廷朗读其报告状。检事长及代言人要各辩明其意见。谓检事官为上告人,则检事长代之。若受处刑宣告者,则代言人辩明之。于私诉上告,要检事长最后陈其意见。第四百二十五条。上告人及对手人不用代言人者,可直行判决。第四百二十六条。谓用代言人与否,听其自便。但应用而不用者,为自弃其权利,故仍为对审判决。若大审院以上告为无理,要行弃却宣告。第四百二十七条。若大审院以上告为有理,要将原定预审及公判之宣告直破毁之,将其事件移转他裁判所。但如后数条所开载者，不在此限：第四百二十八条。因拟律错误及违背法律而受理公诉与不受理公诉，而破毁原判宣告者，不须移其事件，要于本院直行裁判宣告；第四百二十九条。谓如因将犯罪及图免罪而故杀人者，合处死刑，误依刑法第二百九十四条处之无期徒刑；又将公诉消灭者误受理之，将未经大赦者误为经赦而不受理之类。预审或公判次序虽有违规则，而无害于人者，不须移其事件，仅要破毁其次序；第四百三十条。谓如预审处分，虽缺书记对同，于被告乃无所害，及被告人临公判虽应有回避，而不为申请，乃裁判官自行回避之类。有向预审及公判宣告内之一类为上告，而不关他类者，于大审院要破毁其上告所陈之件，照依法律行分别裁判宣告，及将其事件移转于他裁判所。第四百三十一条。谓一事而有数类宣告，中有服而愿遵者，有不服而上告者。其愿遵者，毋庸议。其上告者，要分别裁判。于大审院破毁原则宣告，直行裁判宣告者，要令原裁判所及他裁判所施行。第四百三十二条。谓被告人虽至上告，尚勒住于原裁判所，则令该所施行宣告为便宜。然原判若系重罪裁判所，则或有先上告判决而闭厅者，故令他裁判所施行亦为不妨。于大审院将破毁事件移转他裁判所，要移于接近原裁判所之同等裁判所，但其事件专系私诉者，要移之民事裁判所。第四百三十三条。谓公诉裁判既定，则要偿事件不得与刑事相干预。经大审院判决，所引用法律当认为确定。谓裁判所受其所交事件，于法律上不得更其判决。受大审院移交之裁判所，其所裁判宣告，仍得照常规，更为上告。第四百三十四条。

法不当罚而受处刑宣告，或法不应重罚而受失入之重刑宣告，于期限内不上诉，算为裁判确定者，大审院检事长得因司法卿之命，及以其职权，无论何时，为非常上告。有非常上告，要破毁原裁判宣告，由大审院直行裁判宣告。第四百三十五条。如左项，检事长及其余诉讼关系人得向大审院裁判宣告哀诉于该院：至大审院为上告终极之路，于此而认为非理，则控诉更无门可入，只得仍就大审院上诉耳，故曰哀诉。一、大审院不照行前条所定式则者；二、受诉讼关系人所申请条件不为判决者；三、同一裁判宣告彼此有相龃龉者。第四百三十六条。将为哀诉者，要自裁判宣告日，限三日间申请，书记局书记要自收受申请书，时限三日间解送于对手人。对手人限三日内纳其答辩书，大审院要照上告常规判决哀诉。第四百三十七条。大审院裁判宣告，自宣告三日间，又有哀诉者，将其判决停止施行。第四百三十八条。

　　第二章　再审之诉　　谓既经控诉上告，或未经上诉，而裁判宣告有害被告者，判定之后得求再审。为此诉者，既无定期，又不分时日。再审之诉如左项，得因重、轻罪处刑，宣告为庇护被告人而为之，但非经裁判决定之后不得行：一、受人命重罪处刑宣告之后，而审为所杀者其人乃生存，或其人于犯罪前死亡证据明白者；二、同一案情，又非共犯，而异其处刑宣告者；谓与裁判宣告相抵触，二者之中，无罪必居其一。非共犯云者，共犯或有首、从之分故也。三、案发前所造公证书，足证明其人不在所犯之地者；公正证书，谓官吏在官署所造文案之类。四、因被告人陷害而受处刑宣告者；谓有受陷害者，则宣刑之不允，亦足证焉。如裁判、检察、警察诸官受货贿及挟怨仇，又证人、鉴定人陈述诈伪，以陷害被告之类。五、以公正证书证明诉讼文书有伪造及错误者。第四百三十九条。应得为再审之诉者如左项：一、宣告处刑裁判所之检察官；二、该裁判所所属控诉裁判所之检事长；三、大审院检事长，但要因司法卿命或以职权为此诉；四、受处刑宣告者；五、受处刑宣告者已亡，则其亲属亦得为之。第四百四十条。再审之诉，无论罪刑消灭，不分时日，均得为之。第四百四十一条。谓求再审者，原欲绳谬误、洗冤枉，无有拘刑期时日之理。欲为再审之诉者，要将原裁判宣告誊本及证凭文书，附词状纳之原裁判书记局。此与下节，系指前开第四、第五项人之求再审者。原裁判所检察官要将意见书附其文书纳之大审院检事长。原裁判所检察官及控诉裁判所检事长欲自为再审之诉者，要照前项章程纳其文书。第四百四十二条。大审院要因检事长之求请，速令专任判事一名为其审查而发报告状。第四百四十三条。大审院要停阁他案，集会刑事局判事全员于会议局，依据专任判事报告状及检事长意见书而为判决。第四百四十四条。谓再审极要郑重，故须判事全员。又以停止施刑，事关紧要，故停阁一切事件，先为判决。大审院以再审为有理，要破毁原判，宣告再审公诉私诉，而将其事件移转于同等裁判所。受移之同等裁判所要照常规为裁判。第四百四十五条。谓受其移交者，不拘非管，要依常规。死者亲属为再审之诉，而大审院审为有理，不须将其事件移交他裁判所，要直行破毁原判。第四百四十六条。谓不以死者复为被告，止破毁原判而已。其系于私诉者，于民事裁判所为之。因再审裁判宣告无罪，将前条宣告破毁，要为湔雪，将其宣告状揭示于众，或付之公告。第四百四十七条。谓揭贴于申明亭，公告于新闻纸，所收罚金及裁判费，皆要还付之。

　　第三章　定裁判所管之诉　　谓裁判所管律有定则，虽不容有误，然有时问官回避，及异常事变，而亲管裁判所不能管理者，故设此章，以开审判请求之路。　　凡裁判所不分通常、特别。行非管宣告，或因问官回避及异常事变，本管不能受理诉讼事件者，检察官、其余诉讼关系人，得为定裁判所管之诉。大审院检事长，得因司法卿命及以其职权受其所诉。第四百四十八条。欲为定裁判所管之诉者，要将诉讼文书附其词状纳之大审院书记局。第四百四十九条。于大审院要集会刑事局判事五名以上于会议局，依据专任判事之报告状及检事长之意见书,判决定裁判所管之诉,而将管理裁判所定示。第四百五十条。

第四章　为保安或避嫌移转裁判所管之诉　因罪质身位人员及地方民心,其余重大事情,而本管裁判有纷纭危险之恐者,得为保安而将其事件移交他处同等裁判所。第四百五十一条。谓如罪关国事,信从众多,或凶党联结,恐有煽动之类。为保安而移转裁判所管之诉,要大审院检事长因司法卿命于该院为之。第四百五十二条。于大审院会议局要不俟诉讼关系人申请,速行判决前条之诉。第四百五十三条。因被告人身位、地方、民心及诉讼情况,而该管裁判有不能保持公平之恐者,得因嫌疑,将其事件移交他处同等裁判所。第四百五十四条。谓事系贵绅巨族富豪大户,或因其犯罪而被害者多之类。因避嫌而移转裁判所管之诉,本管裁判所检察官、其余诉讼关系人,均得为之。谓裁判官不公之疑近接人所易知,而非司法卿所亲睹,所以异于四百五十二条也。裁判所于民事原告人有庇护之嫌者,亦得为避嫌而移转他所。然被告人不生异议、本案既起辩论,则不得为前项之诉。第四百五十五条。为嫌疑而为移转裁判所管之诉者,要将其词状二通纳原裁判所。书记局书记须速将其一通解送对手人。对手人限三日内纳答辩书。第四百五十六条。于大审院,要照第四百五十条规则判决前条之诉。第四百五十七条。有因嫌疑而移转裁判所管之诉,该管裁判所要停止其诉讼次序。第四百五十八条。

第六编　裁判施行复权及特赦

第一章　裁判施行　重罪、轻罪、违警罪,非经裁判决定之后,不得施行。第四百五十九条。由拘留至死刑,一经施行,则不可自新,故必经尽上诉及阅完期限,方始为确定,不可变动者。死刑宣告一定,检察官要速将诉讼文书纳于司法卿。谓死刑非奉司法卿命必不得施行，故虽宣告一定，仍要呈上文书而待其命令。司法卿有死刑施行之命，要限三日内施行。第四百六十条。除死刑之外，处刑宣告一定，要即日施行。第四百六十一条。行刑要因原裁判所之检察官，或自大审院所命之裁判所检察官指挥而为之。罚金科料、裁判费及没收物件，要依检察官命令状而征收之。合破毁及废弃没收物件，亦要检察官处分。第四百六十二条。死刑施行，要书记造其始末书，照行刑规则，与对同官吏俱署名捺印。其他行刑详细条目，别立规则定之。第四百六十三条。裁判宣告一定，该裁判所书记要造已决罪表，登载左项条件，但大审院所宣告要行刑裁判所之书记造之：一、犯人名氏、年甲、职业、居所、及籍贯；二、罪名、刑名；三、再犯；四、裁判宣告年月日；五、对审裁判或缺席裁判。第四百六十四条。已决罪表要造二通，将一通解送司法省，一通贮藏其裁判所书记局。违警罪已决罪表，要造一通贮藏其裁判所书记局。第四百六十五条。谓非于同一裁判所所管内再犯，则不以再犯论，故不将罪表送司法省。受处刑宣告者，于其宣告有所疑，及其施行生异议，要于该管裁判所裁决之。第四百六十六条。谓如宣告中不明示刑之轻重长短之类，非该裁判所，不得告谕。受处刑宣告者，逃亡后就捕，而该犯以为误捉者，要解送前日断罪裁判所，以辨认之。其裁判所不能认定本犯者，得为验实参考，提质曾预此案之裁判官、检察官、书记及原被告证人。第四百六十七条。如前二条，要在公廷令受处刑宣告者申陈，及商间检察官意见，始行裁判宣告。惟已受宣告后，不许上诉。第四百六十八条。断定赔偿及应偿诉讼关系人各费与裁判所公费，其宣告施行，照通常民事规则。第四百六十九条。

第二章　复权　　复权之请,于刑法第六十三条所定期限经过后要受处刑宣告者禀之司法卿,求请复权书,要本人署名捺印,呈之现住地方之始审裁判所检事。第四百七十条。呈请复权书,要附左项文件:一、裁判宣告状誊本;二、本刑满期特赦,或证明其为期满免除文书;三、假出监狱及现免监视证书;四、已缴还赔款与裁判费用,及免其责任证书;免其责任,谓如夫妇诉讼,虽断令离婚,仍责令出赀赡养之类。五、从前及现在住所,又有何生计记载之书。第四百七十一条。检事要检核该犯品行及其余要件,将意见书附前条文书送之控诉裁判所检事长。第四百七十二条。检事长要更行检核,将意见书附求请复权书,呈之司法卿。第四百七十三条。司法卿检阅所请复权书,认为可许者要迅速上奏。第四百七十四条。因敕裁或司法卿意见不准复权之请,要由司法卿行知控诉裁判所检事长,检事长行知始审裁判所检事。如前项非经过刑法第六十三条所定期限之半数,不得更申其请。其再为复权之请者,亦照前数条规则。第四百七十五条。有复权裁许者,要司法卿将其裁许状饬送于控诉裁判所检事长,检事长解送于始审裁判所检事,检事要将裁许状誊本下付本人,又要将裁许状誊本解送原行处刑宣告之裁判所,该裁判所要记注于裁判宣告状。第四百七十六条。

第三章　特赦　　特赦于处刑宣告决定之后,不论何时,得由检察官及监狱长,具述本犯情状,申请于司法卿。监狱长申请特赦,要经由检察官,但检察官须附意见书。有特赦申请,要司法卿将意见书,附其文书上奏。第四百七十七条。谓特赦申请,司法卿亦不得可否,惟仰上裁,所以与复权殊也。司法卿于处刑宣告决定之后,不论何时,得为特赦申请。除死刑之外,虽有特赦申请,仍不停止处刑施行。第四百七十八条。若不准特赦申请,司法卿饬知行处刑宣告之裁判所检察官。第四百七十九条。若特赦裁许者,要司法卿将特赦状发交行处刑宣告之裁判所检察官,照第四百七十六条规则。第四百八十条。

卷三十 刑法志四

刑 法

第一编 总则

第一章 法例 凡罪名分为三:一、重罪;二、轻罪;三、违警罪。第一条,以刑轻重定罪轻重。违警罪即其最轻者。法律无正条,虽所为有不合者,不得遽行其罚。第二条。刑法为一国公法,官民所共守,未有正条而遽罚之,似为非理。然而旧法条例未备,不得不别设,不应为一律,以备临时拟议;新法既删此条,并明示此语,所以防滥纵也。新法未颁以前所犯之罪,不得以此法行罚。若颁布以前所犯未经判决者,比照新、旧二法从轻处断。第三条。凡应以海陆军军律处断者,不得引用此法。第四条。军律有正条者,据军律。军律无正条而常律有正条者,据此法拟断。刑法无正条而别设规则,有刑名者,则从其规则。谓如税关、邮便、卖药等诸规则。若于别法无专条者,从此总则。第五条。

第二章 刑例

第一节 刑名 刑总称主刑、附刑。主刑必宣告;附刑于法有宣告者,有不宣告者。第六条。有宣告主刑,则不必别行宣告;而即科附刑者,又有必须宣告,乃科附刑者。重罪之主刑:一、死刑;二、无期徒刑;三、有期徒刑;四、无期流刑;五、有期流刑;六、重惩役;七、轻惩役;八、重禁狱;九、轻禁狱。第七条。无期者,终身也。有期,谓岁月有期,因罪轻重以定期之长短。禁狱,即入狱徒刑。惩役,以待常事犯。流刑、禁狱,以待国事犯。**轻罪之主刑:一、重禁锢;二、轻禁锢;三、罚金。第八条。**禁锢,拘置于内地禁锢场也。轻重以服役、不服役定之,不以岁月长短,故有轻禁锢而长于重禁锢者,重禁锢而短于轻禁锢者。罚金,谓收金二元以上者。**违警罪之主刑:一、拘留;二、科料。第九条。**拘留,拘置于拘留所也,无服役。科料,亦罚金,惟不及二元,指一元九十五钱以下者。**附刑:一、剥夺公权;**凡国民固有权力曰公权。剥夺之,最为损声名、丧品行者。**二、停止公权;**停止,谓限时日停止之。**三、禁治产;**其人所有财产不许自治,别设管理者摄治之。**四、监视;**谓其人主刑满期后,犹监督视察其行止作为。**五、罚金;**同主刑罚金,但行此附刑,必要宣告。**六、没收。第十条。**谓没收其犯法之物,非谓没收其家产,故轻于罚金。用刑及检束犯罪人,别有详细方法。**第十一条。**此宜参观治罪法。

　　第二节　主刑处分　　死刑、绞行之于狱中,照职制所定官吏谓检事、书记、监狱长等。监察其事。**第十二条。**死刑虽既定,非有司法卿之命不得行。**第十三条。**大祀、令节、国祭,本日停行死刑。**第十四条。**孕妇定死罪,待产后一百日决行。**第十五条。**死囚遗骸,亲戚故旧有请者则付之,但不许行通常葬礼。**第十六条。**徒刑不论有期无期,发配远岛服役,有期徒刑十二年以上十五年以下。**第十七条。**妇女处徒刑,不发配岛地,置内地惩役场服役。**第十八条。**徒囚满六十岁,免苦役,服体力相当之役。**第十九条。**流刑不论有期无期,幽于岛狱,不服役。有期流刑十二年以上十五年以下。**第二十条。**无期流囚,既过五年,行政官得令出狱,限在岛内居住。行政官,谓若监狱长之类,奉行政令者称此,所以别于司法官也。有期流囚过三年,亦如之。**第二十一条。**惩役,入内地惩役场服役,但满六十岁,从第十九条例。重惩役九年以上十一年以下。轻惩役六年以上八年以下。第二十二条。禁狱，入内地狱，不服役。重禁狱，九年以上十一年以下。轻禁狱，六年以上八年以下。第二十三条。禁锢，拘置禁锢场，重者服役，轻者不服役。禁锢刑期不论轻重，皆十一日以上五年以下，仍就各本条分定长短。第二十四条。短期起十一日者，长期止一月或二月；起一月或二月，止一年或二年；起一年或二年者，止五年为例。凡服役囚人工钱，从监狱规则，分之若干以供狱费，若干以给囚人。但服役不满一百日者，不在给予之限。第二十五条。罪囚积历年，岁满期出场，毫无资金以图生计，则往往不免再陷于罪，故设此法，以示宽典。若未满百日，则入狱日浅，理不应给。罚金，限二元以上，仍就各本条分定多寡。第二十六条。多数无限，大抵起二元者止二十元，起三元者止三十元，起四元者止四十元，起五元者止五十元，起十元者止百元，起二十元者止二百元，其余有至五百元者。又如伪造货币条及诸罚则等，不可预计其数。罚金自裁判决定之日，宣告之后已过控诉上告期限，乃为决定。限一月完纳。至期未完纳，则一元当一日折算易轻禁锢，其剩数不满一元者，亦算一元。换禁锢以罚金者，判官不待更判，因检察之求请，直命行之，但其限期不得过二年。罚金多数无限，若以一元算一日禁锢，或至数年，恐失轻重权衡，故预为之限。其禁锢限内，若又纳金，扣除所过日数，免减金额。亲戚代纳亦许。第二十七条。拘留，拘置拘留所，不服役。刑期一日以上十日以下，仍就各本条分定长短。第二十八条。科料，五钱以上一元九十五钱以下，仍就各本条分定多寡。第二十九条。多数止于一元九十五钱，惟加重得至二元四十钱，然犹称科料，不称罚金。科料，自裁判决定罪之日起算，限十日完纳。至期未完纳，照二十七条易以拘留。第三十条。

第三节　附刑处分　剥夺公权：一、国民特权；国民所特有权力。二、就官之权；三、得勋章、自第一等至第八等。年金、谓从文武官勋功大小,每年定额所赐金。位记、凡十八等叙位必赐之。贵号、皇、华、士族称号。恩给从军人恩给。之权;四、许佩外国勋章之权。五、编入兵籍之权;六、在审廷为证人之权,但仅系陈述事状者,不在此限;七、为后见人谓因户主幼少,或痴症疯癫等假使管摄家事者。之权,但得亲属允许、为其子孙谋者,不在此限;八、为破产者之管理人,或管理会社及管理共有财产之权;九、为学校长、教官、学监之权。第三十一条。处重罪刑者,不待宣告,剥夺终身公权。第三十二条。虽遇特赦免主刑,若非别有复权宣告,不得免附刑。处禁锢者,不待宣告,现任官即夺职,于刑期内停止公权。第三十三条。虽得期满免除,限内犹不得行公权。处轻罪刑而附于监视者,不待宣告,于刑期内停止公权。免主刑而止付监视者,亦如之。第三十四条。虽得期满免除附刑监视不在免除之限。处重罪刑者,不待宣告,于刑期内禁自治家产。第三十五条。但免主刑,则此刑亦免。流囚出狱,行政官得酌宽其治产之禁。第三十六条,所谓限岛地内居处者酌宽之云,并非除禁之,谓但酌量减宽,不行严禁云尔。盖行政官之权,仅止于此。处重罪刑者,不待宣告,约本刑短期之三分一则付于监视。第三十七条。如有期徒、流刑十二年之三分一,即四年;重惩役禁狱九年之三分一,即三年。附加轻罪之刑付于监视者,必应宣告,但本条无明文者,不得付于监视。第三十八条。死刑及无期刑得期满免除者,受宣告而遁逃者,经历岁月不获就捕,官亦不复发令逮捕,则死刑、三十年,无期徒流刑、二十五年,而免其罪名,为期满免除,详下第七节。不待宣告,于五年间付于监视。第三十九条。监视期限自主刑满期之日起算。主刑若期满免除,则自就捕之日起算;若其免主刑而止付监视者,自裁判决定之日起算。第四十条。付于监视者,行政官因其情状,得酌量假免之。第四十一条。附刑罚金必行宣告,一月内不完纳,照第二十七条例换轻禁锢,待主刑满期行之。第四十二条。没收如下所揭物件，必行宣告而收入于官，但别法有专条者，各从其法：一、法律所禁物件；谓伪造货币、诸证券及毒药、度量衡、赌博器具等。一、犯罪所用物件；谓凶器及伪造之器械等。一、因犯罪所得物件；第四十三条。谓赝货所换真金、赌博所得金钱，及收受赃贿等类。法律所禁物件，不问何人所有，皆籍没。如犯罪所用之物，及因犯罪而得之物，除系本犯所有，或无主物外，不得没收。第四十四条。

  第四节 征偿处分 刑事裁判费，科本案全额或几分于犯人，但其费额多寡别设法定之。第四十五条。裁判审罪要证明事实，则不得不用证佐人、评价人、鉴定人，及医师、化学各人，费金亦随而加多，谓之裁判费。所科费金有多寡者，如初认为重罪，郑重其事，多传证人，终归于轻罪，自不应科其全额也。犯人虽处刑或赦宥，其被害者所请追赔之赃物，不得不偿。第四十六条。若数人共犯，裁判费及偿还费，使共犯人连带办之。第四十七条。连带者同任，而非分赔之谓，如甲无资财，则使乙呈缴费用，或甲已死亡，亦可使乙偿还金额，此类皆然。裁判费及偿还费，应待被害者求请，第四十八条。是《治罪法》第四条。所谓附带公诉之私诉也。因问官不得审判被害者请求以外之事，故必待其求请。乃审判之于刑事裁判所。若赃物在犯人手，不待求请，直使还付。

  第五节 刑期计算 计算刑期，称一日者以二十四时，称一月者以三十日，称一年者从历。谓一周年。受刑初日，不论早晚即算一日。放免之日，不算入刑期中。第四十九条。以满期之翌日为准。凡刑，非裁判决定后必过控诉上告期限。不得行。第五十条。刑期，自宣告刑名之日起算，但上诉者从左例：一、犯人自行上诉者当理，则自前判宣告之日起算；若不当，则更自后判宣告之日起算；上诉当理，曲在判官，不可使上诉者为之；受害若不当，则曲在犯人，由后计算，乃为允当。二、检察官上诉者,不论其当不当,自前判宣告之日起算。当与不当,不由犯人故也。三、上诉中得保释或责付者,其间日数不得算入刑期中。第五十一条,保释责付,详《治罪法》中。刑限内逃走再就捕者,除逃走间日数,通算前后受刑之日。第五十二条。

第六节　假出狱　　是处置悔悟悛改者之恩典,即行政官特权假免其刑,使之出狱。　　处重、轻罪刑者谨守狱则,有悛改之状,则行政官得待其过刑期之四分三,假许出狱。无期徒刑过十五年亦如之。若流囚应照二十一条,免其幽狱,不在此例。第五十三条。徒囚虽许假出狱,仍使居住岛地。第五十四条。是系行政官假行,或有复使入狱之事,故限居岛地。得假出狱者,行政官得酌宽其治产之禁,但于刑期内仍付特定监视。第五十五条。特定监视者,通常监视之外所。别定者,殊为严密,例以限其居地,不许漫出,或禁往某地等类。盖虽得假出,仍在刑期内,则后日虽保不复令入狱,故不得与常人同。假出狱再犯重、轻罪者,直停其出狱,而出狱间日数不得算入之刑期中。第五十六条。例如处重惩役十年者,悔悟悛改,过刑期之四分三,为七年六个月,而得假出狱。乃经一年,又再犯罪,则直止出狱,仍令惩役二年六个月,通算为十年。刑限内又犯重、轻罪者,不再许假出狱。第五十七条。

第七节　期满免除　　期满免除有二:曰公诉期满免除,是为免除刑事之诉者,详《治罪法》中。此项满期免除,乃处刑之期满免除,因经过法律所定期限,而免除之也。　　应处刑而遁逃者,兼宣告后遁逃者与处刑中遁逃者言之。已过法律所定期限,则得满期免除。第五十八条。遁逃经过十数年岁月,而不闻其再犯罪,则宜认为悛悔,且世人亦渐遗忘其事,免之无害于公众,而却为适于人情。主刑得满期免除,定年限如左:一、死刑,三十年;二、无期徒、流刑,二十五年;三、有期徒流刑,二十年;四、重惩役、禁狱十五年;五、轻惩役、禁狱十年;六、禁锢罚金,七年;七、拘留科料,一年。第五十九条。附刑之剥夺公权、停止公权、付监视者,不得期满免除。但禁锢中之停止公权,从于主刑者,亦得免除。附刑之罚金从主刑者,亦得期满免除。与主刑罚金定年限者不同。没收者,过五年,则得期满免除。但法律所禁物件,不在其限。第六十条。谓如伪造度量衡、伪造货币、伪造药物及赌博器具等类,留之无益犯者,而有害世人,故不得期满免除。期满免除年限,自逃刑之日起算。既就捕而再逃者,则自其再逃之日起算。受缺席裁判,则自宣告之日起算。第六十一条。凡犯罪待原被对质而后裁判,然被告人藏匿不出,则不待其出,直由原告等请求宣告刑名,谓之缺席裁判,其法详《治罪法》中,盖受对审裁判者宣告后得为上告,乃不为上告,而自行逃走,则应自其遁刑之日起算。至缺席裁判,被告并未就捕,无由定上诉期限,故自宣告之日起算。其逃走后就捕者,前日免除年限算为中断,故再逃走,则自其再逃之日起算。年限中屡发令逮捕,则自其最后发令之日起算。第六十二条。盖期满免除年限,自非于其期内安全无事,不得如期满免除。若其犯罪较重者,官屡发令逮捕,则发令之日,即为期满免除中断之日。至于不再发令,乃以最后发令之日为期满免除起算之日。

　　第八节　复权　　复其所既失公权,其法详《治罪法》中。　　被剥夺公权者,自主刑满期之日,经过五年,得因其品行情状开复以后公权。既过年限,认其人为改过复善,则许请求复权;由司法卿上奏,待朝旨允许。但复权不得溯既往,如剥夺中年金、恩给不能补领。主刑得期满免除者,自其监视初日过五年,亦如之。第六十三条。遇大赦而免罪者直许复权。因特赦而免罪者,非于恩赦状揭载则不得复。凡许复权者,监视亦随而免除。第六十四条。复权非经朝旨不许。第六十五条。

　　第三章　加减例　　于法律本刑可以加重、减轻者,照次条以下诸例加减,但不得加至于死。第六十六条。死刑可减不可加,故加重至无期刑而止。重罪刑照左等级加减:常事犯罪。一、死刑;二、无期徒刑;三、有期徒刑;四、重惩役;五、轻惩役。第六十七条。关国事重罪刑,照左等级加减:一、死刑;二、无期流刑;三、有期流刑;四、重禁狱;五、轻禁狱。第六十八条。当轻惩役而可以减轻者,处二年以上五年以下重禁锢为一等。从前二条例,宜曰减轻轻惩役,处重禁锢为一等。然重禁锢短期有仅止十一日者,今减轻惩役、处重禁锢最短之期,则为过轻,失于权衡,故曰处二年以上五年以下重禁锢为一等。下文仿此。当轻禁狱而可以减轻者,处二年以上五年以下轻禁锢为一等。第六十九条。当禁锢罚金而可以减轻者,减各本条所揭刑期金额四分之一为一等。可以加重者亦加其四分一为一等。轻罪刑不得加入重罪,但禁锢得加至七年。第七十条。从重罪刑例,可减入轻罪,轻罪可减入违警罪。然减入违警罪可也,若由轻罪加至重罪,甚为不可,故别设此加减四分一例以处之。例如本刑系二月以上四年以下重禁锢者,自首减一等,为一月十五日以上三年以下;再减二等,处十日以上一年以下重禁锢。又本刑六月以上五年以下。重禁锢者,再犯加一等,为七月半以上六年三月以下。仍以其犯者二人以上,加一等,宜为九月以上七年六月以下。依此类推,加至七年而止。若罚金则无此制限。减尽禁锢,则处拘留。减尽罚金,则处科料。减禁锢罚金,短期至十日以下,寡数至一元九十五钱以下,亦得处拘留科料。第七十一条。所减轻之刑长期多数犹在轻罪内,而短期寡数既入违警罪内,则判官得以权进退之。情重者处禁锢罚金,情轻者处拘留科料。当拘留科料而可以加减者,照禁锢罚金例加减其四分一为一等。违警罪刑不得加入轻罪,但拘留得加至十二日,而不得减至一日以下。科料得加至二元四十钱,而不得减至五钱以下。第七十二条。科料加重止此,以轻罪别有罚金也。拘留、科料不得减至一日以下、五钱以下者,刑虽可减,不得直行放免也。加减禁锢拘留,而刑期生奇零不满一日者,则除弃之。第七十三条。以四分一算之,故生奇零。附刑罚金,从、主刑加减其额之四分一为一等,若减尽,则止科主刑。第七十四条。附刑罚金,不许减至科料。何也?盖减主刑入主刑可也,减附刑入主刑不可也。又此例不及他项附刑者,以其他附刑,有不能加减者,亦有无须从主刑加减者故也。

第四章　不论罪及减轻

第一节　不论罪及宥恕　　减轻遇威逼强制而力不能抗拒致作非意之事者,不论其罪。罹天灾事变不可逃避之难,出于防卫自己及亲属身体者,亦如之。第七十五条。所属官奉本管上司之命,由职事而犯者,不论其罪。第七十六条。谓在其职则不可不从其命,如刽手之从检察官使令刑杀囚人,巡查之从判官令状逮捕犯人是也。若其非职事所关,而听从他人使令者,非在此例。无意犯罪而误犯者,不论其罪。但法律别有专条者,不在此限。谓如第三百十七条以下及他则例所定过失杀伤者。不知为有罪之事而犯者,不论其罪。罪本应重,而犯时不知其重者,不得从重论,例如不知为官吏或祖父母、父母,而殴打杀伤之者,仍以凡论。亦不得以不知犯律为无犯罪意。第七十七条。国民之于法律虽不能悉知,然亦为不可不知者,且法律所罪皆不善事也。今虽不知法律,必知其事之为善不善,而居然犯之,故不得为无罪。犯时迷乱精神不辨是非者,不论其罪。第七十八条。是虽特为疯癫人而设。凡犯时精神错乱者皆然。然平时虽精神迷乱,而犯时复常,则不得免罪。犯时不满十二岁者,不论其罪。但满八岁以上者,得因其情状,至满十六岁时使入惩治场。第七十九条。是非刑罚也。他日再犯罪,不得以再犯论。国制满二十岁以上为丁年,以下为幼年。然幼年间,又智识体力从年而异,不可一视,故分为三期:十二岁以下为第一期,十二岁以上十六岁以下为第二期,十六岁以上二十岁以下为第三期。此条记处置第一期幼年法。犯时满十二岁以上未满十六岁者,审案其所行能辨别是非与否。果不能辨别,则不论其罪,但得因其情状,至满二十岁时使入惩治场。若能辨别是非,则酌宥其罪,就本刑减二等。第八十条。此条记处置第二期幼年法。犯时满十六岁以上未满二十岁者,酌宥其罪,就本刑减一等。第八十一条。此条记处置第三期幼年法。哑子犯罪者,不论其罪,但得因其情状,于五年间使入惩治场。第八十二条。同一废人而不及聋瞽者。何也?盖瞽者自中岁而始,聋者亦能辨别是非,独哑子自生时,或一二岁耳聋,不闻人语,故口亦不能言,惟目能睹耳,是以犯罪亦不得不与第一期幼年者同视。犯违警罪,自十六岁以上虽二十岁未满者,不得宥恕其罪。违警罪,刑之最轻者,其事虽出于微细,而罚之亦轻,故虽幼年已满十六岁以上,仍不得宥恕之。满十二岁以上、十六岁未满者,宥恕其罪,就本刑减一等。未满十二岁及哑子,不论其罪。第八十三条。此节所举外,别有不论罪及宥恕减轻特例者,各于本条记之。第八十四条。例如第三百九十条以下所揭杀伤宥恕不论罪等。

　　第二节　自首减轻　　犯罪未发而自首者,就本刑减一等。但系谋杀、故杀者,不在自首之例。第八十五条。其他人已告官及官已探知者,无论犯人自首时知与不知,亦不及减轻之限。犯罪因财产,总称窃盗及拾得遗失物不还事主,及倒产之人藏匿财物等诸罪。而自首者已还赃物偿损害,则自首减等外,更减二等。通减三等。虽不全额偿还,至半额以上,亦减一等。第八十六条。通减二等。犯罪系因财产而自首服于被害者,与自首于官同,照前二条处断。第八十七条。此节所记之外其本条别揭有自首例者,各从其例。第八十八条。

　　第三节　酌量减轻　　总则及各条有宥恕、自首诸减轻例,其法既备,然犯罪情状,千变万化,或有事实可悯者,不得不更行减轻,而亦不得预设之制,故一任判官所见,随时酌核,所以与他减轻例不同。

不论重轻罪、违警罪,其所犯情状可原谅者,得酌量以减轻本刑。本刑虽在法律可以加减,但应行酌量者,仍得减轻。第八十九条。凡可酌量减轻者,于本刑减一等或二等。第九十条。不得减至三等。

第五章　再犯加重　　再犯有可加重者,有不可加重者。可加重者,如此章所揭是也。其不可加重者:一、初犯无期刑,再犯重轻罪;二、初犯重罪,再犯违警罪,或初犯违警罪,再犯重罪;三、初犯轻罪,再犯重罪;四、初犯轻罪,再犯违警罪;五、初犯、再犯共违警罪,而犯时不同一年,及犯处不同一所是也。　　前处重罪刑者再犯重罪,则就本刑加一等。第九十一条。但前处无期刑者,无可加重,止可因狱则加罚,或不许假出狱等耳。前处重轻罪刑者再犯轻罪,亦就本刑加一等。第九十二条。初犯轻罪而后犯重罪,不加重;初犯重罪而后犯轻罪,加重。何也?盖前刑轻而后刑重,虽不别加重处,亦足以惩戒。若前刑重而后刑轻,则既经重刑而犹未悛改,非加重何以惩之,所以此加等而彼不加等也。前处违警罪刑者,再犯违警罪,则就本刑加一等,但非于一年内、在同一裁判所管内重犯,不以再犯论。第九十三条。再犯加重,非初犯判罪决定后不得论。第九十四条。虽经宣告刑名,苟未经过上诉期限,不得作为处刑。人若有于其间复行犯罪者,以数罪俱发论。刑期内再犯罪而宣告其刑,则先服役者,次及不服役者。若初再犯,皆应当服役,或皆应当不服役,则先其重者。先行初犯刑,后及再犯刑顺也。然前刑若轻于后刑,则后刑未行前,或遇赦典而免刑,是因再犯,却免重刑也,故不问所犯前后,先服后或重者。应当罚金科料,不论次序,各征收之。第九十五条。经陆海军裁判所判决者,再犯重轻罪,其初犯非照常律处断者,不以再犯论。第九十六条。虽陆海军裁判所判决,其初犯据常律处断者,仍以再犯论。遇大赦而免罪者,虽再犯,不以再犯论。第九十七条。如特赦期满免除、自首免罪等类,皆不得从此例。虽三犯以上加重之法,同再犯例。第九十八条。加一等外,不得别加重。

第六章　加减次序　　因犯罪情状以加减,应照总则。其同时加减者,从左开次序以定刑名,但从犯与未遂犯及各条所揭加重减轻,即以其加减之刑为本刑:一、再犯加重;二、宥恕减轻;三、自首减轻;四、酌量减轻。第九十九条。不定次序,则判官随意先后,恐有彼此失权衡者,然先加重后减轻,亦非无一二为犯人不幸,但大抵属于宽宥例。如无期刑加重,不入于死,则止从原刑减轻为有期刑等例,可以见矣。

第七章　数罪俱发　　犯重轻罪未经论决,而二罪以上俱发,从一重者处断。重罪刑,以刑期长者为重,刑期相等则服役者为重;轻罪刑,从其所犯情状最重者处断。第百条。轻罪刑有期长而轻者,有期短而重者。其处刑多与罚金并行,故不得不由情重者拟断。违警罪二罪以上俱发,并科各刑;若与重罪或轻罪俱发,从一重者。第百一条。一罪先发,已经论决,余罪后发,其轻相等者,不论重者,更论之通计前刑以充后数,但应当罚金。科料已完纳者,照第二十七条例折算,以通计后刑。一元换一日,就后刑期中扣除其所纳金额日数,止科其剩期。若其罪当判决前罪时未发,而后与再犯罪俱发,则与再犯罪比较,从一重者,而不通算前罪刑。第百二条。再犯可加重,如其俱发之罪重于再犯罪,亦可从其重者。而通计前刑,扣除所经年月,或反有轻于再犯者之刑,故不通算。数罪俱发,虽从一重者,其没收征偿,仍从各本条科之。第百三条。

第八章　数人共犯

第一节　正犯　　二人以上共犯罪者,皆为正犯,各科其刑。第百四条。教诱人而使犯重、轻罪者,亦为正犯。第百五条。教诱,或以诈欺,或以胁迫,或以赠遗,或以威权,罪皆同等。就正犯之身应特加重者,不得施之他正犯、从犯及教诱者。第百六条。例如子殴其父母,加凡人例二等,而不得以此例施之他共犯人。由犯人多数而应加重者,不得通计教诱者以充其数,第百七条。例如一人教诱已决囚徒,而二人应之通谋逃走,若算之为三人,不得不依第百四十五条例,各加一等,而不算入教诱者,则止照第百四十二条例拟断,不加等。如指画方法以教诱人,其应者乘其教诱及其指画之外,例如教之殴打人,而至杀伤人者。或其所现行之事与教诱者之指画殊者,例如教之窃盗,而犯人乘所教为强盗。照左例处断教诱者:一、所犯重于所教诱罪,止从其所指画罪科刑;例如教诱为窃盗,而犯者乃为强盗,处教诱者止于其所指画窃盗罪。二、所犯轻于所教诱罪,则从其所犯之罪科刑。第百八条。例如教诱为强盗,而犯人止窃盗,亦处教诱者以窃盗罪。

第二节　从犯　　凡从犯止重轻罪,不及违警罪。　　知其犯重、轻罪而给之用具,或诱导指教,如为窃盗者指示事主门户及财货所在等。或预为准备,如为强奸者诱致妇女于犯所等。以帮助正犯使其易于犯罪者,为从犯,于正犯刑减一等。犯人现犯罪时,为其耳目手足帮助之者,皆为正犯,不得为从犯。但正犯所行重于从犯所知,则止照其所知罪减一等。第百九条。若正犯所行轻于从犯所知,亦照其所知罪减一等。由其人地位应加重者,为从犯,则从其重者减一等。例如从犯于正犯刑减一等为常例。然其所犯殴打致死罪,在犯人乃为父母,自不得从寻常从犯例,照其重者,即本刑死刑减一等,为无期徒刑。虽由正犯之身应减免时,其从犯之刑不得从轻减免。第百十条。例如正犯窃夫财物,虽得免窃盗罪,其从犯仍为窃盗,照本刑即二月以外四年以内重禁锢,减一等为一月十五日以外三年以内重禁锢。

第九章　未遂犯罪　　虽谋犯罪,如立意决犯一罪,而料其独力难成,与同志议其方法。或预为准备,例如欲犯罪,已携凶器、怀毒药,或深夜持锯凿近人家之类。未发于行事者,自非本律,别有专条者,不科其刑。第百十一条。谋犯罪者,止发于心而未显形迹,固无端绪可寻。至预为准备,则形迹已显,非不可穷究。然其间或恐有怖威曲从等事,故不得竟科其罪。然事关内乱外患,所系在国家安危,又不得与寻常犯罪同视,故亦别揭其条例,即如第百二十五条、第百三十三条是也。

犯人虽已行其事,然意外生妨碍,如持刀将杀人,而为旁人所夺,不得斫下;或欲窃取财物,而为主人所觉逃去。或舛错,如欲杀人,已发铳而不中;或窃取财物,而当日直被夺还。而不遂者,于既遂者之刑减一等或二等。第百十二条。将犯重罪而未遂者,照前条例处断。将犯轻罪而未遂者,自非本律,别有专条,不得照前条之例处断。将犯违警罪而未遂者,不论其罪。第百十三条。

第十章　亲属　　例此刑法称亲属者,揭示如左:一、祖父母、父母、夫妻;二、子孙及其配耦;配耦者兼称男女。三、兄弟姊妹及其配耦;四、兄弟姊妹之子及其配耦;五、父母之兄弟姊妹及其配耦;六、父母之兄弟姊妹之子;七、配耦之祖父母、父母;八、配耦之兄弟姊妹及其配耦;九、配耦之兄弟姊妹之子;十、配耦之父母之兄弟姊妹。第百十四条。称祖父母者:高曾祖父母、外祖父母皆同;称父母者,继父母、亲父母皆同;称子孙者,庶子、曾元外孙皆同;称兄弟姊妹者,异父异母兄弟姊妹皆同。律中单曰亲属,总称。此条所揭者,若特称某某,则不得统称亲属。如第三百七十七条等是也。养子于所养亲属,亦与亲子同例。第百十五条。日本风俗有女无子者,即以赘婿,称为养子,并冒其姓,承其宗祀,食其世禄。源、平以后,此风盛行,养子等于亲子,因俗施政,不得不尔也。

第二编　有关于公益重罪轻罪　　公益,谓其事所关甚大者,如国家安危,众民利害是也。

第一章　对皇室罪　　危害天皇、兼太上天皇。三后、太皇太后、皇太后、皇后。皇太子，及将危害者，皆处死刑。第百十六条。言涉至尊，理宜隐讳，然总则中既有法律无正条不得行罚之语，故预立之法，以防之。对天皇、三后、皇太子为不敬者，如骂詈、侮辱、诽毁等。处三月以上五年以下重禁锢，附科二十元以上二百元以下罚金。对山陵为不敬者，谓毁坏、发掘等事。亦如之。第百十七条。危害皇族者，处死刑；将危害者，处无期徒刑。第百十八条。对皇族为不敬者，处二月以上四年以下重禁锢，附科十元以上百元以下罚金。第百十九条。犯此章所揭罪而处轻罪刑者，付六月以上二年以下监视。第百二十条。

第二章　关国事罪　　关系全国安危存亡，利害所及极大，故虽未遂犯，亦科其罪。然其事大抵出于愤世忧国之意，亦有可悯谅者，故亦或宽于常事犯。

第一节　关国乱罪　　谋覆政府，或僭窃邦土，或紊乱朝宪，以酿起国乱者，从左例处断：一、首魁及教唆等，处死刑；二、指挥群众及主管枢要者，处无期流刑；其情轻者，处有期流刑；三、资给兵器军需及管理诸职者，处重禁狱；其情轻者，处轻禁狱；四、乘人教唆附和随行，又应使令供杂役者，处二年以上五年以下轻禁锢。第百二十一条。是即数人共犯，罪之大者，然不用其例，别揭此条者，盖由国事犯不可同于常事犯也。欲酿起国乱，劫掠兵器、弹药、船舶、金谷及可供军用诸物者，与乱人同刑。第百二十二条。以变乱国政之意谋杀人者，虽未至举兵，与乱人同论。其教唆者及下手者，皆处死刑。第百二十三条。比之资给兵食、附和随行，如第一百二十一条所载者，非无小异，要其意在变乱国政，则亦不得不依例处断。前三条犯罪在未遂时，则科本刑。第百二十四条。征募兵士，或收藏兵器、具备金谷，为起乱而准备者，照第百二十一条例，各减一等。凡谓照同何条，系一条一项者,其谓照同何条例,系一条内有二项以上者。阴谋起乱而未为准备者,各减二等。第百二十五条。虽阴谋起乱,或为准备未举,事前自首于官者,免本刑,止付六月以上三年以下监视。第百二十六条。自首减轻例所载,专指未发觉前自首者。此例则犯人未举事,不问已发觉与未发觉,及知之与否,皆许免刑。何也?盖常事犯成否,止一身一家利害,至国事犯,皆关系公众、国家安危,而其人自首,防大害于未萌,其为益实不眇,是处刑之所以特异,然犹付之监视者,未知其果真悔悟与否故也。知起乱之情而故给与集会处者,处二年以上五年以下轻禁锢。第百二十七条。乘国乱而对他人之身体、财产犯重、轻罪者,照通常例从重处断。第百二十八条。对身体、财产罪,并详下条。从重恶其乘乱也。

　　第二节　有关外患罪　背本国潜从外国,比之国乱罪可恶尤甚。然征之古今史乘,其犯罪多因政事,故亦列于此,为国事犯之一。　　　与外敌抗本国,或内外交战中,凡谓交战,不专指战时,总称两国失和,既宣战令以后。抗我同盟国,是非谓平时和亲结约之国,谓其战时联络协力者。及背叛而属敌者,并兼未抗本国者而言。处死刑。第百二十九条。交战中,诱敌人入我管内,或以我国及同盟国之都府、城寨、兵器、弹药、船舰,暨其他可供军用之土地、家屋、物品,交付外敌者,亦处死刑。第百三十条。漏泄我国及同盟国军机密情于敌,或通知屯兵要处、道路险夷者,处无期流刑。诱导敌人间谍入我管内,或藏匿者亦如之。第百三十一条。奉陆海军之命供给物品及工作,于交战之际,通谋敌国,或受其赂遗,违背命令,以致军备缺乏者,处有期流刑。第百三十二条。私与外国不问敌国与同盟国。开战端者,处有期流刑。其止为准备犹未开战者,减一等或二等。第百三十三条。当外国争战时,我国布告局外中立之令,而违背其布告者,如将兵器、弹药等物卖于外国者。处六月以上三年以下轻禁锢,附科十元以上百元以下罚金。第百三十四条。凡犯此章所揭罪,处轻罪刑者,兼称原系重罪刑,而宥恕减轻为轻罪者。付六月以上二年以下监视。第百三十五条。

第三章　害静谧罪　谓妨害人民安静。以下系常事犯罪。

第一节　凶徒聚众罪　凶徒聚众共谋暴举,官吏已说谕仍不解散者,首魁及教唆者,处三月以上三年以下重禁锢;附和随行者,处二元以上五元以下罚金。第百三十六条。虽至暴举,如服从官吏说谕即行解散,则不论其罪。凶徒啸聚多众,喧闹官厅,强迫官吏,或骚扰村市及为暴行者,首魁及教唆者,处重惩役;相从煽动以助势者,处轻惩役,其情轻者,减一等;附和随行者处二元以上二十元以下罚金。第百三十七条。乘暴行之际杀人,或烧毁家屋、船舶、仓库等,其下手者及放火者,处死刑;首魁及教唆者、知情而不禁制,亦如之。第百三十八条。如殴打、创伤、逮捕、胁迫、毁坏家屋物品者等,皆止以暴行论,不别问其罪。

第二节　妨害官吏职务罪　当官吏奉职行法,及施行官司令命,而暴行胁迫,出身抗拒者,处四月以上四年以下重禁锢,附科五元以上五十元以下罚金。纵令官吏所行或越职、或误举,亦不许免罪。盖奉行官吏只从上官使命,故不能以越职或误举,责之其人也。暴行胁迫,使官吏强为其不可为之事者,罪亦如之。第百三十九条。例如强迫计吏违期给禄,强迫狱吏释放罪囚之类。犯前条罪,因而殴伤官吏者,照殴打创伤各本条加一等,从重处断。第百四十条。例如殴伤人二十四日间致罹疾病者,照第百三十一条例,更加一等,处一年三月以上三年九月以下重禁锢,而比之前条,反为从轻,故声明从重处断,谓比较两例从其重也。对官吏职事直以言貌侮辱者,例如判官听断时,诉讼者或旁听人对判官骂詈等类。处一月以上一年以下重禁锢,附科五元以上五十元以下罚金。其以书画刊行其事,或登场演说其事,对众人以行侮辱者,罪亦如之。第百四十一条。

第三节　囚徒逃走及藏匿罪人罪　　虽只关囚人及藏匿者一身之事,然使罪囚得以免罪,则多害良民,故亦以为关公众罪之一。　　囚徒已决后逃走者,处一月以上六月以下重禁锢;若毁坏狱舍、狱具,如连锁、槛车等。或暴行胁迫以逃走者,处三月以上三年以下重禁锢。第百四十二条。此条系专指有期刑囚徒。若无期流刑而逃走者,原刑重于禁锢,不用此例。无期徒刑止从狱则加罚,且不许假出狱耳。已决囚徒虽犯逃走罪,不以再犯论。其刑期内再逃走者,以再犯论。第百四十三条。刑期内逃走,依总则宜为再犯。不以再犯论者,以其身带有原刑,科逃走罪,已足示惩,故不以犯他罪者同例。然至其科逃走罪刑期内再逃走,则亦不得不以再犯论也。未决囚徒入监中逃走者,同第百四十二条例。但至其判决原犯罪时,照数罪俱发例处断。第百四十四条。若原犯系无罪,止科逃走罪。囚徒止称囚徒,兼已决未决。三人以上通谋逃走者,照第百四十二条例,各加一等。第百四十五条。欲令囚徒逃走,而指教其法,或给与凶器及他用器者,处三月以上三年以下重禁锢,附科二元以上二十元以下罚金。因令逃走者,加一等。第百四十六条。劫夺囚徒或以暴行胁迫助囚徒逃走者,处一年以上五年以下重禁锢,附科五元以上五十元以下罚金。若其囚徒系重罪刑者,则处轻惩役。第百四十七条。看守罪囚或护送中,故令逃走者,亦同前条例。第百四十八条。犯前数条所揭轻罪而未遂者,照未遂犯罪例处断。第百四十九条。是所谓总则外,别揭专条者,详第百十三条。看守或护送中,因懈怠,故不觉罪囚逃走者,处二元以上二十元以下罚金。若其囚徒系重罪刑者,处三元以上三十元以下罚金。第百五十条。虽处重罪刑者,如其未决,仍依前项处断。知其为犯罪人,罪迹发觉,未就捕者。或逃走囚徒,既就捕而未决或已决者。及被监视者本刑满期或免刑者。而藏匿隐避之者,处十一日以上一年以下轻禁锢,附科二元以上二十元以下罚金。若其囚徒系重罪刑者,加一等。第百五十一条。欲图免罪,隐蔽其可为证左物件者,处十一日以上六月以下轻禁锢,附科二元以上二十元以下罚金。第百五十二条。犯前二条罪者,系犯人亲属,不论其罪。第百五十三条。

第四节　遁附刑罪　　被剥夺公权,或被停止者,私行其权,处一月以上一年以下重禁锢,附科二元以上十元以下罚金。第百五十四条。处主刑而逃走者,其刑仅止一月以上六月以下重禁锢;而遁附刑者,反处一月以上一年以下,殆如失轻重者,然附刑易犯,而防之甚难,且其诈伪之情,亦不与寻常逃走有可怜悯者比,故其刑亦不得不重于彼。付监视者背违其则,例如乘夜私出、擅移居处等类。处十五日以上六月以下重禁锢。第百五十五条。前二条罪,非刑期内再犯,不以再犯论。第百五十六条。此条律意,与第百四十三条同。

第五节　私造军用铳炮弹药及私藏罪　　不由官命官许而制造可供陆海军用之铳炮弹药及爆烈性物品者,如地雷、水雷等。处二月以上二年以下重禁锢,附科二十元以上二百元以下罚金。其输入者,亦如之。输入,谓由他国购买输入于本国。私贩卖前项所揭物品者,处一月以上一年以下重禁锢,附科十元以上百元以下罚金。第百五十七条。此二项皆不问其所以制造,止就迹断之耳。若明知其志在谋乱,则照第百二十五条、第百三十条等处断。虽犯前条罪,其人系职工雇人,止供正犯使令者,各照本刑减二等。第百五十八条。欲犯前二条罪而未遂者,照未遂犯罪例处断。第百五十九条。前二条皆轻罪刑,故从例别揭此条。私藏统称已有与受托于人、借贷于人而言。第百五十七条所揭物品者,处二元以上二十元以下罚金。第百六十条。制造第百五十七条所揭物品之器械,独可供其用者,谓制造他物所不堪用与不须用者,制造铳炮等物,已有明禁,故亦视为法律所禁之物。不论何人所有,悉行没收。第百六十一条。是特例,即总则中所谓别揭者也。

第六节　妨害通行音信罪　　通行,即车船桥梁人所通行之类。音信,即邮书、电信也。

毁坏道路、桥梁、河沟、港埠,以妨害通行者,处二月以上二年以下重禁锢,附科二元以上二十元以下罚金。第百六十二条。伪计威力以妨碍邮信或阻止者,罪亦同前条。第百六十三条。毁坏电信器械、柱木,或切断条线,以致电气不通者,处三月以上三年以下重禁锢,附科五元以上五十元以下罚金。虽毁坏器械、柱木、条线,妨害电信,而未至不通者,减一等。第百六十四条。此条及第百七十条外,凡关电信犯者,总依电信条例。欲妨碍汽车通行、毁坏铁道及标识,或障碍致危险者,处重惩役。第百六十五条。此条及第百七十条外,凡关铁道犯者,总依铁道条例。欲妨碍船舶通行,毁坏灯台、浮标及保安航海标识,或点揭伪造标识者,亦同前条。第百六十六条。凡于前数条所揭罪,自第百六十二条至第百六十六条。官吏及雇人职工自犯者,各照本刑加一等。第百六十七条。犯第百六十二条罪因而杀伤人者,照殴打创伤各本条从重处断。第百六十八条。虽非故意杀伤,然实因毁坏道路桥梁,而至有此事,是不得为过失杀伤,亦不得为故杀伤,故以殴打创伤论之。犯第百六十五条及百六十六条罪因而颠覆汽车、覆没船舶者,处无期徒刑;致人死者,处死刑。第百六十九条。虽官吏及雇人职工犯之,亦不别加重处。此节所揭罪,若在关国乱等犯者,依各本例处断,不用此例。欲犯此节所揭轻罪而未遂者,照未遂犯罪例处断。第百七十条。

第七节　侵他人居处罪　　白昼无故而入他人居宅,或入有人看守之屋舍者，如官署、学校等。处十一日以上六月以下重禁锢；若如左所记者加一等：犯一项或俱犯二项三项，亦止加一等耳。不与第三百七十九条特称每犯一项加一等之文相同。一、逾越坏损门户墙壁，或启锁钥而入者；二、携带凶器，及可供犯罪器具而入者；三、暴行而入者；四、二人以上共入者。第百七十一条。夜间无故而入他人之宅，或入有人看守之屋舍者，处一月以上一年以下重禁锢。若如前条所揭而加重非为者，加一等。第百七十二条。无故而入皇居、禁苑、离宫、行在所及山陵内者，照前二条例各加一等。第百七十三条。

第八节　弃毁官署钤印罪　　弃毁官令所缄封屋宅、仓库及他物品钤印者，例如官封倒产者之家屋、仓库，及可为犯罪证佐之书册物件，及犯罪人之器具记印等。处二月以上二年以下重禁锢；若看守人自犯者加一等。第百七十四条。弃毁官钤印、盗取物品或毁坏者，照盗罪毁坏各本条从重处断。第百七十五条。看守人因懈怠，故不觉犯者弃毁官钤印，或被盗毁坏物品者，处二元以上二十元以下罚金。第百七十六条。

第九节　扞拒公务罪　　官吏职务及工商等奉命所为之业，暨人民义所当为之事，总谓之公务。　　陆海军将校遇官司有可请出兵之权者，有事请其出兵，府县厅及检事局等，遇其管内起乱或聚众者，则得乞陆海军出援以征讨镇定。无故而不肯者，处二月以上二年以下轻禁锢，附科五元以上五十元以下罚金。第百七十七条。当陆海军征兵应编入兵队之人，毁伤身体、假装疾病以图免役者，处一月以上一年以下重禁锢，附科三元以上三十元以下罚金。此二条似关军律，然要求出兵者，系行政司法职不系军职。至应征之兵所犯，系属出役以前之事，故揭之常律也。若嘱托他人令诈称名氏代应征募者，照第二百三十一条例处断。第百七十八条。医师化学士等受官命以其职业解剖、分析、鉴定,例如毒杀人不知其原因,判官命医士解剖死体,命化学者分析毒品,或不知品物真伪,传唤业此之人鉴定等类。无故而不肯者,处四元以上十元以下罚金。第百七十九条。裁判厅命为证人知其所诉事实者,或判官原被告认为知其事实者等。陈述证左,无故而不肯者亦同前条。第百八十条。当传染病流行之际,若船舶中疑有此病,入港之际,医师受命检验病客,或行消灭法,无故而不肯者,处五元以上五十元以下罚金。兽畜传染病流行之际,兽医犯此条者,减一等。第百八十一条。

第四章　害信用之罪

第一节　伪造货币罪　伪造国内通用金银货及楮币行使者,处无期徒刑。如古金银非当今所通用,其伪造者,以诈伪取财论。若改造行使者,处轻惩役。第百八十二条。如剪削金银货,或将楮币挑挽描改等事。伪造国内所通用外国金银货行使者,处有期徒刑;若改造行使者,处二年以上五年以下重禁锢。第百八十三条。伪造官许发行纸币,兼外国银行纸币,如方今横滨所发行洋银券等。或改造行使者,从内外国之别,照前二条例处断。第百八十四条。伪造国内通用铜货行使者,处轻惩役。若改造行使者,处一年以上三年以下重禁锢。第百八十五条。前数条所揭伪造改造货币已成,未行使者,各照本刑减一等,其未成者减二等。若预备伪造之器械而未造者,各减三等。第百八十六条。是总则所谓别揭刑例者。知伪造、改造之情而被雇作工者,照前数条所揭正犯之受刑各减一等。若照总则,宜共为正犯,然其刑过重,恐权衡失当,故此条别揭刑例,下皆准此。若帮助职工供其杂役者,照职工之刑减一等或二等。第百八十七条。知伪造、改造之情而给贷房室者,照伪造改造本刑减二等。第百八十八条。以伪造、改造货币于外国制造者。输入国内者,与伪造、改造同刑。第百八十九条,未用者,同第百八十六条。知伪造、改造之情而受其货币行使者,照伪造、改造行使者之刑各减二等;其未行使者,各减三等。第百九十条。犯前数条所揭罪处轻罪刑者,付六月以上二年以下监视。第百九十一条。是亦总则所谓别揭者。伪造改造货币及输入收受者,未行使前自首于官,免本刑,付六月以上三年以下监视。是亦总则所谓别揭自首例者意,同第百二十六条。若职工杂役及给贷房室者,未行使之前自首者,免本刑。第百九十二条。不付监视。收受货币之后,知其为伪造、改造而行使者,处其价额二倍罚金,但不得降至二元以下。第百九十三条。即行使价额不过数钱,亦科二元罚金。

　　第二节　伪造官印罪　　兼御玺、国玺及印影记号。　　伪造御玺、国玺使用者,处无期徒刑。第百九十四条。伪造各官署印记何官何某者亦固。使用者,处重惩役。第百九十五条。伪造所捺土产商品等官印、记号而使用者,处轻惩役。伪造所捺书籍什具等官印记号而使用者,处一年以上三年以下重禁锢。第百九十六条。此条虽主官物言,其私物捺官印者亦同。盗用御玺、国玺、官印、记号、印信影迹者,照前数条所揭伪造刑各减一等。第百九十七条。其监守盗用者,不得减等。伪造、改造官所发行各印纸、界纸印纸,以极精之纸刻花草禽鱼,如方印形有例须贴用印纸者,必贴之以为信。即如证券印纸、烟草印纸、毒药剧药印纸、颁历印纸之类。界纸者,画纸为栏,分行如罫。其文书不能将印纸贴用者,乃令书之界纸,即如证券界纸、诉讼用界纸之类。及邮便券,贴邮书印纸,为邮便券。若知其情而使用者,处一年以上五年以下重禁锢,附科五元以上五十元以下罚金。第百九十八条。是皆轻罪,故不分伪造、改造与受而行使者,若其多寡长短,一由判官临时处断。再用先已贴用之各印纸、邮便券者,处二元以上二十元以下罚金。第百九十九条。欲犯此节所揭轻罪而未遂者,照未遂犯罪例处断。第二百条。

是关人民信用者，虽未遂，不得付之不问，故别揭此条。犯此节所揭罪处轻罪刑者，付六月以上二年以下监视。第二百一条。是亦依总则别揭者。

第三节　伪造官文书罪　　谓诏书、官署文书、公债证书、地券等。

伪造诏书，或增减变换者，不待行使。处无期徒刑。其毁弃诏书者，不问全书与一半。罪亦同。第二百二条。伪造官文书，或增减变换而行使者，处轻惩役。其毁弃官文书者，罪亦同。第二百三条。伪造公债证书、官发于民之债券，谓之公债证书，即如新旧公债证书、秩禄公债证书、金禄公债证书等。地券及官司所用执照，或增减变换而行使者，处轻惩役。若其证书系无记名者即不记所主之氏名者，如起业公债证书等是也。加一等。第二百四条。既无一定主名，所用殊广，故伪造增减，被害不鲜，而察出亦难，所以加重也。官吏伪造其所管文书，或增减变换而行使者，照前二条例各加一等；其毁弃文书者，罪亦同。第二百五条。因伪造官文书而并伪官印，或盗用者，照伪造官印本条从重处断。第二百六条。犯此节所揭罪，因减轻而处轻罪刑者，付六月以上二年以下监视。第二百七条。此节所揭皆重罪，故减等而始为轻罪。

第四节　伪造私印私书罪　　是对官印官文书而言，即谓人民所用印信文券等。　　伪造他人私印而使用者，处六月以上五年以下重禁锢，附科五元以上五十元以下罚金。人民紧要文书必捺印以为证左，故伪造其印，为害不鲜。然虽属伪造，而犹未使用，未可为罪，必已冒他人氏名捺用行使，始为有罪。所以与伪造官印，虽未行使，即为有罪者异也。若盗用他人印影者减一等。第二百八条。伪造交引交引犹古言交子，今言汇票。或署名背面可以卖买文书，甲欲卖文券于乙，记其卖与之事于券之背面，而乙亦记其自甲买得，如此则其券可以迁转附人。及可以交换金银契证，或增减变换者，处轻惩役；其伪署文契关书背面，以行使者罪亦同。第二百九条。伪造、卖买、借贷、赠遗、交换及关于义务权利诸文契，或增减、变换而行使者，处四月以上四年以下重禁锢，附科四元以上四十元以下罚金。其伪造他项私书如手简领票等。或增减变换而行使者，处一月以上一年以下重禁锢，附科二元以上二十元以下罚金。第二百十条。此条所揭，皆民间紧要文券，比前条更有重者，然其券皆本主所有，转移他人者甚少，而前条所载，直可与金银交换卖买，则诈伪易为，害众亦大，所以前条特重而此较轻也。欲犯此节所揭轻罪而未遂者，照未遂犯罪例处断。第二百十一条。同第百四十九条等。犯此节所揭罪处轻罪刑者，付六月以上二年以下监视。第二百十二条同第百二十条等。

  第五节 伪造准照准牌 凡职业得特许或允许始得营为者，官必附以准照或准牌。准照，即允许状，如版权允许状，铳猎允许状、航海允许状、医术开业允许状等是也。准牌，即烙印木牌，世谓之鉴札，如酿酒营业鉴札、牛马卖买鉴札、俳优艺娼妓鉴札等是也。及病患证状罪种（豆）〔痘〕或传染病要医师保证者，必自医师出书，以证其真伪轻重，谓之病患证状。

  伪造官准照或准牌行使者，处一月以上一年以下重禁锢，附科四元以上四十元以下罚金；但其伪造官印或盗用者，照伪造官印各本条处断。第二百十三条。诈称籍贯、谓其门籍所属府县门①郡村驿。地位、人身本分地位，即谓华、士、族、平民，户主、非户主等之别。氏名，或诈为诡谲以得准照、准牌者，处十五日以上六月以下重禁锢，附科二元以上二十元以下罚金。未得者，依第二百三十一条处断。该管官吏知情而下附准照、准牌者，加一等。第二百十四条。欲避公务，诈冒

---

  ① 门，疑为国。

医师氏名伪造病患证状而行使者,不问自为与为人,皆处一月以上一年以下重禁锢,附科三元以上三十元以下罚金。其非避公务而仅图自利者,不在此条例限。医师受嘱托造伪证者,加一等。第二百十五条。但嘱托人未行使,不问其罪。欲免陆海军征募,伪造病患证状而行使者,及医师受嘱托造伪证者,照前条例各加一等。第二百十六条。止假装疾病而不伪造证状者,依第百七十八条。增减变换准照准牌及病患证状而行使者,亦同伪造刑。第二百十七条。

卷三十一　　刑法志五

　　第六节　　伪证罪　　　　凡民事、刑事、商事，各裁判厅所命证人，必先依《治罪法》誓明其所陈述出于公正，乃所陈述反背誓食言，变乱黑白，使官民两受其害，是不得不罪之也。　　　　为刑事证人，被传唤上审厅而曲庇被告人，即犯罪人。掩蔽事实以诈证者，照左例处断：一、欲曲庇重罪而伪证者，处二月以上二年以下重禁锢，附科四元以上四十元以下罚金；二、欲曲庇轻罪而伪证者，处一月以上一年以下重禁锢，附科二元以上二十元以下罚金；三、欲曲庇违警罪而伪证者，依违警罪本条即第四百二十五条末项处断第二百十八条。被告人因其伪证免应得之刑，则照伪证例各加一等。第二百十九条。欲陷害被告人而诈证者，照左例处断：一、欲陷人重罪而伪证者处二年以上五年以下重禁锢附科十元以上五十元以下罚金；二、欲陷人轻罪而伪证者，处六月以上二年以下重禁锢，附科四元以上四十元以下罚金；三、欲陷人违警罪而伪证者，处一月以上三月以下重禁锢，附科二元以上十元以下罚金。第二百二十条。欲曲庇者使其幸成，亦不过使判官审断不当耳。至于陷害则其计得成，不特使审断不当，又使罪人含冤茹枉，其所受处分亦不可追偿，其为害殊甚，所以特重此罪也。至被告人因伪证受刑后发觉伪证罪，应反坐伪证者以其刑，若反坐刑轻于前条伪证刑，照前条例处断。例如陷人于违警罪，处五月重禁锢，若反坐其伪证者于同刑，则反轻于前条，欲陷人于轻罪者，故仍依前条，处六月以上二年以下重禁锢，附科四元以上四十元以下罚金。被告刑期内发觉伪证罪，得照经过日数减反坐刑期。例如被告受十五年有期徒刑，既经过九年，则反坐刑不坐十五年，亦得照其所经过日数，即为九年重惩役。但不得减降于前条伪证刑。第二百二十一条。被告人因伪证处死刑，是指伪证人无欲陷于死刑之意而至死者。则反坐刑减一等；未行刑前发觉者减二等。欲致被告人死而伪证者，反坐死刑；未行刑前发觉者减一等。第二百二十二条。关民事、商事凡民间事，系继嗣、婚姻、契约等者为民事，系商业者为商事。当行政裁判而伪证者，处一月以上一年以下重禁锢，附科五元以上五十元以下罚金。第二百二十三条。是刑不分曲庇与陷害何，盖民、商事等本原、被告相对，利于此则害于彼，势不得分，故与刑事异刑。欲令为鉴识通事而传唤于审厅者，若欺诈陈说，照前数条伪证例处断。第二百二十四条。贿赂或行其他方法，如诈欺、胁迫、结约等。以嘱托人为伪证，或令鉴识通事为诈欺者，罪亦同伪证例。第二百二十五条。犯此节所揭罪者，于未裁判宣告前而自首者，免本刑。第二百二十六条。是总则所谓别揭自首例者。

　　第七节　伪造度量衡罪　　伪造度量衡或改造贩卖者，处二年以上五年以下重禁锢，附科十元以上五十元以下罚金。止伪造改造而未贩卖者，非此条所问。若伪造官司记章印信或盗用者，照伪造官印各本条从重处断。第二百二十七条。知伪造、改造之情而贩卖其度量衡者，依前条减一等。第二百二十八条。商、贾、农、工私自增减其度量衡者，处一月以上三月以下重禁锢，附科二元以上二十元以下罚金。若使用其度量衡而得利者，以诈欺取财论。第二百二十九条。受人嘱托伪造度量衡或改造者，照其嘱托人所受刑各减一等。第二百三十条。

第八节　诈称当身地位罪　　即人身本分地位,详第二百四十条。但此节地位,兼言贯籍、氏名、年甲、职业、官位、服章等。　　对官诈称不论以言语与文书。贯籍、地位、氏名、年甲、职业者,处二元以上二十元以下罚金。第二百三十一条。诈称官职、位阶,僭用官服饰、官吏大礼服、军将等正服。徽章、菊花章。或内外国勋章者,处十五日以上二月以下轻禁锢,附科二元以上二十元以下罚金。第二百三十二条。

第九节　伪造公选投票罪　　例如府县会郡区会议员等公选之日,谋己或朋友亲戚中选,伪造投票,或增减彼此员数等。　　伪造公选投票或增减其数者,处一月以上一年以下轻禁锢,附科二元以上二十元以下罚金。第二百三十三条。此罪关国政,不与他常事犯同,故处刑亦比国事犯。行贿赂令投票及受贿赂投票者,处二月以上二年以下轻禁锢,附科三元以上三十元以下罚金。第二百三十四条。以贿赂行之,害之所及广矣,故其刑重于前条,但其不以贿赂不受贿赂者,非此条所问。检视投票及算其数者,若伪造其投票,或增减之,处六月以上三年以下轻禁锢,附科四元以上四十元以下罚金。第二百三十五条。作甲乙簿报告投票结案者,甲乙簿者,投票既毕,汇聚而点核多寡票,最多者为甲,其次为乙。增减其数,或区画涉于诈伪,处一年以上五年以下轻禁锢,附科五元以上五十元以下罚金。第二百三十六条。甲乙簿已成,其余投票总废弃,是公选中最紧要事,故增减诈为之者,刑更重于前数条罪。

第五章　害养生道罪　　是谓关全国人民养生者,如止关一人或数人,揭之于第三编。

第一节　关阿片烟罪　　输入阿片烟及制造或贩卖者,处有期徒刑。第二百三十七条。输入吸阿片烟器具及制造或贩卖者,处轻惩役。第二百三十八条。税关官吏知情而输入阿片烟及其器具者,照前二条刑各加一等。第二百三十九条。给贷可吸阿片烟房舍以图利者,处轻惩役。其非以图利者,照次条吸阿片烟者从犯处断。引诱人吸阿片烟者,罪亦同。第二百四十条。赠与阿片烟令受者吸之,罪亦同。吸阿片烟者,处二年以上三年以下重禁锢。第二百四十一条。私有阿片烟及器具或受寄者,处一月以上一年以下重禁锢。第二百四十二条。

第二节　污秽饮水罪　　供饮净水因污秽致不能用者,处十一日以上一月以下重禁锢,附科二元以上五元以下罚金。第二百四十三条。投入伤生物以变水质或致腐败者,处一月以上一年以下重禁锢,附科三元以上三十元以下罚金。第二百四十四条。若由其所业倾注其所用品渣滓,偶然至变水质者,别有规则处断。犯前条罪因致人疾病或死者,照殴打创伤各本条从重处断。第二百四十五条。其事若出于故意毒杀,依第二百九十三条处断。

第三节　关传染病预防规则罪　　船舶入港者违背预防传染病规则上陆或搬输物品于陆地,处一月以上一年以下轻禁锢,或处十元以上百元以下罚金。第二百四十六条。船客多日航海,入港辄欲上陆,是人之常情,非别有破廉损耻之行,故或处轻禁锢,或处罚金,总任判官所见耳。若犯人原非故意违犯,实因风波等事不得已上陆,亦不得加之以罚。船长自犯前条罪及知有人犯而不制止者,于前条刑加一等。第二百四十七条。当传染病流行时,违背预防规则,由流行地方出往他处者,处十五日以上六月以下轻禁锢,或处十元以上百元以下罚金。第二百四十八条。其他违背预防规则者,总依第四编违警罪规则。当兽畜传染病流行时,违背预防规则,送出其兽畜于他处者,处十一日以上二月以下轻禁锢,或处五元以上五十元以下罚金。第二百四十九条。

第四节　关危害品、如火药、硝石、石油等一切有破裂性者。伤生物如煤气、制药、制革等,凡有恶臭毒气者。制造规则罪　别有此规则。不得官准创建危害品制造所者,处二十元以上二百元以下罚金。若其创建伤生物制造所者,处十元以上百元以下罚金。第二百五十条。虽得官准创建前条所揭制造所,其违背预防危害、保护康健规则者,别有此规则。照前条例各减一等。第二百五十一条。非前条所谓制造人而犯之者,依第四编第四百二十五条、第四百二十六条处断。犯前二条罪,因致人疾病、死伤者,照过失杀伤各本条从重处断。第二百五十二条。

第五节　贩卖伤生饮食及药剂罪　矿制颜料食品及毒药、剧药等。　混和可以伤生物于饮食品以贩卖者,处三元以上三十元以下罚金。第二百五十三条。如贩卖腐败饮食品者,依违警罪本条。违背规则所谓药品卖买规则。贩卖毒药、剧药者,处十元以上百元以下罚金。第二百五十四条。犯前二条罪因致人疾病或死者,照过失杀伤各本条从重处断。第二百五十五条。

第六节　私营医业罪　医关人民生命,非术精道熟不得行世,故必经官准以后,乃得为业。　不得官准而业医者,处十元以上百元以下罚金。第二百五十六条。若一时止授治方投药剂,尚未以医为业者,非此条所罪。其误治人致人死伤者,照过失杀伤各本条从重处断。第二百五十七条。

第六章　败风俗罪　败坏民间风俗,其流弊甚大,故设刑防之。公为猥亵之行如奸淫及露体等。者,处三元以上三十元以下罚金。第二百五十八条。于公众所共居,或于公众所共视者,而后名为公行;其他不问。公然陈列败俗图书及猥亵器具,图书如摹写淫状及春画等。器具如模拟阴具等。或贩卖者,处四元以上四十元以下罚金。第二百五十九条。如陈私室之中及秘藏者,非此条所问。开张赌场以图利或招结博徒者,处三月以上一年以下重禁锢,附科十元以上百元以下罚金。第二百六十条。现以财物赌博者,处一月以上六月以下重禁锢,附科五元以上五十元以下罚金。虽赌博非当时发觉及未行者,不在此限。知其情而给贷房舍罪者亦同,其赌饮食者指便可饮食之糕果酒肉等品。其以饮食为名,及以米谷为注,仍以赌博论。勿论。凡赌博器具、骰子、骨牌之类。财物现在其场者,皆没收。第二百六十一条。行醵集财物探筹赢利之业者,预醵集金钱,探阄得之,中者集金与之,不中则并弃所已出之金,谓之富签。处一月以上六月以下重禁锢,附科五元以上五十元以下罚金。第二百六十二条。对神祠、佛龛、坟墓及他礼拜堂公然为不敬之行者,谓于众人所共视侮慢神佛,或污秽败坏等类。若非人所共见,非此条所问。处二元以上二十元以下罚金。若妨碍其说教神官、僧侣聚众说法,谓之说教。及拜礼者,处四元以上四十元以下罚金。第二百六十三条。

第七章　毁弃死尸及发掘坟墓罪　毁弃应行埋葬死尸者,处一月以上一年以下重禁锢,附科二元以上二十元以下罚金。第二百六十四条。知有死尸而不告,或私移于他处者,依违警罪例。发掘坟墓见棺椁或死尸者,处二月以上二年以下重禁锢,附科三元以上三十元以下罚金。因窃取墓中财物者,从二罪俱发例处断。因而毁弃死尸者,处三月以上三年以下重禁锢,附科五元以上五十元以下罚金。第四百六十五条。欲犯此章所揭罪而未遂者,照未遂犯罪例处断。第二百六十六条。亦同第百十三条。

第八章　妨碍商业及农工业罪　用伪计、威力妨碍卖买稻谷如米、麦、豆、粟、黍等类。及民生需用不可缺食品如盐豉、酒酱、茶等类。者,处一月以上六月以下重禁锢,附科三元以上三十元以下罚金。

妨碍前项所揭处物品他食品及薪炭膏油等。者,减一等。第二百六十七条。用伪计、威力妨碍他人竞卖或射买者,处十五日以上三月以下重禁锢,附科三元以上三十元以下罚金。第二百六十八条。同一卖买物品,而此条轻于前条者何?盖前条二项所关甚大。例如闻米谷将输入,恐其价低下,设法妨碍,致米价涌贵,其害将及全园,不如此条止害卖买人,所以刑亦有轻重也。用伪计、威力妨碍农工业者,罪亦同前条。第二百六十九条。是谓总关农工公益者。如其关一人稼穑植物等事,依第三编害动植物之罪处断。农工雇人欲增佣值或变更所业,如增加休暇时日,或更改营业法等。用伪计、威力妨碍雇主及他雇人者,处一月以上六月以下重禁锢,附科三元以上三十元以下罚金。第二百七十条。雇主欲减佣值或变更所业,用伪计威力妨碍雇人及他雇主者,罪亦同前条。第二百七十一条。传播虚论伪说,令昂低米谷及民生须用物品价直者,处十元以上百元以下罚金。第二百七十二条。假令传播虚说不至使物价昂低者,非此条所问。

第九章　官吏渎职罪

第一节　官吏害公益罪　凡此编所揭,无非关于公益者,然其所犯概兼常人与官吏而言。独此节专举官吏所犯之罪,故别设此目。　官吏于所司法制不以公布施行,例如大臣奏状,经裁可后,命主任官吏行之,而官吏承命而不行;或府知事、县令受某省令而不公布之管内之类。或妨碍他官吏公布施行者,处二月以上六月以下轻禁锢,附科十元以上五十元以下罚金。第二百七十三条。地方官吏遇有骚乱,应得请发官兵如府知事、县令等,详第百七十七条注。及请管兵官如海陆军将校等。弹压镇定,而不能区处其事者,处三月以上三年以下轻禁锢,附科二十元以上百元以下罚金。第二百七十四条。官吏违背规则谓明治八年四月第六十五号布令等。而营商业者,处二十元以上五百元以下罚金。第二百七十五条。但如贩卖私地所产、土地或贷金起利，或教授技术以得利者，不在此限。

第二节　官吏待人民之罪　官吏擅用威权使人民强行不可为之事，例如警察官吏以力迫人，使拘引无罪等事。及妨碍其可为之事者。例如力制投票人使其不得选举某氏等事。处十一日以上二月以下轻禁锢，附科二元以上二十元以下罚金。第二百七十六条。人民身体、财产有为人所犯害者，如第三编所云对身体、财产罪各条。官吏谓预审判事、检事、警察官吏。受其告报，不速为区处及保护者，处十五日以上三月以下轻禁锢，附科二元以上二十元以下罚金。第二百七十七条。逮捕官吏谓预审判事、检事、司法警察官、巡查等。不遵守法律所定程式规则即《治罪法》中所定规则，如警察官吏等非携带预审判事所发令状，则不得逮捕是也。而逮捕人及非理监禁人者，监禁，谓幽闭一室不得出。处十五日以上三月以下重禁锢，附科二元以上二十元以下罚金。但其监禁日数，每过十日加一等。第二百七十八条。此条以下所行出于心术不正，与前二条所揭少异，故皆处重禁锢。司狱官吏总称掌监仓监狱事官吏。监禁犯人不遵守程式规则，谓囚人入狱及接引等规则。及囚人应出狱时不放免者，罪同前条。第二百七十九条。前二条所揭官吏及护送囚人者，若屏去其饮食衣服及苛刻接遇者，处三月以上三年以下重禁锢，附科四元以上四十元以下罚金。因而致囚人死伤者，照殴打创伤各本条加一等从重处断。第二百八十条。当水火地震之际，管狱官吏懈怠，不辄解囚人监禁因而致死伤者，照殴打创伤各本条加一等。第二百八十一条。若故意致死伤者，依第二百九十四条处断。盖拘束罪囚，本欲使悛改善良也。且未决囚人，其罪之有无尚未可知，监护者自宜小心保守，使不受害，而怠惰致死伤，固不得以过失杀伤论，所以依殴打创伤例也。裁判官、检事及警察官吏审问被告人而施暴行或凌虐者,处四月以上四年以下重禁锢,附科五元以上五十元以下罚金;因而致被告人死伤者,照殴打创伤各本条加一等从重处断。第二百八十二条。裁判官、检察官无故不受理刑事诉牒及迁延不审理者,处十五日以上三月以下轻禁锢,附科五元以上五十元以下罚金。是谓知告诉告发有理而故不受理者,若以不受理为宜者,非此条所问。系民事诉牒者,罪亦同之。第二百八十三条。官吏听人嘱托受赃及允许受赃者,处一月以上一年以下重禁锢,附科四元以上四十元以下罚金;因而非理处事者,加一等。第二百八十四条。裁判官当审理民事得赃及允许受赃者,处二月以上二年以下重禁锢,附科五元以上五十元以下罚金;因而枉法判断者,加一等。第二百八十五条。裁判官、检事、警察官吏当审理刑事不专指刑法,统举犯他项罚则、规则而言。得赃及允许受赃者,处二月以上二年以下重禁锢,附科五元以上五十元以下罚金;因而故出人罪者,处三月以上三年以下重禁锢,附科十元以上百元以下罚金;其故入人罪者,处二年以上五年以下重禁锢,附科二十元以上二百元以下罚金;若其所枉断之刑重于此刑,照第二百二十一条、第二百二十二条反坐之。第二百八十六条。裁判官、检事、警察官吏虽不受赃,而徇情挟怨,以故出入人罪者,罪亦同前条。第二百八十七条。前数条所揭赃已受领者,皆没收之;消费者追征其价。第二百八十八条。恐犯者或以为虽并受本刑附刑,不如其所得赃金之多,故特设此条以防之。

第三节　官吏对财产之罪　　凡官吏监守财物而自盗金钱、粮谷、物件者,处轻惩役;因而增减变换官文书、簿册及毁弃之者,照第二百五条例处断。第二百八十九条。若非其所管,仍依第二百五条。官吏征收租税及各杂税,如收税委员、税关官吏、郡区户长等。正额外多征金谷者,处二月以上四年以下重禁锢,附科五元以上五十元以下罚金。第二百九十条。犯此节所揭罪,处轻罪刑者,付六月以上二年以下监视。第二百九十一条。此条所揭罪,皆出于卑污无耻。故虽处轻罪者,仍不得不付此长期监视。

第三编 对身体财产重罪轻罪

第一章 对身体之罪
此罪有二:曰有刑罪,曰无刑罪。有刑罪,直关身体生命者,谓杀伤、殴打、胁迫坠胎等。无刑罪关名望、声誉者,谓诬告、诽毁等。

第一节 谋杀故杀罪
蓄谋杀人者为谋杀,处死刑。第二百九十二条。施用毒物杀人者,以谋杀论,处死刑。第二百九十三条。如一时乘怒投用毒物,宜以故杀论。然用毒物,其害不止一人或有及数十人者,且形迹难知,无由防范,施用最为容易,故虽一时之怒,仍以谋杀论。故意杀人者为故杀,处无期徒刑。第二百九十四条。旧律谋杀故杀,同处死刑。然故杀者当临杀之时,猝乘愤激,骤起杀意,比之谋杀人于未杀以前,蓄念积虑者,情实较轻,故故杀之刑于谋杀之刑减一等。然若如下二条所揭,与寻常故杀异,则亦不得不处死刑。故杀人,支解割碎及其杀状惨刻者,处死刑。第二百九十五条。因财利犯重轻罪,例如为强窃盗,恐其不遂,故杀主人或监守人等。恐人发觉追捕而故杀人者,处死刑。第二百九十六条。蓄杀人之意,诡言诱导、挤陷危险而致死者,例如桥梁朽损,不堪渡人,而诈称牢固,令人过渡,以陷溺致死等类。以故杀论。其预谋者,以谋杀论。第二百九十七条。欲谋杀、故杀而误杀他人者,仍以谋杀、故杀论。第二百九十八条。

第二节 殴打创伤罪
殴打创伤人因而致死者,处重惩役。第二百九十九条。殴打创伤人,瞎其两目,聋其两耳,及折两肢,断舌,毁坏阴阳,致丧失知觉精神,罹笃疾者,处轻惩役;虽并犯此条二事以上,亦同处轻惩役,但以刑期长短分轻重耳。其瞎一目,聋一耳,折一肢,及残亏身体以致废疾者,处二年以上五年以下重禁锢。第三百条。并犯此条二事以上,除损一手一足之外,亦同前项注。殴打创伤致人罹二十日以外疾病,不能营职业者,处一年以上三年以下重禁锢。若伤疾不至二十日,处十一日以上一月以下重禁锢。第三百一条。若预谋殴打创伤人,致其人罹笃疾或至死者,照前数条所揭载各加一等。第三百二条。欲为不法之事,而殴伤防其非为之人,或自犯轻重罪名,图免罪掩迹,因而殴打创伤人者,亦同前条之例。第三百三条。因殴打人而误伤他人者,仍科殴打创伤本刑。第三百四条。二人以上共殴打伤人,从现下手者,分别轻重,各论其刑。若其创不辨甲乙所为,照重伤之刑减一等。但教唆者不在减等之限。第三百五条。二人以上共殴打人,虽一人未行殴打,而帮助致成伤者,与现殴打者同罪而减一等。第三百六条。施用可害健康物品使人疾苦者,与预谋殴打创伤人者同刑。第三百七条。虽意非杀人,而诈伪诱导,令陷危害,致其人疾病死伤者,照殴打伤创例处断。第三百八条。

　　第三节　关于杀伤者宥恕及不论罪　　因己身受人暴行,不得已愤怒致杀伤暴行人者,宥恕其罪。但因行为不正自招暴行者,不在此限。第三百九条。殴打彼此创伤,不能分下手先后者,各宥恕其罪。第三百十条。本夫知其妻与人奸通,于奸所杀伤奸夫或奸妇者,宥恕其罪。但本夫先系纵容奸通者,不在此限。第三百十一条。若有昼间无故而入人家,或欲逾越损坏门户墙壁,因防拒之,而杀伤犯人者,宥恕其罪。第三百十二条。前数条所记载有可宥恕者,照各本刑减二等或三等。第三百十三条。正当防御自己身体性命时,出于不得已而杀伤暴行人者,不分为己为人,不论其罪。若自己行为不正致招暴行者,不在此限。第三百十四条。左列诸件出于不得已致杀伤人者，不论其罪；一、防止放火及其他暴行有伤财产者；二、防止盗犯及欲夺还盗赃者；三、防止夜间无故而入人家，或欲逾越户墙门壁者。第三百十五条。虽防卫身体财产非不得已而加害于暴行人，又危害已去仍乘势加害于暴行人者，不在不论罪之限。但酌量情状，照第三百十三条例，得宥恕其罪。第三百十六条。

第四节　过失杀伤之罪　疏虞懈怠不遵守规则，因过失致人于死者，处二十元以上二百元以下罚金。第三百十七条。凡耳目所不及，思虑所不到为过失。不守规则，谓于有人处演习枪铳之类。因过失使人创伤至废疾者，处二十元以上二百元以下罚金。第三百十八条。因过失而使人创伤至疾病休业者，处十元以上百元以下罚金。第三百十九条。

第五节　关自杀之罪　教唆人使自杀，又受人嘱托为自杀之人下手者，处六月以上三年以下轻禁锢，附加十元以上五十元以下罚金。其他为自杀人帮助者减一等。第三百二十条。图自己之利教唆他人令自杀者，处重惩役。第三百二十一条。

第六节　擅逮捕监禁人之罪　擅逮捕人又监禁私处者，处十一日以上二月以下重禁锢，附加二元以上二十元以下罚金。其监禁若过数日或十日，应算日数，加一等。第三百二十二条。擅监禁束缚人，或殴打拷责，又屏去饮食衣服，施行一切苛刻事者，处二月以上二年以下重禁锢，附加三元以上三十元以下罚金。第三百二十三条。犯前条之罪致人疾病死伤者，照殴打创伤各本条从重处断。第三百二十四条。擅监禁人，临水火震灾之际不解监禁，致人死伤者，亦同前条罪。第三百三十五条。

第七节　胁迫之罪　以杀胁迫人、以放火胁迫人，皆谓以言词恐吓人。处一月以上六月以下重禁锢，附加二元以上二十元以下罚金。其以殴打创伤,或焚烧财产,毁坏家屋,径行劫掠等事胁迫人者,处十一日以上二月以下重禁锢,附加二元以上二十元以下罚金。第三百二十六条。携带凶器而犯前条罪者,各加一等。第三百二十七条。以加害亲属相胁迫者,亦同前二条例。第三百二十八条。此节所揭载,待受其胁迫者或亲属等告诉而后论罪。第三百二十九条。

第八节　堕胎之罪　　怀胎妇女以药物及其他方法堕胎者,处一月以上六月以下重禁锢。第三百三十条。使人以药物及其他方法堕胎者,亦同前条。因而妇人致死者,处一年以上三年以下重禁锢。第三百三十一条。医师、产婆及药商等犯前条罪者,各加一等。第三百三十二条。威逼怀胎妇女又诬骗令堕胎者,处一年以上四年以下重禁锢。第三百三十三条。知为怀胎而殴打暴行因致堕胎者,处二年以上五年以下重禁锢。其非有堕胎之意者,处轻惩役。第三百三十四条。犯前二条之罪,致妇人笃疾或死者,照殴打创伤各本条从重处断。第三百三十五条。

第九节　遗弃幼儿及老者病者之罪　　遗弃未满八岁幼儿者,处一月以上一年以下重禁锢。不能自谋生活,遗弃老者、疾病者亦同。第三百三十六条。以未满八岁幼儿或老者、病者,遗弃于旷野无人之地,处重禁锢。第三百三十七条。得人之给料、受人之依托,力可保养者,犯前二条罪,各加一等。第三百三十八条。遗弃老幼因而致废疾者,处轻惩役;若至笃疾者,处重惩役;至死者,处有期徒刑。第三百三十九条。己所有地看守所及之处,有遗弃幼儿老疾者,知而不扶助,又不申告官署者,处十五日以上六月以下重禁锢;若有罹疾病昏倒者,知而不扶助不申告者,亦同。第三百四十条。

第十节　略取诱拐幼者之罪　　略取诱拐十二岁未满幼者,或藏匿,或交付他人者,处二年以上五年以下重禁锢,附加十元以上百元以下罚金。第三百四十一条。略取十二岁以上二十岁未满幼者,或藏匿,或交付他人者,处一年以上三年以下重禁锢,附加五元以上五十元以下罚金。仅诱拐藏匿或交付他人者,处六月以上二年以下重禁锢,附加二元以上二十元以下罚金。第三百四十二条。略取诱拐幼者为仆婢者,又假设名称以使役之者,照前二条例各减一等。第三百四十三条。前数条所揭,待被告者及其亲族告诉而后论罪。惟幼者或至长大婚姻之时,而遵礼从式者不论。第三百四十四条。略取诱拐二十岁未满幼者交付与外国人者,处轻惩役。第三百四十五条。

　　第十一节　猥亵奸淫重婚之罪　　对十二岁既满男女为猥亵之事,又对十二岁以上男女以暴行胁迫为猥亵之事者,处一月以上一年以下重禁锢,附加二元以上二十元以下罚金。第三百四十六条。对十二岁未满男女以暴行胁迫为猥亵之事者,处二月以上二年以下重禁锢,附加四元以上四十元以下罚金。第三百四十七条。强奸十二岁以上妇女者,处轻惩役;其以药酒等物诱令迷乱而奸淫者,以强奸论。第三百四十八条。奸淫十二岁未满幼女者,处轻惩役;若强奸者,处重惩役。第三百四十九条。前数条所揭载,待被害者及其亲属告诉,而后论罪。第三百五十条。犯前数条罪,因而致人死伤者,照殴打创伤各本条从重处断。但由强奸因致废疾、笃疾者,处有期徒刑;致死者处无期徒刑。第三百五十一条。劝诱十六岁未满男女已为媒合者,处一月以上六月以下重禁锢,附加二元以上二十元以下罚金,第三百五十二条。与有夫之妇奸通者,先是,明治六年改正奸律,奸无夫之妇者不论罪,故此律特指有夫之妇。考泰西和奸之罪,均处禁锢。佛律二年以下,德律六月以上。其经夫告诉而后论罪。若无夫之妇无告诉者,均置不问。盖信重于礼,情重于理,其律意大抵如此也。处六月以上二年以下重禁锢,男女同罪。此条待本夫告诉,而后论罪。但本夫先系纵容奸通者,虽诉不论。第三百五十三条。有配偶者重结婚姻,处六月以上二年以下重禁锢,附加五元以上五十元以下罚金。第三百五十四条。配偶兼男女而言。

　　第十二节　诬告及诽毁之罪　　以不实之事诬告人者,照第二百二十条所载伪证例处断。第三百五十五条。虽为诬告,于被告未推问之前而自首悔过者,免本刑。第三百五十六条。因诬告致被告人受刑,照第二百二十一条、第二百二十二条所载之例处断。第三百五十七条。摘发恶事丑行诽谤人者,不问事实有无,照左例处断:一、公然演说诽毁人者,处十一日以上三月以下重禁锢,附加三元以上三十元以下罚金;二、公布书册、画图,又作为杂剧、偶像诽毁人者,处十五日以上六月以下重禁锢;附加五元以上五十元以下罚金。第三百五十八条。诽毁已死者,若非出于诬罔,不得照前条之例处断。第三百五十九条。前条所载即事实非诬,亦依律论罪,盖名誉荣辱,关人大节,且暧昧之事非人所应知,乃公然对众诽毁,且以书册、图画、杂剧、偶像形容其状,不加禁遏,将造言飞语,见事风生,即毛卵钩须乌有之事,亦不难抉摘装点,以快己私,其事伊于胡底,中国通例有造匿名揭帖以诽谤人者,除其事立按不问外,犯者审实拟绞。所犯之罪虽与此有殊,而律重诛心,用意则一也。医师、药商、稳婆、代言人、辩护人、代书人等及神官、僧侣,受人委托,因得知其阴私而漏告于众者,以诽谤论,处十一日以上三月以下重禁锢,附加三元以上三十元以下罚金。但由裁判官传唤令其陈述事实者,不在此限。第三百六十条。此节所记载诽毁之罪,待被害者及死者之亲属告诉,而后论罪。第三百六十一条。

　　第十三节　对其祖父母父母之罪　　子孙谋杀其祖父母、父母者,处死刑;关自杀罪,照凡人之刑加二等。第三百六十二条。子孙对其祖父母、父母,犯殴打创伤、其他监禁、胁迫、遗弃、诬告、诽毁之罪者,按各本条所载,照凡人之例加二等;其致废疾者,处有期徒刑;致笃疾者,处无期徒刑;致死者,处死刑。第三百六十三条。子孙对其祖父母、父母不给衣食缺奉养者,处十五日以上六月以下重禁锢,附加二元以上二十元以下罚金;致疾病或死者,亦同前条例。第三百六十四条。对祖父母、父母犯杀伤罪者,不得用宥恕例。但犯时不知而误犯者,谓离别日久,相逢不识;以小故斗殴,至于杀伤;又深夜昏黑,误为他人,以凶器拿捕,至于杀伤之类。不在此限,第三百六十五条。

第二章　对人财产之罪

第一节　窃盗之罪

窃取他人物品者为窃盗罪,处二月以上四年以下重禁锢。第三百六十六条。乘水、火、震灾之变为窃盗者,处六月以上五年以下重禁锢。第三百六十七条。逾越墙户,或毁坏,或开钥而入人邸舍、仓库,犯窃盗者,亦同前条。第三百六十八条。二人以上共犯前三条罪者,各加一等。第三百六十九条。携带凶器入人住宅为窃盗者,处轻惩役。第三百七十条。虽系己物,已典付他人,又有官司之命,令他人监守而窃取之者,以窃盗论。第三百七十一条。于田野窃取谷类、菜果及其他产物者,处一月以上一年以下重禁锢。第三百七十二条。于山林窃取竹、木、矿物及其他产物,又于川泽、池沼窃取所生养鱼鳖及关人营业产物者,亦同前条。第三百七十三条。于牧场窃取牧畜、兽类者,处二月以上二年以下重禁锢。第三百七十四条。此节所揭载轻罪欲犯未遂者,照未遂犯罪例处断。第三百七十五条。犯此节所记之轻罪处刑者,付六月以上二年以下监视。第三百七十六条。此节所载,惟携带凶器入人住宅为窃盗者,处轻惩役,以其实有盗心,故科以重罪。其他处重禁锢,皆轻罪也。或本非为窃之人,或实无作盗之意,偶然贪得,中亦有悯谅者,但乘水火地震不及防范之时,当山林田野易于攫取之地,而公然为盗,其人之心术不端已可概见,故虽科轻罪仍付监视。祖父母、父母、夫妻、子孙及其配偶者,又同居兄弟姊妹,互相窃财物者,不以窃盗论。若与他人共犯而分取财物者,仍以窃盗论。第三百七十七条。

　　第二节　强盗之罪　　以暴行加人或胁迫人而强取财物者为强盗,处轻惩役。第三百七十八条。强盗罪有左开情状者,每一项加一等:一、二人以上共犯者;二、携带凶器者。第三百七十九条。若二人以上共犯,各又携带凶器,共加二等。强盗伤人者,处无期徒刑;致死者,处死刑。第三百八十条。强盗强奸妇女者,处无期徒刑。第三百八十一条。常人犯强奸罪处轻惩役,犯强盗罪,亦处轻惩役。今以强盗犯强奸,其情节尤可恨恶,故不用二罪俱发从一科断之律,直处以无期徒刑。考日本旧律,强奸、强盗各处死刑,此律虽较旧法为轻,而在本律中则从其最重者矣。窃盗得赃而走,为人拒止,因而以暴行胁迫者,以强盗论。第三百八十二条。用药酒等使人迷乱,而盗取其财物者,以强盗论,处轻惩役。第三百八十三条。此与上条同,一以强盗论,而独揭明处轻惩役者,以其用药迷人,情节可恶,故特处之重罪。若窃盗拒捕,出于一时图免己罪,其中情节或有可宥恕减轻者,故不以一律论也。犯此节所载之罪,或因减轻而处轻刑者,付六月以上二年以下监视。第三百八十四条。

　　第三节　关遗失物理藏物之罪　　拾得遗失及漂流物,隐匿不还于其主,又不申告官司者,处十一日以上三月以下重禁锢,又处二元以上二十元以下罚金。第三百八十五条。于他人所有地掘取埋藏诸物私自隐匿者,亦同前条。第三百八十六条。犯此节所载之罪,若系第三百七十七条所揭载,亲属不论其罪。第三百八十七条。

　　第四节　关家资分散之罪　　分散者,破产歇业不能偿债,倾家所有分之与人,故曰分散。此律为中律所无,而西律所重。泰西通例,凡营业耗折,身负重债,力不能偿,则请之于官,倾家资所有分与偿人。官为立一经理人,先检点其货财,搜集其契约,并悬示限期。凡负某人债者,悉数缴官,其某人所欠之债,各呈凭据,以待分给,然后悉索所有,按数计成,一一分派,产尽而后已。其人已报破产者,不许再营生业,此通例也。中国以追债告官,每曰钱债细故,实因沿用旧律。而古来贸易未盛,借贷较少,即有负债,多出于亲属之情不容已,朋友之义不容辞,势难以负债之故没人家产。自商务大兴,有无相通,如银行、商会之类,乃有以日积月累所得寄而取息者,亦有举盈千累万之数借以谋生者。一人破产,万众嗷嗷,若无法以维制之,则隐匿逃遁,窃人脂膏而自润,与白昼大都杀人而夺之金何异? 而受害者糊口无资,茹辛含苦,又不待言也。日本近年商会,若小野、岛田之例产歇业,官亦负累及百万,故依仿西律,创立此条。迩来中国亦有此事,恐亦不能不设此律矣。　　家资分散之际,有藏匿脱漏其财产,又增加虚伪负债者,处四月以上四年以下重禁锢。知其情而承诺虚伪契约,或为其媒介者,减一等。第三百八十八条。家资分散之际,所有簿记之类,或藏匿毁弃,至分散决定之后,依托一债主或二三债主,私偿于人,以致害及他债主者,处一月以上二年以下重禁锢。第三百八十九条。

　　第五节　诈欺取财之罪及关受寄财物之罪　　欺罔人又恐喝人骗取财物证书类者,为诈欺取财罪,处二月以上四年以下重禁锢,附加四元以上四十元以下罚金。以诈欺伪造官私文书,或增减变换者,照伪造各本条从重处断。第三百九十条。乘幼者愚蒙,又乘人迷乱,与以不正证书,或授与财物,而行诓骗者,以诈欺取财论。第三百九十一条。当贩卖物品,或互相交换,乃伪其物质,减其分量,交附与人者,以诈欺取财论。第三百九十二条。窃冒他人之动产、不动产贩卖交换者,或抵当典物者,以诈欺取财论。虽自己之不动产,已为抵当典物,又欺隐卖与他人,或重为抵当典物者,亦同其罪。第三百九十三条。犯前数条所载之罪,付六月以上二年以下监视。第三百九十四条。消费受寄之物、借用之物、典质之物，及其他受人委托之金额物件者，处一月以上二年以下重禁锢。若骗取、拐带及为其他诈欺之事者，以诈欺取财论。第三百九十五条。虽系已有经官司差押而藏匿脱漏者，处一月以上六月以下重禁锢。但家资分散之际犯此罪者，照第三百八十八条之例处断。第三百九十六条。此节所载之罪，欲犯未遂者，照未遂犯罪例处断。第三百九十七条。犯此节所载之罪，如第三百七十七条所揭载亲属，不论其罪。第三百九十八条。

　　第六节　关赃物之罪　　知为窃盗赃，受而收藏之，或买取之，及为牙保者，处一月以上三年以下重禁锢，附加三元以上三十元以下罚金。第三百九十九条。犯前条罪者，付六月以上二年以下监视。第四百条。知为诈伪取财及其他犯罪物品，受而收藏之，或买取之，及为牙保者，处十一日以上一年以下重禁锢，附加二元以上二十元以下罚金。第四百一条。

　　第七节　放火失火之罪　　放火烧毁人家者，处死刑。第四百二条。放火烧毁空宅及其他建筑物者，处无期徒刑。第四百三条。放火烧毁废宅，及藏寄柴草、肥料之屋舍等类者，处重惩役。第四百四条。放火烧毁载人之船舶、汽车者，处死刑。若放火之人同坐船舶、汽车，处重惩役。第四百五条。放火烧毁山林之竹木、田野之谷麦，或露积之柴草竹木及其他物件者，处轻惩役。第四百六条。放火烧毁自己家屋者，处二月以上三年以下重禁锢。第四百七条。犯放火之罪，处轻罪刑者，付六月以上二年以下监视。第四百八条。误失火烧毁人家屋财产者，处二元以上二十元以下罚金。第四百九条。用火药及其他暴烈物品，致煤气井、蒸气罐等破裂，毁坏人之家屋财产者，分别故意、过失，照放火、失火之例处断。第四百十条。

第八节　决水之罪　　决溃堤防又毁坏水闸,致人家漂失者,处无期徒刑。若空宅及其他建筑物漂失者,处重惩役。第四百十一条。决溃堤防、毁坏水闸,致田圃、矿坑、牧场等荒废者,处轻惩役。第四百十二条。欲损他人利益,图自己便宜,因决溃堤防、毁坏水闸及其他妨害水利者,处一月以上二年以下重禁锢,附加二元以上二十元以下罚金。第四百十三条。因过失致起水害者,照失火之例处断。第四百十四条。

第九节　覆没船舶之罪　　冲突载人船舶致令覆没者,处死刑;但船客无死亡者,则处无期徒刑。第四百十五条。冲突未载人之船舶,致令覆没者,处轻惩役。第四百十六条。

第十节　毁坏家屋物品及害动植物之罪　　坏人家屋及其他建造物者,处一月以上五年以下重禁锢,附加二元以上五十元以下罚金,因而致人死伤者,照殴打创伤各本条从重处断。第四百十七条。毁坏人家之墙壁及园池之装饰、田圃之樊围、牧场之栏栅等类者,处十一日以上三月以下重禁锢,又处二元以上二十元以下罚金。第四百十八条。毁损人之稼穑竹木及其他需用之植物者,处十一日以上六月以下重禁锢,又处三元以上三十元以下罚金。第四百十九条。毁损土地之经界标柱及移转之者,处一月以上六月以下重禁锢,附加二元以上二十元以下罚金。第四百二十条。毁弃人之器物者,处十一日以上六月以下重禁锢,又处三元以上三十元以下罚金。第四百二十一条。杀人之牛马者,处一月以上六月以下重禁锢,附加二元以上二十元以下罚金。第四百二十二条。杀前条所载以外家畜者,犬、猫、鸡、鸭之类,物较微细,故处刑亦轻。处二元以上二十元以下罚金。仍待被害者告诉,而后论罪。第四百二十三条。凡有关于权利义务证书类,谓如官吏之位记、军人之赏牌、医生之执照、商人之准牌之类，或关于名誉，或关于生业，是皆经官允许者。其他文书，若受人委托而付之权，经人延聘而理其事，此类皆是也。毁弃灭尽者，处二月以上四年以下重禁锢，附加三元以上三十元以下罚金。第四百二十四条。

第四编　违警之罪

犯左开诸件者，处三日以上十日以下拘留，又处一元以上一元九十五钱以下科料：一、不遵规则，于市街中运搬火药及其他暴裂物品者；二、不遵规则，贮藏火药及其他暴裂物品者；三、不经官许，制造烟火及私行贩卖者；四、人家稠密场所滥放烟火及其他玩弄火器者；五、建造蒸汽器械及其他烟通火灶修理扫除违背规则者；六、家屋墙壁坏损，经官勘督已，不平毁又不修理者；七、不经官许，擅解剖死尸者；八、知自有地内有死尸，不申告官司潜移他所者；九、殴打人不至创伤疾病者；殴打人至创伤疾病，具于殴打创伤律内。此专指街衢市肆，以薄物细故，偶生口角，致成殴打者。十、密自卖奸，又为其媒合者，凡娼妓注籍月给税金，是为官许，不在此限。十一、伏于潜空宅空屋者；十二、住居无定又无营生产业，而徘徊诸方者；十三、于官许墓地之外私行埋葬者；十四、欲曲庇违警罪而为伪证者。但被告人因伪证免刑，则从第二百十九条之例。第四百二十五条。谓照伪证罪本条科断也。犯左开诸件者，处二日以上五日以下拘留，又处五十钱以上一元五十钱以下科料：一、于人家近傍，又山林田野滥行放火者；二、值水火地震之灾，官吏令其协同防御，而傍观不理者；三、贩卖不熟之果物及腐败之饮食物者；四、违背保护健康规则及传染病预防规则者；五、于通行道路有危险之井沟及地凹等不为防围者；六、于路上嗾犬及其他兽类惊动行人者；七、家有发狂人，怠于看守，使徘徊路上者；八、有狂犬猛兽等，怠于系锁，致放出路上者；九、变死人谓溺死、压死、焚死及自行服毒之类。不受检视，滥自埋葬者;十、毁损墓碑及路上神佛又污渎者;十一、污损神祠、佛堂及其他公立之建造物者;十二、无端而骂詈嘲弄人者。但此项待人告诉,而后论罪。第四百二十六条。犯左开诸件者,处一日以上三日以下拘留,又处二十钱以上一元二十五钱以下科料:一、滥将车马疾驰,而妨害行人者;二、众人群集之地,牵行车马,不受制止者;三、夜间疾驰车马,不用灯火者;四、路中堆积木石等,不设防围,又不用标识,及怠于点灯者;五、投掷瓦砾于道路及家屋园囿者;六、路上弃掷禽兽死体又不除去者;七、于路上及家屋园囿中投掷污秽之物者;八、背违警察规则,为工商之业者;九、医师、稳婆无事故不应急病人招唤者;十、有人死亡,不申告于官而擅自埋葬者;十一、造为流言浮说以诳惑人者;十二、妄言吉凶祸福或为祈祷符咒等,以惑人图利者;十三、私有地外滥设家屋墙壁,又滥出轩楹者;十四、不经官许,于路傍河岸开设床店者;床店,谓于路旁支榻铺席以憩游人而图利者。十五、毁损道中标柱、街市常灯及厕场者;十六、道路桥梁及其他场所,有禁止通行或指示道路之道标等类,而毁损之者。第四百二十七条。竖木为标于人不能至之地,榜曰"禁止通行";或于歧路交互易于迷惑之处,指示方向之类,谓之指道标。

犯左开诸件者,处一日拘留,处十钱以上一元以下科料:一、所贩之物,经官署定有价值,而增价贩卖者;二、渡船桥梁等、经有定价、而私行加索,又故阻通行者;三、渡船桥梁,经有定价,不给值而径自通行者;四、于路上为商业,有如赌博之类者;五、不经官许,开剧场及其他观物场,违背规则者;六、毁损沟渠下水,虽受官署督促,而不浚沟渠者;七、路傍罗列食物及其他商品,不受制止者;八、不经官许,放兽类于官地,又牧畜者;九、身体刺文者及为刺文工业者;十、他人所系牛马兽类,而擅为解放者;十一、他人所系之舟筏,而擅为解放者。第四百二十八条。犯左开诸件者，处五钱以上五十钱以下科料：一、于桥梁堤闸保护水害之地而擅系舟筏者；二、横放牛马诸车，堆积木石薪炭，及其他物品于道路，有碍行人者；三、并牵车马有碍行人者；四、于水路连舟并行有害舟行者；五、投弃冰雪尘芥等于道路者；六、经官吏督促不肯扫除道路者；七、不受官吏制止游戏路上有碍行人者；八、牵牛马者不系绳而有碍行人者；九、于禁止出入之场而滥行出入者；十、犯禁止通行之标示而滥自通行者；十一、路上放歌高声不受制止者；十二、醉卧路上或喧噪者；十三、消灭路灯者；十四、贴纸于人家墙壁或妄书者；十五、毁损邸宅之号数标札招牌，及租屋卖屋之招帖，与其他报告标示等类者；十六、入他人田野园囿采食菜果及采折花卉者；十七、犯公园规则者；十八、乱行他人田园，又牵牛马入他人园圃者。第四百二十九条。前数条所载外，因各地方之便，别定有违警罪规则，犯者各从其罚则处断。第四百三十条。

卷三十二　学术志一

外史氏曰:余观周秦间,儒者动辄曰孔墨,曰儒墨。以昌黎大儒,推尊孟氏,谓不在禹下,而亦有孔必用墨,墨必用孔之言。窃意墨子之说,必有以鼓动天下之人使之尊信者。今观于泰西之教,而乃知之矣。余考泰西之学,其源盖出于墨子。其谓人人有自主权利,则墨子之尚同也;其谓爱汝邻如己,则墨子之兼爱也;其谓独尊上帝,保汝灵魂,则墨子之尊天明鬼也。至于机器之精,攻守之能,则墨子备攻备突、削鸢能飞之绪余也。而格致之学,无不引其端于《墨子·经》上下篇。当孟子时,天下之言半归于墨,而其教衍而为七,门人邓陵、禽猾之徒,且蔓延于天下。其入于泰西,源流虽不可考,而泰西之贤智推衍其说,至于今日而地球万国行墨之道者,十居其七。距之辟之于二千余岁之前,逮今而骎骎有东来之意。呜呼! 何其奇也。余足迹未至欧洲,又不通其语言文字,末由考其详。顾余闻东西之人盛称泰西者,莫不曰其国大政事、大征伐,皆举国会议、询谋佥同而后行;其荐贤授能,拜爵叙官,皆以公选;其君臣上下,无疾苦不达之隐,无壅遏不宣之情;其人皆乐善好施,若医院,若义学,若孤独园,林立于国中。其器用也,务以巧便胜;其学问也,实事求是,日进而不已。其君子小人,皆敬上帝,怵祸福;其法律,详而必行;其武备,修而不轻言战。余初不知其操何术致此,今而知为用墨之效也。

余读《墨子》诸篇,每引尧、舜、禹、汤之事以证其说。其说之善者,容亦有合于吾儒;而独其立教之要,旨专在于尚同、兼爱,则大异。彼谓等天下而同之,撤遂万物而利之。天下之人,喜人人得自伸其权,自谋其利,故便其说之行而乐趋之。交相爱则交相利,苟利于众则同力合作,故事易举;无所甚亲于父兄,无所甚厚于子孙,故推其爱于一国。而君臣上下,无甚差别,相维相系,而民气易固。学问则相长也,工巧则相示也,故互相观摩,互相竞争,而技艺日新。而又虑其以同神同无所统而易于争乱也,故称天以临之,使人人知所敬而不敢肆,由是而教诫修焉。明法以范之,立义以制之,使人人知所循而不敢逞;讲武以防之,使人人有所惮而不敢犯,由是而政令肃焉,由是而武备修焉。彼欲行其尚同、兼爱之说,而精详如此,行之者其效又如此,胥天下而靡然从之,固无足怪。然吾以为其流弊不可胜言也。推尚同之说,则谓君民同权、父子同权矣;推兼爱之说,则谓父母兄弟,同于路人矣。天下之不能无尊卑、无亲疏、无上下,天理之当然,人情之极则也。圣人者知其然,而序以别之,所以已乱也。今必欲强不可同、不能兼者,兼而同之,是启争召乱之道耳!幸而今日泰西各国,物力尚丰,民气尚朴,其人尚能自爱,又恃其法令之明,武备之修,犹足以维持不败。浸假而物力稍绌,民气日嚣,彼以无统一、无差等之民,各出其争权贪利之心,佐以斗狠好武之习,纷然其竞起,天之不畏,法之不修,义之不讲,卒之尚同而不能强同,兼爱而无所用爱,必推而至于极分裂、极残暴而后已。执尚同、兼爱以责人,必有欲行均贫富、均贵贱、均劳逸之说者。吾观欧罗巴诸国,不百年必大乱。当其乱,则视君如弈棋,视亲如赘疣。而每一交锋,蔓延数十年,伏尸百万,流血千里。

更有视人命如草菅者,岂人性殊哉? 亦其教有以使之然也。前夫今日,争乱之事,吾已见之矣。后乎今日无道以救之,吾未知其争乱之所底止也。然则韩子之用墨,举其善而言之也。孟子之辟墨,举其弊而言之也。日本之学术,先儒而后墨。余故总论其利弊如此,作《学术志》:一、汉学;二、西学;三、文字;四、学制。

汉　学

日本之习汉学,盖自应神时始。时阿直岐自百济来,帝使教太子菟道稚郎子以经典。十五年,又征博士王仁。帝谓阿直岐曰:"汝国有愈于汝者乎?"曰:"有王仁者,邦之秀也。"遂征王仁。仁始赍《论语》十卷、《千文》一卷而来。应神十五年,当晋武帝太康五年。考李暹《千文注》曰:"钟繇始作《千文》。"此盖钟氏《千文》也。至继体七年,百济又遣五经博士段扬尔。十年,复遣汉安茂。于是始传《五经》。据《日本记》,以《礼》、《乐》、《书》、《论语》、《孝经》为五经。继体七年,当梁天监十二年,是时始传《书》经。相传日本有《逸书》者,谬矣。日本于孝武、光武时,均通驿使。及魏并封王赐诏,而崇神时有任那国入贡,垂仁时有新罗王子归化,当时均不闻赍归汉籍,至君房所赍之书,更荒远不可考矣。欧阳公《日本刀歌》曰:"徐福行时书未焚,《逸书》百篇今尚存。令严不许传中国,举国无人识古文。"亦儒生好奇想象之辞耳。然汉籍初来时,仅令王子、大臣受学,第行于官府而已。及通使隋唐,典章日备,教化益隆。逮夫大宝,益崇斯文,自京师至于邦国,莫不有学。京师有大学,学有博士。国博士每国一人。学生大国五十人,上国四十人,中国三十人,下国二十人。自神龟以降,令博士兼三四国。学必藏经典,神护景云三年,太宰府言:"此府为天下一大都会,其学徒稍众,而府中惟蓄五经,未有三史正本。志在涉猎,道尚不广,伏请列代诸史各给一本,以兴学业。"诏赐《史记》、《汉书》、《后汉书》、《三国志》、《晋书》各一部。可知五经等籍,国学皆藏之也。才必为贡人,其教之之法,有《周易》、《尚书》、《周礼》、《仪礼》、《礼记》、《毛诗》、《春秋左氏传》之七经,七经皆立之学官,《易》立郑康成、王弼注,《书》立孔安国、郑康成注,三《礼》、《毛诗》立郑康成注,《左传》立服虔、杜预注。《礼记》、《左传》为大经,《毛诗》、《周礼》、《仪礼》为中经,《周易》、《尚书》为小经。而《孝经》、《论语》则令学者兼习。《孝经》立孔安国、郑康成注,《论语》立郑康成、何晏注。宝字元年,特敕令天下,家藏《孝经》一本,若有不孝不顺者,配诸陆奥、出羽。贞观二年,敕《孝经》用明皇御注。敕曰:"大唐开元十年,撰御注《孝经》,作新疏三卷。考世传郑注,比之他经,义理殊非。又稽之郑《志》,康成不注《孝经》,安国之本,梁乱而亡。今之所传,出自刘炫,事义纷荟,诵习尤难,故元宗为之训注,冀阐微言,乃敕学士金议可否。硕德儒林,咸共嗟伏,应自今立诸学官。"考日本唯《公》、《榖》二传不列于学,后有遣唐使直讲博士伊与部家守传二传以归,于是家守初讲三传,然未建以为例。延历十七年,式部省奏:"窃检唐令《易》、《书》、《诗》、三《礼》、三《传》各为一经,今请以二《传》准小经,永听教授。"诏允之。此外有算学,以《孙子》、《五曹》、《九章》、《海岛》、《六章》、《缀术》、《三开重差》、《周髀》、《九司》各为一经。有书学,以巧秀为宗,不讲字体。有律学,有音学,日本之传汉籍,有汉音,有吴音。汉音盖王、段博士之所授者;吴音则传于百济,尼法明初来对马,以吴音诵经,故吴音又呼为对马读。有唐人袁晋卿者,于天平七年从遣唐使来归,通《尔雅》、《文选》音,因授大学音博士。延历十年,诏令明经之徒习音。十七年,又诏诸读书一用汉音,勿用吴音。有天文、阴阳、历、医等学。其养之之法,于大学置劝学田数百町,以资费用;于大炊寮每日给百度饭一石五斗,以赏其劳。其取之之法,有秀才、明经、进士、明法、书算。其大学生取五位以上子孙及东西史部,谓汉直、河内、文首各姓之类。汉直之先为阿知使主,文首之先为王仁,皆出刘汉之后,累世继业,或为史官,或为博士,因赐之姓,总谓之史部。史部所居在帝城左右，故曰东西。以补于式部。国学生取郡司子弟，以补于国司。国司既试，则随朝集使造于官，至则引见于办官，并付式部试而得第。而朝廷之上自帝王，以至公卿，皆喜为诗文，以相提倡。文武帝尝谒学行释奠礼，清和帝并诏修释奠式，则叙官于五畿七道，以示尊崇圣教之意。大学、国学，皆以岁时祀先圣孔子，初称孔宣父，神护景云二年亦谥曰文宣王。大学配以先师，为颜渊；从祀者九座，则闵子骞、冉伯牛、仲弓、冉有、季路、宰我、子贡、子游、子夏也。国学专祀先圣、先师，惟太宰府学三座，为先圣、先师、闵子骞。所有典章制度，一仿唐制。而遣唐学生所得学术归，辄以教人，以故人才蔚起。延喜天历之间，彬彬乎称极盛焉。王纲解纽，学校渐废。及保元以降，区宇云扰，士大夫皆从事金革。源、平迭起，互争雄霸，一切以武断为治，无暇文字；惟足利氏尝建一校，汇藏古书而已。世所谓足利学校是也。尔时惟缁流略习之字，国家有典章词令，皆命僧徒充其役。斯文一线之传，仅赖浮屠氏得不坠地者三百余年。逮德川氏兴，投戈讲艺，专欲以诗书之泽销兵革之气，于是崇儒重道，首拔林忠于布衣，命之起朝仪，定律令，忠出藤原肃之门，时尚未有讲宋学者。忠年十八，遂聚徒讲朱注于西京，博士舟桥秀贤曰："自古无敕许不得讲书，朝绅犹然，况处士抗颜讲新说乎！"议欲逐之。家康闻之，曰："林某可谓特达之识。"遂召见，被宠遇。俾世司学事，为国祭酒。及其孙信笃，遂变僧服，种发，称大学头，而儒教日尊。先是，文艺之事一归于僧徒，藤原肃始倡程朱学，然初亦为僧。及林信胜出，有僧人知其聪颖，强其父命之剃度，信胜坚执不可。德川氏既定国，儒者乃别立名目，然犹指为制外之徒，秃其颅，不列于士林。信笃慨然以谓"儒之道即人之道，人之外非有儒之道，而斥为制外，可谓敝俗"。乃请于德川常宪，始许种发。此元禄四年正月十四日事也。幕府既崇儒术，首建先圣祠于江户。德川常宪自书"大成殿"字于上，鸟革翚飞,轮奂俱美。诸藩闻风仿效,各建学校。由是人人知儒术之贵,争自濯磨。文治之隆,远越前古。

自藤原肃始为程朱学,肃,字敛夫,号惺窝,播磨人。初削发入释,后归于儒。时海内丧乱,日寻干戈,文教扫地,而惺窝独唱道学之说。先是,讲宋学者,以僧元惠为始,而其学不振。自惺窝惠奉朱说,林罗山、那波活所皆出其门,于是乎朱学大兴。物茂卿曰:"昔在邃古,吾东方之国,泯泯乎罔知觉,有王仁氏而后民始识字;有黄备氏而后经艺始传;有菅原氏而后文史可诵;有惺窝氏而后人人知称天语圣。四君子者,虽世尸祝乎学宫可也。师其说者凡百五十人,尤著者曰林信胜、一名忠,字子信,号罗山,西京人。林春胜、一名恕,字之道,号鹅峰,信胜子。林信笃、一名戆,字直民,号凤冈,春胜子。林衡、字德铨,号述斋,本岩村城主,嗣林氏,为信胜八世孙。木下贞干、字直夫,号锦里,西京人。新井君美、字在中,号白石,江户人。室直清、字师礼,号鸠巢,江户人。柴野邦彦、字彦辅,号栗山,赞岐人。那波觚、字道圆,号活所,播磨人。山崎嘉、字敬义,号闇斋,西京人。浅见安正、字纲斋,近江人。德川光国、字子龙,号常山,水户藩主。安积觉、字子光,号澹泊斋,世仕水户藩。贝原笃信、字子诚,号益轩,世仕筑前藩。中井积善、字子庆,号竹山,大坂人。佐藤坦、字大道,号唯一斋,江户人。尾藤孝肇、字志尹,号二洲,伊豫人。古贺朴、字纯风,号精里,世仕佐贺藩。古贺煜、号侗庵、朴子。赖襄、字子成,号山阳外史,安艺人。

为阳明之学者凡六人:中江原为之首,原字惟命,号藤树,近江人。年甫十一,一日读《大学》,至"壹是皆以修身为本",慨然曰:"圣人岂不可学而至乎!"初治程朱学,既而喜阳明王氏之说,教诲弟子,以勿泥格套去胶柱之见以体认本心。又以《孝经》为标旨,揭出爱、敬二字。藤树为人温厚,无贤愚皆服其德。尝遇盗,告以姓名,贼皆投刀罗拜。又之京师道中,与舆夫说心学,舆夫感动流涕。一时称为近江圣人。其徒之善者曰熊泽伯继,字子介,号蕃山,西京人。又有伊藤维桢,字原佐,号仁斋,西京人。初潜心宋学,既而有疑,乃参伍出入,沉思有年,恍然曰:"《大学》之书,非孔氏之遗书。凡明镜止水,冲漠无朕,虚灵不昧,以及体用、理气诸说,皆佛老绪余,非圣人意也。其学专以《论语》为主,《孟子》次之。平居教学者,以明道术、达治体,乃为有用之材,而以流于记诵、骛于空文为戒。广开门户,来者辐辏。信者以为间世伟人,疑者以为陆王余说。仁斋处乎其间,是非毁誉,怡然不问,专以继往开来为任。不甚喜宋儒,而讲学自树一帜。其徒七十人,尤者曰伊藤长允。字元藏,号东涯,维桢子。物茂卿之学,荻生氏,名双松,以字行,号徂徕,又号萱园,江户人。其先有仕南朝为物部者,以官为族,称物部氏,或单称物氏。初,伊藤仁斋倡古学于平安,徂徕乃著《萱园随笔》,以距古学。既而读明人李、王之书,有所感发,以古文辞为古经阶梯,创立一家言,自称复古学,曰:"古言不与今言同。遍采秦汉以上古言,玩味六经,则宋儒之妄,章章乎明矣。"又曰:"道者,文章而已。六经亦此物,舍此而他求,后儒所以不知道也。"又曰:"孔子之道,先王之道也。其教则《诗》、《书》、《礼》、《乐》四术。自子思、孟子与诸子争,乃降为儒家者流矣。"其教人读书,六经之外,专以《史》、《汉》。谓其言近古,易以识古人之意。其诗文专宗李、王,以步趋盛唐,视宋元人文不啻如仇雠也。所著有《论语征》、《辨道》、《辨名》等书,大詈宋儒,并及思、孟。其门人安藤东野、山县周南之辈,从而鼓荡之,声号藉甚,震撼一世。尝题孔子像赞,自称曰:"日本国夷人物茂卿拜手稽首"云。由《史》、《汉》以上求经典,学识颇富。近伊藤而指斥宋儒空谈则过之。门徒六十四人,尤者曰太宰纯、字德夫,号春台,信浓人。服部元乔、字子迁,号南郭,西京人。龟井鲁、字道载,号南溟,筑前人。帆足万里、字鹏卿,号愚亭,世仕日出城主。

更有古学家,专治汉唐注疏,共六十人,尤者曰细井德民、字世馨,号平洲,尾张人。猪饲彦博、字希文,号敬所,西京人。中井积德、字处寂,号履轩,大坂人。藤田一正、字子定,号幽谷,水户人。藤田彪、字斌卿,号东湖,一正子。会泽安、字伯民,号正志斋,水户人。松崎复、字明复,号慊堂,肥后人。安井衡、字仲平,号息轩,世仕饫肥城主。盐谷世宏。字毅侯,号岩阴,江户人。

此外则为史学者,有源光国、著《大日本史》。赖襄、著《日本政记》、《日本外史》。岩垣松苗。著《国史略》。

为古文之学者,有物茂卿、赖襄、盐谷世宏、安井衡、斋藤谦、字有终,号北堂,伊势人。古贺朴,皆卓然能成一家言。

余外则林孺、字长孺,号鹤梁,江户人。柴野邦彦、藤孝肇、室直清、太宰纯、服部元乔、山县孝孺、字次公,号周南,长门人。中井积善、中井积德、木下贞干、新井君美、安藤焕图、字东壁,号东野,野州人。佐藤坦、安积信、字思顺,号艮斋,陆奥人。柴野允升、字应登,号碧海,邦彦子。古贺煜、藤田彪、伊藤维桢、伊藤长允、中江原、松永遐年、字昌三,号尺五堂,西京人。熊泽伯继、安积觉、山崎嘉、汤浅元桢、字之祥,号常山,备前人。皆川愿、字伯恭,号淇园,西京人。赖惟宽、字千秋,号春水,襄父。贝原笃信、龟井鲁、千叶元之、字子元,号芸阁,西京人。龙公美、字君玉,号草庐,山城人。细井德民、斋藤馨、字子德,号竹堂,仙台人。长野确、字孟确,号丰山,伊豫人。藤森大雅、字纯风,号宏庵,江户人。藤泽辅、字元发,赞岐人。广濑谦、字吉甫,号旭庄,丰后人。筱崎弸、字承弸,号小竹,浪华人。坂井华、字公实,号虎山,安艺人。野田逸、字子明,号笛浦,丹后人。青山延于、字子世,号拙斋,水户人。青山延光、字伯卿,号佩弦斋,延于子。中村和、水户人。贯名苞、字君茂,号海屋,阿波人。摩岛宏、字子毅,号松南,西京人。松崎复、太田元贞、字公干,号锦城,加贺人。太田墩、字叔复,号晴轩,元贞子。朝川鼎、字五鼎,号善庵,江户人。龟田兴、字公龙,号鹏斋,上野人。山本信有、字喜六,号北山,江户人。秦鼎、字士铉,号沧浪,尾张人。春田嚣、字九泉,号直庵。苏我章、字子明，号耐轩，江户人。大桥顺、字顺藏，号讷庵，江户人，佐久间启。字子明，号象山，信浓人。

　　为诗词之学者，有新井君美、著有《白石诗稿》。梁田邦美、字景鸾，号蜕岩，江户人，有《蜕岩文集》。祇园瑜、字伯玉，号南海，纪伊人，有《南海集》。秋山仪、字子羽，号玉山，丰后人，有《玉山诗集》、《玉山遗稿》。菅晋师、字礼卿，号茶山，备后人，有《黄叶夕阳村舍诗稿》。赖惟柔、字千祺，号杏坪，安艺人。广濑建、字子基，号淡窗，丰后人。赖襄、梁孟纬、字公图，号星岩，美浓人，有《星岩集》。市河子静、号宽斋，上毛人。大洼天民、号诗佛，有《诗圣堂集》。柏木昶、字永日，号如亭，信浓人，有《晚晴堂集》。菊池五山。有《五山堂诗话》。

　　著述之富，汗牛充栋，不可胜数。今特取其说经之书，备志于后。

　　三百年来，国家太平，优游无事，士夫每立一义，创一说，则别树一帜。如宋明人聚徒讲学之风，为之党徒者若蚁慕膻，以千百计。及其党羽已盛，名望已成，则王公贵人，列藩侯伯，争贽束帛，馈兼金，或自称门下，或冀得其尺牍手书以为荣。其上者，拔之草茅，命参机密；其次者，广借声誉，亦得温饱。而此徒彼党，往往负气不相下，各著书说，昌言排击，即共居一门，亦有同室操戈，兄弟阋墙，以相狙侮者。甚则师弟之间，反颜相向，或隙末而削籍，或师死而背去，又比比然也。既各持其说，无以相胜，则曲托贾竖，邮呈诗文于中国士大夫，得其一语褒奖，乃夸示同人，荣于华衮。而朝鲜信使，偶一来聘，又东西奔走，求一接（馨）〔謦〕，以证其所学之精。其骛声气，好排挤，日本之习汉学，其弊有如此者。惟是将军专政，历数百载，举国士夫不复知有名义。自德川氏好文尚学，亲藩德川光国著《大日本史》，隐然寓斥武门、崇王室之意。其后高山彦九郎、蒲生君平、赖襄,概以此意著书立说,子孙徒党,继续而起。浸淫渐积,民益知义。逮外舶事起,始主攘夷,继主尊王以攘夷,始主尊王,皆假借《春秋》论旨,以成明治中兴之功,斯亦崇汉学之效也。

维新以来,广事外交,日重西法,于是又斥汉学为无用,有昌言废之者。虽当路诸公知其不可,而汉学之士多潦倒摈弃,卒不得志。明治十二三年,西说益盛,朝廷又念汉学有益于世道,有益于风俗,于时有倡斯文会者,专以崇汉学为主,开会之日,亲王大臣咸与其席,来会者凡数千人云。

经说书目

《读书私记》一卷,《读易图例》一卷,《周易义例卦变考》一卷,《周易经翼通解》十八卷,《复性辨》一卷,《辨疑录》四卷,《圣语述》一卷,《读易图例》一卷,《论孟古义标注》四卷,《中庸发挥标释》二卷,《大学定本释义》一卷,《语孟字义标注》二卷,《周易传义考异》九卷,《四书集注标注》六卷,《春秋胡氏传辨疑》二卷,《经说》二卷,《经学文衡》三卷,《诗经说约》二十八卷,《诗经正文》二卷,《大禹谟辨》一卷,伊藤长允著。《较定孝经》一卷,《经义撷说》一卷,《经义撷说绪余》四卷,《古文尚书考》十卷,《中庸辨》一卷,《经说》十卷,《大学弁》二卷,《论语正义》无卷数,《孝经集览》二卷,《经义书》一卷,《古文尚书勤王师》三卷,《春秋孔志》一卷,《李鼎祚易解义疏》十八卷,《三礼古器考》三卷,《论语说》五卷,《易象义解》五卷,《书丛》十卷,《尚书勤王师》无卷数,《学庸正义》无卷数,山本信有著。《四书钞说》十二卷,《周易程传钞说》四卷,《孝经示蒙句解》一卷,《四书示蒙句解》二十八卷,《诗经示蒙句解》十八卷,《小学示蒙句解》十卷,《笔记周易本义》十六卷,《笔记易学启蒙》四卷,《笔记读易要领》四卷,《笔记书经集传》十二卷,《笔记诗经集传》十六卷,《笔记春秋胡传》四卷,《笔记礼记集说》十五卷,《笔记大学或问》一卷,《易学启蒙翼传》一卷,《家礼训蒙疏》五卷,《孝经集解》一卷,中村钦著。《大学略钞》一卷,《大学要旨》一卷,《四书五经要语钞》三卷,《论语摘语》一卷,《大学钞》一卷,《论语解》无卷数,自"学而"至"里仁"。《大学解》二卷,《中庸解》三卷,《春秋劈头论》一卷,《四书集注》十卷,《周礼》三卷,《仪礼》三卷,《孝经》一卷,《孟子养气知言解》一卷,《周易手记》六卷,《四书集注钞》三十卷,《七书讲义私考》八卷,《三礼谚解》二卷,林信胜著。《古文孝经标注》一卷,《古文孝经参疏》三卷,《大学古义》一卷,《中庸古义》一卷,《大学解废疾》、《中庸解废疾》、《古文尚书考疑》、《尚书类考》、《左氏独得》、《论语征膏肓》、《孟子说》均无卷数,《合刻四书》四卷,《论语正文》二卷,《孟子正文》七卷,《毛诗正文》三卷,《古文尚书正文》二卷,《礼记正文》五卷,片山世璠著。《四书序考》四卷,《大学启蒙集》七卷,《孟子要略》四卷,《朱易衍义》三卷,《小学蒙养集》三卷,《孝经外传》一卷,《孝经详略》二卷,《孝经刊误附考》一卷,《四书点》十四卷,《孝经点》一卷,《小学点》一卷,《五经点》十一卷,《周易本义》十卷,《易学启蒙》二卷,《论孟精义》二十八卷,《洪范全书》六卷,山崎嘉著。《古易断》十卷,《古易时言》四卷,《古易精义》一卷,《古易一家言》一卷,《古易一家言补》一卷,《古易通》无卷数,《周易精蕴》无卷数,《易学类编》三卷,《易学小筌》一卷,《梅花心易评注》一卷,《古文孝经发》三卷,《书经通考》、《国字笺左国易说》、《论语汇考》、《诗经解广》、《易学必读》均无卷数。新井祐登著。《周易本义首书》七卷,《周易私考》十三卷,《孟子谚解》三十三卷,《论语谚解》三十一卷,《易启蒙私考》四卷,《大学谚解》一卷,《诗经私考》、《书经私考》、《春秋私考》、《礼记私考》、《周易私考》、《周易程传考》、《周易程传翼》、《周易新见》均无卷数。林春胜著。《周易绎解》十卷,《易原》二卷,《蓍卜考误弁正》一卷,《书经绎解》六卷,《诗经绎解》十五卷,《诗经助字法》二卷,《左传助字法》三卷,《仪礼绎解》八卷,《大学绎解》一卷,《中庸绎解》一卷,《论语绎解》十卷,《孟子绎解》十四卷,《易学开物》无卷数,皆川愿著。《论语古训外传》二十卷,《诗书古传》三十四卷,《朱氏诗传膏肓》二卷,《周易反正》十二卷,《易道拨乱》一卷,《古文孝经孔安国传》一卷,《古文孝经正文》一卷,《论语古训》十卷,《易占要略》一卷,《春秋三家异同》、《春秋拟释例》、《六经略说》、《春秋历》均无卷数,太宰纯著。《冢注孝经》一卷,《孝经和字训》一卷,《冢注论语》十卷,《论经群疑考》十卷,《冢注家语》十卷,《冢注诗经》五卷,《冢注尚书》六卷,《冢注六记》六卷,《孟子断》二卷,《国语增注》六卷,《大学国字解》一卷,《中庸国字解》一卷,冢田虎著。《尚书证》一卷,《孝经证》五卷,《中庸证》六卷,《论语证》四卷,《诗经证》三卷,《易学简理证》、《论语人物证》、《尚书人物证》、《诗经人物证》、《九经释例》、《麟经探概》、《尔雅证》均无卷数,高桥女冈慎著。《系辞详说》三卷,《三论异同》一卷,《论语大疏》二十卷,《大学考》二卷,《易解》无卷数,《壁经辨正》十二卷,《论语作者考》一卷,《论语名义考》一卷,《中庸说》二卷,《中庸考》二卷,《九经谈》十卷。大田元贞著。《五经图解》十二卷,《书经天度辨》四卷,《书经天文图说》二卷,《周易指掌大成》无卷数,《周易一生记》五卷,《周易日用掌中指南》一名《本卦指南》。五卷,《梅花心易掌中指南》五卷,《八卦掌中指南》四卷,《易学启蒙图说》一卷,《断易指南》一名

《初字掷钱钞》。十卷，马场信武著。《易术梦断》一卷，《易术传》十卷，《周易解》五卷，《易林图解》二卷，《左传占例考》一卷，《易术明画》二卷，《易术便蒙》一卷，《易术手引草》一卷，《易术妙镜》一卷，片冈基成著。《易述》、《书经述》、《诗经述》、《二礼述》、《春秋述》、《孝经述》、《论语述》、《家语述》、《礼记述》均无卷数，赤松弘著。《论语征余言》、《周易约说》、《周易古断系辞传辨解》、《书经考》、《诗经考》、《左传考》、《国语考》均无卷数，户崎哲著。《周易说》、《尚书说》、《毛诗说》、《春秋说》、《礼记说》、《孝经说》、《论语说》、《毛诗品物考》均无卷数，古屋鼎著。《孝经集说》一卷，《大学古义》一卷，《易学弁疑》一卷，《经义折衷》一卷，《经义绪言》一卷，《论语集说》、《三礼断左氏传笺说》一卷，井上立元著。《论语新注》四卷，《论语攎》一卷，《论语会意》一卷，《礼记说约》十五卷，《礼记节注》六卷，《孝经余论》一卷，《诗镱》无卷数，丰岛干著。《大学小解》一卷，《中庸小解》二卷，《论语小解》七卷，《孟子小解》七卷，《孝经小解》二卷，《易经小解附卦原》七卷，《大学或问》一号《经济弁》。二卷，《孝经外传或问》二卷，熊泽伯继著。《四书之部》十卷，《四书之序》一卷，《孝经之部》一卷，《小学之部》五卷，《诗经之部》八卷，《经典余师六经用字例》无卷数，溪世尊著。《孝经启蒙》一卷，《大学启蒙》一卷，《大学解》一卷，《大学考》一卷，《中庸解》一卷，《论语解》一卷，《乡党篇翼传》三卷，中江原著。《大学定本》一卷，《中庸发挥》一卷，《论语古义》十卷，《孟子古义》七卷，《论语字义》二卷，《周易乾坤古义》一卷，《春秋经传通解》二卷，伊藤维桢著。《卜易通商考》一卷，《增补周易通商考》一卷，《周易卦爻象解》二十卷，《周易风俗通》一卷，《周易象解》一卷，《易林独步》无卷数，吉川祐三著。《辨大学非孔书弁》一卷，《批大学弁断》

一卷,《大戴礼记》三卷,《诗薮》十卷,《小学讲义》六卷,《丧礼小记》一卷,浅见安正著。《四书俚谚钞》十卷,《四书集注俚谚钞》五十卷,《孟子井田弁》一卷,《孝经增补首书》二卷,《孝经评略大全》四卷,《易学启蒙合解评林》七卷,毛利瑚珀著。《大学解》二卷,《中庸解》二卷,《论语征》十卷,《论语弁书》四卷,《辨道》一卷,《辨名》一卷,萩生双松著。《诗经国字解》十卷,《诗经古注标注》二十卷,《古文尚书标注》十三卷,《左传纂疏》六十卷,《左传鲁历考》一卷,宇野成之著。《易学通解》二卷,《易学时考指南》二卷,《易学卦象自在》三卷,《易学余考》一卷,《岁卦断》一卷,井田龟学著。《周易郑氏注》三卷,《易乾凿度》二卷,《尚书大传》五卷,《仪礼逸经传》一卷,《订正尔雅》十卷,木村孔恭著。《三礼口诀》二卷,《四书集注》十卷,《五经》十一卷,《小学句读》四卷,《孝经大义》一卷,贝原笃信著。《诗经大训》、《诗经小训》、《诗经夷考》、《毛郑异同考》均无卷数,《诗经古传》五卷,细井德民著。《鲁论愚得解》一卷,《洪范筮法》一卷,《读易杂钞》四卷,《书十一篇傍训》一卷,《入易门庭》一卷,萩生道济著。《周易解》十卷,《书经二典解》二卷,《诗经毛传补义》十卷,《孟子解》七卷,《左传觿》十卷,冈龙白驹著。《读易要领》无卷数,《读诗要领》一卷,《孟子考证》一卷,《大学衍义考证》十卷,中村明远著。《周易讲义》、《四书讲义》均无卷数,《周易新疏》十卷,《大学新疏》二卷,《中庸新疏》二卷,室直清著。《平氏春秋》二卷,《读论语》十卷,《大学考》十卷,《易筮探赜》一卷,《孝经考》一卷,诸葛氏著。《大学考》、《中庸古注》、《书今文定本》、《春秋三传比考》、《小尔雅》均无卷数,南宫岳著。《五经集注首书》五十七卷,《小学集说钞》六卷,《春秋胡传集解》三十卷,《四书事文实录》十四卷,松永遐年著。《经学要字笺》三卷,《四书国字解》、

《五经国字解》均无卷数，穗积次贯著。《大学证》、《大学考证》、《四书考证》均无卷数，星野璞著。《增注大学》一卷，《增注中庸》一卷，《国语订字》一卷，冈岛顺著。《毛诗征》一卷，《论语译》、《论语阙》无卷数，龙公美著。《学庸解》一卷，《论孟解》、《至诚一贯之图》均无卷数，手岛信著。《四书便讲》六卷，《大学全蒙释言》一卷，《孟子尽心口义》一卷，佐藤直方著。《易手记》二卷，《尧典和释》一卷，《古本大学校》一卷，三轮希贤著。《论语室》二卷，《论语堂》五卷，《孟子选》二卷，河合元著。《论语何晏集解》植字本菅氏，古钞本。二卷，《论语集解考异》四卷，《经籍通考》无卷数，吉田坦著。《诗经古注》二十卷，《左传异名考》一卷，《周易古注校》十卷，井上通熙著。《左传音释》一卷，《四书集注点》十卷，《五经》十一卷，后藤世钧著。《周易音义》一卷，《尚书音义》一卷，《国语略说》四卷，陶修龄著。《大学诸注集览》四卷，《中庸诸注集览》四卷，《论语朱氏新注正误》十卷，铃木行义著。《左传白文校》七卷，《仪礼图钞》无卷数，服部元乔著。《四书大全》二十三卷，《四书存疑点》十五卷，鹈饲信之著。《四书句读大全》二十卷，《七书谚解》三十八卷，山鹿义臣著。《大学明德之图》一卷，《四书详论》无卷数，山冈元邻著。《春秋七草》一卷，《左传名物解》无卷数，后藤光生著。《诗经名物辨解》七卷，《周易本义国字解》五卷，江村如圭著。《诗经图》一卷，《经说》无卷数，新井君美著。《易学启蒙谚解》七卷，《书言俗解》六卷，榊原立辅著。《孝经古点》、《大学古点》无卷数，久川资衡著。《韩文公论语笔解考》二卷，《论语征正文》一卷，伊东龟年著。《论语说薮》、《经论珠玑》无卷数，入江平马著。《郑注孝经》一卷，《孝经引证》一卷，冈田挺之著。《论语撮解》一卷，《大学私衡》一卷，龟田屿著。《鳌头四书集注》十卷，《小学详解》十四卷，宇都宫的著。《论语考》六卷,《左传考》三卷,宇野鼎著。《左传辑释》二十二卷,《论语集说》六卷,安井衡著。《四书通辨》八卷,伊藤元基著。《诗经小识》五卷,稻生宣义著。《大学养老编》三卷,入江忠囿著。《诗经古义》无卷数,西湖小角著。《虞书历象俗解》二卷,西川忠英著。《七经孟子考文补遗》三十一卷,山井鼎著,荻生观补遗。鼎字君彝。观字叔达,茂卿之弟,故又自称物氏。日本上毛有参议小野篁遗址,足利氏兴,因其地建学校,颇藏古书。鼎偕其友根逊志往探,获《七经孟子》古本,盖唐时所赍来者,又获宋本《五经正义》,遂作考文,物茂卿为之序。享保中,官命观等搜集诸本,为之补遗。此书已录《四库书目》,故特详之。《四书唐音弁》二卷,冈岛明敬著。《通俗四书注音考》一卷,那波方后著。《春秋传校正》三十卷,那波师曾著。《易林集注钞》二十四卷,名古屋元医著。《礼记王制地理图说》一卷,长久元珠著。《三礼仪略》四卷,村土宗章著。《五经旁训》十四卷,清田绘著。《古文孝经国字解》一卷,宫濑维干著。《五经童子问》无卷数,人见壹著。《书反正》一卷,伊藤长坚著。《孝经斋氏传》二卷,斋宫必简著。《春秋纪要》无卷数,冈崎信好著。《四书大全头书》二十二卷,藤原肃著。《孝经翼》一卷,中村和著。

外史氏曰:日本之习汉学,萌于魏,盛于唐,中衰于宋元,复起于明季,迨乎近日,几废而又将兴。盖自王、段博士接踵而来,于是有《论语》、《五经》,而人始识字。隋唐遣使,冠盖相望,于是习文章辞赋,而君臣上下始重文。惟中间佛教盛行,武门迭起,士夫从事金革,不知有儒,汉学一线之延,仅赖浮屠氏得以不坠。而迨德川氏兴,投戈讲艺,藤、林诸人,卓然崛起,于是有为程朱学者,有为陆王学者,有为韩柳之文、王李之诗者,益彬彬称极盛焉。夫日本之传汉学也,如此其久,其习汉学也,如此其盛。而今日顾几几欲废之,则以所得者不过无用之汉学,刍狗焉耳,糟粕焉耳。于先王经世之本，圣人修身之要，未尝用之，亦未尝习之也。自唐以来，惟习诗文，自明以来，兼及语录。夫辞章之末艺，心性之空谈，皆儒者末流之失，其去道本不可以道里计；而日本之学者，乃惟此是求。千余年来，岂谓无一人焉！欲举修齐治平之道见之施行者，而以武门窃权，仕者世禄之故，朝廷终不能起儒者于草莽，破格而用之。儒者自知其无用，亦惟穷而在下者，区区掇拾而逐其末。举国之人以读书者少，群奉为难能可贵；而儒者以少为贵，遂益高自位置，峻立崖岸，谢谢然夸异于人，曰吾通汉学。而究其拘迂泥古，浮华鲜实，卒归于空谈无补。有识之士固既心焉鄙之。一旦有事，终不能驱此辈清流，使之诵经以避贼，执笔以却敌。复见夫西人之枪炮如此，轮船如此，闻其国富强又如此，则益以汉学者流为支离无足用，于是有废之之心。其几废也，夫亦彼习汉学者有以招之也。虽然，坐井观天曰天小者，非天小也。彼徒见日本之学者，亦遂疑汉学不过尔尔。至使狂吠之士，诋諆狎侮，以儒为戏，甚且以仁义道德为迂阔，以尧、舜、孔、孟为狭隘，而《孝经》、《论语》举束高阁。其见小不足与较，吾哀夫功利浮诈之习，中于人心，未知迁流所至也。且即以日本汉学论，亦未尝无用也。今朝野上下通行之文，何一非汉字？其平假名、片假名，何一不自汉文来？传之千余年，行之通国，既如布帛菽粟之不可一日离，即使深恶痛绝，固万万无废理。况又辞章之末艺，心性之空谈，在汉学固属无用，而日本学者，正赖习辞章、讲心性之故，耳濡目染，得知大义。尊王攘夷之论起，天下之士一倡百和，卒以成明治中兴之功，则已明明收汉学之效矣，安在其无用也耶？此其事，当路诸公宜若未忘，吾是以知汉学之必将再兴也。方今西学盛行，然不通汉学者，至不能译其文。年来都鄙诸黉，争聘汉学者为之师，而文人学士，亦不如前此无进身之阶，汉学之兴,不指日可待乎? 吾愿日本之治汉学者,益骛其远大者,以待时用可也。

西　学

西学之滥觞,盖始于宝永年间。德川将军家宣云,自耶苏教作乱于天草,设为厉禁,教士悉加驱逐,西书概行涂抹。及是有罗马教士若望至,幕府命新井君美就询海外事。君美始著《采览异言》一书。宝永戊子,洋舶来萨州,载教士一人,置之夜久岛而去。既而,出乞食,土人捕得,送之长崎,寻送到官,有司历问海商和兰以为罗马国人也。时家宣为储副,以问君美。君美答曰:"彼来求我,苟不通言语,何以达其志? 然彼亦人耳,岂同鸟语兽言,莫能悉其意也。"家宣既嗣位,遂命送致江户,使君美按验之。君美就之咨诹方俗。其人出怀中小册,检阅以答,盖西人所译日本方言也。久而益熟日本语。君美于是笔其所述,作《采览异言》,即西学之始也。君美又著有《西洋图说》、《西洋纪闻》、《西学推问》、《西学考略》、《和兰纪事》、《阿兰陀风土记》诸书。既而和兰船主至,君美复奉命私问之。嗣后船主间岁一人觐,君美辄就问,沿为例,复续为后语,世始知有和兰学。寻命医官桂川甫筑、儒官青木文藏、长崎人西川如见等,从兰人习其语言,或医术、历算等学,而前野良泽、杉田元白等诸子,各研究其术,由是西学渐行于世。自君美始倡和兰学,然以和兰字蚊脚蟹行,未易通解。文藏以为其说必有可取,特往长崎,质译者,习其书,始得蕃薯,请于官,种之各岛。民感其惠,称曰甘薯先生。文藏又习种痘方,所著有《和兰文字略考》三卷、《和兰话译》二卷。前野、杉田皆习兰医。前野氏所著有《和兰译文略》、《兰译筌》、《兰语随笔》。杉田氏所著有《解体约图》、《解体新书》行于世。有小石元俊者叹其精绝,特从前野、杉田讨论兰学。名医山胁东洋素疑兰医,论脏腑与汉说异。召元俊,使弟子数十人论难。元俊依问辨析,竟乞于官,解部刑余尸以征之,自脏腑位置,形状及骨节微细之处,一如兰医所说。于是东洋及弟子乃服。关以西据兰说以解尸,以是为始。其后西京、大阪兰学之行,则元俊首倡之也。大槻元泽《六物新志》曰"和兰学一途草创于新井白石,中兴于青木文藏,休明于前野兰化,隆盛于杉田鹬斋。近世以兰学著者,实渊源于四先生"云。大槻氏亦精兰学,所著有《兰学阶梯》、《泰西医说》、《兰说夜话》、《兰译要诀》、《环海异闻》、《泰西新话》诸书。延享元年,将军吉宗始建天文台于江户,神田又制简天仪,后迭经废置,更于浅草建二台,九段坂建一台。凡历算推步之事,悉命司掌。处士若间长涯、麻田刚立辈亦颇习西术,故当时遂采西法以改历焉。外舶迭来,海疆多事,当路者皆以知彼国情、取彼长技为当务之急。文化八年,始置翻译局于浅草,天文台中特举兰学者数名专译和兰文书,称为蕃书和解方。安政三年丙辰,又改称翻译局为蕃书调所,更于翻译之外讲授兰书。幕府寻谕:凡士人愿入学者听;又谕诸藩士有愿入学者亦听。未几,英吉利、法兰西、普鲁士、鲁西亚诸书,并令讲授,渐次设置化学、物产学、数学等三科。又命编纂英和对译书。文久二年壬戌,又改为洋书调所。六月,遣教授手传津、田真一郎、西周助于和兰留学,后二年乃归朝。遣生徒留学外国,以是为始。八月,更改校名为开成所。癸亥,又遣生徒市川文吉、小泽圭次郎、绪方四郎、大筑彦五郎等于鲁西亚留学。庆应二年丙寅,又遣生徒箕作奎吾、箕作大麓、外山舍八、市川森三郎、亿川一郎等于英国留学。是年,特聘和兰人特马为理学、化学教师。延外国人为教授,盖于此权舆。

　　明治元年,将军奉还政权。当幕府时,所习西学,以天文、历算、医术为宗,率以荷兰人为师。逮其末造,兼及他术,并师他国,然一二西学学校,皆为官学,诸藩犹未之知。当时,诸藩,若萨摩、若长门,皆力主攘夷,既鹿儿岛、马关战辄失利,则争遣藩士,择其翘楚,厚其资装,俾留学外国。今之当路诸公,大率从外国学校归来者也。维新以后,壹意外交,既遣大使巡览欧美诸大国,目睹其事物之美、学术之精,益以崇尚西学为意。明治四年,设立文部省,寻颁学制,于各大学区分设诸校。有外国语学校,以英语为则。先是,习外国语者,多从传教士习学,通计全国教士书塾不下数百。及是,官立语学校,民间闻风慕效,争习英语,故英语最为盛行。有小学校,其学科曰读书,曰习字,曰算术,曰地理,曰历史,曰修身,兼及物理学、生理学、博物学之浅者,益以罨画、唱歌、体操谓秋千、蹴踘之类,所以使身体习劳者。诸事。有中学校,其学科亦如小学,而习其等级之高者、术艺之精者。有师范学校,则所以养成教员,以期广益者也。自学制改习西学,苦于无师。旧日师长,惟习汉经史,而于近时之地理、历史、物理、算术,知者甚稀,故文部省议以养成教师为急务。美国有师范学校,所以教为人师者,特仿其学制,并聘其国人开师范学校。凡小学教师,皆于是撰取焉。有专门学校,则所以研究学术,以期专精者也。庚午十一月,始议置专门学科,先于所聘外国教师中举其尤者,为专门校长。壬申正月,遂开专门学校,场创置于旧静冈藩邸,大募生徒。既以生徒应募者不多,姑令闭场三月。国皇始临御学校,召集师生,亲加询问。癸酉,又改校名为开成学校。四月,设立法学、理学、工学、诸艺学、矿山学,为专门五科。定以法、理、工之三科以英语教授,诸艺学以佛语教授,矿山学以独乙语教授。五月,建筑专门讲习校于锦町。甲戌九月,改正教规,更以法学、化学、工学,分本科、豫科,别编课程。于是,生徒得入本科总计二十四人,法学九人,化学九人,工学六人,是专门生徒嚆矢也。乙亥八月,选拔文部省本校生徒十一名,命留学各国:米国九名,佛国一名,独国一名,令各于所习之学科分门研究,此专门学生留学外国之始也。有东京大学校,即旧幕府时之洋书调所,维新以后改称为大学南校。庚午四月,令以大坂洋学所、化学所属于南校。七月,太政官令诸藩举年十六以上二十以下之俊秀入南校,称为贡进生。其制,十五万石以上大藩三人，五万石以上中藩二人，一万石以上小藩一人。既而罢之，学中制度程课亦改革不一。至明治六年，定为法学、理学、文学三学部，于是学中规模颇近似欧美大学云。分法学、理学、文学三学部。各科课程分为四年，生徒阶级亦分四等定制。将来用国语教导，唯现今暂用英语，且于法兰西、日耳曼二语中兼习其一，唯法学部必兼学法兰西语。法学专习法律，以日本法律为主，并及法兰西律、英吉利律、唐律、明律、大清律。并及公法。若列国交际法、结约法、航海法、海上保险法之类。理学分为五科：一、化学科，二、数学、物理学及星学科，三、生物学科，四、工学科，五、地质学及采矿学科。其第一年课程，各科所习无甚异同。后三年间，则各随其体质专修一科。文学分为二科：一、哲学、谓讲明道义。政治学及理财学科，二、和汉文学科。皆兼习英文，或法兰西语，或日耳曼语。凡习文学科者，第一年课程大同小异，第二年即分科专修。其东京医学校并隶于本校焉。此外，有工部大学校，以教电信、铁道、矿山之术；有海陆军兵学校，以教练兵、制器、造船之术。天文中，葡萄牙船来大隅，始得鸟铳。岛主种子岛久时，命工摸造之而不成。明年，船又来，乃得其法。其后萨摩得之，雄于九州，北条氏得之，遂并关八州。庆安四年，将军家纲命北条正房就和兰人学战法及大炮、火箭之法。正房录为一书以献。然以时方治平，无讲求其术者。迨海疆事起，兰学者流争译炮术诸书，以传其法。当时水户藩源齐昭最重其器，有请销梵钟悉以铸炮之疏。信浓人佐久间启，尝作炮卦。仙台人大规盘溪亦习炮术，皆铸而试之有效。幕府既知西国兵事之精，乃遣矢田崛景、藏胜麟太郎于长崎，就和兰人学操汽船术，又遣榎本釜次郎、赤松太三郎往和兰学海军，大鸟圭介往法国学陆军，盖尔时已习西法矣。维新以后，日以扩允，遂专设兵校。余详《兵志》中。有农学校，以教种植。教之物性，教之土宜，教之地质，教之栽种之法、培养之方。于劝农局设植物园，罗聚五洲种植之品，亲试验之。日本自开兰学，亦有为本草学者，第举外国异种，辨其名与其性耳，未及种植之法也。明治七年，澳国开博览会，委员津田仙从

黄遵宪集

农学家荷衣伯连得三新法:一曰气筒,叠砖如筒,藏于地中,俾大气吸入土中,则地质增肥,物益茂盛。一曰树枝偃曲法,凡果实花时,取其枝之向上,以绳缚之,令其偃曲而倾下,使枝减生力,则本干长大,新芽发生,花实穰盛,一一皆如意所欲。一曰配合法,亦于果实初花时,用蜂蜜各物涂于花,使雌雄蕊合,如此则结果大而多,施之谷类,收获亦数倍。归试于国,颇有效云。商学校,以教贸易。教之算数,教之簿记,教之款接酬酢之法、投机射利之方。日本不惯营商,其术殊拙。维新以来,始有士族豪家从事于此者。近日商学校甚盛。工学校,以教技巧。多习西人以机器制作之法。凡金石草木之工,变更利器,亦多模西制。女学校,以教妇职。多习纂组缝纫之工,并及音乐。初,开拓次官黑田清隆归自美国,极陈教育妇女之要。政府从其言,选女子五名,命以官费留学美国。又于东京设女子师范学校,其后各地慕效,女学校益多。凡学校,无论官立、出于官费者为官立。公立、各地方郡区町村联合而设立者为公立。私立,出于私费者为私立。皆受辖于文部,学规教则命文部卿监督之。朝廷既崇重西学,争延西人为之教师。明治六七年间,各官省所聘、府县所招,统计不下五六百人。初,征诸藩贡进生留学外国,既乃择专门学生、大学生学之小成者,以官费留学。初遣留学生,择年少聪颖未尝学问者,而其中轻佻浮躁之徒,未有进益,先染恶习,政府以所费多而所得少,乃悉召还,再以学优者遣往。而各府县子弟,以私费学于外国者尤众。既广开学校,延师督教,朝夕有课,讲诵有程,而隶于学校者,有动物室、植物室、金石室、古生物室、土木机械模型室、制造化学诸品室、古器物室,罗列各品,以供生徒实地考验之用。各官省争译西书,若法律书、农书、地理书、医书、算学书、化学书、天文书、海陆军兵书,各刊官板,以为生徒分科学习之用。外交以后,福泽谕吉始译刊英文,名《西洋事情》,世争购之。近年铅制活板盛行,每月发行书籍不下百部,其中翻译书最多。各府县小学教科书，概以译书充用。明治五年，效西法，设出板条例，著书者给以版权，许之专卖。于是士夫多以著书谋利益者。现今坊间所最通行者为法律书、农书及小学教科书云。复有书籍馆，汇聚古今图书，以纵人观览。统计全国官私书籍馆为数十六所，藏和汉书凡二十六万九千六百余卷，洋书十八万二百余卷。馆中各有章程，有愿读某书者，悉许入览，惟不许携出。

博物馆，陈列欧亚器物，以供人考证。辛未五月，始于九段坂上物产园开小博览会，以物产挂田中芳男等董其事，是为博览会之始。自是年至十一年六月，所开博览会共四十五处。新闻纸，论列内外事情，以启人智慧。明治十一年，计东京及府县新闻纸共二百三十一种，是年发卖之数计三千六百一十八万零一百二十二纸。在东京最著名者为《读卖新闻》、《东京日日新闻》、《邮便报知新闻》、《朝野新闻》、《东京曙新闻》，多者每岁发卖五百万纸，少者亦二百万纸云。先是，文久三年，横滨既通商，岸田吟香始编杂志。同时外国人亦编《万国新闻》。明治元年，西京始刊《太政官日志》，兰学者柳川春三又于江户刊《中外新闻》，米国人某亦于横滨著《藻盐草》，然尔时世人未知其益也。四年，废藩立县，改革政体，新闻论说颇感动人心。其明岁，英人貌剌屈作《日新真事志》，始用洋纸，与欧美相类。继而，《东京日日新闻》、《报知新闻》等接踵而起，日肆论说，由是颇诽毁时政，摘发人私。政府乃设谗谤律、新闻条例，有毁成法、害名誉者，或禁狱，或罚金。然购读者益多，发行者益盛，乃至村僻荒野亦争传诵，皆谓知古知今，益人智慧，莫如新闻。故数年骤增，其数至二百余种之多。计其中除论说、时事外，专述宗教者二十六，官令、法律六，理财、通商二十九，医学、工艺二十六，文事、兵事十九，多每日刊行者，亦有每旬、每月刊布者。又洋文新闻，英文三种、法文二种。当政府设立新闻条例之初，有《万国新志》，系以英人编纂和文，犯例而不甘受罚，谓外国人按约无遵奉日本法律之理。政府告之英国公使，谓苟如此，则日本新闻假名于外人，例将为虚设。公使从其言，乃布告英民，除英文新闻外，如以日本文刊行者，即应遵日本罚则云。附识于此。由是西学有蒸蒸日上之势。

西学既盛,服习其教者渐多,渐染其说者益众。论宗教,则谓敬事天主,即儒教所谓敬天;爱人如己,即儒教所谓仁民;保汝灵魂,即儒教所谓明德。士夫缘饰其说,甚有谓孔子明人伦,而耶苏兼明天道者。论义理,则谓人受天地之命以生,各有自由自主之道。论权利,则谓君民、父子、男女各同其权。浅学者流,张而恣之,甚有以纲常为束缚,以道德为狭隘者。异论蜂起,倡一和百,其势浸淫而未已。若夫国家政体,多采西法,则他志详之矣。

外史氏曰:以余讨论西法,其立教源于《墨子》,吾既详言之矣。而其用法类乎申韩,其设官类乎《周礼》,其行政类乎《管子》者,十盖七八。若夫一切格致之学,散见于周秦诸书者尤多。余考泰西之学,墨翟之学也,尚同、兼爱、明鬼、事天,即耶稣《十诫》所谓敬事天主、爱人如己。他如化征易,若蛙为鹑;五合水火土,离然铄金、腐水、离木;同,重体合类;异,二体不合不类,此化学之祖也。均,发均县,轻重而发绝,不均也;均,其绝也莫绝,此重学之祖也。一少于二,而多于五,说在重。非半弗斱倍,二尺余尺,去其一;圜,一中同长;方,柱隅四鹊;圆,规写爻;方,柱见股;重其前,弦其股。法,意规圆三,此算学之祖也。临鉴立景,二光夹一光,足被下光,故成景于上;首被上光,故成景于下;鉴近中,则所鉴大;远中,则所鉴小,此光学之祖也。皆著《经》上、下篇。《墨子》又有《备攻》、《备突》、《备梯》诸篇。《韩非子》、《吕氏春秋》,备言墨翟之技,削鸢能飞,非机器攻战所自来乎? 又如《大戴礼》曾子曰:"如诚天圆而地方,则是四角之不掩也。"《周髀》注:"地旁沱四陨,形如覆槃。"《素问》:"地在天之中,大气举之。"《易乾凿度》:"坤母运轴。"《苍颉》云:"地日行一度,风轮扶之。"《书考灵曜》:"地恒动不止,而人不知。"《春秋元命苞》:"地右转以迎天。"《河图括地象》:"地右动,起于毕。"非所谓地球浑圆、天静地动乎?《亢仓子》曰:"蜕地谓之水,蜕水谓之气。"《关尹子》曰:"石击石生光,雷电缘气而生,可以为之。"《淮南子》

曰："黄埃、青曾、赤丹、白礜、元砥,历岁生饯。其泉之埃,上为云,阴阳相薄为雷,激扬为电,上者就下,流水就通,而入于海。炼土生木,炼木生火,炼火生云,炼云生水,炼水反土。"中国之言电气者又详矣。机器之作,《后汉书》:张衡作候风地动仪,施关发机,有八龙衔丸,地动则振龙发机吐丸,而蟾蜍衔之。《元史》:顺帝所造宫漏,有玉女捧时刻筹,时至则浮水上,左右二金甲神:一悬钟,一悬钲。夜则神人按更而击。奇巧殆出西人上。若黄帝既为指南车,诸葛公既为木牛流马,杨么既为轮舟,固众所知者。相土宜、辨人体、穷物性,西儒之绝学。然见于《大戴礼》、《管子》、《淮南子》、《抱朴子》及史家方伎之传、子部艺术之类,且不胜引。至天文、算法,本《周髀》,盖天之学。彼国谈几何者,译称借根方为东来法。火器之精,得于普鲁斯人,为元将部下卒,彼亦具述源流。近同文馆丁韪良说:"电气,道本于磁石引针、琥珀拾芥。"凡彼之精微,皆不能出吾书也。盖中土开国最先,数千年前环四海而居者,类皆蛮夷戎狄,鹑居蛾伏,混沌芒昧。而吾中土既圣智辈出,凡所以厚生利用者,固已无不备。其时,儒者能通天地人,农夫戍卒能知天文,工执艺事,得与坐而论道者,居六职之一。西人之学,未有能出吾书之范围者也。西人每谓中土泥古不变,吾独以为变古太骤。三代以还,一坏于秦之焚书,再坏于魏晋之清谈,三坏于宋明之性命,至诋工艺之末为卑无足道,而古人之实学益荒矣。大清龙兴,圣祖崛起,以大公无外之心,用南怀仁、汤若望为台官,使定时宪。经生之兼治数学者,类多融贯中西,阐竭幽隐,其精微之见于吾书者,皆无不乐用其长,特憾其时西人艺术犹未美备,不获博采而广用之耳。百年以来,西国日益强,学日益盛,若轮舶,若电线,日出奇无穷。譬之家有秘方,再传而失于邻人,久而迹所在,或不惮千金以购还之。今轮舶往来,目击其精能如此,切实如此,正当考求古制,参取新法,藉其推阐之妙,以收古人制器利用之助,乃不考夫所由来,恶其异类而并弃之,反以通其艺为辱,效其法为耻,何其隘也！

　　夫弓矢不可敌大炮，桨橹不可敌轮舶，恶西法者亦当知之，特未知今日时势之不同。古人用夏变夷之说，深入于中，诚恐一学西法，有如日本之改正朔、易服色、殊器械以从之者，故鳃鳃然过虑，欲并其善者而亦弃之，固亦未始非爱国之心。顾以我先王之道德，涵濡于人者至久，本朝之恩泽，维系于人者至深。所谓天不变道亦不变，终不至尽弃所学而学他人。彼西人以器用之巧、艺术之精，资以务财训农，资以通商惠工，资以练兵，遂得纵横倔强于四海之中，天下势所不敌者，往往理反为之屈，我不能与之争雄。彼挟其所长，日以欺侮我，凌逼我，终不能有簪笔雍容、坐而论道之日，则思所以扞卫吾道者，正不得不藉资于彼法以为之辅。以中土之才智，迟之数年，即当远驾其上。内则追三代之隆，外则居万国之上，吾一为之而收效无穷矣。曾是一惭之不忍，而低首下心，沁沁钁钁，为民吏羞乎？且器用之物，原不必自为而后用之。泰西诸国以互相师法而臻于日盛，固无论矣。日本蕞尔国耳，年来发愤自强，观其学校分门别类，亦骎骎乎有富强之势，则即谓格致之学，非我所固有，尚当降心以相从，况古人之说明明具在，不耻术之失其传，他人之能发明吾术者，反恶而拒之，指为他人之学，以效之法之为可耻，既不达事变之甚，抑亦数典而忘古人实学、本朝之掌故也已。

卷三十三　学术志二

文　字①

　　日本古时文字，或曰有，或曰无，纷如聚讼。世传日本元有国字，至推古朝尚存，藏于卜部家。惟据《古语拾遗》曰："上古无文字，故事口耳相传而已。"大江匡房《筐崎记》曰："我朝文字，实始于应神时。"此二书皆去古未远，说当可据。考汉籍未来之先固无文字，然亦有造作形体以记事者。世传有肥人书，有萨人书，如一二五作丨刂刪之类，今犹有存者，虾夷之地，今尚沿用。其五字之外，或亦有变换点画，如罗马数字，或画作〇囗；或作鸟兽草木形之类，然俱不可考。近世倡神学说者，谓神代自有文字。所据镰仓八幡寺、河内国平冈寺、和州三轮寺额，有字不可读者，有体不可辨者，有如科斗书者，有如鸟篆书者，仅亦粗具字形。盖上古国造，或各以其意制作，以代古来结绳之用。然书皆同文，文能记事，则汉籍东来后，而后乃知其用也。自王仁赍《论语》、《千文》来，帝使教太子，以言语殊异，甫立文字，各指示实物以教之。如教草木则指草木，教禽兽则指禽兽。一切有形之物，皆指喻而后能通；然后教之以音，教之以义，教之以训，

---

　　①　原作"文学"，但内容均系文字。据《日本国志·目录》及下"外史氏曰"改。

盖其难矣。然当时文字只此一种。汉籍之来仅十余年。高丽王上表，表文不逊，皇子稚郎子读而怒裂之，即能通文义矣。尔后，博士段扬尔、汉安茂等接踵而来，传授百余年。至履中四年，遂置国史于诸国，以记时事，于是又能作文字矣。又二百年为推古帝，遂遣使于隋。自通使隋唐，表奉章疏，皆工文章。然语言文字，不相比附，故仅仅行于官府，而民间不便也。天武之世，尝造新字四十四卷，其体如梵书。盖佛教盛行，其徒借梵语以传国音，创为新体。然此书不传，盖以不便于用而废之也。其后遣唐学生吉备朝臣真备，始作假名。灵龟二年，真备从遣唐使多治比真人县守游唐，历十八年，为天平五年乃归，赐姓为吉备。朝臣真备，在唐请从诸儒授经，诏四门助教赵元默，即鸿胪寺为师，献大幅布为贽，所得之物，悉贸书以归。名即字也。《周礼》："外史掌达书名于四方。"注曰："古曰名，今曰字。"称名盖本于此。取字之偏傍，以假其音，故谓之片假名。片之言偏也。伊为イ，吕为ロ，波为ハ，仁为ニ，保为ホ，边为ヘ，止为卜，知为チ，利为リ，奴为ヌ，留为ル，远为ヲ，和为ワ，加为ヵ，与为ヨ，多为タ，礼为レ，曾为ソ，津为ッ，称为ネ，奈为ナ，良为ラ，武为ム，宇为ウ，乃为ノ，井为ヰ，於为オ，久为ク，也为ヤ，未为マ，计为ケ，不为フ，己为コ，江为エ，天为テ，阿为ア，左为サ，幾为キ，由为ユ，女为メ，美为ミ，之为氵，惠为エ，比为ヒ，毛为モ，世为セ，寸为ス。僧空海又就草书作平假名，即今之伊吕波是也。其字全本于草书，以假其音，故谓之平假名。平之言全也。《帝中钞》以为上半截空海所作，下半截释护命所作。然《顿阿高野日记》、《三东密要》并以为空海所作，又出云神门郡盐冶神门寺，有空海真迹，伊吕波则为空海之作明矣。自假名既作，于是有汉字杂假名以成文者，有专用假名以成文者。其用汉字之例有二：一则取其义而不用其音，一则用其音而不取其义。汉字假名相杂成文者，今上自官府下至商贾，通行之文是也。

日本中古时，所著国史概用汉文，惟诏策祝辞之类，间借汉文读以土音，以为助语，旁注于句下。自假名作，则汉字假名大小相间而成文。盖文字者，所以代语言之用者也。而日本之语言，其音少，其土音只有四十七音。四十七音又不出支、微、歌、麻四韵，一切语言从此而生。其辞繁，音皆无义，必联属三四音或五六音而后成义，既不同泰西字母，有由音得义之法，又不如中国文字有同音异义之法。仅此四十七音以统摄一切语言，不得不屡换其辞，以避重复，故语多繁长。如称一"我"字亦有四音，称一"尔"字亦用三音，他可知矣。其语长而助辞多。日本语言，全国皆同，而有上下等二种之别，市井商贾之言，乐于简易，厌其语之长，每节损其辞以为便，而其语绝无伦理，多有不可晓者，故士大夫斥为鄙俗。凡士大夫文言，皆语长而助辞多，一言一句，必有转声，必有余辞，一语之助辞，有多至十数字者。其为语，皆先物而后事，先实而后虚。如读书则曰书读，作字则曰字作之类。此皆于汉文不相比附，强袭汉文而用之，名物象数，用其义而不用其音，犹可以通。若语气文字收发转变之间，循用汉文，反有以钩章棘句、诘曲聱牙为病者。故其用假名也，或如译人之变易其辞，或如绍介之通达其意，或如瞽者之相之指示。其所行有假名，而汉文乃适于用，势不得不然也。

自传汉籍，通人学士喜口引经籍，于是有汉语。又以尊崇佛教，兼习梵语。地近辽疆，并杂辽人语。王、段博士所授，远不可考。然其人来自百济，或近北音。唐时音博士所授名为汉音，僧徒所习名为吴音。今士夫通汉学者，往往操汉音。吴音，大概近闽之漳泉、浙之乍浦，而汉吴参错，闽浙纷纭。又复言人人殊，其称五为讹，称十为求，沿汉音而变者也。称一为希多子，二为夫带子，此土音也。市廛细民用方言十之九，用汉语亦十之一。此外称男子为檀那，则用梵语也；称妇人为奥姑，则用辽人语也。其他仿此。日本之语变而愈多，凡汉文中仁义道德、阴阳性命之类，职官法律、典章制度之类，皆日本古言之所无，专用假名，则辞不能达。

凡汉文中同义而异文者,日本皆同一训诂,同一音读。实字如川河之类,虚字如永长之类皆然,故专用假名而不用汉文,则同训同音之字,如以水济水,莫能分别矣。用假名则不得不杂汉文,亦势也。汉文传习既久,有谬传而失其义者,有沿袭而踵其非者,又有通行之字,如御、候、度、样之类,创造之字如鞆、绘水作旋涡形以禳大灾,名之曰鞆。栂、地名。畠、有北畠、畠田诸姓,读犹圃字。榊木名,以之供神,故名。之类。于是侏㒧参错,遂别成一种和文矣。自创此文体,习而称便,于是更移其法于读书。凡汉文书籍概副以和训,于实字则注和名,于虚字则填和语,而汉文助辞之在发声、在转语者,则强使就我,颠倒其句读,以循环诵之。今刊行书籍,其行间假字多者,皆训诂语;少者皆助语,其旁注一、二、三及上、中、下、甲、乙、丙诸字者,如乐之有节,曲之有谱,则倒读逆读先后之次序也。专用假名以成文者,今市井细民、闾巷妇女通用之文是也。

日本古无文字而有歌谣,上古以来,口耳相传。汉籍东来后,乃借汉字之音而填以国语,如古《万叶集》所载和歌,悉以汉字填之,既开后来用音不用义之法。然汉字多有一字而兼数音者,则审音也难;有一音而具数字者,则择字也难;有一字而具数十撇画者,则识字也又难。自草书平假名行世,音不过四十七字,点画又简,极易习识,而其用遂广。其用之书札者,则自闾里小民、贾竖小工,逮于妇姑慰问、男女赠答,人人优为之。其被之歌曲者,则自朝廷典礼、士官宴会,逮于优人上场、妓女卖艺,一一皆可播之声诗、传之管弦。若稗官小说,如古之《荣华物语》、《源语》、《势语》之类,已传播众口,而小说家簧鼓其说,更设为神仙佛鬼奇诞之辞、狐犬物异怪异之辞、男女思恋媟亵之辞,以耸人耳目,故日本小说家言充溢于世,而士大夫间亦用其体,以述往迹,纪异闻。近世有倡为国学之说者，则谓神代自有文字，自有真理，更借此伊吕波四十七字，以张皇幽渺，眩惑庸众焉。其字体如春蚓秋蛇，纷纭蟠结，不习者未易骤识，读书人或鄙为俚俗，斥为谚文。然而人人习用，数岁小儿，学语之后，能读假字，即能看小说、作家书，甚便也。

考日本方言不出四十七字中。此四十七字，虽一字一音，又有音有字而无义，然以数字联属而成语，则一切方言统摄于是，而义自在其中。盖语言文字，合而为一，绝无障碍，是以用之便，而行之广也。四十七字之外有五十母字谱，其音不出支微、歌麻二韵。其发端之五音为阿、衣、乌、噎、嗢，次为加、基、苦、结、咕，其他准此。细别之有十五音，正喉、浅喉、深喉、舌头、舌上、卷舌、纵唇、缝唇、重唇、轻唇、牙腭、正齿、半齿、半舌、半舌半齿。一音各含五声，合为七十五声。开合、疾徐、轻重、清浊，有定而无定，出入灵动，可以极一切之音。虽鹤唳风声，鸡鸣犬吠，雷霆惊天，蚊虻过耳，皆可以译五十字。外别有ン字，读若分。合口以鼻转。是为鼻音，即厶姥。音之别，惟尾声有此音。凡东江、阳庚、元文、删先、侵覃、盐、咸诸音，以ン字助音，亦能得其音。国语不出支微、歌麻音，其读汉文，凡东江、阳庚、元文、删先、侵覃、盐咸诸声，皆以ゥ字收声。ゥ即乌也，故非用ン字，则不能成各种音韵。亦有二字合音之法，惟三合则不能成音。凡汉文之不解其音者，则译注其旁，以便通解。近多习英文，其地名、人名、事名、物名概以此译音，亦殊便也。五十母字，相传为吉备、真备从遣唐使留学，其师王化言所定。据《唐书》，吉备所师为四门助教赵元默。岂以化言精于音韵，特受其传欤？新、旧《唐书》无所见，其详不可考。或谓出于悉昙传教、空海二僧，亦以遣唐使留学。当唐贞元年间，并受悉昙学于梵僧，故其徒相传授，以至于今云。考《金刚顶经字母品》、《文殊问经字母品》、《大涅槃经·文字品》、《庄严经·示书品》、《大日经·具缘真言品》及《字轮品》,并说五十字母《书史会要》所载。天竺字母亦五十,则与日本相符。今按《悉昙字记》曰:"《西域记》,梵王所制。原始垂则四十七言。今国音字母亦五十,而除伊、乌、咽三字重出者,则亦四十七言,且长阿、短阿、短伊、长伊、短欧、长欧、短霭、长霭、短奥、长奥、短暗、长痾十二韵,及迦、者、吒、那、波、么、也、罗、缚等字次第,綦有相似者矣。又《悉昙三密钞》,以梵文书五十字字。其说曰:悉昙字母四十七字,其初十二字,谓之摩多。摩多,即母也,又谓之韵。其三十五字谓之体文,今国音五十母字,则阿、伊、乌、噎、喔为韵,犹梵书摩多也;加、沙、多、那、发、麻、药、落、话九字为声,犹梵书体文也。以五韵九声,合为十四音,则生其他三十音,故五音为母,九声为父,三十六声为子,其法略同"云云。则五十母字出于悉昙,殆无可疑。惟日本所谓字母,实异于他国。各国字母,或合二三音、合四五音而成字,纵横变化,生生不穷,所谓母以生子也。而日本仅一字一音,又有音无义,必数字相待而后成义,并非数音相合而能成字也。所谓母者,假借之辞耳。盖当时留学诸生作为假名,文字则取之汉字,声音则假之梵音,二者相举以成章,所以与悉昙相似,而不得全同也。

外史氏曰:文字者,语言之所从出也。虽然,语言有随地而异者焉,有随时而异者焉,而文字不能因时而增益,画地而施行;言有万变,而文止一种,则语言与文字离矣。居今之日,读古人书,徒以父兄师长递相授受,童而习焉,不知其艰。苟迹其异同之故,其与异国之人进象胥舌人而后通其言辞者,相去能几何哉?余观天下万国,文字言语之不相合者,莫如日本。日本之为国,独立海中。其语言,北至于虾夷,西至于隼人,仅囿于一隅之用。其国本无文字,强借言语不通之国之汉文而用之。凡一切事物之名,如谓虎为於菟,谓鱼为鲰隅,变汉读而易以和音,义犹可通也。若文辞烦简、语句顺逆之间,勉强比附,以求其合,而既觉苦其不便。至于虚辞助语,乃仓颉造字之所无,此在中国齐、秦、郑、卫之诗,已各就其方言,假借声音以为用,况于日本远隔海外,言语殊异之国,故日本之用汉文,至于虚辞助语,而用之之法遂穷。穷则变,变则通。假名之作,借汉字以通和训,亦势之不容已者也。昔者物茂卿辈倡为古学,自愧日本文字之陋,谓必去和训而后能为汉文,必习华言而后能去和训。其于日本颠倒之读、错综之法,鄙夷不屑,谓此副墨之子、洛诵之孙,必不能肖其祖父。又谓句须丁尾,涂附字句以通华言,其祸甚于侏㒧鴃舌,意欲举一切和训废而弃之,可谓豪杰之士矣。然此为和人之习汉文者言,文章之道,未尝不可,苟使日本无假名,则识字者无几。一国之大,文字之用无穷,即有一二通汉文者,其能进博士以书驴券、召鲰生而谈狗曲乎? 虽工,亦奚以为哉?

余闻罗马古时,仅用腊丁语,各国以语言殊异,病其难用。自法国易以法音,英国易以英音,而英法诸国文学始盛。耶稣教之盛,亦在举《旧约》、《新约》就各国文辞普译其书,故行之弥广。盖语言与文字离,则通文者少;语言与文字合,则通文者多,其势然也。然则日本之假名,有裨于东方文教者多矣,庸可废乎? 泰西论者,谓五部洲中以中国文字为最古,学中国文字为最难,亦谓语言文字之不相合也。然中国自虫鱼云鸟,屡变其体,而后为隶书,为草书。余乌知夫他日者不又变一字体,为愈趋于简,愈趋于便者乎? 自《凡将》训纂,逮夫《广韵》、《集韵》,增益之字,积世愈多,则文字出于后人创造者多矣。余又乌知夫他日者不有孳生之字为古所未见、今所未闻者乎? 周秦以下,文体屡变,逮夫近世,章疏移檄,告谕批判,明白晓畅,务期达意,其文体绝为古人所无。若小说家言,更有直用方言以笔之于书者,则语言文字几几乎复合矣。余又乌知夫他日者不更变一文体,为适用于今、通行于俗者乎? 嗟乎! 欲令天下之农工商贾、妇女幼稚皆能通文字之用,其不得不于此求一简易之法哉?

学　　制

以全国地为七大学区：

第一，东京府、神奈川县、埼玉县、群马县、千叶县、茨城县、橡木县、山梨县。

第二，爱知县、静冈县、石川县、岐阜县、三重县。

第三，大坂府、京都府、滋贺县、堺县、和歌山县、兵库县、高知县。

第四，广岛县、冈山县、岛根县、山口县、爱媛县。

第五，长崎县、熊本县、鹿儿岛县、大分县、福冈县。

第六，新潟县、长野县、山形县。

第七，宫城县、福岛县、秋田县、青森县，岩手县。

分司其事于府知事、县令，而受辖于文部卿。全国学校直辖于文部省。以官费支给者，称官立学校。即东京大学、东京师范学校、东京女子师范学校、东京外国语学校、大坂英语学校是也。以地方税或町村公费设置者，曰公立学校。其一人或数人以私费设置者，曰私立学校。但开设之方，仍依文部省所颁教育令而行。公立学校之兴废，必经府知事、县令裁许，其教则必经文部卿查核。私立学校则具报于府知事、县令而已。统计全国学校，据文部省报告明治十年之数。小学校凡二万五千四百五十九，其系于公立者凡二万四千二百八十一：中学校三十一、专门学校十八、师范学校九十二、外国语学校五、女子手艺学校五十八，总计盖有二万六千二百六十八所。凡儿童自六岁至十四岁，名为学龄，必使就学。学龄就学，为父母户长者任其责。苟有事故，必陈述于学务委员。儿童在学龄间，就学之日极少，不得过十六个月。教员则无论男女，必在十八岁以上。统计全国教员凡六万二千一百七十名，其中六万三百四为男子，一千八百六十六为女子。生徒凡二百二十万三千五十名，其中一百六十二万七千九百三十八名为男子，五十七万五千一百十二名为女子云。

凡学校皆有规则。其教科之书必经文部省查验。现今小学需用者，共一百七十四种，文部省官板五十八种，各官省官板二十八种，私板八十八种。以地理书、史略为最多，其他则物理书、动物、植物学之类。性理书、修身行善之类。经济学、言治生理财之法。化学、农商学、算学、文法学、字学。言作文习字之法。中学校教科如小学，唯所业较小学为精。专门学校专习一门，则法律学、理学、文学、农商学之类也。详《西学篇》。

凡生徒既入学，岁有学期，每岁约以九月入学，六月毕业。学期或分为三：冬期休业十余日，春期休业数日，夏期休业凡二月。凡祭日、新尝祭、春秋皇灵祭之类。庆日纪元节、天长节。则给假日，曜日则给假。每岁授业，多不过二百六十日，少不减二百二十日。每日授业多不过六时，少不减三时。教师有口讲，有指画，以粉书木板悬之于壁，指以教人。其教地图之法，亦以地图悬壁间，令诸生一一记诵。别有暗射地图，仅施阑廓，分著采色，凡某水、某山、某郡、某邑，悉削而不载，而书一、二、三、四数目于其上。教者指其处，询此何地，彼何地，令一人应声答之。同学者是之则曰是，非之则曰否，既能识形胜，又便记名称，甚善法也。有笔削，有亲验。讲求化学、光学之类，必亲试其事以教人。依生徒所业，分类而教之。

生徒有阶级，随其业深浅，分为数级，授以各科教书。能者越级而升，次则循级以进，暴弃者则降级焉。有考试，每三月则教师鉴其勤惰，察其进退，而为小试；周年则大试，或以校长监临。既卒业，则府知事、县令亲试之，而给以卒业文凭，名曰证书。小学既卒业，进之中学，又进之专门学。大学，有法学士、理学士、文学士、医学士之名，则由东京大学校校长试而给予称号焉。其尤异者，以官费留学外国，或就试于各国大学校，既得高第，亦执其凭，夸以为荣。惟取士官人之法，则不系乎此。官学之费，咸给于官。公学之费，每岁五百三十六万四千八百七十元，有四百万以地方税、町村费及各处捐助金支给者，此皆出之人民。各府县于管内学费金，归各学区自为料理。有设赋课法者，有不设赋课法者，听其便。其中有八十二万七千一百七十三元，为公学公积银之利息。随各府县敛集金钱，贷之银行，岁收其息，是为公学公积银，计息支用，不得支及母银。现计母银七百五十二万一千四百五十九元，岁取其息以为学费。后来扩充，当日益增加。又有五十四万五千五百零四元给于官库，名为小学补助金，由文部省发各府县，使分给焉。顷以公库支绌，此款既停给矣。考西洋各国学校之费，每与军士费比较多少，以全国人民计口分算，米国学校费每人二元零二钱，军费每人一元二十九钱；瑞西学校费每人八十八钱，军费每人一元；英国学校费每人六十六钱，军费每人三元八十六钱；德国学校费每人五十一钱，军费每人二元二十九钱；澳国学校费每人三十四钱，军费每人一元三十九钱；佛国学校费每人二十九钱，军费每人四元零五钱；意国学校费每人一十三钱，军费每人一元五十七钱。依此法计算，日本则学费每人二十钱，军费每人三十一钱。其中唯美国学费多于军费云。

凡七大学区，各令建立学校。其僻陋小邑，无力设置小学校者，则联合数学校共设一教员，俾巡回教授。各町村分设小学校，必令町村人民荐举学务委员，府知事、县令择而任之。学务委员受辖于府知事、县令，举凡儿童之就学，学校之设置，皆令司掌而申报于府知事、县令。知事、令以时查察管内学事，申报于文部卿。文部卿又以时发遣吏员巡视诸学区，察其实况，分年编报，以公示于众。其海外留学生，则别有监督司其事焉。

七大学区学事统计表

大学区		第一	第二	第三	第四	第五	第六	第七	总计
小学区数		八,三五五	七,六四九	五,七七一	八,四二五	六,七0二	二,四八0	三,五五九	四二,九二二
人口	男	二,九四八,八0二	二,八一八,八八五	三,0八二,四六一	二,四六0,六八五	二,二六二,二六一	一,四二八,0二一	一,二七七,一一四	一六,八0九,五四六
	女	二,八一四,三六七	二,六00,一三七	二,八四四,二九0	二,三六五,二一一	二,一0三,六七七	一,三六三,八八0	一,一七七,00八	一五,四四七,00八
	全数	五,七六三,一六九	五,四一九,0二二	六,0八二,八八六	四,八二五,八九六	四,九六五,九三八	二,七九一,九0一	二,四五四,一二二	三四,一四五,三二三
学龄人员	男	四四五,0二0	四0九,五四一	四一七,一一三	四四五,四一四	四二七,一0	二四九,七一0	二一七,二二0	二,七一二,二七0
	女	四一四,三六七	四00,一三六	四二四,二九0	四一五,二一一	四0三,三四	二二九,九0一	二三四,0四一	二,五二二,五四0
	全数	八六五,二八七	八一九,六七七	九0五,四0三	八六0,六八九	八三三,0六九	四六九,八0七	四三二,八0一	五,二一六,八0七
学龄就学	男	二七六,六六六	二七四,七四九	二五九,0四一	二二一,二二二	二0三,六七七	一四0,八二一	一四四,0二一	一,五一六,九0二
	女	一六,八二七	三二,五五九	二0,0二八	七二,0八一	五八,五一六	四一,一二二	一七,二0三	二六0,二二一
	全数	三九三,0三七	四0六,三0九	三七九,0六九	二九三,三一0	二六二,二一六	一八一,一四三	一七一,一一五	二,0九三,一九八
学龄不就学	男	一七四,五四四	一五三,0六	三二,0七	三二四,二三五	三四0,四二	九四,六八九	一0一,七0	一,一九五,九0四
	女	二九七,五四六	二六七,二三五	三一四,0一二	三二四,一二0	八二,八三五	一八0,八七五	二0六,八一八	一,九五五,九六六
	全数	四七二,一五0	四二0,七四三	五二六,四七	五七一,二一九	五七0,八八	二七五,五六四	三三一,五四八	三,一五0,八八0

续表

类别	区分	第一	第二	第三	第四	第五	第六	第七	总计
大学									
六岁以下数学生徒	男	四,三二二	三,七五九	四,二九九	四,九三九	三,八七四	二,七五七	一,四二	二五,二一〇
	女	二,〇七六	一,五九五	一,九八一	一,九五一	一,二三八	一,〇三一	三一一	一〇,一九六
	全数	六,四〇八	五,三五五	六,二八〇	六,八九〇	五,一一二	三,七八八	一,四六四	三五,三九七
十四岁以上数学生徒	男	二三,五三一	七,九一二	一五,五七五	一四,三九五	一〇,一八〇	五,二七一	六,一二六	八二,九四五
	女	二,一二七	九,三三九	五,三二九	一,二三九	九一〇	二,八〇	二,九〇	一一,二四
	全数	二五,八〇二	八,八五一	二〇,八九四	一五,七一八	一一,〇九〇	五,五五一	六,四一四	九四,三六九
学生徒		七,〇一八	八,四	一,九七	一,三一	五,四	二,〇三	二,〇八	六〇,〇四九
人口百中数学生徒		四一,九六	七,〇三二	六,〇六七	五,〇六	五,〇六	六,〇三九	五,〇八	六,〇四九
小学	公立	六,九四	三,九九二	四,五三六	三,八六五	三,六〇二	二,二〇二	二,二〇八	二四,二八一
	私立	四	八四	一,九七	一,三一	五四	三	三	一,七一八
中学	公立	四	四	三	七	七	五	三	三一
	私立	一,二四	一,四	三六	八,二	一	一	一	三五八
大学	官立	三	二						

续表

区	第一	第二	第三	第四	第五	第六	第七	总计
大学专门学校 公立	九	四		一	三	一	一	一八
专门学校 私立	一九	四	一一	九				三四
小学师范学校 官立	一一		一		一		一	五
小学师范学校 公立	一七	三三	二一	一四	八	一〇	九	九一
中学师范学校 官立	一							
中学师范学校 公立		一						
外国语学校 官立	一		一					一一
外国语学校 公立		一	三			一		五
外国语学校 私立	四	一一	一〇		一	一	一一	一一

续表

区		第一	第二	第三	第四	第五	第六	第七	总计
大学	公立			五六					五六
	私立			一八五					一八五
女子手艺学校									
学校全	数	五,一七二	四,一一九	五,0五一	四二0	三,三五六	二,一一六	二,二三四	二六,一六八
公立小学生徒	男	二五四,一九二	二八0,三五四	二七三,七二0	三三四,七二0	三0七,八六三	一五四,九六三	一四七,一九二	一,五五二,四0八
	女	九三,0九六	一二,四五四	三,二一七	七四,三0五	五,二0五	四二,二五六	二七,二六一	五四四,七六八
私立小学生徒	男	二六,四0二	四,0五九	五,一四五	三,一六二	二,七六0	七,五0	六,0二	四二,三三二
	女	二0,七七七	一,三六三	一,七一二	七00	三二二	一0四	一四四	二四,四二五
小学每日出席生徒平均数	平均数	二九,六九九	二七0,0七七	二九八,三三五	二0六,六六六	七六,四三二	一六一,一0九	三0,九0五	一,五三三,0六四
公立中学生徒	男	一00	三三六	七三六	八九二	五五五	二七0	一九二	三,0七九
公立中学生徒	女		一	一八九	一一				一九二
私立中学生徒	男	一0,五四五	四八,四	一六,三三五	三,四九一	六九	一0七		一六,三三一
	女	七六一	一六七	四八	一一				九二0

续表

	区	第一	第二	第三	第四	第五	第六	第七	总计
大学　官立大学生徒	男	一五〇							一七〇
公立专门学校生徒	男	七二二	三二四		六六	二九七	二八	五〇	一,四八八
私立专门学校生徒	男	一二七	五三一		五二二		四七一	九七	一,七四八
私立专门学校生徒	女	三六	四五	四	四一				一二六
官立小学师范学校生徒	男	一三一	一九七	四六		九〇			四二一
官立小学师范学校生徒	女	三四七		二二一					三五七
公立小学师范学校生徒	男	一,五九一	一,一一一	一,六六八	七〇四	八二六		六四一	六,八〇〇
公立小学师范学校生徒	女	七〇		一六	二五		四	八六	三八〇
官立中学师范学校生徒	男	五五							五五
公立中学师范学校生徒	男	二二一							二二一

续表

区	第一	第二	第三	第四	第五	第六	第七	总计
大学·官立外国语学校生徒　男	三四一		一九三					五三四
公立外国语学校生徒　男			一九〇			九五		二八五
公立外国语学校生徒　女		三五	二八					六三
私立外国语学校生徒　男	七八	九一	二三六		二八	三四	九六	五八三
私立外国语学校生徒　女	二二		五五					五七
公立女子手艺学校生徒（全数）			二、七四四					二、七四四
私立女子手艺学校生徒（全数）			二、〇三六					二、〇三六
公立小学校生徒（全数）	四一一、六五〇	四一二、〇二九	四一〇、五〇二	三一八、七五一	二六五、九二八	一九八、八四七	一七六、三四三	二、二〇五、〇五〇
公立小学教员　男	九、五六五	一〇、一三四	九、九七六	八、〇九二	六、七六五	七、七七一	四、三五五	五六、六八五
公立小学教员　女	一八五	四四六	一二一	二八二	一〇八	六一	七一	一、二一五

续表

大学	区	第一	第二	第三	第四	第五	第六	第七	总计
私立小学教员	男	九七八	一〇九	二一五	一五八	一二一	七	二九	一,六〇九
	女	三三六	三一	七	六	六	二	四	二八三
公立中学教员	男	一八	三五	七	五三	四〇	二五	九	一八七
私立中学教员	男	四九一	三一	六六	一一四	一二	四		七〇〇
	女	三一			二				二三
官立大学教员	男	九一	二五		四	一二		三二	九一
公立专门学校教员	男	三三	四		一〇	一一	六		八二
私立专门学校教员	男	六三		一〇	一〇	八		一〇	七九
官立小学师范学校教员	男	三一		一〇					四九
	女	九							九

续表

区		第一	第二	第三	第四	第五	第六	第七	总计
大学									
公立小学师范学校教员	男	一五八	一二八	一五〇	七七	九八	四四	六二	七七七
	女	四	六		一			四	一五
官立中学师范学校教员	男	一〇							一〇
公立中学师范学校教员	男		一五						一五
官立外国语学校教员	男	三六		一七				五	五三
公立外国语学校教员	男		一	七					一三
	女		一	一					二
私立外国语学校教员	男	五	一二	一七		一	一一	一一	三七
	女			二二				一	四

续表

区	第一	第二	第三	第四	第五	第六	第七	总计
大学								
公立女子手艺学校教员　女			七四					七四
私立女子手艺学校教员　男			四					四
私立女子手艺学校教员　女			一八一					一八一
教员内外全数	一,九二三	一0,九五九	一0,八五六	八,七九九	七,一五七	七,九二八	四,五五0	六二,七0
官立幼稚园　保姆	五							五
官立幼稚园　生徒　男	一0一							一0一
官立幼稚园　生徒　女	五七							五七

卷三十四　礼俗志一

外史氏曰:五帝不袭礼,三王不沿乐,此因时而异者也。百里不同风,千里不同俗,此因地而异者也。况海外之国,服食不同,梯航远隔者乎? 骤而观人之国,见其习俗风气,为耳目所未经,则惊骇叹咤,或归而告诸友朋,以为笑谑;人之观吾国也亦然。彼此易观,则彼此相笑,而问其是非美恶,各袒己国。虽聚天下万国之圣贤于一堂,恐亦不能断斯狱矣。一相见礼也,或拱手为敬,或垂手为敬,或握手为敬,或合掌为敬。一拜礼也,或稽首为礼,或顿首为礼,或俯首为礼,或鞠躬为礼,或拍手为礼。究其本原之所在,则天之生人也,耳目口鼻同,即心同理同。用礼之节文以行吾敬,行吾爱,亦无不同。吾以为异者,礼之末;同者,礼之本,其同异有不必论者。虽然,天下万国之人之心之理,既已无不同,而稽其节文,乃南辕北辙,乖隔歧异,不可合并,至于如此,盖各因其所习以为之故也。礼也者,非从天降,非从地出,因人情而为之者也。人情者何?习惯是也。光岳分区,风气间阻,此因其所习,彼亦因其所习,日增月益,各行其道,习惯之久,至于一成而不可易,而礼与俗,皆出于其中。是故,先王之治国化民,亦慎其所习而已矣。嗟夫! 风俗之端始于至微,搏之而无物,察之而无形,听之而无声,然一二人倡之,千百人和之,人与人相接,人与人相续,又踵而行之,及其既成,虽其极陋甚弊者，举国之人习以为然，上智所不能察，大力所不能挽，严刑峻法所不能变。夫事有是有非，有美有恶，旁观者或一览而知之，而彼国称之为礼，沿之为俗，乃至举国之人，展转沉锢于其中而莫能少越，则习之圉人也大矣！古先哲王知其然也，故于习之善者导之，其可者因之，有弊者严禁以防之，败坏者设法以救之，秉国钧者其念之哉！作《礼俗志》，为类十有四：曰朝会，曰祭祀，曰婚娶，曰丧葬，曰服饰，曰饮食，曰居处，曰岁时，曰乐舞，曰游晏，曰神道，曰佛教，曰氏族，曰社会。

朝　会

新年朝贺　元旦，皇帝受群臣朝拜。是日，禁阙诸门近卫兵，皆白毛帽，执枪铳，守卫如仪。参贺群臣，大礼服，午前七时十二分参列。八时，式部头奏请御正殿，帝正服，御宝座。宫内卿、辅、书记官、侍从长、侍从，皆大礼服，立列宝座之右，北面西上，卿、辅外柱，侍从内柱。皇后就宝座之左位。后宫大夫、亮及女官，立列其左，皆南面。大夫、亮西上，宫女东上，大夫、女官外柱，亮内柱，式部头班殿南东群臣拜位之傍，斜向，式部助班殿柱外北面。皇族亲王暨大臣、参议、诸省卿以下敕任官，麝香间祇候，华族等以次进拜帝及后。折旋退。礼毕，帝还御。午前九时三十分，外国使臣参朝。式部头奏请帝御正殿，皇后就宝座之左位，诸官立列如前。外务卿、书记官班殿东北公使拜位之首，斜向。式部头传旨，引公使、外务卿相率就拜位。首班公使奏祝辞，帝敕曰："方此佳辰，与卿等同庆。"礼毕，还御。午前十一时，诸省及在京奏任官朝拜，仪同前。同日，各省判任官于各省参贺，省卿奏之。各府县地方敕奏官上贺表。二日，文武非役勋六等以上、从六位以上朝拜。同日，非役有位华族朝拜。二十日,神官奏任以上、教导职六级以上朝拜。二十一日,各宗教导职六级以上朝拜。

新年宴会 一月五日,黎明,装饰正殿,开新年贺宴,大召文武百官。午前十一时,式部头奏请御正殿。帝正服,御中央宝座。皇族诸亲王、大臣、参议,麝香间祇候,大政官、元老院、诸省卿,并敕奏官、东京府以下各府县在京敕奏官,皆大礼服,班位依次参列于宝座之左右。每一人安食台椅子,赐酒及馔,伶人奏舞乐,百官欢醉。帝还御,乐止。宴毕,众退。

纪元节宴会 以二月十一日为纪元节,即神武天皇即位之日也。设宴庆祝,式仪同前,惟舞乐奏久米舞。神武所作,故于祭神武时用之。

天长节宴会 十一月三日为今帝生日,名曰天长节。质明,装饰正殿。午前十一时,式部头奏请御正殿。帝正服,御宝座受贺,皇后陪坐宝座之左位。皇族亲王暨大臣、参议以下,麝香间祇候,文武敕任、奏任官皆上万寿,行最敬礼。礼毕,还御。赐群臣酒馔,仪同前。此间奏欧乐。宴止,众退。

以上三大节,全国臣民,每户揭旭光旗章,以表庆贺。

每月赐宴 每月定日,帝于便殿召大臣、参议及有勋劳于国者,赐以酒食。或奏国乐,或奏西乐,序坐款语,以舒君臣相悦之情。制以每月土曜日为定例。以上今礼。自明治元年三月,参与大久保利通上表曰:"中世以还,天皇垂帘拱手,步不履地,九重深邃,得近御座者,公卿数人耳。所谓阶前万里,其隔阂可知也。夫尊君敬上,人心所同。然尊之失其道,天理乖戾,上下否隔,是古今之通弊。请破俗论,勿饰边幅,以从事于简易轻便。"朝议采之,旧仪繁重者,大半删弃。今考《延喜式》所载,元正朝会,名曰大仪,节录如下,以备参考。元正前二日,大藏丞、录率史生、藏部等,

悬绣额于大极殿,缀著料绯丝一绚。前一日,殿东南庭设皇太子及大臣轻幄,
诸门悬屏幔,东西廊门南左右,并诸门悬屏幔。内匠寮官人,率木工、长上、杂
工等装饰大极殿:高御座,盖作八角,角别上立小凤像,下悬以玉幡,每面悬镜
三面,当顶著大镜一面,盖上立大凤像,总凤九只,镜二十五面;幔台一十二
基,立高御座东西各四间;又整立南庭白铜大火炉二口,中阶以南相去十丈,
东西之间相去六丈。兵库寮与木工寮共建幢柱管于大极殿前庭龙尾道上,率
内匠寮工一人、鼓吹户四十人构建宝幢,从殿中阶南去十五丈四尺,建乌像
幢:左日像幢,次朱雀旗,次青龙旗,此旗当殿东头楹;右月像幢,次白虎旗,次
元武旗,此旗当殿西头楹,相去各二丈许,与苍龙、白虎两楼南端楹平头。立
鼓钲:大极殿东南阁内大臣幄西南去一丈立钲,又南去一丈立鼓,钲加角槌二
柄、鼓木槌二柄,击人各一人,长一人;次会昌门外东去九丈,自廊南去五丈立
钲,又去一丈立鼓;次栖凤楼西南角坛以西相去一丈立鼓,以北相去六尺立
钲;次朱雀门内东去十丈自垣北去七丈立钲,又去一丈立鼓。至日,主殿头率
寮下扫治御前及宫掖所。所史生左右各二人,礼服,官袷袍,表绯里白,白袴,
带鼻切履,执威仪。物殿部左右方十一人,一人执梅杖,二人紫伞,三人紫盖,
二人营伞,三人营盖;右准此。其装束,各黄帛袷袍一领。图书寮于大极殿前
庭左右设火炉榻一脚,官人四人,各著礼服,分自东西廊门,当炉榻相对立。
中务省、辅省,浅紫袄金银装,腰带金银装,横刀,乌皮靴,策著帜纹。丞并内
舍人,皂绶绯袄,挂甲,白布带,横刀弓箭,麻鞋。其日,依时刻,辅、丞各二人,
相分率内舍人大极殿前庭近卫阵以南队之,各居胡床,兕纛幡二(流)〔旒〕,
钲鼓各二面。寅一刻,击装束鼓。三刻,列阵鼓。卯一刻,进鼓。凡供奉威仪
官人,绶腰带布带,横刀弓箭。兵部省于平旦,命丞、录各一人,东西相分,将
史生、省掌等共入八省院,检校兵库幢旗、诸位仪仗及隼人等阵。阁外大臣就
朝集堂,召兵部省即丞入受命,出令兵库寮击外辨鼓。兵库寮分配击钲鼓人
及执夫:于大极殿及会昌以外三门,别击钲鼓各一人,执夫四人;中务击钲鼓
人各二人,执夫八人;诸卫别击钲鼓人一人,执夫四人。击钲鼓人,著平巾冠,
绯大袖袍,绿袄子,帛博带,大口帛袷裤,白布袜,乌舄。执钲鼓夫,著皂缦头

巾,皂绶,朱末额,绯大缬袍,白布带,白布裤,绀布胫巾,麻鞋。击钲鼓节,群官阵列毕,阊外大臣仰兵部省省令寮击外辨鼓,平声九下,诸门依次相应。开门毕,寮头进申阊内大臣令,击殿下唤鼓,双声九下,诸门依次相应。左右近卫府,于其日寅二刻,始击动鼓三度,度别平声九下,即令装束。大将著武礼冠,浅紫袄,锦裲裆,将军带金装,横刀,靴策著帜伇;中将武礼冠,深绯袄,锦裲裆,将军带金装,横刀,靴策著帜伇;少将武礼冠,浅绯袄,锦裲裆,将军带金装,横刀,靴策著帜伇。将监、将曹,并皂绶,深绿袄,锦裲裆,白布带,横刀弓箭,白布胫巾,麻鞋。卯一刻,击列阵鼓一度,平声九下。卯三刻,击进阵鼓三度,度别九下。仗初进时,击行鼓三度,度别双声二下,皆就队下。中将率将监以下,列队于大极殿南阶下;大、少将率将监以下,队于中务阵以北。龙像纛幡一旒,鹰像队幡四旒,小幡二十四旒,钲鼓各一面。将监率将曹以下,队于大极殿以北、后殿南,并居胡床。左右卫门府,于其日寅刻,近卫府始击动鼓,以次相应,即令装束:督著武礼冠,深绯袄,绣裲裆,将军带金装,横刀,靴策著帜伇;佐,武礼冠,绯袄,绣裲裆,将军带金装,横刀,靴策著帜伇;尉、志并皂绶,深绿袄,锦裲裆,白布带,横刀弓箭,绯胫巾,麻鞋;府生门部并皂绶绀袄,挂甲,白布带,横刀弓箭,白布胫巾,麻鞋;卫士皂绶末额,桃染布衫,挂甲,白布带,横刀弓箭,白布胫巾,麻鞋。卯一刻,近卫府击列阵鼓,以次相应。卯三刻,击进阵鼓,仗初进,击行鼓,各相应如前,皆就队下。督率尉以下队于会昌门外左,鸳像纛幡一旒,鹰像队幡二旒,小幡四十九旒,钲鼓各一面。伴氏五位一人,率门部三人入自披门,居会昌门内左厢。依时刻令开门,佐率尉以下队于应天门外左,队幡二旒,小幡四十五旒,尉一人率门部三人居门下,开门毕,还本阵。又尉率志以下队于朱雀门外,队幡二旒,小幡四十旒,志一人率门部五人居门下,开门毕,还本阵。自朱雀门外至于第一坊门路傍,卫士队之。又尉率卫士已上队于龙尾道以南诸门外,小幡四旒,志率卫士已上队于东西诸门及余披门。左右兵卫府,于其日寅二刻,近卫府始击动鼓相应,装束:督著武礼冠,深绯袄,绣裲裆,将军带金装,横刀,靴策著帜伇;佐武礼冠,绯袄,锦裲裆,将军带金装,横刀,靴策著帜伇;尉、志并皂绶深绿袄,锦裲裆,白布带,横刀弓箭,绯胫布,麻鞋;府生兵卫并皂绯绀袄,挂甲,白布带,横刀弓箭,白布胫巾,麻鞋。卯一刻,近卫府击列阵鼓,以次相应。卯三刻,击进阵鼓,仗初进,击行鼓,各相应如前,皆就队下。督、佐率尉以下队于龙尾道东阶下,虎像蠹幡一旒,熊像队幡四旒,小幡九十六旒,钲鼓各一面。又尉率志已下队于北殿门左,小幡十八旒。志率兵卫以上队于北掖门、东廊门。隼人司官人三人,史生二人,率大衣二人、番上隼人二十人、今来隼人二十人、白丁隼人一百三十二人,分阵应天门外之左右。群官初入,自胡床起,今来隼人发吠声三节。其官人著当色,横刀,大衣,及番上隼人著当色,横刀、白赤木绵耳形鬘。自余隼人,皆著大摸布衫,襟袖,著两面襕布袴,著两面襕绯帛肩巾,横刀,白赤木绵耳形鬘,执盾枪,并坐胡床。式部元日丑一刻,扫部寮设辅以下、省掌以上座于便处。辅以下就座,省掌置版位,五位以上服礼服,就版,受点。其礼冠:亲王:四品已上,并漆地金装,以水精三颗、琥碧三颗、青玉五颗交居冠顶,以白玉八颗立栉形上,以绀玉二十颗立前后押鬘上。其徽立额上:一品青龙,尾上头下,右出左顾;二品朱雀,右出左顾;三品白虎,尾上末卷,头下右向;四品元武,为蛇所缠,并右出左顾。凡立玉有茎并座,居玉则有座无茎。诸王:一位,漆地金装,以赤玉五颗、绿玉六颗交居冠顶,黑玉八颗立栉形上,以绿玉二十颗立前后押鬘上。二位,以白玉一颗、绿玉五颗交居冠顶,以赤玉八颗立栉形上,自余并准一位。三位以黄玉八颗立栉形上,自余并准二位。四位,漆地、绾形、栉形、押鬘玉,座皆金装,自余银装,以赤玉五颗、绿玉六颗交居冠顶,以白玉十颗立前押鬘上,以青玉十颗立后押鬘上,不立栉形上。正五位,漆地银装,以黑玉十颗立前押鬘上,以青玉十颗立后押鬘上,自余准四位。其徽为凤。三位已上,正位,正立仰头;从位,正立低头。正四位上阶左出右向,下阶右出左向;从四位上阶左出右顾,下阶右出左顾。五位准四位。诸臣:一位以绀玉八颗立栉形上,自余并准王一位,惟玉色、交居,王臣各异。二位以绿玉五颗、白玉三颗、赤黑玉三颗交居冠顶,以赤玉八颗立栉形上,自余准一位。三位以黄玉八颗立栉形上,自余准二位。四位以赤玉六颗、绿玉五颗交居冠顶,自余准王四位。五位以绿玉五颗、白玉三颗、赤黑玉三颗交居冠顶,自余准王五位。其徽为麟,正、从出向皆准诸王。群臣入,就位毕,兵部省于殿下击襄御帐钲,平声三下,乃开御帷。图书寮主殿先进发,火炉寮官人左右各一人进,就榻下共烧香。一举毕,帝衮冕出,御大极殿御座。女嬬十六人导引宸仪,分侍左右。此时中务省内舍人之供奉驾前者,分就胡床。左右近卫、左右卫门、左右兵卫之供奉驾阵者,咸就本队。群官咸拜,礼毕,驾还。中务省、左右近卫、左右卫门、左右兵卫,各供奉如初。兵部省于殿下击下帐钲,钲平声三下,殿下即击退鼓,双声九下,诸门依次相应,群官退出讫,外门击钲五下,诸门钲依次相应。然后近卫击退队鼓三度,度别九下,余府依次相应,还入本府,各击钲五下,解阵。

祭 祀

新年祭 一月一日,帝亲祭贤所、祭三种神器之一神镜处。皇灵、安祖宗以来历代皇灵处。神殿。祭天神地祇处。午前四时,装饰尊庙。宫内省、式部寮官人就座,掌典进开扉,贤所、皇灵以内掌典开扉。内掌典,女官也。伶人奏乐,内掌典及掌典补供神馔,乐作,掌典奏祝词。五时,式部头奏请出御。帝冠冕束带步行,近卫将校警卫左右,侍从执炬前导,宫内卿以下扈从。至庙,侍从执御剑候于阶上,帝亲奉玉串,系木棉于木端,名曰玉串。拜礼,式部头赞相祭仪。皇灵、神殿,同一祭仪。惟拜贤所时,别有内掌典引铃之仪。拜毕,还御。宫内省、式部寮官敕任、奏任、判任以次就拜位行拜。礼毕,撤神馔,伶人奏乐,掌典闭扉。乐止,众退。所供神馔,贤所、皇灵用折敷高坏六本立,谓有足之笾,凡六事也。折柜二十合、神酒二瓶;神殿用洗米神酒二瓶、饼一重、海鱼、川鱼、海菜、野菜、果制、果盐,凡十台。二日、三日,贤所、皇灵、神殿每月祭祀均以朔日,惟新年限至三日。祭贤所、皇灵、神殿奏祝词,供神馔,同一日式,但式部寮主其事,帝不亲祭,并无奏乐。

元始祭　一月三日元始祭式。午前八时,装饰尊庙。宫内省、式部寮官就座,内掌典、掌典进,开扉,伶人奏乐,掌典供神馔及御币物。九时,在京诸省敕任官咸集。帝冠冕束带至尊庙,皇族亲王暨大臣、参议、宫内卿、辅、书记官等从。帝亲奉玉串于贤所内掌典引铃如常。拜,式部头奏告文。皇灵、神殿,同奏告文。此间陪从诸臣及在京诸省敕任官,宫内省、式部寮奏任、判任官以次拜。礼毕,还御,撤神馔、币物,伶人奏乐,掌典闭扉,乐止,众退。十时,宫内省、式部寮官就座,掌典开扉,皇太后、皇后拜礼,奉玉串。十时三十分,麝香间祗候参拜,各厅在京奏任官、神官奏任以上、教导职六级以上、有位华族等皆参拜。至十二时,拜毕,闭扉,众皆退。神馔:贤所、皇灵如一日之仪;神殿饭饼、海鱼、川鱼、野鸟、水鸟、海菜、野菜、果制、果盐、水御杯,凡十一台,酒二瓶。所供币物:锦一卷、红白绢各一匹、晒布二端,载之一台。

祈年祭　二月四日,帝遣敕使式部寮官奉币于伊势皇太神宫、丰受大神宫,及两大神宫之别宫,祭告祈年。皇太神宫供五色绝各十匹、白绢十匹、锦一端、木绵十两、麻十两、币帛料金若干、神馔料金若干。丰受大神宫,供币同前。皇太神宫别宫、荒祭宫,供币帛五色绝各一丈、木绵二两、麻二两、金若干、神馔料若干;又月读宫、月读荒御魂宫、伊佐奈岐宫、伊右奈弥宫、泷原宫、泷原并宫、伊杂宫、风日祈宫,供币帛并币帛神馔料金若干。丰受大神宫别宫、多贺宫、土宫、月夜见宫、风宫,供币帛并币帛神馔料金若干。祭日,神宫各神官咸集,两大神官供神馔,敕使进奉币帛,奏祭文。文曰:"天皇昭命使臣式部头某,敬告伊势度会天照皇太神之广前五十铃河上。巍巍乎! 建宫殿于磐石之根,大柱竖立,千木高揭,威灵赫赫,照古耀今。兹当祈年之辰,恭奉币帛,虔祈年谷,仰赖天恩。俾神国圣世,同磐石坚,千世万世,与天壤无穷。天皇大命,庶垂降鉴。臣诚惶恐惧敬白。"丰受宫各祝词大抵如前。同日,于宫内祭皇灵。同日,式部寮班币帛于各府县官币、国币社各有等差,令地方官及神官于邮递到日,奉之以修祭祀。官币大社:京都府贺茂别雷、贺茂御祖、男山八幡、松尾、平野、稻荷,堺县大神、大和、石上、春日、广濑、龙田、丹生川上、牧冈、大鸟,大坂府住吉、生国魂,兵库县广田,埼玉县冰川,千叶县安房、香取,茨城县鹿儿岛,静冈县三岛,爱知县热田,滋贺县日吉,和歌山县日前、国悬,岛根县出云,大分县宇佐,鹿儿岛县雾岛,共三十社。官币中社:京都府八坂,鹿儿岛县鹿儿岛,京都府白峰,山口县赤间,大坂府水无濑,神奈川县镰仓,静冈县井伊谷,京都府梅宫、贵船、大原野、吉田、北野,共十二社。官币小社:鹿儿岛县鹈户,开拓使札幌。别格官币九社:堺县谈山,京都府护王,熊本县菊池,兵库县凑川,鸟根县①名和,石川县藤岛,京都府丰国,橡木县②东照,陆军省靖国。国币中社:三重县敢国,静冈县浅间,神奈川县寒川,千叶县玉前,岐阜县南宫,长野县诹访两社,山梨县浅间,群马县贯前,橡木县二荒山,福岛县都都古别、伊佐须美,宫城县志波彦、盐灶,山形县大物忌、月山,滋贺县若狭彦、若狭姬、气比,石川县气多、射水,新潟县弥彦,京都府出云、笼,兵库县出石,岛根县宇倍、熊野、水若酢,兵库县海,冈山县中山、安仁、吉备津彦,广岛县严岛,山口县住吉,和歌山县熊野坐,兵库县伊奘诺,德岛县忌部、大麻比古,爱媛县田村、大山祇,高知

① 鸟根县,疑"鸟取县"之讹。
② 橡木县,疑"栃木县"之讹。下国币中社同。

县土佐,福冈县宗像三社、冲津宫、边津宫、中津宫。香椎、高良,大分县西寒多,长崎县田岛,熊本县阿苏,鹿儿岛县宫崎,长崎县住吉、海神,共五十二社。国币小社:爱知县砥鹿,静冈县小国,岐阜县水无,岩手县驹形,青森县岩木山,山形县出羽、汤殿山,石川县白山比咩,新潟县度津,岛根县大神山、日御崎、物部,广岛县沼名前,山口县玉祖,爱媛县事比罗,福冈县英彦山、大宰府,鹿儿岛县都农、牧闻,开拓使函馆八幡,共二十社。

春秋季皇灵祭　春三月二十日、秋九月二十三日,祭历代皇灵。装饰尊庙,供大真贤木神木如恒例。先朝祭,次午祭,后夕祭。朝祭于午前九时,式部头主其事,开扉,奏乐,供神馔,奏乐,奏祝词,撤神馔,闭扉,奏乐,均如恒仪。至十时,宫内省、式部寮官先集,内掌典开扉,伶人奏乐,掌典供神馔及币物,又奏乐,次神殿供神馔及币物,掌典奏祝词,告祭祀,又奏乐。此时,皇族亲王、大臣、参议、在京敕任官皆就座。式部头奏请出御,帝冠冕束带,至尊庙,到拜位,亲奉玉串于皇灵广前御拜,自奏告文。次贤所,御拜。无奉玉串、鸣御铃之事。次神殿,御拜,亦奉玉串,亲奏告文。亲王、大臣以下以次进,拜毕,还御。伶人奏东游舞踏,乃撤神殿币物及神馔,闭扉,奏乐,乐止,众退。十一时三十分,皇太后、皇后拜礼,奉玉串。次一品内亲王代拜,奉玉串。十二时三十分,麝香间祗候参拜。午后一时,官省、院使、府县在京奏任官、神官奏任以上,并教导职六级以上、有位华族,皆参拜,乃闭扉,各退。至四时,行夕祭仪如朝祭,亦式部头主祭事。

新尝祭　新尝祭定于十一月二十三日。午后二时,装饰尊庙。四时,式部寮官就座,掌典新设神座,供寝具于神座之上。式部头检视讫,五时四十分,掌典点忌火御灯于殿之四隅,殿前各所设庭燎,光明如昼。六时,亲王、大臣、参议以下及在京敕任官,齐集祗候。帝著祭服出御常殿,侍从二人左右秉烛,式部头、宫内卿恭引宸仪,行导御前,侍从奉剑玺,亲王、大臣、参议以下敕任官、宫内、式部奏任官扈从御后。帝著尊庙御座。侍从一人奉宝剑,一人奉神玺,立殿上篑席,式部头候幄外,供奉群臣各就幄舍,掌典行神降仪,乃捧进神馔,掌典二人执烛,掌典一人执削木称警。此时群官皆兴,伶人奏神乐,歌本拍子,伶人末拍子,伶人笛,伶人筚篥,伶人和琴,伶人皆歌。掌典一人执虾鳍槽,掌典一人执多志良加,陪膳采女执杨枝筥,后取采女执巾筥,采女一人执神食荐,采女一人执御食荐,采女一人执箸筥,采女一人执扱手筥,掌典一人执御饭筥,掌典一人执鲜物筥,掌典一人执干物筥,掌典一人执果子筥,掌典一人执海藻汁渍,掌典一人执鳆汁渍,掌典二人执空盏,掌典二人舁羹八足机,掌典二人舁酒八足机,掌典二人舁御粥八足机,掌典二人舁御直会八足机。次供奉官捧盥漱水,帝亲供进新神馔,是年新熟米。亲奏告文。亲祭之仪,臣下不得窥见。次御直会,乃撤神馔,供奉官捧盥漱水,捧神馔者各司其事,次第退。于是亲王、大臣及诸敕任官于殿前庭上拜礼,宫内、式部之奏任、判任官亦拜。礼毕,掌典行神升仪,乃还御,仪如初。至十时,麝香间祗候、华族皆参拜。

祭祢庙、祭陵 每岁于一月三十日,祭孝明天皇,仪如皇灵祭。二月二十一日,祭仁孝天皇。十二月十二日,祭光格天皇。十二月六日,祭后桃园院天皇,仪如元始祭。即四亲庙。同日,即遣敕使祭山陵。敕使暨随员均大礼服,祭文纳之锦袋,或随员挂于首,或敕使捧于手,派警部四骑随从,二骑导前,二骑护后。至日,地方官装饰陵前,供神馔,敕使进奏祭文,礼成复命。以上今礼。从宫内书记询问得之,名曰《现行假例》,谓暂时所行,非典制也。明治以来,百度修明,独于祭祀之礼阙而未备。盖中兴日浅,庶政草创,有所未暇,抑亦视之不甚重也。考古来列于大祀者,为践祚大尝祭。七月以前即位者,当年行事;八月以后,则明年行事。其年预令所司卜定天下国郡为斋郡,命之供器具,供营缮,供调使,名曰悠纪、主基。卜定,即下知,依例准拟八月上旬,遣大被使于诸国;已发使,复遣使供币帛于天神地祇。下旬,又遣被使于左右京、五畿内各国。帝于十月下旬临幸川上,行禊礼,颁告诸司。自十一月朔至晦,散斋一月;自丑至卯,致斋三日。大尝会杂用料稻,命斋郡每国充正税一万束,拔穗田每国六段。遣官到斋郡大被,卜定在田及在场杂色人等,又令辨备多明米三十斛充酒料,与穗稻同领送。别令于参河国织神服,令河内、和泉、尾张、三河、备前供神御杂物,曰由加物。又令纪伊、淡路、阿波三国造由加物。凡舂米、造酒、采木、制器等事,均以卜定之,咸肃恭将事。于斋郡设斋院,所供物别构屋宇收之。赍送经由之国,皆扫路祇承。至京,又设斋场,所供物别构屋宇贮之。又命于缝殿织御祭服,内膳司备御料理。自神祇伯以下,皆别给斋服。前祭七日,造大尝宫,于朝堂院东西掖门内之龙尾道南庭分造,东为悠纪院,西为主基院。宫垣南北各开一门,内树屏篱,东西各开一门,外树屏篱。二院中垣之南端,开一小门,将柴为垣,押桙八重,垣末柱将推枝,诸门编楛为扉。悠纪院所造正殿一宇,甍置坚鱼木八枝,著高博风,构以黑木,葺以青草,以桧竿为天井,席为承尘,壁蔀以草,表裹以席,地敷束草,上加竹簀;其室簀上加席,席上敷白端御帖,帖上施坂枕,户悬布幌。主基院殿与上相对。又于大尝院北造回立宫正殿一宇,又于南北门建神盾二枚、戟八竿。又于朱雀、应天、会昌等门建大盾六枚、戟十三竿。十一月中寅日以前,内外庶事整齐已毕。卯日平明,神祇官班币帛于天下诸神座,别绝五尺,五色薄绝各一尺,倭文一尺,木绵二两,麻五两,四座置一束,八座置一束,盾一枝,枪一竿,裹叶荐六枝,庸布一丈四尺。是日,中臣官人率卜部于宫内首卜。诸司小斋人讫,各还私舍沐浴,斋服赴集。别差中臣、忌部官人各一人,率缝殿、大藏等官人奉置袂单于大尝宫悠纪殿,率内藏官人奉置御服并绢幞头于回立殿。主殿寮供奉

黄遵宪集

御汤三度：一度大斋汤，于常宫供之；二度小斋汤，并于回立殿供之，诸位立
仗，诸司陈威仪物如元日仪。石上、榎井二氏各二人，皆朝服，率内物部四十
人，著绀布衫，立大尝宫南北门神盾戟，门别盾二枚、戟四竿，讫，即分就左右
盾下胡床。门别内物部二十人，左右各十人，五人为列，六尺为间，伴佐伯各
二人，分就南门左右外掖胡床，待时开门。左右近卫中将以下各引队仗分卫
大尝宫，左右兵卫督以下各引部队分卫其方，左右卫门督以下各引其队分卫
其方及门。门部纠察诸门出入。隼人司率隼人分立左右，朝集堂前，待开门，
乃发声。中务辅丞率大舍人寮及舍人，宫内辅丞率主殿寮、扫部寮、殿部、扫
部等，并公服执威仪物，左右分陈。式部设皇太子以下版位于大尝宫南门外
廷。已时，主殿寮供奉大斋御汤，同时两国供物发自斋场，向大尝宫，悠纪在
左行，主基在右行。其行列：神部四人左右前驱，著青褶衣，执贤木。神祇官
一人在中，头当色著木绵鬘。次神服长二人，分在左右，著青褶衣，执贤木，神
服宿祢一人在中，头当色木绵禅日荫鬘。次缯服案，纳以细笼，置以案上，神
服二人昇之，著青褶衣。次神服男七十二人，分在左右，青褶衣，日荫鬘。次
神服女五十人，分在左右，青褶衣，日荫鬘。男女各执酒栢，以弓弦叶插白竿
四重，重别四枚。次悠纪国前驱四人，分在左右，青褶衣，执贤木。次稻实，卜
部一人在中，头当色木绵禅日荫鬘，执青竹。次造酒儿，细布明衣，日荫鬘，乘
素舆，舆夫四人。次御稻舆，纳稻布袋。担夫二人，稻实公青褶衣，木绵禅日
荫鬘。次戴御膳案，女八人，细布衫，木绵禅日荫鬘，垂鬓。次御酒案一脚，担
夫四人。次黑酒二瓶，夫各八人。次白酒二瓶，夫各八人。已上四瓶，各载黑
木舆，饰以萝葛。次由加物八舆，舆别夫四人，纳以明柜，置以大案。次切机
四脚，加纳刀子折柜二合，裹以曝布，以案为一荷，荷别夫二人。次火燧一荷，
纳筥二合，吴竹为足，覆以绿缬，夫一人。次臼一腰，纳以布袋，结以布带，覆
口以白木盘，裹以细席，夫二人。次杵四枝，纳以布袋，吴竹为足，夫一人。次
箕二枚，裹以曝布，吴竹为足，夫一人。次薪十荷，两端裹以细席，夫十人。次
火台四荷，涂以白土，覆以细席，荷别夫二人。次松明四荷，两端裹以细席，夫
四人。土火炉四荷，构以椿木，涂以白土，覆以细席，荷别夫四人。次榊叶二

荷，裹以细席，夫二人。次食荐，并置簀一荷，裹以曝布，纳以明柜，置以大案，夫二人。次韩灶一具，纳以明柜，置以大案，覆以绯油单，夫六人。次水六瓶，覆口以白木盘，载以黑木，舆饰以草木叶，夫各四人。已上并神御物，皆插贤木。次祢宜卜部在中，头当色木绵裸日荫鬘。次国郡司，分在左右，并当色日荫鬘。其国司亲族相助者，各监献物，左右分列，绿袄青揩衫。次酒盏案一脚，夫四人。次黑酒十缶，夫二十人。次白酒十缶，夫二十人。次饰酒十瓶，瓶别夫八人。次仓代物四十舆，舆别夫八人。黑酒以下，黑木为舆，饰以美草。次杂鱼鮨一百缶，夫二百人，桧木为足，以曝布覆口。次肴果十舆，舆别夫四人。次饭一百柜，夫二百人。次酒一百缶，夫二百人。次杂鱼并菜一百缶，夫二百人，担夫皆青揩衣。已上并多明物。其主基国次第亦如之。阿波国忌部所织粗妙服，即神语所谓阿良多倍，预于神祇官设备，纳以细笼，置以案上，四角立贤木，著木绵。忌部一人执著木绵之贤木前行，四人舁案，并著木绵鬘。未时以前，供物到朱雀门下，神服部在前如初。阿波国忌部引粗服案出，自神祇官就绘服案后立定，待内辨毕，卫门府开南三门，如元日仪。神祇官一人，引神服男女等到于大尝宫，殿膳置柏酒出，又神祇官左右分引两国供物参入，除神御物之外，皆留朝集院庭中，各分安置东西堂，到大尝宫南门外，即悠纪左回，主基右回，共到北门。神祇官引神服宿祢入，奠缯服案于悠纪殿神座上，次忌部官一人入，奠粗服案于神座上。讫共引出，乃两国献物各收盛殿。讫，卫门府闭门神祇官侍于北门内左掖。造酒儿先舂御饭稻，次酒波等共不易手。舂毕，伴造燧火，兼炊御饭，安县宿祢炊火，内膳司率诸氏伴造各供其职，料理御膳。宫内省官人左右分引，大膳、职造、酒司各陈其所备供神物。高桥朝臣一人、安县宿祢一人，各擎多贺须伎。其膳部、酒部，亦依次立，并入大尝宫，共外殿就案头立定，前头先奠案上，自余以次手传奉，奠讫，相顾退出。明日撤，亦如之。酉时，主殿寮以寮火设灯燎于悠纪、主基二院，院别二灯二燎。伴宿祢一人，佐伯宿祢一人，各率门部八人，著青揩衫，于南门外通夜庭燎。悠纪、主基二国进御殿油二斗，夜别五升；灯盏盘各八口，灯心布八尺，夜别二尺；炭八石，日别二石；续松三百二十炬，长各八尺，夜别八十炬;薪一千二百斤,日别二百斤。戌时,天跸始警临回立殿。主殿寮供奉御汤,即御祭服,入大尝宫。其道,大藏省预铺二幅布单,扫部寮设叶荐,且随御步敷布单上,前敷后卷,宫内辅以上二人敷之,扫部允以上二人卷之,人不敢蹋。还亦如之。宫中道并庭,以八幅布单八条敷。大臣若大中纳言一人,率中臣、忌部、御巫、猿女左右前行,大臣立中央,中臣、忌部列门外路左右,宸仪始出。主殿官人二人执烛奉迎车持,朝臣一人执菅盖,子部宿祢一人,笠取直一人并执盖纲,膝行,各供其职,还亦如之。御悠纪尝殿小斋,群官各就其座讫,伴佐伯氏各二人,开大尝宫南门,卫门府开朝堂院南门,宫内官人引吉野国栖十二人,栖笛工十二人,并青揩布衫,入自朝堂院东掖门,就位,奏古风。悠纪国司引歌人入自东掖门,就位,奏国风。伴宿祢一人,佐伯宿祢一人,各引语部十五人,著青揩衫,入自东南掖门,就位,奏古词。皇太子入自东西掖门,诸亲王入自西门,大臣以下,五位以上入自南门,并就幄下座,六位以下在晖章、修式二堂后,依次列立。群官初入,隼人发声,立定乃止。进于盾前,拍手歌舞。五位以上共起,就中庭版位跪,拍手四度,度别八遍,即神语所谓八开手。皇太子先拍手而退,次五位以上拍手,六位以下相兼拍手亦如之,讫,退出。惟五位以上退就幄下位坐定。安倍氏五位二人,六位六人,左右相分,共就版位跪奏。侍宿文官分番以上簿,讫,荐悠纪御膳。亥一刻进,四刻退。行立次第:最前内膳司膳部伴造一人,执火炬扑盆。次采女司采女朝臣二人,左右前驱。次宫主卜部一人,著木绵鬘襷,执竹杖。次主水司水取连一人,执虾蟆盐槽;水部一人执多志良加。次采女十人:一人执刷筥,一人执巾筥,一人执神食荐,一人执御食荐,一人执扷手筥,一人执饭筥,一人执鲜物筥,一人执干物筥,一人执箸筥,一人执果子筥。次内膳司高桥朝臣一人,执鳆汁渍;安昙宿祢一人,执海藻汁渍。膳部五人:一人执鳆羹坏,一人执海藻羹坏,二人执羹埚案,惟一人守棚,不入行列。酒部四人:二人舁酒案,二人舁黑白酒案。皆依次而立。荐享已讫,撤亦如之。子时,神祇官引内膳膳部等迁于主基膳殿,料理神御馔。宸仪还回立殿,其仪如初。供奉御汤讫,易御服,迁御主基尝殿,其仪一如悠纪。又国栖等奏古风,并皇太子以下拍手等,并同悠纪仪。寅一刻，荐主基御膳，进退如前。辰日卯一点，还回立殿，其仪如初。易御服，还宫警跸，侍卫如常仪。祭事已毕，百官各退，伴佐伯氏人闭门。二点，神祇官、中臣、忌部引御巫等，镇祭大尝宫殿，其币如初。讫，即令两国民坏却后镇祭所。平讫，即镇其地。料：庸布四段，木绵二斤，麻二斤十两，锹八口，米八升，浊酒八升，鳆四斤十两，坚鱼十斤六两，海藻十斤六两，腊一斗六升，盐四升，瓶坏各八口。其御服、衾单、狭帖、短帖、席，并回立殿及供奉御汤之属，并给忌部等。一物已上，所用杂物、经火之物，给宫主卜部。自余一物已上及杂舍等悉给中臣。四点，神祇官准例祭仁寿殿。又悠纪、主基两国仓代等杂物，列立于丰乐院庭中。先是，所司预扫除丰乐院，悠纪、主基二国，各设御帐于殿上，悠纪在东，主基在西，诸司内外张设如常仪。式部预置版位。辰二点，车驾临丰乐院，御悠纪帐，诸卫陈列如常。皇太子入自东北掖门，待亲王以下就位毕乃入，五位以上入自南门各就版位，六位以下相续参入，立定。神祇官、中臣执贤木副笏，入自南门，就版位，跪奏天神之寿词，忌部入奏神玺之镜剑，退出。次辨官五位一人亦就版位，跪奏两国所献供御，及多明物色目，讫，退出，皇太子先拍手退出。次五位以上俱拍手，六位以下相兼拍手，如前仪，以次退出。式部取版位出，宫内引大膳、职造、酒司所备多贺须伎、比良须伎等物，进见于庭，讫，将去。是时，大臣侍殿上，唤五位以上俱入，就显扬、兼观二堂座，六位以下以次参入，就观德、明义二堂，讫，悠纪国别贡物参入。巳一点，悠纪国荐御膳给飨五位以上，如宴会仪，两国多明物，并令辨官班给诸司。悠纪国献当时鲜味。次国司引歌人入，奏国风，讫，撤朝膳。未二点，迁御主基帐，皇太子以下亦就主基座，别贡物参入献当时鲜味，荐御膳，奏国风等，并同前事。讫，悠纪国给禄。巳日辰二点，御悠纪帐。三点荐御膳，次奏和舞。其召五位已上给飨，及六位已下参入，奏风俗乐等，并同。辰日未二点，御主基帐，供御膳之后，奏田舞，庶事同前仪。事讫，主基国赐禄。午日卯一点，却两国帐，所司装束寻常御帐。辰二点，御此帐，召五位以上及六位以下参入，同前日。四点，叙位，两国司及氏人等叙位人数，依敕处分。巳二点，所司荐御膳，其器具便用前日两国所供御膳之具，奏久米舞、吉志舞。申一点,奏大歌,并五节舞。三点,供奉解斋舞、先神服五舞,数限四人。次神祇官、中臣、忌部及小斋侍从以下、番上以上,左右分入,造酒司人别给柏,即受酒而饮。讫,即为鼗而舞之。酉二点,皇太子已下、五位已上,给禄各有差,又诸司六位官以下及两国驱使丁以上给禄。神祇伯、大副及斋部少领以上,加给马一匹。其悠纪、主基两国主典以下诸郡司、主帐以上把笏者、别敕叙位者,依临时处分。是日,小斋侍从以下于宫内省解斋,歌舞如常。大膳、大炊、造酒及两国司给酒食。讫,脱斋服复常云云。盖古之大尝祭,繁重如此。嵯峨帝时,右大臣等藤原冬嗣上言:"圣主相续,频御大尝,天下骚动,人民多疲。"其劳费可知。自王纲解纽,诸政废弛。及将军执政,则皇宫供亿尚有匮乏,何况祭祀?近年大政复古,初亦下诏,称祭政一致期复旧规。然若此隆仪大典,一时固未暇举行也。"今特节录其仪,以征旧典。

外史氏曰:余考日本开国以来,国之大事,莫大于祀。有大祀,有中祀,有小祀,有四时祭,每年定日行之。有临时祭。常祀之外应祭者,随时祭之。每帝践祚,必举大尝祭,典礼最重。即位之后,即简内亲王帝女也。若无内亲王,依世次简女王卜之。为伊势大神宫斋主,曰斋宫;又简内亲王为贺茂大神斋主,曰斋院,以奉祭祀。凡时祭名有十三,行之十八:曰祈年,欲令岁灾不作,时令顺序。曰镇华,三轮、狭井之二祭也。春日华散,疫疠流行,乃祭以镇。曰神衣,伊势之祭也。其神服部,斋戒精洁,以织神衣。其丝用三河赤引之神调麻绩连,亦织敷和之衣,以供神明。曰大忌,龙田、广濑之二祭也。欲令山谷之水变而为甘泽,润苗稼,有福祥焉。曰三枝,率川之祭也。其祭酒之樽,饰以三枝之华。曰风神,龙田、广濑之二祭也。欲令沴风不吹,稼穑滋登。曰月次,若庶人宅神祭焉。曰镇火,卜部之徒祭于宫城四隅,以防火灾。曰道飨,卜部之徒祭于京城四隅,以逆鬼魅,飨遏路上,使不内入。曰神尝,神衣祭日即行之。曰相尝,大倭、住吉、大神、兑师、恩智、意富、葛木鸭、纪伊日前神等是也。其神主各受官币帛而祭之焉。曰镇魂,阳气曰魂,招其所离,以镇于身体中也。

曰大祓。除不祥也。

祈年于仲春,镇华于季春,神衣于孟夏、孟秋,神尝亦于孟秋,大忌于孟夏、孟秋,三枝、风神于孟夏,月次、镇火、道飨于季夏、季冬,相尝、镇魂于仲冬。祈年、月次最重,百官集于神祇官,中臣氏宣祝词,忌部氏班币帛。凡六月及十二月晦日大祓,东西史部上祓刀,读祓词,讫,百官男女咸聚祓所。中臣氏宣祓词,卜部氏为解除。若其他临时之祭,盖不可胜数也。如霹雳神祭、镇灶鸣祭、镇水神祭、御灶祭、御井祭、镇御在所祭、镇土公祭、御川水祭、镇新宫地祭、八衢祭、行幸时祭、路次神祭、堺祭、大殿祭、宫城四隅疫神祭、祈雨神祭、遣使时祭、遣使造舶木灵并山神祭之类。考《延喜式》,群神列于祀典者,盖三千一百三十二座之多。凡神官有神户,其调庸田租,概充神宫装饰及供神,调度所需财物、所供币帛出于官。若大祀,则令国司供纳以卜定之。其祭物,有绖丝、绵、布、米、豆,酒、稻、鱼、菜、盐、果,及坏盘、案席、弓马、刀盾之类,所司长官亲加检校,必令精洁,(每)〔毋〕许杂秽。别有御赎祭,所供物有铁人像二枚、衣二领、袴二腰、被二条等事,谓赎罪于神,令移祸于铁人也。御赎祭有一世一行者,有岁岁行之者。司祭祀者,有中臣、卜部、忌部,世其官,有祢宜、物部、猿女、内人、御巫司其事,皆给以禄。祭之先,分颁祭衣;祭之后,别给赏禄。凡斋戒,大祀一月,中祀三日,小祀一日,大祀散斋一月,致斋三日。散斋期内,诸司不得吊丧问疾,不得食肉,不判刑,不作乐。所司预告于官。官于散斋日平旦应告诸司,俾得斋戒。凡供物礼仪,有定式,有差等。中古特设神祇省一官,神祇伯之职,掌祭祀之典,领邦国之祝,凡祝部神户名籍,皆隶于此。视御巫之祷,《神祇式》九月神尝祭,十月镇魂祭,则御巫与其事。知龟卜之令,凡灼龟占吉凶,是卜部执业而统于神祇省。总判其官事。大副、少副为之贰,率其属而从事焉。神祇伯班于百寮之上,其奏事列于诸务之先,盖所以重之者如此。自王政衰微,祀典疏怠,逮乎近日,则诸教盛行,各宗其说。如耶稣教视一切神明皆若诞妄,则有以古人之祭典为鄙陋、为愚昧者。民智益开,慢神愈甚。虽然,以古先哲王之仁之智,而以禘尝治国,以神道设教,自有精义。盖其时人文草昧,所以化民成俗,不得不出于此。上以恪恭严肃事神,下以清静纯穆报上,固有非后世之所能及者矣。嗟夫!

婚　娶

自诺、册二尊见脊令飞鸣,始制婚媾。中古多本唐礼。保元、平治之后,丧乱荐兴,礼制湮废,至足利义满时,有能阿弥鉴岳者,始制诸礼。以后小笠原氏、小笠原氏礼最通行,有开女塾以教女流者,其拜跪折旋,言辞謦欬,下至拂尘插花,均有法度云。伊势氏世习其仪,今所用大率本二氏。明治以来,稍稍废矣,而民间犹存旧典。古帝立后,又立中宫,置九嫔。诸侯妻曰御台所,亦曰某君。士大夫妻曰奥姑。《辽史·国语解》:凡纳后,即族中选尊者一人,当奥而坐,以主其礼,谓之奥姑。袭辽人语也。妻呼夫曰檀那,沿梵语也。平民妻曰女房,曰山神。僧妻曰库里,曰大黑。琼琼杵尊娶木花笑耶姬,姬为富士山神,以美称,故妻为山神。司财之神曰大黑,盖谓司内职者。僧厨曰库里,亦谓主库云。僧家真宗外,旧无蓄妻者,近日释禁,争迎娶矣。诸侯妾曰部屋,士大夫、平民皆曰妾。外妇名曰帏。妾生子则为乳母,不称母,不得配庙。聘妾不修礼,不与亲族交。有非妻非妾者,曰权妻,亦不与亲族交,计月输值,朝张暮李,听人去留。生子或留子去母。后有为妻者,设宴飨亲族,名曰披露。必设假父母,以生母贱也。娶妻不避同族,如帝子男为亲王,女为内亲王,制惟亲王许娶内亲王,至于五世之王仍不得娶。诸臣许娶五世之女王,其四世以上女亲王,均不得娶。凡皇子、皇兄弟，皆为亲王。自亲王至于五世，则有王名。旧制，限帝族自相为婚，亲王与内亲王相婚配。惟延历十一年九月诏曰："见任大臣良家子孙，听娶三世王。惟藤原朝臣奕世相承相王室，特听娶二世王。"蒲生秀实曰："按婚姻有礼，以男女有别，无相狎也；以尊卑有等，不苟合也。礼之质文，古今不同。上世兄弟相娶，自今视之，如无别者，然犹远同母，则无相狎者存焉。王姬之贵，不肯釐降诸臣，所以特贵天孙也。然二世之王女，藤原氏独以相家得娶焉，则不苟合者存焉。礼在无相狎而不苟合，其义虽与儒家异，亦何足伤也。儒家以不取同姓为礼，《礼记》载之，名为周道，则周以前之婚礼，当亦不避同姓矣。"历世相沿，由贵族逮于庶民皆如此。近世乃有禁同族为婚者。足利氏之后，诸侯无子者，即赘婿为子，嫁之以女，俾承宗祀，并从其姓。赘婿之风大行，因有男子嫁人之名，至今犹沿其俗。蒲生秀实曰："自足利氏后，天下余子多以男嫁人，而无子将择后者，必先议其币多少而后定议。"云云。自赘婿为子之风盛行，兄妹为婚之禁又起。或有妻死，继室以妹者，有司议曰："为人后者为之子，妻妹即其妹。是兄妹为婚也，不可。"或又曰："女夫谓之婿，己所生谓之子，今既并于一人之身，于姊谓之婿，于妹谓之子，何分歧为？且父母于姊妹均谓之女，未尝称配嗣子者为妇，己女而不妇，姊妹何择焉可。"议礼之家，纷如聚讼焉。

　　凡男子弱冠，其父母将迎妇，先立媒人，名曰肝煎。肝煎周旋二姓间，或看花，或烧香，骋车某寺，泛舟某桥，使两小相识。肝煎与妇家为约，名曰架桥，既诺，乃诣官告婚。官许之，遂用红定，谓之结纳。白发一、以白麻制之，长数尺，如白发。熨斗一、制以鳔鱼，长数尺，以薬缚。鱼双、用棘鬣鱼，或鲤鱼，或用凫雁。酒一樽、衣一领、带一围，其他数种，贫富有差。肝煎相携到妇家，亲戚咸集，揖让礼终，新妇出曰："妾不敏，愿赐教。"既而，开宴卜日。至日，婿受父母命，与肝煎到妇家迎之。女父母初见婿，授以刀剑二，名引出物。拜跪，礼终，设酒宴欢饮而去。即夜，妇舆入，肝煎从，亲戚皆从。

先出，父命之，母申之。母为结束，盘五采缕于髻，裙屐皆新，乃设庭燎为送死之礼，表不再归也。舆将入门，数女迎之，名待女郎。在堂上周旋新妇及为酌者。升堂，先拜家庙，就席，北面坐。衣必用素，以茧覆面，头发皆去饰，但妆红粉而已。婿礼服，南面坐。肝煎行酌应酬，杯用三，肴盛高盘，盘上饰以松竹梅鹤龟，皆以绣或以金银纸制，象蓬莱岛也，名曰岛台。肴必用干乌贼，羹用蛤。壶饰以雌雄胡蝶，以金银纸为之。以三盃夫妻相酬为九献，于时，肝煎唱古谣《高砂曲》。高砂在播磨国。古有老松，松精化为翁媪，戏于松下。后人为曲，合卺必谣之。曲曰："高砂兮重重，亭亭兮苍松。上有偕凤兮下有骈龙，枝当叶对兮无不双。"众皆拍掌。又歌曰："锦屏四围兮珊瑚交支，烛影迷离兮酒波参差。夜既央兮客未归，钗挂冠兮袖拂衣。形影兮相随，托微波兮通辞。在天为比翼兮，在地为连枝。三千一百三十二座大神兮，百千万亿化身菩萨兮，为我盟司，山摧海烂兮心不移。"新妇颎首，众益飞觞，欢声雷动。又歌曰："今日夫妇兮他日公婆，熨斗温兮相摩挲，白发千丈兮曳以拖。夫夫妇妇兮如琴之和，子子孙孙兮如虫之多。今夕何夕兮奈乐何。"歌未毕，促合卺饭。夫妻礼终，舅姑与新妇三献，兄弟亲族各一献。歌谣甫停，礼饭既终，复团圞饮，肴核杂陈，百戏迭兴。妇乃理发、插笄，更衣而坐，待女郎亦更衣。夜彻晨，尚点烛。饮宴未终，新妇与婿入后堂，共牢而食。新妇执贽舅家：白发一、熨斗一、酒一樽、鱼双、婿服一领，遗舅姑及兄弟、亲族、臣僚各以物有差。新妇所携单司、纳衣服。长持、藏寝具。黑棚、陈列妆具。厨子、列书籍及器物。钓台，厨间诸具及平生所用什具。富家多以描金箱、黑髹具，贫女黄竹箱一对而已。大家嫁女，更衣十三色，先白最后黑，衣毕乃登舆。婿家礼饮，亦屡更衣。新婚之夜，以更衣多为华，媵妾老女或更一二。饮

酒以过量为祝,醉倒亦不妨。聚饮者以残炙余鲙携去,归以遗细君
也。二日,招亲戚内子及姊妹开宴,各携酒肴来,如前日。三日,招
朋友相知。过三月,归宁母家,肝煎从焉,名曰里入,一宿而归。婿
为客于外家,曰初客,肝煎又从,遗物有差。有身五月为带视,遗赤
饭于肝煎。生子,每别筑产舍,曰生衙。既而举儿,七日命名,设宴
招亲族。若男也,以端午为祝日;女也,以上巳为祝日。此礼今已
废矣。初生逢五月,制旗如鲤,高插门楣,以祝多子。

丧　葬

　　垂仁帝时始造石棺,帝赐之官,建真利根始造石棺,献之帝。帝赐
姓曰石作大连公。后多用石棺。临葬,冠服、刀剑、珠玉、酒饭,及平
生所爱器玩,皆以殉,其厚葬可知。盗掘旧陵,多有得宝玉者,金碗、宝
刀,大概同秦汉以上制。如古帝陵,大者周围七八里,小者亦过千步,
穿堑注水,使人迹不能至。然中叶以后,大抵荒芜。考古治部省有诸
陵司,诸陵正及佑,掌陵墓之令,丧祭之纪。土部,从赞凶礼焉。又《丧葬令》,
凡先皇之陵,置陵户,若陵户不足,募百姓充役,十年一替。凡兆内,毋许臣庶
埋葬及耕牧樵采。又《诸陵式》,凡陵墓之侧有原野者,寮仰守户并移,所在国
司豫为除禁,毋使失火延烧。凡垣沟有损坏者,令守户修理,官人巡加检校。
岁十二月,遣奉币,谓之荷前祭。亲者曰近陵,疏者曰远陵,供币之数亦有差
等。凡祭之上旬,寮录其事,并诸国山陵使姓名及驿铃等数,以告于治部省,
省告于官,然后颁币,即日遣奉云云。然自王室衰微,历代帝陵多不可考。近
世蒲生秀实极意搜采,作《山陵志》一书,然尚十不能得五六也。佛教渡来
之后都用梵法,贵贱惟树一碑而已。中古天子废谥,用佛家法,死
者例为释徒。考古治部省有丧仪司,丧仪正及助,掌凶事仪式及葬具。又
《丧葬令》,凡葬具,一品则鼓百,大角五十,小角倍之,幡四百;二品则鼓八十,

大角四十,小角倍之,幡三百五十;三品则鼓六十,大角三十,小角倍之,幡三百。皆有钲铙各二,盾各七,以护葬,其发丧以三日。惟一品及太政大臣别有方相。太政大臣则鼓百四十,大角七十,小角倍之,幡五百,钲铙各四,盾九,以护葬,其发丧以五日。一位及左右大臣皆准二品;二位及大纳言皆准三品,惟除盾耳;三位则鼓四十,大角二十,小角倍之,幡二百,钲铙各一,其发丧以一日。若辇车,自一品至五位皆得用之。其他葬具及游部,并有定式云。又《考古记》云:游部在太和高市郡。其家相传有圆目王者,娶伊贺比自支和气之女。先是,凡大丧,比自支氏必令二人掌殡事:一曰祢,祢义谓负刀持戈;一曰余比,谓持刀及奉酒食供奉于内。其所陈之辞,例不使人知之。及长谷天皇崩,比自支氏亡,以是七日七夜不奉御食,诏诸国索其氏之人,或曰惟圆目王之妻,即比自支之子也。召问之,答曰:“妾族已绝,惟妾一人在。”有敕使负刀持戈,辞曰:“兵器,非妇人所能供奉。”乃命圆目王代其妻执事焉。诏令其子孙,永袭其职,因名游部君。凡送葬之日,于野中古市所在歌桓,亦令游部人为之。又考古有土部,其祖曰野见宿祢。当垂仁帝世,母弟倭彦命薨,近臣从殉,数日不死,昼夜啼泣。宿祢进曰:“殉葬不仁,臣请易以土偶。”乃召出云土部一百人,取埴造人马及众物形献之。帝大喜,名之曰埴轮,又名立物。下令曰:“永停殉葬,以此代人。”帝赐宿祢以锻地,任土部职,改姓土部,自是土部氏世掌凶仪。其年位高者为大连,次为少连,并紫衣带剑。盖中古丧仪如此。自佛教盛行,都用梵法,一切废弃矣。

平民全用火葬,故有棺无椁,其制甚薄,无大小敛,不齐不衰,不哭不踊,唯招僧读经,供蔬饭而已。始死,告之官及僧,曰某以某病死,年某甲。医师具书状,一僧来检尸,亲族相集,焚香点烛,唱佛名彻夜。翌修葬,具木棺,直立如龛。僧以药水拭其体,使尸软如泥,乃令死者合掌趺坐,衣皆用素,刀剑木制。二、扇一、念珠一,或为旅装,布袜麻鞋,一杖一笠,表到佛国也。棺糊以纸,罩以白布,书“南无阿弥陀佛”六字,或“南无妙法莲华经”七字。为幢四流,各书佛语,供以香炉花,以金银纸或白纸剪为莲花。果二盂,团子一盂,笼灯二。一宿或三宿葬焉。僧数人读经,鸣钲或奏乐,乃作偈读之,投龛中,又添血脉书。书释迦弟子之系新死者为释迦几传弟子,盖继释迦血脉者。葬之日,嗣子奉木主先柩行,亲族兄弟各礼服送之。列纸幡二三十,亦书六字七字如棺,和(撒)〔撒〕钱而行,曰买路钱。至寺,嗣子行香,次兄弟、亲戚、朋友,各有序。僧又读经,向柩大喝唱偈,谓之引导。礼终,飨僧及送者,亲戚陪食,冷酒野蔬。飨终,送野付荼毗,编竹为化人城。主人多置草屦,会葬者易屦入城,出易屦归。焚用木或佐以檀香。翌收骨,盛小瓮,埋之墓下,或分送纪列高野山,真宗则收于西京之东山。七日,僧来说经,飨之,亲族兄弟诣寺行香。四十九日而止,乃谢僧以衣服、货币若干,及死者遗物,曰布施。僧必为之谥,如曰"绿树院重阴四邻居士",或曰"月落乌啼庵主"、庵主三金、居士五金,寺僧撰谥以价多寡定之。始死,告之寺僧,僧曰:"以金几何圆葬之?"商定布施乃诵经。读《无量寿经》价若干、《法华经》若干、《大般若经》若干,皆有价。谚曰:"来世苦乐,因布施厚薄。"至五十日,亲族兄弟初饮酒食肉,日精进落与平日无异。近年以七日为限,丧葬礼终,供之家庙。真宗最极壮丽,有邸中筑一堂,佣僧护之者;有构一室,以七宝庄严者。凡一户必一庙,中央安释迦或阿弥陀、观音、势至等,左右列木主,不复序昭穆,朝夕必供馔。如德川氏之塔,世世建一庙,金铺铜沓,穷极华丽。诸侯大夫多有家庙。每祭设坛修佛事,招数十僧作无遮大会,精馔供僧,然后奠墓,布施山积。每岁七月为盂兰盆会。十三日夜招魂,家庙安木主,树青竹,四隅敷蒲席数重。有以野蔬象牛马者,或编柳为车,削竹为轮,谓幽魂驾而来也。设馔朝夕供之,招僧读经,灯光满室,幢幡四垂,设庭燎,鸣钲鼓。十五日夜,举幢幡投之流水。至十六日，饮酒啖肉，开宴招友。每岁扫墓于清明，素服随往，插花浇酒，或以杨枝洒水洗碑，不设供馔。期年、三年、七年、十三年、十七年、二十三年、二十七年、三十三年、三十七年、五十年、百年丁忌辰，为祭祀，亦延僧诵经，招客饮酒作大会。上古尚殉死，自垂仁帝时，使土工作俑代人，诏禁殉，然此风不绝。至武臣专政时，尤贵殉死，主死则臣僚争屠腹，至有数十人骈死者，死辄从葬。及德川家康严禁之，然蒙殊宠者犹殉，今则止矣。夫死，亦有妻妾殉者。凡夫死，妻剪发，去首饰，从佛法者，更名用谥号，称某院，谓之后室，曰后家，俗曰赤信女，盖以碑面镌夫妻谥号，其未亡人嵌以朱，故有此名也。又有神葬，自敛至反哭，皆以神官主持，柩类异舆，围以苇索，垂旗四流，象青龙、白虎、朱雀、元武。榊木名，似椿，系日本字。二枝，剑履香花。亲戚僚友礼服送野。临葬，柩前供酒二壶、饼一盆、蔬数种、干鱼一豆。神官读祭文，冠纱，袜而登席，中立拍掌，持榊小枝拜。拜讫，掷枝柩前。会葬者各执花枝前供，鞠躬进退。伶人奏乐，乐终再拜，乃下柩。丧子不亲祭，凭穴不哭泣，树木主曰某官某墓。家庙奉木主，供酒、饼、蔬、果、干鱼，上围苇索。神官及嗣子读祭文，拜毕，飨亲族僚友以酒食，无齐衰，大约七日而卒忌。旧幕府时，五十日间不剃头，不出门，朝夕供馔，事木主如事生，饭一盂、蔬五种或七种，糕果数种。凡父母丧，以十三月为服，祖父百三十日，祖母九十日，曾祖父母九十日，高祖父母三十日，子九十日，嫡孙三十日，诸孙七日，曾孙七日，妻为夫十三月，夫为妻九十日，伯叔父母九十日，兄弟姊妹九十日。服之内有忌日，服十三月者忌五十日，服百三十日者忌三十日，服九十日者忌二十日，服三十日者忌十日，服七日者忌三日。凡忌日，不治事，不会亲友，不出门。近学西法，有大丧或大臣丧，则半悬国旗，以示哀。他国亦如之，以示吊。葬日,鸣丧炮,随其官等级,如一等官十九声,二等官十五声。
会葬者皆大礼服,如吉礼,惟佩剑蒙以黑纱。

卷三十五　礼俗志二

服　饰

古衣服　古衣服有冠,有带,有裳,有裤,有手足缠,惟衣皆左衽,制略狭小耳。近世论古衣服曰,长不过腰,袖仅容手,下有裤,窄仅容足,正如今泰西服。盖曲徇时尚,据土偶附会其说也。古多泥塑,然地各殊制,其年代不可得考。惟筑后人筑紫造磐井所造,及藤贞干《六种图考》与《好古日录》所载,其形奇古,足观古制,固非如后世之博袖宽袍。惟《古事纪》述刺取熊曾事,取其衿之交处,其不甚窄狭可知。且衣袖虽不宽,《古事纪》叙述解衣,先带,次衣裳,次裤,后手缠,可知手缠环绕于腕,在怀袖中屈信自在,若如西人服,则狭不能容矣。

冠　古之冠不为礼服,但以巾裹头上耳。至推古帝,始定冠位,分十二阶,曰德、仁、礼、信、义、智,各有大小。以冠色分等,史但言以当色之绢缝之,不言何物为当色。大率以紫、赤、青、绀、黑、绿分浓淡色,为十二等。后又随冠色著髻华。大德小德用金,大仁小仁用豹尾,大礼以下用鸟尾。孝德益为十三阶,曰大织冠,最尊,惟有大勋乃特授,惟镰足一人得之而已。小织冠、大绣冠、小绣冠、寻常亦不以除授。大紫冠、小紫冠、大锦冠、小锦冠、大青冠、小青冠、大黑冠、小黑冠、建武冠。又益为十九阶,紫冠以上如旧,曰大华、小华、大山、小山、大乙、小乙,各分上下，最卑为立身冠。天智又益为二十六阶，更华曰锦，锦及山乙上下外，又加中建武，分为大小。天武又改冠号，以漆冠为朝服。后又改制，自一品至五位，头巾用皂罗，初位用皂缦，五位以上各有礼服冠，其制各别。如亲王四品以上，并漆地金装，以水精三颗琥碧三颗交居冠顶；以白玉八颗立楷形上；以绀玉二十颗立前后押鬖上。其徽立额上，一品青龙，二品朱雀，三品白虎，四品元武之类，各有等差。战国以后礼冠乃废。维新之初未改服制，曾见大臣冠髻高及尺，冠后拖一漆版，下垂如虹，以带系之额下。近日礼冠皆狭长，前后锐而中尖，以白黑羽为饰。朝会皆以免冠为礼，冠或肘狭，或手执而已。

　　瓠花　上古男子分发为二，左右结之，饰以贯珠，命为美珠罗。《神功纪》：后沐发分为二，作男子装云。今农家所种豇豆，其细而长，两分垂地，亦曰美珠罗，盖像髻名之也。《日本纪》注："古俗，年少儿十五六间束发于额，十七八间分为角子额发。"《古事纪》称为瓠花，后世名为鬖福。

　　元服　元服本加冠之名，颜师古注《汉书·昭帝纪》曰："元，首也。冠者，首之所著，故曰元服。"而俗谓剃额为元服。盖在昔士庶皆有冠礼，故因剃额存其名欤？剃额之前，削去顶发一二寸许，作髻于额，谓之前发。迨弱冠后，削去前发，所以有元服之名耳。《使琉球纪》曰："男女不剃胎发，男至二十，将顶发削去，惟留四余，挽一髻于前额右傍，簪小如意。如意亦分贵贱品级。"此亦前发之类也。

　　月题　剃额上发数寸，命曰月代。僧西行撰《集钞》已有月代之名，则亦已旧矣。月代犹言月样也，盖削去额上发，圆如月样故。或曰代当作题，以国音近误。按《庄子·马蹄篇》曰："加之以衡扼，齐之以月题。"陆德明《释文》云："月题，马额上当颅如月形者。"此其所以取义也。宇士新尝称为黄鹂颠。世传室町氏之时，有十河一存者始为之，故又名十河额。盖战国之余习,而取便于胄耳。后遂并须髯剃之。

男子剃面 维新之前,公卿以下皆剃面,不蓄须髯,盖如僧俗。多武峰护国院所藏镰足公像、大龢不退转法轮寺所藏业平像、河内道明寺所藏菅公像,皆有须髯,似当时未剃面。又德川家康谓加藤清正曰:"公有三可恶,一美髯。"则三百年前皆已不蓄须矣。士庶不须,则始于德川氏时。土佐又平所画人物皆有须髯,则当时士庶未剃面可以见已。近学西俗,以髯为贵,年三四十,唇上颔下,离离若竹,辄摩弄自喜,或零星不出,则设法艺之。其形如八字,以手捻之,使其末向上,作掀腾之势。盖东人西服所未似者在此,得其似者,超越等流矣。

妇人剃眉、黑齿 妇人已嫁,剃眉,以墨画于额上,亦多不画者。《猗觉寮杂记》曰:"今妇人削去眉,画以墨,盖古法也。"《释名》曰:"黛,代也,灭去眉毛,以代其处也。"妇已嫁,则涅齿,使黑如漆。《魏志》、《汉书》有黑齿国名,此风久矣。明治初年,下令革旧,今则齿如贝编,眉如蛾弯矣。

文身 文身旧俗,今犹有存,胸背、手足刺为鸟兽、鳞介、花草、果木之形,亦或绘人物故事,涅之以蓝,光怪陆离,不可逼视。其象蛟龙者作鳞之,而轩腾若生云,入水可辟水怪。圉人仆御,十人而九,士夫以上罕为之者。

丹朱坌身 《后汉书》称丹朱坌身。或古男子喜剃面傅粉,搔头施朱,如梁朝贵游子弟耶!今女子多傅脂粉,襟广微露胸,肩脊亦不尽掩,亦傅粉如其面。然坌身之说,殆谓此欤?否则,古之文身用丹朱,不用蓝也。

肩衣 即直垂之除袖者也。直垂素袄之类,本田猎服,保元已降始有此称。迄足利氏时,朝士多服之。《山槐记》所谓"游鞍马寺,途遇右少将维盛,直垂小袴,行縢猎归"是也。后遂为常服。东山氏时，茶会盛行，其茶室不过方丈，故除袖以便周旋耳。

罩甲　武弁之服，有阵端折，其制半身除袖，折襟分裾，以便于骑马，即罩甲也。有名蔽甲者，仍用长袖，冬日则用夹里装绵，亦谓之端折，贵贱通服之。即是古之半衣、绣披袄、诸于、绣䙊之遗象。盖其制，半身则如半衣、披袄子、袴褶、短褕子、缺胯袄子之类；除袖，则为绣襦齐肩、半袖、半臂、背子、褿裸之类；对襟分裾，则为褂衣、对襟衣、缺襟袍、四䙆衫之类。考始皇元年，诏宫人及近侍服衫子，亦曰半衣，取便于侍奉。隋大业末，炀帝宫人、百宦、母妻等绯罗蹙金飞凤背子以为朝服，又曰披袄子，盖袍之遗象也。汉文帝以立冬日赐宫侍承恩者及百官披袄子，多以五色绣罗为之，或以锦为之，始见其名。《通雅》曰："吕范自请为孙策都督，出便释褌著袴褶。师古曰褶谓重衣之罩在上者，其形若袍，短身而广袖。正谓今之罩甲半臂而短戎衣也。《开元礼》：皇太子正至受群臣贺，若服袴褶，群官及宫臣皆袴褶。"吕种玉《言鲭》曰："今制，随驾文武官皆著缺襟袍、短褕子，盖从军之服也。按《唐书》高祖武德元年，诏诸卫将军每至十月一日，皆服缺袴袄子。自隋时诏武官服之，今亦其遗制。"《通雅》又曰："诸于绣䙊，半臂也。《光武纪》：'三辅吏士东迎更始，见诸将过，皆冠帻，而服妇人衣，诸于绣䙊，莫不笑之。'《元后传》：'独衣绛缘诸于。'师古曰：'诸于，大掖衣，即褂衣之类。'是今之披风敞袖也。《说文》作诸衶。绣䙊，字书所无。智按：《唐说》①载：韩晋公见少年单练䙊，〔䙊〕与䙊同，谓今之半臂也。"戎衣有罩甲，所谓重衣，在上而短者，前似褂衣，或肩有袖，至臂臑而止。今曰齐肩边关，号曰褿裸，又谓之褂子。汉以无袂衣曰裺，则今呼正与古合。又《戒庵漫笔》云："罩甲之制，比甲稍长，比袄减短。正德间创自武宗，近日士大夫有服者。"按《说文》无袂衣，谓之裺。赵宦光曰半臂衣也，武士谓之蔽甲，方俗谓之披袄，小者曰背子，即此制也。《魏志·杨阜传》："阜尝见明帝著帽，被缥绫半袖，问帝曰：'此于礼何法服也。'"则当时既有此制。《事物纪原》曰："《实录》曰：隋大业中，内官

---

①　《唐说》，据方以智《通雅》，当作《广记》。

多服半臂，除却长袖也。唐高宗减其袖，谓之半臂，今背子也。江淮间或曰绰子，士人竞服，隋始制之。"《同话录》曰："近岁衣制，有一种如旋袄，长不过腰，两袖仅掩肘，以最厚之帛为之，仍用夹里，或其中用绵者，以紫皂缘之，名曰貉袖，以其便于控驭耳。"《日知录》曰："《大祖实录》：洪武二十六年三月，禁官民步卒人等服对襟衣，惟骑马许服，以便于乘马故也。其不应服而服者罪之。"今之罩甲，即对襟衣也。《通鉴》曰："武德元年，马周上议，请襕袖褾襈为士人上服，开胯者名缺胯衫，庶人服之。"即今四袄衫。《释文》曰："袄，衣裾分也。"《通雅》曰："上马衣分裾，曰四袄，唐宦者袄衫侍从是也。"按之今制，其有袖者，则今之马褂类；无袖者，即今之背心类也。

半褂 蒙于袍上，比袍短数寸，冬用绌，夏用纱，士庶皆以为礼服。亦对襟，襟缝结以带。其本族徽志，刺绣于袖，或一或三于背，非是不见客，亦罩甲类也。

袭、幂䍦、帽絮、盖头 袭，女服也。《古事纪》曰"淤须比"。《万叶集》间载之。《延喜式》帛意须比八条，长二丈五尺，广二幅，盖以蒙全身也，故如许长。妇人出门，蒙单衣以蔽障全身，谓之蒙衣，即《诗》䌹衣、《仪礼》加景、隋唐幂䍦之类也。《通雅》曰："加景即幰。《仪礼·士昏礼》加景注：'景之制，如明衣，加之以行道御尘。'智谓非御尘，以为蔽也。北齐纳后礼有所谓加景去幰，即此字。今俗亲迎幂其首，名曰盖头。《诗》䌹衣，一作颎衣、褧衣、景衣。加景，亦尚䌹之遗。"又曰："幂䍦，障面也。""山简著白接䍦，䍦似幅巾。幂则似罩耳。今人眼罩是也。"今按：幂䍦即幰之类，障蔽全身，方密之以为眼罩，误矣。眼罩乃面衣之类耳。崔豹《古今注》曰："唐武德、贞观年中，宫人骑马多著幂䍦，而全身障蔽。至永徽年中后，皆用帷帽，施裙到颈，渐为浅露。至明庆年中，百官家口，若不乘车，便坐担子。至神龙末，幂䍦殆绝。其幂䍦之象，类今之方巾，全身障蔽，缯帛为之。"百年前，画贱者乃著高顶笠子于蒙衣上，今市女笠是也。后来晴雨皆用伞，无戴笠者。已而用蒙衣者渐少，或有以絮为帽者。

《汉史》所谓冒絮也。《汉书·周勃传》曰："太后以冒絮提文帝。"注应劭曰："陌，额絮也。"晋灼曰："《巴蜀异物志》谓头上巾为冒絮。"师古曰："冒，覆也，老人所以覆其头。"或有以方帛斜折覆头，垂其端结之颔下者，其制亦不一。又有老妇、尼姑所著称花帽子者，乃唐帷帽、宋盖头之类也。《唐书·车服志》曰："初，妇人施幂䍦以蔽身。永徽中，始用帷帽，施裙及颈。武后时，帷帽益盛。中宗后，乃无复幂䍦矣。宫人从驾皆胡帽乘马，海内仿之。至露髻驰骋，而帷帽亦废矣。"《孔氏杂说》曰："唐永徽以后，皆用帷帽，若今之盖头。"《事物纪原》曰："唐永徽之后用帏帽，后又戴皂罗，方五尺，亦谓之幞头，今曰盖头。"《清波杂志》曰："士大夫于马上披凉衫，妇女步通衢，以方幅紫罗幛蔽半身，俗谓之盖头。盖唐帷帽之制也。"或以幅纱打叠，自顶绕两鬓，交加盖髻者，亦谓之帽子。其小裁盖髻者，谓之阿杰帽子。方言所谓纱帻，郭璞谓之结笼，燕京谓之云髻，古谓之帼者，盖此类也。《琅琊代醉编》曰："《诗》有颀者弁。"《士冠礼》注："滕薛名蕑为颀，今未笄冠者著卷帻，颀象之所生也。"《舆服志》："夫人有绀缯帼，古画妇女有头施绀幂者，即此制也。诸葛孔明以巾帼遗司马懿。巾帼，女子未笄之冠，燕京名云髻，蜀中名昙笼，盖笑其坚壁不出，如闺女之匿藏也。帼音与愤同，古对切。"《通雅》曰："因幅巾而有帻头，即幓头也，一曰袙首。《说文》：'帔，一幅巾也。'后汉冯衍幅巾降光武。魏时作缣巾，又造白帢，横缝其前以别后，名曰颜帢。六朝白纱巾，其介帻则公服也。《谢安传》：'理发迟缓取帻。桓温曰：令司马著帽进。'此以可证。《方言》络头，陌头也。纱帻、鬓带、髳带、帑帷，帻头也，或谓之承露，或曰覆髳。郭璞注：'今结笼是也。'《陌上桑》诗：'脱巾著帩头，向栩绛绡头，周党著谷皮。'绡头，绡当作帩。《仪礼》注：'如今著幓头，自项交额绕髻。'"数十年前，有帽子上戴垂檐白莞笠者，后来莞笠皆用平顶一字，无有垂檐。妇女多露髻，间有著帽絮及阿杰帽子者，惟缙绅世家用蒙衣而已。近同西法，女亦著帽，或用面衣。《三才图会》曰："面衣，前后全用紫罗为幅下垂，杂他色为四带垂于背,为女子远行乘马之用,亦曰面帽。"按《西京杂记》:"赵飞燕为皇后,女弟昭仪,上襚三十五乘,有金花紫罗面衣。"则汉已有面衣矣。

曳地衣 女子盛饰,衣长曳地,或二三尺。室必有席或毡,故不患尘污。折旋俯仰,悉窣有声,行道则于腰间抠而扱之。娼妓亦有曳地衣,舞蹈回旋,尤具姿态。考《汉书·文帝纪》,慎夫人衣不曳地,盖言其俭,然则古之贵人衣必曳地可知也。中国自用高几,而曳地衣尽废矣。

彩衣 贵贱之服,旧颇悬绝,朝会锦衣绣裦。明王志坚有《倭锦袍歌》:"天吴紫凤恍忽似,水底鲛人亲自缲。"其华美可知也。童男幼女,或锦或绢或布,多喜为柳枝、兰花、梅点,著以薄色,或织或印,清丽可人。

岛田髻、天神髻、蛇盘髻 鬟分两翼,如雅髻,名岛田髻;或如蜂腰,名天神髻。女也作蛇盘髻为一撮,妇也横亘以栉,多用玳瑁。

钗、珊瑚簪 宫装皆披发垂肩及背,以彩缕约之而已,故无首饰。民间盘髻,亦不插花,玳瑁栉而外,仅一小珊瑚粒,以金若银为枝,斜插髻旁。珊瑚圆而红者为贵,价有数十金者。旧亦有钗,或金或银,饰以碎珠,交加互插,高殆尺许。鬈云髻山,凡十二枝,后惟妓家用之。

领巾、护领 《日本纪·崇神纪》有"取天香山土裹于领巾"之语。《延喜·四时祭式》云:领巾纱八尺。又《太神宫式》,长五尺,用二幅。《斋院式》,领巾各九尺,走嬬用七尺。古时因贵贱分长短,今不为礼制,但围颈以护寒。巾概长数尺,额下结之,半垂于胸。护领,即偃领、裗领、帖领、护油也,又名领褙。《戒庵漫笔》曰:"宫女皆以纸为护领,一日一换,欲其洁也。"《类书纂要》曰:"护领,又曰护油。"《通雅》曰:"帖领,曰偃领。《礼记》被颖黼注:'刺黼以为领。'如今偃领矣。《说文》:'褗祗,领也。'智按:谓偃领也。"

珠鬘、手玉、足玉　珠鬘，缠首及颈。手玉、足玉，手足饰也。都用管玉、曲玉、金环。管玉，形如管，中通小孔以穿线。曲玉，又曰勾玉，形如缺环，又似蝌斗，一端有窍可穿线，后世时时出于古坟中。又有钏，名比知万伎，缠臂上，饰以小铃。《古事纪》：素戈鸣尊，左缠五百个小琼。盖男子装。然今世妇人手乃无钏，耳亦不环。

涎褓　小儿用之以洁饮食使不污衣，即衱、褧袼、襦嘴、帗涎、拥咽、唤袷、头衱、次裹衣、涎衣也。扬子《方言》曰："褧袼谓之衱。"郭璞注曰："即小儿次衣也。"《博雅》曰："褧袼、衱，次衣也。"《类书纂要》曰："襦嘴，小儿涎衣也。《言鲭》曰："帗涎，以方幅系小儿领下，谓之涎衣。"《通雅》曰："方折领，曰拥咽。《礼记·曲袷》注谓方领也。疏曰：'如今拥咽，若小儿衣领，但方折之。'宋曰涎衣，俗名唤袷。编枲衣。一曰头衱，一曰次裹衣。次裹衣，即涎衣也。"

腰襻、围裙、臂绳　贫贱女子多习操作，裂帛为片幅裙，围于衣前，以辟污染，谓之围前；以帛为带，交结胸前后，谓之腰襻。又或用小带巨绳，系袖于臂，盘衣于膊，交叉横斜，结于半腰，盖襟袖宽博，回旋多碍，汲井上灶，不得不尔也。臂绳，古谓之紾。《汉书》控券注，孟康曰："与紾同，区愿切，攘臂绳也。"又《贾谊传》曰："白縠之表，薄纨之里，缘以偏诸。"颜注曰："偏诸，若今之织成以为腰襻及标领者也。"腰襻，即日本俗所谓三尺带之类也。围裙或谓之围前。《言鲭》曰："今吴中妇女衣外加布裙，以绩苎上灶，谓之围前。"

带　古用布帛。《武烈纪》有"御带结垂"之语。因结而垂两端，故曰多罗志，译即垂也。今男子带结束衣表，结之余者，摄而不垂。女则带宽咫尺，围腰二三匝，复倒卷而直垂之，若褪负者。用缎。按：腰带即腰巾，亦曰腰彩。《古今注》曰："袜肚，谓之腰巾，以缯为之。宫女以彩为之，名曰腰彩。至汉武帝，以四带，名曰袜肚。灵帝赐宫人蹙金丝合胜袜肚，亦名齐裆。"《正字通》曰："帏与袜通，女人腰带也。"

佩刀 旧幕府时，藩士以上概佩双刀，长短各一，长者二尺余，短者尺许，漆鞘金装，用其族徽志，作为花草虫鸟之形，如藤原氏用藤花，德川氏用葵花。嵌于刀鞘，出门横插腰间，登席则执于手，就坐置其旁。朝会亦有容刀，或以木制，刀式较长，装饰更丽。维新后，寻常佩刀下令革禁，然仿西制，文武勋臣遇朝会大典，仍佩西式剑。

裳 上古女裳男袴。《神代纪》："大神结发为髻，缚裳为袴。"《日本纪纂疏》："下衣曰裳，胫衣曰袴，男女通用。"今女既不裳，男子以裳为礼服。其制，系于衣表，周围无襟，裳之下方有裆，分跨两足，有似今华人袴，惟裆在上在下不同耳。着裳由下而上，系带于腰。盖今俗足无袴，跪坐于席，两膝着地，时或露踝，以裳围之则不复露，故以为礼服也。

裤、袴、中单 在表曰裳，在里曰袴，即《日本纪疏》所谓"下衣曰裳，胫衣曰袴"。《古事纪》"矢漏于裤"，知为亵衣。袴或作裤，有外见者。《古事纪》：赐赤衣裤，又王子服布衣裤，又以布迟葛一夜缝衣裤，盖亦胫衣而外露者也。《雄略纪》歌词"袴有表里"。然古虽有袴，要不过胫衣以布裹足耳，实无袴裆。今俗男女皆不袴。女衣里有围裙，《礼》所谓中单，《汉书》所谓中裙是也。今五部洲，惟日本不着袴，闻者惊怪。然按《说文》："袴，胫衣也。"《逸雅》："袴，两股各跨别也。"袴即今制，三代前固无。张萱《疑曜》曰："袴即裤，古人皆无裆。有裆起自汉昭帝时上官宫人。"考《汉书·上官后传》："宫人使令皆为穷袴。"服虔曰："穷袴，前后有裆，不得交通。"是为有裆之袴所缘起。惟《史记》叙屠岸贾，有"置其袴中"语；《战国策》亦称"韩昭侯有敝袴"，则似春秋战国既有之，然或者尚无裆耶？观马缟《古今注》曰："袴，盖古之裳。周武王以布为之，名曰褌。敬王以缯为之，名曰袴，但不缝口。至汉章帝时，以绫为之，名曰口。"
所称周制，不知何所据，然亦可知有裆缝口之袴，起于汉无疑也。汉魏以来，
殆遂通行。日本盖因周秦之制，不足怪耳。

足结　古之旅行及为农业者，结束袴端，便于步行，名曰足结。
或有著小铃为饰者，盖行縢之类也。

袜　旧幕府时，贱者不许着袜，今亦解禁。近穿革履，无不袜
者。穷官家居时，或跣足亦出见客。袜皆分歧为两靫，一靫容拇
指，一靫容众指。

屐　出必屐，至人家，脱之户外。旧幕府时，禁庶民不许穿屐，
止穿草履，近解此禁。屐，有如丌字者，两齿甚高，又有作反凹者，
织蒲为苴，皆无墙有梁。梁作人字，以布绠或纫蒲系于头，必两指
间夹持用力乃能行，故袜分两歧。考《南史·虞玩之传》，一屐着
三十年，𦰩断以芒接之。古乐府"黄桑柘屐蒲子履，中央有丝两头
系"，知古制正如此也。

伞　仿西洋制，名蝙蝠伞，谓张之其翼如蝠也。女子出门，无
春夏晴雨，必携以为饰。制以青罗，或有用绢者。

折叠扇　折叠扇，一名聚头，削竹为十三行，长三四寸，插之腰
间，贵贱皆用。武人披甲胄，亦携以为饰。亦有长二尺者，用泥金
纸、乌木柄，惟女流用之。泰西妇女争购以饰手，围坐笑语，卷舒自
如。柄有用象牙者，纸有易以毛羽者，易以绢纱者。《张东海集》称，
永乐中倭国以充贡，成祖分赐群臣，又仿其制以供赐予，遂遍用之。盖源义政
称臣于我，以之充筐篚者也。然宋时既有流传，东坡谓高丽白松扇，展之广尺
许，合之止两指许。又江少虞《皇宋类苑》云："熙宁末，游相国寺，见卖日本
扇者，琴漆柄，以鸦青纸如饼揲为旋风扇，淡粉画平远山水，笔势精妙。"即折
扇也。

被 有两袖,长九尺有奇,卧则覆于上,更以其半覆足。《诗》、《礼》所谓衾,《论语》所谓寝衣,正与此同。

西服 日本旧服皆隋唐以上遗制。当时遣唐之使冠盖相望,上至朝仪,下至民俗,无不摸仿唐制。逮将门专政,稍趋简易,然不过损益旧制,大同小异。宋明以下,新改服色,乃不复相同。维新以来,竞事外交,以谓宽袍博带,失则文弱,故一变西服,以便趋作。自高官以至末吏,上直退食,无不绒帽毡衣,脚蹋乌皮靴,手执鞭杖,鼻撑眼镜。富商大贾,豪家名士,风气所尚,出必西式。然日本旧用布用丝,变易西服,概以氄毛为衣,而全国尚不蓄羊,毛将焉傅?不得不倾资以购远物。东人西服,衣服虽粲,杼轴空矣。又日本席地跪坐,西服紧束,膝不可屈,殊多不便,故官长居家,无不易旧衣者。

饮　食

火食 上古有灶神澳津彦、澳津媛,以灶名之,则火食久矣。《古事纪》云:"飨大汝神,以燧臼燧杵钻火为爨炊。"造火之法如此。然日本自习佛教,戒杀生,饭稻羹鱼之外,多食疏菜,亦喜食生冷。

稻饭 自古贵稻逾他谷,盖日本于稻最宜,故有千五百秋瑞穗国之名。全国皆食稻饭,用瓦釜以米和水煮之,无用蒸饭者。然古时亦尝作蒸饭,故釜额上有三横画者,俗谓之饭釜,以存甑形也。以箅著甑底,入米,安釜上,候略熟,沃水再蒸,谓之炊饭。《毛诗》所谓饎,《说文》所谓饎,均谓一蒸米。日本不用此法。食饭每以汤浇饭,或以茶淘饭。古谓之飱。《玉篇》曰:"水和饭也。"《释名》曰:"飱,散也,投水于中解散也。"李时珍曰:"飱,水饭也。"饭后必进汤,谓之饭汤。再蒸宿饭为温饭。贫家于晨餐一熟后，至日中日晡，取而再煮，或以汤沃而食之，亦有食冷饭者。以羹浇饭曰饛，又名汁加结饭。以鱼肉杂味调和混于饭面，曰盘游饭，亦曰团油饭，亦曰骨董饭，亦曰肉盒饭。日本音曰个么苦多喜，以鳗鱼和之。不用鱼肉杂味，以荷叶包饭蒸之，名曰荷饭，中元以供祖先。用赤豆芋栗等和稻煮之为合饭团，以充旅食者，曰搏饭。又造饭团用脱印为正方角，曰角饭，名曰几利饭。奈良人作茶饭，取蒸米一升，置沸汤里，勿令过熟，出著新箩内，俗呼为奈良茶饭。

酱油、味噌　造酱油法：大豆熬去壳，炒小麦同蒸熟，罨黄曝干，和熟盐水入大桶内，日拌搅，凡七十日，候熟，窄去滓，再煮取用，或临熟挹取其清者，曰多末厘。考《和名类聚钞》，有煎汁无酱油，意当时作和羹惟用煎汁。本朝式曰坚鱼煎汁，俗云加豆乎以吕利。今虽用煎汁，待酱油而后为味矣。味噌，即豆酱也。制法：大豆一斗煮熟，舂千杵，入曲一斗、盐三升拌之，再舂，缸藏七十五日，临用和水擂为涪，以煮鱼鸟蔬菜。味噌，或作味酱，其法传自高丽，故又有高丽酱之名。《和名类聚钞》曰："《杨氏汉语钞》曰：'高丽酱，美苏味噌，乃高丽语云酱也。'宋孙穆《鸡林类事》曰：'酱，曰密祖。'薛俊《日本寄语》曰：'酱，曰弥沙。'盖密祖、美苏、味噌、味酱、弥沙，国音相近，皆一音之转讹耳。"味噌有赤白二品。又有五斗味噌：大豆一斗煮熟，糟一斗，米糠一斗，酱油滓一斗，盐一斗，合捣缸藏。《和名类聚钞》有志贺、飞驒二品，今有名护屋味噌。

鱼酱　所造鱼酱，有虾酱、海胆酱、鳆鱼酱、坚鱼酱、乌鲗酱、沙噀酱诸品，俗谓之峙乌加喇虾酱，俗云阿弥峙乌加喇，备前所造最佳。海胆，胆俗作丹。此云乌弥，出越前及对马者香味最美。《和名类聚》引《汉语钞》曰："棘甲蠃，和名宇仁，乃蚌螺之类，壳如盂，外密结刺,内有膏,黄色。"鳆鱼酱,出于相摸小田原,肉鳆名,壳名石决明,此云阿话备。坚鱼,名加追汉沃,名未详①。坚或作鲣,《尔雅疏》曰:"坚即鳢也。大者名鲣,小者名鲵。"殊非加追沃之类。《大和本草》曰:"《古事记》、《万叶集》皆作坚鱼,后世合为一字耳。"大者尺余,小者九寸许,味美无毒,能调和百味,久病衰极之人常食无妨。此鱼为海味上品,自王侯而下至黎庶之家,聂而为脍,卤而为脯,风而为挺,渍而为醢,煎而为膏,函封瓮闭,苞苴千里,无日不享其用,而挺之用最广。岁时吉席,无此不成礼,饮馔调和,无此不成味,其利遍域中,沿海诸州所在有之,而土州、势州者最佳。春夏之交,渔人削鹿角为钩距,随投随获,至得数十万头。鲣,又见《徒然草》。《和名钞》作鲣鱼,式文用坚鱼二字,淡海作令,亦曰坚鱼。《盍簪录》曰:"僧兼好小说,记镰仓海有鱼,名鲣,土人不甚珍之。乡耆老言此鱼从前不上鼎俎,仆隶下人不肯啮其首,世趋末造,今亦充膳羞。"可见当时犹不重此鱼也。距今四百年,而此鱼显晦如此。加追沃,朝鲜谓之松鱼。《东医方鉴》曰:"松鱼,性平味甘,无毒,味极珍,肉肥色赤,而鲜明如松节,故名为松鱼,生东北江海中。"又《中山传信录》曰:"佳苏鱼,削墨(馒)〔鳗〕鱼肉,干之为腊,长五六寸,梭形,出久高者良。法以温水洗一过,包芭蕉叶中,入火略煨,再洗净,以利刃切之,三四切皆勿令断,第五六七始断,每一片形如兰花,渍以清酱,更可口。"佳苏鱼,即加追沃也,形如兰花者,俗呼花加追沃。坚鱼酱出阿波,味极甘美。乌鲗酱,越前人称伊加黑造,乌鲗此云伊加,切肉和墨盐而酱之,故云黑造。沙噀此名曰谷,生者曰那麻谷,腊者曰伊利谷。那麻谷煮食不如作脍之佳,洗净涤其肠缕,切浇以姜酢,味极脆美。其酱则取肠脏盐而腌之,亦为鱼酱中之佳品。伊利谷,即海参也。《五杂俎》曰:"能温补,足敌人参,故曰海参。"《医林四书》曰:"海参出海中,长岐岛夷

① "名加追汉沃,名未详",似为"名加追沃,汉名未详"。

人称海蛆，有黑白二色，长二三寸，大寸许，周身有肉刺，而黑者为佳。一种无肉刺，色带白，名为肥皂参，次之。"按：长岐，即长崎之误，盖汉人不知伊利谷之制，海舶岁来长崎得之，因名曰海参。海蛆亦当作海鼠。《和名类聚钞》引崔禹锡《食经》曰："海鼠似蛭而大，和名古。"

鱼脍　喜食脍，尤善作脍，以生鱼聂而切之，以初出水泼剌者，去其皮剑，洗其血鲀，细剑之为片，红肌白理，轻可吹起，薄如蝉翼，两两相比，姜芥之外，具染而已。入口冰融，至甘旨矣。又装脍必插花果于中央，名曰轩。盖古者以肉片大者装中间，近人代以花果，亦袭用其名耳。轩，见《内则》。《通雅》曰："脍，大者曰轩，细者曰剌。"有鲤鱼脍，有鲈鱼脍。鲈至夏益肥，出云、丹后二州并有松江鲈，极肥美，意地因鲈得名也。有鲫鱼脍，以琵琶湖所产为上，土人名源五郎，体促肉肥，金作之而批鳞削肌，缤纷雾随，世甚珍之。有鲷鱼脍。鲷，《日本纪》谓之赤女，《延喜式》谓之平鱼。今通用鲷字，读如台。《说文》曰："鲷，骨耑肥也。"今之鲷鱼，亦味丰在首。《和名类聚钞》引崔禹锡《食经》曰："鲷味甘冷，无毒，貌似鲫而红鳍，和名太比。"鳞虫之属，味无过之者。凡朝会嘉礼，以此充大牢，亦名为棘鬣。《闽书》曰："棘鬣鱼，似鲫而大，其鬣如棘，红紫色。"《岭表录异》名："棘鬣，泉州谓之髻鬣，又名奇鬣，或曰过腊，莆人谓之赤鬃。"《兴化府志》曰："赤鬃似曲鬣而大，则二鱼也。棘鬣与赤鬃，味丰在首，首味丰在眼，蒸葱酒为珍。十月味尤佳。"屠本畯《海错疏》："过腊，头类鲫，身类鳜，又类鲢，肉微红，味美。尾端有肉，口中有牙如锯，好食蚶蚌。腊来春去，故名过腊。"《泉州府志》曰："奇鬣，一名髻鬣。"《肇庆府志》名腊鱼。有水母脍。水母有知识，无耳目，浑然一物，下有如悬絮者，俗谓之足。大者如覆帽，小者如碗。常有虾寄腹下，咂食其涎，以虾浮沉，故曰水母目虾。以咸水渣滓为母，鲜煮之，辄消释出水，又名海月。《和名类聚钞》引《食经》曰："海月,一名水母,似月在海中,故名。"食脍之余,以脍余之头尾为羹,曰荡脍羹。又加以姜辣,曰解醒汤。

蒲烧 炙鳝鱼谓之蒲烧。割有法,燔有法,浸用美酒,染用佳酱。江户最工为之,诸国名曰江户香。

山鲸 《古事纪》云:"以毛粗物、毛柔物、鳍广物、鳍狭物为人民之食。"是肉食已久。然自佛教盛行,天武四年禁食兽肉,自非饵病不许辄食,世因名曰药食,又隐名曰山鲸。所鬻之肉,皆苞苴藏之。店家悬望子,画丹枫落叶者,鹿肉也;画牡丹者,豕肉也。近年解禁,多学西人食法。国不产羊,人家亦不蓄鸡鸭,官舍因是颇讲求孳养之法矣。

蕃薯 本吕宋国所产,元禄中由琉球得之。关西曰琉球薯,关东曰萨摩薯,江户妇人皆称曰阿萨,店家榜曰八里半。栗字,国音同九里,此谓其味与栗相似,而品较下也。煨而熟之,江户八百八街,每街必有薯户,自卯晨至亥夜,灶烟蓬勃不少息,贵贱均食之。然灶下养婢、打包行僧、无告穷民,尤贪其利,盖所费不过数钱便足果腹也。

豆腐 亦有豆腐,以锅炕之,使成片,为炕腐,条而切之为豆腐,串成块者为豆腐干。又有以酱料同米煮,或加鸡蛋及坚鱼脯,谓之豆腐杂,炊缸面上凝结者,揭取晾干,名腐衣。豆经磨腐,以其屑充疏食,曰雪花菜。

饼饵 碎杂米蒸曝为干糇。陆奥人制以充方物。河内道明寺所制最精,如雪之白,可称为琼粮。以蒸米捣为糍,通谓之饼。正月三日,贵贱皆食饼,其圆如镜者,曰镜饼。粘柳或枯柴如贯珠者,曰糍花,皆以供神佛。又压匾略干之,薄切成片,曰霰子。终岁蓄之,炙以为茶素,嚼之有声,或亦谓之为鸣牙饼。以粉米作为团,曰团子,以供馈遗,大有及尺者。以粉面、黍豆、糖蜜之类合蒸为糕,五色者为锦糖饼,白者为白雪糕,蒸糖者为外郎饼,和豆为豆粉饼,和栗为栗子饼,以油煎者曰油馉,火炙者曰焦馉,亦名串团子。笼上牢丸,曰白玉。其粉糕有馅者,压匾,于鏊上炒熟,曰鹌烧,以烧痕如鹌羽也。以赤豆煮熟放盆内,和以沙糖,翻转团子以衬子①,曰牡丹饼。糁以豆屑,曰黄粉饼。采诸花果竹树叶,用粉米或用黍以叶裹蒸之,曰外郎粽。又有麦粽、葛粽、二色粽诸品。藉以槲叶,有槲叶饼。缀以樱花,有樱花饼。捣嫩艾叶和之,有艾糕。以姜、橘、冬瓜、金橘、佛手、柑、天门冬之类渍以糖者,为糖渍;煎以蜜者,为冥果。散米熬稻作之,使散如花,或以麻子、大豆炮而裂之,即黴也。以糖作花果禽鱼之形,红白间道,为间道糖;成条子者,曰糖通;空其心者曰吹糖,曰茧糖,曰窠丝糖,曰乳糖;实心者曰糖粒,曰糖爪;以糖缠胡桃、紫苏、橘皮之类,曰糖缠,又曰龙缠果子。以糯米糖卤和剂成饼,曰牛皮饼。以赤豆去皮,和糖卤煎练成饼,曰羊肝饼。以糕如拇指大,扭作捻丝状者,曰白丝;作为索粉者,曰水线。以模印作方圆斜长之形,各以形名之。作斜方角者曰菱饼。陈侃《使琉球纪略》有象眼糕,即此也。或有作夹饼样,装馅于陷中,折而掩之,有捻断如莲瓣者,有如杯盘者。作钱形以绳贯之为光饼;以豆粉和饧作品字形,名洲滨饴。其名目盖不可胜数。大抵以粉面黍秫红绿诸豆,和以饧糖、鸡蛋,或加以椒、桂、姜苏、胡麻、芥子,概用甜食,无用葱及肉者。其法多自汉人得来,或自高丽人得来,亦有从泰西人得来者。古者无糖,惟用酥油饴饧调和,后世无不用糖者。古今异名者十八九。据《和名类聚钞》曰餶饳,和名布止,即

---

① 衬子,疑为衬之。

《齐民要术》所谓餢飳,束皙《饼赋》名曰餢飳。盖以水蜜溲面发酵而蒸之,即炊饼也。曰糫饼,杨氏《汉语钞》:"形如葛藤,和名万加利。"曰结果,《汉语钞》:"形如结果,和名加欠乃阿和。"曰捻头,《汉语钞》:"和名无木加大。"以上三物,各因形命名,其实一物也。曰饼餤,《汉语钞》:"饼裹鹅鸭子及杂菜,煮而方截。"曰馎饦,《汉语钞》谓捍面方切者。曰煎饼,《汉语钞》:"以油熬面饼也。"曰餲饼,《四声字苑》:"各煎面,作蝎虫形。"曰粘脐,曰饆饠,曰馄子,曰欢喜团,一名团喜。以梅枝、桃枝、餲餬、桂心、粘脐、饆饠、馄子、团喜谓之八种唐果子。考《涅槃经》云:"譬如酥面、蜜、姜、胡椒、荜茇、葡萄、石榴、胡桃、楼子,如是和合名欢喜丸,离是和合无欢喜丸。"盖其制如此。八种唐果子,亦见《拾芥钞》。称曰唐果子,必是当时自唐人传来也。曰粔籹,和名于古之古女。考《文选注》,谓以蜜和米煎作也。曰乳饼,陶隐居《本草注》:"乳成酪,酪成酥,酥成醍醐,色黄白,作饼,甚甘美。"今人多不知其法,或不识其名。

麦面 以作馒头,皆用豆沙馅。皮有黄绿白色,馅亦有黑绿之别。麦面其品颇多,或去一层薄皮者,曰胧馒头,中古有汉人传其法,今公私宴享,不可阙此物。西京乌丸街有馒头町,传为汉人所居之处。切面谓之切麦,亦名水引饼,以面合鱼肉、鸡蛋、薯蓣、香蕈、面筋、葱、栗等调和之,呼为喃礴,即合羹也。亦有索面,西京、阿波、伊豫、备后、美作并制之。秋田稻庭面店,有以秌制者,长二尺许,细如线,最为名品。又有荞麦面,供为常食,横街侧市往往卖至彻晓。此外有以葛为粉,以蕨为粉。

琼芝菜 即石花菜,生海石上,性寒,夏月煮之成冻,《延喜式》名凝草,《和名钞》名凝海草,《汉语钞》名大凝菜。市人制作缕,其法:作匣方寸余,长尺许,长一边为把,底以极细黄铜线织如筛眼,切此菜,准匣大小,纳其中,以木杆筑送之,则溜出如缕,冰洁可爱,用甜酱油、芥子浇食。所恨差有腥气。其曝干者,再煮为冻,全不闻腥,或蘸糖卤,味殊佳。或于煮时,泻下糖卤,仍逐旋令融化,带热盛行筒,以箬封其口,浸井中候冷以供,谓之水玉。又如造水玉法,加栀子汁,取出倾入盆内凝结,如金珀,谓之琥珀糖。

酒 制酒之法,同于中土。应神帝时,有酒人名仁蕃,自外国来,酿酒献帝。帝喜作歌,于是酿法始精,然殊少佳品。今通行者,色如今之绍兴酒,而味又不如。然倭人嗜饮酒,每岁产酒值银数千万元,课税可得五百余万元。

茶 宏仁中得茶于唐。诏令畿内及诸州植茶。其时煎茶而饮,和盐用姜,一同唐人。其后僧荣西归自宋,植于筑前脊振山。将军源实朝有疾,荣西献茶及《吃茶养生记》,将军饮之而愈。荣西又赠茶实于释明惠。明惠种于栂尾山,后分种之宇治,至今宇治实称茶海。自足利义政始尚点茶,于是茗宴盛行。详《游宴》类中。人无贵贱,无不嗜茶。迩年种植益盛,每岁西人购买值银约四百余万元。

淡巴菰 庆长十四年,烟草始来日本。初亦设禁,卒不能行。名曰淡巴菰,沿西人语也。男女皆喜吸之。居家各携一小筐,筐有抽屉,旁置火炉,唾壶、齿签,纤悉俱备。烟管仅三四寸,富贵家镶以金银,行则插之腰间。

居　处

穴居、冰木、足一腾宫 上古穴居。神武东征,有名土蜘蛛者,以栖于土窟故名。当时土穴各有名,如忍坂,大室均可容数十人。始有宫室,于地之中央立柱,上以乂字形木交互结缚,而覆以茅,名曰冰木。古之伊势神宫及大尝祭殿皆如此。今神庙栋上,犹用之为饰。至显宗仁贤之际,屋上始覆以芦苇,结以葛藤。又有树一柱于地,以诸柱连结架造之,为休憩所,名曰足一腾宫。

坚鱼、鸱尾 屋角鸱尾,名曰坚鱼。古惟宫殿得用之。雄略帝见河内志几县主造私第,用坚鱼,乃命焚之,后许模造。尾张名古屋之天主阁上有鸱尾,以黄金铸之,庆长中,加藤清正所施。维新以来,输之于官,曾陈于澳国博览会场,今在西京大内。后虽许模造,而用者甚少。盖日本宫室多不用饰,屋顶无用火珠者,楹柱多以木,亦不雕漆,并无丹楹、刻角山节、藻棁之制。间有用铜为罘罳者,以铜丝编如篱眼,悬于詹下,亦不用木刻也。

屋花 用瓦甚少,多以苇席覆之。村居贫民多茅屋,或于屋上涂泥,厚及一尺,杂植以草花。春二三月山行,望之如锦,盖因草根盘结,可以御雨故也。

鸟居、橵 于神社、佛寺门外,树柱如丌,名曰鸟居。于宫舍外树木以悬榜者曰橵。

门、篱 富贵家门,概縻以黑油,偶亦用朱,皆以白桑板数寸悬于枨,曰某位、某官、某姓名。贫家则白板扉二扇,门小而矮,多鞠躬而后能入。门之旁设篱,或竹或木,亦有编为麂眼篱者。

墙壁 皆木屋巨室,屋外围墙,偶有用土者。室中则皆木板,或以黄泥及五色泥涂饰,亦坚泽可鉴。古人盖缚苇席为壁。今大尝宫尚沿其遗制。近日始有用砖垒墙者,呼砖曰炼化石。

楼 好为楼居,纸窗竹屋,类皆光明。客至,每延客登楼,点茗献酒,往往吟啸终日。

园林 巨室必有园林,松竹梅而外,多喜植樱花。贫家亦喜为园亭,留一二弓地,花木竹石,楚楚有致。门设常关,窥其门,阒然如无人者,而每日洒扫,洁无纤尘。

室　其制始于韩人。室皆离地尺许，以木为板，藉以莞席。入室，则脱屦户外。中人之家，大率湫隘。旧藩世族，则曲廊洞房，畸零而缭曲，每不知东西南北之何向。室内无复门户，窗牖皆以纸为屏，下承以槽，随意开阖，四面皆然。室之隅，必留席地，以其半架为小阁，掩以纸屏，以庋器物；以其半为古时床笫之制，以悬书画，陈器玩。寝处无定所，展屏风，张帐幔，则就寝矣。室之外，有尺许地为檐，其左右为厕，即于近壁处为厕牏。考《史记·张耳传》："要之置厕。"索隐曰："隐侧之处。"《汉书·刘向传》："居霸陵，北临厕。"注曰："厕，侧近水也。"《张释之传》："上居外，临厕。"注："岸之边，侧也。"《汲黯传》："上踞厕，视之。'"注："床边，侧也。"古多训厕为侧，盖古之居室于室外左右边侧，名为厕，即于隐处置行清，因亦沿其名为厕，后世沿习，乃专以厕为匽溷。汉武之踞厕见卫青，盖以寝室之侧，非延见之所，故为不敬。师古谓"床之边侧"，不如室之边侧为确。观于东人居室，可知其义也。

席、蒲团、褥、毡、地衣　室中例设莞席。每席宽二尺，长三四尺，以布为缘，名曰叠。国语曰踏踏美。每室横直交加，室之广者容二三十席，其狭者三四席而已。古人或以兽皮、绢帛为之。有曰海驴皮叠、绝叠，盖在未铺莞席之前。今则例于席上设坐褥，敬客之礼有敷数重者，或用虎豹狼皮，或用锦用绢，制为方形。佛教渡来之后，沿用梵语，均名曰蒲团，然亦有用蒲草为圆形者，近日多用红氍毹。富贵之家易莞席为地衣，月支氍毹，五色彩染，光怪陆离，艳夺人目。旧例，客至必脱屦户外，自易用地衣，穿革履者许之升堂，橐橐靴声，时闻于户内矣。

几案　旧无几案，间有于露居时设胡床为坐者。室中则例不设几，有君命乃设几，使者宣诏毕，亦就地坐。坐、起皆席地，两膝据地，伸腰危坐，而以足承尻后，若蹲坐，若跂坐，若箕踞，皆为不恭。考《汉书·贾谊传》:"文帝不觉膝之前于席。"《三国志·管宁传》:"坐不箕股,当膝处皆穿。"《后汉书》:"向栩坐板坐,积久,板乃有膝踝足指之处。"朱子又云:"今成都学所存文翁礼殿刻石诸像,皆膝地危坐,两蹠隐然见于坐后帷裳之下。"今观之东人,知古人常坐皆如此。盖古人无几,故不能垂足而坐。高坐之设,萌于赵武灵王,兴于六朝,盛于北宋,而通行于元。三代之前,凭则有几,《诗》所谓授几有缉御,《孟子》所谓隐几而卧,皆是也。寝则有床,《诗》所谓载寝之床,《易》所谓剥床以辨,皆是也。然床几,或以凭依,或以庋物,或以寝处,皆非坐具。至应劭《风俗通》云赵武灵王作胡床,乃以为坐。然汉时犹皆席地。《贾谊传》不觉膝之前,暴胜之登堂坐定,隽不疑据地以示尊敬,皆可知也。东汉之末,有斲木为坐具者,其名仍谓之床,或谓之榻,如管宁、向栩所坐,或以地上加板,未必离地咫尺也。魏晋后,观《魏志·苏则传》:"文帝据床拔刀。"《晋书》:"桓伊据胡床取笛作三弄。"《南史》纪僧真诣江敩,登榻坐,敩令左右移吾床让客。狄当、周赳诣张敷,就席,敷亦令左右移床远客。《邺中记》曰:"石虎所坐几,悉漆雕画。"则似为高坐。然皆高客贵人始有之。《语林》曰孙冯翊往见任元褒,门吏凭几见之,孙请任推。此吏曰:"得罚体痛,以横木挟持,非凭几也。"夫门吏不许凭几,则知所谓移床远客者,非尊敬之客,不许坐也。又其时,坐榻坐几,尚皆跪坐。《梁书·侯景传》:"升殿踞胡床,垂脚而坐。"史特记之,以为殊俗骇观,知虽有床几,亦不如今坐耳。至唐,又改木榻而穿以绳,名曰绳床。《演繁露》:"穆宗长庆二年,见群臣于紫宸殿,御大绳床。"然不名椅子。至宋初,乃名之。《丁晋公谈录》:"窦仪雕起花椅子二。"王铚《默记》:"徐铉见李后主,卒取椅子相待。"此后诸书,屡见椅子,如《贵耳集》云:"今之交椅,古之胡床也。今诸郡守僚必坐银交椅。"《桯史》载荷叶交椅,《曲洧旧闻》有锦椅背。至宋时,颇加缘饰,殆已盛行与?然观古图画,唐以前人物无坐椅者,宋画亦不尽设几。窃疑胡床本西俗,赵武灵王始学为之。元入中国,因其旧习,乃通行耳。日本制度,多半仿唐,唐时尚席地,故亦无之。近十年来,亦有矣。

屏风　以雕象牙、雕木为屏风,贵人家偶有一二扇而已。寻常皆用纸，以木为廓，漆而饰之。大概六曲，亦有八面四幅二扇者，曲折可叠，随意舒卷，如折扇然。相连处以铜为环，纸或用金泥，或用银光，多图山水，画折枝。每室中有之，既便取携，又妙遮饰。

仓库　以木屋故，多火灾，富家别为石室，或傅以铁，以藏器物玩好。

妻屋、丧屋、产殿　古迎妻必造屋，名曰妻屋。《古事纪》所谓以天御柱建八寻殿，即妻屋也。又有丧屋，因丧而筑室。又有产殿，《古事纪》有覆鹈羽作产殿之事。今人亦有别筑一室以居产妇者。

岁　时

凡系于朝仪者别录。此专纪民间风俗。民俗亦四方各异，今特纪京师风俗，以觇其概。

正月一日，谓之元日，夙兴，拜天地、神祇、祖先，长幼以次拜贺。《日本风土记》：朔日贺岁，口云"华盖华盖"。按：华盖，乃少字译音，盖祝其不老也。进齿固，齿固犹言胶牙也，以白糍为之，其状如镜，故俗呼糍曰镜。累积饤盘，以为看食。进屠苏酒。又炙糍合萝菔、牛蒡、芋魁、昆布、豆乳等为羹，谓之杂煮。亲戚故旧来贺者，亦进屠苏酒，供杂煮。元日至三日如之。岁首以柑、橘、橙、柚、榧、栗、朱梅、霜秭、海藻、昆布、草薢、龙虾、鳆鱼、削脯之类饤桌上，插松竹于其上，为看食，谓之蓬莱，或谓之山棚，有贺客，先供之。元日后，土庶互相庆贺，各户置白纸簿及笔砚于几上，贺客不通谒，直记姓名，或插名刺于簿间去。元日至十四日，悬藁索于户上，索以稻秸为之，每寸出其端尺余，下垂如绦，插让叶及穗长草于其间，谓之司命索。让叶，盖楠之类，或以为交让木，未详当否。穗长草，或以为格注草，相似差异。又植双松于户外,悬以司命索,装串秭、橙、橘及炭、龙虾之类,按:串秭,音曰九子贺喜。橙,音曰代代。橘,音曰好事。虾,俗名海老,盖取义偕老,或云肖其体,以祝康健也。炭,以避邪恶,即《本草纲目》所谓白炭,除夜立之户外,以避邪恶也。或曰炭音为住,言安居于是。谓之门松。元日,市民皆不开正户。世传,在昔僧狂云,元旦挂髑髅于杖头行,告市人曰:"警悟!警悟!"市人皆闭户回避,三朝不开正户,盖自是始。元日已后,亲旧以酒食相邀以为节,故亦谓此月为睦月。元日俗不除尘土。

　　元日后至十六日,少年辈不执业,冶游行乐、握槊撒钱、投琼赌彩以为戏。儿童分朋抛木球,以彩杖格而遏之,以为输赢,谓之球杖,读如吉兆,见显昭《袖中钞》。或谓之玉打。女儿团绵为球,绣以五彩,谓之手球。又插羽于木栾子,以彩板承而跳之,翩翩如蚨蝶,谓之羽子板。是月也,市店罗列球杖、手球、羽子板,编斓若锦。优人提鼓、三弦、胡琴以度新曲,使妖童持木偶马头,踏舞巡门,乞利物,谓之春钩,以祷蚕神也。七日,以七种菜为糜。《公事根源》曰:"正月上子日,内藏寮及内膳司进新菜,自宽平中始。延喜十一年正月七日,进七种菜:一曰那锤,即荠;二曰发谷别落,即繁缕;三曰捨梨,即芹;四曰青菜,即蔓菁;五曰五行,又名母子草,或名五行蒿,即鼠麹草;六曰须聚诗落,即芦菔;七曰佛坐,又名多婢落谷,即鸡肠草。此日为羹食,辟邪蠲病。十五日,食赤豆粥。是日取门松及司命索积庭中,坚①竹于其四旁燎之,谓之散鬼杖。杖,读如兆,盖爆杖之遗。或谓之焠度。焠度,犹言爁焠也。火炽貌。

　　二月十五日,寺院悬卧佛形像,为涅盘会。茶棚、酒店、糖果之

---

① 坚,疑为"竖"。

铺藏犀吞刀,舞盘沙书,聚观戏场,在在丛集。士女托拈香游观者,道路接踵。俗以黄黑诸豆杂霰子糕炒之,以供佛荐祖先。

自春分前五日,凡七日,谓之彼岸浮屠,为彼岸会,俗多供佛俦僧。

三月三日,谓之上巳,以艾糕为节物。是日家有女儿,必陈彩胜,按:日本以彩胜为雏。是日,儿女陈人胜游戏,谓之雏游。古以正月为此,《旧事记》"敏达帝二年正月侍从进雏像"是也。近世衣之以绣缋,饰之以金珠,一对价或至五六十金。德川氏尝严禁之。供艾糕、赤豆饭,置酒饮宴,谓之雏会。因以上巳为女儿节。

四月八日,寺院为浴佛会,以盆坐铜佛,浸以甜茶水,甜茶即千岁蔂。覆以花亭,随喜者以小杓灌佛。

五月五日,为①之端午,插艾及菖蒲于门檐,饮蒲酒,食粽,始服布葛。是日,贺茂庙前走马,谓之竞马。士庶得男,必竖彩旗、陈武像及木刀枪以饮宴。旧制,五月五日,驾幸丰乐院观骑射,宴群臣。文武官皆插菖蒲于冠。《延喜式》曰:"是日登场校射,将监就标下注甲乙。"此日近卫、兵卫、卫门诸府,皆陈甲胄于门。此盖其遗俗也。又贝原氏《岁时记》曰:"在昔儿童束菰为马,翦纸为人,揉木片为胄,削竹木为刀枪、尖眉刀,陈户外。近则人马多以木雕,或以纸脱施五彩,或有用帛者。"是日,藤社神会,摆甲走马,亦谓之竞马。藤社庙,祀弓兵之神也。《诸社根元记》云:"儿童以菖蒲饰胄,名菖蒲胄。"

凡三月三、五月五、七月七、九月九,谓之节供。供,俗作句,以国音近误耳。拜节往来,略如岁朝。中元,京师神会。四月,有稻荷会。五月,有藤社会、今宫会。六月,有祇园会。八月,有御灵会。

---

① 为,疑为"谓"。

其最盛者,莫祇园会若焉。六月七日迎神,十四日送神,仪卫极繁盛。先期,街上设山棚、山车、陆船、弄伞,鼓吹喧阗,动魂褫魄,遍街灯烛,辉煌如昼,户户金屏猩毡,轴帘褰幕,张饮尽欢。会日,棚车过门之家,宾客蚁会鳞崒,士女填街溢巷,袂云汗雨,不啻此盛。五月晦及六月十八日,在鸭河四条桥东,洗净神舆,谓之御舆洗。是日也,鸭东茶坊、娼户,结伙醵钱,敛翠袤香,演杂剧戏文故事,其人物则皆扮娼妓为男装,谓之泥黎毛浓。又缠结为棚,谓之冶台。乐,则有三弦、胡琴、提鼓、钲鼓、细腰鼓,谓之杂子。珠翠锦绮,香纨白苎,艳装浓抹,以勾引无赖子弟。自六月七日至晦日,夜夜鸭河四条桥南北,凉棚茶店鳞次栉比,两岸一带皆妓馆,分茶酒铺羹店,杂错其间。小脚店,则有泥鳅团鱼之羹,红鳢青鳞之鲊,诸色海味,诸色素食,下酒下饭,零碎作料,不托、水引、河洛、合羹、胡饼、铗子、牢丸、包子,糖糕、糍糕诸色糖果,西瓜、甜瓜、林檎、杏、桃、杨梅诸色水果。琉璃店,则鱼瓶、葫芦、鼓铛、铁马、灯碗各色盏碟。杂卖则烟管、烟袋、各色折扇、梳篦、发朵、钗朵、香囊、彩胜、水上浮纸画儿、远视画,凡儿戏之物,泥孩、陶犬、惜千、千颡、叫子之类,名件甚夥,不可悉数。伎艺则走索、戴竿、吞刀、弄丸、藏厌、筋斗、傀儡、角牴、口伎、影伎、狝猴、猫鼠之戏。演史学乡,谈说诨话,种种无所不有,竟夜火炬烛天,弦歌鼓吹,嘈嘈鼎沸,欢笑海涌,游者不觉达旦。七月七日,谓之七夕,是夕妇女悬彩丝于竹竿,陈酒馔瓜果以祈牵牛织女,谓之乞巧奠。六日之夕,儿女题诗于楮叶及彩笺,系竹枝,悬灯球数十,欢呼至鸭河投之,因亦以六日之夕为七夕。十五日谓之中元,为荷叶饭。士庶互相拜贺,略如岁朝俗。自十四日至十六日,具面饵百味,以荷叶贮瓜果祀先灵,偹僧尼,展扫坟墓,谓之盂兰盆。因以中元为盆节,遂有盆前盆后之称。十五、十六两日,近郊农户各相结伙,敲钲击鼓,来往于市中。或有请延者,则团聚街上唱佛名。钲鼓喧阗,殆聩人耳,谓之陆斋。僧尼于水次竖纸幡,具百味,击铜钹讽经,乞施物于檀越,谓之施饿鬼。中元后,家家设灯笼。前是,市是售各色华灯,六棱万眼、菡萏球子、人物马绮、纱绡琉璃,品类不一。十六日之夕,城外诸山设火字,东则如意岳,自北而西则松崎、鹿苑、舟冈、清泷诸山,迤逦相次。其字或画,皆积薪排定,一时燃之。一画长或数十丈。如意岳为大字,书法最遒劲,传为僧横川所制,字迹毕砌石为沟云。十六日晚,临水次燃麻秸,送先灵,谓之送火。自十五日至晦日,每夜亘索街上,悬灯笼数百,儿女袨服靓妆为队,舞蹈达旦,谓之踊。名沃度黎。汉人所谓合生之类。有歌以为之节者,谓之音头,乐则有三弦、细腰鼓。

八月一日,谓之八朔。《中原康富记》曰:"八朔之仪,始于后鸟羽帝末年,或云起于镰仓氏。"士庶互相拜贺,馈送饮食为节,谓之田实节。十五日,谓之中秋,为看月会。酒酒啖芋,自秋分前一日,凡七日,谓之彼岸。

九月九日,谓之重阳,以栗为节物,或作饭若糕,或蒸食之。

十月,谓之上无月。上无,日本律名,本名凤音。乐家相传为应钟。应钟,十月律也,故名。亥日,谓之元猪,士庶作糍糕以相馈送。是月二十日,商贾罢市,各具酒馔宴集,谓之蛭子会。蛭子,神名,所在庙祀祈福。是日,鸭东建仁寺街蛭子庙,繁华浩闹,醉人载途。又四条街东,有誓文神祠,是日士女麇至,首过祈福,谓之誓除。

十一月,谓之霜月。冬至之日,医家作赤豆饭为神农会。

十二月,谓之四极,又曰极月。是月,丏者为泼寒胡戏,或丹墨涂面装成钟馗,登门呼跳驱祟,索钱乞米。家家扫尘,名煤除。廿日后，家家舂糍，具饮馔之料，以为新年之储。岁终，舂糍之声，比屋相接。市肆有以舂糍为业者，其糍圆如镜者，曰镜糍；以糍粘柳枝，或粘柴如贯珠者，曰糍花，以供神佛。又细切如方解石者，曰霰子。晒干，至二月十五日，杂豆炒之，以供佛荐祖先，或以为茶素。医人制屠苏袋，送平日所往来。

岁暮，亲友相聚饮宴，谓之忘年，又互相馈遗，以贺卒岁。除夜，谓之大岁。天地、神佛、祖先、灶井、牖户，以至溷厕，燃灯辉煌，达于旦。

立春前一日，谓之节分。至夕，家家燃灯，如除夜。炒黄豆，供神佛祖先，向岁德方位撒豆以迎福，又背岁德方位撒豆以逐鬼，谓之傩豆。老幼男女啖豆，如岁数加以一，谓之年豆。街上有驱疫者，儿女以纸包裹年豆及钱一文与之，则唱祝寿驱邪之辞去，谓之疫除。日本追傩之仪始于庆云三年，阴阳寮诵祭文，侍中执桃弓苇矢，大舍人寮装厉鬼，方相氏执矛，率伥子二十人，遍巡宫门，送疫出四门。今民间疫除所唱极鄙俗，然亦甲作食凶之类也。

卷三十六　礼俗志三

乐　　舞

倭乐、和歌　国俗素有歌舞。新井君美曰："本朝之乐,有声乐,有舞乐。其始出于祭天神。"《孝经纬》曰："东夷之乐,曰靺,持矛助时生。"乐元语曰："东夷之乐,曰朝离万物。微离地而生乐,持矛而舞,助时生也。"唐贾公彦以谓乐有二名,此间之乐,亦有是象,每奏乐舞则陈之,但其所始,莫可考证。其后得高丽、新罗、百济及勃海等技,东西交聘,又得隋唐乐,更有西凉、龟兹、疏勒、天竺、林邑、扶南等乐,而其所传者多俗部、胡部及散乐杂戏,故用之于岁时朝会宴享,而郊天祭先,则用国乐。**其用之朝会祭祀者,有五节舞**,净御原帝之所制。相传帝御吉野宫,日暮弹琴。俄尔之间,前岫之下,云气忽起,疑如高唐神女,仿佛应曲而舞,独入帝览,他人莫见,举袖五变,故谓之五节。**有久米舞**,《神武纪》所载"来目歌"是也。神武征东国,兄猾已伏诛,弟猾大设牛酒献飨军士,帝设宴作歌,为来目歌。**有田舞,有吉志舞**,《三代实录》："贞观元年,天皇御丰乐殿广厢宴百官,多治氏奏田舞,伴佐伯两氏久米舞,安倍氏吉志舞。"又见《践祚大尝祭式》。《日本纪》神护元年所称企师部舞,即此吉志舞。本居宣长曰:"吏部。《王记》云:昔安倍氏先祖伐新罗有功,报命,会大尝,因奏此舞,故相传为大尝会舞。"**有隼人风俗歌舞**。蒲生秀实曰:"古者诸国风俗歌舞,其国造常于朝觐时奏之。如大歌所之职,集诸国之歌,以知其国风,此隼人所奏风俗歌舞,盖萨摩大隅之歌舞也。

隼人式悠纪、主基时,群官人,隼人司官人率弹琴及吹笛、击百子拍子、歌舞人等从兴礼门参入御在所屏外北面立,奏风俗歌舞。又有筑紫舞,《续日本纪》:"天平三年,定雅乐寮杂乐生员,筑紫舞二十人,诸县舞八人。"村尾元融曰即小垦田舞之类,皆其地风俗舞技也。用之宴集者有歌,《日本纪》:"宝龟元年三月,葛井船津文武生藏六氏男女二百三十人,供奉歌垣,其服皆著青摺细布衣,垂红长纽,男女相并,分行徐进,每歌曲折举袂为节。"《续日本纪》:"天平六年,天皇御朱雀门览歌垣,男女二百四十余人,五品以上有风流者,皆交杂其中,正四位下长田王等为头,以本末唱和。令都中士女纵观,极欢而罢。赐供奉歌垣男女等各有差。"又"天平二年,天皇御大安殿,百官主典以上,陪从踏歌,且奏且行,引入宫里。"考和歌本民间歌谣,上古无文字,口耳相传。迨伊吕波作,乃借汉字音填之,句长短无定。今通行五句三十一言之歌,始于素戈鸣尊八云咏。初五言,继七言,继五言,继七言,继又七言。其声哀而怨。古歌本以合乐,其后乃校文字工拙。《万叶集》所载,有歌仙、歌圣之名。今内廷尚有歌会,每月合咏,或名之曰国诗,曰国风。其曲有曰难波曲,《日本纪》:"天武四年,敕大倭、河内等国,选所部百姓能歌男女而贡。"上谷川氏曰:"盖采其国风,所谓难波曲、倭部曲、近江水茎诸曲之类是也。有浅茅原曲,浅茅原,地名。有八裳刺曲。其乐器,有笛,有和琴,有拍子。今祭犹用古歌舞。民间所歌,随时撰曲,布之管弦。所用乐器三弦及鼓而已。隋七部乐有倭国伎。其声容若何,今不可考。

乐律 一曰一越调;二曰断金调;三曰平调;四曰胜绝调;五曰龙吟调,别名下无;六曰双调;七曰凫钟调;八曰黄钟调;九曰鸾镜调;十曰般涉调;十一曰神仙调;十二曰凤音调,别名上无。伶工相承,以一越为黄钟,断金为大吕,平调为大簇,胜绝为夹钟,龙吟为姑洗,双调为中吕,凫钟为蕤宾,黄钟为林钟,鸾镜为夷则,般涉为南吕,神仙为无射,凤音为应钟。物徂徕云:"稽诸华夏燕乐,有越调、双调、般涉调、仙吕调,皆调名而非律名也。龙吟声,即唐长鸣三声之一;凤鸾商，乃琵琶独弹曲破之名；而断金、胜绝、凫钟，绝无所考，或当字误；上无、下无，为此方所命，独巢笙平调子为林钟，仙吕管为夹钟者，实以命律，然不复与此方所传者合。"谨按：本邦之乐，原周汉遗音，律亦周汉之律，而第八黄钟调声，乃周汉黄钟也。惟昔黄帝轩辕氏，命伶伦始制律吕，而度量衡皆生焉。三代相承，历秦逮汉，莫有改作。后汉以来，尺度讹长，魏杜夔承丧乱之后；莫所稽考。其制律以应钟为黄钟，律始变矣。晋时荀勖妙解音律，取协古器厘正复旧。宋齐暨陈，一皆因之。中间梁武时，曾议订正。寻值乱离，未及改造，比终江南之朝，周汉音尚存也。此时中原沿胡，而胡尺长大，胡音重浊。拓拔氏乃以夷狄崛强之习，事不师古，妄意制作，以新一时耳目。东魏以中吕为黄钟，盖互换歌奏也。宇文周以南无之间为黄钟。隋承周统，因以南吕为黄钟，皆以协胡音也。及其平陈之后，始获宋齐旧乐，高祖善之，谓为华夏正声，别置清商署以管之，号曰清商三调。所以谓之清商者，其乐以南吕为黄钟，则宋齐黄钟为夹钟。五音之序，大簇为商，夹钟高一律，故谓之清商，此以其乐视宋齐旧乐故云尔。唐以宇文周玉尺造律，亦以南无之间为黄钟，始变古制为八十四调，又演清乐为燕乐二十八调，于是周秦遗音遗制，皆亡灭不传焉。其后五代周时，王朴造律，其黄钟在黄钟、大吕之间。宋建隆时，和岘以应钟为黄钟。崇宁时，魏汉津以夷则为黄钟。明洪武时，冷谦以中吕为黄钟。此历代改律之大概也。其未施行者，宋李昭、范缜以林钟为黄钟，刘几同唐制，明郑世子同崇宁制，此皆在古乐散亡之时，莫有所稽考，妄以己意饰以累黍者也。村濑之熙祖物氏之说，征引十证，以证第八黄钟调声，为周汉黄钟，又曰："古乐正声。宋以来，诸儒所未尝识，特传于我邦，而古音得复明，岂非千古大快。"然今考日本之传华乐，实始于唐时。自隋文帝平陈，得华夏正声，置清商署，以为古音尚存。清商调，唐武后时犹存六十三曲。自唐变古制，及五代乱离，而古音尽亡。谓日本所传为隋以前曲调，则以周汉古音尚存，不为无理。然日本伶人所用管色，乃正与燕乐谱相合，则唐乐之所无，日本安得独有哉？管色之辨，并详下条。

管色　伶官所传三管字谱，各不相合。笙谱十七字：一曰千，龙吟甲。二曰十，双调乙。甲乙谓清浊也。三曰下，龙吟乙。四曰乙，平调乙。五曰工，凤音乙。六曰美，凫钟。七曰一，盘涉乙。八曰八，平调甲。九曰也，双调甲。十曰言，凤音甲。十一曰七，盘涉甲。十二曰行，黄钟甲。十三曰上，壹越甲。十四曰凡，壹越乙。十五曰乞，黄钟乙。十六曰毛，断金。十七曰比。神仙。盖笙管古制十有九，十七字之外，卜字为胜绝，斗字为鸾镜，十二调备矣。后世除卜字、斗字二管，止存十有七，而毛字、也字二管无簧，所用止十有五，而有九调耳。横笛谱七字：一曰六，闭下第一孔，为壹越。二曰下，闭上五开下二，为凤音。三曰中，闭下一孔开上六，为盘涉。四曰夕，闭下二开上五，为黄钟。夕读如尺，盖尺之省笔。宋俗乐谱亦省作工。五曰⊥，闭下三开上四，为双调。六曰五，闭下四开上三，为龙吟。七曰丁，闭下五开上二，为平调。笙箫谱十字：一曰丁，第一孔，黄钟甲。二曰一，第二孔，龙吟。三曰四，第三孔，平调。四曰六，第四孔，壹越。五曰凡，第五孔，神仙。六曰工，第六孔，盘涉。七曰五，第七孔，黄钟乙。八曰⊥，背上孔，双调。九曰厶，背下孔，即勾省笔。按《体源钞》曰："独开此一孔，应笙之比。背上下孔皆开，应笙之美比，为神仙美，为凫钟。然今质之伶官，则云上下孔，并无别调云。"十曰舌。九孔皆闭为舌音，即胜绝。亦如今之乐部所用五、六、工、尺、上、四、合、乙、凡也。《宋史·燕乐书·十字谱》曰合、四、乙、工、凡、上、勾、尺、六、五。今以较此，横笛第一孔为壹越调，用六字，《燕乐书》乃以六字为黄钟，横笛黄钟调用夕字，夕即尺字，《燕乐书》尺字为林钟声，则伶官相传壹越谱为黄钟、黄钟调为林钟者，即与《燕乐·十字谱》相同。且如笙箫谱，以黄钟为林钟，则平调为大簇，神仙为无射，盘涉为南吕，凫钟为蕤宾。今大簇、平调并用四字，无射、神仙并用凡字，南吕、盘涉并用工字，蕤宾、凫钟并用厶字，凡此数者皆相合。盖日本所传多唐乐，而燕乐谱亦唐乐，故东西相符，若乃据徂徕之说，以黄钟为周汉黄钟，则字谱无一相合，有以知其不然矣。

伶官　古有雅乐寮,隶于治部省,设歌师四人、歌生三十人、歌女百人、舞师四人、舞生八人、笛师二人、笛生六人、笛工八人。蒲生秀实曰:"供此间乐而吹笛者也。"其唐以下诸乐吹笛之人,各在其乐生中。唐乐师十二人,内横笛师一人、合笙师一人、箫师一人、筚篥师一人、尺八师一人、箜篌师一人、筝师一人、琵琶师一人、方磬师一人、鼓师一人、歌师一人、舞师一人;乐生六十人。又高丽、百济、新罗乐师各四人,乐生各二十人。又伎乐师一人,《职员令义解》曰:"谓吴乐腰鼓,亦为吴乐器也。"腰鼓师二人。伶官皆世禄,世守其业,至今尚有存者。

唐乐曲　由唐时传授乐曲,有万岁乐、回波乐、鸟歌、承和乐、河水乐、菩萨破、武德乐、兰陵王安乐、盐三台、盐甘州、胡渭州、庆云乐、想夫怜、夜半乐、扶南小娘子、越天乐、林歌、孔子琴操、王昭君、折杨柳、春庭乐、柳花苑、赤白桃李花、喜春莺、平蛮乐、千秋乐、苏合香、轮台倾杯乐、太平乐、打球乐、还京乐、苏芳菲、长庆子、一团娇、采桑、秋风乐、贺皇恩、玉树后庭花、泛龙舟、破阵乐、拔头诸乐,然传其谱,不传其辞,所谓制氏能记其铿锵鼓舞而已。且伶人多不识字,故曲名亦多谬误,如白纻误白柱、张胡子误朝小子、景德误鸡德、乌臼误乌向、苏幕遮误苏莫者、西凉州误最凉州、康老子误小老子、大酺乐误大补乐、小饮酒误胡饮酒、安世乐误安城乐。尚有五常乐,物徂徕谓即五行舞,即周大武,汉谓之五行舞,平调曲有五常乐,《和名类聚钞》作五圣。凡古乐有序声、破声、急声,全备者无几,而此曲有序、有咏、有破、有急,盖伶工相承,独崇重此曲,故物徂徕疑即韶乐。村濑之熙曰:"古来常读如韶。韶,舜乐也。"五即虞字之转讹。吾邱寿王《水经注》作虞邱,王应麟《诗考》曰驺虞,或作驺五。见刘芳《诗义疏》:五常即虞韶之误也。《南齐书·乐志》曰:凯容舞,本舜韶舞,汉改曰文始。魏复曰大韶,又造咸熙为文舞。晋傅元六代舞,有虞韶舞,宋以凯容继韶为文舞,即此五常乐也。荆仙乐,物徂徕云疑即庆善乐。贺殿,《和名类聚钞》曰:"承和中,遣唐判官藤原贞敏以琵琶传此曲。"然唐时乐府无此目。村濑之熙曰:"疑是河传,以国音同,故讹。"今按郭茂倩《乐府诗集》,杂曲歌辞,有金殿乐,当是金殿之讹也。春莺转,物徂徕云无所见。今考《乐苑》曰:"大春莺啭,唐虞世南及蔡亮作。"又有小春莺啭,并商调曲,转当是啭字之讹。金獐,物徂徕云无所见。今考当是黄獐之讹。酒胡子,物徂徕云疑是酒家胡。涩河鸟,物徂徕云疑是倭乐。十天乐,裹头乐,部胪,物徂徕、村濑之熙皆云疑是伴侣。勇胜,物徂徕云无所见。今考杂曲歌辞,有战胜乐。河南浦,央宫乐,感城乐,海青乐,一弄乐,拾翠乐,青海波宗明乐,仙游霞竹林乐,物徂徕并云未详。或伶人谬记,或华夏失传,均未可知。其太平乐及兰陵王破阵乐,均为舞乐。破阵,则戴假面具上场,有发扬蹈厉之概。太平乐,四人对舞,皆绯衣,佩金鱼袋,俯仰揖让,泂泂乎雅音。乐作时,伶人十数,披裲裆衣,跪坐席外,旁列乐器,先击鼓。鼓停,舞者四人出,笙簧管篪诸乐杂作。一人吹笛,抑扬抗坠,极和而缓。舞止,乐亦止。余饮巨室家,巨室召宫内供奉伶人为此,余亲见之。

乐器　有尺八。尺八五孔,一孔出其背。孔各有名:一曰真怀,二曰角录,三曰贤仁,四曰舌捍,后一孔曰后矗,音沓孔,名见丰原统秋《体源钞》。统秋,应仁中乐官也。与马融所赋长笛,形制全同,特长短不同耳。融《赋》云:"易京君明识音律,故本四孔加以一。君明所加孔后出,是谓商声五音毕。"《管弦记》亦云:"似即今之尺八。"而李善注《文选》乃云:"七孔,长一尺四寸。"此乃《风俗通》及《说文》所谓竖笛七孔者,以注融《赋》,误矣。古尺八之制凡六:曰黄钟切,曰盘涉切,曰壹越切,曰双调切,曰平调切,曰新黄钟切。切者,国语谓调律裁管也。最短者为壹越切,长曲尺一尺一寸;最长者为平调切,长曲尺一尺四寸。日本曲尺,同明营造尺,即唐常用尺也。最长之平调切,以晋后尺校之,恰当一尺八寸弱,想即古所谓尺八;然尚有最短之壹越切者,何也? 考《唐书·吕才传》,称才制尺八,凡十二枚,长短不同,与律谐契。据此知尺八,但以五孔之故,名曰尺八,不必尺寸相符也。世传惟壹越切一管。近世尺八笛盛行,而壹越切亦废。《日本人物史》曰:"大森宗勋,号策翁,自幼好音律,特以尺八著名。于时常登楼奏曲,有黄鸟来和之。天正中奉诏制五调之尺八。至今言尺八者,以宗勋为法。"尺八之外又有笛,有箫,又有横吹笛,大和法隆寺所藏上宫大子遗物有笛,管长曲尺一尺四寸五分,六孔,其一在背。南都东大寺又藏圣武孝谦遗宝图,有笛凡四管,其一六孔,长一尺四寸五分,与法隆寺所藏相似。案:《西京杂记》云:"高祖入咸阳宫,周行府库,有玉笛六孔,王子渊所赋洞箫,亦六孔。"《文献通考》云:"箫管之制六孔,旁一孔,加竹膜焉,或谓之尺八管,或谓之竖笛,或谓之中管。"马贵与盖以尺八箫管笛为一类。然今据日本古器,则尺八为五孔,笛乃六孔也。《辽史·乐志》有长笛、短笛、尺八笛之目。日本雅乐寮亦分横笛、箫、尺八为三,知非一物矣。古今乐器,损益不同。杜子春注《周礼》谓籧,盖今时所吹五空竹籧。按融《赋》,则古乃四孔。《风俗通》云:"笛出羌中,七孔。"《说文》云:"笛,七孔角也。"又云:"羌笛三孔。"今笛为六孔,则孔数不同如此。至其长短之制,晋刘和之东厢长笛长四尺二寸,为最长。《文献通考》称和岘论太乐手笛长九寸,为最短。尺八盖在长笛短笛之间,故谓之中管,长短不同又如此。古笛皆竖,其横吹者谓之横吹笛。箫本编管,其单管者,类笛而名箫,无底者谓之洞箫,则形制不同又如此。要之本属一类,后乃变迁,制殊而名亦异矣。有笙,有琵琶。唐时,藤原贞敏学琵琶于唐人刘二郎。二郎妻以女,赠以紫檀琵琶、紫藤琵琶各一面,归为朝廷重器,今犹现存,传乐曲甚多。瞽者多业琵琶,俗谓之琵琶法师。《徒然草》载信浓前司行长著《平家物语》:"使瞽者生佛唱之。"今所传,即生佛遗音,犹宋之平话也。有筝,有三弦。

三弦,名三味线,以象牙为拨,拨如斧形,上下通行。瞽师业此者,曰职,曰检校,曰句当,曰都。检校、句当皆僧官名,瞽者僭拟之。以检校任久者为十老,职,即其第一老也。瞽者本名建业,疑为建业人所传,故名。近世瞽者兼业琵琶、三弦、筝、胡琴。其流派有曰山田、生田,女师之流派有曰长歌、曰丰后,互立门户,各争微妙。有胡琴,胡琴二弦。有大鼓,广尺而短棬。有小鼓,即细腰鼓。有横胴,似小鼓,挟而拍之。详下猿乐条。三弦及此三鼓,歌舞伎所必用。有瑟,瑟二十五弦,古无此器,近始传之。有琴,古有精者,而后失传。物徂徕云:"貊近宽家有《猗兰琴谱》,乃隋人作,桓武以前笔迹。其谱与明朝琴谱大异。"别有三弦琴,不用弹拨,以左指按之,右指冠决捺而成音。有六弦琴,《雅乐式》云:"和琴一面,长六尺二寸。"《和名钞》《万叶集》云:"梧桐日本琴一面,体似筝而短小,有六弦。"今亦失传。有竿篥,有拍子,即乐节。有敔。余至一巨室家,召女师操乐,有器形似伏虎,背有龃龉,然以竹为之,而虚其中,击之以木,其龃龉可上可下,因以成音。考郭注《尔雅》曰:"敔,如伏虎,背上有二十七龃龉,刻以木,长尺枥之籈者,其名也。"《三礼图》云:"唐礼,用竹长二尺四寸,破为十茎,于敔背横枥之。"今乐器之敔,如《三礼图》竹木相枥,毫无音韵,而日本所用,居然成音,殆为古器。盖郭注状其形,而不言中虚,后人误而图之欤?

猿乐　散乐名曰猿乐,俗谓之能,盖起于中世战争之间。北条氏时,又有田乐。从猿乐出。俗谓猿为申,田即申之省字。至足利氏,鹿苑、慈昭二相国皆好猿乐,名伶观世氏最工此技,而猿乐复盛,田乐遂衰。宽正中,观世氏舞猿乐于纠河原,实为后来劝进能之权舆。及丰臣氏击朝鲜,聚优人于名护屋,亲自学之,猿乐益盛行。王公贵人皆丹朱坌身上场,为巾帼舞,与优人相伍。部中色长曰大夫,副曰噱基师,副末曰狂言师,歌工曰地讴。其曲词多出于浮屠,类幻妄不经。乐器有横笛、三鼓，以节歌舞。三鼓：一曰大鼓，广于羯鼓，而棓甚短，下有小床，斜架置膝前，击用两杖；二曰小鼓，似细腰鼓，左手捧在右肩上，以指拍之，作朋肯之声；三曰横胴，似小鼓而较大，挟在左胁下，亦以指拍之，其声甚震。三鼓并不详所始，其制与腰鼓、都昙、答腊诸鼓颇相似也。按：《通典》："唐散乐，用横笛一，拍版一，腰鼓三。"此三鼓盖出于腰鼓，略殊其制耳。又《通志·乐略》："腰鼓大者瓦，小者木，皆广首而纤腹。"都昙鼓似腰鼓而小，以槌击之。毛员鼓似都昙而稍大。答腊鼓制广羯鼓而短，以指楷之，其声甚震，俗谓之楷鼓。

　　芝居　演戏，国语谓之芝居，因旧舞于兴福寺门前生芝之地，故名。平城帝大同中，南都猿泽池侧土陷吹烟，触者即病，乃舞三番曳于兴福寺门前生芝之地，以禳其祲，故名曰芝居。古谓之歌舞伎，或曰男舞，或曰白拍子。辟地为广场，可容千余人。宽永初年，猿若勘三郎始请于官，创开戏院。其后优人次都、市村、山村氏等各开场，世守其业。场中为方罫形，每方铺红氍毹，坐容四人。场之正面为台，场下施大转轮，轮转则前出下场、后出上场矣。场之阶下为桥，亦有由阶下上场者。场护以巨幕，绰板乱敲，彻幕而戏作。每一出止，幕复下垂。每日始卯终酉，鼓声始震，例为三番：叟舞、七福神舞、猩猩舞。皆有伶人世其业者。次演古事。场中陈列之物，一一皆惟妙惟肖，即山林楼阁，亦复架木插树以拟似之。优人有舞而无歌，场侧设一小台，别有伶人跪白其所演事，如古之平话，声甚凄厉。乐器止有三弦、笛子、钲鼓而已。戏场之外一带，皆酒楼茶馆，凡数十家。游人麇聚，意阑兴倦，则馔于是，饮于是，必至夕乃散。观者多携家室，妇女最多。每演至妙处，则拍掌喝采之声，看棚殆若震陷。或演危苦幽怨之事，妇女皆挥泪饮泣，以助其哀。其铁石心肠之人，每每含辛以为泪，否则众訾其无情。优人声价之重，直与王公争衡。旧日，优人列之下等,无与交游者。近学西俗,优人出入巨室,公然抗礼矣。妇女无不倾倒者。

杨花 设肆卖曲者为杨花。其色长曰大夫,所奏曲多男女怨慕之辞。有曰《净瑠理物语》,织田氏侍女小通所著,检校岩舟氏制其曲节,调之于琵琶。嗣泷泽角野以三弦律之,后有南无右卫门,庆长中尝以伎被征拜为大夫。尔后,萨摩、土佐、山本、宇治、伊藤、出羽、都丰竹诸氏,各分流派。今则竹本氏一流最为盛行。曲院垂帘,柝响帘卷,大夫妆饰端整,坐红锦褥,欹银镂案,三弦调定,徐徐而歌。女而男喉,妇而女妆,听者辄满座。贫家妇女多业此以觅衣食,伎艺稍佳,驱使其母如奴婢。谚有言曰:"生女勿吁嗟,盼汝为杨花。"

踊子 西京俗,于中元后迄晦日,街童市女各盛饰彩衣,某街某坊揭旗为识,口唱中菁猥亵之词,所在相聚,且舞且歌,号曰踊子。例以十六人为班,多至六十四人。其倡而导行者,谓之音头。折旋进退,曲尽姿态。观者追逐,举国若狂,四方盛称,谓之都踊。至京师者,必留观之。

影绘 影戏谓之影绘。纸障一面,淡墨无物,笛响鼓鸣,忽见树阴一人出,右挥铃,左开扇,左顾右旋,应笛扬铃,合鼓翻扇,迷离惝悦,若有若无,人影暂灭。闻赛祭鼓声,殿宇高耸,和表矗立,扬红白帜,大小灯无数,赛人来往抛钱祈福,既而鼓歇。夜深有叱咤声,则狐群排行,徐徐进步,各荷蒲席、衔炬火,担木持竿,俗所谓狐嫁女是也。行过神殿,狐化为人,席化筐筥,火化提灯,竿化枪,木化舆,奇变莫测。灯灭狐匿,又为幽鬼作祟之图,为鬼影,为僧影,为佛菩萨影。影戏亦能写花草鸟兽之形,然喜为幽寂奇幻之境,大概如此。亦有傀儡,有牵丝傀儡,有杖头傀儡,有水傀儡。

落语、演史、口技 演述古今事,藉口以糊口,谓之演史家。落语家,手必弄扇子,忽笑忽泣,或歌或醉,张手流目,踦膝扭腰,为女子样,学伧荒语,假声写形,虚怪作势,于人情世态,靡不曲尽。其歇语,必使人捧腹绝倒,故曰落语。楼外悬灯,曰某先生出席。门前设一柜收钱。有弹三弦、执拍子以和之者。亦有口技,技人仅一绰板,藏于帷内,能为一切风声、水声、火声、禽兽声、弦管声、老幼笑怒声,纷纭杂沓,一时并举,而听者自能分别了了。

扬弓肆　铺毡于地,缚彩为棚,中蒙以皮,竹弓翎箭,相去寻丈,中者铿然作声,雏姬供奔走击鼓,以判胜负,冶游子弟以赌酒食。东京随处而有,颜之曰扬弓肆。

相扑　分朋角力,谓之相扑,亦曰角觝。世称有雷方二神,角力于上世。垂仁帝七年,野见宿祢,当麻蹶速奉诏试力,即相扑之祖。圣武帝时,至遣部领使,广征天下力士。文德帝欲定储嗣,乃令名虎善雄斗力,以胜负决之。江家次第《公事根源》又称帝御南殿观相扑,左右各三十人,乌帽狩衣,徒跣不著袴。左胜则奏拔头,右胜则奏高丽乐纳苏利,若右先胜,则奏纳苏利,左奏兰陵王,盖中古时极重此伎。近世所谓劝进相扑,始于山州光福寺僧,设以敛钱。至宽永元年,明石志贺之助请于官,创行于江户四谷盐街。尔后继续,日益繁盛。每日黎明击鼓上场,观者皆蓐食而往。力士分明[①],互相比较,类长身大腹,筋骨如铁,中分土豚,各据一半,蹲而蓄气。少时神定,一喝而起,铁臂石拳,手手相搏,卖虚弄巧,钻隙取胜,盖斗智斗力斗术兼而有之。观者分左右袒,互张声势,发欲上冲。司事人秉军扇,左周右旋,以判赢输。举扇一挥,众皆喝采,争掷金帛,以赏其劳。又有妇人与矬人以相扑为戏者。

走索、上竿、戴竿　挋绳于柱,飘然凌空,处女脱兔,索上相逢,

―――――――――

① 明,当为朋。

摩肩而过，势若不容，是为走索，或名绳度。都卢寻橦，穷至极巅，伥童逞材，跟挂腹旋，翩然鸟坠，如肉飞仙，是为上竿，即竿木戏也。肩背顶额，皆能戴竿，有儿如猴，上缘其端，翻转蜿蜒，莫能控抟，是为戴竿，即唐梯也。

蜻蜓翻、拗腰、踏肩、拔河、跃圈 蜻蜓翻，即翻筋斗，委头于地，俯翻而反据，旋折腰而仰翻之，累四五翻而不止。又叠案高七尺，腾空而翻，超越而过，往复再四，如旋风焉。拗腰，即所谓弓腰，反折其身，五体皆至于地，以口衔器，然后起立。其腰之柔软，若无物者。踏肩戏，一人挺身矗立，继一人飞登肩上，亦矗立，累至三四人，高不可登，继至者则攀肩踏臂，如缘梯状，至十余人，望之可接霄汉。又有三四人排立于地，居其上者分跨两人之肩，居其上者又分跨两人之肩，积四五层，望之如山。拔河戏，用巨絙长数丈，两头系小绳，分东西两朋，两句齐挽，当巨絙中间，树旗为界，震鼓叫口，便相牵引，以却者为输。跃圈，编竹为圈，长可五六尺许，插蜡烛于中，跃身过之。或圈大颇可容身，伎人乃又戴笠，两手亦持笠冲掷来往者再，又名曰笼脱。

跳丸、跳铃、跃剑、抛球、掷碢 每物以五六事往复掷之。其法全在手敏，当其妙处不住空中，不落地上，不在手里，不在三处，亦不在一处。诸物皆同一法，但所用或丸，或铃，或剑，或球，或碢，各异其伎耳。

转桶戏、叠枕 台上设一高床，铺红毡，安囊枕。小童出拜客，有人抱上床，令之横卧，双脚上竖，乃举一桶置其上，旋运之，蹴弄之，投承纵横，鱼惊鸟跃。俄而，加一大桶，童子一蹴，小桶飞于傍人之手，而大桶下粘于踵，又提一数岁儿，置之桶上，转运投承，亦犹桶然。当其急如旋风，观者莫不目晕。最后累小桶十数，高可一丈，累卵积棋，倾摇欲倒，而数岁儿凝立于其巅，绝叫一声，卵崩棋倒，儿则翩然下坠，复住脚上。枕戏则伎人出场，操木枕。枕宽寸余，高长各三四寸，累至数十，高及七八尺。伎人据物直上其巅，仄足鹄立，众咸危悚，而其人整暇，独跷一脚，示有余地。旋又伏躬，以手代踵，两脚倒竖。俄而飞下，别植一梯于旁，双脚钩梯级，倒身坠挂，以头顶枕，折旋之间，梯与足离，而其人倒竖于累枕之上良久，良久乃始跳下。其他以手足弄物者甚多，有弄车轮、米苞、石臼者，谓之力持，或谓之曲持，要以此二种为绝伎。

旋盘、弄碗珠　以竿标承盘，任其翩翻，终不失坠。以绳系碗，以碗盛水，绳转碗旋，碗中之水毫不滴漏。

履火、吞刀　履火名曰掇火，僧人习为之，盖出于梵俗。吞刀之伎，亦出于西域。刀宽及寸，长过尺，当其吞咽，必先昂头，使口与喉直相融贯，略无回曲，然后举刀插之，刀仅余柄，复拔而掷之于地，刀锋入地，铿然有声。或疑有幻术，余以为亦练习神熟而已。

教走兽、教飞禽、教蛇、教虫蚁　皆教之为戏，弄猴者尤多。余尝见笼雀数头，案上列折叠扇五枝，分书一二三四五等字。笼前团纸内，亦分书一二三四五等字。观者至，随手取一扇。伎人问雀曰："客所取其数云何？"雀若为不知也者。伎人曰："汝其卜之！"遂烧香持咒，雀跳跃踯躅，似有所思。既而口衔一纸，则纸中之数与扇相符，名曰雀卜。《杜阳杂编》称："飞龙卫士，倭人韩志和善雕木，作鸾鹤雅鹊，凌云奋飞，复臂蝇虎子，使猎蝇舞凉州曲。"是书固多诞辞，然其诡托倭人，亦可知倭人之善技巧有由来矣。

游　宴

赏花　自桓武、嵯峨二帝好游宴，屡幸大臣第赏花。花时，公

黄遵宪集

卿百官例许给假,故赏花之游特盛。德川氏都于江户,江户益为繁华渊薮。墨江一水,自西北来,截武藏、上总,下达于海,筑堤四五里,遍植樱花。花为五部洲所无,东人名为花王,有深红,有浅绛,亦有白者。薄者一重,厚者八重,开则烂熳满树,如云如霞,如锦如荼。花时,游人蚁集,自卯至酉,红尘四合,宫娥结伴,翠袖紫裙,浓抹淡妆,各捻花枝以为笑乐。书塾女师率童男女,分衣色为数队,咸戴翦花,使丫鬟小女击柝导行,来往游戏。旧藩华族,或携妇女,或挟娼妓,各披葵叶藤花衣、杏黄衫、白桑屐,携榼挈厨,逐队而行。又有古服儒者腰佩瓢酒,高品僧官身挂雨衣,时妆军士手摇鞭杖,下至贱商小竖、村婆街妇,亦高笠新屐,挈酒行歌,且歌且行,拥塞于道,鱼贯蜗旋,莫能展步。偶或高轩横驰,怒马直冲,辄倾跌让道,然车夫亦动色相戒,按辔徐驱,不敢驰骤。别有高人逸士,于朝霞未升,新月既上,避嚣而来者,笛声箫韵,隔江互和,往往彻旦。堤上木母寺有一坟,名梅子冢。世传古有美人梅若者,以三月十五卒。是日若雨,都俗谓之泪雨。名流赏花,必吊其坟。墨江左右,酒楼茶屋,游舫小车,必数倍其价。村人结木为小庐,铺红氍毹,为游人憩息之所。有卖樱饭者,以樱和饭;有卖樱饼者,团花为馅,或煎或蒸,谚有团子贵于花之谣;有卖樱茶者,点樱为汤,少下以盐,人谓可以醒酒;有卖花枝者,或插于帽,或裹于袖,或系于带,游客归时,满城皆花矣。朱雀帝天庆七年冬十月,为菊合。凡分两朋,以角优劣,谓之合。斗歌曰歌合,斗诗曰诗合,斗扇曰扇合,斗画曰绘合,斗鸡曰鸡合,当时语也。王公以下,各赐物。嵯峨帝常为菊花赋,《朗咏集》云当时文人喜诵元稹“此花开后更无花”之句。故历朝尤赏菊,菊遂为皇族徽志。今御苑尚栽菊数百盆,每盆开花有至五六百枝者。花时,必招各国使者及诸省院长、次官为竟日之游,宫内卿司其事。乘舆偶出,间设看馔,步立花下,温笑款语。宫内卿又赠符节于使馆,听其出入禁苑,自行看花,并无酬酢礼,惟归时,各馈以菊饼二枚而去。墨水而外,有东台樱。东京以名胜闻者,又有木下川之松、日暮里之铜龟、井户之藤、小西湖之柳、堀切之菖蒲、蒲田之梅花、泷川之枫,皆良辰美景,游屐杂沓之所也。

茗宴　茶具有风炉,有笪,有炭挝,有火策,有鍑,有交床,有纸囊,有碾,有罗合,有则,有水方,有漉水囊,有瓢,有竹夹,有熟盂,有畚,有札,有涤方,有滓方,有巾。其法:碾茶为末,和汤煮之,候水拣泉,吹沫点花,辨味侔色,皆有妙理。凡运筅击拂,谓之立茶。茶多汤少,运筅旋彻,再添汤击拂者,为浓茶。茶少汤多为薄茶。寮之广狭,炉之位置,柱檐窗棂之设,各有成规。茶寮谓之数奇屋,国语谓嗜为数奇,好和歌者古名数奇,好茶者因借以名之。或谓之围居。招客曰茗宴,宴之前后有谢请谢会,客凡数十人,而茶屋仅容数人:一茶博士,一主人,二三客而已。主人必亲自点茗敬客,由贵逮贱,前退后进,俯仰折旋,具有法度。虽平日尔汝之交,亦肃然如对大宾。偶误礼法,讪诮交集。自僧千光游宋赍茶归,初栽之背振,后遂蔓衍。北条泰时嗜茶,世始崇尚。逮足利义政使珠光、僧珠光以茶术受知,其所赏玩书画及茶具,后人购以千金。真能、能阿弥,号春鸥斋,善画,亦以工赏鉴,命掌库中宝玩。真艺、真能子,袭父职。真相,艺子,号松雪斋,亦工赏鉴。时东山相国营银阁,阁中所陈设及诸器位置,皆出其手。藻鉴茶具,创定茶仪。至丰臣氏,使千宗易修饰之,号利休居士,以茶术仕丰臣氏。置茶博士官,赐禄三千石,子孙世其业。或费千金,求其诀不可得。及德川氏,每春遣使赍瓮收茶,曰御茶壶,藩属望尘拜趋道路。自王公逮庶人,无不崇尚优游,无事,月或数招,苟时逢战争,鼙鼓震天,茶室即为密谋所,宾主相对,悄然无声,而茶博士即因是窃权卖爵，无所不至。凡室忌华器，忌新，然珍木怪竹、朽株瘿枝，搜求之幽岩邃谷之中，或历数十年而后得，得其一以献，贫儿为富翁矣。器必用苦窳缺敝之物，曰某年造，某匠作，乃至一破瓯、一折匙，与夏鼎商彝同贵重，积金盈斗不可偿。因是而兴大狱者有之，因是而释战争者有之。盖初则品茶，继乃斗器。近年此礼稍废，盖仅有存者。

烟火　每岁例以五月二十八夜为始放烟火之期，至七月下旬乃止。际晚，烟火船于两国桥南，可数百武，横流而泊，霹雳乍响，电光横掣，团团黄日，散为万星。既而为银龙，为金乌，为赤鱼，为火鼠，为蝙蝠，为蜈蚣，为梅，为樱，为杏，为柳絮，为杨枝，为芦，为苇，为橘，为柚，为樱桃，为藤花，为弹，为球，为箭，为盘，为轮，为楼，为阁，为佛塔，为人，为故事，为文字，千变万化，使人目眩。两岸茶棚，红灯万点，凭栏观者，累膝叠踵。桥上一道，喧杂拥挤，梁柱挠动，若不能支。桥下前舻后舳，队队相衔，乐舫歌船，弥望无际。卖果之船，卖酒之船，卖花之船，又篙橹横斜，哗争水路。直至更阑夜深，火戏已罢，豪家贵戚，各自泛舟纳凉，绚声歌韵，于杯盘狼籍中呕哑啁晰，逮晓乃散。

茶会　球灯张于门，琉璃盘灿于室，国旗悬于堂，花交于瓶，树叶绕于柱，酒盈于尊，肴馔溢于案，鼓乐陈于幕，主人、主妇拱立于门内。先期数日，折简邀诸宾曰某日某夕于某所设茶会。芝山之离宫滨之延寮馆、霞关之鹿鸣馆，皆为东京盛会之所。客多至二千，少亦数百。至时，箱车篷车，络绎于道，隐隐雷动，衔尾驰至。入门，与主人、主妇，或握手为礼，或磬折致敬。靴声橐橐，轩然以昂，顾盼笑语，媚妇而傲人，泰西诸客也。劲服戎装，博衣道履，如飞鸟依人，蔼然可亲，则海陆军教士、耶苏教教士也。长裾曳地，薄纱笼面，祖臂露胸，西俗有庆典，妇女以袒臂露胸为敬，虽严寒亦然。手挥金扇，牵曳而至者，西妇也。身短趾高，毡衣革履，百僚趋奉，颔之而已，诸省院长官也。公髯如戟，乍捻乍弄，旁若无人，欢笑潮涌，则次官也。下车则趋，鞠躬而入门，喁喁私语，各呼其群，诸省院属僚也。被发至背，足端乌靴，锦椅绣褥，左右列坐，皇族妇女也。雪衣花帽，如西方之人，胜常万福，操语如英，长次官眷也。此唤檀那，彼唤奥姑，或靴或履，纷纭杂遝，逐群而笑语，众宾妇也。东酬西酢，甲询乙谘，巡檐倚柱，若有所思，新闻馆记者也。既而，喇叭厉响，腰鼓初镗，男女相携，各就舞场。舞场拓地为数百弓，以白地锦为地衣，红男绿女，各求其耦，枝当叶对，凡十数双。鼓声渐发，男抱女腰，女挽男肩，起而跳舞，如穿花蛱蝶，翩翩幡幡，疾徐俯仰，宛转回旋，应乐之和，无不中节。乐舞正酣，忽而雷惊电流，红霞灼天，火光中现一车轮，轮廓有字曰“极乐世界”，万头蠕动，伸颈争看。墙外幼童老妇之看烟火者，咸拍掌欢笑，舞场为之震动。贯珠碎玉，火戏未已，于时群宾各自行乐，有看月者，有看花者，有吸烟者，有踢球者，有并坐谈者，有携手行者，有群立而语者，有为叶子戏者。少顷，时钟已报十声，乃就食案。案长数丈，幂以花布，酒人司酒，庖人司庖，或司杯盘，或司刀匕，或司果饼，或司水司凌，牛羊豕、鸡鹅鸭、鸠雀、鱼虾各为干肉，桃、李、梅、杏、林檎、苹婆、荔支、樱桃、舍利、无花果之属，饼饵、糍粉、饧饾、粔籹之类，如山如阜，堆积于盘。酒则葡萄酒、麦酒、花酒、果酒、香迸酒，浅紫深红，淡黄缥碧，色香四溢。客至，所司者问所须，于是启瓶声，切刀声、掷叉声，杯声、盘声，传呼声、饮食声，拂试声、款笑声，纷纭交作，乌履互错。而门外辚辚之车，仆夫叱驭，已有贵客散会而去者矣。夜漏四鼓，尽欢乃散，是为茶会。

戏马、犬射、流镝马 马各有名,各以色分,以年分,以产地分,以良驽强弱、肥脊大小分。乘马者亦以长短轻重分,其衣服亦以色分。王公贵人有马癖者,饮饲调护,每岁养马之资不啻中人之产。竞马之先,司事者奔走周旋,量度配偶,使某马与某马偶,某乘者与某乘者偶,布告于众。斗马者各拼巨注以为赌,分左右袒者,又各分其朋,牵连附及,每注有至万金数万金者。至期,百官皆给假,诸省长、次官至者十八九。竞马场周二三里,场侧设台,以憩观者,扬旗以为界,击鼓以为节,鼓起而马驰。胜者及界,则追风蹑影,超越而先之,场内外观者皆鼓掌鸣得意矣。本泰西俗也。日本旧有犬射,编竹为城,城内设台,诸客凭而观焉。纵犬于城内,马驰逐而射之,皆公卿贵人亲执辔,狩衣草屦,妆束古朴,其磬控纵送,均有法度,或名曰犬追物。又有流镝马,驰马鸣镝,以竞敏妙,犹古马射戏。此皆战国武士之所崇尚。近学西俗,多废而不举。凡西人游戏之事,若踢球,以足踢之。若拍球,以木板承而跳之。若打球,案长及丈,磨石为球,以杖格而遏之。莫不有之。

温泉 相模之箱根、伊豆之热海,皆有温泉,均在山顶。林树村落,棋布于下,朝岚夕霞,气象万变。而夏日晴雨不时,户牖间时有云气往来。村民以竹为筧,引泉至浴室,温暖如汤。因山之磴,高高下下,为浴楼酒馆,层层重复,几如蜃楼海市。俗本喜浴温泉,云可治疾,浴者益多。西俗,官省例于夏月给假避暑,日本仿之,寮吏多尽室行者。箱根有一西洋楼,杰阁三四层,庖湢藩溷,饮馔床笫,均如西式,长官多喜往焉。而伊香保之双角峰,北对丈夫山、抱儿山,人谓灵泉宜子,故挈眷游者多至香山。仙窝源有二瀑,曰雌雄瀑。雌瀑温,雄瀑寒。双角峰下,有吐硫黄气处,凿作窟室以蒸病者,名曰蒸汤。皇后亦曾一至其地。有一避雷柱,即恩旨赐造者也。每至盛夏,来往杂沓,游人如织,必预告楼主人,乃得留一席地。斜阳在山,缺月上树,浴客余暇,则南亭丝竹,北亭讴唱,东楼书画,西楼棋酒,聚为乐国。有温泉处,多有颓尾鱼似焦烂者,又有菱花枝叶如枯槁,盖硫黄气所薰蒸故也。土人辄诩为仙迹,游客每携归,以馈友朋。

博(奕)〔弈〕　角牴竞马千人会,详《社会》中。皆以博钱。其他博戏,有双陆。其排马之法分三道,每道五马,合十五马。移马之法,亦照掷骰点数多少而行。惟骰子置竹筒内,以手摇之。其胜负与中国同。有围棋亦用十九行、三百六十一子,惟行棋不行棋雖胜负之法,亦有别者。以围占所得敌棋,各收拾于盘,待局定,乃各将所得敌棋填敌手所占空格内,彼此填满,则为和局,如彼此填空不满,点数多少,以分胜负,如有一着不能填满为负,如填满尚余一着则为胜。围棋最多高手,豪富子弟、风雅士夫无不习之者。良朋夜宴,酒酣兴豪,则楸枰罗列矣。局皆用楸木,高七八寸,下有四足。棋子黑者石,白者多以牡蛎壳为之。有象棋,棋子上尖而圆,下平而方,上薄而下厚,有玉将、王将、皆主将,一为玉将,一为王将,其余同。金将、银将、桂马、香车、飞车、角行、步兵之名。棋局以中间为界,横共九行,直亦九行,亦有直行斜行之异。行棋先行步兵,逐步序行。金将、银将则附。玉将、王将逐步斜行,桂马斜行,香车直行,角行行四角,飞车直冲四路。越界则有升级,如银将升金将,香车、桂马亦升金将,角行升龙马,飞车升龙王之类。其胜负视主将。主将亦许越界,彼此越界为和局,敌将四面追逼则为负。亦有格五,其法布子成行,以得五者胜。亦有弹棋。

山车、山棚、陆船　俗重祭祀。于六月,为山王神会。九月,为明神会。是日例有山车、山棚、陆船,数至数十,各有寓人,为武内宿祢、上宫太子、菅相公、源义经、役小角之类。山棚,中央多树松。

山车，峻如楼，中竖一柱，高于浮图，金花错落，刻缕藻绘，秦蜀之锦，蛮貊之绣，灿烂夺目。上鸣筦鼓钟，使佌童华冠宝衣，节腰鼓而舞蹈。陆船，缚竹木为船形，饰以绘彩，舁之而行。每为波臣朝天之象，鱼服鲛绡，巍巍翼翼。车船之外，又有弄伞，伞之浮图，上立金凤皇，四边垂以流苏，锦绮交错，舞旋以为戏。别演杂戏，谓之附祭，曰冶台，曰挽物，曰泥犁，一舁一索，各具鼓吹。观者自四方来，咸盛妆饰，锦衣不绹，耀诸路人。都下豪富，于门下施栏，栏值数金，张红铺翠。然赛会者，过则践踏毁之，或夺其材而去。又累空樽数百，高过于檐，各缀以灯，事罢，亦毁弃之。家家必炊赤饭，千仓万箱，炊烟并起。至夕，则燃红烛，陈绿酒，肴核狼戾，歌唱蝈蠵，盖举国之人皆若狂也。

酒楼、茶屋、游舫　酒楼随处而有，每有小园，树松竹梅数株，花下建石灯塔一座，以照来客。方丈之室，拂拭莞簟，金炉烧麝，铜鼎沸笙，时花供瓶，三弦挂壁，架木为阁，不事修饰，光泽坚致，可以鉴人。例以少女当炉，客至则拜迎门外，引之上楼，旋抱蒲团、红褥为客坐，有所需则拍掌唤之，趋走娴熟。惟多食生冷，苔菹梅脯蔬筍气重，最喜鱼脍，游鳞棘鬣，聂而切之，具染而已。火食者，饭稻、羹鱼而外无他物也。近多仿西法，牛心羊胂，每以供客矣。茶店以品茶，以茶瓶、茶杯之良者为贵。有曰濑户磁，以地得名。有曰乐烧，其祖宗庆传业十余世，以专家得名。德川氏之季，有石工宝来龙山者，所制风炉瓦灶，以天然石雕饰，有弟子左六右六得其妙，将军尝造观焉。当时茶店与酒肆争多，近日茶屋不复品茶，不过供杯茗糖果，为游人憩足地而已，然遍市皆是，虽三家村，亦必有茶店也。仅支一篷者为馆舫，有门有窗，有床有席者，为屋舫。馆舫多用于观烟火纳凉，屋舫则于花、于雪、于月、于枫叶、于虫声，棹于凌瀬,凌瀬,在墨水上游,为游人听秋虫之地。浮于墨河,于本所观罗汉,于龟户拜天神,皆载丝竹,携酒榼而往。每遇佳节,必先期订约,乃得佣买。别有猪牙船,以形名之,快橹剪波,其捷如飞,亦游具也。

吉原　庆长十七年,庄司某上书请合散居各青楼萃于一花街。元和三年,官如所请,给一地于葺屋坊侧,以其鞭芦覆箦,名曰芦原。后更名吉原,相连五坊,互建楼馆,佳丽三千,如莺比邻。德川氏以来,令诸侯质妻孥于江户,间岁则会同于京。凡诸侯至京,及其藩臣子弟纵令游冶,金吾不禁,以故吉原遂为歌吹海、销金窝。每当暮霭抹柳,新月微黄,诸楼银烛如星,弦声嘈杂,娼妓列坐于门,其幼少者分坐于壁、于篱阑。近世有悬境写真于楣者,游人鳞集格子外,意指目击,品莺评凤。楼中例设银纸屏风、红氍毹、铜炉铁铫,楼外悬红灯,然烛达旦。每岁例于三月栽花,七月放灯,八月陈舞,为三盛会。樱始含苞,令花人移植于街,半开之蕊,合抱之木,捆载而来,培根覆土,妙于橐驼,旬日之间,顿成春海。花时,则六街绚烂,如诸天雨华,如平地起楼台,使人疑为神施鬼设。至花落,复移树而去,不留一枝。盂兰会前后,各楼张灯,或圆,或浑圆,或椭圆,或方,或长方,或角方,或勾,或弯,或弧,或三角,肖为鱼虫花草禽兽之形,各傅以色。又喜为胡蝶、鸳鸯、凤皇、芍药、莲藕、红豆,及一切并蒂之花、比翼之鸟,墙头檐额,虚悬倒挂,直竖横嵌,无所不有。入市,则光明大放,城开不夜,虾蟆更尽,残烛犹光。远望则参差错落,若银花万点,与楼阁林园相辉映,宛然画图。八月之舞,专竞新衣。先期商度,具有程法,例以六街为六队。队各一色旗帜,灯彩悉如其衣色,榜曰某楼某阁。择少年殊艳者为押队,或为观世音,为佛,为天神,为宰官,为僧,为神官,为武士,为古美人、美男子,击鼓导行。又缚彩为亭,上陈众乐,以鸦鬟女儿舁之,周旋六街。至六街合队，则蹈舞齐作，金钗横斜，宝屧竞响，回旋穿插，若整若散。楼上下观者，缠头争掷，高与山齐矣。此外，三月三、五月五、七月七、九月九各度佳节，均例有盛会。旧日，深川亦为狭邪居，近则散居于柳桥、新桥为多。娼妓例注籍于官，每月税金三元。

外史氏曰：《后汉书》言倭人嗜饮食，喜歌舞，至今犹然。余闻之东人，大抵弦酒之资，过于饭蔬游宴之费，多于居室云。自桓武、嵯峨好游，赏花钓鱼，调鹰戏马，月或数举，上行下效，因袭成风。德川氏承战争扰攘之余，思以筋酒之欢，销兵戈之气，武将健卒，皆赏花品茗，自命风流，游冶之事，无一不具。二百余载，优游太平，可谓乐矣。然当其丸泥封关，谢绝外客，如秦人之桃花源，与人世旷隔。虽曰过于逸乐，而一国之人自成风气，要亦无害。及欧美劫盟，西客杂处，见其善居积、能劳苦，当路者始惊叹弗及。朝廷屡下诏书，兢兢焉以勤俭为务、佚荡为戒。族长以勉其子弟，官长以教其人民，虽风气渐积，难于骤挽，然可不谓知所先务乎？

卷三十七　礼俗志四

神　道

　　自天祖大日灵尊治高天原为天照大神。考《神代史》所载,开天创世、辟地造人诸事,一出于神。其言类幻妄离奇,不可胜录。惟据史称,天照大神为降居神国之祖,今姑以托始焉。大神之子正哉吾胜胜速日天忍穗耳尊,娶高皇产灵尊之女栲幡千千姬,生天津彦彦火琼琼杵尊。天祖既命武瓮槌、经津主二神平定下土,乃使皇孙降居苇原中国而为之主,赐以八坂琼曲玉及八咫镜、草薙剑,曰:"丰苇原瑞穗国,是神国王地,今以予尔,尔宜就而治焉。"于是琼琼杵尊离天磐座,降于日向高千穗峰,遂到吾田,娶大山祇女木华开耶姬,生彦火火出见尊,尊娶海神丰玉彦女丰玉姬,生彦波潋武鸬鹚草葺不合尊,尊娶玉依姬,乃生神武天皇。

　　神武既平东国,先是,甲寅岁,西国既平,东国未服,长髓彦奉饶速日命为主,兄猾、弟猾,八十枭帅、兄矶城、弟矶城等,割据所在,不相统一。帝慨然有削平之志,谓诸兄及皇子曰:"昔我天神高皇、产灵尊、大日灵尊,举此丰苇原瑞穗国而授我天祖彦火琼琼杵尊,于时洪荒草昧,辽邈之地犹未沾王泽,遂使邑有君,村有长,各自分疆,用相凌轹。抑闻之盐土老翁曰:'大东有美地,中有乘天磐船飞降者。'余谓彼地足以恢宏大业,光宅天下,厥飞降者,谓

黄遵宪集

饶速日欤，何不就而都之乎？"诸皇子对曰："诚然，请速发。"冬十月，帝亲帅三兄五濑命、稻饭命、三毛入野命及手研耳命，航海东征。乙卯岁春三月，入吉备国，驻跸三年。戊戌岁夏四月，勒兵步赴龙田，路险隘，不得并行，乃还。欲东逾胆驹山而入中州，长髓彦闻之，曰："是必夺吾国。"乃发兵。徼之孔舍卫坂，皇师不利，五濑命中矢，众不能进。帝忧之，沉思曰："我是日神子孙，而向日征虏，是逆天也，不若退还示弱，礼祭神祇，背日而进，则虏自败矣。"众然之，乃引还。六月，至熊野神邑海上，俄遇暴风，御船飘荡，稻饭命叹曰："吾是神孙，神何为困我？"抽剑投海。三毛入野命亦没。帝独与手研耳命进至荒坂津。时，有神吐气作毒，皇师昏眩不能起。熊野人高仓下夜梦天照大神谓武瓮槌神曰："苇原中国未得平静，汝往征之。"武瓮槌神对曰："降臣平国之剑，则臣虽不往，国自平矣。"大神许之。武瓮槌神顾高仓下曰："吾有剑名韴灵，今置之尔库中，尔献之天孙。"明日，高仓下入库索之，果有剑倒立，乃献之帝。帝忽然寤曰："予何长眠如此？"众亦悉寤，乃进赴中州。山路巉峻不可行，帝梦天照大神诲曰："朕遣头八咫乌向导。"头八咫乌适至，帝大悦，从八咫乌前驱，遂达莬田下县。兄猾、弟猾据莬田，帝遣使征之。弟猾即至，兄猾穷蹙，自蹈机压死。九月，八十枭帅据国见邱，置女军于女坂、男军于男坂，兄矶城亦据盘余邑，距塞道路。夜祷之神，梦神诲曰："取天香山土，以造天平瓮①八十枚，并造严瓮，敬祭天神地祇，则虏自平矣。"时弟猾亦奏言："倭矶城邑有矶城八十枭帅，高尾张邑有赤铜八十枭帅，皆欲距战。臣窃为天皇忧之。请取土天香山造天平瓮，以祭群神，然后击之。"帝益异之，令椎根津彦敝衣蓑笠，装为老人，弟猾披箕为老妪状，敕曰："尔至天香山取土来，基业成否，以此卜之。"椎根津彦乃祈曰："我皇能定天下，道路自通；不则贼必御我矣。"乃去。虏见二人，大笑，为之开路，二人得取土而还。帝大悦，即造八十平瓮、天手抉严瓮，亲祭神祇于丹生川上，祝曰："吾用八十平瓮，无水造饴，饴成，则吾坐平天下，不假锋刃。"饴果成。又祈曰："吾沉严瓮于川，川鱼醉而浮出，则吾业成

---

① "瓮"，当为"瓮"之讹，下同。

矣。"鱼果浮出。帝大悦，乃取川上真坂树，以祭诸神，又亲祭高皇产灵尊，敕道臣命为斋主。冬十月，帝尝严瓮之粮，勒兵而出，击八十枭帅于国见邱，破斩之。十一月，帝将大举攻矶城，遣头八咫乌召兄矶城，不至，召弟矶城，弟矶城归顺。帝令弟矶城晓谕兄矶城及兄仓下、弟仓下，皆不降。乃逾墨坂，表里合击，大破之，斩兄矶城等。十二月，进讨长髓彦，连战不克。适天雨冰，有鸢集帝之珥，金色煜煜如电，虏皆迷眩不能战。长髓彦遣使曰："吾奉天神之子为君，曰饶速日命，何乃更称天孙，欲夺人地?"帝曰："天神之子亦多，尔主果天孙耶? 必有表物，宜以相示。"长髓彦取饶速日天羽羽矢一只及步靫示帝。帝曰："事不虚也。"亦取所御天羽羽矢及步靫示之。长髓彦见之，意沮，然不肯降。饶速日命恶其狠愎，欲杀之，帅师归顺，帝褒赏之，赐其子可美真手命以韴灵剑。即位橿原宫之元年，建神篱，祭八神，以镇护国家。天富命率诸斋部捧天玺、镜、剑，奉安神殿，天种子命奏天神寿词，神篱，即神庙。八神，后世所祭神祇官。八神，即高皇产灵神、神产灵神、魂留产灵神、生产灵神、足产灵神、大宫卖神、事代至神、御产神是也。寿词，即祝词也。饶速日命率内物部执矛盾严仪卫，道臣命、大久米命执兵器护宫门，又使天种子命、天富命掌祭祀及朝政，可美真手命献十种天瑞宝及韴灵剑。四年，诏曰："我皇祖之灵，自天降临，光照朕身。今诸虏平定，其郊祀天神，以申孝道。"乃筑灵畤于鸟见山，以祀皇祖天神。

　　崇神天皇六年，百姓流离，有背叛者。帝忧之，请罪神祇。前是，祭天照大神及倭大国魂神于殿内，神物、官物同此寝处。帝惧其渎，使皇女丰锹入姬迁奉神镜、剑于倭笠缝邑矶城神篱，别摸铸镜、剑为护身之宝。明年诏曰："孤不天，获咎于神祇，屡降鞠凶，其命龟卜。"于是帝幸神浅茅原，祭八十万神，亲卜之。神凭倭迹迹日百袭姬曰："帝诚忧国，宜祭我。"帝问曰："何神?"曰："我是倭国域内之神，名大物主。"帝乃祀之，然卒不获福。帝斋戒沐浴以祈曰：

"朕礼神有所未尽耶？何为不享？"是夜梦神诲曰："使我子大田田根子祭我，内国自静平，外国亦来归。"倭迹迹日百袭姬、大水口宿祢、伊势麻绩君皆梦神诲曰："使大田田根子祭大物主神，使市矶长尾市祭大国魂神，倭大国魂神，一云倭大神。凭依大水口宿祢曰："太初之时，与天照大神期曰：'大神宜治高天原，皇孙尊宜治苇原中国，八十魂神我亲治地神。'云云。"乃太平矣。"帝闻之大喜，诏求大田田根子，获之茅淳县陶邑，乃使伊香色雄以币物聘之，使根子祭大物主神，使长尾市祭倭大国魂神，后又祭八十万神，定置天神庙、地祇庙及神地、神户，于是疾疫始息，岁丰民和。八年，以高桥邑人活目为大神掌酒，又使大田田根子祭大神。明年，帝感梦以赤盾赤矛祀黑坂神，以黑盾黑矛祀大坂神。

垂仁天皇二十五年，诏曰："我先皇翼翼小心礼祭神祇，是以安平康乐。朕以否德，谬缵神绪，岂得有怠。"三月，使女皇倭姬代丰锹入姬掌天照大神祭祀，于是倭姬求祭地。初诣莵田筱幡，过近江，经美浓，至伊势，终以神梦定庙于伊势之五十铃川上，名曰五十铃庙，以中臣祖大鹿岛命为祭主。明年，又迁神庙于渡会。以后遂以伊势为大神宫。每世例遣皇女侍神宫，朝廷每岁遣使奉币。二十七年，将以兵器为祭币，纳之神庙，卜之吉，乃纳弓矢刀剑于诸庙，以兵器祭神始于此，更定神地、神户。以地奉之神庙，令其地所出物产、其人民所供租调，悉以充神庙之费。历世所封神社，例有神户。三十九年，皇子五十琼敷命铸剑一千口，藏之石上神庙。帝使五十琼敷命掌神宝。八十七年，五十琼敷①谓女弟大中姬曰："我老矣，女代我掌神宝。"大中姬辞曰："吾女，弱，安能登神库。"五十琼敷命曰："宝库虽高，

---

① "五十琼敷"，似为"五十琼敷命"。

我能造梯。"大中姬不肯,遂使物部十千根掌之,于是物部连等世世得掌宝神①。考《延喜式》,伊势大神宫有神宝二十一种:曰金铜多多利二,基高各一尺一寸六分,土居径三寸五分;金铜麻笥二合,口径各三寸六分、尻径二寸八分,深二寸二分;金铜贺世比二枝,长各九寸六分,手长五寸八分;金铜镈二枝,茎长各九寸三分,轮径一寸一分;银铜多多利一,基高一尺一寸六分,土居径三寸六分;银铜麻笥一合,口径三寸六分,尻径二寸八分,深二寸二分;银铜贺世比一枝,长九寸六分,手长五寸八分;银铜镈一枝,茎长九寸三分,轮径一寸一分;梓弓二十四枚,长各七尺以上八尺以下,涂赤漆;弣缠缥组;征箭一千四百九十只,长各二尺三寸,镞长二寸五分,以鸟羽作之,镞涂金漆、筈涂朱砂;又箭七百六十只,长二尺四寸,镞斧箭以鹫羽作之,以杂丹漆画之;玉缠横刀一柄,柄长七寸,鞘长三尺六寸,柄头横着铜涂金,长三寸八分,片端广一寸五分,片端广一寸,头顶著朴钚一勾,径一寸五分,玉缠十三番,四面有五色玉,着五色组,长一丈,阿志须惠组四尺,柄著勾金,长二尺,著铃八口,琥碧二枚,金鲋形二只,长各六寸,广二寸五分,著绪紫组,长六尺,袋一口,表大晕绸锦,里绯绫帛,各长七尺;须我流横刀一柄,柄长六寸,鞘长三尺,其鞘以金银泥画之,柄以鹈羽缠之,柄勾皮长一尺四寸,里小晕绸锦广一寸,押镜形金六枚,柄枚押小晕绸锦,长三寸一分,广一寸五分,四角立乳形,著五色组,长一丈,阿志须惠组四尺,金鲋形一只,长六寸,广二寸五分,著紫组,长六尺,袋一口,表大晕绸锦,里绯绫帛,各长七尺;杂作横刀二十柄,樱柄长六寸五分,鞘长二尺七寸,漆涂节裹绯帛,并倭文柄,以鸟羽缠之,节别缠小晕绸锦,阿志须惠,长各三尺三寸,广各一寸二分,著绯绀帛,绪长九尺,广二寸五分;姬靫二十四枚,长各二尺四寸,上广六寸,下广四寸,矢刺口方,二寸九分,以桧作之,以锦粘表,以绯帛著里,著绪四处,并用紫革,长各二寸,广一寸三分,箭四百八十只,以鸟羽作之;蒲靫二十枚,长各二尺,上广四寸五分,下广四寸,以桧作之,编蒲著表,以鹿皮著顶,以丹画里,著绪四处,并用紫革,长各

①　"宝神",似为"神宝"。

二尺，广一寸；箭一千只，以鸟羽作之；革靫二十四枚，长各一尺八寸，上广四寸五分，下广三寸八分，以调布粘之，涂黑漆，著绪四处，并用紫革，长各二尺，广一寸；箭七百八十六只，以鹫羽作之；鞆二十四枚，以鹿皮缝之，胡粉涂以墨画之；纳桧麻笴二合，径一尺六寸五分，深一尺四寸五分，著绪一处用紫革，长各一尺七寸，广二分；盾二十四枚，长各四尺四寸五分，上广一尺三寸五分，下广一尺四寸，厚一寸；桙二十四竿，长各一丈二寸，锋金八寸五分，广一寸五分，径一寸四分，本金长二寸八分，径一寸四分，本未涂金漆；鵄尾琴一面，长八尺八寸，头广一尺，末广一尺七寸，头鵄尾广一尺八寸。盖即历代之所崇奉，每岁遣人修饰检藏之。

仲哀天皇九年，有神告神功皇后曰海西有宝玉国，曰新罗。帝往征之，则熊袭不讨自服。帝不从，出师失利，暴崩。皇后伤帝慢神，乃命群臣造斋宫于小山田邑，皇后亲为祭主，使武内宿祢奏琴，以中臣武贼津使臣为审神者。请天神曰："向教示天皇者何神？愿闻其名。"祷祈七日七夜。神凭人告名，且垂诲。后遂发师西征航海，祝曰："吾奉天神言，越海远征，苟捷有功，则波臣当手梳吾发分为二。"浴于海，如其言，遂结两髻如男子。至新罗，惊为神人，新罗主面缚降。及凯旋，到筑紫，从神诲，立祠于穴门山田邑，祭表筒男神、中筒男神、底筒男神。

自神武创业，崇神肇基，神功远伐，皆托之以神，而神道益尊。

及允恭天皇四年，帝忧群臣氏族错乱，诏设鼎于庙，誓神探沸汤，伪者皆手烂，遂以神道听讼。显宗天皇三年，月神日神迭凭人谓阿闭事代，宜以地献高皇产灵。事代备奏之，帝遂奉以田，使壹岐县主、对马县主侍庙，又以神道行政。《旧事纪》：天月神命者，壹岐县主远祖也；天日神命者，对马县主远祖也，是皆天孙降临之时随从者，即三十二神之一也。

钦明天皇十六年，百济王奏国乱，帝使苏我稻目喻之曰："昔雄

略帝时,尔国受攻于高丽,帝使神祇伯筮之,神命之祭建邦神,师藉
神威,果获大捷。夫建邦神者,天地剖判时,草创国土者也。尔举
族祀之,国必复兴。"则又以神道警劝外国。是时疾疫大作,风雨为
灾。卜者曰:"贺茂神所为祟也。"乃选日祭之,五谷蕃殖,民得无
恙。于是有贺茂神之祭。后世极重此祭。每世例以皇女内亲王为斋院,
司祭祀焉。

用明天皇二年,诏礼神祇,行新尝祭于磐余河上,于是有践祚
大尝之祭。《公事根源》称新尝始此,然据《日本纪》,上古既有新尝。盖自
是始重其礼耳。自后每帝践祚,为大尝祭,最为祀典之大者。

孝德天皇大化元年,帝询群臣以治民之要。大臣苏我石川麻
吕奏请先祭神祇,然后议政事,于是有神祇事务先于庶政之典。尔
后凡帝践祚治事,必首神事。每年政始,每月奏事,亦先神事。凡奏神事,帝
必起立,未毕,帝不得退朝。

天武天皇元年,赐中臣、忌部及神官人国郡司以下奉大尝者
禄,郡司并赐爵一级,于是有神官与祭普赐爵禄之例。嗣后,每遇践
祚大尝,所有中臣、忌部及神官、郡司诸与祭者,例有赏禄,今不备录。二年
八月,诏四方行大解除,令国造输祓具,于是有国司输祓之例。令
国造输祓具马一疋、布一常;郡司各刀一口、鹿皮一张、钁一口、刀子一口、镰
一口、矢一具、稻一束;每户麻一条。其九年秋,敕天下大祓,又令国造等各出
祓除奴婢一口。凡祓除,令国造输祓具,亦沿为例;输奴婢,则非恒例。九
月,神官奏新尝大祭,卜以尾张、山田、丹波、诃沙为斋忌,于是有国
郡斋忌之例。凡践祚大尝,令郡国输祭费与祭事,以卜定之,一曰悠纪,二
曰主基,造殿供具,皆责令经营。每祭则各郡骚动。至嵯峨时,藤原冬嗣奏请
省费,从之。三年春,普奉币于天下诸社,以祈年谷,于是有每岁祈
年之祭。《公事根源》曰,祈年祭始于此。后亦沿为例,不具录。十三年,

始迁奉神宝于伊势两大神宫，于是有神宫迁宫之仪。先是，二年，遣忍壁皇子于神宫，以膏油莹神宝。至是，诏每二十年改造两大神宫，行迁宫仪，著为永式。

朱鸟元年，帝不预，卜之，草薙剑为崇，即日祀之尾张热田社。初，日本武尊已平东陲，留草薙剑于宫簧姬家，宫簧姬祀之热田。天智帝时，新罗僧道行盗剑逃去，风雨晦暝，不能进而还。尔后藏于宫中，今又祀之热田也。

持统天皇三年，百官会于神祇官，奉宣天神地祇之事。六年，神祇官奏上神宝书四卷。

文武天皇大宝元年，颁行神祇令，遣泉内亲王侍伊势斋宫，于是有女王侍斋之典。自崇神帝始令皇女丰锹入姬奉还宝器，至垂仁时使皇女倭姬营伊势神宫掌天照大神祭，嗣后诸帝每遣皇女司祭事。中叶以后，皇女封内亲王，每帝践祚，必简内亲王之未嫁者，卜之定为斋内亲王，即遣敕使于大神宫祭告。择日，百官为大祓。先于宫城内便所为初斋院，祓禊而入。至明年七月，斋于此院，更卜城外造野宫。八月吉日，临河祓禊，入居野宫。自还入日至明年八月斋于此宫。九月吉日，临河祓禊，乃入伊势斋宫。有装束使，有护送使，沿途设祭甚多。及居斋宫，有年料，有月料，有给物，例以伊豫正税一千斛充新居之费，亦有别给于官者。每岁于六月祭度会宫，祭大神宫，朝廷遣使奉币随祭。其仪：六月十六日祭度会宫，十七日祭大神宫。十五日黄昏以后，祢宜率诸内人、物、忌等，陈列神御杂物讫，亥时供夕膳，丑时供朝膳，祢宜、内人等奏歌舞。十六日平旦，斋内亲王参入度会宫，至板垣门东头下舆，入外玉垣门，就座于东殿。门内东西各有一殿：东殿设斋内亲王座，左右设命妇等座；西殿设女孺等座。讫，即神宫司执鬘木绵入外玉垣门，北向而跪，命妇或女孺出受以奉，斋内亲王拍手而执着鬘。神宫司又持大玉串入外玉垣门而跪，命妇亦转奉，斋王拍手而执捧入内玉垣院门，就座席，命妇或女孺二人陪从，避席正前，再拜两段。讫，玉串授命妇，命妇受，转授物、忌，受执立瑞垣门西头。斋内亲王还就本座。然后祢宜乃着明衣。衣冠并用生绢；大神宫司着当色衣，并执大玉串。祢宜立前，大神宫祢宜立左，宇治内人立右。次宫司，次币杂物，并马单行陈列。次朝使进入外玉垣门，当内玉垣门，并皆跪。先使中臣申诏令，次宫司宣祝词。讫，物、忌、内人等舁币帛案入奉，置瑞垣内财殿。斋内亲王并众官以下再拜，拍八开手，次拍短手，再拜，如此两遍。既而，众官退出，即使及宫司以下，向多贺野再拜两段，拍短手两段，退就解斋殿，给酒食。讫，入外玉垣门，供倭舞。先神宫司，次祢宜，次大内人，次币帛使，次斋宫主神，次寮允以上一人。酒立女，一人持拍，一人持酒。每舞了，人令饮柏酒，次祢宜、大内人妻。讫，斋宫女孺四人供五节舞，次鸟子名舞。十七日，参大神宫。其仪一同度会宫。

元正天皇灵龟四年，令文武百官率妻姊妹会于祓所，命中臣氏世领其事。于是有命妇会祓之礼。后世称其祝词曰中臣祓。

孝谦天皇神护景云二年，始赐伊势宫祢宜季禄，其官位准从七位，度会宫祢宜正八位，于是有神宫叙位之例。凡神宫祢宜等皆叙官位，后不具录。盖中古以来，所以崇神重祭者，如此其隆重。惟自钦明时，百济传来佛像。当时物部尾舆、中臣镰子谓拜蕃神恐干怒国神，帝虽从其请，命毁佛像、弃经卷，而佛教卒行。尔后百余年，至圣武帝益敬信佛教，至削发称为三宝奴。及孝谦帝，宠任僧道镜，命为太政大臣、禅师，诏百官拜贺。道镜恃宠骄僭，遂怀觊觎。有太宰主神阿苏麻吕媚附道镜，矫八幡神教曰："令道镜即帝位，天下自太平。"道镜喜，益自负。帝惑之，召从五位下和气清麻吕于御床下，曰："朕昨梦八幡神使来，云大神欲凭尼法均有所告。朕答曰：'法均，女弱不胜任，使请以清麻吕代之。'汝今宜往受神诲。"临发，道镜谓之曰："神意欲使我即位，所以召卿。卿勉之，富贵决不相负。"清麻吕诣神宫，归，乃奏神语曰："我国家开辟以来，天日之嗣，必立皇绪，敢有他人妄窃神器者，戮之无赦。"道镜大怒，贬清麻吕官,改其名为秽麻吕,而其谋卒沮。然自佛教盛行,莫能两大祭典渐湮,神宇多坏,而神官只图爵禄,祭事惟尚奢华,盖敬神之意日以弛怠矣。

桓武天皇延历二十五年,中臣、忌部二氏各相诉。中臣氏云:"忌部本造币帛,不读祝词,是忌部不宜为币帛使。"忌部氏云:"奉币祈祷,是忌部职也。币帛使宜属忌部,中臣宜充袯使。"诏曰:"据《日本书纪》,天照大神闭天磐户之时,中臣连远祖天儿屋命、忌部远祖太玉命,掘天香山之五百个真坂树,上枝悬八坂琼之五百个御统,中枝悬八咫镜,下枝悬青和币、白和币,相与祈祷。然则祈祷之事,两氏宜共之。《神祇令》云,祈年月次祭,中臣宜祝词,忌部颁币帛。践祚之日,中臣奏天神寿词。六月、十二月大袯,中臣上御袯麻,东西文部上袯刀、读袯词讫,中臣宣袯词。常祀之外赴诸社供币帛者,皆取五位以上卜食者充之,是常祀之外,奉币之使宜互用两氏。余一据令条。"

平城天皇大同二年二月,从五位下忌部广成上言:"草薙神剑实是神玺。自日本武尊凯旋之年,留在尾张热田社,外贼偷窃,不能出境,神物灵验,以此可观。然则奉币之日,应同致敬,而久代阙如,不修其礼,何也? 尊祖敬宗,礼教所先,故圣皇登极,受于文祖,类于上帝,禋于六宗,望于山川,遍于群神。天照大神惟祖惟宗,尊无二日。自余诸神,乃子乃臣,孰敢与抗? 而今神祇官班币之日,叙大神宫于诸神之后,何也?"其他论神祇典礼之事,凡数千言,帝不报。

嵯峨天皇宏仁十年,右大臣藤原冬嗣、大纳言藤原绪嗣奏言:"圣主相续,频御大尝,天下骚动,人民多疲。然神事不可得废,请去文饰,省冗费。"帝曰:"神事何须华靡。"乃令中纳言良岑安世等为检校使,以治部省厅为行事所,宫内省为悠纪所,中务省为主基所,停金银刻镂,务从俭素,标以榊造之饰以橘及木绵,书悠纪、主基字著其末。所用正税,悠纪、主基各十万,从国司请,各减五万。然其后仁明天皇天长十年,御八省院修禋祀之礼,御丰乐院,悠纪、主基皆立标,造日月云霞神仙麟凤之形,悠纪乐标造巨象形,构小台于其背,令两童子迎画障,障后设机,随舞人进蹈而举舞名。其奢丽犹如此。清和天皇贞观六年七月敕曰:"前令五畿及伊贺、伊势、志摩、远江、相模、上总等国,云镇护国家,消伏灾害,是敬神祇、钦祭祀之所致,故格制频下,警告殷勤。今诸国牧宰不慎制旨,专任神主、祢宜祝等,令神社破损,祭礼疏慢,神明由是滋怒,国家以此受殃。朕意欲令诸社新加华饰,而经年逾月,未有修造,宜早加修饰,勿致重怠。"八年,公卿奏言:"六月、十二月,诸家必有祓除神宴,弦歌醉舞,欲悦神灵。而诸卫府舍人放纵之徒,不待主招,每结党伍,侵幕突门,径自闯入。初贪酒食,后责赠遗,所求不给,则忿讼詈辱,或托神语,恐喝主人,滥恶之甚,不异群盗。虽豪贵之家,尚无所惮,是而不纠,何云国宪? 请严命所司,一切禁遏。"诏令禁之。

醍醐天皇延喜十四年,式部大辅三善请行上封事曰:"朝廷每年二月四日、六月十一日,于神祇官立祈年月次之祭,斋肃祷神,以乞丰熟。其仪:公卿率判官及百官参神祇官,每社设币帛一裹、清酒一瓮、铁鋘一枚,陈列棚上;社或有奉马者,祈年祭一匹,月次祭二匹。亦皆左右马寮率列神马。神祇官读祭文毕,以祭物颁诸社祝部,使奉本社,祝部须洁斋捧持,各以奉进。而皆于上卿前,即以币绢插著怀中,拔弃鋘柄,惟取其锋,倾其瓮酒,一举饮尽,曾无一人持出神祇官之门者,况乎神马,则市人于郁芳门外,皆买取而去。

然则所祭之神,岂有歆飨乎? 若不歆飨,何求丰穰? 伏望申敕诸国,差史生以上一人,率祝部受祭物必致本社,以存如在之礼。"其时祭神之意,虽颇懈弛,而历代典章犹沿习修举。朝旨每以是申警戒,廷议亦以是论得失,盖犹重之。嗣后王室衰微,霸府僭窃,祭典举废,莫或置议。逮于近年,德川氏奉还政权,朝廷下太政复古之诏。

明治三年一月三日,诏曰:"朕恭惟天神天祖,立极垂统,列皇相承,继之述之,祭政一致,亿兆同心。惟治教明于上,故风俗美于下。而中世已降,时有污隆,道有显晦。今也天运循环,百度维新,宜亟明治教,以宣扬神道。朕故特遣宣教使布教天下。汝群臣众庶,其体斯旨。"是月又诏曰:"朕恭惟天祖创业,崇敬神明,爱抚苍生,祭政一致,所由来远矣。朕以寡弱,夙承圣绪,日夜怵惕,惟惧天职之或亏旷。今朕敬祭天神地祇、八神暨列皇神灵于神祇官,以申孝敬,庶几使亿兆有所矜式。"乃复设神祇一官,以司祭祀。其后并神祇省于太政官,至今犹有教导职诸官。

外史氏曰:神武之开基,崇神之肇国,崇神尊称曰御肇国天皇。神功之远征,一以神道行之。余考其创业垂统,仗剑而出师,造瓮而事神,则兵事出于神。剑曰神剑,矢曰天羽,韧曰天韧,则兵器出于神。以禊词洗罪,素戈鸣尊得罪于天祖,群神定议,去其爪发,使天儿屋命宣解除祝词以逐之根国。根国,谓下界也。神武既成帝业,使天种子命被除国中人民罪恶。害稼穑,污斋殿,谓之天罪。伤人奸淫蛊毒,谓之国罪。皆从其轻重,使请神祇而解除之。以探汤定讼,应神帝时,武内宿祢为其弟甘美内宿祢所谮,帝使二人请神于矶城川上探汤。其法,以泥置釜中煮沸,使探之。甘美内宿祢手烂,武内遂得伸冤。其后允恭帝以姓氏溷淆,亦命探汤以定真伪。则刑法亦出于神。因祀而制贡调,出于射日弓端,出于技曰手末，崇神帝始因祀神课男女调役。则赋税亦出于神。因祀而设斋藏，沿其后而有内藏，沿其后而有大藏，则库藏亦出于神。《古语拾遗》云："当此时，帝与神相去未远，同一寝殿，神物官物，未有分别。官内立斋藏，令斋部人世掌之。应神朝，以三韩贡献，更建内藏于斋藏旁，以分收官物，令阿知使主与百济博士王仁司其出纳，更定藏部。至雄略帝时，秦造酒领百八十种胜以纳贡，贡物充牣庭内。自此而后，诸国之调，年以盈溢，更立大藏，令苏我麻智校三藏，而秦氏司其出纳，东西汉部勘录其簿，是以秦汉之族，世为内藏、大藏主钥，此藏部之缘也。"因祀而有祝词。凡践祚则奏寿词，凡大会则奏国风，则礼乐亦出于神。历代诏书，每曰祭与政出于一，国有大事，若迁都，若迁官，若与外国争战，必告于神。所得吴织、唐币及新罗玉帛，必供于神。时有水火、旱潦、疾疫、荒歉，必祷于神，固不独三种传国神器之赫赫在人耳目中也。余观上古之世，清静沕穆，礼神重祭，万国所同，而一切国政皆出于神道，则日本所独。世所传方士徐福之说，殆非无因欤！自崇神立国，始有规模，计徐福东来，已越百载，凡百政事，概缘饰以方士之术，当时执政者，非其子孙，或其徒党欤？曰剑，曰镜，曰玺，皆周秦制也。君曰尊，臣曰命、曰大夫、曰将军，亦周秦语也。或曰：日本上古盖无文字，所谓剑、镜、玺及大夫、将军之称，皆于传习汉文之后译而名之，不足为秦人东来之据。然考日本之传《论语》始于晋时，其编辑《国史》在隋唐间，既不用商周以前之称，又不用汉魏以后之制，则上世口耳相传，必有父老能言其故者。况若镜若玺，明明秦物，固有可据乎？或又曰：果使徐福东来，当时应赍文字，何待数世之后百济王仁始行传授？余又以为，徐福方士，不重儒术，其所携三千男女尽属童年，不习文字，本无足怪。又其时挟书有禁，自不能径携卷册而行，斯说也亦不足为难也。尔后国政，以出纳属之秦造，以裸词属之东西汉，若有特重于秦汉人者，当亦有故也。抑余考日本诸教流行，独无道教。盖所谓神道者，即为道教，日本固早重之。彼张鲁之米教、寇谦之符箓、杜光庭之科仪,反有所不必行矣。

佛　教

佛之入日本也,钦明帝十三年十月,百济国王献佛像及经论,大臣苏我稻目舍宅为寺,名曰向原寺,按:《大和志》曰,广严寺旧名向原寺,一名建广寺,在高市郡丰浦村。《三代实录》曰,散位从五位下宗岳朝臣木村言:建兴寺是先祖大臣宗岳稻目宿祢所建。此佛寺之始也。因天下大疫,旋毁除之。大连物部尾舆、中臣镰子奏曰:"国家自古祭祀天神地祇,今礼蕃神,恐国神为怒。"帝曰:"令稻目私礼拜之。"既而大疫,尾舆、镰子奏曰:"是灾也,以礼蕃神故也。请速废之。"帝乃敕有司弃佛像,于难波、掘江悉烧毁佛寺。

敏达帝十三年,鹿深臣佐伯连赍佛像自百济还,苏我马子宿祢稻目之子,入鹿之祖父。复创佛寺,造塔于大野邱北,此造塔之始也。《大和志》曰:"在高市郡和田村,础石犹存。"请还俗僧高丽慧便师之,鞍部村主司马达度其女嶋为尼,更名善信,时年十一。从之为尼者二人,一曰禅藏,二曰慧善。按:尼,此云阿摩,本是梵语。北齐《白羊谣》:"阿摩,姑调也。"注曰:"太原公主尝为尼,故曰阿摩姑。"南山道宣《四分律行事钞》曰:"阿摩,母也。尼者,女也。"宋灵芝《元照资持记》曰:"阿摩尼,即佛名姨母之号。"今案,此二号乃女流通称。达子多须奈,崇峻帝时翦落,更名德齐。时为尼者三人,为僧者八人。此僧尼之始也。其所宗,有华严、三论、法①、律宗、俱舍成实等,《神皇正统纪》曰:华严,僧朗辨传于唐,僧杜顺创立东大寺,故东大寺又名大华严寺。三论,孝德帝时,高丽慧观所创,即符秦罗什三藏所传也。后僧道慈在大安寺衍其法,与华严并行。法相,兴福寺所传,僧定慧游唐,受之元奘三藏。定慧,即大织冠镰足之子也。后僧正元

① "法",据下文应为"法相"。

昉游唐，学泗州僧智周。智周，元奘之法孙也。律宗，唐僧鉴真天平胜宝中所创，尔后南都有恩圆，北京有我禅。俱舍成实，道慈律师所创。天台始于传教，传教大师名最澄，延历中创立止观院于北叡山。延历二十三年，从遣唐大使藤原葛野朝臣游唐，受密教于天台道邃。详见《神皇正统纪》及《元亨释书》。按：《宋史·日本传》曰："葛野与空海大师及延历寺僧澄入唐，诣天台山，传智者止观义，当元和元年也。"《佛祖统纪·道邃传》曰："贞元二十一年，日本国最澄远来求法，听讲受海，昼夜不息，书写一宗论疏以归。"真言始于空海，宏法大师名空海，从葛野朝臣游唐，受法于慧果。大同中归，奏建真言院于宫中，赐东鸿胪地建东寺，又创金刚峰寺，今之高野山是也。详见《神皇正统记》及《元亨释书》。《旧唐书·日本传》曰："贞元二十年，遣使来朝，留学生橘免势、学问僧空海。"《谷响集》引《诸宗志》曰："不空弟子，有慧果者，元和中，日本空海入中国从果，归国盛行其道。"禅宗始于荣西。叶上僧正名荣西，号明庵，又号千光法师。仁安三年，从商舶游宋，登天台，得天台新章疏三十六部归。文治三年，再游宋，受禅法于天童虚庵。建久三年，在筑前香栖屋郡创建久报恩寺。六年，又建圣福寺于博多，后鸟羽天皇赐宸翰额曰"扶桑最初禅窟"。建仁二年，将军源赖家创立建仁寺，以荣西为开山。此禅宗之始也。详见《元亨释书》及《东鉴》。荣西西游，当赵宋时，禅僧之来归及游学于宋者，络绎不绝，五山十刹，五山十刹，历应中所定京师、镰仓位次，历朝不同。今以京师天龙、相国、建仁、东福、万寿等寺为五山，而南禅寺独冠五山。于是建立。尔后源空、以念佛为宗，号净土宗。亲鸾、创立本愿寺，号一向宗，又号本愿寺门徒。日莲以唱《法华经》题目为宗，故俗呼为法华宗。亦相继创宗门，皆在镰仓氏时。指归虽各异，其源出于天台。至晚近，支流余裔不复止此。其倡为宗教者，大概亦宗释氏之说。惟日本最重神道，而最澄、空海则谓日本某神即某佛菩萨化身，推佛于神，复援神于佛，于是日本之神无不佛矣。

　　释氏务绝俗累，而亲鸾则谓不必离俗，不必出家，但使蓄妻子，茹荤酒，而此心清净，即为佛徒，于是日本之民半为僧矣。源空之净土，专以宣佛号为事。日莲之法华，专以唱《法华经》题目为宗，皆谓口念佛，即心奉佛，心奉佛，佛必以其法力鉴临而护庇之。其说皆卑迩易行，故信从愈众，于是日本之国化为佛国矣。王公贵戚之归佛姑不论也，僧人有官衔者，各法其法、职其职。民间哑羊鸟鼠之徒，规取饱食暖衣者，都会之间动以万数。盖中世已降，无度牒之制，度牒始于养老四年，今谓之度缘，其废不详自何时。今京师东福寺有正和二年度牒，骏河久能寺有承久元年度牒。是以阘（茸）〔茸〕之民，贪婪三途，屑越四恩，靦然称佛氏之徒者，往往有之。所谓释氏之糟糠，法王之社鼠，内戒所不容，国典所共弃也。禅家之支流，有虚无僧者，以普化为祖，《五灯会元》曰："镇州普化和尚者，不知何许人也。师事盘山，密受真诀而佯狂，出言无度。暨盘山辞世，乃于北地行化，或城市，或冢间，振一铎曰：'明头来，明头打；暗头来，暗头打；四方八面来，旋风打；虚空来，连架打。'唐咸通初，将示灭，乃入市，谓人曰：'乞我一个直裰。'人或与被袄，或与布裘，皆不受。临济令人送与一棺，便受之，乃辞众，自擎棺出北门外，振铎入棺而逝。郡人揭棺视之，已不见，惟闻空中铎声渐远。"身不著僧衣，颈挂袈裟及方便囊，戴深檐蒲笠，吹尺八笛，登市门化米。其徒颇蕃，关西隶京师妙安寺，关东隶江户一月寺，然不诵经，不戒行，不剪落，故无赖之徒多归之。佛寺之在西京者五百三十九区，统海内寺宇：禅宗一万九千三百八，密宗一万一千一百，一遍教六万七千一百，源空教十四万二千，融通派一千五百，一向派本愿门徒四万五千，东本愿门徒八万八千三百九十四，专修门徒七千五百二十，日莲教八万三千二十，合共四十六万四千九百四十二寺，可谓佛国矣。此寺数，据万延元年德川齐昭所上《防海疏》。维新以来，颇有减损。考北魏一万三千寺，唐武宗即位，废浮屠法，毁寺四千六百、招提兰若四万。而宋景德中,天下二万五千寺,元祐三万九千寺,见孔平仲《谈苑》。元至元二十八年,天下寺宇四万二千三百一十八区,见《续文献通考》。然尚不及日本十分之一也。僧徒盛时,上自公侯,下至庶民,不建寺塔,不列人数,堂宇之崇,佛像之大,工巧之妙,庄严之奇,有如鬼斧神工。又令七道诸国建寺,各用其国正税,于是举国之费十分而五。一寺度僧,岁三四百人,举国之民,秃首过其半。多家蓄妻子,口啖腥膻,甚至群聚为盗,窃铸钱货,党徒相攻,敢劫关白之第,入太政大臣家,掠财物及庄园,且率徒党发山陵、入宫殿、劫神舆。后宇多帝时,至毁闱截帘,破行事障子,帝乃御腰舆逃匿内大臣私第。暴乱淫纵,天下所未有也。维新之后,佛教较衰,僧徒田产多没入官。明治六年,下令僧徒均许食肉娶妻。

山伏,盖出于真言家,乃在家奉佛者。其祖役小角,大和葛城茆原人,或称役行者,又称役优婆塞,《翻译名义集》曰:"优婆塞,肇曰,义名信士男。《净名疏》云:'此云清净士,亦云善宿男。虽在居家,持五戒,男女不同宿,故云善宿。'"壮入葛城山,居岩穴三十年,结萝为衣,拾果为食,能持禁咒,役使鬼神。凡国中名山大岳,足迹殆遍。外从五位下韩国连广足,尝师事之,后害其能,诬奏之朝,遣吏收之,小角腾空而去,乃系其母。小角不得已就囚,配伊豆岛,《续日本纪》:文武帝之三年五月也。居三岁放还,后奉母入海云。见《元亨释书》及《扶桑隐逸传》。今诸山多祠之,而金峰山香火最炽。奉其教者曰山伏,或曰修验。冠寸许,小冠于额上,俗谓之斗巾。被发,跨戒刀,振铎鸣螺。每春秋入金峰山,修法持戒极严。其法本于真言,而其说犹道家也,小说所谓解魔法师之类耳。其官全同僧家,皆隶圣护三宝二府。

又有一等,在肆市临路设店,挟巫觋、卜筮、风鉴、相形、拆字之术，以禳灾解魔赚钱财者，都会之地最多。

外史氏曰：昔韩昌黎以谏迎佛骨贬潮州，其时关东西则有丹霞然、圭峰密；河北则有赵州谂、临济元；江表则有百丈海、沩山祐、药山俨；岭外则有灵山巅。其师友几遍天下，皆以超世之才智、绝人之功力，津梁后起，以合于菩提达摩之传。当公之辟佛，为佛极盛时，故极为其难。然自公之辟佛，人人有公辟佛之说据于胸中，所谓功不在禹下者此也。是说也，余闻之阳湖恽子居云。

余考日本之僧，其倡为宗教者，尤多俊杰。日本以神建国，排神说法，势所不行，于是乎最澄、空海推佛于神，援神于佛，以佛为体，以神为用，体用归乎一源。斯说一行，而混糅神佛，举国之神，无不佛矣。食色，性也，拂人之性，亦势所难行，于是乎亲鸾不离俗，不出家，蓄妻子，茹荤酒，谓烦恼者骸，而清净者心，学佛在心而不在迹。斯说一行，而道俗无别，举国之民无不僧矣。若夫源空之净土、日莲之法华，第以口唱佛号，即为佛徒，愈卑、愈简、愈浅、愈近、愈易修而愈溺人。日本之于道，既无周公、孔子倡明之于前，又无昌黎力辟之于后。彼僧徒者，鼓其说以煽动群伦，其化日本为佛国，亦无足怪也。宋人之辟佛也精，昌黎之辟佛也粗，然僧徒不畏宋人而恨昌黎，则以昌黎焚其庐、火其书之说行，而佛教自绝也。中国之说佛也精，日本之说佛也粗，然中国佛教不如日本之盛，则以亲鸾不离俗、不出家之说行，而人人得以自便也。夫天堂地狱之说，因果报应之谈，愚夫愚妇之所易惑。天下愚夫妇多，而贤士大夫少，知愚夫妇之所敬信，迎其机而导之，顺其情而诱之，因其利便而徇之，而吾说自无不行之数。僧者，其宗指不同，而其因国俗、顺人情以施教，则无不同，可不谓聪颖桀黠之士欤？

　　近日耶稣教之盛,遍于五洲,其所谓待人如己,于吾儒之道弥近理,而弥乱真者也。然其教行于中国,竭智尽力,仅能诱愚夫妇,而不能惑士大夫,盖其教以祀祖先、奉神祇为大禁。以中国圣帝明王四千余年世世相传之礼,欲一旦废己而从之,势固万万有所不能故也。嗟夫! 以彼国势之强,教徒之盛,寺宇之庄严,布施之广大,其财力可以无所不至,仅赖此祀祖先、奉神祇之习得互相楮柱,而柢之不行,谓非厚幸欤。苟使彼教之徒,有最澄、空海、亲鸾其人者,从吾俗以行彼教,吾未知其所底止也。虽然,佛教诋祆教为魔,祆教亦以佛教为陋。凡佛教之崇偶像、逞神通,至于戒杀、出家,无不与祆道相扞格、相水火者,而今之印度,信祆道者居十之五,是耶稣一教竟不难居佛之国,变佛之俗而夺而有之矣。念及此,不禁为之惴惴危惧也。

氏　族

　　神武东征,都于橿原,班功胙土,于是有国造、县主之号,子孙世守,为得姓之始。国造之外各居其国掌国事,谓之国造。古有国造百三十余。有伴造,谓诸部君长、首直史之类也。县主之下有村主、稻置等,各以官为姓。其后,置大连、大臣,即以臣姓为大臣、连姓为大连,皆世其官,并令统领氏族。若大臣缺官,使大连统臣、连二姓。至推古帝时,始制官位,乃废世官,连、臣、伴造,专为姓称矣。洎天武帝十三年,诏定八等之姓,曰真人,曰朝臣,曰宿祢,曰忌寸,曰道师,曰臣,曰连,曰稻置,以牢笼。姓氏所以明源委、分贵贱,使人知氏族之所主。纪传谓之尸。按:尸,主也。《诗·召南》:"谁其尸之。"又古者祭祀皆有尸,以依神,亦以为祭主也。今以真人、朝臣之类为尸者,盖以为一族之主。刑部《亲王姓氏录》曰:"源朝臣信弟妹凡八人,宏仁五年各赐姓,以信为尸主。”其义可见。又《姓氏录序》：“名为氏骨,骨之为言主也。”氏骨者,言氏族之所以为主也。真人、朝臣之类,受之天子者为尸。尸,即姓也。如源、平、纪、橘、藤原、清原之类,或身自为之者,则为氏。世或以源、平、纪、橘、藤原、清原之类为姓者,误矣。《国史书》曰：“赐姓曰真人,曰朝臣,曰宿祢,曰连。”又有连姓氏书之者,曰赐姓源朝臣,曰赐姓橘宿祢,未有称赐姓源、赐姓橘者矣。可见朝臣、宿祢是姓,因宝胄官阀得赐之,氏则不必受之天子,人人有之。案顾炎武曰：“言姓者,本于五帝,见于《春秋》者二十有二。黄帝子二十五人,得姓者十四而已,姓则受之天子也。考鲁左氏《传》曰：‘天子建德,因生以赐姓,胙之土而命以氏。’诸侯以字为谥,因以为族,官有世功则有官族,邑亦如之。公命以字为展氏,氏则禀之时君也。士会之帑处秦者为刘氏,伍员之子在齐为王孙氏,知果自别其族为辅氏,则身自为之也。”日本姓氏之别,盖略同于三代云。其命氏有以国者,吉备、飞多是也；以邑者,小野、菅原是也；以官者,邢部、采女是也；以事者,锦部、酒部是也；以功者,治田、垂水是也,以居者,柿本、田边是也。《通雅》曰：“后世或氏于国,则齐、鲁、秦、吴；于谥,则文、武、成、宣；于官,则司马、司徒；于爵,则王孙、公孙；于次,则孟孙、叔孙；于氏,则展氏、臧氏、驷氏、国氏；于居,则东门、北郭；于志,则三乌、五鹿、青牛、白马；于事,则巫、乙、匠、陶。”盖亦与华同。后世子孙,旁支别属,俗谓之苗字。苗字,即族也。其后氏族派衍愈繁,要不离乎以地、以官、以事、以物。其尤僻异者,曰手冢,曰股野,曰田麦股,曰夏目,曰肝付,曰桥瓜,曰池尻,曰腹卷,曰一色,曰是枝,曰猪野,曰鸟尾,曰犬饲,曰鹿伏兔,曰小鸟游,曰鹈饲,曰矢土,曰孕石,曰二瓶,曰纐缬,曰酒匂,曰儿玉,曰妻木,曰哥枕,曰夫妻木,曰可儿,曰妹尾,曰神鞭,曰九鬼,曰鬼越,曰甲乙女,曰左乙女,曰望月,曰小花,曰四十住,曰五十岚,曰十八女,曰四月朔日,曰七寸五分,曰万里姊小路。其有一氏分为数族者,若藤原氏分为近卫、鹰司、三条等族是也。近世二字,若三四字氏族,多省为一字。其字不雅驯者,取偏旁,或通音易之,如藤原氏也,省曰藤安、藤斋、藤远、藤近,藤族也,皆省曰藤,又省曰滕,源流不辨矣。《琅琊代醉编》曰:"今之称复姓者,皆从省文,如司马则曰马、诸葛则曰葛、欧阳则曰欧、夏侯则曰侯、鲜於则曰於,如此之类甚多,相承不已,复姓又得混于单姓矣。"《日知录》曰:"洪武元年,诏夷服、夷语、夷姓,一切禁止。如今之呼姓本呼延、乞姓本乞伏,皆明初改而并。中国所自有之复姓,皆去一字,氏族之紊,莫甚于此。"日本氏族之变迁亦与华同也。

盖日本以世官,故氏族最重,臣、连、伴造以官为姓。其后赐姓命氏自垂仁始。然至允恭时,既家诬其祖,人伪其氏,乃使诸姓人盟神探汤,以别真伪。孝德帝尝诏云:"今有苟冒人姓,妄其所自出,而臣、连、伴造、国造之弱宗劣族,遂以神名王号为贿,庶民贱种竞乱巨族,其厘正之。"然自苏我氏之乱,图籍灰烬,姓氏失谱,故天智时乃制氏上。氏上,犹宗子也。天武因之,令诸氏上未定者,官为理之,族大宠多者,分宗立氏上,使纠率其族。百官系谱,举藏之图书寮。治部省立解部,主穷问诸姓谱第以解其讼。其旧家世族概废世官,别制新官,定冠位,分为八品姓,又分三别:以天神地祇裔为神别,皇子、王孙为皇别,汉人及韩人来居者为蕃别。使有升降,若爵命然,名曰宠号。氏之宠号既定,《宏仁姓氏录》尚载旧姓有一千一百八十二氏。自诸藤专朝,不举他族,而物、苏、伴、秦旧姓,凌迟式微,多降为皂隶矣。源、平迭兴,枝叶之蔓,分宗立长。其长者犹古氏上,其族人称家子郎党,绵延国内,古之氏上遂亡。逮足利氏兴,而赘婿冒姓,即欲讨其宗派,亦不可得。盖源、平以后,尚武竞争,各固党羽,义儿假子,动至百十,此假子混冒者一也。寡男无偶,妻以女子,赘为齐婿,即奉先祀,此赘婿混冒者一也。蒲生秀实曰:"源、平以来,家子郎党,常致之股肱,或为之死生。如和田氏之乱,举族歼焉,新田氏义举,亦举族赴之。当时宗族相保如此,多养假子,以强宗也。"又曰:"天下余子,多以男嫁人,冒姓其妇家,而世之无子,养人子为后者,必先议其币多少,而后定议。"封建之世,官以世功,爵以世袭,侯伯嗣绝,例应削国,故必养子以图继世。下至大夫食采,群士食禄,莫不皆然,此养子混冒者又一也。少孤幼寡,随母改嫁,谓他人父,即后其宗,此随母混冒者又一也。此外,则避讳改易,移宫换羽,避仇逃匿,将甲作乙,又其一也。因是混乱不可复别。大抵数百年来,藤、橘、源、平最为望族,故混冒亦最多。

凡故家世族,各为徽帜,以自表异,用花草禽兽绘其二于袖,或一或三于背,名曰纹。如藤原氏为藤花、菅原氏为梅花、德川氏为葵叶之类,使人望而知为某族也。维新以来,许平民与士夫相婚嫁,有擢用为官者,不复如前之重望族,然旧藩侯犹为华族,藩士犹别为士族云。

有名,生子则七日命名。古之搢绅世家荫子五岁命名,奏之天子,则赐五位,三公则赐四位,谓之叙爵。叙爵而冠,谓之叙爵元服礼,冠而字,此则冠而名矣。有通称,有字,有别号。古来有名无字,学士辈仿唐人,偶为之,而多用单字,合姓呼之。如菅三纪、宽三耀之类是也。然平日无所用之,故古人少命字者。近世儒生辈皆命字,间有三字四字者,又有别号,甚有多至十数者。如藤原肃,字敛夫,又号柴立子广胖窝。如林信,号罗山,又号浮山罗洞、四维山长、胡蝶洞、梅村花夕颜巷、颜瓢巷、麝眠云母溪、尊经堂。然惟施之其辈流而已,人间应酬概用通称。盖通称似小字,然亦小同大异。兵部、民部、大学、元蕃之类,谓之百官名,非士以上不得称。其他曰左、右卫门、曰左、右兵卫、曰大夫、曰内,内舍人也。曰藏,藏人也。曰丞,曰辅,曰佐,曰助,曰介,亦官名也。大郎、二郎、三郎之类,辈行也,各冠以一两字,或以氏及行,自士大夫迨民间仆竖，皆以此为称呼。考《元史》，名脱脱者十五、脱欢者十三、伯颜者九，岂亦源右卫门、平兵卫之类乎？案：《通雅》曰："士文伯，是士鞅之族，亦名匄。鲁仲婴，齐庄之孙，即公孙婴，齐之从祖。郑公孙段，字子石，而印段亦字子石。古人自不为嫌。"《琅琊代醉编》曰："魏安釐之父，名屈子，亦名屈。周厉王名胡，而僖王名胡。齐卫穆公名遫，而成侯亦名遫。郑武公名掘突，而厉公名突。周襄王名郑，卫成公与之同时，亦名郑。晋定公名午，而同时邯郸大夫亦名午。卫侯名恶，其臣亦名恶。盖周人虽重讳，不如后世之甚，故多同名也。"又《春秋左氏》所称氏族名，如祭封人，名足，字仲，或称曰祭足，曰祭仲，曰祭仲足，曰祭封人仲足；士会，字士季，初受随，后更受范，或称曰随季，曰范会，曰季氏，曰范武子，曰随武子；瑕吕饴甥，或称曰瑕甥，曰阴饴甥之类，与汉以后之称谓大不相类。且其命名如黑肩、黑背、黑臀、髡顽、杵臼、宾媚人、斗谷、於菟，有僻陋可笑者，盖一国而古今不同风犹如此，况东西殊域，其俗岂得无异？然其源流变迁，大概从同，斯亦奇矣！

社　会

　　社会者，合众人之才力、众人之名望、众人之技艺、众人之声气，以期遂其志者也。其关于政治者，曰自由会，自由者，不为人所拘束之义也。其意谓人各有身，身各自由，为上者不能压抑之、束缚之也。曰共和党，曰立宪党，曰改进党，皆主改革政体为君民共主者。曰渐进党。意亦主改革政体，但以渐进为义。凡会必推一人或二三人为总理，次为副理，次为干事。会中有事，奔走周旋，联络通气，皆干事司之。凡入会者，书其姓名于籍。例有开会仪，推总理为首席，总理举其立会之主义以告于众，众人者亦以次演述其所见，每月或间月，必招集会友，互相谈宴。每岁则汇叙所事、会计所费，刊告于众。会中或论时事、驳政体，刊之新闻纸。苟他党有不合者，摘发而论之，则必往复辩论，务伸其说而后已。其大概也：有关于学术者，曰天文会，曰地理会，曰斯文会，学汉家之会。曰兰学会，治和兰学。曰英学会，曰诗会，曰歌会。关于刑法者，曰明法会，曰讲律会，曰代言人会。熟于法律，代人理词讼，曰代言人。关于宗教者，曰佛教会，曰某曰某，佛教中又分宗派也。曰神道会，曰某曰某，神道中又分支派也。曰耶稣会，曰天主会，曰希腊教会，各曰某曰某。耶稣、天主中，又各分流派也。关于医术者，曰医术会，曰汉医会，曰洋医会，曰剖解会。洋医中之讲求剖解支体者也。关于农业者，曰植物会，曰动物会，曰要术会。关于商贾者，曰商法会，讲求商法，教人以记数诸法。曰某物某物会，皆各就其所业，以讲求其术。会友有所疑则发问，有答辩之者，有所知则告人，有引伸之驳论之者。此外商人敛资合夥以为商，均各就其事，名曰某会某社。其总理以投票公选之，每岁举其商业之盛衰盈虚普告于人，所得之利按股而均分，凡商业之大者，均系敛资，无以一二人独力为之者。有关于术艺者，曰书画会，曰名磁会，曰雕刻会，曰七宝会，曰女红会，曰锦织会，曰铜器会。有关于玩赏者，曰古钱会，曰观古美术会，曰珍宝会。此则杂陈古人名物及今之巧手，以考其精妙，犹博览会意也。有关于游戏者，曰竞马会，曰角觝会，曰千人会。为二牌，一曰原牌，一曰影牌，限数至一千，每牌限若干钱，四散鬻之，共得若干金。至期，盛原牌于匣，匣上有孔，引锥刺而出之。以原牌对影牌，得第一者得大采，余采轻重有差，至百为止，犹今吕宋票也。国语名之曰富。此皆敛钱以为博者。有关于人事者，曰亲睦会，或同官，或同乡，或同业，或同社，醵钱以饮食晏乐，名曰亲睦会，犹今之团拜也。曰辅助会，曰布施会，曰一钱会。作大会，每月每人敛一钱。有疾病死丧，则会中扶助之，犹今之善堂也。凡日本人，无事不有会，无人不入会，此略举其凡耳。

其国家设立以启民智、劝工业者，曰博览会。自天象地图，以及飞潜动植之物，制造述作之事，风火气化之学，耳目之所未见，日用之所必需，无不部别区分，陈其物，摸其形，别其品，书其名，使观者一览而知之。有共进会，又名竞争会，举人工制造之物，互相比较，谓共期进步也。若丝，若茶，若绵，若糖，皆就一物设为专会，使业此者，各出己物陈于会场，记物之名与制造之名，审查而考核之。每物出品至二三千，校其气候土质之宜否，种之良楛，栽植之同异，培养之肥瘠，器具之工拙，以及制造之方，收藏之法，捆载之宜，搬运之便。总其出品之精粗美恶，别为等第。其尤者赏以金牌，次者赏以银牌，又其次者给以褒奖，使人人勉厉，争自濯磨，最善法也。西历一千七百七十九年，佛兰西首相纽弗纱迢，以山林树木日事采伐，苟不讲求种植之法，必致匮乏，遂创为竞争会，胪列诸品，拔其尤者赏而勉之。试之数年有效，诸国遂互相仿行，如农器、谷食、兽畜之类，争先设会。一千八百年，英国初设农桑会，其上等至赏银八千元。迩年诸国开会，沿革损益，法益精良，遂为国家一大政事。先期筑会场，筹费用，布告万国，令诸国商人咸来争赛，如佛之万国博览会，美之百年大会，其尤著者也。

外史氏曰：天之生人也，飞不如禽，走不如兽，而世界以人为贵，则以人能合人之力以为力，而禽兽不能故也。举世间力之最巨者，莫如联合力。何谓联合力？如炽炭然，散之数处或数十处，一童子得蹴灭之；若萃于一炉，则其势炎炎，不可向迩矣。如束箸然，物小而材弱，然束数十百枝而为一束，虽壮夫拔剑而斫之，亦不能遽断。凡世间物力皆有尽，独联合力无尽，故最巨也。余观泰西人之行事，类以联合力为之。自国家行政，逮于商贾营业，举凡排山倒海之险、轮舶电线之奇，无不藉众人之力以成事。其所以联合之故，有礼以区别之，有法以整齐之，有情以联络之，故能维持众人之力而不涣散，其横行世界莫之能抗者，恃此术也。尝考其国俗，无一事不立会，无一人不结党，众人习知其利，故众人各私其党。虽然，此亦一会，彼亦一会，此亦一党，彼亦一党，则又各树其联合之力，相激而相争。若英之守旧党、改进党，美之合众党、民主党，力之最大，争之最甚者也。分全国之人而为二党，平时党中议论，付之新闻，必互相排牴，互相偏袒，一旦争执政权，各分遣其党人，以图争胜。有游说以动人心者，有行贿以买人心者，甚有悬拟其党人之后祸，抉发其党人之隐恶以激人心者。此党如是，彼党亦如是。一党获胜则鸣鼓声炮，以示得意。党首一为统领、为国相，悉举旧党之官吏废而易置之，僚属为之一空，美国俗语谓之官吏逮捕法，谓譬如捕盗，则盗之党羽必牵连逮捕之也。举旧日之政体改而更张之，政令为之一变，譬之汉、唐、宋、明之党祸，不啻十百千倍，斯亦流弊之不可不知者也。

卷三十八　物产志一

外史氏曰:物产之盛衰,国民之勤惰系焉,田野之芜治系焉,而国家之贫富强弱,无不系乎此。宇内万国,自古迄今,昭然若揭矣。今海外各国汲汲求富,君臣上下,并力一心,期所以繁殖物产者。若伊尹、吕尚之谋,若孙吴之用兵,若商鞅之行法,其竭志尽力,与邻国争竞,则有甲弛乙张,此起彼仆者。其微析于秋毫,其末甚于锥刀,其相倾相轧之甚,其间不能以容发。故其在国中也,则日讨国人,朝夕申儆,教以务财、力农、畜工,于己所有者,设法以护之,加意以精之;于己所无者,移种以植之,如法以效之。广开农商工诸学校以教人。有异种奇植、新器妙术,则摹其形,绘其图,译其法而广传之。凡丝茶棉糖之类,必萃其类,区其品,开博览共进之会,以争奇竞美,褒其精纯,禁其饰匿,而进而劝之。而犹虑他国之产侵入我国,吾之力微,不能拒也,则重征进口货税,使人物腾贵,无相侵夺,而吾乃得徐起而收其效,于是乎有保护之法。泰西一千八百四十四年,美国初兴铁利。其时英国输入铁条,每一吨值三十六元,课税二十四元;又英国输入铁块,每百磅值三元三十钱,亦课税三元。盖重课人税,使价重于我,国产乃可以销流。俟国产王,税乃递减。西人名曰保护税。而犹虑己国之产不售于人国,吾之利薄不能盛也,则分设领事,遍遣委员,使察其风尚之所趋、人情之所习,而依仿其式,以投其好,于是乎有模造之法。又其甚者，商务不竞，继以兵战，一遇开衅，辄以偏师毁其商船，使彼国疲敝，不能复振，而吾乃得垄断，以图其利。如英之于荷兰，则尤争斗之甚者矣。泰西百余年来，累世请求，上自王公贵人，下至佣贩妇女，皆心知其意，上以是为保富之方，下以是为报国之务。泰西人有恒言，疆场之役，十战九败，不足虑也，若物力虚耗，国产微薄，则一国之大命倾焉、元气削焉。彼盖筹之精而虑之熟矣。譬之一豪农之家，环四邻而居者，以所居近市，各出其瓜瓠果蓏之美，以图朝夕升斗之利，而为之主人者，一听其贱佣下婢栽培灌溉，曾不一问，欲以是争利，不亦难乎，不亦难乎！日本维新以来，亦兢兢以殖产为亟务，如丝之售于英、法，茶之售于美，海产之售于中国，则尤其所竭精敝神以求之者，可不谓知所先务与？《管子》曰："本富为上，末富次之。"太史公曰："善者因之，其次利导之，其次整齐之，其次教诲之。"有国家者，能勿念诸。作《物产志》。

丝

日本之丝，由来远矣。应神帝时，既遣使于吴，求织缝女。《山海经》云："欧丝之野在大踵东，有女子跪据树。"欧丝则上古既有之与？至雄略帝，命秦公酒统领养蚕，蚕大蕃息，赐姓为禹豆麻佐。先是，秦人弓月自称是始皇后，于应神时自百济来，迨其孙普洞，以制茧功，赐姓陂陀。秦公酒，其后裔也。既知养蚕之利，国中亦能自织紬绢。近年与泰西通商，英、法诸国争购其丝，遂为国产第一大宗。其浴种、饲养、分簿、入簇诸法，亦同于中国。多于山中掘坑藏种，名曰风穴。至夏初，取出蚕卵，用格子装叠，置之暖处，候十余日，乃用小帚扫拨蚕子于竹筐内，拣嫩叶切细条饲之。再六七日，方食大叶，饲毋失时。又历八九日，则吐丝矣。当吐丝时，授以器物，使缘器布丝，丝尽成茧，于烈日中晒之。如遇阴雨，则取茧置箱,以火蒸一二时,再置于当风处,令之吹干。惟其色洁白,不及日晒。近学于佛国,兼用蒸燥二法,仍不失色泽云。择茧缲①丝,则以铁锅煮热汤,将茧蒸软。每人司一锅一车,左手取茧四五枚,右手转车。其最初抽出者,曰屑丝,次层曰熨斗丝,三层曰生丝,四层曰伪棉。丝大柔弱,且为蛹污染,洗之以水,晒之以日,以其似棉,故名。凡茧尤粗大者,中必有二蛹,抽出其丝如线,名曰玉丝。若茧为蛹破,丝寸寸断,不能作丝者,名曰真棉。制法以禾稿烧炭,榨取卤汁,复澄而清之,用以煮茧。再用清冷水净洗晒干,其式如猪肚,故又名曰猪肚棉。其蚕家欲留蚕种,不蒸不晒,听其破茧出蛹,名曰茧壳。碎屑者曰屑茧。又择取壮茧,别藏于室;听其破茧而出,配以雌雄,则互相粘合,至十日外,即能散卵,用硬纸一片,长一寸、阔六寸,散布其上,名曰蚕卵纸。中国名曰茧连,计每一茧卵纸可出茧七斗,每斗可造丝四斤半。凡缲丝多用女工,每一人能抽丝三斤半,以纸条粘缚成总,每总重八九钱,以四十总为一束,每束三斤或二斤半。以二十八束为一包,每包约重五十五六斤。近年多以机器制造。机器有水火二法,水用木器,火用铁器。铁器为上,木器次之。初,明治三年,民部省之庶务司议于上野国富冈,开机器制丝场,于佛国购买机器,雇男女工师。五年十月开场,并募内国女工传习其法,受业者凡二千余人。至明治十年,一岁间通计出丝四千八百五十四贯七百零一钱,并屑丝等项,值价金二十八万六千九百二十四元,除费用之外,实有利益金十万零四千八十二元。尔后逐年经营,益以恢廓。其民间商会,以机器营业者甚多,尤著者曰岩代国二本松制丝会社,丝尤精美,名曰娘丝,工场役人凡二百二十余,每岁制丝一万二百九十余斤。陆羽七州争仿其制,应之如响。曰上野国前桥研业社,创于旧前桥藩士族深泽雄象、速水坚曹诸人,于明治三年特聘瑞西人为师,传习意大利缲丝法,易提

---

①　缲,同藻;藻,亦作缲;缲丝即缫丝。下同。

抽之法为撚捻,质美而价高,人争慕效。有曰桐华组日盛社,皆规模极大。其上野之礁冰精缫社,则专以水车缫丝,凡十数组,每组各分一室。别有上野桃井会社,亦用水车,皆最有名。又有参酌水火机器,别制手车以省人力者。武州八王子驿内藤左右卫门创制一人独缫之制丝器械,每一机值银四元。又矢岛某自制踏车器械,所出丝,皆价胜于常。常陆国西村文平创制人力运转车,每一人之力,可充十六人之用。又加贺国白峰社创制单缫车,其法多模拟水车,代以人力。

日本产丝,凡四十余州。山城、摄津、武藏、相模、伊势、上总、下总、常陆、三河、尾张、甲斐、骏河、远江、伊豆、近江、美浓、飞騨、信浓、上野、下野、岩代、磐城、陆前、陆奥、羽后、羽前、若狭、越前、加贺、越中、越后、能登、丹波、丹后、但马、石见、备中、长门、周防、伊豫、纪伊、丰前、丰后、筑前、肥前、肥后、日向皆有之,以上野为最多,武藏次之。丝之佳者,奥州之滨付、岩代之挂田、武州之八王子驿皆有名,而机器所制,若上野之富冈、前桥,岩代之二本松尤为擅美。寻常丝价每百斤平均约五百余元,而机器丝有值七八百元者。茧以岩代国伊达郡所出为全国之冠。伊达郡有丹治梅吉者,精于蚕事,专以输出海外为业,既广求善种,又分遣教师于诸国,习饲蚕之法,精益求精,遂为杰出。其蚕卵纸一种,则信浓国为最多。近年以来,丝业益盛。国家既于富冈开机器制丝场以为民倡,复开屑丝、屑茧纺绩所以收遗利,向来屑丝、屑茧仅以充绵,尤下者付之弃捐。明治六年,委员某在意国讲求其术,归请于朝,乃开纺绩所。其法藉水车之力,以屑丝为精绵,更以蒸汽机拈丝,品质色泽,竟能与精丝仿佛。民间仿为之,遂有输出海外者。开制丝试验所以验人工。在东京,内藤新宿仿意国机器,以一人兼数工,验丝之强弱与细大等事。又于劝农局中讲求蚕事,广采新法,历验利病,以刊告于众。如将蚕身内外形器,解剖为图,以验其利病。又分为清冷室、清温室、盛热室、湿暖室、干寒室、湿寒室，每日每时，测晴干阴雨及风之方向，与蚕之食度，桑叶之多少，以验卵之生育、茧之造就、病蚕失蚕之多寡。明治十二年，开茧丝共进会，凡出品者一千一百二十二家，一千三百二十六品。内丝八百零四品，茧五百二十二品。乃精选委员，一一审其包装便否、结束良否、装饰宜否、光泽佳否、价格高否、细大均否、取丝四百条，称准分量，又分为四，各一百条，以评校之。绝断之多少、以机器试验。疵类之大小、取丝百条，摊为平面，以分别计算。强力之多少、取无疵之丝以试验。伸度之长短、设一定则，验其过不及以定度。再缫之难易，辨其络交之齐否、粘著之多少、续口之有无，以分难易。然后考其机器之力，使役女工之数及制造之额，择其尤者而褒赏之。民间靡然从风，豪富钜商，争结社会，与外商相争抗，多有直输外国，不假外人手者。先是，蚕卵纸一种，明治初年，每枚价约一元九十钱，四年落至九十余钱。至明治八年，诸国竞相制造，骤增百余万枚，而是年意、佛两国购者甚少，初拟价高者每枚二三元，其后仅值二三十钱，甚则仅值二三钱，弃之几如土苴。政府乃命豪商数人，以金八万元购而焚之，复严设规则，以防滥造。至明治十一年，值价犹不过七十钱而已。现犹设法，以冀挽回焉。向来日本丝商只运出通商港口，西商购而自运回国。然往往验货定价，辄饰词退回。而日本丝商以争先竞卖，时有亏折。至十四年，日本乃联合诸商，设一社会，名曰生丝存贮所，议令商人运丝先到公所，公所为之分别等第。西商欲购买者，自到公所，预交定银，然后出丝，所有悔约竞卖诸弊，概予革除。西商哗然，不遵约束。争持数月，诉之于公使，公使告之外部，外务①辞曰："此商人事，非政府所得预也。"久之，西商策穷，俯首听命。闻此事日本政府力为维持云。其势方蒸蒸日上云。

---

① 外务，即外部。

蚕丝历年输出价量表

	生丝	肩丝	辫斗丝	黄茧	真绸	玉丝	肩茧	茧	合计
量　元年	一二三,九五一	一三九,八八八	六八,七〇九	一五六,五二八	三一,七四九	八四,五四八	一〇,一三九	三三〇	一六〇,八二二
二年	七二六,〇四六	一二一,八〇三	九三,六六七	一八八,六二七	七九,一五九	六一,〇一六	一三,八四九	三〇	一,二二四,七八六
三年	六八二,三六一	一〇三,四〇五	七四,九三二	三八,四八〇	一〇,六六六	三,〇一六	一,二三六	一五三	一,一〇七,二二〇
四年	一,三三三,四二五	二三二,三三八	一五,一一〇	八二三,一六六	四二,二六九	五,九一九	一四,六四九	四,五九〇	二,一六三,七二三
五年	八九五,五〇〇	三三,三三一	二一七,八三五	四四四,四九九	一二,六九五	一五,七〇七	一四,六四九	一二,六九五	一,〇三七,八二三
六年	三〇二,二三四	二四四,四二五	二五,四四五	三三三,四一一	六八,九三五	五	三一,〇四四	三〇	一,〇二五,九〇二
七年	九二九,一四九	三三〇,二五八	九六,六三〇	三七二,九四二	七六,七七二	五五	二二,七二五	三〇〇	一,九〇九,九二七
八年上半季	三三五,九二二	一六七,三九三	四二,一三三	四六,六八一	三三,三八二	二四,九八八	二四,五八八	二一四	七〇九,二三〇
八年度	二四一,八八八	四一,八三四	一〇八,九三五	三〇八,七五四	四五,三三七	九,〇八	四,五三六	一,六〇	二,〇三〇,二一八
九年度	一,七六六,五二五	四八,〇九一	一六六,八二一	三八,五二一	四八,八五六	一,五八一	四五,〇一〇	四,九二〇	三,〇〇九,三三五
十年度	一,八四四,二三九	六四,〇二一	一五六,二二一	四〇〇,〇一四	八六,五三五	一,〇二〇	五,五八八	一,九二,六	三,三三八,四四五
十一年度	一,六四六,七八八	九〇八,六〇四	二九一,六六八	二五,六六七	八八,九七七	二,〇二〇	一九,一五〇	五九〇	三,二二一,五〇六
计	一三,一六二,八一四	一七五,二二一	一五九,七七七	二四〇,三三七	八二,一二二	二四,五〇五	一九,二二六	五九〇	二,四四二,九八八
价　元年	六,二三四,〇四七	一九,八二一	九八,五四一	二,八二〇七	六五,三四八	一七,一八八	一二,一二六	二六〇	六,〇六七
二年	五,一七六,〇,一八一	四八,四〇七一	九八,五四九	一四,三三九	一四三〇	一,五三〇	四,〇,〇七	三三一	六,二三九,〇三一

续表

	年	生丝	屑丝	駿斗丝	茧売	真绵	玉丝	屑茧	茧	合计
量	三年	四，二七八，七五一	四四，一三九	八二，九0八	六四，一七	一九七，四八六	九，一九八	二，五二二	八二	四二，六七九，二五七
	四年	八，00四，一四四	六三，一七五	一二七，五三二	一九，一二七	二二七，五五五	一五二，八二	一四0，七四	二，一四七四	八，六五三四，0八七
	五年	五，二0四，二三七	八八，0一一	二0五，九二六	二五六，二三0	一六九，二九二	三一，二二八			五，九三五五，七四三
	六年	七，二一0八，四0二	八三，00六	一0七，七三七	二四0五，七三三	一六九，七八七		一0，八0六	一七一	七，八三五五，四0九
	七年	五，三0二，0三八	一0七，0八0	二四0五，七三三	二四九，五八0	二一二，二三一		五，七四0		七，八三五，四九0
	八年上半季	一，八八三，三三0	五二，五五四	八五，二六一	二九，一九0	五七，0八五	一四0	八，八0五	四0四	五，八七一，二三六
价	八年度	五，0八九，一七二	一二二，二五0	一0二，七0一	二二一，八四四	七四，八七0	一，一00	一，四00	一，0一0	五，六二一，七八0
	九年度	九，五三二，四二四	二三二，0六六	二二四，0五二	四四九，0二一	一0六，九一0	三，七00	八，二五	七00	一0，四0九，0四八
	十年度	九，五二三，七三二	一三六，三0六	三0七，八0	二九三，0七二	一五三，四四八		四，四一七	一九0	一0，二三0，六二三
	十一年度	一，九三一，三二八	四0一，一九三	一六四，八八二	二六，0七二	二三六，五一九	四，九一五	四，四一七	一九0	八八，八三0，七三五
	计	八一，二九一，二三八	一，四四九，0八八	一，六八七，八一0	二，六四，八0八	一，六0五，一八三	二三九，二一0	九六，五四八	九七，九四	八八，八三0，七三五

蚕丝类各种平均百斤价表

	生丝	屑丝	熟斗丝	茧壳	黄縀	玉丝	屑茧	茧
	元	元	元	元	元	元	元	元
元年	五五六三八	一四一八	九八四七	四九八八	一九五四	二〇二七	二〇九	八一一九
二年	七八七八五	三九四七	一五〇二〇	六六二一	一七八六	二四八〇〇	二八九四	
三年	六二六一三	四一六七	一一〇八四	四〇四五	一九二五	三〇四八	二二六六	五九三七
四年	六〇四八〇	二七〇七	八八三九	五〇三六	四七一七	二五五〇	一一〇四	五三九〇
五年	五八一二七	二五〇六	九四五三	五七五八	一四九三	二〇六一	三四八一	
六年	五五九九四	三三九六	八六九三	七一五五	二四〇六			
七年	五四一四四	二九七一	八八一二	六六六五	一五八六	二五七〇九	二五二六	五七三三
八年上半季	四七一六四	三一四〇	二四〇五	六二二六	一七六二		二三六二	一八八七九
八年度	四四四七一	二八九八	九四二八	七一八五	一六五四	一二一五	一七八五	八七〇七
九年度	七六一二九	四四六七	一五二六六	一一四五	二一五七	二三三八	三一五四	二二四三六
十年度	五三八六一	三六〇六	九一六一	七三三七	一七二九		一四七六	五〇八二
十一年度	五五〇七四	四四〇一五	一〇五五三	七六四七	一五三四	二四三三	三三〇七	三二二〇

蚕卵纸历年输出价量表

	数	价	平均一枚价	百分数	比例价
元年	一，八八六，三二〇	三，七一二，三五一	元 一九七	二一二强	五七一弱
二年	一，三三七，四九三	二，五〇〇，〇五六	一八七	一五五强	三八五弱
三年	一，三九六，八四六	二，五六六，七五九	一八四	一五七强	三九五弱
四年	一，四〇〇，〇二七	一，二八五，一八九	九二	一五八弱	一九八弱
五年	一，二八七，〇四六	二，二四〇，七三五	一七四	一四五弱	三四六弱
六年	一，四一八，八〇九	三，〇六二，〇三七	二一六	一六五弱	四七一强
七年	一，三三五，四六五	七三一，五七八	五五	一六〇强	一一三弱
八年上半季					
八年度	七二七，四六三	四七四，九二〇	六五	八二弱	七三三强
九年度	一，〇一八，五二五	一，九〇二，二七〇	一八七	一一五弱	二九五弱
十年度	一，一七六，一四二	三，四〇六，九九八	三〇	一三三强	五三三强
十一年度	八八八，三六七	六，二五〇，一六〇	七三	一〇〇	一〇〇
计	一三，九一二，五〇三	一九，四八〇，六八三	一四〇	一〇〇	

茶

日本植茶,盖始于嵯峨帝时。或云圣武时既知饮茶,但事不可考。惟考日本《凌云集》载《皇太弟秋日御制诗》云"院里满茶烟";《桓武帝御制诗》云"吟诗不厌捣香茗"。又《经国集》载嵯峨帝《与海公饮茶归山御制诗》有"香茶罢酌日云暮"句,可征当时风尚。史称嵯峨宏仁六年,幸近江国之韩崎,有崇福寺僧都永忠自煎茶献帝及皇太弟。永忠曾于宝龟中入唐留学,得制茶及栽培法,延历中归朝,自试其法,并传于人。及是,帝遂命畿内及近江、舟波①、播磨诸国植茶,盖始于延历,盛于宏仁也。其后中绝,及后鸟羽院文治中,僧千光游宋,赍江南茶种归,分栽于背振、栂尾诸山,茶事复盛。千光种之筑前背振山。建保二年,将军源实朝有疾,千光知其宿醒,献茶及《吃茶养生记》二卷。将军饮之顿愈。又馈茶实一壶于释明惠。明惠种之栂尾山,故栂尾山又名茶山。其后分种之宇治。近代栂尾种殆绝,而宇治实称茶海。应安以来,以足利义政嗜茶,举世咸尚之。后义政命僧珠光、僧休心通晓茶事,义政聘之,命其臣能阿弥、相阿弥等学习。休心自结茶室,号珠光庵。其子宗珠,其徒引拙古市等传习其道,鸣于南都。真能、即能阿弥,号春鸥斋。真艺、真能子。真相,即相阿弥,号松雪斋。藻鉴茶具,润饰茶仪。乃丰臣氏使千宗易修饰之,千宗易,和泉人,称千阿弥,仕丰臣氏,号利休居士。于是王公以下逮于庶人,咸尚茶术。至德川氏,每春遣使于宇治赏瓮收茶,而宇治之名益著。日本初传古法,特尚煎茶。惟良春道《和出云大守茶歌》有云:"空林下,清流水,纱巾仍漉,银铛子兽炭,须臾炎气盛,盆浮沸,浪花起。巩县椀,商家盘,吴盐和味味更美。煎罢余香处处薰,饮之无事卧白云。"是当时所尚在煎茶。薛能诗云:"盐损添常戒,姜宜著更夸。"观此知用盐是古法也。煎茶废而点茶兴,点茶之法,始于陆羽,宋人盛行之。考《大观茶论》、蔡襄《茶录》,知日本点茶,即同其法。凡运筅击拂,谓之立茶。立茶,谓粥面聚也。茶多汤

---

① 舟波,疑为丹波。

少,运笼旋撤,再添汤击拂者,谓之浓茶。茶少汤多者,谓之薄茶。盖碾茶为末,注之以汤,以笼击拂,以观其色泽。法以抄茶一钱匕,先注汤,调令极匀,又添注入,回环击拂,汤上盏可四分而止,视其面色鲜白,著盏无水痕者为绝佳。其后茶仪盛行,又专以斗茶器、结茶室,务为奢靡矣。行之数百年。

若制茶之法,则近来较精,将新采之叶,用泥炉铁镬煮热汤,以竹笼蒸之,俟其叶软取出,用竹箪摊开,以扇扇退热气,然后用铁栈糊纸于泥灶上烘焙,随焙随拈,到叶卷身干,再用筛分出粗细,拣去茶梗,翻覆焙干,乃用箱装运。凡谷雨前后所采者,为头春,叶肥嫩而味浓厚。夏至前后所采,为次春,叶老而味薄。至大暑前后所采,为尾春。每年出产头春居其六,次春居其三,尾春居其一云。有曰宇治制,有山本嘉兵卫者,西京人,鬻茶于江户,至四世嘉兵卫时,元文三年,山城永谷宗七郎自制一种美色茶,贩之山本氏。山本氏赏其奇雅,与之结约,令再制。当时诸侯伯赏之,有"天上地下第一"之名。由是山本氏之名大噪,名曰宇治制。有曰玉露制,天保年间,山本氏已获巨利,于宇治、缀喜之间,共有十八所茶园。至六世嘉兵卫,号德翁,由宇治至小仓村,宿于木下吉左卫门家,戏于焙茶时,以手搅和茶叶如团珠。木下氏患之,德翁转奇其状,购以重价,更令多作,赍归江户,名曰玉露。人争购之,当时一斤值银四十五钱。尔来渐次翔贵,值至七十五钱。尤擅香名。其制造较粗者曰番茶,多粗品,制工尤草率,仅以太阳曝干而已。下总、常陆之间多有之。碎屑者曰粉茶。近年以来,学制红茶,明治七年,劝业寮创编《红茶制法》一书,颁布诸府县,民间始有学制者。八年,驻札上海领事官特聘我国人二名,于肥后之山鹿、丰后之木浦等处学制,而未能得法。又遣委员多田元吉往湖北、江西、安徽等处学习栽培制造诸法,并购觅良种赍归。其后,日本三井银行与一西商又延请华人四十余名,于近江大津郡制造。初颇如法,后以制造过多,不能得利云。又学作砖茶,初,明治九年,多田元吉游历中国湖北咸宁及汉口等处,赍回砖茶,遂于劝业寮中以绿茶粉末拟造,用器械压榨,而未能坚实。十年,元吉又入江南福建,模拟其器赍归。十一年,全权公使榎本武扬由俄国东部陆路归朝,闻俄人素嗜砖茶,购数种携归。至十一年,元吉与上林熊次郎又如法制造,赠之美商。茶商田川某亦传其法,俄人遂与定约购买云。又有学作印度茶者。印度种茶,起于泰西一千八百三十四年,至今五十余年矣。先是,侯爵某上书政府,首倡其议,英国从其言,遂选英人及印度人十三名为委员。阿朔昔州旧有茶树,当印度未入英国版图时,于千八百二十四年缅甸之役,炮船长官巡察其地,并携茶种归告政府。及是,所遣委员遂于阿朔昔州,先建数所茶苗园,并开小制场。至三十七年,暂通制造、焙炼诸法,又遣员往中国福建厦门购种种之,渐及东北诸州。其后政府决议以移植中国种为便,又往安徽、杭州、宁波、福建武夷山购觅良种,植于西北诸州。尔后考论工拙,争以金牌为赌物。植物家又考究树质佳否、土宜如何,一一论究中国焙炼之法,政府并译其书,布告于众。凡种茶之地,虽在绝域深山,政府皆开通道路,以便运输。人民亦争自奋发,益求良法,佐以机器。至千八百六十九年,印度茶之名,竞噪于世。今核印度近年输出之茶,每岁已逾三千一百万磅,卖价一千三百万元。出产不过中国八分之一,然茶价之高,几倍于中国矣。日本自明治七年,遣富田冬三往桑港,经东印度,闻其茶美。至明治九年,遂遣多田元吉为制法视察委员、石川正龙为器械视察委员、梅浦精一为商务委员,均往印度,研究其法。及归,遂以高知县下取自生茶,制以印度之法,果投西人嗜好,乃将其制法遍告各府县,并设传习场,受业者凡五百余名云。日本产茶遍于全国,以宇治为最良。开港之先,惟中国商人于长崎购九州茶回国,再制以充西商之用。又有和兰商人赍茶树五百本移植于爪哇,然西人未有购茶者。及安政六年,横滨开港,米国商人始稍稍购茶。此时茶一百斤不过六七元,仅以当时十二三方之一分银购取,一分银值英国银半元。后增至十六七元。其后输额递加,栽植益盛。至明治二三年,适因中国红茶有伪造者,为美人所厌忌,而日本绿茶乘机得以销售。至明治十一年,输出至二千八百余万斤之多。售于美国者十之九,于英国者十之一。然以制造稍滥,得利转微。政府频年设法维护,于明治十二年开共进会,凡出品者八百四十六家、一千一百七十二品。特撰委员审查其形状,以黑漆盘盛茶叶置于案,外映日光,以鉴别茶叶之长短、紧疏、伸缩如何。色泽、于玻璃窗外，施有色屏障，透入日光，仍以黑漆盘盛茶叶，以辨其润泽、枯燥、纯青、碧黄、驳杂等事。火度、以茶叶盛盘，嗅其香气，以别火度之强弱、熏焦能否适当。水色、茶叶重八分，置之茶铫，注以热汤，经五分时间，倾其液汁，注于纯白茶碗中，以审定清浊、黄碧如何。茶滓、将茶滓倾入白碗，注以清水，细审其形况性质，有无混淆他物。香、如前法，渗出茶液，咀含于口，以辨其薰莸强弱。味、亦如前法，辨其味之甜滑苦涩如何。收藏、即茶叶之香味、色泽，以审定其收藏保护之善否。价格、即是年茶价，以辨高低。性质。以每县每区分别品质，以考其土宜物性。原价、据各家出品人申告书，考其工役费用之多寡，以审定其价。分别八等，以定优劣。其尤者，给以赏牌，民人奋励争进。其豪农富商自种茶园，有辟地五十余町之广，制额二万余斤之多者。比之从前，大有进境云。明治十二年，既开制茶共进会，劝农局长复勉励业茶者曰："尝就现状，以卜来势，日本产茶，虽逐渐拓充，然其利实不足恃，有可虑者六：地之广大、物之丰饶，中国、印度非我所及，一也。此二国者，输出之多、价额之高，又非我所及，二也。红茶气焰，压倒全欧，尚之者十八，假令美国转移嗜好，趋重红茶，则我之绿茶将弃之如土苴、如敝屣，三也。加非一物，美人以供饮料，实居首位，仍虑茶为所夺，四也。印度政府于产茶一业，殚精竭虑，以期进境，未知其所底止。即论今日印度茶价，既挺然特立，高出诸国之上，则其效已可睹矣，五也。中国之从事茶业者，虽比之印度当让避三舍，其政府亦未尝加意保护，然商人能协力同心、互相联络，以趋赴事机，近来益矫宿弊，改图精良，以广开英、美、俄、澳各国贩卖之路，六也。今之产茶只中国、印度、日本三国，然茶之为物，虽产于温带，实宜于热带。假令他日产茶益广，又有第二印度世界现出，亦未可知，是亦不可不思也。方今商务，万国竞争，有如此大敌，如此要事，岂得以日本产茶为天之所授，国之特产，而安坐逸居以图之乎？期所以保此天授，享此特产者，在吾民手段。何谓手段？官民协同一心，以实验征实效。自培养制造，以至贸易，苟有利益，则急起以图，精进不已，务使货美价廉，无复余术，则庶几其可也。"日本自通商以来，当路诸人专以殖物产、兴国益为务，观此可知其概，故附录于此。

茶历年输出价量表

	制茶 量	制茶 价	制茶 平均百斤价（无）	番茶 量	番茶 价	番茶 平均百斤价（无）	粉茶 量	粉茶 价	粉茶 平均百斤价（无）
元年	七,四二九,一二四	三,三四四,九五五	四四九七	一,九五一,二四六	二一一,六〇五	一〇九〇	七一五,一二二	二四一,一九八	三三四
二年	六,二一四,一五六	一,九五四,〇三五	三,〇四二	二,一〇六,三四九	一,四四四,五四	一〇九〇	一五六九,九四四五	四四一,二二八	一七二
三年	一〇,八一六,二三六	四,四四二,三三六	四,〇九六	二,〇二八,四〇六	六,四七三,七五	七一五	四四九九,六五四四	一,〇九三	二五九
四年	三,七二八,三九六	四,六六二,九一四	三,六五二	九,〇三八,四〇〇	三,六〇六,三七五	六五九	四四九〇,六五六九	一,〇〇八	二六五
五年	三,七二五,三九九	四,六六,九四二	三,六六三	九三四,五	三,六六三	三五	三四〇,九六六	九,五五三二〇	一九五
六年	三,〇八六,七九九	四,五三六,九四九	三,七七四	一,五三四,四八	九,二一二	六一	四〇二,五五二	八,七八三二	二一八
七年	一七,八六二,二七五	七,一,九三,八四四	四,〇二七	八四〇,三五八	八八,六三六	〇四二	三三六,二三六六	九,五八八二	二六五
八年上半季	六,三三九,二一一	二,三三九,七四四	三,七七〇	六七八,八八九	三四,六二〇	五〇	三〇八,八九九	一〇,九一〇一	三五三
八年度	一九,六六二,一一一	六,五五九,〇一六	三,三三六	一,八七,〇七	九七,六六六	八二三	九八三,四四三	三三,三三六	三三八
九年度	一七,九四九,四四七	四,九三三,三五	三二五	七三八,二〇三	二五,九三三	三五	一,九〇二,三一二	五六,二〇七	二一九
十年度	一九,二三三,四四〇五	四,三九七,四四六	二二七	四四四五,六六三	一六,一六五	三六	一,二三,五五八	六六,二一一	三〇
十一年度	二一,四〇四八,八八四〇	五,二二八,八七一	二四二	四八八,五四	一七,六八一	三六	一,七五三,二〇	六六,二三一	三二八
计	一六四,六八一,八五五	五〇,七六六,〇五		二,八〇二,四四五	八八,七六六六		一〇,〇五三,六六九	三〇三,三三〇	

三种茶合计比较表

年	三种　量	三种　价	三种计（价，百分比例）	制茶（价，百分比例）	番粉茶（价，百分比例）
元年	一〇,一一五,五九三	三,五八一,七六八	六八弱	六三强	一一强
二年	八,五九九,四五〇	二,一〇二,四一八	四〇弱	三七弱	九三强
三年	一二,三三一,四〇二	四,二六一,六一五	八五强	八三强	六二强
四年	一四,〇六六,八五三	四,〇六六,八七〇	八八强	八四弱	六二弱
五年	一四,七二四,二六一	四,七二三,四一〇	八〇弱	七八强	八二强
六年	一三,三四〇,〇〇九	四,六五〇,九三一	八八弱	七二强	五二弱
七年	一九,一二九,〇三〇	七,一二三,四三〇	八〇强	八六强	五二强
八年上半季	七,三三七,〇五七	二,四二〇,五一七	一三七弱	一三六弱	四一强
八年度	二一,八一〇,〇〇八	六,七一二,八九一	四六弱	四五强	九三强
九年度	三〇,六一五,〇〇八	五,〇六一,四〇八	一二七弱	一二四强	一一强
十年度	二二,八二一,一〇六	四,四〇五,九四二	九五弱	九三弱	一一弱
本年度	二三,六七六,四〇七	五,三〇三,〇八一	八四强	八三弱	一〇弱
计	一八七,五三七,〇一七	五五,三〇三,〇八一	一〇〇	九九强	一〇一强

棉

日本有棉，未详所始。古谓之筑紫棉。《万叶集》沙弥满誓有《咏棉和歌》，称为筑紫棉。神护景云三年，始敕太宰府岁贡棉。迄延历十九年，有昆仑人赍种来，始传其种，《类聚国史》曰："延历十三年七月，有蛮舶漂流至参河，其人以布覆背，左肩挂绀布，状似袈裟。询之，昆仑人也。其资物有棉种。十九年，颁纪伊、淡路、赞岐、伊豫、土佐，及太宰府诸州播种。"中世久绝。至永禄、天正之间，又来自西域。或云天文十一年，葡萄牙商船至丰后，曾以棉种赠大友宗麟，然其时并未栽布也。尔后播种，殆及全国。始制棉花，以明和中周防国人村本五三郎为佳，后以东海、畿内二道为多。然未知产额。至明治七年，始调查内地产额，计自明治八年至十一年，内外供给共二亿四千七百六十四万四百三十一斤，其中输入之数凡一亿三千二百零三万七千九百十九斤，价值四千四百余万元，自英国输入者十之七，自中国输入者十之二，各国输入者不及十之一云。

明治十一年棉产额表

山城	二〇五，二九五	武藏	七二四，六一九
大和	一，〇二六，八九〇	安房	二五，一六四
河内	三，〇〇九，一〇五	上总	一五〇，六五一
和泉	五六七，四六一	下总	三九七，四四〇
摄津	二，五五〇，九四一	常陆	一，一四七，〇〇九
伊贺	七七，九三八	近江	一四七，一四一
伊势	五七〇，〇九八	美浓	三八八，一八五
志摩	一，八四七	飞骋	
尾张	一，六九一，八七五	信浓	三五九，一五八
三河	二，六六二，九七九	上野	二八七，七一五
远江	六一五，〇六一	下野	七一七，八一三

骏河	七一,〇九二	磐城	一九,九三八
甲斐	五七四,三六六	岩代	一八七,六四六
伊豆	一八,九七三	陆前	
相模	一六四,七五六	陆中	四三
陆奥		出云	五一五,三九二
羽前	一〇三,八五五	石见	三二,〇八二
羽后		隐岐	
若狭	五,八二四	播磨	一,六九二,〇六九
越前	一二四,八五〇	美作	二九一,七二五
加贺	八四,五三二	备前	七六四,一六五
能登	八,一二五	备中	一,二二五,六五四
越中	一二,〇三〇	备后	八六四,三四八
越后	三一六,五九六	安艺	一,三〇〇,五二七
佐渡		周防	三九二,八六九
丹波	三三四,五三八	长门	五,七八九
丹后	二一,二四〇	纪伊	五〇三,二九五
但马	三七,一二四	淡路	三四,五〇一
因幡	三三,八六六	阿波	一五,六七五
伯耆	八七一,三四六	赞岐	一,〇七九,七一四
伊豫	三七五,四五七	肥后	一一二,六八七
土佐	一一〇,一二二	壹岐	四〇〇
筑前	三〇,三三二	对马	四四
筑后	五,三四七	萨摩	一八,四六五
丰前	五五,九一九	大隅	二一,三七〇
丰后	六九,七九七	日向	三六,八〇七
肥前	一〇六,一三二	计	二九,九七五,七七一

糖

初，享保年间，德川氏命萨摩国征蔗苗于琉球，始令栽种关东、东海、西海、南海诸国，然未谙制糖之法。先是，庆长中，有大隅国大岛人直川智漂入汉土，携蔗苗归，始学制糖，亦未得法。至宝历中，有赞岐人研究其术，制糖较精。宽政中，赞岐人向山周庆所制尤佳。诸国遂争相仿效。然安政通商以来，输入之额逐年加增。自明治元年至十一年，输入共五亿六千五百余万斤，值价二千余万元。自中国输入者十之九，他国输入者十之一。故近年政府商议改约，亟欲重课糖税，为保护国产计焉。据明治十三年沙糖共进会报告，日本全国每年费糖须九千万斤，以全国户口计，每人每岁须用二斤六分，而内国所产，仅足供半额云。

明治十一年沙糖产额数量表

大和	一，三四三	尾张	二，五三六
河内	七〇，九二七	三河	一九，九七九
和泉	七二一，七八九	远江	六一六，四一四
骏河	八〇三，三六二	赞岐	二二，八四四，一二六
相模	二八，〇一五	伊豫	一，四七〇，八九七
近江	二，一七三	土佐	一，一七五，一四七
若狭	二〇〇	筑前	一〇五，四八五
播摩	二五，六七二	筑后	一七〇，五五〇
美作	一四四	丰后	一一二，二七〇
备前	五〇七，五二三	肥前	三，三八〇，五〇三
备中	二，五九二	肥后	五二一，六二八
安艺	七八五，〇一三	萨摩	四，〇〇〇
周防	四，八三八	大隅	一一，七三二，二九〇
纪伊	一〇五，八三六	日向	二一二，一七五
阿波	一，八二〇，七五八	计	四八，二四八，一九〇

沙糖输入价量表

	类别　年	赤沙糖	白沙糖	棒沙糖	冰沙糖	果子并沙糖渍	合计
量	元年	一七,〇六一,六三	五,四九八,八五二	五一一,四九			二三,〇七一,二六四
	二年	二三,五三六,三六	六,九二〇,五三二	八二六,八八一			三一,二八二,五六九
	三年	五二,七一七,一九	八,八二,二四四	六一一,二四四			六一,三三〇,八〇七
	四年	五二,一九三,八二四	一〇,七〇七,一四四	六一九,九四六			六三,五五〇,九三五
	五年	一三,三一〇,三七八	八,二五五,一九	六四四,四四			四六,五一〇,〇五二
	六年	三七,三九六,八二〇	八,二四〇,六三〇	九一〇,七五二			四四四,四八,一二五
	七年	四七,〇一九,九〇八	九,一四四,〇四八	九一一,〇九四			五七,〇七四,〇四〇
	八年上半季			六三,二九七	三一六,二九六		三七九,四四七三
	八年度	六二,三〇二,一九三	一〇,〇〇四六,四九五	二二七,五六八	九五五,八五〇		六四,四四四,七七六
	九年度	五一,二四,八四三	八,一四九,三七五	一八,四〇九七	七七七,六五〇		六〇,二八〇,三三八
	十年度	四三,〇八八,六〇七	八,八一八,七一八	一二八,〇九一	八〇七,三一〇		五二,八四二,八五〇
	十一年度	四四三,二四二,六六五	九,八四七,四六七	三二三,六六九	七四四,一九七		五五,二三九,一四四三
	计	四六六,二一〇,六八四	九,八四八,九九六	五,八八九,一五〇	三,六〇三,九六六		五五五,三七八,八〇三
价	元年	五二,三三二	三四五,四四三	四四五,九九九			九八,七七七
	二年	一,〇九〇,八九三	五,一四,七一一	四〇三,四九六		三六一	一,七一四,四六六
	三年	二三,三六,九二〇	七〇七,八一一	八,一二二四			三,一〇七,九五七

续表

类别　　年	赤沙糖	白沙糖	棒沙糖	冰沙糖	果子并沙糖渍	合计
量　四年	二,一八八,三一四	八二七,三五八	八九,八四五		一,一〇一	三,一〇六,六四八
五年	一,五六九,九三七	五一四,七一一	九三,九八三			一,七五五,三九一
六年	一,五九九,九五九	五五八,九一九	一一四,四六七		九九五	二,二七四,三四六
七年	一,八八八,九三四	六九四,一〇六	八九,一六八		九六五	二,六六三,一七二
八年上半季	一,五二〇,三一七	三七四,八二五	八,〇七〇	三〇,六二一	一,四四九	一,九五五,二七三
八年度	二,四一〇,四六六	七〇三,二〇七	二四,九五九	八七,三二二	三,〇六一	三,二二二,〇一五
九年度	二,二五九,八八八	五八八,八六一	一七,九六三	七二,八五九	二,八七二	二,八四三,四四三
十年度	二,二六一,二四六	七二六,〇九六	一五,〇〇三	八八,六〇三	五,一七〇	三,〇九六,一五四
价　十一年度	二,一二一,八六八	七〇四,八一一	二六,〇一一	八六,〇一九	三,三五〇	二,九四二,二九三
计	二,二四五,八六八	七,二六三,九九四	七一一,二四四	三六五,四五九	二〇,三三四	二九,六〇六,八九六

沙糖类平均百斤价表

类别 年	赤沙糖	白沙糖	棒沙糖	冰沙糖
元年	元 三一〇	元 六二五	元 八九九	元
二年	四六四	七五一	一二五二	
三年	四四〇	七九六	一三四五	
四年	四一九	七七三	一四四九	
五年	三四七	六二三	一四四五	
六年	四二九	六七八	一二五七	
七年	四〇二	七五七	九七九	
八年上半季				
八年度	三八七	七〇〇		
九年度	四二二	七二三		
十年度	五二五	八二三		
十一年度	四九一	八六三	一,一〇五	一,一五四

米 谷 类

　　日本全国皆食稻米。其土宜稻,故古名为瑞穗国。丰年每有输出,然遇歉岁亦不足自给,每每仰食于外国。米谷之类,有粳米,有糯米,有大麦,有小麦,有稞麦,有荞麦,有粟,有豆,有甘薯,有马铃薯,有玉蜀黍,皆农民所资以为食者。余在东京时,使英大臣郭嵩焘函询日本旱稻,云近年印度苦旱,移植颇宜,曾向故内务卿大久保利通索取。今译其说曰:"旱稻有粳三种,有糯五种,性宜腴沃,瘠土墇田则宜培粪之。分苗插秧、深耕易耨法通他种同。择地以英吉利人华氏所制寒暑针二十度以上为宜,播种于谷雨、立夏前。其收获也,早在九月,迟在十月。若六七十度热,则春种夏收,岁可两熟。其地多雨,虽暑及百度,可无伤,否则择卑湿处,久旱亦不至枯槁。凡三百步地,岁获一石四五斗,大熟可得六七斗。粳宜作饭,糯宜造饼"云。余客日本,知其濒海多雨,其土又宜种植,故因山为田,梯级云上,亦不忧旱荒。今谓种于旱地,宜择湿土,则大旱仍虑无济,若五岭以南,或者迁地能良也。

米输出入表

输出	商米 量	商米 价	平均百斤价 元①	船用米 量	船用米 价	合计 量	合计 价
元年							四〇五
二年							七五
三年							一八
四年							四八七
五年							八

输出	商米 量	商米 价	船用米合计 平均百斤价	船用米 量	船用米 价	合计 量	合计 价
六年	一六,四五一,三三四	五三三,四三〇	三二四	一七一,五四三	五,五五八	一六,六二二,八七七	五三八,九八八
七年	一三,九六三〇,六三九	三一六,二二六	三二六	二六七,四二七	六,〇四五	一四,三二一,八二六	三二二,二七〇
八年上半季	五四三,000	一六,〇五〇	二九〇	六三,一七五	一,八七〇	六〇六,一七五	一七,九二〇
八年度	二〇,七九六,五〇四	三六五,五〇六	一七六	三三,二二五	五八三	二〇,八二九,六二九	三六六,一九

---

① "元",底本无。依本书各表例补。

续表

输出	商米		船用米		合计	
九年度	七〇,六〇五,七二三	一,九三一,〇七四	九一三	一八	七〇,六〇六,六三六	一,九三一,〇九二
十年度	二一〇,一二三,三三二	四,七七二,五二八	七,四四八	一七〇	二一〇,一三〇,七八〇	四,七七二,六九八
十一年度	五五,五二二,六六一	一,四四四,五四六	九,四二三	二四五	五五,五三二,〇八四	一,四四四,七九一
计	三八八,〇〇三,九〇三	八,八三九,三四九	五五二,四三四	一五,五八三	三八八,五五六,三三七	八,八五四,九三二

输入	量	价	平均百斤价（元①）
元年	二〇,九七七,二一〇	四三五,九五五	二〇八
二年	一六二,〇七一,三三三	四,四三一,八八六	二七四
三年	五,三七七,五一〇,七五六	一四五,四九八,一一四	二七一
四年	四一,九五七,八六〇	一,二六〇,一七八	三〇〇

① "元"，原标于右"二〇"之上。依本书例，应标示个位，今依实际计算结果改。

续表

输入	量	价	平均百斤价
五年			
六年	一,九〇九,三〇三	二九,七八四	一五六
七年	一,一七五,三四三	二四,三四三	二〇七
八年上半季	一〇五,六二〇	二,四五二	二三二
八年度	九三五,一八九	二〇,一八八	二一六
九年度	一四,六九三	三四〇四	二三五
十年度	四,一〇〇	一三一	三二〇
十一年度	三八,八五〇	八七四	二一五
计	七六六,九〇〇,二四七	二〇,八〇四,二七二	
总计输出不足额	三七八,三四四,〇一〇	一,九四九,三四〇	

考日本向例禁米输出,近年以扩商务为急,因亦解禁。虽然,米之丰歉为人民性命所关,有未可与寻常商物一律视者。日本人民凡三千四百万口,假一日一口须米四合,一岁所需之米,凡四千九百十四万石,此斤数凡一百零一亿七千六百二十万斤。若一岁不登,缺十分之一,即缺十亿零七百六十二万斤。自明治六年以后,输出之米颇占巨额,共三亿余万斤。然较之前算,不足额不过三分之一耳。明治二三年间,岁偶歉收,村醉细民多有以草根树皮果腹者,然仰给外米,犹七亿余斤。此七亿余斤,较之前算不足额,亦十分之七而已。人第见丰岁盈余,纠集外出,得此集巨金,遂谓米可输出。他日岁凶,亦购外米,固无患也。不知频年输出之巨额,沈不足当一岁凶歉之所需,则不待蓍以待不时之需乎?近来讲求商务者,专以增益输出为要务,其品劣,其价贵,其出入运费利皆归于外商之手,自古以来惟禁输出,要亦有故,未必昨果非而今是也。

海　产　类

海产所出，从前多在西海。自开拓北岛，则壹意经营，以期拓充，多出于北海道矣。内国所用，不及十一，欧美诸国不以海物供肴馔，亦鲜购之者。所销售者，中国而已。闻北海道海产，取之无禁，用之不竭，近以人工培育，益生生不穷。其输入中国，亦逐岁加增，遂为国产一大宗。所输出多干脯之类。近学西法，以熟肉盛锡罐中，竟能千里赍行不至馁败云。其法：用薄铁罐，取鱼肉，割切洗涤，盛之罐中，以盐水一匙注入，即将罐封固，纳以蒸器，以英人华氏所制验温度验之，热至百二十度以上，经历一时许取出，以锥刺盖之中心，使穿一孔，以泄热气，仍闭其孔，再纳蒸器中，又历一时间取出，浸之冷水中，俟铁罐澎涨之处一一收缩，乃拭以布巾，置之冷室，或大气流通之室，则永久可以不败。

海产输出斤数表上

年别	板昆布	刻昆布	鍚	干鲍	海菜	煎海鼠	鳘鳍
元年	七,九三八,三三〇	一,二四四,一三一	六,四二七,一二四	二一〇,二四〇	二四七,一五七	一五,三三六	四九,二六四
二年	二,八四二,七〇〇	二,一二一,八二九	八,五二二,一二一	一三三,一二五	二二一,七七二	二七四,一四〇	七九,九五三
三年	二,七七八,二三五	二,〇九〇,一二一	一,一二二,一七四	三六八,二二六	二七二,二二七	二六九,四二〇	七六,八八一
四年	一五,〇一二,四一四	一,七七七,八八三	一,〇三九,八〇三	四四五,五七〇	二八八,二二六	二四〇,二二六	五五,〇三六
五年	三,三三五,三五七	三,五四二,九二九	一,七二五,二二三	三三〇,九〇	三三三,一三九	三三六,三三九	六二,六六四
六年	三,二〇八,二一四	四,七〇六,九〇九	一,六三五,八六一	五六四,二四九	三六四,二八八	三六四,二八八	一〇四,三〇一
七年	一,六七七,五八八	一,四〇六,四四八	二,六五八,〇七八	七四一,二〇三	五二一,六八四	五二一,六八四	一〇四,〇三二
八年上半季	五,四〇四,一一九	八,〇四四,六一四	五〇〇,八五二	一三三,九三二	一五一,六八二	一五一,六八二	五九,二四九
八年度	一三,八八五,五六九	一,七四七,七〇七	二,一六九,八九九	七七六,三八	八九二,二五〇	四六五,五〇三	二九,六七〇
九年度	二〇,一九四,一四一	二,五三一,九二一	一,六九九,九三三	六六六,三三八	一,〇三二,一一	五四〇,九三〇	一〇七,二一九
十年度	一七,八二四,四八六	二,七三〇,九九八	三,三二七,二二五	六六六,二〇四	一,〇三一,六三	四四〇,九〇九	一〇七,二一九
十一年度	一三,〇二六,五四三	三,九五八,七九七	二,〇二四,六〇九	九一〇,三八一	一,二〇五,八八五	五四九,三三五	一二八,四四七
计	一八三,一七四,〇一六	一九,六〇九,六一二三〇	六,一九,六〇九	六,一四七,四六四,六三〇	七,三一七,八四六,四六二八	四,四四四,四四〇,四九四四	一,〇四九,五八四

海产输出斤数表 下

类别＼年	干鱼	干海老	干贝	贝柱	淡菜	干蛤	十三品合计
元年	一七八,八二七	四〇,三〇〇					
二年	六七,八五九	一九,四九八					
三年	一六七,四九五	三二,三〇〇			四五,六四七		
四年	三三,七〇〇	四九,九〇五			三六,〇四五		
五年	一〇三,五六六	四九,九二三			六〇,五〇二		
六年	一,九八二	五二,〇七〇			一三六,〇五二		
七年	三三,〇〇六	四九,六七二					
八年上半季	三〇〇,九四五	四,三七四	七三,一二〇	三三,七六八	二〇四		
八年度	七七九,八八一	七二,四五五	二〇四,一八三	九五,二八〇	三八,〇六六	八〇,三四九	
九年度	三八三,二一八	七三,三二〇	五九,二二一	六八,九一六	七四,二二一	八二,三四九	
十年度	一,〇二四,八三〇	一五七,六三六	一八八,二三七	一四,九五三	一六七,三四一	五一,〇五三	
十一年度	六七五,八八二	二二五,二三五	一九九,五二六	三六,二〇五	五一,〇五三	一二二,一六	
计	三,七四七,九三〇	八二五,五二一		二四九,一二二		二四九,一二二	

海产输出价格表 上

类别\年	板昆布	刻昆布	鳎	干鲍	海菜	煎海鼠	鳌鳍
元年	一六三,四四八	五〇,八五二	一二五,八五三	六四,五三四	六二,六七九	五四,一〇一	一一,五八一
二年	四五四,六三八	一二一,三四七	一七三,五八五	一〇三,〇七〇	六六,二六二	二二,四〇一	一七,二〇八
三年	四一五,二二〇	八九,三二〇七	一九五,六〇一	一一〇,二三九	九八,二〇二	二二,三五六	二四,五〇一
四年	四七二,七九八	八八,八四八	二〇四,四八四	一二五,五三四	一〇八,三一七	九七,六五四	一七,七〇八
五年	二六六,四九二	一一七,八六三	二七八,九一一	九三,二四二	七八,六六	一四四,〇七九	二〇,三二七
六年	三九七,四四〇七	一三九,七〇〇	二八,〇二九	一四〇,六〇二	一〇二,九二〇	三三,二六五	三〇,六九八
七年	二五九,二六〇	三八,五五四	二八,七三七	一九〇,〇五五	一三四,四四三	一八八,五三五	二九,七六六
八年上半季	七八,二三六	二二,四一一	六二,四四八	三三,五四九	一八六,六五〇	五七,三三九	一五,一一六
八年度	三四八,二〇五	六〇,三五九	二六,九三一	二〇三,〇九四	三〇七,七九四	一八五,三三〇	三六,六五六
九年度	三五八,三〇一	七七,五二九	三一五,五三一	一八七,五五一	一九五,七九一	一八五,七三三	三一,六五一
十年度	三三七,五五六	八八,八〇〇	四〇九,七七五	二〇五,〇九〇	二一八,〇二七	一四六,〇三〇	三三,九三四
十一年度	五四〇,九八八	一二五,三三八	三三〇,八四二	二七四,八一一	二六九,一四一	一八三,六八一	四〇,五二八
计	四,一六一,六二〇	一,〇二〇,八二八	二,三五四,三八五	一,七三一,四〇四	一,八八一,一二三	一,七〇八,〇八八	三〇九,五七五

海产输出价格表下

类别 年别	干鱼	干海老	干贝	贝柱	淡菜	干鲌	十三品合计
元年	五,五五四	九,六一二	九,〇六〇				五五七,二七五
二年	一,三三五	五,三三八	五,〇二五		五,九〇七		一,〇六八,一六七
三年	五,五四三	六,七五七	四,〇四三		四,八〇七		一,〇七六,七一七
四年	九九六	八,六四七	二六,〇八〇				一,六一,二三五
五年	四,九九一	七,一七〇	九二,三三〇		七,六七八		一,一四〇,四六三
六年	一,一四〇	七,六八一	三一,一四三		二,九二二		一,三八二,五四〇七
七年	一,六〇八	六,六一四	三七,九〇〇		九,八三三		一,二七一,二三六
八年上半季	一二,九四九	六〇	一四,〇〇〇	六,一一八	一七	四,五五五	四九〇,九四八
八年度	三七,一〇六	一〇,五三八	三〇,一二三	一〇,六三七	二,九四二	七,五五二	一,五二一,〇五五
九年度	一九,六一七	九,二六七	六,五七三	九,四〇六四	七,五五三	四,一六三	一,四〇九,七一二
十年度	四二,五八五	三〇,二八八	一九,七八一	六,三一二	一三,七四二	二,五八八	一,六六六,四〇〇
十一年度	三四,八四六	二八,七九一	二五,一二五	一四,八九二	一〇,六九九	六,〇四〇	一,八九四,八三七
计	一七〇,三三〇	三,三五三	三一一,五五三	四七,三三三	六七,六七一	二四,八三三	一四,六三四,四九一

海产各种平均百斤价表①

年别＼类别	板昆布	刻昆布	鳎	干鲍	海菜	煎海鼠	鲞鳍	干鱼	干海老	干贝	贝柱	淡菜	干蛤
	元	元	元	元	元	元	元	元	元	元	元	元	元
元年	二〇六	四〇九	一九六〇	三〇七〇	二三三五	二三一一	二五五九	三三一一	二二八				
二年	三八四	五〇三	二〇五三	三一九〇	二九八八	二二一二	二五二一	四九二二	二三二八			一三二	
三年	二五三	四二七	一七五七	二九六〇	三〇四〇	四〇四一	二一八八	三二一二	二〇九二			一三三	
四年	三一五	四〇九	一九六六	二七五六	三八四二	二九三四	三二一八	四一二二	一七三三				
五年	二二一	三三三	一五七〇	二三四五	三三〇五	四二七九	三三二五	四八二一	一四二二			一二六九	
六年	一七二	二一九	一七二四	二三〇六	一八一五	四四九九	二九二四	五七三六	一四一四	一九一五	一八一二	九五〇	
七年	一三二	二五九	一四四八	二五六四	二八七〇	三六一九	一九四三	五〇三四	一四一六	一四五三	二六二〇		
八年上半季	一四三	二七九	一二四七	二五二四	二三八	三七二二	二三五五	四三二一	三九六	一九一五	一八一二	八六三	
八年度	二五一	三二四	二三〇	二八八三	三六七七	三六六三	三〇六三	四八二	二九六	一四七五	一二五	七七三	
九年度	一七八	三〇六	二〇四四	二七七二	二二二七	二三九七	二九五	五二二	二六八	二二一〇	二六七三	一〇一八	五〇七
十年度	二〇六	三二三	一四〇四	三〇四四	二二三九	二三三九	三一四四	四一六	二八七	四〇五	二六〇	八二一	五〇七
十一年度	二二九	三一六	一六三四	三一〇九	二二五五	三三七	三二五	五一六	二七九	一二五九	四二五	八〇一	四五七

① 本表各栏所标单位"元"字，原均标于右之一之字右上，较实际计算差一位。今依实际计算结果改。

石　炭

石炭自长崎、高岛诸坑用西法开掘，亦为国产一大宗。

石炭输出表

	量	价	平均百斤价①	百分量	比例价
元年	二七,七六九,0七九	八四,二八0	三0	八强	一0强
二年	五五,八0五,0四0	一八二,五八一	三三	一七弱	二二弱
三年	九四,0九二,六七三	二九八,三四三	三二	二八强	三六强
四年	一0七,一七四,八五五	三二四,九八一	三0	三二弱	三九强
五年	九七,八九七,三0三	三三五,九一五	三四	二九强	四0强
六年	二四五,八九四,八五一	六二八,0八九	二六	七三强	七六弱
七年	一九七,五六七,九六0	五五五,三四0	二八	五九弱	六七强
八年上半季	六三,0四四,四五三	五0四,六二一	八0	一九弱	六一强
八年度	三二,0八三,九一八	九六,二五一	三0	一0弱	一二弱
九年度	二二一,一九四,二五八	五0九,0九四	二三	六六弱	六二弱
十年度	三四七,五0六,四六三	九二二,六四一	二七	一0四弱	一一二弱
十一年度	三三五,二六六,八六五	八二四,六0四	二五	一00	一00
计	二,一0九,三0七,七一八	六,二二四,五0九	三0	一00	一00

① 底本如此。此栏所标数字均在个位以下，所标"三0"，当即"0.三0元"之意，余类推。

铜 铁 铅

未通商前，惟中国与和兰兰在长崎互市。其时乍浦购铜之船每岁一至。惟德川氏主政时，岁限船额，限购铜数，所购亦不多。至近年来，间一购买而已。铁、铅二物，国产不足供用，外国多有输入者。

铜铁铅输出价量表

	类别 年	丁铜	矿铜	板铜及铜线	铜质废铜	铸及废铁	铅	铁	矿物	合计
量	元年		五,七一六		一0,五五六		六八八,一二五	五一,八九0		
	二年		一八一,二六六		六0三,六一六		二五,五00	一六,八00		
	三年		二二,三七二		五五0,一九八	八0,五九五	四,000	三四二,一五六		
	四年		一,二六七,0六0		五,六一六,四四二	一二一,0三四			二六,二00	
	五年		一,二六七,0五三		五,六六,四五五	二一,0三四	五六,二00	一二,一00	三六,八五0	
	六年		一,二四0六,0二六		四七,一七六	二七七,二二三	一六,六九四	九,二00	三三,四四0	
	七年		九九,四四三		三,一八一,五四四	四四0,六0九五	二二二,八0五	二,一八二	二,一八二	
价	八年上半季	一,九五一,九	一四0,三三0	九,0五一	八,一五,六七一	五0,一二八	五0,二八一	三0,0六五	三四,三五一	
	八年度	一,九五三,七	五二一,0六八		九,0六,一九八	三八,七六六	一00	一六,0九五	三四,二三一	
	九年度	七七二,三四九	八二,九二一		三三五,七三五	一,二三四		二三,五五0	二七,六七三	
	十年度	二,五八八,三三四	八八五,八六三		四0九,三三0	二三五,五四五		五二一	八五,九八一	
	十一年度	二,四四0,六六八	二二,八五,七八0		三一四,七0八	一,五九八			五五九,九七五	
	计	六,0八三,八0七	六,0六九,一0八		一八,0三九,九七		五0,一八一	三,一00,七七五	三,二一九	

续表

类别＼年		丁绸	矿铜	板铜及铜线	铜铁镤镯	蔗及蔗糖	铅	铁	矿物	合计
量	元年		八,六八六		一九,五四0		二五,二0六	一,0三七		六四,四六九
	二年		二八,一一0		一二0,六七九	五五五	一九七	八七二		一二一,三0四
	三年		二八,一一0	七三,五五七	一0六,五一一	六三,三一九	二八六	一二,七三三		二八,五二五
	四年		三七,三六七	一0七,八七九	六二三,三四八	一七,三七六			六三0	二八,五二五
	五年		一九四,三0八	一二一,一一0	八八六,九二一	一四五,0二二	二八,六六六	七四四	三七,一七	一,五八八,七,二三0
	六年		一二二,0五六	三七,八二三	七四0,八0八	三一,五0八	二八,六六六	四六0	三七,二五六	九二,四九,八四八
	七年		一七,六三一九	二六,八一0	五0五,九五八	九二,四二七	一0,七一八	四六0	二,一二三	六五五,四四五八
	八年上半季	三,八八七	二七,九三九	二六0	一七二,七三七	六,0一一	二一五	九0二	一,一二	二四二,00二
价	八年度	三九,七四0七	一0五,0四一	二0六	二一四,0八七	七,四0一七五	八	四,九四二五	二,四0七	三五一,七一五
	九年度	六六,三九八五	一五八,八二一	一九,七0一	六九,八七八	二00		五六0	五,八九	四二,五一,七六五
	十年度	四0,二二九	一五,四八六	一五,五八八	七一,三七0	四一,七七		九	二,00四	七八,四0一七
	十一年度	四四五,四四九九	二0八,五0三	六六,二0六	五,一八八一	二四二		二0一,七四九	一四,0二二	七九,二一四
	计	二八六,一三七	一,一七0,二三三	八八八,二三六	二,九六六,六六六	六三二,八四三	一六七,六六一	二0一,七四0九	二五,八八七	七,000,七二一

铜铁铅类平均百斤价表

年＼类别	丁铜（元）	矿铜（元）	铜板线（元）	铜贵铜（元）	铸溃铸（元）	铅（元）	铁（元）	矿物（元）
元年		一、六四六四		一、七九九		五、二二	二、〇〇	
二年				一、九九九	一、二三四	七、七九	五、二〇	
三年		一、五〇一		一、九三六	七八三	七、一五	四、〇二	
四年		一、四八一		一、三六六	八二三			二、四一
五年		一、五五〇		一、五七九	一、一五四	五、一〇	六、一五	一、〇一
六年		一、七七二		一、五八三	一、五六二	五、七二	二、四〇	二、二二
七年		一、七七二		一、五九〇	一、六九三	四、八一	二、一八	一、五六
八年上半季	二、六六七	一、九一一	二、八八四	二、〇九二		五、一一	三、〇〇	一、九六
八年度	二、〇三六	二、〇〇八		二、二二〇	一、九二八	八、〇〇	二、七五	
九年度	二、一四〇七	一、九一六		一、九六一	一、六二二		二、三八	二、二三
十年度	一、九〇四	一、八六八		一、七四四	一、二九五		一、七九	二、三三
十一年度	一、八九三	一、六二二	一、九六二	一、六四八	一、五二一			二、四九

诸细工物类

所出漆器、木器，铜器多精雅工致，中西诸国多喜购之。然性不坚牢，不堪用也。西人喜其华美，颇以充几案同物，故亦为输出一宗。

诸细工物类输出价格表

类别　年别	陶器	扇子	镶器	屏风	漆器	伞	竹器	铜器	合计
元年	二二,0一四		三三二	六四	一七,0六五		四六二	五,0八六	四六,0一四
二年	四0,七0三	一九二	八九九	四一一	一,九0九	二0四	二八七	二0四	七,九一0
三年	二六,二三五		一,七六四	三七	四三,一九八	三一六	三,一五二	九八六	七四,八二三
四年	二二,三五四	二,0五四	一七,六三0	一七五	六0,三八六	二八	五,三0九	二四六	九二,五三六
五年	四五,五三一	一四,一四二	一七,六三0	六三二	八八,0二八	七,0四二	二,七五九	一0,二五一	一九0,九八八
六年	一六,四八0	四0,六五六	四二,四八八	四,八八0	一五,四四五	一六,四一五	一,五六六	九,二七二	一四0,二三六
七年	一0八,六七五	九0,九七五	二四0,九六六	三,八九六	二二,二00	二二,0五六	四,0六五	四,七七五	四四八,二六三
八年上半季	五0,一七二	三六,五四二	一八,五八四	三,0九九	九,四七七	一八,三四二	一六八	一,四八0	二二二,一七九
八年度	一0三,二三三	三七,二三二	一三,八八二	四,三八四	三三,六七九	八,五八九	三,0三八	三,九八六	三一九,二三九
九年度	七七,九0二	三七,一五二	一,四五三	五,二一一	四0,0三三	五,二四0	三,六八六	三,六九六	三九0,九四二
十年度	一四四,八三0	一五,六六一	二六,六六九	一0,二一五	一七,0四六	八,二四0	五,四四五	五,三二四	五七三,五四四
十一年度	一九0,六0八	一六,六一一	二三,九一	一六,六三二	一五,二四二	九,四0二	五,一八八	五,一八二	五七一,五六八
计	九一四,六三三八	七八五,三三三八	八一六,六四	四九,二二三	一,二九三,三八八	九六,八八八	三四,二八八	五六,九0八	三,四四一,四0四二

全国物产

自明治七年，饬令诸国调查物产，编制为表，故每岁国产可知其概。合全国物力，计岁出五亿余万而已。凡输出巨款，既分条胪载，其余各物，今据明治八年所编表，具列于左，俾今觇国势者，知其盛衰焉。输人之物，如绒毡之类，每岁耗费金银不下千万，皆购自欧美诸国，为日本国所无者，已录《食货志·商务》中，今不载。

明治八年府县物产金额增减比较表①

府县名	金额	前年比较 增	前年比较 减
东京府	九，五一○，五五三｜四八五	五，二五九，五○九｜九八七	
京都府	一○，六七八，七○四｜六九		五，六○三，一九九｜八六九
大阪府	六，八八六，○四四｜八○一		二，六九八，七四二｜四二五
神奈川县	四，一八四，六一七｜五六四		一四○，二五七｜三九六
兵库县	三，四一九，五八二｜四二七		三，二一八，二九九｜七四三
长崎县	六，○三九，二八九｜四五二	二五二，八二○｜六五	

① 表目中竖线左为整数，线右为小数。"减"栏中一位与二位小数，疑脱"○"。

续表

府县名	金额	前年比较（增）	前年比较（减）
新潟县	一六,九三七,七一五　六三二	三,六七九,一五七　一〇九	
埼玉县	五,二九八,一〇〇　七四九		一八三,九二九　六五
足柄县	三,六二三,九六九　七三八		四二,一一九　五四二
千叶县	九,二五三,二八八　二九八		五三九,〇八三　五九二
茨城县	八,一六八,三五七		一,九四五,一三五　三一九
熊谷县	一二,五七三,七六六　五六四		四七七,八八八　七四二
栃木县	八,三八三,〇六四　六七七		一,四四四,〇四五　八七二
奈良县	五,二四一〇,〇六二　三二		一,七六〇,九五九　四一三
柜县	四,三七九,六九八　九九九		一,〇〇六,四六七　九九
三重县	五,二九七,四三五　七〇四		七八九,七七六　一六四
度会县	二,八〇三,三三七　四五八		一,一五,一六六　六
爱知县	一一,六六八,一一九　七六六		三,五八〇,八一七　二四一
滨松县	三,三〇四,七七六　八四		五三二,三三　五七七
静冈县	三,七五,八三　一九五		三六二,三三　八一五

续表

府县名	金额	前年比较 增	前年比较 减
山梨县	五,九一七,〇一一　三一一	八四八,〇一〇　二六九	
滋贺县	七,四〇一,二六九　三五八		八三三,四四九　一七
岐阜县	七,三九六,二四〇　三二二		五二五,二〇一　四九三
筑磨县	五,六六九,二〇五　八一八		九五二,六五五　三七
长野县	五,〇三〇,八一四　八九二		七一一,〇九九　四二七
宫城县	四,〇〇八,四五三　五九五	九七,三一六　六一	
福岛县	四,四〇七,六一七　七八三	九八八,九〇四　九二八	
磐井县	七,一五〇,八七〇　八二二	三,八八〇,八四二　七五九	
若松县	二,七二二,七三五　九二三	三二八,六六六　二八七	
旧盘井县	二,九七一,一五八　九二八		一,四一七,九五九　三
岩手县	二,一四〇,八一八　三一		三〇八,三五五　一二五
青森县	二,七一一,〇四〇　四五八		四三二,一四五　一二三
山形县	二,二三〇,一〇三　一二一		一四二,五三一　六
置赐县	二,四二九,九八三　二九三	二〇四,五一九　二三五	

续表

府县名	金额		前年比较 增		前年比较 减	
鹤冈县	八五〇,一一一	二四四			一,二八二,五三〇	五六六
秋田县	五,五〇三,二七八	二一			三〇〇,六九二	七八
敦贺县	六,四八七,七二一	九二			九一九,四〇八	五二六
石川县	五,九七五,〇三七	四九六			六七二,四〇二	五〇五
新川县	六,八五一,六二五	七二			七四一,八三	六三九
相川县	六六五,六〇一	八九			四三,八一六	三五一
丰冈县	四,二二五,二三〇	三一七			八九六,八八八	八九二
鸟取县	三,一八〇,三三一	六二			一八二,九六八	八六七
岛根县	三,四九三,九〇八	一	六五,二〇七	一〇六		八六八
滨田县	二,二三四,一七四	二〇六			二七五,七四〇	五四五
饰磨县	六,七九九,九三五	一〇六			一,二九七,一七四	八七五
北条县	二,一六九,二〇六	九七二			五六一,〇三五	七二四
冈山县	八,五四五,八一〇	四四八			八四一,九〇三	三〇七
广岛县	六,八八八,八一一	五六五			一,四七二,九二三	二八七

续表

府县名	金额	前年比较（增）	前年比较（减）
山口县	一五，三七七，一九一·三八五		二六六，九二九·三二
和歌山县	三，八九九，二二一·二一二		一，〇一九，三二四·五四五
名东县	一〇，三六五，九四四·九二四		三，三二一，七七二·八二
香川县	六，四三二，八一〇·六四六		
爱媛县	六，八三四，一〇九·三二九	一二八，七五七·五八	
高知县	五，八二〇，〇四三·五五八		二七一，一五七
福冈县	四，〇六六，二四三·四四八		一，六五五，八四四·三八一
三潴县	三，六九〇，四三一·九〇六		一三〇，八八六·四三三
旧小仓县	二，六〇九，三六一·二四六		三一一，七二八·五九三
大分县	四，六〇四，五八七·九五六	五六六，一三九·四四五	
佐贺县	三，九二四，六七六·五七六		五三六，三四九·一五二
熊本县	八，〇五七，四四四·八四四	一，〇九八，五一五·五七九	
宫崎县	四，一九二，五四〇·六七一	一七五，一七四·四八七	
鹿儿岛县	二〇二，三四〇·二四〇		一〇四，八九七·一八五
合计	三四七，一八一，二八五·七七		三，六〇六，一二九·一三八

明治八年全国物产种类金额总计表①

种类	金额	种类	金额
谷类	一五八,一0二,五三七.五0五	粉类	一,七0七,四四四.四
蔬菜类	一0,四七六,八六六.四二二	种子类	六,二0九,八三八.二五三
果实类	一,0七一,八九二.三六二	菌类	二00,三三0.七0四
海菜类	三三0,五二八.九五四	药种类	三五九,八四一.八六
制药类	五八三,0二二.八一	酿造类	三六,九五七,九二0.二二四
油蜡类	五,八七六,七五五.六0九	鸟类	一,0八八,00八.一七六
兽类	五,五九四,0八一.九六五	虫类	二,七一七.三五
鱼类	六,四六三,五0一.六八一	甲贝类	三九七,七三五.九五五
饮食类	一六,四四二,八九七.九五五	金银铜铁类	一,八五七,二七九.八二二
玉石矿土类	一,0八二,八九四.八九五	神器佛具类	一0二,二一九.六
农具类	九七七,九一六.四0六	工具类	三二二,三一七.一五五
器械类	一,四0九,三六六.八二一	金属制造类	三,一一0,三四二.七七五
舟车类	五七五,0四九.七八一	蚕丝类	一0,0一一,二四八.七五五
绵类	六,0一六,二00.三八一	麻类	九五三,八一七.七九五
制丝类	二,一一四,九七四.三六二	织物类	一四,二九六,六六六.五0九
缝物类	一,七三九,0四九.一一	染物类	二三六,六四九.五六
修收具类	一,三00,0四五.八一一	染具类	二,八一七,四六二.四一一

① 表目中竖线左为整数，线右为小数。

续表

类	数	数	类	数	数
谷类	一五八,一〇二,五三七	五〇五	粉类	一,七〇七,四〇四	四
绘具类	四八,五二四	四五	胶漆类	一三六,九四六	一二六
文房具类	五四二,七四八	五一三	图书类	七〇五,二一七	三六六
漆器类	九一五,四八一	二〇六	陶器类	一,七〇三,四五八	一二一二
指物类	六六九,七四〇	五六	挽物类	六〇,九八九	五七八
藤竹制造类	三六一,七二二	九六	蒿草类	一,一七三,〇四四	一四一
桶樽类	八六〇,七七〇	八六八	曲物类	二六,四二一四	二〇九
竹木类	三,六六二,一六六	八	植物类	一四五,〇四三	九三一
皮叶类	六,四〇七,〇九八六	四一	纸类	四,四〇二〇,一五五	九四一
皮革羽毛类	三三五,三七六	四九六	履物类	二,一〇五,七三三	六二一
网绳类	一,三二一,九〇七	二四一	薪炭类	一,二八六,五一〇	八一八
玻璃类	六六,四八〇	九八八九	肥培饲料类	四,六八一,六九二	四九一
玩物类	一八一,一八一	二四	杂类	二,五一一,二一二	四九四
总计				三四七,一八一,一,一八一,二八五,〇七七	

卷三十九　物产志二

全国物产　金、银、铜、铁、铅、石炭、硫黄、水晶、米、麦、豆类、菜蔬、烟草、茶、花卉、樟、松、杉、桧、橿、樱、梅、竹、柿、蜜柑、蚕、鱼介、海参、干鳆、鲣节、鸡、鹜、雁、鸭、鹤、牛、马、猪、豚、锦、绫、缩缅、丝、纸、酒、盐、酱油、蜡、油、樟脑、铜器、漆器、螺钿细工、陶器、刀剑、扇、团扇、锦绘。

山城国物产　砥石、葛野郡及相乐郡木屋村。石、爱宕郡白川村、相乐郡木屋村。黄土、纪伊郡深草村。大萝菔、爱宕郡圣护院村及近村。下同。大芜菁、水菜、葛野、纪伊二郡。下同。芋、慈姑、莼菜、大池。盐、葛野、纪伊二郡。芍药、久世、缀喜二郡。下同。薄荷、天门冬、茶、宇治、纪伊、久世、缀喜各郡。梅实、久世、缀喜二郡。栗、葛野郡。下同。杉、竹、乙训、葛野二郡。笋、乙训、葛野、纪伊、宇治各郡。松蕈、乙训、葛野、爱宕、宇治、纪伊各郡、鲤、淀、宇治二川。下同。鲫、年鱼、桂川。织物、京都。下同。绣物、染物、丝绦类、针、金银铜锡器、金银箔、漆器、陶器、纸类、石炭、各郡。白粉、京都。下同。光红、木偶人、毛植细工、扇、团扇，京都及伏水。土偶人。伏水。

大和国物产　水晶、吉野郡洞川村。白石英、同郡。下同。黄石英、矿石、蛇骨石、磁石、辰砂、马脑、山边郡。石、添下郡。下同。白垩、云母砂、宇陀郡。磬石、宇陀、吉野二郡。滑石、平群郡。下同。水瀧石、禹余粮、添上、平群二郡。绿青、添上郡。下同。银云母、白砂、十市郡。金刚钻、葛下郡。下同。金刚砂、芜菁、广濑郡。佛掌薯、宇陀郡。百合根、添上、添下、吉野、城上、高市、山边六郡。牛蒡、添下郡。葱、葛下、城下、高市三郡。蚕豆、添上郡。蒟蒻、吉野郡。葛、吉野、广濑、宇陀、城上四郡。菜种、平群郡东安堵村。西瓜、葛上、葛下、吉野、城上、十市、山边六郡。甜瓜、城下郡。胡瓜、高市郡清水谷村。山葵,十市郡樱井村。茶、各郡。下同。烟草、蓝、平群、添下、葛下、宇智、吉野、宇陀、城上、城下、高市、十市十郡。红花、十市、山边二郡。麻苎、宇智、宇陀、高市三郡。蔺、平群、广濑、添下三郡。茯苓、广濑郡古寺村。人参、吉野郡。芍药、吉野、城上、山边三郡。当归、葛上、葛下、吉野、高市、十市五郡。地黄、葛上、葛下、忍海、宇陀、城上、城下、高市、山边八郡。川芎、宇陀、城上二郡。吴茱萸、葛下、宇陀二郡。大黄、宇陀郡。下同。黄芩、龙胆、宇陀郡菅野村。独活、平郡、宇陀、高市、山边四郡。桔梗、葛上、忍海、十市三郡。防风、宇陀、山边二郡。牡丹、吉野郡山谷村。木附子、宇智郡。楮,葛上、葛下、宇智、吉野、十市、城上、宇陀、山边八郡。材木、添下、吉野、城上、高市四郡。椢、吉野郡。梅、添上郡桃香、野月濑二村,十市郡大福村。桃、添下、平群、广濑、葛下四郡。下同。梨、李、广濑、葛下二郡。柿、添上、添下、山边、宇陀、城下、高市、葛上、葛下、广濑、平群九郡。石榴、葛下郡蚁壁村。橙、葛下郡曾根村。枇杷、平群、广濑、葛下、忍海、十市、山边六郡。二度栗、山边郡。蜜柑、平群、葛下、忍海、城上、高市、山边六郡。棕榈、城上郡金屋村。菩提子、平群郡。椎茸、吉野、宇陀二郡。岩茸、吉野郡。松蕈、添上、平群、广濑、城上、宇智、吉野、山边六郡。水苔、山边郡。蚕、山边郡丹波市村。年鱼、宇智、吉野二郡。下同。鲤、鲫、鲢、鹿、添上郡。木棉、各郡,缟及绀绁木绵帜地类。曝布、添上、添下二郡。足袋、添上郡奈良。酒、添下、城下、十市、葛下四郡。霰酒、添上郡奈良。烧酎、广濑、郡川合村、葛下郡新庄村。酱油、广濑、葛下、城上三郡。油、添上、添下、平群、葛下、葛上、忍海、城下、山边八郡。绵实油、城下、葛下、宇智、吉野四郡。柏油、宇智、吉野二郡。索面、添下、城下、十市三郡。干瓢、平群、葛下、城上、城下、高市、十市、山边六郡。葛粉、宇陀、吉野二郡。下同。蕨粉、葛果子、吉野郡吉野山。下同。樱渍、奈良渍、添上郡奈良。冰豆腐、葛下、宇陀、吉野三郡。鲇煎饼、吉野郡下市。下同。鲇鲊、陀罗尼须计、同郡洞川村。前挽锯、宇智郡。铜真输铵类、添下郡。下同。陶器、瓦、添下、葛上、宇智、十市四郡。莛、广濑郡广濑村。纸、宇陀郡。杉原纸、吉野郡。下同。漆漉纸、漆器、吉野、十市二郡。松炭、广濑、葛下二郡。栎炭、山边郡。墨、添上郡奈良、高市郡观觉寺村。笔、添上郡奈良、添下郡郡山。胶、高市郡。漆、添下、宇智、吉野三郡。皮笼、城上郡马场村。吉野膳、宇智郡。团扇、添上郡奈良。雨合羽、高市郡八木村。革沓、添上郡奈良。雪踏、同所及高市郡。草履、葛上、十市二郡。土偶人、添上郡奈良。下同。鼓皮、角细工、添上郡。笼细工。十市郡田原本村。

河内国物产　金刚砂、古市郡飞鸟村，石川郡春日、山田二村。蚕豆、高安郡。甜瓜、茨田郡。下同。西瓜、干瓢、志纪郡木本村。茄子、交野、茨田二郡。莲根、茨田郡。莼菜、丹南郡狭山池。紫草、石川郡山田村。下同。茜草、实绵、涩川郡植松村。麦门冬、锦部郡小盐村。葡萄、石川郡富田林村。茶、锦部郡。柿、同郡天野山，下同。松蕈、鲫、茨田郡点野村。鳗鲡、赞良郡堀沟村。缲绵、涩川郡植松村及诸村。下同。打绵、纺丝、合丝、染丝、白木绵，茨田、若江、高安、锦部四郡诸村，俗称为河内木绵。三宅缟木绵，丹北郡三宅村。糒、志纪郡道明寺村，俗名为道明寺。索面、交野郡津田村及诸村。冰豆腐、石川郡千早村。胡粉、河内郡神井村。团扇。志纪郡小山村。

和泉国物产　青石、日根郡箱作、淡轮二村。丹、大鸟郡堺市之町。

赤小豆、日根郡日根野村。烟草、日根郡新家村。茶、和泉郡。下同。蜜桔、松蕈、鱼类。大鸟郡堺浦，其他三郡诸浦，樱鲷最为名产云。白木绵、大鸟郡诸村。纹羽、日根郡樽井町。摸样织段毡、大鸟郡堺车町。袋真田、大鸟郡及和泉郡大津村。下同。酒、酢、泉南郡。绵实油、大鸟郡诸村。白下砂糖、日根郡诸村。庖刀、堺。陶器、大鸟郡凑村、泉南郡津田村、日根郡深日村。生白粉、堺甲斐町。下同。唐土荒粉、线香、堺町诸所。木栉。日根郡泽村。

摄津国物产　御影石。莵原郡住吉村。芜菁、东成郡天王寺村。萝卜、西成郡天满、丰岛郡椋桥村。慈姑、岛下郡吹田村。西瓜、西成郡市冈新田。烟草、岛下郡服部村。草绵、住吉郡平野村。芦、岛上郡鹈殿村及西成郡诸村。茶、莵原郡岩屋村及武库、有马二郡。种树、自丰岛郡细川谷输出池田村。松蕈、莵原、八部二郡。鲷、海滨。下同。鲳、鳢、牡蛎、鳖、西成郡野田。牛、神户。帆木棉、西成郡。酒、河边、武库、莵原、八部、有马五郡，其中池田、伊丹、富田、茨木滩等最有名。下同。烧酎、味淋、河边、莵原、八部三郡。酢、河边、八部、有马三郡。酱油、河边、莵原、有马三郡。冰砂糖、大坂。下同。鲷味噌、油、住吉郡远里小野村及河边、武库二郡。池田炭、丰岛郡池田村。黑烧药、大坂高津边。纸、有马郡名盐村。陶器、岛上郡古曾部、有马郡三田。菅笠、东成郡深江村。伞、大坂。下同。烟管、鲸细工，藤细工、竹细工、有马郡汤山町。唐弓弦。东成郡玉造村。

伊贺国物产　云母、名张郡下比奈知村。磨砂、山田郡莲池村。石灰、阿拜郡上柘植村、伊贺郡泷村。年鱼、阿拜、山田、名张三郡。五棓子、山田、伊贺二郡。薯蓣、山田、伊贺二郡。下同。蒟蒻、芍药、川芎、木通、茶、阿拜、伊贺二郡。藤柿、各郡。白榧、阿拜郡西山村。松蕈、阿拜、山田二郡。葛粉、名张郡梁濑乡。菜子油、各郡。陶器、阿拜郡丸柱村。伞。

阿拜郡上野。

伊势国物产　水晶、员辨郡石榑乡、横谷、水晶尾,三重郡水泽山。轻粉、饭野郡射和村,石灰、员辨、三重、铃鹿、度会四郡。米、各郡。下同。麦、蜀黍粉、度会郡道行、灶愓、柄浦,俗名养老粉云。菜种、各郡。蕨、多气、一志二郡。薯蓣、多气郡五佐、奈油夫二村。萝卜、度会、饭野二郡。葱、度会郡土路西条村。茄子、同郡查樫原村。瓜类、度会、一志二郡诸村。干瓢、度会郡高向来二村。山葵、同郡大郎生村。葛、多气郡楠村、一志郡八知村。苣、度会郡山田外数所。蓝、度会、饭高、饭野、一志四郡。烟草、度会、多气、饭高、一志四郡。蒟蒻、饭高、一志二郡。苎麻、饭高郡舟户村。当归、同郡田引外诸村。芍药、同郡神殿外二村。茶、各郡。蜜柑、饭高、多气二郡。枇杷、多气郡山大淀村。柿、度会、多气二郡。涩柿、度会郡三村。桃、一志郡二村。下同。榁、楮、油桐、度会郡诸村。薪、度会、多气、饭高、一志四郡诸村。下同。材木、松蕈、度会郡诸村。椎蕈、多气、一志二郡。鹿角菜、度会郡诸浦。下同。和布、鹿尾藻、石花菜、青海苔、蚕卵纸、三重郡八王子村。鱼类、度会、多气、饭高、一志四郡诸浦。下同。海鰕、熨斗鳆、时雨蛤、桑名郡桑名、三重郡四日市。纻子纱、安浓郡清水、内多二村。木绵织、各郡。下同。绵、生丝、员辨、三重、饭高三郡。酒、各郡。酢、度会郡山田外二所。味噌、各郡。下同。酱油、盐、多气、饭高、度会三郡。索面、铃鹿、三重二郡。鲣节、度会郡诸浦。油、多气郡斋宫外二村。漆、一志郡八知、兴津二村。锅釜、桑名、奄艺二郡。陶器、朝明郡小向村万古烧、三重郡四日市、支氏、野烧及饭高郡下村。土器、度会郡世古村。瓦、各郡。楚、度会、饭高二郡。苫、饭高郡诸村。竹火绳、铃鹿郡关驿。菅笠、多气、度会二郡。春庆涂漆器,度会郡山田。炭、多气、饭高、一志、度会四郡。松烟、三重、铃鹿二郡。纸、饭高郡深野村。形纸、奄艺郡白子寺家村。纸烟草袋、多气、饭野、度会三郡。雨衣、多气、度会二郡。石张皮笼。度会郡。

志摩国物产 茶、英虞郡鹈方外五村。和布、各郡。下同。荒布、鹿尾藻、神仙菜、鹿角菜,答志郡。石花菜、英虞郡。鲷、各郡,下同。鲣节、英虞郡坂手外十一村。下同。鲻、鲆鱼、答志郡鸟羽、浦外二村。海虾、各郡。下同。海参、鳆、熨斗鳆、真珠、英虞郡。贝类。答志郡。

尾张国物产 紫石、春日井郡玉野川。床石、丹羽郡。磨砂、爱智、知多二郡。萝卜、中岛、海东二郡。莲根、海西郡。甘薯、春日井郡。蓝、海西、海东二郡。下同。蒲穗、茶、叶栗、丹羽、春日井、知多四郡,以春日井为最。鲷、海滨诸郡。下同。鲹、鲻、知多郡,下同。海参、海鼠肠、干虾、大野。木绵织、知多及诸郡。鸣海彩缬、爱智郡鸣海及名古屋、知多郡有松。名古屋织裤地、爱智郡名古屋。结城栈留织,中岛、爱智二郡。佐织缟、海东郡。春夏蚕白生丝,叶栗、丹羽二郡。绵、海西、海东、中岛、叶栗、丹羽、爱智、知多七郡,以爱智为最。绸丝、海东及诸郡。盐、知多郡。味噌、海西、海东、叶栗、丹羽、爱智五郡。酱油、知多及诸郡。酒、海西、海东、叶栗、丹羽、春日井、爱智、知多七郡,以知多为最。保命酒、知多郡。忍冬酒、丹羽郡稻置。酢、知多郡。绞油、海西、海东、中岛、春日井四郡,以春日井为最。荏油、丹羽、春日井二郡。麸、海东郡津岛。干温饨、知多郡名和。药种类、春日井郡。陶器、春日井郡濑户、赤津,丹羽郡稻置,知多郡常滑。七宝烧、海东郡诸村。丰乐烧、爱智郡名古屋。陶器画药、春日井郡。玉蓝、海西、海东、中岛三郡。扇、爱智郡名古屋。团扇。海东郡津岛。

三河国物产 云母、额田郡。御影石、贺茂郡。钟乳石、设乐郡。下同。名仓砥、石粉、贺茂郡。甘薯、碧海、宝饭、八名三郡。茶、各郡,以幡豆为最。楮皮、贺茂、八名二郡。海苔、宝饭郡。干酏、宝饭、渥美二郡。海参、碧海、幡豆、宝饭、渥美四郡。海鼠肠、幡豆、宝饭、渥美三郡。以上二品,幡豆郡以佐久岛为最。春茧青白丝、碧海郡。绵、幡豆及诸郡。下同。木棉、縐丝、碧海、幡豆二郡。味噌、额田及诸郡。盐、碧海、幡豆二郡。酱油、碧海及诸郡。下同。酒、酢、碧海郡,下同。索面、绞油、额田、渥美二郡。漆、贺茂、八名二郡。纺锥、幡豆、宝饭二郡。燧金、额田、渥美二郡。陶器、幡豆郡。麻绳、额田郡。纸、贺茂、八名二郡。炭、贺茂、额田、八名三郡。鱼笼、八名郡。

远江国物产　石脑油、榛原郡海老、江平、田东、中菅谷四村,由秣场涌出。石灰、敷智、引佐、粗玉、丰田、周智、榛原六郡。大角豆、佐野郡。下同。茄子、白甜瓜、干姜、长上郡。茶、各郡,下同。蜜柑、杨梅、城东郡。柿、佐野郡。松蕈、敷智郡、大草山、城东郡小笠山。椎茸、敷智郡大野村。海苔、同郡滨名、里海。和布,榛原郡相良。下同。石花菜、年鱼、诸川。下同。鲣、石班鱼、大井川。鳗鲡、敷智郡新居。鲹、海滨诸村。下同。鲷、鳆、马鲛鱼、榛原郡本州之名产。鸭、各郡。木绵织、各郡。葛布、佐野郡挂川。白砂糖、城东郡横须贺。黑砂糖、敷智郡。下同。纳豆、葛粉、佐野郡。叠表、敷智郡三个日、佐久米二村。琉球叠表、引佐郡气贺、邢部二村。蒲莛。敷智郡十轩、新田、上岛村。

骏河国物产　黑水晶、安倍郡。马蹄石、安倍郡蒿科。富士石、同郡。甘薯、有渡郡。山葵、安倍郡有东木村及富士郡。毒荏、各郡。烟草、富士郡。蓝、各郡。下同。茶、楮、三椏、蜜柑、橘、竹、有渡郡。松蕈、安倍郡羽鸟村、有渡郡有渡山。松露、有渡郡三保村。椎茸、志大、安倍、骏东三郡。山椒、各郡。滨梨、富士山。芝川水苔、富山郡芝川。海苔、有渡郡三保。年鱼、富士川、安倍川、狩野川等。方头鱼、庵原、骏东二郡,又名兴津鲷。江豚、有渡郡清水凑。鲋干、各郡海滨。下同。鲣节、鲇鲛、志大、益津二郡。马、骏东郡爱鹰山。贱机木绵织、静冈。酒、各郡。下同。味淋、沙糖、志大、有渡、安倍三郡。盐、益津、有渡、庵原、富士四郡。

纸、志大、有渡、安倍、庵原、富士五郡。漆器、静冈。下同。竹细工、寄木细工、志朵细工。志大郡。

甲斐国物产 水晶、巨摩郡御岳、驹岳。砚石、巨摩郡雨烟村。磁石、巨摩郡金峰山。硝石、山梨郡青田村。马铃薯、各郡。葡萄、山梨郡胜沼村、八代郡宕崎村。苎麻、巨摩郡逸见筋。烟草，山梨、巨摩二郡。蓝、山梨、八代、巨摩三郡。白术、都留郡吉田村。下同。紫根、五味子、黄连、吉田村及巨摩郡驹岳。下同。黄蓍、半夏、甘草、山梨郡上于曾村。杉、巨摩郡宫本村。榧、巨摩郡河内领。胡桃、山梨、八代、巨摩三郡。柿、山梨、巨摩二郡。栗、山梨郡万方筋。梨、巨摩郡。肉苁蓉、都留郡富士山。松蕈、巨摩郡。茧、都留、山梨、八代三郡。蚕卵纸、山梨、八代二郡。蜂蜜、都留郡，鸣泽村。年鱼、诸川。猪胆、巨摩郡。真绵、山梨、八代二郡。生丝、都留、山梨、八代三郡。木绵织、山梨、八代、巨摩三郡。皆生绢、都留郡。下同。黑八丈绢、琥珀织、缥子、绍、伞绢、缤子、大布、䌷、绁缟布、山梨、八代二郡。井盐、巨摩郡奈良田村。荏油、山梨、八代、巨摩三郡。漆、各郡。鸦片、巨摩郡平冈村。纸、八代郡市川大门村。炭。都留郡。

伊豆国物产 石、各郡。砥石、田方郡大仁村、贺茂郡箕作村。白石脂、贺茂郡大贺茂村。下同。温石、白土、贺茂郡梨本村。七色土、贺茂郡热海村。山葵、田方、贺茂二郡。柴胡、君泽郡户田村。天门冬、贺茂郡下田村。藤蔓、贺茂郡青野村。麻柄、君泽郡古奈村。俗名市皮。茶、各郡。材木、天城山。下同。薪、椎茸、田方郡汤岛村。石花菜、贺茂郡白滨、稻取二村。海苔、君泽、贺茂二郡海滨。鱼介、妻良、子蒲诸港及诸岛，下同。干鱼、鲣节、那贺、贺茂二郡。打鳆、贺茂郡田牛村。猪、各郡。牛、大岛。八丈绢、八丈岛。下同。八丈䌷、藤布、贺茂郡伊滨村。雁皮纸、贺茂郡热海村。色吉纸、君泽郡上修善寺村。下同。薄墨半切纸、挽物、君泽郡热海村。炭。天城山。

小笠原岛物产　玉蜀黍、甘薯、马铃薯、甘蔗、芋、水芋、葱、萝卜，芜菁、西瓜、蕃椒、芭蕉、烟草、水蜡、树、凤梨、椰树、棕榈、杪椤、天仙果、鲸、鲨、黑鲷鲻、大虾、手长、虾、章鱼、海龟、砗磲、紫贝、牡蛎、海栗、大蝙蝠、鹅、鸡、信天翁、野豚、野羊。别一种之羊。

相模国物产　硫黄、足柄下郡箱根、山中。下同。明矾、切石、足柄下郡士肥乡六村。烟草、足柄上、大住二郡。柴胡、足柄上、下、镰仓三郡。梅实、足柄下郡。下同。蜜柑、材木、各郡。薪、足柄上、下二郡诸山。鹿尾藻、三浦郡浦贺。下同。和布、茧、津久井、爱甲二郡。山生鱼、箱根山中。年鱼、相模川、酒勾川等。虾、三浦郡。章鱼、镰仓郡江岛。下同。鳗、乌贼鱼、鲣、三浦郡。下同。鲷、鳈鲸、足柄下郡。猪、足柄上、下郡诸山。下同。鹿、生丝、津久井、爱甲二郡。织物、津久井郡。漆、足柄上、下二郡。漆器、足柄下郡。挽物细工、足柄下郡汤本、笔管、足柄下郡小田原。下同。烟管竹、水饴、三浦郡浦贺。梅干、足柄下郡。下同。粕渍梅、粕渍鳗、镰仓郡江岛。透顶香、足柄下郡小田原，俗名外郎香。炭、足柄上、下二郡诸山。贝细工。镰仓郡江岛。

武藏国物产　糯米、埼玉郡。下同。葱、牛蒡、梅田村。甘薯、入间、足下诸郡。薯蓣、足立郡中丸村。下同。百合、萝卜、丰岛郡。下同。茄子、驹込。菘、三河岛。蕃椒、内藤新宿。襄荷、早稻田。生姜、谷中。甜瓜、又瓜类数种。苎麻、多摩郡。紫草、各郡。烟草、秩父郡。茶、丰岛、入间、多摩诸郡。桑、各郡。梅、久良岐、荏原诸郡。桃、埼玉郡大泽町。梨、橘树郡鹤见村边及荏原、葛饰诸郡。柿、都筑、足立、秩父诸郡。漆秩父郡下同。楮、竹、各郡。海苔、荏原、橘树诸郡。茧、各郡。下同。蚕种、鲤、利根川、中川、荒川。鳗鲡、江户湾之产味最美。脍残鱼、丰岛郡佃岛。下同。鼠头鱼、鲈、丰岛郡。下同。鲨鱼、卿、年鱼、多摩川。比目鱼、横滨湾。黑鲷、江户湾。下同。鳠、青鱼、鳟、车虾、芝虾、海鼠、久良岐郡。蚬、隅田川。蛤,江户湾。下同。牡蛎、雁、丰岛、葛饰诸郡。下同。鸭、生丝织物,多摩郡八王子驿原町田村。五日市织、多摩郡五日市村。绵布、足立、多摩、埼玉、入间、幡罗、高丽、儿玉、比企、秩父诸郡。绢、秩父郡。下同。布、青(海)〔梅〕绵、多摩郡青梅村。紫染、东京。酒、足立、埼玉诸郡。下同。味淋、酱油、盐、橘树、久良岐诸郡。索面、入间、比企、埼玉诸郡。果子、东京。纸、多摩、足立、比企、高丽、橘树、秩父诸郡。炭、都筑郡黑川村边及多摩、秩父二郡。铸物、足立郡川口村。瓦、丰岛郡今户村、葛饰郡小梅村、多摩郡河边村。炼化石、东京。下同。竹器、笔、烟管、袋物、足袋、木履、革细工、鳖甲细工、蒔绘细工、团扇、锦绘、白箸、秩父郡浦山村。麦藁细工。荏原郡大森村。

安房国物产 白土、一名房州沙,平群郡。水仙,平群郡。下同。柿、石花菜、安房、朝夷二郡诸浦。年鱼、平群郡泷田山中小流。鲭、安房郡布良。下同。鲹鳁、青串鱼、鳆、井盐、安房郡神余村。白牛酪、长狭郡峰冈。团扇竹。

上总国物产 莼菜、长柄郡。下同。莲根、薯蓣、夷隅郡。烟草、周淮郡。茶、山边郡东金。三春栗、山边郡,下同。茯苓、海苔、年鱼、夷隅郡。下同。鲭、鳁、武射郡九十九里滨。下同。鳁搾粕、蟹、鳆、蛤蜊、山边、武射二郡。下同。白蛤、盐吹贝、张贯茶壶。望陀郡木更津。

下总国物产 铁砂、香取郡海滨。海上砥、海上郡石切。蓝、匝瑳、海上二郡。西瓜、匝瑳郡新町。茶、葛饰、相马、猿岛、结城、丰田、冈田六郡。柴栗、香取郡。梨子、葛饰郡。茯苓、匝瑳、香取二郡。海藻,海上郡。葛西海苔、葛饰郡。蚕种、匝瑳、香取、相马、猿岛、结城、冈田六郡。干鳁、匝瑳、海上二郡。下同。鲣节、鱼粕、干白鱼、海上郡。下同。鲣盐辛、牡蛎、千叶、海上二郡海滨。马、小间、子牧等。生丝、匝瑳、香取二郡。木绵、匝瑳郡及结城郡结城町。紬、结城郡结城町。下同。绉、铫子缩、海上郡铫子。酒、香取郡佐原，下同。烧酎、玉液酎、葛饰郡流山，下同。味淋、酱油，葛饰郡野田町、海上郡荒野。盐、葛饰郡本行德及匝瑳、海上二郡。鱼油、匝瑳、海上二郡。蒟蒻、印幡郡佐仓。海藻蒟蒻、海上郡。干温饨、结城郡结城町。炼化石、香取郡高冈村。蛎灰、千叶郡海滨。佐仓炭。印幡、千叶、植生三郡。

常陆国物产　御影石、新治郡本乡山。紫石、茨城郡木叶下村。笹斑石、久慈郡町屋村。下同。红叶斑石、霜降斑石、鳖甲斑石，砥石、茨城、多贺二郡。燧石、久慈郡诸泽村。烟草、茨城、那珂、久慈、多贺四郡。蔺草、新治郡。防风、真壁、茨城、那珂、久慈四郡。下同。桑、茶、筑波、河内、真壁、茨城、那珂、久慈、多贺七郡。楮、茨城、那珂、久慈三郡。海藻、鹿岛郡。蚕卵纸、筑波、新治、真壁、茨城、那珂、久慈六郡。水鸟、霞浦。下同。鲤、鲫、白鱼、公鱼、鳗鲡、樱虾、鲑、那珂川。鳆、鹿岛、久慈、多贺三郡海滨。干鳁、鹿岛郡。下同。鱼粕、生丝、筑波、新治、真壁、茨城、那珂、久慈六郡。木绵、筑波郡。晒木绵、真壁郡。下同。水振木绵、彩云纸、茨城郡水户藤柄町。西内纸、那珂、久慈、多贺三郡。盐、鹿岛郡。酒、新治郡石冈町。酱油、石冈町及土浦。鱼油、鹿岛郡。粉蒟蒻。久慈郡。

近江国物产　水晶、野洲、甲贺郡界三上山近傍。白石粉、出甲贺郡黄濑村等，以装瓷器。硝子石、栗大郡荒张村石山，今方试凿。白石、犬上郡大洞。虎斑、石砚、高岛郡阿弥陀山，石质亚于长门赤间关。砺石、各郡。石灰、坂田郡胆吹山、甲贺郡石部、高岛郡海津。米谷、谷种出丹波、播磨之上。芜菁、尾花川。鼠大根、坂田郡。下同。胆吹艾。防风、当归、桔梗、刈安、烟草、蒲生郡中野村。茶，甲贺郡土山、信乐、政所。皂荚、坂田郡。漆柿、伊香郡杉野村，油桐、高岛郡海津极多，以其实制油。竹、滋贺郡园城寺山。松蕈、同郡。黑河茸、比叡山、石山、野州郡三上山。鲫、湖中多产,冬月获者名红叶鲫,味尤佳,大者名鲙鲫,又名源五郎鲫云。鲵、野洲川、姊川、安昙川。鲤、势多桥下产甚佳。下同。鳗鲡、冰鱼、似鲙残鱼,出滋贺郡比良、小松之边。鳡鱼、滋贺郡和迩、蒲生郡冲岛。蚬、势多桥下产甚佳。长滨丝、坂田郡。下同。缩缅、天鹅绒、绢羽二重、绢缩、龙门绢、蚊帐、坂田郡及蒲生郡八幡。高宫布、一名生平,以制蔺麻,出犬上郡。下同。木绵缩、帷子地、兵主缟布、野洲郡。下同。曝布、雁皮纸、栗大郡桐生村。青花纸、栗大郡山田村。油纸合羽、坂田郡鸟居本。信乐陶器、甲贺郡长野、神山二村。铸器、甲贺郡辻村。瓦、甲贺郡松本村。鞍、野洲郡守山。浮吴座、野洲郡。表、蒲生郡奥岛八幡。水口笠、甲贺郡水口。葛笼细工、水口及犬上郡葛笼町村。栉、甲贺郡土山。竹鞭、栗大郡草津。池川针、滋贺郡。算盘、大谷村。雪踏、滋贺郡大津。烟管、滋贺郡坂本、名团、子张。鲫鲊、湖边所制。大津绘。滋贺郡。

美浓国物产 磁石,加茂郡饭池村。绀青石、土岐郡土岐口、下石、高山三村。白垩、可儿、土岐、惠那三郡。盆石、各务郡鹈沼村、加茂郡加茂野村。燧石、多艺郡,白石村,石灰、石津郡泽田村、大野郡稻富村、武仪郡上之保村。米、各郡。甜瓜、本巢郡真桑村。细根萝卜、厚见郡岛方名长良大根。绵、羽栗、中岛、厚见、各务四郡。蓝、厚见、羽栗二郡。药草数种、各郡。烟草、武仪、惠那二郡。茶、各郡。梨、不破郡福田村、惠那郡日比野村。枝柿、加茂、厚见二郡。松蕈、不破、武仪、郡上、可儿、土岐诸郡。岩茸、武仪、本巢二郡。马、惠那郡。鲤、墨股川等。年鱼、长良川。鳟、木曾川、飞驒川。生丝、武仪、郡上、惠那三郡。下同。真绵、羽二重、羽栗、各务二郡,下同。壁羽二重、画绢、筛绢、缤子、纹缩缅、厚见郡。下同。山蛹缩缅、鸟帽子缩缅、养老酒,外铭酒数品,皆出多艺郡根古地村、岛田村。年鱼酢。岐阜。纸类凡三十三种,武仪郡诸村及本巢郡根尾谷、山县郡富永村、惠那郡等。陶器、土岐郡。刃物、武仪郡关村。石细工、不破郡赤坂村金生山。叠表。山县郡。

飞驒国物产　硫黄、益田、吉城二郡。硝石、大野、吉城二郡。下同。砥石、切石、大野郡。水晶、大野郡鸠谷村。白土、大野郡松本村。下同。磨砂、黄土、大野郡松本村。粘土，大野郡三福寺村。浅黄土、益田郡甲村。壁砂、吉城郡三川村。大江石，吉城郡大江村。孔雀石、吉城郡和佐保村。下同。绿青、石灰、大野、吉城二郡。豇豆、各郡。木贼、大野郡三谷村。岩茸、各郡。下同。染草类。茶、益田郡。栗、各郡。下同。榧子、胡桃、银杏、楮、材木、竹皮、益田郡。蚕种、各郡。下同。年鱼、鳗鲡、鳟、大野、吉城二郡。马、各郡。羚羊皮角、大野、吉城二郡。熊皮、各郡。下同。熊胆、猪胆、鹿皮角、益田郡。生丝、各郡。下同。真绵、绢、苎麻、布、春庆涂批目细工类。大野郡高山町。下同。水松、俗名一位木。桧榉细工类。干蕨、大野、吉城二郡，下同。蕨粉，蕨绳、漆、黐、油、菅筵。

信浓国物产　水晶，筑摩郡驹岳、水晶谷、德原村、高井郡上条村。寒水石、筑摩郡御岳。蜡石、伊那、诹访、佐久、小县四郡。贝石、伊那郡。下同。硝石、西高远町。黑石英、阿知村。砚石、宫所村。温石、长谷村。八方錾、远山。长石、驹岳。石绵、筑摩郡日义村、佐久郡大河内村。萤石、伊那川。亚铅、诹访郡下诹访。砥石、筑摩郡宗贺村、安昙郡大町村。钟乳石、伊那郡长谷村、安昙郡安昙村。石筶、筑摩郡宗贺村、伊那郡上饭田村。磁石、佐久郡大河内村。矾石、筑摩、水内二郡。硫黄、筑摩郡御岳、高井郡米子、灰野二村。荞麦、筑摩、伊那、水内、佐久四郡。马铃薯，各郡。胡萝卜，伊那，高井、小县、佐久四郡。麻、伊那、水内二郡。蓝、筑摩、伊那、更级、水内四郡。烟草、筑摩、伊那、安昙，更级，高井、埴科六郡。药种草木类、各郡。下同。桑、楮、胡桃、桐、茶、伊那郡。下同。沙罗树、桦皮、杉、桧材、栲木，筑摩、伊那二郡。栗、伊那、高井二郡。柿、筑摩、伊那、诹访三郡。竹、伊那郡。箕竹、水内郡户隐山。松蕈、伊那、更级、水内，佐久四郡。岩茸、伊那郡。蚕卵纸、各郡。每岁输出之多，本州为海内第一。蜂蜜，伊那郡。鲤、天龙川。下同。年鱼、鲫、鳗鲡、虾、鳟、千曲川。蚬、诹访湖。雉、各郡，下同。鸡卵、鹿角、筑摩、伊那二郡，下同。熊胆、驹、筑摩郡。羚羊、高远。生丝、各郡。输出与蚕卵纸。绢䌷数品、各郡。下同。白䌷、真绵，木绵、缩缅，筑摩郡松本、伊那郡高远。绵绍、高远。彩缬木绵数品、松本。下同。足袋、手巾木绵、小仓织、松本及诹访郡上诹访。诹访平、上诹访。山茧绢、高井郡中野村。上田缟、小县郡上田。麻布、筑摩、高井、佐久三郡。盐，伊那郡大鹿村有盐泉，阖村煮用之。菜种油、各郡。石脑油，水内郡。蜜蜡、伊那郡。漆、筑摩、伊那、安县三郡。纸类、伊那，安县、更级、水内、高井五郡，有奉书纸、糊人纸、宫本纸、大判纸、中折纸、中判纸、杉原纸各类。蚕卵原纸、小县郡长濑村。干瓢、筑摩郡松本、伊那郡川下乡。干馄饨、松本。蕨粉、木曾。冰饼、安县郡大町、诹访郡高岛。冰荞麦、大町及水内郡户隐山。渍蕨、佐久郡。漆器、筑摩郡。陶器、伊那郡。茶盆类、筑摩、伊那二郡。下同。竹器、栟、筑摩郡。元结。伊那郡饭田。

上野国物产 砥石、甘乐郡中小坂村，采出一年凡一万五千三百二十贯；砥泽村，凡一万六千三百二十贯；吾妻郡本宿村，凡二百四十贯；上泽渡村，凡一千贯；利根郡小日向村，凡五百六十贯穴原村凡二百贯。共六所，一年合三万三千六百四十贯。又甘乐郡菅原村、碓冰郡川浦村，方在试凿。燧石、甘乐郡白井。雁喰豆、利根郡。葱、甘乐郡下仁田町。蓝、绿野郡新町宿。烟草、片冈郡寺尾村、利根郡沼田。茶、甘乐、山田、新田、吾妻、邑乐五郡。桑苗、吾妻郡原町。白目竹、群马郡高崎町。蚕种、各郡，以佐位郡岛村为最。茧蛹、各郡。年鱼、利根川、岛川、芜川等。鳟、利根川。下同。

鲤、生丝、各郡，以群马郡前桥町、甘乐郡富冈町、势多郡水沼村为最。织物、各郡，以山田郡为最。生绢、绿野、多胡二郡诸村。大织缟、佐位、那波二郡诸村。真绵、佐拉郡境町。纻、甘乐、吾妻二郡诸村。

下野国物产　水晶、盐谷郡玉生村。明矾、都贺郡小曽户村、那须郡汤本村。丹矾、都贺郡小曽户村。下同。矾石、硫黄、盐谷郡盐原村、那须郡汤本村。切石、河内郡荒针、田下二村。蜡石、都贺郡足尾村。磁石、那须郡须贺川村。砥石、盐谷郡川又村、门森泽。紫土、盐谷郡盐原。石灰、芳贺郡梅内村、盐谷郡盐原村、都贺郡、安苏郡各村。麻、都贺郡。干瓢、河内郡宇都宫近村。烟草、那须郡。人参、都贺、河内、芳贺诸郡。黄连、都贺郡日光山、盐谷郡栗山村。茶、安苏、芳贺、那须诸郡。楮、芳贺、那须诸郡。漆、盐谷、那须诸郡。石楠花、都贺郡日光山中。下同。水松、斧折木、茸类、盐谷郡盐原村、栗山村。蚕种、梁田、足利、安苏、都贺、河内、芳贺诸郡。下同。茧、年鱼、绢川那珂川。下同。黄骨鱼、山生鱼、都贺郡日光山、盐谷郡盐原山。慈悲心鸟、郡贺郡日光山中。生丝、梁田、足利、安苏、都贺、河内、芳贺诸郡。下同。真绵、木绵织、曝布、芳贺郡真冈。纸、那须郡乌山近村。陶器、芳贺郡益子村、足利郡桦崎树。漆器、都贺郡日光。木地涂物、盐谷郡栗山村。锅釜、安苏郡佐野。蒟蒻粉、那须郡。羊羹、都贺郡日光。下同。紫苏卷、蕃椒。

磐城国物产　水晶、白川郡镰田村山中。砚石、磐前郡西小川村，有小玉石，名馒头石。白土石、磐前郡白土村山中，以代炼化石之用。木叶石、白河郡甲子山中。樱化石、出菊多郡勿来关址近傍沙碛。大一禹余粮、出白川郡常世北野村山中，又名金壶石。米、各郡。大豆、白川、磐前、磐城、石川、宇多、刈田六郡。菜种、菊多、磐前、磐城三郡。蒟蒻、白川郡诸村。蓝、菊多、磐前、磐城、伊具、宇多、亘理等数郡。人参、白河郡鹤生村等数村。烟草、白川、菊多、石川、磐前、田村五郡。茶、白河、白川、菊多、磐前、宇多五郡。桑苗、田村郡。干柿、各郡。干栗、菊多、磐前、磐城、田村、标叶五郡。椎蕈、菊多、磐前二郡。松蕈、磐前、磐城二郡。海苔、菊多、磐前二郡。蚕种、田村郡小泉村等，以阿武隈川近村为良。孙大郎虫、刈田郡斋河村，治小儿五疳有效。蜂蜜、菊多、石川、标叶、行方等数郡。五棓子、白河、白川二郡。鲣节、沿海诸村，小名、滨中作等处所制。鲴、沿海诸郡。干鳆、磐前、菊多二郡。鮏、鲛川、镰田川、宇多川、阿武隈川等诸川。鳟、菊多、标叶二郡。鳗鲡、菊多、磐前、磐城、行方、宇多五郡。马、全州皆有出，以田村郡为最。生丝、白河、田村二郡。白䌷、田村郡。缩织、标叶、行方、宇多三郡。纸布、刈田郡白石本乡。延纸、一名上远野，出磐前、菊多二郡。料纸、刈田郡白石本乡、伊具郡数村。盐、沿海诸郡。犬榧油、菊多郡山中。陶器、名相马砂烧，出宇多郡中村、磐城郡赤井村、标叶郡大堀村、楢叶郡井出村等。蔺筵、菊多郡山田村、磐前郡金成村等。菅笠、田村郡诸村。炭。白河、菊多、磐前、磐城、田村、楢叶、标叶、行方数郡。

岩代国物产 砚石、会津郡上添村。硝石、会津郡。砥石、会津郡泷泽村、大沼郡大谷村、耶麻郡日中村、安积郡布引山。硫黄、安达郡安达大郎山，采出一年凡三万一千二百五十斤。信夫郡吾妻山方试凿。又出耶麻郡白木城村。白土、大沼郡砂子原村。云母、会津郡芦野原村。山盐、会津郡盐泽村、耶麻郡大盐村。土硫黄、耶麻郡白木城村，及安达、信夫二郡。麻苎、会津、大沼二郡。蓝、会津、大沼、河沼、耶麻四郡。紫蕨、会津、大沼二郡。干瓢、岩濑郡。诸药草、会津郡。烟草、会津、大沼、岩濑、安达四郡。桑，安积、安达、信夫、伊达四郡。茶、耶麻、岩濑、伊达三郡。楮、安达、伊达、信夫三郡。栗、会津郡。下同。剥胡桃、柿、河沼、耶麻二郡。干柿、信夫郡。下同。林檎、梨、材木、会津、大沼二郡，下同。松露、松蕈、茧、各郡。蚕种、耶麻、安积、安达、信夫、伊达五郡。鮏、各郡诸川。下同。鳟、鲤、鲫、年鱼、鹰、会津郡。下同。山鸡、马、熊、熊皮、熊胆、生丝、各郡。安达郡针道为第一等,小滨亚之。真绵、耶麻、安达、信夫、伊达四郡。绵、会津、大沼、河沼、耶麻四郡。白䌷、信夫、伊达二郡。大织、安达、信夫、伊达三郡。羽二重、伊达郡。下同。龙门绢、斜子绢、绘绢、平绢、纹织绢、信夫、伊达二郡。白木绵、会津、大沼、耶麻三郡。麻布、大沼郡。缬子会津郡,下同。苔布、信夫折信夫郡蚊帐地、大沼郡。青苎、会津、大沼二郡。品绳、会津郡。金引苎、大沼郡大栗山村。雨台羽、信夫郡。陶器、会津郡庆山村、大沼郡本乡村、安积郡福良村、安达郡二本松及岩濑、信夫二郡。漆器、会津郡若松、耶麻郡冢原村。铜器、若松。纸、大沼、河沼、耶麻、伊达四郡、安达郡川崎村。蔺座、若松及耶麻郡稻川上田村。蜡烛、会津郡。蜡、大沼、耶麻二郡。漆、会津、耶麻二郡。刃物、会津郡。下同。正阿弥细工物、锅釜、会津、岩濑、安积、伊达四郡。铁瓶、安积郡日和田村。油、会津、耶麻二郡。伽罗油、若松。木地、会津、大沼、河沼、耶麻、信夫五郡。冰豆腐、安积郡日和田村。冰饼、安达郡深堀村。索面。会津郡。

陆前国物产 硫黄、玉造郡鸣子村,采出一年一千三百八十贯;栗原郡鬼首村,一百六十贯。共二所,一年合一千五百四十贯。明矾、玉造郡鸣子村,采出一年四百五十六贯。石膏、加美郡宫崎村,采出一年四千贯。米、各郡。下同。大豆、甘薯、名取郡前田村。苎麻、栗原郡下宫野村。蔺、宫城、名取、柴田三郡。蓝、同上。又栗原、玉造、气仙三郡。川芎、名取郡。泽泻、宫城郡。烟草、宫城、名取、柴田三郡。茶、宫城郡仙台、桃生郡饭野川村、名取郡根岸村。楮、名取、柴田、栗原、气仙四郡。桑、宫城、名取、柴田三郡。实竹、宫城郡。椎蕈、桃生、牡鹿、气仙三郡。海苔、本吉郡、气仙沼本乡。和布、气仙郡海滨。昆布、即海带,本吉郡海滨。鹿角菜、本吉、气仙二郡海滨。蚕种、远田郡各村、登米郡米谷村。鳟、名取川。下同。年鱼、鲤、志田、远田二郡。鲈、牡鹿郡海滨。下同。鲷、鲣、鲔、鲕、鲛、鳁、鳎、章鱼、鲅、蛎、宫城郡海滨。马、黑川、加美、玉造、气仙四郡。生丝、各郡。真绵、本吉、气仙二郡。精好织、俗名仙台平，出宫城郡仙台。下同。玉川织、八段挂织、宫城织、八桥织、绫织羽二重、盐、宫城、桃生、牡鹿、本吉、气仙五郡诸村。味噌、仙台，下同。精、鱼油、本吉、气仙二郡。鱼粕、宫城、牡鹿、本吉、气仙四郡。云丹、本吉郡水户边村。铜铁细工、仙台。陶器、玉造郡上目村。漆器、仙台。理木细工、名取郡。纸、仙台。气仙行李、气仙郡上有住村。叠筵类、名取郡笠岛、栗原郡诸村。编笠、仙台。菅笠、宫城郡泽边村。渔网。仙台。

陆中国物产　水晶、磐井郡折泽村。砚石、磐井郡猿泽村，一年采出凡二万贯余。砥石、同上，一年采出凡二万贯。又岩手郡御明神村。莦粒、磐井郡细谷村。蓝、磐井郡中尊寺村、长坂村，胆泽郡下衣川村，及岩手县管内数村。烟草、盘井郡。下同。苎麻、蔺草、药草数种、岩手县管内山野。红花、和贺郡北上川。紫草、鹿角郡及岩手郡岩手山下。楮、磐井郡。漆、稗贯郡内川目村。桧、岩手郡，下同。楢、鹿角菜、闭伊郡沿海。下同。昆布、蚕种、磐井郡一之关村、二之关村。鲑、磐井郡狐禅寺村等北上川上流、闭伊郡小本川。鳟、磐井郡狐禅寺村、岩手郡丹藤川。鳕、闭伊郡沿海。下同。鲔、鳁、鱼粕、干鲅、干鳎、海参、马、州郡北方多产。牛、闭伊、九户二郡。生丝、磐井、胆泽、江刺、稗贯四郡，下同。真绵、缩缅、岩手郡。大布、稗贯、紫波、岩手诸郡。茜染木绵、鹿角郡花轮町、毛马内町。下同。紫染木绵、纸、磐井郡。罂粟霰、鹿角郡花轮町、毛马内町。蕨粉、和贺郡猿桥村，下同。蕨绳、叠表、紫波郡北上川西方诸村及稗贯郡下仙内村。鱼网、胆泽、江刺二郡。

陆奥国物产　硫黄、北郡田名部奥恐山中，明治六年，采出凡二十八万贯。大豆、二户、三户二郡。薯蓣、二户郡福冈。百合、北郡田名部城泽。狗脊、二户郡。下同。蕨桧、北郡诸山。昆布、同郡。下同。鹿角菜、鲑、三户郡市川、津轻郡十三泻。鳕、津轻、北二郡。下同。海参、贩卖之利颇多。海扇贝、干鳆、三户、北二郡。牛、北郡。下同。马、壳涂漆器、世俗名津轻涂，出津轻郡宏前。漆、二户、三户、二户郡。下同。晒蜡、山慈姑粉、二户、北二郡。下同。

羽前国物产　砥石、村山郡风间村。寒水石、置赐郡小国小玉川村。菊面石，同郡小国町十四森。米，田川郡。下同。菜种、麻、村山郡狸森、泽口二村。下同。枲、红花、村山、最上二郡。白葡萄、田川郡枺引乡。薄荷、置赐郡砂塚村。烟草、置赐郡米泽馆山及山上、李山二村、村山郡东根、关山二村。楮、村山郡长崎、土桥、金泽三村。桑、各郡。下同。茶、蚕种，各郡。以置赐郡北条乡、下长井乡、中乡为上品。熊胆、置赐郡小国。鲑、最上川。下同。鳟、生丝、各郡。下同。真绵、丝织、置赐郡。下同。精好织、数寄屋织、龟绫织、最上郡新庄。缝丝、置赐郡。青苎、置赐郡大塚、伊佐泽二村。烧麸、田川郡鹤冈。下同。干温饨、酒、漆、村山、最上二郡。生蜡、村山郡白岩村。蜡烛、同郡山形町。花纹烛，田川郡鹤冈。纸、村山郡山形上山町双月村。笔、置赐郡大冢伊、佐泽。漆器、置赐郡光泽。绳席。田川郡各村。

羽后国物产　硫黄、仙北郡上桧木内村、雄胜郡高松村。石材、秋田郡寒风山，仙北郡胜乐村、大威德山、蛭川村，雄胜郡关口村。砥石、秋田郡。石笯、雄胜、平鹿、仙北、河边、秋田、山本诸郡。蓝、各郡，下同。以秋田郡独枯村为最。蒟、烟草、雄胜郡各村。杉材木、各郡，秋田、山本二郡最多。桧材木、仙北、雄胜二郡。虎斑竹、饱海郡簏村山中。蚕种、各郡。雷鱼、俗用鰰字，出秋田、河边、山本三郡沿海，男鹿尤夥。下同。鳕、干虾、干鳁、饱海郡沿海。八月鳗、最上川。马、由利、雄胜、平鹿、仙北、河边、秋田、山本数郡。生丝、各郡。亩织、秋田郡秋田町。下同。八丈缟、盐、河边、由利二郡沿海各村。味噌、饱海郡。下同。油粕、干鳁饨，饱海郡酒田町、雄胜郡稻庭村、由利郡龟田町。蕨粉、河边郡船泽村。春庆涂物、山本郡能代町。漆器、饱海郡酒田村、雄胜郡大馆村。曲物、秋田郡大馆町。桦细工、仙北郡角馆町。榲筳、饱海郡。菅笠。仙北郡角馆町、秋田郡扇田村。

若狭国物产 玛瑙、远敷郡远敷村。砚石、同郡。黑棋石、大饭郡高滨村。石炭、各郡。蓝、远敷郡。苎、远敷、大饭二郡。茶、三方、远敷二郡。蜜柑、各郡。下同。油桐、栌实、海藻、大饭郡海滨。茧、各郡。鲤、三方郡三方湖。下同。鲫、鳗鲡、鳟、远敷郡北川。鲷、同郡小滨。鰤、三方郡丹生浦。比目鱼、远敷郡小滨。下同。蒸鲽、盐青、海参、大饭郡高滨村,下同。乌贼,名尺八乌贼。生丝、各郡。下同。绢、酒、三方、远敷二郡。索面、远敷郡小滨。葛粉、远敷郡熊川村。厚纸、远敷郡。漆器,远敷郡小滨。下同。钉、蜡烛。远敷郡熊川村。

越前国物产 砥石、足羽郡净教寺村。青石、一名筥谷石。足羽郡加茂河原村。礛石、坂井郡一濑、田头二村。石炭、敦贺郡泉村、赤崎浦,及大野郡。菜种,各郡。下同。牛蒡种、葛、南条郡今庄。麻、足羽郡及诸郡。烟草、大野郡胜山,出额一年凡百万斤。瓜蒂、吉田郡经田村、坂井郡御帘尾村、丹生郡大田村。茶、坂井、足羽及诸郡。明治五年制出,凡十万斤余。桑、各郡。下同。油桐、梨子、今立郡。茯苓、坂井郡一濑、赤尾二村。黄连、大野、坂井二郡。黑海苔、一名雪海苔。丹生郡菅生蒲。茧、今立郡、各诸郡。下同。蚕种、鳕、敦贺、丹生、坂井诸郡海滨,下同。鲭、鲽、干鳁、蟹、云丹、各郡海滨,以丹生郡、菅生蒲为最。生丝、各郡。下同。栌、木绵栌丝、坂井郡丸冈。奉书䌷、足羽郡福井、大野郡大野。木绵苎、丹生郡石田村。白木绵、坂井郡丸冈及诸郡。布、各郡。真绵、大野郡。蚊帐、今立郡粟田部、南条郡武生、足羽郡福井、大野郡大野。油团、福井。油、各郡。漆、大野、丹生、今立诸郡。铜线、大野郡大野制,出二千贯。铜器、同所制,出二千九百六十贯。镰锹庖丁类、敦贺、武生。陶器、丹生、坂井、足羽、吉田诸郡。大高纸、坂井郡。奉书纸、丹生郡。鸟子纸、丹生郡及敦贺。下同。帐纸、半纸类、筵类、各郡，以丹生郡为最。鲹筵、敦贺郡沓见村。火口、足羽郡置，出二千五百贯。蜡烛、足羽郡。草履。敦贺。

加贺国物产　切石、能美郡鹈川村、河北郡户室山、石川郡相合谷村。玛瑙、江沼郡那谷村、菩提寺村。木叶石、江沼郡大土村。烟草、江沼郡菅谷村、石川郡河合村。茶、能美郡今江村、外三村，及江沼郡高尾村等。黄连、能美郡日用村及白石麓诸村。下同。半夏、蚕卵纸、石川郡末村、中户村、金石町，能美郡山田先手村。鲑、手取川、犀川、浅野川等。鲷、海滨诸村。下同。干鳁、鸡、金泽。下同。鹜、熊胆、白山。生丝、能美郡大杉村外数村。木绵、能美郡小松町外数村。加贺绢、能美郡及江沼郡大圣寺町。黑梅染、石川郡泽。下同。菊酒、落雁、果名。索面、河北郡高松町。半纸、能美、石川、河北三郡。下同。杉原纸、漆器、江沼郡山中村。陶器、名九谷烧，出江沼、能美、石川三郡。石笔、象眼细工、金泽。下同。扇、名河波扇。菅笠，金泽及河北郡。吴座、能美郡吉竹村外二所。杓子。江沼郡真砂村。

能登国物产　酸化满庵、羽咋郡火打谷村，一年采出一千六百零八贯。金砂、羽咋郡川尻。黄连、羽咋郡水蒲村、鹿岛郡金丸村。下同。半夏、茯苓、石花菜、羽咋郡鹿村、凤至郡轮岛町等。下同。破草、黑海苔、羽咋郡福蒲、赤住二村，凤至郡轮岛町大泽村。白藻、诸海滨。鰤、凤至郡宇出津村、鹿岛郡江泊村。鲸，凤至郡宇出津村、松波村等。海参、鹿岛郡能登岛、凤至郡中居村。蒸鳆、轮岛町。马、羽咋、鹿岛、凤至三郡。木绵、羽咋郡羽咋町、富本町傍。布、羽咋郡安部屋村、鹿岛郡德丸村等。盐、诸海滨。酒、鹿岛郡七尾。索面、凤至郡轮岛町、珠洲郡蛸岛町、漆器、轮岛町。建具。鹿岛郡田鹤滨。

越中国物产　硝石、砺波郡凡七十村。硫黄、新川郡立山汤原。砥石、新川郡福平村、岛尻村。玛瑙、砺波郡大西村、才川七村。石炭、新川、妇负、砺波三郡诸村。茶、妇负郡迫分茶屋村外五村。烟草、新川郡吉野村、爱场村。黄连、砺波郡安居川。黄蓍、新川郡伊折村外二村。枝柿、妇负郡八尾町、砺波郡福光村。蚕种、妇负郡八尾町、蛎波郡井波、城端、金石动町等。茧、同上所,及砺波郡福光村。干鲇、新川郡富田町。鲑、新川郡泊町及射水郡大门、新町。鲻、新川、妇负二郡海滨,及射水郡冰见町、新凑町为最。俗名冰见鲻。鳕、新川郡鱼津滑川及射水郡新凑町。下同。鳎、鲥、新川、妇负、射水三郡海滨。干琵琶鱼、新川郡鱼津、滑川。乌贼黑作、新川郡鱼津。下同。鳅、鲷、鱼津及生地村、滑川、水桥町等。猪、砺波郡五个山。熊胆、新川郡立山。下同。熊皮、生丝、妇负、砺波二郡。下同。真绵、吴郎丸布、砺波郡福光村外数十所。绢、砺波郡城端、井波。布、砺波郡福野村外二所。苎绐、砺波郡中田村外二所。栈留缟、砺波郡福光村外二所。八讲布、砺波郡秋元村外数十所。白木绵、新川郡鱼津町外数所。山慈姑粉、新川郡境村外二所。葛粉、新川郡龟谷村。蕨粉、新川郡舟见村。盐、新川郡宫崎村。反魂丹、富山。下同。一角丸、金银铜铁诸器、新川郡富山、射水郡高冈等。下同。象眼细工、缝针、射水郡冰见。漆器、新川郡鱼津、砺波郡津泽、射水郡高冈。纸类、半纸、八寸、鸟之子、笠纸数种、出妇负郡野积谷、砺波郡五个山。伞、射水郡高冈。菅笠、砺波郡福光村外二所。蓑、砺波郡五个山。和田烟草入。砺波郡和田新町。

越后国物产　玛瑙、蒲原郡笹目村、朴木泽,自明治五年一月至七月,采出六百六十五贯八百钱。矾石、蒲原郡川内村。切石、蒲原郡田上村。砥石、蒲原郡弥彦村、笠堀村,仙见村、上三光村,岩船郡大内渊村、菰川村。绀青、蒲原郡冈泽村。石脑油、蒲原、三岛、刈羽、颈城四郡。石炭、颈城、岩船二郡。菜种、蒲原郡。蒟蒻、蒲原郡小搦村。蕨、蒲原郡。莲根、蒲原郡诸湖，下同。菱、莼菜、烟草、蒲原、颈城、鱼沼、三岛四郡。下同。蓝叶、药草诸品、茶、蒲原郡村松町、新津町、黑川町，岩船郡村上町、山边里村波濑町、大月村、岩崎村。漆、蒲原郡新发田町。栗、蒲原郡。下同。梨、桃、柿、林檎、材木、蒲原郡及岩船郡，下同。椎蕈、雪海苔、粟生岛。下同。和布、神马藻、茧、蒲原、鱼沼、古志三郡。蚕卵纸、鱼沼、古志二郡。鲑、蒲原、岩船二郡外诸河湖。下同。鳟、鲤、川鲈、八目鳗、公鱼、鲫、鲨、鳝、鮸、鯇、年鱼、鳖、蚬、鲷、海滨诸町。下同。鰤、鲭、鳕、鲹、石首鱼、海鹞鱼、鲅鲢、鲲、鲛、章鱼、虾、蛤、牡蛎、鳆、粟生岛最多。荣螺、干鱼、三岛、刈羽、颈城三郡。鸿、蒲原郡。下同。雁、凫、山鸡、小鸟渍、松村町。熊、蒲原郡及岩船、鱼沼二郡。生丝、蒲原、岩船、鱼沼、古志四郡。麻苎、蒲原郡诸村。缩布、鱼沼、刈羽、颈城三郡。精好平绢、蒲原郡，五泉郡及岩船町①山边里村、鱼沼郡、十日郡。䌷、蒲原、古志、鱼沼三郡。绢缩、蒲原、鱼沼二郡。麻布、蒲原郡。丝织、蒲原郡五泉町。下同。白绢、白练绫、茧䌷、蒲原郡太平村。纐缬木绵、蒲原郡白根町。木绵、蒲原、颈城二郡。足袋、五泉町。蚕种、古志、鱼沼二郡。酒、蒲原郡诸村、三岛郡与板。烧酎。蒲原郡新潟、沼垂。盐、岩船郡角田村。水饴、蒲原、颈城二郡。越雪、蒲原郡新潟、古志郡长冈。葛粉、蒲原、颈城、鱼沼三郡。铜器、蒲原郡燕町、锅釜，蒲原郡长冈、津川。镘、颈城郡高田。漆器、蒲原郡新潟。陶器、蒲原郡村松外三村。瓦、蒲原郡笹冈村。纸、蒲原、古志、刈羽三郡。生蜡、各郡。蜡烛、浦田郡津町川，下同。伽罗油、桐油、蒲原郡新潟、岩船郡村上町。金引苎、三岛郡与板。叠、蒲原郡新潟，下同。明荷、葭兼、竹器、蒲原郡村松町。下同。网白箸、蒲原郡小须户町。锹柄、蒲原郡吉平村。团扇。蒲原郡白根町及三岛郡与板。

---

① 岩船町，似为岩船郡。

佐渡国物产 无名异、杂大郡相川。密佗僧、相川制矿场。化石、羽茂郡新保村。砥石、加茂郡上新穗。半夏、杂大郡畑方村、加茂郡新穗村。榧实、羽茂郡。细辛、各郡。下同。黄连、茯苓、苍术、杂大郡小仓村、羽茂郡小木村。竹、加茂、前滨。藻化、各郡。下同。石花菜、荒布、和布、海苔、蔓藻、杂大郡二见村、羽茂郡丰田村。鳀、各郡。下同。盐鳕、盐鳝、乌贼、干河豚、干鳙、干鲅、海鼠、牛、外海部诸村。裂织、外海部诸村。葛粉、杂大、加茂二郡。下同。山慈姑粉、网端绳、无名异烧陶器、杂大郡相川。下同。玛瑙细工、铸物细工。杂大郡五十里本乡。

丹波国物产 砥石、桑田、船井二郡。燧石、桑田郡山阶村、多纪郡笹见村、冰上郡户坂村外诸村。石灰、桑田、船井二郡，及冰上郡上小仓村外二村。大豆、桑田、船井二郡。黑豆、桑田、船井、多纪、冰上、天田诸郡。百合、桑田、船井二郡。蒟蒻、船井郡诸村。甘薯、冰上郡牧山。草绵、多纪、冰上、天田三郡，及船井郡八木村。烟草、各郡。黄连、桑田郡及冰上郡牧山。茶、各郡。柿、桑田、船井、何鹿三郡，及冰上郡久下庄。栗、船井郡及冰上郡久下庄。山椒、何鹿郡及多纪郡奥畑村、冰上郡久下庄。棕叶、船井郡。杉材、桑田、船井二郡。下同。薪、斑竹、冰上郡柏原外诸村。松蕈、桑田、船井二郡。蜂蜜、桑田郡。年鱼、保津、和知二川。生丝、各郡。贯缟织、冰上郡佐治町。绵布、何鹿郡绫部及近傍诸村。蕨粉、桑田郡。桑酒、船井郡八木村。海菜、桑田郡犬甘野村。蔺席、船井郡诸村。陶器、多纪郡立杭村。木地挽物、桑田、船井、何鹿三郡。桐油、天田郡。炭、桑田、船井二郡。

丹后国物产 砚石、中郡小原山，近时凿出。赤小豆、中郡长冈村。蜜柑、加佐郡由良村。海草类、濒海诸村。鳗鲡、竹野郡浅茂湖、小滨湖。鰤、与佐郡伊根蒲。鳀、与佐郡岩泷村。白干乌贼鱼、与佐郡宫津。干鱼、濒海诸村。鲸芜骨、与佐郡龟岛村。海鼠、与佐郡伊根蒲。撰丝、各郡。缩缅、与佐、竹野二郡,以中郡峰山为最上品。绅缟、与佐郡岩泷村。帐纸、与佐郡畑各村,加佐郡北原村,熊野郡神谷、河梨、栃谷三村。下同。上纸、半纸、漆、各郡。蜡、与佐、加佐二郡。下同。桐油。

但马国物产　紫水晶、出石郡奥野村四极山有之,然甚稀。葡萄蜡石、养父郡加保村。砥石、二方郡诸寄村、气多郡三原村。温石、养父郡中村。苎麻、气多郡及诸郡。烟草、朝来郡岩屋谷村、八代村。串柿、出石郡药王寺村、大河内村。山椒、养父郡朝仓村。城崎海苔、城崎郡及海滨诸所。下同。诸海草、美含郡宇日村,以田久日村为最佳。有石花菜、海藻、荒布、鹿尾菜、海蕴和布数品。蜂蜜、养父、气多二郡诸村。鳟、丰冈川、气多川。下同。鲑、年鱼、出出石川、气多川、朝来川、养父川。以养父郡八木川所出为名品,俗名八木大郎,颇巨大,顶有起肉。鳕、北海中。牛、七味郡小代谷诸村。生丝、养父、七味、朝来、气多四郡。真绵、养父郡及诸郡。绵、养父郡大屋谷、八木谷村。麻丝、气多郡。缩缅、出石郡中山村。布、七味郡。纸、出石郡,畑山村、木村、大田村、市场村、美含界桑野木村、林村出上纸、中纸、帐纸、文库纸等。又城崎郡畑上村出杉原纸。陶器、出石郡出石。漆器、朝来郡竹田。柳行李、城崎郡丰冈。蕨绳、养父郡诸村。针、二方郡滨坂村。麦藁细工。城崎郡汤岛村。

因幡国物产　砚石、岩井郡长谷村、八东郡诸鹿村。砥石、气多郡酒津村。白珊瑚、岩井郡浦留村。苎麻、八东、智头二郡。蓝、各郡。烟草、八东郡。黄连、八东、智头二郡。羌活、各郡。茶。智头郡。下同。栗材、杉木、八东、智头二郡。下同。杉板、木槿皮、智头郡智头。岩茸、八东郡。下同。松蕈、海藻、沿海诸村。蜂蜜、八东、智头二郡。鳟、邑美、高草、八上三郡。年鱼、八上、智头二郡。鳗鲡、高草郡湖山村。炼熊胆、智头郡大内村、南方村、野原村。生丝、各郡。下同。木绵、绢布、法美郡神垣村、八东郡市场村。漆、各郡。纸、高草、气多、智头三郡。蜡、法美郡宫下村、邑美郡鸟取町、气多郡志加奴村、智头郡加濑木村。叠表、八东郡。柳行李、智头郡用濑。葛粉。智头郡。

  伯耆国物产 白珊瑚、河村郡。水晶、河村郡镰田村,会见郡寺内村、池野村,日野郡藤屋村、印贺原村。砥石、日野郡上崎村,久米郡北尾村、富海村,会见郡葭津村。紫石英、日野郡藤屋村。云母、久米郡仓吉。无名异、八桥郡三本杉村。石灰、日野郡多里。胡麻、各郡。下同。甘薯、苎麻、绵、蓝、红花、竹节人参、日野、河村二郡。御种人参、汗入,久米、会见、日野四郡。黄连、汗入、日野二郡。羌活、各郡。下同。山归来、艾、汗入郡。椎蕈、各郡。茅蕈、久米、日野二郡。海藻、沿海诸村。和布、八桥郡逢束村。鳗鲡、河村郡东乡池。鲷、八桥郡松谷村。鲻、会见郡渡村。车海老、同郡米子。海参、沿海诸村。熊胆、河村郡沙原村、日野郡船场村。木绵、各郡。半纸、日野郡。漆、各郡。下同。蜡、干温饨、干瓢、汗入、日野二郡。砂糖、会见郡葭津村、渡村。索面、会见郡米子。稻扱、久米郡仓吉。铁锅、久米郡若土村。镰、久米、日野二郡。下同。锹。

  出云国物产 玛瑙、意宇郡玉造村花仙山。下同。消石、砥石、磁石、水晶、玉造村马脊山。荞麦、能义、神门二郡。芜菁、仁多郡。萝卜、秋鹿郡。下同。牛蒡、甘薯、各郡。下同。人参、烟草、楮、大原、仁多二郡。蜜柑、各郡。下同。栗、梨、桃、十六岛海苔、楯缝郡十六岛鼻。和布、神门郡日御崎。年鱼、意宇、神门二郡。鲈、宍道湖、神西湖。下同。鲤、鲫、鳗鲡、鲷、濒海诸郡。下同。鲹、鲭、神门郡。下同。鰤、鲈岛。鲻、鹈峠浦。丸鳆、神门郡。下同。串贝、海虾、岛根郡本庄。下同。海鼠、牛、各郡。下同。马、缫绵、能义、意宇、出云、神门四郡。下同。实绵、木绵、各郡。荒苎、大原、仁多、饭石三郡。桐实油、岛根、楯缝、神门、饭石四郡。纸类、意宇、大原二郡。生蜡、各郡。下同。蜡烛、绳、瓦、岛根、秋鹿、饭石三郡。陶器、岛根郡西川津村、能义郡富田村、意宇郡布志名村。

玉细工。意宇郡汤町村。

石见国物产　矾石、迩摩郡银山。下同。无名异、薯蓣、邑智郡粕渊村等。甘薯、安浓、迩摩、那贺、美浓四郡。芜菁、安浓郡志学村。山葵、鹿足郡田野原村、安浓郡池田村、美浓郡纸祖村。麻、邑智郡。蓝、各郡。下同。茶、楮、那贺、美浓、鹿足三郡。柿、各郡。下同。栗、棕榈、桐、美浓、邑智、鹿足三郡。椎蕈、美浓郡匹见村、纸祖村。香蕈、那贺郡今市村、邑智郡井原村。和布、那贺郡及诸浦。海苔、迩摩郡温泉津、美浓郡高岛。蜂蜜、鹿足、美浓二郡。年鱼、江川、高津川。鱼、波根湖。鲹、那贺郡及诸浦。下同。鲭、鳝、鰑、干鳀、干鳆、鹿皮、那贺、鹿足二郡。牛皮、那贺郡浅井村、鹿足郡后田村。丝、邑智、那贺、鹿足三郡。山茧、丝、那贺郡。木绵、那贺郡滨田。扱苎、邑智、美浓二郡。纸布、各郡。半纸、那贺、美浓、鹿足三郡。漆、邑智、鹿足二郡。蜡、各郡。桐油、迩摩、邑智二郡。鱼油、那贺郡诸浦。葛粉、邑智郡西田村、鹿足郡津和野等。瓦、那贺、迩摩二郡。石细工。迩摩郡温泉、津福、光天、河内、仁万村。

隐岐国物产　马蹄石、周吉郡津井村。枞板、周吉、隐地二郡各村。下同。桑板、杉板、和布、各郡。下同。荒布、鲭、各郡。下同。鳐、鰑、海参、干鳆、牛、马。

播磨国物产　切石、印南郡龙山。蜡石、神东郡福本村。砚石、宍粟郡奥小屋村。陶器素石、饰东郡山胁村。萝卜、揖东郡网千浦外诸郡。瓜、揖东郡林田村。干瓢、揖东郡网千浦、印南郡志方外诸郡。干蕨、宍粟郡宍粟。烟草、明石、宍粟、佐用诸郡。黄连、多可郡锻冶屋村。种人参、神东郡西光寺村。茶、饰西郡、山之内外诸郡。杉板、神东郡笠谷外诸郡。下同。榉板、松蕈、饰西郡书写山、神东郡濑加村外诸郡。青海苔、揖东郡网千浦。下同。昆布海苔、黑海苔、饰东郡下中岛村。蚕种、明石、加古、饰西诸郡。年鱼、泷野、加古、揖保诸川。鳗鲡、多可郡丹波川并诸川。

鲷、明石郡明石并诸浦。下同。玉筋鱼、鰛、揖东郡家岛。章鱼、加古郡二见村、明石郡明石。海藤花、明石。海参、揖东郡家岛。蛎、加古郡二见村。明石缩、明石郡。博多织、多可郡大屋村。高砂染、饰东郡姬路。下同。晒木绵、帆木绵、明石郡明石。杉原纸、加西郡三原村。鞋革、饰东郡高木村、揖东郡广山村。革细工、饰东郡姬路、揖西郡室津。陶器、饰东郡山野井村,名东山烧。明石郡大藏谷,名舞子烧。锅釜镬、饰东郡姬路。钉、饰东郡松原村。锯、锉、凿、铗、剃刀、俱出美囊郡三水町。下同。算盘、明石玉、明石郡明石。阿胶、饰东郡高木村、揖东郡和久村。炭、宍粟、神西二郡。盐、饰东郡宇佐崎村,印南郡的形村、大盐村,赤穗郡赤穗。烧盐、赤穗。冰蒟蒻。多可郡杉原谷。

美作国物产 绿矾、久米北条郡坪井上村立野山采出,凡六千十六贯。砚石、真岛郡竹原村。砥石、吉野郡五名村、大庭郡目木村。温石、胜南郡周佐村,真岛郡田口、粟原二村。石灰、英田郡万善村、东北条郡青柳村。萝卜、真岛、高田二郡。山葵、真岛郡庭神村。独活、西西条郡上斋原村、真岛郡星山村。烟草、大庭郡德山村,真岛郡茅部村,久米南条郡荒神山、山之上二村。茶、英田郡海内村、西西条郡中谷村。楮、大庭、真岛二郡。松蕈、胜南郡明见、行信、藤田诸村,西西条郡贞永寺村。年鱼、真岛郡高田、见尾二村。熊胆、东北条郡下津川村。云斋木绵、西北条郡津山。大三折纸、英田郡海田、南海、海内诸村。半纸三折、真岛郡若代、月田二村。烧酎、久米南条郡弓削村。捣栗、东北条、西西条、大庭三郡。葛粉、东北条、大庭二郡。铸物、西北条郡津山吹屋町。炭、西北条郡越畑村。

备前国物产 水晶、儿岛郡鹫羽山。云母、津高郡畠田、丰冈二村。磁石、津高郡野口村。蜡石、和气郡三石、野谷二村。真石、邑久郡犬岛。烟草、和气、赤坂、津高三郡,下同。茶、楮、赤坂、津高二郡。竹、磐梨、津高二郡。海苔、儿岛郡藤户村。龙须菜、和气郡西片上村、邑久郡小津村、小岛郡胸上村。鳗鲡、邑久、儿岛二郡海滨诸村。下同。鲷、马鲛鱼、鲙残鱼、水母、望潮鱼、乌贼、海参、和气郡日生、难田二村，邑久郡虫明村。海鼠、邑久郡虫明、尻海二村。生绵、各郡。小仓织、儿岛郡。下同。真田织、云斋织、纸、和气、赤坂、御野三郡。刀剑、邑久郡长船村。陶器、和气郡伊部村。叠表、御野郡诸村。漆、和气郡诸村。阿片、和气郡伊部村。盐、儿岛、邑久二郡。酒、各郡。下同。酱油、砂糖、和气、赤坂、津高三郡。

备中国物产　绿矾、川上郡坂本村。砥石、浅口郡小坂东村。荞麦、哲多郡畑木村。芋、川上郡神原村，下同。牛蒡、胡萝卜、贺阳郡槁村。茶、贺阳、上房、阿贺、哲多、川上五郡。下同。烟草、柿、上房郡。楠、小田郡高岛。松蕈、都宇郡。香蕈、哲多郡。鲷浅口郡小岛冲。下同。比目鱼、八目鳗、阿贺郡。牛、各郡。绵、小田、浅口、下道、洼屋，都宇、贺阳六郡。盐、浅口、洼屋二郡。索面、上房、洼屋二郡。蒟蒻、贺阳、哲多二郡。柚饼子、小田郡矢挂町。纸、上房、贺阳二郡。檀纸、上房郡高梁东村。叠表、小田、洼屋、都宇、贺阳四郡。下同。柳行李、铸物、贺阳郡阿会村。炮烙、浅口郡新庄村。团扇。贺阳郡抚川村。

备后国物产　白石英、奴可郡平子村、三次郡上作木村。贝石、奴可郡福代、粟田、大屋三村，三上郡庄原、宫内二村，惠苏郡下门田村。绵石、奴可郡大佐村。切石、御调郡尾道。萝卜，御调郡。蕨、惠苏郡奥门田川、北竹、地谷三村。麻、奴可、甲奴二郡。烟草、神石、御调、甲奴、奴可、三次五郡诸村。茶、神石郡龟石村。楮、御调郡河面村。桃、世罗郡田打村。串柿、御调郡三庄村。干栗、奴可郡油木、森胁、粟田三村。香蕈、世罗、奴可、惠苏、三次四郡。年鱼、御调、惠苏、三次三郡。鲍、世罗郡向江田村和知川。鲈、御调郡尾道。鲷、沿海诸村，以沼隈郡田岛为最。牡蛎、出向岛，名曰歌蛎。鹿皮、三次郡。生丝、深津郡福山、惠苏郡大月村。缲绵、福山。木绵、御调郡向岛、因岛。盐、御调郡三原町。酒、御调郡尾道町、三原町。保命酒、出沼隈郡鞆津,又有忍冬酒、菊酒、梅酒、不老酒、养气酒、味淋、本直各种。烧酎、酢,鞆津尾道。索面、福山。奉书纸、三上郡庄原村。下同。杉原纸。铁器、锚及农具等,鞆津尾道。柿漆,御调郡大滨、三庄诸村。户障子类、甲奴郡矢野村、世罗郡别迫、青近二村。叠表,出沼隈、御调二郡诸村。俗名备后表,以沼隈郡山南村为最。千羽、三次郡三次町。即叠表之粗者。花吴座、沼隈、御调二郡诸村。菅笠。三上郡庄原村、惠苏郡山内组诸村。

安艺国物产 绿矾、沼田郡久地、毛本二村,一年采出凡五千二百贯,又八木后山二村均有采出。石英、丰田、佐伯、山县、高田四郡。白石、丰田郡东野村。浪石、丰田郡荻路村。砥石、山县郡土桥村。石灰、丰田、贺茂、安艺三郡。茶、丰田、山县二郡。烟草、山县、高田二郡。实绵、丰田郡木乡村。麻、沼田、山县二郡。蓝、高宫、沼田二郡。楮、各郡。柿、高宫、沼田、山县、高田四郡。桃、丰田郡大长村。梨、高田郡上入江、下入江二村。蜜柑、安艺郡浦刈岛。大枣、高宫郡可部町。人参、山县郡诸村。山葵、佐伯、山县二郡。蕨、山县郡户河内村。椎蕈、山县郡。松蕈、高田郡。香蕈,山县、高田二郡。蒟蒻、山县郡。海苔、安艺郡仁保岛、沼田郡江波村。材木、山县郡。下同。薪、山茧、山县、高田二郡。浮鲷、丰田郡能地村。出平鲽、安艺郡阪村,及濑户、仓桥二岛。目张鱼、安艺郡浦刈岛。年鱼、大田川。鳀、佐伯郡。蛎、安艺、沼田、佐伯三郡。海参、安艺、佐伯二郡。干海老、安艺郡。雁、高宫郡可部町,下同。鸭、牛马皮、沼田郡。生丝、沼田、佐伯、山县三郡。麻丝、沼田郡。扱苎、高宫、山县二郡。缫绵、沼田郡广岛。山茧绸、高宫郡。下同。晒荒苎、木绵、丰田郡忠海町、安艺郡诸岛、佐伯郡能美岛。蚊帐地布、贺茂、高田二郡。叠缘布、高宫郡玖村。奉书纸、佐伯郡。下同。半纸、尘纸、诸口纸、佐伯、山县、高田三(县)〔郡〕。叠表、山县、高田二郡。吴座、沼田郡。铸物、山县郡大朝村。

铁线、山县郡。铁钉、沼田、山县二郡。铁锹、沼田郡广岛。下同。药罐、伞、渔网、贺茂、安艺二郡。桧皮绳、丰田郡明石方村。炭、山县郡。枝炭、佐伯郡吉和村。漆、山县郡户河内村。盐丰田、贺茂二郡。砂糖、安艺郡江田村。饴、安艺郡。干柿、高宫、高田二郡。蕨粉、山县郡户河内村。索面、丰田郡濑户田町。下同。干温饨。

周防国物产　水晶、吉敷郡台道村、佐波郡德地村、玖珂郡岩国。紫水晶、吉敷郡台道村。蜡石、都浓郡长穗村。磬石、佐波郡三田尻中之浦。砥石、熊毛郡室积村、玖珂郡椎野村。硝子石、吉敷郡仁保村。铃石、佐波郡柚木村。木叶化石、柚木村及大岛郡平群岛。绿矾、玖珂郡山代。禹余粮、吉敷郡仁保村。石灰、都浓郡笠户岛。油拔土、熊毛郡室津村。茶碗药土、吉敷郡小郡南原。烟草、佐波郡德地村。半夏、吉敷郡小郡白松。茯苓、吉敷郡佐波山。茶、佐波郡船路村、巢山村,都浓郡鹿野村、玖珂郡高森村。榉材、佐波郡德地滑山。椎蕈、玖珂郡山代。蜂蜜、玖珂郡山代。海参、熊毛郡上之关。张海鼠、都浓郡串滨。辨庆蟹、吉敷郡秋穗。干濑户贝、大鸟郡大畠浦。干荣螺、熊毛郡上之关。缩布、玖珂郡岩国。下同。缩木绵、缟缩木绵、缟木绵、大岛郡。下同。投网丝、蚊幮、玖珂郡岩国。烧盐、佐波郡三田尻、熊毛郡上之关。半纸、出玖珂郡山代、佐波郡德地村,有小半纸、小杉纸,寸广纸、奉书纸、美浓纸,半切纸、伞纸。栌蜡。都浓郡德山。

长门国物产　银石、阿武郡须佐村金井。金色沙、丰浦郡泷部村。紫金石、厚狭郡平沼、田村、长谷。紫线石、厚狭郡森广村。紫眼石、厚狭郡铸物师屋村。紫斑石、丰浦郡一股村大峰。下同。青云石、以上五石,可充砚材。石钟乳、美祢郡秋吉村。金刚砂、美祢郡长登村。岩绿青、长釜村及阿武郡藏目喜村。下同。岩白绿青、岩绀青、岩空青、岩白空青、紫根、美祢郡。下同。缬草、烟草、茶、阿武郡。杉材、阿武郡滑山。石花菜、大津郡。干鯣、大津郡川尻浦。下同。干鳆、干乌贼、厚狭郡埴生。平家蟹、丰浦郡坛浦。日月壳、丰浦郡室津浦。绞鹿予、阿武郡萩。纸、阿武、美祢二郡。五色盐、丰浦郡丰浦。蜡、大津郡深川村。陶器、出阿武郡萩，名松本烧；出大津郡深川村，名深川烧。鲸熨斗、大津郡川尻浦。藤细工，阿武郡萩。竹细工。丰浦郡丰浦。

纪伊国物产　砥石、牟娄郡。那智黑石、牟娄郡佐野村海滨。瀑布石、牟娄郡东山村古屋谷。白石、海部郡大崎浦、白神矶。绿矾、牟娄郡真砂村。土硫黄、牟娄郡汤峰村。石灰、名草、在田二郡。大麻、在田郡。萝卜、名草郡中岛村。薇、伊都、在田、日高三郡。甘薯、名草、海部二郡。芋、牟娄郡。蒟蒻、伊都、那贺二郡。葛、各郡。西瓜、名草郡布引村。甘蔗、各郡以那贺为最。烟草、伊都、日高、牟娄三郡。茶、各郡。下同。杉、高野槙、伊都郡。栌、日高、牟娄二郡。棕榈、那贺、在田二郡。梅、海部郡。柿、那贺、伊都二郡。枇杷、在田郡。蜜柑、名草、海部、在田三郡，下同，以在田为最。橙、杨梅、名草郡。茯苓。伊都、日高二郡。竹、牟娄郡。薪材、牟娄、伊都、在田、日高四郡，以牟娄为最。松蕈、名草、那贺、伊都三郡。椎蕈、日高，牟娄二郡，下同。石茸、茅蕈、伊都、日高、牟娄三郡。海苔、海部、日高、牟娄三郡，以海部郡和歌村为最。青苔、在田、日高、牟娄三郡。和布、海部郡加大。海藻数种、名草、海部、日高、牟娄数郡。蚕、各郡，以伊都、在田为最。蜂蜜、牟娄郡。年鱼、名草、牟娄二郡。鲤、纪伊川。鳀、海部郡加大及和歌山近海。鳢、牟娄郡。下同。鲣、鲣节、鲷、海部郡。大滩鱼、牟娄郡和深浦。鲸、牟娄郡古座、太地诸浦。海参、海部郡。牡蛎、海部郡和歌村。鲦鮍、牟娄郡田边。海獭、海獭郡、海獭岛。鹤、海部郡。下同。水喜鹊、雁、各郡。下同。野猪、丝、名草、海部二郡。下同。绲丝、木绵布、各郡。聋织、日高郡御坊村。纹羽织、和歌山及那贺郡野上村。云斋织、海部、名草二郡。足袋、和歌山。高野纸、伊都郡。

神野纸、那贺郡。花井纸、牟娄郡花井村，名为十文字纸。保田纸、在田郡山保田。山地半纸、日高郡。忍冬酒、和歌山鹭森。酢、那贺郡粉河村。酱油、在田郡有玉井酱，俗名金山寺味噌。鱼油、牟娄郡。奈良渍、和歌山。盐、名草郡。砂糖、名草、海部二郡。葛粉、牟娄郡田边。冰豆腐、伊都郡高野山。瓦、名草郡。下同。陶器、称为名草烧。蜡烛、在田郡汤浅村。漆、各郡，以在田、日高二郡为最。炭、牟娄、伊都、在田、日高四郡，以牟娄为最。松烟、在田郡山保田、日高郡山地、牟娄郡田边。怀炉灰、和歌山。桧木笠、日高郡龙神村、牟娄郡本宫。栩细工、牟娄郡田边。碗、名草郡黑江村。下同。折敷、团扇、那贺郡粉河村。伞、出和歌山，名松叶伞。烟管。那贺郡粉河村。

淡路国物产　黄土、各郡。御影石、津名郡。平林石、津名郡平林村，可供盆玩。温石、三原郡沼岛浦。砂利土、津名郡。白桧土、三原郡池内村。茶、各郡。海发、由良浦，下同。板和布、白海苔、干鲽、津名郡假屋村。海藤花、津名郡室津浦。海参、三原郡福良浦。马、机浦及近村。绉丝、各郡。陶器。三原郡伊贺野村。

阿波国物产　礎石、那贺郡大井村。甘薯、美马、三好二郡。蓝、板野、名东、名西、阿波、麻殖、美马、三好七郡。烟草、名西、麻殖、美马、三好四郡。茶、名东、名西、美马、三好、胜浦、那贺、海部七郡。黄杨、那贺郡。和布，板野、海部二郡诸浦。海蕴、小鸣门。年鱼、吉野川、胜浦川。鲈、濒海诸郡。鲷、鸣门。马鲛鱼、濒海诸郡。下同。鲻、牛尾鱼、鲨鱼、名东郡。虾、名东、那贺二郡。海参、那贺郡。鲣节、海部郡诸浦。煎鳁、那贺郡橘浦。鸡卵、阿波、麻殖、美马、三好四郡。缄织、名东郡。神代缟、麻殖郡。瓷器、板野郡。漆器、美马郡半田村，俗名半田碗。纺车针、阿波、麻殖二郡。纸、麻殖、美马二郡。盐、板野、名东、那贺三郡。砂糖、板野、阿波、那贺三郡。冰豆腐、麻殖郡山田村。索面、美马郡。葛粉、美马、三好二郡。

炭。三好、那贺、海部三郡。

赞岐国物产 石、山田郡庵治村、小豆岛、丰岛。黄土、寒川郡是宏村。萝卜、三木郡原村、香川郡中村。烟草、香川郡安原村、鹈足郡胜浦村外各郡。山椒、寒川郡富田中村。朱栾、那珂郡。松蕈、寒川郡长尾村、那珂郡盐入村。海松布、寒川郡志度浦、三野郡托间浦。青海苔、多度郡白方村。年鱼、香川郡安原村、鹈足郡常包川。鲻、大内郡安户蒲。鲷、香川郡,高松、三野郡大滨村、盐饱岛。下同。马鲛鱼、鲲鳠鲮、大内郡引田村、寒川郡津田浦。海参、大内郡引田村、寒川郡鹤羽村、香川郡高松。木绵、三野、丰田二郡。保多缟、香川郡中村。葛布、鹈足郡胜浦村。盐、大内郡松原村、三木郡牟礼村、山田郡泻元村、阿野郡板出村、鹈足郡宇多津村外诸浦。酱油、大内郡引田村、三田郡仁尾村。砂糖、各郡,以大内郡引田村为最良。饴、那珂郡琴平。索面、大内郡引田村、香川郡百相村、那珂郡琴平村、小豆岛。瓶、香川郡御厩村。炭、三木郡津柳村。团扇。那珂郡丸龟。

伊豫国物产 砥石、浮穴郡砥部,采出一年凡六万六千埏。蜡石、浮穴郡久万山。切石、温泉郡。片石、新居郡荒川山村。赤芜、温泉郡。下同。牛蒡、蒟蒻、和气郡太山寺林。甘薯、越智郡大岛。芋魁、新居、宇摩二郡。生姜、宇摩郡寒川村。山葵、新居郡藤之石山村。蓝、宇摩、喜多、宇和三郡。苘麻、新居郡。当归、浮穴郡太平村。烟草、宇摩、喜多、浮穴三郡。茶、喜多、新居、浮穴三郡。楮、新居郡冰见村。棕榈、宇摩、新居二郡。下同。材木、薪、新居郡古川村。香蕈、宇摩郡关之户。椎蕈、宇和郡目诸、吉野、松丸、黑村。年鱼、新居、喜多二郡。章鱼、新居郡西条。干鲲、宇和郡。鲣节、宇和郡又海浦。海参、越智、宇和二郡。鳎、宇和郡三崎浦。下同。干鲲、蛤、新居郡西条。鹰、石鎚山。鹑、宇摩郡。绵、宇摩、新居、周敷、野间、伊豫五郡。木绵、越智郡。木绵缟、温泉郡松山。盐、野间郡波止滨、和气郡新滨,新居郡埴生村多喜滨,越智郡岩城岛、弓削、岛津、仓木浦。砂糖、宇摩郡及伊豫郡黑田村。索面、温泉郡道后村、宇和郡松丸村。纸、喜多、浮穴、宇和、新居、桑村、宇摩诸郡。栌蜡、喜多、浮穴、宇和三郡。漆、宇摩郡。鳖甲、宇和郡久吉浦。陶器、浮穴郡。木地、浮穴郡久万山。扶桑木细工、温泉郡道后。瓦、野村郡菊间。帘。浮穴郡父之川村。

土佐国物产　珊瑚珠、安艺郡室户岬，及幡多郡三崎冲、八幡濑、柏岛冲有之，幡多郡伊佐、松尾、大滨等数十村，时有采出。水晶、幡多郡头集村伊佐浦。蜡石、吾川郡枞木山村桥山，西津贺才村西泷山，皆未凿。砥石、安艺郡甲浦、高冈郡谷地村、幡多郡津藏渊村。砚石、安艺郡元浦、高冈郡宇佐浦。磁石、土佐郡一宫村。温石、长冈郡丰永乡、土佐郡本川乡。禹余粮、高冈郡谷地村。石钟乳、长冈郡十市村、土佐郡宏濑村。云母、土佐郡本川乡。石灰、长冈郡下田村。菜种、香美郡韭生乡、长冈郡本山乡、吾川郡菜野川乡。蓝、香美郡楠目村山田野地村。茶、安艺郡内原野，香美郡山田、野地村、韭生乡，长冈郡丰永乡，土佐郡本川乡，吾川郡茱野川乡、池川乡，高冈郡津野山乡、大野见乡。烟草、长冈郡丰永乡。桂、香美郡山田野地村、吾川郡长滨村。樟脑、各郡。栌实、安艺、土佐、幡多三郡。杨梅皮、高冈郡久礼浦外诸村。七度栗、幡多郡一濑村。材木、各郡。下同。薪、椎蕈、秋笋、土佐郡本山乡户中村。石花菜、安艺郡元浦、幡多郡诸浦。鲸、安艺郡津吕浦、幡多郡洼津浦。鲣、安艺郡津吕室津，吾川郡浦户、御叠濑，高冈郡宇佐、须崎、久礼，幡多郡清水等诸浦，下同。鲣节、年鱼、安艺郡奈半利川，土佐郡镜川、吾川，高冈郡界仁淀川，幡多郡渡川。五棓子、香美郡韭生乡，长冈郡本山乡，吾川郡森乡。真珠、高冈郡浦内村。鸡卵，香美郡。马、高冈郡户波乡，幡多郡利冈村、具同村、川登村等。鲦鲢、幡多郡清水浦外诸浦。蜂蜜、长冈郡丰永乡、土佐郡本川乡、吾川郡池川乡、高冈郡津野山乡。生丝、吾川郡宠冈村、高冈郡佐川村。大布、长冈郡丰永乡、本山乡,吾川郡池川乡。纸、吾川、高冈、幡多三郡,以高冈郡户波乡、半山乡,幡多郡上山乡、下山乡、江川村为最。砂糖、安艺、吾川、高冈、幡多诸郡。盐、长冈郡十市村、仁井田村。蕨粉、幡多郡下山乡。葛粉、吾川郡上八川村。麱、安艺郡鱼梁濑村外诸村。炭。各郡。

筑前国物产 米、夜须、上座、鞍手三郡最良。菜种、各郡。下同。蕨、牡丹、菊、博多。艾、御笠郡。烟草、上座郡。茶、早良、那珂二郡。石楠花、那柯郡。玫瑰花、各郡。下同。栌实、柿、栗、蜜柑、志摩、怡土二郡。杉、各郡。下同。楠、黄杨、夜须郡。松、各郡。茯苓、夜须郡。材木、各郡。下同。竹、香蕈、松蕈、怡土、早良、糟屋、夜须各郡。岩茸、御笠、夜须二郡。松露、早良、那珂、糟屋各郡。索面苔、宗像郡。和布、诸岛。下同。诸海藻、蜂蜜、各郡。鲤、千年川、远贺川。年鱼、那珂川。鲈、那珂川、远贺川。面条鱼、早良川、多多良川。鲷、沿海各郡。下同。鲻、鰤、志摩、宗像二郡。鲭、沿海各郡。下同。海鳗、海参、鳆、蛤、志摩郡。淡菜、志贺岛。鹤、远贺郡。鹰、漕屋、鞍手、那柯三郡。鹜、各郡。下同。雉、鹑、鞍手郡。马、志摩郡。野牛、宗像、远贺二郡。唐织带、那柯郡博多。下同。木绵绞、练酒、盐、诸郡海滨。纸、御笠、夜须、上座、鞍手四郡。樟脑、夜须郡秋月。蜡烛、博多。下同。农具锅釜、陶器、早良郡粗原村、糟屋郡须惠村。葛粉、夜须、上座、嘉麻、穗波四郡。索面、博多。熨鳆、宗像郡。寿泉苔、夜须郡秋月。

筑后国物产 燧石、生叶郡池山。木叶石、上妻郡。鹦鹉石、同郡北矢部村。温石、御井郡。白土、上妻郡白木村。甘薯、上妻、三池二郡。萝卜、御井郡小森野村。胡萝卜、御井郡,下同。牛蒡、莲根、久留米近村。菜种、各郡。蒟蒻芋、生叶、上妻二郡。蓝御井郡西原村。灯心、三潴郡蒲地村。茶、上妻郡鹿子尾村所产最佳,生叶郡星野村亚之。楮、上妻

郡。栌实、御原、御井二郡。柿、生叶、竹野、山本、上妻数郡。蜜柑、竹野、
山本二郡。香橙、御井郡。竹皮、生叶郡星野村山中。鲤、筑后川。下同。
鲚鱼、年鱼、筑后川、矢部川。鳗鲡、三潴郡。海荸、筑后川口深泥中所产
介类也。鹈池织、上妻郡鹈池村。木绵绁、久留米。酒、各郡。下同。
油、蜡、生叶、御原二郡。蜡烛、各郡。纸、上妻郡祈祷院村、下妻郡沟口
村。铸物、三潴郡榎津町。下同。水车、瓦、三潴、山本、山门三郡。半田
土锅、下妻郡水田村。伞、各郡。蓙、三潴郡。七岛筵。三潴郡下田、芦塚
二村。

丰前国物产　水晶、企救郡贯村、京都郡马岳。磁石、田川郡畑村。
砚石、名门司关砚,出企救郡白野江村、大积村。粗砥、京都郡松山村。石
灰、企救、京都二郡。大豆、下毛郡。茶、田川、下毛二郡。紫草、企救郡新
道寺村。昆布海苔、筑城郡凑村。杉材、田川郡彦山、下毛郡山国谷。下
同。椎蕈、松蕈、和布、企救郡。鲈、筑城郡松江滨。干小鲷、企救郡长
滨浦。鲽、企救郡海滨。下同。海参、蛏、小仓织、小仓及中津、丰津。
纸、企救、宇佐二郡。盐、企救郡门司村、宇佐郡高家村等。生蜡、各郡。
陶器、田川郡上野村。七岛筵、上毛郡久路土村。百合粉、企救郡道原、
顶吉、呼野、小森诸村。葛粉、同上。三官饴。小仓。

丰后国物产　明矾、速见郡鹤见村、铁轮村,玖珠郡汤坪村。硫黄、
速见郡鹤见村、直入郡有氏村、玖珠郡田野村。柴石、速见郡野田村。石
灰、大野、海部二郡。菜种、大野、直入二郡。大豆、日田郡。葛、玖珠、日
田二郡。苎麻、日田、大野二郡。烟草、日田、直入、大野、海部诸郡。人
参、直入、日田二郡。生姜、速见、海部二郡。茶、国东、玖珠、日田、大野、海
部诸郡。楮、玖珠、日田、直入、大野、海部诸郡。栌、各郡。棕榈、日田、直
入二郡。蜜柑、海部郡。竹、国东、速见、日田三郡。材木、各郡。下同。
椎蕈、石花菜、海部郡。下同。鹿角菜、天藻、蜂蜜、日田郡。干鳁、国

东、速见、海部三郡。白干鲽、大分郡。鲣、海部郡。下同。鳎、海鼠、国东、速见、海部三郡。牡蛎、速见、海部二郡。鳆、海部郡。下同。日月壳、海鹿毛、海部郡。蚕丝、速见郡。绵、海部郡。下同。叠缘布、木绵、国东、大分二郡。马尾织、大分郡。盐、国东郡。生蜡、国东、大分、日田三郡。鳁油、海部郡。樟脑、大野郡。炭、各郡。蓝玉、速见郡。蕨粉、玖珠、日田二郡。纸类、大分、日田、直入、大野、海部五郡。铸物、锅釜农具类，出国东、速见、大分三郡。七岛筵、国东、速见、大分、大野四郡。箬笠、大分郡。下同。伞、蓑、玖珠郡。下同。桧物器、烟管。大分郡。

肥前国物产 云母、彼杵、松浦二郡。粗砥、松浦郡平户。米。各郡。下同。麦、粟、荞麦、菜种、豆、甘薯、彼杵、松浦二郡。野芋、彼杵郡长崎。蓝、彼杵郡大村、高来郡岛原。生姜、大村。下同。红花、烟草、彼杵郡。茶、各郡。下同。栌、松、大村岛原。下同。杉、椎蕈、海藻、彼杵、松浦二郡。年鱼、川上川、松浦川。鲸、彼杵、松浦二郡。下同。鲷、鲥、鲔、鲞、鳀、水母子、干河豚、鲣节、鳎、干鳆、海参、牡蛎、佐贺。青鱼子、彼杵郡野母村。海茸、佐贺、杵岛二郡海滨。鸡、高来、松浦二郡。下同。鹜、牛、马、马皮、大村、岛原。下同。猪、豚、岛原、长崎。木绵、大村。纸、神崎、佐贺、小城、松浦四郡。酒、各郡。砂糖、大村岛原。葛粉、神崎郡。索面、各郡。下同。蜡烛、鱼油、彼杵、松浦二郡。下同。炭、樟脑、神崎、小城二郡。陶器、养父郡白石村，藤津郡志田村，松浦郡有田村、大河内村、平户岛等。玻璃器、佐贺郡佐贺。七岛蔗、大村、岛原。钉、大村、长崎。针、长崎。下同。线香。

肥后国物产 砚石、八代郡水岛。陶土、天草郡。下同。陶土粉、砥石、明矾、河苏郡小国。石灰、八代、上益城、下益城、玉名四郡。硫黄、阿苏郡阿苏山贰所，采出一年六千三百三十六贯。俺的摩尼、天草郡高滨村，采出一年九百六十贯。米、各郡。下同。粟、麦、大豆、蚕豆、下益城、八代、玉名三郡。唐黍、饱田、上益城、阿苏三郡。甘薯、各郡。下同。菜种、牛蒡、薯蓣、蒟蒻芋、干蕨、苇北郡佐敷。麻苧、各郡。下同。蓝、烟草、纤突烟草、茶、栌实、楮、天草郡。楮、各郡。下同。棕榈、柿、梨、蜜柑、饱田、上益城、玉名、八代、苇北五郡。竹皮、上益城、下益城、玉名、阿苏、苇北五郡。下同。笋、椎蕈、八代、上益城、苇北、阿苏、菊池、球摩六郡。木耳、八代、苇北二郡。海人草、天草郡。下同。鸡冠苔、鹿角菜、青莎、鹿角藻、和布、天草、宇土二郡。川苔、菊池、八代二郡。水前寺水苔、托麻郡。山茧、玉名郡南关、合志郡大津、下益城郡砥用。鲣节、天草郡,下同。干鳝、干鳎、干章鱼、鳎、干鲦鱼、干鳆、干虾、天草、苇北二郡。鸡、上益城、下益城、山本、阿苏、苇北五郡。下同。鸡卵、牛、上益城、阿苏、天草三郡。马、上益城、合志、阿苏、玉名、天草五郡。牛马皮、各郡。缫绵、八代郡高田,苇北郡田浦、佐敷。酒、各郡。酢、山鹿、菊池、玉名、八代、饱田五郡。酱油、各郡。盐、宇土、玉名、八代、天草四郡。砂糖。山鹿、宇土、天草三郡。面类、熊本及玉名郡南关。晒葛、上益城、下益城、托麻、八代、山鹿五郡。朝鲜饴、熊本。蜡、饱田、托麻、山鹿、玉名、八代五郡。纸类、各郡。陶器、八代、玉名、宇土、上益城、山鹿、天草六郡。铁器、托麻、山鹿、合志、天草四郡。炭、各郡。蔺筵、山本、八代、宇土三郡。七岛筵、饱田、下益城、宇土、八代、苇北五郡。藁筵、饱田、苇北、天草三郡。竹器、阿苏、山鹿、合志、玉名四郡。团扇、山鹿郡山鹿。笠、饱田、上益城、阿苏、菊池、苇北五郡。革烟草入。熊本。

日向国物产　俺的摩尼、儿汤郡米良山村、诸县郡四家山。玉蜀黍、臼杵郡高千穗。菜种、儿汤、宫崎、那珂三郡。苧麻、臼杵、儿汤、那珂三郡。柴胡、诸县郡。下同。人参、白术、万年青、都城。烟草、臼杵、儿汤、诸县三郡。茶、臼杵、儿汤、诸县、那珂四郡。楮皮、臼杵、儿汤、那珂三郡。椎皮、臼杵、儿汤、诸县、那珂四郡。下同。杉材、松材、臼杵郡。木诸材那珂郡斑竹、诸县郡。下同。孟宗竹、椎蕈、臼杵、儿汤、诸县、那珂四郡。石花菜、臼杵郡。年鱼、绫南川、绫北川。斑鱼、绳濑川。文鳐鱼、那珂郡福岛村。梭鱼、诸县郡。鲣节、臼杵、那珂二郡。干鳁、臼杵郡。云丹、儿汤郡。鹑诸县郡羚羊、臼杵郡。猪、臼杵、儿汤、诸县三郡。下同。鹿、纸、延冈、高锅佐、土原、饫肥,及诸县郡高冈、仓冈等。生蜡、延冈、高锅佐、土原、饫肥、福岛等。樟脑、臼杵、儿汤二郡。榉木、臼杵、那珂二郡,及雾岛山产为上品。炭、臼杵、儿汤、诸县、那珂四郡。蒲葵笠、诸县郡蒲葵岛。下同。蒲葵扇。

　　大隅国物产　明矾、桑原郡。下同。硫黄、砚石、屋久岛。加治木石、姶罗郡。甘薯、各郡。萝卜、大隅郡及樱岛。烟草、䁲哚、桑原、姶罗三郡,以国府乡为第一。百合、肝付郡。万年青、高隈岳。仙人脂甲兰、大隅郡、大种子岛、屋久岛。铁蕉、大隅郡及种子岛。茶、桑原、䁲哚二郡。蜜柑、大隅郡及樱岛。下同。枇杷、龙眼树,大隅郡,下同。橄榄、榧、各郡。下同。楮、蚊子木、竹拍、大隅郡及屋久岛。杉、屋久岛。瑞圣花、大隅郡及种子岛、屋久岛。映山红、䁲哚郡。江南竹、大隅郡。香蕈、䁲哚、大隅、菱刈三郡,及屋久岛。海苔、姶罗郡及樱岛。石花菜、大隅郡。鲔、䁲哚、姶罗、大隅、肝付四郡及樱岛。下同。鲷、鲕、䁲哚、姶罗、大隅三郡。火打鱼、姶罗、䁲哚二郡。鲣、大隅、肝付二郡及屋久岛。鳁、大隅郡。海鼠、姶罗郡。鹰、屋久岛。下同。鸡莺、马、䁲哚郡及屋久岛。猪、各郡。下同。鹿、牛马、出种子岛。马首牛身之兽也。海马、屋久岛。俗名四足。砂糖、肝付郡。种子醯、种子岛。煎脂、屋久岛。生蜡、肝付郡。纸、姶罗、大隅二郡。陶器、姶罗郡。下同。墨、鸟铳、种子岛。蒲扇、肝付郡。下同。蒲莛。

　　萨摩国物产　硫黄、颖娃郡,及硫黄岛。硝石、川边郡。砚石、甑岛。白土、揖宿郡。玻璃石、川边郡。甘薯、各郡。西瓜、颖娃郡。下同。

蕃椒、麻、伊佐郡。蓝、高城郡。烟草、颖娃、揖宿、出水三郡。牡丹、鹿儿岛。下同。兰、诸种。仙人脂甲兰、黑岛。柴胡、桂枝、出水郡。茶、各郡，以出水郡阿久根为最。蜜柑、鹿儿岛。下同。香橙、文旦、大朱栾、出水郡。龙眼树、揖宿郡。下同。佛桑花、夹竹桃、蒲葵、竹岛。孟宗竹、鹿儿岛郡。簜竹、硫黄岛。松露、日置郡及长岛。香蕈、日置、伊佐二郡。玉蕈、日置郡。海人草、甑岛。石花菜、竹岛。和布、长岛。下同。鹿角菜、鲷、鹿儿岛及各郡。鲔、日置、萨摩、揖宿、谷山川、川边五郡。鲣、甑岛、硫黄岛。鲕、日置、川边、颖娃三郡。勒鱼、日置郡，及甑岛。金线鱼、日置、出水二郡。海鼠、出水郡，及甑岛。车虾、出水郡。海鳌卵、日置郡。意大腊贝、给黎、颖娃二郡。豚、鹿儿岛。鹿、各郡。下同。马、木绵红染、鹿儿岛。烧酎、出水郡。砂糖。长岛。硫黄、硫黄岛。山茶油，出水郡及硫黄岛。前脂、川边郡诸岛。下同。樟脑、生蜡、阿多郡。纸、伊佐、颖娃二郡，下同。火绳、煮扱苧、伊佐郡。陶器、鹿儿岛及日置郡苗代川村、萨摩郡。玻璃器、给黎、颖娃二郡。蔺席、高城郡。笼火钵、萨摩郡。下同。筹笠、竹器、竹岛。枨、鹿儿岛。下同。箸、橹木、各郡。下同。柞灰。

州南诸岛物产　滑石、喜界岛。下同。雷斧、石灰石、甘薯、各岛，四时常以充食。豌豆、喜界岛。下同。落地生、甘蔗、各郡。山蓝、大岛。下同。杪椤、铁蕉、凶年亦以根充食。罗汉松、阿呾呢、树名。楮材、各岛。竹、大岛。海鱼数种、各岛。永良部鳗、永良部岛。鸡、大岛。下同。鹜、盐、豚、青螺、珤璩、玳瑁、上布、大岛及各岛。下同。芭蕉布、缟䌷、缟木绵、砂糖、百合粉、烧酎、棕榈绳、桄榔绳、尺筵。

壹岐岛物产　砥石、壹岐郡诸吉村。大豆、二郡。牛蒡、石田郡筒城村、武生水村。瓜、壹岐郡箱崎村。防风、二郡诸村。箭竹、石田郡诸吉村棚江。和布、濒海诸村。下同。石花菜、鹿尾藻、鲸、濒海诸村，下同。

鳆、鳎、海参、云丹、鱼介数品、荣螺、蛤、台岐①郡诸吉村。鹤、二郡诸村。下同。鸡、木绵、二郡诸村。铁器、石田郡志原村。竹器。壹岐郡住吉村鲸伏。

对马岛物产 砥石、下县郡。陶土、严原宫谷町清水山。甘薯、二郡诸村。烟草、佐须、豆酘二乡。茶、与良乡。楮实、与良、豆酘二乡,一岁所得各四百石,以备凶歉。木耳、二郡诸村。下同。椎蕈、和布、二郡濒海诸村。下同。鹿尾藻、石花菜、鹿角菜、严原。蜂蜜、与良、佐须、丰崎、仁位四乡。鳀、鳄浦、佐须奈。鲭、濒海诸村。下同。平鲋、干乌贼、海参、干鳆、云丹、蛤、雉、二郡诸村。下同。鹿、黑砂糖、佐须、豆酘二乡。烧酎。二郡诸村。

---

① 台岐,当为壹岐。

卷四十　工艺志

外史氏曰:形而上者谓之道,形而下者谓之器。形而上者,自上古以来,逮于尧、舜、禹、汤、文、武、周公、孔子,其所发明者备矣。形而下者,则自三代以后,历汉、魏、晋、唐、宋、金、元、明,犹有所未备也。余观开辟之初,所谓圣智,不过制医药,立宫室,制衣服,作器用,此皆后世所斥为"工艺之事",而古人以其开物成务,尊为圣人。成周之制,官有六职,工与其一,而历世钟鼎,奉为宗彝,令子孙宝用。盖古之人所以重工艺者如此。后世士夫,喜言空理,视一切工艺为卑卑无足道,于是制器利用之事,第归于细民末匠之手,士大夫不复身亲,而古人之实学荒矣。今欧美诸国,崇尚工艺,专门之学,布于寰区。余尝考求其术,如望气察色,结筋搦髓,破腹取病,极精至能,则其艺资于民生。穷察物性,考究土宜,滋荣敷华,收获十倍,则其艺资于物产。千钧之炮,连环之枪,以守则固,以战则克,则其艺资于兵事。火轮之舟,飞电之线,虽千万里,顷刻即达,则其艺资于国用。伸缩长短,大小方圆,制器以机,穷极便利,则其艺资于日用。举一切光学、气学、化学、力学,咸以资工艺之用,富国也以此,强兵也以此,其重之也,夫实有其可重者在也。

中国于工艺一事,不屑讲求,所作器物,不过依样葫芦,沿袭旧式,微独不能胜古人。即汉唐之后,若五代之纸墨,宋之锦,明之铜炉,责之今人,亦不能为。所谓操刀引绳之辈,第以供人之奴役,人之鄙夷,亦无足怪也。虽然,以古人极重之事,坐令后世鄙夷之若此,此岂非士大夫喜言空理、不求实事之过乎!今万国工艺,以互相师法,日新月异,变而愈上。夫物穷则变,变则通。吾不可得而变革者,君臣也,父子也,夫妇也,凡关于伦常纲纪者皆是也;吾可得而变革者,轮舟也,铁道也,电信也,凡可以务财、训农、通商、惠工者皆是也。今之工艺,顾可忽乎哉? 作《工艺志》。

医

允恭帝之初,征医于新罗,新罗王遣金武来,始知医方。其后钦明帝时,百济国遣医博士奈卒王有棱陀、采药师施德潘量丰、固德丁有陀赍书籍药品来。考《三韩纪略》,魏景元元年,百济设官十六品,第六品曰奈卒,第八品曰施德,第九品曰固德。推古帝时,百济又遣僧观勒献历书及天文、地理、遁甲、方术之书,帝命山背日并立受其方术,于是汉籍传播日广,良工辈出。先是,有吴王照渊孙名善那,于钦明时来归,献儒、释、医书,帝赐号和药使主。雄略帝时,百济医德来应征而至,子孙世居难波,因称难波药师。及桓武帝时,有和气广世。后二百余年,有丹波康赖,康赖本姓刘氏,出于后汉灵帝,世居丹波矢田郡,因赐姓丹波宿祢。此二氏者,子孙世守其官,号为名家。康赖之孙雅忠最负名。高丽王妃疾,赠书太宰府,以厚币求之,雅忠谢弗往,复书有"双鱼虽达凤池之波,扁鹊岂入鸡林之云"之语,世以为美谈。中叶仿唐制,设典药寮,有典药头,有助,有允,有属,有医博士、女医博士、针博士、侍医、权侍医、医师、医师得业生、施药院使及主典史生等职。天平宝字二年,诏使医生讲《太素》、《甲乙脉经》、《本草》,针生讲《素问》、《针经》、《明堂脉诀》。《延喜式》曰:讲医经,《太素经》限四百六十日,《新修本草》三百十日，《明堂》二百日，《八十一难经》六十日，凡《太素经》准大经，《新修本草》准中经，《小品明堂》、《八十一难经》准小经。天历元年，又诏课试医道学生。盖医有专官，官有世业，故所业较精，著述亦不乏。《治疮记》一卷，大村直福撰。《摄养要诀》二十卷，物部广贞撰。《金兰方》五十卷，菅原岑嗣等奉敕撰。《药经》，和气广世撰。《医心方》三十卷，丹波康赖撰，一曰《雅忠集注》。《太素经》三十卷，小野藏根撰。《大同类聚方》百卷，安部贞定、出云广贞等奉敕撰。《难经开委》一卷，出云广贞撰。《养生钞》七卷，《掌中方》一卷，《倭名本草》，并大医博士源辅仁撰。《万安方》五十七卷，《顿医方》十卷，梶原性全撰。《灵兰集》，细川胜元撰。以上书目见于《日本本朝医考》，皆当北宋以前。近人撰述，兹不备录。王室衰微，医失其官，咸剪落，著直裰。其供职幕府者，叙法印、法眼、法桥等位，皆僧官名。实为僧员，而不隶僧纲。德川氏之季，始有不剃发，称为儒医者。维新之后，别设医学馆。东京大学医学与法、理、文三学并尊，然其术颇兼西法矣。自足利氏失驭，海内鼎沸，医学亦废，医家惟专守宋《和剂局方》，以固陋自安。有曲直濑正庆者出，始宗李东垣、朱丹溪之学，参以诸家，造诣极深，一时翕然崇尚。正庆，字一溪，平安人，长游足利学校，博通群书。时四代三喜挟李、朱之术，周游四方，正庆从而学焉。术成，人争乞治。正亲町帝征见，赐号翠竹院。又诏上所著《启迪集》，敕僧策彦撰序，以行于世。于是国手之称，一时翕然。将军侯伯，莫不崇礼。年老，丰臣秀吉、德川家康皆眷爱之，四方问业者盈门，幕府医官咸执贽焉。子正绍、孙亲纯、婿正琳、秦宗巴，皆有名。自后医方，一主稳重，其弊至迂拘胶泥，姑息养痈而不自知。于是名护屋元医、后藤达、北山道长、香川修德、吉益为则等，先后崛起，倡复古之说，以革除旧习，专宗仲景以上溯《灵》、《素》，医道为之一变。元医，号丹水，平安人。少通经，壮始学医，得喻氏书而读之，发愤溯古，直以仲景为师。尝曰："吾用药不问病，因之阴阳虚实，唯见证施治，头痛治头痛，腹痛治腹痛，咳治咳，喘治喘，如此而已。挽近方法细碎多歧，有志者宜考古，后世恁臆之论一切废弃可也。"于时方宗朱、李，丹水务排之，众哗然相诋。医家有古方后世之目，自丹水始也。达，字有成，号艮山，江户人。其论医，谓百病生于气滞，故以顺气为治疗之纲要。又曰："欲学医者，宜先察疱牺始于羲皇，菜谷出于神农，知养精必赖谷肉，攻疾始藉药石，然后取法于《灵》《素》、《八十一难》之正语，舍其空论杂说及文义难通者，又涉猎于张机、葛洪、巢元方、孙思邈、王焘等诸家，不惑乎宋以后阴阳王相府藏分配之说，而能识百病生于一气之留滞，则思过半矣。"道长，号友松。其父本明人，避乱至长崎，因家焉。至道长，改氏北山。少受《鼎湖神书》于明异人，又受长沙心法术。道长学极博，卜筮风水，无不兼综，而尤粹于医。废弃时论，一以长沙为准。修德，号修庵，师后藤达。达谓之曰："二千年来，医说失绪，纷纭日甚，欲摈斥多端，使古道复明今日，非于真积力久则不能。我老矣，是子异日之任也。"于是励精专志，讲求累年，著《药选》、《行余医言》等书，以推衍师说，而古道益昌。为则，号东洞，世业金疮产科，一日慨然曰："胎产，妇人之常；金创者，外伤也，不足尽我术。"于是遍读诸书，断然取则于扁鹊，考方于仲景，而一扫宋以后温补诸说，曰："万病一毒，药亦毒，以毒攻毒，毒去体安，未尝损元气，何补之云乎？"子猷，亦以医名，本万病一毒之说而引伸之曰："人身气、血、水循环不已，而病毒之生，由于三者停滞失常，故毒一，而毒之所因者三。"乃本仲景证候、治方、分类、诸证，配之三者，推病候以辨其主客，审病位以辨其急逆虚实，以明万病归于三者之变，作《气血水药征》。为则之名益著，弟子著籍者三千余人。然惩创太过，或失武断。末学承流，徒守言筌，而其弊至攻下泛投，草菅人命。于是有荻野元凯、福井楷、和田璞、多纪元德、多纪元简辈，一矫其弊，精心覃思，折衷今古，补泻温凉，无所偏执，医道又为一变。元凯，号台州，金泽人。中年得吴有性书，大喜，治法多本吴氏。医者用达原饮，自元凯始。然不专一说，所著有《吐法篇》、《刺络篇》、《瘟疫余论》等书。楷，号枫亭，奈良人，普采历代方法，择其精确者，次第论选，以为施术之根据。与当世古方家流师心卤莽者，大异其指趣。璞，号东郭，摄津人。受业于吉益为则,而其术自成一家,曰:"历代方书犹郑笺朱注,各有一长,不可偏废。医者取古人成法,而取舍在己,要以治为主。若拘泥旧闻,癖守一见一孔之论,不足与谈医也。"元德,号蓝溪,名医康赖之裔,世业医。少好张介宾方,后溯长沙,其术益精。初其父元孝请于将军,创跻寿馆以为学舍。元德继其志,规模益拓。既而幕府命加修饰;凡医官子弟悉就学,仍以元德为教谕,于是变家塾为国学,举世荣之。元简,字桂山,元德子,受父学,记性绝伦,一览终身不忘,专以聿修先绪启迪后学为任。取《素》、《灵》诸经,次第整厘,为之笺释。凡古今文字言涉医事者,悉推其根柢而究之,出试诸疾,辄收奇功。先是,诸家厌五行、经络之说,互相诋毁,大抵臆造之说胜,训诂之义微。自元简书出,讲医籍者识所率由,而前世粗卤武断之风始除云。

逮夫近日西学盛行,惟一二汉医,如浅田宗伯,名惟常,号识此,信浓人。天资豪爽,学问该博,凡医家之书,莫不搜索贯穿,取长舍短,蓄积浸涵,若己有之。其诊病也,应变投机,不胶一说,少负盛名。庆应初,法国军将某患沉疴,乞医于将军,命宗伯疗之,不出数旬而愈。明治四年,美利坚学校汇聚诸国医籍,日本以宗伯所著《皇国名医传》应之。所著医书,凡三十四部,一百七卷。尊闻行知,守道不变。而后进晚出,咸以西医为依归矣。

凡业医者,例兼卖药,医者携一药囊,出门诊疾,诊毕给药。无论何剂,概有定价。诊脉之法,同于中国,或兼诊脚。别有腹诊一法,竹田定加、名医竹田昌庆之孙。昌庆于明初随贡使至明,受学于明医金翁,金翁妻以女。成祖后产难,曾命昌庆治之。松江意斋始创其术。其后北山道长、著《诊腹法》。堀井直茂、著《腹诊书》。浅井惟寅、著《诊脉秘传》。高村良务,著《腹诊秘传》。皆善道之。然皆局于脏腑配当,左右分位,未免附会。至香川修德、吉益为则,乃直据腹之硬软弛张,及跳动拘急、块磊等状,以辨虚实死生,十得其九。及濑邱琵益阐发微旨,无复余蕴,近世咸师之。琵,字长圭,江户人。吉益为则称为东方一人。常曰:"腹疾与外证相为表里,然外证多歧而易惑,腹候专一而不爽,故腹候为先。"又曰:"医有三极:方极、证极、诊极,诊极谓腹诊也。"因名所著曰《诊极图说》。同时有多贺谷安贞著《腹诊秘诀》,稻叶克著《腹证奇览》,和久田寅著《腹证奇览翼》,皆祖珽说焉。

本草之学,因中国之名,以证日本之物,颇有参差。至向井元升、号灵兰、肥前人,著《和名本草》。贝原笃信号益轩,世仕福井侯,著《大和本草》。始亲验物产,以考物名。既而,稻生宜义字彰信,仕金泽侯。著《庶物汇纂》一千卷,其徒承而精之;又有阿部照任,特以此学显。照任,号将翁;南部人。少时乘漕舶赴江户,遇飓漂入福建,留十八年,得本草学而归。幕府命采药于东海、北陆诸州,三至虾夷,所得物品甚夥,石药尤多前人未道者。后之道本草者,皆祖稻生、阿部二氏。

妇人科,古隶于治创家,有中条氏最著名,女医称为中条流。至贺川元悦、蛭田克明,而术益显。元悦,字子元,为彦根世臣,专精产术,常养丐妇有身者以试之。久而术成,称为神工。其术无所师承,亦不本古人,其言子在胞中,头实向下,盖前人所未发也。所著《产论》,名儒皆川愿为视草。及《产论》盛行于世,元悦见愿辄涕泣握手以谢。门人冈本元迪著《产论翼》亦显于世。克明,字至德,白河人。谓孕育常理,本非疾病,惟保护失方,乃致死耳。其教人设十目,而无传书。门人等著《孕家遵生》、《田子产则全书》,以述师说。

针灸之术,则有杉山流,古有针博士,后废。德川常宪尝下令曰:"医法惟针术不明,其图所以振励之。"于是杉山和一受命而兴针学。和一,大和人。幼师各针科,兼得所长。复祷于神,梦神授以针管,于是创造针管以试其术,补泻迎随,渐觉应手,精虑沉思,终诣神妙。术既成,设讲堂为教习所,门人继之,一国凡设四十五所。是为杉山流。有意斋流,松冈意斋,庆元间以善针闻,以金银制针,取其温柔也。其术以小槌打入肤肉,槌形圆而圆,下针不过数处,而无病不愈。是为意斋流。有骏河流,加茂祠官骏河吉成父子皆师事意斋,称良工,是为骏河流。有吉田流。吉田意休,出云人。曾往明学刺针于崔林杏,留七年,尽得其法,著《刺针家鉴》,授其子孙。世居越前福井。是为吉田流。别有三针法、垣本针源,平安人,精刺络。所用针有三:小为毫针,次为大针,最大为韭叶针。韭叶以取瘀血。多瘀血者,先用其所制烟天散服之,然后用针。凡诸痼疾,虽众医敛手,亦针到病除。女茂登继其业。古针法。菅沼长之,摄津人,善用铁针,常曰:"铁针刺皮肉甚利而不伤气血,我伎足以破诸家之妄矣。"因以针灸复古自任。世目其术曰古方针。

　疡医,则有鹰取流,播磨鹰取秀次传古法,著《外科细锤》及《新明集》,显名于天正、庆长(问)〔间〕,是为鹰取流。有南蛮流,鹰取之法,治平以后渐废,长崎诸医传外国法者盛行,是为南蛮流。仕于幕府者,前有杉本忠惠、西元甫,后有栗崎正羽、吉田昌全、村山自伯,皆以术显。又有楢林流,皆负名。长崎又有楢林丰重者,以荷兰通事,学治疡于兰医,颇精其术,世名之为楢林流。

　若近日西医,于未通商前,既有前野达、号兰化,中津人。杉田翼、号鹈斋,小滨人。宇田川普号槐园,津山人。等讲究洋学,而以桂川国瑞为至精,国瑞,号月池。曾祖以外科仕幕府。国瑞通兰学,外国亦闻其名。洋学之兴,国瑞尤有力焉。然医术唯用之治疡。门人有吉田某,据西法为内治。国瑞禁之曰:"西洋万里,风土既殊,秉赋亦异,治法药物亦必异,宜不当以彼概此。且本邦内治方术既备,何必徒标新异,以骇观听!"某不从,国瑞遂削其弟子籍。然当时第得之口传手习。今则朝廷所尊,洋学日辟,直就原书以研核其理,其必有兼中西之长、擅内外之治,以其术鸣于世者矣。

农　事

凡农家种植、耕耨、培溉、收获之法,多同于中国。惟种树者善于移树,虽合抱之木、寻丈之树,移之辄无恙。法于未移之前,就旧树周围,开沟深约尺许。凡根外向者皆盘曲其势,使抱本根,日以水沟浇①中,使土受滋润,根易脱离。所移之处,亦预掘一穴,既并根移植,多覆以土,别用木为架,交叉枝格,束缚牢紧,使受风不摇,则无碍生理。

植物家又谓物性喜接植,如以桃接李,以李接杏,则果实转盛。其法于盛夏时,用锋利小刀,就树削皮,约离地二三寸高之处。纵一寸至一寸二三分,横亦略削深数分,如女人筐式,勿伤木心。所接之芽枝,取新长荣盛者,亦约长八分至寸许。于侧面插入,旋用棉絮等物缠缚坚紧,微露出枝,经半月乃解释之,明春则合生矣。若所接之枝虑其凋枯,将原树枝芽概行摘去,则接枝较易生育。此旧法也。

近世农学家于欧洲得三新法:一曰气筒。用陶器如烟突式,偃埋地中,使外吸大气,则土质肥饶轻松,可以省耕锄之劳,为滋生之助。草木之性皆赖炭气以生,惟寻常空气地内吸入,仅及一尺四五寸之深。今设此筒以引外气,无论深浅,易于培养。一曰树枝偃曲法。凡草木之枝下倾者,则根茂而实遂,故师其法,以人事偃曲树枝,使根干敷荣,花实繁茂。澳国人荷衣伯连,其父为植物学名家,每教以寻求物理。一日游历俄罗斯之西北利亚深山中,见乔松插天,高出云表,枝皆下倾,四旁杂树居于松下者,枝皆向上。忽悟枝强则干弱,枝弱则干强之理。由是遍历幽崖穷谷,取各种草木,分类考验,莫不皆然,乃创为树枝偃曲法。其法于树枝平列中,微拗其枝,使稍向下,以角度一百十二度五十分为准。盖设为圆图,以正东为百度,正南为二百度,正西为三百度,正北为四百度。所谓百十二度五十分,即以圆图之中间为百度,由百度起,又稍低为百十二度,余借以指喻

---

① 沟浇,似为浇沟。

之辞也。凡树将花时，以棕绳缚之，令稍向下，则所缚之枝，骤减生力，不复长大，而新芽怒生，果实穰盛，辄倍于常。试之果树，尤有奇验云。一曰雌雄配合法。凡花果草木，皆有雌雄，亦交合而后结子，以蜜为媒助，则结实较盛，而收获倍常。草木之类，有一花内，具雌雄双蕊者。花心中如蜜者为雌蕊，其周围所带黄粉为雄蕊。如麦之类，每花具雌蕊二，雄蕊三；稻之类，每花具雌蕊三，雄蕊六；梨及林檎，每花具雌蕊五，雄蕊二十；是皆一花而具雌雄者。若玉黍、胡瓜之类，又薯蓣、银杏之类，则雌花雄花，雌木雄木，根性全别，其配合之法，雄蕊所含黄粉为风鼓荡，与雌蕊之蜜粘著，然后结实，故花时遇暴风雨，则粉褪而实稀。法用寻丈麻绳，以羊毛为辫，长约尺许，横排条系。每十条中系以铅丸，使其力下坠，再用蜜薄涂于辫及铅丸之上，轻轻摩擦，以期遍润。如麦圃花时，命农夫三人，引牵此绳横绰而过，所有外散花粉，必粘于辫，与雌蕊相触，则花粉与花心相粘矣。其收获比寻常可多至一二倍。近岁，法国有卖此器者，五谷之类皆可用。若梅杏花时，直以蜂蜜涂于花，则其效可计日而待。自荷衣伯连创此法，种植家多效之。荷衣伯连又言："凡一树而雌雄各别，虽相隔甚远，亦能以气相合。欧洲中有一种葎草，制麦酒者用之为味，其草有雌有雄，一经交合，则香薄味逊，人见雄草辄芟除之，若有一根雄草，虽隔数里外，经一二时，百万株之雌草，悉结实而无用矣。故种此草者，结为会社，每家每户，时时检查，专以除去此害为务。又如麻苎之类，贵于本质坚韧，亦宜分别雌雄，禁其交合，其理盖如骟马宦牛云。是又一理，附识于此。试之皆有验。近岁又有掘井一法，不用淘掘，专以杵筑土使之陷下，深至一二丈，再挖其四旁，深约一尺，以竹竿插入，则水浆溢出，由竹管引而向外，可以无须汲引。闻迩年村乡盛行其法云。

凡以人工制造之物，易于腐败，不能行远者，如竹笋、松菌、蜜煮桃李、熟鱼、兽肉之类，皆以铁叶罐封固，使外气不侵，则历久不坏。以沸汤煮熟，再引锥刺罐，使热气外泄，复用铁密封，使内无蕴热，外无冲气，自能久而不坏。

日本农家，向来惟墨守旧习，胶执成法，相沿千数百载。维新之后，国家既开劝农局，复设植物园，时以新法刊告于众，风气为之一变。

织　　工

应神帝三十七年，遣阿知使臣、都加臣使于吴，求缝织工，有兄媛、弟媛、吴织、穴织四人来，始学作锦绣。考《拾遗记》称："员峤山有冰蚕，长七寸，黑色，有角有鳞，以霜雪覆之，然后作茧，长一尺。其色五彩，织为文锦，入水不濡，以之投火，经宿不燎。唐尧之世，海人献之，尧为黼黻。"是书多神仙诞妄之辞，固不足据。《韵府续编》采《杜诗集注》称："汉武帝时日本贡麒麟锦十端，金花炫目，亦不言书所自出。考魏景初中，赐倭女王以绛地交龙锦五疋，绀地句文锦三疋。"女王即应神母后，又越数十年乃始遣使求织工，则汉武时贡锦之说，亦不足凭也。雄略帝时，又有手末才伎汉织吴织来，于时秦公酒献绢，赐姓为禹豆麻佐。盖中古时，既能习织工矣。自通使隋唐，学为蜀锦，如真红天马锦、真红飞鱼锦、双窠锦、青绿瑞草云鹤锦、青绿如意牡丹锦、宜男百花锦、穿花凤锦、鹅黄水林檎锦，并沿其名。西京所产，最为美丽。制锦之外，能为绢为绸为绫为缩缅。如今之绉纱。缩缅者，引之则伸，放之则缩，多绘为柳丝、梅点、竹竿、桃叶，清丽宜人。别有一种名缀锦，其法不用大机，取熟色经于木档上，作花草禽兽楼阁，以小梭先疏其处，用杂色线缀于经纬之上，合以成文，承空视之，如雕镂之象，亦如中国刻丝法也。

刀　　剑

日本之刀名于天下。中古以前特重剑，"天丛云剑"又名草薙剑。为传国三器之一。又"天羽斩"、素戈鸣尊以之斩蛇。"韴灵",高仓下以献神武帝者,又名"平国剑"。皆古剑有名者。上古祀神,则造剑献于神社。垂仁帝皇子五十琼敷命,居菟茅渟砥川上宫,造剑一千口,名曰"川上部",又曰"裸伴",藏于石上社。历朝所藏剑,存宜阳殿者三十四柄,中有二神剑,曰"破敌",曰"守护",镂日月五星、十二神。破敌,则遣将出征必授此器,谓之节刀。又有号大刀契者,长或三尺,或二尺,有一剑,镂北斗龙虎,传为百济国所献二宝剑之一。皆历世宝之。源、平迭兴,将士皆重佩刀,剑工亦专造刀,良工始出,源氏之"须切"、"膝丸"。源满仲尝曰:"武夫辅卫皇室,非名刀不可。"乃命剑工造刀,皆不称意。或曰:"筑前三笠郡有良工,何不召之?"满仲如其言。既成,复不称意,工忧之,祷八幡神七日,锻炼六旬,造二刀,长二尺七寸。满仲大悦,试斩死囚,铦利无比,余势一断其须,一断其膝,因名"须切"、"漆丸"。子赖光传之,呼"须切"为"鬼丸","膝丸"为"蛛切"。及传孙为义,二刀夜自鸣,又呼为"狮儿吼丸",后归赖朝。平氏之"小乌"、"拔丸",平氏二刀,"小乌",大和天国所造;"拔丸"伯耆大原真守所造。世传桓武帝时,有乌衔此刀至南殿,因名"小乌"。平忠盛尝昼寝,有巨蛇来窥,刀自拔逐蛇,故名"拔丸"。后传于清盛、赖盛。其尤著者。及后鸟羽帝好刀剑,召国中剑工更番造刀。山城有国友、国安,备前有则宗、延房、宗吉、助宗、行国、助成、助延,备中有贞次、恒次、次家,皆极一时之选。帝令次家造刀朴,亲焠之,号御所锻,刀茎雕菊花,号御菊作,快利无比,多赐武臣。先是,剑工以备前为盛,《武备志》《平壤录》所谓备前刀者也。有高平、助平、包平,皆古之良工,世谓之备前三平。一条帝时,曾召备前友成造刀。友成之刀,多铭"君万岁"三字,名将如源义经、平教经皆佩其刀。又有正恒刀,名"绳切",源义经讨义仲,以刀截水底绳,故名。世为幕府重器。后世名此数家刀为古备前。至鸟羽帝时,则宗最有名,铭作"一"字,世名为一文字刀。子助宗号大一文字,孙助则号小一文字。其他子弟,或居福冈,或居吉冈,因有福冈一文字、吉冈一文字之目。鸟羽有"菊丸"、"雁丸"二宝刀,即助宗所造。北条氏之据镰仓也,聚一时良工,助真、国宗自备前往,皆擅绝技。助真在镰仓,惟康亲王召见,问其技。助真曰:"百炼之钢,精神钟焉,故其器灵异,能动神明,佩之泛海,则鲸鲵伏,佩之夜行,则魑魅逃。苟仓卒锻冶,不异镃基,何以有灵。"亲王称善。备前之长船多剑工,世名长船锻冶,而以光忠、长光为巨擘焉。织田信长好光忠刀,蓄二十五口,一号"实休",长二尺三寸。丰臣秀吉赐光忠刀于伊达政宗,政宗手刃人,并断铁烛架,后名"烛台"。长光为世所宝者:足利氏重器名"大般若",织田信长所藏名"铇切",立花宗茂所佩名"水田";纪伊藩所有名"腰带",尝试斩人,断而不僵,撞以刀鞬乃仆;水户藩所有名"香西"。其在京师则来氏,世称良工。来国行名太郎。所造刀,锤炼一百日而成,精光溢发。《全浙兵制》称日本刀曰:"铁匠能制利刃,非独取钢为利,生铁久铸久炼,成而复毁,毁而复成,朝专炼锻,暮入湿泥。如此一百二十日工成,其刀可以吹毛削铁。"云云。考日本《刀剑录》,惟称国行造刀经一百日,殆即因此而浪传与?其刀上凿不动佛像者,名"不动国行"。世传国行刀号"新身",盖谓锃锷不损,历久若新锻云。子国俊,刀铭国俊名者,皆得意之作,号"二字国俊"。国光婿国村、世居肥后菊池。南北之乱,菊池氏阖族勤王,雄于西海,故国村子孙造刀,皆雕南朝年号,铭曰"延寿"。国俊婿国次,其刀号"镰仓来",浮田秀家所佩国次刀号"鸟饲"。皆传其业。国俊弟子备前光包号"中堂来",摄津国长号"中岛来",以光包为著。当鸟羽时,良工聚于京师粟田口,国友、国友称藤林,盖藤原其姓,林其氏也。国安国友弟。已负名。国吉、今川范国所佩,名曰"八八王"。俗语谓胄为钵,钵、八训读相通,谓其刀曾剖二胄也。国光,大友义宏所佩国光刀号"防长",言周防、长门二国不足以易此刀也。递为世宝。至后宇多时，粟田口藤四郎吉光以绝艺鸣，精妙无匹。吉光，国友之孙，父则国。兄国吉、国光皆不坠家声，至吉光益推神品。今粟田口天王祠旁有吉光宅址，世名其池曰锻冶。然所造不过小刀。大友氏传吉光宝刀，号"骨琢"，长一尺九寸六分。丰臣秀吉藏宝器至多，尝语德川家康，以吉光刀为第一。多贺丰后佩吉光刀，或请多贺割鹤，置铁箸于腹，多贺佯为不知，并箸断之，因名"庖丁"。吉光既擅名关西，其后关东相模有正宗，刻意锻冶，欲集大成，遂周游诸国，讨问诸名工家法，年八十归，神而明之，遂臻绝诣。自古论刀剑者，语其利曰刜犀切玉，语其文曰龟文龙藻，正宗无所不能，盖旷世名刀，举国良工，皆出于其橐龠，名将健士，莫不爱重。正宗擅盛名，其刀流传亦多，三好长庆所佩号"三好"，蒲生氏乡所佩号"会津"，本多忠胜所佩号"中务"，或以姓，或以地，或以官，各名以己名，此类甚多。

古之相刀剑者，惟相吉凶。至论工拙，辨真伪，正宗尤极其妙。弟子守其法，由是刀有定价。正宗以相刀法传贞宗，贞宗传秋广，秋广传斋藤弹正，弹正传宇都宫三河。三河事足利义政。当是时，海内扰乱，将士有功，而地不足给，义政忧之，乃命三河相古今名刀，各定其价，以赏将士。刀有定价，自是始也。古制营造军器，皆令镌题年月及工匠姓名，而后世刀剑，多无铭识，故相刀剑法益盛。后之相正宗刀者，谓正宗内坚外柔，切铁如泥，而芒刃不顿，有金线，有玉光，有闪电，有流星，有回澜，细观乃得之。其气象温润而泽，缜密而栗。彼锋铓外露若不可逼视者，伪也。受业弟子，遍于通国，正宗晚年薙发，名五郎入道镰仓。有宅址稻荷祠犹存，世呼曰刀稻荷。正宗子贞宗能继家声。弟子称十哲：越中乡义宏、比颜子；义宏，越中松仓乡人，武夫而造刀者也。然诸名工皆不及，世称吉光、正宗、义宏曰三绝作。义宏刀流传于世者，三好长庆所佩号"三好乡"，加藤清正所佩号"肥后乡"，锅岛胜茂所佩号"锅岛乡"，前田利光所佩号

"北野乡",富田知胜所佩号"富田乡",皆各以己名名之。其刀皆长二尺三三寸。古名刀较长,后世往往截短。见之于史者,有四尺六寸刀,五尺七寸刀,六尺三寸刀,七尺三寸刀。至织田信长,令步兵持刀三尺余,柄则四尺,置之前队,以便冲突,谓之长卷刀,盖以其便击刺耳。丰臣氏朝鲜之役,日本兵皆荷长刀,朝鲜望见骇怖。当时诸将相语曰:"明人之勇不出我军下,唯其所持则钝刀,所摆则脆甲,故我军数得大捷。苟令彼甲坚刀利,则我军安得至此!"盖利钝所分,胜败因之矣。《平壤录》述日本刀曰:"其大而长柄者,乃摆导所用,可以杀人,谓之先导。"即指长卷之类也。附识于此。此外,越中有则重,则重居越中御服山下,从乡义宏学造刀,号"御服乡",后从正宗学,其刀酷肖正宗、义宏云。筑前有源左,源左,祖西莲,父实阿,皆为僧,善造刀。自源左受业正宗,其技益精。源左刀皆铭"左"字,世呼曰"左文字",又曰"左刀"。备前有兼光、上杉辉虎所藏兼光刀,号"竹膜",为越后三宝刀之一。初,越后农人佩此刀,尝担豆而行,囊绽裂,豆坠,触鞘辄断。怪视之,鞘破刃微露,辉虎将竹膜参河守闻之,曰:"天下利器也。"乞而佩之,后归于丰臣秀吉。丰臣氏灭,德川家康以黄金三百板购求之不得。兼光刀极为犀利,世传足利尊氏走西海,路经备前,召兼光造刀,试砍兜鍪,应手两断,尊氏嗟赏,名曰"胄剖"。长义,亦备前人。大久保忠世传长义刀号"老杖",尝斩盗三人,一挥悉断其股,乃呼曰"六股"。美浓有志津兼氏、兼氏,初名包氏,大和剑工。后徙美浓,居志津,称志津三郎。其地有田仪山,山有大石,方数十尺,极秀润。兼氏有石癖,常游咏石上,后人重其刀,呼曰"志津石"。金重,亦美浓人。山城有长谷部国重、国重,本镰仓剑工,后徙京师。父曰新藤五国光,亦良工也。石见有直纲,皆及门弟子。所造刀气象不同,人以比曾、闵诸贤。至相模之秋广、广光,则兼受业于其子者也。自正宗擅誉,后世良工莫能出其范围,虽一二名手,如当麻、当麻,大和当麻剑工,以来国行为始祖。青江、青江,备中剑工,以安次为始祖。备中之水多名青江,盖方言渭水之清为青江,良工淬刀剑,必用清水。镰仓正宗宅址有井,曰上金水，造刀者多用之，青江亦其类也。信国、来国俊曾孙，其祖曰了戒，亦善造刀。波平，萨摩人，以行安为始祖。各有师传，亦兼习其法。庆长以后，偃戈不用，新造者名新刀。新刀则以山城国广、肥前忠吉、大坂井上真改为巨魁。真改刀最为世宝，名之曰大坂正宗。《全浙兵制》曰："上古倭刀以年久者为贵。迩来新铸之刀，尽为利矣。"盖指国广等刀也。承平以来，无复名手。

日本士夫例佩双刀。当战国时，各将士挟以为重，争相宝贵，故名工如林。近世改易西法，战事所重惟枪铳，寻常亦禁佩刀，而名刀绝响矣。然古所流传，购之犹动称千金。自欧阳公作《日本刀歌》，声价顿重。徐氏《笔精》竟称："胡宗宪有软倭刀，长七尺，卷之诘曲如盘蛇，舒之则劲自若。"陈恭尹诗亦称："铸为宝刀，能屈伸，屈以防身，伸杀人。"余客日本，以其刀擅名今古，每就故家世族访求宝刀，所见亦不少，大概锋利精悍，寒芒四射，令人把玩不释，然绝无所谓屈伸刀。近世青山延光作《刀剑录》，搜索故实，颇为赅博，亦以屈伸刀为讹。可知文人好奇，揣摩影响之词不足据也。考《梦溪笔谈》有云："钱塘人有一剑，用力屈之如钩，纵之铿然有声，复直如弦。"所言较近理。然此为中国之所有，非日本所有也。至梁佩兰《日本刀歌》云："相传国王初铸时，金生火尅合日期；铸成魑魅魍魉伏，通国髑髅作人哭。"是又诗人之语，不必议其夸诞也。

铜　器

铸工来自百济。崇峻帝时，百济遗鑢盘博士将德百济官名。白昧醇来，始习铸工。佛教盛行，造作巨像，逮于钟磬铙钹，工作滋繁，糜铜不可胜计，而绝无名品。婚嫁例用铜镜，多铸为高砂翁媪拜旭日图，高砂，播磨国地，世传有老松成精为夫妇，其寿无量，故取为祥征。系以五男二女、千秋万岁诸吉祥语。所见古镜，当唐宋时者多刻镂工巧，亦不为世宝。当战国时，刀剑之外，甲胄兜鍪，概用铁叶连环钩结，每炼精钢，以备矛矢，故世重铁工。惟假面具用铜制，仅露眼光，系带于耳，其形奇丑，今犹颇有存者。庆长以后，武夫健士以赏花饮酒相娱乐，强藩巨室，每造一器，有穷年累月而后毕工者，于是宴赏之器益精。宴飨之礼，仿古尊罍彝鼎，蟠夔盘龙，雕镂精整。又喜供花，学古器物瓠壶瓶洗各式，用以插花；造瓶尤佳，瓶多作褐色。所作铪金陷银，刻画成凹，其细如发，其薄如皮，以金银丝片嵌入，作花卉翎毛形，光彩射人，虽巧画手，有不如者。按：《诗·周颂》："俸革有鸧。"《释文》："鸧，七羊反，本亦作铪。"郑笺云："鸧，金饰貌。"赵希鹄云："夏时器多相嵌，讹为商嵌。"《稗史类编》云："余尝见夏雕干戈，铜上相嵌以金。"盖此法流传古矣。相嵌或作商嵌，古谓刻谓商。商金、商银，古有是称。张怀瓘《书录》作抢金。曹昭以为刻金，杨用修以为镶金，《七修类稿》又作戗金。鸧、抢、刻、镶、戗、商，一音之转耳。《宋志》百官鞍勒有"陷银"。《元志》"作简银品字笺。"谓即今之镂银。镂之细者曰丝镂，片者曰片镂。考《广韵》：镂，亡范切。张衡《东京赋》：金镂镂锡；《正字通》谓俗名马鞍，曰镂银事件，即此物也。陷银之法，即本于戗金，皆中国古法，日本盖师而用之耳。日本席地而坐，故其器多高而粗，造瓶有高至三四尺者。间造铜鹤，以备供设，拳足侧立，意采生动，灯檠亦高数尺，以莲花为盘，别用荷叶柄，以护灯光，或柱于地，或挂于壁，皆有古意。其他鸭炉、兽镮、茶铫、香盒以供几案间用者，式皆精雅。

陶　器

雄略十七年，始命土师连造清器。清器，即陶器也。先是，有新汉陶部高贵来，能作旋盘等具，帝命教陶工。及崇峻时，百济遣麻奈父奴、阳贵文、陵贵文、昔麻帝弥四人来，称瓦博士。世亦习其

法。陶之佳品称尾张濑户、肥前今利。盘金描花者推加贺九谷,搏
泥甫就,先用铜丝嵌作山水树石花草翎毛之形,俟著色时,施蓝作
地,别以青绿诸色图肖物形,毫发悉备;所著色,皆用药料,光艳照
人,神采如生。别有一种名七宝烧,亦用铜丝作匡廓,杂采云母、琉
璃、螺纹、贝锦诸物以作采色,斑阑陆离,其光煜煜,而雕嵌入微,试
之无痕,此又本铜器商金、漆器螺钿之法而用之于磁器者也。亦能
作青花,足利氏时,有伊势五郎者,曾至景德镇专学青花,年七十
归,携其手造者,款曰"五郎大夫所制"。七种香盒,以画爱莲周茂
叔像为最佳,纸薄磬声,几类定、汝,赏鉴家极宝之。日本陶器,论
其纯白雅素,实不如中国,而近日兼习佛兰西法,于所造器巧构式
样屡变不穷,所绘花鸟又时出新意,不习蓝本,著色亦花艳夺目,故
西人喜购之,为输出一大宗。

漆　器

作小器物,盘有圆方八角、绦环四角、牡丹瓣等式。匣有长方、
浑圆、六角等式。有一盘中分作大小数具者,又有里为小盒、表为
大盒,层累容积至七八合,乃至十数合者。皆以木为质,以漆为饰,
漆皆退光,黑可鉴人。其碎金作泥如繁星点者为泥金,以金描山水
台榭鱼鸟花果者为描金,用金泥以笔挥洒作雪片、作冰纹者为洒
金。村濑之熙谓:"漆内杂金为洒金。"今考漆内杂金,乃泥金别法,如古铜
炉,兼金漆二色,非洒金也。黑漆为地,以金银彩漆描作图画,再髹以
黑漆,磨揩再四,以出其文者,为漂霞彩漆。日本谓之磨出摸金。村濑
之熙谓即漂霞彩漆。考此数法,皆出于日本。《七修类稿》曰:"古有戗金而
无泥金,有贴金而无描金洒金,有剔红而无漂霞彩漆,皆起自本朝,因东夷或
贡或传而有也。描金洒金,浙之宁波多倭国通使,因情熟言话而得之。洒金

尚不能如彼之圆,故假。倭扇亦宁波人造也。泥金彩漆漂霞,宣德间遣人至彼传其法。"又曰:"天顺间,有杨埙者,明漆理,各色俱可合,而于倭漆尤妙。其漂霞山水人物,神气飞动,真描写之不如,愈久愈鲜,世号杨倭漆。"其以螺镶嵌者,名螺填,欲红光者以胭脂,欲翠光者以黛绿,皆染里面。其纯白厚腻者尤佳。各擘片如纸,浸酽醋中一夕,螺乃受刀,肖作花草诸形,纷切细片,再以针划器作凹处,如仰瓦形,细嵌入微,以手摩拭,不著痕迹者为贵。《泊宅编》曰:"螺填器本出倭国,物象百态,颇极工巧,非若今市人所售者。"考《游宦纪闻》曰:"宣和六年,李资德、富辙上螺钿砚匣。"《格古要论》曰:"螺钿器皿,出江西吉安府庐陵县,宋朝内府中物。及旧做者,俱是坚漆,或有嵌铜丝者甚佳。"《通雅》曰:"宋内府有钿螺。即螺钿也。"《遵生八笺》:"宣德有填漆器皿,有漂霞、砂金、蚵嵌、堆漆等制,以新安方信川所制为佳。盖中国旧有此法,惟吕种玉《言鲭》作罗殿,曰:"牂牁蛮国,其王号鬼王,其别帅曰罗殿,王在辰交之间,即今云贵界外。世用其蛤饰器,谓之罗殿。今江西徽州工人,以制杯盘屏匣,精工细巧,实出于此。俗谓之螺甸,乃罗殿之误也。"其说较诡异,然亦不言来自日本。日本村濑之熙曰:"此方所制螺填,殊不及汉制者,盖其所用螺蛤品类不一,而佳者绝不产此方。汉产螺,四面皆有光,国产者止一面有光,故虽有巧工,必取汉产螺蛤制之。"观此,知螺填之法,乃本于中国,与泥金、描金、洒金出自日本者有殊。《泊宅编》所云,盖误传也。亦能作剔红,俗名堆朱。其品目颇夥,曰剔红,红漆为地,以朱漆堆起三十余层,刻人物、楼台、花卉、翎毛及连环。曰堆红,朱漆黑漆,层层堆起。刻痕有红黑丝缭绕。曰堆乌,黑漆中层层有细红丝,多刻作连环。曰堆漆,全用黑漆,刻作连环及花卉。曰桂浆,黄漆为地,以黑漆堆起,黑漆中有三层细红丝。曰红葩绿叶,用彩漆,刻花卉翎毛。曰金丝、黄黑朱漆重叠堆起。曰剔金,黄漆黑漆重叠堆起。曰犀皮,或名松皮。朱黄黑漆重叠堆起,罩以黑漆,刻连环,差浅且漫。江户有杨成者,世以善雕漆隶于官。据称,其家法得自元之张成、杨茂云。《遵生八笺》曰："宋人雕红漆器,多以金银为胎,有锡胎者,有蜡地者,有用五色漆胎,刻法深浅,随妆露色。元时有张成、杨茂二家,技擅一时。"《格古要论》曰："剔红器皿无新旧,但看朱厚色鲜、红润坚重者为好。宋朝内府中物,多是金银作素者。元朝嘉兴府西塘杨汇有张成、杨茂,剔红最得名,但朱薄而不坚者多。日本国、琉球国独爱此物。"杨成之法,盖本此二家也。

扇

所作扇,有上平下圆,如古之便面者;有作方体,如古之方翣者;有伸如手掌,微作拱势,如今之掌扇者。通行则用团扇,皆削竹为柄,其一节细剖成丝,以绳牵制之,使分张如翼,外糊以纸,间或绘山水人物。其价至贱,每柄不过数钱。盛暑时,堆溢廛肆,有购物者,辄举一二柄赠人,其旧习也。若可以折叠者,一名撒扇,又名聚头扇。中古时,将士临阵,变古人羽扇之制,用以指挥军士,其柄系以流苏。世传将军源义家军扇,以竹为骨,凡十二行,长一尺二寸,表里用朱银,分绘日月。后有用铁骨者。足利氏称臣于明,每以充贡,中国颇盛行。折叠扇本始于东人。宋时既有流传,自明以来盛行于世。据刘元卿《贤奕编》、张东海《贵耳集》谓:"永乐之初,惟仆御下人始用之。及成祖遍赐群臣,内府又仿其制,以供赐予,遂盛行于世"云。高丽诸国亦习其制。今制长仅三四寸,竹皆十三行,或有数十行者。柄或用乌木,或用鲸骨、象牙。近日又喜聚羽为扇,鹊翅、鹭羽、雀翠、雕翎,长或二尺,贯以彩绳,系以明珠,光采射人。西国妇女喜购之,又遍传于泰西矣。

纸

造纸不以竹,用构用楮之法,同于中土,更有用芫花、荛花、瑞香花制者。瑞香或黄或白皆可制。以莀花制者名雁皮纸,至薄极韧,色洁白,无纤毫垢,以之钩摹碑帖,实上品也。近仿西法,多以败絮为之。闻树根草皮蒸之成浆者,均可造纸。纸名至多,不可胜录也。

笔墨彩色工

推古帝时,高丽僧昙征来,教作笔墨彩具笔工。据《姓氏录》称,右京诸蕃制十一种,因赐笔姓。盖亦汉人教之,然殊无佳品。

画

雄略帝时,百济送画工白加来。推古时,有黄书画师、山脊画师之名,今所传惟法隆寺有上宫太子像,衣折神采,皆唐以前旧法。古之画工,多摹唐宋院体。后分数家,有土佐家,藤原经隆,土佐人。《五杂俎》言:"倭画无皴法,但以笔细画,萦回环绕,细如毫发。"即土佐一派也。有雪舟家,僧等扬号雪舟,游于明,(治)〔始〕传北宗一派。有狩野家,狩野元信最有盛名。及吴中沈南苹客长崎,始以南北合法相授受。有边华山、椿椿山得恽氏真本,于是又传没骨法。近日则兼学洋画矣。

杂　工

上古喜佩玉,系于额下,有曲玉、管玉、勾玉,聚为杂佩。《古事纪》:"有造玉者,名天明玉,世袭其职。其裔孙世居出云,每岁贡玉。"然近世不闻有玉工。水晶一物,亦无以之造物者。《格古论》云:"倭国水晶第一。"《七修类稿》亦云:"日本国有青水晶、红水晶。"然余客日本,绝不闻有水晶器皿。或云南海道诸岛间有出产,然并无佳品。珊瑚高至一二尺，色多淡白，品不甚贵。工人取鲜红者，琢为圆粒，为女人簪，遍于通国。其枝柯扶疏者，或作为盆供。能成枝柯者绝少，大概用钉梢钉定，熔红蜡粘接，宜细看之。玳瑁削片为叶，玳瑁形似龟，鳌首，嘴如鹦鹉，背负十二叶，黑白斑文间杂。老者甲厚，而黑白分明。小者甲薄，而花片模糊。取用必倒悬之，用滚醋浇泼，则逐片应手而下。以作小盒，软熟如纸，联接无缝，亦用漆器描金漂霞之法，着色尤斑驳可喜。国无象牙，取大鲸骨，碎锯细切，作连环圆球及书刀、齿签诸物，法如治骨角而不甚光滑。其他文木杂竹诸器，诸国多善工，大概质而洁、朴而雅云。

日本国志后序

　　中国人寡知日本者也。黄子公度撰《日本国志》,梁启超读之,欣怿咏叹黄子:乃今知日本,乃今知日本之所以强,赖黄子也;又懑愤责黄子曰:乃今知中国,知中国之所以弱,在黄子成书十年,久谦让,不流通,令中国人寡知日本,不鉴不备,不患不悚,以至今日也;乃诵言曰:使千万里之外,若千万岁之后,读吾书者,若布眉目而列白黑,登庙庑而诵昭穆,入家人而数米盐也,则良史之才矣。使千万里之外,若千万岁之后,读吾书者,乃以知吾世、审吾志。其用吾言也,治焉者荣其国,言焉者辅其文;其不能用,则千万里之外,若千万岁之后,轻材讽说之徒,咨嗟之,太息之,夫是之谓经世,先王之志。斯义也,吾以求诸古史氏,则惟司马子长有取焉。虽然,道己家事者,苟非愚骏蒙眬之子,莫不靡靡能言之深周隐曲;若夫远方殊类,邈绝偏侏之域,则虽大智长老,闻言未解,游梦不及,况欲别闺闼、话子姓、数米盐哉?此为尤难绝无之事矣。司马子长美矣,然其为《史记》也,是家人子之道其家事也。日本立国二千年无正史,私家纪述秽杂不可理。彼中学子能究澈本末、言之成物者已鲜,矧乃异域绝俗,殊文别语,正朔服色、器物名号、度律量衡,靡有同者,其孰从而通之?且夫日本古之弹丸,而今之雄国也。三十年间,以祸为福,以弱为强,一举而夺琉球,再举而割台湾。此土学子鼾睡未起，睹此异状，挢口纤舌，莫知其由，故政府宿昔靡得而戒焉。以吾所读《日本国志》者，其于日本之政事、人民、土地，及维新变政之由，若入其闺闼而数米盐，别白黑而诵昭穆也。其言，十年以前之言也，其于今日之事，若烛照而数计也，又宁惟今日之事而已！后之视今，犹今之视昔，顾犬补牢，未为迟矣。孟子不云乎："有王者起，必来取法。"斯书乎，岂可以史乎、史乎目之乎？虽然，古之史乎，皆有旨义。其志深，其旨远。启超于先生之学，匪敢曰深知，顾知其为学也，不肯苟焉附古人以自见。上自道术，中及国政，下逮文辞，冥冥乎入于渊微。敢告读是书者，论其遇，审其志，知所戒备，因以为治，无使后咨嗟而累欷也。

光绪二十二年十一月朔　新会梁启超叙

据光绪二十四年（1898 年）上海图书集成印书局印本

附录　黄遵宪传记资料选辑

附　　录

一、清史稿·黄遵宪

　　黄遵宪,字公度,嘉应州人。以举人入资为道员,充使日参赞。著《日本国志》,上之朝。旋移旧金山总领事。美吏尝藉口卫生,逮华侨满狱,遵宪径诣狱中,令从者度其容积,曰:"此处卫生,顾右于侨居耶?"美吏谢,遽释之。历湖南长宝盐法道,署按察使。时宝箴为巡抚,行新政。遵宪首倡民治于众曰:"亦自治其身、自治其乡而已。由一乡推之一县、一府、一省以迄全国,可以成共和之郅治,臻大同之盛轨。"于是略仿西国巡警之制,设保卫局,凡与民利民瘼相丽,而为一方民力能举者,悉属之。领以民望,而官辅其不及焉。寻解职。奉出使日本之命,未行而党祸起,遂罢归。著有《人境庐诗草》等。

二、嘉应黄先生墓志铭

新会梁启超卓如撰

　　国家自甲午丧师以后，势益不竞。谋国者尚泄泄未知改图，独德宗皇帝大奋神断，明诏天下，改变百度。而是时各行省大吏奉行诏书最力者，惟湖南巡抚义宁陈公宝箴。而相与助其成者，则嘉应黄先生公度也。先生时方以湖南盐法道署理按察使，与陈公戮力殚精，朝设而夕施，纲举而目张。而其尤为先生精心所措注者，则曰保卫局。保卫局者，略仿外国警察之制，而凡与民利民瘼相丽，为一方民力所能自举者，悉统焉。择其乡邑之望分任之，而吏董其成。创布之初，民颇疑骇，后乃大欢。先生方欲推布一切，以图久远，而朝局变，党祸起，先生与陈公得罪而去，而天下事益不可为。嗟乎！古有以一人之用舍系一国之兴亡者，观于先生，其信之矣。

　　先生讳遵宪，世为嘉应州人。曾祖讳学诗。祖讳际昇。父讳鸿藻，官广西知府。皆以先生贵，封赠荣禄大夫。先生以拔贡生中式光绪二年顺天乡试举人。旋随使日本。历官四十年，有大小久暂之不同，而皆举其职。尝为日本使馆参赞也。日本方县我琉球，且觑及朝鲜。先生告使者，乘彼谋未定，先发制之。具牍数千言，陈利害甚悉。东人至今诵之，而当事不省。不二十年，二属遂相继不保。又为英之新嘉坡、美之旧金山总领事矣，美人嫉吾民之侨彼境者,蓄志摈之,先生既以先事御之之谋告其上而不用,乃尽其力所能及以为捍卫。美政府尝藉口卫生,系吾民数千,先生数语掉阖而脱之,且责偿焉。吾尝游美洲,去先生为领事时且二十余年矣,而吾民尚称道此事不容口。先生居外国久,于其上下情形,内外形势,洞幽察隐,故凡有所应付,莫不迎刃而解。而大吏亦稍稍知先生能外交,故每以事相属。江、鄂四省,教案积数十起,连十数年,文牍盈尺,莫能断结。及先生受委,则浃月而决之,教士拤舌而不敢争。异时沿江沿海,划地为市,租借外旅,命曰租界。始事者昧于国际法,于界内界以治外法权,丧威失权,悔不可追。先生恫之。值甲午之役,约以苏州、杭州两处为租界予日本。授受之际,先生适主其事,乃曰:"苏杭腹地,非江海口岸比。"因议自营市政,凡所以便外旅者,纤悉备至,而独于治外法权则靳焉。日本主者莫能难也。殆画诺矣,适有以蜚语相中者,谓先生受外略,为它人计便安。约遂废。而日本亦撤其使归。两国同以此事谴其使,而天下万国,则谓日本之举为计独得也。先生虽以外交知名当世,然受两使命皆中沮。

光绪二十一年,奉旨入觐,以道员带卿衔授出使大臣驻德国。时德人方图胶州,惮先生来折其机牙,乃设词以撼我政府,卒尼其行。光绪二十四年,复以三品京堂候补充出使日本大臣。时先生方解湖南按察使任,养疾上海,淹留未行,而党祸卒起,缇骑绕先生室者两日,几受罗织。事虽得白,使事亦解,先生遂归田里。光绪三十一年二月二十三日,以疾卒于家。

呜呼!以先生之明于识,练于事,忠于国,使稍得藉手,其所措施,岂可限量。而乃使之浮沉于群吏之间者且数十年;晚遭际会,似可稍展其所蕴矣,而事变忽起,所志不终遂,且乃忧谗畏讥,流离失职而死,此岂天之所为耶!先生读书有精识远见,不囿于古,不徇于今,尝思成一家言曰《演孔篇》,未成。而所成之《日本国志》四十卷,当吾国二十年以前,群未知日本之可畏,而先生此书则已言日本维新之效成则且霸,而首受其冲者为吾中国。及后而先生之言尽验,以是人尤服其先见。

先生为文章,务取畅达,不苟为夸饰。至其为诗,则精思渺虑,盘礴而莫测其际,平生所作逾千首,自衰集得六百余首,曰《人境庐诗草》。自其少年,稽古学道,以及中年阅历世事,暨国内外名山水,与其风俗政治形势土物,至于放废而后,忧时感事,悲愤伊郁之情,悉托之于诗。故先生之诗,阳开阴阖,千变万化,不可端倪。于古诗人中,独具境界。

先生娶叶氏,诰封夫人。子四人:曰冕、曰鼎崇、曰履刚、曰璇泰。履刚早殇。女子二:适钟、适梁。先生之卒也,冕方随节日本,左丧归,旋以毁卒。今上皇帝纪元之三月,鼎崇、璇泰始奉其丧,葬于梅南黄居坪之原。先生之从弟曰遵庚,以状请铭,且曰先兄志也。启超以弱龄得侍先生,惟道惟义,以诲以教。获罪而后,交亲相弃,亦惟先生咻噢振厉,拳拳恳恳,有同畴昔。先生前卒之一岁,诒书启超曰:"国中知君者无若我,知我者无若君。"然则启超虽不文,又安敢辞。铭曰:

士失职者多矣,而独于斯人焉奚悲?悲其一身之进退死生,与一国之荣悴兮相依。谓天不欲平治天下,曷为笃生此才槃魄而权奇?谓天欲平治天下,曷为挫铄窘辱拂乱之不已,又中道而夺之?其所志所学,蟠天际地,曾不得以百一自见于时;若夫事业文章之在人耳目者,则乃其平生之所不屑为,然且举九州之骏足,十驾焉而莫之能追。则夫其所磅礴郁积而未发者,又安得而测知?而今也,悉随其形神精魄,灰化蜕委,万劫不复而永閟于兹。白日堕兮露滋,杨萧萧兮蔓离离。九原不作兮吾道谁与归? 仪型先民兮视此辞。

三、先兄公度先生事实述略

五弟遵楷牖达氏谨述

一、种族姓氏之由来

先兄讳遵宪,字公度,先思恩公长子也。黄以国为氏。《通志》云黄氏嬴姓,陆终之后。封于黄。今光州定城西有黄国故城。其子孙即氏黄。及五代时,我始迁祖某,由光州固始从王潮入闽,散居于邵武、汀州各属,宋元之间,再迁梅州。嘉应一属,所自来者,皆出于汀之宁化石壁乡,历年六百,传世二十五六,征诸各姓,如出一辙;因别土著,故通称之曰"客人"。明末,始迁祖文蔚公自梅南迁于城东攀桂坊,世为攀桂坊人。

二、幼年及少年时代

先兄少聪颖,先曾祖母孙曾数十人,特钟爱之,甫学语,即教以诵诗识字,亲属多衔之。一日,先曾祖母命试以诗,题曰"一览众山小"。先兄应声曰:"天下犹为小,何论眼底山。"先曾祖母喜曰:"此儿志趣远大,他日将穷四极而步章亥,吾宁勿爱乎!"年十二,作《王右军书兰亭序赋》,乡先辈张榕石老人手书其牍曰:"昔欧阳公有云:'三十年后,世人知有子瞻,不知有老夫。'前贤畏后者,他日请念之。"旋由优禀生膺同治癸酉选拔萃科。翌年,廷试,报罢。时先君供职农曹,遂留侍京寓。乡先辈何子莪太史如璋,邓铁香承修、钟遇宾孟鸿两待御,尤推重之。其明年,先君馆谷烟台,复随侍出京。烟台为南北通商要区,海舶往来,习闻外事。时云南马格里案已结,议约于烟台。先兄感怀时局,以海禁大开,外人足迹如履户庭,非留心外交,恐难安内。旋举京兆试于光绪丙子,适何子峨太史膺出使日本大臣之命,邀之行,遂弃举子业,充参赞官。

三、出使日本参赞时代

甲、关于汉学之影响

当是时,日本醉心欧化,而实际贸易超入,金钱流出,上下交困,民不聊生;西乡隆盛遂率国人有请清君侧之举。迨事平,我公使即莅其境。其时鄙夷汉学,倡废汉学之风说日炽。先兄与其国士夫游,每谓日本维新,伟成明治中兴事业者,实赖汉学尊王攘夷之说以成之,何可废! 闻者翕服,至今犹道弗衰。

乙、琉球交涉及要求改约事

时中日外交之重要者,曰琉球,曰朝鲜;而关于内政之切要者,曰改约,曰殖边:此驻日使者之一大关键也。日人夷琉球为郡县,使者力争,反复陈明日本国势之现状,不过一部分之野心家,欲藉以尝试耳。苟持以坚忍,示以必争,并责以灭国绝祀之义,违背和约之言(自同治十年与日本订约,名曰"修好条规",明示与英、法等国之失和而要盟者不同。其第一条"两国所属邦土,亦各以礼相待,不可稍有侵越永久安全"云云,即指琉球等国而言),彼虽贪横,亦未必甘冒天下以大不韪。乃日本欲藉球案为要求改约计,议以球南数岛割归中国,即以所许西人之内地通商、领事裁判及利益均沾等款,许其一体享受。使者以为循人求而捐己利,是大不可。夫西人豪富,持税单以往内地,不过买丝买茶,偶一为之;且多重道义而轻小利,犹之可也;若日本与我地既逼近,种类同,文字同,人多贫窭,性复贪利,若并许之,势必纷至沓来,或负包裹,或开小店;彼有子口税优免厘金之条,则成本轻,小民生计将尽为所夺。一遇有事,解归领事办理,无论循情偏纵,即法律亦有彼轻此重之殊。民见长官之待己不如外人也,则怨毒深;无形之隐患甚大。况地方官容忍畏事,养痈贻患,更何异纵不可调驯之虎狼,使与吾民杂居乎?中日两国,唇齿相依,当初定约,不欲蹈西人窠臼者,实因受侮不少,愿我兄弟之国,别立亚细亚连衡之局。此实出于同病相怜、重视日本之意。而日人乃以约中无此均沾一语,不能与泰西各国联为一气,则西人所既得者,东人不能从其后;东人所欲得者,西人不能为之助,今若许之,是为渊驱鱼,纵之聚居于大壑也。西人骄横,尚顾体面;东人狡赖,唯利是牟。譬之以猎,恐西人发踪指示,而东人为之狗,其狂噬贪突,后患更不忍言。苟为属土,而使吾民受切身之害,毋宁割地予人,而保全吾民之生计。盖割地予人,犹人之一身,去其一指,其他犹可自保;若生计日蹙,金钱流出,如精血日吸日尽,羸弱枯瘠,殆不可药医矣。此对于琉球交涉之大概也。

丙、朝鲜交涉及主持朝鲜外交事

朝鲜介居中日,元伐日本,曾假道是邦,日欲攻明,亦假道全罗。大清入关,先定朝鲜,是朝鲜兴亡,与清廷有密切关系。然二百余年,恭顺臣服,夷为郡县,固属不忍。而泰西通例所谓属国者,必主持其外交,管理其内政,而后得认为某国之所属。今日本与之订约,阳奉以自主之名,阴实行其离间之计,妄冀他日有事,中国不得预闻。英、法、美、德亟欲订约,日人且为之介,若果成于日人之手,以固其东西之交,万不如我自为之,犹得揽其权而收其利。况伊犁一案,尚未解决,俄人眈眈逐逐,欲得不冻港于东方者,已非一日;其海军卿理疏富斯基既到烟台,外间传闻,欲以所属西北利亚桦太洲之间及日本海、黄海、中国海等处,编立营制,作常驻之兵。朝鲜港口一有所失,蔓延之祸,殆不可测。乃亟上"主持朝鲜外交议"于总署暨北洋大臣,复晤朝鲜使臣金宏集于日本,剀切劝导;并著《朝鲜策略》,以警告其国人,使亲中国、结日本、联美国以抗俄。复为之草商约,开章明义"兹朝鲜国奉大清国命与某国结约"云云,所以明主权而保属国。又作《条约问答》,反复辨难,申明其意,以释朝鲜之疑。(当时横滨法文报馆,译载全稿。日人再译,且书其篇后曰:"论黄某之官职,不如李鸿章远甚,而李鸿章之识见,又不如黄某远甚。虽然,我日本五尺童子,早经知之。惜乎! 堂堂大国,至今仅有一人焉,而又未必其果能见诸施行也!"附识于此,以见日本人从来对于我国人之心理云。)复请于朝,纵必不仿西藏、青海,设办事大臣,主其内政;而一介专使,主持外交,或专司订约,使天下万国晓然知朝鲜实为我属。吾力虽不足以相庇,而取其一隅之势,与天下万国而维系之朝鲜,存其毗连于我东三省者,自可以固边圉以殖吾民。(时山西奇旱,曾上北洋大臣请借洋款移民殖边。)此对于朝鲜交涉之大概也。

丁、结束改约及朝鲜事

孰意甲午一役,日人之改订商约者,尽如其愿,且或过之。迨日俄之役,日战胜俄,俄所获于朝鲜暨租借旅大、南满铁路各权利,尽转移于日人之手。而朝鲜遂并于日,与我东三省之棘地荆天,均非先兄之所及知者矣。

四、调充美国旧金山总领事时代

子、美先遣使议约及实行新例、控驳新例、保护华侨、消弭械斗事东居五载,以星使差满,奉调赴美,驻扎桑佛兰西斯哥总领事,即华人所通称曰旧金山大埠是也。先是美国嘉厘宽尼省之埃利士工党,嫉华工之勤能而值贱,不足与竞,拟设新例以排斥之。适中美约期届满,美特遣使三人来华,议改约事;道出日本。先兄廉得其情,谓三使者有祖华人、有祖工党、有中立者,揣其用意,不过曲循民情,藉以分谤。中国若坚持却之,使祖华人者得所藉口以中国之不愿;商约不改,则新例自不能行。讵知约既改矣,工党之新例适于先兄到美之日发生其效力,乃苦心焦思,设法挽救。所有侨商回华,请由领事发给护照,为再来之据;并请律师控诉,以驳其新例。由是华商人等,由他国来美及曾寓美国再来,与执持领事护照而复来者,均得通行无阻。即华工假道金山,往来檀香山、域多利、巴拿马等处者,亦由领事给照,无所留难矣。新例虽行,乃变逐客之令为防御新客之举,追寻往昔,不禁为之低徊不置云。其他联合会馆、消弭械斗,华人感之,美人亦未尝不敬爱之也。

丑、拟驳上海美商用机器制造绸缎及论贸易盈亏、税关出入、货物种类有关民生要旨

且其时上海美商,拟用机器制造绸缎。沪关阻之。美使指为违约。承星使函询,乃曰:"就美国论,外人购土货制物在本地销售,原无禁例。然机器制土造货,华民尚未兴办;若许外商,则一切工艺均可以机器夺之。泰西通例,本国权利,有许本国人独占之条,断无本国商人反不如外人优待之事。令中外和约,税权既不能自主,洋商又无从管辖,如子口税等听其纵横,外货浸灌,至令吾民失业者既不知凡几;若再许以机器制造,小民生计何堪设想,查中美商约并无此条,即美使所引法、比等约'准其工作'等字,则人工操作,即不能指为机器制造之解释。据此以争,美使当亦无词以

对。"又曰："通商伊始，不谙外情，每争虚名而捐实利，驯至金钱输出浮于输入者，岁至数千百万。从前华侨输资内地，无形弥缝，尚可挹注。今美之新例已行，海外侨民顿失巨利，使各国尤而效之，输出金钱，将无所取偿。漏卮不塞，其何以堪！然而我国人若未之知，我士夫未尝究之。即海关货物之输出入者，亦只问其税务之兴衰，不问其输出入种类之何若，民之穷，岂国之福乎！"

五、由美回国著述《日本国志》时代

领事任满，乞假回国。发箧续成《日本国志》一书，意在借镜而观，导引国人，知所取法。然至甲午以后，始有知者。虽风行一世，而时已晚矣。且其书成太早，凡日本之整理财政、改革币制、设立议院以后种种事实，不及记述，良可惋惜。

六、调充英法参赞及新驾坡总领事时代

甲、新加坡任内呈请奏开海禁及联络内地官长保护华侨事

薛叔芸星使之奉使英、法也，折柬邀之，奏充二等参赞；旋改新驾坡领事为总领事，即奏补之。当在金山，美人下逐客令，唯恐华侨之不能复来；及在新驾坡，英政宽大，又恐华侨之不愿回国。乃请薛使奏开海禁（康乾间海寇充斥，有沿海居民不许出洋、违者以海贼论之禁令。旋有闽人蔡某，挟资回国，乡人索勒不遂，诬通海贼，杀之。南洋闽籍侨民相与以归国为戒），以坚华侨内向之心；并咨请闽粤总督，出示严禁虐待回籍之侨民；复照会沿海道府，转饬州县，妥为保护，务使内地官长与外洋领事息息相通，侨民之往来其间者，无冤抑、无枉纵而已。

乙、暹法觊觎请派保护影响南洋全体倾心内响事

南洋群岛殖产矿业，为华人所占者十之七八，欧洲、阿剌伯、巫来由人仅占十之二三，而其主权分隶于英、荷者为占多数。安南已

隶于法,其毗连之暹逻,名列藩属,然等于羁縻勿绝者久矣。入市商人,尽属华籍;垦地种稻,皆我华人。只以国体攸关,致未订约;富商巨贾,多托庇于英、法国旗之下者,非得已也。适暹、法龃龉,几酿寡端,先兄亟请北洋派舰游弋,侨暹赤子,赖以安全。较之秘鲁、智利之役,菲律宾群岛初隶美籍之时,各该侨民无所凭藉,害及于身家性命财产者,相距不可以道里计。南洋群岛千数百万之侨人,闻风兴起,倾心内向,远胜于东美、南非各属之流寓者。虽曰众寡远近之不同,而恩威所及,报亦随之,非偶然也。

七、新驾坡领事内渡之原因

当十五年前,战战兢兢以主持朝鲜外交、亟订各国通商和约、为保属土而弭后患者,格不果行;日人得以乘间,竟藉朝鲜东学党之被暗杀兴师问罪,而酿成甲午之役。辱师偿款,割地改约,举数千年闭关自守、每况愈下之秕政,尽暴露于天下。而土广人众,天产富饶,无相当之国币,为之发展企业,以辟其未辟之财源;天下万国,因而垂涎,各思染指,而创瓜分之议者,又未尝不从甲午始也。

八、供差江南时代

方战事未已,署南洋大臣南皮张公亟电召之,乃卸新驾坡总领事而内渡,委充江南洋务局总办与其他各种要差。无如我国旧习,各省督抚,此疆彼界,无中央统一之政治机关,即一省之差委,大都循名而失其实。当时论者,咸以香帅隶下为尤甚云。

子、办理五省教案清结事

其明年,驻京法使施柯兰照会总署,以前商江南、江西、浙江、湖南、湖北各省未结教案,由南洋大臣派员与法国驻沪总领事商办了结,应请速行。南洋准咨,仍限于本省教案,委诸先兄;其他各省,分咨自办。而法总领事往来照会,对于先兄,则称为总署委员。

迨江南教案就绪,各省相继踵来。不及数月,举大江以南,数十年悬而未结之教案,无赔偿,无谢罪,无牵涉正绅,无波及平民,一律清结。领事感其神速,主教服其公平。从前地方官吏,于条约章程素未寓目;理所应许,靳而不予。一遇有事,辄仓皇失措,视教士为外国所派之官,教民如本国化外之民,种种谬误,因而演出。教士之把持,教民之恃势,平民之积怨者,固不能为外人咎;而教士之横行图赖,伪造契据,藉端恐吓,甚至擅用平移总督之官封文套者,亦未尝无人(当时住江阴教士彭安多,即用此封套)。先兄一以遵守约章,检查证据,应予则予,应斥则斥,如疱丁屠牛,迎刃而解。法总领事犹以私人交谊,赠之以拿破仑铜像,以作纪念。

丑、办理苏州开埠打破专界挽回治权事(附注:上某星使论外交家尽职书)

《马关条约》,战胜余威,其损失何可复言!该约有"添设通商口岸,以便日本臣民往来侨寓,从事商业工艺"等语,苏州开埠,实居其一。其驻京日使,则曰"开设日本专管租界,合依《马关新约》而行";其外部告我驻日公使,则曰"总署既允,立饬在苏即行开设日本专管租界",并许以交收租地;其领事则曰"奉本国政府接收专管租地之命,但求按约指地,所有办法,悉照向章"。当时苏州洋务局拟即指定地址,由官购买,交给日本。先兄窃不谓然。旋由南洋大臣刘奏派专办苏州商埠事宜,遂通告日本领事,谓添设五口,应由苏埠开议,其余一律照办,并订期互换照会。几费唇舌,始能允从。乃告以约中所载"添设商埠,以便日本臣民往来侨寓,从事商业、工艺制作",是《新约》所许,只许通商;下文所云"照向开口岸办理,应得优例,及利益亦当一律享受",系紧承上文之"日本臣民从事商业工艺"者而言。遍查中文、日文、英文,并无许以苏州让给一地,听日本政府自行管理之语。于是乎草商埠议案,如日商需地几何,许其随时分赁;则专管租界之语,暗为取消。道路各项,许期不纳地租,而实则为公共之物。租期十年以内,留给日人,而实则还我业主之权。杂居华人,归我自管,则巡捕之权在我。道路公地,归我自筑,则工务局之权在我。凡所以暗破专界、撤开向章、补救《新约》之所穷,挽回自主之权利者,无孔不钻,无微不至。日领以所议各节,越乎本国训辞之外,未敢承受;则告以如必须自立专界,则严禁华人杂居,此为中国自有之主权。重索界内租价,亦不为约章之违反。否则总署所许之地,终不更许他人,专以留给日本;俟将来两国政府商定允行。唯现在日商需用多少,即可随时租赁多少。日领事终为之窘,许以禀候政府训令。其保护主权而伸国法者,实为各口租界之所未有。故凡条约所已许者,能挽回而补救之;条约所未许者,亦未尝授人以隙,妄增一字。其紧要关键,不过将实事变作虚辞,由现在推之他日;亦犹负债者约退后期,别立新单,谓他日家业兴隆,再行设法偿还云尔。总署谓其用意微妙,深合机宜;特虑彼国不能就我耳。乃鄂、浙当道,忽谓日人狡展,毋受其欺;许以将来,即贻后患。同时日本领事亦奉其本国政府之命撤回。其结果仍不出总署之所料。举数月以来,殚竭心力,欲图补救一分,以挽回一分之损失者,终归泡影矣。

读先兄上某星使论外交书,谓"外交家之能尽职办事者,大抵有挪展之法:如一事期效八成,则先以九成十成出之,以期退步;如一物需价百钱,先预以百二十、百三十,以待其驳减是也。有渐摩之法:如既切而复磋,既琢而复磨,以求精到,如得寸则一寸,得尺则一尺,以期渐进是也。有抵制之法:如此事不便于我,则兼及他事不便于彼者藉以牵制;如甲事有益于彼,则别寻乙事有益于我,以索其酬报是也。而所以行此法者,一以优游巽顺出之;以固执己见,则诿以彼国未明我意;于争执己权,则托于我国愿同协办;于要求己利,则谬谓两国均有利益。不斥彼之说为无理,而指为难行;不以我之说为必行,而请其酌度。不以彼不悦不怿而阻而不行。言语有时而互驳?而词气终不愤激;词色有时而受拒,而请谒终不惮烦;议论有时而改易,而主意终不游移。将之以诚恳,济之以坚贞,守之以含忍。幸而获济,则吾民受护商之益;不幸而不济,彼国亦必服其谋国之忠"云云。其生平所历外交,济与不济,每为内外人所敬服,良有以也。国势愈弱,外人之强迫愈甚。身当其冲者,辄曰"无兵力为人后盾",固也。然如苏州开埠,实承战败之后;租界向章,如天津、上海等处,均系专管;卒能拆成片段,以折服之。然则当事者幸勿以后盾自馁,果能坚忍诚恳,以尽厥职,安见其无挽救之策哉!附注于此,以资考镜。

九、来京后简放使德时代

虽然,当世巨公亦颇知其外交之能,交章推荐,欲假以使英,筹商改约增税事,期为吾民护商之益。(观庚子以后,英国议约,专使马凯竟许以加税改约诸条;则当时赴英,或亦有济。惜哉!)无端以新驾坡征收洋药税事,我客卿欲停止华船贸易,尽归洋船装运,误触其忤。总署亦误会此意,辄恐英人之不怿,于是奉派使德。德人亦误传英不愿接而亦拒之。迨英使证明,并无不愿接待之事实,德遂藉口三国抗日,交还辽东,德未酬报;能给一岛为屯煤地,使事无不可言。先兄乃亟恳收回成命,勿因微臣而受要胁。未几,改放湖南盐法长宝道。而德人之所欲者,不及一载,藉山东教案据有青岛矣。

十、湖南盐法长宝道署湖南臬司时代

创办湖南保卫局及其他学堂学会事

当是时,湘抚义宁陈公宝箴,沉毅有为。湘人士纯朴质实,恪守旧规,故其风气闭塞,亦较各省为尤冠。先兄莅湘,上佐中丞,下联民意,设南学会,开时务学堂,日与其间士夫讨论治术,欲举官权分给于民,而养成其自治之能力。复仿泰西通例,参以《周官》之法,设保卫局,以安闾阎而达民隐。吾国内政,始设巡捕以卫民事者,实于湖南为权舆。迨戊戌政变,一切类似新政者无不推翻而尽撤之,惟保卫局巍然独存。虽当时之持异者,亦称其成效大著,舆情悦服。盖其实心卫民,即以保民之意行之,非藉以行官权耳。

十一、简放使日及放归田间时代

先兄通籍以后,垂三十年,奔走欧美,久驻东瀛。所著《日本杂事诗》、《日本国志》,不胫而走,为海内所知名者久矣。戊戌夏五,初奉电旨,饬速来京(时阁学徐公致靖,保举人材,首推先兄。并列康有为、梁启超、熊希龄、张元济等),旋拜出使日本之命。乃抱病未行,凡朝旨之所自出,与北京新旧各派之情状,茫无所知。乃抵沪上,骤闻政变,拟即力疾遄行。而着交南洋看管,缇骑绕室,以索康有为之匿迹者,几罹不测。而先兄之事业,亦随之而蛰伏林泉,抑郁侘傺,而至于死,可不痛哉!夫先兄爱国之念太切,爱才之心太甚,每欲奖掖后进,而结交梁任公启超者,是诚有之。因康梁关系为之株连,亦不可讳。乃或者疑其党康,谓德宗之知,实为康所援引,则太谬矣。

十二、家居时代

子、创兴学会设师范学堂及关于学务诸事

家居数载,不复与闻外事,惟从事教育。设兴学会,修东山书院为师范学堂。择乡人之优秀者，派赴日本，学师范及管理法。谓先有师范，而后有蒙小学教员也。又虑年稍长者，无地就学，则设补习学堂；虑僻处下邑，闻见锢蔽，则设讲习所。惟其时因办学务而争公产者，时有所闻；在上者又不明公立私立各校之性质为何若，徒滋纷扰，无裨学业耳。

　　五、从事著述拟著《演孔》一书

　　外此，则欲有所著述，以养天年。尝曰："近人每见二百年前天主教之盛，以为泰西富强，由于行教，遂欲尊我孔子以敌之。又闻彼教有讥孔子为不知天道，而陋之为小者，辄倡言保教以卫之。是以贤知者之过虑耳。夫西人崇教之说，久成糟粕；袭人唾余而张吾教，甚无谓也。况孔子实为人极、为师表，而非教主。凡世界教主，无论大小，必嚣嚣然自树一帜而告人曰：'从我则吉，否则凶。'孔子因人施教，未尝强人以必从也。故耶之言曰：'吾实天子！'回之言曰：'吾为天使！'佛之言曰：'上天下地，惟我独尊！'孔子则曰：'可与天地参，可以赞化育。'实则参赞之说，兼三才而一之，真乃立人道之极，非各教之托空言者可比。人类不灭，吾教永存；他教断不得搀而夺之。"又曰："儒者为世诟病，洵不足讳。然儒教不过九流之一；其服儒服、言儒言者，又比比皆是。若孔子，则不当以儒为限也。刘歆《七略》，不能出孔子于儒教之外，窃已叹其识力之未充。吾尝胸中悬一孔子，其圣在时中。所以时中，在用权；所以能权，在无适无莫、毋固毋我。无论何教，有张彼教之长以隘孔子者，吾能举孔子之语以拒之、正之。无论何人，有抉孔子之短以疑孔子者，吾能举孔子之语以解之、驳之。此吾所以欲著一书，名曰《演孔》以明之，或有以成吾说也。"又尝编辑家谱，以明客籍之由来。

寅、论诗学

平生嗜好,以诗为最。尝曰:"诗可言志,其体宜于文,(以五经论:《易》以言理,《春秋》以经世,《书》以道政事,《礼》以述典章。皆辞达而止,是皆文字。惟《诗》可谓之文章。)其音通于乐,其感人也深。惟晋、宋以后,词人浅薄狭隘,失比兴之义,无兴观群怨之旨,均不足学。意欲扫去词章家一切陈陈相因之语,用今人所见之理、所用之器、所遭之时势,一寓之于诗。务使诗中有人,诗外有事,不能施之于他日,移之于他人;而其用以感人为主。"适拳匪肇乱,凡百乖张,遂举其胸中抑郁不平之气,仰天椎心,不敢告人之语,一泄之于诗。酒酣耳热,往往自歌自哭,自狂自圣,谓"他日之读我诗者,其亦忽喜忽怒、忽歌忽泣乎? 非所知也"。所著《人境庐诗草》,久之又久,至辛亥十月,始刊行世。

卯、闻庚子之乱拟变国体及官制

然而身为中国之人,终不能不以救中国为天职。闻两宫西狩,和局大定,举四百五十兆之偿款,日朘月削,以责我无罪平民分负其担;而倡祸酿乱之首,腼然生存;未尝不太息痛恨,仰天泣血曰:"天降祸乱,丧我中国,乃至此极哉!"既不能望政府死灰之复燃,又不忍坐视国家之舟流而不知所届。尝曰:"今日政体,当取中央集权为目的,地方自治为精神。举总督巡抚之权,归之朝廷;以武备、教育、交通暨海关税、地亩税等政属之。取州县官之权分之于百姓,以警察、讼狱、学校及地方杂税诸政属之。尽废今之督、抚、藩、臬等官;多设治民公所,分隶于巡道。即以巡道为地方大吏,其职在行政,而不能议政。上自朝廷,下至府县,咸设议院,为出治之所。初设仿日本、德国,将来仿英国。并将全国分为五大部,各设总督,如澳州、如加拿大制。中央政府如英制;其统辖本国五大部,如德意志帝国之统率日耳曼全部,如北美合众国之统辖美利坚联邦。尽心保民,以之治内,合力保国,以之御外,则庶几乎能留一中国于现世界乎!"

辰、各督抚延聘及抱病不能就道

生非闭关自守之世,外患频仍,而曰入山益深,可以忘世,是足迹不出户庭者之所能也。处国势阽危之际,四维不张,而不博访贤能,赞相厥事,亦视国事如秦、越人之视肥瘠者之所为也。故濒年李傅相鸿章督粤,一再函促,仅修参谒而即旋。陶方帅模莅粤,辄欲荐剡。有尼之者,方帅曰:"吾荐此人,为国大用,即不幸逆鳞撄怒,亦不过使我不做官耳。"或劝以先行延聘,乃亲自草书,称"某大贤先生",主讲某席,又为某书院之创办者所阻。李勉帅兴锐,自丁酉在京一面,辄欲联王(时北洋大臣王公文韶)、刘(南洋大臣刘公坤一)、张(湖广总督张公之洞)、陈(湖南巡抚陈公宝箴)而合保之;旋因改放湖南盐法道,乃寝。及其抚赣抚粤,迭次邀约;督闽后欲延入幕府。先兄感其知谊,不忍再却。然积忧成疾,已难就道。计其生平,经内外大僚保荐,凡十五次。惟唐春卿尚书景崇称其忠实廉直,为先兄所最服膺。然则先兄之自信者,即其毕生之内政外交、经济学术所自出乎? 忠实廉直者,括而言之,曰"诚"而已。诚则明,明则诚;不诚而能治事者,吾未之闻也。

巳、履历及三代

先兄生于道光戊申三月二十四日,卒于光绪乙巳二月二十三日,得年五十有八。由拔贡生中式,光绪丙子顺天举人。历充出使日本参赞官、美国金山总领事官、出使英法二等参赞官、新驾坡总领事官、奏派五省教案委员、苏州开埠事宜委员、出使德国大臣、湖南盐法长宝道、署湖南按察使、候补三品卿堂出使日本大臣。妻叶氏,子三人,女二人。先曾祖讳学诗。先祖讳际昇。先父讳鸿藻。初先曾祖、先祖,均以先君供职农曹,累封赠至中宪大夫。及先君官广西思恩府知府,再封赠中议大夫。至是以先君绩劳,奉特旨赏给三代一品封典,均封赠荣禄大夫。先曾祖母李太夫人。先祖母梁夫人。先母吴夫人。先兄嫂叶夫人。

综其平生:论汉宋学,为无所设施;追崇孔子,为时中用权;论诗学,则欲自辟门径。其足迹所至,虽未历五大部洲,然既遍四部五六强大之国,未尝不窥其政教。所谓"非留心外交,难以安内"者,故赴全力于外交,即以国民生计、挽救主权为安内之要旨。观其议日本改约利益均沾,及美商机器制造绸缎、苏州开辟商埠各节,其外交尽职之处,即为保全内政之处。惜未能独当一面,以展其怀抱。仅寄托于诗,而诗遂为世人所推重。虽然,称之为诗人,无宁对于国际困难推之为外交家之有当于事乎!其秉赋不强,少受早慧之累。在坡在湘,二次大病;虽善自调摄,已日见老羸。乙巳二月,讣至闽疆,遵楷适权厦篆,不能亲赴其丧。及其葬巳,遵楷随使日本,又不能亲自执绋。年来回京多暇,搜求遗藁,为之诠次。乃述其生平事实大略,以告来兹。而去先兄下世,既十年矣!然适今而不追述,恐文藁散佚,莫征其详,吾之负疚于先兄者,更无时而或释矣。

中华民国四年五月　五弟遵楷述于宣南之辱顾草庐

录自《人境庐集外诗辑》(中华书局 1960 年版)

四、黄遵宪生平事迹

黄遵庚　黄干甫[①]

一

黄遵宪,家名君仁,字公度,笔名人境庐主人、东海公、法时尚任斋主人、布袋和(尚)〔南〕、公之它、观日道人。

黄遵宪于清宣宗道光二十八年戊申四月二十七日(1848 年 5 月 29 日)生于广东嘉应州(今梅州市)城东门外东街堡攀桂坊的怡怡堂家中。黄氏聚族而居,人口众多,是州城的望族。他的祖父黄际昇,字允初,经营先人遗下的商业,家庭生活颇为优裕。其为人极为练达、急公好义,常对劳动人民的疾苦表示同情和援助,而对当地的不肖官吏敢于讥弹反抗,州人称道不衰,是一个开明的士绅。

他的父亲黄鸿藻,字砚宾,号逸农,是际昇公的长子,清咸丰丙辰科并补行乙卯科的举人,由户部主事改官知府,分发广西省任用,先后督办南宁、梧州等处厘务。适值中法战争爆发,我国军队大量开出镇南关(今睦南关[②]),粮饷所需,急如星火。他筹划调

---

① 黄遵庚系黄遵宪的堂弟,黄干甫系黄遵宪的族侄。
② 现改名友谊关。

拨,解决了军队的给养问题,清廷即任他为思恩府知府。在任上,他教养兼施,政声卓著,后由广西巡抚李秉衡保举加三品衔、升用道。

他的二叔父翰藻,字墨农,早故。三叔父鸾藻,字问攀,清同治庚午科举人,官广东信宜县训导,极得士子钦佩,对家中兄弟友爱非常,乡人称赞不绝。他的堂叔父黄基,字簋山,是进士出身,久任礼部主事,精于书画,后改官江苏候补道。

他的同母胞弟三人,遵谟字采汀,是广西候补知府;遵路字公望,是州庠生;遵楷字幼达,是光绪己丑科举人,大挑知县,署理福建省厦门同知。

二

遵宪出生的时候,他的曾祖母李太夫人尚康健在堂。她是一个知书识礼、极为慈祥的老人,时已70多岁,对初生的曾孙遵宪非常疼爱,亲自教养,无微不至,对遵宪的儿童生活起了极大的作用。当遵宪在襁褓之中牙牙学语的时候,便教他唱"月光光"、"麻雀子"等儿歌。遵宪齿牙伶俐,唱得流畅,而且记忆力很强。及至3岁,她又教念《千家诗》。遵宪能一字不讹,仅一年的光景,已能把《千家诗》背诵。这是遵宪诗歌生活的启蒙时期。他4岁进私塾念书,塾师是乡邻学行兼优的州庠生李伯陶先生,教书认真严肃。李太夫人请先生对遵宪勿过严厉,让他有一点自由。李先生见遵宪年龄虽小,但特别聪慧,即教他念"四子书",并念朱注,且要背诵,遵宪亦能应付裕如。到9岁时,遵宪对读书益加努力,常读至深夜,其母一再催促才就寝。本年他已念完了"五经"及《唐诗三百首》等。

他10岁学作诗,塾师以宋代梅州(宋代时嘉应州称梅州)诗人蔡蒙吉的诗句"一路春鸠啼落花"为题,叫全体学生写诗,他写下"春从何处去？鸠亦尽情啼"的句子。塾师为之惊奇,以为是偶然碰着的,翌日再以"一览众山小"为题,叫遵宪再写。遵宪不假思索,破题直写"天下犹为小,何论眼底山"。塾师叹为天才,也引起了乡中士子的称赞。因此塾师特别将经史词章及八股时文,灌注遵宪,期之为"金马玉堂"的人物。经过一个时期,遵宪已有独立研究学问的能力了。

清咸丰九年(1859 年)二月初四日,太平天国的石镇吉率军攻嘉应州城,十六日城破,迄至四月初一日,石军才弃城,转进兴宁县。时遵宪 12 岁,家中损失奇重,但他安贫乐道,仍努力攻读。16岁时,他开始专钻研孔孟的学说,鄙弃宋人的义理和汉人的考据。

清同治四年(1865 年),遵宪 18 岁,于十月间与叶夫人结婚。二人为表亲,系李太夫人生前指配定婚的。正燕尔新婚期间,忽太平天国康王汪海洋率军攻破嘉应州城,遵宪偕同全家事先避往大埔县三河圩,继而避往潮州府城。是年十二月,清军克复嘉应州城。翌年,遵宪偕同全家,由潮州返嘉应州。江山如故,家境全非,他家经过两次兵灾,使累叶丰饶、生活优裕的家庭骤然贫落下去。为此,遵宪写下《邂乱三河圩》、《拔自贼中所闻》、《喜闻官军收复嘉应贼尽灭》、《乱后归家》、《送女弟》等诗篇。

这时候,遵宪的心情非常苦闷,尤其使他终日不能忘怀的,就是自己的"出路"问题。清代读书人惟一的"出路",就是做官,谋取官职,就要参加科举考试。但他早视八股时文如同废纸,把试院的场所等于士子受罚的监牢,无奈家道中落,如不参加考试,就无办法以求"出路",遂于清同治六年(1867 年)参加嘉应州的院试,获取秀才。当时的学使是杜联学士(浙江省人)。

三

清科举时代，规定每三年在省城举行全省的秀才考试，叫做乡试，被考取了的叫做举人。遵宪已是秀才，当然可赴省参加乡试，但不幸未中。23 岁时，他再赴省乡试，曾写下七百多字的《杂感》诗一首，竭力抨击科举制度；道经惠州，重游丰湖，又写下《庚午六月重到丰湖志感》诗。他这次乡试又失败了，但在试院的矮屋中，认识了将门之子罗文仲（字少珊），彼此一见如故。他邀罗偕同梁诗五（名居实，是遵宪的表叔）同登试院内的明达楼看月，写下一首长诗，描写他对沉重生活压抑的愤懑情绪。

他在省时，为研究我国天津教案事件，特购取《万国公报》阅读，又购北洋制造局翻译的各种书籍，悉心钻研，从此他对时务极为关心。

遵宪 24 岁时，应嘉应州岁试，考取第一名，补"廪膳生"；26 岁时，又考取"拔贡生"（每县仅一名）。当时学使为何廷谦侍郎。本年，他以新科拔贡的资格，应本省的乡试，又未获取。

遵宪 27 岁北上，应清廷召集全国"拔贡"的考试，由海道赴天津，秋抵京师。清制，"拔贡"在廷试一等的，授为小京官；二等的授为候补知县，被取录的人，要精书小楷，他因而未获授。但他在京认识了许多知名之士，往来最密切的是广西赖鹤年（字云之，后官四川布政使）、广东兴宁胡曦（字晓岑，是他拔贡的同年）。

28 岁时，他漫游天津，写下和钟德祥（字西耘）"庶常"的《津门感怀诗》八首，传诵一时。这时，适丰顺丁日昌驻天津，他以世侄身份晋谒，慷慨纵谈国事，丁公目为奇才。是年十一月，丁任福建巡抚，邀他入幕赞襄，他因将应顺天乡试而不果往。

光绪二年（1876 年）春，他随同父亲鸿藻往山东烟台漫游，拜访了广东同乡张荫桓（字樵野，南海人，时任登莱青道台），及福建龚易图（字霭人，闽县人，时任东海关监督）。张、龚两公对写诗均极感兴趣。是年，适福建大水灾，遵宪看了一些记载福建水灾的材料，写下《福州大水行（同张樵野丈、龚霭人丈作）》，描写灾民的惨状，非常动人，极得张、龚两公赞赏。他又写下《将应顺天乡试（仍用前韵，呈霭人、樵野丈）》诗两首，描写自己的坎坷遭遇和深切的感受。

清代做京官的人，如非高官或家道富裕，其生活都较穷困，黄鸿藻自不能例外。当时烟台的潮州同乡会馆聘请黄鸿藻为老师，以照顾其生活。其后鸿藻回京供职，遵宪仍暂居潮州会馆读书，并代其父照料会馆事务。

本年秋，李鸿章奉清廷命到烟台办理英国翻译官马嘉里在云南被杀案。遵宪由广东香山郑藻如观察（郑玉轩，时系山东候补道）介绍拜谒李鸿章。黄纵谈国内外大事，颇蒙李青眼，后郑对遵宪说"李赞你有霸才"，遵宪极为感铭。

遵宪平素极关心时务。关于马嘉里案，湖广总督李瀚章和刑部侍郎薛焕到云南审问凶手时，丧权辱国，笑话百出，且罔杀无辜苗民。他极为愤慨，写下五言诗《大狱四首》。对办理外交的人昏庸不学，以致误国殃民之事，他更为疼心，因而产生了将来想在外交界担任艰巨任务的决心。

本年八月，他在北京参加顺天乡试，考中了第一百四十一名举人，师长和亲友都希望他将来做一个"状元宰相"的人物。但遵宪别有抱负，他亟欲摆脱科举制度的束缚，想到外国从事外交工作，以发展他的才能。事有凑巧，适本年十二月，清廷想以翰林院侍讲何如璋（字子峨，广东大埔县人）为出使日本大臣，乃先征求何如璋同意。何想先得一能干的助手为参赞官,才肯受命,因素悉遵宪年富力强,才具有为,且洞悉时务,和自己又有世谊关系,即走商遵宪,得到赞同。于是何向清廷表示受命,并奏保遵宪为参赞官。

按清制,使外大臣的参赞官,是要有实职的人员才能充任。当时遵宪系新科举人,没有实职。但照清例,举人如不参加会试,可向吏部报请为拣选知县。遵宪遂依例办理,再出资少许,加了一个五品衔,就以这样的资格为出使日本做参赞官的。他到日本,任官三年期满,得到异常的劳绩,才入资为候选知府,由使臣保举为分省补用知府。他第二次任官期满,在旧金山总领事任内,再由使臣保举为分省补用道,加二品衔。

关于遵宪初次出使及其在外国得两次保举升官之事,有的资料记载或有错误,如《清史稿》本传说"黄遵宪……以举人入资为道员,充使日'参赞'";又如钱仲联先生《黄公度先生年谱》一书,根据《日本新政考》云:"先生以举人入资为知府,以五品衔拣选知县用",均应校正。

四

何如璋奉命出使日本时,适日本萨摩兵乱,乃暂止行期,延至光绪三年(1877年)十月二十三日,才率同遵宪及各员等 30 余人乘我国海安兵轮出发赴日。遵宪本年 30 岁,写下了《三十初度》的诗,描写他一事未成、两鬓如丝的感叹,并拍一半身小照,题诗分赠各亲友:"如此头颅如此腹,此行万里亦奇哉。诸公未见靴尖趯,待我扶桑濯足来。"

何等所乘的海安兵轮速率极缓,沿途均有耽延,计由上海启行至日本神户,足行了 11 天,船泊神户时是十一月三日。及至深夜的时候,忽然有衣冠不振、形容憔悴的人闯进轮中,伏地痛哭,时复摇手,恐被日人听见,其语音又极难懂。然后他由胸前取出一纸呈阅,才知道他是琉球国王的密使马兼才,系奉国王命请求我国使臣援助其国抗拒日本的压迫。遵宪对此事深加注意,知道国际局势的险恶,想要如何采取妥善办法,以应付日本。

本月四日,遵宪和何使登陆,赴各地参观,受到我国华侨的盛大欢迎。直到十二日,才抵横滨,所有人员暂驻该地。十六日,遵宪先赴东京,和日政府外务省接洽,订定一行人员觐见日本天皇的日期。二十四日,何偕同遵宪赴东京觐见日皇。是晚,一行人员仍回横滨。日本历史家谓中日两国自隋唐通好以来,计千多载,这次中国使者才奉皇帝国书,以邻交之礼,平等相待,特书诸史册,以为至荣。十一月二十八日为公元 1878 年元旦,何使偕遵宪往贺日皇,事毕仍回横滨。十二月十三日,他们才租得东京芝山月界僧院,作为我国使署,二十一日迁进居住。

何使莅任伊始,事必躬亲,但对事多谋善变,每每举棋不定。某日,遵宪对何使说:“世伯,你对事处理的方法不如我。”何使愕然,徐问:“公度,你今日何自负如此? 请说其故。”遵宪答:“世伯凡对一事,每五分钟内,必变其主意,变到四五次时,已不知自己哪样的主意才对。我则不然,每对一事,必先在各方面考虑周详,即决定办法,毋须一再更改。”何使闻言,欣然首肯者再,嗣后关于一切公事,统交遵宪主办,何使仅略过目而已。

经过“明治维新”的日本,虽仅 10 年光景,但国势日见昌隆强大,其自然景物、风俗习惯、社会生活以及重大的兴革事件和各社团的代表人物;都引起了遵宪特别的重视。尤其是他对中日两国人民的传统友谊悉竭力以赴,因而日本朝野知名之士和他往来交际者不少,即身肩重任的伊藤博文(字春辅,迭任日本首相)亦经常往来，和他钻研汉学。还有不少日本人士，仰慕遵宪的诗文，执贽求见者户限如穿。他不辞烦琐，一一指其疵谬，群奉为泰山北斗。

遵宪求知之心极切，对于日本一切情形，无不悉心研究。他闻及日人常自夸日本天皇是万世一系、全世界所无，而今民权之说又盛行于日本，颇为惊讶。后来，他把在日本流行的书籍如法国卢梭、孟德斯鸠等的著作购来阅读，才恍然大悟，认识到封建专制的政治确不如民主的政治，其思想从此逐渐转变。某日，他对何使谈及我国的形势，说我国不久必变，或自动地变如日本的自强或被迫地受到列强的奴役瓜分，何使为之信服。

遵宪自1877年在神户晤琉球密使马兼才之后，细察日本军阀企图吞并琉球的野心日见暴露，特代何使作书密报我国总理衙门，痛陈日本谋夺琉球的危害，并提出具体办法，往返数十函，不下十余万言。无奈清廷没有采纳，且置之不理，结果琉球终至亡国。遵宪怨愤之余，写下《琉球歌》，以志感叹。

光绪五年(1879年)，曾上书太平天国的策士王韬(字紫诠，江苏长洲人)，特到东京访遵宪。王是志大学博、怀才不遇的人物，彼此一见如故，朝夕纵论天下大事，极为相得。王常对人说："遵宪是品质醇粹，学问宏深，令人可望而不可即。"王前因上书太平天国，被李鸿章破苏州时搜获，李曾通缉王韬，王乃逃居日本。王自和遵宪交好后，遵宪特密电李鸿章代为缓颊，王得无事归国。一般朋友知此事者，无不赞遵宪对友谊的忠厚。

遵宪到日本以后，公余之暇学习日文，以便研究日本政教的兴废和风土的沿革。他一方面搜罗旧闻，参考新政，所获资料极为丰富，拟撰写《日本国志》，为我国将来变法的借镜。在志书未成之前,他把收集的资料,作为《日本杂事诗》共 154 首,加以注解,送往我国总理衙门印行,以新我国人民的耳目。

光绪六年(1880 年),遵宪目击日本政府对外政策之贪得无厌,已夺我藩属的琉球,又将谋夺我藩属的朝鲜,特商何使,要乘日本毒谋未定之际先发制人,即代何使上书总理衙门,建议把藩属朝鲜改为我国的郡县,或遣专员代朝鲜主持外交,结果清廷没有采纳。及后朝鲜派金宏集出使日本,遵宪特为作《朝鲜策略》,给金宏集携回朝鲜,劝其务奉一贯传统精神,亲向我国,皆不果行。反有朝鲜亲日分子,怪责我国多事。

光绪八年(1882 年),遵宪奉清廷命调任美国旧金山总领事,日本朝野人士对他依依不舍,他写下《留别日本诸君子》七律五首,传诵一时。他临行时,日本诗人大沼厚南、摩纲纪、龟谷行、岩谷修、蒲生重章、青山延寿、小野长愿、森鲁直、冈千仞、鲈元邦等特来送行,与他饯别于墨江酒楼,赋诗送行者极众,为日本有史以来所未有。

正月十八日,遵宪由日本横滨乘轮赴美国,二月十二日才到达旧金山。我国华侨自 1850 年开始到美国,在美国筑路开矿以及开凿运河的工人不下 20 多万,因工资廉且勤奋,美当局颇为欢迎。但当地的土人为着争食,嫉视华工,群请美政府下逐客令。1880 年,美政府特派专使到我国,向清政府商订《禁止华工条约》,没有即刻实施,至 1882 年 3 月,美的议院才提议讨论设立《禁止华工条例》。事前,遵宪曾向我国当局提出防御美国的建议,但没被采纳,遵宪只得在自己的职权范围内,竭力保护我国侨民。

我国华侨在旧金山聚居的所在地叫"唐人街"。有一次,美国官吏故意欺侮华人,借口华侨的居宅不清洁,违反了卫生条例,强行把许多华侨拘禁于监狱。遵宪闻讯,气愤非常,亲自带随从前往监狱,看到许多华侨拥挤于监狱的不堪情形,马上叫随从量度监狱的面积,然后向美国官吏抗议说:"你监狱的卫生状况岂比华侨的居宅好么?"美官吏瞠目不能答,自知理屈,只得把拘禁的华侨全数释放。直到数十年后,华侨们对此仍称道不绝,称赞遵宪是我国驻美国外交官中不畏强暴、能保护华侨的第一人。然而,黄遵宪作为一个弱国的外交官,在美国的排华运动中是无法阻止美国对华的倒行逆施的,结果许多华侨都被美国驱逐回国了。他抱着极大的痛愤心情,写下了《逐客篇》长诗。

遵宪在日、美两国办理外交以来,政声卓著。我国的京内外大员如陈宝箴、张之洞、刘坤一、唐春卿、李苾园、张野秋、邓铁香等①,深悉遵宪的才能,迭向清廷保举,俾予重用,但仅得清帝交军机处存记一旨,并无下文,人多代为叹惜。

遵宪在美国时,对国际局势的变化也极为注意。他见欧洲列强和日本强烈地争夺太平洋的统治权,我国近邻朝鲜更为日本和沙皇俄国的侵略目标之一,极为不安,曾写下《朝鲜叹》长诗,表示他忧惧的心情。

1884 年冬,美国举行民选总统,遵宪深加注意,把选举中的一举一动及报章揭露的事实,都记录下来,准备作为我国变法时举行选举的参考。讵料适得其反,美国的民主党和共和党对竞选总统,完全是公开贿赂和压迫选民,或扰乱,或行刺,暴露了美国民主政治的虚伪和卑鄙。遵宪对美国的民主政治为之爽然若失,乃将此种种恶劣怪象,写下《纪事》长诗。12 月,遵宪闻得我国冯子材提

---

① 唐景崇,字春卿;李端棻,字苾园;张百熙,字野秋;邓承修,字铁香。

督大破法军于镇南关外,大为兴奋,写下《冯将军歌》,描写了冯将军和将士们的勇敢形象。

五

遵宪自 1877 年出使日本,又由日本赴美国任旧金山总领事,前后已近九年。在此段时间内,他的母亲吴太夫人已经在家去世,他的儿子亦经长成。而他对于国内的情况亦感到稍有隔阂,尤其是他收集的不少有关《日本国志》的资料,因公务繁忙,甚少握笔编撰,卒业遥遥无期。因此种种,他经向当局请假,于 1885 年秋由美回国,9 月末抵广州,沿途他写下了《太平洋舟中望月》、《道过日本志感》、《到香港》、《到广州》等诗。到广州后,他先赴广西梧州省亲,然后回嘉应州,把吴太夫人的灵柩安葬于嘉应州城西门外湖阳屑,总算把家中大事告一段落。于是,决心完成《日本国志》一书。从此他每天在家按时撰稿,余暇多和乡亲们来往,或逗小儿女玩耍,过了一段恬淡乐趣的生活。

1886 年,我国出使美国大臣郑藻如因病辞职,清廷命张荫桓继任。张和遵宪早有交谊,特电邀遵宪到广州相会,请遵宪复任旧金山总领事。黄以美国禁止华工、祸争未已,婉词谢却。继而两广总督张之洞请遵宪巡察南洋各岛,他亦辞谢不往,盖因所编《日本国志》行将告成。

光绪十三年(1887 年)五月,《日本国志》一书完成。书成后,他写下《日本国志书成志感》的律诗一首。

《日本国志》全书分为 12 志,共 40 卷,50 余万言。遵宪把《日本国志》的稿本请人缮成四份,一送总理衙门,一送李鸿章,一送张之洞,自存一份,徐图刊印,公诸于世。

本年春,遵宪偕同全家往拜他的曾祖母李太夫人墓,写下《拜曾祖母李太夫人墓》的长诗,描写封建时代的家庭情况及他幼年时的生活情趣。以后他又写下《远归》、《小女》等诗篇,乡人争相传诵。

光绪十四年(1888年)冬,遵宪静极思动,又北上赴京。当时和他往来的人不少,多是在朝的人物,其中最密契的为桐庐县袁昶主事(字爽秋,后官太常寺卿)。袁称《日本国志》翔实有体,可为我国将来变法的一面镜子,并对遵宪说:"现在京中各大员如邓铁香等,均赞陪为国器。"遵宪闻言,谦抑不已。

光绪十五年(1889年)夏,薛福成(字叔耘,江苏无锡人)奉清廷命出使英、法、意、比四国。是时袁昶任总理衙门总章京,未征得遵宪同意,密荐遵宪于薛福成奏用。次年春,遵宪以二品顶戴、分省补用道奉清廷命任驻英二等参赞,随同薛使出国。薛本拟于十二月十四日由上海放洋,嗣因欧洲疫病流行,遂改期明年正月启行。遵宪乘此机会回粤,将《日本国志》交广州富文斋刊印。临回粤时,他曾和薛使约定在香港守候。迄至正月十四日,薛使乘的法国公司伊瓦拉第轮船由沪抵香港,遵宪即携同次子履和(字仲雍)及仆人登轮。是日下午由香港启行,经过西贡、新加坡、锡兰,入红海,过苏伊士运河,入地中海,又经过法国马赛、巴黎等地,到达英国伦敦。沿途他赏览了各地风光,并慨叹那些弱小国家的衰亡,写下《香港登舟感怀》、《锡兰岛卧佛》等诗。途经法国时,薛使偕遵宪访问过法国上下议院的领袖,接触了列强驻法国的公使。薛使到达伦敦进驻使馆之后,率同参赞马格里又遵宪觐见英国女皇维多利亚于温则行宫,呈进国书。遵宪见女皇的豪华气象,写下《温则宫朝会》诗,描写资本主义国家的穷极奢华。

薛使人颇勤劳,凡使馆上行的文牍奏疏皆由自己主办,仅将下行的公牍批答等交由遵宪办理。黄虽有"割鸡用牛刀"的感想,但乐得乘此余闲时间,编辑自己历年的诗稿,并把《日本杂事诗》删增改订,又常考察英国君主立宪制度及其种种的措施,认为英国的情况是适合我国变法时借镜的。

遵宪在清廷是军机处存记多次的人员,照清廷例,随时可派为出使外国大臣。他在伦敦期间,军机处拟派遵宪出使日本,已得到各大臣多数同意,独户部尚书协办大学士阎敬铭,为讨好李鸿章,特提出李的儿子李经方为宜,事遂被阻。

遵宪在伦敦,由于气候不适应,因而经常患病,又兼生平的抱负不能实现,写下《在伦敦写真志感》、《今别离》,抒发忧郁的感怀。

光绪十七年(1891年)夏,遵宪奉清廷命调任英属新加坡总领事。是年秋,他由伦敦赴任,途经法国时,特登巴黎铁塔观览;轮经苏伊士河,停泊于坡塞,夜间忽遇大雨,又写下《登巴黎铁塔》等诗。十月初抵达新加坡。该地为英国所属的东方大港,华侨颇多,且为我国华侨往南洋各埠的必经之地。遵宪到任后,虽常患病,仍力疾办理外交事务,极洽侨情。他见新加坡邻近各岛的槟榔屿、北蜡、吉隆坡、芙蓉、柔佛等埠华侨极众,经营各业亦颇兴旺,但常受外国人欺凌剥削,拟在各埠增设副领事,以便就近保护,而英政府一再借词抗议,遵宪据理力争,达到目的,增强了华侨热爱祖国的信心。

是年二月初九日,遵宪的祖父允初公在家病故,遵宪的父亲砚宾公由广西思恩府任内奔丧归家,因哀毁过度,又患病离世。遵宪迭遭家难,乃请假归家治丧,当局遂派翻译官那华祝代理总领事。遵宪假期满后,仍回新加坡任,但因身体屡弱,又兼患疫疾,乃遵医嘱易地疗养,曾到槟榔屿、麻六甲、北蜡等地休养。此间,他写下不少诗篇,特别是《番客篇》的长诗,反映了华侨艰苦的生活及当时护侨存在的缺点,以及他对华侨的愿望。

六

光绪二十年(1894年)七月间,中日甲午战争爆发,遵宪迭闻我军不利的消息,极为愤慨,写下《悲平壤》、《东沟行》、《哀旅顺》等诗篇。十月间,清廷调湖广总督张之洞署两江总督。张接任后,以筹防需人协助,特请清廷电调遵宪回国。十一月中旬,遵宪回到国内。适张荫桓奉清廷命,以全权大臣使日议和,即向遵宪咨询关于日本的情形。遵宪详举以答,张赞遵宪为识途老马。

光绪二十一年(1895年),遵宪到江宁谒张之洞。未谒之前,他找到张的亲信幕友蔡毅若,探询张的脾性。蔡说:张公是爱才的,但个人英雄主义极强,任何人的文笔或对他的谈话,如果没有顺着他的口气,他都不喜欢的,请你多加注意。但遵宪谒张时,已把蔡的话忘却,依然高谈阔论,因此不能取悦于张,于是被安置在江宁洋务局,主办五省积压的教案,颇不得意。此间,他常和陈三立、易顺鼎、文廷式、龙继栋等游览江南各名胜古迹,或到上海探视亲朋,以度无聊的岁月,又写下了《公祭沈文肃公祠》、《马关纪事》、《晚渡江》、《哭威海》、《降将军歌》等诗篇,流露愤慨忧郁的心情。

是年,袁昶因公由京到宁,行箧中携有《日本国志》,一见遵宪即说:"如果你的《日本国志》早为刊布,使我国诸公得悉日本的实情,断不敢贸然主张对日战争,致屈辱赔款,这部书实可抵值银2万万两(当时赔款的数目)。"袁临行作诗简遵宪云:"白璧雄谈致一双,指为夷隶历诸邦。南庭都护治红海,两使高轺拥碧幢。头白虞衡新作志,足音蓬藋喜闻跫。于今凫拯资方略,不独骚材赋涉江。"

《马关条约》签订之后,台湾人民奋起反对割台,但清廷拒绝支援,卒至弹尽粮绝,被日本占领台湾。时遵宪到湖北办理教案,正和朋友们登黄鹤楼游览,忽闻台湾溃败的消息,扫兴而归,写下异常愤慨的《台湾行》诗。

七

1895年,康有为等在京发动公车上书,后又结合朝野维新人物,在北京倡办强学会。时遵宪在江宁,亦被列为会员。他明知是为人所代签,但不以为怪。他特别同情维新变法,于"公车上书"的文章非常赞赏,闻系出自梁启超的手笔,认为是"青出于蓝",益加钦佩,从此遵宪和康、梁作共鸣了。不久,强学会被顽固派奏禁,不幸夭折。康有为又在上海再办强学会,会员有张謇等16人,遵宪为其一,是广东同乡梁鼎芬代为签名的。后戊戌政变时,梁恐被波及,特致书遵宪绝交,故遵宪《己亥杂诗》中第七十六首特记此事,仍隐梁名。遵宪闻康有为在上海,亟想一晤,由达县吴德清偕同访康。两人一见如故,遵宪仰首加足于膝,纵论天下大事,自是朝夕过从,无所不谈。康赞"遵宪学贯中西,倜傥自负,横览举国,无以伦比"。上海的强学会开办仅一个月,又被李鸿章的亲家杨崇伊奏参被禁。遵宪对此颇为愤慨,想从筹办报馆着手,以唤起民众,徐图恢复。

光绪二十二年(1896年)二月间,光绪帝谕军机大臣电寄总督刘坤一,道员黄遵宪着暂留江苏,办理教案、商务各事宜。遵宪奉命后,把大江以南悬而未结的教案,立即着手办理,终以无赔偿、无谢罪、无牵累平民一律清结,外国领事感其神速,各主教服其公平,我国当局极为嘉奖。本年夏,遵宪特函梁启超,请到沪商议办理报馆事宜,此为遵宪和梁启超结交的开始。遵宪早认梁为宣传的能手。梁到沪后,与遵宪极为相得,彼此年龄虽相距 17 岁,皆能互相尊重,始终不变,成为道义之交。

当黄、梁二人正商办报馆之时,适高安邹凌瀚、浙江汪康年、达县吴德清等先后来沪。他们都是热心办报的人,且同为强学会会员,即和两人合作,先议定报名为《时务报》,举汪康年任经理,梁启超任主笔,另聘张少堂为英文翻译,日人古城贞吉为日文翻译,都是遵宪托人介绍聘请的。遵宪又捐一千元作开办费,并对汪康年说:"我举办此事,当作为众人的事,不可作为个人的事,乃易成功,故无所谓集款,不作为股份,不作为垫款,务期此事成功而已。"创办之始,先印公启及办法三十条,是由梁启超主稿,经遵宪一再修改的。公启内的署名人为黄遵宪、吴德清、邹凌瀚、汪康年、梁启超等 5 人。其函请各处劝捐经费及托各处代派报章,全由遵宪一手经理。及至本年七月,《时务报》出版,一时风行国内。

本年秋末,日本政府根据《马关条约》向清廷提出划苏、杭为租界。清廷着总督刘坤一办理,刘则全权交遵宪负责,和日本领事珍田舍已会商办法(珍田氏是日本第一流外交家,后任驻各国公使)。当迭次会议时,遵宪以苏、杭两处均为我国腹心之地,非其他通商口岸可比,对于治外法权,应由我国自操,至一切市政,须如何周详备至,便和①外人,可双方会商决定。珍田氏无以为难,俯首就范。结果日本政府怒珍田有辱使命,将之撤回并径向清廷提出抗议。清政府终为日本屈服,遵宪拟订定的划界之约,因而废止。

---

① 和,疑为利。

　　不久,遵宪奉旨进京觐见。照清廷便①,初次觐见皇帝的人员,必须由廷内大臣引见。当时,清廷传旨遵宪,系由吏部带领引见。但吏部时为顽固派控制,他们仗着西太后的威势,对维新派人物故意为难耽延。因此,清帝破例下特旨召见遵宪。召见时,光绪帝问:"(东)〔泰〕西各国的政治,何以会胜过我国?"遵宪奏答:"他们各国的富强,全由变法维新所致,臣在伦敦时,闻他们的父老说:英国在一百年前,所有的一切尚不如我国。"光绪闻言,初甚惊讶,嗣乃明白过来,才笑而首肯者再。从此光绪很赏识遵宪的才能。

　　光绪二十三年(1897 年),清廷拟派遵宪为出使英国大臣,但总理衙门以遵宪前任新加坡总领事时,曾和我国总税务司赫德(英人)争论停止华轮装运鸦片烟土事,彼此曾经反目,恐引起英国反对,于是转派为出使德国大臣。但德国正在进行谋我青岛的阴谋,恐遵宪为之梗止,于是借口英国已不接纳婉词拒却。遵宪乃自动请当局收回成命,勿因个人而受外国的要挟。遵宪出使未成,仍暂居北京,常和何翙高、曾广钧、唐文治、张元济等往来,心情郁郁不乐,颇难自遣,曾写下五言律诗《支离》一首,可见遵宪内心的真情。

八

　　1897 年 5 月,遵宪年 50 岁,奉清廷命,补湖南长宝盐法道,这是遵宪在国内任实官的第一次。这一次任命,据康有为说,是户部尚书翁同龢常览《日本国志》,因爱其才,密保于清廷而放的。遵宪奉命后,走谒翁同龢,蒙翁以奖勉。翁并询我国现在急需兴办的

---

① 便,疑为例。

要务,遵宪答以首先要开办学堂,其次急办陆军,缓办海军,因军舰非旦夕可致,可酌量财力兴办,使能协同陆军固守要塞,目前并须注意教案、流寇及欧洲战事,免被外国人干预国事。翁颇为首肯,又问现在我国的人材,遵宪举梁启超、于式枚、郑孝胥等以对。

其年夏,遵宪由京赴湘任,道经上海,闻《时务报》经理汪康年办理不善,视报社的财产为己有,乃力主须依照公启内原有规条举董事,从新整理。汪拒不接纳,不欢而散。后经武昌,遵宪登黄鹤楼,过岳州,登岳阳楼,及到长沙,特往吊贾谊宅,均有诗以述其心志。

湖南巡抚为陈宝箴(字右铭,江西义宁人),其子陈三立是维新派的人物,和遵宪早有往来。陈宝箴于 1895 年出任湖南巡抚,已努力推行新政。这次遵宪到湘,适原任长宝盐法道李经羲升湖南按察使,进京觐见,即以遵宪接署按察使。他接任后,和巡抚戮力殚精,实行新政。首先聘请人材襄助,邀梁启超来湘,继而湖南维新派谭嗣同、唐才常等亦陆续到长沙,协助乡治,先后举办时务学堂、武备学堂、内河小轮船、商办矿务、湘粤铁路、保卫局、南学会等,朝设夕施,纲举目张,为各省施行新政之冠。

湖南的种种新政中,最突出的为南学会,是梁启超商同陈、黄两人创办的。该会具有学会和地方议会的规模,其组织由巡抚遴选本省开明士绅 10 人分别任总会长及副会长,就各人熟悉的各地人士中吸收会员,各州县如有 3 人至 10 人,即组织分会。总会规定每 7 日举行讲演一次,如有重大事故,可在会中讨论解决。当时推定在会讲演者为黄遵宪、谭嗣同、梁启超等,每次讲演时,由巡抚亲率大小官吏及开明士绅赴会听讲,极为热烈。遵宪是南学会倡办人之一。他在第一次讲演时,首先发挥自治的原理,谓实行自治可以成共和之郅治,臻大同之盛轨。在演讲中,他还痛斥官僚政治的弊害,热望地方自治的成功。听众非常感动。

其次是保卫局。遵宪署理按察使以来,除在其职权内,认真肃(请)〔清〕司法和监狱弊端外,特别注重于设立保卫局。该局目的在注重民治,不仅对内可维持社会治安,对外可保卫国土,且凡对人民利益有关的事业,悉由人民自办,仅由该局统属督率,辅民力之不及而已。谭嗣同赞保卫局为一切政治的基础,劝当地人民务须努力推行。开办之初,地方顽固派颇为疑惧,及后成绩昭著,舆情悦服。后戊戌政变时,所有新政多被推翻,独保卫局得以存在。

又其次是时务学堂,以梁启超为总教习,唐才常等为分教习。学堂录取学生40人,全是湖南优秀青年,思想进步颇速,影响湖南其他学生颇大。顽固派曾目该学堂学生大逆不道,要求当局把学堂封闭,但当局置之不理,且对学生奖勉有加。

光绪二十四年(1898年)春,遵宪回长宝盐法道本任,仍积极协助办理新政。那时湘省的顽固派,看新政已不能反对,倡言要保孔教,以免用夷变夏。遵宪特在南学会演讲孔教,略谓:"……孔教是立人道的极点,以天下为公的,非各教徒托空言可比,东西各国是政和教分,彼政之善,是由于学之盛,我国是政和教合,分则可藉教补政的不及,合则舍政学外,无所谓教……不必复主张保教。"

其时,光绪帝决心改革庶政,效法日本,特谕枢臣进呈《日本国志》阅读,不久又再索一部,益加有重用遵宪的意思。适清廷学士徐致靖向清廷奏保康有为、黄遵宪、谭嗣同、梁启超、张元济等为通达时务的人才,光绪乃立谕湖南长宝盐法道黄遵宪着该督抚送部引见。

本来遵宪在湘积劳过度,经常患病,想请假往上海疗养,奉谕之后,拟病情稍愈,当即赴京。同时张之洞奉清廷谕内召,特电遵宪,询目下救国的要策。遵宪复电略谓:"要破列强瓜分中国的局面,迫不得已时,把我利益分给更强,首要保持自己的主权,苟把某地某事的利权归某国,而主权亦随之而去,那大事就不可救了。"是年夏,光绪帝特命遵宪以三品京堂任出使日本大臣。原来,此职已由李端棻奏保康有为充任的,但光绪看康有为在维新运动中轻举妄动,弱点毕露,因此特将此职授遵宪。光绪帝下诏后,因急盼遵宪早日来京,又下三诏敦促,有"无论行抵何处,着张之洞、陈宝箴传令趱程迅速来京"之谕。遵宪只得力疾起程,陈抚特送登舟,挥泪话别,谓后会难期。可见陈和遵宪的深厚友谊。时上海《时务报》经御史宋芝栋(字伯鲁)奏请改为官报,清廷派康有为督办其事,但汪康年将之停办,另办《昌言报》。康有为电两江总督刘坤一,称汪抗旨不交。光绪帝乃命黄遵宪道经上海时,查明原委,秉公核议。

九

光绪二十四年(1898 年)七月末,遵宪由湘抵沪,寓城外上海道公所(向为钦使的行署)。他本是病体近又兼患脾泄病,气喘而短,势颇危殆,幸得良医诊治,才逐渐好转。时新政逐步进行,康有为又向光绪帝建议开懋勤殿会议,制订各种制度,并保黄遵宪、梁启超二人任筹备工作。

但此时,遵宪仍在病中,一切大事始终未有与闻。忽霹雳一声,京中政变陡作,西太后于八月六日复行训政,囚禁光绪帝,杀害谭嗣同等六君子。遵宪因病请假,准备回乡休养,嗣接梁启超密电,请设法保康有为的安全。遵宪立即密转康的亲信弟子,多方运动英国驻沪领事,以英国军舰截迎康有为于吴淞口外,转乘该舰逃往香港。同时派人密送 600 元给梁启超的父亲和梁启超的夫人，嘱速往日本。此事因梁启超已乘日本军舰逃往日本之故，知者极少，迄至民国后，梁夫人才告知亲友。

在政变时，顽固派想罗织遵宪之罪，乘机奏报谓康有为已逃往上海，匿在遵宪处。清廷特命两江总督张之洞查看，张转命上海道蔡钧（字和甫）往查。蔡本是卑鄙无耻的小人，当遵宪到沪时，毕恭毕敬，招待备至，及奉张督命，为着讨好上司，突于八月二十四日率兵入遵宪室，迫请遵宪进城。遵宪处之泰然，对蔡说，我是二品大员，未犯国法，据理拒蔡所请。蔡无可如何，继而派兵 200 名，围守上海道公所，捧枪鹄立，如临大敌，内外水泄不通。和遵宪有交谊的外国人无不骇然，疑为大狱，有集议劫遵宪他往者，形势极为险恶。

当时遵宪随员何寿朋（字士梁，进士出身，何如璋的长子）建议说："此事须急谋对付，我当设法外出，往找你的日本学生犹原陈政（系遵宪在日本时，跟遵宪学习汉文的学生，后随伊藤博文来华，留居上海虹口），请其急电伊藤博文援救。"遵宪同意。于是何化装为伙夫，混同公所大厨房出外采购，得安然跑至虹口谒犹原氏，犹原乃据情急电伊藤博文请援。伊藤即转电日本驻北京公使林权助，向我国总理衙门提出抗议，谓对遵宪此举，有碍中、日国交。总署大臣庆亲王奕劻立即答复，定保证遵宪的安全。兼之遵宪的好友袁昶已为三品京堂，在总署行走，特密奏西太后，谓遵宪的事，不可再事钩求，以免引起外国人的攻击。迄至八月二十六日，遵宪才奉命放归故乡，一场滔天大祸方告寝息。

十

光绪二十四年九月初一日（1898 年 10 月 15 日），遵宪年 51

岁,病渐复原,遂由沪启程回乡,写下《放归》、《九月朔日启程由上海归舟中作》、《到家》等诗。

此前数年,黄遵宪之长子伯元(名冕,州庠生)经把遵宪从政多年节约寄回的薪俸,在祖居后面建了一所房子,遵宪名为"在勤堂"(因在勤堂的门外,悬有荣禄第匾额,人多称该屋为荣禄第)。遵宪回家后,即居于"在勤堂"。他回家不久,又在距离"在勤堂"数十步的地方把祖上遗下的小书斋稍事扩大,完全用木建筑,四周的窗户均嵌镶玻璃,好像日本式的楼屋。屋墙外有邻居的养鱼小池塘,沿池植有杨柳杂花。屋左侧是周溪小河,沿堤植竹,确是风景宜人。遵宪把书斋修葺后,即将他在日本时请日本书法名家成濑氏写的"人境庐"三字刻于书斋门口,盖取陶渊明诗"结庐在人境,而无车马喧"的意思。某日,遵宪的诗友丘逢甲(字仙根,又字仲阏)到人境庐访候,看见该庐岿然独立而无壁,好像楼船一样,特书赠一联云:"陆沉欲借舟权住,天问翻无壁受呵。"

遵宪对事,无论大小均极肯用心思。"人境庐"的面积虽不大,但布置得井井有条,极为雅洁。庐内有"卧虹榭"、"息亭"等。四周环植花木,并自撰联三对。悬在"卧虹榭"内的两联是:"万象函归方丈室,四围环列自家山。""有三分水,四分竹,添七分明事;从五步楼,十步阁,望百步长江。"悬在"息亭"的联是:"偶引稚孙问初月,漫容时辈量汪波。"

遵宪归家不久,即把跟随他的厨子、长随等资遣回籍,家中一切事务由夫人主持。他的生活方式非常简单朴素,起居饮食均有定时。每天午后4时许,他穿着短衣,自提吸烟筒,沿着周溪河堤缓缓而行,经过状元桥,转右至齐洲寺止,瞭望梅江风景,及远处迤逦而来的崇山峻岭,欣赏大自然的风光。每逢乡人,不论识否皆打招呼,问晴问雨,毫无官场自高自大的习气,因此无人不赞他亲热可敬。每当散步归来,多是万家灯火的时候。

齐洲寺附近地方,乡人叫做"塔下"。但遵宪从小时就没有见过塔,究在何处,询诸乡人亦不得而知。嗣后遵宪再三考查,才知此塔是在南汉时刘铱在该处建的,名为千佛塔,是用铁建造的,花费颇巨,已因日久倒塌。于是遵宪每逢散步,邀同乡人搜寻塔的残整各块,运回"人境庐"保存,把塔的铭文供置在"息亭"中,以备好古者考究,并请松口温仲和太史把千佛塔的事实补入《嘉应州志》。为此他非常高兴,特写下《南汉修慧寺千佛塔歌》,并印了不少单行本,不久即为诸亲友索完。乃至民国,乡人把存在"人境庐"的残破塔片,依照歌序中原文镶好,重建在东山中学旁的山丘上,四围遍植花木,成为梅城的风景区。

光绪二十五年(1899 年),遵宪诗兴勃发,一气写下《己亥杂诗》89 首,记述自己一生的小影。遵宪余暇,常召集遵庚与其长子伯元、次子仲雍及外甥张资度、从堂侄之骏等讲学,督之学习掌故、历史、经学、理化、生理,各人分专一门,先行自修,作好笔记。翌日,他把各人写的笔记又提出讨论,一一指出缺点,或加以阐发,非常认真,邻近学子前来旁听者亦不少。

光绪二十六年(1900 年),李鸿章总督两广。时广东地方民不聊生,盗贼如毛,政府又抽收米厘,民怨载道。李迭电遵宪来省相会。他接电后,初疑与维新党事有关,但不得不冒险一行。及到省后,李督对他非常客气,殷殷垂询治粤要策。他以首先设立巡警而维社会治安、立即罢免米厘以慰民望对,均蒙李督采纳。李想把设立巡警及开发粤省矿产请遵宪主办,但他婉词推谢,束装归乡。道经香港,他曾往访《华字日报》主笔潘飞声(字兰史,番禺人),论文竟日。遵宪谓："后人学艺,事事皆驾前人之上,惟文字不然,以胸中、笔下均有古人在,步步追摹,遂不能自成一家面目,是以宋不如唐、唐不如六朝、六朝不如汉魏也……"潘为心服。嗣遵宪出自己所拟联文:"药是当归,花宜旋复;虫还无恙,鸟莫奈何",请潘书。潘出"独立图"(潘笔名是独立山人)及"罗浮纪游图",请遵宪题。遵宪题了一诗一词,题"独立图"云:"四亿万人黄种贵,二子余空黑甜浓;君看独立山人侧,多少他人卧榻容。"题"罗浮纪游图"调寄"双双燕"云:"罗浮睡了,试召鹤呼龙,恐谁唤醒? 尘封丹灶,剩有星残月冷。欲问移家仙井,何处觅风寰云髻? 只应独立苍茫,高唱万峰峰顶。荒经蓬蒿半隐,幸空谷无人,棲身应稳,危楼倚偏,看到云春花瞑,回首临波如镜,忽露出无来旧影,又愁风雨合离,化作他人仙境(自注云:首句'罗浮睡了',借用陈兰甫先生句)。"这诗和词,传抄一时,近代各诗人的诗话,都有录入。

是年旧历元旦,遵宪写下《庚子元旦》两首七律诗,表示对新年的新希望。转瞬是旧历的元宵节,黄姓族人在祖堂张灯结彩,大放烟火,同庆元宵。族中文人写了不少庆赏元宵的联文,悬在堂内。遵宪看了,喜不自禁地写下"匝天烟火春无价,沸地笙歌月有声"挂在堂中。凡来参观者,莫不叹为杰作。

光绪二十八年(1902年),嘉应州因受自然灾害,农产失收,米价日昂,几闹饥荒。遵宪倡办运米公所,劝乡中侨居南洋的富商集资,向安南、暹罗及国内芜湖等地购米,运返本州平粜。因此,人民受惠不少,口碑载道。本年,遵宪写作颇多,或演国学,或箴时局,陆续用笔名发表于《新民丛报》。最突出的是24首《军歌》,梁启超谓:读此歌而不起舞者,必非男子。

遵宪自戊戌政变返家后,忽忽数年,人多谓其业经消极。梁启超后殷殷询其今后的志向,他复书云:"数年闭门读书以广智,早夜奋励以养生,务养无畏之精神,求舍生之学术,一有机会,投袂起矣,尽吾力为之,成败利钝不计也。"对国家仍抱着积极的态度。

遵宪喜欢阅读新书,案头常供着严复翻译的《天演论》、《原富》等,经常研究。

十　一

光绪二十九年(1903年),遵宪目击国事日乱,对清朝的幻想已无形消灭。他觉得自己的身体日见屡弱,只好把挽救国家的热望寄托在后一辈身上,特邀集本州开明士绅,设立嘉应州兴学会议所,众推遵宪为所长。他提出具体办法,着重办普通中小学教育,为养成师资起见,先办师范学堂,特由公费派杨维徽(字徽五)、黄之骏(字冀孙)赴日本学习师范,准备回来任师范学堂教师。他还自己资遣遵庚(字由甫)和他的第四子璇东(字季伟)、长孙延豫(字能立),并鼓励族侄黄超如、黄干甫以自费,同赴日本留学。嗣后环境极佳的东山书院经修建扩大,改为东山师范学堂。州属各处乡间闻风兴起,纷纷举办小学。及后当地中小学数量之多,占清朝全国第一位。

光绪三十年(1904年),遵宪因办学操劳过度,肺病复发,日感沉重。医师嘱他易地疗养,他因不肯把办学事务放手,致功亏一篑,乃购得行驶梅江的大篷船一艘,改为精致的游艇,名为"安乐行窝",并自题联云:"尚欲乘长风破万里浪,不妨处南海弄明月珠。"于是他每于精神不佳时在艇中休息,遨游梅江,避免乡人干扰,但对办学仍极关怀。

光绪三十一年(1905年),遵宪久病不愈,至二月二十三日,病竟不起,卒于"在勤堂",时年58岁。长子冕,在日本神户中国领事馆任随员,偕同留学东京的第四子璇东奔丧归里。不久,冕因病身故,迄至清宣统元年三月,遵宪的灵柩才由次子鼎崇(字仲雍)、四子璇东等安葬于梅南黄居坪之原。梁启超特作《墓志铭》,树碑于墓侧。

当噩耗传至海内外时,文人学士识与不识者,同深哀悼,寄来挽诗、挽联不少,其中浙江蒋观云先生挽诗云:

> 公才不世出,潦倒以诗名。往往作奇语,跨海斩长鲸。寐寐风骚国,陡令时人惊。公志岂在此,未足尽神明。屈原思张楚,不幸以骚鸣。使公宰一国,小鲜尚可烹。才大世不用,此意谁能平。而公独萧散,心与泉石清。唯于歌啸间,志未忘苍生。与公未识面,烟波隔沧瀛。公云有书至,竟未遣瑶琼。俄闻鹏鸟赋,悲泪满吟缨,正为天下痛,非关交际情。

十　二

笔者遵庚与遵宪是嫡堂兄弟,他长我32岁。我6岁丧父(鸾藻公),蒙他抚育教训,以至成人,留学日本学习农科。我今苍苍白发,依然百事无成,殊负遵宪的期望,是我毕生的抱憾。关于遵宪的著作,我知道的有《日本杂事诗》、《日本国志》、《人境庐诗草》等,早经刊行于世。戊戌政变后,遵宪仍写了不少关于学术及时局的文章,亦经陆续发表于《新民丛报》。及后,钱仲联先生撰《黄公度先生年谱》时,我曾将亲身闻见遵宪生平的事实及其遗文送供钱先生参考,我尚存有遵宪没有编入《人境庐诗草》的诗作,最近已寄给北京大学中文系近代诗研究小组,编为《人境庐集外诗辑》,业由中华书局出版。

我受教遵宪多年,深悉他由壮年至晚年,其思想是不断地转变的。他读了卢梭、孟德斯鸠等著作,就认识到封建专制的政治不如民主的政治,是历史进展必然的趋势。他对曾国藩尖锐的批评,比较他早年歌颂曾、左的诗几乎前后判若两人。

我现年(1963年)84岁,备员广东省文史馆行将十载,常想把遵宪的生平事迹详细叙述,备供国人参考。无奈年老手颤,艰于执笔,迟迟不能实现。幸而我馆派同事黄干甫和我合作。干甫是我族侄,他幼年时亦是遵宪介绍赴日留学的。他现年虽是75岁,但精神尚好,记忆力颇强,知道遵宪生平的事迹不少,引起我回忆颇多,方得以完成此文。

录自全国政协文史资料委员会编《文史资料存稿选编》

五、人境庐黄遵宪藏书目录

编号	书　　名	册数
一	一切经音义	一〇
二	二十一史论赞辑要	八
三	二十二史考异	一八
四	七十家赋抄	四
五	十六国春秋辑补	八
六	十六国春秋纂录校勘记	一
七	十六国疆域志	四
八	十种唐诗选	六
九	入表考	四
一〇	丁亥入都纪程	一
一一	三流道里表	四
一二	三代实录	一
一三	三国志	六
一四	三国志考证	二
一五	三国志旁证	六
一六	三国志补注续	一

编号	书　名	册数
一七	三国志注证	一
一八	三国职官表	三
一九	三辅决录	二
二〇	大金国志	六
二一	大金集礼	四
二二	大清律例	二〇
二三	大清律例汇辑便览	二四
二四	大清国、大英国续议滇缅界、商务条款	九
二五	大清国、大英国会议条款	一
二六	大云山房文稿	八
二七	大云山房言事	二
二八	大戴礼记审议	一
二九	尸子	三
三〇	子史精华	五一
三一	山谷年谱	一
三二	小腆纪年附考	二四
三三	小蓬莱谣	一
三四	万国公报	四
三五	万国公法	四
三六	万国通鉴	四
三七	万国史记	六
三八	广阳杂记	四

黄遵宪集

编号	书　　名	册数
三九	广雅碎金	一
四〇	广韵	五
四一	卫藏通志	八
四二	五、七言诗歌行抄	一九
四三	五、七言今体诗抄	四
四四	五百四峰堂诗抄	八
四五	五军道里表	二
四六	五礼通考	一
四七	太乙舟文集	四
四八	太玄经	二
四九	太公兵法逸文	二
五〇	文山先生全集	九
五一	文中子中说	六
五二	文中子	一
五三	文史通义	四
五四	文献通考	一一八
五五	文献征存录	七
五六	天下郡国利病书	五四
五七	孔子集语	一
五八	孔丛子	一
五九	中日条约	一
六〇	中州金石目	一

续表

编号	书　　名	册数
六一	中兴小纪	六
六二	王氏经说	一
六三	王右丞诗集	一
六四	王先生十七史蒙求	二
六五	元史氏族表	二
六六	元史纪事本末	三
六七	元史类编	一四
六八	元草堂诗余	一
六九	元诗选	二
七〇	元穆文抄	一
七一	元丰类稿	一五
七二	日本书目标	一
七三	日知录	一五
七四	支那通史	五
七五	不自慊斋漫存	八
七六	公法便览	六
七七	公法会通	四
七八	公法总论	一
七九	毛诗注	六
八〇	毛诗注疏	一三
八一	毛诗故训传	二
八二	切问斋文抄	八

编号	书　　名	册数
八三	从政遗规	二
八四	无邪堂答问	五
八五	开禧德安守城录	一
八六	云溪乐府	一
八七	历代史表	一三
八八	历代名臣言行录	二九
八九	历代名臣奏议	二
九〇	历代地理沿革表	一五
九一	历代帝王年表	四
九二	艺文类聚	二九
九三	双溪醉隐集	二
九四	邓子	一
九五	方兴纪要简览	九
九六	圣武亲征录	一
九七	圣武记	七
九八	圣朝名公奏稿	一
九九	圣训	二二三
一〇〇	礼记	一〇
一〇一	礼记审议	一
一〇二	水师章程	一六
一〇三	水道提纲	七
一〇四	四水子遗著	一

续表

编号	书　　名	册数
一〇五	四印斋所刻词	一三
一〇六	四印斋汇刻宋元三十一家词	四
一〇七	四砭斋省身日课	一一
一〇八	左文襄公奏稿	四五
一〇九	左文襄公咨札	一
一一〇	左公襄公书牍	二五
一一一	左传事纬	五
一一二	左传补注	四一
一一三	古文辞类纂	一二
一一四	古格言	二
一一五	古微堂诗	三
一一六	古诗源	三
一一七	古今解汇函附小学汇函	三四
一一八	古今图书集成	一五四二
一一九	世本	二
一二〇	世说新语	三
一二一	右台仙馆笔记	五
一二二	戊笈谈兵	六
一二三	未灰斋文集	三
一二四	甘雨亭丛书	二七
一二五	甘雨亭丛书别集	三
一二六	甘泉乡人稿	五

黄遵宪集

续表

编号	书　　　名	册数
一二七	甘泉乡人余稿附年谱	一
一二八	白虎通德论	二
一二九	平南县志	八
一三○	史记志疑	一三
一三一	史记	一
一三二	北齐书	一
一三三	玉溪生诗详注	四
一三四	申鉴与申论	一
一三五	东林莲社十八高贤传	一
一三六	东都事略	六
一三七	东华录	四八
一三八	东华续录	七三
一三九	东晋疆域志	二
一四○	东塾读书记	五
一四一	东瀛诗记	一
一四二	记事珠	七
一四三	训俗遗规	二
一四四	汇刻书目	一一
一四五	汉志水道疏证	一
一四六	汉南春柳词抄	一
一四七	汉书注校补	一○
一四八	汉书辨疑	五

编号	书　　名	册数
一四九	汉魏丛书	六
一五〇	乐府诗集	一
一五一	仪礼	一
一五二	仪礼韵言	五
一五三	仪礼注疏	一〇
一五四	卢照邻集	一
一五五	归潜志	四
一五六	刘中丞奏议	四
一五七	牟子与古今注	一
一五八	全上古三代秦汉三国六朝文	一〇〇
一五九	全史宫词	五
一六〇	吕氏春秋	四
一六一	吕氏春秋注	一二
一六二	有正味斋集	七
一六三	名法指掌图	四
一六四	名宦乡贤录	一
一六五	名理探十伦	五
一六六	危言	二
一六七	吉林外记	八
一六八	在官法戒录摘抄	二
一六九	竹眠词抄	一
一七〇	防海新论	六

黄遵宪集

编号	书　　名	册数
一七一	刑案汇览	一六
一七二	西清笔记与泾林续记	一
一七三	西堂全集	一三
一七四	西国近事汇编	四五
一七五	西汉文	一
一七六	西学原始考	一
一七七	各国约章纂要	六
一七八	存诚斋文集	八
一七九	曲园杂纂	八
一八〇	江户繁昌记	五
一八一	江苏诗征	七八
一八二	纪元篇	一
一八三	后汉书	二五
一八四	孙子评注	二
一八五	阴常侍诗集	一
一八六	阴符经	一
一八七	华阳散稿	二
一八八	许氏说文	七
一八九	阳春白雪	四
一九〇	光绪湖北舆地记	一二
一九一	会典简明录	一
一九二	传忠堂学故	一

编号	书　　名	册数
一九三	观象居诗抄	一
一九四	补三国疆域志	一
一九五	补梁疆域志	二
一九六	宋名臣言行录	一一
一九七	宋元学案	三七
一九八	宋史纪事本末	一六
一九九	杜少陵集	一三
二〇〇	杜工部文、诗集	六
二〇一	李氏蒙求补注	二
二〇二	李端诗集	一
二〇三	李卫公兵法辑本	一
二〇四	李卫公文集	六
二〇五	李太白文集	一
二〇六	辛氏三秦记	一
二〇七	近世日本外史	四
二〇八	沈约宋书	一九
二〇九	芬陀利室词集	二
二一〇	佐治刍言	一
二一一	兵船炮法	二
二一二	佛国记	一
二一三	克虏伯炮表	一
二一四	希贤斋未定文抄	四

编号	书　　名	册数
二一五	困学纪闻注	一二
二一六	吾学录初编	八
二一七	求阙斋读书录	六
二一八	放翁诗抄	二
二一九	两湖书院课程	四
二二〇	两当轩诗抄	五
二二一	两广学务处调查实业章程	一
二二二	陈沧洲集	四
二二三	陈公恭公书牍	二
二二四	张大司马秦稿	三
二二五	张文忠公文集	一六
二二六	张氏丛书	一
二二七	张馛诗集	一
二二八	杨子法言	四
二二九	杨子法言并音义	二
二三〇	杨忠愍公集	二
二三一	杨炯集	一
二三二	词林正韵	二
二三三	词律	八
二三四	沧游近诗	一
二三五	驳案新编	九
二三六	庐山诗录	一

编号	书　　名	册数
二三七	苏诗查注补正	二
二三八	灵鹣阁丛书	二八
二三九	周人经说	二
二四〇	周生烈子汉皇德传	一
二四一	周礼故书考	三
二四二	枉川全集第一集	一二
二四三	佩文广韵汇编	三
二四四	佩文韵府	九九
二四五	明史	二四
二四六	明史分稿残编	一
二四七	明史纪事本末	一五
二四八	明史稿	一一三
二四九	明宫杂咏	五
二五〇	明史别裁集	五
二五一	金石契	九
二五二	金史详校	一〇
二五三	金刚般若波罗密经	一
二五四	宧苑日涉	九
二五五	事类赋	四
二五六	知服斋丛书	二〇
二五七	尚书	一
二五八	尚书大传疏证	一

黄遵宪集

编号	书　　名	册数
二五九	尚书商宜	一
二六〇	尚书注疏	一五
二六一	法国律例	四六
二六二	述学	二
二六三	述异记	一
二六四	侍雪草堂诗抄	二
二六五	股匪总录	一
二六六	忠雅堂集	九
二六七	忠雅堂评选四六法海	七
二六八	注补续汉书八志	四
二六九	函楼文抄	四
二七〇	函楼诗抄	四
二七一	抱朴子	一〇
二七二	禺于日录	一
二七三	禹贡班义述	一
二七四	庚开府全集	八
二七五	诗	二
二七六	诗伦	四
二七七	诗义择从	二
二七八	诗义堂集	五
二七九	诗经补笺	一〇
二八〇	诗韵合璧	一

编号	书　　名	册数
二八一	经训书院自课文	一
二八二	经德堂文集	四
二八三	经史百家抄	一
二八四	隶篇	一〇
二八五	隶释	八
二八六	罗马志略	一
二八七	罗壮勇公年谱	一
二八八	国史考异	二
二八九	国史纪事本末	一九
二九〇	国朝柔远记	九
二九一	国朝著述未刊书目	一
二九二	国朝词综	一六
二九三	国朝骈体正宗	六
二九四	国朝骈体正宗续篇	四
二九五	国语	四
二九六	国玮集	四二
二九七	国语明道本考异	一
二九八	国朝堂州词录	一二
二九九	图民录	二
三〇〇	癸巳存稿	六
三〇一	癸巳类稿	六
三〇二	钦定大清会典	四五

续表

编号	书　　名	册数
三〇三	钦定大清会典事例	一七九
三〇四	钦定大清会典图	二〇
三〇五	钦定国朝诗别裁集	一八
三〇六	钦定授时通考	二二
三〇七	钦定西清古鉴钱录	二四
三〇八	钦定春秋传说汇纂	二〇
三〇九	钦定历代职官表	二二
三一〇	钦定续通典	一八
三一一	钦定礼记义疏	二六
三一二	钦定续通考	一二三
三一三	钦定续通志	一七一
三一四	皇朝中外一统舆图	三二
三一五	皇朝通典	三五
三一六	皇朝经世文编	八〇
三一七	皇朝经世文续编	四〇
三一八	皇朝经世文三编	七
三一九	皇朝舆地韵篇	一
三二〇	皇国名医传前编	一
三二一	皇甫司农集	一
三二二	洗冤录	二
三二三	重订三家诗拾遗	二
三二四	重订主客图	三

编号	书　名	册数
三二五	重订法国志略	一九
三二六	重订唐诗别裁集	六
三二七	重刻昭明文选李善注	七
三二八	重刻剡川姚氏本战国策札记	一
三二九	重编金楼子	一
三三〇	春秋	七
三三一	春秋朔闰至日考	一
三三二	春秋谷梁传	二
三三三	春秋公羊传	三
三三四	春秋左传注	一四
三三五	春秋左传地名补注	二
三三六	春秋左传补注	二
三三七	春秋左传杜注	五
三三八	春秋左传贾服注辑述	六
三三九	春秋董氏学	六
三四〇	春秋繁露	四
三四一	春秋大事表	一九
三四二	春在堂全书	一七
三四三	宦游纪录	二
三四四	南山全集	五
三四五	南史	三七
三四六	南齐书	一〇

编号	书　　名	册数
三四七	南宋书	一五
三四八	南宋杂事诗	六
三四九	南涧文集	一
三五〇	南北史捃华	四
三五一	南北朝文抄	一
三五二	南雪草堂诗抄	一
三五三	胡文忠公遗集	一四
三五四	昭明文选集成	一八
三五五	昭德先生郡斋读书志	八
三五六	昭德先生郡斋读书志附志	二
三五七	炮法求新	八
三五八	茶香室丛抄	五
三五九	茶香室读抄	六
三六〇	茶香室三抄	五
三六一	茶香室经说	五
三六二	退庵存笔	一〇
三六三	退思诗存	二
三六四	香屑集	三
三六五	神异经	一
三六六	星宴指掌	四
三六七	前汉书	二三
三六八	拾遗记	一

编号	书　　名	册数
三六九	音学五书	一二
三七〇	俞楼杂纂	一〇
三七一	并辟百金方	九
三七二	点注续文章轨范	一
三七三	修好条规	一
三七四	留春草堂诗抄	一
三七五	洪容斋五笔	一六
三七六	柬埔治以北探路记	八
三七七	费氏古易订文	四
三七八	绝妙好词笺	二
三七九	柳河东集	一〇
三八〇	经室集	二四
三八一	说苑	四
三八二	说文引经考证	二
三八三	说文通训定声	二二
三八四	说文解字注	一二
三八五	说文解字义证	二〇
三八六	说文经字正谊	二
三八七	称谓录	八
三八八	浔州府志	八
三八九	剑南诗抄	六
三九〇	骆文忠公奏稿	五

黄遵宪集

编号	书　　名	册数
三九一	独断	一
三九二	涑水记闻	四
三九三	涉史续笔	一
三九四	积书岩宋诗选	二
三九五	校订困学纪闻三笺	五
三九六	晋太康三年地记	一
三九七	晋书	二九
三九八	晋书校文	二
三九九	泰西通史	二
四〇〇	泰西新史揽要	四
四〇一	唐人说	一〇
四〇二	唐司空文明诗集	一
四〇三	唐四家诗	五
四〇四	唐宋八家文读本	八
四〇五	唐书	八六
四〇六	唐文粹诗选	一
四〇七	唐确慎公集	六
四〇八	海秋诗集	七
四〇九	海道图说	一〇
四一〇	海军调度要言	一
四一一	海忠介公备忘录	一
四一二	晏子春秋	一〇

编号	书　　名	册数
四一三	晏子春秋音义	一
四一四	晏子春秋校勘	一
四一五	浣月山房诗集	二
四一六	朔文备乘	一六
四一七	桂氏经学丛书	九
四一八	瓶水斋诗集	八
四一九	通志	一六〇
四二〇	通典	四〇
四二一	通俗篇	四
四二二	通雅	一五
四二三	通鉴纲目	一〇三
四二四	通鉴纪事本末	三四
四二五	通鉴长篇纪事本末	四七
四二六	通商条约章程成案汇编	九
四二七	娱老词	一
四二八	郭侍郎奏疏	一一
四二九	浙东筹防录	三
四三〇	悦坳遗诗	一
四三一	高要金石略	一
四三二	班马字类	一
四三三	陶庵集	五
四三四	耿津诗集	一

黄遵宪集

编号	书　　名	册数
四三五	振绮堂丛书	七
四三六	凉州异物志	一
四三七	资治通鉴	一二五
四三八	资治通鉴考异	一〇
四三九	贾谊新书	二
四四〇	宾州志	一〇
四四一	宾萌集	三
四四二	诸子平议	一〇
四四三	诸史考异	二
四四四	养正遗规摘抄	一
四四五	养拙斋诗	五
四四六	养晦堂文集	三
四四七	读史大略	一二
四四八	读史方兴纪要	七六
四四九	读史举正	二
四五〇	读雪山房唐诗	一二
四五一	读礼通考	二九
四五二	读书纪数略	四
四五三	读书杂释	五
四五四	读书丛录	二
四五五	渔洋山人古诗选	一一
四五六	渔洋山人精华录笺注	四

续表

编号	书　　名	册数
四五七	梁书	二一
四五八	续近世日本外史	二
四五九	续汇刻书目	一一
四六〇	逸周书集训校释	二
四六一	逸周书	四
四六二	黄梨洲先生南雷文约	二
四六三	黄梨洲全集	七
四六四	黄文贞公忠节纪略	二
四六五	黄陵诗抄	一
四六六	船山遗书	五一
四六七	船山诗草	四
四六八	第一楼丛书	七
四六九	盛世危言	五
四七〇	蛉石斋诗抄	一
四七一	移芝室全集	七
四七二	商君书	三
四七三	惜抱轩全集	三六
四七四	惜抱轩汉书评点	一
四七五	淮南子	二八
四七六	庸书	七
四七七	庸庵文编	三
四七八	堂匪总录	二

黄遵宪集

编号	书　　名	册数
四七九	崔涂诗集	一
四八〇	梦窗词	一
四八一	望云寄庐读史记臆说	一
四八二	隋书地理志考证	六
四八三	营工要览	二
四八四	笛渔小稿	一
四八五	谕折汇存	五七
四八六	敬业堂诗集	一
四八七	韩昌黎诗集编年笺注	三
四八八	韩昌黎先生诗集注	一二
四八九	韩非子评注	四
四九〇	韩非子集解	六
四九一	韩非子	五
四九二	韩集补注	一
四九三	韩诗外传	二
四九四	畸人传	九
四九五	蛮书十卷	一
四九六	御批历代通鉴辑览	一三六
四九七	御纂周易折中	七
四九八	粤西金石略	四
四九九	粤雅堂丛书	三七五
五〇〇	博约堂文抄	六

编号	书　　名	册数
五〇一	博物志	一
五〇二	焦山志	一六
五〇三	富川县志	六
五〇四	曾文正公文抄	三
五〇五	曾文正公批牍	一
五〇六	曾文正公奏稿	三九
五〇七	曾文正公诗抄	二
五〇八	曾文正公诗集	一
五〇九	集古录目	二
五一〇	湖南苗防屯政考	三二
五一一	湖南全省舆图说	三
五一二	湖南疆域驿传总纂	一一
五一三	湖海文传	一一
五一四	善身堂一家言	二
五一五	搜神记	二
五一六	粟香随笔	九
五一七	最新经世文编	一
五一八	湛然居士文集	四
五一九	尊经阁藏书章程	一
五二〇	椒园诗抄	二
五二一	煮药漫抄	一
五二二	黑龙江外记	六

黄遵宪集

编号	书 名	册数
五二三	督捕则例	二
五二四	铁轩使者绝代语释别国方言笺疏	一
五二五	新增刑案汇览	一二
五二六	新雕重校战国策	四
五二七	新旧唐书互证	四
五二八	新旧唐书合注	一
五二九	新学伪经考	六
五三〇	新安先集	七
五三一	韫山堂诗集	六
五三二	韫山堂文集	四
五三三	填词名解	一
五三四	填词图谱	二
五三五	鼓山志	六
五三六	路史	一六
五三七	慈利县志	二
五三八	瑞芝室家传	一
五三九	楚辞章句	四
五四〇	楚辞集注	二
五四一	群经评议	一一
五四二	榆园杂兴诗	一
五四三	楹联丛语	一
五四四	楹郑录存	一

编号	书　　名	册数
五四五	槐厅载笔	八
五四六	数学理	四
五四七	筹洋刍议	一
五四八	管子	四
五四九	管子义证	一
五五〇	管子评注	一四
五五一	蔡中郎集	四
五五二	静志居诗话	二〇
五五三	静观书屋诗集	四
五五四	慕皋庐杂刻第	二
五五五	慕耕草堂诗抄	一
五五六	聚学轩刘氏丛书	二〇
五五七	枥冠子	一
五五八	增补事类赋统编	三一
五五九	墨子	八
五六〇	墨子全书	六
五六一	墨子潜注补正	一
五六二	墨花吟馆诗抄	三
五六三	黎氏家集	一
五六四	潜夫论	二
五六五	潜确居类书	二三
五六六	樊南文集笺注	四

续表

编号	书　名	册数
五六七	稼轩长短句	四
五六八	鹤山文抄	九
五六九	鹤征录	二
五七〇	鹤征后录	四
五七一	薛氏钟鼎款识	四
五七二	薛浪语集	六
五七三	镜珠高汇刻	一〇
五七四	黔语	一
五七五	檗坞诗存	二
五七六	檗坞词存	一
五七七	魏文贞公故事拾遗	二
五七八	魏书校勘记	一
五七九	蘅华馆诗录	七
五八〇	瀛奎律髓刊误	一八
五八一	瀛埂杂志	四
五八二	瀛涯胜览	一
五八三	曝书亭集	一五
五八四	曝书亭集笺注	八
五八五	曝书亭集词注	二
五八六	曝书亭集诗注	八
五八七	鬻子	一

据梅州市人境庐文物管理所编《黄遵宪藏书目》